本书为十三五国家重点出版物出版规划项目

本书 1—10 卷获中国人民大学 2016 年度"建设世界一流大学（学科）和特色发展引导专项资金"资助出版。

李　今 主编
罗文军 编注

汉译文学序跋集

第一卷

1894—1910

上海人民出版社

本书编委会

致谢和说明

大约1999年，因为参与了杨义先生主编的《二十世纪中国翻译文学史》的写作，我进入了一个方兴未艾的研究新领域。在搜集爬梳相关文献史料的过程中，我深深感到汉译文学作品的序跋对于认识翻译行为的发生、翻译方法及技巧的使用，对于不同时期中国面向世界的“拿来”选择，对于中国知识界如何在比较融合中西文化异同中重建现代文化新宗的艰难探索，都具有着切实而重要的历史价值和意义。同时也体会到前辈方家编撰的工具书与史料集，如北京图书馆编的《民国时期总书目》，贾植芳、俞元桂主编的《中国现代文学总书目》嘉惠后学的无量功德。于是，编辑一套《汉译文学序跋集1894—1949》助益翻译文学研究的想法油然而生。但我也清楚，这样大型的文献史料集的整理汇印，没有一批踏实肯干的学人共同努力，没有充足的经费支持是难以实施的。

2006年，我从中国现代文学馆调到中国人民大学文学院，曾和院领导谈起我的这一学术设想，让我感动的是，孙郁院长当场鼓励说，你若能完成就是具有标志性的成果，不用担心经费问题。后来出任人大副校长的杨慧林老师一直对此项研究给予默默的支持。我的学术设想能够获得学校项目的资助，是与他们的关心和支持分不开的。我先后招收的博士生、博士后让我有幸和他们结成工作团队。师生传承历来都是促进学术发展的有效传统，我对学生的要求即是我的硕士导师朱金顺先生、博士导师严家炎先生给予我的教诲：见书（实物）为准，做实学。只因适逢当今电子图书数据库的普及与方便，我打了折扣，允准使用图书电子复制件，但要求时时警惕复制环节发生错误的可能性，只要有疑问一定查证实物。即使如此，《序跋集》收入的近

3000篇文章都是各卷的编者罗文军、张燕文、屠毅力、樊宇婷、刘彬、崔金丽一本本地查阅、复印或下载，又一篇篇地录入、反复校对、整理出来的。为了找到初版本，或确认难以辨识的字句，他们有时要跑上好几个图书馆。为做注释，编者们更是查阅了大量的资料文献。尤其是崔金丽在编撰期间身患重病，身体康复后仍热情不减，重新投入工作。从他们身上我看到作为"学人"，最基本的"求知""求真""求实"的精神品质，也因此，我常说我和学生没有代沟。

本套丛书虽说是序跋集，但所收录的文章并未完全局限于严格意义上的序跋，也就是说，我们编辑的着眼点并不仅仅在于文体价值，还注重其时代信息的意义，希望能够从一个侧面最大限度地汇集起完整的历史文献史料。考虑到对作家作品的评价往往保存着鲜明的时代烙印，译者为推出译作有时会采用理论、评论、文学史等相关论说，以阐明其翻译意图与译作价值，因而译本附录的作家评传及其他文章也一并收入。鉴于晚清民国时期外国作家、作品译名的不统一，译者笔名的多变，编者对作家、译者、译作做简要注释，正文若有原注则照录。其中对译作版本的注释主要依据版权页，并参考封面、扉页、正文的信息撰写。由于晚清民国初期出版体制正在形成过程中，版权页著录项目并不完备，特别是出版部门尚未分工细化，发行者、印刷者、个人都可能承担出版的责任，因而，对出版者的认定，容易产生歧义，出现由于选项不同，同一版本传为两个版本的错误。为避免于此，遇有难以判断，或信息重要的情况，会以引号标志，照录版权页内容。《序跋集》按照译作初版的时间顺序排列，如未见初版本，则根据《民国时期总书目·外国文学》《中国现代文学总书目·翻译文学》，并参考其他相关工具书及著述确定其初版时间排序，但录自出处按照实据版本抄录。全书约450万字，计划分13卷出版。为方便查阅，各卷都附有"书名索引"和"作者索引"，终卷编辑全书"《序跋集》书名索引"和"《序跋集》作者索引"。其他收录细则及文字处理方式详见凡例。

经过五年多的努力，《汉译文学序跋集 1894—1949》即将面世，我和各卷的编者既感慨万千，又忐忑不安。尽管我们致力为学界提供一套可靠而完整的汉译文学序跋文献汇编，但时间以及我们能力的限制，讹漏之处在所难免，谨在此恳切求教于方家的指正与补遗，以便经过一定时间的积累出版补编本。此外，若有任何方面的问题都希望能与我取得联系（中国人民大学文学院）。

本套大型文献史料集能够出版，万万离不开研究与出版经费的持续投入，谨在此感谢中国人民大学及文学院学术委员会对这套丛书的看重和支持；感谢中国人民大学 2016 年度“建设世界一流大学（学科）和特色发展引导专项资金”支持了 1—10 卷的出版经费；感谢中国人民大学科学研究基金（中央高校基金科研业务费专项资金）项目（12XNL007）资助编撰研究费用和 11—13 卷的出版经费；感谢科研处的沃晓静和侯新立老师的积极支持和帮助。另外，还要特别感谢每当遇到疑难问题，我不时要叨扰、求教的严家炎、朱金顺老师，还有夏晓虹、解志熙老师；感谢各卷编者兢兢业业，不辞辛苦地投入编撰工作；感谢在编辑过程中，雷超、樊宇婷、刘彬事无巨细地承担起各种编务事宜。感谢现已成为上海人民出版社编辑的屠毅力对《序跋集》体例、版式、文字规范方面所进行的认真而细心的编辑。

总之，从该项目的设立、实施，到最后的出版环节，我作为主编一直充满着感恩的心情，处于天时、地利、人和的幸运感中。从事这一工作的整个过程，所经历的点点滴滴都已化为我美好的记忆，最后我想说的还是“感谢！”

李今

凡　例

一、本书所录汉译文学序跋，起1894年，终1910年。

二、收录范围：凡在这一时段出版的汉译文学单行本前后所附序跋、引言、评语等均予以收录。作品集内译者所作篇前小序和篇后附记均予以收录。原著序跋不收录，著者专为汉译本所作序跋收录。

三、文献来源：收录时尽量以原书初版本或其电子影印件为准。如据初版本外的其他版本或文集、资料集收录的，均注明录自版次、出处。

四、编录格式：以公元纪年为单位，各篇系于初版本出版时间排序，同一译作修订本或再版本新增序跋也一并归于初版本下系年。序跋标题为原书所有，则直录；若原书序跋无标题，加“[　]”区别，按书前为[序]，书后为[跋]，篇前为[小序]，篇后为[附记]格式标记。正文书名加页下注，说明译本所据原著信息，著者信息，译者信息及出版信息等。若原著名、著者原名不可考，则付阙如。

五、序跋作者：序跋作者名加页下注，考录其生卒年、字号、笔名、求学经历、文学经历、翻译成果等信息。凡不可确考而参引其他文献者，则注明引用出处。凡不可考者，则注明资料不详。在本书中多处出现的同一作者，一般只在首次出现时加以详注。若原序跋未署作者名，能确考者，则加“(　)”区别，不能确考者则付阙如。

六、脱误处理：原文脱字处、不可辨认处，以“□”表示。原文误植处若能确考则直接改正，若不能完全确考则照录，并以“[　]”标出改正字。部分常见异体字保留，部分不常见字则改为规范汉字，繁体字统一为通行简体字。原文无标点或旧式标点处，则皆改用新式标点。

七、注释中所涉外国人名、书名，其今译名一般以中国大百科全书出版社中文版《不列颠百科全书》《简明不列颠百科全书》，维基百科等为依据。

目　录

1900年

1901年

1902年

1903年

1904年

1905年

1906年

1907年

1908年

1909年

1910年

战争、革命、人之观念的交织与流变

——《汉译文学序跋集（1894—1949）》序论

李　今

序跋是一种议论、叙事兼备的散文文体，就文学分类而言，它也是一种文学批评的形式。序跋在中国可谓源远流长，自《诗》之《大序》滥觞以来，就成为著作者自觉写作、构成全书的一个组成部分，从此绵延两千多年，形成了为书籍写序跋的书写传统。明代学者徐师曾在《文体明辨序说》中辨析序、小序、引、题跋等文体时说："凡经传子史诗文图书之类，前有序引，后有后序，可谓尽矣。"① 除列于全书之首或尾的"序跋"，尚有位于单篇之首或尾的"序跋"，如此考量的话，更是数不胜数。

晚清时期，随着近代传媒的变革，机器印刷带动报刊、平装书业的兴盛和出版事业的蓬勃发展，序跋这一文体无论从数量，还是内容与形式都获得前所未有的激增与繁荣。其中，汉译文学序跋的大量涌现为这一文体增添了一种新类型，其载体也从书籍发展到报刊。

作为汉译文学作品的导引与题后，序跋当然与汉译文学的出现如影随形。虽然，汉译文学的产生最早可以从汉末以来文学性很强的汉译佛典说起，近代西方传教士为宣传教义与中国文人合作翻译过《圣经》，以及具有宗教色彩和训诫意味的小说与寓言，也偶有华人译作出现，但若将文学翻译作为一个现代事件，一场运动的发生来考察，恐怕就不仅仅是在国内外历史遗存中打捞用中文翻译的外国文学作品，更需要关注的是它何时出现，为何能够批量出现并蔚成大观的问

① 吴纳、徐师曾：《文章辨体序说　文体明辨序说》，人民文学出版社 1998 年版，第 136 页。

题。这不能不追溯至甲午战败打破了中国知识分子对坚船利炮、声光电化的迷信，以康有为、梁启超为代表的维新派策动朝廷，为变法图存而开启的全面学习西方的运动。维新派试图以西学“讲通”醒世觉民救国之理，付诸其政治目的的号召和策略是现代汉译文学得以在中国落地生花最具有决定性的推动力，从而使之成为全民性的思想启蒙和维新运动的重要一环。也正是在这个意义上，学界将由此开启的整个二十世纪“向西方寻找真理”的翻译活动概称为“中国的百年翻译运动”，现代汉译文学的兴起及发展正是这一运动的重要组成部分。

鉴于对中国现代翻译文学运动发生的整体把握，以及搜集、整理汉译文学序跋的数量规模问题，《汉译文学序跋集（1894—1949）》（以下简称《序跋集》）仅辑录单行本序跋，包括前记、引言、绪言、弁言、编言、凡例、赘言、附记、题词等可统称为序跋的文字。另外，考虑到作者评传及附录文章等可反映编译者的意图及时代信息，也一并收录。上限从甲午战争之际开始搜寻，目前发现最早的附序出自英国来华传教士李提摩太为传泰西“新法养民之道”而汉译，广学会于 1894 年出版的美国作家毕拉宓（Edward Bellamy）的《百年一觉》(Looking Backward)，下限止于 1949 年 10 月 1 日中华人民共和国成立。

从大半个世纪的译作数量和附有序跋的比率来看，大约有近一半的文学译作写有序跋。由于译序跋是译者阐发其翻译思想和实践的重要文体，是触摸译作产生及其接受之历史语境的重要史料来源，学界已有多人呼吁将其作为翻译文学研究的新领域和独立的研究对象。但碍于译本序跋散布于各种汉译文学单行本而难以尽览，至今只有林琴南、鲁迅、周作人等个别大家整理成册，其他均如一盘散沙。《序跋集》经过编者广泛的搜罗，从清末至民国时期五十年间出版，附有序跋的 2000 余种译作中，集腋成裘，聚沙成塔，总共辑录了近 3000 篇序跋，约 450 万字，是迄今为止规模最大的序跋文类的历史文献长编。

一

一般而言，序跋虽是非常散漫的文体，但“言其作意”，是万变不离其宗的命题；而译序跋，言其“译”意，同样是至综其实的普遍作法。与相应时期的翻译书目相比，虽然《序跋集》并不能包罗汉译文学的全景，但显然它是翻译家完成译事之后的“即时”抒写，是其融汇中西，直抒胸臆的方便载体，直接记录着为何翻译？怎样翻译？翻译心得、对原作者作品的阐释与评说，乃至译事缘起、经过、出版、传播等重要而丰富的内容，甚至可以说，它主导着外国原语文学在中国形象的塑造与评说。虽说仅据《序跋集》尚不足以究译事之源流，但同一时期大量译序跋的汇集却可以凸显时代主潮及其流行观念。尽管半个世纪算不上历史的长时段，但近代以来出版数量之巨大，以及学科的专门化发展，都使研究者难以获得近现代史的贯通视野，《序跋集》正能够从一个侧面系统地为学术研究提供一套中时段的历史文献，以纵观其流变和脉动的轨迹。

对二十世纪的回顾与反思从上世纪末已经开始，人们普遍认为这是“人类史上最血腥动荡的一个世纪”，英国艾瑞克·霍布斯鲍姆将二十世纪划定在第一次世界大战至1991年苏联解体，并称之为“短促的二十世纪”。这一观点已蜚声学界，他同样认为“这是一个人类史上最残酷嗜杀的世纪”，更将一战至二战时期命名为“大灾难的年代”。[①] 在这个意义上，中国与西方不同，中国的二十世纪很漫长，尤其是《序跋集》辑录的二十世纪上半叶，中国都在被迫持续反抗从十九世纪中叶开始，并在十九世纪末以来愈演愈烈的来自殖民西方与日本的侵略战争。整个二十世纪中国都在为彻底摆脱挨打的命运，能以平等的地位跻身世界民

① 艾瑞克·霍布斯鲍姆:《极端的年代: 1914—1991》，郑明萱译，中信出版集团2014年版，第16页。

族之林而奋斗。汉译文学运动正与此相伴相生，围绕着这一时代主调，此起彼伏地演绎与建构着战争、革命、人的观念这三大舆论导向，而与此时期在中国及世界发生的那些重大历史事件相互激荡与共振。

从十九世纪末到中华人民共和国建立，战争是影响这段历史进程的主要因素。1894 年爆发的甲午战争、1900 年八国联军侵华、1904—1905 年在中国领土交战的日俄战争、1914—1918 年第一次世界大战、1926—1928 年国民革命军的北伐战争、1931—1945 年抗日战争、1939—1945 年第二次世界大战、1945—1949 年第二次国共内战，且不提更多的军阀混战，如此频仍的战争事件深重影响了中国人的生活、思想与情感，而成为具有转折点和象征意义的历史时刻。

晚清至民国初期，西方列强的殖民侵略，虽然使救亡图存，强国强种成为举国上下一致认同的意识形态，却少有人对西方列强的殖民意识形态有所反思，反而将赋予帝国殖民主义以正当性的社会达尔文主义视为公理，甚至认同这一“优胜劣败”的强权“公理”观，大力倡导军国民和尚武精神。如日本渡边氏著《世界一周》的译者竟然艳羡地指出：“你看欧美各国，个个在海外开辟殖民地；我们中国，自古只有受外族欺侮的分儿，那有功夫去开辟新地，这岂不是历史的耻辱吗？”因而“拜服他们那一种冒险的精神，”认为“有了此种精神，无论做那一件事，无有不成的”①。即使有人觉悟到那些“以为白种之民德，高越地球，足为世界文明之导线”者，是未能看清“事实大相刺谬”，西人所谓公理“狡为是言，用济其恶，甚者且谓不国之民，不当以人类相待”，“其惨毒酷厉，全无心肝”②。但面对“物竞天择，适者生存”的国际公例及现实，晚清译者的最普遍回应就是向西方拿来“其人之道”还以“治其人之身”。周作人在《〈孤儿记〉绪

① 渡边氏：《世界一周》，商务印书馆编译所译，商务印书馆 1914 年再版，第 3 页。

② 包天笑：《身毒叛乱记·序》，小说林社 1906 年版，第 1 页。

言》中敲起警钟："呜呼！天演之义大矣哉！……而今乃复一以强弱为衡，而以竞争为纽，世界胡复有宁日！"进而警告国人"积弱之民，非神明与体质并进于顽，万无能幸存于一日。"[①]林纾将中西对比，认为"吾华开化早，人人咸以文胜，流极所至，往往出于荏弱。泰西自希腊、罗马后，英、法二国，均蛮野，尚杀戮"，"故国力因以强伟"[②]，因而在《〈埃及金塔剖尸记〉译余剩语》中明确表示，以后翻译要"摭取壮侠之传，足以振吾国民尚武精神者"[③]，敬告读者"当求备盗之方"，"学盗之所学，不为盗而但备盗，而盗力穷矣"[④]。孔昭鋆为《红茶花》作序，更明确断言："惟尚武，乃可立国也！"[⑤]甚至女性译者汤红绂也编译描写日露战事小说，以"使吾女界中，知尚武之精神，军国民之资格，不当为须眉所独擅，而奋然兴起焉"[⑥]。

如果说，晚清民初创造了"国家—国民"的神圣价值，取"君—臣"而代之，成为此一时期的宏大理念。第一次世界大战则使西方在十九世纪发展到历史进程顶峰的"民族—国家"主义、作为公共之理的社会达尔文主义受到普遍质疑。战争中各国人民的沉重灾难和牺牲普遍唤起了"一种同样的极深刻的同情来"，不仅宣告了"物质主义的破产"和"进步"历史观的终结，也达成共识："人类是一体的"，只有爱才是"宇宙的生命，是人生进化的本质，是人生的意义与价值。只有爱可以使人类有和平的，调和的生活。"从而为文学赋予了

① 平儿（周作人）：《孤儿记·绪言》，《晚清文学丛抄·小说四卷》下，中华书局1961年版，第497页。

② 林纾：《剑底鸳鸯·序》，见《剑底鸳鸯》，商务印书馆1914年再版，第1页。

③ 林纾：《埃及金塔剖尸记·译余剩语》，见《埃及金塔剖尸记》，商务印书馆1905年版，第2页。

④ 林纾：《雾中人·序》，见《雾中人》，商务印书馆1906年版，第2页。

⑤ 孔昭鋆：《红茶花传奇序》，见陆善祥译意，陈绍枚润文《红茶花》，1905年香港聚珍书楼版，第1页。

⑥ 汤红绂：《旅顺双杰传·序》，见《旅顺双杰传》，1909年世界社发行，作新社印刷版，第2页。

"反对战争，咒诅战争，必有赖乎文学"的重任，认为"浸在爱里的非战文学"，才是"人的文学，是爱的文学"，"是世界的文学"[①]，"能够立在混乱屠杀的现世界中，呼唤出人类一体的福音"[②]。

金观涛曾就《新青年》中提及的事件做出统计，使用次数排在第一位的就是"世界大战"。如果我们认识不到一战不仅对西方，也对中国历史发展的重要性，也就很难把握从晚清到五四思想转折的重要契机。胡适于民国元年和民国三年为都德《最后一课》《柏林之围》做《前记》时，还沿袭着晚清建构国家崇拜的余绪，"写割地之惨"，以激荡国人之"爱国之心"，追蹑战胜国之"盛时威烈"[③]。而到 1918 年发表《易卜生主义》时，已宣扬了易卜生"毁去国家观念，单靠个人的情愿和精神上的团结做人类社会的基本"的政治主张。周作人 1906 年为鲁迅译《造人术》撰写跋语时，还推崇"世界之女子，负国民母人之格，为祖国诞育强壮之男儿"，因之将其神圣化为"造物之真主"[④]。而至 1920 年周作人出版《点滴》时，疏离国家意识的"反战"与"人道主义"已不仅成为其选辑，也是其阐发的贯穿主旨。通过序与各篇附记，周作人重点宣扬了托尔斯泰的无抵抗主义就是"非战争，赞美力作，主张共同生活"的精神，专门指出他的《空大鼓》即其"非战的宣言"，并大力推介安特莱夫的《红笑》是非战文学中"最猛烈"的。也因而执是以言，将"拭去一切的界限与距离"标举为"俄国人道主义"，是"文学上的宗旨"，与"最高上的功业"[⑤]。由

---

① 瞿世英:《小人物的忏悔·序》，见俄国安特立夫著，耿式之译《小人物的忏悔》，上海商务印书馆 1922 年版，第 1 页。

② 《〈春之循环〉文学研究会丛书缘起》，见印度太戈尔著，瞿世英译《春之循环》，上海商务印书馆 1921 年版，第 2 页。

③ 胡适:《〈最后一课〉小序》《〈柏林之围〉小序》，见胡适译《短篇小说第一集》，亚东图书馆 1930 年 14 版，第 2、9 页。

④ 路易斯托伦著、索子（鲁迅）译《造人术》附记，"萍云（周作人）曰"，《女子世界》1906 年第 4—5 期。

⑤ 《点滴》，周作人辑译，北京大学出版部 1920 年 8 月版，第 17 页（《空大鼓》附记），第 182 页（《齿痛》附记）。

此我们也能够意识到为什么托尔斯泰、罗素等反战思想家，以及泰戈尔、安特莱夫、武者小路实笃等反战作家能流行一时。如汪晖在《文化与政治的变奏——一战和中国的“思想战”》中所说：“将‘五四文化转向’置于由第一次世界大战造成的人类震惊之中，我们或多或少可以理解这一‘意识的转变’的普遍意义。”①

反战思潮一直持续到1930年代初，这期间被时人命名为“新战争文学”的作品被大量翻译进来，林语堂的《〈西部前线平静无事〉序》、洪深《〈西线无战事〉后序》、施蛰存《〈一九〇二级〉译者致语》、麦耶夫《〈战争〉译序》、张资平《〈退路〉序》、周作人《〈战中人〉序》及屠介如《译者序》、林疑今《〈西线归来〉译者后记》等，大多令人惊奇地预见到第二次世界大战正在“酝酿”、“死灰复燃”的局势，作者在比较中外古代战争文学或是“歌颂武功，追述英雄”，或是描写小百姓“受尽颠沛流离之苦”主题特征的基础上，概括出新战争文学的非战旨意。尤其是洪深全面总结了世界反战力量对一战原因和代价的反思。他指出，若追究世界大战的罪魁祸首，不只是三十六个外交家的问题，军权主义、国家主义、经济侵略的帝国主义、秘密的联盟、机关报纸才是发起战争的强大动力，并将导致战争的流行观念一一列举批判：“以为战争即是社会的为了生存而奋斗”“以为战争是一切社会和文化进步的原因”“以为某某民族是上帝生之为世界的主人翁”“以为国家的行为不应绳之以寻常道德的标准、以为战死是最高尚的牺牲、以为战争可以引起人类优美的德性”②——这诸多荒谬论调都误解了达尔文的进化论，进而将制止战争的希望赋予人类的理智和决心。

1931年九一八事变，日本发动侵华战争，很快东北全境沦陷。“民

---

① 汪晖：《文化与政治的变奏——一战和中国的“思想战”》，上海人民出版社2014年版，第8页。

② 洪深：《西线无战事·后序》，见《西线无故事》，上海平等书店1929年版，第36—37页。

族—国家”意识重新高涨，非战思潮受到遏制。历史战争题材、弱小民族反抗外敌侵略、假想未来战争和国外研究中国问题的译作纷纷出笼。翻译家或借讽刺西方，讥刺中国的不抵抗，如李青崖《写在〈俘虏〉前面》说，尽管法国在普法战争中打了败仗，但“法军之败，都是从血战巨创之后才退避的”，即使失败，也表现出“立国的一种精神”，“法国人对于国家和种族所怀的责任心”①；或以古代抵抗外族侵略的英雄事迹“作为国民作兴的读本，国民精神训练的模范”②；或以叛国者的下场警告国人：“汉奸终无好下场”③；或介绍西方国家对中国抗战的声援，号召支持中国“非但为保持西方国家的利益”，“也为世界文明的前途而大声疾呼”④。甚至翻译古典文学作品，也不忘抗战。高寒于《〈在俄罗斯谁能快乐而自由〉引言》中，激情地要以“所译的这部长诗作为一支伟大的战曲”，献给“为着未来的希望和光明这么惨酷而英勇地斗争着的战士！”⑤与郭沫若合译列夫·托尔斯泰《战争与和平》的高地则在《译校附言》中告知读者，他的目的就是要以帝俄坚持长期抗战的情形“给中国读者们一个‘抗战必胜’的例子”⑥。即使翻译的是非战文学，此时译者也要特别告诫读者：“须认明侵略他人的战争固为无上的罪恶，至若不得已而为抵抗暴力的战争，则实属正当防卫，不仅毫无罪恶可言，实为一个独立民族所应有的权

---

① 李青崖：《写在〈俘虏〉的前面》，见《俘虏及其他》，开明书店1932年版，第4页。

② 林焕平：《文天祥的精神及其他》，见尾崎士郎等著，林焕平译《扬子江之秋及其他》附录，民革出版社1939年版，第121页。

③ 唐人曾：《〈罗家父女〉序》，见《罗家父女》，新声戏剧编译社1936年版，第1页。

④ 王纪石、吴饮冰：《为统一而战的中国·译序》，见美国毕林哥尔原著，王纪石、吴饮冰合译《为统一而战的中国》，香港众社1939年版，第3页。

⑤ 高寒（楚图南）：《在俄罗斯谁能快乐而自由·引言》，见《在俄罗斯谁能快乐而自由》，商务印书馆版，第4页。

⑥ 高地：《战争与和平·译校附言》，见《战争与和平》，骆驼书店1947年版，第3页。

利与光荣”[①]。

那些关注军事形势的翻译家更是“悚然于危亡之祸，矍然为御侮救国之谋”[②]，英国 H.C.Bywater 撰写的长篇假想海战小说几乎同时出现了两个汉译本。郎醒石《〈太平洋大战〉序》、张炽（张季鸾）《〈日美太平洋大战〉序》，另外还有哈汉仪《〈潜水艇的大活动〉译序》等，都对中国自甲午北洋舰队覆亡而不建海军表达了强烈不满，认为“日本敢于悍然侵略，虽犯世界舆论而不恤者，首恃其目前之远东制海权”[③]。他们的翻译目的“一在供给海军知识，一面还想把它拿来当做国民精神教育的课本”[④]。令人震惊的是，这些外国军事专家的分析和假想竟在未来的世界大战中一一应验，甚至能够准确地预见到“世界第二次大战不会迟到二十世纪中叶才发生的”[⑤]。

全面抗战以后，在抗日民族统一战线的旗帜下，更涌现出有组织成规模的翻译活动。当时的国民党中宣部与政治部委托中国文艺社公开征求军歌，出版徐仲年、俞大絪、商章孙选译《英法德美军歌选》。中央大学设“战时文学讲座”，译者认为，从“每次听讲者之众多，便可推知在此长期抵抗过程中介绍外国战时文学的需要”[⑥]。特别需要提到的是，在“国防文学”倡导下所开展的“国防戏剧”运动，成为抗战宣传中的一支劲旅。舒湮在《〈儿女风云〉“光明戏剧丛书”总序》

---

① 孟寿椿：《前线十万·序》，见唐演译《前线十万》，大东书局 1932 年版，第 2 页。

②③ 张炽（张季鸾）：《日美太平洋大战·序》，见英海军专家白华德著，杨力樵、马全鳌、赵恩源合译《日美太平洋大战》，天津大公报社 1932 年版，第 1 页。

④ 哈汉仪：《潜水艇的大活动·译序》，见广濑彦太著、哈汉仪译述海军军事小说《潜水艇的大活动》，海事编译局 1932 年版，第 3 页。

⑤ 方安：《总统失踪记·译者序》，见无名氏著，方安译述《总统失踪记》，上海商务印书馆 1936 年版，第 2 页。

⑥《英法德美军歌选·序》，见徐仲年、俞大絪、商章孙选译《英法德美军歌选》，长沙商务印书馆 1939 年版，第 1 页。

中总结说："这两年半以来的民族解放战争，证明了文艺为国家服役的功绩；特别是戏剧部门的帮助教育群众，记录抗战史实，宣传反侵略真谛，动员民众保卫国土"，"这一切将是中国戏剧运动史上最光荣的一页"[①]。为迅速展开战争动员，戏剧界"对于历史性而又富于国防意义的剧本发生了空前的兴趣"[②]，苏联描写俄土战争和拿破仑战争的《苏瓦洛夫元帅》国防历史剧，仅在1940年代初的一两年中就涌现出四个汉译本。为解决"剧本荒"的问题，一个短平快的手段就是将世界戏剧优秀遗产加以中国化，改译剧成为一大繁荣的品种。当时最著名的"好一计鞭子"：街头剧《三江好》《最后一计》《放下你的鞭子》均出自改译。莫里哀、雨果、果戈理、高尔基、莱辛、意大利哥尔特尼（Carlo Coldoni）、法国保罗·聂芳（Paul Nivoix）等的戏剧都曾被"拿来"改头换面，为中国抗日所用。

由于空军在现代战争中所占位置的重要，为促进中国大空军建设的完成，"空军文学"正式提出，为抗战文学增加了一个新品种。当时不仅策划出版了"空军文学丛书""空军文艺丛书""空军戏剧丛书"，还编有"空军文学译丛"。杜秉正在《〈血斗〉前言》里，郑重指出空军文学应"是抗战文学中之一部门"，"是宣传建设空军的有力武器"，并进一步提出了建设空军文学"创作和介绍，分头并进"的方法[③]。事实上，不仅是空军文学，中国作家的创作和翻译也构成了抗战文学的双翼。

第二次世界大战爆发后，研究和介绍纳粹德国的纪实文学又成为汉译热点，《希特勒征服欧洲》《德国内幕》《在德军后方》《战时柏林日记》等相继面世，如李嘉璧于《〈在德军后方〉译者绪言》所说，"自

---

① 舒湮：《"光明戏剧丛书"总序》，见莫里哀原著，胡春冰、龚家宝改编《儿女风云》，上海光明书局1941年2月再版，冠前页，无页码。

② 丽尼：《苏瓦洛夫元帅·后记》，见苏联巴克特列夫、拉苏莫斯基著，丽尼译述《苏瓦洛夫元帅》，桂林上海杂志公司1942年版，第103页。

③ 杜秉正：《血斗·前言》，见杜秉正编译《血斗》，中国的空军出版社1939年12月，第1页。

从德国的军队在欧洲大陆上建立了旷古未有之战绩后，世人对于这‘何兴之暴也’的纳粹国家都感觉起兴趣来。关于它的论著，简直多得可以车载斗量”①。同时总结法国溃败前因后果的汉译也先后热销，时与潮编辑部在《〈法国的悲剧〉译者序》中发自肺腑地说："法国的悲剧是一个最切实而生动的教训。所有想立足于当前这个国际角逐场中的国家，都应该虚心来领会并接受法国的血腥的教训。我们谨以最严肃的态度把本书介绍给在艰苦抗战中的同胞们！”②

比较而言，此时期无论哪个国家的汉译文学数量都是无法和苏联相提并论的，中苏文化协会下设的编译委员会，苏联以苏商名义在上海创办的时代出版社，加之共产党领导的敌后抗日根据地都有组织地重点译介苏联文学。尤其是1941年6月22日苏德战争爆发后，苏联人民在前后方的抗战事迹几乎是同步地被翻译过来，苏联战绩和“苏维埃人”舍身报国的英雄群像成为鼓舞中国抗战的一大精神力量，为苏联赢得了至高的声誉。曹靖华在不到半年的时间里就组织翻译了反映苏联卫国战争的速写、报告文学和短篇小说集《剥去的面具》。在《编后记》中，他特别强调了苏联在这次大战中举足轻重的位置，认为“苏联的抗战，也正是为全世界，为全人类担负着擒贼擒王的巨任”，号召“介绍苏联的抗战文艺，作我们精神上的呼应与砥砺”③。

译介苏联文学不仅是对中国抗战的声援，同时也带有高度的政治性，二战虽然使资本主义美国与社会主义苏联携手合作，但其竞争从未因此而止息。显然，从此时段的译序跋可以看出，苏联对卫国战争

---

① 李嘉璧：《在德军后方·译者绪言》，见美国约翰·拉雷著，李嘉璧译《在德军后方》，上海亢德书房1941年版，第2页。

② 时与潮编辑部：《法国的悲剧·译者序》，见法国安德烈·莫洛亚著，吴奚真、鞠成宽、刘圣斌合译《法国的悲剧》，重庆时与潮社1941年3月版，附前，无页码。

③ 曹靖华：《剥去的面具·编后记》，见《剥去的面具》，重庆文林出版社1942年版，第141、142页。

的英雄化宣传，对其胜利者、拯救者形象的塑造，都被转译成社会主义代表力量、正义和光明的一种象征，在中国获得了绝对的优势。如曹靖华在《〈虹〉译者序》中说："在任何一个村子里，只要德国的统治，用血和泪在那儿存在了一天的话，万代千秋，在那儿都不会再有人对苏维埃政权不满，怠惰，冷淡了……生活的本身，用最可怕的教训，教会了人们。"他指出"'虹'在这部作品里，是一种象征。这是光明战胜黑暗，文明战胜野蛮，人道战胜暴力，公理战胜强权的象征。是人性战胜兽性的象征。"①

苏联反抗纳粹德国的英勇壮烈事迹，也引起国民党抗战力量的惊叹与赞佩，《丹娘》译者傅学文，作为中国驻苏大使邵力子夫人，曾随同夫君于苏联艰苦建设时期、卫国抗战时期两次旅居苏联，译完《丹娘》后，她也不能不深有感触地在序中说："一个民族产生丹娘这样的爱国者，决不是偶然的事。苏联建国以来，妇女在经济，政治，社会上，得到完全的解放；因此，苏联妇女的政治觉悟，创造能力，和技术锻炼，得到与男子同样的发展，二十几年来的和平建设，苏联妇女作了很重要的贡献。而抗战以来，苏联妇女的爱国精神与牺牲勇气，表现得尤为显著"，"丹娘是无数爱国妇女的代表者"②。宋美龄、冯玉祥、于右任、李德全，以及郭沫若等也都加入了宣扬丹娘英勇事迹的行列，纷纷为该译作写序、题词、赋诗。魏敬则借用美国作家的观察来说明《苏联的新面目》，在其译序中指出，"从苏联对德战争的辉煌胜利里，蔓生出一个问题——认识苏联"，"认识苏联，本不该自今日始；但事实上至今日方成为确凿的、具体的行为。误解苏联、忽视苏联的时代，已完全过去。"③

---

① 曹靖华：《虹·译者序》，见瓦希利夫斯卡著，曹靖华译《虹》，重庆新知书店 1944 年再版，第 22、31 页。

② 傅学文：《丹娘·自序》，见傅学文编译《丹娘》，中苏文化协会妇女委员会发行，重庆文林书店总经售，1943 年版，第 2、3 页。

③ 魏敬：《苏联的新面目·译序》，见美国辛都斯著，魏敬译《苏联的新面目》，重庆时与潮社 1945 年版，第 1 页。

与苏联卫国战争文学形成对比的是美国抗战文学所宣扬的精神，柳无垢译完萨洛扬《人类的喜剧》，比较其不同说："在萨洛扬的笔下，我们看到美国一般家庭对于战争的认识和反应"，"他们接受战争的态度，并不因为这一次是反法西斯战争而有所不同。萨洛扬企图用人间的爱，用纯情感来慰藉这些因战争而生离死别的人"，"他只是告诉我们在这莫可奈何的大难中，我们应该怎样勇敢愉快地在不幸中生活下去，在苦痛中更温暖更广大地爱着人类"[①]。对战争的这种态度和声音在《序跋集》中是极其微弱的。苏联高度英雄化与正义化，将一切悲剧都转化为仇恨的战争叙事，"驱逐"了关于战争的代价及其残酷性以及对于个体生命的权利与意义的反思，承载的是国家至上的价值观而成为其社会主义意识形态的标志之一。

二战结束后，走苏联社会主义，还是美国资本主义的路，已演化成拥护共产党，还是国民党的问题。事实上，在共产党尚未取得政权时，苏联已经赢得广泛的人心，这从来自南京的译者蕴雯的担忧可以证明。他自陈所以翻译原系苏共党员，苏联驻美购办团副团长维克多·葛诚科（V.Kravchenco）叛国后写的回忆录《我择取自由》，就因为"在这动乱的中国，多少青年，为了不满现状在追求更可怕更危险的现实！如果我们不能转变我们的方向，慢慢的步上民主建国之路，奴役、充军、饥饿、死刑和永无止境的恐怖，也就在眼前了。"译者介绍这本书"从一九〇五年的大革命叙起，直到第二次世界大战苏联卷入漩涡以后为止。葛诚科以国事演变为经，以个人经验为纬，把共产主义在苏联社会渗透的始末，忠实地描写了出来"[②]。这本被国民党中宣部负责人潘公展称作是"出于至诚"，"信而有征"[③]的传记，显然因其

① 柳无垢：《人类的喜剧·后记》，见美国萨洛扬著，柳无垢译《人类的喜剧》，上海文光书店1948年版，第155、156页。

② 蕴雯：《我择取自由·译者序》，见《我择取自由》，南京独立出版社1947年版，第1页。

③ 潘公展：《我选择了自由·潘序》，见苏联维克多·克拉夫青科著，勤宣译《我选择了自由》，上海民治出版社1947年版，第1页。

反苏反共的价值，仅在 1947 年就出了蕴雯、勤宣、沈锜三个译本，后来又有简本，潘公展还为勤宣本专门作序，其中翻译的政治不言而喻。

概而言之，在清末民国时期围绕着战争所进行的翻译活动及其译序跋的写作，也许不能完全当作客观历史来读，但它真实地保存了当时人们的思想观念及其情感心态。或者也可以说，这是另一种历史，一种观念情感中的历史，这些历史碎片的集合可以隐约浮现出国际战争观的流变。从晚清流行的“物竞天择，优胜劣败之强权”公理观，以及由此衍生的“竞争者进化之母也，战事者文明之媒也”[①]的殖民帝国战争观，到和平主义非战观的兴起，将“崇强国”“崇侵略”斥为“恶声”，把一切战争视为犯罪，从而使呼唤“人类一体”的人道主义成为历史的主调。二战的爆发，虽然使理想主义的非战观受到现实的嘲弄，但如果审视二战中所高扬的战争观念就会发现，正是在非战思想的基础上，才能够确立起侵略为非正义，反侵略为正义的国际公理。这大概也是苏联坚持将与纳粹德国的抗战称为“卫国战争”，中国的抗日战争能够名正言顺地赢得国际广泛的同情和援助的道义所在。

二

序跋本是吉光片羽的小文，因其时近地切，存有被大历史叙事所疏漏和屏蔽的诸多历史面影、细节及因缘，而成为珍贵的原始史料，它的全面纂辑不仅可以纵观其历史的流脉，也可以横断其时代的际会。虽然同一年代出版的译作会因选择翻译对象（古典或现代）的不同，而具有穿越感，但往往其序跋所声言的共同主旨，所使用的共同理论框架却留下鲜明的时代印记，爬梳和批阅这些史料有助于我们认识和反思历史。

---

① 梁启超:《论近世国民竞争之大势及中国前途》，见《饮冰室合集·饮冰室文集之四》第 1 册，中华书局 1989 年，第 57 页。

在二十世纪上半叶，尽管各种名目的革命层出不穷，但对中国影响的意义重大和深远来说，无疑当首推十月革命。虽然，苏联解体及其档案解密后，整个苏联历史正在重建，呈现出与以往苏维埃历史叙述不同，但《序跋集》表现出的思想观念和情感立场还是为当时的人心所向保留下了真实的集体记忆和共同见证。换句话说，《序跋集》汇集的历史碎片也许不足以揭示苏联历史的真相，却不妨借此去触摸中国接受十月革命与苏联社会主义观念影响的历史现象，以把握和反思在一个赤色的革命年代，知识分子的心灵世界和真切情感，勘探和揭示这一复杂历史表象下的深层逻辑和本源性动力。

在中国现代文学史的建构中，向来强调的是从“文学革命”到“革命文学”转折的“突变”性，包括如何认识鲁迅前后期的转变也成为文学史的难题，但如果我们能够吸收近些年来有关五四“社会改造”运动的研究成果，克服以往“五四叙事学”过度依赖思想的偏颇，就会使五四新文学用作“改革社会的器械”[①]的一面，在第一个十年的历史图景中浮现出来，从而更容易洞察这一转变中的不变追求，从“社会改造”运动到社会革命，这一时代流变中的连续性。特别是在1949年中华人民共和国成立这个历史结果再去回溯这一进程，更会清楚地看到十月革命及苏维埃叙事所创造的社会主义必定取代资本主义这一历史规律，在中国是如何成为了获得群体认同的历史选择。对于这样一个大趋势的把握，有助于我们理解《序跋集》中那些琐碎而不连贯的证据资料。

根据金观涛、刘青峰的研究，“社会主义”一词作为十九世纪西方批判资本主义和市场经济思潮的产物，早于1896年就出现在《时务报》上，它所标举的平等和不以西方资本主义制度为学习榜样的价值理念在清末革命派的社会观中已得到体现。孙中山不仅把社会主义

---

① 鲁迅：《中国新文学大系·小说二集导言》，见《中国新文学大系·小说二集》，上海文艺出版社2003年版，第2页。

界定为“民生主义”，而且明确主张实现土地国有和经济平等的社会革命[①]。而以梁启超为代表的立宪派虽然反对实行土地国有，实际上并不反对这一价值理念，甚至认为与墨子、康有为的大同之义相近，他不过鉴于当时中国的落后，主张自由竞争，优先发展资本主义，但仍强调要“步步以大同世界为理想”[②]。也就是说，晚清时期无论是革命派还是立宪派同样赞成权利平等，经济平均的社会主义价值理念，只不过在何时以及如何实行上存有分歧。

第一次世界大战和十月革命的胜利使社会主义“几乎征服了所有政治流派”，而成为新文化运动后期最普遍最重要的思潮[③]。“以平等为其核心价值的‘社会主义’，也就被当作‘新社会的主义’，于是‘社会主义’随着向往新社会的主义（道德价值）而兴起”[④]。王奇生在《革命与反革命》一书中，也揭示出以往学界很少注意到的社会主义流行与第一次世界大战及社会改造思潮之关联。他以翔实的史料证明，“在当时人的言说中，社会主义是‘社会改造’思潮之一种，或社会主义即是一种社会改造运动。”[⑤]在这方面，《序跋集》相当丰富地保存了这一时代话语。

一战后社会主义思潮与反战思潮相裹挟，宣布了欧洲物质主义、科学万能大梦的破灭，为阻止未来的战争，形成了要以“和平运动方法，把现代的社会改造好”[⑥]的思想潮流。托尔斯泰以其“改造社会

---

① 参阅金观涛、刘青峰：《观念史研究：中国现代重要政治术语的形成》中《从“群”到“社会”、“社会主义”》一章，法律出版社2009年版。

② 张朋园：《梁启超与清季革命》，吉林出版集团有限责任公司2007年版，第164页。

③ 金观涛、刘青峰：《观念史研究：中国现代重要政治术语的形成》，第218、219页。

④ 金观涛、刘青峰：《观念史研究：中国现代重要政治术语的形成》，第207页。

⑤ 王奇生：《革命与反革命：社会文化视野下的民国政治》，社会科学文献出版社2010年版，第49页。

⑥ 东方杂志社编纂：《近代日本小说集》附录《作家传略·武者小路实笃》，上海商务印书馆1924年版，第108页。

之健将”，“主张废战最早”，“社会主义之实行家”的形象成为这一潮流的旗帜。1920年北京大学的张邦铭、郑阳和翻译出版《托尔斯泰传》，不仅在《弁言》中介绍托尔斯泰与“世界改造”之关系，并以“附刊”形式阐发托尔斯泰的“人类和平根本观”，认为其“正本清源之道，则在吾人各有劳工节欲之自觉”。所谓“劳工主义所以平均负担，节欲主义所以平均享受。二者必须相辅而行，而后人类相处，可以各尽所能，各取所需，以发挥互助之精神，以企图最大之福利，所谓人类和平之极轨，胥基于是。”① 可以说，五四时期流行的人道主义、非战思潮、劳工神圣、平民主义、新村运动、为人生的艺术观等等都可在致力于社会改造的托尔斯泰主义中发现其源头，所以刘灵华将倡导无政府的社会主义者托尔斯泰与克鲁泡特金并称为“现世文化先觉之中心”，把托氏的社会改造主张命名为“大同社会主义”②。郑振铎也认为，“有许多人都说，俄国现在的革命的成功，得力于托尔斯泰的平民的宣传事业，实不在少处”③。他和屠格涅夫、陀思妥耶夫斯基等1840年代以后的俄罗斯文学，以其“特有的那种‘社会理想’”，不仅在欧罗巴，也在中国“放出异样光芒而博得大众的欢迎”④。

在文体上，戏剧也因其“就是社会的模型，社会进步，可以促进戏剧的改良；戏剧改良，也可以促进社会的改造”，是“改进社会最有力量的东西”⑤ 而成为与小说译介相伯仲的热点，社会剧是五四时期

---

① 《托尔斯泰传·人类和平根本观》，见英国沙若理著，张邦铭、郑阳和译《托尔斯泰传》，上海泰东书局1921年1月再版，第4页。

② 刘灵华:《托尔斯泰短篇·译序》,《老马·附记》，见俄国托尔斯泰著，刘灵华译《托尔斯泰短篇》，上海公民书局1921年版，第1、3页。

③ 郑振铎:《俄国戏曲集十·六月》附录一“作者传记”，见俄国史拉美克著，郑振铎译《俄国戏曲集十·六月》，上海商务印书馆1921年版，第47页。

④ 韦漱园（韦素园）:《外套·序》，见俄国果戈理著，韦漱园译《外套》，开明书店1949年七版，第7页。

⑤ 郭协邦:《安那斯玛·译者自叙》，见俄国安东列夫（安德烈耶夫）著《安那斯玛》，新文化书社1923年版，第1页。

备受关注，着力引进的流行文体。开始易卜生被塑造为“专用白话文来讨论社会问题”，“打定主意要替这满身是病的社会诊病开脉案”① 的形象，而得到中国作家的追捧。其戏剧对家庭、道德、个人与社会关系的批判，所提出的女子问题和婚姻问题，也成为五四文学的重要主题，其“要想改造社会只有充分发展个人才性的一个法子”② 的思想被视为真理而得到广泛信仰。继之而起的，则是萧伯纳的社会剧日渐赢得人心，因其不仅诊病源，也开方子，“崇拜马克思的社会改造方法与经济学说”③ 而获标举。高尔斯华绥的社会剧也因能反映“弱者在现社会组织下受压迫的苦况，……给一般的人类暗示出一条改造社会的路径”④ 而被郭沫若最早翻译进来。

笔者对《序跋集》做过粗略的统计，起码从 1917 至 1927 年谈论最多的还是十九世纪后期至二十世纪初的俄国革命，这与反映此一时期革命的俄罗斯文学被翻译进来，引起热烈反响有关。事实上直到斯大林在 1928 年至 1931 年发起从列宁的新经济政策到社会主义苏联模式的“大转向”以后，苏联的经济、社会关系和文化模式才成为中心话题，真正进入“爆炸性”的红色三十年代。在对待十月革命态度之转变上，《序跋集》记录了从和平的社会改造运动转向社会革命的舆论流变。

十月革命甫一爆发，社会学家陶孟和（陶履恭）就从欧洲带回了英国兰姆塞（Arthur Ransom，今译兰塞姆）撰写的《一九一九旅俄六周见闻记》，由北大学生兼生（黄凌霜）翻译，所持有的还是“考见俄国真相”⑤ 的旁观者态度。1920 年瞿秋白、郑振铎共同为《俄罗斯

---

①② 潘家洵：《易卜生集第一册 · 易卜生传》，上海商务印书馆 1926 年四版，第 5 页。

③ 沈雁冰（茅盾）：《华伦夫人之职业 · 戏剧家的萧伯纳》，见潘家洵译《华伦夫人之职业》，上海商务印书馆 1933 年国难后一版，第 6 页。

④ 郭沫若：《争斗 · 序》，见戈斯华士（高尔斯华绥）著《争斗》，商务印书馆 1926 年版，第 1 页。

⑤ 兼生（黄凌霜）：《一九一九旅俄六周见闻记 · 绪言二》，见英国兰姆塞（兰塞姆）著，兼生译《一九一九旅俄六周见闻记》，晨报社 1920 年版，无页码。

名家短篇小说集》作序，两相比较，郑振铎强调的只是介绍俄罗斯文学对于中国新文学创造的意义；而瞿秋白更“动心”的是俄国十月革命，而非俄国文学。他所歆羡的是“俄国能从君主政体的国家一跃而为社会主义的国家”。所以他一再说，我们从俄国文学“可以知道他国内社会改革的所由来，断不敢说，模仿着去制造新文学就可以达到我们改革社会的目的。”①瞿秋白的观点，正是1923年底至1924年初共产党阵营在《中国青年》上开展以“实际运动”的效力否定“文学运动”的先声。

1924年田汉为《日本现代剧选　第一集·菊池宽剧选》作序时，特别介绍了日本林癸未夫对菊池宽社会思想的阐发，他说菊池宽虽然认为“世界之社会主义化不过是时间问题”，但主张实现社会主义的手段必须合理，也就是说“资本主义虽不合理，但改造为社会主义的组织时必待资本家自己醒觉，自动的放弃他的特权方为合理的手段。若劳动者取争斗的手段剥夺资本家的特权，其结果必陷于‘俄国那样的混乱’，殊非正当的‘改造之途径’”。菊池宽社会思想的根柢就在于此，即“目的则承认社会改革之必要，手段则主张平和的”。而且林癸未夫认为，“他这种思想恐怕是现代日本人大多数所共鸣的思想”②。而到1925年郭沫若为屠格涅夫《新时代》(今译《处女地》)做序，则已明确呼吁：“我们所当仿效的是屠格涅甫所不曾知道的‘匿名的俄罗斯’，是我们现在所已经知道的‘列宁的俄罗斯’”。从诉求社会改造到号召走苏联“一声炮响”的革命道路，证明了埃里克·霍布斯鲍姆的论断：“自大战爆发以来，头一桩顺应民心的政治事件，就是俄国的大革命。自十月革命列宁领导的布尔什维

① 瞿秋白：《俄罗斯名家短篇小说集·序一》，见《俄罗斯名家短篇小说集》，新中国杂志社1920年版，第2页。

② 田汉：《日本现代剧选　第一集·菊池宽剧选序》，见《日本现代剧选　第一集·菊池宽剧选》，中华书局1924年版，第14、15、16页。

克党夺权成功以后，和平的呼声与社会革命的需求更汇合成为一股潮流”[①]。

1930年代实行了社会主义改造和建设第一个五年计划后的苏联，越来越在世界范围获得认同，被视为社会革命成功的样板。就像曾经的西方将自己置于文明进化的顶端，而把他者斥为野蛮、落后一样，此时苏联利用马克思主义历史观，将自己宣传成取代欧美资本主义，代表历史发展未来的社会主义乐园。相当多的中国左翼翻译家不仅全盘接受，更将自己对理想社会的梦想寄托在对苏联的想象上。

曾克熙1935年翻译了美国作家白乐梅（E.Bellamy）“描写社会主义的社会是什么样子的”乌托邦小说《回顾》后，断定“社会主义的世界，现在似乎已成为对于将来的社会组织的公共目标”[②]。有意思的是，这个译作正是英国来华传教士李提摩太因其“多叙养民之法”而译给中国学习的，他嫌其原名*Looking Backward*“不甚切实”而改译为《百年一觉》，其序又成为我们这套《序跋集》的开篇。也许这是一个历史的预言，从李提摩太于1894年向中国推送这本“养民新书”，到“自从出了苏俄的五年计划，这本书的理想又引起著作界的注意”[③]，曾克熙重译这本书时，尽管认为小说“所描写1887年之美国个人主义社会的情形，现仍活跃于全世界（除苏俄外）”[④]，但他已然确信“其中一部分是已经在实现着了”[⑤]。也就是说，苏联模式在他心目中代表了社会主义从乌托邦到现实的未来发展方向。董纯才更在《〈五年计划故事〉译者的话》中兴奋地告知读者：“苏联这个新国家，

---

① 埃里克·霍布斯鲍姆：《极端的年代：1914—1991》，中信出版集团2014年版，第70页。

② 曾克熙：《回顾·译者序》，见白乐梅著，曾克熙译《回顾》，生活书店1935年版。

③ 邹韬奋：《回顾·韬奋按》，见白乐梅著，曾克熙译《回顾》。

④ 曾克熙：《回顾·译者写给编者的一封信》，见白乐梅著，曾克熙译《回顾》。

⑤ 曾克熙：《回顾·译者序》，见白乐梅著，曾克熙译《回顾》。

不，这个新世界，现在是光芒万丈，非常惹人注目了。……革命后的苏联，不到二十年工夫，不论是产业上文化上，有些地方已经追赶上了欧美那些先进的国家。”①周立波译毕《被开垦的处女地》做《译后附记》，将苏联和旧俄文学做对比说：“俄国文学的传统的‘含泪的微笑’，传到这本书，已经变了质，微笑是一种尽心尽力的生活的欢愉，不再是无可奈何的强笑了，而眼泪只是属于过去。”②康白珊则以苏联一个公共住宅的八个故事，告知读者，“自从十月革命成功以后，俄国的儿童们，马上就得了自由”，并以此为例得出结论：“他们相信，解放一切被压迫的儿童们，只有促成他们理想中的新社会。”③到1940年曹靖华通过卡达耶夫《我是劳动人民的儿子》讲述“苏维埃型的‘大团圆’故事”时，已经得出结论，“社会主义，也就是万众人民的幸福”，“没有社会主义，就没有劳动人民的幸福”④。

三四十年代苏联文学的汉译及其序跋评介，的确是创造了一个想象的异域理想社会，而使苏联社会主义成为可以满足晚清以来国人渴望赶超欧美，社会平等，人民幸福的象征，甚至可以说是一个想象的社会主义共同体，一个集体认同的目标。要探究这种特殊的政治想象在中国形成的条件与历史过程，非本文所能胜任。但从译序跋虽零散而大量的评介中还是不难感到，汉译文学在创造苏联这个想象的理想社会时所起到的至关重要的作用。

首先，从译序跋相对一致的理论框架来看，1930年代左右马克

① 董纯才：《五年计划故事·译者的话》，见伊林原著，董纯才译《五年计划故事》，开明书店1937年版，第1页。

② 周立波：《被开垦的处女地·译后附记》，见梭罗诃夫著，立波译《被开垦的处女地》，生活书店1937年再版。

③ 康白珊：《苏俄童话·译者序》，见阿远·秋马先珂原作，康白珊重译《苏俄童话》，上海大华书局1934年版，第1页。

④ 曹靖华：《我是劳动人民的儿子·译者序》，见卡达耶夫著《我是劳动人民的儿子》，上海生活书店1940年初版，1951年人民文学出版社重印，第13、14页。

思主义历史观已被普遍接受而成为流行的思想观念。1929年在资本主义世界发生的那场经济大崩溃，民主自由制度面对法西斯主义的破产，使那个时代普遍坚信资本主义社会必然让位于社会主义社会，而且是历史发展的客观规律。楼适夷曾于《〈苏联短篇小说集〉译者前记》中，以不容置疑态度断定："在今日旧世界崩溃的道程中，苏联的社会主义建设，是到向新人类创造的道标，在大文学树立的工程中，苏联文学也以巨人的姿态，卓立在我们的目前，作努力的向导与模范。"① 胡仲持甚至认为苏联"一个五年计划两个五年计划以后，寄生阶层已经消灭。"② 甚至将苏联比喻为"最后到来的巨人"③。

以这样的历史观去看二十世纪上半叶的汉译文学就具有了特殊的意义。此一时期翻译欧美和俄国文学最多的正是批判资本主义社会罪恶及其人性堕落的作品，恰与动员走苏联革命道路具有相反相成之效。邹绿芷翻译出版狄更斯《黄昏的故事》时，附录《狄更斯——英国伟大的讽刺家》一文强调，尽管狄更斯"是西方的敢于面对社会问题的少数作家之一"，但他"从来没有非难过私有财产——那资产阶级社会的基础"，虽然狄更斯"在穷人之间是非常得人心的，可是他并没有指出贫穷的原因——那现存社会秩序真正的本质——但是却梦想着在资本主义社会中的改良。"④ 马耳在《〈总建筑师〉译者序》中，不仅将易卜生塑造成"敢于与旧社会斗争的战士"形象，还进一步明确指出"他不相信社会是可以渐渐地改良的。他相信，社会的改造必

① 楼适夷：《苏联短篇小说集·译者前记》，见《苏联短篇小说集》，上海天马书店1937年版，第2页。

② 胡仲持：《俄罗斯母亲·后记》，见兴斯笃著，胡仲持等译《俄罗斯母亲》，桂林文化供应社1944年版，第122页。

③ 贾开基、蒋学模：《俄罗斯：最后到来的巨人·译序》，见《俄罗斯：最后到来的巨人》，上海文摘出版社1949年版。

④ 邹绿芷：《黄昏的故事·狄更斯——英国伟大的讽刺家》，见狄更斯著，邹绿芷译《黄昏的故事》，重庆自强出版社1946年沪再版，第3、4、2页。

需要经过彻底的革命”[①]。

实际上，不仅十九世纪作家狄更斯、萨克雷、巴尔扎克、左拉、雨果、司汤达、陀思妥耶夫斯基、契诃夫等等都被纳入到社会主义必然取代资本主义这一历史观的叙述框架中，二十世纪生活于“资本主义最发达”的美国的作家，也因其能够“从内部来暴露资本主义的酗恶”[②]同样受到重用。

戴平万为辛克莱《求真者》写在“书前”说：“辛克莱是一个良心清醒，心地正直，为真理而奋斗的正义的战士，正如俄国的高尔基(M.Gorki)、法国的巴比塞(A.Barbusse)，他们都是竭力替被压迫阶级说话的，带有反抗精神的作家。辛克莱把美国资本主义的机巧，美国一切产业家，银行信托者以及他们的走狗——教会，他们的喉舌——教育机关和新闻纸的黑幕，全无遗憾地暴露了出来，又毫不容情地把它们抨击得粉碎；而代替这些的，他希望用世界革命的手段来实现理想的黄金时代。”[③]德莱赛、斯坦贝克、杰克·伦敦等美国作家被中国翻译家所首肯的，也不外是对“这世界第一‘富国’”的批判价值。更具说服力的是，傅东华为夏征农、祝秀侠合译美国黑人作家休士《不是没有笑的》做长篇大序，以打破人们对资本主义的幻想。他指出，休士曾经“相信社会平等的问题可由教育来解决，可由显示黑人创造能力的来解决。他还不晓得种族不平等的真正原因在于资本主义，不晓得唯有对于资本主义革命，黑人才可得着完全的解放”[④]。

---

① 马耳：《总建筑师·译者序》，见易卜生著，马耳译《总建筑师》，重庆建国书店 1943 年 5 月初版，第 4 页。

② 易坎人（郭沫若）：《写在〈煤油〉前面》，见美国辛克莱著，易坎人译《煤油》，上海光华书局 1930 年版，第 2 页。

③ 戴平万：《求真者·书前》，见辛克莱著，平万译《求真者》，亚东图书馆 1933 年版，第 2 页。

④ 傅东华：《不是没有笑的·关于休士》，见美国兰斯东·休士著，夏征农、祝秀侠译《不是没有笑的》，良友图书印刷公司 1936 年版，第 302 页。

在主题思想上能否说明社会主义必然取代资本主义的历史规律，甚至也成为评价古典作家价值的标准。周学普译完歌德《赫尔曼与陀罗特亚》，又做《译者序》阐释说，“哥德底时代是封建社会与资本主义社会底过渡期，我们现代底社会是资本主义社会与社会主义社会底过渡期，所以我们若以唯物史观的研究法阐明社会经济的条件对于哥德底世界观和创作方法底变迁的制约性，可以把它作为德国底及全欧洲底布尔乔亚发展底镜而确定哥德在人类底文化底发展上的位置以及他底业绩对于我们新文学底相对的价值”。在这样的理论框架下，他批判歌德“在资本主义的体系之中，只认见了产业底进步底倾向，而没有认见社会底阶级的分化底倾向，没有认见无产阶级将成为资本主义底掘墓人”①。

由此可见，从苏联社会革命历史观念出发的《序跋集》作者，一方面颂扬苏联实行社会主义改造后，从落后国家快速实现工业化，打破了世界经济发展纪录的成就；另一方面则是揭露资本主义社会的罪恶及其穷途末路的现状，使其在人类心灵中丧失霸权的地位，一正一反构成了让人确信苏联马克思唯物史观符合客观现实的论证根据。

其次，1920年代中期以后阶级意识大行其道，为想象的苏联政治获得革命道德的制高点，奠定了理论基础。本来马克思的阶级论主要不是根据通常使用的标准，如财富、地位或受教育程度，而是依照人们在生产过程中的劳动分工及其作用来界定的，认为每个社会发展阶段都有它居于统治地位和注定要推翻其统治的阶级，阶级斗争是历史发展的动力。因而，马克思认为，工业资本主义产生的无产阶级是资本主义社会的掘墓人。但当时无论苏联还是中国，都不足以产生马

---

① 周学普：《赫尔曼与陀罗特亚·译者序》，见歌德著，周学普译《赫尔曼与陀罗特亚》，上海商务印书馆1937年版，第15、16页。

克思所寄望的无产阶级集团。此时期大量译序跋说明，苏联文学及其汉译将马克思所特指的“无产阶级”扩大成了“底层”的弱者、被压迫者、“劳动阶级”之类的集体概念。蒋光慈曾为林曼青（洪灵菲）译高尔基《我的童年》作序，专门介绍苏联教授柯根（B.Cogan）的“高尔基论”，在中国知识分子中引起强烈共鸣。柯根认为，高尔基并非因为自己从马克思主义的学说领会了“这革命非由作为阶级的无产阶级来完成不可的事的缘故。他倒是走着对于那感到了对人类的天才开拓着无限的空间的劳动阶级的服役的路向着这里来的。”因而他“现在是成着自觉了的人类的良心的声音”[①]。

对底层弱者的同情态度也是近现代汉译文学所表现出的一个鲜明特征。从林纾盛赞狄更斯“扫荡名士美人之局，专为下等社会写照”[②]，到五四时期译介俄罗斯文学所建构起来的人道主义传统，如周作人在《现代小说译丛》序言中所说，“那种同情于‘被侮辱与损害’的人与民族的心情，却已经沁进精神里去”[③]。王靖在《托尔斯泰小说集》附录所阐释的“托尔斯泰主义”之一，“认定服务两字，是人类生存必要的要素”[④]正与标举高尔基走上“劳动阶级的服役的路”相接榫，而由鲁迅、周作人所开辟的翻译弱小民族文学的传统也正是这种精神的扩大。

苏联文学对劳动阶级在革命与社会主义建设中获得“新生活”，成长为“新人”的描写正迎合了这种“人类的良心”的诉求。《士敏

---

① 蒋光慈：《高尔基的〈我的童年〉的书前》，见高尔基著，林曼青（洪灵菲）译《我的童年》，亚东图书馆1932年再版，第12、16页。

② 林纾：《孝女耐儿传・序》，见英国却而司迭更司（狄更斯）著，林纾、魏易合译《孝女耐尔传》（今译《老古玩店》），上海商务印书馆1915年四版，第2页。

③ 周作人：《现代小说译丛第一集・序言》，见周作人译《现代小说译丛第一集》，上海商务印书馆1922年版，第2页。

④ 王靖：《托尔斯泰小说集・托尔斯泰传略》，见新人社编译《托尔斯泰小说集》，上海泰东图书局1921年版，第9页。

土》让鲁迅所看重的就是“和这历史一同，还展开着别样的历史——人类心理的一切秩序的蜕变的历史”[①]。萧参（瞿秋白）在《〈高尔基创作选集〉后记》也强调，“群众在负着历史使命的阶级领导之下，在这种阶级的行动和创造的领导之下，自己是在改变着自己的‘天性’”[②]。而到戈宝权为林淡秋译《时间呀前进！》阐发其意义时，则将该作视为新人诞生的见证。不仅指出作者首先响应了高尔基号召，“拿社会主义的建设来做主题”，“写出了第一个五年计划的‘实录’”，而且认为这部作品让“我们在这个伟大的建设的每分钟中都看到新的奇迹和新的人的诞生。”[③]

苏联文学不仅“描写生产的英雄”，还产生了由“生产的英雄”写作的“突击队文学”。据讲“整千整万的生产工人和集体农民的作家，在工场农场中产生了，工农作家的报告文学，几乎埋满了从《真理报》以至一切报章杂志的文学篇幅”[④]。《钢铁是怎样炼成的》作者奥斯托洛夫斯基正是这场讲述英雄与英雄讲述运动的最高代表。他作为苏维埃新人的典型，最大程度上满足了同时代人对苏联想象的期待。如该作最早汉译者段洛夫、陈非璜在《译者的几句话》里，谈其翻译初衷所说，“我们怀着一颗热烈的心，想知道一个特有的，被革命的现实锻炼成钢铁一般坚固的青年战士的杰作的姿态”[⑤]。小说主人公保尔·柯察金作为奥斯托洛夫斯基的化身，正体现了苏维埃文学之政治

① 鲁迅：《士敏土·图序》，见革拉特考夫著，蔡咏裳、董绍明译《士敏土》，新生命书局1932年版，第1页。

② 萧参（瞿秋白）：《高尔基创作选集·后记》，见萧参译《高尔基创作选集》，上海生活书店1933年版，第309页。

③ 戈宝权：《卡泰耶夫及其代表作〈时间，前进呀！〉》，见卡泰耶夫著，林淡秋译《时间呀前进！》，新知书店1947年版，第445、446页。

④ 楼适夷：《苏联短篇小说集·译者前记》，见《苏联短篇小说集》，上海天马书店1937年版，第5页。

⑤ 段洛夫、陈非璜：《钢铁是怎样炼成的·译者的几句话》，见N·奥斯托洛夫斯基著《钢铁是怎样炼成的》，上海潮锋出版社1946年版，第1页。

与政治之文学的合一。通过这个苏维埃英雄与作家的双重成长故事向世界宣布苏联“导向新人类创造”的成功。潮锋出版社将该作定位为“一部轰动全世界的世界名著”，“苏联文学的最高峰”① 并非广告式的不实宣传。唐旭之更翻译了一本侨居苏联的外国人自述合集《在和平劳动之国》，利用他者身份，以不容置疑的态度宣称：“在资本主义普遍腐败的现代，苏联所最可向全世界夸耀的就是它的人民无例外地蓬蓬勃勃向上发展的热情和力量”②。

在苏德战争中塑造的“苏维埃人”英雄群像更把在社会主义革命与建设中诞生的“新人”推向人类所能仰望的制高点。曹靖华在《〈侵略〉译者序》中特别指出，“苏联现代文学的全部高深的价值及勇壮的气概，都是由于发掘这种新人而来的。”③ 郭沫若则颂扬苏德战争中的苏联文学“把苏联精神和真理必胜的原因充分地形象化了。这是真正的民主主义，人民本位文化的塑像”，从此可以推想“解除了镣铐的人民的力量是无限量的”，“它不仅抵挡着了有史以来最反动的法西斯兽军的侵略，而且还要摧毁它，绝灭它，把人类解放的福音传遍全欧洲，全世界。”④

总之，苏联汉译文学及其序跋不仅宣扬了革命与战争对苏联社会的改造，更以“苏维埃超人”群像的塑造显示出对人的改造的巨大力量，或者也可以说，在对苏维埃群像的译介推崇中，折射了从晚清以来知识分子致力于“新民”“改造国民性”的一贯诉求，而被标举为社

---

① 段洛夫、陈非璜：《钢铁是怎样炼成的·译者的几句话》，见N·奥斯托洛夫斯基著《钢铁是怎样炼成的》，上海潮锋出版社1946年版，第1页。

② 唐旭之：《在和平劳动之国·译后记》，见英国罗森布利特、许勒尔编《在和平劳动之国》，桂林文化供应社1940年版，第160页。

③ 曹靖华：《侵略·译者序》，见李昂诺夫著《侵略》，重庆东南出版社1944年版，第7页。

④ 郭沫若：《序〈不朽的人民〉》，见格罗斯曼著，海观译《不朽的人民》，上海、重庆正风出版社1947年版，第1、2页。

会主义制度的一大优越性。

再次，从汉译文学理论来看，二十世纪上半叶最受推崇的是写实主义、批判现实主义、自然主义和社会主义现实主义，这诸多主义虽名目不同，但其文学观都将“真实地”再现现实作为文学的最高价值，或者说，将文学作品用于历史解释。这与当今不仅把文学定性为“虚构”，而且将历史也看作是一种“虚构”的新历史主义思潮恰恰相反。保证真实再现的文学观把文学与现实在想象中合而为一，或者说将文学话语与现实混为一谈。在这样的理论逻辑下，苏联文学所表现的社会人生也就顺理成章地被看作是苏联的“社会事实”，像傅东华在《〈饥饿及其他〉重刊序》中谈到翻译动机，就是因为“在我们自己的革命尚未完成的期间，为好奇心所动，要想知道别人家的另一性质的革命到底是怎么回事，所以译了这几篇东西。”①将文学等同于现实，是那个时代的普遍认知谬误。

大量译序跋对苏联文学强调的都是其“写实”，“实录”，“实际的人生”性质，如白明译完《运油船德本号》，《关于作者》开篇即强调“这不仅是一个青年作家的处女作，而且还是一部青年苏维埃生活的写实，一部人类新生活发展与成长的写实。”②坚信从苏联文学中可以看到“实际的人生”，甚至对于多少暴露出苏联黑暗面的作品，也在笼统的称颂中将其屏蔽。像董绍明（董秋斯）那样能够清醒地认识到苏联是“一个最善于运用宣传政策的国家”，而为“敢用正眼看事实的人们”指出，《士敏土》是一本“格外注重自我批判”，“颇可一读的书”③的译者，少而又少。王仲明干脆以剧本故事说明“真实必然的

① 傅东华：《饥饿及其他·重刊序》，见赛米诺夫著，傅东华译《饥饿及其他》，陈宝骅出版，新生命书局发行，1932年重版，第1页。

② 白明：《运油船德本号·关于作者》，见尤里·克莱莫夫著，白明译《运油船德本号》，大时代书局1940年版，第1页。

③ 董绍明：《士敏土·再版题后》，见格拉特考夫著，蔡咏裳、董绍明译《士敏土》，新生命书局1932年版，第2页。

战胜虚伪的，光明必然战胜了黑暗的，社会主义的观念必然战胜资本主义的观念”[①]的历史规律。

前举译序跋歌颂苏联的例子也可看作是此一逻辑运作的产物。某作家看苏联，经译序跋的再阐释，就转换成了苏联的“真相”，从而将社会主义的政治应许在人们的想象中和现实苏联画等号。从改造社会的诉求到认同苏联社会及其经济上的社会主义革命，就不再是一次转折，而是合乎逻辑的一个方向上的发展。

中国从五四社会改造运动到选择走俄国革命的路，其思想看似对立，实际是出于同一根脉。许天虹在《〈托尔斯泰〉前记》中曾引用茨威格的话说：“托氏思想有力地推动了现代两大彼此截然相反的运动——印度的‘不合作运动’和俄国的‘波尔雪维克革命’”。[②]陀思妥耶夫斯基《罪与罚》的译者汪炳琨在《小引》中也谈到类似的观点，认为“杜氏和托尔斯泰，殊途同归，无异左右手，做了俄国革命的前驱”[③]。从五四的托尔斯泰热、俄罗斯文学热到二三十年代的苏联文学热，中国对俄罗斯革命、苏联社会主义革命最主要都是通过文字（阅读）来想象的。今天，重读这些历史文献，首先要在历史所发生的事实和对历史事实表述的话语之间做出区分。《序跋集》所保留的对苏联革命的憧憬与历史事实，只能说是其作者所感到的情绪与所知道的事实，甚至是其所要建构的情绪与事实。从此，我们也可以反思翻译异域在建构理想社会上所能发挥的重要效能，文学作为一种想象的形式如何与“政治的想象”发生一种真实的关联，在影响人心，造成一个时代认同上所能发挥的巨大能量。从而为人类政治文化和文学

① 王仲明：《斗争的插曲·代序》，见苏联李翁聂·林茨、波立斯·弗尔铁霍夫著，王仲明译《斗争的插曲》，婴社1941年版，第2页。

② 许天虹：《托尔斯泰·前记》，见德国褚威格著，许天虹译《托尔斯泰》，改进出版社1940年版，第2页。

③ 汪炳琨：《罪与罚·小引》，见杜斯妥亦夫斯基著，汪炳琨译述《罪与罚》，启明书局1937年四版，第1页。

一向以远古或自然建构黄金世界的表征模式提供了一种新的译介异域理想社会的现代表征形式，并在后来的历史发展中一再复现。

三

一般而言，序跋的最根本责务如叶圣陶所说："是在替作者加一种说明，使作品潜在的容易被忽视的精神，很显著地展现于读者心中。"[①] 而译序跋的责务更加多一层，不仅要"替作者加一种说明"，还要为译者加一种说明，从而对读者完成从原作到译作的导读。可以说，译序跋是连接读者与原作及其译作的桥梁。但显而易见，在架构这个桥梁的过程中，译者一方面要努力接近和抓住原作及其作者的精神特征；另一方面也要看到，原作本身的不确定性和复杂性，更由于译者并非是原作的创作者，他对原作的说明只能是译者的理解和阐释。这就不能不受制于他的翻译目的、所认同的意识形态、诗学，甚至包括赞助人意图的影响。所以，不仅翻译是对原作的改写，事实上，译序跋更是对原作的又一次改写，每个译序跋的作者都在用自己的方式阐释和建构原作的形象，与原作者展开对话。大量译序跋的汇集使不同阶段不同作者群所持有的相对一致的观念和理论框架得以彰显，尤其是当同一原作及其作者得到不同评价和阐释时愈加分明。

如前所述，不仅"战争"与"革命"两大普遍观念的变迁在左右着译序跋对原作及其原作者的评价，"人"之观念的建构与普及更成为译序跋作者探究原作思想深度和精神特征的依据和价值取向。如果说前者立足于外部现实政治和社会动员的需要，而试图与读者达成普遍目的认同，有时甚至是社会行动的一个组成部分；后者则更倾向于

---

① 叶圣陶：《雉的心·序》，见《叶圣陶序跋集》，生活·读书·新知三联书店1983年版，第113页。

对人自身价值和意义的追问，体现了汉译文学“别求新声于异邦”，为现代中国建构文化新宗的追求。

在《序跋集》中，晚清至民初很少使用五四时期流行的“个人”“人类”“人道”“人性”之类的概念，“人”之观念多和族群、类型联系在一起，或指涉道德人格，或是泛称，如国人、华人、支那人、欧人、西人、俄人、白人、黑种人、黄种人，诗人、友人、家人、教中人，圣人、贤人、名人、恶人、愚人、党人等等，不一而足。这种词语搭配的流行本身即说明，“人”之意识隶属于国家族群或道德人格的普遍观念。偶有使用“人道”“人性”的概念也以国家、种族为鹄，如徐念慈在《苏格兰独立记》第十七回加“觉我赘语”说：“不惜赤血，争回国权，实为人道之正，吾同胞其听者！”① 该句所言“人道”反映的恰恰是国家至上的观念，而非以人为本的“人道”涵义。藜床卧读生在《〈昕夕闲谈〉译校重订外国小说序言》中使用“人性”一词所说：“人性约分三大级：聪明而弱者，亚洲也；坚忍而强者，欧、墨也；其非、澳两洲，则愚而固执，不足深论。”② 该观点显然是晚清流行的人种理论之翻版，此处的人性并不与绝对的神性形成对比，而是将所谓优种人与次人类相区隔，带有浓厚的殖民主义意识形态特征。进化论的流行尽管在清末已树立起人之生物性质的观念，但也同样打上了时代的烙印。鲁迅 1903 年在《月界旅行·辨言》中所说“人类者，有希望进步之生物也”，虽发周作人“从动物进化的人类”之先声，推崇的却是美国培伦氏（实为法国作家凡尔纳）“以其尚武之精神，写此希望之进化者也”③。当然不能不指出的是，鲁迅很快于 1908 年又发

① 东海觉我（徐念慈）：《苏格兰独立记·第十七回附“觉我赘语”》，见陈鸿璧译，东海觉我校正《苏格兰独立记》，小说林 1906 年版，第 84 页。

② 藜床卧读生：《昕夕闲谈·译校重订外国小说序言》，见英国约纳约翰重译，李约瑟笔述《昕夕闲谈》，文宝书局 1904 年版，第 1 页。

③ 鲁迅：《月界旅行·辨言》，见中国教育普及社译印《月界旅行》，日本东京进化社发行，1903 年版，第 1 页。

表《破恶声论》批判了晚清以来，因“慑以不如是则亡中国”，以“爱国”“为国民”的名义，“举世滔滔，颂美侵略”之恶声，转而赞叹中国“夙以普崇万物为文化本根，敬天礼地”，“宝爱平和”，“光华美大”之精神[①]，鲁迅的“破恶声论”足可称为五四反战的人道主义思潮之嚆矢。

从《序跋集》来看，在建构五四人道主义精神上，当首推周作人。1920年周作人辑译出版《点滴》短篇小说集时，新潮社的傅斯年和罗家伦建议他，对集子所收小说的特殊之处——“直译的文体”和“人道主义的精神”做“约略的说明”。为此，周作人不仅写了《序》，还分别为其中十八个短篇一一做了“附记”，并于书末录其重要文章：《人的文学》《平民的文学》《新文学的要求》。由此可见，周作人的出版《点滴》，是一次接受北大新文化派的委托，集中而郑重地阐发人道主义精神的行为。

值得注意的是，周作人所谈的人道主义不仅仅是对欧洲文艺复兴的再次发现，更是对一战后兴起的人道主义思潮的“拿来”。他在《人的文学》中敏锐地指出，欧洲关于“人”的真理的发现有三次：“第一次是在十五世纪，于是出了宗教改革与文艺复兴两个结果。第二次成了法国大革命，第三次大约便是欧战以后将来的未知事件了。”周作人虽然没有预言第三次人的发现会导致怎样的社会文化事件，但他已明确地把一战后的思潮定位为再次崛起的人道主义。他不仅将其与文艺复兴和法国大革命相提并论，视为“人”的真理的第三次发现，并认为“这真可说是二十世纪的新福音”[②]。周作人的这一观点，学界一直未能给予应有的关注，而习惯性地把五四新文化运动比喻为

① 鲁迅：《破恶声论》，见王世家、止庵编《鲁迅著译编年全集》(一)，人民文学出版社2009年版，第303、304、308页。另外，鲁迅思想的转变契机可参阅范国富《鲁迅留日时期思想建构中的列夫·托尔斯泰》，《鲁迅研究月刊》2016年第10期。

② 周作人：《人的文学》，见《中国新文学大系·建设的理论集》，上海文艺出版社2003年版，第193、195页。

欧洲的文艺复兴。虽然这也大体不差，但历史地看，五四人道主义精神主要是以输入和阐释俄罗斯文学及托尔斯泰主义建构起来的，这正是周作人所说“人”的真理第三次发现的思想源头。可以说，五四新文化运动也是一次与世界潮流同步共振的运动。

与文艺复兴时期更强调人性与神性的区分不同，由于此次“人”的发现缘于受到世界大战的重创，因而更强调人与人的一致与相通，如周作人在《新文学的要求》中所说：“现在知道了人类原是利害相共的，并不限定一族一国”①，托尔斯泰所说，“世界人类都是一样的，都应该相爱相助，因为有政府，才有战争”②的政府观被广为接受。进而周作人言简意赅地概括人道主义思想就是“只承认单位是我，总数是人类。人类的问题的总解决也便包涵我在内，我的问题的解决，也便是那个大解决的初步了。”③即他在《人的文学》中所声言的“个人主义的人间本位主义”，“彼此都是人类，却又各是人类的一个”。正是在这样的思想逻辑下，《点滴》所收作品尽管表现出的人生观并不相同，但周作人恰恰强调“这大同小异的人道主义的思想，实在是现代文学的特色。因为一个固定的模型底下的统一，是不可能，也是不可堪的；所以这多面多样的人道主义的文学，正是真正的理想的文学。”④后来他在《雅歌》附录《圣书与中国文学》中再次强调“中国旧思想的弊病，在于有一个固定的中心，所以文化不能自由的发展；现在我们用了多种表面不同而于人生都是必要的思想，调剂下去，或可以得到一个中和的结果”⑤。也就是说，周作人倡导的人道主义，恰

① 周作人：《新文学的要求》，见周作人自编文集《艺术与生活》，河北教育出版社 2002 年版，第 22 页。

② 王靖：《托尔斯泰短篇小说集·托尔斯泰主义》，见新人社编译《托尔斯泰短篇小说集》，上海泰东图书局 1921 年，第 21 页。

③④ 周作人：《点滴·序言》，见周作人辑译《点滴》，北京大学出版部 1920 年版，第 4 页。

⑤ 周作人：《雅歌·圣书与中国文学》，见吴曙天译《雅歌》，上海北新书局 1930 年版，第 19 页。

恰不是要诉诸于思想的统一，而是要通过个人“对于人生诸问题，加以记录研究的文字”来体现“多面多样的人道主义”，这才可谓之“人的文学”[①]。因而他将其归结到“个人的文学，也就是现代的人类的文学”，将这种“现代的人类的文学”精神命名为“大人类主义”，“现代觉醒的新人的主见”。[②]

周作人发表《人的文学》之重要性不仅如胡适在《〈中国新文学大系·建设理论集〉导言》所说，“是当时关于改革文学内容的一篇最重要的宣言”，“那个时代所要提倡的种种文学内容”的“中心观念”[③]，而且为文学批评与研究建立起“个体—人类”的阐释框架，在“彼此都是人类，却又各是人类的一个”，“同是人类之一，同具感觉性情”[④]的逻辑推理下，以个体代表人类的话语就具有了不言而喻的正当性。如盛澄华在《〈伪币制造者〉译者序》中所直言“最个人性的作品中却往往存在着最高的人性”，为求理解作者其人，“我们也不妨从他的作品入手”[⑤]。因之，不仅人物形象，而且作家本人都成为分析、探究人生与人性共同问题和真相的个案。即使二十年代中后期革命文学兴起，三十年代抗日战争爆发以后，阶级和“国家—民族”话语相继大行其道的时候，以个体代表人类的阐释传统仍然相续相寻，或相间相杂，并行不悖。大量译序跋即以域外作家作品个案为研究对象，并以此去勾连原作家与其人物的联系，将其作为“人类之一”，或去探究人类共性问题，或借此透视人类本性，或抒写人类理想，或在与

---

① 周作人：《人的文学》，见《中国新文学大系·建设的理论集》，上海文艺出版社2003年版，第196页。

② 参阅周作人《新文学的要求》。

③ 胡适：《中国新文学大系·建设的理论集导言》，见《中国新文学大系·建设的理论集》，上海文艺出版社2003年版，第29、30页。

④ 周作人：《人的文学》，见《中国新文学大系·建设的理论集》，上海文艺出版社2003年版，第195、199页。

⑤ 盛澄华：《伪币制造者·译者序》，见A.纪德著，盛澄华译《伪币制造者》，文化生活出版社1945年版，第34、35页。

社会的对立中，批判“违反人性不自然的习惯制度”。

由于新文学家普遍认为“中国文学中，人的文学，本来极少”，所以力倡要建设“人的文学”“大多数都还须介绍译述外国的著作，扩大读者的精神，眼里看见了世界的人类，养成人的道德，实现人的生活。”[①]这样，译作就被视为了观摩与考察域外“人的文学”的窗口，被“拿来”表达新文学方向及其所主张的理想文学的范本。

瞿秋白、郑振铎曾联合为《俄罗斯名家短篇小说集》作序，为翻译文学的发展指出了从晚清的译介英法古典主义、浪漫主义，转移到“专以‘真’字为骨”、以“人道的情感”为“最大特色”的俄罗斯文学的导向，阐明了俄罗斯文学是“人的文学，是切于人生关系的文学，是人类的个性表现的文学”，“是平民的文学”[②]的性质，也为新文学的发展制定了以译介俄罗斯文学作为“中国新文学创造第一步”的策略。且不说托尔斯泰、屠格涅夫、陀思妥耶夫斯基、契诃夫等俄国作家被视为提倡人道主义最力的文学者，还有“俄罗斯的艺术家与批评家，自倍林斯基 Belinsky 与杜薄罗林蒲夫 Dobrolinbov 后，他们的眼光，差不多完全趋于‘人生的艺术’(Art for life’s sake）的立足点上”[③]，俄罗斯白银时代的代表作家安特列夫能成为热点人物，也缘于这重际会。1928 年前汉译他的六种剧作中，都附有序跋，一一讨论其有关人生问题的种种疑问和答案。郭协邦在《安那斯玛·剧本的批评》中说安特列夫的剧作，是“对于人类人生问题，最重要的作品。在这剧本中，用近代的精神，近代的智识，去解决数世纪以来‘人类脑筋中人生问题’：从何处来的？向何处去？什么是人类生活的意

① 周作人：《人的文学》，见《中国新文学大系·建设的理论集》，上海文艺出版社 2003 年版，第 196、199 页。

② 郑振铎：《俄罗斯名家短篇小说集·序二》，见俄国普希金等人著，沈颖等译《俄罗斯名家短篇小说集》，新中国杂志社 1920 年版，第 4、5 页。

③ 郑振铎：《艺术论·序言》，见托尔斯泰著，耿济之译《艺术论》，上海商务印书馆 1921 年版，第 1 页。

义？为什么要死？这就是讨论人生问题中最要的纲领。”① 沈琳为《比利时的悲哀》作《叙言》，不仅将安特列夫推举为和契诃夫“不相上下”的地位，而且将其介绍成俄国研究人生问题的开启者。认为安特列夫“对于人生的根本问题，大怀疑虑”，他的作品传布后，“俄国人的心理，便向着重大的问题。无论什么事，都沾着一点革新的色彩。俄国人才细细地研究人生的种种问题了。”② 茅盾似乎在安特列夫的作品中感受到了五四落潮后的苦闷：“十九世纪末俄国人心理上的烦闷与生活的暗澹都在安特列夫的作品表现出来。……对于人类生活的根本问题，一一苦思以求解决”③。

二十世纪初的俄国和中国都处于从君主专制走向民主共和的革命时代，对于革命与牺牲的思考是人生问题讨论中最深刻、最具思想内涵的部分。俄国革命家阿尔志跋绥夫的《工人绥惠略夫》《沙宁》和路卜洵的《灰色马》引起了中国文人的强烈震撼。巴金在为岳煐译《工女马得兰》写的序中就提到了其中的两部译作：“近年来译成中文的西洋文学名著中最使我感动的，只有三部书：第一部是鲁迅君所译阿志跋绥夫的《工人绥惠略夫》，第二部是郑振铎君所译路卜洵的《灰色马》。”④

郑振铎认为，阿尔志跋绥夫是“第一个用最坦白的态度去描写人的性欲冲动的，又是第一个用最感动人的，真切的文字去描写‘革命党’与革命时代的”⑤。他笔下的绥惠略夫和沙宁作为厌世主义和无政

---

① 郭协邦：《安那斯玛·剧本的批评》，见安东列夫著，郭协邦译《安那斯玛》，新文化书社 1923 年版，第 156 页。

② 沈琳：《比利时的悲哀·安得列夫事略》，见安得列夫著，沈琳译《比利时的悲哀》，上海商务印书馆 1922 年版，第 11 页。

③ 沈雁冰（茅盾）：《邻人之爱·安特列夫略传》，见俄国安特列夫著，沈泽民译《邻人之爱》，上海商务印书馆 1925 年版，第 50 页。

④ 李芾甘（巴金）：《工女马得兰·序》，见法国米尔波著，岳煐译《工女马得兰》，上海开明书店 1928 年版，第 9 页。

⑤ 郑振铎：《沙宁·译序》，见俄国阿志跋绥夫著，郑振铎译《沙宁》，上海商务印书馆 1930 年版，第 16 页。

府个人主义的人格化，集中反映了个人与社会极端对立的人生形态。鲁迅在《译了〈工人绥惠略夫〉之后》一文中，对两者的评判正反映了他对人生问题的思考和抉择。与后来译者批判沙宁“在以前的革命阶段上作为主力的小资产阶级知识分子，经过一个政治烦闷的时期，向自身底资产阶级性投降，觅到个人主义的反动的出路”[①]不同，五四时期的鲁迅不是以阶级，而是以人性的话语，将其看作是“现代人的一面”的代表，认为“赛宁的言行全表明人生的目的只在于获得个人的幸福与欢娱”，他是“一个以性欲为第一义的典型人物”，同时鲁迅又批评“这一种倾向，虽然可以说是人性的趋势，但总不免便是颓唐。赛宁的议论，也不过一个败绩的颓唐的强者的不圆满的辩解”[②]；绥惠略夫则代表着现代人的“别一面”，鲁迅的评论反映了对革命与牺牲的悖论性认识，他说，以绥惠略夫为代表的改革者“为了许多不幸者们，‘将一生最宝贵的去做牺牲’”，其结果却“不但与幸福者全不相通，便是与所谓‘不幸者们’也全不相通，他们反帮了追蹑者来加迫害，欣幸他的死亡”。绥惠略夫“对于不幸者们也和对于幸福者一样的宣战”的社会复仇行为，不仅让鲁迅认清了“不可救药的社会”与“无路可走”的人生，也发现了革命人生“时时露出的人性来”，“尼采式的强者”之价值[③]。正是通过翻译，鲁迅借助这些革命思想家的思考，使自己对社会与人生的洞识获得了达于“极致”的悖论性双重视野，其序跋不仅传达了他对原作思想的读解，也表达了自己的抉择和超越。

1924年郑振铎译路卜洵《灰色马》出版时，瞿秋白、茅盾、郑振铎和俞平伯都做了长篇大序，组成了豪华阵容隆重推出。显然瞿秋

---

① 潘训：《沙宁·序》，见俄国阿尔志跋绥夫著，潘训译《沙宁》，大光书局1937年四版，第6页。

② 鲁迅：《工人绥惠略夫·译了绥惠略夫之后》，见俄国阿尔志跋绥夫著，鲁迅译《工人绥惠略夫》，上海商务印书馆1924年再版，第5页。

③ 鲁迅：《工人绥惠略夫·译了绥惠略夫之后》，见俄国阿尔志跋绥夫著，鲁迅译《工人绥惠略夫》，上海商务印书馆1924年再版，第5、6页。

白和茅盾更偏重对俄国民粹派革命问题的清算，郑振铎和俞平伯则更倾向对现代人生问题的探究。茅盾以俄罗斯民族的极端性说明，《灰色马》描写的“初十年的革命人物”，代表着“俄国革命家已经走到尽头”，“而他们的第二步就是和从前全然相反的一步——不从事于秘密的暗杀，而从事于公开的组织民众”[①]。瞿秋白虽然赞叹作者“真正尽了他‘艺术的真实’之重任”，“确确实实能代表俄国社会思想史—文学史里一时代一流派的社会情绪呵！”却无情地指出其唯心论，领袖热，个性主义，智识阶级崇拜等理论“所以能发旺于一时，仅因当时情势只有小资产阶级能做革命运动，能有革命情绪；等到时过境迁，——新革命力的无产阶级发展，当年的小资产阶级早已顺流而下；所以只剩得这‘过去’的悲哀，垂死的哀鸣了。”[②]在“社会革命的呼声久已沉寂”，中国第二次革命高潮即将兴起之际，翻译热议俄国革命小说显然是一次思考中国的出路，酝酿革命舆论的行为，如茅盾终篇寄希望于现代青年：“社会革命必须有方案，有策略，以有组织的民众为武器”[③]。

俞平伯则把“灰色马”看作是“死底征象”，认为全书弥漫了“绝对的疑”和“绝对的倦”的现代精神，甚至借此表明自己对人生问题的看法：“说老实一点，活着是不能解决生底问题的，要解决它们，除非别活着，必要不活着方能解决这‘活着’底问题”[④]。郑振铎谈翻译此书的用意之一，即他觉察佐治式的青年“在现在过渡时代的

---

① 沈雁冰（茅盾）：《灰色马·序》，见路卜洵著，郑振铎译《灰色马》，上海商务印书馆1924年版，第5、6页。

② 瞿秋白：《灰色马·郑译灰色马序》，见路卜洵著，郑振铎译《灰色马》，上海商务印书馆1924年版，第20、17页。

③ 沈雁冰（茅盾）：《灰色马·序》，见路卜洵著，郑振铎译《灰色马》，上海商务印书馆1924年版，第7页。

④ 俞平伯：《灰色马·跋〈灰色马〉译本》，见路卜洵著，郑振铎译《灰色马》，上海商务印书馆1924年版，第2页。

中国渐渐的多了起来。虽然他们不是实际的反抗者，革命者，然而在思想方面，他们确是带有极浓厚的佐治的虚无思想的——怀疑，不安而且漠视一切。”①

为推出《灰色马》所做的这几篇重头文章，正标志着社会话题从五四关注人生问题向革命问题的过渡。由此可见，译序跋不仅为输入新思想发挥了阐释、沟通、制造社会热点，借他人酒杯以浇自己块垒的重要作用，更引导了五四“人的文学”“人生问题”的建构，而使之成为其中一个更为深刻的组成部分。

二三十年代随着苏联马克思主义阶级论的传入，强调人类共性的人性论受到批判。事实上，阶级论虽然兴起，人性论也并未泯灭，以文学探讨人生与人性的普遍问题，自五四以后已俨然形成了一个以人为本的阐释传统。也许我们不妨将人性论和阶级论看作是，社会不同势力在政治斗争中所信奉，或者说所建构的理论观念与框架不同。尤其是在学院派翻译家对西方经典文学名著的译介中，更经常使用的是五四时期建构起来的“个体—人类”的阐释传统，通过对原作者、原作的深入研究，甚至将序跋写成了论文，或者干脆就以论文形式作为附录。

其中最为典型的是梁实秋，虽然他宣扬资本家与劳动者的“人性并没有两样”的观点，受到左翼作家的激烈批判，但并未因此而改弦易张，三十年代他应胡适主持的中华教育文化基金董事会编译委员会之邀，共翻译出版了莎士比亚《丹麦王子哈姆雷特之悲剧》《如愿》《威尼斯商人》《马克白》《李尔王》《奥赛罗》《暴风雨》《第十二夜》等九部剧作，在每部剧作前不仅写有详细的译者序，逐一考述莎剧的版本历史、著作年代、故事来源，甚至介绍舞台演出史、综述国外重要评论、发表个人见解，还大多附有“例言”，交代翻译所据的版本及

---

① 郑振铎:《灰色马·译者引言》，见路卜洵著，郑振铎译《灰色马》，上海商务印书馆1924年版，第9页。

其原因、所参考的注释本、翻译的策略方法等等。作为“自由人”的代表，梁实秋对莎剧的阐释贯彻了他的人性观。在《〈暴风雨〉序》里，他认为莎氏“所用的艺术手段与在其他各剧里所用的初无二致。他描写的依然是那深邃繁复的人性。”[①]也因此梁实秋更加推崇表现父女伦常关系的《李尔王》，认为“莎士比亚其他悲剧的取材往往不是常人所能体验的，而《李尔王》的取材则绝对的有普遍性，所谓孝道与忤逆，这是最平凡不过的一件事，所以这题材可以说是伟大的，因为它描写的是一段基本的人性。”[②]这段话岂不是梁实秋人性论的翻版吗？他以莎剧做典范，为自己的主张进行了不容人置喙的辩护，说明文学就是表现“生老病死的无常”“爱的要求”“怜悯与恐惧的情绪”“伦常的观念”“企求身心的愉快”，“这最基本的人性的艺术”[③]。

事实上，在文学评论与研究中，揭示“最基本的人性”“人生真相”常常成为评判作品的终极标准与最高价值。梁实秋为董仲篪译奥斯丁《骄傲与偏见》作序就指出，该作所以“至今仍能给读者以新鲜的感动”，“可以证明一件事：以优美的文笔描写常态的人性，这样的作品毕竟禁得起时间淘汰”[④]。贺玉波于《〈吉诃德先生〉译者的话》中告知读者，可将其“看作人类天性的写照”[⑤]。黄石和胡簪云把薄伽丘的《十日谈》称为“人曲”，因为它“把‘人性’的各方面，表现得透明玲珑，描写得淋漓尽致，我们从此不但认识着人类的各个形相，

① 梁实秋：《暴风雨·序》，见莎士比亚著，梁实秋译《暴风雨》，上海商务印书馆 1937 年版，第 7 页。

② 梁实秋：《李尔王·序》，见莎士比亚著，梁实秋译《李尔王》，上海商务印书馆 1936 年版，第 6、7 页。

③ 梁实秋：《文学是有阶级性的吗？》，见《文学运动史料选》第三册，上海教育出版社 1979 年版，第 49 页。

④ 梁实秋：《骄傲与偏见·梁序》，见奥斯丁女士著，董仲篪译《骄傲与偏见》，大学出版部 1935 年版，第 4 页。

⑤ 贺玉波：《吉诃德先生·译者的话》，见西万提司著，贺玉波译《吉诃德先生》，上海开明书店 1931 年版，第 3 页。

并且透视了深潜隐秘的诸般人性。”①

随着中国左翼思潮与现代都市消费文化高潮的到来，阶级意识形态和唯美—颓废主义的享乐意识都流行一时，进一步扩大和丰富了有关人的观念意识，尤其是通过对同一作家、同一作品的不同评价，可以让我们更清楚地辨识出不同观念下读法的分歧。

左翼作家沈起予为左拉《酒场》写的《译者序》，虽然也是中规中矩，从左拉的生平，到文艺倾向、“鲁公·马加尔一族”丛书、关于《酒场》一一叙来，但他的解读显然除遗传及环境的影响因素外，更突出了阶级意识。认为左拉“对于无产阶级的逐渐抬头，也在他的《酒场》《芽月》《劳动》等中表现出来了”，特别是《酒场》“关于无产者的描写，关于大众化的用语和形式等，都为我们留下了‘取之不尽’的遗产”“定能给中国文艺界以不少的资范”，因而将其推举为“鲁公·马加尔一族”丛书之冠②。而在清华大学、燕京大学都任过教的王了一（王力）翻译出版《娜娜》附录《左拉与自然主义》一文，则从人类共性出发，更强调“人类的一切都与生理的组织有关系，所以小说里的一切也都与生理的组织有关系，而古来的文学家竟忽略了这一点。”认为左拉的艺术追求是“要把文学与科学合化，用解剖的方法表现真相”。③

而唯美主义者王尔德恰恰反对将人生与文学科学化，激烈批判自然主义把“生”看作是“依物理化学底法则运行，死也不过是受物理化学底法则底支配”④的观点。张闻天、汪馥泉为译《狱中记》所做的

---

① 《十日谈·译者序话》，见薄伽丘著，黄石、胡簪云合译《十日谈》，上海开明书店1930年版，第3页。

② 沈起予：《酒场·译者序》，见左拉著，沈起予译《酒场》，中华书局1936年版，第11页。

③ 王了一（王力）：《娜娜·左拉与自然主义》，见左拉著，王了一译《娜娜》，上海商务印书馆1935年版，第11页。

④ 闻天、馥泉：《狱中记·王尔德介绍》，见英国王尔德著，张闻天、汪馥泉、沈泽民译《狱中记》，上海商务印书馆1922年版，第10页。

长序，鲜明表现出五四时期建构的王尔德形象的时代特征。文章把易卜生和王尔德分别奉作“人生的艺术”和“艺术的艺术”的代表，认为这两种艺术表达的是两种根本不同的人生态度：即在现代社会，“如其还要生存，那么就有两条路可走：一，硬着心肠，面对这丑恶的人生，而在这中间发现一条光明的道路；二，逃避这丑恶的人生，另造幻象以安慰自己和他人。”①与指斥王尔德“非社会的，病的，和不道德的”的观点不同，张闻天和汪馥泉不仅高度评价其社会剧，认为他是一位“社会批评家”，“用讽刺的笔法对通俗的道德宣战！”②，而且将王尔德看作是“改造人生”，“要把艺术支配人生”的实行家，甚至认为他“用了宗教的热情”，像基督一样，“在未来的新社会底建设中，他所提倡的一定也会得到一个重要的位置”③。由此也可以知晓为什么王尔德能够在《新青年》获得推崇，后来却被批判为代表资本主义没落的唯美—颓废派。

苏联马克思主义阶级论的流行，越来越强化了对唯美主义的批判意识。如田汉虽曾受唯美主义人生观和艺术观的影响，但后来转而信奉马克思主义唯物观，因而，尽管他与“日本的王尔德”谷崎润一郎过从甚密，仍于1934年翻译出版其《神与人之间》时，附录长篇《谷崎润一郎评传》，把谷崎氏的人生经历与其作品交织叙述，并不客气地指出“给资本主义末期的颓废倾向中毒了的他，没有把他对于现实生活的不满发展到阶级战线底参加，反而汲汲于资产阶级生活的模仿与追随”，认为这是真正的“阶级的堕落”④，“善恶美丑一样

---

① 闻天、馥泉：《狱中记·王尔德介绍》，见英国王尔德著，张闻天、汪馥泉、沈泽民译《狱中记》，上海商务印书馆1922年版，第11页。

② 闻天、馥泉：《狱中记·王尔德介绍》，见英国王尔德著，张闻天、汪馥泉、沈泽民译《狱中记》，上海商务印书馆1922年版，第35页。

③ 闻天、馥泉：《狱中记·王尔德介绍》，见英国王尔德著，张闻天、汪馥泉、沈泽民译《狱中记》，上海商务印书馆1922年版，第41页。

④ 李漱泉（田汉）：《神与人之间·谷崎润一郎评传》，见谷崎润一郎著，李漱泉译《神与人之间》，中华书局1934年版，第32页。

有它的阶级性的”[①]。所以，田汉解释说“文艺既然是经济基础底上层建筑，随着客观形势底发展中国青年的全神经都向中国底社会变革集中，恶魔主义的，艺术至上主义的作品许有过时之感。这就是我个人虽和谷崎氏有相当深厚的交情，却并没有努力着介绍他的作品底缘故”[②]。

阶级意识形态的有色眼镜（理论框架）使作家及其作品人物都被纳入到某一阶级的类型，并根据其阶级角色在苏联马克思主义历史观中被分配的位置而受到臧否。“将文学看作阶级底表现”[③]与五四时期建构起来的将文学看作“人的文学”的观念，分属不同的理论体系，其背后都有着不同政治、社会集团的运作及其思想、逻辑的脉络。在阶级话语的建构中，资产阶级一定是腐化堕落的；而资本主义的掘墓人，担负着历史使命的领导阶级则是暴风雨中的海燕，“‘先天地’要求着改革，要求着旧秩序的推翻”，“有对于‘将来’的胜利的信仰”；小资产阶级不过是“醉生梦死的市侩”，“神经脆弱的低能儿”，“十足的太平主义者”；知识阶级则属于“游移不定的中间层分子”，在“动摇和变节”中分化[④]。说到底，阶级意识形态旨在动员社会被压迫阶级参与到推翻既有制度的革命之中，倡导的是阶级之间的对立与斗争；而人的意识则倾向维持社会的现状与秩序，强调的是人与人之间的共性与合作，反映了革命与和平年代对文学使命的不同召唤。

经常存在的情况是，人与阶级话语的交织，为文学批评提供了多

---

① 李漱泉（田汉）：《神与人之间·译者叙》，见谷崎润一郎著，李漱泉译《神与人之间》，中华书局1934年版，第4页。

② 李漱泉（田汉）：《神与人之间·译者叙》，见谷崎润一郎著，李漱泉译《神与人之间》，中华书局1934年版，第2页。

③ 鲁迅《一天的工作·前记》，见鲁迅编译《一天的工作》，上海良友图书印刷公司1933年版，第3页。

④ 萧参（瞿秋白）：《高尔基创作选集·后记》，见萧参译《高尔基创作选集》，上海生活书店1933年版，第306、304、305页。

元共存的理论框架而被混杂运用。如梁实秋，尽管他一贯以“最基本的人性”“常态人性”去评估文学的价值，但分析莎士比亚《威尼斯商人》时，也吸收了阶级的观点衡之。认为“莎士比亚的天才超过了两种宗教的民族的争端，这篇戏剧并不曾整个的描写了犹太人种或基督教徒，描写的是压迫者与被压迫者，描写的是被压迫者，一旦得到变本加厉的报仇雪耻的机会，是如何的疯狂刻毒。”[1]可见，尽管人与阶级的话语在民国时期是相互论争而对立的，同时也是相互渗透而共存的。关键是需要我们辨析出批评行为背后的不同理论框架和普遍观念，而获得理解历史文本的前提。

实际上，苏联无产阶级话语理论的建构也征用了自文艺复兴、法国大革命以来的最高思想成果，并没有否定自由、民主、平等、人道等同类观念与价值，所不同的是它把矛头指向“阶级的，人种的，国民的，性的”[2]种种不自由、不民主、不平等、不人道的现实世界，这从高尔基被称颂为“被压迫者，下等人的说话者，争自由的英雄”，其创作“显示平民的人性”，“人道的道德观念”[3]的标举中可见一斑。

同时也要看到，尽管译介中的苏联文学也经常使用“人”“人类”的概念，但它是革命与战争文学中的人，而不是“人的文学”中的人。最极端的例子莫过于苏联文学所塑造的保尔·柯察金、丹娘、卓娅与舒拉等“苏维埃人”群像，若以周作人在《人的文学》中所谓“从动物进化的人类”观念衡量，就是“违反人性不自然的习惯制度”的产物。五四时期树立的人生的文学观，既从这“文学的主位”人的本性上，定了“不是兽性的，也不是神性的”要求；又从“文学的本

① 梁实秋：《威尼斯商人·序》，见莎士比亚著，梁实秋译述《威尼斯商人》，上海商务印书馆1936年版，第5页。

② 陈勺水：《新的历史戏曲集·序》，见日本前田河广一郎著，陈勺水译《新的历史戏曲集》，上海乐群书店1928年版，第2页。

③ 朱溪：《草原上·译者序》，见高尔基著，朱溪译《草原上》，人间书店1928年版，第12、16、14页。

质”上，定了“这文学是人类的，也是个人的；却不是种族的，国家的，乡土及家族的”要求[①]。不同理论体系中的人之观念具有着不同的内涵，阶级的人与后来卫国战争中的人、人民，或人类的统称，都是革命与战争年代所询唤的非常态的“超人”，反映着非常时期的需要。

在“个体-人类”阐释框架中，作家个案研究不再依附于道德教化，或者“民族-国家”意识，而获得了以人为本的价值和意义，译序跋所承担的介绍作家作品的功能，使它成为这一类型研究的方便文体，其中的佼佼者更将一般性导读发展成深度批评、切中肯綮的定论。像鲁迅对陀思妥耶夫斯基、阿尔志跋绥夫，周作人对希腊神话、圣书，胡适对易卜生，郭沫若、周学普对歌德，郑振铎、王靖对托尔斯泰，茅盾对莫泊桑、萧伯纳，梁实秋对莎士比亚，巴金对克鲁泡特金，卞之琳对纪德，李健吾对司汤达，吕天石对哈代，顾仲彝、张梦麟对奥尼尔，盛成对巴尔扎克，王了一、沈起予对左拉，邢鹏举对波德莱尔，田汉、章克标对佐藤春夫、夏目漱石、谷崎润一郎等作家作品的批评与研究，即使在今天也都具有着重要的参考价值。

如前所述，中国百年翻译运动因中国社会的现代转型而起，也与中国社会的现代转型相伴相生。战争、革命、人之观念的建构与流变不仅是二十世纪上半叶文学翻译运动，也是中国社会现代转型发展最核心的关键词，它既指涉外国文学中的原有观念，也与对外国文学的译介和解读相关；既与历史事件相呼应，也反映了对历史事件意义的建构和定位。当中国传统的价值理念丧失了整合社会的力量，翻译异域就成为想象新的理想社会，建构社会新认同的来源，半个世纪的汉译文学运动的确是深深地融入到中国历史进程之中。无论是晚清民国初期对英法等西欧国家，还是三四十年代对苏联的译介与想象都为中

① 参阅周作人《新文学的要求》。

国社会的现代转型提供了新的偶像和理想社会的蓝图，发挥了引领思想潮流，动员社会力量的主导作用。

今天，尽管对异域的理想想象已经不断破灭，但痛定思痛，从历史遗存的这些文本中却会发现，对平等大同世界的向往和追求，对人类完善与进化的探究与期许，从古至今，从中到西何曾止息？何曾不同？历史既记录了不同时代的人对理想的追求和实践，也展现着现实对理想的异化和扭曲，但在历史的教训中，人类的理性观念还是在不断地获得改善和进步。

总而言之，《序跋集》的整理汇印不仅是汉译文学“译序跋”这一批评文体的集大成，尤其可贵的是，与一般历史记录往往缺乏支配社会行为的动机与观念不同，序跋的作者大多都会陈述自己的译意、缘由和旨趣，从而反映出影响其翻译行为、过程、策略，来自政治、意识形态、经济和文化多层面的操控因素，能够为理解汉译文学行为与现象提供最直接的说明与“本证”。而且在《序跋集》中所收入的近 3000 篇文章中，不仅再现着战争、革命、人之观念的多声部主旋律，也交响着大大小小的次旋律和插曲，星罗棋布地散见着社会文化、政治时局、出版过程、版本来源、社团活动、文人交游等等方面的历史细节和信息，因而它不仅是汉译文学史研究的第一文献来源，同时也为现代中国文学史、比较文学与世界文学、现代思想史、政治史、文化史、出版史建立了一个丰富的，便于翻检取用的文献史料库。更值得期待的是，它所汇集的历史信息和现象能够激发不同专业学者深入探究的兴趣，获得研究的动力。

1894 年

《百年一觉》[①]

《百年一觉》并序

（［英］李提摩太[②]）

《百年一觉》一书，乃美国名儒毕拉宓君所著也，原名《回头看》。愚以不甚切实故易之。惟所论者，皆美国后百年变化诸事。西国诸儒，因其书多叙养民新法，一如传体，故均喜阅而读之，业已刊印数十万部行于世。今译是书，不能全叙，聊译大略于左。

——录自上海广学会 1894 年初版

---

① 《百年一觉》（*Looking Backward, 2000—1887*，今译《回顾》），小说，美国毕拉宓（Edward Bellamy，今译爱德华·贝拉米，1850—1898）著，英国李提摩太译，1894 年上海广学会印，曾以《回头看纪略》为名，刊《万国公报》第 35 册（1891 年 12 月）至第 39 册（1892 年 4 月）。

② 李提摩太（Timothy Richard，1845—1919），英国传教士。1870 年开始入华传教，曾任天津《时报》主笔，光绪皇帝私人顾问。1891 年至 1916 年，主持广学会工作，出版报刊、书籍甚多。主要译作有《天伦诗》《泰西新史揽要》等。

1897 年

《华盛顿泰西史略》[1]

《华盛顿泰西史略》序

黎汝谦[2]

华盛顿者，合众国开创之君也。泰西人士数近古豪杰，必称华盛顿、拿坡仑二人。壬午春，汝谦随使外洋，与彼人士议论今古，涉猎翻译诸书籍，闻华盛顿名，而苦无以考其事迹，遍求诸书肆，迄未之得。其年六月，汝谦忝任日本神户理事官，事少公闲，翻译多暇，乃命译官蔡君国昭，购得近代合众[国]学士耳汾·华盛顿所撰《佐治·华盛顿》。阅其书，详实简洁，西人多称之。遂令蔡君按日翻译，凡三年而毕完。其文意之暗晦不明，词语之俚俗不驯，文理之颠倒淆乱者，余又为疏通润色，条理而整齐之。凡五次校正，而后成书。盖

① 《华盛顿泰西史略》(*The Life of George Washington*)，传记，美国耳汾·华盛顿（Washington Irving，今译华盛顿·欧文，1783—1859）著，正文标“遵义黎汝谦、番禺蔡国昭同译”，扉页标“光绪丁酉夏新学会校印”（1897 年）。1886 年首刻，名为《华盛顿全传》，扉页标“光绪十二年孟冬月刊印”。又以《华盛顿传》为名，刊《时务报》第 1 册（1896 年 8 月 9 日）至第 11 册（1896 年 11 月 15 日）。本序与首刻本序、《时务报》第一册所刊序，在文字上稍有变动。

② 黎汝谦（1858—1909），字受生，别号牢溪生，贵州遵义人。1882 年、1887 年两次随叔父黎庶昌出使日本，任神户领事官、横滨领事官。另纂译《日本地志提要》，著有《夷牢溪庐文集》等。

译书之难，甚于自作，譬如传影写真，必原书之口吻精神，毫厘毕肖，始可以无憾。苟其事同，而神吻之轻重抑扬或不尽似，抑未为善也。是书之成也，余与蔡君可谓劳精疲神，专心一志矣，虽未必与原书毫发毕肖，而其事实要可无舛漏也欤。

光绪二十三年丁酉蒲月，遵义黎汝谦叙。

——录自新学会校印 1897 年版

《华盛顿泰西史略》凡例

一　华盛顿传，作者夥矣，然卷帙繁重者，动盈尺，艰于翻译，其简略者，又仅具梗概。惟此本详略得中，西人咸称为善本，故取而译之。

一　是书虽华盛顿一生事，而美利坚全国开创事实，与夫用兵、征饷、制度、人物之大致，无不备具。故阅是书则美国未辟以前、既辟以后数十年中之事，皆了如指掌，则谓之美国开国史略亦可。

一　西人官爵，其等差多与中国不类。其略与中国近似者，则译以中国官名；其不类者，仍以其原名，下注“如中国某官”之类，便阅者一目了然。

一　此书地名，凡已见于《瀛寰志》者，皆仍其旧，以便观览；其《瀛寰志略》所无者，则一照西音翻译。

一　书中人名 ----，地名于右旁用 ====，官名于左旁用 ====，一仍向来翻译诸书之旧例。

一　英国本名被列地。今称英吉利者，仍［乃］伦敦一岛，之非三岛之总名也。书中所称被列地，即《瀛寰志略》所称之英吉利，其不改者，所以正从前之失。

——录自新学会校印 1897 年版

1898 年

《天伦诗》①

《天伦诗》序

［英］李提摩太

此诗乃英国著名诗人璞拍所作。璞君于一千六百八十八年（即康熙二十六年），生于英国伦敦京城，卒于一千七百四十四年。一生耽习吟咏，著述甚多。当一千七百十九年，时璞君三十有一龄，有英国大臣名博林波者，嘱璞君撰《天伦诗》以训世，专咏天人相关之妙理。诗分四章，章各数节，条目详明，词旨深远，刊行之后，脍炙人口。余藏是编，数年于兹，屡欲翻成华文藉质中国当世诸大吟坛，俾知泰西亦有诗学，不乏名流。惜乎南辕北辙，仆仆告劳，以致搁笔者久矣。延至今春，始于暇时，略一翻之。并嘱吴江任申甫随使点缀润色，仿照中国诗体，撰成四言韵文。五阅月而毕。窃谓翻书之事，难易不等，所最难达意者，厥惟西诗。西诗运典古奥，用喻精深，逐字翻之，委曲难明，反足以辜负作者一片救世婆心。兹将原书之可译者译之，其有中西词句，不能牵合者，改头换面，务将本意曲曲传出，

---

① 《天伦诗》(*An Eassy on Man*，今译《人论》)，诗歌，英国璞拍（Alexander Pope，今译蒲伯，1688—1744）撰，英国李提摩太译，中国任廷旭笔述。封面标“救主一千八百九十八年，上海广学会藏板；光绪二十四年岁次戊戌，上海美华书馆刊印”(1898 年)。

不爽分毫，使人一目了然。明知笔墨烦冗，不暇致详，错谬殊多，惟望阅者观其大意，略其小疵，因文见道，同心救世，幸甚幸甚。书成将付剞劂，爰志数语于简端。

光绪二十有四年岁次戊戌仲夏之月，英国李提摩太识于上海广学会寓斋。

——录自上海广学会藏板、上海美华书馆刊印 1898 年版

《意大利兴国侠士传》①

《意大利兴国侠士传》序

梁启超②

司马子长之传游侠也，曰“不爱其躯，赴士之阨困”。呜呼！子长氏其知之矣。夫天下之达道，曰智，曰仁，曰勇，侠者合乎勇，而实统智、仁而一之也。是故雪大耻，复大仇，起毁家，兴亡国，非侠者莫属。强邻眈眈，亿兆瞑瞑；上下悬隔如山海，内外崩离如沙鹿。当此之时，火生水中，雷霆交击，摩以大热，众火焚槐，眈眈者骇汗而俯走，瞑瞑者刮目而起立，荡涤结轖而脉相贯，表里通气而胹合欢，驱尨狂起，鱼烂其谁为之乎？则曰侠士哉。今夫五洲万国之迭兴迭灭也，而称为强者，则曰俄，曰美，曰英，曰德，曰法，曰日本，而意

① 《意大利兴国侠士传》，传记，张晓编著《近代汉译西学书目提要》（北京大学出版社，2012 年）标“（日）松井广吉著；（日）桥本太郎译”，夏晓虹辑《〈饮冰室合集〉集外文》（北京大学出版社，2005 年）标“上海大同译书局 1898 年版”。

② 梁启超（1873—1929），字卓如、任甫，号任公，别号饮冰室主人，广东新会人。译作有《佳人奇遇》《十五小豪杰》《世界末日记》《俄皇宫中之人鬼》等。

大利亦骎骎与乎其列焉。夫俄、美、德，其侠君大彼得、华盛顿、威廉，愤其国之受侮而起之也。英、法、日本，其侠士开新党、革政党、共和党、尊攘党、开化党，愤其国之薾弱而起之也。意大利，罗马旧都，地滨海，其势嵯岈，故其人角力而不群，一隅而有国数十。然以分散之故，见侮于强国，几不能自立。志士乃倡联邦之论，绵历岁月，卒偿其所愿，而意乃列于大邦。呜呼！昔之意乃今中国也。中国统二十行省，合四百兆人。省与省不相联，人与人不相通，二十行省成为二十国，四百兆人成为四百兆国。强邻眈眈，亿兆瞑瞑，竟无有不爱其躯，赴国之阸困，如电飞雷鸣，震撼山岳，以奋邦人志气，以塞敌人觊觎者，盖侠学之绝也久矣。孔子曰：志士仁人，有杀身以成仁，无求生以害仁。方今文明之运，西逝而东升。震旦之气，日摩月荡，必有侠君侠相侠士起而雪大耻、复大仇，以开新治、御外侮者。爰取《意大利兴国侠士传》译之，以告邦人，以验吾言焉。

戊戌二月，新会梁启超序。

——录自北京大学出版社 2005 年版《〈饮冰室合集〉集外文》

1899 年

《巴黎茶花女遗事》[1]

《巴黎茶花女遗事》[序]

冷红生（林纾）[2]

晓斋主人归自巴黎，与冷红生谈巴黎小说家均出自名手。生请述之。主人因道仲马父子文字，于巴黎最知名，《茶花女马克格尼尔遗事》，尤为小仲马极笔。暇辄述以授冷红生，冷红生涉笔记之。

——录自 1899 年素隐书屋版

---

① 《巴黎茶花女遗事》（*La Dame aux Camélias*，今译《茶花女》），小说，法国小仲马（Alexandre Dumasfils，1824—1895）著，冷红生译。小说译成于 1898 年，1899 年在福州印行，封底印有林纾所写“己亥正月、板藏畏庐”八字，世称林氏家刻本。同年，汪康年以林氏家刻本为底本重印此书，里封刻“己亥夏素隐书屋托昌言报馆代印”，世称素隐书屋本。1903 年（光绪二十九年五月）文明书局另版。

② 冷红生，林纾（1852—1924），字琴南，号畏庐，别署冷红生，福建闽县（今福州）人。与王寿昌、魏易、王庆骥等人合作，翻译外国小说 180 余种。

《巴黎茶花女遗事》(1903年本)茶花女小传[①]

（林纾）

茶花女，英产。年十三，被法人某甲诱至巴黎，父母不之问。某甲与女同居处数年，一旦舍之去。女困，遂为娼。既为娼，有银行某乙悦女美，思博其欢心，有所求，竭力奉之，不稍吝。有顷，女相谓曰：君待我厚，君能为我于八罗巴沙所立生街，营一华屋，以谋常聚否？缘其处为巴黎最贵重之地，非有爵及大富贵人不易居。乙果出巨资购一屋。虽华美，仍不当女意。乃更营造，台阁园林，务穷壮丽，诸富贵家不是过。女相宅，言固佳，惟嫌楼梯不如白石之为愈。乙即饬人至意大利购回，易以白石。落成日，女偕乙入室为跳舞会。比第三夜之夜半，会将散，乙忽逝，索不获，意必醉归。破晓园丁报称乙于池畔持枪自击死。女惊几绝，急驰告其家。其家来收殓，然终莫测其死由。日向午，市相传乙父所设银行亏毕，索负者麇集。始悉乙为女故，用去四万镑，先倾其家资，不足则继以告贷，约期在即无以偿，先一日自尽。人廉得其情，登诸日报，佥谓乙之破家亡身，非乙之不惜其身家，亦女之美有以致之。此事一播，遐迩慕女之美，自本国之王公大人，富商巨贾，洎他国贵人，咸愿一睹芳容以为快。会其时拿破仑第三，为法皇之三年，三月为赛花会，国人空巷往观，国皇亦出游行。女衣服丽都，以玫瑰花饰车轮，沿途撒牡丹花，车从上过。性癖嗜茶花，价极昂，每朵计四镑，女购盈掬，余置车中。偶遇皇，以茶花遥掷。皇初不为动，如是三日。日下午，又与皇遇，女嫣然一笑，掷以花落地上。皇下车取嗅之，插衣间。女促御者曰：趋

① 该文最初载于1903年（光绪二十九年五月）文明书局本。1899年的林氏家刻本、素隐书屋本，1901年玉情瑶怨馆刻本，皆无此文。

归，皇将临幸。洁其室，陈设一新。俄皇至，女出迎，皇握手与入室。女工媚，皇惑，遂留宿。厥后皇时幸女所。以此欲求事者，惧得罪者，各出重金，请女为诸先容，丐女为诸解脱。女暴富。未几拿破仑与德战而败，为民逐而亡。平素与女往还诸富贵人，经兹大乱，悉贫困。女前以余资购诸业股票，忽倒闭。以贵重服物及屋宇等相抵，且不足。女至茕独无所依，而其年已三十七八矣。取生平亲历之事，诠次成书，并将名人所赠诗歌函札，附印于后，书肆代为印成。书一部售五佛郎，以其价之半与女，犹不能恃以为生。女患肺病久，居人家高楼上，冬严寒，数日不出。楼下人讶甚，遣捕往探，视女身仅御夹衣，已冻死。女死无过问，捕房为盛殓，颇草草，葬丛葬中。逾数月，有俄亲王至，访女已死，请于捕房，欲诣女葬所，竟追慕之情。捕房徇其请，命捕导往。至则雪深数尺，不得其处。故例葬义冢者，其子孙友人得为立一小石碣，其贫者立一木牌。女家无人，捕房为插木签一。雪积没胫，搜检良艰。亲王市花圈千余，于土稍坟起者，供一花圈，冀女亦得沾被也。统核女用人之财，约八千万镑，洵泰西近代女中之杰出者矣。至八罗巴沙所立生街之屋，入此室处者辄亡，均相戒不敢居。后人爰历叙女之颠末，辑为成书，书出各国争购。小仲马则借其名著《茶花女遗事》一书，而其中情致之缠绵，笔力之雄健，允足为诸小说之冠。

——录自文明书局 1906 年再版

1900年

《俄国政俗通考》[①]

《俄国政俗通考》弁言[②]

任廷旭[③]

《俄国政俗通考》一书，为印度广学会所辑，原本为英文，刊行于一千八百九十三年。是书都为上中下三卷，上卷专论俄国欧洲境内人民之情形，中卷专论俄国欧洲境内各城邑之情形，下卷专论俄国亚洲境内人民之情形。其于俄国之幅员户口，政法教派，学校刑律，文事武备，河道铁路，耕牧制造，商务物产诸大端，以及国俗民风，日用衣食诸细务，莫不灿然具备，详载简编，非若"史家体例，尚论国政，志书规模，仅谈沿革"者之所可同日语也。俄国属境与印度壤地相错，常怀狡焉思逞之心。英廷保护印度，增兵筹饷，亦无日不以防俄为念。以故俄国之政俗若何，实为印人所亟欲查考者。是编既刊

---

① 《俄国政俗通考》，杂著，扉页标"RUSSIA AND ITS PEOPLES""SHANG HAI SOCIETY FOR THE DIFFUSION OF CHRISTIAN AND GENERAL KNOWLEDGE, 1900"。正文标"印度广学会原本，上海广学会校刊；美国林乐知荣章氏、吴江任廷旭申甫氏同译"。曾刊上海《万国公报》第131册（1899年12月）至第136册（1900年5月）。书中收有克雷洛夫寓言。

② 该文此前刊上海《万国公报》第136册（1900年5月），文字稍有变动。

③ 任廷旭，生卒年不详，江苏吴江人，清末进士。曾为《万国公报》汉文主笔，主编《通学报》，与国外来华人士合译有《天伦诗》《文学兴国策》《全地五大洲女俗通考》等。

之后，印人争先购阅，真有洛阳纸贵之象，奚足怪乎！我华地大物博，尤为俄人所垂涎。自租借旅顺、大连湾之后，又得筑造铁路，假道满洲直趋东方海口之利益，由是藩篱尽撤，险要全失。将来中俄之交涉，关系西北边境及东三省者，又非仅如印度之壤地相错，必将有人民杂处之时矣。昔善用兵者，尝言知彼知己，百战百胜。从前我华之外交政策，苦于不知西国之政俗情形，事事失当。迄今迟之数十年，虽明知其害，亦悔莫能追。此可见万事必以知为先也。吾师美儒林进士乐知先生，寓沪年久，保华心切，创设《万国公报》，曾以“万事知为先”五字，标题于卷端，分董广学会事，以著书劝世，振兴我华为己任。近窥俄国对清政策，大有骎骎东下，实逼处此之势。行见二十周世纪一临，俄国鲜卑（即西比利亚）大铁路工程一竣，中俄交涉之事，恐有难上加难者。适于行箧中检得《俄国政俗通考》一编，慨然曰：此岂但为印人所亟宜查考者哉？是不可不译成华文，以告中华士大夫矣！爰偕廷旭间日译之，率臆直书，阅三月而毕。深愧言之不文，贻讥大雅，但观是编所纪，于俄国之国政民俗，古今具备，巨细毕赅，较史策志乘，尤为美备。有志时务之君子，或有取焉。

时光绪二十有五年岁在己亥十二月，即西历一千九百年正月，吴江任廷旭申甫氏识于沪北小隐寓楼。

——录自上海广学会 1900 年初版

《俄国政俗通考》小引[①]

方今泰西强国，竞争势力于大东方，而其尤有关系者，莫如俄

① 刊《万国公报》第 131 册时，作“并引”。

国。试以印度论之，印度今为英国所辖，俄国且常有视眈欲逐之象。设英人一旦释手，置印度于度外，俄必乘机猎取，无俟耆龟矣。至于极东之中华、日本、朝鲜诸国，尤为俄人所垂涎。执俄政者，类皆遵其先皇大彼得之遗命，恒存吞并全亚之心。近观俄人对清之政策[①]，实已显露其机关矣。兹将印度广学会所辑《俄国政俗通考》一编，译成华文，使华人读之，得以洞明俄国现在之情形，则于中国外交之事宜[②]，或不无小补焉。

——录自上海广学会 1900 年初版

《八十日环游记》[③]

《八十日环游记》叙

寿彭（陈寿彭）[④]

秀玉宜人，归余二十年，井臼余暇，惟以经史自娱，意谓九州以外，无文字也。迩来携之游吴越，始知舟车利用。及见汽轮电灯，又骇然欲穷其奥，觅译本读之，叹曰：今而知天地之大，学力各有所

---

① 此句刊《万国公报》第 131 册时，作“近观其待中华”。

② 此句刊《万国公报》第 131 册时，作“则于中国外交之道”。

③ 《八十日环游记》(*Around the World in Eighty Days*，今译《八十天环游地球》)，小说，法国朱力士（Jules Gabriel Verne，今译凡尔纳，1828—1905）著，逸儒（陈寿彭）口译、秀玉（薛绍徽）笔述。扉页标“经世文社印”，不见版权页。贾植芳等编《中国现代文学总书目 · 翻译文学卷》标“经世文社光绪庚子（1900）版”。

④ 寿彭，陈寿彭（1857—1928？），字逸如，又作绎如、逸儒等，福建侯官（今福州）人。薛绍徽之夫。1879 年毕业于福州船政学堂，随后游学英国、法国、日本等国，通英文、法文和日文。1897 年与其兄陈季同创办《求是报》（*International Review*）。主要著译有《新译中国江海险要图志》《英国十学校说》《火器考》等。

精，我向者硁硁自信，失之固矣。乃从余求四裔史志。余以为欲读西书，须从浅近入手，又须取足以感发者，庶易记忆，遂为述《八十日环游记》一书。是记，说部也，本法人朱力士（名）房（姓）Jules Verne 所著。中括全球各海埠名目，而印度美利坚两铁路，尤精详。举凡山川风土，胜迹教门，莫不言之历历，且隐合天算，及驾驶法程等。著者自标，此书罗有专门学问字二万。是则区区稗史，能具其大，非若寻常小说，仅作诲盗诲淫语也。故欧人盛称之，演于梨园，收诸蒙学，允为雅俗共赏。英人舆地家桃尔 M.Towel、邓浮士 N.D’Anvers 二人，又合译之，他国亦有译之者，俞传愈广。殆因其中实学，足以涵盖一切欤。宜人既闻崖略，急笔纪之，久而成帙。笑曰：是记文脉开合起伏，辞旨曲折变幻，与中文实相表里，且不务纤巧，不病空疏，吾不敢以说部视之。虽然，宜人一妇人耳，遽舍所学而从我，其愿虽奢，其志良可喜。爰取其稿，略加删润，间有意义难明者，并系以注，至注无可注，姑付缺如。触类会心，是在阅者。

寿彭序

——录自经世文社印 1900 年版

《八十日环游记》序

薛绍徽[①]

噫嘻乎！卢敖若士，汗漫九垓，穆满骏蹄，驰驱千里，恣心所

① 薛绍徽（1866—1911），福建侯官（今福州）人。擅长诗词，精通绘画、音律。在清末女学运动中，与其夫等创办中国第一个女学会、第一份女子刊物《女学报》和第一所中国士绅所办女学堂。著作有《黛韵楼诗集》《黛韵楼文集》等。

适，游躅至焉。无如坤舆博厚，非章亥推步所能周；荒服睽遥，奈《禹贡》搜罗有未尽。是以十洲三岛，梦托游仙；《海赋》《山经》，语多志怪。庄漆园寓言有在，一编任写《逍遥》；许元度胜具克操，四海何妨来往。天钧地轴，日御风轮，以惊心骇目之谈，通格物致知之理，诚已归墟八统，能戴大圜，来越梯航，无分畛域矣。此《八十日环球记》，所由作欤。夫大块三千六百轴，计穷缩地长房；测景七十有二台，力竭追日夸父。星驰电发，舟车别创南针；凿险缒幽，道路特开方轨。陈元龙气涵湖海，不妨赌博纵场；司马迁文托山川，方许光阴逆旅。若福格者，天骄遗裔，岛国儒生，居邻青叶小儿，地有人言狮子，受摩醯十诫，纵横则经纬罗胸，通腊顶一书，游览以赢虚布蒜，如月绕地，如星经天，蚁磨旋周，无虑凿空博望，乌轮返舍，奚翅挥戈鲁阳，游之可记，此其一也。然而彼苍炼应变之才，非无险阻，东海起涴澜之想，不少风波。浊浪气粗，荒山头痛；石尤飓母，雪窟冰天。甚且追踪缇骑，张法网以搜求；火葬孤嫠，罥情丝以吸引。老拳毒手，报在睚眦；夺马射生，变成抄掠。无三寸辖，咨嗟雨雪载途；乏十丈船，伫望海天待渡。奔牛结阵，宝象排山，虎豹夜嗥，豺狼昼横，凡此艰难，胥关智力，全凭忠信，利涉波涛，游之可记，此其一也。至若殊方异俗，何来探路甘英；考献征文，谁作观风季礼。雕题黑齿，椎结文身，居万二千天地之中，出百五十种人而外。随太岁而转金床，荼毗到捻崖天子；取阿弥而射白鹿，精骑发铁林相公。天神则四手八手，非马非驴；人民则三妻五妻，不淫不妒。梵宫令节，伎乐宴其铙歌；貊隶设官，黔黎聚其鼓噪。总之戈壁有牛羊之迹，盐泽非蜃蛤之乡，莫不采《阆嬛逸史》，录《敕勒》悲歌，虽太史輶轩，殆不过是，极风人旨趣，复何以加，游之可记，此又其一也。惟是书旁行斜上，格磔钩辀。琢评邑勒，谁知内外攸分；撑犁孤涂，大非唇舌可尽。变六书之妙法，会意谐音；烦重译之苦心，勾元索要。逸儒夫子，穷经世载，游屐半环，扶桑东经，佛兰西渡，薄六百余部经典，收图籍于归装，运三十六国语言，入淋漓之健笔。独以此雕虫小技，鄙而不为，挽鹿余闲，言之有味。绍徽文惭香茗，颂乏椒花，生长闺闱，未知里闬。伴赁舂于庑下，耕后锄前；随游学于遐方，唱予和汝。客窗阑月，绮阁凉灯，耳提面命，展纸濡毫，如聆海客奇谈，诠写寰瀛稗乘。历年仅半，阅月者五，划然脱稿，褒然成帙。逸儒又从润色之，笺注之，而原书之精华奥窔，于是乎著。嗟嗟！赵夫人方帛刺绣，于我何能；孙乐昌蜡烛代赓，则吾岂敢。

侯官女士薛绍徽叙于甬上琴瑟寄庐。

——录自经世文社印 1900 年版

1901 年

《累卵东洋》[①]

《累卵东洋》自序

忧亚子[②]

泰西之硕学鸿儒，其所以开一世文明之运者，由其冥心孤索，凡有益于社会之事，不惜多方画策以转移之。于是合群生之脑力，以涤旧而振新，而浸淫渐进于无上之域，故能变易其野蛮之俗，而莫知其所由。小之可以垂亡之国而使之安，而强而固而雪大仇报大耻；大之可使大千世界血气之伦，同享太平之祚。呜呼！彼政治小说者，岂唯是寻常学校报馆之功用云尔哉。夫政治小说，其思也幻，其情也深，其事也奇，其文也肆，忽而金刚，忽而菩萨，忽而仙神，忽而鬼怪，忽而英雄，忽而儿女，珠光贝气，光怪离奇，令人喜笑怒骂，悲愉无端。原其先亦不过闾巷乡里，持以为怡性悦情之具而已，而卒能转移国运。呜呼！其为用不亦神矣哉。英之议院政，美与法之民主政，皆不离于此道也。夫政治专学，非不足以富强邦国，而正言庄论，可责望于士夫，不能下逮于氓庶。若夫以浅易之词，述正要之

① 《累卵东洋》，小说，扉页标“乙羽生著，忧亚子译”，版权页标“著者：大桥乙羽；译者兼发行者：大房元太郎；印刷所：爱善社”，“明治三十四年五月二十日发行”（1901 年），初版。日本乙羽生，即大桥乙羽（1869—1901）。

② 忧亚子，生平不详。译本扉页、正文首页标译者为“忧亚子”。版权页“译者兼发行者”，又作“大房元太郎”。

事，文词杂以诙诡，陈叙及于琐屑，故其感人也易，其入人也深，其化人也神，其及人也广。以之移易风俗，激发人心，盖有不期然而然，莫之致而致者。英美法收其效矣，然其所以能收效者，即至今日，亦尚莫能知之也。日本明治初叶，维新自讲明于上，而民气自固蔽于下。邦之先觉，谋有以布化之者，乃相率而纂译政治之小说。不數载，而民智大辟，骤进文明，国之权利，骎骎乎与欧罗巴诸大邦相拮抗，不可谓非政治小说之功也。庚子仲春，于书肆见乙羽生所著之《累卵东洋》一卷，市而读之。言英人蚕食印度种种虐政之惨，暗无天日，甚至赋税食盐，照原价加重三十倍。呜呼！是真足为吾中国之车鉴也已。译以汉文，将刊行之，而愚公适至，就谋所以开豁民智者，而以是书为请。公乃芟之易之，又益之以政家之言，视乙羽原作更益完善矣。既以朋辈索观，邮书盈束，亟付手民，以饷同志。呜呼！殷鉴不远，其亡其亡。凡我邦人，大夫君子，览五印之前轨，懔旦夕之危亡，前乎印而如此者，不知凡几矣，岂竟印人独有可亡之理耶？今之视昔，犹后视今。读是书者何不于掩卷太息之余，急自为未雨绸缪之计。我不自印，人能印我哉？呜呼可以兴矣。

辛丑年之二月，忧亚子序于江户。

——录自 1901 年大房元太郎版

《累卵东洋》[跋]

兰陵氏①

右《累卵东洋》一卷，乙羽生作，忧亚子译，而愚公所订定者

① 兰陵氏，资料不详。

也。愚公邮示以稿，嘱为之跋，且告之曰："吾邦士女之悦小说者众矣，吾乡人加甚焉。虽然，无足开民智者。时亟矣，惧为印续，此其可行乎。"又曰："吾不能为小说，重违忧亚之嘱，乙羽东人，其言之繁芜无裨我智识者，辄芟改之，盖十之五六，增益之，亦十之三四也。乃以抵书索取者日益多，亟刊行之，不遑计工拙也。"受读终篇，赞叹而起。有是哉！我今日中国之迫胁窘辱于人甚矣，天之警告我邦人者至矣。吾闻教育家之言曰，开智之事，功莫大于学校游学，效莫速于报馆译书，小说演说。我于数者，盖未之尽，举世惛惛，如聋如喑，吾无责焉矣。然而道光中叶以来，屡屡败衄，屡屡侵割。至去夏，而团匪肇乱，联军内犯。淫僇焚掠之惨，谈者呜咽；爪分公督之说，见诸章奏。以此觉民，不愈于学校报馆等等者乎？乃归自东京，由沪旋里，窃见邦之人宴安如故也，酣嬉如故也。告之以京津之乱、东南之约，或略有影响，或茫如梦寐，意谓闻见狭隘固如此也。乃吾闻西巡侍从之臣，煨息甫定，已称龈而演出矣；北都煨烬之余，狐豖在涂，衣冠盈壑，而车马阗溢，裙屐游行，无异畴昔也。其卑污无耻者，且为之伥，为之爪牙，为之奴，为之俾妾矣。呜乎！岂竟土木之形骸，奴隶之根性哉？盖无人焉为警觉之，为开悟之，彼不识不知之民，安所得而知亡国为奴之苦，灭种绝族之祸者。遂谓顷之所值，是偶然者，归之于灾悔劫数，即若可以湔其辱而塞其悲噫。盍取是书以熟读深思，奔走告语。鉴印之亡，求我之存，虽愚必明，虽柔必强。以是为醉梦场中，清夜之钟声，为苦海众生，普渡之慈航可也。虽然，昔与公游东都之肆，所见政治小说不下数十百种，尝曰安得通人志士，尽取而译之，以饷我邦人士女也。公告忧亚，傥成斯志，吾将绣丝以祝之矣。

辛丑二月兰陵氏跋。其时合议未成，而俄又索三省专约也。

——录自 1901 年大房元太郎版

《黑奴吁天录》[①]

《黑奴吁天录》序

魏易[②]

今使卒然问于人曰：尔愿举动自由乎？愿奔走自效乎？必曰愿自由。又卒然问于人曰：尔将厚待子孙乎？将厚待臧获乎？必曰厚子孙。问其何以愿自由？必曰自由主也，自效奴也。问其何以厚子孙？必曰子孙家人也，臧获外人也。呜呼！此心此理，固合古今中外圆颅方趾之人所同具，而未尝或异者也。然易尝读《南雷集》，谓后世所求乎草野者，不过欲得奔走服役之人。草野之应乎上者，亦不出奔走服役，跻之仆妾之间而以为当然。又读俄罗斯报，则谓中国本有外人执政之例，至近年美洲驱逐华工，而我支那之人，且欲为奴而不可得矣。夫奴隶可耻也，奴隶于异域尤可耻也。至求为奴隶于异域而不可得，而我使臣且出而争之，而争之又不能胜，诚不知我支那之人自居何等，而列邦待我支那之人又居何等也？易尝闻先生长者言：吾支那人奴隶性质，萌芽于秦，枝干于宋，充实蕃衍于明，故秦以后朝廷得而奴隶之，宋以后同洲异族得而奴隶之，明以后则天下五洲各国

---

① 《黑奴吁天录》(*Uncle Tom's Cabin; or, Life Among the Lowly*，今译《汤姆叔叔的小屋》)，小说，美国斯土活（Harriet Beecher Stowe，今译斯托，又作斯托夫人，1811—1896）著，林纾、魏易译述。1901年，武林魏氏木刻四卷本，首版。

② 魏易（1880—1932），字冲叔（一作聪叔），又字春叔，浙江仁和（今杭州）人。曾就读于上海圣约翰大学。与林纾合作翻译国外文学作品数十种，如《吟边燕语》《撒克逊劫后英雄略》《孝女耐儿传》等；独自翻译国外文学作品数种，如《冰蘖余生记》(法国勒东路易著，1916年)、《双城故事》(即《双城记》，1928年)、《苏后马丽惨史》(法国大仲马著，1930年)等。

得而奴隶之，盖理学八股之效，如是其彰彰也。虽然，及问我支那之人，愿自由不愿自效，厚子孙不厚臧获，此心此理，仍与古今中外圆颅方趾之人，未尝或异。意者读孔孟书，其尚有几微独立之性，未尽汩没者耶？然易闻法之汪勒谛昌明正学，恒假小说以开民智。近得美儒斯土活氏所著《黑奴吁天录》，反复披玩，不啻暮鼓晨钟。以告闽县林先生琴南，先生博学能文，许同任翻译之事。易之书塾，与先生相距咫尺，于是日就先生讨论。易口述，先生笔译，酷暑不少间断，阅月而书竣，遂付剞劂，以示吾支那同族之人。语云：前车之覆，后车之鉴。窃愿读是篇者，勿以小说而忽之，则庶乎其知所自处已。

光绪辛丑年秋月，仁和魏易自叙。

——录自 1901 年武林魏氏木刻本

《黑奴吁天录》例言

（林纾）

一　是书专叙黑奴，中虽杂收他事，宗旨必与黑奴有关者，始行着笔。

一　是书以“吁天”名者，非代黑奴吁也。书叙奴之苦役，语必呼“天”，因用以为名，犹明季六君子《碧血录》之类。

一　是书为美人著。美人信教至笃，语多以教为宗。顾译者非教中人，特不能不为传述。识者谅之。

一　是书系小说一派，然吾华丁此时会，正可引为殷鉴。且证诸嗵噜华人及近日华工之受虐，将来黄种苦况，正难逆料。冀观者勿以稗官荒唐视之，幸甚。

一　是书描写白人役奴情状，似全无心肝者。实则彼中仇视异种，如波兰、埃及、印度，惨状或不止此。徐俟觅得此种纪录，再译以为是书之左证。

一 是书开场、伏脉、接笋、结穴，处处均得古文家义法。可知中西文法，有不同而同者。译者就其原文，易以华语，所冀有志西学者，勿遽贬西书，谓其文境不如中国也。

一 书中歌曲六七首，存其旨而易其辞，本意并不亡失，非译者凭空虚构。证以原文，识者必能辨之。

一 是书言教门事孔多，悉经魏君节去其原文稍烦琐者。本以取便观者，幸勿以割裂为责。

——录自1901年武林魏氏木刻本

《黑奴吁天录》后序

林纾

考美利坚史，佛及尼之奴黑人，在于一千六百十九年，荷兰人以兵舰载阿非利加黑人二十，至雅姆斯庄卖之。此为白人奴待黑人之始，时美洲尚未立国也。华盛顿以大公之心官其国，不为私产，而仍不能弛奴禁，必待林肯，奴籍始幸脱。迩又浸迁其处黑奴者，以处黄人矣。夫蝮之不竟伸其毒，必别啮草木以舒愤，后人来触死茎，亦匪不死。吾黄人殆触其死茎乎？国蓄地产而不发，民生贫薄不可自聊，始以工食于美洲，岁致羡其家。彼中精计学者，患泄其银币，乃酷待华工，以绝其来。因之黄人受虐，或加甚于黑人。而国力既弱，为使者复馁慑，不敢与争。又无通人纪载其事，余无从知之。而可据为前谳者，独《黑奴吁天录》耳。《录》本名《黑奴受逼记》，又名《汤姆家事》，为美女士斯土活著。余恶其名不典，易以今名。其中累述黑奴惨状，非巧于叙悲，亦就其原书所著录者，触黄种之将亡，因而愈生其悲怀耳。方今嚣讼者，已胶固不可喻譬，而倾心彼族者，又误信西人宽待其藩属，跃跃然欲趣而附之。则吾书之足以儆醒之者，宁可少哉？是书假诸求是书院，仁和魏君聪叔易口述其事，余涉笔记之，凡六十有六日毕。

光绪辛丑重阳节，闽县林纾琴南序于湖上望瀛楼。

——录自 1901 年武林魏氏木刻本

《黑奴吁天录》跋

林纾

斯土活，美洲女士也。卷首署名不以女士加其顶者，以西俗男女并重，且彼原书亦不自列为女士，唯跋尾见之，故仍而不改。斯氏自云：是书多出诸一身之闻见，本事七八，演者二三耳。卷中士女名多假托，实则具有其人。余与魏君同译是书，非巧于叙悲，以博阅者无端之眼泪，特为奴之势逼及吾种，不能不为大众一号。近年美洲厉禁华工，水步设为木栅，聚数百远来之华人，栅而钥之，一礼拜始释，其一二人或逾越两礼拜仍弗释者，此即吾书中所指之奴栅也。向来文明之国，无私发人函，今彼人于华人之函，无不遍发。有书及“美国”二字，如犯国讳，捕逐驱斥，不遗余力。则谓吾华有国度耶？无国度耶？观哲而治与友书，意谓无国之人，虽文明者亦施我以野蛮之礼，则异日吾华为奴张本，不即基于此乎？若夫日本，亦同一黄种耳，美人以检疫故，辱及其国之命妇，日人大忿，争之美廷，又自立会与抗。勇哉，日人也！若吾华有司，又乌知有自己国民无罪，为人囚辱而瘐死耶？上下之情，判若楚越，国威之削，又何待言！今当变政之始，而吾书适成，人人既蠲弃故纸，勤求新学，则吾书虽俚浅，亦足为振作志气，爱国保种之一助。海内有识君子，或不斥为过当之言乎？

辛丑九月，林纾识于湖上望瀛楼。

——录自 1901 年武林魏氏木刻本

《佳人奇遇》①

《佳人奇遇》序②

梁启超

政治小说之体，自泰西人始也。凡人之情，莫不惮庄严而喜谐谑，故听古乐则惟恐卧，听郑卫之音则靡靡而忘倦焉。此实有生之大例，虽圣人无可如何者也。善为教者，则因人之情而利导之，故或出之以滑稽，或托之于寓言。孟子有好货好色之喻，屈平有美人芳草之辞，寓谲谏于诙谐，发忠爱于馨艳，其移人之深，视庄言危论，往往有过，殆未可以劝百讽一而轻薄之也。中土小说，虽列之

---

① 《佳人奇遇》，小说，日本柴四郎著，梁启超译。日本樽本照雄编《新编增补清末民初小说目录》标 1901 年商务印书馆出版《佳人之奇遇》，为东海散士著、梁启超译。邹振环《影响中国近代社会的一百种译作》（中国对外翻译出版公司，1994 年）称该书“1901 年由广智书局出版单行本，1902 年此书又编入商务印书馆‘说部丛书’”。柴四郎（1852—1922），别署“东海散士”，日本上总国人。1898 年 9 月，梁启超流亡日本途中初读是书，到日本后，学习日语的同时翻译该书，并将之刊于《清议报》第 1 册（1898 年 12 月 23 日）至第 3 册，第 5 册至第 22 册，第 24 册至第 35 册（1900 年 2 月 10 日）。日本追手门学院大学李庆国认为《佳人奇遇》译者应为梁启超和罗普（见竹内好《近代的超克》，北京：生活 · 读书 · 新知三联书店，2005 年，第 66 页注释）。

② 该序曾以《译印政治小说序》为名，刊《清议报》第 1 册（1898 年 12 月 23 日），署名“任公”。

于九流，然自虞初以来，佳制盖鲜，述英雄则规画《水浒》，道男女则步武《红楼》，综其大较，不出诲盗诲淫两端，陈陈相因，涂涂递附，故大方之家，每不屑道焉。虽然，人情厌庄喜谐之大例，既已如彼矣。彼夫缀学之子，黉塾之暇，其手《红楼》而口《水浒》，终不可禁，且从而禁之，孰若从而导之。善夫南海先生之言也，曰："仅识字之人，有不读经，无有不读小说者。故六经不能教，当以小说教之，正史不能人，当以小说人之，语录不能谕，当以小说谕之，律例不能治，当以小说治之。天下通人少而愚人多，深于文学之人少，而粗识之无之人多。六经虽美，不通其义，不识其字，则如明珠夜投，按剑而怒矣。孔子失马，子贡求之不得，圉人求之而得，岂子贡之智不若圉人哉？物各有群，人各有等，以龙伯大人与僬侥语，则不闻也。今中国识字人寡，深通文学之人尤寡。"然则小说学之在中国，殆可增七略而为八，蔚四部而为五者矣。在昔欧洲各国变革之始，其魁儒硕学，仁人志士，往往以其身之所经历，及胸中所怀政治之议论，一寄之于小说。于是彼中缀学之子，黉塾之暇，手之口之，下而兵丁、而市侩、而农氓、而工匠、而车夫马卒、而妇女、而童孺，靡不手之口之。往往每一书出，而全国之议论为之一变。彼美、英、德、法、奥、意、日本各国政界之日进，则政治小说为功最高焉。英名士某君曰："小说为国民之魂。"岂不然哉！岂不然哉！今特采日本政治小说《佳人奇遇》译之①，爱国之士，或庶览焉。

——录自中华书局 1936 年"饮冰室专集"本《佳人奇遇》

① 此句刊《清议报》第 1 册时，作"今特采外国名儒所撰述而有关切于今日中国时局者，次第译之，附于报末"。

《日本维新英雄儿女奇遇记》[①]

《日本维新英雄儿女奇遇记》自序

逸人后裔（赵必振）[②]

今天下救时之彦，爱国之儒，百喙一辞，万声同籁，莫不曰维新维新。叩其维新之道，师法欧美者十之三，师法日本者十之七，岂不以同洲同种同文，而又同为君主之国，其立宪政体于我支那为尤宜？吾亦曰：日本哉，日本哉！论者咸震于日本进步之速，不三十年骤升为世界之望国，如神龙之夭矫，猛狮之剽悍，环炳熻煌，猗欤盛矣，然其自宽永以来，艰险万状则多忽之。故吾支那求新之士，一经挫抑，则嗒然而丧其所守，愤云怨雾，慧眼迷离，弱者钳口结舌，再不敢谈新政；强者愈激愈愤，辄欲为躐等之举。一蹶而跻于绝域，不其难欤？吾尝考日本变法之初，其阻力之烈，与吾支那之时局累黍无差。安政之大狱惨酷无人理，而福原越后、益田右卫门等起兵清君侧，反诬长人以乱贼之名，尤与近日时事相等。其所以卒成强国而有今日，以与列强相角逐者，以其有百折不回之气。而其举国之民激昂慷慨，莫不有爱国心，其尊王之宗旨，不以艰险而忽转移，而后卒成伟业也。其丰功奇节，姑不具论，姑略举其艳情轶事，足以激发志

① 《日本维新英雄儿女奇遇记》，小说，正文标“日本长田偶得著，中国逸人后裔译”，版权页标“译者：原口增一；印刷人：堀定次郎；发行所：爱国社”，“明治三十四年九月廿五日发行”（1901年），初版。

② 逸人后裔，本名赵必振（1873—1956），字曰生，号星庵，湖南武陵（今常德）人。1900年参与湖南自立军起义，后亡命日本，学习日语。先后任《清议报》《新民丛报》编辑，常以“赵振”“民史氏”笔名发表文章。1902年潜回上海，参与广智书局翻译活动。译有《二十世纪之怪物——帝国主义》《近世社会主义》《日本维新慷慨史》《日本人权发达史》等。

气，引人入胜者，则有日本人重田偶得君所著《维新豪杰情事》一书。其纪当日之情形，与正史相出入，其体例则近于稗史，雄奇哀艳，沁入心脾。日本之撰述，近于此类者甚夥，此不过其一鳞一爪也。吾之初游海外，与日本人士相接，无不以国家自任各尽其国民之义务者，钦之折之。吾友粲然谓余曰："子毋然，毋为其所慑，此日本之风气使然也，下至娼妇，亦无不知纵谈亚东大局者。"余心讶之，及读日本之杂史，始恍然其致此之故，盖亦有然。因深慨夫吾支那之稗官野史，不为怪谬荒诞之言，则记污秽邪淫之事，何其相悬也。夫古乐思卧，今乐忘倦，人情固然，则稗史之关系，良非浅鲜。吾又闻之欧美之小说，多系公卿硕儒，察天下之大势，洞人类之赜理，潜推往古，预揣将来，然后抒一己之见，著而为书，以醒齐民之耳目。或对人群之积弊而下砭，或为国家之危险而立鉴，然其立意则莫不在益国利民，使勃勃欲腾之生气，常涵养于人间世而已（见劫火仙《瀛海纵谈》①），何其盛欤！近者求新知之魁桀，多明此理，或手著，或译本，风行一时。而此书尤信而有征，其所记者大抵儿女之事，尤易感人，因取而译之。余初学和文，力有不逮，友朋补助之力居多。原书文字之佳妙，深愧未能达其十一。既成，吾友林君读而许可，嘱付排印以行于时，并分任其印资。余感林君之厚谊，靦然付手民，出以问世，以贻世之好读稗史者，亦可以感发志气，各尽其国民之义务，不无小补云尔。读者若徒艳其影事，而忘其慷慨殉国之义烈，则译者之罪大矣。

光绪二十七年六月，逸人后裔曰生父序于日本飘蓬海岛之有味斋。

——录自堀定次郎印刷、爱国社发行 1901 年初版

① 梁启超主持《清议报》时，蔡锷以"蔡孟博""奋翮生""劫火仙"等笔名发表文章，并一度为"瀛海纵谈"专栏作者。

《日本维新英雄儿女奇遇记》序

罗古言月午氏[①]

夫琴瑟声希而筝琶夺其响，丹黄色庄而红紫炫其艳；松柏芃芃不如葩华之媚也，衮冕峨峨不如裙裾之丽也；不有芳草何人悦魂，非赋朝云焉能谲谏。良有以也，人之情欤。日本重田偶得君所著《维新豪杰情事》，采英雄轶事，纪儿女丽情。彤管有炜，录静女之诗；象服是宜，辑邦媛之史。扶桑三岛，神人所栖；弱水一弯，仙子是宅。登墙处子，高任侠之风，阿龙；拥髻妖姬，抱殉国之志，泷本；识靳王于走卒，阿驹、阿园、小花、小胜及助光宗氏之芳原某妓；瞰卫公于布衣，小仲、几松、若紫；梁伯鸾赁舂偕隐北海，小仓氏、胜氏、御牧氏、小石氏、细香上原氏；下玉京入道仍庇东林，野村望东。凡兹美谈，足征艳迹，钦彼侠骨，庶证女权。逸人后裔取而译之，意存讽谏，事可借观。远嗣徽音，等木兰之外史；近系芳躅，补良玉之逸篇。拟聂隐娘之传，无荒唐之讥；比崔会真之记，免淫荡之诮。书传震旦，纸贵洛阳，无俟著［蓍］龟，必寿梨枣。今日者，宗邦不振，故国式微，党锢之诛无殊乎安政，权奸之焰讵让夫将军。范滂贤母，讵无懿懿之行；屈原女媭，时有申申之詈。借八咫之神镜，何妨对影而观，击自由之警钟，或者同声相应。用缀短语，聊当弁言。

辛丑七月，罗古言月午氏序于日本横滨之望停云室。

——录自堀定次郎印刷、爱国社发行 1901 年初版

---

① 罗古言月午氏，资料不详。

《日本维新英雄儿女奇遇记》凡例

一　是书原名《维新豪杰情事》，今易名《日本维新英雄儿女奇遇记》。名不雅驯，荐绅难道，然说部稗史，所以取便流俗，无俟高深。大雅谅之。

一　是书原本所录歌词及书柬、日记之类，无关宏旨，徒盈篇幅，概从删节，一览了然。

一　是书原本附录情史十四则，大抵神怪亵秽之言，与本书殊为不类，删去不录。

一　是书原有本田种竹君序文，译本漏之，无从觅其原稿，不能补录，良用歉然。

一　是书所记虽杂史体例，然其事皆可征实，足以资人兴感，非同荒诞无稽者比，亦无秽亵淫荡之弊。

一　是书所纪虽属艳情，然与正史多相出入，读者可以兼知日本变法之梗概。

一　是书所录之诗，悉照原文，其措辞质朴，如汉魏乐府，不嫌野俗，一仍其旧，不敢妄加润色，庶不失其本意，且昭信史。

一　书中日本常用之字义，如曰面、曰调、曰问题、曰目的之类，概易以汉义，庶便阅者。

一　书中人名、地名，偶与他书小异者，即注明其下，以备考异。

——录自堀定次郎印刷、爱国社发行 1901 年初版

1902 年

《绝岛漂流记》[1]

《绝岛漂流记》[序]

高凤谦（高梦旦）[2]

余友沈飏民，以其弟诵先所译《绝岛漂流记》见示，且谓余曰："吾弟三岁得足疾，不良于行，长而益甚，然不以病废学，日夜治英文。今年二十又二矣，所译著正蕃，此特其一耳。书为英人狄福狱中之作，吾弟私喜之，欲借以药吾国人。"越数日，又言此书承同志付梓，因督余序之。余惟狄福忘其絷囚之身，著为文章，激发其国人冒险进取之志气，说者以谓欧人贤于吾亚人矣。今诵先病足之苦无异于狄福，乃亦不恤呻楚，勤事此书，以觉吾四万万之众夫。诵先固吾亚人也，固吾亚人之病废者也。嗟乎！病废如诵先，犹不自暇逸，以无负于其群，则凡四体皆备，俨然为完人者，所以自处又当何如也？余对飏民，余愧诵先矣。

---

① 《绝岛漂流记》（*Robinson Crusoe*，今译《鲁滨逊漂流记》），小说，英国狄福（Daniel Defoe，今译笛福，1660—1731）撰，正文标"钱唐跛少年笔译"，版权页标"翻译者：钱唐沈祖芬；印书所：杭州惠兰学堂；发行所：上海开明书店"，1902 年初版。

② 高凤谦（1869—1936），号梦旦，曾用笔名"崇有"，福建长乐人。1902 年赴日任留学监督，1903 年回国进入商务印书馆工作，先后任商务印书馆国文部长、编译所所长、出版社长等。生平注重翻译事业，发表有《翻译泰西有用书籍议》（《时务报》，1897 年 5 月 12 日）等文。

光绪二十八年五月二十日，长乐高凤谦梦旦甫。

——录自惠兰学堂印、上海开明书店发行1902年初版

《绝岛漂流记》[序]

钱塘跛少年（沈祖芬）[1]

英人狄福，小说名家也。因事系狱，抑郁无聊，爰作是以述其不遇之志。原名《劳卞生克罗沙》，在西书中久已脍炙人口，莫不家置一编。法人卢骚谓教科书中，能实施教育者，首推是书。日人译以和文，名《绝岛漂流记》。兹用其名，乃就英文译出，用以激励少年。自愧孤陋，无以动阅者之目，就正于瞜城夏子弹八，斧削既就，付之手民，以公同好。

戊戌仲冬，译者志。

——录自惠兰学堂印、上海开明书店发行1902年初版

《露漱格兰小传》[2]

《露漱格兰小传》序

冷红生（林纾）

余既译《茶花女遗事》，掷笔哭者三数，以为天下女子性情，坚

① 钱塘跛少年，本名沈祖芬（1879—1910），浙江钱塘（今杭州）人。早年自学英语，发表译著多种。《绝岛漂流记》译成于1898年，后经师长润色并资助而得以出版。

② 《露漱格兰小传》，小说，著者不详，信陵骑客译。版权页标“印行兼发行者：支那新书局；发行所：支那新书局；印刷所：文明书局印刷所”，“光绪二十九年四月发行”（1903年）。日本樽本照雄编《新编增补清末民初小说目录》标“1902年普通学书室首版”。

于士夫，而士夫中必若龙逢、比干之挚忠极义，百死不可挠折，方足与马克竞。盖马克之事亚猛，即龙、比之事桀与纣。桀、纣杀龙、比，而龙、比不悔，则亚猛之杀马克，马克又安得悔？吾故曰：天下必若龙、比者，始足以竞马克。又以为天下女子之性情，虽不如马克，而究亦鲜得与马克反对之人。近读信陵骑客所译《露漱格兰传》，乃省余持论之谬妄，以君子之事概天下也。余译马克，极状马克之忠，而客译露漱，又极状露漱之险。然则非马克与露漱反对，直客之笔墨，有意与吾反对耳。天下食荠甘者，当不知蓼之苦。露漱者，其蓼矣。请天下之读马克遗事者，更读露漱之传，始知吴道子作地狱变相，犹之风落霓转之写天尊也。

光绪辛丑九月，冷红生书于湖上望瀛楼。

——录自支那新书局 1903 年版

《露漱格兰小传》自序

信陵骑客[①]

无量男女，斯有无量情。无量情，斯有无量世界。世界一而已，男女万乎哉，万乎哉！忽焉现一幻男女，而即为幻世界；现一义男女，而即为义世界；现一势利男女，而即为势利世界。当夫千骷万髅，独居屏处，渺不相接，情状未现，忽纵之横之，使交会之。遍世界内骁男慧女，义夫媚子，错舄于一堂之上，接迹于衽席之间。歌谑间作，悲哀杳起。故于妻得露漱格兰，于夫得乔治太保，于友得洛勃忒，于仆得路加马克，有若格拉拉，有若奥特留纳诸男女，咸入

① 信陵骑客，资料不详。吴俊标校《林琴南书话》（浙江人民出版社，1999 年）注信陵骑客“疑是魏易，待确考”。

情界。乃至若有情，若无情；若可思议情，若不可思议情。我以为有情，我将以为丝也；我以为无情，我将以为冰也。我将化亿万身为丝，身为冰，身为非丝非冰。身入丝世界，出冰世界；入冰世界，出丝世界。而一一联续之，而一一融合之。使诸男女诸世界，绕行情轨，无有眦离，方尽我情，方塞我悲。世界上有揽衣搴袂而从我于此者乎？

译者识

——录自支那新书局1903年版

《泰西寓言》①

《泰西寓言》[序]

张学海②

读书不求甚解，久则豁然贯通，成材之士优为之。若童子知识未开，而亦欲效是之为，其不至囫囵吞枣者，几希，是讲解为不可少也。虽然，讲解岂易言哉。文理深奥，讲之难明，则教者劳而无功；书无意趣，不能助兴，则听着生厌欲睡，盖师弟两苦之。辛丑春，友人黄涵之广文，以所得《泰西寓言》稿本见示，余受而读之。盖由西而译中者也，计事二十三条，凡二千七百余言。学者童而习之，足以知警戒，资考镜，拓心胸，广见闻。且其文简而有味，浅而易晓，洵

① 《泰西寓言》，古希腊伊索（Aesop，约公元前620—公元前560）著，黄涵之（资料不详）编译。国家图书馆“西谛藏书”有藏本，但无著译者信息，无版权页。据刘永文编《晚清小说目录》(上海古籍出版社，2008年)，该本1902年于上海出版。

② 张学海，资料不详。

为学塾中讲解善本。回环洛诵，不忍释手，爰借录一通，付之剞劂，以公同好。不过冀童蒙心领神会，触类旁通，稍立讲解之始基，若等而上之，则有经史在。当代通人，幸勿笑余所见之浅也。

光绪二十七年立夏日，秣陵张学海识于申浦寓庐。

——录自1902年版

1903 年

《戈登将军》[①]

《戈登将军》序

赵必振

中国处亚洲大陆，环其四周者，古昔皆为同色人种，从无用异族而戕同种者。有之，自近代始。金田之乱，实我黄色人种内部之竞争，相阋于墙，操戈于室，无伤也。忽有延彼白皙人种而戮吾同种者，悲夫！异哉！至于今日，吾黄种之人，群颂戈登而不置也。戈登之性质，惯代人以戮其同种，不独于吾国为然，于埃及亦然。吾不敢责戈登，吾责夫同种人之争斗。延彼之色别、貌别、身躯别者，而授以刀斧，使同种人相鱼肉，以保彼一姓一家之产业也。戈登往矣，后之聘客将而授以兵权者，方兴未艾，其权且将十倍于戈登。吾恐其非用客将以歼客军，将用客将以歼吾同种者，其祸未有已时也。嗟我同胞，兴言及此，能毋悲乎！时译《戈登将军传》，而感触乎此，乃弁其卷首，用以代序，反袂掩泣，比于获麟。

癸卯正月，赵必振识。

——录自新民译印书局发行、中西书局印刷 1903 年初版

① 《戈登将军》，传记，正文标“日本法学士赤松紫川著，中国武陵赵必振曰生父译”，版权页标“发行者：新民译印书局”，“印刷者：中西书局活版制造印刷部”，“光绪二十九年二月二十日发行”（1903 年），初版。

《加里波的传》①

《加里波的传》绪论

自今日而观意大利，国旗辉扬，声威烂漫，驰驱于世界列强中，而未遑多让。人莫不惊其进步之速率，文明之渍涨[偾张]，几如灭迹而飞，绝景而走矣。然一溯其十八世纪之末，十九世纪之初，东困于法，西隶于奥，中央羁于班，国势衰颓，危于累卵，疆宇瓦解，日就支离。阿卡士大帝之雄图，已劫灰苍凉，不可复振。意大利三字，亦不过为考古者。一征引其故实，而为山河犹昔，风景全非之叹，亦殆矣哉。嗟乎！国有英雄，始可与立，不然，则前此之鞭箠天下，宰割群雄，何以如此之强？后此之分崩离析，残喘奄奄，待命于他人之手，又何如之衰乎？当斯时也，使天下生一二贤豪于其间，以鼓铸而缔造之。吾知二十四郡之民族，将破碎于异种铁骑之下，呻吟于群枭争竞之场，奴穴隶窟，终古沉霾，俛首系颈，永无天日。亦安能再建新国于薤露凄凉，残沙冷落之地乎？劫运将开，异人斯出，大声疾呼，震撼长梦，玛志尼是也。谙机达变，折冲樽俎，嘉富尔是也。其一则为加里波的将军，出万死不顾一生之计，撑支于腥风血雾之中，匹马横刀，澄清天下，披荆斩棘，恢复国疆。遂使二千九百余万之人民，复得吐气伸眉于生存竞争之世，以还彼祖宗历祀之光荣。噫！如斯人者，后世脍炙其功烈，想望其风采，而称为意大利建国三杰，岂偶然哉。

——录自广智书局1903年初版

① 《加里波的传》，小说，正文又作“意将军加里波的传”，著者不详，版权页标“译者：广智书局同人；印刷所：广智书局活版部；发行所：广智书局”，“光绪二十九年三月初五日发行”（1903年），初版。加里波的，Giuseppe Garibaldi，今译加里波第，1807—1882年。

《拿破仑》①

《拿破仑》序

（赵必振）

呜呼！古今之英雄，孰不推拿破仑为第一，稍知学问者，无不震之于拿破仑之名。然欲详拿破仑之事迹，载籍浩繁，虽累千万言，不足以纪其大致。而一区区之小册子，能形容之乎？然其传繁者，其纪事也详而悉；其传简者，其纪事也审而赅。拿破仑之伟业，固非一区区小册子所能尽也。而以区区之以一小册子而综括其大略，亦于谈历史者殆如袖珍之本而得之梗概也，不亦善乎？土井晚翠君之撰此传也，虽一区区之小册子，亦如古今大英雄之小影。呜呼！英雄往矣，得见其小影亦稍慰其景仰之意也。幸毋轻视焉，幸矣！

译者识

——录自益新译社发行、作新社印刷 1903 年初版

① 《拿破仑》，传记，正文署“日本文学士土井林吉著，中国武陵罗大维曰生父译”，版权页标“译者：武陵赵必振；发行者：益新译社；印刷所：作新社印刷局”，“发行所：作新社、文明书局、支那书局、广智书局”，“光绪二十九年三月二十日发行”（1903 年），初版。土井林吉，笔名土井晚翠（1871—1952），日本诗人。

《万国演义》[①]

《万国演义》序

沈惟贤[②]

今学者当务之急，曰中国古近史，曰泰东西古近史。自迁、固以降，暨乎圣朝，载籍尤博，缙绅先生能言之。若乃赤县神州之外，我中国历史目之为“四裔”，于其风俗政教，得诸重译，参以荒渺不经之谈。及国朝徐继畬、魏源氏译述《瀛寰志略》《海国图志》，乃始罗列东西洋欧美诸国，虽有疏阙，然大辂椎轮之功，不可泯也。海禁既启，舌人交错，于是有西教士译本，有和文译本，或详于地志而短于事实，或备于工艺而略于政宪。虽有涑水之才，欲网罗散失，以为“泰东西通鉴”，未之或逮也。然今学界日新，志士发愤，咸欲纵观欧、亚大势，考其政教代兴之机，富强竞争之界。即横塾之师，用以发明事理，启牖来学，亦于是乎汲汲焉。盖自朝旨设学堂，改科举法，以中学为体，西学为用，士于其夙习者或姑置之，新奇可悦者勃然趋之矣。然而，译本丛杂，抉择綦难，宗旨或乖，流弊滋大。不揣固陋，欲甄采诸书，厘订先后，都为一编。既病操觚未能，亦虑取材不逮。夫定是非之衡，争通塞之故者，莫先于蒙学；养蒙正俗，兴

① 《万国演义》，小说，著者不详，版权页标“华亭沈惟贤师徐辑著；贵池高尚缙笏堂鉴定；吴县、张茏炯仲清述章；秀水金猷琛芍庭、娄县吴葆诚存甫校订”，“著者兼发行者：上贤斋；印刷所：作新社；发行所：作新社、开明书店、宏文阁、合众译书局、史学斋”，“光绪二十九年四月初四日发行”（1903 年），初版。

② 沈惟贤（1866—1940），字思齐，一字师徐，晚号逋翁、逋居士，江苏华亭（今上海市松江区）人。历任浙江新城、石门、嘉兴、钱塘、仁和等地知县。辛亥革命后，曾任江苏省议会议长及国会参议院议员等职。著作有《两汉匈奴表》《唐书西域传注》《逋居士集》等。

起其感心，通达其智力者，莫捷于小说。故疏次年纪，联缀事类，以属张氏茂炯演说成帙，余复为之删订润色焉。溯自地质物迹之始，至于五洲剖别，泰东西诸国以次递兴，下迄十九世纪，先后五千年种族之盛衰，政体之同异，宗教之迭嬗，艺学之改良，崖略粗具。文贵征实，不蕲于振奇，所以愧文士子虚乌有之习也；义则尊王，无取乎诡激，所以矫野史嬉笑怒骂之作也。凡为六十卷，五十万言。贵池高君笏堂，今之明达君子，既与商正略例，乃举以致诸剞劂氏。世之作者，幸鉴其苦心焉。

光绪二十九年三月，华亭沈惟贤识。

——录自 1903 年上贤斋初版

《万国演义》[序]

高尚缙①

自隋以来史志，以小说家列于子部。其为体也，或纵或横，寓言十九，可以资谈噱，不可为典要。然以隋、唐志所载仅数十部，宋《中兴志》乃至二百三十二家，千九百余卷，不知古之闻人，何乐辍其高文典册，而以翰墨为游戏也？其至于今，则《广记》《稗海》之属，庋之高阁，而偏嗜所谓章回小说，凡数十百种，种各数十百卷。其诲淫诲盗及怪及戏，卑卑无足论已。或依傍正史，撰为演义，亦且点缀不根之谈，崇饰过情之誉，既误来学，又以自秽其书。夫乡曲之徒，不学无术，浸灌于诐邪之议，发生其佚荡之心，其贻害最烈。若能诱之正觉，先入为主，相渐相渍，与之俱化，其收效甚神。二者之间，孰得孰失，于小说乎卜之。彼虽小道，其于学界之相系，顾不

① 高尚缙，资料不详。

重哉！自顷海内宏达，相与论东西洋历史，与种族之竞争，政艺之兴革，三致意焉。然儒风始变，译述未宏，或粗举大略，或域于专门。有人焉甄综条贯，上自太古，下迄近世纪，属词比事，成一家言，岂非瑰异巨观哉！余则以学界之进化，在初级之开明，必有浅显易能之词，使童稚可通，新奇易悦之事，使乡曲能记。先启其轨，然后偕之大道，先引其绪，然后索之专家，其惟演义乎！辛、壬之际，与沈君师徐综论斯旨，若合符契。乃相与裒集诸书，挈其要领，汰其繁冗。张君仲清为之述草，师徐修饰润色之。及稘而毕，将锓之版，因念余与师徐兢兢商订之志，欲为学科达目的，非欲于小说界争上乘也，故述其梗概如此。

贵池高尚缙识

——录自1903年上贤斋初版

《万国演义》凡例

一　是编专述泰东西古近事实，以供教科书之用。特为浅显之文，使人易晓，故命曰《万国演义》。

一　是编遍采各家之书，凡历史纪传、政学家言，罔不甄录，格致家新法新理，删繁举要，连类而及，仍于卷末注明原书，以备参考。

一　是编排比年次为之经，贯穿事类为之纬。年以中西并系，事则征实，一洗小说家虚诞之习。

一　卷目用对偶标题，仍类举要典。别为细目，系于标题之下，庶一览而得其要领焉。

一　首列世界总图，五大洲分图，特就日本铸印最新图本，以资观摩。

一　人名、地名，译音互殊，别为考证于后。复举最要国地名，以中、东、西三文列为一表，俾稽之原音，以正译本之同异焉。

编者识

——录自 1903 年上贤斋初版

《游侠风云录》[①]

《游侠风云录》叙

独立苍茫子[②]

一国之特质有三，风俗其一端也。觇国者若不于此中求之，则虽钻研政籍，翻译律书，恐亦只知其表面之形式，而不深悉其内部之精神。夫风飙寥唳者，发动于青苹之末，国势熛腾者，胎源于社会之中。如日本以长蛇三岛，僻处亚东，维新三十余年前，藩幕倒戈，外患烽起，皇纲解纽，不绝如线。然不数年间，而能云涌电掣，横海夷岳，辉国旗于大地，握霸权于东方者，岂真有奇术之可操乎？抑亦别有他故耶？试考其历史，求其习尚，而始知其立国二千余年来，殆已演成一种所谓大和魂武士道之风俗者，是乃其立国之要素，强国之一大原因也。吾国自秦汉以还，朱郭之俦，青史绝书，媚骨柔心，于今为烈。人号四百兆，欲求一拔一毛以利天下者，已如麟毛凤角而不可多得。况冀其赴汤蹈火，隳胆抽肠，以救人之危，急公之难乎？此国之所以不振也，固亦宜然。吾人有忧之，乃译演此编，以饷我国民。

① 《游侠风云录》，政治小说，著者不详，封面署“独立苍茫子译述”，版权页标“译述兼发行者：独立苍茫子”，“印刷人：中原安太郎；印刷所：中原印刷所；总发行处：上海”，“光绪二十九年四月二十四日发行”（1903 年），初版。

② 独立苍茫子，中国留日学生，著有《东京学界公愤始末告乡人父老兴学书》（1906 年）。其他不详。

至其中所述，虽不过一二儿女子之事，爱波成海，情尘为岳，究亦人世常谈，然观其拯闺媛于危难，殉肌肤于猛鸷，热血坌涌，侠气淋漓，而其社会之风潮，亦足窥见一斑矣。庄子曰："哀莫大于心死。"吾国民读此，庶可以兴乎？

癸卯夏初中浣，南墅独立茫苍子①识于东京旅次。

——录自 1903 年独立苍茫子自刊本

《克莱武传》②

《克莱武传》序

杨瑜统③

尚德者王，尚力者霸，统古今万国，莫不皆然。然而有其君必有其臣，得其时乃得其用。既势力之所及，于是富者益强，强者愈富。而衰弱者当之，不知变计，且从而构衅焉，是诚自贻伊戚耳。嗟夫！欧洲当十八世纪，商战之局已开。英吉利以三岛之雄，逞蚕食之志于中亚。由是五印度国相继沦夷，不数十年而尽隶英之版图矣。然而当日者，实克莱武一生底定之。克莱武以年少从戎，奋其智勇，战必胜，攻必克，卒至丰功伟绩，震烁古今，何其懿欤。虽有一二细事，为后人所疵摘，然其不灭之精神自在，且亦不必为贤者讳也。英人麦可利叙述其平生事实，传之于世。日本久有译本，今沪滨商务印

---

① "独立茫苍子"，版权页作"独立苍茫子"。

② 《克莱武传》（*Lord Clive*，今译《克莱夫勋爵》），传记。英国麦可利（Thomas Babington Macaulay，今译麦考利，1800—1859）著，版权页标"译者：商务印书馆译"，1903 年上海商务印书馆初版（光绪二十九年四月）。

③ 杨瑜统，生卒年不详，字赤玉，江苏阳湖人。与庄俞、蒋维乔等共同编纂有《最新国文教科书》（商务印书馆，1904 年）等。

书馆重加译印。当代人物卓然如见，其与蒲利孙、威林顿后先并耀者欤。夫固绝世之英雄也，所惜者年未五十，抑郁而殁。迹其生平，于印度所立国会，夫固较法兰西人差胜，虽然吾不能不为印度慨也。是为序。

光绪二十九年夏五月，杨瑜统序。

——录自商务印书馆 1903 年初版

《克莱武传》凡例

一　是书系英国麦可利所著，题曰《克莱武传》。今依其原名。

一　克莱武以东印度商社书记，率商兵数百，遂使印度帝国归英掌握。生于东洋者，宜观西力东渐，而破因循之旧梦。

一　印度衰颓之状，是书所记颇详，足以警我中国。至书中所记奈泊伯暗于外情，与中国守旧党心思酷肖。联法拒英，自贻伊戚，尤可为不能自强而滥讲联英拒俄、联俄拒英者当头棒喝。

一　地名、人名与他人所译颇有不合，然译者惟求其当，不愿拘泥陈迹。

一　原书论理叙事，并以抑扬出之，故述译颇难。译者惟求与原书吻合，文笔工拙不暇计也。

译者识

——录自商务印书馆 1903 年初版

《克莱武传》跋

余译《克莱武传》既成，因题其后曰：英人以商业取印度，非英人夺于印度人之手也，实印度人自弃其国，而英人俯拾之耳。英人始至印度，不过数百商人，借数亩之地，以贩卖货物而已，曷尝有领其土地之梦想哉？惟因其专制君主酣睡深宫，人民甘为奴隶于异族，卒使五千余年之文化，二十余万里土地，二万万人口之大族，归欧人之掌握也。悲哉！怅怀中国，世事茫茫，印度第二，殷鉴不远。倘不改革，日复一日，欧人不必以铁舰巨炮长驱而取我国，即今租界之商人，不数年后，已足吸取我二十三行省之精血而空之矣。前车已覆，后辙方驯。殷忧触心，投笔四顾，自不知其下数行之泪也。

自跋

——录自商务印书馆 1903 年初版

《梦游二十一世纪》[①]

《梦游二十一世纪》序

（杨德森[②]）

孔子曰：百世可知，言大经大法，万变不离其宗也。若夫沧海桑田，迁移何定，今日繁盛者，安保他日之不衰息？然则考已往，观今世，以逆料将来，其可知之数耶？不可知之数耶？无可知之事，有可知之理。据所已知，以测所未知，初非托诸虚诞也。是编出于十九世纪之中叶，作者谓荷兰博学士，精于哲学，隐其名，自号 Dr.

① 《梦游二十一世纪》，小说，荷兰达爱斯克洛提斯（Dioscorides）著，杨德森据日本上条信次日译本转译。刊《绣像小说》第 1 期（1903 年 5 月 29 日）至第四期（1903 年 7 月 9 日），1903 年商务印书馆初版（光绪二十九年四月）。

② 杨德森，资料不详。

Dioscorides 达爱斯克洛提斯。书成，咸以先睹为快。德之博学者奇赏之，译以德文，印行者再。英人 Dr. Alex. V. W. Bekkers 培克斯亚力山大，又译德文为英文。此书风行欧洲，递相翻译，经数国文字，足增价值，为不朽之杰作。仆之译此，悉本英文，深虑不能达其旨，而为识者讥。世之君子，起而正之，则幸甚焉。呜呼！孽海茫茫，浮生若梦，安得以一梦而置身二十一世纪间？闻所未闻，见所未见耶！夫固令人神游目想，有若可必其所至者，何斯人而有此梦耶？吾人何幸而亦相随入梦耶？编译既竟，爰识数语，以志感慨。

译者识

——录自商务印书馆 1903 年初版

《政海波澜》①

《政海波澜》叙

爱小说者②

小说，国民之影也。故观其国之小说，而其国之风俗议论，无不明了。爱小说者，思将方今万国之小说，尽行译出，以启我民之固蔽。虽然，材力不足，不可以胜任。顷者赖子译《政海波澜》四卷，颜之曰日本小说，其中尽记日本人之事述，盖日本人风俗议论之影也。译竟而归国，留余行箧，已数月矣。今取而观之，见其间言论思想，实有我国民所不及者，以之行世，亦足以风。缘即删其芜杂，整

① 《政海波澜》，小说，封面署“作新社藏版”，目次标“日本广陵佐佐木龙撰，支那赖子译”，版权页标“译者兼发行者：作新社”，“光绪二十九年五月十日发行”(1903 年)，初版。

② 爱小说者，资料不详。

其词句，以售。

爱小说者叙于东京客次。

——录自作新社 1903 年初版

《政海波澜》凡例

支那赖子[①]

一　是书原本，汉文甚工，故文词多仍其旧。

一　是书著于十年前，故其中情事，与今日稍有异者。然亦甚微。

一　是书情事，与我国今日相类者甚多，故读之甚有益趣。

一　是书所谓一滴二滴者，即一回二回之意。

译者识

——录自作新社 1903 年初版

《政海波澜》[跋]

支那赖子

译《政党［海］波澜》毕，喟然叹曰：犹是我东亚人之理想也，美妻一也，高官二也，荣名三也。虽然，盖亦有进已耳。观其守一夫一妻之制，男女相悦而不乱，一也；不思为汉祖唐宗，而为自由党之首领、议员之议长，二也；不以文字剽窃，而以实力，三也。是三者，我国自命之通人达士，其胸中尚未尽净也。况乎辈辈！

——录自作新社 1903 年初版

① 支那赖子，资料不详。

《瑞西独立警史》[1]

《瑞西独立警史》序

荣骥生[2]

立国于今日之世界，据四千万方里之地，有四万万伟秀之氏，为四千余年文明之胄。典章制度，冠绝环球；文物声明，甲于万国。矿山四辟，而利源可以不竭；物产丰富，而衣食可以无缺。长城万里，为其北藩；葱岭千寻，为其西蔽。南临暹缅，东界大洋。长江大河，舟楫利便；汽车铁道，来往迅捷。若是者，宜其扑英狮，摧俄鹫，欧风美雨，扫荡净尽，执全球之霸权，而为世界之主人翁矣。而孰知其含羞纳垢，腐败衰弱，放弁［弃］其一切权利，甘为波兰，甘为印度。此在旁观，尤为疾首，况身当其境，目睹其惨，而能不悲愤抑郁乎？呜呼！此吾所以对《瑞西独立小史》，涕泪纵横，掩卷而不忍卒读也。夫瑞西一介小国耳，始属于罗马，后隶于日耳曼，眇焉小邦，自昔恒为臣属，初未尝有独立之性质，有独立之制度者也。况国境小弱，形势迫狭，其民无伟大之气象，其国乏富强之根本。而瓦尔得、威儿尼、亚尔那脱等，身无权位，起自田间，攘臂一呼，全国响应，虽妇人孺子，莫不奋发兴起，卒至诛除虐吏，脱外人之羁绊，握自由独立之实权。呜呼！何其伟也！夫世界当竞争之日，优者胜，劣者败，此天演之公理也。近数年间，若非律宾，若南阿，若日本，皆以

---

① 《瑞西独立警史》，历史小说，著者不详，封面署“译书汇编社藏版”，版权页标“译述者：陆龙朔；发行所：译书汇编社；印刷人：酒井平次郎；印刷所：东京并木活版所；总售处：开明书店”，“光绪二十九年五月二十八日发行”（1903 年），初版。

② 荣骥生，资料不详。

区区小国，欲一跃而回复其自由独立之精神，虽成败有不同，然其欲实践优胜之说则一也。惟我支那，我支那之人民，吾支那之土地，吾支那之财产，我支那之形胜，皆为环球之所莫能及，矧复非律宾、矧复日本、矧复南阿，然而沉沉长睡，茫乎不知其劣而将败也。及今不思振作其独立之精神，回复其自由之权利，则我支那必将为万矢之鹄的，为群剧之舞台，为俄鹫英狮之所攫食，为欧风美雨之所摧折。后顾茫茫，我黄种之尚能生存于世界者几希矣！云间陆君龙翔，有感于此，因译是书而问序于余。余尝谓文字之最足以感人者，莫如小说。且是书行文疏畅，无奥博难读之患，用以输入自由独立之精神，以激醒我民心，以振作我民气，吾知四万万同胞，必将感动奋发，投袂而起也。然则中国强盛之机，可于是书卜之，遂不辞其不文而为之序。

癸卯清和望日，上海脂车荣骥生序于日本东京旅舍。

——录自译书汇编社发行、东京并木活版所印刷 1903 年初版

《十五小豪杰》①

《十五小豪杰》[附记]

少年中国之少年（梁启超）

第一回：

此书为法国人焦士威尔奴所著，原名《两年间学校暑假》。英

① 《十五小豪杰》(*Deux ans de vacances*，今译《两年假期》)，小说，法国焦士威尔奴（Jules Gabriel Verne，今译凡尔纳，1828—1905）著。日本森田思轩据英文译本 *Two Years' Vacation* 译为日文，题为《十五少年》。梁启超、罗普据森田思轩译本汉译为《十五小豪杰》。前九回由少年中国之少年（梁启超）译，后九回由披发生（罗普，1876—1949）译，刊《新民丛报》第 2 号（1902 年 2 月 22 日）至第 4 号，第 6 号，第 8 号，第 10 号至第 19 号，第 21 号，第 23 号，第 24 号（1903 年 1 月 13 日）。1903 年上海广智书局初版（光绪二十九年五月）。

人某译为英文，日本大文家森田思轩，又由英文译为日本文，名曰《十五少年》。此编由日本文重译者也。

英译自序云：用英人体裁，译意不译词，惟自信于原文无毫厘之误。日本森田氏自序亦云：易以日本格调，然丝毫不失原意。今吾此译，又纯以中国说部体段代之，然自信不负森田。果尔，则此编虽令焦士威尔奴复读之，当不谓其唐突西子耶。

森田译本共分十五回。此编因登录报中，每次一回，故割裂回数，约倍原译。然按之中国说部体制，觉割裂停逗处，似更优于原文也。

此书寄思深微，结构宏伟，读者观全豹后，自信余言之不妄。观其一起之突兀，使人堕五里雾中，茫不知其来由，此亦可见西文字气魄雄厚处。

武安为全书主人翁，观其告杜番云，“我们须知这身子以外，还有比身子更大的哩”，又观其不见莫科，即云“我们不可以不救他”，即此可见为有道之士。

第二回：

此两回专表武安，就中所言“今日尚是我辈至危极险之时，大家同在一处，缓急或可相救，若彼此分离，是灭亡之道也”，我同胞当每日三复斯言。

读此回者无人不痛恨杜番。杜番亦只坐争意见顾私利耳。恨杜番者宜自反。

有竞争乃有进化，天下公例也。武、杜两党抗立，借以为各国政党之影子。全书之生气活泼，实在于是。

读者勿徒恨杜番，且看他日服从公议之处，便知文明国民尊重纪律之例，观其后来进德勇猛之处，便知血性男子克己自治之功。

好容易盼到靠岸，以为苦尽甘来矣。不知此时之险阻艰难，更倍于从前。行百里者半九十，任事者最宜知之。

叙了两回，到底这船为何事欲往何处，缘何只有这几个孩子，读者闷葫芦已打得不耐烦了。第三回便当说明，先泄露一点消息，以慰看官之望。

第三回：

学生放假时，不作别的游戏，却起航海思想，此可见泰西少年活泼进取气概。

英国人最贵自由，此全球所共知也。而其在学校中，幼年生服侍长年生，若厮养然。吾初游美洲、澳洲各学校，见此风气，心颇怪之。殊不知自由与服从两者，如车之两轮，鸟之双翼，相反而相成也。最富于自由性质者，莫英人若，最富于服从性质者，亦莫英人若。盖其受教育之制裁者有自来矣，立宪政体之国民，此二性质缺一不可。盎格鲁撒逊人种所以独步于世界，皆此之由也。近世后生小子，或耳食一二自由平等之理论，辄放恣无复纪律，是安得为真自由哉？

盎格鲁撒逊人，凡于各团体中，无论大团小团，皆听其自治。如一学校，其中规模，殆与一国无异，长年生与幼年生，即治者与被治者之两阶级也。而长年生既享有受服侍之权利，即有应尽其保护幼者之义务。权利义务，一一分明，及其出学校而任国事，亦若是则已耳。英国之学校，无一而非实务教育，即此可见其概。

佐克自经患难后，全变其气质，为一完人，患难之福人大矣哉。此等机会，人生所最难遇也。苟遇此者，岂可错过，有负天心仁爱耶？

第四回：

本书原拟依《水浒》《红楼》等书体裁，纯用俗话。但翻译之时，甚为困难。参用文言，劳半功倍。计前数回文体，每点钟仅能译千字。此次则译二千五百字。译者贪省时日，只得文俗并用。明知体例不符，俟全书杀青时，再改定耳。但因此亦可见语言文字分离，为中国文学最不便之一端，而文界革命非易言也。

点检什物一段，看似无味，实则此后件件皆得其用，布置殊非偶然。

船中所存什物，统计之不能值五百镑金，然莫不有用。所最无用者，则此金钱五百磅耳。平准学言金钱非财富，在此等境地，便足证学理之确当。

——录自广智书局 1907 年三版

《哲学十大家》①

《哲学十大家》序

西洋哲学，起自希腊，征之历史，盖在二千五百年前。毕竟始自何年，其详不可得而考。然史家之说，多以廷礼氏为初祖（按，廷礼氏当纪元前六百四十年，其实［时］哲学始萌芽）。至纪元前二百年代，琐格拉底出，于是希腊文化，始称极盛。自亚里斯多德而后，其学又衰，及罗马而益微，则仅传哲学之余绪而已。洎乎罗马之季，天下暗昧，古代文学，全堕于地，不复见昔日之开明。其后虽有复兴之机，旋以封建制度之压制人心，耶稣教之缚束人性，皇皇哲学，由是中绝。直至近世之初期，打破封建之制度，大杀耶教之势力，人民起于醒睡之中，古学复兴之机，至是渐熟。且其时外则盛开航海通商之途，内则发明刊印翻译之术，人群智慧，赖以进步，近世诸学，由此而兴。哲学亦中兴于

① 《哲学十大家》，传记，日本东京文学士著，版权页标“编译者：国民丛书社；校阅者：文化编译会社；印刷所：文化编译会社；总发行所：汲绠斋分庄”，“光绪二十九年五月首次印行”（1903 年），初版。

此时，遂称为近世哲学。于是转名希腊哲学，为古代哲学。故今日哲学，有古代、近世之别。实则近世哲学，希腊哲学之一转耳。然不能不分别而究竟之。古代哲学，以琐格拉底、亚里斯多德为先河；近世哲学，以笛卡儿、倍根为鼻祖。故人欲考究哲学，当承认此四子为哲学之主人翁。虽非西洋哲学，始纪元前五百年，相传至十九世纪之末，盖经二千三四百年矣。其间当中古黑暗之世，千余年间，古代诸学，扫地尽亡。哲学之光于中天者，得七百年，巨子硕行，更仆难数。四子之外，如琐格剌底、弗拉的、亚里斯多德、倍根、牛董、孟德斯咎、斯密士、本唐、达尔文、斯宾塞者，皆于哲学界上，各竖一帜，名显于当世者也。余为收罗诸家学说，虽不免失之简略，然读之亦可窥见一斑，乃署曰"哲学十大家"，并略记哲学，派源于此。

编译者识

——录自文化编译会社印刷、汲绠斋分庄发行 1903 年初版

《新庵谐译初编》①

《新庵谐译初编》吴叙

吴沃尧（吴趼人）②

周子桂笙，余之爱友亦余之畏友也。余旅居上海，忝承时流假以颜色，许襄日报笔政，周子辄为赞助焉。此篇盖即借以塞空白者也，既入

---

① 《新庵谐译初编》，小说，正文标"上海周树奎桂笙戏译，南海吴沃尧趼人编次"，扉页标"癸卯孟夏上海清华书局铅印"，版心标"清华书局排印"，1903 年初版。共上、下两卷，上卷收《一千零一夜》《渔者》两篇，下卷收《猫鼠成亲》《狼羊复仇》等十五篇。

② 吴沃尧（1866—1910），字小允，号趼人，另号我佛山人、天南遁叟，别署茧叟、野史氏等，广东南海人。先后主笔《字林沪报》副刊、《采风报》《寓言报》，主编《月月小说》等。

报纸，则零断散失，不复成章，爰编次之，重付剞劂氏。此编周子自序已尽其言，余无可序，余当序周子，更当序余之于周子。周子通英、法文学，而尤肆力于祖国之古体文，顾殊不自满，好学下问。己亥之秋，因彭君伴渔介绍，余方识之。交久而弥笃，始爱之，继敬之，终且畏之，余亦不自知其何为而然也。恒以所为文见示，美矣备矣，而犹必殷殷请商榷。如余之不文，复何足以商榷文字，然偶有见及，必为敷陈，辄喜谢以去，虚衷如是，则周子之学正未艾也，此余交之因爱而生敬者也。顾周子洵洵儒者，无严词，无道貌，而余甚畏之。偶得一新理想，或撰一新文字，必走商之；或作狭邪游戏事，则避周子如不及。顾周子未尝责我也，而余之畏惮之如是，周子得毋别有所可畏惮者耶？举此以告读周子此书者，勿徒以其为翻译家行文家已也。周子与余论道之言稿，万笔不足以尽，余最服膺其一言曰：凡事必审度祸福而后行，则天下无可行之事。呜呼，举此语亦足以略见其为人矣！余旅沪二十年，得友一人焉，则周子是也。此编成，问序于余，不敢以不敏谢责，书此归之周子，其不以我为谀否？然而余则敢自信为非谀也。光绪癸卯暮春之初，南海吴沃尧拜手序于汉皋，时方以春树暮云，怀念故人不见为怅怅也。

——录自上海清华书局 1903 年初版

《新庵谐译初编》序

周桂笙[①]

人生束发受书，得觇异籍，当勉为中外通儒，若仅仅于学成译材，所就既已小矣！虽然，自庚子拳匪变后，吾国创巨痛深，此中胜败消

---

① 周桂笙（1863—1926，一说 1873—1936），字树奎、新庵、惺庵，号知新子、知新室主人等，江苏南汇（今属上海）人。通英、法文。曾任《月月小说》译述编辑，同盟会机关刊物《天铎报》编辑等。译有《毒蛇圈》《红痣案》等小说。

息，原因固非一端，然智愚之不敌，即强弱所攸分，有断然也。迩者朝廷既下变法之诏，国民尤切自强之望，而有志之士，眷怀时局，深考其故，以为非求输入文明之术，断难变化固执之性，于是而翻西文译东籍尚矣。日新月异，层出不穷，要皆觉世牖民之作，堪备开智启慧之助，洋洋乎盛矣，不可谓非翻译者之与有其功也！于是乎译材固不可以仅目之也。世之君子所译者如是，若余此编，则既无宗旨，复无命意，牛鬼蛇神，徒供笑噱；又复章节残缺，言之无文，乃亦与时下君子所译鸿文同时并出，毋亦徒留笑柄于当世耶。虽然，此编之成，初非余之本意，盖吾友吴君趼人怂恿之作也。吴君为南海荷屋中丞公之曾孙，家学渊源，文名籍甚，生有奇气，素负大志。与余交最莫逆，尝谓人曰：得识周某，不负我旅沪二十年矣。尝历主海上各日报笔政，慨然以启发民智为己任。然其议论宗旨，喜用谐词，以嬉笑怒骂发为文章，盖谓庄语不如谐词之易入也。尝出泰西小说书数种，嘱余逐译以实其报。余暇辄择其解颐者译而与之，三四年来，积稿居然成帙矣，略加编次，遂付梓人。友人索阅，聊省抄力，若云问世，则吾岂敢。

光绪壬寅二十八年仲冬之月，上海新庵主人书于知新室。

——录自上海清华书局1903年初版

《伊索寓言》①

《伊索寓言》序

林纾

伊索产自希腊，距今二千五百有余岁矣。近二百年，哲学之家，

① 《伊索寓言》（*Aesop's Fable*），小说。古希腊伊索（Aesop，约公元前620—前560年，一说为传说人物）著，林纾、严培南（字君潜）、严璩（字伯玉）合译。"宣统三年五月五版"（1911年），版权页标有"光绪二十九年正月初版"（1903年）字样。

辈起于欧西，各本其创见，立为师说。斯宾塞氏撰述，几欲掩盖前人，命令当世。而重蒙学者，仍不废伊索氏之书。如沙的士，如麦生蒙，如沙摩岛，如可踢安之人，咸争以为伊索氏产自其乡里，据为荣显。顾古籍沦废，莫获稽实，独雅典有伊索石像存焉。相传伊索冤死于达尔斐，达尔斐数见灾眚，于是雅典始祠以石像。然则昌黎之碑罗池，神柳侯之灵，固有其事耶。伊索为书，不能盈寸，其中悉寓言。夫寓言之妙，莫吾蒙庄若也。特其书精深，于蒙学实未有裨。尝谓天下不易之理，即人心之公律。吾私悬一理，以证天下之事，莫禁其无所出入者，吾学不由阅历而得也。其得之阅历，则言足以证事矣。虽欲背驰错出，其归宿也，于吾律亦莫有所遁。伊索氏之书，阅历有得之书也，言多诡托草木禽兽之相酬答，味之弥有至理。欧人启蒙，类多摭拾其说，以益童慧。自余来京师数月，严君潜、伯玉兄弟，适同舍，审余笃嗜西籍，遂出此书。日举数则，余即笔之于牍，经月书成。有或病其书类齐谐小说者，余曰：小说克自成家者，无若刘纳言之《谐谑录》、徐慥之《谈笑录》、吕居仁之《轩渠录》、元怀之《拊掌录》、东坡之《艾子杂说》，然专尚风趣，适资以侑酒，任为发蒙，则莫逮也。余非黜华伸欧，盖欲求寓言之专作，能使童蒙闻而笑乐，渐悟乎人心之变幻，物理之歧出，实未有如伊索氏者也。余荒经久，近岁尤耽于小说，性有所惬，亦莫能革，观者幸勿以小言而鄙之。

光绪壬寅花朝，闽县畏庐林纾序于五城学堂。

——录自商务印书馆 1903 年四版

《俄国情史》[①]

《俄国情史》绪言

黄和南[②]

全书仅二万数千言，为叙事体，非历史，非传记，而为小说。所述者又不出于两人相悦之轶事，实则即吾国之所谓传奇。其曰情史者，乃袭用原译者之原用名词也。

通览全书既毕，恨弥士不与弥路洛夫及路顿三人同死，又恨玛丽亦不死。然吾东洋人最好以死责人，而不问其时与事之必须死与否，是不然也。将谓弥士当为君死乎？此固为东洋专制国民之眼孔，不暇深驳。将谓弥士宜为死者死乎？彼弥路洛夫与路顿之就义，诚伟矣。然视彼从次林军大破敌酋，复得亲见普加秋尔枭首之弥士，则又何其壮也。弥士不死，则玛丽亦不必遽死。有弥士存，而玛丽亦可以解嘲，安得谓彼二人之偷生苟活耶？

自由结婚，世界文明之一大证据也。弥士自为觅妻，于公理宁有所背，而乃父竟施严酷之手段，以阻遏之。可见俄人之专制，较之支那，殆不相下。夫婚媾何事也，而父母干预之，越俎代庖。有此习惯，致使全国中之男女，皆不能得其所，则人生无乐矣，可悲也哉。

夫小说有责任焉。吾国之小说，皆以所谓忠臣、孝子、贞女、烈

---

① 《俄国情史》（*Капитанская дочка* 一名“花心蝶梦录”，今译《上尉的女儿》），小说，俄国普希罄（Alexander Pushkin，今译普希金，1799—1837）著，正文署“日本高须治助译述，房州戢翼翚重述”。版权页标“印刷者：作新社印刷局；发行者：大宣书局；发行所：开明书店、文明书局”，“光绪二十九年六月十五日出版”（1903年），初版。

② 黄和南，资料不详。

妇等为国民镜，遂养成一奴隶之天下。然则吾国风俗之恶，当以小说家为罪首。是则新译小说者，不可不以风俗改良为责任也。

元成述《俄国情史》，能以吾国之文语，曲写他国语言中男女相恋之口吻，其精神靡不毕肖。其文简，其叙事详。其中之组织，纡徐曲折，盘旋空际，首尾相应，殆若常山之蛇。其不以弥、玛二人之不死为嫌者，正谓死者易而生者难也。弥士之匍匐救玛丽，玛丽之殷勤为弥士哀恳，较之一死塞责者，其情感之深，殆百倍过之，抑亦见自由结婚之结果之善。呜呼！我国人见此，社会可以改革矣。

癸卯展端阳巩黄和南

——录自作新社印刷、大宣书局发行 1903 年初版

《二金台》[①]

《二金台》译者曰

（叶启标[②]）

侦探之事，非雅士所为，而泰西文人，或津津道之，是何也？将以重民命也。有司之耳目难周，人情之变幻百出，疑案一起，株连多人，而身其罪者，转得逍遥事外。宽猛倒施，良莠互易，但能以奇刑逼供，则能吏声起矣。呜呼！是非有侦探之才者，何以济其穷也。尝与友人论之曰：天下有聚千百士君子，所叹息痛恨，而无可如何，而一二人为之，遂足以快天下之心者，刺客是也。天下有聚千百良有

① 《二金台》，著者不详，叶启标译，版权页标"发行所：牖明社；印刷所：竞化书局活板部"，"光绪二十九年六月发行"（1903），初版。封面题"新包探案二金台"。"译者曰"载于卷尾。

② 叶启标，生卒年不详，浙江慈溪人，曾留学英国。

司，所咨嗟彷徨，而无可如何，而一二人为之，遂以破天下之疑者，侦探是也。哲士论兵，最重间谍；英雄用人，亦云使诈。折狱而用侦探，在今日盖为必不可无之事。抑吾之说又有进乎此者。支那末运，贤不肖易位，鬼狐之群，不为奇骗奇窃，而幻形为花翎红顶之俦，其伎俩愈劣而愈毒，令人不可思议。吾安得如二金台者日尾其后，以窥其丑态，俾奸穷怪得，即以快枪击杀之也。龚定庵，以薮无才盗，为支那人才忧。吾又安能必国有才侦探，为支那之志士用哉。乃为之咏曰：常探探小盗，奇探探大盗。大盗毒兆民，高据好官好。赫赫九千岁，悠悠长乐老。开眼一声吼，志士迹如扫。非虎而实狐，奇探向我道。

——录自牖明社发行、竞化书局印刷 1903 年初版

《铁世界》①

《铁世界》译余赘言

（包天笑②）

一　是书为法国迦尔威尼氏原著。氏为巴黎小说家巨子。其所撰科学小说不下十余种，《铁世界》其一也。仆少肆法文，然不能译

---

① 《铁世界》（*Les Cinq cents millions de la Bégum*，今译《培根的五亿法郎》），科学小说，法国迦尔威尼（Jules Gabriel Verne，今译凡尔纳，1828—1905）著，吴门天笑生（包天笑）译，1903 年上海文明书局初版（光绪二十九年六月发行）。

② 包天笑（1876—1973），本名包公毅，号包山，笔名天笑、春云、微妙等，江苏吴县人。1900 年参与发行《励学译编》，1901 年参与创办《苏州白话报》，稍后任《小说时报》《妇女时报》编辑等职。译有《苦儿流浪记》《馨儿就学记》等。

书。此书由日本森田思轩本转译而来。然窃谓于原意不走一丝，可自信也。

一　科学小说者，文明世界之先导也。世有不喜科学书，而未有不喜科学小说者。则其输入文明思想，最为敏捷。且其种因获果，先有氏所著之《海底二万里》，而今日英国学士有海底潜行船之制矣。先有氏所著之《空中飞行艇》，而巴黎学士有驾空中飞船而横渡大西洋者矣。即如本书所载毒瓦斯炮弹，而明年英国陆军省，有买美人之毒弹者矣。以德律风开会议，而数年前比利时之皇后，有安坐宫中而听法国大剧场之歌曲者矣。凡斯种种，不胜枚举。呜呼！我读迦尔威尼之科学小说，我觉九万里之大圜小，我恨二十世纪之进步迟。

一　是书之成，在德法战争以后，其意欲大快法人之心。而书中描写日耳曼人刻薄严冷之风，不遗余力，怨毒之于人亦甚矣哉。虽然，我思之，我重思之，我刲之不痛、剐之不觉之支那人，以效虎伥狐媚于彼族者，何心耶？掷笔三叹，能无汍澜不已？

一　是书凡东文名词，洗刷大半。然有万不能易，只得听之者。亦有行用已久，相与忘之者。即如“瓦斯”两字，日本谐音为欧文Gas。而中国向译为煤气者，然细按之，殊不确切。今仍以“瓦斯”译音为妥。其余“生名词”，略附小注，以期醒目而已。

一　癸卯之春，我友吴和士君归自东都，得此册以馈包山，尤愿公见而好之，嘱为译出，更担任渲染润藻之责。及我竣译，而愿公已离此烦恼苦海五浊恶世而去矣。呜呼！读愿公遗诗曰：“死生有执坚难破，清净无身患孰胎。”今者墓草青青，夕阳黯黯，倾肝一哭，山乌悲鸣。愿公愿公，其亦来与包山一执手耶。

癸卯夏五，译者包山识。

——录自上海文明书局 1903 年初版

《侦探谈（一）》①

《侦探谈（一）》[序]

（陈景韩②）

或问译《侦探谈》者安在？曰已死。问曷为已死？曰译《侦探谈》，故自知其已死。

或问译侦探谈者何故死？曰无手、无足、无耳、无目、无口鼻、无脑窍，故死。问曷为言无是种种？曰有是种种而不能用，故言无。问曷以知其不能用？曰为译《侦探谈》，故自知其不能用。

或问译《侦探谈》者究以如何死？曰：为水死，为火死，为刑死，为贼死，为种种不经意死。问何以言若是？曰：我闻世有水溺者，我闻世有火焚者，我闻世有刑戮者，我闻世有贼害者，我闻世有种种不经意遇祸者，幸而所遇者皆非我，不然则已死。然又乌知我终不遇？则又无时无地不可死，故言。

或问何以译《侦探谈》？曰为我死，为我国人亦咸死，唯死故示之以生。

---

① 《侦探谈》，小说集，冷血（陈景韩）编译，共四册。《侦探谈（一）》，版权页标“编辑并发行者：时中学社”，“总发行所：时中书局”，1903年初版（光绪二十九年七月五日发行）；《侦探谈（二）》，1903年开明书店初版（光绪二十九年十二月发行）；《侦探谈（三）》，1904年开明书店初版（光绪三十年四月初版）；《侦探谈（四）》，1904年开明书店初版（光绪三十年十月初版）。

② 陈景韩（1877—1965），又名陈冷，笔名冷血、冷、华生等。江苏松江（今属上海市）人。早年加入中国同盟会。曾任《大陆报》记者。光绪三十年（1904）任上海《时报》主笔之一。1913年起，长期任上海《申报》总主笔。译有《土里罪人》《火里罪人》《白云塔》（一名《新红楼》）、《侠客谈》（短篇集）、《侦探谈》（短篇集）、《虚无党》等。

然则唯侦探其生者乎？曰然，唯侦探能用手足，能用耳目，能用口鼻，能用脑窍，唯侦探，能用是种种于实际。

然则敢问侦探之道？曰真切。其外，曰精细。其外，曰周到。其外，曰坚忍。其外，曰勤勉。其外，曰秘密。

敢问侦探与秘密何如？曰为对待，唯秘密，故侦探，唯侦探，故秘密。

敢问侦探于国如何？曰与兵为左右手，兵为阳，侦探为阴；兵为表，侦探为里；兵为勇者，侦探为智者。故国无兵，如人无气力。国无侦探，如人失知觉。

敢问为侦探与为兵孰难？曰为侦探难。兵死于敌，侦探死于贼；兵之敌有形，侦探之敌无形；兵之敌来去有时，侦探之敌来去无时；兵之劳苦多于力，侦探之劳苦心力俱粹［瘁］；兵之生死有荣名，侦探之生死不齿于人口。故难。

敢问侦探于我国急否？曰急。敢问何以急？曰探外人，需侦探；探国人，需侦探；探政府，需侦探；探人民，需侦探；探旧党，需侦探；探新党，需侦探；探侦探，需侦探。无侦探，则无人知，无人知，故万事得任其腐败；无侦探，则无真知，无真知，故一物不能道。唯然，故急，故至急，故大至急。呜呼！大至急！！大至急！！！

左附略规

一　是编搜集东西各侦探案，时时续出。

一　每期约三万言上下。

一　本文外有解例，有批释，有附言。

一　编中说白与文语不一，各依原文之相近者译之，唯一期中则相同。

谈者记

——录自时中书局 1903 年初版《侦探谈（一）》

《侦探谈（一）》附语

（陈景韩）

夫好阅侦探小说者，必有思慕侦探之心。故译者于所闻见，其有合于修练侦探之术者，摘录附于篇末，以供好者之研究。

说修练五官法

人之知觉，无一不由视听嗅味触等五官之作用而来。人之所以能推测而知者，盖亦如算学之有比例，必先知其两率，然后能比其一率也。是故自生而盲者，决不能想方员［圆］之形；自生而聋者，决不能想钟鼓之声。非其愚也，无其率者，不能比也。是故五官者，实为知觉之原，而修练五官者，实为研究侦探术之基础。

耳目

试验耳目之法。试耳听力，则取财［材］良镀一，划丈尺数于地，使试者立于一端，一人持镀自他端进，问试者至何地始闻针声，则其人之听力长短若干。试目视力，则取纸书大小字若干号，置离若干步外，使被试者视之，能见第几号字，则其人之视力远近若干（见各国学校身体检查法）。

习练用目测量法。试于原野，量地百尺，使一人立之。再从他方向，量地百尺，又使人立之。再从他方向，量二百尺，使一人立于百尺处，一人立于二百尺处，如此类推。至于尽目力，乃使习练者，自四方以观，百尺中之距离如何，二百尺之距离如何，三百、四百尺之距离如何，平地处之距离如何，高低地之距离如何，空地之距离如何，有物地之距离如何，晴天之距离如何，雨天之距离如何。时时练之，而至于极熟。然后另指能未测量地，使言其距离之数，而后用器测量以验之。如是久久，必能熟练。技之精者，可使百步之中，差不过一步；千步之中，差不过五步。外国军队中，每一队必有能此者一二人（见德意志军队测量法）。

窃谓我等又有一实事练习法，行之亦极简便。买一外国皮条尺，将己所长处之地之房屋庭园、窗户门墙，以及日常所用各物，一二量其广窄高下长短而记其数。无事时，常视其物而思其数。久而久之，则凡物长短高下广窄之形影，悉印于目。而其后即见未经测量之物，亦可一见即知（冷血谈）。

习练目之速度。目之用，贵远，贵周到，贵神速。兹见有练目神速之法，故录之。

法兰西之侦探习练者，其练习目力之敏速也。于夜中，则陈设种种物物于一室，不使习练者知之。熄其电灯，乃使习练者入。入后，开电灯数秒间，即复熄。使习练者，于此数秒间，周视各物。能悉见各物而无一漏者，为上。秒数佥少者，为尤上。于日中，则亦陈物于一室，使习练者立于室外，闭其室之门。至时，开门数秒时，即复闭，亦如燃电灯（见日本《万朝报》）。

窃谓我等初练时，绝不能如是敏速，又内地或无电灯，亦无如是闲室，故不如用天然之利。如新到一不常到地，可速周视其地之所有物。心中默记后，再细视以验初视之周否。若更不能速视，则先习每到一地，必周视各物之好习惯。盖我等现时，往往视而不见，视且未能，罔论其周，更罔论其速（冷血谈）。

（修练五官说未完。）

——录自时中书局 1903 年初版《侦探谈（一）》

《游皮》[①]解例

冷血（陈景韩）

冷血曰：《游皮》，法兰西人余谷 Victor Hugo 氏所著也。氏为十九世纪之文学大家，故其文变化可爱。余译之，实诬甚愧甚。

余谷氏，生当那破仑三世。为文字故，以一千八百五十一年十二月二日被逐。至翌年是日，那翁称帝号。是录又在那翁称帝之次年所作。余谷氏始亡于比利时，寻至英吉利，转流于鄯献间。是录乃在鄯献时所作。

是篇虽如小说，然确是实事，殆无一语虚构。盖余谷氏不肯自欺之人也。

亡士，为那破仑三世所逐之法国志士。曰革命党，以去除现政府为主义者；曰共和党，以建立民主政府为主义者；曰社会党，以通国之人建一大政府者（归人民地田器具等于公共）。总之皆与那翁之君主政府相反对，故不并容。

那破仑三世，为那破仑一世之侄。那破仑一世，乘路易氏顷覆之后，窃收民望，废共和政，即帝位。后与联军战，败，被流荒岛。于是那破仑之帝政倒，路易氏复起。及七月之革命起，路易氏之王政复倒。那破仑三世又起，窃收民望，被举为大统领。未几，复即帝位。后与德意志战，败。于是那破仑之帝政复倒，复建立共和政府，至于今。

法郎、丝，皆法兰西币名。

——录自时中书局 1903 年初版《侦探谈（一）》

① 《游皮》，为《侦探谈（一）》第一篇，署“法兰西余谷著”，“冷血译，爱克斯光批”。余谷（Victor Hugo，今译雨果，1802—1885），法国 19 世纪浪漫主义文学代表作家。

《游皮》批解

冷血（陈景韩）

冷血曰：上篇阴狠。

爱克斯光曰：余有不解处，游皮如此刚毅，何以独虑一美立？游皮如此周密，何以藏致毛白信于葛笼？重底葛笼为置要物处，游皮置之，决非粗忽，然观书中语实无可留作凭之故。且早当寄之毛白，不当置之葛笼。若为草稿，则亦当早送之祝融，不当置之葛笼。今乃置之葛笼，是似密实疏也。呜呼！余每见世有以二物破人秘密者，一曰妇女，一曰文字。意者，人生色情固最难断，而思虑固难无或漏欤。

游皮之才，我畏之，爱之。除昵美立、漏毛白书外，其成事之性质，实无一不备。然唯有一短处，曰轻视亡士。亡士等疏略之性，彼实知之已审，故敢诈称亡士等使者，于各地见各会党首领，诈为击那破仑，引致亡士十人，玩亡士等于股掌，几如儿戏。昵美立，留毛白信稿，亦其轻视亡士之所致也，而究由此以致败。

游皮之见见赦而不悦，置复游耳知县书于革命会所桌上，常以示人。是皆游皮短处，非游皮长处，有识见者见之，必能烛照，以其故也。我闻我国亦有如游皮置复游耳知书于桌上者，我国其亦有游皮乎？曰：乌。是何言？彼为计杀人，此为求自保，有差。

我观当今我亡士，无游皮其人。我观当今我政府，无游皮其人。苟有其人，无论为新党，为旧党，我国可不亡。何则？其刻苦也，其切实为事也，其心思远也，其脑气筋长也。此法兰西人种，所以至今在也。

然则游皮之长处安在？曰：在伦敦古屋中，忍耐；在鄯献蒲斯家，勤勉；在搜索葛笼时，安闲自若。此皆处人最难处之地，而为人最难为之事。而彼居之，不少露真迹，其自制之力，实不可及。

冷血曰：下篇激急。

爱克斯光曰：游皮有二生命之解。奇特！余谷可谓善于辩护者矣，既不许置游皮死，又不许守护游皮，又不许搜索游皮，我几疑余谷为游皮党。

剧一氏刵耳之说，尤为奇特。然其云剃其髭，髭可复长，削其发，发可复生，不如其刵耳，不知于我国，于此二者皆有行之者，于古则有须之曾操，于今则有刈发之江苏留学生监督。

可脱低声云：唉，此乃温和手段，其声尖锐，不愧为好少年。呼焚独语曰：好好，时［是］一救侦探者，我等不早实行而空言，实使我遗憾。传希闻曰：顷者苟欲刑戮，亦何必如是高呼哉？其言确切，均不愧为曾游洲之阅历家。余谷氏曰“误认权利”，又曰“显德义上之利益”，又曰“恐至明日，诸君反为英国法律所捕”，又曰“若杀游皮，是污我刃，若挞游皮，是污我鞭”，曲折变幻，实不愧为文学家。

写亡士口角，急激平和两派，令人如目睹。

亡士等误信游皮而受其害，游皮亦误信美立而受其害，此即可谓因果报。然非美立之术能若游皮也，情色使然也。且也亡士等之害，人害之，而游皮则自投之，则甚矣。色之可畏也甚于术。

——录自时中书局1903年初版《侦探谈（一）》

《大村善亮》[①] 解例

冷血（陈景韩）

冷血曰：日本之客栈，读者须知之。客栈有两种，一曰旅人宿，

① 《大村善亮》，为《侦探谈（一）》第二篇，署“日本中村贞吉著”，“冷血译，爱克斯光批”。

一曰下宿。旅人宿者，往来之过客暂寓之；下宿者，远地之学生或久寓此间者来寓之，其价大廉，其应待稍不备。

日本之地界名，读者须知之。大者为国，次为府县，又次为市郡，又次为区，又次为町，又次为番地。

日本人之姓名，读者须知之。姓凡两字，多以地名，如大村、河田、竹本、松冈等，间亦有一字者，如吴、林等，然甚少。名亦多以二字，略与我国同。

警察署，略如我国之保甲局，唯其实际实大异，于我国租界，则即所谓巡捕行。警察，即巡捕，或曰巡查。

牛肉店，略如我国酒馆，店中有牛肉，有鸡肉，有酒，有饭，有火钵，可自烹自食。

高知县，属土佐，在四国岛，其地为自由党根据地。自由党，为日本有名政党之一，始板垣伯倡立之，后归并于伊藤侯之政友会。今政友会瓦解，自由党有复起状。

士族，为日本人民揩［阶］级之一。日本人民之阶级有三：曰贵族，曰士族，曰平民。

——录自时中书局 1903 年初版《侦探谈（一）》

《大村善亮》批解

冷血（陈景韩）

冷血曰：一节精确。

爱克斯光曰：“从来事，往往在未必有益之处而有益。”请更继之曰：从来事，往往在未必有害之处，而受害。斯二语，在曾经阅事人，都心知之，唯侦探能不肯放过。

凡事无一可不“下种子”，不下种子者，必不能得果。今我国人多思得不下种之果，曷不观彼侦探，当下种子时，且不思其必得果也。

第一次警部长指示云："高知县人，大村善亮，年二十二岁，有书风，为一非常热心的政治家。"粗观之，似极详明，被彼一解，悉成空泛语。第二次，大阪复电人相书云："色黑，身通常长，口阔，眉浓，鼻大，声音宏亮，有土佐乡音。"粗观之，亦似极明悉，然被彼一解，又悉成空泛语。骤观之若甚了了，实验之实甚泛泛者，天下事，无一不若此，特不亲验者不及知。

警部示语，大阪电语，其中最的实、最不可隐秘者，为高知县人，为有土佐乡音。两语，可知少成天性，生地不能弃，乃天性之自然。究以此着手，卒以此破案。

"下种子""谍者""密会所"皆侦探之作用。

虽小虽微，不肯一点放过；虽失望，不肯一点厌倦。此为此节之紧关节，实为侦探之好性质，更为我国现时人心之好石药。欲作事者，当师之师之。

观其调查下宿也，其术极拙；观其遣书生同居也，其事极杳渺。虽然惟其拙也，而巧由此出。何也？凡事决不能不从自脚蹈实地始。唯其杳渺也，而始能得切近。何也？无孔不入者，始能不至漏一孔。

冷血曰：二节平易。

爱克斯光曰：余有一疑问，窃为四人不解。既有短铳，何复需刀剑？

长函不携之于寓中，而置之于运送店，恐其店中以为无主物而私开。又先往以相约，思虑非不固密。大村固是可儿。

有秘密心，而无秘密习惯者，必至有时极秘密，有时极不秘密。非善忘也，盖有时性发，而不能自制，以为偶一然，或未必其适露。夜半私语，其即以此。不然，既有如例地，何必尚相争论于寓中？

明之于暗，如醒人之听梦话，最足失笑。大村云隔墙有耳，其心必以为隔耳必无耳也，而岂知其真有耳；必以为即真有耳，亦必非来探我等者也，而岂知其竟来专探彼等。方诩诩然自以为有秘密性，而不知并此秘密性，而使人知之可笑。

余曾见一友，书自治规条若干款，而榜于室，有曰某某款秘密；又有一人书日记簿而置于桌，有曰自后万事须秘密，皆夜半私谈类。

忽然呼大村，忽然皆大惊失色，忽然云河田可如例否，此等事又似疏忽，又似秘密，最足令人生疑窦，此皆不学无术之故。试观前篇游皮，始终无如是景象。

论人相数语，实为侦探家名言。

事件明悉而尚恐不明悉，证据确实而尚恐不确实，此性有利亦有害。天下事固贵精切，然亦贵时机。蹉跎岁月，莽卤从事，其害实相等。

一元之效，今日始见，透破人情语，吝奴决不能成一事。

拘引证，语语对沏，颇详细。

冷血曰：三节狡黠。

爱克斯光曰：牛肉使者事，小术耳，人视若奇，其实非奇。若其拘捕时，观各人之颜色举动，而即知各人之性。知人性之强弱，而即施以舐论之术，观于此而始叹侦探之能事毕。

闻夜半密谈语，闻忽呼大村语，是用耳法；戮［戳］破隔壁，从孔中窥邻室，闻呼大村，观两人色变，拘捕三人，视各人颜色，是用目法；车中诱林良辅，讯问处代言伪名，是用口法。耳目口鼻等外官，实为为侦探之利器。外官不灵者，虽思想高妙，无补于用。我国学者当知之。

天下最难得者知己，天下最心感者有人言我心中之言。观其在车中语林良辅语，语语若从林良辅肺腑流出。彼懦弱无用之林良辅，安得不投其术中？其言之巧妙实无比，未见得。

写被逮之士，强弱智愚，一一如绘。

游皮氏，以美立故，败事，是色；大村善亮等，以豪游故，败事，亦是色。游皮氏，以不远美立钱故，败事，是财；大村善亮等，以谋杀高松熊郎故，败事，亦是财。呜呼！财色，葬尽古今深心人。

观游皮事，人无不爱其才，恶其德；观大村善亮事，人无不原其心，不能谅其迹，谅其迹，是使世界尽盗贼。

——录自时中书局 1903 年初版《侦探谈（一）》

《空中飞艇》[①]

《空中飞艇》弁言

（海天独啸子[②]）

小说之益

小说之益于国家、社会者有二：一政治小说，一工艺实业小说。人人能读之，亦人人喜读之。其中刺激甚大，感动其深，渐而智识发达，扩充其范围，无难演诸实事。使以一科学书，强执人研究之，必不济矣。此小说之所以长也。我国今日，输入西欧之学潮，新书新籍，翻译印刷者，汗牛充栋。苟欲其事半功倍，全国普及乎？请自科学小说始。

小说之于社会国家

小说者自然感情之发泄，一关于地理位置，一关于风俗习惯者

① 《空中飞艇》（原名《（日欧竞争）空中大飞行艇》），科学小说，日本押川春浪（1876—1914）著，海天独啸子译，“光绪三十一年九月再版”版权页标“发行者：中国商务印书馆”，另有“光绪二十九年八月初版”（1903 年）字样。

② 海天独啸子，生平不详，著有小说《女娲石》。

也。如古代希腊、罗马，富于文学之思想，其间名家，至今尤脍炙人口。今之世，小说著作，以法兰西为盛。法俗风逸淫靡，小说家善道儿女事，识者谓于此观国风焉。我国国于东亚大陆，土地膏腴，山河秀灵。国民对此自然美丽之感情，形诸诗歌，形诸小说，形诸绘画者，莫不雅驯文华，极一时之盛。数千年来，文人学士，沉溺于中，流而不返。而政治之基，亦以之脆。识者谓之右文之国，观其沿革，良有以也。

我国小说之力

我国说部多名家，绮丽缠绵，盛矣！观止矣！然作者好道风流，说鬼神，势力所及，几为社会之主动力。虽三尺童子，心目中皆濡染之。故其风俗，人人皆以名士自命，人人皆以风雅自命。妇人女子，慕名女美人故事，莫不有模效之心焉。至其崇信鬼神之风潮，几于脑光印烙，牢不可破。民间爆发者辈，亦皆假此为利器，振臂一呼，四处皆应。如先时之红莲、白莲，近时之义和团，皆职是也。虽然，居蒙昧时代，得此一伸民气，亦良佳。今者世界文明，光焰万丈，此等网罗，允宜打破，则小说之改革尚焉。顾虽言改革矣，毋如我国民，自欧势拦入，政府窘迫，一蹶再蹶而后，相顾失措，四望彷徨之时，脑筋之影泡顿渴。此时正宜慎选其材料，改换其方略，以注射之，使其新知新识，焕然充发，则小说之急于改革尤尚焉。日本维新之先，小说中首译《经国美谈》等一二书，非无故也。

是书之特色

是书为日本押川春浪君所著，以高尚之理想，科学之观察，二者合而成之。一名曰《日欧竞争》，著者为日本小说名家，久为学界所欢迎。其间思想陆离，层层变化，说情说景，宛然逼真。读之者无不拍案叫绝，盖小说书中卓绝之珍本也。飞行之艇，虽为优孟之言，而其实固意中事。吾尝评我国小说，至所谓《封神》《唐传》野陋不堪之书，叹曰：不可及也！我国理学道学者流，安能思想自由若此？今且为常事矣。飞艇亦然。今世纪已为汽电渡移之时代，安知异日所谓兵舰者，皆弃而不用，较国之势力，数飞艇以对乎？又安知异日所谓飞艇者，皆嫌其硕大滞濡，而另有他物以胜之乎？理想者非空物也。

译述之方法

是书原本为二厚帙，本卷名曰《空中飞艇》，续卷名曰《续空中飞艇》。今易之为三卷：一，上卷；二，中卷；三，下卷。卷中多日本俗语，今代以我国文话。凡删者删之，益者益之，窜易者窜易之，务使合于我国民之思想习惯，大致则仍其旧。至其体例，因日本小说，与我国大异，今勉以传记体代之。若夫谬误之处，则俟我国达者勉赐裨正，所厚幸也。

海天独啸子译并弁于篇端。

——录自商务印书馆 1905 年再版

《杨贵妃》①

《杨贵妃》弁言

云隐②

上下四千载，纵横五大洲，大率治日少而乱日多。然泰西之乱

---

① 《杨贵妃》，小说，日本来城小隐著，云间梦觉生译，正文署“云间梦觉生译”，版权页标“译者：云隐；发行者：开明书店；印刷所：东京并木活版所”，“光绪二十九年九月一日发行”（1903），初版。

② 云隐，资料不详。

也，或为要求立宪而乱，或为鼓吹革命而乱，或为自由平等独立而乱。其乱之因，非一人一家之私，而出于人群团体之公。故每有战争，如法兰西之革命风潮，美利坚之自立旆帜，无不于全球有绝大影响，绝大关系。执笔者有味乎言之，此无他，所争者大也。泰东之乱则异是。国家为一姓所有，群天下之贤与不肖，认朝廷为国家，由来久矣。其乱之因，非出于人群团体之公，不过为一人一家之私。即汉祖之起于沛，明祖之起于淮，似乎脱专制而建独立矣，然充其志，犹是子孙帝王万世之业耳，非有他也。故其季世之祸，不外两端，曰女宠，曰宦官。往事类然，于唐尤甚。唐之衰也，以宦官而亡；唐之盛也，以女宠而乱。其作俑盖始于太宗之纳巢剌妃，若高宗之武后，中宗之韦后，变本加厉，尤为青史留一大污点，为黄族伏一大祸胎。至元宗之杨贵妃，而乱形成矣。几何不胥帝王中国之天下，转而入于胡儿之手也。呜呼！天之生尤物，果足以亡人之国，覆人之族，若斯之极哉！盖女子弄权于内，必有小人盗权于外。当是时，国忠相矣，禄山将矣，一狐众蠹，虽尧舜不治。及其乱也，于亲征则阻之，于传位则阻之，而独于幸蜀则劝之。若惟恐唐之不乱且亡者，其乱亡又惟恐不危且速者，是诚何心？夫贵妃之贵，以唐而贵也。使无唐，不过民间一美女子耳。贵妃若早见及此，当一反其前之所为。而乃妒也，淫也，忮也，求也，众恶聚于一身，遗臭流于万古。迨夫马嵬之驿，风雨凄其，泪湿罗巾，魂悬尺帛，悔何及矣。嗟乎！女子之自用，适以见女子之愚也。且女子一，非能乱人国者。其至于乱，以小人百也。贵妃之于禄山也，儿抚之不足，不惜以身委之；于国忠也，兄事之不足，不惜以国授之。始亦欲藉狐鼠之力，以纵情欲而保富贵也。卒以二人之故，自杀其躯。嗟乎！女子之用小人，又适以见女子之愚也。厥后贵妃死于缢，国忠死于兵，禄山死于子，皆不得其死然。天之报施，毫发不爽。然而女子小人之难养，古今一也。非女子不能怙小人之恶，非小人不能长女子之骄，而其责要在主权者之不以其道。来城君之著是书也，虽间出风月之词，实则无非铁钺之义。予故笔而译之，以见女子小人之天下不减于洪水、龙蛇之天下，夷狄、禽兽之天下也。其端肇自宫闱，其毒痛于四海，其平之也，以众豪杰而不足，其发之也，以一美人而有余。杨妃往矣，前车之覆，后车之鉴也。后之览者，亦将有感于斯文。

——录自开明书店发行、东京并木活版所印刷1903年初版

《布匿第二次战纪》[①]

《布匿第二次战纪》序

林纾

古之善兵者，必顾卫其根本，复能掀动敌人之根本，而后为得兵。要凡兵势无兼顾，四面者三面应敌，一面即所谓根本之地。刍挽出焉，征调出焉，健儿出焉，故必实力规划根本之地，而后始言进取。进取之道，犹奕者之置棋闲闲着子，初若不屑意，及其收局，而敌之命脉形势已为所厄，则一二子之先着胜也。余观乎布匿第二次之战，韩尼伯以天人之资，策勇驾智，鏖扑意大利全境。堪尼一战，罗马十万众皆覆，积尸如丘，流血成渠。加波阿为罗马中枢腹地，首先纳款，因而马基顿、西西里飙飞景附。意大利南服，无一禀承罗马号令者。罗马之亡，殆如发矣。顾余不能解者，太伦敦姆，城外一小堡

① 《布匿第二次战纪》（*The Second Punic War*），历史，英国阿纳乐德（Thomas Arnold，今译托马斯·阿诺德，1795—1842）著，林纾与魏易合译，扉页署“北京大学堂官书局印行”，版权页标“译者：大学堂译书局；发行所：译书分局；总发行所：北京大学堂官书局”，“光绪二十九年九月三十日发行”（1903年），初版。译本内容为阿纳乐德所著《罗马史》（*History of Rome*）第三卷。

耳，韩尼伯用累年之力图之，久不克。因之铁法塔一军，不能久驻加波阿，无卫，复入罗马。于是，嵌攀尼亚全部，遂断韩尼伯马迹。论者以为加波阿亡韩尼伯之军锋挫矣，余曰不然。马基顿之攻具，绝凶也。西西里之亚奇默德，又精于攻具者也。韩尼伯当移军铁法塔时，四日出间道，至罗马都城，独不挟攻具，顿兵严城之下，走马投槊，大掠南还。而加波阿之围卒不解，弊犹不在无攻具以制罗马也，在无水军以靖意大利之南服。何以言之？西西里之梅雪纳海峡，与立力别姆一城，濒海南部之锁钥也，罗马已以重兵厄之。马基顿可以通罗马，又苦无水军。意土利亚人为罗马所讧，马基顿终年防之，莫出一甲。太伦敦姆，城外濒海，可以通水军者，而小堡复久不下。棋之先着，已为罗马所得。韩尼伯若能厚集海军，捣此三险，南部当全入韩尼伯掌握，何至心悬南服，四面应敌，孤军漂泊，不能陷人中坚？此罗马所以徐徐得卫其根本，不为韩尼伯所掀动者也。不宁惟是，西班牙全部为加达斯与罗马均利之区，当韩尼伯雄师越阿而迫司山时，考尼立司、西比阿已以劲旅入据西班牙，又占加达斯之胜着矣。及西比阿兄弟，为韩尼伯之兄所戕，西班牙全境已为加达斯领土。顾马、鼓诸将，庸才耳！时若以重兵与汉司屈勒白耳，严厄壁累尼司山一面，经营全西，结以恩信，他日小西比阿能逾度耶？迨汉司屈勒白耳西那山败殁，全局瓦解，韩尼伯回军时，暮气已深，宁有不败？根本为人掀动，此兵家之所深忌者也。嗟夫！项王以盖世之雄，匹马横剑，欲以宁廓区夏。乃英布叛九江，彭越反梁地，此正牵掣项王，令其左顾根本耳。若汉高之关中，项氏顾能以一人一骑，叩其城下耶？刘氏又焉不胜？究之罗马，共和之治，上下辑睦，将帅一心。加达斯诸将狂讦，动相猜忤，至败之由，或基于此，殊亦不在形胜利便之得失也。悲夫。

光绪癸卯闰五月一日，闽县林纾识。

——录自北京大学堂官书局1903年初版

《月界旅行》[①]

《月界旅行》辨言

（鲁迅[②]）

在昔人智未辟，天然擅权，积山长波，皆足为阻。递有刳木剡木之智，乃胎交通；而浆[桨]而讽[帆]，日益衍进。惟遥望重洋，水天相接，则犹魄悸体栗，谢不敏也。既而驱铁使汽，车舰风驰，人治日张，天行自逊，五州同室，交贻文明，以成今日之世界。然造化不仁，限制是乐，山水之险，虽失其力，复有吸力空气，束缚群生，使难越雷池一步，以与诸星球人类相交际。沉沦黑狱，耳窒目朦，夔以相欺，日颂至德，斯固造物所乐，而人类所羞者矣。然人类者，有希望进步之生物也，故其一部分，略得光明，犹不知餍，发大希望，思斥吸力，胜空气，泠[泠]然神行，无有障碍。若培伦氏，实以其尚武之精神，写此希望之进化者也。凡事以理想为因，实行为果，既莳厥种，乃亦有秋。尔后殖民星球，旅行月界，虽贩夫稚子，必然夷然视之，习不为诧。据理以推，有固然也。如是，则虽地球之大同可期，而星球之战祸又起。呜呼！琼孙之福地，弥尔之乐园，遍觅尘球，竟成幻想；冥冥黄族，可以兴矣。

培伦者，名查理士，美国硕儒也。学术既覃，理想复富。默揣世

---

① 《月界旅行》(*De la terre à la lune*，今译《从地球到月球》)，科学小说。法国凡尔纳（Jules Gabriel Verne，1828—1905）著，鲁迅据日本井上勤氏译本转译，版权页标“中国教育普及社译印；印刷所：翔鸾社；发行所：进化社”，“光绪二十九年十月十五日发行”（1903），初版。井上勤氏误将原著者译为美国作家查理士·培伦，故该译本仍署美国培伦著。

② 鲁迅（1881—1936），原名周树人，字豫才，浙江绍兴人，中国现代文学家、思想家、翻译家。译有《地底旅行》《苦闷的象征》《死魂灵》等。

界将来之进步，独抒奇想，托之说部。经以科学，纬以人情。离合悲欢，谈故涉险，均综错其中。间杂讥弹，亦复谈言微中。十九世纪时之说月界者，允以是为巨擘矣。然因比事属词，必洽学理，非徒摭山川动植，侈为诡辩者比。故当觥觥大谈之际，或不免微露遁辞，人智有涯，天则甚奥，无如何也。至小说家积习，多借女性之魔力，以增读者之美感。此书独借三雄，自成组织，绝无一女子厕足其间，而仍光怪陆离，不感寂寞，尤为超俗。

盖胪陈科学，常人厌之，阅不终篇，辄欲睡去，强人所难，势必然矣。惟假小说之能力，被优孟之衣冠，则虽析理谈玄，亦能浸淫脑筋，不生厌倦。彼纤儿俗子，《山海经》《三国志》诸书，未尝梦见，而亦能津津然识长股奇肱之域，道周郎葛亮之名者，实《镜花缘》及《三国演义》之赐也。故掇取学理，去庄而谐，使读者触目会心，不劳思索，则必能于不知不觉间，获一斑之智识，破遗传之迷信，改良思想，补助文明，势力之伟，有如此者！我国说部，若言情谈故刺时志怪者，架栋汗牛，而独于科学小说，乃如麟角。智识荒隘，此实一端。故苟欲弥今日译界之缺点，导中国人群以进行，必自科学小说始。

《月界旅行》原书，为日本井上勤氏译本，凡二十八章，例若杂记。今截长补短，得十四回。初拟译以俗语，稍逸读者之思索，然纯用俗语，复嫌冗繁，因参用文言，以省篇页。其措辞无味，不适于我国人者，删易少许。体杂言庞之讥，知难幸免。书名原属“自地球至月球在九十七小时二十分间”意，今亦简略之曰《月界旅行》。

癸卯新秋，译者识于日本古江户之旅舍。

——录自翔鸾社印刷、进化社发行 1903 年初版

《海外天》①

《海外天》[附记]

东海觉我（徐念慈）②

第一回：

此书为马利约脱舰长马斯他孟（名）立特（姓）所著之冒险小说。该舰长在英国海军中，昔年列国窜法皇拿破仑于圣吼立那岛时，当警护之任。既而辞职，专著冒险小说名于世。日本樱井鸥村君由英文绎［译］为日文，名曰《绝岛奇谈》。此编又由日本文重译者也。

前岁少年中国之少年译《十五小豪杰》云，以中国说部体假代之，自信不负作者。吾于此书亦云。

此书原文十六回。悉仍旧贯，惟起讫处，稍为裁补，取其机势也。

起笔突兀，自是西人小说家惯技，亦可见布局胜人处。

第二回：

波山说，你们同心做事，尚有可望。初念何尝不善，惜不能坚

---

① 《海外天》（*Masterman Ready, or the Wreck of the Pacific*），小说，英国马斯他孟立特（Frederick Marryat，今译马里亚特，1792—1848）著，东海觉我译，版权页标“发行者：海虞图书馆；印刷所：文明书局；发行所：开明书店、文明书局、广智书局”，“光绪二十九年五月印刷，同年十月发行”（1903年），初版。

② 东海觉我，徐念慈（1875—1908），字彦士，别号觉我，江苏昭文（今常熟）人。近代翻译家、小说理论家。1904年与曾朴等在上海创设小说林社，1907年任《小说林》杂志译述编辑。著有《小说林缘起》《余之小说观》等文章，译有《黑行星》（英国西蒙纽加武著）、《美人妆》（著者不详）、《新舞台》（日本押川春浪著）等小说。

持，便终为他言所惑。

利吉所思，狠有道理。现在一起，艰难时候，又各人顾着各人了。直推到底，可谓明见。

亲爱祖国同胞，认定一宗旨，堂堂中国，何处有此小学教员？

第三回：

船长已死，保守约束，此人真不易得。虽然，此非守船长之约束也，乃守自己之约束耳。自治法律，诚不能随境变易。

富雄恶作剧，出于天性，即被斥亦不少改，掘［倔］强可知。

此回无甚可置论处，只取其叙事井井，有条不紊耳。

第四回：

南半球天气，与北半球均反对。南之夏即北之冬，南之秋即北之春。太平舰系英国之船，故西历之三月，其地便如中国七八月之间。阅者勿谓著者之误。

又在赤道北者，则北风冷，南风温，在南半球者反是。与上同一理。

利吉以老年漂着孤岛，应有一番牢骚，观其烈烈有丈夫气，便是欧洲人特色。

利吉于得生后，复想着旧友，悽怆伤怀。此老公义私情，一丝不紊，非今之落阱下石，反眼若不相识者可比。

第五回：

利吉少时，即有胆气，一生冒险生涯，基于是日。

利吉择一生业，有许多算计，许多议论。其择业也艰，宜其终身行之而不倦。今世之或作或辍者，大半未曾细思故耳。

利吉说，吾有较海中风浪更大的事情。自是有为而言，不同谎说。

利吉所说，本系自叙前半生的事情。原文本系口述，此改作叙事体。其起讫处空一行，以清眉目。阅者勿以词害意可也。

第六回：

夫子云：人无远虑，必有近忧。利吉于房屋既成时，便又想到危急时候，可谓有远虑的了。

此处野蛮云云，便为下文开战张本，读者幸勿轻易看过。

利吉每一番议论，爱国之心，油然见于言表，此是受文明教育的效果。

第七回：

刑法祈于扑灭人之罪过而止，虐待犯人，便背文明公理。利吉说，看这未曾改良的监狱，便知道国家行政的好歹。名论不刊。

狱卒知银钱，不知天理，中外皆然。昔人谓墟墓之间令人哀，殆桁杨之下令人忍欤。

第八回：

自负文明者，偏偏窃物；自居野蛮者，偏偏被文明人所窃。调侃不少，一经作者指破，不觉失笑。

见得真道理，便当决然做去，不可逡巡畏缩。若至艰难处后悔，便算不得丈夫，算不得见着道理。我中国青年志士听者！

“满想一出狱，艰难数日，便可享着自由的福”，此是根柢未深者通病。释氏所谓“放下屠刀，立地成佛”时，抑知信心不坚，则凶魔恶障，一刹那间，已不知经历几许矣。吾愿学者知放屠刀时，与成佛时，尚有百千万劫，切勿容易生幻想。

第九回：

格忒凶恶已极，杀当其罪。勇太郎之言，深明大义，激动二人之义愤不少。可见世上骄横的权利，决不能久享。

利吉决然引归牢狱，是绝大见识，自云妄戕生命，蔼然仁者之言。

自由与服从，如车之有两轮，不可缺一。世之具奴隶性质，及放恣自用者，盍三复勇太郎之言？

第十回：

利吉思家，拼着性命回去，是至性过人处，勿谓其违背法律。

富雄屡次恶作剧，便为下文贻误大事张本。

利吉之父，托孤于高山欲太，想未在地方官处注册，故高山得以吞没之。然利吉数年以后，仍能本利俱清，足见西国立法之善。

第十一回：

利吉一生，于政治社会上，观感颇深，一心爱国。今之背宗邦媚外人者，能无愧死？

富雄所言，颇有关系，读者须牢记。

黑妇倏然而来，倏然而去。读者细思下文，当有何事？

第十二回：

黑妇逃去，准备开战。未雨绸缪，见几而作，利吉有焉。

芳雄怯战，利吉便道，你情愿束手就缚，任凭野蛮人处置么？反言相激，义气凌云，而词锋亦咄咄逼人。

前后计算，兵法所谓知己知彼者，必如是始可与言战，必如是始可望其战胜。

不乱发枪，须窥定后发，为现在行军要诀。阅者勿以小说之言而忽之。

第十三回：

利吉于前回布置，已极周密，而临时尚须增加，可见兵凶战危，决非先事所能逆料。临事而惧，好谋而成，兵家之要，益信益信。

富雄屡次作耍，此次缺水为最甚，几于全家受祸，戏之无益也如是。

回末一段，平地起波，读者想不难深思而得其故。

第十四回：

日间有日间的战法，夜间有夜间的战法。随时设法，不可拘泥，是谓能手。

有富雄之恶要，有利吉之受创，有恶因即有恶果。故成事者最贵造因，最贵造善因。

利吉以为不可出栅一步，自是不易之论，船桥想未必不见到此处。不过提及，以塞读者之口耳。

第十五回：

人生世上，总不过公私德二字。私德当尽，公德尤其当尽，自是名论不刊。

芳雄力任艰难，其与利吉恩义交尽，寻常小孩子能如是乎？老大支那国，有如是者乎？思之思之，可以兴矣。

芳雄计议，只有拚命一战，此时情势只可如此。移足一步，则全家縻矣。读者应能知之。

盎格鲁撒逊民族，所恃者青年。汉种青年听者！

第十六回：

东海觉我译至此，辍笔叹曰：

拔剑横天一长笑，群龙无首血玄黄。中原昨望真王气，谁蜕奴皮树国防。

行百里者半九十，崎岖历尽却无穷。少年慢说有天择，山海苍苍云水空。

落魄依然是国民，灵魂虽死有精神。渡江应击祖生楫，嘘起阳和大地春。

衔石犹填小精卫，拊髀转叹老英雄。人天战胜生还日，痛饮黄龙燕市中。

笔力则雄健，位置则妥帖，钩挽则玲珑。谁谓外人不文者？三家村学究，徒望而却走耳。

人无冒险的性质，便不能望集事，便不能望自立。能冒险斯能进取，能冒险斯能优胜。吾愿以此书一药乡党自好士。

人生有应尽之天职。天职不尽，即公私德不完备，虽有才是小才，虽有智是私智。利吉一生，能令人钦敬者以此。

死得所一语，最为难得。自古英雄，遗恨终古者，何堪枚举。利吉可谓善终。

听见先哲格言，而不能身体力行，便是未听。书内紧要处，我愿读者作格言观，勿作小说观。

立生加评

——录自海虞图书馆 1903 年初版

《夺嫡奇冤》[①]

《夺嫡奇冤》序

彼岸居士[②]

衣冠奔走，簿书扰攘，亲故僮仆，群为之伥，非吾中国之官乎？瘾余醉起，高坐堂皇，盈廷呼喝，隶卒成行，非吾中国官之听讼乎？嗟吾小民，其身家性命，断送于若辈之手者，盖不知几千万亿矣。犯者情罪，即至真确，非自承认不能定谳，所以示慎也。而何以必用刑讯吏录？供竣，复口诵之，听者首肯，署押印拇，所以昭信也。而何以辄改供招狱词？既具，申之上官，有冤抑者，当予伸雪，所以持平也。而何以发还原审？凡兹所为，不啻矛盾，无非以欺饰吾民耳目而已。又其甚者，或案情轇轕，过费斡旋，或左证不齐，难于缘饰，则有立毙杖下者，有永羁禁中者。呼号声里，血肉横飞，犴狱沉沉，莫睹天日，直自相残杀耳。乌有所谓明罚敕法之事耶？枯罗甸之狱，向使入吾中国官之手，彼光明磊落之尔卑尔德，不知当受几许磨折？彼诚挚坚贞之库理野亚，不知当得几许呵斥？彼淳朴正直之机罗奇，不知当被几许拖累？库摩灵之家世，有不婴其摧残者乎？理野亚之节烈，有不遭其凌辱者乎？精审如奇蓝古辣，有不悔憾于终身者乎？狡

① 《夺嫡奇冤》（*L'Affaire Lerouge*，今译《血案》），侦探小说，"光绪三十二年五月三版"封面署"中国商务印书馆译印"，版权页标"校阅者：中国商务印书馆编译所；发行者、印刷所：中国商务印书馆"，另有"光绪二十九年十月首版"（1903 年）字样。郭延礼《中国近代翻译文学概论》（湖北教育出版社，1998 年）述该书作者为法国埃米尔·加博里欧（Émile Gaboriau，1832，一说 1833，一说 1835—1873，又译埃米尔·加博里奥，曾译嘉波留，加宝耳奥等），文硕甫据日本黑岩泪香日译本《人耶鬼耶》转译。

② 彼岸居士，资料不详。

险如沙爹懦，有不逍遥于事外者乎？由是观之同受，生天地之间，何彼民之幸而吾民之不幸也？吾党有读是书，激发天良，痛自忏悔，如搭卜銮其人者，吾铸金以事之矣。

光绪二十九年孟冬，彼岸居士序。

——录自商务印书馆 1906 年三版

《海外奇谈》①

《海外奇谈》叙例

一　是书为英国索士比亚 Shakspere［Shakespear］（千五百六十四年生，千六百一十六年卒）所著。氏乃绝世名优，长于诗词，其所编戏本小说，风靡一世，推为英国空前大家，译者遍法、德、俄、意，几于无人不读。而吾国近今学界，言诗词小说者，亦辄啧啧称索氏，然其书向未得读，仆窃恨之，因亟译述是编，冀为小说界上增一异彩。

一　是书原系诗体，经英儒兰卜行以散文，定名曰 Tales From Shakspere［Shakespear］。兹选译其最佳者十章，命以今名。某也不文，幸赐教焉。

一　泰西小说，每近率直，读者病其吐露。因于译述时，特将书

① 《海外奇谈》(*Tales From Shakespeare*，林纾、魏易译为《吟边燕语》，今译《莎士比亚故事集》)，小说，英国索士比亚（William Shakespeare，1564—1616，今译莎士比亚）著，译者不详，封面署“达文社藏版”。不见版权页。贾植芳等编《中国现代文学总书目 · 翻译文学卷》标“达文社光绪 29 年（1903 年）版”。《海外奇谈》原为莎士比亚的剧作，1807 年由英国作家查尔斯 · 兰姆（Charles Lamb，1775—1834）与其姐玛丽 · 兰姆（Mary Lamb，1764—1847）共同改编而成。

中情节，稍为移置，以快读者。至其局势大意，则仍不走一丝，可自信也。

一 书中人名，皆刻意翻译，求似中国姓名，以免倔聱冗长，碍读者之目，且减读者之趣。

译者附志

——录自1903年版

《迦因小传》[1]

《迦因小传》[序]

蟠溪子（杨紫驎）[2]

译者蟠溪子曰：岁在庚子夏，某负笈来海上之三载。时以暑假，学堂中自教习学生悉作休夏计。某家海上，辄以晚凉闲步，偶于冷摊得残破西籍数种，索价一先令，购归展读。中有《迦因喜司托来》一种，译言《迦因小传》者，为欧西小说家言。惜残缺其上帙，而邮书欧美名都，思补其全，卒不可得。时我友天笑生有事海上，楮墨之暇，辄相过从。距庐不百武，有公花园，期晤君则相期园俟。阳乌归山，微风涤暑。期天笑生不至，手《迦因小传》，就坐林下，泠然诵之，则所谓澄汰其烦缛淫蒸，而与以萧疏骀荡乎。天笑生来，则促膝

① 《迦因小传》(*Joan Haste*)，小说，英国哈葛德（Henry Rider Haggard，又译哈格德，1856—1925）著，蟠溪子、包天笑译。所见本无版权页，据贾植芳等编《中国现代文学总书目·翻译文学卷》所标，应为1903年文明书局初版。此前连载于《励学译编》第1册（1901年4月3日）至第12册（1902年2月22日），署“蟠溪子译”。

② 蟠溪子，即杨紫驎，生卒年不详，原名杨学斌，字紫驎，又作紫麟，别署学斌，蟠溪子，江苏苏州人。与包天笑合译有《身毒叛乱记》《大侠锦帔客传》等。

并坐，手讲口译，恒至电魄列星，云衣漏月，相将俱归。迨秋来小病，昕夕多闲，乃就原文随译随录，得数十纸。适天笑生归自金陵，道海上，携稿去，嘱稍加删补焉。某既以译笔浅陋，深滋不文憾。又念今日需译之急，而乃虚牝光阴，消靡精力于小说家言，不几令有识者齿冷乎？亦以资茶话，觇西俗，将附于艳丽思想家之说耳。既述其缘起，复当觅其全帙以成完璧。然迦因之原委，以后度前，亦思过半矣，可勿赘焉。

——录自文明书局 1903 年初版

《三十三年落花梦》[①]

《三十三年落花梦》说略

（金一[②]）

一　原本于中东西生存人，姓名不备举，所谓事关他人，守秘密之德义。译者或知或不知，知之亦仍其旧，作方孔以虚之。惟黄遵宪、李盛铎等，无关重要，则为填出。

一　原文约十三万言，初译稿约得七万言，今复节至五万余言。自信事实不减，文字转觉雅劲。

一　著者半生历史，原不尽与中国有关系，本拟节译，惟其思想变动进化，既足为吾国民借镜之资，又足以觇彼国国民对中国之意

① 《三十三年落花梦》，传记，封面署“白浪庵滔天”，“光绪三十一年二月十五日再版”版权页标“翻译者：金一；发行者：群学社；印刷者：作新社”，另有“光绪二十九年十一月二十日初版”（1903）字样。白浪庵滔天，即日本宫崎寅藏（1871—1922）。同年有章士钊译本出版，名为《孙逸仙》。本书卷首另刊有“孙序”，与《孙逸仙》“孙君原序”文字相同，故此处不再录出。

② 金一，原名项天翮，笔名金一，江苏吴县人。

向。而中山实为全书主人翁，虽运动联合，手段未详万一，然亦足以观大要。竭两月之力，不嫌辞烦而译之。

一　译者疏于和文，助其不逮者，薛君蛰龙之力为多，不敢掠美，谨志于此。

癸卯十月朔日，译者志。

——录自群学社发行，作新社印刷1905年再版

《三十三年落花梦》（1925年本）[①] 重印赘言

P. Y.

距今大约有二十年罢，我在当时朋侪中年龄最小，却最先得读几本当时不易得的书：其中一本就是这《三十三年落花梦》的译本。年纪稍长，听说虚无党有"最乐莫若雪夜闭门读禁书"的话，回忆当年，竟成了不可再得之乐。人事纷纷，儿事所见闻也渐忘了。

中山先生一死，不由人不追想往事，更不由我不追想这书；可是这书在当年还只好闭门偷读，流传之少可知，至今日那里找去呢？

我们最欢喜是竟然找得一册原本那一天，急急从事翻译，已译得过半。再欢喜不过的是有一位朋友在乡里竟发现收藏着一本当时的译本，搜了出来，于是连再译的前半都舍弃了，只拿原本旧译新译三本校核一过，结果只将旧译本补还一些略去的地方，便付印了。

最遗憾的是朋友所藏那旧本，已颇残破，无由知道当时译的是谁。好在编首有几行"说略"，当时译者的立例还在，现在照录在下面：

① "一九二六年九月四版"，版权页标"著作者：宫崎寅藏；校刊者：P.Y.；发行者：出版合作社"。《民国时期总书目·外国文学卷》（北京图书馆出版社，1987年）标"1925年再版"。

一 原本于中东西生存人，姓名不备举，所谓事关他人，应守秘密之德义。译者或知或不知，知之亦仍其旧，作□以代之；惟黄遵宪、李盛铎等，无关重要，则为填出。

一 原文约十三万言，初译稿约得七万言，今复节至五万余言，自信事实不减，文字转觉雅劲。

一 著者半生历史，原不尽与中国有关系，本拟节译；惟其思想变动进化，既足为吾国民借镜之资，又足以觇彼国国民对中国之意向，而中山实为全书主人翁，虽运动联合，手段未详万一，然亦足以观大要，竭两月之力，不嫌辞烦而译之。

一 译者疏于和文，助其不逮者，薛君蛰龙之力为多，不敢掠美，谨志于此。

以上是译者当时的立例，现在重印的既然仍是那一本，所改无多，他的定例当然也没有改变。

一九二五，四月，二十日　　P.Y.

——录自出版合作社1926年四版

《世界十女杰》[①]

《世界十女杰》序

识时务者竞讲女学矣。虽然，吾试发一问：所谓女子者，必如何而后能副讲女学者之愿也？夫行路而不辨方向，非惟不能至，且入歧

---

① 《世界十女杰》，传记，不署著译者，无版权页。据顾燮光《译书经眼录》，该书为上海译书局出版。据该书《例言》及《苏报》《女子世界》等广告，该书出版于1903年。

路。然则今日欲言女学，不立标本以为众目之趋，得乎？中国女子占民数之半，以余所闻，则有殉夫者，殉姑者，有殉父母者，其下有殉其所欢者。所殉之人不同，所殉之法不同，要之牺牲于一人，而非牺牲于全国。纵翻尽《列女》《闺秀》诸传，无以易我言也。时人谓少年读传记书，为最有益，以其摄古人之影于脑，而能镕化其气质。呜呼，往者勿可言矣！我同胞青年姊妹，有欲于二十世纪历史上留一点遗迹乎？吾将以此书贡之。

——录自上海译书局 1903 年版

《世界十女杰》例言

一　是书以《世界十二女杰》为蓝本。而《罗兰夫人传》已见于《新民丛报》中，兹特删之，而其间又有无谓之人物，乃更删而补增之，得十人焉。

一　是书内容所记事实，皆详搜博采，求之别书者，十之七。而其文辞，则悉出自己意以组织之，虽曰译编，实近于撰著矣。其间所搜，尝有与原书互错处，见闻弇陋，不能得确实考据，然其说必有所本。读者谅焉。

一　此书于去年十月中译俟［竣］，而近见广告中知《世界十二女杰》一书已出。然所以不辞重叠者，则以此书原系自著，而其间人物又有参差。读者苟取二书对照，自可见矣。至其价值一上下，则以问读者可矣。

编者志

——录自上海译书局 1903 年版

《孙逸仙》①

《孙逸仙》序

黄中黄（章士钊）②

孙逸仙者，近今谈革命者之初祖，实行革命者之北辰，此有耳目者所同认。今中黄之译录此书，标之曰《孙逸仙》，岂不尚哉？而不然。孙逸仙者，非一氏之私号，乃新中国新发现之名词也。有孙逸仙而中国始可为，则孙逸仙者，实中国过渡虚悬无薄之隐针。天相中国，则孙逸仙之一怪物，不可以不出世！即无今之孙逸仙，吾知今之孙逸仙之景与罔两，亦必照此幽幽之鬼域也。世有疑吾言者乎？则请验孙逸仙之原质为何物，以孙逸仙之原质而制造之又为何物。此二物者，非孙逸仙之所独有，不过吾取孙逸仙而名吾物，则适成为孙逸仙而已。既知此义，则谈兴中国者，不可脱离孙逸仙三字。非孙逸仙而能兴中国也，所以为孙逸仙者而能兴中国也。则孙逸仙与中国之关系，当视为克虏伯炮弹之成一联属名词。而后不悖此书之宗旨，且影响之及于中国前途者，当无涯量。通纪，黄帝之子孙也，有能循吾黄帝之业者，则视为性命之所在。且为此广义，以正告天下，以视世之以私谊而相标榜、主张伪说、迷惑天下者，读此书者当能辨之矣。

---

① 《孙逸仙》，又译《三十三年落花梦》，传记，日本宫崎滔天（名寅藏，别号白浪滔天，1871—1922）著，正文标“支那黄中黄译录”，1903 年作为“荡虏丛书”第一种出版，无出版社信息。同年另有金一译本，译名为《三十三年落花梦》。

② 黄中黄，章士钊笔名。章士钊（1881—1973），字行严，另有笔名青桐、秋桐、孤桐等，湖南善化（今属长沙）人。早年任《苏报》笔政，参与创办《国民日日报》。1905 年入东京正则学校习英文，1907 年入英国阿伯丁大学习法律、政治等。后参与创办《甲寅》杂志，曾任段祺瑞政府司法总长、教育总长等职。

共和四千六百一十四年八月二十日，黄中黄录竞自识。

——录自1903年“荡虏丛书”版

《孙逸仙》序

巩黄（秦力山）[①]

四年前吾人意中之孙文，不过广州湾之一海贼也，而岂知有如宫崎之所云云者。吾东洋人最好标榜，彼得毋又蹈此病。巩黄阅人多矣。吾父理刑名，少小随侍往来宦场中，继又访吾国之逋臣于东南群岛，复求草泽无名之英雄于南部各省。龚瑟人曰：乌睹所谓奇虬巨鲸，大珠空青者耶？我行仆仆，亦若是则已矣。大盗移国，公私涂炭。秦失其鹿，丧乱弘多。而孙君乃于吾国腐败尚未暴露之甲午、乙未以前，不惜其头颅性命，而虎啸于东南重立之都会广州府，在当时莫不以为狂。而自今思之，举国熙熙皞皞，醉生梦死，彼独以一人图祖国之光复，担人种之竞争，且欲发现人权公理于东洋专制世界，得非天诱其衷，天赐之勇者乎？吾曾欲著此书，而以三年来与孙君有识，人将以我为标榜也，复罢之。今读中黄之书，与吾眼中耳中之逸仙，其神靡不毕肖，喜而为之序。

巩黄又曰：热心家初出门任事时，其进诚锐，意若曰以齐王犹反手，而不知前途有无限之荆天棘地，至一旦失败，则又徜徉于歧路，是以朝秦暮楚，比比皆是。此则孙君之所以异乎寻常之志士，读者之

① 巩黄，即秦力山（1877—1906），名鼎彝，又名郮，字力山，别号遁公，原籍江苏吴县，出生于湖南善化县（今属长沙）。戊戌政变后，留学日本东京高等大同学校，与兴中会往来密切。1900年于武汉参加自立军起义，失败之后再至日本，与辑翼翚等创办中国留日学生界第一份革命刊物《国民报》，任总编辑。1902年回国后，在上海参与编辑《大陆报》，又独自创办《少年中国报》。平生著述，今人辑有《秦力山集》。

所当注意，吾辈之极宜自励者。

中国独立以前不知若干年，即西历一千九百三年十月十二号，同种巩黄识。

——录自 1903 年“荡虏丛书”版

《孙逸仙》孙君原序

孙文[①]

世传隋时有东海侠客号虬髯公者，尝游中华，遍访豪杰，遇李靖于灵石，识世民于太原，相与谈天下事，许世民为天人之资，勖靖助之以建大业。后世民起义师，除隋乱，果兴唐室，称为太宗。说者谓多侠客之功，有以成其志云。宫崎寅藏君者，今之侠客也。识见高远，抱负不凡，具怀仁慕义之心，发拯危扶倾之志，日忧黄种陵夷，悯支那削弱，数游汉土，以访英贤，欲共建不世之奇勋，襄成兴亚之大业。闻吾人有再造支那之谋，创兴共和之举，不远千里，相来订交，期许甚深，勖励极挚，方之虬髯，诚有过之。惟愧吾人无太宗之资，乏卫公之略，驰驱数载，一事无诚［成］，实多负君之厚望也。君近以倦游归国，将其所历，笔之于书，以为关心亚局兴衰，筹保黄种生存者有所取资焉。吾喜其用意之良，为心之苦，特序此以表扬之。

壬寅八月，支那孙文逸仙拜序。

——录自 1903 年“荡虏丛书”版

---

① 孙文（1866—1925），字载之，号逸仙、日新，曾化名中山樵，后通称孙中山，广州香山人。清末民初政治家、革命家，中国国民党及中华民国创始人。

《孙逸仙》凡例

（章士钊）

一　是书乃从日人白浪庵滔天所著《三十三年之梦》译出，口吻皆出自滔天，今虽易其口吻，而大致仍从原书，故言事多偏而不全。

一　译者于当年之事不能详，故诠事一本原书，而原书乃以一人之经验观察大局，故作者或别有所注重。且作者为日人，所序日本同志之事，尤为详备，以其位置与其感情，不得不然。今以吾人之眼光择取之，故于注意处，每多遗恨，容俟他日之详考。

一　是书不过取原书十分之四，而十分之四复有裁汰，故所存无几，以多关滔天一己之琐事，不合于译者之主义也。是书虽为译体，而颇费制裁，阅者当能辨之。

一　是书标题《孙逸仙》，乃从吾主义之所在，而亦为原书中特别主脑，故易以此名，无所不合。

一　是书于康党之行动，言之亦详，以孙、康二派非对勘无以见其真。

一　原书体近小说，且滔天乃风雅之英雄，其所谈留香女史、政子女史等事，想其得意之笔，今皆汰之。

一　原书于绝大关系处多空白，今据所知者填入，疑者仍阙之。

——录自1903年“荡虏丛书”版

《孙逸仙》跋

光汉（刘师培）①

吾友中黄译录《孙逸仙》成，凡二万余言。予读而善之，乃书其后。曰：自奴夷背命，建虏交侵，大漠以南，虏骑如织，汉唐区宇，黄炎子孙，辫发胡装，沦为贱役，为古今未有之奇阨。然汉族之对满族，无一日不演其竞争。乾隆以前，为上流社会抗满时代，一时文人学士，明于中外之防，内夏外夷，辨之尤析，故文祸之兴，殆无虚日。乾隆以降，为下流社会抗满时代，胡焰既衰，林清发难，攻城据邑，相踵相仍，干戈日寻，祸乱以炽。虽然，由前观之，乃有民族思想，而未能实行革命者也；由后观之，乃实行革命，而未具民族思想者也。近世以来，种族之界浸于民心，排外之声沸于草野，然本民族思想为实行者，仅孙逸仙一人。盖广东当东胡窃国后，明季遗臣，守志不屈，苏观生、刘子壮诸公兴于前，堵天锡、李成栋诸臣殉于后，忠义之盛，洗涤乾坤。及粤西起义，洪氏兴戎，珠江之间云集响应，挞伐用张，逆胡褫魄。今孙君以旷世之才，惯胡虏之辱，义旗甫举，险阻备尝，虽成败之数不可逆料，而影响之及中国者，吾知其非浅鲜矣。抑吾闻之，取固有之土于邻封，谓之光复（余杭章氏以排满为光复非是），取固有之土于蛮族，谓之攘夷。吾愿世之读此书者，知攘夷政策实行者，未尝无人。士切同仇，民怀义愤，涤瑕荡秽，力扫胡尘，赤县神州复为净土，则此书之造福汉民，岂有量耶！爰书数语，质吾通纪。

黄帝降生四千六百一十四年，同族光汉跋。

——录自1903年“荡虏丛书”版

---

① 光汉，本名刘师培（1884—1919），字申叔，改名光汉，号左盦，笔名韦裔，又署光汉子，江苏仪征人。早年曾加入光复会、同盟会，任《警钟日报》主笔，参与创办《白话报》《天义报》等，宣传排满革命。

《小英雄》[①]

《小英雄》序

[美] 亮乐月[②]

此书乃美国步奈特夫人所作也，出版以来，人争购阅，诚近今小说界中之铮铮者。欧洲各国，及远东之日本，已各译此书为本国文字，以便尽人传诵，其声价谅可概见矣。闻之步氏，慈爱为怀，教子有道，其子亦克遵懿训，宅心仁孝。本书小少爷藩特那悦之品性言论，多半本之。论者谓步氏为今日美洲之孟母云，客岁广学会领袖。

李提摩太先生之夫人，以此书嘱余译为华文，因夫人自入华以来，视译书为己任，匡救中国，输灌文明，其功已彰彰在人耳目。既承尊命，欣然允诺，延至今年闰五月十六日，甫经脱稿，忽闻夫人亦于是日逝世。经云：可息其勤劳，功亦随之。其李夫人之谓乎！

时维光绪二十九年闰五月中旬，美国女士亮乐月序于黄歇浦之寓庐。

——录自上海广学会 1913 年版

① 《小英雄》（*Little Lord Fauntleroy*，今译《方特勒罗伊小爵爷》），小说，美国步奈特夫人（Frances Hodgson Burnett，今译弗朗西丝 · 霍奇森 · 伯内特，1849—1924）著，美国亮乐月、中国陈春生合译。贾植芳等编《中国现代文学总书目 · 翻译文学卷》标该书“华美书局 1903 年版”。

② 亮乐月（Laura M. White，1867—1937），美国新教传教士，1887 年入华，1908 年创办南京汇文女子大学堂，1912 年创办《女铎》月刊，另译有《狱中花》（法国散颠 X.B. Saintine 著）、《剜肉记》（莎士比亚著，今译《威尼斯商人》）等。

1904 年

《利俾瑟战血余腥记》[①]

《利俾瑟战血余腥记》序

林纾

余历观中史所记战事，但状军帅之摅略，形胜之利便，与夫胜负之大势而已，未有瞻叙卒伍生死饥疲之态，及劳人思妇怨旷之情者，盖史例至严，不能间涉于此。虽开宝诗人多塞下诸作，亦仅托诸感讽写其骚愁，且未历行间，虽空构其象，终莫能肖。至《嘉定屠城记》《扬州十日记》，于乱离之惨，屠夷之酷，纤悉可云备著。然《嘉定》一记，貌为高古，叙事颠倒错出，读者几于寻条失枝。余恒谓是记笔墨颇类江邻几。江氏身负重名，为欧公所赏，而其文字读之令人烦懑。然则小说一道，又似宜有别才也。是书为法人阿猛查登述一步卒约瑟之言成书，英人达尔康译之。余时方翻洛加德所著《拿破仑全传》，叹其自墨斯科一衄，四十万人同瘗沙碛，元气凋伤，后此兵势

---

① 《利俾瑟战血余腥记》(*Histoire d'un conscrit de 1813*，可译为《一个新兵的故事》)，小说，法国阿猛查登（Erckmann-Chatrian）原著，林纾、曾宗巩据英国达尔康（H.W.Dulcken）英译本（*The Conscript*）转译。版权页标“印行兼发行者：文明书局”，版权章标为“文明编译印书局”，“光绪三十年正月初吉印刷”(1904 年)，初版。阿猛查登为法国作家埃尔克曼 Émile Erckmann（又译爱尔克曼，1822—1899)、夏特里昂（Alexandre Chatrian，1826—1890）合用的笔名。

因以不振。顾本传叙波奈巴兵略甚详。然十余年困顿兵间，以孤军挑群雄，人民必不堪命。然传为正史之体，必不能苛碎描写士卒冤穷之状，至可惜也。癸卯秋节月中，与吴航曾又固谈拿破仑轶事，谓法民当此时代，殆一兵劫之世界。又固因出此本，言是中详叙拿破仑自墨斯科败后，募兵苦战利俾瑟逮于滑铁卢。中间以老鳖约瑟为纲，参以其妻格西林之恋别，俄、普、奥、瑞之合兵，法军之死战，兵间尺寸之事，无不周悉。又固以余喜小说家言，前此所译《茶花女遗事》《黑奴吁天录》《伊索寓言》，颇风行海内，又固因逐字逐句口译而出，请余述之，凡八万余言。既脱稿，侯官严君潜见而叹曰：是中败状，均吾所尝亲历而遍试之者，真传信之书也。方联军入据析津，义和团日夜鏖扑，飞弹蚩然过于屋上。余伏败屋中，苦不得饮，夜分冒险出汲，水上人膏厚钱许，饮之腥秽，顾盛渴中亦莫为恤，此一端已肖卷中所纪矣。余曰：嗟夫！法国文明，虽卒徒亦工纪述。而吾华乱中笔墨，虽求如《嘉定》《扬州》之记，亦不可复得矣。是书果能遍使吾华之人读之，则军行实状，已洞然胸中，进退作止，均有程限，快枪急弹之中，应抵应避，咸蓄成算，或不至于触敌即馁，见危辄奔。则是书用代兵书读之，亦奚不可者？又固、君潜咸以为然。因取所论，弁诸简端。

光绪二十九年九月，闽县林纾叙。

——录自文明编译印书局 1904 年初版

《利俾瑟滑铁庐战血余腥记》(1915 年本）提要

拿破仑蹂躏全欧，败于垂成，莫斯科一蹶后，募兵苦战，自利俾瑟及滑铁庐。行间尺寸之事，迻译悉属奇伟。以老鳖约瑟为纲，以其妻格西利为点缀，而列国之联兵，法人之死殉，路易时代贵族之复张，教焰之再炽，一二真正民党反在闾巷小民，描写尤为尽致。此为林琴南先生之初著，典雅名贵，固其所长，而精神弥满，结构精严，前茅究胜于后劲。爱读林译者，当不河汉斯言。

——录自进步书局 1915 年三版

《虚无党》[①]

译《虚无党》感言

冷血（陈景韩）

我译《虚无党》，我怒，怒俄国政府无道。我译《虚无党》，我喜，喜俄国政府虽无道，人民尚有虚无党以抵制政府。我译《虚无党》，我哀，哀虚无党每抵制政府每败。我译《虚无党》，我乐，乐虚无党虽每败，然其事必甚奇，其迹必大可观。世之人必乐道之，乐传之。数世之后，必有不败之时，不败之地在。我译《虚无党》，我惧，惧虚无党至不败时，虚无党之风潮盛，虚无党之流毒烈。无上无下，无轻无重，苟有眦睚，即以虚无党之手段相报复，而人民多一自相残杀之具。我译《虚无党》，我爱，爱其人勇猛，爱其事曲折，爱其道为制服有权势者之不二法门。我译《虚无党》，我欲我政府是虚无党。我欲政府是虚无党，何至俄国待我政府如今日！我欲人民是虚无党，我人民是虚无党，何至政府待我人民如今日！我欲自命为虚无党者是虚无党，自命为虚无党者是虚无党，何至我人民仍腐败如今日！我译虚无党而我七情动，我乃如此，阅者何如？

冷血识

——录自开明书店 1904 年初版

① 《虚无党》，小说集，包含日本作家杜衣儿著《白格》、渡边为藏氏著《绮罗沙夫人》、田口掬汀氏著《加须克夫》三篇，冷血（陈景韩）译，1904 年开明书店初版（光绪三十年二月）。

《虚无党》[附记]

冷血（陈景韩）

题解：

余译《侦谈［侦探谈］》二卷后，忽有触于与侦探相反之虚无党，乃择虚无党三种译之，都为一卷。其与侦探，相系而不相同，故名《侦探谈增刊》。

《虚无党第一　白格》（著者杜衣儿，译者冷血）：

冷血曰：虚无党可怕，侦探更可怕。然不可怕不能成事。

又曰：虚无党如此机密而尚误会，侦探吏如此机密而亦尚误会，可见天下事欲不误会甚难。

《虚无党第二　绮罗沙夫人》（著者渡边为藏氏，译者冷血）：

冷血曰：俄王视虚无党如神鬼，宓克儿视虚无党如儿戏，其故何在？

又曰：虚无党之败，究其机不密。何则？屡屡为人得乘间入故。

又曰：虚无党之不可及，能不畏艰苦。

又曰：不畏艰苦于有钱时，故可贵。

《虚无党第三　加须克夫》（著者田口掬汀氏，译者冷血）：

冷血曰：余译此篇有三感。以虚无党为冤人具，一感；冤人以虚无党，则其究必至逼之入虚无党，二感；既入虚无党，轻欲引人入虚无党，事机不密，终至失败，三感。凡地凡事尽然，何独一俄国之虚无党？

水浒一百零八人，俱是被逼上梁山。加须克夫，亦被逼入虚无党。余恐虚无党中人，无一非如加须克夫被逼者。余又恐自来各国有志家，亦无一非如虚无党被逼者。逼之义大！

加须克夫，强健有骨干，不愧为俄罗斯好男子。余固大爱之，然尚不若爱小队长。小队长于行军时，对大队长可爱；于会审时，对联队长可爱；于通虚无党时，对虚无党可爱。何为可爱？其心洁，其行事力，其言少。我故更大爱之，然尚不若爱爱伴。爱伴之不可犯，虽男子不可及，其斩联队长可爱。爱伴之无依恋心，虽男子不可及，其卖尽家产可爱。爱伴之忍耐力，虽男子不可及，其从加须克夫，至西伯利亚可爱。爱伴之始终如一，虽男子不可及，其至死随加须克夫行可爱。然爱伴所以可爱，爱伴所以如此，皆为爱伴之情之深。爱伴之情，世之读是书者，当皆爱之，我故亦大爱之。然不若爱加留苏。加留苏之可爱，与余所译《侦探谈》第一之《游皮》等，而实则视《游皮》更融浑。以加留苏视游皮，游尚易知，而加留苏更不易知。我故更大爱，更大大爱。呜呼！我译斯篇，我爱无了。我所勿爱者，唯彼冥顽不灵，蠢蠢之大队长，联队长。

我谓爱伴，是世界女子中第一可爱者，其故不外乎用情得其真。使世界人心，能尽如爱伴，尚有何事不可为？何事不可靠？

我想我国决无爱伴。

我想我国决无加须克夫。

我想我国决无加留苏。

我想我国决无虚无党。

——录自开明书店1904年初版

《秘密使者》①

《秘密使者》译余赘言

包天笑

一　是书亦为法国小说家迦而威尼氏一杰作，即前著《铁世界》之人也。原书凡十五万言，约之今得十二万。其情事之离奇变化，往往在人不可思议之中。译者竭四月之力而成之，亦以见彼种族之坚忍卓绝，以为我国民借镜之资也。

一　是书亦自森田思轩本转译而得。余于日本小说家，独好森田氏，所谓赵松雪之画马，独得其神骏也。今森田已归道山，其文之价值为世宝贵，当不在迦氏下。读者应能识之。

一　西伯利亚之地理书，非枯涩无味即繁冗生厌。今此书于小说之中详述西伯利亚风土人情、山川景物，使读此书者如游历一周，则亦不无小补。故译者于此恒以笔墨渲染之，使读者精神一振焉。

一　是书开译之日，在日俄开战之前一日。竣译之日，在芬兰总督被刺之后一日。黑风吹海水而立，红雨卷硝弹以驰，大舞台初幕方开，无政府新硎乍试。吾将命笔拂笺以记之，抑不知有多少奇事珍闻之奔赴腕下也。

一　是书原名《瞀使者》，今易是名较确。特附志于此。

译者识

——录自小说林社 1907 年三版

① 《秘密使者》(*Michael Strogoff: The Courier of the Czar*，今译《沙皇的信使》，又译《沙皇的邮件》)，地理小说，法国迦尔威尼（Jules Gabriel Verne，今译凡尔纳，1828—1905）著，天笑生（包天笑）译述，1904 年小说林社初版（光绪三十年四月上册、光绪三十年八月下册）。后改题《秘密党魁》，于 1910—1911 年在《小说时报》第 7、9、10 期刊载。

《秘密使者》[附记]

包天笑

天笑生曰：两通信员电中所羼入之诗歌，皆彼中暗码。闻迦尔威尼氏原本，则均英法名家之诗。森田氏删之而易以我国唐诗及日本俚歌，则失真矣。天笑生不能得法文原本，乃以己意补之，不获已也。读者谅之。

——录自小说林社 1907 年三版

《侦探谈（三）》①

《三缕发》读法

冷血（陈景韩）

读此篇时，须思我国人在外国之情状。

读此篇时，须思我国人十四五年前在日本之权力。

读此篇时，须思日本人之人情风俗。

读此篇时，须思人生今世，无论为何事，科学实不可少。

读此篇时，须思天下道理，有一层更有一层，其深实无底。未读谷间田语，须思我若遇此事如何；既读谷间田语，须思谷间田此语如何。再读大鞆语，须思大鞆语如何。既读全篇，又须思谷间田语、大鞆语如何，我又当如何。如或不弃，再读我疑难例，又须思我疑难

① 《侦探谈（三）》，小说集，刊《三缕发》一篇，冷血（陈景韩）编译，1904 年开明书店初版（光绪三十年四月）。

如何。

——录自开明书店1904年初版《侦探谈（三）》

《三缕发》附疑难例[①]

冷血（陈景韩）

译者译此文迄，觉此文周密精细，无可驳击。然仍穷思力索，吹其毛，求其疵，不嫌武断，摘其一二，记其数于上，详其说于篇末，以助阅者余兴。

译者记

——录自开明书店1904年初版《侦探谈（三）》

《滑铁庐战血余腥记》[②]

《滑铁庐战血余腥记》序

林纾

余既译《利俾瑟》一记，记波奈巴败状甚悉，而此卷为《滑铁庐》，则波奈巴之收局也。利俾瑟与滑铁庐两役，弊在军无见粮。驱饥疲之卒应敌，乌得不败？韩尼伯之破佛罗，罗马军饥，而韩尼伯军饱也；西比阿之破韩司屈勒伯，亦以斐洲军饥，促而歼之易耳。波奈巴久在兵间，乃墨斯科一役，以衣粮不时至，全军馁死。初不之悟，至

---

① 文末附有“疑难”三则。文中另有“批解”。

② 《滑铁庐战血余腥记》（*Waterloo: suit de Conscrit de 1813*），小说，法国阿猛查登（Erckmann-Chatria）著，林纾、曾宗巩据英国达尔康英译本转译，1904年文明书局初版（光绪三拾年五月三十日发行）。

滑铁庐，仍驱饥军而战，何也？彼俄、普两军，宁法之敌，所最崛强者英军耳。顾鼐利孙之英武，称雄特在海上。自波奈巴行其大陆制度，极于日耳曼北部，英人莫敢登陆。已而法人无端启衅于西班牙、葡萄牙二国，二国濒海，国人又深痛其宗国之覆，始开壁以纳英师。于是惠灵吞遂得肆其陆师之力，与波奈巴角矣。嗟夫！嗟夫！周瑜、陆逊、谢石、虞允文，岂曹操、刘备、苻坚、完颜亮之敌？独能摧陷掩取之者，一骄而黩兵，一敛而伺敌也。迨联军入国，囚拘盖世英雄，长流荒岛，而巴黎所谓民党者，复反颜以事路易。教焰因之再炽，贵族复恣其骄蹇凌厉之气，行其专制之威力，法人帖然不复一言。然则白种之民德，亦不能高越乎黄种也。其后法人知兵力不足恃，即倡言变革旧君之说，亦不足恃以为治，乃极力讲求学问。及师丹再衄，法人学问日益加进，民主之治始成。然则波奈巴之出，实法人鼓铸学问之垆冶也。余观滑铁庐战后，联军久据法京，随地置戍，在理可云不国。而法独能至今存者，正以人人咸励学问，人人咸知国耻，终乃力屏联军，出之域外。读是书者，当知畏庐居士，正有无穷眼泪寓乎其中也。

光绪甲辰三月，闽县林纾叙于宣南寓斋。

——录自文明书局 1904 年初版

《孟恪孙奇遇记》①

《孟恪孙奇遇记》[序]

支那谔谔②

孟恪孙，德之男爵也。性豪侠，好游历。故当十八世纪之末，以

---

① 《孟恪孙奇遇记》，小说，著者不详，正文署“支那谔谔译”，版权页标“编辑兼印行者：公洁；印刷者：作新社；发行者：作新社、开明书店”，“光绪三十七年七月初一日出版”（1904 年）。

② 支那谔谔，资料不详。

冒险家闻于时。而是书所载，即其一生所遇诸奇事也。观其所述，类归国时自录以示人者。然流传甚广，译为英法诸文者亦尝见之。今从日本所印英文本中译出。虽事太离奇，转滋人惑，然亦未始非振作冒险精神之一助也。

译者志

——录自作新社、开明书店发行1904年版

《(重译) 昕夕闲谈》[①]

《(重译) 昕夕闲谈》译校重订外国小说序言

藜床卧读生[②]

或谓全球六大洲，风俗万变，人性约分三大级：聪明而弱者，亚洲也；坚忍而强者，欧、墨也；其非、澳两洲，则愚而固执，不足深论。然以亚洲之人，而概名为弱，实非确论。不观夫今昔西域之波斯、阿富汗，今之东瀛日本国，不但多精巧制，而前与中国战，今与俄国战，威名赫奕，声震全球乎。盖亚东之弱，惟中国耳。欧、墨风俗纯厚，人性坚忍，凡作一事必要以成，或察一物必推其原。此所以能将目不能见、手不能捉之物，而创声光化电等极大之实用。考察物

① 《(重译) 昕夕闲谈》(*Night and Morning*，今译《夜与晨》)，小说，英国李顿 (Edward Bulwer Lytton，又译利顿，1803—1873) 著，英国约纳约翰重译，英国李约瑟笔述，版权页标“印刷所：日商同文社；发行所：文宝书局”，“大清光绪三十年七月二十二日出版，大英一千九百零四年九月一号发行”。据韩南(《论第一部汉译小说》,《中国近代小说的兴起》，上海教育出版社，2010年) 考证,《昕夕闲谈》为英国作家利顿小说《夜与晨》前半部。

② 据郭长海《蠡勺居士和卧读生》(《明清小说研究》第二十五期，1992年12月) 考，藜床卧读生本名管斯骏，名秋初，字士毅，江苏吴县人，别署平江藜床卧读生、藜床旧主，著有《绘图上海杂记》《钗光剑影》等。

情，若为彼国人根性，固有之天职，且内亦分有多级也。其有国民思想者，莫如经商之巨贾，传道之牧师，每至一地，必先察访其政俗为急务，笔之于书，登诸日报。故中国政体之完缺，风俗之美恶，莫不滔滔论之。赞叹讥诮，华人之能读西文者，阅之面赤心动，有深服其言之非虚者。中国人性则不然，揆其大误于人心者有二字，曰“私”，曰“独”。探此原因，由于专制之压力，使人不得不私不独耳。得过且过，本为历史上执政之妙诀，故遇事仅求其所当然，而不必求其所以然。学术腐败，风俗人心，亦因之流入私心、独欲二者之界。苟有固穷君子，毫无权力，而欲以公理之事，报之公家为世益者，虽不染指，亦招群谤。盖上之授权，不在公，而在私也。故执笔论他人之事，则甚公明，论人事而与其有关系者，则公明之中必有偏护之私。盖一为旁观之公论，一为涉己之公论，故判若两人也。数十年前，苟有以民主国政之说进者，则必指为叛逆。此家天下之私心，与公天下之正理，犹有间也。甲午以来，出洋游历者，自王公以迄，工商学生日益加多。渐有羡泰西宪法，反效彼起居风俗者。闲步街衢，口衔雪茄烟，眼带金丝镜，皮鞋阁阁，短衣紧裤，以脱帽握手为礼者，亦日见其多。于以见泰西风俗，浸灌东亚，不十年而将众效之，而以滨海诸埠为先导也。一昨坊友来访，谓近年之爱西式者，无论衣服，凡是男女之起居，亲朋之来往，均拟模仿，惜无彼国新译小说，以餍爱西式者观感。欲央予代访数种，以见彼国之风俗，小民之举动。予乃忆及行箧所存《昕夕闲谈》一书，为彼国章回小说之最佳者，惜译语累赘，事多惝恍。为更觅得泰西原本，而重删润之，仍以外国小说为名。计分上下两卷，都五十五回，并绘以图，付诸排印，以公同好，于以见欧人之坚忍，作事之勇敢。虽其间有邪正之分，而其男女之钟情，亲朋之交谊，故亦非大异于我人也。书既成为序，其缘起如此。时在光绪三十年岁次甲辰五月，吴县藜床卧读生序于海上揉云馆之南轩。

——录自日商同文社印刷、文宝书局发行1904年版

《昕夕闲谈》(1874年本)[①]小叙

蠡勺居士[②]

小说之起，由来久矣。《虞初》九百，杂说之权舆；《唐代丛书》，琐记之滥觞。降及元、明，聿有平话。无稽之语，演之以神奇；浅近之言，出之以情理。于是人竞乐闻，趋之若鹜焉。推原其意，本以取快人之耳目而已，本以存昔日之遗闻琐事，以附于稗官野史，使避世者亦可考见世事而已。予则谓小说者，当以怡神悦魄为主，使人之碌碌此世者，咸弃其焦思繁虑，而暂迁其心于恬适之境者也。又令人之闻义侠之风，则激其慷慨之气；闻忧愁之事，则动其凄宛之情；闻恶则深恶，闻善则深善，斯则又古人启发良心，惩创逸志之微旨，且又为明于庶物，察于人伦之大助也。且夫圣经贤传，诸子百家之书，国史古鉴之记载，其为训于后世，固深切著明矣。而中材则闻之而辄思卧，或并不欲闻。无他，其文笔简当，无繁缛之观也；其词意严重，无谈谑之趣也。若夫小说，则妆点雕饰，遂成奇观；嘻笑怒骂，无非至文。使人注目视之，倾耳听之，而不觉其津津甚有味，孳孳然而不厌也。则其感人也必易，而其入人也必深矣。谁谓小说为小道哉！虽然，执笔者于此，则不可视为笔墨烟云，可以惟吾所欲言也。邪正之辨不可混，善恶之鉴不可淆。使徒作风花雪月之词，记儿女缠绵之事，则未免近于导淫，其蔽一也；使徒作豪侠失路之谈，纪山林行劫之事，则未免近于诲盗，其蔽二也；使徒写奸邪倾轧之心，为机械

① 《昕夕闲谈》，小说，蠡勺居士译，刊《瀛寰琐记》第3卷（1873年1月）至第28卷（1875年1月）。国家图书馆藏本扉页标“申报馆仿袖珍板印”，无版权页。樽本照雄编《新编增补清末民初小说目录》标1874年申报馆出版。

② 郭长海《蠡勺居士和卧读生》一文，认为蠡勺居士即蒋子让。据韩南考证，蠡勺居士本名蒋其章，字芷湘，1842年生，浙江钱塘人，《申报》早期主编之一（韩南《中国近代小说的兴起》上海教育出版社，2010年）。

变诈之事，则未免近于纵奸，其蔽三也；使徒记干戈满地之事，逞将帅用武之谋，则未免近于好乱，其蔽四也。去此四蔽，而小说乃可传矣。今西国名士，撰成此书，务使富者不得沽名，善者不必钓誉，真君子神彩如生，伪君子神情毕露。此则所谓铸鼎像物者也，此则所谓照渚然犀者也。因逐节翻译之，成为华字小说，书名《昕夕闲谈》，陆续附刊。其所以广中土之见闻，所以记欧洲之风俗者，犹其浅焉者也。诸君子之阅是书者，尚勿等诸寻常之平话、无益之小说也可。

壬申腊月八日，蠡勺居士偶笔于海上寓斋之小吉罗庵。

——录自 1874 年申报馆本

《昕夕闲谈》(1874 年本）英国小说题词

此是欧洲绝妙词，描摹情态出须眉。谁知海外惊奇客，即是长安游侠儿。

穷乡安砚复何求，渔猎从他貉一丘。不信此心如止水，无端也便逐东流。

并肩游处而无猜，谁识檀奴计早排。从此香车油壁路，花风齐送玉人来。

登山临水每相从，并辔驰驱广陌中。一自两心联一气，飞花宛尔逐春风。

礼拜堂中倩影扶，双双贴地锦氍毹。教师忙煞成嘉礼，好补当年嫁娶图。

封爵分符是世家，结姻两族始无差。如何不把门楣配，但爱佳人貌似花。

鳏鱼苦况有谁怜，美眷如花况眼前。羡煞良朋得佳偶，众香国里小游仙。

碧玉原来出小家，桶裙曳地面笼纱。何当领取殷勤意，有女居然赋并车。

阿父防闲意太严，闭门深锁玉钩帘。萧郎独恨无缘甚，从此羞歌昔昔盐。

归来病况现维摩，拥榻支离奈若何。药店飞龙惊出骨，痴心终算苦心多。

——录自1874年申报馆本

《昕夕闲谈》(1874年本）上卷总跋

蠡勺居士

世所贵乎小说者，以其为言也浅易而透达，曲折而周详，盖非于国俗、民风、人情、物理，实有以阅历焉而得其故者，不能以道只字，而顾可以易视乎哉!《昕夕闲谈》者，英都纪事之书也。兹已译其上卷，计十八节，因总论之如后。非利者，工心计，有勇略，盖亦奇男子也。隐婚一事，蓄意极深。而惜乎遽遭惨死，不及立有遗书，使耽耽虎视之罗巴，得以大逞其意。更惜乎排士早死，无以为证，遂令婚帖无从查考，则岂人之所及料哉？若罗巴者，不过因贪而妒，因妒而很[恨]，适遇非利惨死，爱格昏迷中，乘间攫取，顿作富翁，然方且曰名正言顺也，是谓以私心发公论，正小人之尤者矣。爱格为情丝所缚，即为情魔所累，十年伉俪之乐，不敌十年茕独之苦，而顾以彼易此，其境亦深可怜已。然其初第，为非利甘言所诱耳。故士人重失足，女子重失身，一入彀中，终身以之。虽曰享尽荣华，终究吃尽辛苦，是可为择人而事者之一鉴矣。至于疾亟自作遗嘱，犹能以节啬之余，存资百金以为孤子之助，则其用心苦矣。拳拳以希尼寄顿舅家为念，则虽爱怜少子之常情，而亦深知渭阳之不足恃也。至于磨敦，则骨肉之情未尝不厚，特外惧人言，内禀阃训，有顾恤之心，而志不得伸。抑何碌碌？无丈夫气耶。虽然罗巴之惧内，惧其家之多金，而能致我于富厚，则亦执鞭欣慕之意云尔。吾不解，近时有苳篋荆钗即为奁具者，何以一入门而吼声大作，彼男子居然如受恩深重者之不敢一喘息也？罗巴之妻，亦非竟绝无亲亲谊，特眼界太小，不能容人耳。吾独恨其以声名二字，为推诿也。然即此以观，而西国之清议维持，亦概可想见矣，岂非风俗之醇哉？白拉处处效法纳坡伦，其神气煞是迂腐可笑，惟能赏识康吉，亦似有眼力，而非泾渭全无者。就其前而论，可不失为伪君子，假道学。自康吉惊闻母耗，急难相求，仓猝间而吝啬之情，骄矜之态，于是乎尽行透露矣！古人观人，所以要在不及作假处，此之谓也。其妻及毕明，则真市井中愚夫愚妇耳。盖此书最出色人物，首数康吉，观其幼年，即已英英露爽。厥后拒绝状师之助丧，顿悟取银之非礼，坚忍勇决，所谓大英雄，大豪杰者非耶！将来作为事业，光大门闾，吾何能量其所至哉？上卷中，第略露端倪，未用实叙之笔，盖留为下半部出力摹写地步也。阿大天性肫挚，第习为游荡，是其短处。观其侍爱格于临终，责罗巴以加惠，缠绵之意，慷慨之词，至今犹觉往复淋漓，神情欲活也。乃天欲悔悟罗巴，而偏假手于阿大马车撞伤，岂天道之无知哉，实为爱格身后计耳。否则，即有补助，岂能若此之殡葬尽礼耶？若加低于车中，遇康吉时气象轩昂，颇似甚得意者，而不谓其见弃于父，人伦中大有难言之痛，坟场跪恳，严父怒诅，此种情事不减于田号泣矣，而惜乎其坚忍之性，终不能挽回亲心也。与康吉两两相形，一则有亲而不能事，一则欲事而亲已没，同一伤心刺骨矣。故读此书，而谓于世道人心无所感发者，吾不信也。后事颇多，再当续译，姑先综叙上卷之梗概，以便检阅云尔。

同治癸酉九月重九前五日，蠡勺居士跋螺浮阁。

——录自1874年申报馆本

《埃司兰情侠传》①

《埃司兰情侠传》序

林纾

阳刚而阴柔，天下之通义也。自光武欲以柔道理世，于是中国姑息之弊起，累千数百年而不可救。吾哀其极柔而将见饫于人口，思以阳刚振之。又老惫不能任兵，为国民捍外侮，则唯闭户抵几詈。孔光不言温室为畏死，师德唾面自干为无耻，究于国家尺寸不能益也。嗟夫！彼英法之人，重私辱而急国仇，宁今日为然？盖千数百年之前已然矣。埃司兰之民，未开化之民也。吾观其中男女，均洸洸有武概，一言见屈，刀盾并至。迹虽迩于盗侠，然部中各有父兄，为之平亭疑法。固我古中国之宗法，即未臻于文明极治，而阖户噤口，坐受人侮，则未之见也。是书所述，多椎埋攻剽之事，于文明轨辙相去至远。然其中之言论气概，无一甘屈于人，虽喋血伏尸，匪所甚恤。嗟夫，此足救吾种之疲矣！今日彼中虽号文明，而刚果之气，仍与古俗无异。特既富而显，不欲为急装缚袴之状，以自矜炫，然偶犯其锋，问有甘心让人者乎？则名虽文明，其根株仍蛮耳。是书情迹奇诡，疑彼小说家之侈言。顾余之取而译之，亦特重其武概，冀以救吾种人之衰惫，而自厉于勇敢而已。其命曰《情侠传》者，以其中有男女之事，姑存其真，实则吾意固但取其侠者也。

---

① 《埃司兰情侠传》(*Eric Brighteyes*)，小说，封面署“光绪甲辰孟秋”，正文标“英哈葛特原著，闽县林纾、仁和魏易同译”。国家图书馆藏本不见版权页。贾植芳等编《中国现代文学总书目·翻译文学卷》未标出版社信息。樽本照雄编《新编增补清末民初小说目录》标一种为广智书局1904年出版。哈葛特，Henry Rider Haggard，又译哈格德，又译哈葛德，1856—1925。

光绪癸卯嘉平之月，闽县林纾序。

——录自 1904 年版

《埃司兰情侠传》序

涛园居士（沈瑜庆）①

余友林畏庐征君，治《史记》《汉书》廿五年，文长于叙悲，巧曲哀梗。人所莫言，言而莫尽者，征君则皆言，而皆尽之矣。余读其文，似得力于马第伯《封禅仪记》，及班书《赵皇后传》，故奥折简古至此。征君昔曾译《茶花女遗事》，严几道以为支那浪子之魂，咸为所荡。而征君自言，则谓茶花女用心，盖如古之龙比抵死不变，议论颇奇诡骇众。癸卯之秋，余朝京师，征君复出此卷见示。中以桓桓武概之爱力克，乃为情所罥，至于坠涧以死，离奇变幻，与中国小说之界截然不犯。征君语余：哈葛得者，英之孤愤人也，恶白种之霸驳，伪为王道愚世，凡所诩勇略，均托诸炮火之厉烈，以矜武能，殊非真勇者也。故哈氏之书，全取斐洲冰洲之勇士，状彼骁烈，以抒其郁伊不平之概。而今日开化诸君子读之，则必斥为野蛮之陈迹耳。余曰：欧洲百余年来，进化日速，实不测其涯涘。然彼中剧场，则多演罗马故事。至购取古器物图画，凡亚剌伯、西西里、希腊之一笺一素一盂一爵，恒不惜数十万金得之，盖其嗜古之心，有匪言所详者。此书摭拾古冰洲事，宁在所怪？且予每见富贵故家，必多嗜古物。彼西人富强之基久立，故乐取野蛮时代之轶事，用娱其心。犹之显宦大老与后生款语，必喜述其微时落寞之状，语固谦质，心实骄裕。然则哈氏之书，讵尽关孤愤哉？征君笑曰：涛园居士知言者也。趣余，即书

① 涛园居士，本名沈瑜庆（1858—1918），字志雨，号爱苍，又号涛园，福建福州人，沈葆桢第四子，曾任贵州巡抚，有诗集《涛园集》。

其上。

——录自 1904 年版

《军役奇谈》①

《军役奇谈》[附记]

陶鹘旦②

《野猪兵》

译者曰：吾闻之，生物学之言曰，人类初生，由猿猴变化而成，而前之为鸟、为兽、为龟、为蛇、为裸虫、为鳞介，不知历几千万劫，经几许进化阶级，而始成此圆颅方趾、上手下足、完全无缺之人形。是以上古之世，有鸟头而人身者矣，有人头而兽身者矣。原厥始初，人与禽兽，相去几何？迨世界开辟愈久，则种类愈进于文明，而动物中之强有力者，战胜于天演，逐渐改良，有以自别于各种动物。曰人为万物之灵，人为世界之主，于是“人”之一字，遂为地球上最尊重、最高尚，大莫与京、神圣不可侵犯之名词。自人以外，无论何种动物，皆为贱种之代名词。村媪诟骂，必曰畜生；小儿见洋人，必曰猴子。此虽琐屑，亦足以代表人类之不屑下侪动物之性质也。又中国人之鄙夷他族者，必以“犬”字名之，曰猃狁、曰獯鬻、曰犬戎、曰长狄。种种厌恶之记号，岂非以犬羊贱种，固不得与我神明遗胄，并列于人类哉！执笔人至此，乃呜咽而告我同胞曰：凡为中国民者，犹得自以为人乎？前拖长蹄，后垂猳尾，揽镜自观，成何形状？其诸

① 《军役奇谈》，小说，英国脱马斯加泰著，陶鹘旦译述，1904 年小说林初版（甲辰七月）。

② 陶鹘旦，本名陶赓熊（1880—1904），后改名陶亚魂，别号鹘旦，江苏吴江人。

亚美利加土人之变相，仿佛近之欤，顾彼则暂变猪形，而即能杀人，此则长为猪形，而永沦异类，相形之下，犹不得谓非彼善于此也。抑我又有感焉者，米人编土人以狙击英军，胜则米人受其益，败则土人丧其命。亡国红奴，何苦而为他人作伥也？昔英法争印度，英以印人攻法，法亦以印人攻英，实则以印人攻印人而已。牺牲他族之性命，以增进已国之势力，白皙人种固善用此术以灭人种者也。今者强俄逼处，出巨饷，悬重金，朝编马贼之军，夕练胡匪之队，汲汲不遑，从事募兵，行将以英法之所施于印度者，而施之于我矣。异日者，双头猛鸷，振翮南飞，吾恐蒙野猪之皮以戕我同类者，不在瓯叟［臾］而在萧墙之内也。

《血肉飞》

译者曰：哀哉病夫，其吾祖国之民乎？我闻从军悲，不闻从军乐也。壮哉健儿，其彼欧西之族乎？但祈战死荣，不愿生还辱也。吾译至此，吾悲中人之缺乏军国民魂也；吾译至此，我羡欧人之富于铁血主义也。畴昔读希腊史，见斯巴达之以九千轻生好战之民族，横行欧陆，内主希腊之齐盟，外挫波斯之大军，未尝不心焉慕之。又观欧洲近世史，见普鲁士以新造小邦，实行其铁血政策，于以破法京，擒拿皇，而德意志联邦之旗章，遂飞扬于地球，又未尝不啧啧称道，谓日耳曼种族之强悍，世界无其匹也。今译此书，乃恍然知铁血主义，固欧洲人普通公共之物产也。夫所谓铁血主义者，质言之即拼命主义耳。综观数事，无论为君为将，为偏裨，为士卒，一临疆场，莫不以“杀敌”二字为其无上之目的，即莫不以“拼命”二字为其无上之手段，剖胸刳腹，视死如归，折足断胆，行所无事。虽成败不同，功绩互异，生死存亡，有幸有不幸，而其戮力戎行，奋身不顾，冒矢蹈刃，吞枪咽弹，有死之心而无生之望者则一也。以对镜我祖国之临阵怯敌、望风奔溃者，则比例之差，恐隶首不能以数目计，而瓦德亦难以几何显矣。

《象队》

译者曰：田单牛阵，卒败燕军；定国象队，无救明亡。古来有同此兵略，同此战术，而一成一败之间，有不能执一以为例者。虽曰物竞，岂非天择哉？吾观英印之战争，而益知天演公例之无可逃也。夫英人以残卒五百，当印度十万之雄师，兼以印人役使猛象，如麾犬羊。而英军矢尽弹竭，徒手奋呼，其孰胜孰败，有不待智者而决矣。然印度虽胜，而终隶于英，英军虽败，而卒能悬印。此无他，印人地处热带，恃有天然力之富厚，昧于人事上之改良，卒至人心涣散，士气萎靡，故虽侥幸于一时，终难保全夫大局。英人以刚毅强武之民族，运以整齐严肃之军令，以杀敌为果，战死为荣，故虽遇败衄而气不稍挫。物竞显判夫优劣，天择乃行其淘汰。此所以孟获之猛兽，不能敌诸葛之纶巾；蚩尤之怪术，不能当黄帝之雄师也。彼撒逊人种之所以陵驾他族者，良非无以也。而弃人用兽者，虽猛何为哉？

《焦头烂额》

译者曰：各人自扫门前雪，那管他家瓦上霜，斯言也，非我中国人素持保守主义者所奉为金科玉律之言乎？是故北方罹锋镝，而南方歌舞以为娱；甲省遇凶荒，而乙省闭籴以自丰。穷其流弊，虽火及邻屋，亦惟祷祝其不及己室而已，断不肯以身尝试，冒死以为扑灭之计者也。善乎哉欧人之富于冒险性质也，有哥伦布冒险航重洋，而后美利加出见于西半球；有立温斯敦冒险游沙漠，而后殖民地遍及于南非洲。今译此书，乃知复有朋町尼之冒险运火药，而后新脱海尔士府赖以保全。其功之大，其胆之豪，其气之壮，其造福于社会，其裨益于公众，直可与哥、立二人，鼎峙而为三大冒险家矣。顾彼虽冒此大险，出万死以求一生，而卒能夷然脱险，无毫发之损伤，岂天佑其成功欤？何祝融氏之多情也？吾今有箴言以贡我同胞曰：天下惟不畏死者乃能免死，天下惟能冒险者乃能避险！世之好生而恶死，避险而就夷者，其取法于朋町尼也可矣。不然者，吾恐城门失火，殃及池鱼，火炎昆冈，玉石俱焚，袖手旁观，与夫束手待毙者，皆无幸免之理也。

《义战》

译者曰：夫兵，凶器也；战，危事也。是以春秋有弭兵之盟，欧洲创平和之局，诚以战祸一开，则杀人百万，流血千里，将糜烂而不可收拾。无论个人与个人，国家与国家交涉之间，苟非处万不得已之时，断未有愿以兵戎相见者。虽内除奸宄，外御强敌，杀人之具，圣王亦有时而不能废，然以之除暴可也，以之为暴不可也；以之定乱可也，以之召乱不可也。王者之师，秋毫无犯；仁人之征，天下无敌。东面而征西夷怨，南面而征北狄怨，如避水火而登衽席，如遇大旱而望云霓，所谓吊民伐罪之仁师者，如是而已。即不然，两雄角立，各不相下，彼肆鲸吞之计，此为蚕食之谋，不得已而从事疆场，亦惟求得其利权而已，未闻以杀人为快者也。惟是野蛮部落，犬羊贱种，往往有此等残杀之事。亚美利加之土人，掳获白人，则争剥其皮以为乐；阿非利加之黑人，战胜敌人，则脔食其肉以为荣。蒙古之覆宋也，满洲之亡明也，其斩刈人民、奸淫妇女之事，则尤目不忍睹，耳不忍闻，而笔不忍书者矣。伤心哉！往往鬼哭，天阴则闻。吾读古战场文，而叹中国战争之历史，其所谓脓血染成之历史乎！每一大风潮之起，辄显一极恐怖之现象，人人有子女玉帛之观念，磨刀霍霍，草薙禽狝，虽妇人孺子，曾不少加爱惜焉。嗟乎痛哉！十日之屠，何必扬州？万家之戮，何必嘉定？野蛮之灭人家国，其杀戮之惨，固不可执文明战争，以为比例者矣。

《与子同仇》

译者曰：吾读《小戎》之诗，而知秦之所以霸；览希腊之史，而知斯巴达之所以强；译龙骑兵成立之篇，而知英之所以雄视五洲、气吞全球也。高矣美矣，荣哉誉哉！立国之所以不可缺者，其惟军国民主义乎！盖人人有军人之资格，而后以为兵为荣；人人有从军之思想，而后以战斗为乐。秦之独霸西戎、蚕食诸国者以此，斯巴达之内主齐盟、外挫波军者以此；英吉利以区区三岛，而控制属地，遍于日所出没处者亦以此。彼佣工职人，其所处之位甚微，其所执之业甚逸。以我支那人之眼光视之，方谓我侪小民，自有本分，军国大事，食肉者谋，而况兵凶战危，易遭不测，安肯以难必之功，冒此锋镝之险哉？彼也不然，羡戎服之荣，念行军之乐，同仇敌忾，慷慨从戎，卒能练成劲旅，一战成功，使龙骑兵赫赫之声势，驰布于欧洲，岂非尚武好战之明效哉？故日本人有恒言曰："军者，国民之负债也。军人之智识，军人之精神，军人之本倾，不独限之从戎者，凡全国国民，皆宜具有之。"又曰："国民之战斗力，保国之大经也。"呜呼！此日本之所以独为亚洲之强国欤，而彼盎格鲁撒逊人种者，其更富于此义也乎！

《大节不夺》

译者曰：岁寒松柏，始知后凋；盘根错节，乃见利器。沸度不能镕，而知金银之性坚；空气不能入，而知玻璃之质密。古来忠臣义士，遭际承平，碌碌无所表见，没世而名不彰者，不知几何人也。惟当事变迭来，祸患日急，途穷日暮之际，身命义务，不能两全，而于是小人之假态，至此而难掩，君子之真相，因之而益彰。故曰时势者制造英雄之材料也。非睢阳之困，不见张巡之忠；非扬州之危，不见史可法之节；非阿尔福门岛之被围，新脱希立堡之受困，无以见斯吞立、摩尔列之守义不屈、效死弗去也。所谓士穷见节义，世乱识忠臣，古今中外，莫或逾此矣。虽斯吞立助暴君以抗民党，摩尔列率重兵以御敌军，其宗旨显判是非，其方针亦分顺逆，二人之事，有不可以比例同者。然其操守坚定，辞气激烈，非利禄所能诱，非威武所能屈，不以事败而变其志者则一也。以视彼丧师失地、降顺恐后、倒戈以相向者，若张弘范、洪承畴之流则何如？

《女丈夫》

译者曰：秏矣哀哉！我中国女界之腐败也，衅脂漆粉，状类鬼狐；号佛茹斋，形如疯癫。而纤纤莲步，弱不禁风，缠足一事，则更为普天下所未曾有之奇刑酷罚，全地球所不经见之淫风陋俗。天生此二万万同胞姊妹，其仅以供泰东西各国博物院之陈设品，人类馆之参考物乎？何其淫淫以柔，靡靡以弱，一无生气至于此极也？颅同是圆，趾同是方，官同是五，支同是四，而沁沁［伈伈］伣伣，甘居人下，婢膝奴颜，视为本分。尚武好战之精神，同仇敌忾之思想，久矣夫烟销雾灭，不作小戎之诗，而唱后庭之花矣。试翻遍二十四姓之相斫书，问如木兰之以妙龄弱质，慷慨从征者，古今来能有几人哉？我非崇拜欧洲人之妇女，而必以效颦为增妍也。但以其情意之笃，魄力之大，胆略之壮，举动之豪，西洋细君之气质，诚有非数千年黑暗之女界中人所能及其万一者。彼达皮斯、立脱逊二人，以女子之身，而行丈夫之事，出入戎行，屡著战功。当其始也，亦不过兰闺弱质，绣阁佳人，初非若大虫之咆哮，夜叉之狰狞，生而有此军人之资格也（大虫、夜叉典出《水浒传》中女豪杰之绰号）。一旦激于义愤，迫于爱情，不惜憔悴其玉容，毁损其体肤，抛弃家园，隶名军籍，易蜂腰鼓乳之装，而冒枪林弹雨之险，勇往直前，何其壮哉！吾三复此篇，吾欲不增高其崇拜之性质，而有所不能矣。我同胞姊妹，其有此巾帼丈夫，放万丈光焰于黑暗之女界乎？为之执鞭，所欣慕焉。

《海上难》

译者曰：吾译此篇而不觉有无数感慨，无数刺激，浮现于脑际，往来于胸中。吾必［心］为之迷，目为之眩，颜为之赤，汗为之流！而叹我国之军，何其无秩序，无胆略，若此之甚也。其猝遭变故，仓皇惊走无论已。即或两军相持，旗鼓相当，则国家之存亡系焉，一身之荣辱关焉，然闻一炮声则掩耳疾走，见一敌兵则抱头鼠窜。有不顾国家之存亡，一身之荣辱而惟狼狈狂奔，演其丑态恶剧，以保存我区区之生命者。所以一奔于甲午，再遁于庚子，现全球所未尝现之丑相，蒙列国所不肯蒙之耻辱。以视彼之临汪洋之瀛海，遇水火之变灾，夷然井然，不乱秩序，不干纪律者，岂可以寻常尺寸计哉？信哉法人方劳氏之论常备兵曰：其组织以银气成而无义气也，惟其以银气成，故平时贪利而苟安；惟其无义气，故临战畏惧而不前。斯言也，不啻为吾国兵将写照矣。

《风船》

译者曰：自格致之学明，而山河失其险，水火失其烈，刀剑失其铦，铁石失其坚。奇哉奇哉，今之世界也！而奇之又奇者，则莫如今世者行之风船。吾国先哲之所谓驭风而行，驾云而往来者，仅托诸一时之寓言耳。何意千百年后，思想日进，学术日明，昔之所谓寓言者至今而竟得见诸实事乎！德围巴黎、英攻脱兰斯法尔，莫不用此以为通信侦探之具。然今阅西报所载，则知法人图茫，又将有气中战船之制矣。据其言曰，此船可载数人，可载粮食饮水；远出他处，可逾数日；乘气上升，可至数千尺之高；俯瞰下方，可掷炸药烈弹，以歼敌军。故有此战船后，世界上任何雄强之水师、步兵，皆可除灭；沿海之城堡、要隘，亦可破坏。法兵部大臣已使制之。呜呼！自今以后，战斗之剧，必更惨矣。而回顾祖国，思想拙滞，学术迂陋，蠢尔无知，安得立足以学战之世界乎？言念及此，怆焉呜咽。

《酒井》

译者曰：吾于挨利曷脱之下禁令也，而知其驭兵之严；吾于敌丸之穿酒桶也，而惊其弹力之猛。虽然，犹不足以例吾所闻。吾闻半岛之役，英诸将校会食时，忽有起面辞羹者，将官固问之，对曰：今午前有法兵尸体烂于井中，而此羹则汲井水以成之者也，恐食之有妨于害生，故辞。将官闻之，不以为意，一饮而尽。复请以彼所辞者与我，且谓旁人曰：若使法之全军，尽在井中，不亦快乎？则其意气之壮，直不让痛饮黄龙，宁可与穿井得酒者，无补于军事教育乎？吾故附识于此，以谂世之有军国民资格者。

《军人之尺牍》

译者曰：一介书生，干城莫任；三军壮士，没字纷嘲。此非我中国数千年来一成不变之现象哉？盖其入军籍列戎行者，皆无赖之游手也，否则，为匪类之孱弱者也。无军事之教育，无国民之思想，徒以名列兵籍，按月领饷，为饱暖计。是以无事则肆行廛市，骚扰闾阎；有事则不仓皇奔走，即降顺敌营。甲午，庚子，其明证也。不然，牙山之险，胜于辣斯敦万倍，倭人之势，又远逊于华义都，而何以一则如老熊当道，非狢子不得过，一则如鼠遇猛狸，狂奔不已乎？故观其事，读其书，知其爱国守节者，盖由于教育之有素也。呜呼！异族侵陵，鹰瞵鹗瞬，瓜分之祸，不俟终日。我黄种人中安有如马尔洛其人，为吾族干城，脱异族羁勒者？奈何返观祖国，气节微而爱国心浸薄，军魂且随奴性以去也。吁！

《教主之勇》

译者曰：有左右世界养成社会之能力者，非宗教乎？是故回教之民悍而刚，耶教之民坚而忍，其悍也刚也，坚也忍也，宗教之能力也。是故耶教盛传于欧美，而文明大进；回回雄峙于西北，而强权日昌。故苏约拉尼尔、裴忒独耳治以教主之身，而能出入营队，戮力疆场，非其宗教之效果哉？窃尝谓宗教之不为世用，而适足弱人家国者，惟慈悲之佛教，与仁爱之孔教耳。印度之亡于佛教，人知之，故不论。独孔教是我国所尊之崇之，而不可侵犯者，今谓之为弱人家国者，人信乎？不知今之世界，竞争之世界也。彼侵我，我必用力以抵之；我侵彼，彼亦有力以拒之。若圆线之相切形然，有一不能抵拒，则一伸一缩，理无足怪。而我国宗教，以仁爱为心，以谦让为美，故以主权让人，土地让人，利益让人，一让再让，必至无可让而后止。此数百年来之图谋光复，所以不出于峨冠博带之服从孔教者，而转出于白莲、三合等之种种邪教者也。是故中国苟甘心长处于异族之轭下也则已，不然则必自改革宗教始。

《战场作戏场》

译者曰：宇宙一戏场也，古今一戏局也。英雄豪杰，良将劲卒，一演戏之脚色也。优胜劣败，强存弱亡，一演戏之现象也。以五大洲水陆为大舞台，以五千年历史为弹唱本，于以演出惊神泣鬼、拏龙掷虎之种种活剧。黑仆而红灭矣，黄衰而白胜矣。斯拉、条顿，互争黄池之长；罗马、希腊，无复昔日之雄。一成一败，一治一乱，沧海桑田，事无定局，楼台瓦砾，色即是空。戏场乎？战场乎？庄周之梦为蝴蝶欤？蝴蝶之梦为庄周欤？其所为一而二、二而一者耶？呜呼！复何疑哉？

《募兵奇法》

译者曰：兵可千日而不用，不可一日而不备。旨哉斯言，其深得居安思危、未雨绸缪之旨乎！今者列强角立，相持不发，成一武装平和之世界。是故英成一军，则法练一队，德铸一炮，则俄增一舰，势均力敌，各不相下。岂必待兵衅之既开，而始汲汲从事于武备哉？返观我祖国则何如？兵既老弱，额复残缺，无事之日，滥报冒充，以渔蚀饷糈为得计；一旦有警，征调不足，仓猝召募，驱乌合以当纪律，率侏儒以斗贲育，其不逍遥河上全军覆没者几希。孟子曰："不教民而用之，谓之殃民。"究究诸公，酷嗜西法，而于练军一事，犹未能实力行之。岂谓英国三百年前，固尝用此募兵之奇法，而今遂富强甲于天下，故必是则是效，以待三百年后之中国，亦赫然臻于强盛乎？信如斯言，则近日各报所载袁世凯之练军五年，以御俄人之策，犹为欲速矣。噫！吾恐彼狡焉思启者，将不尔待也。

《潜行敌军》

译者曰：为将之道，当先治心。小利不趋，小害不避，小胜不骄，小挫不馁，持以坚忍不拔之力，运以变化莫测之机。我能瞭敌而敌不能窥我，我能玩敌而敌不能防我，然后可以静制动，以少制多，反客而为主，输败而为胜。当哈利斯之以步兵一队，潜行于法军也，众寡不敌，强弱悬殊，稍一不慎，即被要击。卒能全师而出，脱离虎口，于敌军百万之中，往来自如，行所无事，非有龙腾虎拏之略，神出鬼没之机者，曷克臻此。故虽小挫于骠骑，终获大胜于险山，而使大不列颠帝国飘飘之狮章，飞扬于世界，哈利斯将军赫赫之盛名，留传于史册也。

《军法无私》

译者曰："不自由毋宁死""天各付人以自由之权，有侵我自由者，我必出死力以争之"，此皆欧洲人之恒言，而实代表其坚忍刚毅、不为人屈之性质也。虽然，欲求自由，先尚平等；欲人人得自由，必人人相平等。吾中国之所以人人欲自由，而人人不能得自由者，正以阶级太分，人人不能平等故耳。强凌弱，众暴寡，大役小，智欺愚，勇吞怯，少数人滥用其自由，则多数人丧失其自由。而各种社会中之最黑暗而最不平等者，则尤以武夫社会为甚。一军之中，将校士卒，层累而下，等级攸分，将之待其兵也如奴隶，兵之视其将也若神明。喑呜咤叱，习为固然；鞭朴棰楚，视同儿戏。而为之兵者，受其侮虐，亦自安卑贱，驯如犬羊，帖然受治，未闻有攘臂而起，抗颜忿争，以一质其是非曲直于公众者。虽有军政之官，不过供大将之驱策，间接以压制其士卒耳，亦未闻有秉公判断，使犯事者咸得同等之罚，以昭军法之无私者。用是兵将不和，则士气不扬，又何怪乎邹鲁之哄，民莫肯死，华元之羊，今我为政者之比比哉？君子观于此，而叹泰西军政之严，为不可及已。

《以身殉书》

译者曰：行军之道，贵乎机密。严斥堠以瞭敌军，派侦探以窥伏兵，纵间谍以探虚实，此皆用兵之要务。而所以运行之而消息之者，则尤以通信机关，为军行之总枢纽。当两军阵于原野之间，相隔数里，既无电线之通，复乏气球之制，而敌骑纵横，楚歌四面，荆棘道途，夜行多露，赍书之使，难乎其难矣。非智能避敌，则不能秘密其机；非勇能冒险，则不能始终其事；非仁能捐躯，则不能牺牲其身命，以求达其目的。吾观于亚拉配梨之事，而叹其智、仁、勇之兼全也。其取使者之书，忍创痛而前行也，是其勇也；其恐身为俘虏，而藏匿其密书也，是其智也；其不顾伤势之危笃，穿创口而匿之也，是其仁也。无怪乎盛名鼎鼎，虽死而不朽矣。噫！师漏多鱼，憎齐寺之无识；教胡复战，愤汉贼之无良。彼身居行伍而漏泄军机者，闻亚拉配梨之风，其亦知所愧矣。

《卫御旗帜》

译者曰：行军之道，纪律为上。纪律一乱，则兵未有不败者也。而所以节制此纪律，为纪律之标准者，果何所凭哉？击鼓以进军，鸣金以收兵，凡此者皆所以指挥军旅，齐整行伍，使之步伐不愆，进退有据也。而其最为三军耳目之所寄者，则尤以旗帜为要。是故拔帜立帜，韩信以之破赵。盖旗帜一失，则三军无所属目，而主兵者亦无所施其号令，如是则军心必为之震动。军心一动，则纪律必乱，成败之机，即于此决焉。彼布拉温、拉撒摩之冒死以保护王旗也，岂轻贱其性命，而贵重其旗帜哉？诚以旗帜之得失，三军之成败系之也，保全此旗帜，即以保全三军耳。呜呼勇矣！

《英缅战事》

译者曰：自卫生之理明，而囹圄有生机；自公法之说行，而军旅无杀气。泰西诸国，百年以来进步改良，非独于政于教然也。即其牢狱之制，不过籍以拘囚罪人，使作苦工，受应得之罚，未闻有非分之酷虐也。故其屋宇清洁，呼吸适宜，初非黑暗如地狱，臭秽如猪溷者比也。虽当交战之际，虏获敌人，亦必悉按公法，不能滥用非刑，戕害无辜。所谓“不重伤，不檎［擒］二毛”者，盖几几乎有宋襄之仁矣。今译此篇，其描写缅甸人酷待俘虏之情形，一比较而文野程度之相差，诚不可以道里计者矣。

《军中仁德》

译者曰：为君之道，以得民心为贵；为将之道，以得兵心为要。兵心一得，则士奋于野，马腾于槽，人人乐为效死，而后战无不胜，攻无不克。即不幸而偶遇败创，亦惟同心抵御，戮力捍卫，所谓以国士待之者，亦以国士报之也。非然者，将骄而悍，兵偷而惰，昨日之羊子为政，今日之事我为政，将不为兵恤其生，兵亦安肯为将效其死哉？

《弃宝全军》

译者曰：泰山崩于前而色不变，麋鹿兴于左而目不瞬。不以小害而避，不以小利而趋。行军用兵之道，惟此镇定之功，为不可或缺耳。使英军恋恋于宝货，不忍遗弃，则三军士卒，势必目注手营，争取金匣，无暇顾敌兵之来追矣。至其队伍一乱，佛军即乘其懈而击之，将见迅雷之下，不及掩耳，释甲执冰于终朝者，恐难厉兵秣马于俄顷也。然后知“先下手金匣者诛”之军令，其镇静为不可及矣。

《军中凯饮》

译者曰：与君直抵黄龙城，痛饮自由一杯酒。荣誉哉战胜之将也！欢欣哉赏功之酒也！惠灵吞以百战百胜之将，卓著战功，虽以法皇拿破仑之枭雄，亦屡为所败。而其中将洛利苦尔，复能辅其羽翼，为之爪牙，大帅偏裨，敌忾同仇，宜其战胜攻克，所向无前矣。观其大张盛宴，来宾杂沓，而秩序井然，位置各当者，其亦以军律行酒者乎。

《兵士知书》

译者曰：吾观于泰西诸强国，人人有当兵之义务，即人人有军人之资格。而所谓军人之资格者，岂第施放枪炮、娴熟弓马、习于武事而昧于文德哉？盖自将帅以及士卒无一非出身于学堂，宜其深明韬略，善审形势，不至有不学无术之讥矣。我中国则不然，文武分途，兵民歧视，身列行伍者，类皆目不识丁，蠢然无知。而欲与西国之兵相抗也，是何异于聋者遇师旷，盲者遇离娄！一明一暗，一智一愚，胜败之数，奚待蓍卜哉？

——录自小说林 1904 年初版

《吟边燕语》[1]

《吟边燕语》序

林纾

欧人之倾我国也，必曰：识见局，思想旧，泥古骇今，好言神怪，因之日就沦弱，渐即颓运。而吾国少年强济之士，遂一力求新，丑诋其故老，放弃其前载，惟新之从。余谓从之诚是也，顾必谓西人之夙行夙言悉新于中国者，则亦誉人增其义，毁人益其恶耳。英文家之哈葛得，诗家之莎士比，非文明大国英特之士耶？顾吾尝译哈氏之书矣，禁蛇役鬼，累累而见。莎氏之诗，直抗吾国之杜甫，乃立义遣词，往往托象于神怪。西人而果文明，则宜焚弃禁绝，不令淆世知识。然证以吾之所闻，彼中名辈，耽莎氏之诗者，家弦户诵，而又不已，则付之梨园，用为院本。士女联襼而听，欷歔感涕，竟无一斥为思想之旧，而怒其好言神怪者，又何以故？夫彝鼎樽罍，古绿斑驳，且复累重，此至不适于用者也。而名阀望胄，毋吝千金，必欲得而陈之。亦以罗绮刍豢，生事所宜有者，已备足而无所顾恋，于是追蹑古踪，用以自博其趣。此东坡所谓"久餍膏粱，反思螺蛤"者也。盖政教两事，与文章无属。政教既美，宜泽以文章；文章徒美，无益于政教。故西人惟政教是务，赡国利兵，外侮不乘，始以余闲用文章家娱悦其心目。虽哈氏、莎氏，思想之旧，神怪之托，而文明之士，坦然不以为病也。余老矣，既无哈、莎之通涉，特喜译哈、莎之书。挚友仁和魏君春叔，年少英博，淹通西文。长沙张尚书既领译事于京

---

① 《吟边燕语》(*Tales from Shakespeare*，今译《莎士比亚故事集》)，小说，英国莎士比（William Shakespeare，今译莎士比亚，1564—1616）原著，林纾、魏易译述，1904 年商务印书馆初版（光绪三十年七月首版）。

师，余与魏君适厕译席。魏君口述，余则叙致为文章。计二年以来，予二人所分译者，得三四种。《拿破仑本纪》为最巨本，秋初可以毕业矣。夜中余闲，魏君偶举莎士比笔记一二则，余就灯起草，积二十日书成，其文均莎诗之记事也。嗟夫！英人固以新为政者也，而不废莎氏之诗。余今译《莎诗纪事》，或不为吾国新学家之所屏乎？《莎诗纪事》，传本至夥，互校颇有同异，且有去取。此本所收，仅二十则，余一一制为新名，以标其目。

光绪三十年五月，闽县林纾序。

——录自商务印书馆 1904 年初版

《美洲童子万里寻亲记》①

《美洲童子万里寻亲记》序

林纾

宋朱寿昌去官寻母，苏诗纪之，顾朱氏不自为记也。明周蓼洲之公子奔其父难，记则门客为之，公子亦未尝自记。则《万里寻亲记》为余所见者，仅瞿、翁两孝子而已。然人于青年诸君之目中，则颇斥其陈腐，以一时议论方欲废黜三纲，夷君臣，平父子，广其自由之涂辙。意君暴则弗臣，父虐则不子。嗟夫！汤、武之伐桀、纣，余闻之矣；若虞舜、伯奇，在势宜怼其父母，余胡为未之前闻耶。顾犹曰支那野蛮之俗，故贤子恒为虐亲所制？西人一及胜冠之后，则父母无权

① 《美洲童子万里寻亲记》（*Jimmy Brown Trying to Find Europe*），小说，版权页标“原著者：英国亚丁；翻译者：闽县林纾、长乐曾宗巩；发行者：商务印书馆”，“光绪三十年十月首版”（1904 年）。亚丁（W.L.Alden，1837—1908），实为美国作家，记者，外交官”。

焉，似乎为子者均足以时自远其亲。而余挚友长乐高子益而谦，孝友人也，曾问学于巴黎之女士。迨子益归，而女士贻书子益，言父母皆老，待养其身，势不能事人，将以弹琴、授书活其父母；父母亡，则身沦弃为女冠耳。余闻之恻然，将编为传奇，歌咏其事。旋膺家难，久不填词，笔墨都废。洎来京师，忽得此卷，盖美洲一十一龄童子，孺慕其亲，出百死奔赴亲侧。余初怪骇，以为非欧、美人，以欧、美人人文明，不应念其父子如是之切。既复私叹父子天性，中西初不能异，特欲废黜父子之伦者自立异耳。天下之理，愚騃者恒听率狡黠者之号令。彼狡一号于众曰：泰西之俗，虽父子亦有权限，虐父不能制仁子，吾支那人一师之则自由矣。嗟夫！大杖则逃，中国圣人固未尝许人之虐子也。且父子之间不责善，何尝无自由之权？若必以仇视父母为自由，吾决泰西之俗万万不如是也。余老而弗慧，日益顽固，然每闻青年人论变法，未尝不低首称善。惟云父子可以无恩，则决然不敢附和。故于此篇译成，发愤一罄其积。

光绪三十年七月既望，闽县林纾畏庐序于京师寓楼。

——录自商务印书馆 1904 年初版

《侦探谈（四）》①

《美人狩》[小序]

冷血（陈景韩）

此篇实尽世界人类之所欲所愿者，而咸网罗之。

---

① 《侦探谈（四）》，小说集，含《美人狩》《自杀俱乐部》等篇，冷血（陈景韩）译著，1904 年开明书店初版（光绪三十年十月）。

第一，财产，人之所欲也，而有二百万。

第二，美色，人之所欲也，而有秀子。

第三，侠客，人之所欲也，而有松井敏雄。

第四，妖怪，人之所欲闻也，而有男怪女妖。

第五，妖巧，是人之所爱而恶之者也，而有专六。

第六，秘密地，是人之所欲营者也，而有山穴。

第七，鸡鸣狗盗之徒，是人之所欲驱策者也，而有铁三。

第八，投间伺隙间隙者，人之所欲投伺者也，而有为田之死。

第九，棋逢敌手、将遇良材，敌手良才者，是人所欲逢之遇之而始能为棋为将者也，而有专六，即有敏雄。

第十，才子配佳人，愿天下有情都成了眷属，是人所偶遇之而传为佳话者也，而有秀子之美，有敏雄之才，有秀子与敏雄结婚。

天下之人汲汲营营，尽力为小说之材料者，大抵尽于是耳。

译者记

——录自开明书店 1904 年初版《侦探谈（四）》

《自杀俱乐部》[小序]

冷血（陈景韩）

原书，本名 SELbstmorD-KEoB，其意盖即自杀之总会。

原文，本出斯吐爱沙氏之手。斯氏之文，早欢迎于英德读书界。

原著，本能以流丽之笔，描凄惨之状，读之能使人慄然惊、豁然快。然我译之，闷甚，闷甚。敢为一言，以请罪于阅者之前，著者之前。

译者记

——录自开明书店 1904 年初版《侦探谈（四）》

《自杀俱乐部》批解

冷血（陈景韩）

冷血曰：世岂有无故而求自杀者？世岂有自杀而称俱乐部者（俱乐部即总会）？世岂有出财以自杀者？世岂有以性命为赌博者？世岂有既欲取人金银，又欲取人命性之俱乐部者？世岂有有此俱乐部而能成立者？世岂有此俱乐部，而能支持至二年有余，会众除日日被杀外，尚有十余者？世岂有有此俱乐部，而病人且以为养性，亲王大佐等有官有爵之人，且以为儿戏者？我中国人读之不大骇？

我中国人之惊骇异者，曰以性命为儿戏，是无人道之极，是残忍者也，是无教化之民族也。其骇异之宜也。然我特谓，同此无人道，同此残忍，同此无教化，同此以性命为儿戏，而我国人独不骇异之，反若视为当然者，何也？杀人之最着者，为阿片烟，是阿片烟馆，固自杀之俱乐部也，而人咸凫趋之。各处之大赌博馆，荡身家，弃性命，所与赌博者，皆为匪类，不胜则无以自存，胜之则财多为患，杀人自杀之事，日有以闻，亦自杀之俱乐部也，而人咸麇聚之。试更以今日我国民之自治言。内乱日以亟，贼盗会匪到处充斥，无时不可以夺人财杀人命，而国民绝不闻自求自卫之道。委之于官，而官不能护，委之于盗贼，而盗贼更无远计。日唯孳孳，以求过且过之下策，享得寸得尺之个人微利，系朝不保夕，蝼蚁之露命。演互相残杀之惨戏，是我国之社会亦一自杀俱乐部也。以我国今日之外交言。激烈者，则思尽毙外人，杀教士，屠工师，焚毁教堂，驱逐公使，极而至如义和团之乱。然而，国民之知识力不如，国民之技艺力不如，国民之道德不如，终至于不可敌。不可敌而强欲为敌，是犹以鼠投虎，此必亡之道也。故我国今日之对外激烈派，皆自杀俱乐部派也。温和者，则推思退让。今日退满州，明日让西藏；今日押开某矿之印，明日签筑某路之字。地有几何？矿有几何？路有几何？让地让路矿之后，而我国无所得一利。让此地此路矿之后，而我国再无不让之地之路矿。不思善其后，唯知目前之无事，是无意识之温和也。夫是犹割肉充饥，肉尽而终亦必饥以死也。故我国今日之对外温和派，亦皆自杀俱乐部派也。况夫，言财政，则皆自杀俱乐部之财政。国债之偿于外人者，更俟百年而不能清。用财之道日以大，生财之道日以小，观进出口货税，而自知。言军事，则皆自杀俱乐部之军事。唆[吮]良民之膏，而募无类，其自杀一；不能杀敌，而杀匪类，其自杀二；不能杀匪类，而杀良民，其自杀三。举荦荦数大端，已无一不如是。是则今日之我国中人，其皆自入自杀俱乐部矣。其有自怪自惊异者乎？呜呼，安得亲王与大佐其人来？

又曰：亲王与大佐，非侦探也，好奇耳，触于偶然耳。夫天下事，固有二道。一则终身为之者，以为业，以为性命者也。一则偶然为之者，以为乐，以为游戏者也。终身以之者，其道固精深。偶然为之者，其事亦多奇异。夫偶然之事，皆出于好奇，成于决心。观于亲王此事而可见。

——录自开明书店 1904 年初版《侦探谈（四）》

《自杀俱乐部》[附记]

冷血（陈景韩）

冷血曰：富贵子弟，无识见，无胆量，见色而惑，入其玄中，而不自知；聪明子弟，有识见，有胆量，见色而惑，借惑以为用，仍入其玄中，而不自知。美妇人，果可畏若是。

自杀俱乐部会长，借妇人手，以杀大佐之弟，亲王之使大佐。亲王又借自杀俱乐会长之旧友，以擒会长。然则旧友之可畏，与美妇人等。夫人生过四十，情欲之念淡，投以色，未必受。其与旧友疏，可乘之以为用。是故人之投人之隙也，须视乎其年。

又曰：此篇之事，皆以好奇来。亲王大佐之发见自杀俱乐部也，以好奇故。少尉之得遇与此决斗者也，亦以好奇故。然则好奇者，其为得遇奇事之母乎？万事由此生，何但一侦探。

又曰：此篇写侦探事，皆在暗处。读者须自寻之。

——录自开明书店 1904 年初版《侦探谈（四）》

《奇狱（一）》[①]

《奇狱（一）》例言

林盖天[②]

一　此书原名《欧美探侦吏》，系美国麦枯滑特尔氏所著。日本千原尹之吉代以“奇狱”二字，今仍其名。

一　此书记事材料，率皆采辑探侦吏之手页、日记、报告等，故篇中纯用自叙体，译者亦仍其旧。至于探侦吏之名，或显或隐，亦传事不传人之意也。

一　原文于实际情状，描写尽致，故其叙事颇涉烦碎，直译之未免令读者生厌。今于下笔时，随手删节，以期简明，然自信未失原书之意旨。

一　此书计二十章，约共六万余言。今分三卷，先出其一。

译者识

——录自小说林 1904 年初版

---

① 《奇狱（一）》，小说，美国埋枯滑特尔（George Mcwatters，1812—1886）著，林盖天据日译本译述，1904 年小说林初版（甲辰十一月）。

② 林盖天，资料不详。

《双碑记》[①]

《双碑记》序

铁英生[②]

呜呼！毕斯姆之父谓罗生曰：婚姻不幸，事最伤心。余读而反覆思之，旨哉旨哉！西人近日男女自相择配，父母不得而强持，未始不有感于斯言也。夫天理人欲二者一以贯之，无天理即无人欲，无人欲即无天理。而拘墟之士，迂腐之儒，断断号于众曰：宜存天理，宜去人欲。截然分天理人欲而为二，其心盖以正为天理，邪为人欲，欲世人轨于正而弗即于邪云尔。殊不知人虽至愚，苟非大不得已于中者，亦孰乐为邪而不乐为正哉？即如婚姻一事，为男女之大伦，若任男女之相悦相偶，则终身永无反目之时。若父母为之主持，或慕门第，或羡富豪，而于男女之才貌性情，毫不加察，强为捏合，一旦嘉礼告成，男憎女怨，莫可如何，则异日必有淫奔之行。夫男女之相悦相偶，似近于邪，而无反目之伤，则正矣。父母之主持，似近于正，而有奔淫之丑，则邪矣。媚兰色斯克，以绝代佳人，而误于其叔之贪。巧割毕斯姆之情缘，阴图华利之田产，致媚兰与毕斯姆为情而死。其忧愁幽思，流离恻怛，结若胶漆，惨若冰霜之概。闻者莫不怜而嘉之，然而不得谓非始于天理而终于人欲也。此书原名《媚兰色斯克》，著者为法京巴黎金威登，余在巴黎以五十佛郎得之。此

---

① 《双碑记》，婚姻小说，法国金威登著，铁英生译，正文题名《媚兰色斯克》。贾植芳等编《中国现代文学总书目·翻译文学卷》标“爱社1904年初版”。上海图书馆、北京大学图书馆藏本未见版权页。又见一版题名《媚兰色斯克遗事》，版权页能辨出标有“印刷所：东大陆图书译印局”，“甲辰七月十四日印刷，同年同月发行”（1904年）。

② 铁英生，资料不详。

书于吾国婚姻界上，有绝大之感动，故译而出之，以代遒人木铎之徇云。

光绪壬寅仲秋，译者铁英生序于法都巴黎清使馆之瞻云就日楼。

——录自 1904 年版

1905 年

《千年后之世界》[①]

《千年后之世界》弁言

东雷（许家惺）[②]

书为日本小说家押川春浪著，吴门天笑生译。以高尚之理想，睹惨恶社会之堕落，以发现光明世界。全书以“物质文明愈进化，则精神文明愈退化”为主义，思想深远，有出乎天天、入乎人人之妙，为将来世界之大问题，为现在世界之活剧。是书材料丰富，趣味浓郁，其中包孕有关物理学、心理学、伦理学之精微，及宗教的、社会的、世界的之观念。译者文学，亦为吾学界所同认。吾知是种小说，为吾国所未有，必有大影响于今日社会，迥非寻常说部可比。全书六万余言，刊印是书以饷学界，爰说数语，以为吾青年介绍。

东雷志

——录自群学社 1905 年初版

---

① 《千年后之世界》，理想小说，日本押川春浪（1876—1914）著，天笑生（包天笑）编译，封面署“群学社藏版”，版权页标“编辑兼发行者：群学社；印刷所：中新书局；总发行所：镜今书局”，“光绪甲辰年十二月初版”（1905 年 1 月）。

② 东雷，本名许家惺（1873—1925），字警叔，别号默斋，浙江上虞人。曾任《时务报》《中外日报》《沪报》《时事报》《大同报》《华英合文报》等撰述。先后发表《党德》《中国救亡策》等多篇时评、政论文章。译述有《宇宙进化论》（英国汤姆生 J.A. Thomson 著，英国莫安仁口译，广学会 1911 年）、《祈祷学》（英国幕安得烈 Andrew Wurray 著，英国瑞思义译意，广学会 1917 年）等。

《千年后之世界》[小序]

天笑生（包天笑）

天笑生曰：癸卯夏五，余养疴杜门，浏览说部家言，得日本押川春浪君所著《千年后之世界》一册。凉风涤暑，薄酒中人，肩墨伸纸，译此以为消遣一助之云尔。

——录自群学社1905年初版

《千年后之世界》[附记]

天笑生（包天笑）

第一章

天笑生曰：决斗之事，欧墨盛行。而巴黎人士，有剽悍敢死之风，辄以眦睚细故，血肉相搏，甘死如饴，一瞑不顾，亲故戚鄙，遂艳称美引，以为名誉之光。凡斯恶习，至今难革。无他，以名誉心故，甘为此纤介事，而牺牲此贵重之生命也。夫决斗本为法律所不许，然一时骤难禁绝，且多出于上流社会。临事之际，秩序不紊，先以名刺交换，下宣战之书，复延证人临场，作仲裁之判。当其鼓掌雷动，神采酣发，连呼"名誉回复！名誉回复！"之时，夫亦与我国械斗麋杀者，同此逞忿忘身而已。有文野之分矣，杀人之中，犹有礼焉不禁，三复斯言。

第三章

天笑生曰：支那人谚云，"各人自扫门前雪，莫管他家瓦上霜"。此东方病夫国，最富此性质之言也。不然，何致蜷伏压抑于此异族二百余年，无有树大义而舒公愤者？则曰苟图目前之富贵，其他一姓授受，无与我小民事！无与我小民事！他日若英、若美、若俄、若德法之瓜分我，豆剖我，但得保我财产高官，则我亦何妨为英、美、俄、德、法之顺民？呜呼！今之所目为安分守己者，我无以谥之，谥之曰“亡国奴隶之标本”。

第二十一章

天笑生曰：善哉善哉！吾悲夫苦恼众生，妄生分别，自堕魔障，网罗重重，万难解脱。是皆以执着世法，受诸苦厄，安得地底世界，化百千万亿恒河沙数天女身，千古千言而以度之乎？夫以淫根不断，业力缠绵，歌泣傎倒，无有终极，则示之以无男女相，而天花不着，携手相笑，乃为极乐。又以无生灭故，无时间故，无算数故，无人相无我相故，而亦无能生灭能时间能算数能人相我相者。呜呼！然则地底世界者，无世界也，无无世界也。曰无世界，以无一切诸相故，曰无无世界，以无无故。

第二十二章

天笑生曰：吾闻之谭浏阳之言矣，其言曰：“世间无淫，亦无能淫者。”盖自有重视此方寸之牝牡，欲吝之秘之，而转以起人之艳羡，藏物于箧，惧使人见，而欲见始愈切，坦然相示，则熟如无睹矣。呜呼！吾不解生民之初，何人出而执此一义，习之数千万年也。微妙哉地底世界乎？以无男女相故，而男女之名不立，然以凡眼视之，则曰女王，以慧眼视之，无女王，无非女王也。神圣哉地底世界乎？以无生灭相故，亦无生殖作用，以无生殖作用故，而一切贪恋痴爱，皆无可着。咄，汝倮虫界一切苦恼众生，咄，汝动植界有机界，虽小至滴水微尘世界一切苦恼众生，安得有一旦解脱时耶？

第二十六章

天笑生曰：彼游牧部落腥羶贱种之驱其禽畜，以来横噬于世界也。彼固自谓肉食动物中最猛悍惨烈者也，故伸其凶残淫杀之巨爪，以攫取中原之子女玉帛，供其吞嚼，肆其刲割，而俯首帖耳，坐受其鼎镬刀锯，而莫之敢动欤。吾闻之北狄之貊道，有不火化而血食者矣，有以吃肉为大典者矣。虽然，此乌足怪，盖其去禽界仅一间耳。而孰知文明人种，亦玷此毳幕酪浆固有之恶习，此所以渐趋而为野兽世界也乎？噫！

——录自群学社 1905 年初版

《迦茵小传》①

《迦茵小传》小引

林纾

余客杭州时，即得海上蟠溪子所译《迦茵小传》，译笔丽赡，雅有辞况。迨来京师，再购而读之，有天笑生一序，悲健作楚声，此《汉书·扬雄传》所谓“抗词幽说，闲意眇旨”者也。书佚其前半篇，至以为憾。甲辰岁译哈葛得所著《埃司兰情侠传》及《金塔剖尸记》二书，则《迦茵全传》赫然在《哈氏丛书》中也。即欲邮致蟠溪子，请足成之，顾莫审所在。魏子冲叔告余曰：“小说固小道，而西人通称之曰文家，为品最贵，如福禄特尔、司各德、洛加德及仲马父子，均用此名世，未尝用外号自隐。蟠溪子通赡如此，至令人莫详其里居

① 《迦茵小传》(*John Haste*)，言情小说，英国哈葛得（Henry Rider Haggard，又译哈格德，1856—1925）著，林纾、魏易译述，1905 年商务印书馆初版（光绪三十一年二月十三日）。

姓氏，殊可惜也。”因请余补译其书。嗟夫！向秀犹生，郭象岂容窜稿；崔灏在上，李白奚用题诗。特哈书精美无伦，不忍听其沦没，遂以七旬之力译成，都十三万二千言。于蟠溪子原译，一字未敢轻犯，示不掠美也。佛头著粪，狗尾续貂，想二君都在英年，当不嗤老朽之妄诞也。

畏庐林纾书于京师春觉斋。

——录自商务印书馆1905年初版

《迦茵小传》题词

积雨卧病读琴南《迦茵小传》有感

万书堆里垂垂老，悔向人前说古今。
薄病最宜残烛下，暮云应作九洲阴。
旁行幸有伽娄笔①，发喜难窥大梵心②。
会得言情头已白，捻髭想见独沉吟③。

钱塘夏曾佑

买陂塘　并序

秋气既肃，林居寡欢。仁和魏生，时时挟书，就余谈译。斋舍

① 《悉昙三密钞》称伽娄仙人造右行迦书，印度与希腊通，在通中国前，迦书殆希利尼文也。——原注。

② 如德亚之上帝，印度之大梵天王也。发喜者，谓梵王以造地狱而喜。见《瑜珈师地论》。——原注。

③ 闻琴南多髯，然余未见也。——原注。

临小桥，槐榆苍黄，夹以残柳。池草向瘁，鸣蛩四彻，寥然不觉其词之悲也。回念身客马江，与王子仁译《茶花女遗事》，时则莲叶被水，画艇接窗，临楮叹喟，犹且弗怿。矧长安逢秋，百状萧瑟，而《迦茵》一传，尤以美人碧血，沁为词华。余虽二十年庵主，几被婆子烧却，而亦不能无感矣。为书既竟，仰见明月，涉笔窗间，却成此解。

倚风前，一襟幽恨，盈盈珠泪成瘿。红瘢腥点鸳鸯翅，苔际月明交颈。魂半定，倩药雾茶云，融得春痕凝。红窗梦醒，甚恨海波翻，愁台路近，换却乍来景。

楼阴里，长分红幽翠屏，消除当日情性。篆纹死后依然活，无奈画帘中梗。卿试省，碧潭水，阿娘曾蘸桃花影。商声又警，正芦叶瓢萧，秋魂一缕，印上画中镜。

畏庐居士倚声

——录自商务印书馆1905年初版

《埃及金塔剖尸记》①

《埃及金塔剖尸记》译余剩语

林纾

畏庐曰：埃及不国久矣。始奴于希腊，再奴于罗马，再奴于亚剌伯，再奴于土耳其，再奴于拿破仑，终乃奴英。人民降伏归仰，无所拂逆，若具奴性。哈氏者，古之振奇人也，雅不欲人种中有此久奴之

① 《埃及金塔剖尸记》(Cleopatra)，神怪小说，英国哈葛德（Henry Rider Haggard，又译哈格德，1856—1925）著，林纾、曾宗巩译述，1905年商务印书馆初版（光绪三十一年三月）。

种，且悯其亡而不知恤，忽构奇想，为埃及遗老，大张其楦。呜呼！埃及蠢蠢，又宁知所谓亡国耶！

欧人之言曰，埃及国中金字塔，为数不下百余，计其劳力，及于时日，每日需一百五十万众之役夫，筑可一千七百五十年而成，此举塔之全数言也。然吾考埃及古史，猛加那生时，已自构此塔，至死时实其珠宝腹中，则未之闻。若果有此者，谓储此足以赡国，为计则大愚陋。天下徒富，胡足以全国？使人人咸不念国，即十倍于此者，亦将仅供一日之掷。宜乎埃及一万一千三百余年之古国，从梦中褫落也。

是书好言神怪之事，读者将不责哈氏，而责畏庐作野蛮语矣。不知野蛮之反面，即为文明，知野蛮流弊之所及，即知文明程度之所及。虽然，神怪亦何害于文明耶！古书之最古者，宁如《四韦陀》。《四韦陀》之书，哲学家不能驳诘而焚弃之，其书固专言鬼神也。余曾论造物之所始，宗教家恒归功于上帝，虽达尔文犹不敢力辩其非，然则宜道、释、耶教至今存矣。

是书之主人翁，莺吞礼也。莺吞礼踵凯彻之后，最有武略，权力奄有亚西亚，及东方之诸侯。乃一为女王张锦帆江上，明珠醇酒，醉心眩目，尽举一生霸业，付之流水。然则陈、隋二帝，吾亦不能峻责矣。（江山锦帆之事，埃及古史所有。）①

畏庐笔述书，将及十九种，言情者实居其半。行将摭取壮侠之传，足以振吾国民尚武精神者，更译之问世，但恨才力薄耳。

光绪三十一年元夕，畏庐居士识于京师春觉斋。

——录自商务印书馆1905年初版

① 商务印书馆“中华民国二年十二月版”“中华民国三年四月再版”本在该段段首增加了如下文字：“格鲁巴亚，作者盛饰其淫冶。余考之古史，格鲁巴亚生于纪元六十九年，死在纪元一百三十年，计年已六十有一。作者状其死时作如许娇媚，其用心深矣。”

《母夜叉》[①]

《母夜叉》闲评八则

一　我用白话译这部书，有两个意思：一是这种侦探小说，不拿白话去刻画他，那骨头缝里的原液，吸不出来，我的文理，够不上那么达；一是现在的有心人，都讲着那国语统一，在这水陆没有通的时候，可就没的法子，他爱瞧这小说，好歹知道几句官话，也是国语统一的一个法门。我这部书，恭维点就是国语教科书罢。

一　这部书有四万字，照了我的意思加减的，不上二三十句。那吃紧的地方，厘毛丝忽都不去饶他，你拿原书对起来就知道。可以当作日语教程念的。

一　白话犯一个字的病就是“俗”。我手里译这部书，心里拿着两部书做蓝本：一部就是《水浒》，那一部不用说了。所以这书里骂人的话，动不动就是撮鸟，或者是鸟男女，再不就是鸟大汉，却也还俗不伤雅。又象那侦探夜里瞧见人家私会，他不耐烦，自言自语的说道：“那鸟男女想已滚在一堆，叫得亲热。我兀自在这儿扳空网，有什么鸟趣！”就拿着这样的蠢话，也觉得没有什么难听，那“俗”字差不多可以免了。

一　我译这部书，觉得那侦探不是人。为什么呢？他那眼比人又快又毒，他那耳比人又尖又长，他那手比人敏捷，他那飞毛腿比贼还要快，他那嘴不讲话，讲出来就有斤量，他那肝花肚肺，是玲珑剔透的。我中国这班又聋又瞎、臃肿不宁、茅草塞心肝的许多国民，就得给他读这种书。

---

① 《母夜叉》(*The Sculptor's Daughter*)，侦探小说，法国伯格贝（Fortuné du Boisgobey，1821—1891）原著，据日本黑岩泪香（1862—1920）译本转译，版权页署“发行兼编译者：小说林社”。1905年小说林初版（乙巳四月）。

一　读这种侦探书有三个境界，是人人跑不了的：第一是“咦！怎的这么样呢”，第二是“哦！原来如此”，第三是“咳！不差不差，定规是的”。这三种都是哲学家的派别，就是这部书的全神。有这样好书，我不译出来给国民瞧，我那懒惰的罪，真是上通于天了。

一　我译这部书，有个与人不同的感慨，我说那侦探不是人，他定规不是人。他夜里出去，在露天里蹲一夜，浑身吃露水浇得稀湿，又叫人把头打破了，他照旧干他的事。他又捱得起打，一个时辰，给人家打死了两回，他爬起来就去撵贼，在雪地下跑到天亮，没事人似的，不听他害什么病。他那身子那儿还是血肉做的？哈哈！我就羡慕他这吃的苦，不害病。

一　这侦探还有几样好处，医得我国民的残疾。他那脾气，又软又硬。软的时候，吃了眼前亏，搁在肚里不则声。硬的时候，比金刚钻再要硬，刀搁在脖子上，他还要骂人，敌人有一二百万，他也是奔了去。他不瞧准了不下手，一下手那就是没有挽回的。哈哈！咱们这班少年，都得喊他声老师父。你瞧怎么样？

一　这部书有好多名言精义，我也说不了，先讲这么两句给你听听。那侦探黑夜里守一个形迹可疑的人，到后来不耐烦了，想回去。跑了两步，又站住，自己骂着自己道：“你这点忍耐都没有，还要充什么侦探？”这是咱们顶爱听的。有三个人叫人家毒死了，凶手在逃，侦探说道：“这下毒药的定规和死者是相好！为什么呢？必定是认识的人，才能叫他不留心，吃毒药。”咱们知道这句话，越是自己的人，越要留他的神。又有这书中的首犯阿仙，他说：“三个人临死的时候，也知道是我杀他，恨得什么似的，但是来不及了。”咱们想想，别临死的时候来不及。又那阿仙说道：“我杀了人，在家里坐地，那警察官去验尸，原来拿不住把柄，糊里糊涂就过去了。”我笑这世界昏洞洞的，没有皂白。我译到这儿，血都呕得出三斗来！

——录自小说林 1905 年初版

《侠女奴》[1]

《侠女奴》[序]

（周作人[2]）

有曼绮那 Morgiana 者，波斯之一女奴也，机警有急智。其主人偶入盗穴为所杀，盗复迹至其家，曼绮那以计悉歼之。其英勇之气，颇与中国红线女侠类。沉沉奴隶海，乃有此奇物！亟从欧文迻译之，以告世之奴骨天成者。

——录自女子世界 1905 年初版

《新舞台》[3]

《新舞台》[小序]

（徐念慈）

译者曰：余读《新舞台》第一编毕，见其布置井井，将由预备时

① 《侠女奴》（今译《阿里巴巴与四十大盗》），阿拉伯民间故事，正文署“会稽萍云译述，常熟初我润辞”，版权页标“发行者：女子世界社；发行所：小说林”，“乙巳五月初版”（1905 年）。版权章标“女子世界版权”。曾刊《女子世界》第 8 期（1904 年 8 月 11 日）、第 9 期、第 11 期、第 12 期（原刊不署出版时间）。

② 周作人（1885—1967），原名櫆寿（后改为奎绶），字星杓，又名启明、启孟等，笔名萍云女士、遐寿、仲密等，自号知堂、药堂等。浙江绍兴人。1906—1911 年留学日本，与鲁迅合译《域外小说集》《现代日本小说集》等。另译有《红星佚史》《炭画》《黄蔷薇》《点滴》等。

③ 《新舞台》，军事小说，日本押川春浪（1876—1914）著，东海觉我（徐念慈）译述。1904 年小说林初版第一编（甲辰六月），1905 年小说林初版第二编（乙巳五月）。

代而入于实行时代，意其二编必将单刀直入前编所设诸疑阵，一一解决之。及读本编毕，乃与前事绝不相侔，另辟一机局。噫，此何为者耶？余闻小说以耐人寻味为最佳，请诸君一深味之。其能悟乎，抑否乎？则三编之出，必急欲一读，拍掌欢迎之矣。

乙巳孟夏识

——录自小说林 1905 年初版《新舞台（二编）》

《玉虫缘》[①]

《玉虫缘》绪言

萍云（周作人）

天下之物，莫不各有其代价。纳价若干，则得货若干，无或出入，此贸易之道然也。惟事亦然，欲成一事，必先纳其代价。或以劳动为代价焉，或以心力为代价焉，或以一切之苦乐荣辱及生命财产为代价焉。夫而后乃各按其所应得之数，得报酬以去，而决不容侥天之幸，得无因之果。此实人事之自然，而合于公理者也。夫人之贫富，天地之一大缺陷也。然而贫者必有其所以贫之故，富者亦必有其所以富之故。逸者，贫之代价也。劳者，富之代价也。纳如何之代价，则得如何之报酬。然则一事之成败，天行虽存乎其中，而人事实为之枢纽，于缺陷乎何有？夫不观之力学乎？以助力器运重者，力省则时必费，时省则力必费，二者交相为因，故交相为果。浅人不

① 《玉虫缘》（*The Gold-Bug*，今译《金甲虫》），小说。美国安介坡（Edgar Allan Poe，今译爱伦·坡，1809—1949）著，碧罗（周作人）译，版权页标“印刷所：日本翔鸾社；发行所：上海小说林”，“乙巳五月初版”（1905 年）。版权章标“小说林版权证”。周作人译为《山羊图》，丁初我改为《玉虫缘》。

察，相惊为异，不亦陋乎？顷者碧罗女士之译述莱格兰事也，叙其以一月获百五十万之巨金，然而无足异也。彼其一月之间，绞脑汁，竭心血，焦心苦思，以探索此事者，其价值已不下百五十万金也。且此百五十万金，非彼之智慧，亦莫能支配也。故如安介坡之不屑于此事，则不得也。如迦别之不能思得此事，则亦不得也。如莱以外之种种人，或莱自己，不能解明此秘密，则亦不得也。何者？盖思索此劳苦，实为得百五十万金之代价也。夫致富，难事也，然以掘藏而致富，则易事也。既易易矣，而复有难，甚矣，天下无易事也。近者吾国之人，皆思得财矣，而终勿得；吾国之人，皆思做事矣，而终勿成。何也？以不纳其得之、成之之代价故也。使读此书而三思之，知万物万事，皆有代价，而断无捷径可图，则事庶有济之一日乎？

乙巳初春，萍云序于建业客次。

——录自小说林 1905 年初版

《玉虫缘》例言

（周作人）

一　是书为美国拔尔祛摩人安介坡所著。坡少负隽才，年三十八而卒。其诗文惨怪哀感，为一时所欢迎。顾天不永年，殊亦长吉鬼才之俦也。此书曾应斐力代而夫一新闻社小说之悬赏，当选受三百弗之赏金，其价值可想见。闻其所作《大鸦》之诗及《泻梨（酒名）之酒桶》等篇尤奇异，惜未得见。

一　是书英文原本名曰《金之甲虫》，著是事之原始也。日本山县氏译本名曰《掘宝》，著是事之结果也。译者不解和文，而于英文少有涉猎，因从原本细绎成此，别著其名曰《玉虫缘》。

一　是书推测事理，颇极神妙，虽只一平常记事之文，而其中实含有侦探小说之意味。书系入作者口气，今仍其体例。

一　书中形容黑人愚蠢，竭尽其致。其用语多误，至以There为dar，it is not为taint。译时颇觉困难，须以意逆，乃能得之。惟其在英文中可显黑人之误，及加以迻译，则不复能分矣。（如英文“故”Cause可误为“爪”Claws，而在中文则否，不加注语，便觉费解。）

译者识

——录自小说林1905年初版

《玉虫缘》附识

（周作人）

译者曰：我译此书，人勿疑为提倡发财主义也。虽然，亦大有术，曰有智识，曰细心，曰忍耐。三者皆具，即不掘藏亦致富，且非独致富，以之办事，天下事事皆可为，为无不成矣，何有于一百五十万弗之巨金！吾愿读我书者知此意。

乙巳上元译竟识

——录自小说林1905年初版

《玉虫缘》附叙

初我（丁初我）①

天下何地无黄金世界？天下何地非不平等世界？以脑战，以力

① 初我，即丁初我（1871—1930），名祖荫，字芝孙，别号初我，江苏常熟人。曾任《女子世界》主编，参与创办小说林社，发行《小说林》杂志。

战，以生命财产战，天行之力，不能人人而支配之，而竞争生存之结果现。呜呼！世界结果止于是，缺陷莫大也。然果均财主义行，而人力将何有也？贫富者，心力之媒介也；心力者，贫富之代价也。心力与贫富，又权衡而得相当之报称者也。举欧美实业王，以衡吾亚东贫死国，程度相越乃若是远，而其所纳之代价固何如？故欲一掘宝而致富也，且掘宝之易易，尚经几多之困难，竭几许之心力。西哲有言曰"勤勉造黄金"，吾亦读此书而有悟曰：天下皆莱格兰，天下何地非黄金世界！

乙巳暮春，初我识于文明长寿室。

——录自小说林1905年初版

《电术奇谈》①

《电术奇谈》总评

知新主人（周桂笙）

人之有情，禀诸先天，与此身相存亡者也。无论为忠孝节义，为奸淫邪盗，莫不根之于情。其所以分善恶之途者，特邪正之用不同耳。观于凤美，初不过眷恋仲达之一点私情耳。然观其暗随

① 《电术奇谈》（一名《催眠术》），写情小说，正文标"日本菊池幽芳氏元著，东莞方庆周译述，我佛山人衍义，知新主人评点"，版权页标"印刷所：横滨新民社；发行所：新小说社"，"光绪三十一年十月十日初版"（1905年）。据姜小凌《明治与晚清小说转译中的文化反思——从〈新闻卖子〉（菊池幽芳）到〈电术奇谈〉（吴趼人）》（陶东风等编，《文化研究》第5辑，广西师范大学出版社，2005年）一文，原著为英国维多利亚时期小说，作者及原题不明，菊池幽芳（1870—1947）翻译成日文发表，题为《新闻卖子》。此译本为方庆周转译成中文，我佛山人吴趼人衍义为24回章回体小说。

情人，远度重洋时，何等冒险；韶安相遇时，何等委婉；相失思念时，何等悲苦；放枪复仇时，何等激烈。一弱女子耳，而演出如许活剧！顾此书虽是写情小说，而较诸徒写淫啼浪哭者，又自不同。

此书以写情论，则凤美、仲达、敏达是傀儡，士马是牵动傀儡之线索，自余诸人，是看傀儡戏者。以催眠术论，士马是药，仲达、凤美是试药表，自余诸人，是观演技者。

——录自横滨新民社印刷、新小说社发行 1905 年初版

《电术奇谈》附记

（吴趼人[①]）

此书原译仅得六回，且是文言。兹剖为二十四回，改用俗话，冀免翻译痕迹。

原书人名、地名，皆系以和文谐西音，经译者一律改过。凡人名皆改为中国习见之人名字眼，地名皆借用中国地名，俾读者可省脑力，以免艰于记忆之苦。好在小说重关目，不重名词也。

书中间有议论谐谑等，均为衍义者插入，为原译所无。衍义者拟借此以助阅者之兴味，勿讥为蛇足也。

——录自横滨新民社印刷、新小说社发行 1905 年初版

① 吴趼人（1866—1910），原名吴沃尧，字小允，又字茧人，笔名我佛山人，广东南海（今广州）人。曾任职《字林沪报》《采风报》《寓言报》《小说月报》等处，创作有《二十年目睹之怪现状》《痛史》《九命奇冤》等小说。

《法螺先生谭》[①]

《法螺先生谭》[序]

天笑生（包天笑）

天笑生曰：癸卯残冬，围炉团坐，我妇震苏，手日本岩谷小波之滑稽谭，名曰《法螺先生》者。泥予口述，予披是书，其原本出自德文，读之能助人奇想。而日文之法螺两字，此言荒唐不经，其名义实亦传自西域译文。述《法螺先生》竟，震苏欲录出之，而不能文，予乃草此示之。下述皆法螺先生话。

——录自小说林 1905 年初版

《英孝子火山报仇录》[②]

《英孝子火山报仇录》序

林纾

吾先哲有言，圣人人伦之至也。林纾曰：人伦之至归圣人，安得

① 此篇收入《新法螺先生谭》一书。据日本武田雅哉《东海觉我徐念慈〈新法螺先生谭〉小考》（王国安译，《复旦学报》1986 年第 6 期），《法螺先生谭》原作为德国小说《敏豪生奇遇记》（又译《吹牛大王历险记》），包天笑据日本岩谷小波（1870—1933）日译本转译。《新法螺先生谭》，封面题为《新法螺》，另收“昭文东海觉我（徐念慈）戏撰”《新法螺先生谭》，“吴门天笑生译”《法螺先生续谭》。版权页标“发行兼编译者：小说林社；印刷所：东亚改良印书馆；总发行所：小说林”，“乙巳六月初版”（1905 年）。版权章标“小说林版权证”。

② 《英孝子火山报仇录》（*Montezuma's Daughter*，今译《蒙德苏马的女儿》），伦理小说，英国哈葛德（Henry Rider Haggard，又译哈格德，1856—1925）著，林纾、魏易译述，1905 年商务印书馆初版（光绪三十一年六月）。

言一圣人外无人伦？宋儒严中外畛域，几秘惜伦理为儒者之私产。其貌为儒者，则曰："欧人多无父，恒不孝于其亲。"辗转而讹，几以欧洲为不父之国。间有不率子弟，稍行其自由于父母教诲之下，冒言学自西人，乃益证实其事。于是吾国父兄，始疾首痛心于西学，谓吾子弟宁不学，不可令其不子。五伦者，吾中国独秉之懿好，不与万国共也，则学西学者，宜皆屏诸名教外矣。呜呼！何所见之不广耶？彼国果无父母，何久不闻有商臣元凶劭之事？吾国果自束于名教，何以《春秋》之书弑者踵接？须知孝子与叛子，实杂生于世界，不能右中而左外也。今西学流布中国，不复周遍，正以吾国父兄斥其人为无父，并以其学为不孝之学，故勋阀子弟，有终身不近西学，宁钻求于故纸者。顾勋阀子弟，为仕至速，秉政亦至易。若秉政者斥西学，西学又乌能昌！余非西学人也，甚悯宗国之蹙，独念小说一道，尚足感人。及既得此书，乃大欣悦，谓足以告吾国之父兄矣。书言孝子复仇，百死无惮，其志可哀，其事可传，其行尤可用为子弟之鉴。盖人莫不冒利而怖死，孝子已拥资累巨万，则尽弃弗恤，再厄于水，两厄于刀，瘟疫拷掠，靡所不尝，势皆可死，而坚持母仇必复之志。又幸皆不死，仇卒以复。此又颜习斋之所不及矣。事迹繁重，吾序不能备举。今但问世之君子：吾身重耶，吾亲重耶？吾宁忘仇而享素封，正耶？因复仇而弃其资产，正耶？则将曰：亲重，报仇正。然则有是二者，足为名教中人，可无怫于伦理矣！则将曰然。然则此事出之西人，西人为有父矣，西人不尽不孝矣，西学可以学矣。呜呼！封一隅之见，以沾沾者概五洲万国，则目论者之言也。虽然，吾译是书，吾意宁止在是哉！忠孝之道一也，知行孝而复母仇，则必知矢忠以报国耻。若云天下孝子之母，皆当遇不幸之事，吾望其斤斤于复仇，以增广国史孝义之传，为吾国光，则吾书不既偾乎？盖愿世士图雪国耻，一如孝子汤麦司之图报亲仇者，则吾中国人为有志矣！

大清皇帝光绪三十一年四月，闽县林纾畏庐父序于都下望瀛楼。

——录自商务印书馆1905年初版

《英孝子火山报仇录》译余剩语

林纾

是书本叙墨西哥亡国事。墨之亡，亡于君权尊，巫风盛，残民以逞，不恤附庸，恃祝宗以媚神，用人祭淫昏之鬼；又贵族用事，民逾贱而贵族逾贵。外兵一临，属国先叛，以同种攻同种，犹之用爪以伤股，张齿以啮臂，外兵坐而指麾，国泯然亡矣。呜呼！不教之国，自尊其尊，又宁有弗亡者耶！

瓜迭马克者，墨之嗣王，犹金哀宗守绪也。幽兰一炬，史家惜之，顾犹不如瓜迭马克之坚忍。先是，墨人窖重宝于地，西兵百索不得，遂滥刑以施瓜迭马克，手足焦烂，终始不言窖金所在。呜呼！吾闻明季六君子之狱矣，然犹曰魏珰之报私怨也，世安有囚亡国之帝，加以炮烙，刺取窖金，何与闯贼之入燕同也！西班牙可太时为世名将，行为乃同草寇。然则身为国民者，宜戮力同保其国，脱一受外兵，安有幸免之事耶！

孝子受瓜迭马克殊知，宝与同瘗，身与同刑，亦皆不言，凛凛乎其男子也！可太时遂以孝子授其仇若望。若望者，即杀孝子之母之人也。处孝子加酷，孝子慨然受之，备极惨暴，终无挠诎之言。盖自念身为母身，母可死于仇刃，身亦何妨更殉之仇以从母。自有此念，义心勃然，千灾五毒，一不之恤。呜呼！孝之于人，能自生其神勇矣。

汤麦司之言曰："吾不欲令读吾书之人，谓我图报母仇之故，至于备极刑酷如是，灰天下人子之心。"孝哉言乎！此即所谓"永锡尔类”也。吾译至此，哽咽几不能着笔。

小说一道，不着以美人，则索然如啖蜡。然汤麦司身为孝子，使俪之以荡妇，则作者必不至有此文心。哈先生不知作何幻想，乃觅取节烈二妇为孝子偶。王章殊有妻矣，丽榴以藁砧之故，作二十年单栖，后乃圆其破镜。倭土米情钟客卿，出百死相卫，国破家亡，始以身殉。一烈一节，在吾国烈女传中，犹铮铮然，顾一得之野蛮，一得之文明，彼此若合符节。性恶之说，吾又不能信荀卿矣。

倭土米归汤沐邑起兵时，誓众之言曰：“父兄何为乐子弟为奴，而惮于死国！”部人因之大奋。然国亦寻灭，义气已凌纸而发。呜呼！是言女子之言也，尚能权为奴与死国之轻重；世有男子，乃甘媚外，以奴自居，何也！

畏庐附识

——录自商务印书馆 1905 年初版

《英孝子火山报仇录》题词

山阴金为鹤笙父（金为）

满庭芳

孝水春枯，贞柯冷秀，恩仇抵死镌心。炎风朔雪，遮莫此钟灵。为问发肤无毁，视夫君畸重畸轻。斗令我，回肠荡气，枨触懊侬情。

十年前旧梦，嗛嗛乌哺，草草鸳盟，盼白云亲舍，谁共欢承？何况残山剩水，怕黄图泼墨重经。索唤起，中原豪杰，雪涕念教听。

——录自商务印书馆 1905 年初版

《影之花》[①]

《影之花》叙例

竞雄氏[②]

一　本书为法国近时最著名之小说家嘉禄傅兰仪所作。嘉氏书不下二十余种，此其最得意之作，而最新出版者也。原名 *Fleur d'ombre*，译意则背阴之花也。“影”古作“景”，“景”“阴”古通用，故译者改从今名。至其事节，则奇峰叠起，再接再厉，无不荡魄惊心；思绪，则茧丝百纬，弥乙弥精，到处沁脾渥髓。叙恋爱，则蜀啼湘泪，不足喻其缠绵也；叙阴谋，则森罗幽狱，不足方其险怪也。有祖国稗家之趣味，而兼泰西说部之奇峭，诚得未曾有之杰构也。译者浅涉法语，忘愚濡墨，含词蕴谊，愧未宣达，有负鸿裁。主臣主臣！

一　译者惧失原文本意，字里墨端，力求吻合，且欲略存欧西文学之精神。故凡书中引用之俗谣惯语，悉寸度秒钩，以意演绎。非万不得已，决不以我国类似之语代之。

一　本书称邵舒之本国，谓在法国对海可望见之 Grandes-Îles 国也。（按：Grandes，译言大也；Îles，译言岛也。合之为大岛国。）纳实为虚，作者自具深意。海市蜃楼，境由笔造，原不必如历史家事

---

① 《影之花》（*Fleurd'ombre*），艳情小说，法国嘉禄傅兰仪（Charles Foleÿ，1861—1956）原著，竞雄女史译意，东亚病夫润词。1905 年小说林初版（乙巳六月）。

② 据郭延礼《〈影之花〉的译者竞雄女士不是秋瑾——兼说该小说的译者也不是曾朴》（《中华读书报》2012 年 2 月 8 日），竞雄氏疑为曾朴之妹曾季肃。曾季肃（1891—1972），江苏常熟人。毕业于金陵女子大学，通英文、俄文，译有英国哈代小说《玖德》（今译《无名的裘德》）。

事征实也。译者悉仍不改，以符旧观。

一　本书文过委屈，稍涉词华，便掩真境。今译者改用京话，取其流丽可听。好在《红楼》《花鉴》，为我前驱矣。

一　本书共二十章，兹先译六章，以饷快睹，真不过龙一鳞，凤一羽耳。欲睹奇文，尚俟续贡。

竞雄氏识

——录自小说林 1905 年初版

《鬼山狼侠传》①

《鬼山狼侠传》[序]

林纾

畏庐曰：余前译《孝子火山报仇录》，自以为于社会至有益也。若是书奇谲不伦，大弗类于今日之社会，译之又似无益。不知世界中事，轻重恒相资为用。极柔，无济也，然善用之，则足以药刚；过刚，取祸也，然善用之，又足以振柔。此书多虐贼事，然盗侠气概，吾民苟用以御外侮，则于社会又未尝无益，且足以印证古今之风俗。宋孟珙《蒙鞑备录》曰：凡占吉凶，每用羊胛骨。而是书中言神巫占卜，则亦用牛骨也。文惟简《虏廷事实》曰：富贵之家，人有亡者，取其肠胃，实以热盐。而是书言腌尸，亦用盐也。其尤奇者，苏噜杀人之烈，乃一一如《蜀碧》之记张献忠。查革自戕其子，则与《汉书·孝成赵皇后传》中所记，又无异也。余最服班孟坚记

① 《鬼山狼侠传》(*Nada the Lily*，今译《纯白的娜达》)，神怪小说，英国哈葛德（Henry Rider Haggard，又译哈格德，1856—1925）著，林纾、曾宗巩译述，1905 年商务印书馆初版（光绪三十一年七月）。

赵昭仪，以绿绨方底，取牛官令舍妇人新产儿。凡两戮儿，一写绿绨方底，一写绿囊书，曲折幽闳，为好手稗官百摹不能一及。今此书写摩波存儿事，情事亦至曲折。余间以《汉书》法写之，虽不及孟坚之高简劲折，而吾力亦用是罢矣。凡以上所言，均非是书精神所在。是书精神，在狼侠洛巴革。洛巴革者，终始独立，不因人以苟生者也。大凡野蛮之国，不具奴性，即具贼性。具奴性者，大酋一斥以死，则顿首俯伏，哀鸣如牛狗，既不得生，始匍匐就刑，至于凌践蹴踏，惨无人理，亦甘受之，此奴性然也。至于贼性，则无论势力不敌，亦必起角，百死无馁，千败无怯，必复其自由而后已。虽贼性至厉，然用以振作积弱之社会，颇足鼓动其死气。故西人说部，舍言情外，探险及尚武两门，有曾偏右奴性之人否？明知不驯于法，足以兆乱，然横刀盘马，气概凛冽，读之未有不动色者。吾国《水浒》之流传，至今不能漫灭，亦以尚武精神，足以振作凡陋。须知人心忍辱之事，极与恒性相戾。苏味道、娄师德，中国至下之奴才也，火气全泯，槁然如死人，无论矣。若恒人者，明知力不能抗无道，然遇能抗无道之人，未尝不大喜，特畏死之心胜，故不敢出身与校。其败类之人，则茹柔吐刚，往往侵蚀稚脆，以自鸣其勇，如今日畏外人而欺压良善者是矣。脱令枭侠之士，学识交臻，知顺逆，明强弱，人人以国耻争，不以私愤争，宁谓具贼性者之无用耶？若夫安于奴，习于奴，恹恹若无气者，吾其何取于是？则谓是书之仍有益于今日之社会可也。

闽县林纾叙

——录自商务印书馆1905年初版

《鬼山狼侠传》题辞

山阴金为鹤笙父（金为）

念奴娇

瘴花蛮草，蓦仙仙吹落，灵风梦雨。无限情根芟不尽，随处茁芽抽缕。箐密黏天，莲香出水，春去谁为主？笑渠摩勒，惺惺还恋眉妩。

难得红泪朝冰，灰心晚烬，老病犹能武。骨肉烦冤连胏附，索借恩仇血补。驱牡从狼，搜神骂鬼，浑把头颅赌。填胸魁垒，探喉凭稗官吐。

——录自商务印书馆 1905 年初版

《白云塔》[①]

《白云塔》约言

（陈景韩）

一　此稿参酌东西译本，而加以自构者，非纯然译文，亦非纯然自作。

一　所谓《新红楼》者，因篇中有红楼故名。与名世之《红楼梦》，如风马与风牛。

① 《白云塔》（一名《新红楼》，原名《银山王》），写情小说，日本押川春浪原著，冷血译述。1905 年 4 月 13 日至 1905 年 6 月 21 日连载于《时报》；1905 年上海时报馆初版（光绪三十一年九月二十日），版权页标“译述者：上海时报馆记者”。小说林社另有摩西（黄梦庵）译本，名为《银山女王》。

一　此稿虽非讽世之作，然细寻之，当得言外意。

一　此稿作者本四种善念，与四种恶念，组合而成者。阅者如能于此稿登完后，发明四种善念为何，四种恶念为何，一一证明而解释之，本馆当择其最精切之前三名，赠以《新新小说》全年一份，及《火里罪人》全部（均俟出版后）。

一　是书译以登《时报》者，故有如以上云云。

——录自上海时报馆1905年初版

《白云塔》投书一

江阴礼延学舍静观①

《白云塔》，小说也，然可作一则史鉴读。何也？以其劝善惩恶故。

《白云塔》，又寓言也，然可作一场实事观。何也？以其斟情酌理故。

今请一一表明其四种善念、四种恶念而解释之。

一曰侠义。

解曰：为《白云塔》之主人翁者，风伯也。故无风伯，则《白云塔》可以不作。何也？以其无侠义故。惟有风伯之侠义，故一切可惊、可快、可喜、可恨之事实，靡不赖以发生。为亚丁埠之伟人，即为白云塔之共主。观其不下银山王，而自为一种高尚之人格，扶危救厄，慨然为枫子泄冤，赠以衣服银币而不吝。以下连写白游先生，如何为枫子划策，如何为枫子变相。至以小露灰儿，为草蛇之灰线，而

① 江阴礼延学舍静观，资料不详。

已则仆隶自供。此皆风伯之苦心作用，而实作者侠义之一念之为之也。小马夫誓不他适，甘蹈汤火，其殆受风伯侠义之化欤。

一曰爱情。

解曰：人孰无情？而情每钟于男女之交际，此小说家所习闻也。而《白云塔》之所谓爱情，则更有特异之点焉。写石公子与枫子之恩爱，每于无情处见真情。虽间以绿姬之谗毁，而莺华街迎接，以及心怨而口不言，与不肯舍戒指而忘其记念，闻白游不赦石公子之言，而犹为之曲谅，皆枫子之蕴藉也。石公子闻枫子溺死，而热泪不容不洒，甚至红叶出现而欲与枫子魂魄相随。可见绿姬之狐媚为无情，而枫子之冷淡为真情也。此是两人爱情独到处，亦即作者爱情特异处。

一曰正气。

解曰：正直为交际上之重要点，无时可缺。作者叙述风伯之诃斥绿姬，呼为狐媚，如斩蛇剑、如照妖镜，是何等正直！他如枫子写让产证书，绝不悭吝，石公子书抵押凭据，不肯反悔，又何等磊磊落落！见绿姬娥眉而羞，见淫尼妖冶而恨，是正直人身分。“爽爽快快不要推三做四”，是正直人口吻。中间夹写白云塔地震不倒，谓其内中有骨格，是为正直人写照。见人不正直，必有身败名裂之祸。

一曰深心。

解曰：风伯喝破“恋”字，为枫子指迷；说明“报”字，为枫子平气，是作者金针度人处。老尼思杀小猴子，而反为小猴子所杀；绿姬欲卖枫子，而卒为枫子所卖；伯爵陷害八郎，而身死于八郎之手，害人自害，是作者用身说法处。石公子入绿姬彀中，苦了枫子；绿姬入枫子彀中，又苦了石公子，毕竟尘障未消也。迨塔上老（风伯）作片言之偈车中人（绿姬）无一顾之情，始悟前此之侮人者，乃适以自为鸩毒，细思之能不輾然？读四十二冷热一段，苦口婆心，发人猛省。

叙女尼寺之淫秽，为红楼邸之怙恶，作一小影。叙小猴子失火烧得尼寺干干净净，为风伯设计破坏红楼邸，作一小影。人亦何乐而为女尼寺红楼邸耶？佛家喜云庄严世界，作者叙述之意，得毋类是。此等处吾无以名之，名之曰晨钟（此善念总会处）。

以上四种为关于善念者。

一曰尘障。

解曰：绿姬狐媚，而石公子着其魔。八郎狼贪，而枫子罹其虐。石公子以溺情而负约，枫子以负气而伤情。麦那麓山路崎岖，女尼寺房间龌龊，与夫老尼之黩货、山贼之行凶，无一非世上俗情，即无一非眼前尘障。是为俗人万恶之总因，亦即作者恶念之起点。

一曰嫉妒。

解曰：嫉妒为正直之反面。观此可明枫子之生于忧患，而绿姬之死于安乐矣。作者言绿姬性慧黠。猎象之役，笑谓石公子曰，可惜少一人，惋惜而以笑貌出之，其黠也，乃其妒之见于面者也；被象惊绝，而伪为未见，其黠也，正其妒之发于辞者也。闻枫子溺死而逞情适意，因打猪不中而竭力追赶，此嫉妒之流露于不自知者也。且惟嫉妒人最畏他人嫉妒，绿姬惟恐红叶嫉已之尽情于石公子也，故愈不得不冲突石公子。又恐红叶尽情于他人以妒已也，故闻红叶往白云塔而亟欲瞷其有无相识。此其所以受牧童之绐，而中风伯之计欤。果尔则塔下之投，微嫉妒之力不及此。他若八郎怒侄女复回，而以为冒托，白氏期风伯必死，而以为干净，是又嫉妒之余波，而作者之概念也。

一曰势利。

解曰：叔季之世，势利之心，人所难免。作者热心冷语，借小说为风世之资。篇中如“厌白云塔而喜红楼邸”一语，是为势利人点睛。他如八郎之附势，老尼之罔利，众人之迎接主人娇婿，寻觅主人令郎，与绿姬闻红叶之华贵而前往迎，家人见公子之破产而鸟兽散，推之交好时则垫款视若一家，厌弃时则讨债俨同秦越，举走狗魔鬼之活剧，而一一演之于尘世，可谓书尽势利情形。吾不知作者胸中有何傀儡，而作恶剧乃尔。

一曰险诈。

解曰：林间私语，地上遗书，险诈之发端也。枫子之马车碰破，而绿姬绝不介怀。八郎之银矿采枯，而伯爵聊以示惠，险诈之行径也。八郎领枫子之产，闻枫子溺死而快心；伯爵占公子之居，逼公子绝交而惬意，险诈之心曲也。以若而人，而生于光天化日之下，宜枫子之叹无干净土也。吾恨作者，吾尤恨不假手于小猴子其人而一一斧斫之，火化之，使我黄帝子孙，无罹兹惨酷也。虽然，作者非叔宝全无心肝者，盖将藉若辈以警醒世人耳。谓予不信，请看女尼寺，请看红楼邸。

以上四种关于恶念者。

——录自上海时报馆 1905 年初版

《白云塔》投书二

扬州汉精[①]

四种善念：

一曰忠。如白衣儿之于枫子，灰儿之于石公子。灰儿言“我去公

① 扬州汉精，资料不详。

子谁与俱之”一言，实足以愧世之作事怀二心者。

一曰孝。如秋山枫子之遵父命，将家产悉付于八郎。世之男子，往往背父遗命，何况妇人？观于枫子，可以愧矣。

一曰节。如秋山枫子之入山，虽历尽千磨万劫，而终不失其身，卒至能如愿以偿。虽与坊间小说之落难团圆之说相同，而其中艰苦情形，如老尼之逼、猴子之迫，均为人所不能。为终至自全其身，以归于素所爱慕之石公子，此其所以为节也。

一曰义。如风伯老人之仗义。中国小说其中所谓义士者，不过曰仗义疏财，然其所疏之财，不过及于个人之利益已耳。至风伯老人，则亚丁埠内之人，几无一不受老人之恩，则其所疏之财必广。又因石公子、枫子之事，为之变形，为之设策，为之运动，而卒令彼二人同归于好，且尽赠己产，使理旧业，卒代银山大王之位。此中国小说中之侠客奇人，断断乎莫能望其项背者也。

四种恶念：

一曰奸。秋山八郎之勒逼枫子写让产证文，绿姬林间来往之信，皆奸谋也。秋山八郎之奸谋，人或知之；绿姬之奸谋，人不知之。盖绿姬知石公子于己之情未深，枫子于石公子之情亦未忘，故作此信以激石公子之心，又作覆信故令枫子见之，以决枫子之意，其用心亦周且密矣。而孰知犹有周密于彼之风伯老人在。

一曰盗。小猴子、伯爵皆盗也。猴子之盗盗其形，伯爵之盗盗其心。盗其形者不过披发握刀，劫人之财于道路而已；盗其心则嬉笑怒骂，皆能戕人之生。如伯爵之逼秋山八郎还矿产，逼石公子还旧款，首先用诳骗之术，以牢其心，继用狠毒之手，以破其产，非盗而实盗也。

一曰邪。邪则如老尼是。夫庵观寺院固清净地也，而乃有红衣数袭，青年数辈，且又惟钱是贪，俨若妓院勾栏之老鸨。是亦清净地变作欢喜场矣，乌得谓之非邪乎？幸枫子始终坚贞自守，否则其不为猴子之口中肉也，几希。邪教之害人，亦至于此哉！

一曰淫。淫则绿姬是。枫子、绿姬，固皆以石公子为将来之夫婿者也。故枫子一见弃，即遁迹山林，以自表其爱慕之真。而绿姬则一人尽人世之致，见牧童而喜，见石公子而喜，见红叶公子而亦喜。且悦后即弃前，得新即间旧，故前此对石公子者，后又转而对红叶公子。此风伯老人之所谓狐媚子者也，乌得谓之非淫妇乎？

——录自上海时报馆 1905 年初版

《白云塔》投书三

松江杜任子①

我读《新红楼》，不觉胡然而惊，胡然而爱，胡然而废书叹，胡然而拍案叫，胡然而泪承睫，胡然而喜上眉。

我读《新红楼》，而知红楼邸为造恶之因，白云塔为收善之果。红楼邸内之绿姬，为造恶因之名花；白云塔上之风伯，为收善果之佳种。

我读《新红楼》，不觉兴种种之恶感情。门前车马，座上杯盘，宵宵跳舞，日日迎宾。我愿化身为银山王，千姣百媚斜睇宜人，为交际场花，是良夜中月。我愿化身为笑西施，贫无聊赖，一朝得为富翁。则我羡八郎之奇遇，风流年少，逸度翩翩，既受蔷薇之宠，又联牡丹之缘，别我妒石公子之艳福。

我读《新红楼》，又不觉兴种种之善念。侠情高义，壮快淋漓，我愿铸金以像风伯；情之所钟，至死不渝，我愿捐生以援枫子。杀尼

① 松江杜任子，资料不详。

火寺，依然清净之场，转落山贼之辣手。地震轮沉，暗寓报施之理，益知天道之可凭。

噫！才子佳人，固小说之情怀；侠客剑仙，亦稗官之寓意。我读而思，我思而梦。我何梦？梦见野广草长，昔时歌舞之乡，归于乌有，而唯白云塔耸耸峙于中央。

——录自上海时报馆 1905 年初版

《白云塔》自述

提笔欲写，写一高洁女子，以风当世，是善念也。因而不得不写一卑污之女以衬托之，是恶念也。既写洁女，必写其苦，苦而益坚，乃是其洁，是善念也。既写污女，必写其乐，乐而愈淫，乃见其污，是恶念也。洁者不可使之终苦，污者不可使之终乐，乃更写一侠客，以救之除之，是善念也。侠客之侠，不能无自；侠客之侠，不能无比较；侠客之侠，又不能无举措。因此又不得不写无数之机械变诈之人，无数之机械变诈之事，无数之机械变诈之心，是恶念也。洁者存之，污者亡之，侠者成之，机械变诈者败之。虽非因果，使天下之人阅之而生警戒，是善念也。存之，可也，亡之而过于正。成之，可也，败之而过于当。牵牛以蹊人之田而夺之牛，牵牛者洵有罪，而夺之牛，罚之不已重乎？是又恶念也。善恶两念，转展相生，此所以成为今之世界也夫。

——录自上海时报馆 1905 年初版

《神女缘》[①]

《神女缘》译语

(吴竟[②])

此书乃摘译麦巴士游记中之一篇。麦巴士为十九稘荷兰国之大文豪，大探险家，著述甚富。其游记经美国人新为刊行，共四厚帙。昨岁，李君翔甫自美输来。从一借览，见其中言东方国俗，与南洋群岛诸蛮族者，殆不下三百篇。吾国人之智识，大率局于封畛，能为域外观者盖寡。得此异闻，或足以扩张心量，当为吾党所不弃也。惜李君归期匆遽，索还甚迫，而予仅得竭三十日之日力，成此一小册，为可憾耳！

甲辰九月，译者自识。

——录自上海时报馆 1905 年初版

《神女缘》[附记]

(吴竟)

译者按：观神女所传之书及其他表见之言动，盖有合于佛教之上乘。顾彼所居之职，与所隶之土，又皆婆罗门教。是则以柔顺入时之貌，而修孤月此心之智，其人诚可谓苦心孤诣矣。年来译事偾张，迻

---

① 《神女缘》，游记小说，正文署“荷兰麦巴士著”，“嘉定吴竟口译，秀水洪光笔受”，版权页标“译述者：上海时报馆记者”。1905 年上海时报馆初版（光绪三十一年十月二十日）。

② 吴竟，资料不详。

传西来术艺者，所在不乏。若乃释迦之学，为欧人所述，转取以重译者，盖未前有。且观此书所述，其精微殆不后于《起信》《中观》诸论，而简洁或过之。盖佛经往往伤于繁缛，非贯通诸种经论，不能领会。今此书所述，仅数百言，然能挈其精要，出于明显。吾党或有所取，勿以为小说家言，轻取覆瓿也。

甲辰十月译竟识此。

译者又按：耶教不迨佛教远甚，顾彼今日传播，且居诸教之上。此无他，传教之士坚忍精能之力为之也。观少妇欲以佛教播于西土，其志诚不可谓不弘。然以讲坛上言语不同，四纪钟之演讲，即处一定为欧人不解。不思为方便法，以便听者，而但期其说冀人信从，此则佛教所以不行之故。由彼传教者，无坚忍沉挚、百折不回之毅力也。

——录自上海时报馆 1905 年初版

《说部腋》①

《说部腋》叙

小说九百，本自虞初。其中国说部之祖乎，若《杂事秘辛》《飞燕外传》。神州所传小说，莫古于彼矣。顾皆寥寥千言，或数千言，以萠［简］峭之笔，含渊醇之味，蔚然文界，一别子也。下逮有唐，作者百数十，体例一仿汉古。胡元以降，始有所谓章回体，一帙往往数十万言，附庸蔚成大国也。斯固进步之征，然椎轮太羹不可忘也。矧

① 《说部腋》，小说集，含《世界末日记》《俄皇宫中之人鬼》《白丝线》《俾斯麦之狼狈》《窃皇》《窃贼俱乐部》等篇，封面标“新小说社印”，版权页标“编辑者：新民丛报社社员”，“光绪三十一年廿五日初版”（1905 年）。

椎轮之结构法，太羹之酿造术，亦有别途而竞进者邪。至今章回、短篇两体，并行不畸，中外一也。今撷其腴以为斯辑，语有之“千羊之裘，不如一狐之腋”，斯亦稗官之主器也已。

乙巳十月二十日，辑者识。

——录自新小说社印 1905 年初版《说部腋》(第一辑)

《俄皇宫中之人鬼》① [序]

曼殊室主人(梁启超)

此篇乃法国前驻俄公使某君所著也。俄前皇亚历山大第三，以光绪二十年十月，崩于格里迷亚之离宫，旋以庄严之仪式，归葬于圣彼得堡，其谁不知？此文不过著者之寓言耳。虽然，其描写俄廷隐情，外有无限之威权，内受无量之束缚，殆有历历不可掩者。专制君主之苦况，万方同概，岂惟俄皇？译此以为与俄同病者吊云尔。

译者识

——录自新小说社印 1905 年初版《说部腋》(第一辑)

《窃贼俱乐部》② [序]

(周桂笙)

西人于公余之暇，谋所以聚集，而另辟一所，命之为“Club”。

① 《俄皇宫中之人鬼》，小说，著者不详，梁启超译。刊《新小说》第 2 号(1902 年 12 月 14 日)，后收入 1905 年新小说社印《说部腋》第一辑。

② 《窃贼俱乐部》(一名《一两雷锭》)，小说，著者不详，上海知新室主人周桂笙译。刊《新民丛报》第 63 号(1905 年 2 月 18 日)、第 64 号(1905 年 3 月 6 日)。1905 年收入新小说社印《说部腋》第一辑。

日本人译之为“俱乐部”，音义皆近，我国译为总会，义近而音迥殊矣，然其为一般人之聚集处所，则一也。西人以能结团体，著名当世，故此等处所亦特多。自公卿大夫以及各种社会，莫不有团体，即莫不有此等处所。所尤奇者，梁上君子亦有之，且其中人于科学之研究，尤有足多者，是不可不译之以飨吾人。舍“总会”而称之曰“俱乐部”，从所长也。

译者识

按：此卷内“雷锭”，西文原名为“Radium”。近人有译作“拉的幼模”者，此四字音，急呼去，即与雷锭二字之音相近，皆译音也。窃谓译音，字最宜简，所以便读者之记忆，故代以二字云。

译者再识

——录自新小说社印 1905 年初版《说部腋》（第一辑）

《世界末日记》[①]［附记］

饮冰子（梁启超）

译者曰：此法国著名文家兼天文学者佛林玛利安君所著之《地球末日记》也。以科学上最精确之学理，与哲学上最高尚之思想，组织以成此文，实近世一大奇著也。问者曰：吾子初为小说报，不务鼓荡国民之功名心、进取心，而顾取此天地间第一悲惨杀风景之文，著诸

① 《世界末日记》，小说，法国佛林玛利安（Camille Flammarion，今译弗拉马利翁或弗拉马里翁，1842—1925）著，梁启超据日译本重译，刊《新小说》第 1 号（1902 年 11 月 14 日），1905 年收入新小说社印《说部腋》第一辑。1911 年另版，由张春帆释。1915 年上海广益书局另版，由剑痕评点。据范祥涛分析（《科学翻译影响下的文化变迁：20 世纪初科学翻译的描写研究》，上海译文出版社，2006 年，第四节），《世界末日记》应是弗拉马利翁所著《大众天文学》（*Astronomie Populaire*）第三节的编译。

第一号，何也？应之曰：不然！我佛从菩提树下起，为大菩萨说《华严》，一切声闻凡夫，如聋如哑，谓佛入定。何以故？缘未熟故。吾之译此文，以语菩萨，非以语凡夫，语声闻也。谛听谛听，善男子，善女人，一切皆死，而独有不死者存。一切皆死，而卿等贪着爱恋、嗔怒、猜忌、争夺胡为者？独有不死者存，而卿等畏惧、恐怖胡为者？证得此义，请读小说报，而不然者，拉杂之，摧烧之。

——录自新小说社印 1905 年初版《说部腋》(第一辑)

《世界末日记》(1911 年本)[1] [序]

张春帆[2]

昔饮冰室主人，创办《新小说》时，曾有《世界末日记》之译稿，出现于第一号。其译笔之简练精当，一气凌踔，当世无出其右者。即著名之大文豪林琴南先生，今沪上译述家群推先生为巨擘，苟持此编，以与琴南先生之译稿相衡，恐亦有骎骎居上之势。先生以下之余子，更无论矣。今秋八月，记者偶检旧簏，忽得此本，记者之不读此稿者数年余矣。今《新小说》已成陈迹，而饮冰之文，方如大江之水，大海之波，泱漭而不知其极。记者乃录其原稿，而于每段之下，参以记者之意见。拉杂成序，举此奇文，公诸同好。古人有云：佳文不厌百回读。记者敢循此意，以进之读者诸公。

张春帆识

——录自 1911 年版

① 国家图书馆藏本正文标“法国佛林玛利安著；饮冰梁启超译，张春帆释”，无版权页。馆藏目录标古今图书馆 1911 年出版。

② 张春帆（？—1935），名炎，别署漱六山房，江苏常州人。晚清小说家，著有《九尾龟》《宦海》《黑狱》等小说。

《斐洲烟水愁城录》[①]

《斐洲烟水愁城录》[序]

林纾

陶潜恶刘寄奴之将篡晋，乃有《桃花源》之作，尽人均知其为寓言也。而余独怪宋之王明清作《投辖录》，谓祥符中，真宗皇帝招群臣入别殿假山下小洞中，忽而天宇豁然，千峰百嶂，杂花流水，与二道士款洽，欢宴而出。明清且自云，闻诸欧阳文忠。文忠生平颇不言神仙事，而明清何为有此语？然则尤寓言中之无谓者耳。余四十以前，颇喜读书，凡唐宋小说家，无不搜括。非病沿习，即近荒渺，遂置弗阅。近年与曾、魏二生相聚京师，乃得稍读欧西小说家言，随笔译述，日或五六千言。二年之间，不期成书已近二十余种。是译又《哈氏丛书》中之一也。哈氏所遭蹇涩，往往为伤心哀感之词，以写其悲，又好言亡国事，令观者无欢。此篇则易其体为探险派，言穷斐洲之北，出火山穴底，得白种人部落，其迹亦桃源类也。复盛写女王妒状，遂兆兵戈，语极诙谲。且因游历斐洲之故，取洛巴革为导引之人，书中语语写洛巴革之勇，实则语语自描白种人之智。书与《鬼山狼侠传》似联非联，斩然复立一境界，然处处无不以洛巴革为针线也。余译既，叹曰：西人文体，何乃甚类我史迁也！史迁传大宛，其中杂沓十余国。而归氏本乃联而为一贯而下。归氏为有明文章巨子，明于体例，何以不分别部落，以清眉目，乃合诸传为一传？不知文章之道，凡长篇巨制，苟得一贯串精

---

① 《斐洲烟水愁城录》(*Allan Quatermain*，今译《阿兰·夸特曼》)，小说，英国哈葛德（Henry Rider Haggard，又译哈格德，1856—1925）著，林纾、曾宗巩译述。“光绪三十二年四月再版”版权页标“发行者：中国商务印书馆”，另有“光绪三十一年十月首版”(1905年)字样。

意，即无虑委散。《大宛传》固极绵褫，然前半用博望侯为之引线，随处均着一张骞，则随处均联络；至半道张骞卒，则直接入汗血马。可见汉之通大宛诸国，一意专在马，而绵褫之局，又用马以联络矣。哈氏此书，写白人一身胆勇，百险无惮，而与野蛮并命之事，则仍委诸黑人，白人则居中调度之，可谓自占胜着矣。然观其着眼，必描写洛巴革为全篇之枢纽，此即史迁联络法也。文心萧闲，不至张皇无措，斯真能为文章矣！至所云从火山之底，复辟世界，事之荒怪，尤奇于陶潜及王明清之所记者。顾西人之书，必稍有根据，始肯立言。其书言苏伟地之立国，谓昔有十族人出探天下之新地，均亡而不返，谓此新世界，即属十族人之苗裔。又谓为波斯人云云，则又近我中国徐市楼船之说矣。综而言之，欧人志在维新，非新不学，即区区小说之微，亦必从新世界中着想，斥去陈旧不言。若吾辈酸腐，嗜古如命，终身又安知有新理耶？书成，仍循探险小说例，名之曰《烟水愁城录》。愁城者，书中所有者也，较之桃源，及别殿之洞天，盖别开一境界矣。

光绪三十一年七月六夕，闽县畏庐林纾序于京师望瀛楼。

——录自商务印书馆1906年再版

《撒克逊劫后英雄略》①

《撒克逊劫后英雄略》序

林纾

伍昭扆太守至京师，访余于春觉斋。相见道故，纵谈英伦文家，

① 《撒克逊劫后英雄略》(*Ivanhoe*，今译《艾凡赫》)，小说，英国司各德(Walter Scott，今译司各特，1771—1832)著，林纾、魏易合译，1905年商务印书馆初版(光绪三十一年十月)。版权页标书名为“劫后英雄略”。

则盛推司各德，以为可侪吾国之史迁。顾司氏出语隽妙，凡史莫之或逮矣。余适译述此篇，即司氏书也，故叩太守以所云隽妙者安指。太守曰：吾稔读《吕贝珈传》，中叙壳漫黑司得善射，乃高于养叔，吾已摭拾其事入英文课本矣。余大笑，立检此稿示太守，自侈与太守见合。太守亦大喜，翻叩余以是书隽妙所在，趣余述之。余曰：纾不通西文，然每听述者叙传中事，往往于伏线、接笋、变调、过脉处，大类吾古文家言。若但以是书论，盖有数妙。古人为书，能积至十二万言之多，则其日月必绵久，事实必繁夥，人物必层出。乃此篇为人不过十五，为日同之，而变幻离合，令读者若历十余稔之久，此一妙也。吾闽有苏三其人者，能为盲弹词，于广场中，以相者囊琵琶至，词中遇越人则越语，吴人、楚人则又变为吴、楚语。无论晋、豫、燕、齐，一一皆肖，听者倾靡。此书亦然，述英雄语，肖英雄也；述盗贼语，肖盗贼也；述顽固语，肖顽固也。虽每人出话，恒至千数百言，人亦无病其累复者，此又一妙也。书中主义，与天主教人为难，描写太姆不拉壮士，英姿飒爽，所向无敌，顾见色即靡，遇财而涎，攻剽椎埋，靡所不有；其雅有文采者，又谲容诡笑，以媚妇人；穷其丑态，至于无可托足，此又一妙也。《汉书·东方曼倩传》，叙曼倩对侏儒语，及拔剑割肉事，孟坚文章，火色浓于史公。在余守旧人眼中观之，似西文必无是诙诡矣。顾司氏述弄儿汪霸，往往以简语泄天趣，令人捧腹，文心之幻，不亚孟坚，此又一妙也。且犹太人之见唾于欧人久矣，狗斥而奴践之，吮其财而尽其家，欧人顾乃不怜，转以为天道公理之应尔。然国家有急，又往往假资于其族，春温秋肃之容，于假资还资时，斗变其气候。犹太人之寓欧，较幕乌为危，顾乃知有家，而不知有国，抱金自殉，至死不知国为何物。此书果令黄种人读之，亦足生其畏惕之心，此又一妙也。包本王裔之于拿破仑，漆身吞炭，百死无恤，又日为秦廷之哭。英、俄怜之，挟以普、奥之怒，因得复辟。虽为祚弗修，其复仇念国之心，可取也。今书中叙撒克逊王孙，乃嗜炙慕色，形如土偶，遂令垂老亡国之英雄，激发其哀厉之音，愚智互形，妍媸对待，令人悲笑交作，此又一妙也。吕贝珈者，犹太女郎也，洞明大义，垂青英雄，又能以坚果之力，峻斥豪暴。在犹太中，未必果有其人。然司氏既恶天主教人，特高犹太人，以摧践之，文心奇幻，此又一妙也。华德马者，合贾充成济为一手者也，其劝喻诸将，虽有狡诈者，亦将为之动容。天下以义感人，人固易动，从未闻用篡窃之语，宣之广众，竟似节节可听者。则司氏词令之美，吾不测其所至矣，此又一妙也。综此数妙，太守乃大韪余论。惜余年已五十有四，不能抱书从学生之后，请业于西师之门。凡诸译著，均恃耳而屏目，则真吾生之大不幸矣。西国文章大老，在法吾知仲马父子，在英吾知司各德、哈葛德两先生。而司氏之书，涂术尤别。顾以中西文异，虽欲私淑，亦莫得所从。嗟夫！青年学生，安可不以余老悖为鉴哉！

光绪三十一年七月六夕，闽县林纾畏庐甫叙于春觉斋。

——录自商务印书馆 1905 年初版

《撒克逊劫后英雄略》(1924年本)[①] 司各德评传

沈雁冰(茅盾)[②]

一

一七九八年到一八三一年[③]，在英国文学史上，算是一个极重要极神奇的时代。这五十年里，浪漫派文学[④]在英国兴起来，造成了灿烂的十九世纪的英国文学；也是这五十年里，司各德、拜轮、古勒律奇、济兹、雪莱[⑤]等伟大的天才把他们全部的心血贡献于英国的和世界的文坛。

司各德和拜轮、古勒律奇、济兹、雪莱等虽为同时代人，而且同为英国浪漫派的中坚，然而他是独立的特异的。他是当时文坛上的彗

---

① 1924年商务印书馆再版，沈德鸿校注。该版正文前刊有沈雁冰作“司各德评传”“司各德著作编年录”“司各德重要著作解题”“司各德著作的版本”。此处只录“司各德评传”，其他从略。

② 沈雁冰(1896—1981)，茅盾。原名沈德鸿，字雁冰，笔名有希真、冰、佩韦、东芬、冯虚、玄瑛等。浙江桐乡人。1913年考入北京大学预科第一类，1916年毕业后进入上海商务印书馆英文部工作，后至国文部。1921年接编《小说月报》，与郑振铎、叶圣陶等发起文学研究会。1930年加入中国左翼作家联盟。译有俄国契诃夫《在家里》《方卡》，高尔基《情人》，库普林《杀人者》，法国莫泊桑《西门的爸爸》，美国欧·亨利《最后的一张叶子》等。

③ 一七九八年乃 Wordsworth 与 Coleridge 的 Lyrical Ballads 出版之年；一八三一年司各德逝世年。——作者原注

④ 浪漫派亦名罗曼派，传奇派，英文为 Romanticism；可参看《新文化辞书》页八二三。——作者原注

⑤ 拜轮(Byron，George Gordon Noel，1788—1824)，英国最伟大的诗人。他的影响被于全球各国。因为拜轮主义的输入，而引起浪漫主义运动，在各国过去的文学史上，是常有的事。古勒律奇(Coleridge，Samuel Taylor，1772—1834)，诗人及批评家。济兹(Keats，John，1795—1821)，诗人。作风略近于后来之堕废派，一生不得志于诗坛，悒悒而死，死后，人乃知其伟大。雪莱(Shelley，Percy Bysshe，1792—1822)，诗人。与拜轮同时齐名，作风亦有相似处，溺死于兰港。——作者原注

星。他初以诗人出现于英国文坛，但是他的诗，不论在本质上在形式上，都没有受着前代诗人的影响；对于他的诗有巨大影响的，反是更古代的诗人。法国大革命的潮流，震撼当时人心，至极强烈，全欧文坛为之变色，我兹我斯①、古勒律奇、苏塞②等人都被大革命的潮流所冲激，高呼打倒专制魔王，人人平权；但是司各德对于那时候抉破旧思想藩篱的平民主义，非但一点也不热心，并且回过头来，赞慕那过去的帝王的黄金时代。欧洲人正期望人类历史展开新的一页，文学家正预言理想的将来；人家早已把过去的陈迹束之高阁，但是司各德却永不厌倦地做他的古代历史小说，一部一部出来，直到他积劳而死。

司各德是第一个成功的历史小说家。两千年来，有过许多文人试做历史小说，但是总没有人完全成功；他们所做的，只是些类似中古的传奇小说③的东西：结构是不精密的，事实不是直抄正史，便是向壁虚造。司各德方才运用十八世纪的进步的治史学的方法，把古代正史的纪载，俗歌④的逸事，用想象的绳索贯串起来，又披上了近代小说的精密结构的外衣，于是遂建立了历史小说的模范。司各德的伟大的基础，就建筑在他的历史小说上。

我们把司各德的历史小说和后来的显克微支、育息伽、佛罗贝尔、法朗士、达侬喳⑤等人的历史小说比较起来，觉得司各德的历史

---

① 我兹我斯（Wordsworth William，1770—1850），丹麦批评家布兰兑斯称为英国自然主义诗人的领袖。——作者原注

② 苏塞（Southey，Robert，1774—1843），诗人。也是浪漫派的大诗人。——作者原注

③ 中古的传奇小说即英文所谓 Romance，以描写骑士精神为主。——作者原注

④ 俗歌即英文的 Ballad，多咏古人的逸事，流行于民间。——作者原注

⑤ 显克微支（Sienkiewicz，Henryk，1845—1916），波兰小说家，著有《你往何处去》等书甚有名。育息伽（Jósika，Baron Nikolaus，1794—1865)，匈牙利著名历史小说家，有“匈牙利的司各德”之称。佛罗贝尔（Flaubert，Gustav，1821—1880），法国小说家，莫泊三的先生，所作《鲍芙兰夫人》属于自然派，《感情教育》等又似浪漫派。法朗士（France，Anatole，1844—　），法国小说家，今尚在。达侬喳（D’Annunzio，Gabriele，1864—　），意大利诗人，小说家，戏曲家，今尚在。——作者原注

小说实在还很幼稚：尤其在搜罗史实方面，留着许多缺点（参看本篇第五节）。佛罗贝尔预备做《萨兰坡》[①]的时候，读过九十八种和卡萨基有关的书籍，亲身到透尼斯（Tunis）去考察过；达侬喳做《佛兰切斯加·达·利米尼》[②]的时候，费了极大的工夫，使书中人物的对话，都用十四世纪的意大利语。余如显克微支、育息伽、法郎士等大文家作他们著名的历史小说的时候，都曾下过绝大的考据工夫。虽然他们现在并没有像佛罗贝尔作《萨兰坡》和达侬喳作《佛兰切斯加·达·利米尼》时候的动人的轶事，流传于文坛，但是他们的作品的精确，已足证明他们的苦心。在这些地方，司各德便远不及他们了，司各德的历史小说，即以《撒克逊劫后英雄略》而论，除了许多不符史实的叙述而外，他书中的人物描写的来源，大都不是古代，而是司各德的现代。做《司各德传》并且是他的女婿的洛克哈忒[③]告诉我们：《劫后英雄略》里描写犹太人家居的一段，是司各德听了斯凯恩（Skene）谈起德国的犹太人居留地的状况而作的；白拉恩的死，或者是根据当时盛传的欧尔芬斯东（Elphinstone）的死法；汪霸和歌斯关于撒克逊的小牛和脑门豆的“雾”的谈话（见第一章末，）是司各德和克莱克（William Clerk）在卡塞尔街的谈话[④]。所以从这几点看来，司各德虽然是历史小说的创始者，虽然是历史小说的第一个成功者，而他的作品却不是最正则的历史小说。

但是这些毛病，于司各德的光荣的声名一无所损！司各德的文章，纵横恣肆，奇诡神妙，像一根万丈长的火柱，它的光焰，耀人眼

---

① Salammbo，小说，讲古代卡萨基的哈弥尔喀（Hamilcar）时代。——作者原注

② Francesca da Rimini。——作者原注

③ Lockhart 曾为 Quarterly Review 的主笔，一八二〇年娶司各德之女，所著十巨册的《司各德传》（Life of Sir Walter Scott）极有名。——作者原注

④ 见洛克哈忒的《司各德传》VI，179。——作者原注

目，使读者目眩神迷，不能逼视；逼视尚且不可，安能看出这火柱本身上的斑点呢？

二

司各德初以诗人著名。他的叙事诗，如《湖上美人》，都曾风行一时，但是不幸他所遇着的对手，却是英国最伟大的诗人——拜轮。司各德自己知道做诗做不过拜轮，然后转换方向，做历史小说；在这方面，他独霸文坛，没有敌手。所以我们叙述司各德的文学生涯，可以分做两期：前期是诗人的司各德，后期是小说家的司各德。

司各德是苏格兰一个世代书香人家的第九子，生于一七七一年八月十五日。他的父亲，业律师，也像哥德[①]的父亲一样，是一个端方严厉的人；《洛伯·洛安》[②]里的老商人就是他的小影。司各德生后极为强健，但是两岁时忽然右足得疾，成了个跛脚。他自小就极喜欢听故事，尤喜听那些歌咏苏格兰古事的俗歌。他的记忆力极强，有音节的歌谣，他听了一遍以后，便能背诵。他极爱读潘珊的《英国古代歌谣集》[③]，他并且自己收集歌谣，好像别的小孩子收集小金钱和贝壳。十岁的时候，他收集的歌谣，已经订成数厚册了。他又是一个锐厉的观察者；每一块废墟，每一座破庙，每一方残碑，他都用心注意。我兹我斯爱好"自然"，是爱好"自然"的本身；司各德却爱好"自然"的历史的背景。一丛古树虽然美，司各德并不怎样注意，但若有人对他说：在这些树下，查理第二休息过，或是，这些树是苏格兰王后玛丽所手植的——他就再不会忘记这些树了，他总要到这些树底下徘徊

① 哥德（Goethe, Johann Wolfgang, 1749—1832），德国伟大的诗人。——作者原注

② 《洛伯·洛安》（Rob Roy），司各德所著小说名，于一八一八年出版，共三卷。——作者原注

③ Percy's "Reliques of Ancient English Poetry"。——作者原注

几次。即此可见司各德的历史癖是天生成的。

爱丁堡高等学校和爱丁堡大学里的教育，对于司各德日后之成为诗人和小说家，并没有什么关系；不过司各德因此学会了法文，意大利文，和西班牙文，得以饱读法、意、西诸国的浪漫文学（Romantic literature）。一七八六年，他在父亲的办公室里学法律，一七九二年，被准出庭；此后，他一直在司法界办事，仅以余暇从事著作。他虽然跛了，却极强壮；他只靠一支手杖，曾经在冷僻路上敌住了三个暴客，足有一小时之久。他一面做诗做小说，一面仍勤恳尽职地做法官。他总在早晨五点钟之前起身，到马厩里看过了他的爱马，又看过了他所爱的狗、猫之类，就到书房里坐下做文章；他做得很快，到九点钟后，家人团坐进早餐的时候，他已经写好了二三十页。十二点钟后，他离开书房，办事、会客、和家人谈笑，不再作文了。

司各德对于女人极冷淡，可是也曾有过浪漫的爱；因为那女子的父母不许，以至好事不谐。司各德很秘密的掩藏他的热情，所以当时简直没有人知道有这么一回事。此后不久，他和卡本忒小姐（Miss Carpenter）结婚，夫妇间感情极好。

现在我们要谈到司各德的诗人生涯的初期了。一七八八年，麦根西（Henry Mackenzie）在爱丁堡皇家学会开会时读一篇关于德国戏曲的论文，引动了司各德对于德国文学的兴味。他立刻专心学习德文，读了许多德国传奇小说和诗。后来（一七九四年），他翻译皮尔吉[①]著名的俗歌《莱诺埃》[②]，作为他一生著作的试笔。一七九六年又译哥德的戏曲《哥支半倍利钦根》[③]。这两篇都得人称赏。《哥支》出版不久，司各德又和他的旧同学——现在正做印书生意的巴冷泰纳（James

① 皮尔吉(Bürger，Gottfield August，1748—1794)，德国诗人。——作者原注

② Lenore，皮尔吉的杰作，他是受了潘珊的《古代歌谣集》的影响而作此集。——作者原注

③ Goetz von Berlichingen。——作者原注

Ballantyne）商量要印一本古代歌谣选集；这些材料，他自幼搜集，现在已经很多了。他本想选印一小册，可是动手编辑之后，不得不扩充原定计划，订为三大本，于一八〇二年到三年之间出版，名《苏格兰乐府集》[①]。这书的第三册有唤做近人拟作一章，是司各德自己的诗。

当编辑苏格兰古歌谣的时候，司各德对于俗歌得了个新解释：他以为俗歌是中古传奇小说（Medieval romance）的变形；俗歌的作者，取冗长而雅丽的中古传奇小说缩短了改浅了，使得田夫野老也听得懂，也能欣赏。所以如果用了还原法，可以把俗歌里的传说故事，作成小说或叙事诗。司各德既见到这点，他就动手去做。一八〇二年，《苏格兰乐府集》首册出版后，他就做一篇小说《华茀莱》[②]；这就是他后来许多历史小说的探路者，可是只起了个头，就搁置了。因为司各德此时还是想在诗坛上立功，初无意于散文。他搁起《华茀莱》，立刻就做苏格兰乐府的本事诗；一八〇五年，《苏格兰乐府集本事》[③]出版，像迅雷一般震惊了英国的文人。批评家一致赞许，尊为苏格兰民族的代表，诗坛第一人。在极短的期间，《乐府集本事》销售了三万部；英国妇孺皆知有司各德其人。

现在，中世纪骑士生活，封建制度，尤其是苏格兰民族性的宝藏，被掘开在司各德的面前了；司各德不必去找题材，题材自己会来找司各德。《玛米翁》[④]和《湖上美人》[⑤]继续出来，风采不减于前，一一受到狂热的喝彩。批评家说这两部新作在结构上，在叙述的趣味上，在人物个性的刻画上，都胜过《乐府集本事》；一般的读者，则倾倒于此两书所描写的恋爱。而尤以《湖上美人》字里行间吹送出来的林

---

① The Minstrelsy of the Scotish Border。——作者原注

② Waverley，小说，又名《迩来六十年矣》，共三卷。——作者原注

③ The Lay of the Last Minstrel。共三卷。——作者原注

④ Marmion：A Tale of Flodden Field，一八〇八年作。——作者原注

⑤ The Lady of the Lake，一八一〇年作。——作者原注

边山隈的清风，使人心醉神怡。《玛米翁》出版后一年，司各德第二次游伦敦，那时欢迎他的盛况，真足令人人回过头来看。

然而司各德的诗才似乎已竭。《洛克勃》① 已露衰态，《岛上贵人》② 更不如——司各德后来自白，这本书原是勉强做而且匆促完篇的。《无畏的哈罗尔》③ 竟公然失败。此时已有一新人崛起，打败了司各德，这个新进者便是拜轮！

司各德知道拜轮的诗才高于自己，知道自己二十年来的盛名乃是侥幸得来，他就退出诗坛，专向小说方面发展去了。在一八二一年，司各德对人说道："真的，我长久不做诗了。我现在还是天天和读者见面，不过不是用诗，是用小说。我觉得我让路给一代才人拜轮，是一件很荣耀的事。"而当他逝世的前一年，有一个朋友问他为什么竟洗手不作诗；他直捷的答道："因为拜轮将我打败了。"他的朋友回说：以他自己而论，他朋友（司各德）的许多诗是不能忘记的，正和拜轮的一般。司各德回答道："那也许有的，但是在描写强烈的情绪，人心的隐微等方面，拜轮将我逐出诗坛了。"我们看了这两段话，知道司各德真有自知之明；他不和拜轮争诗人的令名，转而创立他的历史小说，正是他的"善用其才！"

三

司各德做叙事诗，起意于编辑《苏格兰乐府集》的时候，而搜辑苏格兰乐府是受了潘珊《古代歌谣集》的影响；现在他做历史小说却受了爱琪我斯④ 的早年作品的影响。当一八二〇年《乐府集》首册出

① Rokeby，一八一三年作。——作者原注

② The Lord of the Isles，一八一五年作。——作者原注

③ Herold the Dauntless，一八一七年作。——作者原注

④ 爱琪我斯 (Edgeworth Maria，1767—1849)，与司各德同时，有名的爱尔兰女小说家，乃 Richard Lovell Edgeworh 之女。——作者原注

版后，司各德就想作一本历史小说，《华弗莱》的第一章便是那时做的，但是他那时方得意于诗坛，所以《华弗莱》刚起了头便搁开了；自从拜轮崛起于诗坛，和他对抗，并且有压倒他之势，司各德就想另辟一条更适宜的路去发展他的天才，同时他读了爱琪我斯的描写爱尔兰人生的小说，大受感动，就突然想到他亦不妨做几本描写苏格兰人生的小说，像爱琪我斯之于爱尔兰；于是他决定作小说了。正当那时候，他无意中又翻着了《华弗莱》前七章的旧稿。他心上一动，立刻就想续完这几张旧稿。三星期之后，他脱稿了；一八一四年，不记名出版，震动了文学界。

从《华弗莱》所取的题材和描写方法看来，司各德的历史小说是把人物的描写纳入历史的骨架里。换句话说，司各德所要着意描写的，是古俗，史事不过是外面的一件罩袍罢了。司各德幼时曾在高地住过，曾经听那边的父老谈过四十年代的旧事，现在他作《华弗莱》，就是想用小说的形式，保存——用司各德自己的字——那些古俗。所以《华弗莱》里的事迹虽然是前一代的，却实在是司各德亲闻亲见的人生的写照。因为目的在“保存”一些古俗，故而史事的正确与否，司各德是不大注意的。不但如此，他小说里叙述历史的浪漫的逸事，是传奇主义的精神，而忠实地描写社会背景却是写实主义的精神；这两种相反的精神，在文学上永不能混和的，现在却在司各德的小说里混合了。

《华弗莱》已经得到美满的结果，《吉玛纳令》[①]跟着出来；这书从属稿到印成，只有二十五天。那时司各德正到了创作力的最高点，一个早晨写四十多页，在他是极平常的事。平均一年之内，他总有十几卷新作发表；这些新书销行之快，也和他们著作时一样，《洛伯·洛安》在一个星期内销去了一万部，后此的著作，销售得更快。

---

① Guy Mannering，一八一五年作，又名 The Astrologer，共三卷。——作者原注

一八二二年那一年里，司各德的新旧著作共销售了十四万五千余册。十四万五千的数目原不算很大，和近年最流行的小说的销数比较起来，还算是小的，但在那时，却已经是空前的数目了。司各德在这上头，拿进了许多钱：《拿破仑传》（一八二七年作，共九卷）的前两版，他得了一万八千金镑，其余的著作每年合计所得总在一万二千金镑左右。司各德把这些钱都置备产业，扩充住宅；他建筑一所堡样的大房子，招致许多宾客，款待极厚。

《吉玛纳令》之后，《古董家》[①]出版；历史的成分，现在是减少些了。虽然浪漫的事变，在这两部书里有许多，而且有时不免流入感伤主义[②]，但是他们描写苏格兰家庭生活的美妙，实为全书精彩所在。司各德此时只描写最近的过去；一七六〇年左右和一七九〇年左右是这两部书里的时代。于是在一八一六年尾，《黑侏儒》和《老不死》[③]出世了；我们第一次看见司各德从古书上搜集材料——以前他是从故老口头搜访的，例如《华茀莱》——做他的小说。《黑侏儒》讲的是十八世纪初年的事，总算是失败了；《老不死》却是司各德最伟大的著作之一，以十七世纪的苏格兰新教徒[④]为描写中心点。《洛伯·洛安》和《米特鲁辛的心》[⑤]同在一八一八年出版：后者比前者尤好，书中女英雄尤妮亭（Jeanie Deans）的倩影永远刻在读者的心版。一八一九年也出版两部：《腊末摩的新妇》[⑥]——一篇有力量的恋爱悲剧，和《蒙

① The Antiquary，一八一六年作，三卷。——作者原注

② 感伤主义英名为 Sentimentalism，乃文艺上之一种倾向，可视为浪漫主义之一种。浪漫主义重热情主观与想象，感伤主义亦然；惟浪漫主义所有者乃雄大深刻之想象与热情，而感伤主义则为锐敏与纤巧，所谓多愁善感是也。——作者原注

③ The Black Dwarf（《黑侏儒》），一八一六年作，与 Old Mortality（《老不死》）合为 Tales of My Landlord 之第一集，共四卷。——作者原注

④ 苏格兰新教徒 Scottish Covenanters。——作者原注

⑤ Heart of Mid-Lothian，共三卷，作为 Tales of My Landlord 的第二集。——作者原注

⑥ Bride of Lammermoor。——作者原注

德洛的传说》[①]。这样，就结束了司各德第一期的小说。

直到此时，司各德已作了九部小说；这些小说的背景，论地点总在苏格兰，论时代最远不过十七世纪的中叶。他现在觉得应该换出点新花样来了！《撒克逊劫后英雄略》[②]就是他第一次描写到苏格兰以外，而且第一次远征到十二世纪末——一一九四年。《劫后英雄略》的巨大的成功使司各德更加放手做去。《寺院》[③]和较好的续集《方丈》[④]，还有更好的《肯尼尔华斯》[⑤]，都是描写十六世纪的后半代。《尼格尔的家产》[⑥]描写乾姆司第一（James I）时代，把乾姆司第一写得异常出色。《披克的潘凡理尔》[⑦]也讲十七世纪的事，是司各德著作中最长的一部，于一八二三年出版。

这一年——一八二三年，是应该特别记好的。因为就在这一年，司各德又做了一本《昆丁·杜华特》[⑧]。在这里，司各德把描写的范围又放宽了些；他竟跨出英伦三岛，描写到欧洲大陆去了。这一本书也把司各德的名誉传到法国、德国和意大利。可是第二年出版的《圣洛南的井》[⑨]，仍旧回过头来描写苏格兰的风物，而且时代是十九世纪。《允婚》和《符咒》[⑩]并在一八二五年发表，司各德又回到第三次十字军的时代了。跟着发表的，是《木柱》[⑪]。这一年里，司各德遇

---

① Legend of Montrose, 此两种合为 Tales of My Landlord 第三集，共四卷。——作者原注

② 原名 Ivanhoe，一八二〇年作，共三卷。——作者原注

③ Monastery，一八二〇年作，三卷。——作者原注

④ The Abbot，一八二〇年作，三卷。——作者原注

⑤ Kenilworth，一八二一年作，三卷。——作者原注

⑥ The Fortunes of Nigel，一八二二年作，三卷。——作者原注

⑦ Peveril of the Peak，一八二三年作，四卷。——作者原注

⑧ Quentin Durward，一八二三年作，三卷。——作者原注

⑨ St. Rouan's Well，一八二四年作，三卷。——作者原注

⑩ The Betrothed《允婚》，The Talisman《符咒》，并称 Tales of Crusades《十字军故事》，共四卷。——作者原注

⑪ Woodstock，又名 The Cavalier，一八二六年作，三卷。——作者原注

着了一生最大的打击。他合股的巴冷太纳印书公司倒闭了，亏空至十一万七千镑之巨！司各德虽然是巴冷太纳的股东，但是他一向不问公司里的事，所以此次倒闭，非司各德之咎，他原有卸责之余地。然而司各德不肯，他很勇敢很仁慈的把全部的责任都挑在自己肩头。那时皇家银行派委员去见司各德，表示极愿无条件帮忙的意思；又有人匿名送司各德三万镑；但是这些以及别的许多帮助，司各德都拒绝。他誓要以自己的一枝笔，还清他的债务。他决定从此以后要不分昼夜的劳作，直到还清债务为止。他不得不和各方面订立售稿的契约，每年限定要著多少部的小说。他这样的赶，他的作品自然不能像从前那样好了。

那时他又遇着一件极伤心的事。巴冷泰纳倒闭后数月，他的爱妻又病死了！可怜的司各德悲痛到极点，然而债务逼他不得不离开爱妻的停尸床，在书房里埋头疾书。《木柱》的后半部就在四天之内做好的。本来是极好客的他，现在终天关闭书房里，像一个隐士。

一八二七年，他作《外科医生的女儿》①，讲的是十八世纪的后半代；一八二八年的《卑斯美女》②却又回到十五世纪初年；一八二九年的《干尔斯丁的婀娜》③是在查理勇王的时候。这三部虽在艰辛中匆促写成，也还不十分坏，一八三一年作的《巴黎的洛勃忒伯爵》④和《恐怖堡》⑤就很坏了。到这时候，司各德的天才的花已经萎谢，他的生命的长途也到尽头；一八三二年九月，这个天才的小说家积劳而死，刚

① The Surgeon's Daughter，此与 Two Drovers，The Highland Widow 二种合为 Chronicles of the Canongate 之第一集，共二卷。——作者原注

② The Fair Maid of Perth 又名 St.Valentie's Day，乃 Chronicles of the Canongate 之第二集，三卷。——作者原注

③ Anne of Geierstein，三卷。——作者原注

④ Count Robert of Paris。——作者原注

⑤ Castle Dangerous，此两书合为 Tales of My Landlord 第四集，共四卷。——作者原注

巧在哥德去世后六个月。

四

从上面的简略的叙述看来，有三点是值得注意的。第一：司各德的历史小说，范围极广；上起第一次十字军时代，下迄拿破仑皇朝，凡七百七十余年之长。第二：我们依着这些小说出版的先后，细细考察，便发现了一件重要的事实。原来司各德的历史小说是从近处开头的。他开头做的几部小说的题材，在时代上和地点上，都和他离得不远；他的《华茀莱》的材料是从父老口中听来的，故虽名为历史小说，实无异是他亲身见闻的记录。继《华茀莱》而作的《吉玛纳令》和《古董家》都描写一七八〇年左右的苏格兰，所以也是司各德近身的材料。一八一六年以后，他的确想放大他材料的范围，但是我们却看见他始终不曾跳出苏格兰，并且年代至古不过十七世纪中叶罢了。直到一八二〇年，他自己觉得苏格兰和十七世纪的材料已经用尽了，方才跨过苏格兰的境界并且走到更古的古代，作了《劫后英雄略》以下诸作。第三：我们要注意的，是司各德最好的作品如《吉玛纳令》《古董家》《老不死》《米特鲁辛的心》《腊末摩的新妇》等等就是地点限于苏格兰，时代集中于十七世纪的小说。这几部描写司各德“近身”事物的小说最足代表司各德的天才。此外的小说，描写到苏格兰以外和更古的古代的，虽然也有佳构，但其中的人物风景不免有些模糊，决比不上《吉玛纳令》和《古董家》等。这因为十七十八世纪的苏格兰，是司各德最熟悉的，和他熟悉自己家里一样。

司各德的创作力是非常的。他做得极多，而且极快。他长于描写，但是他缺乏“布局”的本事。他自己也承认，他的小说的结构，都是极软弱的。他是描写人物的圣手；《尼格尔的家产》里的乾姆司第一，《劫后英雄略》里的吕贝珈——一个是历史人物，一个是理想人物，都描写得极好，叫人永久记得。但是也有缺点：他只描写了这些人物的行动，未尝触及他们的心灵。他的描写缺乏心理的分析。他又是一个善写“配景”(Scene）的作家；他详细描写一个堡的建筑，一个人物的服装，在小说史上创一新格。而不幸他不长于描写自然界的景物。

所以伟大如司各德，他的作风实在也是瑕瑜互见；对于这一点，我们要分项详述于下。

第一要讲书中的“配景”。

上面说过，司各德所爱好的“自然”，是有历史背景的自然。一排古树，一泓山涧，一处楼台林园，虽然极自然之美，司各德对于他们是淡漠的；但是如果这一排古树乃玛丽王后所手植，这一泓山涧昔曾为狮心李郃大王饮马之处……司各德便油然生爱慕之心，低徊向往而不忍去。他这种天生的嗜古性，和他的小说的配景，大有关系：他的配景描写的特色在这里，缺点也在这里。因为他的兴趣在古事，所以他特别的熟悉那些古堡的建筑，古时贵族人家的陈设和服装，民间的习惯，大森林者侠客的行径，比武场上的规律，以及古时吉凶军宾之礼仪；他应用这些“素养”来描写他小说里的配景，遂能使古俗再现于读者眼前：这是他的特色。但是当他描写一段没有历史关系的自然风景的时候，他就无所措手足，结果是非常拙劣：这就是他的缺点。司各德自己曾说：平常的自然风景纵使极佳，不能启发他的灵感；但如果“指出一座古堡或古战场给我看”，他说，“我就立刻在行了，我能在这古战场上填补当时两军肉搏盾槊击冲的图画，在那古堡里填补当时的习俗，使读者狂喜而神往。”知道了这一点，我们便会明白为什么司各德书中配景的描写有几处是过分详细，而有几处又太简略了；并且我们也会明白为什么司各德描写的配景有十分好的也有十分拙劣的了。这全因为能够启发司各德的灵感，激动司各德的感觉的，是那带有历史背景的“自然”，不是那平平常常的“自然”；在平平常常的“自然”之前，司各德是一个色盲者。

然而司各德也写过好几幅极出色的非历史的自然景致——几幅夜景。《洛伯 · 洛安》里的格拉斯哥（Glasgow）的夜景，写弗兰昔斯（Francis Osbaldistone）于月夜归家，遇恋人狄娜骑马赶来；《劫后英雄略》里的夜景，写黑骑士迷路，月夜叩壳曼黑司德道人的瓢团；《吉玛纳令》里描写的是雪夜；《米特鲁辛的心》里面所写的是夜战：这几幅夜景哀艳悲壮，都足称为上选。

第二，我们要讲司各德的“人物描写”。

人物描写是司各德一切作品的精彩所在。司各德因为太注意于人物的描写，以至妨害了作品的结构。凡读司各德小说而感动的，一定是被书中那些男英雄女英雄所感动。这些男英雄女英雄，有历史的，有理想的，也有类型的。谁读了《吉玛纳令》而没有一个律师格鲁辛（Glossin）深印在脑筋上呢？谁读了《尼格尔的家产》而忘记了勋爵达尔茄奴（Lord Dalgarno）呢？他写的历史人物如路易第十一（《昆丁 · 杜华特》），乾姆司第一（《尼格尔的家产》），虽然微与正史不符，然而每人代表不同的皇族的特性，有绘声绘影之妙。他的理想的女英雄如吕贝珈（《劫后英雄略》），尤妮亭（《米特鲁辛的心》），永远是万千读者视线的焦点。这些类型的，历史的，理想的人物，挤满在司各德的全集里，他们的品性运命和行动，足使百世后人景仰崇拜。抽去了这些人物，司各德的小说就失却吸引力了。

司各德的小说是动作的小说，他的主要的趣味就在这些与命运与环境苦斗的人物的行动。他描写人物的方法，和近代心理派的小说家很不相同。心理派小说家描写一个人物，主要点在表明这个人物的心理变化，以及他灵魂上的光明与黑暗两方面；司各德描写的人物却没有心理变化，他的笔尖不曾触着他们的灵魂的深处。他用了粗笔，蘸了艳色，只在广幅的画布上很大胆的勾出几个人物的轮廓；至于肤发，衣褶，和阴阳光线，他是不注意的。近代的批评家即以此为司各德病。然而平心论之，这个虽是美中不足，究竟并不损及司各德文学的价值。

第三，我们要论到司各德作品中的“历史事实”——司各德最受攻击的，就是他的历史事实的不正确。

苏格兰的历史和苏格兰的古迹，本是司各德最熟悉的，可是他的限于苏格兰范围内的几部小说也有很多“时代错误”和不符正史的地方。历史上的洛泊·洛安从不曾和约柯别党[①]有过什么关系，司各德却在《洛泊·洛安》里写他（洛泊·洛安）是一个热心的约柯别党。在《华茀莱》里，司各德描写那个高地的酋长麦克伊福（Fergus Maclvor），真所谓有声有色，使读者拍案叫绝；然而实在查考起来，高地的酋长何尝有麦克伊福其人，查理亲王（Prince Charlie）的好朋友中何尝有一个高地酋长麦克伊福及其娇妹：都是司各德捏造的。而且描写中的麦克伊福也不像个高地酋长。《红手套》[②]里讲查理亲王第二次到英国北方，在正史上和传说上都无根据。最不顾历史事实的正确的，要算是《方丈》。在这部小说里，司各德不但不顾史实，虚构了几个重要人物，并且把历史上几个同名的女子误为一人，张冠李戴起来。在《老不死》里，司各德因为要增进艺术的兴味，不惜使书中英雄历受未曾实有的过分的危险。

此外，还有许许多多小毛病，被批评家指出来。苏格兰材料是司各德的“家珍”，尚且乖谬错误的地方多到如此，其他非苏格兰的小说自然错的更多了；即以《撒克逊劫后英雄略》而论，也有许多地方和实在的历史相反。

五

据司各德的自白，他本不求《撒克逊劫后英雄略》里的事实，

① 约柯别党（Jacobite），就是英王乾姆司第二及其子孙的附从者。——作者原注

② Redgauntlet，一八二四年作，三卷。——作者原注

一一合于正史；他本不注意于史实的正确与否。所以我们若以史料的不正确去责备司各德，司各德一定是笑而不受。但全书的主要点——李却第一时代撒克萨［逊］人与脑门豆人之争斗——却是司各德所深信不疑，以为合于正史的；司各德在一八三〇年作的《引论》里，也曾经明白说过。一部历史小说，原不必，并且不能处处与正史吻合，处处有根据有出处，然而一部历史小说的主要点，或全书的空气，总须不背于这个小说所描写的时代的真相；现在，李却第一时代撒克逊人与脑门豆人的关系既为《撒克逊劫后英雄略》的主要点，而且又为作者所自信的，似乎我们就有研究一番之必要。

《撒克逊劫后英雄略》里屡次说：脑门豆的贵人提起“撒克逊人”一句话时，都含有轻蔑的意思；对撒克逊人说“你是撒克逊”，犹之骂人是狗；“撒克逊”是一个不体面的名字，脑门豆人以此为讥骂，撒克逊人以此为羞辱的。这一点是司各德在《撒克逊劫后英雄略》里加意描写的。司各德又写一个撒克逊遗老凯特立克，偏偏把“撒克逊”当作光荣的名字，处处自标是一个撒克逊人；书中言比武会后，约翰亲王设宴招凯特立克和撒克逊王裔阿失斯丹饮酒，席间，脑门豆贵人都讥讽撒克逊种人，凯特立克大怒，斥雷极那德道：“人果称汝为撒克逊人者，汝一生足矣，老夫意汝殊不能当此称！”（页九二）这一段文字，烘托撒克逊与脑门豆平日仇视的态度，和对于“撒克逊”这个名词的轻蔑的心理，可谓美妙已极。凡读《撒克逊劫后英雄略》者，除对于犹太美人吕贝珈印象特深外，大概亦决不会忘记了这种关于脑撒两种人仇视的浓厚的描写罢？读者总不能忘记“撒克逊”是一个不体面的字，是脑门豆族骂英人时用的。司各德既然对于“撒克逊”一字如此加意描写，就值得我们来研究这种情形是不是当时真有的了。据英国史专家及考古家弗利曼（Freeman）的意见，“撒克逊”一字在当时并不是这样用的。他说，当时撒克逊人自称“英吉利人”，而苏格兰人，威尔斯人，和其他的外国人则称英人为“撒克逊”。是呀，当时撒克逊人自称“英吉利人”，外国人则称他们“撒克逊”；弗利曼的话，我们是相信的。但是这仍不能证明“撒克逊”一语必不是骂人的话。我们现在称北美洲的阿拉斯加半岛上的土人为“伊斯基模”(Eskimo)，然而伊斯基模人自称则为Inuits；所谓“伊斯基模”是“生食者”的意思，还是一句骂人的话。我们不能因为阿拉斯加半岛的土人原来自称为Inuits，而“伊斯基模”是外国人叫出来的，而遂谓“伊斯基模”不是骂人的话；同样的理由，我们亦不能因为撒克逊人自称“英吉利人”，而遂谓“撒克逊”一语必无轻蔑的意思。实在讲起来，在司各德的时代，“撒克逊”一字是历史家常用的，而且普通的用法，都把“撒克逊”指本来的英国人，以别于出自脑门豆族的英国人。

“撒克逊”这个字还是小问题，更重要更值得注意的，是李却第一时代英国人（即指撒克逊）与脑门豆人间的关系。据《撒克逊劫后英雄略》所描写的，李却第一的时代，撒克逊人和脑门豆人斗争方烈，一国之中，撒克逊人和脑门豆人显分界限，脑门豆人是得胜者，是主人，撒克逊人是被征服者，是奴隶；麦考赉（Macaulay）说，“在李却第一的时候，脑门豆人最常用的诅咒是，‘我真成了个英国人了！’最常用的愤语是‘你当我是英国人么？’……”正和司各德的话有些吻合。不过我们要晓得，那时脑门豆人和撒克逊人虽尚存芥蒂，然而并不是日日寻仇争杀，像司各德所描写的情形。弗利曼在他的《脑门豆人征服英国史》里说道：“早在十二世纪之前，生在英国的脑门豆种人自己称自己是英国人了”；只有最高阶级和最低阶级里还有例外，其余的中流阶级早已分不出谁家是脑门豆种，谁家是撒克逊种了。查《劫后英雄略》的时代是一一九四年，正是十二世纪末尾。故知司各德所言两族水火的情形，没有历史的确实性。司各德所以要如此写，大概想藉此增加艺术上的趣味。他写一个国内有两个民族互相寻仇，自然比写一个平常的国家，更加动人些；用这法子去做历史，断断不可，但用来做小说，也就不必深讥了。

至于《劫后英雄略》中的人物，也有许多错误。司各德说阿失斯丹是撒克逊末代之王孙，爱德哇王（Edward the Confessor）的亲子；但是爱德哇王没有后代，早已考定，有耳共闻，不晓这件事的，恐惟司各德一人！凯特立克（Cedric）这个名字也有错误，应该是Cerdic。总之，据弗利曼的考据，《劫后英雄略》里的人物风俗，有一大半是时代错误的。司各德在这些地方备受批评家的责难。但我们如果除开这些历史的错误，存而不论，单就文学的立点而言，则《劫后英雄略》究竟是一部可爱的书；中古的骑士风气，表现在这部书里，如生龙活虎一般！

六

现在我们要看一看近代批评家对于司各德的意见了。

像司各德那样的一个伟大的天才，他在文学史上的重要的地位，是不容置议的。近代有历史眼光的批评家，大都一致的称许司各德替后来小说家所做的基础工夫：他奠定了“近代小说”的根基，他又开了巴尔札克[①]等细描环境的先例。但是就司各德著作的本身来批评时，近代批评家的意见就不能一致了。许多批评家——即使不是艺术派，都不满意于司各德作品的结构，尤其责备他的心理描写太不深入。即使是承认司各德在文学史上确占重要地位的批评家，在这些地方也不作恕词。

司各德在欧洲文学史上占着怎样的地位呢？请先引《比较文学史》的作者洛利安（Fréderic Loliée）的话。洛利安论浪漫主义的一节里说：“《华茀莱》小说的作者，是英国的，而且又是法国的近代

① 巴尔札克（H.Balzac，1799—1850），法国小说家。——作者原注

小说（modern novel）的奠定基础者；他并且是历史文的改革者之一。在他之前，那些历史文 Historical Writing 是缺乏了戏剧的和绘画的原素的。在色彩的嗜好与人生的热情两点上，他感发了法国的席利（Augustin Thierry）和巴郎德（Barante）。他的影响且遍及全欧；在意大利有曼淑尼（Manzoni），在德意志有福格（Foqué），在法兰西有由果（V. Hugo）、大仲马（Alexander Dumas）、尾尼（De Vigny）、梅列蛮（Mérimée）、巴尔札克及其从者：都是各自以不同的方式，表显出司各德在他们身上的影响来。”（《比较文学史》英译本第二五二页）这里洛利安的最后一语，实在推重司各德至于极点了！他不但推重司各德为近代小说的奠定基础者，并且是后来许多“各有千古”的小说派的祖师！古来中国的文艺批评者称杜甫为诗宗，以其包罗万有，后世诗人，得其一体，便可名家——李义山，黄庭坚之作风绝不相同，而皆出于老杜。现在洛利安之称司各德，仿佛就是这种口吻；洛利安可谓推重司各德至于极点了！我们要晓得，这位批评家的话语并不过分。我们只看司各德尚在的时候，他的小说只在法国一处已销售了一百四十余万部，便该相信洛利安所说法国浪漫主义时代的大作家多少都受他一点影响的话，不是过分的了！在当时震动全法国的由果（Hugo）和巴尔札克的作风是极不相似的，然而他们两个同是受了司各德的极烈的影响：在由果方面的，是用字之多和色彩之明艳复杂；在巴尔札克方面是对于环境的细密的描写。

我们再看英国批评家的意见是怎样的。

英国的批评家珊茨蓓尔（Saintsbury）在他的《十九世纪文学史》（*A History of 19th Century Literature*）里说：“一股更猛勇更普遍的力接着（奥斯丁，Austen 的著作）起来，与那时一般嗜好的趋向相辅并进，立刻把当时英国小说的潮流转变了一个方向。这股新潮流的第一冲击的力量还没有自己用完的时候，就是三十年四十年之后，这种新式的小说，——和中世纪的罗曼司果然有分别，和十八世纪的故事亦自不同的新兴的小说，已经占领了听者的耳朵。这一个新发展正是‘历史小说’，而手创之者实为司各德。到底成功了！——男作家和女作家也曾经作了二千多年的历史小说呢，而且也有二十或三十个他们的企图是做得颇为厚而快呢。但是在司各德之前，古人或近人，英人或非英人，没有一个真成功的。……”(《十九世纪文学史》第一三一页）司各德的功业就在创造历史小说：这是珊茨蓓尔的评语。这位批评家的意见也是确当的。自李却特生[①]、菲尔定[②]以来，罗曼司里惯用的题材——皇帝武士，久已绝迹于小说林中，司各德重新引他们进来，而且是大吹大擂的介绍他们给当代的读者，仿佛是在那里吆喝道：“你们来看呀！他们又来了，却不是罗曼司时代的他们！”真的，司各德的武士确不是蒙旦涅（Montaigne）所怒责的“嗜杀的任性的”武士，也不是赛凡蒂斯（Cervantes）所挖苦的“莽撞的”武士；他虽然不是正确的历史家，他是最能理会真正的武士精神的，他的武士又勇敢又仁慈，敛时如处女，发时如雷霆，这是理想的武士的典型；所以他的武士小说全然没有中世纪罗曼司的荒诞怪异不近人情的成分，自成其为历史小说。小说的最重要的职务，自然在描写现代生活；可是怀古心和历史癖也是人类天性所本有，好的历史小说正足以满足人类这种精神上的要求。

上面两位批评家的话，或者扬誉过甚；我们再引一位持论最公平的现代批评家的话。

丹麦的大批评家布兰兑斯（Brandes）在他的《十九世纪文学主潮》(*Main Currents in 19th Century Literature*）第四卷《英国的自然主

---

① 李却特生（Samuel Richardson，1689—1761），英国小说家，他的处女作 Pamela 开英国——亦即欧洲的描写日常人生的小说之先河。——作者原注

② 菲尔定（Henry Fielding，1700—1754），英国小说家，继李却特生而作家庭小说，亦极有名。——作者原注

义》(*Naturalism in England*) 的第十章“历史的自然主义”的开端，说道：“让我们搁开苏散（Southey）讲到一个更好的人罢，讲到那位筑基于民族性和历史的背景而肇兴了卓异的英国式的浪漫主义的作家罢，……头脑清晰，性情和平，品格高贵而果决，并且富有创造的天才，这位作家把健全而娱乐的文学供给全欧洲各国，有二十多年；而且他对于民族性与历史的观念，是如此其新颖而卓特，竟使他的著作影响到一切文明国家的历史作法，不亚于他在欧洲小说界所生的影响。”(《十九世纪文学主潮》第四卷第一〇二页）又曰：“在十九世纪的第二个和第三个十年里，成为出版界的霸王，影响及于欧洲各国，而且在法国有摹拟者尾尼、由果、梅列蛮、巴尔札克和大仲马，在意大利有曼淑尼，在德国有福格，而在丹麦则有莫勒（Poul Möller）、音格曼（Ingemann）和虎息（Hauch）等为其门徒的司各德，受了时间的裁判，直到现在还是十四岁左右青年男女的亲爱的作家，他这作家，没有一个成年人不曾读过他，可是没有一个成年人读他。”(《十九世纪文学主潮》卷四第一二七页)。

布兰兑斯所以推重司各德，因为他的“新颖卓特的对于民族性和历史的观念”，因为他是苏格兰民族性的正确的表现者，因为他是英国文学史上卓异的英国式浪漫主义的肇兴者；这都可以从上面两段引语中看出来的。

布兰兑斯对于司各德作品的本身，也有极公平的批评。他说：“在我们看来，司各德小说的缺点是显而易见的。他那些小说，以美妙的人物描写和活泼的对话，给人愉快，但是不能满足人家的理智，也不能强烈的诉诸情感，甚至不能唤起深程度的好奇心。他那些小说是有灵魂的，但是没有理想。”(《十九世纪文学主潮》卷四第一二五页）司各德的吸引力就在描写人物和对话：布兰兑斯此言可谓一针见血。除了人物和对话而外，司各德的作品有许多毛病；最大的毛病是“布局不精密”。司各德相信一篇小说最大的职务在宣传一种道德信条，艺术手段之如何，乃次要的事。依了同样的自信，他又往往随意改窜史实。布兰兑斯对于此点有极公平的批评："司各德创始的这一派小说（即历史小说），比从前的小说，实在显有进步，可是现在也老朽了；各国的批评家，渐一致的承认历史小说虽有万般好处，终不免是旁门左道——一则因为受了历史事实的束缚，使全书内诗意的发展成为不可能；一则因为解释历史太自由了，常使事实和设想混而成为极不调和的一团。例如《米特鲁辛的心》第三卷（第十章），以历史所记挨其尔公爵的话和作者想象的话，互相混杂，最为批评家所不喜。不但如此，现在是一天一天明白起来，司各德描出来给我们看的古代的小影，实在和古代的真面目很不相像，但如不加虚饰，便又一定不能唤起同情了。他（司各德）的《十字军故事》（*Tales of the Crusaders*）几于妇孺皆知；这部书描写那些奇境和十字军战士的浪漫冒险的事情，同塔梭（Tasso，意大利文人）的 Gerusalemme Liberata 一样的不顾史实，而又不及那位意大利诗人的诗才和艺术手腕。"(《十九世纪文学主潮》卷四第一二五页）司各德实在没有充分的时间去推敲他作品的结构；他总是"信笔所之"，从来不费许多精神时间在布局上头。至于心理描写不深切，又是司各德天生的缺点。法国著名批评家泰纳（Taine）说得好："他（司各德）既无才，亦无余暇，以深入于书中人物的心理。他专用力在外部；他描写形体与表面，比描写情绪与内部更尽力得多。"(《英国文学》之四，第二五五页）

泰纳对于司各德之历史的作品，全都不满意；他说："《湖上美人》，《玛米翁》，《岛上贵人》，《卑斯的美女》，《老不死》，《挨梵河》，《昆丁·杜华特》，这些书谁不熟悉呢？从司各德那里，我们学了历史。但这真是历史么？这些古远时代的画片全是假货。只有风土、景物和外表是真的；余如动作、语言、感情等等，都已经文明化了，雕饰过了，罩上了近代的化装了。"(《英国文学》之四，页二五四）"他的人物，不论是从什么时代运来的，都不过是他的邻舍；机诈善变的农夫，虚有其表的地主，戴手套的绅士，标梅迨吉的淑女，一切很平凡的或不很平凡的，全是性格温厚，知识充足，和复辟时代（Restoration）的荒淫纵乐的伧夫，中世纪的莽武士怪侠客，完全不同，相去何啻数百千里。”（《英国文学》之四，页二五六）泰纳认定司各德的历史小说是失败的；因为他们只穿了历史的衣服，不曾换上一个历史的心。

在近代批评家中，泰纳对于司各德的批评算是严厉的；但是更严厉的，还有现代有名的意大利并且是欧洲的批评家柯洛支（Croce）。

意大利文坛对于司各德曾经有过一番狂热的欢迎。十九世纪的前半，意大利文翻译的司各德全集，至少有十二三种。一八五〇年后，全集已经不甚畅销了，则有选取一二种编入“世界名著”丛书中，或竟单行的。意大利的演说家和著作家常常引用司各德的，到那时也渐渐少起来，终至于绝响。意大利批评家也从泰纳之后对于司各德渐多微词，近人支且（Emilio Cecchi）的《英国文学史》可为代表。然而他们亦不过责司各德太不顾历史事实，心理描写太浅薄罢了；仍是几句老调。柯洛支就不同了。他的批评，虽然有时不免太偏，可是极多精辟独到的见解。

柯洛支在他的短文《司各德论》里指出四点来：

第一，“司各德只是一个文学的制造家。他的职务就在应市场之需要而出货。人类脑筋的市场上有时需要一些娱乐的想象的货物，司各德就有供给这种货物的天才。他第一次应市场上之需要而造的货，是诗。不到几年，他发现这个牌子的货物的销路有些呆了，——不知道还是因为他的工料不对呢，还是因为少年勋爵拜轮和他竞争的缘故，总之，他的‘诗’牌货有些难销了。他立刻翻出新花样来，丢开诗，做散文，另取一个新商标，颇带些神秘性的，叫做‘《华弗莱》小说作者所著’（by the author of the Waverley novels），于是他竟大成功，营业至死不衰。试读那些司各德‘传’，你就知道他们简直是在叙述一个工业界的名人，不是一个文学家。这些传记家称赞司各德的手腕如何敏捷；他的精神如何好，能在一年内做出二三百万字来；他的进项如何大，使他能够多置产业，改建住屋，极阔绰的接待宾客。而至于司各德之内的生活，那些传记中从来没有一个字提到。实在没有一个字讲到司各德的恋爱经验，宗教，和哲学问题。而我们所认为艺术家的特性的领域——精神的行程，那些传记中连半个字脚也没有。司各德一生最多故的时期是在他的合股印书公司倒闭之后，这一个变动使得他不剩一文，而且负了许多债；但是看呀！他很镇静的站起来，勇敢地拿了笔就写。他答应偿还一切债，决不短少分毫。他这宏愿，居然达到；待他死时，他已经偿清了一大部的债了。……所以司各德的一生不是属于文学史的，却是属于‘自助’史的。”(Dial, Vol. 75, No.4, p.326)

第二，“司各德的作品不能进入艺术之域”，一则因为他的货物的本身不是艺术品，二则因为那时英国的和欧洲的“顾客”所要求的，也不是那一种（艺术品）。然则司各德的作品就毫无价值么？这也不尽然。司各德的作品确有很大的价值，不过不是艺术的，而是教育的。“司各德是一个大教育家。凡不能理解诗人的歌咏，哲人的思想，史家的学说的人们，都从司各德的平易的小说找着了一条轻便的小路。”就是专门的历史家，所受于司各德的影响，实在也不小。(Dial, 75, 4, 327)

第三，“如果我们高兴去看看司各德的小说家的技术，我们必须把司各德问题和艺术问题截然分开。”司各德的艺术手腕实在很不高明。虽然法国大诗人哥德称扬这位伟大的苏格兰文家的“新艺术”，但是我们——柯洛支说，不能同意。“司各德是用一个考古家或游历家的眼光去研究他的题材的。”如果我们从艺术的立脚点去批评司各德的艺术手腕，那就未免是“谑而虐”了。(Dial，75，4，328)

第四，“司各德作品够不上艺术律的原因，即在司各德本来把艺术看作次要的事。”司各德的作品虽然绚烂美丽，然而没有内容。“譬如他的《挨梵诃》，有冒险，有神秘，有决斗，有战争，有阴谋，有间不容发的危机，有土匪，有美妇人，有酒肉教士，有黑骑士，真所谓应有尽有，热闹极了；然而我们读完后掩卷而思，总觉得心中是空空洞洞的。这部著名的小说里，没有史诗的情绪，没有宗教的感情，甚至没有抒情诗味的醉人的恋爱。那许多人物，许多事迹，都好像只为了造成许多幅的引人注意的画片。”司各德有许多小说，开端都很好，然而因为他想在情节方面“出奇制胜”，往往又弄坏了。这全因为司各德始终把艺术看作次要的事。(Dial, 75, 4, 330)

就上面所引四点看来，柯洛支真可算得是个最不客气的司各德批评者。柯洛支的议论自然也有太偏的地方，但他批评司各德作品艺术方面的缺点，大意是对的；从这上头非难司各德的批评家，原不止柯洛支一人，不过口气和缓些，总没有柯洛支那样率直罢了。

可是柯洛支亦未尝抹煞一切，说整个的司各德全是要不得的。他也承认《米特洛辛的心》是一部好书；他又承认司各德的作品有许多处闪耀着甜美和善的微笑，“司各德作品中最有诗意的，便是这些甜美和善的微笑”。他并且说司各德之伟大即因“他的繁重的作品中，尚有这股人性的美善的泉水，和那微笑的同情的伏流，时时冒出头来。”

此文因限于篇幅，故所引司各德著作，未能带便简单叙说一下；今为弥补此项缺憾起见，又作《司各德著作解题》附刊于后，便读者参考。

雁冰

——录自商务印书馆 1931 年“万有文库”版

《阿难小传》①

《阿难小传》冷序

（陈景韩）

余曾译日人抱一庵主人所译英人笠顿氏《圣人欤盗贼欤》小说，载于《新新小说》上。才及七回，而知平公亦译是书，行将脱稿矣。因请而读之，觉其词其句，其情其境，其雅之与俗，其幽远之与粗鄙，虽同出一书，而其相去也，不啻天壤。余由是以知，天下万事，苟有所作，必与其人之性情相近也，乃能相宜。以余之粗直，而欲译此幽怨悱恻之小说，不知自量，宜乎其俗与粗鄙而不可耐也。余喜是书之不为先余成也，并喜阅是书者之得舍瓦砾而取金玉也。急投弃其余稿，而记一言。

——录自有正书局 1905 年初版

《儿童教育鉴》②

《儿童教育鉴》绪言

（徐传霖　陆基）

十八世纪之末，普国大教育家柴尔紫芒 Gottbilf Salzmann，在爱

① 《阿难小传》（*Eugene Aram*，今译《尤金·阿拉姆》），写情小说，英国笠顿（Edward Bulwer Lytton，今译李顿，又译利顿，1803—1873）著，支那平公译，封面标“上海时报馆内有正书局印行”，版权页标“印刷所：时报馆活版部；发行所：有正书局”，“光绪三十一年十一月初十日初版”（1905 年）。上卷封面又题书名为“阿罗小传”。

② 《儿童教育鉴》，小说，两卷，奥地利柴尔紫芒（Gotthilf Salzmann，1744—1811，今译萨尔兹曼）著，徐传霖口译，陆基笔述。“光绪三十三年八月三版”版权页标“印刷所：文明书局活版所；总发行所：文明书局”，另有“光绪三十一年十一月初版”（1905 年）字样。

尔富尔脱府，出入于上下诸等人家，调查其家庭教育，目睹处置儿童之不善。君慨然曰："家庭教育之不能注意，其罪皆在于父母，然而父母亦不自知也。欲使儿童得葆其善良之性质，必先使父母知恶德恶习之根原，而改良其家庭之教育。"君观察习俗，既周且密，因历举对于儿童之弊，著成一书，指陈抉摘，无秋毫之假借。如能于君所胪列各条，悉行改革，则其家庭教育，必完美而无缺点矣。其书原名《恶德养成法》，一名《横行蟹》，*krebsbüchlein oder Anweisung zu einer unvernunftigen Erziehung der kinder*。书之封面，画老蟹一，率小蟹三，游行河滨，其寓意殆本诸《伊索》。按，《伊索寓言》有云："蟹语其子曰：儿何由横行？苟直趋，不其美乎？小蟹曰：母言良确，设母能直趋者，吾必能效之。母试趋，不果直。故教人者必以身。"盖非实践躬行，固不能得教育之效果也。君著此书，遥与我国孔孟之遗训，若合符节。孔子不云乎，"其身正，不令而行；其身不正，虽令不从。"孟子不云乎，"中也养不中，才也养不才，故人乐有贤父兄也。"又曰："夫子教我以正，夫子未出于正也，则是父子相夷也。"东西圣哲，垂训昭然，读书者正可参观而自得焉。一千七百八十年，《横行蟹》始出版，风行一时，未几，已四版。而视学官卡尔亨，又增补之，更出数版。是时有发行教育丛书者，此书亦列入其内。其为普人所爱读，可想见已。宜其家族改良，国势隆盛，未及百年，普遂蹶法，而成德意志联邦统一巩固之基，至今赫赫称强国。此书之价值，为何如哉！亟译之，名曰《儿童教育鉴》，以献于我国之为父母师保者。苟就此书所记载之事，立矫正之策，以御儿童，实验于家庭，应用于学校，他日收效无形，使我国一跃而与诸强国并列。或更驾而上之，则区区希望之目的，终有得达之一日，是在善读此书者。

译者识

——录自文明书局 1907 年三版

《小仙源》①

《小仙源》凡例

一　是书为泰西有名小说，原著系德文，作者为瑞士文学家，兴至命笔，无意饷世。后其子付诸剞劂，一时风动，争为快观。已经几次翻译，今戈特尔芬美兰女史复参酌损益，以示来者。②

一　是书于纤悉之事，纪载颇详。足见西人强毅果敢，勇往不挠，造次颠沛，无稍出入。可为学子德育之训迪。

一　当时列国殖民政策，尚未盛行。作者著此，殆以鼓励国民，使之加意。今日欧洲各国，殖民政策，炳耀寰区，著是书者，殆亦与有力也。

一　穿凿附会病不信，拘文牵义病不达。译者于是书虽微有改窜，然要以无惭信达为归。博雅君子，尚其谅之。

一、原书并无节目，译者自加编次，仿章回体而出以文言，固知不合小说之正格也。

——录自商务印书馆 1906 年再版

---

① 《小仙源》，原名《小殖民地》，冒险小说，署“戈特尔芬美兰女史著”，商务印书馆编译所译，1905 年商务印书馆初版（光绪三十一年十一月）。此前曾连载于《绣像小说》第 3 期（1903 年 6 月 25 日）、第 4 期、第 7 期、第 10 期、第 11 期、第 14 期、第 16 期（1904 年 1 月），从第 11 期开始又署“戈登特尔芬美兰女史著”。

② 北京图书馆出版社 2006 年十卷影印本《绣像小说》，所刊此条文字稍有不同：“一、是书为泰西有名小说，原著系德文，作者为瑞士文学家，兴至命笔，无意饷世。后其子为付剞劂，一时风动，所之欢迎。历经重译，戈特而芬美兰女史复参酌损益，以示来者。”

《鲁滨孙漂流记》[①]

《鲁滨孙漂流记》[序]

林纾

吾国圣人，以中庸立人之极。于是训者，以中为不偏，以庸为不易。不偏云者，凡过中失正，皆偏也。不易云者，夷犹巧避，皆易也。据义而争，当义而发，抱义而死，中也，亦庸也。若夫洞洞属属，自恤其命，无所可否，日对妻子娱乐，处人未尝有过，是云中庸，特中人之中，庸人之庸耳。英国鲁滨孙者，惟不为中人之中，庸人之庸，故单舸猝出，侮狎风涛，濒绝地而处，独行独坐，兼羲、轩、巢、燧诸氏之所为而为之，独居二十七年，始返。其事盖亘古所不经见者也。然其父之诏之也，则固愿其为中人之中，庸人之庸。而鲁滨孙顾乃大悖其旨，而成此奇诡之事业。因之天下探险之夫，几以性命与鲨鳄狎，则皆鲁滨孙有以启之耳。然吾观鲁滨孙氏之宗旨，初亦无他，特好为浪游。迨从死中得生，岛居萧寥，与人境隔，乃稍稍入宗教思想，忽大悟天意有属，因之历历作学人语。然鲁滨孙氏，初非有学，亦阅历所得，稍近于学者也。余读之，益悟制寂与御穷之道矣。制寂以心，御穷以力，人初以身犯寂，必焦蹶恼恐，凄然无所投附，非寂之能生此状也，后望无冀，前望无助，长日悸动，患与死濒，若因之初待决然者。顾死囚知决日之必至，则转坦易，而泽其容，正以无冀无助，内宁其心，安死而心转得此须斯之宅，气机发

① 《鲁滨孙漂流记》(*Robinson Crusoe*)，冒险小说，英国达孚（Daniel Defoe，今译笛福，1660—1731）著，林纾、曾宗巩译述，“光绪三十二年闰四月再版”版权页标“发行者：商务印书馆”，另有“光绪三十一年十二月首版”（1905 年）字样。

充，故容泽耳。鲁滨孙之困于死岸，初亦劳扰不可终日，既知助穷援绝，极其劳扰，亦无成功，乃敛其畏死之心，附丽于宗教。心既宅矣，遂大出其力，以自治其生。须知生人之心，有所寄则浸忘其忧。鲁滨孙日寓心于锹锄斧斤之间，夜复寓心于宗教，节节磨治，久且便帖，故发言多平恕。此讵有学问匡迪，使之平恕耶？严寂之中，无可自慰，遂择其不如我者，以自尊其我。天下人人无不有好高之心，抑人以自高，则高者慰矣。自外闻之，似喜其能降抑以为平恕，实则非平恕也，无聊反本之言也。迨二十七年后，鲁滨孙归英，散财发粟，赒赡亲故，未尝靳惜；部署家政，动合天理，较其父当日命彼为中庸者，若大进焉。盖其父之言，望子之保有其产，犹吾国宦途之秘诀，所谓"不求有功，但求无过"者也。鲁滨孙功既成矣，又所阅所历，极人世不堪之遇，因之益知人情之不可处于不堪之遇中，故每事称情而施，则真得其中与庸矣。至书中多宗教家言，似译者亦稍稍输心于彼教，然实非是。译书非著书比也。著作之家，可以抒吾所见，乘虚逐微，靡所不可；若译书，则述其已成之事迹，焉能参以已见？彼书有宗教言，吾既译之，又胡能讳避而铲锄之？故一一如其所言。而吾友曾幼固宗巩，亦以为然。幼固自少学水师业，习海事，故海行甚悉，且云探险之书，此为第一。各家叙跋无数，实为欧人家弦户诵之书，哲学家尤动必引据之者也。尚有续篇二卷，拟春初译之，今先书其缘起于此。

大清光绪三十一年十月，闽县林纾畏庐父叙于京师望瀛楼。

——录自商务印书馆1906年再版

《玉雪留痕》[①]

《玉雪留痕》序

林纾

黥，墨刑也。汉之以黥王者，英布也；欧之以黥富者，奥古司德也。古者黥刑不上女子，西人尤无其事。奥古司德美人而有才者，胡得黥？其黥，为义黥也。余观段柯古《酉阳杂俎》，叙黥至十数，奇骇可怖，殆皆自黥，而黥者又皆男子。若《赤雅》，及《桂海虞衡志》，记犵獞之属，或并妇女而黥之。余翻《民种学》一书，上古野蛮，黥涅亦不分男女。然则天下受黥之人，或以罪，或以国俗，断无为义而黥者矣。是书言奥古司德善著书，为一书贾所困，将逃于纽西兰，而书贾适与同舟。舟碎于海，又同栖于荒岛。初，贾与其从子弗协，推巨产与其同人。至是且死而悔，将易其遗嘱，无所得纸，至用鲗墨镌诸奥古司德背上。而贾之从子，固与奥古司德雅有情愫，至是遂有大贾之产，成夫妇。事至离奇，皆哈葛德无聊不平，幻此空际楼阁，以骇观听耳。天下著书之业，与商业本分二道，商业以得财为上烈。若著书之家，安有致富之日？虽仲马父子，以笔墨拥资巨万，又卒皆以好客罄之。即哈氏亦为书二十六种，得酬定不赀，乃忽辟奇想，欲以著书之家，奄有印刷家之产。则哈氏黩货之心，亦至可笑矣。惟此节非书中正意，可略勿论。但以奥古司德义心侠骨，为义自陷于黥，此万古美人所不能至者。译而出之，特为小说界开一别径。

光绪三十一年九月，闽县林纾畏庐父序于望瀛楼。

——录自商务印书馆1905年再版

---

① 《玉雪留痕》（*Mr. Meeson's Will*），言情小说，英国哈葛德（Henry Rider Haggard，又译哈格德，1856—1925）著，林纾、魏易译述。"光绪三十二年闰四月再版"版权页标"发行者：商务印书馆"，另有"光绪三十一年十二月首版"（1905年）字样。

《玉雪留痕》题词

齐天乐

玉鞾香怨相逢地，珊珊盼伊纤步。药鼎枯烟，花廊碎月，春锁愁乡深处。游丝万缕，甚袅到帘西，欲抽还住。语淡心浓，绿房阴透夜来雨。

凉波吹却浪蕊，但苍云四卷，沙际孤屿。鲗墨浓镌，鹅黄嫩咽，争说因郎辛苦。余生半黍，竟画里挪舟，带珠还浦。试看雕梁，弄春双燕羽。

补柳翁畏庐[①]倚声

前调和原韵

风裳水佩栖瑶岛，凌波洛神微步。棋局中心，嵰栊半面，回首故乡何处。香瘢缕缕问，底事干卿，替渠留住。鲗墨痕殷，背人障袖泪如雨。

无边春色旖旎，借好风吹送，仙云离屿。爱种愁芽，恩媒怨妁，生受奇甘偿苦。温回谷黍，忆立瘦斜阳，送君南浦。望断沧溟，寄书希便羽。

金缕曲

爱国非吾事，判料理，缠绵歌哭，为情甘死。便令刳心喷热血，脔肉一丸而已，况谈笑劙皮代纸。却羡春痕留玉雪，剔香瘢取次谐连

① 补柳翁畏庐，即林纾。

理。侥幸者，有如此。

含瓤瓣瓣成瓜字，浑不似，桃花薄命，梅阴结子。知否大千三千界，情种弥天罄地，舍悲爱更无佛谛。骏女痴儿皆至性，借丹忱撑拄人间世。法华转，一弹指。

山阴金为鹤笙父倚声

——录自商务印书馆1905年再版

《红茶花》①

《红茶花传奇》序②

（孔昭鋆③）

昔司马子长传游侠，盖有深意焉。明一时风会所趋，亦藉传奇行于不朽也。后儒不察，辄以退处士进奸雄，目之过矣。传言景帝使使尽诛此属，及武帝族郭解事，则侠之不为世主所容也，久矣。文景以降，流风歇绝，士气亦骤衰。东京崇志节，轻生死，党锢之士，盖犹有任侠之遗风焉。由是寥寥千祀，寂焉无闻。有唐一代，剑侠稍见称于世。至今读红线、隐娘诸传，犹凛凛有生气。顾其说诬，其事幻，依托神怪，颇类出世间法，一无发达国民主义。《红茶花传奇》者，

---

① 《红茶花》（*Le Camélia rouge*），序言中又作《红茶花传奇》，侠义侦探小说，法国朱保高比（Fortuné du Boisgobey，今译伯格贝，1821—1891）著，正文署“三水陆善祥庆南译意，新会陈绍枚卓枚润文”，所见本无版权页。据贾植芳等编《中国现代文学总书目 · 翻译文学卷》，该本应为1905年香港聚珍书楼初版。1918年上海振民编辑社另版。

② 1918年振民编辑社版，该序排为“红茶花序二”。

③ 孔昭鋆（1863—1921），号季修，广东南海（今广州）人，清末藏书家孔广陶次子。

虽著名侦探之案，实传绘任侠之精神者也。本法人朱保高比所著，事在百年前。金伯连以美人一盼，故仗义复仇，屡濒于死。诚有如龙门所云，不爱其躯，赴士阨困者之所为。彼凶人者，又隐显无端，不驱而纳诸陷阱之中，不止轇轕变幻。危乎，艰哉！而金伯连独能犯百难，冒九死，始焉抚孤雪仇，终竟捐躯殉国。论其品节，朱家、剧孟云乎哉！吾友陆君庆南，酷嗜此书，译为华文，将以问世，嘱为点定，吾读之而有感焉。日本国于亚东，以古所传武士道、大和魂为国粹，有培植，无摧残。庆应间，诸豪侠奔走国事者，项背相望，前仆后继，维新之业，卒底于成，近且雄飞于二十世纪，非侠之明效大验欤？我国韩非之徒乃谓侠，以武犯禁，辄思草芟禽狝，绝其本根。驯至今日，举国夸毗，奄奄一息，求所谓以武犯禁者，信无有矣，其如霍靡之民气，曾不敌尚武之精神。无他，国者积民而成，士鲜独行，即国无与立。盖非一朝一夕之故，其所由来者渐矣。金伯连事近琐屑，似与国民资格无大影响。殊不知前所尽者，社会之义务；后所尽者，国民之义务。匪特私义廉洁，有足称其感受文明教育之功，盖已加游侠传中人一等矣。吾故曰：惟尚武，乃可立国也！读是书者，先明义务所在，次究教育之由，争自濯，磨共勉，成特立独行之人格。吾国庶或有瘳，则陆君此书其嚆矢矣。为益社会，岂浅鲜哉！

光绪甲辰重阳日，南海孔昭鋆季修序。

——录自 1905 年版

《红茶花传奇》自序

（陆善祥[①]）

予束发受书，恨未能博览群籍，具有心得，而独酷嗜诸家说部。举

① 陆善祥，字庆南，广东三水（今属佛山）人，后为香港英文《南华早报》负责人，创办中文日报《澳门时报》。

凡干宝搜神、坡公说鬼、东方滑稽、庄生寓言，莫不心醉神往。醰醰焉，寝馈于其间，而不能忘。丁年入塾，肄习英文，复向泰西诸哲学家著作，深思其綮要。读至益智等说部，觉法人朱保高比与嘉波老两君所著者，运思渊曲，纤悉靡遗。其中描写科学侦探诸能事，所关于人心世道者甚大。遂尔不揣谫陋，将《红茶花》一书，译为传奇以问世。

夫古人任侠，如荆卿、聂政之流，激烈成名，殉国殉友，皆以得一知己，死而无憾。当金伯连在戏园座，注视美妇于稠人中，狂态毕露，不几是直一登徒子耳。然见美妇猝为人害，一动侠肠，百折不回，历尽艰险，卒能抚其孤，雪其仇，手歼元凶，为世捐躯，除害报国。噫，诚异人哉！且彼与美妇初未谋面也，非有知己之感也，而舍命若饥渴，始终以成人事，又非荆卿、聂政之流，所可同日语矣。近出新小说，汗牛充栋，目不暇给，惟包探案能阐发智慧，尤于断狱有裨。花南砚北，炙輠谈天，较之谰语无稽、徒资嗢噱者，奚啻霄壤。此两君所著之书，素为德国名相卑士麦所心赏。予与有同嗜，谨就原书，质直译意，不事藻缋。而删繁就简，则孔季修、陈卓枚两君，实匡余焉。至若润色，鸿文编成巨制，俟之海外大雅，此更原著者所厚幸也。

光绪三十一年四月，三水陆善祥庆南自序。

——录自 1905 年版

《红茶花》题词

番禺潘飞声老兰：

恼煞遗雏语未通，艰危剑气走丰隆[①]。

① 1918 年振民编辑社版《红茶花》，此句作“难危剑气走丰隆”。

英雄甘任恩仇报，只在佳人一笑中。
罗刹红茶幻影幽，蛇针酒阱屡歼仇。
白人智巧徒争竞，一点神灯已碎舟。
冷月高楼泣素衣，侯门风景尚依稀。
即今聚首邻家屋，草地安闲话落晖。

兰陵贺彝青井：
变幻离奇色亦空，欲将首尾拟神龙。
满腔热血凭君洒，却在秋波一转中。
侠态狂情激射来，那知乐处寓悲哀。
可怜绝代如花女，一缕游魂下剧台。
孤雏如孑口如瘖，抛撇歧途太忍心。
不有解人甘任侠，盘冤长此九渊沉。
记会变相说金刚，竟使神奸不可方。
却笑尚疏施毒计，蛇针到底露锋芒。
屡蹈危机命若丝，果能雪恨又何辞。
花魂唤起应含笑，一弹遥飞贯臆时。

——录自 1905 年版

《红茶花》(1918 年本)[①] 序一

王瀛洲[②]

仆孱弱不武，见刀剑戈戟，辄服栗不敢近。顾性独好侠，且嗜读传

① 上海图书馆藏本版权页标“民国七年”出版，“出版者：振民编辑社”。
② 王瀛洲，生卒年不详，字汉彤，号眉禅、蒨士、蒨如，浙江绍兴人。辑纂有《清代名人轶事》《侠义小史》《漫游志异》等。

侠书，几有痂癖。游侠传尚矣，自兹而下，飞仙剑侠，多有所记，而怪僻诞妄，胥出悬想，非人间世所实有否，亦笔墨芜浅，未能传神阿堵。比年来，虽技击之书，杂出于坊间，而能摹影绘声，栩栩欲活者，十不能得一二。信乎，言为心声！脱非有侠士之心肠胆略者，言之未能逼真。世无侠士，则传侠之书，终不得而有也。戊午秋，养疴海上，苦雨凄风，悲怀靡已。药炉茶铛之畔，苦无物以遣岑寂，偶抽一说部阅之，则陆庆南译法国朱氏著之《红茶花》也。书叙一侠士名金伯连者，见一妇人为巨猾谋死，心滋不平，为抚其孤，并为死者复仇，屡濒于难，卒得多人臂助，侦悉凶手，以计毙之。事之离奇，文之奥衍，苟非名家，万不获得此杰构。披读数四，不觉手之舞之足之蹈之，而疾病霍然若失。不禁瞿然曰：此可追龙门游侠传后矣，不以传世，宁非弃至宝于泥淖中乎？惜其流行不广，未能遍享国人，因与吾友姜君侠魂谋梓之。姜君，侠士也，欣然允之。遂为点定校正之，付诸剞劂，并为叙其颠末于此。俾读者知天地间之奇文，固不容湮没也。

民国七年冬月，王瀛洲序于海上。

——录自振民编辑社 1918 年版

《云中燕》①

《云中燕》叙言

大陆小少年②

冷雨敲窗，凄风排闼，挑灯兀坐，愁绪纷来。爰搜索书箧，而得

---

① 《云中燕》，法国小说，著者不详，大陆小少年译。贾植芳等编《中国现代文学总书目·翻译文学卷》标“文明书局 1905 年版”。

② 大陆小少年，资料不详。

稗官一帙，曰《少看护妇》。噫！斯何书？斯何书？是乃法国某著作大家所著之伟作也。是书述法国少女蝶英大冒险之事，情节离奇，叙事委婉。英、德各国，皆有译本，或有以之作学校中课本者，其书之艳传欧西，可想见矣。披阅一过，不禁掩卷叹曰：噫！泰西各国之人诚不可及哉！如美国南北之战，则有少年军，以弱龄童子，抗拒如虎如狼之强敌，是虽可羡，然犹不足奇也。乃法国竟有纤纤仅十三龄之弱女子，出入敌军之间，而安坦夷如，竟能成绝伟艳之业者，不尤可奇也哉？回首故国，荆棘铜驼，瓜分之危，为奴之惨，近在眉睫，社会腐败，已达极度，欲施针砭，着手无从。尚有一线之希望者，惟吾辈少年同胞之兴起耳。呜呼！我中国之少年军何时起乎？我中国之少看护妇何时起乎？二十世纪中大陆上少年听者："尔辈负千钧之重任在身，其好自为之！"

是书亦足为振起少年精神之一助，爰亟译为俗语，以饷我同胞诸昆仲姊妹。凡我同胞诸昆仲姊妹，其亦有睹是编而兴起者乎？

黄帝纪元四千三百九十四年冬夜，大陆小少年志于东瀛旅次。

——录自中华书局 1960 年版《晚清文学丛钞 · 小说戏曲研究卷》

《手足仇》①

《手足仇》译言

江之屏②

是书为法人马顿 Maidora 丛书中之一卷。甲辰八月，施惠南君从

---

① 《手足仇》，侦探小说，法国波罗弥宁著，正文署"皖南旌德江之泳口译、屏笔受"，1905 年新小说社初版。

② 江之屏，资料不详。

巴黎携此书归，予假而读之。以近时吾国读小说者，风靡于福尔摩斯，至有自命为侦探者。夫福之所为，奇特可喜，似非常人可学而至。科比威林之侦探术，其卓绝处虽逊于福，然其术平易，有次序可求，便于邯郸学步之人。故译而传之，是犹史公特予程不识之志也。且观诸人办事之整饬，又足为吾国官吏临事之范，故此书亦不可作等闲小说观也。但以译者菲材，固不免有不文之诮，幸得友人汪君，舍竟月之日力，为予删订润饰，增此书之身价不浅。自谓置诸近时译传诸小说间，固足独张一军。既蒇事，乃记其因缘于此。王嘉《拾遗记》有沦波舟，殆与今日潜水船为同物，故取旧有之名以名之。且将马顿原序节译于后：

美国政治风俗，皆不甚重视侦探。故新洲上以侦探显名者，甚少其人。有之其惟科比威林 Calbel William 乎！科比威林，美国富人。闻其祖先，为著名人歇孟 Sherman，本为开国时大政党，数十年来，已失政权。科比威林席其富厚，才力无所用，则为素行侦探。予之此言，甚确而信，盖即得闻于著书人也。又闻科氏自侦探此案后，乃辍而不复为。殆感慨极深，遂至转为国际侦探。闻彼此时尚在巴尔干半岛，为路透电报之探事人云。（按：所谓“此时”，即指马顿丛书出版之时。此丛书出版于一千九百零一年七月间也。）

甲辰十一月，译者识。

——录自新小说社 1905 年初版

1906年

《大除夕》[①]

《大除夕》小引

（徐卓呆[②]）

此书原名*Das Abenteuer der Neujahpesnacht* [*Neujahrsnach*t]，以一园丁兼鸡人者，曰吉儿Philipp，与少女花姐Roschen之关系为主眼，配以谐谑洒脱之皇子Julian，写德国宫廷及政府之状态，极奇特而轻快之喜剧小说也。

著者系Johann Heinpich [Heinrich] Zschokke。一千七百七十一年，生于麦古代蒲儿，居瑞西之亚儿茄乌最久，几四十年。至一千八百四十五年，殁于亚儿茄乌。其成名时，系一千八百十七年也。逆当时之思潮，为写实派之先驱。彼又研钻历史，其著作中历史寓言最多。可谓彼之杰作者，乃*Stundender*（《献身之时》）也。其文笔简劲明晰，修辞学上亦颇老练。即如此书，纯然一写实小说之好模范也。《大除夕》仅数小时间，其构思排材着笔，实奇拔而遒劲。仆

---

① 《大除夕》(*Das Abenteuer der Neujahrsnacht*)，小说，德国苏虎克（Heinrich Zschokke，通译海因里希·乔克，1771—1848）著，徐卓呆译，1906年上海小说林初版（丙午年正月）。

② 徐卓呆（1881—1958），原名徐傅霖，号筑岩，别号半梅，江苏吴县（今苏州）人。早年留学日本，曾加入春柳社。著有《小说材料批发所》《李阿毛外传》等小说。

不文，敢抽毫以译之，鲁鱼之罪，读者谅之。

固有名词，恐甚难记忆，故悉改为我国风，以便妇孺易知。

乙巳孟夏，识于日本江户北滨川客舍。

——录自小说林1906年初版

《洪罕女郎传》[①]

《洪罕女郎传》序

林纾

昔者波斯匿王，请佛宫掖，自迎如来。时阿难执持应器，因乞食次，径历婬室，遭大幻术。摩登伽女，以娑毗迦罗先梵天咒，摄入婬室，婬躬抚摩，将毁戒体。于是世尊宣说神咒，敕文殊师利，将咒往护，恶咒销灭。阿难顶礼悲泣，启请妙奢摩他、三摩、禅那，最初方便，而楞严大定，乃为学者所闻。畏庐居士曰：嗟夫！所谓奢摩他者，寂静之义也；三摩者，观照之义也；禅那者，寂照不二之义也；此皆发心见相之根源。实则一名为相，即复非相；一名为心，即复非心。盖澄寂者，空也；摇动者，尘也。既落尘义，则念念生灭，遂成轮回。轮回之成，心自成之。且不名为心，何名为相？彼摩登伽者，又安为摩登伽？阿难之过，在以眼色为缘耳。虽然，眼色为缘者，世界中宁一摩登伽耶？一触于尘，尘尘皆摩登伽；因尘成相，相相又皆摩登伽。故眼色之缘，易生幻妄。阿难为世尊爱弟，不惮屡舒其金色臂，放其胸前卍字百千之宝光，使之得寂照之义，而十方善

① 《洪罕女郎传》（*Colonel Quaritch, V.C.*，今译《陆军上校夸里奇》），言情小说，英国哈葛德（Henry Rider Haggard，又译哈格德，1856—1925）原著，林纾、魏易译述，1906年商务印书馆初版（光绪三十二年正月）。

男子，又何从得此无量之受持！居士且老，不能自造于寂照，顾尘义则微知之矣。前十年译《茶花女遗事》，去年译《迦茵小传》，今年译《洪罕女郎传》，其迹与摩登伽近。居士以无相之摩登伽，坏人无数戒体，在法当入泥犁，不知居士固有辞以自辩也。世尊言晦昧为空，空晦昧中；结暗为色，色杂妄想。是何以故？弊在遗失本妙也。以众生始则迷己为物，终则认物为己，辗转而讹。然则畏庐居士所译之《茶花女》《迦茵》《洪罕女郎》，又干涉众生甚事耶？世尊之告阿难曰：认悟中迷。释者以为心镜所现，全体是心。然则五虫万怪，一摄入镜，皆足踞心之一偏；以此心裹万物，则万物均足为心之蠹。心镜一蒙，身在心中，转无地足以觅心之所在，则此心立化为百千万亿之摩登伽，又将化为百千万亿之茶花女、迦茵、洪罕女郎。是学者不能固其妙明心，宝其妙明性，与畏庐居士何干涉之有！须知无外道之扰，亦不足以见正法眼藏。寂照之义，何尝非心？学者之误，不误在迷，误在悟中之迷。幻妄之来，不自外来，以本有之心镜，收此五虫万怪，使之为幻妄也。知此幻妄，即心所照，并不执此幻妄，以为别有幻妄，则立吾心于身外，能寂照矣。寂照之义，至深且奥。居士尘浊人也，胡饶舌为？居士曰：世尊鉴之，花眼相荡，结而成翳。弟子守定涅槃常住之义，花当奈何！翳当奈何！所愿读吾书者，常持此心如畏庐也。

光绪三十一年十一月十五日，闽县畏庐林纾叙于京师望瀛楼。

——录自商务印书馆1906年初版

《洪罕女郎传》跋语

畏庐居士（林纾）

哈葛德之为书，可二十六种。言男女事，机轴只有两法，非两女争一男者，则两男争一女。若《情侠传》《烟水愁城录》《迦茵传》，则两女争一男者也。若《蛮荒志异》，若《金塔剖尸记》，若《洪罕女郎传》，则两男争一女者也。机轴一耳，而读之使人作异观者，亦有数法。或以金宝为眼目，或以刀盾为眼目。叙文明，则必以金宝为归；叙野蛮，则以刀盾为用。舍此二者，无他法矣。然其文心之细，调度有方，非出诸空中楼阁，故思路亦因之弗窘。大抵西人之为小说，多半叙其风俗，后杂入以实事。风俗者不同者也，因其不同，而加以点染之方，出以运动之法，等一事也，赫然观听异矣。中国文章魁率能家，具百出不穷者，一惟马迁，一惟韩愈。试观马迁所作，曾有一篇自袭其窠臼否？《史记》至难着笔者，无如绛侯、曹参、灌婴、滕公、樊哙诸传。何以言之？数人战功，咸从高祖，未尝特将。每下一城，略一地，数人偕之，则传中如何分析？史公不得已，别之以先登，分之以最。每人传中，或领之以官，或数之以首虏，人人之功，划然同而不同，此史公之因事设权者也。若韩愈氏者，匠心尤奇。序事之作，少于史公，而与书及赠送序二体，则无奇不备。伏流沉沉，寻之无迹，而东云出鳞，西云露爪，不可捉扪。由其文章巧于内转，故百变不穷其技。盖着纸之先，先有伏线，故往往用绕笔醒之，此昌黎绝技也。哈氏文章，亦恒有伏线处，用法颇同于《史记》。予颇自恨不知西文，恃朋友口述，而于西人文章妙处，尤不能曲绘其状。故于讲舍中敦喻诸生，极力策勉其恣肆于西学，以彼新理，助我行文，则异日学界中，定更有光明之一日。或谓西学一昌，则古文之光焰熸矣，余殊不谓然。学堂中果能将洋、汉两门，分道扬镳而指授，旧者既精，新者复熟，合中西二文，镕为一片，彼严几道先生不如是耶？译此书竟，以葡萄酒自劳，拾得故纸，拉杂书之。

畏庐居士识

——录自商务印书馆 1906 年初版

《新蝶梦》[①]

《新蝶梦》弁言

（陈景韩）

告罪

余译此《新蝶梦》，余于译笔丑劣之外，更有不得不先向阅者告罪者。阅者请于阅《新蝶梦》之先，一阅我言。

情，难言者也。言之而失其轨，能使人志气沮丧，性情昏迷。今余于此中国人气沮丧、人情昏迷之时，而又译此言情小说，是不啻以水济水也。余罪一。

情，又不当破之者也。世界之所以营营不寂死者，以其有情以相系也。情也者，人类之黏液质也。假使人类而尽去情，则父子、夫妇、兄弟、朋友之间，已索然而无味，矧其能维持世界也？今既言情矣，而又破之，是不但不利我国家，且不利我人类也。余罪二。

以知情之人而言情，而破情，虽于国不利，于人不利，而于情固能言之，而能破之也。虽有二失，而尚有一得。若余也者，固蠢然一物，不识情为何事者也。而乃亦欲缘人之意而译之，真所谓寄五声于聋，辨五色于盲者也。余罪三。

此三罪之外，又有一至深且巨，为阅者所必不肯赦者，则为对于妇女。夫妇女者，非今世新人，所谓神圣不可侵犯者乎！而余亵渎之，亵渎之，亵渎之，而至再三亵渎之。使阅者而为妇女，其必不我赦也；使阅者而为尊敬妇女之人，其必不我赦也；使阅者而非有深仇

① 《新蝶梦》，小说，正文标“意大利波仑著，冷译”，封面署“时报馆印行”，版权页标“译述者：上海时报馆记者；印刷所：时报馆活版部；发行所：有正书局”，“光绪三十二年二月初六日出版”（1906 年），初版。

宿恨于妇女之人，亦必不我赦也！而余乃绝无所仇恨于妇女，而以无意识译之。以无意识译之，其事虽非由我而造，其事实为由我而传，而余之罪亦不可以逭。余罪四。

因此四罪，欲执笔译之而投之者屡矣。然屡投之而又屡欲译之者，则以言情之事，人所喜闻。方今东西文明之说，渐输入我国，翻译之业，于兹大盛。其中又以小说为尤多，而小说之中则以言情者为人所喜闻而尤多。夫情，人心中最微妙高尚之物也。若徒以男女相爱之为情，则其情丑矣。故言情者，至于男女，则必假以险阻艰难之事，以显其情之贞洁；言情之小说，为写男女之相爱，而其所写之事，则必为欲相爱而不可得。盖以岁不寒不足以知松与柏，而境不逆不足以见情之深远也。故言情之小说，必写其情如帝天。而阅之者，亦必视其情如帝天。视如帝天，则必于情无或有敢非者，见有类似者，即曰“情也！情也！”而醉焉，梦焉，且生死焉，则必胥我国人而尽陷于情之涡焉。是则将尽我所输入之新思想、新学问，而不足以供情之作用也，又奚暇及他事哉？故余之译此《新蝶梦》也，乃为写其情之一方面，见用情之人，亦有时而误，以稍杀言情者之势力。故虽知有罪，欲舍之而不能也。至于亵渎妇女之罪，俟此书译尽后，更译一与此书相反之书，以之自赎，阅者鉴之。

声明

一、此书原本为意大利人所作，甚冗长，有二十万言，今仅节译其一二万言。

二、此书为作者自述口气，译之仍其旧。书中所谓我者，作者自称也。

译者记

——录自时报馆活版部印刷、有正书局发行1906年初版

《蛮荒志异》①

《蛮荒志异》跋

林纾

长安大雪三日，扃户不能出，此编誊缮适成，临窗校勘，指为之僵。是书无他长，但描写蛮俗，亦自有其耸目者。留仙之《志异》，志狐鬼也。葛书之《志异》，则多志巫术。南荒信巫，其说或不为讹谬也。雪止酒熟，梅花向人欲笑，引酒呵笔，书此数语，邮致张菊生先生为我政之。

光绪三十一年十二月二十七日，畏庐书于雪中。

——录自商务印书馆1906年二版

《一束缘》②

《一束缘》序

江东老钝③

正直者，社会之美质也。欺诈者，世界之变相也。世道日坏，人

① 《蛮荒志异》(*Black Heart and White Heart, and Other Stories*)，神怪小说，英国哈葛德（Henry Rider Haggard，又译哈格德，1856—1925）著，林纾、曾宗巩译述，“光绪三十二年丙午八月二版”版权页标“发行者：中国商务印书馆”，另有“光绪三十二年二月首版”(1906年)字样。

② 《一束缘》(*Dora Thorne*，今译《多拉·索恩》)，道德小说，英国孛来姆（Charlotte Mary Brame，1836—1884）著，序中表明为兰言主人口述、江东老钝笔译，版权页署“译述者：商务印书馆编译所”。1906年商务印书馆初版（光绪三十二年二月）。

③ 江东老钝，资料不详。

心日偷，欺诈之术百出，蝇营狗苟，惟富贵之是贪，遑计乎义不义，虽身败名裂，亦所不惜。攘往熙来，猎取富贵者，莫不肆其欺诈，以与正直者战。於戏！小人道长，君子道消，遂酿成一欺诈之世界。于是乎舆论雷同，变其名曰权术。而目正直者，曰拙，曰钝，曰迂腐。然则世道人心，颠倒缪盭，至此极矣，尚可救乎？兰言主人慨然叹，瞿然起，欲提倡而改良焉。特注意于小说，大开帷幕，以欧美、日本之可师可法者，尽献于同胞。或有憾其人人未深，导流未畅，乃以文言道俗，烛世态而牖乡愚。惜乎道德一门，犹阙如也，乃取英人所著之《伯爵之女》一书，口译而嘱老钝演其义，病其名晦，易之曰《一柬缘》。藉此警戒妇女贪憎妒嫉之心，则庶几乎讲求家庭教育，母仪妇德，群焉日臻，他日夺社会欺诈之机械，树以正直之旗帜。骎骎乎一国道德之风，从小说发端，即从《一柬缘》滥觞矣。嗟乎！或有讥今日之过渡时代，谓西方之公德未吸，东方之私德反漓，故导虎作伥，引狼入室者有之；惟外是媚，惟利是图者有之；狐假虎威者有之；甘为鹰犬者有之；猎取浮名，借为捷径者有之；不恤人言，纵客压主者有之；甚至杀同胞之身命，攘同胞之衣食，而后甘心者有之。得非世人所谓权术耶，而何以沉溺于富贵之中，颠倒缪盭，一至于斯耶？是书之出，其能唤醒此黑暗世界之欺诈社会否耶？我不禁蹙然悲，睪然望已。

甲辰十二月二十四日，江东老钝序于海上。

——录自商务印书馆 1906 年初版

《松阴文钞》①

《松阴文钞》叙

梁启超

日本维新之业，其原因固多端，而推本其原动力，必归诸吉田松阴。松阴可谓新日本之创造者矣！日本现世人物，其啧啧万口者，如伊藤博文、桂太郎辈，皆松阴门下弟子不待论。虽谓全日本之新精神，皆松阴所感化焉，可也。夫松阴生三十二年，而见僇于政府，生平所为事业，无一不失败。其学问，又非有以远过于侪辈。若近世之新学理，无洪无纤，皆松阴所未尝梦见也。顾其力之及于一国者何以若是，固知事业与学问皆枝叶也，而有为事业学问之本原者。本原盛大，则枝叶不必出自我，而不啻出自我。而不然者，日修其枝叶，本则拨矣，夫安所丽？吾生平好读松阴文，乃钞其最足为我国人厉者，著于篇。

丙午二月，梁启超钞竟记。

——录自广智书局 1906 年初版

① 《松阴文钞》，散文，日本吉田寅次（1830—1859，又译吉田松阴）著，梁启超节抄，1906 年广智书局初版（光绪三十二年四月六日）。是书内容多为书信、随笔，梁启超抄录出版时作了圈点和眉批。

《海外轩渠录》[1]

《海外轩渠录》[序]

林纾

余粗有知觉时，即闻长老言，人之至小者，无若焦侥国民，最长者，无如巨无霸，则受而识之。稍长，读《列子》，乃知东北极有人，名曰竫，九寸。郭璞《图赞》："焦侥极麽，竫人惟小。"其证也。《洞冥记》："末多国，人长四寸。"《独异记》："李子昂长七寸。"《广志》："东方有小人，如蝼蛄，撮之满手，得二十枚。"则较焦侥小而又小矣。《河图玉版》："昆仑以北，九万里，得龙伯国，人长三十丈。"《洞冥记》："支提国，人皆三丈三尺。"又佛长一丈六尺，小弟阿难，与从弟调达，俱长一丈四尺五寸。至防风国人，则身横九亩矣。余不知较之长狄侨如何似？侨如长五丈，然则富父以戈桩其喉，富父之高，亦将二丈有半矣。是均荒渺不根之谈。惟余在浙西时，所见之小人，则确二尺，须蓬蓬然。林迪臣先生，方守杭州，疑术者以药缩之，将加审讯，寻亦弗果。而徐清惠抚闽时，曾携长人，可丈许，短后荷戟，汗浃其背。余方十岁，亲见之于南台市上。合是二者，则焦侥与长狄之说，又不为无据矣。私念欧西非实闻确见，必不恣为妄语，第不知有是谬说否？及译是书，荒渺竟有甚于《列子》诸书者。其言利里北达，则六人纳之一囊；其称大人国，则御膳必陈一

---

[1] 《海外轩渠录》（*Gulliver's Travels*，今译《格列佛游记》），小说，正文标"闽县林纾、长乐曾宗巩同译"，版权页标"原著者英国狂生斯威佛特，译述者闽县林纾、仁和魏易"。1906 年商务印书馆初版（光绪三十二年岁次丙午孟夏月）。贾植芳等编《中国现代文学总书目·翻译文学卷》又标"1897 年上海珠林书店出版有林纾、魏易译《葛利佛利葛（一名：海外轩渠录》"。英国狂生斯威佛特，Jonathan Swift，今译斯威夫特，1667—1745 年。

鲸，遂令观者捧腹。吾国之书，叙是怪诞，特数语错见而已；葛利佛所言，长篇累牍，竟若确有其事。嗟夫，葛利佛其殆有激而言乎！葛著书时，叙记年月，为一千七百余年，去今将二百年。当时英政，不能如今美备，葛利佛侘傺孤愤，拓为奇想，以讽宗国。言小人者，刺执政也。试观论利里北达事，咸历历斥其弊端，至谓贵要大臣，咸以绳技自进，盖可悲也！其言大人，则一味称其浑朴，且述大人诋毁欧西语，自明己之弗胜，又极称己之爱国，以掩其迹。然则当时英国言论，固亦未能自由耳。嗟夫！屈原之悲，宁独葛氏？葛氏痛斥英国，而英国卒兴。而后人抱屈原之悲者，果见楚之以三户亡秦乎？则不敢知矣。

皇帝光绪三十二年三月望日，闽县林纾畏庐父序于望瀛楼。

——录自商务印书馆 1906 年初版

《红礁画桨录》[①]

《红礁画桨录》序

林纾

女权之倡，其为女界之益乎？畏庐曰：是中仍分淑慝。如其未有权时，不能均谓之益也。西人之论妇人，恒喻之以啤酒，其上白沫涌溃，但泡泡作声耳，其中清澄，其下始滓。白沫之涌溃，贵族命妇之侈肆罄产，恣其挥霍者也。清澄之液，则名家才媛，力以学问自见者也。滓则淫秽之行，无取焉。故欧西专使，或贵为五等，年鬓垂四十

---

① 《红礁画桨录》(*Beatrice*)，言情小说，英国哈葛德（Henry Rider Haggard，又译哈格德，1856—1925）原著，林纾、魏易译述，1906 年商务印书馆初版（光绪三十二年岁次丙午孟夏月）。

而犹鳏，即以不堪其妇之侈纵，宁鳏以静寂其身，而专于外交。吾人但仪西俗之有学，倡为女权之说，而振作睡呓，此有志君子之所为，余甚伟之；特谓女权伸而举国之妇人皆淑，则余又未敢以为是也。欧西开化几三百年，而其中犹有守旧之士，不以女权为可。若哈葛德之书，论说往往斥弃其国中之骄妇人，如书中所述婀娜利亚是也。婀娜利亚之谯让其夫，词气清鲠，不宁为贤助？顾乃恐失一身之富贵，至以下堂要胁，语语离叛，宜其夫之不能甘而有外遇也。而其外遇者，又为才媛，深于情而格于礼，爱而弗乱，情极势逼，至强死自明。以西律无兼娶之条，故至于此。此固不可为训，而哈氏亦窃窃议之，则又婚姻自由之一说误之也。呜呼！婚姻自由，仁政也。苟从之，女子终身无菀枯之叹矣。要当律之以礼，律之以礼，必先济之以学。积学而守礼，轶去者或十之二三，则亦无惜尔。古今行政之善，其中未有不滋弊者。坝以防水之出，而水之濡出者，非司闸者之责，防不胜防也。故虽有大善，必蓄微眚。西人婚姻之自由，行之亦几三百年，其中贞者固多，不衷于礼者亦屡见。谓其人贞于中国，不可也；抑越礼失节，逾于中国，又不可也。惟无学而遽撤其防，无论中西，均将越礼而失节。故欲倡女权，必讲女学。凡有学之女，必能核计终身之利害，知苟且之事，无利于己，唾而不为；而其保傅又预为白其得失，即所谓智育。凡有智之人，亦不必无轶防之事，然而寡矣。难者曰：君言积学者能守礼，若书中之毗亚德利斯，非积学者耶，胡为亦有苟且之行？曰：人爱其类，男女均也。以积学之女，日居荒伧中，见一通敏练达者，直同日星鸾凤之照眼，恶能弗爱？爱而至死，而终不乱，谓非以礼自律耶？文君、相如之事，人振其才，几忘其丑。文君、相如，又皆有才而积学者也。中国女权未昌之先，已复如是，矧彼中有自由之权，又安禁之？综言之：倡女权，兴女学，大纲也；轶出之事，间有也。今救国之计，亦惟急图其大者尔。若挈取细微之数，指为政体之瘢痏，而力窒其开化之源，则为不知政体者矣。余恐此书出，人将指为西俗之淫乱，而遏绝女学不讲，仍以女子无才为德者，则非畏庐之夙心矣。不可不表而出之。

林纾叙

——录自商务印书馆1906年初版

《红礁画桨录》译余剩语

林纾

方今译小说者，如云而起，而自为小说者特鲜。纾日困于教务，无暇博览。昨得《孽海花》读之，乃叹为奇绝。《孽海花》非小说也，鼓荡国民英气之书也。其中描写名士之狂态，语语投我心坎。嗟夫！名士不过如此耳。特兼及俄事，则大有微旨。借彩云之轶事，名士之行踪，用以眩转时人眼光。而彩云尤此书主中之宾；但就彩云定为书中之主人翁，误矣。天下文章，无妨狡狯。发起编述二君子，吾奈何不知其名耶？

《孽海花》之外，尤有《文明小史》《官场现形记》二书，亦佳绝。天下至刻毒之笔，非至忠恳者不能出。忠恳者，综览世变，怆然于心，无拳无勇，不能制小人之死命，而行其彰瘅，乃曲绘物状，用作秦台之镜。观者嬉笑，不知作此者揾几许伤心之泪而成耳。吾请天下之爱其子弟者，必令读此二书，又当一一指示其受病之处，用自鉴戒，亦反观内鉴之一助也。

委巷子弟，为腐窳学究所遏抑，恒颟顸终其身。而清俊者转不得力于学究，而得力于小说。故西人小说，即奇恣荒眇，其中非寓以哲理，即参以阅历，无苟然之作。西小说之荒眇无稽，至噶利佛极矣。然其言小人国、大人国之风土，亦必兼言其政治之得失，用讽其祖国。此得谓之无关系之书乎？若《封神传》《西游记》者，则真谓之无关系矣。

余伤寿伯茀光禄之殉难于庚子，将编为《哀王孙》传奇。顾长日丹铅，无暇倚声，行思寄迹江南，商之于南中诸君子耳。

林纾又识

——录自商务印书馆1906年初版

《红礁画桨录》题词

烛影摇红

情海生波，情丝牵傍愁边岸。恹恹抱梦坠梨花，梦带梨花颤。恨事填胸渐满，数今生，伤心未半。寄怀何许？画里鸥波，绿漪风善。

天际书来，书词能做冬心暖。回看纤影兀伶俜，那值人儿伴。画艇重撑又懒，峭金风，声声断雁。日斜钟定，草长帘深，眼中人远。

解语花

山支瘦碧，树著新丹，相见年光短。暮寒侵幔，离魂影，睡里半鬟虚绾。唇樱送暖，绿窗掩，暗香零乱。端正看，依约衫痕，栉栉银云浅。

花底惊魂乍遣，甚私窥山枕，偷贡香翰。蝶乖蜂蹇，愔愔地，怪底万愁都键，阑干半面。容解道，人来偷眼，看翠澜，鱼沫吹时，刚玉销烟散。

畏庐居士倚声

烛影摇红

河激慵歌，清才秾福知难再。掳枝摇瘦女儿腰，满把离愁载。雨雨风风可奈，到无花，空枝底采。半程痴梦，万缕春魂，镇填情债。

雪白兰熏，香心一寸葳蕤耐。分甘嘘苦共辛酸，入骨深镌爱。却怨碧翁狡狯，遍人间，团圞几辈。惺惺惜惜，鹃血啼干，漏天枯海。

解语花

礁钟漱雪，桨鼓揉香，荡得秋魂醒。剪愁筛恨，文波腻，依媚一双鸳影。珠沉玉殒，堕情网，万丝媮引，最销凝。捣麝拗莲，慧绝翻成纯。

林下风来忒劲，甚云霄平地，鸿毛飞迅。凤灵鸾蠢。被花恼，一味杨梅忍俊，奇酸骨沁。怕绮梦逡巡难稳，任嫩凉，冰透琉璃，粉碎犹胜整。

十万护花铃谒者倚声和

——录自商务印书馆1906年初版

《红柳娃》[1]

《红柳娃》[译者按]

《国语》有云：僬侥国人，长三尺，短之至也。韦昭注：僬侥，西南夷之别名也。又《列子·汤问篇》，夏革言：从中州以东四十万里，得僬侥国，人长一尺五寸。又《淮南·地形训》云：西南方曰僬侥。高诱注：长不满三尺。《史记正义》引《括地志》，言小人国在大

① 《红柳娃》，探险小说，美国柏拉蒙著，"光绪三十二年岁次丙午季冬月二版"版权页标"译述者：中国商务印书馆编译所，发行者：中国商务印书馆"，另有"光绪三十二年岁次丙午孟夏月初版"（1906年）字样。

秦南，人才二尺。耕稼之时，惧为鹤食，大秦助之。而《诗纬·含神雾》亦云：从中州以东西四十万里，得僬侥国，人长一尺五寸。与《汤问》夏革所言略同。故《山海经》有“周饶国，其为人短小，冠带”之语。郭璞注云：其人长三尺，穴居，能为机巧，有五谷。周饶殆即僬侥之转音。古籍所载者如此，或犹以为寓言。然观纪晓岚《阅微草堂笔记》，言乌鲁木齐有一种小人，栖于林间，乌鲁木齐居民名之曰“红柳娃”，则亦非尽无稽也。去年美国圣路易开博览会，有研求人种学者，从南洋群岛中得长二尺许之侏儒数十，载以赴会，舟泊横滨，日本报纸竞传其事。吾友赴会者，亦皆寓目，谓其嗜好，去吾不远，但语音啾啾，不可辨耳。然则世界之上，真有此种族矣。此编为美国人所著，其言多汗漫自肆，滑稽隐射。然往往有见道语，可以见著者之语重心长，殆有为而言也。曩者稍译数纸，朋辈携去，争相传布，顾未逮二十分之一，因事卒卒，阁置年余。秋夜无事，更取观于原本，以自排愁，复阅一周，益觉不能去怀。乃以数月之余力，赓续译成，以供吾国人观览，而取向有“红柳娃”之名以名之。至于初译数纸，予当时易去原书《黑暗里面之真相》旧名，而名以《蓬艾怪谈》，实原于庄生“犹存乎蓬艾之间”之义。比来颇见有窃取其意为书以射利者，顾其言之不达，实与此作有天渊之隔。盖此作富于学理，非邯郸学步者所可能也。剪纸成华，非不绚烂，其如无生气何？因译事卒业，乃略摅其原委于此，以谂同志之宏达有特识者。

——录自商务印书馆 1906 年二版

《红柳娃》[附记]

译者译竟复为之说曰：阅此书时，可以生数种感情。一、彼人朋友之相周相救，乃至如是，吾国薄俗万不能如也。二、彼人重自由之真乐，凡有困苦或疾痛，不宁辄至自杀，非若吾人之忍垢偷活也。三、彼人之爱国之报恩于社会，乃至斯，须不能忘也。乌乎！是可以风已。

——录自商务印书馆 1906 年二版

《华生包探案》[①]

《华生包探案》序

上海商务印书馆主人[②]

最先译包探案者，为上海时务报馆，即所谓《歇洛克呵尔唔斯笔记》是也。呵尔唔斯，即福而摩斯；滑震，即华生，盖译写殊耳。嗣上海启明社续译凡六则，上海文明书局复选译之，凡七则。顾华生自言，尝辑福生平所侦奇案，多至七十件。然则此不过三分之一耳，时人多以未睹全书为憾。本馆乃先取 *The memoirs of Sherlock Holmes* 中所遗六则，补译之。或曰：是不过茶余酒罢遣兴之助，何裨学界，奚补译为？虽然，是固可见彼文明人之情伪。异日舟车大通，东西往来益密，未始不可资鉴戒；且引而伸之，亦可使当事者学为精审，免鲁莽灭裂之害，然则又未必无益也。本馆将持此意，裒集华生所记，以赓续之。世之人，其必有韪余言者。

光绪二十九年癸卯仲冬，上海商务印书馆主人序。

——录自商务印书馆 1914 年再版

---

① 《华生包探案》(出自 *The Memoirs of Sherlock Holmes*，今译《福尔摩斯回忆录》)，小说，英国柯南道尔（Conan Doyle，1859—1930）著，商务印书馆"中华民国三年四月再版"版权页标"译述者：商务印书馆编译所"，另有"丙午年四月初版"(1906 年)字样。

② "上海商务印书馆主人"，不详。

《阱中花》[1]

《阱中花》[序]

常友栢[2]

此书为英国小说名家巴尔勒斯所著。巴君曾游学俄国，历有年所，据云书中事实，皆身亲见闻，毫无虚构。仆得其原书，屡持以质西友，俱云确有依据。即警察大臣佳尔阁，亦实有其人。常思世界专制政体，至二十世纪仅余数国，而此数国中，最残忍危险者，莫俄国若。是书于俄国警察部之实际，与虚无党之内容，均能窥见底里。语语道破，洵非身与相习者不能道。爰积一月之力，译成初稿，复得李君子干为之整比润色，始厘然成书。聊以备好奇之士，茶余酒后，消遣之一助。如欲考察俄国政治，亦可于此略见一斑云。

光绪三十有一年岁次乙巳季冬之月，常友栢自识。

——录自商务印书馆 1906 年初版

《阱中花》题词

满江红

带绾同心，早订了白头盟约。曾不料，狼贪虿毒，鸾飘凤泊。虎

① 《阱中花》，又译《彼得警长》（吴步云译，1906 年小说林社出版），言情小说，英国巴尔勒斯著，序言表明译者为常友栢，版权页标“译述者：中国商务印书馆编译所；发行者：中国商务印书馆”，“光绪三十二年岁次丙午四月初版”（1906 年）。

② 常友栢，资料不详。

口余生春尚在，峨眉善妒衔难脱。幸君王成就美姻缘，恩波阔。

螳螂健，来黄雀，狐兔狡，盘雕鹗。笑机心相斗，翻撄矰缴。无限恩仇都是幻，有情眷属终须合。愿普天花好月长圆，升平乐。

光绪丙午人日梓齐倚声

阅《阱中花》小说感赋七律二章

人间行路古今难，相斫书成不忍看。怀璧逡巡挂文网，拜金容易躐高官。站龙野洒元黄血，刺虎宵探赤白丸。总为浮云能蔽日，箜篌一曲郁长叹。

风风雨雨镇年年，漂泊申江坐惘然。梦里琼花和镜碎，眼前青草比袍鲜。一春心事长耽酒，三寸毛锥不直钱。寄语群公须好在，佛时巨任待仔肩。

山阴金为鹤笙父

——录自商务印书馆1906年初版

《绝岛英雄》[①]

《绝岛英雄》序

（从龛[②]）

问英美之雏发学子，喜览何书，则于鲁滨孙克罗松之次，必举麦

① 《绝岛英雄》，冒险小说，版权页标“编译者：从龛；发行所：广益书局”，“光绪三十二年四月出版”（1906年），初版。据崔文东查对，该书非《鲁滨逊漂流记》的中译，“实为樱井鸥村译《绝岛奇谭》（1899）中译本，原著为英国作家Frederick Marryat的小说 *Masterman Ready, Or, The Wreck of the Pacific*（1840）。”（崔文东：《晚清Robinson Crusoe中译本考略》，《清末小说から》第98期，2010年7月）

② 从龛，资料不详。

司吞孟勒挺。此《绝岛英雄》一书，即檃栝其事，为最脍炙人口之说部焉。著者曾任英国海军，当日联军流拿坡仑于圣赫力挪岛，著者实膺监护之任。后辞职不居，以著述自娱，尝喜为小说，好覙缕冒险事。此书尤精心结撰之作，在当时藉甚有声。盖童子性质，清静无垢，譬诸素丝，缁黄苍赤，惟视所染，纯素为第一性质，染则为第二性质。第一性质，为第二性质所盖，则终古不得改易。教育譬诸染人，不可不慎。自海通以来，国民皆当有海事思想，故教育之始，必以有关海事者，使先系诸童子之脑蒂。无论为家庭，为学校，或间接，或直接，总宜扶植此海事思想，犹筑垣者之固其基，播谷者之浸其种也。而童子之脑，最易入者莫若小说，则欲诱掖使盎然于海事思想者，小说之效为尤捷也。英美不必言，我国方力图奋发，伸长海权，则任教育之责者，于此尤不可不加之意。余故亟译此书。其间波澜突兀，皆可惊可喜，可泣可歌，洵足以振荡精神，扩张智略。夫岂类虞初九百，仅仅骋恢奇，供娱赏已哉？

译者序

——录自广益书局1906年初版

《炼才炉》[1]

《炼才炉》序

金为

孔子曰："才难，不其然乎？"孟子曰："天将降大任于是人也，

① 《炼才炉》，政治小说，英国亚力杜梅著，甘永龙译，1906年商务印书馆初版（丙午年四月）。据陈迩冬《"基度山"诗话》（姜德明主编《七月寒雪：随笔卷》，大众文艺出版社，2000年），该书实为法国大仲马《基督山伯爵》之一部分。大仲马（Alexandre Dumas，père，1802—1870），此处译为"亚力杜梅"。

必先苦其心志，劳其筋骨，饿其体肤，空乏其身，行拂乱其所为，所以动心忍性，增益其所不能。人恒过，然后能改，困于心，衡于虑，而后作；征于色，发于声，而后喻。”又曰：“人之有德慧术知者，恒存乎疢疾。独孤臣孽子，其操心也危，其虑患也深，故达。”於乎，岂不然哉，岂不然哉！方谭德斯少年气盛，既见知于居停，复乘顺于境遇，欣欣然自以为得此已足，几不复知人世间有艰难困苦之事。而其居恒，固亦惟是长日孳孳，勤敏以务本业，外此辄直情径行，孤立无与。而于世路之崎岖，人情之险诈，漠不加察，一切以度外置之，心目中了无复有名誉之想、与党派之见存。使终其身安常处顺，晏然而为番龙船主，则亦长为庸人以没世焉已尔。惟不幸而见陷于仇家，长系于狴犴，乃获邂逅番兰，传授心法，藉以开拓心胸，增长学识。迹其概，与我国《汉书》所载黄霸系狱、从夏侯胜受《尚书》事颇相类，而尤诙诡可喜。由是而险阻艰难备尝之，人之情伪尽知之，千辟万灌，艰苦卓绝，始锻炼而成有用之才。古所谓晏安鸩毒、忧患玉成者，其信有之乎！不然，何其遇之奇也。方今我国志士，居恒无为，辄相聚慷慨而谈天下事。徒观其指天画地，轩眉搤腕，忠义奋发，几若虽临刀锯鼎镬，曾不足以动其心、馁其志者。洎小有摧折，其痛苦固常人所能忍受，非有所谓创巨痛深者，而已摇手裹足，动色相戒，向之客气，遽尔然一泄无余，后此迄委顿不可复振。於乎！若而人者，以视番兰与谭德斯，其贤不肖为何如也！至获窖金一事，特此书之线索与其结穴，而非正意，故不具论。第为之揭其要旨，而定名为《炼才炉》，以念观者。庶几我国之志士仁人，相与借鉴于斯，资为法戒，无才者勉之，有才者益加奋焉。虽然，番兰其尤不可及也夫。

光绪三十二年四月下浣，山阴金为鹤笙甫序于商务印刷馆之总编译所。

——录自商务印书馆 1906 年初版

《炼才炉》题词

金为

热心冰透那堪论，天地为炉熨不温。我固无才人复尔，几回展卷欲销魂。

羞言爱国与忧时，抹月批风一味痴。剩有怜才心未死，其他臣醉不能知。

安危须仗出群才，潦倒新停浊酒杯。缓死须臾观德化，愿身成骨骨成灰。

却忆新迁粉署郎，十年树木费平章。南熏恰未秋风起，遮莫莼鲈思故乡。

看朱成碧两迷离，不是心花是血丝。弦外余音文外致，个中消息竟谁知。

先烈休谈轩与羲，有生若个不骑危。前途我为神洲祝，薪胆无忘在莒时。

山阴鹤笙甫　金为

——录自商务印书馆 1906 年初版

《昙花梦》[①]

《昙花梦》译语

甲辰仲夏，李君克立自俄都归，访予于钱唐［塘］。予因讯李君

① 《昙花梦》，社会小说，序言表明为俄国萨拉斯苛夫著，“光绪三十三年岁次丁未孟春三版”绪版权页标“译述者：中国商务印书馆编译所；发行者：中国商务印书馆”，另有“光绪三十二年岁次丙午四月”（1906 年）字样。

虚无党情状。李君曰："东方所传此事，大氐［抵］出于日本人，虽有毁有誉，然证以目验，大率未尽其真相。"因出小册示予，则萨拉斯苛夫所纪月莲、风莲事。风莲为萨氏妻，故纪述加详，而又曲尽，且更旁涉学术，则此书故不当作小说观也。由此书以推究虚无党，不独其智力有可称述，即其道德，均堪世师。君子观夫此，则知吾国比年纷起之党会，无一足以称道者已。

甲辰十月，译者自述。

——录自商务印书馆 1907 年三版

《昙花梦》[序]

《昙花梦》者，萨拉斯苛夫自悼其亡妻风莲而作也。萨拉斯苛夫曰："吾妻虽年少夭札，然彼一生，实勤力于社会。吾今日抑悲痛以成此书，不欲将吾与妻成婚后之事实，搀入一语，而悉记其未嫁时之所为，阅者幸勿误诋吾于夫妇之爱薄也。"

——录自商务印书馆 1907 年三版

《天方夜谭》[1]

《天方夜谭》[序]

（金石）[2]

《天方夜谭》，亦曰《一千一夜》，为阿剌伯著名说部。既不传撰

① 《天方夜谭》（*One Thousand and One Nights*，又译《一千零一夜》），阿拉伯民间故事集，奚若译，金石校，"中华民国十二年五月四版"版权页标"发行者：商务印书馆"，另有"丙午年四月初版"（1906 年）字样。1924 年商务印书馆另版，叶绍钧校注。

② 金石，浙江绍兴人，其他不详。

人姓氏，故论者多聚讼纷如。德国赫摩氏，尝取译自波斯之掌故千则，及福拉撒薛慕司所著诸书，与此书参考。中叙苏丹史加利安及史希罕拉才得与印度诸王事，若合符节，遂断此书出波斯，或印度，后始译为阿剌伯文。法人狄赛雪，则谓所言皆阿剌伯人口吻，事迹又多涉回教，大率出诸近代，其地或在埃及。而冷氏亦谓是书所志各地风俗民情，与十世纪迥异（即著掌故千则之时），而与埃及十四及十六世纪时相同，则著者自必际此时代，特其取材，多剌掇于波斯之掌故千则耳。当译为阿剌伯文时，疑或以阿剌伯故事，易其相类者。又所述地，多言报达，或伯沙拉，当由著者，尝取报达盛时之小说为蓝本。如述加利弗挨力斯怯得诸事，尤章章可见者也。且如叙白青红黄四色鱼，为四种教徒。考纪元千三百一年，驻埃及之回教王，尝命各教徒，各以首巾之色为表识，则实非凭虚之说。而薙匠自叙，谓彼时为六百五十三年，按回教纪元，起于西历纪元后六百二十二年，故当为耶教纪元后千二百五十五年。兼埃京开罗诸地名，又非九世纪时所有，知书必近世所作无疑。冷氏之言如是。要之，此书为回教国中最古之说部，而回部之法制教俗，多足以资考证。所列故事，虽多涉俶诡奇幻，近于《搜神》《述异》之流，而或穷状世态，或微文刺讥，读者当于言外得其用意。至星柏达之七次航海探险，舍利之日夜求报，卒能恢复故国，缝人谓噶稜达专谈虚理，不求实学，易一饼且不可得，皆足针砭肤学，激刺庸懦，安得以说部小之？嗟乎！今日者，阿剌伯陵夷衰微矣，而当年轶事，仅仅见此说部中。则德国批评家，谓为阿剌伯信史者，由今而观，不尤足喟然感叹，浏览不置者乎？若夫翻译各本，自法人葛兰德译为法文，实是编输入欧洲之始。后英人史各脱魏爱德取而重译，踵之者为富斯德氏。至一千八百三十九年，冷氏则复取阿剌伯原本译之，并加诠释，为诸译本冠。外尚有汤森氏，鲍尔敦氏，麦克拿登氏，巴士鲁氏，巴拉克氏诸本，然视冷氏本皆逊之。今所据者为罗利治刊行本，原于冷氏，故较他本为独优。译竟，复讨论润色，必期无漏无溢，不敢稍参以鲁莽俚杂之词。谨以质诸当世知言君子，既述此书之原起，遂弁诸简端。

校者识

——录自商务印书馆1923年四版

《天方夜谭》(1924年本)序[①]

叶绍钧[②]

《天方夜谭》又名《一千零一夜》，是一种瑰奇的书，现在差不多各国有它的译本；世界上无数的天趣丰富的儿童，嗜好故事与文学的成人，以及考古家、历史家，都欢喜吸纳它的蕴藏。我们中国，在前此十八年（一九〇六），奚若先生这部译本也出世了。也有把它做蓝本来编成童画[话]的，如商务印书馆的《能言鸟》《橄榄案》等等。

据Huart在他的《阿剌伯文学史》里说，这部书的缘起中讲到的人名都是波斯式，故可证明这部书实在是从波斯翻译过来的。他又说，据阿剌伯历史家Mas'ûdi（约生于九百年顷）所说，这部书的材料都是波斯的流行故事，三世纪时才译成阿剌伯文；波斯又从印度那边传来，因为自从Sâsânian大战后，波斯同印度常常接触的。

大抵民间的歌谣故事等东西，因为是用口来传述，用耳来承受的，所以流传起来很迅速，很广遍，而且很久长，比什么都厉害。当流传的时候，传述的人不能免有意或无意的增损：或是讲得出神了，信口讲了开来，或是嫌得繁琐，从中删略一部，这样，便改易了本来的面目；更有偶然的遗忘与故意的穿插；总之，经过一回的传述而要

① 该序首刊1924年商务印书馆叶绍钧校注本。

② 叶绍钧（1894—1988），字圣陶，江苏苏州人，文学研究会发起人之一，1923年任商务印书馆编辑，1931年任开明书店编辑。

丝毫不改原样，那是很难得的。在听受的人，又不能没有趣味上的好恶与记忆上的强否；转变的因子便又伏在这里了，只等他也去传述时，那歌谣故事就发生第二次的变化。这样递次转变下去，也许一个新的与一个老的粗看时绝不相类，但是究实细按，这新的却确是老的的子孙。凡是研究过歌谣故事一类东西的，都能知道有这一种情形。

在前面说起的几个国度，是西方人所说的“东方”，是地面的炎土，大部分被着沙漠。当阳光照灼，大地如焚的时候，人民憩息于帐幕之中，或者聚坐于浓绿的树荫下，气候使他们百体松弛，昏昏欲睡；于是共述异闻，以为消遣。当太阳已落，凉风轻扇的时候，他们仰望高天，远眺旷野，自然发生一种玄秘的思想，或者引起一种怀古的情绪；于是听讲故事的嗜好又被触动了。宫廷里头，常常召一种演述故事的人进去，使他们随时陈述，以为娱乐；只须看《天方夜谭》里，有好些故事都是陈述于王前的（除开全部书就是一个女子向苏丹陈述的不算），可知这个确实是宫廷里的风习；这又是故事的一个很大的销场。他们所讲到的故事，只取材料是怪诞的，奇丽的，趣味是浓郁的，隽永的，此外不再去考求它们的来源是什么，转变是怎样。所以一个人所讲的许多故事，未必都发源于一个地方一个时代，而同样一个故事，却被异地方异时代的许多人改头换面地讲述着，是可以揣想得到的情形。因此，我们虽然知道《天方夜谭》最初的本子从什么地方来的，用什么文字写的，可是不能够就说全部的故事都产生于那个地方。那些故事在未经写定以前，辗转述告，已经难以知道最初的产生的时地；写定之后，又不知经过传抄者几回的增损，才成最后的模样。还是说这是一部东方各国民间故事的总集来得确当切实得多。

至于这部书编集成现在这模样的年代，则这个译本的原序里已根据从阿剌伯原文译成最著名的英文全译本的冷氏（Lane）的考证，说大约在十四至十六世纪的时候。冷氏又说，书中常常叙及加利弗挨力斯怯得（Caliph Haroun al Raschid）同他的后苏佩特（Zobeide），又有他的几个著名的臣下，考挨力斯怯得与Charlemagne同时，Charlemagne的时代是七四七——八一四，依这样推测，这些故事就不能列在九世纪以前。又这么一部大书中，只有三处提到“喝咖啡”，这是很可注意的一件事。在现时的东方，“喝咖啡”已成极普遍的风俗了。考东方人“喝咖啡”，始盛于十四世纪。依着推测，可知这部书里的故事大部成于十四世纪以前了。

冷氏又说自从近代考古学进步以后，考查出《一千零一夜》的阿剌伯文原本有好几种，而且难得有两种是完全相同的。这些本子于这部分则此详彼略，于那部分又彼详此略，差异得很多。这大概是因为各处传抄这本子的人都任意去取，把他们认为不重要的没兴趣的删掉了，再加入他们认为有兴趣的本地流行的故事，所以各本会这样不同起来。

我们看了冷氏所说的，知道他所用的方法是从编集者不自觉地给与后人的暗示来测度现在这部书编成的年代。这暗示是什么呢？原来在写定或重写一个故事的当儿，虽然讲的是古代的传说或是怪诞的神话或是他方的异闻，却往往把作者近时或近地的人物、风习、典章、制度写了进去：《琵琶记》里的蔡邕会“中状元”，《捉放曹》里的陈宫会自称“幼年科甲出身”，就是适例。我们如从编者着想，这是易于解释的。他们在自己的方面要容易着手，对读者的方面要增多兴味，他们又并非考据家，没有综核名实那种癖好，撰述起来，便自然而然倾向于这条路了。现在冷氏依书中的人物、风俗、教事等来查考，他并且知道阿剌伯文原本有不同的多种（生于九百年顷的阿剌伯历史家Mas'ûdi已说起这部书，想来还是现在这部书所依据的，与现在的模样差得很远；这里所说的不同的多种，则是时代不甚相悬，因传抄而互异的），但他们遗留下来的关于时代的暗示，最早不能前于九世纪，最后则及十六世纪，可知这八百年中是东方各国的这些民间故事逐一被写定下来的时期；而贯联成一部总集，像现在的样子，当然是在后段的几百年中（十四至十六世纪）的事情了。

我们读这部瑰奇的书，将觉现在这时代这世界都退隐了，我们已跨入几百年或者千年以前的在我们西方的古国。我们看见那边有奇幻美丽的川原，有庄严精妙的宫殿，有罗列珍异的园囿，有彩式艳茂的服装。更可以看见种种特异的风俗与政习，是向来不曾知道的，但它们却曾浸染着支配着地面上一大群的人，直到现在，那地的人还是显出与别地人不同的色彩。从那些人变形为兽类的故事里，更可以看出那地的人的原始信仰，因为民族的古代传说，往往就从该民族的原始信仰里流衍出来的。而最大的获得，自然在知道关于一个大宗教——回教——的种种情况，因为上面所说的诸端，都不免与回教有多量或少许的关系。不论是怀着思古之幽情或是文艺的深嗜的，对于这么一部蕴蓄丰富的书，一定会觉得特别有兴味。

在这部书的许多故事里，除了神话以外，又含有密恋的情史，巧妙的传奇，讽世的叙述，冒险的经历，等等。我们不能知道写定这些故事的是谁某，但是看了书中有这样妙美的理想与浓挚的情绪，就不能不出惊地赞美这位（确当一点应说这几位）无名的文学家了。试读《龙穴合窆记》，这就是个非常缠绵的恋爱故事。它那色彩的浓厚与情味的丰美，真足使人感动。篇中叙述比客与加利弗妃斯客孟雪力赫的恋爱，两人初次见面，即互认为可寄心魂的对象，如焚的热情彼此都炽盛起来了。于是妃设法令比客入宫。在欢宴的当儿，妃想到情意这样地浓厚而好合这样地短促，就有以下的话：

余方寸已乱，口不能掬余怀。君之见爱于余，余深信君用意之笃。第君虽情重莫与匹，余以意度君，知君当不疑余之钟情于君不如君之甚也。所冀者以此区区之寸心互相印证耳。君谅不至负余意，使怼怨以终身。虽然，即两心始终不渝，亦见其苦，不见其乐。君局促居辕下，予闭置深宫，日以眼泪洗面，实有同病相怜者。惟共矢此心，虽石烂海枯，不变旦旦之誓。倘上帝或哀怜之，俾得偿夙愿，则幸何如之！

这是何等深刻的剖心的情语！后加利弗驾到，两人便成摧伤的离别；因而两地相思，几乎彼此都不想存活。幸有侠肠的客，设法把他们两个合并在一起。但是正当离怀尽倾欢娱方始的时候，突然间来了许多强盗，又把他们分开了；从此到死，再也没有见面。这样抑郁的情调与悲剧的下场，使我们兴起不少低回的吟味。

又试读《非梦记》，这篇里含着深厚的滑稽，这种滑稽绝非属于玩笑性质的。海森因为好结宾客，把家产的一半消耗完了；想反过来受别人的供养，却受了好些的奚落。这已是讽刺的成分胜于滑稽了；虽然作者把海森写成个不谙世故，带些呆气的人物，然而这乃是作者的"含泪的微笑"呵！后来海森遇见了改装微行的加利弗，偶然说起自己的意愿，就被加利弗用麻醉药把他醉了，带他进宫，让他做个"客串的"加利弗，把所抱的意愿都实现了。但是魔障从此来了！他被送回家醒过来时，明明躺在自己的榻上，明明认是自己的房间，却偏要自认是加利弗，甚至不认母亲做母亲，而且打她。邻右以为他发疯，便把他关起来，给他吃好些痛苦。他悔悟之后，改装的加利弗又来了；知道他的状况，很觉得对他不起，于是又使用麻醉药，把他带进宫去。醒过来时，明明躺在宫中，明明有许多侍奉的人在旁边，却偏不信这是实境，一定要说这是个梦。海森这样的心理并不是滑稽可笑的，乃是人间一种最普遍的哀酸的心理。我们所希求的是真实而所恐惧的是虚幻：不论对于什么事物，当既已获得之后，倘若还闪着一些"是不是虚幻"的疑念，这便是深潜的不可拔的不安。但是被这种不安袭击着的人实在众多！那些成功的人，一想起他们所成就的并不十分坚牢，便怅然难以宁定了（试看易卜生晚年所作的《大匠》，颇吐露这种心理）。而一大批庸愚的人，当他们劳苦得太过分或者闲空得太无聊的时候，也不免漏出一声“这样的生活算什么呀！”假若能够不起这等的疑讶，不论生活于这个或那个里边，对于这个或那个都能深信不疑，认是真实而非虚幻，这总是一种比较充实的生活。至于是梦是觉，反而不成问题，在梦视梦，在觉视觉，原来是一样的。可惜除了具有十分的信心与圣力的人以外，这个境界很不容易达到，一般人总是迷惘颠倒于梦觉幻真之中。然则这一篇《非梦记》，与其说它含着滑稽，不如说它善状人心了。

又试读《薙匠述弟事》诸篇，依薙匠自述他的时代，当在十三世纪，故在全书中这些是较后出的故事。因此，中间神怪的成分极少，计六篇中只有一篇言及魔术；其外都是描状社会情况而非常细密的。两篇都讲恋悦女子的美色，因而吃很大的亏；一篇讲人情的诡诈；一篇形容贪念的炽盛起来，仿佛燎原之火，尽管会蔓延开来；又一篇是滑稽的相人术。这都由作者有精刻入微的观察，能够剖析人们的心曲，才会有这几篇紧峭而完整的文字。现在所谓“近代短篇小说”有特殊的意义，就是单从人生的一片段下手，而成篇之后，却要能够显示出这人生的全体；能够这样的，才称得“合作”。我们看了这几篇《薙匠述弟事》，虽然并不是近代的出品，但是，不得不想到一个意念——这几篇却含有“近代短篇小说”的精神。

又试读《谈瀛记》，讲的是星柏达七次航海的事情。中间神怪的气味很淡，但异闻极多，大概当时民间传习的海上的生活与景物，都是这一篇的重要的原料。而叙写星柏达这样不避艰苦，富有冒险的精神，与西方航海探险的风会（或是随后，或竟是同时）不无若干影响。其时因为文化的增进与交通的渐盛，各地人把原有的狭小的世界观念扩大了，相信自己所知道的世界以外，尚有更广大的世界。又因曾经受神话传说的熏染，便想象那些向来托于虚空奇幻的事物，在那更广大的世界里都是实有的。这种觉醒与好奇的心便足使大家乐于张起航海的巨帆了——虽然还有许多实际上的原因。而传奇性质的航海故事也以同样的理由产生出来了。在《天方夜谭》里，把航海冒险为主要题材的故事就有这一个，可以想见这一个是产生得很后了。

总之，这部书是各方面的，仿佛一个宝山，你走了进去，总会发现你所欢喜的宝贝。

像这样一部大书，中间包含着这许多故事，但是没有两篇的内容与结构是相同的；编集者手腕的精妙，已很足惊异了。而尤可注意的，则是全部书的结构。这部书虽是一部故事的总集，编集者却不肯让他们一篇篇自为起讫，成个平常的式样。他把全集来构成个大故事，许多的故事则包含在里边。那些故事的情节如其是平凡一点的，中间又联串些小故事，以见奇趣。这样，本来不相关涉的许多故事组合起来而成个有机体了。这是个非常聪明的办法。

《天方夜谭》被翻译做英文的，据一个英文本的序里说，共有二百六十四个故事。这个译本只有五十多个，只当得五分之一。因为它有这么特别的结构，包蕴里头又有包蕴，枝节以外更生枝节，所以就是这一个删节的译本，骤然看去，或许要觉得头绪繁复了。现在将译本全部的线索简略叙述一下，备读者参阅：

波斯王史加利安因为他的后有丑行，愤激而转成暴厉，每夜必纳一妃，明天便缢死，免致玷辱王室的尊严。维齐的女儿史希罕拉才得见许多民女被诛冤死，欲援救未死者，便自愿进宫为王妃。维齐当然不许，以为无益于事，徒然觅死，便为述《鸡谈》的寓言——这是本书开始它的巧妙的格式的地方。

史希罕拉才得不肯听父亲的话，即进宫去当王妃。她却自有护身的方法，便是向王娓娓地讲有味的故事。或是晨光已动，而一个故事的结局尚没有到；或是讲完一个天尚未明，就续讲第二个，因此，每晨能得邀缓死的诏旨。

她开始为王讲《枣核弹》的故事。一个商人因为弹枣核触怒一个魔怪，魔怪一定要他的命。当他预备受死的时候，三个老人相继而至。待魔怪出现，第一个老人讲自己的“鹿妻”，第二个老人讲自己的“犬兄”，第三个老人也讲了个有味的故事，大家为商人赎罪三分之一。魔怪便把商人释放了。

其次，她为王讲《渔父》的故事。渔父网得一个瓶，开来看时，突出一个魔怪，非特不感激，转欲杀他。他设计使魔怪重复入瓶，封固完密。魔怪乞求启封，渔父说倘若启封，你就要用某王待窦本的样法来待我了；就为魔怪述窦本的故事。那窦本曾治愈某王的病，颇见宠任；因此招维齐的妒忌，屡次向王说他的坏话。王不听，说维齐蓄着阴谋，以《某生与鹦鹉》的故事为喻。维齐仍再四陈说；后来竟打动了王的心，便把窦本杀了。渔父讲罢这故事，魔怪仍求释放，说愿意教他致富。渔父心喜，便启封。魔怪引导他到一个湖边，举网得鱼，鱼分四色。将鱼进呈苏丹，果得重赏。苏丹烹鱼时，却见怪异，因教渔父导引到得鱼的地方。很奇怪的是这地方向来不曾经人家知道的。苏丹好奇心动，就前去探视，至一宫殿，殿中坐着一个少年。苏丹问他的来历，他便自陈《泪宫》的故事。于是帮他报仇雪恨，恢复故国。而渔父更因此得到丰厚的赏赐。

接续着，她为王讲《二黑犬》的故事。担荷夫某甲到苏培特、舍非、爱米的家里，承她们留着饮酒唱歌，很快乐。后来有三个噶棱达来叩门，请借宿一宵；而微行的加利弗与维齐随后至，也有同样的请求。她们都许可了，并且邀他们共宴。宴毕，姊妹三个行事很怪，几个客人不由不启口询问，然而不许探询一切是主人早先与客人约定的。苏培特大怒，即呼健仆把所有的客人缚起来，将要行刑。客人愿自述所历赎罪。于是第一噶棱达述《生圹记》，第二噶棱达述《樵遇》——其中因向魔怪乞恕，曾陈说《赦妒》的故事——第三噶棱达述《金门马》，某甲与维齐亦略自陈，便一律被释。加利弗到底不曾明白苏培特姊妹为什么有这种怪行，因而召她们进宫，令自陈述。于是苏培特述《麦及教人化石》的故事，爱米述《蛇仙杯水记》。加利弗听了，便以苏培特为妃。

她继续为王讲罢了《谈瀛记》以后，又讲《苹果酿命记》。致命的是一个妇人，杀人的就是她的丈夫，原由则因她的苹果入于一个黑奴之手。这黑奴是维齐的奴隶，便连维齐也有罪。维齐为加利弗言开罗维齐阿黎与伯沙拉皮德雷亭的故事；加利弗色喜，就赦了他，并免黑奴的死罪。

以下她又讲《橐驼》，这是个最繁复的故事。这橐驼善于歌唱，一缝人延归，请他歌唱，又留他吃饭。不料鱼骨鲠于喉际，立即气绝。缝人夫妇舁尸到医生家里，乘间逃去。医生觉察这是死人，便把他缒到墙外。墙外恰是加利弗的御厨，厨夫见尸首僵立，以为是贼，用力殴打。后来知道已死，便掉在路旁。明晨，基督教商人走过，触及尸身，也以为是贼，便举拳打他。巡警闻声而至，见被打者已死，即把商人拘住。加利弗判定商人应得死罪。将行刑时，厨夫赶到自首。将杀厨夫而医生又赶到，将罪医生而缝人又赶到，都把所历老实陈述出来。加利弗听了，说这一件当是天下最奇的事情。商人说更奇的事情还有，因述《断臂记》。厨夫继述《截指记》；医生又继述《讼环记》；加利弗都觉得不满意。于是缝人请述《折足记》。他叙述一个少年折足的因由，兼讲及与此事有关的薙匠的经历。薙匠曾在王前自称性喜缄默，故能自乐其生，他的六个弟弟不能像他，故所遇皆艰苦异常；因即述六个弟弟的故事。加利弗听了，露出愉悦的颜色，以为这事最奇特。他并且欲看见这一个薙匠。薙匠被召到时，力言已死的橐驼不曾死。他略施手术，果真把橐驼救活了。

随后她为王述《龙穴合窆记》《荒塔仙术记》《墨继城大会记》《波斯女》《海陆缔婚记》《报德记》《魔媒记》《杀妖记》《非梦记》《神灯记》，这些都是比较长的故事，情节又奇妙动人，所以不复包蕴别的小故事。

以后就讲到《加利弗挨力斯怯得的轶事》。加利弗出来微行，见一乞丐向人求索，兼要请人击责；又见一少年在市中痛打他的马；又见富人海森的新居。回去时，把三人召至，教他们自陈所以。乞丐说的就是《盲者记》；少年说的就是《记虐马事》；海森说的就是《致富术》。

接着讲的《记玛奇亚那杀盗事》《橄榄案》《异马记》《求珍记》《能言鸟》，又都是较长而趣味丰富的故事。

史希罕拉才得这样蝉联不绝地每夜进讲，讲了一千零一夜，始终靠着故事的奇趣把王的加诛的命令挡住了。王每夜听她讲述故事，愤激暴戾之气渐渐消散，善念油然而生，爱情也日见浓密，便册立史希罕拉才得为后。以前那苛酷的命令，从此便撤废了。

虽然全集是一个大故事，但是我们若截头弃尾，单单取中间包蕴着的最小的一个故事来看，也觉得完整妙美，足以满意；这譬如一池澄净的水，酌取一勺，一样会尝到美甘的清味。

末了，我们得说一说关于这个译本的文字上的话。这个译本是用古文翻译的。在这三二十年中间，外国小说流入中国来的很不少，除开最近的几年，大部分是用古文翻译的。请先论小说的翻译与古文有点什么关系。

所谓正统的古文，揭示得很显明的是挂起“载道”的招牌，不愿居其名而实则无可逃避的是惟以仿效为能事。当作者不曾动笔以前，文的质料和形式差不多都规定好了。质料必取有关治道之大，圣功之深的；于是所谓里巷委琐，人情婉曲，都在屏弃之列了。形式必取简约浑朴，刊尽修美的；于是弄成腔调一律，趣味枯索，使人感得漠然了。作文必须合于这样的规定，才成其为古文。所以一个忠诚的古文家的努力，其实只是填格子的生活而已！

傅斯年说：

> 中国文最大的毛病是面积惟求铺张，深度却非常浅薄。六朝人做文，只知铺排，不肯一层一层的剥进。唐宋散文家的制作，比较的好得一点，但是依然不能有很多的层次，依然是横里伸张。以至清朝的八股文、八家文，……都是“其直如矢，其平如砥”；只多单句，很少复句，层次极深一本多枝的句调尤其没有了。

我们如不持成见，很平心去读大部分的所谓正统的古文，就不能不起与傅君同样的感想。如想从中找一些较为深入的抒发与较为精密的描写，虽不能说绝对没有，恐怕也很少了。

偶然有几个人作古文逸出了规范，就被认为小说家言了。这“小说家言”四个字含着多少瞧不起的意思！其实他们的罪状就只在材料属于圣功治道之外，写法超乎简约浑朴以上，表现得描写得比较真切入情罢了。于是忠诚的古文家决不敢作那不受人抬举的小说家言，他们一定要填那死板的古文的格子！由我们看来，古文定要与小说家言分家，这是使它不能成为很好的文学的一个原因。

一种外籍的译入，对于国人的思想上会发生影响，那是不待说的；就是对于固有的文体上，也会促起若干蜕变，自梵书译入而后，有些文句便“梵化”了，就是一个例子。古文翻译了小说，古文的质料增得丰富了，形式转成繁复了，这也是一种蜕变。胡适作《五十年来中国之文学》，中间有论及林纾用古文翻译小说的话，这里正可以借用。他说：

> 林纾译小仲马的《茶花女》，用古文叙事写情，也可以算是一种尝试。自有古文以来，从不曾有这样长篇的叙事写情的文章。《茶花女》的成绩，遂替古文开辟一个新殖民地。……
>
> 平心而论，林纾用古文做翻译小说的试验，总算是很有成绩的了。古文不曾做过长篇的小说，林纾居然用古文译了一百多种

> 长篇小说，还使许多学他的人也用古文译了许多长篇小说。古文里很少滑稽的风味，林纾居然用古文译了欧文与迭更司的作品。古文不长于写情，林纾居然用古文译了《茶花女》与《迦茵小传》等书。古文的应用，自司马迁以来，从没有这样大的成绩。

所谓“滑稽的风味”，所谓“写情”等等，是以前的古文家看做小说家的家法而不敢或犯的。自从翻译了外国小说，译者牵于原书的材料和风格，不复能守着传统的规范，于是古文里也有这等质素了。这在译者当然是一种佳绩，但这种佳绩是无意而致的，他们无意中把古文解放了，把古文弄得富裕了。这是小说的翻译与古文关系之处。

《五十年来中国之文学》后面又有以下一节话：

> 但这种成绩终归于失败！这实在不是林纾一般人的错处，乃是古文本身的毛病。古文是可以译小说的；……但古文究竟是已死的文字，无论你怎样做得好，究竟只够供少数人的赏玩，不能行远，不能普及。

这是从文艺的效用上着想而说的。若就古文论古文，并不抱什么成见，则俭约拘牵的古文，当然不及丰富解放的古文。所以我们如其欲欣赏古文，与其选取某派某宗的古文选集，还不如读几部用古文而且译得很好的翻译小说。

这个译本运用古文，非常纯熟而不流入迂腐；气韵渊雅；造句时有新铸而不觉生硬，止见爽利；我们认为一种很好的翻译小说。试举薙匠述他的第六个弟弟遇见慈善家巴米息特的一节纪述于下。弟弟饥火中烧，巴米息特只是空口呼仆进食；实在一个仆人一些东西都没有，巴米息特却仿佛一一吃到的样子，不绝口地称赞食品的甘美。弟弟心里烦恼已极，止住他再这样传呼，只说已经吃得饱了。

巴米息特曰："然则少食果饵何如?"乃少待数分钟，若俟仆整理食案诸物者。巴米息特复曰："此杏仁新收，味绝佳，盍食之。"遂伪为脱皮投口状。又谓"饼糍饧果备具，任掇食之，勿见外。"于是虚握若有所赠曰："此蜜果，善消导。"弟佯受之曰："香逾于麝。"巴米息特曰："此果为家制，与得自市肆者迥殊。"复授弟。弟曰："腹果矣，虽有佳制，惟心受而已。"于是巴米息特曰："盛哉斯会！既饱食，安可不饮酒。汝喜佳酿乎?"弟曰："君请恕予，予夙有酒戒，即涓滴不能饮。"巴米息特曰："何拘谨乃尔? 余幸得君，必共酌以志雅集。"弟曰："本不敢违盛意，惟量隘，沾醉恐失仪耳。能以杯水代，幸甚。"巴米息特执不可，即命取酒来，伪为启瓶斠盏自饮状。更虚酌以醽弟曰："请饮此为我寿，且为我品此酿醇美否。"弟佯受盏，侧睫引鼻，若察色，若辨香，然后就口，貌为欣喜曰："味甘而性和，尚非厚而烈者。"巴米息特曰："予贮酒甚富，不适口，请易之。"亟呼换酒，旋复伪为斟酌，自饮并饮予弟，若是者连叠不止。弟饥渴欲绝，不复能再耐，即佯醉起，挟巴米息特仆地。欲再肆击，而巴米息特执予弟手曰："汝病狂耶?"弟憬然曰："君赐食已足，乃必强余以饮，吾先白君，恐酒后失仪也。余不任酒力，其恕我。"……

像这样明白干净的文字，又富于情趣，读者总会发生快感。书中偶有运用典故来修辞的地方，但像《楚囚》之类不大适切的却很少。所以我们如果不抱着传统的家派的观念，要读一点古文的东西，像这个译本应是很好的材料。

叶绍钧，十三年三月七日作毕

——录自商务印书馆 1930 年"万有文库"本

《身毒叛乱记》[①]

《身毒叛乱记》序

天笑（包天笑）

乌乎！今日平等自由之谈，嚣国中矣。倾心彼族者，方以为白种之民德，高越地球，足为世界文明之导线。噫唏！孰知于事实大相刺谬。其惨毒酷厉，全无心肝，所谓公理者，仅为荧人视听之具耶。彼人恒言，亡国之奴，即文明者亦施以野蛮之礼。狡为是言，用济其恶，甚者且谓不国之民，不当以人类相待。嗟乎！我国民者其奈何弗省欤。向者庚子之役，拳乱初起，各国报章交喙争诋，等我于野蛮最下等之国。夫我民野蛮，固也。曾亦思联军据京津时，凡兹种种，果自居于文明地位否乎？顾藉我震旦言，虽国权堕落，民气凋伤，于表面上犹不失为自主之虚称。若彼波兰、埃及、身毒者，宁非地球上奴隶之标本耶？前译西印度《怀旧记》，方辍笔，我友磻溪子以麦克度《身毒叛乱记》相示。书中叙述印人愤白种之惨虐，以暴力相抗，卒不能脱盎格鲁撒逊人种之羁轭。原书又名《白人之掌握》，出自彼族手笔，尤宜然矣。虽然，身毒古文明国也，今乃澌然为人奴矣，彼自诩神明之胄者，曷足恃乎？既又念雪国耻，伸民气，舍夫人人励学问养实力外，奚有他道？迨至国墟人奴，则虽欲求一日昂首伸眉，宁可得耶？磻溪子口译是编，授天笑记之，书成凡十万言。嗟夫！嗟夫！瓜分惨祸悬在眉睫，大好亚陆将成奴界。今者美禁华工，至惨酷无人

① 《身毒叛乱记》，小说，封面署“笑译”，正文标“英国麦度克原著，吴门磻溪子、天笑生同译”，版权页标“编辑者：小说林总编译所；发行者：小说林总发行所”，版权章为“小说林版权证”，“丙午年闰四月初版”（1906 年）。磻溪子，即杨紫驎。

理，同胞为奴之朕兆，不已见乎？每一念及，血为之冷。我不知，读我书者，其感情又当如何也？噫！

乙巳长夏，天笑序于雪门山下之古矮松园。

——录自小说林 1906 年初版

《新恋情》①

《新恋情》序

（金为）

乐茛居士智慧聪达，造为文笔，赞咏外书，语言新好，甚为稀有。如是之人，名为净光妙根，百千万亿，得未曾有。见知精进，法当得度，尔时见闻世间，一切因缘，无可恋舍，至为微妙，尊重赞叹，发无音舌，而宣此义，尔时三众，以是不可思议。而发是念，以何因缘，而生恋舍，一切众生，过去生中，种种善根，悉皆具足。但以恋缘未尽，作颠倒想，而生障碍，爱自疲劳，乃至堕落，于本事品，性命根原，并无饶益。有如富家长老，其家无多子息，只有一子，年齿幼稚。父作是念：此子可悯，自伤年老，当设方便。具诸珍宝金银，琉璃砗磲，玛瑙珊瑚，象马车乘，衣服饮馔等，随其所欲，皆给与之。此子痴愚，见诸瓦砾，心甚欢喜，以是因缘，作颠倒想，而生障碍。便将珍宝金银，琉璃砗磲，玛瑙珊瑚，象马车乘，衣服饮馔等，悉皆委弃，载瓦砾归，辛勤守护，而白父言：我大饶益。是时父见子痴愚，失其本心，心大忧恼，起大慈悲，种种譬喻，随宜

① 《新恋情》，小说，英国赫德著，鹤笙（金为）译，1906 年小说林初版（丙午年五月）。

说法。是时其子，闻是解说，心大觉悟，往诣彼方，推寻是相。所弃之宝，悉皆无有，入于家中，瓦砾堆积，乃至行住坐卧，无有闲处，以是因缘，而堕废恋。今此愚子，有善导师，初令发心，教化示导：尔此徒劳，并无饶益；汝此智慧，五欲自恣。譬如以赤旃檀，系于衣里，到于他国，秽恶所触，生诸疾痛。但有此香，系其衣里，常可如意，无所痛苦。此香亦铢，价值娑婆世界，于诸物中，最尊最上。有人劝说，汝此宝香，可令火燃。当其燃时，色香具足，供善刹那，便已销息。以有事缘，远至他处，秽恶所触，生诸疾病，毒发闷乱，宛转在地。而此宝香，不可复得。是诸同缘，皆于恋舍根由，不能究竟。所以者何？一切过去现在众生，种种障碍，于障碍中，生颠倒想，舍恋无恋，恋舍不舍，乃至无有可恋而生恋心，无有可舍而生舍心。舍缘因恋而结，恋因缘舍而起，舍恋因缘，无有是处。

——录自小说林1906年初版

《新恋情》闲评

（金为）

小说一道，文话不如俗话，各处的土话，又不如北京的官话。何以呢？文话的力量，只能到社会里的一小部分，要是再用高等的文法，那就格外限在小部分里的一小部部。稍微识几个字，不通文理，或是稍通文理的人，都不能懂得。如果全用俗话，不但稍微识几个字不狠通文理的人，能够懂得，就是连一个大字都不识的人，叫人念给他听，也可以懂得。况且翻译东西洋的小说，往往有些地方，说话的口气、举动的神情，和那骨头缝里的汁髓，不拿俗话去描画他，到底有些达不出、吸不尽。所以我说文话不如俗话。不过俗话里头，又有个分别。就像苏白、上海白，只有本地的人能懂，换了隔府隔县的人，就未必能懂。再要是北边人，格外看着他茫然，差不多连一句也不懂。如果用北京的官话，虽然南边人也未必全懂，究竟看得懂的地方多些，断没有个全不懂的。况且现在的有心人，都讲究着国语统一。在这轮船火车还没有通行内地的时候，也没有别的法子，只有拿官话多编些小说，叫但凡看过这部小说的人，多少懂几句官话，也未尝不是国语统一的一个引线。这样看起来，岂不是各处的土话，又不如北京的官话吗！现在我这部书，全用北京官话演说，里头没有一句咬文嚼字，嵌进生硬典故，杂凑字眼的地方，也没有一句一字夹杂着别处土话土音的地方，直头可以当官话教科书看。

各国人民的思想，都拿妇女们做中心点，所以要想改良社会的，必定先从改良妇女的思想下手。我国的小说，那些专门说狐狸妖怪、鬼神菩萨，造成现在这么一个迷信的世界，差不多妇女们个个都相信进庙烧香、吃斋念佛，那种恶因恶果，也不用去说他了。就是有些说到人事的，大约不是状元宰相、夫人小姐，就是员外安人、官人娘子，以至于弄得全国妇女们的思想，只巴着丈夫儿子，发科发甲做官，要不然就是做生意发财，再没有一个巴他家的男子，做个军国民、冒险家、大英雄的。所以全国的男人，体贴女人家的心，顺着他的意思，就都走进卑污势利、文雅懦弱一路，没有一点儿耿介的气骨、尚武的精神。他们那里晓得古时候的斯巴达，现在的法国和日本国里头的妇女们，个个都崇拜军人，爱敬武士，一心要嫁个这样的人，把全国的男人，都引到这条路上去，所以他们的国，才那么强起来。我平常看见法国的小说，描写女人眼睛里的好男人，多半说胡子根根的翘起，像铁线一样，金钮子闪闪的放光。用金钮子，是军人的服色。就这样看起来，可想而知他们尚武的精神了。我国的小说，描写女人眼睛里的好男人，总是说面如冠玉、唇若涂硃。就这样看起来，也可想而知我国文弱的病根了。现在我这部书，叙一个旧乡绅家少年美貌的小姐，情愿嫁一个四十开外虎头虎脑辞职的小武官，不情愿嫁一个几万万磅[镑]家私、风流俊俏走时的大财主。这样的人，实在可敬得狠！我出力描写他的情形，为的是要送点儿尚武的思想，和新鲜的知识，给我国的妇女们。如果我国的妇女们，都学这位小姐，我国就也要强起来了。哈哈！

《新新小说》上说的，写才子，没有不夹写才子的貌；写佳人，没有不夹写佳人的才，这叫做交互法，又叫做心电。这句话固然是不错的，我这部书，却不但写才子的貌，像身材魁梧、威风凛凛这些话，并且还写出他品行怎么样的清高，心术怎么样的公道，做人怎么的正直，打仗怎么的勇猛；又不但写佳人的才，像会笔算、会画画、会弹琴、会装枪这些事，并且还写出他的德性，怎么样的孝顺，怎么样的深明大义，怎么样的有担当、有决断，怎么样的发乎情止乎礼义。这样看起来，不但无才无貌的蠢妇村夫，应该及早回头，不要妄想，就是有才有貌的轻薄文人、风流仕女，也应该及早回头、改邪归正。要是人人都照这两个人学起来，岂不是普天底下的人，个个都变成善男淑女了吗？

这部书写阿丹一个女子，能这么样的孝顺，体贴老爹爹，这么样的舍身保家，可以叫那些不孝爹娘、不顾家计的男人，抚心猛省，汗流浃背，惭愧改悔。而且还不但这个，就像渴色那么样坏的人，他夜里想起他去世的娘来那一段，给人看起来，也可以感发人的孝心。

这部书写佐治这么样的正派，这么样的安心守己，后来却人财两得，和心上的美人，配成了夫妻，还得着了巨万的钱财，和房屋田产。渴色这么样的凶险，可惜这么样的刻薄，后来却一个人财两空，还白赔了一条性命，一个到底不能遂愿，也弄成了残疾，几乎送命。看起来，可以叫人息害人的念头，生本分的心思。

这部书写可惜和渴色两个人，少年失脚，贪色迷心，后来都得了惨祸。可惜想娶阿丹，费尽千方百计，心血用空，究竟不得到手。贝儿虽然起先被他弄上手，后来要想断倒反不得断，几乎有性命之忧，弄成残废。渴色先和家里用的使女私通，冒冒失失的成了亲，后来一直受母大虫的累，苦不胜言，到底交给他一条性命。可见自由结婚，也未尝没有坏处。中间渴色虽然设下诡计，把贝儿骗娶到家，到底不和他一心一意，整天的吵闹、养汉子、败门风。小人枉自为小人，究竟有什么趣味，甚么好处？看起来，可以叫贪色的人，没有犯过的预防失脚，已经犯过的趁早回头。

这部书，不但劝男人家不要轻易失脚，并且劝女人家不可轻易失身。试看可惜起先和贝儿怎么样的好法，后来居然看他不起，把从前的恩爱交情，付之流水，当面回绝他，说出话来叫他难受，真有求死不得的苦。无怪贝儿恨他切骨，要害他的性命。至于母大虫和渴色，格外是欢喜的冤家，追命的仇敌，不用说了。

我平常狠佩服项水心的一句话，说的是八股一道，不可以拿他当举业看，必须把他当做身心性命，才能够出人头地。他的见识虽然是卑污龌龊，所说的道理，却是的确不错的。就像可惜的爹，生平所做所为，和他传授儿子做生意的心法，固然是下作不堪，然而断章取义，如果有人照他的样子去做生意，却再没有个不发财的。

照以上这几段说起来，我这部书，直头可以当伦理、修身、商业、计学各种教科书看。

西洋的小说，往往起头的地方，极其突兀，好像天外飞来的奇峰一个样，到后来就渐渐儿的平坍下去。我这部书却不然，是个愈出愈奇的格局，起处倒也不过就是这个样，越到后来，越发叫人惊心动魄。再者小说里头，有一种运动人顶大的魔力，叫人仿佛着迷，身历其境。这种力量的大小，和这部书卷数的多少，也狠有关系。我国的小说，必定是回数狠多的，才叫人越进越深，越看越有味，要是薄薄儿的一小本，无论怎么样的好法，总觉得索然易尽。现在我这部书，共总有四十多回，虽然不能算狠多，也不算十分少了。

西洋的小说，往往每一部书，只叙一桩事，一线到底。譬如写情，只写一对痴儿女；叙打仗，只写一个大军人；叙冒险，只写一个大探险家。纵然另外还有别的人，实在不过陪衬，写得来毫无精神气色。这部书却又不然，不但本书的主人翁，出力描写得神情活现，就是别的旁边人，也各人有各人的面目，各人有各人的身份，各人有各人的特色，叫看书的好像亲眼看见这么样一个人。

这部书里头，凡是世界上各种的人类，七情所感触的各样事情，天底下做小说的人，搜罗预备的各种材料，大约都一齐包括尽致。譬如世上顶尊贵的是帝王，这里头有雅各一世；顶可惨的是亡国之君，这里头有查尔斯一世；顶可羡的是乡绅豪富，这里头有士提反二世；顶可敬可爱的是殉难的忠臣，为主的义仆，守正不阿的古道人，好色不淫的奇男子，和那舍身救父的孝女，俊眼识人的名媛，这里头又有雅各、乔治、帖木儿老头子和佐治、阿丹；顶可笑的是又轻佻、又刻薄、又冒失、又糊涂的膏粱纨袴子弟，这里头有可惜；顶可恨的是贪淫刁恶的律师，这里头有渴色；顶可怜不足惜的是遇人不淑的薄命之女、失节之妇，美而妒、妒而恨，被相好的半路上抛弃，恨极了下毒手的，有贝儿；顶希奇的是男的拿着女的奸夫的笔据，吓诈巨款，女的捉着男的有外遇的错误，挟制男的，不和他同床共枕，做个挂名夫妻的，又有可惜、贝儿两口子；顶可恶的是蛮头蛮脑的悍妇泼妇，这里头有母大虫；此外老奸巨猾、精通生意经的大商家，有可惜的爹爹；荡产的败子，有阿丹的哥哥；人情顶愿意得的是钱财产业，这里头有五万六千多磅［镑］的金钱和一座城，几百亩肥田；鬼怪是人顶爱听的，这里头地窨子里，有自己会动的髑髅；机巧是人顶爱见的，这里头有拿铜丝穿起来活动的枯骨；人顶喜欢碰见的是棋逢敌手、将遇良材，这里头有可惜和贝儿两个人斗心机，乔治和可惜两个人斗手段，佐治和阿丹两个人比画，又和可惜两个人比抢斗口，真正是一个赛似一个！其余顶讨厌的是无赖蠢汉，这里头有母大虫的相好约翰；顶难找的是秘密地方，这里头有地窖子；顶难猜的是哑谜，这里头有雅各暗藏着要紧字眼的遗嘱；顶有趣的是玩耍消遣，这里头有抛球、听琴、打猎各样的事情。另外还有告本夫停妻再娶的女人，挑唆他告状的旁边人，承审官，书记生，巡捕，火车站长，银行里的股东，分行里的总办和管事的，田主佃户，债主债户，拿房产押出的人，受押的人，替人做中人，讨欠款的律师，中落的乡绅，男女的用人，人品极杂，头绪又极多，各色花样，无一不备。真正是出奇无穷，洋洋大观！叫人看起来，眼花缭乱，觉得狠热闹，却又头头是道，觉得狠清楚。

这部书描写男女的情形，问答的口气，恩爱的时候，十分亲热，决裂的时候，十分凄惨。叫看书的看到那儿，就像当真有那么样个人，活跳的现出在纸上来。

向来用俗话做小说的，顶容易犯两种毛病，不是粗，就是村。我这部书，虽然不见得好，却没有这两样毛病。近来有些志士，讲究开通风气，改良社会，他们顶崇拜顶相信的是教科书，其次才轮到文话的小说，狠看不起俗话的小说，那里晓得俗话比文话，要难几十倍。他的力量，有影响到社会上的，也比文话要强几十倍，多几十倍。不信且请看着，将来到底是那个影响大些，销路畅些就是了。

近来新出的小说，说到男女的事，大约不外两种，不是两男争一女，就是两女争一男，又多半总拿钱财做眉目线索。这部书也脱不掉这个窠臼，不过里头的人事局面，可以和《迦茵小传》，成一个反比例的格式。我现在也说不及许多，请看官们细看，就知道了。

——录自小说林1906年初版

《孤儿记》[1]

《孤儿记》绪言

平云（周作人）

曩读屈子《天问》，见其设难立词，幽玄崇美，莫可比喻，心甚喜之，以为不亚《神曲》。及按柳州之《对》，则虽辞旨瑰丽，意气激昂，而终未能析理入微，尽发天心之隐。窃怪子厚忧患余生，才思绝俗，而尚未克及此，宁天道之信微茫而莫可浅测耶？嗣得见西哲天演之说，于是始喻其义，知人事之不齐，实为进化之由始，初无所用其叹诧呼号，为世人鸣其冤苦。盖举凡宇内万有之变迁生灭，为古今人之所欲索解而无从者，靡不可以此一理包涵之而无复余蕴。呜呼！天演之义大矣哉！然而酷亦甚矣。宇宙之无真宰，此人生苦乐，所以不得其平。而今乃复一以强弱为衡，而以竞争为纽，世界胡复有宁日！斯人苟无强力之足恃，舍死亡而外更无可言。芸芸众生，孰为庇障？何莫非孤儿之俦耶？匹夫匹妇，不能得多助于天，其殗忽以死，可无论矣。即试推之一国一群，其理亦莫不视此。弱小之国，慑于强暴，祸患频仍；而又苦于呼吁之无门，则由渐而习，戚戚之尤，乃或转为浩浩。人方称以为异，而不知积弱之民，非神明与体质并进于顽，万无能幸存于一日。此孤儿之国民所以可悲也。嗟夫！大地苍莽，末日何届！其惟与悲哀长此终古欤！即使不然，当其渐演渐进，姑无论进何所止，抑或乌托邦之可期，而人类悲哀，亦奚能绝迹于大地！即其演进所经，其骚扰至久，亦已大可叹矣！昔嚣俄有言曰：“自由与健

[1] 《孤儿记》，小说，法国嚣俄（Victor Hugo，今译雨果，1802—1885）原著，平云（周作人）译作。贾植芳等编《中国现代文学总书目·翻译文学卷》标1906年小说林初版。该小说实为周作人翻译与创作结合而成。

全同物。”斯言也，未能践之于今昔，宁将践之于将来乎？未可知也。呜呼！此天演之义，所以为千古之不磨，而终未能餍嚣氏之心，而塞灵均之问者也。吾记《孤儿》，吾意无尽；欲尽宣之，而未能达，不如且已耳。

丙午闰四月，平云偶书。

——录自中华书局1961年版《晚清文学丛钞·小说四卷》

《孤儿记》凡例

（周作人）

一　是记为感于嚣俄《哀史》而作，借设孤儿以甚言之。然世间亦未必无此等事，愿读者作一则实事观亦可。（附及）《哀史》为嚣俄名著，共五卷。其自序云：“颛蒙贫困不绝迹于世，则此种书一日不可废。”彼又尝云：“此书为全世界而作。”其主义之大如此。各国已传译殆遍，而中国尚无之。惟终当不可淹没，吾敬瓣香祝其出现耳。

一　著者久欲作是书，而终不敢下笔，逮至不可复忍而作，而视之仍毫无趣味。其故有二：一、思路窄；二、文笔劣。实则国学缺乏之故，敬敢谢罪。著者本意，欲于汉文上少加修饰，而为力所限，故多弱点。且存之，俟后日之改正。

一　是记中第十及十一两章，多采取嚣俄氏 *Claude Geaux* 大意。此文系嚣氏小品之一，志此以示不敢掠美，且谢唐突。

一　小说之关系于社会者最大。是记之作，有益于人心与否，所不敢知；而无有损害，则断可以自信。

一　记中间有意有未尽或费解之处，则于附录中说明之。

——录自中华书局1961年版《晚清文学丛钞·小说四卷》

《孤儿记》缘起

（周作人）

著者曰：吾为此书，不过驱于一时之情，初无覃识洪思磅礴胸次。或有不平于人间，因托事稗官以舒吾愤，而吾文浅陋无章，又胡足以为载？且人天之际，其理至为覃微。使浅乎言之，徒以人生之困苦为词，而不深究夫进化之至理，惟为是咄嗟叹叱，寄恨于造物之不仁，斯其言每不免陷于巨缪，而为当世学子之所笑，吾何敢焉？虽然，吾闻之：人生以苦乐为究竟，否此者皆属涂附之辞。故茫茫大地，是众生者有一日一人不得脱离苦趣，斯世界亦一日不能进于文明。固无论强权之说未能中于吾心，而亦万不能引多数幸福之言，于五十百步生分别见者也。嗟夫！一夫之呼謈，于事本无足重轻；然自达人观之，何莫非浊世迷沦之恶兆。试观东西文家之所记述，与夫古今诗人之所哀歌，其言抑何相类也。著者不敏，窃本斯感，以作是书。纵其所陈朴素断续，令人不欢，甚或犯学术上之大不慧，窾言杂出，不免为识者所谯诃，而吾书则竟如是矣。

——录自中华书局 1961 年版《晚清文学丛钞·小说四卷》

《孤儿记》识语

（周作人）

著者曰：人生异趋，而忧患同趣。世界永存，则罪恶与苦难亦未有尽也。于今所志，以同一方面而言，则孤、奴、乞、病、盗、杀，其现状既如此；以异一方面而言，而嫠孀、婢妾、娼妓，其现状又何如也！昔嚣俄作《哀史》，尝恨三大问题之难解决，曰：“一、男子以困穷而落魄；二、女子以饥饿而堕落；三、小儿以蒙昧而颠越。是三者，天下之所同痛也。我欲记之，而我无方。”虽然，才如嚣氏，可谓至矣；发其全力，著而为书，而其效亦竟何若？鸣呼，是则国民心理之所关，而徒致憾于天心之隤隤者为无当也！不才如予，更复何言！予欲无言，遂阁笔。

——录自中华书局1961年版《晚清文学丛钞·小说四卷》

《孤儿记》谭余剩义

（周作人）

绪言

《神曲》（*Dinina Commeuia*）伊大利诗人覃德（Dante）所作。记游历三界，即地狱、净土、天堂也。

尝闻之墨言云：涅伏（Nerve亦作神经）作用，尽人皆同。其有遇苦难而色不变者，必为经过疾痛惨怛，无所赴诉之人，或无国之民耳。外人每谓鞭中国人如牛马，而仍晏然者以此。盖其由来者渐矣。戚戚之尤一节，即本此意，惟深恨未达耳。

“自由与健全同物”一语，见法人嚣俄（Hugo）《死囚末日记序》。语意微异。

乌托邦，解见严译《天演论》。摩尔氏（T. More）亦著有《Utopia》一书。

第二章

阿番叔氏之言，大旨为奴主之所同。吾国无奴，而畜婢者亦多本是念，故悲惨之虐待恒见焉。可为一喟。

补靴老人之言，多激而不中于正；然甚切直，如为海盗奴一节，皆痛心之言。

第三章

剧盗胡以持灯，说本不通，惟聊以填砌耳。

第五章

天演之理，苟人有可自存之资，当不至于被汰；而事实多反此者，如阿番不能以工自活。此虽借证，亦其一例，殊不可解也。

第八章

盗言与补靴老人相似，至可感叹。嚣氏作常多此等语，兹略师其意，而所言殊不及也。

尔后数章，多就所谓文明制度抒写。若就我国旧法，则犯窃者笞责枷号，杀官长者立磔于市耳。文明之国尚复尔尔，他更何论。读法人著作，可为深慨。若嚣俄、右琴修（Eugene Sue），其著者也。

右琴修，即《巴黎之秘密》著者，或译希和氏，修氏一音之转也。

第九章

立枷（Pillory），亦曰头手枷，为西国古时刑具，与吾国之枷仿佛。惟此以一架贯头及两手于其间耳。

第十章

紧衣（Strait jachet），以坚革为之，状如龟甲。凡甲五，夹身及四肢于中。甲旁有钮，收紧之，傀然不能复动。亦一酷刑，或借以束缚狂人。

慈善会之看护妇，英名 Sister of Charity，吾国尚未有此也。

此数章所用名物，多沿西国，取便敷写。若写中国之审判，则舍三木外无他言，其制之恶，尽人皆知，毋取多赘。若文明制度，人方歆羡之不暇，而不知亦复如是，可胜叹息。非言其法之枉，恨未能刑措耳。

第十二章

刑吏，与法官不同，此亦作 Hang man。译言绞刑吏也。

嚣俄黔首一节，见《Clande Geaue 跋》。

罪恶一节，见《死囚末日记序》。

第十三章

牧师忏悔，悉沿西俗，便于陈说，无须株求也。

第十四章

“为彼贫人”一语，系用嚣氏《Clande》中语，而苦于不达，且语不雅驯，顾无以易，因列原文于下，以存其神，识者谅之。

——录自中华书局 1961 年版《晚清文学丛钞·小说四卷》

《死复仇》①

《死复仇》[序]

一　是书系名侦探齐爱尔生平所查之案，其友海德记之，大小数百件，此其一也。

---

① 《死复仇》，小说，著者不详，译者不详，封面标“北京第一书局出版”，版权页标“编辑者：第一书局编辑部；印刷所：商部工艺局印刷科；发行所：第一书局，保定官书局”，“光绪三十二年七月五日初版”(1906 年)。

一 是书为海德笔记之一，原名《高平案》，今改名《死复仇》。

一 是书原文，分上下两卷。译成汉文，约三万余言，共二十五节。分段之处，悉从原本。

一 仆英文既浅，汉文又不通顺，译此心殊惭愧。惟自信一切情节，与原本当不致有误。阅者谅之。

仆素喜阅侦探小说，新出一册，必购阅之，几至寝食都废，想同胞中必有表同情者。仆既得此英文原本，阅之，觉情节可观，不忍释手。然不敢独私，乃于暇时译之，以公同好。至译笔之陋，自知甚明。知我罪我，所不计焉。

译者附志

——录自北京第一书局1906年初版

《苏格兰独立记》①

《苏格兰独立记》觉我赘语②

东海觉我（徐念慈）

发端“觉我赘语”：

英王爱德第一，为显理第三之子，生于西米德。屡有战功，败贵族救父于捕虏中。西一二七〇年，从最后十字军，又大胜。一二七四年，即王位。时英吉利全土西为威尔士，北为苏格兰，分域而处，各王其

① 《苏格兰独立记》，历史小说，著者不详，正文标“女士陈鸿璧译，东海觉我校正”，版权页标“编辑者：小说林总编译所”。1906年小说林初版第一册（丙午年七月），1908年初版第二册。第二册内容曾连载于《小说林》第1期（1907年2月）至第12期（1908年10月）。

② 发端至第二十七回，由徐念慈作评语。因徐念慈1908年6月去世，第二十八回评语由曾朴续作。

土。爱德第一欲混一之。适威尔士之雷欧令公，英姿善战，信诗谶，以为英人可攘。爱德第一乃讨之，于一二八二年，战胜举之。于是英太子始有威尔士公之尊号，而其祸及苏格兰矣。苏格兰王之女孙孟加勒达公主，与爱德第一之王子有婚约。一二九〇年，公主薨。争立者众，国人不能决，请裁定于爱德。英法本世仇，法王结苏格兰以困英。爱德遂乘隙讨苏格兰，破白力加地，及登罢。此为本书发端前事。

苏格兰人民既亡其国，属于英行法官治权下，困于种种苛税。地本贫瘠，不足供诛求，株连而系者满囹圄，窘迫而死者填沟壑。其偷息延喘者，又为英驻防兵所劫掠残杀。呼吁无门，怨恸泣鬼，愁怨之气，充塞国内。英雄和耳士登高一呼，而响应者四起，遂演一绝大惨剧于十三世纪之末。

和耳士之父，名爱德和耳士，家林县，隶潘莱府。

和耳士对莫提，不肯轻誓。始知誓言之可贵，与人格有关系。

和耳士处处自称苏格兰人。世之寄籍外国，以欺同胞者，能无愧煞？一小铁箱，乃为一国独立之导火线。拔木之风，起于青萍之末。信哉！

第一回“觉我赘语”：

据别本，和耳士与妻马利安出游市中，马着绿色衣佩刀，英兵见之，阻止辱之，和刺之死，因是启衅。与本书异，不知孰是。

与杜拿耳特相遇，甚奇突。

杜拿耳特，英人呼之为赃物主，称谓奇绝，可以讽具亡国资格之守财虏。

英将芝耳伯可爱可敬！为大国民，而任军人义务者，当法为前事师。

和耳士夫人可爱可敬！侃侃数言，实足折听者之心。然以语暴横不明理之人，未有不取祸者。试观其继。

海耳伯言极是。夫人同去，必不能偕免。

第二回“觉我赘语”：

英兵来时，声势如绘。此回须与上回一一对勘，方知妙处。

爱德王之代表，如海士耳及，可谓丑极，……语语不堪入耳。以芝耳伯为夫婿者，伪也。因彼徒手而归，疑与夫人有私，故以言恬之耳。

芝耳伯也，革林士彼也，皆无惭军人资格，而深明大义者。下士老兵中，乃有此等人物，海士耳及能无愧死？……军国民教育之力如是，欲不勃兴得乎？

革林士彼之料海士耳及，不信忠言，确极。此等人岂放下屠刀，立地成佛者？

小铁箱，乃移至马伯爵处。看官须记清。

血剑，金角，皆书中紧要物。

第三回“觉我赘语”：

和耳士之报仇，私情亦公义也。何言之？观其对芝耳伯所言，何语非为苏格兰者。宜其一滴之血，足鼓舞万众之心也。

英人种种苛虐，苏人之逃匿深山穷谷，以避凶锋者，盖不知凡几。和耳士知之，故一呼即集。或谓英人何以任其逃匿？不知英人所欲者财物耳，土地耳。彼既舍所有而去，而未舍未去者，且将使其不得不舍而去之，此穷蹙之生命，不妨姑置焉。亡国民之痛如是。

和夫人之复仇，特与海士耳及，了此一重公案耳，故用轻笔写过。怨爱悉泯，乃誓报国，豪杰且然。恋爱为人生第一关头，可不惧哉！

第四回“觉我赘语”：

国民命运，惟死与自由之两途。有志光复者，当三复斯语。

非为吾国之自由，不再踏人迹可到处。语语斩截，厌世派听者。

一缕发至马公处，马公真和耳士良友，乃偏有马夫人，怪极！

马夫人与和夫人，同一为其夫，而一念之差，遂铸大错。女同胞其鉴之，勿致临时而误大事。

茂利可爱，……海伦可爱。

君以为义师，彼未必即以为义也。亦深于世故者之言，……卿意何独不然？

此回极力写海伦与茂利，为爱国之青年男女，留一写真。

第五回“觉我赘语”：

以马公之家庭，而乃有此夫人。海伦之语语惊魂怵魄，而不能回夫人之心。夫人其忍心人哉！

海伦语对于家庭，对于国家，极有分寸。看官当细味斯言，勿粗心置之。

英兵突如其来，殊出意外。

铁箱又至圣佛灵院。

通信者谁？读者试掩卷揣之。

第六回“觉我赘语”：

革林士彼，仁人也，其言蔼然。

宗教之权力极大，于此回长老之对英军，可见一斑。

金角转入英军。

又一义侠之苏格兰少年，苏格兰安得不独立？

约翰仅知家业而已，是恶彼发兵助和耳士者。

既知不能于此安枕片刻，而又恋产业，又以马公之举为非，世间不少糊涂虫。此等人民，殊属可杀。

约翰之对军士语，似呼吸已绝者，活画一无用人。

第七回“觉我赘语”：

马夫人之金印，乃在英国将士手中，奇甚。

既陷其夫，又献其女，马夫人殆非人类。

亡国女子，乃为人贱媵，为人玩具。吾女同胞听者。

好个安全法。

此一斧大快意。

突如其来脱卸得简捷老当。

第八回“觉我赘语”：

伊何人？奇极，怪极！

妇女于困穷之际，不能不以兄弟之职保护之。至理名言。觉柳大夫之坐怀，尚不免强制耳。

高士非若我国中之厌世派，盖不得已，始托足此荒芜之区。然如此方不愧高士之名。

乱离之原因，欲以财宝尽饱私囊一语，可以尽之。

此从者殊不易得。

无欢乐，无恋爱，念念不忘者惟祖国。至诚之言，可泣神鬼。

压力为领吾人至自由乐境之媒介物。奇语，亦确语。

从高士口中补述其语，更觉笔墨飞舞。

第九回“觉我赘语”：

此回不过是预备文章。

虐待足醒吾人迷梦，此定例也。国民而不合此例，必其人久已心死，国耻遂永无雪日。

勿忘！勿忘！复仇哉！同胞，听者听者！此亦天良之日夕呼我者也。

欲图大事，必厚军力，亦有经验者之言。若轻举妄动，未有不偾事者。

棺中乃活人，众僧乃军士，殊出意外。

第十回“觉我赘语”：

此回叙和耳士与茂利与少年爱德温，初次晤面。

爱德温何事，隐其姓名，令人闷损。

读书见古人，是为尚友；舍身为国家，是为国友。国友二字，奇而确。

有一苏格兰人在世，必不使金狮国旗，卧倒于地。请转一语曰：有一中国人在世，必不使黄龙旗卧倒于地！如是吾国民于前途有大希望。

未经情爱之艰，不知失意之苦，此个中人语也。世之大英雄，所以有持不娶主义者。

——录自小说林 1906 年初版第 1 册

第十一回“觉我赘语”：

此回上半叙爱德温之冒险侦探，似少不更事，侥幸成功者。然其机变处实不可及，衣暗淡粗绒，一也；依拱柱黑影行，二也；不过卫勇前而入甬道，三也；言递信于所欢，四也；诈醉，五也。而其尤得力，不动人疑者，为年尚少。吁！天下事不深思而轻尝试，固未有不败者。此回不当粗心看过。

和耳士初见爱德温数语，自是老成见解。

口讲指画，形势了然，此探之关系大矣。然前所略者，此又加详，是为文法中之补笔。

下半叙战事，不仅如上文所料，非独笔法变换，盖战为危事，兵机瞬息即逝，徒读死书，此赵括之所以败也，益人智慧不少。

豆花兰士写得不堪，乃和耳士曰，诡诈失信，自辱其名誉国威，何等豁达大度。

第十二回“觉我赘语”：

善作小说者，当令读者愤。豆花兰士之卑鄙，不能以一刀了之，以成快举，事之可愤者也。马夫人之欺其夫，言之娓娓可听，而马公不察，事之尤可愤者也。

善作小说者，又当令读者喜。以数百人而举腾罢顿城，使英人狼狈而遁，事之可喜者也。乃无端而梅耳琴伯爵来，赤心愿效驱驰，且得四百之生力军，以之助战，一时顿为气壮，事之尤可喜者也。

善作小说者，又当令读者不可测。于戎马倥偬之时，忽写此倩装艳服之夫人，事之不可测者也。夫人于切齿痛诋之和耳士，忽为目挑心许之和耳士，挽其臂，止其行，事之尤不可测者也。

国旗之立，而欲往观，观旗乎？爱和耳士也。海伦之来，而力阻之，阻海伦乎？爱和耳士也。迨至望眼欲穿，忽焉情人来矣，宜其欣喜若狂，耳无闻，目无见矣。荡妇之荡，盖至于此。

此回又为结束前几回处，爱德温之事，与马公之关系，至是而大白，是以补笔为一结束。茂利以前事一一告知马公，又以和夫人之礼葬告和耳士，是以复笔为一结束。文心静细，是尤不当粗忽读过者也。

书中名言至理，则如山阴道上，目不暇给矣。总之高尚之国民，无时无地，未有不爱其国者。于何见之？我于其所对国徽见之。

第十三回“觉我赘语”：

吾读此回毕，吾不禁三叹焉。世间凡事，败于不知大义之妇人女子手者，不知凡几。苏格兰独立军，竟有马夫人其人，为之一叹。洞箫呜咽，故剑凄凉，此境此情，自非木石人，谁能无动于中者，又为之一叹。以马公之深知大义，而深坠情网，宛转低徊，英雄短气，被愚弄而不知悟，被辱骂而不知愤，世有以顽妻为附骨之疽者，于此益信，又为之一叹。

耳洛加快人快语，如闻羯鼓一挝。

士骨拉其亚、茂利二人，语语有理，而不堪为当局闻。鲁仲连殊不易做！

写夫人处骨节灵通，绝非呆滞者可比，处处引和耳士入彀，好看煞人！

马公爱护其夫人，每碰大大的钉子，而不自知为冤桶，好看煞人！

夫人欲私和耳士，乃劝之寓礼拜堂，可谓不近人情。和耳士伤怀马利安，乃有善言之爱德温，可谓善体人情。一拒一迎，一离一合，好看煞人！

和耳士述其前事，语语足令志士惊心。世之有妻子者，不当粗心看过。

夫人藉其乳儿，以动和耳士。欺君子以方，未有不中的者。夫人自是可儿。

第十四回“觉我赘语”：

尤士德士苦口劝人一段，实足描摹腐败社会。生命至重也，非知有重于生命者，决不轻弃其生命。妻子至亲也，非知有亲于妻子者，决难遽舍其妻子。而所谓重于生命，亲于妻子者，则非十年读书，半生立志，不能真知公理。如是之舍生取义，杀身成仁也，则宜乎其听者之罕也。

吾读尤士德士苦口劝人一段，而知苏格兰之独立，有必成之之机。于何卜之？于“而相从者仅百人耳”句卜之。仅者，少之之词也，然既有此百人矣。使此相从者，而若我国之半截志士，朝爆药而夕顶戴者，虽有千万人，必适足以偾事，乃我国维新数年，欲求一二真爱国者，而不可得。区区苏格兰，无名之英雄，且有百倍五十倍也，所以虽欲不兴不得矣。

马公而非真爱夫人也，则数日来，马夫人之失张失智，必能洞察其隐。乃不察也，正其深情挚爱处，勿疑其糊涂。读者以为然否？

和夫人此时亦甚难为情。心爱和耳士，虽屈意迁就，终不蒙其一顾。深恨马公，乃若影之随形，终不去身。俗语所谓哑子吃黄连，无苦可说，足以形容当时景象。

中途遇风，不过作一波折，与全书布置，无大关系。所以爱德温、茂利二人，旋分即旋合。

第十五回“觉我赘语”：

马夫人如狐之媚，如鬼之丑，尤必藉口曰爱情爱情，夫亦亵此二字矣。吾不知其结婚前之对于马公何如，虽然，此可为枯杨生稊者戒。

以爱和耳士故，料马公之将老而死，以马公将老而死故，预定下一和耳士，可谓想入非非。余观其向和耳士侃侃而谈，谓“彼年几倍我，足父吾有余”。嗟夫，卿于结婚时未知乎？其颜之厚，不止盈尺。

和耳士答语，深切爽直，而仍以友道待夫人一事，其胸襟之正大，心地之磊落，岂寻常人所能者。和耳士不仅为英雄，直圣贤也！

和耳士有祖父，几令读者忘怀矣。忽被英人残杀，噩耗飞来，足令人震耳欲聋。

读第一二回，叙亚流士村事，正不解何以不题祖父一语，至此乃知其别居爱亚也。

第十六回“觉我赘语”：

报仇，壮举也。杀人，快事也。报仇而杀人，天下快心之举，殆无有过之者。则当军乐齐鸣，欢声震地时，手舞足蹈，可一伸前日抑郁不平之气。

写放火截杀一段，有声有色。忽而敌军，忽而火势，忽而避火者，忽而避兵者，面面都到，好看煞人！

爱亚总督已被杀，而英军又整队来援，令人为苏军叫苦。

约翰、莫提忽由此晤见，接笋甚奇。

补叙前事，数语了之，读者可悟省笔之法。

第十七回“觉我赘语”：

因敌军无战舰，漫不设备，则未有不偾事者。是等可为行军龟鉴。

革总督决意死守，誓不降敌，自是好汉子。孰知事出意外，至不得不降。仅数千言，而先后之宗旨一变，事迹已奇。革既愿降和耳士，而和复令其全军而返，且声明再侵主权与否，听其天良为断，不令人不五体投地，事迹更幻。孟子曰：春秋无义战。若此战争，以义字当之，殆无愧色。

不惜赤血，争回国权，实为人道之正，吾同胞其听者！贪财卖国，实召灭国之祸，吾同胞其听者！

第十八回“觉我赘语”：

白力加方下，而忽有士德林之行，途中又接莫提被擒之报。军书旁午，戎马倥偬，自是清闲不得。

约翰、莫提，前日忽然重晤，此日又忽然被掳，皆出人意外。

豆花兰士，既卑鄙恶劣如此，和耳士赦之，未免失之宽纵。然当日服从爱德一世，而助之为虐者，何止千百。杀一豆花兰士，讵知继其任者，非又一豆花兰士？或加之厉哉？论史者每就事论事，加之訾议，抑知前人于此，几番椎心泣血，始出此乎。执偏见以绳之，鲜有不失者。

第十九回“觉我赘语”：

破白力加后，即记攻士德林。文章忌复，不意叙来竟无一复者。

方悟小说家连叙两事，每一实写，一虚写，尚落第二乘。罗贯中叙新野、博望、赤壁，一火再火，令人兴会飞舞，正会得此旨者。

豆花兰士屡可杀，而卒不杀。余谓书中视豆花兰士与马伯爵，正是一对。闻者以拟不以伦相责，不知余固谓文章，非谓其人之言行道谊也。责者亦失笑。

置太公俎上，而刘邦有分我杯羹之语。观此处叙来，和耳士前之所语，与后之所行，似有矛盾处，自是情理兼尽处。若刘邦所为，直可一棒打杀，以警世之不孝子。

或曰：使和耳士亦一刘邦，则骨耳星谦技穷矣。余曰：否。马公被杀，骨耳星谦虽死，和军心亦必瓦解，以马公之死，固和耳士死之也。和耳士审时度势，讵敢出此一举？

野蛮时代之断杀，固中外皆然。阅者请勿以今日情形，疑作者之或误，幸甚。

第二十回“觉我赘语”：

和耳士此战之胜，而苏格兰之全局稍定，故关系殊不小。然彼众我寡，战何能胜？以先占地利故。地利何能占？以知豆和兰之来援，而扼其要道故。兵法所谓知彼知己，则百战百胜也。

豆和兰欲在西洛底士仁截击和军，而不遇。又分三队，以冀任一军之能幸遇。说来惝恍无凭，全无把握，如此行军，乌得不败？

骨耳星谦舍其职务，以迎援军，其失一。促第一队浪战，不为全局计，其失二。和军既不断桥，又不扼隘，前队既稀少，分明诱敌，而不加察。如此行军，乌得不败？

骨耳星谦终局于此，和耳士谓耳洛加过于残忍，即读者亦谓过于残忍。然而报仇者之心，则以为不如此不快也。怨毒之于人甚矣哉！

茂利谓骨耳星谦至今日，始逃出众军士心中，而入耳洛加之手，语妙天下。

和耳士之责英皇，使强暴之主，无所藉口，而为之解围者，遂亦阢陧不安。此非辞穷也，正是良心发现处。阅者幸勿误会。

第二十一回“觉我赘语”：

此回为结束战事，且结束马公爵流离后各事也。不意士林德城中重牢之地，乃为骨肉重逢之场。悲欢无定，随境而迁，信哉。

耳勒芬公之不离职守，确遵军纪，军国民之举动，固当如此。

茂利之初见马夫人，爱德温之初见母夫人，一样惊骇神情，写来却各有分寸。君子观人于微，而知其人之美恶，正在此等处。

马夫人乍见海伦而妒，闻将尽言而怒，又闻其掩饰，以为隐谋未露而欢慰，中间却横插海伦恐伤父心数语。孝女之孝，恶妇之恶，直觉全神毕露。

马公终是仁厚长者，写其夫妇相会处，每令人气闷。谚有之，逆子顽妻，无药可医。若马夫人者，尚非一顽字所能赅其罪也。

第二十二回“觉我赘语”：

世间多不如意事。以英勇之和耳士，而丧马利安；以诚恪之马伯爵，而娶此夫人；以贤淑之海伦，而偏遭嫉忌；以放荡之马夫人，而不得一遂其欲，皆不如意事也。语云，天下本无事，庸人自扰之。余实不能信此訾言。

海伦之见和耳士，此处方用实笔写之。惟最难写者，同时有茂利在其旁耳。茂利意中云云，是作者善于脱卸处。余深服其用笔之敏妙。

此处之写醋意，殊为他书所未见。盖一则有意，一则若有意若无意，其一则竟彼此俱无意。而彼此俱无意者，偏在和耳士。此种醋海波涛，实出于意料之不及。

马夫人万不能再嫁和耳士。吾不知其有何因缘，而生此念，而日后且结何等之果也。世间不少痴男女，盍下一转语来？

和耳士之忽被推戴，何异宋祖之陈桥兵变？然一则终成大业，一则谦让不受，终不失为知几者，事势之不同致之也。孟浪出此，鲜有不后悔者。

第二十三回“觉我赘语”：

和耳士之义侠，马夫人之放荡，已写至笔秃墨枯矣。此处客室中临别数语，若一反其前之所为者，果良心不昧耶，抑奇计再施耶？或将欲取之必先与之耶？读者试掩卷一揣有何缘故。

以卖国之人，谓将转而爱国，是欲马生角，望天雨粟也。马公长者，不免妇言是用，致偾大事，春秋责备，不能为马公宽矣。

一样偷看其爱者，而煊烂之花，适入于妒嫉之目。彼绝无瓜葛之耳勒芬夫人，犹决彼不久锢于悲伤。则海伦之情不自禁，仆坐椅中，不亦宜乎？

或曰：海伦之心，固皎如白雪，朗若明星者也，子何故以丑言诋之？答之曰：否。男女之情，不可以言详理喻。彼白雪云云，明星云云，乃海伦藉此自解语。不知春蚕之茧，愈缚愈深，其需有言自解，即情魔之缠绕愈甚，适以见其不能解也。世间有情眷属，深解其故者，当不斥余言。

和耳士每思及马利安，宜也，然必于见马夫人时，始提及之。读者无一人不以为写此义夫，为斯世讽，而彼将终身不复生情障矣。不知彼果不复生情障，且举马利安而忘之始可，否则一遇其人其境，而身不自主矣。此赵州和尚之所以必无无也。

第二十四回“觉我赘语”：

豆花兰士指斥和耳士一席话，可谓入情入理，末复断以此人当不得其死，殊令我五体投地，叹为先哲预言，必不我欺。夫世间热心义侠，宣力公忠，类皆不得死所，而纡青紫，印绥［绶］累若者，何一非工于趋避，揣摩时尚之能手耶？浮云富贵，此固饭疏饮水人之语，而非钟鸣鼎食人之语也。

豆花兰士之欲娶海伦，何异癞虾蟆之想吃天鹅肉。人或谓此等浮薄浪子，不能一见花貌冰颜者，遂致反舌无声。吾谓惟为浮薄浪子，则必致反舌无声耳。

马公答豆花兰士数语，不失为深知其女者。

马公之深信和耳士，亦为海枯石烂，不可磨灭者。

苏格兰既得如是之胜捷，而爱德之强硬依然，是知欲脱主国之羁绊者，非持铁血主义，终不得最后之胜利也。世之图自立，贵自由，为民族谋公义，为人道明公理者，盍三思之。

第二十五回“觉我赘语”：

此节写和耳士与海伦定情时也，其证有四：和耳士以海伦与马利安相比，证一；两人同祈于圣台前，至忘晷刻，证二；赠十字架于海伦，证三；此处写和之忆马利安，与他节截然不同，明以海伦为主，马为宾，证四。得一知己，可以不恨，宜他日海伦之甘以身殉矣。

军人品格，高贵至是，作者特借一不堪之豆花兰士，竭力反表而出之，凡军人宜知自爱矣。

爱德温少年英俊，知过必改，是亦一青年子弟之好模范。

第二十六回“觉我赘语”：

豆和兰亦识时务者，故其语和耳士也，苦口婆心，不忍其竟赴绝地，临别数言，蔼然有仁者风。而和耳士毅然绝之者，处境不同故，非不许为知己也。

和耳士对众数言，实探政治本原。盖惟人民知爱其国家，而后赴汤踏火不辞，此文明之国民，所异于专制国者在此。

苏格兰孱主，以乐为暴主之食客叱之。世间亡国败家人，固全无心肝者，与刘禅、陈叔宝，中外殆出一辙。

第二十七回“觉我赘语”：

艾德墨伯爵，与豆和兰臭味相投，如出一口。其人颇为可敬，其再三劝和耳士，乃惺惺惜惺惺之意。易地数语，英雄所见，自无不同。

宗教，余恒谓只能行于野蛮时代，不能行于文明之世。观小说所载，牧师之挟教以蹂躏人权者，指不胜屈，其毒害社会，尤甚于医生、律师。盖医生、律师之作恶，犹有法律以裁判之，而牧师则出于其范围以外也。今者教王之权，已渐失其崇拜，而法兰西且毅然将教产充公，闻之不禁浮一大白。

海伦妙人，其敬爱和耳士纯正洁白，令人且爱且敬。世有其人，吾愿馨香拜祝之。或曰：子亦无赖，世有其人，彼将敬爱其勋业学术之等于和耳士者，子自思之，能与和絜长短否乎？或曰：是不然，道义之交，不藉勋业学术之招致，只性情相契，亦能如水乳之交融也。否则，大廷中有管鲍，草庐中无钟俞矣。余闻后说之为余解围，为之欢喜不置。

第二十八回“病夫赘语”①：

人谓英王不智，以和耳士之热诚毅志，岂肯以一座金冠卖却苏人自由。吾谓英王不幸，倘使英王生于吾国，只须具一筐红顶便足网尽神洲志士。

英王之遣使于苏军，欲张其威也。和耳士之遣使于英军，欲示其怯也。张威者败，示怯者胜，天下事往往如是，不独行军为然。

---

① 病夫，为曾朴笔名。此篇为曾朴所作。

马夫人纯是富贵熏心人，其心目中只有苏格兰王后四字，无怪其一闻不受金冠语，即失声叹其错却好机会也。

——录自小说林 1908 年初版第 2 册

《情海劫》①

《情海劫》叙

（任墨缘②）

寄生大块中，魂耶梦耶，萍梗耶，泡影耶，抑不可恃之具，而不可知之数耶。吾尝论之，天地一太仓耳，人身一稊米耳，有耳目，有心志，有性情。耳目其表面也，心志其内容也。原夫运动之力，交贯之神，种种事业，种种名誉，种种之原因与结果，莫不本于性情之一发，而后成绝大事业，收无上名誉。现出物与物之原因，束为物与我之结果，吾得推其至极而浅示之，曰真性，曰爱情。

人有真性，乃敢险冒；人有爱情，始肯冒险。冒险家之言曰：盍壮而胆，胆怯则因循；盍盛而气，气衰则腐败。我国方面［圆］若干里，同胞若干数，尚不能达此一微点。业为牛马，快自着鞭者几何？业为奴隶，争自释缚者几何？间有稍胜一二筹者，或推心饮血，或枕戈待旦，或激荡风潮而不顾，或牺牲性命所不惜，于时事奚补？于功业奚济？于名誉奚益？然吾方尊之敬之信之，畏之怂恿之冀幸之，以是为善芽未焦，以是为热肠未涸，以是为进化一大键，以是为世界一

① 《情海劫》，小说，著者不详，正文标“吴江任墨缘译意、武进李叔成润词”，版权页标“编辑者：小说林总编译所”，1906 年小说林初版（丙午年三月上卷，丙午年八月下卷）。

② 任墨缘，江苏吴江人，生平不详。

巨子。

黄金写像，傀儡之场也；残碣题名，成败之论也。可饰耳目，不能摩性质；可欺庸愚，不能鼓豪杰。吾羞之，吾恶之，吾非薄之而鄙夷之。吾所好者，穷其事之颠末，表其情于楮墨，播其名于全球，形以鉴窥，头将棒喝。其人虽轻，吾自命为负重；其事虽小，吾引申以喻大。

雕虫小技耳，野史附会耳。波谲云诡，千奇万怪，一笑皆空。夫妇儿女肖其状，喜怒哀乐传其神，鱼鸟花卉贡其丽，山川形胜炫其奇。然而梦魂颠倒，脑灵震骇，时而歌笑，誓必从之；时而哀泣，誓必援之；时而恚恨，誓必辱之。掬其现象，证其善果，耳目与之俱变，心志与之俱化，性情与之俱接。固读书者之愤激，非著书者之希望。然著书者之希望，讵不愿读书者之愤激。则是以真性示人，以爱情感人，而人适如量以相酬也，吾之幸，吾书之幸，吾世界同胞之幸！倘谓标新领异抽毫骋奇，以自附于作者，则吾岂敢？

译者识

——录自小说林 1906 年初版《情海劫》(下卷)

《情海劫》率真子评话

率真子[①]

率真子喟然太息曰：是书之旨，真乎假乎？以为真耶，安得起若人于九京而问之？以为假耶，若人复何必自辱而现身说法之？噫！余知之矣。余自号率真子，历二十有余年，命意所存，果居何属，天下事无假非真，无真非假。以真为假，则世界不足凭；以假为真，则圆

---

① 率真子，资料不详。

梦亦非幻。余始读是书，而有言曰奇。曰奇：以一囹圄囚人，而负百折不回气，品奇；以一脆弱女子，而存历劫不磨想，情奇；以素所夷落、素所疾恶之人，而卒乃白头矢志，缘奇；以绝无希望，绝无侥幸之事，而竟致青眼有加，遇奇；以两不相投之缘，若遇苍苍者，故为造作，使之合而离，离而合，合而仍离，离而终合，文奇。然其文、其遇、其缘、其情、其品，与余渺不相属。以余所最欣贵者，意与之迎，虑为之研，觉倍恩恃其真，芬恩守其真，白脱兰梅全其真，鼐特漓其真，罗特力凿其真。真之一字，其动力固如是之大，作用固如是之广也。余读既竟，乃拍案大呼曰：真……

——录自小说林 1906 年初版《情海劫》(下卷)

《女人岛》①

《女人岛》序言

驭狂氏②

孔群子既译《女人岛》，持示余并嘱为序。余受而读之，见其情节诡异，描画尽致，语固无稽，而悲欢离合，亦有足以动人者。夫稗官野史，风化攸关，苟得乎情之正，则于世道人心不无裨益。是以古之君子睹治乱之成迹，或托诸香草美人，以舒怀抱，或发为街谈巷议，以寄悲思，此三百篇所以不废于圣人也。吾读是书，见夫优进之庸愚，琬贞之奸猾，须美之宽厚，汉八之豪迈，未尝不低徊往复，叹

① 《女人岛》，小说，著者不详，孔群子译，封面标“新世界小说社”，版权页标“印刷所：鸿文书局活版部；发行所：新世界小说社发行所”，“光绪三十二年八月中旬印刷，光绪三十二年九月初旬发行”(1906 年)。

② 驭狂氏，资料不详。

人心之不古。若虽机心日竞，世路崎岖，而天道好还，转足自贻伊戚，有心人观之，不禁废书长叹也。琬贞之初，宅心利欲，干名犯义，行而不疑。优进不能忘情于琬贞也，愿为之役。须美何辜，乃竟受此涂毒，不死于海，不死于洞，而又不死于盗。复有汉八为之，居间排难，无意之中竟得成其父子之奇遇，得不谓之天哉？然须美之所以致此者，则忠厚之获报也。观其于琬贞之末节，犹拳拳不置，哀怜之思，出于至性。非有大过人之量者，其孰能企之小窗兀坐，藉消溽暑？故不辞固陋，谨书其颠末如此。

光绪三十二年六月，驭狂氏序于春申浦。

——录自鸿文书局印刷、新世界小说社发行 1906 年初版

《毒蛇牙》[①]

《毒蛇牙》弁言

（包天笑）

我译《毒蛇牙》，我先告罪：读《毒蛇牙》，使人惊悸，我罪一；读《毒蛇牙》，使人烦闷，我罪二；读《毒蛇牙》，使人怆恻而无欢，我罪三。虽然我尚有数语告读者：无耐性者，不能读《毒蛇牙》；无悟性者，不能读《毒蛇牙》；无科学思想者，不能读《毒蛇牙》；无道德思想者，不能读《毒蛇牙》。译《毒蛇牙》之第一日，译者记。

——录自上海时报馆 1906 年初版

① 《毒蛇牙》，侦探小说，著者不详，正文标“笑译”，版权页标“译述者：上海时报馆记者”，1906 年上海时报馆初版（光绪三十二年九月十五日）。笑，即包天笑。

《铁锚手》[1]

《铁锚手》题辞

金为

南北东西此浑圆，好生同戴有情天。草菅人命缘财色，如彼文明亦可怜。

爱种频操同室戈，良医寿世办多多。吾华不解西来意，痴黠相遭奈尔何！

领略卿言亦复佳，男儿若个不风怀。怪地绝代枭雄手，也有闲情泥燕钗。

幻境何如实事奇，死生一发两迷离。诸天非想非非想，不信歧中又有歧。

合作阎摩变相看，刿心怵目惨无权。杀机往往悬眉睫，怪底人间行路难。

犷者作奸终抵法，懦夫远色亦湛身。国工进退都无据，翻羡庸医剧可人。

取将远势巧纡回，盘马弯弓苦费才。至竟机心徒自毙，始知天网故恢恢。

——录自商务印书馆 1913 年再版

① 《铁锚手》(*The Margate Mystery*)，侦探小说，英国般福德伦纳（Burford Delannoy）著，版权页标"译述者：商务印书馆编译所"，1906 年商务印书馆初版（丙午年九月）。

《橡湖仙影》①

《橡湖仙影》序

林纾

西人称仙，曰安琪儿。书中腓力之女蘧凡离世，翩然若仙人也，遂字之曰安琪拉。安琪拉之居，有大橡，可数百年物，下临长湖，而安琪拉又得仙之名，故名吾书曰《橡湖仙影》。仙之事已详之吾书，可十六万言。序中固不能简括其词告吾读者也，然则此序胡用以立言？曰：吾书传此仙，而吾序则但述此仙人之顽亲腓力。腓力者，钱虏也。嗟夫！钱虏之用心立志，行事待人，与人类殊。余初以为硕腹之贾，爱财如命，惟吾华人然耳；今而知寡廉鲜耻，背义忘亲，所谓文明之欧西，乃大有人在也。夫天下之适用者，孰如金钱？国家得之，可以兴学、练军；士大夫得之，可以购美妾、买林墅；即吾辈酸腐少得之，亦可用以翱翔于名山水之间，置书买酒，在在皆可宝贵，不为非俊。然一落钱虏之手，则钱神之尊，尊如道教之老聃，佛教之释迦，基督教之耶稣，黄光烛天，不敢正视。屏仁义，去慈爱，梏妻子，绝朋友，靳口腹，慄肌肤，忘躯委心，以祀钱神，即百死亦不敢恤。吾讥之，吾继从而怜之，知天下人情，固有所好，好深则神入，外诱无可夺也。宋儒嗜两庑之冷肉，宁拘挛曲跼其身，尽日作礼容，虽心中私念美女，颜色亦不敢少动，则两庑冷肉，荡漾于其前也。钱虏者，讵无美人、宫室、车马、衣服之好，又岂无礼义廉耻之坊［防］？顾此数物者，在彼视之，实明火之

① 《橡湖仙影》（*Dawn*），社会小说，英国哈葛德（Henry Rider Haggard，又译哈格德，1856—1925）著，林纾、魏易译述，1906年商务印书馆初版（光绪三十二年岁次丙午十月）。

巨盗，害苗之蟊贼也。明火之盗，以力取人之财。美人、宫室、车马、衣服，亦明明炫诸白昼中，而吾财因之以耗，是明火而劫我也。然此犹可备而力遏也。至礼义廉耻，则蠹心滋甚，心一弗宁，财防立溃。是礼义廉耻之贼吾财，害于无形，来于无兆，非剪扑堵御，唾弃歼除，金钱之命，如属丝矣。吾乡有二豪，拥资百万，其力均可以兴学。余作书数万言哀之，乞其合群力为中学堂。在势二豪之力可举也，顾乃人许六百金，久仍弗出，学堂之议遂罢。余始为乡人哀，究乃自哀其愚。彼二人者，一唾血且死，妻子进山东蜜梨，且却之以为奢；一娶子妇求奁，妇死转喜，以为更娶者，将多得奁。之二子者，余乃欲以学堂之大义责之，余直彼人心坎中之蟊贼耳。其谬许六百金者，或为余数万言之长书作虚幌耳，宜余之不能见也。今试问读吾书者，是二豪与我胡仇，吾乃暴之揭之，不令立于人类？须知可为公益而不为，则是人即贼公者也。而彼二豪者，对吾又讵无说？彼将曰：金钱属我，我力得之，与公何与？而必破耗吾财以益人？且公非富人，公果富者，苟大出己资以兴学，我虽悭啬，亦足步公之后。嗟乎！是语发，畏庐窘矣。《刘子·随时篇》曰："明镜所以照形，而盲者以之盖卮；玉笄所以饰首，而秃妪以之挂杙。"今金钱之于财虏，明镜也，玉笄也，吾少取以兴学堂，则盖卮矣，挂杙矣。矧吾之寒素，又宁足以动之耶？《潜夫论》曰："使处子虽抱颜、闵之贤，苟被褐而造门，人犹以为辱，而恐其复来，而况实有损者乎？"余今其果损之矣。惟余无颜、闵之行，故降志辱身，与伧荒语；果为颜、闵，又宁识是人者？顾天下大有不可解者，拥资而不为义，如吾乡之二豪；拥资而多行不义，如欧洲之腓力，卒皆无动于心。孟子性善之言确乎？呜呼！余之言此，非有所私乞于二豪而不得者；其愤者，愤公益之不立，余乡子弟，无以趣于学也。故言之纷乱，初不关涉于是书，乃絮絮言之，如报章之言论。读者当为畏庐哀也。

皇帝光绪三十二年六月十五日，闽县林纾叙于春觉斋。

——录自商务印书馆 1906 年初版

《橡湖仙影》题词

（林纾）

摸鱼儿·安琪拉

荡林光，半湖新水，画楼侵晓微雨。双鸦小啄罘罳动，人向嫩春林墅。襟半举，扫一片，花痕敛人痴心绪。湖阴片语，看云影移钗，苔香吹履，描写好眉妩。

定情许，何限愁根爱缕，窥人偏少鹦鹉。山容水态吟鞭远，地下月中酸楚。谁见觑，歌舞地，天涯也有鸳鸯浦。沧波逗汝，竟小劫存莺，横风聚燕，两两背花去。

小重山二首·佳而夫人

别业东风万柳丝。朱楼斜日里，见朱扉。玉箫声向舞筵迟。腰围小，收狭砑罗衣。春聚远山眉，重重挑不动。个人痴，去时追想乍来时。空留得，阑外海云飞。

践破门前一道苔。入门闻笑语，燕归来。玉簪花碎美人怀。东风峭，还忆去时栽。琴调几分谐。新人兜不住，旧人猜。一腔花气展书才。争知道，花底有人挨。

畏庐居士倚声

——录自商务印书馆 1906 年初版

《雾中人》①

《雾中人》序

林纾

古今中外英雄之士，其造端均行劫者也。大者，劫人之天下与国；次亦劫产；至无可劫，西人始创为探险之说。先以侦，后仍以劫。独劫弗行，且啸引国众以劫之。自哥伦布出，遂劫美洲，其赃获盖至巨也。若鲁滨孙者，特鼠窃之尤，身犯霜露而出，陷落于无可行窃之地，而亦得赀以归。西人遂争羡其事，奉为探险之渠魁，因之纵舟四出。吾支那之被其劫掠，未必非哥伦布、鲁滨孙之流之有以导之也。顾西人之称为英雄，而实行劫者，亦不自哥伦布始。当十五世纪时，英所称为杰烈之士，如理察古利弥、何鉴士、阿森亨、阿美士者，非英雄耶？乃夷考所为，则以累劫西班牙为能事，且慷慨引导其后辈之子弟，以西土多金，宜海行攫取之，则又明明以劫掠世其家矣。今之阨我、吮我、挟我、辱我者，非犹五百年前之劫西班牙耶？然西班牙固不为强，尚幸而自立，我又如何者？美洲之失也，红人无慧，故受劫于白人。今黄人之慧，乃不后于白种，将甘为红人之逊美洲乎？余老矣，无智无勇，而又无学，不能肆力复我国仇，日苞其爱国之泪，告之学生；又不已，则肆其日力，以译小说。其于白人蚕食斐洲，累累见之译笔，非好语野蛮也。须知白人可以并吞斐洲，即可以并吞中亚。即如此书所言雾中人者，尚在于可知不可知之间，而黎恩那乃以赤玉之故，三月行瘴疠中，跨千寻之峰，踏万年之雪，冒众矢之丛，

① 《雾中人》(*The People of the Mist*)，冒险小说，英国哈葛德（Henry Rider Haggard，又译哈格德，1856—1925）著，林纾、曾宗巩译述，1906 年商务印书馆初版（光绪三十二年岁次丙午十一月）。

犯数百年妖鳄之吻，临百仞之渊，九死一生，一无所悔，志在得玉而后止。然其地犹有瘴也、峰也、雪也、矢也、鳄也、渊也，而西人以得宝之故，一无所惧。今吾支那，则金也、银也、丝也、茶也、矿也、路也，不涉一险，不冒一镞，不犯一寒，而大利丛焉。虽西人至愚，亦断断然舍斐洲之窘且危，而即中亚之富且安矣。吾恒语学生曰：彼盗之以劫自鸣，吾不能效也，当求备盗之方。备胠箧之盗，则以刃、以枪；备灭种之盗，则以学。学盗之所学，不为盗而但备盗，而盗力穷矣。试观拿破仑之勇擅天下，迨摩罗卑那度即学拿破仑兵法，以御拿破仑，拿破仑乃立蹶。彼惠灵吞亦正步武其法，不求幸胜，但务严屯，胡得不胜？此即吾所谓学盗之所学，不为盗而但备盗，而盗力穷矣。敬告诸读吾书者之青年挚爱学生，当知畏庐居士之翻此书，非羡黎恩那之得超瑛尼，正欲吾中国严防行劫及灭种者之盗也。

皇帝光绪三十二年六月六日，闽县林纾叙于京师望瀛楼。

——录自商务印书馆 1906 年初版

《雾中人》题词

李岳瑞①

校印《雾中人》全书既竟，偶有所感，率成八诗敬上，琴翁赐正：

蜑雨蛮烟郁不开，万山无语自皑皑。天梯石栈深宵度，只为连城宝气来。

---

① 李岳瑞（1862—1927），字孟符，陕西咸阳人。1898 年发起组织“关西学会”（后改为关学会，又称陕学会），积极参与维新变法活动。1905 年应张元济邀请，前往上海任商务印书馆编辑。辛亥革命后，赴京任清史馆编修。著有《春冰室野乘》《国史读本》等。

万戟如林卫起居，灵风瑟瑟护仙舆。人天膜拜庄严极，争识阴谋类贾胡。

神母归来事渺茫，狐埋狐搰剧仓皇。青田黄蘖都无据，莫信遗编出闭房。

水底惊看睡鳄摧，蛮乡亦有勇澹台。寄声碧眼虬髯客，莫谓中原少异才。

山上蘼芜自有夫，使君何事妮罗敷。驯龙狎象浑闲事，不信韬钤出彼姝。

寄语檀郎莫更痴，他生缘会渺难期。脊令原上酸风冷，正是秦娥死别时。

人天挥手事须臾，凄绝蚕眠一纸书。至竟快看完璧返，奇功谁媲女相如？

靡靡南风不竞余，凭将忠爱托虞初。佗年倘颂回天力，合让髯翁一卷书。

光绪丙午十月既望，咸阳李岳瑞

——录自商务印书馆 1906 年初版

《毒蛇圈》[①]

《毒蛇圈》[序]

知新室主人（周桂笙）

译者曰：我国小说体裁，往往先将书中主人翁之姓氏来历，叙述一

① 《毒蛇圈》(*Margot la Balafrée*，今译《刀疤麦尔高》)，侦探小说，版权页标"著者：法国鲍福；译者：上海知新室主人；总发行所：上海广智书局；发行所：横滨新民社"，"光绪三十二年七月十二日初版发行"（1906 年），初版。鲍福，Fortuné du Boisgobey，1821—1891，又译朱保高比。知新室主人，即周桂笙。曾刊《新小说》第 8 号（1903 年 10 月 5 日），第 9 号，第 11 号至第 14 号，第 16 号至第 19 号，第 21 号，第 23 号，第 24 号（1906 年 1 月）。

番，然后详其事迹于后；或亦有用楔子、引子、词章、言论之属，以为之冠者，盖非如是则无下手处矣。陈陈相因，几于千篇一律，当为读者所共知。此篇为法国小说巨子鲍福所著。其起笔处即就父女问答之词，凭空落墨，恍如奇峰突兀，从天外飞来，又如燃放花炮，火星乱起。然细察之，皆有条理，自非能手，不敢出此。虽然，此亦欧西小说家之常态耳。爰照译之，以介绍于吾国小说界中，幸弗以不健全讥之。

——录自广智书局 1906 年初版

《毒蛇圈》评语

趼廛主人（吴趼人）①

第三回：

此一回看去似是全属闲文，却全是后文伏线，阅者勿以赘谈视之也。中间处处用科诨语，亦非赘笔也。以全回均似闲文，无甚出人，恐阅者生厌，故不得不插入科诨以醒眼目，此为小说家不二法门。西文原本，不如是也。

第四回：

从第一回起至此，统共不过赴得一场宴会，读者不几疑为烦缛乎？不知下文若干变幻，都是从此番赴宴迷路生出来，所以不能不详叙之。且四回之中，处处都是后文伏线，读下文便知。

一个贾尔谊，一个史太太，不过从妙儿口中，闲闲提出，白路义与瑞福二人，虽亦谈及，然并未详叙其人如何，谁知却是全书关目。此是变幻处。写醉人迷离徜彷，胡思乱想，顷刻千变，极尽能事。（趼

① 趼廛主人，吴趼人笔名。

塵主人）

第五回：

毒蛇圈言其圈套之毒如蛇也。此为瑞福入圈之始。虽然，安排圈套者虽为娶妙儿起见，然未必认定要做弄瑞福。而瑞福偶然碰在圈上，遂使下文无穷变幻，都自此生出来。事之巧耶，文笔之谲耶，不可得而知矣。（趼廛主人）

第六回：

毒蛇圈未必即为铁瑞福而设，而铁瑞福不因不由，恰入其圈中，然后能演出一部奇文。

瑞福已到警察局矣。幸哉，瑞福之托生于法兰西也。设生于中国，而遇此等事，则今夜钉镣收禁，明日之跪铁链、天平架种种非刑，必不免矣。吾每读文明国之书，无论为正史为小说，不禁为我同胞生无限感触，此其一端也。

第七回：

瑞福只存了一念与人方便、自己方便之心，遂致入人圈套，受累无穷。世路险巇，人心叵测，如是如是。瑞福自云，当时并非具有完全仁义道德心，不过酒后忽略世情，仅以常情度之，致入圈套。足见非十二分清醒，不足以立于社会中，与一切人周旋也。可叹！

将死妇人之尸，细细铺叙，有匣剑帷灯之妙。

第八回：

瑞福挺身，愿作先锋前敌、侦探罪人，而处处不免于高利书之疑。吁！世情果如是耶？吾不禁为热心任事者，同声一叹。此志士灰心之所由来也。

瑞福抢步入门，忽被一盆药水，兜头一泼，以致双目失明。非独瑞福当日不及料，抑亦读者今日所不及料也。此是一部书中，大波澜处。

第九回：

凡遇一疑案到手，只要细心体察，虽未必骤能尽得案情，然亦未有不略得眉目者。观此回于空室中搜寻，不见一人，惟发现闲闲几件物件，彼警察中人，各述其意见，此案之情节，已相去不远矣。夫岂徒以刑求者，所得梦见耶！后半回妙儿思念瑞福一段文字，为原著所无。窃以为上文写瑞福处处牵念女儿，如此之殷且挚，此处若不略写妙儿之思念父亲，则以慈孝两字相衡，未免似有缺点。且近时专主破坏秩序，讲家庭革命者，日见其众，此等伦常之蟊贼，不可以不有以纠正之。特商于译者，插入此段。虽然，原著虽缺此点，而在妙儿当夜，吾知其断不缺此思想也。故虽杜撰，亦非蛇足。（趼廛主人）

第十回：

此一回，专写妙儿之承欢，瑞福之体贴。无论狂妄之辈，讲家庭革命者，所梦不得到，即家庭专制者，亦断断乎不能臻此境界。父女之间，无一处不是天性，无一处不是互相疼爱，真是一篇教孝教慈之大文章。（趼廛主人）

第十一回：

上回极写父女之谊，此回却又极写师生之谊，是直今日社会之教科书也。然而吾知必有议其后者，曰“奴隶性质”。（趼廛主人）

第十四回：

瑞福云：“这个女流氓，要有一天到了我的掌中，我可一定不饶恕他。”我先告诉你们，此数语是为后文瑞福杀人报仇张本，故此处

先伏一笔，阅者须牢记定。(趼廛主人)

第十八回：

吾闻诸新学少年之口头禅矣，曰文明，曰自由，一若一文明，则无往而不文明；一自由，则无往而不自由者。然吾骤闻之，吾心醉之，吾崇拜之。

又曰：自由结婚。吾骤闻之，吾心醉之，吾崇拜之。窃以为夫妇，为人伦之始，使得自由，自可终身无脱辐之占，家庭之雍睦，可由是而起也。乃观于此回，而为之嗒然。此书吾阅之未终篇，其结果如何，未之知也。然观于此阿林、毛毛之问答，固俨然夫妇矣。乃若是，乃若是，自由国之人民，岂犹有问名、纳采、父母命、媒妁言之缛节，以束其自由耶？岂犹彼此未相习，即结婚耶？今而后，知文野之别，仅可以别个人，而断不能举以例一国。如谓可以例一国也，则如此人者，胡自而来也？吾岂欲于此小节处，故为龂龂辩哉。吾恶夫今之喜言欧洲文明，欧洲文明者，动指吾祖国为野蛮也，故举此以叩之。(趼廛主人)

第十九回：

按：此回中所译，若陈家鼐诸人之装束奇离，阅者骤睹之，当未有不以为怪者，不知彼国风俗固尔尔也。欧洲各国戏园，富丽宏壮，法国为最。其造法虽各各不同，然结构大抵与上海张园安垲第仿佛，不过巨丽过之。自入门以后，除楼上、两旁包厢之中，皆为贵家妇女，凭栏闲眺之所外（大半与男子并坐），其中庭之中，男女杂沓，十百成群，奇形怪状，不可究诘。此辈其实并非优伶，大抵皆听戏之人，有意装成怪样，博人一噱。亦有借此乘间勾搭妇女者，盖入其中者，相遇之下，即可牵手狂跳，以为笑乐。而跳戏之名，谅亦由是而得焉。(新庵)

右为译者自注。观于此，足见所谓文明国自由之风俗矣。今之心醉崇拜自由者，得毋亦以此故乎？或曰：若脑筋中，旧习未铲除，故

以为异，而不满之耳。诚然，则吾不敢辞。（趼廛主人）

第二十回：

扮西班牙女子之人，写来闪烁异常。其果顾兰如耶？果麦而高耶？抑皆非耶？迷离扑朔，即阅者今日，尚未必能辨，遑论当日陈家鼐耶？

动之以酒，动之以色，动之以重价，皆不为动，陈家鼐自是好汉。（趼廛主人）

——录自广智书局 1906 年初版

《虞美人》①

《虞美人》叙

吴人达②

东居数载，性懒散，又不欲与恶社会为俦，暇辄以书自遣。一日走古肆，得《虞美人》，大喜，且读且译。自古惟真英雄，有真性情。苏武之眷眷胡妇，项羽之不能忘情虞美人，类非浅夫俗子所可与语。顾虞兮一歌，唱和以外，其事实载籍罕闻，篇中所叙或不能无疑，是又过矣。中国叠经兵燹，其典籍之流入日本，而为藏书家所无者，不胜屈指。虞世南之《北堂书钞》，是其例也。英雄如项羽，山河百战，

① 《虞美人》，小说，日本宫崎来城（1871—1933，又名来城小隐）著，吴人达译，所见本版权页残缺，可见“光绪三十二年十月印刷；光绪三十二年十月出版”（1906 年）字样。“光绪三十三年八月再版”版权页标“译者兼发行者：吴人达；印刷所：翔鸾社井上印刷工场”，另有“光绪三十二年十月出版”字样。

② 吴人达，生卒年不详，清末举人，曾留学日本明治大学，翻译有《尧舜时代之制度》（日本法学博士户水宽人著）、《明代豪杰传》（日本铃木光次郎辑）、《军旗美谈》（日本笠原保久著）等著作。

刀折剑摧，而其死也，独美人不能去于怀，是乌可以无传？顷者，秦晋大吏，先后电招，将就归途，匆促付梓，不及修饰，因志数语于首。

丙午十月，吴人达倚装识。

——录自 1907 年吴人达再版

《虞美人》(安雅书局版)[1][序]

吴人达

宫崎来城者，日本筑之久留未人也。数年前曾来我国，游于秦蜀之间。来城极工中学，多所著，彼邦之文人墨客皆推为文坛老将。此篇殆其游戏之笔耳。

译者识

——录自安雅书局刊印《虞美人》

《险中险》[2]

《险中险》凡例

鸳水不因人[3]

一　是书原名《航海遇险日记》，为意人莫克杰而律士所著。后

---

① 本序摘自国家图书馆藏本，该本扉页标“安雅新小说，安雅书局刊印”，正文署“日本宫崎来城小隐著，吴兴世舍人直译”，无其他出版信息。

②《险中险》，小说，正文标“英国亨利美士著，鸳水不因人译”，版权页标“印刷者：科学会社”，“丙午三月出版”(1906 年)，初版。

③ 鸳水不因人，另译有《深浅印》(英国柯南道尔著，1906 年小说林出版)，其他不详。

由英人亨利美士点缀成书，乃易其名曰《险中险》。

一　是书原分章节，以译成华文有失枝脱节处，乃将其章节删去，连缀成篇，以贯语意，而免断续不连之病。

一　是书既连缀成篇，融洽为一，则以上原有之总节目，亦删而不译。

一　原书人名、船名，如杰而律士、勃劳来、爰儿托斯等名，但译其字，而不译其义，从其音也。此外，如遇巨蛇等一切事迹，西人不名为蛇，兹概译以华名，从其义，且俾阅者一览晓然也。

一　书中地名、人名，其旁均志一直。而『』则为特出语，或问答及引用语，用以醒眉目。

一　地名、人名之已志直于前者，后不复直。

一　原书文义奇奥，余不文，恐不足餍阅者意，幸谅之。

——录自科学会社印 1906 年初版

1907 年

《栖霞女侠小传》[1]

《栖霞女侠小传》评话

一　专喜事迹离奇者，此种人必轻薄，无道德思想，不许读是书。

一　不好寻绎意义者，此种人必粗率，无科学思想，不许读是书。

一　急欲知其究竟者，此种人必浅狭，无植立思想，不许读是书。

一　溺于声色者，此种人无一时非邪念，不许读是书。

一　陷于货利者，此种人无一时肯安分，不许读是书。

一　知孔子而不知释迦者，此种人过于迂拘，不许读是书。

一　知释迦而不知孔子者，此种人太无检束，不许读是书。

一　非真曾入世者，此种人亦不能出世，不许读是书。

一　非真曾出世者，此种人亦不能入世，不许读是书。

一　但知其事，不知其义者，不许读是书。

一　未知其事，先论是非者，不许读是书。

评话已毕。

评书者，儒冠和尚先大欢喜。

---

① 《栖霞女侠小传》，小说，日本岩谷兰轩著，亚东破佛（彭俞）译，儒冠和尚（一般认为即彭俞本人）参评，版权页标“总发行所：集成图书公司；发行所：开明书店、点石斋”，“光绪三十三年正月初版”（1907 年）。1907 年正月初七（2 月 19 日）至正月二十一日（3 月 5 日）又连载于《申报》。

著书者，兰轩大欢喜。

译书者，破佛大欢喜。

读书者，国民皆大欢喜。

——录自上海集成图书公司 1907 年初版

《栖霞女侠小传》[评语]

（彭俞[①]）

第一章（出入世界之奇境）

第一节（绪论）：

译者曰：余亚东一穷士也。丙午春，友人有自东京返者，出《栖霞传》赠余，乃东京文学士岩谷兰轩之所自述也。余读首章之第一节，嘅然而欷曰：若我者，殆只有兰轩之所悲，而不有其所乐者欤，抑知求有其所悲者而不可得，则余读之益自悲，且又为世之不得志者悲。

或曰：有兰轩之所悲，然后悲，不有兰轩之所悲，则可以不悲。可以不悲，然后能各求其所乐而乐之，其乐固不必逊于兰轩之所乐也。斯言也，余亦以为然。

是故读是书者，不有兰轩之所乐而亦乐，不有兰轩之所悲而亦悲。悲与乐，固不在兰轩而在我。

第二节（世外境象）：

译者至此，又喟然而叹曰：此乃荒秽枯寂，不可一朝居之境界

---

① 彭俞（1876—1946），字逊之，号无心居士，别署亚东破佛、破佛、儒冠和尚、盲道人、浮邱子、竹泉生、守愚氏等，原籍浙江绍兴，幼年落籍江苏溧阳。1906 年至上海从事文学活动，1907 年创办《竞立社小说月报》，后出家为僧。著有《双灵魂》《泡影录》《闺中剑》等小说。

也。文明之国之人士，非特不愿已之处此境界，抑亦不愿国中有此境界，且并不愿地球上有此境界。然而此种境界，卒至于无地无之。而如兰轩者，又且以得处此境界为乐。呜呼！此惟遗世而独立者，可以喻于斯乎。

第三节（罗笺诗）：

译者诵罗笺诗，愕然奋袂起曰：为此诗者，岂范希文之流亚欤，抑何自任之重而所愿之大也。凡天下不得志之士，处穷谷，饭菁茅，不与物接，使读此，皆当兴起，毋恝然忘斯民！

既诵兰轩和诗，又嗒焉沮丧曰：悲哉！悲哉！求乐得忧，求福得祸，区区短梦，辄遭魇魔，大造虐待我，又何若是其甚哉。凡天下享尊荣之徒，居画楼，拥艳姬，醉心歌舞，使读此，皆当警悟，毋惛然昧此生。

有聋客，闻破佛语，不甚了了。儒冠和尚因又疾声呼曰：毋惛然昧此生，毋恝然忘斯民！

第四节（入世之机纽）：

译者曰：余幼遇一女郎，其行孝友，其貌端雅，甚爱之，非爱其美，特羡其高洁也。故好色一端，亦足以证人性之善。今置身世外如兰轩者，亦不免有是心。此周南之诗，所为冠于国风者乎！物之相求，各从其类，欲知人者，亦观其所爱慕而已矣。

读俊伯诗，志在莘野渭滨；读兰轩诗，又在箕山颍水间。虽然，隐见有时，穷达固不足论也。

儒冠和尚曰：惟真曾出世者，为能入世。亦惟真曾入世者，为能出世也。知孔子、释迦者，必谓余言不谬。

第五节（不容置身局外）：

译者曰：既有生，何必死？既有死，又何必生？问之彼苍，彼苍不能明告我。我于是生亦可，死亦可，无可无不可。若是，则为与世浮沉，大不可。

我生以前，我欲不生，我未能。我于是既有此生，但求所以乐吾生者。酒可乐，我乐之；声可乐，我乐之。若是，则为荒淫无度，又不可。

我之将死，我欲不死，我未能。我于是既有此死，更不妨速死。水中可以死，火中可以死，白刃之锋可以死，丛花之间可以死，荒芜之地，亦可以死。若是，则为自戕其生，又不可。

我之生，天生之，我自弃此生，有大罪过。我之死，天死之，我自弃此死，亦有大罪过。然则生也，死也，皆听之天可也。天曰：不然，汝可以生则生，可以死则死，一生一死，吾与汝共勉之。

列星闻之大呼曰：我不愿生，亦不愿死。天曰：呜呼噫嘻！汝不生，焉有汝？汝已生矣，焉得不死？

列星又大呼曰：悲夫嗟哉天也！天不生，焉有天？天既生矣，将亦有死。天曰：然，然则人于生死之故，又何必存悲乐之心于其间？饥寒也，穷困也，忍之须臾，同归于尽矣。然而有不能须臾忍者，则必避所悲而求所乐；求所乐而不得，则必竞争。始则竞争者二三人，继则竞争者数十百千万，终则竞争者遍于地球，于是乎不言死生而言竞争。

嗟乎嗟乎！兰轩乎，俊伯乎？译书者乎，读书者乎？生乎，死乎，竞争乎？

第六节（倏忽飘渺）：

译者曰：以我茕茕者为牺牲，以彼悠悠者享幸福。闻斯言也，虽畏天命悯人穷如我仲尼，亦当作世外之游。此其所以欲乘桴浮海而居九夷者乎？

抑知凡我国民，皆当享幸福，欲享幸福，皆当为牺牲。倘欲享幸福，而不肯为牺牲，则是不愿为荦荦，而甘为悠悠者。一家悠悠一家灭，一国悠悠一国亡，所谓幸福，何从得而享之？

吾知我仲尼必有一言告天下，曰：悠悠者毋得入世界中，在世界中者毋得悠悠。吾又知我释迦亦必有一言告天下，曰：悠悠者毋得出尘世，出尘世者毋得悠悠。儒冠和尚不解所谓，问于破佛。破佛曰：此言悠悠者，既不容于世界之中，并不容于世界之外，其生也无气节，其死也无灵魂，入于空气，汩然而灭。

儒冠和尚大恸曰：我既不得享幸福，又不得为牺牲，孰知余之荦荦，而何以容此身？

破佛低眉而笑，说偈曰：汝果荦荦，何患不福？一花一竹，为汝芬馥，一邱一壑，供汝往复，待时而作，汝毋欲速。

第二章（祸福忧喜相倚伏）

第一节（保种族）：

译者读鸡鸭鱼虾之论，舌已结，不能复赞一辞。请问读者亦有说否？

儒冠和尚问于破佛曰：若俊伯者，不亦可爱之甚耶？破佛曰：诚可爱。儒冠和尚曰：孰敢爱之？破佛首肯，笑而不答。

第二节（入世情味）：

儒冠和尚曰：仲尼至此当云何？释迦至此当云何？破佛曰：皆大欢喜。仲尼曰：尽美矣。释迦曰：善哉。

儒冠和尚曰：此何故？破佛曰：一人热心于世界，数十百人享其幸福。俊伯之立志昭昭，如日月大风雷雨，非人之所能为也，天也。

是故，舜禹者，圣人之大幸；汤武者，圣人之大不幸。太姒者，贤女之大幸；俊伯者，贤女之大不幸。

儒冠和尚又曰：今有藉口者……。语未毕，破佛急摇手曰：止止止渎我，俊伯有大罪过。儒冠和尚大警悟，拱手膜拜者三。

第三节（塔夜倾谈）：

儒冠和尚叹曰：相距十丈，是有粲者，视而不见，何其高也。切于爱慕，未能绝迹，相见漠然，何其洁也。磨而不磷，涅而不淄，可以久则久，可以速则速，仰不愧于天，俯不怍于人，兰轩、俊伯，殆有之矣。

第四节（美人无影）：

破佛曰：美人在怀，倏已无影，一经入世，便尔烦恼。嗟乎，嗟乎！此兰轩之所以厌弃世俗者乎。虽然，世界中皆如兰轩之为人，亦何烦恼之有哉。

第五节（历漂流之险）：

破佛曰：一片热肠，动遭磨折。《诗》曰：民今方殆，视天梦梦。有皇上帝，伊谁云憎？噫！大造虐我若是其甚，虽欲上不怨天，而可得乎？

儒冠和尚曰：至此忽闻世外之歌，令人不堪回首。正如楚狂荷蒉，忽然一遇，使人心如死灰。

第三章（感情百方面）

第一节（群女争婿）：

儒冠和尚曰：余读是书，疑兰轩为俊伯传，而不为栖霞。不尔，何以至此始有栖霞之名耶？然我脑中固已跃跃早有一栖霞在，不禁喟然叹曰：栖霞，其犹龙乎！

第二节（揭示女侠之意趣）：

译者曰：古人有言，知子莫若父。南陵夫人之揣度栖霞，吾未稔其果能无谬否也。吾不幸吾生也晚，思得一见仲尼，未能也；思得一见释迦，又未能也。今兰轩、栖霞并世而生，然且未得一见。悲夫！

虽然，诵其诗，读其书，夷考其行，想见其为人，则千里如一室，千古如一时，又何必效杜少陵赋隔叶黄鹂之句哉？

儒冠和尚曰：读此节，如入庐山，如入山阴道，如入水晶宫，如入泰西博物观，一时耳目心意，不知所以安放矣。嘻，神哉栖霞！

第三节（登男山绝顶之栖霞亭）：

译者至此亦挥涕而言曰：嘻！吾自此不复见栖霞亭矣。苟凡所见有悬然四柱者，皆牛车棚子而已矣。

第四节（侠术）：

或曰：有栖霞之神术，然后可以为栖霞之所为。破佛曰：不然，能为栖霞之所为，始能有栖霞之神术耳。夫世界中大奸巨恶，诡秘阴险，其术未尝不神，然其所以为奸恶，非术使之也，亦惟欲为奸恶，而后求为诡秘阴险之术耳。

虽然，为善之术遍国中，而莫之从也；为恶之术，不待师承，一若出之性成者，此弱国之大祸种哉。

第五节（余情如海无涯涘）：

译者曰：苟非圣人制礼，则人与禽兽无别。舟车所至，人力所通，凡能自立者，莫不有圣人之道焉以为之本也。吾考泰西礼制，严于中国，虽母党之亲，亦三世不得为婚姻，然而倡自由结婚者，弃而弗言。窃恐皇皇巨室，鲜不为劫灰者矣。

儒冠和尚曰：养生送死，可以无憾，是为定分，然而求此多不得者，此天下事所以殊不了也。

第六节（剖仇人之胸）：

儒冠和尚曰：栖霞刳菊田之胸，而不断子坚之臂，吾方以为少一举，岂云多耶？抑知栖霞之用心殊不然，而吾亦郁伊引盼，惆怅欲绝矣。

第七节（生离死别）：

破佛译书既，悽惋惝恍，寸肠百结，顿觉惜别怀人，感时悼世，已往未来，万虑纷然，虽有南华老人书，弗能读矣。此时情味，有旧作眼儿媚词一阕，如左：

非恨非酲思悠悠，聊复独登楼。一钩新月，数声残角，万斛闲愁。

不知烟水苍茫里，何处是瀛洲？十年离别，百年身世，都上心头。

——录自上海集成图书公司 1907 年初版

《拊掌录》[①]

《拊掌录》欧文本传

华盛顿欧文，父曰威廉欧文，母曰撒拉。欧文次八，为威廉之少

① 《拊掌录》（*The Sketch Book of Geoffrey Crayon, Gent.*，今译《见闻札记》），小说，美国华盛顿·欧文（Washington Irving，1783—1859）著，林纾、魏易译述，商务印书馆 1907 年初版（光绪三十三年四月）。商务印书馆 1925 年 4 月版，刊有严既澄所作《导言》。

子，生于一千七百八十三年四月三日，在纽约城中诞也。父为奥克内岛之故家，母则英伦法而墨斯人也。华盛顿四岁入蒙塾，至十六岁业毕，乃读律。所学长于腊丁文及音学，与大普通之学。然自幼已博览群书，学古人为文，能曲肖。少读《鲁滨孙飘流记》，及《葛利佛海外奇闻》，甚艳其事。而尤沉酣于前代遗事，恒至剧场中观演古人义烈诸状。然威廉不谓善也，故华盛顿恒背父窃出。一千八百零二年，就霍夫曼为律师，遂精究古文。累患剧疾，因常出美洲北境，吸取天气。病中多为文字，付之报馆，第不署其名。至五月，遂赴欧洲，居法国包度城六礼拜，遂学法文，纵观法国风物以增扩眼界。已沿地中海凭吊故墟，探索陈迹，用为稽古之佐。所至地如西西里、几奴亚、奈白而司、罗马，一一周览其胜，尚见鼐利孙以水师出抵拿破仑兵于海上。迨至罗马时，观其美术音乐图画，乃大歆羡，遇画家阿而司东，劝之治画。而欧文知不能至，遂谢此画师，仍旅行，观名山水以自遣。盖欧文者与旅行近也，每有所触，辄悟于心，又随遇而安，无复乡思。览胜复至瑞士、尼柔兰，巴黎、伦敦，一一周历。既至伦敦，访大文家约翰堪布科克西敦夫人，论文称契。一千八百零六年二月，归美洲，循资已可为次律师，顾乃弗就，与其兄威廉雅各波儿定倡为愤时嫉俗之报章，半月一出版，一时颇称最。欧文蕴其所有，至是始见其端。一千八百零九年，为《纽约史》，中寓谈诙，亦托名为他人手笔。是书出，众争集购，传诵其书。方其书未出时，先布之新报中，言有尼格薄格者，居逆旅中，忽尔避匿，乃逃赁不偿主人，寓中遗留此稿，主人取而印刷，聊代赁值耳。时霍夫曼次女马忒而达与欧文初订婚约，乃以十八岁夭，欧文感旧，乃终身未娶。《纽约史》出，司各得极以为佳，言其文字乃大类司威夫忒书。原与其兄彼得同制，彼得未卒业，舍去，客欧洲，欧文乃足成其书。明年，华盛顿乃与诸兄集股立肆于利物浦，自不临肆，但坐分其利，仍为文，寓裴城报馆，文皆传美洲战士。一千八百十四年，佐大帅汤母金幕府。一千八百十五年，复至欧洲，而利物浦之肆乃失耗无利，欧文遂肩商业。顾虽精专于是间，然尚欲旅行，复括其旅行所见，笔于是书，且与一时文士过从无虚日。时其兄病剧，商业复大耗减。一千八百十六年至十七年，欧文穷逼乃不可状。然是年见司各得，观其家庭雍穆，道气盎然，遂大欣慕，订交焉。一千八百十八年商业罢，欧文家居，水军部辟为记室弗就，司各得遂延入司各得书肆中撰文。一千八百十九年，是书成。书出乃大风行，家食资之。方书成时，挟其稿叩墨雷书肆，嘱其印刷，且有司各得荐书。而墨雷拒之，欧文乃别付他肆，而他肆旋亦罢业，书乃勿出。司各得谆劝墨雷以二百镑购之，书既大行，墨雷复倍其值。一千八百二十一年，欧文于巴黎著《白雷司白力其传》，二十二年书出。是年适游德国遮司登，二十三年复入于巴黎。二十四年成《旅行述异》，众复称道其美。一千八百二十六年，为美使者属官，居西班牙都城，使者令摭拾哥伦布遗事，译为成书。书成，政府赐三千几尼亚，而乔治第四亦赐以金牌。是后，侨居西班牙南境。一千八百二十九年，成《格拉那大战纪》。一千八百三十二年所著之《大食故宫记》出版。前此著书时，恒日窥涉故宫，竟署本国使者参赞居英伦，欧文初不应，辞久乃可。未出《故宫记》之前一年，成《哥伦布同伴》一书，而英政布赐以法律博士位号。明年归纽约时，居外十七年矣。归时，国中名宿皆出迓，相与过从。欧文遂构别墅，名曰迎晖草堂，去黑逞河逗遛镇未远。欧文将即是间为娱老计，复出游美洲之西偏，久之乃归。其西行也，得书名曰《西部草碛旅行记》，于一千八百三十五年出版。是年成书共四种。一千八百三十六至四十一年，恒为文付报馆，后乃编为成集。一千八百四十二年至四十六年，奉使出西班牙矣。旋归迎晖草堂，著《穆罕默德世家》及《华盛顿本纪》二书。成后未三阅月，欧文卒于草堂，时一千八百五十九年十一月二十八日也。欧文者，为英之名家推奖为美洲第一能文者。自有欧文，美之文人亦渐出。前此西班牙历史说部，美人无一知者，至是眼界始廓，因之美人亦稍稍考求他国遗事。而欧文生平著录，持论无复偏倚，一衷于正，不示人以瑕隙。欧文气量宏广，而思致深邃而便敏，行文跳踊变化，匪夷所思。其雅趣高情，则可肩随爱迭生，又博古，广裒遗典，叩以所有，无不立应。文中描写山水美术，读之如览图画。旁搜远绍，如《格拉那大战纪》，故稽索陈典，无一遗漏。至于调诙之笔墨，尤隽妙可人意。欧文所著书，每部必派别其文，不名一格。独此部则庄谐咸备，而吊古欷歔，尤生人无穷慨叹，然皆本忠厚而不伤于朘刻。其写生则栩栩欲生，几凌纸怪发，纵多讥讽，亦不伤于刻毒。其中叙耶稣圣节，则熙熙然太古之遗风也；其凭吊古人，则飘飘然无胶固想也。他如《李迫之梦》《蒙师之亡》，均寓言，可供喷饭。欧文殆奇才也！

录国史本传

——录自商务印书馆1907年初版

《拊掌录》(1925年本)[①] 导言

严既澄[②]

一、引　论

当美洲合众国的文学界上还没有放射出华盛顿·欧文的光焰来的时候，英国有一位很负时誉的著作家雪泥司密斯（Sydney Smith,

---

① 版权页标“原著者：Washington Irving；译述者：林纾、魏易；校注者：严既澄；发行者：商务印书馆”，“中华民国十四年四月初版”。

② 严既澄（1900，一作1889—？），原名严锲，笔名严素，广东四会人。早年留学日本，1921年入商务印书馆工作，后任上海大学、北京大学等校教职。译有《进化论发现史》《现代教育的趋势》等著作。

一七七一——一八四五）曾经很轻蔑地加美国著作界以一句总评道：“有谁会读一本美国的书呢?”这一句评语，其实也不能算是这位著作家的一人的私言；他只是很不客气地拿这一句话来表示那时的英国学者所同具的观念而已。那时候英国的文人、学士，大概都以为这一片讲平民主义的野人所居的蛮荒绝域里所能够产生出来的，只有一些奇怪鄙僿的东西，绝不会有高华优美的文学呈现于世人的眼前。实则在那时这样想着的，也何尝只有英国的文人？就是美国人自己的意思，也何尝不承认他们自己确然没有什么杰出的文学产品足以和他们的母国的繁富的出产相抗席？因此，他们大概都怀着很热烈的想望，一心希望他们果真有在文学上获得母国的奖誉和信服的一日。就在这样的时期和情势里，我们这位《拊掌录》的作者络绎地发表出他的诙奇而驯雅的故事创作来：像天然风景一般地自然，像人人在儿童时代所同嗜的故事一般地清凉而多趣；它的取材是新鲜的，创作的；它的格调是高华的，雅丽的，在那时的英国作家里，实在找不出一个具有同样的风格的文人来。于是一时文坛的壁垒，为之一新，一时文人的耳目，为之一震：凡是用英文著作的文学家，都很惊奇地竞相传诵这第一个值得注意和称美的美国文人。当时英国的文学界的泰斗，是拜伦（Byron，一七八八——一八二四）和司各德（Scott，一七七一——一八三二）两人，而这位美国新进作家，经过许多英国的批评家一致地推崇称美之后，便已居然达到了“追逐李杜参翱翔”的光荣的地位。到这时候，司密斯的那句轻薄的问话，总算被他很满意地回答了。

英国十九世纪的大文学家，和狄根司（Dickens，一八一二——一八七〇）平分一时的文坛豪望的沙克雷（Thackeray，一八一一——一八六三）曾号欧文为“新的文学世界派到旧的文学世界来的第一任大使”(the first ambassader whom the New World of letters sent to the old)，这个名辞，很足以表示当时的英国文学家欢迎欧文热情。这时候的美国人，不是正在渴望着一个普遍承认的天才的作家，以湔涤向来所受于母国的讥笑么？现在，他们居然听见母国的文坛健将以这样的荣名加于他们的国人身上，他们是怎样地惊讶而且欢忭啊！他们应当以怎么样的热情来欢迎这个国人，而鼓舞着他，使他更起而与母国的文学名家相角逐于英文的文学界上啊！欧文在他的中年以后的半生里，享尽多少荣誉，这正是分所应尔的事情；而美国的批评家，竟以“美国文学的始祖”的头衔贡献于他，也正是没有什么矜夸过当的地方。就欧文对于美国文学界的功劳和影响看来，他自然是应当永远享受着美国人的“馨香俎豆”的崇拜的。就是后来美国有了比他更为出色的文学家，也绝不会动摇得了他的地位啊。

然而这位文学家，也自然和其他的伟大的文学家一样，所影响及的，并不以英语的民族为范围；他的无尽的光荣，也当然是普遍于全世界的。在他诀别了这个世界以后的这六十年内，他的荣誉只有一日日地增加；而他的享受崇拜的地域，也只有一日日地推广。约摸当他死后的第五十七八年左右，他的故乡的隔着一个太平洋的对岸上，又多了一个顶礼膜拜于他的巍巍高座之下的十九岁的少年——那就是现时做这一篇《拊掌录导言》的我。我现时还是很清楚地记得：在那时初读他的《克莱因先生的杂记》(*The Sketch Book of Geoffrey Grayon, Gent*，就是这本《拊掌录》的原名）的时候，已经“五体投地”地敬礼而且爱慕这位文人——并不是由于知道他的文章做得好，而实是出于极端爱慕他的清凉而悠远的心境，他的温柔而丰厚的感情，和他的优游而纯净的身世。那时候，我所受于他的印象极为深刻清明，使我后来进而读他的《阿尔汉白勒故宫》(*The Alhambra*，就是林纾译的《大食故宫余载》）和《华盛顿传》《旅行述异》等书的时候，便觉得随处都能够了然看见这位文人的风格和感情，他的一字一言，都能够深深地感动我的心灵深处；在这一方面说来，世界上似乎再也没有第二个文人的作品，对于我能够有同样的能力了。还记得我那时的日记上，常常有提及这位作家的地方；而在一页里略述过他的身世而后，曾经很感动地自己写了“去住翛然，无挂无碍；仙乎此境，跂予望之矣！”这两句话。自然的，个人的嗜好，有作者和读者间的性情的同异为之左右，我自己也知道我对于这位文人的爱慕和敬仰，也许有很多过当的地方。即在我所读过的小小部分的文学作品里头，也不见得就果真没有比这位文人的几部名著更富动人的魔力的。因此，我便自己觉得：如果我是有替人作导言或评传的资格的，那么，在英文文学界中，最适宜于我的这种工作的文学家，便要推这位华盛顿·欧文。我自己知道：我的少年的生活，的确曾经有过一个很为他的作品渲染过特殊色彩的时代；直到今日，他还是受着我的热诚的崇拜和爱慕的英雄之一。我现在就以这种热烈的感情，很敬慎地将这位英雄和这本足以想见他的为人的名著介绍于我们的初次和他相见的读者之前。

二、华盛顿·欧文的生平

华盛顿·欧文生于西历一七八三年四月三日，而卒于一八五九年十一月二十八日。他出世的一年，就是美国的独立事业完全成就——与英国签订《巴黎和约》——的那一年，而他去世的一年，则恰是达尔文（C. Darwin，一八〇九—一八八二）的划分学术界的前后世界的《物种原始》初次出版的时候：我们只要记着这两桩文化史上的大事情，就容易记得这位文人的生卒年代了。他诞生的地点，是纽约城中的威廉街（William Street）。他的父亲在年轻的时候，曾做过英国的邮船上的小官员，过了好些时候的海上的生活；等到结了婚之后，他便离开海面，在纽约经营起商业来。他是一个严整而诚恳的教徒，而他的妻则是一个温和细致，很有智识的女人；他们一共生了十一个小孩——其中长大成人的凡七个——华盛顿·欧文便是他们的最小的儿子。他们的家庭是严整有规则的，那些小孩子，都很恭敬他们的父母。

欧文的幼年时代，并没有什么出色惊人的地方：在学校里，他也只是把日常的功课做得很好而已，不会显示出什么过人的天才。他的几位哥哥，都曾受过大学的教育，而他的学校里的生活，则过的并不很长：才到十六岁，他就离开了学校了。这种情形，固然有一半是因为他的身体不好，但也有一半是由于他的厌恶学校里的平凡的，刻板般的功课。本来无论那一种的刻板的生活，都是他所深恶痛绝的；因此，当他的哥哥们顾虑着他的脆弱的身体的时候，他自己也早已有了急要摆脱这种束缚的心思。那时候他所爱读的，都是那些关于游历的书和几部有名的神话故事之类：这些书里，最足以引起他的漫游的兴致的，就是《格兰那大的内争史》(*History of the Civil War of Granada*)。除了读他所爱读的书以外，他又欢喜看戏：常常在他的严厉的父亲以为他已经安睡了的时候，暗地里跑到戏园；在这几年之中，他看了不少的名剧了。他还有一种很重要的嗜好，就是爱东涂西抹地乱做文章。据说：他在十岁的时候，已经做过一首诗，去调笑一个同学；在十三岁时，又编过一本戏剧。到了他离开学校的时候，他居然有几篇关于道德的论文发表在一种周报（*The Weekly Museum*）上了。这些东西，自然都是不十分重要的，但也可以表示他的童年时代的文艺的倾向。

从他离开学校到他的二十一岁这五年间，也没有什么可记的事情。他学了几年法律；但法律对于他的没有意味，也正和拉丁文差不多。他天然是一个优游闲散的人；在这研究着不合口味的学问的时候，他的单调无聊的生活，只有借着近地的旅行随时消遣过去。除了旅行以外，他又做了一些文章，发表在他的哥哥彼得（Peter Irving）所编的晨报（*Morning Chronicle*）上，署着阿儿司泰（Jonathan Oldstyle）的名字。这些文章，都是讥评那时纽约的时髦风气的论文，虽然未曾豁然大显他的天才的锋芒，但从一个十九岁的青年做出来，总算是难能可贵的。而且从这些文章里，我们已经可以看出他对于文学的好尚来；它们都是阿狄生（Addison，一六七二——七一九）的《旁观报》（*The Spectator*）里的文章的模仿品，原来在这时候，他已经深深地受着阿狄生的影响了。

总括他的在一八〇四年以前的二十一年的生活，我们所要注意的是：他是生长于很舒适的家庭里的；他所受的学校里的教育很少，大概他的学问，都是从自修和旅行，以及后来的亲接许多学者和文学家的朋友得来；他的文学的和著作的兴趣发达的很早，从十岁以后，他便很明了地表示出这种倾向来了；他出了学校以后，又学了好些时的法律，但他对于这种学业很少兴趣，结果使他自已知道走不入法学家的路途。从他的二十一岁以后，他便迂缓而稳定地向着文学的前程发展下去了。

就在一八〇四的这一年，他的身体很有成功痨病的恐慌；他的几个哥哥希望旅行可以医治他的这种病，便叫他到欧洲去游历。这一次的游历，虽然只有两年的时候，对于他是极有裨益的。在这两年之间，他游历了法国西昔莱（Sicily）、意大利、荷兰和英国这许多的地方。他的温厚的性情和他的结交的豪兴，使他到处受着欢迎，而且结识了不少的好朋友；在好些地方里，这个“少年的美国游历家”更获得好些人的称美和惊奇。而且命运的神很加惠于这个宠子，替他安排了许多千载难逢的盛会和奇遇，以满足而且培养他的好奇嗜幻的心情。她替他安排好机会，使他目睹鼐利孙（Nelson，一七五八——八〇五）将军领着大队战舰向着特拉发儿加角（Trafalgar，在西班牙西南岸线，一八〇五年鼐利孙大胜法海军而战死，即在此地）进行；又使他在游览法国南部的时候，因为那时的英国和法国正在战争中的缘故，被法人疑作英国的间谍而被擒；又使他在到西昔莱去的航路中，遇着了海盗，经历些旅行的危险的状况。这种种的际遇，都是很能够满足他的好奇心，而扩大他的怪诞不经的幻想的。那时候他的许多家信里，也载满了这些使他惊喜的事情，恰好供给他作锻炼他的文学的描写刻画的技术的材料。

在这两年之中，他留寓最久的地方是巴黎；便在那里大大的启发了他的音乐的兴趣。他常常到戏园去观剧，竟使他对于歌剧的酷嗜成为他的终身的特性之一。在这时候，他又已开始他的广阔的著名学者的交游。而当他小住罗马时，他又认识了那个著名的美国美术家阿儿斯敦（Washington Allston，一七七九——八四三），他们俩立刻发生热诚的友谊，甚至于几乎使欧文自己也决定拿绘画来作他的终身的事业。总而言之，他这两年的旅行，不但收得了很美满的恢复健康的效果，并且替他立定了无限的后来事业的牢固的根基。到了一八〇六年，他便换了一个很强健的躯体，带着一副很鲜活的精神，回到他的故乡。

从欧洲的游历回来，还没有多少时候，他便居然在威坚尼亚州（Virginia）的列撮蒙城（Richmond）做起法庭里的公家聘任的律师来。这个职任，那时候算是很出色的；他的声名也因此稍稍传播起来。但他的天性原是和法律很不相近的，上面已经说过了。因此，在这时候，实际上他并没有和法律接触过多少时期；过了不久，他便情愿抛弃了这个位置，而去帮助他的两个哥哥，依宾尼沙（Ebenezer）和彼得，经营一个做进口生意的商店。但这也是不言而喻的：他在哥哥们的商店里，除了坐享余利以外，并没有做过多少的事情。他并且借着商业上的机会，常到各地方去大畅他的旅行的欲望，像华盛顿、蒙脱利尔（Montreal）等地方，都是借着商业上的机会去游历的。那时候他还游览过波儿忒摩（Baltimore）、斐拉的尔飞亚（Philadephia）等处，但以留居纽约的时候为多。

在一八〇七年，他和他的哥哥威廉（William），他的好朋友包尔丁（James K. Paulding），三人合办一种不定期的杂志，名叫《拼盘》（Salmagundi）。这个杂志的性质，是以诙谐讽俗为主的，出了一年多（1807—1808），一共出了二十本。“我们的宗旨”，这三位编辑人宣言说，“不过是：教导年青的，改造年老的，矫正城市里的恶习，以及监督时代而已。”他们这个小杂志，很做成一点风气；它的锐利而诙谐的评论所挣得的多数人的欢迎，正和一百年前的《旁观报》所享受的差不多。

一八〇九这一年，在欧文的年谱上是很关重要的，因为它看见两桩关系于欧文终身的大事情。第一件，就是他的第一本唤起时人注意，而立刻替他挣得文坛广誉的著作的成功；第二件，就是他的未婚妻的弃世。他的未婚妻名唤荷富曼（Matilda Holfman），是他的法学导师的女儿，是一个美丽而且温柔的女子；她的一死，使欧文感着极端的怅恨，甚至于使他到死没有抛弃他的独身终老的决心。他到后来自己说道：“这桩事情似乎把我的全部的性质都改变了，而投掷一点愁云在我的性情上，永远不能脱离。”这是真的，我们从他的许多书信和作品上，都可以隐约地见得到他的低徊怀恋的怅惘的感情，然而在他的完成于这件悲惨的事情才发生了几个月之后的第一部著作中，我们却丝毫找不到他的悲愁的痕迹。这岂不是很奇怪的事情么？大概也可算是欧文的一种特色了啊。

这第一部的著作就是尼卡博克的《纽约史》(*History of New York by Diedrich Knickerbocker*)，是一本叙述纽约城当初在荷兰人的统治时的历史，它的体裁，是以诙谐娱人为主旨的。这本书出版之后，立即使它的作者名扬大西洋两岸，使他进而列席于当时的英文的文学作者之林。就连那时的文名久播的大作家司各德也居然做了它的高兴的读者，更足以鼓起英、美两国的人民对于它的作者的信仰心。本来从这一年起，欧文便已经有了很好的机会给他走上他的文学生命的路程；然而在那时候，他却很不愿意就此把他的全部前程归附于著作的事业上，很不愿意终身做一个纯粹的文学家。因此，在这本书出版以后，他便搁起笔来，将他的全副精神专注于他的哥哥们所办的商店上，而实地插身入去做他的哥哥的佐理员。

一八一四年，欧文忽动了投笔从戎的志愿，自请于纽约的州长，入军营任了短时间的军务秘书。这或者可以显示他虽然永远带着优游萧散的闲情，但他的心中却不是没有刚劲英豪的气概的。而在他任了这个职位以后，因为要随着海军去远征海盗的请求被拒却了，他便怏怏地辞了职，重新回到商业上去。到了明年，他一半为着他的店里的事情，一半为着他自己的浪游的快乐，便开始他的第二次的欧洲旅行。在出发的时候，他原是预备几个月就要回来的。那知道一住便住了十七年；等到他重见故乡的面时，他自己和他的故国都已经经过了多少的大变迁了。

从一八一五年到一八三二年的这十七年间，便是我们这位少年作家自含苞始放而渐臻于燦然开满的一段过程。他逗留在欧洲至于这样长久，是颇足令人诧异的，虽然他有一个姊姊住在伯明罕（Birmingham），而利勿浦（Liverpool）也有他们的支店在。他的久留，是因为一桩桩意外的事情继续发生，总是妨碍着他的还乡：其中的第一件，就是他的在利勿浦主持商业的哥哥得了病，不能照常做事，而他们的商业也一日日地衰落下去，情形很是不佳。自从他身莅欧洲以后，直到一八一八年止，这三年间，他的心思气力——除了几次假期的旅行外——完全用于维持商业上，使他过了三年长期的烦恼的生活。一直支持到一八一八年，他们的商店终于倒闭了，他便不由自主地跑到伦敦去，开始他的光荣的笔墨生涯。他的后半生的事业，便在这时期决定了。

我们必须记着：这位文人的幼年的身世，原是很安乐的；他一向没有受过什么经济的窘恼，因而养成了一种把生活看得太容易的毫不经心的态度。到这时候，兄弟们一同入于窘乡，才唤起他的注意，使他知道稼穑的艰难；他知道从此以后，不独他自己要自食其力，并且连他的几个哥哥也要靠他这支笔来供养了。在他决定拿他的笔墨去谋生活之前，他着实经过一番迟疑审顾，但情形压逼着他，只余这一条生路给他走了。于是他终于举起他那支成功的笔，奋步向前。

这第二次的文学尝试首先产出的，就是《克莱恩先生的杂记》——在一九一九年到一九二〇年的两年间，分七小本刊行于美国；后来合成两大本，在英国出版。于是他的文名，便很牢固地立定了；他的读者，从前只认他作一位新进的作家的，到这时候，便都把他推崇到第一流的作者之林，不止是当时的，并且是全部英国文学史上的。在这部书出版之前，他已受过司各德的聘请，要请他到他的书店里做一位编辑；但他自己觉得过不惯那种故纸堆中的平凡的生活，辞不肯就，而常常写些抒情或叙事的短文分期寄回美国去印行。结果就成为这部杂记。从这时候起，他继续地做着差不多的体裁和格调的文章：在一八二一年，成《柏黎司白烈撮堡》(*Bracebridge Hall*)；越三年，又成《旅行述异》(*Tales of a Traveller*)。这三部都是很得大西洋两岸的读者的欢迎的书，而那本杂记，一半因为它是最先出版，一半因为它包涵着《李迫大梦》(*Rip Van Winkle*）和《睡洞》(*The legend of Sleepy Hollow*）这两篇诙诡动人的创造品的缘故，最是流传广远，家弦户诵，到今日依然可信没有一个英语的民族里的读书人不曾读过它。

一八二六年，欧文在欧洲住了十年之久了；借着那时美国驻西班牙大使亚历山大·哀发列特（Alexander Everett）请他去翻译西班牙著名史学家拿发利脱（M. Navarette，一七六五—一八四四）新发表的名著《哥伦布的水程》(*Voyages of Columbus*）的机会，他的文学生活便另开出一条新道路来。他一向是热诚地羡慕着西班牙的仙境般的国土，和她的传奇般的历史传说的；自从他幼年时熟读过地希他斯（Gins Perez de Hytas）的《格兰拿大内战史》以后，便渴想着去观览西班牙的历史的名都，这种想望，后来又被他的西班牙文学史的研究增高了不小的热度。现在，他的夙愿可以大偿了。他连忙跑到西班牙的国都马德列（Madrid）去，在美使馆中受了一个闲职，而尽日致力于搜索这个故国的遗闻逸史，而且日日埋头于那里的遮苏意大学（Jesuit College）的藏书楼里，寻幽探隐，很读了不少的奇书。他在那里一连留住了三年，这三年实在是他的最有进益的修学时期；即就他的一生说来，这三年也可算是他的唯一的刻苦用功的时代，在以前和以后，他都不曾有过像这样专诚读书的机会。那时他所发现的关于哥伦布的材料太丰富了，使他不能不抛弃了翻译那本新书的本意，而自己作成一部《哥伦布的生平及其航道》（*The Life and Voyages of Christopher Columbus*）。他这本书里，虽然也有好些根据拿发利脱的原著的地方，但大部分是未经人道的材料，而且处处都可以了然表现出他自己的作风来。

在这本书出版之后的四年中，他一连作成了《格兰拿大的征服》（*The Conpuest of Granada*，一八二九）、《哥伦布的同伴的航程》（*The Voyages of the Companions of Columbus*，一八三一）和《阿尔汉白拉故宫》（*The Alhambra*，一八三二）这三部名著，都是他这几年的游览西班牙的结果。

正在他优游沉浸于大食故宫畔的传奇的空气里，而恬然享乐他的蟫鱼生活的时候，他忽然接到了他的故乡任他做驻英的美使馆里的秘书的消息，他的恬快的生涯，便就此完结了。虽然他留寓此邦，已经历过四五年的悠久的岁月，但他的好奇缅古的心情，却依然未能满足。在《阿尔汉白拉故宫》的《作者和格兰拿大的告别》的最后一篇里，这位多情的文人很惆怅地以细腻温柔的笔调描写他胸中的低徊依恋的感情，能令读者为之神驰于那种萧寥而闳丽的雄王遗构间，不期然而然地随着他兴起无限的回首惘然的情绪。他这个时期内的几部西班牙作品，以这本《故宫余载》为传诵最广，享誉最隆，而且近时还有人评它做“他的杂记体裁的作品中的第一本”（美国最近替他作评传的人希几鳌克〔A. M. Hitchcock〕所说）。或者也正是因为这本书里的题材，多半是最适合于他的性情和笔致的缘故啊——我自己也恰是和希几鳌克有同意的，虽然我还没有完全读过欧文的作品，但我承认他是最适宜于做这一类的文章的人。

从此以后，他在伦敦很满人意地理行他的使馆秘书的职务；但仅仅受职两年，他便大动乡心。于是在一八三二年辞了他的职务，回到美国去了。

他这十七年的留寓欧洲的生活，除了摇笔著书之外，可纪的事情正多着呢。虽然还是常常地受着躯体孱弱的困恼，但他所过的韶光，却大部分是愉快的，幸福的。他读了不少的良书，看了不少的名剧，交结了不少当时的英伦和欧陆的俊杰、文豪。那时的著名于社会上的人物，无论男女，差不多没有一个不以接他謦咳为莫大之光荣；而他的文坛上的喧誉，他的温厚的性情，他的高华的仪表，他的清纯的人格，一切都足以使他无往而不遇着无限的欢迎亲善的热忱。他游览了许多名胜的地方，在那时交通还远不及现时的便利的时代，这是很不容易享乐得到的。他又收纳了许多在那时很不易得的荣誉：西班牙的皇家史学会酬以荣章，而牛津大学也授以法学博士的学位。至于在美国，他的光荣更大了：举国都在感谢着，赞颂着他的解答了英人的那句轻薄问话的奇勋，当他身莅故乡的土地的时候，国人首先飨之以褒荣的公宴，接着便请他允许作纽约市长的候补人；后来政府方面，也给他以国务院里的职任；但他都辞谢了，依旧枯守着他的学者的生涯。

回到美洲之后，他的声誉日隆，而他的经济情形，也随着日臻宽裕。他的著作已经络续替他挣了好些资产；虽然因为他不善经营处理，和慷慨资助他的哥哥的缘故，也损失了不小的数目，但他现在的生活，总过的很舒服了。我们从他的遗牍里，可以见到他这时候常常有这两种思虑在他的笔下宣泄出来：其一是他的谦谨自持，足证他永不会遇着功成名立后的重失人心的危险；其一就是他重见他的故国于十七年的长期隔别之后，而对于社会上的凡百变迁的震惊，这差不多使他恍忽觉着他自己躬亲阅历他的笔底下的二十年山中梦醒的李迫重反故乡时所曾经历的情景，而不期与他兴起同样的感情。他这一次的还乡，一直住了十年，直到赴西班牙公使的职任时，才再离开美国。

他返国不久，又动了去观察美洲西部的土人的鄙野生活的好奇心，便挟着政府委派的使命，西行游览。在美苏里（Missouri）和阿干沙士（Arkansas）两条河的流域游历一周之后，他又寻得了许多的资料，而一连作成《百莱里一周》(*A Tour of the Prairies*，一八三五)、《阿士土利亚》(*Astoria*, 一八三六）和《彭纳飞儿船长的历险记》（*Adventures of Captain Bonneville*, 一八三七）这三部以美洲西部的事情和生活为骨干的书。而在一八三五年之内，他又做了《阿勃斯福和纽司达大寺》(*Abbotsaford and Newstead Abbey*）和《西班牙征服轶史》两部不甚重要的著作。

到这时候，欧文年事渐老，觉得有些倦游了，便在逗留镇上，营了一间的精舍，颜曰“傍阳堂”(Sunnyside)，和他的老病的彼得哥哥一同过活于其内。举凡侄儿、侄女之辈，以及其他的较亲近的戚属都很受主人的欢迎，而群居于这位五十多岁的老名士的帡幪之下。这么一个大家庭的生活费原是很不容易给一个老人支拄的，但欧文很情愿以努力工作去维持。门庭之内，春气盎然；一家的男女老少，都各以诚心亲爱着我们这位文人，自然也很足以使他忘却他的劳苦了。到一八四二年，欧文已是五十九岁的老翁了；在他人已到了倦勤颐养的时代，但他却老当益壮，重新出来担任美国驻西班牙的使臣。他之毅然出任此职，也是间接地为着支持他的一门老少计的。而这样的任命，也是一种极大的荣誉；那时美国的总统泰勒（John Tyler，一七九〇——一八六二；美国第十任总统，一八四一——一八四五）和国务大臣韦司达（Daniel Webster，一七八二——一八五二）都是很倾倒欧文的人，而且知道他熟悉西班牙的掌故和情势，因以此职给他。但他在任内的四年中，时时震惧于这一国的内讧，使他的职务，很难措置裕如。而又加之以身体不健康和没有空时间给他读书的两种原因，终于逼着他辞职反里。在这四年的任内，他的政绩已很可称道；美国的人民已公认他是他们国内的自古及今的第一流外交家中之一人，能够很满意地振国声于异域的。

从西班牙归来以后，他便安居于他的傍阳堂中，很愉快地享乐他所余的十三年光荣闲适的暮年。这时候，他的精舍已成为美国的文学的进香客所朝拜的神龛；而一室之中，时时群集的，都是国内的第一流文学家，使这位老文人时时享受着“谈笑有鸿儒”的融融的乐趣。他的光焰也够高了，他的年事也够老了，本来他已经可以自安于优游偃息的闲岁月中了。然而他依旧是孜孜不辍地进行着他的不朽的事业：《哥尔斯密司传》（*Life of Goldsmith*，一八四九）、《穆罕默德及其教徒》（*Mohammed and His Successors*，一八五〇）以及《乌而福庐佥载》（*Wolfert's Roost*，一八五五）这三部名著，都是这时期的产品。此老的矍铄精神，并不为他的颓龄弱体所挟制，也就从可见了。而且他这时期内的成就，也还不止此呢！虽然他自己已经觉着他的精力日就衰疲，但他却早已立心要作成一件毕生的大业；他自己觉得为要建树万世英名计，他的以前的成就，还未足餍他自己的雄心。他必要再作成一件伟大的事业，遗留一件大礼品赠给他的国人。在这十几年的退息时期中，他无日不在忧虑着他的精力不能帮助他完成他的伟业，使他赍志以没。这个忧虑，实是他的光荣愉快的暮年里的一点晴日的愁云。

然而他的一生毕竟是得天独厚，他总算是一个幸运儿：恰好在他的贡献于全国国民之前的最伟大的著作《华盛顿传》（*The Life of George Washington*，一八五九）完全成就之后，就在它出版的那一年，他就了无挂碍地辞别这个世界了。这实是他的第一件赏心乐事；自从一八五五年以后，他便致全力于这件壮举，深恐“创业未半而中道崩殂”的，于今竟目睹其成，他应当是如何快慰啊！而且这部“名人妙笔称双绝”的大著作风行之后，愈加增进国人对于他的崇仰心，使他弃世的一日，全国为之震悼，而全纽约城的国旗，也都降至半竿上，实是寻常的文人学士所不易获得的荣哀。他的遗骸，葬于睡洞公茔内，靠着他的母亲的墓旁。

三、华盛顿 · 欧文的作品

欧文的作品是不容易分类的，我们最好拿它们分期来说，似乎自然的多。我这里就是把它们分纳于少年、中年和晚年的三个时期。

一、少年期（一七八三——八一八）。这一期的主要作品是《尼卡泊克的纽约史》；而《拼盘杂志》里的零篇断简，虽然不算是关系重要，但至今仍能吸引一些读者，而且有些文学批评家还要常常举出这些文章来做欧文少年时代的创作天才的证明。《纽约史》所叙的，是始于世界的起原而迄于荷兰人统治的末业的纽约，大部分是以诙谐讽世为主旨的。在现在看来，这里面所极力渲染的滑稽的空气，有时似乎是太浓厚了，反易引起阅者的厌倦；但在它出版的时候，则极能激动好感，风靡一时，使人人都有一个尼卡泊克先生时时浮现于记忆中。有些批评家更说它是美国产出的关系于国家声誉的文学书，实以此为第一本。他们也不怕招惹出别国人说美国文学起源于滑稽的作品的讥弹，这本书之深得人心，也可见了。这本书里很有些刻薄荷兰人的地方，显然是受着当时的英国人的蔑视荷人的风尚的影响；在现时看来，这很足损害此书的文格，而且和欧文的一生的温厚的性情和他的后来的著作的柔美的风范，大相悬绝了。

二、中年期（一八一九——八三七）。这一期的作品包括着《克莱恩先生的杂记》《白黎斯勃烈撮堡》《旅行述异》，关于西班牙的著作四部，《克莱恩杂著》三种，以及西游的著作两种。这正是他的精神焕发，注全力于他的著述事业上的时代；他的一生的著作，大半成于这十八年中。关于《杂记》一书，我们在下节再行详论，这里且暂置不谈。《白黎斯勃烈撮堡》也是欧文的最能唤起读者的悠然神往的感情的作品之一，内中所包含是一大套的英伦的乡间生活的故事，和许多乡村情景的画图。无论什么人，一披开这一本书，必定要联想到阿狄生们的《旁观报》中所刊载的三十三篇关于洛志先生（Sir Roger de Coverley）的文字；而我们从这本书可以了然看出的，就是，田野生活所能够供给的文学题材，并没有被阿狄生、司蒂尔（Richard Steele，一六七二—一七二九，阿狄生的《旁观报》的助手，《洛志先生》的文章，有九篇是他所做）辈搜罗净尽，他们只不过寻得了这样的一个材源罢了。而且欧文的幽闲恬淡的心思，又特别适合于这种的题材，因此，这里头的《耶稣圣诞》的几篇记录，和《五月朔节》《多儿富·海里查》(*Dolph Heyliger*）的故事、《胖先生》之类的文字，更是得人欢迎。《旅行述异》一书的性质，也是和上面的两本大致相同的；这三部书很可以合归一类。这一部是欧文的刻意经营的书，他自己认为三部杂记中的第一部；然而英、美两国的批评家却都不以为然，而多数判之为次于其他的两书。但其中也有好几篇是很出色的短篇小说，即在今日的文坛上，它们也可以占一个最高等的位置，而使人不得不认它们的创造者是美国的第一个——而且是第一流——的短篇小说家。而英国的文坛宿将司各德也曾倾倒于这部书里所表现的丰赡而奇谲的想象力，而极口称道它呢。

那几本以西班牙为题材的书，都是很成熟的作品，没有一本不足以表现出欧文的天才，和他的几年留寓的劬学所得来的新智识，也没有一本不曾颠倒过许多的读者。这一类著作的第一本《哥伦布传》，能以惊人的纯巧，把极准确的史迹融合于极活泼的选材手段中，既不支蔓，又无疏漏。在近百年的许多种这位大探险家的传记中，大概以他这一本为最佳了。但其余的几本史传体裁的东西，似乎都是文胜于质，所带传奇的气象实丰富于纯粹历史的精神。就是他那本很经心的《格兰拿大的征服》，也有些人嫌他只注全力于刻画书中的英雄的美德，而把当时的西班牙的战士的野蛮凶暴的地方遗漏了。这自然也是缘于他的纯文学家的眼光；因此，这几本书，我们最好只拿来当作文学作品读。而他的这一类的著作中，所以要推《阿尔汉白勒故宫》为第一，也正是这个原因。《阿尔汉白勒故宫》——以下从林译称《大食故宫余载》——是他的四年的西班牙游览的结晶，包含着四十一篇的那地方的故事和传说的纪录，以及他自己的低徊吊古的感想文；以高华幽丽的语言，曲曲地传出他的细腻的感情，和这故宫所涵孕着的凄艳的陈迹；有人号它作"美妙的西班牙的杂记"，其实在我们东方人的眼中，则只觉它比他的享誉最隆的《杂记》更富动人的魔力，文品更尊——至少我个人的眼光是如此。当他留寓西班牙的时候，他的渴慕多时的仙境挟着无限的神异的传说很神秘地展布在他的眼前了，他便长日酣梦于摩尔人（Moors）所遗的雄丽的故宫内外，尽量地享乐着搜奇探异的乐趣，尽量地放纵他的幽梦般的幻想游思。那时他所闻所见的，在在都足以大饫他的幻癖，自然会鼓励他抛弃了陈陈相因的枯寂无味的史迹，而兴高采烈地去做一个"鬼董狐"；而西班牙的清丽的风景，故宫左右的雄杰的建筑，又各施影响于他的游癖上，更令他低徊恋系，不能不借着他的健笔去发泄他的伤离怀古的情思。总而言之，这本书里的材料，无一不是恰合于这位文人的笔墨和性情，而其中的抒情文字，我们更可以深信无一句一字不是从作者的心灵深处发泄出来。我们便认此书为欧文的杂记体裁的作品中的第一部，也自然不会贻武断之讥了啊。

《克莱恩杂著》(*Crayon Miscellany*）共三本，就是《柏莱里一周》《阿勃斯福和纽斯达大寺》以及《西班牙征服轶史》三部书。《轶史》一书不过是集合一些关于摩尔人侵入西班牙的传说的杂著，以补《格兰拿大的征服》的罅漏的，没有什么令人特别注意的地方。《阿勃斯福和纽斯达大寺》也是一部不甚重要的纪游作品；其中叙述他在司各德和拜伦两大文豪的邸宅里游览时的情形的部分，比较的能够唤起读者的兴趣。《柏莱里一周》原是作者的西游三作品中之一，和其他的两部——《阿士土利亚》和《彭纳飞儿船长的历险》——都曾受过那时的注意北美洲西部的情形的，和喜欢从事于地理探险的人的欢迎；

但像这样的题材都是不许天才的活动的，而且在后两部的著述中，欧文实际上只是把别人的纪录整理一过，只居着编辑人的地位；因此，除《船长历险记》一本颇有些动人的冒险的描写外，都不足以见作者的所长。这三部书，到现时也颇不容易吸收读者了。

三、晚年期（一八三八—一八五九）。欧文这二十一年中的著作，只有四种——《哥尔斯密斯传》《穆罕默德及其教徒》《乌而福庐佥载》《华盛顿传》——而以他的最后的鸿著《华盛顿传》为最风行，也就是他的一生的最高等的作品之一。欧文在美国人的心目中，所以能成为第一流的，同时也是最得民众欢迎的文学家，至少也要有一半是从这部最正式的著作得来。他和华盛顿曾有过一段轶事，很有趣的。当美国的国父华盛顿入纽约城就总统职的时候，我们这位文学家正在幼年；有一日，他的乳母抱他在怀中，随着那位伟人之后，热诚地将这个小孩呈于他的面前，说道："敬请你赐他以光荣，这是一个袭着你的大名的孩子啊。"当时那位大人物轻轻地抚着这小孩的额头，而为这个后来替他自己作不朽的传记的文人祝福。在那时候，又谁能料到这两位华盛顿之间，竟存着一种"文以人传""人以文传"的大关系啊！自然咧，像华盛顿的这个人物，本不是欧文的一本传记所能为之轻重，但直到今日止，欧文的这部大作，却很光荣地占着第一本的《华盛顿传》的位置。他的选材的忠实，剪裁的神妙，刻画的动人，简直没有一章一页不是很灵巧地活画出一个神采奕奕的纯洁伟大的华盛顿来。我想，华盛顿在天之灵，恐怕也不免自叹当年的一抚额的祝福为报酬太薄呢。

许多人都以为欧文的风格和文笔都和哥尔斯密斯很相近似，而他自己也曾说过，于古文学家以受阿狄生及哥尔斯密斯两人的影响为最多。我们知道这一点，便可以想得到《哥尔斯密斯传》的价值如何，我们这里也不烦赘述了。《穆罕默德及其教徒》是叙述回教的起源与流布的，直至西班牙的受侵掠为止。曾有人评它道："这本书也和欧文的其他一切的历史著作一样，它的超越寻常的醉人的风度，自足弥补它的略缺深沉的搜索的微憾而有余。"(Charles K. Adams)在不是专研宗教史的人看来，这本书似乎还不失它的第一等的回教典籍的地位。

《乌而福佥载》所包含的，大都是些退居时东涂西抹的杂文，除了供给些关于作者的生平的参考资料而外，再没有什么大价值，我们也不必细说它了。

四、《克莱恩先生的杂记》

"上帝降福于他!"英国的浪漫诗人拜伦在读着欧文的这本《杂记》时，很动情地叹道："他是一个天才；但他还有其他的胜于天才的东西——就是一个心。"我们在上面也曾说过，我们这位在那时还是文坛新进的文人，就是挟着这部表现他的天才和他的心的《杂记》，一跃而登于不朽的城。在我们东方人——尤其是在我们向来以"载道"为文章的标准功用的中国人——看来，这或者是很可惊怪的，因为这部《杂记》里所包含的，不是"齐谐志怪"一流的神话故事，便是私人的游记一类的小品文章，无论这里面的文辞做得怎么好，终不过是茶余酒后，资为谈助的，不登大雅之堂的东西，又怎能遽扬作者之名，而使之即时成为第一流的名下士呢？所以林纾先生将它的一部分译成汉文之后，便题名作"拊掌录"，而且替它加上"滑稽小说"的嘉号：这其间似乎便暗示着不许它羼入文学的疆域的意思。然而欧、美人士的心目中的"文学"的界说是远不如我们的那么样"道貌盎然"的；大概举凡一切的我们的三教九流所不纳的用文字写出来的东西，都可以有巍然高踞于他们的文学之堂上的可能，只要它具有他们的眼光里的文学的质素就够了。而他们的眼中的文学的质素，则仅是"激动感情的魔力"，更没有别的东西。欧文的这部《杂记》，则和他的其余的作品一样，恰是最富于这种魔力的，甚至于使人说："没有一个读过他——欧文——的书而不被他弄得欢乐一点的人。"(阿班纳史〔J. W. Abernethy〕的《美国文学》一一八页）幸而不生于中国的欧文，幸而不产于中国的文坛上的《杂记》，又怎能不震动一时的耳目，而跻于文学界的名士名书之列啊！

《杂记》的原著一共包含着三十四篇很漂亮的抒情或叙事的文章，而其中的最得人心爱的，要推《李迫大梦》及《睡洞》两篇为第一；其次便是圣诞节的五篇杂记和《惠司敏司达大寺》《游沙士比亚故乡》(这一篇此本未译）诸作。此外则有几篇缠绵悱恻的写情文字，如《妻》及《碎心》等篇，则最受青年文士的欢迎。而在大体上说来，我们简直可以说：这三十四篇的东西，没有一篇不是很好的文学作品。在这部名书出世以迄于今的百多年内，凡是曾经入过中学校的美国人，固然不会不曾读过它，即全世界的无论那一国的稍曾涉猎英文文学的人，也总不会有把它屏于他的阅读的范围外的。它的文辞的丰丽，它的风格的高华，它的丰神的妩媚，凡是稍曾留心研习过英文文学的，大概都能辨认出来。而它的资料，则显然没有什么深沉的哲学的意义，但这不是它的缺点。本来优美的文学，和深玄的哲学是没有多大关系的，哲学家的钻之弥坚的问题，自有哲学家来处理，非文学家的分内的事情。而优美的文学作品，也简直没有丝毫的讨论或暗示哲学的思想和问题的必要。欧文这部《杂记》的目标，只是如一个画家的写生一样，把他所得于人生社会及自然界的种种的境象，用他自己的心灵去提炼一过，然后重新用他的笔墨去表现出来。因此，在他的《自述》里，他自己也拿画家的藁［稿］本来比较他这部书。他的选材，可谓极兼收并蓄的能事了，信手拈来，俯拾即是，似乎是无所容心于其间的：友朋的谈话，他自己的观察，藏书楼中的尘封蛛网的架上，都可以做他的无尽藏的材源。而于每种材料寻觅到手之后，他总要让他自己的幻想很自由地拿它来玩弄一番，必待弄到熟透了，然后达之于语言文字。因此，我们所能发见于他的作品上的，只有他的自由活泼的想象，和他的毫无掩饰的性情，而没有什么深玄的思虑。他也不是丝毫没有目标的，我们在他的《圣诞夜宴》的结穴里，曾知道他的作品，志在娱人。但我们要知道他的所谓娱人，并不是徒然作为无意义的文章，供人消遣的意思。若果如是，欧文便和我们近年来的无聊文人没什么分别了。原来他生平有一种信仰，以为只要使人类常常保持着高兴欢娱的情绪，人间的罪恶便自然会减少许多；由是，他便乐得就着他自己的性质的倾向，努力谋用文字的力量去挽回及提高人与人间的渐臻溶洽的好感。由此可见他的娱人的用意，也自有他的社会的使命寓于其间，我们也不合便拿今日的眼光去对他大肆讥评。

《杂记》中的《李迫大梦》是最受欢迎的一篇，上头也说过了。其实这种的二十年的长睡的故事，也不是没有来源的；在许多种的语言中，似乎都有些类似的神话故事——我们的神仙典故中，记得也有樵夫在山中看两叟下完一局棋，斧头已经朽烂的故事，而“山中方七日，世上已千年”这两句话，更成为很普通的谚语了。但在那缺乏神话的历史时代的美国中，这篇故事的出现，却不能不一震那砉然终身役役于现实生活的人民的耳目，而使他们深信它是完全出于作者的想象的东西。而他的灵巧而深刻的笔致，又很足以烘托他的创作力；即算他是有所依据的，他自己也已经很巧妙地弥缝过去了，但这篇故事的传诵的广远，也很要感谢后来的美国大喜剧家遮法孙（Joseph Jefferson，一八二九——九〇五）的排演之功。在这篇作品出世之后，本来早就有过许多戏剧家拿它来编成剧本，而且经过好些演员扮演过了；但他们的成绩，却都不及遮法孙的美满，也未曾耸动过许多人。直至遮法孙出，这一睡二十年的李迫才算是很满意地实现于舞台之上；而李迫的大名便也很迅速地传播起来。同时这位喜剧家也得到了“活李迫”的绰号，而声誉日著。那时候爱看遮法孙的这出戏的，便联带着去读欧文的原书；爱读欧文的书的，也因而欢喜看遮法孙的戏；这两个李迫的创造人和表演人，便互相依倚着而扩展他们的地位于美国人的崇拜中；这也是文艺界的一件很有趣的美谈。

《睡洞》那篇文章，据欧文的侄子皮亚尔（Pierre M. Irving，替欧文作传和编印他的遗牍的）说，是在作成的一年前已经有了简略的草稿的。那时欧文正在伯明罕，住在他的姊夫的家里；他的姊夫偶然对他讲及他自己幼年时在逗留镇所遇的一个勇少年，说这少年自称生平无所畏惧，曾经在夜游中和鬼物赛跑过。这一段闲谈忽然唤起了欧文的兴趣；他便用着他的想象力立时草出一篇故事的大纲来，而诵读于他的姊姊和姊夫之前，以为笑乐。其后他便将这篇草稿搁置了；直到一年之后，他到了伦敦，才将它扩展起来，便成为现在的这篇美国文坛上的有数的杰作。这里面的伊卡博克黎因先生，也是有由来的。在一八〇九年，正当他的未婚妻弃世之后，欧文曾到坚达荷（Kinderhook，哥伦比亚的一个乡村）去闲游两月，在那里认识了一位塾师，名唤麦尔文（Jesse Merwin）。后来在一八五一年，他接得这位塾师寄来的一封信，便在这封信的背面写道："从麦尔文寄来的；这位麦尔文就是伊卡博克黎因的蓝本。"而他的复信中也有几句话，了然指示出他这篇故事里所描写的学校的情形的所本；今特摘译如下：

> "你的来信，真是最受欢迎的——它着实唤起我的回忆，使我忆及从前和你一同在坚达荷的樊纳西的家里所度过的愉快的情形和愉快的日子……
>
> 你告诉我，那旧的学校已经拆毁，而即在其地另建一个新的学校了。我对于这事，极为惆怅。我现在很想再见那旧的学校，在那里，当我的早晨的文事的工作做过了之后，我常常来到，而且有时还在那里等候着你，直等到放了学，而你也常常答应我把有些壮健而肥矮的小荷兰孩子所应受的责罚延阁［搁］着，等我来到时才去执行，给我看着玩——但你永没有实践过你的约言。至于那新的学校呢，无论它是怎么样华美，我想，我是不会以友谊去亲近它的……"

呵呵！这些话不是已经明明显示出这篇故事里的那个私塾和那位先生的所自来了么？当写这封复信的时候，欧文已经是雄视于美国文坛上的盖代文豪了，但我们在这封信里可以看见的，他对于那位塾师似乎还具有无限的温密的感情。这自然可见他的谦光；但这位微时的故人，既然做了他的名作里的人物，实不无贡献于他的盛名，他也应当感谢他。

最后，关于这本书的译文，我还要说几句话。本来林纾先生的翻译，自有他的好处，也自有他的坏处，早已经过好些人说过了。这本译文，虽然只选译了原书的十篇，不及全书的三分之一，似乎是太少了些，但所选的都是属于最好的部分的——虽然属于最好部分的并未选全——大体总算不差。在文字上，他也很能够表现原书的风趣，有许多值得赞美的地方。大概因为口述的人过于不经意了，原译本很有些不能将就过去的错误，现在大致都已校正了。

五、余　论

以上的几节，分述过欧文的生平和他的作品了；我这里再将欧文的作风，和他的影响总说一下，以为结论。

凡是稍稍和我们这位文人亲接过的人，没有不为他的温密的感情，柔和的气度所感动的，而在我们没有亲接过他而仅仅读他的作品的人，在读过他的作品的时候，所最易发见的，也就是他本人的这种特质。他的作风是最有恒定性的，无论在他的那一种的著作里，他永远不会失却他的特征。批评他的著作的人，都知道他没有一个大议论家所有的恢宏热烈的气魄，也没有一个大历史作者所具的渊博的学问和深刻的眼光，然而这些东西，却没有人以为是他所需要的。他的才力，已恰够使他成为一个深入人心的文人。他的清俊而富于风趣的作风，无往而不能鼓舞读者的兴致，而使读者以欢迎太阳光一般的热诚去欢迎他。他的风趣，在《纽约史》里所见的，还未免有点粗的地方，但在后来的著作中，便渐渐的精练起来，刻画形容，恰到好处，不会使人觉着有什么不自然的穿插了。他的游思幻癖，更随时随地隐约表现于篇页间，即在他的最庄严的著作里，也时时映射出来，足令人不会忘记了他的特质。他创造出许多妖魔鬼怪来散布于黑逞河畔，替那很不容易找到神话传说的美国，平空造出许多童话的背景来，正是受着他的幻癖的驱使。他不爱选用现实生活的材料，因为他本来把文学看作自身就是目标，不必附丽于人生社会始能获得它的价值的，况且他自己又无时不受着他的幻癖的驱使，他自然不去找实际的生活来做文学的题材。总而言之，他是个富于温密的感情，而自纵于神秘的空想的人，他的作风固然无往而不流露着这种特色，而他的成功，和他有时不免要受严酷的批评家的讥弹的原因，也都可见于他的这种特色上了。

有些人说，欧文是没有使命的，他没有做到文学的引导社会，促进人群的职司。说这话的人，实是不知道训导的实施是有种种的形式的，不一定要正襟危坐而殷勤设教，才能收到指导人群的功效。诚然的，欧文自己只是一个人生的旁观者，他没有什么野心，也没有感着什么要他解决的问题；他永远不曾加入过人生的争竞的场上，而只知道永永对一切的同时代的生物怀抱着无限的同情。他又是一个幸运儿，除了天赋独优之外，他入世以后，又是一帆风顺地进登于安富尊荣的地位，并未曾阅历过多大的艰难窘恼的境状，这样的一个人——英国的批评家克思列（Hazlitt）号他作“一个珍饰满身的人”（a filigree man）——当然不能希冀他做出近五十年的俄国作品来。然而便说他没有使命可言，那也不是真理。在他那个时代的英美两国的情形下，他除了教人平和愉快地享乐他的岁月而外，还有什么可说呢？他自己的人生观是：我们所住的世界是好的；我们要表示我们的欣赏的最好的途径，就是感谢而享乐我们的生命。因此，他的作品里所流露的对读者的贡献，也就是他的这个态度，他总是一个温和平易的美国人，他的思想或者恰好和德国的尼采（Nietzsche，一八四四——一九〇〇）立于反对的地位。至于他在美国所生的影响，那是极大的。他是第一个替美国的文学开辟光华的道路的人，而在英美两个兄弟之邦间，那为独立的战争所启的嫌隙，实已被欧文填满了，而在精神上联结起两国来。他又是第一个在自己的国内找出许多文学的资源来的人，直到今日，还有许多文学家用着他所发现的材料构造出许多著名的文学作品。要而言之，他的确不愧是美国文学的创建人。

一九二四年三月

——录自商务印书馆 1925 年版

《食人国》①

《食人国》序

（觉生②）

顷与友人某，游于日本箱根山麓，偶于涧侧见一大蛇，予骇而惊走。友人笑曰："子何怯之甚耶？今世界列强方视我如肥肉，争欲割而食之。吾同胞已俨然陷无形之地狱，刀山火树，隐列目前，顾子终日梦梦如睡狮，不知所惕惧。一蛇当前，乃骇而惊走，是何所畏者之无大小轻重之分耶？"晚归东京，更出示所新购之和文冒险小说一册，题曰《食人国》。予读之，益恍然悟友人之所以教我者至深且挚。爱

① 《食人国》（原名《食人国探险》），冒险小说，日本羽化仙史（本名涩江保，1857—1930）原著，正文标"河北觉生译述"，版权页标"译者：河北觉生；总售处：河北粹文书社；代售处：各官书局；寄售处：清国留学生会馆"，"光绪三十三年三月五日发行"（1907 年），初版。序与小引标"著者识"，实为"译者识"。

② 觉生，资料不详。

急为译出，以觉世之与我同梦梦者。

著者识［译者识］

——录自1907年初版

《食人国》小引

（觉生）

昔赖光之灭大江山酒吞童子，Sicily岛Cgelors之诛Ulysses，虽事属既往，虚实难判，然二十世纪之今日，所谓食人种族，固所在多有，年积月累，为害滋甚，欲不酸鼻得乎？

兹我有志之士，相与组织团结，冒危险，赌生命，深入此鬼域，以感化凶恶，救生灵于现世之地狱，其壮烈不信可嘉乎？

虽然所期至大，失败亦恒多，其果能成功否耶？是未可定之问题也。

著者识［译者识］

——录自1907年初版

《十字军英雄记》[①]

《十字军英雄记》［序］

陈希彭[②]

向者，桐城吴挚甫先生，与吾师畏庐先生，相见于京师，论古文经

① 《十字军英雄记》(*The Talisman*，今译《护符》或《护身符》)，小说，英国司各德（Walter Scott，今译司各特，1771—1832）著，林纾、魏易译述，1907年商务印书馆初版（光绪三十三年三月）。

② 陈希彭，生卒年不详，字杰士，福建闽侯人，林纾弟子，曾为京师大学堂译书局笔述。

日。桐城叹息以为绝业将坠，吾师亦戚戚然忧。故其诏生徒，恒令取径于左氏传及马之史、班之书、昌黎之文，以为此四者，天下文章之祖庭也。历古以来，自周秦讫于元明，其以文名者，如沧海之澜，前驱后踵，而绩学之士，至有不能略举其名者。而左、马、班、韩，亦居其中，胡以岿然独有千古？正以精神诣力，一一造于峰极，虽精于文者，莫敢少出其锋颖，与之抗挠，则传诵私淑，历万劫不复漫灭耳。后人之称昌黎者曰：文起八代之衰。此专言昌黎一人之文，不属于唐人之文也。唐之名家，如裴度、李华、独孤及、段文昌、权德舆、元稹、刘禹锡之流，力摹汉京，自以为古。然响枵而气促，体赝而格俗，偶与皇甫湜、李翱、孙樵之文杂陈，则意境神味，迥然不侔，矧能肩随退之哉？平心而论，六朝之文，去古尚近，而后来则弥不及。范晔、陈寿、魏收三君，较之马、班，固不能望其项背，然三家之文，咸沉穆方重，饶有古趣。自唐以下，则渐杀。至于宋之刘原父、宋子京之伦，力欲求古，而弥不古，则时时发为伧狞之音。迨及明之陈仁锡、李梦阳、王元美，日以赝体侈众，犹复唾弃南北朝为凡猥，则良不可解矣。天下之理，制器可以日求其新，惟行文则断不能力掩古人，而自侈其厚。六朝时古书未尽毁，又去汉魏不远，元气深厚，制局用笔，敛而不散，精而能卓，虽体格弗高，然能遏光弗扬，亦其精力有独至者。故文家取材，知窥涉子书，而取其古色，不知六朝人之吐属名贵，亦故家风范，不能不用以荡涤其伧气。以上均希彭时时闻诸吾师者。吾师少孤，不能买书，则杂收断简零篇，用自磨治。自十三龄，及于二十以后，校阅不下二千余卷。迨三十以后，与李畬曾太守友，乃尽读其兄弟所藏之完书，不下三四万卷。于是文笔恣肆，日能作七八千言。然每为古文，或经月不得一字，或涉旬始成一篇，历年淘汰，成文集四卷。希彭日趣吾师赴梓，则逊谢以为不足以问世。今海内所传诵者，则仅见其译著。计吾师所译书，近已得三十种，都三百余万言，运笔如风落霓转，而每书咸有裁制。所难者，不加点窜，脱手成篇，此则近人所不经见者也。是书叙英王李郃，与土耳基搏战事。其中英雄儿女，事迹变幻陆离，伟为辞杰，而高骋夐厉，吐弃凡近，文不期古而自近于古，则吾师之本色也。段柯古之为《酉阳杂俎》，淫丽而称为翘楚，然其体尚近于类书。若吾师所作，则纵横激荡，直前无古人。海内君子，见者当不以希彭之言，为哗众而取宠也。

光绪三十二年十月晦日，受业闽县陈希彭谨叙于五城学堂之南楼。

——录自商务印书馆 1907 年初版

《神枢鬼藏录》①

《神枢鬼藏录》[序]

林纾

畏庐曰：中国之鞫狱，所以远逊于欧西者，弊不在于贪黩而滥刑，求民隐于三木之下；弊在无律师为之辩护，无包探为之诇侦。每有疑狱，动致牵缀无辜，至于瘐死，而狱仍不决。欧洲之律师，亦有醉于多金，仗其雌黄之口，反白为黑者；顾承审之员，广有学问，明律意，而陪审者，耳目复聪利，又足以揭举其奸欺，虽曲直稍有颠倒，然亦仅矣。矧所谓包探者，明物理，析人情，巧谍捷取，飞迅不可摸捉。即有遁情，已莫脱包探之网，而谳员又端审详慎，故民之坠于冤抑者恒寡。中国无律师，但有讼师；无包探，但有隶役。讼师如蝇，隶役如狼。

① 《神枢鬼藏录》(*The Chronicles of Martin Hewitt*，今译《马丁·海威特纪事》或《马丁·休伊特的编年史》)，小说，英国阿瑟毛利森（Arthur Morrison，今译阿瑟·莫里森，1863—1945）著，林纾、魏易译述，1907 年商务印书馆初版（丁未年五月）。

蝇之所经，良莪亦败；狼之所过，家畜无免。民不得聪察之吏，不能自直其枉，则乞伸于讼师。讼师者又非理枉之人，不利其久讼，则得资不博，往往直语而故曲之，致其疑窦于官中，于是牵缀蒙络，久久莫释。而隶役则但嘬民膏，与包探之用心，左如秦越。故无讼则已，讼则无终直之时，必至于两尽而后已。畏庐家居时，每遇乡邻之将构讼者，则反覆指陈，至于声泪俱下。幸而罢讼者，但十之二三焉，然畏庐之思力已罢矣。近年读海上诸君子所译包探诸案，则大喜，惊赞其用心之仁。果使此书风行，俾朝之司刑谳者，知变计而用律师、包探，且广立学堂以毓律师、包探之材，则人人将求致其名誉。既享名誉，又多得钱，孰则甘为不肖者！下民既免讼师及隶役之患，或重睹清明之天日，则小说之功，宁不伟哉！畏庐老而失学，近年东涂西抹，亦趋陪译界诸君子之后，顾独未译侦探一种。十月中旬，始得此稿，与冲叔尽十余日之力译成。然较近日海上名手新译诸作，直以小巫面大巫，不值诸君子一粲也。

光绪三十二年长至后五日，闽县林纾叙。

——录自商务印书馆 1913 年四版

《大食故宫余载》①

《大食故宫余载》[序]

（林纾）

故宫者，亚剌伯所遗西班牙宫也。途阁垂圮，已无故钉；辇路

① 《大食故宫余载》（*Tales of the Alhambra*，今译《阿尔罕伯拉》），小说，美国华盛顿·欧文（Washington Irving，1783—1859）著，林纾、魏易译述，1907 年商务印书馆初版（光绪三十三年六月）。

犹存，但有残旭。夜泉咽乎夕殿，秋萝被之缭垣，缅想霸业，方诩义征。顾基桢缔造，几致于千祀；叔末浇讹，乃亡之一夫。骄狎生于孱王，诛论遂及权首。勋旧渍墀下模糊之血，帝鬼作月中呵殿之声。朱塔秋高，红兜人远。肥松熟杏，空含亡国之悲；老翠荒青，已收揽古之笔。张淏之叙艮岳，花石伤心；余怀之记板桥，绮罗过眼。呜呼！此蒙业者所以必仗乎人谋，而怀古者亦难全委乎天醉也。

译者识

——录自商务印书馆 1907 年初版

《黑衣教士》①

《黑衣教士》[附记]

原本有跋云：此篇作者安敦溪崖霍夫，与哥尔基齐名，为俄国文坛健将。其为小说，专以短篇著，世称俄国之毛拔森。文章简洁而犀利，尝喜抉人间之缺点，而描画形容之。以为此人间世界，毕竟不可挽救，不可改良，故以极冷淡之目，而观察社会云。今年七月中旬，旅于德国而逝，年四十四。世界文坛，又弱一个矣。

——录自商务印书馆 1907 年初版

① 《黑衣教士》（*Черный Монах*），小说，俄国溪崖霍夫（Антон Павлович Чехов，今译契诃夫，1860—1904）原著，日本薄田斩云（1877—1956）译述，吴梼据日译本转译，1907 年商务印书馆初版（光绪三十三年六月）。

《金风铁雨录》[1]

《金风铁雨录》[序]

林纾

古来亲藩以兵力图窃神器者，惟汉室为多，卒皆无所成就。朝廷以宗室之故，恣其所为，贵极富溢，遂萌僭号。然人心思汉，汉廷未有失德，猝起以兵力相搏，无继援之人，成孤注之势，故往往而衄。吴、楚之前事已矣。淮南、衡山，有图叛之心，顾亦知其不可必胜，犹豫莫决，为人首发，卒莫保其家族。则以汉治未有失，诸侯无因发难，故不能有济。英之雅各，中主也。专制政体，行之数百年，国教虽未尽善，朝野不以为忤，在势固莫可摇动。而蒙茅孱王，乃合穷巷棘矜之侣，恃二三枭侠之士，欲以图王。又当断不断，前却如鼠。大河咫尺当其前，导者乃懵然无所睹，悉兵夜袭人垒。兵至，而桥梁不具，临水嚣竞，为敌前备，合万众之力，鏖扑新集之众，宜成禽耳。呜呼！哈文、拖东西摩瑟，不无杰烈之士，卒以事非其人，骈死者相望；而悍吏转得肆其狂攘，以残虐善类，因之人心日益思乱。英国乱已，不三稔而改正教，党人复起矣。在理雅各既胜蒙茅，宜肆赦豪杰勿问，稍抑天主教锋棱，以平闾左之心，益修内治，则专制政体尚足绵久。乃雅各竟以兵力自雄，以为诛一蒙茅，全国当人人惴恐，无复更萌乱兆，然已误矣。止乱在德、在政，不专恃兵力。苻坚、完颜亮之兵力，宁能当者，胡以猝亡？呜呼！立国者果恃兵力与淫刑也哉？

---

① 《金风铁雨录》(*Micah Clarke*，今译《麦卡·克拉格》)，小说，英国柯南达利（Conan Doyle，今译柯南道尔，1859—1930）原著，林纾、曾宗巩译述，"光绪三十四年戊申七月再版"版权页标"发行者：商务印书馆"，另有"光绪三十三年六月初版"（1907 年）字样。

光绪三十二年嘉平月，闽县林纾畏庐父序。

——录自商务印书馆1908年再版

《旅行述异》[1]

《旅行述异》序

林纾

欧文者，古之振奇人也，能以滑稽之语，发为伤心之言。乍读之，初不觉其伤心，但目以为谐妙，则欧文盖以文章自隐矣。此书劈分四大类：鬼也，名士也，盗也，掘藏也。天下鬼使人怖，盗使人备，藏使人歆，独未计名士之能使人哕。名士立身托业之始，亦何尝用以哕人，顾以不善治生之故，而又傲兀凌轹，自穷其求生之途；又非诸葛公所谓淡泊明志者，衣服饮食，一一希于安饱，无以异于恒人，而独其治生者，力与恒人矫。则宜乎颠沛穷蹙，以诗鸣号，上怨天而下尤人，初未尝反躬而责实，此则自蔽者之流弊也。顾世人之待名士也，初不以鬼，而实虞其作戾；初不以盗，而私患其见凌。盖以俗人亲名士，既无窖藏足以歆之，而又有鬼盗之慑，名士乌得不穷！且名士者，多幽忧隐憾，散发呼嚣，歌哭不恒，陵诋无上，则浑良夫之叫天也，殆有鬼之气矣。文干当路，书诋故人，茹忮鸣高，匿欲表洁，无所事事，待人而食，稍不如礼，动肆丑诋，则兰陵老人之怒尹也，殆有盗之气矣。且自窖其诗，已不类于窖藏，而日欲冀人之歆，则为计乃愈左。历古以来，不得宏奖风流者，以荐宠之，而名士往往

---

[1] 《旅行述异》(*Tales of a traveller*，今译《旅行者的故事》)，小说，美国华盛顿·欧文（Washington Irving，1783—1859）著，林纾、魏易译述，1907年商务印书馆初版（光绪三十三年六月）。

为世诟病。畏庐不肖，夙知其弊久矣。幼年亦稍稍为诗，顾自审其不工而去之。而当其恣意涂抹时，人之非毁者，已籍籍吾后。顾吾颇有志，能忍饥三四年，未敢怨犷不平，咆哮以恣吾愤，又未敢蒙耻自托于豪贵。今已老，荷天之右，不至僇辱其身，亦未尝媢嫉同侪之富贵。鸣呼，畏庐其万幸不为名士矣！夫淡泊明志，吾固不能，然得粗衣饱食，于心滋以为足。惟所志则殊寡远图，执业乃大类白克宋之自活。第白克宋之诡遇如何，余未之知。然自食其力，或为当世君子所怜，则畏庐之生业亦微矣哉！

光绪三十二年十月既望，闽县林纾叙于望瀛楼。

——录自商务印书馆1907年初版

《文家生活》[1]［附记］

林纾

畏庐居士曰：西俗之于吾俗，将毋同乎？吾人之言曰：人穷而后诗工，岂诗之能穷人哉？诗人固有自穷之道，尤以诗为导穷之途，入其途弥深，则其穷也亦弥酷。盖诗者，高超拔俗，驾清风，抱明月，若无与于人事者。心思既旷，见地亦高，傲藐尘壒，恒视人事为淀浊，而漫不屑意，望簪组如桎梏，而鄙不欲加，宜若仙仙而飘举哉！顾妻子之须衣食，如常人也；衣食之求温饱，亦如常人也；而诗道之去治生，则又悬绝如霄壤。一旦忽悟及吾妻吾子，宜衣食也，妻子衣食，亦宜饱暖如恒人，乃大悔恨：吾负此高世之才，而竟幻此寒相，仰首四盼，则峨冠而长绥者，不能为诗者也；硕腹而拥资者，又不能为诗者也。不能诗而忽富贵，而吾学实冠天人，乃不得一饱！于

① 《文家生活》(*Literary Life*)，为《旅行述异》上卷所收录小说。

是郁伊淋漓，日迁怒于富贵者，斥为浊物，作诗寓怀，实皆娼嫉怨望之音吐也。间有富贵者，偶加以颜色，则又大喜，以为旷世之知己。但观八哀之诗，冥报之语，足知古人如靖节、少陵，犹复不免，矧时辈哉！虽然，天下亦断不能无此种人也。无此种人以点缀，则亦不成其为世界。第不能谓人人当学诗人。南中之荔枝、江瑶，北土不能有，而是二者，亦万不足以为常供。脱去饭而啖荔枝，久且胀满而壅；彻馔而专江瑶，则腥极亦将病其脾胃，盖异味之不足为常供明矣。为诗有道，治生亦有道。以治生之人，使之为诗，则油盐将不去口，不能超轶而造于精微。故诗人之肺腑，初若异于恒人。顾诗人既与恒人异，似宜自爱其同类，互相宝贵，而又不然。但观秋谷、渔洋之哄于康熙之朝，子才、归愚之争于乾隆之朝，互相鄙薄。至于今日，则又昌言宋诗，搜取枯瘠无华者，用以矜其识力，张其坛坫，其视渔洋、归愚，直同刍狗。此则正与欧文所记者同也。盖诗人之门户党派，等诸理学，理学争朱、陆，诗家区唐、宋，一也。吾尝持论，谓诗者称人之性情，性情近开元、大历者，开元、大历可也；近山谷、后山者，山谷、后山可也，必扬麾举纛，令人望影而趋。是身为齐人，屈天下均齐语，身为楚产，屈天下皆楚语，此势所必不至者也。不善治生，又好龂龁其同类，孤行其意气，则取穷之道，又宁咎人？且诗人者，又乞儿之穷相者也。古人无功而食，斥为天殃，而诗人乃有以一字求索千缣者，此又何功而食？矧此多缣之人，又必浊物，乌能识世间之有雅人？彼见天下之求索者，均乞人类。若卢雅雨、马秋玉兄弟，殆广开卑田之院，以待乞儿者也。呜呼！诗人至此，果真穷矣！虽然，欧西如莎士比、爱迭生、摆伦，死后断坟，联千古帝王之陵寝，宁不可贵？中国初无是也，似欧俗之待诗流，优于中国。而欧文此篇，则丑绘诗人贫状，抑又何也？平心而论，文章一道，实为生人不可失之利器。天下怀才无试，岂特诗人？八荒无事，而躬负兵略，无可展布，抑抑而死于牖下者，比比而是，第无文章足以自鸣，人不之知耳。而诗人之诗，殆类留声之机器，人既渺矣，而声响尚存。受抑虽在一身，而能诉其冤抑于千载之下，令人生其惋惜。脱令躬接其人，观彼傲兀之状，又足生厌。吾故曰：诗人者，特借以点缀世界者，无是则世界中亦无生气，然则诗之感人深矣。余不为诗，而心则甚悦诗人，每欲究其致穷之由，卒不可得。今译欧文之书，知中西一致，初若有会于吾心，故言之不期其冗。识者谅之。

——录自商务印书馆 1907 年初版

《世界一周》[①]

《世界一周》[序][②]

译者道：我们中国人，别的好处却甚多，若论起冒险精神一层，却较西人差远了。第一是怕死，第二是无远志。有了此两种痼疾，所以数千年来所有大脚色，也只能在自己国度圈套中，跳跳舞舞，却不能长枪大戟，到海外穷荒之地，撑起一番大事业来。我难道说西人不怕死么？不过他爱国爱名誉的思想，比爱身命的思想更重些，倒把身命看轻了。我们中国，人开口便说什么富贵寿考，什么长命百岁，临断气时，还要图有无儿子送终。这般人的意见，是总要把这一副无用的骨头，装在值七八十圆的棺材里，便算有福气了，便是那死的人，一生庸碌，也不要管他了。若是有能替国家做一番大事业，或被人刺

① 《世界一周》，冒险小说，日本渡边氏著，“中华民国三年四月再版”版权页标“译述者：商务印书馆编译所；发行者：商务印书馆”，另有“丙午年六月初版”（1907 年）字样。

② 载第一回“怀大志老父赞佳儿，离故乡英雄悲短驭”篇首。

死，或粉身碎骨，如文天祥、史可法一流人，他何尝不倾倒敬服，然到底总说他不是享福人。可见那一种舍不得老骨头的脾气，是天生不变的。这种人你说还能望他做事吗？这是一层。还有一层，是无远志。为什么呢？我们中国人，是最重乡情的，最重家族的，这却是他的特性，不可一概抹杀。近来新党，最欢喜教人破坏家族，作者是不肯轻易赞成的。但那一种畏葸积习，却是进化的阻碍。譬如一家之中，或有一人远行，那父母妻子，便哭哭啼啼，跟在背后，好像从此不能见面一样。问其行踪，却不过一二日路程，这岂不可笑吗？若听说要出洋，离中国有二三十日路程，便一定要哭死了。我们一般都是中国人，将来都是要替国家出力的，若犯了此病，就读了一辈子书，也不过如《红楼梦》宝王所谓“禄蠹”罢了。我看今日中国社会，却大半染此通病，老死在穷乡僻巷中，一卷新书，也没见过，一张报纸，也没读过，还自己高自位置，批评这个邪说，那个荒谬，岂不是夏虫语冰么？这也不去管他。我说中国人，本有一种好奇性质。还记得我们六七岁时，有人取了一本《山海经图》来看，上头画了许多三身六臂的人，还有许多从未看过的东西，便欢喜的了不得。以后入了塾，遇着那村学究，说这是没有的事，以后便渐渐的忘记了。过了好几年，有天在旧书堆中，翻出明朝人邝露所著的《赤雅》，便大跳起来，口中自言自语道：世界的事情，我们眼中不见的多着呢，那里便一口拏定说他没有呀！可惜那时西国新书，传入中国的尚少，还不知有哥伦波、伋顿曲一干人的故事，要是早晓得，岂不又添了一重欢喜么？你看欧美各国，个个在海外开辟殖民地；我们中国，自古止有受外族欺侮的分儿，那有功夫去开辟新地，这岂不是历史的耻辱吗？现在中国，弱的了不得，一时也不能讲究到此。但我却拜服他们那一种冒险精神，有了此种精神，无论做那一件事，无有不成的。这便是作此书的大旨了。

——录自商务印书馆 1914 年再版

《世界一周》[附记]

看官，你道麦折仑走了这遭，究竟有何成就呢？佛家说得好，凡事有因总有果，要想得好果，除非种好因。这话真是说得彻底的。从前讲地学的，都说地球不过平面之物，万古不会移动。就是我们中国，也说什么天圆而地方，又说什么厚重不迁。这些话岂不是瞎说吗？现在三尺童子，都晓得地球是整天行动的。然如哥白尼这般人，不过唱些空论，究竟不能得了实在的证据。自从麦折仑走了一遭，这新理方才有了经验了。可惜他半途死在土蛮手里，不能亲见成功日子。到底他那种气魄，那种精神，冒着千辛万苦，至死不变，着实令人可敬！将来做航海史，总不能丢过这人。况且现在南美洲地方，有个麦折仑海峡，是无人不知道的。可见这麦折仑三字，就是到了万万年后，天蹋［塌］下来，或是地球炸了，他的名是磨灭不了的。这是什么缘故呢？我看古来英雄，算来都不过是一种奇气，就是孟夫子书上所说的浩然之气了。有了此气，然后看他的际遇，与那时候的习惯，配合起来，便成了一种人物。试看历史上这些大人物，谁是循途守辙的呢？譬如有两条路，一条十分平稳，这就是从盘古至今，无千无万的庸人走的，一条危险些，便是东西各国那一种英雄走的。我们再说迂腐些，孔子要不是背了时趋，弄得绝粮微服，走投无路，被人骂得臭死，也就没有今日的地位了。孔子是极平正的人，尚且如此，后来的人可想而知了。我译此书，不是叫人学他也去航海，止要看书的略略领会他那一种精神气魄，也就不枉作者一片苦心了。

——录自商务印书馆 1914 年再版

《双孝子噀血酬恩记》①

《双孝子噀血酬恩记》评语

畏庐居士（林纾）

余读《史记·刺客传》，聂政姊伏政尸次，号曰：其是吾弟与？严仲子知吾弟。呜呼！“严仲子知吾弟”六字，悲塞天地矣。夫以仲子之仇傀，不必出于直道；聂政之刺傀，亦未必本诸义愤，正以贫贱受知，此大累人耳。然政有老母，不即以身许人。迨老母以天年终，始为仲子死傀难，政之孝亦正可录。虽然，百金之馈，未尝受，则亦未必于仲子为有恩。惟此金为母来，不为身来。仲子之馈，意固在政，而其命馈之名，则又在母，即此已足以死政。政之事，与两孝子不类而类，要之酬恩之局，均激于孝行。且政之诛傀，傀不必能为乱人；而两孝子之仇虚无党人，平乱也。其死正，其义正，即其孝亦正。吾读《聂政传》，吾益服此两孝子矣。

伊梵者，虚无党人也。其父以杀人伏法，伊梵与父同捕治狱中，切切授以仇富尊贫之宗旨。伊梵八岁，夙读微克讨休固书，深斥小拿破仑之不道。伊梵孺子，以为天下之富人均小拿破仑也。恨根已锢，又见其父狱死，而狱事之成，即出之富人，虽无虚无党人诏之以愎厉，其道已足杀人，宜其日狺狺然，无平和之思。独其天性挚孝，以八龄童子，不挟糇粮，行烈日中五百里，卒达狱所，亲面其罪父之死。惟其爱父，故仇富，且不知其父狱死之为罪，而但以为富人杀之，日图与公卿为难。其道则甚昧，然其缘起，则皆为父，许之以

① 《双孝子噀血酬恩记》（*The Martyred Fool*），小说，英国大隈克力司蒂穆雷（David Christie Murray，1847—1907）原著，林纾、魏易译述，1907年商务印书馆初版（光绪三十三年六月）。

孝，亦贤者原心之律也。

夫使聂政不报仲子，而仲子未必即为韩傀所殊。以区区私仇，彼此复不相见，且事隔数年，仲子或忘怀矣，而政忽进而鼓动之。迨政既杀傀，仲子虽喜，未必不悔。而在聂政，固但念仲子之恩，初未尝计其曲直。若钦司克利亚公爵，与党人何仇？与党人无仇，复与伊梵有恩。党魁之遣伊梵，事已大左于仲子。今使以仲子之恩，遣政杀傀，则政必行；使傀转遣聂政杀仲子，则政必不行，且将剚刃于使我之胸，此定理也。今党人乃欲身为聂政之伊梵，倒戈以向公爵，故伊梵决不为使。不为使者何？以此身为死父而奔波，而公爵即谅我救父之心，为置善地，实为亡父存其遗孤。存孤者，父必阴义其人。天下安有为父所阴义，而为子者乃阳仇之？故伊梵之存公爵，初若与孝无涉，更原其心，又宜以孝许之。

伊梵之趣父难也，长日道行，前望无见，但觉有囚父。狱墙一片，亘其眼中，其心殆谓此狱墙犹天上清都，到即宅心之所。且云：狱墙如灯，伊梵之身则如蛾，千里百里，亦将一扑为快。呜呼！吾译序至此，泪落如绠矣。夫身奔父难，在古固有其人，独难责之八龄之童子，非至性出之天授，胡得有此？宁谓盗侠中，无善类哉？

亨利利邦者，尤聂政一流人也。年近五十，犹对母作娇啼。其始为母行贷于马来公爵，为阍者所格，三上书，则又格于舍人。及公爵知状自来，则衎衎陈说，向之行贷，为母贷，不为身贷，身可槁死，母不可以槁死。公爵虽痛其犷，亦未尝不钦其孝，乃益赡其母。观利邦之告伊梵曰：吾母真善人，常申申詈余仇公爵，余身为人子，老母之詈，安敢引为微憾？呜呼！利邦铜匠耳，未必即被文化，而所言所行，乃为士夫所弗及。彼虚无党人，竟欲利邦杀其赡母之人，宜其不为所用矣。

马来公爵于伊梵、利邦均有恩者也。党魁宗旨，首仇富。其必以二子杀马来者，正欲重恃二子以为用。故佥谋以诈术诓诱，使之必行，谓二子既杀公爵，则官中必悬金购赏，重获其人，于是二子且帖耳就党人鞭笞。呜呼，误矣！天下深于仇者，必稔于恩。虚无党既以扶弱抑强为宗，则不宜以反恩为仇事干义士。且英、法之巨富，又宁止两公爵？党魁用人，乃不用其心，而用其身。此在略有知觉，尚不尔尔，矧辩才如保罗，竟复出此？然则虚无党人亦蠢物耳！

方今新学大昌，旧人咸谓西俗寡伦理。然西哲不乏旧人，亦以今人之薄，不如古人之厚，故日为伦理小说，用以醒世。此书叙虚无党，正为彼中厉禁，然始误而终归于正。且其中用无数正言，以醒豁党人之迷惑，则作者救世之苦心，其殆与史公之传刺客同趣乎！

畏庐居士识

——录自商务印书馆 1907 年初版

《爱国二童子传》[1]

《爱国二童子传》达旨

林纾

畏庐林纾，译是书竟，焚香于几，盥涤再拜，敬告海内。

至宝至贵、亲如骨肉、尊若圣贤之青年、有志学生，敬顿首顿首，述吾旨趣，以告之曰：呜呼！卫国者恃兵乎？然佳兵者非

① 《爱国二童子传》（*Le Tour de la France par deux enfants*，今译《两儿童周游法国》），小说，法国沛那（G.Bruno，为 Alfred Fouillée 笔名，今译阿尔弗雷德·富耶夫人，1833—1923）原著，林纾、李世中译述，1907 年商务印书馆初版（光绪三十三年七月）。1914 年 6 月商务版版权页仍署初版。

祥。恃语言能外交乎？然国力荏弱，虽子产、端木赐之口无济也。而存名失实之衣冠礼乐，节义文章，其道均不足以强国。强国者何恃？曰：恃学，恃学生，恃学生之有志于国，尤恃学生人人之精实业。

比利时之国何国耶？小类郳、鄘，而尤介于数大国之间，至今人未尝视之如波兰、如印度者，赖实业足以支柱也。实业者，人人附身之能力。国可亡而实业之附身者，不可亡。虽贱如犹太之民，不恋其故墟，然多钱而善贾，竟吸取西人精髓，西人虽极鄙之，顾无如之何，盖能贾亦实业也。以犹太煨烬之余灰，恃其实业，尚可幸存，矧吾中国际此群雄交猜，联鸡不能并栖之时？不于此时讲解实业，潜心图存，乃竞枵响张浮气何也！

李闯之谓其所部曰：凡守城之法，于炮火震天时，尚可偷闲而睡。若万帐无声，刁斗不鸣，此时正属吃紧，万万不可懈，懈则城且立破（去其原文，存其意，而易其词）。今俄、日之事息，正所谓万帐无声时矣，在势正当吃紧。而枢府诸公，别有怀抱，吾侪小人，不敢轻议。惟告我同学，告我同胞，则不妨明目张胆言之：此时断非酣睡之时！凡朝言练兵，夕言变法，皆不必切于事情；实业之不讲，则所讲皆空言耳，于事奚益？

向者八股之存，则父兄之诏其子弟，人人皆授以宰相之实业。下至三家村中学究，亦抱一宰相之教科书。其书云何？《大学》也。《大学》言修齐平治，此非宰相事乎？吾国揆席，不过六人，而习其艺者，至二十万万之多。今则八股之焰熸矣，而学生之所学，明白者尚留意于普通；年二十以外，则专力于法政，法政又近宰相之实业矣。试问无小人何以养君子？人人之慕为执政，其志本欲以救国，此可佳也。然则实业一道，当付之下等社会矣。西人之实业，以学问出之。吾国之实业，付之无知无识之伧荒，且目其人、其事为贱役。此大类高筑城垣，厚储兵甲，而粮储一切，初不筹及，又复奚济？须知实业者，强国之粮储也。不此之急，而以缓者为急，眼前之理，黑若黝漆矣。

畏庐尝为悲梗之言曰：宁丧大兵十万于外，不可逐岁漏其度支，令无纪极。盖鱼须水而生，竭泽取鱼，留存其水，更下鱼苗，则鱼可以长养而蕃庶；若自决其流令涸，则后此更下鱼苗，将胡生耶？国不患受人践蔑，受人剥蚀，但使青年人人有志于学，人人务其实业，虽不能博取敌人之财，亦得域其国内之金钱，不令外溢。管仲之女间，亦为闸以沮水之外溢耳，矧在实业之可恃？

今日学堂几遍十八行省，问试商业学堂有几也？农业学堂有几也？工业学堂有几也？医学学堂有几也？朝廷之取士，非学法政者，不能第上上，则已视实业为贱品。中国结习，人非得官不贵，不能不随风气而趋。后此又人人储为宰相之材，以待揆席，国家枚卜，不几劳耶？呜呼！彼人一剪、一线、一针之微，尚悉力图工，以求售于吾国；吾将谓此小道也不足较，将听其涓涓不息为江河耶？此畏庐所泣血椎心不可解者也。

此书之第二十六章，有所谓孟叔者，在一千七百九十二年，法国全境几糜烂于敌手，孟叔与同志嘉纳醰思制器之方，力图制胜于外，培植子弟为工程师，立实业学堂无数，至今铜象巍然。呜呼！孟叔何其仁也！以拿破仑武力，鞭箠列强，欧西几人人慑伏，而卒致于倾覆。英国自囚拘拿破仑后，国力罢苶，而工艺即因之而昌。试问拿破仑能霸天下，英国能缚取天下霸王，后此二国卒归于实业，始克自振，然则空言强国何益耶？

沛那者，天下之第一仁人也。其人不必以哲学称，但能朴实诚悫，为此实业之小说。当时法人读此，人人鼓舞，既益学界，又益商界，归本则政界亦大被其益。畏庐，闽海一老学究也，少贱不齿于人，今已老无他长。但随吾友魏生易、曾生宗巩、陈生杜蘅、李生世中之后，听其朗诵西文，译为华语。畏庐则走笔书之，亦冀以诚告海内，至宝至贵、亲如骨肉、尊如圣贤之青年学生读之，以振动爱国之志气。人谓此即畏庐实业也。噫！畏庐焉有业，果能如称我之言，使海内挚爱之青年学生人人归本于实业，则畏庐赤心为国之志，微微得伸，此或可谓实业耳。谨稽首顿首，望海内青年之学生，怜我老朽，哀而听之。

畏庐者，狂人也，生平倔强不屈人下，尤不甘屈诸虎视眈眈诸强邻之下。沉湘之举，吾又惜命不为，然则畏庐其长生不死矣？曰：非也。死固有时，吾但留一日之命，即一日泣血以告天下之学生，请治实业以自振。更能不死者，即强支此不死期内，多译有益之书，以代弹词，为劝喻之助。虽然，吾挚爱青年之学生，尚须曲谅畏庐，不当谓畏庐强作解事，以不学之老人，喋喋作学究语。须知刍荛之献，圣人不废。吾挚爱青年之学生，亦当视我为刍荛可尔。

畏庐幼时读杨椒山年谱，则自闭空房而哭。然吾父母仁爱，兄弟和睦，所遇不如椒山之蹇，吾胡哭也？盖椒山所书，则真有令人哭者。椒山少而见屏于父兄，分家时，但得米豆数斗。椒山晨起作饭后，将指一一划字米豆之上，出而行牧。有父有兄，直如孤露。后此椒山忠节，可勿待言。然其治乐时，能自购胶漆刀锯之属，躬制乐器，此亦留心实业者也。今恩忒、舒利亚兄弟，果真孤露矣，其穷困乃百倍于椒山，卒能于国力衰败之余，间关自达于祖国。试问法国此时为何时，非师丹大败之后乎？兄弟二人，沿路见法民人人皆治实业，遂亦不务宦达，一力归农。较诸吾国小说中人物，始由患难，终以得官为止境，乐一人之私利，无益于国家。若是书者，盖全副精神不悖于爱国之宗旨矣。吾述之，吾且涕泣述之。

天下爱国之道，当争有心无心，不当争有位无位。有位之爱国，其速力较平民为迅，然此亦就专制政体而言。若立宪之政体，平民一有爱国之心，及能谋所以益国者，即可立达于议院。故郡县各举代表，入为议员，正以此耳。若吾国者，但恃条陈。条陈者，大府所见而头痛者也。平心而论，所谓条陈，皆爱身图进之条陈，非爱国图强之条陈也。嗟夫！变法何年？立宪何年？上天果相吾华，河清尚有可待。然此时非吾青年有用之学生，人人先自任其实业，则万万无济。何者？学生，基也；国家，墉也。学生先为之基，基已重固，墉何由颠？所愿人人各有“国家”二字戴之脑中，则中兴尚或有冀。若高言革命，专事暗杀，但为强敌驱除而已，吾属其一一为卤？哀哉哀哉！书至此，不忍更书矣。

大清皇帝光绪三十三年六月十九日，畏庐林纾序。

——录自商务印书馆 1907 年初版

《花因》①

《花因》[序]

（林纾）

奥国多声息花，遍检百科全书，乃无图，盖即乳香也。马林奴波儿，花气薰天地，居人咸老于花中，生死亦犹花之开落，而于美人尤肖。此书情迹，均在花时，则以声息花为美人生死之因。观此，能寻因而证果，则温柔乡里事，亦不过一花落花开耳。

——录自中华书局 1960 年版《晚清文学丛钞·小说戏曲研究卷》

---

① 《花因》，小说，英国几拉德（贾植芳等编《中国现代文学总书目·翻译文学卷》又标作者国籍为美国）著，林纾、魏易译述。日本樽本照雄编《新编增补清末民初小说目录》标该书光绪三十三年七月中外日报馆出版（1907 年）。

《滑稽外史》①

《滑稽外史》短评数则

（林纾）

迭更司，古之伤心人也。按其本传，盖出身贫贱，故能于下流社会之人品，刻划无复遗漏，笔舌所及，情罪皆真，爰书即成，声影莫遁。而亦不无伤于刻毒者，以天下既有此等人，则亦不能不揭此等事示之于世，令人人有所警醒，有所备豫，亦禹鼎铸奸，令人不逢不若之一佐也。

书中述老而夫事，则心蛇蝎而行虎狼，即俗所谓冷血物也。老而无子，积资谁属，初不之计，但解离人之妻，孤人之子，陷人之稚弱，覆人之家产，一不之动。其机心大类火车、轮舶之马力。火车、轮舶二物，非长日看人离别者耶？然其机自运弗已，轧轧之声，万不因人之伤离哭别，为稍停；又类东市决囚之伍伯，无论忠臣、义士，一落其手，但有断头，初不能偶然有感于心者，其人固以司杀为职也。老而夫职不司杀，又非无知之机器，而其作用乃与二者正同。吾方知利令智昏一语，非无见而漫言者也。

冒利之夫，终身未尝虑祸，又未尝虑及果报，正自有说。金钱之进如流水，存而不用，一心泰然；见人皆觉可怜，顾怜人而仍不肯施舍者，正谓吾以苦心虑贫之故，经营而得此资，若因施舍而罄，是自趣于贫，其智讵不更出贫者之下？故怜人之贫，正复自怜其智，殆谓我今破资以赈汝，我一落寞，又谁从而赈我者？我惟不贫，而有防贫

① 《滑稽外史》(*Nicholas Nickleby*，今译《尼古拉斯·尼克尔贝》)，小说，英国却而司迭更司（Charles John Huffam Dickens，今译狄更斯，1812—1870）著，林纾、魏易译述，1907 年商务印书馆初版（光绪三十三年七月）。

之思，故不趣于贫，且汝贫又何与我事？日复一日，善念渐遏，防贫之计亦渐精，以为偶一施舍，即足取贫，吾何不智至此？于是刻核施之亲戚，抑勒待其子孙。而子孙眼热金多，乃不能用，又思此产属我，汝死产又焉遁？则又不念彼祖彼父之居积取盈，心皆为己，但觉积金不予，事同困己。迨钟漏一歇，而黄金遂散走如飞尘，惜高卧于棺中者，乃皆无见，为可哀也。

大凡逐利之夫有二种焉：曰刚，曰柔。老而夫者，毗于刚者也；阿塞者，毗于柔者也。虎之吮血，刚也；蛭之吮血，柔也。其实皆谓之冷血物，不可名之为人。

力里威克亦钱虏也，其人颇类老而夫，顾中道改悔，悉其产授之金威格司，令立其后者，何也？其人尚有爱情也。力里威克能爱女优，则不能谓之无情；迨为女优所窘，则翻然悟其初计之不善，故尚有归宿之一日。若老而夫一生未尝爱人，于其妻尚刻剥构陷，则宜乎于其亡弟终落落，而又何有于其侄尼古拉司？盖老而夫者，铁鑢也。鑢但屑人之物，己身未尝一落其屑。试思天下人果如鑢者，人之触之者，宁复有幸？

全书关键，本属教习司圭尔瓦克福，然其事大悖常理，为中国之所无，可以不论。中国今日之教习，正患不能得生徒之欢，又何敢施其威福？中国学生之语教习曰：汝奴隶，待饲于我，我不特意，汝立行！汝妻子亦立馁！而教习又多寒士，一见学生，已胆慑不敢出其正直之言。讲堂之上，一听之学生，而教习特同木偶，即间有匡正，已哗然散学，必屏逐此教习然后已。吾又惜中国无迭更司，别著一书，为学生正其谬戾。

迭更司写尼古拉司母之丑状，其为淫耶？秽耶？蠢而多言耶？愚而饰智耶？乃一无所类。但觉彼言一发，即纷纠如乱丝，每有所言，均别出花样，不复不沓。因叹左、马、班、韩能写庄容，不能描蠢状，迭更司盖于此四子外，别开生面矣。

赤里伯尔兄弟之好善，亦人世中不复多见之人。吾意迭更司既出贫贱，则老而夫或即其亲属，凌蔑既深，故成此书，以报复其虐待；赤里伯尔兄弟，又必有恩于迭更司者也，此节原序中已述及之。惟有老而夫之虐，愈形赤里伯尔之仁，二者对举成文，实为报私恩私怨之笔墨。又欲自泯其迹，平空立一司圭尔，为全书宗旨，谓尧克歇埃学堂积习，一皆如是，此书之成，即欲警醒家有子弟者，勿赴尧克歇埃。则此书成为有关社会之书，实则非是。但论其描写俗情，一一都足增人阅历，已大有功于社会矣，何待斥驳司圭尔，于社会始名有功？

天下文人，每叙及钱虏，必加痛掊，此亦局量褊狭之处。须知畏庐之眼，见钱虏宁止二十以外，使一一均加痛掊，则畏庐之笔记，直不啻一百万言。而其可笑可恨之事，尤不止如迭更司之所论列。顾一言以蔽之曰：愚无知也。闽人之求科名者，必祠魁星；而其求利者，多祠财神。财神之与魁星，仇同水火，必财神去后，而魁星始来。究其但祠魁星者，迨得官发财，则又舍魁星而兼祠财神。及彼子姓怠惰不学，于是财神魁星，始并去其家。然则祠财神者，得耶？祠魁星者，得耶？吾不得而知之矣。

畏庐家贫，而吾季父静庵先生，则贤而恤我，同族中亦无老而夫其人。然与同里闬者，固明明有老而夫也。曾于《橡湖仙影》序中明斥其人，然尚未足以尽此二豪之罪状。

嗟夫！魑魅出没之地，不在穷山，而在阛阓。人心之险，岂能一一诛锄？不过世有其人，则书中即有其事。犹之画师虚构一人状貌，印证诸天下之人，必有一人与象相符者。故语言所能状之处，均人情所或有之处，固不能以迭更司之书，斥为妄语而弃掷之也。

畏庐识

——录自商务印书馆1907年初版

《少年侦探》①

《少年侦探》[附记]

中国寄生虫 无子肠

书中案情，大致不谬。尚有陈尸场之二尸，及计醉酒老而逸之三人等，皆无着落。但原本如是，不敢有所增损也。

译者识

——录自小说林1907年初版《少年侦探》(下卷)

《双冠玺》②

《双冠玺》序

肖蝓③

墨箴子译《马利遗事》既竟，为作王良士语曰，愿此贵妃子生生世世勿降嫁帝王家也。夫女智莫如妇，宣尼所称，其人美且仁，国风载咏。是以木兰寒女，乐府传辞，昭君才人，琴工写怨，则有雌龙坠

---

① 《少年侦探》，小说，正文署“原著者法国爱米加濮鲁，译者英国智尔博甘培，复译者中国寄生虫、无子肠”，1906年小说林社初版上卷（丙午年七月），1907年初版中、下卷（光绪三十三年六、七月）。“无子肠”，下卷正文又署“无肠子”。

② 《双冠玺》，小说，英国特渴不厄拔佇著，何心川（1853—1926）、林黻桢译述，1907年商务印书馆初版（光绪三十三年七月）。

③ 肖蝓，林黻桢字，生卒年不详，号霜杰，福建闽侯人，林则徐曾孙，曾任江苏嘉定县知事。

地。生是名王贵人，客儿外家，少为孤稳压帕。挥三百万贯阿姨之费，夺此娟娟；称三十六宫可敦之尊，别名阏阏。酪浆肉食，何来皇思玉人；斜上旁行，亦有和熹博士。岂宙合至清之气，钟稗瀛以外之区乎？是虽迦陵同命，上阳终老，女君不闻专政，尤物未尝移人，而针神机绝，漂散人间，楼东剪刀，流传海外。后之摩娑芗泽，慨慕兰馨者，犹将起通德于千秋，访佩兰之遣事，著为外传，留仙之裙幅如亲，写出内家，春晓之图中欲活。尔乃早伤持踵，众嫉修蛾，交杯七彩，甫为新妇未谙，白柰三吴，遽应天公不禄，鸡台梦醒，姑恶声来，不如归去。彼都虽信美之乡，大有图侬，畏道重迷阳之感，宜若一声河满，清泪如铅，千里江东，我心匪石矣。逮乎坤珍在握，弱肉争存，东西帝仇不戴天，南北司势成水火。合并早定，调燮咸宜，股紫陬知兵气之祥，比铜钳为种人所信。瑶光夺婿，申申违詈姊之言；象魏悬书，娓娓释直生之瀎。虽君王后椎环之智，孙夫人佩刀之英，启钟室以谋韩，御戎车而赴敌者，不是过也。顾以狂王乱政，家贼阴谋，系尾何追，捽头不免。斧声烛影，犹是亭疑；玉珽牛刀，已将见逼。至于金墉绝膳，五国蒙尘，书成绝命，只云爱子托人，死本如归，所念故交惟若，人之无良，天胡此醉哉？或谓王桑榆未晚，驵侩奚堪，何以昧取人以貌之言，受狼子野心之祸？骊戎归晋，厥后虽蕃，文姜如齐，及身安免，不知细君之嫁岑陬，本从胡俗；解忧之生元贵，实自肥王。怀嬴作媵，久已蓄康公自出之图也；怨偶为仇，不翅忍萧同作质之辱也。若留侯好女，卫玠璧人，天假之缘，礼无不合。古之开一窗而自选者，信能牵五丝而得红乎？或谓王金轮再世，夏姬同风，令尹敢蛊，夫人可知，子皙委禽，其心不正。乌勒捷武之狱，犹刑白马寺僧；郑蒙斯美之行，如宠控鹤祕监。是则高辛少女，可云淫恋槃瓠；宓帝神妃，直证梦交穷弈。高皇后既掳楚军，恩宜覆水；息夫人纵倾蔡祚，愁杀桃花。人生诚难，深文则易。以彼香阶划袜，孰勘小后之词，金诃贴胸，尚讳禄儿之语。向使南风专恣，沙门安得长生？甄后有情，陈思岂无秽迹？吊回心院里，怨火冤霜；念钩弋宫中，叫天披发。他日之小龙无算，谁知缔造艰难；当年之故剑相逢，应恸修嫮檏绝。某佛心差具，渐忘香味色声，胡语未谙，强译隄官隗构。安得诘汾天女，掷大千于恒河国界而遥；剧怜厮养才人，抱长恨于纣绝阴天以上。为西域阏氏作传，扫尽胭脂，招蜀山怨帝之魂，填诸碧海。

按：英史苏格兰女王麦利（即马利），显理八世（即亨利第八）之姻族也。奉旧教，初为法王法兰西士二世之后（即佛伦什仕）。法王卒，还苏亲政。先是苏格兰自拿克斯倡行新教，其徒颇有势力。麦利行为不正，大失人望，遂被放逐。遁于英伦，乞显理八世女英王爱利萨别司保护（即以利沙伯）。爱利萨别司囚之于狱，会旧教徒有欲拥立麦利者，爱利萨别司，遂处以斩罪。麦利子惹姆斯一世，为苏格兰王，爱利萨别司死后，兼承英统，英苏遂合。此篇大旨为马利平反，事多实录，诚有关于古政教之原，与寻常传记不同。比来迻译欧史，风气浸开，考元成佚献，搜开宝遗谈，未始非高学之一助也。

丙午长至，肖蝓并识于客尘寄庑。

——录自商务印书馆1907年初版

《卖解妃》①

《卖解妃》小序

东海觉我（徐念慈）

《传》有之：佳偶曰妃，怨偶曰雠。彼卖解者，而同心结缔，连

① 《卖解妃》，一名《狄克传》，小说，著者不详，正文署“铤夸译述”，1907年小说林初版（光绪丁未八月）。

理花开，要不过卖解者之妃而已。西人某汲汲为之传，友人铤夸犹汲汲趋译，欲以饫嗜小说者，是真不可以已耶。余读之竟，而叹家庭之间，父子兄弟，一或不慎，必致暌离涣散，非尽失其天性之真不止，是可怵也。夫妇之情，用得其正，虽江湖奔走，车幕为庐，而形影相依，悲欢与共，南面王有不足易其乐者。赛泼非以身殉，狄克必不返伦敦之驾，此其明证，是可羡也。呜呼！裘马少年，裙钗彼美，千金买笑，百琲贮屋，纷呶争扰于所谓交际社会者。此一车、一马、一唱、一随，融融泄泄之乐，曾未梦见。而烜赫峥嵘之伯爵，终且老态颓唐，蜷伏椅中，使其子亦几不相识。作者译者，表而著之，足以风世矣！余窃叹其用意之深，而属望之切也。是为序。

丁未六月，东海觉我。

——录自小说林 1907 年初版

《香粉狱》①

《香粉狱》[附记]

病狂②

译者曰：田温斯，一有志之士，以血气未定，纵欲而几丧其生命，宜其痛定思痛也。现身说法，普度众生，其意深，其愿宏哉。或以为社会小说亦多矣，以个人之丑历史厕之，未免凝不于伦，且恐社会未受其益而先蒙其害也。为此说者，殆未知田温斯之苦口婆心者耳。一则曰："不敢把玉软香温的话头乱人心绪。"再则曰："要

① 《香粉狱》，小说，印度田温斯著，病狂译，1907 年小说林初版（光绪丁未九月）。"译者曰"载于卷尾。

② 病狂，资料不详。

把香粉狱里监禁的人统统保释出来。”其宗旨固显然也。若夫仁者见仁，智者见智，人心之不同如面，其有以《孟子》钻穴逾墙二语为干犯风纪，《周易》男女构精一言为导淫，亦乌足怪呼？且悔过者，社会之良药也；公德者，社会之珍品也。社会大矣，不能无过，即不能无悔过。不患无德，而所患无公德。篇中多悔过之言，公德之理，其影响于社会，果奚若耶？况乎亡国惨状，历历如绘，又足以唤起吾国之人迷梦也。故取而译之，幸阅者诸君，勿作等闲观也。

丁未二月，病狂识。

——录自小说林 1907 年初版

《红星佚史》①

《红星佚史》[序]

周逴（周作人）

罗达哈葛德、安度阑俱二氏，掇四千五百年前黄金海伦事，著为佚史，字曰《世界之欲》。尔时称人间尚具神性，天声神迹，往往遇之，故所述率幽闳荒唐，读之令生异感。顾事则初非始作，大半本诸鄂谟（Homer）。鄂谟者，古希腊诗人也，生四千年前，著二大诗史，一曰《伊利阿德》(*Iliad*)，纪多罗战事。初有睚眦神女曰亚理思，以

① 《红星佚史》(*The World's Desire*，今译《世界的欲望》)，小说，英国罗达哈葛德（Henry Rider Haggard，又译哈格德，1856—1925）、安度阑俱（Andrew Lang，又译安德路朗、安德鲁·兰等，1844—1912）著，周逴（周作人）译。“中华民国二年十二月三版”版权页标“发行者：商务印书馆”，另有“丁未年十一月初版”（1907 年）字样。

当沛留斯与提谛斯婚宴，不见招致，思修怨，因以一频婆果投会中，识其上曰“致最美者”。海罗、雅什妮、亚孚罗大谛三神女，随共争此果。神不能决，袖斯命就巴黎斯断之。巴黎斯者，多罗亚王普利安子，方居伊陀之山，视其羊群。三神女各许以酬，而巴黎斯终纳亚孚罗大谛之请，愿得美妇，二神女由是衔多罗。未几巴黎斯游希腊，王美纳罗思厚款之。后曰海伦，绝美。亚孚罗大谛为种业恋于胸，见客美之，会王他出，巴黎斯挈后奔。王归，索之不听，遂大举伐多罗。海罗、雅什妮为之助，九年不下。后用伊色加健者阿迭修斯策，造大木马空其中，伏甲士百人，弃城外，复率舟师隐邻港中。多罗人意敌既去，启城出，见木马，乃拒洛公（Laocoön）之谏，舁之入城。入夜伏甲尽出，启城，舟师亦返，多罗遂下。希腊人大掠，杀普利安于袖斯神座之下。美纳罗复取海伦，将之返国，遭飓流地中海，抵息普洛思、斐尼基、埃及诸地，已而至斯巴达，复为国王。后史氏欧黎辟提斯（Euripides）及思德息科罗（Stesichorus），则谓巴黎斯仅得海伦之形，真海伦盖已之埃及云。次曰《阿迭绥》(*Odyssey*)，即记阿迭修斯自多罗归，途中涉险见异之事。而《红星佚史》一书，即设第三次浪游，述其终局者也。中谓健者浪游，终以见美之自相而止。而美之为相，复各随所意而现，无有定形。既遇，斯生眷爱，复以是见古恶，生业障，得死亡。眷爱、业障、死亡三事，实出于一本，判而不合，罪恶以生；而为合之期，则又在别一劫波，非人智所能计量。健者阿迭修斯之死，正天理应然，不足罪台勒戈奴之馈矢。台勒戈奴事，亦本鄂谟以后传言，非臆造也。中国近方以说部教道德为桀，举世靡然，斯书之翻，似无益于今日之群道。顾说部曼衍自诗，泰西诗多私制，主美，故能出自由之意，舒其文心。而中国则以典章视诗，演至说部，亦立劝惩为臬极，文章与教训，漫无畛畦，画最隘之界，使勿驰其神智，否者或群逼拶之。所意不同，成果斯异。然世之现为文辞者，实不外学与文二事。学以益智，文以移情。能移人情，文责以尽，他有所益，客而已。而说部者，文之属也。读泰西之书，当并函泰西之意，以古目观新制，适自蔽耳。他如书中所记埃及人之习俗礼仪，古希腊人之战争服饰，亦咸本古乘。其以色列男巫，盖即摩西亚伦，见于《旧约》；所呼神名，亦当时彼国人所崇信者，具见神话中。著者之一人阑俱氏，即以神话之学，有名英国近世者也。

丁未二月，会稽周逴识。

——录自商务印书馆 1913 年三版

《苦海余生录》①

《苦海余生录》序

江东旧酒徒②

腐败！腐败！顽固！顽固！在这二十世纪，现今世界，还磕着一顶老头巾，讲那迂腐之谈，说什么因果。哈哈！诸公听者，在下是个不通世务的人，却要提倡这“因果”两个字。天下断无无因之果。作恶召恶，作善迎祥，我想亦是个自然之理。并不是一辟虚妄，就可以无所不为的。然而现在的人，竟有自谓欧风所沐，把孝弟慈爱等道德，都放弃了的，不一而足。我不觉对了这种人要下泪，所以译出这本书来，请大家看看，也晓得私婚是社会所鄙，孝弟亦西国所崇。为

① 《苦海余生录》(*Rupert Godwin*)，警世小说，英国白来登（Mary Elizabeth Braddon，今译玛丽·伊丽莎白·布雷登，1835—1915）著，江东旧酒徒译。“中华民国二年十二月再版”版权页标“译述者：商务印书馆编译所；发行者：商务印书馆”，另有“丁未年十一月初版”（1907 年）字样。

② 江东旧酒徒，资料不详。

友朋仗义，念师生情重，都是有关德行。至若作恶必败，这就是种因结果了。不知诸公可要叫我顽固，詈我腐败否？

丁未孟夏，江东旧酒徒序于海上。

——录自商务印书馆 1913 年再版

《剑魄花魂》①

《剑魄花魂》弁言

俄罗斯以帝国主义闻天下，大彼得变法自强，为天下英主。读俄国历史，当前皇黑律朝时，木司寇人，几如生番野人，初无知识。迨亚力思士蔑池立滑士践位，如大梦初觉，特延外人来教练新军，礼聘工师船匠，创设工厂船局等。自后彼得游历欧洲，厕身傭作，学成诸文明技艺，传于本国。幡然改变，力尚维新。首下割发之令，俄人不从，诛戮违命者以为狗。百姓慑服。由是灭波兰，分土耳其，侵阿富汗，越中国阿尔泰山以南诸地，国力之膨胀，君主之雄图，率数十万犷狎蛮野之可煞克兵，驰驱中原，如狼虎之狂噬，当者无不披靡。虽以英德法奥之雄师练卒，铁舰鱼雷，不敢轻于开衅。俄皇彼得既得志，晚年遗命，有亚洲臣服之语，后世之君，率宗斯旨。然其国常苦于虐政，小民不能自由，革命风潮起，辄为可煞克兵所压抑，国中政策，执于贵族之手，而君转不能专擅。世谓俄人帝国主义，全由君主之雄心而发者，尚非能知其真相也。前皇亚力山大第二，以释放随夫之故，为贵族所刺死。不知者以为万乘之君，尊无与比，岂知暗杀之

① 《剑魄花魂》，小说，著者不详，版权页标"著作者：新世界小说社；发行者：新世界小说社"，"光绪三十三年三月出版"（1907 年），初版。日本樽本照雄编《新编增补清末民初小说目录》标"新世界小说社译"。

事，接踵而起，京外之行宫，竟有一日三迁者。可怜哉！此篇写俄国警察署手段之捷，探察之灵，烛照数计，无微不著，而党人之东鳞西爪，移步换形，则又与警员为旗鼓之相当，瑜亮之并美焉。欲觇俄国国情者，此书为问津之具也可。

——录自新世界小说社 1907 年初版

《女学生旅行记》①

《女学生旅行记》例言

曼陀②

一　是书以日本五峰仙史所著之《女学生旅行》为蓝本，更杂译东京各新闻杂志及《女学生气质》《稽滑学生生活》等书，复参以平日之闻见，杂糅而成，本不敢言著也。而又割裂原本，颠倒串插，又不足以言译。故两名之曰译著，示不敢掠美也。

一　旧体小说每于紧要处终止，故一回告终，使人不得不接着看第二回，有引人入胜之妙。是书章节仍仿旧体，间以新体参加之，略

① 《女学生旅行记》，滑稽小说，日本五峰仙史著，“宣统元年六月下旬再版”版权页标“译述者：曼陀；总发行所：有正书局”。日本樽本照雄编《新编增补清末民初小说目录》标该书 1907 年时报馆出版、1908 年有正书局出版。

② 曼陀，樽本照雄《新编增补清末民初小说目录》（齐鲁书社，2002 年）标为杨增莹。左鹏军《晚清民国传奇杂剧文献与史实研究》（人民文学出版社，2011 年）认为杨增莹应为“杨增荦”之误。杨增莹，资料不详。杨增荦（1860—1933），字昀谷，一作云谷，号曼陀、曼陀楼主等，江西新建人。清末进士，诗人，于《国风报》《大中华》等期刊发表诗作。清末任四川候补知府，民国后历任国史馆协修、司法部秘书等。

去“未知某某如何，且听下回分解”等冗言，以节省阅者之目力。

一　每回附有短言，非评小说之伏线张本也。因译事之暇，偶有感触，遂笔之以附于篇末，或与正篇有互相发明处，亦有失笑处，由各种方法以助阅者之兴。

一　是书因字数太多，约有十五万言，乃区分全书为三编，作三次出版。其前、中两编，纪女学生旅行内国事，其后编则纪旅行全球事也。先出前编，中、后两编不日续出。

一　是书所纪均系实事，或见诸报章，或目击其事，并非凭空结撰者。第搜集众女学生之逸事，移宫换羽归之。书中之二女学生，不无改头换面处，要以不背事实为主。故阅者以是书作日本女学生小史观，可也。

一　书中短评皆一时戏言，若有牴犄处，著者不担责任。

——录自有正书局 1909 年再版《女学生旅行记》(前编)

《女学生旅行记》[附记]

曼陀

余译是编，已欲搁笔，不更译第三遍［编］矣。恐口孽多，不易解脱也。读者恕我。

戊申十月望，曼陀书尾

——录自有正书局 1909 年再版《女学生旅行记》(下编)

《托尔斯泰小说集》[①]

《托尔斯泰小说集》序

[德] 叶道胜[②]

托尔斯泰者，俄国有名之著作家也，生于一千八百二十八年。所著之书甚夥，有大集者，多至数千篇，有小集者，仅数十篇耳。所著之书，鲜未翻译他国之文。无论何国何种，凡男女老幼，皆喜玩索，不第觉有娱目悦耳之趣，且有修心养性之理。以训诲人，儆愓人，所获之益，诚非浅鲜。弟因如是，故迩来乘有暇时，与本会麦梅生先生，译托氏所著数篇，颜曰“宗教小说”。供与众览，无非本已立立人，已达达人之旨，欲华人知俄国亦有至善之著作家，所出之书，亦有能与他国所出最美之书，等量齐观焉。吾意华人之中，多有以俄国为化外之邦，不能以道理训我者。岂知仅识俄人之短，而不识俄人之长，仅知其蹂躏满洲如何虐待土人，而不知其中亦有仁人君子，待人甚善，如托氏者乎。兹所译之者，有若“主奴论”“人需土几何”“小鬼如何领功”等编，曾有印于《万国公报》《中西教会报》，阅者甚喜寓目，且亦诧异，因昔者轻视俄国强暴，以为该国不能挺生伟人奇士，有如古犹太人轻视拿撒勒城曰：拿撒勒能生善人乎？若如是见解，乃为无知之浅人，习而不察也。《礼》曰：虽有嘉肴，不食不知其旨；虽有至道，弗学不知其善。其斯之谓欤。

---

① 《托尔斯泰小说集》，小说，俄国托尔斯泰（Leo Tolstoy，1828—1910）著。“中华民国十四年三月再版”版权页标“译意者：德国叶道胜；述文者：广东王炳堃；刊行者：上海广学会”。日本樽本照雄编《新编增补清末民初小说目录》，标该书 1907 年由香港礼贤会初版。

② 叶道胜（Immanuel Gottlieb Genähr，又译格纳尔），生卒年不详，德国传教士，1882 年（一说 1883 年）入华，曾参与《圣经》翻译。

托氏著此小说，命意甚善且深，无非欲人改恶从善，体上帝之心为心。然其中略有数语，不甚合圣经之理。有若劝人行补赎善功、依己力而挽前非等说，皆天主教、希腊教之旧酵种也。览是编者，幸毋以意害志，而弃其中之正理，亦勿为书中之异说所惑，且以惑人也。圣保罗曰“凡事宜考验，惟执其善”(《帖撒前》五章二十一节)，此之谓也。愿阅者念兹在兹，方得书中之益，是所厚望。

时一千九百有七年夏月，德国叶道胜序于香江礼贤会。

——录自上海广学会 1925 年再版

《托尔斯泰小说集》序

王炳堃[①]

自宋人性理之学兴，遂为后世腐儒所假托，动以性理二字为口头禅，藉此以鸣其高尚，卒遁入玄虚而不可诘究。驯至明季，士大夫侈谈心学，置国事于不顾，明因之而亡，空谈误国有如是哉。太史公曰：天道恢恢，岂不大哉！谈言微中，亦可以解纷。岂必尽出性理，方可以言道乎？当知髡朔隐语，庄列寓言，亦可以明道见理者。有时讽颂之言，感人易于庄严之语，况平民悦看新书，儿童喜听故事，此中西所以有小说之作也。顾中国小说，怪诞荒唐，荡人心志，无怪拘谨之士鄙之，此近日新学家，所以有改良小说之议也。泰西小说，或喻言，或寄意，可以开蒙学，瀹民智，故西学之士，译泰西小说，不啻汗牛充栋。然所译者多英美之小说，鲜译及俄文。岂以俄人蚕食上国，而恶之耶？抑以俄国文明，不及英美耶？虽俄国文明，有逊于英美，然勿谓秦无人也，其中亦有杰出之士，如托氏其人者。托氏身膺

① 王炳堃，资料不详。

阀阅，职列要津，乃恶俄政专制，挂冠居里，著书自娱，其书各国争译，不胫而走。今道胜叶牧师传道之余，将托氏之书，译以汉文，饷我汉族，颜曰《宗教小说》（今易为《托尔斯泰小说集》）。余读之，即襟怀顿拓，逸趣横生。诚引人入胜之书，虽曰小说，实是大道也。

时光绪三十三年岁次丁未季夏，愚弟谦如王炳堃拜手序。

——录自上海广学会1925年再版

1908 年

《孝女耐儿传》[①]

《孝女耐儿传》序

林纾

予不审西文，其勉强厕身于译界者，恃二三君子，为余口述其词，余耳受而手追之。声已笔止，日区四小时，得文字六千言，其间疵谬百出。乃蒙海内名公，不鄙秽其径率，而收之，此予之大幸也。予尝静处一室，可经月，户外家人足音，颇能辨之了了，而余目固未之接也。今我同志数君子，偶举西士之文字示余，余虽不审西文，然日闻其口译，亦能区别其文章之流派，如辨家人之足音。其间有高厉者，清虚者，绵婉者，雄伟者，悲梗者，淫冶者；要皆归本于性情之正，彰瘅之严，此万世之公理，中外不能僭越。而独未若却而司迭更司文字之奇特。天下文章，莫易于叙悲，其次则叙战，又次则宣述男女之情。等而上之，若忠臣、孝子、义夫、节妇，决脰溅血，生气凛然，苟以雄深雅健之笔施之，亦尚有其人。从未有刻划市井卑污龌龊之事，至于二三十万言之多，不重复，不支厉，如张明镜于空际，收

---

① 《孝女耐儿传》(*The Old Curiosity Shop*，今译《老古玩店》)，小说，英国却而司迭更司（Charles John Huffam Dickens，今译狄更斯，1812—1870）原著，林纾、魏易译述，“中华民国四年十月二十日四版”版权页标“总发行所：商务印书馆”，另有“丁未年十二月三日初版发行”(1908 年 1 月 6 日）字样。

纳五虫万怪，物物皆涵涤清光而出，见者如凭阑之观鱼鳖虾蟹焉。则迭更司者盖以至清之灵府，叙至浊之社会，令我增无数阅历，生无穷感喟矣。中国说部，登峰造极者，无若《石头记》。叙人间富贵，感人情盛衰，用笔缜密，着色繁丽，制局精严，观止矣。其间点染以清客，间杂以村妪，牵缀以小人，收束以败子，亦可谓善于体物；终竟雅多俗寡，人意不专属于是。若迭更司者，则扫荡名士美人之局，专为下等社会写照。奸狯驵酷，至于人意未所尝置想之局，幻为空中楼阁，使观者或笑或怒，一时颠倒，至于不能自已。则文心之邃曲，宁可及耶？余尝谓古文中序事，惟序家常平淡之事为最难着笔。《史记·外戚传》，述窦长君之自陈，谓“姊与我别逆旅中，丐沐沐我，饭我乃去”，其足生人惋怆者，亦只此数语。若《北史》所谓隋之苦桃姑者，亦正仿此，乃百摹不能遽至，正坐无史公笔才，遂不能曲绘家常之恒状。究竟史公于此等笔墨，亦不多见，以史公之书，亦不专为家常之事发也。今迭更司则专意为家常之言，而又专写下等社会家常之事，用意着笔，为尤难。吾友魏春叔购得《迭更司全集》，闻其中事实，强半类此。而此书特全集中之一种，精神专注在耐儿之死。读者迹前此耐儿之奇孝，谓死时必有一番死诀悲怆之言，如余所译茶花女之日记。乃迭更司则不写耐儿，专写耐儿之大父凄恋耐儿之状，疑睡疑死，由昏愦中露出至情，则又于《茶花女日记》外，别成一种写法。盖写耐儿，则嫌其近于高雅；惟写其大父一穷促无聊之愚叟，始不背其专意下等社会之宗旨。此足见迭更司之用心矣。迭更司书多，不胜译。海内诸公请少俟之，余将继续以伧荒之人，译伧荒之事，为诸公解酲醒睡可也。书竟，不禁一笑。

光绪三十三年八月十日，闽县林纾畏庐父叙于京师望瀛楼。

——录自商务印书馆 1915 年四版

《剑底鸳鸯》①

《剑底鸳鸯》序

林纾

吾华开化早，人人咸以文胜，流极所至，往往出于荏弱。泰西自希腊、罗马后，英、法二国，均蛮野，尚杀戮。一千五百年前，脑门人始长英国，撒克逊种人虽退衄为齐民，而不列颠仍蕃滋内地。是三族者，均以武力相尚。即荷兰人虱于其间，强勇不逮脑门，而皆有不可猝犯之勇概。流风所被，人人尚武，能自立，故国力因以强伟。甚哉！武能之有益于民气也。而其中尤有不同于中国者，人固尚武，而恒为妇人屈，其视贵胄美人，则尊礼如天神，即躬擐甲胄，一睹玉人，无不投拜。故角力之场，必延美人临幸，胜者偶博一粲，已侈为终身之荣宠，初亦无关于匹偶之望，殆风尚然也。余尝观吾乡之斗画眉者矣，编竹为巨笼，悬其牝者于笼侧，纵二牡入斗，雌者一鸣，则二雄之角愈力，竟死而犹战，其意殆求媚于其雌者。今脑门之人，亦正媚雌者尔。余翻司各德书，凡三种：一为《劫后英雄略》，则爱梵阿之以勇得妻也，身被重创，仍带甲长跽花侯膝下，恭受花环，此礼为中国四千年之所无；一为《十字军英雄记》，则卧豹将军娶英王翁主，亦九死一生，仅而得之；若此书则尤离奇，意薇芩既受休鼓拉西之聘矣，更毁婚约，以赐其侄达敏，此又中国四千年之所无者。余译此书，亦几几得罪于名教矣，然犹有辨者。达敏、意薇芩始已相

---

① 《剑底鸳鸯》(*The Betrothed*，今译《待嫁的新娘》，又译《订了婚的人》《约婚夫妇》等)，小说，英国司各德 (Walter Scott，今译司各特，1771—1832) 著，林纾、魏易译述，1908 年商务印书馆初版 (光绪三十三年十一月)，1914 年 6 月再版，版权页仍署初版。

爱，休鼓不审其爱而强聘之，长征巴勒士丁三年不返。二人同堡，彼此息息以礼自防，初无苟且之行。迨休鼓兵败西归，自审年老，不欲累及少艾，始毁约赐达敏。然犹百般诡试，达敏屹不为动，于是休鼓拉西疑释，知二者果以礼自防者也，遂予之。此在吾儒，必力攻以为不可。然中外异俗，不以乱始，尚可以礼终。不必踵其事，但存其文可也。晋文公之纳辰嬴，其事尤谬于此。彼怀公独非重耳之侄乎？纳嬴而杀怀，其身犹列五霸，论者胡不斥《左氏传》为乱伦之书？实则后世践文公之迹者何人？此亦吾所谓存其文，不至踵其事耳。《通鉴》所以名“资治”者，美恶杂陈，俾人君用为鉴戒：鉴者师其德，戒者祛其丑。至了凡、凤洲诸人，删节纲目，则但留其善，而悉去其恶，转失鉴戒之意矣。以上所言，均非余译此之本意。余之译此，冀天下尚武也。书中叙加德瓦龙，复故君之仇，单帔短刃，超乘而取仇头，一身见缚，凛凛不为屈。即蛮王滚温，敌槊自背贯出其胸，尚能奋巨椎而舞，屈挢之态，足以震慑万夫。究之脑门人躬被文化，而又尚武，遂轶出撒克逊、不列颠之上。今日以区区三岛，凌驾全球者，非此杂种人耶？故究武而暴，则当范之以文；好文而衰，则又振之以武。今日之中国，衰耗之中国也。恨余无学，不能著书以勉我国人，则但有多译西产英雄之外传，俾吾种亦去其倦敝之习，追蹑于猛敌之后，老怀其以此少慰乎！

光绪三十三年八月二十日，闽县林纾畏庐父叙于春觉斋。

——录自商务印书馆 1908 年初版

《橘英男》①

《橘英男》序文资料

（汪廷襄）②

一　是书为纪实，非架空。

一　是书人物均确凿可查，惟易其名姓耳。

一　橘英男之往满洲，实日俄之役。日胜之原因，日人都确凿言之。

一　是书可为吾国军人之鉴。

一　男女之恋爱，骨肉之至情，宏济艰难，感深知遇。其始励品行，翔名誉；继而为浪子，为亡人，为马贼；卒以成日本战胜之荣誉，为此书之一大特色。

一　对于中国之政府、官吏、士子，以及一般人民，莫不语含讥讽。吾国可用以自警，亦为一大特色。

——录自商务印书馆 1913 年再版

① 《橘英男》，小说，"中华民国二年十二月再版"版权页标"原著作：日本枫村居士；译述者：商务印书馆编译所；发行者：商务印书馆"，另有"丁未年十二月初版"（1908 年 1 月）字样。1907 年曾连载于《法政学交通社杂志》第 1 号（1907 年 1 月 14 日）至第 3 号（1907 年 3 月 14 日），署"金匮汪廷襄译述"，无序跋。

② 汪廷襄，字湛青，江苏无锡人。曾留学日本明治大学，参加辛亥革命。著有《银行新论》等。

《块肉余生述》[①]

《块肉余生述》序

林纾

此书为迭更司生平第一着意之书，分前后二篇，都二十余万言，思力至此，臻绝顶矣！古所谓锁骨观音者，以骨节钩联，皮肤腐化后，揭而举之，则全具锵然，无一屑落者。方之是书，则固赫然其为锁骨也。大抵文章开阖之法，全讲骨力气势，纵笔至于灏瀚，则往往遗落其细事繁节，无复检举，遂令观者得罅而攻。此固不为能文者之病，而精神终患弗周。迭更司他著，每到山穷水尽，辄发奇思，如孤峰突起，见者耸目，终不如此书伏脉至细，一语必寓微旨，一事必种远因。手写是间，而全局应有之人，逐处涌现，随地关合。虽偶尔一见，观者几复忘怀，而闲闲着笔间，已近拾即是，读之令人斗然记忆。循编逐节以索，又一一有是人之行踪，得是事之来源。综言之，如善弈之着子，偶然一下，不知后来咸得其用，此所以成为国手也。施耐庵著《水浒》，从史进入手，点染数十人，咸历落有致。至于后来，则如一群之貉，不复分疏其人，意索才尽，亦精神不能持久而周遍之故。然犹叙盗侠之事，神奸魁蠹，令人耸慑。若是书特叙家常至琐至屑无奇之事迹，自不善操笔者为之，且恹恹生人睡魔。而迭更司乃能化腐为奇，撮散作整，收五虫万怪，融汇之以精神，真特

① 《块肉余生述》(*David Copperfield*，今译《大卫·科波菲尔》)，小说，分前编和续编。英国却而司迭更司（Charles John Huffam Dickens，今译狄更斯，1812—1870）著，林纾、魏易译述。1908 年商务印书馆初版（光绪三十四年二月）前编；1908 年商务印书馆初版续编（光绪三十四年三月）。“中华民国二年十一月再版”前编版权页标“总发行所：商务印书馆”，另有“戊申年二月初版”（1908 年）字样。

笔也。史、班叙妇人琐事，已绵细可味矣，顾无长篇可以寻绎。其长篇可以寻绎者，惟一《石头记》。然炫语富贵，叙述故家，纬之以男女之艳情，而易动目。若迭更司此书，种种描摹下等社会，虽可哕可鄙之事，一运以佳妙之笔，皆足供人喷饭。英伦半开化时民间弊俗，亦皎然揭诸眉睫之下。使吾中国人观之，但实力加以教育，则社会亦足改良，不必心醉西风，谓欧人尽胜于亚，似皆生知良能之彦。则鄙人之译是书，为不负矣。

光绪三十三年十月十九日，闽县林纾叙于宣南春觉斋。

——录自商务印书馆 1913 年再版《块肉余生述（前编）》

《块肉余生述》[附记]

（林纾）

此书不难在叙事，难在叙家常之事；不难在叙家常之事，难在俗中有雅，拙而能韵，令人挹之不尽。且前后关锁，起伏照应，涓滴不漏。言哀则读者哀，言喜则读者喜，至令译者啼笑间作，竟为著者作傀儡之丝矣。近年译书四十余种，此为第一，幸海内嗜痂诸君子留意焉。

译者识

——录自商务印书馆 1908 年初版《块肉余生述（续编）》

《剑胆琴心录》[①]

《剑胆琴心录》读法

（斯人）[②]

读剑胆琴心录者：

须知歌人之于风化人心，有极大左右力！

须知儿女情长英雄气短之未必尽然！

须知女侦探之运意致力，视男侦探别开生面！

须知善爱美人者，亦必善爱国家，而后可为大爱！

——录自小说林 1908 年初版

《髯刺客传》[③]

《髯刺客传》[序]

林纾

作者之传刺客，非传刺客也，状拿破仑之骄也。吾译《恨绮愁罗

① 《剑胆琴心录》，小说，正文标“砼端原著，斯人译”，版权页标“译述者：斯人；发行者：小说林总发行所”，版权章为“小说林版权证”，“光绪三十四年三月初版”（1908 年）。

② 斯人，资料不详。

③ 《髯刺客传》（*Uncle Bernac*，今译《贝纳克叔叔》《伯南克叔叔》），小说，英国柯南达利（Conan Doyle，今译柯南道尔，1859—1930）著，林纾、魏易译述，“中华民国四年十月十六日再版”版权页标“总发行所：商务印书馆”，另有“戊申年五月三日初版发行”（1908 年）字样。

记》，亦此君手笔，乃曲写鲁意十四蹇恣专横之状，较诸明之武宗、世宗为烈。兹传之叙拿破仑轶事，骄乃更甚，至面枢近大臣，及疆场师武而宣淫焉。而其所言所行，又皆《拿破仑本纪》所弗载，或且遗事传闻人口，作者摭拾成为专书，用以播拿破仑之秽迹，未可知也。顾英人之不直于拿破仑，囚其身，死其人，仍以为未足，且于其身后挈举毛细，讥嘲播弄，用快其意。平心而论，拿破仑之喜功，蔑视与国，怨毒入人亦深，固有是举。惟其大业之猝成，战功之奇伟，合欧亚英雄，实无出其右。文人虽肆其雌黄之口，竟不能令之弗传。然则此书之译，不几赘耶？曰：非赘。汉武亦一时雄主，而私家之纪载，亦有与本纪异同者。此书殆为拿破仑之外传，其以“髯刺客”名篇，盖恐质言“拿破仑遗事”，无以餍观者之目，标目“髯客”，则微觉刺眼。译音亦不能不自承为狡狯也。一笑。

戊申年花朝，畏庐居士林纾叙于京师春觉斋。

——录自商务印书馆 1915 年版

《恨绮愁罗记》[①]

《恨绮愁罗记》序

林纾

唐人宫怨之词，亦有托以自方者，描写望幸之心，愤郁娼嫉，或悲或愉，顷刻若具万变。余以欧俗无兼妻之义，宫中行乐，必不如唐人之所言。今译此书，乃知外妇之羼入非色野离宫，争妍取怜，悲愉

① 《恨绮愁罗记》（*The Refugees: A Tale of Two Continents*），小说，英国柯南达利（Conan Doyle，今译柯南道尔，1859—1930）著，林纾、魏易译述，1908 年商务印书馆初版（光绪三十四年五月）。

之猝变，其事有甚于唐宫者。呜呼！专制之朝，又何所不可也。孟忒斯班之侈纵，第坐拥宝玉而已，害尚未及于民；曼忒秾以保姆蛊鲁意，与主教密谋，驱百余万生灵，沦之境外，死徒无恤，但博一己之富贵，用心惨毒，甚于孟忒斯班万状。法国元气凋伤，至鲁意十六，大祸始肇。视民轻者身亦不国，鲁意十四其足悲矣！书叙非色野华侈之观，鲁意骄蹇之态，两美竞媚之状，群臣趋走卑谄之容，作者不加褒贬，令读者自见法国当日危敝，在于岌岌。法之君臣上下，均如洪醉，深可悯叹。余携是书游南昌，以译本初成，将少加检校，顾为嗜瘢［痂］者窜取而去，幸副本尚存，匆匆叙而贡之海内君子，将以鄙言为何如者。

光绪三十四年花朝，林纾叙于京师春觉斋。

——录自商务印书馆1908年初版

《恨绮愁罗记》题词：附非色野宫词六首

（林纾）

镜殿春阴玉臂寒，君王每向睡余看。粉霞寸寸鸳鸯锦，珊枕函边唤马丹。

辇道微风散晓烟，持铍人聚御桥前。玉京朝会除门籍，枉署瑶台侍从仙。

帘外飞泉落碎瑛，羊车久罢此间行。个人不解侬悽咽，错道琼窗鹦鹉声。

承恩一十七年中，乐府何曾唱恼公。燕子飞来金凤去，秋痕冷上水晶宫。

一簇梨花小苑深，玉珰函札久沉沉。君王卧起长生殿，怎释楼东望幸心。

晚凉浴殿袭珠襦，纤履光涵致致肤。谁解宫门金兽外，斜阳一片在蘼芜。

畏庐居士初稿

——录自商务印书馆 1908 年初版

《恨绮愁罗记》[跋]

魏易

魏易曰：此书本有二册，下册则叙亚摩雷全家入美洲，遇红人事，事皆蛮野。以前此曾有《鬼山狼侠》诸书，已周叙野人状态，不为鲜也，然书无结穴，使观者弗爽。今抉摘其下册之结论，补之于此。曰：雅德尔即在舟中，奉其父命嫁亚摩雷，（按：此事颇与伦理有碍，然西俗往往有之。如中国之吴孟子、大小狐姬之类，指不胜屈。以此书主脑不在此二人，故不妨即原书译之。）其人之事毕矣。法王及新后与孟忒斯班之结局，则亦略为述之。曼忒农既册立，人皆不满其人。著书者，咸抉摘其堕行。然书皆仇家所为，不能据为正史。乃其实迹，可于博士多林格尔所著书叙之。书言：曼忒农尚为贤后，嫁王三十年，中宫肃然，且能助王以善，生平遗行，即为驱逐新教之一事。鲁意崩殂，曼忒农亦逝。孟忒斯班见逐后，用财如流水，追尽享人世之纷华，忽尔道帔皂绦，回心向道，以自忏悔。盖其畏死之心绝笃，每遇大雷电以风，则必抱小儿于膝，意小儿无罪，雷且弗殛。其人睡时，燃桦烛，以女侍环其榻，用御鬼物。既死，遗命葬其柩于先茔，命剖尸心，供之勿来希庙中，五脏则湔涤，供之麦奴之庙。迨既出其脏，藏之铁匣，以村人负而向庙。村人无知，于半道揭之，知为人脏，凶秽触鼻，以为堡中人侮弄其身，掷之沟渠之中。正于此时，群豕过之，争食都尽。嗟夫！以法国骄侈之美人，身后乃以脏腑葬之豕腹，斯奇闻矣。鲁意十四，享国五十年，为法国最盛之时，殂于一千七百十五年。然其晚年，则景状一变，骨肉都尽，即王孙亦殒。惟曾孙安若公爵，为延包本氏之一线。一千七百十五年八月二十日，脚气大剧，于三十日死。然临终之言，尚为善言，谓诸大臣曰：群公听之，朕生平无美德懿行，为公辈程式，然公辈忠诚事朕，朕感且不朽。死后，以曾孙承继，幸诸公以待朕者，待此曾孙。今与诸君永别，朕观公辈，亦颇自悲，知恋朕也。惟望后此，时时念朕，朕瞑矣。结局至此，吾友畏庐先生，以为是书当以孟忒斯班为主，名之曰《恨绮愁罗记》，书宫怨也。尚缀以《非色野宫词》六首，弁之卷端，语皆纪实也。

仁和魏易并识

——录自商务印书馆 1908 年初版

《贼史》[①]

《贼史》序

林纾

贼胡由有史？亦《鬼董》之例也。英伦在此百年之前，庶政之窳，直无异于中国，特水师强耳。迭更司极力抉摘下等社会之积弊，作为小说，俾政府知而改之。每书必竖一义。此书专叙积贼，而意则在于卑田院及育婴堂之不善。育婴不善，但育不教，直长养贼材；而司其事者，又实为制贼之机器。须知窃他人之物为贼，乃不知窃国家

① 《贼史》（*Oliver Twist*，今译《雾都孤儿》），小说，英国却而司迭更司（Charles John Huffam Dickens，今译狄更斯，1812—1870）著，林纾、魏易译述，“中华民国四年十月十九日再版”版权页标“总发行所：商务印书馆”，另有“戊申年六月三日初版发行”（1908 年）字样。

之公款亦为贼。而窃款之贼，即用为办贼之人，英之执政，转信任之，直云以巨贼管小贼可尔。天下之事，炫于外观者，往往不得实际。穷巷之间，荒伧所萃，漫无礼防，人皆鄙之。然而豪门朱邸，沉沉中，逾礼犯分，有百倍于穷巷之荒伧者，乃百无一知。此则大肖英伦之强盛，几谓天下观听所在，无一不足为环球法则。非得迭更司描画其状态，人又乌知其中之尚有贼窟耶？顾英之能强，能改革而从善也。吾华从而改之，亦正易易。所恨无迭更司其人，能举社会中积弊著为小说，用告当事，或庶几也。呜呼！李伯元已矣。今日健者，惟孟朴及老残二君。能出其绪余，效吴道子之写地狱变相，社会之受益，宁有穷耶？仅拭目俟之，稽首祝之。

大清皇帝光绪三十四年四月清和节，闽县林纾序于春觉斋。

——录自商务印书馆 1914 年版

《歇洛克奇案开场》①

《歇洛克奇案开场》[序]

陈熙绩②

吾友林畏庐先生，夙以译述泰西小说，寓其改良社会、激劝人心之雅志。自《茶花女》出，人知男女用情之宜正；自《黑奴吁天录》出，人知贵贱等级之宜平。若《战血余腥》，则示人以军国之主

---

① 《歇洛克奇案开场》(*A Study in Scarlet*，今译《血字的研究》)，小说，英国柯南达利（Conan Doyle，今译柯南道尔，1859—1930）著，林纾、魏易译。贾植芳等编《中国现代文学总书目·翻译文学卷》标该书 1908 年商务印书馆初版。

② 陈熙绩，资料不详。

义；若《爱国二童子》，则示人以实业之当兴。凡此皆荦荦大者，其益可案籍稽也。其余亦一部有一部之微旨。总而言之，先生固无浪费之笔墨耳。今冬复与魏君冲叔同译是书，都三万余言，分前后篇，为章十四。既成，以授熙绩，为校雠并点定其句投。熙绩既卒读，则作而言曰：嗟乎！约佛森者，西国之越勾践、伍子胥也。流离颠越，转徙数洲，冒霜露，忍饥渴，盖几填沟壑者数矣。卒之，身可苦，名可辱，而此心耿耿，则任千劙万磨，必达其志而后已。此与卧薪尝胆者何以异？太史公曰：伍子胥刚戾忍诟能成大事，方其窘于江上道乞食，志岂尝须臾忘郢耶？吾于约佛森亦云。及其二憾，卒逢一毒其躯，一刺其腹，吾知即不遇福尔摩斯，亦必归骨美洲，一瞑而万世不视也。何则？积仇既复，夙愿已偿，理得心安，粗壳何恋？天特假手福尔摩斯，以暴其事于当世耳。嗟乎！使吾国男子，人人皆如是坚忍沉挚，百折不挠，则何事不可成，何侮之足虑？夫人情遇险易惊，过事辄忘，故心不愤不兴，气不激不奋。晏安之毒，何可久怀？昔法之蹶于普也，则图其败形，以警全国之耳目；日之扼于俄也，则编为歌曲，以震通国之精神。中国自通市以来，日滋他族，实逼处此。庚子之役，创痛极矣。熙绩时在围城，目击其变，践刘之惨，盖不忍言。继自今倘有以法、日之志为志者乎？是篇虽小，亦借鉴之嚆矢也。吾愿阅之者勿作寻常之侦探谈观，而与太史公之《越世家》《伍员列传》参读之可也。是书旧有译本，然先生之译之，则自成为先生之笔墨，亦自有先生之微旨在也。熙绩故为表而出之。既以质诸先生，遂书于此以为序。

丁未冬月，愚弟陈熙绩谨识。

——录自商务印书馆 1914 年版

《歇洛克奇案开场》序

林纾

当日汪穰卿舍人为余刊《茶花女遗事》，即附入《华生包探案》，风行一时；后此续出者，至于数易版，以理想之学，足发人神智耳。余曾译《神枢鬼藏录》一书，亦言包探者，顾书名不直著“包探”二字，特借用元微之《南阳郡王碑》“遂贯穿于神枢鬼藏之间”句。命名不切，宜人之不以为异。今则直标其名曰《奇案开场》，此歇洛克试手探奇者也。文先言杀人者之败露，下卷始叙其由，令读者骇其前而必绎其后。而书中故为停顿蓄积，待结穴处，始一一点清其发觉之故，令读者恍然，此顾虎头所谓“传神阿堵”也。寥寥仅三万余字，借之破睡亦佳。

丁未长至节，六桥补柳翁林纾识于春觉斋。

——录自商务印书馆 1914 年版

《傀儡美人》[①]

《傀儡美人》序言

鲜民[②]

写情小说，以巴黎小仲马所著《茶花女遗事》，为最缠绵恳挚，顾彼系叙一青楼女子。书之价值诚高，其如无关系于社会之进化何？夫小说之足以左右社会，其势力最伟大。欧化东渐，新小说之潮流，始涌现于学界。顾深心远见之士，或忧写情诸作，于公德未见影响，

① 《傀儡美人》，小说，法国格斯达夫著，商务印书馆编译所译述，1908 年商务印书馆初版（光绪三十四年七月）。

② 鲜民，资料不详。

而于私德反增魔障。即所译侦探各案，亦强半由于男女相爱，出其暗杀惨毒之手段，以相角胜。深恐转以启钥社会上轻薄狡诈之风，于是译述家始稍稍注重于道德。窃谓所虑诚是，然亦知彼所谓男女之爱情，固自有出于情之至正，而非人欲横决之徒所能夺乎。不示之以正，而徒虑其害，是将谓不如仍守专制黑暗之旧为得，夫岂社会进化之理哉？爰述是编，以贡诸社会。其诸，为救世君子所许乎？

丁未季夏望日，鲜民叙于我庐。

——录自商务印书馆 1908 年初版

《电影楼台》①

《电影楼台》序

林纾

林先生曰：呜呼！积财之足以害人也，导侈、养骄、滋过，而长惰。四害中，惟惰为烈。储财者固惰，而恃之以赡者则尤惰。一人有财，而举其族戚，咸得长城之恃，迎合取容，匪所不至，几谓宁废终身业尚，但得其人之一赒，即可永恃而无恐。世变既酷，物力益艰，平人无业，不知所以自谋，则宜乎恃人以生。夫恃人以生，即长惰之媒，而吾乡为甚。前此余戚某京卿患作，传闻甚笃，余渡江省之。族戚环列病榻，西医既至，切脉处方竟，则顾京卿曰：榻前之人，闻皆待饲于卿者，卿脱不讳，斯人奈何？京卿指余示医者曰：余人皆然，独林君自立人也。医曰：十余人中，自立者一人，则为势危矣！

① 《电影楼台》（*The Dolings of Raffles Haw*，今译《拉弗尔斯·霍的社交活动》），社会小说，英国柯南达利（Conan Doyle，今译柯南道尔，1859—1930）著，林纾、魏易译述，1908 年商务印书馆初版（光绪三十四年八月）。

京卿既译而语余，余愀然而悲。此事逾十八年矣。此十八年中世事又变易，而窘者加窘，待赡于人者且加急。然储山积之金，其能平无底之穴乎？不务实业，即受尧舜之施济，于事亦奚益！近者同魏生译是书，其中名言，均以戒惰为主。可知西人之性质，勇健不挠屈，有图生之业，可以无求于人，故能强耳。而犹患拥资济人者之授人以惰，故凛凛以散财为无益，必人人自立，无仰施济于尧舜，斯为强种之要图。余大悦，谓滋有益于社会也，译成并以己意序之。至于悭吝之夫，或因吾言而益靳其钱篚，则又非余之所计及矣。

戊申年五月中浣，畏庐老人叙于春觉斋。

——录自商务印书馆 1908 年初版

《大侠红繄蕗传》[①]

《大侠红繄蕗传》序

林纾

此书为法国贵族男爵夫人所著，其斥自由平等，至矣，尽矣！是时法人斩刈贵族，不令留其遗噍，几谓贵族尽，法国平也。然古无长日杀人，而求其国之平治者。鲁意十四之横暴，用一纸诏书，驱十余万新教之人于境外，百姓痛心疾首于贵族，故酿成此九月之变。然报之过烈，遂动天下之兵。而拿破仑亦因而起事，复遵贵族故轨，驱数十万人

① 《大侠红繄蕗传》(*The Scarlet Pimpernel*，今译《红花侠》《深红色的海绿》)，小说，正文标题“英国大侠红繄蕗传”，法国男爵夫人阿克西（Baroness Emmuska Orczy，今译奥切，又译奥尔瑞夫人，1865—1947，英国作家）著，林纾、魏易译述，“中华民国四年一月十六日再版”版权页标“总发行所：商务印书馆”，另有“戊申年九月七日初版发行”（1908 年）字样。

伏尸于异域。以因果言之，则平民之残刈而死，其死数亦适与断头台中之贵族相埒。不过贵族之数寡，平民之数多，若以平均分数相抵，亦正不甚高下也。悲哉！悲哉！魏武之篡汉，谓汉不能报也，而子孙覆于司马氏；司马氏之篡魏，谓魏不能报也，而诸王自相屠戮，遗孽遂覆于五胡。天下太快意事，万非吉祥之事！法国之改革，怀愤者多以为是，而高识者恒以为非。此务在有国者，上下交警，事事适乎物情，协乎公理，则人心自平，天下自治。要在有宪法为之限制，则君民均在轨范之中，谓千百世无鲁意十六之变局可也。此书贬法而崇英，竟推尊一大侠红繁莴，谓能出难人于险，此亦贵族中不平之言。至红繁莴之有无其人，姑不具论，然而叙法人当日之咆哮，如狂如痫，人人皆张其牙吻，以待噬人，情景逼真，此复成何国度！以流血为善果，此史家所不经见之事。吾姑译以示吾中国人，俾知好为改革之谈者，于事良无益也。

光绪三十四年六月天贶节，畏庐林纾叙于望瀛楼。

——录自商务印书馆1915年再版

《博徒别传》[①]

《博徒别传》序

（陈大灯）[②]

《叶子格戏》一卷，见《文献通考》；《叶格》见《辽史》；《博

---

① 《博徒别传》（*Rodney Stone*，今译《劳特奈·斯吞》，又译《罗德·斯通》），社会小说，英国柯南达利（Conan Doyle，今译柯南道尔，1859—1930）著，陈大灯、陈家麟合译。“中华民国四年十月十八日再版”版权页标“总发行所：商务印书馆”，另有“戊申年九月十四日初版发行”（1908年）字样。

② 陈大灯，即陈霞章（1868—1925），名止，字孝起，别号大灯居士，江苏仪征人。与陈家麟合译有《遮那德自伐八事》（柯南道尔著）、《路惜传》（司各特著）、《婀娜小史》（托尔斯泰著）等小说。

经》一卷，见《辍耕录》。《五木论》作于李习之，《樗蒲经》著于程大昌。书缺有间，博具随时为变易。泰西之类乎格戏者，名曰“喀德”。译者未敢望文生义，强以汉字定其主名。著书者从一时博徒游，见其或破产，或下狱，或酿人命，慨乎言之，意将挽回风气。且西俗之豪于赌者，比试马车，在吾国犹可从猎较之比例。后世文弱，斗鸡者，斗蟋蟀者，上行下效，直比之军国大事，此类是也。而皆不若堆金作注，使人以性命相扑之不近情也。国有武士，用作干城，五鼎食之，或恐不饱，如之何听一二雄于资者，得轻掷人命为儿戏？然在彼椎埋剽窃，暴烈为俗，往往两相决斗，以死为赌，可知匪不爱人，亦未尝顾惜己命。若是乎尚武精神，得施之于当世者，舍赌博已别无可用之地。英国此时非正毁《鸦眠和约》，与法决胜负之时乎？生死海陆，虽云未尝无人，而朝市酣嬉，其用武于尔我之间，又何异以左手击右手，自承其痛？且举国若狂，悉肆力于饮食之细故，衣服舆马之外观，何为乎哉！著书者自谓舅氏嫌其朴而不雕，劝以略示小疾。庶几取富贵，猎名誉，彼独夷然不屑，亦可谓浊世之清流。书中所胪列之姓氏，征之西史，十可得其六七，既非寓言。吾不解负疾之人，何以既不病国，且能医之？岂有时自知其疾而药之？故国脉渐固，久久至今，遂强大而有威，独立而不羁乎。原名曰劳特奈斯吞，著书者之名氏也。不能包括全部，易以今名，或者于社会小说中，收针砭鄙薄之一助。卷中着墨极闲处，正著书者目中下泪极多之处。良工心苦，读者鉴之。节目章句，悉守原著之旧，不敢略加点窜以失其真，实亦才穷力索，无能为役耳。不然，抹脂涂粉，搔首弄姿，不尚可以纸贵一时耶？

光绪戊申五月五日，译者识。

——录自商务印书馆 1915 年再版

《蛇女士传》[①]

《蛇女士传》序

林纾

蛇女士者，英国孀雌威斯马考，囊蛇为戏，余因取以名吾书也。孀专主女权，去裙而袴，且靴而见腓，举铃蹴鞠，腾掷叫嚣，烟不去口。凡所论列，节节为女子称屈，必欲侪于男子而止。虽行间师武，大师宿儒，闻孀之言，匪不倾服。至于开会演说，似乎女权至是大伸矣。而华格医生，心乎此孀，决谋欲妻之者也。顾其二女，乃不之欲，亦节节效孀所为。长女习海事，次女习化学，举平日翩跹之长裙，易为短后，绣闼之中，觱篥四彻。其尤异者，则养龟饲猴，长歌奇喊，凡一丝一粒，均若与二女无与焉。于是医生大困，乃知女权之不宜昌，则誓绝此孀弗娶，二女复帖然仍安于巾帼矣。畏庐译此书竟，笑谓冲叔曰：科南先生，成此书时，固快意。恐吾译本出时，将为天下女界唾骂。谓畏庐居士者，今乃知为顽固人也。此书何足译？必译之以病吾女界，则平日称赏畏庐之译本者，且唾弃之若刍狗矣。冲叔笑曰：危哉，畏庐！余曰：女权之不昌，咎不在科南之著书，在威斯马考之荡检。夫所谓女权者，盖欲天下女子，不归于无用，令有裨于世界，又何必养蛇、蹴鞠、吹觱篥、吃烟斗，始名为权耶？孀之言权，恶少之权，非男子之权。男子自爱者且不必是，胡至女子为之，足以使人称可？则科南之书，诚乎其与女界为难矣。畏庐一心思昌女学，谓女子有学，且勿论其他，但母教一节，已

① 《蛇女士传》（*Beyond the City*），小说，英国柯南达利（Conan Doyle，今译柯南道尔，1859—1930）著，林纾、魏易译述，1908 年商务印书馆初版（光绪三十四年九月）。

足匡迪其子，其他有益于社会者，何可胜数。畏庐不精新学，亦不敢妄为议论，惟云女学当昌，即女权亦可讲，惟不当为威斯马考之狂放。则畏庐译本正可用为鉴戒，且为女界之助。想女界诸同胞，其尚不唾骂畏庐为顽固乎？

戊申年五月中浣，林纾叙于望瀛楼。

——录自商务印书馆 1908 年初版

《西利亚郡主别传》①

《西利亚郡主别传》[附记]

林纾

是书非名家手笔，然情迹离奇已极。欲擒故纵，将成复败，几于无可措手，则又更变一局，亦足见文心矣。暑中无可排闷，魏生时来口译，日五六千言，不数日成书。然急就之章，难保不无舛谬。近有海内知交，投书举鄙人谬误之处见箴，心甚感之。惟鄙人不审西文，但能笔述，即有讹错，均出不知，尚祈诸君子匡正为幸。

畏庐记

——录自商务印书馆 1908 年初版

① 《西利亚郡主别传》（*For Love or Crown*），言情小说，英国马支孟德（Arthur Williams Marchmont，1852—1923）著，林纾、魏易译述，1908 年商务印书馆初版（光绪三十四年九月）。

《匈奴奇士录》[①]

《匈奴奇士录》小引

周逴（周作人）

育珂名摩耳，匈加利人也。以一千八百二十五年二月，生于科摩伦。就学巴波大学，进为博士。四十八年匈加利独立之战，育珂亦与，为奥人所惎，及维拉戈思战败，则物色之。遂窜迹山林中，数月不出，事平归蒲陀沛思德著书。六十一年，推为议员，至一千九百五年卒。所作小说，都二百五十余卷，别有国史及自传等甚多。其国人理特耳著《匈加利文史》，言氏为小说，长于创造，益以意象挺拔，作之藻采，故每成一书，情态万变，且秾丽富美，妙夺人意，自《天方夜谭》以来鲜雠对也。今此所译，为七十七年作，原名“Egy az Isten！”，义云神一也，盖匈加利一神宗徒之号。其教非三灵一体之说，而信天帝为独尊，一千五百六十八年顷，始入脱阑锡尔跋，后益曼衍。书记一千八百四十八年事，今述数言，以当疏注。匈加利故黄人，而民殊杂糅，中以摩陀尔人为主。什克勒义云边人，亦其近族，古匈奴也，其民自称阿帖拉之众。阿帖拉者，匈加利语曰“遏谛来”，匈奴之长，四百五十一年哈仑斯战败，遂永居东脱阑锡尔跋，匈语曰“遏耳兑黎”，义云林地。其邻即扶剌赫，义曰异人，自称路曼，即罗马之变，盖古达奇亚之民，及罗马皇帝忒剌扬遗众也。独立之战，摩

---

① 《匈奴奇士录》（*Egy az Isten*，今译《神是一个》），小说，匈牙利育珂摩耳（Mór Jókai，今译约卡伊·莫尔，1825—1904）著，周作人据英国倍因（Robert Nisbet Bain）英译本转译。贾植芳等编《中国现代文学总书目·翻译文学卷》标该书上海商务印书馆1908年初版，1915年再版。上海图书馆藏1933年本版权页标有“戊申年九月初版”（1908年）字样。

陀尔及什克勒为主，于是非匈族诸部，莫不猜忌，意他日事成，必独利二族。而奥国复阴惾之，扶剌赫乃叛。克洛谛亚暨塞尔维亚又戴叶剌契支为渠，和之。脱阑锡尔跋一带，摧残特甚。此书中本事也。匈加利人先姓后名，正同中国，故译亦仍之。又本书间引他国文字一二言，译之有伤其意，故留原文，附识于此。

戊申五月，会稽周逴记。

——录自商务印书馆 1933 年版

《钟乳髑髅》[①]

《钟乳髑髅》小序

畏庐（林纾）

余不译哈氏之书，可经岁矣。哈氏之长有二：一言情，一探险。探险多叙斐洲，必有千百岁离奇不经之人物，语近《齐谐》，然亦足以新人之耳目。此书亦探险者，大致似《雾中人》。然归本于亨利之友爱，乃以寻觅其弟之故，至于犯瘴疠，绝沙漠，饥渴而死，咸所不惜，此亦足愧天下之墙阋者矣。凡小说之书，必须知其宗旨之所在，则偶读一过，始不为虚。若徒悦其新异，用以破睡，则不特非作者之意，亦非译者之意也。

畏庐居士序于望瀛楼，时戊申八月十日。

——录自商务印书馆 1908 年初版

---

① 《钟乳髑髅》(*King Solomon's Mines*，今译《所罗门王的宝藏》)，小说，英国哈葛德（Henry Rider Haggard，又译哈格德，1856—1925）著，林纾、曾宗巩译述，1908 年商务印书馆初版（光绪三十四年九月）。

《不如归》[1]

《不如归》[序]

林纾

小说之足以动人者，无若男女之情。所为悲欢者，观者亦几随之为悲欢。明知其为驾虚之谈，顾其情况逼肖，既阅犹若斤斤于心，或引以为惜且憾者。余译书近六十种，其最悲者，则《吁天录》，又次则《茶花女》，又次则是书矣。其云片冈中将，似有其人，即浪子亦确有其事。顾以为家庭之劝惩，其用意良也。且其中尚夹叙甲午战事甚详。余译既，若不胜有冤抑之情，必欲附此一伸，而质之海内君子者。威海水师之熸，朝野之议，咸咎将帅之不用命，遂致于此，固也；乃未知军港形势，首恃炮台为卫，而后港中之舟，始得其屏蔽，不为敌人所袭。当渤海战归，即毁其一二舟，舰队初未大损。乃敌军夜袭岸军，而炮台之守者先溃。即用我山台之炮，下攻港中屯聚之舟。全军陡出不意，然犹力支，以巨炮仰击，自坏其已失之台，力为朝廷保有舟师，不为不力。寻敌人以鱼雷冒死入港，碎其数舟。当时既无快船足以捕捉雷艇，又海军应备之物，节节为部议抑勒，不听备。门户既失，孤军无据，其熸宜也。或乃又谓渤海之战，师船望敌而遁，是又訾言。吾戚林少谷都督，战死海上，人人见之。同时殉难者，不可指数。文襄、文肃所教育之人才，至是几一空焉。余向欲著《甲午海军覆盆录》，未及竟其事。然海上之恶战，

---

[1] 《不如归》，哀情小说，日本德富健次郎（Tokutomi Roka，1868—1927，笔名德富芦花）著，日本盐谷荣（Sakae Shioya）英译，林纾、魏易重译。“中华民国四年十月廿五日四版”版权页标“总发行所：商务印书馆”，另有“戊申年十月六日初版发行”（1908 年）字样。

吾历历知之，顾欲言，而人亦莫信焉。今得是书，则出日本名士之手笔。其言镇、定二舰，当敌如铁山，松岛旗船，死者如积。大战竟日，而吾二舰卒获全，不毁于敌，此尚言其临敌而逃乎？吾国史家，好放言，既胜敌矣，则必极言敌之丑敝畏葸，而吾军之杀敌致果，凛若天人，用以为快。所云下马草露布者，吾又安知其露布中作何语耶？若文明之国则不然。以观战者多，防为所讥，措语不能不出于纪实。既纪实矣，则日本名士所云中国之二舰，如是能战，则非决然遁逃可知矣。果当时因大败之后，收其败余之残卒，加以豢养，俾为新卒之导；又广设水师将弁学校，以教育英隽之士，水师即未成军，而后来之秀，固人人可为水师将弁者也。须知不经败衄，亦不知军中所以致败之道。知其所以致败，而更革之，仍可自立于不败。当时普、奥二国大将，皆累败于拿破仑者。维其累败，亦习知拿破仑用兵之奥妙，避其所长，攻其所短，而拿破仑败矣。果为能国，即败亦复何伤？勾践之于吴，汉高之于楚，非累败而终收一胜之效耶？方今朝议，争云立海军矣，然未育人才，但议船炮。以不习战之人，予以精炮坚舰，又何为者？所愿当事诸公，先培育人材，更积资为购船制炮之用，未为晚也。纾年已老，报国无日，故日为叫旦之鸡，冀吾同胞警醒。恒于小说序中，摅其胸臆，非敢妄肆嗥吠，尚祈鉴我血诚。

光绪三十四年六月十日，闽县林纾序于望瀛楼。

——录自商务印书馆 1915 年四版

《世界名人传略》[①]

《世界名人传略》序

许家惺[②]

处今日世界交通之世，寰球各国，于政治、宗教、文艺、学术诸大端，莫不熔铸中外，融会古今，胥五洲而沟通之，以适天演之进化矣。然国于其间者，而不知世界各国文学、政教之历史，及历史上重要之人物，则仍不足以探古今治乱兴衰之本原，而于知人论世之知识，仍朦然焉。英儒李提摩太先生以宗教巨子，而抱世界主义者也，毅然以兴中国教育自任，倡办山西大学堂，造就甚众。复于壬寅设山西大学堂译书院于上海，延聘中外知名之士，迻译新书，以饷学者。复议翻译世界名人列传，以英国张伯尔所著《世界名人字典》一书，荟萃古今人物，宏深博大，搜采无遗，洵为列传之渊薮。乃选择重要名人千余人，延英儒窦乐安总理译事，聘同人分卷迻译。全稿几成，会以译院迁移，遗佚数卷，复为补译续成，以致稍稽时日，至戊申九月，全书出版。其中迻译参订诸事，则以出诸窦君及上海张君在新之手为多，至校雠删润之役，皆不佞任之。出版前数月，窦君因事

① 《世界名人传略》(*Chambers's Biographical Dictionary*)，传记，封面标“上海山西大学堂译书院译印”，版权页标“原著者英国张伯尔，译述者英国窦乐安、同安黄鼎、上海张在新、蓬莱郭凤翰，校订者上虞许家惺；发行者：山西大学堂译书院；印刷者：商务印书馆”，“光绪三十四年戊申十月出版”（1908年）初版。

② 许家惺（1873—1925），字警叔，别号默斋、东雷，浙江上虞人。曾任《时务报》《中外日报》《沪报》《时事报》《大同报》《华英合文报》等撰述。先后发表有《党德》《中国救亡策》等多篇时评、政论文章。译述有《宇宙进化论》（英国汤姆生 J.A. Thomson 著，英国莫安仁口译，广学会 1911 年）、《祈祷学》（英国幕安得烈 Andrew Murray 著，英国瑞思义译意，广学会 1917 年）等。

回国，未能聿观厥成。李公见是书之告成也，乃欣然曰：能以是书介绍于中国学者，鄙人与诸公数年以来惓惓之私愿，于是乎大慰矣。余乃述其颠末如是。

光绪戊申秋九月，上虞许家惺序。

——录自山西大学堂译书院发行、商务印书馆印刷 1908 年初版

《世界名人传略》凡例

一　是书由英国张伯尔《世界名人字典》*Chambers's Biographical Dictionary* 选译而成，共得名人千余，名曰《世界名人传略》。仍按二十六字母分卷，惟 U 一卷，无选者，故阙之。

一　每传译名之下，附列西文原名，及其生卒年代。其有未详者，则从阙如。

一　传文中如遇人名、地名，仍将西文原名，按列书眉，并于原名译名之旁，附志 1234 等号目，以便阅者参考检查之用。

一　所译人、地名，除习见他籍，沿用已久者，仍袭用外，其余悉据京音译定，且前后画一，无错杂紊淆之弊。

一　书末附列世界名人时代表，将本书各名人，按照中西年历，以次编列，藉证古今世界人物之盛衰。每人表末，附载本传页数，以便阅者按籍而稽。其查检之法，即视本人西文原名字首，属于某部，而检某部若干页。例如名表第一人，为 Seso stris 西苏斯提（一八），则当检 S 部第十八页即是。

一　是书迻译校订，已易数稿，且更数手，虽经再四校雠，恐仍有舛误疵累之处。尚冀海内学者，匡其不逮。

光绪三十四年戊申九月，编译者附志。

——录自上海山西大学堂译书院发行、商务印书馆印刷 1908 年初版

《玉楼花劫》[1]

《玉楼花劫》[序]

林纾

法自经鲁意十六之变，内家咸囚之楼中。后妹［妃］公主，下及储贰，虽无瑯珰羁绾，然动息必伺以武士。至于补履之匠，亦可鞭挞东宫，则诚从古亡国未有之奇辱。麦桑扈叔者，独变姓名，隐于革肆，志在必出难后于囚拘。遂有任侠之女，以竹子花属诸故家闺秀，通书于难后，后亦几脱扃而出矣。乃事情中梗，变出无方，于是鲁意举家，及侠烈之男女，均尽于斧锧之下。读史者悲之，遂演为此书。其中情迹离奇，其尤奇者，则治克斯麦为保皇党魁，乃不惜其爱妻，贡诸民党，以冀万一之济。则吾国忠臣所不屑为之事，而亦为之。究竟法国初变共和，昏乱之事，亦惨无天日。此时事实，证之吾华史书，都无一似。或且劫运使然，因名其书曰《花劫》，托小喻大，观者勿视为小说之荒唐可尔。

光绪三十四年二月，林纾识于宣南春觉斋。

——录自商务印书馆1908年初版《玉楼花劫》(前编)

① 《玉楼花劫》(*Le chevalier de maison-rouge*，今译《红屋骑士》)，小说，法国大仲马（Alexandre Dumas，père，1802—1870）著，林纾、李世中译述，商务印书馆1908年初版前编（光绪三十四年十月），1909年初版续编（宣统元年二月）。

《模范町村》①

《模范町村》小序

虞灵（徐凤书）②

上以是诏，下以是行，我国民常有之识也。自变法议起，上之诏于下，朝令而暮改，下之应其上，遂无所适从。于是略识时务者，以立宪相鼓吹；侈言改革者，以民气相淬厉。至所言之适合于行，所行之适合于时与否，则犹未之敢信也。夫古今著书立说之士，多出于功成之后者，其实验力深，始有以自信也。中国之图强，曰转移风俗，曰普及教育，曰整顿实业，而研究宪政者，皆知归本于地方自治。然我国民之匮乏自治力，已为有识者所公认。一二操觚之辈，急功近名，兼尚意气，偾事有余，成事不足。殆所谓言之匪艰，行之维艰乎？余谓不然。十步之内，必有芳草；十室之邑，必有忠信。前之默默无闻者，以犹未明公民负担之责任，又无良善之导师耳。今既知天下兴亡，匹夫有责，其研究地方行政者，群趋若鹜，莫不曰取法日本为最便利。然则《模范町村》一书，为地方自治经验之言也。译以饷我国之同志，导后进以准绳，改良社会之良法美意，实在于此。夫河海者，细流所积也！幸勿视为浮芥舟于蹏涔之水，不足取资，亦勿与艳情、侦探诸小说等类齐观。阅是书而穷其理，转移陶铸，皆备于我。稻野村长者，视之为良师可也。有一稻野村长则一村治；有十百

---

① 《模范町村》，政治小说，日本横井时敬（1860—1927）著，版权页标“译述者：太仓唐人杰、昭文徐凤书；发行者：商务印书馆”，“光绪三十四年十二月初版”。“中华民国四年十月十二日再版”，版权页标“戊申年十二月四日初版发行”（1908 年）。

② 虞灵，即徐凤书（1871—1952），字翰青，自号虞灵老人，江苏常熟人。曾在上海经营《商务日报》。与唐人杰另译有小说《破天荒》（德国冒京著）。

稻野村长则一邑治，一省亦治；有千万稻野村长则天下大治，五洲文明诸邦，必皆振动，其欲起积弱之势也不难矣。略述翻译大旨，亦以见是书之不苟作也。

光绪戊申年重阳后五日，虞灵叙于陈泾农舍。

——录自商务印书馆 1908 年初版

《海底仇》①

《海底仇》序

石光琦②

余友寄馨，以所译新小说《海底仇》示余。余受读一过，曰：西人论列文学种类，小说亦居其一。我国则屏而不道，以为小技，非丈夫所屑为。不知小说之功力，有时较载道之文，为尤巨者。以其言浅而易入，其事琐而有趣，自中流社会以下，皆喜读之，故其势易普及也。近日风气渐开，士夫知小说为开通社会之利器，编译出版亡虑百种，而为读者所最欢迎，则惟侦探一类。盖侦探小说，事迹往往离奇变幻，而破获之巧妙，乃适与之相应，有迴出寻常意计之外，而惹起人之趣味者。此卷虽非侦探小说，而其叙亨烈之机械变诈，鲁介之坚忍苦卓，殆含有侦探之意味，出版之日，不胫而走，可预决也。然吾尤有言者，凡出一书，无论为著为译，必赖文而始传。盖文字之极用，能雕镂万物，形容众态，使人读之而深印其象于脑海中。书之感

① 《海底仇》，小说，著者不详，序言称译者为“寄馨”，卷首标“安雅新小说之十四”，版心题“安雅书局”，未见版权页。又刊 1908 年《国学萃编》第 1 期，署“南海黎虞孙、番禺范公说同译”，无序跋。

② 石光琦，资料不详。

势，与人之感性，殆如磁石之引针，然虽欲其不传而不可得也。是书上卷，自第一章为全部之伏线外，其余皆借鲁介之口，备述其半生之阅历。自入巴黎小学，以至遇半治于意大利，历历写来，声如在耳。下卷则由著书者之笔，述鲁介复仇失望后之事，以至终局。两卷衔接一气，而奇葩相鲜，颜色各异。然吾谓后半卷之佳，乃得前半卷之助力者为多，何则？赌钱场之被劫，巴黎城中以为一绝异之新闻，腾于人人之口。著书者固有所藉，以为纪载之资料，即嘉多野之来历。有金有美，知之巴拿马之隐事，有鲁生探之；鲁生之冤状，有巴拿马证之。著书者皆有所着笔处。惟鲁介与亨烈相遇之后，及于意大利相失以前，事无孤证，非自鲁介口中述出，更无能为下一字者。而后半卷之文字，亦可不作矣。匪特此也，如鲁介所述，其前半生之事迹崎岖偃蹇，闻之令人酸鼻，非出自其口中，亦更无能代之言者。古诗《庐江小吏行》，述焦仲卿夫妇等十余人之言语，宛转毕肖；《汉书·赵皇后传》，述当日宫中情事，曲折尽致，均为古今名作，而皆不出代字诀之法。可见古来文章名家，凡叙难显之状，难述之情者，其法之所在矣。是书原著，吾未之见。而寄馨固今之文豪，读是篇当无异于读原著，且或胜焉，未可知也。抑吾又为读者告焉，我国人之性质最缺乏者，为冒险与忍耐。试观鲁介于地狱岩之投敌船，于赌钱场之为账房，冒险何如也？于意大利与仇人交臂相失而不馁，于赌钱场与仇人日夕相处而不泄，忍耐何如也？此皆可为我国人民之模范，而对病而发之良药也。若徒嗜其事迹之诡奇，赏其文笔之优丽，是犹买椟还珠，而寄馨译著之苦心，亦几没矣。还质寄馨，其以余言为然否？

光绪三十二年岁次丙午仲春之月旬有三日，会稽石光琦云史叙于广州北郭之豆山尊瀛室。

——录自安雅书局版

《文学因缘》①

《文学因缘》[序]

苏曼殊②

先是在香江读Candlin师所译《葬花诗》，词气凑泊，语无增减，若法译《离骚经》《琵琶行》诸篇，雅丽远逊原作。夫文章构造，各自含英，有如吾粤木绵素馨，迁地弗为良。况歌诗之美，在乎节族长短之间，虑非译意所能尽也。衲谓文词简丽相俱者，莫若梵文，汉文次之，欧洲番书，瞠乎后矣。汉译经文，若《输卢迦》，均自然缀合，无失彼此。盖梵、汉字体，俱甚茂密，而梵文“八转”“十罗”，微妙傀琦，斯梵章所以为天书也。今吾汉土末世昌披，文事弛沦久矣。大汉天声，其真绝耶？比随慈母至逗子海滨，山容幽寂，时见残英辞树，偶录是编，闽江诸友愿为之刊行，得毋灵府有难尘泊者哉？曩见James Legge博士译述《诗经》全部，其《静女》《雄雉》《汉广》数篇，与Middle Kingdom所载不同，《谷风》《鹊巢》两篇，又与Francis Davis所译少异，今各录数篇，以证同异。伯夷、叔齐《采

① 《文学因缘》，诗歌，以汉诗英译为主。含苏曼殊译歌德诗《题沙恭达罗诗》、拜伦诗《星耶峰耶俱无生》，“盛唐山民”译拜伦诗《留别雅典女郎》。朱少璋编《曼殊外集：苏曼殊编译集四种》（学苑出版社，2009年）说明，该书“1908年由日本东京齐民社出版”，“1915年由上海群益书社重刊，改名为《汉英文学因缘》”。所见群益书社本，未标出版时间，版权页一种标“编著者：苏曼殊元瑛；发行者：群益书社”，一种标“校阅者：元瑛；发行者：群益书社”。

② 苏曼殊（1884—1918），原名戬，字子谷，又名元瑛，亦作玄瑛，法名博经，法号曼殊，笔名燕子山僧、印禅、苏湜等，广东香山人。1902年入东京早稻田大学，次年转学振武学校。1903年任《国民日日报》编辑，1905年后任《民报》翻译。通晓英文、法文、日文、梵文等。著有《断鸿零雁记》《碎簪记》等小说，节译有《悲惨世界》《拜伦诗选》等。

薇歌》《懿氏谣》《击壤歌》《饭牛歌》，百里奚妻《琴歌》，箕子《麦秀歌》《箜篌引》《宋城者讴》，古诗《行行重行行》，及杜诗“国破山河在”等，亦系 Legge 所译。李白《春日醉起言志》《子夜吴歌》，杜甫《佳人行》，班固《怨歌行》，王昌龄《闺怨》，张籍《节妇吟》，文文山《正气歌》等，系 Giles 所译。《采茶词》亦见 Williams 所著 *The Middle Kingdom*，系 Mercer 学士所译。其余散见群籍，都无传译者名。尚有《山中问答》《玉阶怨》《赠汪伦》数首，今俱不复记忆。畏友仲子尝论“不知心恨谁”句，英译微嫌薄弱。衲谓第以此土人译作英语，恐弥不逮，是犹倭人之汉译，其蹇涩殊出意表也。又如“长安一片月”，尤属难译，今英译亦略得意趣。友人君武译摆伦《哀希腊》诗，亦宛转不离原意，惟稍逊《新小说》所载二章，盖稍失粗豪耳。顾欧人译李白诗不可多得，犹此土之于 Byron 也。其《留别雅典女郎》四章，则故友译自 Byron 集中。沙恭达罗（Sakoontala）者，印度先圣毗舍密多罗（Viswamitra）女，庄艳绝伦，后此诗圣迦梨陀娑（Kalidasa）作 Sakoontala 剧曲，纪无能胜王（Dusyanta）与沙恭达罗慕恋事，百灵光怪。千七百八十九年，William Jones（威林，留印度十二年，欧人习梵文之先登者）始译以英文。传至德，Goethe 见之，惊叹难为譬说，遂为之颂，则《沙恭达纶》一章是也；Eastwick 译为英文，衲重迻译，感慨系之。印度为哲学文物源渊，俯视希腊，诚后进耳。其《摩诃婆罗多》(Mahabrata)、《罗摩衍那》(Ramayana）二章，衲谓中土名著，虽《孔雀东南飞》《北征》《南山》诸什，亦逊彼闳美。而今极目五天，荒丘残照，忆昔舟经锡兰，凭吊断塔颓垣，凄然泪下，有“恒河落日千山碧，王舍号风万木烟”句，不亦重可哀耶!

曼殊

——录自群益书社版

《英雄之肝胆》[①]

《英雄之肝胆》序[②]

周仲华[③]

法国自古兴亡相踵，纷争不绝，一王毙而一帝起，暴敛横征，干戈是事，生民涂炭，愁苦呻吟之声，历代靡止。然法国之民豪侠爽利，赴义如渴，是以政愈虐而人心愈奋，法益酷而公愤益伸，其屡有革命之役，亦反激势之所致也。路易非立亡，而三世拿破仑始被众选为共和大统领，后遂变更国体，自登帝位，一以武力权术胜，不知公义为何物，其事固戾矣。而国会议院诸士，爱国忧民，竭力补救，致或被禁于囹圄，或戕生于疆场，杀身弃命，惟义是取。噫！忠厚恻怛之诚，雄猛悲壮之气，为法人所独有，顾不伟乎！越数年而狂童毙，妖气绝，民人得复享自由之幸福，推厥源流，实诸志士义列精神之所致。呜呼，其功亦伟矣！是书乃左党代议士由刚所作。由刚者，热心爱国之士，经当日之变，提枪执刀，徘徊尸山血海中，后亡入比耳义，遂著此书。故叙事尤为详晰，而文辞雄伟，感慨激昂，一字一句，靡不从肺腑中流出，欧人珍之如金玉。适者青浦陆君云翔译以公于世，问序于余，乃序曰：夫国莫不有治乱，然治乱必有所由来，推其因，戒其果者，政之宝也。是书者，其亦所以戒乱于治日欤。

上海周仲华识

——录自 1908 年版

---

① 《英雄之肝胆》，小说，正文署“法国乌伊苛脱由刚著，青浦云翔氏陆士谔译”。未见版权页，出版社、出版时间不明。据陆贞雄《传奇祖父陆士谔》（陆士谔《新中国》附录，上海古籍出版社 2010 年版），是书出版于 1908 年。

② 此序与日译本《英雄之肝胆》序言（二书堂藏版，1887 年）仅文字上略有差别。日译本封面署“文学士有贺长雄校阅，荣城居士译述”，正文又署“野田藤吉郎译述”，序言署“从六位今村有邻撰”。据此，疑陆士谔译本转译自日译本。

③ 周仲华，资料不详。

1909 年

《彗星夺婿录》[1]

《彗星夺婿录》[序]

林纾

女权之说，至今乃莫衷一是。或以为宜昌者，或以为宜抑者。如司各德诸老，则尊礼美人如天神，至于膜拜稽首，一何可笑；而佻狡之才士，则又凌践残蔑，极其丑诋然后已，如此书作者之却洛得是也。却洛得书中叙致英国之败俗，女子鼓煽男子，乃如饮糟而醉，则用心之刻毒，令人为之悚然。然而追摹下等社会之妇人，事又近实。似乎余之译此，颇觉其无为。虽然，禹鼎之铸奸，非启淫祠也，殆使人知避而已。果家庭教育，息息无诡于正，正可借资是书，用为鉴戒，又何病其污秽，不足以寓目？惟夺婿之事，为古今未有之创局。吾友汪穰卿，人极诙谐，偶出一语，令我喷饭。穰卿极赏吾译之《滑稽外史》，今更以是饷之，必且失声而笑，偿我向者之为穰卿喷饭也。

光绪戊申八月三日，畏庐居士林纾序于望瀛楼。

——录自商务印书馆 1909 年初版

---

① 《彗星夺婿录》，社会小说，英国却洛得倭、康诺埃克尔司著，林纾、魏易译述，1909 年商务印书馆初版（宣统元年正月）。

《旅顺实战记》[①]

《旅顺实战记》叙

胡惟德[②]

当二十稘之朔，而有日俄之役，黄白相角，诎伸异变，事起于远东而声闻昭于环球，祸伏于积渐而兵戎见于旦夕。此其中权谋形式之要，士卒殊死之由，往往以一隅管钥全局，脱有脞失，胜负因之易位。夫故行军者，莫不廪廪加意，于是奉命驰驱，身在行间，执干戈，犯风雪，出入艰险，断脰涂脑而不顾，属荷群力奏铙而还，乃得暴其所目击者，发扬蹈厉，以夸视于当世。不则，道路传言莫中情实，或如巴黎老兵絮举滑铁卢旧事，匪不纡曲详尽，然其壮大觳，悲感袭人，闻者何由兴起哉？日本樱井中尉著《旅顺实战记》一书，悉纪甲辰、乙巳间战事之身历者，中间所述英姿飒发，遭遇屯亶，曾不少屈。东国武士遗风，于兹略见。钱唐黄生雅嗜此作，迻译成帙，以饷国人，可谓有心者矣。吾国省此其有龙蛇风雨之悲欤？将仍守吾元牡谷神之素欤？黄生以书请叙，披阅怃然，辄书数语以归之。

戊申冬月，归安胡惟德识。

——录自秀光社印刷，武学编译社、新学会社发行 1909 年初版

---

① 《旅顺实战记》，一名《肉弹：旅顺实战记》，小说，日本陆军步兵中尉樱井忠温（1879—1965）著，版权页标“译者兼发行者：钱塘黄郛；印刷所：秀光社；国外总发行所：武学编译社；国内总发行所：新学会社”，“己酉正月二十一日发行”（1909 年），初版。

② 胡惟德（1863—1933，一说 1871—1933），字馨吾、恭甫，号苐常，浙江吴兴人。早年就读上海广方言馆、京师同文馆，历任清政府使俄钦差大臣、使日钦差大臣、外务部大臣等职。民国成立后，任外交总长、内务总长等。

《旅顺实战记》[跋]

庄蕴宽[①]

昔曾文正言，此后军器日精，抵御之策，惟有血肉相搏耳。览此书殆有同意。虽然，此何地也，乃有此战。使吾国有军事职者，读之而增愧奋，其庶几终为弱者之胜哉！

戊申冬日，庄蕴宽跋。

——录自秀光社印刷，武学编译社、新学会社发行 1909 年初版

《旅顺实战记》[序]

周家树[②]

呜呼！功可强成，名可强立，先哲之言，岂不谅哉！日本以一隅之地，三户之众，辄得驱虎狼强俄于万里之外，盖亦不可得之数矣。一旦征书倏下，稚孺皆欢，将令甫传，创病俱起。当积骸流血之会，不忘亲上亲长之心，遂能隳名城、拔巨隘。敌师奔溃，不遑喘息，湔宿耻而雪旧怨，然则功名果可强而致欤。日俄之役，距今既有年矣，史乘繁赜，意指各殊，其出于政府者，秘而不宣；其出于观战者，肤

① 庄蕴宽（1867—1932），字思缄，号抱闳，晚年称无碍居士，江苏武进（今常州）人。1907 年随清政府代表团赴日参加天皇加冕仪式，1908 年作为陆军特派员赴日本考察。民国成立后，曾任审计院院长、故宫博物院图书馆馆长等职。

② 周家树（1880—1927）字仲玉，亦字九阑，湖南宁乡人。1902 年为南洋公学译书院译员，同年自费留学日本，入陆军士官学校。参与编辑《游学译编》《教育世界》等刊物。民国成立后，曾任湖南军务司司长，衔至陆军中将。著有《黄叶集》《古兵家学说辑要》等。

而不切。独《旅顺实战记》一书，为樱井中尉所著。中尉以亲尝之经历，发为文章，东都人士，交相脍炙。一再披览，始叹胜败之数，大有原因于民风士气者。彼夫不揣其本，徒齐其末，讲学而弃道德，谈兵而失纪律者，讵可与此同日论耶？钱塘黄君，英拔之士也，译此以饷国人，庶几能见其大者乎。若以稗官小说视之，则重诬是书矣。稿既成，遂乐而为之序。

戊申嘉平月，周家树谨识。

——录自秀光社印刷，武学编译社、新学会社发行1909年初版

《旅顺实战记》跋

陆光熙①

吾友杨君度有言，立国必要之原质，惟黄金与赤血。吾爱而诵之，以为至言。然黄金者，取之以道，用之有方，固无尽藏也；即取之不以道，用之不以方，亦可以渐时而聚。若赤血之为物，则必培之以国民之良心，溉之以国民之涕泪，而又需数十年长久之岁月，使之萌芽茁长。待其蓬蓬勃勃，郁极而不可遏，则以其时而一洒之，乃可以成功。蓄之得其术矣，而洒之不以其时，成功者十之一，而败常八九。若乃培之以膏粱，溉之以酒浆，则所谓赤血者，日以销灭汩没，入于无何有之乡，而国其亡矣。吾悲吾国以数万万国民之黄金，而一败再败，而购得无穷之耻也。吾羡日本以数十万国民之赤血，而一胜再胜，而购得此莫大之荣也。思与吾国之父老子弟同蓄此血，待其时而洒之，以洗此耻久矣。吾友黄君郛，有赤血之好男子也！以

① 陆光熙（1879—1911），本名惠熙，字亮臣，顺天宛平（今属北京）人，本籍浙江萧山。光绪年间进士，官授庶吉士。后留学日本，毕业于陆军士官学校。

其血泪译此《肉弹》，吾读而爱之。夫此书，在日本人视之则为“肉弹”，在吾人视之则为血泪。此书实含有我国民无数之血泪！今日读是书而不耻且羡，而血不沸、泪不下者，必非中国男子。吾愿献此书，为我朝野父老子弟养血之剂。我父老子弟其听我耶？否耶？光熙忍辱含垢，游学此邦，以我之泪溉我之血，数年于兹矣。扪心自问，所学所知，都不足以上报国家，下慰社会。所堪自信者，惟此血与泪尚存耳。自今以往，至于死之日，愿与国中父老同倾此泪，以溉我子弟之血；愿与国中子弟同洒此血，以慰我父老之泪，合我国父老子弟之泪与血，以雪国耻而扬国威。我国中父老子弟，其许我耶？否耶？是二者，吾将以爱读此书者之多寡卜之。故缀数言于此，并藉此书以寄我之血泪，使得暂白之于我所仰望之父老子弟之前也。

宣统元年四月十七日，陆光熙跋。

——录自秀光社印刷，武学编译社、新学会社发行 1909 年初版

《旅顺实战记》译者趣意

（黄郛①）

（一）日俄之役，俄国兵力众而日本兵力寡，俄国兵器精而日本兵器钝，俄国地形优而日本地形拙。然而俄终败而日终胜者何哉？盖我孟子所谓“天时不如地利，地利不如人和”是也。俄国军队，其将校士卒之间，少上下一致、雍容和睦之风。观第十章“捕虏之初猎”篇中，俄兵不知长官之姓氏者，十居其九。噫！姓氏尚不知，何爱情

① 黄郛（1880—1936），原名绍麟，字膺白，号昭甫，别字天生，浙江绍兴人。1905 年留学日本东京振武学校。后加入同盟会，与李烈钧等组织反清团体“丈夫团”，与蒋介石等创办反清杂志《武学》。曾任国民政府外交部长、教育部长等职。

之可云？又如第十四章“防御工事”篇中，其捕虏又谓将校克扣粮食，故士卒皆饥怨云云。呜呼！将好货财，士不用命，洵哉斯言。故城非不高，池非不深，兵革非不坚利，而终不免于一败。返观日兵，则青木大佐之与樱井中尉分食（高等将校与下级将校间之爱情），樱井中尉之与从卒高尾文吉哭别（将校与兵卒间之爱情），伊藤福松之赤心以看护杉村少尉（从卒与将校间之爱情），某负伤下士之为部下请诊察（下士与兵卒间之爱情），其上下之间，爱情奚若，宜乎其终得战胜之结果也。吴子有云：父子之兵，天下无敌（通古今）。各国操典，其开宗明义第一章纲领篇中，皆曰军队之间，当亲如家族（合东西）。诚以当出生入死之时，以人生心理推之，惟有父子家族之观念者，始能出死力以相助。所谓猛虎搏子，弱妇亦强者是也。虽作战计画、兵力地形等等，于军事非无关系。而战胜之第一要素，实即我吴子所谓父子之兵之一语而已矣。苟不讲此而惟兵力兵器之是计，是齐末而舍本也。吾读是书而有感于是也，吾译是书。

（二）俄兵身干，长大于日兵，俄兵体力，强壮于日兵，然而俄终败而日终胜者何哉？盖身干体力，形式也；不死不已，精神也。试观第二十三章“大孤山之攻略”篇中，俄兵之捕虏言曰：“日兵勇猛不可当，予家尚有一最爱之妻，故与其战而牺牲生命，予情愿请降而为我妻惜此生命。”云云。噫！其精神之腐败如此，虽有形式上之身干体力，将焉用之？返观日兵，则如第二十四章“战场之诀别”篇中。上等兵山本武敏之绝命书中，言“人生仅仅五十年，若不早舍此生命，恐此后无可舍之地。始终必有一次舍命之日，故执定与其瓦全，不如玉碎之决心。盖我既不要命，即无所谓死也。”云云。噫！其精神之发挥，实非机关炮之威力所得而挫之，旅顺塞之险要所得而阻之。岳武穆曰：文官不贪财，武官不惜死，则国治矣。予曰：将官不贪财，兵卒不惜死，则兵强矣。吾读是书而有感于是也，吾译是书。

（三）明耻教战，谈兵家之金条玉律也。然何由使兵士咸以战死为荣，以偷生为耻乎？此其责不得不归之于教育者。虽然，予以为大半系国民之鼓吹有以励成之也。日俄之役，日兵当出征时，其乡党邻里所送之“祈战死”与“勿生还”之旗，交插道旁。试观第二章“大命下临”篇中，其应召员驰集地所起之壮快声，如“请振起元气去做，后来的事，有我们在，不必担忧”云云，如“不可因病而死，如果死，务必战死”云云。又第三章“征衣上途”篇中，当樱井父子告别时，其父戒之曰：“后事勿忧，可依汝平日之志望而为之。盖期望汝之战死，虽汝父已早有决心，务成伟大之功，以开家门之花。”又儿岛教师之戒樱井曰：“樱井，尽力去做！”诸如此者，举不胜举。此外，若幼稚园之儿童，亦有口无心，唱着军歌以送别。蹲于道旁之老媪，拨着佛珠而祝曰：“菩萨要保佑，我们是全靠着兵队先生的。”祝毕，又伏拜。宜乎樱井谓“睹此神情，值不啻刳我等之肝。”彼又谓：“我同胞无论老者幼者，均手拂国旗，而万岁之叫声，从热心诚意中绞出，而轰天动地。我等对此，实有无论如何，决不能不报此至诚者。故曾有一次，向敌垒突击时，各兵卒扬起震耳之喊声，此时一若国民之万岁声，亦在背后，如潮涌而起。盖我等之喊声，实亦不外国民之万岁声之反响也。”云云。呜呼！彼国民深知身与国之关系，故临军队出发时，虽乳儿老媪，亦得为军队之后援，决不肯谓战争之事，自有政府主宰之，吾侪小民，可勿预焉者也。吾读是书而有感于是也，吾译是书。

（四）乳儿尚幼，老媪已老，果何由而使其咸知身与国之关系乎？噫！惟此实国民教育普及之所致也。吾闻日本小学教员之教地理也，一讲到辽东半岛时，其教员在讲台上拍案掷足，放声大哭曰：“辽东半岛，日清之役，已为我日本国土。不料俄国出而干预，夺而已有之。我日清之役之战死同胞，果何等之奋懑也耶！”云云。故其对于俄国之敌忾心，遂深印入全般国民之脑。一旦宣战书下，不仅仅以几个师团而与俄国战，实举全国国民而与俄国战也。德之胜法也，俾斯麦归功于小学教员。日之胜俄也，日皇亦赏金与小学教员，岂无以哉！诚以一国之教育，有一国教育之方针。决非徒能解几条理化公式，能证几条几何定理，而辄得鰓鰓然以自夸曰："吾已从事于教育也，吾已从事于教育也。"吾读是书而有感于是也，吾译是书。

（五）是书上经天览（赐天览后，樱井氏即蒙召见，褒奖异常。日本陆军将校，以尉官资格而得近龙颜者，惟樱井氏一人云），下经全国各报赠词祝颂（报馆为舆论之代表，是书之为全国国民所欢迎可知），故虽曰仅仅一册战记，实足以窥见其上下一心，对于辽东政策进行之热心，如是如是。吾读是书而有感于是也，吾译是书。

已酉正月，译者谨识。

——录自秀光社印刷，武学编译社、新学会社发行 1909 年初版

《旅顺实战记》读者注意

（黄郛）

（一）是书真价值，真精神，全在后半册。读者幸勿中途生厌，尚祈一终读之。

（二）是书不滥加圈点，其加圈点者，均系译者有深意处。幸勿略而读过焉。

（三）樱井氏笔灵腕健，全篇均能曲达人情，描摩尽至。译者笔墨久疏，其间屈曲不成句之处甚多，阅者谅之。若能赐我教言，以便再版时更正，则尤为幸甚焉。

已酉正月，译者谨识。

——录自秀光社印刷，武学编译社、新学会社发行 1909 年初版

《旅顺实战记》(1924 年本)[①] 六版感言

(黄郛)

(一)是书初版发行于前清宣统元年正月,其时中国经甲午、庚子两次大创,朝野正注全力于创练新军。各省成立之新式师旅及所办之陆军学校,其军纪、风纪、学术等项,成绩均各有可观。而一切军事书籍,销售亦较易推广。故三年之间,是书之再版者,前后凡五次,共一万册。惟是第五版,系托北京琉璃厂新学会社印行,民国元年冬检点存书,尚有七八百册。翌年,译者因国事牵连,流亡海外。该社因卷首印有译者姓氏,出售固不敢,保存亦不敢,乃举而尽毁于后院庭中。自是以后,绝版者已十有余载。今六版又重印矣,吾不能无感,吾故不能无言。

(二)民国七年冬,予印一著,曰《欧战之教训与中国之将来》。九年春,又印一著,曰《战后之世界》。每次发行,南苑冯使均订购数百册,以分给其所属。近复询及《旅顺实战记》,谓在前清时曾读过是书,深觉于军队中之精神教育,极有裨益,并力促予重印。查是书之日文原本,今已一百七十余版。英译本与德译本,闻亦各数十版不等。夫旅顺何地,而乃有日俄之战!苟汉译本仅五版而绝者,能不令人气短也哉?今因冯使之需要,而使绝版十余年之旧译,竟得重印之机会,吾不能无感,吾故不能无言。

(三)十数年来,吾国民因受种种外交内政之压迫,故外而诅咒日本,内而厌恶军阀,此无可讳言者也。乃于是时而重印是书,未免不时不知。对外,贵乎能知己知彼;对内,尤不应因噎废食。是书描写日本于攻围旅顺时经过之惨,取得之难,淋漓满纸,不堪卒读,从可知旅顺一隅,其印刻于日本国民之脑际者,何等深切!曾记去春,予任外交时,适旅大租借原约届满之期(民国十二年三月二十六日)。予于三月十日通牒日本,促其如约归还,彼乃藉口于"二十一条"之

---

① 版权页标"译者:黄郛;总发行所:中华书局","民国十三年"六版。序言前,刊"六版感言"。

有效。迄今，尚成悬案。然一翻阅是书，又深觉吾国民欲达收回旅大之目的者，非有更进一层之努力，则此案恐不若是之易决也。际此重印重校之会，吾不能无感，吾故不能无言。

（四）是书末尾，有陆君光熙（字亮臣）之跋文一篇。予今重读之，予泪涔涔下。陆君亮臣者，乃前清山西巡抚陆钟琦先生之次男也。彼以一翰林，而自愿赴日本留学陆军，在学时不苟言，不苟行，不轻旷课，盖抱有大志，而具有深心者也。其长兄因慨国事之不可为，而蹈海死。亮臣归国后，随父宦山西。辛亥事起，民军与巡抚会议，因误会而起格斗。彼为掩护乃父计，竟与乃父同死于刃。呜呼，惨矣！予与亮臣，同学四五载，观其平素言行，决非反对改革者，乃临时为天性所迫，终至以身殉父。虽沉冤莫伸，而亮臣亦可自慰于泉下矣。其跋文有曰：自今以往，至于死之日，愿与国中父老同倾此泪，以溉我子弟之血。噫！又孰知此即亮臣之谶语也耶。亮臣既死，是书亦从未再版。今六版重印，苟亮臣而在者，睹此无血可洒，无泪可挥之国中，吾又不知其将何语也。瞻念旧雨，吾不能无感，吾更不能无言。

中华民国十三年岁次甲子三月十九日，译者谨志。

——录自中华书局 1924 年六版

《身外身》[①]

《身外身》序[②]

潘葛孤[③]

昔汤卿谋有言：“人生不可不储三副眼泪，一副哭天下大事不可

---

① 《身外身》，厌世小说，正文标“意国格恩梅原著，傲骨译意”，版权页标“译著者：傲骨；发行者：傲骨；分售处：中国图书公司、时中书局”，“宣统元年正月初版”（1909 年）。后易名《魂游记》，由上海文明书局 1915 年出版。

② 除书名不同，该序其他文字与《魂游记》序言相同，故本书不录后者。

③ 潘葛孤，资料不详。

为，一副哭文章不遇识者，一副哭从来沦落不偶佳人。”予尝诵此言而善之。近岁以来，稍涉世故，见人间世一切诪张为幻之态，益复不可究诘。觉人类之中，竟无真道德，既生此竞争生存之恶浊世界，即不免婴一切可悲可痛之恶感触。卿谋所言，抑何不广，予于三副眼泪外，别具两副眼泪：一副哭地球不与彗星冲突，竟尔毁灭；一副哭世界生人生物，徒惹出许多恶感情。郁此孤愤，无处发抒，尝作一联语曰：“恨地球不毁灭，愿世界勿生生。”拟书之斋壁，以当痛哭。适傲骨以所译《身外身》见示，读之觉其中所言句句为予肺腑中语，不禁推卷叹曰：傲骨其知道矣！世界既不可毁灭，人类之竞争生存，亦无时或息。君既以嘻笑怒骂之笔，揭此假面目，予又何庸掬此无情之泪，向空虚洒，忧东海之枯而益其深耶？于是为之掩泪不哭。匪惟不哭，且为之大笑。

戊申仲冬，负［贫］生潘葛孤序。

——录自 1909 年傲骨自刊本

《身外身》自序①

傲骨②

天既生人，不当生世界；天生世界，即不当生人。世界无人，则完全一片干净土，何致昏浊齷齪，漫天皆乖戾之气哉？人无世界，则虚无缥缈，无所歆慕，无所希望，何致各蒙假面目，以谋其利欲之私哉？奈何世界有人，人复有此世界，而人遂失其为人，世界亦不成为世界矣。余年才二十年耳，而对于世界之感情甚恶。父老责余，朋友

① 除书名不同，该序其他文字与《魂游记》序言相同，故本书不录后者。

② 傲骨，资料不详。

规余，余不能改也。戊申之秋，葛君孟豪，自巴黎返，将往北美，道出申江，联床作竟夕谈，相得甚欢。而余之谈，多愤时疾俗语。孟豪曰：“子之言，何其与格恩梅相似也！法文小说有名《身外身》者，为意人格恩梅所著，嬉笑怒骂，抉世人之隐慝，尽表之于寸楮中，子其读之。”余故不知法文，乃丐孟豪为余诵且讲，余以笔记之。历半月而毕，未加校勘，而孟豪已挟书东去矣。噫！格恩梅，诚余之知己哉，何其言之多与余意相似也。世果有格恩梅其人，余虽为之执鞭，所忻慕焉。

戊申十月，傲骨志于海上之天瀹。

——录自1909年傲骨自刊本

《身外身》跋[①]

甦民[②]

王荆公有诗曰：“周公恐惧流言日，王莽谦恭下士时。若使当年身便死，一生奸伪有谁知？”此言可谓道尽千古作伪者之真相。虽然，子舆氏不云乎，“恭俭岂可以声音笑貌为哉”，此则可以褫作伪者之魄矣。傲骨出示其新译之《身外身》，嘱下一语。余观书中所言，其描摩社会情态，至矣！无以有加于其所言也，爰取荆公诗及子舆氏之言与之。

戊申冬日，甦民跋。

——录自1909年傲骨自刊本

---

① 除书名不同，该跋其他文字与《魂游记》跋相同，故本书不录后者。

② 甦民，资料不详。

（1915 年本）《魂游记》[①]提要

意人电学大家格恩姆，能以灵魂出游。老母之挚爱，兄弟之薄情，志士之假面，虚无党之真目的，著名侦探之伪伎俩，一一从灵魂眼中看出。意想奇幻，得未曾有，译笔又典雅名贵，摹写尽致，令人轩渠不置。此与蒋景缄君之《身外身》同一笔墨，黄华两牍，绛树双声，世有赏音，当不河汉吾言。

——录自进步书局 1915 年初版

《英德战争未来记》[②]

《英德战争未来记》序

（徐念慈）

夫英吉利之海军，称雄于世界；德意志之陆军，杰出于全欧。值此竞争剧烈之秋，德强非英之福，英强非德之福。两雄不并立，亦世界之趋势，有以致之也。战机一熟，大祸猝发，诚古今未有之奇变哉。昔法皇拿破仑有言曰：朕必欲得杜白海峡司令权而后已。虎视鹰瞵，集视岛国，正大有人为英之陆军计，不当翻然知所警戒耶？陆白芝，英之名将也，于千九百六年提议于上议院，警告陆军改革之至要。而小说家卫梨

---

① 《魂游记》，幻想小说，意大利格恩梅著，版权页标“编译者：傲骨；发行者：进步书局；发行所：文明书局、中华书局”，“中华民国四年十二月初版”（1915 年）。

② 《英德战争未来记》，军事小说，英国卫梨雅著，东海觉我（徐念慈）译，天笑（包天笑）校补，1909 年中国图书公司初版（宣统元年正月）。该书另一译本《英德未来战争记》刊《竞业旬报》第 35 期至第 38 期。

雅即著本书，以告其国民，假设德哥伦罕姆元帅率百战之雄师，骤临英土，风雷奋迅，炮火交迸，至陷伦敦，以激厉国民同盟会之对抗。龙拏虎跳，波谲云委，其事为千古希有，其文亦卓荦不群，令人读之知国防之不可忽，国耻之尤当雪，不仅惊心骇魄以震动一时耳目已也。我国民恒以东洋英国自待者，读此书，其有所观感而兴起也夫。

——录自中国图书公司 1909 年初版

《遮那德自伐八事》①

《遮那德自伐八事》叙

（陈大灯）

是书凡八章，章万言，引而伸之，章可各为一书，法遮那德所叙生平得意事，原名《遮那德奇绩》，著者柯南达利。译者自五月初旬，至于今三阅月，始卒业。避俗自携，披阅至再，觉此书不独情节离奇，各得归宿，曲终奏雅，惩一劝百，是能有之。当拿坡仑力征经营之世，西人道德，已如是之纯乎天然？《匪风》《下泉》，正不得为今日讳矣。助杜褥报父仇，此不过任侠刺客之所为。至从拿坡仑灭雅遮西育之党人，言之，是直抉拿坡仑之隐慝，阴鸷险狠，辜我同盟。今人浪迹东西，顾厨自署，归营薄宦，既成，则对旧时同志如仇雠，其祖述盖自有由来也。见掳于盗贼，事不足书，独与陌乐相遇之雅，居然羊祜、陆抗之风。越狱在后，论赎在前，其间所差不过一食之顷。人世梦梦，颠倒去就，类如是矣。奉马西那之命，往执卯庚，两雄相戏，

① 《遮那德自伐八事》（*The Exploits of Brigadier Gerard*，今译《准将杰拉德的功绩》），义侠小说，英国柯南达利（Conan Doyle，今译柯南道尔，1859—1930）著，陈大灯、陈家麟译述，1909 年商务印书馆初版（宣统元年正月）。

名士风流，相见于楮墨之外。复遇陌乐，心念旧恩，可知避君三舍，以报楚成，晋重耳终是谲而不正。其叙菲鲁沓音王妃也，美而多才，罗兰夫人苏菲亚诸女杰，犹出其下。吾国无识之女人，焚香膜拜，多历劫数，或可一觏而已。责至诚之人，以诈取胜，事虽不济，卒授上赏，拿坡仑真泰西之汉高魏武乎！至末后埋藏故纸，逆睹将来，则又见拿坡仑识高一世，比之明太祖依谶备物，稗史荒唐，诚不可以道里计。且书中罗列事实，有补于彼国掌故者至多。译者既不敢为蛇添足，为马生角，且不敢以纤细艳丽之辞，阑入字里，致阅者望文生义，引向支离。质胜文则野，执笔者知不能免。世之英达君子，其心餍新小说也，远不如前。如观剧然，盘旋终日，使人意倦目瞑，始一发其覆，何怪其索然兴尽。百读不厌，知不可于新籍中求之，至于再读三读，又何至如凤毛麟角之不可时见耶？牺牲社会，已无他技，恃心血多人数斗，掬以示之天下，或者收世道人心之一助，则译者之幸也。

光绪三十四年七月既望，译者同识。

——录自商务印书馆 1909 年初版

《域外小说集》①

《域外小说集》序言

（鲁迅）

《域外小说集》为书，词致朴讷，不足方近世名人译本。特收录

① 《域外小说集》，小说集，英国王尔德等著，扉页题“会稽周氏兄弟纂译”（周树人、周作人），版权页标“发行者：周树人；印刷所：神田印刷所；总寄售处：上海广昌绸庄”，“己酉二月十一日印成”（1909 年）第一册，“己酉六月十一日印成”（1909 年）第二册。

至审慎，迻译亦期弗失文情。异域文术新宗，自此始入华土。使有士卓特，不为常俗所囿，必将犁然有当于心。按邦国时期，籀读其心声，以相度神思之所在，则此虽大涛之微沤与，而性解思惟，实寓于此。中国译界，亦由是无迟莫之感矣。

己酉正月十五日

——录自周树人发行、神田印刷所印刷1909年自刊本《域外小说集》（第一册）

《域外小说集》略例

（鲁迅）

一 集中所录，以近世小品为多，后当渐及十九世纪以前名作。又以近世文潮，北欧最盛，故采译自有偏至。惟累卷既多，则以次及南欧暨泰东诸邦，使符域外一言之实。

一 装钉均从新式，三面任其本然，不施切削；故虽翻阅数次绝无污染。前后篇首尾，各不相衔，他日能视其邦国古今之别，类聚成书。且纸之四周，皆极广博，故订定时亦不病隘陋。

一 人地名悉如原音，不加省节者，缘音译本以代殊域之言，留其同响；任情删易，即为不诚。故宁拂戾时人，迻徙具足耳。地名无他奥谊。人名则德，法，意，英，美诸国，大氐二言，首名次氏。俄三言，首本名，次父名加子谊，次氏。二人相呼，多举上二名，曰某之子某，而不举其氏。匈加利独先氏后名，大同华土；第近时效法他国，间亦逆施。

一 ！表大声，？表问难，近已习见，不俟诠释。此他有虚线以表语不尽，或语中辍。有直线以表略停顿，或在句之上下，则为用同于括弧。如“名门之儿僮——年十四五耳——亦至”者，犹云名门之儿僮亦至；而儿僮之年，乃十四五也。

一　文中典故，间以括弧注其下。此他不关鸿旨者，则与著者小传及未译原文等，并录卷末杂识中。读时幸检视之。

——录自周树人发行、神田印刷所印刷 1909 年自刊本《域外小说集》（第一册）

《域外小说集》杂识

显克微支

生于一千八百四十五年，所作历史小说数种，皆有名于世。其小品尤佳，哀艳动人。《炭画》一篇为最。今此所译《乐人扬珂》，亦其上者，一时传诵，国人为之感泣。此他有《灯台守》《天使》《生计》诸作。

扬珂，扬，波兰言约翰也。珂者小词，示亲爱意，斯拉夫语皆有之。

福烛，波兰语为格伦尼加，人垂死时，燃之床头。

“少年曰下”法文，谊曰，美哉意太利之国。

“艺文之民也”下法文，谊曰，彼索求才绪而善保之，斯多福耳。

契诃夫

生于一千八百六十年，著有传奇数种及小说百余篇。一千九百六年卒。其文多慨贤者困顿，不适于生，而庸众反多得志。《戚施》一篇，盖记俄人守阶级之竺。《塞外》者，假绥蒙之言，自陈其意者也。

波比尔，俄人姓名凡三言：首教名；次为父名加语尾“微支”，或省作“伊支”，此言子，谊曰某人子；末为姓，亦结以“微支”者，此可翻氏。

瞿提，德国诗人。

索波葛微支，果戈尔名作《死魂灵》中，土田主名也。俄语犬曰索波加，故此言犬之子。

普式庚以下六人，皆俄国近世文士。

弗阑美伦，法国天文学家，亦文人也。

堂克诃第，西班牙人色勒凡提氏著书，言堂克诃第生十七世纪，犹慕古代游侠，仿而行之，卒困顿以死，事至吊诡可笑。

迦尔洵

生一千八百五十五年。俄土之役，尝投军为兵，负伤而返，作《四日》及《走卒伊凡诺夫日记》。氏悲世至深，遂狂易，久之始愈，有《绛华》一篇，即自记其状。晚岁为文，尤哀而伤。今译其一，文情皆异，迥殊凡作也。八十五年忽自投阁下，遂死，年止三十。

“记诵”下法文，谊曰，阿迭修斯别后，加列普娑无以自遣矣。(事本希腊和美洛斯史诗)

“腻目睨我曰”下德文，谊曰，今则汝为吾爱矣，吾之挚爱无上者。

那阇，那及什陀之昵称。

安特来夫

生于一千八百七十一年。初作《默》一篇，遂有名，为俄国当世文人之著者。其文神秘幽深，自成一家。所作小品甚多，长篇有《赤笑》一卷，记俄日战争事，列国竞传译之。

淮尔特

生一千八百五十六年，爱尔兰人也。所著诗文传奇遗稿凡十三卷。九十五年，以事下狱。二年，出居法国，易名美勒穆思，郁郁以死。当时国人恶之，书无读者。近为欧洲文坛所赏，盛翻译之。英国亦梓其全集行于世。

曼浓，希腊神话，曙光之子，死于多罗之战者。又埃及尼罗川畔有巨人象二，一为曼浓，每当日光照及，中发大声，如弹箜篌。希腊巴沙尼亚著书云。

沙尔贝克，叙利亚古城也，有大庙三在其地。

斯芬克思，此言摎者，狮身女面，居瀚海，以隐语难行客，不能答则杀之。见希腊神话。

——录自周树人发行、神田印刷所印刷 1909 年自刊本《域外小说集》（第一册）

哀禾 Juhani Aho

本名勃罗佛尔德 Brofeldt，生年未详，今尚存，为芬兰近代文人之冠。所作有《牧师之女》*Papin Tytär*、《海尔曼公》*Hellmanin Herra* 最有名。一千八百九十年游法国，归而作《孤独》*Yksin* 一卷，为实写派大著。又《木叶录》*Lastuja* 一卷，皆小品也。今所译《先驱》，即是中之一。

亚伦·坡 E.Allan Poe

一千八百九年生，幼孤，受育于亚伦氏，故兼二姓。性脱略耽酒，文极奇妙，人称鬼才。所作皆短篇，善写悔恨、恐惧等人情之变。有自编小品二册最佳。一千八百四十九年十月，以洪醉得疾死。

《默》，自题曰寓言，意以示幽默之力，甚于寂寞者，可与安特来夫所作参之。

亚尔克曼，斯巴达诗人，生于耶稣前六百五十年。

厉鬼，原作台芒 Demon，字本希腊陀蒙，谊曰神。

力比邪，即亚非利加。

毗赫漠士，神兽，见《旧约》。

摩琪，古波斯教士之称也。

摩波商 Guy de Maupassant

生于一千八百五十年，师佛罗贝尔 Flaubert，为法国自然派大家，以小品名世。所作凡数百首，简洁深刻，人不能及。又有小说六种，其中《人生》*Une Vie* 一书，称最精核。摩波商洞观人生，转成憎恶，遂于九十三年自杀不果，终殁狂人院中。

《月夜》一篇，可仿佛见摩波商著作大意。此言灵肉之冲突，而人欲终为世主者也。相其外貌，与常人言爱之神圣颇近。第返检作者行状，则殊异可见矣。

摩理难，源出摩理那诺，意太利地名。法人于此，曾两获大捷，一在十六世纪与瑞士战，一在千八百五十九年克奥地利也，故云勇猛。

路得波阿斯故事，见《旧约·路得书》。

既诖先人，指夏娃之于亚当也。见《旧约·创世纪》。

穆拉淑微支 M.Mrazovic

事迹不详。英人华氏译其著作为一卷，曰《问讯》*Selam*，序言“恨国人寡陋，视波思尼亚犹若野人，鄙夷不之齿，因发愤译此，以示文华之一斑”云。波思尼亚属斯拉夫种，为突厥附庸，其文章各国皆罕见，今译二篇。

《不辰》者，为弃妇而作也，亦可见突厥风俗之一端。

绥拉易伏，地名。

三见弃者，回教法律。凡夫弃妇，有可收不可收之别。不可收者，当重言三次。弃后如欲复收，必待妇别适人，复三见弃乃可。

《摩诃末翁》，记老人之福，终乃暴卒，审其文意，殆中毒也。通篇不著一词，而自有哀惨之气。翁，本作巴波，谊云父，今易之。

波古密尔者，波思尼亚相传上古人种之名。

显克微支 H.Sienkiewicz

小传见第一册。

《天使》者，波兰文人断望之声也。儿行林中，不见天使而遭异物，其状盖熊耳。结末止数语，而栗然悚人，使景教国人读之，其感自更深切矣。

波兰语“天使”曰亚纽尔 Aniol，老媪传讹，则音转为耶妙尔 Jamiol。

《灯台守》为千八百七十余年著者游美洲后所作，本于实事。波兰人特性，深爱其故乡宗教，百折不二。读《灯台守》者，亦可仿佛见之。

克罗尔人者，美洲称法国土著之语。波兰亦奉旧教，故法人谓非外道。

密克微支，生于千七百九十八年。时当波兰分析，作诗皆怀故乡。千八百五十五年卒。

迦尔洵 V.Garshin

小传见第一册。

《四日》者，俄与突厥之战，迦尔洵在军，负伤而返，此即记当时情状者也。氏深恶战争而不能救，则以身赴之。观所作《孱头》一篇，可见其意。

茀罗，突厥人称埃及农夫如是。语源出阿刺伯，此云耕田者。

巴係，突厥官名，犹此土之总督。

尔时英助突厥，故文中云：虽当英国特制之庇波地或马梯尼铳……

斯谛普虐克 Stepniak

本名克拉夫靖斯丌 S.Kravtchinski，此其别字也，谊曰大野之子。千八百五十二年生，以国事逃亡英伦，九十七年偶出触车而卒。所著有小说、传奇各一篇，论文数种。

《一文钱》，原名《戈贝故事》，其事虽若滑稽，而诚者实太半，特少张大而已。戈贝者，俄国铜钱，直可十文也。

圣乔治十字勋章，为俄国最贵之章，非战功不能得。

——录自周树人发行，神田印刷所印刷 1909 年自刊本《域外小说集》(第二册)

《域外小说集》(1921 年本)[①] 序

(鲁迅)

我们在日本留学时候，有一种茫漠的希望：以为文艺是可以转移性情，改造社会的。因为这意见，便自然而然的想到介绍外国新文学这一件事。但做这事业，一要学问，二要同志，三要工夫，四要资本，五要读者。第五样逆料不得，上四样在我们却几乎全无：于是又自然而然的只能小本经营，姑且尝试，这结果便是译印《域外小说集》。

当初的计画，是筹办了连印两册的资本，待到卖回本钱，再印第三第四，以至第 X 册的。如此继续下去，积少成多，也可以约略绍介了各国名家的著作了。于是准备清楚，在一九〇九年的二月，印出第一册，到六月间，又印出了第二册。寄售的地方，是上海和东京。

半年过去了，先在就近的东京寄售处结了帐。计第一册卖去了二十一本，第二册是二十本，以后可再也没有人买了。那第一册何以多卖一本呢？就因为有一位极熟的友人，怕寄售处不遵定价，额外需索，所以亲去试验一回，果然划一不二，就放了心，第二本不再试验了——但由此看来，足见那二十位读者，是有出必看，没有一人中止的，我们至今很感谢。

① 该版封面标“周作人译”，“上海群益书社印行，1921”，版权页标“译述者：周作人”。

至于上海，是至今还没有详细知道。听说也不过卖出了二十册上下，以后再没有人买了。于是第三册只好停板，已成的书，便都堆在上海寄售处堆货的屋子里。过了四五年，这寄售处不幸被了火，我们的书和纸板，都连同化成灰烬；我们这过去的梦幻似的无用的劳力，在中国也就完全消灭了。

到近年，有几位著作家，忽然又提起《域外小说集》，因而也常有问到《域外小说集》的人。但《域外小说集》却早烧了，没有法子呈教。几个友人，因此很有劝告重印，以及想法张罗的。为了这机会，我也就从不开封的纸裹里，寻出自己留下的两本书来。

我看这书的译文，不但句子生硬，“诘屈聱牙”，而且也有极不行的地方，委实配不上再印。只是他的本质，却在现在还有存在的价值，便在将来也该有存在的价值。其中许多篇，也还值得译成白话，教他尤其通行。可惜我没有这一大段工夫——只有《酋长》这一篇，曾用白话译了，登在《新青年》上——所以只好姑且重印了文言的旧译，暂时塞责了。但从别一方面看来，这书的再来，或者也不是无意义。

当初的译本，只有两册，所以各国作家，偏而不全；现在重行编定，也愈见得有畸重畸轻的弊病。我归国之后，偶然也还替乡僻的日报，以及不流行的杂志上，译些小品，只要草稿在身边的，也都趁便添上；一总三十七篇，我的文言译的短篇，可以说全在里面了。只是其中的迦尔洵的《四日》，安特来夫的《谩》和《默》这三篇，是我的大哥翻译的。

当初的译文里，很用几个偏僻的字，现在都改去了，省得印刷局特地铸造；至于费解的处所，也仍旧用些小注，略略说明；作家的略传，便附在卷末——我对于所译短篇，偶然有一点意见的，也就在略传里说了。

《域外小说集》初出的时候，见过的人，往往摇头说，“以为他才开头，却已完了！”那时短篇小说还很少，读书人看惯了一二百回的章回体，所以短篇便等于无物。现在已不是那时候，不必虑了。我所忘不掉的，是曾见一种杂志上，也登载一篇显克微支的《乐人扬珂》，和我的译本只差了几个字，上面却加上两行小字道“滑稽小说！”这事使我到现在，还感到一种空虚的苦痛。但不相信人间的心理，在世界上，真会差异到这地步。

这三十多篇短篇里，所描写的事物，在中国大半免不得很隔膜；至于迦尔洵作中的人物，恐怕几于极无，所以更不容易理会。同是人类，本来决不至于不能互相了解；但时代国土习惯成见，都能够遮蔽人的心思，所以往往不能镜一般明，照见别人的心了。幸而现在已不是那时候，这一节，大约也不必虑的。

倘使这《域外小说集》不因为我的译文，却因为他本来的实质，能使读者得到一点东西，我就自己觉得是极大的幸福了。

一九二〇年三月二十日，周作人记于北京[1]。

——录自上海群益书社 1921 年版

《冰雪因缘》[2]

《冰雪因缘》序

林纾

陶侃之应事也，木屑竹头，皆资为用；郗超之论谢元也，谓履屐

---

① 周作人在《瓜豆集·关于鲁迅之二》中，对《域外小说集》的重印有言：“过了十一个年头，民国九年春天上海群益书社愿意重印，加了一篇新序，用我名，也是豫才所写的。”

② 《冰雪因缘》(*Dombey and Son*，今译《董贝父子》)，社会小说，英国却而司迭更司（Charles John Huffam Dickens，今译狄更斯，1812—1870）著，林纾、魏易译述，“中华民国四年八月二十九日三版”版权页标“总发行所：商务印书馆”，有“己酉年二月十四日初版发行”（1909 年）字样。

之间，皆得其任。二者均陈旧语，然畏庐拾之以论迭更司先生之文，正所谓木屑竹头，皆有所用，而履屐之间，皆得其任者也。英文之高者曰司各得，法文之高者曰仲马，吾则皆译之矣。然司氏之文绵褫，仲氏之文疏阔，读后无复余味。独迭更先生，临文如善弈之着子，闲闲一置，殆千旋万绕，一至旧着之地，则此着实先敌人，盖于未胚胎之前，已伏线矣。惟其伏线之微，故虽一小物一小事，译者亦无敢弃掷而删节之，防后来之笔，旋绕到此，无复叫应。冲叔初不着意，久久闻余言始觉。于是余二人口述，神会，笔逐，绵绵延延，至于幽渺深沉之中，觉步步咸有意境可寻。呜呼！文字至此真足以赏心而怡神矣。左氏之文，在重复中能不自复；马氏之文，在鸿篇巨制中，往往潜用抽换埋伏之笔，而人不觉。迭更氏亦然。虽细碎芜蔓，若不可收拾，忽而井井胪列，将全章作一大收束，醒人眼目。有时随伏随醒，力所不能兼顾者，则空中传响，回光返照，手写是间，目注彼处。篇中不着其人，而其人之姓名事实，时时罗列，如所罗门、倭而忒二人之常在佛罗伦司及乃德口中是也。吾恒言《南史》易为，《北史》难工。《南史》多文人，有本事可记，故易渲染；《北史》人物，多羌胡武人，间有文士，亦考订之家。乃李延寿能部署驱驾，与《南史》同工，正其于不易写生处，出写生妙手，所以为工。此书情节无多，寥寥百余语，可括东贝家事。而迭更司先生叙致至二十五万言，谈诙间出，声泪俱下。言小人则曲尽其毒螫，叙孝女则直揭其天性。至描写东贝之骄，层出不穷，恐吴道子之画地狱变相，不复能过，且状人间阘茸谄佞者，无遁情矣。呜呼！吾于先生之文，又何间焉！先生自言生平所著，以《块肉余生述》为第一；吾则云《述》中语，多先生自叙身世，言第一者，私意也。以吾论之，当以此书为第一，正以不易写生处，出写生妙手耳。恨余驽朽，文字颓唐，不尽先生所长。若海内锦绣才子，能匡我不逮，大加笔削，则尤祷祀求之。

光绪三十四年十一月十九日，畏庐林纾识。

——录自商务印书馆 1915 年三版

《旅顺双杰传》①

《旅顺双杰传》序

汤红绂②

癸巳夏，予负笈渡东瀛，肄业于东京女子师范学校。凡五岁，课余游憩，专嗜读名家小说，而于家庭、军事两种为尤好，或以刘邕嗜痂诮，勿计也。顾斯时也，适丁日露战事，扶桑三岛，义士云集而响应，而血性所至，人人涂肝脑，蹈汤火，而不以为苦难。性命乎，牺牲哉！事业乎，铁血哉！举黄海以北，黑龙江以南之战争活剧，供一般文人学士，构成小说之绝新资料。昔昔而录之，片片而订之，不过一小说。而以之振励尚武之精神，锻炼军国民之资格，绰绰乎其有余。嗟乎，此其有裨于社会何如也！予于其时，购得百余种，置之案头，稍有散佚。丁未秋，以染疾归国，而二三旧友，欲延予为撷秀女塾教授，再三辞不获。上课之暇，诸生每欲予译述一二短篇小说，以资谈助。予搜旧箧，得百余篇，东鳞西爪，碎玉零金，乃择其文事之有裨女界者，译述之。如俄哈拉冬、日梶川凛子者，非皆巾帼中之佼佼铮铮者乎?！萤窗雪案，津津忘倦，自谓

① 《旅顺双杰传》，小说集，收日本押川春浪著《旅顺土牢之勇士》、日本龙水斋贞一著《女露兵》两种，版权页标“译述者：仁和汤女士绂；印刷者：作新社；发行者：世界社；总发行所：世界社”，“宣统己酉春三月出版”（1909 年），初版。

② 汤红绂，生卒年不详，浙江仁和人。曾留学日本，清末女翻译家。据日本岩谷小波日译本转译《无人岛大王》(《鲁滨逊漂流记》缩写）等。

依样葫芦，不敢增减一字。积数月，得十余篇，而友人见之，复以付剞劂公同好为怂恿。且谓近日小说，或著或译，不啻汗牛背而充屋栋，而卒之瑕瑜既杂，流弊遂滋。世固有受种种小说之影响，而因之破坏道德，溃决防闲者，彼迻译者不得辞其咎也。惟择其善者而译之，以为我学界之谈助，并使吾女界中，知尚武之精神，军国民之资格，不当为须眉所独擅，而奋然兴起焉。则诚译此书者之苦心也。

宣统元年元月元旦，仁和汤红绂自序。

——录自世界社 1909 年初版

浪淘沙·题《旅顺双杰传》

神州旧主（于右任）①

绀海倒垂虹，浪吼鱼龙。何人击楫月明中？剩得穷途亡虏恨，泪眼西风。鹰隼脱樊笼，迅奏元戎。河山粉本去匆匆。雪窖冰天能报国，儿女英雄。

枯柳遍辽阳，染恨沙场。雄风卷地起残疮。问道军符星火急，哭断柔肠。大陆降严霜，捷报迷茫。当垆少妇亦勤王。从古国殇红粉少，百战留香。

——录自世界社 1909 年初版

① 神州旧主，于右任笔名。于右任（1879—1964），名伯循，字诱人，笔名骚心、大风、剥果、半哭半笑楼主等，陕西三原人。1906 年于日本加入同盟会，回国后先后创办《神州日报》《民吁报》《民呼报》《民立报》等。

《黑太子南征录》①

《黑太子南征录》序

林纾

此书科南全摹司各德述英国未开化时事。尚勇重美人，若画眉、蟋蟀之斗，均为其雌斗也。顾其人均爱国，名为英人，抵死未示其宗国之弱。所谓无严诸侯，恶声必反者，近之矣。嗟夫！让为美德，让不中礼，即谓之示弱。吾国家尚武之精神，又事事为有司遏抑，公理不伸，故皆无心于公战，其流为不义而死之市，或临命高歌，未有所慑。使其人衣食稍足，加以教育，宁不可使之制敌！果人人当敌不惧，前僵后踵，国亦未有不强者。日本之取金州，搏俄人，死人如麻，气皆弗馁。盖自视一人之身，一日本也，身死而同志继之，虽百人死而一人胜，即可谓之日本胜耳。英人当日之视死如归，即以国为身，不以身为身，故身可死而国不可夺。然教育尚未普及，而英人之奋迅已如此。今吾国人之脑力勇气，岂后于彼？顾不能强者，即以让不中礼，若娄师德之唾面，尚有称者，则知荏弱之夫不可与语国也。悲夫！

闽县林纾叙于宣南望瀛楼。

——录自商务印书馆 1913 年版

---

① 《黑太子南征录》(*The white company*，可译《白衣纵队》)，军事小说，英国柯南达利（Conan Doyle，今译柯南道尔，1859—1930）著，林纾、魏易译述，“中华民国四年十月一日再版”版权页标“总发行所：商务印书馆”，另有“己酉年四月十七日初版发行”(1909 年）字样。

《玑司刺虎记》[①]

《玑司刺虎记》序

林纾

英特之战，英人狃于常胜，乃不期其能败。枭将见殊，元戎受执，政府戚戚，至通款于布耳，此亦可云智尽能索之时矣。而终不之馁，再接再厉，卒奄有全洲，民主之局遂泛。是则天意使然乎？布耳骤胜而骄，英人以必胜为止，宜乎特消而英长也。凡与大国角力，非积上下十余年之功，训练积储，厚而逾厚，夥而逾夥，始堪一战。然使民无怒仇之心，上无善教之方，粮械虽多，而亦无恃。布耳人多不学，惟枪技精，以猎兽者猎人，发匪不中。英人初席长胜之势，以特人为可侮，因之而败。特人又踵英人之辙，以英人为易与，亦因之而败。须知天下无易与之国，不存戒心，无往不败；即存戒心，不审长计，虽幸胜而亦败。斐洲多山而沮险，英人初来不习地利，故动为特人所制。乃不知英人持久之心，非复布耳所及。罄无数殖民地之财力与布耳战，无论兵力弗及，即财力宁及之耶。兵事既平，英人轻鄙布耳，作为是书。至云布耳不知算学，聚三十分令析之，但得二十六之数，则陵蔑至矣。夫以天下受蔑之人，其始恒蔑人者。不长虑而却顾，但凭一日之愤，取罪群雄，庚子之事，至今尚足寒心。余译是书，初不关男女艳情，仇家报复。但谓教育不普，内治不精，兵力不足，粮械不积，万万勿开衅于外人也。

---

① 《玑司刺虎记》(*Jess*，可译《杰丝》)，小说，英国哈葛德（Henry Rider Haggard，又译哈格德，1856—1925）著，林纾、陈家麟译述，1909 年商务印书馆初版（宣统元年四月）。

皇帝光绪三十四年十二月十日，闽县林纾畏庐父叙。

——录自商务印书馆 1909 年初版

《脂粉议员》[①]

《脂粉议员》序

林纾

议员安能以脂粉者为之？顾用才以隐相其夫，预署稿以壮其议，则议员虽男子，其文章仍出诸女子矣。第吾书之本旨，尚不属此。英人之轻美人，轻其伧久矣。美人固伧，恒能以财力歆动英人。英五等爵之式微者，多涎其奁资而婿之。于是英之有心人，多不直美人所为，又不能止其旧勋勿为利而动，乃著为是书。以周丽亚为绳，贯串此两美人，写其尘容俗状，虽鬓眉之间，皆含伧气，文之刻毒至矣。顾既鄙美女之伧荒，又恶英女之过于文明，故描写周丽亚之奸佞，亦不遗余力，于二者均不假借。而书中之最属意者，则薏薇苓也，爱迭司也。薏之态度高，爱之心意诚，高则不失故家之仪度，诚则恪守妇道之范围。由此观之，欧人虽盛言女权，此仍守旧者之言也。为时未久，著者尚存，读者可知其用意之所在矣。

宣统纪元六月中浣，闽县林纾畏庐父序于春觉斋。

——录自商务印书馆 1909 年初版

① 《脂粉议员》，社会小说，英国司丢阿忒著，林纾、魏易译述，1909 年商务印书馆初版（宣统元年十月）。

《红泪影》①

《红泪影》[序]

岭南披发生（罗普）②

中国小说之发达，与剧曲同，皆循天演之轨线，由浑而之画，由质而之文，由简单而之复杂。考之史，优伶之起极古，春秋战国已有之。历代踵盛，至赵宋效爨人结束，遂有粉墨登场者。逮及元、明，院本大著。其发达之迹，历历可寻。维小说亦然。中古时斯风未畅，所谓小说，大抵笔记、札记之类耳。魏、晋间虽有传体，而寥落如晨星。迨李唐有天下，长篇小说，始盛行于时。读汉以下诸史艺文志可睹也。赵宋诸帝，多嗜稗官家言，官府倡之于上，士庶和之于下，于是传记之体稍微，章回之体肇兴，草创权舆，规模已备。今丛书中尚存数种，足以考见其梗概。夫小说与剧曲，实为文明之代表物，而皆发达于赵宋之代，斯亦世变之一奇矣。厥后作者浸多，流布渐广。元有《水浒传》《西游记》；明有《金瓶梅》《隔帘花影》《三国演义》；本朝有《红楼梦》《花月痕》《海上花》《儿女英雄传》《七侠五义传》，名作如林，几以附庸蔚为大国，岂非一循乎天演之自然者哉？然而吾国文人之心理、之眼光，皆视小说为游戏文章，殊鲜厝意。即有奇作异制，迥越恒溪，亦屏诸文学界外，不肯稍挂齿牙。自迩年西风输入，事事

① 《红泪影》，一名《外国红楼梦》，言情小说，英国巴达克礼著，息影庐主（陈梅卿）译述。“中华民国三年五月再版”版权页标“印刷所：同益图书公司；发行所：广智书局”。贾植芳等编《中国现代文学总书目·翻译文学卷》标该书 1909 年广智书局出版。

② 岭南披发生，本名罗普（1876—1949），字孝高，号披发生、羽衣女士、岭南羽衣女士，广东顺德人。曾留学日本，参与编辑《清议报》《新民丛报》，回国后任《时报》主编。与梁启超合译有《佳人奇遇》（日本柴四郎著）、《十五小豪杰》（法国儒勒·凡尔纳著）等著作。

崇拜他人，即在义理词章，亦多引西哲言为典据，于是小说一科，遂巍然占文学中一重要地位。译人蝟起，新著蜂出，直推倒旧说部，入主齐盟。世之阅者，亦从风而靡，舍其旧而新是谋焉。余尝调查每年新译之小说，殆逾千种以外。呜呼！可谓盛而滥矣！独怪出版虽繁夥如斯，然大都袭用传体，其用章回体者则殊鲜。传体中固不乏佳篇，如闽县林琴南先生诸译本，匪特凌铄元、明，颉颃唐、宋，且可上追晋、魏，为稗乘开一新纪元。若夫章回体诸译本，则文彩不足以自发，篇幅既窘，笔墨尤猥，较诸《花月痕》《品花宝鉴》等作，尚有霄壤之分，更何论《红楼梦》《海上花》《水浒传》之敻绝者乎？唯昔年新小说社所刊之《东欧女杰传》，乃岭南羽衣女史手笔，摹写泰西礼俗，士女风流，纤毫毕见，其笔力足以上继古人，其才华足以惊动当世。后以女史他行，而此绝大绝奇之野乘，竟辍于半涂，阅者惜之至今。数年以来，海内之士，遂无有踵女史而为之者。岂译本亦必循天演之轨线，有短篇然后有巨帙，有文言然后有白话耶？不然，何撰述者之寥寥罕觏若是也？去腊，广智主人示我以息影庐所翻之《红泪影》，属为评订。取而读之，盖言情之作，体裁则有意仿《金瓶梅》《红楼梦》二书者。虽属译本，而构境遣词，匠心独运，不啻自撰，媲之《东欧女杰传》，才力实相伯仲。尤妙在善写外邦风物，令观之者，俨如神游其域，目睹其人。至于藻耀高翔，情思宛转，移步换形，引人入胜，犹其余事耳。全书洋洋洒洒，凡三十万言，精神贯注，到底不懈，洵可称力破天荒之著作。是书一出，吾知涂术既启，接踵继武，愈出愈奇，行见宏鸿谍文，与传记名家，分道而扬镳，并驾而争胜，安见译本中不有施耐庵、王凤洲、曹雪芹诸巨子，挺起其间也？然则是书也，岂但一新时人之耳目，且将为新小说之先河矣。爰不辞谫陋，为之评点一过而归之，并志数言于简端，以谂将来之读者。

时光绪戊申仲冬上浣之二日，岭南披发生。

——录自同益图书公司印刷、广智书局发行 1914 年再版

《红泪影》[附记]

（罗普）

第一回：

《红泪影》，英人之小说也。作者以中国白话小说体裁译之，其难殆数倍于自著。盖中西礼俗不同，情感因之迥异，又其居室服用，无一与我相类者。欲以吾中国之文学写之，非具有绘声绘影之手段，而才华富丽，学贯中西者，殆难期其维妙维肖也。今观此书，曲折铺叙，巨细不遗，俨若化工之肖物，令阅者开卷恍然如置身于英伦三岛间。宁非奇作?

此回为开章明义第一回，故全书因果，皆于老藩侯口中摄起，有立竿取影之妙。而浩伯之终身，依历之结局，自可于言外得之。

贵人好古玩，达识者多讥诮之，然此实发于美术的嗜好。故其人能笃好古玩，则其情感必高尚，其人格必风雅。较之金钱主义之伧狞，不可同日语矣。

第二回：

书中主人，浩伯及阿礼斯也。上回浩伯既出场，此回自当阿礼斯出场，此亦如曲本例于第一、二回出正生正旦也。中国小说，向来沿用此法，后人始加以变化，如《水浒传》《儿女英雄传》二书，其主人翁皆于十回后乃出。文章无一定之法，以奇变为佳，然固不得持彼二书以议此作。盖凡数十回之大说部，与《茶花女》《露漱传》等小小结构者不同。大说部以材料丰富，中间万怪惶惑，首尾大气包举为上乘，纵有一二小节失检，亦无关得失。况此书所用，乃自古相传之成法哉！第一回眉批，已论及此，而意未畅，故于此回总评发明之。

上半回论新名词一段，最为酣畅。近日支那大宰相，通饬国中不准行用新名词，殆与约翰一鼻孔出气者。使二老相逢，定当把臂入林矣。然吾终以浩伯之言为然。

下半回写遇美一段，摹写亦工，殆脱胎于《西厢记》者。

浩伯之出丑，与张生同也。

第三回：

此回详写阿礼斯及浩伯相见情形，一则娇痴如醉，一则体贴入微。似张生、莺莺，而不坠《西厢记》蹊径；似宝玉、黛玉，而不入《红楼梦》臼窠。吾于此服译者之才。

写浩伯遇美后种种痴念，非过于形容也。凡青年之晤意中人后，无不有此等思想者。然译者若非过来人，亦不能摹写得如许精细耳。呵呵。

浩伯书中并蒂荷四朵之句，影射书中四美人，如匣剑帷灯，隐跃欲出。

阿礼斯书中芙蓉秋江之句，亦是先兆，读之黯然。

多黎曼夫人之言，虽属正论，然究有醋意在内，非自己醋也，代各府小姐姑娘醋也。观其谈锋，可以意得之。

第四回：

写浩伯夜中凄凉之况，最为逼真，令愁人读之，徒增萧瑟。笔墨之妙，可颉颃《红楼梦》矣！梦境一段，亦从《红楼梦》夺胎，而有神无迹，斯为老手。此等处《花月痕》亦工于运笔，可与此书并驾齐驱。写阿礼斯分离惨语，觉五更鹃啼无此酸楚。余读至此，影事前尘，陡然触起，不自知涕泪之何从也。

浩伯本拟分手而来，乃反结盟而去，奇极！然非多黎曼夫人一激之力，未必能速谐如此。天下事愈离则愈近，大抵然矣。

第五回：

古寺避雨一段，于书中无所取义，不过借以过渡而已，已详眉批。此一段微嫌词费。

尝观《红楼梦》《花月痕》，其制题皆妃红俪白，裁对工稳，而又能包括书中情事，略无遗漏，令人开卷了然。此书颇仿其用笔，每回题语，精心结撰，不落寻常窠臼。唯此回则语虽雅饬，而微嫌其肤廓，下句尤无着落，此亦微瑕也。

此书写景之处最工，如阅李思训、赵伯驹等辈图画，令人悠然意远，所谓笔具锤炉者。上数回只写野景，此回则景中有人，尤为韵绝秀绝。

此回书哈列顿，只淡淡一提，下回乃作正面文字，步骤井然。阿礼斯婚事尚未成，而候补爵夫人已出场矣，读之惘惘。

《世说》顾长康痴黠相半，吾于阿礼斯亦云然。观其痴时，有如黛玉、香菱；黠时，颇类宝钗、凤姐。而生在泰西，夙受文明教育，无假惺惺、猥琐、羞缩之态，品格夐绝，真藐姑射中人。宜乎浩伯之倾倒矣。

第六回：

浩伯忆起富贵功名，便至于面无人色，俗见太深，正贾宝玉所鄙为禄蠹者。以之偶阿礼斯，真不免有泾渭之别。昔人评《牡丹亭》云，丽娘兰心蕙质，千种风流，柳生殊有伧楚之气，实非天然佳偶。此论入微，足以借评浩、阿二人。

老妪所述一段故事，语语刻酷，如燃温峤之犀，如铸神禹之鼎，千丑万怪，轩豁呈露。使此辈见之，亦当汗下沾衣。读竟为之浮一大白。此段足与李氏所著《官场现形记》并传。

浩伯钦羡哈列顿雪臂，虽无楚子问鼎之心，不免得陇望蜀之见，特为教规国俗所束，势难两娶，不得不专注一人耳。倘使生在支那，吾知其一箭双雕之妄想，跃跃欲动矣。阅者当不河汉吾言。

哈列顿锦心绣口，柔情如海，实不亚于阿礼斯。如使浩伯少小相逢，早已身为懿国府中禁脔矣，尚容阿礼斯染指耶?

此回入哈列顿正面文字，全用旖旎之笔出之，与上文写阿礼斯两回映射。阿礼斯清高如黛玉，哈列顿富丽如宝钗，故文字亦各肖其人也。

哈、浩二人之诗皆佳，一以清丽胜，一以气格胜。惟所歌皆为后来恶谶，所谓机之先兆，动于自然而不觉者。

第七回：

此回写浩伯、阿礼斯私奔法兰西，凡分数层跌出。接书得病为一层，立志出家为一层，见像转念为一层，阿礼斯定计守候为一层。至此文势已停顿住，乃以约翰之死，逼到阿礼斯孑然一身，无家可归，然后私奔之局始成。山穷水尽疑无路，柳暗花明又一村，文境之妙似之。若在俗手，便急急抢下，若唯恐其奔之不成者，如此尚复何味耶。是故文章死活之分，全在能蓄势否耳。

约翰至死，尚未知阿礼斯身已属人，可谓懞懂一世。约翰之来，不过借以陪写阿礼斯耳。姻事既成，则约翰反成赘物。故此回必须抹去之，否则文字便臃肿不中绳墨。

第八回：

此回以苏坦起，以苏坦结，亦自成章法。小说虽难曰游戏笔墨，实亦文字之一种。凡文字必有义法。不讲义法者，其文如满地散钱，无一线以贯串之，势必至头绪纷然，顾此失彼。寻常稗官多犯此病，往往随意牵入多人，但贪闹热，无所取义，令阅者头脑昏花，茫然不知其结构命意之所在。此真文章家之大忌也！此书所写，如约翰、苏坦等等，俱是傍面陪衬之人，特借以生发文字，或为引线，或为过渡，事毕即随手抹去之，不使其缠绕笔端，致生喧宾夺主之患。此皆作者惨淡经营、匠心独运，故能深合乎文章之义法，体裁洁而格力高也。特为拈出，以告读者。

浩伯不知是几生修到艳福重重，阿礼斯方在结褵，哈列顿复思解佩。小家碧玉，侯门淑媛，无不一见倾心，愿执箕帚。令人羡煞妒煞。

浩伯用情深挚，不及贾宝玉，抱负瑰玮，不及韦痴珠，而既富且贵，两美好合，其姻缘境遇，皆突过贾、韦二人数倍。语云：庸庸多厚福。诚哉是言。

第九回：

阿礼斯貌美情痴，如此短折，所谓修慧未修福者。前人诗云：美人从古如名将，不许人间见白头。每读此回，辄为之掩卷长叹，胸中不怡者累日。

阿礼斯之死，浩伯实不能辞其咎。我虽不杀伯仁，伯仁由我而死。清夜思之，何以为情？

戴兰西为此书下半部之宾中宾，而阿连则宾中主也。此回写其出场，戴兰西则势利萦心，阿连则顽劣成性，皆为下文立竿取影。英与法为世仇，故凡英国小说家，其写书中下等人物，咸属法产，以致其鄙夷不屑之意。于此见西人尊崇本国，无微不至，又使读之者爱重祖国之心，不知不觉悠然而生，胜于登坛演说多矣。此真开民智之善法，吾国小说家所急宜学步者。

浩伯遗金托女，不过为续娶地步耳。由此言之，浩伯实不免有利阿礼斯早死之心。此非深文巧诋。试观上文与哈列顿聚谈时，有相见恨迟语，足以窥见其隐。

写戴兰西家事，连篇累牍，微嫌其词费，能再加以研炼之功，则善矣。然《儿女英雄传》《野叟曝言》《花月痕》等说部，咸出自名人之手，而世皆讥其澜漫贪多，不善裁琢。固知老洁之境，文家所难，诚亦有未易言者尔。

第十回：

戴兰西当水尽山穷之日，忽得浩伯意外接济，其喜可知。在平常人方且感恩戴德，笑逐颜开。而戴兰西乃声色不露，转若不甚欲兜揽此事也者，必俟浩伯再三恳求，然后应允。其城府深沉不可窥测如此，宜乎他日指鹿为马，忘恩反噬矣。作者全用白描之笔出之，不作一断语，自能令读之者想见其为人，斯为高手！

浩伯此时托女，便计及他日长成出嫁，预给奁资，其心殆不预再见妮娜矣。使日后哈列顿不夭亡，或虽亡而子女盈膝，则妮娜必永无返国之日，必永无自知根底之时。忍哉，浩伯！狡哉，浩伯！

浩伯立志续娶，已明告戴兰西矣。乃返国后，必再三踌躇，以自托于知恩报恩之说。此真所谓掩着徒劳，肺肝如见者。然亦其天良难昧，心有不安，故丑态因之毕露。读之令我哑然失笑。

哈列顿轻薄吾中国一段，虽曰语语实情，并无信口杜撰之处，然亦太过刻酷矣。吾闻留学生言，欧人之鄙夷吾国，直等诸非洲之野蛮，种种唾骂之言，不堪入耳。殆视哈列顿而加甚焉，吾国人念之念之。

第十一回：

此回上半方写到哈列顿子夭身亡，而第十回乃题曰“掌珠遽夺，樛木同摧”，殊嫌题不对文。虽曰《红楼梦》已开此例，然终是急抢下文之病，不合义法。后有来者，慎勿藉口前人，而轻于学步也。

浩伯既作侯门快婿，偿生平之夙愿，极人世之风流，阿礼斯母子，殆抛置九霄云外矣。乃转瞬十年，祸福倚伏，爱子既夭，艳妻亦亡，只剩孑然一身，遂不得不返本还原，招回家息。此中殆有天道存焉。按泰西通律，妮娜是嫡嗣，而哈列顿所出皆为庶孽，不得承袭产业。故浩伯之弃嫡女于异国，使之改易氏族，谓他人母，不特丧心昧良，为道德中之罪人，且违悖国律，为社会上之罪人矣。

下半回写阿连、妮娜（即美侬）二人性情议论，摄起下半部文字。一则轻狂，一则婉淑；一则才气发越，一则情款缠绵；一则爱法国之自由，一则喜英人之裁制。两两相形，泾渭自然分明。薰莸不可同器，用笔之妙得未曾有。

此回文字，善能镕景入情，镕情入景，簇簇生新，读之唯恐其尽。至于插入议论处，亦能针对时势，唤醒痴迷，不拾他人一牙慧语。唯嫌其篇幅太长，中间无变化之处，是亦一病。《汉书·霍光传》，叙昌邑王罪疏，中忽插以太后诘责之词，遂觉精神振起，警湛动人。后世小说家，多从此脱胎，以避文字之板滞。《红楼梦》《花月痕》尤善用此法，于长篇之诗文，必间以一二人之评论，或另起一小波澜，令读者神摇目夺，把捉不定。此真文字精妙处，凡稗官家皆不可不留意者也。

第十二回：

自此回以后，依历、美侬登场，开出下半部文字。依历是浩伯之影，美侬是阿礼斯之影。故书中主人翁虽有四人，其实不过二人而已。上半以哈列顿作宾，下半以阿连作宾。约翰为上半之陪宾，戴兰西为下半之陪宾。两两相对，结构整齐，上下粘连一片，是极用意之作。文章最要是宾主分明，能知此则材料愈多，愈觉其妙。虽鱼龙万变，似乎茫无津涯，而细察之，皆按部就班，一丝不乱。故作家构局，于安宾定主处，最为留心，断不肯草草从事也。昔曾文正有言，作文之法，篇内之端绪，不宜繁多，譬如万山旁薄，必有主峰，龙衮九章，但挈一领，否则首尾冲决，陈义芜杂，兹足为戒。此虽专就汉文言之，而小说之义法，亦莫能外此。近世稗官家多不讲此义，信笔挥洒，波澜广阔，及至转接绾合处，收拾不得，遂觉足乱手忙，令读者不能终卷，殊可笑也。依历才情眼力，皆突过浩伯数倍。浩伯一见哈列顿，便十分倾倒，悔与阿礼斯结婚，全是熏心势利，不脱纨绔脾气。依历则不娶侯门家女之阿连，而娶漂泊依人之美侬，其卓识实非平常人可及。又初晤戴兰西，即疑其怀奸挟诈，尤为洞悉情伪。以如此人材与美侬作配，自是天然佳偶。戴兰西若不起贪心，不用移花接木之计，则依历之卓识，亦无从而显出。古人谓小人无往不福君子，观于斯而益信。

美侬身在鼓中，不知不识，任人播弄，煞是可怜。倘依历喜爱阿连，成其好事，则戴兰西决不肯自行宣泄。而美侬一生权利，冥冥中尽入他人掌握，宁非世间至不平至可恨之事哉？然其咎实由浩伯一人尸之，吾故曰浩伯名教中罪人也。

依历不肯将波萝蜜给阿连，大有深意。此时钟情之状，已大露于外，而阿连犹梦梦然。直至二人婚约已成，犹作痴想，可谓粗心浮气极矣。盖其才本不及乃母，依历以英明二字赞之，不过敷衍浩伯，岂由衷之论哉。

第十三回：

美侬赞羡英国风景，殆天然根性，种之未生以前者，故彼亦不自知其何以然也。其留学生云：英人闻其祖国之名，如吾侪闻其祖宗之名，忾然若有无穷之爱慕也者。盖此等处实涵濡千数百年得来，已成为一国之种智，故自然而然，毫无矫饰造作之态也。

戴兰西欲携二女居伦敦，实有深谋远虑。使浩伯肯从其言，则阿连必能自觅金龟婿，不必沾沾于依历，而奸谋决无败露之日矣。狡哉，此妪！然当其独居深念时，依历已窥得之。书中妙在不说破，但据事直书，令读者自然心领意会，是为善学《红楼》。

依历相思用明写，美侬钟情用暗写。两人俱能深沉不露。故阿连此时虽偶然犯疑，卒以破绽难寻，无所用其妒嫉。此是美侬侥幸处。否则以阿连之狠心辣手，对付情敌，不知闹到如何地步，尚容二人之从容订约哉？

美侬之性情举动，皆极类阿礼斯。唯用情沉密涵养深到之处，则殊胜其母。故卒能享富贵，长子孙，盖其厚德足以载之也。

第十四回：

安家堡一向搁置，几令读者忘却。此回忽然提出，旧地重来，佳人安在？令人有对此茫茫百端交集之叹。予少时读东坡《后赤壁赋》，至“曾日月之几何，而江山不可复识矣”，便觉动魄惊心，掩卷欲涕。今秋夜读此回，灯昏雨暗，助人瑟楚，宛然少年时情景。

阿连全副精神注在依历身上，而于依历钟情之人，竟无从窥出，亦太疏忽矣。此时既得女子书迹，若在精细之人，必跟寻下去，以求水落石出，乃竟匆匆读过，随手撩开。粗心浮气如此，岂足与美侬逐鹿中原哉？其失败也，非不幸也。

阿连吵闹一段，乃此回之警策处。此时依历与美侬，交情固结，已尽在不言中。而阿连犹懵然无知，且自诩能笼络依历，不怕婚事落在他人。自欺自慰，令人失笑。

依历与嘉来尔叙谈一段，力辟神权，专为支那人说法。原书恐未必如此，大约译者从中插入，以警顽迷耳。读者勿负其一片苦口婆心可也。

第十五回：

阿连撒娇撒痴，笼络依历，其情形极像《红楼梦》宝、黛二人。然黛玉之于宝玉，从小耳鬓厮磨，情丝纠结，已成一牢不可破之局。偶然佯嗔假恼，不过因求全责备而生，并非用手段以笼络之也。今阿连则不然，于依历心性，丝毫莫窥，却自作多情，一味瞎巴结，不顾旁人绝倒。又于四德兼备之美侬，视为不足比数，一若依历专为一己之禁脔，断非美侬能望其肩背也者。其目中无人，妄自尊大如此，以视黛玉之慧心灵舌，相去岂有道里可计哉！

戴兰西之劝阿连，语语中肯，所谓当局者迷，旁观者清也。然使戴兰西不用奸谋，则阿连自顾寒微，岂敢妄想天鹅肉，求偶侯门哉？既不想嫁依历，便不至生出后来枝节，祸贻厥躬矣。是故阿连之终蹈于祸也，乃戴兰西逼之使然也。害人终自害，释氏果报之说，固不诬耳。

第十六回：

美侬深心冷眼，非不知阿连之恋依历也。然从未见之于词色，一任阿连千般勾搭、万种温存，逞尽狐媚手段，皆以老僧不闻不见之法了之。但与依历暗中往来，而最终之胜利，已操诸一己掌握之内，此所谓静能制动也。书中于美侬一边，全用暗写，其平时交涉，只以一信筒微逗之，余外并无一语。直至此回从美侬心中写出，亦不过略见大意而已。用笔至此，可称妙远不测。《红楼梦》之写宝钗，《野叟曝言》之写靳仁，亦全用暗写之法，旁见侧出，而读者已了然于其人其事，皆善于构意境者。然宝钗、靳仁，皆书中之宾，故彼二书用此法写之，留出正面地步，以位置主人翁。若此书则美侬实为正主，阿连不过陪宾，乃反详于宾而略于主，尤为妙想天开，非他人所能梦见也。夫详略本无定名，有写至数千言而仍见其略者，有仅写十许句而已觉其详者。文章无死法，在人用之何如。此书反《红楼梦》《野叟曝言》之法而用之，借宾定主，于主人一边，一点已醒，但觉描写阿连之处，无非描写美侬。妙远不测之评，诚不愧耳。

吾读此回，乃叹泰西婚姻自由之风，实胜于支那之专制也。使依历诸人产于支那，则美侬决不敢自行择婿，即使冒险为之，亦决不能如愿以偿。阿连有父母为之主持，其赘依历，殆可操券而获之。依历虽有不惬，亦断无法可脱其牢笼矣。是故美侬、依历幸生泰西，得以遂其同心比翼之怀。阿连不幸不生支那，致令惹出焚琴煮鹤之祸。然美侬、依历之幸，读者之所愿闻也；阿连之幸，读者之所心恶也。论中西之礼俗者，果何去而何从哉？

第十七回：

予读此回，益叹戴兰西之置其女于安家，虽曰爱之，其实害之也。夫依历之于美侬，一见钟情，并不问其身份之奚若。此殆夙世姻缘，西人所谓雨电适相吸摄者。使美侬归家时，即露出庐山真面，吾知依历之爱必更深，其婚约之成必更早，而浩伯之为之作合必更殷。此三者皆断然无疑，不蓍可决。彼阿连非丧心病狂之人，何苦觊觎所必不可得，而自取烦恼哉？既无觊觎之心，自无相思之事。坦然一少女，以巴零顿之痴情涎脸乘之，好事未有不谐者矣。诚如此，则美侬、阿连二人，各得其所。即戴兰西亦得联姻娅于豪门，坐享桑榆之晚福，何乐如之，何快如之！今乃结成如许恶果，谓非戴兰西自种恶因而何？或曰：巴零顿极意温存，而阿连视之若蛇蝎，即使其自知本来面目，亦未必肯舍依历而偶巴零顿也。应之曰：此言未悉处女之情状也。夫处女者，胸中洞然无一物，唯先入者据之。彼阿连惟先垂青于依历，又自顾身世，以配彼为宜，他人亦以二人相配为宜。于是认定依历为禁脔，一缕情丝，愈纠愈纷，愈入愈深，以成此固结莫解之局。而巴零顿乃以一不关痛痒之人，撼其坚局，宜乎十挑而十隙矣。然则阿连之隙巴零顿，徒以有种种原因之故。使无种种之原因，以彼风流佻达之娇娃，情窦初开，获晤绮年玉貌之巴零顿，有不褰裳而从之者哉？吾故曰或者之言，未悉处女之情状也。总之阿连之恋依历，实戴兰西导之使然。语云，种瓜得瓜，种豆得豆。自种因，自刈果，复谁尤？

第十八回：

阿连自是天下不可多得之钟情人。观其百折不回，坚忍处有豪杰之风；誓死不二，笃挚处有贞媛之节，此皆令人起敬起爱者。其人格殆高出《红楼梦》中宝钗、袭人等数倍，独惜其穷途末路时，倒行逆施，暗箭杀人，甘犯当世之不韪。以风流靡曼之佳人，演出夜叉虎狼之手段，心地狠辣如此，殊令人不敢亲近耳。

浩伯不肯阻止依历、美侬二人婚事，固由其度量过人，凡事裁以忠恕之道，然于冥冥中却已保全其息女。为人即所以为己，以视戴兰西之恶因恶果，适成一反比例，岂不奇哉！观于此，而恶断不可为，善不可不勉，较然如别白黑矣。昔人谓小说惩劝之力最巨，诚哉是言。

《红楼梦》写宝玉之恋爱黛玉，可谓至矣尽矣，无以复加矣。然卒不敢对众倡言其心事，盖为中国礼俗所压制也。今依历得以自行其意，无所忌讳者，恃有自由之权利耳。法人有言：自由如面包，生命之源，幸福之钥。有味乎其言之哉！

戴兰西平日城府极深，今一闻依历求婚之言，即失声痛哭，露出许多破绽，盖骨肉恩深，情不自禁故耳。此时悔心已萌，故后日遂有自首之事。其人虽贪利昧良，然不肯阻碍美侬之婚事，尚有一节之可取。较之薛姨妈一面收黛玉作义女以笼络之，一面暗中布置以挤排之，殆有上下床之别。

第十九回：

黛玉一闻宝玉结婚之消息，惟有自贼自戕，以求速死，了此一场冤孽。此时不特无法可设，即使有法，亦断断不屑为之，其心但知殉以身而已。千古狷介之人，大都如此。屈子、贾生同是一流人物，同此一副心肠，故曰志洁而行芳也。今阿连则不然，既游说美侬不得，复打探依历口气，出尽种种卑劣之手段，不顾旁人齿冷。观其居心之鬼蜮，行事之凶横，较诸美侬，何啻霄壤之隔。吾评此书，以阿连母子比薛姨妈、宝钗，窃自谓确切不移。不过宝钗能成功，其事似近于美侬，阿连不能成功，其事反类于黛玉，实则人格相悬，不可同年而语。如使美侬处黛玉之境地，其趋死如归，一瞑不视，岂待问哉！岂待问哉！

美侬于阿连之妒情，佯作不知不解。其对付之手段，忽而用正，忽而用奇，忽出以至情，忽杂以权术。语言介于半痴半黠之间，行动在乎有意无意之际。不特枭忌无检之阿连，无从窥其深处，即老奸巨猾之戴兰西，亦无以测其本怀。智深勇沉之概，真足令人惊叹不置!书中虽用暗写，然草蛇灰线之迹，实有可寻。读者细心察之，当信予言之不谬耳。美侬对于大廷广众之中，明请阿连作陪嫁娘，此是故意为之，以报日前语言轻薄之仇。盖逆料阿连心中虽极不怡，而外面则无词可却，亦可谓恶作剧矣。

第二十回：

此回文章，摹绘入神，可当“细腻风光”四字，无一句闲言剩语，杂其笔端。如写浩伯之厚道，阿连之妒嫉，美侬之婉娈，依历之恩爱，皆思力沉着，有水中倒影、颊上添毛之妙。尤妙在纯用白描，不着一金粉字面，更觉真切动人。《红楼梦》写黛玉闻信复病、焚稿断情数回文字，亦以白描之笔出之，句句注定黛玉身上，洋洋二三万言，前后贯输，神气一丝不走，如齐鲁诸山咸朝泰岱，如三江九河咸趋东海，可谓极小说之大观矣。

今读此回，其写戴兰西诸女客，以及一婢一仆，言语举动，人人不同，然皆神注阿连。觉手挥五弦，目送飞鸿，尚未足方斯妙诣。较诸《红楼》，工力虽似稍逊，而运法周密，全用旁敲侧击之诀，使文情灵活异常，则庶几可以嗣响云。

吴梅村将殁时，有《贺新郎》词，其下半阕云：“故人慷慨多奇节。为当年沉吟不断，草间偷活。艾灸眉头瓜喷鼻，今日须难决绝。早患苦重来千叠。脱屣妻孥原易事，竟一钱不值何消说！人世事，几完缺?”昔日于笔记中读之，既嘉其悔心之萌，而又恨其所见之晚，以为生死关头，不知误却古今多少人物。今读阿连临死复悔一段，与梅村之沉吟不断，同一遗憾。使阿连此时，奋然一死，还此情于太虚，其人格之高尚，且将与迦因、黛玉，争烈而垂光，后人之读书是者，凭吊流连，正不知若何痛惜。乃不死于英吉利之空山，偏死于俄罗斯之村舍，等一死耳而多活数年，徒遗臭于泪影录中，受人讥诮，岂非梅村所谓一钱不值者哉？

第二十一回：

凡文字最忌另添枝节，使上下气脉，忽被横风吹断，小说家尤易犯此病。余初读捕蛟一段，辄疑其天外奇峰，离题太远。及读至美侬得病原因，然后知其意旨之所在，固非随笔敷衍可比也。既又思之，欲写美侬之得病，数语可了，何必另起炉灶，而为此洋洋洒洒之文，徒充篇幅哉？迨读至终编，始恍然而大悟，乃叹名手之文章，其不易测识如此。复再三熟玩之，却见二十回之末，二十一回之中，均有伏脉语，特当时匆匆读过，遂至忽略耳。今一一拈出，以谂世之读者。此回写阿连一言一语，皆隐伏下文。而最显著者，莫如夜深观书一段，此明眼人所共知者，妙在写得自然，并无丝毫痕迹，迥非庸手所能梦见。尤妙在夹写戴兰西，隐隐约约，令人有斧声烛影之疑。一虚一实，互相映射，读之者唯觉目光霍霍，疑假疑真，不敢遽下断语。真绝世妙文也！

第二十二回：

写阿连下毒，分作数层。先用观书一逗，次用履声安根，又继以晨早即至餐房，暗写其一夜无眠，经营达旦。此所谓皮里阳秋之笔也，是为第一层。至此回，韦廉戈邻德二医士口中明说出中毒，并追究下毒之人，是为第二层。下回夜半擒贼，是为第三层。以履声起，以履声结，章法极密。中间写阿连露出破绽，如阻戴兰西之延医，闻依历言而变色，及众人皆忧，伊独不理，医生立法，伊独不喜，皆一气贯注，左萦右拂，令人读之心领神会。然线索虽属明显，而结撰仍不伤平直，其得诀处，全在善用逆笔，故每转必曲，凡落皆奇。裁缝灭尽针线迹，径路欲绝风云通，允推能品。此与《红楼梦》写凤姐处置尤二姐一段，用法颇相类，工力相敌，各擅胜场。读彼书则视凤姐如阎王，阴渗动魄；读此书则视阿连如蛇蝎，毒螫惊心，皆文章之妙境也。

译者满肚皮不合时宜，每每借题发挥，一泄平生之孤愤。此回阿连力诋医生一段，吾料原书未必如此痛快，殆译者久恶此辈，触处即发，不觉盈幅，所谓借他人之酒杯，浇自己之块垒者也。然出诸阿连之口，则神妙绝伦，为题中应有之义，并不见其添砌之痕迹，又使全回文字脉动筋摇，较之依历痛骂鬼神一节为胜。此中神光离合之故，乃文章得失工拙所攸分，差以毫厘，谬以千里，唯知文者可一目辨耳。近世稗官家，仓卒操觚，不肯用力，难与论此。独何氏《海上花》，深得此中三昧，义法极严，宜其脍炙人口，不胫而走天下也。

第二十三回：

阿连所歌之诗，不特为阿连之绝笔，亦是此书之尾声，从此不可复闻，令人读之，怆然欲涕。

说部中载入诗词，最有别趣，令读者心目为之一开，精神为之振起。盖声音之道，感人至捷，以目治者不如兼以耳通，以心维者不如兼以口诵也。但既称曰小说之诗，其体制自与诗人之诗不同。立意不避纤巧，琢句务求尖新，又须与全书秘响潜通，气象相副，乃为杰构，不落恒溪。否则陈陈相因，令人观之欲睡，反不如无之之为愈。如《野叟曝言》《镜花缘》等作，非驴非马，丑态毕呈，勉强效颦，亦复何为。唯《金瓶梅》《红楼梦》《花月痕》《海上花》，所附之歌谣诗赋，趣味浓深，自成别手，虽俚俗语、猥亵语，亦能运化入神，具有点铁成金手段。此其所以独出冠时，而非他稗官可能望其肩背者也。此书之诗歌，虽稍逊于《金瓶梅》《海上花》等，而较之《野叟曝言》《镜花缘》，则实能凌驾其上，有兰荃萧艾之分，往往沁人心脾，令人一读一击节。唯其精心结撰，落墨不苟，故妙合体裁如此，可贵也。

依历注全神于美侬，谓美侬若死，已即无意于斯世，已将其本怀和盘托出。阿连闻之，何殊冷水浇背，自当灰心绝念，放过美侬，割断贪嗔，立登彼岸，方是夙根人之手段，深情人之作为。乃始终执迷，焚琴煮鹤，必欲拔去眼中钉而后已，妒毒残酷，殆合吕雉、武曌为一人者。浩伯谥之曰花粉妖怪，依历评之曰人面兽心，可谓不虚美，不溢量矣！

戴兰西之暗中易女，已历十数回文字，至此将近完场，乃图穷而匕首见时候。吾初读此书至二十二回，尝掩卷熟思，反覆前文，寻其血脉，终想不出此事从何处发觉，为何人发觉。急取此回疾读一过，而发觉之人，即属于主谋之恶妇；发觉之处，即在于擒贼之须臾。不禁拍案叫绝，以为此等文心，变幻奇辟，不可方物。古人有言，成如平淡却艰辛，此之谓矣。

第二十四回：

（看官须知，这是《红泪影》一部的结果。译者偶借案头余渖，翻出海外传奇，虽是子虚乌有之伦，也寓香草美人之意。书成孤愤，未敢希踪于古人；论借滑稽，聊佐诙谐于尘尾。正是：

何处能扬祖逖鞭，蓬庐息影自年年。
书生事业真堪笑，游戏文章贱卖钱。

此回为全书结束，一面收到浩伯父女骨肉重逢，所以劝善也；一面缴足戴兰西母女贪痴自害，所以惩恶也。著书人之宗旨，即于收处明明点出，其提撕警觉之意切矣。

阿礼斯为书中之主中主，下半部虽以美侬为彼替身，然仍处处提出其名，使血脉一线到底。此章法之密致处也。书中既认定主人翁，则收场更宜跟紧。此回妙在即以阿礼斯之小照为父女相认之证据物，神龙掉尾，警湛非常，此篇法之精妙处也。统观全部结构，皆如初写黄庭，恰到妙处，不愧名作。而译者词藻既丰，笔力亦健，足为原书一一相副，尤为难能而可贵者。至于随事棒喝，唤醒痴迷，有时作菩萨之低眉，有时作金刚之怒目，忽庄忽谐，若讥若讽，言之者无罪，闻之者足戒。此真世人之龟鉴，今日之晨钟，岂可以小说而忽之哉？

上下两半部之文，皆遥遥作对，独辟町畦，以自成一家之法。如浩伯则两次悼亡，依历则一生艳福，为一对；阿礼斯以缠绵而致夭折，美侬以隐忍而获安全，为一对；哈列顿守候终能续弦，阿连守候遂至没齿，为一对；约翰以廉洁而厥后克昌，戴兰西以贪奸而厥嗣用灭，为一对；威尔逊以热心而得爱婿，巴零顿以热心而失佳人，为一对。至于安家三世之事，或则好专制而家媳逋逃，或则重自由而家女受庇，为一对；或则慕势利而丧艳妻，或则遗势利而获淑女，为一对。凡此等处，皆勾心斗角，有意撰成关锁，使文字成珠联璧合之观。尤妙在寓整齐于变化中，并不着一丝痕迹，非老手曷能办此。是书一出，吾知其必受阅者诸君之欢迎尔。

——录自同益图书公司印刷、广智书局发行 1914 年再版

《伊朔译评》[①]

《伊朔译评》序

陈金镛[②]

大凡善作书者，贵乎善解。斯能令读其书者，心领神会，获书中

① 《伊朔译评》(*Aesop's Fables*)，寓言，古希腊伊索著，正文标“通问报馆刊”，无版权页。序言落款时间为 1909 年。陈金镛所作序表明译者为陈春生。陈春生，生卒年不详，江苏润州（今属镇江）人。曾任上海《通问报》笔政，与美国传教士亮乐月合译有《狱中花》《小英雄》《贫子奇缘》等小说。

② 陈金镛（1868—1939），浙江上虞人，幼年就读教会学校，1906 年应聘为南京圣道书院教员，后创办金陵神学院季刊《神学志》，并担任首任主笔。

之旨趣；触类旁通，增书外之观念。然苟非深于经验，久于阅历，就令腹满五车，无如胸无一得，求其半解，且不可期，奚论己达达人哉？今之救国者，莫不以开通民智，启迪人心，改良风俗，昌明教化，而亟亟于著书立说为主义。然欲求其言之简而赅，词之清而新，意之浅而明，义之精而切者，盖不多觏。惟予读《通问报》附刊之小说，如《五更钟》《强盗洞》《喻道琐言》，理非虚悬，语皆确凿，其有益于世道人心者，固非寻常之著作家比也。无怪其书一经出版，海内争睹，洛阳纸贵矣。讵今年又出《伊朔译评》一书，以饷阅报诸君。辄一观玩，直觉在在金霏，句句玉屑，有令人不忍释手者。其书本于希腊之伊朔，发于言者皆诡托飞走动植诸物之相酬答，欧人取以启蒙，洵善本也。润州陈君春生，译以官话。非善作何，加以评语；非善解何，言词意义。简而赅，清而新，浅而明，精而切，非由经验阅历而来，抑何熟知世故，洞悉人情若此也。况其援引《圣经》，堪助传道之资料；考证古书，足引慕道之感情。悲世界之黑暗，跻国民于文明，作福音之预备，臻道德于纯全。上自君王，下逮士庶，内而家庭，外而邦国。凡一语一默之所关，细言细行之所系，莫不据典而确证之，旁引而曲喻之。故欲涵养性情者，即是书而理会之可也；省察念虑者，即是书而提撕之可也；克治气质者，即是书而销镕之可也。则是书之用，岂仅启儿童之智识，供谈话之笑乐已哉？吾故曰：希腊有伊朔，是希腊之荣也。伊朔有知白子，尤伊朔之幸也。不然，寓言虽妙，何稗于人？取譬虽佳，何补于世？噫！知白子非即我神州之伊朔氏哉，非即我神州之荣幸事乎？吾知不阅是书者，固无论已；苟阅是书者，谅无不有同我之所好也，岂得鄙视之曰“小说”！

宣统元年岁在己酉之冬至后三日，即西历千九百零九年之圣诞节，金陵圣道书院教师陈金镛序。

——录自通问报馆刊本

《伊朔译评》序

刘廷芳①

巍巍希腊，天生骄子。声教文物，熠耀史乘。与我震旦，东西遥立。群学源流，文明鼻祖。环球民族，佥受其赐。乃有伊朔，荦荦文豪。目击众生，行多黵黤。爰运匠心，借事设譬。规劝讽谏，剀切详陈。虽为稿无多，积不盈寸，而取材丰富，立辞宛曲，至足珍也。厥后半岛文明西渐，此编亦与偕行，遂为白哲举族所崇。洎乎近世，思想日辟。学子蜂起，竞争益烈。翻陈出新，抗衡前人。新既孔嘉，旧者见绌。惟此伊朔，光明不减。大千学舍，弦诵不衰。呜呼！流风所被，可谓盛已。润州陈君春生，文坛宿将，学坚多饱，含道必授。爰取是编，精心译述，益以新知，缀成评语。迨译既竣，驰羽索序。芳窃谓道心惟微，穷理莫遑，能近取譬，可谓知方。伊氏之作，志在斯乎。今陈君述之，复能处处点缀，俾读者得徜徉游息，觉头头是道，厥功伟矣！我神州文章之盛，炳耀寰区，寓言之作，代不乏人。而数千年来，在社会上无大影响，以视伊氏之作，相去若是其远者何耶？盖文以载道，辞达而已，彼繁华损枝，膏腴害骨，逞才藻饰，使不学者读之，望洋兴叹，则虽多亦奚以为？今陈君之成是编，克矫斯弊，能运用白家诗笔，真令老妪都解。将来放翁之画，团扇家家，普及之效，可操券待，使赤县之民，皆沐伊氏之泽，陈君之功益伟矣！迄今策杖希腊故都，访前朝遗胜，则见石像依然，摩娑可辨。父老辈啧啧称羡曰：此著寓言之先哲也。高山仰止，敬企之心，油然生焉。夫后之视今，亦犹今之视昔。百年而后，吾知域中知伊朔者，必佥知

---

① 刘廷芳（1891—1947），字亶生，浙江永嘉（今属温州）人，毕业于上海圣约翰大学，曾留学美国乔治亚大学、哥伦比亚大学、耶鲁大学神学院等，后任燕京大学神学院院长。译有纪伯伦的《疯人》《先驱者》《人之子》等作品。

陈君。先作后述，厥功一也，而陈君实与伊朔同兹千古矣。因不揣荒芜，谨志所知如此，以答陈君，且以质诸读是编者。

宣统元年暮春将望，永嘉亶生弟刘廷芳序于浙瓯艺文学校。

——录自通问报馆刊本

《一百十三案》[①]

《一百十三案》序

噫！文字之命运，殆亦有幸与不幸存其间耶。回忆数稔以前，鄙人联合同志数辈，创设书社于海上，译印新小说以行世。是时为新小说发轫时代，一时不胫而走，颇见风行。旋复组织《小说林》月报，凡有新奇译著，靡不罗致之，以丰内容。新会陈女士鸿璧，邃译学，应社聘为译员。兹之《一百十三案》，即为女士手译，前半曾按章编入月报者。当时任月报之总纂，为徐君觉我，徐君常以是书为侦探小说中之巨制。诚是侦探小说本，往往数言毕事，一览无余。是书于彼时仅及半，已达八九万言矣，今全书竣事而倍之，谓之巨制，洵无愧也。至于情节离奇，结局谨严，尤足为是书之特色。今觉我已作故人，月报亦久成广陵绝响，凡小说之载于报中而未尽者，俱成断简残篇。即彼原著原译诸君，亦未尝有过而问及，是非文字之不幸耶，抑

① 《一百十三案》（Le dossier No.113.），侦探小说，法国嘉宝耳（Émile Gaboriau，今译加博里欧，又译加伯黎奥，1832—1873，一说 1833、1835—1873）著，陈鸿璧（1884—1966）译。“中华民国四年十月出版”版权页标“印刷者：上海印书局；总发行所：上海新民社”。日本樽本照雄编《新编增补清末民初小说目录》标该书 1909 年由广智书局出版。前十五章曾于《小说林》第 1 期（1907 年 2 月）至第 12 期（1908 年 10 月）连载，署法国嘉宝耳奥原著、女士陈鸿璧译，无序言。

人事有以使其然耶。今女士独能完竟其未毕之《一百十三案》，使大好文章，露呈全豹，是为女士之有志成书欤，抑殆所谓文字之幸耶。书印既成，女士以鄙人为深知是书离合断续之梗概，用是倩为记言。爰为之序。

——录自上海印书局印刷、上海新民社发行1915年版

《一百十三案》序

情之为物也，亦多术矣。太上忘情，其次得全于情，其次堕于情，下焉者不及情。出乎天天，入乎人人，目不见众生，而日与众生为伦。悉存焉，悉泯焉，以养其醇，以葆其真。非忘也，亦忘也，非非忘也，非亦忘也。视听希夷，而众妙玄玄也。其次，因形生受，受生想，想生爱，爱生恋。至于恋，止矣。恋不可止，乃索之无形之始，则未尝有形焉，是为得全。其未至者，则循其初而相与终之，亦得全。又其初不及形，无形已间接我受，则亦从而终之。终非初，未初无初，故因于初，亦得全。其次，则恋而不止，迷而无方，有初焉矣，而未尝终也。未尝终，则苟万形焉，亦万受焉，且万恋焉。有初焉矣，而不知终也。不知终，则万形非形也，万受非受也，万恋非恋也。入焉而不见其出，沉焉而于以终没。故曰星火燎原，滴水成流，始基于微，毕乃莫收，言初之不可不慎也。《百十三案》之书，叙侦探而实言情之作也，蛰竞知之矣。阐而言之，兰卿堕于情者也，梅娘得全于情者也。兰卿有初而不能终，于是万受而万恋，以至于堕，非兰卿之本意也，则悍母且为之矣。然信誓旦旦，其实离离，奈之何志不决，行不毅，违而远之以至于万恋也。抑母氏之性情，在兰卿知之最笃。使谓人事之穷，可置前说而不论，则又不慎其初之足咎也。夫仁义固非道德之至，然安得揭吾所谓道德者，举世而共喻之，以返其

朴耶？梅娘智深勇沉，刚毅果决，固绝世一好女子。其允路易，所以护兰卿也，其初固未尝变也，故于柏鲁无诟辞，于路易无兼爱。即谓已绝柏鲁，亦无路易，是又能索之无形之始，而知其未尝有形，固尤不可及矣。然卒护兰卿出险，而使路易破奸，是其允路易之日，皆信柏鲁之日也，故曰其初未尝变也。刘谷者，侠而隐于探者也。其精灵机警，坚忍沉毅，固足以惊世，而日暮途远之柏鲁，义断恩绝之兰卿，生死肉骨，实惟此公是赖，可谓能任者矣。故传兰卿、梅娘者，欲使读者以之相形而知用情之术也；传刘谷者，欲使读者以之借镜，而知治狱之道也。班氏志小说家者流，一曰可观，再曰弗灭，其知之矣，然犹惜其未见今日之作也。译者璧君，精西文。赏［尝］闻其友默君语余，谓其译书常先熟原文，乃竟操笔自作，故所述无失，而绝无结涩之病。今读之信然。夫精妙入微，情文并至者，岂徒谨严浮夸之能事所能尽哉！即以文论，亦足觇璧君之所诣矣。会是书再版，璧君属为书之。

——录自上海印书局印刷、上海新民社发行 1915 年版

《一百十三案》弁言

（蛰竞①）

近世纪来，欧学东渐，译籍泛流。其最足以歆动新旧社会，无判文野智愚，皆表欢迎者，其惟新小说乎。虽然，新小说之目类綦夥，言情也，神怪也，历史也，吾国旧小说中，固已习见之矣。其别开生面而为吾国得未曾有者，其惟侦探小说乎。然自新小说流行以

① 蛰竞，资料不详。栾伟平《清末小说林社的杂志出版》一文（刊《汉语言文学研究》2011 年第 2 期），疑其为陈鸿璧本人。

来，坊间所刊行之侦探本，无虑十百，但皆数言毕事，一览无余。间有情节离奇，令人称赏，逮考其究竟，终亦无能抉此范围者。然则《一百十三案》，可以矫是弊矣。《一百十三案》，侦探小说也。译者陈女士鸿璧，尝任《小说林》月报社译员。是书之前半，昔尝载入月报中。彼时主任编辑月报者，为徐君觉我，不才忝襄助之。徐君颇注意是书，目之为侦探小说中之杰作，所以详加雠校，按章评赞，不辞劳瘁也。当时书仅及半，已达十余万言，而案情之云翻波谲，每出人意想外，谓之杰作，何多让焉。月报刊行至十一期，而徐君遽辞人世，不才续刊一期，以足一年之数，从此而后，遂成广陵绝响矣。同人才力棉薄，不能赓续，良用愧恧。且使载入报中诸稿之未竟者，亦俱成断简残篇，不复有完璧行世之一日，是尤贻阅者诸君之憾事也。今女士独能完其及半之稿，使大好文章显呈全豹，是亦可见女士之有志成书矣。译事既竟，女士以不才与徐君共晨夕有年，以契合闻侪辈，属为继武，仍于每章之末，加以赘语。不才既重以女士之委托，又复追念故友，步其尘而竟其功，心亦至愿，遂斗胆为之。虽然，续貂之诮，其能免乎？今者书印垂成，女士又以不才为深知是书前后离合之梗概者，倩为记言，爰诠次其大略如左。

——录自上海印书局印刷、上海新民社发行 1915 年版

《一百十三案》[附记][①]

觉我（徐念慈） 蛰竞

第一章“觉我赘语”：

侦探小说，为我国向所未有，故书一出，小说界呈异彩，欢迎之

① 前十四章署“觉我赘语”，为徐念慈作。后十章署“蛰竞赘语”。

者甲于他种。虽然，近二三年来，屡见不一见矣。夺产，争风，党会，私贩，密探，其原动力也；杀人、失金、窃物，其现象也。侦探小说数十种，无有抉此范围者。然其擅长处，在布局之曲折，探事之离奇。而其缺点，譬之构屋者，若堂，若室，若楼，若阁，非不构思巧绝，布置井然；至于室内之陈设，堂中之藻绘，敷佐之帘幕、屏榻、金木、书画、杂器，则一物无有，遑论雕镂之精粗，设色之美恶耶？故观者每一览无余，弃之不顾。质言之，即侦探小说者，于章法上占长，非于句法上占长；于形式上见优，非于精神上见优者也。善读小说者，当亦韪余是言。本书之第一章，其上半则一寻常银行被窃案耳。所失之三十五万法郎，必非傅安德所窃，亦非毕柏鲁所窃。余观叙二人之容貌辞气，则固已知之，想读此书者，亦必能见及此。其特色处，即在后半傅安德对书记长之语，其句法则委曲仁厚，其精神则奕奕如生。此等动人性情之语，于家庭教育小说中，尤不多见，不意于侦探小说中遇之，是书之所以为杰作也。

傅安德而非长者欤？是以言餂之，而使彼少年伏其辜。傅安德而为长者欤？是真有补救之一片婆心，而望彼少年认其过。然余谓傅实长者，其怒也，非怒其不以实告也，怒其不知我，而疑我之窃此巨金，以嫁祸于彼耳。故其一怒，愈见前言之出于至诚。

路易葛勒密耳郎子爵，俗气扑人，至不可耐。一启口而子爵、而铁厂、而存款，彼以为言至此，必延为上座宾矣。伧父之思想，固有如是者。

第二章“觉我赘语”：

此章有数突兀处。检查之际，傅安德之侄女梅娘，忽然而来，忽然而去，此一突兀也。松鼠先生，插入自己争名之意，忽然侦探，忽然隐瞒，生出许多葛藤，此一突兀也。节西姑娘，既得晤谈，鲜不谓从此下手，当不难水落石出，乃从节西口中出“柏鲁不爱吾”一语，实为石破天惊，此又一突兀也。神龙出没，奇峰飞来，令人叫绝。

作书之妙，莫妙于令人无由捉摸。既非傅安德，又非毕柏鲁，而失金固三十五万也，谁为罪犯？吾读是书至万余言，尚无可捉摸也。吾将于是书留心觅之。

方陆用此语与嘉佛郎交涉，则全得胜算；用此语与节西交涉，则几致失败。一以见世情之变幻，一以见人心之不同。

节西可敬，是巾帼中有肝胆者。世有其人，吾亦乐助之。

毕柏鲁为一城府深沉之人，节西谓犹一铁棍而漆成木形者。奇喻亦确论。

第三章“觉我赘语”：

吾喜读侦探小说，吾又喜读法律小说。侦探小说，一举，一动，一言，一语，无不令人注意，因有绝细事，而关系绝巨存也。法律小说，一举，一动，一言，一语，亦无不令人注意，因需一一准诸法律，不容妄参私见也。此章无一语紧要，大抵复述上文耳，而令读者不厌其烦琐，不厌其复杂，何则？法律为之也。法律之效用，固神矣哉。

读吾［吾读］《夺嫡奇冤》，而叹为奇书。彼书写一光明正大、磊落奇伟之裁判官，足令人钦敬。本书写一平淡无奇之裁判官，虽细心鞫问，而事之颠末，终不可得，且将入于歧途，而以毕柏鲁为有罪，足令人菲薄。虽然，勿遽菲薄之也。银固失窃也，非毕柏鲁，则必有窃之者。既询不出为谁，则毕柏鲁之被疑，固也，又何足怪？试设身一想，即知卓理所为，未有一丝或逾于法律之范围者。

此书描写心理处，不可及。毕柏鲁初见卓理，以为和善，而不至再入狱，及再入狱而忿之，以审判为儿戏，活绘一少年无罪人之思致。而卓理之故询家庭，以动其感情，明示表白，以诱其倚信，是亦阅历世故，体察人情，始能言此，非偶尔也。愿今之任裁判者，三致意焉。

那立华甚奇，吾读至此不忘其人。

刘谷先生甚奇，吾读至此不忘其人。

毕柏鲁何为不至傅安德家？何为任意挥霍，以资非所爱之节西？何为被逮时如行所无事？一言蔽之曰：少年负气，及至四顾无人，而埋头痛哭矣。

牢中有耳能听，有目能视，则毕柏鲁痛哭时，果有人听之视之否？吾决其有人，且非他人，定为刘谷先生。

第四章“觉我赘语”：

此回首写少年被囚，虽仅数语，非身历其境者，决不能道。然作者非即被囚之人，犹吾所深信者也。昔人谓文人心思，七孔八窍，无所不入，观于此益信。

前余读第一章傅安德对其书记语，叹为委曲仁厚，于纸上奕奕有生气。不意此章复有父子相对，一番之问答，观其至情相感，先盛怒，后解释。较之《国策》左师触龙对赵太后语，尚觉后来居上。盖彼不免为机械的动作，此则事事句句，从性情中流见也。

后半又叙毕柏鲁审问一段。此为第二次，前后相对无一语重复，不仅见判司之细心勘问也，且知凡成大狱者，事迹必极复杂，多方觅证悉心详问，犹将入于歧途。若我国之知县，催科抚字，教养兼资，一遇刑事诉讼，论者每斥为三木之下，何求不得。然谚有云：心无二用。彼知县大老爷，已不啻千用百用，欲其不糊涂了事也得乎？呜呼！今日司法独立，为政府未决之问题。而居高位者，且有极力反对，以为不宜于今之中国，此愚所欲索解而不得者也。

月晕而风，础润而雨。彼刘谷先生于此，已春云再展矣。吾知必有绝大文章，随于其后。

仅此被逮后数日，而柏鲁前后之用款，节西生后之历史，均已瞭若指掌，不得不服其调查之详尽。此警察侦探之所以可贵，而文明国所利用之以办案者也。

那立华，乃为毕柏鲁之债主，事奇绝。那立华于失窃日，忽不知何往，事更奇绝。吾读至此，吾益不忘其人。

贾耳德何人耶？吾读至此，不忘其人。

第五章“觉我赘语”：

亚历山大娘子以是种笔墨写之，若褒若贬，若美若丑，与方陆作偶，可谓铢两悉称。惜未知刘谷之夫人为谁何者，否则，写其夫人必有可观。或曰，刘谷此时尚若神龙然，乃欲知其夫人耶？

节西所见之胖商，不独方陆无从测度，即读者亦迷五里雾中，不识谁何。至后半回令人叫绝，此为文章取巧处。若从刘谷一方面写来，便至索然无味。

方陆之称松鼠，刘谷之称野猫眼，此等雅绰，夫岂无谓者？方陆之见刘谷，如见一幅猫鼠相会图，可谓描摩尽致。

吾人处事，于触目者，不过鹘突一番，即便置之耳。观第二节，方陆之查得一线刮痕，以为此破案之机缄，刘谷亦甚注重此痕，而见地各异。不意此数寸刮痕中，乃有如许事实。可见天下事，被粗心人所忽略者，正不知若干，读此书令人领会不少。

观此节令人转忆第二节中，方陆处处自恃，一若智珠在握者，不觉为之忍俊不禁。

自刘谷一呈身，彼所言所语，无不令人惊服，则此案仍不难即了结矣，孰意尚为办案之起点。布局结构，宏大艰深，勿谓西国小说皆一览无余意者。

第六章“觉我赘语”：

毕柏鲁被禁，则坦然自若；被释，反辗转无聊，几至自戕其生。

非其人之前后有异也，正写社会裁判之力远胜于法律，自好者正宜引为殷鉴。伏端理突然现于毕室中，不问而知为野猫也。此回以下，为正写刘谷先生处。

毕柏鲁少年负气，其所交游之女子，即不堪之节西，亦觉大可敬爱。其眼力固自不谬，令人羡煞。

那立华渐见头角，言下且涉及葛勃密耳郎其人。此为无意中逗出者，二人必大有关系。吾将志之，以观其后。

葛言“有疑我者，吾定以黄金压碎其颅”，语妙天下。合第一节出场时情状观之，如见葛大腹皤皤之状。故吾信此言为真出之于葛口者。

窃款时有二人，其一人为女子。而于此事最有关系之女子，一为节西，一为梅娘。其能以一万法郎寄毕柏鲁者，此女子当可意会而得之。读是书者，想皆以为不谬。

第七章“觉我赘语”：

小说者，白描社会之状态者也，其最足动人处，莫如描写性情。此篇首写毕柏鲁之见傅安德，未曾一言而二人忿怒之情，跃见纸上。继写毕柏鲁之见梅娘，哀怨迫切，其重垂之幕，将揭而未揭，欲启而又止，极淋漓曲折之致，互相体贴，互相舛错。世间不少痴男怨女，盍三复斯文？或谓余：子言实误，世有梅娘之情至者，必不至终于淹没。余敬膜拜以谢与过。

或又谓余：子言非误。世有具梅娘之品性衷情，而终被践踏湮灭者，实不可胜数；其辗转离合，而得成眷属，享幸祸［福］者，不过少数耳。余更顿足而呼负负不置。

《红楼梦》之写林黛玉，全用多心疑忌，以致屡次闹翻，适见其情之专。梅娘则极力拒绝，身任其难，益见其情之挚。至于是，固不必野猫眼刘谷先生，始深知其中有所蕴也。

梅娘去矣，柏鲁罪此挫折，其绝望之余，即于刘谷先生，亦将告绝。此非衍文，作者细写二人之问答，正是揣摩入神，始觉此一段万不可少。刘谷自述之历史，殊出人意外，不谓此矫若神龙之人，亦尝纸醉金迷为妇人女子之奴隶者。儿女英雄必不背驰，信哉！

刘谷何独关心于毕柏鲁之被囚？节西如何为梅娘之婢？刘谷胡为必使三人骤然相会？正是玄之又玄，妙之又妙。然其故固已言之矣，明眼人定能见者。

第八章“觉我赘语”：

此回全为铺叙文字，读之殊觉生动。其发语之敏妙（如不曰圣耳米无那立华其人，而必以引种种闲话足之），一也；叙事绝简（松鼠先生，嘉佛郎，形似作酒桶之匠人，皆未明写如何调查，如何得当，欻然以来者，即欻然以去，令人于言外悟之），二也；事机紧凑，三也。而独于末处之车夫，偏用闲笔写之，不觉其辞之费。作者深得行文三昧者，斯克臻此，小说固易事哉。

毕柏鲁对此，已悟陷之者为谁，则此案一经被拘，不难引刃而解矣。孰意洋洋洒洒之文固续续而来，掀然起大波也。文情谲诡，如是如是。

端理何以能查得那葛之前事，详悉至是，则非端理之能力致之。地方自治制完密，自可按图而索骥矣。政治文野之别，其效果若此。

那与葛之因钱而争，有许多文章在内，试观其后。

第九章“觉我赘语”：

吾读蒲留仙《聊斋志异》，所载“口技”诸则，真是有声有色，笔笔飞舞，为之拍案惊叹。何则？因能将声容笑貌，一一绘之笔端也。今读本节，不仅惊叹矣。彼能将有声而无声者，亦且一一绘之笔端。而其所写之事实，乃若隐若现，若可解若不可解，世间固有此种绝妙情节，正须有此等绝妙文笔写之。

此处方为探案进行中，精明若刘谷先生，乃有意外之失败。探此案之线索，固由那立华之冒姓名生出。然雨夜探那宅，若所见果如傅夫人，则案情已大白，无事推究矣。惟为梅娘，有何关系，有何商酌，此时此地，真陷入五里雾中，索解不得。而文情始奥妙，文笔亦曲折，至是文人之心乃畅快。

毕柏鲁少年负气，处处生动。

第十章“觉我赘语”：

此节方是实行侦察，而以诙谐谈笑出之，殊有手挥五弦、目送飞鸿之趣。

就本事言之，则上半为虚写，下半为实写。所以傅夫人前听之而自若，后听之而晕去也。就本节言之，则侦察于跳舞会为实写，而由节西口中所得之暗号为虚写。虚虚实实，正是笔墨弄人。

作小说，每苦事之突然暴露。或将其事约略叙过，能令读者寡欢。然必事事委曲琐屑写来，便又失之拖沓。此节略将告暗码者逗过，布置熨帖，令人不觉。余谓文章至是，能事尽矣。

毕柏鲁之信，使端理早告以所闻，则必不致妄发也，不便泄露，遂又酿成祸端。天下事，实有非人力所尽能主持者，观于此益信。

然吾非以前事咎刘谷也。使非有此端，则安得拉拉杂杂，如火如焰，见此后之若干妙文哉？文生情耶，情生文耶，余又恶从而断之。

第十一章“觉我赘语”：

甚矣，男女之间之不可以理喻，不可以势禁也。当其初焉，春云乍展，情统［丝］袅娜，怦怦然有动于中，时断如［时］续。继而愈入愈深，根柢坚固，则虽泰山临于前，麋鹿兴于后，而不知惧。运雷霆万钧之力，而不能回其意，其精诚可动鬼神，其心志可盟金石。是亦足见恕于家庭，伸信于社会矣。然而不如意事常八九也。道高一尺，魔高一丈。高明之家，鬼窥其室。俄被抑于家庭之感情矣，俄被屈于社会之裁制矣。至必不得已，含笑相随，携手泉下，有弃最宝贵之生命，以求遂自由之目的者。呜呼，不亦大可悲乎哉？圣王立法，本乎人情。痴男骏女，虱处宇内，天未尝靳其灵明，使有男女之感觉，罪原祸首，则天不能辞厥咎。芸芸众生，创造世界，彼有内者，非亦一分子。而必执准绳以随其后，若者是，若者非，仰知时一是非，非不知彼亦一是非也。社会不自咎而咎人，社会真咎之魁耳。此余读范氏兰卿小传之始末，而有感者，一也。

余又不解法律二年［字］，何以使古今才子佳人，亡身丧魄，俯首入彀，虽弃其至宝贵之生命，而不敢出口一呼冤也？专制无论矣，今世之称文明者，非不号于人曰自由自由？然试问自由矣，此种种之限制何为者？岂契约之可凭，远胜于心性之翕合乎？岂官吏之允许，超过于神圣之信誓乎？戕贼杞柳，以为杯棬，而彼人者，遂不惮操斧斤以从事，是可悲也。且使局中之痴男骏女，亦自疑而转一念焉，前事之果不足师欤？人言果可畏欤？今揭鼓而往，不难于求亡子欤？铸六州铁，遂成大错，尤可痛矣。此余读范氏兰卿小传之始末，而有感者，二也。

或谓觉我：子之言，是乱天下也。觉我曰：否，子又见怪矣。我计举世之能见此书者，不足万之一；见此书而并见我语者，不足千之一；见我语而能领略体会者，不足百之一；领略体会矣，不作诽笑语、嘲讪语，而表同情者，不足十之一；且表同情而真者，不足一之一。夫既不足一之一矣，于数为〇，为负。且我之言为社会所创造，非创造社会者也。见怪不怪，其怪自败，我谓子当云然。

法国于未变政时，贵族气焰，至不可向迩，而小说中每能曲屈写出。当时社会之情状，老子爵仅一二言，实足代表全体。

葛路易处处镇静，且有机智。若老子爵与吉士，则凌乱无序矣。

然凌乱者人情，镇静者非人情，此等处大可观人于微。

第十二章“觉我赘语”：

痛乎哉，黄金之毒人深也。芸芸众生，以嘻以游，食息起居于人间，世此傥来物者，大可度外置之。奈何以神圣至洁、幸福无上、良缘之缔合，而视其有无多寡为定准乎。世俗不克破此成见，婚姻之道苦，而怨旷之叹多矣。则谓此洋洋洒洒，十数万言之大文，误成于范夫人爱黄金一念，可也。

余谈西人小说，每叹西俗于伦理实践，殊多缺憾。今视兰卿所言(奴固以得分君之苦难，为无上之乐幸者，以君之哀告，遂奴之私愿，庸可不随君乎？然尚有止我行者，则义务是也——特为应尽于吾母之义务耳——子职未尽，奴又安能即随君去？——伊为我母，我无判其是非之权，吾职务惟有留此以奉侍之，跬步不能离也)，孝思不匮，其言正大光明，准情合理，是为天性敦挚之人。宜乎闻者，嘉其志而悲其遇矣。乃吉士犹以失望故，几至投身于河，少年负气，与毕柏鲁如出一辙。余甚愿世人与所爱者，语言相迕时，少一加察，勿斤斤焉徒尚意气，而贻后悔也。

兰卿于认罪时，闻牧师言，以为当时便觉吾等所为实谬。噫！是大误矣。卿不言须依天良之默示而行耶？前日于魏牧师圣台前，非得卿天良之默许，卿讵肯凌晨即至，安受其成婚之约指而听其祷祝？当时以为有异者，只形式耳、寂寞耳，非与成婚之意志，有加减也。故余谓兰卿于前事非误，而此之一转念，实为大误。自由，自由，所谓真正自由，因非束缚于社会之烦文缛节者。习俗移人，贤者不免，吾不敢为兰卿讳也。

第十三章“觉我赘语”：

观范夫人与傅安德谈婚事时，闪闪烁烁，鬼鬼祟祟，令人作三日恶。以其良缘之结，而出于重金之偿，非人类社会所宜有也。今世俗之聘金若干，犒赏若干，柯敬若干，斤斤焉无一不争之甚力，且恬不知耻十倍于范夫人也，是真咄咄怪事。

读本节者，每怪兰卿，既知吉士尚生存，胡弗守贞不字，而屈从其母之言，以致终成大错？然吾不暇为兰卿咎。范夫人非真一物不知者，乃汲汲焉以身殉金，惟或失之是惧，不复念其事之至卑劣，而贻其女以后日之忧也。贫字近贪，信哉。

范夫人怒叱兰卿后，乃复垂泪屈膝于女前，无一非金钱之作用。有以致之，是真钱之可通神也。

吾观范夫人之手段，虽极专制，然尚未尽蔑弃人道也。若移至吾国社会，父母命之不从，而恋其苟合之婿，必无一人能原之者矣。女子生世之有幸有不幸，盖如此。

第十四章“觉我赘语”：

葛路易殆天性狠戾人乎？既嫉其父，又恨其兄，非其父兄立赴泉台，俾得袭爵，任其挥霍，心终不快。吾意彼苟生贫苦家，自食其力，始得生存，或不放肆恣睢至是。然则广田宅，储金钱，为子孙长久计者，其慎防子弟之有如葛路易哉。

路易回家一段，写出旧家零落，凄凉景象，不堪入目。加以约瑟一家，妇子嘻游，家人团聚，两两相较，忧乐之况，盖若天渊。路易非不富且贵也，而其沦落，乃不若田舍之子。人世沧桑云烟变幻，此哲人所以终遗世独立，不愿于红尘十丈中讨生活也。

范夫人婢梅灵，嫁一少年，写来令人发噱。余读《孝女耐儿传》，见圭而伯之虐待其妇，至无复人理，与本书如出一辙。原其初岂不爱娇婉娩，心性相契，诉合若一人哉。而其隙末至是者，夫妇之间，决不能以市道出之也。梅灵与其夫，年龄逾半，以觊财故，而联姻眷，财入手，而真相露矣。余恒谓男女之匹，性情相契为上，才貌门第相当次之，彼此有所觊者为下。夫人情诡谲，不易窥测，欧西侈谈自由结婚，少年男女，恒易入彀，不出乎上，即失之下。我国一以中道出之，未始非一法。吾观范夫人与其婢，皆不免有此失者也。然吾言此，不免为人骂煞。

第十五章“蛰竞赘语”：

傅夫人自结婚后，优游二十年，居然夫妻子女，乐叙天伦，殆可谓享受人生幸福矣。不料好事多磨，葛路易突然出现。悲哉！傅夫人，无穷烦恼，从此始矣。

狡狠如葛路易，既有挟而来，岂傅夫人所能折？退观其临去数语，直使傅夫人心胆惊碎。此后之傅夫人，葛路易殆玩诸掌上矣。

视傅夫人于葛路易去后，祷告之，自责之，固为一天性纯厚之人。然则当日之失节大错，不得罪傅夫人，实范夫人一念之贪以之。

少年伊何人，乃曰“立华”？读者至此，如入五里雾中，是假是真，遽难定断，恨不得下文即披露，以消释此一团疑云。而文笔偏不除不疾，以尽其离奇曲折之致，真令人叫绝，真令人不耐。

傅夫人之痛爱立华愈挚，葛路易之狡计愈售。但吾不知立华而果为傅夫人之私生子也，何竟丧尽天良，贻母氏以忧危，一至于此耶？

第十六章“蛰竞赘语”：

立华之入傅宅，不啻灾星入傅夫人之命宫也。而夫人则一味愚懦，见此翩翩少子，周旋中节，乃遽尽忘祸害，甚至私心自庆，以服从奸计为得。其愚懦而易受欺也，亦滋可怜矣。

以有限之金钱，供无制之挥霍，夫人殆亦知难持久者。但不消立华数语，似讥似悔，似痛似哀，而夫人遂以为大苦小子，我罪何极，抚慰之未遑，奚暇复计其余？此亦天性敦挚者之真色相，吾不忍为夫人怪。可恨者，立华耳，其狠戾也，实不亚于路易。吾读至此，纵未能确断立华之为立华，是真是假，但既得母氏怜爱至是，宁毋稍有感动乎，是真狠戾者。尤可嗤者，闷葫芦中之傅安德耳。一若唯恐此那氏少子，不能尽情浪用，而故许以告贷，以示亲亲之厚意者。不知夫人之所谓那氏甚富者，非那氏实傅氏也。虽然安德胡知，彼固夫人是信，言犹在耳也。但夫人此时，将何以解人者自解耶？惟有闷煞而已。

路易之爱梅娘，实出读者意想之外，而彼竟爱之，且坚欲娶之。当其与夫人争也，而夫人坚拒之毅力，实足以慑彼奸胆。倘无梅娘置身其间，则夫人之安危，傅氏之荣辱，姑不计论，但此离奇曲折之妙文章，将尽于是矣。是则梅娘之出身犯难，不特为夫人暨傅氏计，且若恐此奇妙文章之尽，而故出此义举，以迟此书揭幕之日也。

梅娘愿牺牲一己之幸福，以保全傅氏之名誉，其深明利害，洞晓大义也，为何如？吾恐昂藏七尺躯中，亦甚难其人。吾不能不钦敬而崇拜之也。

二十余年无影无踪之葛吉士，忽尔致富言旋，言者无心，而听者之吃惊，不啻青天下霹雳也。读者试思路易是时，其所受之刺激何如？其境地之危迫何如？计惟有从此罢手，走为上着乎？而路易安肯者？其谋阴险计，方应变而生，进行之策，正未有已也。

第十七章“蛰竞赘语”：

吉士之投役于汤章士也，杂伍工人，倍尝劳苦。谁谓此葛氏公子堪胜此苦役乎？乃吉士竟能励其心志，苦其体肤，一若胜任之者。无他，彼心中惟以致富为间接之目的，以为不耐苦不足以致富，非致富不足以达吾目的。惜乎壮志纵酬，暮年兴感，玉人不待，希望全非，是不能不为吉士悲慨也。

吉士见路易，喜甚而言曰：吾弟之来，岂有神人隐为之导耶？吾知是神也，定为凶神恶神。非然者，断不肯导此极凶极恶之人来也。

惜吉士只知有神人导其介弟来，不知是神为何神，是弟为何弟也。呜呼，吉士！

吉士巴黎之行，路易知非可终止者。故当立华未出现于安鲁耳郎时，伊原欲贷得巨金，乘机逃逸。乃立华忽来，一番诘难，前策重更。吁！天亡吉士，亦天不佑路易也。

吾尝谓立华之狠戾，不亚于路易，乃今者有母鹅之喻，深为夫人嗟不幸。是则立华之天良，殆未尽澌灭耶。

立华之诘责路易也，无语不深刺路易之隐，直使路易无置喙地。虽两奸舌战，无所用吾好恶于其间，但观此可知，立华确足以敌路易。其所以甘受其指挥者，亦不过金钱作用，迷醉将来之均分利益而已。

路易殆非人类，不然则其性之凶残，何一至于是耶？当其既见吉士之后，彼吉士之至诚推与，宁不足稍感其奸顽。乃路易竟漠然无动于衷，卒至计穷情迫，遂忍心害理，以惟一之阴毒手段，馈饷乃兄。嗟乎！路易其肉殆不足食矣。

人世间惟一“情”字，最足以误人，最足以杀人。谓予不信，试观吉士。其始也溺于情而躬犯凶罪，远适异国；继也溺于情而劳苦经营，力图致富，卒至秋添两鬓。致富愿偿，乃拥得巨赀，而复不忘当年之所爱，不料竟因之招殃同室，身死不明。哀哉！“情”字之足以误人杀人，有如此者。

第十八章“蛰竞赘言”：

处此黄金世界中，几尽人持拜金主义矣。路易曰：子爵之虚荣，曷若铁厂主名号之可贵。有是哉，路易之说也。

吾国太平之役，蔓延十余省，后得湘中曾、左诸公出而勘定之，所以一时立功之士，半属湘湖人。前岁鄙人有事武昌，间登黄鹤楼，尝见楼址之下，有老者数辈，须发斑白，鹑衣百结，杂群丐中求乞，顾首戴破敞缨帽，上冠红顶。夫红顶非吾国人所最宝贵者耶？讶而询之。乃争从破布囊中出种种文据示之。始知数辈老人，尽属中兴宿将，有以提镇候简者，有钦赏极品顶戴及勇号者。嗟嗟！时方祸乱，备树功勋，世值承平，乞怜道左，斯固为及身数十年间事耳。读路易过眼云烟，不留点迹之说，吾不能不追忆所见，为斯辈扼腕而感慨也。

西哲有言，自由者生命也。今傅夫人与梅娘为路易钳制若是，自由耶，生命耶，殆俱授诸路易矣。夫人犹有说也，梅娘无辜，乃类池鱼之殃及，纵彼抱定牺牲一己以救婶氏为宗旨，然读者终不能不为之叫冤也。尝见路隅有演猴子剧者，猴以外复佐以犬一羊一，戏主人则手持铜锣，击数声下，凡猴与犬羊皆俯首帖耳，敬听命下。虽然，犬羊实无能为役者，不过供猴之鞭策以驰骤而已。于斯时也，主人则指挥如意，间出甘言媚嗣以奖猴之能。路易视兹役为演剧，述出层次情节，伊固綦有兴味也。集此一干人，证诸猴戏，将毋同？

路易曰：吾娶梅娘，不爱其奁，实爱其人。吾信路易之言至确，且知路易至是，确已身入情网矣。前章赘语中曾云“情”字足以误事，足以杀人。路易之前途，殆亦将因一“情”字确失败耶？未可知也。

阳虎曰：为富不仁矣，为仁不富矣。有是哉，仁与富之难兼顾也。路易谓立华曰：子亦曾见如我辈者，能从美德完行中取富乎？是言也，殆有合乎为富不仁、为仁不富之旨欤。

羞恶之心，人皆有之；恻隐之心，人皆有之。立华既知有愧于君子，复曰不忍生杀此二人，是殆犹有所羞恶，犹有所恻隐耶。惜为彼巨恶鞭策于后，终至沉溺于罪恶。非然者，安知不能洗心革面勉为善耶？人至穷困之日，愁城坐守，仰屋兴嗟，乃忽有仗义者来前，慨以金钱佽助，有不铭感盛德者几希。路易愿以资献，夫人感之，不亦宜乎？个路易为何如人，乃遽任侠至是？夫人之受其窘者至烈，胡竟不一思之耶？苟无梅娘独其奸而识透之，恐祸网又紧缚一层矣。

银库之秘码，应如何郑重也！柏鲁乃竟于酒后道出之，其怠忽为何如耶？是殆天所以济奸谋乎？噫！

第十九章“蛰竞赘语”：

立华之怙恶不悛，实不为人子矣。夫人寂处深思，亦尝以为所窘迫为怨恨。但乍见之下，先即盈怀愧悔，而前时怨恨，不期然而消释无有矣。立华知之谛，故得任意肆其狡猾也。

立华兹来，固欲索匙盗款来也。然其始并不以金钱为请，唯以生命为言，且说得轻等鸿毛，无丝毫顾惜者。明知夫人心常惴惴，那堪此一番激刺，迨夫人入其彀中，狡计已售，遂无复有所忌惮矣。

立华之措词至委婉，情状至危迫，得妙笔描写之，惟妙惟肖，如闻其声，如见其人。

为山九仞，功亏一篑。然此一篑之功，亦正可危也。路易坐待饭店中，其心中之迫切忧疑为何如？及见立华功成凯旋，其心中之欢幸何如？读者试为彼想象之。

虎狼之欲，殆亦有餍足之日耶。累累纸币，生金银光，当立华之赉是报命也，路易乃不攫为己有，而即慨予之，不但为立华意计中所未料到，即读者意料中，恐亦未尝料及也。路易胡为乎，乃忽慷慨如是？立华以柏鲁为良友，不尝不愿陷溺之乎。今则盗款而复诬以与谋也，是不但不陷溺之，且馈以下井投石之手段也。是殆因金钱气熏灼其心，遂不可自制其为恶之心耶。

柏鲁躬任会计长，若欲支用库款，取诸宫中耳，奚必假手立华？即日深夜未克入行，而匙固在握，授诸立华而使窃取之，又奚必多此曲折，向夫人索之哉？且当库门未启以前，立华并未一言及柏鲁之偕谋，迨事至临危，势成骑虎，遂强涩其词以诬及之，支离孰甚焉？夫人胡不思甚，居然为之说动矣。

第二十章“蛰竞赘语”：

人无不可对人之事，则身心俱泰，魂梦皆安。苟不然者，心常惴惴，惟恐人之窥见其隐衷，由是不得不极力自制，以伪饰其常度。不知愈用其矫揉造作之功失［夫］，愈现其跼蹐不安之状态，然而彼则綦苦矣。傅夫人此日，殆有似之。

库匙仅安德与柏鲁有之，秘码仅安德与柏鲁知之。此日库内巨款不翼飞去，负其责者，唯彼两人。但安德行主也，柏鲁受佣于安德许也。无论事之真相何如，而柏鲁固居失败之地位者，冤甚。

立华挟款而去，自为计得，他无顾也。夫人之自怨自艾，亦复奚裨？虽然，亦大可怜矣。设身处地，其何以堪？

梅娘乍闻失款，即下定断曰：是为立华之所为。其明察果决为何如！但斯时言者无心，不过凭其识见之敏捷，脱然出诸口而已；而听者有意，正不知骤受若何感刺也。

傅夫人此时，如待罪之囚，不见安德犹可也；见之而不及被窃事，犹可也；及见安德盛怒而入，又备述种事，则与问官临上，直揭其罪状而宣告者，何异耶？斯时夫人之忧惧惶恐，可想见矣。

路易居然进见夫人与梅娘，居然以所盗之款奉献，其设计之阴狠险诈为何如！夫人胡不察，其将甘心堕彼计中耶。

梅娘坚拒路易之献金，其申说之明透，舌锋之锐利，直是烛其奸心而为之尽情披露，且足慑其奸胆使之无能复置一词。痛快实甚焉！柏鲁之罪，路易陷之，今路易许梅娘救柏鲁，直是系铃解铃耳。吾知路易确有此能力也，惜梅娘谢绝之，不然则翻云覆雨，又可见老奸一番巧妙手段矣。

梅娘寄一万法郎与柏鲁，柏鲁受之，竟不知从何而至。然则当此途穷日暮，有谁任侠以惠此巨款者？柏鲁试熟思之。

世态炎凉，世界大同。观傅夫人此日被困于各债主一节，谓非明证乎？事会之凑合耶？抑文章之弄巧耶？还是苍翁有意，故使彼绝望少年，加益悲痛耶？不然则胡为梅娘往费申尼造立华寓，乃适为柏鲁尾而窥之哉？

第二十一章“蛰竞赘言”：

因果之说，事涉迷信，通人达士，固羞称道者。虽然，吾不谓然。事之有因有果，实无或免而或爽者。迷信者，人心耳。种瓜得瓜，种豆得豆，亦可谓之迷信耶？端理以葛吉士之身死，傅夫人之受罚，皆因果之报施，岂欺我哉？造因者，其谛听诸。

盗，有有形之盗，有无形之盗，则治盗之法难矣。何则？有形之盗，固可纯之以法律，而无形之盗不特为法律不及，且将使人受其惨毒而不能声张者。彼盗也则优游其间，劫人金钱，吸人脂髓，日施其奇异之盗术而靡底止。噫！彼路易所操之盗术，毋乃类是。

斯时之端理与柏鲁，为绝对的一动一静。端则东奔西驰，惟日不足；而柏也匿居旅舍，寡寂无聊。彼动极未遑思静，而静极乃遽生动。讵料即此一息动机，遂生出无限阻力，许多波折，令承理是案者，不克如愿结束。则此一息动机之为害，匪鲜矣。

端理因匿名信之有害于事也，一则曰“实使吾失信于吾所尊敬之人”，再则曰“如此更将累及一人”，然则所谓尊敬者何人耶？所谓更将累及者何人耶？吾闻其语，未悉其人。

两情脉脉，订好有年，一旦遽尔绝裾，夫岂得已哉？必大有故在也。况坚忍如梅娘，尤非泛泛儿女家可比，岂肯以万金不易之爱情，随意效临风杨柳耶？柏鲁不察，几疑梅娘为甘心绝己。今备闻端理一番详述，水落石出，指顾可期，乃始晤前日之拟议非真，来日之良缘未艾。则伊平昔惟一之希望，不绝者如缕，今而后又将引起矣。

西国侦探之变形易相，真神乎其技矣。窦约瑟倏为御人，倏为侦探，译者写得惟妙惟肖，令读者如见其人。柏鲁之惊叫一声，尤足使读者幻想此时窦约瑟之形相为何如。

佩儿伊何人，胡从而来耶？幸即披露，不然则又煞费人索解矣。

窦约瑟之入佣于路易处，节西之入佣于傅宅，固皆由端理之派遣也。然则窦约瑟固供职警署，其职务所在，即名誉所在，则其奔走勤慎也宜矣。唯彼节西，果与端理有何关系，胡亦唯端之命是从耶？吾心滋疑不释矣。

噫，异哉！安德接得匿名信后，其一一举动，果悉如端理所料。人谓料事如神，端理殆具此能事欤。

贾耳德何人？可谓《一百十三案》中最奇绝之人也。洋洋洒洒，一篇大文章，已披露过半，独是人名氏，仅若有若无，一一闻于他人之口。然则斯人也，其将终秘而不宣耶？能毋令人闷闷？

第二十二章“蛰竞赘语”：

安德甫接匿名信，一时思潮蜂涌，百索不得其故。倏焉疑及书记之所为，倏焉将置而不问。迨至诱夫人外出，搜检所藏，空无所有，乃犹不为确信，则平素之深信夫人可见矣。夫人夫人，奈何竟听奸谋，蒙蔽乃夫若尔，其负疚为何如？

二十年琴瑟，情好弥深，一旦蜚语外来，以污行辱夫人，安德不遽之信，亦人情也。乃佐证毕具，欲不信得乎？唯不得不信。夫人良冤，而安德亦綦苦矣。

安德悲愤之余，痛自陈述一段，真概乎言之，将令读者亦为之酸鼻。读是节，安德之电询立华家世，甚有感政治疏密之判别也。西国各地方警署中，皆有民迹册籍，凡居民之家世事业，无不详确纪录。所以或有调查，无论天涯地角，远适异国，仅须数十分钟之时间，数十字之电码，而所欲调查者，无不知之详尽，是可见法律完密之一斑也。吾国今者正在自治萌芽时代，方从事清查户口，此后能保不视为具文耶？

有奇巧事，乃有奇巧文。安德实弹于枪，乃适为节西所见，真奇巧之又奇巧也。苟不然者，不特是案无剖白之日。而端理诸人煞费苦心，得底此功亏一篑之际，乃忽为彼分径弹丸所败，不亦冤之大甚耶？

第二十三章“蛰竞赘语”：

以利始者，惟以利终，则受利之诱者，或不至有所抵抗也。路易当奸计发生之初，固以巨利诱立华。立华受其诱，遂俯首帖耳乐为之用。今者奸谋已售，大功垂成，乃以立华有碍于己，欲为藏弓烹狗计，自为计则得矣。但立华亦非弱者，其能挥之即去乎？路易胡竟不思？

立华詈路易曰：老奸巨猾，苟利己者，即戕贼同胞，亦所弗恤。是言也，实足诛其心以扬其罪。苟于隐独中质诸路易，当亦默自承认也。

立华至是，知路易之有意去己，乃亦有杀之之意。旋恐未蒙其福，先遭其祸，乃即作罢，其识良是。噫！彼二人同恶有日，而今事功未竟，先自内哄，则来日之结果何如，可逆揣矣。

此日之路易，非前日之路易也。前日惟夫人之金钱是图，而今日则以梅娘之婚约为重也。苟有破坏之者，定不甘心以自已。惜立华仅有解离之说，未见实行其事。不然，则文生情，情生文，定必又有许多妙文章随其后矣。虽然，吾读是书不下数十万言，而犹未窥见是书真相，乃复作是观念，是殆不欲此书之毕事耶。

孰谓安德性情躁急？既得匿名信，复查实各节，今立华之书，又为其先见。乃复忍不即发，候夫人去而从之，其意殆权获到真凭实据，然后施以决裂手段也。虽然，其措置良不卤莽，其途径，终歧误也。

立华正祈罪夫人前，而安德忽排闼入，不几类将军从天上来耶？安德斯时以为真据已得，不复容夫人置喙，虽未免自信过甚，然当时轰轰烈烈之气概，亦大可钦敬也。

安德入立华室，手枪固在握也，乃不欲即发，要立华以互击，其光明磊落为何如！

余读至安德与立华持枪对向之际，不禁击案呼曰：危矣殆哉！及安德之枪械已启，轰然一声，而立华仍兀立不动，始恍然悟安德之手枪，早已中空。虽然，斯时幸立华之手枪未举，乃有不速之端理突入，不然则果然危矣殆哉。

端理何人？虽变形易相，莫测谁何，然夫人与立华见之，当必有似曾相识之感者。唯安德见之，则似未谋一面，今乃突如其来，定必有极大疑团，骤起于胸而不能剖解者。

全案披露，乃在立华之室，是亦见文章奇妙。

自立华出现以来，余常怀疑不释。以为若尔人者，来历殊含糊，未敢确信为夫人之子，又不能不假定为夫人之子。至此得端理详细宣布，乃始恍然。吾于此不能不称是书布局之谨严，亦不能不服译者文笔之缜密。

立华非夫人之子，不特夫人闻之，私心自慰，即读者恐亦将为夫人庆幸也。不然则夫人之累事，岂即此而止哉？

端理任立华逸去，岂无意哉？安德不察，乃愕然奇之。曾亦未思此事结束，仅能尔尔，不然则又将何如？

第二十四章“蛰竞赘语”：

吾国说部中向无侦探小说，年来译籍东流，乃始有之。然今日坊间所行之侦探小说，本绝鲜篇幅延长者。如福尔摩斯、马丁休脱、聂格卞脱等探案，情节非不奇离，叙述非不明晰，但寥寥数语，阅者意兴方浓，而全案已披露，是仍不免有一览无余之恨。今读是书，全案分二十余章，都数十万言，文章之濒于尽者屡，乃终不遽尽，波掀浪谲，洒洒洋洋，一若靡有终极者。是可谓侦探小说中之杰作也！

《一百十三案》，侦探小说也，亦言情小说也。曷言之？如傅氏银行之失窃，固为是案之主由，然如吉士之与兰卿、柏鲁之与梅娘，凡诸种事，固皆言情小说中之资料也。是则《一百十三案》者，侦探而言情，言［情］而侦探，可作侦探小说读，亦可作言情小说读。

是案之结束若是，殊难令人餍意。路易之罪恶，靡能发数。立华纵有首从之别，然其狡诈忍刻，可云已甚。今乃一则令终病院，一则优游法外，恶贯满盈，果报仅尔尔，则人谁不乐为恶乎？虽然，为是案设想，亦正大难。既愿求案情之水落石出，复欲为案中人保全名誉，苟路易不死，立华不遁，固不难开法庭以正式裁决之。但事至于此，傅氏清名，未免波及，而兰卿旧事，必至宣扬，是固非安德暨夫人所乐愿者。今路易死，立华遁，是正此案不了而了之机会也。倘曰果报仅尔尔，亦只得曰果报仅尔尔矣。

——录自上海印书局印刷、上海新民社发行 1915 年版

1910年

《绝岛日记》[①]

《绝岛日记》绪言

（周砥[②]）

先哲顾亭林有云："天下兴亡，匹夫与有责焉。"诚哉，是言也。在当日，仅就一国而言，然广其义，推而至于世界，则世运之隆替，人类之文野，亦无不与有责焉。此一社会中，有劳心者，有劳力者，互有需要，互谋供给，各绞其脑力、体力，以保其生存。因供需之差，而竞争起，而进步促，于是乎文化程度，则日进于无疆，天然阻力，则日处于无权。循序进化，不可纪极，是岂一人之力哉？然要不外以一人为单位，经数千百年集恒河沙数人之经营，以成此璀璨傀奇之世界也。然则蚩蚩者氓，混混噩噩，虱于当世，仰给社会，而不事其事以各尽其义务者，岂非社会之蠹，人类之贼乎？

昔有鲁滨孙者，植蔗于巴西以致富，后冒险往非洲经商，途遇暴风舟破，独登一无人岛，疾苦无物，艰辛备尝者二十有八年。归伦

---

① 《绝岛日记》(*The Journal of Robinson Crusoe*)，小说，英汉对照，英国 Daniel Defoe（今译笛福，1660—1731）著，周砥节译，版权页标"发行者：英文研究会；印刷所：群益书社印刷部"，"宣统二年五月初五日初版；同年五月十五日发行"（1910年）。版权章为"上海群益书社图书发行之章"。

② 周砥，生卒年不详，湖南善化（今属长沙）人。另译有《伟里市商人》(《威尼斯商人》)，1911年群益书社出版。

敦，得文豪达呢尔牒花（Daniel Defoe）者，以小说体传之。英国少年爱读之书，以此为最，二百年来如一日也。盖危悚之谈，乃吻合其勇敢之特性；而离群之苦，又足激发其爱群之热情，风靡一国，良有以也。此篇虽仅摘译其初登荒岛一年之日记，然独居之颠连困苦，已见一斑，足以反证社会之益我无穷也，人亦安可负此社会乎！

吾国人口众多，幅员辽阔，吾人厕于其间，即无所事事，亦若无损于众者。不知若人人作如是观，则吾将要仰赖乎？况就国际上以觇吾国，则四面皆敌，孱焉独处，不亚一孤岛耳。吾民踞天蹐地，所如辄阻，亦不亚一鲁滨孙耳！苟不人人奋起，各自为谋，又何能立于弱肉强食之时代乎？予译此篇，贡之国人，非独为攻英文计也。阅者能藉此而反省焉，而警惕焉，各以鲁滨孙自居，以芟其依赖之恶习，克画其个人之义务，视一国之疮痍，如切肤之痛苦，急起而图之，则吾国前途其庶几乎！是则，此区区小册子之作，于我国民亦不无小补云耳。

译者识

——录自上海群益书社 1910 年初版

《绝岛日记》凡例

1. 英文组织，有迥然与汉文不同者，自不能按句顺译。固译文中常以英文插入，以便阅者之寻绎。

2. 译文与插入原文有关系者，则译文下，有横线以表示之。

3. 英文间有意在言外者，或不说完可推想而知者，则译文增加字句，以充其意，但括以弧线，俾免混淆。

4. 此篇务求逐字逐句，直译无遗，免失本意。然往往以语气及文势所趋，不得不为修辞计而意译之者。阅者按原文而熟玩之，则知非模糊影响之文也。

5. 按译原文，一语不忽，实较难于摘其大旨，而意译者。然读此，则既可识汉英文相异之端倪，又可备汉文英译之参考。

6. 此篇文章简老，句法短峭。将原文先读而心译之，再看译文，则可收谿［豁］然领悟之效。互相对阅，义意既明，然后熟读原文，自不觉入脑不渝矣。

7. 详译此书，使人寓目即能了解。而译文亦务求平易通俗，聊以供中学以次诸子，饭后课余之消遣，较之观芜杂诪张之小说，当为有益。青年英语丛书之编译，即此意也。

8. 为译释便利计，常将原文一节，分为数段。但段落之首行有一长划者，即原文一节之起点也。

——录自上海群益书社 1910 年初版

《破天荒》①

《破天荒》小序

虞灵（徐凤书）

航海之轮舶如机梭，大陆之铁轨如蛛网。居今而思数百数十年前事，群相错愕，以为古人才智，何不逮今人也？虽然，快船铁舰，孰非艨冲钩拒之遗，旁輢下轴，孰非彤鸾钩辂之制，犹是引重致远，不过藉汽机力，缩万里如数百里耳。而人类生活，要不离乎寸块尺土，肉体灵明，仍难比乎翅翎羽翮。曩昔纵有飞车之制，凌风掖电之称，

① 《破天荒》，小说，正文标“德国冒京原著”，版权页标“翻译兼发行者：昭文徐凤书、太仓唐人杰；印刷所：国光活版部；发行所：东亚译书会”，“宣统二年五月初版”（1910 年）。

要皆附丽以名，终难钩稽其实，所谓空中事业者，于古无征焉。近年以来，飞行船车，陆续出现。德法二国，尽力研究，如发狂热，骎骎乎有凌驾欧美之势。自余各国，朝夕步武惟恐后。考系留气球，发明于百二十年以前；飞行气球，发明于四十年以前；飞行机，发明于六十年以前，因发动机配置之困难，皆以为难奏大效。孰知一转移间，与霜翎露翮，接轸天空。前之谋生活于地上者，今且营新生活于空中，辟千古未有之盛业，全世界为之震动。计其使用于军事上、交通上、学术上之事，数年前仅存理想，浅学且目为侈谈，今已渐现于实。庚戌初夏，唐海平、徐伟人二君译《空中经营》成，海平更出《破天荒》小说示余。言此书为德人冒京所著，想象飞行船车完成时空中生活之状态者。英国《评论之评论》译之，日本高野弦月又译之，出版四载，不胫而遍欧美日本。余谓此第预言，将来空中事业与列强之大势，而从前之历史，现在之状况，一概从略，似未足以餍阅者之目。海平因复出日本《探险世界》临时增刊《空中飞行》一帙，其中小说一篇，实录十二篇，于自来飞行船车家经营缔造之苦心，现在德法英美等国组织空中舰队之命意，一览瞭然，附于《破天荒》之后，都数万言，成一巨帙。欲知现今及将来军事上、交通上、学术上之大变革，可于此中探索得之。余因急助海平译述，穷两旬之力而蒇事。吾华人于空中事业，尚无所闻见，伧夫騃童，见天空有船车现，必且奔走骇汗以为怪。自此书出而遍告之，或者猛省世界之进步，一日千里，一祛向时井蛙夏虫之见，管窥蠡测之心者，其在是乎。

宣统二年五月朔，昭文虞灵叙于陈泾农舍。

——录自国光活版部印刷、东亚译书会发行 1910 年初版

《最贫者》[①]

《最贫者》译例

（剑影萧声馆主人[②]）

一、吾国自庚子变后，讲求新学，多取日本书籍，而译以汉文，输于学界。但译东文者多，遂显然分为二派：甲，直译；乙，译义。直译者，按天尔远波诸法，颠倒排置，不敢易一字。其结果也，遂至诘屈聱牙，成一不日不华之文字，而精义难通。译义者，综贯全书，探其精义，而运以国文之气魄。粗为观之，或竟与全书不侔，熟按之仍自吻合，而文从字顺，耐人嚼咀，则译义之功也。是编虽不敢曰文从字顺耐人嚼咀，然亦窃附译义之义云耳。

一　译说部与译科学不同。科学为公有性，直译之或可受学界欢迎。说部事迹半属子虚乌是，而以动社会之感情为主，若依样葫芦，与我国政治风俗渺不相涉，使阅者味同嚼蜡。何贵多此译本，以耗人脑力也？故是编有采本国之政治风俗，妄为插入处，阅者谅之。

一　原书本为白话，且多俚语、方言、女子小儿之口吻。译者擅为易之，叙事则用文言，应答则用白话，以期文言一致之先声。不知方家公认否？

一　是编多用符号，以补文字之不逮。如人名则旁加——，国

---

① 《最贫者》，伦理小说，正文署“日本筱原岭叶原著、剑影萧声馆主人译述”，版权页标：“编辑者：剑影萧声馆主人；校勘者：病病尚生生、天南一侠；印刷及发行：普化排印局；发行所：保定官书局、萃英山房；北京官书局、浣花书局、作新社”，“宣统二年五月编辑，宣统二年六月出版”（1910 年），初版。

② 剑影萧声馆主人，资料不详。

名则旁加═，地名则旁加═══。凡引用古语或他人语，则上下加以『　』以括之。有不尽之意，则下加……，疑问词则加？，感叹词则加！，庶省阅者之脑力。

一　是编之原本，载在日本博文馆所出《文艺俱乐部》第二年之第十三册上。有怀帝虎之疑者，可取原本阅之。

一　是编以说理为宗，不主状物叙事。故应对进退一切琐碎之事，不及详述。阅者谅之。

——录自普化排印局 1910 年版

《三千年艳尸记》[①]

《三千年艳尸记》跋

林纾

哈氏之书多荒渺，不可稽诘，此种尤幻。笔墨结构去迭更固远，然迭氏传社会，哈氏叙神怪，取径不同，面目亦异，读者视为《齐谐》可也。

畏庐林纾跋

——录自商务印书馆 1910 年初版

① 《三千年艳尸记》(*She*，今译《她》)，神怪小说，英国哈葛德（Henry Rider Haggard，又译哈格德，1856—1925）著，林纾、曾宗巩译述，1910 年商务印书馆初版（宣统二年九月）。

《义狗传》[1]

《义狗传》[序]

（孙毓修[2]）

小学生读了几年书，亦略知道现在世界上还有无数疑案，留待后人发明。最是不可思议的一件怪事，至今只有归功于造化的，莫如动物的生命了。

一切动物莫不有感觉，此是人人知道的。这感觉的作用，到底从何而有，我今且勿论。既有感觉，便一定晓得好歹。古人说“爱人者人恒爱之”。只爱字不但可以感动得人，并可以感动得禽兽，因为禽兽也分别得好歹的缘故。

人类的知识，臻于绝顶，称为动物之长。其余有生命之物，充塞了江湖河海，占尽了平地高山。即至空虚之中，亦莫不有之。有大的亦有小的，有蠢的亦有俊的。凡此一切都是吾们的亲戚朋友，受过他的好处，实在不少。试思偌大一个世界，单有一种最高等人类，没有别的动物与人并生，这世界不知要凄凉到什么样子哩。

马牛羊鸡犬豕，古人称为六畜，于人类尤有极大的帮助。乃人因图他的酬报，去喂养他，偏又欺侮他们不会说话，任情虐待，这便是

---

① 《义狗传》（*Rover and His Friends*），童话，“中华民国十一年九月十版”版权页标“编译者：无锡孙毓修；发行者：商务印书馆”，标有“庚戌年九月初版”（1910 年）字样。原文出自美国 Sarah Jane Eddy（1851—1945）所编 *Friends and Helpers*（1899）。

② 孙毓修（1871—1922），字星如，又作恂如，号留庵，别号绿天、绿天翁、东吴旧孙、乐天居士、小绿天主人等，江苏无锡人。1907 年进入商务印书馆编译所，稍后参与主持“涵芬楼”建设。先后主编出版《少年杂志》，《童话》丛书，中小学教科书等，编写有《无锚国》《大拇指》等儿童读物。

大错了。

外国童话中，有篇《义狗罗浮传》，最为出名。狗原是忠心不过的一种家畜，只因这罗浮的旧主人待他太刻薄了，迫得另投主人，方显得他忠心勤恳，传名后世。我今编译起来，既可证明我“人能爱物，物亦爱人”之语，小学生当一件故事听去，亦极有趣味。

——录自商务印书馆 1922 年十版

书名索引

作者索引

图书在版编目(CIP)数据

汉译文学序跋集. 第1卷,1894～1910/李今主编;罗文军编注. —上海:上海人民出版社,2017
ISBN 978-7-208-14851-2

Ⅰ.①汉… Ⅱ.①李… ②罗… Ⅲ.①序跋-作品集-中国-近现代 Ⅳ.①I265

中国版本图书馆CIP数据核字(2017)第260471号

责任编辑 屠毅力
装帧设计 张志全工作室

汉译文学序跋集
第1卷
1894—1910
李 今 主编
罗文军 编注
世纪出版集团
上海人民出版社出版
(200001 上海福建中路193号 www.ewen.co)
世纪出版集团发行中心发行 常熟市新骅印刷有限公司印刷
开本 890×1240 1/32 印张 65 插页 8 字数 1,622,000
2017年12月第1版 2017年12月第1次印刷
ISBN 978-7-208-14851-2/I·1678
定价 268.00元
(全四册)

李　今 主编
樊宇婷 编注

汉译文学序跋集

第四卷

1925—1927

上海人民出版社

本书编委会

致谢和说明

大约1999年，因为参与了杨义先生主编的《二十世纪中国翻译文学史》的写作，我进入了一个方兴未艾的研究新领域。在搜集爬梳相关文献史料的过程中，我深深感到汉译文学作品的序跋对于认识翻译行为的发生、翻译方法及技巧的使用，对于不同时期中国面向世界的“拿来”选择，对于中国知识界如何在比较融合中西文化异同中重建现代文化新宗的艰难探索，都具有着切实而重要的历史价值和意义。同时也体会到前辈方家编撰的工具书与史料集，如北京图书馆编的《民国时期总书目》，贾植芳、俞元桂主编的《中国现代文学总书目》嘉惠后学的无量功德。于是，编辑一套《汉译文学序跋集1894—1949》助益翻译文学研究的想法油然而生。但我也清楚，这样大型的文献史料集的整理汇印，没有一批踏实肯干的学人共同努力，没有充足的经费支持是难以实施的。

2006年，我从中国现代文学馆调到中国人民大学文学院，曾和院领导谈起我的这一学术设想，让我感动的是，孙郁院长当场鼓励说，你若能完成就是具有标志性的成果，不用担心经费问题。后来出任人大副校长的杨慧林老师一直对此项研究给予默默的支持。我的学术设想能够获得学校项目的资助，是与他们的关心和支持分不开的。我先后招收的博士生、博士后让我有幸和他们结成工作团队。师生传承历来都是促进学术发展的有效传统，我对学生的要求即是我的硕士导师朱金顺先生、博士导师严家炎先生给予我的教诲：见书（实物）为准，做实学。只因适逢当今电子图书数据库的普及与方便，我打了折扣，允准使用图书电子复制件，但要求时时警惕复制环节发生错误的可能性，只要有疑问一定查证实物。即使如此，《序跋集》收入的近

3000篇文章都是各卷的编者罗文军、张燕文、屠毅力、樊宇婷、刘彬、崔金丽一本本地查阅、复印或下载，又一篇篇地录入、反复校对、整理出来的。为了找到初版本，或确认难以辨识的字句，他们有时要跑上好几个图书馆。为做注释，编者们更是查阅了大量的资料文献。尤其是崔金丽在编撰期间身患重病，身体康复后仍热情不减，重新投入工作。从他们身上我看到作为“学人”，最基本的“求知”“求真”“求实”的精神品质，也因此，我常说我和学生没有代沟。

本套丛书虽说是序跋集，但所收录的文章并未完全局限于严格意义上的序跋，也就是说，我们编辑的着眼点并不仅仅在于文体价值，还注重其时代信息的意义，希望能够从一个侧面最大限度地汇集起完整的历史文献史料。考虑到对作家作品的评价往往保存着鲜明的时代烙印，译者为推出译作有时会采用理论、评论、文学史等相关论说，以阐明其翻译意图与译作价值，因而译本附录的作家评传及其他文章也一并收入。鉴于晚清民国时期外国作家、作品译名的不统一，译者笔名的多变，编者对作家、译者、译作做简要注释，正文若有原注则照录。其中对译作版本的注释主要依据版权页，并参考封面、扉页、正文的信息撰写。由于晚清民国初期出版体制正在形成过程中，版权页著录项目并不完备，特别是出版部门尚未分工细化，发行者、印刷者、个人都可能承担出版的责任，因而，对出版者的认定，容易产生歧义，出现由于选项不同，同一版本传为两个版本的错误。为避免于此，遇有难以判断，或信息重要的情况，会以引号标志，照录版权页内容。《序跋集》按照译作初版的时间顺序排列，如未见初版本，则根据《民国时期总书目·外国文学》《中国现代文学总书目·翻译文学》，并参考其他相关工具书及著述确定其初版时间排序，但录自出处按照实据版本抄录。全书约450万字，计划分13卷出版。为方便查阅，各卷都附有“书名索引”和“作者索引”，终卷编辑全书“《序跋集》书名索引”和“《序跋集》作者索引”。其他收录细则及文字处理方式详见凡例。

经过五年多的努力，《汉译文学序跋集 1894—1949》即将面世，我和各卷的编者既感慨万千，又忐忑不安。尽管我们致力为学界提供一套可靠而完整的汉译文学序跋文献汇编，但时间以及我们能力的限制，讹漏之处在所难免，谨在此恳切求教于方家的指正与补遗，以便经过一定时间的积累出版补编本。此外，若有任何方面的问题都希望能与我取得联系（中国人民大学文学院）。

本套大型文献史料集能够出版，万万离不开研究与出版经费的持续投入，谨在此感谢中国人民大学及文学院学术委员会对这套丛书的看重和支持；感谢中国人民大学 2016 年度“建设世界一流大学（学科）和特色发展引导专项资金”支持了 1—10 卷的出版经费；感谢中国人民大学科学研究基金（中央高校基金科研业务费专项资金）项目（12XNL007）资助编撰研究费用和 11—13 卷的出版经费；感谢科研处的沃晓静和侯新立老师的积极支持和帮助。另外，还要特别感谢每当遇到疑难问题，我不时要叨扰、求教的严家炎、朱金顺老师，还有夏晓虹、解志熙老师；感谢各卷编者兢兢业业，不辞辛苦地投入编撰工作；感谢在编辑过程中，雷超、樊宇婷、刘彬事无巨细地承担起各种编务事宜。感谢现已成为上海人民出版社编辑的屠毅力对《序跋集》体例、版式、文字规范方面所进行的认真而细心的编辑。

总之，从该项目的设立、实施，到最后的出版环节，我作为主编一直充满着感恩的心情，处于天时、地利、人和的幸运感中。从事这一工作的整个过程，所经历的点点滴滴都已化为我美好的记忆，最后我想说的还是“感谢！”

李今

凡　例

一、本书所录汉译文学序跋，起1925年，终1927年。

二、收录范围：凡在这一时段出版的汉译文学单行本前后所附序跋、引言、评语等均予以收录。作品集内译者所作篇前小序和篇后附记均予以收录。原著序跋不收录，著者专为汉译本所作序跋收录。

三、文献来源：收录时尽量以原书初版本或其电子影印件为准。如据初版本外的其他版本或文集、资料集收录的，均注明录自版次、出处。

四、编录格式：以公元纪年为单位，各篇系于初版本出版时间排序，同一译作修订本或再版本新增序跋也一并归于初版本下系年。序跋标题为原书所有，则直录；若原书序跋无标题，加“[　]”区别，按书前为［序］，书后为［跋］，篇前为［小序］，篇后为［附记］格式标记。正文书名加页下注，说明译本所据原著信息，著者信息，译者信息及出版信息等。若原著名、著者原名不可考，则付阙如。

五、序跋作者：序跋作者名加页下注，考录其生卒年、字号、笔名、求学经历、文学经历、翻译成果等信息。凡不可确考而参引其他文献者，则注明引用出处。凡不可考者，则注明资料不详。在本书中多处出现的同一作者，一般只在首次出现时加以详注。若原序跋未署作者名，能确考者，则加“(　)”区别，不能确考者则付阙如。

六、脱误处理：原文脱字处、不可辨认处，以“□”表示。原文误植处若能确考则直接改正，若不能完全确考则照录，并以“[　]”标出改正字。部分常见异体字保留，部分不常见字则改为规范汉字，繁体字统一为通行简体字。原文无标点或旧式标点处，则皆改用新式标点。

七、注释中所涉外国人名、书名，其今译名一般以中国大百科全书出版社中文版《不列颠百科全书》《简明不列颠百科全书》，维基百科等为依据。

目 录

1925年

1926年

1927年

1925年

《沉船》[1]

《沉船》序

柴思义[2]

一九二四年中国所受西方文学最重要的影响，其性质仍是东方的。这句话看去似乎不通，其实一说便能明白。太戈尔先生的著作发行是在伦敦，而介绍到中国来，也是借径于英文。

太氏自己是印度彭加尔省人。他的著作，大部分原用彭加尔文写的，后来由他自己或经他指导译成英文。这些著作不但在英语通行的地方（包括彭加尔以外的印度）风靡一时，而且由英语又辗转重译成欧洲别国的文字。现在生存的著作家，差不多没有比太戈尔先生更受人崇拜的。他的名字在欧，美，亚诸洲几乎都是“家喻户晓”。至于这个媒介物，却是英语。

虽然英语是媒介物，太戈尔先生究竟是东方的，不是西方的。他是中国的真正邻人。他到中国来游览和他的著作介绍到中国，都有一种重要的意义，就是使中印两国久经中断的邻谊，重新得积极发展的

---

① 《沉船》（*The Wrech*），上下二册，小说，印度太戈尔（Rabindranath Tagore，今译泰戈尔，1861—1941）著，徐曦、林笃信合译，上海商务印书馆1925年1月初版，前附柴思义英文“Foreword”。文艺丛刻乙集。

② 柴思义（Lewis Chase，1873—？），美国人，曾任北京师范大学英语文学教授、燕京大学教授。

机会；这种邻谊将来表现的方法，必定和过去一样，都是由于思想的交换和学子的往来。

复新这种相互的关系的时机已成熟了。我想近代的印度和中国，恰如古代的印度和中国一样，有许多共同之点。两国现在都有许多相同的问题，等待解决，《沉船》里已表出不少。中国古时由印度输入佛教，而在那时以前印度也由中国得着不少思想。所以这种邻谊的重新，可说是“旧雨重逢”。这种结合很可养成纯正的文艺复兴的种子。这个文艺复兴将来必酷肖欧洲历史上有名的文艺复兴，却不像别的纯属一国性质的运动。因为它打破国家，宗教，种族的限制，而且若能影响到两国的全社会，则几乎影响人类之半数了。

北京师大徐曦、林笃信两君，要我说几句话，引起社会上对于《沉船》译本的注意，我很高兴的写了这几句。

——录自商务印书馆 1925 年初版

《沉船》译者自序

（徐曦[①] 林笃信[②]）

我们看完这本《沉船》后，觉着十分兴趣，十分激动；觉着虽然背景是印度，总时时映射中国的情形。字里行间表露的感情和事实，总觉得似曾相识——似曾在中国社会上相识来。就是这种亲切的趣味，引起我们的尝试。半年前我们便着手迻译，中间经过了许多停顿，到今天才能整理出来，和社会相见。我们一方面觉着十分荣幸，

---

① 徐曦，资料不详。

② 林笃信（1897—?），福建漳浦人。另译有《教学概论》（美国巴格莱、克玉书合著）等。

对于这位世界所钦重的作家，能替中国尽一分介绍的义务；一方面我们又觉得太胆大了，以我们这样幼稚的技术，来翻译这种天才结晶的作品，缺点又那能免啊。

太戈尔先生最近曾来华游历一次。我们都瞻仰过了他的高洁的丰采，倾听过了他的伟大的言论。先生的历史和思想，各种杂志报章上详尽确实的介绍也不少，所以我们在这里便不做这种重复的工作了。我们只简单郑重的申明一句：太戈尔先生是大文学家。他的真价值就寄存在他的文学里。他得诺贝尔奖金，他这般世界传名，都因他的文学的永久价值。

我们做这件工作，也感着一般翻译者所感觉的困难。我们努力朝着信达雅三字做去；至于到底做到如何程度，只好待读者评判。我们相信这里面一定有不少的缺陷，若读者能加以指教，我们是十分盼望，十分感谢的。

这件工作还承我们的教授柴思义博士（Dr. Iewis Chase）和同学程逎颐先生的帮助不少。没有他们两位，也许我们到如今还不能完成这工作，这是我们应十分感谢的。最后还要对于帮助我们抄眷的诸君，致诚恳的谢意。

一九二四，五，二八

——录自商务印书馆 1925 年初版

《邻人之爱》[①]

《邻人之爱》译后记

（沈泽民[②]）

这一篇《邻人之爱》是安特列夫一九一一年的作品；一九一一年，安特列夫发表剧本四篇，一是《海》，二是《标致的萨宾女子》，三是《荣名》，四就是这篇《邻人之爱》了。

此间更想加说一二句，简单地解释安特列夫，托尔斯泰的目光只在原始的人类，高尔基只在下级社会，柴霍甫只在上中级社会，安特列夫却是范围很广，不只限于一阶级，而且狂的与非狂的人们，都被他包罗进了。他自然只好算是写实主义的作家，然而他的作品中含神秘气味与象征色彩的也很多。如《蓝沙勒司》和本篇，都很有象征的色彩了。

——录自商务印书馆1925年初版

---

① 《邻人之爱》（*The Love of Neighbors*），小说，俄国安特列夫（Leonid N. Andreyev，今译安德烈耶夫，1871—1919）著，沈泽民译，上海商务印书馆1925年1月初版，小说月报丛刊第十六种。

② 沈泽民（1900—1933），原名沈德济，字泽民，笔名明心、冯虚（有时与兄雁冰合用）等。浙江省桐乡人。1920年赴日留学。1921年回国，加入中国共产党。1925年担任中国职工代表团翻译，随团赴莫斯科出席国际职工代表大会，后留中山大学学习，1930年回国。译有《基尔特的国家》（泰勒G.S.Taylor著），《坦白》（福楼拜著）等。

《邻人之爱》附录——安特列夫略传

沈雁冰（茅盾[①]）

安特列夫（Leonid Andreyev）生于一八七一年；他是奥莱尔（Orel）地方人，和屠格涅甫正是同乡。他少年时经过极困苦的生涯，在莫斯科大学读书时，常常一日或两日没有东西吃，后来又做过律师，只受理了一件案子，却是完全失败的。

一八九七年，见高尔基于莫斯科，大为高尔基所器重；因了高尔基的推助，安特列夫的文名方才渐渐大起来。他真是纷扰时代的真儿子；十九世纪末俄国人心理上的烦闷与生活的暗澹都在安特列夫的作品表现出来。他著作的描写点极广；对于人类生活的根本问题，一一苦思以求解决，一九〇一年发表的《墙》已经把当时人精神上的不安，无效地对于未知的奋击，抉露一绪；此外如人类的命运，他在《范息莱佛维以斯基之一生里》（一九〇四年）描写出来；人类心灵能力的有限，他又在《思想》（一九〇二年）和《黑面具》（一九〇八年剧本）两篇中不容情地发露；性欲对于纯洁而无知的人底引诱，他在《不可测之深》和《雾中》（两篇皆一九〇二年作品）两篇里也用深刻峭拔的笔法描写尽致。

《到星中》和《人之一生》两篇剧本同是叩问人生意义的；前者对于人生的意义根本否定，“就宇宙中讲，每一秒中有一星球要破坏呢，”人生又算得什么呢？后者对于人生的意义根本悲观，“人生只是

① 沈雁冰，茅盾（1896—1981），原名沈德鸿，字雁冰，笔名有希真、佩韦、冬芬、冯虚、玄瑛等。浙江桐乡人。北京大学预科毕业，后进入上海商务印书馆工作。1921 年接编《小说月报》，与郑振铎、叶圣陶等发起文学研究会。1930 年加入中国左翼作家联盟。译有《倍那文德戏曲集》，《宾斯奇集》（与陈嘏合译）等。

一支蜡烛烧尽了膏油后自己熄灭罢了，从无物到无物的一条过路，中间经过一个光亮的舞台罢了，恋爱是空幻的，事业也是空幻的，人生有什么意义呢？”《蓝沙勒司》一篇诗对于“死”的恐怖，《七个被缢死的人》也是对于“死”的研究；《海洋》和《安娜斯玛》（后为剧本）又对于人类本性的善否深致疑问，正和他最后的著作《魔鬼的日记》一般。

安得列夫著作之反映一时代的大事的，有《红笑》是描写日俄战争之作，《府尹》和《七个被缢死的人》也是描写一九〇七年国内革命的，《撒伐》（剧本）和《饥王》是表现当时的劳动运动。其余不很著名的著作如《安菲莎》则实写俄国的省生活（Provincial Life）。《我们生活的日子》则描写俄国大学生的生活。大战时的作品有《大时代内一个小人物的忏悔》和《比利时的悲哀》两篇。

安得列夫的思想从上面举的那几本著作看来是颓丧而又愤慨的。他的一生正当俄国经过了外交失败，革命被压之后数年间的失望时期；这几年中灰色的人生，柴霍甫带着隐哭声的假笑以诙谐的口吻描画出来，安特列夫则用冷嘲与热泪描写出来，于表现之外更带了多少的主观色彩。但同时仍不完全对于将来失望；安特列夫在《范息莱佛维以斯基之一生里》和《安娜斯玛》内都已说过“一切都无望，惟有希望一个神的法力（Miracle）来更新一切”，这神的法力可说就是指革命，只要能革命，前途还是有希望的。

安特列夫死于一九一九年，正要赴美的前几天。

——录自商务印书馆 1925 年初版

《玛加尔及其失去的天使》[①]

《玛加尔及其失去的天使》序

志澄（张志澄[②]）

这本戏剧因为涉及宗教问题，所以当初在英国开演的时候，大遭社会的反对，它在英国舞台上的寿命是很短促的。英国人对于宗教本是看得极重，这本戏剧把他们这样的冷嘲热骂，自然要站不住脚了。不过我们当然不会因此就把这本戏剧的价值看低的，我们反要佩服作者能够大着胆子去把社会的弱点显露出来。同时我还想到我们中国也有许多因袭的风俗，道德，制度，习惯，等等，并且其中也有许多矛盾而不合理的地方，很望我国的戏剧家也能够把它们一一揭破；因为这样的戏剧才算对于社会尽了责任。

至于这本戏剧的内容是非常单纯显著，不用我再为介绍，况且作者是个著名的戏剧家，他的艺术手段决不会低弱，不过经过我这样拙劣的译文，当然要改色不少，这是应当向作者和读者诸君告罪的。

志澄　一九二四劳动节

——录自商务印书馆 1925 年初版

---

① 《玛加尔及其失去的天使》（*Michael and His Lost Angel*，今译《迈克尔和他失去的天使》），戏剧，英国琼司（Henry Arthur Jones，今译亨利·琼斯，1851—1929）著，张志澄译，上海商务印书馆 1925 年 1 月初版，文学研究会丛书之一。

② 志澄，张志澄，生卒年不详。编有《社会教育通论》，编译有《短篇小说作法研究》（B. C. Williams 著）等。

《玛加尔及其失去的天使》琼司略传

（张志澄）

亨利阿作尔琼司氏（Henry Arthur Jones），于一八五一年生于英国勃金省之格兰博罗（Granborough，Buckinghamshire），为英国现代著名之戏剧家，与平内罗（Arthur Wing Pinero）齐名，惟平内罗擅内场，专攻剧本，而氏则内外兼顾，尤注意于剧场之革新。氏之生，适当英国戏剧界将次发扬时代，安诺得（Mathew Arnold）大声疾呼，鼓吹英国剧场之建设，氏起而和之，以发展英国剧场为务，努力奋斗，卒能战胜环境而成英国戏剧界之伟人，其热心毅力，殊足佩也。

氏之得享盛名，半由其时代使然，故我人于此，不得不一考当时英国戏剧界之变动状况。英国至十九世纪下半叶，浪漫派戏剧渐次衰歇，是时之戏剧家，莫不欲在此混濛之社会现象中求得一确定之方式，以为作剧之新典型。非特英国之戏剧家如是，即同时欧洲大陆之戏剧家，亦莫不如是。顾英国戏剧家艺术上之天才不逭他国，故不得不先模仿他国作风，如法，德等国之戏剧均先后影响于英国剧场，而其影响尤巨者，则易卜生（Henrik Ibsen）之戏剧。然英国戏剧界经数十年之模仿与介绍，卒能产生无数杰出人才，奋其才思以挣脱外力之羁绊而为英国戏剧独树一帜，其奋斗最力者，氏即其人也。氏之作品为纯粹之英国产，罕受大陆作风之影响，其作剧之典型全凭一己之需要而进化，绝不为何种主义所束缚，故并不隶属于何种门派。

氏之处女作为《仅绕一角》（*Only Round the Corner*），于一八七九年开演于哀西脱戏院（Exeter Theatre）。继作者为数种独幕剧，其中《笔误》（*A Clerical Error*）一剧首先在伦敦开演。氏早年所作之长剧，均为melodrama体，其最著名者为《银王》（*The Silver King*），系与罕门（Henry Herman）合著，而经摆勒（Wilson Barrett）排演者。其

《圣人与罪人》(*Saints and Sinners*) 一剧亦颇为社会所注意，及作《俞达》(*Judah*) 而声誉日隆，自是以后，氏遂得列名于头等戏剧家中。氏至一八九三年作韵文剧《引诱者》(*The Tempter*) 后，其 melodrama 时期遂告终止，而其对于喜剧（comedy）之尝试，则始于一八九一年之《十字军人》(*The Crusaders*)。氏之生平重要著作，另详于本文之末，兹不俱赘。

氏之作品，虽饶反抗色彩，然仅对于事实之表面作锐敏之描写，而不深示其究竟，其描写英国当时混濛之社会状态及因袭的道德观念，至为确当。氏对于艺术上之主张，一切均以社会为根据，故其大部分作品均含有深切的社会背景。氏之处置剧中人物，几有一定之方式，其最常见者为禁欲主义者，美术家，科学家，探险家，及政客，而均为反对时髦习气者，然仍皆缺乏理性而结果陷于愚呆。次之则为中等阶级之商人，境况颇佳，而均自命为社会柱石者。此等人物氏恒大批收入剧中，望之俨然道貌，而实者皆不过衣冠禽兽耳。氏所尤擅描写者为女子，其剧中备具各色之女子而独无平常之女子，常见者为富于感情的女子，刚愎自用的女子，引诱的女子，冒险的女子，邪教的女子，误用复仇的女子，厌世的女子，及浮嚣的女子。此等女子无论如何脆弱，而氏之意志坚强的男子往往为所屈服。

氏在英国戏剧史中之位置，与其称之为戏剧作家（playwright），无宁称之为剧场宣传家（propagandist for the theatre），彼为英国剧场所作之宣传任务，殆与勒司金（Ruskin）及玛利司（Moris）之宣传美术同其重要。彼认定戏剧家对于社会之责任，及戏剧改良社会之可能性，并鉴于当时英国剧场之紊乱，遂奋其全力，以谋整顿。计英国剧场之发达，不过数十年间事耳，自一八四三至一八六六年，英国剧场之总数不出二十四五，至十九世纪之末而其数倍增。且其间之革新变化，又几经尝试，始底于成，则皆少数热心分子鼓吹宣传之力，而氏之功居多。氏以为欲发展剧场须解决二大问题：一为涉及官厅方面者，如著作权及营业执照等是；一为涉及社会方面者，如观众评剧之眼光，及国家剧场之建设等是。前者不难立即解决，而后者则纯恃社会心理为依归，故氏一面对于观众欣赏戏剧之心理刻意揣摩，以求适应，一面又利用广告以为宣传之具。氏本此精神，于一八八四年组织观剧团（Playgoers Club），投稿于《十九世纪杂志》（*The Nineteenth Century*）及《新杂志》（*New Review*），对于英美工界及学生界之观剧者举行演说，并于其著作及演说中反复讨论戏剧问题。氏于一八九五年著《英国戏剧之复兴》（*The Renaissance of English Drama*），一九一二年著《国剧之基础》（*Foundations of a National Drama*），其中论列者为戏剧与平民，教育与剧场，宗教问题，区域问题，及评剧方法等。

氏于二十世纪开始后虽继续作剧，然其重要著作则悉在十九世纪之最后十五年中。彼在新世纪中之声誉未增加，然仍不失为英国新派戏剧之开国元勋，老成属望，亦足豪矣。

——录自商务印书馆 1925 年初版

《瑞典诗人赫滕斯顿》①

瑞典现代大诗人赫滕斯顿

泽民（沈泽民）

瑞典土地和人民的声呵，

赫滕斯顿！

① 《瑞典诗人赫滕斯顿》（*Verner Von Heidenstam*），诗集，沈泽民译，小说月报社编辑，上海商务印书馆 1925 年 1 月初版，小说月报丛刊第二十三种。

再把人们唤醒呵，
赫滕斯顿！
歌咏她那过去的繁荣，
那久远而湮没的光耀呵，
赫滕斯顿，赫滕斯顿！

歌咏她那幽暗而深窈的森林呵，
赫滕斯顿！
歌咏她那长久的银白冬季的睡眠呵，
赫滕斯顿！
然后用预言的舌头歌咏那
一切她春日的蓬勃畅达呵，
赫滕斯顿，赫滕斯顿！

歌咏那刚勇而自由的北地呵，
赫滕斯顿！
歌咏那该有的奇闻异迹呵，
赫滕斯顿！
歌咏出瑞典邦的心和意，
而且，感动一切人类的心呵，
赫滕斯顿，赫滕斯顿！

——右译 Stork 的《赫滕斯顿歌》

一　他的生涯

读了上面这诗的人，大概总知道赫滕斯顿（Vernher von Heidenstam）是瑞典乡土诗人，爱国诗人了罢？不错的，赫先生实在是一个真正的瑞典人，要说明这一点，我们不能不先看一看他的故乡。

低山起伏，湖沼纵横，地威登森林庄严地应风而唱呜咽的悲曲，这不是瑞典南方的那尔克乡么？这是欧洲有最早而绵延不绝的文化的诸处中的一处。这地居民的宗谱，是可以翻到千年以上而找不出一些外来的遗迹的。我们这个诗人的现在的住宅，便坐落在那个地方。

他是一八五九年七月六日生长在这个地方的。少年时代因养病而到南方住了八九年；飘流一遭之后再返住到这故土来，也已经有三十多年了。

像一个小孩子的时候，他是很害羞的，可是读起书来真利［厉］害得很。书中最爱读的尤其是诗和战争小说。于是他本国的大诗人，如都伯留士（Topelius），泰衣纳（Tegnér）和罗纳褒格（Runeberg）等，都成了他所崇拜的人物了。在学校的课程里，他所最喜欢的功课是拉丁文和地理。十六岁的时候，他忽然生了病，医生说，按症状有肺病的嫌疑，劝他家里送他到南方去调养。这便是他感受了自然风景的色彩之美，而想要做个画家的由来了。

他在养病期中，遨游于意大利、希腊和近东各处，一面既感受了南方的强烈的光和色的情调，一面又很受土耳其文明的感染。回家的次数是很少的，有一次归家时，他结了婚。

他本来是瑞典的贵族，生活的供给不成问题。但他却总觉得徒然生息于优养的生活中间不过是接触着事物的表面罢了，那种浮浅的生活是决不能满足他这艺术的生命与在内部膨胀着的心的；因此他要求做一个画家。不料这愿望竟违了他贵族家庭的意志了，他们不许他。他自己到巴黎去，就学于休罗茂（Cerome）的门下。

这个举动使他的家庭和他疏远。异乡的青年游子，虽然很想着家乡，但因此而不得不继续着被流放者的生活了。沮丧之余，他竟隐居在瑞士的布鲁奈格堡，与世隔绝起来。他所见的人只有他妻子一个；而偶然一相见的友人便是他的同国的文人斯特林堡。可是在这种烦闷阴郁的环境中，他的真才竟渐渐见着光明了。赫滕斯顿写了许多诗剧和诗意的草稿。他把巴黎、意大利，东方的煖气和色彩，都在这些诗里面再现出来。一八八七年他父亲的死，把他召回家乡，一八八八年他用《朝山进香与多年的飘荡》这题目发表了他历年的诗的创作，以此宣告他的流放生涯的终结，和他的诗人生涯的开始。

此后便是他的三十余年的故乡生活了。他的创作，也是因这生活而转入一个新时代的；几如他的第一期诗的作品是那部《朝山进香与多年的飘荡》，那么他的第二期著作便是一八九五年所发表的诗集，第三期著作是一九一五年所发表的新诗。

二　他的思想

在理会赫滕斯顿的思想以前，我很想先介绍一下他的相貌，在介绍他的相貌以前我又想介绍他两首诗给我的读者。以我浅薄的意见看来，少年时的赫滕斯顿的人生观是再没有比他自己的散文诗《记事二则》更说明得好了。他以为暴殄人生的快乐是最大的罪恶；唐香（Don Juan）的轻浮，哈生（Sheik Rifat Hossan）的倾家荡产以营四十年的纵欲生活，以及牟却尔（Muchail）的烟、酒、妇人、三者相连的猪的生活，虽然卑下不足道，也比那骄傲的咒骂人生快乐的老人提奥干纳司（Diogenes）好些。他是与其奉拜“轻蔑人生”的神，宁愿做一个依恋人生的恶魔派的；但是他究竟不堕落到恶魔派，那是由于他自律能力的坚强，和对待人生的态度的庄严的缘故。由少而壮而老，他的毅力渐渐增加，思想也渐渐沉静而深刻了。这里我又可以介绍一首诗给读者，便是他的晚年作品《新诗》集中的短什《我的生命》。在这首诗中，我们看见一个已经饱经人生现实的铁汉在喊着：“呵！你广阔的世界！看最大的悲哀如同一片浮云的过影呵。我默着走向我的坟墓！”

由这种气魄，我们该可以想象而得一个赫滕斯顿的影子像了：(但是我的读者诸君，对不起！我实在不曾看见赫滕斯顿，不，连一个相片都不曾！所以现在我只能引 Stork 的话说：)

> “他身高六尺以上，结构坚实，英气逼人。不以名誉动心，他是最不会被成功所误的。宽责人而严律己，他是一切后起之秀的掖诱者呢。”

谈赫滕斯顿的批评家，都把爱国诗人称呼他，我看，或者就在这样的人格上，他爱他的国而亦转为他的国人所爱罢。我读他《新诗》集中《瑞典》和《同胞》等诗，那算是爱国的诗罢？他说：“瑞典，母亲，做我们的努力之方，休息之地罢，您为我们儿子们在内营着他们巢窟的土地呵，”便是这样了，但是夸张侵略之功的话，却一句也找不到。这一点，恐怕是他和拜轮的分界线了，一个是十八世纪的带有封建遗风的爱国诗人，一个却是现代的，正当那旧式的侵略爱国主义的罪恶已被现代帝国主义放到极大极显的时期。

孕育爱恋乡土的感情于赫滕斯顿脑中的，固然可说是那三十年的家居生活，但也不能忘记他少年时养病南方的多年的离乡生活。在这儿我们还可以认出一点和他一生天才的范型最有影响的事，这便是那南国的自然风景的色彩的美。他由这色彩的美的感动而想做一个画家，其实他将来的成为视觉的诗人的萌芽，已经隐隐在此时埋藏着了。此后他写的诗，直至他晚年，总离不了这色彩，例如在《无名与不朽》一诗中，他写：

> “这样黄昏就来了。
> 一叶孤舟驶出海口，
> 帆片低垂，

一面 Naxos 旗插在她的船头。
她轻轻地追着夕阳远向西去，
沉落在那镜样明的海里。”

那是画呢是诗？那是诗而兼画呵！但是虽长于色，他可拙于音了。有人说：赫滕斯顿是和拜轮有些相像，同有一个不良于听音的耳朵的。又他的诗的形式也欠整齐，行的长短和诗章的排列，常常随意伸缩凑合。然而因为赫滕斯顿的思想转变得很快，这种——法兰西人所谓——“自由诗”的体裁，刚刚适宜。我可以引 Böök 氏的一句话来说：“在这里（指《朝山进香与多年的飘荡》一书）我们得着一个画家所作的诗；色彩极强烈，创造力极丰富，而且极其新鲜，极其活跃。在他这种大胆而有时忽略的形式中，院派（Academie）的气味是一点也没有的；一切全是所见的、所觉的、所经验的东西，而且观照又锐利，想象又敏活。”这是说他最早期的作品的话；不过“院派的气味是一点也没有的”这句话，却概括尽了赫滕斯顿的诗的全体了。

关于他的社会思想，我现在就想把他那篇《塔上歌人》所给我的感想说一下。

夫妻两个歌人次第而歌。先是那个波尔雪维克的丈夫振铃作歌，他说出劳动阶级的怨愤，说出他的铲除富人的理想。于是挨着轮着他的妻作歌了。她可只看见一个将来的，兄弟世界，她不愿见“野蛮的武装的男人”，不愿见“城市着火而焚烧”，因为那是“以暴易暴”。在她的理想中，到将来“不给富人来享乐，却是为贫人留着；工作和快乐，我们一齐享得着”。的理想世界应该是有的，富人要加入，是须要先毁去他们身上的华丽装饰和家中的财产，但是流血的改革却断断不可行。

赫滕斯顿虽然不曾加以偏重的意见，但是他的在积极方面注重精神的友爱运动，在消极方面主张忍受目前以博和平，他的希望世界上忽有一个最大的奇迹出现，却是显然的。趋向于理想的善，是进化的一个原动力；而诗人的脾气，大半是倾向于理想的。赫滕斯顿抑下了愤激的、男性的、过激的歌人底喊声，而使那温柔的、大胆的、爱世主义的女性歌人从高处叫出未来世界的同胞精神，固然是向理想的善猛进的努力，却也难免希望于“不可能者”之诮。虽然，作者的乐观主义已经是看得出来了。

至于作者在艺术上所属的派别是那一种呢。这一层我看 Stork 所论的一段话极好，就把他介绍在下面罢：“我在别处曾称过他是一个想象的写实主义者（Imaginative Realist）但是不论称他写实主义的那一种，赫滕斯顿是说不定要不高兴的。他最不喜欢的本来是那无灵机的自然主义。他甚至于以为斯特林堡的小说‘仅仅是教地窖子里的秽气洩出来穿堂入屋罢了’。至于他们斥绝厌世主义是和斥绝官能主义一样。然而他又决不是主张随随便便浑浑沌沌过日子的人。在这表面的不可捉摸之下，藏着一个关键，就是说，赫滕斯顿所求的不是事实的外象，却是内在的真理。他为了更深的人生的意义而和人生格斗。所以我们不如称他是一个实用的理想主义者，或更不如说，一个生命主义者。”

总之，赫滕斯顿是一个强毅的挚情的天才。从他的热烈的情感里流出他对于祖国的瑞典人民的爱，从他的不羁的创造力中流出他夭矫自由的诗思和诗格，从他的不屈的精神中产出他的乐观思想。古人不能羁他，当世不能羁他，一切艺术的已有的范型也不能羁束他，从所见所觉所经验的事物中，他抽出他的事实。然而同时，也是一个神游于旧日好世界的梦游者。现代的精神，他不是没有几处相接触的，但是那使他成为自然派诗人的现代文明的科学的特征和都市的秽恶，却不曾和他有缘；这是我们从他的生涯和环境中所可以想得到的。至于他的情绪，那是有两方面的，一方是向前的生命之冲动的猛进，一方他却不忘记时时耕治他那内在的安静反省的一片沉郁的土地。《孤寂时之思想》是他沉郁方面的艺术的结晶了，他在第一首《火星》诗上说明他耕治这块土地的意思：

“我心中有一个火星，
挖他出来见着光明，
是我一生的目的，
也是我一生苦闷的原因。”（大意）

这耕治的果，是晚年的时候收获了的。到他晚年，一个仅仅受有灵机的思想家，进化而成一个确信而且有威力的民族思想的指导者了。这些思想具见于他的《新诗》集中。“这些诗是他的民众的木铎。……赫滕斯顿前此所有的疑惑和挣扎，到此大都换了沉静严肃的透察。”这时候他心奥处的火星见着光明了。

三　他的诗

赫滕斯顿的作品是诗与小说二种。他的小说，我所见过的只有英译的 *The Charles Men* 一种，现在不谈。他的诗，则是明明的分作三时期的，这三时期是被他三次发表的三种诗集包括着。

第一期的诗就是那《朝山进香与多年的游荡》一集。这集中大概是长篇的客观的叙述诗。这个青年画家诗人用他写字的笔重绘出意大利的“狂欢节”，法兰西的街旁生活阿底克（Attic）风景的印象来；他重述出《千又一夜》(即《天方夜谭》）中的故事，在我们眼前活画出一个达马司克司的市场来。“在这集中我们得着一个画家的诗歌；色彩、情调，都极强烈。”

我所曾见的，有载在Stork氏的《瑞典之月桂冠》集中的英译。例如“The Mogul’e Royal Ring”；“Muchail’s Evening Prayer”；“Three

Questions”；“The Wedding of the Sister or Isis”；“What shall I Think?”及本书所登我译出的《故事两则》《无恒心的人》等等。在这些诗中，“他表示他对于古代世界的欣慕：他（古代世界）的清朗的美，他的人生的欢乐；（在这些诗中）他把嘲笑和责骂，挥洒给这丑恶、忧愁、不安、忙乱的现实。”我们由此可以想见，那地中海沿岸的风景和古希腊罗马的遗风，和那东方纯朴太真的文明，对于他的思想有若何重大的影响了。

但是在这满纸的快乐风光之中，却有一束徘徊、沉郁，而充满着悲哀的引望的短歌，那便是《孤寂中的思想》。我们要注意，这是他灵魂底又一方面的见端。

第二期的著作在七年以后（一八九五）出版，便是那单名为《诗》的一集。这里所收的是《第梵登森林》《家》《儿时之友》《塔上歌人》《朝山进香者的圣诞歌》及《睡眠中的姊姊》等，经我所译出来的只是那末一首——是一首爱国诗的代表——和一首短诗《一个男子的临终语》。在这一期中，“一个集中，一个坚毅之气，和一个伟大的神力出现了。（这是由于他身子已经回到了祖国的故乡），就仿佛恩梯 Antaeus（神话中巨人）接触着了他的大地母亲一般。”《第梵登森林》是描写他自己的家乡的，采在《瑞典月桂冠》中的是中间一节，大意是说：“你第梵登森林呀！你含着悲风呜咽；你林中的蚊蚋草虫呀！你们还是和往年一般；你顶上戴雪的山呀，你衣服破碎的松树干，你们，我那故乡的农民呀！吃那黑麦的干饼，松石在你们犁下，格拉拉地破碎。一切，这穿着贫穷破衣的故乡呀！就把这样没有欢笑的脸来迎我么?”其他，重要的长篇凡三：一是《儿时之友》，一是《塔上歌人》，一是《朝山进香者的圣诞歌》。除了《塔上歌人》是前面讲过的，《朝山进香者之歌》是借 Hans Aienus（或不如说，是赫滕斯顿自己）如何飘泊旅行而迷失他自己在“世界之影”里面的事，来象征地写出一个全神被吸收于过去，因而现在反成了没意义而且不真实的心的。《儿时之友》是一个女儿和她所爱的男子绝婚的故事，绝婚的缘故是因为他们俩别了许久，及至再逢的时候，那女的看自已经是太老，不配做他的妻了。所以她“释放了‘恋爱’使他自由，使他发育成一个美丽的哀愁。”这三首诗的艺术都是上乘的，但最高的位置总要推《塔上歌人》一篇。

这一个集里，差不多所有的诗都是讲着瑞典的。这位诗人的发展也已很有力量地显示出来了。他的诚恳，和锐利的自己分析，还是和从前仿佛，但是赫滕斯顿这次所提供的，却是一个大得多的自我。他已经找着他那伟大的使命，已经把他自己变成了他的祖国，变成了祖国的过去光荣和眼前问题的一部分了。

第三期的诗，表现在一九一五年出来的《新诗》集中。像前面所说，这期的赫滕斯顿已是他振木铎以号令于民众的时候了。

《新诗》中所收的都是三四行以至一两章的短篇抒情诗。我胡乱译出的，也以此集中的诗为最多。然而使他最被人爱诵，使他的名字在五兆有半的瑞典爱国人民的耳中差不多等于瑞典两字的，就是这些小品。对不起得很，其中有一很重要的部分“A People”却不曾好好的译出，但因为抒情的短诗是不能用叙述法子介绍的，也只好付诸“阙如”了。

我草这篇文，本是急就的。原来是因读了《瑞典之月桂冠》一集，觉得有兴趣，就译了几首。现在既然要把他发表了，却不得不写一点介绍的话；又苦于一时缺少参考材料。只有了二种都是东鳞西爪的东西：一种就是美国 Charles Wharton Stork 译的。Stork 君自己本有创作，又像是瑞典文学专家。美国 Scandinavian Classics 所出版的瑞典文学著作有许多是他翻译的，此外他又自己译了《瑞典月桂冠》。因为从他那里征引的话是比较的多，所以就不注明了。还有一个是 Fredrik Böök，那是一个瑞典人，关于他的为人我知道得更少了，仅见他在 Stork 所译 *The Charles Men* 之前做的一篇序言，所说的话却也十分深切；就是本篇所引的几句也是从那里来的。

一九二二，一，十二；泽民记

——录自商务印书馆 1925 年初版

《天鹅》①

《天鹅》序一

郑振铎②

这是我们二人所辑的童话集；我们二年来所编所译的童话大约都在这里了。他们的原料，都是从英文的各种书本里翻译而来的，不过有的是“翻译”的，有的“重述”的。我们以为“童话”为求于儿童的易于阅读计，不妨用“重述”的方法来移植世界重要的作品到我们中国来，所以本书中对于日本、北欧、英国以及其他各地的传说，神话以及寓言，都是用这个方法。至于如安徒生、梭罗古勃诸人的作品，具有不朽的文学的趣味的，则亦采用“翻译”的方法。

我们对于“童话”的兴趣都很高，但在现在的工作环境里，创

---

① 《天鹅》，童话集，高君箴、郑振铎译述，上海商务印书馆 1925 年 1 月初版，1932 年 11 月国难后第一版，1933 年 10 月国难后第二版，文学研究会丛书。

② 郑振铎（1898—1958），字西谛，笔名有幽芳阁主、纫秋馆主、纫秋、幼舫等，生于浙江温州，祖籍福建长乐。早年入北京铁路管理传习所（今北京交通大学）学习。1927 年旅居英、法，回国后历任北京燕京大学、清华大学、上海暨南大学教授，《世界文库》主编。译有《贫非罪》（奥斯特洛夫斯基著）、《灰色马》（路卜洵著）、《新月集》《飞鸟集》（泰戈尔著）等。

作的欲望是任怎样也引不起，所以只好向译述这条路走去。这是我们现在所能贡献给中国的最可爱最有望的第二代的了。将来，如有向“创作”这路走去的可能时，也许可以更供献给他们以我们自己的东西。

童话的书，图画是不可省略的。本书所有的图画，大部分是我们的朋友许敦谷君的制作，其他一小部分是别的几个朋友的，另一小部分则系复制原书所附的图画的。

又本书不过是给可爱的儿童们看的，所以文字力求其浅近，自知不足以供有文学嗜好的大人们的阅看。至如教师们欲采取一部或全部做教材，那也是我们所喜欢的。

郑振铎　十三年十一月二十六日

——录自商务印书馆 1933 年国难后第二版

《天鹅》序二

叶绍钧（叶圣陶①）

安徒生老有童心，人称他为“老孩子”。因此联想，振铎的适当的别称更无过于“大孩子”了。他天性爽直，所谓机心等等从没在他脑子里生过根；高兴时出劲地说笑，不高兴时便不掩饰地抿着嘴：这种纯然本真，内外一致的情态，惟有孩子常常如此是这样的。我记得最初遇见他的时候，他很快活，谈了几句以后，上排的牙齿咬着下唇，似乎带羞地微笑。以后我看他在中心愉快，知交接席的当儿，常常地，上排的牙齿咬着下唇，似乎带羞地微笑。这不是娇憨的孩子的

① 叶绍钧（1894—1988），字圣陶，江苏苏州人，文学研究会发起人之一。1923 年起任商务印书馆编辑。1930 年起任开明书店编辑。译有《马利亚》（涅维洛夫著）等。

常态么？朋友们举行什么集会，议论既毕，饮食也足够了，往往轮流讲个笑话，以助兴趣。轮到振铎，他总说："我讲一个童话。"于是朋友们哗然笑起来，笑他偏爱说那孩子惯说的话。他访问朋友的家里，如其那人家有孩子的，一跨进门，总先去找那些孩子，或者抱在手里，或者两手托着，高高地升起来，或者叫他们站在桌子上演戏。孩子们当然高兴，谁也不肯放过这机会，于是尽闹尽舞，常常有压扁了他的帽子弄坏了他的眼镜的事情。到他想着要走时，也许并没有同主人谈过一句话。惟有孩子，才喜欢找孩子为伴呢。既这样，给他取个"孩子"作为别称也就够了，为什么又加上个"大"字呢？这也有故：第一，他的躯干很高，比我高出半个头；第二，他究竟是担荷业务，作社会中一根柱子一块础石的成人了。

他曾经编译了许多童话。他提笔做这种工作，犹如兴会很高，自告奋勇讲一个童话的时候，是由于本性酷爱着童话。但未尝不可说由于爱好他的同伴，"大孩子"爱好小孩子，所以贡献这些宝物于他们。"这种工作，他去做时最配最合格，"就是愚人也要这样说的。

现在他集合编译的童话，又并入他的夫人，君箴女士的同类的成绩，印在一起，取中间一篇的题目《天鹅》为全书的标名。夫妻两个的撰作汇合成书，至少是件富有意趣的事情，何况这书的本身原具有更丰富的意趣。两个"大孩子"（君箴女士当然也是一个）从此将愈益快乐，因为自己既有这赏心的《天鹅》，更有以娱悦他们的同伴——小孩子。于是，他们将永远做一对"大孩子"。

十一月二十日，叶绍钧

——录自商务印书馆1933年国难后第二版

《白雪女郎》[附记]

高君箴[①]

这是一篇俄国的民间传说，以白雪女郎比譬冬天的白雪。白雪到了春天虽然融化，然而一到冬天还是要来的。文中虽带凄婉之意，而未至绝望。读者如有叹息于美慧的白雪女郎之化去者，请不要悲戚，且待至冬天，她便又要到地球上了。

——录自商务印书馆 1933 年国难后第二版

《箱子》[附记]

郑振铎

克鲁洛夫（I. Krylóv，1763—1844）俄国著名寓言文学家；他的名儿在每个俄国人的嘴唇上，犹之荷马的名儿在每个希腊人的嘴上一样。

——录自商务印书馆 1933 年国难后第二版

《缝针》[附记]

西谛（郑振铎）

安徒生（Hans Christian Andersen）是丹麦的小说家，诗人及童

① 高君箴（1901—1985），字蕴华，郑振铎夫人，原籍福建长乐。译有童话《怪戒指》等。

话作家。他生于一八〇五年四月二日。他的家庭是很穷苦的。他少时在一个慈善学校里读书。到了九岁的时候，他便离了学校，到了一个工厂里去做工，得些工资，以帮助他的寡母。他在暇时，读了许多诗歌，戏剧，自己也做了好几篇悲剧。一八一九年时，他挟了他的著作，跑到库平哈京（Copenhagen）去，立志想进剧场，但是他们拒绝他进去。他很困苦的过了些时候，后来幸得遇到几个朋友帮助他，使他得入官立学校。不久，他便以诗歌著名于著作界。他的诗歌共出了两册。一八三三年，他得了政府的资助，到欧洲各国去旅行。这一次的经历，使他做了好几部书，最著名的是 *The Improvisatore*（一八三五年）。此书出版后安徒生的名字便从本国而流播到欧洲各国去。以后，他还出版了许多部小说，*O. T.* 是描写丹麦的景色的，*Only a Fiddler* 是叙述他早年的穷苦的情况的。一八三五年，他出版《童话第一集》，他的名字立刻使全国以至于全欧洲的儿童都能说得出。以后每年当圣诞节时，他都继续的出版一部童话集。这些童话集几乎被翻译成世界一切的文字。世界上的许多儿童，几乎没有不喜欢读他的童话的。他的别的著作，如剧本之类，还有许多，但总没有他的童话那样的著名；现在我们一提起安徒生这个名字，许多人都立刻联想起童话作家这个名词。一八四五年，政府给他以年金，一八五三年，他的自叙传《我的生平》（*My Life's Romance*）出版。后来又加增订。一八七五年八月四日，他得病而卒。这时，他的重要著作，差不多已传遍欧洲了。

这篇《缝针》是安徒生所著童话里的很短的一篇。他的词意，很像俄国梭罗古勃（Sologub）做的《石子的经历》。我很喜欢他，所以便请君箴把它译出。大概他的童话，都是奇幻而富于兴趣，而所含的意思又是很深沉的；儿童固然读之而喜，而同时却也可以使老人读之而深思。

——录自商务印书馆 1933 年国难后第二版

《阿富汗的恋歌》[①]

《永久》《季候鸟》《辞别我的七弦竖琴》[②] [附记]

（希真〔茅盾〕）

泰伊纳（Esaias Tegnér，1782—1846）是瑞典近代最著名的诗人，通常被视为瑞典浪漫派诗宗的。他最有名的著作是抒情诗《佛列息枯夫的故事》一大卷。这诗纯然是浪漫主义的作品。和英国司各德、美国郎弗洛的著作颇有些相似。

但是泰伊纳是拘守形式过分的，他的诗缺少高超的想象，这也是美中不足；这里所译《永久》一篇可代表他的抽象题目的诗篇，《气候鸟》一篇则又近于写实派著作，他的自述体则可以《辞别我的七弦竖琴》为例。此外他尚有改作北方神话的诗，如《巨人》等篇。他抒情诗的体裁算是极多的了。

瑞典抒情诗自伊欧伊尔（E. G. Geijer）树立浪漫主义基石以来，泰伊纳是最大名家，此后有生于芬兰的罗纳褒格（J. L. Runeberg）成就更大，至廖特倍格（V. Rydberg）乃转入写实主义了。九十年代的三大家则又倾向浪漫，赫滕斯顿遂有新浪漫之目。我觉得泰伊纳的诗也应先介绍一些，所以勉强译了这三首来。

——录自商务印书馆 1925 年初版

---

① 《阿富汗的恋歌》，诗歌集，希真（茅盾）、徐志摩等译，小说月报社编辑，上海商务印书馆 1925 年 3 月初版，小说月报丛刊第四十四种。

② 《永久》《季候鸟》《辞别我的七弦竖琴》，为《阿富汗的恋歌》中第二、三、四篇，瑞典泰伊纳（Tegnér，今译泰格奈尔，1782—1846）著，希真（茅盾）译。

《假如我是个诗人》[1]［附记］

（冯虚〔茅盾〕）

巴士（Albert Ulrik Bååth，1853—1912）在瑞典文学史上的地位，是很分明的；正如斯特林堡乃当时小说界之王一般，他是当时诗坛的领袖。他和斯特林堡两人，一个在小说方面，一个在诗方面，极力鼓吹写实主义。他的诗都为下级社会声诉，只看了这一篇便可以明白了。

——录自商务印书馆1925年初版

《你的忧悒是你自己的》[2]［附记］

（希真〔茅盾〕）

廖特倍格（Viktor Rydberg，1828—1895）是瑞典诗坛倾向到写实主义时代的重要作者。瑞典诗坛当六十年代曾衰落许时，但是七十年代有了个新运动发生，便又兴盛起来。这新运动就是写实主义的运动。

廖特倍格算得是这新运动里的先锋的，本来是个学院派的理想主义者；他能以清楚而高贵的诗义去看人类的大问题。他的抽象的象征的作品里都含有他的似浅而实深的人生观。他的写实主义的作品如《浴的孩子》等章，描写瑞典乡村风景，也是非常的生动。瑞典诗的

① 《假如我是个诗人》，为《阿富汗的恋歌》中第五篇，瑞典巴士（Albert Ulrik Baath，今译巴士，1853—1912）著。

② 《你的忧悒是你自己的》，为《阿富汗的恋歌》中第七篇，瑞典廖特倍格（Viktor Rydberg，今译雷德贝里，1828—1895）著，希真（茅盾）译。

新生，是由于他的努力，一定无疑的。第二个有力的人就是斯诺尔斯基（C. Snoilsky）了。

——录自商务印书馆 1925 年初版

《在上帝的手里》[1]［附记］

雁冰（茅盾）

特·琨台尔（Anthero de Quental，1842—1891）葡萄牙在十九世纪中因受了拜轮的影响，诗坛上开出了浪漫主义的花，有名的李尔（Mendes Leal）就是那时代的人物。但到了一八六五年，却茄思（Pinheiro Chagas）的《青年诗》(*Poema da Mocidade*）发表后，便引起了一个绝大的反动；世界闻名的葡萄牙诗人琨台尔应着声也似的起来了。他的诗和传统的浪漫主义的诗，面目全然不同。他虽是生得那么早，然而现代人精神上烦闷的特点，在他诗里强烈的现着；他是近乎近代神秘派的。

经了他的手，葡萄牙变成了坚硬而亢傲，他的短诗犹如胜利的军号声了。

和他同时，同为反浪漫派，然而作风完全相反的。有拉莫思(João de Deus Ramos 1830—1896)，也颇有名；希真这里译的琨台尔的诗从 Prestage 著名的英译本转译来的，他日如有机会，我想也该把拉莫思的诗译几首过来。

原诗体裁以四句两章三句两章共四章为一首，章四句者韵在一四句及二三句，章三句者韵在一二句与上下章之第三句，全首前二章用

---

① 《在上帝的手里》，为《阿富汗的恋歌》中第十篇，葡萄牙特·琨台尔（Antero Targuinio de Quental，今译肯塔尔，1842—1891）著，希真（茅盾）译。

同一的韵，后二章用同一的韵。如今用白话译出，只存其意罢了，这也是权时没法的事；但分章仍依原式。

雁冰附注

——录自商务印书馆1925年初版

《十二个》[1]［附记］

饶了一（饶孟侃）[2]

这两篇同题的诗《十二个》第一篇载在《活时代》(*Living Age*) 一九二〇年的五月号上，是布洛克自己的作品，布氏的生平和作风，本报屡有介绍，兹不赘述。第二篇也是转载在《活时代》去年的十二月号上；这篇诗本是纪念布洛克的死耗而作的，并且把布氏的见解完全道出，也可以算是为布氏的《十二个》作更进一步的介绍和解释。布氏的《十二个》是俄国近代杰作之一，毫无疑议。但在俄国革命的时候，一共产生了三篇诗的杰作，除布氏的《十二个》以外，还有两篇很有名的诗：一篇是未来派Mayakovsky著的《战争与和平》(War and Peace) 一篇是象征派Andrey Byely的《耶稣复现》(Christ Is Arisen)。《战争与和平》和布氏所著的《十二个》见解不同，所以译者也不必详细的提起；但是第二篇《耶稣复现》却和布氏的《十二个》很有连带的关系。这两篇诗里的耶稣，都是含

---

① 《十二个》，共两篇，为《阿富汗的恋歌》第十一、十二篇。第一篇为俄国布洛克（Aleksandr Aleksandrovich Blok，今译勃洛克，1880—1921）著；第二篇为英国史罗康伯著，为纪念勃洛克而作。两篇均为饶了一（饶孟侃）译。

② 饶了一，饶孟侃（1902—1967），字幕陶，别名子离，江西南昌人。1916年入清华学校。《诗镌》编辑之一。译有《巴黎的回音》（英国郝斯曼短篇小说），与闻一多合译《山花》（郝斯曼第一部诗集后所缀“跋尾式的诗”，译者另题“山花”）等。

着一样的概念，用神秘和象征的描写，表见他们自己的理想。在布氏的《十二个》里面，我们很容易找到他这种的见解。原诗第一段里，说大的布告，“全权归入临时国会”在俄国的破坏空气中飞着，这句话实含着极深奥的象征在里面。他的意思是说，难道俄国政治理想的梦只有区区的一张布告吗？此外，布氏的诗里，又含有一种坚忍不拔自信的气概，即是无论向那条黑暗的路上走，耶稣总是和他在一块的。这个对于无产阶级革命的宗教的信仰，被布氏道破的，无论那个都该承认的。耶稣永远是在那里保护人们，不过他是在万物的前面，我们人类不能推测；无论你的境遇是怎么样，他总知道你的一切。布洛克现在虽是死了，但是他的神秘的描写，高超的精神和敏锐的思想，在文学作品上是永远有重要的价值的。

——录自商务印书馆 1925 年初版

《北欧文学一脔》①

《人间世历史之一片》②［附记］

雁冰（茅盾）

史特林堡所著短篇小说最有名者是《结婚集》，此集中短篇译成中文的已经不少；可惜尚没有全译出来。此篇《人间世历史之一片》

---

① 《北欧文学一脔》（*Scandinavian Literrature*），论文小说合集，蒋百里、沈雁冰等译，小说月报社编辑，上海商务印书馆 1925 年 3 月初版，书名页标 1924。小说月报丛刊第二十九种。内收论文四篇、挪威和瑞典短篇小说三篇。

② 《人间世历史之一片》，为《北欧文学一脔》中第六篇，瑞典史特林堡（今译斯特林堡，1849—1912）著，沈雁冰译。

不是包括在《结婚集》内的；所以篇中思想和《结婚集》内各篇不大相同：《结婚集》中十九篇东西几于无一不是鼓吹（Propagand）的调子。本来史特林堡的思想是时时刻刻变换的，便是《结婚集》的前部各篇与后部各篇也不一致。“思想只是人生经验的反对，跟着经验变的”，这是史特林堡常说的话。

从《红屋》《结婚集》及《父裘丽亚小姐》等作看来，史特林堡是个自然派的小说家。但他的《梦曲》和《大道》等作却又是象征的和神秘的作品了。

雁冰注

——录自商务印书馆 1925 年初版

《印第安墨水画》[1]［附记］

雁冰（茅盾）

苏特尔褒格（Hjalmar Soderberg）一八六九年生，是现代瑞典文坛上的一个怪人物。被称为“瑞典的阿奈都法朗士”“The Anatole France of Sweden”的便是。他是一个壮硕矮小，五十来岁的人，没有出奇动人的容貌和动作但他的思想却非常奇怪：他不信道德、进步、不朽以及上帝。他的见解，可用他书中一个人物所说的两句话包括起来：“我相信肉的纵欲无度，也相信灵的不可救药的孤寂。”

苏特尔褒格只著了三部小说，一篇剧，和半打小本的短篇小说集；但是大家都承认他是丰富而活动的现代文学界中的首座的艺术家。他是极疏懒的一个人。他以为描写情绪是“解剖一已［己］成

① 《印第安墨水画》，为《北欧文学一脔》中第七篇，瑞典苏特尔褒格（Hjalmar Söderberg，今译瑟德尔贝里，1869—1941）著，沈雁冰译。

为小碎片”，是“玩弄傀儡”，所以非常鄙夷这种描写。他只把自己见的和想的写出来；他有句半讽刺的自悔话，“我不多想！这就是我穷到如此的原因。”他真是一个完全不带一点金钱思想去作小说的小说家!

苏特尔褒格的妙处就在他的眼光是确实无伪的，他有从微事中发挥出大道理的本事，他的描写的手法是纯全的自然主义。日常生活内遇见的种种小事，一到他的笔下，就没有一件是太平淡了或太浮浅了，他都可以借这一件事来深深地表出他所见的人生的毫无意义。他的悲观，他的否定一切，诚然是从他的孤僻而自私的见解出发的，——他的脾气是既不喜活动又不能慷慨的。但是他的悲观主义很能为热中的人下一个当头棒喝。这是他对于现代思想界的贡献。

至于他小说中的尖刻的描写，在现代斯干的那维亚文坛上也是罕有的，英国文坛上更少见了。在他的小说中。没有一个思想的影，没有一点细情，会漏过了不写的。便是外貌很单薄的短篇记事（Sketch）也是值得细细体会，有无限的研究。现在译出的这一篇却好可以窥见他对于人生的见解和他的艺术手段之一斑。

他的小说最惹人注意的就是那本《玛丁皮克的幼时》——一九〇二年出版。

一九二一 五 一〇 雁冰

——录自商务印书馆1925年初版

《芬兰文学一脔》[①]

《芬兰的文学》[②]［附记］

沈雁冰（茅盾）

上面这篇文章专讲芬兰六个作家，我因为他说的很详，在从未研究过芬兰文学的人们看来，没有看不懂的地方，所以便决定把这篇译出来，若说要概括的批评近代芬兰文学，则此篇似乎还不够；现在我们只要晓得近代芬兰文坛上戏曲与诗歌实在很丰富：戏曲自从斯坦完尔（Alexis Stenwall，别名“Kiwi”生一八三四年死一八七二年，乡裁缝之子，亦当时大诗人）以来，明娜·亢德是最有名的一个，自不用说，此外尚有姜痕生（E. F. Johnsson，1844—1895），卡琼特尔（P. Cajander，1846— ），他翻译莎士比亚著作为芬兰文，勃尔格蓬（Karl Bergbom，1843— ）等人。抒情诗人则有欧尔枯（J. H. Erkko，1849— ），张纳思（Arwi Jannes，1848— ），威乔拉（Yrjo Weijola，1875— ）等人。小说家中除上面五位外，又有 Kauppis Heikki，Alkio Filander，Heikki Maviläinen，Juhana Kokko（Kyösti）等人的名字，也可以记一下。

八月十日译后记

——录自商务印书馆 1925 年初版

---

① 《芬兰文学一脔》（*Finnish Literature*），论文短篇小说合集，沈雁冰、周作人等译，小说月报社编辑，上海商务印书馆 1925 年 3 月初版，小说月报丛刊第三十六种。

② 《芬兰的文学》，为《芬兰文学一脔》中第一篇，Hermione Ramsden 著，沈雁冰译。

《父亲拿洋灯回来的时候》[1]［附记］

周作人[2]

约翰尼哀禾（Juhani Aho）本名勃罗佛尔德（Brofeldt），一八六一年生于列塞尔密（Lisalmi）(芬兰内地)。早年作小说数篇，有名于时，英国倍因（R. Nisbet Bain）评云，“哀禾的艺术是将巴衣伐林太（Päivärinta）的一切的照相的精确与宽宏的善感，与来约南（Reijonen）的真实的滑稽结合而成，但哀禾的滑稽却更广且深；他此外又有优美的空想与活现的想象，——这些特质，在芬兰小说家大抵很是缺乏的。”一八九〇年哀禾以官费游历法国，颇受自然派的影响，一时褒贬纷然。据倍因说，因为他的真实的滑稽，优美的空想，柔和的忧郁，深厚的感情，都与自然主义不甚相合；这或者是确当的断语，但是他最近的成就，我们也无从得知了。这一篇从倍因译哀禾小说集中译出，是他早年著作之一。德国勃劳绥威德尔（E. Brausewetter）在《北方名家小说》(*Nordische Meisternovellen*）传记里说：

“芬兰近代诗中最重要最特别的趋向之一，是影响于芬兰人民的欧洲文明生活的潮流的反映。在这事上，少有一个诗人，能深深的攫住而且富于诗致的展布开来，如站在他祖国的精神运动中间，为第一芬兰日报的领袖之一的哀禾的。

---

① 《父亲拿洋灯回来的时候》，为《芬兰文学一脔》中第二篇，芬兰哀禾（Juhani Aho，今译阿霍，1861—1921）著，周作人译。

② 周作人（1885—1967），原名櫆寿（后改为奎绶），字星杓，又名启明、启孟等，笔名萍云女士、遐寿、仲密等。浙江绍兴人。1906—1911 年留学日本。与鲁迅合译《域外小说集》《现代日本小说集》等，另译有《红星佚史》《炭画》《黄蔷薇》《点滴》等。

他在公布的第一册，总题为《国民生活》的三篇故事之中，《父亲拿洋灯回来的时候》和《铁路》两篇里面，将闯入的文明生活的势力，用诗的意义来体现他。最初的石油灯和最初的铁路：及于少年和老人的效力，有种种的不同。人看出开创的进步来，但从夸口的仆人的状态上，也看出一切文化在最初移植时偕与俱来的无可救药的势力；而终在老仆沛加这人物上，对于古老和过去，都罩上了传奇的温厚的微光。正如伽耶尔斯坦（Geijerstam）美妙的表白说，'哀禾对于人生的被轻蔑的个性，有着柔和的眼光。这功效，是他能觉着交感，不特对于方来的新，而且也对于方去的故。'但这些故事的奇异的艺术的效力，却也属于能将这些状态纳在思想和感觉态度里的哀禾的才能。"

《铁路》这一篇，据倍因说，"他用了真实的芬兰的滑稽和详细，描写乡下老夫妇初见铁道时的影响；他们在看见以前，不相信有这事；看见以后，又不赞许这事。"哀禾早年著作，大抵是乡土艺术一流。因为芬兰虽为属国，但瑞典与俄国先后待他都颇宽和，不像波兰那样的受压，所以爱国思想趋重歌咏乡土，而怀慕古昔之情，也就自然的同时发生了。但到九十年代末，哀禾的著作便倾向于写实，与先前不同。倍因译集中《海尔曼老爷》与此篇，属于前期；《前驱》与《诚实》皆后期之作。《前驱》曾译载《域外小说集》中，又《欧美小说丛刊》中亦别有译本。七月三十一日记。

——录自商务印书馆1925年初版

《我的旅伴》[1]［附记］

（沈泽民）

贝太利，巴衣伐林太（Pietari Päivärinta 1827—　）虽生年较早，却是芬兰现代的新派著作家。他的著作里都充满了对于人类的热爱；他用诗样美丽的散文描写农民的困厄，他自己本是一个农民，所以第一熟悉的是农民生活。他开始著作，在四十岁后。

他的父母是工人，家甚贫，有弟妹多人；他年幼时适逢父母大病，无从得食，他乃乞食饲养弟妹们。他的妻也是农家的女儿，有林地一总随嫁过来，但是此地甚瘠，收成甚少，不够度日。于是他飘流各地，以唱诗为生。他是天生的好嗓子，故颇得人欢迎。后始获得一教区书记的位置。又曾为芬兰国会中的本区代表。他的第一部著作名为《大战琐记》甫出版便大受欢迎。此后又有别的著作多篇出版，都为描写农民生活的短篇。此篇从Underwood英译中译出。

——录自商务印书馆1925年初版

① 《我的旅伴》，为《芬兰文学一脔》中第四篇，芬兰贝太利·巴衣伐林太（Pietari Päivärinta，今译佩伐林达，1827—1913）著，沈泽民译。

《武者小路实笃集》[①]

《一日里的一休和尚》[附记]

（周作人）

武者小路实笃（Mushakôji Saneätsu）生于一八八五年，先前为“白桦派”文人的领袖，近三年来，在日向经营新村，但一面在文艺上仍然很努力，在《白桦》之外去年又创刊一种杂志名《生长的星之群》。

他的著作集现在刊行者共约三十册，其中十种是评论感想，其余都是戏剧和小说。这一篇从《小小的世界》中选出，是他得意之作的一篇，去年土岐哀果编集《罗马字的短篇小说集》，请各著作家自选一篇，他所选的便是这《一日里的一休》。文中意思很明显，用不到再加注释，现在只就史实上略略说明。一休是禅宗大德寺的高僧，初名周建，后改宗纯，一休是他的号。文明中奉敕住持大德寺，赐紫衣；文明十三年（1581）卒，年八十八。他在大德寺里的住所，称瞎驴庵；后世传述他的奇行甚多，常被用作近代通俗小说的材料。武者小路君的著作里，还有戏剧《三和尚》、小说《从一休听来的话》，也是说着一休的。

一九二二年一月十二日附记。

——录自商务印书馆 1925 年初版

① 《武者小路实笃集》（*Plays by Mushakoji*），戏剧小说合集，日本武者小路实笃（1885—1976）著，周作人等译，小说月报社编辑，上海商务印书馆 1925 年 3 月初版，书名页标 1924。小说月报丛刊第四十六种。

《桃色女郎》[附记]

（樊仲云）①

这篇《桃色女郎》系从现代脚本丛书第一编《未能力者の仲间》中译出。

译者注

——录自商务印书馆1925年初版

《某夫妇》译后附记

（周作人）

这一篇小说见去年出版的短篇集《燃烧的树林》中，今收在《武者小路全集》卷五第二部。

武者小路君的著作之译成中国语者，有毛李二君合译的《人间的生活》，鲁迅君译的戏剧《一个青年的梦》，我所译的《久米仙人》和《第二之母》。在《现代日本小说集》（世界丛书之一）中，俞寄凡君译的童话剧《开花翁》及《地藏与鬼》等。

武者小路君的文体非常简明而有力，不易传其神气，意思亦很明了，本无说明的必要，现在只就自己所感到的略赘数语。《约翰福音》里说，文人和法利赛人带了一个犯奸的妇人来问难耶稣，应否把她按照律法用石头打死，耶稣答说，“你们中间谁是没有罪的，谁

① 樊仲云（1901—1989），字得一，笔名樊从予、独逸等。浙江嵊县人。文学研究会会员。译有《文艺思潮论》（厨川白村著），《畸零人日记》（屠格涅夫著）等。

就可以先拿石头打她。”这篇的精神很与他相近，唯不专说理而以人情为主，所以这边的人物只是平常的，多有缺点而很同情，可爱的人，仿佛是把斯特林堡（Strindberg）的痛刻的解剖与杜斯退益夫斯基（Dostoievski）的深厚的感情并合在一起的样子。像莎士比亚的阿赛罗（Othello）那样猛烈的妒忌，固然也是我们所能了解的，但是这篇里所写的平凡人的妒忌，在我们平凡人或者觉得更有意义了。

中国有许多人读小说，专在里边求事实，或者用为笼统的论断的根据，譬如看见易卜生的《群鬼》便说挪威青年多半发疯，看见苏德曼的《故乡》便说德国女子大抵淫凶无耻之类，决不是少见的事情。其实人性总是相同的，在时间空间上迥不相同的国里，可以发现许多类似的暗黑面，（当然也有许多类似的光明面），这原是不足为奇的事；但如在目的截然不同的文学作品里想来寻求攻击的资料，那未免大错特错的走错了门了。凡爱好文学者当然早已了解这些道理，所以上边所说的话不免有冒犯读者之嫌，但是据自己的经验，因为时常遇见这些误解，在介绍者的责任上似乎不得不预先说明一声，以免错误，所以加了这一节蛇足的话。至于对于明白的读者们，我当然诚意的请求他们的原谅。

一九二三年七月十七日

——录自商务印书馆 1925 年初版

《婀拉亭与巴罗米德》[①]

《婀拉亭与巴罗米德》梅脱灵略传（附录）

沈雁冰（茅盾）

梅脱灵（Maurice Maeterlinck）（比国戏曲家。生于一八六二年。）他是佛莱姆（Fleme）故家的后代，生于比利时的干忒（Ghent）。读书的时候，奉父母的命去学法律；毕业后在本乡做过几年律师。一八八六年，始到巴黎；在巴黎，他认识了许多文学界人，思想为之一变。对于他最有影响的，是李斯勒·亚当（Villiers de L'Isle Adam）；据梅脱灵自述，这是李斯勒·亚当引他向"诗的精神的神秘的那方面"，一八八九年，因父丧回比利时后，发表他的第一部著作——诗集 *Serres Chaudes* 和剧本《马兰公主》。后者大为法国的著名文家密尔暴（Octave Mirbeau）所称赏，至称作者为"比利时的莎士比亚"。自此以后，梅脱灵住在比利时，作了许多剧本。直到一八九六年，方始又到巴黎，这就和比利时永别了。

梅脱灵通常被称为象征派。他的著作，可分为两类，带着浓厚的象征色彩的，如《群盲》（一八九〇年），《侵入者》（一八九〇年），《室内》（一八九四年）等等，都是独幕剧，长在三幕以上的童话剧《青鸟》（在一九〇八年发表），也是属于象征派的，梅脱灵借此得了世界的名誉。还有带着神秘色彩的，如《七公主》（一八九一年），《潘莱斯和梅侣桑》（一八九二年），《婀拉婷与巴罗米德》（一八九四年），

---

① 《婀拉亭与巴罗米德》（*Alladine and Palomides*），戏剧，比利时梅脱灵（Maurice Maeterlinck，今译梅特林克，1862—1949）著，伧·叟（杜亚泉）译，小说月报社编辑，上海商务印书馆 1925 年 4 月初版，小说月报丛刊第五十六种。

《丁泰琪之死》（一八九四年），《阿格拉文与散拉昔忒》（一八九六年）等等，大都是三幕以上的长剧；定命论似乎是这些剧本的中心思想，剧中人物——那些公主，皇帝和相恋的武士与美人——全都惴惴然若有大祸之将临，而又不知道这祸究竟是什么一种性质和什么一个面目。神秘，阴惨，幻美，是这些剧本的特色。

一九〇三年，梅脱灵发表他的恋爱剧《蒙娜·伐娜》——一篇既非神秘亦非象征的剧本。这篇剧本实是他的杰作。恋爱与牺牲是此剧所要研究的主要题目。大战后，梅脱灵又作了一篇《斯铁尔蒙村的市长》，也是态度特异于其他作品的。这篇剧本所要描写的，是人生的相冲突的两种态度：服从正义呢还是服从武力？肯定自己呢还是否认自己？

除剧本外，梅脱灵有《智慧与命运》等四本论文集，也是很重要的；他的对于文学的见解，他的哲学思想，他的人生观，全都包括在这四本论文集里。

——录自商务印书馆1925年初版

《宾斯奇集》①

《美尼》②［附记］

（冬芬〔茅盾〕）

宾斯奇一八七二年生于俄罗斯的莫别罗芙（Mobilov）。后来即迁

① 《宾斯奇集》（*Plays and Short Stories by D. Pinski*），戏剧小说合集，宾斯奇（David Pinski，今译平斯基，1872—1959）著，小说月报社编辑，上海商务印书馆1925年4月初版，小说月报丛刊第五十九种。

② 《美尼》，为《宾斯奇集》中第一篇，冬芬（茅盾）译。

居莫斯科。一八九二年排斥犹太人风潮起时，宾斯奇被俄人从莫斯科逼走，迁至华沙（Warsaw）。即在此时开始做小说——描写第四阶级生活的小说。但宾斯奇又立刻赴柏林读书，一八九九年始到美国纽约就某社会主义周刊的文学栏记者之职。他又做过哥伦比亚大学的学生。

据Isaac Goldberg说："宾斯奇所已做的二十七篇戏曲（以一九一八年为止而说）可以分做好几类。最先发表的那几篇，描写第四阶级人民生活上的苦痛，使宾斯奇得名的，可以算做一类：这一类里的代表著作就是一八九九年发表的《伊萨克·西芙得尔》（*Isaac Sheftel*）。《最后的犹太人》（*Die Familie Zwi*）于一九〇三——四年发表，便表示宾斯奇的描写已经不浮注于表面的生活痛苦，而要描写受痛苦者对于'生活改善'的憧憬，及此憧憬之心理的反动。这一类的著作以一九一一年的《哑的米西亚》为最。从此以后，宾斯奇的描写点更广阔而复杂了；然大都是更发挥先前各著作中所已含的理想或艺术手腕而已。譬如那在先于一九〇六年发表的《宝物》已含有极显明的讽刺调与象征色，现在更扩充起来，成为纯粹象征剧的《爬山者》——一九一二年发表。《铁匠约伯》（一九〇六年作）和有名的《茄立布与女人们》（一九〇八年作）也是把从前在独幕剧杰作《被忘却的灵魂》一剧中已见的两性问题观更加以充分发挥而已。便是那一九一四年作的赤裸裸写实剧《还是不生好》以及一九一五——一六年作的《尼奈马登的恋事》也都是发挥从前的理想罢了。但是若据此以分划宾斯奇著作的时期，也不很对；因为这许多不同面目的著作并不是挨次序来的。譬如一九〇六年中作的，便有三个面目。"又说："宾斯奇是一个写实主义的心理学者。他夹袋中的人物都是些'摸索者'，和那些渴念权力而又见自己被更大权力者打了的灵魂。死，自杀，和退让软化，是这些'摸索者'的普通命运。"

在犹太文学的戏剧史上。宾斯奇更是个重要的人物；自从一八七六年阿布拉哈姆·古尔特反登（Abraham Goldfaden）在罗马尼亚建立了“犹太舞台”以来，直到现在，这几十年中的犹太剧曲进化的快而不规则的痕迹，也由宾斯奇代表了。美国戏曲批评家列费生（Ludwig Lewisohn）称宾斯奇的散文和梅脱灵的、夏芝的相埒，因而推重他是现代剧台中的杰出人物；然我以为“精神总是现代的”这一层，实是宾斯奇著作为不论何种人都喜欢而看了生感动的主要原因。

这一篇是由宾斯奇短剧十种内译出；曾试“按字死译”与“摄神直译”两种方法，到底取了后者，以现在这样子发表了。

七，一三，附记

——录自商务印书馆 1925 年初版

《波兰》[1]［附记］

（希真〔茅盾〕）

此篇也译自《独幕剧十种》内，这样新颖体裁是宾斯奇所独创的。宾斯奇富于反抗的精神，此篇中写拉比和诗人，同寓讥讽之意，我们固然也不赞成仅借“人物”的口，宣传自己主张的教训式的作品，但是像这篇作品显示矛盾的人性，总是应该赞成的。因为我觉得住在血肉堆里哀鸣声中而尚赞美空想的太阳之美的那个诗人，实在不近人情！

——录自商务印书馆 1925 年初版

① 《波兰》，为《宾斯奇集》中第二篇，希真（茅盾）译。

《拉比阿契巴的诱惑》[1]［附记］

（希真〔茅盾〕）

右一篇从宾斯奇短篇集《诱惑》内译出。美国 I. Goldberg 说："宾斯奇作品中的主题都是'人的灵魂'的问题，——并不是那些文学符咒者的象征而神秘的无结果的问题——却是那内潜的主力，常常引导行动或使行动惰性的继续着的。宾斯奇要透入人类动机的秘密。这是他应归入心理描写的写实派作家里的理由了。他描写外面生活与内在生活都很忠实。"

"宾斯奇的作品显然有三个主要段落。一是他的无产阶级的态度的著作；大都描写犹太工人的生活，如剧本里的 *Isaac Sheftel* 和短篇小说《德拉布金》。二是他的改作《圣经》中故事的作品，如剧本中《哑的米西亚》，小说中的《别洛丽亚》。三是两性间问题的作品，如剧本中的《铁匠约伯》，小说中的《觉醒》与《黑猫》等。"

以上都见 Goldberg 译《诱惑》集上的叙言，我因为他很关重要，特译了这二节。

——录自商务印书馆 1925 年初版

《暴风雨里》[2]［小序］

（陈嘏[3]）

这篇是《诱惑》(*Temptations*) 集里最末了一篇，原名 In the Storm，

---

① 《拉比阿契巴的诱惑》，为《宾斯奇集》中第三篇，希真（茅盾）译。

② 《暴风雨里》，为《宾斯奇集》中第四篇，陈嘏译。

③ 陈嘏（1871—1909），安徽怀宁人，字遐年，陈独秀兄长陈健生之子。译有屠格涅夫《春潮》《初恋》，易卜生《傀儡家庭》(今译《玩偶之家》) 等。

也是全集中最短的一篇。但描写的功夫极高；更带着浓重的犹太文学的特别色彩，可惜我的译文恶劣，且又是从英文转译的，怕不能把他的好处如量传达出来；这是要向原作者和读者告罪的。

一九二三年，圣诞节后一日

——录自商务印书馆 1925 年初版

《波兰文学一脔（上）》①

《近代波兰文学概观》②［附记］

周作人

这一篇原是诃勒温斯奇（Jan de Holewinski）所著《波兰文学史略》的第五章，原题“自一八六三年革命至现时的波兰文学”。原书系用英文所著，一九一六年初版，为波兰报告委员会所刊行的甲种丛书之一。一九二一年八月二十五日附记。

——录自商务印书馆 1925 年初版

《我的姑母》③［附记］

周作人

科诺布涅支加（Maria Konopnicka 1846—　）是现代波兰的女诗

① 《波兰文学一脔（上）》(*Polish Literature I*)，论文短篇小说合集，小说月报社编辑，上海商务印书馆 1925 年 4 月初版，小说月报丛刊第四十二种。

② 《近代波兰文学概观》，为《波兰文学一脔（上）》中第一篇，波兰诃勒温斯奇（Jan de Holewinski）著，周作人译。

③ 《我的姑母》，为《波兰文学一脔（上）》中第二篇，波兰科诺布涅支加（Maria Konopnicka，今译科诺普尼茨卡，1842—1910）著，周作人译。

人，但伊也做小说。河勒温斯奇在《波兰文学史略》里说："近代波兰诗界里的大人物是亚斯尼克（Adam Asnyk）。……但这是马理亚科诺布涅支加，波兰最大的女诗人，在诗人的竖琴上添了一枝新弦：便是现代意义的'平民'。从伊的伟大的才能，产生出许多富美的各式的文学作品。最近的一书，名《在巴西的巴尔折耳先生》，是一篇平民的史诗，正如密支该微支（Mickiewicz）的《泰达思君》（*Pan Tadeusz*）是贵族的史诗一般。这不但是文学上的一个界牌，而且是民众教化上的边境的标柱；他表明国民已经超出阶级精神之上，容纳平民到全灵堂里去了。"

凯拉舍克（J. Karásek）著《斯拉夫文学史》第二卷云，"科诺布涅支加在许多地方，是哲学的，对于古典世界有着特爱的一个确实的勇敢的人物。……伊是女子的苦楚和哀愁的诗人。伊的功绩，是在以民族的全灵堂——饶富其民众。伊以叙述移住民生活的，尚未完成的史诗《在巴西的巴尔折耳先生》，引起颇大的惊异。……至于故事，则该尔支的旅行记载，尤其是抱了对于南斯拉夫的特爱而作的。但伊也识得诺曼的海岸。诗人之外又为动人的故事家；也做文学的论说和美文，虽然多是主观的，而构思叙述却都颇为奇特。"

这一篇小说，从世界语《波兰文选》译出，虽然没有女诗人的那种特色，但别有一种殊胜的地方，为别人所不能及。这便是描写独身女人的感情的变化。那种细腻优美的描写，带着一点轻妙而且有情的滑稽，的确是女性的特长，不是一般男性文人所能容易学到的。我以为在这一点上，女小说家的独有的价值差不多就可以确定了。

一九二一年七月十五日记

——录自商务印书馆 1925 年初版

《影》[附记][1]

周作人

普路斯（Boleslaw Prus）本名格罗伐支奇（Glowacki），是波兰现代的人，我曾译过他一篇《世界之霉》，登在《新青年》八卷六号上，略附有说明。这一篇《影》（*Ombroj*）也是从巴因博士的世界语《波兰文选》中采取的。

一九二一年七月三日记

——录自商务印书馆 1925 年初版

《燕子与蝴蝶》[2][附记]

周作人

戈木列支奇（Wiktor Gomulieki），据诃勒温斯奇的《波兰文学史略》上说，“是在实证主义文学失败分散时代（案即近来三十年间）的一个诗人，唯理主义之子，所谓高蹈派的第一显著的优雅的代表”。关于他的小说，在本年一月号的《小说月报》上，有王剑三先生译的一篇《农夫》和说明，可以参考。

这一篇原名“这是燕子蝴蝶们所不懂的”（Kion ne komprenas La hirundoj kaj papilioj），德国巴因（K. Bein）博士用世界语译出，收在所编的《波兰文选》（Pola Antologio，1909）里，现在便据这一本重译的。

一九二一年七月一日记

——录自商务印书馆 1925 年初版

---

① 《影》，为《波兰文学一脔（上）》中第三篇，波兰普路斯（Boleslaw Prus，今译博普鲁斯，1847—1912）著，周作人译。

② 《燕子与蝴蝶》，为《波兰文学一脔（上）》中第四篇，波兰戈木列支奇（Wiktor Gomulicki，1848—1919）著，周作人译。

《农夫》[1]［小序］

王剑三（王统照）[2]

戈木列支奇（Gomulicki）是波兰的小说家及诗人，生于一八五一年。他的著作是散文韵文都有，他的优美的文体，和匀称的辞句，俱可使人惊叹。虽然他的著作的本旨，是以在华骚的生活中所推论出来的种种事情，然而在他的短篇中，很描摹出波兰农人的状况。他那种深入刻画的笔墨，实是在小说中别开生面，譬如这篇《农夫》，用极闲淡的言辞，写出人生的最大的痛苦，这真是他的特长了。

——录自商务印书馆1925年初版

《波兰文学一脔（下）》[3]

《二草原》[4]［附记］

周作人

显克微支（Henryk Sienkiewicz　1846—1916）的小说，由我译出的，有《炭画》(单行)《乐人扬珂》，《天使》，《灯台守》(《域外小

① 《农夫》，为《波兰文学一脔（上）》中第五篇，波兰戈木列支奇（Wiktor Gomulicki，1848—1919）著，王剑三（王统照）译。

② 王剑三，王统照（1897—1957），字剑三，笔名息庐、容庐等，山东诸城人。文学研究会发起人之一。1924年毕业于中国大学英文系。1934年赴欧洲考察，于英国剑桥大学研究文学，作《欧游散记》。

③ 《波兰文学一脔（下）》(*Polish Literature II*)，论文短篇小说合集，小说月报社编辑，上海商务印书馆1925年4月初版，小说月报丛刊第四十三种。

④ 《二草原》，为《波兰文学一脔（下）》中第三篇，波兰显克微支（Henryk Sienkiewicz，1846—1916）著，周作人译。

说集》内以上皆文言），《酋长》（《点滴》内），《愿你有福了》，《波尼克拉的琴师》（《现代小说译丛》内）共六篇。这一篇也是从世界语《波兰文选》译出，原注云印度故事，与《你祝福了》同属一类，是空想的诗的作品。格拉波夫斯奇（Grabowski）的《万国文选》里，又有他的一篇《宙斯的裁判》（Lajuĝo de Zeŭs [La jùzode Zeŭs]）（记者案，此篇已有鲁彦君译出，载《小说月报》第十六卷第四号）也是这一类的希腊的故事。这种新作的古事，犹如旧酒囊里的新酒，有一种特别的风味。无论时地情事怎样的渺远荒唐，但现代人的心却在底下跳着，所以同写实作品一样的能够引动我们的心情。

七月七日附记

——录自商务印书馆 1925 年初版

《犹太人》[1]［附记］

周作人

“亚当式曼斯奇（Adam Szymañski）的散文小篇，有西伯利亚流人的歌的幽郁。”（诃勒温斯奇〔T. Holewinski〕《波兰文学史略》第五章）

“式曼斯奇也经历过送往西伯利亚的流人的命运，是一个身在异地而向祖国竭尽渴仰的、抒情的人物。从他那描写流人与严酷的极北的自然相抗争的小说中，每飘出深沉的哀痛。他并非多作的文人，但每一篇出现时，在波兰却以多大的同情而被容纳。”（凯拉舍克〔T.

---

① 《犹太人》，为《波兰文学一脔（下）》中第四篇，波兰式曼斯奇（Adam Szymanski，今译席曼斯基，1852—1916）著，周建人译。

Katásek〕《斯拉夫文学史》第二卷）

关于式曼斯奇的事迹，我们所能知道的只有这一点。这篇小说收在英国般纳克（E. C. M. Benecke）女士所译的《波兰小说集》中，原名《卢巴耳妥夫来的斯鲁尔》(*Srul-from Lubortów*)，序文有云，"此篇在式曼斯奇的西伯利亚小篇中，普通被人推为最动人之一。他的著作从个人经验而来，因为他自己也被流放在西伯利亚有许多年。"

这篇依据英文本译出之后，因为巴因博士的世界语《波兰文选》里也有这一篇，所以由我校对一过，发现好几处繁简不同的地方，决不定是那一本对的。我知道鲁迅先生有德译式曼斯奇的小说集，所以便请他再校，当作第三者的评定。他的答信里说，

> "所寄译稿，已经用洛普商斯奇（S. Lopuszoñski）的德译本校对一过，似乎各本皆略有删节，现在互相补凑，或者可以较近于足本了。……德译本在'Deva-Roman-Sammlung'中，也以消闲为目的，并非注重研究的书，只是译者亦波兰人，通原文自然较深，所以胜于英译及世界语本处也颇不少，现在即据以改正，此外单字之不同者还很多，但既以英译为主，便也不一一改易了。……"

这篇《犹太人》，我们能够得到三种译本，互相比较，希望他或能近于足本，对于著者及读者可以略少疚心，这是我们所很欢喜的。

一九二一年七月十八日，周作人记。

——录自商务印书馆 1925 年初版

《树林中的圣诞夜》[1]［附记］

（茅盾）

善辛齐尔（Helen Zeisinger）生年事实都不详，此篇附载于《小俄文学杰著》第二卷中，今据以译出；就此篇风格看来，作者当是现代新理想运动已起后的人物，篇中对于人生将来满是希望。

记者附志

——录自商务印书馆 1925 年初版

《古埃及的传说》[2]［附记］

（茅盾）

普路斯（Boleslaw Prus，1847—1912）波兰近代大小说家。他的著作，在《波兰文学一脔（上）》内，也有一篇。他的生平在上册内周作人先生所译《近代波兰文学概观》一文中亦有说及。读者可以参看。

关于他的著作，有《被解放者》则与《哨兵》一样是关于社会问题的作品，前者是谈到女子主义的。

记者附注

——录自商务印书馆 1925 年初版

---

① 《树林中的圣诞夜》，为《波兰文学一脔（下）》中第五篇，波兰善辛齐尔（Helen Zeisinger）著，耿式之译。

② 《古埃及的传说》，为《波兰文学一脔（下）》中第六篇，波兰普路斯（Boleslaw Prus，今译博·普鲁斯，1847—1912）著，耿式之译。

《法朗士集》[1]

《哑妻》[附记]

（沈性仁[2]）

《哑妻》本来是法朗士做给赖勃雷著作研究会里作为消遣的。但是以后因为这出戏的曲折、构造、辞句都非常之好，所以有几个戏馆也把他演了。以后英国那位有名的剧本作者兼演剧者的巴克尔（Granville Barker）与其妻 Lillah Mccarthy 又用英文译本演过。

这出戏不是没有来由的。他的故事是完全根据赖勃雷（Francois Rabelais）名著，《加干图阿与其子庞塔格鲁尔言行记》（*Lives, Heroick Deeds, and Sayings of Gargantua and His Son Pantagruel*）中所叙的一出戏。赖勃雷是法国中世纪（一四八三——一五五三）有名的诙谐的文学家，他的《加干图阿与其子庞塔格鲁尔言行记》也是一部极有名的著作。

赖勃雷所叙的戏剧不但是法朗士的《哑妻》的事实的根据，并且是莫利哀的《强迫医生》（*Doctor by Compulsion*）的根据，不过将事实稍为变化些。

赖勃雷所说的剧本究竟有没有，我们现在无从查考的。也许原来是有这个剧本不过现在已经散失了，也许完全是他自己想象出来的，但是无论如何因为这一小段的叙述引起两位大文豪莫利哀与法朗士做

---

① 《法朗士集》（*A Play and Two Short Stories by Anatole France*），戏剧小说合集，法国法朗士（Anatole France，1844—1924）著，沈性仁等译，小说月报社编辑，上海商务印书馆 1925 年 4 月初版，小说月报丛刊第三十九种。

② 沈性仁（1895—1943），浙江嘉兴人，译有英国王尔德《遗扇记》（今译《少奶奶的扇子》），美国房龙《人类的故事》等。

出两本名剧来，使法国文学上增加许多光彩。

法兰［朗］士是一个散文著作家，不是一个剧作家，但是这篇嘲笑社会的短剧，世人公认他为杰作。他用现代的言语可以描写中世纪的情形。并且所讨论的事情都是超过时间的，永远存在的，如同生活的困难，奢侈，仆人的难惹，女子装饰的时髦，医生的称能，女子的饶舌等等。

英文译本是英人 Curtis Hidden Page 译的，这人还译过莫利哀的剧集与 Ronsard 的诗集，他不但于法国文学上很有研究，而他的译笔既很流畅，又不失原文的意义，也是翻译家的能手。上文所述《哑妻》的来源与批评亦是从 Page 的译本上的叙文中译出来的。

此剧曾在《新潮》上登过。这次校正，修改之处甚多，几与重译一遍无异。

——录自商务印书馆 1925 年初版

《红蛋》[附记]

（高六珈①）

阿那都·法朗士（Anatole France）生一八四四年，法国现存老小说家之一。他是一个很难归入何派的小说家。小泉八云（Lafcadio Hearn）说："如果我们以为写实主义是'真'，只是研究人类本性的方有价值，法朗士就是感觉过多的写实作家。如果浪漫主义是作者无意地抬高'真'的本身使超于寻常见的事而进入灵感的情绪界，则法朗士有时竟是浪漫派。在文学界中，他是独立的。他是巴黎的；离巴黎不能得他文学上的训练：他的情绪分析之温雅，他的艺术家之快乐主义，感觉之灵敏而生动，都是法国的，和他的名儿一样。"又说："法朗士属于

① 高六珈，资料不详。

一个变动的时代——这时代里，新科学新哲学以疾雷不及掩耳的手段来改换世界的观念。一切艺术或多或少都要受这思想的影响——反射出转换期的过分夸大的唯物主义。反动现在已经发动了；(法朗士就是站在前线的一个人了。)”(以上都是评论法朗士艺术的话。)

“法国批评家莱满脱（Jules Lemaltre）曾说过一句话：‘让我们爱那悦我的书，再不要以文学的派别来自扰了。’我觉得这话不特读法朗士著作时该如此想，凡读文学作品都该如此想罢。”

六珈先生译了这篇寄下时附着的信中说：“今选此篇，以其有‘谁能理会这混杂的原因与结果？谁做了一桩事敢说：我做的事是怎样？’之句，因此句含有法朗士的哲学思想，可以表现他著作的特性……”六珈先生这两句话也把法朗士的思想完全说尽了。

记者附志

——录自商务印书馆1925年初版

《木马》[1]

《木马》译者附记

青崖（李青崖[2]）

木马本为罗马人的一种游戏器具：雕木为马，罗列成行，而固定之于圆台，——但马身可以前后摇动——台的中心点有竖轴，轴与发动力相连，力动台转，马亦因而活动，骑之者备尝腾跃控纵的滋味。至今欧

① 《木马》(*Les Chevaux de Bois*)，戏剧，法国雷里（Maxime Léry，1884—1966）、安端（André Paul Antoine，1892—1982）著，李青崖译，上海商务印书馆1925年4月初版，文学研究会丛书之一。

② 李青崖（1886，一说1884—1969），湖南湘阴人。1907年上海复旦公学（后改复旦大学）肄业，后赴比利时列日大学理工学院学习，同时钻研法国文学。译有《莫泊桑短篇小说集》，福楼拜《波华荔夫人传》(今译《包法利夫人》) 等。

洲各国，无论都市村落。每值“年期的赶集”(La Foire）必有木马陈列其间以供游人娱乐。今沪人所谓“大转舞台”就是木马圆台的变象。

此剧为法国雷里（Maxime Léry）与安端（André Paul Antoine）两人合作，从一九二三年九月巴黎发行的《自由作品》(*Les Ouevres Libres*）杂志二十七期译出，此杂志为文学月报，创刊为一九二一年七月，系大战后产生的定期出版物之一；其中作者虽少已负盛名的赫赫大手笔，然佳作则殊不乏。兹为向读者介绍起见，特录其发行地点于下：

Arhteme Fayard et Cie，18—20，Rue du Saint Gothard，Paris.

此剧于一九二二年十一月二十八日在巴黎的拉波第臬尔戏园第一次开演，甚得观者欢迎。内容几不带地方色彩，即在中国表演亦不自觉其为枯燥的问题剧；唯译文词句全采直译方法，倘演时能略行斟酌更换，则观者兴味愈佳。海内艺术家如欲表演此剧，祈先期向译者函询（由上海文学研究会转交）同意为荷。

青崖附识　十三年四月十六日

——录自商务印书馆 1925 年初版

《日本小说集》①

《乡愁》②［附记］

周作人

加藤武雄（Kato Takeo，1888—　）的小说集《乡愁》(*Kyoshu*)

---

① 《日本小说集》，周作人等译，小说月报社编辑，上海商务印书馆 1925 年 4 月初版，小说月报丛刊第四十七种。

② 《乡愁》，为《日本小说集》中第一篇，加藤武雄（1888—1956）著，周作人译。

是一九一九年十月出版的，内共小说十二篇，现在所译的便是其中之一，题作集名的他的杰作。中村白叶在杂志《新潮》(*Shincho*，No.190)上曾说道：“外国人如问现代日本作品中间，有什么可以翻译，我们有几篇可以立刻推举出去么？有一回，一个俄国的朋友问我的时候我一时迷惑了不能回答；但是随即想到，有了，这就是加藤氏的一篇《乡愁》。我当时觉得对于日本与外国的文坛全体，负了责任，可以这样宣言。……这篇里贯彻的悲哀，就是纵横的深深的贯彻人生的悲哀；无论是俄国人，或是印度人，是太古的初民，或是人类的远孙，这篇著作翻译了给他们看，都是无所不宜的。我也想能够写这样的作品，便是一生只写得一篇也满足了。”加能作次郎又评他著作的态度是一种求救助的心。“我所求于艺术的东西，一句话说来，是救助的感情。我想在这世间，充满了辛苦烦恼，从我自身的经验上说来，也确是如此。我想到人生的苦恼，忍受不住他的伤痛，常常想对着或物祈祷，且牵住了求他的救助；又想和无论什么人，只是同具这样心情的人，互握着手，恸哭一番。这时候能够多少的救助我的心的，现在除了艺术更没有别的东西了。我用了这样的心情对待别人的艺术，也用了这样的心情，自己制作。……我读加藤氏的小说集《乡愁》，心想他可不是也用了同样的心情制作的么?”加藤氏常被称为乡土艺术家；实在他还是人道主义思想的作家，不过他的艺术材料是就最接近的世界中取来罢了；他的《乡愁》是人类对于他的故土与同伴的眷恋，不只是单纯的怀乡病(Nostalgia）了。

一九二十年十一月十六日记

——录自商务印书馆 1925 年初版

《到网走去》[1]［附记］

周作人

志贺直哉（Shiga Naoya，1883— ）是现代日本的小说家，著有小说集《留女》（*Rurnè*，1913），《大津顺吉》（*Ōtsu Tonkichi*，1917），《夜之光》（*Yorunohikari*，1918）等三种；此外也有几篇著作收在《白桦》丛刊内。广津和郎（Hirotsa Kazuo）在第一七五号的《新潮》（*Shinchō*）上说，“明治四十年（1907）顷，日本文坛上还是自然主义全盛的时代；志贺氏著作的几篇，已经在那时候作成。其后文坛几经变迁，各种的主义主张、倾向党派，接续出现，志贺氏的著作却不为他们所混乱，从那时起直到现在，始终一贯的保持他独特的风格与文体。那种与内容合致的技巧，——尽力省去夸张与虚饰，尽力简洁质直的描写，那种静涩而有底光的技巧，在文坛正从自然主义要转到享乐的倾向去的那个浑沌时代，差不多已经将由志贺氏创造完成了。”又说，“他心底虽然燃烧着热的火焰，他透见事物的眼光却是冷静而且锐敏。但是他又毫无那些有冷静而且锐敏的眼光的人们所容易得到的冷笑与嘲弄的分子。他却别有一种浓厚的忧郁与哀怜。这就是他的心是率真、清净，而且心的指针常是正确的证据。”《到网走去》这一篇最初登在《白桦》第一号（一九一〇年十月）上，后来收在《白桦之森》（*Shirakamba no Mori*，1918）里，现在便据了这一本译出。

一九二〇年十二月二十八日记

——录自商务印书馆 1925 年初版

---

[1] 《到网走去》，为《日本小说集》中第二篇，志贺直哉（1883—1971）著，周作人译。

《女难》[1]［附记］

丏尊（夏丏尊[2]）

国木田独步底作品，周作人先生在《新青年》八卷五号上已经介绍过一篇《少年的悲哀》，现在所译的《女难》，是一九〇三年发表的，那时砚友社一派底旧势力，还充满着文坛，居然有这样大胆描写性欲的作品出现，独步真是自然主义文学的先驱者。

自然主义文学者将性欲当做人生底一件事实来看，描写的态度，很是严肃，丝毫不搀入游戏的分子。令人看了只觉得这是人生底实相，没有功夫再去批评他是善是恶。这和我国现在的黑幕派，固然不同，和我国古来的将文学来作劝善惩恶的功利派，也全然不同。近来文学上算已经有过改革了，却是黑幕派和功利派底势力还盛，这种魔障，非用了自然主义的火来烧，是除不掉的。自然主义，在世界文学上，已经老了，却是在中国，我觉得还须经过一次自然主义的洗礼。

自然主义文学者底人生观，大概是宿命的、机械的人生观，人们受了大自然底支配，好比是个傀儡，只依了运命流转着，这就是自然主义文学者对于世相的见解，独步底《女难》中，宿命观和机械观的色彩，都是很浓厚的。

《独步集》中，都是短篇，取材底范围很广，如有机会，还想再介绍他一篇别方面的作品。

译者记

---

① 《女难》，为《日本小说集》中第三篇，国木田独步（1871—1908）著，夏丏尊译。

② 夏丏尊（1886—1946），原名夏铸，字勉旃，笔名丏尊、默之，浙江绍兴上虞人。1905 年留学日本，后入东京高等工业学校，回国后任教于浙江两级师范学堂、浙江一师、春晖中学等。1925 年，与友人创办立达学园。译有《爱弥儿》（卢梭著）、《爱的教育》（意大利亚米契斯著）、《绵被》（日本田山花袋著）等。

凡是读过国木田独步《恋爱日记》(一名《不欺日记》) 的必定会知道他是个多情多感，富于浪漫气息的人，但他底生活的艰难却使他不得不领受现实的教训，使他不得不深切地感着人生飘泊在生死大海茫然不知归宿的苦闷。因了这苦闷，就使他态度变成异常严肃，使他不为诗人而歌咏，终为作家而描写，又使他的著作的全部，贯穿着人间的悲哀（读者看这篇与《少年底悲哀》也便可以了然。）

独步一生不曾著过什么长篇，所描写的都是常人生死飘流的世态。而这篇《女难》与《正直者》两篇，这样放胆描出性欲来，尤为日本以前的小说所未曾有。今蒙吾友丏尊介绍到中国来，使人知道自然派描写性欲的态度也与黑幕派有别，我非常感谢。

一九二一年，七月三十日

晓风[①] 记于杭城

——录自商务印书馆 1925 年初版

《汤原通信》[②]［附记］

美子（顾其城[③]）

国木田独步（Kunikida Doppo，1908)，是日本自然主义的文艺底

---

① 晓风，陈望道（1890—1977)，原名陈参一，字任重，笔名南山、春华女士等，浙江义乌人。译有《伦理学底根本问题》(德国利普斯著)、《共产党宣言》等。

② 《汤原通信》，为《日本小说集》中第四篇，日本国木田独步（1871—1908）著，美子（顾其城）译。

③ 美子，顾其城（1910—?)，字森千，又名顾瑞民，笔名夏瑞民、朱介民等。江苏无锡人。毕业于上海艺术大学。主编《出版消息》。译有《凯末儿传》等。

先驱者。他底思想，是一种运命论者，神秘主义者。他底作品，都是短篇，大概可分成下面那五类：（一）描写自然的——《武藏野》，《小春》，《空知川底岸边》等；（二）描写悲哀和夫妇问题的——《别离》，《归去来》，《第三者》，《汤原通信》，《夫妇》，《镰仓夫人恋爱的人》等；（三）描写运命或宇宙人生的根本问题的——《女难》，《牛肉和马铃薯》，《正直者》，《运命论者》，《酒中日记》，《恶魔》，《帽子》，《渚》等；（四）描写少年时的追想的——《少年的悲哀》，《春鸟》，《马上之友》，《画底悲哀》，《日出》等；（五）可以说是"凯莱克脱·斯凯基"（Character Sketch）的——《源伯》，《不能忘却的人们》，《巡查》，《富图先生》，《非凡的凡人》，《号外》，《竹的木户》等。

以上摘录相马御风（Soba Gyofu）述《现代日本文学讲话》。

——录自商务印书馆 1925 年初版

《坦白》[①]

《坦白》佛罗贝尔（附录）

沈雁冰（茅盾）

十九世纪后半的法兰西文坛的中心势力就是自然主义运动。自一八八〇年以后，佐拉（Emile Zola，1840—1902）的震惊一时的杰作——如《娜娜》(*Nana*，1880)、《破产》(*La Débâcle*，1892)、《三都故事》(*Les Trois Villes*，其中的 *Lourdes* 于一八九四年出版，*Rome* 于一八九六年出版，*Paris* 于一八九八年出版)、《多产》(*Féconidité*，

① 《坦白》(*The Simple Heart*，今译《一颗简单的心》)，小说，法国佛罗贝尔（Gustave Flaubert，今译福楼拜，1821—1880）著，沈泽民译，小说月报社编辑，上海商务印书馆 1925 年 4 月初版，小说月报丛刊第五十种。

1899）——陆续出版以后，自然主义在法国文坛的脚跟已经十分稳固；并且还推广他的势力到欧洲其他各国，使全世界文坛为之变色。从此世界文学史上划出了一个新时代。自然主义扫除了各国的浪漫文学的残留物，只管掌着得胜鼓前进；虽然不久就有反对自然主义的运动起来，而且表面上亦似乎把不可一世的自然主义打败，然而实际上，自然主义的精神早深入文艺的领域，成为各派文学的基础——犹之科学方法是近代科学的基础一样，——反自然主义的文学派虽然避去自然主义之名，却不能不接受自然主义的精神。

但是我们要认识这轰动世界文坛的自然主义的真面目，我们要知道从浪漫主义蜕变到自然主义的关键，我们就得注意一部早在一八五二年就已出版的小说——《鲍芙兰夫人》（*Madame Bovary*）。

《鲍芙兰夫人》的作者就是本篇所专论的佛罗贝尔（Gustave Flaubert，1821—1880）这一本小说还是他的第一本创作。在一八五六年出世，并不引起怎样大的影响；那时法国文坛只渺茫地觉得这位新露面的作家确已给他们一个深刻的印象，只觉得这位新露面的作家是有过人的天才罢了；而《鲍芙兰夫人》所含的黄金一般真实的观察，以及对于后来半世纪法国文坛所生之不可思议的巨大的影响，大家连梦也不曾做到。

真的，如果当一八五六年《鲍芙兰夫人》初出版之时，有人对大批评家圣佩韦（Sainte Beuve）说："你不要骗了你自己；这一部现为人人所喜读的热情的小说，这一幅道德的图画，这一种革命的风俗——在四十年后要变成法国名著的一部呢。这一部书之出现，并非偶然。这是一件大事。而这书的作者，将为后来数百的法国艺术家和外国艺术家所崇拜，而跟着他走。这一位作者的思想将重大地修正了这一世纪的美学学说呢！"我们敢说圣佩韦听了这些话后，也要摇摇头，不肯相信罢！圣佩韦是一个最无偏见的批评家，他在《鲍芙兰夫人》初出版时，便已惊讶这位作家的天才；可是他对于《鲍芙兰夫人》的预言，只能到了那一步。他虽然早已看出浪漫派文学的弱点，并且早已准备用全付的热心去替新兴的文派——自然主义——宣传，然而他却对于自然派的第一部大作《鲍芙兰夫人》先已不免小小忽略了。

我这段话，并不是吹毛求疵的攻击圣佩韦，我是只想借此表明《鲍芙兰夫人》是怎样一部奇书，而《鲍芙兰夫人》的作者是怎样一个奇怪的文学家罢了。佛罗贝尔是一个真正的艺术家，或是换句话说，在一切小说家中，他是最艺术的。他的作品，或者不及托尔斯泰（Tolstoy）、屠格涅夫（Turgenev）、杜思退益夫斯基（Dostoievsky）他们的小说那样的悲悯弱者，或者不及巴尔札克（Balzac）的小说那样的犷悍撄人，然而在严格的艺术的意义上，他们都不及佛罗贝尔。夸张的感情的描写是佛罗贝尔所力避的；他决不想蒙上了感伤主义的面具，以求幸胜。他的作品是精雕细刻的美术品；在一句一行里，都表示他那深湛的艺术家的修养工夫。他确是一个伟大的天才，但他从不自恃其才；他反而常常告诉人，艺术家的成功在乎刻苦的锻炼。

佛罗贝尔生于洛盎（Rouen），在一八二一年。父亲是本地的著名医生，一个正直而温和的人。佛罗贝尔早年亦曾学过医学，后又学法律，但已十分喜欢文学。他那时最好的朋友就是后来的诗人路易·布尔罕（Louis Bouilhet）。《感情教育》（佛罗贝尔的一部小说名）里的Frédéric 和 Deslauriers 大概就是影射他自己和布尔罕的。他和 Frédéric一样，在十九岁时到巴黎。他父亲在洛盎购置的 Croisset 别墅，后亦由他承受，一直到一八八〇年死，他常常往来于巴黎和洛盎，没有什么变动。他一生只出了两次远门，第一次到东方旅行，那时他正当三十岁。第二次到北非洲为的是实地考察他的“Salammbo”（小说名）里的背景。他住在洛盎的时候，常闭门读书著作；在巴黎的时候，则常交游。

佛罗贝尔虽是自然派的先驱，但他的时代正是浪漫主义全盛的时代。他自己生于一八二一年，前一年（一八二〇年）是高底埃

(Gautier）的生日，后三年（一八二四年）是小仲马（Dumas）的生日。他最初所受的文学的印象就是浪漫派。他的著作的一部分，实在颇带浪漫派的色彩。然而我们也知道法国的浪漫派文学到那时亦已由盛极而渐衰了，小仲马的作品虽能震惊一时，吸引人心，可是浪漫派的弱点也具体的集合的在他作品里暴露出来了，浪漫派所最崇拜的“奇异而不常见的事物”，现在亦看厌了。有锐敏的观察力的佛罗贝尔早看到这一点，所以他立意要描写那“不平常的平凡”，结果就是卓绝一时的杰作《鲍芙兰夫人》。

末流的浪漫派文人使他们的“奇异而不常见的事物”惹人讨厌，佛罗贝尔则使平凡的常见的事物放出五彩的光焰，使成为奇异。他能把金线的文体的网，罩在平凡的事物上，使他既能娱目，又能悦耳。没有一个人高声读他的小说时不惊怪他散文内所含的音乐似的调子。在他的文中，每一个子句（Clause）每一个字都成了有机的结构；你想移动他一个，是不可能的。而一切文体的特点，在他的第一部小说《鲍芙兰夫人》里就一一显露着。

在思想方面，《鲍芙兰夫人》是值得同样的注意的。佛罗贝尔这个悲观主义者毫无怜悯地把女性的弱点刻画出来。Emma的悲惨的命运是自己造成的，是她那好新奇的女性的心理造成的。从旧道德的立点看来，Emma的悲剧的结果，似乎是“女子不贞”的自然的报应；然而佛罗贝尔不是拥护旧的贞操观念。他所描写的Emma，并不是淫荡的，却是一个梦想者。她未嫁之时，梦想嫁后的生活是新奇有趣的生活，可是既嫁之后，便证实了她的理想的失败；于是她热烈的盼望从秘密恋爱中尝到一些神奇的美味。但是当她既和邻人有了秘密恋爱，她又立刻感着了幻灭的悲哀，从前所想象的快乐，现在亲临其境，又索然无味了。她一步一步的寻求热情的新奇的生活，但“生活的实在”一幕一幕展开来，却都是些失望。人是靠着“希望”生存的，有希望而后有生存的勇气；Emma经过几次的幻灭，故而终于自杀。

《鲍芙兰夫人》出版后，批评家分成了两派：称赞他的，说这是一部了不得的奇书；毁谤他的，说这部书只是人生的“照相”，不是艺术品。然而不问是反对派或赞成派，他们都渴望佛罗贝尔快快出他的第二部著作。

可是他们的期待是徒然的；《鲍芙兰夫人》的作者静静地只不作声。一年又一年的过去了，还是没有消息。一直隔开了七年，佛罗贝尔的新作方才出现在读者面前；群众不禁轰然一声怪叫。原来这部新书把读者带开Normandy村落（即《鲍芙兰夫人》的背景）和十九世纪了！久已不见影踪的《鲍芙兰夫人》的著者，而今出现在古代卡萨基（Carthage）的废墟间了！这名叫“Salammbo”的新书所讲的却是卡萨基的哈弥尔喀（Hamilcar）时代，那地方和那时代早早被十九世纪的法兰西人忘却了。夹在巴黎市上那些“艳情”的小说里，这部*Salammbo*所描写的是数千年前一个古国的文化，讲到他们的异教的崇拜，他们的战争的恐怖，……真可说是“古色古香”。

然而最使人惊异的，却是这部小说的写实主义的描写法。佛罗贝尔描写几千年前的古人古物，竟也剀切明了，毫丝不爽，和《鲍芙兰夫人》里现代的日常生活一样。他的题材正是一班浪漫派文人所最喜欢的题材，是蛮荒的古代的不平凡的；但是我们这位作者不像浪漫派文人专逞幻想，虚构他们想象中的不平凡，却是根据了历史的记载，努力要把数千年前的卡萨基再建起来。他的*Salammbo*的卡萨基几乎近似古代的卡萨基，不但表面是真确的卡萨基，里面也是真确的。他不像那些假古董的“历史小说”，只带上一个古董面具，只把书中人物穿上了古装，而情绪和人生观却全是近代人的情绪和人生观。不然！佛罗贝尔的*Salammbo*里的一切人的心情全不是近代的。这一点，是*Salammbo*异于一切实平凡而自号为不平凡的“古事小说”之处，也就是高出他们万千倍之处！

Salammbo 出版后，先前那些诋毁佛罗贝尔说他是“照相师”的批评家不能再摇唇鼓舌了。佛罗贝尔的艺术手腕可以把古时的材料同现代的材料一样地应用自如，不感一毫困难。他是支配材料的，不是被支配的。他的锻炼字句的工夫，在 *Salammbo* 里更加明显；每一句，像他所说，都是有手有足，同前句后句相调和，并且读起来很好听的。他每天只写了一点儿，最多二页或三页，他推敲每一个字，要免避重复和拗口的音调，有时甚至为了一个字，沉吟至数小时之久，他常常高声朗诵他的草稿，连过路人都听得。屠格涅夫（Turgenev，俄国小说家），他的好朋友，曾说起一件事：有一次，佛罗贝尔尽一日之力把一篇小说的最后一页做好，出来吃夜饭，晚上回家已经睡在床上了，把刚做好的一页再读一遍，忽然大大的不满意起来。他立刻从床上跳起来——他这个五十开外的高大的人儿——开始重做那一页，只穿了那件薄的睡衣，一直做了个全夜。

佛罗贝尔在这些地方用的力量要比搜集材料时多了好几倍。他确信一篇小说要好，须先锻炼字句。但是他搜集材料时所费的精神也不是别人所能想象的。他预备做 *Salammbo* 的时候，读过九十八种和卡萨基有关的书籍，并且亲到 Tunis 一次。他后来因为做 *Bouvard et Pécuchet* 中间讲农业的三十多页，竟读了一百〇七种关于农业的专书。他的每本小说里都照耀着这种求真的精神！

Salammbo 自然不是巴黎读者所喜欢的。他们要求佛罗贝尔做一本爱情小说。到一八六九年年底，他固然应读者的要求，做了一本 *Romance de Passion*——那就是著名的《感情教育》（*L'éducation Sentimentale*）了。在佛罗贝尔的著作中，《感情教育》算是最好中的一本，可是遇到了断然的失败。

这一部书是描写四十年代的巴黎人生。佛罗贝尔收集材料，也曾费了绝大的苦心。他研究了许多巴黎城的旧地图和画片，努力寻求四十年代的巴黎城的真面目；他把久已不见的旧街道，一一的重新建造起来；他读过一千多种的旧新闻纸，研究当时街市的情形。“像座太大于石像”，他后来自己也这么说。总之，用在这部书上的考据工夫实在太多了。

Salammbo 之后，他又作了三个短篇小说——就是《坦白》，《圣裘林的故事》和“Harodias”——都未见何等的成功。这三个短篇小说的主要意思是探索“人生的价值何在”？文字尤极简洁，对话也很少，不像是小说，却像是“节略”。中间又用了许多典故，所以一般读者都嫌枯燥。

佛罗贝尔的最重要的著作是《圣安东尼之诱惑》(*La Tentation de St. Antoine*) ——一本最奇特的书，在一八七四年出版的。这是讲古代埃及一个修道士受诱惑的情形。圣安东尼站在他茅屋的门口，看着面前耸立的大十字架，感受了大自然的薰薰之醉味，忽然“意马心猿”把捉不定起来。他最初是怀慕他幼年的生活，想起年青时所爱的一个青年女郎 Ammonaria；想起他的可爱的活泼的小学生 Hilarion；于是他自怨现在的孤独。季候鸟在他头顶飞过，猛然提醒他，也要像他们一样的自由翱翔。他烦闷极了，想在《圣经》中得些安慰；可是他翻开《圣经》的启示录，就发现了许多矛盾。于是美女、富贵、权势等等人世的诱惑，一齐都出现了；世界的一切宗教的神，也成列的在眼前闪过，也有挝碎了的，也有坠入黑洞里的。待到他们过完，遂死也似的沉寂起来。安东尼说：“他们都去了”，有一个声音回答道：“我仍在此”，这是那 Hilarion，是科学的象征。经过了剧烈的争辩后，安东尼醒来。见四旁的草木都变成活物似的，作攫噬之状，他几乎发狂了，然后一轮红日，从黑暗中跳出来，夜已过去，白昼又来，红日的圆面上有耶稣的面孔，射光到安东尼身上，安东尼连忙画了个十字，从新祈祷起来。

《安东尼的诱惑》可说是综合了佛罗贝尔的文艺上的特长。那里面有神奇的想象，有丰富的故典，有精核的考据，有新的和旧的幻想，有古代的和现代的信仰。这是一篇小说，但同时又是诸神世系谱，是宗教史，又杂以心理的变态。

然而巴黎的读者却不喜欢这种样子的杰作，他们只是纷呶的叫道："和这本比起来，《鲍芙兰夫人》自然好得多了！为什么佛罗贝尔不再做一本《鲍芙兰夫人》给我们看！"

佛罗贝尔伤心极了，他退休于洛盎的别墅，再不动笔，而他亦垂垂老矣！他的老朋友如乔治桑德（George Sand）和高底挨（Théophile Gautier），新朋友如大龚古尔（Edmond de Goncourt）亦都死了；他又遭遇了家变，财产几乎弄完，于是我们这位伟大的作家在高年的孤独中死了。

他是在一八八四年五月死的。出殡的一天，只有几个朋友从巴黎来送丧，出殡的行列是很短的。洛盎的居民简直像不知道有这么一回事；在洛盎，他是被人恨的，因为他是一个诋毁旧道德、诽谤宗教的作者。

——录自商务印书馆 1925 年初版

《新犹太小说集》①

《禁食节》②［附记］

沈雁冰（茅盾）

列弘潘莱士（Leon Perez）是近代新犹太的著名短篇小说家，犹太新文学自阿布拉莫维奇（Abramovitsh）以后，曾产生过培伦斯泰音

① 《新犹太小说集》（*Yeddish Short Stories*），沈雁冰（茅盾）等译，小说月报社编辑，上海商务印书馆 1925 年 4 月初版，小说月报丛刊第五十四种。

② 《禁食节》，为《新犹太小说集》中第一篇，犹太列弘潘莱士（Leon Perez）著，沈雁冰（茅盾）译。

(Berenstein)、戈登(Michel Cordon)、拉比诺维奇(Rabbinovitsh)、斯配克托(Spektor)、潘莱士等人，诗家有佛洛格(Frug)和古尔特佛顿(Goldfaden)，直到本世纪初，还是著作不歇。但这些文家现在已都死了；现在还活着的文家是阿胥(Ash)和宾斯奇(D. Pinski)诸人。

潘莱士是被称为“犹太的杜德(Daudet)”的，所著短篇小说之精奇，在新犹太文学界中算是独步。杰作《贸易时》印成单本后，曾惹起世人非常的注意。这部《贸易时》是一八九四年的作品，描写当时的犹太人民的社会生活，教育状况，都有深意；虽是一部小说，而实隐寓解决犹太问题的微意——只在这一点上，也和斯配克托的《三人》相似呢。潘莱士曾做了许多诗，最好的恐怕要算《结婚褂的歌》那一篇。他又曾做过某报的编辑，所著短篇小说尤夥，《禁食节》这一篇很可以代表他的思想和著作的全体面目。

犹太人现在是被压制的民族；他们受人唾骂、鞭打、践踏，所以他们的文学自然而然的都成了同情于第四阶级的文学。他们有宗教，他们对于宗教的信仰极坚，因而对于将来的信仰也极坚，虽然是在“湿漉漉的抹布”生活里，意志终不懈怠，精神终不颓丧，——《禁食节》里便含着这种思想。然而在他方面看来，也未尝没有对于“公理”怀疑的人；好像佛洛格那首《沙与星》的诗便是一例，这首诗说的是：

沙与星

月儿光耀，星儿都出来了，
夜色弥漫了山谷和原野，
对着放在我面前的破碎古书
我读着，我且再读一遍哟。
神圣的古代遗训，

终于很响地对我说：
“如天上的星——我的人民呀
又如海滨的砂粒。”
万能的上帝呀，你既这么说了，
你的神圣的意志是不改变的了，
你的命令指定的地位，
万物莫有敢不遵守的呀。

是，可爱的上帝，我们是砂粒是石卵哟，
我们是散处的，我们是受人践踏的哟，
但是星呢，那些明朗而闪闪的星呢，
星呢，星呢——星在那里，上帝呀？

我们看！不悲伤么？“星呢！星呢！星在那处？”神只教犹太人做了受人践踏的砂粒，诗人怎么忍禁得住不喊出抗议的声浪？再看他的《犹太儿童》一篇：

犹太的儿童

没有空气的阴森黑暗的所在，
也不会有太阳光；
你可也注意到那边的盲目的爬虫么，
他要爬到何方？

在此地上，又在黑暗里，
爬虫出世了；
他的命运……就是永久在
地上爬。

犹太的儿童呀！
和爬虫一样，在黑暗与绝望之中
你就过了你童年的全部的昏沉岁月了！

你的母亲在摇床旁边
摇你，
唱（给你听的）歌，没有和平也没有可贵的
自由。(方括弧内的字乃译者加入)
但在彼处花园里，山野间，
有玫瑰似红颊的儿童们
终日笑、游戏，
和空气一般地自由、活泼。

但是且看，一个突爆的痛苦的怒潮
正向四下里延传，
要永久喷涌——唉，喷涌出
悲辛的“摇床歌”来！

深深的叹息和沸滚的热泪，
泉水一般地冲出，
汩汩的声响闯到你梦里，
昼夜不歇。

深深的叹息和沸滚的热泪，
痛而冷，
像鬼怪一般地行动缓蠢的，

就是你的训导。

从摇篮到坟墓，
这漫漫的长路永无间断，
满林烦恼的树叶儿遮住了前途，
狰狞可怕而且灰暗可厌！

看了这首诗，可知这位诗人的血正沸腾了。这倒不独是佛洛格一人如此，便是理想派的文人斯配克托的著作也都是如此。斯配克托的《犹太学生与犹太女儿》便是面上浮着假笑，心里隐着冷泪的一部书。更无论阿布拉莫维奇的描写最下等犹太人民生活的《跛者菲西克》了。

此外新犹太文学中尚有一个立纳慈基（Linetzki）也是很堪注意的人，他做了一部《波兰童子》，表面上是自传体的小说，实在是借波兰来衬托自己民族之不幸。在这本书的末节有一段说：

“再会罢！并且你要知道：虽则我失却我的生活机会，全因受了你们的柔甜的波兰教育法的遗祸，但是我离开这世界是快快活活的，并且希望你们经了这‘波兰童子’之后，再不要造出像你们的牺牲者令纳刺基那样的‘波兰童子’来了。”

“再不要造出那样的……来，”这正是著者对于祖国同胞的警告！

犹太和波兰是被侮辱的民族，受人践踏的民族，他们放出来的艺术之花艳丽是艳丽了，但却是看了叫人哭的。他们在“水深火热”底下，不颓丧自弃，不失望，反使他们磨炼得意志愈坚，魄力愈猛；对于新理想的信仰，不断地反映在文学中，这不是可以惊佩的么？看了犹太和波兰的文学，我国人也自觉得伤感否？

一九二〇，五，一。译后记

——录自商务印书馆 1925 年初版

《贝诺思亥尔思来的人》[1]［附记］

沈雁冰（茅盾）

拉比诺维奇（Solomon J. Rabinowitsch）一八六五年生于俄国之泡耳太伐（Poltava），在近代犹太文学中是个最杰出的人物。他不但在散文方面创立了新犹太文学的坚固基础，在诗一方面也有绝大的功勋。他也做戏曲，但不如小说及诗更好。

拉比诺维奇的假名差不多有一打之多，但他最喜欢用而常用的假名却是“Sholom Aleichem”这是个犹太字，义为“愿你平安”，而且亦是两犹太人相见时的常用问讯语。拉比诺维奇特选了这惯听见的吉祥语做假名，来发表他的短篇小说；——几乎他的短篇小说都是用这名字发表的。他的短篇小说于滑稽之中又含哀痛，于浅露中实含深意，说者比之美国的马托温（Mark Twain）。像这一篇《贝诺思亥尔思来的人》就是个好例。但在他的《犹太儿童》（短篇小说集）里的几篇看来。他又有些像俄国的屠格涅甫如那个集中的《这夜》一篇。美国介绍新犹太文学的著作家 Isaac Goldberg 说“Sholom Aleichem 从俄国郭克里（Gogol）和阿史托洛夫斯基（Astrovsky 有名之戏曲家，著有名剧《雷雨》）学得了作风，而滑稽作品尤像阿史托洛夫斯基。至于他的诗，似乎受了耐克拉沙夫（Nekrassof）的薰育。”又说：“若

---

① 《贝诺思亥尔思来的人》，为《新犹太小说集》中第二篇，以色列拉比诺维奇（Solomon J. Rabinowitsch，今译阿莱汉姆，1859—1916）著，沈雁冰译。贝诺思亥尔思今译为布宜诺斯艾利斯，阿根廷首都。

说拉比诺维奇没有大戏曲家的才能，也不算不公平。看他的独幕剧 *Mazel Tov*（意为《好运气》，祝颂之辞）和 *Deor Get*（《离婚》）显然可见他是不长于戏曲。因为不是弄成虎头蛇尾，便是使喜剧流为俚剧了。”

拉比诺维奇死于一九一六年五月十三日。

译后记。

——录自商务印书馆 1925 年初版

《冬》[1]［附记］

沈雁冰（茅盾）

“自从潘莱士死于一九一五年春初，新犹太文作家的王袍就落在阿胥（Sholom Ash）的肩上；又自阿尔泰（Sholom Aleichem 即 Solomon J. Rabinowitsch，阿尔泰是他一打假名中最著名的一个）死于一九一六年五月，阿胥又成了最出名的犹太作家。

阿胥生于华沙附近，约在四十年前。二十四岁时发表《市镇》的第一章和戏曲《归来》，始得大名。他常被人拟为犹太的莫泊桑，但这是只就他的短篇小说而言；在戏曲方面，他的《复仇之神》在柏林大成功后，就得和大演剧家莱因哈特交友。他通五六国文字，天生的艺术嗜好者。……”

“他常被责为描写色情者，他的著作中，有许多著作诚然如此；但亦易被错视。如《裘夫萨的女儿》一剧到底还是道德的。……这里的一篇《冬》和宾斯奇的《被忘却的灵魂》一样，写又一个自己牺牲的姊姊，但两不相犯。……”（以上皆译 Isaac

---

① 《冬》，剧本，为《新犹太小说集》中第三篇，犹太阿胥（Sholem Ash，1880—1957）著，沈雁冰（茅盾）译。

Goldberg 的《新犹太六剧》每篇的小引。）

阿胥是戏曲家亦是小说家；长篇小说《摩西老人》和他的长剧《复仇之神》相仿佛，都把果报作为情节的。

译后记。

——录自商务印书馆 1925 年初版

《倍那文德戏曲集》[1]

《倍那文德戏曲集》序一

——倍那文德的作风——

沈雁冰（茅盾）

一

十九世纪最后的三十年里，各民族文学次第由浪漫主义转移到写实主义了；“浪漫主义已死”的呼声叫彻了东西两欧，新旧两大陆的文坛。科学的进步，机械势力的推广，已使得这世界成为科学的与实际的，再也不能喜欢中世纪骑士们的恋爱故事以及他们的夸张的冒险谭了。浪漫文学的中干的嚣俄，一直活到十九世纪末方死，亲眼看见一八三〇年顷的人物（都是浪漫主义的作家）一个一个去世，而且亲眼看见他们的作风渐渐的死去，绝迹于文坛。虽然正当十九世纪末写实文学鼎盛的时期，有一篇伟大的浪漫派剧本《勃尔格拉的萨拉拿》

① 《倍那文德戏曲集》（*Plays by J. Benavente*），西班牙倍那文德（Jacinto Benavente，今译贝纳文特，1866—1954）著，沈雁冰、张闻天合译，上海商务印书馆 1925 年 5 月初版，文学研究会丛书之一。

（注——*Cyrano de Bergerac*，法国新罗曼派作家 Rostand 的杰作）出现于舞台，可是并不曾引起注意；写实主义的势力此时正从小说方面扩张到戏曲方面，各国的戏剧家此时正在竭力摆脱司克拉勃（Scribe）与萨度（Sardou）的束缚，（注——司克拉勃与萨度皆法国浪漫派大戏曲家，他们的“工整”的剧本久为欧洲剧坛的模范）正在努力扑灭小仲马（Dumas Fils）的余焰（注——小仲马的剧本一直到一八八〇年顷尚风行于欧洲各处）。虽然佐拉（Zola）想把他描写“人生实录”的笔调用到剧本方面的企图是完全失败了，但继他而起的和同时的别国的作家却已把写实主义征服了舞台。在北欧各国，写实主义早已得胜，自不待言；即如南欧那西班牙——华拉司女士所谓“法国写实派的真精神和西班牙之民族的戏剧观念是显然相反的”（Spanish Drama of Today，by Miss E. Wallace）——尚亦不免受了影响，出产了几个写实派的戏曲家，而倍那文德（J. Benavente）便是那中间最“写实的”的一个。

当浪漫派文学兴盛的时代，西班牙是一个有力的分子。西班牙文学受法兰西文学的影响独甚，故当法国文学由浪漫主义转移到写实主义的时候，西班牙也同其步骤，然而已不能为写实派的重要分子。换句话说，写实主义在西班牙文坛上——尤其是在戏曲方面——决不能像浪漫主义那样的多结果而色彩浓重。浪漫主义在西班牙是死得很慢的。这中间的原故，一面自然因为“法国写实派的真精神和西班牙之民族的戏剧观念是显然相反”，一面也因为现代西班牙的实在人生还是浪漫的人生——至少，和英美德法等国比较起来，他是浪漫的。譬如拿西班牙和英国相比，现代英国的人生和莎士比亚时代的人生，相差很多，几乎完全不同，然而现代西班牙的人生却和洛伯·特·范茄（Lope de Vega）与卡尔特隆（Calderón）时代的人生相差极少；斗牛戏还是流行着，跳舞女还是穿着古装，西班牙女子还是保留着半东方式的藏闭深闺主义，寺院与教会教育还是在生活中占重要地位，总而言之，日常生活的各处还都带着中古的余味，所以西班牙现代人生扮演到舞台上时，在别国人看来，一定觉得极像是中古的，因而也就带有浓厚的浪漫气了。所以西班牙的现代剧作家虽然采取了写实派的手法，竭力要把日常人生忠实地表现在他们的作品里，而和其他各国的写实戏剧比较起来，究竟还是比较的多些浪漫气味；即使是他们中间最“写实的”的一个，如倍那文德，也不是例外。

二

近代西班牙文坛上第一个著名于世界的戏曲家是伊乞茄莱（Jesé Echegaray)。他虽然能把中世纪精神纳于近代问题剧的模子里，实在他是属于中世纪的。他的《唐羌的儿子》模仿易卜生的《群鬼》，可是仅得其皮毛。西班牙批评家蒲拿（Bueno）在他的《现代西班牙戏曲》里说：“他不是一个正视人生的人，也不是一个哲学家，也不是像易卜生那样的一个社会改造者。他是一个幻想的诗人，是卡尔特隆(Calderón，西班牙浪漫派文人）的继承者。谁要想在他的著作里寻求解决问题的方法，一定是失望的。”所以伊乞茄莱不能算是西班牙的写实派作家；但近代问题剧的模型却是他第一次介绍到西班牙。

和伊乞茄莱同属于一派而也被人称作假写实主义者，是迪森泰(Joaquin Dicenta)。他也是浪漫的，可是他描写的对象和伊乞茄莱的不同。伊乞茄莱描写中流社会与富人，迪森泰却转而描写贫民。他第一个使无产阶级人物出现于西班牙舞台。他的杰作《约翰乔山》(*Juan Jose*）描写工人与厂主间的争斗，但并非含有经济的或阶级争斗的意义，却是为了恋爱的缘故。他的著作的背景、安置和对话，都是现实人生的忠实的描写，不过其中的人物全然是理想的。

比较的更近于写实派的，是卡尔度司（Galdós)；他本是个著名的小说家，自一九〇一年一月三十日他的剧本《伊莱克忒拉》

（*Electra*）第一次上演后，他又成为著名的戏曲家。这一篇《伊莱克忒拉》里所包含的宗教问题，曾引起守旧派极大的反抗。

这三位剧作家——现在都已去世了——替倍那文德做了先驱者。伊乞茄莱的舞台技术，迪森泰的无产阶级描写，以及卡尔度司的科学精神，三者合而为一，方成就了倍那文德的著作。

三

倍那文德的作风，他的同国人菲支麦立司·克莱（J. Fitzmaurice-Kelly）在《西班牙文学史》里说得很好："没有第二人能把这胀饱了自大，惰性，无知识，耽于安乐的社会（就是那显然腐败的浮华的社会），描写得更逼真了。"倍那文德是个改革家，又是教训者，然而他的著作里并没有严重的显然的教训主义的态度。只在那篇家庭剧《秋季的玫瑰》（*Rosas de Ctoño*）里，他讨论一个问题，而且含有教训。他遵守佐拉所说的舞台惟以表现人生而不杂主观的教训；但佐拉及其后继者实在并未能这样办到，反是倍那文德照这样办到了。他不像白利安（Brieux）与欧韦（Hervieu）那样专主教训，他只是把他从社会中所找得的人物放到舞台上。

倍那文德是一八六六年生于马德立（Madrid）城。他的父亲是医学家，颇有名，所以邦莱底洛人铸铜像以纪念他。倍那文德先学法律，但毕业后便专心研究文学。因为要编戏曲，倍那文德做过戏子，现在他亦常常上台演自己的得意作。他的第一篇著作名为《在别人的家里》（*Elnido ajeno*），于一八九四年上演。这是一篇三角关系的恋爱剧，只少了家庭剧常有的悲惨的结局。一八九六年，《你所认识的人》（*Gente Conocida*）上演，这是一篇讥讽西班牙上流社会的佳作，当时看见这剧本的人，除了被讥讽的，都热心的欢迎。《兽的再来》（*La Comida de las fieras*）也是一篇社会的讽讥剧，于一八九八年上演，一般评论家都以为这是倍那文德的杰作。一九〇一年所作的《平凡》（*Lo Cursi*）颇讽刺过分的近代主义；一九〇五年所作的《伪善者》（*Los Malhechores del bien*）更尖刻地讽刺神经过敏的人。他的剧本的背景大半在马德立。这里面有各阶级与各种类的人。他所描写的咖啡馆逼真是马德立的咖啡馆；只要你读过他的《时式》（*Modas*，1901），《不准吸烟》（*No fumadores*，1904）等剧，就可以知道他的布局是如何平易而且切合于实在生活，他又做幻想的剧本，把相传的逸事做题材，然而仍旧是写实的。这一类的作品，以《芒娜立莎的微笑》（*La Son risa de la Gioconda*）及《乌齐洛的故事》（*La historia de Otelo*）为最佳。

倍那文德又做滑稽剧；他的《创造的利益》（*Los intereses creados*，1907）是一篇出色的近代滑稽剧。他所创铸的纸片与碎布的傀儡是极像人类，而且他们的假面具是透明的，使我们一看就认出我们自己来。有一个西班牙的批评家曾说《创造的利益》是“西班牙现代文学中最可宝贵的珍品”，现在大家都认此篇是倍那文德的代表作品。

《火龙》（*El Dragón de fuego*，1903）与《女巫的安息日》（*La noche del Sábado*，1903）是两篇象征剧；但亦非全然与现实世界无关系的。倍那文德艺术的立脚点完全是在写实主义，无论他把作品的面目变成什么，他的精神总常常是写实的。这是他的作风的特点，也就是他和前辈的三位大作家相异之点。

四

倍那文德的著作早已流行在英美及拉丁族各国，在世界文学界里早已有相当的地位。但是北欧各国对于他还不很熟悉。所以当诺贝尔文学奖金委员会发表把一九二二年的奖金赠给他时，瑞典的各报都以为这是出人意外的事。他们说：英人曾希望哈特（Thomas Hardy）得这一次的奖金，德人曾希望霍尔兹（Arno Holz）得，而尤以哈特的呼声为更高，不料却选着了倍那文德。委员会的一员，瑞典女作家拉绮尔洛孚（Selma Lagerlöf）对访问的人说得好：委员会如果等到倍那文德的著作流行更广些然后选他，自然更能得外界的谅解。倍那文德著作的真价值，世间早有公评，当然不靠诺贝尔奖金的增饰，不过他的著作流行的范围，经这一宣传，一定要更广大了。

（此篇多根据 C. A. Turrell's *Comtemporary Spanish Dramatists* 的序言，合当声明。）

——录自商务印书馆 1925 年初版

《倍那文德戏曲集》序二

张闻天[①]

倍那文德（Jacinto Benavente）是现代西班牙最著名的戏曲家，最近得到了诺贝尔奖金。

他生于一八六六年，八月十二日西班牙京城马德立。少时曾于马德立大学学习法律。但因不合于他的性格，所以没有在法律科毕业。后来曾游历欧洲各国。对于剧场与优伶等生活，抱有特别兴趣。他的著作到现在已经差不多有一百多种了。

把他的著作，最先介绍于英美各国的人，为驻美与加拿大西班牙著作家协会（The Sociedad de Autores Españales）代表恩特希尔（John

① 张闻天（1900—1976），原名张应皋，字闻天。曾用名张荫皋、洛甫等。笔名飘篷、长虹、大风、歌特等。江苏南汇（今属上海市人）。曾赴美留学，返国后任职中华书局编译所。后被派往莫斯科中山大学学习并任教。回国后，从事党的领导工作。译有俄国安德烈耶夫《狗的跳舞》，柯罗连科《盲音乐家》等。

Garrett Underhill)。他在一九一七年出版了《倍那文德戏曲第一集》。内中包括四篇，即《他的寡妇的丈夫》(*His Widow's Husband*)，《人间的连锁》(*The Bonds of Interest*)，《伪善者》(*The Evil Doers of Good*)与《热情之花》(*La Malquerida*)。他更在一九一九年又出了《倍那文德戏曲第二集》。内中也包括四篇，即《不准吸烟》(*No Smoking*)，《白贝公主》(*Princess Bebe*)，《总督的妻子》(*Governor's Wife*) 与《秋季的玫瑰花》(*Autumnal Roses*)。其中有几篇都在美国文学杂志 *Poet Lore* 上登过。此外登于该杂志而没有印成单行本者，也有几篇。像《太子旅行》(*The Prince Who Learns Everything from Books*) 与《礼拜六晚上》(*Saturday Night*) 等都是。其中我最欢喜的，或者说合于我的脾胃的为《热情之花》《伪善者》与《白贝公主》。我现在译的就是前二篇，后一篇待将来再译。

我所看过的不过以上几篇，(此外还有一短篇叫做 *The Smile of Mona Lisa* 为另一人译。) 我现在就把从这几篇内所得到的印象写下来。

一切艺术家因为感觉的锐敏，所以凡是社会上的缺点他总最先觉到。倍那文德也是不在这个例外的。他对于西班牙社会上种种旧道德与旧习惯的攻击，非常厉害。他以为过去的价值只在能应付现在与未来。过去的本身的崇拜，结果不过阻碍生命的向前发展罢了。他这一种发展生命为第一的精神，在他的尖利的讽刺剧中间都可以看出来。我们在《伪善者》一剧中可以看得非常明瞭。

讲到他的艺术，他是一个极端的心理的写实主义者。我们读他的戏剧，第一件注意到的，就是他不着重在动作的描写。他着重的是在进行中的思想与情感 (Thoughts and Feelings in the Making)。他不是从外至内而是从内至外的戏曲家。他把蕴藏在人生内心中的东西翻出来给大家看。他从没有描写过登场人物的性格与相貌，但是我们读下去，觉得那个人的个性活现在我们的前面。所以我们可以称他的戏曲做人物的戏曲（Drama of Character）。

此外他还有一种特点就是含蓄。有许多重要的意义，他都隐着不肯直接说出来。所以读他的作品的人非细心不可。他对于心理的描写本来异常精细，非有精细的心的人原是不能领会的。他对于女性的描写，更有独到处。女性的长处与短处和女性的优美都在他的作品中间可以找出来。所以有人称倍那文德为“妇女的解释者”（Interpreter of Woman），说他不但给了妇女一柄镜子，使得她们照见自己的真相，并且他也把女性的真相放在男子的前面了。

他是一个写实主义者，他只把社会的，人生的真相如实地写下来。他从没有预先拿到了一种成见去造戏剧，也从没有想到他的创造是在为着什么“人生”。譬如《热情之花》一剧，他只表示出横亘在人生的底下有这样的一种冲动，其为道德与否他完全不问。他说：“艺术应该自由的与独创的，但是世界上一般俗物要用信条与习惯的法则来约束他。艺术是美的自然的实现；美的情操非忠实的不可。”可见我们虽说他是写实主义者，但是他自己是不受任何法则所支配的。

他和其他艺术家一样，也是人生的解释者，人生意义的找求者。在《白贝公主》一剧中，他描写白贝公主（即希利娜 Helena）离开了皇室，独自一人跳进生命之河中间去，体尝人生的意味。不断的梦想引起不断的生活，不断的生活破灭不断的梦想。末了她知道“人生是去生活，去梦想。它是梦想，它是生活”。《秋季的玫瑰花》一剧中，起初描写人生因了种种误解与嫉妒产生无限的痛苦，但是后来因了自己的牺牲与退守与宽恕终究得到了幸福。这三种德性，他以为是妇女所独有的。

倍那文德是多方面的人物，他的作品，与他的见解很有详细介绍与批评的价值。但是这里不是做长文章的地方，所以略说其大致如此。

译者志于美国加利福尼亚

——录自商务印书馆 1925 年初版

《两条腿》[①]

《两条腿》序

周作人

《两条腿》是一篇童话。文学的童话到了丹麦的安徒生（Hans Christian Andersen）已达绝顶，再没有人能够及他，因为他是个永远的孩子，他用诗人的笔来写儿童的思想，所以他的作品是文艺的创作，却又是真的童话。爱华耳特（Carl Ewald）虽然是他的同乡，要想同他老人家争这个坐位，当然是不大有希望：天下那里还有第二个七十岁的小孩呢？但《两条腿》总不愧为一篇好的文学的童话，因为有它自己的特色。

自然的童话妙在不必有什么意思，文学的童话则大抵意思多于趣味，便是安徒生有许多都是如此，不必说王尔德（Oscar Wilde）等人了。所谓意思可以分为两种，一是智慧，一是知识。第一种重在教训，是主观的，自劝戒寄托以至表述人生观都算在内，种类颇多，数量也很不少，古来文学的童话几乎十九都属此类。第二种便是科学故事，是客观的；科学发达本来只是近百年来的事，要把这些枯燥的事实讲成鲜甜的故事也并非容易的工作，所以这类东西非常缺少，差不多是有目无书，和上边的正是一个反面。《两条腿》乃是这科学童话中的一种佳作，不但是讲得好，便是材料也很有戏剧的趣味与教育的价值。

《两条腿》是讲人类生活变迁的童话。文化人类学的知识在教育

---

① 《两条腿》，童话，丹麦爱华耳特（Carl Ewald，今译爱华尔德，1856—1908）著，Johan Briede 及 Helen Jacobs 画，Alexander Teixeira De Mattos 英译，李小峰重译，鲁迅校，北新书局 1925 年 5 月初版，1933 年 10 月七版。

上的价值是不怕会估计得太多的，倘若有人问儿童应具的基本常识是些什么，除了生理以外我就要举出这个来。中国人的小学教育，两极端的是在那里讲忠孝节义或是教怎样写借票甘结，无须多说，中间的总算说是要给予他们人生的知识了，但是天文地理的弄上好些年，结果连自己是怎么活着的这事实也仍是不明白。这种办法，教育家在他们的壶卢里卖的是什么药我们外行无从知道，但若以学生父兄的资格容许讲一句话，则我希望小孩在高小修了的时候在国文数学等以外须得有关于人身及人类历史的相当的常识。不过现在的学校大抵是以职业和教训为中心，不大有工夫来顾到这些小事，动植物学的知识多守中立，与人的生理不很相连，而人身生理教科书又都缺一章，就是到了中学人还是不泌尿的，至于人类文化史讲话一类的东西更不是课程里所有，所以这种知识只能去求之于校外的读物了。我们现在有两个女儿，十二年来我时时焦虑，想预备一本性教育的故事书给她们看，在今"老虎追到腿后跟"却终于还未寻到一本好书，又没有地方去找教师或医生可以代担这个启蒙的责任（我自己觉得实在不大有父范的资格），真是很为难了。讲文化变迁的书倒还有一二，如已译出的《人与自然》就是一种有用的本子，但这是记录的文章，适于高小的生徒，在更幼小的却以故事为适宜。《两条腿》可以说是这种科学童话之一。

《两条腿》是真意义的一篇动物故事。普通的动物故事大都把兽类人格化了，不过保存他们原有的特性，所以看去很似人类社会的喜剧，不专重在表示生物界的生活现象；《两条腿》之所以称为动物故事却有别的意义，便因它把主人公两条腿先生当作一只动物去写，并不看他作我们自己或是我们的祖先，无意有意的加上一层自己中心的粉饰。它写两条腿是一个十分利己而强毅聪敏的人，讲到心术或者还在猩猩表兄之下，然而智力则超过大众，不管是好是坏这总是人类的实在情形。《两条腿》写人类生活，而能够把人当作百兽之一去看，这不特合于科学的精神，也使得这件故事更有趣味。

这本科学童话《两条腿》现在经李小峰君译成汉文，小朋友们是应该感谢的。所据系麦妥思（A. Teixeira de Mattos）英译本，原有插画数幅，又有一张雨景的画系丹麦画家原本，觉得特别有趣，当可以稍助读者的兴致，便请李君都收到书里去了。

十四年二月九日，周作人于北京记。

——录自北新书局 1933 年七版

《两条腿》译者叙

小峰（李小峰①）

这本童话集——《两条腿》，是周启明先生介绍给我翻译的，启明先生本来想自己译，且已动手译了几段，后因事忙搁下，听我说爱译这类著作，所以归我担任翻译。我费了两个月的工夫，总算替他披上中国的服装了，但我常想如果这工作在启明先生的手中完成，不知要精致多少呢。

本书的作者是丹麦爱华耳特，我所根据的是麦妥思的英译本。译本比原本多《两条腿征服风》，《两条腿征服蒸气》，《两条腿征服电气》，《两条腿的将来》等四章，译者申明是他加入的。我曾经完全译出来，登在《晨报副镌》上，现在因为他写风和电气等处太凶险，不很自然，所以没有收入。还有一篇小引《童话的故事》，为德译本所无，大约也是麦妥思所加，其中一二节很有意思，所以收入了。

---

① 李小峰（1897—1971），江苏江阴人。北京大学哲学系毕业，曾参加新潮社和语丝社，上海北新书局主持人之一。另译有《疯狂心理》（哈忒著，与潘梓年合译）。

我这译稿在付印之前，曾经鲁迅先生比对德译本校改过。如第六章第四节：羊忧愁地说“而且保护我们的是一个也没有，”第七章第二节：蓟草和酸模，紫罗和还有许许多多别的东西，第三节：两条腿答道，“你很好，但你于我无用，”第十一章第一节：“有篷帐可以喝饮料和冷的饮料，还有篷帐可以跳舞和游戏”等数段，都是英译本所无，对了德译本替我加入的。两译本有差异之处，比较其长短，从德译本而修改者也有好几处。

书中的插图都是从英译本中选出的，章首的图原来只选了三四幅，后来因为题目的关系，只选几幅颇不一致，所以一并收入了。图中的题目是先用白纸将英文贴没，然后将排印成的中文题目字剪开排匀黏上，再用照相照出，制成锌版，所以颇觉美观。前半的工作是我的妻替我作的。

启明先生借给我这本书，使我有翻译的机会，且在序中给本书以新的解释，使读者得深一层的了解，我很感谢。初稿承孙伏园兄替我登在《副镌》上，随译随登，鼓励着我，使我的工作不致中辍，我也很感谢。我尤其应当感谢鲁迅先生，他对照着德译本将我的译稿加以精细的修正。

再后我应当感谢妻的帮助，这本书的大半是我口讲，我的妻代我笔述的。

一九二五，五，十，小峰

附志 《两条腿》之德文译者为 O. Reven-thew，其文在 C. Ewarld 之短篇小说集 *Bilder aus dem Tier-und Pflem-zenleben* 中。

——录自北新书局 1933 年 10 月 7 版

《新时代》[①]

《新时代》序

（郭沫若[②]）

民国十年的四月一日是我最初辍学回上海的一日。那时候我对于文学的嗜好几乎到了白热的程度，我竟把我所学的医学中途抛弃了，想回上海来从事于文学的创作。这个志望是失败了的，就在那年的九月，我又折返了日本，终竟把医学弄毕业了，又才回到了上海来。

我同时认识了这两位姑娘——科学姑娘和文学姑娘——实在是陷到了叫我左右做人难的苦境，她们两位东拉西扯地牵着我，这几年来叫我彷徨无定地在黄海上渡来渡去。文学搅厌倦了，又想去亲近一下医学，医学刚好达到了一个接吻的目的，又要被文学拖回来了。

不过我觉得这样也好，我的生活可以因此多生些变化，我今后对于这两位姑娘也再不存偏爱的心事了。

那就是民国十年的四月一日，我第一次读屠格涅甫的这部著书。

那时和我同船回国的是我的朋友成仿吾，他也和我一样，太被文学的引力牵引很了，竟把临到头的毕业试验也没有受，我们竟约着同

---

① 《新时代》（*Die Neue Generation*，今译《处女地》），小说，俄国屠格涅甫（Ivan Turgenev，今译屠格涅夫，1818—1883）著，郭沫若译，上海商务印书馆 1925 年 6 月初版，1927 年 5 月再版。

② 郭沫若（1892—1978），幼名文豹，原名郭开贞，字鼎堂，笔名麦克昂、易坎人等。四川乐山人。早年赴日本九州帝国大学学医，后与成仿吾、郁达夫等组织创造社。译有《茵梦湖》（施笃姆著），《少年维特之烦恼》《浮士德》（歌德著）、《战争与和平》（托尔斯泰著）等。

回了上海。他学的本是造兵科，但结果终和我是一样，他没有把他的枪炮去杀过人，我也没有把我的丸药去杀过人。

我们那时在船上同住了两天两夜，同睡在一个比地狱怕还要苦的三等舱的一只角上。风浪很大，我睡在船上不敢起来，他还好，他还时常要到头等舱去照料他朋友的家眷。

他那时候带着有好几本德文的屠格涅甫的小说，我在船上睡了两天两夜，便把这本《新时代》读了一遍。

这本《新时代》，就是这样对于我是有两重意义的小说呢，我除去喜欢它的本身之外，就还有这一段怀旧的幽情。

去年四月我重渡日本去的时候，我特别把这本书向仿吾要了来，做我永远的纪念。

七月初间我重读这部书的时候，竟起了翻译他的志愿，费了四五十天的功夫，也就把这部书译成了。

这部书的自身我很喜欢，我因为这书里的主人翁涅暑大诺夫，和我自己有点相像。

还有是这书里面所流动着的社会革命的思潮。

社会革命的两个主要的条件：政治的和经济的，在屠格涅甫是认得很清楚的。他把马克罗夫代表偏重政治革命的急进派，把梭罗明代表偏重增加物质生产力的缓进派，他自己是倾向于后者的，所以他促成了马克罗夫式的失败，激赏着梭罗明式的小成，他的思想明明是修正派的社会主义的思想。

不过五十年后的今日的俄罗斯，所成功的不是梭罗明，却是大规模的马克罗夫呢！“匿名的俄罗斯”已经成为了“列宁的俄罗斯”了！

这部书所能给我们的教训只是消极的，他教我们知道涅暑大诺夫的怀疑是无补于大局，马克罗夫的躁进只有失败的可能，梭罗明的精明稳慎只觉得日暮途遥，玛丽亚娜的坚毅忍从，又觉得太无主见了。我们所当仿效的是屠格涅甫所不曾知道的“匿名的俄罗斯”，是我们现在所已经知道的“列宁的俄罗斯”。

农奴解放后的七十年代的俄罗斯，诸君，你们请在这书中去观面罢！你们会生出一个似曾相识的感想——不仅这样，你们还会觉得这个面孔是你们时常见面的呢。我们假如把这书里面的人名地名，改成中国的，把雪茄改成鸦片，把弗加酒改成花雕，把扑克牌改成马将(其实这一项就不改也不要紧)，你看那俄国的官僚不就像我们中国的官僚，俄国的百姓不就像我们中国的百姓吗？

这书里面的青年，都是我们周围的朋友，诸君，你们不要以为屠格涅甫这部书是写的俄罗斯的事情，你们尽可以说他是把我们中国的事情去改头换面地做过一遍的呢！

我译成了这部书后，把我心中的“涅暑大诺夫”枪毙了。

一九二五年四月六日　补序于沪上

——录自商务印书馆 1927 年再版

《新时代》解题

（郭沫若）

（1）本书系以 Wilhelm Lange 的德译为蓝本，译成后曾以 Constance Garnett 的英译本参证，德译有不安处间采英译。

（2）书名依德译名 *Die Neue Generation* 译作《新时代》，意不甚适，应译作《新代》或《新时代的青年》，但一嫌太僻，一嫌太冗。英译名为 *Virgin Soil*，此言《少女地》。

（3）书中重要典实就所能考核者大都注出，本系自修工作，然于读者理解此书上想亦不无小补。

（4）译事算是尽了自己的良心，自己所不能十分满意的只是重译，我希望在数年之内有真读俄罗斯原文的机会。

(5) 本书的出版，高梦旦、郑心南、何公敢、范允臧诸氏为我尽力，我在此敬致谢忱。

民国十三年八月十二日　译者

——录自商务印书馆 1927 年再版

《心弦》①

《焚兰记》② 弁言

（周瘦鹃 ③）

山茂李嘉生氏 Samuel Richardson 是以第一人作第一部英国最伟大的小说而著名的。他生于一千六百八十九年，儿童时代，原不知道自己注定要著书的，却就喜欢给邻近一般不能写字的小女郎们做书记生，因此就详细探明了女子的心性。他十七岁时，做一个印刷家的学徒，后来就自办一所印刷场，竟达到了下议员印刷主任的地位。在这好几年间，他常和许多女友往来，伊们往往把情史告诉他，求他指示一切。他直到五十一岁时，才做了第一部小说《潘蜜兰》*Pamela*，八年以后，《克兰丽瑟哈罗》*Clarissa Harlowe* 出现，不用说是他的杰作了。英国大儒约翰逊博士 Dr. Johnson 和法国著名文学家摩山氏 A. de

---

① 《心弦》，理查森等著，周瘦鹃编辑。上海大东书局 1925 年 7 月初版，白话翻译。《心弦》为周瘦鹃缩译的西方爱情小说集，为周瘦鹃主编“我们的情侣”丛书（全四册）之四。

② 《焚兰记》（*Clarissa Harlowe*），今译《克拉丽莎》，又名《一个青年妇女的故事》，书信体小说。理查森（Samuel Richardson，1689—1761）著。

③ 周瘦鹃（1895—1968），原名国贤，字祖福，号瘦鹃，笔名有泣红、怀兰室主、紫罗庵主人等。江苏苏州人。1914 年与友人王钝根创办《礼拜六》周刊，1916 年入中华书局任翻译编辑，同时加入南社。译有《欧美名家短篇小说丛刻》，与严独鹤、程小青合译《福尔摩斯探案全集》等。

Musset 都评为世界中最好的一部言情小说。他以一千七百六十年去世。年七十二。

——录自大东书局 1925 年初版

《同命记》[①]弁言

（周瘦鹃）

亚克·盎利·裴那亭·特圣泌尔氏 Jacques Henri Bernardin de Saint-Pierre 也是那种以一部杰作而负盛名的作家。以一千七百三十七年生于法国哈佛 Havre。自幼儿才气发越，智力过人。他善讲故事，能使听的人都听得呆住了。又极爱兽畜，并喜研究园艺，而对于女子又善于用情的。他在甘恩 Caen 受求斯伊特派（罗马教之一派）的教育，后在罗盎 Rouen 毕业，去充当军中的工程师。但因不肯服从命令之故，不久就被斥退了。一连混过了七年，漫无目的的做过好几件事情。末后便停留在巴黎，从事文学。《保罗与葳琪尼》*Paul et Virginia* 是他笔下最伟大的作品。在一千七百七十年间出现，描写那半开化地方纯洁的爱情，妙到毫颠。大旅行家郝卜尔氏 Humboldt，更赞美他所写热带上的种植状况，非常确切。当时拿破仑极爱此书，流放圣海伦那孤岛时，特地重读一遍。他后来和卢梭 Rousseau 订交，又受知于国王路易十六世。五十七岁才结婚，以一千八百十四年去世。

——录自大东书局 1925 年初版

---

① 《同命记》(*Paul Et Virginia*)，今译《保罗和薇吉妮》，小说。贝尔纳丹·德·圣皮埃尔（Jacques-Henri Bernardin de Saint-Pierre，1737—1814）著。

《艳蛊记》[①] 弁言

（周瘦鹃）

浦洛士伯梅立美氏 Prosper Mérimée 是法国一位大著作家，常被称为短篇小说之父的。以一千八百〇三年生于巴黎。他父亲是个画师，他那艺术上的才能，也许是得力于父教罢。二十二岁时，就刊行他的一组剧本，很使朋友们惊异。这剧本集的卷首，还印着他一张女装的小影咧。在这个时代，他似乎还不曾确知应有何种思想，如何应付人生，所以很肆力于种种研究。又曾担任了政府中好几次要职，充过一次历史文件审查员，他的学识便很宏富了。一千八百四十八年以后，他常有考古学和历史学上的著作出版，并有好多种极优美的短篇小说。他的作品，往往能够参透人性的中边，而于情感上加以精细的分析。《可曼》*Carmen* 一书，要算是从来极迫守言情小说中唯一的杰作了。书中描写一个妖艳勇敢的魔女，有源源不绝的情人，常在狂歌乱舞之中，荒淫取乐，一面便引起盗窃杀人的罪恶。这真是何等动人的作品啊。音乐家裴拾得氏 Bizet，截取了书中事实，编成一种沉博绝丽的歌剧，也就叫作《可曼》。当时伦敦诸剧院中，几乎天天演唱。梅氏是一个悲观的人，是一个怀疑家，对于一切人类，都抱着怀疑的态度，但他心中却也富于情感的。以一千八百七十年去世。年六十七。

——录自大东书局 1925 年初版

① 《艳蛊记》(*Carmen*)，今译《卡门》(一名《嘉尔曼》)。梅立美（Prosper Mérimée，今译梅里美，1803—1870）著。

《赤书记》[①]弁言

（周瘦鹃）

南山年霍桑氏 Nathaniel Hawthorne 是美国大小说家之一，以一千八百〇四年生于玛萨诸塞州，孩提时畏避学校，日常总是深居简出，领受母教。他的第一部小说《芬旭》*Fanshawe*，在一千八百二十八年间匿名出版，并不引起人的注意。以后八年之间，连做杂志小说多篇，小有文名。一千八百三十七年，出了一部《复述故事》*Twice Told Tales*，得大诗人郎菲鲁氏 Lonfellow 的赞美，从此他就加入第一流文学家之列。《赤书记》*The Scarlet Letter* 一作，直到一千八百五十年间方始告成，美国名小说家亨利詹慕士氏 Henry James 称为美国理想小说中最好的作品，使英国群众得一种深刻的印象。以后就有人根据着这一个神秘的红字，作为妇人羞耻的标识，就做了好多动人的文章。这《赤书记》的情节很警辟，文体很谨严，文坛上都公认为一部永难忘却的杰作。霍氏三十八岁才结婚，卒于一千八百六十四年。

——录自大东书局 1925 年初版

《慰情记》[②]弁言

（周瘦鹃）

亚曼亭・露雪・欧绿・杜冰氏 Armandine Lucille Aurore Dupin

① 《赤书记》（*The Scarlet Letter*），今译《红字》。霍桑（Nathaniel Hawthorne，1804—1864）著。

② 《慰情记》（*Consuelo*），今译《康素爱萝》。乔治・山德（George Sand，今译乔治・桑，1804—1876）著。

[Amantine Aurore Lucile Dupin]，便是世所共知的乔治山德 George Sand，在法兰西女文学家中要算是最受人欢迎的了。一千八百〇四年生在巴黎，伊的幼年时代，是在一般信奉伏尔泰氏 Voltaire 无神宗教论和卢骚反道德主义的人们中间度过的。十八岁时，嫁了一位屠德文先生 Mon. Dudevant.，伊却并不爱他。一千八百三十一年，便脱离了。从此投身交际场中，得了好多爱友。大诗人摩山 A. De Musset，大音乐家旭般 F. Chopin，都和伊发生恋爱关系。所有情史，伊都引入自己所著的书中。最著名的一部唤做《爱尔与吕薏》*Elle et Lui*，便是叙述伊和旭般的情史。一千八百四十四年，印行《宫薤绿》*Consuelo* 一书，实是伊小说中第一杰作，文体和思想，都极工妙。伊以一千八百七十六年去世，年七十二。

——录自大东书局 1925 年初版

《沉沙记》[①] 弁言

（周瘦鹃）

华尔特施各德勋爵 Sir Walter Scott 是苏格兰最伟大的著作家，也是全世界最伟大的历史小说家。以一千七百七十一年生，孩提时就爱读各种书籍，并且记忆力很强，过目不忘。那时大诗人彭斯 R. Burns 在一家客厅的集会中见了他，见这孩子很知道那种生僻的诗，就预言他的前途无量了。至于施各德以何种作品享大名，却无从断定，因为他早就做了好多首十九世纪有数的好诗，而一方面也已有伟物来说部脍炙人口了。他在二十六岁时结婚。一千八百十年，全世界都在那里

① 《沉沙记》（*The Bride of Lammermoor*），今译《拉马摩尔的新娘》。施各德（Sir Walter Scott，今译司各特，1771—1832）著。

讽诵他的《马密盎》*Marmion* 和《湖上女子》*The lady of Lake* 的长诗篇。击节叹赏不已。以后十一年中，他刊行所作小说不下二十种，内中便是一部哀情小说《兰茂漠的新娘》*The Bride of Lammermoor*，情节和文字都非常的动人。施各德为了一家书局的失败，很受经济上的压逼，负债十三万镑，到一千八百三十二年去世时，已减去了十万镑，都仗着他小说之力，这真不容易啊。

——录自大东书局1925年初版

《镜圆记》[①] 弁言

（周瘦鹃）

爱得华笠顿勋爵 Sir Edward Lytton 是十九世界［纪］一个最负盛名的著作家，以一千八百〇五年生，一千八百二十六年由剑桥大学毕业。二十二岁时，就做了一部小说《馥克兰》*Falkland*，这是他的第一种作品，从此文名日噪，文事日忙，早入了成功的境界。二十六岁进上议院，以演说雄健得名。从政之暇，又赋诗编剧，作小说和杂志文章。他并且也是一个博学之士。一千八百三十七年，著《安南士马屈孚》*Ernest Maltravers*，要算是他小说中第一杰作。看他把这一出情剧，极忠实极有耐心的描写，委实有永久传诵的价值。笠顿以一千八百二十七年结婚。夫妇不相得，以一千八百三十六年离婚。去世时为一千八百七十三年，年六十八岁。

——录自大东书局1925年初版

① 《镜圆记》（*Ernest Maltravers*），今译《马尔特拉瓦斯》。笠顿（Sir Edward Lytton，今译利顿，1803—1873）著。

《重光记》[①]弁言

（周瘦鹃）

英国白朗婕Brontë三姊妹——嘉绿Charlotte、爱蜜兰Emily和安痕Anne都能著作强有力的小说。三姊妹中以嘉绿为长，伊的《嫣痕伊尔》*Jane Eyre*一书，尤其算得一部极伟大的言情小说。嘉绿以一千八百十六年生，生平爱静，往往闭户著书，深居简出，八岁时，在可文桥学校中读书，只为生性羞怯，很感苦痛，伊父亲柏菊白朗婕Patrick Brontë，是个教堂中的牧师，过着很清苦的生活。嘉绿和伊两个妹妹不得不自图生计，做人家的女教师。但嘉绿那时早已收集材料，预为著作《嫣痕伊尔》地步。书中的"绿荷学校"，便是指可文桥学校而言。伊的第一部小说《大学教授》*The Professor*，因情节薄弱，被书店退还，没有出版。《嫣痕伊尔》是第二部，却在一千八百四十七年间出版了。伊的文学事业，方始告了成功。书中女主人嫣痕，是一个碧眼黄脸并不美丽的女子，那主人爱德华陆吉士，也是一个其貌不扬而态度粗率的男子。这一对妙人儿，言情说爱，似乎很可笑，但他们的爱却是真爱，超出普通人的意想，能打倒一切障碍的。其实这书中的嫣痕，正是作者自道，不过陆吉士这人，并不是伊在一千八百五十四年间所嫁的丈夫，嫁后一年，伊就去世了。

——录自大东书局1925年初版

① 《重光记》（*Jane Eyre*），今译《简爱》。嘉绿白朗婕女士（Charlotte Brontë，今译夏洛蒂·勃朗特，1816—1855）著。

《海媒记》[1] 弁言

（周瘦鹃）

嘉尔士李德 Charles Reade，要算是给近代那些动人观感的言情小说先打下一个基础的。他生于一千八百十四年，儿童时代平平过去，没有什么事。直到一千八百四十三年时，才在伦敦住下，撰著小说和新闻纸上的论文。他虽忙于文事，而又擅长提琴，善蓄野兽。一千八百五十六年，就出了第一部伟大的小说，名《爱我少爱我久》*Love me Little*，*Love me Long*。接着又有《寺堂与壁炉》*The Cloister and the Hearth*，《恶剧》*Foul Play* 等书，都是极著名的杰作。这《爱我少爱我久》一书，也可在世界言情小说名作中占很高的地位。情节佳妙，文字敏活，而描写人物又生动自然，恰到好处。他除了著有好多部小说以外，也编过几种剧本，那《里昂邮船》*The Lyons Mail* 一剧，至今流传梨园。他在一千八百八十四年间去世，年七十。

——录自大东书局 1925 年初版

《护花记》[2] 弁言

（周瘦鹃）

李嘉陶立奇白来穆 Richard Doddridge Blackmore，不但是个小说家，还是一个作美文的能手。他的小说，往往文中有画，最善描写

---

① 《海媒记》（*Love Me Little*，*Love Me Long*），又名《爱我少一点，爱我久一点》。李德（Charles Reade，今译里德，1814—1884）著。

② 《护花记》（*Lorna Doone*）今译《洛娜·杜恩》。白来穆（Sir Richard Blackmore，今译布莱克默，1654—1729）著。

英国苏末昔与蒂文两处的风景，那文字真好像是一幅幅的画呢。白来穆氏的生平很平凡，没有什么惊人之事。以一千八百二十五年生，一千八百四十七年自牛津大学毕业。略学法律，后来便从事园艺和著书。他前后所作小说，共十四种，引起读者注意的很少。他的短处，大半因情节上有弱点，缺少强有力的发挥。《劳娜杜痕》（*Lorna Doone*）一书，以一千八百六十九年出版，在一千八百六十九年间，叠版至三十八次之多，大受读者的欢迎。书中描写苏末昔乡间的景物，美到极点。书中人劳娜，是一个天真烂漫的美女郎，而约翰栗德也写得极像是詹慕士王二世时代的乡间君子。白氏因了此书，才占得小说家很高的地位，他以一千九百年死，年七十有五。

——录自大东书局 1925 年初版

《格尔木童话集》[①]

《格尔木童话集》格氏兄弟小史

王少明[②]

格尔木兄弟为德国十九世纪浪漫诗人中之最著者。兄名雅口朴路德希珈儿，生于一七八五，殁于一八六三年（Yakob Ludwig Karl 1785—1863）。弟名威廉珈儿，生于一七八六，殁于一八五九年（Wilhelm Karl 1786—1859）。以其兄弟终身事业之不尝相离也，故人皆呼之为格尔木兄弟。格氏兄弟学习法学于马尔堡·沙维尼（Marburg，Savigny）；一八零八年，供职于坎塞尔（Kassel）之

① 《格尔木童话集》，德国格尔木兄弟，通译格林兄弟，王少明译，河南教育厅编译处 1925 年 8 月初版。

② 王少明，资料不详。

图书馆；一八二八年应聘至格厅根（Göttingen）；尝于一八三七年与斯地人士合谋反抗哈惱皇帝（Koenig von Hannover）破宪（Verfassungsbruch）之举；颇为时人所注目。一八四零年离格庭根，至柏林；此时乃专于著述，不复多问其他事矣。其著述之最著者，固为其家喻户晓之童话集；然其修订之神话及传说等，所赐于德人文学上之裨益，亦匪浅鲜，至其所发明文字，文法上之变迁，（如转音变音，换音等）与其创作之文法字典诸书；其对于德文艺界内之功效，则更非其他种作品所可比拟也。

格氏兄弟之童话，虽亦多采自妇孺翁妪之口；然其措辞巧妙，言情有致，全是小说家之真正精神与体意。兴味津津，能使读者不忍释手，故格氏兄弟之童话集，德人几于无家无之；此所以格氏兄弟之名，盛传于德国妇孺之口也。

译者编识

鸣谢

本书封面画，系吴巢阿先生绘制；制时颇费心神，特此致谢。

译者识　八月五日

——录自河南教育厅编辑处1925年8月初版

《格尔木童话集》译者短言

王少明

国人所译格氏兄弟的童话，——据我所见的，多与原文不相符合；不知是译者故为修改；也不知是，非译自原文——外人已有删增了。本书系译自原文——德文。对于他的内容，自觉着也未加增删。但是我的中西文程度都不佳；译文可通与否，未能自知；甚盼阅者赐教为感！

我的小小希望，是想把这世界著名的童话，介绍于小学教师们，以备他们采择参用；并分给于天真烂漫可爱的儿童们，以满足他们心灵上的需要。不过，译笔拙劣；能适合于儿童们的心理及其智力与否，尚弗自知。小小的希望能否达到，译者毫无把握；所以我心里很是不安：一则是怕那“灾梨苦枣”“祸害铅石”的罪名；二则是，怕徒费读者可宝贵的时间与他们最有用的心神。

原稿中的『』「」两符号，及第三身代名词“她，牠，他”三字的用法，本有区别；现忽因印刷上不便，故将『』悉作为「」，“她，牠”悉作为“他”；还，对于译文的“显明”，恐怕要有点损碍；但以付印仓卒，亦不及再详为修改，请阅者留意，并请原谅！

本书原名为 Kinder und Hausmaerchen der Brueder Grimm。共约五十篇，今译出者仅十数篇，暂作为第一集，其中只有《苦儿》及《铁干斯》两篇，曾在别的刊物上发表过；其余多系新译，尚未披露。

王少明　一九二五，七，二九，开封

——录自河南教育厅编辑处 1925 年 8 月出版

《莱森寓言》[①]

《莱森寓言》序

郑振铎

寓言是不很容易作的。自古代到了现在，成功的寓言作家，屈指

① 《莱森寓言》，德国莱森（今译莱辛，1729—1781）著，郑振铎根据 C.T.Cheng 英译本编，上海商务印书馆 1925 年 8 月初版，文学研究会丛书之一。

数来，不到十余人。在欧洲，最著名的自然是希腊的伊索。伊索之后，法有拉芳登（La Fontaine），俄有克鲁洛夫（Krylov），德有莱森（Lessing）。这几个人都是很成功的寓言作家。

莱森（Gotthold Ephraim Lessing）生于一千七百二十九年，是他的时代中著作方面最繁多的作家，与歌德（Goethe）及席勒（Schiller）齐名。他早年在利百兹（Leipzig）及柏林（Berlin）读书。后来成了一个诗人、寓言作家、戏剧家、批评家。他的第一篇剧本《少年学者》，即使他得了“德意志的莫里哀”的称号。他的批评著作《拉奥孔》（*Laocoon*）是十八世纪的所有批评著作中的最伟大者。他的《寓言》（*Fabeln*）出版于一千七百五十九年。此外尚有许多重要的著作。

他的死年是一千七百八十一年。

法国的拉芳登以轻笑微讽的态度，来写作他的寓言；他锐敏的观察十七世纪的全社会，而把它的种种色相捉入他所写作的寓言中。后来的模仿者益扬其风，专以讽刺当代人的愚行及小错为务。莱森的寓言是反抗这个法国派的寓言的。莱森说道：“我并不与拉芳登他自己相争论，我所反抗的是拉芳登的许多模仿者。”他以为理想的寓言，便是伊索的寓言。所有后来作家的雕饰美好的寓言，都是与这些古代作品相违背的。寓言乃是一则道德的训条，用一个简明的例子来说明它的。当然的，寓言作家所注视的乃是全个人间，乃是不变的道德训条，乃是深切的人间真理，并不是一时的社会现象及当代人的愚行，小错。

莱森的寓言，我未见有英译的全本。这里所译的，只不过是我所见到的数十则的选本。将来有机会得到全本，当更补译出以呈于读者。

小学校用此书作教本，及儿童们取它来读，我想是很相宜的——虽然其中有几则深刻的道德训条，是儿童们所未必懂的。故事的本身已足使他们愉悦了。

郑振铎　十四年七月三日

——录自商务印书馆1925年初版

《三姊妹》[①]

《三姊妹》柴霍甫评传（附录）

曹靖华[②]

一 柴霍甫传略

二 柴霍甫是社会凡庸时代的一位讽刺作家——柴氏的生之悲剧——生活的凡庸——生之恐怖——柴霍甫与李门托夫

三 柴氏的社会凡庸主义时代的理想——《伊凡诺夫》——对于凡庸主义之憎恶与受凡庸生活之窘迫——柴氏第一期作品里的悲观主义（到一八九二年）

四《烦闷的故事》《旷野》《我的生活》等小说

五 柴氏对于托尔斯太主义的倾向——《赌博》《发作》等小说——柴氏在一八九四年一封信里的自白——反对托尔斯太主义的时期——《第六号病房》《好人》《我的生活》等小说

六 柴氏第二期的创作——“信仰进步”是柴氏悲观主义的救星——“经过二三百年”世界上的黄金时代

---

① 《三姊妹》（*The Three Sisters*，今译《三姐妹》），戏剧，俄国柴霍甫（今译契诃夫，1860—1904）著，曹靖华译，上海商务印书馆1925年8月初版。文学研究会丛书之一。

② 曹靖华（1897—1987），原名曹联亚，河南人，未名社成员，1921年被派往苏联学习。译有《铁流》《保卫察里津》《虹》《城与年》等。

七 阿斯特罗甫、韦世英、屠怎霸荷的意见都是柴氏自己的意见——对于美丽自由生活的要求

八“信仰进步”果为柴氏悲观主义的救星吗——乐观主义实验的失败——《樱桃园》《未婚妻》——失败的原因——柴氏的信仰进步为“当代反个人主义”的表现——伦理的反个人主义——柴氏的终难离开悲观主义是他伦理的个人主义的感觉的因果，是伦理的反个人主义的无意识的反对

九 柴氏的个人主义与反个人主义的矛盾——对于工作的呼声是使自己心灵麻醉的一种手段——我们不过是后人到幸福之路上去的一道桥梁——柴氏的矛盾

一

柴霍甫（Антон Павлович Чехов）是俄国很有名的小说家兼戏曲作家；于一八六〇年一月十七日生于南俄之达冈洛哥（Таганрог）地方。他祖父出身农奴，父亲是经营商业的。

柴氏幼年，在本地一个小学校里读书。一八七九年入莫斯科大学（Московский у-т）医科（Медицинский Факультет）去专门学医。一八八四年他在大学毕业后，因为忙于文学生涯的缘故，对于医学，不曾去实习过。

柴氏的文学生涯，开始于一八七九年，那时他还是大学第一年级的学生，他在那时就作了些短篇小说，在日报和杂志上发表。

一八八七年，柴氏出了两本小说集：第一，《滑稽短篇小说集》(Юмористические рассказы)；二，《在黄昏里》(В сумерках)。

一八九〇年他出了一本小说集叫《忧愁的人》(Хмурые люди)。他的最重要的小说如：《旷野》(Степь)，《火光》(Огни)，《烦闷的故事》(Скучная история)，《第六号病房》(Палата No. 6)，《无名的故

事》（рассказ неизвестного человека）等，都是八十年代之末的时候，在杂志上发表的。

柴氏晚年专从事于作剧；一八八六年他的第一本剧本《伊凡诺夫》（Иванов）出世之后，次年就在莫斯科的戈尔沙戏园（Театр Корша）里排演。他的重要的剧本：有《樱桃园》（Вишневый сад），《三姊妹》（Три сестры），《万尼亚叔父》（Дядя Ваня），《海鸥》（Чайка）等。此外还有几个独幕剧，都是很有趣味的。

一九〇四年，七月二日，柴氏死于德国，享年四十有四。

柴氏生平，大略如此。关于柴氏思想的话，下边再详为申论之。

二

八十年代的柴霍甫，九十年代的高尔基（Горький）这两位作家，在艺术的创造上，都是十九世纪后二十五年间俄国知识阶级最重要的代表。我们知道，当个人主义（Индивидуализм）与反凡庸主义（Антимещанство）的狂涛波起的时候，那社会的凡庸主义就在这时衰落了；虽然柴霍甫与高尔基的主张上少有不同，但我们不能不承认他俩都有密切的关系，都是启发俄国社会思想的代表。

八十年代俄国文坛上的柴霍甫，是一个社会凡庸主义时代的理想的代表；这句话恐怕没有一个人能把这个意思解释明白。不然，柴氏不是这时代的理想的代表，是一个讽刺作家，是这时代间接的产儿。但是在八十年代之末的时候，有好多人都陷入于这条错路上，都以为柴氏不是郭哥尔一派的人，都以为他是这社会凡庸主义时代的龚察洛夫（Гончаров）；就是连美哈洛夫斯基（Михайловский）在批评柴氏的《伊凡诺夫》（Иванов）的时候，也竟然陷入到这一条错路上（参看《美氏文集》第六卷，第七七八页）。这是美氏不明白柴氏创作的根本的主旨，到后来美氏才承认了自己的错误，承认他好像毕沙列夫（Писарев）对于普希金（Пушкин）一样的错误：毕沙列夫同美哈洛夫斯基都把他们作品中的英雄，认为是作家的自身。毕沙列夫很以为娥聂良（Евгений Онегин）的思想与感情，就是普希金的思想与感情；美哈洛夫斯基以为柴氏主张理想的凡庸主义，他以为八十年代的伊凡诺夫就是柴霍甫……他以为柴氏就是伦理的凡庸主义的宣传者！其实柴氏在他初开始他的文学生涯的时候，就是那八十年代一位讽刺的作家了！

柴氏是社会凡庸主义时代的一个讽刺作家；这在他的文学生涯初开始的时候如此，也可以说是一直到了九十年代的时候还是如此。他的短篇滑稽小说，描写这一个时代的生活，同沙尔德珂夫（Салтыков）的讽刺小说，是一样的充满着忿怒与讽刺。还有一个问题：就是沙尔德珂夫的带着讽刺的、忿怒的讽刺小说，与柴氏的运用他灵敏的手腕，描那风景的小说，在读者的心灵上，那一个能印下更深的印象？如果你读了柴氏的短篇小说，你不禁要笑了起来，把书放下之后，觉得有种痛苦的忧郁，留在你的心灵上！由此看来，不仅如《下级军官普利式伯耶夫》(Унтер Пришибеев）一类的滑稽小说是如此，就是看了柴氏的很平常很朴实的小说之后，也有种痛苦的忧郁，留在我们的心灵上。他的沉痛的眼泪，是在诙谐的笑弄里边藏着的。如果有人把柴氏的这些短篇小说同郭哥尔的《死魂灵》(Мертвые души）在一齐读给普希金听了，怕他也要情不自禁的带着很忧闷的声音重说道："呵，我们俄国是何等的悲惨呀！"……

在柴氏这些两三页的滑稽短篇小说里边，却包含着无限的意义；从古以来，俄国的人民，都是奴颜婢膝的崇拜着"官级"(看柴氏小说《胖的和瘦的》，Толстый и тонкий）；同时又崇拜着"金钱"(看柴氏的《假面具》)；俄国的人们，在他们高级官吏的面前，都是带着些战兢恐惧的样子（看柴氏的《官吏之死》，Смерть чиновника)；俄国人的卑下和谦逊，昏庸和黑暗的生活；就是莫克维其的哲学，也不过是这些生活的装饰品（看柴氏的《思想家》，Мыслитель）；他们都噤若寒蝉，战战兢兢的不敢有“反动的声浪”；据我们所知道的吴史潘斯基（Успенский）也这样的说：如果有反对的论调，那就是无道理的可怜的如同叶裴妈一样（看柴氏的《惊叹号》，Восклицательный знак）；对于这样的制度，“不要讨论，一齐都来服从吧！”他们那冥顽的当局常常忧心焦思的怕生出什么暴动来；所以常常为着一点小小的事情，就把人们下到狱里（看柴氏的《思想的风潮》，Врожение умов）；这真是义勇侦探的好模范呵！（看柴氏的《下级军官普利式伯列夫》）；有这样黑暗的生活，结果才有这样的愿望：“我愿一切人都觉得烦闷而且痛苦，我愿一切人都觉这生活是乏味而且卑贱的！”（看柴氏的《丈夫》，Муж）——这些小说令人看了不但发笑，实在令人很悲伤的呵！实在可以令人叫出一种抑郁烦闷的呼声：“呵，我们俄国是何等的悲惨呀！”……

比方由大的事情，到可笑的事情，其间相差不过只是一步路；由可笑的事情到可悲的事情，其间连这一步之差也没有了：笑与悲原来是共同的，是不能彼此分离的。悲剧不是在旧剧的舞台上排演的；在那里没有那代表罪恶的红发的疵愚者，没有那代表纵欲的罪犯黑发少年，没有一切的代表有道德的黄发的人；比方人们化起装来去演悲剧的时候，那么在他们化起装来之后，还可以看见他们有羞耻之心，可以看见他们的眼泪（看柴氏的《父亲》）；不，柴氏的悲剧并不在此，他的悲剧里边更悲惨的就是人们在他们自己的生活里边没有高尚的目的，没有悲惨的事迹；他的悲剧是表现着凡庸主义的人生是卑贱而且乏味的；他所表现的不仅是凡庸主义的时代，不仅是凡庸主义时代人们的阶级……他好像一位忠诚的艺术家，他超出了他自己的时代的范围；他不仅是社会凡庸主义时代的一位讽刺作家；他的眼光是超出一切的；他以为“一切的生活，都是凡庸的悲剧”——这就是“生之恐怖”！

说到这里，我们不能不觉得十九世纪之末的人们，对于生之恐怖，与十八世纪之末的享乐主义者的观念是根本相反的。那时一切的人们，觉得一切的生活好像鲜花一般的美丽；不过有一个常常令他们心怀不安的问题，就是他们觉得“他们的寿运太短了!”他们时时刻刻的恐惧着他们的“葬钟”快要响了；如果他们要不常常想着他们终究都应该有死的时候，那么他们就要以生活为完全的安乐了——“喝吧，吃吧，大家都来尽量的欢乐吧!”……死之恐怖！与生之欢乐；这就是十八世纪享乐主义者的根本的见解；生之恐怖与死之欢乐，这我们可以在柴氏的作品里边得到吧？“这怎么好呢？还得要去活着呵!”梭尼雅也低首下心的在她的运命之前屈服了（看柴氏的《万尼亚叔父》）；“……我们一天天的一夜夜的过下去吧……到了我们葬钟响了的时候，我们就死了……我们就要欢乐了；那时候我们要带着那沉静微笑的面容，回顾到我们现在的不幸——我们要去休息了！舅父呵，我相信，我十分的相信……我们要去休息了！我们要去休息了！……”生着就是沉重的负担，死了就是安息，这就是《万尼亚叔父》的结论；享福和无穷的欢乐，就是要在现在的生活里边。不过他们都是凡庸的人呵！万尼亚叔父，梭尼雅，阿斯特罗甫医生和海丽娜；都是这剧本里边比较好的人，他们都负着沉重的痛苦的担子，在这运命之网里挣扎着；他们没有什么成就，也不能有什么成就呵!但是一切的隆福都让这老书呆子——撒列布梁哥夫教授和同他一般的岳母享受了！他们正［整］天埋首于书堆里边，读些无用的书和小册子；享受那凡庸的肉体上的艳福，他们的唯一的理想就是等到了吃午饭的时候，他们去肥吃一回!

三

柴氏实在是一个悲观主义者吗？——对于这个问题，我们还得要讨论一下。现在不过我们要讨论的就是柴氏的滑稽短篇小说里边所含的悲剧；他的悲剧就是表现着各方面的生活的卑鄙与生之恐怖。那凡庸的生之恐怖，同当代的凡庸主义有密切的关系，恐怖就是这生活的根基；在社会凡庸主义时代，那凡庸主义把社会上一切的文化，从头到尾，一齐都抱围住了，于是就发生了一种凡庸主义的恐怖。在柴氏五十年以前的时候，李门托夫（Лермонтов）对于人生的见解，差不多也同柴氏一样；所不同的就是李门托夫不觉得生活是恐怖的；他对于生活是很淡漠的，他以为生活不过是“无味的游戏”吧了。自然我们不能拿李门托夫对于凡庸生活的形式不满意，来解释他理想中的忧愁与苦闷，这个理由我们是不能承认的，因为他这种动机，才造成了他这种观念。这每句话我们都可以拿来论柴霍甫；柴氏受了社会凡庸主义时代的影响，结果就造成他对于这生活的见解，他以为生活原来就是凡庸的。他两个都是他们时代的产儿，可是他两个的思想都超出他们时代的范围。好像托尔斯太（Толстой）同杜思退益夫斯基(Достоевский）的思想超出了他们时代的范围是一样的；柴氏从八十年代的凡庸主义，一直到了一切生活的凡庸。

比方我们再来拿柴氏的戏曲《伊凡诺夫》(一八八六年作）来看一看；伊凡诺夫就是八十年代过渡时代的模范。从前他对于一切的生活，都表示着不安和愤怒，对于他的黑暗麻木的环境，处处都表示着反抗的精神，想达到他的目的。他的爱憎和信仰，都不和一般人一样……但是时过境迁，连一点痕迹也没有了；在这剧本里边，伊凡诺夫因为他的成就太小，他已经成了一个“困倦的、失望的、灰心的人了！”——这是他自己的话——难道他是受了环境的压迫使然吗？这样的解释，就是伊凡诺夫自己也以为是很糊涂而且与时代潮流相反的；这些话不过只可以拿来解释阿斯特罗甫医生和万尼亚叔父；拿他们的生活，来解释他们的失败；“这些凡庸的，卑贱的生活来压迫着我们；他那陈腐的毒气，浸入到我们的血管里，使我们成了一个这样的庸人——同一般人一样的庸人！”

无论如何，但是伊凡诺夫终究成了一个凡庸的人了，同一般人一样的一个庸人了。他现在是同八十年代的一般人一样，他爱说些可怕的悲惨的话，他爱往自贱的路上去；他自己很老实的承认他自己是一个没有天才的人。但是这个不成什么问题；因为天才不是个个人所都能有的。他所以成为庸人的，是因这种雾烟瘴气的凡庸主义的卑贱的哲学把他笼罩了起来，这种哲学，就可以代表八十年代的社会。“……你要挑一位平常的、灰色的、没有什么地方出奇的女子才好。总而言之；你一切的生活，都要按着一定的常规。背景越灰色越好，背景越同一越好。我的亲爱的，你一个人别要去同一千个人奋斗，不要同那麻木的环境反抗，不要去枉费气力吧……去藏到你自己的贝壳里，作你自己的小事，一切都去听天由命吧……”这是伊凡诺夫的哲学，我们是很知道的；这都是社会凡庸主义时代一样的根本的动机——小事主义，人们都慢慢注意起来，终于成了一切生活的规范。以上伊凡诺夫所说的话，可当八十年代伊凡诺夫的代表。除他而外，我们还可以在柴氏的作品里找出好多各样的分子来。

八十年代凡庸生活的代表，我们还可以找出来伊内其，安得列（《三姊妹》）和那无人道的巴伟尔，“他的心灵都不是真正的心灵”（看柴氏的《妻》），但是在八十年代，谁的心灵，算是真正的心灵呢？“他们一切人的心灵都是不正的呵！”（这是吴史潘斯基的话）。那老书呆子撒列布梁哥夫就是教授里边的庸人（看《万尼亚叔父》），他生来就是卑贱而且庸俗的，他手里执着八十年代人们的旗子，上边写道：“诸位，应当都去作事呵！应当都去作事呵！”后来建筑师伯列日尼夫扶着他的女儿道：“你看，你往天上看一看！那些星儿，甚至那些最小的星儿——都是另外的一个世界呵！我们的人们同宇宙比较起来，是何等的微小呵！”他说这些话的时候，因为他的微小，他好像十分愉快似的（看柴氏的《我的生活》）。这些人大部分都是八十年代的人。这个时代的代表，我们还可以在柴氏的作品里边，找出好多来；

但是找出来之后，我们还是不明白柴氏的宗旨。

凡庸主义的外表虽然也很美丽，但是终究免不了柴氏对于他的憎恨与厌恶。柴氏对于龚察洛夫的作品，认为是无天才的、无味的作品(看叶巴纪耶夫斯基〔C. Елпатьевский〕的《回忆柴霍甫》)。在这本书里边，完全而且明白的表现着他的憎恨与厌恶，也或者他对于这凡庸主义的憎恨与厌恶，是无意识的。柴氏在他最初的短篇小说里不过是弄笑这些凡庸和卑贱的生活；这时他是一个青年作家，还没有找着他真正的道路。但是我们在他这些短篇小说里边，已经可以看出那悲惨的印痕，藏在诙谐的嘲笑里边；柴氏把他环境生活的凡庸主义，和时代的凡庸主义，一齐都反映到他的作品里边，时间越长久，他所受的生活凡庸主义的恐怖越利害。我们如果再把他最初的短篇小说如《丈夫》《嫁》《安妞妲》等再翻来看一看，看了之后，在我们的心灵上留下一种痛苦和忧闷，我们就知道了那生活是何等的恐怖呵！那凡庸的根性，是在生活的内心，不仅是在生活的表面上——这就是这时代柴氏的根本的思想，这种思想一直到了九十年代之初，到他的小说《无名的故事》和《十［第］六号病室》的时候（一八九二——一九［八］九三年)。由此看来，八十年代的柴霍甫是一个忧郁的悲观主义者，并那悲观主义根深蒂固的盘结在他的心灵的深处！一切的生活，都是无穷的永久的凡庸主义的运动；难道这不是悲观主义的见解吗？

四

我们不必来详细的证明以上所说的话，差不多柴氏一切的短篇小说都是在一八八五——一八八六年作的，拿这些小说可以证明柴氏对于人生的见解是悲惨的、失望的，生活原来就是凡庸的！这就是悲观主义的绝对重要的特质；柴氏在这时代无论对于什么都是失望的。柴氏的象征的色彩，我们可以在《烦闷的故事》最后一段看出来。尼古拉

(Николай Степанович) 是一个年老的教授，是一个很有才干的人，他的学识比一切人都高得多，他明白他环境的生活凡庸的可怕；但是喀嘉对于她生活的不满足，想要求他答复这个“怎么办呢?”的问题，但是你猜他怎么回答喀嘉这个问题呢？他说：“我能够怎么说呢？我什么也不能够……喀嘉，实在说，我不知道。”她的恸哭令他伤心的不知所措的又说道：“喀嘉，让我们来吃早饭吧！”这个问题他怕是不能解决了……

这么看来，他对于那凡庸生活的壁垒是冲不破了……好吧，就让是这样，但是柴霍甫对于尼古拉这种意见也不担负责任吗？尼古拉自己也承认他不注意他环境的生活，他是“没有宗旨”的，他把这“没有宗旨”叫做“活人的神”；怪不得他回答这“怎么办呢?”的问题，他仅仅只能老老实实回答道：“实在说：我不知道”……难道柴氏也有这样的答案吗?

是的，就是这样的。八十年代的柴霍甫，实在他没有那“没有宗旨”，没有那“活人的神”让他对于那“怎么办呢?”的问题，叫他去直接的回答道：“我不知道!”他大概是有宗旨的，但是他不过带着纯粹的消极的性质罢了。我们知道这就是生活凡庸的宗旨；这宗旨里边有“怎么办呢?”这个问题的发端，所以从这个问题里边又引出了一个不能解决的问题。从这里又生出了柴氏的“客观主义”，他这客观主义是很受一般批评家痛斥的，就是连那很有眼光的批评家——美哈洛夫斯基也竟然来痛斥他来了！现在我们很知他这客观里边藏着很深的、悲惨的意象；在一切的环境里边，他都看见了那生活凡庸的可怕，而且在这样的环境里边，找不出一条出路来！(看柴氏的一八九二年的一篇小说《恐怖》)。柴氏这样无限消极的深心，批评家都想不到，都斥他是没有目的，没有理想的作家；因此都以他为八十年代一般过渡时代的人们一样的看待。

如果一切的生活都是黑暗的、永久的凡庸，那么生活真是“烦闷的故事”了！因为他的卑贱令人又烦闷，又可怕；又可怕，又烦闷……从前龚察洛夫在他的小说《险崖》里边，描写生活的烦闷说道：“生活有各方面，生活有各样式，但是那无边无际，荒凉寂寞的烦闷，在生活里边横亘着好像宇宙间的沙漠一样；不过从生活别的一方面，这些烦闷都做了思想家和艺术家描写分析的对象。”那无际的荒凉的烦闷，可以代表生活的一个方面……但是这烦闷在柴氏的作品里边，到处都可以看到。在柴氏最初的长篇小说《狂野》（一八八六年作）里边，令人读了不但觉得那广漠的生活的乏味，而且觉得生活的烦闷；那乏味而且烦闷的生活，无边无际的真好似狂野一样呵！这些烦闷与忧郁的骨子里，充满着凡庸主义的根性，永久也令人难以逃得出来呵！

在那辽阔无际的乌克兰的狂野里，在那鼎鼎大名的老教授的书房里，在那梁里珂韦的工场里（看柴氏的《会有的事》），在那建筑师伯列日尼夫住的省城里（看柴氏的《我的生活》）——到处都是忧郁，到处都是烦闷，到处都是黑暗的，可怕的生活的恐怖！建筑师的儿子问他说道：“你为什么会有这样的生活，你的生活为什么会这样的苦闷，这样的凡庸呢？你已经建筑了三十年的房屋了，为什么在你建筑那些房屋里边没有一个可以教我‘怎么过生活呢’这个问题呢？……”他又继续说道：“我们这城市已经有一百年的历史了，可是从来没有出过一个有用的人——连一个也没有呵！难道在萌芽的时候，你把这些活泼的生机都摧残了吗！这城市都是商人的、饭店的、官僚的、乡愿的、无用人们的城市；如果这城市陷落了，连一个人来可惜他的都没有！”俄国所有的城市，都是这样的城市呵！

这样的观念，不是无意识的；在柴氏的作品里边，柴氏常常的重复着这样的思想。在《三姊妹》里边安得列说道：“我们这城市已经有二百年的历史了，在这城里有十万居民，可是没有一个不同样的人……他们都不过是只会吃、喝、睡觉，以至于呜呼哀哉……他们生下来的子孙，也是一样的只会吃、喝、睡觉，并且他们想解闷，于就来撒谎、吃酒、赌牌……”安得列对于这个问题的答案就是：“为什么我们刚刚登上人生的道路，就变成苦闷、凡庸、不快、懒惰、冷淡、无用、不幸……”这就是因为在那凡庸的汪洋大海里，找不出来一条出路，那凡庸的汪洋的大海，可以沉没一切的人们，那么无边无际的凡庸的大海，把全世界都抱围起来，令人逃也无处可逃了……《三姊妹》换各种的声音叹息道：“到莫斯科去吧！到莫斯科去吧！到莫斯科去吧！”——让她们都去享受自己的安乐，让她们都去幻想去吧！无论她们走的如何的远，她们终究逃不出那凡庸的大海！因为一切的生活，都是被卷在凡庸劳力之内的呀！唯一的方法，就是柴氏在他作品中的人，最后都成了疯子；当他这疯病发作的时候，他觉得他是愉快的、幸福的、特别的逃出了那凡庸之海的人！（看柴氏的《黑和尚》）

五

人有这样唯一的意见是不能行的；绝对怀疑主义的哲学，以为自己取消的观念，是因为他推到结论，分析思想和意识为很少的分子，因此绝对怀疑主义者的思想的作用是幻想的。在绝对悲观主义的生活里，有这样消极的结果，如果他不使用各种方法：比方分别情绪的悲观主义与观念的悲观主义等。

八十年代的柴霍甫想在托尔斯太主义（толстовство）里边求他绝对悲观主义的救星。托尔斯太反对文化的表面与内容和柴氏反对生活凡庸的表面与内容的意见是很相同的，这在柴氏时代（一八八六—一八九二）的小说里边可以看见。我们处处都可以看出这种托尔斯太主义的色彩来。“……我轻视你们的书籍，轻视世界上一切的幸福与智慧。世界上一切的一切，都是卑贱的、陈腐的、虚幻的、空虚的好像幻想一样。虽然你们是自负的，聪明而且美丽的，但是你们死了之后，连一点形迹也没有了；可是你们天才与历史是永存不朽的！你们心神错乱的迷了你们的道路；你们以丑为美，以虚伪为真理。”（看柴氏的《赌博》）。这个犯人就是从前的法律家，他的背后，是柴氏站在那儿说话是无疑的！在柴氏的最后几篇小说里边；如《侯爵夫人》《烦闷的故事》《发作》等，我们还可以在这里指出他受托尔斯太主义影响很明显的痕迹来；但是在这些小说里边，我们应当注意的就是柴氏所取于托尔斯太主义的是消极一方面，他完全没有注意到托尔斯太主义的积极方面上。

这么看来，连托尔斯太主义也不能把柴氏从那绝对悲观主义的污泥坑中救了出来，结果便引起柴氏对于托尔斯太主义的很激烈的攻击！一八九四年柴氏在他一封信里说：“……我受了六七年的托尔斯太哲学的影响，他能够感动我的不是他根本的理论，是他序［叙］述的方法；因为他这些理论我从前就已经明白了——他的识见大概是一种强有力的催眠术！但是现在在我心里有种反对的观念……”他这种反对的观念在他的小说如《第六号病室》《好人》《我的生活》（一八九二——一八九五年）等里边可以看出来，这些反对的观念，在柴氏的绝对悲观主义里边起了变化；他由托尔斯太主义的批评上，从他所冲不破的生活凡庸的范围里，至此才找出了一条理论上的出路！他相信“进步”，这是他自己的话（在他一八九二年的那封信里）。我们在下边还可以看出来好多这样的信仰，可以用来治柴氏的病……

“自我的改善”，就是八十年代社会上的托尔斯太主义的偶像。现在这偶像对于柴氏是没有什么意味了；大概他以为托尔斯太把自由分为内心的和外部的是沾辱了神圣自由两个字。他很冷笑托尔斯太的“改善”和托尔斯太主义者的自信；“他吃饱了王瓜和面包，他想着这就是改善了。”（看柴氏的《柏赤尼格》——Печенег 古民族名。）

他描写那内心的自由和外部自由的悲惨的冲突（看柴氏的《第六号病室》），究竟他能要求的就是生活范围的扩大。（看柴氏的《醧薁》）

在《第六号病室》里边的迦琴医生，是一个无意识的托尔斯太的信徒，无论如何，他对外部和内心自由的意见，总可以算八十年代的模范。他说："在一个很温暖、很方便的书房里和在这一个病室里，是没有一点儿区别；人的平安与满足，不在外面，是在内心的……平常人都以为外面的东西如马车、书房等等，可以教人发生好事或坏事，可是有思想的人，完全注意在他的内心的……如果我们要仔细想一想，那么在我们内心的一点小事情都能来激励我们的心灵。我们要明了我们的生活，在这里就是真正的幸福……"这些老生常谈，我们是很知道的！柴氏在他绝对悲观主义的时代，怎么来回答这个问题呢？但是现在他从托尔斯太主义里边觉悟的时期了，他现在很激烈的来攻击这无力的没用的道德！"……虚荣的虚荣，内心和外部的自由，对于生活的轻视，痛苦与死亡，生活的明了，真正的幸福——这些都是对于俄国懒惰的人们最相当的哲学！……"这是有精神病的格洛莫夫回答迦琴医生的话，难道这些能不是柴氏自己的意见吗？我们已经看出社会凡庸主义的卑贱，思想的贫困与精神病都是互相关连着呢（看柴氏的《黑和尚》）。并且这还是柴氏第一次敢大胆的表现出这种积极的思想呢！"对于生活的明了……内心和外部的自由"……我们暂且不管这些，我们要注意的就是柴氏托格洛莫夫所表现出来的思想："我知道上帝是用热血和神经来创造我的；可是那有机体的细胞如果有活动力，那么他对于一切的觉感，都应当有感动；我也有感动！在苦痛的时候，我会噙着眼泪，叫出一种喊声来！在受人凌辱的时候，我会羞忿起来！在厌恶的时候，我会表现出一种厌恶的气色来！我以为这就是本来的生活……"我们看到这儿，那绝对悲观主义者的信仰，是很难以维持下去了；柴氏把他自己的意见，很明白的托格洛莫夫表现出来。我们在这里可以看出柴氏对于这种受动的自我改善的哲学，所施的激烈的攻击！

在这篇小说里，我们所受的感动，除了这些之外，还有柴氏的中心的思想，也间接的表示出来，这种思想就是被那疯子格洛莫夫说出来的：“我们的好日子要来到了！新生活的霞光照耀出来了，真理要得胜利了，我们享受幸福的日子到了！我不能等到那时候，但是我们的子孙是要等到的！我掬着真诚和愉快来欢迎他们，我欢天喜地的来欢迎他们！向前干吧！朋友们，上帝帮助你们！……”我们在这里可以看出来援救柴氏的思想，就是他对于“进步的信仰”，并且这种信仰暂时的可以把他从那绝对的悲观主义里边——从那雾烟瘴气的凡庸生活的恐怖里边把他救了出来。

这种信仰，不仅是只在这篇小说里边；在他的重要的著作如《三姊妹》《樱桃园》及《万尼亚叔父》里边，都常常的表现着他这种信仰！

六

这种信能救柴氏的就是再过二三百年——再过二三百年，一切生活凡庸的根性就消灭了，新生活的霞光就照耀出来了——那美丽而且幸福的生活与正义都实现了！在未来的黄金时代的人们，都不赞成我们现在的可怜的凡庸的生活……“我们死了后，再过二三百年，那时的人们，一定要轻视我们现在过这样的糊涂而且乏味的生活了！那时他们是要想法子怎么才能得到幸福的生活呢？……”这是阿斯特罗甫医生说的，但是他还是为着将来人们的幸福去工作，他的精神上的维持就是：“如果一千年后的人们，能够得到幸福，这就是我的一点小小的成功！”这种精神上的维持，能够增加他无限的对于工作的勇气。“我们死了之后，再过二三百年，我们为着那时的人们去预备一条幸福的道路，他们能赞成我们吗？奶妈，大概他们是不赞成的呀！”他带着很病苦的心情说着，但是奶妈回他说：“如果人们不赞成我们，那么上帝一定是赞成我们的！”他很满意的说：“谢谢你，你说的很不错！”换句话说：我们自己将来能赶得上享受那幸福的生活与否是不成问题的，我们的工作，是为着我们后世子孙的幸福！

这些思想在《三姊妹》里又表现出来了；韦世英与屠怎霸荷又谈到将来生活的美丽，各人都发表着他们各人对于理论和实际上的意见。韦世英说道：“生活真是苦难得很；我们里面有好多人都以为生活真是没有希望的，是乏味的；然而总要知道：生活一天天的就会容易起来，光明起来了！表面上看来，似乎光明的生活快要来到了！”我们可以证明出这些话句句都是柴氏自己的话，这些都是他自己的思想。我们再看韦世英说：“……以前是什么样，现在又是什么样，多么大的区别呵！再过二三百年之后，回看我们现在的生活，又发笑，又要害怕了……呵，一定的，那时是个怎么样好的生活呵！……”这好像阿斯特罗甫以为为着未来人们的幸福而工作，为一切生活的目的是一样的。我们再看韦世英说：“再过三二百年以至于一千年——时间是没有关系的——那新鲜而幸福的生活就来到了。当然，我们享受这样的生活，我们是来不及了。然而我们就是为着这样的生活而活着的，天天为着它才去工作。呵，我们尽些力，去创造出这种新的生活来！——只有这件事是我们生存唯一的目的；也就是我们的幸福。”

屠怎霸荷也拿他对于工作——竭力工作的呼声，来补充韦世英的思想；他以为工作与劳动，好像一种麻醉剂，能使他忘了那生活可怕的精神上的压迫。韦世英说：“经过二三百年之后，世界上的生活，都变成十分的美丽，不可思议的美丽了。人们都渴望着这样的生活，如果现在没有这样的生活，那么人们都预先感觉着它，期待着它，幻想着它，预备着去追求它……”韦世英常常的重复着他这种思想；屠怎霸荷的回答就是：“你说：再过许多年，世界上的生活，都变成十分的美丽，不可思议的美丽。这的确是不错的。但是要参加这现实的生活，就算远远的参加，也要有所准备才好，要工作才好……”他又重复说道："我将要去工作了……我就是这一生去作一天的工也是好的，我想作工到晚上回来的时候，神疲力倦的躺到床上即刻就睡着了……"我要去工作，要去工作……——这就是他对于生活的宗旨；(有时衣丽娜同他也常常重复着这话)；但是，我们明明白白可以看见他的工作并不是为着未来人们的幸福，他的目的是想脱离他那烦闷的生活。

这些思想，统统都是柴氏自己的思想，我们是很明白的；因为在《三姊妹》里边除过韦世英与屠怎霸荷之外，还有安得列与娥尔加也常常的重复着表现出这些思想来。这编戏曲是用悲剧来结局的；我们所受的印象，好似柴氏常常换各种各样的话来反复申论这未来的非常美丽的生活，无非是为着好像屠怎霸荷一样；使他自己从那无可逃脱的实际的凡庸生活里边，使他自己由那当代的凡庸主义压迫着的疲倦的心灵麻醉起来。他们一切的希望，不过都是对于将来的——这样的呼声，在《万尼亚叔父》与《三姊妹》的结局上都是一样的。"我们要休息了！我们要休息了！我们听见那天神的歌曲，我们看见那满天的幸福的霞光！……"——这是《万尼亚叔父》上梭尼雅的结论——希望将来的黄金时代，如果不在人间，那么就在天上了！"……我们的痛苦，都变成了愉快，为着我们的后人；幸福与和平，都普遍了未来的人间，他们都为着我们现在的人们颂扬而祝福了！……"这是《三姊妹》的结论——这种结局，就是希望着未来人间的乐园。这两个剧本结局的情绪，都是一样的悲惨——这种悲惨，是因为他们知道他们不能即刻建设一种健全而且有意味的新生活，为着现在的人们！

七

但是，世界是进步的，黄金时代，将来总有实现的一日；难道这不是柴氏的思想吗？韦世英与阿斯特罗甫各种讨论的意见，难道这不是柴氏的意见吗？不，这实在都是柴氏自己的思想。我们看了柴氏作品中的主人公再三再四的反复申论着这种思想，可以证明这样的解释是很确实的；并且我们还有更重要的证据。

前面我们已经引证了柴氏的一封信（一八九四年），那封信可以代表柴氏和托尔斯太主义分裂的一个时代；他毅然决然的说："我从小就相信进步，而且我实在不能不相信；因为我受父母责骂打罚的时候和不受父母责骂打罚的时候，这中间有多么大的区别呵……"他黄金时代的乌托邦，对于他"进步的信仰"表示得很明白；他的信仰是寄托在"将来"，因为他常常是拿过去同现在相比较的；这种信仰，在我们引出来的话里边处处都可以看到；如韦世英说："……以前是什么样，现在又是什么样，多么大的区别呵！……"在很有趣味的库普林（Куприн）的《柴霍甫的回忆》里边也可以找出好多话来证明以上的话是很确实的："再过二三百年，生活是多么样的好呵！"——柴氏在他亚儿金地方的一个小花园里，看着那花草和树木自己幻想着："我才到这儿的时候，还是一片荒芜的景象；——还都是些砂石成堆，荆棘满地的景象呵！我到了这儿之后，就把这满目荒芜的地方，变成了这样美丽可爱的花园！"他又带着很坚决的信仰和很庄严的面庞郑重说道："你知道，再过二三百年之后，全世界都变成了这样美丽而且可爱的花园了！那时的生活，是何等的幸福，何等的愉快呵……"

这些都是柴氏自己的话。他很坚决的相信人们的生活是会变成美丽的，自由而且幸福的；他相信全人类的幸福的生活，是要用人们的智慧和不断的工作去预备，去创造的！自然，柴氏相信进步之后，他就和托尔斯太主义分裂了；他不但否认近代文化的外表，他并且否认文化的内容；他相信"进步"，终究使受了痛苦的人们得到安慰。在一八九四年的他那封信里说："节俭和公道告诉我说：电气和蒸汽对于人类的爱比贞操和修行吃素的人大得多！"在库普林的《柴霍甫的回忆录》里边，最后我们还可以看出柴氏对于一切技术上的新发明，表示着很有兴会的精神——他相信一切的改良，都是朝着人类将来的黄金时代走的。他所相信的就是进步。很坚决的说："一切的罪恶——杀人、窃盗、奸淫等等，在现在的知识阶级里边，几乎是看不见的。我相信将来正真的文化，可以把人类的道德与精神提高起来。"（库普林的《纪念柴霍甫》）

柴氏是相信这样的；这种信仰把他由那失望、黑暗、绝对悲观主义里边救了出来。那自由而且美丽的生活，是他常常所恋爱的——这句话就是在他信仰托尔斯太主义的时代在他绝对悲观主义时代的小说里，也可以看出来。在他一篇短篇小说《放逐》（一八九〇年）里边，他拿那好像禁欲主义的，无论如何都满足的受了七次徒刑的西门和那不幸的老爷华西里相比较；西门的哲学，就是"什么也不用主义"，他可以做到裸着身子躺在野地里吃草的地步！这样柴氏当然是不与他表同情的！在这篇小说里边，就是柴氏最初表示反对托尔斯太主义的意见；这可以明明白白的看见柴氏带着憎恨与厌恶的心情，站在回回人的背后对西门说："老爷是好人，是很不错的人，你是一个畜生，是一个坏人！老爷是活人，你是死人……上帝造人是要做一个活人，有他的喜怒哀乐的情欲；可是你什么也不要，这么着，你不是一个活人，你是石头，你是泥土！石头什么也不用，你什么也不用……"

在柴氏最后的小说里边，这种宗旨表现的更觉得明显。对于生活要求的更大。"……我是怎样的希望着生存呵！——作者大声疾呼着——我愿我这短促的生命，去尽尝一尝人间一切的风味；我很想说话、看书、在大工厂里抡铁锤、去当兵、去耕田……"（柴氏的《无名的故事》，一八九二年）。"无名的人"在他死的期限逼近的时候，还是期望着想享受一切的生活，（这也许是柴氏所推崇的生活是在人得了不治之病的时候，在一八九〇——一八九一年）。"我是十分的渴望着生存呵，因为我们的生活是神圣、高尚、庄严的同天神一样！我们活着吧！太阳一天不会出来两次，人死了不会再活的呵！……”

在柴氏很悲惨的一篇小说《三年》(Три года）里边，亚尔册夫（Ярцев）句句所重复的话，我们可断定这是柴氏借他的口说的。“……俄国的生活是何等的丰富呵，是何等的丰富呵！——”他大声呼着：“——你知道，我时时的相信，我们生在美满的生活未实现以前的时候，我愿意等着那时候到了，我好加入那样的生活！”“我告诉你，你知道是什么吗？再过十年，俄国就要宣布宪法了！”这是按着库普林所证明出来的柴氏平时最爱说的话；就是在这里也可以看出来他对于未来的幸福的生活的一声回响。亚尔册夫又继续说道：“我并不要成一个特别的人，并不要作一件伟大的事业，我不过只是想活着、幻想着、希望着在各方面的成就。”

在《醪薁》里边，这种思想表现得尤其明白；我们可以看出柴氏对于托尔斯太主义的很激烈的攻击。“应该说教人们只需用三尺地那样大的一块地方。但是三尺大的地方是死人用的，不是活人用的！如果我们的知识阶级都想到农村去，到村庄去住，这个也很好。但是这些村庄，就好像三尺地是一样的！离开了城市，离开了竞争，离开了人群，去藏到自己的村庄上，——这不是生活，这是利己主义和情性的表现，这是同僧侣一样的行为；僧侣对于人们是没有什么功劳的！人们所需要的不是三尺地，不是村庄，是全世界，是全宇宙！在那海阔天空的大宇宙里边他可以自由的表现他的本性，他的特性，可以自由的发扬他的精神……”

八

这么看来，柴氏因为相信进步，所以才从绝对的悲观主义，到了绝对的乐观主义；现在我们在他的作品里边，差不多已经看不见那些忧郁的情绪，已经看不见那些压迫精神的凡庸生活的背景，已经看不见那些受凡庸生活压迫的悲观的哲学了……但是，这也是很奇怪的事！当柴氏信仰“进步”的时期，我们可以看见他的悲观的意识，我们可以看见那《万尼亚叔父》和《三姊妹》的悲惨的背景来。柴氏常常很高兴的证明那生活凡庸的根性已经消灭了，他的胜利者如安妮雅（Аня）和学生特罗飞莫夫（Трофимов）已经来到了（看《樱桃园》）；这些胜利者的希望就是：“那些卑贱与幻想，都是我们自由与幸福的阻碍，我们离开了这些卑贱与幻想——这就是我们生存的目的与意味！前进吧！我们向着那辽远的光明的星儿，百折不回的前进吧！朋友们，别要后退！”“呵，我愿这些光明的新生活快些来到，那时候我可以看见我自己的命运，可以觉得我自己是对的，我们是愉快而且自由的！这样美丽的生活，早晚是一定要来的呵！”这是柴氏最后的小说《未婚妻》里边女主人公所说的话。——不过这些也都是些空虚的安慰罢了。

柴氏无论如何拿“信仰进步”去维持他的精神，但是他不能不感觉到这重要的问题，不是在某时候，不是在“过了二三百年之后”，是要立刻达到他的目的！我们知道，柴氏相信“进步”，相信伦理的反个人主义，同时又觉得人格自全的原理也是真实的。这种很深的内心的矛盾，是因为“进步”的信仰没有把柴氏从那悲观主义里救了出来，并且也不能使他相信实证论上进步的学说；格尔琴（Герцен）是很反对这种学说的，尤其反对的是杜思退益夫斯基（Достоевский）。

李门托夫很深的矛盾就是实在论的观念和浪漫主义的情绪；柴氏的很深的矛盾就是反个人主义的观念与个人主义的情绪；反个人主义的观念是勉强养成的，个人主义的情绪是与生俱来的。这两种观念都完全反映在柴氏最后十年的作品里。

我们从一方面看起来，这种信仰的宣传，是绝对悲观主义时代的粉饰；“再过二三百年之后，全世界都变成美丽的花园了！那时的生活，也都变成美丽而且幸福的了……”“呵，一定的，将来的生活是何等的美丽呵，是何等的美丽呵！……”但是因为现在我们不能达到这样的生活，我们要拿将来的幸福，来作我们精神的安慰！别要袖起手来；去工作吧，为着后人的幸福，为着建筑人类将来的花园去工作吧！那很小的明光，已经在那凡庸主义的环境里边闪耀了；工作吧，努力去工作吧，为着将来的幸福去工作吧！这样工作的呼声——这种呼声同关于将来的幸福在柴氏作品里是常常看到的——和对于后人的忧虑是相关连着的，我们现在的人们应当格外的为着后人的幸福去牺牲！我们去工作，我们受痛苦，我们死了之后，这些痛苦和工作，都变成了幸福，为着我们的后人！那时他们也许轻视我们这现在的乏味的、不幸的、凡庸的生活；也许他们颂扬我们的……“但是如果人们不颂扬我们，上帝一定要嘉许我们的！”我们的工作是没有白费了呵！我们要去工作，我们要切记着——我们不过是我们后人到幸福之路上去的一道桥梁……

我们可以看见在柴氏作品里的人物，大多数对于工作的意见；如屠怎霸荷无力的反复说道：“我要去工作了！我要去工作了！”他对于工作的目的，好像饮醉了酒，可以忘了生活卑贱的可怕；其余的人——这样的人也居大多数——以工作为得到将来全世界幸福的一种手段。这些话我们在上边《瓦尼亚叔父》和《三姊妹》里已经知道了；现在我们可以说一说柴氏对于近代的意见——以工作为得到后人幸福的一种手段的意见；就是特罗飞莫夫和亚尔册夫，就是亚尔册夫很愿享受他那完全的有目的的生活。但是这位亚尔册夫还没有说出来他对于生活渴望的话，他就说出他真正的反个人主义的话来了，他对拉普洁夫哀诉着他不能做他生活的主宰，他不能适应他的生活，大概生活对于他所要求的很大，他说：“大概我一般的人都牺牲的很多。”——亚尔册夫很冷淡的回答说：“朋友，一切都很好……不过这话到再一回来证明吧，俄国的生活是多么样的丰富，是多么样的丰富呵！……”换句话说，我们牺牲了我们自己，把我们自己当作将来人类花园里边培植鲜花的肥料。当然，这是很可以安慰他们的；不过在这时伊凡加拉玛左夫的鬼魂又对亚尔册夫说："我们的痛苦与牺牲，并不是为着未来人们的幸福……"

九

这些不过是从一方面看的；我们再要从别一方面看起来，柴氏是常拿他的左手去破坏他右手所建设的，这在他伦理的个人主义里边表现得很清楚；他同时去建设，又同时去破坏。在《决斗》（一八九二年）里边柴氏很明鲜的表白出来伦理的人格的价值，和人格自全的价值。那可怜的八十年代的拉耶夫斯基，我们对他是不能表同情的，但是我们对那很诚实的无情的达尔文主义者珂林，却不能不表同情；他为着社会的幸福，要求要消灭了拉耶夫斯基一般的人们。如果国家或社会委他去杀那拉耶夫斯基，他一定去杀他去了……拉耶夫斯基的女人娜洁日妲，是一个尤其可怜的人，但是珂林要求教社会上用武力把这一般的女人送给她们的丈夫，如果她丈夫不要她，那就把她送到感化院里或下到监狱里去。这很可以看出柴氏借着沙莫林珂的口说道："如果你把人们都溺死或缢死，你的文化还有什么用处呢！你的人道还有什么用处呢！……"这篇小说的末尾带着很温和，很和平的音调，教人注意这就是柴氏根本的思想。

人类就是目的，人格比一切都高尚，这一种思想，柴氏表现的不是一次了。在《屋顶楼阁》（一八九五年）里边，一个美术家，他以为人类在宇宙和生活里边比一切都高尚；比一切权力，一切神秘，一切灵异都高尚：他反对宗教裁判的学说……他以一切不了解的事为奇事，但是他不去服从那些奇事。"我对于一切我所不明白的想象，我细心的去观察他，我不去服从他，因为我比他们高尚。人们应当承认他自己比狮子、老虎、星辰要高尚，比宇宙间的一切都要高尚，比一切神秘都要高尚，不然的话，他不是人，他是恐惧一切的老鼠……”这位美术家是一位半托尔斯太主义者，自然，他说的并不是代表柴氏的意见，因为柴氏在这时（一八九五年）已经完全同托尔斯太主义脱离关系了；这位美术家的社会学说和柴氏的观念是绝对的不相同的(看耶柏基耶夫斯基，顾普林和撒尔格印珂等的《回忆柴霍甫》)，但是刚才所引出来的话，并不是这小说里边的人的话，柴氏在他自己的作品里，常常反复的说着他这种人格绝对高尚的思想。有时他表现这种思想，同他的根本的思想——将来人们的幸福，那时候伦理的个人主义对于反个人主义就得了胜利了。

我们再注意看一看那《无名的故事》里边那位“无名人”的结尾的几句话：“我相信后人利用着我们的经验，他们的生活，一定是比较容易，比较光明了。但是人们可以和后世分开过去生活，不一定一切都是要为着后人的。我们这一生就活这一次，因此我们要过我们的愉快的、美丽的、有意味的生活……我相信实用和必需在环境里边是要发生一种现象的，但是为什么要管这些必需的事情呢？我为什么要消灭自我呢？”我们知道为着伦理的个人主义，柴氏很激烈的批评八十年代的反个人主义的学说，在《薆薁》里边，特别有力的公然的表现着他同托尔斯太主义，同小事主义和缓慢学说，绝对脱离了关系。柴氏借着加马拉斯基的口说道：人们所需用的不是三尺地，是全世界，全宇宙；拿着全宇宙，全世界当作他自由发扬精神的舞台。后人利用自由的结果，这并不是好的安慰；自由的结果，是我们对他的欲望，是现在就需要的，是一切的人格对他要需要的。加马拉斯基说：“自由就是幸福，他好像空气一样，没有他是不行的，我们要期待着他吧。(这也可以说是八十年代柴氏自己说的话)，可是现在我要问：为着什么要期待呢？……为着什么要期待呢？我问你，为着什么希望呢？人家告诉我说，一切不能一时来的，在这时候，在生活里边，一切主义的实行，是要慢慢来的。但是这是谁说的话呢？有什么凭据呢？有什么理由呢？你拿自然法来做证据，但是在这儿也有自然法吗？比如我是一个活的有思想的人，我站在一个深坑上，我等着那坑的草长满的时候，或是那坑里的泥土把他填满的时候我再过去吗？在那时我也许会从他上边跳过去，或者我也会从他上边筑一道桥梁吧？但是我还是为着什么等待呢？等着我没有能力生存的时候，但是还是想活着呵！”

这就是柴氏的对于社会凡庸主义时代的理想的葬钟……让他们都去安息吧！但是我们要注意这葬钟与柴氏的反个人主义的理想是很有关系的，与柴氏的对于未来生活美丽的欢喜是很有关系的；柴氏拿他伦理的个人主义，葬送了他的实证论上的进步的信仰；他的消极主义战胜了他的积极主义。

这种胜利不能来调和柴氏的矛盾；他不能弃了他进步的信仰，因为在他前半期的时候，这种信仰曾把他从那绝对的悲观主义里边，从那生活凡庸的恐怖里边把他救了出来；从别一方面看起来，这种信仰不能够满足他，或者只能满足他一小部分，这些我们在上边已经看出来过的。所以那抑郁悲观的色彩，在柴氏的作品里边，始终是比愉快的色彩重得多！究竟柴氏自己常常的觉得人类美丽的生活，是现在就需要的，即刻就需要的，不是过了二三百年之后才需要的！在他五十年前的李门托夫也是觉得如此！但是他们这种感觉，不能战胜了他们的对于凡庸生活的恐怖，并且不能来调和他们内心的矛盾；他们的判断是抽象的，是形而上的！

柴氏去世，到今年整整二十年了，在他这二十年纪念的时候，莫斯科的杂志——如《探灯》等——和日报，都刊着专号，轰轰烈烈的来纪念他！我现在郑重的来把他介绍过来，附到《三姊妹》后边，聊表纪念的微忱！

这篇文章，大意是采取《柴氏文集》第一卷上的《柴霍甫传》及伊凡诺夫—拉祝母尼克（Иванов-Разумник）的《俄国文学》（Русская

Литература）上论《柴霍甫》一章而成的。伊氏是现在俄国文坛上很有权威的批评家，所论很有独到的地方！

我译此书时得秋白、佩秋和柏列伟先生（С. А. Полевой）不少的帮助，故特在此附笔谢谢他们！

一九二四年，十二月，靖华于北京

——录自商务印书馆1925年初版

《史推拉》[①]

《史推拉》[序]

元吉（汤元吉[②]）

Am Frühmorgen lese ich den Edelstein auf hohen Bergen,

Um Spätabend tauche ich nach den Perlen in tiefen Meeren.

Willst Du wissen，wozu mein Schweiss fliesse?

Um meinem Freunde zu machen—eine Freude

—Yü Dun-pei—

朝入深山探宝石，

暮下沧海觅珍珠。

问余何事多辛劳，

为求美人之欢娱。

---

① 《史推拉》(*Stella*，今译《施黛拉》)，戏剧，Goethe（歌德，1749—1832）著，汤元吉译，上海商务印书馆1925年8月初版，文艺丛刻乙集。上海商务印书馆1933年12月国难后另版，收入世界文学名著。

② 汤元吉（1904—？），江苏南通人，曾就读同济大学，1923年赴德国留学，获慕尼黑大学化学博士学位。译有《化学学习》《化学原理》等。

上面这首诗，是我底朋友俞敦培作译了赠我的一百首长诗底廾首诗。我殊觉受之有愧，还是借来送给我底玫瑰花姊姊罢。

元吉志于德国

——录自商务印书馆1925年初版

《史推拉》译者的几句话

元吉（汤元吉）

歌德一生多恋，所以他文集中有不少忏悔之作。这本戏剧《史推拉》(*Stella*) 就是他底忏悔作品中之一种。今夏读它的时候，觉得文章底美婉流丽，情节底哀婉悱恻，尚在其次；倒是主人翁费南多那样的人，充塞了中国底社会，实使我生了无穷的感慨和愤懑。现在，我把它介绍到中国来，万一能够因此引起一般以爱情为儿戏，视女子为玩物的男性底觉悟，那就是我迻译此书的一点安慰了。唉，国内该有多少有费南多之卑鄙行为，而无费南多之自杀勇气的人，这大概也是民族优劣底缘故罢。

歌德原作是很美婉的，我底译文不足方其万一，加之我为求合乎舞台表演起见，有几处都是意译的，所以这个译本之必成为一件失败的工作，本不待言；不过译文虽陋，原作底精神总该还在，这是我敢引为自慰而兼慰读者的。

至于译文中所用的“他”字，是谢维敬女士拟的，她来信说：“自从新文化运动发生以来，于是‘她’‘它’这两个字也就应运而生了；可是有时仍旧不够应用，如同我现在要提起某某夫妇两人，或是我底哥哥妹妹，那末，还是写作他们呢？还是写作她们？两者似乎都不妥当。觉悟社诸君所定的‘伊’‘佢’‘它’三个字在此地也不适用，因此我就杜造了一个‘他’字，作为男女两性同时并称的代名词。”这个“他”字确乎给了我们不少的帮助，而尤其是我这次译书，缺少了它几乎不行。我想它一定要被社会上采用的。此书译完后，曾经沈君怡兄和杨钟健兄替我校阅了一遍，并且指正了许多错误的地方。我很感激他们。

民国十三年国庆日，元吉记于德国明星

——录自商务印书馆 1925 年初版

《史推拉》译者序

元吉（汤元吉）

歌德一生多恋，所以他文集中有不少忏悔之作。这本戏剧《史推拉》(*Stella*) 就是他的忏悔作品之一。今夏读它的时候，觉得文章底美婉流丽，情节底哀婉悱恻，真不愧为世界文坛上第一流作家的手笔，所以现在特为把它介绍到国内来。但歌德原作是很美婉的，我的译文不足方其万一，所以这个译本之必成为一件失败的工作，本不待言；不过译文虽陋，原作的精神总该还在，这是我敢引为自慰而兼慰读者的。

至于译文中所用的“他”字，是谢维敬女士拟的，她来信说：“自从新文化运动发出以来，于是‘她’‘牠’这两个字也就应运而生了；可是有时仍旧不够应用，如同我现在要提起某某夫妇两人，或是我底哥哥妹妹，那末，还是写作她们呢？还是写作他们？两者似乎都不妥当。觉悟社诸君所拟的‘伊’‘佢’‘它’三个字在此地也不适用，因此我就杜造了一个‘他’字，作为男女两性同时并称的代名词。”这个“他”字确乎给了我们不少的帮助，而尤其是我这次译书，缺少了牠几乎不行。我想牠一定要被社会上采用的。此书译完后，曾经沈君怡兄和杨钟健兄替我校阅了一遍，并且指正了许多错误的地方。我很感激他们。

民国十三年国庆日元吉于德国明星

（二十二年七月改稿）

——录自商务印书馆 1933 年 12 月国难后一版

《史推拉》[跋]

（汤元吉）

此剧本曾于民国十六年三月四日初演于北京国立艺术专门学校；同年五月二十八日又公演于北平清华大学；后于民国二十年五月间复在杭州民众俱乐部公开表演。在杭公演时饰史推拉者，即二十一年春轰动一时之陶刘惨案中被难之刘梦莹女士。用志数语，以示纪念。

民国二十二年七月二十四日译者志于沪上。

——录自商务印书馆 1933 年国难后一版

《相鼠有皮》①

《相鼠有皮》叙

顾德隆（顾仲彝②）

我每次同朋友们谈到新剧，他们的面上总表现出很轻视的神情。

---

① 《相鼠有皮》（*The Skin Game*，今译《皮肤游戏》），戏剧，高斯华绥（John Galsworthy，今译高尔斯华绥，1867—1933）著，顾德隆改译，上海商务印书馆 1925 年 8 月初版，文学研究会通俗戏剧丛书第五种。

② 顾德隆，顾仲彝（1903—1965），浙江余姚人。曾就读于浙江嘉兴秀州中学（教会学校）、南京高等师范英文科，毕业后进上海商务印书馆编译所。译有《哈代短篇小说选》，莎士比亚《威尼斯商人》等。

我知道这不是因为他们看轻新剧，实在是一种深而牢固的观念的表现——是一种心理的不自主的作用；如果你把他们轻视的神情告诉他们，只怕他们要相视愕然，坚定的不肯承认哩。这虽是极微细的事，但是这几年来新剧的成绩已活活的表现出来了：进一步说，中国真正新剧的提倡，也急不待缓了。

普通一般的人对于新剧的观念很多；现在且把有价值的两种，写在下面。（一）新剧是一种通俗的戏。因为一般的人既听不懂京调的唱句，又不明老戏的剧情，只觉得一个白面的出场一个红面的进场；锣鼓喧天闹得目眩头昏；倒不如看那新剧清静得多；说话都用土白，自然完全懂得。这可说是旧剧的反响。（二）新剧是很容易做的戏，所以人人能演。至于它实在的价值，当然不能和旧戏比衡；一则因为新戏是浮浅的，旧剧是有训练的。二则新戏是给一般学生和无业游民胡闹的，旧戏却是一种专门的艺术。

除开这两种观念之外，实在找不到有讨论价值的；所以我不愿再费时间去说它们。

上面的两种观念，我们虽然不能认为错误的，但是我们敢说是极浮浅的。而且第二说所谓“容易演”是指现有的新剧；因为真正的新剧只怕比旧剧还要难演哩。从第一说看来，在中国稍明艺术的人已发现旧剧的不合于时，但是同时从第二说看来他们还不知道新剧的真正价值。所以这两观念，细细的考察起来，颇多悲观的色彩；可是也难怪他们，因为残灯将熄的旧剧已日就凋零，而现在通行的新剧又皆幼稚不足称道。在这种青黄不接时期或“无戏剧”的时期内，他们自然不免要生上面两种消极的观念了。

说到这里，有人便要难道：“你既说现在的新剧幼稚不足道，那末怎样的新剧才算足道呢？你说旧剧是过去的东西，不合于现在的中国，究竟为什么缘故呢？将来的新剧又将怎样呢？”

要答上面的诸问题，我们须先明白戏剧与时代的关系。

艺术是人生的模仿（见亚里斯多德的《诗学》Aristotle's *Poetics*）。所以艺术离了人生，便不是艺术。但是人生不是千古不变的：古代有古代的人生，近代有近代的人生。于是艺术也不得不跟着转移——这都是讲艺术的老套话，无庸我再多说。不过戏剧比别的艺术更甚；因戏剧是描写人生的实情实事而表演于舞台上和观众前的（见 Baker：*Technique of Drama*）；并且戏剧的艺术是合剧本、演员和观众三者而成（见 B. Matthews：*A Study of Drama*），别的艺术——譬如小说——可以随着作者的想象撰构，对于读者可以选择；但是戏剧却不能如此。所以一方面要合于群众的心理、思想和兴味，一方面又需适合世界潮流和趋势。像现在思潮澎湃问题纷歧的时候，戏剧也不得不带问题的色彩，以增加观众的兴趣。

五十年前的中国是闭关自守的中国；那时国内的生活简单得很。农民守一二亩田，便可享尽田家乐趣，静静的老住在不相往来的乡间。商人管着一个小摊便也优游自得。学者稍有才学即可享受朝廷的厚遇。他们一天到晚暖衣足食，无思无虑；既没有现代社会的种种纠纷的问题，也没有种种愁人的恐惶。就思想方面讲，以前的人只要默解儒家的仁义道德，便以为明白天经地义了，粲然自喜，色然自得。但是现在思潮鼓荡，学说纷起，学者都苦不知何从何弃，日日在歧途上彷徨失措，正如安诺德所说的：

"Wandering between two worlds，one dead and the other powerless to be born. "

兼之问题复杂，经济日亟，所以不幸而生于现在的少年，没有一个不忧形于色，心里气闷烦恼的。但是在这风雨飘摇茫然不知所至的时期中，我们可以找出思想和人生观的趋势，而新剧的命运就建设在这些上面。

中国几千年来，因为受天付的厚赐，很少有社会竞争的时间，因此保守性比泰西各国强。而泰西各国的历史上因为时时有竞争和排挤

(由中世纪起的西洋史，可说是人类竞争史）才有移民和科学的发明等事，想用人类的方法，补充天付之不足；他们能有今天这样物质的文明，就是几百年竞争之果。所以中国开禁以后，以我们安闲不争的人，和久经竞争的民族相接触，我国自然处于劣败的地位；所以不论什么东西都呈骤变的现象。素好空想幻梦的国民也不得不趋于理智的追求；素好感情用事的也不得不诉诸理解。建于孝字上的家庭破裂，基于仁义上的社会被经济钻了许多洞。简单的现象呈出复杂的问题。孩童式的举动渐渐减少；轻举妄为的行动亦日日消灭。现在每做一件事，总要费各方面的推敲，多人的思虑，精细的准备，才能见之于事实。滞缓的都变为急进的；本来踱步的，现在要奔跑了。闲暇逍遥自得的人都受经济的支配，不得不做社会的傀儡。总之以前的中国是安闲自得，富有情感，多想象，多幻梦的；现在的中国是竞争急进，偏于理智，多问题，多烦恼的。

讲到这里，诸位对于新旧戏剧的命运，大概总可以明白了。旧剧是旧社会的产物，在现在当然不能适合。新剧是新时代的产物，所以有发展的可能，并且在现在“无戏剧”的时期里更有促进新剧完成的必要。

又从时期的变迁里我们可以看出新旧剧的异点。虽则现在还没有甚么新剧可以作比较的根据，但是社会趋势就是戏剧的背影，我们当然可以用理智把它推求出来。旧剧是描写简单的旧社会，所以富于粗显的感情；换句话说，剧中所表的情感很显明很清楚；观众一见了戏便知道这出是讲人的忠，那出是讲人的孝。譬如《风波亭》一剧是讲岳飞的忠；《钓金龟》一剧是表那钓鱼人的孝。然而在新剧里（诸位切不要以现有的新剧来做例）决不有很简单的感情。新剧里所写的人物都有复杂的心理和曲折的情感。我们不妨拿几本著名的泰西近代剧来做例（这是不得已之举，因为在中国剧里实在找不到近代性质的戏，还望读者原谅）。先说人人知道的《少奶奶的扇子》(*Lady*

Windermere's Fan）。里边的少奶奶和金女士的心理，何等复杂！少奶奶，我们不能不承认她是一位贞节的女子，而有私奔的事！金女士是受社会唾弃的妇人，但是有保全瑜贞贞节宁愿牺牲自己的精神！要是在旧剧里演起来，那少奶奶一定算她是正旦。而金女士无疑的是花旦或彩旦了；而所表的感情也一定是“金女士淫奔受报”，是一出戒淫戏！你们试想想这出戏这样做来还有什么价值。所以旧戏是有显著的感情的，而新剧却是描写复杂的心理的。旧戏是分类的，新戏是混和的。（中国旧戏的分类是忠孝节义，外国旧剧的分类是悲喜谐等等。）阿拆（William Archer）说得好：“近代戏剧把悲喜谐等混和，是近代剧唯一的大进步！”（见阿拆著的《新剧与旧剧》*The Old Drama and the New*）。此外像斯特林堡（Strindberg）的名著《幽丽小姐》（*Miss Julia*），全剧所描写的无非是幽丽小姐的变幻心理。

再进一层讲，新剧里的人物不但要有真实的复杂的心理，并且那心理要有变化。在戏剧里名“人心的变化”（evolution of character）或叫“人心的发展”（development of character）。试以莎士比亚的《麦克白斯》（*Macbeth*）为例（诸位不要以时代论人，莎士比亚实在是新剧家；阿拆称他为“新剧家之有诗歌天才者”），马克白斯在第一幕里是一位勇武的大将，因为有了非分之雄心（ambition），心景逐渐改变成弑君之大罪人。这比上面的复杂心理又进一步了。

总之，人物心理的复杂和变化，并非是有意的做作，实在要使所描写的人逼真，切近人生：因为现代的人生实际是复杂而有变化的。

我上面说以前的人对于思想上不求纷歧而安于所得；所以新剧里有许多很可笑的习俗如跨上马鞭子算骑马，蓝布算城墙的一类，然而在当时头脑简单，不求真实而安于想象的人民（和小孩子差不多），却也很满意了。所以旧剧里有很多象征的举动。然而现在的人不像小孩子了。常常用很锐利的脑筋接连着问“为什么这样？”“为什么不这样？”对于舞台上种种可笑的举动自然不能忍耐了。所以新剧里以切实为主。

近代的人既求切于实际合于理性，所以新剧里的主要部分是结构，人物务求像真，情感亦尚精细。反之，旧剧的主要都［部］分在外表——歌调和服装；至于结构的好歹，人物的切真不切真都从不劳他们费一点脑力；而所表感情，务求显著明了。总之，新剧是理智的，内部的；旧剧是感情的，外表的。

说道这里有人又要难道："那末照你看来新剧和旧剧究竟那一种好呢？"我敢毅然决然的说，这不是好歹的问题，是时代的问题。旧时代产生旧戏剧，新时代产生新戏剧。就说旧戏好新剧不好，我们决不能放弃了发展新剧的工作，而去从事那已在博物馆中的旧剧，因为我深信艺术是人生的摹仿，不是旧艺术的摹仿。这并不是说把旧剧丢在脑后，或是排出旧剧，因为它确是有在博物馆的地位，有研究已有的美的价值；不过只顾在谷仓里保护去年的陈米，而不到田场里来种新稻，试问能不能得到新收获？

现在我们在春潮澎湃晨光微曦中从事新剧的耕种了。我站在田畦里不但看了身旁肥沃的泥块满心欢喜，并且看见邻田里已长了很青翠很长的稻秧，心里更是乐不可支。——这邻田的秧，就是泰西的新剧了。

凡读过泰西戏剧史的人都知道他们也有和我们差不多的历程。单讲英国：自莎士比亚独冠群雄，作古今无比的戏剧之后，英国的戏剧一直是奄奄一息，一点也没有生气；直到高尔斯密士（Goldsmith），才转过一口气来，然而不一会又沉沉的昏迷起来。直等到数十年前平内罗（Pinero）出世，才复活转来，在戏剧史上开了一个新纪元。自后王尔德（Wilde）、斯特林堡（Strindberg）、高斯华绥（Galsworthy）、琼司（Jones）、巴刻（Barker）、萧（Shaw）等等相继出，于是舞台上便呈现一种新气象。其他法美德等国都有同样变化，现在不必多说了。总之他们小小的成绩对于我们赤手空拳的提倡新剧的人，不无少补，只要我们充分的利用他们，把邻田里的秧好好的移植过来。至于利用的方法，不外乎两种：（一）研究泰西新剧的结构，人物和对话，而加以详细的分析；（二）改译它们使它们表演于中国舞台。

至于何以要改译而不直译，这有很明显的理由：（一）西洋习俗与中国很不相同，所以直译的，观众总不能十分明了；非把它"中国化"一下子不可。（二）直译的剧本多加注解也不致会绝对不懂；不过我刚才说过戏剧是合剧本演员观众三者而成；所以剧的真价值不是读得出来的（参观 Lamb：*On the Tragedies of Shakespeare*），一定要表演过之后才能把一剧的真善美充分的表现出来。

我很急切的想把泰西近代剧的精彩处，参照了各国最有名的剧本，痛快的把它们说一说。只是在这篇小序里把它们缕述起来，只怕很不适合，所以现在只把这出《相鼠有皮》（*The Skin Game*）剧里的精彩处（就是真善美）约略的说一说。

这本戏是高斯华绥的杰作。许多批评家虽说《银匣》（*Silver Box*）和《争斗》（*Strife*）二剧是高氏最得意之作，但是实在讲起来这本戏比《银匣》和《争斗》要好得多。并且此剧地方色彩最淡，最容易使我国人懂得，所以我先改译这本。

这戏是暗讽欧洲大战而作；寓意深刻讽旨却当。邝家代表德国，薛家代表英国。英国是个古老的礼义的帝国，世代簪缨，终身富贵，惟因保守性太重，门庭已日就凋零了。德国是新进之国，锐气勃勃，如昂头跷足的骏马，一味想求发展：但因不肯受礼教的羁绊，又充满着物质扩张的雄心，所以时有越规的行动。英国加战的时候，何等清白：但一开了争端，一起了胜敌和仇恨的野心，也就顾不得龌龊不龌龊，一意感情用事；到后来虽则胜了，但是试问英国还真得干净的么？所以薛伯农说："这次吵闹开端的时候，我们是很清白的，现在怎样了？"（见第三幕第二场）

现在让我们看看它的结构。

说部与戏剧相同的一点是线索不乱；不过戏剧限于表演的时间，结构自然较说部紧密些。所以戏剧里不能有半句废话，半点废事。此剧开场的时候是薛伯农与兰英的对话，虽只了了几句，而全剧的布局已粗具雏形。正的一方面，是写邝家的新，邝俊杰的实业计划，翠嫂的贤慧，觉先的革新思想；反的一面是写薛伯农的以感情反对新潮，和他的中国旧家庭的观念；兰英的天真也表得跃跃欲活。邝家和薛家以前的不睦也明白了；兰英与他父亲的亲热也清楚了。——这是楔子。

从张大进场后，剧情便开始上升了；在英文叫rising point。薛伯农的脚风病，看上去没甚要紧，可是因了这个，虽然他本性和善，也失了节制，怒得不肯让步，致有这种结局。

戏剧富于转机（crisis）则观众的兴趣也跟着增深；但是转机之处，最难控制，因为一方面要惊人，一方面又要理所当有的。譬如第一幕里李氏的对待翠嫂的态度，人人都吃了一惊，后来听了兰英的话——“屠师爷不晓得讲些什么给她听，她才这样的”——加之李氏的硬心肠，于是我们知道她的态度是事所必有的。而所谓“什么给她听”就是翠嫂丑史发觉最早的线索。所以最后的果便是开端的因，因果相转。好像一个圆轮，头头都转的通，而紧密得又不留一丝儿缝。

第二幕里应用转机最有精巧的地方是伯农猝然跳起来喊七千两的时候；那犹豫踌躇和最后决断的情形正是近代剧最有精彩之处——不独转得精巧，并且有“悬崖勒马”之势；高氏的艺术真可惊人了。

全剧中像上面讲的玲珑巧构的地方如翠嫂求守仁俊杰和超人的失败，逼迫邝俊杰签字的情景等等，不胜枚举，读者自己体会罢。

这样一步紧一步的，经历了不少必有的转机，到第三幕第二场抬翠嫂入场的时候，才达焦点（climax）。此后便是收场（falling action）了。

此剧的真，随处可以捶到，现在我把阐发真理的话录几段作为一个例罢了。

伯农　兰英，你还不懂人生是什么东西哩。世界一切的事情无非是上下阶级的争斗和高低地位的争斗；而争斗的利器，脱不了财势两件东西。……

俊杰　像你这种死守祖产不想发展的人当然没有什么两样；只要自己有吃有穿，就不顾人家也有吃有穿。

俊杰　你们这些自名臭缙绅的都是假君子，面子上仁义道德，礼义廉耻，背底里什么事情都干得来。坐在太师椅里说风凉话；活像金装的泥菩萨，外面很好看，心底里不见得和他们两样。

伯农　什么场面，什么仁义道德而不能经一度的挫折，有何用呢。

至于事实的真，那全剧都是；不过在第三幕里人物的描写都已达到完美之境，所以更其显著。邝俊杰是个有才干而骄矜的人，但是受逼于屠守仁，以至切齿痛骂，愤而怒斗。屠守仁是狡而能忍的人，所以受邝俊杰的痛骂而反报之以笑；读启文的时候，说话何等简洁，态度何等镇静不迫。李氏只因心肠太硬，加之深信保护家庭是她的责任，才有这种凶辣手段；其实她并不是狠心的人，所以剧中时时漏露她的善心。薛伯农是熟读四书五经的人，对于古圣贤的道理奴隶式的信仰着；其实是一个无主见头脑简单的人，所以对于新思潮和新事物只晓得用感情一味的蛮骂。他的柔弱寡断，迁就犹豫正见得他是一个平庸之人，既不能为大恶，亦不能为大善。这不过是我一已的愚见，当然有许多遗漏的地方。

此剧的美，也不一而足；最显著的是翠嫂和兰英两个人物。翠嫂实在是温厚贤德的女子；只因为环境的逼迫曾有一次失足的事，后来竟遭这种境遇，伤心凄惨到了极点了。凡同受假貌社会指笑的怨女见了，安得不同声一哭。但是这人物在剧中的美正与霍桑（Hawthorne）

著的 *Scarlet Letter* 小说里的女主角一般。凡读过这部小说的，见过那千姣百媚衣上绣着红十字的女子的，自然能有那立在沙发前的翠嫂的倩影活现在你的脑子里。兰英的天真的美，在这出暗斗剧中，是一个鲜艳的背景；好像乌云弥漫的天空中，现出一角彩霞来，又好像漆黑的夜里，猝然现出一粒闪亮的星光。欲证这句话，请翻阅第一幕的末一段与第三幕第一场的末一段。

此剧的精彩处，大概已经杂乱的说了一点。关于此剧的排演本来也想说一两句。只是写得已经太多了，所以如有人要演此剧，最好先通知我，我再专函奉告罢。

此剧改译时承洪深先生、郑振铎先生和叶圣陶先生给我许多有价值的帮助，所以特在此处表示我最诚恳的谢意。

顾德隆　十三，十二，二十，上海

——录自商务印书馆1925年初版

《印度寓言》[①]

《印度寓言》序

郑振铎

寓言与“故事”及“比喻”，似皆有相类处，而又各有不同。故事是一篇事实的叙述，这种事实，或是真实的，或是为想象所创造的；它于事实的叙述外，不必更联合以什么道德的训条。比喻是用一段文字以表现一种隐藏的意义，这种意义是不直接表现于文字上

① 《印度寓言》，郑振铎编译，上海商务印书馆1925年8月初版，文学研究会丛书之一。1933年3月国难后另版。

的（如“貌比西施”一句，是用西施二字，以表白某妇的极美之貌的，不必直接的说出“极美”二字来）。寓言的性质，半与故事相同，又半与比喻相同。寓言与故事一样，是一篇简短的事实的叙述；又与比喻一样，是表达一种隐藏的意义的，不过不是用几个比喻的文词来表达，而是技巧的用创造的人物的言动以表达之的；寓言与故事及比喻不同的地方，是：寓言，必须包含有教训的目的，而故事及比喻则可以不必。寓言所最常表达的是道德的格言，人间的真理。最高尚的寓言常包含有伟大的目标，它在说着人间的真理，在教训着对面的人类，却把它的教训与真理，隐藏于创造的人物的言动中；这些人物，大约都是些在田野中的家畜，空中的飞鸟，林中的树木，山内的野兽等，等。寓言作家于他们的一言一动中，传达出他的教训。读者得到这种教训，却并不看见教训者之立在他的面前。因此，他常常不自觉得的表同情于一切纯洁，高尚的行动，而厌恶卑下的，无价值的行动，而同时便觉察到或改正了他自己的谬误。昔时印度的某王，极喜喋喋多言。群臣厌恶之而无法谏止。我们的大寓言作家乔答摩便对他讲说了一篇《多话的龟》的寓言（这篇寓言见本书第十二——十四页），使他明白了多话之害。此后，某王便永革了那个多言之病。像这样的例子，在真实的历史上也时常的可遇到。寓言的劝诫，实较正言厉色的诤辩为更有效力。所以真的寓言家是负有极大的任务的。他不是一个叙述者，也不是一个比譬者。他乃是一个伟大的教师，一个善事的指导者，一个罪恶的纠察者。他的故事是使读者愉快的，然在快乐的面具中又藏着伟大的教训。所以他的目的是双层的，一层是叙说故事，一层是传达教训。在这里，寓言是超越于故事或比喻之上了。

一篇寓言必须注意的是：（一）事实的本身，（二）道德的训条，（三）引进的人物的真实性格。事实的叙述，必须简明，只叙到一件事，不要牵牵拉拉的叙到详细处所及繁复的背景。道德的训条必须非常明白，非常亲切的织合于所叙的事实中，使每一个读者都能立刻的有同样的解释。至于所叙的动植物的性格，必须顾察到他们的天然的特性，及大家公认的性情。狐必常是狡的，兔必常是怯弱的，狮必常是勇猛无伦的，狼必常是残忍的，驴必常是愚蠢的。多数的寓言，常以善于描写这些动物的特性使读者手不忍释。如违背于这些通例，则那些必难能成为好的寓言。德国寓言作家莱森，尝作一则很有趣的寓言道：

驴对伊索说道："以后你作寓言，讲到我时，请你使我说些聪明而有意识的话。"

伊索叫道："从你口里说些有意识的话！那末，世人将怎样的想呢？人便要称你为道德家而称我为驴了！"

作寓言者应紧守这个原则。但也未尝无例外。如狐在中世纪禽兽史诗《列那狐》(*Reynard the Fox*) 里，是如何的一只可爱的狡猾者呀，然在高加索的几则民间故事中，狐却有时是很愚蠢的。《列那狐》中叙到狼被狐骗，低头去看马蹄，却为马所踢。在一则高加索民间故事中，则这个低头看马蹄而为马所踢的，乃不是狼而是狐自己。不过像这样的例外，寓言中究竟是很少的。无论如何，兔是不会变成勇猛的，狮是不会变成怯弱多疑的。

寓言是很简陋的文体，它并不需华丽的雕饰，并没有繁复的内容；叙述直捷而简明，教训也浅露而不稍含蓄。然其故事却为儿童所最愉悦，其教训也为成人所深感动。所以至今尚有作者，且尚流传极广。但寓言看似简单却是极不容易作的。自远古至于现在，作者时时有之。然成功的作者却只有寥寥可数的几个。在短短的一段小故事中，而欲传达出最深切的教训，最精炼的人间真理，这真是非有大力量，大阅历的作者不办。

寓言的历史，可追述到极古。它虽不是最初的文学方式，却是远古期传播最广的文学方式。寓言的起源，在人类有了表白他们的思想在具体的印象上的普遍冲动之时，与语言中之用比喻正是同时。当这时，世界还在童年，野蛮人的思想，以为万物都是与人类一样，是具有灵魂的，会说话，会思想，会做如人类所做的行动的。于是动物乃至植物的故事，乃为这种童心的民族所创造，所传说。于是禽兽便披上了人的衣饰，说人所说的话，做人所做的事。寓言亦由此而兴起。在这时，寓言还只有一个躯壳——即故事本身——还未具有它的灵魂——即道德的训条——他们为说故事而说故事，并不含有传达什么教训之意。也许这些故事，多少带些解释自然现象的意思，但却绝未带有道德的观念。自旧世界以至新世界，自冰岛以至澳大利亚洲，这些禽兽故事都在传说着。在这些初民传说之后，我们才见到真正的所谓“寓言”的出现。这种真正的寓言的发源地是东方。现在我们还可见到他们的原始形式。印度斯坦是现在所知的它的产地。中国在印度文化未输入时，也即已有了很好的寓言。不过后来却绝迹了。同时，印度寓言又传入了波斯，阿刺伯，希腊，腊丁。被称为，欧洲语言作家之祖父的伊索，即是感受印度的影响而去写作的。当佛教输入中国时，印度的寓言也输入了中国。六朝萧齐时，即已译有《百喻经》。所以，现在说寓言的历史的，都以印度为它的发祥地。

印度寓言在欧洲流传最广者为《比尔配》（*Pilpay*）一书，这是乔答摩所作寓言的总集，与我们译的《百喻经》正是同类。《比尔配》在欧洲有了不少的译本。本书上册的大部分即是从（P. V. Pamasrwami Raju）所选集的一本译出。还有一小部分是由别的来源得来。在《比尔配》原文里，于寓言的本文外，尚有许多的叙述，说明乔答摩说这寓言的原因及结果，又详细的解释那些寓言的本意。这里把他们都删削去了。这可以使读者更感得直捷的兴趣，而不受繁辞的厌聒。下册拟选译《百喻经》及其他印度寓言。

我很爱这些寓言。有许多是极机警可爱的，有许多是含意极深的讽刺。——虽然写作于远古，却还好像是正对着现代人而发的。一般读者随意的翻阅，至少可以得些兴趣——虽然不必说是受益。小学校从中选取教材，也可使儿童们十分欢迎。便是儿童们自己，似亦可无帮助的读此书而不大费力。

郑振铎　十四年七月二日

——录自商务印书馆1933年国难后一版

《苏俄的文艺论战》[①]

《苏俄的文艺论战》前记

鲁迅[②]

俄国既经一九一七年十月的革命，遂入战时共产主义时代，其时的急务是铁和血，文艺简直可以说在麻痹状态中。但也有imaginist（想象派）和futurist（未来派）试行活动，一时执了文坛的牛耳。待到一九二一年，形势就一变了，文艺顿有生气，最兴盛的是左翼未来派，后有机关杂志曰《烈夫》，——即连结Levy front iskustv的头字的略语，意义是艺术的左翼战线，——就是专一猛烈地宣传Constructism（构成主义）的艺术和革命底内容的文学的。

① 《苏俄的文艺论战》，苏联褚沙克（Chujak）等著，任国桢译，北新书局1925年8月初版，1927年3月再版。未名丛刊之一。内收褚沙克的《文学与艺术》、阿卫巴赫等的《文学与艺术》及瓦浪斯基的《认识生活的艺术与今代》三篇论文，并附录瓦勒夫松（Volphson）的《蒲力汉诺夫与艺术问题》一文。

② 鲁迅（1881—1936），原名周树人，字豫才。浙江绍兴人。中国现代文学家、思想家、翻译家。译有《地心旅行》《苦闷的象征》《死魂灵》等。

但《烈夫》的发生，也很经过许多波澜和变迁。一九〇五年第一次革命的反动，是政府和工商阶级的严酷的迫压，于是特殊的艺术也出现了：象征主义，神秘主义，变态性欲主义。又四五年，为改革这一般的趣味起见，印象派终于出而开火，在战斗状态中者三整年，末后成为未来派，对于旧的生活组织更加以激烈的攻击，第一次的杂志在一九一四年出版，名曰《批社会趣味的嘴巴》!

旧社会对于这一类改革者，自然用尽一切手段，给以骂詈和诬谤；政府也出而干涉，并禁杂志的刊行；但资本家，却其实毫未觉到这批颊的痛苦。然而未来派依然继续奋斗，至二月革命后，始分为左右两派。右翼派与民主主义者共鸣了。左翼派则在十月革命时受了波尔雪维艺术的洗礼，于是编成左翼队，守着新艺术的左翼战线，以十月二十五日开始活动，这就是“烈夫”的起源。

但“烈夫”的正式除幕，——机关杂志的发行，是在一九二三年二月一日；此后即动作日加活泼了。那主张的要旨，在推倒旧来的传统，毁弃那欺骗国民的耽美派和古典派的已死的资产阶级艺术，而建设起现今的新的活艺术来。所以他们自称为艺术即生活的创造者，诞生日就是十月，在这日宣言自由的艺术，名之曰无产阶级的革命艺术。

不独文艺，中国至今于苏俄的新文化都不了然，但间或有人欣幸他资本制度的复活。任国桢君独能就俄国的杂志中选译文论三篇，使我们借此稍稍知道他们文坛上论辩的大概，实在是最为有益的事，——至少是对于留心世界文艺的人们。别有《蒲力汗诺夫与艺术问题》一篇，是用 Marxism 于文艺的研究的，因为可供读者连类的参考，也就一并附上了。

一九二五年四月十二日之夜，鲁迅记。

——录自北新书局 1927 年再版

《苏俄的文艺论战》小引

任国桢[①]

从去年来，在苏俄的各派学者中，关于艺术的问题，起了一个空前未有的大论战。加入这个论战的有三大队：一队是《烈夫》杂志，一队是《纳巴斯徒》杂志，一队是《真理报》(*pravda*)。今择各派关于艺术问题的主要论文，试各译一篇，以飨读者。错误之处，自知不免，希读者恕之。兹将三派所下的艺术定义和他们的见点，略述如下：

《烈夫》杂志社是将来主义派的机关：对垒的主将是褚沙克、铁捷克。他们下的艺术定义：艺术不是认识生活的方法，是创造生活的方法。他们不承认有写实，不承认有客观。反对写实，提倡宣传，否认客观、经验，标定主观、意志。除消内容换上主张，除消形式换上目的。他们的主张，就是反对死的，冷静的，呆板的事实，注意人类的将来。他们的目的，就是要把共产主义参在艺术的范围内，反对一切非劳动阶级的文学。

《纳巴斯徒》的理论家有罗陀夫、瓦进、烈烈威支以及其他。他们的艺术定义就是艺术有阶级的性质，艺术是宣传某种政略的武器。无所谓内容，不过是观念罢了。著作家应当描写阶级的生活，应当研究政治的问题，应当把共产主义的政略加入艺术问题内（在艺术问题中，《纳巴斯徒》的政略有四条，见下第二译文，兹不赘述)。

《真理报》是苏俄的机关报，迎敌的大将是瓦浪司基。他说，“艺术如同科学一样，是科客的，是写实的，是凭经验的。”……“艺术最

---

① 任国桢（1898—1931），原名任鸿锡，字子卿、子清，曾用名刘子厚、任国藩，笔名任国桢。辽宁丹东人。毕业于北京大学俄文系。

先是认识生活的方法。”……“艺术有内容和形式。”……“内容恰与形式相称，就是内容恰与艺术的客观真理相称。”……“艺术家应当照美学的眼光估定艺术作品的价值。”……“著作家能把高上的学说连到认识生活，这才谓之真艺术家。”这就是瓦浪司基所下的艺术的定义。

除此三派而外，还有蒲力汗诺夫派的艺术问题。后来我再介绍给读书先生们。

任国桢识。　一九二四，十，九

——录自北新书局 1927 年再版

《法国文学史》①

《法国文学史》附录二十世纪之法国文学

维克（王维克②）

一九〇〇年古尔蒙做一篇《法兰西新诗》(*La nouvelle poésie française*)，是批评一本书叫《今日之诗人》(*Poètes d'aujourd'hui*）的，里面举了三个代表作家“青年诗人”，一个是谢姆，一个是福儿，一个是盖林。唉！现在这三个中间已死去一个了，活着的也是年过半百的老人了。

古尔蒙（Remy de Gourmont）生一八五八年，死一九一五年，他的批评文字比之白仑帝哀及刘买妥真是有过无不及。他主《法国之水星》*Mercure de France*（半月刊）之笔政二十余年，无一期没有他

① 《法国文学史》，文学理论，H. et T. Pauthier 原著，王维克译，泰东图书局 1925 年 9 月初版。青鸟社丛书之一。

② 王维克（1900—1952），原名王兆祥，笔名维克等。江苏金坛人。1925 年，留学法国巴黎大学。译有《神曲》（意大利但丁著），《沙恭达罗》（印度迦梨陀娑著），《希德》（法国高乃依著）等。

的各种批评文章或诗歌小说。他是批评家，诗家，小说家，戏剧家，文法家，哲学家，……他的著作中国已译的有小说《卢森堡之一夜》(*Une nuit au Luxembourg*)(泰东图书局出版)，其余的大概都未有人译。

(此篇期于简短，一切均提要说几句，不能充分发挥。)

谢姆（Francis Jammes）生一八六八年。因为他幼年很爱动植物及自然的风景，所以他爱描写自然界及田舍生活；他是自然诗人，平民诗人，有法国的韦德曼 Walt Whitman 之称。他的散文也有名。

福儿（Paul Fort）生一八七二年。一八九〇年他创办艺术戏院(Théâtre d'art)，专排演不常为人所知或被人所轻视的剧本，从此也可以看出他的勇气了。一八九三年戏院闭息后，他便专心作诗。他的诗卷总名《法兰西诗歌集》(*Ballades françaises*)。一九〇五年创立一个季刊名《诗句与散文》(*Vers et Prose*)，发表他的“散文体式的诗句”之定理。他在本国，已被称为“诗界之王”了。

盖林（Charles Guérin）生一八七三年，死一九〇七年。一八九三年即刊有诗集《雪花》(*Fleurs de neige*)。直至一九〇五年凡出诗集七八种，若天永其年，则其作品必更多了。

其余近代有名诗人除罗司堂（Rostand），来尼爱（Régnier）等人已见原著外，尚有巴打耶（Henry Bataille），布海利（Bouhélier），伯爵夫人诺哀纳（Comtesse de Noailles）等人，不多述。

法国自然主义的小说，在一八三〇年左右兴起，直至一八八五年左右，便衰落下来。衰落的缘故，实在是自然主义的小说太暴露人生和社会之罪恶，叫读者生出不快之感；所以后来的小说便倾向于精神的，理想的，神秘的，美的描写了（正反对自然派之物质的，现实的，机械的，丑的描写）。在原著中说到的有法郎士，陆蒂，布而习，马格利德兄弟，拍来服，及巴常等小说家，他们的作品都已不受自然主义的范围了（影响当然是有的）。其中除陆蒂死于一九二二年，马格利德兄死于一九一八年外，余仍为今日法国文坛名将。此处应补说几个著名散文作家：

爱来米布而习（Élémir Bourges）生一八五〇年，所刻著作并不多，然质的方面很佳，在法国文学里应占一高等位置。他的名著是《上帝之黄昏》(*Le Crépuscule des Dieux*)，及《鸟飞与花落》(*Les oiseaux s'envolent et les Fleurs tombent*)。

巴来士（Maurice Barrès）生一八六二年；他自幼读的哲学书实较文学书多而亲切，所以我们读他的作品终觉得他哲学家的意味较艺术家的意味重些。所著小说如《自由人》(*Un Homme Libre*)，《威尼斯之死》(*La Mort de Venise*）等凡数十种。

克罗台（Paul Claudel）生一八六八年，曾至中国汉口、福州、天津作领事官，因其高尚思想及伟大抒情，他的作品之美当时无出其右者。《人质》(*L'Otage*）是他剧本中最著名的一本。

奇特（André Gide）生一八六九年，为当代最富于创造性者。奇特著小说多种，但是各种皆各具手笔，莫有雷同，精妙无比。他是《法国新评论》(*Nouvelle Revue Française*）之创办人，此杂志为近代文学之最要机关。

波尔独（Henry Bordeaux）生一八七〇年，初本学法律，一九〇〇年以《古乡》(*Pays natal*）小说成名，以后就专心在文学事业上了。他的小说和布而习及马格利德兄弟一样，是倾向于心理，哲理及分析的。《在生活之恐惧》(*Peur de vivre*)，《眼睛张开了》(*Les yeux qui s'ouvrent*）等名著中可以看出他小说之外也做了许多批评文字。

这次欧洲大战从一九一四年至一九一八年止，文学界受他的影响自不必说，尤其是法国的文学界。那些称述战功勉励死士之作，此时不值得说，我们要提出三个大文学家来说说：

罗曼罗兰（Romain Rolland）生一八六六年，他是二十世纪开头第一部大小说名叫《克利司笃夫》(*Jean Christophe*）的著作人。他倡言“英雄主义”，但他所谓“英雄”并非拿坡仑一类的人，是经艰难而不屈，以成其伟大之人，他为音乐家悲多芬，画家米勒，文学家托尔斯泰作传，这些人是他所要表扬的英雄。欧战起后，因为全欧洲，全人类说话，不见容于法人，避居日内瓦，从事慈善事业。一九一六年发表他的《混战之上》(*Au-dessus de la mêlée*)，是非战主义的讨论集，随后又有一本非战的剧本叫《列吕列》(*Liluli*)。他本来是一个戏剧家，他提倡"民众戏剧"，剧本编得也不少。现在他的著作仍是源源不绝，与巴比塞，法郎士等俱以改进社会，宣传福音为已任。

巴比塞（Henri Barbusse）在战前本是一个小说家，《地狱》（*L'Enfer*）一书，已露反抗战争之意，非爱国主义。大战时，他亲身在战场上，目睹尸积成山，血流成河的惨状，在一九一六年发表他的《火》(*Le Feu*)，以有力之笔，描写军营生活之痛苦，表现战争之罪恶，读者谁不为之感动呢！随后他又出了一本非战小说，名叫《光明》(*Clarté*)，和罗兰的剧本《列吕列》有相似之点（按此二书除"非战"外还有别种主张）。一九二〇年他联合世界智识界组织一个光明团，发行定期出版物，以为"光明运动"之机关。

和罗兰，巴比塞同时以非战的文学作品著名的是段阿美（Georges Duhamel）。他是诗人，哲学家，外科医生。在战地做军医四年，因亲身接近许多伤兵，心中不忍，著了两本笔记小说：一是《义士们的新录》，一是《一九一四年到一九一七年的文明》，和巴比塞的《火》同样哀痛动人。

我写到此地真做不下去了，且把第二卷第四期《少年中国》里一篇《法兰西近世文学之趋势》的结尾抄来做此篇的结尾：

"法国文学的近况，所谓为一时主潮的'自然主义'和'象征主义'，既不能统系一切，而新起的'新浪漫主义'和'新古典主义'等又方在运动建设之中；其他还有以个人为中心，兼收各派的长处，自成彩色的也不少。总之：无论一个作品，或一个文学家，无论他目标是向着何种最新鲜的运动，但我们仔细分析起来，总可看出他从‘自然主义’和‘象征主义’里面蜕出来的痕迹和所受的教训。所以他们——自然，象征——的声势虽渐衰落，但是要不经他们的阶级，说不上新的运动。……”

一九二三年，七月，九日完稿

原著于去年暑假译就；上面一篇是付印时允书局主人之请做的，所以补原著之不足。现在中华书局已出版一本《法国文学史》，是从十八世纪讲起的，读者可买本来参观参观。

维克识

——录自泰东图书局1925年初版

《陀螺》①

《陀螺》序

（周作人）

刘侗《帝城景物略》记童谣云，“杨柳儿活抽陀螺”，又云“陀螺者木制如小空钟，中实而无柄，绕以鞭之绳而无竹尺，卓于地，急掣其鞭，一掣，陀螺则转无声也。视其缓而鞭之，转转无复住，转之急，正如卓立地上，顶光旋旋，影不动也。”英国哈同（A. C. Haddon）教授在《人之研究》中引希勒格耳（G. V. Schlegel）之说，谓荷兰之陀耳（Tol）从爪哇传至日本，称作独乐，后又流入中国。唯日本源顺（Minamoto no Shitagau）编《和名抄》云，“独乐，‘和

① 《陀螺》，诗歌小品集，周作人辑译，新潮社1925年9月初版，新潮社文艺丛书之七。

名'古末都玖利，有孔者也。”独乐明明是汉语，日本语今简称“古末”(Koma)。源顺系十世纪初的人，当中国五代，可见独乐这玩具的名称在唐朝已有，并不是从外洋传入的了。

我用陀螺做这本小书的名字，并不因为这是中国固有的旧物，我只觉得陀螺是一件很有趣的玩具，幼小时玩过一种有孔能叫的，俗名“地鹁鸽”，至今还记得，此外又因了《帝城景物略》里的歌辞以及希腊的陶器画，便使我想定了这个名称。这一册小集子实在是我的一种玩意儿，所以这名字很是适合。我本来不是诗人，亦非文士，文字涂写，全是游戏，——或者更好说是玩耍。平常说起游戏，总含有多少不诚实的风雅和故意的玩笑的意味，这也是我所不喜欢的，我的乃是古典文字本义的游戏，是儿戏（Paidia)，是玩，画册图像都是（Paignia）之一。我于这玩之外别无工作，玩就是我的工作，虽然此外还有日常的苦工，驮砖瓦的驴似的日程。驮砖瓦的结果是有一口草吃，玩则是一无所得，只有差不多的劳碌，但是一切的愉快就在这里。昨天我看满三岁的小侄儿小波波在丁香花下玩耍，他拿了一个煤球的铲子在挖泥土，模仿苦力的样子用右足踏铲。竭力地挖掘，只有条头糕一般粗的小胳膊上满是汗了，大人们来叫他去，他还是不歇，后来心思一转这才停止，却又起手学摇煤球的人把泥土一瓢一瓢地舀去倒在台阶上了。他这样的玩，不但是得了游戏的三昧，并且也到了艺术的化境。这种忘我地造作或享受之悦乐几乎具有宗教的高上意义，与时时处处拘囚于小主观的风雅大相悬殊：我们走过了童年，赶不着艺术的人，不容易得到这个心境，但是虽不能至，心向往之；既不求法，亦不求知，那么努力学玩，正是我们唯一的道了。

这集子里所收都是翻译。我的翻译向来用直译法，所以译文实在很不漂亮，——虽然我自由抒写的散文本来也就不漂亮。我现在还是相信直译法，因为我觉得没有更好的方法。但是直译也有条件，便是必须达意，尽汉语的能力所能及的范围内，保存原文的风格，表现原语的意义，换一句话就是信与达。近来似乎不免有人误会了直译的意思，以为只要一字一字地将原文换成汉语，就是直译，譬如英文的 Lying on his back 一句，不译作“仰卧着”而译为“卧着在他的背上”，那便是欲求信而反不词了。据我的意见，“仰卧着”是直译，也可以说即意译；将它略去不译，或译作“坦腹高卧”以至“卧北窗下自以为羲皇上人”是胡译；“卧着在他的背上”这一派乃是死译了。古时翻译佛经的时候，也曾有过这样的事，如《金刚经》中“与大比丘众千二百五十人俱”这一句话，达摩笈多译本为“大比丘众共半十三比丘百”，正是相同的例：在梵文里可以如此说法，但译成汉文却不得不稍加变化，因为这是在汉语表现力的范围之外了。这是我对于翻译的意见，在这里顺便说及，至于有些有天才的人不但能够信达雅，而且还能用了什么译把文章写得更漂亮，那自然是很好的，不过是别一问题，现在可以不多说了。

集内所收译文共二百八十篇，计希腊三十四，日本百六十二，其他各国八十二。这些几乎全是诗，但我都译成散文了。去年夏天发表几篇希腊译诗的时候，曾这样说过：“诗是不可译的，只有原本一首是诗，其他的任何译文都是塾师讲唐诗的解释罢了。所以我这几首《希腊诗选》的翻译实在只是用散文达旨，但因为原本是诗，有时也就分行写了：分了行未必便是诗，这是我所想第一声明的。”所以这不是一本译诗集。集中日本的全部，希腊的二十九篇，均从原文译出，其余八十七篇则依据英文及世界语本，恐怕多有错误，要请识者的指教。这些文章系前后四五年间所写，文体很不统一，编订时不及改正，好在这都是零篇，不相统属，保存原形或者反足见当时的感兴：姑且以此作为辩解罢。

这一点小玩意儿——一个陀螺——实在没有什么大意思，不过在我是愉快的玩耍的记念，不免想保留它起来。有喜欢玩耍的小朋友我也就把这个送给他，在纸包上面写上希腊诗人的一句话道：

“一点点的礼物，
藏着个大大的人情。”

中华民国十四年六月十二日，记于北京。

——录自新潮社1925年初版

《媒婆》[附记]

（周作人）

海罗达思（Herodas）大约是基督前三百年的人，事迹不详，但存所作拟曲数篇。“拟曲者亦诗之一种，仿戏曲之体而甚简短，多写日常琐事，妙能穿人情之微。古作者中以海罗达思为最胜，生当中国汉初，著作尽逸；二十年前始于埃及败棺中得其残写本，仅存七章，及断简三四而已。”八九年前我曾将其中《媒媪》及《塾师》译成“古文”，登在《中华小说界》上，上面的一节便是当时序言的一部分。现在将《媒媪》重译一过，有几处与古文译本颇不相同了。一九二一年十二月三十日记。

——录自新潮社1925年初版

《密谈》[附记]

（周作人）

这是拟曲的第六章，今从英文本重译。第七章说美忒罗带了几个女友到皮匠开尔敦的店里去买皮鞋，末节开尔敦说：“吹箫的友蔼台列思时时来这里，求我将这鞋卖给她，但是我不喜欢她，我不肯卖，倘若她不出四个达勒科（约值十元）。她很凶的骂我的妻。我知道你是等着鞋穿。不要那么呆，把这个拿去送给友蔼台列思，或是赫加台，或是她的女儿。是了，你拿这两双去，算七个达勒科罢。我为了美忒罗这样算了罢。——唉，你的亲吻将送我直到天上，即使我是一个石像。这你的并不是舌头，这是幸福的筛。唉，你为他日夜开你的嘴的人，真是与祝福的神们相去不远了。”这一节话，颇可以作上文的参考。至于这开尔敦与美忒罗，当然与第六章的人物没有什么连络：古代喜剧中某种人物差不多有一定的名字，古典喜剧的皮匠便统叫作开尔陀。这一个字出于希腊语的开尔陀思，意云利，云狡计，后转为狡狯者，为狐之别称，这里所用大约便取这意思。一九二五年一月二十日补记。

——录自新潮社 1925 年初版

《大言》[附记]

（周作人）

路吉尼亚诺思（Lukianos）二世纪时叙利亚人，讲学雅典，以希腊文著作。其问答体诸篇最佳，具喜剧拟曲讽刺诗哲学问答诸种分子。此篇系其《娼女问答》（*Hetairikoi dialogoi*）之一，原第十三，别无篇名。古今相去千七百余年，但人情没有变化，读古文书，仍有现代文艺的趣味，所以译他出来。我想古典之有生命者，不以古而遂湮灭，正犹今“典”之无生命者不以今而幸存。一九二一年十月十七日附记。

——录自新潮社 1925 年初版

《兵士》[附记]

（周作人）

这篇也是《娼女问答》之一，原列第十五。海罗达思拟曲第二，述娼家主人巴达洛思诉水手泰勒思劫娼女密耳达勒，大略近似。巴云：“我在这泰勒思手里，受了多少苦恼，正如掉在沥青里的老鼠。我被打了，我家的门捣破了，我的门楣烧掉了，——我却一年拿出四个斯达台耳（值银三十元）做房租，老爷们。密耳达勒，前来，给大家看，不要害羞，只当你所见的那老爷们都是你的父亲和兄弟们便好了。老爷们，请看他的柔嫩的身体，给那恶棍在拖她出去的时候，怎样的都被抓破了。”他又对泰勒思说：“我想，你爱密耳达勒罢。那是不足为奇。我也爱麦。给我那个，你就得到这个了。否则，凭了上帝，倘若你胸中有情火烧着，将他的身价塞到巴达洛思的手里来。那么她是你的了，你可以去随意的捶她了。”十月二十一日附记。

——录自新潮社1925年初版

《魔术》[附记]

（周作人）

这是《娼女问答》的第四篇，与谛阿克列多思《牧歌》第二相似，而较轻妙，盖所言系外宅，所以没有那样的真挚而猛烈。文中魔法轮原云Rhombos，陀螺之一种，如原始民族所用的牛鸣板，挥舞之作大声。牧歌中云：“正如这青铜的轮之旋转，他也将因了爱神的禁厌，这样没有安息的转转于我门外。我的魔法轮呵，牵引我所爱的人回我这里来！”又说：“兑耳菲思从他的外衣上落下这条花边，我现在将他撕碎，投入凶残的火焰里。”这便是用硫黄熏鞋子的意思，想因了感应之力伤害衣物的主人。十月二十二日附记。

——录自新潮社 1925 年初版

《希腊小说断片》[小序]

（周作人）

暑假中想把希腊朗戈思著《达夫尼斯与赫洛蔼的故事四卷》（Longos，*Logoi tettares kata Daphnin kai kata Khloen*）译出，虽然已经动手，因为别的事情，译了几节终于中止了。今日拿出书来闲读，觉得仍是很有趣味，从原稿上摘出一二段，又新译小话两首，一并发表，聊以表示我对于这晋代的牧歌小说的爱重之意而已。十三年十月二十六日。

——录自新潮社 1925 年初版

《杂译希腊古诗二十一首》附记

（周作人）

以上十八首系去年五六月中所译，末三首从十一月的《语丝》第二期《希腊讽刺小诗》中选取。一九二五年三月二十日记。

——录自新潮社 1925 年初版

《散文小诗》[附记]

（周作人）

波特来耳（Ch. Baudelaire，1821—1867）于一八五七年发表诗集《恶之华》，在近代文学史上造成一个新时代。他用同时候的高蹈派的精炼的形式，写他幻灭的灵魂的真实经验，这便足以代表现代人的新的心情。他于诗中充满了一切他自己的性格的阴影，哲学的苦味，和绝望的沉痛。他的幻景是黑而可怖的。他的著作的大部分颇不适合于少年与蒙昧者的诵读，但是明智的读者却能从这诗里得到真正希有的力量。他又有散文小诗一卷五十章，原名《巴黎之忧郁》，也是同类的精湛的文字，现代散文诗的流行，实在可以说是他的影响。现在据英国西蒙士诸人的译本，并参考德人勃隆译全集本，译出八章。一九二一年十二月三十日附记。

——录自新潮社 1925 年初版

《田园诗六章》[①] 附记

（周作人）

果尔蒙（Remy de Gourmont，一八五八至一九一五年）著有诗文小说甚多，《卢森堡之一夜》有郑伯奇君的汉译。这几篇田园诗系《西蒙尼》中的一部分，据 Amy Lowell 著《法国大诗人》及堀口大学译诗集《昨日之花》中所载译出，存其大意而已。

——录自新潮社 1925 年初版

《法国的俳谐诗二十七首》[小序]

（周作人）

一九二〇年十二月九日《读卖新闻》上有冈野薰的一篇《俳谐与

① 目录中作“田园诗六首”。

法国诗人们》，说有保朗等十人从诗人古修研究日本俳句，共作俳谐体三句诗，并译出十首附在后面。一九二一年十一月与谢野宽在《明星》第一期上介绍法国的俳谐诗，略附说明道，

“法国诗坛受了俳句的暗示，作三行的俳谐诗（Haikai），始于古修，已经是十七八年前的事情了。这一派青年诗人在最近的大战去出征，并且作俳谐诗。这个真正的‘无说明之诗’（Poésie sans explication），据说是甚适于表现战地的一刹那的感兴。其中也有死在战争里的人。这俳谐派虽然人数还少，却已确在法国诗坛上的一隅有了基础。其作品出现于诸杂志，诗集已有几册出来了。……

他们诗虽然称作俳谐，在形式上相似的地方，是以三行组成，但未必用五七五的字数。其内容与语数相比例，大抵也较俳句更为复杂，无宁近于短歌。感情的暗示的地方，很与俳句相像。俳句有季节的限制这一件事，他们是不知呢，还是知道而故意的不顾的，都未可知。”

现在便就两家所译的俳谐诗，重译出来，共十人二十七首。一九二二年三月三十一日附记。

——录自新潮社 1925 年初版

《杂译诗二十五首》[小序]

（周作人）

这几年里读书的时候，看见有些诗歌颇有趣味，便将他们译出，到现在总结起来共得二十五首。我选译这些诗歌，只因为他们的思想美妙，趣味普遍，而且也还比较的可以翻译，并非说诗歌中只有这几篇算最好。又这二十五首的种类及思想也很不一律，所以我特地标明

是杂译诗。一九二二年九月三十日记。

——录自新潮社 1925 年初版

《囚人》[附记]

（周作人）

这首诗据同勃罗夫斯奇（A. Dombrowski）的世界语译本，从柴孟诃夫（L. Zamenhof）所编的《模范文选》译出。

——录自新潮社 1925 年初版

《赤杨树》[附记]

（周作人）

据勃兰兑思（G. Brandes）著《勃兰十九世纪文学论》中所引。

——录自新潮社 1925 年初版

《牧歌》[附记]

（周作人）

英国靡菲尔（W. R. Morfill）著《古代斯拉夫文学史》第六章引波戈鲁勃（Bogolub）编的《塞尔比亚民歌集》。

——录自新潮社 1925 年初版

《云雀》[附记]

（周作人）

洛伦支（F. Lorenc）世界语译本，在《模范文选》中无第四节，今据《古代斯拉夫文学史》第八章所引补入。

以下四章（四至七）是《皇后村古写本》的一部分。一八一七年汉凯（Hanka）在皇后村礼拜堂所得，共十二纸，是十三世纪时的抄本。

——录自新潮社 1925 年初版

《鹧鸪》[附记]

（周作人）

以上三首[①]据《古代斯拉夫文学史》第八章所引。

——录自新潮社 1925 年初版

《鹧鸪》[附记]

（周作人）

这一首是十三世纪时的歌，据圭勒高支（A. Quiller-Couch）编的奥斯福大学本英国《诗集》所载译出。

勃路克（S. Brooke）著《英国文学史略》第三十三节论抒情诗里曾说："千三百年顷，我们遇见少数抒情诗，殊多风趣。他们所

---

① 指《蔷薇》《被弃的人》《鹧鸪》三首捷克民歌。

歌的是春天的物色；树林，其中充满着夜莺画眉的声音；花与太阳，乡村的工作；恋爱的悲欢，与其他愉快的事物。他们都染有法国传奇色彩，然而是英国的背景。这抒情的倾向，始于圣处女与耶稣的颂歌，含着拉丁诺曼恋歌的情绪。这种颂歌在浪游学子的手中，变成了质直的恋爱诗。有许多歌谣起于威尔士沼泽中，多具开尔忒（Celt）民族的感情。有几篇确系英国民歌经人录下的，如《夏天来了》，《北风吹呵》皆是；内中都满具对于妇人的爱与对于自然的爱。”

——录自新潮社1925年初版

《鹧鸪》[附记]

（周作人）

据贝林戈尔特（S. Baring-Gould）编《英国民歌集》所载。原注云，“此歌通行全国。……寓意有二，一以不实诚的情人比游行的鹧鸪，又以比无花果，因其叶早落云。”

——录自新潮社1925年初版

《鹧鸪》[附记]

（周作人）

这一首也是《英国民歌集》所载，是编者按了民歌的声调而仿作的。以上三章是前年旧译。

——录自新潮社1925年初版

《不安的坟墓》[附记]

（周作人）

叙事的民歌（Ballad）的内容，多述故事，且带些神异的色彩，与普通言情的民歌不同。这一篇据圭勒高支编的奥斯福大学本《英国叙事的民歌集》卷二所载译出。从前曾用古文译过一遍，附加说明，今抄录于下："俗谓生人过于哀悼，令死者不安。一歌云，有兄见形于其妹，语之曰，汝泪湿吾葬衣，永不干燥，令吾寒冷不得安卧。又有儿乞母勿哭，谓在冥间以一壶贮泪，今量太重，不便挈之与群儿戏云。神怪之事，多以十二月另一日为期，盖由于奇数之神秘，犹中国之言七七四十九日也。"

美国庚弥耳（F. B. Gummere）在他的《民歌论》（*The Popular Ballad*）第二章中挽歌与超自然的民歌项下说，"有三首民歌，其中一首最好，都是说精灵世界与死后鬼魂的行事；还有第四首，虽然残缺了，却仍是所有现在的鬼诗里最有名的一篇。《不安的坟墓》是一首简短却是美丽的诗；它的内容与北欧亚陀（Edda）里的海尔该（Helgi）第二诗相似；是在色西克斯（Sussex）地方从口传抄录下来的。"所说的最好的歌是《威廉的鬼》，其余两首便是《不安的坟墓》与《色勿克的奇迹》，第四首有名的歌是《门子井的妻》。

——录自新潮社 1925 年初版

《可爱的威廉的鬼》[附记]

（周作人）

这一篇据美国庚弥耳的《英国叙事的民歌选》本译出，并参照圭勒高支的奥斯福大学本《叙事的民歌集》。

——录自新潮社 1925 年初版

《猜谜的武士》[附记]

（周作人）

这篇据圭勒高支编奥斯福本《叙事的民歌集》译出。首尾两节中第二四两行，原是叠句，本无什么意义，中间每节都有，今略。

——录自新潮社 1925 年初版

《挽歌》[附记]

（周作人）

这首歌据英人洛生（Lawson）著《现代希腊民俗与古代希腊宗教》中所引译出。哈罗斯（Charos）即古神话里的哈隆，是死之主者，牵引死人往冥土去。

——录自新潮社 1925 年初版

《挽歌》[附记]

（周作人）

以上三首歌[①]表面上虽然不同，——一是老人，二是母亲悼女儿，三是悼儿子的，——但有一个中心思想，便是将死与结婚并在一处。这思想起源于宗教上的神人合一的希望，成为希腊古代秘密宗的奥义，经了新柏拉图派的醇化，愈益高上，流入欧洲造成后来的神秘主义。在现代希腊民间，还是一种活的思想，但是没有抽象的意义，所以仍然沿了古代密宗的譬喻，将死与结婚合成一物，以为现世的死便是彼世的结婚。俗语有一句话，“哀中有喜，乐中有泪”，很能表示出他们对于结婚与死两件事的意见。因为希腊结婚还沿用着三千年前的媒婆制，女人全然是家庭的奴隶，所以下半句是那样的说。

——录自新潮社 1925 年初版

《燕子》[附记]

（周作人）

据法国福列亚（M. Fauriel）编《希腊俗歌集》。

——录自新潮社 1925 年初版

① 指《杂译诗二十五首》之十五、十六、十七三首现代希腊民歌，均题为《挽歌》。

《燕子》[附记]

（周作人）

希腊古代每当春时，小孩们拿着木刻燕子，沿门歌唱，乞得果饵，大家分食。这时所唱的歌名《燕子歌》(*Khelidonisma*)，这一首经雅典那思（Athenaeus）书中征引，保存至今。现在据英国西蒙士（J. A. Symonds）著《希腊诗人研究》卷一第十章所引译出。

——录自新潮社 1925 年初版

《木燕》[附记]

（周作人）

须华勃（M. Schwob）一八六八年生，是现代法国的一个有名的文人。所著在小说及文学研究之外，有《拟曲》(*Mimes*）一卷二十一章，一八九四年出版；模仿古希腊拟曲（Mimiamboi）的结构却能得到希腊精神，所以仍是独立的文艺作品。这一篇据英国勒那理（A. Lenalie）译本译出，是原书的第三章。

菲罗美拉（Philomela）在希腊神话中，本是王女，为其姊报仇，触了主神的怒，将她化为燕子，其姊变了夜莺。

——录自新潮社 1925 年初版

《秋天》[附记]

（周作人）

耶戈洛夫（D. Jegorov）不知道是那里人，——或者是俄国人，——这一篇原是他用了世界语所作的；载在柴孟诃夫编的《模范文选》里。

——录自新潮社1925年初版

《我说》[附记]

（周作人）

凡贝尔格（Vejnberg）也不知道是那里人，这篇诗经哈勒尔（E. Haller）用世界语译出，载在《模范文选》里。

——录自新潮社1925年初版

《莫说》[附记]

（周作人）

那特孙（S. Nadson，1862—86）多病早卒，又生当亚历山大二世反动的时代，故诗多忧郁的气味。这一篇也在《模范文选》内，沙都诺夫斯奇（S. Shatunovski）世语界译本。

——录自新潮社1925年初版

《梦想》[附记]

（周作人）

格拉波夫斯奇（A. Grabowski）世界语译本，载在所编《万国文选》中，只注云波兰短歌，无作者名字。《模范文选》里也有这一篇署名达尔曼（P. Dalman）作。二本译文相同，但第三节首句，《模范文选》作“那里是希望”，今依《万国文选》本补足。

——录自新潮社 1925 年初版

《诗》[附记]

（周作人）

什勃温尼萨（Zeb-un-Nissa，1639—89）是印度莫卧儿朝的一个公主，曾因事被幽禁了好几年，留下一卷波斯文的诗集，凡四百二十一首。英国东方的智慧丛书里有玛干拉耳（Magan Lal）译的诗五十首，今从这书里转译了两篇。

——录自新潮社 1925 年初版

《你为甚么爱我》[附记]

（周作人）

拉忒伐（Latva）人是立陶宛的一个分支。住在波罗的海湾的一带，他们的言语也属于斯拉夫系，但因为历史的关系，很受了日耳曼的影响了。这一首由申沙耶夫（A. Sensajev）用世界语译出，载在爱斯普列忒（Aspurit）编的《万国小文选》里。

——录自新潮社 1925 年初版

《鹰的羽毛》[附记]

（周作人）

这一首也在《万国小文选》里，是伊凡诺夫（A. Ivanov）译的。遏林沛林（Elin-Pelin）与亚库拉台尔（S. Akurater）二人的年代事迹，皆无可考。

——录自新潮社 1925 年初版

《古事记中的恋爱故事》[附记]

（周作人）

以上所译两篇[①]并在《古事记》下卷，照年月推算，女鸟王的事发生于三五二年（晋永和八年），轻太子的事发生于四五四年（宋孝建元年）。这或系当时事实，但我们现在所念到的只是经过了诗人的空想的传说，不是史实。这两件事就是在上代人的心目中也是有点违反道德的，女鸟王的谋杀天皇与轻兄妹的恋爱都得到悲剧的结局正是当然，但热烈迫切的恋爱引起深厚的同情，所以传述中加入了许多美妙的诗歌，给这些殉情的男女做华鬘戴上（歌后注明这是什么歌的起源，可见这故事诗歌在民间的流行与影响）。虽然日本的古史传说中多加入诗歌，本是常事，但没有这样的多而且好，据和辻哲郎在《日

① 指《女鸟王的恋爱》《轻太子的恋爱》两篇。

本古代文化》中说，这两篇故事是《古事记》里的杰作，而轻兄妹故事中的几首情歌又是全书里的最优美的诗篇。中国《诗经》中也有恋爱的诗，但殊少奔放一点的，大抵是压在家族制度底下呻吟声，像这种“死之胜利”的情歌绝难听到，无论是好是坏，总之这是中日两国的很不相同之一点。

《古事记》是日本最古的书，系安万侣奉诏编纂，记述稗田阿礼所暗诵的传说旧词而成，共分三卷，记天地开辟以至推古天皇时代，后世称为神典，比于基督教的《圣经》。书成于元明天皇和铜五年(七一二，唐睿宗末年)，当时日本尚未有和文字母，故用汉字纪录，音训夹杂，甚难诵读，安万侣《上古事记表》(原系骈文）中说明记述的困难并采用这种方法的缘由云，“……然上古之时，言意并朴，敷文构句，于字即难：已因训述者词不逮心，全以音连者事趣更长。是以今或一句之中交用音训，或一事之内全以训录。”

十八世纪后日本国学勃兴，本居宣长就原文加以和训，为《古事记传》四十九卷，于是此书才略可解，今所译参考诸说，大旨仍以本居本为据。

上边所说这两篇故事——特别是那些诗歌怎么样优美，只是说它的原文，我这译本里当然不大看得出了。诗歌尤其译得不成样子，只留存大意而已，有一首偶然写得近于古文，也就不再改了，虽然或者不很调和。十四年一月四日译了记。

——录自新潮社1925年初版

《陀螺》一茶的诗[①]

（周作人）

一

日本的俳句，原是不可译的诗，一茶的俳句却尤为不可译。俳句是一种十七音的短诗，描写情景，以暗示为主，所以简洁含蓄，意在言外，若经翻译直说，便不免将它主要的特色有所毁损了。一茶的句子，更是特别：他因为特殊景况的关系，造成一种乖张而且慈悲的性格；他的诗脱离了松尾芭蕉的闲寂的禅味，几乎又回到松永贞德的诙谐与洒落（Share 即文字的游戏）去了。但在根本上却有一个异点：便是他的俳谐是人情的，他的冷笑里含着热泪，他的对于强大的反抗与对于弱小的同情，都是出于一本的。他不像芭蕉派的闲寂，然而贞德派的诙谐里面也没有他的情热。一茶在日本俳诗人中，几乎是空前而且绝后，所以有人称他作俳句界的彗星，忽然而来，又忽然而去，望不见他的踪影了。我们要译这一个奇人的诗，当然是极难而近于不可能的。但为绍介这诗人起见，所以不惜冒了困难与失败，姑且尝试一回；倘因了原诗的本质的美，能够保存几分趣味，便是我最大的愿望了。

一茶（Issa）姓小林，名弥太郎，日本信州柏原驿人，本是农家子。三岁的时候，他的母亲死了，他便跟着祖母过活。他的俳文集《俺的春天》（*Oraga Haru*）里，有这一节文章：

被小孩们歌唱说，“没有母亲的小孩，随处可以看出来：衔

① 目录中为“一茶的俳句”。

着指头，站在大门口！”我觉得非常胆怯，不大去和人们接近，只是躲在后面园地里垒着的柴草堆下，过那长的日子。虽然是自己的事情，也觉得很是可哀。

（一）和我来游戏罢，没有母亲的雀儿！六岁时作。

后来继母来了！这时一茶正八岁。当初感情还好，过了两年，他的异母弟专六生了之后，待遇便大不如前了。他的笔记断片里说：

春天去后，帮助耕作，昼间终日摘菜刈草，或是牵马，夜间也终宵借了窗下的月光，编草鞋和马的足套，更没有用功的余暇。

他的诗中有许多咏继子的句，今举其一。

（二）继子呵，乘凉时候的执事是敲稻草。

十四岁时，祖母去世，一茶更没有保护了；他的父亲看不过去，但也没有法，只得叫他往江户去寻机会，放他一条生路。十年之后，他成了一个芭蕉宗的葛饰派的俳人，出现于世。但是他的才气，不是什么宗派可以拘束得住的，所以过了五年，他又脱离师门，改称俳谐寺一茶，从此自在游行，他的特色得以发挥出来了。他的父亲病重，一茶急忙回去，在外已经有十五年。父亲死后，遗嘱将一所住屋，几亩田地，给两个儿子平分，但是继母和专六不肯照办，一茶于是再到江户，过那飘流的生活。以后回去一次，又被继母等所拒，他愤然的连草鞋的带都不曾解，又上京来。他的句集里有这两句诗，可以知道他的心情。

（三）故乡呵，触着碰着都是荆棘的花。

（四）在故乡连苍蝇也都螫人呵！

一茶为了析产的事，第三次回乡去，当初继母等仍然不理，他说要去控告了，这才解决了结，他的父亲这时已经死了十二年，他自己也五十岁了。一茶虽然先前对于故乡说了多少恶口，但住下之后，却又生出爱着来。

（五）春风呵，虽然草长得深。还是故乡呵！

（六）嘎，这是我终老的住家么？——雪五尺！

一茶定居之后，这才结婚。他的《七番日记》里说，

“四月十一日晴，妻来。”

“十三日雨，大家来贺喜。收百六文。”

百六文当是贺礼的钱数；贺喜照俗礼便是水祝，新婚后，亲友共携酒食来会，以水沃新郎，因有此称。诗云，

（七）莫让他逃呵，被水祝的五十的新郎。

妻名菊女，共居八年，生四男一女，皆早夭。菊女死后，续娶武家之女，名雪女，嫌一茶穷老，居二月余即离婚。次娶八百女，三年而一茶卒，遗腹生一女，一茶的血统得以继续至今。一茶天性爱怜弱小，对于自己的儿女，自然爱着更深了，但不幸都早夭折；我们读他俳文集与句集，交互的见到他对于儿女的真挚的爱抚与哀恸，不禁为之释卷叹息。他真是不幸的“子烦恼”的诗人！

（八）在去年五月所生的女儿的面前，放了一人份的杂煮[①]的膳台。文政二年正月一日。

笑罢爬罢，二岁了呵，从今朝为始！

（九）一面哺乳，数着跳蚤的痕迹。

（十）原题祝小儿的前途

可喜呀，吊钟似的[②]新穿的袷衣。

（十一）“她遂于六月二十一日与蕣花同谢。母亲抱着死儿的面庞，荷荷的大哭，这也是当然了。虽然明知道到了此刻，逝水不归，落花不再返枝，但无论怎么达观，终于难以断念的，这正是恩爱的羁绊。句云：露水的世，虽然是露水的世，虽然是如此。”

此节见《俺的春天》内，现在录其一段。上文所说小儿，皆指一茶的女儿聪女。一茶是净土宗的信徒，但他仍是不能忘情，“露水的世”一句，真是从他心底里出来，令人感动的杰作。下一句也见于《俺的春天》中。

（十二）原题聪女三十五日墓参

秋风呵，撕剩的红花，拿来作供。[③]

菊女死后，留下两岁的孤儿金三郎，寄养在邻村的农家，却将水当乳给他喝，半年之后，随即死了。一茶的集里，有这几句，为他们

① 杂煮是年糕和紫菜等同煮，元旦所吃的食物。——原注

② Tentsuruten系俗语形容衣服短貌，惜无适当的译语，这句实在是一茶特有的好句，运用俗语，意带诙谐，而爱怜小儿之意也很明了。原意说祝小儿长大，新穿袷衣也觉得很短，是极可喜的事，译句却十分枯窘了。——原注

③ 末四字原本所无，因意思不足，所以添上了。——原注

作纪念。

（十三）原题亡妻新盆[①]

遗爱[②]之儿呵，“母亲来了！”拍他的手。

（十四）瞿麦呵，地藏菩萨的前前后后。[③]

（十五）“妻死了，又为子所弃，还没有工夫消散悲叹之情，

岁又暮了。这真是婆娑的事情的烦腻呵！

作弥陀佛的土仪，又拾了一岁！”

一茶于是也老了，他的住屋又遭火灾。只剩下一间土藏，他便在这里面卧起。过了半年，舍弃此世，到安养世界去了，年六十五（1763—1827 A. D.）。

二

以下所述，是日本沼波琼音的一篇文章，原载在《俳谐寺一茶》的附录里的。我因为他说一茶的特色，颇为简明，便也译出。虽然间有增添的处所，但都别作一节，不与原文相杂，起首又用一案字，一见可以了然。

一茶作诗的时候，并不想着要作好句，而且也并不想着作句，却只是謦欬悉是俳谐罢了。他的最随便的，说出便算的句子，从他的

① 盂兰盆之略，即中元，旧俗以是日迎鬼设祭，所以小儿说“母亲来了”，拍手礼拜，与中国拜法略异。——原注

② Katami（形见）是人死后，留给生人作纪念之物。又临别贻留，亦称形见。此处是第一义。——原注

③ 这是悼金三郎之句，地藏菩萨依《本愿经》说，救苦拔罪，有不可思议愿力，日本多刻石置冢墓间，为亡人资冥福，中国此风已替，只将他当作地神了。——原注

“发句帐”上看来，也经过非常的推敲，好像是讲技巧，但这实在只是苦心计画怎么能够表现自己的所感，并不见什么藻饰的地方。矢野龙溪说，文章之上乘者，是“以金刚宝石为内容，以无色透明的水晶纸包之”。一茶的诗便是这样，在句与想之间没有一点阻隔，仿佛能够完全透明的看见一茶这个人的衷心了。在我的意见，像一茶那样多作的人，再也没有罢。读这许多俳句和他的日记，觉得他浑身都透视了。

一茶将动物植物，此外的无生物，森罗万象，都当作自己的朋友。但又不是平常的所谓以风月为友，他是以万物为人，一切都是亲友的意思。他以森罗万象为友，一切以人类待遇他们。他并不见有一毫假托。似乎实在是这样的信念。

（十六）初出现的萤火，为甚回转了呢？这是俺呢！

（十七）足下也进江户去的么？杜鹃呵！

（十八）萍花开了守候着，草庵的前面。

（十九）闲古鸟①叫了，说不要从马上掉了下来！

（二十）我和你是前世的中表兄弟么？闲古鸟！

（二一）明月呵，今天你也是贵忙！

（二二）早晴的时候，毕毕剥剥的炭的高兴呵！

他将木炭等类都当人看。其余跳蚤蚱蜢等小虫，也当真的认作自己的朋友，咏到诗里去。

一茶对于昆虫类，也倾注热烈的同情。

（二三）不要打哪，苍蝇搓他的手，搓他的脚呢！

（二四）跳蚤们，可不觉得夜长么？岑寂么？

① 鹧鸪之类。——原注

案，这一类的佳句甚多，现在增录几首。

（二五）小雀儿，回避罢，回避罢！马来了呵！

（二六）女儿看呵，正在被卖身去的萤火！①

（二七）题六道图之一，——地狱。
黄昏的月，——锅子里啼着的田螺。

（二八）鱼儿们呵，也不知是桶里，门口的纳凉。

（二九）春雨来了，吃剩的鸭呷呷的叫着。

（三十）捉到一个虱子，掐死他固然可怜，要弃在门外，任他绝食，也觉得不忍；忽然的想到我佛从前给与鬼子母的东西。②
虱子呵，放在和我的味道一样的石榴上爬着。

在他的句集里，咏跳蚤的句子很多，而且并不嫌憎它们。他诗里说冬天还有跳蚤出来，他的住家的景况，就很可以想见了。在许多句子里，仿佛他是和跳蚤一同游嬉着似的。

（三一）要转侧了呵，你回避罢，蚱蜢！

（三二）蜗牛，——破坏了墙壁，给他游嬉。

后一句所说，与良宽上人因为竹从坐席下生长生来，便即破坏地

---

① 日本夏天有卖萤者，富人得之放庭园中，或盛以纱囊悬室内，以为娱乐。——原注

② 日本传说，佛降伏鬼子母神，给与石榴实食之，以代人肉，因榴实味酸甜似人肉云。据《鬼子母经》说，她后来成了生育之神，然则这石榴大约只是多子的象征罢了。——原注

板，除去屋瓦，以免妨碍它的发育自由，正是同一趣向。在《七番日记》里，又写着这样的事。有一天暴雨之后，一茶在乡间泥泞的狭路上行走，对面有三四匹马背了稻走来。领头的一匹，便即避道，走下泥泞里去。后面的马也跟着走去。这时一茶自己只拿着一个头陀袋，马却背着重荷，叫它们让路，实在非常抱歉；马的心里想必以为这是强横的人罢，“觉得太可怜了，立在陨上，暂时目送其去。”在日记上记着。马是畜生，人是万物之灵，这种思想，在一茶是没有的。

一茶将自然看得与自己极近。譬如写天地，中间并没有阻隔的东西，好像是写房内情景的模样，看得非常相近。如说将自然看得狭，未免很有语病，或者不如说亲密的看自然，较为适当。

（三三）云散了，光滑滑的月夜呵！

（三四）剖苇呵，天空角落的筑波山！

（三五）在红的树叶上，摊着的寒气呵！

他将月夜看作和尚头一般，筑波山仿佛是放在墙角，寒气说得似乎是晒着的棉被；但是诗趣一样的明白的现出。

一茶所作，颇多恬淡洒脱的句，但其中含有现今的所谓“生之悲哀”。读他的时候，引起的感觉，与读普通厌世的文章的时候不同。

（三六）黄昏的樱花，今天也已经变作往昔了。

（三七）这样的活着，也是不思议呵！花的阴里。

一茶的欲望很小。仿佛秋雨时候，只望什么人送牡丹饼来，就满足了。晚年他在烧剩的土藏里过日子。被人欺侮，财产都夺了去，他虽然也愤慨，但是随即忘怀了。

我的朋友有一个河野理学士，是颇妙的人，有一回同乘电车，他玩笑的说，有美的女人坐着就好，但是上去看时，车中都是汗秽的工人和老人，接连的坐着。河野君皱了眉说，“这电车是灰色的。”但在灰色里，也有它的趣味。这灰色的趣味，在一茶诗里，很是分明。

（三八）萍花的来呀来呀的[①]，老头儿的茶摊。

（三九）老婆婆喝酒去的月夜呵！

（四十）砰礴哗喇的[②]，知道是老婆子的砧声。

（四一）深川呵，经过了霜似的看门的人！

这样的句子，与蕉风（即芭蕉派）的所谓寂，又迥乎不同。如萍花这一句，差不多将一茶的心，画一般的描出来了。

案，下列几首，也是同类趣味的诗：

（四二）原题堂前乞食
给一文钱，打一下钲的寒冷呵！

（四三）原题桥上乞食
将母亲当作除霜的屏风，睡着的小孩！

（四四）沙弥尼，已将鬼灯[③]种下了等着。

（四五）原题商万钱日有苦，商一钱日有乐。
吹着笛子，大除夕的饧糖的鸟。[④]

（四六）原题住吉。[⑤]

---

① 此言萍花因风动摇，如人招手，为老人招客。——原注

② Dotabata 形容胡乱敲击的响声，东京俗语。——原注

③ 鬼灯即酸浆，妇女子取其实，将核挤去但剩空壳，纳口中以齿微啮，令空气出入作声，用作玩具。——原注

④ 此言卖饧者吹笛游行，虽除夕犹自怡然。——原注

⑤ 地名。——原注

唐人[①]也看呵，插秧的笛子和大鼓！

（四七）原题粒粒皆辛苦

是罪过呵，午睡了听着的插秧歌！

（四八）恭喜也是中通的罢了，俺的春天。

一茶对于遇见老或贫穷或不幸的事，非常的慨叹，但一面也有以为有趣的态度。遇了火灾，只剩下一间土藏，当作住宅，在这悲苦的时期，他还这样说。

（四九）火烧场呵，跳蚤们哄哄的喧扰着。

在《七番日记》里，很叹息齿牙脱落，但他做这样的狂歌，

牙齿脱了，皈依你时也是阿无阿弥陀，
阿无阿弥陀佛，阿无阿弥陀佛呀！[②]

一茶的诗，叙景叙情各方面都有，庄严的句，滑稽的句，这样那样，差不多是千变万化，但在这许多诗的无论那一句里，即使说着阳气的事，底里也含着深的悲哀。这个潜伏的悲哀，很可玩味。如不能感到这个，便不能说真已赏识了一茶的诗的真味。

将一茶的句，单看作滑稽飘逸的人，是不曾知道一茶的人。

一九二一年七月二十五日，于北京西山。

——录自新潮社1925年初版

① 唐人为中国人之古称。——原注

② 狂歌即诙谐的短歌，专以双关巧合取胜，此歌意不甚了，仿佛是说齿缺则南无只能念作阿无。——原注

《啄木的短歌》[1]［小序］

（周作人）

石川啄木（1885—1912）本名一，初在乡间当小学教师，月薪仅八元，常苦不足，流转各地为新闻记者，后至东京，与森鸥外与谢野宽诸人相识，在杂志《昴》的上面发表诗歌小说，稍稍为有识者所知。但是生活仍然非常窘苦，夫妻均患肺病，母亦老病，不特没有医药之资，还至于时常断炊。他的友人土岐哀果给他编歌集《悲哀的玩具》，售得二十元，他才得买他平日所想服用的一种补剂，但半月之内他终于死了，补剂还剩下了半瓶。他死时年二十七，妻节子也于一年后死去了。他的著作经友人土岐、金田一等搜集，编为《啄木全集》，分小说诗歌及书简感想等三卷，于一九二〇年出版完成。

啄木的著作里边，小说诗歌都有价值，但是最有价值的还要算是他的短歌。他的歌是所谓生活之歌，不但是内容上注重实生活的表现，脱去旧例的束缚，便是在形式上也起了革命，运用俗语，改变行款，都是平常的新歌人所不敢做的。他在一九一〇年末所做的一篇杂感里，对于这问题说得很清楚，而且他晚年的社会思想也明白的表示出来了。

“我一只胳膊靠在书桌上，吸着纸烟，一面将我的写字疲倦了的眼睛休息在摆钟的指针上面。我于是想着这样的事情。——凡一切的事物，倘若在我们感到有什么不便的时候，我们对于这些不便的地方可以不客气的去改革它。而且这样的做正是当然的：我们并不为别人的缘故而生活着，我们乃是为了自己的缘故而生活着的。譬如在短歌里，也是如此。我们对于将一首歌写作

① 目录中为《啄木的短歌二十一首》。

一行的办法，已经觉得不便，或者不自然了；那么这便可以依了各首歌的调子，将这首歌写作两行，那首歌写作三行，就是了。即使有人要说，这样的办反要将歌的那调子破坏了，但是以前的调子，他本身如既然和我们的感情并不能翕然相合，那么我们当然可以不要什么客气了。倘若三十一个字这个限制有点不便，大可以尽量的去做‘增字’的歌。（案日本短歌定例三十一音，例外增加字数通称‘字余’。）至于歌的内容，也不必去听那些任意的拘束，说这不像是歌，或者说这不成为歌；可以别无限制，只管自由的歌出来就好了。只要能够做到这样，如果人们怀着爱惜那在忙碌的生活之中，浮到心头又复随即消去的刹那刹那的感觉之心，在这期间歌这东西是不会灭亡的。即使现在的三十一字变成了四十一字，变成了五十一字，总之歌这东西不会灭亡的。我们因了这个，也就能够使那爱惜刹那刹那的生命之心得到满足了。

我这样想着，在那秒针正走了一圈的期间，凝然的坐着；我于是觉得我的心渐渐的阴暗起来了。——我所感到不便的，不仅是将一首歌写作一行这一件事情。但是我在现今能够如意的改革，可以如意的改革的，不过是这桌上的摆钟石砚墨水瓶的位置，以及歌的行款之类罢了。说起来，原是无可无不可的那些事情罢了。此外真是使我感到不便，感到苦痛的种种的东西，我岂不是连一个指头都不能触它一下么？不但如此，除却对了它们忍从屈服，继续的过那悲惨的二重生活以外，岂不是更没有别的生于此世的方法么？我自己也用了种种的话对于自己试为辩解，但是我的生活总是现在的家族制度，阶级制度，资本制度，知识卖买制度的牺牲。

我转过眼睛来，看见像死人似的被抛在席上的一个木偶。歌也是我的‘悲哀的玩具’罢了。”

啄木的新式的短歌，收在《悲哀的玩具》和《一握的沙》两卷集子里，现在全集第二卷的一部分。《悲哀的玩具》里的歌是他病中所作，尤为我所喜欢，所以译出的以这一卷里的为多，但也不一一注明出处了。啄木的歌原本虽然很好，但是翻译出来便不行了，现在从译稿中选录一半，以见一斑。用了简练含蓄的字句暗示一种情景，确是日本诗歌的特色，为别国所不能及的。啄木也曾说，“我们有所谓歌的这一种诗形，实在是日本人所有的绝少的幸福之一，”我想这并不是夸语，但因此却使翻译更觉为难了。

——录自新潮社 1925 年初版

《杂译日本诗三十首》①［小序］

（周作人）

今年春间卧病，偶看日本诗，译出若干首，近时到西山转地疗养，始能整理录出，并加入旧译数则，共十三人，诗三十首。这并不是正式的选粹，只是随意抄译；有许多好诗因为译语不惬意，不能收入，所以仍旧题作杂译诗。

一九二一年八月二十日记。

——录自新潮社 1925 年初版

《日本俗歌六十首》②［小序］

（周作人）

俗歌这个名称，是我所假定的，包括日本民间合乐或徒歌的歌

① 目录中为“诗三十首”。

② 目录中为“俗歌六十首”。

词，以别于文学上的短歌，或一般合乐的长段的俗曲，如“义太夫”及“清元”等。这俗歌里的种类本来颇多，如形式上的端呗与都都逸等，性质上的盆踊歌插秧歌以及“花柳社会”的歌；现在不加分别，只统称俗歌，因为我的目的不是在分析的研究，只是想介绍一点日本俗歌的思想与文词的大略罢了。

这六十首歌，是从我所见到的几册俗歌集里选出来的；选译的标准，并不限于模范的佳作，因为国语与个人的表现力大抵都有若干的限制，想要自由的恰好的写出别国诗歌中的情调，至少在此刻是不可能的；所以尽有许多歌词，在我看来本很好，但没有将他传达出来的能力，终于只能割爱：这是我自己所最惋惜的。因此，“现在所译并不说是最好，只捡可懂可译的罢了”这几句话，不免又须重述一番，当作一个声明了。

我的翻译，重在忠实的传达原文的意思，——原文所无而由译者加入的文句，加方括弧为记号，——但一方面在形式上也并不忽略，仍然期望保存本来的若干的风格。这两面的顾忌使我不得不抛弃了做成中国式的歌谣的妄想，只能以这样的散文暂自满足。倘若想保存了原诗的内外之美而又成为很好的五七言绝句或古风，那是“奇迹中的奇迹”，决不是我所能做到的事情。日本有一卷古书名《艳歌选》其中抄录俗歌，各附以汉译的五绝一章，如下文第四首译诗云，

歌送东关人，舞迎西海客。
为月还为花，春朝又秋夕。

又如第五一首云，

郎意欲迎妾，妾身宁得行？
行程五百里，风浪转相惊。

虽然著者自己谦逊，在序里说，“但供和俗顾笑，假使华人见之，则不知何言之比也”（原序汉文），实在却是很漂亮的子夜歌：不过成了一首汉诗，已经不是日本的俗歌了。俗歌的特色，同别种的日本诗歌一样，是“言简意赅”，富于含蓄，能在寥寥两三句话里，包括一个人生的悲喜剧。第三首本是插秧歌之一，只写男子对他的故妻的“未练”（未能忘情的心情），却藏着一个悲凉的背景，亲权家风或习俗逼迫的不自主的离婚；言词愈简，含意也愈深。实在超过德富芦花的一部《不如归》。正如中国的一篇《蘼芜行》，日本可以译成诗的散文，而不能译成俗歌，所以我们也不能将俗歌译成中国的子夜歌。欧洲人译《旧约》里的《雅歌》只用散文，中国译印度的偈别创无韵诗体，都是我们所应当取法的。我们翻译介绍外国作品的原意，一半是用作精神的粮食，一半也在推广我们的心目界，知道我们以外有这样的人，这样的思想与文词；如果不先容纳这个意见，想在翻译中去求与中国的思想文词完全合一的诗文，当然是不免失望：但这责任却不是我们的。为他们计，已经有许多中国的古诗在那里了。

一九二一年十二月二十四日记。

——录自新潮社 1925 年初版

《妹妹》[①]

《妹妹》原书小引

《妹妹》（原名《其の妹》）以大正四年春揭载于《白桦》杂

① 《妹妹》（今译《他的妹妹》），剧本，日本武者小路实笃著，周白棣（周伯棣）译，徐卓呆校，上海中华书局 1925 年 10 月初版。

志，可目为氏之代表作，又可目为《白桦》派艺术之代表作。作者向树人道主义的艺术之旗帜而据有文坛，在文坛思想坛打开空前之新生面，这种功绩谁也不能否认。此剧表出作者独到之新境地，并且指明了自然主义以后新艺术应走的路径，故此剧实为创造时代的作品。再全篇贯以纯真的人道主义的热情，又运之以自然主义艺术所求之不得的锐敏的心理描写，益发显示了作者之精妙而又强烈的剧本艺术，故虽对氏之艺术怀有敌意抱着反感的人们，对此亦当为之拜倒，而同样发叹美之声。这样，还不足称为艺术界有数名作吗?

编者识

——录自中华书局 1925 年初版

《妹妹》译者赘言

（周白棣〔周伯棣〕①）

我们请田汉先生教授日文，是数年前的事。教半年，田先生就进而教我们这本书。田先生那时说，近代日本文艺界以武者小路实笃之影响为最大，而此剧之艺术价值，在日本批评界，且远在《一个青年的梦》之上。我们那时每日请田先生教，田先生的教授是非常精进的，故不及三月而全书教毕。我一则因田先生教授的勇猛，二则因全书艺术的动人，故三月如一日：每日到班听讲，退班细读，曾无一次缺课，亦无一日间断。教授完毕，自己常常温读，自头至尾，回环讽诵者前后不下三数遍。我有时引吭朗诵，低头微吟，往往为广次而下

---

① 周白棣，周伯棣（1900—1982），浙江余姚人。1930 年毕业于上海东亚国文书院，赴日本大阪商科大学银行系学习，译有《新珠》（菊池宽著）等。

泪，为静子而啜泣，唉，文艺之感人盖如此！温读既久，暇时复稍稍迻译之，其后则每日译之，乃竟阅两月而译竟。我本想请田先生校阅一遍，后田先生离沪，所以未果。今年夏，自己重整旧稿，修改一过，乃交本局付印。戴懋哉先生为郑重起见，特请徐卓呆先生校阅以匡纠其不逮。兹当排印完竣，故特述其颠末，以示感谢田先生之意。再此书封面，由学友沈子丞君所画，亦一并致谢。

十四年双十节志于上海。

——录自中华书局 1925 年初版

《俄罗斯名著（第一集）》[①]

《俄罗斯名著（第一集）》序

（李秉之[②]）

俄罗斯文学虽然蓬蓬勃勃地发展，在世界文坛上占有重要的地位，但是他的年龄是很幼稚的。在十八世纪古典主义和浪漫主义盛兴时代，也不过是仿照欧西文学的形式内容，用炫丽的词藻去赞扬帝王英杰，华官贵宦的功勋罢了，无所谓纯粹的俄国文学。在十九世纪之初，当时的著作者尚未脱离这种时期，他们的作品在外国文学势力支配之下，很少关系于俄国民族的生活。然而这也是俄国文学发展的基础了。

---

① 《俄罗斯名著（第一集）》，小说、诗歌集，李秉之选译，上海亚东图书馆 1925 年 12 月初版，1928 年 11 月再版。

② 李秉之，生卒年不详。《京报副刊》撰稿人，就职于亚东图书馆。译有《俄宫见闻记》（瑞士伊里雅著）等。

自从诗人普希金出世之后，俄罗斯本国的独立文学里才有了一线光明。不过普氏的作品能把古典主义和浪漫主义的色彩铲除了许多，而偏近于写实方面的文学。然而他这种独立文学也非纯粹的：在他的作品里，尤其是早年的，含有不少本国和国外各派文学的意味。所以有人把普氏比作一条长河，容纳了许多的支流，而水势遂一泻千里地澎湃下去。屠格涅夫说："普氏诗文中的性质和意义，即是俄国民族的性质和意义。"可见普氏实为本国民众文学开辟了一条新道路，自此俄国文学才渐渐峥嵘在世界文坛之上。

俄国独立文学成熟的时代实始自郭歌里。郭氏善以洒脱之文笔和滑稽的精神，透彻地描摹本国龌龊的社会和卑鄙的人生，使读者于噱笑之中蒙受了深刻的感触；"笑中泪"为郭氏作品结晶之点。所以郭氏可以称为俄国写实主义的创造者，而为本国文坛上放出万丈的光芒异彩来。（郭氏的传略和他的作品，译者拟出专集介绍。）

继郭歌里之后复有屠格涅夫那样的大文豪，托尔斯泰那样伟大的哲学思想家，近代有柴霍夫和柯洛连克一般人的杰作，难怪俄国文学于几十年间在世界文坛上占有重要的地位，并且英华灿烂地发展起来。

所以欲研究俄国文学的精粹，对于这几位文豪的作品不可不一去研读。

一九二五，四，十五，译者，北京

——录自上海亚东图书馆1928年再版

《我的生涯——一个俄国农妇自述》[1]

《我的生涯——一个俄国农妇自述》引言

李藻[2]

此书由法国厦尔莱·沙罗门（Charles Salomon）君译为法文，于一九二三年十月出版。

沙罗门曾亲访托尔斯泰，托氏令其以此为学习俄文之课本；沙氏以之译述，颇能活跃的写出著者原来之精神及原书之文情，延至去年，此译本始公刊于世。托氏死后，沙氏尚居俄国，日与托氏夫人苏菲·昂德维娜（Sophie Andréiévna）谈论托氏生平及其著作之根源，苏菲抄写《战争与和平》有多少次。在一八九三年托氏以此书示于其夫人，甚赏叹之，并述其来源。托氏老年，常一人散步于森林内，骑马游景，或洗浴河中，其情况可想。

托氏死后一年，沙罗门于一九一一年曾亲至托氏偕其婿米色·赛该维亚（Michel Serguéovitch）及其女达娣阿娜·老凡夫娜·苏考娣娜（Tatiana Lvovna Sonkhotina）出家后所死之地，高柴底（Kotchéty）得与主人们重叙其当年快事，而得补入此书中为俄政府所检查删去者。

此书过于机械式的叙述，纪事，无理想之可言，此层托氏在一八八五年也曾说及；他还说过："此书不是为平民的，然为我们（有智识者）却甚好。"但当他于一九〇二年以两个"苏"（约合中国

---

① 《我的生涯——一个俄国农妇自述》，俄国托尔斯泰编定，李藻译，上海商务印书馆1925年初版，文学研究会丛书之一。版权页无初版月份，《民国时期总书目》标注为1925年11月初版。

② 资料不详。

四十个制钱）在“包斯来泥克 Posrédnik”通俗丛书中出版时，竟完全忘掉从前他所说的：此书不是为平民的。那时他只说这东西不是给孩子们的，并且写着：为成年以上者（Pour les adultes）。（此书第一次是在一杂志登出。）托氏为之取名《巴比亚 · 多力亚》(*Bobia Dolia*) 即《村妇之命》(*Le Lot de la paysanne*)。并毅然谓其非此书著者，亦未署其名于书面，以示自己怀抱之情感。

自义阿司莱阿 · 包李阿拿（Jasnaia Polian）有几百米尺远的高查集（Kotchaki）地方，有位妇人，名阿妮沙，因所遇之不幸，随其夫放流于西伯利亚，数年夫死，遂复返乡，于一八八二年又与其村中看教堂者结婚。许多俄国的乡下妇人传说，当此妇女口述其历史时，托氏夫人的姊达娣阿娜 · 昂德维治 · 考司曼司开夫人尽心悉听，遂笔录此伤心动情之苦史，而成一书。托氏热狂的评判其姨妹所示之记事，置于自己著作之上，以其真出自民间也。虽有俄人疑此书之来源，然彼等深悉托氏之为人，故或疑此书完全为一村妇之作，而复归功于托尔斯泰。

俄国平民因久屈于专制帝国与宗教的圣训威压下之故，遂为此书文理简单之大原因。巴黎《自由人报》评云：此种简单处或即俄国被压的平民之真艺术也。

托氏本曾亲授阿妮沙之事与沙罗门，然沙氏今为释疑之故，特写信给托氏女儿，询问当时此篇纪事经过之种种（复函见后），我们便可知阿妮沙的纪事在托氏著作上有何位置。我们更可见出俄土之大文豪，与其平民相交之深厚。

书中两个主要人：达尼鲁（Danilo）和阿妮沙（Anissia）都是大俄罗斯（俄国之一部）的乡下人。读此后，便见出男子不及女子所负责任之重；而女子为其心爱之丈夫儿女，牺牲的精神活现纸上。阿妮沙虽为一诚实之基督徒，然老年时，为自己享乐的关系，不能不再与人结婚以遂其终生。达尼鲁为穷困所迫，不能生活，因偷一牛竟被流放于西伯利亚，此等处足显出俄政府之暴虐，平民受其压抑，社会上缺乏正义，农奴制之遗害，监狱之黑暗，都历历从一不识字，不会写之阿妮沙口中，于不知不觉间叙出。惜一部分为俄政府所检查删削，使读者不无遗恨。

沙罗门谓：俄国平民从未逃出其奴隶的境遇，至今日所受压迫已达极点，此极点即“自由”兴起之时，觉醒的平民，最近的将来便可立见之。

法文本原有沙罗门引言一篇，大旨可见于此，译者对于沙氏引言中之意见，觉全无译中国文之必要，故略之。此为译者所当声明者。

至于译文，自不免错误，甚望读者指教，俾得更正。

译者志，一九二四年三月

——录自商务印书馆 1925 年初版

《俄宫见闻记》①

《俄宫见闻记》例言

（李秉之）

（一） 是书原名《尼古拉二世及其眷属之厄运》（*Le destin tragique de Nicolas II et de sa famille* [*Le Tragique Destin de Nicolas II Et de Sa Famille*]），因原文过长，遂改今名。

（一） 是书因求内容之简明，多系义译，且偏重于客观之记述体裁，凡枝蔓冗长与本文无甚关要之处，与著者个人附加之感想论评，

① 《俄宫见闻记》，散文，瑞士伊里雅著，李秉之译，上海亚东图书馆 1925 年 12 月初版。

均酌量删去。

（一） 凡书内所载之“余”字，皆系著者自称。

（一） 凡书内之一切专名，均以 ____ 之标号，附记于旁，以免有含混之虞。

（一） 译者力求缩短篇幅，以谋读者时间之经济；故舍语体而译以浅显之文言。缘斯书之成，卜时月余；且系课余之暇，匆促竣事，未遑加以修饰，故言多无文；自知俚陋之讥，在所不免，惟望读者多赐教正，以匡其不逮！

译者附识

——录自上海亚东书局 1925 年初版

《俄宫见闻记》序

刘知非①

《俄宫见闻记》一书，诚可为世之凭借强权，悍行专制者之高台孽镜也。夫不待失足成恨而自能立于无悔吝之地者，只可求之于明哲之君子；若夫庸谬之辈，本无救世之才，偏不幸而得位乘时，身跻显要，惟孟晋之是图，岂穷途之顾虑，非取夏后世事之可愕可惊者，以为殷鉴，乌足以斥奸人之魄，而寒其心耶？故虽野史稗官，未必无暮鼓晨钟之益。方俄皇尼古拉二世之身家骈戮也，举世之人，莫不哀其惨祸。盖当其君临全俄之时，专制国中，侵略域外，不惟俄人罔敢批其颔下鳞，而一言一动，且足惹起世界列强之注意，一世之雄，何其盛也！乃自欧战发生，革命变起，一朝势去，身世遽非，虽下诏罪己，逊位誓天，而人不相谅，亦徒唤奈何而已。夫以万乘帝王之尊，

① 刘知非，资料不详。

至末路欲求降为庶人，以考终命，而不可得；且并其帝子王孙，天潢贵胄，而亦同时谪徙，骈首就刑，扬骨灰于朔漠，浸碧血于寒潭，其惨变不且较之望夷宫中，马嵬坡下，为尤可哀哉！是岂俄人遇之过激，抑商罪贯盈，非此不足以蔽其辜欤？是非所在，谅世人久欲明其真相，以为检证之资。今李君秉之译就《俄宫见闻记》一书，以介绍国人。甫经脱稿，而索阅者纷至沓来，一时纸贵洛阳，咸以先睹为快。今行将付梓，嘱余为序。余维天下是非，自有公论，而余所惴惴不能已于言者，则以俄皇当位临九五势焰熏天之日，苟能清夜猛醒，惕于荒岛窜逐之拿破仑，断头台被诛之路易十六，则必不敢好人之所恶，恶人之所好，重结仇怨于国人。惟其冥然罔觉，平日土芥臣民，既以一身为丛过之府；及至祸机四伏，已有一触即发之虞，犹不肯徇民请求，少捐其专制之成见，斯则庸谬之极者也，可哀孰甚！虽然，俄皇已矣，世之哀俄皇者，慎勿以今人哀前人之哀，致令后人又哀今人之哀也，则是译作庶不朽乎！

民国十有四年，岁在阏逢困敦腊月中浣，刘知非序于蘧庐

——录自上海亚东书局1925年初版

《俄宫见闻记》序

（李秉之）

观威廉之奔亡，知铁血不可永恃：观尼古拉之被戮，知侵略不可久持。穷兵黩武，足以自促其亡；背信蠹义，乃能见弃于天下。溯忆俄皇罗马诺夫一代之御宇也，凡十有六传，历三百载，经营欧亚之间，以侵略为上乘，久欲收近东诸弱邦，为己囊中物，以与列强相争衡；复攫我要塞，窥我藩篱，徒肆蚕食之能，不顾信条宜守；一旦与日本利益冲突，轻启战衅，及其败北也，则财窘力疲，怨望载道；兼

之国内权贵专横，阶级綦严，嚅嚅黔首，久苦其苛政；故斯时人民之反动，已萌其端，皇室之凌替，已伏其机矣。矧尼古拉二世，怯懦不振，近佞远贤；皇后则宠幸庸鄙之僧人拉司普金，操弄政权，秽德昭著；于是国事蜩螗，危机四伏。乃欧战蜂起，尼古拉仍瞶然不允人民实行立宪之请求，外既结怨于邻国，内复见于仇人民，遂致萧墙祸起，宗社飘零，有若燎火中原，势不可遏；而皇室全家，竟不辨玉石，俱尽于弹火白刃之下，复粉起骨而扬其灰。噫！天之报人者，亦云酷矣！余读前俄皇室太傅瑞士伊里雅之记载，得详斯事之始末。伊氏与皇族之居处十有三载，故其叙述宫闱内之情况，与夫皇族囚禁时之生活，如数家珍；复以身临目睹之事实，据检察所得之结果，详述耶克且林堡之惨剧，凶焰涨浸，杀气凌人，尤足使人不寒而栗，惕然而惊者，则斯书或亦将有感与今世欤！甲子之冬，译者序于京寓怡庐。

——录自上海亚东书局1925年初版

《威廉退尔》[1]

《威廉退尔》译言

马君武[2]

此德国十九世纪有名文豪许雷 Schiller 所著戏曲之一种也。

---

① 《威廉退尔》(*William Tell*，今译《威廉·退尔》)，国民戏曲，德国许雷(Schiller，今译席勒，1759—1805)著，马君武译，中华书局1925年12月初版。

② 马君武(1881—1940)，原名马道凝，字厚山、贵公。广西桂林人。曾留学日本，加入同盟会，并参与起草《同盟会章程》。1913年赴德国柏林大学学习，获工学博士学位。译有《达尔文物种原始》《人类原始及类择》《哀希腊歌》等。

吾国所译欧洲戏曲，闻有《文尼市商人》一曲，予未之见。欧洲戏曲兼有中国二种文体。

曰词章：欧洲文章之美者，首推戏曲。

曰格言：一切名理，皆以戏曲包括之。

吾欲译欧洲戏曲久矣，每未得闲。今来居瑞士之宁茫湖边，感于其地方之文明，人民之自由。到处瞻仰威廉退尔之遗像，为译此曲。此虽戏曲乎，实可作瑞士开国史读也。予译此书，不知坠过几次眼泪。予固非善哭者，不审吾国人读此书，具何种感觉耳。

——录自中华书局1925年初版

《出了象牙之塔》①

《出了象牙之塔》后记

鲁迅

我将厨川白村氏的《苦闷的象征》译成印出，迄今恰已一年；他的略历，已说在那书的《引言》里，现在也别无要说的事。我那时又从《出了象牙之塔》里陆续地选译他的论文，登在几种期刊上，现又集合起来，就是这一本。其中有几篇是新译的；有几篇不关宏旨，如《游戏论》，《十九世纪文学之主潮》等，因为前者和《苦闷的象征》中的一节相关，后一篇是发表过的，所以就都加入。惟原书在《描写劳动问题的文学》之后还有一篇短文，是回答早稻田文学社的询问的，题曰《文学者和政治家》。大意是说文学和政治都是根据于民

① 《出了象牙之塔》，日本厨川白村著，鲁迅译，北京未名社1925年12月初版，未名丛刊之一。上海北新书局1931年8月另版。未名社版附《未名丛刊是什么，要怎样？》一文。

众的深邃严肃的内底生活的活动，所以文学者总该踏在实生活的地盘上，为政者总该深解文艺，和文学者接近。我以为这诚然也有理，但和中国现在的政客官僚们讲论此事，却是对牛弹琴；至于两方面的接近，在北京却时常有，几多丑态和恶行，都在这新而黑暗的阴影中开演，不过还想不出作者所说似的好招牌，——我们的文士们的思想也特别俭啬。因为自己的偏颇的憎恶之故，便不再来译添了，所以全书中独缺那一篇。好在这原是给少年少女们看的，每篇又本不一定相勾连，缺一点也无碍。

"象牙之塔"的典故，已见于自序和本文中了，无须再说。但出了以后又将如何呢？在他其次的论文集《走向十字街头》的序文里有说明，幸而并不长，就全译在下面：——

> "东呢西呢，南呢北呢？进而即于新呢？退而安于古呢？往灵之所教的道路么？赴肉之所求的地方么？左顾右眄，彷徨于十字街头者，这正是现代人的心。'To be or not to be，that is the question.'我年逾四十了，还迷于人生的行路。我身也就是立在十字街头的罢。暂时出了象牙之塔，站在骚扰之巷里，来一说意所欲言的事罢。用了这寓意，便题这漫笔以十字街头的字样。
>
> 作为人类的生活与艺术，适是迄今的两条路。我站在两路相会而成为一个广场的点上，试来一思索，在我所亲近的英文学中，无论是雪莱，裴伦，是斯温班，或是梅垒迪斯，哈兑，都是带着社会改造的理想的文明批评家；不单是住在象牙之塔里的。这一点，和法国文学之类不相同。如摩理思则就照字面地走到街头发议论。有人说，现代的思想界是碰壁了。然而，毫没有碰壁，不过立在十字街头罢了，道路是多着。"

但这书的出版在著者死于地震之后，内容要比前一本杂乱些，或者是虽然做好序文，却未经亲加去取的罢。

造化所赋与于人类的不调和实在还太多。这不独在肉体上而已，人能有高远美妙的理想，而人间世不能有副其万一的现实，和经历相伴，那冲突便日见其了然，所以在勇于思索的人们，五十年的中寿就恨过久，于是有急转，有苦闷，有彷徨；然而也许不过是走向十字街头，以自送他的余年归尽。自然，人们中尽不乏面团团地活到八十九十，而且心地太平，并无苦恼的，但这是专为来受中国内务部的褒扬而生的人物，必须又作别论。

假使著者不为地震所害，则在塔外的几多道路中，总当选定其一，直前勇往的罢，可惜现在是无从揣测了。但从这本书，尤其是最紧要的前三篇看来，却确已现了战士身而出世，于本国的微温，中道，妥协，虚假，小气，自大，保守等世态，一一加以辛辣的攻击和无所假借的批评。就是从我们外国人的眼睛看，也往往觉得有“快刀斩乱麻”似的爽利，至于禁不住称快。

但一方面有人称快，一方面即有人汗颜；汗颜并非坏事，因为有许多人是并颜也不汗的。但是，辣手的文明批评家，总要多得怨敌。我曾经遇见过一个著者的学生，据说他生时并不为一般人士所喜，大概是因为他态度颇高傲，也如他的文辞。这我却无从判别是非，但也许著者并不高傲，而一般人士倒过于谦虚，因为比真价装得更低的谦虚和抬得更高的高傲，虽然同是虚假，而现在谦虚却算美德。然而，在著者身后，他的全集六卷已经出版了，可见在日本还有几个结集的同志和许多阅看的人们和容纳这样的批评的雅量；这和敢于这样地自己省察，攻击，鞭策的批评家，在中国是都不大容易存在的。

我译这书，也并非想揭邻人缺失，来聊博国人的快意。中国现在并无“取乱侮亡”的雄心，我也不觉得负有刺探别国弱点的使命，所以正无须致力于此。但当我旁观他鞭责自己时，仿佛痛楚到了我的身上了，后来却又霍然，宛如服了一帖凉药。生在陈腐的古国的人们，倘不是洪福齐天，将来要得内务部的褒扬的，大抵总觉到一种肿痛，有如生者未破的疮。未尝生过疮的，生而未尝割治的，大概都不会知道；否则，就明白一割的创痛，比未割的肿痛要快活得多。这就是所谓“痛快”罢？我就是想借此先将那种痛提醒，而后将这“痛快”分给同病的人们。

著者诃责他本国没有独创的文明，没有卓绝的人物，这是的确的。他们的文化先取法于中国，后来便学了欧洲；人物不但没有孔，墨，连做和尚的也谁都比不过玄奘。兰学盛行之后，又不见有齐名林那，奈端，达尔文等辈的学者；但是，在植物学，地震学，医学上，他们是已经著了相当的功绩的，也许是著者因为正在针砭“自大病”之故，都故意抹杀了。但总而言之，毕竟并无固有的文明和伟大的世界的人物；当两国的交情很坏的时候，我们的论者也常常于此加以嗤笑，聊快一时的人心。然而我以为惟其如此，正所以使日本能有今日，因为旧物很少，执着也就不深，时势一移，蜕变极易，在任何时候，都能适合于生存。不像幸存的古国，恃着固有而陈旧的文明，害得一切硬化，终于要走到灭亡的路。中国倘不彻底地改革，运命总还是日本长久，这是我所相信的；并以为为旧家子弟而衰落，灭亡，并不比为新发户而生存，发达者更光彩。

说到中国的改革，第一著自然是扫荡废物，以造成一个使新生命得能诞生的机运。五四运动，本也是这机运的开端罢，可惜来摧折它的很不少。那事后的批评，本国人大抵不冷不热地，或者胡乱地说一通，外国人当初倒颇以为有意义，然而也有攻击的，据云是不顾及国民性和历史，所以无价值。这和中国多数的胡说大致相同，因为他们自身都不是改革者。岂不是改革么？历史是过去的陈迹，国民性可改造于将来，在改革者的眼里，已往和目前的东西是全等于无物的。在本书中，就有这样意思的话。

恰如日本往昔的派出“遣唐使”一样，中国也有了许多分赴欧，美，日本的留学生。现在文章里每看见“莎士比亚”四个字，大约便是远哉遥遥，从异域持来的罢。然而且吃大菜，勿谈政事，好在欧文，迭更司，德富芦花的著作，已有经林纾译出的了。做买卖军火的中人，充游历官的翻译，便自有摩托车垫输入臀下，这文化确乎是迩来新到的。

他们的遣唐使似乎稍不同，别择得颇有些和我们异趣。所以日本虽然采取了许多中国文明，刑法上却不用凌迟，宫庭中仍无太监，妇女们也终于不缠足。

但是，他们究竟也太采取了，著者所指摘的微温，中道，妥协，虚假，小气，自大，保守等世态，简直可以疑心是说着中国。尤其是凡是都做得不上不下，没有底力；一切都要从灵向肉，度着幽魂生活这些话。凡那些，倘不是受了我们中国的传染，那便是游泳在东方文明里的人们都如此，真是如所谓“把好花来比美人，不仅仅中国人有这样观念，西洋人，印度人也有同样的观念”了。但我们也无须讨论这些的渊源，著者既以为这是重病，诊断之后，开出一点药方来了，则在同病的中国，正可借以供少年少女们的参考或服用，也如金鸡纳霜既能医日本人的疟疾，即也能医治中国人的一般。

我记得拳乱时候（庚子）的外人，多说中国坏，现在却常听到他们赞赏中国的古文明。中国成为他们恣意享乐的乐土的时候，似乎快要临头了；我深憎恶那些赞赏。但是，最幸福的事实在是莫过于做旅人，我先前寓居日本时，春天看看上野的樱花，冬天曾往松岛去看过松树和雪，何尝觉得有著者所数说似的那些可厌事，然而，即使觉到，大概也不至于那么愤懑的。可惜回国以来，将这超然的心境完全失掉了。

本书所举的西洋的人名，书名等，现在都附注原文，以便读者的参考。但这在我是一件困难的事情，因为著者的专门是英文学，所引用的自然以英美的人物和作品为最多，而我于英文是漠不相识。凡这些工作，都是韦素园，韦丛芜，李霁野，许季黻四君帮助我做的；还有全书的校勘，都使我非常感谢他们的厚意。

文句仍然是直译，和我历来所取的方法一样；也竭力想保存原书的口吻，大抵连语句的前后次序也不甚颠倒。至于几处不用“的”字而用“底”字的缘故，则和译《苦闷的象征》相同，现在就将那《引言》里关于这个字的说明，照抄在下面：——

> “……凡形容词与名词相连成一名词者，其间用‘底’字，例如 social being 为社会底存在物，Psychische Trauma 为精神底伤害等；又，形容词之由别种品词转来，语尾有 tive，tic 之类者，于下也用‘底’字，例如 speculative，romantic，就写为思索底，罗曼底。”

一千九百二十五年十二月三日之夜　鲁迅

——录自北新书局 1935 年四版

1926年

《盲乐师》[①]

《盲乐师》耿序

耿济之[②]

挚友张亚权爱好俄国文学。当他与我同在俄国，朝夕一同办事的时候，我每劝他译几部最心爱的俄文学作品，以献国人。他首先选出克罗连科的《盲乐师》一书，说这是他平日最爱读的一书。我当时极力怂恿他着手译出，他答应了，却以我替他校阅和作序为条件。

事隔两年，亚权早于一年前回国去。从信札里我晓得他的译述虽然走得极慢，却没有停顿着；新近他译成后特地将稿本邮寄来，要求我履行条件。我也是爱读《盲乐师》之一人，怎能不乐为之序呢！

《盲乐师》是一本精密的心理分析的作品。它叙述着一个生而盲目的人怎样借听觉触觉等的印象力，在心理、智识、道德和社会各方

---

① 《盲乐师》(*Slepoi Muzuitant*，今译《盲音乐家》)，小说，克罗连科(V. Korolenko，今译柯罗连科，1860—1904)著，张亚权译，耿济之校订，上海商务印书馆1926年1月初版，1933年10月国难后另版，文学研究会丛书之一。

② 耿济之(1899—1947)，原名耿匡，字孟邕。笔名有济、C.Z.、蒙生等。上海人。1917—1919年在北平俄文专修馆学习。五四运动后，与瞿秋白、郑振铎编辑刊物《新社会》和《人道》。文学研究会发起人之一。译有《艺术论》(托尔斯泰著)、《猎人日记》(屠格涅夫著)、《人之一生》(安特列夫著)等。

面发展，怎样愿意领受着，趋向着一生无福享受，为造化所吝而不与的“光明”。“盲乐师”从小处在美满的家庭里，从未受过外界的磨折和物质方面的困苦。他的环境是天造地设为常人所不易得到的：既有慈母，是为人模范的，聪明而有学问的妇人；又有舅父玛克西姆，勇于任事，富有经验学识，以人道主义为怀，所谓“六十年代”的英雄；复有终身爱他的腻友而兼妻子，秉性幽静的爱威立那。母亲用她的慈爱陶养他，玛克西姆用他平生的学识教育他，爱威立那用她纯洁的爱情吸引他，使他能成为一个有教育、有幸福，毫不感觉着缺陷的青年。

但是教育和感化的力量终抵不过人类天然的本能。盲人仍旧要寻找那不可能得的光明。他为着光明痛苦着，为着光明几乎一病至死。终究他只能安于悲苦的命运，发展他音乐的天才，从音乐里得到人生的兴趣和目的，还行使博爱的精神，使周围无穷数不幸的人得到一点帮助。

克罗连科是具有一定主义和见解的文学家，是深沉地观察人生的文学家；同时却能把那现实的思想和人生装在“美”的形式里，——这是克氏作品的特点。《盲乐师》一书便是克氏发挥他这种艺术特点的一部作品，此书简直可作为音乐读，简直就是一部好乐谱。书中有几处，如“盲孩嗜爱音乐”，“与爱威立那叙情”等数段，读者尤能见作者艺术的手段。同时的俄文学家柴霍夫读此书时极注意到这一点。柯勒基说，托尔斯泰读此书时也曾问过别人，克氏是否为音乐家。克氏也自述他写小说时每字每句都要使其各得其所，互相谐协，如编乐谱一般。

克罗连科的《盲乐师》出世以后，颇引起当时俄国批评界的辩论。因为克氏此书的主旨在于盲人心理的分析。“本书根本的心理的主旨为本能上对于光明有机的趋向。书中主要人物心灵上的危难及其解决都由于此。”(克氏《盲乐师》第六版自序)。但是有很多批评家不承认生而盲目的人有本能上对于光明的趋向。如罢邱施阔夫（F. D. Bachushkof）说："别人的心灵是最黑暗不过的所在，所以生而盲的人不知光明为何物，有否天生本能上对于光明的趋向？这个问题仅选择各种外界的观察即可完全加以'一概抹杀'的解决是不可能的。……"文格洛夫（S. A. Vengeroff）也说："《盲乐师》用极大的艺术写成，其中有许多好的章段，但作者的主旨——心理上描写生而盲的人对于外界观念的发展——不能认为成功。"

不过我们就文学论文学。《盲乐师》本来是文学作品，并非严密的科学著作。对于这方面许多批评家差不多一致承认《盲乐师》为有价值的文学作品。意大利批评家钦波里（Chiampoli）曾言："《盲乐师》可归在现代欧洲文学最好的作品内，几与诸名著相邻。……"阿亨瓦尔德（U.Aihenwald）在《俄著作家影像》一书内对于《盲乐师》也有极好的批评。

至于我友张亚权的译文经我校阅一过，文字和意思方面都无若何错误。译笔亦极忠实，固然略嫌不甚华丽。书中有不少难译处，却是极重要，极传神之笔，亚权在翻译时颇用工夫。译成后我总觉与原文稍有不能传达真情的地方。我校阅时颇想加以修改，可是想了半天，也找不到适当的中文，比原译稿更好的，足以传达原文流利秀美的语调。一方固然惭愧我译文学的艺术之浅，他方亦可见本书之难译。这是我校阅时的一点意思写在上面。

本书已有张君闻天的译本，据说是从英文译的。但是文学作品的重译不但没有什么妨碍，而且还可得切磋之效。至于这两译本孰优孰劣，我不敢轻加批评，因为两本系自两种文字译成。张闻天的译本或许有与原文不符之处，但是其错误或须归在他所根据的英译本身上，亦未可知。这是我不敢轻加批评的原因。

民国十四年三月三十日耿济之序。

——录自商务印书馆1933年国难后第一版

《盲乐师》自序

（张亚权[①]）

我国近年来社会上一般的学者，努力于翻译的人实在不算少。然而能求他字斟句酌，将原文的本意完全译出恐怕不可多见。我尝谓译书之难莫难于文学；因为各国文学，都有各国文学的优点，译者想把那种的优点移到自己的国语方言上，不但两国的风俗民情以及文法构造，势有难相符合；即本人笔墨能否皆曲尽周详，谈理则层次不紊，使阅者步步深入，无隔阂难明之苦；写景则清新如画，使读者如身临其境，有近悦远玩之乐，实在不可必定。那末唯一补救的法子，就是国中译者对于文学作品不妨重译总期其明显精确而后已。曩者，余在俄国时读俄国文学家克罗连科所著《盲乐师》一本；见其中描写盲人心理及对于光亮与环境等等的想象非常精微入理。所以鄙人始从而译之。比功及垂成，见报端载张君闻天亦有此种译本已先我而出，故将未竟之稿搁置。旋由俄回国，见张君闻天之译本，系由英文中译出者，不但篇章节目与原著不同，即一切情事及作者主要的理论，亦有许多缺略下去的：如第四章第四节原著中有“人就像无尽头生活索链上的一只铁环一般，不过这条铁索赖人而递传，从遥远的已过牵引到无尽头的将来……”这都是精华所在，而张君闻天之译本中都予简略下去，不能不让人有些遗憾。所以鄙人虽不能文，然以矫枉杜弊之心切，故又将已停顿之工作继续完成之，以副精益求精确益求确的意思。如果将来的同志们将此译本之不足，再为指出，是尤为鄙人之所至盼，尚望读者有

---

① 张亚权（1900—？），原名张大田，字雅泉，辽宁凌源人。北京俄文法政专门学校毕业。历任外交部俄事委员会、中俄会议办事处处员，中国驻苏联赤塔领事。译有《苏联五年计划》等。

以教我。

一九二四年五月二十一日译者志于京邸

——录自商务印书馆 1933 年国难后第一版

《一生》[①]

《一生》序

沈雁冰（茅盾）

莫泊三（Guy de Maupassant）的《一生》(*Une Vie*) 发表于一八八三年，刚是他逝世的前十年。离他第一次成名的小说 *La Maison Tellier* 不过两年。在一般批评家的意见，*Une Vie* 并不比莫氏以后的著作——如 *Pierre et Jean*（1888）；*Notre Coeur*（1890）等等较弱，可是征之于当时——也可说以后——的口碑，则 *Une Vie* 的声名似乎比 *Pierre et Jean* 等二书差得多，和倾倒一时的 *Bel-Ami*（1885）更不能比拟了。在 *Pierre et Jean* 的序上，莫泊三表明他作小说的唯一目的是：他所见的人生是怎样，他就怎样写。这一句话，至少在 *Une Vie* 是确当不移的。莫泊三的晚年的著作，因为他的健康失调使他忧悒，对于人生的观察常常是悲观的，——不免犯了有些评论家所诟病的"专在人间找寻兽性"了。

莫泊三是一个悲观者。他对于人生的观察觉得是无往而非丑恶卑鄙无耻的。他只看见人间的兽性。有许多批评家对于莫泊三这个态度极反对；说他的太偏的悲观会引懦怯善良的人们到消极悲观，枭狠奸

① 《一生》(*Une Vie*)，上、下册，长篇小说。莫泊三（Guy de Maupassant，今译莫泊桑，1850—1893）著，徐蔚南译，上海商务印书馆 1926 年 1 月初版，文学研究会丛书之一。

奸的人们到肆无忌惮。但是《一生》却是例外。《一生》的全体意义可借本书末页若纳的话作为说明：生活不是如人们所想象的那般好，也不是如人们所想象的那样坏！若纳积了三十年的经验，在喜怒哀乐备尝之后，仅乃得了这个结论。这个结论，自然是极平凡，没有什么奥妙，但是我们如果不先在“尘寰”中吃尽了辛苦，享过了温柔，是不容易领悟到这一层，并且绝不肯信“生活原来不如人们想象的那般美好，却也不如人们所想象的那样坏”。

人生突然复杂到万分，变幻到万分，而根本的方式恐怕实在只是：理想与现实的冲突。我们以为是复杂变幻，光怪陆离，不可究诘的“生命的万花筒”，其实也不过是“理想”与“现实”——这两块彩玻璃片，相冲突，相磨荡，相倚伏，因而幻成的种种花样罢了。

空想的感情的意志脆弱的青年，每每善于幻想将来的幸福，立刻可以架起璀璨的空中楼阁，那时候，他自觉是有福的，他觉得花儿在笑，鸟儿在歌唱，万象熙熙，人间是可爱的，生活是光明的。但是到他一离开幻想的世界，“现实的惨酷的鞭子”第一次打到他的背上，于是七宝庄严的空中楼阁坍了，光明美丽的大道立时生满荆棘了，总之，一切幻想的美境都消灭了，那时候，他就觉得运命不济，人间是丑恶的，生活是受罪了。那时候，他感到了“幻灭的悲哀”；那时候，他对于过去一切些小的温柔都津津有味的回忆起来，喟然微叹，觉得幸福之神只在他身旁停留片刻而就去了。那时候，他顽固的确信：人生永没有光明，社会永远是丑恶无耻；他无条件地全称地否认天地间会有一线光明！

但是人类又是“希望的动物”。Pandora 虽然很愚蠢的开了那个魔怪的箱子，放出许多恶星宿来，使人类知道痛苦，可是最后从箱子里出来一个“希望”，——这是一件奇妙不过的东西，她使得忍着痛苦的人类不至于失望厌世，仍能遥望那“希望”的幻美之光而努力奋斗。这一点幻美之光犹如海上的灯塔，使得溺水的人振起最后的勇气，向前挣扎。经过了一度的“幻灭的悲哀”的人于是也因了这一点希望的幻美之光，复又生出新勇气新理想。新理想在他心窝里渐渐生长，渐渐成形，但终于突来了现实的袭击，新理想又倒坏了。这是第二次幻灭的悲哀！这是一个极猛烈的打击，使人喘不过气来的打击！那时候，身受这悲惨运命的支配的人儿，因为和别人的比较上，会起一种对于自己的命运的怀疑；若纳说：“呀！我，我命不济，凡是我的，一切都变做坏的。我一生薄命！”那时候，褊急的人或至于自杀；迟缓的人大概是无知觉无目的地生活着！那时候，他的血凝滞了，冷却了，他的心海，再也搅不起波浪；幻美之光不能再引诱他了。人们是天生的这样脆弱，这样懦怯，没有勇气去叩生命之宫的最后一道门，看一看人生的真面目。只有极少数的人，才因了各种机遇，能够认识若纳所发现的真理：“生活原来不如我们所想象的那样坏，却也不如我们所想象的那样好！”

若纳这个发现是极可宝贵的。我们不能不把她如何发现的历史简略叙述一下。

《一生》的故事在什么时代？书中没有明言但是我们可以推知是拿破仑失败后幽居在圣海伦岛的时代及其后二十年。书中女英雄若纳是法国一家贵族的独女。若纳的父亲：

男爵吕班第台伏是一个另一世纪式的绅士，固执而良善的。他是卢梭底私淑弟子，对于自然，田野、树木、鸟兽都极有情爱。

身出贵族，他自然厌恶那一七九三年的过激的革命；但是他天性聪慧，又受着教育的，所以很有理智，很富自由思想，对于邪僻行径，是深恶痛绝的。

他底伟大的能耐和他底弱点底总和，就是他底仁慈。……他的意志能力仿佛麻痹了，他底力量仿佛开了个窟窿，他底仁慈似乎变成了一种恶德。（页二）

若纳的母亲：

伊年轻时是非常的美丽，但是身体比芦草还脆瘦。当伊和一切帝国时代的高官贵胄经过跳热舞之后，伊阅读《郭丽纳》这部小说。这部小说竟使伊流泪；自那时起，伊仿佛被描写在这小说里了。

伊底身材一天肥一天，伊底灵魂也是愈加诗趣的了；当伊底肥满的身体使伊坐定在福端椅子里的时候，伊底思想便向种种温柔的境界里去漫游了。伊自己想象伊是那种境地里的英雄。伊常常愿意回想伊底梦境，好似一个八音匣，人家屡屡开那发条，便反复不止地弹出那同样的老调来。一切哀情小说讲到那被捕的人以及燕子等事常使伊眼皮红起来；伊也爱都那些佩郎求底几首抒情的歌谣，因为诗中所表示的是多情多恨的。(页三十一,三十二)

若纳幼时所受的教育：

伊在家中住到十二岁，后来，不顾伊母亲底啼泣，伊被送入圣心院里去了。

他父亲把伊严紧地幽闭在院中，人间种种事都不给伊知道。他要人家使伊守贞到十七岁，把伊沉浸在一种合理的诗之池沼里，在那丰饶的土地间以田野来开豁伊底灵魂，又使伊明白天真烂漫的情爱，鸟兽底单纯的柔和，人生底轻快的法则。(页三)

自从伊进了圣心院以后，从未离开过潞皇，伊在十七岁以前无论是那一桩散心游玩的事情，伊底父亲总不许的。有过二次，伊由人伴着到巴黎去，但巴黎仍旧是城市，而伊梦想的只是田野。(页五)

若纳出了修道院的门，便预备享受她梦想已久的一生佳运，她是爱好田野的，她想象到了他们的海滨古堡“白杨堡”，预想在波涛汹涌的海边经营那自由的生活，必有无尽的欢乐；但是若纳的最大的将来的理想的幸福，还在结婚后的恋爱生活。这个，她在到了白杨堡后第一天的晚上便突然攻入她的心坎，开始她那浪漫的梦想：

在这夜间软软的白光里，伊觉得有种种超乎人间的颤动在奔驰，种种捉摸不住的希望在鼓动，还觉得似幸福底呼吸的一般东西。

伊开始做那爱情底梦了。

爱情！二年来，在爱情将近来到时节的一天强一天的烦闷中间，爱情已充满伊底全身了。如今，伊已有自由去恋爱人家了，伊只要去遇见“他”就够了，他呀！

“他”是怎么样一个人呢？伊却没有正确地知道，伊也不要问“他”是怎样的人。总之，“他”便是“他”。

伊只知道伊是用全灵魂去爱他，他也尽力来亲爱伊。他们俩将在如今夜一般的星光底下去散步，他们将手携着手走，互相拥抱起来，听取他们心弦底颤动，感受那肩上的一股热味，将他们底爱情混合在夏夜底美味的澄清里，这样子连合在一起，即使只靠了他们底温柔之力，他们已很容易深入到他们最秘密的思想里了。

这样甜蜜蜜地在那不可言说的柔情里，无尽穷地永久继续下去。

忽地里伊似乎觉得“他”在伊底对面了；猝然，一种散漫的肉感的颤动自伊底脚尖一直达到伊底头顶。伊无意识地将两臂紧紧地拥抱住伊底胸口，似乎为要拥抱住伊底幻影——“他”——一般，伊将那嘴唇呈给那幻影，似有什么东西流过嘴唇了，使伊身体几乎软化起来。仿佛是阳春底呼吸送给伊一个爱情底接吻一般。

蓦地里，那边，堡底后面，大路上，伊听见有人在黑夜里行走。在伊热狂的灵魂底飞跃里，在一种不可能的信仰底欢乐里，依着那天意的机遇，依着那神意的预测，依着那运命底浪漫结合，伊忽然想：“在行走的人不就是‘他’吗？”伊忧心地听着那行人脚声底节奏，思想着他走到铁栅门前一定要停下来恳求我们收留他的。

当那个人已走过了，伊觉得非常烦闷，好像受了人家的欺骗一般。但是伊明白这是伊底期望底激动，伊自己笑自己底痴呆了。

那时，稍稍安静了，伊让伊底神志流入比较合理的幻梦里，寻思伊底将来，准备伊底生活。

伊将和他在此地经营生活，在这临海而安静的堡内经营生活。伊自然须有二个子女，一个男孩子给他，一个女孩子给伊自己。伊将亲观看这一对小儿在菩提树和篠懸木中间的草地上奔跑，父亲和母亲底喜悦的眼光跟着他们，在他们底头上交流那充满热情的眼波。

伊这样站着梦想了许多许多时候，那一轮明月，在空中已走完它底旅程，将沉没到海中去了。空气愈清凉了。东方天际已是鱼肚色了。一大片的云红了，云底一部分隐在白杨树底大路后面。这大片的云向着初醒的大地射下血红的光来。

缓慢地裂开了光亮的云彩，穿过了树木，旷野，大洋，全地平线，一轮伟大的火焰的球显现了。

若纳觉得幸福极了。一种狂癫的欢悦，一种无限的感动在一切底光明之前，将伊软化的心儿浸润了。这是伊底太阳！伊底曙光！伊底生命之开始！伊底希望之端绪！（页二〇—二二）

恋爱的幸福，家庭的幸福，若纳正渴望着啊！她大处落墨地打定了她一生生活的草样——一幅理想的，不，梦想的草样，是无疑的，但是若纳那时并不觉得她的要求太高，我们当然也是这样想；美貌温柔，有家产，像若纳那样的女子，当然有权利要求一个美满的恋爱生活呵！果然不久，恋爱来了，漂亮的子爵拉麦勒闯入她的生活里来了。在二次访问之后，若纳的心被这个少年吸去了。“一种莫名其妙的力量使他们俩的眼睛相遇，仿佛有一种因缘报告他们一般，两人底眼睛同时仰了起来，因为在他们中间已浮起微妙的温柔。”在他们游过爱得来塔之后，若纳简直堕入恋爱的深水里了：

当伊在晚上回到伊底房中时，伊觉得异常慌乱而且感动；那样子的感动，简直一切都要使伊思想哭泣起来。伊望着伊底时钟，思想那只小蜜蜂仿佛人心一般的在跃动——一个朋友底心底跃动，那只小蜜蜂将做伊一生底证人，那小蜜蜂底整齐活泼的滴答声将伴伊底欢乐和伊底忧患的；伊把这只蜜蜂弄停了，向那蜂翅上亲了个嘴。随便什么一样东西，伊都想拿来拥抱一下子。伊记起以前曾将一个旧的洋囡囡放在一张抽屉里；伊去找这个洋囡，找得了时候的快活简直如人家遇见了亲爱的女朋友一样；伊将洋囡囡紧紧地抱在怀里。伊热烈地和洋囡底粉脸拳［卷］发亲嘴。

伊将洋囡囡抱在臂怀仔细思量。

用了种种甘言蜜语来订婚的丈夫就是“他”吗？良善的天帝将“他”投入伊底生命途上了吗？那人确是为了伊生到世上来的吗？伊一生确要忠心于“他”的吗？上面这两种的运命真个混合不解了要将“爱情”扩大起来的吗？生前运命底种种温柔互相连结了的，应许要做到相互拥抱的罢。

伊底身心从来没有如此兴奋的，伊也没有这样发痴般快活的，也没有这种深刻的激动的，伊想象这种激动就是热情；然而伊觉得伊爱起他来了；因为伊觉得有时身体底乏力全为是思量着他；伊时时想到他。他一来，便使伊心乱。遇见他一看，便使伊脸红，一听见他底音声，便使伊颤动。

日复一日，扰人底爱欲愈加将伊侵占了。伊常常和自己商量，伊又和菊花，白云商量，伊又将钱币掷向空中占卜。

一天晚上伊底父亲向伊说道“明天早上装扮好看一点。”伊问道：“为什么，爸爸？”他答道：“这是一个秘密。”（页五四，五五）

这秘密是什么呢？原来是老头儿拉史的格借男爵的银子造了一条船，命名“若纳”，举行一个盛大的命名礼，下水礼。可是沉醉在恋爱中的若纳却半信半疑的以为是行婚礼了。当牧师祝福，若纳和子爵对着那条船并立恭听的时候：

那个青年底脸孔保持着好男子底威严态度，但是那少女被一种迫促的情绪闷住了，身子也软瘫了。伊颤动起来了，颤动到牙齿也咯咯作响。几日来使伊昏头昏脑的幻梦，猝然在一种幻觉里变成一个真实底外形。人家说是婚礼，一个牧师站在一边，祝福着，那班穿白衣人念着圣诗；结婚的人不就是伊吗？

伊底手指里不是有一种神经质的抽搐吗？伊心中流出来的缠绵能沿着血脉一直流到伊底邻人底心里去吗？他懂吗？他在猜想吗？他也如伊一般醉在爱情里了吗？或者依他底经验，他准知道没有一个妇女会反抗他的吗？伊忽然看见他压住伊底手，先是很温柔地握着，后来用力握着，后来更用力握着了，要把伊底手握断了。假使伊底脸儿不动，假使没有一个人看见，他便要说话了，一定要说的，要很清楚地说，要说："呀，若纳，如果你愿意，那么我们做夫妇吧。"

伊极慢地俯下了伊底头，意思或许说是："极情愿的。"牧师又用着指头来弹几点圣水在他们身上。（页五九）

这天晚上又举行盛大的宴会：

若纳坐在子爵拉麦勒旁边，兀自到伊底幻梦的幸福里去旅行了。伊什么也不看见了，什么也不知道了，一声也不响，快活到把头脑子都弄昏了。

伊向他问道："你底小名叫什么？"

他说到："汝厉行。你不知道么？"

但是伊不回答，想道："这个名字，我将来要常常念着的呢？"

当那一顿饭完毕了，他们让舟子们坐到庭园里去，他们走到堡底另一边去了。男爵夫人依着男爵，伴着伊底两个牧师开始做伊底运动了。若纳和汝厉行一直走到小树林那边，奔进草木茂盛的小路里；忽然间，他握住伊底两手说道："请你说，你愿做我底妻子吗？"

伊又俯下头了；他嗫嚅着说道："请回答我，我请求你回答我呀！"伊向着他渐渐仰起眼睛来：他在伊底眼光里已知道了伊底回答了。（页六一）

若纳此时觉得未来的乐园在她前途展开来了：

结婚前的二个星期倒给若纳安静一点儿，伊仿佛已被那甜蜜的情绪弄到疲惫了。

结婚日底早上，伊已经没有时候来思想了。伊只觉得伊底身体有一种空虚之感，仿佛伊底肉，伊底血，伊底骨在皮里溶解了；伊又看见，当伊底手指触着随便什么物品，就会非常颤动。

当伊在圣堂里瞻礼的时候，伊底心身才归自主。

结婚了！伊如此这般结婚了！自从早上起，那连续的种种事情，种种动作，种种事故，在伊仿佛是个梦，一个真的梦。在这种时候，我们四周的一切仿佛都变迁了；就是手底一举一动也都有新的意义了，甚至钟点也像不在他原来的位置了。

伊已经越过一层障碍了，在这个障碍里仿佛藏着未来，藏着伊底一切的快乐以及伊底梦想的幸福。伊觉得伊底前面仿佛开了一扇大门；伊将走入那“期望”里去了。（页七三,七四）

现在我们再看若纳的“期望”是否如愿以偿，我们要看若纳走进了她的幻美的梦境里，究竟有没有看见狞恶的妖怪。莫泊三告诉我们：这位充满理想的纯洁的少女在新婚第一夕就感到幻灭的悲哀了：

伊晚装完结之后，伊就睡到床里去；伊底被单太薄一点儿，使伊底肌肤都颤抖起来，两小时前灵魂里所有的孤独凄凉之感，也因此而增加起来了。

伊没有听见楼梯上有人上来，但伊听见有人轻轻地打伊底房门。伊剧烈地颤动了，一声也不回答。人又在打门了，接着那门上的锁响了。伊将被单遮没了伊底头，仿佛一个贼闯到伊底房里来了。地板上有鞋子格格的轻轻响动；忽然有人碰着伊底床了。

伊神经质地吓了一跳，小小地叫了一声；伸出头来，伊瞧见汝厉行站在伊面前。他望着伊在笑。“呀！你害得我好怕呀！”伊说。

他答道：“你竟毫不等我吗?”伊不答。他穿着礼服，一副漂亮少年底正经面孔；伊觉得睡在这样一个正直的男子前真是非常羞愧。

他于是轻轻的取了伊底手来亲一个嘴，又如到了圣台前面一般跪下地来，他用着轻如呼气的口声喃喃地说道：“你肯爱我吗?”伊忽而安心了，将那埋在花边里的头竖了起来，伊笑着说道：“我已经爱你，我底朋友。”

他将伊底纤细的小小的手指按在他底嘴上，他底口声因为这个肉底接触而变更了，说道：“你肯给我证明你底爱我吗？”(页八三,八四)

“给我证明你的爱我？”这句话的背景，若纳到此时还没有明确的知道；但是她立刻就可以看见，一个女子“爱”一个男子是要怎样证明的：

猝然，一只臂膊伸到床上来，他穿过被单将他底妻子抱住了，另一只臂膊向枕头底下伸进去，他把枕头和伊底头一起抱了起来，他极轻地问道：“那末，你一定肯允我在你旁边占小小一点的地方吗？”

伊害怕了，是一种本能的畏惧，嗫嚅道：“呀！我请求你，还不要这样罢。”

他失望似的，稍有点儿气忿，他还是用请求的口气，不过略为粗暴一点，说道：“为什么还要迟一点呢。我们总要这样才完结的！”

伊很讨厌他说这句话；但是屈伏了，让步了，伊说了十几遍：“我是你底了，朋友呀。”

猛地里，一条毛森森冰冷的小腿插进去触着伊底腿的时候，伊一跳，仿佛想跳下床去一般，伊底脸儿埋在手里，吓昏的了，怕到几乎叫起来，伊蜷缩在里床。

立即他将伊抱在臂怀里，虽则伊是背向着他。他拼命地向伊颈上亲嘴，向伊底睡帽上花边亲嘴，又向伊底衬衣上绣花的领口亲嘴。

伊一动也不动，在惊骇的忧愁里吓呆了。伊觉得有一只力强的手从伊底臂弯下面伸到胸口上抚摸了。伊喘着气，伊在这野蛮举动底下面完全发昏了。简直想逃出去，逃出这座屋子，只要离开这个男子，自己随便藏匿在什么地方都情愿的。

终于他似乎不耐烦了，苦苦地说道：“你竟不愿做我底小家婆吗？”伊从那遮在脸上的手缝里喃喃地说道：“我不是已经做了你底妻子吗？”他稍有点忿怒的样子，回答道：“不是，我爱呀；呀，你不要取笑我了。”

他底一番不满意的说话将伊感动了，伊猝然转过身子来向着他，求他宽恕。

他拼命地将伊抱在臂怀里，仿佛想把伊吞到肚子里去一般；在伊底脸上，颈项上，亲了许多迅速的接吻，刺人的接吻，发痴一般的接吻。百般妩媚将伊弄得昏头昏脑，伊托开了两手，在他这种暴力之下简直毫无一点气力了，伊不知伊做了什么，也不知他做了什么，在这样思想底扰乱里，什么事都不明白了，但是一种锐利的痛苦突然将伊扯碎了；伊蜷缩在他底臂怀里呻吟，当他乱暴地玷污了伊的时候。

后来是怎样的呢？伊完全不记得了，因为伊先已发昏了，只想起似乎他在伊唇上轻轻地亲了许多感恩的接吻。

此后他应该和伊讲话了，伊也应该回答他了。随即他还想做别的“尝试”，被伊努力拒绝了；因为尽力挣扎，伊碰着了他底胸口上的一丛厚毛了——这种毛伊在他底腿上已经碰着过了——伊颤栗着缩开了。

几番诱惑，没有成功。终于身子疲乏了，他仰天睡了，一动也不动。

伊于是思想起来了；伊失望到灵魂深处；以前梦想的沉醉相差到如此，亲爱的期待已破灭了，幸福已戳穿了，在这样的觉悟之中，伊自言自语道：“这就是他所说做他底妻子了；就是这个！就是这个！”

伊这样子思量了好久，很悲哀，眼睛瞭望这墙壁上的锦幕，观看那爱情底古代传说，这锦幕张满了伊底房间。

汝厉行不说什么话了，一动也不动；伊慢慢地将伊底眼光注视着他，伊瞧见他睡了！他睡去了，张开了半只嘴，面色很平静！他睡去了！

伊不相信他会睡去的，伊觉得心上不舒服得很；伊被侮辱了。而他这样的浓睡，对于伊这样的一个新人，这简直比他底野蛮行为还要侮辱伊呵。整整的一夜，他都能这样平静安睡吗？他们俩中间刚才的

经过竟没有一点儿惊动他吗？呀！伊宁愿被打，宁愿受着更强暴的行为，宁愿被种种厌恶的戏狎弄得失去知觉。（页八五一八八）

若纳到此时才窥见了“爱”的真面目，她在几小时前，还想象“爱”是如何的神秘，圣洁，醉心的，如今现实之幔在她面前揭开来，方知完全不是那么一回事。在几小时前，若纳还想象“爱的海”是容许两个人游泳的，现在她又知道全然不是那么一回事。她现在知道：爱是一方面的取得和另一方面的给予。若纳对于这个秘密，后来在蜜月旅行中又认识了一次。当他们的船到埠（高尔史），觅定了旅馆，用过早饭之后：

若纳站起身来想到城中去走走的时候，汝厉行抱伊在臂弯里，热诚地轻轻向伊耳边说道：“我们去睡一会儿罢，我底小猫儿呀？”

伊很惊奇：“我们去睡吗？但是我并没有觉得疲乏。”

他抱住了伊，“我想你，你懂吗？已有二天了呀！……”

伊底脸上红了，很羞愧，嗫嚅着道：“呀！如今！人家将怎样说呀？人家将怎样想呀？你如何敢在白天开房间呢？呀！汝厉行，我恳求你不要这个罢。”

但是他又断伊说道：“我是不管旅馆里的人想什么，说什么的，你看我怎样摆布好了。”

他按铃了。

伊一句话也不说，俯下了眼睛，身心时时在反抗丈夫这种时刻不去的希望，心上只是非常厌恶，坍台，一方忍耐着，一方虽则服从他，伊看出他有一种卑鄙的兽性，一种龌龊来。

一小时后，他们走下楼时，伊在遇见的人面前，简直走也不敢走过了，相信他们将在伊底背后笑伊说伊。伊心上怨恨汝厉行毫不懂得这种事情，完全没有一点精细的贞操观念，完全没有伊这种本能的优美；伊觉得伊和他底中间遮着一方布，有一个障碍了。伊第一次发现二个人永不能在灵魂里，在思想之底互相镕合了。他们俩并排走着，

有时还要拥抱在一起，但是总不能镕合在一块儿的，我们各人底道德的人格在一生之中总是永久孤独的。（页九八，九九）

但是蜜月旅行中，也有一个时期使若纳感得沉醉的愉快，但只是一种肉感的纵情的罢了。莫泊三描写高尔史的热空气和美丽风景如何引起了少女的热情，而带给她暂时的感官的享乐：

太阳升起时，他们俩就出发，不久就到了一个森林面前，一个丹砂石子底森林面前。这是一群尖锐的山峰，石柱子，小的石塔，以及被风霜，海雾，时间所雕成的种种奇形怪状的石像。

种种岩石，高有三百米达，其形有薄薄的，圆圆的，弯曲的，钩出的，畸形的，出乎意表的，鬼怪的；这种种怪异的岩石，有如树木，有如植物，有如野兽，有如碑塔，有如人类，有如穿法衣的牧师，有如生角的恶魔，有如非常大的鸟，这是一群鬼怪，一个恶梦的动物院，不过被一个非常的天神化成石子的了。

若纳说不出话了，心缩紧了，伊捏住汝厉行底手，在这种种岩石底美景之前，觉得有一种求怜求爱的必要了。

蓦然走出了这个鸿荒境界之后，他们俩又发现一个海湾。这个海湾底四周围着一圈红色岩石，有如一带血红的城墙。碧海中反映着这许多赤色的岩石。

从一条几乎不可走的路上走去，他们俩走到这个海湾底尽头了，随即转向右方登上那夏塔底阴暗的山谷里去。

那个山从山顶上一直分裂到山下。这条小路从裂口进去。在这两面巨大的石壁之间，这条小路一直深入到尽头；一个壮大的瀑布流过这个裂口。空气是冰冷的，石子是墨黑的，仰望青天高处，一切使人惊骇，发呆。

更远去，那个裂缝分成二条了；那条小路蜿蜒到二个凹洼中间，突然变成锯齿形了。轻快的若纳第一个走在前面，用脚去踢石子到山下去，伊又极大胆，俯视极深的山谷。他跟着伊，稍有点气喘，眼睛望着地面，深恐堕下山去。

忽然间，阳光满泻在他们俩身上，他们想象已走出这个黑暗地狱了。他们俩口渴了，有一条水迹引导他们过去，经过多少乱石，走到一条小泉水前了。这条泉水是极小极小的，流入于一只中空的木管里，此是牧童们底习惯的玩意儿。泉水四旁的泥土上长着苔藓。若纳跪下去饮吸；汝厉行也跪下去。

伊正在畅饮泉水底清凉的时候，他抱住了伊底腰，要夺取伊正在吸饮的管子底口。伊不允，他们俩底嘴唇相互战争，相互击撞，相互冲突起来了。这样子争夺之间，他们俩各自捏住了管子底脆薄的尖头，大家去咬着这尖头各不相让。那一缕泉水不休不歇地流下来，中断了，随即接连了，水滴溅在他们底脸上，颈上，手上，发上的水滴如珍珠一般发光。他们俩就在这缕泉水里亲起嘴来。

猝然间，若纳生了一种恋爱底灵感。伊在嘴巴里满满地含了一口清水，鼓起两个脸颊好像一只水袋，汝厉行晓得伊情愿口对口地哺他一口清水替他解渴。

他微笑着仰起头颈来，头向后，伸开了两臂。他从这肉底泉源里吸饮甘露，这肉底泉源把一种如火焰般的希望流入他底骨髓里去了。

伊非常温柔地靠在他身上；伊底心一上一下地跳动；伊底胸房高高地挤了起来；伊底眼睛有如浸润着一股清水。伊低声说道："汝厉行……我爱你呀！"这是伊去诱惑他，伊觉得难为情转过身子去，将伊害羞得绯红的脸藏在一双手里。（页一〇五—七）

剩下来的一段旅行不过是一个梦，一种永无尽头的拥抱，一种娇柔的沉醉罢了。伊什么都不看见了，风景，人物，连伊停留的地方都看不见了。伊望着的只有汝厉行。（页一一二）

蜜月旅行的后半期可说是若纳一生最享乐最美满的时期，这短期的享乐，使得若纳稍稍忘却了过去的幻灭的悲哀；如果这种享乐的生活能够长期继续，大概未始不是若纳所愿意，但是不能长久，蜜月旅行完了，他们回到白杨堡了，若纳就遇到极无聊极枯燥的生活：

伊自打算如今伊将去做的什么，想去找出一桩事情来给伊底精神去思虑，找出一桩工作来给伊底一双手去做。伊不想再到下边厅上去伴伊底母亲，母亲在那边打盹了；伊想去散步；但是那田野在伊心目中似乎很阴惨，只要从窗中一望，便觉得是一片浓厚的悲哀。（页一一七）

伊害了一种沉思的忧郁症，一种生活底浮泛的不快之感。应该需要的什么呢？伊希望的什么呢？伊不知道的了。无论那一种尘世底虚荣都不能引诱伊了。伊一点快活的兴味都没有了，连到享乐底动机都没有了：况且享乐的什么呢？正似客厅里的旧椅子一样，一切东西在伊底眼中渐渐地褪色了，一切都自己隐灭了，成了一种阴暗的色彩。

伊和汝厉行底关系完全改变了。自从蜜月旅行回来之后，他仿佛是另一个人了，有如一个戏子做完他底戏，还他底本来面目了，他很少顾意到伊，很少和伊讲话了，一切爱情底痕迹突然消灭了；夜间他也很少到伊底房间里去了。

伊底一方面也改变了态度，伊自己也很惊奇的。伊把他当作陌生人了。这个陌生人底心灵完全关闭了，不能再容纳伊了。伊常常想到他们俩底隔膜，自问自道，早前那样子遇见了，恋爱了，并且在温柔之中结婚了，何处又来了这种隔膜呢，他们俩忽然间几乎重新变成素不相识的人了，有如从来没有在一张床上睡过觉的。

伊底被人抛弃不是使伊愈加痛苦吗？人生就是这样吗？他们俩没有弄差吗？伊底将来竟在没有什么了吗？（页一二四—二六）

每天吃过早饭之后，伊随即上楼回到伊底房里去，坐在窗边，专心刺绣那衫子上的装饰。有时因为乏力了，伊仰起眼睛来，望着远处灰色的大海。海中正涌着如绵羊般的白浪。这样茫然远瞩了几分钟后，伊再做伊底手工。

然而有时若纳重新梦想起来了。伊渐渐地停止了工作，手软软的了，眼光昏花了，伊重新来做伊小女子时代底浪漫史，深入到种种美妙的梦境里。但是忽然间，汝厉行命令那老头儿西门的呼声将伊从梦境里又扯了回来；伊又耐心做伊底工作了，说道："一切完了。"说时一点眼泪落下来，正落到伊刺那绣针的指头上。(页一四三,一四四)

在修道院里忙着等待那将来，忙着做梦：这是若纳的青春。那时候，她的时间完全消磨在等待将来——心神不安的等待将来，上面。后来，刚走出圣心院围墙外的时候，她的幻想开花了，她立刻成就了爱情的俘虏；她在白杨堡的第一夜，热望那爱人的来到。既而，希望的男子碰到了，恋爱了——正像她在白杨堡第一夜月下所梦想的一般；并且在几个星期内结婚了，——伊在这样匆促的决定里结了婚，好像那个男子将伊拥在臂怀里，简直不容她有半分的犹豫考虑。若纳好容易走尽那"期望的长途"，到了"理想之宫"的门外！她将如何的欢欣呀！但是突然间，"现实的丑脸"从"理想之宫"的门口露出来，把若纳的幻想之花立刻摧毁了！新婚第一夜，她就感到幻灭的悲哀。以后虽然略曾尝到肉感的欢爱，但是不久，空虚寂寞之感受又来包围了他，使她加倍的觉得人生难堪。"一切都完了"，这是何等幽怨的叹声呵！

虽然若纳自己觉得"一切都完了"，可是她的生命的旅程还不会完，还有更丑恶更难堪的"现实"在未来等待她！

在一个极冷的雪夜，她发现她的丈夫和使女陆若离［梨］的奸情。她立刻发昏似的往楼下跑，往厨房里跑，终于，为避免丈夫的追及，她开了园子的门，向白雪高积的荒野飞跑。她穿过丛林，横走过濠沟，呼吸也不呼吸，什么也不知道，什么也不思想，最后到了海岸边，她方才本能地站定了，坐了下来，什么思想都没有，什么意思都没有。她站在那儿好久，忽然间恢复那清楚刺激的知觉：

随即往日底幻梦来了；与她一块儿乘着老头儿拉史的格底船的一次游散，他们俩底密语，伊底爱情底发育，命名那艘渔船，一件件都在伊眼前闪过。随即伊想到一直以前伊到白杨堡底第一夜被那魂梦颠倒的情景了。如今呀！如今呀！呀！伊底生活是断碎了，一切快乐都完了，一切期待都完了；可怕的将来在伊看来只充满了痛苦，叛逆，悲哀。等于死了，立刻就完结了。（页一六一）

她打算投崖，却被人家救了回来。以后，便是一场险恶的热病，把记忆完全丧失。直到有一次，她醒来时看见丈夫站在床前，于是猝然间，一切的情景又显现在眼前，她找得了往事的线索。她要晓得一切，她和她的父亲找陆若梨来责问；那使女说：

"我自己晓得么？就是他第一次在这儿吃饭的一天，他到我底房间里来了。他藏在阁楼里。我不敢叫喊，免得人家说笑话。我和他一块儿睡了。那时候，我不知道怎样做。由他要怎样就怎样。我一句话也不说，因为我觉得他很温柔可爱！……"（页一七三）

这最后一句话，像铁锥一般刺痛她的心。她也觉得他（汝厉行）是温柔，只因为觉得他是温柔，所以肯嫁给他，所以把别的一切希望，一切预想的计划，一切明天的渺茫事都抛弃了。她堕入这个婚姻里，堕入这个没有边际的窟窿里，以至弄到这样不幸，这样悲惨，这样失望，只为得同陆若梨一样觉得他是媚人的呵！

但是那时一件新事情发生了，使若纳又感到生活的意义，又复活了她那久死的希望，又忙着期待，忙着梦想快乐的将来。这件新事情便是她已受了孕，不久即产生一男孩：

当伊看见这个初生的婴孩在乱动时，看他张开小嘴，叫出声音来时，触着这皱皮的，活的，扮鬼脸的小东西时，伊便有了一种不可抗的欢喜，伊知道伊始得救了，一切的绝望都除去了，伊又知道伊底爱情有所寄托了，别的事情都可以抛弃不做了。（页一九〇）

她把丈夫的恋爱看得不足重轻了。而汝厉行却于此时和邻居一位伯爵夫人裘培德私通。裘培德曾以邻人的资格来访问过若纳，并且愿意和若纳做好朋友的。后来，若纳无意中又发现了她丈夫和裘培德的秘密。这一次她并不像前次那样气得发昏，她稍稍烦恼，就平静下去了：

第一次的感情过去之后，伊底心又恢复到几乎平静了，毫无妒忌亦无怨恨，但是有点儿轻蔑。伊全不想到汝厉行；关于他底事情简直毫不足以使伊惊骇的；只有对于伊底朋友伯爵夫人底两重欺骗起了忿怒。个个人都是不义的，说谎话的，虚伪的。伊底眼睛里不禁落下眼泪来。人们有时为了幻景而涕泣简直和为了悼亡而涕泣有同样的悲哀的。

但是伊决计假装一点都不知道的样子，决计将伊底心幽闭在方今存在的爱情里；就是伊底心只爱保禄和伊底双亲，对于别人总以平静的脸色去对付。（页二一八）

伊梦想他底将来，他将怎么样的？有时伊希望他成就一个有名有望有势有力的伟大人物，有时伊宁愿他庸庸碌碌，住在伊底身边，常常伸开了双臂来拥抱他底妈妈。当伊以母亲自私之心来爱他的时候，伊希望常是做伊底儿子，只做伊底儿子；但是当伊用热情的理智来爱他的时候，伊又希望他做社会上的名人。（页二二五）

照此看来，若纳应该是很快活的了；然而她还感到良心的寂寞。她的良心是正直的，但是被堕落的良心包围了。她觉得人间的虚伪之感，轻蔑之情，一天强一天地将伊围困了。她这种良心的寂寞，到她母亲死后，他在那老女人的“遗物”里发现了一件秘密后，便达了极顶了。原来若纳的母亲有一箱旧信，称为“遗物”，生前极宝贵，无事时常常取出来看，犹如找什么老友谈天似的。现在若纳独自一人陪着男爵夫人的死尸过夜，为要消磨那凄惨的长夜，便取出那些旧信来，一封一封的读过去。后来他读到一封道：

“我简直缺不了你底抚慰了！我爱得你要发痴了！”没有别的句子，也没有名字。

伊反复看那叶信笺，仍旧不懂。信面地址确是写着：“男爵夫人吕班弟台伏。”

伊于是再读那下面的信：“今天晚上来罢，等他一走出去之后。我们便将有一小时。我敬爱你。”

另一封信里说："我因为想到得不到你，便发狂了一夜。我有你底身体在我底臂怀里，你底嘴在我底嘴上，你底眼睛在我底眼睛上。又，我痛心到情愿投身窗外而死，一想到这个时候，你睡在他底身边，随着他底欢喜将你占有了……"

若纳，呆去了，不懂其中的奥妙。

这是什么？写给谁的？为谁的，从谁底嘴里讲出这种爱情底说话来的？

终于揭开了一叶普通的笺纸，是一张请吃饭的帖子，但是字迹和那种信上的是相同的，签的名是："保禄·唐纳麦"，这就是男爵现在还讲起他的，叫他"我可怜的老保禄"的一个人。这个人底妻子是男爵夫人最要好的朋友。

若纳猝然有点儿疑心了，这一点疑心立刻成了确信了。就是伊底母亲把保禄当作情人的。

忽然间，头脑昏乱了，伊将这种无廉耻的书信一抛，有如伊将爬在伊身上的毒虫抛弃了，伊奔到窗边，伊痛哭起来了，一种非本意的哀鸣把伊底喉咙也扯破了；随即，伊全身心都瘫软了，软倒在墙脚边，伊将伊底脸儿遮没了，免得人家听见伊底呻吟，伊痛哭着，伊是沉沦于无尽藏的失望里了。（页二三八—四〇）

伊起了一种凶狠的思想了：就是假使小母亲并不是死，假使伊不过是昏睡，假使伊忽然站起身来，讲话了，怎样？——发觉了这个可怕的秘密之后，伊底孝心能不减少吗？伊还能以同样的孝顺的心去吻抱伊吗？伊还能以同样圣洁的爱情去爱伊吗？不能。这是不能的：这个思想把伊底心扯碎了。

夜快过去了；繁星也暗澹了；这是刚要天亮前凉爽的时候了。月亮沉到那大海里去，将全个海面闪着银光。

若纳想到伊来白杨堡的夜间也是坐在窗边过去的。时间过去久远了，一切境地都变换了，对于未来的希望，今昔相较，在伊多么不同呀！

回忆得到的事情被若纳都回忆到了。伊简直被压碎在回忆底下面了。这种回忆压迫着伊，伊底粉碎的心不会痊愈的了。伊底孤独，如今因为这个可怕的秘密，愈加增了；伊最后的信托和伊最后的信仰同时倒了。(页二四五)

虽则若纳的最后信仰倒了，然而她还有她的最后最大的希望在！这便是她的儿子保禄的将来了。保禄两岁的时候，他的父亲死于非命。因为他与伯爵夫人裘培德在野外幽会，为伯爵侦知，用计将幽会中的男女二人都杀死了。若纳对于丈夫暴死的原因是知道的，但是她为免除痛苦，不愿意再去回忆了。

如今伊底心儿被那温柔，甜和，阴郁的记忆渗入了，被那爱情底刹那间的欢乐渗入了。这种刹那间的欢乐是以前伊底丈夫送给伊的。伊时时因为记忆力出其不意的觉醒而颤动了；伊看见他如在做未婚夫的时候一般，伊觉得伊又如在高尔史烈日之下，热情展开时仅有的几小时里一般的爱他了。他那一切的差处都减去了，一切的残酷都消灭了，就是那不诚不信，如今亦因墓已封土，在那愈愈渺茫的杳远里减轻起来了。若纳对于此人倒有一种浮泛的，落后的感谢了。从前抱伊在怀里的就是此人，伊宽恕了过去的一切痛苦，专门去思想那幸运的时代。时光是永远前进的，月复一月，遗忘渐深，有如尘埃日积，伊底一切记忆，一切痛苦尽付诸遗忘了；伊全身都送给伊底儿子了。(页二八三)

此后是若纳一生的第二期。以前的旧信仰旧理想全部破灭了，另有新信仰新理想起而代替着。若纳当然又作了许多美丽的幻想，怀抱着极大的希望，她期待着，贮了满心的欢喜期待着，可是等到她走完了期待的长途，将近理想之宫的时候，她已经觉得这一次难免又是失望。保禄大了，进学校读书了，可是不久就发现他并不能如他母亲所想象的那样好。最初是保禄推说功课忙，或有朋友约会，不肯每星期日回家来探望母亲了，后来连二星期连三星期不回来了，并且信也极少；最后，因为一个犹太人到白杨堡来讨债，——一笔赌账，就发现这个少年的荒唐行为了：

祖父和母亲立刻到哈弗勒去，但是到了公学里之后，他们知道保禄已一个月不到校了。校长收到四封信都有若纳底签名，说他底学生病了，随后，还有新的信。每封信里都附着医生底证明书。自然这都是假造的。他们异常伤心，他们呆坐在那儿，互相观望。

翌日，人们在城里的一个卖淫女子底家中找到那个青年了。他底祖父和母亲领他回白杨堡里，路上一句话也不说。若纳哭了，脸儿埋在手巾里。保禄若无其事，望着田野。（页三〇二—三）

于是若纳和她的父亲想用柔情来征服保禄。他们给他好吃好穿，事事趁他的心，只不准他骑马——恐怕他到哈弗勒去。岂知有一天，保禄乘舟到意宝去游玩，到天黑还不回来。他绕路到哈弗勒去了。若纳他们在保禄的房里找得两封信，都是那妓女寄来，然后知道保禄和那女子定计要到英国去。哈弗勒已经没有保禄和那女子的踪迹。若纳此时，除了忧闷地静候音信外，再没有别的事可做了。后来信来了，唯一的目的是索钱。男爵把钱寄了出来，五月间没有得到第二个消息。后来，一个管公事的人来清算保禄应得的汝厉行的遗产。若纳和男爵付了十二万法郎。过了一年光景，在久久没有消息之后，忽然来了一封信，但这是报告投机事业失败，亏空八万多法郎，要求接济的信。男爵押了田地寄钱去，于是有了一年的沉寂。但是一切不幸忽又接踵来了：保禄又亏了极大的债，被捕了，男爵急病死了，李松姑母也死了。一切的不幸完全把若纳征服了，使得她没有思想没有感觉了。后来那老使女陆若梨来帮她的忙，替她画策，卖去了白杨堡，搬到一个小的新屋里住下；那时，保禄处久无音信，若纳孑然一身，琐务又有陆若梨代为料理，所以若纳无聊到只有静静地回忆往事了：

伊重新在伊底过去里，最远的过去里生活了；伊底一生里的青春，和到那高尔史去的蜜月旅行尤使伊憧憬。高尔史岛上的风景，遗忘已久，忽然间在那火炉中的火炭里重新显现在伊底面前了；伊又记起那时一切详细情形，一切屑事，以及在那儿遇见的一切人物了；那领路的约翰拉利夫底头似仍在跟随着伊；有时还像听见他底口音。

后来伊想到那保禄幼时的甜美岁月了，那时候，他使伊种生菜，伊跪在李松姑母底边旁，两人尽心极力地互相竞争博取那小孩子底欢喜，互相竞争谁种那菜苗最灵巧，谁便能得到最多的饲养小儿底权利。(页三五五一六)

有时伊又忘记了伊已年老了，忘记了伊底面前除了孤独惨淡的岁月以外，什么都没有了，忘记了伊底生命之路已走完了；伊如往昔十六岁时的一般，在伊心上又架起了种种空中楼阁，伊又空想那美丽的将来。随即那现实底残酷的感觉落在伊底心上了；伊有如被什么东西压住了，压碎了筋骨的一般痛苦起来；嘴里喃喃地说道："呀，老痴子！老痴子！"(页三六二)

她在反复梦想之后，她常常自问：为什么伊不能如别人一般被人所爱？为什么伊不能也得到平静生涯的简单幸福呢？她觉得上帝不公，她觉得命运不济，"凡是我的，一切都变做坏的。我命运不济！"她绝望底承认人生是丑恶的受罪的。

然后在绝望的死也似沉寂的中间，忽然爆出了一个新希望！保禄所迷恋的女子产生了一个女孩子后死了，现在保禄可以回来了，决定回来了。陆若梨先去接了那初生的女孩回来；当若纳在车站上接着陆若梨一同回去的时候：

太阳向那天际落下去了，霞光弥漫了碧绿的原野，原野里疏疏落落地缀着油菜底黄金花和鲜血般的罂粟花。一种无限的欢乐临照着静寂的大地，一切精力都要从大地里生长起来了。车儿疾驰而去，农人嘘唇作声激励他底马儿。

若纳笔直望着伊面前的空间，时有紫燕飞过，如火箭一般，将天空划破。突然间，一种温暖的柔和，一种生命底热力，经过伊底衣衫，连到伊底腿上，穿进伊底肉里去了：这是睡在伊膝上的小人儿底热力。

一种无限底感动侵占伊了。伊突然将那襁褓拉开了瞧一瞧那还未看见的小孩底脸儿：瞧一瞧伊底儿子底女儿。这个脆弱的婴孩，被闪着了强光，便睁开伊碧绿的眼睛，掀动伊底嘴。若纳发狂地吻抱着伊，在伊底臂中抱了小孩起来，胡乱地亲了伊许多的嘴。

随即伊说道："你瞧呀，生命不是如人们想象的那般好，也不是如人们所想象的那般坏"，自然这是伊回答伊自己底思想的话。（页三七一——二）

"生命不是如人们所想象的那般好，也不是如人们所想象的那般坏，"这便是若纳一生辛苦所得的教训。《一生》的精意也只是这一句可以包括净尽。

这一句简单的话语有多少重大的意义！浪漫性的幻想家不会了解这句简单的话，悲观家也不会了解；能够了解并且信仰这句话的，大概是那些大无畏的奋斗者罢！凭了这句话作指针，我们可以坚决地耐心地向前走，不作幻想以自慰自欺，亦不因挫折而退缩！

现在不是有许多青年感觉生活的枯燥么？他们当然不是自始就感到人生无聊，生活痛苦的罢！他们大概都曾有一个时间满贮着希望，作种种美丽的幻想，很有味地等待他们的理想渐渐实现：那时候，他们是活泼，有勇气，有自信的。他们那时大概不相信世途有险巇，人事多变幻。然而一旦残酷的现实罩在他们的浪漫的幼稚的心上，觉得现实与理想相差太远，于是希望断绝了，幻想破灭了，活泼顿失，勇气消铩，自信心化为乌有了。他们那时不是自杀便只能颓废了。或者成了心如死灰形若槁木的行尸走肉。一个社会里有了陷于此等境况的青年，总是可虑的罢？我确信如果没有更大的刺戟，没有新的信仰，大概未必能够再提起这班经过幻灭的悲哀而至失望的青年们的精神了。我相信对于他们，一个正确的生活的观念是必要的。人生既非如我辈所想象的那样好，也非如我辈所想象的那样坏；人生的路是自始即生满了荆棘，须待我们去斩刈；我们如果有百折不挠的精神，加之以刚毅果断，那些荆棘是不值一斩的。向前进呀，将来是光明的，胜利是我们的。

《一生》给与我的印象略如上述。我深信若纳小姐所受到的生活的教训对于现代青年是一课极好的教科书。我们应该感谢徐蔚南先生介绍这部有价值的人生经验录给我们初入世的人做参考。蔚南先生要我为本书做一篇序，言莫氏平生并论自然主义文学之优劣，以我的浅学，何敢自承对于莫泊三别有灼见，故即有所论述，亦无非抄拾西方评论家的老话罢了，不但蔚南见之作恶，恐怕读者也是十分讨厌罢。不如索性偷懒，一本书也不用查，来替本书做个提要，这或者对于读书的人有些少的用处——但是亦居然冒称为“序”了。

一九二五，七，一五，上海

——录自商务印书馆1926年初版

(重排新版)《她的一生》[①] 弁言

徐蔚南[②]

莫泊桑长篇小说，余独爱其《她的一生》，其结构之谨严，描写之细致，实已足引人入胜，令人倾倒，何况其内涵之哲学，更为深刻！全书结尾一语“人生并不如想象那末好，也不如想象那末坏”，今已成为格言。托尔斯泰尝读此书，亦为心折，备加赞美，良有以也。余之中译本已重版多次，幸蒙读者爱好，始终不衰，惟战时印刷

① 《她的一生》，即《一生》，因其版毁于战火，世界书局重排，于1946年12月出新一版，该弁言为此版而作。

② 徐蔚南（1900—1952），原名徐毓麟，笔名泽人等，江苏吴县人。曾就读上海震旦学院，后赴日本留学。文学研究会会员，上海世界书局编辑，主编“ABC丛书”。译有《法国小说集》（小仲马等著）、《泰绮思》（法朗士著）、《印度童话集》等。

纸张两俱粗劣，且板已毁于火，欲购无从，今仍由世界书局再版出书，或可稍慰读者殷切之期望。

徐蔚南 一九四六

——录自上海世界书局 1946 年新一版

《火焰》①

《火焰》译者序

杨丙辰 ②

《火焰》原名《赤雄鸡》(*Der rote Hahn*)，本为《火焰》的喻词，所以我直接译为《火焰》，以便醒目。这是豪氏的一部四幕悲情趣剧(Tragikomödie)，出版的日期在西历一千九百零一年，比《獭皮》约后十年；但是这部戏剧却是《獭皮》的后续，因为剧中的事实虽远在《獭皮》之后，与之绝无关系，但剧中的主要人物仍是《獭皮》中的主要人物。并且他的体裁和结构也都是与《獭皮》相同的。《獭皮》的体裁是 Satyre（讥刺），目的在讥刺普路士（Preussen）的政治；这一部的体裁也是 Satyre，目的也是在讥刺普路士的政治。《獭皮》的结构是四幕；其三四两幕与一二两幕相平行（Parallel）；这一部的结构也是四幕，三四两幕也是与一二两幕相平行。此外豪氏为舒写他这个"讥刺"的目的，在《獭皮》中用了反衬激射，两相对比的方

---

① 《火焰》(*Der rote Hahn*，今译《火灾》)，戏剧，德国豪布陀曼（1862—1946，Gerhart Hauptmann，今译霍普特曼）著，杨丙辰译述，上海商务印书馆 1926 年 2 月初版。

② 杨丙辰（1896，一说 1892—1966），河南南阳人，曾留学德国柏林大学，攻读康德哲学，曾任北京大学教授、德文科主任。另译有德国达恩《费得利克小姐》、席勒《强盗》。

法；所以从正面看去，并无一句讥刺的言语，从侧面看去却是把“讥刺”二字发挥到了十足的成色。这是《獭皮》一剧的特别精彩，而在《火焰》中他仍是用了这个方法的。这部戏剧竟这样的同前部相雷同，所以德国有一部分批评家很不满意他这一种著作，视之为《獭皮》的一种无味重复，失败作品。从形式一方面断，我们固然不能不承认这一种评论是对的，但是从内容一方面断，这部戏剧的确是有固有的精彩，不可一概抹杀的。因为前部中最亲切有味，使我们不得不折服豪氏的天才的地方，是在他把剧中人物的性格刻画得迫真入骨，和结构得精妙有趣；而这部《火焰》中人物的性格和事实的结构，他却都描写得实在不比前部弱，并且他还更进了一步，把前部中人物性格上未能尽量发挥的地方，在这里都发挥到了底。譬如为前部中心人物的封魏汉和窝尔夫太太二人的性格，在前部中写封魏汉顽固，愚蠢，视社会党如蛇血，处处要自作聪明，自以为是，在这部中却把他这种种性质都给他发展到了无可发展的地步；所以封魏汉在《火焰》中的行径，我们就觉较前更为顽固，更为荒谬了；而洗衣妇窝尔夫太太，前部中仅说他唆使他的丈夫为贼盗，在这部中却说他年纪又老了点，阅历更深了，胆子更大了，所以他竟由作贼盗而更唆使他的丈夫为图谋一笔包［保］险起见作防火的匪徒了。从这上头看起来，我们可以说：《火焰》是《獭皮》的心理上一种势所必至的结果(Konsequenz)，是完足前部未完的余意的，是一种心理上的续作品，不是事实上的续作品的。并且他这部著作对于前部处处关照的密切，人物的性格口吻前后的一致，丝毫不乱，这种种情形足可证明：这更不是一种弱的续作品了。况且后续的作品，本来是极不容易作的，并且是在欧洲的文学中很不多见的，所以我把《獭皮》译完之后，乘我今年春天课余的暇空，接连着也把这部《火焰》译了出来。至于我翻译的方法，仍是同《獭皮》一样用直译的方法，把原文中不易了然的地方，也仍附了一篇注释于后。不过这部《火焰》仍属豪氏的自然派作品，其中用的是同前部一样的土语，我翻译时，依然感受了一番困难，很费了一番心力。但是我恐怕这其中仍免不了有不妥当的地方，所以我很希望读者诸君特别注意，遇译文中不妥的地方，即请加以指正，俾此书得成一种无瑕之璧，那便是译者的大幸了！

民国十三年七月九日杨丙辰于北京

——录自商务印书馆 1926 年初版

《克拉维歌》[①]

《克拉维歌》译者序

元吉（汤元吉）

《克拉维歌》原名 *Clavigo*，为歌德一七七四年之少年杰作。剧中情节，虽泰半本于当时玛德里之实事；然歌德写此剧之动机，仍不过想表示他底情场忏悔而已。（说见 H. Kurz 所作之《歌德传记》中。按歌德一七七三年由 Wetzlar 回到故乡 Frankfurt am Main 之后，曾与一女子名 Anna Sibylla Münch 者发生恋爱，旋即弃之。）此剧结构之佳，文章之美，艺术之高，向为德国文学批评家所称道，我很以有介绍此剧之机会为幸。

《歌德戏曲集》中，除我去冬已经译出之《史推拉》及此剧之外，其余佳作尚多；治学之暇，当陆续介绍给国内嗜好文艺的朋友们。——《浮士德》现在还谈不上，如果要译，至少得有十年的功夫吧。

---

① 《克拉维歌》（*Clavigo*，今译《克拉维戈》），戏剧，德国歌德（1749—1832）著，汤元吉译，上海商务印书馆 1926 年 2 月初版。1933 年 5 月国难后另版，世界文学名著丛书之一。

此书译竟后，承沈君怡兄替我校阅了一遍，多所指正，书此志谢。

元吉病中记，十四年四月八日于德国明星。

——商务印书馆1933年国难后第一版

《獭皮》[①]

《獭皮》译者序

杨丙辰

格尔哈得豪布陀曼（Gerhart Hauptmann）是德国现代最大的自然派文学家（Naturalist）。他的声望的隆盛和他的著作在社会中所收的效果，都是令人至可骇异的。他的十四部戏剧先后仅在德都柏林雷兴剧馆及德意志剧馆（Das Deutsche und Das Lessing-Theater in Berlin）十年间竟演至一千一百六十九晚，（每年折合一百一十七次）；而在欧战前三年间他所获的报酬竟达七百万马克（折合我国银币约三百五十万元）。金钱上的效果，虽未足为文学的价值的佐证，并且在德国虽很有一派批驳自然派文学（Naturalismus）的议论，但是豪氏却是个有真正文学的精神和不朽的价值的文学家。因此德国来布其大学（Die Leipziger Universität）及英国牛津大学（The University of Oxford）都授他荣誉博士的学位，并且一千九百一十二年他还得到了瑞典的诺贝尔奖金（Nobelpreis）。

豪氏为德国东南部什来沁省（Schlesien）的人。他生于西历

① 《獭皮》（*Der Biberpelz*，今译《织工》），戏剧，德国豪布陀曼（Gerhart Hauptmann，今译霍普特曼，1862—1946）著，杨丙辰译，上海商务印书馆1926年2月初版，世界丛书之一。

一千八百六十二年十一月十五日；今年已经六十一岁，然而仍在奋力著述。他幼年的时代曾入美术学校，并且还同他的长兄嘉尔（Karl）到德国东北部之耶拿大学（Die Universität zu Jena），从大生物学兼大哲学家赫克尔（Ernst Häckel）听过自然科学的讲演。他毕业后作长期之旅行，漫游欧陆各国，一直到一千八百八十八年他迁居德都柏林后，才开始了他文学上的生活。

他最喜欢研究戏剧，所以他一生的主要著作尽是戏剧。他初期的戏剧作品纯属自然主义。但是他那横溢英发的天才却时时都在搜求新价值，不肯死守一隅，所以一千八百年九十二年他的最大杰作自然派戏剧《织工》（*Die Weber*）出版之后，跟着就有一部依然最大的杰作唯心派戏剧《沉钟》（*Die versunkene Glocke*）出版。不过他的唯心派作品也是很带有自然派的色彩的，所以他就终究脱不了“自然派诗人”的定评了。

他的自然主义很受了法国的梭拉（Émile Zola）及挪威易卜生（Henrik Ibsen）的影响，但是比较起来，却还各有根本上不同之点。梭拉的作品中所描写的是可为社会中一种阶级或一种职业的模型人物，易卜生与他正相反，专去注重那各个人物的不同心理，并且还超出了自然主义的规则，把自己的道德观念混入了作品之中。豪氏的作品有一部分也是描写一种阶级或一种职业上的横［模］型人物的，有一部分却是描写个人的心理的。但是他的作品中尚更有超越梭氏及易氏的一点，就是他的作品中都流露一种深表同情于那社会中受苦痛的和被压迫的分子的悲悯精神。我们读了他的书，或看了他的排演的戏剧，就要觉得好像是有个人来替我们申诉我们在社会中所受的种种冤屈苦痛的似的。所以他的作品尤其是能感动人，尤其是能使人折服的。他在社会中所收的巨大效果，恐怕这也是其中的一大原因。对于他这一种的悲悯精神，在德国还有一位马珊（Toachim Hans Marschan）学者，竟特特的著书，把他那哲理的美感方面

(Philosophischästhetisch)很痛快的发挥了一番。他的书原名：Das Mitleid bei Gerhart Hauptmann（格尔哈得豪布陀曼著作中之悲悯），是一千九百一十九年在柏林出版的。

我现在所译的这部《獭皮》(*Der Biberpelz*)，是他在一千八百九十三年所出版的一部四幕描写个人心理的自然派趣剧。这是他所著的一切趣剧中最受批评界的推许及社会上的欢迎的名作。他的目的，是要借这部戏剧讥刺当时普路士国（Preussen）一般心目中只知有皇帝而不知有百姓的官吏的愚蠢和专横；但是他把剧中的诸色人物都写得这样的深刻酷肖，并且他们的口角这样的灵活俊逸，真有呼之欲出，恍然纸外遇之之况。因此德国现代的文学史中不仅说他是一部最佳的自然派趣剧，抑且推他为一切最优美的趣剧中的一种哩。他这一部戏剧还有一种独到的精彩，就在他是一种“自然派的趣剧”。因为文学中的自然主义，向来都为自然派的代表者所视为只能适宜于描写社会中悲惨丑恶的自然状况，而不适宜于讥讽谐谑的文体。但是豪氏居然办到这一步，并且还收了最优良的效果，所以世人就不得不以特别的价值目之了。

翻译这部戏剧时，有两种情形是我觉得应当特别注意的：一是剧中那一大部分的柏林土语（Berliner Dialekt）；一是剧中那宗德国下流人民惯用感叹词的口吻。柏林土语是与通行德国全国的高等德文截然不同的，所以仅懂高等德文，译这部书，就免不了要大感困难了。幸而我在柏林求学的时代，曾留心到这一层，所以还不致于未曾了解原文，凭空盲译。至于那宗下等人惯用感叹词的口吻，我觉得：这是我们为顾全原作的自然派描写社会中的自然状况的精神起见，应当在译文中保存的；所以我把那些“哪”“咦”“啊”“哪呶”等等感叹词俱一字不遗的译了出来。并且我还是更进了一步，力求保全原作完全的精彩，所以始终采取直译的方法，把那免不了难以令我们了然的地方，都附表解释于后。不过我虽是用的直译方法，但是我却力避佶屈聱牙的弊病，抱定“字顺，句顺，文气顺”的宗旨去直译的。这宗翻译的结果如何，我很希望阅者的指正和赞助！

民国十二年十月二十九日杨丙辰于北京

——录自商务印书馆1926年初版本

《约翰沁孤的戏曲集》[①]

《约翰沁孤的戏曲集》译后

（郭鼎堂〔郭沫若〕）

我这儿译的六篇剧本是爱尔兰的文士约翰沁孤（John Millington Synge）做的。他生于一八七一年，死于一九〇九年，他在爱尔兰文艺复生的运动中是一位顶重要的作者。他短短的一生之中只有二十七首诗，六篇剧，还有些散文和翻译，以下依着年代的顺序，替他表列出来：

文和翻译，以下依着年代的顺序，替他表列出来：

* *Riders to the Sea*（1903）

* *In the Shadow of the Glen*（1905）

* *The Well of the Saints*（1905）

* *The Playboy of the Western World*（1907）

The Aran Islands（Prose，1907）

* *The Tinker's Wedding*（1908）

Poems and Translation（1909）

① 《约翰沁孤的戏曲集》，爱尔兰约翰沁孤（John Millington Synge，今译辛格，1871—1909）著，郭鼎堂（郭沫若）译述，上海商务印书馆1926年2月初版。

* *Deirdre of the Sorrows*（1910）

他的全部的著作只有这八种，顶端附有标记的六种，便是我这儿译出的他戏曲的全部了。最初的一篇《戴黛儿》是他未完成的作品，他死后经他的友人格雷哥里夫人（Gregory）们纂集起来的。

他的一生仅仅三十八岁，而他活动于文艺上的岁月又仅七年，但他的成就是怎么样？他的生命是不是为这简短的时间所限制了？这些问题，我想读他这六篇剧本的人便会自行解答的。

他的态度是很谦逊的，他所同情的人物都是下流阶级的流氓和乞丐。他的每篇剧本里面都有一种幻灭的哀情流荡着，对于人类的幻灭的哀情，对于现实的幻灭的哀情。但他对于现实，对于人类也全未绝望，他虽然没有积极的进取的精神鼓动我们去改造这个人类的社会，但他至少是指示了我们，这个虚伪的，无情的，利己的，反复无常的社会是值得改造的。他的世界是很狭隘，但是世间上那一处的世界和他这儿所表现的是两样的呢？在这个世界未能根本地改造以前，他所借以为唯一的安慰，唯一的解脱的，是人类心中尚未完全消灭的一点相互间的爱情。爱的力量他是极端地尊重着的。《谷中暗影》里面的那个浮浪人，便是他这个世界中的救世主，虽然是消极的，但也不容你不消极。

我译他这部剧曲集很感困难的便是在用语上面。因为沁孤的用语多是爱尔兰的方言，据他自己说，剧中人物的说话几乎没有一句是他自己创作的。萧伯讷有一篇独幕剧“The Dark Lady of the Sonnets”，他是有意嘲弄着沙士比的；他说这位诗人记性不好，每逢和人对话，一听着有甚么警策的语句，便立刻写到抄本上，以备做戏剧时采用。萧伯讷这个莫须有的想象虽是出之讥嘲，但其实根本上是道破了伟大的作家的秘密。沁孤的态度便几乎全盘是这样。他的人物没有一个是杜撰（当然是经过作家的“综合的再现”——这个字是我自己想出的，我的意思是说由种种的经验的有机的组合），每个人物所用的话几乎都是由实地得来，所以我们读他的著作，一点也不觉得矜持，一点也没有甚么不自然的地方，他写出的全部的人物都是活的，一个个的心理，表情，性格，一点也没有虚假。他是把写实主义（realism）的精神，彻底地应用在戏曲上而成功了的。

但是我一迻译他时便要感不少的痛苦了。我们中国的语言是有千差万别的，究竟该用哪一种方言去译他？要单用一种方言迻译时，又恐怕看的人不懂。没有法子我只好仍拿一种普通的话来迻译了，这在使多数人能够了解上当然可以收些效果，但于原书的精神，原书中各种人物的传神上，恐不免要有大大的失败了。不过我在这儿想出了一个调济的方法，便是《沁孤》这些剧本，假使在我国各地方有上演的机会时，我希望各地方的人再用各地方的方言来翻译一遍，我想在舞台上是定可以成功的。

爱尔兰人的发音和英文大不相同，譬如“Synge”我译成“沁孤”，或许便会引起读者的怀疑，但这正是爱英两地发音不同之一例。剧中人名地名等固有名词——我也不十分知道爱尔兰的正确的发音——我大概依我自己的方便，任意音译了。我想在翻译的工作上有一种“翻案”（adaption）的办法已是一般承认了的，这些些小的随意想来不会成为问题。

还有我译用的语气，只从我们中国人的惯例，很有些地方没有逐字逐句地照原文死译的。

至于有力量不到或许疏忽了，以致有错误的地方的时候，我希望有见到了的人能够加以指正。

一九二五年五月廿六日志于上海

——录自商务印书馆1926年初版

《爱的教育》①

《爱的教育》译者序言

丏尊（夏丏尊）

这书给我以卢梭《爱弥尔》、裴斯泰洛齐《醉人之妻》以上的感动。我在四年前始得此书的日译本，记得曾流了泪三日夜读毕，就是后来在翻译或随便阅读时，还深深地感到刺激，不觉眼睛润湿。这不是悲哀的眼泪，乃是惭愧和感激的眼泪。除了人的资格以外，我在家庭中早已是二子二女的父亲，在教育界是执过十余年的教鞭的教师。平日为人为父为师的态度，读了这书好像丑女见了美人，自己难堪起来，不觉惭愧了流泪。书中叙述亲子之爱，师生之情，朋友之谊，乡国之感，社会之同情，都已近于理想的世界，虽是幻影，使人读了觉到理想世界的情味，以为世间要如此才好。于是不觉就感激了流泪。

这书一般被认为有名的儿童读物，但我以为不但儿童应读，实可作为普通的读物。特别地敢介绍给与儿童有直接关系的父母教师们，叫大家流些惭愧或感激之泪。

学校教育到了现在，真空虚极了。单从外形的制度上方法上，走马灯似地更变迎合，而于教育的生命的某物，从未闻有人培养顾及。好像掘池，有人说四方形好，有人又说圆形好，朝三暮四地改个不休，而于池的所以为池的要素的水，反无人注意。教育上的水是什么？就是情，就是爱。教育没有了情爱，就成了无水的池，任你四方形也罢，圆形也罢，总逃不了一个空虚。

---

① 《爱的教育》，小说，意大利亚米契斯（Edmondo De Amicis，1846—1908）著，夏丏尊译，上海开明书店 1926 年 3 月初版，1928 年 2 月四版。

因了这种种，早想把这书翻译。多忙的结果，延至去年夏季，正想鼓兴开译，不幸我唯一的妹因产难亡了。于是心灰意懒地就仍然延搁起来。既而，心念一转，发了为记念亡妹而译这书的决心，这才偷闲执笔。在《东方杂志》连载，中途因忙和病，又中断了几次。等全稿告成，已在亡妹周忌后了。

这书原名《考莱》(*Coure*)，在意大利原语是“心”的意思。原书在一九〇四年已三百版，各国大概都有译本，书名却不一致。我所有的是日译本和英译本，英译本虽仍作《考莱》，下又标《一个意大利小学生的日记》几字，日译本改称《爱的学校》(日译本曾见两种，一种名《真心》，忘其译者，我所有的是三浦修吾氏译，名《爱的学校》的)。如用《考莱》原名，在我国不能表出内容，《一个意大利小学生的日记》，似不及《爱的学校》来得简单。但因书中所叙述的不但学校，连社会及家庭的情形都有，所以又以己意改名《爱的教育》。这书原是描写情育的，原想用《感情教育》作书名，后来恐与法国佛罗贝尔的小说《感情教育》混同，就弃置了。

译文虽曾对照日英二种译本，勉求忠实，但以儿童读物而论，殊愧未能流利生动，很有须加以推敲的地方。可是遗憾得很，在我现在实已无此功夫和能力，此次重排为单行本时，除草草重读一过，把初刷误植随处改正外，只好静待读者批评了。

《东方杂志》记者胡愈之君，关于本书的出版，曾给与不少的助力；邻人刘薰宇君，朱佩弦君，是本书最初的爱读者，每期稿成即来阅读，为尽校正之劳；封面及插画，是邻人丰子恺君的手笔。都足使我不忘。

十三年十月一日丏尊记于白马湖平屋。

——录自开明书店 1928 年四版

《爱的教育》作者传略

《爱的教育》作者亚米契斯（Edmondo de Amicis）在一八四六年十二月二十一日生于意大利Liguria州的Oneglia地方。在Cuneo和丘林（Turin）进过学校后，被送入Modena的陆军学校。一八六六年Custozza之战，他加入军队去打仗。在军营中间著了许多短篇小说，在*Italia Militare*上发表，这是他的著作生活的开始。他的*Novelle*和*Bozzetti Militari*第一次披露于该杂志时，就博得一时的欢迎。后来印成单行本，卖完了好几版。他因著作事业有望，便脱离军队，专心著述。以丘林为其文字业的大本营，后又漫游世界各地，著成游记多种。其中最著名的是西班牙（一八七三）、荷兰（一八七四）、君士坦丁堡（一八七七）、摩洛哥（一八七九）这几部。一九〇八年三月十二日因心脏病殁于Bordighera。

亚米契斯的最初的作品是倾向于爱国主义的。在他的青年时代正在意大利民族独立战争中。他的最初的作品*Novelle*和*Bozzetti Militari*即以感时忧国，激动了许多的读者。但他的最好的作品，却都是游记。因为他所最擅长的是景物描写。由美国旅行回国后，他变成了社会主义者，*Sull Oceano*一书便是他发表社会主义的见解的作品。

《爱的教育》(原名*Coure*）在他的作品中间算是销行最广的。而且在意大利学校儿童的读物中间，这一部也要算是最普遍的了。这书的目的，是打算写出儿童中间的友情，不为阶级及社会地位所阻隔的友情。他在这书里把小学生的世界活泼泼地映演在我们眼前了。成人了解儿童的心情本是不可能的事。但读了这几篇日记，谁都要把儿童时代的情感从新唤起。这是亚米契斯的最大成功处。当亚米契斯写这部书时他的心中便充满了青年之火。所以书内的辞藻与结构虽不讲求，但单是一种情绪就能使读者十分感动了。

与《爱的教育》同性质的，更有一部描写友谊的书，叫*Gli Amicio*，是二大册的巨著，也非常动人。

Collsonmorley的《近代意大利文学》(*Modern Italian Literature*)三四一～二页里说："亚米契斯或者可以算得最近半世纪来意大利最有名的作家了。他只有些少的创造力，他的作品的结构也很平常，而且他有一个弱点——就是为我们盎格鲁撒逊人所不大喜欢的伤感的悲观主义。他写得最出色的是书中的几个小人物。他的描写，差不多和照相一般准确，可是又都有生色。他出了许多游记：*La Spagna*，*L'Marocco*，*Ricordi di Lonara*（一八八〇年）等。这不过是些印象主义的旅行纪事，因此有人给他一个徽号，叫'文学的商业旅行家'(讥其旅行之目的专在作游记以赚钱也)。话虽如此，这些游记却又都是滑稽的，有时也略带感动的，而且滑稽和感动也都适乎其度。亚米契斯晚年变成一个社会主义者；他对于社会问题的见解，在*L'romanzo di un maestro*（1890），*L'Oceano*（1899）两部书上表见。*La Carrozza di tutti*是一部长篇的动人的小品集，写电车中所见的丘林风物。亚米契斯自称为玛志尼的弟子，他的信仰，他的癖性，都属于玛志尼派，在*L'idioma gentile*（1905）一书里，最足表现。他从玛志尼学得自然的，单纯的，朴素的作风；这种作风，很受时人的赞赏。"

——录自开明书店1928年四版

《爱的教育》校毕赘言

章锡琛①

从前的古文批评家说："读诸葛亮《出师表》而不下泪者，非忠

---

① 章锡琛（1889—1969），字雪村、雪箴，笔名方可、高劳，浙江绍兴人。译有本间久雄《妇女问题十讲》《文学概论》等。

臣也；读李密《陈情表》而不下泪者，非孝子也。”这话虽然迂腐，但也未尝没有一部分真理。因为忠臣孝子，无一不是感情丰富的人；倘使读了像《出师表》《陈情表》那样刺戟感情的文字不会下泪，他的感情必是十分麻木，当然难以成为忠臣孝子的。

夏先生说曾把这书流了泪三日夜读毕，翻译的时候也常常流泪，我知道这话是十分真确的。就是我在校对的时候，也流了不少次的泪；像夏先生这样感情丰富的人，他所流的泪当然要比我多。他说他的流泪是为了惭愧自己为父为师的态度。然而凡是和夏先生相接，受过夏先生的教育的人，没有一人不深深地受他的感动，而他自己还总觉得惭愧；像我这样不及夏先生的人，读了这书又该惭愧到什么地步呢？

我虽然已经做了四个孩子的父亲，并且当过几年中小学的教师，读了这书，真觉得自己没有一丝一毫可以为父为师的资格。不但这样；我现在还做着父亲母亲的儿子，并且受过多年祖父母的宠爱，如果和书中意大利的孩子一比，自己直和蝼蚁一般的渺小了。我现在已快近四十岁了；做儿子的日子已经有限，要想从新学意大利的孩子们，光阴已经不容许我了。想到这里，我只有痛哭。

我希望这书能够早一点到一般为子弟为父师者的面前，给他们能够像夏先生的多流一点泪。但流泪还是无用的，直要到他们自己觉得可以不必再流泪的时候，那才可以算得真能够读这书的人；而介绍这书的夏先生，那时便可以流欢喜之泪了！

十五年，一月，时而五日，章锡琛

——录自开明书店 1928 年四版

《别宴》[①]

《别宴》序

（张资平[②]）

这本小册子里面收容有七篇小说，有的是我自已动笔译的，有的是由我口译请林竞桂，张尚武，张英麟等几位同学笔记下来的；但都由我校对过了，大致不错，——没有什么错译。但其中因为日本的风俗习惯，家屋构造及所用器具等和我们中国不同，所以很有点不容易译的地方。例如日本现在还是保守着我国古代所有的席地而坐的习惯，和这种习惯有关系一切动作的描写就很不容易译。这一点是译者最感困难的，所以有些地方译得不很满意，此不能不先向读者告罪。

日本近年来文学极其进步，创作界尤为发达。这本书里面收容七篇除最后的《梦醒了》一篇外，其余的作者都是很有名的作家，作家虽属名流，但收容在这本子里面的并不能算是他们的代表的作品，至译者所以选译它们的原因，因为各篇都有部分的可取之点。至各篇的可取之点在什么地方，一任读者去吟味罢。

一九二五，冬，译者识于武昌

——录自时中合作书社1926年初版

① 《别宴》，谷崎精二等著，张资平译，时中合作书社1926年3月初版，日本名家小说集之一。

② 张资平（1893—1959），原名张星仪，广东梅县人。1912年赴日留学，后入东京帝国大学理学院地质系。译有日本短篇小说集《压迫》《草丛中》《衬衣》，佐藤红绿的长篇小说《人兽之间》等。

《短篇小说集》[①]

《森林之冬》[②][附记]

（郑伯奇[③]）

此篇是我由法文《人道报》（*L'Humanité*）的 Conte et Récit 栏中重译出的。

最后二行之前，有一大段讲 Christanité 的 Humanity，说得太肉麻，我大着胆删去了。望读者原谅。

——录自商务印书馆 1926 年初版

《人的生活》[④][小序]

这篇小说，其中有希望自由要求和平的话，所以战时被俄国政府禁止，现在已经风行欧美，确是一篇有名的著作，在文学界上很有价值。

编者识

——录自商务印书馆 1926 年初版

① 《短篇小说集》，中华学艺社编辑，上海商务印书馆 1926 年 2 月初版，学艺丛刊之十。

② 《森林之冬》（*Un Hiver en Foret*），挪威 Hamsun（Knut Hamsum，今译汉姆生，1859—1952）原作，郑伯奇译。

③ 郑伯奇（1895—1979），名隆谨，笔名郑君平、郑平子、席耐芳等，陕西西安人。留学日本期间加入创造社。译有芥川龙之介《澄江堂杂记抄》《梦》，法国费理普《猎狮记》等。

④ 《人的生活》，Maxim Gorky（今译高尔基，1868—1936）著，刘复据 W. F. Harvey 英译本重译。

《项圈》[1]［小序］

崔雁冰[2]

莫泊三系法国自然派文学的巨子，与俄国契诃夫同称现代短篇小说作者的名手。他一生著作绝富，短篇小说介绍到中国来的已竟[经]很多，长篇则仅有王崇植君译的《人生》。

这篇小说所描写的系巴黎社会上爱慕虚荣，同贪欲无艺的风气。其背景是一种故意的“对照”(Contrast)：那丈夫怎样的蠢然心满，那妻子怎样的心慕豪华；伊怎样的一贫如洗，但伊的欲望靡奢；伊是门第极低的妇人，但伊很希望社交的胜利，伊的胜利仅如昙花一现，但伊潦倒穷途倒有十年；伊所做的事是很少，而伊所受的罚倒是很重很大。还有那作者对于他著作的态度，倒也占真正背景的一部。作者抱着冷静的态度，把这一件事情写将出来。也不表同情，也不参喜怒，只像一个速记者从实记录。这种纯客观的描写，就是自然派文学的特色。

译者识

——录自商务印书馆1926年初版

① 《项圈》(*The Necklace*，今译《项链》)，法国莫泊三（Guy de Maupassant，今译莫泊桑，1850—1893）著，崔雁冰译。

② 崔雁冰（1898—1996），江苏太仓人，早年就读于上海浦东中学，毕业后留校任教，教授初级国文和英文。

《雪莱诗选》[①]

《雪莱诗选》小序

郭沫若

雪莱是我最敬爱的诗人中之一个。他是自然的宠子，泛神宗的信者，革命思想的健儿。他的诗便是他的生命，他的生命便是一首绝妙的好诗。他很有点像我们中国的贾谊。但是贾生的才华，还不曾焕发到他的地步。这位天才诗人也是夭死，他对于我们的感印，也同是一个永远的伟大的青年。

雪莱的诗心如像一架钢琴，大扣之则大鸣，小扣之则小鸣。他有时雄浑倜傥，突兀排空；他有时幽抑清冲，如泣如诉。他不是只能吹出一种单调的稻草。

他是一个伟大的未成品。宇宙也只是一个永远的伟大的未成品。古人以诗比风，风有拔木倒屋的风（Orkan），有震撼大树的风（Sturm），有震撼小树的风（Stark），有动摇大枝的风（Frisch），有动摇小枝的风（Maessig），有偃草动叶的风（Schwach），有不倒烟柱的风（Still），这是大宇宙中意志流露时的种种诗风。雪莱的诗风也有这么种种。风不是从天外来的，诗不是从心外来的，不是心坎中流露出的诗通不是真正的诗。雪莱是真正的诗的作者，是一个真正的诗人。

译雪莱的诗，是要使我成为雪莱，是要使雪莱成为我自己。译诗不是鹦鹉学话，不是沐猴而冠。

男女结婚是要先有恋爱，先有共鸣，先有心声的交感。我爱雪

---

① 《雪莱诗选》，郭沫若编译，上海泰东图书局1926年3月初版，1928年3月三版。

莱，我能感听得他的心声，我能和他共鸣，我和他结婚了。——我和他合而为一了。他的诗便如像我自己的诗。我译他的诗，便如像我自己在创作的一样。

做散文诗的近代诗人Baudelaire，Verhaeren，他们同时在做极规整的Sonnet和Alexandrian。是诗的，无论写成文言白话，韵体散体，他根本是诗。谁说即成的诗形是已朽骸骨？谁说自由的体是鬼画桃符？诗的形式是Sein的问题，不是Sollen的问题。做诗的人有绝对的自由，是他想怎么样就怎么样。他的诗流露出来形近古体，不必是拟古。他的诗流露出来破了一切的既成规律，不必是强学时髦。几千年后的今体会成为古曲，几千年前的古体在当时也是时髦。体相不可分——诗的一元论的根本精神却是亘古不变。

（十二月四日暴风之夜）

——录自泰东图书局1928年三版

《雪莱诗选》雪莱年谱

（郭沫若）

1792年（诞生）

八月四日诗人诞生于英国Sussex州之Field Place。

先是1717年诗人之父Timothy Shelley娶Charles Pilford之女Elizabeth为妻，是为诗人之母。母貌美，所生子女均与母相似。十年法兰西大革命成功，成为共和国。

1793年（一岁）

William Godwin氏著《政治正义》（*Political Justice*）一书出世。

W.Godwin乃近世Anarchist之先驱，继室Mary夫人之父，初本Calvin派之牧师，后为无神论者。所作《政治正义》一书为当时进步思想之圣典，几遭发卖禁止之厄；诗人一生受此书之影响最巨。

是年路易十六世上断头台。

1795年（三岁）

天才诗人John Keats诞生。

Keats为英国近代耽美派（Aestheticism）诗人之原祖，马车夫之子，雪莱之畏友，先雪莱死一年。

是年拿破仑征伐意大利。

1796年（四岁）

长妹Hellen诞生，未几夭折。

1798年（六岁）

始受教于牧师Edwards氏。

诗人Wordsworth与Coleridge合著《抒情诗集》(*Lyrical Ballads*)出版。

据Mary夫人“Queen Mab”(雪莱长篇处女诗）注：Wordsworth所发展的自然之爱与智识——Coleridge诗之高调与优美……为诗人之所爱读。

是年拿破仑远征埃及。

1799年（七岁）

次妹诞生，仍袭长女之名，名Hellen。

是年拿破仑为法兰西之第一Consul。

1801年（九岁）

诗人Southey诗剧“Thalaba”出版。

Robert Southey与Wordsworth，Coleridge三人为“湖畔诗人”。Wordsworth前之戴冠诗宗，其诗纵肆想象，写景清新，为雪莱幼时所爱读。

1802（十岁）

就学于Sion House Academy，学拉丁文，希腊文，法文，天文，算学，地理等科。

学校为 Dr. Greenlaw 所经营，校中多商人子弟，辱待雪莱。当时英国各学校有旧生虐待新生之恶习（Fagging System），雪莱恒为小暴君等所苦，诗人孤独的悲哀与反抗的精神，滥觞于此。

1804 年（十二岁）

由 Sion House 转入 Eton 学院。

Eton 学院在学中仍为侪辈所苦，时受鞭笞。

是年拿破仑称帝。

1806 年（十四岁）

弟 Jhon 诞生。

1807 年（十五岁）

诗人拜轮（Byron）之“Hours of Idleness”出世。拜轮先雪莱四年生（1788 年），后雪莱二年死（1824 年），与雪莱之间关系颇密切。

1809 年（十七岁）

拜轮之“English Bards and Scotch Reviewers”出世。

1810 年（十八岁）

退出 Eton 学院，四月十日入牛津大学之 University College。

十月下旬与学友 Thomas Jefferson Hogg 相识。

Hogg 乃牛津大学中雪莱唯一之友人，后与同遭雪莱斥退，曾为雪莱作传（*The Life of Shelley*）。

与从兄 Medwin 合作小说一篇名“Wandering Jew”。

文豪司可特（Scott）长诗“Lady of The Lake”出世。

1811（十九岁）

唱道无神论，做“无神论之必然性”（“The Necessity of Atheism”）一文，三月二十五日，与 Hogg 同遭斥退。

翌日与 Hogg 同赴伦敦。父命其游历希腊，不应。母送金促其归，不受，返其金。

未几与 Mount Street 咖啡店主之女 Harriet Westbrook 相识。初牛津大学在学中与母内侄 Harriet Grove 相爱，及退学后，女家弃绝之。雪莱既不应父命，父禁其归，断绝资助。母 Elizabeth 阴遣次妹 Hellen 之同学，Harriet Westbrook，时时送零用于雪莱，雪莱因与之相识，时 Harriet 十六岁。

五月得伯父调停，父息怒命其归乡，年受二百镑英金之供给。

八月下旬与 Harriet 同逃往 Edinburgh。二十二日依苏格兰法律结婚，复遭亲怒。

结婚五礼拜后 Hogg 自伦敦来访，同赴 York。未几 Harriet 之姊 Eliza 亦自伦敦来同居。

十一月上旬 Hogg 对于 Harriet 有无礼之举动，因隐迁于 Keswick。

十二月访 Southey。

1812年（二十岁）

始读《政治正义》一书，倾倒，一月三日自 Keswick 与 Godwin 氏通信，未几覆书至。十日第二信自叙经历与境遇。十六日寄第三信。

二月三日离 Keswick，偕 Harriet 与 Eliza 同赴爱尔兰，十二日抵 Dublin，颁布《告爱尔兰人》（"Address to The Irish People"）一文，主张解放旧教徒，赞助爱尔兰之独立运动。

四月四日离 Dublin，暂居于 North Wales 之 Nautgwilt。未几移居于 Somersetshire 之海岸 Lynmouth，从事于政治的宣传。

九月 Godwin 来访，不遇；因已移居于 North Wales 之 Tanyrallt（在 Tremadoc 附近）。

十月上旬赴伦敦，与 Godwin 相会。留滞英伦一月，几每日相过访。是时 Godwin 之女 Mary（后为雪莱夫人）旅行于苏格兰。

十一月初旬归 Tremadoc。

退京之前似曾与 Mary 相见，时 Mary 十五岁。

冬读 Kant，Spinoza，Gibbon 之《罗马帝国衰亡史》（*Decline and Fall of the Roman Empire*）及 Spencer 之“Faerie Queen”。

是年春夏之交从事于“Queen Mab”之诗作。诗极长，宣传改造社会的思想；主张废弃财产，自由恋爱，男女平权，反对基督教，非神，非战，厉行菜食主义；大抵是《政治正义》一书的韵文的敷衍，非雪莱之杰作。

是年 Byron 之杰作“Childe Harold［Childe Harold's Pilgrimage］”一诗出世。

1813 年（二十一岁）

二月 Hunt 遭诽谤朝政之笔祸受二年监禁，罚金五百镑之处分。

Leigh Hunt 为当时自由思家，诗人，评论家，后与雪莱为友。

二月暴汉（附近牧羊者）袭以手枪，连遭二次。因离爱尔兰，暂居于 Dublin，旋居于 Killarney 湖中岛上。

三月 Hogg 访雪莱于 Dublin，不遇。

雪莱偕 Harriet 追访 Hogg 于伦敦，四月五日入妻家；与 Hogg，Godwin 交游。

是时拟与父和解，父命其取消无神论之宣言，再入牛津大学，不听，因不果。

六月 Harriet 生长女 Ianthe。

Harriet 不任育儿事，专赖于保姆，家政亦由姊 Eliza 操持。

学意大利语，爱读 Tasso 之诗及 Ariosto 之“Orlando Furioso”。

六月离伦敦，移居于 Bracknell。

是时乘父不在，应母之招，变装军服，偷回故乡。

八月与父和解，会于伦敦。

十月中旬移居于 Edinburgh。

十二月上旬携妻女赴伦敦，下旬寓居于 Windsor。

长诗“Queen Mab”由 Hookham 书店出版。

1814年（二十二岁）

三月二十二日依英国法律与Harriet改行结婚式于St. George。

Harriet夫人不满意于雪莱，以为徒尚理想，不顾家庭乐趣，又倦于菜食（雪莱乃实菜食主义者），产后不亲书籍，追尚时装。

未几，Harriet弃雪莱而赴Bath。

六月与Mary相爱。

是时雪莱贫困，为负债所苦，Godwin深为尽力，常出入其家。

七月二十八日与Mary，Clara二人出奔，经巴黎，入瑞士之Brunner。

Clara乃Mary异父姊。三人入瑞士，租居室二间，原预定六阅月之契约、以囊中金尽，仅两昼夜而去。

八月二十七日买舟下莱茵，九月上旬返英伦。

返英伦后，Godwin不愿与雪莱相见，家居教Mary，Clara二人以希腊拉丁文。是时为负债所苦，卖其珍藏之显微镜一台得金五镑。

十一月三十日Harriet生一子名Charles。

是年拿破仑失败，法皇路易十八世复辟。

1815年（二十三岁）

一月六日祖父Sir Bysse死，年八十三岁。

雪莱闻耗归家，父不许其人，然每年得千镑之年金。分二百镑于Harriet。

二月二十二日Mary生一女，早产（八月）三月六日死去。

春，医师诊断雪莱有肺病，未几征候消去。

八月移居于Bishopsgate。与Peacock等溯泰晤士河，费十日，健康大进。

是年长诗“Alastor，the Spirit of Solitude［Alastor，or the Spirit of Solitude］”成。此诗乃诗人天才觉醒之初征。诗叙一瞑想青年诗人，欲求真理之光独向远远的东方，远远的东方飘泊；经过雅典，经过斐尼西亚的旧都，经过巴比仑昔年前光荣之旷野，经过天方，经过波斯，最后走到 Cochmire 山谷中，于梦中得见一覆面美女与之谈真善之妙谛，梦醒而美女消亡，诗人陷于深沉的悲哀，仍努力前行，追求此已亡之梦影。最后走到凄怆的 Chorasmian 海岸，乘着一只孤舟，越危崖，穿洞穴，历见种种惊心骇目的奇景。弃舟登陆后，走入原始时代的森林，在一苔痕涨绿的洞口之前，而脚已不能移动。死期近矣，苍白瘦削的两手，扶老松之枝干，倚茑萝之危崖，从此长逝。——原诗将近千行，是雪莱一生的自画像，研究雪莱者不可不读。

是年拿破仑战败于滑铁卢。

1816 年（二十四岁）

一月二十四日 Mary 生一子，名 William。

三月 *Alastor* 出版，赠 Southey 一部。

五月赴瑞士旅行。

Godwin 与雪莱时犹未能和解，Godwin 为负债所苦，时受雪莱接济。雪莱与 Mary 之结婚，大受世人所非难，因偕妻子及 Clara 复由巴黎入瑞士，卜居于湖畔。在此与 Byron 相识。羁旅中有“Mont Blanc”，“Hymn to Intellectual Beauty”诸作。

七月上旬与 Byron 舟游于 Geneva 湖上。

八月廿九日归英，由 Portmouth 登陆，假寓于 Bath。

十月 Mary 之异父姊 Fanny 因恋雪莱故，忧郁死。

十一月中旬 Harriet 失踪。

十二月一日 Hunt 于 *Examiner* 报上介绍新诗坛之三星。

新诗坛之三星：Reynolds，Keats，Shelley。雪莱因访 Hunt 于 Hampstead 滞留数日。

十二月十日 Harriet 溺死。

死尸发现时已有孕，雪莱深感悲痛。是年有咏“死”一诗起句“They die—the dead return not...”者即哀悼 Harriet 之作。

十二月二十七日 Godwin 与雪莱相见。

三十日与 Mary 结婚于 St.Mildred’s Church；Godiwn 夫妇莅会。

1817年（二十五岁）

一月八日 Harriet 之父提出亲权丧失之诉讼。

先是 Harriet 死后，雪莱要求 Harriet 所生之一子一女，其父拒绝，竟提起诉讼，告雪莱停妻再娶，非教谤神：当时司法官 Lord Eldon 左袒原告，子女之教育断归于第三者 Dr. Hume 夫妇，由雪莱年供二百镑之养育费。

是时有“To the Lord Chancellor”及“To william Shelley”二诗，前诗即诅骂法官之作；后诗之 William 即 Mary 所生之子，前妻之子女被夺，恐此子亦被人夺去，舐犊之情溢于言外。又“Rosalind and Helen”剧诗中，Rosalind 之夫死时告诸法庭，谓 Rosalind 淫荡，虚伪，不信耶教，夺去其子女一节，正雪莱自道。

一月十二日 Clara 生一女于 Bath，名 Allegra。是女乃 Byron 之胤。先是 Clara 在伦敦时本与 Byron 相识，去年游瑞士时竟与私媾，生此一女。

二月五日雪莱与 Keats，Reynolds 会于 Hunt 之家，共晚餐。

三月移居于泰晤士河畔之 Marlow，从事于贫民救济。

雪莱救济贫民之逸事甚多；施毡毯于贫民，防其入当，加以“Shelley”之烙印；有时中途脱靴赠人，跣足而归。

此时着手草“Rosalind and Helen”(剧诗)，此作剧不成剧，诗不成诗，批评家均以为雪莱失败之作。

九月二日 Mary 生一女，名 Clara（与妻姊同名）。是时复从事于司皮诺若（Spinoza)《政教论衡》(*Tractatus Theologico-Politicus*）之翻译。(是书主张共和政治，民约建国之原理，批判耶稣教之本质。)

十一月下旬 *Laon and Cythna* 出版。

诗成于九月，诗中以兄妹为情人，大受世人非难，后稍改更，改名为“The Revolt of Islam”寓政治改革之意见，与“Queen Mab”之中心思想相同，二诗均雪莱失败之作。是年 Keats 第一诗集出版。

1818 年（二十六岁）

三月十一日赴意大利。

雪莱因遭失子之痛，复以创作过劳，健康大损。医师劝以转地静养，因偕妻子及 Clara 母女同行。是时 Byron 寓居意大利之威尼司（Venice），雪莱亦欲与之相见，交授其女 Allegra，自此在意大利旅居四年，此四年之中正诗人之灵光焕发的时代。抵意大利时，拟卜居于 Como 湖畔，不遂。依 Godwin 之介绍寓居 Gisborne 夫妇所居之 Leghorn，与 Mary 夫人研究希腊罗马之古典。

六月移居于 Bagni di Lucca。

在此译柏拉图之《宴飨篇》(*Symposium*)。

“Rosalind and Helen”一诗成（诗之背境在 Como 湖畔），八月随妻姊 Clara 访其女于威尼司，并访 Byron。

先是雪莱偕 Clara 来意大利时，以为 Byron 必能欢迎；及至，Byron 虽暂时承受其女，然不久即转托之于威尼司领事 Hoppner 氏之夫人。Clara 念女心切。雪莱乃随之而来，因与 Byron 相见。Byron 宣明已不爱 Clara，并不爱其女，如 Clara 欲携女去时亦尽可携去。雪莱对于 Byron 颇生幻灭之感。

九月下旬幼女 Clara 死。

十月偕妻游威尼司，复与 Byron 交游。

“Julian and Maddalo”一诗，即叙诗人与 Byron 之交际。此诗起稿于第一次威尼司之行，成于此时。

十一月下旬游罗马，拿波里，访澎湃城（Pompeii）之废墟。

是年 Keats 长诗“Edymion”出世。

1819 年（二十七岁）

二月移居罗马，研究希腊拉丁之古籍及罗马之美术。

六月七日长子 William 死。

八月诗剧 *Cenci* 成，在意大利出版。

此剧乃雪莱长篇杰作之一，内容叙伯爵 Cenci 万恶无道，强奸其女 Beatrice。女与继母 Lucretus 共谋，遣刺客二人绞杀 Cenci，女与继母同受死刑。——此剧出版后送交英伦 Ollier，托谋上演于 Convent Garden 舞台，不果。

是月十六日英国劳动有与急进劳动党人聚合于 Manchester 市 St. Peter's Field，要求普通选举，改正选举区，解放防设令；举行示威运动，政府以武力弹压，惨杀多人；雪莱闻报，义愤填胸，草《乱世之假面行列》("The Masque of Anarchy") 一诗，比当时之执政 Castlereagh 为"凶犯"(Murder)，Edlon 为"骗子"(Fraud)，Sidmouth 为"伪善者"(Hypocrisy) 拱戴着同时是上帝是国王是法律的名叫"乱世"(Anarchy) 的枯骸在血中行军奏凯歌。一个名叫"希望"(Hope) 的狂女走来挡着他们，"乱世" 消灭，乱党化为灰尘，随即共起一片惊喜的呼声，向着英国人民宣传自由的大道。全诗共九十一节。最后一节是：

"Rise like lions after slumber
In unvanquishable Number!
Shake your chains to earth like dew
Which in sleep had fall'n on you:
Ye Are Many——They Are Few"

(译文)"起哟，结起成必胜的大群
如像是无数的睡狮醒了！
睡眠中落在你们头上的枷锁
你们摆摆头儿如像露珠一般摇掉：

你们人数多——他们人数少。”

(这一节诗我要借来向着我们困在乱世之下枷锁之下的中华民国的同胞，在此大声急呼一下。)

十月移居于 Florence。

“Ode to West-Wind”（西风歌），作于此时此地。

十一月十二日 Mary 生一男，夫妇大喜，名 Percy Florence。

是年冬成“Prometheus unbound”（诗剧）。

雪莱两大雄篇：“Cenci”与此剧同成于一年之中，Prof. Dowden称这一年为“不可思议之年”（Annus Miradilis）。——Prometheus 是希腊神人，人类是他造的。他因为从天上取了火（智光）来赐与了人类，触犯了至上神 Zeus 之怒，囚之于高加索山。古希腊诗人 Aeschylus（525—456BC）。有“Prometheus Bound”（普罗美妥士之幽囚）一剧，已残缺；似以与至上神妥协为本旨。雪莱作翻案名曰“普罗美妥士之解放”，表张地上的胜利，天界的倒塌，上帝自天上坠下，陷落在地狱里。

是年近代社会主义之建设者英国 Robert Owen 氏（1771—1851）《第一次工场条例》（“The First Factory Act”）出现，保护劳动者，限制劳动时间。（该条例中限定劳动时间为十二时，劳动儿童九岁以上可以服用，以百年以后的今日观之，当然是种惊异！

1820 年（二十八岁）

二月移居于 Pisa，作“Sensitive Plant”。

春遇暴徒之袭击于 Pisa 邮政局前。

《自由之歌》（*Ode to Liberty*）作于此时。

六月移居于 Leghorn。

是年夏成《云鸟曲》（“Ode to a Skylark”）及“Letter to Maria Gisborne”诸诗。

七月，寄书Keats，招游Pisa。

八月十二日登San Pellegrino山，得“The Witch of Atlas”之腹稿。

是月成《拿波里曲》(“Ode te Naples”)。

是年秋作“Oedipus Tyrannus”，取材于Sophocles之悲剧，讽刺时事。

十月Clara赴Florence，充Prof.Bojti之家庭教习。

一月下旬堂兄Medwin来。

十一月十一日致书Hunt，问Keats近况。

十二月归Pisa，与少女Emilia Viviani，希腊革命家Mavroca dato相识。

Emilia Viviani生于名门，父为伯爵。母早死，继母怂恿其父送入Santa Auna尼寺。寄居尼寺中已二年，雪莱依友人之介绍得与之相识。雪莱感其美容怜其境遇，自此以后，赠书，赠花，通信，拜访，表示出十分爱恋之至诚。雪莱以为多年所理想的Pandemic Aphrodite（司色情之女神）与Uranian Aphrodite（司爱情之女神）之一致，于Emilia身中体现，理想美之化身实现于人间了。感极而成“Epipsychidion”(灵魂之歌）一诗。诗成于翌年二月，诗中以Emilia与Mary二人比诸日月，同遗弃尘俗之污秽，而避居于多岛海中之“极乐岛”。此诗与“Alaster”一诗，结构相似，而情调则两两可成一对比（Contrast)：如以果物比较时，“Alaster”一诗如一簇紫色的葡萄，此诗则如一颗鲜红的苹果。前者是忧郁，凄怆，奇险；后者是晴朗，欢快，晶莹。

是年Keats第三诗集出世。

1821年（二十九岁）

一月Williams夫妇来，依Medwin之介绍，与雪莱交。

二月“Epipsychidion”成。

此诗雪莱自比于但丁之《新生》(*Vita Nuova*)，然诗成时，雪莱对于 Emilia 之爱情已转变。二月十六日送此诗于 Ollier（出版家）其信中有云："……此长篇我希望你设以为是我作的。这篇可以说是已经死了的我的作品……"。诗序中亦自假托云："此诗之作者死于 Florence……" 云云。Emilia 对于雪莱也仅是一个幻想，雪莱对于 "Epipsychidion" 一诗，竟至不忍再读；以为诗中所赞美的人物并不是 Juno 女神，只是一个云影。Emilia 就在翌年嫁于 Biondi，饱尝不幸，不数年之内，罹虐疲［疾］而死。

二月二十三日 Keats 死。

Keats 劳于诗作，苦于恋爱，病肺以 1820 年依医师之劝告而来意大利。此时客于罗马，吐血，死于友人 Severn 之怀抱中。死时年 25 岁。

二月至三月之间草《诗辩》("A Defence of Poetry"）一文。

先是 Peacoak 作 "Four Ages of Poetry" 一文，斥诗歌为无用之长物，诗人于文明社会中是一个半开化的野蛮人，反对当时浪漫派之运动，攻击 Scott，Byron，及 Southey，贵理智（Reason）而贱想象(Imagination)；雪莱因而作《诗辩》以反抗之。

五月至十月之间再游 San Giuliano。

是年夏吊 Keats 诗 "Adonais" 脱稿。——此诗乃诗人天才成熟期之作品，初叙哀悼之情，缠绵悱恻，读时令人战栗。后半叙 Keats 不死，说"他是苏生了，是醒了，死的是'死'，不是他"(He lives，he wakes— "tis Death is dead，not he")，末后赞美到"死"上来，说"生如五色的玻璃房屋，污玷'无际'的白光，直到'死'来始踏之为粉碎"(Life，like a dome of many coloured glass，stains the white radiance of Eternity，until Death tramples it to fragments)。所以生者无所用其踌躇，无所用其逡巡，无所用其恐怖；Adonais 之魂(Keats）如一颗明星一样，在"无际"之中相招——诗人吊友，实自吊；再隔一年，雪莱亦将随Keats而长逝矣。

八月七日访拜轮于Revenna，留居。招Hunt来意大利，拟与拜轮三人同出杂志，名曰《自由》(*The Liberty*)。

十一月一日献所作抒情诗剧“Hellas”于Mavro-cardato。

是时希腊革命军起，M氏将回国，作此诗以送之。诗中预言黄金时代之再来，雅典之复活。结尾“合唱”与读拜轮《哀希腊》一歌，别是一种诗情，同是一种期待。

十一月拜轮与Guiccioli伯爵夫人（拜轮之情妇）同来Pisa。

五月十二日游艇Ariel（艇名）由Geneva来。

是时草《生之凯歌》(“Triumph of Life”未完稿而死）一诗。又成赠Williams夫人诗数篇（夫人名Jane，雪莱钟爱之。）

六月夫人Mary病，同十六日流产。

七月一日与Williams同乘Ariel艇赴Leghorn迎接Hunt。

是时Hunt及其妻子自英伦来，雪莱往Leghorn迎迓。翌朝抵Leghorn后，与Hunt相见，使就居于Pisa。

八日午后与Williams同乘Ariel归，中途遇暴风雨，艇覆，同溺死。

十八日雪莱死尸飘浮于Via Reggia近旁之海岸，衣囊中有Keats诗集与Sophocles集各一册。

八月十五日Trelawny，Byron，Hunt，火化雪莱尸。

十二月葬遗骨于罗马新教徒之墓地。

是后Mary夫人于翌年八月二十五日返英伦。后八年（1831年）Trelawny求婚，Mary拒绝之。1836年Godwin死。1837年Mary得诗人之父Sir Timothy之许可，纂集亡夫之诗集，其后二年始完成。1841年Mary之子Percy Florence由剑桥大学毕业，1844年Sir Timothy死，Percy Elorence得承雪莱家产。1851年二月二十一日Mary夫人死。1889年十二月五日Percy Florence死，无后。

先妻 Harriet 之子 Charles 死于 1826 年，女 Ianthe 死于 1876 年。

——录自泰东图书局 1928 年三版

《罗士马庄》①

《罗士马庄》小引

（刘伯量〔刘运筹〕②）

自《新青年》出过《易卜生号》，凡爱读书的人们，想有一部分已经知道易卜生是个何等样的人和他在文坛上所占的地位，用是译者不来多述。现在的范围，却只及于《罗士马庄》（*Rosmersholm*）剧本。这剧是他于一八八六年在扪循 München 写成，系描摹当日政治的情景。倘将著此剧之前十年或十二年挪威政党对于宪法的扰攘一加追叙，聪慧的读者自能领会。

一八一四年，挪威宪法给瑞典挪威王以议会议案之否决权，但如议案相连三次在三年议会中通过，国王即不认可，也得成为法律。此法施行到一八七〇年，以后自由党的势力渐盛，其情乃为之变。因一切立法权和财政权皆定自议会，阁员不得在其中列席，且阁员除对国王外不负他种责任。所以多数自由党在议会的提案，往往被一保守党内阁所阻挠而无法干涉。一八七二年，阁员须列席议会的案件，得八十对二十九之五十一票多数通过于议会，而国王竟加否认。但此案

① 《罗士马庄》（*Rosmersholm*，今译《罗斯莫庄》），戏剧，易卜生（Henrik Ibsen，1828—1906）著，刘伯量（刘运筹）译，诚学会 1926 年 4 月初版，诚学会文艺丛书之二。

② 刘伯量，刘运筹（1893—？），字伯量，四川巴县人，早年毕业于北京农业专门学校，后赴英国留学，获爱丁堡大学理学学士学位，曾任北平大学农学院教授等。

以后更继续三次在议会通过，末次更得九十三对二十之七十三票多数的表决；但国王欧斯嘉 Orcas 宣言，凡关于宪法的变动，国王有绝对否决权，复将此议决案加以否认。一八八〇年六月九日议会公布议决，指此议决案虽经国王否认，而根据宪法也得成为法律。国王仍置诸不理，由阁员建议，宣布不独关于宪法问题，即关于补充的准则，国王有绝对否决权。于是把议会激恼了，竞相率采用宪法上最后的手段：弹劾阁员于王国最高法庭，此法庭由上院（议会中之内部委员会，执行上院职务）和大理院的法官组织之。政治斗争极烈，对最高法庭的组织，尤启最大的争端；但自由党势也磅礴，行动全得如意，所有阁员均被免职而罚锾。至此国王才假表同情于议会，选择极右党的人物组织新阁。惟此派秉政，事实上仍难呈乐观，相传国王尚欲图最后一掷，却被智者劝阻。等他决心顾全大局而退让，时间已不算早了；一八八四年六月二十六日，诏令自由党二十多年的议事领袖司斐德鲁 Johan Sverdrup 组阁，该氏允许，遂解决了这一场宪法战争，自由党算占了最后的胜利。

一八八五年夏，正逢这一场政治战争闭幕，易卜生末次归游挪威。据野格 Heurik Joegre 的记载说："当易卜生最后还乡时，政治战争业已结束，可是恶潮澎湃，仍能令他惊骇，甚至还有流言时常中伤及他，因念纷争好像没有止息的一日，心里着实难过。并且感伤现在的仇雠，大半都是以前的密友，如今各行其是，各固其见，我虞尔诈，决非国家之福。他既具这种愤慨，所以每每发出激烈的言谈，至称挪威所住的不是二百万人，直是二百万猫犬。这类的感想，在《罗士马庄》剧中描写党派分歧，就看得到，失败者的凄苦，以克罗尔作代表；战胜者的趾高气扬，不愿开诚布公，由摩登司高充雏形。"全剧用意至为精深，非仅表显政治一端的感想。然政治情势实是全篇背景，党派的恶毒，写非常生动。罗士马自然是此剧的主人翁，他是志气坚定立意向上的人，即狐媚险诈如吕贝加的女子，与他同处，也被他的人格感化而视死如归，他真是一个在易卜生理想中的人物。

我译此剧，系据英人亚基尔 Charles Archer 的译本，偏于直译，得友人于世秀君整理一过，便觉流畅。我要对于君表示相助整理的谢忱。

一九二三年七月十九日译者记于柏林

——录自诚学社 1926 年初版

《罗士马庄》再版赘语

（刘运筹）

此剧有各种文字的译文，中文除我翻译而外，却没有别人译它。三年以前有几位友人把这译品在北平印行，阅时不久，已没有多余的了。现在学术研究会的会友李寿彭同志说：此可再版，作为会中出版物之一。我甚同意，因添写这几行字。

一九二九年十月三十日　在首都

——录自学术研究会总会 1930 年再版

《强盗》[①]

《强盗》译者自序

杨丙辰

德国千余年来的文学史里仅有两个最优秀卓绝，百世千世不朽

① 《强盗》，戏剧，德国释勒（今译席勒，1759—1805）著，杨丙辰译，上海北新书局 1926 年 4 月初版。

的伟大诗人，就是葛德（J. W. V. Goethe）和释勒（Friedrich von Schiller）。他们二人所生的时代相同，文学地位相同，在一切文学种类上的充分的空前绝后的供献又相同，但是他们的性情才思却适相背驰，而不能相同。葛德的才思是客观的，写实的，趋外的（Objektiv und realistisch），八方面的伴奂全备的，释勒的才思是主观的唯心的，趋内的（Subjektiv und idealistisch），深不可识，高不可攀的，葛德是富有渊若大海，一望无际的情感（Gefühl）的，释勒是富有灿若日月的哲识理想（Idee）和奋斗向上的精神的。因此葛德就是一个天生的抒情诗人（Lyriker），释勒就是一个天生的戏剧家（Dramatiker），而葛德一生最精纯最出色的作品，就是他的抒情诗，释勒一生的最出色杰作却是他的戏剧。

释勒一生所著的伟大戏剧仅有十数部。这十数部戏剧之中有一半是他在幼年的时代作的，有一半是他在晚年的时代作的。他这十数部戏剧之中所透露他对于戏剧上的见解的发展系统，亦是随着他幼年和晚年两个大时期的顺序显然都各含有一种不同的共通趋向可供追寻的。他幼年所著的戏剧的共通趋向在感觉的热烈和思想的汹涌。他晚年所著的戏剧的共通趋向在形式和内容的和谐。因此他幼年的几部戏剧都是激昂慷慨，深带革命的精神的，而他晚年的几部戏剧却都一反这宗情形，而为冷静的，优美的和成熟的；前者是他受了专重感觉而不重形式的“暴风和切迫（Sturm und Drang）”潮流的影响之所致，后者是他受了希拉和罗马文学的影响之所致。

我翻译的这部《强盗》（*Die Räuber*），是释勒在幼年的时代最初所著的一部最伟大的悲剧。他著这部戏剧时正是他血气最蓬勃，并且受“暴风和切迫”潮流的影响最浓厚的时期，所以他这一部戏剧里所表现的思想和感觉也是最沸腾和最火烈的。关于这一点，不仅是他的后此的一切作品所敌不上，就是当时的一切著作，连葛德的两种有同一趋向的大名著《歌慈封柏理与根》（*Götz von Berlichingen*）

和《少年维尔德的苦痛》(*Die Leiden des jungen Werther*)（郭沫若译作:《少年维特之烦恼》）也是敌不上的。因此后来的文学批评家都称这一部戏剧为“德国最革命的戏剧（Das revolutionärste Drama der deutschen Literatur）”，为集“暴风和切迫”潮流的大成的著作。然而正因为他这一部戏剧里处处都是这样的如同火山一般爆发的，趋极端的，所以竟有一少部分的文学批评家深致不满，以谓写得太的深刻过火，心理上不忠实（Psychologisch unwahr）。但是就在这一部分的文学批评家，也都是一方面为这部戏剧宗旨的高尚，笔力的雄厚，剧情的豪放沉痛，剧语的淋漓痛快，以及释勒对于历代所积累的一切传统，和对于社会上的一切恶劣现象所起的胆大的反抗，种种情形所震慑，而不能不承认这部戏剧的确不是死板板的纸上戏剧，乃是活泼的生动于我们的眼前，燃烧劫夺我们的性灵的一部异军突起，独树一奇特新颖旗帜的真正伟大作品。为这个缘故英国的大诗人查礼赖（Carlyle）在他所著的《释勒传》中曾说:《强盗》的发表不仅是释勒历史中的一章一段，亦且是世界文学中的一个段落的（Die Veröffentlichung der, „Räuber“ bedeutet einen Abschnitt nicht nur in der Geschichte Schillers，sodern in der Literatur der Welt）。除了这种文艺方面的价值之外，释勒这部戏剧在欧洲的文化史（kulturhistorisch）上还占有重大的价值，因为他这一部戏剧是以描写“唯物主义（Materialismus）”与“唯心主义（Idealismus）”的冲突为目的的，所以对于欧洲十八世纪末叶受有唯物主义的影响深的文化状况，并当时一般人的“唯物心理”就写得比当时一切的著作都特别的详尽深刻了。

我翻译这部戏剧开始着笔的时候，系在两年前我把《费德利克小姐》一剧译完之后。那时我已经把这一部戏剧的第一出完全译出，但是后来我受了胡适之先生的怂恿，就把这一部戏剧搁置了起来，接连着翻译了格尔哈德·豪布陀曼（Gerhart Hauptmann）的《獭皮》(*Der*

Biberpelz）和《火焰》（*Der rote Hahn*）两部趣剧。一直到去年暑假，我把这两部戏剧译完之后，才又继续着翻译释勒的这部《强盗》。不过我因为工课过忙，时译时辍，所以陆陆续续竟延至今年一月十八日方得全稿告竣。此后修改誊抄等等事情又陆陆续续的费了半年的工夫，所以竟延迟到现在，方到出版成熟的时期。

我翻译这部戏剧的方法，仍是同我翻译《獭皮》和《火焰》时一样的采取直译的方法，把原文一字一句的直接译了出来，并不妄行加减原文里的意思。我这次仍是同前次一样更进了一步，把原文里的格言成语（Sprichwörter und Redensarten）等等句子，都直接按照字面的意思译成了汉文。我很知道，这样的句子这样翻译，必定有许多，是使读者难以了然的，但是我觉得这样的翻译是能保存原句里所表现的民族心理和人情风俗等等方面的情形的，因此我打算着仍照前次的方法于这部译文出版后，另作一篇注释，把难解的地方详细加以说明。此外我自己还想作几篇长文详细发挥这部戏剧在文艺方面的长处，并且还想把释勒对于这部戏剧作的批评和序文都译了出来，以便作为研究这部戏剧者的参考。这部戏剧是曾经译为英法各国文字的，所以除了通德文的读者之外，我深愿通英法文的读者和英法文的译本参照一参照，遇有不妥当的地方，切实加以指正，俾可成为一种最完善的译本。这样我很希望这部伟大的戏剧可以在我们这缺乏真正戏剧的中国里发生一点良好的影响和效果！

民国十四年八月八日于北京。

——录自北新书局1926年初版

《往星中》[①]

《往星中》序

韦素园[②]

十九世纪末与二十世纪开场的俄国文学界有两个代表的人物——戈理奇（M Горький）与安特列夫（Л. Андрèев）。这时期有革命的与反革命的两种精神的冲突，在俄国历史中可以算是多事之秋。忽而“希望”使人们高入云霄，对于将来怀着狂热的企求，忽而“失望”又把人们压入黑暗的深渊里去了；忽而狂欢燃烧着人们的胸怀，但不久忧伤又把人心笼罩住了。——这时期社会心情的变迁有如闪电一般迅速。戈理奇与安特列夫的著作是这些变迁的反照，虽然他们的著作中有着完全相反的情调。“倘若戈理奇是海莺，胜利的歌者，那么安特列夫便是乌黑的老鸦，叫着‘这样过去，这样将来’的战败的先知。”

正如每个作家都要受别人的影响一样，安特列夫初年的著作中显然有着契诃夫（А. Чехов）与戈理奇的影响在。一八九八年他的第一篇小说出世，引起了戈理奇的注意，一九○一年他在《知识丛书》中为安特列夫出了第一本小说集。这时期中所作的《谎言》(Ложь—1900)，《色尔格彼特罗维奇的故事》(Рассказ о Сергее Петровиче—1900)，《墙》(CТена—1901)，这些作品，已经显出这年青的作者自己的色彩，他的黑的羽翼已经生出了，预备要飞往自己的绝望和死亡的世界。

虽然安特列夫是生着黑的羽翼的“战败的先知”，在他的著作中我们

---

① 《往星中》，戏剧，俄国安特列夫（Leonid N.Andreyev，今译安德烈耶夫，1871—1919）著，李霁野译，未名社1926年5月初版，未名丛刊之一。

② 韦素园（1902—1932），又名韦漱园，安徽霍邱人，未名社成员。译有俄国果戈理《外套》，俄国短篇小说集《最后的光芒》，梭罗古勃《邂逅》等。

还不断地遇到勇猛的、闯入生活的底里的人物，在这些人物中我们还可以看出他们的生命力的飞腾，虽然他们代表的是死与绝望的威吓和恐怖。在《耶拉撒尔》(Елеазар—1906）中，作者把死的毁灭和恐怖具体地表现出来了，但是同样热烈的是这底里的对于生的企求。在《暗淡的远方》(В темную даль—1900）给与我们的是绝望的重压，主人公是森严冷酷的人物，但是在这里面我们不是可以看出那在生命的烈火中燃烧过了的斑痕吗?《马赛曲》(Марсельеза—1903）的主人公是一个卑微无用的人，他有“野兔和负重的牲口的躯体”，但是也有“人的伟大的灵魂”。他要死的时候还要求他的同伴们为他唱《马赛曲》——革命的口号。

在另一方面，他是继承着陀思妥夫斯基（Ф. М. Достоевский）的精神的，他被称为俄国文学上的伊万喀拉玛若夫（Иван Карамазов）①。安特列夫著作中的许多人物都是爱用脑子去深思一切，爱“生活的意义甚于生活”，心灵失了和谐，永远有“是”与“否”存在心中的惑疑者。《黑假面人》(Черные маски—1907）的主人公罗连卓公爵，《安那思玛》(Анатэма—1909）的主人公安那思玛，都可以重复《思想》(Мысли—1902）中克尔任茨夫的句子：“我永远囚在这脑海里，囚在这牢狱里。”

生在多变幻多事的时代，受戈理奇的乐观革命的作品的影响培植，承继着陀思妥夫斯基的深究惑疑的精神，这样便形成了安特列夫著作的基本情调。

安特列夫的著作对于生活发现两种真理：“心”对于生活的执着，“理智”对于生活的厌弃：因之有两种不同的人生态度：坚信与怀疑，

---

① 见黎戈夫-洛加契夫斯基（Льгов-Рогачевкий）著《最新俄国文学史略》（Очерки по истории новейшей русской литературы）第八章，标题为《俄国文学上的伊万喀拉玛若夫》，系专论安特列夫者，作者曾以此书为参考。伊万喀拉玛若夫是陀思妥夫斯基的最后一部小说《喀拉玛若夫兄弟》(Братья Карамазовы）的主人公，怀疑思想的代表者。——原注

绝望与革命。两重真理的冲突——大概可以算作安特列夫全部著作的题词吧。这或者是几种影响融和的结果，在这种融和的进程中便渐渐地现出安特列夫的真自我。

《往星中》(К звездам—1905）是安特列夫的第一篇戏剧，是一九〇五年革命后的作品。这剧似乎就是表现这两种相矛盾的真理，和两种不同的人生态度的。塞尔该·台尔诺夫斯基是一个著名的天文学家，因为觉得生活之无意义，便把世间的一切看为“无益的忧虑”，而以天文学为避难所，想在星辰中探寻超自然的生命，做着“永生的儿子”的梦；就是在他听到他的儿子尼古拉下狱几于被枪毙了的时候，他也是恬静如常，毫不以为意。他说：“在世界上每秒钟都有人死，在全宇宙里每秒钟或者要毁灭一个整世界，我怎么能为一个人的死亡而哭喊失望呢?”他安静地在山间做着他的工作，虽然下面哄动着革命，并且他的家庭中有几个人也加入这革命的运动。革命失败了，尼古拉在狱里受虐待，变成白痴了，玛露莎，尼古拉的未婚妻，说出这消息时，塞尔该抑制不住自己的感情，暂时失去了变常的恬静，但是他随即向玛露莎解释说：“他在你心里，他在我心里，他在一切人们的心里。……人没有死亡，永生的儿子没有死亡！”

玛露莎诅咒生活，感受到现时生活的罪过和苦楚，他曾骂塞尔该冷酷无情，并且说：“星辰于我生疏，我不知道谁住在那里，”所以她是和塞尔该不同调的，和他立于完全相反的地位。她是“在一切前面冲锋”的女子，她虽苦恼人间，却不能忘却人间，她说：“我的灵魂，像受伤的鸟一样，一再一再地落到世间。”塞尔该劝她不要再到尼古拉那里去了，但是她说：“我要去。我要如保存圣物一样，保存尼古拉所留下的东西——他的思想，他的锐感的爱情，他的温存。”

在剧末——

塞尔该（两臂伸向星辰）祝福你，我的不相识的远方的朋友！

但是

玛露莎（两臂伸向大地） 祝福你，我的亲爱的受着苦痛的兄弟！

对于生活之意义，这剧中是有着深刻的追询的，这结尾似乎暗示出两种态度，如我前文所说，虽然作者并没有什么答语。

以后安特列夫又作了不少戏剧，重要的有：《撒瓦》（Савва—1906），《人的一生》（Жизнь человека—1906），《饿王》（Нарь—1907），《黑假面人》，《安那思玛》等。如果安特列夫是“乌黑的老鸦，叫着‘这样过去，这样将来’的战败的先知”，他的乌黑的羽毛也是在《往星中》以后才生齐，虽然在玛露莎说“我要建筑一个城市，在城市里我要安住……一切讨饭的，残废的，疯狂者，和盲人。……我要宣告犹大做这城市的帝王；城市的名子［字］叫做‘往星中’。”的时候这种沉黑恐怖的思想已经有了萌芽了。

——一九二六，四，二五

——录自未名社1926年初版

《往星中》后记

（李霁野①）

我译此书是在一九二四年夏季，那时候正和几个朋友同住着消磨困长的日子，拿翻译当作一种精神的游戏，因此，素园也有余暇把

① 李霁野（1904—1997），安徽霍邱人，未名社成员。译有安德烈耶夫《黑假面人》、陀思妥耶夫斯基《被侮辱与被损害的》、夏绿蒂·勃朗特《简爱》等。

我的译稿仔细校正，改了许多因英译而生的错误，使之较近于原文，(若有未曾校出的错误，这责任自然还应归译者)；忆及那时因一二字之斟酌而拌嘴的情形，不由地使我感到一种无名的欣喜。

以后这译稿就由目寒的手转到鲁迅的手里，他给我许多热诚的鼓励。大概他也和我一样，以为翻译虽然只是“媒婆”，总也可以算是一种有所绍介的工作罢，就想叫他穿着华服走进世间去。我们倒没顾及其他，只想提前他的行期，虽然印刷局真个像想实行为我们“节育”。其实，“媒婆”还不大有哩，何必就怕想到生育呢。

现在，隔了差不多二年的时光，亲爱的读者们，他总得到行近你们的机会了，在我，不能不感谢朋友的帮助和鼓励。

陶君为画封面，静农助我校对，我也向他们致我的谢意。

一九二六年四月廿六日，译者记于北京。

——录自未名社 1926 年初版

《异端》[①]

《异端》译者序

郭沫若

霍普特曼（Gerhart Hauptmann）以一八六二年十二月十五日生于德国 Schlesien 之 Obersalzbrunn，他现在已经是六十二岁的老作家了。他本以戏曲见长，小说可以说是他的余艺。前年他满六十岁的时候，德意志全国的人都祝贺他，全国的戏场都排演他的作品，他不仅在艺

① 《异端》(*Der Ketzer von Soana*)，小说，德国霍普特曼（Gerhart Hauptmann，1862—1946）著，郭沫若译，上海商务印书馆 1926 年 5 月初版。

术上收了成功，便是世俗的光荣，他也算是及身享受了的。

他这部小说《异端》——原名是 *Der Ketzer Von Soana*——是一九一八年出版的，要算是他新近的作品。我们假使知道他做这部小说时已经是行将六十的老人的时候，我们怕谁也是会生惊异的？他的取材是那么大胆，他的表现是那么浓艳，他这决不是我们中国的一些未老先衰的道学大家们所能梦想得到的呢！大凡伟大的艺术家，在精神上是长春不老的青年，他的天地永远没有秋风肃杀的时候。

西洋文化中有两种本质不同的潮流含混着，一种是尊重人性的希腊文明，一种是主张禁欲的耶教主义。两者时相冲突，在社会的或个人的生活上生出种种的葛藤，种种的悲剧。欧洲的文艺便大多取材于此，以求一最后之解决。解决的方式不外三种：（一）希腊思想之胜利，（二）耶教主义之胜利，（三）两者之调和。

霍氏这篇小说的作意，很鲜明地是表示的这两种思潮之葛藤，而他的解决是偏于希腊思想之胜利的。

我译这部小说已经是两年前的工作了，我是因为赞成他的这种作意，而且喜欢他的一笔不懈，一字不苟的行文。他全书中关于自然的描写，心理的解剖，性欲的暗射，真是精细入微。精细入微之弊易流于板滞枯涩，而此书独无此弊。霍氏自己说他书中的插话像一朵山野中生出的可怜的龙胆花，他这个批评刚好可作他全书的写照了。

人本主义与禁欲主义的竞争，虽是欧西文明的局部问题，但是灵肉的竞争，或者是既成道德与人性的本然的竞争，却是人类普遍的，而且是永远的烦闷。这个烦闷的解决，由霍氏的这篇小说提供出一个方法来了，我相信对于我国现代的青年不无相当的援助。

此书英译和日译本都有，可惜英译本在上海书肆里不能寻出。日译者是中岛清氏，我现在整理我的旧译稿时，曾将中岛氏的译本来作过一度的参证。书中的注解尤多取借于后者。

译文庸或有错误的地方，最后我希望识者指摘，以便于再版时更正。

民国十四年九月十四日 郭沫若 序于上海

——录自商务印书馆 1926 年初版

《列那狐的历史》[①]

《列那狐的历史》译序

（文基〔郑振铎〕）

中世纪的欧洲，出了一部伟大的禽兽史诗，这就是《列那狐的历史》(*Reynard the Fox*)。我读了这部书，觉得异常的可爱，故费了一二月的工夫把她介绍给读者。

关于《列那狐的历史》，学者间的争论颇不少，第一是她的作者问题，第二是她的产生地的问题。关于她的作者，有的主张是由民间传说发展而成的，有的主张是“僧侣诗人”们的创作。关于她的产地，有的主张是德国，有的主张是法国。但不管那许多纷纭莫决的主张，我们现在却有了一种概念。这部《列那狐的历史》原有一个民间传说的来源，这来源是在法国。然在十世纪与十一世纪时，经了“僧侣诗人”与法国“宫廷诗人”的润饰，加上了时代的色彩与讽刺的意味。当时宫廷诗人大约必以此诗与那些古代史诗，骑士传奇，同样的读诵于听者之前，以娱悦他们。到了第十二世纪时，有了一种德文本，又有了拉丁文本。变异的同源作品有数种。后来又有了散文本。

① 《列那狐的历史》(*Reynard the Fox*)，小说，文基（郑振铎）译述，上海开明书店 1926 年 6 月初版，文学周报社丛书之一。1926 年 11 月开明书店易以《列那狐》之名另版。

到了十八世纪之末，大诗人歌德又著了“Reineke Fuchs”在文辞方面，是加上了不少的美漆，然她的原来的朴质可爱的风趣，却丧失了些。

《列那狐的历史》最可爱最特异的一点，便是善于描写禽兽的行动及性格，使之如真的一般；还有她引进了许多古代的寓言，如熊的被骗，紧夹在树缝中，狼的低头看马蹄，被马所踢等等，而能够自由的运用，使之十分的生动，也是极可使我们赞美的。

在歌德所述的“Reineke Fuchs”里，曾附有大画家 Kaulbach 所绘插图三十余幅，极为有趣。批评者都谓这给本书以新的生命。现在把它们转插于本书中。

为取便于中国的儿童计，此书采用“重述”法。但所删节的地方并不多，曾见另一英译本，删节了三分之二，只叙到第十四节为止。原书的结局是列那狐终于得释，这个英译本，却不欲使狡者得志，竟把他的结果改作：列那狐被处死刑，大快人心！编译儿童书而处处要顾全“道德”，是要失掉许多文学的趣味的。

——录自开明书店 1926 年初版

《穷人》①

《穷人》小引

鲁迅

一千八百八十年，是陀思妥夫斯基完成了他的巨制之一《卡拉

---

① 《穷人》，小说，陀思妥夫斯基（Fyodor Dostoyevsky，今译陀思妥耶夫斯基，1821—1881）著，韦丛芜译，开明书店 1926 年 6 月初版，未名丛刊之一。1934 年 4 月四版。

玛卓夫兄弟》这一年；他在手记上说："以完全的写实主义在人中间发现人。这是彻头彻尾俄国底特质。在这意义上，我自然是民族底的。……人家称我为心理学家（Psychologist），这不得当的。我但是在高的意义上的写实主义者，即我是将人的灵魂的深，显示于人的。"第二年，他就死了。

显示灵魂的深者，每要被人看作心理学家；尤其是陀思妥夫斯基那样的作者。他写人物，几乎无须描写外貌，只要以语气，声音，就不独将他们的思想和感情，便是面目和身体也表示着。又因为显示着灵魂的深，所以一读那作品，便令人发生精神底的变化。灵魂的深处并不平安，敢于正视的本来就不多，更何况写出？因此有些柔软无力的读者，便往往将他只看作"残酷的天才"。

陀思妥夫斯基将自己作品中的人物们，有时也委实太置之万难忍受的，没有活路的，不堪设想的境地，使他们什么事都做出来。用了精神底苦刑，送他们到那犯罪，痴呆，酗酒，发狂，自杀的路上去。有时候，竟至于似乎并无目的，只为了手造的牺牲者的苦恼，而使他受苦，在骇人的卑污的状态上，表示出人们的心来。这确凿是一个"残酷的天才"，人的灵魂的伟大的审问者。

然而，在这"在高的意义上的写实主义者"的实验室里，所处理的乃是人的全灵魂。他又从精神底苦刑，送他们到那反省，矫正，忏悔，苏生的路上去；甚至于又是自杀的路。到这样，他的"残酷"与否，一时也就难于断定，但对于爱好温暖或微凉的人们，却还是没有什么慈悲的气息的。

相传陀思妥夫斯基不喜欢对人述说自己，尤不喜欢述说自己的困苦；但和他一生相纠结的却正是困难和贫穷。便是作品，也至于只有一回是并没有预支稿费的著作，但他掩藏着这些事。他知道金钱的重要，而他最不善于使用的又正是金钱；直到病得寄养在一个医生的家里了，还想将一切来诊的病人当作佳客。他所爱，所同情的是这些——贫病的人们——，所记得的是这些，所描写的是这些；而他所毫无顾忌地解剖，详检，甚而至于鉴赏的也是这些。不但这些，其实，他早将自己也加以精神底苦刑了，从年青时候起，一直拷问到死灭。

凡是人的灵魂的伟大的审问者，同时也一定是伟大的犯人。审问者在堂上举劾着他的恶，犯人在阶下陈述他自己的善；审问者在灵魂中揭发污秽，犯人在所揭发的污秽中阐明那埋藏的光耀。这样，就显示出灵魂的深。

在甚深的灵魂中，无所谓"残酷"，更无所谓慈悲；但将这灵魂显示于人的，是"在高的意义上的写实主义者"。

陀思妥夫斯基的著作生涯一共有三十五年，虽那最后的十年很偏重于正教的宣传了，但其为人，却不妨说是始终一律。即作品，也没有大两样。从他最初的《穷人》起，最后的《卡拉玛卓夫兄弟》止，所说的都是同一的事，即所谓"捉住了心中所实验的事实，使读者追求着自己思想的径路，从这心的法则中，自然显示出伦理底观念来"。

这也可以说：穿掘着灵魂的深处，使人受了精神底苦刑而得到创伤，又即从这得伤和养伤和愈合中，得到苦的涤除，而上了苏生的路。

《穷人》是作于千八百四十五年，到第二年发表的；是第一部，也是使他即刻成为大家的作品；格里戈洛维奇和涅克拉索夫为之狂喜，培林斯基曾给他公正的褒辞。自然，这也可以说，是显示着"谦逊之力"的。然而，世界竟是这么广大，而又这么狭窄；穷人是这么相爱，而又不得相爱；暮年是这么孤寂，而又不安于孤寂。他晚年的手记说："富是使个人加强的，是器械底和精神底满足。因此也将个人从全体分开。"富终于使少女从穷人分离了，可怜的老人便发了不成声的绝叫。爱是何等地纯洁，而又何其有搅扰咒诅之心呵！

而作者其时只有二十四岁，却尤是惊人的事。天才的心诚然是博大的。

中国的知道陀思妥夫斯基将近十年了，他的姓已经听得耳熟，但作品的译本却未见。这也无怪，虽是他的短篇，也没有很简短，便于急就的。这回丛芜才将他的最初的作品，最初绍介到中国来，我觉得似乎很弥补了些缺憾。这是用 Constance Garnett 的英译本为主，参考了 Morden Library 的英译本译出的，歧异之处，便由我比较了原白光的日文译本以定从违，又经素园用原文加以校定。在陀思妥夫斯基全集十二巨册中，这虽然不过是一小分。但在我们这样只有微力的人，却很用去许多工作了。藏稿经年，才得印出，便借了这短引，将我所想到的写出，如上文。陀思妥夫斯基的人和他的作品，本是一时研究不尽的，统论全般，决非我的能力所及，所以这只好算作管窥之说；也仅仅略翻了三本书：Dostoievsky's *Literarsche*［*Literarische*］*Schriften*，Mereschkovsky's *Dostoievsy und Tolostoy*［*Tolstoy*］，升曙梦的《露西亚文学研究》。

俄国人姓名之长，常使中国的读者觉得烦难，现在就在此略加解释。那姓名全写起来，是总有三个字的：首先是名，其次是父名，第三是姓。例如这书中的解屋斯金，是姓；人却称他马加尔亚列舍维奇，意思就是亚列舍的儿子马加尔，是客气的称呼；亲昵的人就只称名，声音还有变化。倘是女的，便叫她“某之女某”。例如瓦尔瓦拉亚列舍夫那，意思就是亚列舍的女儿瓦尔瓦拉；有时叫她瓦兰加，则是瓦尔瓦拉的音变，也就是亲昵的称呼。

一九二六年六月二日之夜，鲁迅记于东壁下。

——录自开明书店 1934 年四版

《温德米尔夫人的扇子》[①]

《温德米尔夫人的扇子》译者小序

（潘家洵[②]）

六七年前国内的翻译事业真是风起云涌，盛极一时。每逢一种新译品出来，大家总是争先恐后的抢来看，因为自从五四运动发生之后，青年的思想确是受了一个极大的激荡，感觉着自己知识的空乏，急切需要一些新鲜的滋养。后来的情形可就渐渐的不同了。大家对于译品的兴趣一天一天的减少，信仰一天一天的薄弱，到了近来，有许多人听见了翻译的东西就头痛，碰见了翻译的东西常是掩卷不迭。如果有人说近来他在那里翻译些东西，别人听了往往会想到那是他无聊得没有别的事情可做，或是穷得想弄几个钱花的原故。翻译事业一变而为这样的不被人重视，究竟为了什么？照我想起来，是这几年里头读者的程度已经增高而译者的程度没有进步的原故。但是为什么译者的程度没有进步呢？我以为一个重要的原因是大家把翻译看得太容易。因为把翻译看得太容易，所以第一流的人往往不大高兴去做它。因为把翻译看得太容易，所以别的事情做不好的人觉得弄一点翻译无论如何总还可以胜任。宜于翻译的人不高兴翻译，不宜于翻译的人偏要来翻译，于是就产生了近来国内翻译界的现象同大家对它的态度。现在中国一般人的思想何等的昏乱而浅薄，要医治这两桩毛病，最要紧的是切切实实的读几本好的外国书。不过能够直接读外国书而真正

---

① 《温德米尔夫人的扇子》（*Lady Windermere's Fan*），戏剧，英国 Wilde（今译王尔德，1854—1900）著，潘家洵译，朴社1926年6月初版。

② 潘家洵（1896—1989），江苏苏州人，毕业于北京大学西语系，另译有易卜生《群鬼》，萧伯纳《华伦夫人之职业》等。

了解的人究竟是少数，所以翻译实在是一桩不可缺少的事业，它负的责任非常之重大。要是它老像现在这样的没出息下去，因此堵塞了一道医治同滋养我们的思想的泉源，那是叫人多么寒心的一桩事情！这两年来翻译的骂可以说是挨够了，它的霉亦可以说是倒足了，有些人对于这个问题似乎已经有了一种觉悟。我们的生机将来或者就在这一点上头发生亦未可知。我敢说，中国的翻译事业表面上现在好像是到了末路，其实它的光明前程还没有发轫呢。万事都在人为，只看大家怎么努力罢。

说到这个剧本，七年前沈性仁女士在《新青年》上头登过它的译文。同时我亦曾把它译登《新潮》。两年前《东方杂志》又登载过洪深先生的改译本，各处剧团同学校用了洪先生的本子排演过多次，并且上海还演过原剧的电影片子。这个剧本在国内既有这样丰富的历史，所以在这里我觉得没有详细介绍之必要。我想说的只有底下这一点意思，就是，有许多人以为 Wilde 的长处只是会说漂亮俏皮话，读他的剧本亦只是学说漂亮俏皮话，这个观念我以为是了解 Wilde 的一个大障碍。

至于我重译这个剧本的用意是因为我前次的译文疏忽草率得很，现在重新译过一遍，似乎觉得比从前的好些，这里头含着一点补过的意思。还有一层，我对于译书，不但一向没有那种“海内同志幸勿重译”的主张，并且以为只要自己感觉着有需要或者兴趣，就是一个人把同样的一本书重译一次，或者甚至于几次，亦不是完全没有意思的事情。

沪案周年后三星期，译者志于北京。

——录自朴社 1926 年初版

《争斗》[①]

《争斗》序

郭沫若

戈斯华士（John Galsworthy）是英国现存作家之一。他生于一八六七年。他在文学上活动的范围甚广，诗小说戏剧均所擅长。他自己曾经有首诗叫着《灵魂》(*The Soul*)，说他自己的灵魂如像天空，如像海洋，如像春天，如像市镇一样，这的确是他自己的一个写照。他的诗和小说在国内曾经有人介绍过，但是他的剧本的介绍恐怕要以我这篇为嚆矢罢。

我这篇翻译是以 Scribner 出版的《戈氏戏曲集》为底本的。《戈氏戏曲集》已经出到第六集，合计作品已经在二十种以上了。戈氏的戏曲，在我看来，恐怕就是表现他的灵魂如像市镇一方面的；他的戏曲可以说都是社会剧，他不满意于现社会之组织，替弱者表示极深厚的同情，弱者在现社会组织下受压迫的苦况，他如实地表现到舞台上来，给一般的人类暗示出一条改造社会的路径。他的倾向不消说和萧伯讷（Bernard Shaw 在英国和戈氏并驾齐驱的戏曲家）是完全一致，但他们的作风却迥有不同。萧氏的社会剧都是他自己站在舞台上说话，他是积极的一位宣传家；而戈氏则不然，他是取的纯粹的客观的态度，一点也不矜持，一点也不假借，而社会的矛盾便活现现地呈显了出来。照言辞的雄辩，思想的焕发上说来，戈氏诚不如萧氏；但从结构的精密，表现的自然上说来，戈

---

① 《争斗》(*Strife*，今译《斗争》)，戏剧，戈斯华士（John Galsworthy，今译高尔斯华绥，1867—1933）著，郭沫若译，上海商务印书馆 1926 年 6 月初版。

氏却不仅超过萧氏，即是欧西的近代的社会剧作家中均罕有其俦匹。

我国社会剧之创作正在萌芽期中，我以为像戈氏的作风很足供我们的效法。他的作品除本篇而外，如《银匣》，如《长子》，如《白鸽》，如《正义》等，均其杰出之作，以后我想逐次迻译出来，以供献于读者。

民国十五年一月廿八日郭沫若序于上海。

——录自商务印书馆 1926 年初版

《欧美名家小说集》①

《杀》②［小序］

周瘦鹃

近代法兰西文坛上，其以戏曲负盛名者，有爱德孟罗士堂 Edmond Rostand《亨德格勒》“Chantecler”一剧，蜚声欧洲久矣。有子曰穆丽士 Maurice 擅小说家言，亦有声，一时称二难。盖犹百年前之仲马父子焉。斯作英名《我所杀之人》“The Man I Killed”，言欧洲大战中一轶事，深慨于战时杀人喋血之惨，遂以杀一敌人为有罪，真仁者之言也。今吾国武人肆虐，黩武穷兵无已时，驱全国之父子兄弟，互相残杀，震旦家家，悉沦陷于血海泪河之中。其为祸之惨，实

---

① 《欧美名家小说集》，全二册，周瘦鹃译述，上海大东书局 1926 年 6 月初版。下册收《杀》（法国罗斯丹著），《末一叶》（美国欧·亨利著），《世界中最幸运的人》（俄国安德烈耶夫著）等，旧式圈点，未见上册。

② 《杀》，《欧美名家小说集》下册第一篇，法国穆丽士罗士堂氏（Maurice Rostand，今译罗斯丹，1891—1968）著，周瘦鹃译。

亘古所未有。吾诚愿国人咸一读斯篇，憬然有悟，亟起而作弭兵之运动也。

江浙开战后第十五日瘦鹃识于紫罗兰盦。

——录自上海大东书局 1926 年初版

《末一叶》[1]［小序］

（周瘦鹃）

美国短篇小说之王欧亨利 O. Henry 的杰作《末一叶》“The Last Leaf”是一篇纯粹关于美术的作品，在欧美名家短篇小说中这一篇应当占一个重要位置的。欧亨利，美国加罗令州人。一八六七年生，死于十年前，所作短篇小说凡二百多篇。欧美文家，都称他是“美国的毛柏桑”（毛柏桑是法国的短篇小说之王）。

——录自上海大东书局 1926 年初版

《世界中最幸运的人》[2]［小序］

（周瘦鹃）

一千九百十九年间，俄国文学界上受了一个重大的损失，原来那名小说家安特列夫先生 Leonid Andreyev 很不幸的死了。他死时，还只四十八岁，他是爱俄国而怜悯俄国的，却偏偏放逐在外，受尽了贫

---

① 《末一叶》，《欧美名家小说集》下册第二篇，美国欧亨利（O.Henry，1862—1910）著，周瘦鹃译。

② 《世界中最幸运的人》，《欧美名家小说集》下册第四篇，俄国安特列夫氏（Leonid N.Andreyev，今译安德烈耶夫，1871—1919）著，周瘦鹃译。

窘之苦。他对于祖国很失望，他的心碎了，最后的遗言是“革命之不足以解决纠纷，与战争同。”

先生早岁，也常在失败和失望之中，时时挨饿，曾谋自杀，却被朋友们救了。他自刊行了所著的小说后，才告成功，渐成了俄国最著名的小说家。文名藉藉，几乎掩过了托尔斯泰，他的杰作有《红笑》《七个被缢死的人》《撒旦的日记》《安那茜麦》等，大半译成英文了。

——录自上海大东书局 1926 年初版

《懒人》[1]［小序］

（周瘦鹃）

俄罗斯小说家言，多阐发哲理，描写人生疾苦，率近于枯燥，而此作则颇有滑稽意味，作者亚佛罗钦古氏 A. Averchenko 亦现代名小说家之一，以短篇小说著称。

——录自上海大东书局 1926 年初版

《死神与医士》[2]［小序］

（周瘦鹃）

海尔泰氏 Jenö Heltai 为匈牙利名小说家之一，今年五十矣。当

---

① 《懒人》，《欧美名家小说集》下册第五篇，俄国亚佛钦古（A. Averchenko，今译阿韦尔琴科，1881—1925）著，周瘦鹃译。

② 《死神与医士》，《欧美名家小说集》下册第六篇，匈牙利海尔泰（Jenö Heltai，1871—1957）著，周瘦鹃译。

二十岁时，即有声于文学界，为人突梯滑稽，长于调谑。所作小说剧本，俱负盛名。其所居在匈之首都蒲达班士城，有女五，无子，恒于著作中描写家庭生活，鞭辟入里，人争称之。其著名之短篇小说，尝汇为一集，颜之曰《著作家女俳优与其他恶徒》。又尝为梨园编喜剧甚夥，名益噪。近作长篇侦探小说《一百十一号室》，情节极奇诡，传诵一时云。

——录自上海大东书局1926年初版

《他来么》[①][小序]

（周瘦鹃）

范召夫Ivan Vazoff是布加里亚国Bulgaria最著名的文学家，在巴尔干半岛的文艺界中，直是一时代的雄狮。他本以诗著名，但也做得一手好小说、好剧本，为国人所崇拜。他在一千八百五十年间生在布加里亚一座高山的脚下，因此他作品中描写自然界之美，都是非常深刻的。他少年时代一部分的光阴，在俄罗斯度过，诗宗英国拜轮俄国普轩根，小说宗法国嚣俄。然而他的诗和小说却又一空倚傍，并不模仿他们的。他的小说《束缚之下》，曾译成英文，很受英人欢迎。以一千九百二十一年九月死，国人都痛悼他。这一篇短篇，英名叫作Will He Come？因此我就直译为《他来么》。

——录自上海大东书局1926年初版

① 《他来么》，《欧美名家小说集》下册第七篇，保加利亚范召夫（Ivan Vazoff，今译伐佐夫，1850—1921）著，周瘦鹃译。

《登天之路》[1]［小序］

（周瘦鹃）

雪尔梅赖格罗芙 Selma Lagerlof，为瑞典著名女小说家，曾得努倍尔奖金，全欧文家多推重之。盖以女子而得此奖，为难能可贵也。斯篇富有含蓄，为其短篇杰作之一。

——录自上海大东书局 1926 年初版

《茶花女》[2]

《茶花女》译者的序

刘复（刘半农[3]）

《茶花女》快要印成了，吓！刚巧碰到了这样的大热天，还要写出许多字来凑成一篇序，岂非自讨苦吃？然而有话不得不说。

我以为小仲马是不必介绍的，因为凡是读法国近代文学史的人，无不知有小仲马；《茶花女》一剧是不必介绍的，因为凡是读小仲马的著作的人，无不先读《茶花女》；《茶花女》剧中的命意与思想，是

---

① 《登天之路》，《欧美名家小说集》下册第九篇，瑞典赖格罗芙（Selma Lagerlof，今译拉格洛夫，1858—1940）著，周瘦鹃译。下册第七篇为《宝藏》，无小序。

② 《茶花女》，戏剧，小仲马（1824—1895）著，刘半农译，北新书局 1926 年 7 月初版，1927 年 5 月三版。

③ 刘复，刘半农（1891—1934），原名刘寿彰，江苏江阴人。五四时期参加《新青年》的编辑工作。1920 年留学法国，1925 年获文学博士学位，回国后任北京大学教授。译有《法国短篇小说集》《乾隆英使觐见记》等。

不必介绍的，因为所有的话，剧中都已写得明明白白，正不必有什么低能儿去替他乱加一阵子注疏。

虽然小仲马在《茶花女》出世之后的十五年，曾做过一篇两万多字的长文章，把十五年中法国官场以及一般社会对于此剧所取的态度，与所用的手段，一一叙述，并加以辩难及申论，而我却以为这样的一篇文章，尽可以不必译出。因为他是对着法国人说话的，而我们可是中国人！

法国的社会是很守旧的，不错，凡是到过法国的人，都可以知道法国的一般社会，真是旧得可以。但是旧尽可以旧，却是有活气的，不是麻木不仁的。所以要是一旦有了什么个新观念，与原来的旧观念不能相容的，社会上就可以立时起一个大波动。

中国的社会却并不如此。说是旧罢，六十岁的老翁也会打扑克。说是新罢，二十岁的青年也会弯腰曲背，也会摇头，也会抖腿，也会一句一“然而”。实际却处处是漠不关心，“无可无不可”。

因此，严又陵译《天演论》也罢，译《原富》也罢，译《穆勒名学》也罢，一般青年文学家介绍易卜生也罢，介绍托尔斯泰也罢，介绍罗曼罗兰也罢，在中国人看去，都好像是全没有什么。杜威来了么？这只是个美国的老头子罢了。罗素来了么？这只是个英国的小老头子罢了。太戈尔来了么？这只是个印度的老老头子罢了。到得欢迎的筵席散了场，桌子上的果皮肉骨扔到了垃圾桶里，此等诸老的思想理论，也就全都扔到了垃圾桶里了！

因此，《茶花女》在中国的命运，也就可想而知。或者是当作闲书看看也罢，或者是摘出一张“幕表”(!）来编排编排也罢，归根结底，只是扔入垃圾桶而已。而他们法国人，可竟为了这一本戏，引起了社会上的波动，也就未免太傻了。

然而我费了一个多月的工夫，把这一本戏译出，意思里可还希望国中能有什么一个两个人，能够欣赏这一本戏的艺术，能够对于戏中人的情事，细细加以思索。国中能有这样的一个两个人没有？要是有，我就把这一部书呈献给他，呜呼！

一九二六，七，七，刘复书于北京。

——录自北新书局1927年三版

《茶花女》序外语

刘复（刘半农）

序已做完了，还有几句话要说。

亦许这是《茶花女》一剧的不幸罢！因为我的译文岂特不好而已，恐怕还有很多很多的错；若是碰到了个有心挑剔的人，也就尽可以无所不错！

但错与不错有什么关系呢？反正我们中国人演"新剧"，自有特别天才，不必用剧本，只须有一张"幕表"就够！

因此我根本上就做了件傻事。若是我只用三点钟的工夫，提纲挈领的编出一张幕表来，恐怕对于一般的"新剧家"，必要实惠得多。

但"天下事无不有例外"。如果这句话说得不错，那么，这个剧本也就不妨说是给例外的非天才的剧人用的。

翻译上的直译与意译，是永远闹不清楚的一个大问题。我这个剧本，却是偏于意译的。

我以为绝对的直译与意译都是不可能；斟酌于其间而略有所偏，则亦庶乎其无大过矣。

偏也应有偏的限度。我的意思，以为译剧本与译小说不同。小说是眼睛里看进去的，文句累坠一点，看的人尽有从容思索的工夫。剧文是耳朵里听进去的，若不求说者能顺口，听者能顺耳，则其结果也糟！

我虽悬着这顺口顺耳二事来做我翻译的标准，实际却未能完全办到，因为许多地方，中法两种语言的语句的构造，和语词的含义，实在相差得太远，无论如何不能强彼以就此；结果，仍只能破坏了中国语句的自然，回头去迁就法文。要不然，人家要说我不是“译”而是“做”了。

在此等处，我请剧人们临时斟酌变化，若只是死读剧文，台下必定听不懂。

但要记得：我说的是斟酌变化，不是自由变化。

据我想，演此剧有两处最难。一处是第三幕第六场中的马格哩脱的表情：不能失之于太露，也不能失之于太不露。另一处是第一幕和第四幕中一班嫖客和妓女们在窑子里吃酒赌钱的情景。这种地方最见得出配角的重要。若没有受过相当训练的配角，恐怕他们呆起来，就呆得个个像木鸡；胡闹起来，就胡闹得你全体一团糟!

小仲马这一个剧本，是一礼拜之内写成的。剧中文辞虽好，而关于舞台的布置，以及剧中人的进退动作等等，却写得非常粗疏。例如第三幕第四场法维尔进门时，剧本中注明“在门口”，但后来是坐的还是站的，竟始终没有提起。此等处，也应由主排的人随时斟酌办理。

这一本戏虽然是法国的，剧中的情事，可是无论那一国都可以有得的。所以若是有人因为没有西服，或别种原因，要照《温德米尔夫人的扇子》改为《少奶奶的扇子》之例，把它改成中国戏，也未尝不可；其中有不合中国习惯的地方，自然也尽可以改变一点。我所希望的，只是不要改得太离奇，——因为十七八本的《新茶花》，我们已经看过的了!

刘复。一九二六，七，一五，北京

——录自北新书局1927年三版

《狐之神通》[①]

《狐之神通》序

（君朔〔伍光建〕[②]）

《狐之神通》，原名曰《狐》。原为里巷歌谣，家传户诵，遍于欧洲各国，盖亦当时国风之流也。远起于第十一世纪，其后约百年，乃有成书，始发现于比国；未几欧洲各国，先后成书，所述事迹，大同小异；皆借狐之狡猾，以描写世情之险恶，寓言中之篇幅最长者也。日耳曼大哲学家大诗人歌德（J. W. Goethe）本诸旧籍，以有韵之文，演成是书，诙谐四出，逸趣横生，大抵多饱阅世故之言，盖有深意存焉。英国有译本，行世已久，今以白话散文译之；亦少年初涉世者所宜知，不仅为茶余酒后之谈助已也。

——录自商务印书馆 1933 年初版

① 《狐之神通》(*Reynard the Fox*)，童话，德国歌德(Von Goethe，1749—1832)著，君朔(伍光建)译，上海商务印书馆 1926 年 8 月初版。1933 年 12 月另版，小学生文库第一集。

② 君朔，伍光建(1867—1943)，广东新会人。早年入天津北洋水师学堂，后奉派赴英国，入格林威治海军大学深造，后转入伦敦大学。译有大仲马《侠隐记》(今译《三个火枪手》)，狄更斯《劳苦世界》(通译《艰难时世》)，布纶忒《狭路冤家》(即艾米莉·勃朗特的《呼啸山庄》)等。

《欧儿拉》[①]

《欧儿拉》译者引言

张秀中[②]

莫泊桑是个自然派的大作家，为人所共知。他有一种勤劳的耐性，健全的身体，对于艺术工作，发生了很深的热力；夜间则专就日常经验所得的印象，从事日记。他是个锐敏的观察者，能从日常生活中极细微的事物里，发现极深浓的人生的意义，于人底每动作间，却极注意。他有一种优美而浅豁的想象；他底作品全是简练而有趣味，精美而真实，他是美丽词句的制造者，能用一句话形容出某人和其他人的不同来。他选一个简单的事实和几种特性，就能够把它熔铸成一篇精美的小说。与福楼贝尔（Flaubert）同是在描写现实注意到个人生活上去，在这点是与同时的邹拉（Zola）写社会心理稍有不同。总之，他捉摸材料，持极严谨的态度；他描写景物和人的个性，全有独到的地方，他长于人生片段的描写，不愧为一个伟大的写实派的作家。

此篇是描写精神错乱最有魔力的一篇，去年暑假乡居时为游戏随读随译的，本没打算发表。后来有人索去要登载什么刊来罢，或者说是有意使它补白来，然而总未得补上，却闹了一肚气追要回来，因此也得罪下一次人，当我的短歌集《晓风》出版时，在书后便登了一个出版预告，今年大乱，交通绝塞，穷居北京，我的朋友逼着我将此稿

① 《欧儿拉》(*Le Horla*，今译《奥尔拉》)，小说，法国莫泊桑（Guy de Maupassant，1850—1893）著，张秀中译，北京海音书局1926年初版，海音丛书之二。1927年海音书局易以《魔鬼的追随》另版。

② 张秀中（1905—1944），原名张毓坤，河北定兴人。保定育德中学法文班毕业，后到北京大学做旁听生。发起成立海音文艺社，开办海音书局。另译有《莫泊桑的诗》等。

校对了一次，便把前十页投于《晨报副镌》受检（借此得些稿费），但音信寥寥，两月有余，这回事早忘在脑后，忽而《晨报副镌》编辑先生徐志摩把它寄了回来，信中说："……篇幅过长，副刊稿件又多，惧不能即用，仅以奉还。但此书既已译全何妨径印单本出版，副刊稿费甚微，不足道也。"这时也不顾得怎样便与全文订在一起包收到了现在，此书付印，今天想起来可以说是受了这两个启示。

我这篇引言，不只是说这篇作品如何，有私人读后的感想在内，有因读了此篇后私人对于现代人生应走的道路所发的一点议论在内；那末这篇引言就不免要犯些冗长的毛病，所以这篇拉杂的文字，也可以说是我读了此篇之后写下来的感想。

这篇伟大的作品，是用日记式的体裁，全篇充满了恐怖的心情，是病的心理的解剖，是灵肉不一致的冲突，含着现代人生的苦闷，不但是切近我们现时的人的生活，也是世纪末的疲劳和精神的病的状态之强而有力的表现。在功利唯物的时势下，匆忙繁剧的近代生活中，无论何人，不能够避出这个圈子。都会生活日盛，污秽了田园的清境，势必勤苦劳累，激烈的竞争，不能谋生，人底有限的体力过劳之后，心身的病态不能不现出来。人底癫狂病不断增加，人底寿命岁数减少，不能不说是生活疲劳的结果。不受极烈的不正当的刺激，治不了这麻木而醉迷的病症，如本篇内癫狂底流行病传播，正是世纪末的一种生活疲乏的病的象征。巴耳医士使撒布雷太太入睡，是催眠剂的刺激。七月二日里，纷乱烦闷疲乏而缺少意味的生活中过活的乡人们愿意听那僧人底说悲痛的山中的老历史，也算是一种求刺激的现象。我们再读了僧人那段言谈，对于世间的态度又是何等的严冷而淡静。八月十二日内记出沿着河的大太阳，及四日蔷薇花坛上看见的争斗的巨人这两段内，文字里全带出色彩的渲染，也是神经衰弱的现象，也正可以刺激我们的器官。心意薄弱，元气销沉，是世纪末的疲劳生活的特征，试读此篇中的——患疟疾的衰弱，终日的恐怖，走路有人跟在脚后，旧疾复发了，死接近了，入睡时梦魔缠绕了，欧儿拉来到了，一层比一层，一步比一步逼近我们的生活，简直是说到我们身上来了，刺到了我们底麻木的皮肤；因为我们底皮肤太厚了，所以五月十二日说：

> “……我们底嗅觉，比狗底迟钝的多，……我们底味觉能勉强地辨别出一杯酒底滋味！”

因为了脑力缺乏，意志薄弱，自然就减少了活动力，渐而成了一种病底忧郁的状态。此篇中处处全描写到这种地方——全描写到病底状态。因为人底精灵失去了。试看：

> “我每夜如是，我方用钥匙关上门；又渴咧，我喝半杯水，而我偶然看见我底水晶瓶是用清水一直满到塞子口。”

和以后的几段全是写“透明的水晶瓶”的种种现象的。如七月九日有：

> “胜不住的困睡逼住了我，不久残酷的猛醒追了来，我毫不感动；我底被单上不见水底痕渍，我就突进在桌旁了，贮藏着瓶子底白纱洁净的在着。我开小绳，恐怕着跳动。有人早把水全喝了！有人早已把牛乳完全喝了！呵！我底天呵！……”

这“透明的水晶瓶”，便是象征人底躯壳，“透明的水”，便是象征人底“情感”，“灵性”，“精灵”的。假如把人躯壳中的“灵性”等拿去，我们底衣服整整齐齐地包着我们的身躯，也是一件死而假的一个木偶呵！这又是何等深刻的象征。而此段之末句说：——

“我要立刻起身上巴黎了。”

紧接着十二日有：——

“……在所有的情形，我底癫狂染起狂病，而在巴黎二十四点钟，足可以使我置于平稳。”

在这描写中，由一个沉重而剧烈的压迫里，又把人底一种活动的本能表现出来。七月十二日里有一段说：——

“一定的，为智慧底活动孤独是有害的，我们必须，我们不断地思想并且说话。当我们长久是自己的时候，空虚的幻影是要繁殖的。”

在现代的时候，精神受了屈服，社会底需要和个人底需要得不到适当的发展，所以在这湍急的生活之流中生活着的人们，感到许多束缚与烦恼，只要是不十分麻木的人。正如七月五日中所写：——

“请你画一个睡人，人们使之烦恼的睡人，并且小刀插入肺脏里醒来的睡人，并且他喘气，并且他将死，并且他不懂——那一切的烦恼。”

自然科学进步以后，器械发明，工场建立，而侵了田园的农村生活，替了家庭的手工工业。因此社会底范围，一天比一天的括大了，组织也就一天比一天底严起来；组织愈严，分工的地方愈多，许多人变成了淡薄无味的一架机械了。人底发展失了自由，走不到正当的路上去，现在研究社会学者，全注意到了这点上；就是因为一方面是个人人格底发展，一方面是社会全体底效率，二者得不到平横［衡］而成了相反的形势。人受了物质底束缚，精神上受了极大的损伤，成了忧郁病，求安静的心的要求便大了起来，对于宇宙与人生或怀疑，或悲观，也是免不了的现象，也不能不说是向死底路上走的苦闷。所以活泼泼的人生，充满了生气的宇宙，也全成了无味而淡薄的假象了。须知道，在这种扰乱的生活中，硬去求安静；在物质科学发达的生活中，硬去妄想田园的生活之幸福，那正是致苦闷的原因，烦恼之纲；我们欲免脱去这层精神底束缚，是要用内心底热力，一直的向上冲去，实行精神奋斗主义，是只有活动，不停止的工作，如水流之不息，如波涛之奔腾，活活泼泼，跳跳跃跃，呼，喊，才能减轻我们底担负，才是生活底正当应走的路，以后的生活，不是静的生活，是要作流动的生活，不是孤独寂静中的空想的世界，乃是要在扰搅纷乱的活动的生活中去探求人生底真义，如果是这样，那末《欧儿拉》一篇便是求生之欲望与现世底缚束两种力量相碰而发出的火花了。

欧儿拉是精神上的形体，是束缚精神底恶魔。杀人的精神比什么都利害。欧儿拉来到了，铁叶窗作好了，铁门作成了，终久是归之于放了火。逃出后躲在树林中还说：

> “……完全是深黑的，寂静的，不动的；没有空气底一吹没有一个星星，一点也望不见云层，但谁在我底很气闷的，很沉郁的灵魂上着想呢。”

把心层深处的万番苦闷完全地尽量地发出来了。

最后那段，把大破坏主义痛快淋漓地说出，这是何等痛快！这种现象人都称之为精神错乱，其实是精神异常。

这并不算什么奇怪的事，因为天才近似狂人。外界的刺激太强了，神经稍锐的人，不免要有几分癫狂性啊！

这篇作品，当我初读完时，总惊异觉得是莫泊桑所作的事情，因为与作者之平生的生活太很相吻合。后来又从形式上看，此篇之前后很有次序，很是整齐，所以难断定是否是作者每天写下来的日记。不过是否经后人之手加以整理的，就未可知了。我想这时又不是考据，也无法习考究，况且作品中总是有时代环境的影响，有作者的面目与个性及当时的一种直觉，我想就认为是作者每天写下的日记，当作者的生活史看，也没什么不可的。关于莫氏此类作品还有——《他吗?》(*Lui*?)《谁知?》(*Qui sait*?)《在水上》(*Sur I'eau*) 等篇。将来或者还有介绍给读者的机会呢，不过这篇要算表现得最细密而深刻且力量最大的一篇了。

我的话说到这里，已是不觉一大堆了，我不再想往下写了。最后，希望读者诸君将来把全篇看完以后，要我下边这句话：(我说的这些话究竟对不对呢?)

民十五年七月十四日深夜在北京 秀中

再之，这篇作品 *Le Horla* 乃成于一八八七年。因为莫氏晚年有病狂的名声，甚至试过自杀。一八九〇年，他那可怕的病，更形沉重，使他不得不中止著作。一八九二年，他完全癫狂了，结果被送到疯人院里去，这伟大的艺术家在那里住了一年就死在一间小房屋里了。这文当然与他的病态有莫大关系。有人也把他的发狂分作三个时期，在三部小说中看出来，就是：一，《他吗?》，二，《欧儿拉》，三，《谁知?》，并且说这篇中的主人翁是作者自己。我把我知道的这一点也写在这里。

——录自北京海音书局 1926 年初版

《十二个》[①]

《十二个》后记

鲁迅

俄国在一九一七年三月的革命，算不得一个大风暴；到十月，才是一个大风暴，怒吼着，震荡着，枯朽的都拉杂崩坏，连乐师画家都茫然失措，诗人也沉默了。

就诗人而言，他们因为禁不起这连底的大变动，或者脱出国界，便死亡，如安得列夫；或者在德法做侨民，如梅垒什珂夫斯奇，巴理芒德；或者虽然并未脱走，却比较的失了生动，如阿尔志跋绥夫。但也有还是生动的，如勃留梭夫和戈理奇，勃洛克。

但是，俄国诗坛上先前那样盛大的象征派的衰退，却并不只是革命之赐；从一九一一年以来，外受未来派的袭击，内有实感派，神秘底虚无派，集合底主我派们的分离，就已跨进了崩溃时期了。至于十月的大革命，那自然，也是额外的一个沉重的打击。

梅垒什珂夫斯奇们既然作了侨民，就常以痛骂苏俄为事；别的作家虽然还有创作，然而不过是写些“什么”，颜色很黯淡，衰弱了。象征派诗人中，收获最多的，就只有勃洛克。

勃洛克名亚历山大，早就有一篇很简单的自叙传——

“一八八〇年生在彼得堡。先学于古典中学，毕业后进了彼得堡大学的言语科。一九〇四年才作《美的女人之歌》这抒情

① 《十二个》，诗歌，俄国亚历山大·勃洛克（Aleksandr Aleksandrovich Blok，1880—1921）著，玛修丁画，胡斅译，北新书局1926年8月初版，未名丛刊之一，书前附有托罗兹基的《亚历山大·勃洛克》一文。

诗，一九〇七年又出抒情诗两本，曰《意外的欢喜》，曰《雪的假面》。抒情悲剧《小游览所的主人》，《广场的王》，《未知之女》，不过才脱稿。现在担当着《梭罗忒亚卢拿》的批评栏，也和别的几种新闻杂志关系着。”

此后，他的著作还很多：《报复》，《文集》，《黄金时代》，《从心中涌出》，《夕照是烧尽了》，《水已经睡着》，《运命之歌》。当革命时，将最强烈的刺戟给与俄国诗坛的，是《十二个》。

他死时是四十二岁，在一九二一年。

从一九〇四年发表了最初的象征诗集《美的女人之歌》起，勃洛克便被称为现代都会诗人的第一人了。他之为都会诗人的特色，是在用空想，即诗底幻想的眼，照见都会中的日常生活，将那朦胧的印象，加以象征化。将精气吹入所描写的事象里，使它苏生；也就是在庸俗的生活，尘嚣的市街中，发现诗歌底要素。所以勃洛克所擅长者，是在取卑俗，热闹，杂沓的材料，造成一篇神秘底写实的诗歌。

中国没有这样的都会诗人。我们有馆阁诗人，山林诗人，花月诗人……；没有都会诗人。

能在杂沓的都会里看见诗者，也将在动摇的革命中看见诗。所以勃洛克做出《十二个》，而且因此“在十月革命的舞台上登场了”。但他的能上革命的舞台，也不只因为他是都会诗人；乃是，如托罗兹基言，因为他“向着我们这边突进了。突进而受伤了”。

《十二个》于是便成了十月革命的重要作品，还要永久地流传。

旧的诗人沉默，失措，逃走了，新的诗人还未弹他的奇颖的琴。勃洛克独在革命的俄国中，倾听“咆哮狞猛，吐着长太息的破坏的音乐”。他听到黑夜白雪间的风，老女人的哀怨，教士和富翁和太太的彷徨，会议中的讲嫖钱，复仇的歌和枪声，卡基卡的血。然而他又听到癞皮狗似的旧世界：他向着革命这边突进了。

然而他究竟不是新兴的革命诗人，于是虽然突进，却终于受伤，他在《十二个》之前，看见了戴着白玫瑰花圈的耶稣基督。

但这正是俄国十月革命“时代的最重要的作品”。

呼唤血和火的，咏叹酒和女人的，赏味幽林和秋月的，都要真的神往的心，否则一样是空洞。人多是“生命之川”之中的一滴，承着过去，向着未来，倘不是真的特出到异乎寻常的，便都不免并含着向前和反顾。诗《十二个》里就可以看见这样的心：他向前，所以向革命突进了，然而反顾，于是受伤。

篇末出现的耶稣基督，仿佛可有两种的解释：一是他也赞同，一是还须靠他得救。但无论如何，总还以后解为近是。故十月革命中的这大作品《十二个》，也还不是革命的诗。

然而也不是空洞的。

这诗的体式在中国很异样；但我以为很能表现着俄国那时（!）的神情；细看起来，也许会感到那大震撼，大咆哮的气息。可惜翻译最不易。我们曾经有过一篇从英文的重译本；因为还不妨有一种别译，胡成才君便又从原文译出了。不过诗是只能有一篇的，即使以俄文改写俄文，尚且决不可能，更何况用了别一国的文字。然而我们也只能如此。至于意义，却是先由伊发尔先生校勘过的；后来，我和韦素园君又酌改了几个字。

前面的《勃洛克论》是我译添的，是《文学与革命》（*Literatura i Revolutzia*）的第三章，从茂森唯士氏的日本文译本重译；韦素园君又给对校原文，增改了许多。

在中国人的心目中，大概还以为托罗兹基是一个喑呜叱咤的革命家和武人，但看他这篇，便知道他也是一个深解文艺的批评者。他在俄国，所得的俸钱，还是稿费多。但倘若不深知他们文坛的情形，似乎不易懂；我的翻译的拙涩，自然也是一个重大的原因。

书面和卷中的四张画，是玛修丁（V. Masiutin）所作的。他是版画的名家。这几幅画，即曾被称为艺术底版画的典型；原本是木刻。卷头的勃洛克的画象，也不凡，但是从《新俄罗斯文学的曙光期》转载的，不知道是谁作。

俄国版画的兴盛，先前是因为照相版的衰颓和革命中没有细致的纸张，倘要插图，自然只得应用笔路分明的线画。然而只要人民有活气，这也就发达起来，在一九二二年弗罗连斯的万国书籍展览会中，就得了非常的赞美了。

一九二六年七月二十一日，记于北京。

——录自北新书局 1926 年初版

《狂言十番》[①]

《狂言十番》序

周作人

四五年前，还是孙伏园君在编《晨报副刊》的时候，我译了些古希腊的东西，登在报上，题名“古文艺”。后来又将两篇日本的“狂言”译了出来，也登在里边，丸山昏迷君见了很是喜欢，竭力怂恿我多译几篇，可以出一本小书，答应我去代搜集插画。我觉得这倒也很好玩，便说就这样办罢，但是终于懒得动手，虽然本拟编入《陀螺》里的两篇狂言——《骨皮》与《伯母酒》——已经抽下，放入别一个纸合［盒］子里了。民国十三年丸山君归国去了一趟，抱病回京，躺在川田医院多日，又复归故乡去，以后就没有消息，直等到山水早川君写信给我，才知道终于故去了。狂言我本是喜欢的，现在又似乎欠了亡友的一笔债，宿诺未践，心常耿耿，从次年起着手续

① 《狂言十番》，日本古代小喜剧集，周作人译，北新书局 1926 年 9 月初版，1926 年 11 月在沪再版。

译，先后共得十篇，遂编作一集，题曰《狂言十番》。狂言本系日本名词，因无适当译名，故沿用原文，并取原用专门语十番纪数，似颇相称，虽然中国亦有此语，如音乐上之“打十番”，及“马上十番”之类。我所据的原文，鹭流系芳贺矢一校本《狂言二十番》，和泉及大藏流则为幸田成行校本《狂言全集》，此外山崎麓校注本《狂言记》及《外编》也稍资参照。插画则从《狂言全集》选取五图，又山口蓼洲画《狂言百番》中亦取三幅。译文因非一时之作，文句语气颇有出入，今悉仍其旧，不加改易。关于狂言之说明，在有几篇的附记里稍有说及，现在也不多赘了，因为我觉得这一本小书原来不是研究狂言之作，要研究也非我的微力所能及，所以用不着那些方板的论文。我译这狂言的缘故只是因为他有趣味，好玩，我愿读狂言的人也只得到一点有趣味，好玩的感觉，倘若大家不怪我这是一个过大的希望。“人世难逢开口笑”，真是的，在这个年头儿。我只可惜丸山君死了，他不能再看了这小本子说“到底出来了么?”而微微的一笑了。民国十五年八月三十一日，周作人记，于北京内右四区苦雨斋。

——录自上海北新书局1926年再版

《骨皮》[附记]

（周作人）

狂言是古代日本的一种小喜剧，发达于室町时代，正当十五六世纪；现在共存二百余篇，至于作者姓名，都失传了。狂言是高尚的平民文学之一种，用了当时的口语，描写社会的乖缪与愚钝，但其滑稽趣味很是纯朴而且淡白，所以没有那些俗恶的回味。这一篇曾经英国的日本学家张伯伦译出，收在《日本古诗》里边，摩尔顿教授在他的

《文学之现代的研究》里也曾说及。现在据“名著文库”《狂言二十番》译出，系“鹭”流的本子，与《狂言记》的“和泉”流稍有不同。民国十年十二月十五日附记。

——录自上海北新书局1926年再版

《伯母酒》[附记]

（周作人）

这篇也是从《狂言二十番》中译出。所云伯母（Oba）本兼指父母的姊妹与父母的兄弟之妻，今姑从原用汉字写作伯母，不复强为分别。狂言虽用口语写成，但系四百年前的话，而且又非江户地方的言语，与近代的东京话颇多差异；有疑惑的地方承羽太君代为查考说明，特表感谢。十二月二十日附记。

本篇中插图系从《狂言记》中取来，所画的即是这个场面，与本文所说略有不同，“鹭”流与“大藏”流都没有枕膝而眠这一节。十五年八月二十五日再记。

——录自上海北新书局1926年再版

《立春》[附记]

（周作人）

狂言是日本古代的一种小喜剧。当初中国的散乐传到日本，流行民间，后渐用于社庙祭礼，称曰猿乐，搬演杂艺及滑稽动作。十三世纪以后逐渐变化，受了古来舞歌等文学影响，成为一种古剧，及足利时代经将军的提倡，遂进于文艺，其文词曰谣曲，其技术曰“能”，即 Fenollosa 所介绍于西洋的 The Nō play 也。猿乐中滑稽的一部分则分化而为狂言，于两剧之间演之，使“能”的优人可以乘间更衣化妆，而且庄谐对照，更增兴趣，正与英国的“间剧”（Interlude）相似。能乐之剧文词华美，多用成句，叙述英雄事迹，宣说佛法功德；狂言则用当时的口语，描画社会上的乖缪与愚钝。狂言中的公侯率皆粗俗，僧道多堕落，即鬼神亦被玩弄欺骗，与能乐正反，但其滑稽趣味很是纯朴而且淡白，没有那些俗恶的后味。狂言现存者共约二百八十篇，以和泉流为最通行。今所译一篇系据《续狂言记》卷五所载，并参考大藏流本。

此篇原名“节分”，所说是日本追傩的风俗。古时模仿中国，扮方相氏于除夕逐鬼，春夜撒豆即其遗风，东京现在还在举行。据《东京年中行事》卷上说，唯几处神社向存此俗，民间系近来复活者。俗以立春日为岁始，虽过了年，至立春始云长了一岁，故于前晚追傩。神社中以二人扮赤鬼青鬼，神官执杖谴责，鬼各求恕愿归山去。“岁男”撒炒豆驱鬼，唱道，“福里边，鬼外边！”云云，大家竟拾豆子如其岁数；在平常人家只是撒豆唱咒，没有别的仪式。森鸥外的小说集《涓滴》中有一篇《追傩》，描写京都的这种风俗。

日本所谓鬼与中国不同，乃是魔鬼，大抵獠牙双角，据运庆所雕像，脚上只有两指，并非亡人的鬼魂。这篇的意思并不如宗教的憎女家那样要说明女人可畏，连鬼也要上她的当，更不是说她的贪痴；这无非写出她的胜利以博一笑，鬼只是一个障害，障害愈大则胜利的程度也愈大，所以用这个古怪的鬼者即由于此，正如被欺的丈夫一样，倘若有人以为意在攻破迷信，那未免是认真太过了。十四年一月十八日译了记。

——录自上海北新书局 1926 年再版

《发迹》[附记]

（周作人）

此篇据《续狂言记》译出。十四年一月二十七日。

——录自上海北新书局1926年再版

《花姑娘》[附记]

（周作人）

这一篇见《狂言记》卷五，系和泉流本，原名“花子”，本拟沿用，唯因此二字在汉文亦有意义，容易相混，所以改用现在这个名目。

“冠者”系古代仆人之称，照次序称作太郎冠者（Tarokwaja），次郎冠者（Jirokwaja），犹云老甲老乙，因无适语，故仍其旧。

“罗刹”本云“山神”（Yamanokami），系呼妻之嘲笑词，大抵含有妒妇悍妇的意思。

“正是流言云云”一首语意双关，至不易译，原文如下：

“Itodo na no tatsu orifushi ni

Tasuya tsumado o kirigirisu？”

Itodo意云本来正是，又可训作灶马；Kirigirisu本系蟋蟀，此处借用作戛戛叩门之意。这种双关的言辞的游戏在日本韵文中是常喜用的，但在翻译上便决不可能，现在只留存其第一义而已。

狂言重在演作，文句只是一种台本，唯因滑稽之轻妙，言辞之古朴，在后世看来也是很好的文学作品了。译文虽勉欲保留原本的趣味，却终于不很成功。今将《狂言记》木刻插画转载在这里，聊示本来质素之致，与中国的小丑戏迥乎不同。近时有山口蓼洲的《狂言百番》出版，上卷中《花子》一幅尤有精彩，唯因系三色板，惜不能复制转载也。十四年二月十日记。

——录自上海北新书局1926年再版

《偷孩贼》[附记]

（周作人）

绍明兄：

纪念刊的稿子已经预约了三个月，到现在日期已迫才急忙的写，等于未曾预约。我近来愈觉得自己的空疏，对于一切研究批评都不敢下手，自己又别无什么意见可说，所以觉得作文是一件难事。——在《燕大周刊》上又不好像在别处的胡说乱道，所以愈难。现在只好译了日本《续狂言记》里的一篇，聊以塞责。这虽是中古的喜剧，没有什么大意思，但也还好玩，或者还足供研究中国古剧者的参考。这篇里的主人公是一个可爱的贼，令人想起西班牙伊班涅兹的短篇《意外的利益》(见《现代小说译丛》)。十四年三月三日，作人白。

——录自上海北新书局1926年再版

《柿头陀》[附记]

（周作人）

这一篇据《狂言二十番》译出，系鹭流原本。《狂言全集》卷三中所收系和泉流本，并附有大藏流本，词句繁简不同，比较看来觉得都有点不及鹭流，所以不取。此篇原名《柿山伏》(*Kaki-yamabushi*)，山伏是一种僧侣之称，伏处山野，修炼法术，又称“修验者”，今译为头陀。

“夜看，远看，笠下看，”系古代俗谚，谓在此时不易看清，便愈觉好看，据《谚语大辞典》引《倭训栞》云，与欧阳公句“红粉尤宜烛下看”大意相似，但此处只是说看不明白而已。山伏会变成鹰云云，也是当时的俗说。“上大人孔乙己”原本系五十字母歌诀的首二句，不能翻译，姑以趣味相近的这两句话替代，虽然《千字文》的“天地玄黄”或者在性质上更为近似。十四年五月十二日记。

——录自上海北新书局 1926 年再版

《雷公》[附记]

（周作人）

这一篇从《狂言二十番》中译出，系鹭法［流］狂言之一，较和泉大藏诸本更有趣味。它的好处在能把威严凶猛的雷公写得滑稽可笑，却是古朴醇厚，没有一点恶俗气，这正是中国人所不能及的了。七月一日。

——录自上海北新书局 1926 年再版

《工东当》[附记]

（周作人）

这是日本四百年前的一篇小喜剧，今据《狂言二十番》所收译出，系鹭流的狂言，通行的《狂言集》中均不载。题名原为《井礑》，读作 Dobukachiri，系取篇中投石子测深浅的声音，今改译如上：此三字见傅孟真君诗《深秋永定门城上晚景》，在《新潮》一卷二号中。瞎子这样地吃亏，实在也觉得有点对他们不起，但我们“要知道”，残废与弱败照例是民众的嘲笑的对象，这也是莫怪的事。好在我们并不是劝大家这样对付瞎子，所以讲道德的人们也可以安心罢。十五年五月二十三日记。

近日读赵与时《宾退录》，见卷五引《岭外代答》记“俚字”，云“井，东敢切，以石击水之声也，”日本所用即取此义。日本有一种磁钵亦称作“井”(Donburi)，《坤斋日钞》云，“本邦器物中有井，盖大器而中盛物少许，井中投物之象也。”八月十五日补志。

——录自上海北新书局 1926 年再版

《金刚》[附记]

（周作人）

这一篇也系“鹭流”，从《狂言二十番》译出。“日本文学大系”中《狂言记外编》亦收此篇，但甚简短。“乙”有名曰甚兵卫，与普通之例不合，在狂言中大抵人物皆不用名姓也。十五年八月二十日，译了附记。

——录自上海北新书局 1926 年再版

《外套》[①]

《外套》序

素园（韦素园）

俄国十九世纪的文学，在世界一般读众的面前，博得了“伟大的”的尊称。普希金（A. Pushkin）和果戈理（N. V. Gogol），便是这伟大文学的最早建筑人。倘若普希金是命运的骄子，带着葡萄叶编就的花冠，脸上现着光明的微笑，作世界一切呼声的回应，那果戈理带的花冠却是荆棘织成的，他含着酸辛的眼泪，看着世间一切卑污在发笑，他是一个咏着俄罗斯民众辛苦命运的歌人。俄国十九世纪批评家契尔垒舍夫斯基（N. Tchernyshevsky）称他们一个为诗艺之父，一个为散文之父，这话并非虚夸。的确，没有普希金的诗，写不出一个全民族底光明的灵魂；没有果戈理的散文，也写不出一个全民族底悲哀的心，他们并时产生，在实际生活的描写上，好像是互相做着辩正。他们创作的共通点，是在能将那日常一般的生活更和文艺诗歌接近。在他们以前虽然也就有人，像房维莹（Vonwijin），诺维珂夫（Novikov）等向这方面努力，但总没有他们一般的这样登峰造极的完成。

果戈理一生受普希金影响最大，然而在文学上，他却走的是自己的独立的道路。到了果戈理，代替俄罗斯感伤派的写实主义才有了真正的基础。他将那民间的无意义的生活，官场的黑暗的情形，一句话，俄罗斯从未显现过的真面目，几乎没遮掩地呈献在俄罗斯全民众

① 《外套》，小说，俄国果戈理（N.V.Gogol，1809—1852）著，韦漱园（韦素园）译，司徒乔作书面，未名社出版部1926年9月初版。

之前，使他们，同时代的兄弟们，见到了这些，起所谓精神上意识着的悔悟，纠正，更新。他的每篇著作，都充满了滑稽和讽刺的意味。《旧地主》的主人公，普黑丽亚和阿凡那息，老夫老妻，从来没有梦想过什么，每日只顾虑着厨房，柴屋等等；普黑丽亚临死还替丈夫担忧，倘若自己死了，这个老头儿将要怎么过活？戏剧《巡按》，也正是一样的可笑，——虽然他所描写的是另一种荒僻小县贪财的县长等听见伪巡按快要到来时骇得慌忙失错［措］的情形。其余各篇，也都同样滑稽动人。

据安迦尔特说："果戈理的滑稽有一己的特性：这是纯俄罗斯的滑稽，坦然静稳的，在这里面作者好像装成傻子似的。他永是一致的，即在他所迷爱而写的事物情况里，从不改变自家态度。无偏是他的偶像。"这是真的。然而果戈理，有如俄罗斯一般伟大的作家一样，或者这是伟大的斯拉夫民族性，他从不曾冷然地将他所描写的人物，单独置在一类难为情的境界里。《外套》的主人公，阿加克阿加克维奇，在说着"莫动我！你为什么欺侮我？"的言语中，却响动着异样的音调："我是你的兄弟。"从这里我们正可以看出作者创造的真正态度来。

还有：小说，喜剧中的滑稽，在文学上是有一种特殊价值的。笑是一种强的力：它能使那在世上不怕一切的人，对它不能不生出畏惧心来。有了它，那种卑污不自觉的人，可以起生活上的怀疑，反顾一顾自己，看见别人的污点可笑，也正能忆到自己的缺憾未必不招人鄙夷。果戈理是先明白了这一层，然后更努力从事于创作的。他是社会缺陷的良医。他说："在冷笑的深里可以寻出永久热爱底火花，在世上常常流出深沉的心泪的人，他大概比一切人更爱发笑。"的确，果戈理是笑尽了同时代的人，然而他同时也愁苦于人们道德的沦亡，——有谁能说他不替同时代的人更尝到了生活的酸辛而希冀着大众走上了更新的路呢？

他一生最大的杰作是《死灵》[《死魂灵》]，前后历有十七年之久，终于尚未完成。他想在三部《死灵》[《死魂灵》]中，画出三个俄罗斯来，有如但丁（Dante）的《神曲》：地狱，净土，天堂。一幅死的王国底阴森可怕的画图，第一部《死魂灵》完成了；第二部，在他死前不久，为一己的内心懊恼，深夜时候，唤醒小儿，同到书斋，欲将那即待付印的誊清稿本烧去了，现在只剩一些残篇；第三部当然是更谈不到了。他想写出快乐的，健全的，一些纯洁无疵的“活的灵魂”，显现给现时过着愁苦的，病态的，阴森到万分的生活的兄弟们（也就是第一部《死灵》中人物），然而却写不出，——这虽说为他不曾禀赋这种天才，可是数百年来农奴制度形成的十九世纪俄罗斯背景，却至少也是主要原因。

不过果戈理在俄罗斯文学中，也并不如一般人所设想的“包罗一切”的伟大。他的意义，只在完成了文学运动底“旧时代”（指四十年代以前而言）。俄罗斯十九世纪初期前后的文学，是倾向两种目的的：一是想将言语和形式冶炼得显活，适用；一是想将以前虚空玄妙的描写移到实际，在这两方面，果氏都遗下一个不可磨灭的功绩。俄国的名作者，如著《家庭琐闻》的亚克撒珂夫（S. Aksakov），写《罪与罚》的陀思妥夫斯基（F. Dostoyevsky），都受他很深的影响，正是显明的例。“含泪的笑”底这种精神，也只有在这种言语和形式的运用里，才能表现的活跃，动人，彻底。然而在这后面所缺乏的，便是俄罗斯四十年代（1841—1850）以后所特有的那种“社会理想”。有了这种东西，俄罗斯的文学，在烦闷苦恼着的欧罗巴，才放出异样光芒而博得大众的欢迎。他和普希金，列尔孟托夫（M. Y. Lermontov），曾以独到的笔锋，犀利的天才，使西欧的读众惊奇，叹赏，然而却不能如都介涅夫（I. S. Turgeniev），托尔斯泰（L. N. Tolstoy），陀思妥夫斯基，好像时代思想的前驱一般，受得全世界的人倾倒，膜拜。——这原因正由于果氏智识修养之不足。

我现在译出的这篇《外套》，其价值正也如我上文所说。不过在他短篇作品之中，这一篇在心理方面描写得要算更复杂，更紧凑，更有力些，读后给人印象也更深刻。主人公阿加克阿加克维奇知识简陋极了，一生除抄写之外，什么都不知道，也惟抄写他才能干得；上司想提升他的官，叫他做一点别的事，他却流了一头汗，终于说道："不行，不如给我誊抄一些什么倒强些。"从此他便永远抄写。制服破烂得裁缝都不能补了，没法，只好将饮食上最低的必需费减省，忍饥挨饿过了数月，把积下的钱和节赏凑合在一起，制了一件新外套，然而外套穿不到几天，夜间行经广场却被人剥去了，依好心人的劝告，想寻出失去的衣服，便去会一位阔佬，可是阔佬的一顿责骂，加以彼得堡的坏天气，竟将我们可怜的书记送进坟墓中去了。在每个读者，读到此处，当以为可以结束了，然而世人好像报答阿加克从不为人所注意的一生一样，竟哄动了全城：到处争着传说有一个死官吏夜间在外面剥外套。呵，呵，这是如何阴森的一幕空幻的悲剧啊！我们读后虽然也发笑，然而在这笑了之后，岂不即时就感到一个人一生的悲苦的命运吗？并且这种恶运似乎也正在照临着现世界的人们。

明显地受《外套》影响的，是陀思妥夫斯基的《穷人》。倘若将《外套》的主人公阿加克和《穷人》的主人公马加尔在一处相比较，他们虽然同是安于一己的生活，然而在精神的关系上，阿加克却显见得低微的多了。他的一生思想，几乎出不了暖外套；马加尔是一个觉出"自我"存在的人，不但如此，他还能在极贫苦的状态里，助和他一样苦的姑娘，牺牲求爱，他具了伟大的精神和人性的本能，这在阿加克是没有的。然而这也许由于两个作者年龄不同而写出各异的人物来罢？果氏写成《外套》，已在生活的晚期，人物自然更显得凄惨，沉重些，陀氏写成《穷人》，是他著作的生涯初开始，而且他也只有二十四岁，不然，那就很难说，因为这两篇东西都是四十年代的作品：《外套》写于一八四〇，《穷人》成于一八四五，前后相差约只五年，我想时代的关系当然是未必很大的罢。

本篇承霁野和 Polevoy 先生许多帮助，这是应该感谢的。

一九二六，七，十，素园写于北京。

本篇参考的书：

一、撒沃得尼克：《俄国十九世纪文学史略》（一九一一年，莫斯科出版）；

二、司卡彼契夫斯基：《最新俄国文学史》（一九〇六年，彼得堡出版）；

三、安迦尔特：《十九世纪俄国文学史》第一卷（一九一三年，彼得堡出版）；

四、黎沃夫·洛加契夫斯基：《最新俄国文学史略》（一九二五年，列宁堡出版）。

——录自未名社出版部 1926 年初版

《莫泊桑的诗》[①]

《莫泊桑的诗》译者的话

张秀中

翻译不是一件容易的是事，这种刻苦的事业，不是癞人怯夫的护得！是的！的确，什么事业也不是癞人怯夫的护得。翻译者是不安分

---

① 《莫泊桑的诗》，诗集。法国莫泊桑（Guy de Maupassant，1850—1983）著，张秀中译，柳风校，北京海音书局 1926 年 9 月初版，海音社文艺丛书之三。

的人，放着安闲不去享，偏要流着汗喷着血的去干！干！干！作翻译的人全是傻子，全是疯人，全是招惹是非的人，结果是要被嘲弄，辱骂，是公共的敌人，是罪魁！

翻译是替人家达话，不能搀上一句自己的话才算尽了责任，本来翻译文学比翻译科学就难；因为科学是客观的，理智的，副有硬性，不易变的死而呆板的，所以替科学达出意思是较容易的，说到翻译文学作品可就难了。文学作品的要素，旁的先抛开不说，第一就这点绵延缥渺而不易捉的一点（情），就不好办了。翻译者替人转达理智是较容易，若替人转达这点流动倏忽的情则较难的多，这只可翻译者化身于作者的作品中，把自己的灵魂走入作者的梦境里，所谓“灵魂冒险”者。翻译者就是要忠实而不走样的捉住这点真的情，翻译文学作品的使命就要联住这点情（把自己的情与作者的情联住），翻译者的心灵要与作者的心灵携手，翻译者的使命不但只是自己的心灵与作者的心灵相联，乃是怎样可以使原作者的心灵与读者的心灵相联，读者的心灵又怎样才可以与原著者的心灵相联的问题。所以翻译文学作品的使命，不止在自己的心灵与原作者的心灵相联的这点上，因为这只称为“灵魂冒险”的赏览。翻译文学作品的使命，便是使读者与原著者的心灵，心情怎样相联，怎样一丝不走样的把原著者的情感转达于读者!!

文学的功劳是情感移入，是感受，是使人得到刹那间心情的原［圆］满，是心灵的着迹；文学中传达情感最妙而最锐利的莫过于“诗”，译小说尚不大难，因为小说注意在描写，诗是歌咏的，译小说的难对于译诗的难要让后几步！

译诗乃是自己刺手心，但我有个死心眼，不改的死心眼，偏又有个佞皮［脾］气儿。我读了莫泊桑的诗前几首之后，就惊喜欲狂了！我觉莫老先生那样“疯狂的想象”“大胆的描写”，真有天才，真是有魄力！我不自制的读下去，随读随译，不到两月的工夫，就把这部*Des vers*完完全全的披上中国的服饰了！莫泊桑不但是自然派的小说家，而且是个不朽的天才诗人，他的作品，描写男女间的事情颇多，他一生看出了人的性欲，本诗集中写得最显的如“Au bord de l'eau”，“Le Mur”，……莫泊桑的作品，描写颇精确明晰，文笔颇华美而锐利，在他的性欲描写上把有神品的可敬者写了进去，把明智的雅士写了进去，把零售的商人也写了进去，在爱情的危险上作个比较，这是极高雅而精密的态度去研究，并非引人堕落恢懈；这是冷的观察，热的讽刺。这层道理在他的老师福罗贝尔给他的信中说及了。福罗贝尔在信上又解辩说：文不是只载道，文学——诗，就如烈日射在粪土上。往往可怜的愚笨的读者，多把作品中的情节当实在看了。假如作品中有通奸的等等描写，上面写着第一身“我”的代名，就以为定而不疑的是作者。不怪乎莫老先生将《水边》，《墙》等诗发表之后竟惹起Etampes的讼案，竟负了欺辱少女的罪名，处处议论他，嘲骂他，攻击他，这是何等卑陋而愚笨的可怜读者们?！我们中国现在又何岂不然?！须知那无非是作者的一种感觉，影像，幻想，表现得逼真，所以则疑为是作者就是了！

翻译不是件容易事，但我有坚决的毅力，探险的精神。竭了我的力，尽了我的心。我的意志非常坚决，我要打掉名利的追逐、毁去灵魂的牢狱，只尽我所能，努力的作去。

关于本诗我不愿再说什么话，自有它相当的价值。以下只把我的译法大略的和读者说一说。

我相信直译比意译好，能保住原作总的风格。但有人以为直译就是死译，这便错了，死译不能算译，只是添谱。我此次大都采用直译的，但也不愿太套用外国造句的文法，因为太套用外国文法，倒流于生涩，反以害意，把文学的精神失去！我们有时在翻译偶尔采用外国的文法写，不过是取长补短就是了！我之译此诗，尚顾及到一些用字，就是得用活字就想出活的字来用，因为一首诗中搀上死字，全诗的调子全然减色，还有诗中的 Pronom（第几身，是男代名或女代名）因为在诗里边 Pronom 一让读者看不清，立刻可以减少许多吸引力！以外尤顾及诗的调子的紧张上。如《墙》中有几句：

La lune nous couvrait de ses rayons pâlis;
Et, nous enveloppant de sa clarté laiteuse,
Faisait fondre nos coeurs à sa vue amollis.
Elle glissant très haut, très placide et très lente,
Et pénétrait nos chairs d'une langueur troublante.

经一位友人逐字先我译出给我看：

月儿用她的苍白色的光线盖着我们；
而且她用那乳色的光明包着我们，
要溶解我们的心在她的柔软的景色里。
它照耀在高空，又温柔又缓慢的，
于是用一种畏葸的疲乏感动了我们的皮肉。

我觉得这样译出就犯了我上面说的几种毛病。第一就是用得 pronom 多了，第二就是搀上了死字，第三就是太套文法，第四就是译得没了调子，令人念得不接气，这种毛病，便是从以上三种毛病生出来的。我译作：

月儿用了苍白光线挠住我俩；
而且我们被乳色的光明包了起来，

是要在那柔软的景色里把我俩的心儿溶解。
在高空照耀着，又温柔又缓慢的，
用了一个羞涩的疲劳射过我俩的皮肉。

又如《墙》的末句：

Nos deux ombres au mur et n'en voyait plus qu' une.

按原字面应译作“我们的两个影子在墙上只能看见一个了。”我译作“我们的两个影子在墙上并成一个了。”

还有字句的声调音节的蓄力上的如《游行》末句：

Bien mieux que nous，disant ce que nous n'osions pas.

可译作“比我们还好呢，谈论着我们所不敢说的这个。”我译作“比我们还好呢，谈论着这个——我们所不敢的。”这种译法就可以把法文上虚字 que 的力量用破折号带出来。余尚多不多举，其余大致均按我以上的译法译出来的。

还有篇首（信中）例举的人名，均为常见者，不愿再译出，以外还有地名及书名也写成原法国字。

秀中一九二六，五，八，夜二点。于北京

——录自北京海音书局 1926 年初版

《嘉尔曼》①

《嘉尔曼》序

（樊仲云）

《嘉尔曼》(*Carmen*) 的作者梅礼美 (Prosper Mérimée，1803—1870)，他是十九世纪法国浪漫运动别树一帜的人物。他的身世，像一般过快乐生活的人一样，很为简单。他的父母都是有名的美术家。他少年时曾在巴黎学习法律，二十二岁毕业以后，就转而为著述的生活。其后六年，他在政治舞台上，是属于反对自由一派。一八三一年，他的一派得势，尝被任为历史纪念馆监督。他对于职务非常忠心，曾经多次往西班牙、英国、希腊等地亲自考察。他语学颇精，英、意、俄、希腊以及西班牙各地的方言，莫不通晓，这在旅行的考察上，实很有利益。因此，他的著作中，独具有一种考古学家的述证，地方色彩 (Local colour) 的描写，为一般作家所不能及。一八四四年，他被举为法兰西学士院会员。第二帝政时代，他与富伊尔 (Octave Feuillet) 是新朝文坛的双星。一八五三年，他入元老院为议员：因此颇为人所非议。他晚年多疾病，第二帝政倒后，他也不久就卒于 Cannes，时一八七〇年九月二十三日。

至于他内心的生活，其由著作而表示的，却不止这么简单。他的性格，包含多种矛盾的分子。他具着大胆的才智，同时含有畏缩冷淡的性质。畏缩是有伤他的自尊，所以他装出一种冷淡的态度，或者带一点犬儒主义 (Cynicism) 的意味。此种犬儒主义，后来遂成为

① 《嘉尔曼》(原名 *Carmen*，今译《卡门》)，小说，法国梅礼美 (Prosper Mérimée，今译梅里美，1803—1870) 著，樊仲云译，上海商务印书馆 1926 年 11 月初版，文学研究会丛书之一。

他对人谈话的惯习。当他年轻的时候，此种狐疑冷淡的性质，当然不深；但他后来，也同我们一样，经过了种种人生的失意，种种幻灭的悲哀：他受过友朋的欺诓，他曾为爱人所遗弃。他知道世界的芸芸众生，都不外是生活的战斗。在他的心中，本具有大胆的才智，所以常不顾因袭的习俗，披示其中心之所感想。如在其所著《给一个不相识女人的信》(*Lettres à une inconnue*）的第一卷中，尤可显然的看出。但是此种坦白直率的态度，到底受了畏缩怕羞的性质的阻抑。他恐怕引起人的讥嘲与非议，于是把自己的情感生活藏匿在讥刺（irony）的后面，出之以冷淡的态度。他的作品，便是如此。他很少自己吐露其感想的；他是隐在书中人物的背后，任他们的运命自己去活动。他的一生，受倍耳（Beyle）的影响最甚，但倍耳虽极不愿把情感显示，却禁不住偶然有一二语的透露；梅礼美则简直使人不可捉摸。普通作者，目的在将其自己的思想，引起公众的同情；他却以为人的尊严，便在保持其独有的情感。他不愿有自己的表现。“For Heaven’s sake，no Confessions！”这是他最初执笔为文时的话。因此，他作小说，遂不得不限于几个意志坚强的人物，而一切行动，则完全由情感的冲动去支配。他的著作，目的不是为着那种稍有感触便尔泪下的懦夫；他是对一般有强固的头脑，非受极大的刺激绝不动心的人们说法。所以他作品中的人物，不是那些委靡不振奄奄待毙的，也不是那些才子佳人卿卿我我的；他的人物，类皆刚强勇敢，情感激烈，把死当作一件极平常的事。所以他的小说，几全以死——不是悲剧的死，是极冷酷无情的真实的死，——为大团圆。质言之，他的作品，实可以 I’atroce 一字总括之。至他的文笔，则亦因他那犬儒主义的冷淡的态度，可以说是朴质无华轻清淡雅，与当时一般作家如嚣俄、高第哀、巴尔札克等不同。

梅礼美作《嘉尔曼》，在一八四七年，照他出版的书信中说，他于一八三〇年游西班牙，因与蒙的郁伯爵夫人（Mme de Montijo）相识。他们交谊很笃，常有书信往还。以后，蒙的郁夫人之女即为拿破仑第三王后，他以个人的友谊，竭力拥护帝政。他于异国情调及女性势力的感应，非常敏锐，因此便引起他对西班牙的探究，而有《嘉尔曼》之作。此书在他一生少数的作品中，系属晚年之作，故叙事描写，极为简洁，与《科伦巴》(*Colomba*) 并称杰构。一八七五年，歌剧作家皮才 (Bizet) 曾借此事实，编写乐曲开演于巴黎，大家都认为不朽的伟著。到了今日，《嘉尔曼》的影片，也已有摄制了。

一九二五，一二，二五

——录自商务印书馆1926年初版

《嘉尔曼》附笔

(樊仲云)

在西班牙地方，我们仍旧可以找到许多——恐怕比从前更多——的游荡民族。他们散处在欧洲各地，通常有Bohemians，Gipsies，Gitanos，Zingari等等的名称。在西班牙的，大多数是住居——也许还是说漂流——于东南各省，如安达尔沙，如爱斯脱来马杜拉，如茂西亚王国，在加太罗尼亚的也不少，他们常由此地漂流到法国。我们在南部的城市都可以见到。普通的男人们，或者做马贩，或者做兽医及骡夫；还有些人则修补铜铁器皿，当然像私运，及其他不法行为的也不少。女子们或者卖卜算命，或者乞食，或者出售各种有毒和无毒的药材。

说起吉伯色人体格上的特点，我们一见就可看出，真比用言语来描写他还要来得容易。我们只要认识其一人，就能在无数的异客中，指出谁为吉伯色人。因为他们的面貌表情，尤与别种民族不同。他们的肤色，棕黑异常，常比他们所居住的地方的其他人民为甚。由此特点，所以一般人常称之为Calé①，意即黑色人民，以为区别。此外，他们眼目的地位，稍有偏斜，且凹进甚深，乌珠漆黑，四周是长而浓的睫毛。他们的表情，可说是和野兽一样。凶悍与怯懦，同时都非常显著。我们由这一点，可以看出他们的眼目，实与其民族性非常适合。他们狡诈大胆，但如Panurge的亦非常畏祸。吉伯色人的男子们，大都孔武有力，敏捷灵活；可是我却不曾见有非常刚勇的。在日耳曼地方，吉伯色女子多非常秀丽；而在西班牙的gitanas则尤为娇美。她们自幼即许给人家，一到做了母亲，便态度凛然不可侵犯了。他们无论男女，其不洁的习惯，真令人不可思议。我们对于头发，虽然有一种油垢污秽粗恶不堪的观念，但若未见吉伯色老妇的头发，到底很难想象得到。在有些安达尔沙的城市，少年女郎颇得人尊敬，所以他们也知稍稍修饰。像我们所禁止的狂欢节的跳舞似的，常以此种歌舞鬻钱的便是一般妙龄女郎。英国教士巴罗（Barrow），他曾著了两种有趣的东西研究西班牙的吉伯色人，且曾以圣经会之力想使他们改宗耶教。他说要想使一个gitana偏爱一个异族的男子，这是绝对不可能的事。但是由我之见，他们那种孤僻独特的态度，未免言之太甚。总之，他们的大多数都是与奥维特（Ovid）著作中丑恶的女子，Casta quam nemo rogavit同样。至于那美貌的呢，则像西班牙的一般女子似的，很难获得满意的爱人。他须向她们献媚，他须尊敬她们。巴罗以此为其道德的特点，毋宁是指他自已，尤其是指他简洁的良心而说。他说，有一个荒淫的男子，是他所认识的，曾以多金贻一美丽的gitana，但卒无效。我将此事告给一个安达尔沙人，他说，你倘如以少许之钱，那便可得更好的效果了。因为以巨金与吉伯色女郎，其无益于事正和劝她以百万金与旅馆的侍者一样。但是虽然如此，吉伯色

① 日耳曼地方的吉伯色人，他们对于Calé这字，虽然也明白，但不愿人家这样叫他们。他们自称常作Romané tchavé。——原注

女郎常能忠于其夫。她们能不顾危险与苦难，在必要时帮助他们。吉伯色人有句话叫做romi，意思便是配偶，以我之见，大可由此看出他们对于婚姻的重视。他们最重要的道德观念，大概便是一种忠义之心——要是我们能以他们个人对种族的忠诚的态度说：如他们对种族的帮助，如他们以礼让维持彼此的和平等。因此，在他们的秘密团体及违法的结合中，我们也可以看出同样忠义的道德来。

数月以前，我到伏斯奇斯的一个吉伯色部落中去。茅屋中有一个老妇，是部落中的“长辈”，及一个害着重病的生客，——也是吉伯色民族。他离开调护周到的医院，宁愿死在其同族人的中间。他在老妇的帐幕中住了十三个星期，真比子女亲戚还看待得体贴。他有一张很好的草榻，摊着雪白的被单；而他们自己呢，其十一人，大家都挤在三尺长的木板上。他们的情谊是多么重呀。那个待遇宾客非常殷勤的老妇，曾在病人面前对我说，“Singo，Singo，hornet hi mulo”（他不久就要死了！）总之，吉伯色人的生活实在困苦到万分，所以他们对于死的到来，丝毫不感到惊骇。

吉伯色人最可惊奇的特性，是他们对于宗教，大都不甚注意。当然，他们不是自由思想者，也不是怀疑主义者，并且他们也从未有无神主义的主张。在宗教信仰非常之深的地方，他们常采纳当地的宗教，随地变更。至于各种迷信，在未受教化的人民是当作一种宗教情感的，他们也是毫无所知。这可知他们不如一般对于他人抱着怀疑的人似的心中存着何种迷信。虽然，据说西班牙的吉伯色人，对于死尸，有一种非常的恐惧不敢相近。所以他们没有人，肯为了钱的缘故把尸身运至坟山。

我据人说吉伯色女子，有许多到外边来做占卜星相的生涯。她们的获利倒也不少。但是最大的一部分还是售卖春药媚术之所得。她们不仅安慰人无可着落的心，引起木然无知的人对恋爱的想念；她们在必要时，并念咒唤召鬼物以为帮助。去年有一个西班牙太太曾对我说一则故事。有一天，她走过亚尔克拉街，心中觉得颇为烦闷，如在想念什么事的样子。一个坐在步道上的吉伯色女子，看她走过，问道：

“太太，你的丈夫弃掉你么？”这的确是事实。

“我给你使他回心转意，好么？”听了这个提议，你想她是多么高兴呀。以漫不相识的路人于一见之下，便能识得心中的秘密，她当然是深信不疑了。但当时因为在马德里繁盛的市街上不能干这事，她们约好于第二日相会。

“使一个不忠于妻的丈夫，叫他回心转意，这是最容易也没有了，”吉伯色女子说。“请问你可有一条手帕，或者披肩，或者面幕？不过要是他给你的。”

于是拿出一条手帕。

“现在请用红色的丝线在手帕的一角，缀一枚 piastre 银币；在还有一角缀一枚 demipiastre，还有一角缀一枚小钱，还有一角缀一枚双 real，再在中央缀一枚金币，最好是 doubloon！”

在手帕上都照她的话缀上了 doubloon 及其他钱币。

“请把这手帕给我。等半夜时分，我要拿去见 Campo Santo。你要是想去见见这个玩意，可以和我同去。我包你明天一定能回复你的爱人。”

吉伯色女人独自个带了手帕去见 Campo Santo，太太没有同去，因为她很怕魔鬼随着她。……此后，这位不幸的太太，她的爱人有否归心，手帕有否还来，那我却要诸君自己去猜想了！

吉伯色人因此种恶行，所以颇为人们所厌憎；但是他们在一般未受教育的人们中间，却很得尊敬。他们也常以此自豪。他们自以为是智识上的优秀民族，对于以好意相待的人们，反非常憎视。

“Gentiles（非耶教徒）都是痴子，”一个伏斯奇斯的吉伯色女子对我说，“所以什么都说不进去。一天，一个农妇在街上唤住我。我便随着到她的家中去。她的火炉正冒着烟，她要求我念咒把烟除去。我先叫她给我一大块的腌肉，我便用Romany语喃喃的念着：‘你是痴子。你生来是痴子，你到死还是痴子。’当我走到门口，我便用完全的日耳曼语对她说，‘要使炉火不冒烟的法子，最好是不要点火’，我说着便迳自走了。”

至于吉伯色人的历史，则还是一个问题。据说最初出现是在东欧地方，人数很少，大概当十五世纪的初叶；但是他们到底是从什么地方来的，为什么到欧洲来，这些问题却没有人知道。并且，更可奇怪的，他们在这样短的时期间，在彼此远隔的地域内，何以人数的增加竟这么迅速，这个问题也没有人知道。原来他们对于自己的民族的来源，迄无什么传统，保存至今；虽然有许多吉伯色人自说是来自埃及，但这是因为在他们间有一则非常通行的古代的神话，因而误会的缘故。

大概研究吉伯色语的一般东方学者，多相信他们是来自印度。真的，在吉伯色语中，有许多语根及文法的形态，是与从梵文所生出的成语相同。或者以为吉伯色人长久漂游各地，所以其语言中很多采取外国语的地方。如希腊语，在吉伯色语中就含的很多，——例如cocal，意为骨骼，系从κόκκαλο而来；petali意为蹄铁，系从πέταλο而来；cafl意为指甲，系从καρφί而来等等。至于今日，吉伯色人的语言，简直与其民族中有许多部落一样，纷歧得很。

吉伯色人对于其所流寓的地方的语言，简直说的比自己古怪的成语，还要来得顺口。此种成语，他们除当生客之前，为言谈自由起见外，是很少说及的。日耳曼的吉伯色人与西班牙的吉伯色人，他们断绝交往已几百年，但是我们比较彼此的语言，仍旧可以找到许多相同的字句。固然，他们原来的语言，因为与开化民族的接触，使他们不得不采用其语言，已多少有显著的改变了。因此之故，日耳曼地方的吉伯色人与住居在西班牙的，以彼此语言的殊异，竟致不能交谈，虽然他们只须变换几句成语，便可明白彼此所说实系同出一源的。总之，有几个通用的字，却是不论那一种吉伯色语，都属相同的。据我在各种字汇中之所见，例如水作 pani，面包作 manro，肉作 mas，盐作 lon 等。

至于数字，则各地大都相同。日耳曼的语言，似乎比西班牙的更纯粹一点，因为比较多保存着些古代的文法的形态，而西班牙的则另外采用了 Castilian 形态之故。但有些字，却是例外，我们可以从此看出古时通用的语言。日耳曼语的过去时，大概在命令语式的后面加上 ium 便得，因为命令语式，常就是动词的语根。至于西班牙方面，则其动词的变化，都照着 Castilian 动词的第一变化。譬如从无定语 jamar，意思是食，则应改为 jamé，我食过了；lillar 意思是取，则应改为 lillé，我已取了。但是年老的吉伯色人，却也有说 jajon，lillon 的，除此以外，动词中保着古代形态的我不知道可还有否。

我对于吉伯色语的智识虽是很少，但我却已卖弄了不少的本领，现在似应该来说一说法国盗贼们从吉伯色语借得的切口了。如“Les Mystères de Paris”曾说在下等团体中，所谓 chourin，意思便是刀。这是纯粹的吉伯色语，在普通的语言中作 tchouri。维杜克（M.Vidocq）称马作 grès，这也是一句吉伯色语，便是 gras，gre，graste，gris。再像 romanichel，在巴黎人的暗语中意思是指吉伯色人。这便是 rommané tchavé（吉伯色儿童）之讹。在语原学中，有一字我觉得可以自傲的，便是 frimousse，意系面貌仪容。此字通用得很，学校儿童都知应用，直到现今还是如此。此字最初见于奥定（Oudin）在一六四〇年所著的奇异的字典中。现在像 firla，fila 在吉伯色语意思即面貌，而 mui 一字，则亦具有同样的意义，——相当于拉丁字 os。故像 firlamui 那样的合成字，吉伯色人是一见就会明白，我相信这大概便是他们语言的特性。

《嘉尔曼》的读者诸君，我这样把自己对吉伯色的研究说了一大套，你们大概也尽有相当的理解了。我现在要借用一句谚语来作本文的结束，谚语说“En retudi panda nasti abela macha.”（把嘴唇闭着，蝇便无从飞入了）。

——录自商务印书馆 1926 年初版

《大伟人威立特传》[①]

《大伟人威立特传》译者序

君朔（伍光建）

英国散文小说自狄辅（Defoe）撰《鲁滨孙漂流记》，始草创模型，颇能写英人所富有之沉鸷独立性，而未描写世情，似若留以有待。其后十余年，斐尔丁（Henry Fielding）出，而后规模大具，后人莫能出其范围。斐尔丁者，贵族之裔，慷慨倜傥，学识渊博，行文殆有天授。三十以前，好制杂剧，以能文称，而非其至者。其后读律，为县官，听断如流，善治盗，剧盗敛迹。听断之暇，著小说数种，描写天性，无微不照。今所译者，为其初著之《大伟人威立特传》。初，有威立特者，无恶不作，窝藏盗匪，坐地分赃，官吏无可如何，其后受役，捕盗，卒以犯案受极刑。斐尔丁假威立特之名，著为小说，暴露恶人阴谋隐恶，燃犀远照，鬼怪无所逃形，寓嬉笑怒骂于庄言正论中。命意颇有合于我国庄老微旨，不独能令读者论世观人，别具法眼，尤能令读者视恶人如毒蛇猛兽，洵为有益于世道人心之作也。斐尔丁所撰，尚有数种，行将选译其篇幅较长者，以为之继。民国十四年，立冬，君朔序。

——录自商务印书馆 1933 年国难后第一版

① 《大伟人威立特传》（*History of the Life of the Late Mr. Jonathan Wild the Great*），小说，英国显理斐勒丁（Henry Fielding，今译菲尔丁，1707—1754）著，伍光建译，上海商务印书馆 1926 年 12 月初版，1933 年 5 月国难后另版，世界文学名著丛书之一。

《法国名家小说集》[1]

《法国名家小说集》弁言

（徐蔚南）

这本书里所收的几篇小说，计有四个作家：小仲马，高贝，莫泊桑和法郎士。这几篇小说不能说是各个作家的代表作品，只是在我阅读的时候，感到一种爱好，便译了出来。爱好的是什么呢？是小仲马的文章的幽默？是高贝的反对国内战争的主旨？是莫泊桑的刻毒的笔锋？是法郎士的轻灵澹素而带讽刺的词句？是的，或许都是的。但是我更爱好这几篇小说里所表现的人生能打动我的心。如果这里的译文不能打动读者的心，那是我的译笔不好，要请原谅的。至于译文错误的地方，还望指教。

——录自开明书店 1926 年初版

《鸽子的悬赏》[2]［附记］

（徐蔚南）

这一篇故事是证明可以看轻学问的吗？不是的，证明的只是我们不能向学问要求那学问所能给我人的以外之物。要知道学问天天能给我们的是劳苦，有时能给我们的是名誉，时时能给我们的是黑暗，永远不能给我们的是财产。

——录自开明书店 1926 年初版

---

① 《法国名家小说集》，封面题“法国小说集”，小仲马等著，徐蔚南译。上海开明书店 1926 年 12 月初版，黎明社丛书之一。

② 《鸽子的悬赏》，为《法国名家小说集》中第一篇，法国小仲马（1824—1895）著。

《比爱儿之书序》[1]［小序］

（徐蔚南）

回忆这件事最有趣味的，尤其是回忆幼年时代，因为过去的旧梦，不论甜的苦的，与现在我人的生活相较，趣味之相差有多少大啊！《比爱儿之书》，共八篇，是法国法朗士写他所回忆的幼年时代的一部书，《我友之书》的第一分。我们随便读那一个著作家写的回忆的书，已经令人得到许多美丽的幻景了，何况这位法朗士以天生的睿智，婉曲的讽刺，温和的同情来写回忆的书呢？

——录自开明书店1926年初版

《九封书》[2]

《九封书》屠格涅夫

（沈颖[3]）

伊凡屠格涅夫（Ivan Turgenev）于一八一八年生于莫斯科近郊渥洛地方，他的祖先都很有名，是俄国的望族，所以他少年的时候已受了高等教育。一八四一年他从国外留学归来，乃开始做文学生涯，但做的大都是诗。不久，他就觉得韵文不是发表思想的真正工

① 《比爱儿之书序》，为《法国名家小说集》中第四篇，法国法郎士（1844—1924）著。

② 《九封书》（即小说《浮士德》），俄国屠格涅夫（1818—1883）著，沈颖译，上海自由社1926年12月初版。自由丛刊之一。

③ 沈颖（1901—1976），江苏吴县人，早年入国立北平俄文专修馆，与瞿秋白同窗。另译有屠格涅夫《前夜》，托尔斯泰《教育之果》等。

具，即弃之而从事于散文小说。一八四七年他做了一篇《克霍尔与卡里涅奇》(*Khor and Kalinych*)，描写农人生活的小说，发在《当代杂志》上，颇惹起社会的注意。他就一连做了二十四篇同样性质的小说，叫做《猎人日记》(*Sportsman's Sketches*)，都在《当代杂志》上发表，因此博得世界文坛上伟大的名誉。一八五二年，哥郭里（N. Gogol）死，他作文祭之，竟为政府所忌，将科以流徒之刑，幸有人救之，得减为拘禁乡里二年。二年期满，乃移居于巴黎，间或往祖国一行，而睹及国内之腐败，不能安居，则愿终其身居于巴黎，与法国文坛名人来往。他的代表作除《猎人日记》外，有《路丁》(*Rudin*)，《贵族之家》(*The Nest of Gentle-folk*)，《前夜》(*On the Eve*)，《父与子》(*Fathers and Sons*)，《烟》(*Smoke*）等，在俄国文学上有极高的功绩。一八八三年死于巴黎。

——录自上海自由社 1926 年初版

《劳苦世界》①

《劳苦世界》译者序

君朔（伍光建）

迭更斯所著《劳苦世界》(*Hard Times*)，篇幅较短，而用意独深，惨淡经营，煞费心力。部署结构，无不先有成竹在胸，非如其他著作，落笔挥毫，任其所之，并不先谋布局者可比。此作尊重德性，有

① 《劳苦世界》(*Hard Times*，今译《艰难时世》)，小说，狄金生（Charles Dickens，今译狄更斯，1812—1870）著，伍光建译，上海商务印书馆 1926 年 12 月初版，1933 年 11 月国难后第一版，1935 年 6 月国难后第二版（著者改为迭更斯）。

功于世道人心不浅。英国大画师大文豪勒士经（John Ruskin）谓此为迭更斯诸著作之冠，研究社会问题者不可不读。法国大文豪塔痕（H.A. Taine）谓此书独重天理人情。凡迭更斯所著小说，微言深思无不尽荟萃于此书中，堪为倾倒，则此书之价值可知。欧战之后，其价值尤为有增无减也。民国十四年秋分，君朔序。

——录自商务印书馆1926年初版

《犹太小说集》①

《犹太小说集》序

鲁彦②

近代犹太文学的勃兴是在十九世纪的后叶，在这不到一百年的短促的时期中，它的进步的迅速真令人惊异，把它和有千百年历史的他国文学一比，我们决不会觉得它有什么逊色的地方——有时几乎还觉得它特别可爱。

在十九世纪初叶和那时以前，希伯莱并非没有文学，这是人人都知道的事情，但那时的作家用的都是希伯莱文字，一种过去的，渐为他们本国人所不认识的将死的文字，因此那时的文学可以说是智识阶级的专有品，于一般民众没有什么关系。到了十九世纪后叶就不同，许多作家都决然抛弃希伯莱文而用犹太文了。这犹太文以先原是在德国境内的犹太人所用的一种土语，极像德国话——有的甚至说本是中

① 《犹太小说集》，夏虏姆阿来汉姆（Ŝalom-Alejĥem，1859—1916）等著，鲁彦译，上海开明书店1926年12月初版。文学周报社丛书之一。

② 鲁彦（1901—1944），原名王燮臣，笔名王衡、王鲁彦，浙江镇海人。译有《显克微支短篇小说集》等。

莱茵河地方的德国土语——后来由德国而波兰，由波兰而俄国，几乎所有的犹太人都说这种话，都认识这种文字，成了犹太人的国语了。因此近代犹太的文学可以说是民众的文学，真正犹太人的文学。

第一个开辟这块地田，而且得到很好的成绩的大约要算是阿白腊摩维奇（Ŝ. J. Abramoviĉ），接着是斯攀克透（Spektor），腊夷金（A. Rajzin），提耐藏（Dinenzohn），脑姆伴格（Nomberg）等人。

随后，近代犹太文学的两颗明星出来了，这就是俾莱芝（I.L. Perec）和夏虏姆阿莱汉姆（Ŝalom-Aleĥem）。

俾莱芝的短篇小说非常的出名，他在近代犹太文学界是第一个短篇小说的作家。他的作品浏亮而含深切的意思，悲愤而不失望，给了近代犹太文学一种新的心灵。他又做过许多诗，都很美妙。

夏虏姆阿莱汉姆的真名叫做腊皮懦维奇（S.J. Rabinoviĉ 1853—1915），他是近代犹太作家中的唯一的讽刺作家。他的作品几乎没有一处犹太人的家里不读。他专门写希伯莱人最可笑的事情，使人发笑，但这笑并非平常的笑，是含着眼泪的笑。他的作品的铭言是："笑可以医病，医生劝人常笑。"因此凡一切失败和不幸，他都不哭，只是笑。他笑着生，他笑着死。他将死前曾为自已做了一篇墓志，大意是这样："这里葬着一个平常的犹太人，他曾为男男女女们著了一些书，鞭笞着工人，医生，商人或教授等等，谁也不宽恕。"的确，他什么都描写，什么也不避忌，在诙谐中藏着深刻的讽刺，使你感到沉痛，又使你禁不住含着泪大笑起来。他又是一个大诗人，又是戏曲家，又是批评家，近代犹太文学的根基到了他手里可以说已被他筑了起来，而且非常的坚固了。

这两个人以后，犹太文坛上最著名的要算是宾斯基（David Pinski 1872— ），阿胥（Ŝolom Aŝ 1880— ），考白林（Léou Kobrin）。宾斯基以戏曲家著名，但短篇小说集《诱惑》也非常为人所爱读。阿胥是一个戏曲家，也做小说。考白林则长于长篇小说。

近代犹太文学有一种很显明的特色，就是人道主义。这大概是因为散处在各国的犹太人都受各国当局的严厉的压迫，生活十分艰苦，所以许多作家都呼号着，攻击着，要求往人道主义的路上走。

这一册小说集里的作品多是从“世界文学丛书”之四《希伯莱小说集》中译出，原译者是湖趣尼克（Is. Muĉnik），只有《中学校》是从别一种书上译出，原译者为柴孟霍夫博士，《七年好运》由一九二五年九月十二日的《世界语传命使》（*Heroldo de Esperanto*）半周刊译出，原译者为由吕斯泰（J. Jurysta），《搬运夫》由《无国际性评论报》（*Sennacieca*）中译出，原译者为丹姆贝（D. Dambe），《资本家的家属》由《万国语月刊》（*Lingvo Internacia*）中译出，著者是一个通世界语的文学家，译述犹太作品颇多。我所重译的全是根据世界语译本。

一九二六年，九月，二十七日，在上海，鲁彦

——录自开明书店1926年初版

《友人之书》[①]

《友人之书》法郎士传

（金满成[②]）

法郎士（Anatole France）是巴黎城中人，家在福尔特河岸（Quai

① 《友人之书》，小说，法国法郎士（Anatole France）著，金满成译，鲍文蔚校阅，北新书局1926年12月初版。

② 金满成（1900—1971），笔名秋羊、许由、东林等，四川峨眉人。1919年赴法国勤工俭学。译有法郎士《红百合》，纪德《女性的风格》，巴尔扎克《剥削者》等。

Voltaire）。生于一千八百四十四年四月十六日，死于一千九百二十四年十月十二日，享了八十年的高寿，这位伟大的文学家，竟自与我们留下数十种杰作，溘然长逝了。

他的一生事极简单：八十年生活，完全在平静中过去，即是说无奇可述。我们只知道他父亲是个极有学识的商贾，盎杰（Angers）地方的人，有天赋的温和的性情；母亲是布吕惹（Burges）人，含有北方深思的特性，是一个十分信奉宗教的。父亲在同一河岸上距家不远开了一个书店。书店往来的人都是有学识的，所以养成他对于书籍的嗜好。

十五岁时，他还在中学校念书，便作了一书名《法兰西皇后圣拉得公德之传说》(*Légende de Sainte Radegonde*，*reine de France*)，内容非常丰富，已为当时人所称赏了。

二十三岁时（1867），他在《韵谈报》发表了两首反对专制政体及拿破仑第三的不良政治的诗（一名 *Denys*，*Tyran de Syracuse*，一名 *Les Légions de Varus*），作者几乎被监禁，报馆也几乎因此被祸。后来不久又为德福罗郎所办的 *Chasseur biographie* 当总编辑。在他手里出了七期以后，勒买儿（Lemerre）又请他去任古典派著作的校对。后来又在《读者杂志》(*Lecteur*）供职许久。到三十岁（1874）他进了参议院图书馆供职。这一时期，他认识了不少的诗人，如：米那(Mina)，郭力亚（Collia）等。后因与里耳（Leconte de Lisle）闹意见，几至决斗，因此辞了馆主人之职，但是《哥南特诗集》(*Les noces Corinthiennes*）与《金色的诗》都是这时的著作，发表后，大为一般人士所注意。三十七岁时（1881），他发表了《波那尔之罪》(*Le crime de Sylvestre Bonnard*)；这一本书，才把他的天才完全看出来了。其实这本著作还不是精心结构的，还可以说简直没有结构；然而书中崇尚主观，尊重个性，实正当自然派衰谢的时期（1885）开了一个新纪元，在文学史上，有极重要的位置。

从四十二岁到四十七岁（1886—1891），这五年中，专在时报，担任批评之职。《文学之生活》（*La vie littéraire*）一书，便是这上面的论文收集成的单行本。此外如他的名著：《友人之书》，《达婍姒》（*Thais*），《巴达扎》（*Balthasar*），《我们的孩子》（*Nou enfants*），《男孩和女孩》（*Filles et Garcons*）等，都是这时期的著作。

一八九九年（五十五岁），因Dreyfus的冤狱事，他把态度忽然改了，来作政治的运动。一九〇四年出版之短篇小说集《堪克宾》（*Crainquebille*）与《今世史》（*Histoire contemporaine*）便是这时代的产品。他由社会主义者，而入共产主义者。他五十二岁时，已为法兰西学会的会员；及至将死的前三年（1921）他还得了诺贝耳（Nobel）文学的奖金；第二年还出了一部杰作：《青年》（*La vie en fleur*）。随后他更想著一部反对政府的作品，可惜书犹未成，而两星期内之同病魔往来，竟一声“我死了”（死时呼着母亲和他的亲戚的名字说的话），遂使全世界文学圈中，失去了一颗明星，“拉丁终局之花”（Extreme fleur de Latin）真的终局了！

法郎士的著作，连与别的著作的序言或其他的演说词或散文等，一共算来，有百余种之多。翻印少者数十版，多至三百余版，其名著各国都有译本，伟大盖可想见。他是尊重个性的，所以他的著作中，几乎有一半专写他童年的生活，（最有名的两本便是：〔1〕《友人之书》，〔2〕《罗贝耳传》。）其余的也少不了要加一点“自己”进去。这一种自传式的文体，便是真的自传么？我们不必讨论这问题。要不是真的呢，也少不了是他理想中的“我”。

他的著作，结构每每没有甚么，内容也无许多所谓奇异之事（aventure）；这是他平静的生活的产品。但是一件平凡的事情，在他叙来，不但能引起我们的美感，而且能引起我们深思。“哦！原来人生便是这样，原来我的生命也是一样的重要，原来我过去的生活也有好几段是很甜蜜的……”这是我们读了他的《友人之书》，他的《红百合》，他的《罗页耳》，他的《乐园》(*Jardin d'Epicure*，有人也译音作《伊璧鸠儿之花园》等)，他的《达婍姒》……我举得完么？——不能不自然的发出的感慨。这是他美妙的文体使我们如此。

他的小说无论长篇或短篇，历史的或哲学的；中间免不了的，便是他总要插入一两段几乎与本题绝无关系的话，这一点往往授批评者以口实。但是他叙事又极为明了，能用简单的语法，代表深刻的思想；使人读之，不能不受引诱（prestige）而感着一种特别的兴趣。书中尤以喻言式的讽刺特长。不过讽刺一词（原文为ironie）不但中文所翻译的不很恰当，即原文的定义，都没有一定。法郎士个人的讽刺，尚有各种不同的形式：有时是讥笑的，有时是滑稽的；有时是和蔼的，有时是严酷的；总而言之，是居于看客的态度微笑的。他自己说：

> “我的讽刺，包含着一种理想，它简直笑我们达不到这种理想。……我所用的讽刺，完全不是残酷的：它不讥笑美，也不讥笑爱；它的微笑可以使怒者平气。假如没有它，我们仇恨人的恶德，将永不会自觉。”

我个人想，他的著作之所以有名，这一点——讽刺——是不应当轻易看过的。

法郎士读书极多，所以他的著作，每每取材于历史：因此遂引起了抄袭的嫌疑。在这一点，他自己也仿佛有些承认。但是我们既知道法郎士是非常崇拜古人的，他以我们人类之所以有今日，全靠着古人的遗产；那么，摹仿古人，自然是不能免的事实。何况未必是抄袭呢。

法郎士在文学上没有学派，也不反对任何一学派。[他虽曾攻击过自然派的左拉但后来也和解了；他虽然同布吕勒谛（Ferdinand

Brunetière）发生过对于文学批评的争论，但为的是与自己辩护，也算不得攻击某一学派。］我们只要读过他的作品的人，就知道他改造社会的思想，便与自然派诸人一样的热心，其热烈的情感，丰富的想象，便与浪漫派诸人相同。了解人生的真义，思想到微密奥妙的境界，便与神秘派或象征派诸人一样的高超。崇拜自然的美，便与文艺复兴时代之那伯勒（Francois Rabelais），龙沙儿（P. de Ronsard）等相同。用讽刺而简洁的文体，以引人深思，便与古希腊或拉丁之作家相类似。总括一句说，凡是一学派有的长处都被他吸收去了；然而每一学派的短处呢，在他的作品中，很不容易寻出。批评家马松（Georges Armand Masson）说他是集近代文学之大成，与文艺复兴时代之孟德尼并美，似乎不是过誉。

不过他的著作的成分既多，在文学史上要决定他的位置，实在不是一件容易的事，所以自从他死后，巴黎各杂志，各日报，都有讨论他的文章，是是非非，莫衷一是；我们也不敢附和某一派；只好把各派都承认的几点先总括说几句，然后再从他的作品中去讨论……

法郎士是一个小说家，历史家兼批评家。他主张的是乐天主义的怀疑派哲学。他不承认世界上有一个真理。他只信任直觉（instinct），最崇拜的是人生与美。把万事万物都归在这两点上去研究。我们可以说他一生的工作，便是设法调和它们——美与人生。为要了解如何才能调和，所以他不妨把社会，道德，宗教，风俗，政治，仪礼，以及宇宙一切放在一个平台上。时而把他们破坏，以看他们的内容；时而把他们作为极有秩序的陈列，以为美观。他以为这与小孩子在沙盘中堆塔一样，是一种游戏。生命的意义，不过如此。小孩子在沙盘中寻着的乐趣，正与法郎士在棹案上得到的高兴一样。

我们要明白他的怀疑派（Scepticisme）的思想，首先就要知道他对于理智（intelligence）的见解。他以为理智只能使我们了解各种现象相互间的关系。关系是否事物的内容？假如我们的答案是“否定”，那么，理智就完全无用。（参看 *Les opinions de Jeromes Coignard*）他的名著《达exist》中：

巴夫吕司（Paphnuce）去救渡女伶达婍姒的时候，路遇一位隐者。巴夫吕司便想用耶教教义说信他，殊知隐者才是一位怀疑派人物。他回答说他不知道有耶稣，更不知道有真理，什么事对于他都是两可，无定。巴夫吕司便惊讶的说：你既为隐者，当有一定的信仰，何以说无定？隐者答说：你所说的一定，我也知道。太阳的光，照临我们，表面上我们很可以说一定。然而这是何故，为甚么？谁能说定呢？……

法郎士便有这种态度。科学可以解释他的怀疑么？但他向我们说了他曾经敲过科学之门，所得结果，仍是零。因此他认为凡事都无可无不可。善也如此，恶也如此。因为我们说一件事物的善恶，便是我对于他直接感觉到好或不好，给与他的一种名词。其实有何真理。由历史的眼光看来，今时社会的风俗习惯——既已流行于今时社会——人便称他为好的，古时的便不免于野蛮。其实古时人自己又何尝不曾相信过他们的风俗习惯是好的呢？后之视今，亦犹今之视昔，将来的人又何尝不以我们今日之风俗习惯为野蛮呢？（参看 *M. Bergeret à Paris*）由哲学的眼光看来，宇宙终于有一种平衡：暂时的不规则的现象，决没有时间上的持远性（éternité），不久必然消减，由这两点看去，既然找不着一定而不移的真理，我们如何说必有真理！万一假定有一个随时间而转移的真理，而时间是无穷远，真理因此也就不可捉摸了。法郎士譬喻真理不可捉摸，有一段极有趣的文章，摘录如下：

“有某甲去寻真理，见一个螺旋盘上有了不少的真理，都是些红的，绿的，蓝的，黄的。但终于看不见白而纯洁真实可靠的真理。某甲便哭了说：‘我为真理而牺牲一切，为甚么见不着我所求的真理！——白而纯洁，确实可靠的真理！’于是载了若干红绿蓝黄的真理的螺旋盘旋转起来了。一会儿转得极快。看见各色的真理，一个一个的消下去，然后螺旋盘上成了一片白色，并且有声音说：'看啦，这便是你所求的白色的真理了！你须知道，真理是由各个不同的真理组织成的。正如这白色是由红绿蓝黄组织成的一样。'"

真理既然实际上没有存在，只可由幻觉得来（Par illusion）我们又何苦去寻呢？

真理的本身既已如此，换一方面来说信仰罢。假如我们没有法子证明它没有错误，信仰便是人生的大痛苦。前面举过的隐者，还有几句话说：

"人生的痛苦，便是'信实'，他从前有的是好的，失掉了。'信实'现时占据着的是好的，将被人夺去了。或者'信实'他现时有的都是不好的。假如我们把这些信实都一概舍去，便没有痛苦了。"

他的著作中，无处不表明最可靠的是无信仰。无信仰的意思，便是信仰自己的信仰（Credo）(这一字是拉丁文，等于法文的Je crois'我信'之义)。法郎士自己的信仰是甚么呢？据他自己说："真正的怀疑派也有他的信仰：希望进步的运动，崇拜信仰自由（Culte de tolerance）冷眼观察人类和自然相互间的关系，而渐渐设法引诱，使人至于觉悟的境地——了解人生。"法郎士对于上列各点，也有不曾办到的。因此引起不少的批评家说他矛盾，其实法郎士对于怀疑派不彻底的理由，很可以原谅。因为是"智慧要他怀疑，情感要他希望。"(……l'intelligence qui doute et……la sensibilité，qui，espere）怀疑便是"否定"一切，对于甚么都不表示意见。而法郎士，因为情感要他希望的原故，对于甚么都说了。因此他自己也不承认他是怀疑派。不过一般批评家所指的怀疑派，意义自然宽泛得多，也就使他默认了。

真理既不可靠，而个人的信仰又那样特别，然则宗教主一尊以使人信从，简直是一种妄诞。所以法郎士极端反对宗教。著作中描写宗教家迷信的地方，使人读之，不知不觉的会变成无宗教派。

不过法郎士一方面攻击宗教，一方面也很承认宗教自身的价值。据马松说他小的时候，曾经从过神父们生活若干年。因此宗教的坏处，自然被他指责无遗；而《圣经》中喻言式的文体，使人了解人生的真义；爱的信念，使人有所感觉；这是他极承认，而且随时躬身实行的。

宗教虽然很可攻击，而别人的信仰亦当承认，不过信仰中有好些部分是盲从（fanatisme），文学家便当用自己非常正确的感觉，基本于‘生命’，‘美’，‘爱’的原素，去提倡引导。

综合以上各节看来，我们已可以窥见法郎士之艺术见解之一斑了。因为他爱美，所以他的艺术便以美为根据；因为他爱生命，所以他的艺术便以了解人生真义为目的；因为他信托爱，所以他的艺术便以爱为枢轴。

宇宙间一切，无不在科学范围之内。科学家常用他的经验智识以观察一切，因此感觉反转不强。我们人既然自己包藏在五官之内，离不了感觉而生活，进一步说，感觉便是我们生存的兴趣。一旦没有感觉，人还成个甚么东西！所以法郎士说：

“生活丰富，便是感觉多。”(Nous aurons beaucoup vecu，si nous avons beaucoup senti.——见 Thais)

然而最能引起人感觉的是甚么？法郎士在任何地方都回答我们说只有“美”。

你对于艺术家，不必要需求他与你解决一切问题，更不可在那里面去找真理，只要他能引起你的美感罢了。(见《乐园》)

不过这里我们不可忽略了的，便是美学的范围。这一层法郎士不曾给了我们明白的解释。法郎士的审美性（Esthétique）太轻易了。他以为美是神秘的，泛泛不可捉摸的，我们只要感觉到美，更无须再去作无谓的分析。

法郎士既然把美看成含了一点神秘性的东西，因此他有些诗都带了象征派或颓废派的色彩。但他又极端反对他们少数人了解的艺术。他也不主张新奇的艺术。他说：

> “艺术的条件，从荷马到现在，改变得很少。我也不相信从此地到世界便会变更。”(*La vie littéraire* 序文)

由此我们可以知道他希望于艺术的，不但要有时间上的持久性，而且要有空间上的普遍性。

他又反对矫揉造作的艺术。他以为真正的艺术是隐藏在作品之中，使人读之（就文学而论）有一种自然的感受，自然被引诱到艺术家愿意引诱去的境地，至于故意造作一种合法的形式，使人一见便知其为艺术作品，而实际上却没有一点艺术的思想；这一种假冒的艺术，法郎士最不赞成。他说：

> “我们不必写得太合定式，这是不好的方法。因为语言是人类社会自然的产品，用不着伪造。”(以上俱参看他与 Charles Morice 往来的书信，及批评 Charles Morice 一文)

论到法郎士的批评，我先要引他自己说的话来作开场。他说：

> “批评与哲学或历史学一样；是一种细心而有嗜好的人爱读的小说。所有的小说，认真说来，都是一种自传。故忠实的批评

家，就是叙述他读了某种杰作以后，神经中所起的特别的情况。”

“……承认我们每次所以要说话的原故，是自己没有力量谨守缄默。”

“批评家应当说：‘先生，趁我们谈到莎士比亚，哈喜伦（Racine），巴司卡（Pascal），哥德这个时间，我要向你们叙述一点我自己的景况，这是再好没有的机会了。’”

“批评家应当知道这个意思：一部书印出了若干本子，便有若干不同样的读者。（即是说，个人感受之不同）一首诗如像好的风景一样，因为若干人观察的原故，就有若干不同样的形体。”(俱见《文学之生活》的序文)

这几节片段的文字，很足以知道法郎士的批评见解。当时法国著名批评家布吕勒谛，十分反对此种论调。布氏的意思，以为吾人假若用主观的批评（指法郎士而言），譬如戴上颜色镜子观天，所见完全不是真理。顶好是把自己舍去，然后才可以用客观的理解，判别一切。法郎士在他的《文学之生活》卷三序文上反驳，说他（指法氏自己）简直不是一个批评家。他对于文学上的论文，寻不出一个适当的名词，随便呼之为“文学丛谈”可耳（Causeries sur la littérature）。这一种丛谈，何以不应当用主观呢？吾人观察宇宙一切，都免不了要用五官。五官的感觉根本又人人不同，又何处去寻客观呢？

感觉之不同，已如上述。然而假定偶然有一些相同，这便是社会宗教组成的元素。至于美（包括艺术的作品），至少含了些神秘性，是一种泛泛不可捉摸的东西，如何敢说它施于各人之印象，有相同之点呢。所以说批评家，只要把他所感受着美的地方说出来，让大家看看，便算完事。

不过这里我们当说明的，法郎士的批评论调，虽然如此，他自己也并不曾完全作到。我们把《文学之生活》打开一看，里面也有说某某作家的行文如何如何不对，思想如何错误……的地方。这一层，恐怕连他自己也要承认矛盾罢。

法郎士没有创立学派，所以没有嫡派弟子。然而现在——二十世纪——的文学家，少有不受他的影响。他那种唯美的思想，改革的精神，给我们不少的教训。他的批评论调，更开后来印象派批评（Critique impressionniste）的先路。今而后谁敢说："破坏社会的意见是紧要的……个性是极应当发展……"这一类的论调，完全仗着法郎士的话作先锋阿！

法郎士不但能整个的观察宇宙万物，而同时又能细分的解释一切。苏格拉底（Socrate）曾经说过："假如一天我得遇见一个人，能够同时了解一切事物的全体和他的分子，我甘愿终身随之。"

法郎士便是这样的一个人。

——录自北新书局1926年初版

《友人之书》绪言

（金满成）

法郎士要写他自己童年的回忆，不愿意用自己的名字，因此借用了彼来罗页耳（Pierre Nozière）一个假名，就说此人是他的朋友，遂名其书曰《友人之书》。其实书中的事，就是他自己的事。

书中第二部，他的女儿及其朋友的故事，算是《友人之书》的附加。印行者加莽勒喟（Calmann-Lévy）是法郎士的好朋友。据他说来，第二部与第一部的用意是一样，也是一种家庭记事；所以有加入之必要。而且法郎士当时，尚有意把这种工作继续下去，可惜不曾如愿！我们今日所有的止此而已。

此书的精妙，用不着我来鼓吹；而且译者也不应当鼓吹，不过我有几句不得已要说的话：读法郎士的著作，与读莫泊三的不同：读莫泊三的要从分子去看全体，读法郎士的要从全体去看分子；即是说，莫泊三的你要整篇的看，才愈能见着他的好处；因为他的结构的关联太重要了。至于法郎士的作品呢，我们与其注意他的全篇，不如注意他的每节；与其注意他的每节，又不如注意他的每句；与其注意他的每句，不如注意他的每词（expression）；总之：法郎士的作品，愈分析，愈能见他的妙处，因为全体的结构，在法郎士是比较不重要的。

这样美的文体，这样充满了思想的作品，以我这样薄弱无能的译笔来翻译它，自然十分困难达到又"信"又"达"又"雅"的地步。但我读了原文之后，有一种"非译不可"的热烈心情，也就大胆把它译出来了。误漏是一定不可免的事实。读者先生们，如能赐以指正，是我极乐于听从的。

——录自北新书局 1926 年初版

《心文・其一》①

《心文・其一》序

朱胡彬夏（胡彬夏）②

露存女士，原籍波兰，长学法国，曾入巴黎大学，专攻植物学。而天性则近文学。精通英法俄德诸国语。自适吾邑华通斋先生，即来中国，于今十有五稔矣，生子女各一，视吾国如其母国，其关心于吾

① 《心文》，散文，露存（Stephanie Horose，又名罗琛、华罗琛，1883—1970）著，华通斋（华南圭，1877—1961）译，上海商务印书馆 1926 年发行。露存，原籍波兰，法国巴黎大学毕业。在法期间认识中国留学生华通斋并结婚，后随丈夫回中国，著有《女博士》《恋爱与义务》等。

② 朱胡彬夏（1888—1931），姓胡，名彬夏，朱为夫姓，江苏无锡人。曾先后留学日本、美国。1916 年任《妇女杂志》主编。发起成立中华职业教育社，上海妇女会等。

民之痛痒，与忧世愤俗之慨，殊不亚于吾人。其对于吾国政教风俗人情心理之观念与议论，则以其幼年在另一环境所受之影响，反较吾人为公允透切。予于今春始识之，聆其言论，观其著作，不禁为吾女界喜。何则？大陆沉沉，民智闇昧，女子之能执笔著述者，寥如晨星，加以家庭子女之累，及社会上各种之要求，其能萃精会神，专以文字应世者，尚无其人。有之，自女士始。女士虽非华产，然其心思才力，固已早贡献于吾社会矣。然则凡生于斯长于斯之中华女子，见此勤奋女子，或可少自暴殄，多自振作，以脱斯民于厄，而增祖国之光乎。夫天之生材，各有其用。中国贫弱已极，凡为国民，无论男女，皆当勿计成败，努力于其所长以救国。如女士者，诚可为模范矣。予以是为女界喜，并为女士贺。

十五年五月时日朱胡彬夏

——录自商务印书馆1926年版

《三年》①

《三年》译者序言

张友松②

在这篇短短的序言里要想详详细细的介绍契诃夫是作不到的，并

---

① 《三年》，小说。俄国契诃夫（Anton Chekhov）著，张友松据英译本转译，北新书局1926年12月初版，1927年3月再版。近代世界名家小说之一。

② 张友松（1903—1995），原名张鹏，号友松。笔名松子、张鹤、常建等。湖南醴陵人。北京大学肄业，任上海北新书局编辑。后创办春潮书局，兼任经理。抗战时期，在重庆创办晨光书局。译有《契诃夫短篇小说集》，屠格涅夫《春潮》《薄命女》，施笃姆《茵梦湖》，马克·吐温《汤姆·索亚历险记》《王子与贫儿》《镀金时代》等。

且译者也自认够不上详细的介绍这位伟大的作家。随便说一说他在文学史上的地位是如何的高，随便说一说他的作品描摹人生是如何的真切，又似乎是大可不必的勾当，因为译者纵或不揣谫陋，不惮说几句不必须的话，他在这里所能说的恐怕也是大家所熟知的了。

也许有人嫌契诃夫的作品太琐碎，也许有人嫌契诃夫的作品太灰色。但是这些读者却忘记了人生本身是如何的琐碎，忘记了人生本身是如何的灰色。我们要知道契诃夫的作品简直就是人生本身。正是要从其中的琐碎处才能看出人生的微妙处来。大多数的作家不如契诃夫的地方正因其"不能"琐碎，换言之，就是因为他们不能将人生的微妙处体察出来，表现出来。至于谈到灰色呢，不应该灰色的地方契诃夫决不会以一个悲观主义者的态度勉强加上灰色。

一个作家如果以一个心理学家的态度去描摹人们的心理，自以为定能成功，其实常是不免露出不自然不真切的破绽来。契诃夫却不是这样，所以他不但不遭这种失败，而且能得到最大的成功。

《三年》这一篇也许是大家认为最琐碎，最带灰色的。然而《三年》也正在这点足以代表作者的长处。我们将这篇的篇首和篇末的情景对照对照，固然是可以得到一个深切的印象，但是我们应该处处都能得到很大的启示，才算是不负我们的作者。

我们读契诃夫的作品，只宜细味，不可整吞。你若是急急忙忙的往下读，心里只等待着什么篇中的要点，奇巧的结局，和诸如此类的东西，那你就没有不失望的了。

——录自北新书局 1927 年再版

1927 年

《绵被》[①]

《绵被》爱欲（代序）

方光焘[②]

想来已是将近十年了。

正当春色恼人，樱花争艳的三月，日邦人士，真是举国若狂，各趁着大好的春光，及时行乐。男的插花携酒，女的艳服浓妆，都如痴如醉地，成群结队着，齐往郊外去欣赏那全国称颂的名花。在异乡——东京——作客的我，自然提不起那般逸兴闲情；不过当这春假期中，闲居在客寓里，真也觉得无聊。同寓的几位朋友，新近却醉心了田山花袋的《绵被》，每日团聚在下宿屋的小房子里，热烈地雄谈着他们的恋爱哲学，我因了这机缘，便从他们处借来这册名著，费上一夜工夫，总算囫囵地读完了。当这情热的，浪漫的少年时代，我原沉浸在空想幻梦里面，当然理解不了书中深切的悲哀，和人生的烦恼；但这段香艳的故事，却也做了我当时的梦想资料。茶余饭后，每

① 《绵被》，小说，日本田山花袋（1872—1930）著，夏丏尊译，上海商务印书馆 1927 年 1 月初版，文学研究会丛书之一。

② 方光焘（1898—1964），浙江衢县人，毕业于日本东京高等师范学校，后留学法国，回国后参加过创造社活动，加入中国左翼作家联盟。译有《姐姐的日记》（哈代著）、《一场热闹》（高尔斯华绥著）、《正宗白鸟集》（田山花袋著）等。

和朋友相遇的时节，彼此都是异口同声，争效着芳子姑娘的口吻。喜欢说什么“咦！先生！”什么“咿呀！刻毒的师母！记得的！师母！”闹个不休；而在我的头脑中，又复描画出芳子姑娘的倩影，眉飞色舞地居然以竹中时雄自命了。幻想着他年回国之后，我必以小说名世；也许从兹博得二三名媛淑女，投我门下。那时便要择一艳丽多娇的，加以教育，或当温暖的三春晚上，傍着明亮的电灯，教她读什么《屠格涅夫全集》；或在凉爽的仲秋月夜，对着将开的丛菊，和她谈些世界文艺思潮。自然我还没有结婚，她也用不着向我师母，说什么早十年出世的话。……

唉！像这样的香甜好梦，当日真不知做过几回，可怜流光如矢！归国后匆匆已是三年了，这三年来，东奔西走，谋食谋衣，不要说什么小说名世，就连写作小说的余闲，亦何曾有过！我真如野马套上了络头，蒙蔽了双眼，身上受了鞭挞，不能不拉着“生活”的马车，盲目地向前奔走，所谓名媛淑女的幻想奇思，真的早已忘怀了！三年间的成绩，总算在现实社会里，尝了不少的苦辛，受了不少的教训，才明白得什么恋爱，什么结婚，都无非是造物弄人的把戏。任凭你说得怎样优美高尚，怎样芳艳香甜，怕在这五浊世界中，总逃不了一场丑恶的爱和欲的争斗。

倥偬劳碌中，三十之年，忽焉已过去了。虽然我还未及中年，却有些伤于哀乐！从前所爱吟的恋歌，喜读的言情小说，都早就打叠起来，埋藏在破竹笥内，不必说，没有再读的余闲，实在已没有再读的勇气了！去年夏日，丏尊先生在白马湖上，一时高兴译完了《绵被》带到江湾来，叫我替他对校原文，细读一过。我当时虽然承诺了；但一记起昔日的浪漫奇思，一忆到芳子的娇艳语调，真有几分隔世之感，再也提不起重读的精神。我的先生刚仓氏常常说他一过了五十岁，每听到肉声似的震颤的梵哑铃便感到腻烦嘈杂；只有沉着的钢琴音，才能使他宁静，虽然我还没有老到厌听梵哑铃，但我平日耽读着兰姆的《爱丽亚小品集》和吉兴的《草堂日记》，对于那些谈恋讲爱的小说，却也有点怕读了。丏尊先生回白马湖后，屡次来信催迫，实在延宕不过，终于勉强地翻开原文译文，为他校读了一番，谁知校完以后，所得的印象，却与十年前的迥异了！

年龄总算没有亏待了我，《绵被》也没有欺骗了我，书中主人公的悲哀和苦闷，我自信现在不特能了解得几分，真的在我心中，竟也能感到同样的烦忧。我深深地痛感到我们不幸生而为人，既做了上帝的选民，又甘为撒但的奴隶。上帝教我们以爱，撒但诱我们以欲。在爱欲的当中，苦乐悲欢，交替不绝地骚扰着，我们从此便无宁日了！

真的，我们只要有宏深的爱，坚固的信心，纵然打不出苦乐悲欢的重围，但我们的生活，总能因此益加充实罢。诗圣勃朗宁（Robert Browning）在《爱芙灵胡柏》（*Evelyn Hope*）一诗里，怎样地启示了我们！容我且把这诗的大意，抄译在下面：

> “美丽的爱芙灵胡柏死了，暂且坐在她的旁边守着罢。那是她的书架，这是她的卧床。她摘来的天笠［竺］葵花，在瓶中虽已渐行枯萎，想还是和她生时，没有什么差异。窗户紧闭，没有光照进来；仅从窗隙间，透射出二条长长的光线。
>
> 十六岁便死了！怕她还没有听见过我的名姓；而且她也未曾到达了她的恋爱时期。种种的希望和目的，横亘在她的前途；她也有她的义务，更有她的些细烦忧，时而宁静，时而骚然。又谁知突然地上帝招手召她，到如今单单留存下这惨白的颜面。
>
> 爱芙灵胡柏现在向你说，难道是太迟了么？你的灵，纯真。用气，水，火造你的善星，便是司你运命的明神。我和你年龄相差三倍；我和你生活的道路，显是分歧；难道因了这些，我和你只能算是寻常的世途伴侣，此外便毫不相关，了无缘分。
>
> 不，决不是那样。在天的上帝，有创造的大力，也有惠诺的

宏恩。他创造爱来酬答爱，要使世间没有单恋二字留存。我为我自身的爱，仍然向你追寻。我明知这是远远未来的事，真不知道要牵延几世几生。当寻到你的时节，尚未来临，我应知应学的事还多着，正该尝尽一切的苦辛。

这时节要来的，终于要来的罢。爱芙灵胡柏！你那纯洁晴明的灵和肉，长年累月藏在下界究竟为了什么？我这样向你寻问的时节，终于来临的罢！你那琥珀般黄的发，天笠［竺］葵花般红的口唇，究为着谁呢？当新生命毕竟代替了旧生命的时候，你我的关系，成了怎样？想来我能明白了那些的时节，终于来临的罢。

在未来的生里，我将和你说：‘从那时以来，我自身增加了许多生活经验；真不知几回的抛弃自己，几度的转生。众人所获得的，我已得了。探索了几多时代，踏遍了几许都城；但在我心灵的全范围，总差着一个——单单少了一件东西，我不知我失了她，抑或是她抛了我；总觉得少着的只是这一件东西（意即指未遂的恋爱）。爱芙灵胡柏呀！到如今追寻你才得到了你。结果怎样？我和你且看着罢。’爱芙灵胡柏！和你谈这话的未来之日，终于来临的罢。

到了那时，想我更当和你这样说：‘爱芙灵呀！我真始终爱恋着你，在我的胸中，纵然充实，却总觉得缺少了一些。因此为你少年天真的笑！为你娇艳嫩红的口唇，为你的金丝的发，在我胸中，早就留下了十二分的余地，去容藏那些。’现在我将这天笠［竺］葵花的一瓣，藏在你那冷的掌心。保持着，其间有我你的秘密留存。安静地长眠罢！在未来之生里，你将醒，你将记起今日的我，你将恍然有所悟罢。”

这诗真充满了坚强的信仰，“上帝创造爱来酬答爱”是何等有力，何等信心坚固的话！“探索了几多时代，踏遍了几许都城”是何等勇敢，何等刚毅的精神！可怜在我们利害打算，得失计较的凡人心头，这许多伟大的言词，早已不能生根了！怀疑蒙蔽了我们的眼睛，肉欲涂抹了我们的神性，卑怯消磨了我们的意志，可怜我们终于不能不被深锁在“虚伪”的监牢中，烦闷无聊地把一生过了。

真的，我们倘能抉破因袭的藩篱，践踏世间的道德，做一纵情任性的满足自己的恶魔，也许比诸虚伪的过活，还多留得几分人性，即在生的意义上，怕也较为充实罢。诗圣勃朗宁在《包弗丽亚的恋人》（*Porphyria's Lover*）一诗里，同样地启示了我们。容我再把这诗的大意抄译在下面罢：

“今宵早就下了雨，不久更刮起凄其的风，凶恶地吹折了榆枝，狠命地搅翻了湖水，我心要碎裂似的耸听着。包弗丽亚在这当儿溜进来了，她闭上了门，把寒冷和暴风，一起送出。她弯身下去，燃着了将死的火炉，使得草庐中满室温暖。做毕了，她复站起身来，除去了淋湿的外衣和围巾，把污泥的手套，搁在一旁；复解开帽纽，让那濡湿的头发，散乱下垂。她于是走近我的身傍叫唤我，默默无言中，她复把我的手围在她的腰际。裸出雪白的肩，松散的金丝发，披在上面。她更低身下去把肩儿支承着我的颊儿，金丝发散乱地遮蔽了一切。她嗫嚅地说她如何爱我；她太怯弱了，虽然费尽心力仍脱不了夸耀和虚荣的羁绊，解不开纠纷的心情；因此便不能把她的终身归属了我。然而热情有时却能占了胜利。今夜的盛筵，总抑制不了她的相思情绪。她想念着那恋爱成空，正为她憔悴的人儿，竟冒着狂风暴雨，突然间来到我处。我细察她的眼，在那里确充满了愉悦和骄矜。我终于明白了包弗丽亚真敬重我的。惊愕膨胀了我的心，我镇静心神。追问自己‘究竟应该如何处理。’只有在这一瞬间，她是我有的，是美妙，至纯，至上的我的所有。我想到了一事，我应常去做；便把她的发儿拼揉成一条金色长绳，在她的细颈上一重二重三重地绕了三圈，我绞杀她了！她正如蜜蜂被关闭在花心，也没有什么痛苦。我更小心地开开了她的脸皮，在毫无尘垢的碧眼中，还留有笑痕。我就从她的颈间，解开了卷牢的发，当热烈地吻着她，双颊重又浮起了红晕。我们依旧相偎傍着，正和前一样；不过此次却是我的肩儿，支承着她那下垂的首领。玫瑰色的含笑的颜面，呈露出愉悦的欢心。这是因她的愿望已成就了：消失了一切的毁谤，却得着了我，她的恋人。她真想不到怎样她的愿望竟得了依从应允。我们这样安静地默坐到天明，毫不动惊。但是上帝呢！却也不说什么。"

这首诗真大胆地说穿了恋爱的心理，同时也揭破了人们的兽性。"我绞杀她了，她也没有什么痛苦。"是何等纵情任性的自私的言词！"上帝也不说什么"是何等刚愎，蔑视一切的话！王尔德在莱丁狱中歌里曾说：

Yet each man kills the things he loves,	（大意）让大家一齐听着，
By each let this be heard,	世间一切男人，把心爱的东西杀掉。
Some do it with a bitter look,	有的用着苦颜，
Some with a flattering word,	有的用着甘言，
The coward does it with a kiss.	胆怯的用着接吻，
The brave man with a sword,	只有勇者才拿着刀儿把爱人杀掉。

绞杀爱人的，真不失为一堂堂勇者！可怜胆怯的我们，包围在一

切的世法和因袭的道德中间，得失计较，利害打算，一方怕失去心爱的人儿，一方却又抛不了金钱名誉，因此我们就和勃朗宁说的“未燃的明灯”(Unlighted Lamp）一样，在虚矫诈伪里，空虚地把一生耗了。

我们生而为人，原具备有神兽二性。爱和欲在我们胸中燃烧冲撞。我们不能学爱芙灵的恋人，坚强地信赖上帝；又不能效包茀丽亚的恋人，蔑视一切，占有了爱人。在我们短促的一生里，为了灵肉斗争，烦闷，痛苦，悲哀纷扰纠缠着，从此人间便成了我们的炼狱(purgatory)。我们站在天堂地狱的交界上，瞻前顾后，我们的生活，真应如何真挚，如何严肃，毫不懈怠地，力求着生之充实。唉！可怜我们在这短促时期中，明知“死”是不可逃避的，却日日以“不死”自欺自慰，直到了鬼门关上，才知道死已临头。到那时真也万悔莫及了！我们倘能把“死”时时刻刻放在心中，我们的生活，自然能不苟且，自然能努力认真。我们的一举一动都成了我们的祈祷，我们的言词也都成了我们的忏悔。

田山花袋是在炼狱界中能认真过活的一人。《绵被》也就是他的忏悔实录。不必说，书中的主人公，便是田山氏自身了！他于灵肉的冲突，爱欲的争斗，真能大胆真挚地叙述，严肃露骨地描写。我初读此书，粗忽这些，却单单注意那香艳事实，我真糟蹋了此书。我信中文译本出世，国中必有若干青年爱读此书；其间也许有一二粗心如我的人，只求事实，囫囵吞枣地糟蹋了《绵被》，怕这责任非译者所担负得起的罢。现在容我把这书着眼处，节抄几节出来加以私意的解释；借此可以明白我重读此书的态度，且以补我从前糟蹋之过于万一。

当横山芳子居住在竹中家内不上二月，家庭间对于竹中和芳子的猜疑，已似阴云般密布着。竹中终于把芳子寄居在他的姊姊家中。那时竹中曾有一段深刻的反省，记在书中十七至二十页内：

妙龄女子常现轻佻，才轻佻即复沉静，对于些微的事情，也会无端地动情，无谓地烦闷。那种不是恋爱，也不是非恋爱的迷离态度，不断地使时雄受其诱惑。道义之力，习俗之力，机会一到，其破碎比裂帛还容易，所不容易到的只是这冲破一切的机会罢了。

在时雄自想，这机会在这一年中至少是有两次遇到了的。一次是在芳子寄来厚厚的信来，和泪诉说自己无状，恐不能报答先生的厚恩，不如回到故乡作了农夫之妻在乡间埋了一生的时候。还有一次是在某一夜芳子正独自看守屋子时雄偶然去访问她的时候。第一次的时候，时雄曾也明了她来信的用意，为了回信的写法，曾烦恼得一夜没睡。几次地窃视妻的熟睡着的脸，自责自己良心的麻木，第二日朝晨寄去的回信，俨然取了师的态度。第二次是这以后两个月光景的春天晚上，时雄偶然去访问时，芳子敷了粉，相貌打扮得很好，茫然地坐在炉旁。

“做什么？”这样问她。

“看屋子哩。”

“姊到那里去了？”

“到四谷买东西去了。”

说了注视时雄的面孔，那样子真是艳丽。时雄因这有力的一瞥，不禁心胸悸动了。彼此道了两三句的普通言语，可是在这平凡的谈话中，彼此都似乎觉到有不是平凡的地方，这时候如果再对语十五分钟，事情就不可知了。女的富于表情的眼炯炯地，言语都带艳气，态度迥异寻常。

“今夜打扮得很美哩！”男的故意取笑了说。

“呃，方才入了浴的。”

“粉很白哩。”

“咦！先生！”说着笑了，把身体倾斜了作出娇态。

时雄立刻走了。芳子阻止他说还早，时雄坚说非回去不可，芳子恋恋地在月下走送一程，那白面庞上确笼着某种深玄的神秘。

他明知道义习俗之力，机会一到，破碎得比裂帛还容易；然而机会来了，他怎样呢？他不是俨然取了师的态度么？他不是坚说非回去不可么？这其间他深感到灵肉斗争的苦痛，爱欲冲突的烦闷，他终于严肃真挚地逃避开了！

当芳子来东京的途中，遇到田中秀夫，因此而坠入了恋爱的时节，竹中胸里的烦忧，重复鲜明起来了。书中二十一页里，有了这样一段记述：

时雄不得不烦闷了，自己的所爱的人突被夺去，心很不快。自己本来没有把女弟子当作恋人的意思，如果有这样明白的意思，那末在那两次接近的好机会里，应该是毫无踌躇的了。可是，把这所爱的女弟子——在寂寞的生活里加增色彩给与无限的力的芳子，突然任人夺去，能容忍吗？前两次的机会虽都踌躇了没有提到，然待第三次机会第四次机会来时，创造新运命与新生活，实是他心坎底里的希望。时雄闷了，心乱了，嫉妒，可惜，悔恨杂成一处，在头脑里旋风似地回转，为师的道义之念也杂在里面，越使火炎旺盛，其中还加着有为了所爱的女子的幸福而牺牲的心念。终于在晚餐时加饮了多量的酒，泥汉似地醉着睡了。

第二日是日曜，屋后树林上萧萧地滴着雨丝，使时雄倍觉寂寥。老榉树上滴着雨点，长长地，看去似乎从无限的空中无限地下着。时雄无读书的勇气，也不想执笔，躺在触背已感秋冷的藤椅上，注视那长长的雨丝，一壁由这次的事件想到自己的半生。在他的经验中，这样的经验曾有过几次，因了一步之差，不能突入运命正中，只立在圈外彷徨的寂寞的苦闷，是他所常尝到过的。在文学上如此，在社会上也如此；恋爱，恋爱，到现在也仍陷入这样消极的运命，一想到此，不得不痛感到自己的无能与薄命。觉得这就是屠格涅夫所谓“superfluous man”（无用的赘物），不禁反复联想到那作品中主人公的无聊的一生了。

寂寥不堪，近午即叫备酒，妻的准备略迟了些，就叽咕不快，及见食盘上肴馔不佳，遂动了火，自暴自弃地把酒狂喝。一瓶两瓶地瓶数增加上去，时雄就已泥醉，对于妻的不平也不说了。瓶中酒一完，只叫“酒！酒！”酒拿来时，一味狂喝。胆小的女婢，呆着了看，以为不知甚么了。才在那里将那五岁的孩子抚抱接吻逗着玩的，不知为了甚么，忽然哭了起来，就动了怒把他屁股乱打，那末一来，三个孩子恐怕得不敢近去，只远远地惊看那和平日如出二人的父亲的红脸。喝了几瓶以后，就此醉倒，连食盘翻筋斗也不知道。

竹中虽然逃避了二次的机会，却总期望着三次四次的机会来临。肉欲依然在他的胸中活动，他想抛弃一切去创造他的生活。然而因循坐误芳子毕竟爱上了他人。这时的烦闷，悔恨，嫉妒，终非真挚的竹中所能甘受；于是他想牺牲自己，为爱之故，而做了芳子和田中的保护者了。

从芳子的信中，知道田中已来东京，一时里竹中眼间显现着他的恋爱仇敌，不由得胸中起了无名的嫉妒。书中二十八页内又有这样一段话：

时雄读这信时，胸中烧炎［炙］着种种的感情，这名叫田中的二十一岁的青年，现在正在这东京，芳子会去接他，或者已有了甚么也未可知，前次所说的话，或许全是虚言，或者这次暑假在须磨相遇的时候，已经成就，后来的到西京去，也是为了满足欲望，现在亦因为耐不住相思，所以随了女子之后赶到东京来的也未可知。手是握过了罢，胸与胸曾相熨帖了罢，在无人见的旅馆楼上，有谁知他们在干甚么呢，龌龊与不龌龊，都只是刹那间的事。一想到此，时雄就耐不住，不觉在胸中绝叫："这也有关于监督者的责任!"不能放任不管，不能给精神不坚定的女子以这样的自由，非监督不可，非保护不可。我们于激烈的情感之中也有着理性！所谓我们，是甚么话！为甚么不只写我？为甚么要用复数？时雄的心乱得如暴风雨一样了；昨日六时到的，只要到姊家里去调查，昨夜她几点钟回来，是可以知道的，可是今天不知在做甚么，此刻不知在做甚么？

嫉妒蒙上了道德的面具，使他如痴如狂地行动着。他从访问芳子回来的途上，却又深悔自己不该轻易把机会放过。在书中三十四页，有这样两行沉痛的记录：

"俄国人如此所以了不得，要沉溺而不能尽量地沉溺，总是不行"的话也记忆记来了。呆子！恋爱要避师弟，还了得吗？不觉这样说出口来。

然而他是严肃真挚的人，他毕竟沉溺不下去。在归途中，他又记起他的妻子，他又深悔自己的无节操了！书中三十五页又有这一段写着：

汪然的泪珠，在时雄的有胡子的脸上流落了。

突然心里想到了某时，时雄起立走了。天已全夜，境内各处立着的玻璃灯都放了光，面上"常夜灯"三字分明可见。他见了这常夜灯三字又触动了心。这三字是他曾带了深大的烦恼看过的。现在的妻结了大大的"桃分"(Momoware 处女的髻名——译者注）在这下面的母家作少女的时候，他常登这八幡神社的高台，以为或者得听到琴音。曾抱了不得她宁往南洋飘泊的热烈的心情，把华表，长堦，社殿，有俳句的挂灯，及这常夜灯的三字常常注视。现在眼下家屋依然，虽加了电车的轰声，时时冲破寂寞，妻的母家的窗，仍和从前一样，亮着灯光。好无节操啊！谁知只过了八年的岁月，就变到这样地步呢。把桃分改梳了髷髻（Marumage 人妻的发髻名——译者注）一时互觉快乐的生活，为甚么会变作这样荒凉的生活，至于感到新的恋爱呢？时雄不觉痛切地感到"时的力"的可怕，可是潜藏在心里的现在的事实，说也奇怪，却不受到何等的摇动。

"虽然矛盾，虽然甚么，但是没法，这矛盾，这无节操，是事实，所以没法。事实！事实！"时雄心里这样反复着说。

竹中对于芳子和田中的恋爱，有时却也想"随便罢"，"听其自然罢"，然而在热情燃烧着的当儿，他只有牺牲和破坏的二条大路。在五十页里这样的记着：

时雄懊恼了，在一日中，心情数变。有时觉得：还是全把自己牺牲了为她们俩尽力罢，有时又以为：索性一五一十地报告了她父母，一举把她们破坏了罢。可是在他现下的状态，甚么都不能决定。

他终于把事情全部详尽地告诉了芳子家中，他虽然想成全了芳子的恋爱，但他的烦闷，益加难堪了。在利根岸散步的时节，（书中七十四页）有这一段记着：

时雄为想镇静心的扰乱，散步到利根河堤上。朦胧的月夜，虽正在冬季，也觉有暖意，堤下家家户户，窗口都漏出平和的灯光，河中罩着薄雾，时时闻到欸乃的橹声，下游有人"喂"地呼渡。浮桥上响过了一阵碌碌的车声，霎时复归寂静。时雄一壁踱着堤，一壁种种地想。与其说是想到芳子的事情，不如说在痛切地感到自己家庭里的寂寞。三十五六岁的男子所特尝的生活的苦痛，对于事业的烦恼，以及由性欲而起的不满足等等，一时都用了可怕的力向他胸中袭来。芳子在他，是平凡生活的花同时是粮，他想因了芳子的美的力，使荒野似的胸中去开出花来，使久锈的钟再发出声音。因了芳子，才新被鼓吹起复活的活气。谁知现在依旧要复归于寂寞荒凉的平凡的老生活去！不但不平，不但嫉妒，热热的泪在他的颊上流下了。

他真诚地把芳子的恋爱和她一生思忖，依照了自己的经验，来想象"她"们同栖以后的倦怠，疲劳，和冷酷。又想到女子一经失身于男子后的境遇的可怜，那对于自然最底部所秘藏的黑暗力的厌世之情，在他胸里就不可遏地纷起了。

他觉得非真实的解决不可了。觉到自己从前的行为很不自然，很不诚实。……

芳子父亲来京了！一切的事情，都已解决。芳子的失身田中，同时也被竹中知悉。他心中悔恨充塞着，九十三页中又记述了下面的一段话：

父亲吃毕晚饭返旅馆去了。时雄这一夜的烦闷，非同小可。觉得被骗了，木已成舟，甚么都无法想。芳子的灵和肉——她的全部被一学生夺去，而自己还一心地替她们的恋爱尽力周旋！一想到此，愈加憎恨起来。觉得：横竖如此——横竖已失身于那男子了的，自己也何必尊重她的处女的贞操呢？也该大着了胆去出手，把肉欲满足的。想到这里，一向天人似地崇拜着的芳子，也和娼妓一样，不但身体，连那美丽的态度表情，也都觉可憎了。时雄一夜烦闷得几乎不曾入睡，各种各样的感情，像乌云似地涌

> 起，他用手抑住了胸前想：索性给我这样罢。横竖已被那男子污了身体的。设法叫男子回到西京，利用了她的弱点，把她占领了罢。于是，种种的情形，在头脑里浮出，——乘芳子在楼上睡着的时候，如果自己偷偷地上去把刻骨的相思说明了如何？或许要危坐了苦言劝阻，或许要大声叫唤，也或许会被热烈的情所动，为我牺牲的。假定牺牲了，第二天早晨怎样呢？在明亮的日光之下，怕难以相见罢。怕要饿了朝食卧到日晏罢。这时，忽然记起莫泊桑的短篇《父亲》来。在那作中所曾痛切感到的，是少女失身于男子后痛哭的状况，现在又记起来了。想到了此，别方面来了和此黑暗想象抵抗的力，双方在心内苦战。烦闷之上又加烦闷，懊恼之上又加懊恼，翻来覆去地听着时针打二时三时的声音。

第一场灵肉的苦斗，真描写得何等大胆，何等严肃！真挚的竹中终于不敢向肉的路上走，严肃地把烦闷的一宵过了。送芳子回备中的车要开了，在竹中心中又浮起了无名的烦闷和渺茫的希冀。一百零五页上这样记着：

> 车快要开了。时雄想到父女二人这次旅行，想到芳子的将来。觉得自己和芳子有着不尽的缘。如果没有妻，不用说，自己一定能娶芳子了的。芳子也大概乐为自己的妻的罢。能为我作理想生活，文学的生活，以及难堪的创作上的烦闷的慰藉者罢。像现在的荒凉的苦闷，也能给我救出罢。又想起芳子对妻说过的“为甚么不早出世，我如果生在师母出世的那时候，多少有趣……”的话来。娶芳子为妻，像这样的运命，难道永久没有了吗？呼这父亲为岳父，像这样的机会，不会有了吗？人生很长，运命的力，常使人不可思议。唯其不是处女——曾破了贞操，反容易作已有子女的中年男子的妻，也未可知。运命，人生——曾

经教过芳子的屠格涅夫的《勃朗宁与派泼林》在时雄的胸中浮上来了。俄国大作家所描着的人生的意味。似乎至今才痛感到。

芳子去了。竹中的干燥生活，依然复旧。在他空虚的心里只有想象的芳子供他的追怀。在此书最后，更有一段大胆的描写：

> 时雄把数十里厚雪的山道和埋在雪中的山村，想象了一会，跑上那人去以后未曾改动的楼上去。恋慕之极，恍若犹可想象音容于万一。寒风怒吹，屋后古树发声如潮。照了别离那天的样子，把东首板窗推开一扇，光线就水也似地流入。写字台，书箱，瓶子，胭脂盒，依然如故，好像恋人还未从学校回来的光景。时雄抽开抽屉，见有已油污了的白的丝发结，就取而闻嗅。过了一会，又去打开壁柜，有三只大藤筐，用绳束扎好了摆在那里，别一旁叠着芳子常用的绵被——嫩黄唐草花样的垫褥和绵絮厚厚的同花样的盖被。时雄把绵被拉出，那女性的可爱的油香与汗气，使时雄的胸不觉跳动。于是，时雄把脸贴在污迹最多的天鹅绒被口上，尽量地嗅吸那女性的气味。

《绵被》原是一篇结构谨严的作品。真不能说那一段是不重要的。现在姑就私意，摘出几节来，想读此序的人，总可明白田山氏描写灵肉冲突的大胆和严肃了。

原来《绵被》本不是一篇什么了不起的作品，竹中时雄原也不是一位什么了不起的人物。他不似爱芙灵的恋人，有宏深的爱，有坚信的心；他更不似包弗丽亚的恋人，能蔑视一切，能纵性任情。他真和平凡的我们一样，在爱欲的争斗，在灵肉的冲突里，只有苦闷悲哀而已。不过他在这苦闷悲哀的当儿，却能真挚地，严肃地去客观自己，更能无欺地大胆地揭穿了自己。这一点是竹中时雄的伟大，也就是田山花袋的伟大罢！

恋爱这个名词，自欧美输入我国；在青年男女界早已闹得甚嚣尘上了。记得去年春天某高师的人生哲学教授为了恋爱，酿成了一大事件。这位教授原也有妻有子，不幸到高师后，却又爱上二位青年的女学生。在风平浪静的日子，这教授也对人说过他们是四角——他，他的妻，他的二位女学生做成了四角——恋爱，经过了四方面的同意。谁知好事多磨，师生的恋爱，竟遭了军阀的大忌，就派兵去捉拿这位教授；幸亏这教授跑得快，保全了性命，又谁知离险之后，这位教授却大做其文章去否认他们的恋爱，说什么是人家诬陷，说什么是颠倒是非了！唉！在蒙着假面，手中握着算盘的中国人里面原知道没有恋爱存在的余地！我也不想在中国人里去找勃朗宁所歌咏的爱芙灵的恋人和包弗丽亚的恋人一样的人物，怕在这醉生梦死向虚伪中讨生活的中国人中间，就找一竹中时雄也就为难了。《雅歌》里说得好，“爱情如死之坚强”(Love is strong as death)；真的，谈恋爱的人们呀！你们应该把“死”时时刻刻放在心头，那末你们的恋爱，自然能真挚严肃了。我深恨恋爱一词遭受了误解的人们的糟蹋；我又深恐《绵被》成书后遭受了同样待遇。故不惜喋喋说了这许多废话，打断了读《绵被》者的兴味，这真是深感不安的。

附勃朗宁原诗二首：

Evelyn Hope

Beautiful Evelyn Hope is dead!
Sit and watch by her side an hour.
That is her-book-shelf，this her bed；
She plucked that piece of geranium-flower，
Beginning to die too，in the glass；
Little has yet been changed，I think；
The shutters are shut，no light may pass

Save two long rays through the hinge's chin.

Sixteen years old when she died!
Perhaps she had scarcely heard my name;
It was not her time to love: beside,
Her life had many a hope and aim.
Duties enough and little cares,
And now was quiet, now astir,
Till God's hand beckoned unawares.—
And the sweet white brow is all of her.

Is it too late then, Evelyn Hope!
What, your soul was pure and true,
The good stars met in your horoscope,
Made you of spirit, fire and dew—
And, just because I was thrice as old
And our paths in the world diverged so wide,
Each was naught to each, must I be told?
We were fellow mortals, naught beside?

No, indeed! for God above
Is great to grant, as mighty to make,
And creates the love to reward the love:
I claim you still, for my own love's sake!
Delayed it may be for more lives yet,
Through worlds I shall traverse, not a few:
Much is to learn, much to forget

Ere the time be come for taking you.

But the time will come，—at last it will，
When，Evelyn Hope，What meant（I shall say）
In the lower earth，in the years long still，
That body and soul so pure and gay?
Why your hair was amber，I shall divine，—
And what you would do with me，in fine，
In the new life come in the old one’s stead.

I have lived（I shall say）so much since then，
Given up myself so many times，
Gained me the gains of various men，
Ransacked the ages，spoiled the climes；
Yet one thing，one，in my soul’s full scope，
Either I missed or itself missed me:
And I want and find you，Evelyn Hope!
What is the issue? let us see!

I loved you，Evelyn，all the while!
My heart seemed full as it could hold；
There was place and to spare for the frank young smile，
And the red young mouth，and the hair’s young gold，
So，hush，—I will give you this leaf to keep:
See，I shut it inside the sweet cold hand!
There，that is our secret: go to sleep:
You will wake，and remember，and understand.

Porphyria's Lover

The rain set early in to-night,
　　The sullen wind was soon awake,
It tore the elm-tops down for spite,
　　And did its worst to vex the lake:
I listened with heart fit to break.
When gilded in Porphyria；straight
　　She shut the cold out and the storm,
And kneeled and made the cheerless grate
　　Blaze up，and all the cottage warm；
Which done，she rose，and from her form
Withdrew the dripping cloak and shawl,
　　And laid her soiled gloved by，untied
Her hat and let the damp hair fall,
　　And，last，she sat down by my side
And called me. When no voice replied,
She put my arm about her waist,
　　And made her smooth white shoulder bare
And all her yellow hair displaced,
　　And，spread，o'er all，her yellow hair,
Murmuring how she loved me—she
　　Too weak，for all her heart's endeavour,
To set its struggling passion free
　　From pride，and vainer ties dissever,
And give herself to me forever.

But passion sometimes would prevail,
　　Nor could to-night's gay feast restrain
A sudden thought of one so pale
　　For love of her，and all in vain:
So，she was come through wind and rain.
Be sure I looked up at her eyes
　　Happy and proud；at last I knew
Porphyria worshipped me；surprise
　　Made my heart swell，and still it grew
While I debated what to do.
That moment she was mine，mine，fair，
　　Perfectly pure and good: I found
A thing to do，and all her hair
　　In one long yellow string I wound
Three times her little throat around，
And strangled her. No pain felt she；
　　I am quite sure she felt no pain.
As a shut bud that holds a bee，
　　I warily oped her lids: again
Laughed the blue eyes without a stain.
And I untightened next the trees
　　About her neck；her cheek once more
Blushed bright beneath my burning kiss:
　　I propped her head up as before，
Only，this time my shoulder bore
Her head，which droops upon it still:
　　The smiling rosy little head，

So glad it has its utmost will,
    That all it scorned at once is fled,
And I, its love, am gained instead!
Porphyria's love: she guessed not how!
    Her darling one wish would be heard.
And thus we sit together now,
    And all night long we have not stirred,
And yet God has not said a word!

——录自商务印书馆 1927 年初版

《冥土旅行》[1]

《冥土旅行》苦雨斋小书序

（周作人）

今年的寒假又忽然地过去了。这个年头儿，草间偷活已至不易，更加上穷忙，尤其是在年头年尾，所以这三四个礼拜的休假里就简直没有做一件事，只是抽闲吃了几个瓜仁果核便又是上学的时候了。小时候遇到上灯夜，看着那些灯烛辉煌，未尝不觉得闹热，但心里却是着实寂寞，因为这上灯就是新年完结的先声。现在也颇有这样的感觉。

没有工夫看书，其实是没有心情看书，再说，也是一半由于没有钱买书：不过这种推托都是不济事，究竟还是自己的懒惰。别的不说，就是久想翻译的勃兰特思（Georg Brandes——只可惜他已于二月二十日去世，享年八十五）的《加利波的论》，也未动手，真是太懒

① 《冥土旅行》，小说散文合集，周作人译，北新书局 1927 年初版，1927 年 2 月再版，苦雨斋小书之一。

了。但是，这其间也做了些小事，编辑“苦雨斋小书”之计画就是那时所想的，现在所编成的有这两种，一是《冥土旅行》及其他四篇，二是《玛加尔的梦》。

《冥土旅行》是二世纪时的希腊哲人所写，此外四篇的作者是十八世纪的英人斯威夫德（Swift），十九世纪的法人法布耳（Fabre），以及十四世纪的日本和尚兼好法师。《玛加尔的梦》则是近代俄国的作品。这可以说是杂乱极了，虽然我觉得并不如此。不但这些都是我所同样欢喜的，我还以为其间不无一种联属。我曾说：“重读《冥土旅行》一过，觉得这桓灵时代的希腊作品竟与现代的《玛加尔的梦》异曲同工，所不同者只因科罗连珂（Korolenko）曾当西伯利亚的政治犯，而路吉亚诺思（Lukianos）乃是教读为业的哲人（Sophistes）而已。”除了那个“科学之诗人”是超然的以外，兼好法师也就不是真个出世间的人，不过他有点像所谓快乐派，想求到“无扰”的境地做个安住罢了；至于斯威夫德主教的野蛮的谈［诙］谐，则正是盾的背面，还是这个意思，却自然地非弄到狂易而死不可了。我译的这些东西，虽似龙生九子，性相不同，但在我总觉得是一样的可爱，也愿意大家同样地看待他们。

小书以后还有，说不定还要弄大书出来呢：在此不妨先自画自赞一番。

一九二七年二月二十八日，于北京内右四区。

——录自北新书局 1927 年再版

《冥土旅行》[1]［附记］

（周作人）

路吉亚诺思（Lukianos）本叙利亚人，生于二世纪时，在希腊罗

① 《冥土旅行》，为《冥土旅行》集中第一篇，小说，本名《上岸》（*Kataplous*），罗念生译为《摆渡——僭主》，今译《过渡》。古希腊路吉亚诺思（Lukianos，又译卢奇安）著。

马讲学，用希腊语作讽刺文甚多。此篇本名《上岸》(Kataplous)，用问答体；他的这种对话（Dialogoi）用了散文的哲学问答的体裁，写出古喜剧的精神，开创新体，为后世所宗。所作各对话中，有《娼女问答》三篇，曾由我译出登在《晨报》附刊上。一九二二年九月二日记。

上文所云三篇《娼女问答》现收录在《陀螺》里边。一九二七年一月二十七日附记。

——录自北新书局1927年再版

《爱昆虫的小孩》[①] [附记]

（周作人）

今天是法国“科学之诗人”法布耳（Jean Henri Fabre，1823—1914）的诞生百年纪念。他的世界闻名的著作是一部十一卷的《昆虫记》(*Souvenirs Entomologiques*)，以及给儿童看的许多科学故事书。他的大著中所讲的是昆虫的生活，但我们读了却觉得比看那些平凡的小说戏剧更有趣味，更有意义。他不去做解剖和分类的工夫，——普通的昆虫学里已经说的够了，——却用了观察与实验的方法，实地的记录昆虫的生活现象，本能和习性之不可思议的神妙与愚蒙。我们看了小说戏剧中所描写的同类之运命，受到深切的铭感，现在见了昆虫界的这些悲喜剧，仿佛是听说远亲——的确是很远的远亲——的消息，正是一样迫切的动心，令人想起种种事情来。他的叙述又特别有文艺的趣味，更使他不愧有昆虫的史诗之称。戏剧家罗斯丹(Rostand）批评他说，“这个大科学家像哲学者一般的想，美术家一般

① 《爱昆虫的小孩》，为《冥土旅行》集第二篇，散文，法国法布耳（Jean Henri Fabre，今译法布尔，1823—1914）著。

的看，文学家一般的感受而且抒写”，实在可以说是最确切的评语。

法布耳的少年生活，在这一篇《爱昆虫的小孩》中说的很清楚，他的学业完全是独学得来的。他在乡间学校里当理化随后是博物的教师，过了一世贫困的生活。他的特别的研究后来使他得了大名，但在本地不特没有好处，反而造成许多不愉快的事情。同僚因为他的博物讲义太有趣味，都嫉妒他，叫他诨名做“苍蝇”，又运动他的房东两个老处女，说他的讲义里含有些非宗教的分子，把他赶出屋去。许多学者又非难他的著作太是浅显了，缺少科学的价值。法布耳在《荒地》（*La Harmas*）一篇论文里说，“别人非难我的文体，以为没有教室里的那种庄严——不，还不如说是枯燥。他们恐怕一叶书读了不疲倦的，其中未必含着真理。据他们说，我们的说话要晦涩，这才算是思想深奥。你们都来，你们带刺者，你们蓄翼着甲者，都来帮助我，替我作见证。告诉他们，我对于你们的密切的交情，观察的忍耐与记录的仔细。你们的证据是一致的；是的，我的书册，虽然不曾满装着空虚的方式与渊博的胡诌，却是观察得来的事实之精确的叙述，一点不多，也一点不少；凡想去考查你们事情的人，都能得到同一的答案。”他又直接的对着反对他的人们说，“倘若我为了学者，哲学家，将来想去解决本能这个难问题的人而著述，我也为了——而且特别为了少年而著述；我想使他们爱那自然史，就是你们使得他们如此厌恶的这一种学问。因此，我一面仍旧严密的守着真实，却不用你们的那科学的散文来写，因为那种文章有时似乎是从伊罗瓜族①的方言借用来的！”我们固然不能非薄纯学术的文体，但读了他的诗与科学两相调和的文章，自然不得不更表敬爱之意了。

《爱昆虫的小孩》现在据英国麦妥思（Alexander Teixeira de Mattos）译本重译。所记幼年时事，约在九十年前，略可窥见当时法国乡村小学的情状，颇多趣味。上边的说明，多以我的随笔《绿洲》

---

① 伊罗瓜（Iroquois）是北美土人的一族。——原注

中第二章为本。一九二三年六月二十五日记。

——录自北新书局 1927 年再版

《育婴刍议》[①] [附记]

（周作人）

十六七年前我翻阅泰纳（Taine）的《英国文学史》，才知道斯威夫德的冷嘲的利害，虽然这“英国狂生”的《海外轩渠录》（原名 *Gulliver's Travels*）早已译成汉文了。从那文学史及明多（Minto）的《英国散文》上见到《刍议》（*A Modest Proposal*）的一部分，但说也惭愧它的全文终于未见，直到今年在上海买到了一部《斯威夫德选集》的时候。他作这篇文章，在中国的雍正七年，似乎很近，但在西洋却是十八世纪初，那时爱尔兰在英国治下的景况很是不好，斯威夫德是爱尔兰的系统，所以为了故乡很做几篇文章，这篇是其中最有名之一。当时有人相信他所说的是真话，非难他的残酷，就是承认它是“反话”的也要说他是刻薄到无情（Heartless），不过这些人所见只是表面的笑骂，至于底下隐着的义愤之火也终于未曾看出了。

我译这篇文章的目的之一当然是在介绍，但更主要的乃是满足自己感兴的要求。我有这一种脾气，也就成为一种主张，便是创作以及译述应是为自己的“即兴”而非为别人的“应教”。这在理论上当然可以容得许多辩驳，但实行上我总是这样做去。我所译的另［零］碎的小篇中，有温存的，有悲哀的，有教训滑稽的，种类不一，便是这个缘故。有时又忽然爱好深刻痛切之作，仿佛想把指甲尽力的掐进肉

---

① 《育婴刍议》，为《冥土旅行》集第三篇，散文，今译《一个温和的建议》。英国斯威夫德（Jonathan Swift，今译斯威夫特，1667—1845）著。

里去，感到苦的痛快。在这时候，我就着手译述特别的文字，前年在西山养病是［时］所译的《颠狗病》和这篇《刍议》都是一例。我不能确说社会上有许多和我同样的要求这类东西的人，只因既然译出，又知道本来是一篇名文，所以觉得不妨且发表了；至于译文里很多不妥，那是我所自己承认，要请大家指正的。一九二三年九月五日。

——录自北新书局 1927 年再版

《〈婢仆须知〉抄》[1]［小序］

（周作人）

斯威夫德（Jonathan Swift，1667—1845）是一个主教，后来乃风狂而死，可以算是英国文学界的奇人。他的著作有《格里佛游记》（*Gulliver's Travels*），前二卷经林琴南先生译成汉文，改名《海外轩渠录》，但最重要的第四卷终于没有译出。我在去年曾译过他的《育婴刍议》，是我所最喜欢的一篇文章。现在这几节是从《婢仆须知》（*Directions to Servants*）中选出，原书系他未完成的遗稿，在一七四五年出版，共分十四章，完成者仅有八章。据编者甲克孙说（Bohn's Library 中全集第十一册），这一篇是斯威夫德的最粗暴刻毒的讽刺之一，今选取其精彩的一部分，但《婢仆须知》诸章中有几节虽是很好，却终于没有写出来，因为怕老实的读者见怪，以为有坏乱风俗之嫌疑，虽然是明明一种巧妙的反语。斯威夫德很熟悉仆人们的弊病，他有很好的对付方法，据斯谛芬（L.Stephen）的《斯威夫德传》里说，传闻有一回他申斥仆人不曾刷鞋，仆人答说反正穿上也随即弄脏了，他便叫仆人不必吃早饭，因为反正不久也就要肚饿的。这也值得

---

① 《〈婢仆须知〉抄》，为《冥土旅行》集第四篇，散文，今译《仆人指南》。英国斯威夫德（Jonathan Swift，今译斯威夫特，1667—1845）著。

收到《婢仆须知》里去。一九二四年十二月二十日记。

——录自北新书局 1927 年再版

《〈徒然草〉抄》[①] 引言

（周作人）

《徒然草》是日本南北朝时代（1332—1392）的代表文学作品。著者兼好法师（1282—1350）本姓卜部，居于京都之吉田，故通称吉田兼好。初事后宇多院上皇，为左兵卫尉，一三二四年上皇崩后在修学院出家，后行脚各处，死于伊贺，年六十九岁。今川了俊命人搜其遗稿，于伊贺得歌稿五十纸，于吉田之感神院得散文随笔，多贴壁上或写在经卷抄本的后面，编集成二卷凡二百四十三段，取开卷之语定名《徒然草》。近代学者北村季吟著疏曰《徒然草文段抄》，有这一节可以作为全书的解题：

> “此书大体仿清少纳言之《枕草纸》，多用《源氏物语》之词。大抵用和歌辞句，而其旨趣则有说儒道者，有说老庄之道者，亦有说神道佛道者。又或记掌故仪式，正世俗之谬误，说明故实以及事物之缘起，叙四季物色，记世间人事，初无一定，而其文章优雅，思想高深，熟读深思，自知其妙。”

关于兼好人品后世议论纷纭，迄无定论：有的根据《太平记》二十一卷的记事，以为他替高师直写过情书去挑引盐冶高真的妻，是

① 《〈徒然草〉抄》，为《冥土旅行》集第五篇，随笔集，日本兼好法师（吉田兼好，1283—1350）著。

个放荡不法的和尚，或者又说《太平记》是不可靠的书，兼好实在是高僧，又或者说他是忧国志士之遁迹空门者。这些争论我们可以不用管他，只就《徒然草》上看来他是一个文人，他的个性整个地投射在文字上面，很明了的映写出来。他的性格的确有点不统一，因为两卷里禁欲家与快乐派的思想同时并存，照普通说法不免说是矛盾，但我觉得也正在这个地方使人最感到兴趣，因为这是最人情的，比倾向任何极端都要更自然而且更好。《徒然草》最大的价值可以说是在于他的趣味性，卷中虽有理知的议论，但决不是干燥冷酷的，如道学家的常态，根底里含有一种温润的情绪，随处想用了趣味去观察社会万物，所以即在教训的文字上也富于诗的分子，我们读过去，时时觉得六百年前老法师的话有如昨日朋友的对谈，是很愉快的事。《徒然草》文章虽然是模古的，但很是自然，没有后世假古典派的那种扭捏毛病，在日本多用作古典文入门的读本，是读者最多的文学作品之一。以下所译十四节是我觉得最有趣味的文章，形式虽旧，思想却多是现代的，我们想到兼好法师是中国元朝时代的人，更不能不佩服他的天才了。

——录自北新书局 1927 年再版

《〈徒然草〉抄》[附记]

（周作人）

上边十四篇中有九篇系去年旧稿，其余均系新译。原文虽系古文，我却不想用古文去译他，但终因此多少无意地夹进一点文言去，——这个我也不复改去，因为要用纯粹白话来译也似乎是不大可能的。一九二五年三月六日译校竟记。

——录自北新书局 1927 年再版

《新俄文学的曙光期》[①]

《新俄文学的曙光期》序

画室（冯雪峰[②]）

此编即昇氏的《新俄罗斯论述》的第三编。其第七编《无产阶级文学》，已由译者译出，此编可供一并的参考。

著者声明道：当草本编的时候，参考勃留骚夫，亚绥耶夫，查默金等的论文以补自己的观察和研究的不足的地方很多。编中《俄国诗坛的昨日今日和明日》这篇，勃留骚夫的原著耿济之先生已译过，昇氏只就原著加上极少的部分，我翻译时曾多参考耿先生的译文。还有《新俄文坛的右翼与左翼》这篇我曾删去了一段。

至于所谓曙光期者，即是，革命与新社会组织给与俄国文学的内容和形式以异常的影响，文学就划了一新时期，将十月革命以后的这泼溂的革命文坛的一时期，当作新俄国文学的曙光期的意思。这是不失为特别有兴味的研究对象的。本编对于这期间的俄国文坛的变迁，各派的消长兴衰的痕迹，及新文学的发生和其新运动及新收获，叙述尚为明了。自然是曙光期，离开正午的光尚有多少的距离。但革命文学的最特色底现象，却应在这期间看。想表现新世界观或无产阶级的理想的要求，想表现革命和生活的新组织所给与的新体验的倾向，或想艺术地再现这历史的瞬间的冀求，及为了这些一切诗人的继续着必

---

① 《新俄文学的曙光期》，日本昇曙梦著，画室（冯雪峰）译。上海北新书局1927年2月初版，新俄文艺论述之一。

② 画室，冯雪峰（1903—1976），笔名雪峰、洛扬、吕克玉等。浙江义乌人。1921年考入浙江省立第一师范，1925年到北京大学旁听，自修日语。译有《新俄的戏剧与跳舞》《新俄的无产阶级文学》《我们的一团与他》等。

死的奋斗以求表现的新形式的努力——这些都和他们的最初尝试一起能够容易地在这期的文学里窥见的。

一九二六年十二月译者略记原书凡例序。

——录自北新书局 1927 年初版

《克阑弗》[1]

《克阑弗》译者序

伍光建

膏粱文绣尚矣，而不如布帛菽粟之能久而用广也。富丽堂皇之文尚矣，用非其时，用非其事，则不相称。此平淡无奇，文从字顺之作，所以可贵也。格士克夫人，以能文称，为小说大家迭更斯（Charles Dickens）、大文豪喀莱尔（T. Carlyle）、兰得（W.S. Landor）所赏识。夫人之文，善叙事，条畅自然，不假雕饰，洵臻至善之域（Attain to the perfection of easy natural and unaffected English narrative）。尤善叙琐事，能达难达之意，施于谈话尺牍，尤为合宜。夫人著作甚富，其最有名于世者，即今所译之《克阑弗》也。评其文者，谓其所作小说能与诸大文豪之小说并传于世。予又以其颇类我国之《儒林外史》，故亟译之，略加评语，以饷读者。

民国十五年丙寅小满新会伍光建序。

——录自商务印书馆 1933 年国难后第一版

---

① 《克阑弗》（*Cranford*，今译《克兰弗德》），小说，英国格士克夫人（E.C.Gaskell，今译盖斯凯尔夫人，1810—1865）著，伍光建译，上海商务印书馆 1927 年 3 月初版，1933 年 9 月国难后第一版。

《玛加尔的梦》[1]

《玛加尔的梦》[附记]

（周作人）

“科罗连珂的著作，曾被比拟为‘新鲜的微风，在病院里沉重的空气中吹过。’这病院是现代俄国智识界的悲观文学，新鲜的微风是‘俄罗斯母亲’的心思简单的孩子们的声音。他们大抵是耕田的，征服荒地的人；农民，开荒的人，西伯利亚的流人；他们大抵属于‘被侮辱与损害的’(案这本来是陀思妥夫斯奇所作的一部书名，后来用作成语了。）这一大部类的中间，他们承受着说不出的辛苦，但他们的头是不屈的，他们的心里充满着勇气与对于公道的希求。这大著作家的早年，便在他们的中间过去了。

符拉迭弥尔·科罗连珂（Vladimir Korolenko）在一八五三年六月十五日生于什多弥尔（Zhitomir），是俄国西南——小俄罗斯的一个小镇。在父系上，他是从一个古旧的珂萨克家族出来的；他的母亲是本地的波兰地主的女儿。他少年的生活，在美丽如画的环境里过去，他生长在波兰人，犹太人，乐易的黑眼睛的小俄罗斯农民中间；所以他永远没有失却他在那温暖明亮的天空下养成的，对于自然的诗之爱与健全的滑稽趣味。在他的《恶伴侣》一篇小说里，他活现的画出他幼年时代住过的那个传奇的小镇。

① 《玛加尔的梦》(副标题“基督降生节的故事”，今译《马卡尔的梦》)，小说，俄国科罗连珂（Korolenko，今译柯罗连科，1853—1921）著，周作人译，北新书局 1927 年 3 月初版，6 月再版。苦雨斋小书之二，书前有《苦雨斋小书序》，前已收。

小说里的严厉而公正的法官，差不多便是他父亲的模型。老科罗连珂是以不可犯的廉洁出名，在那时的官僚里极少有的；因此他于一八七〇年死去的时候，没有留下一点遗产给他的妻与五个孩子们。但那英雄的母亲的努力是很可感谢的，符拉迭弥尔在十七岁时也就能够进彼得堡的工业学校了。

以后的三年，在他求学以外，还加上对于生计的需要的奋斗；在那期间里，科罗连珂自己说，也不知道怎样的得能免于饥饿。就是十八个戈贝克（即案九分）的廉价的午膳，在那时仿佛是珍品，一年里只能吃到六七回罢了。

一八七四年他往墨斯科去，衣袋里装着苦工挣来的十个卢布，便进了彼得罗夫斯奇学校，但不久即被斥退了，因为他与同学们上了一通请愿书给校长。他回到家族所在的彼得堡，他和他的兄弟竭力挣扎，给人家校字，想借此养活他们自己与弟妹们。他又做了稿件，登在新闻杂志上；因此便发生了第一次的逮捕，这是他为了所谓进步的社会的主义的缘故，所受的多少次逮捕的开头了。他最初被发遣往克朗斯达得（Kronstadt），住了一年，随后又往跋忒加（Vjatka）；他从那地方旅行到沛尔木（Perm），又到汤木斯克（Tomsk）；末后，他被流放到西伯利亚东边的辽远的耶库支克（Jakutsk）了。

他在耶库支克过了六年，是他一生中最有价值的时光。那广大的森林，掩盖着东北极边的沼泽，高大，阴暗，永远被捏在酷寒的紧握之中的森林，在这少年艺术家的想象上加了一个不可磨灭的印象。他见了那些住在没有人迹的荒林中的半野蛮的开荒人的悲愁，他的流放的同伴的不可驯服的精神，‘游行者’（Brodiagi）——从监狱逃出的犯人，徒步通过西伯利亚大陆全部，秘密回到‘俄罗斯母亲’去的人，——的冒险的生活，他很深的受了感动。

一八八五年科罗连珂被放免了；他回到俄国之后，便发表了他的美的《玛加尔的梦》。

这篇小说的成功，非常迅速，作者的声名就立刻确定了。这里面并没有政治，也没有社会上的主张；玛加尔的辩诉是普遍的，进步的与保守的批评家都一样的同声赞美。俄国的读书界见了这体材的新奇，文体的光明简洁，结末的抒情诗的美，将以前的种种记述都很有深意的照耀着，——他们喜欢得出神了。可怜的玛加尔，西伯利亚森林里最孤独的住民，过了一世几乎不能相信的苦工与困穷的生活，终于死了，在大王的审判那里，因为他的罪孽，被判决到来生去受悲愁与辛苦，比他生前所知道的更凶。这便是陀思妥夫斯奇与托尔斯泰所爱的那些‘被侮辱与损害的’人的模型；然而有一个极大的不同的地方：玛加尔并不消极的颓唐的承受不幸，他是反抗。他忿忿的反抗大王的审判的不公平。生活在他是极端的艰辛，所以用了专为大王所喜欢的好人——‘他们的脸是用香水洗的，他们的衣服是别人的手所缝纫的，’——而定的标准来判断他，是不公平的。这个反抗，又加上了对于全人类的温暖的爱，便成为科罗连珂著作的基音。

他的第二篇小说《恶伴侣》也在这一年内发表的，又增加了少年作者的若干的名望。这在俄国，直到现在，还是一般爱读的作品。文体上虽然带一种波兰华丽丰富的趣味，但那封建时代的废地的描写充满着诗趣，小孩子们也写的很有同情与观察，那个流浪的土耳微支（Turkevith）在他的先知耶利米的悲喜剧的脚色中，也显然露出反抗的声调。

《树林絮絮的说》在一八八六年发表，是一篇南方俄罗斯梦幻的松林里的阴暗的传奇故事，模仿古代传说的体裁写成的。这篇里珂萨克人阿巴那思（Opanas）与看管森林的赖曼（Raman）的反抗，是盲昧而且乱暴的，他们的高贵的迫压者便因此而死，但这件事是发现在封建的时代，农奴的艰苦很重大。树顶的风声主宰着这篇单纯的小说的开展，像一条响亮的弦线；临末对于暴虐的伯爵，那凶猛的公道实现的时候，这件事的进行，似乎必不可免，正如雷雨的发作一样，——这雷雨在讲全篇故事的时候，早已在树林上面酝酿的了。

《净罪日》(*Jom Kippur*) 是科罗连珂的最轻妙最愉快的一篇小说。在描写南方愉乐的生活里面，将小俄罗斯人的和善的滑稽与他的光辉的想象联络起来，我们能够得到活现的瞥见：安适的草舍，被樱树园围绕住，浴在温暖的月光中；黑眼珠的女儿，怯弱忙碌的犹太人，迷信的镇里的人民，一个干练的磨工；总之，在犹太人范围内的一个市镇的所有忙碌活动的生活。

但是无论庄重或愉快，喜悦或悲哀，科罗连珂在他对于世界的观察上总是一个乐天家。即使经了艰难忧愁不幸，他小说中的穷苦质朴的英雄都回头向着光明。著者的亲切的心不绝的在那里寻求各人里面的‘永久的人性’；他很深的表同情于人类的不可遏的求自由与公道的愿望，因为有这个，才能无畏的与‘恶’相对面。他自己在一封信里，曾对朋友说：‘宇宙并不是偶然的各势力的游戏。决定论，进化论与其他学说，都使人承认那里有一个定律，牵引我们向着一件事物；这事物，在他一切的表现上，我们称他作“善”，就是说向着和爱，真理，正直，与公道。’

这便是科罗连珂的装在他一切著作里，对于世界的使命与主旨。

科罗连珂从西伯利亚回来之后，他住在尼什尼诺夫戈罗特(Nizhni-Novgorod)，努力从事于改善他所爱的那些‘被侮辱与损害的’人的生活。在一个荒年里，他竭力的组织了公共食堂，养活饥饿的穷人，又做了许多有力的论文，发表在报章上。他又继续做短篇小说，小品，几种略长的小说，其中最著名的是《盲乐人》。

一八九四年他往英美旅行一次，归国以后，做了一部有趣的旅行记，名叫《没有舌头》。

一八九五年他做了杂志《俄罗斯的富裕》(*Russkoe Bogastvo*)的总编辑，自此以后这小说家便专心于新闻事业，现在成了俄国最大的新闻家之一了。

俄国人的心，根本上是很慈善的，充满着人类的爱。他们相互的关系，本是民主的，只是不幸而处于欧洲最严酷的政治之下，饱受了苦辛。科罗连珂也和他的多数的同国人一样，现在专为着受苦与被虐的人的缘故供献他的一生，帮助那些社会与政治的不公平的牺牲。”

以上是英国人斐尔（Marian Fell）的评论，说的很明白，所以便将他全译了。这篇文还是一九一六年所作的，现在俄国情形已经大变，“欧洲最严酷的政治制度”成了会议的民主国，但科罗连珂也于今年二月在南俄死去了。我因此译出这篇小说，为他作记念。

科罗连珂人道主义的思想，多与陀思妥夫斯奇及托尔斯泰相似，诗一般的自然描写，又有都介涅夫的风趣；但篇中的诙谐味，是他独有的：他的小俄罗斯的温暖的滑稽与波兰的华丽的想象，合成他小说的特色，令人想起果戈理（Nikolai Gogolj）——也是小俄罗斯人——“笑中有泪”的著作。在《玛加尔的梦》里，这特色也极明了。这篇里写自然的美与自然的残酷，人性的罪恶与人性的高贵，两面都到，是写实主义后的理想派文学的一篇代表作品，在这里面，悲剧喜剧已经分不清界限，便是诗与小说也几乎合而为一了。

篇中叙述西伯利亚农民的言动，也狠活现。玛加尔梦里的阴间，一半是拜物教（Shamanism），一半是基督教的；住草舍烧金柴的上帝，又胡涂，又正直，正是农民祈求中的理想的神，也就是农民自己的真的人格的影子。因此，这便在小说里，造成一件事实，滑稽而且严肃与悲哀。埃及式的用天平来称人魂的罪，在俄国本部的传说里也复如此；弥里珍那（Militsina）的《老乳母》上，也说及这事。玛加尔与老人，天使与神父的问讯“你说！”等六句，大约是西伯利亚土人的风俗；散处大平原中的文化狠低的民族，平时没有书报可看，只能在见客的时候满足他们的喜听新闻的本性，恰与中古时代以及现今偏僻地方的欢迎唱歌说书人一般，这或者便是那风俗的起源了。

一九二〇年八月二十七日记

——录自北新书局1927年再版本

《如愿》[①]

《如愿》译者序言

张采真[②]

小浦林哀（Pliny the Younger）在他寄给友人底信中，有这样一段话：

“我将译希腊文为拉丁，或译拉丁文为希腊一件事，视为一

① 《如愿》（*As You Like It*，今译《皆大欢喜》），戏剧，英国莎氏比亚（William Shakespeare，今译莎士比亚，1564—1616）著，张采真译，北新书局1927年3月初版。

② 张采真（1905—1930），原名张士隽，笔名采真，别名采贞，河北霸县人。曾就读燕京大学文理学院。大革命失败后加入中国共产党，1929年遭叛徒出卖，被国民党反动派逮捕，1930年被杀害于武汉。译有苏联西蒙诺夫的小说《饥饿》等。

种很有益的练习。借着这个方法，你可以得到表现底准适与高尚，美的词藻底变化，解释底流利与力量；而且在摹拟最好的模范之中，你可以得到为自己创造这样模范底便利。此外，在你平常念书底时候，这样东西你许忽略过去，在翻译底时候，它们不会逃脱了你，而且这种方法更要增加你底知识，长进你底判断。”

（译自 *Harvard Classics* Vol.IXP.316）

我译莎氏这出喜剧，并没存心要在文艺底园地上有何供献；也没想到要在翻译界上获得任何成功；干脆地说，我是拿这种工作当作读书之一种方法，如上边所引底。

译这种比较古旧的文学，不消说，是很难的，在了解它已经不算容易，何况再译成中文！所幸协和医学预科图书馆中备置几种工具底书，每礼拜我都去那里三四次，同那些书籍皱眉。有时为一句话一个字费了两三点钟底工夫才算勉强译出，不过翻译时愈是为难，在译完之后，愈觉得快乐，至今所以能完成这件工作底缘故，都是因为这种胜过困难底鼓励。我不是在为自己辩解，胜过困难便是没有错谬。从翻译底观点来说，错谬一定是不少的，读者能多多指正赐教，那是我最希望底了。

本剧原文文字大概可以分为三类：一是散文，占全剧底一半还多；一是无脚韵底韵文（Blank Verse）占一少半；一是诗歌，全剧中不过有十几首罢了。散文则照译为散文；无脚韵底韵文，单译成独立的句子，或者是可能的，若打算译成剧体口述底文字同时又要保存原文底形式，至少在我是不能够的，所以我将这一类也通通译成散文了。至于第三类，我却大胆地译成——就算为诗歌底形式罢，明知这是很难译得像样底，但是我既有这种好奇心，也只好由着它了。其中文言底也有，白话底也有，这并不是要标弄什么本领，因为当时觉得那么译容易，所以后来也不便再去划一了。

最初我动手译底时候，想拿它当一种古书译，但是这么一来，自不免佶屈聱牙，生涩难读，田汉君所译底哈姆雷特，有时就犯这种毛病，信固信矣（?）其如达何？所以我这种动念后来完全打消了。现在所译底便比较着自由一些，但直梗的句子还是在所不免，因为此刻自己翻译底能力有限，只好留待后来修正了。剧中底双关语Pun及“幽默”几乎每页都有，而尤以丑角石试金，及捷克斯底为最多，由我自己率尔改译底，不算少数，其不能改译者，便照原文直译出来了。我这种试验并没想要把译文应用于舞台上，我只希望平时能念得下去，看得过去，也就心满意足了——然而这是谈何容易呀!

本剧译名《如愿》，自然是从 As You Like It 译出底。但这不是我底翻译，这是周作人先生拟议，而经我采用底，因为我压根儿就没有译出一个比较适当的剧名来，以此我对于周先生当表示特别的感激。《如愿》这个剧名，自然不如原文 Smart，但因带有古香古色，所以至少有我一人是满意底了。

译文所根据底本子是 The New Hudson Shakespeare' Edition。所参考底是 Dr. Furness' The Varorum Edition，Rolfe's Edition， 以及 Smith's Edition。此外，我得力最多底是德人 Schmidt 底 *Shakespearean Lexicon*。后者虽有英国人非难，但是像史氏这样详细底著释，也实再难得了。

译者对于帮助和鼓励他底师长及朋友都表示十二分底感激。

一九二六，六，廿五，张采真序于燕京大学

——录自北新书局 1927 年初版

《少女日记》[①]

《少女日记》小记

衣萍（章衣萍[②]）

在《少女日记》译好以后，我本想写一篇长序，把我自己对于这书的意见大略说说。不幸那篇序刚写成三分之一，我自己却病倒了。起初是胃病，接着是时症，再接着是目疾，直到现在还昏昏沉沉地躺在家里休息。那篇长序是一时没法写成了，而《少女日记》上卷又已排好，老板为了生意关系，急于催着出版，所以只好把心中想写的长序留着，作为后记，刊在下卷之末，现在且让《少女日记》上卷先与中国读者见面了罢。

我们翻译这本《少女日记》的历史也不妨说说。大约是去年秋天，我偶然在《语丝》第八十期看见岂明先生提起这本书，以后便去向岂明先生借来看。因为自己感着这本书十分有味，又想到这书译出或者可使中国的道学家教育家和正直的绅士们长些见识罢，于是便起了一个翻译这书的念头。但自己因为多病事烦，这书页数颇多，而且极不易译，所以终于不敢动笔。后来得着老友铁民的合作，又承岂明先生恳切的指教，所以才敢着手进行。铁民翻译这书的勤苦是值得介绍的，这书第一次的草稿差不多全是铁民写定的。他写定草稿花去三

---

① 《少女日记》，日记体小说。原著者佚名，版权页标："衣萍、铁民合译，曙天校"。北新书局 1927 年 3 月初版上卷，1928 年 3 月四版，1927 年 8 月初版下卷，1927 年 9 月再版。书前有奥地利弗罗特（Sigmund Freud，今译弗洛伊德，1856—1939）的一封信及《原序》。

② 衣萍，章衣萍（1902—1947），安徽绩溪人。北京大学预科毕业后在陶行知创办的教育改进社主编教育杂志，后任上海大东书局总编辑。著有《情书一束》等。

个月的时间，后来我逐句校对改削又经三个月的时间，以两人六个月的时间，才将这本日记译完。因为原书所有“文法上的小错误”在中文译本里没法保存，又不敢多所改略致失少女笔下的风味，所以时常为了一个小句我和铁民争执半天。我们不敢说我们的译本怎样完美。译这书实在比译一切书更多一层困难，因为“这少女没有支配言词的能力”，我们要从她的“谬误”的句子里面猜出她的意思来，在我们这些能力薄弱的人，实在是够苦的了，我们已经用了我们全副的精力，对于译这本书，这是我们敢于自信的。

为了篇幅过多的关系，我们把这书分成上下两卷，以第一年及第二年为上卷，以第三年及末半年为下卷。这在读者没有什么不便的。而且我敢大胆的说：读过这书的上卷的人，没有不急于要读下卷的，因为这书浓厚的兴味会征服读者的心灵，虽然那下卷的结局也许会引起无数的读者意外的悲哀和眼泪。

我们很感谢周岂明先生的指教，吴沆业君的帮助，以及曙天女士对于刊行这书时的勤恳的校对。我们盼望忠实的读者的指教。

衣萍　病中　一九二七，二，二十六

——录自北新书局 1928 年四版

《血痕》①

《血痕》序

西谛（郑振铎）

在许多近代的大作家中，不知何故，我只深喜俄国的几个，而高

---

① 《血痕》，短篇小说集，俄国阿志巴绥夫（今译阿尔志跋绥夫，1878—1927）著，郑振铎、鲁迅、胡愈之、沈泽民同译，上海开明书店 1927 年 3 月初版，1933 年 8 月七版，文学周报社丛书之一。

尔基与阿志巴绥夫，尤为我所敬爱。这也许是我个人的癖好，未必是大家都同意的；但我可以告诉大家，凡是近代的作品，读了最使我们惊心动魄的，最使我们感得一种连呼吸都透不出的激动的，除了阿志巴绥夫诸人的以外，却也不易再找出别的好多著作来。在他的作品里，我们可以看到全个俄国的革命时代。那时是一九〇五年，俄国的民众起来了，却又失败了。这个集子里的《血痕》，《朝影》与《革命党》，便是那时失败的革命者留下的血迹了。阿志巴绥夫的有名作品，《沙宁》以外便要数作《血痕》与《朝影》，因了这两篇东西，他曾被俄国政府捉去判决了死刑。不知后来以何因缘，乃得释放了出去。

他的晚年很苦闷，眼是瞎了，耳是聋了；他本国的人，却当他是一个反革命者，与米列兹加夫斯基诸人受同样的看待。在国外无声无臭的生活着。除了外国的人读了他的作品，还记着他外，他的祖国的人却早已忘却他了。

然而我们如读了他的这一册东西，我们却永不能忘记了他与他的不朽的艺术。他写的不仅是俄国，乃是人类的全体的，不仅是俄国的革命时代，乃是我们的，乃至其他人种的革命时代的故事。在现在，在中国，我们的青年读了，当受如何的感动呀！仿佛，这是我们自己写的，不是一个辽远地方的作家阿志巴绥夫写的。

这个集子，集合了四个人的译文，鲁迅的一篇，泽民的二篇，愈之的一篇，我的二篇。我很感谢他们答应我编成这样的一个集子。

西谛十五，九，十四

——录自开明书店 1933 年七版

《新俄罗斯的无产阶级文学》[①]

《新俄罗斯的无产阶级文学》序言

画室（冯雪峰）

昇曙梦是日本著名的俄国文学研究者及介绍家。一九二三年夏至俄国考察革命后的现状，归国时带得许多的参考资料，即着手编著《新俄罗斯论述》这大计划的丛书，第一期刊行的预告是三十册，内容有印象记，有随笔，有研究，有翻译，有介绍。但大体上是文学与艺术的方面居多，就已出的七册看，除首册是印象记外，其余六册都是关于文学，演剧，美术各方面的论述及介绍。

但在中国这类的著述却很少，这大约是因为中国研究文学的人懂得俄文直接研究者，是很孤单的几个人，而且研究材料也比较不易得的缘故。但在国内切愿知道新俄文艺的却不乏其人。即由于这现象，译者读了昇氏的已出的丛书及预告后，即想就其中拣出几册来翻译，做一点转运的工作，冀图将新俄艺术运动的方面，间接介绍一点给国人，并供研究者的参考。至于错误的地方还应请大家指正的。

昇氏已出的七册丛书中我要翻译的有三册，即本编及《新俄文学的曙光期》和《新俄的演剧革命及跳舞》（即就《革命期的演剧与跳舞》加上一篇《无产阶级演剧运动》）。本编是丛书的第七编，原名《无产阶级文学的理论与实相》，书为最近（本年七月）出版，而我也在三月前就译好的。著者的论述大约都有所根据，本编著者自己在原书短序上声明所参考及引用的，是无产阶级文学的批评家保格达诺

---

① 《新俄罗斯的无产阶级文学》，论文集。日本昇曙梦著，画室（冯雪峰）译。上海北新书局 1927 年 3 月初版，5 月再版。新俄文艺论述之一。书前有仆里斯·辟力涅克的《关于无产阶级文学——序昇曙梦氏的新著》一文。扉页题为“新俄的无产阶级文学”。

夫，玻连司基，伏浪司基，里伏夫罗加契夫司基，特罗次基，伊凡诺夫等的著书及论文，今原序删去，附记于此。还有编中人名译者，大致都请韦漱园先生对俄文改正过。

至于本编的内容则如书名所示，专论述俄国无产阶级文学的运动及现状的；关于无产阶级文学的各方面，发达，变迁，内容，特质，作品及以无产阶级文学为中心的论战等，叙说得很明瞭，也很详细了。但无产阶级文学这名词，则我想或者倒译作劳动阶级文学更为适合也未可知。无论如何，看无产阶级文学主张者的理论（参看本书第七章及《苏俄文艺论战》的第二篇），和政治运动的无产阶级是不能拆开来看的。无产阶级文学现在已形成为苏俄文坛的主潮了，在社会主义革命的俄罗斯这是极自然的事，但世界文坛将来也许有这样的一时期。

除无产阶级文学以外，俄国现在尚有别派文学，如革命同伴者（或译同路人），关于他们请看本编卷首的辟力涅克的序文及《新俄文学的曙光期》。

一九二六年　十二月　译者

——录自北新书局1927年再版

《国外民歌译　第一集》[①]

《国外民歌译　第一集》周序

周作人

我平常颇喜欢读民歌。这是代表民族的心情的，有一种浑融清澈

① 《国外民歌译　第一集》，刘半农译，北新书局1927年4月初版，1927年6月再版。

的地方，与个性的诗之难以捉摸者不同，在我们没有什么文艺修业的人常觉得较易领会。我所喜读的是，英国的歌词（Ballad），一种叙事的民歌，与日本的俗谣，普通称作“小呗”(Ko-uta)。小呗可以说是纯诗，他的好处，——自然是在少数的杰作里，如不怕唐突“吾家”先王，很有乐而不淫哀而不伤的意思；但是，讲到底这还是他的江南的儿女文学的风趣，使我恋慕，正如我们爱好《子夜歌》一样。歌词都是叙事诗，他的性质仿佛在弹词与“节诗”之间，不过弹词太长太有结构了，而节诗又太流畅，的确是近代的出品。我爱歌词是在他的质素，有时又有点像韵文的童话；有些套语，在个人的著作中是很讨嫌的，在这类民歌上却觉得别有趣味，也是我所喜欢的一点。他讲到女人总是美好的，肌肤是乳白，眼睛是夏日似的明亮，脚是小的，(请中国人不要误会)，问事总是问三遍，时日是十二个月零一日，就是文句也差不多有定式，例如——

安尼，我要亲你的面颊，
我要亲你的下巴颏儿。

中国弹词也有这种倾向，我随手从《再生缘》卷一中引用这四句：

公子一观心骇异，慌忙出位正衣冠，
问声宝眷何来此，请把衷情诉一番。

这正是一个好例，虽然我不大喜欢，因为似乎太庸熟了。还有一层，这样句调重叠下去，编成二三十册的书，不知有几万行，自然不免令人生厌；歌词却总不很长，便不会有这种毛病，而且或者反成为他的一个特色了。

我在这两样民歌之外，还借了英语及世界语的译本，看过一点各国的东西，有些我觉得喜欢的，用散文译了几首，后来收录在《陀螺》里边。不过我看这些歌谣，全是由于个人的爱好，说不出什么文艺上的大道理，或是这于社会有怎样用处。我所爱读的是恋爱与神怪这两类的民歌，别的种类自然也不是没有，反正现在也无须列举。读情诗大约可以说是人之常情，神怪便似乎少有人喜欢了，这在标榜写实主义以及文学革命的现代应该是如此，虽然事实未必如此。我说，现在中国刮刮叫地是浪漫时代，政治上的国民革命，打倒帝国主义，都是一种表现，就是在文学上，无论自称那一派的文士，在著作里全显露出浪漫的色彩，完全是浸在“维特热”——不，更广泛一点，可以说“曼弗勒德（Manfred）热”里面。在这样一个时代，惊异是不大会被冷落的，那么我的爱好也就差不多得到辩解了，虽然我的原因还别有所在。我对于迷信是很有趣味的，那些离奇思想与古怪习俗实现起来一定极不能堪，但在民谣童话以及古纪录上看来，想象古今人情之同或异，另有一番意思。文人把歌谣作古诗读，学士从这里边去考证古文化，我们凡人专一且不能，却又欲兼二，变成“三脚猫”而后已，此是凡人之悲哀，但或者说此亦是凡人之幸运，也似乎未始不可耳。

半农是治语音学的专家，于歌谣研究极有兴趣，而且他又很有文学材能，新诗之外，还用方言写成民歌体诗一卷，这是大家都知道的。他选集国外民歌，译成汉文，现在汇成一集，将要出版了，叫我写一篇序，说是因为我也是喜欢民歌的。我想，我是一个“三脚猫”，关于民歌没有什么议论可发，只好讲一点自己的事情，聊以敷衍，至于切题的说明须得让半农自己出手。但是我有一句介绍的话可以负责声明：半农这部《国外民歌》的确选也选得嘸啥，译得也译得不错。有几首民歌曾经登在《语丝》上面，见过的人自会知道；如有人不曾见到呢，那么看了这部民歌选也就知道了。总之半农的笔去写民谣是很适宜的：《瓦釜》一集，有书为证。

中华民国十六年，三月三十日，周作人于北京西北城之苦雨斋。

——录自北新书局 1927 年再版

《国外民歌译　第一集》自序

刘复（刘半农）

这已是九年以前的事了。那天，正是大雪之后，我与尹默在北河沿闲走着，我忽然说："歌谣中也有很好的文章，我们何妨征集一下呢?"尹默说："你这个意思很好。你去拟个办法，我们请蔡先生用北大的名义征集就是了。"第二天我将章程拟好，蔡先生看了一看，随即批交文牍印刷五千份，分寄各省官厅学校。中国征集歌谣的事业，就从此开场了。

此后几年中，不但北大方面所得的成绩很可观，便是一般的报章杂志上，也渐渐的注意到了这一件事；单行的歌谣集，也已出了好多种。现在若把这些已得的成绩归并起来，和别种学科已得的成绩相比较，诚然还是渺小到万分。但是，它还只有了八九年的生命；它在这八九年中已能在科学中争得了一个地位，能使一般人注意它，不再像以前一样的蔑视它，这也就可以算是一件值得庆幸的事了。

研究歌谣，本有种种不同的趣旨：如顾颉刚先生研究孟姜女，是一类；魏建功先生研究吴歌声韵类，又是一类；此外，研究散语与韵语中的音节的异同，可以另归一类；研究各地俗曲音调及其色彩之变递，又可以另归一类；……如此等等，举不胜举，只要研究的人自己去找题目就是。而我自己的注意点，可始终是偏重在文艺的欣赏方面的。

说到文艺这一件事，可就不容易说出具体的理论来了。干脆的说，文艺的欣赏完全是主观的——你说它好，就是好；你说它不好，就是不好。你要在这好与不好之间说出种种道理来，亦许也能说得很对；但这所谓对，也只是你所说的别人不以为非，换句话说，便是你的主观，偶然有多少和别人的主观相合；而就全体说，终还是你自己的主观，终还有许多地方是你自己的偏见。

何以呢？因为我们要在某一种事物上作理论的推断，我们所用的是理知，而理知这东西，却只能用在含理知的事物上；换句话说，理知是几何性的东西，我们只能把它用在几何性的事物上。譬如你要说明什么是圆，什么是三角，你只须稍稍用一点功夫，就可把它的界说规订得明明白白：到规订明白了，你就可以说：圆与三角所具的条件应当怎样，合条件的就对，不合条件的就不对。至于文艺，它根本就不是理知的，是情感的。你尽可以天天说着“好”，“坏”，“美”，“丑”等字，你断然没有方法把它的界说规定得和圆与三角一样的明白。既然连界说也无从规订起，讨论起来，当然就不能有什么客观的标准，只能看作品中的情感，与我自身的情感是互相吸引的或者是互相推拒的：是吸引的就叫作好，叫作美；是推拒的就叫作坏，叫作丑。

若然我这一份话还算说得不大错，那么我就要大胆说一说我自己对于文艺上的见解了。许多人把文艺中写实派与浪漫派的消长与冲突，看作一个很重要的问题，在我，却并不觉得有什么重要。我对于两派中的好作品，都能欣赏；假使是不好的，我也断不因其属于某派而加以偏袒。但是我的见解也并不就这样的中庸：我也有我的偏见。我的偏见简单说来，是爱阔大，不爱纤细；爱朴实，不爱雕琢；爱爽快，不爱腻滞；爱隽趣的风神，不爱笨头笨脑的死做。因此，我不爱六朝人的赋而爱《世说新语》及《洛阳伽蓝记》；不爱苏东坡的策论而爱他的小品；不爱杜甫而爱李白；不爱李义山而爱李长吉；爱诗不爱词，因为词有点“小老婆”气（这是就最大多数的词说）；爱古体诗及近体绝诗而不爱律诗，尤其不爱排律，以为读一首三十韵的排律，胜如小病一场！

这样的见解完全是个人的气禀造成的，不但不知我的人不能与我苟同，便是和我很要好的朋友，也断然不能与我一鼻孔出气。即如尹默，他对于我所说“词像小老婆”这一句话，也不知提出了几次的抗议。当然，他与我每抬一次杠，我对于词就可以增进一分的了解；但是直到现在，我总还不能爱词和爱诗一样，这也是件无可奈何的事。

我不但对于文艺，对于自然界的景物也是如此。我爱看的是真山真水，无论是江南的绿畴烟雨，是燕北的占道荒村，在我看来是一样的美，只是色彩不同罢了。至于假山假水，无论做得如何工致，我看了总觉不过尔尔。因此我不大喜欢逛花园。即如北海，在公园中也可以算得数得数一数二的了，但在我脑筋中，总留不下一些的影子，倒不如十刹海的秧田一角，陶然亭的芦荻翻风，使我想到了就不禁悠然神往。我对于花的观念也是如此。无论它是怎样不值钱的小花，只须是以自然的姿度生长在野外的，在我总认为无上的美。若然种到了园庭里，或者更不幸，种到了小盆里，那就算了罢！我们所看见的只是一个个的带着桎梏的小罪犯，还能引得起什么美感呢？

因为我的性情是如此，所以我的爱赏歌谣，就可以说是极自然的趋向了。我并不说凡是歌谣都是好的，但歌谣中也的确有真好的，就是真能与我的情感互相牵引的。它的好处，在于能用最自然的言词，最自然的声调，把最自然的情感发抒出来。人类之所以要唱歌，其重要不下于人类之所以要呼吸，其区别处，只是呼吸是维持实体的生命的，唱歌是维持心灵的生命的。所以人当快活的时候要唱歌，当痛苦的时候也要唱歌；当工作的时候要唱歌，当休暇的时候也要唱歌；当精神兴奋的时候要唱歌，当喝醉了酒模模糊糊的时候也要唱歌；总之，一有机会，他就要借着歌词，把自己的所感，所受，所愿，所喜，所冥想，痛快的发泄一下，以求得心灵上之慰安。因此，当私塾先生拍着戒尺监督着儿童念“人之初”的时候，儿童的心灵是厄塞着；到得先生出了门，或者是“宰予昼寝”了，儿童们唱：

人之初，鼻涕拖；

性本善，捉黄鳝；……

这才是儿童的天性流露了，你这才看见了儿童的真相了。

村夫野老游女怨妇们所唱的歌，也就像儿童们趁着先生瞌睡的时候所唱的“鼻涕拖”“捉黄鳝”一样。譬如就男女情爱这一件事说，他们也未尝没有听见过“周公制礼”“周婆制礼”这一类的话，但他们全不在意，以为这只是大人先生们闹的玩意儿，于他们没有什么相干：他们当着大人先生的面当然不敢“肆无忌惮”，背了大人先生可就“无郎无姐不成歌”了。在别件事上，他们的态度也是如此。他们爱怎么唱就怎么唱。他们什么都不管，什么都不怕：他们真有最大的无畏精神。好在世间只有文字狱，没有歌谣狱，所以自由的空气，在别种文艺中多少总要受到些裁制的，在歌谣中却永远是纯洁的，永远是受不到别种东西的激扰的。

这是第一点。第二点是：歌谣之构成，是信口凑合的，不是精心结构的。唱歌的人，目的既不在于求名，更不在于求利，只是在有意无意之间，将个人的情感自由抒发。而这有意无意之间的情感的抒发，正的的确确是文学上最重要的一个原素。因此，我们在歌谣中，往往可以见到情致很绵厚，风神很灵活，说话也恰到好处的歌词。例如云南个旧有这样的一首山歌：

热头要落又不落，

小妹有话又不说；

小妹有话只管讲，

热头落坡各走各。(《歌谣周刊》四十号，张四维先生采辑)

这真悲怆缠绵到万分了。我常说：这二十八个字，可以抵得过一部《红楼梦》。再如北方通行的“小小子儿，坐门墩儿”一章歌，在一般人看，并不觉得有什么希奇，我却以为自古以来，从没有什么文字能把北方小儿的神情声色描绘得这样逼真的。再如五据牛窑子地方（在内蒙古西南部）有这样的几句：

世上有四大宽滔：
穿大鞋，
放响屁，
河里洗脸，
校场里睡。（法人 Joseph van Oost 采辑）

在文字上，虽然并不见得怎样的美，然而西北荒原中的野蛮的阔大精神，竟给它具体的表现出来了。但是何以能表现得这样好的呢？这又要回说到歌谣的根本上：它只是情感的自然流露，并不像文人学士们的有意要表现。有意的表现，不失之于拘，即失之于假。自然的流露既无所用其拘，亦无所用其假。所谓不求工而自工，不求好而自好，这就是文学上最可贵，最不容易达到的境地。

歌谣在这一方面，能把人事人情表现得如此真切，在另一方面，它又并不胶粘在人事人情上：它也能有很超脱很奇伟的思想。例如我们江阴小孩儿所唱的这一章歌：

亮摩拜，
拜到来年好世界。
世界多，莫奈何！
三钱银子买只大雄鹅，
飞来飞去过江河。
江河过边姊妹多

勿做生活就唱歌

我是直到现在还认为不可多得的好文章的。外如《绵州歌》:

豆子山,打瓦鼓。
阳坪关,撒白雨。
白雨下,娶龙女。
织得绢,二丈五:
一半属罗江,
一半属玄武。(杨用修送余学官归罗江诗借用)

和《送金娘歌》:

金娘金娘谁家女?
皇帝是我兄,
皇帝是我弟,
皇帝是我娃,
皇帝是我爹;
皇后我姊妹,
皇后我妯娌,
皇后我嫂嫂,
皇后我娣娣。
　　送娘送到那方去?
　　送娘送到那家里?
那方不南又不西,
那家不娃又不妻,
那个人儿黄面又黄须,黄冠又黄衣。

那个娘儿作大姬？
那个娘儿作小姬？
今夜小姬哭，
明朝大姬啼。
那个娘儿是大妃？
那个娘儿是小妃？
大妃当捉犬，
小妃当捉鸡。
金娘金娘十万八千里！（见元初徐大焯所撰《烬余录》）

虽然字句上亦许已经受过了文人的修饰，而它那奇妙的结构，朴茂的气息，还依然保存着。若然我们觉得这种的作品是好的，我们在歌谣上用些采选的工夫，也就不能算得白费了。

我把我所以爱赏歌谣的原由大致说完了。但是，这种的原由完全是主观的，完全是从情感上发生的，是并没有理智上的保障的。与我见解不同的人，当然可以说我不对，我也当然没有方法可以和他辩论。

我既然是个爱赏歌谣的人，自然不能专爱本国的，有时还要兼爱国外的。当我在国外的时候，虽然自己没有能就地采集歌谣，而五六年中所搜罗到的关于歌谣的书籍，也就不在少数（当然，现在还继续着搜罗）。回国以后，有时取出来看看，看到自以为好的，而又是方言俚语不太多，能于完全明白的，便翻出一章两章来。到翻了几十章了，就刻成小小的一本。这完全是我个人空闲时的一种消遣工作，所以并没有什么通盘的规划，也并不预定要出几本；不过，一本是决不会完的，两本三本也决不会完的，……五本六本罢，……十一二本罢，……甚而至于二三十本罢，……这都难说，都有些可能，只要看我的空闲的时候多不多，兴致好不好。在这个年头，正可以悲歌当哭，且让这第一本小书出了世再说罢！

一九一二七年四月九日刘复写于北京。

——录自北新书局 1927 年再版本

《我要变做了》[①]（附录）顾颉刚先生来函

顾颉刚[②]

半农先生：

（前略）

在《语丝》八十一期中，看见先生译的《今希腊民歌》，其中第二首是——“我要变做了山鸡飞向山里去……”读了这一首，猛然想起《小放牛》戏中的歌词——

（丑唱）姐儿门前一道桥，有事无事走三遭。

（旦唱）休要走来休要走，我郎儿怀揣杀人刀，我郎儿怀揣杀人刀！

（丑唱）怀揣杀人刀，那个也无妨。去了头首冒红光。纵然死在阴曹府，变一个魂灵儿扑在你身上，变一个魂灵儿扑在你身上！

（旦唱）扑在奴身上，那个也无妨，我家郎儿会阴阳，三埂两埂埂下了你，将你扔在大路旁，将你扔在大路旁。

（丑唱）扔在大路旁，那个也无妨。变一个桑枝在路旁藏。

① 《我要变做了》，《国外民歌译　第一集》中一首希腊民歌。

② 顾颉刚（1893—1980），原名顾诵坤，字颉刚。江苏苏州人。北京大学哲学系毕业。著有《古史辩》《秦汉的方士和儒生》《三皇考》《孟姜女故事研究集》等。

但等姐姐来采桑，桑枝儿抓破你的裤裆，桑枝儿抓破你的裤裆！

（旦唱）抓破奴裤裆，那个也无妨。我家郎儿是个木匠。三斧两斧砍下了你，将你扔在了养鱼缸，将你扔在了养鱼缸！

（丑唱）扔在养鱼缸，那个也无妨。变一个金鱼儿缸里藏。但等姐儿来框水，学一个张生戏红娘，学一个张生戏红娘！

（旦唱）张生戏红娘，那个也无妨。我家的郎儿会撒网。三网两网撒下了你，吃了你的肉来喝了你的汤，吃了你的肉来喝了你的汤！

（丑唱）喝了我的汤，那个也无妨。变一根鱼茨在碗边藏。但等姐儿来喝汤，鱼茨儿卡在你嗓子眼上，鱼茨儿卡在你嗓子眼上！

（旦唱）卡在嗓子上，那个也无妨。我家的郎儿会开药方。三方两方打下了你，将你扔在了臭茅房，将你扔在了臭茅房！

（丑唱）扔在臭茅房，那个也无妨。变一个蜜蜂儿茅缸里藏。但等姐儿来撒尿，蜜蜂儿攒在你花心眼儿上，蜜蜂儿攒在你花心眼儿上！

（旦唱）花心眼儿上，那个也无妨。我家的郎儿会扎枪。三枪两抢扎死了你，管叫你一命见阎王，管叫你一命见阎王！

（丑唱）我命见阎王，那个也无妨。阎王面前数数冤枉。纵然死在阴曹府，转一世也要配成双，转一世也要配成双！

这两首歌词真像极了，都是希望变成了他物以追逐爱情的；不过上一首似乎是女子要变了规避男子逼迫的口气，下一首是男子想变了逼迫女子罢了。

下一首虽见于《小放牛》剧本中，但似乎本来是民歌。只要看此剧中上半出所唱的歌——

（丑唱）天上梭罗什么人栽？……

（旦唱）天上梭罗王母娘娘栽。……

（丑唱）什么鸟儿穿青又穿白？……

（旦唱）喜鹊穿青又穿白。……

（丑唱）赵州桥什么人儿修？……

（旦唱）赵州桥鲁班爷爷修。……

这些都是很普通的“对山歌”。所以变桑枝，变金鱼……的歌或者也是“对山歌”的一种式子。街坊上所卖的唱本，常有题“男女对山歌”的，可见男女用山歌互相酬答，原是很通行的事情，不过我们生长在礼教结晶的城市里的人听不见罢了。

王士祯《渔洋笔记》云——

相传唐神龙中有刘三妹者，居贵县之水南村，善歌，与邕州白鹤秀才登西山高台，为三日歌。秀才歌《芝房》之曲，三妹答以《紫凤》之歌。秀才复歌《桐生南岳》，三妹以《蝶飞秋草》和之。秀才忽作变调，曰《郎陵花》，词甚哀切，三妹歌《南山白石》，益悲激，若不任其声者。观者皆欷歔。复和歌，竟七日夜，两人皆化为石，在七星岩上，下有七星塘。至今风月清夜，犹仿佛其歌声焉。

这种歌词可惜都失传了。但现在深山僻邑之中，这种男女对山歌的风气一定还保存着（苗族青年男女即以歌词择偶），一定有许多不识字的天才诗家，唱出许多极美丽的歌词。（下略）

颉刚敬上　十五，六，二十八

——录自北新书局1927年再版本

《国外民歌译　第一集》附录　海外的中国民歌（录北大《歌谣周刊》二十五号）

刘复（刘半农）

现在我从英国 Charles G. Leland 所著的 *Pidgin-English Sing-Song* 一部书里，译出短歌五首，算是对于海外的中国民歌，做一个初次的介绍。希望有了这一个介绍之后，能有海外的热心同志，将同样的歌词调查到了寄给本会。

所谓 Pidgin-English，意译应当是“贸易英语”，因为 pidgin 是英语 Business 一字的转音。但在上海，大家都叫做“洋泾浜话”。据说当初这一种话，只是洋泾浜里的撑船的，和外国人交际时用得着它，故有此名。现在是洋泾浜已经填去了，说这话的，也已由撑船的变而为包探，买办，跑街，跑楼之类，所以洋泾浜话一个名词，只是纪念着历史上的一件事实罢了。

在发生洋泾浜话一个名词之前，在南洋方面，必定还有一个更早的名称。这名称我不知道。但记得三年前在伦敦，看见英国博物院书目中有《华洋买卖红毛鬼话》一部书名。亦许这“红毛鬼话”，便是比洋泾浜话更早的一个名称了。

这种话的构造，用字与文法两方面，都是华洋合璧，而且都有些地域性的。因为上海的洋泾浜话，上海语的分子很多；南洋的红毛鬼话，就是广东语的分子较多。又在前者之中，洋话分子，几乎全是英语，难得有一些法语；在后者之中，虽然英语也占很大的势力，却是法语，葡萄牙语，印度语，马来语等……都有。但是有一句话颇可以说得：浜话虽然不同于鬼话，但它决不是上海人与英国人直接合造的，一定是先由鬼话中传来，然后再受到了上海的地域影响，因为有许多字，如吃之为 Chow-chow，第一之为 Namo one，又助字之用

Make，发语词或泛用动词之用blong，过去词之用lo，都很特别，却都是两种话里所共有的。

这种的语言，定有许多人以为可笑，不足道。但在言语学者，却不能不认作有趣有用的材料。安见从这种可笑的东西里，不能在语言心理上，或语言流变的哲学上，或变态语言上，发现出很大的道理来呢？但现在我只是要介绍民歌，不能愈说愈远了。

Leland这本书，名目就定得很轻薄；书面上画了个掉着大辫的中国孩子打大锣，更觉可恶。可是内容并不坏，所收歌词有二十二章，故事有十二节；《导言》和《告读者》两短文，和末了的两个字汇，也都很有用处。我最恨的是近二三年中有几个伦敦的无赖文人，专到东伦敦唐人街上去找材料，做诗做小说：做的真是只有上帝能宽恕他！像Leland，他虽然轻薄，究竟还做了些有用的事；而况他已经死了，我们可以不必计较了。

Leland书中，注释不算太少，但总还觉得不充足；所以我现在所译的，只是最容易看得懂的，而且是最短的；便是如此，中间也还有些不甚了然的地方：这是应当向读者道歉的。

后文注释中，凡不能拟为何义者，用？号；姑拟为某义，而未能决定者，于所拟之字后，加（?）号；助字无关于语句之机能者，用○号。

歌一　小小子儿

小小子儿，
坐屋角，
吃年糕。
年糕里，
吃出干葡萄，
“好呀！我这小子多么好！”

LITTLE JACK HORNER

（小小子儿）

小（小孩名）

Little Jack Horner,

〇坐里角

Makee sit inside corner,

吃那圣诞糕

Chow-chow he Clismas pie;

他放里面？

He put inside t'um,

已找到一干葡萄

Hab catchee one plum,

（惊喜词）怎么一好小子我

"Hai yah! what one good chilo my!"

歌二　老鼠

有一只老鼠，硬要拉出一只钉来。他来说："我看见了怎么个大尾儿！"

"可是我现在拉了出来了。这东西没有用，不好。只是块旧铁，不是好吃的东西。"

要是人丢了功夫，做麻烦的笨事，那犹如是把你一呸！那竟是老鼠拉钉啊！

THE RAT（老鼠）

有一次一只老鼠

One-tim one piecee lat

拉硬要取出钉

Pull hard to catchee nail,
而且说当他来
And talkee when he come:
看见怎么个大的尾
"Look-see what largly tail!
但是现在我取出
But now my gettee out
这东西无用不好
This ting no good—no how
一块旧铁
One piece olo iron
不是好吃
No blongey good chow-chow."

譬如人失去时光
Supposey man lose time
在一个长的笨的事
Bout one long folio tale.
他把你在呸
He take you in—P'ho!
那全是老鼠和钉
It all-same lat an'nail.

歌三　鸟

两个法国人在广州街上走，看见一家古玩店，是头等第一的好店。

中国人把种种道地的东西给他们看；中间有一只描金的鸟，头上是镀金的，也做着翅膀，可以飞得。

法国人看见了鸟，说法国话：“Oiseau”；中国人以为法国人问的是“why so?”，他不懂法国话，所以他用英国话告诉他们：“Why so? —makee sell”。

一会儿那金漆匣子的鸟都叫了。法国人又说：“Oiseau”。

中国人听见了，还以为他是不错的，所以原是说那一句话：“why so? —makee sell”。

法国人以为他学到了一个中国字了。他告诉他朋友，中国话里的鸟，叫做 Makisél。

L'OISEAU（鸟）

有一次两个法国人行走在广州

One-tim two Flunsee walkee in Canton,

看见一个古玩店头等的店第一

Look-see one peicee culio-shop—first shop numpa one

中国人他示与他们种种道地的东西

Chinaman he show 'um allo pukkha ting.

鸟描金的（?）上头镀金的（?）做飞用翅膀

Birdee paint top-side plate—makee fly with wing.

法国人看见鸟法国话说鸟（法语）

Flunsee look-see birdee—Flunsee talk "Oiseau";

中国人他以为法国人问怎么的（英语）

Chinaman he tinkee FIunsee ask "Why so?"

他不知道法国话所以他〇告诉

He no savvy Flunsee talk，So he make tell

与他们用那英语怎么的〇卖的

To 'um in the English— "why so—Makee sell."

一下子在上漆器匣子一切的鸟叫

By'mby on lacker-box all-same birdee playin,
法国人看见它说鸟又
Flunsee-man look-see it, talk "Oiseau" again,
中国人他听见了以为他知道不错
Chinaman he hear-lo—tink he savvy well,
所以说原是那事怎么的〇卖的
So talkee all-same pidgin "Why so? —makee sell."
法国人以为一定(?)他已习(?)字
Flunsee tinkee sartin he hab larnee word,
告诉那朋友那(make sell 的音)是中国当作一鸟
Talk he flin t'hat makisél be China for a bird.

歌四　鸽子

鸽子做窠,做在庙宇顶上,高得和天一样。一只老母鸡,要知道为什么鸽子做窠做得这样高。

鸽子说:"朋友,你知道,我要我的眼睛看得灵清些——有时我要找食吃,有时老鹰要来捉我。"

若然一个人是高明的,他就常常用鸽子的眼。那一个人的眼光是好的,他总是升得高高的。

THE PIGEON(鸽子)

一只鸽子做窠
One piece Pidgin make nest
在顶上一神庙高到天
Top-side one Joss-house up to sky,
一老鸡他要知道
One olo hen he wantchee know

何为那鸽子住那样高

What for he pidgin lib so high?

那鸽子说你知道朋友

He pidgin talk，"You savvy ，flin，

我的眼〇，很好看见

My eye make velly good look-see

有时去找吃的东西或者是

Sometim to catchee chow-chow，or

当到鹰来此地捉我

When hawk come t'his side catchee me."

譬如一人是高明的

Suppose one man belongey smart,

他常常用鸽子眼

He allo-way catchee pidgin-eye:

什么人他〇好看察

Who-man hemakee good look-see,

那人他常常升高

T'hat man he allo-way lisee high.

歌五　卖玩物的人的歌

笑致弥弥的小妹妹，红桃活血的小弟弟，

来买我的小玩意：

小鬼头儿泥土做；

小毒蛇儿会走路；

黑蜘蛛，红眼睛；

小青龙，吓死人；
这些有趣的小玩意，
卖给中国小弟弟。

THE TOYMAN'S SONG

（卖玩物的人的歌）

笑的女孩玫瑰的男孩
Smiley girley，rosy boy，
譬如是〇买我的玩物
S'posey makee buy my toy；
小鬼做用泥
Little devilos make of clay
可怕的蛇爬开
Awful snakey clawley 'way，
大黑蜘蛛眼睛全红
Glate black spider，eyes all led
龙适应于吓死
Dlagons fit to scare dead.
这些？种有趣玩物
Dis de sortey plity toy
卖与小中国男孩
Sell to littee China-boy.

上方一五两首，觉得颇可译成中国式的歌，其余就不能硬译。我现在觉得过度的直译，结果要闹成《华英进阶》里的字语功课，实在不大好，所以这次的译文，并不太直。

我觉得中国内地的歌谣中，美的分子，在情意方面或在词句方

面，都还很丰富（似乎比英美有余，比法德不足，但这是句极不精密的话）；但在这海外民歌里，就缺乏得太可以了。我们想到薄海明民族，他们也是漂流海外，也是造成了一种特别的语言，而对于欧洲近代文艺上，可发生了不少的影响（尤其是在美的方面）。这里面的理由是很值得研究的。

我很想把其余的十七章歌完全译出（最好的几章在这里面），现在却没有这功夫，因为译起来，写的时候很少，写以前的研究，可不是一两点钟的事。

一九二三，五，二五，刘复记于巴黎。

——录自北新书局 1927 年再版本

《契诃夫短篇小说集》[①]

《契诃夫短篇小说集》译者的序

（张友松）

俄国文学最显著的特点便是它的朴质和真实。你读俄国人的作品，莫想遇着多少浮华的词藻，莫想遇着多少“情节离奇”的结构；它所能给你的只是活现的人生。

短篇小说是俄国文学当中非常出色的。大致爱好俄国文学的人对于俄国的短篇小说，差不多没有谁不感觉很浓厚的兴趣。这部集子里的小说的作者契诃夫（Anton Tchehov）便是最能代表俄国短篇小说之特长的一个作家。他有“俄国最大短篇小说家”和“俄国的莫泊桑”的头衔。不过后面这个头衔大家多认为不当，因为契诃夫

① 《契诃夫短篇小说集》（上卷），俄国契诃夫（Anton Chekhov，1860—1904）著，张友松译，北新书局 1927 年 4 月初版，6 月再版。

和莫泊桑的精神之不同，正如他们的地位之相似。并且单就他们的地位而论，还有人说与其称契诃夫为俄国的莫泊桑，还不如称莫泊桑为法国的契诃夫。这都不是爱好契诃夫的人故意夸大他的话：凡是知道他的作品所表现的人生方面之多，凡是领略到他所写的人生之真实的，想必没有人不承认他这种特殊的地位。我们与其说他的作品是描写人生，还不如说它们就是人生本身，更为确切。他对于人和事物的了解似乎是无限的，他的了解之深实在是无以复加。你看他的作品，一面看，一面想想你的生活的经验，你便要觉得契诃夫替你说出了许多你所要说的话，或是平日模糊的感觉得到，却又苦于不能用言词表露出来的话。我们是中国人，这种感觉也许要差几分；假如契诃夫生在中国，那我们在他的作品当中所能得到的一定更多了。

契诃夫的小说我最初读的是一本英文俄国小说选译里的 Vanka 一篇。这小小的一篇东西，四五页罢了，但是他所隐含的人生的悲剧使我们发生一种多么凄切的感觉啊！我读了这篇之后，便读了他许多的小说，愈读愈想多读。读之不足，便抽了点闲空译出这部集子，希望与大家共赏。至于译笔之滞涩，无暇顾及了。

可惜我不懂俄文，只得根据英译本。展转重译，当然不知把原作的风味失却多少。这是很抱憾的。

我所根据的英译本是 Mrs. Constance Garnett 和 R.E.C. Long 的两种《契诃夫集》，和 Thomas Seltzer 编的《俄国短篇小说集》。Garnett 和 Long 所译契诃夫的作品都是很受称赞的，尤其是 Garnett 的译品。我这部《契诃夫小说集》一共包含九篇。其中《凡卡》一篇是曾经有人译了发表过不止一次的，我因为十分喜欢它，便再把它译出，收在这个集子里。这篇是根据 T. Seltzer 编的《俄国短篇小说集》译的。《两出悲剧》和《蚱蜢》是根据 R.E.C. Long 的译文译的，后来有了 Garnett 的译本在手里，又改正了几处。其余四篇都是根据 Garnett 的译本译的。

我这次所译的，因急于求成，颇嫌译得太匆忙，我希望以后还能把契诃夫的作品再细心点多译几篇。尤其希望精于俄文的朋友们照他的原作译一些出来。

一九二六，五月十日译者志

——录自北新书局 1927 年再版

《争自由的波浪及其他》[①]

《争自由的波浪及其他》小引

鲁迅

俄国大改革之后，我就看见些游览者的各种评论。或者说贵人怎样惨苦，简直不像人间；或者说平民究竟抬了头，后来一定有希望。或褒或贬，结论往往正相反。我想，这大概都是对的。贵人自然总要较为苦恼，平民也自然比先前抬了头。游览的人各照自己的倾向，说了一面的话。近来虽听说俄国怎样善于宣传，但在北京的报纸上，所见的却相反，大抵是要竭力写出内部的黑暗和残酷来。这一定是很足使礼教之邦的人民惊心动魄的罢。但倘若读过专制时代的俄国所产生的文章，就会明白即使那些话全是真的，也毫不足怪。俄皇的皮鞭和绞架，拷问和西伯利亚，是不能造出对于怨敌也极仁爱的人民的。

---

① 《争自由的波浪及其他》，副标题“俄国专制时代的七种悲剧文字”。小说散文集。戈理基（今译高尔基）等著。英人威廉哈佛（William Frederich Harvery）译，董秋芳重译，北新书局 1927 年 4 月初版。未名丛刊之一。书前附有《英译本序》。

以前的俄国的英雄们，实在以种种方式用了他们的血。使同志感奋，使好心肠人堕泪，使刽子手有功，使闲汉得消遣。总是有益于人们，尤其是有益于暴君，酷吏，闲人们的时候多；餍足他们的凶心，供给他们的谈助。将这些写在纸上，血色早已轻淡得远了；如但兼珂的慷慨，托尔斯泰的慈悲，是多么柔和的心。但当时还是不准印行。这做文章，这不准印，也还是使凶心得餍足，谈助得加添。英雄的血，始终是无味的国土里的人生的盐，而且大抵是给闲人们作生活的盐，这倒实在是很可诧异的。

这书里面的梭斐亚的人格还要使人感动，戈理基笔下的人生也还活跃着；但大半也都要成为流水账簿罢。然而翻翻过去的血的流水账簿，原也未始不能够推见将来，只要不将那账目来作消遣。

有些人到现在还在为俄国的上等人鸣不平，以为革命的光明的标语，实际倒成了黑暗。这恐怕也是真的。改革的标语一定是较光明的；做这书中所收的几篇文章的时代，改革者大概就很想普给一切人们以一律的光明。但他们被拷问，被幽禁，被流放，被杀戮了。要给，也不能。这已经都写在账上，一翻就明白。假使遏绝革新，屠戮改革者的人物，改革后也就同浴改革的光明，那所处的倒是最稳妥的地位。然而已经都写在账上了，因此用血的方式，到后来便不同，先前似的时代在他们已经过去。

中国是否会有平民的时代，自然无从断定。然而，总之，平民总未必会舍命改革以后，倒给上等人安排鱼翅席，是显而易见的，因为上等人从来就没有给他们安排过杂合面。只要翻翻这一本书，大略便明白别人的自由是怎样挣来的前因，并且看看后果，即使将来地位失坠，也就不至于妄鸣不平，较之失意而学佛，切实得多多了。所以，我想，这几篇文章在中国还是很有好处的。

一九二六年十一月十四日风雨之夜，鲁迅记于厦门。

——录自北新书局 1927 年初版

《风先生和雨太太》[①]

《风先生和雨太太》译者的话

（顾均正[②]）

一 本书为法国Paul de Musset所著，他是著名诗人Alfred de Musset的哥哥；一八〇四年十一月七日生于巴黎，一八八〇年五月十七日死在他的故乡，曾为Alfred作传，当时颇有文名。

二 本书原本出版于一八六〇年，Emily Makepeace有英文译本，名*Mr. Wind and Madam Rain*，我就根据这个译本重译的。

三 英译本内附有Charles Bennett所绘插图二十五页，颇精美可爱，现在选印二十幅在这里。

四 本书共十五章，每章各有段落，儿童读之，决不致有冗长厌倦之弊；小学校中用为课外读物，最为适宜。

五 本书译文，于信达外，力求浅显，文法务合于儿童语言的自然顺序。然译者学识疏浅，力量薄弱，容有错误，希望读者指正。

——录自开明书店1927年初版

---

① 《风先生和雨太太》，童话，法国保罗缪塞（Paul de Musset，1804—1880）著，顾均正译，上海开明书店1927年5月初版，世界少年文学丛刊之一。书前有原作者《序》。

② 顾均正（1902—1980），笔名振之，浙江嘉兴人。曾任商务印书馆编辑，编《少年杂志》《学生杂志》，后进入开明书店任编辑。另译有萨克雷《玫瑰与指环》等。

《生命之节律》[1]

《生命之节律》译序

（秋士〔董秋斯〕[2]）

译完这本小书颇有一些日子了，而今拿来发表，仍有一点儿踌躇；所以先在这里解说几句，或者不完全是蛇足。

这大概也是“病夫国”的一个特征，把任何作品都要看成药方儿：把“救世之弊”派给周秦诸子，把“思君忧国”派给《诗经》《楚辞》以来的诗人，把“修仙了道”派给庄子列子一些荒唐的寓言，……最近又有人把“妇女解放”派给《镜花缘》，把马克斯的社会主义派给《水浒》……总之，一切稍微著名的书，上自“圣经贤传”，下至“稗官野史”，无一不被当作药方儿：如非著者自行声明，则那些，同时代的或后来的，作序，作跋，做注解，作外书，作评传，作考证，作索隐……的人们，也必给他穿凿附会了来。所以中国书原有的光泽上大抵蒙着一层这一类的粪土。

尤其是在这个年头儿，大家求药方的心似乎更为迫切了，书摊上陈列的一些作品，大都含有药方儿的意味：伟大的自然是救国救民，细小的也不失为课堂上的讲义录。倘若有一二非是药方儿的作品出现，我想，这些作者如非入了流，成了派，——成了著名的药方家，他们或将终不免于寂寞罢。——这自然是出于利害的计较，在立意发

---

① 《生命之节律》(*The Rhythm of Life*)，散文集，荷兰亨利包立尔（Henri Borel，1869—1933）著，秋士（董秋斯）翻译，冯友兰校订，朴社1927年5月初版。书前附有亨利·包立尔的《原序》。

② 秋士，董秋斯（1899—1969），原名董绍明，字秋士，河北静海（今属天津）人。曾就读南开大学、燕京大学，后加入“左联”，编辑《国际》月刊。译有《士敏土》《大卫·科波菲尔》《战争与和平》等。

表这本小书的时候，我就未免有点儿踌躇。

这本小书虽甚区区，然也费了多少人的劳力，所以终于要发表。发表的时候，我也只能老实的声明，这完全不是什么药方儿。这是一杯清茶；希望献给一切健全的人们，消一消他们内中因艺术和爱情和社会国家久临战阵而有的颊热。至于那些病夫，只好请他们另寻药方儿罢，这里实在对不住。

这是一首素朴的诗。这是生来富于诗的气质（Poetiemood）的人，在忙乱和丑陋的现代生活中的一个梦，一个“象牙之塔”。这意思曾在作者一本中国游记，*The New China*，中喊出来：

> “我此书主要的目的，乃是运用我诗人的特权，将我个人主观的印象说成个系统，并且描写我所感到的，在现代一些丑陋的事物管理之下，古代的美之惨死。”

这一点可以说是与诗人Swinburne和Leconte de Lisle企慕古希腊的美一样：实际与中国无干，与希腊也无干，只是表现他们内中要排遣烦闷的一种希求。这虽是很明显的意味，然而在这些急于寻求药方儿的人们中间，就难免发生误会；也许有不少的人把包立尔先生当作太上老君的私淑弟子，把这本小书当作他主张精神文明的药方儿，来加以欢迎或排斥，那完全是冤枉。我再加重的声明：这绝对不是一个药方儿。

思想健全的人们，读了这本小书，定能认识其中的诗意。正如哥德所说：

> “对着古代的文物，容易感受诗同艺术的脑筋觉得是坐在一个大自然的顶可喜的理想境界中；直到现在荷马的赞美诗还有着解放我们的力量，无论如何，暂时总可以将我们从几千年来滚到

> 我们身上的可怕的重担中解放出来。”

这本小书的读者们，也一定能够从当下实际生活的重压之下，“感到一种脱然的自由”(见本书第一章)。并且读完了的时候，我也希望能与书尾一句话有同样的感怀：

> “当时我觉得内中有一股勇力，我吩咐舟子摇得再快一点。我预备好了。”

现在我要说几句关于原著者的话了。著者名 Henri Borel，荷兰国人。他是荷兰著名的小说家，著了许多书同杂志上的论文。当下正在海牙做着翻译的事业。

他来中国不止一次，大概是为他本国作驻华领事。他曾在中国南部的厦门，漳州，广州，澳门，住了很多年。这本以海为背景的小书，料想是在这些地方写的。

一九零九年十二月他在北京写了一本 *The New China*（《新中国》)，那是他第一次到北京的游记。从这一本书中颇可以看出他的性格：他自己称说他是在西方物质文明中过厌倦了的，渴望能够在中国找到一点安息。他立意脱离了从西方带来的成见，以赏鉴中国的风土人情。为了这个缘故，当他在北京的时候，他特意搬出当时已经十分壮丽的六国饭店，而迁入东长安街的北京饭店。那时的北京饭店与现在的还不相同呢。那时它只有两间平房，里边有脱胯的床，带孔的被，破烂的褥子，又狭小，又不舒服，然而他竟在那里住了一个多月。

他似乎把一切与忙乱和丑陋的物质文明相反的理想统统附会给中国。他把中国的一切都美化了。他称赞北京是“在颜色中歌唱着的城”(Peking is a town in color)。他称许张之洞临死时还字斟句酌的写遗表，为中国人爱好文学的特征。他爱好未修马路前尘土飞扬着的北京街道，而咒诅那镜平的东交民巷。他看过西太后的丧仪，一方面为中华民族的解放庆幸，一方面又痛惜将要永远失去的专制威权下的庄严的诗意，而至于流涕了。

他看北京无一处不有诗的美，全值得他的爱惜。因此，他恨恶那些专替中国造谣的西方教士，尤其痛恨那次侵入北京的联军；他咒骂他们，说他们的野蛮远过于那些侵入罗马帝国的最野蛮的民族，当他看见许多被焚烧了的园林，同被敲残了的古塔上的雕刻的时候。

他恳切的祝祷中国的复兴，他说：

> “在世界历史的后面，常有着一种神秘的精神力在暗中活动，支配世界上伟大的动作，世界上的国家同朝代因着这种精神力的支配而有兴亡。现在这种精神力，仿佛磁石的波荡，电流的颤动，透过这年代久远的庞然大物（指中国）。这个庞然大物表面上看是死了，其实却是在昏睡着。在它的上面，别国的寄生虫跑来居住，蜇他，伤他，在它的皮肤里营巢。突然间厚重的眼簾掀起了一半，一道生命的光透过麻痹不仁的官觉，宽韧弛缓的皮肤紧张起来，长大的大腿落地有声，一声高叫响彻世界，庆贺清晨的旭光。”

他当时更有一种理想，大概是那时流行着的，便是所谓East for the East。他说，这种理想是从战场的凝血及海洋的血水中产生出来的，并且已经见了天日。因为日本已在满洲的平原上打败了俄国，这就是东方有色的民族要脱离西方白色民族的锁练而给予的打击。他说，这件惊人的事实为东方开了一个新纪元，中国人，印度人，回人，都要因了这东方自觉的理想颤抖着兴起。

差不多二十年过去了，在这个国度里，稍微通达的人们，谁都不肯再做“大亚洲主义”同所谓“精神文化”的迷梦，诗人的话仿佛要落空是了。这能怪罪诗人么？他原来只是抒写他那时期望的心情，并未应许要开什么药方儿：

> “这本书中艺术的意味多于科学的意味，我不要作一些表册，统计，与方言工作，或者不能完全免去含有政治同经济意味的商榷较量，不过此书主要之目的乃是运用我诗人的特权，将我个人主观的印象说成个系统，并且描写我所感到的，在现代丑陋的事物管理之下，古代的美的惨死。……我并且要写出死寂的愁闷以后的安慰同信念，因为在悲剧之后，我常确切的见着宇宙伟大不坏的意志。我领会到精神的理想经过老死以后，能借着纷扰和冲突还给中国一个新的智慧和美。”

这是他在 *The New China* 序言中的声明，我们读他的书的时候，如果能领会这层意思，我希望不再会将它当成药方儿，或者也能免除鲁迅先生对于西洋人把中国当作他们恣意享乐的乐土，因而称赞中国的古文明的那种态度，所发生的憎恶。（见《出了象牙之塔后记》）

这本小书不署著作年月，在 *The New China* 的序言中有句话说：“在十二年或十四年以前，我曾著过一本书，解说古中国显示给我的智慧和美。”

如果是指这一本书说的，那末，这本书便是在一八八七或一八九五年写的了。据说，他曾著过许多赞美中国的书，所以也不能说定就是这一本。本书原名《无为》，英文译本后来改名 *The Rhythm of Life*（《生命的律动》），今复其旧。

大概是因为文字的隔远，这样一个著书甚多的著者，不知有多少书译成英文的；译成汉文的，恐怕这还是第一次呢。据说这书已有德文译本了。

这本书的一大部分是在周作人先生的翻译班上译出的，因得承他校改。周先生并勉励我把这本书译完，且答应在发表的时候为作一篇引言。我在此处郑重的道谢。

这本书曾在《燕大周刊》上按期登载过，我为此也感激那时周刊社的同人们。

本文谈及著者的生平，有一部分是因了燕大历史教授王克私先生帮助，从意大利一位领事那里打听来的，特此谢谢王克私先生。

此外我的挚友司徒乔，休芸芸，采真，步虚或为此书画封面，或为我校正，或为我抄写，我都非常感激。

十五年十月二十日于广州白鹤洞

——录自朴社 1927 年初版本

《生命之节律》跋

冯友兰[①]

秋士先生这本小书，交朴社印行；我因以得先见稿本。我把稿本又与原书英译本校对一次，又改动了一点。本书原名《无为》，英文译本后来改用今名；秋士先生在译序中已竟［经］提过。他译稿上是题底旧名；不过我觉得《无为》二字道学气太重，而此书是诗，与道学气不称。所以我又劝朴社把它改用今名了。秋士先生译序中说，周作人先生答应为此书作引言，司徒乔先生为此书画封面，但此书稿到朴社时，那两样并未带来。朴社只能把此书这样素朴地印行，也是很抱歉底。

冯友兰　十六年三月九日

——录自朴社 1927 年初版本

---

① 冯友兰（1895—1990），字芝生，河南南阳唐河县人。毕业于北京大学哲学系，后获美国哥伦比亚大学哲学博士学位，回国后任清华大学教授。著有《中国哲学史》等。

《左拉小说集》[1]

《左拉小说集》译者小言

（宅桴〔陈泽孚〕[2] 修勺〔毕修勺〕[3]）

左拉（一八四〇——一九〇二）——是法国自然主义的文学家。一生著作宏富，最著名的为《鲁公马格尔》*Rougon macquart*（二十卷），《三城》*Trois villes*（三卷），《四福音》*Quatri evangiles*（三卷）等作。我国文学界，对于左氏的行略虽曾介绍过；但是把他的著作译成中文的，尚少有看到。译者对于左氏著作，颇有兴趣，并觉很有向大家介绍的必要。因不揣文笔简陋，拟先从其短篇小说集中选尤试译，然后及其名著。至于译笔错误，深望闻者加以指正！

一九二六，十，十三

译者言：此篇自《给尼侬的新小说》*nouveaux Contes à Ninon* 中译出；是左拉少年时代的作品。

二六，九，于江湾立达学园

——录自上海江湾合作出版社1927年初版

---

① 《左拉小说集》，法国左拉（1840—1902）著，宅桴、修勺译，上海江湾合作出版社1927年5月初版。

② 宅桴，陈宅桴（即陈泽孚，生卒年不详），浙江临海人，1920年赴法留学，回国后在上海立达学园任教，为立达学会会员。

③ 修勺，毕修勺（1902—1992），浙江人，1920年赴法留学，译有左拉《给妮侬的故事》《磨坊之役》，巴枯宁《巴枯宁的三演讲》，克鲁泡特金《一个反抗者的话》等。

《牧师与魔鬼》①

《牧师与魔鬼》自序

袁振英②

文学是社会底镜子！也是人生底反映！又是时代底产儿！一个社会，一种民族，一个时代……底思想，都是由于文学表现出来。小说是文学中重要的部份，所以影响社会的势力，也非常雄厚！不论是写实主义的（Realist），自然主义的（Naturalist），浪漫主义的（Romanticist），或象征主义的（Symbolist）……统统有同样的效果。比方在本集中的附录第一篇《俄国小说与布尔塞维克主义》，就是很好的证明。中国人素来不重视小说，就是证明我国人根本不懂得什么是文学，更不知道有什么是文学底原理，方法和种类。顽固派更以为《西厢记》，《红楼梦》，《水浒》……等书是"诲淫诲盗"的，实际上现在一班新闻记者才配得这一个衔头！

中国文学底一线生机，就是西洋化（Europeanization）。中国的死文学，受了欧洲文学的影响，渐渐地改变了从前的概念。那一班绝对主张文学革命的人，如独秀，适之，作人，半农诸子，那一个不是深受西方文明的洗礼？所以我们现在唯一的使命，在于介绍欧洲近代

---

① 《牧师与魔鬼》，短篇小说集。俄国杜斯托爱斯基（F.M. Dostoyevsky，今译陀思妥耶夫斯基，1821—1881）等著，袁振英译。香港受匡出版部1927年5月初版。书末附录《俄国小说与布尔塞维克主义》《莫白霜传略》《短篇小说论》三篇文章。

② 袁振英（1894—1979），曾用名袁仲勋，笔名震瀛、无梦青年、觉情和尚等。广东人。毕业于香港黄仁书院，考入北京大学文学院。1920年应陈独秀邀请参与编辑《新青年》，任"俄罗斯研究"专栏主编。译有《社会主义与个人主义》（王尔德著）、《罪与罚》（胡黛莲女士〔Voltairine de Cleyre，今译伏尔泰琳·克蕾〕著）等。

的思潮，把中国一切制度从根本改造！因为要改造社会，一定先要改造个人的思想；如果个人的思想不改造，什么改造都是假的；换汤不换药，终是没有良好的结果！试看看现在一般所谓“急进派”，只拿着几个空泛的“名辞”或“口号”，一知半解，胡说八道，很像小卒在舞台上呐喊一般，“好读书，不求甚解”，“党而不群”，假自由以行恶，十八世纪法兰西的现象，复见于二十世纪的中华民国了。

本书搜集了十数年前的几篇零碎的短篇小说，姑且拿来当做第一集，一方面可以表示短篇小说底价值，他方面也许当做我自己幼稚时期的纪念。不过我十年的飘泊，大部份的旧著，已经散失无余；就是短篇小说如莫白霜的《苍蝇》及散见于各日报中的，也有同样的结局。至其他的拙著，如《青山恨史》，《高丽女子自由梦》，《巴黎梦》，《一个革命家的忏悔录》……等等，统统化为乌有了。人生的命运，根本也要找寻一个归宿地，何况区区文字的生涯；正所谓“天下那有不散的筵席？”

末了，我还要谢谢我的老友孙君受匡；因为他要把我的旧作翻印出来。普通人生长在恶浊的香江社会，深受殖民教育底荼毒，总不会像他的那般注重艺术。香江也是我旧游之地，所以我对于它也不能没有一些贡献；并且我在这里翻印，也许免掉了那些受染资本主义色彩的书贾借以谋利。

新世纪二十六年秋震瀛叙于广州市万福路怡庐。

——录自香港受匡出版部1927年初版

《牧师与魔鬼》俄国小说与布尔塞维克主义

（袁振英）

俄国在托尔斯泰以前的时代，可谓全无文学的价值。文学史上，无其位置。故世界人士，咸称之为“哑俄”(Dumb Russia)。然自托尔斯泰以来，百数十年间，文学不可谓非一时之盛。而例之欧西各国，仍不得不瞠乎其后。盖俄国政治不自由，历数朝之专制魔王，而其他宗教经济等，亦莫非十分束缚。其言论不能自由，故文学亦因之而不能发展。而文学家如托尔斯泰（Tolstoy），谢克夫（Chekhov），哥高尔（Gogol），戴真纳夫（Turgenev），哥尔基（Gorky）等，乃不得不从事于小说戏剧，以描写俄国的社会，而避言论之掣肘。故俄国的小说，独驾乎世界各国。虽法国莫白霜（Maupassant），曹拉（Zola）等，亦莫以过之。俄国小说，专从事于社会方面，发挥平民一切痛苦，或寄托于小儿，或形容于罪犯，其事实多出于无知小民，以掩政府党资本家之耳目。其宣发民隐，导达国情，影响之速，效力之大，诚非他种文字所能冀及。其人民日夕亲受万恶政治之痛苦，积而不宣；后乃为此新文学潮流，发扬激荡，涵蕴数十年之久，适遇亘古未有之战争，为之奋兴鼓励，于是社会革命潮流，为之一发不可收拾，致演成今日俄国的布尔塞维克主义（Bolshevism），为世界空前之巨观。压力愈重，反抗力愈大；因果相乘，毫末不爽；人民痛苦，急不暇择。前车之鉴，吾国终难逃此种现象。吾述是篇，不禁感慨系之。

一草一木，一山一水，皆有天然美景，不必艺术丛中为然也。故俄国文学，纯在乎天籁的价值；其所描写，莫非朴素自然及写实等。且尚有一种异彩，能于贵族中产生平民的文学（如托尔斯泰，是其一例）。使所谓上流社会的情感，与下流的无所轩轾，其描写穷民，不以特殊的文笔，只从人类方面着想。故平民主义之中，必含有人道，此所谓大同之世也。人类平等，愚智无别，性灵情操，只在于领会通达事理，决不能自居主动而治人，而他人则为被动，而治于人也。故欲论俄国文学，只能从小说入手。

一千八百三十四年，俄国文学家普士坚（Puskin）印行其巨作《纸牌的皇后》（*The Queen of Spades*）及哥高尔发行其《外套》（*The*

Cloak）二篇；前者为浪漫主义之陈旧式，后者为俄国特产之新式者也。此过渡时代之两篇小说，皆能令人十分愉快，然仍未达于完全天籁之境，而带有死文学之意味，当日之社会潮流使然也。迨至托尔斯泰及戴真纳夫两人，俄国文学始臻于完全发达之境，不过普士坚为此等文之先导者耳！处于尼古拉斯一世时代，专制政体已达于极点，而其革命主义，全则在于创造，且含有最深之意义焉。

哥高尔之《外套》，为俄国小说的发源，如杜斯托斯基（Dostoyevsky）之小说《穷民》一篇，出版于十年后，亦不过摹仿哥高尔之巨著也。其对于平民之情操与人道的痛苦，可谓形容尽致。杜氏为一大心理学家，揣摩人类极深奥之灵魂，而于其非常腐败情形尤甚。如悽凉，穷困，专制，不法，恐怖等事，及人类种种大敌，使之难逃其笔尖。更以博爱思潮，传播社会，澄清秽浊，此杜氏之主旨也。自是以后，俄国文学，咸趋此点，其影响于社会，不可向迩。社会的理想，人道之思想，非常膨胀。小说原因，重于情节。其能发扬俄人之精神，而于智识界中尤然。而俄人之专心致志于文学，尤非他国人所能及。其研究文学，不仅在于娱乐；其视小说诗歌，为人生真正的反映，且为人生应尽之天职。故俄国之著作家，必具高深的理想，然后能为优美的认识，而其不必同时为美术家也。其有两要义，则为人道的情感，及人生的真义是也。此二者为俄国文学特殊朴素之秘诀也。至若为流丽浮艳之文章，则俄国文学家，敬谢不敏。盖死文学思想有穷尽，精神甚疲乏；若更以文法修辞等学质之，为荒谬绝伦。至于为质实的文字，则两要义而已足矣。

戴真纳夫与托尔斯泰，尤为此种小说冠。彼辈有彻底的社会觉悟，纯对于人类幸福着想。以广义言之，彼二人固艺术家也。其描写人生，正确无伦。其小说体裁，尤为透达。其对于欧洲平民主义及思想进化，一依其正轨。而托氏则欲救人类于痛苦，则须正本清源，使其归真返璞。其生活宗教各务，莫不如是。

俄国小说界中最重要之著作，为戴真纳夫。《猎人日记》(*A Sportman's Sketches*)，乃对于农奴而言。其有功于农奴之解放，极为有力。其最后的著作，由《罗丁》(*Rudin*) 至《父与子》及《新壤》(*Virgin Soil*)，莫非描写当时俄国之现状，以解答新旧之思潮。其竞争，希望及思想，完全灌输于未来青年之社会。故其小说之全集，无异当时之社会史。诚足以推倒俄国之凯撒主义（Czarism），而建设一真平民主义；足以惊动环宇，此今日俄国之布尔塞维克主义所以欲改革世界也。

法国傅鲁堡（Flaubert）之称俄国大文豪托尔斯泰为“第二莎士比亚”，以记者观之，不其小观托氏乎？余著《易卜生传》，已详论莎托二氏之价值。二氏同为己国最大之文豪，此为不虚。然莎氏之著作，对于社会人生的价值，远不如托氏。故莎氏之著作，只应为 Art for Art's Sake“艺术为艺之故”，而托氏之价值，当超乎此，如 Art for the Mirror of Human Society“艺术为人类社会借镜”及“艺术为人生”(Art for Life's Sake)。论者以（*Anna Karerina*）一书，时人译为《婀娜小史》，决非莎氏梦想所能及。人谓婀娜问题，定非莎氏所能解决，余亦以为然。不惟此也，二人文章完全之宗旨，几绝对不同。其所同者，二人皆著作宏富耳。

且莎氏之著作，完全为贵族的文学，而迎合社会心理。故其所著者，类多帝皇贵族，文字浮艳，为其所长。其时一切之成见，皆为莎氏所见。其所描写者，皆为荒谬之道德，万恶之制度，腐败之陋习，及社会之阶级，如此而已。若以近代社会价值观之，无关轻重。故易卜生有言曰：“吾人今日之时代，非莎氏比亚之时代也！”洵哉！余于此篇，莎氏更无论列之必要。然托氏则为一社会革命家，为近代最新式者。其弃贵族如敝屣，以贵族为不屑道，此托氏又可名之为破坏偶像大家也。其意志之自由，完全不为死思想所笼络，只为真理之是从，不顾强权之压迫。其对于社会，宗教，道德，诸问题，全以人类之幸福，及人道之思潮为其指归。

俄国著作家，全以短篇小说著名，信矣。惟普士坚则以诗学及长篇小说著名，足为俄国文学发达之先声也。俄罗斯为一少年文学之国家，小说可谓为其文学界独一无二之体制。俄国文学之能插足世界文学之林者，亦以其小说之故耳。亚奴氏（Mathew Arnold）谓俄国小说家为宣扬人性深奥之符咒，内外态度，俱能形容尽致也。以今日文学界中之各体裁而论，以小说为最流行，而俄国已执世界之牛耳。返观吾国人士，以小说等文字视为雕虫小技，无足轻重，而无赖文人，滥竽小说家，诲淫诲盗，借以谋利。社会不良，无进化之希望，中国社会诚不足救药也！焉得布尔塞维克主义灌输全国，为之根本上推翻耶？余书至此，不能不掷笔三叹，为我国小说界痛哭者也。

俄国取缔著作极严，文章发表，不属易事，乃不得不借滑稽以出之，以箴规时事。其著作者，亦多戴假面具，不敢以其真姓名示人。然以是而受社会欢迎，毫无损伤其价值。

俄国文学界中革命的时期，科鲁李高（Korolerko），嘉仙（Garshin）等辈，亦挺身而起，以尽瘁于短篇小说。至十九世纪之后半叶，则谢克夫，哥尔基，安托里爱夫（Andreyev）等，莫不同趋是途。而戴真纳夫之能著长篇的小说，亦准备于此时矣。哥尔基以平民出身，其体裁之雄伟，为俄国平民主义中之健将，固不亚于戴真纳夫也。

哥白莲（Kuprin）短篇小说大家，而略逊于谢克夫者也。其解答男女问题，可为最著。

洗尾安那夫（Semyorov）以农民而执笔政，可为俄国文学界之特色。其初为小说，即令托尔斯泰悦服，愿与之为友，且勉励之。故其小说，全描写农民生活，勃勃然有生气。质朴文清，毫无矫揉造作之弊，虽同时著作家，亦不能及。

俄国之以短篇小说著名，已言之屡矣。其至此之原因，以谢克夫之功为最伟，谢氏以极寒贱之身，而能跻于世界一等著作之林，此余之所以欲介绍其著作于吾国社会也；今略言其平生焉。谢氏为农奴之子，以一千八百六十年生于锐克廉（Ukraine），其父愁苦一生，终乃得恢复其自由。谢氏少时从事医学，后专从事于著作。而其科学智识，亦以是得之，为其一生之大助力。年四十四而卒，即一千九百零四年也。其生平著作极多，短篇小说，亦占十六大册；戏剧亦不少，各国无不有其译本焉。

托尔斯泰之以谢氏比之法国莫白霜，著者亦以为然也。然其最相同者，则以其皆足以冠其曹也。然法国以自由之邦，而产生一郁郁不得志之莫氏。而世界著名专制之俄国，反产生一和蔼可亲之谢克夫，真可莫名其妙。莫氏虽不以其情操示人，而人亦不知之，吾人只能推测之耳。谢氏虽不以情操示人，然人可不思而得。

今且将谢所异于莫氏之点，而一论之。其叙一事之情节，地位，景况，人物，莫不惟肖惟妙。毫无轻浮之笔。其描写个人，应手而得；欲笑则笑，欲哭则哭；阅者之心理随之而颠倒，未尝有重复之处也。一人一事，然而一篇一段，亦莫不然也。故其思想之超群，其精神之迈众，可谓为空前绝后；人之以千言万语而不尽者，彼乃以极短之篇幅而尽之，《孤儿》（*Vanka*）一篇，可见一斑。其创作之特色，令人不可思议。然稍加考究，则普通庸俗，亦得而见焉。且有戏剧的趣味，而乃能以短篇了之。其天才超著，令人可怖。今所谓著作家，非有专门学识不可；然其只知社会之特殊状况者耳，恐未必有普遍的价值也。惟谢氏则不然！其材料虽限于人道方面，然其各方面，莫不取舍自如也。农民也，工人也，商贾也，牧师也，文人也，军士也，男女也，老幼也，莫不形容尽致，能使各个独立自由，无一毫摹仿形迹。各篇中之人物，玲珑清楚；《傀儡》（*The Darling*）一篇，最为明证，其以妇人无独立之性质，非依赖男人不可，无自存之道，以男子之思想为思想，以男子之感情为感情，以男子之言语为言语，既无男子之可依，乃不能不有小孩以尝其欲壑。有类于吾国女子之所谓三从要义，悲乎！

（民国八年登于小吕宋《平民报》）

——录自香港受匡出版部 1927 年初版

《牧师与魔鬼》莫白霜传略

（袁振英）

莫白霜是法国小说家和戏剧家，生于一八五十年。年十三，仍未进学校，只由母亲教导。还有一个兄弟也是同样待遇的。这两个小孩子的生活，非常快乐和自由。莫氏身体素强，天真烂漫，非常活泼。十三岁，入 Yvetot 小学校，但他觉得学校生涯，非常恶浊，与从前的自由的和快乐的生活，极端相反。后来进 Rouen 中学，他的学生的经验，才觉得愉快，所以很容易在这里获得一个学位（得业士）。

一八七十年，他做了海军秘书，不久，又在教育部找得一优缺。但是物质上还是很痛苦。Flaubert 是文学史上最慎密的文学家，莫氏每天总代他抄写诗文，有七年之久，莫氏自己还没有著作。到了他的第一篇小说出现，人人都歌颂他是一个完善的大艺术家。由一八八十年到九十年，十年内，他著了六种长篇小说，十六卷短篇小说，三卷游记，和许多新闻纸论说。这种丰富的著作，一者因为他的有恒的习惯，二者因为他的体魄强壮。他每晨的工作由七时到十二时，晚间札录日常经验的印象。

莫氏是一个自然的艺术家，很钟爱于自己的专门的事业。他不肯为金钱做工，也不肯单为艺术的缘故，他以为世界还有许多宝藏，著作家应该发现的。他不讨论著作的题旨，表面上以为不重视自己的职业。他所以不断地做工，因为他有一种勤敏的心内的势力逼着他要做著作的奴隶。他绝不注意到宗教和伦理，只钟爱自然的生活和未解决的问题。他完全是一个忠诚者；有时他的题旨是不贞洁的，但他还是绝不以为意。

一八八七年，他的生命发现了癫狂的影子，所以在三年前(一八八四年)，他在著作里面，已经表现他的未来的痛苦的命运："我骇怕墙壁，傢私，和寻常日用的器具，以为有一种生机；我更骇怕自己的思想底纷乱，理性底逃亡，很像有一个不可见的和神秘的恶魔缠绕着。"这种可怕的病魔天天增长，到了一八九〇年，他再不能做工了；并且要自杀。在一八九三年，他完全失掉理性，入癫狂院，一年后，便与世长辞了。

莫氏有"短篇小说之王"的徽号，又是自然主义的巨子；他的文章悲天悯人，有时又近于悲观主义。他主张自然的生活，和自由恋爱，反对人为的法律和不近人情的矫揉做作的婚姻制度，与曹拉，都德等同派。

——录自香港受匡出版部 1927 年初版

《牧师与魔鬼》短篇小说论

（袁振英）

（一）短篇小说进化史——小说底源起，在什么时候？实在是没有人知道的。但是自从人类有了言语，已经有人讲及许多稗官野史，如下等动物和木石……底怪异的动作，神秘，爱情，战争底事情。从前的小说当然有很多是恶浊的，但现在已经变做一种最优美的伦理的和文学的方式。短篇小说底功效，到了十九世纪初叶才发现。希腊人不大喜欢做散文，到了末祚，散文才兴起；对于短篇小说还不注重。罗马人也有同一的观念。希腊的和罗马的神话，也是没有多大价值。中世小说，寓言，本来是不少，不过那些僧人总是毫无意识的，绝对不懂得短篇小说底标准，梦想不到现代小说底体裁和意义。到了十七世纪，意法两国，才发现纯正的短篇小说。十八世纪末叶，英德两国的浪漫主义兴起，才产生文学底新思潮。到了十九世纪，华盛顿欧文才算是近代短篇小说底建设者。莫白霜等又把短篇小说变做纯正的科学。勃尔生（Bjornson）等又著了许多心理学的短篇小说。法国的莫白霜，美国的霍桑等，统统是短篇小说能手。现在学校里面的学生，对于短篇小说底研究，也觉得非常有趣。

（二）短篇小说底特质——短篇小说底定义，以为一种短篇小说与普通的小说不同，根本上在于印象底纯一。因为短篇小说有单纯的性质，事实，性绪，或者有好几种在同一的环境中的情绪；目的在于产生一种单纯的叙述的效验，采用最经济的方法，并且有很大的势力。短篇小说常常要有一种绝对的纯一性和直接的简单性，并且常常要有热烈的情绪，只产生于生命底严酷的标准，短篇小说不必像长篇小说中的一致态度，因为没有许多不同的原素。但是短篇小说一定要时髦的，题旨也要常常变迁的，有巧妙的结构，有活泼的思想。短篇小说常常描写人生底重要关头，有明显的态度，表现寻常的事故。有些短篇小说拿来解答一个难题，有些注重伦理的教旨和道德律。更有些拿心理学和社会学底光线描写人生！短篇小说底榜样也很像人生底变幻！更有些是很优美的短篇的侦探小说，又有些是诙谐的。短篇小说有一种单纯的性质，各部分都是和谐的，有严密的单纯的方式，才产生单纯的印象。短篇小说描写寻常的生活，有严密的思想，变做文学的艺术底焦点。

——录自香港受匡出版部 1927 年初版

《青年胜利》[附记]

（袁振英）

按一：惟少年乃能胜利，老大则徒悲伤！观此篇可知矣。各事如此，非独爱情为然也！吾观小说多矣，十数年之研究，欧美文豪之揣摩；吾所研究者，如法之曹拉（Zola），莫白霜（Maupassant），俄之哥尔基（Gorky），陶思道（Tolstoy），英之夏地（Hardy），狄更生（Dickens）等，可谓极空前之大观，而不知文学界中，犹有胡黛莲一女子也。女士以诗鸣，文亦甚佳。其文集中若笔记，小说，莫非文学史中能占重要位置者也。其描写人情世态，一本于自然，诚写实主义中之健将。夫厌故喜新，人之常情；证之科学，爱情无终古不逾之理；不过人世间多作种种矫揉造作不近人情之制度，而限制之，以造成一种死爱情，能不悲乎！

女士美国人，其先祖固法国巨族也。以其父之故，少年时笃信基督教，愁闷欲死；恶其有背乎人生之真义！乃逃之而为真理之研求；故皈依无治主义。惟天不永年，仅二十七而没。平生著作宏富，散见于报章杂志中。同志白克明汇录之，成一巨册。此篇言及模范村，即所谓共产村也。此种村落，美国最盛。青年女子，自由工作，自由结合，半读半工，风俗纯美；乡村教育，自由教育，此为权舆；儿童亦任其自由发展。各事俱有公共机关，以谋公共幸福。不负家庭名分之责任；各尽所能，各取所需，只知同为天地间之人类耳！

译者附志

——录自香港受匡出版部 1927 年初版

《乞丐》[小序]

（袁振英）

莫白霜（Guy de Maupassant）法国文学大家，以小说著名。其短篇小说，尤为世人所称许。故有“短篇小说之王”之徽号！其文学趋重写实主义，合乎人情天理，未尝违反自然状态，以解决社会问题。描写人情世态，无微不至。年来尝译莫氏小说，散见各报。盖余平生最服膺莫氏之小说，那威易卜生之戏剧，英吉利拜伦之诗歌，俄罗斯克鲁泡特金之学说，法兰西孔德之哲学。故除诵读以外，暇窃译之。但频年作客，译著各稿，诸多遗失。且此种书籍，诚不易得。而又不能随身漂泊，不无令人心灰意冷。惟以短篇小说之足重，社会问题之迫切，又焉能久为弃置。爰译是篇，以应《平民日报》之披露云尔。

民国八年志于小吕宋

——录自香港受匡出版部 1927 年初版

《乞丐》[附记]

（袁振英）

按：余译“孤儿”与“乞丐”既竟，掬了无限的热泪；人世间的痛苦，随地俱是。高曼女士有言：“求工不得，转而求食；求食不得，则取之可矣！”夫各尽所能，各取所需，此共产之真谛，而社会乃得其平等也。今之社会何如乎？阅者其放开双眼一察之，方不负作者之苦心也。

震瀛附志

——录自香港受匡出版部 1927 年初版

《新俄的演剧运动与跳舞》[①]

《新俄的演剧运动与跳舞》释例

画室（冯雪峰）

本编译自《革命期的演剧与跳舞》和《无产阶级剧与映画及音乐》二书中。《革命期的演剧与跳舞》是一九二四年出版的，《无产阶级剧与映画及音乐》是一九二五年出版，所以本编中所述的都是自一九二四年以前的情形；近一二年来俄国艺术界当日在改变发达，情形当大不同吧。只是对于我们还是极新鲜的。编中收入的各篇，除《无产阶级演剧运动》这篇外，著者论断之所根据的以剧评家罗巴钦司基和西陀洛夫之说为主。《无产阶级剧》这篇，则著者是参考这种运动的中心的路纳却尔司基和凯尔晴采夫的评论，并也参考反对派的仆里斯·骚珂洛夫的所论。其他二篇翻译，也是著者收在自己的著书里的。我翻译时，有几篇中偶有极少部分的无关紧要的删略。

照译者想来，本编是论述新俄艺术的最有趣味的一编，所说的事情我们都乐于闻知的。对于国内的新剧运动者，固然是一种极值得的参考，至少也可瞻望一下，但对于不是新剧运动者的人也有意义吧。在这里，译者可指出我们觉得有趣味且望给以注意的主要的数点：第一是梅伊耶尔福里特和哀弗莱伊诺夫等的新演剧运动，第二是民众剧运动及俄国民众底剧的要求的高度，第三就是舞台装置。要之，由演剧这事情表现出来的俄国人底创造力和生命力的强，当是我们的兴趣

---

① 《新俄的演剧运动与跳舞》，论文集，日本昇曙梦著（版权页作昇曙华），画室（冯雪峰）译。北新书局1927年5月初版，7月再版。为新俄文艺论述之一。

的焦点。

著者在《革命期的演剧与跳舞》的凡例里说“新俄国的艺术中，于传达革命底律动和气质的事上，最发挥了特色者是演剧与跳舞。所以这二者能够说是艺术革命的先驱。”本来论述演剧和跳舞的本编是应先出版的，因为译成是最后，出版也最后了。

一九二七年　二月　译者

——录自北新书局 1927 年初版

《赣第德》①

《赣第德》

志摩（徐志摩②）

（*Candide*，by Voltaire，1759）这是凡尔太在三天内写成的一部奇书。凡尔太是个法国人，他是十八世纪最聪明的，最博学的，最放诞的，最古怪的，最壅肿的，最擅讽刺的，最会写文章的，最有势力的一个怪物。他的精神的远祖是苏格腊底士，阿里士滔芬尼士，他的苗裔，在法国有阿拿托尔法郎士，在英国有罗素，在中国——有署名西滢者有上承法统的一线希望。不知道凡尔太就比是读二十四史不看《史记》，不知道赣第德就比是读《史记》忘了看《项羽本纪》。我今晚这时候动手翻《赣第德》——夜半三时——却并不为别的理由，为的是星期六不能不出副刊，结果我就不能不抱佛脚，做编辑的苦恼

① 《赣第德》（*Candide*，今译《老实人》），小说，法国凡尔太（Voltaire，今译伏尔泰，1694—1778）著，徐志摩译，上海北新书局 1927 年 6 月初版。

② 志摩，徐志摩（1897—1931），原名徐章垿，字槱森。浙江海宁人。1918 年赴美留学，后转入剑桥大学。1923 年组织成立新月社。译有《曼殊斐儿小说集》，德国富凯《涡提孩》等。

除了自己有谁知道，有谁体谅。但《赣第德》是值得你们宝贵的光阴的，不容情的读者们，因为这是一部西洋来的《镜花缘》，这镜里照出的却不止是西洋人的丑态，我们也一样分得着体面，我敢说，尤其在今天，叭儿狗冒充狮子王的日子，满口仁义道德的日子，我想我们有借镜的必要，时代的尊容在这里面描着，竟许足下自己的尊容比旁人起来相差也不在远。你们看了千万不可生气，因为你们应该记得王尔德的话，他说十九世纪对写实主义的厌恶是卡立朋（莎士比亚特制的一个丑鬼）在水里照见他自己尊容的发恼。我再不能多说话，更不敢说大话，因为我想起书里潘葛洛斯（意思是全是废话）的命运。

——录自北新书局 1927 年初版

《悒郁》[①]

《悒郁》序

赵景深[②]

我在未编这本集子以前，曾检查过所有柴霍甫小说成册的汉译；重复的我都已删去，所以在我这一集内，是耿氏弟兄合译的《柴霍甫短篇小说集》，王靖译的《柴霍甫小说》，“小说月报丛刊”第十二种《犯罪》，“东方文库”第七十七种《俄国小说集》第三册，张友松译

① 《悒郁》，小说集，俄国柴霍甫（Anton Chekhov，今译契诃夫，1860—1904）著，赵景深译，上海开明书店 1927 年 6 月初版，柴霍甫短篇小说集之一。

② 赵景深（1902—1985），字旭初，笔名卜蒙龙、冷眼、陶明志等。生于浙江丽水、祖籍四川宜宾。毕业于天津棉业专门学校，文学研究会会员，1927 年接任《文学周报》主编（后与郑振铎、谢六逸等合编）。历任开明书店总编辑、上海北新书局总编辑等。译有《柴霍甫短篇杰作集》《罗亭》《格林童话集》等。

的《三年》等书中所不曾译过的。

集中除去几篇旧译——如《樊凯》,《顽童》,《一件小事》和《寒蝉》——是从《近代丛书》本译出的以外，其余都是从英国Constance Garnett女士的英译本译出来的。她译的《柴霍甫小说集》凡十三册，译文最可靠。此外她又译过屠格涅夫的全集。此后倘若我还有续译柴霍甫小说的兴趣，预备完全采用她的英译。对于读者最抱歉的便是我不识俄文，并且或许还要多少失掉原来英译的优点。

本集定名为《悒郁》的缘故，自然是因了集中有一篇是题作《悒郁》的；此外，柴霍甫的小说谁都知道是“含泪的微笑”，题作《悒郁》，也许能表示他在小说里所反映的他之性格罢?

这简直是一点点必要的说明，不能算作序。

一九二七，五，二三，于广东海丰

——录自开明书店1927年初版

《梅萝香》①

《梅萝香》引言

洪深②

原作者Eugene Walker美国中部人。报馆访事出身，也曾做过跑马头的戏班子经理。近二十年来，专事编著戏剧，前后有十二部；此为一九〇八年的作品。

他的戏都带着闹剧的色彩，很富于激刺性。这本戏却是描写繁华

① 《梅萝香》(今译《最简单的道路》)，戏剧，美国华尔寇(Eugene Walker，今译尤金·华尔特)著，顾德隆译，上海开明书店1927年7月初版。

② 洪深(1894—1955)，江苏常州人。1916年留学美国俄亥俄州立大学，后转哈佛大学，修文学、戏剧，1922年回国，在上海从事戏剧创作和演出。

场中堕落女子种种生活的社会剧。

有人说："社会剧对于人生的态度，总是近于偏激，不能十分公允。攻击一种罪恶，固然甚有力量；然而试想原告是编剧者，见证也是编剧者，辩护也是编剧者，审判也是编剧者；所有事实证据，都是编剧者一人捏造，未免令人不服了。"此论我却不以为然，社会剧的好处，是教人多晓得点世故人情，说道"原来世界上，竟有这种情形。"最要就是不背情理。事实本来不妨变更，但也不是凭空捏造；乃是依据情理，依据社会现状而捏造的。

有人说："这出戏中偶然相值之事太多。萝香的环境太苦；别的女子，未必会有同样的阅历。"此论我也不以为然。都市中穷女人多，看了奢华的快乐，不免都有几分眼热。而且都市中富男子也多，对待女子，绝没有丝毫同情。除非女子能供给他们快乐，才肯出相当的代价。这种环境压迫，金钱引诱，并非萝香一个人独有的恶运，乃是都市中数十万年轻女子普通的境遇。像萝香这样贪图安逸，不耐劳苦，天生是做人家的外室，做妓，做妾的胚料，决不会不堕落的。她可算得上海社会中，一个常见的女人，处寻常的环境；也同寻常女人，只拣女人最容易的职业去做，得到常有的结果而已，所以真是悲剧。

写萝香处处见得是个意志薄弱，没有胆量的女子。她说上进的话，存改过的心，都不十分真诚，只是一时的起劲。她失节说谎，寻死骇人，都做得出；后来索性横了心胡为去了。然而她并不是故意作恶，实是不能为善。她也觉得对不起马子英，但她的确看得这种事很轻。既肯委身相从，其余何必计较得，这是女子常有的心理。她们始终不了解道德的真义，和爱情的真义，愚得可怜，错得可怜。所以观众对萝香，还有几分同情。

编剧应使观众对于主要角色表同情；如果能对反面角色也表同情，戏便更有力量了。此剧写白森卿是个"老白相"，"漂亮客人"，看他那一种事没经过，那一样心思不知道。他希望萝香成就，也许有几分诚意；但早料定她不能持久。他决不用不正当的手段，同年轻人作无谓之争执；但他也不肯假痴假呆，做化钱的冤桶。他所做的事，都在人情之中，并不特别坏。所以观众对森卿，也表几分同情。

演剧不可错过做戏的机会。白马二人初次见面一节，萝香不满生活的现状同森卿口角一节，子英忽来萝香瞒过往事一节，森卿入门脱衣子英拔枪欲击一节，皆是极难表演之处。做得好，全戏都好了。美国后台有句成语，说“戏子是一只鸽子；看见鸽子，应当认得鸽子，不可放了鸽子——放了鸽子，戏便不痛快了。”

改译本有几处小事实，不很像上海。大概顾君是个学者，终年埋首在书本子里，所以对于这种恶劣的生活，不能十分熟悉；虽然，这就是顾君的幸福了。

洪深。十五，八，四，上海

——录自开明书店1927年初版

《国木田独步集》[①]

《国木田独步集》关于国木田独步

（夏丏尊）

独步的作品被介绍过的已经不少，这里所集的只是我个人所翻译的五篇。这五篇在他近百篇的短篇小说中，都是比较有名的杰作。

独步虽作小说，但根底上却是诗人，他是华治华司的崇拜者，爱好自然，努力着眼于自然的玄秘，曾读了屠介涅夫《猎人日记》中的

① 《国木田独步集》，小说集，日本国木田独步（1871—1908）著，夏丏尊译，上海开明书店1927年8月初版，文学周报社丛书之一。

《幽会》，作过一篇描写东京近郊武藏野风景的文字，至今还是风景描写的模范。

独步眼中的自然，不只是幽玄的风景，乃是不可思议的可惊可怖的谜，同时就是人生的谜。他的小说的于诗趣以外具有自然主义的风格，和他的热烈倾心宗教，似都非无故的。《牛肉与马铃薯》中主人公冈本的态度，可以说就是独步自己的态度。《女难》中所充满着的无可奈何的运命思想，也就是这自然观的别一方面：

> 事实！呜呼，这事实可奈何？
>
> 天上的星，月，云，光，风，地上的草，木，花，石，人间的历史，生活，性质，境遇，关系，生，死，情，欲，恨，恋，不幸灾厄，幸运荣达，啊！这事实，那事实，人只是盲目地在这错乱混杂的事实中起居着吗？
>
> 自然！宇宙固不可思议了。人间！啊，至于人间，不是更不可思议吗？它是爱着自然的法则的东西，所不思议的是它的生活，运命，及其 Drama。
>
> 日记（明治二十六年十一月十七日）
>
> “非我”的这自然，“别的我”的他人。这是我近来的警句。
>
> 啊，人类！看啊看啊，看那许多“别的我”的我的在地上的运命啊！看啊，看啊，俯了仰了，看“非我”的这自然啊！
>
> 想啊想啊，把这我与这自然的关系。想得了这我与自然的关系，才可谓受有救世的天命的人。
>
> 日记（明治二十七年二月十三日）

独步在明治二十六年（二十三岁）至二十九年五年间曾留有日记，其中充满着严肃的怀疑的气分［氛］，像上面所举的文句几乎每页都可看到。他论诗与诗人的目的说：

从习惯的昏睡里唤醒人心，使知道，围着我们的世界之可惊可爱，才是诗的目的。更进一步说，使人在这可惊的世界中发现自己，在神的真理中发明人生的意义，才是诗人的目的。

日记（明治二十六年十月十三日）

独步是有这样抱负的人，所以他的作品虽富有清快的诗趣，而内面却潜蓄着严肃真挚的精神，无论那一篇，都如此。

独步的恋爱事件，是日本文学史上有名的史料。中日战争（明治二十八年）起，独步被国民新闻社任为从军记者，入千代田军舰，归东京后，国民新闻社长德富苏峰的友人佐佐城丰寿夫人发起开从军记者招待会。独步那时年二十五岁，席上与夫人之女佐佐城信子相识，由是彼此陷入恋爱。经了许多困难，卒以德富苏峰的媒介，竹越与三郎的保证，在植村正久的司式下结婚。两人结婚后在逗子营了新家庭，独步为欲达其独立独行的壮怀，且思移居北海道躬耕自活，如《牛肉与马铃薯》中冈本所说的样子。谁知结婚未及一年，恋爱破裂，信子忽弃独步出走了。

独步的恋爱理想，在男女双方继续更新创造。信子出走后，独步给她的书中有一处说：

据有经验的人说：新夫妇的危险起于结婚后的半年间。忍耐经过了这半年，夫妇的真味才生。真的，你在第五个月上，就触了这暗礁了。原来人无论是谁都是充满着缺点的，到了结婚以后，不能复如结婚前可以空想地满足，实是当然之事。如果因不能空想地满足就离婚，那末天下将没有可以成立的夫妇了。这里须要忍耐，设法，彼此反省，大家奖励。所谓共艰难苦乐者，不只外来的艰苦，并须与从相互间出来的人性的恶点奋斗。夫妇的真义，不就在此吗？

《夫妇》为独步描写恋爱的作品，亦曾暗示着与上文同样的意见。《第三者》则竟是他的自己告白了。江间就是他自己，鹤姑是信子，大井、武岛则是以当时结婚的周旋者德富苏峰、内村植三、竹越与三郎为模特儿的。

信子一去不返，结果不免离婚。独步的烦闷，真是非同小可，曾好几次想自杀。他的日记中，留着许多血泪的文字：

她竟弃舍我了，寒风一阵，吹入心头，回环地扰我，我的心已失了色，光，和希望了。

信子，信子！你我同在东京市中相隔只里余，你的心为何远隔到如此啊！

啊，恋爱的苦啊！逐着冷却了的恋爱的梦，其苦真难言状。

我永永爱信子，我心愈恋恋于信子。

她已是恋爱的坟墓了吗？那末我将投埋在她里面。

（明治二十九年四月三十日）

睡眠亦苦，因为要梦见信子。

我到底不能忘情于信子，即在走路的时候，填充我的爱的空想的，仍是关于信子的事。

自一旦与信子的爱破裂，就感到一生已无幸福可言了，我是因了信子的爱而生存的。

无论怎样的困厄，贫苦，不幸，如果有信子和我在一淘奋斗就觉得什么都不怕。信子的爱，给我以难以名言的自由。

然而，现在完了，现在，这爱的隐身所倒了！

我好像被裹了体投到世路风雪之中，我的回顾从前之爱，亦非得已。

我真不幸啊！

然而爱不是交换的，是牺牲的，我做了牺牲了，我的爱誓永久不变。

（明治二十九年五月二日）

赖了先辈德富苏峰等诸名士的鼓舞，及平日的宗教信仰，独步幸而未曾踏到自杀途上去。可是此后的独步，壮志已灰，豪迈不复如昔，只成了一个恋爱的飘泊者，抑郁以殁。啊！《女难》作者的女难！

独步是明治四十一年死的。他虽替日本文坛做了一个自然主义的先驱，但却终身贫困不遇。现在全国传诵的他的名作，当时只值五角钱三角钱一页的稿费。《巡查》脱稿，预计可得五元，高兴得了不得，邀友聚餐，结果只得三元，把餐费超了预算。这是有名的他的轶事。他的被社会认识，是在明治四十年前后，那时他已无力执笔，以濒死的病躯，奄卧在茅崎的南湖院了。

十六年，七月，译者

——录自开明书店 1927 年初版

《黄蔷薇》[①]

《黄蔷薇》序

（周作人）

育珂摩耳（Jókai Mór，1825—1905），匈加利人，卒业于巴波大

① 《黄蔷薇》(*A Sárga Rózsa*，今译《黄玫瑰》)，小说，育珂摩耳（Jokai Mor，今译约卡伊·莫尔，1825—1904）著，周作人译，上海商务印书馆 1927 年 8 月初版，1933 年 4 月国难后第一版，1935 年 6 月国难后第二版，世界文学名著丛书之一。

学，为法学博士。一八四八年匈加利革命，与诗人裴彖飞（Petöfi）共预其事，裴彖飞战死，育珂仅以身免。二十年后独立告成，乃被选为众议员，在职者三十年。育珂生涯虽多涉政治，而甚嗜艺文。著作至二百数十卷，大抵为历史小说，属传奇派，人皆称之曰匈加利之司各得（Scott），而作者自言，则志在法之于俄（Hugo）也。戊申五月余曾译 *Egy az Isten* 一卷，易名《匈奴奇士录》，印行于世，顾尤爱其 *A Sárga Rózsa*，辄复翻为华言，并存原题，曰《黄蔷薇》。是书一八九三年作，育珂年已六十九矣。文学史家贝谛（Beothy Zsolt）评骘素严，乃极称许之，谓足以永作国民文学之华饰云。书之体式，取法于牧歌。牧歌（Eidyllia，idyll）者始于希腊，相传佃牧女神（Artemis）祭日，牧人吟诗竞胜，是其滥觞，至谛阿克列多斯（Theokritos）（生基督三百余年前）始著为文。初本诗歌，后嬗衍成小说，叙农牧生活，二世纪中朗戈斯（Longos）著列色波思故事（*Lesbiaka*）四卷最胜。文艺复兴后，传入欧洲，一时牧歌小说（pastoral）盛行于世，至十八世纪而衰。育珂生传奇之世，多思乡怀古之情，故推演史事者既多，复写此以为故乡纪念，源虽出于牧歌，而描画自然，用理想亦不离现实，则较古人为胜，实近世乡土文学之杰作也。书中所言阿尔拂德，为纯粹摩陀尔（Magyar）种人所居地，平原广远，介帖萨多瑙二川之间，帖萨者即退伊思，匈加利有此，犹俄国之有伏尔伽大川，古今文人往往取材于此，诃多巴格即临其流，其地风俗物色，皆极瑰异，育珂少时久居其乡，故能言之甚晰。奥匈人赖息（Emil Reich）著《匈加利文学史论》，有云，平原（Puszta）之在匈加利者，数凡三千，而夺勃来钦左近之诃多巴格最有名，常见于裴彖飞吟咏。诸平原为状，各各殊异。或皆田圃，植大麦烟草，荏粟成林，或为平芜下隰，间以池塘，且时或茂密，时或荒寒，时或苍凉，时或艳美。……旅人先过荒野无数，渐入一市，常见是中人物如绘，成作大野景色。有村人甚谨厚，其妇称小天（Mennyecske）（匈加利妇人之尊称），便给善言。又有羊豕牛马之牧者，衣饰不同，人亦具诸色相。牧羊人（Bojtár）在草野间，视羔羖一大队，性温和，善音乐，且知秘密医方，盖所牧羊或病，辄自择草食之，旋愈，牧者审谛，因以博识草木，熟习天然，类术士焉。牧牛者（Gulyás）掌大物牝牡，秉性因野莽好斗，怒牛奔突欲入泽，辄与之角，又斗原上窃牛之贼。牧豕者（Kondás）最下，性阴郁不得意，又善怒，易流为盗。唯牧马者（Csikós）最胜，日引多马游食草原之上。筝与箫为匈加利乐器，马亦匈加利国兽，谚有云，摩陀尔人天生居马上（Lóra termett a Magyar）也。乡人贵胄，无不善骑，其爱马亦至，故诗人亦以之入诗，不异亚剌伯人。牧马者勇健敏捷，长于歌舞，能即兴赋诗，生与马相习，所御马与马盗之术皆晓彻，披绣衣，广袂飘扬，又年少英武，女郎多爱慕之。第众中最奇特者，莫如可怜儿（Szegény Legóny），即原上暴客，世传其事，多吊诡之趣，盖人谓其违法逆经，必缘败北于人世，或伤于爱恋故也。若夫景色之胜，则为海市（Déli báb），每届长夏，亭午溽暑，空中往往见城寨楼塔，大泽山林之象，光辉朗然。行人遇之，如入仙乡，而顷刻尽灭，不留踪影。为匈加利平原者盖如此（第二十七章《裴彖飞论》）。此说匈加利原野情状，圉牧生涯，至为清楚，可作本书注解，因并译录之。岁在庚戌十二月译者记。

——录自商务印书馆 1935 年国难后第二版

《玛丽玛丽》[①]

《玛丽玛丽》序

志摩（徐志摩）

在我翻译往往是一种不期然的兴致。存心做的放着不做，做的却多半是不预期的。我想翻柏拉图，想翻《旧约》，想翻哈代，康赖特的小说，想翻斐德的散文，想翻鲁意思的《哥德评传》，想翻的还多着哪，可是永远放着不动手。不得空闲虽则不完全是饰词，但最主要的原因还在胆怯——不敢过分逼迫最崇仰的偶像一类的胆怯。翻译是一种直接的动手；动手动坏了怎么好？不敢动手的心理与尊崇心是正比例的。

但这短序不容我侈谈。我说我的翻译多半是兴致。不错的。我在康桥译了几部书。第一部是《涡堤孩》。第二部是法国中古时的一篇故事，叫作《吴嘉让与倪珂兰》，第三部是丹农雪乌的《死城》。新近又印了一册《曼殊斐尔小说集》，还有凡尔泰的《赣第德》。除了曼殊斐尔是我的溺爱，其余的都可算是偶成的译作。

这本《玛丽玛丽》（在英国叫做“A Charwoman's Daughter”——一个老妈子的女儿），是我前四年在硖石山上度冬时一时高兴起手翻的。当时翻不满九章就搁下了，回北京再也想不起兴致来继续翻。刘勉己也不知是那一位检了我的译稿去刊登了晨副，沈性仁看了说那小说不错，我一时的灵感就说那就劳驾您给翻完了它！随后我又跑欧洲

① 《玛丽·玛丽》（*The Charwoman's Daughter*，今译《女佣的女儿》），小说，爱尔兰占姆士·司帝芬士（James Stephens，今译詹姆斯·斯蒂芬斯，1882—1950）著，徐志摩、沈性仁译，新月书店1927年8月初版，1928年4月再版。

去了。沈女士真守信，生活尽忙，居然在短时期内把全书给译成了交给我。是我懒，把稿子一搁就是一年多，想不到留到今天却帮了新月的忙。

占姆士司帝芬士（James Stephens）原书的作者，出身虽只是爱尔兰的寒族，他在文学界的贡献，早已不止《一瓶金子》(司帝芬士的另一名著，原名“Crock of Gold”)。他没有王尔德的奢侈，但他的幽默是纯粹民族性的。正如前百年的英国有 Jane Austen，现代英国有 J.M. Barrie，前百多年的苏格兰有 Robert Burns，——现代的爱尔兰有占姆士司帝芬士。幽默是天才，正如悲剧的感觉是天才。他的不是肤浅的观察，那是描写外形的，他的是深入的体会，一个诗人的感觉在万千世界内活动的表现。运用文字本身并不是什么了不得的伎俩，但是要运用文字到一种不可错误的表现的境界，这戏法才变得巧妙。司帝芬士有这本领。

现代是感情作用生铁门笃儿主义打倒一切的时代，为要逢迎贫民主义劳民主义起见，谁敢不呐喊一声“到民间去”，写书的人伏在书台上冥想穷人饿人破人败人的生活，虽则他们的想象正许穷得连穷都不能想象，他们恨不能拿缝穷婆的脏布来替代纸，拿眼泪与唾沫来替代字，如此更可以直接的表示他们对时代精神的同情。司帝芬士给我们的是另一种的趣味。他写穷人的生活，不错，但他开我们眼的地方不是穷的描写，而是生活的表现，在这里穷富的界限是分不到的。一枝草花在风前的招展，一只小鸭在春水里的游泳，玛丽姑娘碰到巡警伟人小心的怦动，莫须有太太梦想的荒唐，什么事物什么境地的光与色折射上了诗人的灵性的晶球，司帝芬士有他那神妙的笔法轻轻的移映到文字的幕面上来逼我们读者的欢喜与惊奇。

但这转译当然是一种障碍，即使不至是一种隔膜。翻译最难是诗，其次是散文写成的诗。《玛丽玛丽》是后一类。经过一度移转，灵的容易变呆，活的容易变死，幽妙的容易变粗糙——我不能为我们自家的译品昧着良心来辩护，但我们当然也只能做我们做得到的事。我们的抱歉第一是对作者，第二是对读者。

志摩　八月三日

——录自新月书店 1928 年再版本

《新村》[①]

《新村》译者序
评胡适之的“非个人主义的新生活”

百刚（孙百刚[②]）

这本《新村》是从武者小路实笃先生的《新村之生活》和《新村之劳动》两书中拔萃下来的。《新村之生活》是一九一八年发行的。《新村之劳动》是一九二〇年发行的。两书所讲全是新村的事情，不过内中占了一大部杂感和小诗。我在其中选择了十三篇最足以理解新村的文字，译了出来，使国人明瞭新村之所以为新村。

日向的新村我可惜没有机会去实地考察，据武者小路先生自己说实在是非常幼稚，差不多不能算为新村。再由他方面看来，日向的新村虽已办了数年，但反应甚少。难道新村的理想真个不能实现吗？但是创家立业，已非易事，何况这样翻天覆地地创立新生活呢！加之阻碍困难，铜墙铁壁似地围着。逆水行舟，好容易趁上了一尺，立刻又退下十尺了！

① 《新村》，日本武者小路实笃（1885—1976）著，孙百刚译，上海光华书局 1927 年 8 月初版。该书由武者小路实笃的《新村之生活》和《新村之劳动》两书选译。

② 孙百刚，浙江杭州人。1919 年赴日本留学。译有日本仓田百三《出家及其弟子》、秋田雨雀《先生的坟》等。

我们现在所要研究的，第一，是现代社会的生活是否是正当的生活，是否是合于人类意志的生活；如果是的，就无须改造，否则就有改造的必要。第二，本书所讲的新村生活是否是正当的生活，是否是合于人类意志的生活。第一个问题我想略明事理的人定能简直了当地答一句“不是”。第二个问题是有讨论的必要。要知道本书所讲的新村，不过是武者小路先生一般人所想的方法，我们有研究的余地，没有立刻仿行的必要。译者的意思，是拿一件议案给国人讨论的，这议案尽有商斟的余地；是拿一件样货给国人看看的，尽可以估量价目，品评货色的。

曾经看到胡适之先生有篇“非个人主义的新生活”，是不满意新村的，他的大意是：

（一）改造社会不应该由改造个人做起。这层的根本观念有三：（1）个人是社会上无数势力造成的；（2）改造社会须从改造这些造成社会，造成个人的种种势力做起；（3）改造社会即是改造个人。

（二）新村生活是避开现社会，和隐居生活一样的。

（三）新村生活是独善主义的生活，不适于现代的。

（四）新村所行的汛［泛］劳动主义，是不经济的。

我以为适之先生的意思有点子误会，兹将我的意见逐条说明一下。

（一）我以为适之先生的根本误会是在这一点。周作人先生说：“改造社会还要从改造个人做起。”适之先生根本不承认这句话，他说：“这观念的根本错误，在于把改造个人和改造社会分作两截；在于把个人看作一个可以提到社会外去改造的东西。”但是适之先生一方固指出这观念的错误，同时自己不幸又犯了同一的错误。就是看作社会是一个可以离开个人去改造底东西；而且以为“改造个人”和“改造社会”是漠不相关的事情。我的根本观念是：

个人不能离社会而存在，同时社会也不能离个人而存在。个人和社会是互为因果的。“自我”一方面看来是我的“自我”，一方面看来是社会的“自我”。社会不是具体的，是抽象的。

所以结论是：个人不能提出社会外去改造，社会也不能提出个人外去改造。空汛汛［泛泛］的说改造社会是不可能的，因为社会是抽象的。

适之先生说：“个人是社会上无数势力造成的。”但要知道社会上无数势力是个个人造成的。

适之先生说：“改造社会须从改造这些造成社会，造成个人的种种势力做起。”但是反转来就是改造社会须从造成“这些造成社会，造成个人的种种势力”的个个人改造起。

适之先生说：“改造社会即是改造个人。”但要知道改造个人亦即是改造社会。

总之，适之先生的根本错误是在抹杀个人，过于重视抽象的社会。现在打个譬喻说：胡适之在美的时候便有志改造中国文章，所以做的诗是白话诗，做的文是白话文，写的信是白话信，读他的诗的人就想做白话诗，读他的文的人也想做白话文，接到他信的人，也就写白话信。他回国之后，做了教授，更极力提倡以白话代文言。不到数年功夫，社会上就有新诗集出现了，做的文章白话居多了，一般青年写信更不用“时祺百福，履祉千祥”了。这岂不是由于几个个人改造起来，成功这样一种社会势力呢？或者有人说：胡适之的提倡白话，也不是胡适之一个人的主意，也是社会上种种势力造成的。但是造成这些社会上种种势力，岂不是又有无数的个人在呢？这一般多数的个人造成了一种觉得文言不适用的社会势力，这一种社会势力感动了胡适之一般人，结果成了一种现在的社会势力。所以我说个人和社会是互为因果的。历史一页一页地翻过去，无非是个人造社会，社会造个人，个人再造社会，社会再造个人，互相递蜕而已。

总之，我所主张的个人是社会的个人，我所主张的社会是个个人的社会。不能做离开社会的个人，也找不出离开个人的社会。武者小路先生说：“凡人一方有个人的本能，一方有社会的本能，两者须互相调和。”这两种本能固依人而有多少的区别，有人社会的本能特别发达，有人个人的本能特别发达。所谓社会者即该社会中个个人的社会的本能的抽象集合体。这一种社会的本能再互相影响——甲的社会的本能影响于乙的社会的本能，乙的再影响于丙的，丙的复又影响于甲的。由此等现象才造成社会上种种风俗，人情，习惯，道德，宗教——社会的势力。我们看到生物的细胞，更可以知道个人与社会的关系了。各细胞个体自身营养，同时更分其力以营养该细胞所在的生物。能了解这一种个人和社会的关系，庶几可以知道改造社会的出发点。

（二）适之先生将改造社会的出发点误会，所以当然的结果是把新村生活看作为隐居生活了。我们先须知道隐居生活是怎样一种生活，我看来是自杀的生活。自杀的是看得破一点子肉体的苦痛，所以决然自杀了。隐君子受不住这点子肉体的苦痛，没法子只得遁到山林中去。这般人的最大毛病是不肯好好的做“人”。他们也是和别人一般的有个人的本能和社会的本能。但是他们抛弃了个人的本能不发展——固然他们也是无能力无勇气发展了，至于社会的本能更不必说了，是抛弃到东海里去了。所以此等人是一无本能，直等于死！

我们反转来看新村生活。武者小路先生口口声声说：“尽力发展个人，互相扶助。”第一句是指个人的本能而言。第二句是指社会的本能而言。所以根本就和隐居生活不同。

隐居生活是不满足于当时社会，而无改革社会的意思，不过尽力想使个人避开当时社会的恶影响而已。新村生活是不满意于现代社会，而抱改革社会的弘愿，造出一种模范生活来，给社会上做榜样的。正如胡适之提倡以白话代文言，所以胡适之就做《尝试集》，作白话文，写白话信，给社会上做榜样。胡先生也从来没有拿了大斧去砍倒那做“于铄国会，遵晦时休”的国会开幕词的老古董!

适之先生说：“新村生活是避开现社会的。”这句话严格的讲来是不成立，因为社会是无论如何避不开的。难道在日向是避开现社会吗？难道另外组织一种团体生活起来，就算避开现社会吗？学校生活是不是避开现社会的？

（三）由上说来，新村生活之不是独善生活当然可以明了了。

（四）现在先将新村的劳动的根本原则说明如下：

将所有一村内所需要的劳动总量计算出来，定一个人的义务劳动量。除出有特别天才和技能的人可以免去这义务劳动之外，其余所有的人都须尽这义务劳动。这义务劳动的年限务求其短。尽完义务劳动之后，各人就任意做所好的事业（即适之先生所谓增加生活意味的事业）。实行这义务劳动的方法是用征募制的。譬如计算一村中一年须二百人各耕两个月的田，可供一年的粮食；计算一村中一年须一百人各做两个月的木匠泥水，可供一年的房屋桥梁的设备。……这样计算好了，就开始募集，愿耕田的就耕田，愿造房子的就造房子。耕田的耕了两个月就好了，一年的衣食住可以安安稳稳到手无愁无虑，看喜欢看的小说，读喜欢读的书。……

所以新村的劳动并不是一个人也要去种点子田，造一间房子，做一件衣裳，才能得到衣食住的。甚至于有一艺之长便得免去义务劳动，一心研究其专门。所以完全是分工的，狠合于进化的而且是狠经济的。

不过在现在幼稚的新村中，因人数，土地，经济，环境的关系，尚不能做到这地步，外面看来是不经济了。

而且对于计算劳动量一事，成功与否，还须待专家的解决。

一九二六，十二，三一，于上海，百刚

——录自上海光华书局 1927 年初版

《夫人学堂》[①]

《夫人学堂》喜剧大家穆理哀小传

（东亚病夫〔曾朴〕[②]）

穆理哀（Jean Baptiste Poquelin），法兰西十六世纪最著名之喜剧大诗家也。以一千六百二十二年一月十五日，诞生于巴黎之圣都诺雷街上 La rue Saint honoré，[③] 即日受洗礼于圣端士丹歇寺 Saint-Eustache。父若望保凯伦，为室内装饰商，母玛丽葛来赛，室内装饰商鲁意葛来赛之女也。世传装饰艺术、至鲁意兼擅舞台活动画，屡至蒲姑匿宫[④]。为流行之《悉达悲剧》布景[⑤]。因此得盛名。氏于摇床中，脉管里已遗传其爱美之性，酿成卓绝之天才。十岁时失母，其时氏父已授为王家宫内装饰师，命氏习其业，非所乐也。一千六百三十五年，氏已十二岁，入耶稣会克莱蒙公学，肄习颇久，旋受业于唯物派哲学大师卡森狄 Gassendi 之门，殚精竭神于拉丁古学，学大进，二十岁，始离学校，并别去其父之商店，自号穆理爱，移居于士利尼死巷 Thorigny。遂于森江左岸内士勒濠上之梅丹奄游戏场 Jeu de paume des Métayers 内，建立伊吕士德尔剧场，此其发轫于剧界之第一步也（1643）。继

---

① 《夫人学堂》(*L'École des Femmes*，今译《太太学堂》)，戏剧，法国穆理哀（Molière，今译莫里哀，1622—1673）著，东亚病夫（曾朴）译，真美善书店 1927 年 9 月初版。书前附有《穆理哀原序》。

② 东亚病夫，曾朴（1872—1935），初字太朴，后改字孟朴，笔名东亚病夫、病夫。江苏常熟人。译有雨果《九十三年》《欧那尼》，左拉《南丹与奈侬夫人》等。

③ 距今三百年约在中国明季，其生日据其受洗礼之日为准或在前一日十六日亦未可知。——原注

④ 法国旧宫名，为演剧团所占，十七世纪时有蒲姑匿团，颇擅时名。——原注

⑤ 悲剧大家高耐一所著。——原注

又移至森江右岸（1644），至四十五年（即一千六百四十五年减称四十五年，后仿此），以事被囚于沙丹雷狱 Chateret，次年脱囚离巴黎。氏于剧界虽稍稍露头角，然逶迤俯仰，模古循俗而已，尚未能独创新制也。至是始组织游行团，而已为之领袖，稍稍自造诗剧矣。

此后二十年中，遍历法境，如囊德 Nantes，黎穆歇 Limoges，吐鲁斯 Toulouse（1649），拿鲍纳 Narbonne（1650）诸地，莫不有其歌尘琴韵，鼓掌之声彻四境矣。五十一年，曾一至巴黎不当意，寻即往里昂，开演所著之《轻狂剧》*I'Etourdi*（1653）。五十三年，至培瑞那 Pézenas，谒见康俤王及郎格陶总督，激赏之，为之保护。然氏之名誉日高，当地舞台，忌之亦益甚，终以不堪排挤，以五十六年去而之培西爱 Béziers，演《情之忧苦》*Le Depit Amoureussex* ［*Le Dépit amoureux*］（1656），又至亚维雄 Avignon 演《格雷拿勃尔》*Grenoble* 及《罗恩》*Roen* 等。直至五十八年，氏年已三十六岁矣，乃重返巴黎，法王路易十四重其名，于十月二十四日，召见于罗佛宫之卡特厅，优礼甚至，至今艺术界中，犹盛传单洛姆所画之穆理哀觐王图，即纪此事也。至是氏始定居巴黎，为小蒲尔朋团之首领①。初演《可笑之才女》*Les Précieusses Ridicules*，及《斯卡那雷勒》*Donne Sganarelle*（1660），大受欢迎。

六十一年王命移至洛雅尔宫 Palais Royal，演《卡西特那瓦尔》*Don Carcie de Navare* ［*Dom Garcie de Navarre*］，《丈夫学堂》*L'École des maris*，《不快意》*Les Fâcheux*，六十二年，演《夫人学堂》*I'Ecole Des Femmes*，为敌党所中伤，乃为《夫人学堂批评》以自辩答（1663），更造《假面人》五折剧，颇抨击当时教会之虚伪，于六十四年五月十二日，利朗商丹节日 l'ill enchanté，在万岁宫 Versailles 开演

---

① 即王家剧团。——原注

前三折于国王之前，王甚悦之，而母后及大僧正则大不满，而圣巴丹雷密之僧正卡尔鲁雷著书攻击，卒受禁止公演之裁制。然表同情者，仍不绝歌演于私家之中，如尼农 Ninan，如玛丹 Madme，如巴拉丁 Palatine 各家，皆崇拜此剧最著者也。

六十七年八月五日，更名为《伪君子》*L'Imposteur*，出演于舞台，次日即受裁判长拉马浓 L'Amoignon 之干涉停演，直至六十九年一月，始决定准其公演，得最大之结果；顾溯创造至今已顿挫五年矣。氏自公布《夫人学堂》《假面人》后，仇敌伺隙，同业操戈，几有四面楚歌之概，氏终出其奋斗之精神，又恃国王之维护，与蒲姑匿团及泽沿团 Marais 竞争，卒成为惟一之国王团。诸团忌之刺骨，与氏团之管理人及监督人为敌，凡切末布景，剧场应需之物，咸设法阻阂之；氏乃自为宫廷布景之供给人，每成一剧，即临时自作之，不待外求；著作人，演员，供给人，以一身兼三役，虽瘁楚备至，而创作益勇。其逐年出幕之新剧如下：

《强逼之婚姻》*Le Mariage forcé*（1664）

《童若望》*Don Jean*

《医生之爱恋》*L'Amour médecin*（1665）

《厌世人》*Misanthrope*

《不自由的医生》*Le Médecin malgré lui*（1665）

《西西里》*Le Siciliers*

《曼利赛德》*Melicerte*（1667）

《恩斐德利雄》*Amphitryon*

《吝》*L'Avare*

《乔治腾台》*George Dandin*（1668）

《蒲沙虐克先生》*Monsieur de Pouceaugnac*（1669）

《豪富之情夫》*Les Amants Magnifiques*

《贵绅市民》*Le Bourgeois Gentilhomme*

《齐舍与高耐一》*Psyché avec Corneille*

《稽努与吕烈》*Quinault et Lulli*

《斯卡宾》*Les Fourberies de Scapin*

《窦士卡巴伯夫人》*La Comtesse D'Escapagne*

《博学女》*Les Femmes Savantes*（1672）

此皆氏八年以来，剧界之战绩，亦其生平学业最盛之时代也。

氏得意之时代，始于四十岁时，而其不幸之命运，亦于其时来袭，所谓不幸者，即娶妇一事也；初氏与女伶亚孟达佩惹有情愫，佩惹年事穉于氏二十岁，虽往还甚密，未及婚事也。佩惹父曰马达来，利氏有高誉，欲嫔其女，不商于氏，而为匿名书，揭氏与女秘事，以损其名，逼氏娶其女；氏以受逼故，虽允婚而心终怏怏以为辱。路易十四知之，欲慰藉氏之忧愤，六十四年，适氏长子初生，国王与奥伦公夫人同莅其洗礼，躬为洗盘之证人，一时称为旷典云。夫氏之为人，固一厌世之哲学家也。然迹其生平，乃能婉变于骄王之侧，为其儿戏便佞之臣，没世而恩不衰，何性质与行为矛盾若是耶？殆亦以饱尝妒嫉之苦迫，非是不足伸其志欤？氏于一千六百七十三年一月十七日，星期五，殁于巴黎之黎舍留街 Rue Richelieu 寓屋。其时方演其绝笔之《想象之病》(*Malade Imaginaire*）一剧，自扮剧中主人公，不意适成箴语也。殁后圣端斯丹歇寺之僧正，及商法龙大僧正，拒绝氏葬于圣地，乃于二十一夜，私葬于蒙德玛脱街 Rue Montmatre 圣约瑟墓地；老拉舍士为立小碑，以志遗迹，时人几无知之者。当时教会中反对之烈，可想而知，安知二百年后，巴黎黎舍留街与穆理哀街之间，赫然矗立其喷泉之遗像，成艺术界之大纪念哉。氏有三子一女，皆佩惹所生，子皆早卒，留一女，亦无后。氏殁后，穆理爱团乃与蒲姑匿团泽沿团联合，因其时路易十四，只许巴黎有一剧团，势不得不合也。于是建置共同之剧场曰法兰西喜剧场 La Comédie-Française，遂为巴黎名剧场之一。虽场屋之建筑，在氏死后之七年，而溯本穷源，氏实为此剧场创业之鼻祖，至今场屋上犹大书氏之姓名，有以也。

氏者一人情风俗之大描写家也；时人呼之为画家，其仇敌则评为观察家；意盖谓其注重于观察实在，而不甚措意于情节及结构；其实不尽然，氏实为创造法国风俗喜剧之惟一人物，敢于放胆描摹当代可鄙可笑之人事者也；且一方面亦兼造性质喜剧，往往能显发人类之情欲，其观察力既深，而印感力亦异常强猛，似已侵入悲剧境界矣；顾仍守其自然之快乐主义，及真实之描写，不失喜剧之本分，此氏之特长也。盖氏之喜剧，固以自然为模型，为导师也；仇家之抨击，皆为无当。氏恃其天才，尽情讥讽，凡属贵女，学生，剧员，信徒，医生，贵族等，有违反或矫饰于自然者，无不以尖冷之笔，使之涌现于舞台之上，乃谬与恶之天秤也。至其道德观念，完全为天良正理之道德，彼在此弱劣之人类中，当为伤心之旁观人，亦社会公平之画师也；其写丑恶之人群，一如其写美德之市民；其状夸诈之愚人，亦各如其真；其蔑视之意，即其善意也，质言之，乃一可怕之返光镜也。顾当其显示一恶结局于市民之家中，并不含有毒性，往往暗示女子教育及婚姻等实行问题，实一卓绝之社会道德也。其文词屡为勃虑延 La Bruyère，费内龙 Fénelon，裴勒 Bayle，符阜那格 Vauvenargue [Vauvenargues]，时显雷 Schérer 诸家所攻击，讥其不条理，不文雅，不合法，然施诸舞台，独见其妙，盖氏能切合所演人物之身份，活现而不呆滞，虽有时多用古语或方言，而不碍其有味有力于剧情也。

——录自真美善书店1927年初版

《军人之福》[①]

《军人之福》译者序

杨丙辰

雷兴（G.E. Lessing）是一位立在德国近世文化发展底顶尖上，而于德国底文学，哲学，和宗教学等均具有伟大供献的诗人和批评家；数年以来在我国虽然颇不乏人介绍他的著作，但介绍的人们对于他的生平和他在文学上的地位却总无相当陈述。这很使我们觉得是一种遗憾，因此我现在借我这部《弥娜 · 封 · 巴伦赫尔穆》（*Minna von Barnhelm*）译文出版的机会，来作一篇切实的介绍，以资略少弥补这个缺陷。

（一）雷兴底生平

雷兴是于纪元后一千七百二十九年一月二十二日在德国联邦撒克逊之嘉门慈（Kamenz）一座小城池里产生的。他的父亲在这座城池里充当宣教士。他自幼就天资聪颖异常；因此当他十几岁在眉森公爵学校（Fürstenschule zu Meissen）里当小学生的时期，他的校长就说他是一匹需要双倍草料的马（ein Pferd，das doppeltes Futter haben muss）。自这个公爵学校他于一千七百四十六年，就是他十七岁时，又升入来布其（Leipzig）大学继续求学。按照他的父母底，尤其是他的母亲底志愿，是要他在大学里研究宗教学的。但是宗教学却不能始终使他

---

① 《军人之福》(*Minna von Barnhelm*，今译《明娜 · 封 · 巴尔赫姆》)，喜剧，德国雷兴（Gotthold Ephraim Lessing，今译莱辛，1729—1781）著，杨丙辰译，朴社 1927 年 9 月初版。

惬意，所以不久他就把宗教学丢开，用极大的勤奋开始研究文学和哲学起来了。他为可以获得戏剧和舞台上实地的知识起见，竟和当时很著名的一位叫钮白（die Neuber，Neuberlin）的女优所组织的戏班相接近。他把书本搁起，反去从事研究社交，跳舞，击剑，骑马等豪放举动。后来他的父亲得悉他这一种生活状况，生怕儿子学坏，所以竟给他写信，捏造他母亲病殁，把他自来布其召回家中。但是他不但发觉他的儿子心术未坏，而且学问，言谈，举动还都大有进境，迥然与前不同，因此不久，就又放令他返回来布其。这次他在来布其只逗留二三月之久，就到伟敦北（Wittenberg）去住了半年，自这里他又转赴柏林（Berlin），欲以学者和著作家在柏林谋生活。他到柏林时，正是一千七百四十八年底。自这个时期起一直到一千七百六十七年止，他时而柏林，时而伟敦北，时而来布其或其它处所，行踪漂泊无定，足足地过了十余年著作家和批评家底清苦生活。在这个时期里他曾获得伟敦北大学底学士学位（magister artium），并且结识与他的著作和学术见解极有关系的摩西孟德尔逊（Moses Mendelssohn），艾瓦德封克莱斯德（Ewald von Kleist）等等名人。他还曾在“七年之战”底期间充当过陶思津（Tauentzien）军长底秘书。一千七百六十七年他赴亨堡（Hamburg），充当该处新建国民剧馆（Nationaltheater）评剧员。但这剧馆底效果却不能满他的希望，所以他就决断离开德国，到国外去谋生活了。恰在这个时机里，他却得了一封请他到沃尔粉碧泰尔（Wolfenbüttel）城内充当图书馆长的聘书，他欣然地容纳了这延聘，遂将国外之游作为罢论。他得到这个位置后，居址已有定所，生计亦渐次充裕，于是乃娶妻以成立家室。并且自这个时期起，他除了至意达利一游外一直到一千七百八十一年他死时，不曾离开了这个职守。

雷兴一生慷爽热诚，人格底高尚，绝类《弥娜·封·巴伦赫尔穆》一剧中的主人公封·特尔罕穆。他对于当时德国文学，哲学，宗教学上的重重迷雾妖氛底廓清和他为自由真理而奋斗的精神不仅使德国文化底进展受有至重大的影响，就是全欧洲底文化也跟着受益非浅。因此后来的人们对于他亦非常推尊和嘉许。葛德和释勒（Goethe und Schiller）在他们所合作的“寸铁诗（Xenien）”里面曾用了荷默（Homer）赞叹啊希来斯（Achilles）的话来赞美雷兴说：

“从前你在世时，我们景仰你，有若一位神人一般，
现在你既已死去，你的精神主宰着一切的精神。
（Vormals im Leben ehrten wir dich wie einen der Götter
Num du tot bist，so herrscht über die Geister dein Geist.）”

（二）雷兴底文学地位

德国近世底文学得以有如此优良的发展，如此伟大的成绩，多半是亏了雷兴底精纯批评眼光为指导，他的伟大的创作为模范的。我在我所著的《葛德和德国底文学》一文里有一段关于他的文学地位底言论，说得颇详，现在我为省事起见特把它借抄在这里罢：

“雷兴是德国近世第一个特出的文学批评家而兼有伟大的创作天才的。他的锐敏的识力，清晰的思想，雄健的笔力，不仅是德国文学界里所稀有罕见，即在其它各国亦实系绝无仅有的。德国底文学到克罗普斯岛克（Klopstock）已经声势大振了起来，到雷兴又经过一番彻底的批评，彻底的淘汰，所以德国文学界里的一切不良成分这时乃得以完全脱尽，而德国国民文学（Nationalliteratur）底基础因之益加巩固，益有向光明的前途发展底可能。克罗普斯岛克底主要著作是史诗和抒情诗，而雷兴在创作一方面，主要的供献，则在戏剧（Drama）。他为推翻当时盘踞于德国剧界，而以亚礼士多德（Aristoteles）为护符的法国派

戏剧起见，曾很费过一番精力去研究亚礼士多德对于戏剧所树立的规则，而以确确凿凿的论证证明法国古典派（die französische Klassizität）底虚伪，和对于亚礼士多德底学说底误解。他对于戏剧上头的见解曾专著一书名曰：《亨堡剧评》（*Hamburgische Dramaturgie*）。这是德国第一部真正评论戏剧的著作，是他在亨堡（Hamburg）经理舞台时随时著作的。他的这一部著作和他的三部戏剧杰作：《弥娜·封·巴伦赫尔穆》（*Minna von Barnhelm*），《爱弥丽雅嘉乐谛》（*Emilia Galotti*）和《纳丹哲士》（*Nathan der Weise*）等，俱是德国近世戏剧底根本，有永久不可磨灭的价值的伟大作品。”

（三）《弥娜·封·巴伦赫尔穆》

雷兴这部戏剧虽然在封面上亲自注着“一千七百六十三年著作”的字样，但其实却是于一千七百六十六年冬方才完全写出的。它的初次的排演系在亨堡国民剧馆（Das Hamburger Nationaltheater），时日是一千七百六十八年九月三十号。此后这部戏剧遂在德国国内外的各大剧馆里曾以次地相继排演，并且到处都受人们极热烈的欢迎，尤其是在柏林曾一气连演至十晚，每晚剧终观众都一齐地立了起来，要求次晚再演。这部戏剧竟能这样到处受人们热烈欢迎的原因，却实在是因为它写得大有特别出色处，能以深入人心，使人们百看不厌。因此历来各大评剧家对于这部戏剧也都纯是一派的美评，而无丝毫的贬抑了。这些美评综合起来说，大概总不出下列之五点：

一　是雷兴这部戏剧能以脱尽当时编戏的恶套，另辟蹊径，以开德国戏剧之新局面；

二　是剧情高尚，为前此一切剧本之所无；

三　是结构谨严而自然，为后此一切剧戏之所不及；

四　是描写剧中各人物，俱能传神入微，而心理忠实；兼且口角对话均能各随身份，无不活活跃现纸上；

五　是全剧以“七年之战”为背景，而能于其中将当时德国南北分裂，互相仇视情况影射得当，且隐以南北复合相讽，爱国爱同胞，寓意至深。

一部戏剧能含有这样多伟大的优点，自然要在德国和全欧洲底文学界里发生绝大的影响了。为这个缘故，后此的诗人们才都能深深地醉心于这部戏剧，而竟要以“喜剧之模范”，“戏剧技术上之圭臬”目之了。并且为这缘故，这部戏剧到今日，虽已有百五十年底寿命，然而仍是在各大剧馆里继续排演，仍是同当初一样地受人们底欢迎。真正的艺术有永久的价值，在《弥娜·封·巴伦赫尔穆》一剧上可以征验了。

此外我翻译这部戏剧底方法仍是同我向来翻译戏剧底方法一样地采取直译，并且仍是抱的“字顺，句顺，文气顺”底宗旨的。不过这次却略少有点变动，就是把虽有意义，而无相当中国名词可供选译的单字都直接译音，而于其傍特加口字，以资醒目，至于无意义的人名地名又都仍旧一律地加了边线____。

最后我翻译这部戏剧却还抱有一腔绝大的热望，近数年以来，国人渐次能以了然戏剧艺术底伟大和它对于人格教育底重要了，所以努力于编剧和演剧的人们实在不在少数；但是我们所收的效果却不能与我们的努力相当。这虽然是天才缺乏的原因，但恐怕主要的原因却在我们不懂戏剧原理和无优良剧本以为模范。这部《弥娜·封·巴伦赫尔穆》无论从那一方面，尤其是从技术一方面说，都是正可为我们的师资，为我们的模范的，因此我才肯狠下了一番心力来翻译这部戏剧，并且还作了一篇极长的注释，以增加我们的了解力。这样我们很希望，我这部译本也能在我们的文学界里发生一点切实的影响，以为我们国新剧前途之助！

民国十六年九月二十一日于北京。

——录自北新书局 1927 年初版本

《堪克宾》[①]

《堪克宾》法朗士略传

（曾仲鸣[②]）

亚那多法朗士死了！茫茫的苍天，一颗极光耀的大星，忽然暗了。沉沉的荒径，一束顶辉煌的火炬，猝然灭了。亚那多法朗士死了！不仅法国的文学界失了一个老名家，就是环球的思想界也少了一个指导者。当他生时，无[③]男女老幼，曾读过他的作品，每闻得他的姓名，即莫不起敬爱景慕之心。今日他逝去了，他与我们永诀了，我们想到从此以后，再不能见着他的红额白须的容貌，再不能听着他的和蔼婉转的声音，能不临风挥泪！然而他的躯壳，虽与此世脱离，他的精神，是永远存在的。

亚那多法朗士（Anatole France）真名为亚那多法蓝骚狄博（Anatole Fransçois Thibault），千八百四十四年生于巴黎的马拉克河沿的旧屋中。他的父亲，本是兵官，退伍后，在森吕江畔，开一旧书店，搜罗古籍，甚为丰富，与当代文人来往，谈论文学，批评书史。法朗士就是在那里长大的，他后来有集古玩求奇书的嗜好，是受稚年

① 《堪克宾》，法国法朗士（Anatole France）著，曾仲鸣译。上海创造社出版部 1927 年 9 月初版。

② 曾仲鸣（1896—1939），福建福州人。留学法国，获里昂大学文学博士学位。另译有《法国短篇小说集》等。

③ 疑脱漏“论”字。

时代的环境所沾染。他在中学时，才十五六岁，已从事著作，对于校课，不甚留意，每独倚古树，幻想吟哦。后升入沙尔德学校（École des Chartes），此校专授学生以评辩古书之学问，及组织藏书之方法。他素以为科学和文学，是不能分立的。科学离开文学，往往有枯涩之病；文学离开科学，往往有空虚之弊。但是爱美是他的天性，所以他于此校卒业后，便专攻文学；他精通希腊拉丁的古文艺，而尤好读法国思想家弗禄特尔（Voltiaire）及狄德奥（Diderot）等的遗著。

千八百六十八年，法朗士著法国浪漫派的诗家《维尼（Vigny）的研究》一书，此时并多作古体诗，章句严整，意境新颖。千八百七十三年，他的《金诗集》（*Les Poémes dorés*）出版。千八百七十六年，又作长篇纪事诗一小册，名曰“歌罕丹的婚姻”（*Les Noces Corinthiennes*）。他的诗名由是大著，深得名家的推许，而尤被当代诗人李斯勒（Leconte de Lisle）等所称誉。中年以后，他专著小说，其作品最先引人注意的，是千八百八十一年所出版的《宝那尔的罪过》（*Le Crime de Sylvestre Bonnard*），千八百八十五年，他所著的《吾友的书》（*Le livre de monami*）和千八百九十五年的《洛西耶传》（*Pierre Nozière*），均是自叙传。他在这几本书里，细述他少年时代的经过和印象，笔意非常新奇，和婉，而所描绘的，又极为生动。他生长于巴黎，巴黎的景物，在他的书中写出，和图画一般。

人人都知道巴黎是世界极繁华的都会，游客初到此地，举目，见冲空的铁塔，穿洞，坐地道的电车，便手舞蹈而欣欣然说：唉！巴黎！巴黎是物质文明的区域。偶至通衢广路，遇红衣绿裙，抹脂涂粉的妇女，便又蹙额皱眉而怆怆然道：唉！巴黎！巴黎是放辟淫邪的城市。噫！他们所看的，那里是真正的巴黎。巴黎的妙境，是在森吕江畔，当着太阳将落未落的时候，红霞如采，倒映江中，作琥珀色；无何，斜照全灭，天边的几点闲云，亦渐渐的散去，江水沉沉，冷风吹来，时起微波。或当着细雨霏霏的时候，沿岸老柳树，为轻烟所萦绕，时隐时现；岸旁排列旧书摊，常有二三老人，长须白发，倚着石栏，或看书，或闲眺，许多人那知道在车水马龙的巴黎里，还有这样潇洒出尘的奇景！

法朗士所恋恋不舍的，所刻意纪载的，就是这极幽雅而含诗意的巴黎。他对于巴黎的观念，与常人不同，他曾说道："我不愿离开巴黎，巴黎美而可爱，使我不忍远去，这是真的。但在这美而可爱的巴黎外，尚有奇丑的巴黎，盗贼的巴黎，也会使我流连呢。"

千八百八十六年至九十一年，法朗士在《巴黎时报》，专作文学评论，后来集成四卷，叫做《文学的生活》(*La vie littéraire*)，千八百九十年，著《黛伊斯》(*Thaïs*) 一书，述古代的一个妓女，美丽聪敏，受耶教徒巴佛旅所感化而入教；他在此书中，将他对于宗教的意见发表，自此以后，每年必著书一册至二册，最为世人所爱阅的：为《红百合》(*Le lys rouge*)，《近代史》(*Histoire contemporaine* 系 *L'Orme du Mail*，1897；*Le Mannequin d'osier*，1897；*L'Anneau d'améthyste*，1899；*M. Bergeret à Paris*，1901 四本所合并的名称)，《贞德传》(*Vie de Jeanne d'Arc*)，《天神的反叛》(*La Révolte des Anges*) 等书，及多种的短篇小说。

千八百九十六年，他被选为法兰西文学院院员，翌年，法国发出杜列佛案（Affaire de Dreyfus)，杜列佛系犹太人，任法国陆军大尉职，被国家党所排斥诬陷，受军法会审之后，得流刑的处罚。时人知此事判决得不公平，极为忿忿，但慑于国家党之威，又被"爱国主义"所遮掩，默不敢言。小说家左拉（Zola）为文公布，指责政府，要求复审此案。多数文人有起而援助他的，有著文指斥他的。法朗士本不谈政治，平日的议论，亦趋于守旧，又颇嫌左拉的艺术的粗暴，此时为道义所激动，尽力帮左拉等，与旧党相抗，此案卒得公平的解决。他的思想，在此期前后，划然可分为两段。他少年时，好为嘲笑讽刺的小说，似立在世外，含泪带笑的察看人群的行动。自参与抗争杜列佛案后，他却出来和人争辩是非，反抗强权，变为青年的先导了。他本无党派，此时不仅加入当时所视为很激烈的社会民主党，并时时著文或演说，斥政府的专制，诉工人的受压。他遂随着世界的思想的潮流而前进，由社会民主党改入社会党，又改入共产党，对于俄国的劳农政府及其首领列宁甚表同情。

当他加入社会党时，友人某曾责备他的态度不对，他答道："除了社会党的劳动组合而外，你知道还有什么更有力量的团体，足以反抗教会，和国家主义的强权么？"他又常常说道："我要做社会党人，不是为别的事情，只要受那般愚昧卑鄙的人们所唾骂，已极快乐！"

凡人少年的时代，精神勃发，永进无前，往往为新主义的先锋，作穷弱者的保障，遇着危难，即使牺牲自己的生命，亦所不惜。年岁渐长，声誉渐盛，居则有丰衣美食的供奉，出则有肥马安车的伺候，志气便慢慢的衰微，思想亦慢慢的退步了；所以老而益壮的文学家如法朗士者，益使吾人钦佩无量。

法朗士系于千九百二十一年得诺贝尔奖金，他的思想，可简单的，武断的说一句：在科学上求"真"，在艺术上爱"美"。他以为"美"可以使自己愉快，并可救人类的苦恼，他曾说过："爱就是美，美就是爱。"至于他的艺才，更不用我们赞扬，他的文字，极为澄洁，似深山里的清泉，受日光所照，可以见底。他虽好为讽刺的小说，但是他能曲折描写，绝不露一点尖刻的痕迹。他作历史的文章，甚为质朴，他熟读弗禄特尔的著作，受其同化，故许多作品，无意中都与弗禄特尔的史书相仿佛。

法朗士自去年得重伤风症后，体渐衰弱，前两月旧病又发，竟于昨夜十一点二十六分钟逝世，各报无论新旧派，均著文惋悼，政府拟葬之于巴黎的名人墓（即 Panthéon）。但他生前，对于一切荣誉，视若浮云，倘死后有知，闻此亦必付之一笑。吾人更不能因此仪式的酬报，便可渐减思念和景仰的心。我们并希望世人时时记着他的名言，继续奋斗，以竟此大思想家和大文学家未竟的夙愿。

“战事不能永远存在的，世界的民众能联合的时候，就是战事灭绝的日子。”

“帝国主义是文明的民族的仇敌。”

“我们应联合起来；反抗强权，不然，公理何以伸张，世界何能和平。”

“战事是当即日免除的，我们的法国尚保存这种的精神，真是不幸啊！”

“如果他们不愿互相残杀，则必联合起来，涤尽互相矜夸的心理，与互相憎恨的念头，而服从于和平的仲裁。”

里昂，一九二四，一〇，一三

——录自上海创造社出版部 1927 年初版

《恋爱病患者》①

《恋爱病患者》序

（刘大杰②）

这几篇译文，是我课余的成绩，自己也不能说自己是译得怎样的真确，大概原意是不会失掉的罢。

菊池宽的戏剧，在日本文坛上，占了很重要的地位。他的作品，

① 《恋爱病患者》，小说集，日本菊池宽（1948—1988）著，刘大杰译，北新书局 1927 年 9 月初版，1929 年 7 月再版。

② 刘大杰（1904—1977），湖南岳阳人。1925 年入日本早稻田大学研究科文学部，专攻欧洲文学。译有托尔斯泰《高加索的囚人》《迷途》，杰克·伦敦《野性的呼唤》，屠格涅夫《一个无可救药的人》等。

有好几种，译成各国的文字了。友人寿昌兄曾译《父归》数篇，在中华出版。在那本的序文里面，关于菊池氏的艺术与生平，介绍得很详细。我在此地略而不谈。

里面五篇戏剧，最值得介绍的，是《恋爱病患者》与《时间与恋爱》两篇。这两篇里，很明显地表现菊池氏特有的作风。《时间与恋爱》是友人文运译的，我只稍加修改了一下，应该在此地谢文运。

一九二七年七月于日本海边

——录自北新书局 1929 年再版

《恋爱病患者》再版记

（刘大杰）

这本小小的译书，在这几月里，竟有再版的机会，是我没有想到的事。然而我又是欢喜的。

我借着这机会，又用心地看了一遍。有几个字，用得很不妥，令我发笑，最后我还是深深地惭愧起来。对于初版的读者。

这次在病中，仍不能尽心来校对，一定还有许多不妥的地方，若还有三版的机会，再来补过，在那时还想加几篇进去。因为在作者，还有几篇我很爱读的短剧。

现在，我同几位朋友，想把日本的剧，有系统地介绍一下。第二集，就是武者小路实笃的《孤独之魂》。只要我们不逢意外的祸事，把性命丢了的时候，我们想使三集，四集……连续地译出来。

二八年四月二号于太湖旁

——录自北新书局 1929 年再版

《吕伯兰》[1]

《吕伯兰》[扉页题词]

(东亚病夫〔曾朴〕)

为纪念我老友及法国文学的启蒙师

陈季同将军

他曾嘱咐我迻译嚣俄戏剧，并嘱先译《克林威尔》，《欧那尼》，《吕伯兰》。今先印行《吕伯兰》，以慰灵感。

他的忠肯之友东亚病夫。

——录自真美善书店 1927 年初版

《吕伯兰》译者自叙

病夫 (曾朴)

我翻译这部嚣俄的《吕伯兰特拉姆》，是在民国六年的八月里开始的。

那时我正服务南京，对于时局，所见所闻，比较的确切。我时时感觉着执政的贪黩，军阀的专横，在国家病危垂绝的时候，大家伸出手来，向病床前，趁火打劫式的抢它遗物，只想自己的权利，没人管它的死活。照这种现象，比起西班牙查理第二时代，很有几分相像；据嚣俄氏《吕伯兰叙》中所举贵族的两类，第一类，几几乎触目都是

① 《吕伯兰》(*Ruy Blas*，通译《吕意 · 布拉斯》)，戏剧，法国嚣俄 (Victor Hugo，今译雨果，1802—1885) 著，东亚病夫 (曾朴) 译，上海真美善书店 1927 年 9 月初版，嚣俄戏剧全集第九种。书前附有雨果的《作者自序》。

的，第二类，或者中流社会智识阶级里面，发生几个玩世不恭的读书人，至于大人先生们，绝对没有这种人格，老实说，比西班牙更不如呢。

我被这种感想驱迫，再拿《吕伯兰特拉姆》反复的诵读，觉得它上头说的话，句句是我心里要说的话。就费了三个月的工夫，把它译了出来，也不过借别人的酒杯，浇自己的块垒罢了。

我译成之后，并未刊布。有一天，某督知道我常做小说，问我有没有新著作，我就把《吕伯兰》译稿送给他看。过了几天，他还我稿本时，很兴奋的道：骂得痛快！骂得痛快！他说这话，好像自己不在被骂之列；到底是看了真动了心呢，还是心里不快表面只好如此说呢，我也猜摸不透了。

这译稿安眠在我书案抽屉里，没有动弹过。直到民国十三年七月，经东南大学里友人的怂恿，开始在《学衡月刊》里登载过一次。去年董显光君创办《庸报》，向我索稿，于是又在北方重行发表。

今年我避难来沪，闲着没事，这正是运神给我发展文学的好机会，就和大儿虚白，父子两人，合力组织《真美善半月刊》；虽不敢上比仲马父子，功枯兄弟，马格利德兄弟，家庭合作的前徽，也可以表明我们一点热心，对于中国文学家，略尽壤流的贡献。趁此机会，把我从前已译成的嚣俄戏剧，连着新开译的，索性想把他所著的十三种戏剧，一起译成《嚣俄戏剧全集》，在未译全之先，却把《吕伯兰特拉姆》开首印行了。

在这《吕伯兰》付印之时，我对于译述上自己知道的缺点，不能不在此先行声明几句：

第一缺点：《吕伯兰特拉姆》是诗剧，而且是抒情诗。讲起来也应该译成诗体，才可以把作者的烟士披里纯 Inspiration 和音节的真相，表现得完全。但是我那时对于翻译外国诗，没有想出适当的方法；固然要不失作者的真精神，免却仍是中国人自己的诗不是外国某家诗的讥评；又必须叫妇孺都能了解，不至发生一部分人会读一部分人不会读的困难；我实在没有这天才，打出一条诗的新路径来，只好避难就易，译成散文。这个缺点，妄想在新译的《克林威尔特拉姆》上，大胆尝试尝试，能不能补我这回的过失，还不敢自信呢。

第二缺点：译书第一要忠实，最好是直译，一字一句，像印模一样的印出来，方不至把原文的意义，走了样儿。我译这部《吕伯兰》，直译的地方，固然也不少，但第一折里，就不免有近于义译的所在，尤其是第三折第二场，那是触发我开译这部《特拉姆》的原动力，我心腔里的怒浪，不自禁汹涌地的冲激出来，虽仍不敢远离原文的意旨，然词句里头，时有出入，这是很抱歉的一件事。刊印的时候，原想把它修正，后来一想，这一点是译者灵感上的纪念品，抛弃了也有些可惜，便迳直的照当时原译丝毫不改的印行了，请读者原谅我一时的苦心。

至于《吕伯兰特拉姆》的主义和排演时经过的情形，嚣俄氏《自序》与《生活实证谈》里，说得非常详细，用不着我来饶舌了。

病夫，一六，八，五，写于上海

——录自真美善书店 1927 年初版

《吕伯兰》悲剧后记

（曾朴）

此剧初次登台时，嚣俄曾亲自往观，艺员，观客，有谬误或疑惑者，经嚣氏临场校正，并为讲解，不厌求详，足征作者对于此剧之不苟且矣。

其所校正讲解者，兹为缕晰述之：

（一）音读之校正：剧中既演西班牙故实。故恒有西班牙特别名词，与法语异读者；如遇 E 之应读为 É，康保拉 Camporeal 读作康保雷 Camporéal，吴乃德 Onate 读作吴涅丹 Ognaté，推状 Teve 读作推威 Tevé 是也。

（二）关于历史之说明：剧中征引古史事实颇多，有为普通人所不解者！如拉穆若黎矿税 Almojarifazgo，本为亚拉伯字，用此以表明西班牙之旧君主政体。百分五税 Le quint du Cent de L’v，乃西班牙至印度之商货税例，纳货值百分之五也。又如旱埠捐 L’impot des Portssecs，为西国边城之关税。又第三折第一幕内，康保雷说：王后家里原是很微贱的，每年费了六百六十四千六十六个金狄卡，此事载于 *Solo Madredes Corte* 为查理第二时代制定之数，数目无分毫出入。又第五幕白尚珊说：桑陶氏刀绶上绣着金章，此可于西班牙大公世牒中 *Regeisre de La grandesse* 考见之，并以知白尚珊之亦未易去桑陶氏徽章也。第四折第三幕宫侍说：这里面有沙威伦，有卡达吕帕尔，计大的七枚，小的三十二枚，还有铎勃龙，银的有克拉玛丽，此可以斐烈伯第四时所刊布之币制书，书名 *En La ImPrenta Real* 证明之。

嚣俄制剧之要旨，凡描写一时代之故事，必使此时代之实况，出现于舞台之上。决不肯如中国戏剧，以一鞭代马，一幕代床，一案数椅，剧百变而切末永不变也。即《吕伯兰》一剧中，所有关于公私人之生活，屋制，器具，徽章，礼节，遗传，地理等，靡不博采旁征，务使吻合当时西班牙之社会。使非作者自临，向剧场主者一一指导而剖析之，其设备配置，岂能洞中奥窍乎？

况嚣俄恒言曰：“精心足以弥天才之缺陷。”其所谓精心者，实欲遍被于一切小事，一如大事；一符号之称述，如其心意与灵魂之刻画，一徽章之补叙，如其性质与情感之解剖；直似造物主严重。分布各物于覆帱之中，不以猥琐而遗，方足汇成天然之美；举凡历史中之竹头木屑，家庭间之柴米油盐，靡不精密研求，由诗人镕铸而呈露于吾人眼膜之下；盖肤视抑若无关宏旨，其实事事物物，均互关联。惟此法足以增加其共同之实现，务使活现之人生，不论其为普通的或高贵的，皆能于著作隐微之隅角，如镜取影，毫毛毕露。人物之动作愈觉像真，悲惨之情感亦因之益剧，百固器俄一生制曲之精意，亦其所以制胜之源泉也。

此剧既经嚣俄校正讲解后，于一千八百三十八年十一月八日，在巴黎芳丹桑勃勒馆开演，最得一时欢迎。其艺员团无不聪明精要，其布置之适当，表情之佳妙，能得著作者神髓，本剧之价值，因之益重矣。兹述其王熟之脚色：

饰吴乃德者曰费雷 M. Fereal，一良好之滑稽员也。彼使饰吴乃德时，能表现其英武之气概，与其带严重性的滑稽。十七世纪西班牙文学上，虽有山芳德 Cervantes 之重大变化，而费氏仍不失稽孝德 Don quichotte 之遗风。饰白尚珊曰穆逊 Alexandre Mauzin。白尚珊，魔也，但此魔为第一等之大西班牙。其风度傲岸而严重，深沉而冷酷，又文雅无荒伧气，时时作有分际之滑稽语，而不失其权要之身份。然骨髓中则含有地狱之光，穆逊饰之，能使观客在各折中，觉其沉静，觉其阴惨，觉其伟大，而于两次恐怖之暴怒，则全注在其精神，一在首折，一在末折，一神奸不测之白尚珊，直跳而出。

圣斐曼饰 M. Saint Firmin 白尚瑞。白尚瑞一不规则之英雄也。其举动奇突而滑稽，其心术则纯洁而慈善，自乐其乐，风趣百出，圣斐曼能状之。

蒲图恩姑娘 Mademoiselle Louise Baudouin 饰玛丽王后。王后，大神也，亦妇人也。此醇洁之面上，兼有两种影像。蒲图恩能以超妙之聪明，体会出之。在第五折中王后拒却奴仆，而卒感动于死者。在罪恶前俨然后也，而在忏悔前，则立成妇人。此种色彩之交光，蒲图恩曲曲传出，不失累黍。其一种贞白高贵激昂之致，令人叫绝。

费特烈克 M. Frédérick Lemaitre 饰吕伯兰。全场观客，于其出幕时，拍掌之声，几溢剧场而出，直至结局，不绝于耳。第一折则为沉思之容，第二折则写忧愁。第三折则全露其伟大，慷慨，高尚之情。

第五折乃发挥其艺术之真际，以衬出此卓绝之悲惨，当场热泪迸出，此泪足引场中之痛苦。费特烈克盖真能实现吾侪想象中之艺员者也。彼将终其身在舞台之上，视过去一如未来，愈增此伟大著作之荣光。故人谓三十八年十一月八日之演剧，非演剧也，直显圣耳。

——录自真美善书店 1927 年初版

《吕克兰斯鲍夏》①

《吕克兰斯鲍夏》[扉页题词]

（东亚病夫〔曾朴〕）

为纪念我故友

黄摩西君

他曾编中国文学史，惜未刊行，且助我创办小说林社，为我国译著小说戏剧文学作品之创始者。

他的最敬爱的友东亚病夫

——录自真美善书店 1927 年初版

吕克兰斯鲍夏剧后记

（东亚病夫〔曾朴〕）

这部《特拉姆》，嚣俄曾经修改过两次，一在一八三三年，一在

① 《吕克兰斯鲍夏》(*Lucréce Borgia*，今译《吕克莱斯·波尔吉》)，戏剧，法国嚣俄（Victor Hugo，今译雨果，1802—1885）著，东亚病夫（曾朴）译，上海真美善书店 1927 年 9 月初版，嚣俄戏剧全集第六种。书前附有《原叙》。

一八八二年。除将第三折末一场，原本到吕克兰斯受了尚那洛刀刺后，就说："啊！……你杀了我！——尚那洛！我是你的母亲！"就此结局。译本已都照一八八二年的修改本添了一场外，其余剧内未经照改的，将修改处照译如下，备读者对照参考。

初印记　一八三三

戏曲原文，经作者给与外省导演家出幕时，重新修改。

这修改的部分，是第一折第二段：

刚刚诸入隐去，只见刘四悌在尚那洛屋角边伸出头来，看着大家走得很远，然后注意的前进，向后做了个手势。许多警士出现。刘四悌没开一句口，但把手势静默的指挥，一个埋伏在尚那洛的门右，一个门左，一个墙角，两个在公爵宫露台的柱后。恰好他布置完了，亚士多福出现在广场上，望见刘四悌，却没看见埋伏的兵。

第三场"疑是第四场的误"

登场人物

刘四悌，

亚士多福。

刘　（对话同，只把第一人，第二人，改成了姓名。）

亚　（第七句改做）住在那屋子里的那个人。

刘　（第十八句改做）这亚士多福，还算聪明！（将金钱卜卦一节改去。）

他做了一个手势，两个伏在公爵宫露台下的警士走上前来，抓住了亚士多福的领。

刘　拿下这人。——你们都听见了他说的话。你们做证人。——亚士多福，禁声！

向别的警士。

刘 孩子们，现在该动手了！给我打开这个门。

在第三折里，狂饮一场，该照下文改的扮演：

瞿 先生们，一支酒歌！我们该有一支比乌乐弗诺侯爵十四行诗更好的酒歌。这歌唱的事，恕我没法侍奉各位，我凭着我父的脑盖发誓，我不会唱歌，因为我不是诗人，啄着两个韵脚在一个思想头上，我没有这可爱的聪明。到底你，马飞耀先生，是个雅人，你该知道些筵席上的歌。多好！你给我们唱一个，叫大家乐一乐！

马 我很愿意，你斟满了杯子。

他歌。

朋友，狂饮万岁！
我痴爱的夜间，
红的布，把案围，
人声杂，歌声慢，
太太们，少严正，
骑士们，太快乐，
酒满了各金樽，
爱恋在各眼角！
坟墓催人，
流光不再，
不消过信，
道学书蠹，
常常的饮，

常常的爱！

大家会唱。

坟墓催人，等等。（余照原文）

善宝笑着。（原文大家大笑。）

善 （照原文）

善 不必管！我们再唱。（原文白那威先生，你再唱。）

善 祝一切的健康！

他们互相碰杯。

亚 勉力！我们接唱我们的酒歌。

大众会唱。

坟墓催人，等等句，同前。

外面的歌声。

Non mortui laudabunt te Domine: neque omnes qui descendunt in infernum.

马 温和的，意大利，

照着温和的天，

大家是乐是痴，

享用琼浆珍膳，

看着我们节日，

鲜的花，美的人，

红蔷薇，在我额，

娘儿们，不离寸。

大众会唱。

坟墓催人，等等句，同前。

内部大门忽开。

再印记 一八八二

第一折——第二段

第四场

刘四悌，

亚士多福。

刘 做得多好的事！往往有一大堆没用的人来搅乱我们要办的事，这种人只晓得藏着头干他做得了的秘密。后来事情弄得不了了，人家要杀他们，他们很惊怪的显出不懂样子。其实是很明白的。秘密事该我做，我杀那些惊怪的人。这是容易懂的法子。一点没有别的事。

亚 我恳求你……

刘 我要请教请教你，政府的事，是不是能够对着它由着性儿做！亚士多福，你是自投罗网！

亚 刘四悌，我让给那个人，由你怎么办。可是请你放我走出这里。你不该愿我死！我娶了你的姊妹，我们是好弟兄。

刘 那成什么话？可见你一点不懂政治。

亚 刘四悌！

刘 好，你去哭罢！我说你全不懂事。你要误我的事了。可是你不许再回来。第一这些事在玛丹吕克兰斯面前不许露一个字。

亚 你放心！我仁慈的刘四悌！何等的天，它的神护着你！

刘 你找魔鬼去！

亚士多福出。

末场的另一改本

尚 我再不要听。我们把这事了结了罢。

他把她头发揪住，拿刀刺胸。

吕 尚那洛！——我是你的母亲！

尚那洛全体抖动，不知不觉的把刀落在地上。

尚 你的母亲！你取笑！

吕 你的母亲！你杀了我！

尚 不，没有的事！世上能够有这种事吗？你，我的母亲！可怜见，说给我你不是我的母亲！

吕克兰斯在胸前掏出一染血的信包。

吕 在我心上有的是信。尚那洛，你拿去这个。我的血只怕还没有干。——你认得你的笔迹吗？

尚那洛眼光直射信上。

尚 我的信！

吕 刀是穿过了。尚那洛，到底不如勇士的坚甲。

尚 哟！天主！你真是我的母亲！嗳！我没有想到乱伦！天！为什么不早些告诉我？

吕 我觉得羞。我儿，要我全说，只该你的刀尖。我心里的秘密，和我的血一块儿涌出。——你肯承认我吗？当你恨我当做别人时，在你一面的爱我不如我的爱你。尚那洛，你爱你的母亲，你肯爱吕克兰斯鲍夏吗？

尚 你，我的母亲！

吕 你晓得杀你父亲的华朗狄公爵现在！一天晓得我的秘密，你就一天保不住性命。我把你藏在黑暗里，我像虎一般时时刻刻徘徊在你的周围，不幸的母亲，常在她家里发抖着探听你的消息！

尚 我杀了我的母亲！你是我的母亲！吓！赤裸的犯了一个字的罪！

吕 一个乱伦的母亲！

尚 一个弑逆的儿子！

吕　尚那洛！

尚　是，我是弑逆！就是我，在这里的我，说着话的我，做了那个！天主！弑逆是非常的事！

吕　我儿，你安静点儿！

尚　弑逆！难不成这些墙壁容我这里不压我吗？大家告诉我弑逆是不祥的东西，白石屋顶会自己倒在他头上。我还走着，呼吸着，活着存在着！我的母亲，你咒诅我！你伸出你的臂放在我身上！一个母亲的臂能撑住他可咒诅儿子该坍下的天！

吕　我儿，这个杀害不是你的罪，是我的过失！

尚　我的面上是不是没一点变换吗？快告诉我，当一个人做了弑逆时，自己看得见那个吗？我的母亲，你仔细看看我！我还和别人一样吗？万万不会我的面上没有一些记号！这记号，是怎么样的呢？——啊！不是吗？从此在我面前的人，都要回转背去，并不难为我，让我过去好像是个不可侵犯的东西，好像是个不幸的恶枭，我睡在那里的屋顶自然的会倒，我的脚印不能印在雪里或沙里，一切母亲打她们的孩子在我的经过时叫他们终身记忆着看见我。这不是可怕的事吗？这些都是向我做的。这些就是向卡音做的①。我要变成神话里面的人物了。哪！你看我手上的血迹永不消灭，你好好的看看我。

指着他的额。

尚　我告诉你，它万不能没有一点东西在上头。

吕　你一点也没有！我的尚那洛，你的脑筋乱了！

① 卡音 Caïn 是亚当和夏娃的长子，天主在他额上印着这些字："你对兄弟，做了什么？"现在常常用来做责罚的比喻。——原注

尚　我告诉你，我觉得有一个字写在那上头！

吕　没有。什么字？

尚　什么字？弑逆！

——录自真美善书店1927年初版

《女店主》①

《女店主》小引

菊隐（焦菊隐②）

意大利的（Goldoni）所作一篇“La Locandiera”，被爱尔兰的闺阁丽（Lady Gregory）改译为“Mirandolina”，在他们的阿贝剧院（Abbey Theatre）排演。她把其中的角色去了两个，把整个戏都化为爱尔兰的了。现在我把她这英文改译本译下，既没有更改角色，又没有成功把一切“爱尔兰”的都改为“中华的”，所以不敢称改译而仍用译字。

我所以爱好这一出戏的缘故，只是因为里面所描写的人太“下等”，绅士们自然看了不喜欢，“各界仕女”看了也未必欢喜。可是我觉得世界上尽是这样不要脸的人，见到即可写出，何必掩耳盗铃呢。

我得声明，这剧本原稿，是从某周报退回来的。我想他们退回的唯一理由，就是剧本中所写的人物太“下等”。

此剧于一九二六年夏，庚虞兄译了前两幕，当时他忙于写诗，便

---

① 《女店主》(*La Locandiera*)，戏剧，意大利哥耳独尼（Carlo Goldoni，今译哥尔多尼，1707—1793）著，北新书局1927年9月初版。

② 焦菊隐（1905—1975），原名焦承志，天津人。曾留学法国巴黎大学，获博士学位。译有左拉《娜娜》，契诃夫《万尼亚舅舅》《樱桃园》等。

交给我接着译。我呢，一向是懒得有名的，便一直放置到一九二六年十二月。适巧燕大周刊社演剧，没有角本，便想把此“Mirandolina”改译，以便排演。我当时答应改，而未答应译，所以庚虞未译完的工作统由方文及雪莱二兄于一晚间完成。我前后改了一遍，起先还稍对原文，往后便索性以他们的中译文为根据，胡改起来。所以现在如有那位狂飙批评家以原文来找错，实在是很容易的。

谢谢司徒兄画的封面。

一九二七，二月十七日下午

菊隐记于燕京大学

——录自北新书局1927年出版

《女店主》

（焦菊隐）

是说有那么一个地方，自古相传，男女平等；迩来欧风东渐，自由恋爱的事件，在这地人的眼中，看来更无足为奇。

此地镇池虽小，商业繁隆，旅邸商场，无所不有。旁的不提，单说旅馆，就有十几家，局面最大的，谁也比不上“绿鹦鹉”这一家。设备虽然不甚周详，可是门面修理得很是时髦。里面住的客人，不是临近大城中的警察厅长，便是税务局长，不然就是豪武英姿的军官。终日门前车如流水马如龙，凡是住在本地的，没有不说开这么一所旅馆倒比做一年官的。本地的阔少公子，都心想到这旅馆来住上几月，几年；无奈家住在本地，那能还去住旅馆；所以他们心中都幻梦着，反倒愿意自己是个外地人了。他们都试着交结住旅馆的客人，借此好常去旅馆拜访他们。这是为什么呢？因为这旅馆的主人，是个廿五岁的俏女郎。

女郎开旅馆，虽然是一件出奇的事，可是要说明了原委，自然没有什么出奇了。她的父亲那杜老头子，经营了一生，把这旅馆的买卖维持了，手下有个心腹的听差，就是那个傻头傻脑的范升。到了杜老头儿临死的时候，他嘱咐了杜九姑娘，要她小心，要嫁就嫁给范升。

杜老头死后，当然由杜九姑娘办理生意，从此生意更兴隆起来。那知这笑话，这活戏就一出一出演起来。要知是什么戏，请看本剧本的本身；要知本剧本的来源，我无妨说一半句。

这本戏，原来是意大利大戏剧家 Goldoni 作的“La Locandiera”。后来，爱尔兰的 Abbey Theatre（是夏芝，新格，闺阁丽夫人等人办的）要演，便由闺阁丽（Lady Augusta Gregory）改译为英文，节改了好些。今年燕京大学周刊社要演戏，我又由英文改为中文。改得太坏，笑话。

译者志

——录自北新书局 1927 年版

《欧那尼》①

《欧那尼》初次出演纪事

虚白（曾虚白②）

《欧那尼》剧稿杀青于一八二九年九月二十五日，即于十月一日

---

① 《欧那尼》，戏剧，法国嚣俄（Victor Hugo，今译雨果，1802—1885）著，东亚病夫（曾朴）译，上海真美善书店 1927 年 9 月出版，嚣俄戏剧全集第三种。书前附有《原序》。书末附曾虚白译《美国霍丕京大学教授马兹基批评》。

② 虚白，曾虚白（1895—1994），原名曾焘，字煦白。江苏常熟人，曾朴长子。毕业于上海圣约翰大学，与其父共办真美善书店、主编《真美善》杂志。1932 年 2 月在上海创办《大晚报》。译有《鬼》（王尔德著）、《英雄与英雄崇拜》（嘉莱尔著）等。

宣读于法国戏剧委员会之前，颇得赞许；因从事选聘演员，着手试演。每次试演，嚣俄必亲往评论指导，新旧潮流之激战，从此始矣。嚣俄曾述一事，足征当时奋斗之剧烈；据云，剧中莎儿一角已定由马丝姑娘扮演，然马丝姑娘于是剧之结构措辞多致不满，其所以愿任此角者，只为虚荣心所驱使不甘此席为他人夺耳。日者试演至第一〇二八行：

Vous êtes mon lion，superbe et généroux

乃公然反抗，俟后，每及此句必中辍，请嚣俄改易，并为拟句曰：

Vous êtes，monseigneur，superbe et généroux

则诗句虽成平庸，而自古典派学者观之，则全善无疵矣。嚣俄依然对曰，宁佳句为人笑，不愿拙句受人誉也。马丝仍坚持，嚣俄怫然曰，余宁失名角如姑娘，不能使我剧句易只字。马始无奈，愔然就范。时外部之反抗亦已蠢然动矣。当试演之时，虽关防甚严，然反对派之报纸仍竭力探索其内容，甚有雇用密探潜入剧场，或藏暗陬，或隐门隙，偶得一鳞一爪，翌日即讥评盈幅矣。试演告竣，定于二月二十五日为开演之期，事前故已逆料将有剧烈之激争，而嚣俄乃宣言此剧开演不用捧场者，闻者皆为愕然。嚣俄之言曰："此类雇员，皆与阿加特米 Academy 中会员臭味相投，其所崇拜者，为特拉维 Delavigne 及斯克利勃 Scribe，即来捧场，非由衷也。余之新文艺当召新观客，愿青年诗家，画家，雕刻家，音乐家及巴黎之出版家，来代此雇用之捧场者。"嚣俄之宣告方出口，文学界，艺术界，醉心浪漫运动之青年已群集其门矣。嚣俄即以小红柬印亲书之西班牙字 Hierron 分赠各友，以为入场之证。

诸青年请于开幕之前入剧场，场主许之。届日下午一时，距开幕之期尚远，已齐集李区留街。服御皆一改当时流行之装饰，十色五光，骇眩人目。时盛行义髻，而诸青年则皆为真发，或且鬈屈下垂，纷被肩际。时尚沿旧俗服燕尾服，而诸青年则以玄丝为袄，饰以涂浆之领结，双领矗立，上覆眉际，外帔则皆绸绒制，裤色更鲜艳夺目。时方盛行高顶丝帽，诸青年则皆冠软呢之冠。其有力不能置此华服者，则御简单之常服。群众中以茄笛儿 Tréophile Gautier 之服装最足骇古典派学者之目；鲜红之袄，淡绿之裤，皆为特制以备是日用者，内褂黑色，缘以绒边，外帔灰色，以绿绸为衬，发则鬈曲下垂，被于双肩。

及下午二时，剧场门启，诸青年相将入，距开幕时仍遥。于是分踞全场各处，池位厢座，支配无漏，惧有敌党伏焉。久候无聊，因畅论是剧之精神，各出所闻见者以资谈助。剧谈既久，辞锋亦穷，各出所挟粮糗，就场中晚餐焉。食既，鼓腹而歌，各为娱乐，纷扰有顷，场中煤灯始燃，渐有观客入座矣。

古典派入剧场，见群少年异装奇服，震眩心目，不满之辞遍于全场，蠢蠢然即将有剧争。方岌岌间，幕后三击节，新剧开演矣。莎儿方引吭歌首二句：

Serait-ce déjà lui？ C’est bien à l’escalier Dérobé

双方激争即始。盖是句勇敢流丽，一反古典派之常规，一方噱口嗤之，一方鼓掌誉之，此呼彼应，群情激昂。及第四六三行：

Est-il minuit？ minuit bientôt，

嗤笑之声，上震屋瓦。盖嚣俄于此，将古典派之遗规破坏净尽。古典派呼曰，贵为国王，岂出语如贩夫走卒耶？苟易为：

Du haut de ma demeure，Seigneur，l’horloge enfin sonne la douzième heure，

则自然流畅，风韵盎然矣。于是嗤笑声，鼓掌声，随每行每幕而起落。及剧情进展，著作者之天才及剧本自身之美丽渐得观者之同感，及第二折卡洛斯与欧那尼对语一场，即古典派踞坐之厢位中，亦时闻鼓掌声矣。浪漫派之胜利似已可期，然危险点尚未过矣。及第三折李谷梅历数遗像一幕，曾于舞特维戏院中试演，故反对派已略知梗概，

曾比李谷梅为熊戏之卖技者；及李谷梅历数至第六像，嗤笑之声已微作，及第八像，则嗤声吁声如潮涌矣。幸

J’en passé，et des meilleurs

句，得稍稍遏止之，及末像，则掌声雷动矣。至第四折卡洛斯之独唱，此剧之成功遂决，每句歇，辄随以之彩声。幕终之击掌声，则绵长迄次幕之登场。

时嚣俄方入马丝姑娘之更衣室，见其方然恨所饰之剧中人物未能博观众之彩声。嚣俄不之慰，马丝含怒登场，入第五折，服莎儿灿烂之婚服，观众已心好之矣；及与欧那尼对语，引吭而歌，情辞悱恻，充满抒情诗之美性，马丝姑娘之成功不待言矣。于是莎儿之身为花球赠物纷投之的，而著作家之名，亦为观众所高呼，盖庆其成功也。

及第二夕，激争不减，嚣俄之友仍群集如前夕。幕举，忽有从厢座揉纸片成团，投之池位中者，盖挑战也。及

Nous sommes trois chez vous，c’est trop de deux，madame（220）

笑声大纵，时饰欧那尼者歌

Oui，de ta suite，ô roi，de ta suite—J’en suis

误为

Oui，de ta suite，ô roi，—De ta suite，J’en suis

笑声益震。此 De ta suite J’en suis 古典派学者传为笑谈，亲朋相值，辄以嘲谑。然此方之笑声方纵，而彼方之掌声应之，激争之烈一如日昨。数像一幕得欢迎较前夕为多，而独唱一幕，前夕得阖座之彩声，是夕乃讥嘲纷起。

第三夕激争让不减，初嚣俄预定一千五百座为诸友用，至是夕则只有百座可得矣。于是而反对派之气焰益张，每演必争，喧哗倍甚。当时巴黎酒肆“讥嘲欧那尼”(rire à Hernani）几成为普通之名词；或朗诵报载之文，或于开幕之时背剧台而座，其甚者，离座而出，力

阖其门，令作巨声。嚣俄之友亦不示弱，凡此举动，一一报之。

是剧联演至四十五次，及马丝姑娘离巴黎而中辍。及一八三八年复盛演一时，至一八五一年而止。至一八六七年则复有演者，此后时演时辍，以迄今日。

——录自真美善书店 1927 年初版

《出家及其弟子》[①]

《出家及其弟子》移版志言

孙百刚

回想此书最初出版之时，正当革命气焰万丈，我和亡妻掌华由温州避乱海上。郁君达夫因他种目标，日来我处，于是这本不能自满的译本就从行箧底中出而见世。向不替人作序的郁君，也居然抽出中年热恋的空闲，替它作了一篇序言。出世以来，不觉已有四个年头，回忆当年，恍如隔世!

第一版早经售罄，创造社因故停止，不能再行重版，就此绝迹，亦未免可惜，且创造版中误植甚夥，兹一一改正，由开明书店重版。

先辈许潜夫先生主张将此书题名改为“出家及其子弟”，如是可包括善鸾，实为妥善之提议。不过此书系译本，且原名久经出名，仍以不擅更改为是。此书封面画系第一版付印后，由丰子恺兄所作，应补志一言为谢。

今年适逢叔父江东公十周忌，叔父在日，早年热心革命，晚年皈

---

① 《出家及其弟子》，戏剧，日本仓田百三（1891—1943）原著，孙百刚译，上海创造社出版部 1927 年 10 月初版，上海开明书店 1930 年 7 月再版。

依佛教，此书虽系译本，聊当借花献佛，谨奉为纪念。

百刚，一九三〇，一二，于杭州

——录自开明书店 1930 年再版

序孙译《出家及其弟子》

达夫（郁达夫[1]）

在民众要求解放的思潮日高一日，革命还没有彻底的现在，把仓田百三的《出家及其弟子》的译本拿来付印出版，或者有点说不过去。因为这是一部宣传爱的宗教的剧本，是一种纯粹的艺术品，是 Sentimentalism 的结晶体。尤其当一般文学上的 Pragmatists 正在提倡排除感伤主义，打倒艺术废止宗教的这时候。

然而再回头来一想，把古今的艺术总体积加起来，从中间删去了感伤主义，那么所余的还有一点什么？莎士比亚的剧本，英国十八世纪的小说，浪漫运动中的各诗人的作品，又那一篇得完全脱离感伤之域？我想感伤主义是并无妨害于文学的，不过须有一个相当的限度，我们要不流于浅薄，不使人感到肉麻，那么这感伤主义，就是文学的酵素了。

艺术和革命，并非是相克，却是相生的这件事实，明眼人都能够辨识，我曾在各处力说到如今了。虽然一篇抒情诗，并不是符咒，并不是枪炮刺刀，但是革命家的情绪，非艺术不能培养，一般民众的热忱，非艺术不足以挑发，大家但看现在一切革命反革命的运动中的宣

① 郁达夫（1896—1945），原名郁文，字达夫，浙江富阳人。1912 年入浙江大学预科，后入日本东京第一高等学校，东京帝国大学。创造社发起人之一。译有《孤寂的高原刈稻者》（华兹华斯著）、《哈孟雷特和堂吉诃德》（屠格涅夫著）、《理发匠》（马克·吐温著）等。

传工作，就可以知道了，我们且不必远引诸俄国革命以先的文学运动，和法国恐怖时代以前的启蒙哲学。

宗教在现在，虽只成了枯骨残骸，不复能启发我们的灵性，然而这罪系在一般宗教家的曲解教义，营私舞弊。与宗教的情绪和皈依的悦乐是无关的。革命军的勇不顾身，少年同志的视死如归，服从党纪，正是宗教心的发露。人心一日不死，革命一日不成功，这一种宗教的情绪，是一日不可缺少的。我们只须把主义拿来代宗教，则宗教成立的理由，还依然存在，所以说到废止宗教，也有限度，若并宗教的情绪，殉教的皈依，一并抹杀，也未免太过了。

因此我就毅然决然的把仓田百三的这本译本拿来付印，觉得与现在的民众要求艺术的渴望并无违反之处。先说清了这一点，我再来把作者和这剧本出世当时的影响，拿来约略说一说。

作者生于一八九一年，这剧本的出世，是当他在东京第一高等学校退学之后。我虽和原作者没有一面之缘，然而当十几年前的东京第一高等学校的学生的思想烦闷，是曾经经过过的，所以仓田氏的撰作此剧的动机，和内心的苦闷，似乎也略略体会得出。

当时的日本，政治入于小康，思想纵横错乱之至。大家觉得旧的传统应该破坏，然而可以使人安心立命的新的东西，却还没有找着。所以一般神经过敏的有思想的青年，流入于虚无者，就跑上华严大瀑去投身自杀，志趋不坚的，就作了颓废派的恶徒，去贪他目前的官能的满足。所以当时——我在日本修学的时候——的一高学生，自杀的，年必数起，而沉湎于酒色，屡次受了铁拳制裁，还不能改悔的，一学期中，也总有几个。

仓田氏当这一个时候，死了两位姊姊，得了不治的肺病，学校也中途退了学，一个人在南方的禅寺里养身。静观深思，默坐了几年，对于精神肉体的痛苦，总想设法解脱，打破了无门关，猛然间提笔写下来的，是这一篇剧本《出家及其弟子》。出版的当时，因为大众的苦闷，和作者有同样的过程，他的风行全国，自不必说，并且继续酿成了一种宗教小说盛行的风气。

在这书出版后的二三年中，关于亲鸾上人的研究及讨论的书籍，竟出到了百种内外，所以它的艺术价值如何，暂且不说，即就他的影响的大而且广看来，也尽可以和歌德的“维特”相比了。

这一种流行热在日本，现在虽则早已过去，然而《出家及其弟子》，还在年年再版，现在外国的译本，亦已经有好几种了。在剧本寥落的中国现文坛上，我想添上这一本译剧，也未始不是一种有意义的工作。

这剧本中所表现的亲鸾，并不是历史上已经死了的亲鸾，它所表现的教义，也不是只念南无阿弥陀佛的教义，在译者的序内，已经引用了作者自己的言语说明在那里，我此地可以不说。不过有一点，是读了这剧本之后，谁也要感到的，就是他对于耶稣教义的抄袭。这一种抄袭，他用的本来是脱胎换骨的手法，我觉得读了只有感泣，只有赞美，只有人格伟大的感铭，于艺术的价值，却无关系的。

其次是孙君的译笔了。孙君在日本高师的英文学系毕业，住日本前后有七八年之久，对于原文的了解，当然可以不必说，就是译文的流畅，也无愧于作者，间或有一二生硬的地方，是他的太忠于原本之所致，原不足为译者病的。

末了我且介绍这剧本的英译本，读者若有意去翻读英文，也可以互相参证：

The Priest and His Disciples

A Play by Kurata Hyakuzo

Translated by Glenn W.Shaw

是东京神田区三丁目七番地北星堂书店所印行，定价贰圆伍角。

一九二七年七月达夫序于上海。

——录自开明书店 1930 年再版

《出家及其弟子》译者序

（孙百刚）

《出家及其弟子》的原著者仓田百三系日本广岛县人。生于一八九一年。著这书时年仅二十六岁。其时在失恋之后，加以肺病缠身，二姊去世。备尝人生之烦恼。故求宗教而解脱。

这剧中固然有很多时代错误 Anachronisms 和事实错误；但对于原书的艺术价值觉得是无损的。仓田氏在《爱及认识之出发》一书中也说："这书不是严密地依据亲鸾上人的史迹而作。我所描写的亲鸾，无论何处总是我的亲鸾；因此这剧本所表示的思想，当然不是纯粹的'净土真宗'的思想。至于所有时代错误，我是不介意的。若拘泥于历史上的亲鸾，那末就不能表现我所要表现的亲鸾了。而且这书并非为说明'净土真宗'或一般宗教的教义而作的。我的趣味中心是在人间种种之心情，和对于这世相之无限深爱。"

这本剧本是在一九一八年出版，截至一九二二年的秋天止已有二百三十余版，在日本真可谓风行一时了。曾经在东京帝国剧场，有乐座，及大坂的浪花座上公演，博得观众热烈的欢迎。英译本由 Glenn W.Shaw 氏于一九二二年译出。

剧名"出家"二字，在中文和日文的用法上，略有不同。中文系专用为动词，日文则动词名词并用。此处用作名词，意即出家人，指亲鸾也。所谓"弟子"者，即唯圆也。

现在将亲鸾及"净土真宗"的史迹略说一说：亲鸾于一一七三年（南宋孝宗乾道九年，日本承安三年）生于京都附近之日野里。父系藤原有范卿，母源氏。亲鸾四岁丧父。养于伯父。八岁母卒。九岁出家，法名范宴。嗣后潜心研究经书。鉴于当时僧侣之官僚化，贵族化；故自号"愚秃"，弃锦绣之袈裟，而衣墨染之衣。二十九岁归皈法然上人。三十一岁与当时日本最大氏族九条实兼公之女结婚。三十五岁时遭“念佛停止”事件，充军于越后。同时“净土宗”之主要人物均及于难。亲鸾趁机传教于远方，而教义大昌。三十九岁遇赦，六十二岁回京都。九十岁卒，时一二六二年也。日本之“净土宗”起于平安时代，盛于镰仓时代。由空也上人，源信僧等开其源，经法然上人而至亲鸾集其成。亲鸾一派之人名其教为“净土真宗”（简称真宗），实则即根于“净土宗”也。其教旨以真为主。修行不问出家与在家，娶妻啖肉，在所不论。盖以成全完备之人，不在人间一般义务之否定，而在灵肉之调和及实行也。亲鸾常自谓沉浮于爱欲之广海，迷惑于名利之大山，固不以高僧自居。常谓无寺可以弘法，无僧可以传教；故一切宗教仪式，都不注重。唯以一心念佛为得遂往生之正道，现日本全国有真宗寺院一万九千，信徒逾数百万。有“日本真宗宣传协会”，月出真宗杂志一册。自仓田百三以亲鸾主人公编此剧后，若“人间亲鸾”，“受难亲鸾”，“亲鸾”等以亲鸾为主人公之小说或剧本，相继而出者，不下十余种。

一九二二，十，十五，于东京

这是五年前的旧稿，记得曾在《创造季刊》上登过出版的预告。但是书局中因为其他大著印刷的拥挤，早把这本原稿丢到字纸篓中了。好容易在五年后的今日，把原稿找出，但原本已经失去。没法子就是这样看了一遍付印，自己觉得殊不满意。怕难免有不妥之处，希读者指正！

一九二七，一，十五，于上海

——录自开明书店 1930 年再版

《鸽与轻梦》[①]

《鸽与轻梦》小序

尘（席涤尘[②]） 庆（赵宋庆[③]）

高尔斯华绥是现代英国最大的戏剧作家，就不，总是最大的戏剧作家之一。《鸽》是他的一篇代表作品，现在译成中文，想来还有一些意义的。

高氏生于一八六七年，今年正是他的六十岁的寿辰，在中国齐巧郭沫若氏接连译印了他的《争斗》，《银匣》，《法网》三篇社会剧。这须比去年萧氏七十岁时，只空看几篇介绍词有意味些。而我们的拙译，也利用这机会和读者相见。

高氏的生平，中国已有不少的人介绍过；高氏的对于艺术上的见解，也已有人作相当的叙述过，对高氏作品还没有全读过——小说部分读得极少——的我们，说来也未必会好一点，明白一点，索性不想再说。大概那些介绍文字，可以在什么《世界文学家列传》，《近代文学家》，《戏剧论集》，以及各文学杂志里找得到，关于那些文字的质的方面，我们没有话说。

---

① 《鸽与轻梦》（*The Dove and the Little Dream*），戏剧集，英国高尔斯华绥（John Galsworthy，1867—1933）著，席涤尘、赵宋庆合译，上海开明书店1927年10月初版。

② 席涤尘，江苏吴县（今苏州）人，原名席时贤，与蒯斯曛合译《阿霞姑娘》，与吴鸿绥合译《武器与武士》。译有屠格涅夫《一个虔敬的姑娘》（即《贵族之家》）、《希腊英雄传》等。

③ 赵宋庆（1903—1965），曾用名辜怀，别名业辛，江苏丹徒人。毕业于复旦大学文科。译有《屠格涅夫短篇小说集》等。

已译成中文的高氏戏剧，除郭译外，据我们所知道的，有邓演存氏的《长子》，顾德隆氏改译的《相鼠有皮》，以及未印单行本的陈大悲氏的《忠友》，《忠友》一篇，经西滢氏作文校正过，都登在十二年下半年的《晨报》上。

翻阅陈郭诸氏的译本一看，误译竟时常不免。力量弱小的我们，实增了不少的惶恐，觉得将拙译印行，未免过于大胆。不过良心已略尽了，能缓缓的待自己发觉自己所译的错误，以谋补救，固然很好。倘自己再不能看出，尤望高明赐以教正，即使苛责亦所不辞。

我们所根据的原本的版本是德国莱比赐许（Leipzig）Bernhard Tauchnitz 书店《英美名家集》的翻印本，采用的原因，只是起初因为它的价值较为便宜，随便购来阅读，后来因冲动而翻译，也就没换版本。至于高氏的原本则是 Scribner 所出版的，已出有六集，各剧的单行本也有，有一本高氏代表剧作集，则系集合《银匣》，《争斗》，《法网》，*a Bit of Love*，《鸽》，《忠友》等几篇而集成。高氏戏剧的六集在英美名家集中，第一，第四，第五，三集系照样翻版；第二，第三则系摘去第二集中的《长子》，第三集中的 *The Fugitive*，*The Mob* 二篇而将《法网》，《鸽》，《轻梦》合成一本，所以我们译《鸽》时，顺便译出《轻梦》。第六集则尚未见翻印。

不怕人厌烦地说了许多关于版本的话，还只不过是介绍原本的意思，读者一多，将来自有更好，更完善的译本出来，可以减轻我们译本或然会生的罪过。我们自己一方面也切望着将来有些进步，再进而献诸读者的面前，以求指正。然而这一点努力从事的勇气，都不能不赖此次得以出版而加增。谨此谢谢章锡琛先生。

尘，庆

高氏六十生辰的一年

——录自开明书店 1927 年初版

《两条血痕及其他》[1]

《两条血痕》[附记]

（周作人）

石川一（Ishikawa Hajimé 1886—1912），别号啄木（Takuboku），初在故乡涩民村当小学教师，月薪八元，常苦不足，流转各地为新闻记者，后至东京，与森鸥外（Mori Ogai）、与谢野宽（Yosano Hirohi）诸人相识，在杂志《昴》(*Subaru*) 的上发表诗歌小说，稍稍为有识所知。但是生活仍然非常窘苦，夫妻均患肺病，母亦老病，不特没有医药之资，还至于时常断炊。他的友人土岐哀果（Toki Aika）给他编歌集《悲哀的玩具》(*Kanashiki Omocha*)，售得二十圆，他才得买他平日所想服用的一种补剂，但半月之内他终于死了，补剂还剩下了半瓶。他死时年廿七，妻堀合节子（Horiai Setsuko）也于一年后死去了，遗下两个小女孩。他的著作经友人土岐等搜集，编为《啄木全集》，分小说诗歌及书简感想等三卷，于一九二〇年出版完成。

《两条血痕》(*Futasujii Ohi*)，原本收在全集第一卷里，是一种幼时的回忆，混合“诗与真实”而成很有感人的力量。他的诗歌，尤为著名，曾译其诗五首登《新青年》九卷四号，又短歌二十一首，载在《努力》及《诗》第五号上。

一九二二年八月一日附记。

——录自开明书店 1928 年再版

---

① 《两条血痕及其他》，日本小说集，周作人译，上海开明书店 1927 年 10 月初版，1928 年 4 月再版（封面题为《两条血痕》，书名页两页，一题为《两条血痕》，一题为《两条血痕及其他》）。

《婴儿屠杀中的一小事件》附记

（周作人）

上文初登《白桦》，后收在戏曲集《心与心》(1913) 中，现此书已绝版，唯《武者小路全集》内尚有，在第一册内。

三月十八日执政府大屠杀以后，我心中感到一种说不出的郁抑，想起这篇东西，觉得有些地方，颇能替我表出一点心情，很想把他翻译出来。但是因为心绪纷乱，只起了一个头，便又搁下了。十一日起，忽发高热，足有十天不能出门，又拿出看，在热退后的四五天里随手补译，到了今天，总算已经写完了。我译这篇的意思，与其说是介绍武者小路君的著作，还不如说是我想请他替我说话。

一九二六年四月二十日，在北京——中国之伯利恒。

——录自开明书店 1928 年再版

《某夫妇》译后附记

（周作人）

这一篇小说见去年出版的短篇集《燃烧的树林》中，今收在《武者小路全集》卷五第二部。

武者小路君的著作之译成中国语者，有毛李二君合译的《人间的生活》，戏剧《一个青年的梦》，我所译的《久米仙人》和《第二之母》，在《现代日本小说集》中，俞寄凡君译的童话剧《开花翁》及《地藏与鬼》。

武者小路君的文体，非常简明而有力，不易传其神气，意思亦很明了，本无说明的必要，现在只就自己所感到的略赘数语。《约翰福音》里说，文人和法利赛人带了一个犯奸的妇人来问难耶稣，应否把她按照律法用石头打死，耶稣答说，“你们中间谁是没有罪的，谁就可以先拿石头打她。”这篇的精神很与他相近，唯不专说理而以人情为主，所以这边的人物只是平常的，多有缺点而很可同情可爱的人，仿佛把斯特林堡（Strindberg）的痛刻的解剖与陀斯妥也夫斯奇（Dostoievski）的深厚的感情并合在一起的样子。像莎士比亚的阿赛罗（Othello）那样猛烈的妒忌，固然也是我们所能了解的，但是这篇里所写的平凡人的妒忌，在我们平凡人或者觉得更有意义了。

中国有许多人读小说，专在里边求事实，或者用为笼统的论断的根据，譬如看见易卜生的《群鬼》便说诺威青年多半发疯，看见苏德曼的《故乡》便说德国女子大抵淫凶无耻之类，绝不是少见的事情。其实人性总是相同的，在时间空间上迥不相同的国里，可以发现许多类似的暗黑面，（当然也有许多类似的光明面），这原是不足为奇的事；但如在目的截然不同的文学作品里想来寻求攻击的资料，那未免大错特错的走错了门了。凡爱好文学者当然早已了解这些道理，所以上边所说的话不免有冒犯读者之嫌，但是据自己的经验，因为时常遇见这些误解，在介绍者的责任上，似乎不得不预先说明一声，以免错误，所以加了这一节蛇足的话。至于对于明白的读者们，我当然诚意的请求他们的原谅。

一九二三年七月十七日。

——录自开明书店 1928 年再版

《潮雾》[附记]

（周作人）

有岛武郎（Arishima Takeö）生于一八七七［八］年，本学农，留学英国。一九一〇年顷，杂志《白桦》发刊，有岛寄稿其中，渐为世间所知，历年编集作品为《有岛武郎著作集》，至今已出到第十三辑了。这一篇当初载在东京《时事新报》上，又收在《白桦之森》里，其后编入《著作集》第七辑。

关于他的创作的要求与态度，他在《著作集》第十一辑里，有一篇《四件事》的文章，略有说明。他说，——

> “第一，我因为寂寞所以创作。在我的周围，习惯与传说，时间与空间，筑了十重二十重的墙，有时候觉得几乎要气闭了。‘但是’从那威严而且高大的墙的隙间，时时‘望见’惊心动魄般的生活或自然，忽隐忽现。得见这个的时候的惊喜，与看不见这个了的时候的寂寞，与分明的觉到这看不见了的东西决不能再在自己面前出现了的时候的寂寞呵！在这时候，能够将这看不见了的东西确实的还我，确实的纯粹的还我者，除艺术之外再没有别的了。我从幼小的时候，不知不识的住在这境地里。那便取了所谓文学的形式。
>
> 第二，我因为爱着，所以创作。这或者听去似乎是高慢的话。但是生为人间而不爱者，一个都没有。无因了爱而收入的若干的生活的人，也是一个都没有。这个生活，常从一个人的胸中，想尽量的扩充到多人的胸中去。我是被这扩充性所克服了。爱者不得不怀孕。怀孕者不得不产生。有时‘产生’活的小儿，有时死的小儿，有时双生儿，有时月份不足的儿，而且有时母体

自身的死。

第三，我因为欲爱，所以创作。我的爱被那想要如实的攫住在墙的那边隐现着的生活或自然的冲动所驱使。因此我尽量的高揭我的旗帜，尽量的力挥我的手巾。这个信号被人家接应的机会，自然是不多。在我这样孤独的性格，更自然不多了。但是两回也罢，一回也罢，我如能够发现我的信号被人家的没有错误的信号所接应，我的生活便达于幸福的绝顶了。为想要遇着这喜悦的缘故，‘所以创作的’。

第四，我又因为欲鞭策自己的生活，所以创作。如何蠢笨而且缺向上性的我的生活呵！我厌了这个了。应该蜕弃的壳，在我已有几个了。我的作品做了鞭策，严重的给我抽打那顽固的壳。我愿我的生活因了作品而得改造！”

附记，有岛于一九二三年七月与波多野秋子同缢死于轻井泽。
一九二七年九月十七日。

——录自开明书店 1928 年再版

《西行法师》[附记]

（周作人）

长与善郎（Nagayo Yoshio）生于一八八八年，是白桦派的一个代表著作家。这一篇收在小说集《春天的访问》(1921) 中，他自序中说是会心的作品之一。他的小说由我译成中文的有《亡姊》及《山上的观音》两篇，收在《现代日本小说集》中。

西行（Saigyō）是镰仓时代的高僧及诗人，生于一一二［一］八年，本名佐藤义清，初为上皇院卫士，二十三岁时见友人猝死，因舍妻子出家，行脚全国，以歌咏自娱，著有《山家集》二卷，七十五岁卒。文学史上称“其歌自具一种风骨，纵横自在，不拘规格，虽为后世轨范家所不喜，但风调清新，融化自己于自然之怀，且有直逼真实人生之概，非专以新诗形装旧诗思为事的平安末期歌人之所能企及的。”文治二年（1186），西行过镰仓，为将军源赖朝所要请，属讲武术，优加礼遇，本文所说本此。

一九二三年七月二十一日附记。

——录自开明书店 1928 年再版

《婴儿杀害》[①] 附记一

（周作人）

剧中的房屋器具，言语风俗，多系日本特有，恐需解说才可明了，唯亦不能具详，只就两三点略说如下：

一，日本宗法社会的遗俗，一家里子女次序并非总算，乃依性别分计，故小山巡查长男年纪可以比阿继（长女）为小。

二，剧中所云佛坛，在中国实在应当说神堂或祖先牌位堂。因为佛教的关系，普通称死者为佛，谓成佛了的人，所以人家安放祖先牌位的小龛也就名为佛坛了。

三，阿朝（朝夕之朝）的丈夫生肺病，临死一年前就不能工作了。而还生了一个遗腹子，或者有人要疑心作者胡说，其实这倒是有科学根据的。肺病患者常有性欲旺盛的现象，据说有一个人在死的前一天，还有这种兴致与力量，所以这剧里所说并无什么破绽。

——录自开明书店 1930 年增订四版

---

① 此篇“附记”录自增订四版，二版中仅有前六篇，无此篇。

《婴儿杀害》附记二

（周作人）

此文在《语丝》四卷三十八期发表后，承东京的锷予先生据著者最近改订本，代为改正，在《语丝》四卷四十六期上发表，今即采用锷予先生原译，据以修正，特表谢忱。

十八年十月二十日。

——录自开明书店 1930 年增订四版

《两条血痕及其他》后记

周作人

上边所辑录的几篇作品，都是前几年所译，就是其中最近译出的一篇，也已经是去年的事了。这一两年来，也未必因为是住在北京的缘故罢，我的心总是不能安静，译述的笔好久不动了，虽然心里未尝没有好几种想译的东西，如《梭格拉第的辩解》等。日本的作品，我也想续译，有几个人的著作我颇喜欢，但是日月荏苒地过去，到现在收集起来，还只有这六篇东西。我觉得不好意思倚老卖老地把“疏懒衰老”等话头来做口实，总之是自己不大长进之故，虽然因了“讨赤”的刀枪声把神志震昏了，那也实在狠有点关系。却喜近来国内出版界大有生气，日本文学的介绍与译述，也渐渐地多起来了，我姑且把这册小书拿出来凑凑热闹，——旧稿发清了，这意思就是说可以预备写新稿了，无论能不能够实行，总之且把他当作我们的一个新年的希望罢。

民国十六年十月十日，周作人记于北京苦雨斋。

——录自开明书店 1928 年再版

《东方寓言集》[①]

《东方寓言集》序

（胡愈之[②]）

天下老鸦一般黑。走到无论什么地方，都不会容许你自由说话的。虽然有过“防民之口甚于防川”的一句古话，但是古今中外的权力者似乎总想把天下人的嘴都封锁起来，全不想到这是一种不可能而且可笑的事呢。单说从前的俄罗斯罢。从前俄罗斯的皇帝在现今是只有流亡国外，托庇外人宇下的一些白党在追悼他了；可是在十年以前，不过十年以前，他还相信他是可以长治久安的，所以他就尽力钳制言论，他不许俄国人民说一句不大恭敬的话。当时俄国政府钳制言论，检查新闻的方法，是特别完备，而且周密，因此直到现在，还有许多国家的政府是在竭力仿效呢。

在俄皇时代，据说一切的印刷品，书籍报章，在印刷以前，或印刷以后，都必须经过检查官审阅，认为“并无违碍”，方才可以发行。报章杂志的编辑人，以及书店老板，时常接到政府警告，不准刊行某种的文字；要是检查官对于某种书籍认为不合，立时可以禁止发行，

① 《东方寓言集》，俄国陀罗雪维支（Dorosevie，今译陀罗舍维奇，1864—1922）著，胡愈之译，上海开明书店 1927 年 11 月初版，文学周报社丛书之一。

② 胡愈之（1896—1986），笔名伏生，浙江上虞人。杭州英语专科学校毕业，自修日语、世界语。1915 年任《东方杂志》编辑。译有爱罗先珂《春日小品》《枯叶杂记》等。

甚至把发行机关封闭，把著作人拘捕监禁；因此被放逐到西伯利亚或遭杀身之祸的，是常有的事。检查的条例更非常苛刻，诋毁政府的不必说；对于教会及因袭道德的批评，以及一切关于社会问题的文字，全在禁止之列。有时竟至闹出十分可笑的事。克鲁泡特金在他所著的《俄罗斯文学的理想与现实》里是这样的说着：

> “在以前，关于检查官的种种笑柄，单从斯喀鼻恰甫斯基（Skabitchevsky）的一部《文字检查史》（*History of Censorship*）里，就可找到了许多。单讲一件事就够了：布雪金写了一首诗，是讲到女人的，里面有‘你的神圣的身躯’‘她的天国的美貌’这一些字句，检查官就在这首诗上打了一个大叉，用红墨水在原稿纸上批注着，说这等字句是亵渎神明的，不准刊印。诗歌往往被检查官割裂删节，不问它是否合于韵律。有的时候，在一篇小说中，检查官甚至代你随意的添上了一二段。”

因了检查的严密，俄国的出版界，就造成了两种的现象：第一，关于批评政治问题，社会问题，道德问题的著作，往往送到国外去印刷发行。第二，报章杂志上竭力减少评论时事的文章，多登文艺作品，如小说寓言，文学批评等。因为文艺作品，在表面上并没有提及政府，教会等名辞，在骨子里却依旧可以批评政治问题，社会问题或思想问题等，这样就把检查官的目光瞒过了。例如都介涅夫的小说，满纸是讲男女关系，是讲恋爱，在脑筋不大灵敏的检查官（无论何处的检查官脑筋总是不大灵敏的啊！）看来，以为这并不是“危险”的，可是每个读者却都能感到这些小说里面充满着反抗思想和对于一切现存制度因袭道德的批评。所以从别一方面说，十九世纪的俄国文学，有特殊的发展，未始不是受了严密的检查制度之赐。现在我们的作者陀罗雪维支也便是罩着文艺的面幕瞒过检查官的眼目的俄国讽刺作家的一个了。

佛拉斯米恰洛维支陀罗雪维支（Vlas Mihajiovie Dorosevie）生于一八六三年。和许多别的俄国著作家相同，他在文学上的成就是在经过了长时期的生活奋斗之后。他做过戏子，做过舞台说明者，可是都失败了。到后来他开始替各种日报和杂志撰著讽刺及小品文，方才博得广大的荣名。他在报纸上所发表的文字，传诵很广，对于革命前的俄国社会生活，他是一个有伟大影响的人。他是惯用比喻的文体，指摘俄国政治社会各方面的种种罪恶和缺陷。他把当时的暴政，和握权的人物，都攻击的体无完肤，描写的淋漓尽致，却绝不显露出“违碍”的字句。他所专长的，是借用了东方生活作题材，尽量地讽刺俄国政治社会的情状。（但是本书的读者都会明白，他所讽刺的，怕不只是俄国的情状罢！）他是大胆地说出了当时俄国人所不能说不敢说的，可是从文字的表面看来，却只说着土尔其的故事，印度的故事，中国的故事，所以检查官竟不能禁止出版，也不能将他治罪。

除了寓意的故事童话以外，陀罗雪维支更写了许多文艺批评，戏剧批评，以及关于莫斯科中等阶级，城市贫苦阶级的生活的小说。他的整部的文学作品有数大册，此外短篇的小品文字则散见于数千种的报章杂志中间。他的作风是尖刻，深切，纯朴，刚劲，印象非常强烈而又是富于诗趣的。在他晚年，任莫斯科最著名的报纸 *Russkoje Slovo* 的主笔，至十余年，直到该报被苏维埃政府没收时止。一九二一年，陀罗雪维支因受政治环境的刺激，并为贫穷所迫，悒郁而死。

本书所选陀罗雪维支的作品共六篇，除《雨》是从世界语周刊 *Sennaciulo* 中译出外，其余的五节都是从世界语《国际文学丛书》第十五种 *Orientaj Fabeloj* 转译。世界语的原译者为 Sro. Nikolao Hohlov。就中《错打了屁股》一篇，因为所说的是中国的故事，不少牵强附会的地方，译成中文后，曾加以改作，和原文已有许多出入。又本书的书名，照世界语题名，应称为《东方童话集》，但就陀罗雪维支的文体，却是以讽刺为主，似更近于伊索式的寓言，并不是专给儿童看的，所以改题为《东方寓言集》。最末的一篇，却于东方生活无关，据世界语本译者的意见，此篇最足代表陀罗雪维支讽刺俄国上等社会生活的作品，所以把它附在后面了。

本书内《寓言的寓言》，《赫三怎样落下了裤子》这两篇译成中文后曾在《小说月报》发表。最末一篇《猪的历史》，曾在《东方杂志》发表。蒙《小说月报》编辑郑振铎先生，《东方杂志》编辑钱经宇先生允许收入本集，这是译者所应表示感谢的。

最后说几句关于世界语的话：

本书的作者陀罗雪维支，在革命以前的俄国，虽然有盛大的荣名，但是他的作品，还很少介绍到国外。在英日文中，就译者所知，还不曾有过一本翻译。现在是靠了柴门哈甫语的媒介，才得把近代俄国文学中一种别具蹊径的作品呈献给中国的文艺爱好者。这是一件可喜的事：在近年来，亏了翻译家周作人王鲁彦诸先生的努力，我们已得从世界语中，认识了欧洲许多大民族小民族的珍异的文艺作品。译者对于世界语在文艺上的价值，虽然早有了坚信，但是深愧平时太不努力，至今只成就这一点小小的翻译。本书付印的时候，恰巧是在Esperanto出世以后的四十年，全世界数百万“绿星”旗下的信徒，正在集合着到处举行盛大的纪念祝典。因此译者翻译了这一本小小的书，也就算是替四十年的世界语运动留下些微的纪念罢。

但是在世界语中蕴蓄各国文学的无穷的宝藏，各国的名作译成世界语的有数万数千种，在这中间不知道有多少的奇卉异木，单凭转展翻译，是不能发掘的尽，采撷的尽的。译者很希望每个读者都亲自去发掘，亲手去采撷。好在这不是艰难的事情，世界语是“不下泪的拉丁文”，学会世界语，不必费去很多的时间，比学任何种外国语，要容易到数倍。要是中国的文艺爱好者都学会了世界语，都能直接领略世界语中无数的文艺珍品，译者自然可以躲懒，不必再来做这些拙笨的翻译工作。这是译者最后的过分的奢望了。

译者 一九二七，一一，二四，于上海

——录自开明书店 1927 年初版

《少年哥德之创造》[①]

《少年哥德之创造》译者序

（陈西滢）

哥德的名著《少年维特之烦恼》，曾经郭沫若先生译成中文，几乎是少年人谁都读过的书了。而且几乎谁都听说过，哥德写那本书，是在他自己尝到了恋爱的创痛之后，所以《少年维特之本事》可以算是哥德自己的经验。

那么，读者也许要问了，少年维特就是少年哥德么？要是哥德就是维特，怎样哥德又没有自杀？读者又不免要问，少年维特的思想行动我们已经知道了，他的创造者少年哥德的思想行动到底是怎样的呢？他自己究竟有了什么经验？他为什么写“少年维特”的烦恼？写的时候他又是怎样的情形？在这篇文字里种种问题都有了答案。

可是这篇是小说，并不是传记。这并不是说这里的事实都是虚构的。不，不是的。这里的事实，就是最细微的一点，都有确切的根

① 《少年哥德之创造》，小说，法国莫洛怀（André Maurois，今译安德烈·莫洛亚，1885—1967）著，西滢（陈西滢）译，上海新月书店 1927 年 11 月初版。

据，不过这些事实却穿上了小说的衣裳。

戈尔斯密说过，写小说不是容易的事情，要是让约翰生来写，他小说里的小鱼也许免不了用鲸鱼的口气来说话。这话正是不错，只是，能教小鱼说大鱼话的究竟是极少的少数，大多数的作者恐怕只会教鲸鱼吐出蝌蚪大的声音来！

写小说已经是难事，何况把一个稀有的天才做你小说的主人翁？怪不得这样的小说几乎全部失败了。本篇的作者，莫洛怀先生的本领，就在能描写一个天才时把天才的本色露出来。他前年在一本小说 *Ariel ou la vie de Shelley* 里写了英国大诗人雪莱的生平，一出版就成了英法两国著名的杰作。本篇是他一九二六年出版之新著 *Meipe ou la Delivrance* 中三篇的第一篇，本名“Le premier cercle de meipe ou le createur”。《少年哥德的创造》是我擅自改题的。

我用的原文是第四十三版的法文原本，另参阅 Erie Sutton 的英译本（英译名 Mape 由 The Bodley Head 出版），可是法文原本和英译本有时很不同，法文小本里有些句子，英译本里找不到，那本不算奇怪，可是很奇怪的，英译本里也有些语句——甚至很长的篇段——法文本里却没有。在那些地方，我的译文大都依照法文本，虽然英译本也给我很大的帮助。

这篇译文在去年年底，今年年初，陆续在《现代评论》上登载过。我本想在成书时细细的修改一道，并且写一篇比较详细的序文，介绍哥德的生平。谁知人事匆匆，自春至秋，总是找不到时候来动手。现在又要远行了，一搁又不知要搁到几时，因此听了朋友们的劝告，仅仅改了几个误字，就拿去付印了。

十六年十月，去国之前一夕。

——录自上海新月书店 1927 年初版

《漪溟湖》[①]

《漪溟湖》序

朱偰[②]

在北海之滨，德意志雪州的西岸上，是施托谟的故乡。烟雾迷濛中，可以由岸上望见海外栉比的岛屿，这是哈立根群岛，是些绿草萦回的小岛。波涛澎湃间，海水激起飞溅的浪花，与孤峙的崖壁相奋斗。西风吹起，卷起一阵阵浪潮，涌向横列的一排海岸上。每当春秋两季间，海风怒吼，涨起汹涌的高潮。——那岸上峙立着寂寞的孤城：这正是胡素城，是我们诗人的故乡。他和他故乡的景物，有密切的关系，他的艺术中间处处有雪州的风味，他所表现的最好的，也就是他本地的风光。

施氏是富于鉴赏自然美的诗人，过去的印象，在他记忆中历历如在目前。施氏是写实派的巨子，擅于散文艺术（Prosakunst），而同时又能渗以浪漫的色彩。他描写情景，栩栩如生，令人读了宛如身临其境，身当其情；而他又能用简练的句子，表露深刻的感情，处处令人兴起同情。这种种妙处，这小本《漪溟湖》，可以充分表现出来。

《漪溟湖》凡是读过这本小说的人，没有一个不觉得满意的。这事情并不怎样希奇，不过摹写小儿女的爱情（Kinderliebe）；女孩子缺乏自觉力，违反了自己的心愿，勉强听从了母亲的话，——也是普通的事情。然而施氏却能以深刻的感情，用微妙的手腕，描写得凄怆惋恻，缠绵尽致；令人读了，迂回往复，流连不已。这是施氏的魔

---

① 《漪溟湖》（*Immensee*，今译《茵梦湖》），小说，德国施托谟（H.T.W. Storm，今译施笃姆，1817—1888）著，朱偰译，上海开明书店 1927 年 11 月初版。

② 朱偰（1907—1968），字伯商，浙江海盐人。毕业于北京大学，后赴德国柏林大学留学，主攻经济学兼修历史、哲学。另译有施笃姆《燕语》等。

力，这是施氏的真本领！

《漪溟湖》已有两种译本：唐（性天）译作《意门湖》，郭（沫若）译作《茵梦湖》。唐译是直接翻译的，可惜语句滞重，而错误之处复多，实逊似郭译；郭译文句颇流丽，意味亦深长，可说是译品中不可多得的文章；但是可惜有几十处失了真意，因此减色不少。——我不知郭君是否从德文直接翻译，但是从几处错误之点看来，似乎没有见过原文。泰东图书局的六版本固未改正过来，就是最近的一九二七年创造社出版部本也还是照原样将错误的译文印上去。仅据新版本随便举几点说来：

一 “一位老人向着这司食人宣言反抗……”(泰东本一〇页 创造本一三页)

原文是“Ein alter Herr warf sich zum Proviantmeister auf”，应作：“一位老绅士自己起来作司食长。”“sich auf werfen zu”在英文是“To set up for”；郭译却误作“sich gegen einen auf werfen”(To rise up against one）去了。

二 “我还不十分倦，”(泰东本一三页 创造本一七页)

原文是“Ich bin noch gar nicht müde”，应作：“我还一点不倦。”

三 “来印哈德却毫无归意；”(泰东本一三页 创造本一八页)

原文是“An den Rückweg hatte Reinhard nicht gedacht”，应作：“莱茵哈特却没有想到回去的路。”

四 “圣诞节已到了。”(泰东本一九页 创造本二四页)

原文是“Die weihnachtsabend kam heran”，应作：“圣诞节晚上快要到了。”圣诞节是十二月二十五日，而圣诞节晚上却是十二月二十四日之晚，“Herankommen”本是“来近”，并非“已到”，郭译时间上错误。

五 “今年圣诞节我们这儿很冷淡的，”(泰东本二三页 创造本二九页)

原文是“Bei uns wird es nun am weihnachtsabend sehr still warden”，应作：“我们这里圣诞节晚上一定很冷静”。伊藜沙白写信的时候，还没有到圣诞节晚上，郭译又是时间上错误。

六 “若是只是两人在一处时，便相对默然，”（泰东本二八页 创造本三五页）

原文是“Wenn sie allein zusammen sassen，entstanden Pausen”，应作：“若只有两人在一起时，谈话中间往往发生顿挫。”

七 “在这长期休假中想寻愉乐的事情，”（泰东本二八页 创造本三五页）

原文是“Um waehrend jxer Ferienzeit eine bestimmte Unterhaltung zu haben”，应作：“在假期中想要有一定的聚谈。”

八 “来印哈德还要再留一两点钟，”（泰东本二八页 创造本三六页）

原文是“So kam Reinhard einige Stunden Spaeter wieder”，应作：“莱茵哈特一两点钟后便又过来，”这是说，他去后再来，一“去”一“留”，相去远甚。

九 “来印哈德只是呆呆地偷看她，”（泰东本三一页 创造本四〇页）

原文是“Reinhard blickte forschend zu ihr hin”，应作：“莱茵哈特侦查似地看着她，”重要的在“侦察似地”，“呆呆地偷看”却不足以达意，亦且失了真情。

一〇 “他还望见她那娉婷的姿态，”（泰东本三四页 创造本四三页）

原文是“sah er noch einmal ihre liebe Gestalt”，应作：“他再看她那可爱的倩影一次，”这是说，车转弯的时候，他再一次望望他爱人的倩影，是“再望一次”（noch einmal），是“有意的”去望；并不是“还望见”，是“可以”望得见。郭译失去了莱茵哈特挚爱伊藜沙白的真意。

一一 “来印哈德开封读道：”（泰东本三五页 创造本四四页）

原文是“Reinhard brach und las，und bald las folgen les［und bald las er folgendes］：”应作“莱茵哈特拆开了读，不久读到底下一段：”因为底下的信不是全录，只录中间一段，郭译作“开封读道：”底下的信便不得不作开始的样子。

一二　“从对面的侧门走入，”（泰东本四〇页　创造本五二页）

原文是“Sie stand auf und ging den Eintretenden entgegen”，应作：“她站了起来，迎着进来的人走去。”

一三　“一轮红日只仿佛如泡沫一般，浮在湖对岸森林上。”（泰东本四六页　创造本六〇页）

原文是“ein roter Abendschein lag wie Schaum auf den wäldern jenseits des sees”，应作：“一缕晚霞仿佛烟浪似地浮在湖对岸的森林上。”上文（郭译四四页）说，“夕阳已隐过对湖森林后去了”；现在又说“一轮红日浮在湖对岸森林上”，“没而复出”，真有鲁阳公“麾戈回日”之力，神妙之至！

一四　“唉，这种歌是些下流人唱的，”（泰东本四四页　创造本五八页）

原文是“Ei，das hört man den Dingern schon an”，应作：“唉，这一听就可以知道了……”上文伊藜沙白问的是谁做的，郭译却作“唱”，所答非所问。

一五　“朝味还在四处弥漫着，”（泰东本五六页　创造本七二页）

原文是“Die Morgendämmerung ruhte noch in allen Winkeln”，应作：“黎明的幽味还在各隅停留着，”这是说，晓光乍启的时候，有些地方已经明亮，而墙隅屋角的地方，还停留着幽暗。“四处弥漫”失之太过。

写了许多错处，手也酸了，墨也干了，却还不足以尽其错处的三分之一。本文不是校对的文章，可不必多举了。

唐译既不足取，郭译复多错误，因此有重译的必要，这是我翻译

《漪溟湖》的原因。不敢自谓尽善尽美，还希望读者诸君随时赐教。

《漪溟湖》本是一部言情小说，与中文小说《红楼梦》不相上下；所异者，不过《红楼梦》结构宏大，《漪溟湖》篇幅小点罢了。中文小说类多偏于“内”的描写，长于描写人的心情，尤其于表现个性方面，其方法是由内及外；《漪溟湖》则由外而内，长于“外”的描写，于自然方面，风景方面，可谓补前者之所不逮；而感情的深挚，思想的高超，尤可与《红楼梦》并驾齐驱，有过之无不及，是在读者一一自己领略去。

一九二七，八，三十一，朱偰

——录自开明书店1927年初版

《漪溟湖》作者事略

朱偰

施托谟（Hans Theodor Woldsen Storm）以千八百十七年九月十四日生于德之雪勒斯维州（Schleswig）虎汝谟城（Husum）。父系一律师，颇有令名；母美而慧，属于旧家门楣。氏幼入地方小学读书，家乡景物，庭园风味，影响于其作品甚深，其后《故乡》之作，即大半取材于此。继入吕培（Lubeck）中学肄业，始研究文学。氏所作诗多受海涅（Heine）与爱新道夫（Eichendorff）之影响；远之如哥德（Goethe）之《浮士德》(*Faust*) 亦与有力焉。

一八三七年，氏入基尔（Kiel）大学，研究法律。一八四七年，氏归故乡，从事律师业；时氏已与其表妹爱斯玛（Constanze Esmarch）结婚，伉俪间颇称相得。未几，雪勒斯维霍斯坦（Schleswig-Holstein）二州入丹麦统治之下，氏之家庭幸福，亦被蹂躏。一八五三年，出亡在外，服务普鲁士，辗转柏林卜支丹（Potsdam）、海立根（Heiligenstadt）间，在卜支丹时，氏曾一度作南德之旅行，便道访缪利克（Edward Moerike），缪利克者，氏曾读其诗文，素所景仰之人也。一八五六年，氏往海立根作地方判官，任职数年，颇称小康。然氏与其家人，流寓在外，固未尝一日忘故乡；其所作 *Die Heimat* 一书，即寓其怀归之意。迨一八六四年，雪州归于普，氏即旋里，任地方长官。归乡未几，而其妻即殁；时氏已有子女七人；翌年，续娶燕筍（Dorothea Jensen）为妻。一八七九年后，氏隐于霍斯坦乡间；一八八八年，卒于乡；遗命葬虎城祖茔。氏所作诗，长于抒情，自成一家；其小说复擅于描写，所作无虑数十种，《漪溟湖》一书，为其早年（一八四九年）之作，流诵德意志民间，宛如中国之《石头记》焉。

一九二七，八，一四，朱偰

——录自开明书店 1927 年初版

《春》[①]

《春》小引

药眠（黄药眠[②]）

我素喜欢读英文诗，每当读到它的好处时，就不觉手痒，想把它译出。前年暑假因为在家里住着没有事情，就随便取“金库”(The Golden Treasury）中的几首抒情诗来试译，随读随译，不觉已译了十余首。去年冬在广州之东山市隐了半年，我偶尔翻出旧稿，不觉心动，于是又继续译了十几首。现在将这两次所译的合拢起来，再把它

① 《春》，译诗集（英诗选译）。沃茨沃斯（W. Wordsworth，今译华兹华斯，1770—1850）等著，黄药眠译，上海创造社出版部 1927 年 12 月初版。

② 药眠，黄药眠（1903—1987），原名黄访，广东梅县人。广东高等师范学校英文系毕业。经成仿吾、王独清介绍参加创造社，1929 年前往莫斯科，供职于共产国际，1933 年回上海。译有《史的唯物主义》(意大利拉布廖拉著)，《工人杰麦》(美国辛克莱著）等。

修改了几次，除删去几首外，共得抒情诗三十五首，其中以由“金库”选来为多。译者能力薄弱，本不足以言诗，惟自信对于原诗的情调，尚能保持，不过如有错误的地方，则希望读者加以指正。末了，我要感谢仿吾、独清二先生的帮助，不过译文如有错误时，仍由译者负责。

药 眠 1927.10.19

——录自人民文学出版社 2010 年版《黄药眠诗全编》

《芥川龙之介集》①

《袈裟与盛远》[附记]

（方光焘）

《袈裟与盛远》是一篇根源于史实的创作。芥川氏是一位很喜欢从“古纸堆里”找材料的作家；这一篇却也能代表他的一面。

关于袈裟与盛远的事，《源平盛衰记》里，有很详细的记述现在为供读者参阅起见，特简略地叙述几句。

袈裟是渡左衙门尉的妻。父名不详，母衣川氏。盛远姓远藤，是衣川氏的外甥。在袈裟未出嫁前，盛远似乎没有和她会面过。

有一年的三月中旬，正值村中渡边桥落成祭的时节，盛远（其时盛远年十七袈裟年十六）突在途上，遇见了一位美女，心中惊叹着她的艳影，便暗暗尾随在她后面，直跟她到了渡氏的门口，一查底蕴，才晓得她是袈裟，是衣川氏的女，是渡左衙门的妻。

---

① 《芥川龙之介集》，短篇小说集，鲁迅、方光焘、夏丏尊、章克标译，上海开明书店 1927 年 12 月初版。

自此之后，盛远废寝忘餐地痛尝了六个月的相思苦。到了九月十三日的那天早晨，他真有些耐不住了；便带着刀，跑到他的姨母衣川氏家里去。他硬说着他姨母是他的仇敌，要杀却姨母。衣川氏惊骇之余，追问了他的究竟，才明白了为的是袈裟。他怨恨着他姨母把袈裟嫁给渡左衙门却累他受尽了相思的磨折。这在盛远的意思，是想杀却了姨母，自己也拼一个死，落得干净。衣川氏看他来势汹汹，只得权且允许他今夜叫袈裟回家来和他相会。

盛远去后，衣川氏独自啜泣悲伤。心中想着，若不叫袈裟来和他相会，不晓得他要做出怎样的事，若叫了袈裟和他相会，那末怎样对得住渡左衙门尉呢！但后来终于叫了袈裟回来，把这事的底细，和她说了；而且拿出小刀要袈裟先把她杀死，免得死在盛远手里。袈裟眼见着自己的母亲，为了她之故，却陷入了这样的难境，便甘愿失身盛远，来解除母亲的苦难。

这一夜盛远终于来和袈裟幽会了。当黎明分袂之际，盛远依依惜别，热望着和袈裟做一世的长久夫妻；而且拔刀示意，大有要和渡一决雌雄的样子。袈裟不得已便和他商量一条谋杀渡左衙门的妙计。她告诉盛远，她回去后，要替她丈夫洗发，且将酒灌醉了他。盛远来时，只要摸着湿发的头，便下手，那末大事就可告成。

袈裟归后，也不和丈夫说什么，真的把酒将他灌醉，故意使他睡在内间，自己却把头发洗湿，穿了男装，假睡在床上。盛远不明底蕴，来时却竟错杀了他自己的爱人。回来细审人头，才晓得他所杀的却是袈裟。悲痛之余便带了人头跑到渡那里去。他说明了始末，且要求着愿死在渡的刀下，以了此冤孽。渡对他说现在就死了，也无益于袈裟，倒不如从此改心修行，深自忏悔，去超度袈裟的亡魂为是。盛远因此就出了家，改名文觉，后来毕竟成为一位有名的高僧。

译者附记

——录自开明书店 1927 年初版

《新生》[①]

《新生》解说

（徐祖正[②]）

“Passion”这个字还不知道怎样翻译。普通字典上的“欲情”“情热”“苦痛”一类的译语，总觉得不能包括原语全部的意义。在“欲情”的译语上看来这个字似乎带点低鄙意义，“情热”则似乎比较高尚，到了“苦痛”“忧苦”“苦难”的译语，那就有种崇敬的意义了。新约使徒行传一章三节说基督“受难之后”对使徒显现云云，也用after his“passion”，客西马尼园以及十字架上的“苦”字，都是这个字。这只是字义上的诠释。内部生命对于外物对象的倾注与燃烧，这种精神现象恐怕不是亲身体验的人不容易得到说明的领悟。圣哲之对于天下人之爱与因此而受的苦，常人或者不容易理解；而对于说“先天下之忧而忧”的人也就不会误解他是空说大话的。所以对象是一个人而为之倾注与燃烧的“Passion”也不能单在“欲情”的译语上轻忽过去。单就这部书中的事实而论，以一个中年绅士在丧偶以后的家庭内与住在家中照看小孩的侄女陷进了不伦的爱欲（Passion）里去的一段自白，在读者的心里要不是被驱于一种卑浅的好奇心去耽读，至少也要对于自白出来的主人公以及这书的作者发生一种惊奇的。要有了这个字的了解，才能得到这部书的真正理会。当然不是说不曾受过英

---

① 《新生》（上下卷），小说。岛崎藤村（1872—1943）著，徐祖正译。北新书局1927年12月初版发行，骆驼丛书之二。

② 徐祖正（1895—1978），字耀辰，又作曜辰，江苏昆山人。先入东京高等师范学校，后入京都帝国大学学习英国文学。回国后任教于北京高等师范学校、北京大学、清华大学、燕京大学等。著有《兰生弟的日记》等。

语教育的人就不能读这部书。但想到真正的狂飙时代与文学的主情运动还是极其渺茫，对于感情的世界不知尊重的中国，对于文艺还不脱享乐与好奇二态度的许多读者，不得不先作一个冒失的辩护。

其次是见到国内有一般文学研究者想从知识中建筑文学的素养；在这种读者之前我苦于不能把著者岛崎藤村的生涯与作风的大概用极简括的话来说明，使他们先得一点满足。我已说过，再想把著者可说是自传三部曲中的《樱桃熟的时候》与《春》译出；如果《新生》是一部中年的痛切的人生记录的话，那末二书之中前者是梦幻清丽的少年回忆，后者是变化重叠深刻伟烈的青年时代的人生涉险记。要是对于译述尚有兴趣的话，那末不仅是一个人，是一个家族二十多年悠长的历史用熟练的写实笔法构成上下两卷的《家》，希望也有译出的机会。在中篇短篇内也有许多是生活实感中分泌出的，这个或者不久就可以翻译出一二来。要照这样说法，藤村的著作就是藤村生涯的说明了。原来是那么的。《新生》的主人公是岸本捨吉，《樱桃熟的时候》的主人公也是同一姓名。《春》与《家》里面的同一岸本当然都是同一人。就此这几部的著作，只要统读之后可以得到一个由少年而青年而中年老年的性格环境都是同样的一个主人公。要是详细的穿凿去，那末《新生》里的女主人公节子又可以在《家》里面发现。节子父母就是岸本的兄嫂，也可以发现。在《新生》里回忆到的岸本捨吉的父母也可以在《樱桃熟的时候》中发现。在《春》里面有岸本青年时代的同学与交友；凡是那里面的假名都能于现在生存，或是经过不远的日本文坛与学界中指出有名的人物来。《新生》里的人物当然不待说。在《新生》到结末时候岸本捨吉与姪女节子分别后，自己抚育着小孩，茹苦含辛想彻底于生的情景也就是著者的藤村近十年来的生活，又是五十多年间自己开垦的一个文豪的生涯。

作品本不因为是作者私生活而名贵，实因为面接实人生与再现实生活的态度作风而可贵。概括说岛崎藤村的作风，当然是属于写实派。从诗转到小说时的长篇小说《破戒》说灌进了当时日本沉滞的文坛上不少生气，开出一个新生面的也在写实的手法上。这差不多是许多批评家的定论。然从别一观察点上立论，《破戒》却另有一个重心；由这个重心不仅在文学上而且在实人生上也定有一个新生面开发出。每次读了藤村的作品总要令人沉思一回子，当时曾有那么样说过的批评家。那末除了文学之外一定还有写出许多十分高贵的东西在那里了。《破戒》另一重心是在这一点上。是在作家对于人生的态度上。田山花袋的《棉被》是《破戒》出世一年后的著作。后年的批评家说花袋当时受了藤村的影响。我们可以从此中窥取《破戒》的这个重心所开的二重的新生面。因为当时的《绵被》在作者花袋的实生活上也有一种决然的气概。

我觉得《新生》与那部早年的《破戒》二书有个相同的重心。《新生》的主人公岸本捨吉与《破戒》的主人公濑川丑松有种同样的人生态度。《新生》是作者四十七岁开始，《破戒》是三十三岁转入小说时候的作品。《破戒》的内容与《新生》却有点不同，不是自传作品。相同的是那主人公的态度。主人公的濑川丑松是一小都会中奉职在小学校的教师。日本人种中有名秽多的部族，一向被人贱视而不齿于搢绅间的。其贱视的极度直到不与部落人往来或是攀话。当然秽多不能作小学教师。秽多的子女可进公立小学校乃是明治维新以来的特典，实际是仍受虐待而摈斥的。濑川丑松却是秽多族。他在小学校幸而没有困难的毕业，寻常师范学校真也费尽苦心才得安然的官费毕业；此刻已在生存竞争的大海里了。一旦把身家泄漏的话，那是马上即遭停职处分，还得受非常的酷遇。而濑川丑松已是一个有了思想生活的青年了。他一向因为被动的受父亲的训诫，说无论如何这是说出不得的。这差不多比之生命还看得重要的戒律。濑川就一直守了下来。等到成年之后父亲也死了。他又有了思想的启发；觉得这种生活是卑怯苟且的；男子应当有所作为，现在竟戴了一个假面具，弄到连把身家来历都不敢对人公布了，这岂是自己生来是下贱人种不能得到平等待遇，而自己竟也自量没有实力竞争而甘心屈伏于假面的人生下了么？苦恼烦闷的结果，竟其来了勇气。他在讲堂上对自己教育的儿童前把自己的身家来历尽量的剖白。再对于一向嫉妒的同事；对于一向不怀好感，有黜陟大权的校长先生；甚而至于对衷心爱慕着的一个贫苦姑娘的爱人，都尽情自白了自己的身家。他如此忏悔之后把教职辞去，把与爱人的交往也预备割断，重想别寻天地去建立新生活的。告白之后，当然是全校哄然。年小的儿童听了虽极惊异，但对他都不忍分离。一向嫉忌的同事却大觉畅快，如今可升任地位了。一向怀怨的校长，可以提拔提拔自己而作自己靠山的人的后辈了。行见反抗习俗，疾视虚伪，不把社会的制裁，人心的阴险放在眼里，一意想把自己的假面除掉同时也想戳破社会的假面；只顾自我的伸张，想获得良心怛白的青年，遭受失败而身蒙诟病了。《破戒》的全局也就此收场。主人公濑川丑松只不过还获得一个爱人的心。

《新生》是作者四十七岁的著作，内中主人公是从四十二岁叙起到作者《新生》脱稿四十八岁为止的一件恋爱事实。这不是年青时代的浪漫诗化得的故事，乃是现实人生中极其黑暗的事实。叔父与侄女间的爱总是毁坏伦常，自己也不敢强颜肯定，人家也不得默然公认的。这那里可以自白得呢。在上卷全卷都只是叙述主人公在人生的半路上怎样陷进这个暗洞里去，与知道做下了无法挽回，姪女怀了身孕后那种战栗苦闷的心状。到上卷末尾乃是想尽法子把姪女偷偷地交托了她的父母：自己的兄嫂；假托于出洋游历的假面之下，隐身于外国轮船中几乎有不能生还重见故国的那种想头。到了下卷上半部还是那种伦理道德上的苦闷，到处想在假面之下把自己的真面目遮饰过的。远在异乡的巴里，适逢欧洲的世界大战，中间经了不少辛酸的行旅人生活。三年的岁月已经蒙混过，想到出国时抛弃下来的自己四个小孩都是别人经管着，自己的旅路也已走到了尽头。虽说是几乎决心不再重见祖国的了，但是三年的辛苦生活，自己也有了一个心的转机。无论谁都想生存下去的。把错过当成了责罚，那末三年间的自责生活稍微也把那种暗黑的心地轻松一点了。实际也已到了非重踏祖国土地不可。于是慨然回到自己小孩的身旁来。在当初本打算回国之后自己也一方面重营结婚生活，对于侄女的节子也唯力是视，想帮助她有个终身的定局。这是想在原有的假面具下维持下去，大家得以安稳过活；并没有保持自己的真面目，想去固执到底的心思。及到回来一看，姪女的节子是非常的萎衰。年青姑娘应有的丰姿不知消失到了那里去，就是普通的健康也是恢复不起来。岸本就觉得自己责任所在，渐渐地起了怜悯之心；想为她出力，给她拯救。从这怜悯心出发，又重新接近了节子。而在节子方面，开初原不是岸本所料。在岸本逃遁远国，竭力想把过去埋葬的期间，在节子却已深深地培育着一个罪过中生起的心苗。于是回国以来的岸本差不多惊异样的一点一滴的发现那个隐藏着的心苗了。

下卷的下半是描述主人公心理的蜕变，与罪过中找见的光明，直到非把自己与姪女四五年来隐私黑暗的罪孽和盘托出尽情用著作的形式来表述不可的那种 Passion 的激剧。从九十二章以下真有急转直下之势。“岸本已能从已往的偈促多虑，顾忌似的一直对人害怕着过活下来的那种拘束的身份中脱离，动达到了非走进再宽广自由的世界里去不可似的地位上来了。”他是想把自己的全生涯根本推翻以求脱出那个假面罢了。这是与《破戒》主人公的态度上有相像之处：要破除生存于社会的戒律；亦即是《新生》的一种解说。

在岸本的青少年时代曾经为了女性燃烧过的心早已受了运命的酷虐，摧残到非常枯冷的了。为了年轻的姪女之故说再能有“爱”的热情（Passion）燃烧到破除这个假面，这决非容易的事情。——初恋对象的女子乃是自己的学生，已经有了婚约的了。岸本为了这个激情（Passion）竟至抛弃了职业，抛弃了寄住的恩人家，也抛弃了自己。

他在大半年之间过了照字义直解的漂泊者的流浪生活。(这是《樱桃熟的时候》的末幕,《春》的开场时候的点景。这又却是许多著作中一贯的主人公的开场。)他的情人是想照着新时代的女子那样想为爱而奋斗的,然而结局仍像大多数的女子一样委任于父亲的手中去交托于丈夫的手中。岸本感到自己并不是缺乏才情不足以挽住情人,她也并非真不能攫得自主权达到自己的主张。这固然是《春》的主人公的推测了,他推测到自己没有资财,他的恋爱失败是为了没有资财。在幻梦里醒来的《春》的主人公岸本,曾经凝视过好几个实例。友朋中某某因为有资产所以恋爱成了功,某某因为没有资产而失败了。所以他的结论是如此。从恋爱的幻梦里醒来的他,不止是看到爱的空虚,还看到了一个寒冷的人间世。自己还是恩人家的寄生者。从此是艰难的青春时代来到了。既经从流浪而回到人间来了,自然又得服从社会的常习。从恋爱失败以后的他,受尽了苦辣,终于想到结婚是足以保持自己小小的生活空气与生活样式;非如此也不能在社会中安住。走到绝路之后,于是他才结婚(这是长篇《家》里面的情景了)。在浅间山麓的小诸地方(《破戒》的取材背景所出处),岸本带了新妻开始了乡下教师的朴素生活。新娶的妻是殷实人家的长女,可是能够耐苦勤劳一无习气的好女子。却是运命之神是肆虐居多的,看来。岸本有一天发现妻的情人的来信,在新筑起的家庭生活里。知道是无法圆满,情人早已作了自己胞妹的丈夫了,所以自己也决然出嫁到岸本这边来的。这是无可奈何的人间世。在情人还是不忘情的来信,自己也有述诉一下的抑郁处。这种往复的书信却并非故意乃是偶然在岸本眼里发现的。开初本不是由爱作基础的结婚,所以这种风波是容易生出动摇来的。岸本的女难只是深烈了下去。纵使是怎样歪斜的险路,也不得不攀援前进去,这是既结了婚的人应有的含耐。在山中的乡下教师生活过了七年,头胎的女孩已经好大,等到七年后下山时候已经是三个女孩的父母亲了。当然是人世的荒浪里滚磨脱了棱角的夫妇了，纵使没有浓密的爱，也许已没有了大不了的猜嫌。然而是大不然的。这在《新生》上卷开初也能读得到岸本的夫妇相克的生活了。下山之后回到东京来。那时是日俄战争的第二年，全国鼎沸。差不多的人都热烈慷慨的从军去。《新生》里出现的代代木的友人乃是当今的田山花袋氏，就在这时候做了从军记者远去为祖国出力了。岸本却带了妻儿隐栖于东京的郊外开始他的文学生涯。著者藤村在那时候曾有一句话，说文学家就是人生实战的从军记者，曾那么样表示自己的态度过。这样写出来的就是那部《破戒》。《破戒》是起稿于山中成就于东京郊外的大久保，出版后获得了意外的反响；这已在前面说过，开出写实作风于日本的沉滞文坛。可是作者为了那篇创作牺牲了三个女孩的生命，头上的三个女孩都死去了，在郊外大久保生的长子还不大。因为连死三儿，搬到东京下城隅田川边赁住，那时候开始了第二长篇《春》的稿子。费二年三年做一部长篇的乃是作者藤村的著作期。以上都是《家》里面反影［映］的著者实生活与体验。《家》的著作年代那是作者三十九岁，住在东京隅田川边的时候。在《春》以后的《家》的执笔中，作者的妻逝世。“爹爹，请你信我……请你信我……”这是妻死后想忆起来的话。在《新生》里说，“岸本听到他夫人这句话费了十二年。”从这里可以想谅到那个苛酷的夫妇相克的生活。又说“园子并不像生长丰裕人家的姑娘，她很能耐劳，喜欢操作，有许多可以使丈夫得到幸福的好性质。但是使丈夫去尝味激烈的嫉妒心的那种不注意，也一起嫁到了岸本家里来。……他费了十二年，方才能够和自己的夫人见到心的正面。而真的想着听到了这句话的时候，他的夫人已经过了世。”这种夫妇生活的苦辣恐怕不是少年人青年人所能领会到的事实。他的情人既已那么生离了去。嫁后不久听到病殁的消息。他的夫人如今又是如此死别了去。“岸本已成了不先有了心的准备不能再听第二次结婚话的人了。独身那件事，在他成了对于女人的一种复仇意义。他对于爱那件事，都觉得害怕起来了。爱的经验伤了他如此之深。”——如今又回到《新生》的解说上来。主人公岸本捨吉与别人不同，他从女性得到的不是什么温柔乃是刻蚀生命的苦痛，是摧残心苗的冰霜；所以他的心是非常枯冷的了。夫人死去之后，他再不想重营家庭生活，竟把独身想成了对于女性的复仇。但他的末路是被这种不自然的生活与想念复了仇去。他与自己的姪女陷进了破灭的深渊里去。从出亡外国旅行回来重见节子的时候，他的心虽已稍稍变化，但只是与初次结婚时一样，想在原有的假面之下随从世俗一起走路而已。也因为他对于姪女的节子没有发现分割不了的爱。而根本因为他的心依旧是枯冷：因为还没有把假面具掀破的热情（Passion）。由枯冷而求温暖的，乃是生之本态，是颓废生活者的转机。“虽是有情热的人，真的遇到可以寄托那情热的人却是很难。”爱的刻蚀终须是爱的补救，心的冰霜终可由心的情热来感化。严冬之后的大地回春时候，凡是枯干的树枝上都发出柔嫩的绿芽来。这也是《新生》的一种解说罢？

《新生》的主人公到了发现节子的心苗时候觉得了一个惊异。而到他发现节子的心苗也就是自己胸中的心苗时候他的惊异又比发现了新世界还要大罢。然而因为不是新世界，仍旧是人类千数万年来生生寄息的这个旧世界！《新生》的主人公是在旧的世界里发现了这个爱的新世界。他在一向自己也当作了不堪挽回的罪过，在一向隐藏又加之以隐藏的自己也为之蹉跌失望过的行为上就发现了一种新的光明新的意义。“我们想以罪过来洗刷罪过，以失错来洗刷失错，”成了那种想法。他再不能倨促于见不到日光的阴僻处而想走出广大的世界里来了。这是一部痛切的人生记录《新生》的由来。在《破戒》末段的自白，在《新生》成了全部的忏悔了。“忏悔”不只是过去生活的暴露；同时是现在生活的肯定；亦是未来生活的欣求。

“凡在这一世不能成就的事情就能说是不行了成的么？”《新生》上卷的序章里就熏腾一种没药香。到了下卷这种香气变了益加醇浓了。

要说《春》里的岸本也罢，就是作者的岛崎藤村也罢，自从幻丽的少年梦打破以后，对于流行那时候新国气象的基督教也已抛离而去的了。在这里我不说他是背教者，只说没有足以维系伤心人的有力宗教。

日本的基督教到现在还像脱离不了派遣教会的遗骸，当时更难有真切的生命力量。藤村晚年的作品里（《新生》也是）极多神秘的分子，带着艺术的泛神论的色彩。叔姪情人不能成现世的夫妇，只把作思慕纪念的佛珠作为素心的交换品，虽好像是无可奈何中的安住处，确也就是永劫流转的人生唯一的归寄处了罢。《新生》的结末是非常平静的。可是一种底力移动的平静，带着光明，向着永远。可以看看岸本劝勉节子不要存反抗心，不要希冀什么最后胜利不胜利。所以像《破戒》结末那时热烘烘的意气啦，偏小不堪的反抗态度啦，对于现社会制度的不满啦，这种渺小的芥蒂是纤屑无存了。可以看看《破戒》的末幕是罩在濑川与阿志保的两人拥抱着的青春上，《新生》的台幕渐低渐下，从暗澹的 Foot-light 中照见一个白发老人正与一个素服的少妇敬礼揖别。但是“笑啼都已沉静了去，只有爱的真纯余剩下来，”有一种炽烈的情感与那个台幕一起笼罩到观众的面前与心上。《新生》当然不是现身说法速登彼岸的那种用意，但却不像《破戒》那种明白的表示反抗态度。

固然说是平静，但在“决心到忏悔去！”这个呼声来到的时候也经了几次三番的苦斗才能做到的。这差不多是宗教上说的“试炼”Trial 了。在告白之后，眼见到节子被管送到台湾亲族家去的时候，也有种“强烈的悲哀剩在岸本胸底里”。然而试炼也没有被胜过，强烈的悲哀也不能剥蚀尽那个爱的世界。想在绝对境里安放人间的爱，这是他们二人想努力达到的境地。亦即是《新生》的一种解说了。

但是《新生》最切的解说仍还得借用藤村自己说的话。这是还在《新生》出世近十年前住在隅田川边时候感想集《新片町通信》中《新生》的一个标题下说的：

“新生是易说的。然而有谁能说容易到达了‘新生’呢。北村透谷君是说‘心机妙变’的人。而其临了是悲惨的死。把‘新生’只当是种光明的那是错误的想法。看呀，有许多光景宁说是暗黑而且是惨憺的。”

这里所引的北村透谷乃是《新生》里也在青木的假名下提及的著者文学上思想上的益友。在《春》里面更可以得到这个朋友青木思想烦闷的结果走上自杀去的消息。藤村与北村透谷等都是在明治二十六年产生的杂志文学界的同人。那个“文学界”运动乃是受了世界新思潮新文学等等一切近代主义的第一人卢骚的思想后，日本文学主情运动的开端。硕学而兼批评家土居光知教授说道“明治文学的历史要是把‘文学界’同人的运动无视了那就不能成立的”，占有那么重要的位置。他们是不满于从来的人生观；不服从因习的道德与宗教；感到功利实利主义生活的不满足，总常想追求一种新的东西。或者以恋爱为生命；或者愿托生于艺术；或者再急进一点，就想把艺术的世界搬移到实行的世界而常感苦闷。所以第一步的破坏工作不得不身当与这现实世界的冲突。北村透谷实在是个先驱者；他实在是作了思想的牺牲而到自杀的。在《新生》里假名足立的也是当时文学界同人之一又是藤村旧学友的马场孤蝶氏，他在大正五年（一九一六年）杂志《新潮》上的文坛新机运号里追述文学界同人当时的主张道：

“‘文学界’创立者们的志趣乃是在尊重所谓凡人的思想行为，就是尊重凡人生活。是在主张凡人的存在意义，主张凡人的尊严。

“‘文学界’创立者们对于当时文界的态度乃是对于已成了当时的权威者的砚友社派以及民友社派的文学之反叛态度。譬如：对于物质主义的精神主义之反抗；对于洗练的野性之反抗；是对于文界的绅士而起的文界的书生之反抗。换言之，就是对于理智主义的感情主义之反抗。

“‘文学界’的同人把自己的失恋也是泰然的写出来。……川上眉山，尾崎红叶（砚友社主脑）曾对我：‘文学界的伙计们把恋爱的失败差不多是夸耀样的写出来，要是普通的人，隐瞒乃是正当的，为什么要那么样露骨的写出来呢。那些伙计的心理真是不明白。’曾经那么对我说。‘文学界’的伙计们露骨的把自己们的失恋告白乃是依照前说的平凡生活的尊重，对于客观主义的主观主义之反抗；对于洗练的野性之反抗，我以为在这种地方有所根据的。”

这个文学界运动真足以打破传统思想传统文艺的许多迷梦。一切的真觉醒乃是从此促生的。而因为这个运动太早了一点，阻力也就大了一点。《春》里面的青木常以极沉痛慷慨的语气攻击束缚于旧习惯与形式里的思想。痛骂当时似而非的爱国者，乐天家，宗教家与英雄；凡是装着庄严威容的人们做出来的事没有一件不是极可怜可耻的作为。说那时的祖国只是青年的坟墓。完全见不到有新的生命力，只有破坏，破坏，破坏！那么样的破坏之后也许生得出新东西。他在明治二十七年的五月因为过度的激昂与伤心把心身疲劳过度把生命的火燃烧净尽，想把人世打破而努力的，反尔把自身先破坏了去。

《春》里面的岸本：著者自身，当时也并不曾安闲度日过，可以在抑止不住内心的激情（Passion）直要落了发作了和尚打扮去过漂泊生活上看得到。而漂泊流浪的末路也曾在一个海岸边，脚也走到了海水里去的了，想自杀过。他也走到了那种地方去过来的。这种 Passion 一直引着他走到《新生》里来。在《新生》里说：年青时候有个早世的朋友青木，如今说来他已多活了十七年年纪。这是岸本又走进了末路时候发出来的叹息。但是要照我们看来，照《新生》里岸本的态度上看来，他却继承死友未竟之志又好像完成了那个事业的样子。在青木赔偿了生命而还破坏不了的现社会的习惯与制度，在《破戒》里作了个猛烈的攻袭，在这里虽是暗黑而且惨憺，却终究也达到了“新生”了。马场孤蝶氏说的对：“在‘文学界’的创立者与关系者中从出发点起讫到着点止，一点不疲倦而走了来的只有一二人。一个是岛崎藤村。”《新生》不能看作一个到着点么？主人公岸本的恋爱归结与全书的开始结尾薰郁着的宗教香味不能看作 Passion 的人的真生命所在么？暂作为《新生》的最后解说。

（一九二七年十二月一日之夜）

——录自北新书局 1927 年初版

《装饰集》[1]

《装饰集》译者序

（夏莱蒂[2]）

百无聊赖时的歌声：
一曲欢鸣，
一曲哀吟，
装点了这百无聊赖的行程：
笑也欣欣，
泪也纷纷。

---

① 《装饰集》（*Decorations*，今译《装饰》），书名页题《妆饰集》，诗歌，E. Dowson（今译欧内斯特·道森，1867—1900）著，夏莱蒂译，上海光华书局 1927 年初版。

② 夏莱蒂，本名夏来骎，江苏松江（今属上海）人，曾协助郁达夫编辑《大众文艺》，1928 年与林微音、朱维基、芳信在上海成立绿社，创办《绿》杂志。译有法国缪塞《一个现代人的忏悔》等。

如今是沉默的乐音：
也无欢鸣，
也无哀吟。
做成了这永远沉默的乐音：
笑也无因，
泪也无凭。
如今是终结了行程：
爱也无情，
憎也无心。
叩着了这冰冷漆黑的墓门：
只是幽深，
只是凄清。

——录自上海光华书局1927年初版

书名索引

作者索引

图书在版编目(CIP)数据

汉译文学序跋集. 第4卷,1925～1927/李今主编;
樊宇婷编注. —上海:上海人民出版社,2017
ISBN 978-7-208-14851-2

Ⅰ. ①汉… Ⅱ. ①李… ②樊… Ⅲ. ①序跋-作品集
-中国-近现代 Ⅳ. ①I265

中国版本图书馆 CIP 数据核字(2017)第 260475 号

责任编辑 屠毅力
装帧设计 张志全工作室

汉译文学序跋集
第4卷
1925—1927
李 今 主编
樊宇婷 编注
世 纪 出 版 集 团
上海人民出版社出版
(200001 上海福建中路193号 www.ewen.co)
世纪出版集团发行中心发行 常熟市新骅印刷有限公司印刷
开本 890×1240 1/32 印张 65 插页 8 字数 1,622,000
2017年12月第1版 2017年12月第1次印刷
ISBN 978-7-208-14851-2/I·1678
定价 268.00元
(全四册)

李　今 主编
罗文军 樊宇婷 编注

汉译文学序跋集

第二卷

1911—1921

上海人民出版社

本书编委会

策划：孙　郁　杨慧林　程光炜
顾问：严家炎　朱金顺
主编：李　今
编委（按姓氏拼音排序）：
程光炜　李　今　马相武
孙民乐　孙　郁　王家新
姚　丹　杨慧林　杨联芬
杨庆祥　张洁宇
编务：樊宇婷　雷　超　刘　彬

致谢和说明

大约1999年，因为参与了杨义先生主编的《二十世纪中国翻译文学史》的写作，我进入了一个方兴未艾的研究新领域。在搜集爬梳相关文献史料的过程中，我深深感到汉译文学作品的序跋对于认识翻译行为的发生、翻译方法及技巧的使用，对于不同时期中国面向世界的"拿来"选择，对于中国知识界如何在比较融合中西文化异同中重建现代文化新宗的艰难探索，都具有着切实而重要的历史价值和意义。同时也体会到前辈方家编撰的工具书与史料集，如北京图书馆编的《民国时期总书目》，贾植芳、俞元桂主编的《中国现代文学总书目》嘉惠后学的无量功德。于是，编辑一套《汉译文学序跋集1894—1949》助益翻译文学研究的想法油然而生。但我也清楚，这样大型的文献史料集的整理汇印，没有一批踏实肯干的学人共同努力，没有充足的经费支持是难以实施的。

2006年，我从中国现代文学馆调到中国人民大学文学院，曾和院领导谈起我的这一学术设想，让我感动的是，孙郁院长当场鼓励说，你若能完成就是具有标志性的成果，不用担心经费问题。后来出任人大副校长的杨慧林老师一直对此项研究给予默默的支持。我的学术设想能够获得学校项目的资助，是与他们的关心和支持分不开的。我先后招收的博士生、博士后让我有幸和他们结成工作团队。师生传承历来都是促进学术发展的有效传统，我对学生的要求即是我的硕士导师朱金顺先生、博士导师严家炎先生给予我的教诲：见书（实物）为准，做实学。只因适逢当今电子图书数据库的普及与方便，我打了折扣，允准使用图书电子复制件，但要求时时警惕复制环节发生错误的可能性，只要有疑问一定查证实物。即使如此，《序跋集》收入的近

3000篇文章都是各卷的编者罗文军、张燕文、屠毅力、樊宇婷、刘彬、崔金丽一本本地查阅、复印或下载，又一篇篇地录入、反复校对、整理出来的。为了找到初版本，或确认难以辨识的字句，他们有时要跑上好几个图书馆。为做注释，编者们更是查阅了大量的资料文献。尤其是崔金丽在编撰期间身患重病，身体康复后仍热情不减，重新投入工作。从他们身上我看到作为"学人"，最基本的"求知""求真""求实"的精神品质，也因此，我常说我和学生没有代沟。

本套丛书虽说是序跋集，但所收录的文章并未完全局限于严格意义上的序跋，也就是说，我们编辑的着眼点并不仅仅在于文体价值，还注重其时代信息的意义，希望能够从一个侧面最大限度地汇集起完整的历史文献史料。考虑到对作家作品的评价往往保存着鲜明的时代烙印，译者为推出译作有时会采用理论、评论、文学史等相关论说，以阐明其翻译意图与译作价值，因而译本附录的作家评传及其他文章也一并收入。鉴于晚清民国时期外国作家、作品译名的不统一，译者笔名的多变，编者对作家、译者、译作做简要注释，正文若有原注则照录。其中对译作版本的注释主要依据版权页，并参考封面、扉页、正文的信息撰写。由于晚清民国初期出版体制正在形成过程中，版权页著录项目并不完备，特别是出版部门尚未分工细化，发行者、印刷者、个人都可能承担出版的责任，因而，对出版者的认定，容易产生歧义，出现由于选项不同，同一版本传为两个版本的错误。为避免于此，遇有难以判断，或信息重要的情况，会以引号标志，照录版权页内容。《序跋集》按照译作初版的时间顺序排列，如未见初版本，则根据《民国时期总书目·外国文学》《中国现代文学总书目·翻译文学》，并参考其他相关工具书及著述确定其初版时间排序，但录自出处按照实据版本抄录。全书约450万字，计划分13卷出版。为方便查阅，各卷都附有"书名索引"和"作者索引"，终卷编辑全书"《序跋集》书名索引"和"《序跋集》作者索引"。其他收录细则及文字处理方式详见凡例。

经过五年多的努力，《汉译文学序跋集 1894—1949》即将面世，我和各卷的编者既感慨万千，又忐忑不安。尽管我们致力为学界提供一套可靠而完整的汉译文学序跋文献汇编，但时间以及我们能力的限制，讹漏之处在所难免，谨在此恳切求教于方家的指正与补遗，以便经过一定时间的积累出版补编本。此外，若有任何方面的问题都希望能与我取得联系（中国人民大学文学院）。

本套大型文献史料集能够出版，万万离不开研究与出版经费的持续投入，谨在此感谢中国人民大学及文学院学术委员会对这套丛书的看重和支持；感谢中国人民大学 2016 年度“建设世界一流大学（学科）和特色发展引导专项资金”支持了 1—10 卷的出版经费；感谢中国人民大学科学研究基金（中央高校基金科研业务费专项资金）项目（12XNL007）资助编撰研究费用和 11—13 卷的出版经费；感谢科研处的沃晓静和侯新立老师的积极支持和帮助。另外，还要特别感谢每当遇到疑难问题，我不时要叨扰、求教的严家炎、朱金顺老师，还有夏晓虹、解志熙老师；感谢各卷编者兢兢业业，不辞辛苦地投入编撰工作；感谢在编辑过程中，雷超、樊宇婷、刘彬事无巨细地承担起各种编务事宜。感谢现已成为上海人民出版社编辑的屠毅力对《序跋集》体例、版式、文字规范方面所进行的认真而细心的编辑。

总之，从该项目的设立、实施，到最后的出版环节，我作为主编一直充满着感恩的心情，处于天时、地利、人和的幸运感中。从事这一工作的整个过程，所经历的点点滴滴都已化为我美好的记忆，最后我想说的还是“感谢！”

李今

凡　例

一、本书所录汉译文学序跋，起1911年，终1921年。

二、收录范围：凡在这一时段出版的汉译文学单行本前后所附序跋、引言、评语等均予以收录。作品集内译者所作篇前小序和篇后附记均予以收录。原著序跋不收录，著者专为汉译本所作序跋收录。

三、文献来源：收录时尽量以原书初版本或其电子影印件为准。如据初版本外的其他版本或文集、资料集收录的，均注明录自版次、出处。

四、编录格式：以公元纪年为单位，各篇系于初版本出版时间排序，同一译作修订本或再版本新增序跋也一并归于初版本下系年。序跋标题为原书所有，则直录；若原书序跋无标题，加“[　]”区别，按书前为[序]，书后为[跋]，篇前为[小序]，篇后为[附记]格式标记。正文书名加页下注，说明译本所据原著信息，著者信息，译者信息及出版信息等。若原著名、著者原名不可考，则付阙如。

五、序跋作者：序跋作者名加页下注，考录其生卒年、字号、笔名、求学经历、文学经历、翻译成果等信息。凡不可确考而参引其他文献者，则注明引用出处。凡不可考者，则注明资料不详。在本书中多处出现的同一作者，一般只在首次出现时加以详注。若原序跋未署作者名，能确考者，则加“(　)”区别，不能确考者则付阙如。

六、脱误处理：原文脱字处、不可辨认处，以“□”表示。原文误植处若能确考则直接改正，若不能完全确考则照录，并以“[　]”标出改正字。部分常见异体字保留，部分不常见字则改为规范汉字，繁体字统一为通行简体字。原文无标点或旧式标点处，则皆改用新式标点。

七、注释中所涉外国人名、书名，其今译名一般以中国大百科全书出版社中文版《不列颠百科全书》《简明不列颠百科全书》，维基百科等为依据。

目　录

1911年

1912年

1913年

1914年

1915年

1916年

1917年

1918年

1919年

1920年

1921年

1911 年

《盗侦探》[1]

《盗侦探》[序]

迪斋（吴研人）[2]

侦探有司之事也，专家之学也。常人而为侦探，奇矣；盗而为侦探，尤奇之又奇者也。然捕盗莫如侦探，而善侦探尤莫如盗，故误用之而足为社会祸者，即正用之而足为社会福。邓成盗也，而是书中乃为一警练敏捷之侦探。则知善为盗者，固无不善为侦探者也，要视用之如何耳。然一节之长，君子不弃。盗而为盗则盗之，以其为盗也；盗而为侦探，则侦探之，以其为侦探也。盗也，而能为侦探，则侦探

---

① 《盗侦探》，又名《金齿记》，侦探小说，曾刊《月月小说》第 2 号（1906 年 11 月 30 日），第 3 号，第 10 号，第 12 号，第 17 号至第 19 号，第 21 号至第 24 号（1909 年 1 月）。第 2 号署“著者：解朋”，第 3 号起署“著者：解朋；译者：迪斋”。“中华民国二年二月再版”版权页标“编辑者：群学社图书发行所；印刷者：中新印局”，另有“宣统三年正月初版”（1911 年）字样。

② 迪斋，一般认为即吴趼人。吴趼人（1867—1910），字小允，广东南海人，1906 年于上海与周桂笙创办《月月小说》。袁狄涌《吴趼人与外国文学》（《贵阳师专学报》，1991 年第 3 期）认为，“除了《电术奇谈》，吴趼人还翻译过的外国小说，可以认定的还有一部《盗侦探》，是根据外国侦探小说改写的。”卢叔度《我佛山人作品考略——长编小说部分》（《中山大学学报》，1980 年第 3 期）认为《盗侦探》及迪斋与吴趼人无关。魏绍昌《从“〈月月小说〉评议”中看吴趼人》言，后经查考“迪斋亦另有其人”。（见魏绍昌《晚清四大小说家》，台湾商务印书馆，1993 年）

所能为者，从可知矣。吾视之，吾熟视之！吾国方研究侦探之学，吾不禁为道德沦亡之社会惧也。盗而能为侦探，吾之所与也。侦探之果终于侦探否，吾不忍言，吾不敢言也，乃译《盗侦探》。

——录自群学社 1911 年初版

《新世界之旧梦谈》[①]

《新世界之旧梦谈》本篇绪言

刘作柱 谢国藻[②]

Washington Irving 纽育人也，生于一千七百八十三年。初学法律，后以资性不适于此，乃改潜心于文事。及 *Sketch Book* 出，其名声遂喧传欧美两大陆。旧世界之文坛，至认彼为新世界最初之文豪。而其文体之流丽闲雅，与其深厚之同情，微妙之滑稽，使彼得 American Addison 之名。屡游欧州［洲］，曾为驻伦敦公使馆之书记，及驻西班牙之公使，在外多年。晚年归国，卜居哈得孙河畔专从事文笔，以终其生。*Life of Columbus* 及 *Life of Washington* 等，皆为其大著作。然其所长，似在于 *Sketch Book* 及 *Tale of a Traveller*，*Alhambra* 等小品文集。是书今犹普为世人爱读，学校尤多用为教科书。

本篇所收《新世界之旧梦谈》，即 *Rip Van Winkle*，乃 *Sketch Book*

---

① 《新世界之旧梦谈》(*Rip Van Winkle*，今译《瑞普·凡·温克尔》)，小说，中英对照，Washington Irving（今译华盛顿·欧文，1783—1859）著，译述者：刘作柱、谢国藻，版权页标“发行者：英文研究会；总发行所：上海群益书社”，“宣统三年四月十五日印刷，同年四月二十日发行”(1911 年)，初版。该书另有“凡例”，与 1910 年群益书社出版《绝岛日记》凡例相同，故此处不录。

② 刘作柱、谢国藻，资料不详。

中特秀逸者。我国尚未见有译本，今创译之。殊无所凭借，工拙自非所计，但求无误原文之意义则幸矣。

说部等书之人名，概系假拟，无甚重轻，尽可以张三李四等名改译之，以便阅读。乃我国译本，几皆直译，冗长蹇涩，无以过之。故本书除历史上之人物外，概只译二三平易之字，用特声明，庶不至反以不完全见咎也。

译者刘作柱、谢国藻合识

——录自英文研究会 1911 年初版

《潮音》①

《潮音》[英文自序]

苏曼殊②

Byron and Shelley are two of the greatest British poets. Both had the lofty sentiment of creation, love, as the theme of their poetic expressions. Yes, although both wrote principally on love, lovers, and their fortunes, their modes of expression differ as widely as the poles.

---

① 《潮音》，译诗为主，包括拜伦《去国行》《哀希腊》，雪莱《北风》《冬日》等篇，主要为苏曼殊译。朱少璋编《曼殊外集：苏曼殊编译集四种》(学苑出版社，2009 年) 说明，该书"1911 年由日本淀江莲华寺重刊流通，东京神田印刷所出版"。1925 年湖畔诗社重印本，扉页标"一九二五年十一月一日初版"。

② 苏曼殊（1884—1918），原名戬，字子谷，又名元瑛，亦作玄瑛，法名博经，法号曼殊，笔名燕子山僧、印禅、苏湜等，广东香山人。1902 年入东京早稻田大学，次年转学振武学校。1903 年任《国民日日报》编辑，1905 年后任《民报》翻译。通晓英文、法文、日文、梵文等。著有《断鸿零雁记》《碎簪记》等小说，节译有《悲惨世界》《拜伦诗选》等。

Byron was born and brought up in luxury, wealth, and liberty. He was an ardent and sincere devotee of liberty;—yes, he dared to claim liberty in every thing—great and small, social or political. He knew not how or where he was extreme.

Byron's poems are like a stimulating liquor, —the more one drinks, the more one feels the sweet fascination. They are full of charm, full of beauty, full of sincerity throughout.

In sentimentality, enthusiasm and straight-forwardness of diction, they have no equal. He was a free and noble hearted man. His end came while he was engaged in a noble pursuit. He went to Greece, where he sided with the patriots who were fighting for their liberty. His whole life, career and production are inter-twined in Love and Liberty.

Shelley, though a devotee of love, is judicious and pensive. His enthusiasm for love never appears in any strong out-burst of expression. He is a "Philosopher-lover". He loves not only the beauty of love, or love for love, but "love in philosophy" or "philosophy in love". He had depth, but not continuance: energy without youthful devotion. His poems are as the moonshine, placidly beautiful, somnolently still, reflected on the waters of silence and contemplation.

Shelley sought Nirvan in love; but Byron sought Action for love, and in love. Shelley was self-contained and quite engrossed in his devotion to the Muses. His premature and violent death will be lamented so long as English literature exists.

Both Shelley and Byron's works are worth studying by every lover of learning, for enjoyment of poetic beauty, and to appreciate the lofty ideals of Love and Liberty.

In these pages, I have the honour to offer my readers translations of a few poems from the works of Byron.

Hereafter, I shall try me best, to present them with the translation of the word reknowned Sakuntala of the famous poet Kalidasa of Hindtustan, the Land of Lord Sakya Buddha.

That the labour bestowed on the present publication will be appreciated by my readers is the Writer's earnest desire.

Mandju

MCMIX.①

——录自学苑出版社 2009 年版《曼殊外集：苏曼殊编译集四种》

附录：译苏曼殊《潮音》自序

柳无忌②

拜轮和师梨是两个英国最伟大的诗家。二人都有创造同恋爱底崇高情感，当作他们诗情表现中的题目。是的，虽则他们大抵写着爱情，恋者，同着恋人底幸福，但是他们表述时的作法，有［又］好像两极旷远地离异着。

拜轮生长教养于繁华，富庶，自由的生活中。他是个热情真诚的自由信仰者；——他敢于要求每件事物的自由——大的小的，社会或政治的。他不知道怎样或哪里他是到了极端。

① “MCMIX”，即 1909 年。

② 柳无忌（1907—2002），原名锡礽，字无忌。江苏吴江人。诗人柳亚子之子。南社社员。曾就读上海圣约翰大学，毕业于清华大学。后赴美国留学，毕业于劳伦斯大学，又获耶鲁大学博士学位。1932 年返国，任天津南开大学英文系教授兼系主任，后定居美国。译有《莎士比亚时代抒情诗》《凯撒大将》等。

拜轮底诗像种有奋激性的酒料，人喝了愈多，愈觉着有甜蜜的魔力。它们通篇中充满了神迷、美丽与真实。在情感，热诚和直白的用字内，拜轮底诗是不可及的。他是个坦白自由而高尚的人。当正从事于一件伟大的事业，他就到了末日。他去过希腊，在那里曾助着几个为自由而奋斗的爱国者。他一生的生活，境遇与著作，都缠结在恋爱和自由之中。

虽是个恋爱底信仰者，师梨是审慎有深思。他为着恋爱的热诚，从未在任何强猛爆裂出的表示内显现着。他是一个“哲学家的恋爱者”。他不但喜好爱底优美或是为恋爱而恋爱，他并爱着“哲学里的恋爱”或“恋爱里的哲学”。他有深奥处，但不恒定：毅力中没有青年时代的信仰心。他底诗像月光一般，温柔的美丽，恍惚的静止，在沉寂恬默的水面映射着。师梨在恋爱中找着涅槃；拜轮为着恋爱，并且在恋爱中找着动作。师梨能克己自制，而又十分专注于他对Muses的崇仰心。他底早年惨死将要永久悲恸，有像英国文学一样的长存着。

师梨和拜轮两人的著作，在每个爱好学问的人，为着欣享诗的美丽，评赏恋爱和自由的高尊思想，都有一读的价值。

在这几页里，我得有荣幸，来把这几首从拜轮集中译出的诗，贡献于诸位读者。

此后我将竭我底能力，翻译世界闻名的沙恭达罗诗剧，在我佛释迦的圣地，印度诗哲迦梨陀娑所作的那首，以献呈给诸位。

至于我赋在此书的工作，会为读者所欣赏着，那就是作者恳挚的欲望了。

曼殊

一九〇九

——录自北京市中国书店1985年影印本《苏曼殊全集》

《蛾眉之雄》[①]

《蛾眉之雄》引言

（热质[②]）

呜呼！宫闱之祸，无国无之。其致祸之人，非中宫配匹之尊，即椒房宠幸之妾。狐媚蛊惑，包藏祸心，取天下不在锋镝之上，而在衽席之间。如汉之吕后，唐之武氏，皆其人也。然未有窈窕天姝，淑慎帝女，不安于金枝玉叶之华贵，而忽慕登三迈五之尊荣者，凭借天潢，结纳权要，暗干窥伺，异想天开。国家数百年灵长之祚，不传于圣子而欲传于圣女，岂非事之至奇者乎？即在中国，亦有遭逢时势，矜其拥戴之功，墨敕斜封，肆行无忌，如唐太平公主等辈，然不过凭假权势之常技，究非有觊觎神器之雄心。是故历代史书有公主传者，载其荒淫者有之矣，记其恣肆者有之矣，若夫谋夺帝位之事，则未尝闻之也。惟泰西诸国圣女绍统，恬不我怪，然皆禅继之正，而篡夺者亦所希有。……[③] 尝读俄国大文豪托尔斯泰所撰《柔发野外传》，叹为数千年来不可无一，不可有二之奇女子。不揣沟瞀，姑译之，以为国有女祸者戒。

——录自萃新小说社印行 1911 年初版

① 《蛾眉之雄》，一名《柔发野外传》，俄国托尔斯泰（Leo Tolstoy，1828—1910）著，热质译述，封面标“拜经室刊”，正文标“萃新小说社印行”，版权页标“校印者：萃新小说社；发行所：鸿义书局、广益书局、文明书局、中国图书公司、千顷堂”，“宣统三年四月初版”（1911 年）。“柔发野”，即彼得大帝同父异母的姐姐索菲亚·阿列克谢耶夫娜（Sophia Alekseyevna，1657—1704）。

② 热质，资料不详。

③ 该书上海图书馆有藏，该处疑有脱页。他处未查获该书，故暂时存此。

《李觉出身传》[1]

《李觉出身传》自序

邱菽园[2]

炎氛热海之中，岛居陋巷，久不自聊，破产以来，长物尽焉。惟日持一瓻，向人借新小说读之，周年经眼，何止千卷。其有当于予心者，辄效颦钟嵘《诗品》之例，作《新小说百品》以纪之，好事者竞相传播，许为知言。友人香港陆晴岚，尝自六千里外，邮致近译《李觉出身传》，殷以相嘱，辞之不可，乃发全扃，商兑加密，日既卒业，撮其大意于总叙曰：此书之允称奇情者五，一结构，二笔法，三宗旨，四事实，五词藻也。今夫说部虽多，结构凡二，或取裁著述，为昔之《水浒传》《金瓶梅》，或仿效札记，如近之《聊斋志》《新齐谐》。是作章回，至三十有二，固师前之长者。惟其匠心独运，干中有干，支中有支。以李觉为干，而伪五月则干中干也；以马利安为支，而老利毡尼、伊士哥和伯、葛都尼侯三家人，则支中支也。此是大营包小营法，须看他步步为营，好整以暇，指挥若定之真本领。又若五城十二楼，空中现之，天风散之，但留印各人之脑筋，无处寻烟云之陈迹，技至乎此，良云无憾。然或高才而不能细心，洪流而不能曲折，篇章之间，殊少余味，犹未尽善也。尔乃言言跳脱，笔笔开合，不作

① 《李觉出身传》，正文标“侦探奇书，写情小说”，“法国嘉破虏原著，中国三水陆善祥晴岚氏译，星洲寓公邱菽园评注改订”，卷末标“上海商务印书馆刊印”，无其他出版信息。阿英编《晚清文学丛钞·小说戏曲研究卷》（中华书局，1960年）于题后标“宣统三年（1911）”。

② 邱菽园（1874—1941），名炜萲，自号星洲寓公，福建海澄县人。1895年到新加坡，1898年创办《天南新报》，后任《星洲日报》副刊主任。著有《啸虹生诗钞》《新小说百品》等。

十成死语，足医九分不快，移步换形，重规叠矩，前辈《西厢记》之妙，于此而尽度金针焉。譬之棠棣，结构其华，而临风益见多姿，犹笔法之翩反乎宗旨者，义贯初终，尤作室之有基，培华之有实也。书为传李觉，而李觉以对于马苏侯而显，马苏侯以逼于利志安而来。李觉为侦探要素，马苏侯为写情中坚，而利志安实为彼两方之枢纽。故欲谂书中宗旨，利志安，其奕奕有神矣。吾闻诸西侠，则有维羊氏之说曰：加对家以暴烈之行为，乃吾人正当防卫法，恶来害己，己必反之，是以直报者也。次，马沙耳曰：凡欲得真实之平等，惟有捐弃目前一切，彼障碍吾之进行者，誓当击碎之。三、古路流曰：无人可为吾意中之主人。四、彪修氏曰：恐怖者，政治行为之利器也，当非常之际，必须用之。五、巴枯宁曰：吾党唯物家也，无神论者也，而以唯物家、无神论者为良贵者也。六、拉瓦耳曰：为求幸福，无论施何种之手段，社会不能过问。七、来佈由曰：吾人之恋爱，宜取自由主义，勿为法律礼仪所束缚。八、日内华会之党章曰：敌与敌遇，万不能以两立，吾人当先向彼宣战，勇往直前而莫退。九、高湖雪曰：两间最可恶者，为权力，以其绝对的，无容平等之地也。权力之所司者，维何？无非以其为命令之主，而使人服从焉，乌得为平等？十、恐怖党之恒言曰：目的认手段。吾观夫志安，于此十义，均各有当，李觉、马苏亦俱有其一体。读之，而兴顽立懦之志，油然而生，明耻励行之思，怦然而动，此书真不苟作矣。夫以事实视宗旨，则事实为其后生，然仅揽得其宗旨，而不详其事实，有器无载，殆虚车乎？陈涉、吴广、刘邦、项羽，并以覆秦仆嬴为宗旨，刘、项事实，多而且详，陈、吴事实，简而易尽。虽同出史迁一手笔墨，而本纪煌煌，世家木木，公、谷、邱明，彼其义例，此乃文史，世儒咸癖左氏，亦可悟矣。此书各人本传，遥应近接，如以鉴取，如以缗串，摹宝、黛之风流，甘与红楼同梦；述韦、韩之才性，长觉花月留痕。斯通人所以重历史之学，况小说本以民史为徽帜者耶。惟于琐屑，不厌求详，岂有词藻，毋烦修饰。欧土士人，以小说文字，为倾于美的方面，得其要矣。近时译界说部，雅称此量者，元和奚氏、静海陈氏、吾闽林氏，二三子外，殆未数觏。借例以观，试翻龙藏，《楞伽》尝三译矣，而难陀实义本为长；《金刚》且六译矣，而鸠摩罗什笔较著。是知以前四项，犹有高下之资，末后一着，乃为证明之实。李文叔评《国策》云：为此说者非难，而载是说者为难。呜呼！晴岚惟知嘉破虏之难，而分任其劳，菽园复知晴岚之难，而不没其苦，是加批《李觉出身传》之所以成也。

辛亥岁余，星洲寓公邱菽园撰。

——录自上海商务印书馆刊印本

《李觉出身传》评语

遥游[①]

《李觉传》，窅而曲，往而复，造境运笔，皆以极险极逆为之，诚为佳作。文似看山不喜平，若如井田方罫，有何可观？惟壑谷幽深，峰峦起伏，乃令游者赏心悦目，或绝崖飞瀑，动魄惊心。山水既然，文章正尔。固知中外同嗜，乃天理人心之自然也。尊批发明透彻，盖妙文亦赖发明者，乃令人易见耳。

遥游识于星坡客次。

——录自上海商务印书馆刊印本

---

① 遥游，资料不详。

《李觉出身传》题词

（邱菽园）

《李觉出身传》，余既评之订之，赞之，序之，意有未尽，复成六绝，并墨卷首。

仙河南畔酒家胡，犹遣行人说马苏。不信老公成缚取，听冰疑阵猎雄狐。

公侯旧宅草萋萋，转眼繁华望欲迷。惟有风光长不改，红桥白石爱思溪。

遗书舍宅奉观音，未信村愚误用心。香袖熏余香口度，寸笺曾博百回吟。

耐可双眉斗画长，虚闻神女会襄王。卷然执手亲遗嘱，死去翻成疗妒方。

不独俞郎掩泪看，棠梨花小怯春寒。陈编我恍临题碣，二十芳龄马利安。

奉将朝请就通侯，前席宫中尚壮猷。断送一生家难过，贵人无奈是多仇。

闽中邱菽园以字行

——录自上海商务印书馆刊印本

1912 年

《荒唐言》[1]

《荒唐言》[跋]

畏庐（林纾[2]）

林纾曰：是书语颇不经，盖伊门之传奇，麦里郝斯取之为小传，其体如余之旧译《吟边燕语》是也。顾莎士比尔为诗近情，而伊门则多神鬼事，即起落亦无笋接处。唯为语甚奇，大抵屠龙者屠寇，诛歧舌之兽者，诛谗人也。恨古史不经见，不能证伊门所斥者为何人耳。纾本不能西文，均取朋友所口述者而译，此海内所知。至于谬误之处，或纾粗心浮意，信笔行之，咎均在己，与朋友无涉也。

畏庐识

——录自商务印书馆 1912 年初版

---

① 《荒唐言》(*Tales from Spenser*, *Chosen from the Faerie Queene*)，小说，伊门斯宾塞尔（Edmund Spenser，今译埃德蒙·斯宾塞，1552—1599）著，英国麦里郝斯（Sophia H. Maclehose）编辑，林纾、曾宗巩译述，1912 年 12 月商务印书馆初版。曾刊《东方杂志》第五年第 7 期（1908 年 8 月 21 日）至第 9 期（1908 年 10 月 19 日）。

② 林纾（1852—1924），字琴南，号畏庐，别署冷红生，福建闽县（今福州）人。与王寿昌、魏易、王庆骥等人合作，翻译外国小说 180 余种。其中单行本多由商务印书馆刊行，其他多在《小说月报》刊载。

《自由界》①

《自由界》弁言

胡贻谷②

吁！人心其犹法伦表中之水银乎，遇冷则降，受热则升。其升降高下之度，依外界冷热之强弱为准。人心之莫能自主，殆同斯例。非其人有高迈之本领，卓立之性格，不能自外乎此定例也。是故与恶为缘，渐失其本有之善，不必其身犯显恶也，而其潜移默化，有不克自禁者矣。执此例以论人，人其有清明之气、严正之守，不为恶潮所疾卷以去者，岂非难能可贵者乎！浸假失其抵恶之能力，随俗播迁，其究也，必遭灭顶之凶。苟知习恶之自危其身，则当以特立不羁之人格自期，不为纤芥之恶所沾染。有人若此，而为众人所则效，则世道之进，必有突过乎今昔者。故吾人不欲挽回世道则已，苟其欲之，则必抱定一绝恶务严之原则。此原则，于本书中言之綦详。书以《自由界》名者，盖不独告人以行使其自由时，当认明限界，不稍逾越而已。更进而勖人于界限之上，多行善功，使其地位益见巩固，污浊不至侵人，则是书所反复敦勉者耳。原著者为美名牧史庇尔，其立言深切著明，足以振醒社会，挽救末俗之人心。爰取而译之，并略抒鄙

---

① 《自由界》(*Freedom: The Necessity of a Margin*)，小说，美国史庇尔（Robert Elliott Speer，1867—1947）著，胡贻谷译，封面标“中华基督教青年会印行”，版权页标“刊行者：基督教青年合会总委办处；印刷兼发售者：华美书局”，“中华民国元年仲秋刊行”(1911年)。封面又将作者标为“史比尔”。

② 胡贻谷（1885—?），江苏吴县（今属苏州）人。1906年毕业于东吴大学，后主编《中国青年》《进步》《青年进步》等刊，译有《泰西民法志》(即英国柯卡普 Thomas Kirkup《社会主义史》)、《信仰的意义》(美国富司迪 H.E.Fosdick 著)、《社会的组织》(英国利维厄斯 W.H.R.Rivers）等。

见，以质诸当世。

民国元年十月二十三日，吴县胡贻谷。

——录自基督教青年合会总委办处刊行 1912 年初版

《外交秘事》[①]

《外交秘事》[序]

（商务印书馆编译所）

置大本营于巴黎，而足踏东西两半球之土者，数万里，中有被欺之皇族，有震慑之大臣，有幸免暗杀之帝王。凡潜伏欧洲近时外交黑幕中之隐谋诡计，至幽极秘，莫不暴露出之，无所掩遁。噫！今之世界，固亦有苏秦张仪纵横捭阖其人者耶。然则是书即作为外交史读，可也；即作为《战国策》读，无不可也。

——录自商务印书馆 1912 年初版

① 《外交秘事》（原名《最近外交秘密》），小本小说，版权页标“纂译者：日本千叶紫草；再译者：商务印书馆编译所；发行者：商务印书馆”，“中华民国元年十二月初版”（1911 年）。

《古鬼遗金记》[①]

《古鬼遗金记》序

林纾

仆于齐谐志怪之事，恒不属意，以为目所不见，理所难喻者，略之可也。自辛丑乱平，始至京师，与吾友魏春叔，译英文小说可五十余种，唯哈葛德书，言鬼事甚详。私以为小说家言，好取其虚渺无据者，用自矜炫。而严氏几道，谓西人迩来神学大昌，居然见啸梁立堂者之幻态，则争相究难，必据得其形相而后已。又言有所谓四韦陀者，言鬼至有根据。仆欲求其书而译之，至今莫得也。去年避地析津，忽忽然坐视日影之人，不亲笔墨者累月。近始移家入京，与静海陈君邻毗，仍取哈氏之书译之，则又言鬼者也。顾哈氏不惟言鬼，又常言蛮荒，墨西哥也，斐洲也，澳洲也，所述均在未开化以前事。其中必纬之以白种人，往往以单独之白种人，蚀其全部，莫有能御之者。宁悉有其事，亦鼓励种人探险之思，蓝本均出诸鲁滨生及哥伦布二氏也。呜呼！白种人于荒外难可必得之利，尚轻百死而求之；吾族乃舍其固有之利，拱手授人，且以客凌主，举四万万之众，受约于白种人少数之范围中，何其丑也！仆才薄文劣，虽时时以译述醒我同胞，恒以语怪之书视之，用为谈资而已。老友任公，英雄人也，为中国倡率新学之导师。天相任公，十年归国，今将以《庸言报》贶我同

---

① 《古鬼遗金记》(*Benita, An African Romance*)，小说，英国哈葛德（Henry Rider Haggard，又译哈格德，1856—1925）著，林纾、陈家麟合译。曾刊《庸言》第1号（1912年12月1日）至第11号（1913年5月1日）。贾植芳等编《中国现代文学总书目·翻译文学卷》标“上海广益书局1912年12月初版”。《唐弢藏书·图书总录》(文化艺术出版社，2010年）录有开文书局出版、出版时间不明一种。

胞，就余索书，而吾书亦适成，上之任公，用附大文之后。嗟夫！吾才不及任公，吾诚不及任公，慷慨许国不及任公，备尝艰难不及任公，而任公独有取于驽朽，或且怜其丹心不死之故，尚许之为国民乎！则吾书续续而上之任公者，或未艾也。

中华民国元年十月，闽县林纾叙于宣南春觉斋。

——录自开文书局本

《残蝉曳声录》[①]

《残蝉曳声录》序

蠡叟（林纾）

残蝉曳声者，取唐人“蝉曳残声过别枝”之意，讽柳素夫人之再嫁沙乌拉也。当时罗兰尼亚人，恶专制次骨，故并国主之所爱而蔑之。史所不详，余亦未审柳素之有无其人。但书中言革命事，述国主之崄暴，议员之忿眉，国民之怨望，而革命之局遂构。呜呼！岂人民之乐于革命邪？罗之政府，不养其痈而厚其毒，一旦亦未至暴发如是之烈。凡专制之政体，其自尊也，必曰积功累仁，深仁厚泽。此不出于国民之本心，特专制之政府自言，强令国民尊之为功为仁，为深为

① 《残蝉曳声录》，小说，英国测次希洛著，林纾、陈家麟译述。曾刊《小说月报》第 3 年第 7 号（1912 年 10 月）至第 11 号（1913 年 2 月 25 日），有此序。贾植芳等编《中国现代文学总书目 · 翻译文学卷》标“上海商务印书馆 1912 年初版。收入林译小说丛书第 2 集第 8 编”，“上海商务印书馆 1914 年 11 月初版，1915 年 10 月再版”。另见“中华民国三年五月初版”，属商务印书馆“小本小说”系列。据张治《林纾译过丘吉尔的小说》(《南方都市报 · 阅读周刊》，2012 年 8 月 26 日），“测次希洛”应为丘吉尔（Winston Leonard Spencer Churchill，1874—1965），《残蝉曳声录》应为其小说《萨伏罗拉》(*Savrola*)。

厚也。呜呼！功与仁者，加之于民者也。民不知仁与功，而强之使言，匪实而务虚，非民之本心，胡得不反而相稽？则革命之局已胎于是，故罗兰尼亚数月之中，而政府倾覆矣。虽然，革命易而共和难。观吾书所纪议院之斗暴刺击，人人思逞其才，又人人思牟其利，勿论事之当否，必坚持强辩，用遂其私，故罗兰尼亚革命后之国势，转岌岌而不可恃。夫恶专制而覆之，合万人之力，萃于一人易也。言共和而政出多门，托平等之力，阴施其不平等之权。与之争，党多者，虽不平，胜也；党寡者，虽平，败也。则较之专制之不平，且更甚矣！此书论罗兰尼亚事至精审，然于革命后之事局多愤词，译而出之，亦使吾国民读之，用以为鉴，力臻于和平，以强吾国，则鄙人之费笔墨为不虚矣。

中华民国元年七月朔，蠡叟叙于宣南春觉斋。

——录自商务印书馆 1914 年“小本小说”本

《美国大政治家哈密登传》[①]

《美国大政治家哈密登传》序

［美］卜舫济[②]

方今中国举行立宪，百度维新，朝野上下，咸知改革国政之为当今急务矣。然欲变数千年相沿之积习，而不明其先后缓急之所在，徒

① 《美国大政治家哈密登传》(*Life of Alexander Hamilton*)，传记，署“美国亨利客白陆珠原著”，美国卜舫济口述，陈宝琪译意，封面标“广学会总发行所”，扉页标“西历一千九百十二年”，“上海广学会藏版”。

② 卜舫济（Francis Lister Hawks Pott，1864—1947），美国传教士，汉学家。1886 年入华，1888 年任上海圣约翰书院校长。1905 年该校改名圣约翰大学，为首任校长。

作治标齐末之举，则不免倒行逆施，益滋纷扰耳。故为治者贵取法他人，用其所长，舍其所短，庶不蹈前人之覆辙，而动必有成也。广学会诸君子，常喜译泰西各国有用书籍，以饷中国之士庶，俾瞭然于列强政治之优劣，学术、工艺之精进，而发愤图强，而尤喜译各国名臣事业之足资中人考镜者。今见中国改革庶政，率多摹仿泰西，乃决议广译英德美各国名政治家之传记，使中国之改革家得以有所取法，因以译美国名政治家《哈密登传》(Hamilton) 嘱予，予既嘉。广学会诸君子之志，而又欲中国之政治家以哈密登氏为模范也，遂欣然允从。夫美史中之大人物，固首推华盛顿（Washington）与林肯（Lincoln）之二人者，有若群山中之高峰屹立云霄间，莫能与之比拟。至若次等之政治家则当以哈密登氏为首屈矣。当美国新建之秋，百废待举，哈氏以理财为入手第一要政，卒使美国成为富强国。今中国亦日言理财，则哈氏之富国策，其犹昏夜之明灯乎！爰取陆珠氏 (Lodge) 原著，择其事之重要，而足为中国政治家所师法者，而节译之。原书篇幅过长不能尽译，读是书者苟能恍然于名政治家之动作，不苟而取法斯人，是则译者之所厚望焉已。

宣统辛亥孟秋之月，卜舫济序于圣约翰大教堂。

——录自上海广学会 1912 年初版

《西方搜神记》[1]

《西方搜神记》[序]

[英]莫安仁[2]

是书为英国大文学家金司勒氏所著，采取古希腊理想家之文字，而变以英文。原其作书之本意，初非好言神怪也，亦以其中旨趣高远，足以激发青年，乃垂为鲤庭之训也耳。是书语多怪诞，颇类中国搜神之记。然寓言微渺，殊多蒙叟见道之辞，故读其书者，每悦目而醉心焉。且生乎千载以后，彼千载以上之风俗如何，宗教如何，民气如何，均可即简编而一一想象，则金氏此篇，其不在覆瓿之列，断断然矣。希腊古代之名国，亦即欧洲文化之母国也。凡天文、算学、名学、哲学，与夫建筑、雕刻、音乐、图画诸美术，莫不冠绝一时。且其语言文字，足为各国标准。而新约一书，亦由希文译出。此金氏之所以极不忘情于古希腊欤，乃网罗旧闻，发为著述，仿列仙传之体例而成此编。俾知古代化民成俗，要不离乎神道设教之意。虽其时宗教问题，尚在幼稚时代，而于独一无二之上帝，未尝崇拜，要其使人增进道德，发扬志气，亦颇默契天心，则上帝亦何尝漠视之乎？吾人观书中所记潘西斯、昔西斯诸轶事，蜃楼海市，纵非实有其人。而精

---

① 《西方搜神记》(*The Heroes: Reek Fairy Tales*)，神话，内容为《潘西斯传 Perseus》《亚格海舰之英杰事略 Argonauts》《昔西斯传 Theseus》三篇。英国金司勒（Charles Kingsley，今译查尔理·金斯莱，1819—1875）著，MA SHAO=LIANG 译。扉页标“中华民国元年岁次壬子，上海广学会藏版”。据张治《民国时期古希腊神话的汉译》(《读书》，2012 年第 3 期)，MA SHAO=LIANG 即马相伯（1840—1939），他曾用名马绍良。

② 莫安仁（Evan Morgan，1893—1949），英国浸礼会入华传教士，曾主编《中西教会报》，担任广学会代理总干事。

理妙言，确能代表英雄之性质，以兴起人尚武重道之观念，是亦可取也。所惜者，多神之教，属于空幻，立基未固，则终有衰败之一日。今之希腊，凌夷甚矣，夫非道德犹有缺点，以至于此耶。圣徒保罗之言曰：古人立教，未始不为感化人群计也，而一蹈虚无之弊，则必不能垂诸久远。自基督降临，真道发现，乃使人心目中，确有一造物之主宰，而真实之基斯立矣。至哉，言乎！兹就金氏原文而更译为华文，名曰《西方搜神记》，俾人知希腊古代，亦尝以养人德性为急务。惜其宗教太浅，未能历久不敝，致今昔顿有盛衰之感。则以其方法未合，而世界人类，正可取是编而奉为龟鉴也。嗟乎！大造无言，而四时以行，百物以生，长予人以向善之机。吾益神往于吾独一无二之上帝矣。

——录自上海广学会1912年藏版

1913 年

《离恨天》①

《离恨天》译余剩语

林纾

畏庐曰：余自辛亥九月，侨寓析津，长日闻见，均悲愕之事。西兵吹角伐鼓过余门外，自疑身沦异域。八月以前，译得《保种英雄传》，为某报取去，自是遂不复译。壬子九月，移家入都，译得《遗金记》二卷，授之《庸言报》；又译得《情窝》二卷，授之《平报》；又自著得《剑腥录》二卷，授之曾云沛；又译得《义黑》一卷、《残蝉曳声录》一卷、《罗刹雌风》一卷，均授之商务印书馆。兹复译得是篇，自谓较前数种胜也。

著是书者，为森彼得，卢骚友也。其人能友卢骚，则其学术可知矣。及门王石孙庆骥，留学法国数年，人既聪睿，于法国文理复精深，一字一句，皆出之以伶牙利齿。余倾听而行以中国之文字，颇能阐发哲理。因忆二十年前，与石孙季父王子仁译《茶花女遗事》，伤心极矣。而此书复多伤心之语，而又皆出诸王氏，然则法国文字之名

---

① 《离恨天》(*Paul et Virginie*，今译《保尔和微吉妮》，又译《保罗和维吉尼亚》)，哀情小说，法国森彼得（Bernardin de Saint-Pierre，今译贝尔纳丹·德·圣皮埃尔，1737—1814）著，林纾、王庆骥译述，“中华民国四年十月十七日三版”版权页标有“中华民国二年六月廿五日初版发行”(1913年）字样。

家，均有待于王氏父子而传耶！

书本为怨女旷夫而言。其不幸处，如蒋藏园之《香祖楼传奇》。顾香祖楼之美人，侍姬也，为顽嚚之父母所梗，至于身死落叶之庵。殆其夫仲氏，即而相见，立奄忽以死，词中所谓“才待欢娱病来矣，细思量浮生无味”者。今书中葳晴之死，则为祖姑所厄，历千辛万苦而归，几与其夫相见，而浪高船破，仅得其尸。至于家人楚痛葳晴之死，举室亦尽死，并其臧获亦从殉焉。文字设想之奇，殆哲学家唤醒梦梦，殊足令人悟透情禅矣。

凡小说家立局，多前苦而后甘，此书反之。然叙述岛中天然之乐，一花一草，皆涵无怀、葛天时之雨露。又两少无猜，往来游衍于其中，无一语涉及纤亵者。用心之细，用笔之洁，可断其为名家。中间著入一祖姑，即为文字反正之枢纽。余尝论《左传·楚文［武］王伐随》，前半写一“张”字，后半落一“惧”字。“张”与“惧”反，万不能咄嗟间撇去“张”字，转入“惧”字。幸中间插入“季梁在”三字，其下轻轻将“张”字洗净，落到“随侯惧而修政，楚不敢伐”。今此书写葳晴在岛之娱乐，其势万不能归法，忽插入祖姑一笔，则彼此之关窍已通，用意同于左氏。可知天下文人之脑力，虽欧亚之隔，亦未有不同者。

读此书者，当知森彼得之意，不为男女爱情言也，实将发宣其胸中无数之哲理。特借人间至悲至痛之事，以聪明与之抵敌，以理胜数，以道力胜患难，以人胜天，味之实增无穷阅历。余今谨采书中所言者，为之诠释如左。

书中之言曰：“文家者立世界之范，使暴君乱臣，因而慄惧。而己身隐于草莽之间，忽生奇光，能掩盖帝王之威力。”呜呼！孔子之作《春秋》，非此意乎？前清文字之狱，至于族诛，然私家纪载，至今竟未能澌灭。即以元人之威力，而郑所南之《心史》，居然行诸人间。则文人之力，果足以掩盖帝王之威力也。

又曰："果人人能知后来之事，孰则更愿长生？但使后此有未来之不幸，为我前知，则忧烦顾虑之心，宁何时息耶？果祸事未来之前，克日知其必至，则未被祸之前数日，又何有宁贴之时？故凡事以不推测为佳。"呜呼，达哉！长生之人，犹海舶中不眩晕之人也。尽人皆僵且呕，即一人独行独饮独食，又何生趣之有？每见年至九十之人，往往为曾玄之所厌恶，此犹其小者。果见亲知死亡都尽，累年伤心，已不可堪，况祸事尤在不可知之列。知有后来之祸事，则愿长生又何乐趣？且祸事未来，吾已前知，虽以郭璞之能，知所祈禳，如衔刀登厕之类，终亦何补？矧天数所在，又焉能逃？所以名为造化者，正使人以难知之巧，不惟祸至无端，即福至亦无端。故知命之达人，全不用推测。鄙人生平未尝问卜求祷等等，即早知其无用，故不为耳。

又曰："天下有太过之事，必有太过之事与之相抵。"此言太有史识。魏武之篡汉，而司马氏即蚀其子孙。司马氏之奸谋，而子元、子上，奸乃尤甚。然八王之祸，兄弟屠戮，及于南渡，又为寄奴所有，国中初无宁日。所设太过相抵者，乃加甚焉。货之悖入悖出，言之悖出悖入，其应如响。故欲立身安命，当自不贪便宜始。

又曰："凡得意之事，应念而来，则欣慰之情亦减。"惟阅历久者，始知之。饥者之久不得肉，既得少肉，即骨啮咀嚼亦有馀甘。寒者之久不得衣，既得木棉，即鹑衣百结，亦有馀暖。膏粱子弟，所以日无欢意，至于穷奢极欲，人望之如神仙中人，不知当局之愿望，亦咸有所不足。正以求则得之，转无意味也。

又曰："凡物能激人甘死如饴者，特须臾之勇气，更为人鼓励，即立捐其躯。"呜呼！黄花岗上之英雄，多吾闽之聪明子弟也。虽未必为人所激而然，然耳听满乎前清之弊政，又耻为外人所凌轹，故奋不顾身，于是闻风兴起。少年之言革命者，几于南北皆然。一经事定，富贵利达之心一萌，往日勇气，等诸轻烟，逐风化矣。呜呼！死者已矣，生者尤当知国耻为何物。舍国仇而论私仇，泯政见而争党见，隳公益而求私益，国亡无日矣。

又曰：“欧洲之视工人，为格滋卑，谓长日劳动，与机器等。田夫之见轻于人为尤甚，工艺则较农夫略高。”呜呼！此为中国今日言耶？抑为欧洲昔日言耶？欧洲昔日之俗，即中国今日之俗。卢骚去今略远，欧俗或且如是。今之法国，则纯以工艺致富矣，德国亦肆力于工商。工商者，国本也。独我国之少年，喜逸而恶劳，喜贵而恶贱。方前清叔末之年，纯实者讲八股，佻猾者讲运动，目光专注于官场。工艺之衄，商务之靡，一不之顾，以为得官，则万事皆足，百耻皆雪，而子孙亦跻于贵阀。至于革命，八股亡矣，而运动之术不亡。而代八股而趋升途者，复有法政。于是父兄望其子弟，及子弟之自期，而目光又专注于官场，而工艺之衄，商务之靡，仍弗之顾也。譬之赁舆者，必有舆夫，舆乃可行。今人咸思为坐舆之人，又人人恒以舆夫为贱，谁则为尔抬此舆者？工商者，养国之人也。聪明有学者，不之讲，俾无学者为之，欲其与外人至聪极明者角力，宁能胜之耶？不胜则财疲而国困，徒言法政，能为无米之炊乎？呜呼！法政之误人，甚于八股，此意乃无一人发其覆。哀哉！哀哉！

癸丑三月三日，畏庐林纾记。

——录自商务印书馆1915年三版

《二王子》[1]

《二王子》说明

（徐傅霖）

此篇出于《哇都之奇异小说集》，为俄国之口碑也，原名《依温王子与勇猛之蒲刺脱》。

——录自中华书局 1927 年七版

《二王子》童话例言

（徐傅霖）

童话约有四种：（甲）小说体之奇异纪事。（乙）教育的寓言。（丙）古来相传之事迹。（丁）历史的物语。而（丙）种之内，又分：（一）民间之口碑与（二）勇士之口碑二种。

本集材料，或出自神话经文，或取诸太古史、风俗史，或搜集口碑传说，务求性质不离乎前之四种。

不知童话之真价者，往往以为无根无据之事，不宜教授儿童。或谓妖怪奇异之谈，少年教育上实为大害。以教育家自任者，竟有发此议论之人，其实彼等仅知（乙）种之教育的寓言，而不知其他三种之价值耳。

——录自中华书局 1927 年七版

---

① 《二王子》，童话，著者不详。“民国十六年二月七版”版权页标“编译者：吴县徐傅霖，阅者：桐乡陆费逵，发行者：中华书局”，另有“民国二年八月发行”（1913 年）字样。

《情网》①

《情网》叙

天笑（包天笑）②

《情网》既脱稿于《时报》，越春秋一，乃以单帙行世，平子嘱余一言。嗟夫！鄙子禀赋实冲，孕愁无极，窈心幽思，念夫人堕大圜中，即挟百忧群苦以俱戾，巨若日星，纤如尘芒，畴复超兹恨府情天，以求万劫息壤乎。莫祛千愁，难苏一笑，则寄之文于字。顾文字宁无磨没哉？如风吹水，万态悉俱，皆成彣彰，风过即平，态于何有？又如百和妙香，袭彼襟裾，散发空中，乃入杳缈，芬陀须曼，那复温馨怀抱耶？嗟夫，嗟夫！兹稿之属，多半光阴在翠筠之巢，小楼一角，有人亭亭，拂笺研麋，大足腻我文思，凡此韶华，一瞥而过。呜呼！夜秋秋而乱语，梦温温其无痕。曾亦思荼香砭骨，花影上身时耶，四楼箫管，乃着枯禅，玉簟珠帘，凉飔瑟瑟，萧疏澹荡之气，与夫幽凄缥缈之情，犹堪仿佛也。乃者绿阴如海，笑指河阳鬓丝之斑，抚述前尘，有如冥鸿回首矣。矧以宝瑟音沉，又触万玉哀鸣之日，羽琌山下，安贮云英，而捣蕙为尘，碎琼成雪，又宁能以万斛红泪荡涤之耶？悲夫！山青青而土黄黄，埋汝长愁之日，芳时佳节，美景良辰，爇我心香，饷渠眼泪，则冥国玄台，灵犀讵隔哉。已矣情网！凤

① 《情网》，言情小说，著者不详，天笑生（包天笑）译述，1913年8月有正书局再版。另见一种，版权页残损，字迹较模糊，似标“宣统元年四月中旬出版”（1909年）。因不能确定，故该书暂系于1913年。

② 包天笑（1876—1973），本名包公毅，号包山，笔名天笑、春云、微妙等，江苏吴县人。1900年参与发行《励学译编》，1901年参与创办《苏州白话报》，稍后任《小说时报》《妇女时报》编辑等职。翻译有《苦儿流浪记》《馨儿就学记》等作品。

泊鸾天，咄咄空喟，云情烟想，寸寸凌幽。凡此儚儚佪佪之光阴，亦正颠倒于情网而不能解脱之日也。掷笔低徊，徒呼荷荷。

天笑叙于秋星阁

——录自有正书局 1913 年再版

《情网》[附记]

天笑生（包天笑）

天笑生曰：《情网》一书，我乃从事至于十有二月，今乃告厥成功。我将具香花斗酒，以饷我笔墨，并以自劳。顾我敢告读者诸君，此书虽言情之作，而其中包孕正自无穷。至其千回百转则正似游佳山水者，峰峦起伏，溪流回绕也。良以此书出自名笔，胸中溪壑，自尔不凡，惜余不文，想有负此名作不细也。

——录自有正书局 1913 年再版

《九十三年》①

《九十三年》评语

（曾朴②）

兼［嚣］俄著书，从不空作，一部书有一部书的大主意，主意都

① 《九十三年》（*Quatre-Ving Treize*，今译《九三年》），法国革命小说，法国嚣俄（Victor Hugo，今译雨果，1802—1885）著，东亚病夫（曾朴）译，1913 年 10 月有正书局初版。

② 曾朴（1872—1935），名朴华，初字太朴，改字孟朴，又字小木、籀斋，号铭珊，笔名东亚病夫，江苏常熟人。曾参与创建小说林社，译有《欧那尼》（雨果著）、《夫人学堂》（莫里哀著）、《南丹与奈浓夫人》（左拉著）等。

为著世界。如《钟屡［楼］守》为宗教，《噫无情》为法律，《海国劳人记》(即《小说时报》所载《噫有情》)为生活，《笑面人》为阶级。然则《九十三年》何为？曰为人道。《九十三年》千言万语，其实只写得一句话，曰“不失其赤子之心”。

人说《九十三年》是纪事文，我说《九十三年》是无韵诗。何以故？以处处都用比兴故。只看卷一第五、六章叙炮祸，卷四第一、二章述三童戏嬉，意何所指，不要被作者瞒过。《百科全书》评《九十三年》，谓为诗体之散文，是搔着痒处语。

无宗教思想者，不能读我《九十三年》；无政治智识者，不欲读我《九十三年》；无文学观念者，直不敢读我《九十三年》。盖作者固大文学家，而实亦宗教家、政治家也。

《九十三年》，当头棒也！当代伟人，不可不读。《九十三年》，亦导火线也！未来英雄，尤不可不读。

译者识

——录自有正书局 1913 年初版

《新小儿语》①

《新小儿语》PREFACE

Chinese students may be interested in this translation of some of the *Just So Stories* of Rudyard Kipling, who is justly celebrated for his interpretations of Indian life and character.

---

① 《新小儿语》(*Just So Stories*，今译《原来如此的故事》)，童话，英国吉卜林（Joseph Rudyard Kipling，1865—1936）著，译者不详，无版权页，扉页标“中华民国二年岁次癸丑，上海美华书馆摆印”。

Although the *Jungle Book* and *Kim* are better known, the *Just So Stories* are beloved by many, and these have been selected for translation, partly for that reason and partly for their brevity. It may be interesting to compare them with the Chinese folk-lore.

——录自上海美华书馆 1913 年初版

1914 年

《德诗汉译》[1]

《德诗汉译》序

徐建生[2]

建于洋文无所习，每闻西人琴歌，音节韵致之动人，辄神往而恨不悉其词旨也。近日，与应溥泉先生，同砚席于皖江高校。溥泉精德英文学，出示其所译德人五七言诗歌一册。篇什竟无异于我国，而法律谨严，声调谐适，尤足餍人吟赏。是知天地自然之籁，性情寄托之妙，固不以国族异同为歧别也。同人咸劝其印行饷世，溥泉谦谦如不自信，谓此诗虽由己译，而汉文字句则悉出自田君北湖手笔。噫嘻！不掠人美，不炫己长，此意其尤足多乎。况溥泉温文嗜学，书札斐然，讵不能诗者。充此以往，必将方面独步于译学界，汇中西而别开生面，赓续增进于无极，不亦快欤？用纪数言开其意，而并竢质诸阅者。

癸丑夏五，石棣徐建生拜手。

——录自 1914 年译者自刊本

---

① 《德诗汉译》，诗歌，德汉对照，德国歌德、海涅等著，版权页标“选译兼发行者：吴兴应时，印刷所：浙江印刷公司，发行者：浙江印刷公司”，“民国三年一月二十日发行”（1914 年）。

② 徐建生，资料不详。

《德诗汉译》自序

应时[①]

曩尝游学德国，课余之暇，喜读德人所著诗。于其辞意之恳挚，情致之悱恻，辄把卷往复，神移不置。在当日自得之况，思举以质吾邦人士，斯念盖蓄之久矣。夫歌词诗赋，吾国向有专学，文人学子，各沿家派，魏晋以来，不少杰作。然其间或富于理想而过事艰深，或工于词藻而专务涂饰，论者病之。观于西诗之明畅浅显，合乎情，轨乎理，能使读者变化气质，不犹足多乎！德人至今谓德国之所以强盛者，鼓吹文明，激励志气，诗人翕雷实与有功。然则，诗虽小道，亦具以觇国势矣。吾国古来贤士大夫，每寓讽谏于诗歌，以正君德而教有众，采自輶轩，被诸弦管，葩经之中，不胜枚举。流衍既久，文愈胜，俗欲偷，模风范月、藻花缋鸟之作，连篇而累牍，几不知诗为世道人心之所系。甚哉，失其陶淑之本旨也。辛亥三月归国，遇田君北湖于沪渎。谭及德诗之意趣，田君欢欣鼓舞，乐为赞助，爰先选十一章，译成汉文。余惟尽迻译之责，笔削润色惟田君是赖。是岁六月脱稿，藏诸箧笥，有待雠正。数年于兹，乃索阅者綦纷，诸友怂恿付刊。时学识肤浅，未敢自信，尚希海内博雅君子，锡以箴言，而匡其不逮焉，斯幸矣！

民国三年春月，吴兴应时作于武林寓次。

——录自 1914 年译者自刊本

① 应时（1886—？），字溥泉，浙江吴兴人。1907 年留学英国伯明翰大学，后于德国加鲁高等商业学校进修德文，1911 年回国开始翻译德诗。1916 年赴德国攻读法律，稍后转学瑞士罗山大学，又赴法国巴黎大学，获博士学位。

《德诗汉译》德诗源流

（应时）

欧洲诸国文化既昌，竞尚修词之术，撷精摘华，趋重声歌，以竭文章之能事，表著其国采。其有博采众长，裒集大成，绝飙逸尘，蔚为当代宗匠者，则后起之日耳曼人也。距今一千五百四十年前，在吾国东晋中叶，高顿故族称兵亚欧之交，蹙居丹瑙河上，希腊袭败之余，皈依耶教。乌而斐腊以讲师移译经典，授其族姓，是为风雅内输之始。士夫诵习依违，主奴率资调剂之功，羽翼文化近二百岁。通才硕彦，益复开关达窗，修明专门之业，隆盛所基正未艾也。十五世纪间，渊源相承，古今画境，综其经历之序，进退之机，析为三大时代，递述于下：

（一）上古时　西历三百七十年以后，至于十二世纪八百数十年间，总称上古时。开宗明义之初，德人与耶教方以心理相激战也。

（二）古时　千一百五十年迄千六百念四年，谓之古时。德人同化于耶教，组织德国派之文学。其时闭关自守，矜尚独立，犹未取资异地也。此四百七十四年，新陈间代，变迁实繁。沿流索源，又有四期之别：

（甲）预备之期　千一百五十年，汉义氏出，倡导讨学者四十年，遂为德人所师祖。

（乙）始盛之期　千一百九十年至千三百年间，德人与耶教相融洽，有唱酬之雅，国风爱歌，鼓吹于此。

（丙）衰落之期　十三世纪，文学渐就陵夷，每况愈下，几于风流歇绝。及千五百十七年，宗教改良之机，郁久而发。

（丁）古今交替之期　世界交通，外化侵入，德耶学者乃与外人唱和。至是始形美备在，世界文学中独树一帜矣。

（三）今时 复分四期：

（甲）外材流行之期 千六百念四年，至千七百念四年。马丁奥辟氏，实为此期之作者。

（乙）预备新独立之期 千七百念四年，至千七百六十年。以鲍德懋氏为唱首。

（丙）隆盛之期 始于克劳泼司讨克，终于戈德氏。氏之殁日，则千八百三十二年三月念二日也。吟咏之风，于此最盛，才人辈兴，各有家法。本书所选，乃其杰作。

（丁）戈德以后至于现世。其未来之局收束若何，变革若何，不可知也。

德人有诗以来，文质二家家法，各承一系，华实奇正，旨趣不齐。意林广狭，词海浅深，固因智识为流别，实缘时代为后先。世界文学之公例，其阶级如是也。质家之诗，直笔朴辞，止于事理；文家则灵思隽语，穷究事理者也。此构实境，观察最真；彼设玄想，范围最广。凝重活泼，截然殊科。文家者流，不暇顾及事理，隐语寓言乘兴而往，驰骋于幽冥怪异之途，以图寄神祇鬼妖为其惊人之语，得意之作，一若地狱天堂果有其事，而身入其境焉。此在古代，自易措词，及今视之，不能容于科学之世界。诵其言，咏其声者，宁不使人搁笔哉？文化愈进，诗境愈真，粉饰藻缋之资，久已无稽见屏。欲其体物切情，又有枯窘之状态，束诸窄僿之途，而作诗之道难矣。况夫诗人之旨，所以启迪化源，宣扬国风，邮传世务，非徒陶写性情，吟弄风月已也。及知文丽用寡，尽失诗人之本意，欲其博物洽闻，有补于世故，质家尚焉。德之古诗，大都昭告神明，与夫儿女英雄之谈，寄托诙谐，假借讽喻；要不离乎灵感诡迹，抒其沉寂幽眇之思，托义于比兴。非是者，持论不根，无以资诵习焉。如神主降灾、祝福求福、蛙鼠构怨、蚊蚁剧战之类，皆其特点也。今之诗人，恒因他国之轶事，世界之异闻，著为弦歌，期于感发心志，故咏史必详，主文以谏。或抒下情，或宣上德，诗人之本意，盖不悖于四始六义。而与古之作诗以证事，而非引事以明诗者，其指归正相反也。此今诗之特点也。近世作者盛于今时第三期中，而仍以戈德、翕雷二氏为最著。此二氏者，初不同道。戈德为质诗，翕雷则文家派。翕雷天才爽逸，鼓吹自由，少壮盛气，溢于行间。甚为后生小子所爱重，盖其臭味同相投也。阅历世道，多所倾踬，始稍稍知事理，辍笔乃不复作。埋首伏案，潜研历史哲学，加［如］是者五年。再作韵语，遂一变故态，粹然为质家之言。故其平生，截为先后两派。终翕雷之身，与戈德异出而同归，以成今文第三期之盛。今之诗人，莫不奉为圭臬焉。

译者识

——录自 1914 年译者自刊本

《德诗汉译》(1939 年本)[①] 序

颜惠庆[②]

国无分今古，地不论中外，其国民性往往形之于诗歌。何也？感于心，发于言，手之舞之，足之蹈之，情生于不自觉也。秦风强劲，郑声淫靡，其来尚矣。德意志之国于中欧，以雄武著于世。予尝于役

① 《德诗汉译》，1939 年再版，版权页标“选译者：吴兴应时，发行者：吴兴应时，印刷者：世界书局”，“中华民国二十八年元月初版”(1939 年)。卷首依次刊有颜惠庆序、张元济序、褚民谊序、杨永清序、萧友梅序、应时自序一、应时自序二。其中自序一与 1914 年版自序相同，此处不再录出。

② 颜惠庆(1877—1950)，字骏人，祖籍福建厦门。早年留学美国弗吉尼亚大学，曾任上海圣约翰大学英文教习、商务印书馆编译所编辑、清政府驻美参赞等。民国年间，曾任中国驻外多国公使，多次代理、出任国务总理。

是邦，以观察其国俗，考其民情。读其诗歌，知其民性之勇敢，建国之强因非无故也。溯德意志自十九世纪中叶，威廉父子奋其不世之雄图，运大有为之才略，建国以来不过百有余年耳。何其兴之速也？盖其国族之淬厉英业，民情之严肃整齐，发为诗歌，仿佛吾国之秦风焉。吴兴应君溥泉夙治诗学，留德多年，尝以《德诗汉译》贻予。予观其所作诗格，严谨有如其治诗之年，弥合于日耳曼族之国民性，以其节奏合吾国之音韵，可谓雅颂矣。予将何所益哉。序而归之，用志予之景仰。

时在一九三八年耶稣诞辰，上海颜惠庆。

——录自1939年译者自刊本

《德诗汉译》（1939年本）[序]

张元济①

昔尝读玄奘三藏法师传。当时翻译经文，有证义、缀文、笔受诸职，有字学证梵语梵文诸大德为之赞助，其后又有于志宁、来济、许敬宗、薛元超、李义、杜正伦等时为阅看，随事润色。盖两国文字性质迥殊，沟而通之，若是乎其难其慎也。海通以还，译学大启。异域名编，日新月盛。顾未闻有援唐世译经之例以从事者，余友侯官严几道，少习英文，归修汉学。其自定迻译之例，一反当世苟简之为。厥例有三，曰信达雅，读其成书，殆无愧色。窃尝闻其绪论，谓译词章家言，最为不易。盖词章由文字而生，文字已移，词章何所附丽，牵强附会，必有害辞害志之失。余于英文，所造绝浅，然聆其言而深信

① 张元济（1867—1959），号菊生，浙江海盐人。清末进士，曾任总理事务衙门章京，南洋公学译书院院长，多年主持商务印书馆事务。

之。近有倡直译之说者，关节脉络，一仍其朔。仅摘其所涵之实义，易以相对之文辞，诘屈聱牙，不可卒读，即读之亦如坠五里雾中。此穷而思遁之术，自欺欺人，未可为训者也。吴兴应君溥泉，幼怀壮志，间关求学，初之英伦，转而之德，诵其诗人戈德翕雷诸家之作，咏叹流连。谓其能感发人之善心，译之以饷国人。一日袖以示余，余受而读之，训词深厚不懈，而及于古。余不能诵其原作，然可决其证义缀文之际，必极矜慎。溥泉语余，非独不敢违其意，即其词采、其音节，亦一一以两国之言文求其译合而无间焉。此严几道所视为难能者，而君乃黾勉以赴之，雄文健笔，洵加人一等矣。原序有言，彼邦之诗，明畅浅显，能使读者变化气质，余窃请进一解。倘能更以极明浅之文，恒习之字，别译一编，使如白香山诗，老妪都解。则所以激发吾国人者，其收效不益广且远乎。或以为俯徇时好，则非余之所望于溥泉者也。

时民国纪元二十有八年（一九三九年）元月，海盐张元济序。

——录自 1939 年译者自刊本

《德诗汉译》(1939 年本)叙

杨永清[①]

就一般人的见解，总认为诗歌是文艺家的专利品，必系文人雅士，墨客骚人，方知吟风弄月，咏歌赋诗，好像诗歌是只给极少数人消闲排遣的。

实则诗以言志，而这种志，不仅代表个人，且可代表社会、国

---

① 杨永清(1892—1956)，字惠卿，浙江镇海人。早年留学美国，获政治学硕士学位。民国年间，曾任外交部秘书、驻伦敦总领事、东吴大学校长等职。

家、民族。太炎先生说："《尚书》是政治之史，《诗经》是风俗之史。"吾们读郑卫之诗，而知郑卫之已衰，吾们读周召之诗，而知周文之必兴，这便可证明诗歌的重要性。因为诗歌不但发抒个人的性格，且可阐明一时代的社会状况，经济制度和政治组织。所以研究文艺的，固然应当研究诗歌，就是研究政治、法律、教育、经济、地理、历史、宗教等等的，那个不应当研究诗歌？古人说："登高能赋，可以为大夫。"孔子教人，诗礼并重。我们中国古代，多么注重诗教啊！我们看到中外古今的大学者，可以说凡是能文者无不能诗，因为诗也是研究学问的主要工具。假使拿诗歌当作文人的消遣品，那未免小觑了诗歌的价值，误解了诗歌的真义罢！

溥泉先生是国内有名的法学者，当他在德国研究法学的时候，于德国的诗歌也特别加以注意。人家说："应先生如此研究学问，未免学不专一吧？"而我却以为应先生如此研究学问，的确是"治学有方"！因为法律是社会生活的规范，应先生既是在德国研究法律，当然应当注意到德国的人情、风俗、社会状况。而这种人情、风俗、社会状况，当然以诗歌为主要的材料。所以应先生在诗中学律，大可以证明他的治学方法，有本有源，广博周密。他的《德诗汉译》的自序里说："西诗之明畅浅显，合乎情，轨乎理，能使读者变化气质。……德人至今谓德国之所以强盛者，鼓吹文明，激厉志气，诗人翕雷，实与有功。然则诗虽小道，亦足以觇国势矣。"

就这一段文字来看，我们可以知道诗歌的功用，小之足以陶冶性情，大之足以振起国风，他的使命实在重大。应先生于欣赏德诗之余，又不肯自私，并撷德诗中有关于德意志民族之特性者，译出以饷我国人。我们读了他译诗，一方面固是钦佩应先生治学的有法，和选择的精严，译诗的挺秀！一方面又可以窥见日耳曼民族的忠勇侠义之气概，固不能不归功于几位有名的诗家。我国人读了这一编译诗，应该要闻风而起了！

中华民国二十八年二月六日，序于上海慕尔堂东吴大学。

——录自 1939 年译者自刊本

《德诗汉译》(1939 年本) 序

萧友梅①

友梅虽然学过些外国语，但对于“译诗”这个问题（尤其是译德文诗），一向认为是不可能的。因为不独每国言语的轻重律不能一致，就是每国人的生活和历史都绝对不能相同，因此所用的词藻与典故亦更不能一样。我这个见解从民国元年到十五年没有改变过。民国十六年来到上海，读了王光祈先生译的德文诗十二首（见王君著《西洋音乐与诗歌》，十三年中华书局出版），到前年又读了胡宣明先生译的德文诗六首（见音专丛书《模范歌曲集》第一集第四册，商务印书馆出版）之后，我的见解已经有点改变。在王君的意见，绝对不主张采用西洋歌谱另填新词歌唱，却主张如介绍西洋诗歌乐谱，应同时介绍谱中原诗。纵使所译的诗译得不好，他以为那篇著名乐谱总是应该听听的。这当然是对不懂外国文的人们讲的，假如唱歌者如听歌者懂得外国文，那仍然以唱原文更能使人领略得透彻。在《模范歌曲集》胡周淑安女士的序里头就说：

“……即使专门的歌乐学生都能通外国文，唱外国歌，还是不能免除一切困难，因为到了他们教唱的时候，还是不能不用中文歌作教材。……本编所选的曲，乃是世界音乐家所公认为不朽

① 萧友梅（1884—1940），字思鹤，雪明，广东中山人。早年留学日本，又入德国莱比锡大学学习哲学、教育学。曾任上海国立音乐学院院长等职。

的作品。这种第一流的歌曲，文明国家没有不将其歌词译成本国文的。我们若不把他们译成中文，未免太可惜了。……”

我对于王、胡二君上面所讲，不能不表同情，而我向来所持的见解，也就不能不改变。因为再细细研究一下，法译、英译的德文诗的轻重律，也未能处处和原文一样（实例太多，此处从略）。但是在英国、法国唱起英译、法译的德文诗歌时，只要曲谱是著名作曲家所制，还不是一样觉得很好吗？不过不如用原文唱出的较为有神罢了。在欧洲各国尚且努力彼此互相吸收其文化，何况在今日的我国！因此，选译西方名家诗歌介绍我国，不能不认为是急务之一了。

溥泉先生留学英、德、法、瑞共十余年，不独精研法学，且于英、德、法、拉丁文学，均无不通晓。他在逊清宣统三年译成的德文诗十一首，最近我才偶然拜读到，觉得他的手笔另具一格。譬如《鬼王》一诗，王君所译乃用浅近文言，胡君所译完全用白话，均志在适合大众，以能跟随乐谱歌唱为标的；而溥泉先生则纯照古诗体译成，固不失其本意，即使离开乐谱朗诵出来，亦觉得淋漓尽致，声调铿锵。因此，更不能不佩服溥泉先生艺术手段的高妙了。所以特地要求他赶快把它再版，以饷海内同志。

民国二十七年十二月廿一日，萧友梅谨志。

——录自1939年应时再版

《德诗汉译》（1939年本）自序二

（应时）

当一九〇三年，时肄业上海南洋公学时，偶从友人处得睹曼殊大师选译英国诗人拜轮所著《哀希腊》《大海行》等篇什，蔚为一集，颜之曰《潮音》。读之铿锵有金石声，极为倾倒。且旨高意远，振聋发聩，诚不愧海潮之音。译体五古，每什八韵，慷慨激昂，诗意盎然，驾乎原文之上。假令李杜复生，亦将惊绝。鬼斧神工，译迹尽泯，设非天赋奇才，曷克臻此。嗣复读辜汤生先生所译《痴汉骑马歌》，益觉西诗之可资吟赏，愈读愈见其美，从此不敢鄙视西诗，易憎为爱矣。昔日读英文教本时，遇诗漫诵，不求甚解，固自愧未知其中三昧也。一九〇七年，会浙省选派欧美留学生。时是夏卒业，有与试资格，不幸赴试时，适患河鱼，草草终场，名列备取第一。此次浙省当局，只筹二十名经费，而考分及格者都二十四名，除正取二十名外，余均列入备取。但规定放洋以前，如有正取生不能出洋者，由备取生依次递补。当有正取第三名王烈君，因在北洋大学冬季即将毕业，例由该校自派，电浙除名。自应由时顶补，乃有已在英国剑桥大学自费留学之谢永森君，谋补此额。当局曲徇其请，时遂见遗。按：谢君为上海通商银行前经理谢纶辉之公子，时孤露穷儿，乌能抗争？忆时幼失怙恃，本无力求学。适逢逊清变法倡学，优恤学子，凡考入南洋公学者，得豁免学膳费，且月考列前茅者，得给膏火，书籍可向校借用。时以是得于此校完成学业。若在今日，讵能望学校之门？早已沦入卑田院矣，教育云乎哉？彼时任浙提学使者，为支恒荣先生（季青）。支学使见当局之措置，颇不谓然，对时甚有怜才之意。其时正取生孙君显惠，本在浙江高等学堂担任英文教课，深得吴监督雷川之信任，续聘一载，未克离校出洋，请假一年。支学使遂将孙生一年之学费及谢生之川资治装费畀时，命先放洋留学，以便遇缺即补。

买棹启程，已在是年岁暮。路过香港，咯血盈升，船主不许续程，即在此岛东华医院疗养。不一月血止，继续登轮就道。泊抵锡兰之哥仑坡，旧恙复发，船主照例下逐客令。遂又上岸就医，藉读书打字以资消磨岁月。转瞬三月，时届初夏，一日在青年会打字，忽逢陈介（蔗青）伉俪，俞大纯（慎修）伉俪，李傥（倜君）、李方悰、李方城诸君，谓受上海浙江旅沪学会胡叔田、沈迪民二先生之嘱托，道经此地务必寻时。客途相逢，其乐无涯。于是摒挡启程，伴同放洋，船抵马赛，分道扬镳。陈君伉俪暨李傥君，赴德京柏林。时随俞君伉俪及李君昆仲，偕赴英伦。当有我国驻英使馆秘书夏君廷献，及同乡李君祖恩，到埠照料。夏君本系沪上旧交，李君则由浙江旅沪学会马道先生驰函托其照拂。抵英翌日，即承李君绍介林行规先生。林先生知时力疾求学，劝习法律。盖时本拟赴孟鸠斯德学染织，以冀学成归国，于实业界有所贡献。卒因校厂方面乏人提挈，不得其门而入；并因多数浙江官费生，如胡君祖同（孟嘉）、徐君新六（振飞）、钱君宝琮、丁君紫芳等，均在伯明罕留学；又同船之山东官费生李君昆仲，亦往彼处入学；为便利计，遂追随诸先进，留学伯明罕大学，选习理科，盖理科在此校最著名也。第二期大考，名列前茅，窃自矜喜。讵知病魔作祟，又患咯血。居停深惧肺病传染同学，又恐时葬身异国，坚劝易地疗养。以贫苦之身患富贵之病，平时仅以面包冷水疗饥渴，今又病魔缠身，奚啻雪上加霜。同学悯其遭遇，慨然解囊相助，乃得成行，赴德国南部黑森 Schwarz Wald 内之加鲁 Calw 养疴。旋病稍瘥，在加鲁高等商业学校 Handelshochschule zu Calw 补习德文。

适有诗人担任德文教课，因受业焉。日夜孜孜，不数月间，居然循文成诵。惜资斧告罄，待补官费又非瞬息间事，不得已由伯明罕同学罗鸿年（雁峰）君等醵资，并承留德同学陈介君代购三等舱位船票归国。于一九一〇年二月中旬抵沪，三月十一日乃与未婚妻章肃女士在上海西园行结婚礼。乡长王一亭先生，为之证婚，并由戴传贤（季陶）、朱少屏两先生作男傧相。俗谓文明结婚，我俩忝开风气之先。忆有西友柯师医士 Dr. Stafford Cox 伉俪等，前来观礼，亦极一时之盛。婚后赁居于白克路昌寿里友人田君北湖之家。田君邃于汉学，早年曾师事之，谈及德诗之旨趣，怂恿逐译，允为笔削。不三月，选译十一首，类皆警世惕俗之什。其时有苏高校聘时教授英德语，译事遂以中辍。民五得补浙省官费，携眷赴德京习律。旋因中德宣战，改入瑞士罗山大学续习。三年后复赴巴黎大学研究，二年得博士学位。适浙江法政专门学校周校长伯雄（子豪）电招，嘱任是校教务长，遂即返国服务。如是走入法律之途，抛弃文学，不无遗憾。近二十年来，奔走衣食，更无暇晷，既少为文，文亦不敢求工，盖文愈工者人愈穷，古今中外如出一辙，退之之为文送穷，良有以也。

民三，在浙江高校医专及法专，教授德文，友人偶见译稿，劝速付梓，曾印千册不能售尽。是知东施效颦，适见其丑。时译之诗，讵能望《潮音》及《痴汉骑马歌》之项背耶，顾我国近来教育方针，注重实科，国文似少进步，而社会教育又不可忽视。时意戏剧、小说及诗歌等，为改良社会最有力之急先锋。今之贤士大夫，方致力于改良戏剧、小说，间亦有人将外国诗歌迻译传诵者。民十三，有王光祈先生译德文诗十二首（见王君著《西洋音乐与诗歌》，十三年中华书局出版），民二十五，有胡宣明先生译德文诗六首（见音专丛书《模范歌曲集》第一集第四册，商务印书馆出版）。其中王光祈先生所译德国诗豪戈德所著之《爱尔王》，又胡宣明先生所译同诗之《妖王》，两译异曲同工，乃知国人中亦有同嗜者也。国立音乐院长萧君等，怂恿将拙译再版，时应之。其能否有裨益于世道人心，固非所计，靦然也。

中华民国二十八年一月十日，应时再序于上海爱文义路柳迎邨读律室。

——录自1939年译者自刊本

《情仇》[①]

《情仇》译者自序

（君牧[②]）

曩岁，留学日本东京，会暑假停课，偕适龛僦居神田猿乐町之某屋。长夏无聊，颇苦岑寂。一夕漏甫下，闻剥啄声，呼下女启关，一人翩然入，视之同里岑君也。适龛与余起，肃之坐，抵掌谈甚欢。岑君顾余曰：君胡久不出？余曰：无他，畏酷暑炎威耳。岑君曰：傍晚暑退，宜出运动，藉吸空气，以祛溽暑。否则有碍卫生，非所宜也。昨余至浅草公园，鱼更二跃，犹徘徊于林间，不忍归，以其爽朗，不啻置身清凉界也。言至此，忽探怀出一小册授余曰：昨得是书于草次，意必游人所遗。迟其主人，拟以归之，乃久之竟不复来。君试读之。余受而阅之，乃法人克林各尔日记也。余习法文程度殊浅，其中多有难解者，乃受适龛。适龛深于法文，启而读之。第见其忽尔蹙眉，忽尔颔首，忽尔喜，忽尔愕，久之不忍释手，似颇有意趣者。后乃丐于岑君，留以竟之，岑君去。适龛与余倚窗延爽，顾余曰：君亦知书中人之佳遇乎？余曰：未之能详，愿以闻我。适龛曰：是书主人乃法人，而游于日本者。书中载有一段艳情，颇为美满。今课停无事，余口译而君笔述之，不数日当成一小说，亦消夏之一助也。余曰诺。适龛乃译以汉语，余从而敷叙成文，不十日，一完全无缺之艳情小说已出现。至其无关斯事之记载，一律从删，以归简净。书成，会岑君来，因归其原本，而以是译示之。岑君读其文如右。（以下克林

① 《情仇》，言情小说，法国克林各尔著，君牧译述，1914年1月国学书室初版。

② 君牧，资料不详。

各尔自述语。)

——录自国学书室 1914 年初版

《炭画》[1]

《炭画》小引

（周作人[2]）

显克微支名罕理克，以一千八百四十五年生于奥大利属之波兰。所撰历史小说数种，皆有名于世。其小品尤佳，哀艳动人，而《炭画》一篇为最。《炭画》云者，谊取简略图形，如稿本也。丹麦评骘家勃兰兑思作《波兰文章论》，称之曰：其人才情美富，为文悱恻而深刻。如《炭画》一篇，实其上乘。书言有农妇欲救其夫于军役，遂至自卖，盖杰作也。又美国人寇丁言，此文作于一千八百七十八年，时著者方客美洲加鳌福尼，自云所记多本实事，托名“羊头村”，以志故乡之情况者也。民生颛愚，上下离析，一村大势，操之凶顽，而农女遂以不免，人为之亦政为之耳。古人有言，庶民所以安其田里，而亡叹息愁恨之心者，政平讼理也。观于“羊头村”之事，其亦可以鉴矣。

己酉二月，译者记。

——录自上海文明书局 1914 年初版

---

① 《炭画》(*Szkice węglem*)，小说，波兰显克微支（Henryk Sienkiewicz，通译显克维奇，1846—1916）著，周作人译，1914 年 4 月上海文明书局初版。

② 周作人（1885—1967），原名櫆寿（后改为奎绶），字星杓，又名启明、启孟等，笔名萍云女士、遐寿、仲密等，自号知堂、药堂等，浙江绍兴人。1906—1911 年留学日本，与鲁迅合译《域外小说集》《现代日本小说集》等。另译有《红星佚史》《炭画》《黄蔷薇》《点滴》等。

（1926年本）[①] 关于《炭画》

周作人

一 小引

……[②]

以上是《炭画》译本的小引。一九〇八年在东京找到了冠丁译的两本显克微支短篇集，选译了几篇，把《炭画》也译出了。过了些时，才写这首小引，那时是宣统元年，清廷大有假立宪之意，设立些不三不四的自治团体，文中那些迂曲的话即是反对这个而说的，因为我相信中国的村自治必定是一个“羊头村”无疑。

二 通信一

“作人先生台鉴：大著《炭画》一卷已收到，事冗仅拜读四之一，虽未见原本，以意度之，确系对译能不失真相，因两人面目俱在也。但行文生涩，读之如对古书，颇不通俗，殊为憾事。林琴南今得名矣，然其最初所出之《茶花女遗事》及《迦因小传》，笔墨腴润轻圆，如宋元人诗词，非今日之以老卖老可比，吾人若学林氏近作，鲜有能出色者：质之高明，以为如何？原稿一本，敬以奉还。……二月二十七号。”

以上系一九一三年商务印书馆《小说月报》社的复函。其中有些

---

① 该版版权页标“原著者：显克微支，翻译者：周作人，发行者：北新书局”，“一九二六年八月出版”。

② 此处文字与1914年版“小引”相同，故略去。

话也有道理，因为写信的人于旧文学是颇有研究的，但是一本稿子总之是回到我的案头来了。

三 通信二

“作人先生鉴：日前接到来示及《童话略论》……，具见著作宏富，深为钦佩。前《炭画》稿一本，本欲寄还，兹以《童话略论》亦不甚合用，故与《炭画》一并交邮挂号奉赵，乞即察收。……八月二十七日。”

以上是同年中华书局编辑部的复函。这里有一件事应当附带说明，便是那篇《童话略论》我本来说不要（不，实在大约是不敢想要）现金报酬，只望送我一年什么杂志，可是这也成了一场梦，他终于同了《炭画》一并回到家里了。

四 通信三（佚）

这里应当有一封文明书局的复函，只可惜遗失了。《炭画》既然到处碰头，卖不到钱，（其实时值估价也只能卖到五六十块钱罢了，两元一千，圈点空格不计），只好另想方法。展转地找到介绍，请文明书局出版，共一千本，版税百之十五，定价二角，计每本可得洋三分。契约订好，《炭画》遂于一九一四年四月出版。光阴荏苒，七八个年头忽已过去，市面上《炭画》一书久已绝迹，三十元的版税却一个大都不见，于是写信去问出版的书局，不久来一回信，说本局已经换了东家，以前的事一概不知道。（精确一点的说，以前的事请你去找原来的老板去，这在我当然是没处去找的。）结果是一切与已酉二月无异，只是手头的一卷稿本变成了一本铅印的小册子。

五　评论

“显克微支（Henryk Sienkiewicz，1846—1916）生奥属波兰，竭力于革命运动，为光复会长，见忌于奥国，因亡命美洲。素持斯拉夫主义，主亲俄；一九一六年俄政府宣言将许波兰独立，显克微支力赞其事，未成，以是年十月卒。初作小品，未为世人所知，一八九六年著《何往》（*Quo Vadis*），叙罗马宜禄王时新旧宗教之冲突，始得名。又有《兵燹》等历史小说三部，记波兰累代与异族战争事，美国费耳布思（Phelps）教授谓古今历史小说能得荷马史诗精神者唯此与俄国戈戈耳（Gogol）之《太拉思布耳巴》（*Taras Bulba*）也。然勃兰兑思（Brandes）则深称美其短篇而不满于历史小说，《波兰印象记》云，‘显克微支系出高门，天才美富，文情悱恻，而深藏讽刺。所著《炭画》（Swiceweglem）记一农妇欲救其夫于军役，至自卖其身，文字至是，已属绝技，盖写实小说之神品也。又《乐人扬珂》《天使》诸篇亦极佳胜，写景至美，而感情强烈，甚能动人。晚近模拟大仲马作历史小说，层出不已，因获盛名，且得厚利，唯余甚惜之，所为不取也。’盖勃兰兑思素薄历史小说，故对于显克微支著作亦与仲马等视，深致不满也。

显克微支作短篇，种类不一，叙事言情，无不佳妙，写民间疾苦诸篇尤胜。事多惨苦，而文特奇诡，能出以轻妙诙谐之笔，弥足增其悲痛，视戈戈耳笑中之泪殆有过之，《炭画》即其代表矣。显克微支旅美洲时著此书，自言记故乡事实，唯托名羊头村而已。村虽称自治，而上下离散，不相扶助，小人遂得因缘为恶，良民又多愚昧，无术自卫，于是悲剧乃成。书中所言，舍来服夫妇外，自官吏议员至于乞丐，殆无一善类，而其为恶又属人间之常，别无夸饰，虽被以诙谐之词，而令读者愈觉真实，其技甚神，余人莫能拟也。……”

以上是一九一八年所写的讲义稿的一部分，现在节录出来，使大家约略知道上边所说的《炭画》是怎么一种东西。

六　广告

这应该是书店替我做的，我自己怎好来说呢？我所能说的只是，这是十七年前的旧译，而且还是用文言写的。是的，这的确如此，但是，我至今还是很爱他，觉得这是我的译文里的最中意的一篇。因为原文实在太厉害了，所以虽是译文一点儿都不腴润轻圆，也觉得舍不得，想把他保存起来，流传出去。改译白话，实在也并非没有这个意思，不过还有别的事情要做，既然有了一本译文在那里，似乎也就不妨将就看看，不必在百忙中来动手，留下这点工夫去修别的胜业，或者较有意思罢。

将《炭画》译文校正句读，拟付印刷，复将关于《炭画》的文件一二编录在一处，算作一篇后记附在里边。

一九二六年六月六日，于北京，周作人记。

——录自北新书局 1926 年再版

《深谷美人》①

《深谷美人》序

林纾

自家族主义一变，欧人之有识者，蠹然伤之。于是小说家言，恒

① 《深谷美人》，小说，英国倭尔吞著，版权页标“笔述者：闽县林纾，口译者：同县陈器，印刷者：宣元阁”，“中华民国三年八月一日初版”（1914 年）。

谆谆于孝友之一说，非西人之俗尚尽出于孝友也。目击世变之不可挽，故为慈祥恳挚之言，设为人世必有其事，因于小说中描写状态。盖其胸中所欲言，所欲得者，幻为一人一家之事，使读者心醉其家范，与其德性，冀其风俗之变。而于女界尤极慎重言之，虽婚姻出于自由，而在在伸以礼防，未尝有轶出范围以外者。呜呼！用心何其厚耶。然而女子参政之说，仍日昌于欧西，至群雌结社，喧豗政府之门，跳踉廛肆之上，商旅噪逐，警卫指斥，僇辱至矣，而仍弗悛。近者为议院所格，不听干请，初未知能必终不干请否也。惟女权既大伸，而为之夫者，纲维尽坠，不敢钳制，则恣其所为，无复过问。又有未经嫁夫而自由，既无子女之累，则气概尤极暴烈。此近数年以来之风尚，前此十年未尝有也。西风既东渐，吾国女界乃加厉焉。但以剪发一节，固万国之所无，或引以为妖孽。余曰：此非妖也。天下之事，大屈之后，必有大伸。中华之缠足，历二三千年，父母误不仁之心以为仁。女子忍辛楚，苦束缚，如在黑狱之中，一旦猝睹天光，心朗神舒，可以匪所不为。缠足者大屈之时，一转而为剪发，则父母丈夫之所不能禁，即以此为大伸之日。进而不已，将有更甚于此者，未可知也。呜呼！匪风下泉之思，欧西老成亦往往同此心理。风漓俗窳，乃思及古道，始发为歌讴，用讽谕之义以感人。而又不已，则编为小说，演诸梨园，冀观者有所感触。此至不得已之苦心，究之挽回末俗，所获者不得百之二三焉。余老矣，羁旅燕京十有四年，译外国史及小说可九十六种，而小说为多。其中皆名人救世之言，余稍为渲染，求合于中国之可行者。顾观者以为优孟之言，不惟不得其二三之益，而转以艳情为病。此所谓买椟还珠，余亦无所伸其辩矣。此书为英国倭尔吞原著，中叙一孝友之贤女，名曰马佐里，嫁于贵族之弃子和忒士库。而和忒士库礼事其养父，既以孝称，复恪守其养父遗训，躬承重债，力佣求清其逋。既而觅得其生父，承祧袭爵，由贫薄而拥巨产，遂娶马佐里为妻。隐示上帝重赉孝友之人，合此两美，此亦小说中之常格。所难者，叙马佐里之慎守礼防，孝其孀母，事其羸姊，导其弱妹，抚恤孤嫠，力崇俭约，茹百苦而安义命，罢四肢而勤职役，一生安贫信道之心，使人归仰无已。文无他奇，但述庸行，虽名手如佚［迭］更而亦不能过也。余以二十五日之功译成，都五万四千余言。既成，叹曰：中国求妇，必当求之士流之家；外国求妇，必当求之牧师之裔。何者？士流不惟有家庭之教育，百事皆有节制，子女耳目濡染，无分外侈靡之事。犹之牧师家笃信耶稣之道，一言一行，皆系之以天堂地狱，子女生，少已知爱护其灵魂，故慎守十诫，不敢叛上帝而忤父母，娶之往往足资为助。西人恒言欧洲女界，如皮酒，其上白沫，则贵族之女也，日泡泡然作响，吸之一无所得；其中清者，为牧师之女，有学而守礼；其下渣滓，则猥贱而近于勾栏耳。若马佐里者，则酒中之清者也。余因译之以问世。至于笔墨颓唐，尝念余老，嗤之鄙之，一听诸人。

中华民国二年五月七日，畏庐老人书于春觉斋。

——录自宣元阁印刷 1914 年初版

《慈禧外纪》①

《慈禧外纪》[序]

冷汰（陈曾矩）②

仆去岁同诒先译《清宫二年记》，诒先曾于序中，述及勃氏此书，

---

① 《慈禧外纪》(*China under the Empress Dowager*)，历史小说，英国濮兰德（J.O.P.Bland，1863—1945）、白克好司（Edmund Backhouse，1873—1944）著，陈冷汰、陈诒先译述，1914 年 8 月中华书局初版。

② 冷汰，陈曾矩笔名。陈曾矩，生卒年不详，字絜先，号强志，湖北蕲水（今浠水）人。著有《丁巳复辟记》，与陈诒先合译有《慈禧外纪》《清室外记》等。

谓将继译，以相参印。至今忽已经年，始克告成。虽中间因事耽延，亦以书中所引官书、私记、奏稿、书札等件，待查者甚多。若径从西文转译，总不如得其原本之善，辗转托人觅抄，颇稽时日，其终无处寻觅者，乃转译之。书中有关系之人，亦必考查其真名，不徒译音，期免草率之讥。于译述之外，搜觅询考之功，颇为不少，故久而始成也。夫清季之事，传闻异辞，勃氏以一外人，记述吾国之事，固不能一一尽确。然其用力极勤，搜求甚富，荟萃钩稽，勒为专书，大足备参考之资。中所引如《景善日记》等，为吾国所无之本，于庚子年宫府情事，言之历历，至为详实。其他所搜集，亦有外间不常见者。而叙次颇得要领，议论亦多持平之处，与《清宫二年记》，互有详略，均饶趣味，故特译之。阅者有熟悉清季掌故，能正勃氏之误，或于书中所引，有其中文之原稿，而仆未及觅得者，肯予赐教，则幸甚。

甲寅七月，冷汰书。

——录自中华书局 1914 年初版

《红粉劫》①

《红粉劫》序一

徐枕亚②

弱肉强食，优胜劣败。哀哉芸芸情界众生，乃亦不能逃此天演

---

① 《红粉劫》(*A Fair in Peril*)，奇情小说，英国司达渥（Don Startward）著，李定夷译述。贾植芳等编《中国现代文学总书目·翻译文学卷》标“上海国华书局 1914 年 8 月初版”。“中华民国二十年一月十一版”版权页标“译述者：李定夷，发行者：国华（新记）书局”。又见一种，版权页标“中华民政二十六年五月十版”。

② 徐枕亚（1889—1937），名觉，字枕亚，别署东海三郎、泣珠生，江苏常熟人。曾任《民权报》编辑、《小说丛报》主编。1918 年创办清华书局，编辑出版《小说季报》。著有《玉梨魂》《刻骨相思记》等小说。

之公例。夫兵犹火也，情犹兵也。兵不戢将自焚，情不戢则杀机伏焉。情与情战，足以酿祸，亦足以成仇。至祸迫而仇深，则无所谓情也，强权而已矣，暴势而已矣。以荏弱无告之女子，当此强权暴势之冲，有何能力，以相抵抗？横暴之来，如风扫叶，其不立演煮鹤焚琴之惨剧者几希。异哉天之生人，同具此深挚之情，乃不能同具此慈善之性。彼夫阴狠之辈，残忍之徒，皆天生情种也。惟其多情，所以无情。恋情所迫，毒焰乃张，滚滚爱河，血花怒溅。有情者固不忍出此，然无情者亦决不出此也。吾读定夷所译《红粉劫》一书，而知情之毒人深矣。邓脱凶徒，爱力亦复不薄。彼惟不能忘情于黛瑛，故不能甘心于杜蕾。后知终不能得黛瑛，则并黛瑛而死之。吾谓邓脱为人，纵凶恶无伦，初意亦不至是。实逼处此，乃至忍无可忍，频次行凶，彼亦为情魔所役使而无能自主。重泉之目不瞑，一面之网莫开，此时欲悔无从，到底同归于尽。惨剧既终，恶名不死，此种人人皆吐骂之，吾独深惜之。彼非无情者，惜其秉性独鸷，故认情不真。性不足以制其情，情反足以助其性。欲念一酣，奸谋叠肆，卒之不利于人，亦何裨于己？厉魄凶魂，能无余痛也乎？抑吾有说焉，人之生也，与情俱生；其死也，与情俱死。黛瑛、杜蕾，皆死于情者，即邓脱亦何莫非殉情一流？吾所不解者，彼矫矫之霞碧，乃亦不能保全其干净之身，同受此天演之淘汰以去。盖霞碧亦别有情者，是亦有取死之道焉？泉下相逢犹有伴，可堪尘世独凄凉。吾不知彼老而多情之司达渥，将何以为情也。

海虞徐枕亚撰。

——录自国华书局1931年十一版

《红粉劫》序二

铁冷（刘铁冷）①

余尝创论曰：男女之间，有情无欲。何则？情生于爱，爱至极处则为情；欲生于贪，贪至极处则为欲。欲为片面之爱，爱为双方之情。情之中无恶意，欲之中无真情。伧夫俗子，以贪为爱，以欲为情。遂其意，则败德伤身而不顾；不遂，则钻穴踰墙而相迫，甚且构谗启衅，贼害他人而不恤。呜呼，谬矣！不谓欧人缔婚，崇尚自由，竟有不情若邓脱者。邓脱与黛瑛，非中表乎？血统相同，例不联姻，而之子无行，又为黛瑛所拒绝，夫亦可以已矣。邓不出此，既杀杜蕾，又杀黛瑛，直渔其色耳。情于何有？且不杀黛瑛于杜蕾之前，而杀之于既识司达渥之后，直妒而已矣。情于何有？吾知黛瑛之死，不恨邓之杀已，而恨其杀之不早矣。然司达渥既失一黛瑛，复得一霞碧。大姨夫作小姨夫，慰情犹胜于无，此亦黛瑛所当为欢忭者也。又不谓贤如霞碧，命途乖舛，竟不克偕老金闺，以终天年。吾知司达渥又愤霞碧寿算之短，邓脱自杀之晚矣。呜呼！邓脱与黛瑛，无相爱之心，而有相仇之意。所谓有情人，当如是耶！余又创论曰：有欲无情者，禽兽之爱也。人类云乎哉？定夷奇余言，索序于余。余非元晏，焉敢云序，述其谬见，志诸简端云尔。

古邗铁冷草于仪鄦书斋。

——录自国华书局 1931 年十一版

① 铁冷，刘铁冷（1881—1961），名绮，字文㯖，笔名铁冷，别署欧梦轩主、松涛等，江苏宝应人。曾任《民权报》主笔，创办《民权素》《小说丛报》等。著有《铁冷碎墨》《孤雏血泪记》等。

《红粉劫》序三

杨南村[1]

天上无长圆之月，人间乏不谢之花。恨海难填，含木枉劳精卫；情苍莫补，炼石徒说女娲。玉碎香消，风雨夭桃之劫；龙飞鹊化，死生入骨之悲。孕蛱蝶于罗裙，幽忧抑结；堕鸳鸯于栊瓦，妖梦迷离。如意事竟无八九，尤为才士之婚姻；伤心人不少二三，留写佳人之涕泪。是以情场黄卷，痛史偏多；孽海青箱，怨词不少也。定夷吾友，神志予交，学彻中西，情耽著述。鱼油龙劂，纸久贵于洛阳；错彩镂金，书更搜于英土。获其秘籍，重缗左行之文；写此哀情，妥译西来之意。堕名花于圊溷，只怨风狂；遇红粉以蝎魔，难诛天忍。女萝山鬼，灵均之幽恨良多；微雨画帘，阿灰之闲愁不鲜。虞兮一曲，原英雄寄泪之场；梦耶三生，实哲士悟缘之道。色空相印，愿尘海嗣多觉人；啼笑非真，幸达者勿萦孽想。即兹解脱，般若一卷之经；用附规箴，骈丽十引之叙。

湘西杨南村撰。

——录自国华书局 1931 年十一版

《红粉劫》序四

顾靖夷[2]

呜呼！情天莫补，矧乏娲皇；恨海难填，谁哀精卫？余读《红粉

---

① 杨南村，生卒年不详，湖南湘西人。著有《红冰碧血录》《翡翠芙蓉》等小说。

② 顾靖夷，江苏梁溪（今属无锡）人，早年入读上海南洋公学。其他不详。

劫》，余不禁有无穷之感焉。《红粉劫》者，英人司达渥博士 Dr. Don Startward 所著，余友定夷译之也，是书原名 A Fair in Peril。方定夷发轫之始，犹在南洋公学与余同砚。夜雨敲窗，昏灯照影，辄见定夷低头伏案，振笔疾书。余劝之寝，且规之曰："小说家言，雕虫小技。君以有用之精神，译无为之著作，不亦愚乎？"定夷曰："兹事虽小，效用实大。遍读吾国旧小说，不为诲淫，即为诲盗；不讲狐鬼，即讲神怪。传播数百年间，社会实被其祸。欲求移风易俗之道，惟在默化潜易之文。则编译新小说以救其弊，庸可缓耶？且小说与文学，实有固结不解之缘。若《莎士比集》《鲁滨孙飘流记》等名作，彼邦人士，奉为文范，庸非小说耶？"余时颇为心折。壬子之夏，同卒业于南洋高等预科。定夷就馆沪江，余则旋里任路事，不相见者一年。而《红粉劫》告成矣，逐日刊诸报端，大受社会欢迎。追维前言，益信不谬。乃刊载未竣，《民报》运尽，海内人士之谈是书者，佥以重付梨枣为请。出版有日矣，定夷征序于余。余既不敢以不文辞，又不知所以为序，即以定夷之言弁其端。

民国三年夏，梁溪顾靖夷筠谷氏序。

——录自国华书局 1931 年十一版

《红粉劫》鬘红女史评语

鬘红女史①

近来小说发达，译本日多。咭叻咕噜，地名人名，累四五字，至不能句读。读者病之，宜其然矣。

中外风俗不同，习惯各别，译笔最忌率直。鄙意以为应取长弃

① 鬘红女史，资料不详。

短，译其意不必译其辞。此不仅因风俗习惯之关系，即读者心理亦异。如彼邦人士所可笑者，中国人未必以为可笑；彼邦人士所有味者，中国人未必以为有味。凡曾读过外国文者，类能体此意也。

《红粉劫》所译地名人名，皆用中国习见之字眼，可省读者许多脑力。此非失真。小说重关目，不用名词也。

此书以血案起，即无平铺直叙之嫌。外国小说，多怪异离奇之作，此书其尤也。

书中主人，自是玛逊氏双珠。黛瑛历尽艰辛，卒死非命，固属薄命。即霞碧甫遂吉士之思，便作昙花之谢，亦非薄命而何？是犹怡红、潇湘，木石无缘，诚为可怜。蘅芜君虽圆好梦，然于归赋罢，通灵返真，公子长往，不寡之寡，可怜更倍于无知觉无性灵之长眠人也。

此书结构可分为两期：自第一章至第十三章，所以传黛瑛也；自第十四章至第二十六章，所以传霞碧也。然传霞碧，实为黛瑛了不了之缘，竟未竟之志。虽谓霞碧系影射，亦无不可。

邓脱自是十恶不赦之贼，临死供词，犹无悛悔之心。然侃侃而谈，旁若无人，颇有一二独到语。读者毋以人废言。

马尼士为人，无一足取，万不足以俪癯影。癯影方自悲命薄，余则以为与马绝交，实可为癯影庆耳。

书中无主无宾，各人俱有结局，结局又各不同。黛瑛身死不明，霞碧既嫁而夭。马尼士与漪侬，情人互杀，固邓脱之想入非非，亦著者运思之巧也。邓脱罪大恶极，卒置身断头之台。留一司达渥，撰述其事，同梦情深，双栖缘短，结局亦至可伤。所未明叙结局者，惟癯影耳。然癯影自司达渥拒婚后，固不必再明叙其结局。癯影，孝女也，亦多情人也，断不他婚，其必步北宫婴儿之后矣。

第二十一章“可怜之众生”一篇，余爱读之。苍苍世界，问何处真是欢场？芸芸众生，知几辈终成美眷？令人那得不作厌世想！然而余夫妇唱随方乐，余夫及余，常抱遁世观念。此等心理，殆受外物之激刺而然欤?

第二十六章以悼亡歌作结，余音袅袅，绕梁三周，从容自然，不现一毫枯意。此原著所无，读者当不以蛇足为病。著长篇小说，一起一结，最难着手。此种笔法，足为来者则效也。

——录自国华书局 1931 年十一版

《红粉劫》题词

海绮楼主等

海绮楼主：

东方茜媚花，西海素馨叶。婀娜万国春，秾艳群芳牒。十步生芳草，小川有桂楫。南蛮出名姝，蓬巷产朱靥。造化何悠悠，好播红豆荚。千古好男儿，都缄相思箧。造孽风流阵，祸水碧波睫。一朝恋佳人，五体方寸摄。浩浩众生劫，恒河千沙叠。大地尽酣眠，沉醉同步屧。茑石萝随牵，水荷萍自贴。螘蚁慕羊毡，花草沾春蝶。相知欢未央，新愁已遥蹑。昨夜傍萝衫，今宵被囚褶。况乎尘红丛，宁无鸩媒妾。罗刹粉酥胸，鬼蜮燕支颊。万缘都如梦，浮影不可接。芥水起秋涛，苍云变幻捷。试观庄生旨，栩然幽赏惬。寓言十八九，妙颐胜春馌。止波静意境，养生戒心猎。借镜齐都谐，胜参上乘笈。

陈索然：

断肠人写断肠辞，鲽鲽鹣鹣芥引磁。坠地何辜为粉黛，误人毕竟是胭脂。侯门似海生多恨，妾命如云死亦痴。捣麝成烟风景杀，铜仙残泪话凄其。枇杷门巷忆侬家，梦里真真唤屡差。公子情怀余槁木，女儿娟丽赛茶花。奇文喜剧成怨剧，吾爱无涯抑有涯。月不常圆云诡谪，华发历尽劫恒沙。

程习鹏：

尘务空濛几异才，千秋红粉见余哀。天惊石破翻前古，虎绣龙雕重劫灰。流水无情长已矣，精魂恋此倘归来。毗陵欲得李夫子，再向渔樵说一回。

喟庵居士：

粉黛无端委坠红，杜鹃声自唤东东。可怜檀板金樽地，尽付残山剩水中。泪洒镜台情脉脉，花开昙钵色空空。琶琵岂解兴亡恨，为谱清平调最工。

芙影室主：

琼瑛似黛碧如霞，云是当年姊妹花。只为情场经挫折，红颜沦落到天涯。回头欲去已无家，镜里因缘唤屡差。缟影园边点点血，秋来可发断肠花。寄身恨海与愁城，到底多情反不情。地角天涯同一哭，教侬何处订鸳盟。无端又把情丝牵，赢得黛瑛一面缘。病里光阴愁里泪，埋香葬玉恨绵绵。昵红园畔月沉沉，有女卖花到夜深。萍水忽逢司达渥，阿侬从此得知音。爱河苦海自无边，月老无情结孽缘。血溅胭脂总是妒，千秋遗恨付啼鹃。流芳遗臭各千秋，碧血红冰台上流。怎说人生总一死，神奸至死不回头。儿女英雄愿已酬，桃僵李代结鸳俦。何图才订三生约，噩梦惊回涕泪流。昙花一样寄尘寰，水自无情石自顽。世事离奇如幻梦，青衫红粉可知还？东风乍起百花催，往事伤心付劫灰。自古情场无结局，斜阳依旧下蒿莱。

——录自国华书局 1931 年十一版

《新庵译屑》[①]

《新庵译屑》序

吴趼人

初，余以彭君伴渔之介绍，获交周子桂笙，日惟以商榷文字为事。厥后交愈益密，情愈益深，日惟以道义相勖勉，以知识相交换，商榷文字一事，转视为偶然之举矣。顾桂笙虚怀若谷，相交达十年，片言只字，必出以相质证。于是余二人之交谊，与夫互相期望之心，反为之而掩。此余不得不急白之于知我及桂笙者也。去冬同乡君子，组织旅沪广志小学校成，交推余主持其事。于是日与二三同事，研究教育之道，舍学校而外，几无复涉足之处，坐是与桂笙疏。戊申八月，桂笙以此卷来，嘱为编次。检阅一过，则皆桂笙以前所译，散见于各杂志者，至是汇为一编，意将不欲自负其迻译之劳，藉是以问世者也。窃谓文章一道，大之可以惊天地，泣鬼神，寿世而不朽。次焉者，亦可以动魂魄，震耳目，以为救世之助。寿世之文，如昔贤著撰者无论矣。即救世之文，如时彦之发皇议论，警醒一切者，以之灾梨祸枣，或犹可见谅于君子。而桂笙所译此编为何如文也，其文则鸟语蛩鸣，其技则雕虫篆刻，顾犹緦緦然敝帚自珍。而余复为之序之，抑何所就者之浅且隘也。呜呼！此岂桂笙之初志也者，此岂余与桂笙互相期望之初志也哉？天地虽宽，侧身无寄。茫茫人海，道大难容。庄生之著《南华》，屈子之作《离骚》，岂好为谲异违世之谈邪？毋亦愤世嫉俗，借以喷薄其胸中之积忿耳。世之读此书者，其知桂笙之为人哉！

---

① 《新庵译屑》，小说集，分上下卷，为《新庵笔记》卷一、卷二，撰译者：周桂笙，校订者：邵伯谦，1914 年 8 月上海古今图书局初版。

戊申仲秋，南海吴沃尧趼人氏序。

——录自古今图书局 1914 年初版《新庵笔记》

《新庵译屑》弁言[①]

新庵主人（周桂笙）

余平生喜读中外小说，压线余闲，辄好染翰作小说、译小说，此知我者所共知也。顾读书十年，未能有所贡献于社会，而谨为稗贩小说。我负学欤？学负我欤？当亦知我者所同声一叹者矣。此编皆平日读英法丛报时所选小品之有味者，随笔译成，无条理，无宗旨，亦犹夫曩者所译诸篇也。拉杂之在我，摧烧之一听诸人。

新庵主人识

——录自古今图书局 1914 年初版《新庵笔记》

《新庵译屑》[评语]

吴趼人　周桂笙[②]

《新庵译屑》上

《顽童》

趼人氏曰：

读此篇者，鲜有不怪顽童之顽者矣，然而我犹以为孺子可教也。

---

① 此篇“弁言”曾刊 1905 年《新小说》第 8 号，但文字有所不同。

② 周桂笙（1863—1926，一说 1873—1936），字树奎、新庵、惺庵，号知新子、知新室主人等，江苏南汇（今属上海）人。通英、法文。曾任《月月小说》译述编辑，同盟会机关刊物《天铎报》编辑等。翻译有《毒蛇圈》《红痣案》等小说。

何也？彼犹能忆夫人是日之约也，非独忆是日之约，且赂人代表以赴约，是犹有羞恶之心者也。孟子曰，无羞恶之心非人也。顽童犹得为人乎！吾入世以来，所见无羞恶之心者，盖比比然矣。顽童顽乎哉？

《伞》

趼人氏曰：一伞微物耳，无意失之，或不足以挂齿颊，无意得之，君子或不免于内疚矣。顾乃函告亲友，传为笑枋者何故？且我无意得彼无意之得，而致彼之惭焉？亦不思他日果遇真主人，公又何以为情也？一笑。

《演说》

趼人氏曰：乙巳六月以后，抵制美约事起，各社会之演说者无虚日。试往聆之，则今日之演说于此者，明日复演说于彼，屡易其地，而词无二致，如移置留声器。然不知视此为何如也？

《豢鳄》

趼人氏曰：鳄，恶物也，性何以能驯？观此，岂鳄之能驯耶，殆以人习鳄之性，与之相近耳。虽然，戏亦多术矣，于此乌乎取？如曰好奇，则奇于此者未尝无有也。吾于是百思不得其解，仅谥之曰：甘与异类为伍而已。

又曰：昔年上海渔人，网得一鳄，修约六尺余。时余从事沪南制造局，亲见局总办某观察，出银饼四枚，购而纵诸江中。或议之曰：是害人物，胡为而纵之？余笑为之解曰：今之纵盗殃民者众矣，何独于此而疑之？

《鱼溺》

趼人氏曰：吾闻有浪子之改过者，复使入伎家，则面赪局促；又闻有恶少之迁善者，复使詈人，则呐呐然不能出诸口也，殆与此鱼之溺相类。

《食子》

跰人氏曰：近日有人创言，吾国人不能结团体之故，在于各处方言之不通。诚然哉！吾于吾国方言，惟不通闽语，以足迹未尝至闽也，故与闽人相对，则彼此茫然，强相与语，误会者不知凡几也。读此篇而益信。虽然，彼特国外之一殖民地耳，吾自统一之国，奈之何其不思所以齐一之也哉。

《律师》

跰人氏曰：惜乎！中国医士，无要于路以叩者，曰“你忙甚么?”。

《鹊能艺树》

跰人氏曰：恒见乡间，老树椏杈间，别出一种叶，与本干所生悬绝者，谓之寄生。叩之老农，云是鸟食果实，遗粪树巅，而仁随粪下，及春萌芽，久乃长成者。当与此忝观。

《禽名》

跰人氏曰：此则可锡以嘉名，曰“百鸟归巢”。

《窃案》

跰人氏曰：吾读此篇毕，反复思审忽发一奇想，则欲普告东方饿夫，使之航海至德国，偷面包去也。书竟为之狂笑。

《以术愚狮》

跰人氏曰：前数年，上海辟一园，曰“大花园”，有兽戏一班在焉。御兽之西人，役一华童为侍者。童素顽梗，瞰西人出，辄效西人，持棒与兽戏，久之，技反在西人上也。西人知之而妒，乃遣之。于以知兽类既驯，则尽人可狎，不必定技师也。

《重修旧好》

骈人氏曰：吾深佩此二国之人之血性也。以视乎今日各国，阳为敦睦之言，而阴行侵略之谋者，其欺人为何如哉？

《讷耳逊轶事》

新庵曰：讷耳逊为英吉利百年前卓然一名将也，生平颇多名言。余最爱其一语曰："勇者虽死，一死而已。怯者虽生，一生而已。"

《污水》

按：西人平常解渴，皆用清水，惟富人乃得用矿泉、汽水之属为代，故其取水极洁。至近世轮舶汽机发明以后，在在需用清水，故自来水之创制，实亦时势所不容已者也。吾国风俗，各处不食生水，无贵贱皆以茶汤为消渴之品，故鲜有讲求洁水之法者。幸茶汤皆沸水，尚得无恙。故西医考察，称华人饮茶，最无损害，亦赖此焉耳。盖水中蛆螬，一经煎沸，即死绝不能为害。而吾人不敢食生水，食之即患腹泻者，即蛆虫为害也，洁水即不尔矣。

《克虏伯制造厂》

中国曩年所购德国军械，大抵皆出自克虏伯厂，所费帑项，不知凡几。合肥李文忠薨，其厂特范铜像，由驻华代表满德赠之李氏，藉作纪念，传之不朽。即今巍然矗立于沪北丞相祠堂隙地者是也，其像酷肖文忠。

《戒骂会》

趼人氏曰：吾国且有以骂传者，如灌夫骂座，山膏骂人之类，不可胜记。遂使后世竟有以偃蹇傲骂，自为名士者。而译者顾独以责下流社会乎？吾谓下流社会之骂，不过粗夯而已，顾不如上流者之以骂人为高贵也。

《张翁轶事》

趼人氏曰：一旦暴富，每自讳其本来，此亦世人之常情矣。张时好谈其先世微时轶事，殆不染忌讳习气者。世之稍有势力者，辄逼人于无可奈何之地，以自鸣其得意，夫乌得无量之张翁，一一以此法对付之。

《牙医》

既病狂矣，胡复可以为医？趼人氏日：否，否！吾欲借此病狂之医，听医世之丧心病狂者，岂非一绝大快事？书竟为之一笑。

《新庵译屑》下

《私囊》

新庵曰：欧美人所制保险铁箱，往往有水火盗贼，皆保无虞字样。近日美国桑港地震之后，继以火灾，凡铁箱之佳者，其中所藏纸契，皆得不毁，亦可想见其效果矣。顾犹不能及妇人之私囊，可见妇人私囊之巩固，无与伦比也。一笑。

《天生奇疾》

趼人氏曰：此条若入《聊斋志异》，或《山海经》，则又群起而指为伪托耳。新进少年，偶窥得一二新学，尤指斥无遗。吾国古医书中，所载疣瘤疮癞中之有动物及金石物者，指不胜屈，若偶举为谈助，则嗤者斥者随之矣。不知其对于此事，又将云何也？

《世界最长之须》

趼人氏曰：光绪八、九年间，上海《申报》尝译西报，载一长髯人，谓其髯长至无可位置，遂盘予腰际，至数匝云。《点石斋画报》，绘为图，一时盛传观之，不知与此是一是二也？

《俭德》

趼人氏曰：称俭德者，惟珠玉一类，已拥有二百万，其不足为俭明矣。所可贵者，宫中之有官物耳。若在专制国，则宫中之物，尚何别夫官私耶？

《最古法律》

趼人氏曰：按西历纪元前二千二百余年，实当中国夏纪。而中国尧时，已定五刑，据此，则中国开化之早益信矣。且尧时五刑，沿用至今，不失本意，而无投诸水等奇刑，则文明亦自我中国开之矣。观于第二条，则妇女奢糜之风，亦非彼族古代所尚也。

《逃学受绐》

趼人氏曰：吾昔见一童子，日夥其父携往观剧，其父绐之曰：俟礼拜七，当携汝往也。童乃日日检日历，每至礼拜六，辄喜曰：明日观剧矣。乃明日，见“礼拜日”下无七字，不禁嗒然。与此逃学童子，正复相类。

《俄国人瑞》

趼人氏曰：此老若生中土，则百岁坊将重建矣。然而步履需人，已无生趣矣，长寿何为？

《小不可大算》

趼人氏曰：由此观之，微物皆不可恝置矣。吾国人最爱惜微物，而不能利用之，殊可惜也。又如一饭糜之微，亦不许弃置，例如孩童之食饭，盂底余粒，必使尽之；堕于地者，必使拾之，创是举者，必有深意存焉。意若曰：日日之视为颗粒者，积岁计之，即为斗斛也。惜乎其不明示此意，而假罪过因果等语以怵之，徒导民于愚也，哀哉！

《废物变成戏物》

趼人氏曰：吾曾见一贫儿，至马口铁肆中，乞取其剪下极碎之废铁，扭成各种花样，置纸灯内，爇烛其中，则多种花样之影，附于糊灯之纸上，楼台亭阁，花鸟禽鱼，车马人物，无不毕肖，且大有画意。呜呼，吾国岂无巧思人哉，特无人提倡之，遂终不得行其技矣。

《画师》

趼人氏曰：前半论吾国画家，最为确当。然吾国人亦非尽无致力于画者，如赵子昂善画马，一日闭户不出，其夫人自门隙窥之，则见其据地作顾盼势，俨然马也。近人邓铁仙作花卉，每移花灯下，以影作稿本，即此意也。至于摹古人之什，则有钱吉生之弟子，误白阳山人为白汤，画家始扫地矣。

《主笔牢骚》

趼人氏曰：报章者，舆论之喉舌，国民之耳目，国事之机关。为之主笔者，其任至重也。右说特个人之私言耳。虽然，其处境之难，诚如所言，吾固亲尝之矣。然世亦有旦夕求为主笔，而与此说为反对者。吾援隐恶扬善之例，不欲暴之。

《十年不寐之奇病》

趼人氏曰：吾读此篇竟，不觉大艳羡之，急欲求其致病之由，而不可得。盖余年来从事撰述小说，而苦所居近市，白日喧闹，不便构思，往往于夜间从事，通宵达旦，日间则蒙头大睡，所谓俾昼作夜也。故曾撰一联以自嘲云："瞎说胡诌当著作，鼾呼高卧忘光阴。"虽然，自是以后，吾盖无消遣行乐之时矣。近来日间更苦有编辑之役，辄不得睡，而夜来功课，势难荒废，乃改为中夜即起，酉戌之间即睡，而劳顿更甚，休息之时更少。夫乌得此人之病，传染于我，俾得以偃卧之时，为吾消遣行乐之时耶。一笑。

《忽得忽失》

趼人氏曰：中国人闻之，必曰命也。然侯苟得毕其词，女遂致富，又不闻谓为非命也。是故吾曾以私意训命字曰：命，无定也。

《世界中之赌国》

趼人氏曰：吾国大吏之筹款者，动辄言彩票，当可为摩纳哥第二矣。

《欧洲糖市》

趼人氏曰：异哉，欧人之嗜甜也。吾闻吾国医家言，嗜糖者辄多齿患。其普通之比例，则谓吴人喜糖，而发齿较早，粤人不喜糖，而齿发较迟。简单之比例，有齿患者，叩其生平多喜甜食，无齿患者，则反是云。吾国医学久以腐败著，此语未必足以供研究，姑存其说云尔。

《空中飞艇》

译者曰：余尝怪夫欧美各国，事事物物，何以进步若是其速，往往令人惊心怵目，至于如是也？吾思之，吾重思之，则可一言以蔽之曰：彼此不落人后而已。故甲国新创一物，则乙国即尤而效之，且必求精进焉，务思有以过之而后已。一国如是，他国亦莫不如是。夫同是一物也，其效尤之人，既能殚思竭虑，有以过之。则始创之者，必愈益求精，以底于尽善尽美，自不待言。而竞争之道，于斯益烈，盖彼此莫不循优胜劣败之天演公例者也。欧洲如是，美洲亦莫不如是。至吾亚洲，殆事事甘居人后。即以此空中飞行机器而论，彼欧洲北美诸国，几莫不互相仿效，自能制造。若英国者，顾虑之深，犹且如此，则彼不能仿效者，惊魂动魄，当复何如？矧吾中国之未尝梦见者乎？虽然，吾中国人向以虚骄自大，著称世界者也。即使见之，吾知亦必恝然置之，淡然轻之，不曰奇技淫巧，则曰此为吾国所素有。何以言之？盖古者列子尝御风而行也。甚且靦然号于众曰，此西方人窃吾东方之余绪耳。迨至他人学成谋我，始瞠目不知所措，误尽苍生，噬脐何及。苟有先机之士，断断与争者，彼必从而讥之曰，汝曹崇拜外人，不知爱国。嗟嗟，曾是爱国之士，而如是乎哉？

《孰不愿富》

趼人氏曰：使《聊斋》之陆判在，必能享此百万之富也。

《新发明之救生艇》

译者曰：观于此物，其设想之巧，制造之精，作用之妙，殆蔑以加矣。欧美之人，何幸而获此哉？虽然，以之遍布于中国江海各轮之上，我知亦徒然无益。盖吾国人民，涣如散沙，团结之力，最为薄弱。平日不知公德为何物，一旦祸生仓卒只图自救，不顾大局，卒至纷纷扰扰，同归于尽。若丁未八月十日，大福轮船在镇江附近失慎，伤失人命，至百余之多，闻之令人气沮。同舟诸人，苟能稍稍镇定，须臾援舟麕集，即可同登彼岸，不折一人。顾于存亡呼吸之顷，犹复各自顾惜行李，不以性命为重，狼奔豕突，阻碍交通，卒之施救为难，不死于水，则死于火。迨援舟既至，业已无人可救。呜呼，岂不哀哉!

《自由结婚》

趼人氏曰：余与译者论时事，每格格不相入，盖译者主输入新文明，余则主恢复旧道德也。吾国旧道德，本完全无缺，不过散见各书，有出于经者，有出于子者，未汇成专书，以供研究耳。诚能读破万卷，何求弗得？中古贱儒，附会圣经，著书立说，偏重臣子之节，而专制之毒愈结而愈深。挽［晚］近士者，偏重功利之学，道德一涂［途］，置焉而弗讲，遂渐沦丧。而恰当此欧风东渐之际，后生小子，于祖国古书，曾无一斑之见，而先慑于强国，谓为其文明所致，于是见异思迁，尽忘其本。呜呼，抑何妄也！不宁惟是，彼之于祖国古书，曾无一斑之见者，其于他人精华之籍，所得几何，从可知矣。舍我之本有而取诸他人，不问精粗美恶，一律提倡，输进之精者美者庶犹可，奈之何并粗恶而进也。虽然，此犹曰失于审择耳。其尤甚者，则专为自私自利计，如谈自由而及于结婚，其语乃尽出于少年之辈，稍老成者，必不肯言，其故果安在也？彼谈自由者，徒哓哓然曰自由自由，曾未闻有一研究自由之范围，自由之法律者。审如是也，则深山大泽之中，有最自由之一物焉，曰龙蛇豺虎，公等何不从之游也？是故讲自由者，一及于范围法律，则必有大不自由者在。（欧美最重自由，而与人晋接之顷，有未识其姓名者，虽晋接再三，非有介绍，不得率行叩问，此吾国人刻不可耐者也。举此小事，以概其余。）公等日以自由之声聒人耳，而曾不肯一讲范围法律，公等谓非借此为自私自利计，虽苏、张来辩，吾不为屈也。

且夫输进文明云者，吾非必欲拒绝而禁遏之也，第当善为审择云尔。以余观之，彼之文明，彼自以为文明耳，而认其为文明与否，其权在我。对于一琐事之微，尚当审辨其是非而论定之。矧此关于全国之学术思想者，顾乃作一犬吠影、群犬吠声之举动乎？况风俗礼教对于社会习惯性质，有密切之关系。必欲尽毁我之所有以从人，公等或优为之，全社会未必尽能为也。

吾今存一说焉，以俟诸公之定断。其说维何？则凡学他人者，必先得其短处是也。犹臆吾束发授书时，蒙师教我读，字未尝识也，而师年老多咳病，吾退塾时，殊不复臆字之能识与否，而必作伛偻状以学蒙师之咳。吾少年曾学为画矣，六法未谙，东涂西抹，不能成一幅，而笔研狼藉，朱粉满案，且及于唇面之间，种种画师之丑态毕呈，甚且过之，家人见之而笑，始耸然而自惭也。吾又曾游于大江南北，暨燕齐吴越之间矣，在在方言不同，非互学不能相通。然以此地之人，学彼地之语者，未必遂能操其语，而彼地詈人之词，必先学得之。此其明征也。公等新少年，历岁月几何矣？窥他人之学术几何岁月矣？姑勿论有自私自利之心，即曰无之，而所学果何如矣？金圣叹先生之序《西厢》也，其言曰："现见其父中年无欢，聊借丝竹，陶写怀抱也，不晌眼而其子手执歌板，沿门唱曲，若是乎谢太傅亦慎勿学也。现见其父忧来伤人，愿引圣人，托于沉冥也，不晌眼而其子骂座被驱，坠车折胁，若是乎阮嗣宗亦慎勿学也。现见其父家居多累，竹院寻僧，略商古德也，不晌眼而其子引诸髡奴污乱中冓，若是乎张无垢亦慎勿学也。现见其父希心避世，物外田园，方春劝耕也，不晌眼而其子担粪服牛，面目黧黑，若是乎陶渊明亦慎勿学也。"金氏之言，盖戒人慎于造因也。彼所举者，其因非尽不良，而结果皆恶，若是乎审择之不可不慎也。公等动言输入文明，吾不敢非薄公等，吾且崇拜公等为中国造因之英雄，然而其慎审诸！其慎审诸！

今之恃译西籍而图输入文明者亦多矣，何不亦如周子之译此条，择其短者，亦表白于我国人，俾得有所审择耶？周子译此篇竟，持来商榷，喜其与余之见同也，亟书此归之。此说一出，亦知必多唾骂攻击者，然而非所恤矣。

《摩根》

跰人氏曰：天下之金钱几许？当于若干年之后尽入彼囊中，安得再有精钩稽者而一核之？可骇亦可笑。

《免冠礼》

跰人氏曰：友有曾游于英法者，归为余言，彼俗之敬女子，诚如此篇所云也。女子何以如此之可敬？吾曾百思而不得其解，更不知其对于妓女又如何也？

《为君难》

按：仪注全文，其十有六条，右其一也。

《预言》

译者按：方今中国政府，放手大借外债，动以万万计，将来清偿之日，其在人人能自制黄金时代乎？爱提生为世界名人，富有学识，所言必不虚构。理想者事实之母，殆可操券以待。我政府诸公，高掌远跖，亦岂尽昧昧者，无知小民，窃窃私议，且有妄思起而反对者，殊不值衮衮肉食者一哂耳？鹏飞万里，其志岂鸿鹄所知，此之谓欤。噫！

——录自古今图书局 1914 年初版《新庵笔记》

《娜兰小传》[①]

《娜兰小传》叙

红兰馆主[②]

言情小说，于事实恒不趋良果，致读者为之心痗，固文人炫奇骋笔，故弄狡狯。然亦欲激刺人心，使对照观之，于政治上、法律上、社会上谋改良境遇之微意也。惟以父母媒妁之故，致爱情非出于自然，吾国前此时代，容或难免。而泰西素重个人自由，顾亦有伤心人语，时见于说部。则言情小说，固徒增人悲感之具耳。蔡尔司掰维斯所著《娜兰小传》，能读西书者，咸誉之不容口。余以改订之责，获见四明梦痴、三吴耕者之译本，喟然曰：体物状情，是书洵尽美矣。而事实结果之佳，更令人快然意满，且无丝毫淫邪之气绕其笔端，庶乎得正风之旨。而视吾国社会上之心理，亦适合于针砭。浅薄者或以果报之说议之，则殊不当。盖迩来吾国男女之关系，已非果报说所能惩艾。而泛滥之原，咎在秽乱楮墨者，日煽淫词，以荡摇迎合之之所致。而财利与情爱二者，既极端反对，佳耦怨耦，虽缘是判一生忧乐，而情爱果非出于正。则凡稍有道德法律范围之国，决无能自越其范围而自恣。盈虚消长，理有固然。谬者乃谓可强之以人力，则书中西摩之流亚矣。

红兰馆主赘言

——录自商务印书馆1914年初版

---

① 《娜兰小传》(*Lorrie*)，言情小说，英国蔡尔掰维斯（Charles Garvice，1850—1920）著，梦痴、耕者译述，王倬校订，1914年9月商务印书馆初版。

② 红兰馆主，资料不详。

《窃中窃》[①]

《窃中窃》[提要]

有一奸徒，冒充公爵，与上流社会交际，乘间使其拐骗之术，盗得一贵妇人之珠球。后经侦探察破，从事逮捕。而奸徒巧计百出，暗中角斗，以致得而复失，失而复得。嗣后案破被拘，而此贵妇人之珠球并非己物，仍系从他处盗窃而来者。情节离奇，变幻不可捉摸，洵足为侦探小说中别开生面之作。

——录自中华书局1915年再版

《情铁》[②]

《情铁》[提要]

是书为林琴南先生最近之作，中载一贵女被弃于夫，愤而与工业家结婚。爱情不属，徒以任情之举，泄其怨毒之气。后此工业家用情深挚，百折不回，被感化以身救夫云。

——录自中华书局1916年三版

① 《窃中窃》，小说，著者不详，“民国四年七月再版”版权页标“译述者：中华书局编译所，发行者：中华书局”，另有“民国三年九月初版”（1914年）字样。

② 《情铁》，言情小说，曾刊《中华小说界》第1期（1914年1月1日）至第5期（1914年5月1日），标“法国老昔倭尼原著，闽县林纾笔述，侯官王庆通口译”。“民国五年八月三版”封面标“中华书局印行”，版权页标“译述者：林纾；发行者：陆费逵；总发行所：上海中华书局”。

《袁世凯》[①]

《袁世凯》序

张振秋[②]

我国自甲午以后，两遭外患，国势大蹙。朝野上下，酣嬉忘祸，生死醉梦之中，独项城袁大总统于直督时，倡议练新兵，开学堂，一意维新，以图自强。至光绪末年，已将宪政上之事筹备过半，而袁大总统即于是时入枢府，朝廷气象，为之刷新。不意清德宗暨孝钦皇后，相继殡天，袁大总统亦因事放归田里。宣统嗣位，贵族秉政。摄政王载澧及载洵、载涛诸公，虽均出自天潢贵胄，然年少材疏，未经磨练，即膺重任，寻致国政日弛，纲纪败坏。国会请愿之代表见逐，铁路自办之代表见拒，士多扼腕，民亦携贰。武昌革命之军，遂于辛亥八月十九日告警矣。白帜飘摇，苍头特起，未及三月，而清遂不国。世人有谓为孙、黄之功，其实因人心浮动，政府无镇抚之力也。溯自革命风潮最盛之时，清廷震动，咸束手无策，群议非召袁大总统出山，不足以匡济时艰。及大总统应召入京之后，知大局已不可收拾，绝无挽回之理，乃命唐公赴鄂议和，旋又改地上海，往来函电，磋商计百余通。一面则保护清室，存其宗祀，一面则保护人民，安其生业。宏材大略，中外同钦，孤诣苦心，国人共谅。百日之内，共和政体遂完全成立，此实袁大总统之功也。维时诸省纷纷独立，县各异制，省各异政，中央号令，不出国门一步。财政之纷扰，军务之繁杂，行政之不统一，一省几成一国。南中诸督，又多自诩其光复之功，

① 《袁世凯》，传记，日本内藤顺太郎著，张振秋译，1914 年 10 月广益书局初版。书名，封面题作“正传袁世凯”，正文、版权页作“袁世凯”。

② 张振秋，资料不详。

屡抗命令，不肯从服中央。袁大总统能锄其强梗，使桀骜不驯者，不致为地方，而中央政府，亦渐收统一之效。此中惨淡经营，权术互用，亦非有卓识巨智不为功。今者民国成立已三年矣，诸政之施行，渐有头绪，民生国计，亦稍稍苏苏，此后国势日隆，共和美备，皆袁大总统之赐也。日人内藤顺太郎著《袁世凯正传》一书，历述其过去之行事。余取而读之，益知袁大总统之功，不仅仅在于革命之时，其材其智，出于天纵，非常人所及。五百年有名世，中国有其人，彼美之华盛顿，安足专美于前耶！译既竟，为书数语于简端。

时民国三年九月下旬，译者识。

——录自广益书局1914年初版

《孤士影》[①]

《孤士影》序

诗庐（胡朝梁）[②]

小说体为述事，而义主觉民，故必本诸风土，兼采谣俗而成。同一邦域，而风谣各异，则有解有不解者矣。况乃求诸重瀛之外，文字语言，与中土迥绝者乎。物以取譬而喻，事以征引而明。虽然，彼之所取譬，所征引，非吾之所取譬，所征引，吾未见其能喻且明也。喻矣明矣，则必易以吾之所取譬所征引者。又窃恐失原书之真，读者或

---

① 《孤士影》，言情小说，美国玛林克罗福著，诗庐译述，1914年11月商务印书馆初版。前十章曾刊《小说月报》第4卷第9号（1913年12月25日）至第4卷第12号（1914年3月25日），无序。

② 诗庐，胡朝梁（1877—1921），字梓方，号诗庐，江西铅山人。1895年入江南水师学堂习海军技术，1905年入震旦学院学习法文、拉丁文，精通英文。与林纾合译有小说《云破月来缘》（英国鹘刚伟著），自著有《情误》《侠遇》等小说。

且疑为中土人之所托而不之重，则甚矣小说迻译之难也。是书凡三易稿，当执笔之初，心志俱汨没原书文句中。有力求明显而转滋晦涩者，有故作纡徐而适流支蔓者，取而覆视之，觉与吾平日放意所为之文不类。则幸有清河吴温叟者，同居京师，嗜奇爱博，每脱稿一章，即付吴君润色之。吴君南归，且以邮筒商榷，终二十章无倦色。全书既竟，余复校一过，多所损益，乃成定本。前十章商务印书馆刊载《小说月报》者，犹是第二稿也。原书多杂德意志法兰西拉丁语，尤赖旧日共学诸子为之助。余固感诸君相益之厚，而必以揭而出之者，盖亦以示译述之难云尔。至其书之曲折言情，而不伤于轻薄，引人入胜，而卒不背于理道。则读者自能得之，不待赘词矣。

甲寅六月，译者诗庐序。

——录自商务印书馆1914年初版

《拜轮诗选》①

《拜轮诗选》[自序]②

苏曼殊

去秋，白零大学教授法兰居士游秣陵，会衲于祇桓精舍，谈及英

① 《拜轮诗选》，诗歌，英国拜伦著，苏曼殊、盛唐山民译。据朱少璋言，1914年日本东京三秀社出版，此版页底所列的版次记录，有1908年及1912年版，“但研究者从未见过”，“据实有资料考证，1908年版的《拜轮诗选》从未出版过；目前能看到此书的最早版本为1914年版。”（朱少璋编：《曼殊外集：苏曼殊编译集四种》，学苑出版社，2009年。）故本篇系于1914年。“民国十一年十一月四版”版权页标“发行者：梁绮庄，总发行所：泰东图书局”。

② 本序又载1911年东京神田印刷所版《潮音》。朱少璋认为，在《拜轮诗选》中，“这六页的中英文序的页码是独立分列的，而内文则另排页码，是以无论二文的内容如何，也应尊重编者的安排，视此文为《拜轮诗选》的序。”（朱少璋编：《曼殊外集：苏曼殊编译集四种》，学苑出版社，2009年。）

人近译《大乘起信论》，以为破碎过甚。衲喟然叹曰：译事固难，况译以英文，首尾负竭，不称其意，滋无论矣！又其卷端，谓马鸣此论，同符景教，呜呼！是乌足以语大乘者哉？居士属衲为购《法苑珠林》，版久蠹蚀，无以应其求也。衲语居士：震旦万事零坠，岂复如昔时所称天国（Celestial Empire），亦将为印度、巴比伦、埃及、希腊之继耳！此语思之，常有余恫。比自秣陵遄归将母，病起匈膈，擩笔译拜轮《去国行》《大海》《哀希腊》三篇。善哉，拜轮以诗人去国之忧，寄之吟咏，谋人家国，功成不居，虽与日月争光可也！尝谓诗歌之美，在乎气体，然其情思幼眇，抑亦十方同感，如衲旧译《颎颎赤墙靡》《去燕》《冬日》《答美人赠束发毬带诗》数章，可为证已。古诗“思君令人老”，英译作 To think of you makes me old，辞气相副，正难再得。若《小雅》：“昔我往矣，杨柳依依；今我来思，雨雪霏霏。行道迟迟，载渴载饥；我心伤悲，莫知我哀。”译如：

“At first, when we set out,
The willows were flesh and green;
Now, when we shall be returning,
The snow will be falling in clouds.
Long and tedious will be our marching;
We shall hunger; we shall thirst.
Our hearts are wounded with grief,
And no one knows our sadness.”

又陈陶《陇西行》：“誓扫匈奴不顾身，五千貂锦丧胡尘。可怜无定河边骨，犹是春闺梦里人”：

“They swore the Huns should perish: they would die if needs

they must,

And now five thousand, sable-clad, have bit the Tartar dust.
Along the river bank their bones lie scattered where they may,
But still their forms in dreams arise to fair ones far away."

顾视元文，犹不相及。自余译者，浇淳散朴，损益任情，宁足以胜韉寄之任？今译是篇，按文切理，语无增饰，陈义悱恻，事辞相称，世有作者，亦将有感乎斯文！

光绪三十二年佛从多罗夜登陵奢天下还日[①]曼殊序于太平洋舟中。

——录自泰东图书局 1922 年四版

《辣女儿》[②]

《辣女儿》[序]

李定夷[③]

余尝有言："山穷水尽疑无路，柳暗花明又一村。"此十四字者，作侦探小说之秘诀也。近年以降，小说风行，所见侦探小说，更仆难

① 落款时间标为"光绪三十二年"，实际应为 1908 年。朱少璋据首句"去秋，白零大学教授法兰居士游秣陵"，指出"去秋"即 1908 年，该序最早应为 1909 年与佛兰庶（W.J.B.Fletcher）英文序同时编入《拜轮诗选》。（朱少璋编《曼殊外集：苏曼殊编译集四种》，学苑出版社，2009 年。）

② 《辣女儿》，侦探小说，英国格多士著，江山渊（江瑔，1888—1917）译述、李定夷评润、包醒独校订，1914 年 12 月国华书局初版。

③ 李定夷（1890—1963），字健卿，一字健青，别署定夷、墨隐庐主等，早年入读上海南洋公学。民国后任《民权报》《小说丛报》等杂志编辑，著有《霣玉怨》《茜窗泪影》等小说，译有英国小说《红粉劫》。

数。求其副斯二语者，殆如鲁殿灵光，不易多觏。有有曲折之意想而无摹拟之文笔者，有有描摹之功夫而无离奇之情节者，造意行文，有一不及，即索然无味矣。呜呼！此《辣女儿》之所以难能而可贵也。侦探小说愈佳，其案愈出乎常理之外。常理以内之案，侦探司空见惯，迎刃可解。必求常理以外之案，费几许之心思，经多番之手续，因误会而增阅历，因阅历而有进步。当其误会之时，侦探以为案可确定矣，读者亦以为案可确定矣。洎乎知其误会，侦探神迷，读者目眩，迷离晌恍，不知所归。如是者一而再，再而三，疑阵既已遍布，一朝云敛天青，水落石出，侦探固自扬眉，读者更为叫绝。若《辣女儿》者，非如是乎？丽兰以娇娇好女，谁料其刺兄，更谁料其弑父？一疑卜德，再疑白利，三疑佩玲，案件固出理外，嫌疑实在意中。卒之，步步进行，层层破获，剥蕉抽茧，条理井然。余喜其与余所称秘诀，若合符节，因为之评，并为之序。

民国纪元三年冬夜，毗陵李定夷草于墨隐庐。

——录自国华书局1914年初版

《辣女儿》序二

徐砚云①

序以抉书大旨。《辣女儿》一书，按其事，不维不敢赞一辞，且将重加诮让，以其大悖逆人道也。顾何以序。

虽然，世当挽近，古籍所不载，而亦载之；所莫须有，而竟有之。况此乃世界罕闻仅见，出乎情理之外者。而英国实有其事，至奇。今绎而贡诸世，当推译者之意，炫奇而止。余何为不序。

---

① 徐砚云，著有文言章回小说《不情人》（国华书局1914年）。其他不详。

既序，序仅及女郎，作贬辞曰：女郎当妙龄之年，钟情所爱，非不正当。既所钟情而不我倾，落花有意随流水，流水无情恋落花。露水鸳鸯，白头难偕。盍慎厥始，莫强厥终。况夫人尽夫也。父一而已。雍姬堪作导师，乃昧昧作情魔之伥，不恤自甘陷阱，不愚甚者哉。

惟其爱情，实称诚挚。从使石烂海枯，此心不变；天倾地陷，此志尚存。然悖逆之名，永难洗雪，亦何取焉？其愚不可及。

固不但辣，更忍人之尤者焉。如虎狼蛇蝎，其毒滋多，不可与同群。况鸾胶凤侣，某生其具先见之明乎。吾于是奇之又奇，而更奇，是为序。

民国三年十一月，阳羡徐砚云撰。

——录自国华书局 1914 年初版

《辣女儿》总评

（李定夷）

从来小说之著名者，不外二种：一以文胜，一以意胜。文胜者，又有二种：有以点缀胜者，有以白描胜者。以点缀胜者，如哀情、艳情等小说，沉浸秾郁，潋滟芬芳，读之灿烂夺目，齿颊生香；以白描胜者，如滑稽、社会等小说，不竞辞华，不务藻饰，淡淡写来，层层入细，笔曲而达，文能传神。虽然，是皆不能求之于侦探小说也。

侦探小说，当以意胜，用笔第求简洁而已，达意而已。意而不胜，味同嚼蜡，不足观矣。大抵侦探小说有三大忌：第一忌平铺直叙。侦探小说以疑阵胜，以曲折胜。疑阵层出，曲折自多，必使读者如游五都之市，光怪陆离，目眩神迷；如登山阴之道，络绎奔赴，应接不暇。若平铺直叙，便索然无味。第二忌拉杂。侦探小说虽以多曲折为贵，而造意尤当入情入理。若勉强炫奇，支离脱节，不伦不类，斯下品矣。第三忌敷衍。侦探小说之曲折，切忌节外生枝。一字一句，俱应紧切正题，经一层曲折，即逼进一层。若散漫无纪，敷衍篇幅，头部纵大，读之令人思睡，又何足取？三者之中，苟尽蠲除，于是可臻上乘矣。

是书都三万七千言，信手写来，有言皆实，无事落空。始读之，神思恍惚，如处五里雾中，究不知果谁凶手。终读之，恍然大悟，如拨云雾而见天日，始信以前节节曲折，俱有头绪，有巧思，诚坊间不可多得之佳著。

书中写陆克处，处处以冷静之态度，运沉默之深思；写多连、赫烈两人处，案情未破，先自炫能，骄矜之气，跃跃纸上。是固不待破案之后，即可知陆克终必获胜，多连、赫德，远不可及。吾尝谓操侦探业者，眼光当远，头脑当静。以例诸人，吾言殆不诬也。

吾于眉批中，分是书有三疑阵。疑卜德，第一疑阵也；疑白利，第二疑阵也；疑佩玲，第三疑阵也。第一疑阵，多连所造成也；二、三两疑阵，赫德造成之，而格多士又深信之也。是赫烈之才，尚高多连一层，若格多士则非侦探，吾无责焉。

丽兰者，桃李其艳，蛇蝎其心。谚有之，最毒妇人心，良不谬也。丽兰既灭绝天伦，手刃其父，杀心未已，更刺其兄。若白利，固丽所爱者，幽之于地窖，威之以手枪，忍心害理，于斯而极。彼其之子，不知脏肺果何若，头脑又何若也？谓为“辣女儿”三字，徽号的当之至。

人生惟财色关头，最难看破，世间凶案，多半因此发生。使丽兰无劫财之心，何来弑父之心？无夺婿之心，何来遗刃之心？一念既错，百行都乖。终也案情破获，身入囹圄，杀人者死，追悔莫及。愿世之迷于财色者，放下屠刀，快登佛地，是书不啻清夜钟声也。

白利为人，的是好男儿，既不为色所迷，亦不为财所动。所不足者，胆力耳，故始终为丽兰所劫制。藉非陆克救之，迟早必出于死，心纵皎洁，亦无从表白矣。

统观全书，吾前所谓忌平铺直叙与拉杂者，皆未犯矣。虽然，其间叙述佩玲历史，多至三章，佩玲非书中主人。读者据余所言，当必病其敷衍。是说诚然。当余润辞之顷，亦觉格格不能下笔。及后反复细思，始觉实非闲文。夫第一层疑阵，去正题过远，关系较轻。第二层疑阵，则进步矣。至第三层疑阵，从种种方面观之，当局者谓凶手必佩玲无疑。读者至此，亦必料佩玲为真凶。疑阵愈固，情节愈好。上文详述佩玲历史者，正所以使疑阵之益固。是本书亦并不犯敷衍之忌也，吾无闲然矣。

——录自国华书局 1914 年初版

《美国开始大总统华盛顿纪事本末》[①]

《美国开始大总统华盛顿纪事本末》缘起

徐翰臣[②]

处竞争剧烈之时代，优胜劣败，天演公例，是知非独立不足以自存，非合群不足以竞存。独与群对待之名词也，而有连带关系焉。故惟能独立者，然后能合群，亦惟能合群者，然后能独立。譬之军旅虽人自为战，而军令自联络而整齐。譬之舟车，虽全机运动，而轮轴自

---

① 《美国开始大总统华盛顿纪事本末》(*The Life of George Washington*, *First President of The United States*)，传记，美国励德厚（Rev. Harrison King Wright，？—1923）译，徐翰臣笔述，封面标“上海广学会译印”，扉页标“民国三年岁次甲寅，上海广学会藏版”。

② 徐翰臣，生卒年不详，浙江鄞县（今属宁波）人，著有《救国金针》(上海唤群书报社，1921 年)、《孙中山全史》(上海唤群书报社，1925 年）等。

分劳而赴节。此之谓合群之独立，苟明此义，可以为人，可以为国。然能明此义者，求之古今中外之人，不数数觏也。吾于美利坚得一人焉，曰乔治华盛顿。华盛顿一穷谷佚农，叩自由之钟，揭独立之旗，毫无凭借，以抗大敌，能建合众国于新大陆，今日几为二十世纪地球之主人翁，非具有大刀阔斧之力者，焉能收筚路蓝缕之功耶？夫华盛顿以十三州人民，抗强英而宣告独立，是由合群而独立也。以合众国名义，定宪法而集权中央，是由独立而合群也。谓之独立也可，谓之合群也亦可，谓之合群之独立，亦无不可。伟人之作用，如是如是，诚古今中外所罕觏者哉。励君德厚，美产也，东游于中华，相处久，相爱深。见中华民国成立，脱离专制，建设共和，拔数千年奴性之壁垒，拯四百兆奴种之沉沦，是能于黑暗域中，放绝大光明者，不禁有感于其心焉。爰述其手创祖国之华盛顿，如何崛起，如何进取，如何提倡独立，如何组织合众国，综其始末。嘱余译成汉文，以饷中华人士，俾览是编者身处共和时代，心往先进典型，而独立之毅力，合群之热诚，得以感奋于无形。是则励君之意志也，亦译者私心所欣慰焉尔。

中华民国二年十一月，鄞县徐翰臣志于崇信中学校。

——录自上海广学会 1914 年初版

1915 年

《秋心说部》(第一集)[①]

《秋心说部》序

陆曾沂[②]

七八月之间，薄游海上。旧友钱塘汪君绮云，请检旧稿数种，为印《秋心说部》行世。余始自维，小说虽小道，然能名家而传之久远者，必自有其特长，无古今中外一也。余所译撰，平易无奇，取充日报中篇幅则可，若祸梨枣，供覆瓿耳。继念近数年来，坊间所出小说无虑千百种，执笔译撰小说者无虑千百人，必欲名家而传之久远，其亦寥寥无几矣。汪君旧交，讵可重违其请？因发箧衍，随取旧稿四种，曰《刺虎盟鸳记》，曰《铁血红丝》，曰《蛛丝怨》，曰《兰因》，都凡七万余言，授之。比者汪君复以书来，告将刊成，并索数言弁首。

嗟乎！余之始识汪君，盖在《民呼日报》。而余之署名秋心，亦自在《民呼》始。《民呼》既亡，《民吁》《民立》中，余与汪君共事有年，翰墨因缘，不为非久，今已都成陈迹矣。即当时同社诸君子，气

---

① 《秋心说部》(第一集)，小说集，包括《刺虎盟鸳记》《铁血红丝》《蛛丝冤》《兰因》四种，著者不详，陆秋心译述，1915 年 1 月 16 日初版，发行者：少年社，总发行所：民权出版部。

② 陆曾沂(1884—1927)，字冠春，号秋心、南梦、秋江，江苏海门人。曾主编上海《民立报》，译有小说《葡萄劫》。

求声应，常共析疑赏奇者，亦复云散风流，不获更聚斗室中。纵笔论天下事，海天感旧，得无俱有今昔之情欤？余愿汪君之印行《秋心说部》，而无忘与秋心共事之日也。余又愿同社诸君子之见《秋心说部》印行，而无忘与秋心共事之日也。若欲名家而传之久远，则如余之小说，平易无奇，夫何敢望。

中华民国三年十一月，海门陆曾沂灌村自叙于秋心阁。

——录自少年社 1915 年初版《秋心说部》(第一集)

《丁格尔步行中国游记》[①]

《丁格尔步行中国游记》[序]

(陈曾谷[②])

辛亥八月武昌事起，避居沪滨。披中西报纸，述武汉战事者，莫翔实于《大陆报》通信员丁格尔君。后读丁君《论中国将来之伏祸》一篇，乃知丁君前二年，曾自上海至英属之缅甸。除轮舟可通外，皆徒步跋涉，不辞艰瘁，以考察中国内地情形，著有《步行中国游记》一书。亟购译之。其书述吾国西南山川、种族、政治、生计、风俗甚详，足为谋国者之考鉴，不独浏览景物，搜索异闻而已。夫丁君西人也，而于吾国之事，其用心之深，关怀之切如此，宁不使吾人愧怍而

---

① 《丁格尔步行中国游记》(*Across China on Foot*，今译《徒步穿越中国》)，散文，英国丁格尔（Edwin John Dingle，今译丁乐梅，1881—1972）著，陈曾谷译述，曾刊《东方杂志》第 9 卷第 1 号（1912 年 7 月 1 日），第 3 号，第 5 号至第 9 号（1913 年 3 月 1 日）。商务印书馆 1915 年 1 月初版。

② 陈曾谷，生卒年不详，即陈诒先，又作陈贻先，湖北蕲水（今浠水）人。早年入读京师译学馆英文系，北伐后在江苏省民政厅任职。与陈冷汰合译《慈禧外纪》《清室外纪》等。

悚惧耶？抑吾读其书，尤有感者。吾国人今日群趋于欧化，举凡一切服饰、建筑、伦理、宗教、风俗、习惯，莫不鄙弃其旧，而欲同化于欧人。此固为改革之时，必不能免之象，然循是而下，不至自丧其我不止。观是书中有言曰：“欧美之文明，固极璨烂，实不啻为束缚人身之具。”又曰：“世界真乐，不在奢华靡丽之中，而当于朴质纯厚中求之。”又曰：“中国之文明，亦有宜为欧人取法者。”又曰：“中国人无论如何改革，必自成其为中国人。”又曰：“中国人有极坚苦忍耐之特性，必能成伟大之事业，为世界之盟主。”是言也，其为实录乎，抑为过誉乎！因译出以饷吾共和之国民。读是书者，可以兴矣，亦不可不勉焉。

译者记

——录自商务印书馆1915年初版

《葡萄劫》①

《葡萄劫》序言

肝若（沈强汉）②

陆秋心君译《葡萄劫》以饷国人，固犹是中华民国未产生于世界之日也，播自由花种子于国人脑髓中，非译者之所肩任乎？今中华民国，共和已三年矣，欧风亚雨，相激而成为一苦世界。吾人心目中之所谓自由花，乃已恹恹垂死相。革命罪果，如是如是，亦岂《葡萄

① 《葡萄劫》，小说，著者不详，陆秋心（本名陆曾沂，1884—1927）译述，1915年上海民权出版部初版（民国四年正月十号）。

② 肝若，沈强汉，生卒年不详，名翀，笔名肝若，江苏吴县人。1904年留学日本，与秋瑾等发起演说练习会，出版《白话》杂志。曾任《大中公报》主笔、《民权报》编辑等。著有《琴心剑气楼忆墨》《琴心剑气楼诗话》等。

劫》之译者，所能梦想及耶？悲夫！

土耳其之亡希腊也，以宗教种族上之不同点，乃施一种特别法律，质言之，即不人希腊而已。嗟夫！人至不以人类律，其受强权之宰割，已可想见，而况异族政府也耶。不自由，毋宁死，希腊志士，于是乎兴。若尼古拉、韦谭列士，若长老恩特来，皆愤土苛政，先后投身光复党。然亦因其娇妻爱女之被劫受辱，乃至公愤私仇相固结，如水银之泻地，非蹈隙深入则不已耳。

尼古拉既以光复希腊为已任，欲其进行之事无纤毫阻力，且期收非常之速效，乃倚重童子密多史为股肱。密多史年稚而机警，有智勇，沉毅果敢，不啻老于疆埸者。然其活泼之地，则又不失其烂缦相。呼尼古拉为季父，感其遇也。其父康士但丁原为希腊之最爱国者，东方人所谓贤乔梓，以之相誉，洵不为夸。先是尼古拉之秘密运动，已为土人所注目，棘地荆天，思攫其生命者，大有人在。自密多史出，而若辈之视线遂为之一转云。

土之宗教与希腊异，僧侣乃表同情于光复军。大僧正裘默拿，实为彼之中坚。特观其因私废公，至不惜光复军之前途，而以攻击尼古拉，则彼之目的，亦全为教会计耳。假令当时无覃满得科之主持公道，希腊不其危欤？虽然，阋于墙者，亦御其侮，其同心戮力而与敌人战，则胜于世界上之自相残者，实多多矣。

时也，光复军之势力，正如旭日东升，首义者又能身先士卒，以共甘苦。如夏尼、密多史之以一叶扁舟，火彼土舶于海上；密多史至不惜其情人苏丽玛之方囿于敌舰，柔肠宛转，卒奏厥功，足征世之上有私而废公者，亦有公而忘私者。苏丽玛之不及于难，盖幸事耳。呜呼！芸芸尘世，畸克无情，欲求一爱国男儿如密多史者，亦难矣。

光复军之主将曰披屈洛勃，功不自伐，安不忘危，世界上之元勋伟人等名词，彼脑海中绝不能容其印象。是故以乌合之众，敌久战之师，战无不胜，攻无不取。视彼遁迹海外，日叹手无斧柯者，其相去为奚似。且彼之瞻此群众也，无慷慨家捐输其饷糈，无军用票、公债票救济其艰难，惟赖战利品以资活动。其取战利品也，以三分之一偿镝血者之劳勋。利之所在，人自争取，然害亦随之而来。溯光复军与教会之成水火，大率由战利品而构成。资敌以粮，贻教会以口实，谓光复军之所在地，犹之卖国市场。金钱作祟，生此厉阶，盖为自由而战者，固不易言也。

然而披屈洛勃，有知人明，得尼古拉之助，乃能卒张希腊国徽于屈列朴里之受降城上。自考林斯而至玛意娜之故物，遂脱土之羁绊。诵相率中原豪杰还我河山之句，吾读希腊光复史，而吾滋憾矣。

中华民国四年元旦，吴县肝若沈毅书于琴心剑气楼。

——录自民权出版部 1915 年初版

《泰西轩渠录》[①]

《泰西轩渠录》序

钱巩志[②]

一人向隅，满座不乐；稚子调笑，厉夫动容。盖情之所欲，罔不嗜甘恶苦，而兴之所趋，又皆避悲就欢。故骚人韵士，恒好清谈以涤虑；凡夫俗子，亦善戏谑而遣怀。然席上少诙谐之流，逸兴末由遄发；案头无滑稽之籍，雅趣何能横生？昔者匡衡说诗，诸儒解颐；卫玠谈道，平子绝倒。喷与可之饭，留作佳话；绝淳于之缨，播为美谈。必有君房

① 《泰西轩渠录》，笑话集，封面标“又名西洋笑林广记”，扉页标“上海东方书局藏版”，正文标“日本和田万吉著，太仓唐真如译”，版权页标“编译兼发行者：太仓唐真如，总发行所：上海东方书局”，“中华民国四年二月出版”（1915 年），初版。

② 钱巩志，字坚甫，江苏武进人。其他不详。

之妙，始副曼倩之名，自古已然，于今为烈。如《笑林》《谐铎》，纷焉出版，斗角钩心，争相竞胜，既抚掌而捧腹，亦倾座而哄堂。一枕惺忪，睡为之破；二竖缠绕，魔可以驱。征逐场中，堪鼓羽觞之兴；琴瑟声里，藉助笑敖之资。斯诚怡性之良品，而亦消闲之妙法也。唐子真如，有见于此，爰译泰西轩渠之事，撰为中邦调侃之文。花样新翻，叹碧眼之诡谲；生面别开，惊虬髯之癫狂。光怪陆离，造意殊等于云幻；委婉曲折，措词更属乎风流。方彼市井俚语，不无精肤之别；视诸街巷偎谈，真有雅俗之分。况乃意旨酴醄，耐人寻索，甘谏果之回味，醰珧柱之余鲜。哀者读之，破涕为笑；忧者阅焉，转愁为欢。则是书宁第擅说部之长，而作者且可列史公之传矣。辱承稠情，贶以佳构，甫经寓目，便尔龋然。岂独余性之易感，谅亦众情之所同。季札观止，蔑以加矣，洛阳纸贵，可预卜之。

甲寅冬，武进钱巩志坚甫序。

——录自1915年译者自刊本

《苦儿流浪记》[1]

《苦儿流浪记》[序]

天笑生（包天笑）

天笑生曰：余前读林畏庐先生《块肉余生述》，为之唏嘘者累日。

---

① 《苦儿流浪记》(*Sans Famille*)，教育小说，法国爱克脱麦罗（Hector Malot，今译耶克特·马洛，1830—1907）著，包公毅（包天笑）译述。曾刊《教育世界》第4卷第4号（1912年7月10日），第7号至第12号，第5卷第1号，第2号，第4号至第11号，第6卷第2号至第4号，6第8号至第12号（1914年12月15日）。"中华民国四年十月廿三日再版"封面标"上海商务印书馆发行"，版权页另有"中华民国四年三月十九日初版发行"（1915年）字样。

或曰此书即迭更斯为自己写照，信乎否乎？其实文家之笔，善描物状，竹头木屑，咸得其用，一经妙笔渲染，自能化腐臭为神奇。余近得法国文豪爱克脱麦罗所著 *Sans Famille* 而读之。呜呼，是亦一《块肉余生述》也！惟法国作家，好以流丽之文章，引人兴味，不肯为卑近之谈，而伏脉寻流，时时寓以微旨，似逊英人。惟其具一种魔力，能令读此书者，堕彼文字之障，非至终卷，不忍释手，是其所以名贵也。是书英德俄日均有译本，世界流行，可达百万部。盖其为法兰西男女学校之赏品，而于少年诸子人格修养上，良多裨益。愧余不文，未能如林先生以佳妙之笔，曲曲传神，或且生人睡魔者，是则非原文之过，而译者之罪也。

——录自商务印书馆 1915 年再版

《伊索寓言演义》①

《伊索寓言演义》演义丛书序

孙毓修②

刘歆《辑略》云：小说家者流，盖出于稗官，街谈巷语，道听途说者之所造也。既云街谈巷语，道听途说者之所造，必辞语浅凡，妇稚都解可知。刘氏著录之本，竹素湮没，无闻于后，体裁若何，既不

① 《伊索寓言演义》，寓言，古希腊伊索著，封面标“上海商务印书馆印行”，版权页标“著作人：无锡孙毓修”（据序言及正文，实为孙毓修编译），“中华民国四年三月廿二日初版发行”（1915 年）。

② 孙毓修（1871—1922），字星如，又作恂如，号留庵，别号绿天、绿天翁、东吴旧孙、乐天居士、小绿天主人等，江苏无锡人。1907 年进入商务印书馆编译所，稍后参与主持“涵芬楼”建设。先后主编出版《少年杂志》、《童话》丛书、中小学教科书等，编写有《无锚国》《大拇指》等儿童读物。

可云。近世目录，多祖刘氏，观其所列小说，则《山经》《穆传》，无不钞纳。今人见之，几惊为高文典册，奇书密函，去之惟恐不速，又安得人人见而悦之？刘氏之说，不其诡欤？不佞谓刘氏之说可信，而不见谅于后人者，古今文字不同之所致也。文言与口说，秦汉之间，谅无二致。如左氏以齐语入传，扬雄以方言诂雅，固知五经六艺，八索九丘不过当时之谣俗，其理即非街谈巷语者之所能尽知，其文则为街谈巷语中之所常用也。好事者，采及闾里琐事，及不经见之谈，勒之简帛。孔子曰：虽小道，必有可观者焉。故以小说名其篇云。魏晋以来，世历绵邈，言语文字，随名物制度而变迁者何限。小说以和易通俗，使人乐观为要。若托辞高古，述旨奥衍，必学士而知其趣，笺注而通其情，则与刍荛狂夫之旨刺谬矣。（刘歆论小说曰：如或一言可采，此亦刍荛狂夫之议也。）南宋之时，有识此意者，取当时文言一致之调，撰成说部，名曰平话，亦称演义。其书既出，流行广远，如水泻地，无微不入，六经以外，惟此不祧。虽有以汉唐小说行家者，不如演义小说入人之深矣。若是者何也？为其妇稚都解，而顺乎人情故也。以文学言，散文之有演义，犹韵语之有院本。附庸之部，蔚为大邦，江河万古，岂得废之？南宋至今，世历八百，文言之迁流，未大甚也。故仿罗贯中、施耐庵之体而作者，如响之斯应，士大夫莫不欲因文以见道，著书以垂后。然标经史以谕俗，虽善弗从。则惟演义小说，微词托讽，劝一警百，亦一命之士报国之秋也。乃近世作者，郢书燕说，体格日卑，诲盗诲淫，贻讥大雅，迷途愈远，坐失良机，知微之士，所为概然叹息者也。用是发愿，欲以罗、施之文，演邹、鲁之义，资人噱噱，体仿虞初，引人入胜，道在识大。或编或译，惟善之从，以次刊行，求有道而就正焉。

民国四年龙集乙卯，无锡孙毓修序于上海。

——录自商务印书馆 1915 年初版

《伊索寓言演义》[附记]

孙毓修

右伊索寓言一百三十三则，插画百幅，盖依据美国最新出版之本而迻译者也。故次第往往与林氏译本不同。以文字论，林译高古，拙译浅近；林译如黄钟大吕，拙译如瓦缶汙尊，贵贱不同，而亦各当其用焉。

民国四年三月一日，孙毓修识。

——录自商务印书馆 1915 年初版

《野草花》[①]

《野草花》弁言

余尝创论曰：无金钱，即无美人。金钱者，美人之代价；美人者，金钱之化身。使无金钱，而衣以败絮，食以菜根，美人当立瘁；使无金钱，虽盟深啮臂，言卜同心，美人当立去。无他，非金钱则美人不能全其美，惟欲全其美，乃不得不重金钱。是以金钱所在，即美人所在，于金钱外求美人，不可也。今观是书而益信。茄比无金钱，有郁瑟丽之金钱，二人相爱以深。及别谋佳遇，乃以金钱故，而忘其七年之义，并忘其骨肉之情。则所谓卿卿我我，誓海盟山者，悉一金钱作用，固无所谓真实之爱恋也。世之言美人者，知有金钱，即有爱

① 《野草花》，艳情小说，法国 Guy de Téramond 著，乐天生、铁冷（刘铁冷，1881—1961）合译，版权页标“发行者：小说丛报社出版部，总发行所：小说丛报社”，“中华民国四年四月十号初版”（1915 年）。

情，知有爱情，即为美人。可与读是书矣。

译者谨识

——录自小说丛报社 1915 年初版

《八十万年后之世界》①

《八十万年后之世界》提要

本编为英人威尔士原著，著名小说大家心一先生所译。以机械的作用，置身于八十万年后之世界，于人类之退化，物质之变换一一写出。情节离奇中却有精确不易之理由，非凿空之谈可比，是理想小说之别开生面者。

——录自进步书局印刷，进步书局、文明书局、中华书局发行 1915 年初版

《火星与地球之战争》②

《火星与地球之战争》提要

此亦英人威尔士原著，而著名小说家心一先生所译者也。书中

① 《八十万年后之世界》(*The Time Machine*，今译《时间机器》)，理想小说，英国威尔士（Herbert George Wells，今译威尔斯，1866—1946）著，心一（杨心一）译述，封面标“上海进步书局印行”，版权页标“印刷所：进步书局；发行所：进步书局、文明书局、中华书局”，“中华民国四年四月初版”(1915 年)。

② 《火星与地球之战争》(*The First Man in the Moon*，今译《最早登上月球的人》)，怪异小说，英国威尔士（Herbert George Wells，今译威尔斯，1866—1946）著，心一（杨心一）译述，版权页标“印刷所：进步书局；发行所：进步书局、文明书局、中华书局”，“中华民国四年四月初版”(1915 年)。

备言火星人种躯体之殊异，器械之绝特，来去之自由，炮火之毒烈。十五巨人飞行所至，伦敦几为夷灭，全球为之震慑。忽焉厄于微生虫，相率并死。此从避难者口中目中写出，自始至终离奇至不可方物。然细按之自有至理，与近日天文家所发明者，颇觉同点。真杰作也。

——录自进步书局印刷，进步书局、文明书局、中华书局发行1915年初版

《秘密女子》①

《秘密女子》提要

意大利著名某侦探，为一伯爵中伤，复垂涎其女。女已适人，伯爵又使人暗杀其夫，并杀其夫之父。女欲复仇，遂伪嫁伯爵，设计侦探秘密。又得女侠辅助，卒能获种种证据，出首置伯爵于法。伯爵之阴险，门客之奸恶，女之苦心苦节，都能曲曲传出，故佳。

——录自进步书局印刷，进步书局、文明书局、中华书局发行1915年初版

① 《秘密女子》，奇情侦探小说，英国哈葛德（Henry Rider Haggard，又译哈格德，1856—1925）著，贡少芹（1879—1939）译，封面标“上海进步书局印行”，版权页标“印刷所：进步书局；发行所：进步书局、文明书局、中华书局”，“中华民国四年六月初版”（1915年）。

《玉楼惨语》①

《玉楼惨语》弁言

赵尊岳②

黄花方谢，红萼含苞；枫叶尽飞，梧桐已秃。初冬之夕，小楼一角中，兽炭熊熊，有构思振笔而坐者，尊岳是已。尊岳好小说家言，手得一卷，未尝愿释。因察中西妙诠，在古辄敦朴雄厚，天人相与之言。中世以降，笔渐趋时矣。是册英人近世作也，写翠华蒙难，惆怅成行，身去异邦，心怀故国。事虽至迩，而文笔敏妙，直轶太尼逊、司各德而上之。反复循诵，令人增感。尤赏义贼鲍痕，忠诚款款，谓处阿鼻狱中，不幸之幸，犹慕侠名亦可悲矣。夫吾华之稗史，远莫逾乎广成；西方乃以大食之书为最，即世传《天方夜谭》是也。《夜谭》未可考其时候，或在辟里克尔之际乎。是时文家辈出，百学咸兴。国家是时，盖行同乐之制，设剧场，定假日，务使人民得自娱乐。是以有一艺之能者，咸得见于当世。而亦有伤心之人，远识之士，察此一时之乐，必罹异日之殃，发为小雅之音，来作五子之戒。及后智识渐进，文明愈增，人群之进化既速，政谕之褒贬亦多，则有斯宾塞、达尔文等起，创天演物质之说。天倪渺忽，非吾庄周之谈乎？达尔文以竞争立说，阐人世之至理，创天下之未有。及十七世纪阿狄生兴，以

---

① 《玉楼惨语》（*The Great Court Scandal*），哀情小说，英国威连勒格克司（William-Tufnell le Queux，又译葛威廉、威廉·鲁鸠等，1864—1927）著，胡克、赵尊岳合译，版权页又标“著作人：胡克、赵尊岳，总发行所：商务印书馆”，“中华民国四年五月二日初版发行”（1915 年）。

② 赵尊岳（1898—1965），原名汝乐，字叔雍，斋名高梧轩、珍重阁，江苏武进人。早年毕业上海南洋公学，后入上海申报馆工作，于新闻、政治与教育界都有活动，著有《填词丛话》《珍重阁词集》等。

家常之笔，箴国事之非，《文报捃华》一卷，几无一非含讥隐讽。叟罗加者，固昌昌其有志矣。莎士比以颓败之世，发矫建之音，托剧场以说法，借小说而成章。观其全集，古色苍苍，似竭力以自规于拮据。舍是、太尼逊、哥而登、司各德辈，亦均以有韵之辞，名于当世，然视莎士比则高下弥判矣。太氏之诗，述美人芳草，豪客英雄，以娇丽婀娜胜。哥氏则以诗词志事，蜚誉一时，所为诸作，读之口吻芬芳，犹吾国温、白诸家也。而莎士比则以气势之长，抗衡当世，虽其著述，亦有涉乎妖魈，而去靡靡之风远矣。狭［迭］更司亦以小说名于时，察社会之至理，载家常之陈故，化其民于不自知之中。而《大卫考伯非而》《尼古拉司》二书，尤描写入神，不遗点墨。林先生纾，以生花之妙笔，译高抗之奇文，署之曰《块肉余生》《滑稽外史》，音响乃不逊原本。然是均就英岛而言也。哥仑布辟新大陆，新大陆蔓草丛林，野人土著耳。化从外至，殖民之政府，一旦以自立，回忆前年之丛林漫水，相去不可同日而称。文学诸子，若浪法洛、纳斯尼尔霍桑、欧文等，均接踵以出。三子之中，霍桑犹狂生英国斯威夫纳也，好以不经之言，来作针砭之语。欧文则伤心述古，慨世俗之浮华，独怆然于已往，《杂记》等作，自称不乐志维苏里之火山，俄罗斯之冰河，而独取才狗窦，志一二断简残碑于篇末，诚所谓振奇之人。若以西邦诸子，方之吾华，则辟里克尔之期，固三皇五帝之朝，《薰风》《卿云》《五子之歌》，哀乐咸备矣。斯、达二氏，固吾国庄、骚之谈。阿狄生方之晋时清谈流辈，莎士比足当太白，郎法洛即拟之温、杜诸人，司各德则昌黎文公耳。哈葛德及诸作者辈，则吾元明以院本小说名者也。霍桑、欧文之流，当极盛之纪，作悲怛之音，则又吾华所谓别有怀抱之徐文长一流矣。年来我邦文学锐退，即西方学者，亦每逊于前。欧美东西，同兹一辙，读硕果之篇，慨亡羊之道，不禁感慨系之。译是既竟，拉杂摭拾，实之弁中，初于本篇，绝少关系，读者鉴之。同译者美国圣路易博士金陵胡子美先生。

时民国三年十二月，距岁除之七日，叔雍赵尊岳笔于高梧轩中。

——录自商务印书馆 1915 年再版

《盗盗》[①]

《盗盗》[提要]

巴黎一富而美之嫠妇，失钻一粒，悬赏求获。一侦探受雇，身入盗窟，备历困苦，设计赚盗破案，始知乃一女子幻作老翁所为，而此嫠亦为盗中之首领。该侦探借此要挟为野合之伉俪事，既离奇，文亦诙诡。

——录自文明书局 1921 年六版

《双婿案》[②]

《双婿案》[提要]

西人最重门第。一成衣匠之子某博士，学问优美，与一大家女马

---

① 《盗盗》，侦探小说，法国大仲马（Alexandre Dumas，père，1802—1870）著，贡少芹（1879—1939）译，“中华民国十年八月六版”封面标“上海进步书局印行”，版权页标“发行兼印刷者：文明书局，发行所：文明书局”。贾植芳等编《中国现代文学总书目·翻译文学卷》标该书“上海文明书局、中华书局 1915 年 5 月初版”。

② 《双婿案》，妒情小说，德国鲍姆拔黑（Rudolf Baumbach，今译鲍姆巴赫，1840—1905）著，陈牧民译，封面标“上海进步书局印行”，版权页标“印刷所：进步书局；发行所：进步书局、文明书局、中华书局”，“中华民国四年五月初版”（1915 年）。

利订姻。婚期已届，一巨骗冒充伯爵，媒孽其短，遂解婚约，因而自媒，致堕其计。成婚三月，骗案告发，被捕入狱。幸博士不忘故剑，覆水重收。篇中叙述博士父母之朴质，马利父母之势利，博士之金性玉行，马利之水性杨花，巨骗之狡计阴谋，描写均极尽致。

——录自进步书局印刷，进步书局、文明书局、中华书局发行 1915 年初版

《女博士》①

《女博士》弁言

林纾

华夫人西国之名媛也，手著此书，既成，授诸畏庐老人曰："以西人传西人之士女，防数见不鲜。今以中华女士留学于巴黎者为全书之干，其间叙悲怨别，颇尽累月之思。先生译书，无虑百余种，请为吾序以行世。"嗟夫！老人又何知者？既辱夫人之重贶，又乌敢终秘其言。窃谓中西语言不同，而人心之趋善而惮恶同也，文字之理经而情纬又同也。男必以义，女必以贞，千回百折，始终不易其操。用思所在，虽以司各得之高，迭更司之细，亦归本于正，与中国之司马迁、班固同也。其稍有不同者，则西国之文家兼小说家而言，中国则文家小说家微有轩轾，乃不知《龙城录》《酉阳杂俎》《碧云騢》诸书，

① 《女博士》，小说，波兰罗琛著，华通斋译，封面标"中华书局代印"，版权页标"藏版者：罗琛，印刷者：中华书局"，"民国四年七月出版"（1915 年），初版。罗琛（Stephanie HOROSE，1883—1970），法国女作家，祖籍波兰，因丈夫姓华，又名华罗琛，另著有《恋爱与义务》《他与她》《双恋》等小说。华通斋（1877—1961），本名华南圭，字子范，号通斋，江苏无锡人，曾留学法国，为作者丈夫。

皆文家得意之作也。夫人此书，沉浸浓郁，哀绝动人，文体奇特，别于恒蹊，制局既佳，译笔亦华赡可取。遂述书中之大致，归之华夫人，不审能以老朽为知言否耶？

乙卯二月望后，闽县林纾叙于京师春觉斋。

——录自罗琛藏版、中华书局印刷1915年初版

《女博士》弁言

秦玉麒[①]

今之人闻雅乐必思师旷，称良工必援鲁班，毋亦以其资禀异而造诣精耶。夫以一能一艺之微，非得其人，犹不足见重于世，而况文学之道。所以斡旋气运，陶冶性情，发潜阐幽，绝邪辟异，顾可以率易言之乎。法儒杜马子尝谓，著述家实担荷生灵之责任。其言亦重明此道之难，不可不敬慎以从事耳。吾友华君通斋之淑配，罗琛夫人，西国名彦也。博识多美德，而于心理、社会诸学，体认尤深。既归华君，从之东来，伤我国步之艰危，民风之衰谢，慨然思有以挽救之。复亲履河洛燕赵之间，察其俗尚之现情，考其沿革，而推原其本，知我民德之摧丧，厥由于性根之失培，而天真之凋残，端缘乎母材之不备。故居常愿大声疾呼，以其观察所得，晓诸世人，冀国运之前途，庶几赖以转环。今其所著说部，《合浦珠》之付梓，亦即本此志望，期以为国人之木铎也。其体裁取近乎稗记，所以增耐人之味，而广开卷之益。其说法不出乎中人，所以明匹夫之责，而励齐贤之思。辞止于达，论无过高，而字里行间，珍闻邃理，嘉训仁

① 秦玉麒，河南浚仪（今属开封）人，曾留学西欧。

言，往往而遇之。要皆危时之苦药，薄俗之痛针，非别具只眼者不能道，抑非居有深心者，亦必语焉而不详。是殆汇学识与忠诚，磅礴而成书。善读者于以取师，各量其天赋之能，以尽人谋之责，屏意气绝私心，小之则修身齐家，作则一方；大之则利国惠民，兼善天下。是诚吾宗国趋于兴盛惟一之坦途，抑即著者无上之希念欤。然则此书，以之当杜马子责备之论，傥可以自反而无愧。而斯文得此，以广作者之林，传之久远，又岂独与一能一艺之微，角声闻已哉。

中华民国四年四月二十五日，浚仪秦玉麒谨识。

——录自罗琛藏版、中华书局印刷 1915 年初版

《第一美人伦得小传》①

《第一美人伦得小传》[提要]

本书以美人伦得，淫妇姽婳为主人。伦与葡人波里，早结婚约。猝为海王劫取，困身岛中者数载，苦心固拒，不渝其志。姽婳为海王妃，后为巴黎大娼，始终为伦得妒敌。幸波里偕其友肯威等计杀海王，歼其羽翼，卒举全岛而归诸葡国。波与伦亦克践前约，姽婳至惭忿自杀。其间情事之疑鬼疑神，文笔之如荼如火，颇有入山阴道上，应接不暇之势。此与《身外身》一书，同为钱塘蒋景缄君遗墨。狮子搏兔，亦用全力。词藻丰敷，杜诗韩文，无一字无来历。尤非时下小

① 《第一美人伦得小传》，小说，著者不详，封面标“上海进步书局印行”，版权页标“编译者：蒋景缄，印刷所：文明书局，发行所：文明书局、中华书局”，“中华民国四年八月初版”（1915 年）。

说家所能梦见。

——录自文明书局、中华书局发行1915年初版

《慈禧写照记》[1]

《慈禧写照记》序

陈霆锐[2]

前清甲乙之际，美国卡尔女士以画家资格，留居大内，可八九月之久。尝自诩谓有此经历者，自马加泊罗以来，一人而已。故其对于宫闱琐事，非常熟悉。而女士不仅以绘事见称，而尤擅长于文学之才。故于其出清宫后之期年，即将在大内种种经历，编为一书，颜曰《慈禧写照记》。清宫日常琐碎之事，无不曲为绘出，有声有色，能令读之者，若或亲见之焉。呜呼！天宝宫人，谈开元间遗事，有如此之纤悉必备耶。沧桑之感，又不能不因之而动于中矣。按：此册可与德菱女士所著之《清宫二年记》参观，以二书所纪，皆为大内极有趣味之琐事，国家大政，则绝未一谈。而此则以外人之手笔，写宫闱之状况，尤较可玩味。惜乎译笔芜陋，不逮原著多矣。

乙卯六月，吴县霆锐陈政识于海上。

——录自中华书局1915年初版

---

① 《慈禧写照记》(*With the Empress Dowager of China*)，小说，美国卡尔女士(Katherine Carl，今译凯瑟琳·卡尔，1865—1938)著，陈霆锐译述，中华书局1915年9月初版。

② 陈霆锐(1890—1976)，江苏吴县人。毕业于东吴大学，后留学美国，获法学博士学位。与程小青、陈蝶仙、严独鹤、周瘦鹃等合译《福尔摩斯侦探全集》(中华书局)，译有《基督传》《丁格尔步行中国旅游记》等。

《刺蔷薇》①

《刺蔷薇》提要

一美女子，生有孤癖，最恶男子，饮食衣服，不使男子着手。一军人钟爱之，屡遭拒绝。事闻女后，某侯爵以挽回自任。侯爵，固美男子，即饰为女子装，顶其夫人之名，相伴数月，交融水乳。一经揭破，该女遂爽然若失，军人亦荷戈从戎，功成回国。女乃顿触旧情，愿申永好佳偶之合，伯爵与有功焉。文笔亦细腻风光，令人百读不厌。

——录自进步书局1915年初版

《清室外纪》②

《清室外纪》序

陈冷汰（陈曾矩）

勃氏此书，去岁之夏，诒先曾于友人处见之。本拟借译，因翻阅前数章，多习见语，且有采自小说中者，遂置之。去冬，中华书局戴君复

① 《刺蔷薇》，军事小说，著者不详，正文标“钱塘蒋景缄译”，版权页标“编辑者：钱塘蒋景缄，发行者：进步书局”，“中华民国四年十月初版”（1915年）。

② 《清室外纪》（*Annals and Memoirs of the Court of Peking, From the 16th to the 20th century*），历史小说，英国濮兰德（J.O.P.Bland，1863—1945）、白克好司（Edmund Backhouse，1873—1944）合著，陈冷汰、陈诒先译述，封面标“中华书局印行”，版权页标“发行者：桐乡陆费逵，总发行所：上海中华书局”，“民国四年十月发行”（1915年），初版。

持此书请译，详细披阅，乃知勃氏著此书固有其用意之所在。见于原序中，其意甚深，足砭流俗，且其搜罗轶闻，亦颇勤劬。而于述清代事之涉及诬毁者，则举其说而斥之，持论尚属公允。予尤喜其结论中有极精之语，如云：中国人心中有至深至美之理，即其婚姻之礼防，及养生送死之厚德，是乃中国人之灵魂，而其民族所以成立之根本。又云：今中国之少年，有自东京、哈佛、爱丁堡而归者，遂敢于侮嫚圣贤，欲毁坏孔子所立朴实坚固之住宅，而代以彼等自谓华美而实脆薄之住宅，此中国根本之忧，较外患之逼迫尤为过之。又云：中国数千年最古之文明，有哲学极奥之义，为人心真乐之源，乃西人之所敬视而妒羡者，中国人岂可反自轻贱乎？即尽举世界各国之美以易此，犹应断断其不肯易，即全世界之美悉归消灭，而此则断断不能消灭也。又云：今之所谓文明者，不过以禽兽之行缘饰其外，而蒙以文明之号耳。又云：彼持自由民权之幻想者，以理论之，其所受之欺骗，转瞬即须败露，应不久可醒其迷梦矣。而蚩蚩者仍不察，后来者仍不悟，岂不可怪之甚乎？凡此所论痛快已极！夫勃氏西人也，而其言如此，吾国人其猛省焉。至其中论及时局者，或不免有近于揣度之处，然勃氏原文之意如此，今悉照译，以存其真，藉见西人觇国者之意向云。

乙卯三月，泠汰书。

——录自中华书局 1915 年初版

《孤雏劫》[①]

《孤雏劫》弁言

胡寄尘[②]

此书本系某君自西文译出。原书写孤儿之凄凉，奸人之阴险，颇能动人。顾结构虽佳，而篇幅甚短，粗枝大叶，未能委曲描摩。余因本其意演为八章，得三万字。又以己意妄为增损，较原译更为曲折详尽。而移原译篇首置篇末，自谓格局亦复生动。其中写人情风俗处，或不能确合欧风，未免为识者所笑，幸小说不必苛求乎此耳。凡此剪裁补缀之方，在昔我佛山人译《电术奇谈》，已有前例，不自鄙人始也。书既成，因书数言于卷首，不识读者以为如何？

民国四年，安吴胡寄尘识。

——录自进步书局 1915 年初版

《孤雏劫》提要

叙一儿早孤，季父艳其遗产，设计弃儿于野，被一农妇拾得。辗转经无数困难，曾一至亲母处，彼此均不相识，至季父处，季父亦不之识。初季父弃儿时，曾于其衣襟上画一红兰花作记号。旋为季父察

① 《孤雏劫》，奇情小说，著者不详，瘦腰郎、胡寄尘编译，1915 年 11 月上海进步书局初版。

② 胡寄尘（1886—1938），本名怀琛，字季仁，号寄尘，安徽泾县人。曾任《神州日报》《中华民报》《小说世界》等刊物编辑，著有《白话诗文谈》《中国文学史略》《托尔斯泰与佛经》等。

破，欲置儿于死地。季父之仆，泄其事于儿，并导之见母，母子遂复团聚。此书开场时，只从卖儿叙起。其季父所为，至最后始行点出。用笔极为超脱，中间结构离奇，事事出人意表。而母子相逢不相识处，尤能摹绘入神。他如诙谐处，令人失笑；悽恻处，令人酸心。亦小说中之所拔萃者。

——录自进步书局 1915 年初版

《碧玻璃》①

《碧玻璃》提要

是书叙一芬兰女子，抱漆室之忧，远赴欧西各国，冀挹取大地文明，以救祖国。未竟厥志，忽得家报，知全家为俄人杀害。乃历千辛万苦，卒复大仇，并以一死激厉同胞。读之，使人爱国之心油然而生。至其布局，先用倒插法，中间叙事出以一人口，述奇不诡，正不愧杰作。

——录自进步书局 1915 年初版

① 《碧玻璃》，爱国小说，著者不详，张谔臣编译，封面标“上海文明书局印行”，版权页标“发行者：进步书局，印刷所：文明书局，发行所：文明书局、中华书局”，“中华民国四年十二月初版”（1915 年）。

《黄金劫》①

《黄金劫》提要

是书所叙为美国一律师螟蛉女，名曰白珠，于律师身后，得遗产百万磅。律师有书记，名莱门者，险人也。与荡妇宝铃私识，遂设种种奸计，欲置白珠于死地，而没其产。卒赖律师之子，曰哈兰者，随地救护，入险境而复出。厥后，白珠与哈兰得成伉俪。书中每章各叙一事，若不相连属，至最后一章总束前幅，乃是画龙点睛处。他如写飞艇坠落，海船被焚，及餐馆失火等处，有绘声绘影之能。情敌、结褵两章，复能体贴女子心理，尤佳。

——录自进步书局1915年初版

《吴田雪冤记》②

《吴田雪冤记》提要

此为日本近日三大疑案，两为吴田侦出，一为吴田之子侦出。三

① 《黄金劫》，奇情小说，著者不详，胡寄尘编译，封面标“上海文明书局印行”，版权页标“发行者：进步书局，印刷所：文明书局，发行所：文明书局、中华书局”，“中华民国四年十二月初版”（1915年）。

② 《吴田雪冤记》（*John Thorndyke's Cases*，今译《博士侦探桑代克探案故事》），侦探小说，英国Richard Austin Freeman（今译理查德·奥斯汀·弗里曼，1862—1943）著，淦铭溥编译，封面标“上海文明书局印行”，版权页标“发行者：进步书局，印刷所：文明书局，发行所：文明书局、中华书局”，“中华民国四年十二月初版”（1915年）。

案之离奇，为从前所未有。吴田精锐之眼光，灵捷之手段，亦与著名之福尔摩斯不相上下。爱读侦探小说者，当欢迎恐后也。

——录自进步书局 1915 年初版

《血巾案》①

《血巾案》提要

柏林一富翁，为某公司书记所杀，嫁祸苏姓，逍遥事外。惟杀时遗一手帕，上有万名。一无赖得之，遂以挟制此书记。旋为其仆所知，计杀无赖，又以血帕大索于其主。所求既遂，变姓名，购田室为富翁矣。苏姓之妻女，流为乞丐，佣于仆家。仆艳其女，中夜迫淫，女手刃之，并得其血帕，控诉法官。血帕为证，于是两案并破。事实既离奇曲折，译笔亦简练明晰。

——录自进步书局 1915 年初版

《血巾案》[跋]

译者曰：是案之造因，则钱愚之贪鄙也。有钱愚之贪鄙，乃有万滔亚之阴险。万滔亚自命狡矣，而老仆日伺其旁，竟不之觉，且欲引之为己助。始则被其所挟，终则死于其手。虽曰因果不爽，亦可见人心狡诈正未可以限量，万滔亚之狡，岂可以比老仆哉。则狡诈诚不足

① 《血巾案》，小说，著者不详，宋紫瑚、胡寄尘编译，封面标“上海文明书局印行”，版权页标“发行者：进步书局，印刷所：文明书局，发行所：文明书局、中华书局”，“中华民国四年十二月初版”（1915 年）。

恃矣。赌鬼无端而得不义之财，未尝不窃窃自喜，夫谁知即以此殒命。若老仆者，则亦赌鬼之续耳。夫万滔亚与赌鬼与老仆，乃杀人亡命之徒，自难难逃夫法网。独钱愚省节剥削，绝毕生之精力，而积得此区区之产者，卒乃以身殉之。则财之为祸不其烈欤。然老仆苟不猎色，则破家亦未必若是之速。然苏乐苟非忠厚者流，又安得有此贞烈之女儿？吾于是愈叹造物者布置之巧也。老仆当日筑屋之一片膏腴地，今又属谁家哉？嗟夫！华屋山丘，老树看他成败；铜驼荆棘，夕阳阅尽兴亡。古今篡夺之局，何莫如是。若鄙陋之财奴，又何足深责耶。

——录自进步书局 1915 年初版

1916 年

《猩娘小传》[①]

《猩娘小传》提要

俄之禁酒会，即虚无党之变相。一名侦探得之，屡濒于危赖。一女子，名猩娘者，多方营救。因感恩而成佳偶。此书于党中之变幻不测，猩娘之肆应无穷，双管齐下，读者如置身疑阵，惊怖河汉之无极。小说至此，叹观止矣。

——录自进步书局 1916 年初版

《波兰遗恨录》[②]

《波兰遗恨录》自序

朱世溱（朱东润）[③]

译者曰：吾尝稍治近世国家兴亡之事，而有所大痛者。夫以波兰

---

① 《猩娘小传》，奇情小说，著者不详，蒋景缄译，1916 年 2 月上海进步书局初版。

② 《波兰遗恨录》，小说，著者不详，朱世溱译述，封面标“中华书局印行”，版权页标“发行者：桐乡陆费逵，总发行所：上海中华书局”，“民国五年四月发行”（1915 年），初版。

③ 朱世溱（1896—1988），字东润，江苏泰兴人，早年就读于南洋幺学小学、中学部，后加入留英俭学，曾任教于武汉大学、重庆中央大学等。译有《骠骑父子》（托尔斯泰著）、《积雪东征录》等。

之富，沃野千里，称欧洲之上腴；以波兰之强，南破突厥，解维也纳之围；以波兰之贤，哥白尼氏首创天运之理；以波兰之有容，中世宗教之争，其不得于其国者，多于波兰归之。富而强，贤而有容，宜其后之不可遽亡，而竟亡，其故何哉？且也其末王彭的道斯，为俄后之幸人，即位而后，事俄惟谨，宜可以市好于俄；又其国故大有造于奥，而普鲁士则其旧所属也，此亦可以市恩普、奥，而竟有瓜分波兰之事；又其国非无良法美意也，千七百九十一年之宪法，较之列强，无毫厘之差，而乃形格势禁，卒以至于亡。然则，国之亡因既种，即有上列诸端，亦不可以幸免，明矣！何为亡国？史家之公言曰：其得国者，多资外力而国，又无民选议院，内情不通，外力乘之，而国以亡。呜呼！后世当政之士，其亦可以鉴矣。自瓜分波兰之事发，波兰人一革命，千八百三十年再革命，千八百六十三年三次革命。革命之事，至再至三，而波兰卒无救。然则，亡国之后而欲复存，不亦难乎！或者又谓今欧战起，俄、德两国皆有复立波兰之说。虽然，俄人之意，以俄皇兼王波兰，德人之意，则欲以并入联邦。是苟立而非独立也，去郡县而为附庸也，明矣！且国不能独立而旦旦望于人。曰：其庶几其拯余，人非有所窃利而肯相拯哉？是书所述，为三次革命之事。前八章言其运动，后九章言其失败，中间若断若续，纬以儿女，则西方说部之体也。余不肖，辄欲译取前代兴亡之小说，以就教于当世。世之贤者，或不以小说而鄙之耶。

民国四年九月，泰兴朱世溱自识于伦敦寓次。

——录自中华书局 1916 年初版

《庚子使馆被围记》[①]

《庚子使馆被围记》序一

冷汰（陈曾矩）

前译《慈禧外纪》，其中《景善日记》述庚子年事最详。然皆属于中国政府一面者也。使馆围攻之情形则略焉。今秋，中华书局戴君复持此书见示，阅竟知作者即当时使馆中之一人，亲居围困之中，且曾执枪以与防守之役者，述其所历，都为三卷。上卷述事前惊恐之情，中卷述围中攻守之事，下卷述联军骚扰之状。日日记之，纤悉无遗。令阅者如身历其境，极饶趣味。今一依原文译出，虽有嫌繁琐之处，亦不之削，以存其真。与《景善日记》比而观之，则庚子年内外情事皆尽之矣。而末卷尤有关系。今之新学家每谓白人行军为文明之师，观此书所载联军骚扰之状，其文明为何如耶？且出之彼族之口尤为确凿无诬。吾国人其详观之外兵之入国中，其残酷侮辱有如此，可不惧哉。

乙卯年十二月朔，冷汰识。

——录自中华书局 1916 年初版

① 《庚子使馆被围记》（*Indiscreet Letters from Peking*），小说，英国朴笛南姆威尔（Bertram Lenox Simpson，今译辛普森，笔名 B. L. Putnam Weale，今译帕特南·威尔，1877—1930）原编，陈冷汰、陈诒先译述，1916 年 4 月上海中华书局初版。

《庚子使馆被围记》序二

陈诒先（陈曾谷）[①]

庚子拳乱乃中国未有之变局，虽亲贵诸人之误国，而当时各国公使处置之不善，积年民教案件办理之不平，亦足以激人心之愤怒。小民无知铤而走险，其事至愚，其情亦可悯也。此书虽时有责备使馆当局者之言，犹未能推及其真因。惟秉笔直书，无所隐讳。于联军入京骚扰之实况尤为详尽，外人记庚子书中最称善本，在欧洲已十余版，其风行可知。而吾国人尚未之见，今承中华书局之请，与冷汰共译之。天下之事无论巨细，其真情虽暂能掩盖于一时，终必暴露于世界。于此尤可以见公道之不泯焉。

乙卯年冬月陈诒先识。

——录自中华书局 1916 年初版

① 陈诒先，又作陈贻先，即陈曾谷。

《冰蘖余生记》[①]

《冰蘖余生记》跋

魏易[②]

余译此书既竟，因叹法国当十八世纪之初，其上有恣睢暴慢与民争利之权贵，其下遂有椎埋剽掠结党横行之盗贼。戾气所感，殊途而趋，法律所不能制，道德所不能维。及其至也，身败而名裂，为当世僇笑，二者之获祸，皆适如其分焉。呜呼！是足以戒矣。书中写旭宗稔恶之迹，如阴霾四合，而天日皆愁惨之色。人类之育于世界，亦何乐其有此？虽然，旭宗之性，岂异乎人？惟其童稚之年，不得长养于家庭，而培育其善根，箠楚荼毒之下，烦冤痛苦之中，其性之存焉者寡。经世途之摧折，而迁流遂不知所底，是盖旭宗之不幸也。故所贵乎家庭教育者，启儿童向善之心，而消其拂戾之气。人人之根本立，则社会之蟊贼去，而好勇斗狠之风亦可少戢矣。作书者其有深意乎！

民国四年十月十日，译者识。

——录自商务印书馆 1916 年初版

---

① 《冰蘖余生记》，小说，法国勒东路易著，魏易译，1916 年 5 月商务印书馆初版，该小说尚有一版出版时间与初版同，但在版权页却标写再版，译述者为双石轩，即魏易笔名。

② 魏易（1880—1932），字冲叔，浙江杭州人。曾就读于上海圣约翰大学。与林纾译有《吟边燕语》《撒克逊劫后英雄略》《迦茵小传》《黑奴吁天录》等；独立译著有：《元代客卿马哥博罗游记》（即《马可波罗游记》，1913 年正蒙印书局）、《双城故事》（即《双城记》，1928 年魏易自己结集出版）、《泰西名小说家略传》（1917 年通俗教育研究会印行）、《苏后马丽惨史》（法国大仲马著，1930 年上海商务印书馆）等。

《福尔摩斯侦探案全集》①

《福尔摩斯侦探案全集》凡例

一　福尔摩斯侦探案，为十九、二十两世纪小说界中风行全球之杰

---

① 《福尔摩斯侦探案全集》（*The Complete Sherlock Holmes*），小说集，共十二册，英国柯南道尔（Conan Doyle，1859—1930）著，1916年5月上海中华书局初版。第一册，周瘦鹃译，辑第一案《血书》（*The Study in Scarlet*）；第二册，刘半侬译，辑第二案《佛国宝》（*The Sign of Four*）；第三册，常觉、小蝶合译，辑第三案《情影》（*A Scandal in Bohemia*）、第四案《红发会》（*The Red Headed League*）、第五案《怪新郎》（*A Case of Identity*）、第六案《弑父案》（*The Boscombe Valley Mystery*）、第七案《五橘核》（*The Five Orange Pips*）、第八案《丐者许彭》（*The man with the twisted lip*）；第四册，常觉、小蝶合译，辑第九案《蓝宝石》（*Blue Carbuncle*）、第十案《彩色带》（*The Speckled Band*）、第十一案《机师之指》（*The Engineer's Thumb*）、第十二案《怪新娘》（*The Noble Bachelor*）、第十三案《翡翠冠》（*The Beryl Coronet*）、第十四案《金丝发》（*The Copper Beeches*）；第五册，严独鹤译，辑第十五案《失马得马》（*Silver Blaze*）、第十六案《窗中人面》（*The Yellow Face*）、第十七案《佣书受绐》（*The Stockbroker's Clerk*）；第六册，严独鹤、小青合译，辑第十八案《孤舟浩劫》（*The "Gloria Scott."*）、第十九案《窟中秘宝》（*TheMusgrave Ritual*）、第二十案《午夜枪声》（*The Reigate Squires*）、第二十一案《偻背眩人》（*The Crooked Man*）；第七册，辑严独鹤译第二十二案《客邸病夫》（*The Resident Patient*）、小青译第二十三案《希腊舌人》（*The Greek Interpreter*）、小青译第二十四案《海军密约》（*The Naval Treaty*）、严独鹤译第二十五案《悬崖撒手》（*The Final Problem*）；第八册，辑严天侔译第二十六案《绛市重苏》（*The Empty House*）、严天侔译第二十七案《火中秘计》（*The Norwood Builder*）、天虚我生译第二十八案《壁上奇书》（*The Dancing Man*）、天虚我生译第二十九案《碧巷双车》（*The Solitary Cyclist*）、天虚我生译第三十案《隰原蹄迹》（*The Priory School*）、天虚我生译第三十一案《隔帘髯影》（*Black Peter*）；第九册，辑天虚我生译第三十二案《室内声枪声》（*Charles Augustus Milveston*）、天虚我生译第三十三案《剖腹藏珠》（*Six Napoleons*）、天虚我生译第三十四案《赤心护主》（*The Three Students*）、天虚我生译第三十五案《雪窖沉冤》（*The Golden Pince-Nez.*）、严天侔译第三十六案《荒村轮影》（*The Missing Three-quarter*）、天虚我生译第三十七案《情天决死》（*The Abbey Grange*）、天虚我生译第三十八案《掌中倩影》（*The Second Stain*）；第十册，陈霆锐译，辑第三十九案《獒祟》（*The Hound of The Baskervilles*）；第十一册，辑小青译第四十案《魔足》（*The Devil's Foot*）、渔火译第四十一案《红圜会》（*The Red Circle*）、周瘦鹃译第四十二案《病诡》（*The Dying Detective*）、陈霆锐译第四十三案《窃图案》（*The Bruce-Partington Plans*）；第十二册，小青译，辑第四十四案《罪薮》（*The Valley of Fear*）。

构。十年以还，吾国文士，迻译颇多。只以东鳞西爪，散见各处，读者每有难窥全豹之憾。爰特广为搜求，悉以编译，珠联璧合，允为大观。

一　本书结构缜密，情节奇诡，于侦探学理，尤阐发无遗。虽属小说家言，而业侦探者，得之殊合实用。警界军界，尤不可不手此一编。

一　各案排列之次序，以原书出版之先后为准。故案中情节，不能复依编年之例，一气衔接，阅者谅诸。

一　全书人名、地名，译音概从一律。分之则各案自为首尾，合之仍可互相印证。

一　本书系同人合译，译笔虽各有不同，务求与原文吻合。间有中西文法，万难同炉合冶处，或稍加参酌，然仍以不失原文神髓为主。

一　全书分订十二册，略依材料之多寡为支配。然原书系分册出版，各案文字，长短不同，译文既不能截长补短，则分订之际，各册页数，自难一致。但仍刻意斟酌，期免厚薄不匀之弊。[①]

一　同人学识浅陋，译此名著，颇自引惭。海内大雅，幸辱教之。

——录自中华书局1916年再版

《福尔摩斯侦探案全集》笑序

天笑生（包天笑）

人群物质愈进步，事理益繁赜，而于是神奸大憝、剧贼巨盗接踵

① 中华书局1926年第14版《福尔摩斯侦探案全集》，此处之后多一条凡例："一　原著者今犹健在。此后如更有《福尔摩斯侦探案》行世，或以前所作，偶有不甚著称，久经散佚者，同人搜罗所及，当即译出，作为续集，以饷阅者。"

于社会，诪张变幻、巧窃豪夺之事，层出而不穷，使吾民惴惴有所未安。试问谁为之摘奸发伏，以致之于法律乎？则世不可无侦探其人也。二十年前，汪康年、梁启超诸君所发行之《时务报》，首载有《福尔摩斯侦探案》，余读而好之，是为吾国译侦探小说之始。嗣后续有译者，而于是福尔摩斯之大名，留我脑界，而福尔摩斯之小影，贮我心目，仿佛真有其神出鬼没之人物。抑知所谓福尔摩斯者，文家虚构其名，欲写其理想中之事实而已。虽然，今之所谓侦探者，夫岂苟焉已哉，必其人重道德，有学问，方能藉之以维持法律，保障人权，以为国家人民之利赖。若寄托于纤竖驵卒、优隶游民之手，彼固不审其名义之何物，责任之何在，而闾阎受其肆扰，国家殆无宁晷矣。《福尔摩斯侦探案全集》告成，敢弁一言以为读者告，我无他望，望彼为侦探者，人人能读福尔摩斯案，则已为人民之幸福矣。

天笑生序。

——录自中华书局 1916 年再版

《福尔摩斯侦探案全集》冷序

（陈景韩[①]）

冷曰：福尔摩斯者，理想侦探之名也。然而中国，则先有福尔摩斯之名，而后有侦探。

夫福尔摩斯之为侦探也，抉隐发微，除奸锄恶，救人于困苦颠沛

① 陈景韩（1877—1965），又名陈冷，笔名冷血、冷、华生等。江苏松江（今属上海市）人。早年加入中国同盟会。曾任《大陆报》记者。光绪三十年（1904）任上海《时报》主笔之一。1913 年起，长期任上海《申报》总主笔。译有《土里罪人》《火里罪人》《白云塔》（一名《新红楼》）、《侠客谈》（短篇集）、《侦探谈》（短篇集）、《虚无党》等。

之中，而伸其冤抑。中国侦探则不然，种赃诬告，劫人暗杀，施其冤抑之手段，以陷人于困苦颠沛之中。然则中国之所谓侦探者，其即福尔摩斯所欲抉发而除锄者欤。世人有云泰西之良法美意，传至中国而无不变为恶劣。我读《福尔摩斯侦探书全集》，我慨靡穷矣。是为序。

——录自中华书局1916年再版

《福尔摩斯侦探案全集》严序

严独鹤①

福尔摩斯，无是人也。福尔摩斯侦探案，无是事也。无是人，无是事，而柯南道尔氏乃必穷年累月，雕肝呕心，以成此巨著，岂故为是凿空之谈，炫当世之耳目而取快一时哉？意别有在也。夫有国家，有社会，不可以无侦探。无侦探，则奸黠者得以肆恶，良懦者失其保障，是生民之大患也。然侦探有官与私之别，私家侦探不可少，而官中之侦探，则多且滋患。何以故？为私家侦探者，必其怀热忱，抱宏愿，如古之所谓游侠然，将出其奇才异能，以济法律之穷，而力拯众生之困厄者也。下焉者，亦必自信其才智之足以问世，将借是以谋生活，树声誉，乃亦兢兢业业，无敢失坠者也。若夫役于官中者则异是，有俸给以为养，有大力以为凭借，初不求战胜于智识学术间，惟贪功而好利焉，其何能为社会国家之益？柯南道尔氏深慨之，则著为《福尔摩斯侦探案》，以攻其偏弊而示之准绳。故其意造之福尔摩斯，一坚苦卓绝之私家侦探也。而所谓官中侦探，如莱斯屈莱特之俦，则皮里阳秋，婉而多讽。此其微旨，已昭然如见，然犹虑世之人或未

① 严独鹤（1889—1969），名桢，字子材，别号知我、槟芳馆主，笔名独鹤、老卒、晚晴，浙江桐乡人。1914年开始编辑上海《新闻报》副刊《快活林》（后改《新园林》），达30余年。著有《独鹤小说集》《人海梦》等。

能深知其苦心也，乃更托为福尔摩斯之语以明告读者曰："苟以我之事迹，加以论理，传之后世，可为学侦探者自修之本。"（说见本集第十四案）三复斯言，则知徒以小说视《福尔摩斯侦探案》者，且浅之乎测柯南道尔矣。虽然，彼英伦之官中侦探，固文明国之侦探也，而其不足于柯南道尔者犹若此。至于吾国，则自有侦探以来，社会几无宁日，狂澜莫挽，论者病之。要惟发明侦探之学，使业侦探者有所师法，用侦探者知所鉴别，庶渐趋于正轨耳。《福尔摩斯侦探案》，侦探学中一大好之教科书也，则其适合于我国今日之时势，殆犹药石之于疢疾也已。同人因汇而译之，将以饷当世。某不敏，既执铅椠，从诸君子后，辄有所感触，书成，乃摅其意如此。

乙卯季冬，独鹤严桢。

——录自中华书局1916年再版

英国勋士柯南道尔（Sir Authur Conan Doyle）先生小传

刘复（刘半农）①

先生，英人，姓道尔氏，名奥肃柯南，以千八百五十九年，四月二十二日，生于苏格兰之爱丁堡（Edinburgh）。父却而司道尔（Charles D.），精美术之学，季父理查道尔（Richard D.），则以工绘讽刺之书见重于时，二人盖名美术家约翰道尔（John D.）之子也。

先生幼而颖悟，喜治文学，尤喜举所闻所见笔而出之。时或脑中储有幻想，则微论其为龙蛇之搏斗，为神鬼之交哄，罔不以鹅毛之笔，书其起迄以为娱。故先生自述著作之经验，尝言："吾年未十龄，

① 刘复，刘半农（1891—1934），原名刘寿彭，后改名复，初字半侬，后改字半农，号曲庵，笔名寒星、范奴冬等，江苏江阴人。著有《扬鞭集》《瓦釜集》等，译有《法国短篇小说集》《茶花女》《乾隆英使觐见记》等。

即喜涂写故事，而读书不多，字不敷用，恒于字里行间参以图画，写成自视，则字如蚯蚓，杂蛇神牛鬼之怪象于其间，墨渖淋漓，见者以为可笑，而余方以为可娱也。”是先生之撰著事业，得诸学力者十之四，而本诸天性者十之六矣。先生之幼年教育，初受于史顿尼赫司德（Stonyhurst），继受于德意志。自千八百七十六年至八十年，乃习医于爱丁堡，得医学博士学位。越一年，以所学问世，悬壶于南海（Southsea）。至千八百九十年，辍业，专事著述。然当其求学时代及行医时代，已著书行世。千八百七十九年，投稿于《却姆勃司杂志》(*Chambers's Journal*)，撰小品文字数篇；八十七年，成《极星船长》(*The Captain of The Polostar*）一书；八十八年，成《血书》(即本书第一案）及《克劳勃尔之秘密》(*A Study in Scaret* and *The Mystery of Cloomber*）二书；八十九年，成《密卡克拉克》(*Micah Clarke*）一书；九十一年，成《白党》(*White Company*）一书，此皆先生初期之著述也。

自九十二、三二年，《福尔摩斯侦探案》(*Adventures of S. Holmes*，即本书第三案至第十四案）及《福尔摩斯探案纪》(*Mermoirs of S.H.*，即本书第十五案至二十五案）二书，前后告成，刊登于伦敦《海滨杂志》(*Strand Magazine*）中，先生之名，乃大显于世。不特英国文人学子，宗之为泰山北斗，即世界有文字之国，亦无不迻译其书而景仰先生矣。九十三年，又成《髯刺客传》(*The Refugees*）一书。九十五年，成《史挞克门洛之函件》(*Stark-munro Letters*）一书。九十六年，成《遮那得自伐》及《洛得尼石》(*Brigadier Gerad* and *Rodney Stone*）二书。九十七年，成《世父彼那克》(*Uncle Bernac*）一书。九十八年，成《克罗司哥之惨剧》(*The Trugedy of the koresko*）一书。千九百有二年，成《獒祟》(*The Hound of Baskervilles*）一书。而在千八百九十四年，则编一短剧，曰《滑铁卢故事》(*A Story of Waterloo*)，仅一幕。九十九年，又编一剧曰《半》(*Halves*)，亦甚短。

千九百年，英人有事于南斐，先生投身伦门陆军医院（Langman Field Hospital），以救护伤兵病卒，抒其慈善之怀。又以一时欧洲各国，不善英人所为，谓英人强而凌弱，有背公理，其势虎虎，直欲群起而掣英人之肘。先生忧之，为作一文曰《英脱大战论》(*The Great Boer War*)，布之于世，详阐英人不得不战之理。各国见之，忿激之议，始稍稍杀。事平，英廷以先生有功，锡以勋士之爵（Knight）。

先生今年五十七岁，精神犹健。《海滨杂志》中，仍时见先生手笔。《罪薮》(*Valley of Fear*）一书，仅脱稿于二年前也。先生所为文，思想既高，笔力亦雄健有奇气。方其初撰侦探小说时，意在压倒美人濮氏（Adgar Allen Poe）之作，今则有志竟成。濮氏以先进之资，而文名不逮先生远矣。

千九百十六年，复从同志诸君子后，集先生前后所著《福尔摩斯侦探案》而译之。书既成，谨就先生毕生事业之有关著述者，记其大要，冠诸编首。且论之曰：昔人以良相良医并称。先生良医也，非良相。而世界之大，何国无相，何时无相，又何国何时无良相？而相也，良相也，其盛名终不能尽与先生敌者何哉？岂非以其如椽之笔，不疲之腕，功业之及于人心世道者，有过于通人之所谓相，若良相者欤。尝谓世有在朝之相，有在野之相。在朝之相常有，而不必尽良；在野之相不常有，而有则必良。先生拳拳忠爱，国家有事，则起而扶国，无事则出其所学，撰为有益社会之作以导人。“相”之一字，训曰“扶”，曰“导”，先生兼而有之，信乎其为在野之良相矣！以良医良相集于一身，宁得谓非今之人杰也耶！

——录自中华书局 1916 年再版

《福尔摩斯侦探案全集》跋

半侬（刘半农）

丙辰之春，同人合译《福尔摩斯侦探案全集》既竟，以校雠之事属余。余因得尽取前后四十四案细读一过，略志所见如左。

天下事，顺而言之，有始必有终，有因必有果；逆而言之，则有终必有始，有果必有因。即始以推终，即因以求果，此略具思想者类能之。若欲反其道而行，则其事即属于侦探范围。是以侦探之为事，非如射覆之茫无把握，实有一定之轨辙可寻。惟轨辙有隐有显，有正有反，有似是而非，有似非而是，有近在案内，有远在案外。有轨辙甚繁，而其发端极简；有轨辙甚简，而发端极繁，千变万化，各极其妙。从事侦探者，既不能如法学家之死认刻板文书，更不能如算学家之专据公式，则惟有以脑力为先锋，以经验为后盾，神而明之，贯而澈之，始能奏厥肤功。彼柯南道尔抱启发民智之宏愿，欲使侦探界上大放光明，而所著之书，乃不为侦探教科书，而为侦探小说者。即因天下无论何种学问，多有一定系统，虽学理高深至于极顶，亦惟一部详尽的教科书足以了之。独至侦探事业，则其定也，如山岳之不移；其变也，如风云之莫测；其大也，足比四宇之辽敻；其细也，足穿秋毫而过。夫以如是不可捉摸之奇怪事业，而欲强编之为教科书，曰侦探之定义如何，侦探之法则如何，其势必有所不能。势有不能，而此种书籍，又为社会与世界之所必需，决不可以"不能"二字了之，则惟有改变其法，化死为活。以至精微至玄妙之学理，托诸小说家言，俾心有所得，即笔而出之，于是乎美具难并，启发民智之宏愿，乃得大伸。此是柯南道尔最初宗旨之所在，不得不首先提出，以为读者告也。

柯氏此书，虽非正式的教科书，实隐隐有教科书的编法。其写福尔摩斯，一模范的侦探也；写华生，一模范的侦探助理也。《血书》一案中，尽举福尔摩斯学识上之盈缺以告人。言其无文学、哲学及天文学之知识，即言凡为侦探者，不必有此种知识也。言其弱于政治上之知识，即言凡为侦探者，对于政治上之知识，可弱而不可尽无也。言其于植物学则精于辨别各种毒性之植物，于地质学则精于辨别各种泥土之颜色，于化学则精邃，于解剖学则缜密，于纪载罪恶之学则博赅，于本国法律则纯熟，即言凡此种种知识，无一非为侦探者所可或缺也。言其为舞棒弄拳使剑之专家，即言凡为侦探者，于知识之外，不得不有体力以自卫也。言其善奏四弦琴，则导为侦探者以正当之娱乐，不任其以余暇委之于酒食之征逐，或他种之淫乐也。此十一种知识，柯南道尔必述于第一案中，且必述于福尔摩斯与华生相识之始，尚未协力探案之前者，何哉？亦正如教科书之有界说，开宗明义，便以侦探之真面目示人，庶读者得恍然于侦探之事业，乃集合种种科学而成之一种混合科学，决非贩夫走卒，市井流氓，所得妄假其名义，以为啖饭之地者也。

一案既出，侦探其事者，第一步工夫是一个“索”字，第二步工夫是一个“剔”字，第三步工夫即是一个“结”字。何谓“索”？即案发之后，无论其表面呈若何之现象，里面有若何之假设，事前有若何之表示，事后有若何之行动，无论巨细，无论隐显，均当搜索靡遗，一一储之脑海，以为进行之资。若或见其巨而遗其细，知其显而忽其隐，则万一全案之真相，不在其巨者、显者，而在其细者、隐者，不其偾事也邪？而且案情顷刻万变，已呈之迹象，又易于消灭，苟不于著手侦探之始，精心极意以求之，则正如西谚所谓“机会如鸟，一去不来”。既去而不来矣，案情尚有水落石出之一日邪？故书中于每案开场，辄言他人之所不留意者，福尔摩斯独硁硁然注意之；他人之所未及见者，福尔摩斯独能见之。此无他，不过写一个“索”字，示人以不可粗忽而已。何谓“剔”？即根据搜索所得，使侦探范围缩小之谓。譬如一案既出，所得之疑点有十，此十疑点中，若一一信为确实，则案情必陷于迷离恍惚之途，使从事侦探者疲于奔命，而其真相仍不可得。故当此之时，当运其心灵，合全盘而统计之，综前后而贯彻之，去其不近理者，就其近理者，庶乎糟粕见汰，而精华独留，于以收事半功倍之效。故书中于“凡事去其不近理者，则近理者自见”，及“缩小侦探范围”二语，不惮再三言之者，亦以此二语为探案之骨子。人无骨则不立，探案无骨，则决不能成事。而此二语简要言之，惟有一个“剔”字而已。至于最后一个“结”字，则初无高深之理想足言，凡能于“索”字用得功夫，于“剔”字见得真切者，殆无不能之。然而苟非布置周密，备卫严而手眼快，则凶徒险诈，九仞一篑，不可不慎也。

或问福尔摩斯何以能成其为福尔摩斯？余曰：以其有道德故，以其不爱名不爱钱故。如其无道德，则培克街必为挟嫌诬陷之罪薮；如其爱名爱钱，则争功争利之念，时时回旋于方寸之中，尚何暇抒其脑筋以为社会尽力，又何能受社会之信任？故以福尔摩斯之人格，使为侦探，名探也；使为吏，良吏也；使为士，端士也。不具此种人格，万事均不能为也。柯南道尔于福尔摩斯则揄扬之，于莱斯屈莱特之流则痛掊之，其提倡道德与人格之功，自不可没。吾人读是书者，见“福尔摩斯”四字，无不立起景仰之心，而一念及吾国之侦探，殊令人惊骇惶汗，盖求其与莱斯屈莱特相类者尚不可得也。柯氏苟闻其事，不知亦能挥其如椽之笔，为吾人一痛掊之否？

全书四十四案中，结构最佳者，首推《罪薮》一案；情节最奇者，首推《獒祟》一案；思想最高者，首推《红发会》《佣书受绐》《蓝宝石》《剖腹藏珠》四案。其余《血书》《弑父案》《翡翠冠》《希腊舌人》《海军密约》《壁上奇书》《情天决死》《窃图案》诸案，亦不失为侦探小说中之杰作。惟《怪新郎》一案，似属太嫌牵强，以比较的言之，不得不视为诸案中之下乘。而《丐者许彭》一案，虽属游戏笔墨，不近情理，实有无限感慨、无限牢骚蓄乎其中。盖柯南道尔一生，自学生时代以至于今日，咸恃秃笔以为活。虽近来文名鼎盛，文价极高，又由英政府锡以勋位，有年金以为事畜之资，于生计问题，不复如前此之拮据，而回思昔年为人佣书，以四千字易一先令之时，亦不禁为之长叹。故特撰是篇，以为普天下卖文为活之人，放声一哭，且欲使普天下人咸知笔墨生涯，远不逮乞食生涯之心安意适也。

以文学言，此书亦不失为二十世纪纪事文中唯一之杰构。凡大部纪事之文，其难处有二：一曰难在其同，一曰难在其不同。全书四十四案，撰述时期，前后亘二十年，而书中重要人物之言语态度，前后如出一辙，绝无丝毫牵强，绝无丝毫混杂。如福尔摩斯之言，以之移诸华生口中，神气便即不合；以之移诸莱斯屈莱特口中，愈觉不合。反之，华生之言，不能移诸福尔摩斯与莱斯屈莱特；莱斯屈莱特之言，亦不能移诸福尔摩斯与华生。惟其如是，各人之真相乃能毕现，读者乃觉天地间果有此数人，一见其书，即觉此数人栩栩欲活，呼之欲出矣。此即所谓难在其同也。其不同者，则全书所见人物，数以百计，然而大别之，不过三类：有所苦痛，登门求教者一类也；大憝巨恶，与福尔摩斯对抗者又一类也；其余则车夫、阍者、行人之属，相接而不相系者，又为一类。此三类之人，虽有男女老少、贵贱善恶之别，而欲一一为其写照，使言语举动，一一适合其分际，而无重复之病，亦属不易。且以章法言，《蓝宝石》与《剖腹藏珠》，情节相若也，而结构不同；《红发会》与《佣书受绐》，情节亦相若也，而结构又不同；此外如《佛国宝》之类，于破案后追溯十数年以前之事者凡三数见，而情景各自不同；又如《红圜会》之类，与秘密会党有关系之案，前后十数见，而情景亦各自不同。此种穿插变化之本领，实非他人所能及。

侦探固难，作侦探小说亦大不易易。以比较的言之，侦探之事业，应变在于俄顷之间，较之作小说者静坐以思，其难不啻百倍。然精擅小说如柯南道尔，所撰亦尚有不能尽符事理处，是以知坐而言者未必即能起而行。余前此曾发微愿，欲一一校正之，以见闻极少，学力复弱，惭而中止。然反观吾国之起而行者又何如？城坚社固，爪利牙长，社会有此，但能付之一叹而已。因校阅竣事，谨附数语于后。

民国五年五月十二日，半侬识。

——录自中华书局 1916 年再版

《孽海疑云》①

《孽海疑云》序

天虚我生（陈栩）②

吾书以“孽海疑云”命名，初不过为劳而夫身堕孽海之中，为情网所逗，乃致左右不知所可，引起种种惊疑，如堕云雾，不复能有豁达开朗之一日也。而一方面则为勃拉得造成种种罪孽，布成疑阵，几如墨云之蔽天，使人无从一窥昭昭之日月；又如孤舟望海，正不知其发源何自，滔滔何之，冤孽相寻，渺不可得，又如在茫茫大海中捞针也。威廉勒苟所著书，迷离惝恍，善布疑阵，较之柯南达里所著福尔摩斯诸探案，尤为谲幻。初固无足异者，及译竟，复译其所著《郁金香》一书，事实虽迥然不同，而疑其未婚妻为凶手则一。吾因是，而

---

① 《孽海疑云》(*The Seven Secrets*)，奇情小说，英国 William Tufnell Le Queux（又译葛威廉、威廉・鲁鸠等，1864—1927）著，天虚我生编译，1916 年 7 月中华图书馆初版。曾刊《礼拜六》第 76 期（1915 年 11 月 6 日）至第 100 期（1916 年 4 月 29 日）。

② 天虚我生，陈栩（1879—1940），原名寿嵩，字昆叔，后改名栩，字栩园，号蝶仙，别署天虚我生，浙江杭州人。鸳鸯蝴蝶派代表人物之一，与李常觉合译《杜宾侦探案》《桑狄克侦探案》等。

吾脑海中亦不禁起疑云矣。所疑非他，疑此杀人之事真也，而其未婚妻之为嫌疑犯，亦真也。

年前，予客江南，曾有人亦犯杀人嫌疑，就表面论，则其证据颇多，虽不供认，亦可定为杀人之罪。然一经悉心研讯而后，复检所有证据，则无论人证、物证，皆足以反证其决非杀人之犯。惟杀人者，果为何人，则已事隔三年，无从探得。以不获真罪人故，案遂悬而不结。予乃以理想的演为事实，成一小说曰《衣带冤魂》，刊之《礼拜六》杂志中。版出，而嫌疑犯之冤枉竟伸，虽未得释，然其所有证据，固已公认为反证矣。

故吾以为威廉勒苟之著是书，殆必实有其事，其可疑之未婚妻，亦必实有其人。特与劳而夫同抱一见，不敢切证其未婚妻之罪，而又深恐为官中所疑，乃以理想的演为事实，指一阴谋险恶不可思议之罪人，聊以自解其嘲，并为此未婚妻者，涤其诬耳。不然，则小说家向壁虚构，思路正多，四通八达，何往不适？无论言情侦探，社会家庭，种种事实，正复取之无尽，用之无竭，信手拈来，无不立成妙谛，又何必沾沾于未婚妻之杀人嫌疑案哉！故吾不能无疑于著者之身，质之读者以为如何？

丙辰六月，天虚我生志于三乐里。

——录自中华图书馆 1916 年初版

《孽海疑云》[序]

（陈栩）

梅雨打窗，绿阴塞户，困人天气，如入醉梦，极欲著书消遣，苦不得一佳想。李君常觉，适手此篇以示于予，略述梗概，颇见奇妙。爰请口译，命吾儿子小蝶笔录成书，信手删润，费时亦七十余日也。

原书名（*Seven Secrets*），为英国小说名家（William le Queux）所著，离奇变幻，兼具侦探、写情两种性质。结构既密，用笔尤峭，开章第一语，即破空而来，出人意表。亦新小说中之杰作也。试请读之。

——录自中华图书馆1916年初版

《乾隆英使觐见记》①

《乾隆英使觐见记》序

刘半侬（刘半农）

自西人航海东来，壮游之士，笔其闻见以告邦人子弟者，马可·波罗而后，继起之书，已千五百余种。不佞佣余涉猎，所读亦六十余种，于中纰缪驳杂，肆为妄谈者居十一二；而摭拾浮言，结构一本臆测者居五六。要皆西人所谓“一点钟之书”，书朝出而夕可求诸拍卖之肆者也。外如卡尔女士《慈禧写照记》，濮兰德《慈禧外纪》之属，书虽不多，而或本躬历，或根考据，类能剔抉隐闼，道人未道，以补正史之缺，此掌故之士之所珍，足以流传久远者也。而吾尤爱《乾隆英使觐见记》一书。书凡三卷，英使马戛尔尼自述。凡纯皇之政见起居，内庭服御之侈靡，朝臣之庸聩，有司百僚之趋跄奔走，酬应供张之繁缛，编户齐民之活计疾苦，罔不按其目击耳食所及，一一记之。而于叩首礼之争执，诸家笔记记之未备者，陈述尤详。

西人恒言历史之学，乃置白首于青年之肩，使述往事以诏来者。客夏苦热，吾初读此书，亦恍如一白首老人，坐吾旁为吾娓娓道乾隆

① 《乾隆英使觐见记》，散文，英国马戛尔尼（George Macartney，1737—1806）著，刘半侬（刘半农）译述，高野侯校阅，1916年5月中华书局初版。

遗事，旦而午，午而暮，不复觉热之来袭吾体。是吾译此书，文笔虽劣，而与吾有同好者，或不致遽谓是书为“一点钟之书”也。尤有进者，濮兰德《清室外纪》有言：英使来华，所求互派公使，推广商业，议订税则诸事，中朝一不之许，但锡以文绮珍玩令归。故英使所得，文绮珍玩而外，仅有本人及随员之笔记而已。吾则谓此笔记之直，重于文绮珍玩为倍万，而重于所求诸事者，为倍亦百。盖自有此书，而吾国内情，向之闭关自守，不以示人者，至此乃尽为英人所烛。彼其尺进寸益，穷日之力，合有形无形以谋我者，未始非此书为其先导也。

吾昔主某报，尝自西报译一文曰《华人古代之冒险精神》，为美使柔克义演词。内言十五世纪，明人与南洋诸岛，交际已繁，甚有远达非洲北部者，其坚毅果敢，殆不在西人之后。惜商人重利，不能属文。间有受帝王之命，往求犬马珍好，且以游记进呈者，又复志在媚兹一人，所纪多荒渺无稽，参以神鬼怪异，阅之足令人大噱。而帝王悦之，谓其人多能，且加奖焉。是以华人虽自古即与海外通，而其茫然于海外实情仍如是也。柔氏之责明人者如此。彼有清一代，膺命出使者，奚止十数辈？所为书，亦奚止十数种？而一观其书，除《庸庵笔记》精核可贵外，剿袭陈说者有之，但纪宴游琐事者有之；己不能作，而令书胥为之者有之；甚至某使懵懂不解事，出洋考政，惧无以复命，阴属留学生数辈，为撰游记，而以千金易其稿。荒谬至此，亦能望其有裨国是耶？彼西人纪吾国事之书，虽千五百种中精确者仅仅十之一二，然已弱人之国而有余。吾国虚靡国帑，豢无数不辨菽麦之星使，而其归东，不过以无用之书，祸及梓氏。吾译此书，不禁感慨系之矣。

民国五年春，江阴刘复半侬父识。

——录自中华书局1916年初版

《鹰梯小豪杰》[①]

《鹰梯小豪杰》序

林纾

此书为日耳曼往古之轶事，其所言均孝弟之言，所行均孝弟之行。余译时泪泚者，再矣。天下安有豪杰？能根于孝弟而发为事业者，始谓之真豪杰。爱得罗司忒尔一姓，瞀然如禽兽也，然其嗣胤，能爱护其女弟，不叛其父母，已萌孝弟之根荄。自屈雷司替娜以地寒望劣之弱女，本其家庭教育，入化其哮噬残龁之风，既挽其夫，复匡其子。子为母氏所感，彬彬孝友，操行过于中朝之士夫，何其盛也！惟事往年湮，在日耳曼中，尚为封建时代，诸侯各据藩服，互相戕杀，目无朝廷。而鹰巢尤处化外，与乌鲁木城密迩，风尚迥殊，则与辇毂愈形隔阂矣。自屈雷司替娜至，力劝内附。果唐时藩镇，有内助导其尊王者，则魏博、成德诸军，何至有封狼生貙之患耶？虽然，日耳曼一族，侵蚀罗马以后，尚未臻于文明，讵在狉獉中，能敦忠孝友悌之行，亦后来作者，救世之心酞，不期以文明之事，为野蛮文饰耳。余笃老无事，日以译著自娱，而又不解西文，则觅二三同志，取西文口述，余为之笔译。或喜或愕，一时颜色无定，似书中之人。即吾亲切之戚畹，遇难为悲，得志为喜，则吾身直一傀儡，而著书者为我牵丝矣。计自辛丑入都，至今十五年，所译稿已逾百种。然非正大光明之行，及彰善瘅恶之言，余未尝著笔也。本非小说家，而海内知

① 《鹰梯小豪杰》(*The Dove in the Eagle's Nest*)，小说，英国杨支（Charlotte Mary Yonge，1823—1901）著，林纾、陈家麟译述，1916年5月商务印书馆初版。曾刊《小说海》第2卷第1号（1916年1月1日）至第5号（1916年5月1日）。

交，咸目我以此，余只能安之而已。此书无甚奇幻，亦不近于艳情，但蔼然孝弟之言，读之令人感动。想于风俗，不为无补。因草数言，弁诸简端。

乙卯六月六日，闽县林纾叙。

——录自商务印书馆1916年初版

《大荒归客记》[①]

《大荒归客记》叙文

赵尊岳

当甲寅乙卯之交，试登昆仑，引领西望。战云如墨，师行如雨，潜艇累累，炮火隆隆，飞船翱翔，期门相接，而不得不称今者战术之精且备矣。炮火显，潜艇隐，独是飞船，出没天际，若隐若显，亦隐亦显。吾初不知其何藉而行，第言其效，则摩荡搏击，如鸟之凌虚下瞰，盖飞船兴而炮火之力替，潜艇之效杀矣。攻战以掩护为先，而掩护不足恃；阵法为尚，而阵法不足恃；举凡一枪一械之位置，糗粮之所储藏，足以挥手之劳，毁其泰半，炮火云乎哉！即足仰击，而四向殊非易测，意大利人，创以磁力，止之空中，实效亦尚未见。则国于今之大地，欲图搏逐，非飞船莫为功者，昭昭明矣。环海诸邦，咸立专队，训练肄习，日不少懈。反觇吾国，初发轫耳，一二绩学之士，稍稍有所发明，而程效不大。加以奖掖无方，社会缺之科学知识，惊疑退沮，等于谈瀛。则又不得不使通俗之人，神经髓中，稍映飞船之

① 《大荒归客记》，小说，法国曲特拉痕脱著，梁禾青、赵尊岳译述，1916年6月上海商务印书馆初版。

模型。其足以出奇致用，虽冒百险，而为功不可等量，则通俗说部尚矣。法郎西人，近世以柔靡见称，始有作者，著是书以警国人，国人今亦颇致力。德意志学者见之，乃大称许，译为德文，万卷流传，群相砥砺。回念宗邦说部多浮靡，少国家思想，则又力译之。区区之志，亦乐邦人君子，读是书者，稍存壮往之心，为国驰誉，虽死勿惧，荒寒漠北，视如温燠。且吾国墨氏飞鸢，固已权舆千载之前，远绍前贤，光昭来许，为责固在吾辈。人人如此，国又何患不兴，学又何患不进？即愚草是书，亦或可告无罪于在位者矣。匝月竣事，拉杂书之。

乙卯十一月十日，尊岳序于高梧轩中。

——录自商务印书馆 1916 年初版

《罪影》①

《罪影》[提要]

此编叙一贪狠之妇以谋遗产，故而诬陷得产之人，罪案几成矣。赖有一医生，盗尸救治，死者复苏，两义友出入火中，搜得证据，沉冤既雪，姻好两谐。情节离奇百出，文笔亦酣畅如意。

——录自中华新教育社 1916 年初版

① 《罪影》，哀情小说，美国沙路顿著，耀华、祝龄合译，1916 年 6 月上海中华新教育社初版。

《双凤夺妻录》[1]

《双凤夺妻录》[跋]

（倪灏森[2]）

译者迻述竟，喟然叹曰：呜呼！情之不可以误用也。以霍士金之智，犹不免为裴耳所败，孰谓沉舟破釜，事终难圆哉。近日坊间流行之言情小说，淫靡颓荡，几成风尚，而译本独能皭然不滓，别树一帜。是岂西儒之胜人，抑亦寡耻为历阶？班孟坚谓说部虽小道，必有可观。窃不能无慨焉。

——录自小说丛报社 1916 年初版

《女虚无党》[3]

《女虚无党》序言

路钧[4]

庚子之役，译者居天津。彼时余初习英文，喜与西人谈，盖藉以

---

① 《双凤夺妻录》，一名《珠联璧合》，小说，英国 Charles Garvice（1850—1920）著，倪灏森译述，1916 年 9 月 1 日上海小说丛报社初版。

② 倪灏森，另译有《甘萨女郎》（小说丛报社，1916 年）、《蛾眉幻相》（英国 William Le Queux 著，刊《小说丛报》1914 年第 1 期、第 2 期）等小说。其他不详。

③ 《女虚无党》，小说，路钧译，1916 年 11 月有正书局初版。曾刊《小说时报》第 14 期（1912 年 1 月 13 日）、第 15 期（1912 年 4 月 5 日）。

④ 路钧，资料不详。

练习口音也。后遇一波兰人，名胡利者，与之游，相处既久，因知其为虚无党之一党员。后遇于哈尔滨，询其党中之现状，彼出一小册曰：此系由本党日记簿，编订成书，读此可以知其梗概矣。余乃偷暇译之，陴［俾］吾国人知此党非尽无意识之暴徒也。顾头绪纷繁，着手匪易，且又远行在急，幸得夏君之助，数日之间，始克告峻。然草草成书，不文之诮，所难免耳，阅者谅之。

辛亥孟春天津路钧自序。

——录自有正书局1916年初版

《女虚无党》结论

（路钧）

破坏者，不祥之名辞，可惨之事业也。而虚无党之志，终日所经营者，即在此。岂其甘心以同胞之头颅、血肉为儿戏哉？是必有不得已之原因在焉。盖欲建设，不可不先破坏，此各国维新之公例，即虚无党从事破坏之苦衷也。虽然，破坏岂易言者。吾见夫此篇所载此党之人物矣，其言论，其道德，及其一举一动，无一不可为世界政党之师表。彼辈之能有今日，岂偶然也！则此书又岂可以小说观之哉！

洛特者，此党首领也，亦虚无党中不可多得之人物也。乃因与波人暗通消息之故，而致此党破坏，故党人目之为国家之公敌，而欲置之于死地。此固露人爱国之热诚，吾人不得深责之者也。而洛特者，波兰人也，波兰者，洛特之祖国也，其爱祖国之热力，较爱露国高，亦必然之势也。余学识谫陋，不足以定是非，谨志于此以待读者。

——录自有正书局1916年初版

《云破月来缘》[①]

《云破月来缘》[序]

畏庐（林纾）

铅山胡诗庐为陈散原高足，能诗，喜为古文，彬彬然，见者莫知其精于西文者也。过从既稔，忽约余同译是书。情迹既奇，而言情处尤婉媚令人心醉。畏庐老矣，近来不喜为言情之作，以眩动人心。顾三百篇首列《关雎》，言情而得情之正，无碍也。余日来专意作画，不恒译书。然而二三至好，如静海陈君家麟、同里王生庆通，皆精于英、法之文，时时过从，不期成书二种，均四万余言。又及门王生庆骥，法文为同辈之冠，与余译成孟德斯鸠哲学小说一种，可十万言，尚未卒业，已随使节西迈，归时当在冬残。脱稿后，必出而问世矣。

甲寅十月，畏庐记。

——录自商务印书馆1916年初版

① 《云破月来缘》，小说，英国鹘刚伟著，林纾、胡朝梁（1877—1921）译述，1916年11月商务印书馆初版。曾刊《小说月报》第6卷第5号（1915年5月25日）至第6卷第9号（1915年9月25日）。

《鬼语》①

《鬼语》[序]

伍廷芳②

人孰不死，而常有其不死者存，则灵魂之谓也。孔子曰“众生必死，死必归土”“其气发扬于上为昭明”，又谓“鬼神之为德，其盛矣乎”，固已明言之矣。佛教则有轮回之说，其他道、回、耶诸教，亦无不详言报应。我国祭祖祀神，无非谓其灵魂尚在耳。可知人死而灵魂不灭，各国宗教，皆发明此义。奈世人不察，役于名利，只图目前安乐，不顾后来苦恼。稍明事理者，辄曰养子防老，积谷防饥，然所防者，亦但了今世事耳。不知人入凡尘，不止一次，前身后身，循环无端，盖灵魂永远不灭，所死者躯壳而已。世云：“今世因，来世果。”吾人可不及早修省乎？此书为美国法律大家、高等裁判官核治君，逝世后，凭英国著名女学士拔柯之手所述者。核君平时，博览群书，于生死之道，神仙之术，尤为研究，喜劝人当顾及后世，人咸以怪诞置之。乃其身虽往，而救世之心，仍未磨灭。适拔柯女士，往来英法之间，爰假手而作是书。阅半年之久，始成五十四篇，语虽浅显，而义极精深，发人警觉。《易·系辞》所谓“知鬼神之情状”“知幽明之故”，读此不啻了如指掌也。此书本英文，今商务印书馆，倩孟君译成华文，以公当世。读是书者，苟能潜思深会，明其理由，而

① 《鬼语》，小说，英国女学士拔柯著，孟宪承（1899—1967）译述，“中华民国七年一月再版”版权页标有“中华民国五年十二月初版”（1916 年）字样。

② 伍廷芳（1842—1922），本名叙，又名伍才，字文爵，号秩庸，广东新会人。1858 年创办《中外新报》，1874 年自费留学英国，1892 年入李鸿章幕府。先后任清政府驻美国、西班牙、秘鲁等国公使。民国后，任司法总长、外交部长等职。

通其微，获益当非浅鲜，岂可作谬悠鬼语观哉。

中华民国五年十月，新会伍廷芳序。

——录自商务印书馆 1918 年再版

《盗花》[①]

《盗花》提要

伦敦富家子，谋夺某之未婚妻，贿嘱盗魁，劫某入岛。其未婚妻化妆易名，投身盗窟。适名探某，亦伪饰盗党，入岛暗中臂助，卒援某出险，并获盗魁。篇中叙该名探，出神入化，惝惚迷离，阅书者如堕五里雾中，直致终篇，揭开黑幕，令人拍案叫绝，允推杰作。

——录自进步书局 1916 年初版

《圣多玛斯小传》[②]

《圣多玛斯小传》序

陈雅各[③]

尝思日月之为明，其为明也，历万世而常昭；山河之为永，为永

---

① 《盗花》，言情侦探小说，封面标“上海文明书局发行”，正文标“英人莎士比原著，江都贡少芹译意”，版权页标“编辑者：江都贡少芹，发行者：进步书局；发行所：文明书局、中华书局”，“中华民国五年六月初版”（1916 年）。

② 《圣多玛斯小传》，传记，序言表明为苏里和辑、陈雅各译，扉页标“天主降生一千九百廿二年，上海土山湾印书馆再版”。张晓编著《近代汉译西学书目提要：明末至 1919》（北京大学出版社，2012 年）标“上海，土山湾印书馆 1916 年一册”。

③ 陈雅各，资料不详。

也，经千年而不变。人之为圣为贤，历千百年而不朽，经亿万世而常明者，其为立德、立功、立言乎。夫圣人多玛斯者，多敏我会之光荣也，公教神哲学之砥柱也。骏业鸿勋，千秋彪炳，读此传者，可知崖略矣。至于圣人贞洁之奇异，修道之毅勇，读书之精进，虔敬圣体之挚爱，种种幽德潜光，一言难尽。后世明贤有云：圣人多玛斯者，摩顶放踵，莫非盛德之容。此非圣人立德、立功之至于极点乎？至于圣人之立言，请观圣人著述之宏富，辨论之优长，道理之纯正，诠解之清醒，皆另具只眼，特别精审，匡正历代社会之谬说，数百年来，公教及公议俱宗之。凡读其书者，想见其为人，矜式同人，纠正邪说，使吾人不致入于迷途者，非圣人百世训人之书乎？况今乃学说蜂起时代，更不可不谨守圣人遗训为标准，而赖圣人为主保也。圣人既具此三不朽，既大有功德于公教，大有裨益于世道人心，自当与日月而同昭，共山河而并永也。圣人殁后，欧洲著作家，译述圣人之传者，各国皆有，风行西海者久矣。惟圣人传之译华文者，未之一见。因按泰西济斯德会名士苏里和所辑圣人之事迹，及散见于别集者译以华文，俾未从事西文者，得窥一斑云。若夫博搜胪列，则俟后之君子，雅深谢不敏焉。

中华民国五年孟春之月，苏省修院陈雅各司铎谨识。

——录自土山湾印书馆1922年再版

《圣多玛斯小传》代跋感言（译者感言用补跋位）

（陈雅各）

噫！吾圣人去世已数百年于兹矣。然圣人之德表教泽，常留于人间，如日月之经天，江河之行地，常存而不灭也，宛若尚能亲炙其仪容，亲聆其謦欬。《经》曰：宗徒之声，大震埏垓，无人弗闻。奈何我二万万方里之中国，四万万人数之大群，尚有三万万余人民，困闭于黑幕之中，耳无闻圣人之训，目无见圣人之行，将圣人之德教，置于无用之地，为可惜耳。且于天地之主宰，人物之根宗，身灵之究竟，不识不知，常作蚩蚩饮食之民，或以无灵之两大三光，代为造化真主；或以风云雷雨，木偶亡人，拜之如真神；更有以蠢物虫介，奉之如主宰，敬之如神明，可怜亦可笑矣。然伊等之迷信，胶坚难化，虽林林教士，总总导师，觉迷则舌敝而唇焦，辟妄则墨干而笔秃，而民之蚩蚩，仍多迎邪背正，牢不可破，不可救药。呜呼哀哉！昔大圣保禄，《致第莫德书》（后书四章三四节）有言：后世人将厌闻正道，屏弃真理，爱听小说，任情好怪，而倩人谈自由谐闻。今其时乎？旷观今时学说蜂起，谬论狂谈，千奇百怪，万派齐鸣，一齐蜂拥而来。辟者固积极进行，竭力打击，而布者亦积极努力，一致竞争，各道其道，各是其是，是以胸无把握者，欲皈依正道，而不知所从矣。今欲淘汰邪说，遏阻横流，真如覆水难收，河清难俟者矣。盖异端之于正教，将必如附骨之疽而不得去也。虽用遍方法，竭尽人能，以铲除之，终不能净尽也。当此人力已穷之际，无能为力之时，惟有伸手向天，仰赖吾圣人在天之灵，恳其回念在世时，殷殷觉世之苦衷，毕生著述训人之劳悴。转祷于主，加佑我人，开其心而明其目，思返邪归正，而识万有之原始，身灵之究竟，则我中国之芸芸万姓，不致昧昧而生，贸贸以死。此则译者之所仰望拜恳于圣人台前，而诚挚请求者也。尚望读兹小传之在教诸君子，体上主好生之德，发恫瘝在抱之情，不忘二十二行省之外教男女同胞，尚在歧途踯躅，南北驱驰，不知何者为正道，何处为家乡。若遇机缘，量力劝导，令彼跳出迷津，奔赴道岸，脱水火而登衽席。以尽先觉觉后觉，先进引后进之责谊，而补助各教士之不逮。诸君肯抖擞精神，努力做去，必有正教昌明，一道同风之日。在世时，共成一栈之羊；脱世后，同享一堂之福，诸君子功德，庸有量乎？译者区区感言之愿望，尽于是矣。

——录自土山湾印书馆1922年再版

1917 年

《辽西梦》

《辽西梦》[①] 吴序

吴承烜[②]

悲夫！千古河山，战一枰而祸乱；五洲疆域，缩尺幅而鸦涂。天道恶盈，岂有舒而无惨；人生如梦，岂有喜而无忧。况乎劫换红羊，歌兴黄鸟；莫吾肯谷，奚我其苏。家室飘摇，干戈之后；田园寥落，锋镝之余。寡人之妻，孤人之子；哀莫哀于死别，恸莫恸于生离。吊影自怜，千里避矰之雁；惊魂不定，几家漏网之鱼。闻金戈铁马之声，乱离忒惨；下石帘铜驼之泪，变故频仍。十室九空，万民四散。不独一乡一邑，宁论匹妇匹夫。易地皆然，问天欲泣。览欧洲之战祸，译夷服之遗闻。则有紫塞健儿，破虏反成俘虏；红闺幼女，寻夫难返征夫。夜泣沙虫，荷兰不国；晨鸣风鹤，草木皆兵。亚雨欧风，赭野流三军之战血；枪雷弹电，绛霄烛万里之寒芒。海水生波，恨填精卫；城门失火，殃及池鱼。噫嘻！甚矣。惟是海棠未嫁，芍药可离；谢豹朝啼，崔骃年损。泣杨朱之歧路，骨肉仳离；哭阮籍之穷

---

① 《辽西梦》，小说，英国勃烈特原著，李定夷译述，包醒独校订。上海国华书局 1917 年 2 月初版。

② 吴承烜（1855—1940），又名子恒，字伍佑，号东园。安徽歙县人。近代戏曲家，擅词曲、工骈文。著有传奇作品《绿绮琴》《星剑侠》《花茵侠》《慧镜智珠录》等。

途，肝肠摧折。楚囚不返，齐耦难谐。日戴南冠，星乖东角。忍见联鸡之势，列辟连横；讳言逐鹿之雄，群英约纵。假途而虞不腊，包藏灭虢之祸心；得陇而蜀犹望，痛恨叛刘之戎首。蜃气销为兵气，鼍声变作军声。社里萧条，生灵涂炭。共工触柱，与谁炼石以补天；遁叟悬壶，得此计程而缩地。寻消问息，使青鸟而难逢；经乱伤离，盟白鸥而难续。吾想女士于此。红鸾已杳，怅磨蝎之命宫；黄鹤不归，慨离群之愁境。竹平安而谁报，萍漂泊而终浮。途路柴池，关山梗塞。鸡檄有交驰之处，牛衣无对泣之时。桑下寄生，犹冀茑萝之可托；草间偷活，敢期蘼芑之相逢。封侯叹猿臂而数奇，群空冀北；怨女敛蛾眉而色惨，梦断辽西。打起莺儿，莫啼枝上；守随燕子，长在楼中。盼切刀头，流离琐尾。系帛断南来之征雁，辞巢怜北向之啼鹃。往来鲸海之乡，浑忘险阻；出入蚕丛之地，不惮崎岖。义不容辞，赴汤蹈火；情尤可悯，撤珥卖珠。无定之河，可怜之境；上穷碧落，下逮黄泉。两处茫茫，寻皆不见；孤踪落落，恨更难言。遥知献馘之场，已堆白骨；不转望夫之石，将化红颜。封京观以何年，吊泉台而无处。青燐鬼哭，黑海陆沉。悲夫！悲夫！吾读昆陵翻译之书，窃叹岛国战征之烈。蛮争触斗，金革四年；鸟畏猿疑，简书一字。疮痍满目，痛毒酸心；苍赤鸿嗷，玄黄龙战。可哀万众，岂独二人；第念战场，佥云浩劫。因此不妨识彼，溯流可以穷源。吾悯女郎，吾悲战士。国亡家破，夫散妻逃。致疑造化之不仁，闾阎板荡；又慨民生之最苦，道路荆榛。虽东亚之和平，恐难久恃；况北方之逼处，颇有隐忧。不禁有感于斯文，用特罄情为之序。

丁巳岁首，古歙吴承烜东园序于淮东。

——录自上海国华书局 1917 年初版

《辽西梦》徐序

徐眗吁①

卷葹阁主人曰：声何哀怨，杜鹃化望帝之魂；变起苍黄，猿鹤尽虫沙之侣。望刀头于明月，隔天上之玉绳。悲莫悲乎长相思，痛莫痛于生离别。鸳鸯梦好，鼙鼓摧残；蝴蝶情浓，烽烟打散。天下之伤心，更有甚于此乎！则有美人如玉，侠气穿虹；吉士善怀，柔情若水。方证钿盒之盟，忽动江烽之警。河山半壁，泣玄庙之残砖；金粉六朝，为英雄所疾首。是以洗除玫癖，与列戎行。观兵于叠雪之楼，耀武于樟亭之驿。儒冠脱去，便换鍪头；弱腕伸来，居然虎臂。弹飞镝于流星，期裹尸于马革。当其薪残蜡烛，话别河梁。柳叶青骢，道长人远；剑鞘赤橐，目断魂飞。然犹临别赠言，指旄旗而祈战死；杀敌致果，斩楼兰不祝生还。虽去国之可怜，其效忠而弗贰。呜呼！壮哉！可以风矣！吾独念中国之不武也。车辚马萧，声飞壮士之魂；秦月汉关，泪涸闺人之眼。闲指芳草，言念王孙。悲骨肉之远离，恨疆场之多故。貔貅帐下，泪泣红绡；杨柳军中，心灰铁甲。身戍玉门关外，心驰脂粉钿中。夫海上之师一哭，河边之骨千堆。胜负固难逆数，生死同出一揆。胡彼壮而我衰，此西强而东弱也？嗟乎！喁喁儿女，未免有情；邈邈关河，谁能遣此。然而辽西妾梦，毒更烈于龙漦；塞上征尘，功复系于国运。借他艳事，攻玉他山。为播蓝皮之书，鼓我干城之气。

丁巳春日，崇明徐眗吁公氏序于京师寓次。

——录自上海国华书局1917年初版

① 徐眗吁（徐吁公），上海崇明人，鸳鸯蝴蝶派小说家，《民权报》撰稿人，著有小说《双城女子》。

《辽西梦》题词

水调歌头

李定夷先生《辽西梦》说部题辞

吴绛珠女士①

身世乱离感，浩劫堕红羊。亚风欧雨交作，万里拓沙场。说甚群雄逐鹿，说甚三年跃马，龙战血玄黄。奇事译奇女，一片热中肠。

狼燧近，鸡檄远，散鸳鸯。累囚今在何处？许赎有钱囊。通信使稀青鸟，殉葬歌哀黄鸟，国破几家亡？化作望夫石，无语对斜阳。

鹧鸪天　二阕

题李定夷先生《辽西梦》小说

孙阆仙夫人②

一自欧西战衅开，河山破碎劫余灰。生灵亿兆皆荼炭，听笛军中字字哀。金蛇电，玉虎雷，血流成海骨成堆。子孤妻寡知多少？莫对兵家说五材。

待女兰心一点红，望夫石化最高峰。青闺浇恨三更雨，黑海吹愁万里风。飘零梗，散漫蓬，战场到处泣沙虫。可怜无定河间水，雁杳鱼沉路不通。

——录自上海国华书局 1917 年初版

① 吴绛珠女士，资料不详。

② 孙阆仙夫人（1883—1947），法名朗潜。晚号铠隐庐主人。扬州人。徐宝山妾。善操琴，喜画梅。

《雄风孤岛》

《雄风孤岛》①［序］

（姜汉声　徐亚星②）

拿破仑当一八一五年以前，固为横行全欧之混世魔皇。男儿身手，玩地球藐若弹丸。戎马兵车，摧邻国势如破竹。然天心厌祸，人事无常。曾几何时，厥功尽弃。滑铁卢联军助战，四面楚歌；圣海伦孤岛羁身，六年殒命。时隔百年，风云又起。方今世界大国，若德意志、若法兰西、若英吉利、若俄罗斯，无不陷入欧战旋涡。而威廉第二、而柏杏格雷、而乔治、而尼古拉斯、皆为不世出之雄主。问其中孰有如百年前拿破仑之野心，及百年前拿破仑之结果者欤？既非吾人所敢知，亦非吾人所乐道。不佞有感于是，乃取法国 Paul Frémeaux 所辑之 *Souvenirs d'une petite amie de Napoléon* 一书，迻译成篇，公之于世。非敢为今日欧战之考镜也，聊以志个人之感怀而已。书中分三部。上部，为拿破仑既战败于滑铁卢，英政府决议放逐于圣海伦岛之事实。中部，为勃西之笔记，为本书全部之中坚，其间描写拿破仑在野玫瑰居种种情况，实为拿翁一生之趣史。遗闻轶事，世所罕见。下部，由各种纪录中，搜集拿破仑被放圣海伦岛后后三年之病状，及身死之情形。英雄末路，读之几令人堕泪。本书于十八世纪至十九世纪间之历史上、政治上、地理上，均有莫大关系，似未可仅作小说读也。虽现今所出译本，关于拿破仑者略有数种，为爱读小说者所欢迎，然以本书例之，似较确凿有味。如中部之勃西笔记，所述拿破

---

① 《雄风孤岛》，小说，法国 Paul Frémeaux（1859—？）著，武进姜汉声、武进徐亚星译述，中华书局 1917 年 2 月初版。

② 姜汉声、徐亚星，资料不详。

仑苦中作乐之状态，形形色色，既失其英雄之本色，亦足补史乘之缺漏。辑者 Paul Frémeaux 所以名此书为 *Souvenirs d'une petite amie de Napoléon* 者，良有意也。下部所记后三年医士报告之病状，及拿破仑要求诸条件，亦较他书为详确，大足为考究历史者，添几许闻所未闻之资料焉。

西历纪元一九一五年三月，译者识。

——中华书局 1917 年初版

《一粒钻》①

《一粒钻》提要

（贡少芹② 石知耻③）

是书记一军官受契友之托，携一极贵重之钻石，归遗其野合之妇之子，致动盗匪觊觎，既杀其契友，又跟踪而行，交欢于军官，行使百种计划，卒未得手。嗣盗匪又嗾其妇化装易名，与受钻者之子伪言结婚，乘间攫钻而遁。旋经名探勘破真相，设计破获，由后案而牵涉前案。全书命意布局，扑朔迷离，令人不可猜测。至文笔优美，尤其余事。

——录自文明书局 1917 年初版

① 《一粒钻》(*The Danvers Jewels*)，侦探小说，英国 Mary Cholmondeley，(通译乔蒙德利·玛丽，1859—1925) 著，贡少芹、石知耻译述。上海文明书局 1917 年 2 月初版。

② 贡少芹 (1879—1939) 原名贡璧，字少芹，号天忏生，亦署天忏。江苏扬州人。南社成员。清末曾主编汉口《中西日报》。1922 年任《小说新报》主编，又办《风人报》。著有传奇《苏台柳》《亡国恨》等。

③ 石知耻，资料不详。

《泰西名小说家略传》

《泰西名小说家略传》[①]序

魏易

自来移风易俗之功，首推教育。其补救教育所不逮，而其影响又能及于妇人孺子，贩夫走卒者，厥惟小说。吾国素号东方文物之邦，圣经贤传百氏之书，以及盲传腐史，汉魏六朝唐宋之文，即明清作者，亦不让与前代，洵属冠冕全球，称为极盛。然独于小说，则为学者所不齿，故其道不昌。其最脍炙人口者，《石头记》《水浒传》《三国演义》《七侠五义》《岳传》《西游记》《封神传》外，余皆等诸自桧以下。故吾国中流社会以下诸人，其对于己国历史中之人物地理，除见于《三国演义》诸书外，他皆无稔。一言以蔽之，中国最普及之国民教育，十余种小说而已。而此深入人心之十余种小说，或诲盗，或诲淫，不则荒唐无稽，流毒所致，不仅使吾国中下社会，惑于迷信，流于邪僻。庚子义和拳之役，几覆吾国小说之影响。如此其巨，我国达人，竟于此未尝注意焉，岂不大可异哉？欧洲中古时代之小说，亦多淫靡诡异之作。十七世纪以降，士大夫渐有提倡小说改良者。至于今日，则从前诸小说，已绝迹于坊肆。而哲士淑女，抱济世利民之志者，反藉小说以洪敷其教。盖小说者，便于通俗非必学者而后能读。故欧美今日之小说，分门别类，有社会、宗教、哲理、言情、冒险、历史、博物等种种，盖非此不足以概其凡。其中于世道人心有裨益者，尤屈指不足以尽。美国言教育者，且欲仿小说体裁，而编辑教科

① 《泰西名小说家略传》，魏易译，通俗教育研究会1917年3月出版。收霍桑、狄更斯、雨果、勃朗特三姐妹等欧西作家传略四十余篇。

书，以引起学者之兴趣。故若种书者，骤视之小说也。髫年学子，方喜其类于小说而读之不厌，实则良师之教导，无以逾其功也。今日中国小说非不多，然著者每迎合社会心理，以求广售。辞旨插画，多偏于诲淫，其流毒社会，岂有穷哉？今者教育部设通俗教育研究会，内分小说戏剧演讲三股。盖有鉴于吾国于兹三者之窳陋恶俗，思有以提倡而改良之。易备员小说股，为编译《泰西小说名家略传》，传中于各家所著小说，均附以原名。吾国人士，今兹不少通欧语者，检名购书，殆非甚难。试取读之，则知欧美人之所认为名小说者究何似。吾国人果能师其意，以发挥固有，则世界文坛，庶能容吾占一席地乎？否则吾国小说界之前途，吾不知其所终极矣。

中华民国五年四月，魏易识。

——录自通俗教育研究会印行 1917 年 3 月版

泰西小说沿革简说

（魏易）

泰西文化，始于欧陆之希拉罗马上古之时，固无所谓如今之小说也。其称颂英雄侠士义夫节妇者，类皆编为短歌人人传唱，无复专书。即在希腊罗马全盛时代，人趋实学文风雅炽，亦仅限于诗词哲理，亦无小说专家。后世所传之希拉罗马美辞小说 Classical Greek and Roman romances 皆两民族国性既堕以后之物。辞藻虽优，无复当年英概矣。降至中古，始有具体小说之书。其初惟传任侠 Chivalric Romance，其最见重于当世者，厥为《圆案英雄说苑》*Round Table Tales*。此书影响所及，至举中古四百年中皆弃书而尚武。盖所谓圣约翰侠士会 St. John，及滕柏拉侠士会 Templar 者，皆《圆案英雄说苑》之产生物也。尚侠小说之后，继起者则有冒险言情诸小说。然在十七世纪以前，凡属小说，无论其为尚侠冒险或言情，皆好为矫饰之词。例如描写英雄或美人，其所描写，皆世所必无之人。令读者生前有古人后无来者之想。十七世纪以还，人渐以道实为贵，此后则为新小说时代矣。故自古迄今，除荷马时代短歌不计外（Ballads of the Homeric Period），其以散文演说故事，得名之为小说者，可分为三大时期。

一　希拉罗马小说（此为散文小说之最古者）

二　中古尚侠小说

三　近代小说

以上为欧洲小说沿革之大略，然时期虽分为三，而影响于社会最深者，则为近代小说。盖希拉罗马以及中古时代诸小说，今但为研究文学之用，不为一般人所喜悦，兹就英国近代小说范围之内，述其梗概如下。

近代小说分纪事与写生两派。自司各德以散文演为历史小说以后（司氏生一七七一年，卒一八三十二年，为纪事派之鼻祖），效颦者纷起，其影响且及于外国。法国小说大家大仲马，即私淑司氏之最著者也。司氏所著小说，凡二十余种，读之足以激起国人怀古爱国之心。其已译成吾国语文者，已有数种，但观译本，足见其词气超逸。英人视为小说界之泰斗，信有以也。

与司各德同时而于小说界另辟一途径者，则为茄茵奥士丁 Jane Austen（生一七七五年，卒一八一七年）。氏不以文学见长，而能以家常琐事，轻描淡写，自成一派。此派为从前小说界所无。自氏创始以后，附和者众，至今小说界犹宗祀之。其书之最著名者为 *Sense and Sensibility*, *Pride and Prejudice* 等两种。氏之小说，能感人于不觉。其移风易俗之功，洵非细也。

英人所谓微多利亚时代二大小说家者，即迭更司与萨格里是也。迭更司 Charles Dickens（生一八一二年，卒一八七〇年），为写生派大家。氏之所长，能以诙谐之笔描写英国中下社会之状态，其对于习俗之不良者，虽不必加之针砭，而一经其尽致形容，凡书中影射之人，鲜有不赧然自愧者。其全书凡二十余种，有数种已译为国语矣。

萨格里 William Makepeace Thackeray（生一八一一年，卒一八六三年），亦为写生派小说大家。惟氏所注重者，在描写英国贵族生活，与迭更司同为不朽者也。

却而司李德者 Charles Reade（生一八一四年，卒一八八四年），小说家之专刺时弊者也。其所著书凡二十余种，皆有其命意之所在，尝闻之业师云，英国政俗，直接因李氏之抨击而改良者，比比是也。故以小说为利器而与恶政俗战者，英国当首推李氏。

其不以小说见称，而于社会改良有极大关系者，厥惟莎士比与爱迭森二人。莎士比以戏剧为社会所崇拜，而爱迭森则以报纸冷评督责社会。后人以其冷评汇订成书，至今犹有单行本行于世也。

英国近代小说大家实不止此数人，如立登 Lytton，李佛 Lever，金司列 Kingsleg，乔治伊立沃德 George Eliot，比根司裴德勋爵 Lord Beaconsfield，安东尼特鲁伯 Anthony Trollope 等人皆卓卓有声者。蒙拟于世界名小说家略传中叙其生世著述，以为吾国借鉴。其实凡属不朽之小说，皆能有功于社会。盖其引人入胜之处，虽贤师良传莫能及也。

——录自通俗教育研究会印行 1917 年 3 月版

《欧美名家短篇小说丛刻》

《欧美名家短篇小说丛刻》① 天笑生序

天笑生（包天笑）

瘦鹃挟其三巨册顾吾馆，我方手铅椠，目翰札，电话丁然作响，

① 《欧美名家短篇小说丛刻》（上、中、下卷合订本），小说集，吴县周瘦鹃译述，中华书局 1917 年 3 月初版。

招我语。侍者以名刺进，谓必求一见。手民墨其面，力索稿，正五官并司其职时，鹃复诏我曰："此《欧美名家短篇小说》也，今才脱稿，先生为我一序之。"余方翻其稿，平子来，与我语。倚虹来，与我语。一转瞬间，鹃已将稿去；实则不将稿去，我亦无余晷读之也。余曰："我事冗，君其见之矣。"辞之再三，不获。又加督策，限以期日。至期，又爽，乃复展期。今日为十二月二十日之十二点钟，乃喟叹曰："是可以偿鹃之逋矣。"为之序曰：凡人毕一业，辄自喜。工者成一器，商者营一肆，与夫文人撰一书，其道同也。前者我每毕译一书，恒以斗酒自劳，亦瘦岛祭诗意也。然而世界无尽，我文字之障亦无尽，能自劳亦足乐矣。惟鹃之境，不同于我。鹃为少年，鹃又为待阙鸳鸯。而鹃所辛苦一年之集成，而鹃所好合百年之侣至，而红窗灯影，绿幕炉香，隐隐有两人骈肩而坐，出其锦缃瑶函之装潢，操其美术艳情之口吻，曰："吾爱，此余之新著作也。"口讲而指画之，此得意为何如乎。故此集之成，实为鹃欢喜之上，更叠以欢喜者。即鹃之读我序，当亦忍俊不禁也。至于兹集之内容，我实未见，不妄赘。然而我之读鹃小说也多矣，他人读鹃小说也多矣。鹃之文字，自有价值，我何赘焉。天笑生序。

——录自中华书局1917年初版

《欧美名家短篇小说丛刻》天虚我生序

天虚我生（陈栩）

文人不幸而为小说家，尤不幸而为翻译之小说家。盖小说家者，大都穷年兀兀，富于才而啬于遇。其生平所历之境，尤必坎坷困塞，不遂其志。于是发其牢骚，吐其郁勃，为愤世嫉俗之言，与天地造物抗。愈抗而愈穷，愈穷而愈工。此固凡为小说家者必经之轨道也。所以快读者之心者在此，而招世人之忌者亦在此，其不幸为何如。然而文字有灵，不胫而走，一篇传诵，妇稚皆知。君子疾没世而名不称者，小说家可无憾焉，是又小说家之幸也。虽然，小说家之传与不传，亦有幸与不幸。欧美小说家之小说，得传于中国，是固欧美小说家之幸。中国之小说家，乃借欧美小说家而传，则又中国小说家之不幸也。何言之？欧美文字，绝不同于中国，即其言语举动，亦都扞格不入。若使直译其文，以供社会，势必如释家经咒一般，读者几莫名其妙。等而上之，则或如耶稣基督之福音，其妙乃不可言。小说如此，果能合于社会心理否耶？要不待言矣。故翻译小说，非小说家莫能。夫以小说家而翻译小说，犹戏曲家之搬演旧剧也。同一戏曲剧情，而或则音调浏亮，神情活现；或则呆板直腔，状如木偶。其工与拙，正不可以道里计也。而能手尤能于插科道白之间，参以己意；排场布景之间，尽其能事。是故同是一剧，名角演之而可观，庸手演之而可厌，固不在剧本之优与劣也。某剧之受社会欢迎，实赖某名伶之善演耳。使名伶而不演此剧，则此一剧亦必不传于世。犹之欧美小说，使无中国小说家为之翻译，则其小说，亦必不传于中国。使译之者而为庸手，则其小说虽传，亦必不受社会之欢迎。是故同一原本，而译笔不同；同一事实，而趣味不同。是盖全在译者之能参以己意，尽其能事，与名伶之演旧剧，同一苦心孤诣，而非知音识曲者不能知也。世之读小说者，但知欧美名家小说，有足观者；而不知欧美小说，微中国小说家为之翻译，又恶乎能名？人但知翻译之小说，为欧美名家所著，而不知其全书之中，除事实外，尽为中国小说家之文字也。岂非吾侪小说家之大不幸耶？周子瘦鹃，固善著小说者。乃费一年之功，译此四十余家说部，推而崇之曰《欧美名家短篇小说丛刻》。吾知读此书者，必曰某小说家之小说，诚不愧为欧美之名家也。而不知其文字，实为瘦鹃之文字，宁非瘦鹃之不幸哉？悲夫！丙辰长至节前三日天虚我生序于海上。

——录自中华书局 1917 年初版

《欧美名家短篇小说丛刻》钝根序

王钝根①

予尝谓中国于忧伤失望之余，得一至可喜之事，足以傲睨全球，夸示万国。盖凡识字者已尽成为小说家也。顾予以为喜，而小说家转以为悲。彼何悲？悲其小说稿之懦怯，不能攘臂挥拳，跃登印字机，强人传播，为穷酸一吐气耳。夫文章憎命，自古所悲。有志竟成，亦殊可信。予友瘦鹃，髫龄即嗜小说。室有橱，橱中皆小说；有案，案头皆小说；有床，床上皆小说。且以堆垛过高，床上之小说尝于夜半崩坠，伤瘦鹃足，瘦鹃于是著名为小说迷。方其十七岁时，曾编新剧《爱之花》，演之梨园，一时推为绝作。瘦鹃乃以所著小说，稍稍披露于《时报》。既而《申报》《新闻报》《小说时报》《妇女时报》《游戏杂志》《女子世界》《礼拜六》等等，无不以求得瘦鹃之小说为荣。瘦鹃于是著名为小说家。瘦鹃之小说，以译者为多。渠于欧美著名小说，无所不读，且能闭目背诵诸小说家之行述，历历如数家珍。寝馈既久，选择綦精，盖非率尔操觚者所能梦见也。今年秋，译成《欧美名家短篇小说丛刻》三巨册，携示于予。予受而读之。计英吉利名家小说十八篇，法兰西十篇，其余美利坚、俄罗斯、德意志、意大利、匈牙利等二十余篇。原文洵美，译笔尤佳。是书风行，瘦鹃之名将益著。惟念瘦鹃以弱冠享盛名，恐予前文所谓小说家者，或从而歆羡妒

① 王钝根（1888—1951），原名王晦，更名王永甲，字耕培、芷净，号钝根，别署根盘，以号为笔名，江苏青浦（今属上海）人。南社成员。曾任《申报·自由谈》《游戏杂志》及《礼拜六》等刊编辑。

恨，疑为过情。予故述其艰苦笃学之况，为郁郁者劝，俾知盛名非可幸致也。钝根王晦序。

——录自中华书局 1917 年初版

《死后之相见》[①] 但尼尔谈福小传

（周瘦鹃[②]）

但尼尔谈福 Daniel Defoe 为世界名著《鲁滨逊飘流记》*Robinson Crusoe* 作者。以一六五九年（或一六六〇年）生于伦敦克立泊尔甘 Cripplegate 之圣乾尔司 St. Giles 教堂中。父为屠人，本姓 De Foe。一七〇三年时，氏自改为 Defoe。初就学于一中学校中，造诣甚深。一六八五年，去而习商，为马商代理人。一六八八年又入威廉王 King William 军中，为军人。尝游法兰西、西班牙两国。一六九二年，以逋负破产。后少少复，始得偿其债主。寻为一玻璃商人司会计，又入一砖瓦厂中，为秘书。洎一六九八年后，其诗文始渐次出现。一七〇三年，草一痛快淋漓之论说，攻击异教，触女王安痕 Queen Anne 怒，罚锾二百马克，上头手枷者前后凡三次（按头手枷为英国十七世纪时之刑具）。后被幽于纽甘脱 Newgate 狱中，长日无所事，惟从事于著述。一七〇四年八月，出狱。编辑新闻纸一种，曰《评论》*Review*。初每来复一出，后二来复三来复一出。自是年二月起，

---

① 《死后之相见》，为《欧美名家短篇小说丛刻》上卷，英吉利之部第一篇，原名 *The Apparition of Mrs.Veal*，英国但尼尔谈福（Daniel Defoe，今译笛福，1660—1731）著。

② 周瘦鹃（1895—1968），原名国贤，字祖福，号瘦鹃，笔名有泣红、怀兰室主、紫罗庵主人等。江苏苏州人。1914 年与友人王钝根创办《礼拜六》周刊，1916 年入中华书局任翻译编辑，同时加入南社。与严独鹤、程小青合译《福尔摩斯探案全集》。

至一七一三年六月，始停刊。实为爱迭生文报之先导。此九年间，著术綦富，为数凡八十种。一七〇六年以实事著短篇小说一，曰《费尔夫人之鬼》*The Apparition of Mrs. Veal*。一七一五年第一卷之《家庭教师》*Family Instructor* [*The Family Instructor*] 出。一七一九年四月二十五日，则其不朽之作《鲁滨逊飘流记》之第一卷，遂灿然出现于伦敦市上（按此书实以航海家亚历山大山尔荀克 Alexander Selkirk 事衍成）。书出未久，但尼尔谈福之名已鹊起。是年出第二卷，人复争称之。氏意得甚，文兴益高。一七二〇年，又有《续鲁滨逊飘流记》之作。然较之前书，瞠乎后矣。继是书而出者，尚有《滕根喀姆培尔之传记及冒险史》*Life And Adventures of Duncan Cambell* [*The History of the Life and Adventures of Duncan Campbell*]、《侠士忆语》*Memoirs of a Cavalier* 及《船主新格尔顿》*Captain Singleton* 三书，均为艺林所推崇。一七二二年，刊行《马尔弗莱特司》*Moll Flanders*、《疫史》*A History of The Plague* [*A Journal of the Plague Year*] 及《参将杰克之历史》*History of Colonel Jack* [*Colonel Jack*] 诸书，文名益噪。其晚年所作凡十余种，似少逊，文兴亦少替。因构一别业于斯都克纽温顿 Stoke-Newington，与其三女共晨夕。长日萧闲，惟藉园艺自娱。顾以一子不肖，时辄郁伊于怀。一七三一年四月二十六日，遂卒于泽田 Moorfields 之制绳人巷 Ropemaker's Alley，葬朋希尔田 Bunhill Fields。同时诸文家，佥宗仰其人，为之传焉。

——录自中华书局 1917 年初版

《贪》[①]奥利佛古尔斯密小传

（周瘦鹃）

奥利佛古尔斯密 Oliver Goldsmith 以一七二八年十一月十日生于朗福特 Longford 之派拉司 Pallas，为教堂中一副牧师之子。初迭入本地诸学校肄业，后始至都柏林 Dublin（哀尔兰首都），就学于屈臬的书院 Trinity College。读三载，以闹学出亡。幸得其长兄为之弥缝归，仍留院读。一七四九年，遂毕业，得学士学位。时父已逝，叔欲使氏继父业，顾为爱尔芬大僧正所擯。寻襆被作美行，为自立计，但及考克 Cork，（哀尔兰城名，城在 Lee 河之上）而归。后又备资五十金镑，拟赴伦敦习法律，卒掷其金于都柏林赌博场中，不果行。一七五二年，始至爱汀堡 Edinburgh 习医。居二年许，而交际家之名，乃藉藉于时，医名反为所掩。旋之兰屯 Leyden，又尽丧其所有于博中。旅费无所出，徒步去兰屯。流转法兰西、德意志、意大利诸国，得医学士之学位于罗凡。以一七五六年返英，尽其橐中所有，惟半辨士之银币数枚而已。厥后从事于医学界者三载，始治文学。一七五九年著《蜂》*The Bee* 一书，投稿于二杂志中。文学家施木莱氏 Smollett 及书贾纽勃来氏 Newbery 见而善之，争索其稿。氏因以《中国书札》*Chinese Letters* 全稿授纽氏，而施氏所辑之《不列颠杂志》中，亦时见其精心结撰之文章。当代大文学家约翰生氏 Johnson 心仪其文，特登门造访。一七六四年文学俱乐部成立，氏为发起者九子之一。是年草《旅人》*The Traveller* 一诗，传诵骚坛。并世诗家，均为之激节叹赏。一七六六年著说部《威克斐尔之牧师》*The Vicar of Wakefield*，书

① 《贪》，为《欧美名家短篇小说丛刻》上卷，英吉利之部第二篇，原名 *Whang, The Miller*，英国奥利佛古尔斯密（Oliver Goldsmith，今译哥尔德斯密斯，1728—1774）著。

出，氏遂又以大小说家闻于时。二年，编一喜剧曰《善性之人》*The Good Natur'd Man*，大博时人欢迎。一七七〇年，又有《荒村》*The Deserted Village* 一诗出，诗名乃益噪。三年后，成脚本《彼以柔克人》*She Stoops To Conquer* 一种，于剧界上占最高之位置。一七七四年四月四日，以病热卒，葬推姆伯尔礼拜堂 Temple Church。文学俱乐部同人为立一纪念碑于惠斯明斯德大寺中 Westminster Abbey。身后遗债二千镑．并诗文稿两种，一尚未完，均付梓。氏生平虽不拘小节，而遇人必出以至诚，且恺恻仁慈，有仁者风云。

——录自中华书局 1917 年初版

《鬼新娘》[①] 乾姆司霍格小传

（周瘦鹃）

乾姆司霍格 James Hogg 以一七七〇年生于赛尔荀克歇埃 Selkirkshire 之意屈克 Ettrick，英国文学界所艳称之“意屈克牧人”者，即此君也。父故牧人。少时读书不多，常助乃父从事于羊栏中。顾天才卓越，非常儿比。年二十，试为歌曲。二十六而成诗人。一八〇二年，大小说家施各德氏 Sir Walter Scott 方作吏于赛尔荀克歇埃，得缔交焉，而学亦大进。每有所作，辄就正于施各德。尝事农业，不利，去而之哀丁堡 Edinburgh，刻意为文，以《王后之不眠》*The Queen's Wake* 一诗，颇为邦人士所激赏。一八二〇年与农家女玛格兰德菲立泊 Margaret Phillips 结婚，年少于已可二十岁，而伉俪之情弥笃。结婚后，氏益肆力于文事。诗歌以外，复为说部。如《蒲

① 《鬼新娘》，为《欧美名家短篇小说丛刻》上卷，英吉利之部第三篇，原名 *The Mysterious Bride*，英国乾姆司霍格（James Hogg，今译霍格，1770—1835）著。

司培克之棕灵》*The Brownie of Bodsbeck*、《冬夜故事》*Winter Evening Tales*、《男子之三危》*The Three Perils of Man* 等，均为说部中不可多得之佳构。一八三一年，至伦敦，刊其全集。以一八三五年十一月二十一日卒于阿尔屈夫 Altrive，其女加屯夫人 Mrs. Garden，尝有《意屈克牧人忆语》*Memorials of the Ettrick Shepherd*［*Memorials of James Hogg*，*the Ettrick Shepherd*］之作，叙述其生平颇详。

——录自中华书局 1917 年初版

《古室鬼影》[①] 施各德小传

（周瘦鹃）

华尔透施各德 Sir Walter Scott 以一七七一年八月十五日生于哀汀堡 Edinburgh。生十八月，病一足，故终生躄，不良于行。九岁，入哀汀堡高等学校，读拉丁文。又习诗于勃拉克洛克博士 Dr. Blaklock，与大诗人彭斯氏 Robert Burns 遇，迄今尚为文学界美谈。后入哀汀堡大学，专攻法律。一七九二年，为法律评议会会员。一七九九年即作吏于赛尔苟克歇埃 Selkirkshire，时已与一法国侨民之女曰莎绿德玛格丽德莎本梯爱女士 Miss Charlotte Margaret Charpentier 者，结婚两年矣。自一八〇五年后，刻意为诗。如《末一歌者之歌》*The Lay of the Last Minstrel*，《麦美杏》*Marmion*，《湖上美人》*The Lady of the Lake* 诸作，均享盛名。又为说部，中辍可数载，至一八一四年始成，书曰《惠佛来或六十年后》*Waverley*：*or Tis Sixty Years Since*，隐其名出版，是为其诸大杰作所谓《惠佛来说部》*Waverley Novels* 之第一种。前后

① 《古室鬼影》，为《欧美名家短篇小说丛刻》上卷，英吉利之部第四篇，原名 *The Tapestried Chamber*，英国华尔透施各德（Sir Walter Scott，今译司各特，1771—1832）著。

十八年中共成书二十有八。诸书一出，遂一跃而为大不列颠第一流之小说家。如《惠佛来》*Waverley*、《加爱曼纳林》*Guy Mannering*、《劳勃劳爱》*Rob Roy*、《挨文诃》*Ivanhoe*、《修道院》*The Monastery*、《堪尼尔华司》*Kenilworth*、《咒符》*The Talisman* 诸书，均为世界公认之杰构。尝与白朗丁氏 Ballantynes 及康司推勃尔氏 Constable 共营书业，折阅至于十二万镑之巨，益以个人私债，亦三万镑，卒以诸书版权所得，一一偿之。氏有别业在阿卜咨福 Abbotsford，为当时世界文人逸士荟萃之所，英之人几于无一弗知阿卜咨福者。一八三二年九月二十一日，卒于别业中，春秋六十有一。舍诗集、说部外，尚有《拿破仑本纪》*Life of Napoleon* [*The Life of Napoleon Buonaparte*]、《苏格兰史》*History of England* [*The History of Scotland*] 诸书，亦名。

——录自中华书局1917年初版

《故乡》[①] 却尔司兰姆小传

（周瘦鹃）

却尔司兰姆氏 Charles Lamb 以一七七五年二月十日生于伦敦。父约翰兰姆 John Lamb，为法学院长之书记生。氏于一七八二年间，入基督医院 Christ's Hospital（按此为学校之名，又称蓝衣学校 Blue-coat School）。越七年，始毕所业。大诗家萨茂尔推勒柯勒立奇 Samuel Taylor Coleridge 为其同学，且亦为毕生之知己焉。一七八九年，佣于南海公所 South Sea House 中，为书记。一七九二年，去而入印度公所 Indian House。一七九六年，其妹玛丽兰姆 Mary Lamb，以狂易弑

① 《故乡》，为《欧美名家短篇小说丛刻》上卷，英吉利之部第五篇，原名 *The Native Village*，英国却尔司兰姆（Charles Lamb，今译兰姆，1775—1834）著。

母。后此氏息息监视之，以终其身。两年后，刊其无韵诗，成一小册子。厥后又刊一说部曰《露萨门格莱及盲女老玛格莱脱之故事》*Tale of Rosamund Gray and Old Blind Margaret*。一八〇二年，编一脚本曰《约翰贺维尔》*John Woodvil*。一八〇五年，其新编之喜剧《密司脱爱去》*Mr. H*，演于剧场中。观者初不欢迎，遂大失望。一八〇七年，著《莎士比亚戏曲本事》*Tales From Shakespeare*。自著悲剧，属其妹玛丽著喜剧。书出，名乃大著。翌年又著一书，评论莎士比亚，及与莎氏同时之诸戏曲家，遂又以评论家闻于时。一八二十年，投一文稿于伦敦杂志，曰《南海公所忆语》*Recollections of The South Sea House* 署名为"意利亚"(*Elia*)。一八二三年，刊其文（按为笔记体）二十五首，即题曰《意利亚之文》*Essays of Elia*。一八二二年，偕其妹去国作海外之游。越三载，辞印度公所中职，每年仍得恩俸四百四十一镑。一八三三年，刊其最后之著作曰《意利亚最后之文》*Last Essays of Elia* [*The Last Essays of Elia*]。明年十二月二十七日，卒于哀特莽顿 Edmonton。

——录自中华书局 1917 年初版

《义狗拉勃传》[①] 约翰白朗小传

（周瘦鹃）

约翰白朗 John Brown 以一八一〇年九月二十二日生于拉那克歇埃 Lanarkshire 之弼加 Biggar。父为教会中牧师，于一八二二年移家哀汀堡 Edinburgh。氏遂入高等学校肄业，寻入大学。以一八三三年毕业，

① 《义狗拉勃传》，为《欧美名家短篇小说丛刻》上卷，英吉利之部第六篇，原名 *Rab and his Friends*，英国约翰白朗（John Brown，1810—1882，今译布朗）著。

得医学博士学位。侨寓却瑟姆 Chatham 者一年，即终老于哀汀堡。平日半治文学，半则行医，刻苦不少怠。以一八八二年五月十一日卒。生平知友，有文学家萨格兰 Thackeray、勒斯京 Ruskin 二氏，及诗家施温朋氏 Swinburne。为文绝富趣味，而寓意间多哀感。性好犬，所著多道犬事，有《吾侪之犬》*Our Dogs* 及《拉勃及其友》*Rab and his Friends* 诸篇。后一篇尤负盛名，文学界上至称为一时杰作。尚有《玛娇丽弗丽明》*Marjorie Fleming* 一篇，言大文豪华尔透施各德氏 Walter Scott 一小女友事，情文并茂，说者谓足以媲美却尔司兰姆氏 Charles Lamb 文章云。

——录自中华书局 1917 年初版

《情场侠骨》[①] 贾斯甘尔夫人小传

（周瘦鹃）

贾斯甘尔夫人 Mrs Gaskell 以一千八百十年九月二十九日生于乞尔西亚 Chelsea 之乞恩路 Cheyne Row，闺名哀丽沙白克莱亨史蒂文逊 Elizabeth Cleghorn Stevenson。乃父不名一业，尝为教师，为牧师，为农夫，为逆旅主人，为著作家，为财政部簿籍管理人。夫人夙居纳咨福 Knutsford，依姑母以长。性既温媚，貌复艳绝，善为小说家言。一千八百三十二年适孟乞斯德 Manchester 牧师维廉贾斯甘尔氏 William Gaskell（一八〇五——一八八四），遂亦同居于孟乞斯德。一八四八年刊行其说部《玛丽白顿》*Mary Barton*，不署名。继刊《泽地草庐》*The Moorland Cottage*、《克兰福》*Cranford*、《悔恨》*Ruth*、

① 《情场侠骨》，为《欧美名家短篇小说丛刻》上卷，英吉利之部第七篇，原名 *The Sexton's Hero*，英国贾斯甘尔夫人（Mrs-Gaskell，即 Elizabeth Cleghorn Gaskell，通译盖斯凯尔夫人，1810—1865）著。

《北与南》*North And South*、《沙发之四周》*Round The Sofa*、《雪尔维亚之情人》*Sylvia's Lovers*、《表妹菲丽丝》*Cousin Phillis*、《妻女》*Wives And Daughters* 诸书，俱足以传世。一千八百六十五年十一月十二日暴卒于哈姆歇埃 Hampsbire 阿尔顿 Alton 之花丽朋 Holyborne，葬纳咨福。夫人舍为小说外尚著《却洛德勃朗堆小传》*The Life of Charlotte Bronte*（按却洛德勃朗堆亦英国女小说家，生一八一六年，卒一八五五年），为英国传记中之杰构。

——录自中华书局 1917 年初版

《情奴》[①] 山格莱小传

（周瘦鹃）

威廉梅克庇司山格莱 William Makepeace Thackeray，以一八一一年七月十八日生于印度之喀尔喀太 Calcutta，五岁丧父，母再醮，遂于一八一七年遄归英伦。年十一，入伦敦有名之公立学校兼养育院 Charter House [Charterhouse School] 读。读六年，始入喀姆勃立奇 Cambridge 之屈臬的书院 Trinity College，未毕业而出。寻游惠麦及罗马，见闻既广，学识乃大进。既归，即于一八三三年购得一星期报版权，自主编纂。顾以不甚发达，尽丧其资。因走巴黎，习美术。一八三六年集其所作游戏画，刊为专集，并为《立宪日报》之巴黎通信员。是年，娶参将嚣氏 Colonel Shawe 之女意萨蓓拉 Isabella 为室，同返英伦，为《弗来受氏杂志》等担任撰述。一八四〇年，意萨蓓拉忽中狂疾，遂析居。得女三，夭其一。同年氏即刊行其《巴黎笔

① 《情奴》，为《欧美名家短篇小说丛刻》上卷，英吉利之部第八篇，原名 *Dennis Haggarty's Wife*，英国山格莱（William Makepeace Thackeray，今译萨克雷，1811—1863）著。

记》*The Paris Sketch Book*。后三年中，其所著《滑稽小说及滑稽笔记》*Comic Tales and Sketches*、《哀尔兰笔记》*The Irish Sketch Book* 等，亦陆续出现于坊间。一八四六年，刊其杰作之一《白莱林顿》*Barry Lyndon*［*The Luck of Barry Lyndon*］于一杂志上，文情斐亹，不落寻常窠臼。然其名字尚如锥处囊中，初未脱颖而出也。迨《英伦之绅士》*The Snobs of England* 一书出，人始少少称之。一八四七年著《密昔司泊京司之跳舞会》*Mrs. Perkins' Ball*［*Mrs. Perkins's Ball*］，文名渐著。及《浮华》*Vanity Fair* 一书，逐章见于某杂志后，名乃大噪。顾氏犹以为未足也，又草《潘特臬》*Pendennis*［*The History of Pendennis*］贡诸世。于是人咸推之为当代大小说家之一，啧啧叹赏之声，腾于泰晤士河南北。一八五一年，遍历国中诸省，演说《英国十八世纪之滑稽家》，所至有声。翌年，草《哀司莽》*Esmond*［*The History of Henry Esmond*］既竟，复演说于美国，美人亦欢迎之。一八六〇年，为《康希尔杂志》主任编纂，刊其《鳏夫罗佛尔》*Lovel, the Widower*、《菲立泊之冒险史》*The Adventures of Philip* 及《迂曲之稗史》*Roundabout Papers* 诸佳作。越两载，始辞职。以一八六三年耶稣圣诞前一日之晨卒，时方著《台尼司杜佛尔》*Denis Duval* 犹未毕事也。其平生得意之作，为《浮华》《潘特臬》《哀斯莽》《白莱林顿》及《迂曲之稗史》五种。其他尚有《霍加的大钻石》*The Great Hoggarty Diamond*、《纽克姆家》*The Newcomes*、《玫瑰花与指环》*The Rose and the Ring*、《四乔治》*The Four Georges* 及《佛尔奇尼亚人》*The Virginians* 诸书，均付梓。

——录自中华书局 1917 年初版

《星》[①]却尔司迭更司小传

（周瘦鹃）

却尔司迭更司氏 Charles Dickens，以一八一二年二月七日生于抛咨毛司 Portsmouth 之莱保脱 Landport，为海军部会计处书记生约翰迭更司 John Dickens 之子。当氏生时，约翰方服务于抛咨毛司造船所。一八一四年被调之伦敦。越二年，之却瑟姆 Chatham。氏在家中，读书已多，至是则复入学肄业焉。一八二一年，举家陷入窘乡，海军部褫乃父职。贫困无聊，几无以为生。遂由却瑟姆移家伦敦，僦居陋巷中。居未久，父以债务被逮入狱。时氏方十龄，为饥寒所驱，因投身于亨格福市一靴墨厂中，以粘附招纸于靴墨瓶上为事。每夕，必行四里许，徒步归寓。每值来复日，则省父于狱。父出狱后，始入一中学校继续其学业。越三四载，出校为一律师司笔札。尔时乃父适谋得晨报访事员缺，氏因亦有从事报界之想。平昔刻意研究速记术，日必造英国博物院，求读新书。十七岁时，为一医报访事。及二十二岁，始得伦敦一报社中长期访事之缺。以能敏，报端颇多其记载。一八三三年《月月杂志》上发见其著作《凤尾松小径中之午餐》*Dinner at Poplar Walk*［*A Dinner at Poplar Walk*］一篇。厥后他报上亦时见其文，顾无藉藉名。时则常川投稿于夜报，且为一晨报之访事。每来复薪资，初仅五奇尼（按每奇尼合二十一先令），寻益至七。一八三六年刊其第一部之名著《白士笔记》*Sketches by Boz*，得版权费一百五十镑。后十一倍此资，赎归已有。是年三月下旬，其所著第一号之《辟克维克报》*Pickwick Papers*［*The Pickwick Papers*］出

① 《星》，为《欧美名家短篇小说丛刻》上卷，英吉利之部第九篇，原名 *A Child's Dream of A Star*，英国却尔司迭更司（Charles Dickens，今译狄更斯，1812—1870）著。

现。三日后，与其友人夜报主笔乔治霍加司 George Hogarth 之女喀瑟玲 Catherine 结婚。十五年间，得子七、女三，夭其三。一八五八年，忽离婚。氏晚年名益噪，身造成功之域，未尝失败。每一著出，通国欢迎。虽孜孜力作，前后凡五十八载，而脑力、目力、腕力初未衰颓，强健如少年时。以一八七〇年六月九日卒于洛乞斯德 Rochester 之加士希尔 Gadshill。葬惠司明司德大寺 Westminster Abbey。其生平著作不下百种，最著者有《白士笔记》《辟克维克报》《奥利佛吐维司脱》*Oliver Twist*、《尼古拉司尼格尔贝》*Nicholas Nickleby*、《旧骨董肆》*The Old Curiosity Shop*、《玛丁乞拾尔维脱》*Martin Chuzzlewit*、《耶稣圣诞小说》*The Christmas Tales* [*A Christmas Carol*]、《汤贝及其子》*Dombey and Son*、《达维考伯菲尔》*David Copperfield* 及《二城故事》*A Tale of Two Cities* 诸书。全世界好其著作者，迄今殆及一万万人云。

——录自中华书局 1917 年初版

《良师》[①] 却尔司李特小传

（周瘦鹃）

却尔司李特 Charles Reade 以一八一四年六月八日生于奥克司福歇埃 Oxfordshire 之意泊司屯屋 Ipsden House。父母均出名门，生子女凡十一人，氏为最幼。初读于意茀莱 Iffley，凡五载。后六年，又从二儒游，学大进。一八三一年，遂得为奥克司福曼达伦书院 Magdalen College 之优待生，越四年毕业。翌年入林肯法学院 Lincln's Inn

① 《良师》，为《欧美名家短篇小说丛刻》上卷，英吉利之部第十篇，原名 *A Practical Joke*，英国却尔司李特（Charles Reade，今译里德，1814—1884）著。

[Lincoln's Inn]。一八四三年，许参列法廷，得暇则辄出而旅行，广其见闻。氏之从事文墨也，自一八五〇年始。编脚本凡十三种，顾无一能演之红氍毹上者。赖有腻友密昔司西茂 Mrs. Seymour 者，名女优也，与氏有精神上之情愫，躬自登场，演其一种，厥后且为之主持家事，以迄于死（按夫人死时为一八七九年）。一八五二年后，氏又草小说脚本多种，贡之世。于是名大著，获利亦颇厚。其脚本中之著者，为《假面与真面》*Masks and Faces*、《金》Gold、《西拉嫩克姆》*Sera Nunquam*。所著小说凡十八种，其卓卓可称者，为《潘格华芬登》*Peg Woffinton* [*Peg Woffington*]、《克立斯的琼司顿》*Christie Johnstone*、《改过不嫌迟》*It is Never too Late to Mend*、《修道院与家庭》*The Cloister and the Hearth*（按此为氏第一杰作）、《现金》*Hard Cash*、《妒》*Jealousy*、《爱吾薄爱吾长》*Love me Little*, *Love me Long*、《情路不平》*The Course of True Love Never did Run Smooth* 诸书。晚年工愁善病，卒丧其生，卒时为一八八四年四月十一日，葬于惠尔司屯墓场爱友密昔司西茂之侧，从其志也。

——录自中华书局 1917 年初版

《回首》[①] 汤麦司哈苔小传

（周瘦鹃）

汤麦司哈苔 Thomas Hardy 以一八四〇年六月二日生于桃昔脱歇埃 Dorsetshire 之上卜楷姆顿 Upper Bockhampton。初治建筑学，不能文。一八六三年得英国建筑学会一等奖。又以所为草图，膺泰德

① 《回首》，为《欧美名家短篇小说丛刻》上卷，英吉利之部第十一篇，原名 *Benighted Travellers*，英国汤麦司哈苔（Thomas Hardy，今译哈代，1840—1928）著。

勋爵 Sir W. Tite 懋赏。至是氏忽弃其所业，谋于美术评论家中树一帜，未果，即草一说部曰《冒险之策》*Desperate Remedies*。虽未备受社会欢迎，而文兴颇高。后此遂卷入文学之旋涡，为小说家之生活矣。初为《绿林中之树下》*Under the Greenwood Tree* 及《双蓝眼》*A Pair of Blue Eyes* 二书，尚未露其头角。迨一八七四年其杰作《远狂》*Far From the Madding Crowd* 出，文名始大著。厥后又有《伊瑟白塔之手》*The Hand of Ethlberta*、《归乡》*The Return of the Native*、《军号长》*The Trumpet-major*、《塔上双影》*Two on a Tower*、《至爱者》*The Well-beloved* 诸书，均名。今其人尚健在，年七十有六矣。

——录自中华书局 1917 年初版

《慈母之心》[①] 韦达小传

（周瘦鹃）

路易瑟特拉拉密 Louise De la Ramée 者，英国著名女小说家之一，韦达其别署也。以一八四〇年生于培莱圣哀特门士 Bury St. Edmunds。母法兰西人，父为英产，故久居伦敦。迨一八七四年，始移家意大利。初居弗劳伦司城 Florence，后复徙之路加 Lucca。当一八六〇年时，即从事于著述，投稿《考尔朋新月报》及《培脱莱杂志》。生平杰构甚富，有《施屈司马》*Strathmore*、《意达丽霞》*Idalia*、《二旗之下》*Under Two Flags*、《泊克》*Puck*、《阿丽爱亭》*Ariadne*、《蠹鱼》*Moths*、《麦萨林人》*The Massarenes*、《弼姆弼》*Bimbi* 诸书。其文情

① 《慈母之心》，为《欧美名家短篇小说丛刻》上卷，英吉利之部第十二篇，原名 *The Halt*，英国韦达（Ouida，1839—1908）著。

或刚或柔，或哀或乐，不事藻饰，而自有移人之魔力，当世小说家多宗之。一九〇八年一月二十五日卒于佛利奇哇 Viareggio。贫困潦倒，无复长物，身后但有书数百卷而已。

——录自中华书局 1917 年初版

《意外鸳鸯》[①] 史蒂文逊小传

（周瘦鹃）

劳帛脱路易培尔福史蒂文逊 Robert Louis Balfour Stevenson 以一八五〇年十一月十三日生于苏格兰之哀汀堡 Edinburgh，为著名机械师劳帛脱史蒂文逊氏之孙。初拟继承先业，继忽去而学律，入哀汀堡大学。既毕所业，即被延而入苏格兰法庭，为辩护士。少能文章，间亦操觚为文，名乃立著。生平好游，常识亦广。尝遍历法兰西诸部，赏其山水。复附一移民之舟，渡大西洋，作汗漫游。一八八九年，以病之台湾。居五载，一以著述自娱。其最初之作有《内地之游》*An Inland Voyage*、《西佛纳山中驴背旅行记》*Travels with a Donkey in the Cévennes*、《佛奇尼白司潘立斯克》*Virginibus Puerisque* 诸书。一八八二年，汇集所为怪诞之小说，名之曰《新天方夜谈》*New Arabian Nights*。书出，备受社会欢迎。翌年著《宝藏岛》*Treasure Island*，亦负盛名。后三年间，又成《诱引》*Kidnapped*、《邬土亲王》*Prince Otto*、《书杰格尔博士及密司脱哈特异事》*The Strange Case of Dr. Jekyll and Mr Hyde* 诸书，均称杰构。其他说部、杂著不下数十种，有诗三卷。氏固生而多病，体质久毁，于一八九四

① 《意外鸳鸯》，为《欧美名家短篇小说丛刻》上卷，英吉利之部第十三篇，原名 *The Sire de Malétroit's Door*，英国史蒂文逊（Robert Louis Balfour Stevenson，今译斯蒂文森，1850—1894）著。

年十二月三日卒，葬台湾凡利麦 Vailima 所居屋后之山巅上，从其志也。

——录自中华书局 1917 年初版

《红楼翠幕》[①] 哈葛德小传

（周瘦鹃）

亨利拉特哈葛德 Sir Henry Rider Haggard 以一八五六年六月二十二日生于瑙福尔克 Norfolk。少时，入伊泊司维克文法学校 Ipswick Grammar-school 读。一八七五年至南得尔 Natal 为亨利白尔华勋爵 Sir Henry Bulwer 秘书，翌年又从某勋爵至脱朗斯华尔 Transvaal，阅三载，即归国结婚，并从事于文学生活。其第一种之说部曰《塞德佛郁及其白种邻人》*Cetewayo and his White Neighbours* [*Cetywayo and His White Neighbours*]，无藉藉名。迨一八八四年至一八八五年间，著《天明》*Dawn*、《女巫之头》*The Witch's Head*、《苏罗门王之矿》*King Solomon's Mines* 等三种，名始著。后又续著《彼》*She*、《玑司》*Jess*、《阿兰郭得曼》*Allan Quartermain*、《阿兰之妻》*Allan's Wife*、《毗亚德丽丝》*Beatrice* 诸书，俱于近世小说界上占最高之位置，与柯南达利氏 Sir Conan Doyle 并为彼邦人士所称道，推为近世两大小说家焉。氏以一九一二年得勋爵位，故又曰哈葛德勋爵。

——录自中华书局 1917 年初版

① 《红楼翠幕》，为《欧美名家短篇小说丛刻》上卷，英吉利之部第十四篇，原名 *The Blue Curtains*，英国哈葛德（Sir Henry Rider Haggard，通译哈格德，1856—1925）著。

《缠绵》[1] 科南道尔小传

（周瘦鹃）

柯南道尔 Sir A. Conan Doyle 以一八五九年五月二十二日生于哀汀堡 Edinburgh。少长，负笈之德意志，读于斯冬奈赫司脱 Stonyhurst 学校。一八七六年，入哀汀堡大学习医。毕业后，悬壶可十载，即弃刀圭而治文学。其第一种之著作，出现于《欠姆白司丛报》*Chambers Journal*，后遂专为说部，有《波尔斯泰之船主》*The Captain of Polestar*、《血书》*A Study in Scarlet*（即福尔摩斯第一案）、《密卡克拉克》*Micah Clarke*、《白党》*The White Company* 诸书，都足于小说界上立一至深固之基础。洎一八九二年至一八九三年间，又续为福尔摩斯探案，有《歇洛克福尔摩斯冒险记》*Adventures of Sherlock Holmes*、《歇洛克福尔摩斯忆语》*The Memoirs of Sherlock Holmes* 二书之作。一时风行遍全欧，后此又有《遮那德中佐》*Brigadier Gerard*、《露特奈斯冬》*Rodney Stone*、《白斯格维尔之獒》*The Hound of Baskervilles*、《失世界》*The Lost World*、《毒带》*The Poison Belt* 诸书。设想新奇，脍炙人口。东西各国，迻译殆遍，其价值盖可知矣。又编短剧两种，曰《滑铁卢故事》*A Story of Waterloo*、《半》*Halves*。一九〇〇年，南阿非利加战事起，入军中为军医，成一巨著，曰《脱国大战》*The Great Boer War*，并刊一小册子，为英政府辩护，言此战之不得已，以排欧洲列国之非难。一九〇二年，得勋爵位。

——录自中华书局 1917 年初版

---

① 《缠绵》，为《欧美名家短篇小说丛刻》上卷，英吉利之部第十五篇，原名 *Sweethearts*，英国科南道尔（Sir A.Conan Doyle，通译柯南·道尔，1859—1930）著。第十六、十七篇《黑别墅之主人》（*The Lord of Chàteau Noir*）、《病诡》（*The Dying Detective*），亦为柯南·道尔所著。

《三百年前之爱情》[1] 曼丽柯丽烈小传

（周瘦鹃）

曼丽柯丽烈 Marie Corelli，英国近代之女文豪也。以一千八百六十四年五月一日生，为名诗歌家却尔司麦堪氏 Charles Mackay 义女。初习音乐于一法兰西之修道院中，后乃改弦易辙，从事于文学。一千八百八十六年，著说部《两世界之稗史》*A Romance of Two Worlds* 一书，文名藉藉，顿满泰晤士河南北。后六年中又著《山尔麦》*Thelma*、《艾草》*Wormwood*、《阿代斯》*Ardath*、《丽丽丝之魂》*The Soul of Lilith* 诸书，都为时称。迨一八九三年所著之《白拉白斯》*Bararbbas* [*Barabbas*, *A Dream of the World's Tragedy*]、一八九五年之《魔王之忧》*The Sorrows of Satan*，一八九六年之《巨大之原子》*The Mighty Atom* 三书先后出，人益为之倾倒，称为女界中不世出之杰构。而女士之文兴乃益高，复草《大基督教徒》*The Master Chrsitain* [*The Master-Christian*]、《上帝之善人》*Gods' Good Man*、《暂时之权力》*Temporal Power*、《嫣红》*Jane* 诸书，传遍英伦全土。说者谓乔治哀烈奥脱 George Eliot（按哀烈奥脱为英国最著名之女小说家，十九世纪时人）以后，一人而已。今其人尚在，年五十有一矣。

——录自中华书局 1917 年初版

---

① 《三百年前之爱情》，为《欧美名家短篇小说丛刻》上卷，英吉利之部第十八篇，原名 *Old-fashioned Fidelity*，英国曼丽柯丽烈（Marie Corelli，今译科里利，1855—1924）著。

《欲》[①]伏尔泰小传

（周瘦鹃）

伏尔泰 Voltaire，真名曰法朗莎玛丽挨罗爱 Franèois Marie Arouet。以一六九四年十一月二十一日生于巴黎，父为法庭录事，富于资。氏初入大路易书院 Collège Louis-le-Grand 读，崭然露其头角。未毕业，即能诗。嬉笑怒骂，往往忤权贵。自一七一六至一七二六年间，凡两度出亡，两度入巴士的尔狱。第二度之入狱，则以侮辱一少年贵族故。既释，走英伦，居两载，而名已显。以一七一八年间所草悲剧《乌狄泊》*Œdipe* 已流传至于英土，颇为英人士所激赏也。一七二九年，归国即以诗家、史家著。一七三四年，与其所爱沙德莱侯爵夫人 Marquise du Châtelet 同居于劳莱纳 Lorraine，凡十五年。此十五年中任法兰西史官，并为法王内侍。迨沙德莱侯爵夫人既卒，即返巴黎。寻去国，之普露士。普王大菲迭立克 Frederick the Great 慕其名已久，特招致之。居宫中，淹留至于三年之久。忽与王忤，怫然去。行经茀朗福 Frankfort，见执，待遇甚苛。卒得人疏通，始被释。当居柏林及波咨打姆日，成一巨著曰《路易十四世时代》*Le Siècle de Louis XIV*，且出版焉。既归国，适路易十五当国，拒氏不许入巴黎，遂僦居于奇尼佛 Geneva。后两年，置产于茀奈 Ferney，营别业以居，杜门著书，用以自怡。有时尚为人排难解纷，平不平事。一七七八年初叶，路易十六已王法，氏有友人，迎氏归巴黎。举巴黎之人均欢迎之，顾以途中劳顿，体魄复伫弱，遂以是年五月三十日卒。生平著作凡数百种，后有人刊之，得七十二卷。其最著者如说部《康蒂德》*Candide*、《白

① 《欲》，为《欧美名家短篇小说丛刻》中卷，法兰西之部第一篇，原名 *Memnon, or Human Wisdom*，伏尔泰（Voltaire，1694—1778）著。

培伦公主》*La Princesse de Babylone*、《诚实君子》*L'Ingénu*、《柴狄格》*Zadig* 诸书。脚本如《乌狄泊》*Œdipe*、《勃罗德司》*Brutus*、《才儿》*Zaïre*（第一名作）、《梅洛泊》*Mérope*、《马哈默德》*Mahomet* 诸书，均悲剧。外此诗文、史书及杂著多种，兹不备录。

——录自中华书局1917年初版

《无可奈何花落去》[①]施退尔夫人小传

（周瘦鹃）

施退尔夫人闺名曰恩娜罗意瑟尤曼 Anne-Louise-Germaine，以一七六六年四月二十二日生于巴黎。生而颖慧，好学，卓荦异常女。年十三，已窥哲学政治学之堂奥。既而肆力于文学，慕卢梭 Rousseau 之为人，有《与卢梭书》*Letters sur Rousseau* 一卷。书出，国人争购之，一时为之纸贵。后又著 *De L'Allemagne* 一书，更传诵于世。年十九，适瑞典驻法公使施退尔男爵。生平崇尚自由主义，大革命起，颇为民党尽力。既见其杀人如麻，沦丧人道，徒有自由之形式，而无自由之精神，遂闭户著书，吐露胸臆。挥其如椽之笔，慨然作不平之鸣。拿破仑兴，夫人复出其全力，与之反对。拿百方笼络之，终无效，遂下令放逐于巴黎一百二十英里外。夫人愤愤不平，上书诘问其罪，拿悍然不顾，但答曰："夫人，汝环游地球可也，居巴黎则不可。"夫人知无可转圜，遂飘然去。既去巴黎，即赴德国，与贵推 Goethe、施甘勒 Schiller 诸大文豪相结纳。一八零二年，著一说部，曰《但尔芬》*Delphine*，文笔奇峭，为时所称。后游意大利，复著一

① 《无可奈何花落去》，为《欧美名家短篇小说丛刻》中卷，法兰西之部第二篇，原名 *Corinne*，法国施退尔夫人（Madame de Staël，今译斯塔尔夫人，1766—1817）著。

书曰《柯林娜》*Corinne*，哀感顽艳，不落寻常说部窠臼。书出后，传诵全欧，文名藉甚。寻走瑞典，之英国，草一书曰《十年流放记》*Dix Années d'Exil*，力诋拿破仑，不遗余力。及拿破仑被放于爱尔巴岛，乃买棹归巴黎，于政治上多所尽力。翌年，拿归，使使者告夫人曰："今后予欲制定宪法，愿夫人助吾一臂。"夫人箕踞而答曰："陛下于十年以前，岂非无我，又无宪法而欲治天下者耶！今奈何需我？"竟不应。一八一七年七月十四日，殁于巴黎。年五十，遗子二、女一。垂髫时尝著喜剧、悲剧、小说多种，稿尽佚。

——录自中华书局 1917 年初版

《男儿死耳》[①]白尔石克小传

（周瘦鹃）

邬拿特白尔石克 Honoré de Balzac 以一七九九年五月二十日生于都尔 Tour。初入凡度末书院 Collége de Vendôme 肄业，后又学律于索朋纳学校 Sorbonne。乃父令入法廷为录事，而氏志不在此，因以一八一九年走巴黎，为文学家之生活。自一八一九年至一八二八年间，笔耕墨耨，勤劳无比。顾所为小说，初不受人欢迎。于是负债累累，几弗能自存于巴黎。幸于一八二九年刊其杰作《王党遗孽》*Les Derniers Chouans* [*Les Chouans*]、《忧郁之皮》*La Peau de Chagrin* 二书，名乃大著，所入亦较丰。又著说部多种，均为国人所传诵。如《老父郁利哇》*Le Père Goriot*、《农人》*Les Paysans*、《可怜之父母》*Les Parents Pauvres*、《宇叶尼朗台》*Eugénie Grandet*、《滑稽稗史》

---

① 《男儿死耳》，为《欧美名家短篇小说丛刻》中卷，法兰西之部第三篇，原名 *El Verdugo*，法国邬拿特白尔石克（Honoré de Balzac，今译巴尔扎克，1799—1850）著。

Contes drolatiques、《表姊贝德》*La Cousine Bette*、《表弟邦士》*Le Cousin Pons* 诸书，论者推为文学界上不可多得之杰构。氏生平勤于所事，日辄把笔十五小时至十八小时，不以为苦。二十年中，成巨著八十有三。然其心血之代价，每年不过一万二千法郎而已。晚年隐居山佛尔 Sèvres 别业，仍以著述自娱。一八四九年体质渐弱，因投笔作波兰之游。访其情人亨斯加夫人 Madame Hanska，相见甚欢。而玉珰函札，往来邮筒中者，盖十五年矣。翌年，遂结婚，同归巴黎。越三月而氏卒，时为八月十八日，春秋五十有一。

——录自中华书局 1917 年初版

《美人之头》[①] 大仲马小传

（周瘦鹃）

大仲马 Alexandre Davy de la Pailleterie Dumas 以一八〇二年七月二十四日生于哀士纳 Aisne 之维来哥得勒 Villers-Cotterêts。祖伯爵，父为将军，而祖母则一黑种妇人也。少时闲放不羁，读书亦不求甚解。一八二三年至巴黎，为奥连司公爵 Duc d'Orléans 邸中书记生。顾好文学，折节读书者数载。学为文，作短篇小说一卷，滑稽戏曲两种。年二十七，即以《亨利三世及其朝廷》*Henri Trois et sa Cour* 一剧名。一八三一年编《恩都奈》*Antony* 悲剧。翌年，又成悲剧《奈斯尔塔》*La Tour de Nesle*，均名，寻患虎列刺症，买棹作瑞士之游。归后草《旅感》*Impressions de Voyage* 多卷，名益藉甚。一八三六年始为说部，好摭拾法兰西历史中故实成之，其第一种曰《白维尔之意

① 《美人之头》，为《欧美名家短篇小说丛刻》中卷，法兰西之部第四篇，原名 *Solange*，法国大仲马（Alexandre Dumas，1802—1870）著。

萨培尔》*Isabelle de Baviere*，继以《宝玲》*Pauline*、《甲必丹保罗》*Le Capitaine Paul*、《柏斯格尔勃落拿》*Pascal Bruno*、《阿克的》*Actè*诸书，则别出机杼，非取材于历史者。一八四三年乃复草历史小说二，曰《哈孟瑟尔侠士》*Le Chevalier d'Harmental*，曰《阿斯加尼哇》*Ascanio*，笔力雄健，冠绝一时。十年中舍《惠佛来》作者施各德氏外，直无一人能与抗衡者。迨一八四四年后，著述益富，名亦益著。如《水晶岛》*Monte Cristo*、《三枪卒》*Les Trois Mousquetaires*、《二十年后》*Vingt Ans Après*、《马哥王后》*La Reine Margot*、《赤屋》*Maison Rouge* 诸书，均为惊人绝世之作。读其书者，罔不叹赏焉。七月大革命之战，氏亦从军，立功甚伟。一八三七年，遂得红纽之赏。一八四二年娶意达茀利爱姑娘 Mlle. Ida Ferrier，寻即离婚。一八五五年，至比利时，居二载。一八六四年，又赴意大利，助加利波的 Garibaldi 战，凡六年，始归。才尽，而精力亦罢。所有家产，几已挥霍无遗，囊中但怀拿破仑金币二（每枚合二十法郎），然去巴黎。依其子于达意泊 Dieppe，即以一八七〇年十二月五日卒。

——录自中华书局 1917 年初版

《阿兄》[①] 陶苔小传

（周瘦鹃）

阿尔芳士陶苔氏 Alphonse Daudet 以一八四〇年五月十三日生于尼末 Nîmes。初肄业于利盎书院，毕业后为阿莱某学校助教。年十七，从其兄欧纳司得 Ernest 同之巴黎，同为某公爵司笔札，初为

① 《阿兄》，为《欧美名家短篇小说丛刻》中卷，法兰西之部第五篇，原名 *Le Petit Chose*，法国阿尔芳士陶苔（Alphonse Daudet，今译都德，1840—1897）著。第六篇《伤心之父》（*The Loyal Zouäve*）亦为都德著。

诗。一八五八年著一长诗曰《情人》*Les Amoureuses*。后编《最高贵之神像》*La Dernière Idole*、《长兄》*Le Frere Aine*、《牺牲》*Le Sacrifice*诸剧本。一八六六年为说部《小物事》*Le Petit Chose*，前半即描写其少年时代之苦况。书出，名噪一时。后作《耶克》*Jack*、《流窜之王》*Les Rois en Exil*、《小传道师》*L'Évangéliste*、《大富豪》*Le Nabab*、《萨福》*Sapho*诸书，俱负盛名。一八八八年，草《不朽》*L'Immortel*一书，嬉笑怒骂，皆成文章，直与英国大小说家却尔司迭更司氏相抗手。氏以一八九七年十二月十六日卒，而其名至今犹藉藉也。

——录自中华书局1917年初版

《洪水》[①]查拉小传

（周瘦鹃）

哀密叶查拉 Émile Zola 以一八四〇年四月二日生于巴黎。父为意大利人，母法产。入圣路易书院 Lycée Saint-Louis 肄业，未得学位。自二十岁至二十二岁时，贫困潦倒，无以为生。因投身一书肆中，司包裹书籍之役，并习印刷术。迨一八六五年末，已尽得其奥。暇时颇专心于文墨，而人皆淡漠视之。一八六四年间，刊其第一种之著作，曰《尼侬故事》*Contes à Ninon*，十年后则又刊一续编，曰《尼侬新故事》*Nouveaux Contes à Ninon*，盖皆汇其短篇小说而成者。著作既日富，名亦由是日著。尝与同时名小说家弗劳白氏 Flaubert、桃苔氏 Daudet、杜瑾纳夫氏 Turgenief（俄国大小说家）等结社，讨论小说，旁及天然学理。国中文家争趋之，一时称盛。自一八七一年至

① 《洪水》，为《欧美名家短篇小说丛刻》中卷，法兰西之部第七篇，原名 *The Inundation*，法国查拉（Émile Zola，今译左拉，1840—1902）著。

一八九三年间，成小说二十卷，综名之曰《罗盎麦卡家》*Les Rougon-Macquart*，中如《罗盎家之运命》*La Fortune des Rougon*、《宴会》*La Curée*、《陷阱》*L'Assommoir*、《梦》*Le Rêve*、《钱》*L'Argent*、《柏司格医士》*Le Docteur Pascal*、《堕落》*La Débâcle* 等，均负盛名。而《胚胎》*Germinal*、《巴黎之胃》*Le Ventre de Paris* 诸作，则苦口婆心，颇能道巴黎小民之疾苦者。二书尝编为剧本，演之梨园，观者靡不泣下。一八九八年有某军官者，以细故被黜，氏为不平，毁谤军法裁判，不遗余力。寻被逮，将监禁一年，并罚锾三千法郎。氏脱逃，走英伦，逾年始归。一九〇二年九月二十九日，以不慎，中煤气卒。

——录自中华书局 1917 年初版

《功……罪》[①] 柯贝小传

（周瘦鹃）

法郎莎柯贝 François Coppée 以一八四二年一月十二日生于巴黎。初以诗人名，以《神龛》*Le Reliquaire*、《仇恨》*Le Intimités* 二诗，执法兰西近世骚坛之牛耳。尝为军事部书记，居三载，始去职。钩心斗角，一意治声诗。后此又成剧本说部多种，剧本有《旅客》*Le Passant*、《弃妇》*L'Abandonnée*、《马丹孟的朗》*Madame de Maintenon* 等。说部多短篇，有《散文小说集》*Contes en Prose*、《新小说二十种》*Vingt Contes Nouveaux* 等，亦均有声。舍著述外，又为《祖国》*La Patrie* 报中评剧记者。一八八四年，得入文学院。一八八八年，入军中为军官。顾军务之暇，仍治文艺如故，以一九〇八年五月二十三

① 《功……罪》，为《欧美名家短篇小说丛刻》中卷，法兰西之部第八篇，原名 *The Bullet-hole*，法国法郎莎柯贝（François Coppée，今译科佩，1842—1908）著。

日卒于巴黎。

——录自中华书局 1917 年初版

《伞》[①]毛柏霜小传

（周瘦鹃）

毛柏霜 Guy de Maupassant 以一八五〇年八月五日生于西茵河下部之梅洛梅斯尼堡 Château de Miromesnil。初入佛都 Yvetot 某小学读，后又毕业于罗盎书院 College of Rouen。普法战争中，尝身历戎行，且服务于海军部中，可十年。归而从事于文墨，草小说、诗曲数种，编脚本一，卒以小说驰名法兰西全土。有《朗度利姊妹》*Les Sœurs Rondoli*、《巴朗先生》*Monsieur Parent*、《男友》*Bel-Ami*、《小绿克》*La Petite Roque*、《庇亚尔与叶盎》*Pierre et Jean* 诸书，并短篇小说三四百种，一时称短篇小说之王。一八九二年，忽中狂疾，以翌年七月六日卒于巴黎之柏山 Passy。

——录自中华书局 1917 年初版

《恩欤怨欤》[②]鲍叶德小传

（周瘦鹃）

保罗鲍叶德 Paul Bourget 以一八五二年二月二日生于挨米杏

① 《伞》，为《欧美名家短篇小说丛刻》中卷，法兰西之部第九篇，原名 *The Umbrella*，法国毛柏霜（Guy de Maupassant，今译莫泊桑，1850—1893）著。

② 《恩欤怨欤》，为《欧美名家短篇小说丛刻》中卷，法兰西之部第十篇，原名 *A Patch of Nettles*，法国保罗鲍叶德（Paul Bourget，今译布尔热，1852—1935）著。

Amiens。初肄业于某地公共学校，后入圣白勃书院，以一八七二年得最优等之毕业文凭。翌年即从事于著述，文名藉甚。初作诗三卷，缠绵悱恻，不同凡响。一八八四年始为小说，其第一卷曰《万难回复》*L'Irréparable*。书出，名益噪。一八九四年，被举入文学院，其所著说部绝夥，如《情人罪恶》*Un Crime D'Amour*、《谎语》*Mensonages* [*Mensonges*]、《我辈之心》*Notre Cœur*、《悲惨之歌》*L'ldylle Tragique* [*Une Idylle tragique*]、《离婚》*Un Divorce* 等，均名。今其人尚在，时复出其著作，以饷国人云。

——录自中华书局 1917 年初版

《这一番花残月缺》[①] 欧文小传

（周瘦鹃）

华盛顿欧文 Washington Irving 以一七八三年四月三日生于纽约 New York。年十九，读法律。读两载，而体质浸弱，其诸兄因纵之作欧洲之游，尝至罗马、巴黎、伦敦诸名区。一八〇六年，始归纽约，操业为律师。其最先之著作，出现于一月出两期之杂志《萨尔麦根狄》*Salmagundi* 中，出至二十期而止。一八〇九年，著《纽约史》*A History of New York*，以诙谐之笔出之，至今尚为世人所传诵。后此数年中，一力与诸兄共营商业。初无所得，幸氏文字有灵，所入颇丰。后遂赡其二兄及五侄女，毕生无间言云。一八一五年五月，重游欧洲，作客于异邦者，凡十七载。出游之三年，诸兄之商肆竟以破产闻。氏知商业不可恃，因专心于文事。一八一九年成《笔记》

① 《这一番花残月缺》，为《欧美名家短篇小说丛刻》中卷，美利坚之部第一篇，原名 *The Pride of the Village*，美国华盛顿 · 欧文（Washington Irving，1783—1859）著。

The Sketch Book 一卷，大为英美人士所激赏。文笔幽美澹远，涉笔成趣。而其中尤以《李迫樊温格尔》*Rip Van Winkle*、《睡洞野史》*The Legend of Sleepy Hollow* 两篇为最著。一八二二年，草《勃莱司勃立奇堂》*Bracebridge Hall* 说部，亦负盛名。后居德意志及法兰西三四年，遂成《旅人述异》*Tales of a Traveller* 一书。一八二六至一八二九年间，为西班牙寓公，采风问俗，旁及先代遗事。后遂有《哥伦布传》*Life of Columbus*［*The Life and Voyages of Christopher Columbus*］、《格来那大克服记》*Conquest of Granada*［*Chronicle of the Conquest of Granada*］、《阿尔哈姆勃拉宫》*The Alhambra*［*Tales of the Alhambra*］诸书之作。去西班牙后，尝任伦敦美国公使馆秘书官，顾为时甚暂。一八三二年，归纽约，国人均欢迎之。后又著《草碛旅行记》*A Tour on the Prairies*、《阿斯托利亚》*Astoria*、《甲必丹鲍纳维尔冒险史》*The Adventures of Captain Bonneville* 诸书，一八四二年，持节为西班牙公使，居四载而归，著《高尔斯密传》*Life of Goldsmith*［*The Life of Oliver Goldsmith*］、《华尔茀之埘》*Wolfert's Roost*、《华盛顿传》*Life of Washington*［*The Life of George Washington*］三书，皆名山不朽之业也。以一八五九年十一月二十八日卒，葬泰来镇 Tarrytown。

——录自中华书局 1917 年初版

《帷影》[①] 霍桑小传

（周瘦鹃）

南山尼尔霍桑 Nathaniel Hawthorne 以一八〇四年七月四日生于

① 《帷影》，为《欧美名家短篇小说丛刻》中卷，美利坚之部第二篇，原名 *The White Old Maid*，美国霍桑（Nathaniel Hawthorne，1804—1864）著。

美国玛萨区瑟州 Massachusetts 之萨勒姆 Salem。四岁丧父，乃母杜门息影，矢志柏舟，度其凄凉枯寂之光阴。年十四，从母之梅恩州 Maine，僦居莱莽森林一田舍中，母子茕茕相对，寂寞益甚。而氏平生好静之性，遂亦于以养成。寻入白杜音书院 Bowdoin College，以一八二五年毕业，即着手著小说，而进行绝滞。后返萨勒姆，闭户著书，不问外事，如是者凡十二年。一八二八年，刊行其第一部之小说曰《番枭》*Fanshawe*，书不署名，人亦无好之者。后此每有所作，辄投稿于年报杂志中。一八三六年，为一杂志担任编纂，为时未久，杂志即停版。尔时所草短篇小说至夥，颇为时人所传诵。一八三七年合刊成册，名之曰《复述故事》*Twice Told Tales*，书出，遂成名。然其文字生涯，尚极艰窘。长日运笔虽忙，殊未能赖以自活。因入波士顿 Boston 税关为验秤员，迨一八四一年，始去职，投资于一农业公司中。又著《祖父之椅》*Grandfather's Chair*、《著名之古人》*Famous Old People*、《自由树》*Liberty Tree* 等数种，文字简明，盖专供儿童辈读者。一八四二年著《传记小说》*Biographical Stories* 一种，性质亦相类。是年重刊《复述故事》，篇幅倍于前。时复为《民政评论》草笔记小说。一八四六年遂有专集《古田宅之苔痕》*Mosses from an Old Manse* 之刊。报寻停版，而农业公司亦失败，氏尽丧其所蓄。不得已，入萨勒姆税关，为稽查员，公余仍从事著述。一八五〇年，其杰作《赤书》*The Scarlet Letter* 告成，名大著。后之莱诺克司 Lenox，著《七甍之屋》*The House of the Seven Gables*、《奇书》*The Wonder Book*、《雪像》*The Snow Image*、《勃立司台尔稗史》*The Blithedale Romance* 诸书，两年中陆续出版，均有名。一八五二年，卜居康考特 Concord，为其旧时同学友法兰克林庇亚司将军作传。翌年成《汤格尔森林故事》*Tanglewood Tales*，为奇书之续本。是年，庇亚司被举为总统，委氏为驻英利物浦领事。供职四年，去而游罗马及茀老伦司，浪游中颇多小说资料。一八六〇年因有《大理石之山神》*The*

Marble Faun 一书，出版于英土，既归康考特，为《大西洋月刊》*Atlantic Monthly* 担任撰述。所著都道英国事，绝富兴味。后刊为专集，名曰《吾人之故乡》*Our Old Home*。一八六三年以养疴赴英，新著一小说，书未成而卒。时为一八六四年五月十八日，年六十。有子女各一，俱能文。子曰瞿利恩霍桑 Julien Hawthorne，亦以善为小说闻。

——录自中华书局 1917 年初版

《心声》[①] 波氏小传

（周瘦鹃）

哀特加挨兰波 Edgar Allan Poe 以一八〇九年生于美国之波士顿 Boston。三龄失怙恃，有烟草商挨兰氏者子之，故又氏挨兰云。弱龄负笈游学于英伦，越五载，始归。年十七，入佛奇尼亚大学 University of Virginia，居未久，以纵博见黜，即与其义父绝，去而为军人。一八二九年擢为军曹，从军凡两年，又以不守纪律见摈，流转之抱尔的马 Baltimore。会有一新闻纸悬赏征短篇小说，因草六篇往投之，取其一，得金百。悦，益肆力为文，频投稿于各新闻纸，赖以自活。一八三六年，与其姑母之女佛琪尼霞 Virginia 结婚，时已二十有七，而新妇则才十四龄耳。后十二年中迭为各新闻纸编纂，每有所作，名震一时，尤以善为短篇小说闻。一八四七年，丧其妻，大恸，逾二稔，亦死，时一八四九年十月七日也。小说以《神怪理想之故事》*Tales of Mystery and Imagination* 一书为最。亦工诗，其《乌鸦》

---

① 《心声》，为《欧美名家短篇小说丛刻》中卷，美利坚之部第一篇，原名 *The Tell-Tale Heart*，美国波氏（Edgar Allan Poe，今译爱伦·坡，1809—1849）著。

The Raven、《霞娜白尔丽》*Annabel Lee* 二诗，情文兼至，几于家弦户诵矣。

——录自中华书局 1917 年初版

《惩骄》[①] 施土活夫人小传

（周瘦鹃）

施土活夫人 Mrs. Stowe 闺名曰海丽爱皮邱 Harriet Beecher，为世界名著《叔父汤姆之茅舍》*Uncle Tom's Cabin*（按即林译《黑奴吁天录》）一书之作者。以一八一一年六月十四日生于康奈的格 Connecticut 州之利区菲尔 Litchfield。初从其姊喀瑟玲 Catherine 读书于哈脱福 Hartford，后即在新西奈的 Cincinnati 城中合设一学校，绛帐桃李，如云集焉。一八三六年，适教士施土活氏 Rev. C. E. Stowe，移居梅恩州 Maine 之勃伦斯维 Brunswick，遂从事于文学。一八四九年，刊其第一种之说部，曰《山栌》*The Mayflower*。越两年，即成《叔父汤姆之茅舍》一书，投稿某杂志中，苦口婆心，为黑奴请命，读者靡不感动，而施土活夫人之名遂亦大著。厥后又著《崛来特》*Dred*［*Dred, A Tale of the Great Dismal Swamp*］、《牧师之情史》*The Minister's Wooing*、《莎伦土之安格妮司》*Agnes of Sorrinto*［*Agnes of Sorrento*］、《古镇之民》*Oldtown Folks* 诸书，以一八九六年七月一日卒于哈脱福。

——录自中华书局 1917 年初版

① 《惩骄》，为《欧美名家短篇小说丛刻》中卷，美利坚之部第四篇，原名 *The History of Tiptop*，美国施土活夫人（Mrs.Stowe，今译斯托夫人，1811—1896）著。

《无国之人》[1]海尔小传

（周瘦鹃）

爱得华哀佛莱海尔 Edward Everett Hale 以一八二二年生于波士顿 Boston。甫六龄，即习拉丁文。年十三，入哈佛书院。勤于读，而亦好事运动。以是体魄绝强，富膂力。越四年，即以最优等毕业。助其父从事于新闻业，颇称得力。后乃舍去，习神学。作牧师于玛萨区瑟州者凡十载，始归故乡。当南北战争起时，氏亦带甲从军，投身以入玛萨区瑟来福枪队。战中偶见一事，有触于怀，因著《无国之人》一篇，一时称为短篇小说中唯一之杰作。读之者，罔不感动，世界各国，迻译殆遍，几有家弦户诵之慨。数年以还，主持波士顿之南会众礼拜堂，以仁厚闻。宣道之暇，一以著述为事，最著者为《十乘一为十》*Ten Times One is Ten* 及《以彼之名义》*In His Name* 二书。以一九〇九年卒，春秋八十有七。

——录自中华书局 1917 年初版

《妻》[2]马克·吐温小传

（周瘦鹃）

萨茂尔兰亨克利门司 Samuel Langhorne Clemens，别署马克·吐

① 《无国之人》，为《欧美名家短篇小说丛刻》中卷，美利坚之部第五篇，原名 *The Man Without a Country*，海尔（Edward Everett Hale，今译黑尔，1822—1909）著。

② 《妻》，为《欧美名家短篇小说丛刻》中卷，美利坚之部第六篇，原名 The Californian's Tale，马克·吐温（Mark Twain，1835—1910）著。

温，以一八三五年十一月三十日生于密查利州 Missouri 之苐劳利达城 Florida。初业印书，后去而为密西西泌河上之领港人。领港时，每闻河中浅滩上水手辈量水，高呼“水痕在二寻处”(By the mark two fathoms)，声蝉联弗绝，因自名曰马克吐温 Mark Twain，盖取其音相似也。一八六一年至一八六五年之战事起，即赴尼凡达 Nevada，采银矿。后二年为佛奇尼亚 Virginia 城中之《进取报》*Enterprise* 主持笔政。先是亦尝投稿于此报，著述颇富。一八六四年之圣苐兰昔斯哥 San Francisco，又往纽约，以演说负盛名。一八六七年，与朋辈结队作法兰西、意大利、柏勒司汀之游，采集其所著《海外天真者》*Innocents Abroad*［*The Innocents Abroad*］一书中之材料。书出，名益著，厥后复从事报务于纽约之勃苐洛城 Buffalo，娶富家女密司兰屯 Miss Langdon 为室。旋至康奈的克德州 Connecticut 之哈脱福 Hartford，投资于一印书肆中。营业失败，大受折阅。幸以演说及著作为后盾，始少少复。以一九一〇年四月二十一日卒，去今才五稔也。其所著有《傅金之时代》*The Gilded Age*［*The Gilded Age*：*A Tale of Today*］、《汤姆扫叶》*Tom Sawyer*、《海外之浪游》*A Tramp Abroad*、《太子与乞儿》*The Prince and the Pauper*、《密西西泌河上之生活》*Life on the Mississippi*、《新灵地历程》*New Pilgrims Progress*［*The New Pilgrims' Progress*］及《贞德忆语》*Recollections of Joan of Arc*［*Personal Recollections of Joan of Arc*］诸书，均得名。

——录自中华书局 1917 年初版

《噫归矣》[①]哈脱小传

（周瘦鹃）

白来脱哈脱 Francis Bret Harte 以一八三九年八月二十五日生于纽约之爱尔培奈 Albany，父蚤［早］世，家复贫，发愤向学者数载，即从母氏之喀立福尼亚 California。初设一学校于萨奴拉 Sanora，无所成。从事于矿务，又失败。穷极无聊，遂至圣弗莱昔司哥 San Francisco，入一报社，为排字人。氏至是，已入成功之门。寻得擢为编辑，主笔政焉。逾年，去而为某星期报总编辑。所著说部，即陆续刊登报中，名乃藉甚。一八六四年，被委为圣弗莱昔司哥美国造币局秘书，居六年。公余一以吟咏为事，偶有所作，人争诵之。一八六八年，手创《大陆月报》*Overland Monthly*，主任编纂，其短篇小说之杰构，乃先后出现。有《洛林营之佳运》*The Luck of Roaring Camp*、《卜克弗拉之无家者》*The Outcast of Poker Flat*、《戴纳西之股东》*Tennessee's Partner*、《米格尔司》*Miggles* 诸作，名益噪。后归东部，为《大西洋月报》*The Atlantic Monthly* 投稿人。时且流转诸名城演说，所至有声。一八七八年，被委为驻德国克勒弗尔领事。越二年，又为驻苏格兰格拉斯哥领事。居五载，始解职。侨寓伦敦，娱其晚景焉。以一九〇二年五月六日卒。其生平杰作有《弗立泊》*Flip*、《卡宽纳林中》*In the Carquinez Woods*、《鹰谷困雪记》*Snowbound at Eagles*［*Snow-Bound at Eagle's*］及《克拉伦司》*Clarence* 诸书。

——录自中华书局 1917 年初版

① 《噫归矣》，为《欧美名家短篇小说丛刻》中卷，美利坚之部第七篇，原名 *The Man of No Account*，白来脱哈脱（Bret Harte，今译哈特，1836—1902）著。

《死》[①]杜瑾纳夫小传

（周瘦鹃）

杜瑾纳夫 Ivan Sergeyevich Turgenieff 以一八一八年十一月九日生于俄罗斯之乌利尔 Orel，初就传于莫斯科及圣彼得堡。一八三八年，襆［幞］被赴德京柏林，习彼邦之哲学、文学。越两载而归，供职于内务部中。一八四一年，刊其诗集。一八四四年，以所著第一种之说部《盎特利夸洛索夫》*Andrei Kolossoff* 付梓行世。翌年，成《猎人笔记》*A Sportsman's Sketches* 一书，大为国人所传诵，英法德三国文家复争译之，名遂大著。一八五二年，草一书昌言自由主义，为政府所忌。褫其职，幽之狱中。复被放于乌利尔，两年后始得自由。后即飘然去国，至排屯排屯 Baden-Baden 及巴黎。侨寓两地，颇与法国诸文学家相周旋。时复一归故国，少纾其思乡之念。一八八三年九月三日卒于巴黎，所著说部中最有名者有《露亭》*Rudin*、《贵人一窠》*A Nest of Nobles*、《海伦娜》*Helene*、《父与子》*Fathers and Sons*、《烟》*Smoke*、《处女之土》*Virgin Soil* 诸书。

——录自中华书局 1917 年初版

《宁人负我》[②]托尔斯泰小传

（周瘦鹃）

托尔斯泰伯爵 Count Leo N. Tolstoi 以一八二八年八月二十八日生

① 《死》，为《欧美名家短篇小说丛刻》下卷，俄罗斯之部第一篇，英名 *How the Russian Meets Death*，俄国杜瑾纳夫（Ivan Turgenev，今译屠格涅夫，1818—1883）著。

② 《宁人负我》，为《欧美名家短篇小说丛刻》下卷，俄罗斯之部第二篇，英名 *A Long Exile*，俄国托尔斯泰（Leo Tolstoy，1828—1910）著。

于都拉 Tula 之亚那亚波拉那 Yasnaya Poliana。初求学于墨斯科及甘惹 Kazan，后入高加索军中，从高咨却高夫亲王 Prince Gostschakoff 出征土耳其。一八五五年西白司都波尔 Sebastopol 之役，亦与焉。事定，解甲归，而已以诗家、小说家闻。出入圣彼得堡文酒场中，人皆刮目。居未久，即作德意志、意大利之游。一八六二年，年三十四，始结婚。卜居墨斯科左近之领地上，与农人辈杂处。居恒以著书、种植为乐。更立一小学校，聚农家子弟，躬自教诲之。其课程之周密，教法之良美，实俄国两都所未尝有者。复擅医术，邻人病，每自趋视，且为之治汤药，亲切备至，人罔不感泣。隐高加索山日，草《婴时童时少年时》*Childhood*, *Boyhood*, *and Youth*、《尼克路道夫亲王忆语》*Memoirs of Prince Nekludoff* 二书，并《哥萨克兵》*The Cossacks* 短篇小说一。游西欧诸邦时，有《大风雪》*The Snow Storm*、《二骠骑兵》*Two Hussars*、《家庭幸福》*Family Happiness*、《三死》*The Three Deaths*、《波立柯希加》*Polikushka* 诸作。一八六五年成一巨著，曰《战争与和平》*War and Peace*，言拿破仑征俄事，奕奕有生气。一八七五年草哀情小说《阿娜喀丽尼娜》*Anna Karenina*，三年而成。书出，风靡全国，一时推为文学界唯一之杰构。一千九百年，著《复活》*Resurrection*，立与前二书先后传诵全欧，迻译者不下十数国。一千九百十年，忽弃家远适，将以隐遁终其身。寻病，遂以十一月二十日卒于阿司塔波伏 Astapovo，人皆伤之。综其一生著述，舍说部外，尚有宗教书及短篇杂作无算，均传。

——录自中华书局 1917 年初版

《大义》[①]高甘小传

（周瘦鹃）

麦克昔姆高甘 Maxime Gorky 真名曰潘希高夫（M. A. M. Pyeshkof）。以一八六八年三月十四日生于尼尼拿夫高洛（Nijni Novgorod）。读书既成，颇事浪游。数年间流转工作，不名一业。尝为稗贩，为厮役，为园丁，为船坞工人。时复无业，为浪人。居恒好杂处于俄罗斯贫民苦工及下流社会中，摭拾闻见，著为说部。故其所作，多为无告小民请命者。有《麦加区特拉》*Makar Chudra*、《哀密良壁勃甘》*Emilian Pibgai*、《乞尔加希》（*Chelkash*）、《托斯加》*Toska*、《麦尔佛》*Malva*、《同伴》*Comrades*、《间谍》*The Spy* 诸书，均名。外此又有短篇小说三卷，及剧本一种。其人尚存，今仍从事于著述如故。

——录自中华书局 1917 年初版

《红笑》[②]盎崛利夫小传

（周瘦鹃）

盎崛利夫 Leonid Andreef 以一八七一年生于乌利尔 Orel。在书院中肄业时，即丧其父。家贫，困甚，因孜孜力学，不敢少怠。寻为小学校教师，所入甚微。厥后从事文墨，无过问者。侘傺无聊，遂

① 《大义》，为《欧美名家短篇小说丛刻》下卷，俄罗斯之部第三篇，英名 *The Traitor's Mother*，俄国麦克昔姆高甘（Maxim Gorky，今译高尔基，1868—1936）著。

② 《红笑》，为《欧美名家短篇小说丛刻》下卷，俄罗斯之部第四篇，英名 *Red Laugh*，俄国盎崛利夫（Leonid Andreyev，今译安德烈耶夫，1871—1919）著。

谋自杀。一八九四年，以枪自击，得不死。创处既平复，仍鼓勇事著述，而失败如故。幸自小好绘事，因以卖画为活。日为人图像，每像仅得五卢布或十卢布。至是冻馁虽已幸免，而家况之艰窘如故也。一八九七年，去而为律师生活，被召入墨斯科法廷［庭］。顾所得亦浸薄，暇则复为报馆中担任法律上之纪事焉。越年，刊其短篇小说《彼狂乎》*Was He Mad*一篇，大受社会欢迎。于是文名日著，而贫薄之生涯，遂亦于是告终矣。其生平所作短篇小说绝夥，有《谎语》*The Lie*、《思想》*The Thought*、《总督》*The Governor*、《瞿大司伊楷利哇》*Judas Iscarit*［*Judas Iscariot*］、《萨希加杰古来夫》*Sashka Jigulef*诸作。舍《彼狂乎》一篇外，尤以《红笑》为最著。今其人尚存，与高甘氏Gorky并称为俄罗斯当代两大著作家。

——录自中华书局1917年初版

《驯狮》[①]贵推小传

（周瘦鹃）

贵推Johann Wolfgang von Goethe以一七四九年八月二十八日生于德意志之法朗克福Frankfort。生而颖慧，读书孟晋。父亲课之读，后复由名师多人，辗转教授焉。一七六五年，入莱泊齐格Leipzig大学，于法学一科，不甚经意。而尔时校中又不重文学，坐是居恒辄郁郁，几欲罢去。幸得良友，差能自遣。而爱海之波，亦已震荡于其胸臆之中。悦一女郎曰加斯钦匃高夫Kathchen Schonkopf，其短篇情剧所谓《情人之幻想》*Die Laune des Verliebten*者，即为此女作也。

① 《驯狮》，为《欧美名家短篇小说丛刻》下卷，德意志之部第一篇，英名*A Tale*，德国贵推（J. W. von Goethe，今译歌德，1749—1832）著。

一七六八年，归法朗克福，病甚，阅一年余，始瘳。一七七〇年，遂之施屈司堡 Strasburg，竟其学业。颇殚心于化学、解剖学、文学、考古学诸科，旁及法律，亦少少涉猎。是年又倾心于一牧师之女绯蝶立克白丽杏 Friederike Brion，为作情诗情歌多首。锦心绣口，弥可宝贵。并与大评论家欧逗氏 Herder 订交焉。翌年，得法科学位，引归，家居又一年，始至惠志拉 Wetzlar，为王家立法院中学习员。尔时遂邂逅一女郎莎绿德白夫 Charlotte Buff，情好綦笃。顾女已有聘夫，行出阁矣。贵推幽怨填膺，力抉情网而逃。其一七七四年所著哀情小说《小威特尔哀史》*Die Leiden des Jungen Werthers* 中之女郎莎绿德，即指彼姝，而威特尔则自道也。后十年中，迭与名公贵人相结纳，历居政府要职，颇为国人所推重。一八〇六年与其情人克丽丝钦佛尔壁斯 Christiane Vulpius 结婚，年已五十有七矣。得一子，曰奥格斯德 August，盖未结婚时所生者。越两年，与拿破仑遇，一代文豪得与一代英雄相握手，乐可知矣。晚年屏绝公共事业，刻意从事于著述，成鸿篇杰作无算，为世传诵。以一八三二年三月二十二日卒。生平有男女二知友，男友为大文豪施甘勒 Schiller，毕生称莫逆。女友为莎绿德方施丹 Charlotte von Stein，相悦亘十载，两心如一焉。著作绝富，传诵全欧。说部有《威廉梅斯德》*Wilhelm Meister*、《威廉梅斯德之学徒生活》*Wilhelm Meisters Lehrjahre*、《威廉梅斯德流浪记》*Wilhelm Meisters Wanderjahre*、《小威特尔哀史》*Die Leiden des jungen Werthers* 诸书。脚本有悲剧《荀志方白立克音盎》*Gotz von Berlichingen*［*Götz von Berlichingen*］、《克拉维古》*Clavigo*、《福斯德》*Faust*（最著名之杰作）、《哀格莽》*Egmont*、《瑙西加》*Nausikaa*、《施药拉》*Stella*，喜剧《同谋》*Die Mitschuldigen*、《欧温与哀尔麦》*Ervine und Elmire*［*Erwin und Elmire*］诸作，其余诗歌、文章、杂著亦数十种。

——录自中华书局 1917 年初版

《破题儿第一遭》[①]查格小传

（周瘦鹃）

盎黎克查格 Johann Heinrich Daniel Zschokke 以一七七一年三月二十二日生于德国之麦蒂堡 Magdeburg。善为小说家言，并以史家、宗教家闻。一七七六年，六岁，举家移居瑞士，氏遂亦长于其地。瑞士富山水，湖光峦影，足以悦性怡情。氏自少受其陶镕，宜其发于文者，隽妙无艺。生平所为小说，庄谐并擅，落笔虽极轻澹，而其刻划入微处，则锐如利簇。今者德国全境，犹啧啧称道之。久居瑞士，扬历瑞士政界，垂数十年。公余则一以著述为事，文名亦藉甚。以一八四八年六月二十七日卒于瑞士之挨劳 Aarau。小说有《挨劳之墓地》*Der Freihof von Aarau*、《美国生产之欧人》*Der Creole*、《挨拉孟塔特》*Alamontade* 诸书，均一时名作。外此又有史书、宗教书多种。

——录自中华书局 1917 年初版

《悲欢离合》[②]法利那小传

（周瘦鹃）

萨尔佛都法利那 Salvatore Farina 以一八四六年一月十日生于意大利撒迭尼亚 Sardinia 之骚沙 Sorso。读书既成，即至巴黎习法律。

---

① 《破题儿第一遭》，为《欧美名家短篇小说丛刻》下卷，德意志之部第二篇，原名 *Max Stolprian*，德国盎黎克查格（Johann Heinrich Daniel Zschokke，通译苏虎克，又译亨利·左克，1771—1848）著。

② 《悲欢离合》，为《欧美名家短篇小说丛刻》下卷，意大利之部第一篇，英名 *Separation*，意大利法利那（Salvatore Farina，今译法雷纳，1846—1918）著。

一八六八年遂得学位，顾所学虽极深湛，初不投身法界。平昔好文学甚，因折节而为文学家之生活。时密兰 Milan 为意大利北部人文渊薮，骚人墨客，胥萃于是。因亦橐笔而往，从事于小说家言。初即有 *Due Amori*、*Frutti Proibiti*、*Romanzo di un Vedovo* 三书之作，继以 *Tesoro di Donnina*［*Il tesoro di Donnina*］、*Faute di Priche*、*Amor Bendato*、*Oro Nascosto* 诸书，写家庭间事，妙到毫颠。举南欧文家，无一及之者。今尚居密兰，年七十余矣。其生平著作，德人酷好之，争相迻译，传诵一时。荷兰、法兰西、西班牙诸国文家，亦有译其文字者。

——录自中华书局 1917 年初版

《兄弟》[①] 堉堪小传

（周瘦鹃）

玛立司堉堪 Maurice Jókai 以一八二五年二月十九日生于古孟 Komorn。初学绘事，不成，偶作画，笔致多恶劣。顾于文学，则独擅胜场。年十七，编一剧本，曰《犹太童子》*The Jewish Boy*，读者激赏，称为杰构，匈牙利文学院为加桂冕以宠之焉。然其文字生涯，斯时犹未开场也。因家贫，佣于一律师处，为书记。日必治事十六小时，况瘁万状，夜则操觚染翰，为小说家言。一日律师偶见其稿，大惊异之，立出资为之付刊。书出，人尽欢迎。时为一八四六年，氏年仅二十有一。律师知此法律公牍中且将埋没奇才，因以舍去为劝。氏欣诺，由是遂一以著述为事。居未久，已成说部多种。寻为一最著名之星期报中主任编纂，一时文名藉甚，为社会所推重。娶一

① 《兄弟》，为《欧美名家短篇小说丛刻》下卷，匈牙利之部第一篇，英名 *The Brother's Duel*，匈牙利玛立司堉堪（Maurice Jókai，今译约卡伊，1825—1904）著。

女优，伉俪甚笃。一八四八年匈牙利大举义师，抗奥独立。氏奔走号呼，颇为祖国尽力。事败，处死刑。幸赖夫人勇，得免，隐遁数月，自由尽失。复赖夫人斡旋，得奥政府特赦。以一八五〇年归配斯得 Pest，即卜居焉。然氏虽受此挫折，而报国之志初未衰也。因以文字激励国人，不遗余力。二十年中，成书都百四十卷，长篇小说二十三种，剧本七种，短篇小说三百十四种，风行全国，读者均为感动。以一九〇四年五月卒，其名著有《匈牙利富豪》*A Hungarian Nabob*，续卷《查尔丹加班山》*Zoltan Karpathy*，《新地主》*The New landlord*、《黑钻石》*Black Diamonds*、《下世纪之稗史》*The Romance of the Coming Century* 诸书，间有译为英文者。

——录自中华书局 1917 年初版

《碧水双鸳》[①]佛尔苔小传

（周瘦鹃）

佛尔苔 Armando Palacio Valdés 以一八五三年生。幼耽文学，雅喜涂抹，长遂从事于小说家言，卓然成名。今尚居西班牙之乌维亚度 Oviedo，杜门却扫，不问世事。年六十余矣，而时复出其著作，与国人相见。生平有《玛萨与曼丽》*Martha and Mary*、《利佛利他》*Riverita*、《麦克西米娜》*Maximina*、《女修士圣瑟尔比斯》*Sister St. Sulpice*、《病者之短歌》*The Idyl of an Invalid*、《约瑟》*Jose*、《浮泡》*Froth* 诸书，均聚精会神之作。

——录自中华书局 1917 年初版

① 《碧水双鸳》，为《欧美名家短篇小说丛刻》下卷，西班牙之部第一篇，英名 *Love by the Ocean*，西班牙佛尔苔（Armando Palacio Valdés，通译帕拉西奥·巴尔德斯，1853—1938）著。

《逝者如斯》[①]甘勒小传

（周瘦鹃）

高德弗来甘勒 Gottfried Keller 以一八一九年七月十九日生于瑞立克 Zürich，父为木工，早逝，家困甚，从母食贫而长。初入一小学校读，校章绝美备，贫富均得同学。故氏虽贫，而所受教育，与富家子弟埒。后之茂尼克 Munich，习美术，善绘风景，卓然成家。寻觉厌倦，遂弃去，复负笈游学于德意志，造诣乃益深。在校中即刊其所为诗一卷，颇传诵于时。学成，归瑞立克，供职政府。公余则从事于文学，顾以时间有限，而心又缜密，是以历年所作，为数不多。初成短篇小说多种，刊为一卷，命名曰《山尔威拉之民》*The People of Seldwyla*，书甫出，名即鹊起。后此又著《村中之罗米欧与周立叶》*The Romeo and Juliet of the Village*、《李格尔阿姆来夫人及其幼子》*Frau Regel Amrain and her Youngest Son*、《失笑》*The Lost Laugh* 诸作，并《瑞立克说部》*Zürich Novels*、《野语丛刻》*Sieben Legenden* 各一卷，俱道瑞士之民生风俗者。

——录自中华书局 1917 年初版

《断坟残碣》[②]盎特逊小传

（周瘦鹃）

亨司盎特逊 Hans Christian Anderson 以一八〇五年四月二日生于

---

① 《逝者如斯》，为《欧美名家短篇小说丛刻》下卷，瑞士之部第一篇，英名 *The Funeral*，瑞士甘勒（Gottfried Keller，今译凯勒，1819—1890）著。

② 《断坟残碣》，为《欧美名家短篇小说丛刻》下卷，丹麦之部第一篇，英名 *The Old Gravestone*，丹麦亨司盎特逊（Hans Christian Anderson，今译安徒生，1805—1875）著。

福南 Funen 之奥顿司 Ordense。父为靴工，家贫如洗。父卒后，即佣于工厂中，以善歌，颇得朋友欢，而嘲弄之者亦过半。少年即有诗才，意欲投身梨园。间关之科本海根 Copenhagen，顾乃不幸见屏。复拟作歌人，寻又自谂匪合。计无复之，心悒悒甚。幸得义友，为上书于国王，纳之一速成学校中。居恒好为诗，其所作《死儿》*The Dying Child* 一诗，颇为时称。后草一谐文，曰《阿麦之行》*Walk to Amak*，遂有名。一八三〇年，以诗集第一卷付刊。翌年，又刊第二卷。一八三三年，国王赐以旅行之费，旅行于德意志北部，因著《旅行记录》*Travelling Sketches* 一书。至瑞士，成一书曰《安格尼司与人鱼》*Agnes and the Mermaid*。后游罗马及奈伯尔司，赏其天然佳景，遂著《有捷才者》一书 *The Improvisatore*。一八三六年，草说部一，曰 *O. T.*。翌年又著《一琴师耳》*Only a Fiddler*。综其生平著述，以神怪及寓言小说为多。而意中皆有寄托，非徒作也。有《丑鸭》*The Ugly Duckling*（此篇夫子自道）、《锡兵》*The Tin Soldier*、《皇帝之新衣》*The Emperor's New Clothes*、《火绒箱》*The Tinder Box* 诸篇，篇幅虽短，寓意却深。且状物写生，绝富兴趣，欧美儿童佥好之。氏以一八七五年八月四日卒，年七十。

——录自中华书局 1917 年初版

《芳时》[①] 史屈恩白小传

（周瘦鹃）

邬格司德史屈恩白 August Strindberg 以一八四九年一月二十二日

① 《芳时》，为《欧美名家短篇小说丛刻》下卷，瑞典之部第一篇，英名 *Phoenix*，瑞典史屈恩白（August Strindberg，今译斯特林堡，1849—1912）著。

生于瑞典首都施都克花姆 Stockholm。初攻医学及哲学，造诣颇深。厥后投身社会，不名一业。尝为教师，为优伶，为图书馆司事，为新闻记者。迨一八八二年后，则专治文学。文名震烁一时，俨然为瑞典近世文学界之领袖。初著说部《红室》*The Red Room* 及《新国土》*The New Kindom* 诸书，攻击瑞典守旧之社会，不遗余力。读其书者，无不为之感动。所编脚本亦绝夥，有《父》*The Father*、《瞿丽霞女士》*Miss Julia*［*Miss Julie*］、《债主》*Creditors* 诸作。造意峻刻，如其说部，梨园争演之，观者尽靡。一般评论家，佥称之为“瑞典之莎士比亚”云。以一九一二年五月十四日卒于施都克花姆，去今才四年耳。

——录自中华书局 1917 年初版

《除夕》[①] 安娜高白德小传

（周瘦鹃）

安娜高白德 Anna Kaubert 为荷兰最著名之女小说家。荷兰产小说家，固寥寥如晨星。即有所作，亦多落一呆诠，鲜有可称者。于是安娜高白德即出其轻倩婉约之作，贡诸社会，卓然以名家闻。其从事于文墨也，仅六年之久。自一八九一年始，至一八九七年逝世时止，为时虽暂，而文名已著。所作风行全国，每一书必数万卷云。

——录自中华书局 1917 年初版

① 《除夕》，为《欧美名家短篇小说丛刻》下卷，荷兰之部第一篇，英名 *Our First New Year's Eve*，荷兰安娜高白德（Anna Kaubert，?—1897）著。

《一吻之代价》[1] 崛古立克氏小传

（周瘦鹃）

崛古立克氏 T. Drakulitch 为塞尔维亚 Servia 近世最著名之小说家。彼邦文士，无一足与颉颃者。今其人尚存，方在培尔格来特 Belgrade（按即塞尔维亚首都）大学校中，为教授。平昔著述绝富，多激励国人之作。

——录自中华书局1917年初版

《难夫难妇》[2] 瞿海尼挨诃小传

（周瘦鹃）

瞿海尼挨诃 Juhani Aho 以"芬兰小说界之王"闻于西欧。为意特利萨米 Iderisalmi 一牧师之子，自一八八一年始，从事于小说家言，寻即得名。一八九〇年，以国家公费，作巴黎之游。见闻既广，文思益豁，遂成二大杰作。一曰《寂寞》*Yksin*，为一心理小说，造意玄妙，发人深省。一曰《拉斯都加》*Lastuga* [*Lastuja*]，则皆短篇小说也。其先尝著《铁路》*Rantatie* 一书，亦负盛名。芬兰读者，无不人手一编，几如英吉利人之有《鲁滨逊飘流记》矣。后膺亲俄议会之赏，年得年金一百五十镑，以十年为度。尝有爱国小说多种，颇能振刷其祖国之精神云。

——录自中华书局1917年初版

---

① 《一吻之代价》，为《欧美名家短篇小说丛刻》下卷，塞尔维亚之部第一篇，英名 *Vengeance*，塞尔维亚崛古立克（T. Drakulitch）著。

② 《难夫难妇》，为《欧美名家短篇小说丛刻》下卷，芬兰之部第一篇，英名 *Pioneers*，芬兰瞿海尼挨诃（Juhani Aho，今译阿霍，1861—1921）著。

《蓬门画眉录》

《蓬门画眉录》[①] 题词

冷风（恽铁樵）[②]

绝世丰姿罗绮身，几人蓬壁肯安贫。从知功利盈天下，不少黄金误美人。

爷娘厮养女如花，娘餍糟糠女玉钗。珂里合教名胜母，我如相值定回车。

周周短羽随黄鹄，中路彷徨失所栖，何似人家双燕子，筑巢辛苦共衔泥。

小说言情款款深，国风随笔变贞淫。时人艳说金龟婿，误尽穷簷父母心。

——录自商务印书馆 1917 年初版

① 《蓬门画眉录》(*Parkwater*)，小说，上下二册，英国亨利·瓦特女士（Mrs. Henry Wood，今译伍德夫人，1814—1887）著，武进恽铁樵译述，上海商务印书馆 1917 年 6 月初版，说部丛书第三集第二十五编。

② 冷风，恽铁樵（1878—1935），原名恽树珏，笔名有焦木、冷风、铁樵、铁、铁礁等。江苏常州人，1903 年考入上海南洋公学，攻读英语。1911 年任上海商务印书馆编译，1912 年主编《小说月报》。译著有《波痕荑因》《沟中金》《温斯冬》，与胡君复译《乡里善人》，与徐凤石译述《西学东渐记》(容闳著)。

《贤妮小传》

《贤妮小传》[①] 序

陈坚[②]

茫茫大地，芸芸众生，孰主宰是？孰纲维是？孰居无事推而行是？意者其有爱而不能已耶，其有情而不能止耶？无情即无天地，无万物。天地无，爱则息，万物则死。爱情之范围固若是，其广也。陋儒狭而小之，谓为男女相悦独有之名，毋亦瞽者之扪象欤？实则既名为人，举凡父子昆弟夫妇朋友之伦，何者非情？何者非爱？余以为天下善言情者，莫如小说，间尝求之于古今中外之说部，能发明伦理之爱情者盖寡，今乃于亨利瓦德女士之书得之。是书叙一牧师之女曰贤妮者一生之历史，而以古柏、阿修礼、林萨弥、耐娘、戴儿诸人为之宾，哈利则为宾中之主，所叙皆家常琐事。初无奇节异行之能耸人听，但有一种魔力能令读其书者忽喜忽怒，忽泣忽歌，发乎心之自然而莫之能止，非天下之奇文耶？然实玩之，不过摹写父子昆弟夫妇朋友之情，各臻其极。著者诚善言爱情者矣，抑又闻之，伦理者阅万世而不变者也。我国数千年来之学说，率以伦理为宗，今亦稍稍替矣。余谓此实世运升降之一大原因，充其极祸，且烈于洪水猛兽。然原其祸之所由始，亦曰爱情薄耳。盖必伦理无真爱，然后天性日漓，心术日坏。积人成国，世变遂不可知。然则是书或亦救时之良药乎？余偕

---

① 《贤妮小传》，上下册，小说，英国亨利瓦特女士（Mrs. Henry Wood，今译伍德夫人，1814—1887）著，长沙丁宗一、南通陈坚编译，武进冷风（恽铁樵）校订，上海商务印书馆 1917 年 6 月初版，说部丛书第三集第二十六编。

② 陈坚，生平不详。与丁宗一编译尚有《鱼雷》《蛇首》《魔冠浪影》《怪手印》，与范本煃合译《意孝女飞艇雪仇录》，与胡宏华合译《仙足奇谭》。

丁君译竟，箓揭其义以告读者，幸勿徒赏其文章之美也。

岁次丁巳二月既望，陈坚叙于扶海之贯黍楼。

——录自商务印书馆 1917 年初版

《围炉琐谈》

《围炉琐谈》[①] 绪言

（刘延陵[②]　巢干卿[③]）

本编原名 *Round the Fire Stories*，直译其名，可作《围炉琐谈》。原含短篇十七篇，译者去其稍次者五篇，得十二篇。原著者，曰柯南达里 A. Conan Doyle，当今英国名家，所著小说，多描摹社会黑暗之状，而情节离奇，结构幻谲，读者称绝。所著《福尔摩斯侦探案》，译本遍于世界，虽三尺之童，亦知其名。然其事实文情，犹不逮本篇。故尼哥尔曰："勋爵柯南达里精美之短篇丛集多矣，而皆不及《围炉琐谈》。""Sir A. Conan Doyle has published excellent collections of Short Stories, but none as good as '*Round The Fire*'." Sir Wm. Robertson Nicoll in the *British Weekly*。此其概略，欲知其详，请读下文。公等既读毕之，将击案叹曰："今日之社会，万恶之社会；柯南之小说，惊人之小说。"

---

① 《围炉琐谈》(*Round the Fire Stories*)，英国柯南达里（Sir A. Conan Doyle，通译柯南·道尔，1859—1930）著，刘延陵、巢干卿编纂，武进冷风（恽铁樵）校订，上海商务印书馆 1917 年 12 月初版，说部丛书第三集第三十八编。

② 刘延陵（1894—1988），字苏观，笔名言林、Y.L，江苏泰兴人，1916 年毕业于复旦大学，1921 年在上海中国公学中学部任国文教员，同年参加文学研究会。1923 年与朱自清、俞平伯等人组织 OM 社，曾编印《我们的七月》《我们的六月》两种不定期文学刊物。

③ 巢干卿，生平不详。

民国六年　月　日，译者识于美国纽海文城。

——录自商务印书馆 1917 年初版

《再续贤妮小传》

《再续贤妮小传》[①]跋

陈坚

于戏，《贤妮小传》卒业矣。余译是书，自春徂秋，或作或辍，凡八阅月。冕英笔其大意，余则译之为文。冕英以七月望蒇事，余卒卒鲜暇，今始脱稿，而冕英死半月矣。嗟乎！嗟乎！犹忆冕英译此，至爱德迦死时，谓我曰：“此为吾辈教授写照也。”言已泣下。余当时颇笑之，何意竟成谶语。冕英之贫，绝类爱德迦，且有老母，死后之惨，殆有甚焉。嗟乎！死者已矣，惟愿冕英夫人，能如贤妮，而其子亦能如慧丽兄弟，则冕英之心慰。更愿读此书者，人人能如贤妮母子之坚苦自立，则冕英虽死，如不死矣。吾译此书竟，哭冕英不已，和泪濡墨耶，附书数语于此，泪耶墨耶，吾乌从而辨之。中秋后四日陈坚跋。

——录自商务印书馆 1922 年三版

① 《再续贤妮小传》，上下册，小说，英国亨利瓦特（Mrs. Henry Wood，今译伍德夫人，1814—1887）著，长沙丁宗一、南通陈坚编译，武进冷风（恽铁樵）校订，上海商务印书馆 1917 年 12 月初版，说部丛书第三集第三十九编，1922 年 4 月三版。

1918年

《杜宾侦探案》

《杜宾侦探案》[①]序

（常觉[②]　觉迷[③]　天虚我生）

爱伦浦为美国小说名家，生于千八百零九年。少穷，奇才落拓，且好酒，醉则狂歌痛哭，故人皆以为痴。然能诗，多穷愁之作，足与俄文豪蒲希根抗衡。出其余绪，而为小说，尤富奇想，心思之细，直逾毫发。其《杜宾侦探案》一书，实为侦探小说之鼻祖。即近代小说家，如柯男道尔等诸人，素以侦探著名者，而其所作，亦大半滥觞于爱氏，而不脱其窠臼。即以吾人所译之《福尔摩斯侦探案》论，则其壁上奇书，实模仿于《骷髅虫之密码》。而《情影》一篇，则尤近于《法宫之情简》。此外作家，如勒勃朗之《亚森罗苹》，则与此书相类者，尤不胜偻指而数焉。盖爱伦浦者，天生奇才，思想敏妙，殆无其伦。当时却而斯迭更司，方负盛名，尝著《巴那倍》一书，刊之日报，未及数章，而爱氏竟揣度得其全书之结构，尽揭之于《格兰汉》

① 《杜宾侦探集》，美国爱伦浦（今译爱伦·坡）著，版权页误作“爱浦伦”，常觉、觉迷、天虚我生（陈栩）译述。上海中华书局1918年1月初版。

② 常觉，李常觉（？—？）。号新甫，与程小青等翻译了柯南·道尔的《福尔摩斯侦探案全集》，与人合译《杜宾侦探案》等，是《礼拜六》《游戏杂志》《女子世界》的主要撰稿人。

③ 觉迷，资料不详。

杂志中，却而斯乃骇然服膺，废书而叹。是其思想之富，概可知矣。所惜者天不与年，丰才啬遇，偃蹇半生，年未四十，竟以痴病而死。其平生所遭，大抵逆境为多，故其所著书，往往有类于狂易之语，流露于不觉。读者但观《骷髅虫》一篇，殆即先生自道也。译者识。

——录自中华书局 1932 年七版

《桑狄克侦探案》

《桑狄克侦探案》[①]［序］

天虚我生（陈栩）

是书为英国小说名家奥司登所著，奥君以侦探小说，类皆故设迷阵，累牍连篇，如排五里之雾，阅之使人无欢，特出心裁，尽翻成例，撰此一书。体裁分上下二卷，上卷为叙述体，直写凶犯当场实施之行为，复毁灭种种证据，以泯其迹。使读者设想，将从何处探索，以破其案，盖小说谜也。下卷则为札记体，假医士吉维司之日记，以志侦探着手之方向，读上卷以为山穷水尽者，至是乃又头头是道，入情入理，无一牵强附会之弊。文心之细，直似牛毛茧丝，虽多不紊，迎刃而解，实不啻一部侦探教科书也。此书第一篇《碎镜残冠》，初登《彼耶森杂志》，大受欧美人士欢迎，叹为侦探小说科幻空前之杰构，驰函敦促，乃又续成三篇。今并译之，以供读者。每读上卷而后，试掩卷思之，再读下卷，其味实无穷也。丁巳三月天虚我生志。

——录自商务印书馆 1930 年六版

① 《桑狄克侦探案》小说。英国奥司登著，常觉、觉迷、天虚我生译述，董皙芗校订。上海中华书局 1918 年 1 月初版。

《帐中说法》

《帐中说法》[1] [序]

刘半侬（刘半农）

是篇为英国唐格腊司 Donglas Jerrold 所著。氏生于十九世纪初年，以滑稽雄辩名于时。著有小说多种，最著名者为 *Clovernook*, *St.Giles' and St.James's*, *The manmade of money*, and *The story of a Father* 四种。戏曲最著者为 *The Black-eyed Susan*, *The Rent-day*, *Nell Gwyune*, *Jine worns Wonders*, *The housekeeper*, and *The prisoner of war* 六种。又别体小说一种，即《帐中说法》*Mr Caudle's Curtain Lectures* 也。《帐中说法》为氏之得意著述，日俄德法各国，均转译之。书凡十八节，约五万余言。兹将不合我国风俗者略为删节，犹得三万言。其中事实，类多家庭细故，通人之所不屑言者。氏乃以其聪颖之资，雄健之笔，津津乐道之。诙谐百出，妙绪环生，使不得其人而事之女子读之，必欣欣然曰："彼劣丈夫固应如是也。"使困于内威之男子读之，又必拍案狂呼曰："有此生花妙笔，为天下之恶妇写照，吾侪须眉，可以吐气矣。"智者见之谓之智，仁者见之谓之仁，家庭小说之能事尽矣。论者或病其每有重复处，不知其妙处即生于重复。吾知氏当握笔疾书之际，必有其夫人之小影，盘旋于脑海之中，使非目睹实情而躬受刺激者，其描写何能神似乃尔。译者识。

——录自中华书局 1924 年四版

① 《帐中说法》(*Mr Caudle's Curtain Lectures*)，又译《考德尔夫人闺训》，小说。英国唐格腊司（Douglas William Jerrold，今译杰罗尔德，1803—1857）著，刘半侬（刘半农）译述、董皙芗校订。上海中华书局 1918 年 1 月初版。1924 年 2 月四版。

《兰　因》[①]

《兰因》弁言

余谷民[②]

为小说家言，常喜自负。而举天下慰情之事，莫过于见爱怜于佳人，于是等身著述中。则其杰作，必有所喻。即无影事足写，亦宜烘云托月。以主人翁位置藐躬，充其胜任而愉快。南面王殆不足道，斯固措大心理，于昔已然。初不意中外文人，咸成一辙。书中如恩屈罗塞绯荔之才之美，盖已天生良偶，又岂其他伧父可得动其食指。然则恩屈罗塞，又安知非著者自许，而绯荔即其幻想中之一人耶？然世间苟真有兹事，宁不足使操觚者，欣欣焉各抱厚望？吾且以为即无此事，而有此书，亦堪令将来之具恩屈罗塞资格者，自信有如绯荔者慰其情之一日也。此书结构佳而译笔雅，命名《兰因》，以征婚姻之高洁，异乎众芳之芜秽。数稔前尝载诸《神州日报》，逐日分登，或无厌于阅者。爰照巾箱本印行，聊取舟车之便云尔。

民国七年六月余谷民识于神州日报馆。

——录自神州日报馆1918年初版

---

① 《兰因》，言情小说，英国斯来得著，兰梦译。"发行者：競生社；发行所：神州日报馆；中华民国七年六月初版"。

② 余谷民（1890？—1938），号大雄，安徽人，早年留学日本早稻田大学政治科，曾参加春柳社活动。回国后任《大共和日报》《神州日报》记者。1919年创办《神州日报》附刊《晶报》，并任主编。

《当炉女》

《当炉女》[①] 提要

（王卓民）[②]

是书叙一贤淑高洁之女郎，为继父所弃，沦落于当炉卖浆之家。一贵族军官怜其境遇，任侠尚义，力欲排除众议，脱之苦海之中，娶以为妻，已订约矣。而女郎因成婚后，恐不利于军官，作书辞之，军官亦为其母兄沮格，致复女书，为兄所匿，彼此遂生误会，受尽悲楚。同时有一贫士，亦爱女郎，见其婚不成，乃尽情爱护，而军官亦为一贵族之女所眷，因有前约，格不能成。其后军官渐知寄书未达，所以生误会之由，不肯居薄幸之名，仍坚持前议，而女郎亦不肯负军官之义，勉允其言，将结婚矣。忽是时军官之友有未婚妻，亦素爱女郎，而深知其情实者，发见二人缔婚之心，一则出于怜才，一则出于报恩，皆非真爱情。而所谓真爱情者，乃别有在，遂竭力设法，为二人解释，于是军官卒娶贵族之女，贫士骤富，女郎亦卒嫁之。诸人结婚，皆得爱情之真谛。光明磊落，所谓有情人都成眷属也。书中写女郎遭运迍邅，为人所欺，令人掩卷悲欤，至危难时，为人所救，又可破涕为笑，侠义爱情，兼而有之。至于叙事则离合悲欢，回环往复，有云连峰断，柳暗花明之妙。行文则芳馨悱恻，清丽芊绵，犹其余事。诚可为举世求真爱情者之名言，亦可为举世误认爱情者之宝筏也。

——录自商务印书馆 1918 年初版

---

① 《当炉女》，王卓民编纂，上海商务印书馆 1918 年 7 月初版。说部丛书第三集第四十九编。

② 王卓民，资料不详。尚译有《恩怨》《蛮花情果》。

《孝友镜》

《孝友镜》[①] 译余小识

林纾

林纾曰：此书为西人辩诬也。中人之习西者恒曰："男子二十一外，必自立。父母之力不能筦［管］约而拘挛之；兄弟各立门户，不相恤也。是名社会主义，国因以强。"然近年所见，家庭革命，逆子叛弟，接踵而起，国胡不强？是果真奉西人之圭臬？亦凶顽之气中于腑焦，用以自便其所为，与西俗胡涉？此书为比国贵族，急其兄弟之难倾家以救，至于破产无依，而其女能食贫居贱，曲意承顺其父，视听皆出于微渺中，孝之至也。父以友传，女以孝传，足为人伦之鉴矣。命曰《孝友镜》，亦以醒吾中国人，勿诬人而打妄语也。戊午二月二十日记。

——录自商务印书馆 1918 年初版

① 《孝友镜》(*De arme edelman*)，上下册，小说，比利时恩海贡斯翁士（Hendrick Conscience，今译孔西延斯，1812—1883）原著，闽县林纾、闽县王庆通编译，上海商务印书馆 1918 年 8 月初版。说部丛书第三集第四十八编。

1919 年

《黑伟人》

《黑伟人》[①]译者案

（孟宪承[②]）

译者案：是书原名 *Up from Slavery*，华盛顿自传也。初分期刊载《外观杂志》*The Outlook*，一千九百又一年出版，故于晚年之事业不详。其下有 *Working with the Hands* 一书，乃叙纪其工业教育之概况，与此实相衔接。外又有著述十余种流传俱极广。

华盛顿于一千九百又一年受法学博士名誉学位于达德末斯学校，一千九百十五年十一月十四日以脑疾逝世，年约五十六七岁，全国哀之，其书记司各脱为作传。

继华盛顿任达斯开济学校校长者，为黑人摩顿 Major R.R.Moton，华盛顿所敬爱之挚友，于著述中亟称其为人者也。

——录自商务印书馆 1920 年再版

① 《黑伟人》（*Up from Slavery*，今译《超越奴役》），上下卷，小说。博嘉华盛顿（Booker Taliaferro Washington，今译布克·华盛顿，1856—1915）原著，武进孟宪承译述，上海商务印书馆 1919 年 1 月初版。1920 年 8 月再版。

② 孟宪承（1894—1967），江苏武进人。曾就读于上海南洋公学预科，后入圣约翰大学。1918 年留学美国华盛顿大学，获教育学硕士学位，继赴英国伦敦大学研究所深造。译有《鬼语》《明眼人》《教育方法原论》等。

《拿破仑外纪》

《拿破仑外纪》[①]序

井居士[②]

往读法兰西天学会杂志，载拿破仑第一赐台官书云：每念以良夜之未央，得与窥管浑仪。云鬟玉臂，平分此乐。虽以寡人居之，以为天下之美事无与易也。是以知一世之雄，未尝忘静中之乐。当其全盛时，宰割欧陆，羁縻天子（当时教皇犹周天子也），帝女来嫔而糟糠下堂，又岂有悔祸之心耶？及其再蹶而不振，束身蛮烟雾瘴之孤礁，旦夕望洋而叹。稗史至载其临死，与太医谋，刳心韫椟，以遗厥妃而不可得，何其惫也。盖阅一世纪而有维廉第二之出奔，则及我身而见，动摇地轴之雄主，堕其霸图，而为高贵之政治亡命（荷兰今以此称之）。孟子曰："王之所大欲可知矣。"呜呼，自大欲之中人，而人遂为大欲之牺牲而不自觉，今我中国，亦有其人。不足以望拿翁维廉之台隶，而颇为大欲所中者，我愿以我老友陆子之《拿破仑外纪》进之。戊午十月，维廉第二皇帝出亡后一来复，井居士叙。

——录自上海广文书局1919年初版

① 《拿破仑外纪》，法国莱翁梅尼爱尔（Léon Meyniel）等原著，陆翔译述，上海广文书局1919年4月初版。

② 井居士，资料不详。

《拿破仑外纪》自序

陆翔[1]

拿破仑起布衣，创帝业于民气嚣张醉心共和之际，又能濯磨淬厉，振已堕之国威。放兵四略，灭国十余，拓土万里。幅员之广远，武功之隆盛，盖与古代亚历山大、近世成吉斯汗比烈矣。独惜其昧于老氏知足不辱、知止不殆之义，善战而不善守，知进而不知退，卒以穷兵黩武覆其邦耳。然吾闻之，药之能奏奇效者，性率猛烈；而马之能致千里者，往往桀骜。使拿破仑而蹈常袭故也，老死牖下，没之无闻已耳，位至将帅而止耳，功业乌能奇伟若是？则其所以亡者，即其所以兴也。天下事利害相倚伏，得失相胶附，往往若是，尚论者慎勿轻以成败议英雄。拿破仑之殂也，去今百有余年矣，而法兰西诗人颂其功德，史家叙其本末；谈政治者，考其法律；言美术者，讨论其制作；小说家流，盛称其轶事。其遗烈之深入人心，历久不泯。有莫知其然而然者。即今欧洲大战，法兰西首当德意志百万之士，屡挫而不挠者，何莫非拿破仑之遗风余威，有以鼓其气而振其志耶？大英雄造成雄伟刚劲之风气，使其民食报于震荡倾危之际，功亦大矣，泽亦大矣。区区一时之得失，一姓之兴亡，何足道哉。余故辑其事为外纪三编，备列盛衰兴亡之故，与其战守攻取之迹，不独补史乘之阙，亦将扬迈往卓荦之风，为我国振衰起弱之药石云而。戊午仲冬，陆翔志于听鹂草堂。

——录自上海广文书局 1919 年初版

---

① 陆翔，生卒年不详。为上海世界书局编辑、著者、翻译人。译有法国邦德里(Pierre Lefevre Pontalis)《泰族侵入印度支那考》(*L'Invasion Thaïe En Indo-Chine*)，辑有《当代名人新书信集》《当代名人新演讲集》等。

《拿破仑外纪》例言

（陆翔）

一　定名　海通以来，专记拿破仑之书至寡，间有一二，皆枯简少神气，是书援通鉴纪事本末例，取拿翁一生削除群雄征伐四方诸大事，足以激发后人思古之幽情者。原始要终，详载缕述，又益以遗闻轶事，将以补历来史乘之阙，振学者仰慕之忱。其事实多通史所未详，其编次以岁月相贯综，故名之曰外纪。

一　分编　全书分三编。上编叙拿氏少年时事，自诞生以迄埃及之役皆属之。中编叙述全盛时事，自即都统位，以迄平普屈俄皆属之。下编叙衰落时事，自征俄大败，以迄滑铁卢之战，皆属之。三编时代较然，然亦有以类相从者。如中编第四章皇后出奔一节，乃衰落时事，因其事属宫闱，故列宫闱章。至下编之后二章，则载拿氏诸将帅之战争轶闻，事虽不属于拿氏，而拿氏之所以兴者，厥惟群策群力之功，故以此殿焉。

一　取材　是书荟萃法兰西史学名家帝闲 Chier’s，莱翁曼尼爱尔 Léon Meyniel，亨利胡山 Henry Houssaye，绍茹台斯包勃 Georges d’Esparbès 等诸家著述而成，别择取舍，剪裁融化。虽不敢自诩尽善，然亦颇具苦心焉。惟当译述之际，欧战方殷，道路多阻，欲购书而无从，仅取固有者辑译之，因陋就简，知不免于大雅之讥矣。

一　附表　拿氏自崛起以迄覆亡，始终虽仅二十年，而内安外攘，事繁如毛。若一一详叙，虽数百万言不能尽。故本书所载，皆其至有关系而曲折饶兴趣者。其不关重要或枯寂寡神味者，皆略之。恐读者憾其不备，特于书末，附一大事编年表，上列中西历，及拿氏年龄，而以大事分注于每年之下，提挈纲领，补苴罅漏，胥于是赖焉。

译者识

——录自上海广文书局 1919 年初版

《白羽记初篇》

《白羽记初篇》[①]序

（沈步洲[②]）

是书述英人经营苏丹事，亦稗官野史之类也。文笔夭矫，情事亦波谲云诡。言情而不涉于俗，言信仰而不陷于神怪，言险阻而不越乎常理。翻阅既竟，遽走笔译之。丹铝才拙，又以文字异轨，风俗殊趋时，虑辞不达意，故于每章之末附以疏注。更恐地名繁琐易致淆乱，故制为草图三纸，弁诸卷端，聊以为浏览之助。而于原书之意义则谨就能力所及，严守勿移，将不独备士大夫消遣之资，且愿为说部译述别立一格焉，倘亦当代研究英文讲求翻译者所许可耶。是为序。

——录自商务印书馆1919年初版

《重臣倾国记》[③]

《重臣倾国记》译余剩语

赵尊岳

吾译威连氏之书，可第四部矣。其一志载宫中墙茨之迹，更奸臣

---

① 《白羽记初编》，上下册，小说。沈步洲译，上海商务印书馆1919年7月初版，说部丛书第三集第七十四编。

② 沈步洲（1886—1932），江苏武进人。著有《言语学概论》，译有《贪夫殉财记》《向羽记续编》等。

③ 《重臣倾国记》，英国威连勒格克司（William Tufnell Le Queux，又译勒魁克斯、威廉·鲁鸠等，1864—1927）著，赵尊岳译述，上海商务印书馆1919年10月初版。《说部丛书》第三集第七十八编。《东方杂志》第15卷第6号至12号（1918年6月至12月）连载。

把持王位之隐，吾则窜取，名之《玉楼惨语》。其二志载英国之奇案，谓奸慝之徒，以印度毒虺，陷人死地。无意间复有贞操之女郎，为事内关键，案情一白，受祸逃死之人，竟与贼女通昏［婚］矣。吾即其意名《烛影蛇痕》。其三亦一英国侦探之书，布张幻迹，玄之又玄。案发侦探，阴谋即其侦探之腻友。幸得仗义之人，夤夜寻索，始于末数页间，破前此七万言不经之疑阵，则署曰《玄局录》。此其四也，复为国家重臣之事。有一陆军之总长，与秘书朋比图奸，秘书即坐以要挟。总长复有女公子，斡旋其间，茹辛食苦，至以身许一漠然不爱之人，拯阿翁于万险。行文伏线，似较前书胜也。威连为英国迩来之文家，人犹健在。一书风行，立意必新警，脱人窠臼。溯西洋说部诸家，恒各擅其事。司各德传历史之风神，柯南达利专假福尔摩斯之事迹，外此亦稍述中叶陈迹，师承欧文。哈葛德专言男女爱情，数十册如出一辙，橡湖一卷，直该括毕生之脑力。狄更司主改良社会，则字字褒贬，及于流俗。法仲马言情，嚣俄挟英爽之概。美国欧文，振奇异俗，凭吊唏嘘，辄以天方大食之故宫，用资谈助。郎法洛则言情，霍桑志怪。俄之托尔斯泰则以淡泊之风，矜农悯苦。凡兹经纬，各不相涉。独威连氏输匠心之巧，淹百家之学，熔政治、情爱、侦探于一炉。言外之意，尤针砭叔季，寄慨江河，照烛人心，如温家之犀，特有韵之文，逊莎士比亚一着耳。就中情事泛滥，正不必加以条举，阅书之人，随处会心可也。欧战方酣，而氏方掀髯擒烟斗，于浓烟沉雾之间，拟战场情事，月必有书。顾文家之笔，一易途径，满纸铺陈，均行营打阵之事，朗丽卑荼之言。后且日少，则此书不可不急加译述。溯客年展卷，渐以人事搁置。兹承朋辈迫促，即以雨窗，完成其事。新春融暖，游踪遄程，且复与氏书小别，译余剩语，志倾倒之忱，亦示氏学之贯注百通也。不谙此万里外素不谋面之学人，此时亦颊辅发热否？一笑。民国纪元七年三月中赵尊岳叔雍父志于高梧轩中。

——录自商务印书馆 1919 年初版

《短篇小说　第一集》[1]

《短篇小说　第一集》译者自序

胡适[2]

这些是我八年来翻译的短篇小说十种，代表七个小说名家，共计法国的五篇，英国的一篇，俄国的两篇，瑞典的一篇，意大利的一篇。

这十篇都是曾发表过的：《最后一课》曾登《留美学生季报》；《柏林之围》曾登《甲寅》；《百愁门》曾登《留美学生季报》；《决斗》《梅吕哀》《二渔夫》曾登《新青年》；《一件美术品》曾登《新中国》；其余三篇曾登《每周评论》。因为这十篇都是不受酬报的文字，故我可以自由把他们收集起来，印成这本小册子。

短篇小说汇刻的有周豫才、周启明弟兄译的《域外小说集》（一九〇九）两册，周瘦鹃的《欧美名家短篇小说丛刊》（一九一七）三册。他们曾译过的，我这一册里都没有。

我这十篇不是一时译的，所以有几篇是用文言译的，现在也来不及改译了。

近一两年来，国内渐渐有人能赏识短篇小说的好处，渐渐有人能自己著作颇有文学价值的短篇小说，那些"某生，某处人，美丰姿，……"的小说渐渐不大看见了。这是文学界极可乐观的一种现

---

① 《短篇小说　第一集》，小说集，胡适译，亚东图书馆 1919 年 10 月初版，1930 年十四版。

② 胡适（1891—1962），乳名嗣穈，学名洪骍，字适之，谱名嗣糜，笔名天风、希疆、笑、冬心等。安徽省绩溪人。早年留学美国，毕业于哥伦比亚大学哲学系。译有《哀希腊》（拜伦著）、《娜拉》（易卜生著）、《他的情人》（高尔基著）、《哲学的改造》（杜威著）等。

象。我是极想提倡短篇小说的一个人，可惜我不能创作，只能介绍几篇名著给后来的新文人作参考的资料，惭愧，惭愧。

后面附录《论短篇小说》一篇，是去年的旧稿，转载在这里，也许可以帮助读短篇小说的人领会短篇小说究竟是一件什么东西。

民国八年九月，胡适。

——录自亚东图书馆 1919 年初版

我译的短篇小说，在第一版所印十种之外，还有《他的情人》一篇，现在趁再版的机会，把这篇也加进来。

民国九年四月，胡适。

——录自亚东图书馆 1930 年十四版

《最后一课》[小序][①]

（胡适）

著者都德（Alphonse Daudet）生于西历千八百四十年，卒于千八百九十七年，为法国近代文章巨子之一。

当西历千八百七十年，法国与普鲁士国开衅，法人大败，普军尽据法之东境，明年进围法京巴黎，破之。和议成，法人赔款五千兆弗郎，约合华银二千兆元，盖五倍于吾国庚子赔款云。赔款之外，复割阿色司、娜恋两省之地以与普国，此篇托为阿色司省一小学生语气，写割地之惨，以激荡法人之爱国之心。民国元年九月记于美国。

——录自亚东图书馆 1930 年十四版

① 《最后一课》（*La Dernière Classe*），为《短篇小说　第一集》第一篇，法国都德（Alphonse Daudet，1840—1897）著。

《柏林之围》[1]［小序］

（胡适）

“柏林之围”者，巴黎之围也。一八七〇年至一八七一年，普法之战，法人屡战皆败。西丹之役，法帝全军解甲。巴黎闻报，遂宣告民主，誓以死守。普军围巴黎凡四阅月始陷。此篇写围城中事，而处处追叙拿破仑大帝盛时威烈。盛衰对照，以慰新败之法人，而重励其爱国之心。其辞哀惋，令人不忍卒读。

此篇与都德之《最后一课》(*La Dernière Classe*) 皆叙普法之战。二篇皆不朽之作，法童无不习之。重译外国文字亦不知凡几。余二年前曾译《最后一课》。今德法又开战矣。胜负之数，尚未可逆料。巴黎之围欤？柏林之围欤？吾译此篇，有以也夫。民国三年八月二十五日记于美洲旅次。

——录自亚东图书馆 1930 年十四版

《百愁门》[2]［小序］

（胡适）

吉百龄（Rudyard Kipling）生于西历千八百六十五年，著小说长短篇无数，亦工诗，为当代文学巨子之一。

此篇写一嗜鸦片之印度人。其佳处在于描画昏惰二字。读者须细

---

① 《柏林之围》(*Le Siège de Berlin*)，为《短篇小说　第一集》第二篇，法国都德（Alphonse Daudet，1840—1897）著。

② 《百愁门》(*The Gate of the Hundred Sorrows*)，为《短篇小说　第一集》第三篇，英国吉百龄（Rudyard Kipling，今译吉卜林，1865—1936）著。

味其混沌含糊之神情，与其衰懒不振之气象。吾国中鸦片之毒深且久矣，今幸有斩除之际会，读此西方文豪之烟鬼写生，当亦哑然而笑，瞿然自失乎。

篇中写烟馆主人老冯叔侄穷形尽致矣。而一褒一贬，盛衰之变，感慨无限。始知地狱中亦有高下之别，不独诸天有层次也。

——录自亚东图书馆 1930 年十四版

《决斗》[1][小序]

（胡适）

泰来夏甫（Nikolai Dmitrievitch Teleshov）生于一八六七年，尝肄业于莫斯科工业学校。至一八八四年，氏时仅十七岁耳，即以文学见称。其所著作大抵师事俄国当代文豪契诃夫（Chekhov），今其年未满五十，而名满东欧，为新文豪之一云。

此篇乃由英文转译者。全篇写一件极野蛮的风俗，而以慈母妪煦之语气出之，遂觉一片哭声，透纸背而出，传神之笔也。民国五年译者记于美国旅次。

——录自亚东图书馆 1930 年十四版

① 《决斗》，为《短篇小说　第一集》第四篇，俄国泰来夏甫（Nikolai Dmitryevich Teleshov，1867—1957）著。

《梅吕哀》[1][小序]

（胡适）

莫泊三（Guy de Maupassant）生于一八五〇年，死于一八九三年。法国十九世纪末叶之大文豪也。著小说甚富，亦以诗鸣。所著短篇小说，尤见称于世，有“短篇小说第一名手”之目。莫氏尝师事文豪佛罗倍尔（Flaubert）。佛罗倍尔者，与左喇（Zola）齐名，以写实主义、自然主义风动欧洲者也。莫氏为文，纯然为自然主义一派。论者谓自然主义至莫氏而极盛。极盛之后，难乎为继，故莫氏死而自然主义遂衰矣。其见重于世如此。本篇不足以代表莫氏之自然主义。然其情韵独厚，尤近东方人心理，故首译之。“梅吕哀”者，法文为Menuet，英文为Minuet，乃一种蹈舞之名。此舞盛行法国。至十九世纪中叶以后，帝国瓦解，此舞亦绝。

——录自亚东图书馆 1930 年十四版

《二渔夫》[2][附记]

（胡适）

六年正月，病中不能出门，译此自遣。适识。

——录自亚东图书馆 1930 年十四版

---

① 《梅吕哀》，为《短篇小说　第一集》第五篇，法国莫泊三（Guy de Maupassant，今译莫泊桑，1850—1893）著。

② 《二渔夫》，为《短篇小说　第一集》第六篇，法国莫泊三（Guy de Maupassant，今译莫泊桑，1850—1893）著。

《一件美术品》[1]［小序］

（胡适）

Anton Chekhov 生于一八六〇年，死于一九〇四年。他是一个穷人家的儿子，曾学医学，但不曾挂牌行医。他的天才极高，有人说他"浑身都是一个美术家"。他的著作很多，最擅长的是戏剧和短篇小说。他的戏剧，有《鸿鹄之歌》《求婚》《伊凡诺夫》《海鸥》《三姊妹》《樱桃园》等等。他所做的短篇小说有三百多篇，人称他做"俄罗斯的莫泊三"。这一篇是从英文重译的。

——录自亚东图书馆 1930 年十四版

《爱情与面包》[2]［小序］

（胡适）

A.Strindberg（1849—1912）是瑞典最大文人。他的著作极富，有小说三十种，戏曲五十六种。周作人先生曾在《新青年》第五卷第二号一〇六页略述他的生平事实，可以参看。

——录自亚东图书馆 1930 年十四版

---

① 《一件美术品》，为《短篇小说　第一集》第八篇，俄国契诃夫（Anton Chekhov，1860—1904）著。

② 《爱情与面包》，为《短篇小说　第一集》第九篇，瑞典史特林堡（A.Strindberg，今译斯特林堡，1849—1912）著。

《一封未寄的信》① [小序]

（胡适）

著者 Enrico Castelnuovo（1830—?）是意大利一个最老的文豪。意大利的新式短篇小说要推他做一个很早的功臣。

——录自亚东图书馆 1930 年十四版

《他的情人》② [小序]

（胡适）

“Maxim Gorky”乃是一个假名字。他的真姓名是“Aleksyey Maximovitch Pyeshkov”。他生于一八六八年，现在还活着。他所著作的小说很多。

——录自亚东图书馆 1930 年十四版

《短篇小说　第一集》附录——论短篇小说

（胡适）

这一篇乃是三月十五日在北京大学国文研究所小说科讲演的材料。原稿由研究员傅斯年君记出，载于《北京大学日刊》。今就傅君所记，略为更易，作为此文。

① 《一封未寄的信》，为《短篇小说　第一集》第十篇，意大利卡德奴勿（Enrico Castelnuovo，1839—1915）著。

② 《他的情人》，为《短篇小说　第一集》第十一篇，俄国高尔基（Maxim Gorky，1868—1936）著。

一、什么叫做“短篇小说”？

中国今日的文人大概不懂“短篇小说”是什么东西。现在的报纸杂志里面，凡是笔记杂纂，不成长篇的小说，都可叫做“短篇小说”。所以现在那些“某生，某处人，幼负异才，……一日，游某园，遇一女郎，睨之，天人也……”一派的烂调小说，居然都称为“短篇小说”！其实这是大错的。西方的“短篇小说”（英文叫做Short story），在文学上有一定的范围，有特别的性质，不是单靠篇幅不长便可称为“短篇小说”的。

我如今且下一个“短篇小说”的界说：

短篇小说是用最经济的文学手段，描写事实中最精彩的一段，或一方面，而能使人充分满意的文章。

这条界说中，有两个条件最宜特别注意。今且把这两个条件分说如下：

（一）“事实中最精彩的一段或一方面”譬如把大树的树身锯断，懂植物学的人看了树身的“横截面”，数了树的“年轮”，便可知道这树的年纪。一人的生活，一国的历史，一个社会的变迁，都有一个“纵剖面”和无数“横截面”。纵面看去，须从头看到尾，才可看见全部。横面截开一段，若截在要紧的所在，便可把这个“横截面”代表这个人，或这一国，或这一个社会。这种可以代表全部的部分，便是我所谓“最精彩”的部分。又譬如西洋照相术未发明之前，有一种“侧面剪影”（Silhouette），用纸剪下人的侧面，便可知道是某人。（此种剪像曾风行一时。今虽有照相术，尚有人为之。）这种可以代表全形的一面，便是我所谓“最精彩”的方面。若不是“最精彩”的所在，决不能用一段代表全体，决不能用一面代表全形。

（二）“最经济的文学手段”形容“经济”两个字，最好是借用宋玉的话："增之一分则太长，减之一分则太短；着粉则太白，施朱则太赤。"须要不可增减，不可涂饰，处处恰到好处，方可当"经济"二字。因此，凡可以拉长演作章回小说的短篇，不是真正"短篇小说"；凡叙事不能畅尽，写情不能饱满的短篇，也不是真正"短篇小说"。

能合我所下的界说的，便是理想上完全的"短篇小说"。世间所称"短篇小说"，虽未能处处都与这界说相合，但是那些可传世不朽的"短篇小说"，决没有不具上文所说两个条件的。

如今且举几个例。西历一八七〇年，法兰西和普鲁士开战，后来法国大败，巴黎被攻破，出了极大的赔款，还割了两省地，才能讲和。这一次战争，在历史上，就叫做普法之战，是一件极大的事，若是历史家记载这事，必定要上溯两国开衅的远因，中记战争的详情，下寻战与和的影响：这样记去，可满几十本大册子。这种大事到了"短篇小说家"的手里，便用最经济的手腕去写这件大事的最精彩的一段或一面。我且不举别人，单举 Daudet 和 Maupassant 两个人为例。Daudet 所做普法之战的小说，有许多种。我曾译出一种叫做《最后一课》(*La dernière Classe*)（初译名《割地》，登上海《大共和日报》，后改用今名，登《留美学生季报》第三年），全篇用法国割给普国两省中一省的一个小学生的口气，写割地之后，普国政府下令，不许再教法文法语。所写的乃是一个小学教师教法文的"最后一课"。一切割地的惨状，都从这个小学生眼中看出，口中写出。还有一种，叫做《柏林之围》(*Le Siège de Berlin*)（曾载《甲寅》第四号），写的是法皇拿破仑第三出兵攻普鲁士时，有一个曾在拿破仑第一麾下的老兵官，以为这一次法兵一定要大胜了，所以特地搬到巴黎，住在凯旋门边，准备着看法兵"凯旋"的大典。后来这老兵官病了，他的孙女儿天天假造法兵得胜的新闻去哄他。那时普国的兵已打破巴黎。普兵进城之日，他老人家听见军乐声，还以为是法兵打破了柏林奏凯班师呢！这是借一个法国极强时代的老兵，来反照当日法国大败的大耻，两两相形，真可动人。

Maupasant 所做普法之战的小说也有多种。我曾译他的《二渔夫》(*Deux amis*)，写巴黎被围的情形，却都从两个酒鬼身上着想。还有许多篇，如 *Mlle.Fifi* 之类（皆未译出），或写一个妓女被普国兵士掳去的情形，或写法国内地村乡里面的光棍，乘着国乱，设立“军政分府”作威作福的怪状，……都可使人因此推想那时法国兵败以后的种种状态。这都是我所说的“用最经济的手腕，描写事实中最精彩的片段，而能使人充分满意”的短篇小说。

二、中国短篇小说的略史

“短篇小说”的定义既已说明了，如今且略述中国短篇小说的小史。

中国最早的短篇小说，自然要数先秦诸子的寓言了。《庄子》《列子》《韩非子》《吕览》诸书所载的“寓言”，往往有用心结构可当“短篇小说”之称的。今举二例。第一例见于《列子·汤问篇》：

> 太形［行］王屋二山，方七百里，高万仞，本在冀州之南，河阳之北。
>
> 北山愚公者，年且九十，面山而居，惩山北之塞，出入之迂也，聚室而谋曰，“吾与汝毕力平险，指通豫南，达于汉阴，可乎？”杂然相许。
>
> 其妻献疑曰，“以君之力，曾不能损魁父之丘。如太形［行］王屋何？且焉置土石？”杂曰，“投诸渤海之尾，隐土之北！”
>
> 遂率子孙荷担者三夫，叩石垦壤，箕畚运于渤海之尾。邻人京城氏之孀妻，有遗男，始龀，跳往助之。寒暑易节，始一

返焉。

河曲智叟笑而止之曰，“甚矣，汝之不慧！以残年余力，曾不能毁山之一毛，其如土石何？”

北山愚公长息曰，“汝心之固，固不可彻，曾不若孀妻弱子！虽我之死，有子存焉。子又生孙，孙又生子，子又有子，子又有孙。子子孙孙，无穷匮也，而山不加增。何苦而不平？”

河曲智叟亡以应。

“操蛇之神”闻之，惧其不已也，告之于帝。帝感其诚，命夸娥氏二子负二山，一厝朔东，一厝雍南。自此，冀之南，汉之阴，无陇断焉。

这篇大有小说风味。第一，因为他要说“至诚可动天地”，却凭空假造一段太形［行］王屋两山的历史。第二，这段历史之中，处处用人名，地名，用直接会话，写细事小物，即写天神也用“操蛇之神”，“夸娥氏二子”等私名，所以看来好像真有此事。这两层都是小说家的家数。现在的人一开口便是“某生”“某甲”，真是不曾懂得做小说的ABC。

第二例见于《庄子·无鬼篇》：

庄子送葬，过惠子之墓，顾谓从者曰：

郢人垩漫其鼻端，若蝇翼，使匠石斫之。匠石运斤成风，听而斫之，尽垩而鼻不伤。郢人立不失容。

宋元君闻之，召匠石曰：“尝试为寡人为之！”

匠石曰：“臣则尝能斫之。虽然，臣之质死久矣！”

自夫子（谓惠子）之死也，吾无以为质矣！吾无与言之矣！

这一篇写“知已之感”，从古至今，无人能及。看他写“垩漫其鼻端，若蝇翼”，写“匠石运斤成风”，都好像真有此事，所以有文学的价值。看他寥寥七十个字，写尽无限感慨，是何等“经济的”手腕!

Maupassant 有一篇短篇，叫作 *An Artist* 与庄子这一篇的用意有点相像。但他用了几千字，写来还不如庄子的七十个字。这可见“经济”之中也有个高下的分别。①

自汉到唐这几百年中，出了许多“杂记”体的书，却都不配称做“短篇小说”。最下流的如《神仙传》和《搜神记》之类，不用说了。最高的如《世说新语》，其中所记，有许多很有“短篇小说”的意味，却没有“短篇小说”的体裁。如下举的例：

> （1）桓公（温）北征，经金城，见前为琅琊时种柳。看已十围，慨然曰：“木犹如此，人何以堪!”攀枝执条，泫然流泪。
>
> （2）王子猷（徽之）居山阴，夜大雪，眠觉开室，命酌酒，四望皎然。因起彷徨，咏左思《招隐诗》，忽忆戴安道。时戴在剡，即便夜乘小船就之。经宿方至，造门不前而返。人问其故。王曰：“吾本乘兴而来，兴尽而返，何必见戴!”

此等记载，都是拣取人生极精彩的一小段，用来代表那人的性情品格，所以我说《世说》很有“短篇小说”的意味。只是《世说》所记都是事实，或是传闻的事实，虽有剪裁，却无结构，故不能称做“短篇小说”。

比较说来，这个时代的散文短篇小说还该数到陶潜的《桃花源记》。这篇文字，命意也好，布局也好，可以算得一篇用心结构的

---

① 此段在东亚图书馆1930年5月十四版中缺失，参考《胡适译文集》补录，原稿载《新青年》第4卷第5号。

"短篇小说"。此外，便须到韵文中去找短篇小说了。韵文中《孔雀东南飞》一篇是很好的短篇小说，记事言情，事事都到。但是比较起来，还不如《木兰辞》更为"经济"。

《木兰辞》记木兰的战功，只用"将军百战死，壮士十年归"十个字；记木兰归家的那一天，却用了一百多字。十个字记十年的事，不为少。一百多字记一天的事，不为多。这便是文学的"经济"。但是比较起来，《木兰辞》还不如古诗《上山采蘼芜》更为神妙。那诗道：

> 上山采蘼芜，下山逢故夫。长跪问故夫："新人复何如？""新人虽言好，未若故人姝。颜色类相似，手爪不相如。新人从门入，故人从阁去。新人工织缣，故人工织素。织缣日一匹，织素五丈余。将缣来比素，新人不如故。"

这首诗有许多妙处。第一，他用八十个字，写出那家夫妇三口的情形，使人可怜被逐的"故人"，又使人痛恨那没有心肝，想靠着老婆发财的"故夫"。第二，他写那人弃妻娶妻的事，却不用从头说起，不用说"某某，某处人，娶妻某氏，甚贤；已而别有所爱，遂弃前妻而娶新欢。……"他只从这三个人的历史中挑出那日从山上采野菜回来遇着故夫的几分钟，是何等"经济的手腕"！是何等"精彩的片段"！第三，他只用"上山采蘼芜，下山逢故夫"十个字，便可写出这妇人是一个弃妇，被弃之后，非常贫苦，只得挑野菜度日。这是何等神妙手段！懂得这首诗的好处，方才可谈"短篇小说"的好处。

到了唐朝，韵文散文中都有很妙的短篇小说。韵文中，杜甫的《石壕吏》是绝妙的例。那诗道：

> 暮投石壕村，有吏夜捉人，老翁逾墙走，老妇出门看。吏呼

一何怒！妇啼一何苦！听妇前致词："三男邺城戍。一男附书至，二男新战死。存者且偷生，死者长已矣！室中更无人，惟有乳下孙，有孙母未去，出入无完裙。老妪力虽衰，请从吏夜归，急应河阳役，犹得备晨炊。"夜久语声绝，如闻泣幽咽。……天明登前途，独与老翁别！

这首诗写天宝之乱，只写一个过路投宿的客人夜里偷听得的事，不插一句议论，能使人觉得那时代征兵之制的大害，百姓的痛苦，丁壮死亡的多，差役捉人的横行：一一都在眼前。捉人捉到生了孙儿的祖老太太，别的更可想而知了。

白居易的《新乐府》五十首中，尽有很好的短篇小说。最妙的是《新丰折臂翁》一首。看他写"是时翁年二十四，兵部牒中有名字，夜深不敢使人知，偷将大石捶折臂"，使人不得不发生"苛政猛于虎"的思想。白居易的《琵琶行》也算得一篇很好的短篇小说。白居易的短处，只因为他有点迂腐气，所以处处要把做诗的"本意"来做结尾；即如《新丰折臂翁》篇末加上"君不见开元宰相宋开府"一段，便没有趣味了。又如《长恨歌》一篇，本用道士见杨贵妃，带来信物一件事作主体。白居易虽做了这诗，心中却不信道士见杨妃的神话；所以他不但说杨妃所在的仙山"在虚无缥缈中"，还要先说杨妃死时"金钿委地无人收，翠翘金雀玉搔头"，竟直说后来"天上"带来的"钿合金钗"是马嵬坡拾起的了！自己不信，所以说来便不能叫人深信。人说赵子昂画马，先要伏地作种种马相。做小说的人，也要如此，也要用全副精神替书中人物设身处地，体贴入微。做"短篇小说"的人，格外应该如此。为什么呢？因为"短篇小说"要把所挑出的"最精彩的一段"作主体才可有全神贯注的妙处。若带点迂气，处处把"本意"点破，便是把书中事实作一种假设的附属品，便没有趣味了。

唐朝的散文短篇小说很多，好的却实在不多。我看来看去，只有张说的《虬髯客传》可算得上品的“短篇小说”。《虬髯客传》的本旨只是要说“真人之兴，非英雄所冀”。他却平空造出虬髯客一段故事，插入李靖红拂一段情史，写到正热闹处，忽然写“太原公子裼裘而来”，遂使那位野心豪杰绝心于事国，另去海外开辟新国。这种立意布局，都是小说家的上等工夫。这是第一层长处。这篇是“历史小说”。凡做“历史小说”不可全用历史上的事实，却又不可违背历史上的事实。全用历史的事实，便成了“演义”体，如《三国演义》和《东周列国志》，没有真正“小说”的价值。(《三国》所以稍有小说价值者，全待其能于历史事实之外，加入许多小说的材料耳。) 若违背了历史的事实，如《说岳传》使岳飞的儿子挂帅印打平金国，虽可使一班愚人快意，却又不成“历史的”小说了。最好是能于历史事实之外，造成一些“似历史又非历史”的事实，写到结果却又不违背历史的事实。如法国大仲马的《侠隐记》(商务出版。译者君朔，不知是何人。吾以为近年译西洋小说，当以君朔所译诸书为第一。君朔所用白话，全非抄袭旧小说的白话，乃是一种特创的白话，最能传达原书的神气。其价值高出林纾百倍。可惜世人不会赏识) 写英国暴君查尔第一世为克林威尔所囚时，有几个侠士出了死力百计想把他救出来，每次都到将成功时忽又失败；写来极热闹动人，令人急煞，却终不能救免查尔第一世断头之刑，故不违背历史的事实。又如《水浒传》所记宋江等三十六人是正史所有的事实。《水浒传》所写宋江在浔阳江上吟反诗，写武松打虎杀嫂，写鲁智深大闹和尚寺……等事，处处热闹煞，却终不违背历史的事实 (《荡寇志》便违背历史的事实了)。《虬髯客传》的长处正在他写了许多动人的人物事实，把“历史的”人物 (如李靖、刘文静、唐太宗之类) 和“非历史的”人物 (如虬髯客，红拂是) 穿插夹混，叫人看了竟像那时真有这些人物事实。但写到后来，虬髯客飘然去了，依旧是唐太宗得了天下，一毫不违背历史的事实。这是“历史小说”的方法，便是《虬髯客传》的第二层长处。此外还有一层好处。唐以前的小说，无论散文韵文，都只能叙事，不能用全副气力描写人物。《虬髯客传》写虬髯客极有神气，自不用说了。就是写红拂李靖等“配角”，也都有自性的神情风度。这种“写生”手段，便是这篇的第三层长处。有这三层长处，所以我敢断定这篇《虬髯客传》是唐代第一篇“短篇小说”。宋朝是“章回小说”发生的时代。如《宣和遗事》和《五代史平话》等书，都是后世“章回小说”的始祖。《宣和遗事》中记杨志卖刀杀人，晁盖等八人路劫生辰纲，宋江杀阎婆惜诸段，便是施耐庵《水浒传》的稿本。从《宣和遗事》变成《水浒传》，是中国文学史上一大进步。但宋朝是“杂记小说”极盛的时代，故《宣和遗事》等书，总脱不了“杂记体”的性质，都是上段不接下段，没有结构布局的。宋朝的“杂记小说”颇多好的，但都不配称做“短篇小说”。“短篇小说”是有结构局势的；是用全副精神气力贯注到一段最精彩的事实上的。“杂记小说”是东记一段，西记一段，如一盘散沙，如一篇零用账，全无局势结构的。这个区别，不可忘记。

明清两朝的“短篇小说”，可分白话与文言两种。白话的“短篇小说”可用《今古奇观》作代表。《今古奇观》是明末的书，大概不全是一人的手笔（如《杜十娘》一篇，用文言极多，远不如《卖油郎》，似出两人手笔）。书中共有四十篇小说，大要可分两派：一是演述旧作的，一是自己创作的。如《吴保安弃家赎友》一篇，全是演唐人的《吴保安传》，不过添了一些琐屑节目罢了。但是这些加添的琐屑节目便是文学的进步。《水浒》所以比《史记》更好，只在多了许多琐屑细节。《水浒》所以比《宣和遗事》更好，也只在多了许多琐屑细节。从唐人的吴保安，变成《今古奇观》的吴保安；从唐人的李汧公，变成《今古奇观》的李汧公；从汉人的伯牙子期，变成《今古奇观》的伯牙子期——这都是文学由略而详，由粗枝大叶而琐屑细节的进步。此外那些明人自己创造的小说，如《卖油郎》，如《洞庭红》，如《乔太守》，如《念亲恩孝女藏儿》，都可称很好的“短篇小说”。依我看来，《今古奇观》的四十篇之中，布局以《乔太守》为最工，写生以《卖油郎》为最工。《乔太守》一篇，用一个李都管做全篇的线索，是有意安排的结构。《卖油郎》一篇写秦重，花魁娘子，九妈，四妈，各到好处。《今古奇观》中虽有很平常的小说（如《三孝廉》，《吴保安》，《羊角哀》诸篇），比起唐人的散文小说，已大有进步了。唐人的小说，最好的莫如《虬髯客传》。但《虬髯客传》写的是英雄豪杰，容易见长。《今古奇观》中大多数的小说，写的都是些琐细的人情世故，不容易写得好。唐人的小说大都属于理想主义（如《虬髯客传》，《红线》，《聂隐娘》诸篇），《今古奇观》中如《卖油郎》，《徐老仆》，《乔太守》，《孝女藏儿》，便近于写实主义了。至于由文言的唐人小说，变成白话的《今古奇观》，写物写情，都更能曲折详尽，那更是一大进步了。

只可惜白话的短篇小说，发达不久，便中止了。中止的原因，约有两层。第一，因为白话的“章回小说”发达了，做小说的人往往把许多短篇略加组织，合成长篇。如《儒林外史》和《品花宝鉴》，名为长篇的“章回小说”，其实都是许多短篇凑拢来的。这种杂凑的长篇小说的结果，反阻碍了白话短篇小说的发达了。第二，是因为明末清初的文人，很做了一些中上的文言短篇小说。如《虞初新志》，《虞初续志》，《聊斋志异》等书里面，很有几篇可读的小说。比较看来，还该把《聊斋志异》来代表这两朝的文言小说，《聊斋》里面，如《续黄粱》，《胡四相公》，《青梅》，《促织》，《细柳》……诸篇，都可称为“短篇小说”。《聊斋》的小说，平心而论，实在高出唐人的小说。蒲松龄虽喜说鬼狐，但他写鬼狐却都是人情世故，于理想主义之中，却带几分写实的性质。这实在是他的长处。只可惜文言不是能写人情世故的利器。到了后来，那些学《聊斋》的小说，更不值得提起了。

三、结　论

最近世界文学的趋势，都是由长趋短，由繁多趋简要——“简”与“略”不同，故这句话与上文说“由略而详”的进步，并无冲突。——诗的一方面，所重的在于“写情短诗”(Lyrical Poetry或译“抒情诗”)，像Homer, Milton, Dante那些几十万字的长篇，几乎没有人做了；就有人做（十九世纪尚多此种），也很少人读了。戏剧一方面，莎士比亚的戏，有时竟长到五出二十幕（此所指乃*Hamlet*也），后来变到五出五幕；又渐渐变成三出三幕；如今最注重的是“独幕戏”了。小说一方面，自十九世纪中段以来，最通行的是“短篇小说”。长篇小说如Tolstoy的《战争与和平》，竟是绝无而仅有的了。所以我们检［简］直可以说，“写情短诗”，“独幕剧”，“短篇小说”三项，代表世界文学最近的趋向。这种趋向的原因，不止一种。(一)世界的生活竞争一天忙似一天，时间越宝贵了，文学也不能不讲究“经济”；若不经济，只配给那些吃了饭没事做的老爷太太们看，不配给那些在社会上做事的人看了。(二）文学自身的进步，与文学的“经济”有密切关系。斯宾塞说，论文章的方法，千言万语，只是“经济”一件事。文学越进步，自然越讲求“经济”的方法。有此两种原因，所以世界的文学都趋向这三种“最经济的”体裁。今日中国的文学，最不讲“经济”。那些古文家和那“《聊斋》滥调”的小说家，只会记“某时到某地，遇某人，作某事”的死账，毫不懂状物写情是全靠琐屑节目的。那些长篇小说家又只会做那无穷无极《九尾龟》一类的小说，连体裁布局都不知道，不要说文学的经济了。若要救这两种大错，不可不提倡那最经济的体裁，——不可不提倡真正的“短篇小说”。

——录自亚东图书馆1919年初版

《鬼史》[①]

《鬼史》胡序

胡韫玉（胡朴安）[②]

鬼之有无，不可知也。世人之说鬼者，皆以人之意想说之，故虽怪诞其说，终非鬼之真相，不过不似人已耳。人鬼之交，今研究虽不乏人，而证以确凿之凭据皆声随响灭，形遂景遁。断之以理，而理不可通；验之于事，而事不足信。盖说鬼者非鬼自说，而人说之也。以人说鬼，与其为怪诞之鬼说不如为稍近人情之鬼说。无鬼则已，有则必不至大远于人情。所以古今说鬼之书，必以劝善惩恶者为近是。友人野鹤，迻译一书，题曰《鬼史》，虽说鬼也，亦犹之说人也，老商人梦中之鬼，乃老商人一念造之，过去未来之幻象即现在之心。善治心者，毋忘现在。老商人之卒为善人，亦出于能用力现在耳。读是书者，无作“鬼史”观可也。歷县胡韫玉朴安序。

——录自东阜兄弟图书馆 1919 年初版

① 《鬼史》（*A Christmas Carol*，今译《圣诞欢歌》），中篇小说，却而司·迭更司（Charles Dickens，今译查尔斯·狄更斯，1812—1870）著，华亭闻野鹤编译，崇明陈东阜校订。上海东阜兄弟图书馆 1919 年 12 月初版。名译说部丛书之一。

② 胡韫玉，胡朴安（1878—1947），安徽泾县人，字仲民、颂民，笔名尚有有忭、朴庵、半臂翁、朴学斋等。1910 年加入南社，参加同盟会。1912 年，与季弟寄尘同任《太平洋报》笔政。先后在《民权报》《民国日报》《民国新闻》《天铎报》《新闻报》等报社任职。1926 年出任《民国日报》社社长。著有《文字学 ABC》《中国文字学史》等。

《鬼史》自序

闻野鹤（闻宥）[①]

《鬼史》者，盖出于王君仲群口述，而仆为之涂饰成文。以一商人，朘剥巨金，又无家室，冥行孤趋，后乃得见所谓鬼友者，悉以往事聒之。暮年凶慝，唏嘘嘅慕，卒纳于正。思致既诡，而宅章弥幻，中土狐怪诸书，非其敌也。余自前岁，与仲群译华盛顿欧文之书，寻声而写，妙绪四溢，至今以为悦豫。去岁，仲群东渡，余亦寄食他乡，恒怀往事。今夏各来归，始得相见，见复译此书。余居隘，而仲群宅市集，耳听嚣然，不能肆为。乃假婴塾之后舍，亦即前岁成书地也。舍非广，而后有园。苍藤满篱落，覆蕉什窗。竹丛中时时鸣风，日色不复到。仲群复致洞庭之茶，余嗜糖，则列西邦诸佳制，如是物备，然后属文，日没乃歇。自此凡匝月，而此书成。方仲群言鬼时，竹籁飒如，若相应者。此时诸荫作围，杂怀都息，岂止有物我之界也？初来时凤仙微蕊，今作花且败矣。岁月不居，余将不复能守田里，仲群亦且去山右。他日重见，度必有回忆之者，书此以为乐笑。野鹤闻宥。

——录自东阜兄弟图书馆 1919 年初版

① 闻野鹤（1901—1985），上海人，原名闻宥，字子威，号野鹤、在宥，工文学、书法。为南社文坛健将，曾与钱病鹤共事于《民国日报》，时称“双鹤”。

1920 年

《一九一九旅俄六周见闻记》

《一九一九旅俄六周见闻记》[①] 叙言一

陶孟和[②]

近来的报纸杂志和书籍，记俄国的事情的虽然不少，但是可靠的材料却不多见。一则因为各国都设有检查员，确实消息常被这些检查员拦住、不许漏出。二则各国的新闻记者常与德国的政党生关系，用政党或特种利益的眼光叙述俄国现状。所以那些记载都是带特别色彩，就没有价值了。近来出版界里关于俄国有价值著作只有四五种。我所见过的一本是一个德国人著作的专讨论俄国革命以来经济上的变迁。一本是一个法国人著的叙述“布尔扎维克”党（这个字原意是多数党与那“孟斯维克”少数党相对的名称。今人译为过激派，实在是不通之极）的历史及其成绩。还有一本就是英国的文学家名“兰姆塞”所著的《俄国旅行记》。兰姆塞是一个有名的文人，并不是一个“过激派”，也不是一个社会党，著作有十几种，最惹人注意的，就是

① 《一九一九旅俄六周见闻记》(*Six Weeks in Russia in 1919*)，英国兰姆塞（Arthur Ransome，今译兰塞姆，1888—1974）著，兼生译，晨报社 1920 年 4 月初版，晨报社丛书第一种。

② 陶孟和（1949—1960），原名履恭，浙江绍兴人。1913 年前在英国伦敦经济学院学习社会学，1930 年与孙本文等发起成立中国社会学社。著有《社会与教育》，与沈怡、梁纶才译《社会进化史》（米勒利尔著）等。

《五尔德传》。他会说俄国话，明白俄国的风俗情状，去年已经到过俄国一次，今年二月间又到彼得格勒和摩斯哥两处考察布尔扎维克，在俄国住了六个礼拜，见了许多党局的要人，又访问反对党的领袖。著者的忠实，是无可疑的。他的书，出了一月已经再版。英美各杂志都引用他的话，称赞他的公道。所以中国人要真知道俄国最近之情状，不得不读兰姆塞这本书。现在把他译了出来，是很有价值的。

——录自晨报社1920年初版

《一九一九旅俄六周见闻记》叙言二

兼生（黄凌霜）①

我们稍注意世界大势的人，心中总不免有一个疑问，以为俄国国内的情形，究竟是怎么样。报纸所载，今日如此，明日如彼，这种靠不住的消息，不但不能考见俄国的真相，并且令阅报的人生厌了。幸而陶孟和先生刚从欧洲带来Ransome做的一本《一九一九年旅俄六周见闻记》(*Six weeks in Russia in 1919*)，是今年六月在伦敦出版的。作者做这本书的宗旨，他的引子已经说得很明白，用不着我在这里替他再说了。这本书连序共分三十章，读这本书的人，总可以看见：（一）俄国社会的一般情形；（二）劳兵会政府治下的政治经济教育状况；（三）该国民对于政府的评论，和该国政府对于各国的态度；（四）华工在俄国的真相；（五）李宁的主义和进行；以及其他各派如

① 兼生，黄凌霜（1897，一作1901—1988），原名黄天俊，字凌霜，广东台山人。早年曾在香港学习，后考入北京大学。1917年与袁振英、区声白等创建无政府主义团体“实社”，并不定期出版刊物《自由录》。五四后留学美国哥伦比亚大学，获文学硕士学位。译有《哲学问题》（罗素著）、《当代社会学学说》（素罗坚著）等。

克鲁泡特金等的传播事业。以上是本书的大端，其详细处，请阅者诸君看去便明白了。

（附告一）书中人名地名，因为译为汉名，恐读者反感不便。故大多一仍其旧。

（附告二）这本书曾登一九一九年十月十一月份北京《晨报》，译者以事务忙迫，于最短时中把他译完，未经详细的修改与校正，还有，这本书是直译的，不如意的地方很多，望读者诸君教正。

——录自晨报社1920年初版

《俄罗斯名家短篇小说集》①

《俄罗斯名家短篇小说集》序一

瞿秋白②

俄罗斯文学的研究在中国却已似极一时之盛。何以故呢？最主要的原因，就是：俄国布尔札维克的赤色革命在政治上，经济上，社会上生出极大的变动，掀天动地使全世界的思想都受他的影响。大家要追溯他的远因，考察他的文化，所以不知不觉全世界的视线都集于俄国，都集于俄国的文学；而在中国这样黑暗悲惨的社会里，人人都想在生活的现状里开辟一条新道路，听着俄国旧社会崩裂的声浪，真是

① 《俄罗斯名家短篇小说集》，俄国普希金等著，沈颖等译，新中国杂志社1920年7月初版。封面、目录题名《俄罗斯名家短篇小说第一集》；版权页、序、页眉题名《俄罗斯名家短篇小说集》。

② 瞿秋白（1899—1935），原名瞿双，后改名瞿霜、瞿爽，江苏常州人。1916年入北京俄文专修馆攻读，先后和郑振铎等创刊《新社会》和《人道》杂志，1920年以《晨报》记者身份赴苏俄，向国内介绍苏联十月革命后的情况。译有《同志》（高尔基著）、《茨冈》（普希金著）、《国际歌》等。

空谷足音，不由得不动心。因此大家都要来讨论研究俄国。于是俄国文学就成了中国文学家的目标。

俄国国民性本来是极端的，不妥协的，前几十年，国内思想变化的剧烈更是利［厉］害，各国改革运动之前，思想的变化确也都有，可是从没有像俄国这样剧烈，所以俄国能从君主政体的国家一跃而为社会主义的国家。这是可以在俄国文学里看得出来的。然而文学只是社会的反映，文学家只是社会的喉舌。只有因社会的变动，而后影响于思想，因思想的变化，而后影响于文学。没有因文学的变更而后影响于思想，因思想的变化，而后影响于社会。因为社会的不安，人生的痛苦而有悲观的文学，譬如人因为伤感而哭泣，文学家的笔就是人类的情感所寄之处。俄国因为政治上，经济上的变动影响于社会人生，思想就随之而变，萦迴推荡，一直到现在，而有他的特殊文学。就是欧美文学从来古主典义，浪漫主义，写实主义，象征主义间的变化，又何尝不是如此。所以我们看俄国的文学，只不过如吴季札的观诗，可以知道他国内社会改革的所由来，断不敢说，模仿着去制造新文学就可以达到我们改革社会的目的。中国现在的社会固然是不安极了，然而假使我们不觉着有改造必要，本来可以不问不闻，假使我们觉着非改造不可，那么，新文学的发见随时随地都可以有。不是因为我们要改造社会而创造新文学，而是因为社会使我们不得不创造新文学。既然是中国的社会使我们不得不创造新文学，那么，我们创造新文学的材料本来不一定取之于俄国文学，然而俄国的国情狠有与中国相似的地方，所以还是应当介绍，不过我们决不愿意空标一个写实主义或象征主义，新理想主义来提倡外国文学，只有中国社会所要求我们的文学才介绍——使中国社会里一般人都能感受都能懂得的文学才介绍——，读者看我们所译的小说自然可以明白。

瞿秋白序，一九二〇年三月十六日。

——录自新中国杂志社 1920 年初版

《俄罗斯名家短篇小说集》序二

郑振铎[①]

我对于现在我们文学界里的，俄罗斯新文学介绍之热闹，是极抱乐观的。为什么呢？因为第一，我们三四十年来的西欧文学介绍，大都是限于英法的古典主义，罗曼主义，及其他消遣主义的小说，永不能见世界的近代的文学的真价。几十年来的努力，而一无收获，不可谓非因此之故。俄罗斯的文学是近代的世界文学的结晶。现在能够把俄国文学介绍来，则我们即可以因所得见世界的，近代的文学真价，而中国新文学的创造，也可以在此建其基础了。第二，我们中国的文学，最乏于“真”的精神，他们拘于形式，精于雕饰，只知道向文字方面用工夫，却忘了文学是思想，情感的表现。所以他们没有什么价值。俄罗斯的文学，则不然。他是专以“真”字为骨的；他是感情的直觉的表现；他是国民性格，社会情况的写真；他的精神是赤裸裸的，不雕饰，不束格律的表现于文字中的。所以他的感觉，能够与读者的感觉相通，而能收极大的效果。现在我们能够把他介绍来，则足以弃自己的陋，而另起一新文学。这是极有利益的事。第三，俄罗斯的文学是人的文学，是切于人生关系的文学，是人类的个性表现的文学。而中国的文学，则恰与相反，是非人的文学，是不切于人生关系的文学，是不能表现个性的文学。我们不能得文学之益——或者还受其害——的原因，大半是因此。现在能够把俄罗斯文学介绍过

---

① 郑振铎（1898—1958），字西谛，有幽芳阁主、纫秋馆主、纫秋、幼舫等笔名，生于浙江温州，原籍福建长乐。1917 年入北京铁路管理传习所（今北京交通大学）学习。1927 年旅居英、法，回国后历任北京燕京大学、清华大学、上海暨南大学教授，《世界文库》主编。译著有《贫非罪》（奥斯特洛夫斯基著）、《灰色马》（路卜洵著）、《血痕》（阿尔志巴绥夫著）、《新月集》《飞鸟集》（泰戈尔著）等。

来，或者可以把这个非人的，不切于人生关系的，不能表现个性的文学去掉，而创造一与俄罗斯相同的新文学出来。这又是狠有利益的事。第四，俄罗斯的文学，是平民的文学，非同我们一样，除了颂圣酬和，供士大夫的赏玩吟咏以外，绝少与平民有关系。所以现在把他介绍来，以药我们的病体，实在是必要的。第五，我们的文学，久困于“团圆主义”支配之下。差不多一切的小说诗歌，都是千篇一律，奉为典范，而悲剧的文学，因而绝少发现，文学的真价，也永远的不能披露了！而俄国的文学，则独长于悲痛的描写，多凄苦的声音，足以打破这个迷信，引我们去到文学的真价。这也是极与我们文学界前途，有大关系的。有了这五层的原因，所以我对于现在我们文学界的俄罗斯文学介绍的热闹，是极抱乐观的，是认为是中国新文学的创造第一步的。但是我看看现在的介绍法，却有些怀疑。他们的介绍是零星的，凌乱的没有系统的。如果照此做去，俄罗斯的文学，恐怕是终不能真正的介绍过来了。我怎样敢乐观呢？正在我纳闷的时候，我的朋友耿济之君忽来，拿一本《俄罗斯名家短篇小说集》给我看。自普希金以至柴霍甫，高洛林克，无不有著作在内。原原本本，有统有系。狠可以代表俄罗斯的文学作，狠足以表现俄罗斯文学的真价。我读完，我不觉把怀疑的念全去掉了！不觉的又复乐观了！俄罗斯文学，大略可以由此介绍来了，中国新文学的第一步，也大概可于此建其基础了！我狠感谢他们的努力。我知道文学界中人，也必狠感谢他们的努力！他们这集中的小说，都是由俄文直接翻译出来的，比较现在杂志上登的经过两重翻译的著作，实在是明确得多。这也是他们的狠大的长处，读的人应该注意的。

一九二〇,三,二十晚，郑振铎于北京。

——录自新中国杂志社1920年初版

《驿站监察吏》[①]《雪媒》[②]普希金小传

（沈颖[③]）

亚历山大普希金 Pushkin，一千七百九十九年五月二十六日生于俄京墨斯哥。一千八百十二年，进圣彼得堡附近的萨沙依西罗大学预科。六年之中，为学至勤。在那个时候，他极喜欢读福禄特尔 Voltaire 的诗。他自己也做了狠多的诗。一八一四至一八一五年的杂志上，常有他的作品。一八二〇年又出版了一篇诗，名为 *Ruslan and Ludmila* 狠引起多许人的注意。虽然有些批评家吹毛求疵，下严刻的批评，而在大多数的学者方面看来，普希金的令名已根深柢固了。一八一七年，他离了学校，至圣彼得堡。自此以至一八二〇年中，他的生活，狠是快乐。他想去从军，但他的父亲极力的阻止他。他因而不得已就去外交的一个差事。当此之时，他结识了好些政界的少年及青年之奉自由主义者。他对于“十二月党”的举动是极表同情的，但他却没有预闻其事。不久，他竟以文字得祸，流于南俄。此后自一八二〇年至一八二六年之间，他周游于高加索及克里米一带。出华丽之圣彼得堡而入于山明水秀之区，不惟经验增多而心胸亦一换了！在这个时期，他又学了意大利文及英文。极受安得流契尼亚 André Chénier 及摆伦 Bywn［Byron］的影响。他当时所做的长诗《高加索的囚者》（*The Prisoner of the Caucasus*）就是第一篇摹仿摆伦的句调

① 《驿站监察吏》，为《俄罗斯名家短篇小说集》第一篇，今译《驿站长》，俄国普希金（1799—1837）著，沈颖译。

② 《雪媒》，为《俄罗斯名家短篇小说集》第二篇，今译《暴风雪》，俄国普希金著，沈颖译。

③ 沈颖（1901—1976），字士奇，江苏吴县人，早年考入国立北平俄文专修馆，与瞿秋白为同窗。译有《九封书》（即《浮士德》）、《前夜》（屠格涅夫著）、《十三封信》（屠格涅夫著）、《教育之果》（安德烈耶夫著）等。

的。除此以外，他在这个时期内，还有好些抒情诗出产。如《书贾与诗人的谈话》，如 *The gypsies*《哥比族》等，都是极好的。而他的主要的著作 *Onegin*［*Yevgeny Onegin*］也在此时着手著作。一八二六年，普希金赐圜之命，回墨斯哥。*Onegin* 的第二卷出版于此。一八二七年，他又到圣彼得堡去，*Onegin* 的第三卷就在此行。刊第二年，*Onegin* 的第四,五,六卷，都陆续出版了。一八二九年，作小说数篇，如《格蓝夫尼林》*Graf Nulin* 及 *Cottage of Kolomna*［*The Little House in Kolomna*］等，狠有莫柏桑的风味。一八二九年，普希金复向高加索出发。不久即回圣彼得堡。一八三一年，*Onegin* 的第八卷出版，这个大著作遂完全告成功了！以后他继续从事于文学的努力，做了狠多于价值的著作。一八三七年二月二十七日，普希金忽与人决斗，负了重伤。五十五小时后，此俄国的大文学家又遂与世长辞了！

——录自新中国杂志社 1920 年初版

《驿站监察吏》［小序］

瞿秋白

这一篇是普希金托名弁尔金 Bulgakin［Belkin］所做的小说集里的一篇，普希金既伪托弁尔金的名，又在小说集前做了一封假信，说是弁尔金的知己朋友，写给他的。信中借弁尔金朋友的口吻，描写弁尔金的为人，说他日夜忧郁，很抱悲观，父母死后，就因为少不更事，而且慈悲心重，不久家产都已荡尽，他的性情，又很有女性，不过羞怯之情，却丝毫没有，后来更自谨慎，绝无世俗过度的行为。普希金所以要假托弁尔金的名义。据伊思霍慈 Iskos［Ishos］说，是因为普希金著这部小说集的时候，他刚从高加索回圣彼得堡没有几年，住在波尔亭 Boldin。当时文网森严，又要极力避开当时人的批评。“蒲尔加尼 Bulgarin 当时反对普希金的也说这不很像普希金做的。”再则呢，因为这部《弁尔金小说集》里五篇之中，倒有两篇，（《射击（决斗）》，《驿站监察吏》）是以弁尔金作主观的，……所以不得不在弁尔金朋友的信里注重描写弁尔金的为人，……假使以主观移于不确切的人身就上去，就足以使文章的“意境”与“形式”不相融洽，而且如《鄂楼思村之历史》一篇里，简直是以弁尔金自己做主人翁的。还有许多当代文学家，对于《弁尔金小说集》的批评，因为限于篇幅，不能多引。唯塞夫 G.V.Alexendre 还有一句话，却也很可注意，他说这部小说集的艺术上，体裁上的创作，却无意之中，为后来的文学家，如歌鄂黎，屠格涅夫，陀思妥耶夫斯基，托尔斯泰，开一先河。《弁尔金小说集》里，《驿站监察吏》一篇为最好。情节非常简单，而作者艺术上高尚的“意趣”，很能感动读者，使作者对于贫困不幸者的怜悯之情，深入心曲。不但如此，而且读此类俄国的小说，还可以知道当日俄国国情，却和中国差不多，“屠格涅夫所描写的乡村教育的简陋，歌鄂黎所描写的俄国官吏的卑鄙龌龊，都是如此，这一篇还不大显明深切”。因此可以推及中国现在所需的文学，似乎也不单是写实主义，也不单是新理想主义，（此处专说现在人所介绍到中国来的）一两个空名词，三四篇直译文章所能尽的，所以不得不离一切主义，离一切死法子，去寻中国现在所需要的文学，应当怎样去模仿，模仿什么样的，应当怎样去创造，创造什么样的，才能使人人都看得懂。……受得着新文学的影响，受得着文学的感动，沈君既然把这一篇译好，我极力劝他，再慎重修改一遍之后，再发表。或者也足与当代研究文学的人，做一种参考材料。

歌鄂黎曾经说过，“我国现在人，提及普希金的名字，就立刻联想及俄国的民族文学家。现在时代，俄国文学家，没有一个人能出普希金之上的。也没有一个人能称为民族的文学家。……普希金于俄国的天性，俄国的精神，俄国的文字，俄国的特质，表显得如此其‘清醇’，如此其‘美妙’，真像山光水色，反映于明镜之中。”（见歌鄂黎所著《亚拉伯人语丛著》*Arabesgve* [*Arabesque*] 里的《论普希金》一文。）

歌鄂黎的推崇普希金，固然是像杜少陵之于王杨卢骆，极其佩服，而流于过分的夸奖，可是应当注意，他所说的“民族的文学”，国民性的表显，所以我更希望研究文学的人，对于中国的国民性格外，注意。我于文学本来只一知半解，还希望读者指正。

一九二〇年三月十五日晚十二时，瞿秋白志。

——录自新中国杂志社 1920 年初版

《驿站监察吏》[附记]

沈颖

这一篇是普希金的短篇名作，我以前译过的旧稿，嫌他不大称意，所以没有印单本。后来瞿秋白君向我要普希金的原本小说去读，他以前读过几篇普希金的诗，他对我说普希金的诗，是歌鄂黎所称为唯美主义 Lirisme 的，不但有悲天悯人的深意，还能使读者得一很深的感想，有些地方，很不受俄国古典学的拘束。所以他要想读一读普希金的散文小说，研究研究。我就把一本普希金的小说和我译这一篇的旧稿给他。秋白君看了，就劝我把旧稿修饰修饰，与原文不恰切的，改一改，可以重行发表。他说那一本小说里，这一篇算得最好的一篇，不能让他失散。因此我现重在行修改一过。不妥的地方，都已斟酌原文改好，聊尽我介绍俄国学者的责任。至于瞿秋白君他本来是研究哲学的，他所谈的文学上的意见，和我所见略有不同。且待后日再和他讨论，我现在要译屠格涅夫的《法乌司特》*Faoust* 暂时不加可否。

沈颖志，九,三,十八。

——录自新中国杂志社 1920 年初版

《马车》[①] 哥郭里小传[②]

（耿匡〔耿济之〕[③]）

哥郭里 Nikolai Vasilievich Gogol 是俄国南方浦尔塔哇 Poltava 省的人。生于一千八百零九年三月三十一日。他的最初的学识，大半都在摄琴 Niejin 高等学校养成。在这个学校里，他已经做了狠许多的著作。悲剧《劫盗》*The Brigands* 就是其时所做的一篇戏曲。一千八百二十九年，毕业于摄琴学校。游于圣彼得堡。翌年在此，得了殖民部书记的职事。不久，即复失去。但他的书记的位置虽失，他的文学上的位置，却日益稳固，高出侪辈。一千八百二十九年，以阿洛夫 V Alof 的假名，发表一首诗，名曰《意大利》*Italy*，是牧诗的体裁。但当时的批评家都极力的，讥笑他，至使哥郭里尽力的收回已卖之本，聚而焚之于旅馆的室里。以此失败，哥郭里乃转而从事于南俄的通俗文学。一千八百三十年，他的 *Evenings in a Farm near Dikanka* [*Evenings on a Farm near Dikanka*] 出版。大为当代文人所赞赏。与牧歌正成反比例。而因此种的鼓励，他乃计划为一种九册或十册的大史书。这种计划虽未实现，而他竟因此而被命为圣彼得堡大学的教授。一千八百三十五年，退职。同年他的文集与 *Taras bulba*（哥萨克故事的一种）出版。自此时后，他乃由浪曼［漫］主义转入写实主义。杰作陆续而出。《外套》*Clock* 及喜剧《巡按》*Revizor* 可谓为

---

① 《马车》，为《俄罗斯名家短篇小说集》第三篇，果戈里著，耿匡（耿济之）译。

② 哥郭里，Nikolai Vasilievich Gogol，今译果戈里，1809—1852。

③ 耿匡，耿济之（1899—1947），字孟邕，笔名有济、济之、C.Z.、蒙生、狄谟等。1917—1919 年在北平俄文专修馆学习，1918 年开始翻译俄国文学作品。五四运动后，与瞿秋白、郑振铎编辑刊物《新社会》《人道》。文学研究会发起人之一。译有《复活》《白痴》《猎人日记》《父与子》《卡拉玛佐夫兄弟》等。

代表的著作。一千八百三十六年春，他的大小说《死灵魂》*The dead souls* 始着手编辑。一千八百四十二年，其第一部出版。英法即有译本。其叙事之真切，文笔之俊健，读者无不欣赏。一千八百三十六年，哥郭里辞国出游。久而始回。其行踪大半在意大利。《死灵魂》的大部分，即为在意所做的。当其居罗马时，哥郭里思想忽受影响。由写实派一转而入神秘派。晚年作《忏悔录》*Confession* 及《与友人的通信》*Correspondense with friends*。于早年的著作，深致不满。一千八百四十八年，他回墨斯哥，遂定居于此。一千八百五十二年三月三日，歌鄂黎死。年四十三。

——录自新中国杂志社 1920 年初版

《鹊贼》[①] 盖尔岑小传 [②]

（耿匡〔耿济之〕）

亚历山大盖尔岑 Alexander Herzen 生于一八一二年。他的本名是药苛力夫 Yakovlev。他的父亲是一个有钱的俄国贵族。因为他的母亲是德国人，他双亲的婚约没有在俄国承认，所以赫尔岑遂袭了他母亲的名字，而不叫他的本名。赫尔岑一生的事实，不惟光荣于文学史上，亦且炳彪于俄国史籍。他不惟是一个大著作家，亦且是当时一个极有势力，极有人格的人。他在墨斯哥大学时候，与他的同志阿加列夫 Ogaliev 等倡为盖尔岑学会，与当时同大学内的斯坦克威迟学会 Stankevitch 相对立，中分其时的思想界。一八四七年，他因为宣传其主义之故，不见容于黑暗政府，遂去国而为国事犯的生涯。始至

---

① 《鹊贼》，为《俄罗斯名家短篇小说集》第四篇，赫尔岑著，耿匡（耿济之）译。

② 蓋尔岑，Alexander Herzen，今译赫尔岑，1812—1870。文中所用“蓋尔岑”“盖尔岑”“赫尔岑”系照录原文。

巴黎，终定居于伦敦。于此，用其本国又发行一种报纸，名曰《钟》*Bell*。借以灌输革命思潮于俄国。他是社会党，所以这个报，鼓吹社会主义极烈。赫尔岑出亡五载之后，重复归来，博国人极盛的欢迎。未几，他又到德国去研究里智儿 Hegel 的哲学。归而贡献极多的真理于国人。《谁之罪》及《空人》两部不朽的著作，陆续而出。在世界的文学上，占第一流的位置。一八七〇年，他遂戴极高的名誉而死。

——录自新中国杂志社 1920 年初版

《九封书》[①] 屠格涅甫小传[②]

（沈颖）

伊凡屠格涅甫 Ivan Turgenev 生于一八一六年。他的家庭是俄国的旧族，所以他幼时受高等的教育。他的文学生涯始于一八四三年的一首诗。但他立觉韵文非所长，即弃去而从事于散文小说。一八四七年他做一篇叙农家生活的文章，名为 *Khor and Kalinych* 登在《当代》杂志上。一八五二年，哥郛里死于病，他作文祭之。竟为政府所怒，将科以流徒［徙］之刑。幸有人救之，得减为拘禁乡里二年。二年期满，乃移居于巴黎。亦常往祖国一行。而睹其国内之腐败，终不能安居。因其时不独政府忌之，即国内的国粹也骂他为不爱国的人，所以后来他遂定居法国，不再回乡里。他的代表的著作，有《路丁》*Rudin*（出版于一八五六年），*The nest of Gentlefolk*［*A Nest of Gentlefolk*］（出版于一八五九年），*On the eve*（出版于一八六〇年），《父与子》*Fathers and Sons*（出版于一八六二年），《烟》*Smoke*（出版

---

① 《九封书》，为《俄罗斯名家短篇小说集》第五篇，今译《浮士德》，屠格涅甫著，沈颖译。

② 屠格涅甫，Ivan Turgenev，今译屠格涅夫，1818—1883。

于一八六七年），及《猎人随笔》等。于俄国的文学，有极高的功绩。一八八三年死。

——录自新中国杂志社 1920 年初版

《木匠的伙计》[①] 薛塞姆斯奇小传[②]

（谢义行）[③]

薛塞姆斯奇 Rlexei Pisemsky 生于一八二〇年。他是长于写“悲苦之音”的文学家。一八五八年发表小说《千人》*Thousand souls*，第二年发表戏曲《悲惨运命》*A Bitter Fate*。都是极有价值的杰作。而《千人》一篇，以生理学家的态度，描写心的革命。批评家至称之为纯生理的天才的作家。一八六二年发表小说《恨海》*The troubled seas*，大家公认是俄国文学的第一流著作。一八八一年死。

——录自新中国杂志社 1920 年初版

《守岗兵》[④] 芮斯可甫小传[⑤]

（耿匡〔耿济之〕）

芮斯可甫 Leskov 生于一八三一年。他常自名为 Stenbnutsby

① 《木匠的伙计》，正文题《木工的伙伴》，为《俄罗斯名家短篇小说集》第六篇，薛塞姆斯奇著，谢义行译。

② 薛塞姆斯奇，Aleksey Pisemsky，今译皮谢姆斯基，1821—1881。

③ 谢义行，生平不详。

④ 《守岗兵》，为《俄罗斯名家短篇小说集》第七篇，列斯科夫著，耿匡（耿济之）译。

⑤ 芮斯可甫，Leskov，今译列斯科夫，1831—1895。

[Stebnitsky]。他的第一流的文学位置，狠早就被同时代的学者公认。他的文学事业，开始于一八六〇年。但迟至一九〇二年，还没有批评他的传记，与批评他的文学的著作出现。全俄学者都读他的著作，但文学的批评都极少。此恰如英国狄更斯 Dickens 一样，批评他文章迟至一九〇〇年而始产生。芮斯可甫是攻击虚无主义最烈的人，一八七〇年以后，他乃转而为描写乡土的小说家。他的代表著作是 *The Sealed angel* 书，*No way out* 二书。在他的著作里，带了极多的本地色彩，所以是狠难翻译的。经过狠久的文学努力，他死于一八九五年。本书上登载的一篇《守岗兵》虽不能算做代表作者思想的著作，但颇有艺术上的价值。

——录自新中国杂志社 1920 年初版

《舰头琐语》[①]《一瞥》[②]斯坦奴可维慈小传

斯坦奴可维慈（K.M.Stanukovith）一千八百四十三年三月十三日生在塞佛斯托泊尔地方。他的父亲在海军上服役，官至塞佛斯托泊尔总督。斯氏自小就喜欢文学，可惜他父亲性格极严，因为他家世代服务海军，所以不愿意他儿子遽就他业。他也不能违背父命，便投身海军，随着军舰历游各地。远至日本中国等处；靠着他父亲的势力，屡次升官。可是他性近文学，终究觉得自己的职务和他的志趣格格不合。三十岁的时候他曾两次写信给他父亲请求允许他解职。他父亲回信说不妨解职，可是从此父子关系就算断绝。然而他却一点也不顾，毅然解职从事文学事业，投稿各杂志，并且到偏僻的村里去当小学教

---

① 《舰头琐语》，为《俄罗斯名家短篇小说集》第八篇，原名《夜》，斯坦奴可维慈著，安寿颐译。

② 《一瞥》，为《俄罗斯名家短篇小说集》第九篇，斯坦奴可维慈著，康雍译。

员。一千八百六十六年他回到圣彼得堡，不久就在那里娶妻。他家境很穷，不得不于卖文以外，从事他项职业。后来他又到法国去。回后来益尽力于文学，到一九〇三年才死。他最特别的著作就是《航海小说》，因为他一生的大部都消磨在海上，而他的著作也就以关于海的小说为最得意。本书上登出的两篇（《船头随［琐］语》和《一瞥》）更是从作者《船［航］海小说》里选出来的。

——录自新中国杂志社1920年初版

《点滴》①

《点滴》序言

周作人

这一册里所收的二十一篇小说，都是近两年中——一九一八年一月至一九一九年十二月——的翻译，已经在杂志及日报上发表过一次的，本来还没有结集重印的意思。新潮社的傅孟真、罗志希两位先生却都以为这些译本的生命还有扩大的价值，愿意我重编付印：孟真往英国留学的前两日，还催我赶快编定，又要我在序文里，将这几篇小说的两件特别的地方——一，直译的文体，二，人道主义的精神，——约略说明，并且将《人的文学》一篇附在卷末。我所以依了他们的热心的劝告，便决意编成这一卷，节取尼采的话，称为《点滴》，重印一回。

我从前翻译小说，很受林琴南先生的影响；一九〇六年往东京以

① 《点滴》，小说集，周作人辑译，北京大学出版部1920年8月初版。新潮丛书第三种。收录周作人1918年1月至1920年3月所译短篇小说21篇，并以《人的文学》《平民的文学》和《新文学的要求》三篇文章作为附录。

后，听章先生的讲论，又发生多少变化，一九〇九年出版的《域外小说集》，正是那一时期的结果。一九一七年在《新青年》上做文章，才用口语体，当时第一篇的翻译，是古希腊的牧歌，小序有一节说，——

“什法师说，翻译如嚼饭哺人，原是不差。真要译得好，只有不译。若译他时，总有两件缺点；——但我说，这却正是翻译的要素。一，不及原本；因为已经译成中国语。如果还要同原文一样好，除非请谛阿克利多斯（Theokritos）学了中国语，自己来作。二，不像汉文，——有声调好读的文章，因为原是外国著作。如果同汉文一般样式，那就是随意乱改的胡涂文，算不了真翻译。”（十一月十八日）一九一八年答某君的通信里，也有一节，——

“我以为此后译本，……应当竭力保存原作的‘风气习惯语言条理’；最好是逐字译，不得已也应逐句译，宁可‘中不像中，西不像西’，不必改头换面。……但我毫无才力，所以成绩不良，至于方法，却是最为适当。”（十一月八日）

在同一封答信里面，又有这一节，是关于小说的内容的，——

“以前选译几篇小说，派别并非一流。因为我因［的］意思，是既愿供读者的随便阅览，又愿积少成多，略作研究外国现代文学的资料，所以译了人生观绝不相同的梭罗古勃与库普林，又译了对于女子解放问题与伊孛然不同的斯忒林培克。”

但这些并非同派的小说中间，却仍有一种共通的精神，——这便是人道主义的思想。无论乐观，或是悲观，他们对于人生，总取一种真挚的态度，希求完全的解决。如托尔斯泰的博爱与无抵抗，固然是人道主义；如梭罗古勃的死之赞美，也不能不说他是人道主义。他们只承认单位是我，总数是人类：人类的问题的总解决也便包涵我在内，我的问题的解决，也便是那个大解决的初步了。这大同小异的人道主义的思想，实在是现代文学的特色。因为一个固定的模型底下的统一，是不可能，也是不可堪的；所以这多面多样的人道主义的文学，正是真正的理想的文学。

我们平常专凭理性，议论各种高上的主义，觉得十分彻底了，但感情不曾改变，便永远只是空言空想，没有实现的时候。真正的文学，能够传染人的感情；他固然能将人道主义的思想传给我们，也能将我们的主见思想，从理情移到感情这方面，在我们的心的上面，刻下一个深的印文，为从思想转到事实的枢纽：这是我们对于文学的最大的期望与信托，也便是我再印这册小集的辩解（Apologia）了。

一九二〇年四月十七日，周作人记于北京。

我本来不主张译音的；但近来有人觉得不便，常常省去了原字不看，全篇也就含胡了，所以现在重复译了音，却将原字附写在下面。

中国人称代名词的第三位，向来只有一个他字，现在添了一个伊字，指示女性，将他字定作男性代名词用。有人说，只有他字也没有什么不便，但我总觉得非有两个就不够用，——看《改革》这一篇，便可明白，——所以径自分定了。

——录自北京大学出版部 1920 年初版

《空大鼓》[1]［附记］

（周作人）

略夫托尔斯泰（Ljov Tolstoj 1828—1910）艺术的和道德的生活思想，略略绍介，便须一本小书，这事只能俟诸异日；现在简单说一句，可以说：他的艺术是写实派，是人生的艺术（Art for Life）；他

① 《空大鼓》，为《点滴》中第一篇，伏尔迦地方流行的民间传说，俄国略夫托尔斯泰（Leo Tolstoy，今译列夫·托尔斯泰，1828—1910）著。

的道德思想是所谓无抵抗主义：非战争，赞美力作，主张共同生活。这篇《空大鼓》就是他非战的宣言；看了，胜过别人一大篇肤泛的解说。

《空大鼓》是一篇民间传说（Skazka=Folktale），题目上业经说明，是伏尔迦（Volga）地方通行的说话。在传说研究中，属于《友谊的兽》一系（*The Friendly Animal Cycle*）。法国丕罗勒（Perrault）编述的童话《着靴的猫》(*Le Chat Botte*)，便是此系的代表；罗马亚普留斯（Apuleius）著《变形记》(*Metamorphoses*）中《爱与心》(*Cupido et Psyche*）故事，说普雪该（Psyche）做苦工，与亚美梁的事更相似。此篇经托尔斯泰改作，寄托他思想的精义；又有自作的《呆伊凡》一篇，同是这一类。斯谛普虐克（Stepniak）的《一文钱》(此篇曾译载《域外小说集》内）雪且特林（Shtshedrin）的《捐躯的兔》等，也都用这方法。斯谛普虐克说：雪且特林的思想勇敢，攻击猛烈，不能直说，所以用他所自称“奴隶的言语”，作东方式的寓言譬喻童话等等。托尔斯泰此类著作，在罗马诺夫（Romanov）治下发表，也不得不用奴隶的言语。但从别一方面说，则用这种形式宣传道理，多含暗示，较直说尤好：“奴隶”对于他自己的言语，本来更易理会。托尔斯泰要使农民明白他的道理，所以利用传说，更为适宜：我想这是第二理由。

托尔斯泰的小说，中国译出的，有（一)《复活》的节本，改名《心狱》；(二）*Anna karenina*，名《婀娜小史》；(三)《骠骑父子》，因未曾同原本对读，不能说他如何；(四）托氏《宗教小说》德国教士叶道胜所译，全用白话，可惜现在绝板了；(五)《罗刹因果录》是八种短篇，用古文译成，称为笔记小说，删改的地方也多，全失了著者原来的义指，也是极可惜的事。此外短篇译载各报上的，无从知悉，——因为融会贯通得太利［厉］害，又每每不署原著者姓名，所以难于查考了。

中国又有一部历史小说，名《不测之威》，题托尔斯泰著；但这是亚历舍·托尔斯泰（Aleksej Tolstoj）所作《银公爵》(*Knjaz Serebrjannyj*）的译本，并非耶思那耶·波力耶那（Jasnaja Poljana）老预言者略夫·托尔斯泰的手笔。中国人时常并为一谈，所以顺便说及。

一九一八年八月二十二日记。

——录自北京大学出版部 1920 年初版

《摩诃末的家族》[1]［附记］

（周作人）

但兼珂（Vasilij I.Nemirovitch-Dantchenko 1849—）可萨克人，是陆军的军官，后来为新闻记者，一八七七～八年俄土战争和一九〇四～五年日俄战争，他都从军为通信员。这一篇文章，大约是在巴尔干半岛时候做的。又有一篇《清白的心》，写俄土战争中一个看护妇的历史；伊虽然在污泥里过了一生，精神却清净慈惠，有灵光围绕着。不知道为什么，俄政府当时竟将他禁止了。他的著作虽然不能及托尔斯泰或契诃夫这样重大，但也很有意义，所以便译了这一篇到中国来。

一九一九年十一月三十日记。

——录自北京大学出版部 1920 年初版

① 《摩诃末的家族》，为《点滴》中第二篇，俄国但兼珂（Vladimir Nemirovich-Danchenko，今译丹钦科，1858—1943）著。

《可爱的人》① [附记]

（周作人）

契诃夫（Antoe Tahkhov [Anton Tchekhov] 1860—1904）本是医师，初作短篇两卷，很有诙谐趣味。一八八〇年后，时势改变，他的作风也变了；虽然仍带滑稽，却满篇有一种阴惨之气。其时亚历山大三世即位，听了旧党的话，大行虐政，民气颓丧，契诃夫所写，便是此时的现象，所以有人说他著作里的人生是灰色的。他以短篇出名，与法国摩波商（Maupassant）并称，但只是技术相似，思想实不尽同：他虽然悲观现世，对于将来却有希望，如剧本《樱树园》所说，十分明了。所作小说共十六册，经我译成汉文的有《塞外》及《戚施》两篇，载在《域外小说集》中。

这篇《可爱的人》是契诃夫杰作之一，很得托尔斯泰称赞；曾有一篇批评；这批评也有名，所以一并译出，附在篇末。著者的本意，大约正如托尔斯泰所说，“表示一种型式，教女人不可如此。”他未必咒诅这“可爱的人”，惟造成这样的咒 [人] 的社会，才应得咒诅。托尔斯泰是近代大思想家，他的主张，可以佩服的极多，但这篇评语，却尚有可商的余地，必须略略说明。托尔斯泰提倡人道主义，这人道主义里面，本只有唯一的道，不能有两性的差别，若轻轻断定女子天分上，与男子不同，便不免立出两歧的道来，不能圆满了。南非洲女著作家须莱纳尔（O.Schreiner）做的《女子与劳动》第五章，对这问题，也已辩白。我辈虽承认女子生理心理上与男子有多少差异，但不能因此便成别一种人，别有一种天职。爱与生殖这两件，并非专

① 《可爱的人》，为《点滴》中第三篇，俄国契诃夫（1860—1904）著。篇末有《略夫·托尔斯泰对于〈可爱的人〉的批评》一文。

是女子的事。男子既于这两事外，还有许多做人的事业；女子也是如此；伊爱男子，生育儿女，此外也还应做人：伊对于丈夫儿女，是妻是母，还有对于人类是个人，对于自己是“唯一者所有”。我辈不能一笔抹杀了伊的“人”，伊的“我”，教伊做专心奉事别人的物品。托尔斯泰说阿伦加是柔弱的顺从的知力不发达的专心奉事男子的女人；在这些德性上，译者也不觉可以赞美；伊固然可爱可怜，然而世间女人，正不必如此：譬如见一小孩，走不得路，说话也未能清楚，诚然是怪可爱的，但决不望他永远如此；愿他长成了，为人类的一员。所以译者对于这篇里“可爱的人”的态度，是与著者相同，以为伊单是可爱可怜，又该哀悼，并且咒诅造成这样的人的社会；希望将来的女子不复如此，成为刚健独立，知力发达，有人格，有自我的女人；能同男子一样，做人类的事业，为自己及社会增进幸福。因为必须到这地步，才能洗净灰色的人生，真贯彻了人道主义。

一九一九年一月三十一日记。

——录自北京大学出版部 1920 年初版

《童子林的奇迹》[1]［附记］

（周作人）

梭罗古勃（Sologub）本名台台尔匿珂夫（Fjodor Kuzmitch Teternikov），一八六三年生，其经历不可考。或请作自叙传，答曰，“吾生别无可记，且吾亦无暇为此不急之务”。人或就著作研究之，仅知曾为学校教师而已。

---

① 《童子林的奇迹》，为《点滴》中第四篇，俄国梭罗古勃（Sologub，通译索洛古勃，1863—1927）著。

梭罗古勃以“死之赞美者”见称于世。书中主人，实唯“死”之一物，然非丑恶可怖之死，而为庄严美大白衣之母：盖以人生之可畏甚于死，而死能救人于人生也。

梭罗古勃著作，意义多隐晦。或造访之，——彼素不见客，唯此次出见云，——问其意，答言读者可随意立解，无法说明。其言曰：“吾之‘自我’，今称梭罗古勃者，正是历代遗传影响之合体。谁能就吾书中，辨别孰为吾自我，孰为吾祖先之思想耶？吾但能以言文发表吾之感情，而此感情者，又为若干代以来逐渐养成之物。吾之不愿解释隐晦辞意，非不愿，实不能耳。情动于中，吾遂以诗表之。吾于诗中，已尽言当时所欲言；且复勉求适切之辞，俾与吾之情绪相调合。若其结果，犹是隐晦不可了解；今日君来问我，更何能说明？当时之事，已事过情迁，久忘之矣。”

一九一八年一月二十一日记。

——录自北京大学出版部 1920 年初版

《铁圈》[1]［附记］

（周作人）

梭罗古勃的短篇，《迷藏》最有名。这一篇《铁圈》虽然并非他的一等著作，但狠可看出他的根本思想，所以颇有研究的价值。

梭罗古勃是厌世家，又是死之赞美者（Peisithanatos）。他在《小鬼》中，表明人生的恶浊无意义；要脱离这苦，但有死这一条路：如《迷藏》中的小女儿莱莱契加（Lelethka），又或如《未生者之接吻》

① 《铁圈》，为《点滴》中第五篇，俄国梭罗古勃（Sologub，通译索洛古勃，1863—1927）著。

中的胎儿，便最好了。其次要算发狂，他称为祝福的狂气。此外还有两种法门，可免人生的苦恼：第一是美，第二是空想。但无论怎样天真的美，一与人世接触，也被污染毁坏；所以诗人的空想，便是唯一的避世的所在。英人库尔诺思（Cournos）说，“空想是美的媒介，能令人在悲哀中求得悦乐。有空想的人，真是幸福。他在这日光所照鄙俗可厌的人世之外，别有一个世界，怪异荒唐，同童话的世界一般，也便是夜的世界。”（见一九一五年九月份《两周评论》中）

梭罗古勃的意见大略与意大利诗人略巴尔提（Leopardi）相似，“以为人生止有苦趣；灵智之士，苦亦益大。盖人生慰藉，实唯空虚。人有希望空想幻觉，乃得安住。如幻灭时，止见实在，即是悲苦。欲脱此苦，唯梦或死。”（译者所编《欧洲文学史》的一段）这篇小说里的老人，便只因能有了空想幻觉，所以虽然过了一世“狗的生活”，也能狠温和愉快的微笑；死在不相关切的人的中间，也能狠平静的微笑。所以他可算一个“真是幸福”的人。因为他能在这不幸的真实的世界之外，别有一个空虚的世界，可以容得他安住。

但我的意见，不能全与著者相同，以为人的世界，究竟是在这真实的世界一面，须能与“小鬼”奋斗，才算是唯一的办法。所以我们从别一方面，看这抛圈的老人的生活，与《卖火柴的女儿》比较观察，也是一件颇有意义的事。

一九一八年十二月三十日记。

——录自北京大学出版部1920年初版

《帝王的公园》[1]［附记］

（周作人）

库普林（Aleksandr Ivanovitch Kuprin）者，一千八百七十年生，初学陆军，在役计七年，进至中尉；退职治文学，以小说《决斗》得名。又有短篇《生命之川》，《泥沼》，《马盗》等皆佳作。

库普林思想，颇近乐观；以为现世恶浊，而将来非无光明之希望。《决斗》中那山斯奇（Nazanskij）说，“将来有一个时候，世上更无主奴，无损伤残疾，无恶意，无恶行，无有哀怜，亦无有怨恨，人人都是神。那时我看别人都同我一样是个神，我怎么还敢欺侮他，虐待他呢？那时，止有那时，人生才是真的圆满美好。……自由高尚的爱成为世界的宗教”。又有《贺筵》一篇，述二千九百六年庆祝世界大同，席上有人演说云，“我辈祝这永久少壮圆满美好的人生，祝这地上独一无二的‘神的人类’！赞美人生一切的欢乐！”

此篇之意，大要亦相类。唯所谓三十二世纪中叶，社会又复革命，复回旧路，乃与他说不同，莫明其意旨之所在。或者当时有所感触，遂以此“污恶可憎之虫类”为不可救，愤激之情，发于小说，未可知也。欧战后一周年，库普林作《圣处女的花园》一篇为记念，结末数语，其意亦与此篇开端相似。库普林本极信服托尔斯泰，托尔斯泰对于将来既有希望，库普林当亦如是。此篇何时所作，今虽不详，疑亦当在欧战后；其时托尔斯泰已去人间，后人无由知其意见，而库普林则目睹惨澹之状，故文章间遂含惨澹之色，正亦人情之常耳。然有不可不辨者，为此篇仍是希望，并非绝望，因“昏迷”尚非必不可移之本能故；并非咀呪，因彼素来神往于世界大同故，亦非第以危言

---

[1] 《帝王的公园》，为《点滴》中第六篇，俄国库普林（1870—1938）著。

耸人，因彼自知身在局中，异于隔岸火灾故。又当知此篇亦非据科学研究，与摩理思（W.Morris）及威尔思（H.G.Wells）等所作颇不同；因所写止是一时的感觉，作者亦自题“幻想”故也。

一九一八年三月十日记。

——录自北京大学出版部 1920 年初版

《圣处女的花园》[①]［附记］

（周作人）

库普林在俄国文学上本以写实派出名，但用别的方法可以加增表现的力量时，也就用别的方法。这篇小说是在欧战开始一周年（一九一五年）的时候做的，表明他对于这战事的情绪；倘用写实，便不容易在寥寥几页之中，造成这样深刻的印象了。

一九一九年十一月十五日记。

——录自北京大学出版部 1920 年初版

《晚间的来客》[②]［附记］

（周作人）

库普林的这一篇小品，做法很特别，只因为听到敲门声，便发生许多感想，写了一大篇文章。我译这篇，除却介绍库普林的思想之外，就因为要表示在现代文学里，有这一种形式的短篇小说。小说不

① 《圣处女的花园》，为《点滴》中第七篇，俄国库普林（1870—1938）著。

② 《晚间的来客》，为《点滴》中第八篇，俄国库普林（1870—1938）著。

仅是叙事写景，还可以抒情；因为文学的特质是在感情的传染，便是那纯自然派所描写，如淑拉（Zola）说，也仍然是“通过了作者的性情的自然”，所以这抒情诗的小说，虽然形式有些特别，却具有文学的特质，也就是真实的小说。内容上必要有悲欢离合，结构上必要有葛藤，极点，收场，才得谓之小说：这种意见，正如十八世纪的戏曲的三一律，已经是过去的东西了。

一九二〇年二月二十九日记。

——录自北京大学出版部 1920 年初版

《齿痛》[1]［附记］

（周作人）

外国报说，安特来夫（Leonid N.Andrejev 1871—1919）于九月三十日死在芬兰了。我因此译出这一篇，为他作记念。他的著作据我所知道译成中文的，有《域外小说集》里的《默》与《谩》；《欧美短篇小说丛刊》里的《红笑》，——只可惜没有译全。此外重要著作，都未译出，我译这篇，也还是第一次，是他短篇中最短的，但是颇有意义的一篇小说。原名便是《般妥别忒》，现在换了一个题目；文中的地名人名，多是《新约》中所有，却都照着旧译本沿用了。

安特来夫四十八年的生涯，虽然不及托尔斯泰那样悲壮与戈理奇（Maksim Gorjkij）那样奇异，但也充满了“平凡的悲剧”，可以称得模范的“人的一生”。他在大学时候，便很穷困，从来没有饱时，而且常常绝食。毕业后做律师，又不流行，只有人邀请他一次，然而诉讼

① 《齿痛》，为《点滴》中第九篇，俄国安特来夫（Leonid N.Andreyev，今译安德烈耶夫，1871—1919）著。

却输了；以后改了业，给新闻做速记，借此存活着。一八九七年才作小说，得戈理奇的推重，渐渐有名。俄国革命后，逃在外国，详细情形不得而知；近来，戈理奇有被杀消息——虽然疑是谣传，同克鲁泡特金的事情一样，——画家烈宾（Rjepin）早饿死了，安特来夫的死，想来也难免藏着一场悲剧。他的有名的戏剧《人的一生》(一九〇七年作）中灰色的人说，

“末了我们看见他是个老人，弱了病了。梯子的阶级全已攀完，只有黑的深渊张着口在他蹒跚的脚前。蜡烛的火光，向着地面低了下去，变了青色的微光。这光低下去而且颤动，低下去而且颤动，——于是轻轻的熄了。

这样人是死了。他从黑暗里来，还回到黑暗里去了；又被吸到时间的无限的虚空里去，更没有一点踪迹遗留了。……”那人从穷困得到尊荣富裕，随后终于回到穷困，死在酒店里，口里叫道：——

“我的捧甲胄的在哪里？我的剑在哪里？我的盾在哪里？我没有兵器了！救我，快，快！我诅咒——”

这一篇悲剧，宛然是安特来夫自作的挽歌，但有这一点不同：他虽然去了，他的踪迹永远留在世间，便是灰色的人也不能毁灭。种种著作——小说戏曲，——便是他的武器。

安特来夫大概彼人称为神秘派，或颓废派的作家，但仍然带着浓厚的人道主义的色彩，这是俄国的特性，与别国不同的。一九〇八年所作《七个绞死的故事》，是呈托尔斯泰的，书中叙五个革命党人一个强盗一个杀人犯同时处刑的事，是一部根本的反对死刑的大著作。作者寄与美国译者培论式丹（H.Bernstein）的信中，有一段说：——

“我的工作是在指出死刑的恐怖与不正，无论在什么事情之下。死刑的恐怖本来很大，倘使这件事落在勇敢正直的人身上，他们唯一的罪便只在他们的过于有爱与正义，——在这时候，令人良心震动。但那绳索成了圈子，套在愚弱的平民的颈上时，尤其可怕了。说起来

似乎有点奇异，我对于威纳尔（Werner）与谟赛（Musja）等革命党人的处刑，比那扬生（Janson）与支伽诺克（Tsiganok）等思想情意都薄弱的，无知的杀人犯的绞死，还觉得少一点悲哀与苦痛。对于不可免的渐渐近前的死刑最后的恐怖，威纳尔能够用他的开明的思想和铁的意志，谟赛用伊的纯净与天真来抵挡他。……但在那弱的有罪的人，除了发狂与心灵的基本上的剧烈的震动以外，还有什么可以对付呢？”

这几句话，几乎是妥思妥夫斯奇（F.Dostojevskij）的口吻了。他又说：——

“我们的不幸，便是大家对于别人的心灵，生命，苦痛，习惯，意向，愿望，都很少理解，而且几于全无。我是治文学的，我之所以觉得文学可尊者，便因其最高上的功业，是在拭去一切的界限与距离。”

这正是他文学上的宗旨，也就可以代表俄国人道主义的文学者，作他们的宣言。

一九〇四年日俄战后，安特来夫作了一部《红笑》，用笔蘸了血，写出战争的罪恶。美国斐勒普斯（Phelps）教授说，从来非战的文学中，要推此篇为最猛烈。这不但描画许多肉体上的苦痛与凶惨，尤能写出精神上的悲剧。原书起首这一行，便是“疯狂与恐怖”这几个字，实在可以包括全书大旨，也可以当作他全集的题辞。

一九一四年欧战又起，安特来夫住在圣彼得堡和一般的“智识阶级”饱受了战争中留守的恶趣，《大时代的一个小人物的自白》便是写这一种感想的书。这书于一九一六年出版，要算他最近的著作。

书中的兑孟退夫（Hja Dementev）是一个普通的中流社会人物，他的自白也便是一般人的心理，但著者广大的爱，仍旧处处流露。兑孟退夫固然多为自己的安稳着想，但愈看重自己，也便不能不想到别人的“自己”：所以他说，——

“我为什么要怕德国人呢？他们岂不是同我们一样的是人，又一样的怕我们，正如我们怕他们似的么？彼此岂不是同舟的人么？……”

第一分，一九一四年八月二十八日记。

“无论我们事务所里的政治家怎样说，我总不能承认这战争是义战。想起来何等荒唐！人民被压死屠杀，然而他们说这是不妨事的；因为等到我们占领柏林的时候，正义便伸了。这是怎样的正义？又为谁的呢？在不幸的比利时人，——假如说，像和我同样年纪的一个人，——这正义有什么用处呢？……”

同上，八月二十九日记。

“传闻柏林已完全在黑暗中，又闻德人均已受饿。以俄国人论，我对于他们的不幸，应该欣幸，因为这次野蛮的战争，全是他们的过恶；但……我又要说在事务所时不敢出口的话了。我实在为德人可怜，假如柏林的地方是和彼得格勒有些相像，那可怜的冒险的条顿人现在可不知道怎样受冷，又不知他们将如何诅咒开战的那一个日子哩！……”

同上，九月二十日晚记。

“今日又得到一个可悲的消息。保加利亚人正在克虐夜佛支(Kniajevetz）地方攻击塞尔维亚人了。就是这一点，我们也还不能被饶恕么？兄弟在那里杀兄弟。一想到这种族将要全灭，便是这疏朗朗的草地还不能免于割草者的镰刀，禁不住神魂都萎缩了。……”

第三分，一九一五年十月十三日记。

“我偶然看到一篇关于残杀亚美尼亚人的记事，使我从哀怜涕泪，转为诅咒。这件事，使我足足一夜不能睡着。这是一个人亲眼看见，我逐字抄录下来：——我们唯一的见证在弼忒里斯（Bitlis）见了最可怕的景象。他刚入弼忒里斯境界，在树林中，看见一群新杀死的男人；在他们旁边有三个女人，完全裸体，两脚向上的倒挂着。一个女人的近旁，有一个周岁的小儿，伸着两手向他母亲。那母亲还活着，脸上充了血，伊也伸着两手向那小儿，但他们不能接触着。

这可怕的影像搁在我眼前，我怎么能睡着呢？我几乎连气也不能喘了。血都奔到头上，仿佛也倒挂着一般，有时觉得气塞。然而奇怪，我并不流泪；这夜里我的泪已经干了。我发了暴怒：我要诅咒那伙杀人犯。且不说那新杀死的人，——我们岂不已经习惯了，将人当羊看待；在被杀的时候，不过动一点因袭的情绪？而且在我们自己的屠杀场里，新杀死的岂不已经多的很么？但是女人与小儿呵！女人与小儿……

那时伊还活着；伊大约是这样倒挂着，头向下，经过了半小时，或者一小时了。血都奔到脑里的时候，有怎样可怕的红的圈子，在伊眼前跳着呵！伊怎样呼吸，心怎样跳跃？在那浑浊的红光中间，在死的暗黑中间，伊能够辨别伊孩子的影像：伊用了余剩的目光的力，只能看出伊的爬地的婴儿；又用尽了所有的人力，伊对他伸了紫色的两臂，同伊的紫色肿胀的脸。在别人见了，这可怕的紫色的脸必定觉得惊骇；但那天真的婴儿却竭力想接近伊，还认得伊是他的母亲。‘但他们不能接触着。’

在这一夜里恶梦中间，我努力的想联合那伸出的手。看看成功了，两双手将要接触，而且觉得从这接触，便能生出永远光荣的生活，然而有不可知的力忽然将他们拉开，我也跟着分散了。我摇自己，醒了过来（可惜我已经戒了纸烟，在这时候吸一支烟，很可以安慰心神），但恶梦又来了，仿佛是无始无终的。我又竭力的想联合那手；他们似乎已很接近；但那不可知不可见的力又将他们拉开了。冲到我头里的血和我的绝望，几乎将我呼吸堵住了。这恶梦到得后来，变了十分可怕。那手不复互求联合，但伸着向我，向我的咽喉；他们仿佛铁钳一般，快要将咽喉夹住，那里也不止四只手了，更有无数无数的手。……

斐摩契加（Fimotshka）听到我的呻吟，赶紧跑来，看是什么事。伊给我一点以脱和缬草根的汤；我见有活人在身旁，也就心中觉得很安慰了。但伊去了之后，恶梦仍复回来，只是还算是并非最利［厉］害的。那手已经不在我的咽喉了，不过仍是徒劳的结合，同先前一样；我却在事务所里很流畅的议论这件事，摇摆着我的两只臂膊。一直等到天明，我才无梦的睡着了。今天我有许多奇怪的感想，我见了无论忙着或闲着的一双手，便痴痴的望着，希求他们的联合。我想赛申加的母亲和一般人的母亲。我觉得奇怪，何以母亲都不知道：伊哀悼伊自己的儿子，便是在窥伺别个女人的儿子；而且大家都正在一样的哀悼哩？或者伊们的确知道罢？因为这事是很简单的。别种的力，正在作用。求联合的是谁，阻止的又是谁呢？——但他们不能接触着，那见证说。

我的怒已去，我的悲回来了，眼泪又流下了。我能诅咒什么人，裁判什么人呢？因为我们都是一样的不幸。苦难是普遍；手都互相伸着，倘他们——母地和伊的儿子，——接触着时，大解决便到了。但我已经不能亲见了。而且我又做过什么，配受这幸福呢？我像一个细胞的活着，也应该像一个细胞的死了。我对于运命唯一的要求，便是我的苦难与死不要虚费了。我顺受那两件事。但我对于这无可奈何的事，不能全然自己暴弃了。我的心正在发炎，我伸出手去，叫道，——来，让我们接手！我爱你，我爱你……

我的眼泪很急的流下来了。一九一六年一月二十七日。”

第三分

一月二十七日这一章，实在非常有力，我深恐“像座比石像更大”，所以竭力节省，只译了三分之二，但大概已可以窥见他伟大的一斑。以前契诃夫作《樱桃园》这篇剧本，借了学生德罗菲摩夫(Trophimov) 的口，说出对于将来的希望；现在预言中了，但契诃夫也应他自己的预言，不及见“樱桃园”的重兴；安特来夫所说，与契诃夫恰恰相同；现在两双手的联合，仿佛一天近比一天，可惜他自己也竟“不能亲见”了。

但契诃夫与安特来夫却又并不自己惋惜。德罗菲摩夫说得好：——

“幸福是在那里。他向我们来，渐渐近来了。我能听出他的脚步声了。……如我们不看见，如我们不知道，那有什么要紧？别人会看见的。”

第二幕

他们明白，樱桃砍去了，有再生的希望；手不能接触着，有继续的企图；永远光荣的生活，将来总有实现的日子。这日子，他们虽然看不见，却已得到了对于运命唯一的要求，苦难与死，都不空费了。

一九一九年十月三十日记。

——录自北京大学出版部 1920 年初版

《酋长》① [附记]

(周作人)

显克微支 (Henryk Sienkiewicz 1846—1916) 在他本国，以革命首领著名，在世界上却更以小说家著名；世人单佩服他历史小说，识

① 《酋长》，为《点滴》第十篇，波兰显克微支 (Henryk Sienkiewicz，今译显克维奇，1846—1916) 著。

者却更佩服他短篇。美国斐勒普斯（Phelps）教授说，古今历史小说，能得诃美罗斯（Homeros）精神者，唯彼所作《火与剑》等三部及俄国戈果理（Gogolj）作《达拉斯·蒲勒巴》(*Taras Bulba*)。丹麦勃阑兑思（Brandes）博士著《波兰十九世纪文学论》说他短篇最好：——

"显克微支系出高门，天才美富，文情菲恻，而深藏讽刺。所著《炭画》记一农妇欲救夫于军役，至自卖其身。文字至是，已为绝技，盖写实小说之神品也。又《乐人扬珂》，《天使》，《灯台守》诸篇，亦极隹［佳］胜。写景至美，而感情强烈，甚能动人。晚近模拟大仲马(Dumas Père)作历史小说，叠出不已，因得盛名，且获厚利；唯余甚惜之，所不取也。"

显克微支作短篇，种类不一，叙事和言情，无不美妙，写民间忧患这几篇尤好。事多惨苦，然文章极奇诡，能用轻妙诙谐的笔，写他出来，所谓笑中有泪，正同戈果理一般。《炭画》就是他的代表著作。他又最恨日耳曼人，讥刺攻击，无所不至，《酋长》便是其一；《得胜的巴耳台克》，《家庭教师日记》等，也是这一类。

显克微支世界著名的杰作，是一部历史小说《何往》(*Quo Vadis*)，讲罗马纳罗（Nero）王时事，中国未有译本。他的短篇，经我译成汉文的，有《炭画》单行本；《乐人扬珂》，《天使》，《灯台守》在《域外小说集》中。

一九一八年八月十日记。

——录自北京大学出版部1920年初版

《黄昏》[1]［附记］

（周作人）

什朗斯奇（Stefan Zeromski）是波兰现代的小说家，他的事情，我不很知道。温斯奇（J.Holewinski）著的《波兰文学史略》第五章，将他归在印象的主观主义派下。“什朗斯奇是个伟大的才人，他能吸收传奇的英雄主义与实验派的信仰，并在一处。他的著作里，寄托着他一代的一切苦痛的声音。在他的锐敏的感情上看来，恶是世界的实体，魔是胜利者；义务的本能是英雄主义。”看《黄昏》里的跛来克夫妇的英雄的行为，约略可以看出作者思想的一斑了。

《诱惑》这一篇的意思，同法国摩波商（Maupassant）的《月夜》（见《域外小说集》二卷）大略相似。但摩波商是唯物论者，他所承认的爱的力，自然也只是物质的一面。《诱惑》的作者是理想主义的文学家，所以他的爱的赞美，是真诚的，也是健全的，这是根本上的不同了。

这两篇小说是从英国培纳克（Else Benecke）的《波兰小说集》卷一译出的。《黄昏》第十三节的末句，原作“掘成了四立方码”，但我看上下的语气，似乎有点不妥，所以径把他改写作“六立方码”了。

一九一九年十二月二十日记。

——录自北京大学出版部 1920 年初版

---

① 《黄昏》，为《点滴》中第十二篇，波兰什朗斯奇（Stefan Zeromski，今译热罗姆斯基，1864—1925）著，第十一篇为《诱惑》，亦为什朗斯奇著。

《卖火柴的女儿》[1]［附记］

（周作人）

安兑尔然（Hans C.Andersen 1805—1875）是近代丹麦四诗人之一，著有诗曲小说游记甚多；但他的特长却在童话（Erentyr［Eventyr］）。童话本来是原始社会的文学，也就是儿童的文学；因为在个体发生上，儿童时代正与原人的等级相当。所以历来只有天然的童话，至于人为的文学的童话，未曾有过：有了诗人的笔便已失却小儿的心了。只有安兑尔然是个诗人；活了七十岁，却仍旧是一个孩子。他用了孩子的眼光，观察事物，写出极自然的童话；一面却用诗人的笔法去记述，所以又成了文学上的作品。他之所以为古今无双的童话作家，便只是这缘故。

以上所译的，便是他的童话之一。他的童话全分，收在全集第二十七八两册中。第二十七册卷头，有他自撰的童话年谱，今将关于这一篇的说明，抄在下面：——

“一八四八年童话第二集第二分出，中为《老屋》，《一滴水》，《卖火柴的女儿》，《幸福的家庭》，《母的故事》，《苎麻》六篇。……《卖火柴的女儿》在格拉思丁（Grasteen）旧城所作；当时接到弗林克先生（Herr Flinch，当时出版业者）的信，嘱我为他题画，共有三张，我取了一张绘着女儿拿火柴的画，就写了这一篇。”

当时所印的画，可惜现在已经没有了。但他集内丹麦人丕兑尔然（Pedersen）的插画，有两张小图在这故事里，也非常得神。

安兑尔然这篇故事，又与平常的童话，略略不同，所以别有

---

① 《卖火柴的女儿》，为《点滴》第十三篇，丹麦安兑尔然（Hans C.Andersen，今译安徒生，1805—1875）著。

一种特色。他写这女儿的幻觉，正与俄国平民诗人涅克拉梭夫（Nekrassov）的《赤鼻霜》诗里写农妇在林中冻死时所见过去的情景相似。可以同称近世文学中描写冻死的名篇。

一九一八年八月二十五日记。

——录自北京大学出版部 1920 年初版

《不自然淘汰》[1]［附记］

（周作人）

斯忒林培克（Angust Strindberg 1849—1912）为瑞典近代最大文人。又多所学问，凡天文，矿物，植物，化学，经济，历史，伦理，哲学，美学，皆有著作。文章一类，则有戏曲五十六种，小说三十种，其精力殊非常人所及。尝为斯托霍伦（Stokholm）图书馆员，有中国文书未编目，乃习华文订定之。又研究十八世纪中瑞典与中国之交际，作文发表，得俄国地学会赏。其博学多能，除瞿提（Goethe）外，世间文人，莫能及也。

斯忒林培克于一八七九年作《赤屋》(*Röda Rummet*) 仿迪庚斯（Dickens）体，写社会恶浊情状，而更精善，遂有名。及短篇集《结婚》(*Giftas*) 出，世论哗然。其书言结婚生活，述理想与现实之冲突，反对者乃假宗教问题罗织成狱，然卒无罪。又作自叙体小说九部，《婢之子》(*Tjenstepvinnans son* ［*Tjänstekvinnans Son*］)，《痴人之忏悔》(*Die Beichte eines Thoren*，原书为本国所禁故以德语刊行)，《地狱》(*Inferno*) 等最有名。

---

① 《不自然淘汰》，为《点滴》十四篇，瑞典斯忒林培克（Angust Strindberg，今译斯特林堡，1849—1912）著。

斯忒林培克著作中，戏曲尤为世间所知，与诺威之伊孛然（H.Ibsen）并称，如《由丽姬》(*Fröken Julie*)，《父》(*Fadren*)，《伴侣》(*Kamraterna*)皆是。其艺术以求诚为归，故所有自白，皆抒写本心，毫不粉饰，甚似托尔斯泰。对于世间，揭发隐伏，亦无讳忌。又缘本身经历，于爱恋深感幻灭之悲哀，故非议女子亦最力，遂得Misogynistes（厌恶女性者）之称；然其本原，固仍出于求诚也。《由丽姬》自序有云："人皆责吾剧为太悲，意似谓世间有欢愉之悲剧也者。世人喜言人生之悦乐；剧场所需，亦唯诙谐俗曲。一若人生悦乐，即在愚蠢中间；剧中人物皆患舞蹈病（Chorea），或悉白痴也。吾则以为人生悦乐，乃在人生酷烈战斗之中；吾能于此中寻求而有所得，斯即吾之悦乐也。"此一节，足为斯忒林培克艺术之正解，即其行事思想，亦可因是解悟，无余蕴矣。

以上是译者从前所编《欧洲文学史》的一段；因为可供读者参考，所以钞在这里。所译的是《结婚》中的一篇。

一九一八年七月四日记。

——录自北京大学出版部1920年初版

《改革》[1][附记]

（周作人）

这也是短篇集《结婚》里的一篇。从前读日本田村俊子著的《彼女之生活》，也感到同一的印象。但田村是"新妇人"，将此事说得痛切；斯忒林培克是一个Misogynistes（厌恶女性者），自然别有一种气

① 《改革》，为《点滴》十五篇，瑞典斯忒林培克（Angust Strindberg，今译斯特林堡，1849—1912）著。

味。现在翻译这一篇，并非附和著者的态度，也不是因为他比田村有名；只是这篇较短。而其中的问题，原是一样，很可以研究，所以便译了这一篇。

一九一八年七月十三日记。

——录自北京大学出版部 1920 年初版

《扬奴拉媪复仇的故事》[1] [附记]

(周作人)

藹夫达利阿谛斯（Argyris Ephtaliotis）的事迹，我全不知道；但从他的著作里，看出他是医师，曾在别国留学。他的小说集的英译本，是一八九七年出版，译者劳斯（W.H.D.Rouse）说《扬奴拉》这一篇在希腊尚未刊行，系从著者的原稿译出；因此又知道他在十九世纪末还是生存罢了。

一九一八年七月十八日记。

——录自北京大学出版部 1920 年初版

《沙漠间的三个梦》[2] [附记]

(周作人)

须莱纳尔（Olive Schreiner）生于一八五九年，本姓克隆拉德

---

① 《扬奴拉媪复仇的故事》，为《点滴》第十六篇，希腊藹夫达利阿谛斯 (Argyris Ephtaliotis) 著。第十七篇《扬尼思老爹和他驴子的故事》，亦为藹夫达利阿谛斯著。

② 《沙漠间的三个梦》，为《点滴》第十八篇，南非须莱纳尔 (Olive Schreiner，今译施赖纳，1855—1920) 著。第十九篇《欢乐的花园》，亦为须莱纳尔著。

(Cronwright）后嫁须莱纳尔（S.C.Schreiner)。伊是有名的女权论者，又是小说家。一九一一年作《妇人与劳动》(*Women and Labour*)，竭力主张女子经济的独立，称为女子问题的圣书。法国洛理蔼(F.Loliée）著的《比较文学史》上说，“诃惠勒斯（W.D.Howells）与詹谟士（H.James）都是十九世纪末，二十世纪初，最好的英文小说的作者；我们又加上南非洲有才能的小说家，专为被虐的人民奋斗的选手须莱纳尔，新时代的光荣的人名表，就完全了。”现在所译的一篇，从小说集《梦》(*Dreams*, 1893）中选出，是伊的代表作之一。伊的文体，很简直，是仿《新约》的，又多是比喻（Allegoria）体，仿佛《天路历程》(*Pilgrim's Progress*）一流。现代读者，或要嫌他陈旧，也未可知；但我们所要求的文学，在能解释人生，一切流别，统是枝叶：所以写人生的全体，如摩波商（Maupassant）的《一生》(*Une Vie*）的写实，或安特来夫（Andrejev）的《人的生活》(*Zhizni Tsherovjeka*）的神秘，固无不可。又或如蔼覃（F.van Eeden）的《小约翰》(*Der kleines Johannes*）或穆退林克（Maeterlinck）的《青鸟》(*L'oiseau Bleu*)，用象征比喻，也可以的。

现代文人对于人生，又多带乐观的倾向，在文艺上，理想主义渐占了势力。须莱纳尔夫人对于女子问题，回顾过去，近看现在，自然多是黑暗，但远望将来，却抱着无限光明的希望：所以伊的著作的基调，与消极的自然派便自不同。伊一样的根据现实，但并不就此完结；却更以理想，寻求圆满的解决。这积极进行的态度，与古来空想家的梦幻，又有分别；所以这篇比喻，虽说《天路历程》一流，却更加真实。因为写人间生活的历程，在现代人看了，自然觉得尤其深切；俗语说，“旧瓶装新酒”，我们不能认定了外形，便疑到内容的。

这本小说集承半农借给我，使我能够翻译这一篇，也应该道谢。

一九一九年四月十二日记。

——录自北京大学出版部1920年初版

《小小的一个人》[1] [附记]

（周作人）

这一篇从江马氏小说集《寂寞的路》(*Sabishiki Mitshi*, 1917) 中译出。本名 *Tshijsaj Hitori*，用英文译不过是 *A Little One* 的意思；译作汉文，却很为难，变成了那六个生硬的字了。江马氏是新进作家，有人道主义的倾向。此外著作，有长篇小说《受难者》《暗礁》两种，又有《爱与憎》，也是短篇小说集。

——录自北京大学出版部1920年初版

《爱情与小狗》[2] [附记]

（周作人）

育珂摩耳 (Jókai Mór 1825—1904) 本是法学博士，匈加利独立的时候，尽力国事，后为国会议员。他在欧洲以小说家著名，属传奇派，多作历史小说，世称匈加利的司各得 (Scott)。他的著作经我译成中文的，有 *Egy az Isten* 的节本，改名《匈奴奇士录》；后来又译《黄蔷薇》(*A sarga Rozsa*)，是他的杰作，又是匈加利大野唯一的牧歌，但至今尚未印行。第三种便是这《爱情与小狗》，本只是一篇普通的滑稽小品，并无什么深意，但因为匈加利文人的著作，译到中国来的还不很多，所以也就留在集内。

匈加利人姓名，系先姓后名，同中国一样，别国多将他改转，但

---

① 《小小的一个人》，为《点滴》第二十篇，日本江马修（1889—1975）著。

② 《爱情与小狗》，为《点滴》第二十一篇，育珂摩耳（Jókai Mór，今译约卡伊·莫尔，1825—1904）著。

他们自己仍是如此写，——我见育珂自笔署名数种，都写作 Dr.Jókai Mór，——所以我也用名从主人的例，照样写出，但愿读者不要认他作姓摩耳就好了。

一九一八年八月二十日记。

——录自北京大学出版部 1920 年初版

《点滴》附录——《人的文学》

（周作人）

我们现在应该提倡的新文学，简单的说一句，是“人的文学”。应该排斥的，便是反对的非人的文学。

新旧这名称，本来很不妥当，其实“太阳底下何尝有新的东西？”思想道理，只有是非，并无新旧。要说是新，也单是新发见的新，不是新发明的新。“新大陆”是在十五世纪中，被哥伦布发见，但这地面是古来早已存在。电是在十八世纪中，被弗兰克林发见，但这物事也是古来早已存在。无非以前的人，不能知道，遇见哥伦布与弗兰克林才把他看出罢了。真理的发见，也是如此。真理永远存在，并无时间的限制，只因我们自己愚昧，闻道太迟，离发见的时候尚近，所以称他新。其实他原是极古的东西，正如新大陆同电一般，早在这宇宙之内，倘若将他当作新鲜果子，时式衣裳一样看待，那便大错了。譬如现在说“人的文学”，这一句话，岂不也像时髦。却不知世上生了人，便同时生了人道。无奈世人无知，偏不肯体人类的意志，走这正路，却迷入兽道鬼道里去，旁皇［彷徨］了多年，才得出来。正如人在白昼时候，闭着眼乱闯，末后睁开眼睛，才晓得世上有这样好阳光；其实太阳照临，早已如此，已有了许多年代了。

欧洲关于这“人”的真理的发见，第一次是在十五世纪，于是出了宗教改革与文艺复兴两个结果。第二次成了法国大革命，第三次大约便是欧战以后将来的未知事件了。女人与小儿的发现，却迟至十九世纪，才有萌芽。古来女人的位置，不过是男子的器具与奴隶。中古时代，教会里还曾讨论女子有无灵魂，算不算得一个人呢。小儿也只是父母的所有品，又不认他是一个未长成的人，却当他作具体而微的成人，因此又不知演了多少家庭的与教育的悲剧。自从弗罗培尔（Froebel）与戈特文（Godwin）夫人以后，才有光明出现。到了现在，造成儿童学与女子问题这两大研究，可望长出极好的结果来。中国讲到这类问题，却须从头做起，人的问题，从来未经解决，女人小儿更不必说了。如今第一步先从人说起，生了四千余年，现在却还讲人的意义，从新要发见“人”，去“辟人荒”，也是可笑的事。但老了再学，总比不学该胜一筹罢。我们希望从文学上起首，提倡一点人道主义思想，便是这个意思。

我们要说人的文学，须得先将这个人字，略加说明。我们所说的人，不是世间所谓“天地之性最贵”，或“圆颅方趾”的人。乃是说，“从动物进化的人类”。其中有两个要点，（一）“从动物”进化的，（二）从动物“进化”的。

我们承认人是一种生物。他的生活现象，与别的动物并无不同，所以我们相信人的一切生活本能，都是美的善的，应得完全满足。凡有违反人性不自然的习惯制度，都应该排斥改正。

但我们又承认人是一种从动物进化的生物。他的内面生活，比别的动物更为复杂高深，而且逐渐向上，有能够改造生活的力量。所以我们相信人类以动物的生活为生存的基础，而其内面生活，却渐与动物相远，终能达到高上和平的境地。凡兽性的余留，与古代礼法可以阻碍人性向上的发展者，也都应该排斥改正。

这两个要点，换一句话说，便是人的灵肉二重的生活。古人的思想，以为人性有灵肉二元，同时并存，永相冲突。肉的一面，是兽性的遗传；灵的一面，是神性的发端。人生的目的，便偏重在发展这神性；其手段，便在灭了体质以救灵魂。所以古来宗教，大都厉行禁欲主义，有种种苦行，抵制人类的本能。一方面却别有不顾灵魂的快乐派，只愿“死便埋我”。其实两者都是趋于极端，不能说是人的正当生活。到了近世，才有人看出这灵肉本是一物的两面，并非对抗的二元。兽性与神性，合起来便只是人性。英国十八世纪诗人勃莱克（Blake）在《天国与地狱的结婚》一篇中，说得最好：

（一）人并无与灵魂分离的身体。因这所谓身体者，原止是五官所能见的一部分的灵魂。

（二）力是唯一的生命，是从身体发生的。理就是力的外面的界。

（三）力是永久的悦乐。

他这话虽然略含神秘的气味，但很能说出灵肉一致的要义。我们所信的人类正当生活，便是这灵肉一致的生活。所谓从动物进化的人，也便是指这灵肉一致的人，无非用别一说法罢了。

这样“人”的理想生活，应该怎样呢？首先便是改良人类的关系。彼此都是人类，却又各是人类的一个。所以须营一种利己而又利他，利他即是利己的生活。第一，关于物质的生活，应该各尽人力所及，取人事所需。换一句话，便是各人以心力的劳作，换得适当的衣食住与医药，能保持健康的生存。第二，关于道德的生活，应该以爱智信勇四事为基本道德，革除一切人道以下或人力以上的因袭的礼法，使人人能享自由真实的幸福生活。这种“人的”理想生活，实行起来，实于世上的人，无一不利。富贵的人虽然觉得不免失去了他的所谓尊严，但他们因此得从非人的生活里救出，成为完全的人，岂不是绝大的幸福么？这真可说是二十世纪的新福音了。只可惜知道的人还少，不能立地实行。所以我们要在文学上略略提倡，也稍尽我们爱人类的意思。

但现在还须说明，我所说的人道主义，并非世间所谓“悲天悯人”或“博施济众”的慈善主义，乃是一种个人主义的人间本位主义。这理由是，第一，人在人类中，正如森林中的一株树木。森林盛了，各树也都茂盛。但要森林盛，却仍非靠各树各自茂盛不可。第二，个人爱人类，就只为人类中有了我，与我相关的缘故。墨子说，“爱人不外己，己在所爱之中”，便是最透彻的话。上文所谓利己而又利他，利他即是利己，正是这个意思。所以我说的人道主义，是从个人做起。要讲人道，爱人类，便须先使自己有人的资格，占得人的位置。耶稣说，“爱邻如己”。如不先知自爱，怎能“如己”的爱别人呢？至于无我的爱，纯粹的利他，我以为是不可能的。人为了所爱的人，或所信的主义，能够有献身的行为。若是割肉饲鹰，投身给饿虎吃，那是超人间的道德，不是人所能为的了。

用这人道主义为本，对于人生诸问题，加以记录研究的文字，便谓之人的文学。其中又可以分作两项，（一）是正面的，写这理想生活，或人间上达的可能性；（二）是侧面的，写人的平常生活，或非人的生活，都很可以供研究之用。这类著作，分量最多，也最重要。因为我们可以因此明白人生实在的情状，与理想生活比较出差异与改善的方法。这一类中写非人的生活的文学，世间每每误会，与非人的文学相溷，其实却大有分别。譬如法国莫泊三（Maupassant）的小说《一生》(*Une Vie*)，是写人间兽欲的人的文学；中国的《肉蒲团》却是非人的文学。俄国库普林（Kuprin）的小说《坑》(*Jama*)，是写娼妓生活的人的文学；中国的《九尾龟》却是非人的文学。这区别就只在著作的态度不同。一个严肃，一个游戏。一个希望人的生活，所以对于非人的生活，怀着悲哀或愤怒；一个安于非人的生活，所以对于非人的生活，感着满足，又多带些玩弄与挑拨的形迹。简明说一句，人的文学与非人的文学的区别，便在著作的态度，是以人的生活为是呢，非人的生活为是呢这一点上。材料方法，别无关系。即如提倡女人殉葬——即殉节——的文章，表面上岂不说是“维持风教”；但强迫人自杀，正是非人的道德，所以也是非人的文学。中国文学中，人的文学，本来极少。从儒教道教出来的文章，几乎都不合格。现在我们单从纯文学上举例如：

（一）色情狂的淫书类

（二）迷信的鬼神书类（《封神榜》《西游记》等）

（三）神仙书类（《绿野仙踪》等）

（四）妖怪书类（《聊斋志异》《子不语》等）

（五）奴隶书类（甲种主题是皇帝状元宰相，乙种主题是神圣的父与夫）

（六）强盗书类（《水浒》《七侠五义》《施公案》等）

（七）才子佳人书类（《三笑姻缘》等）

（八）下等谐谑书类（《笑林广记》等）

（九）黑幕类

（十）以上各种思想和合结晶的旧戏

这几类全是妨碍人性的生长，破坏人类的平和的东西，统应该排斥。这宗著作，在民族心理研究上，原都极有价值。在文艺批评上，也有几种可以容许。但在主义上，一切都该排斥。倘若懂得道理，识力已定的人，自然不妨去看。如能研究批评，便于世间更为有益，我们也极欢迎。

人的文学，当以人的道德为本，这道德问题方面很广，一时不能细说。现在只就文学关系上，略举几项。譬如两性的爱，我们对于这事，有两个主张。（一）是男女两本位的平等，（二）是恋爱的结婚。世间著作，有发挥这意思的，便是绝好的人的文学。如诺威伊孛然（Ibsen）的戏剧《娜拉》（*Et Dukkehjem*），《海女》（*Fruen fra Havet*），俄国托尔斯泰（Tolstoj）的小说 *Anna Karenina*，英国哈兑（Hardy）的小说《台斯》（*Tess*）等就是。恋爱起原，据芬兰学者威思德马克（Westermarck）说，由于“人的对于与我快乐者的爱好”。却又如奥国卢阎（Lucka）说，因多年心的进化，渐变了高上的感情。所以真实的爱与两性的生活，也须有灵肉二重的一致。但因为现世社会境势所迫，以致偏于一面的，不免极多。这便须根据人道主义的思想，加以记录研究。却又不可将这样生活，当作幸福或神圣，赞美提倡。中国的色情狂的淫书，不必说了。旧基督教的禁欲主义的思想，我也不能承认他为是。又如俄国陀思妥也夫斯奇（Dostojevskij）是伟大的人道主义作家。但他在一部小说中，说一男人爱一女子，后来女子爱了别人，他却竭力斡旋，使他们能够配合。陀思妥也夫斯奇自己，虽然言行竟是一致，但我们总不能承认这种种行为，是在人情以内，人力以内，所以不愿提倡。又如印度诗人泰戈尔（Tagore）做的小说，时时颂扬东方思想。有一篇记一寡妇的生活，描写他的“心的撒提（Suttee）”(撒提是印度古话，指寡妇与她丈夫的尸体一同焚化的习俗)，又一篇说一男人弃了他的妻子，在英国别娶，他的妻子，还典卖了金珠宝玉，永远的接济他。一个人如有身心的自由，以自由别择，与人结了爱，遇着生死的别离，发生自己牺牲的行为，这原是可以称道的事。但须全然出于自由意志，与被专制的因袭礼法逼成的动作，不能并为一谈。印度人身的撒提，世间都知道是一种非人道的习俗，近来已被英国禁止。至于人心的撒提，便只是一种变相。一是死刑，一是终身监禁。照中国说，一是殉节，一是守节，原来撒提这字，据说在梵文，便正是节妇的意思。印度女子被“撒提”了几千年，便养成了这一种畸形的贞顺之德。讲东方化的，以为是国粹，其实只是不自然的制度习惯的恶果。譬如中国人磕头惯了，见了人便无端的要请安拱手作揖，大有非跪不可之意，这能说是他的谦和美德么？我们见了这种畸形的所谓道德，正如见了塞在坛子里养大的、身子像萝卜形状的人，只感着恐怖嫌恶悲哀愤怒种种感情，决不该将他提倡，拿他赏赞。

其次如亲子的爱。古人说，父母子女的爱情，是“本于天性”，这话说得最好。因他本来是天性的爱，所以用不着那些人为的束缚，妨害他的生长。假如有人说，父母生子，全由私欲，世间或要说他不道。今将他改作由于天性，便极适当。照生物现象看来，父母生子，正是自然的意志。有了性的生活，自然有生命的延续，与哺乳的努力，这是动物无不如此。到了人类，对于恋爱的融合，自我的延长，更有意识，所以亲子的关系，尤为深厚。近时识者所说儿童的权利，与父母的义务，便即据这天然的道理推演而出，并非时新的东西。至于世间无知的父母，将子女当作所有品，牛马一般养育，以为养大以后，可以随便吃他骑他，那便是退化的谬误思想。英国教育家戈思德（Gorst）称他们为“猿类之不肖子”，正不为过。日本津田左右吉著《文学上国民思想的研究》卷一说，“不以亲子的爱情为本的孝行观念，又与祖先为子孙而生存的生物学的普遍事实，人为将来而努力的人间社会的实际状态，俱相违反，却认作子孙为祖先而生存，如此道德中，显然含有不自然的分子。”祖先为子孙而生存，所以父母理应爱重子女，子女也就应该爱敬父母。这是自然的事实，也便是天性。文学上说这亲子的爱的，希腊诃美罗斯（Homeros）史诗《伊理亚斯》（*Ilias*）与欧里毕兑斯（Euripides）悲剧《德罗夜兑斯》（*Troiades*）中，说赫克多尔（Hektor）夫妇与儿子的死别的两节，在古文学中，最为美妙。近来诺威伊孛然的《群鬼》（*Gengangere*），德国士兑曼（Sudermann）的戏剧《故乡》（*Heimat*），俄国都介涅夫（Turgenjev）的小说《父子》（*Ottsy i djeti*）等，都很可以供我们的研究。至于郭巨埋儿、丁兰刻木那一类残忍迷信的行为，当然不应再行赞扬提倡。割股一事，尚是魔术与食人风俗的遗留，自然算不得道德，不必再叫他溷入文学里，更不消说了。

照上文所说，我们应该提倡与排斥的文学，大致可以明白了。但关于古今中外这一件事上，还须追加一句说明，才可免了误会。我们对于主义相反的文学，并非如胡致堂或乾隆做史论，单依自己的成见，将古今人物排头骂倒。我们立论，应抱定“时代”这一个观念，又将批评与主张，分作两事。批评古人的著作，便认定他们的时代，给他一个正直的评价，相应的位置。至于宣传我们的主张，也认定我们的时代，不能与相反的意见通融让步，唯有排斥的一条方法。譬如原始时代，本来只有原始思想，行魔术食人肉，原是分所当然。所以关于这宗风俗的歌谣故事，我们还要拿来研究，增点见识。但如近代社会中，竟还有想实行魔术食人的人，那便只得将他捉住，送进精神病院去了。其次，对于中外这个问题，我们也只须抱定时代这一个观念，不必再划出什么别的界限。地理上历史上，原有种种不同，但世界交通便了，空气流通也快了，人类可望逐渐接近，同一时代的人，便可相并存在。单位是个我，总数是个人。不必自以为与众不同，道德第一，划出许多畛域。因为人总与人类相关，彼此一样，所以张三李四受苦，与彼得约翰受苦，要说与我无关，便一样无关；说与我相关，也一样相关。仔细说，便只为我与张三李四或彼得约翰虽姓名不同，籍贯不同，但同是人类之一，同具感觉性情。他以为苦的，在我也必以为苦。这苦会降在他身上，也未必不能降在我的身上。因为人类的运命是同一的，所以我要顾虑我的运命，便同时须顾虑人类共同的运命。所以我们只能说时代，不能分中外。我们偶有创作，自然偏于见闻较确的中国一方面，其余大多数都还须绍介译述外国的著作，扩大读者的精神，眼里看见了世界的人类，养成人的道德，实现人的生活。一九一八年十二月七日。

——录自北京大学出版部 1920 年初版

《点滴》附录——《平民文学》

（周作人）

平民文学这四个字，字面上极易误会，所以我们先得解说一回，然后再行介绍。

平民的文学正与贵族的文学相反。但这两样名词，也不可十分拘泥，我们说贵族的平民的，并非说这种文学是专做给贵族，或平民看，专讲贵族或平民的生活，或是贵族或平民自己做的，不过说文学的精神的区别，指他普遍与否，真挚与否的区别。

中国现在成了民国，大家都是公民。从前头上顶了一个皇帝，那时“率土之滨，莫非王臣”，大家便同是奴隶，向来没有贵族平民这名称阶级。虽然大奴隶对于小奴隶，上等社会对于下等社会，大有高下，但根本上原是一样的东西。除却当时的境遇不同以外，思想趣味，毫无不同，所以在人物一方面上，分不出什么区别。

就形式上说，古文多是贵族的文学，白话多是平民的文学。但这也不尽如此。古文的著作，大抵偏于部分的，修饰的，享乐的，或游戏的，所以确有贵族文学的性质。至于白话，这几种现象，似乎可以没有了。但文学上原有两种分类，白话固然适宜于“人生艺术派”的文学，也未尝不可做“纯艺术派”的文学。纯艺术派以造成纯粹艺术品为艺术唯一之目的，古文的雕章琢句，自然是最相近；但白话也未尝不可雕琢，造成一种部分的修饰的享乐的游戏的文学，那便是虽用白话，也仍然是贵族的文学。譬如古铜铸的钟鼎，现在久已不适实用，只能尊重他是古物，收藏起来；我们日用的器具，要用磁的盘碗了。但铜器现在固不适用，磁的也只是作成盘碗的适用。倘如将可以做碗的磁，烧成了二三尺高的五彩花瓶，或做了一座纯白的观世音，那时，我们也只能将他同钟鼎一样珍重收藏，却不能同盘碗一样适用。因为他虽是一个艺术品，但是一个纯艺术品，不是我们所要求的人生的艺术品。

照此看来，文学的形式上，是不能定出区别，现在再从内容上说。内容的区别，又是如何？上文说过贵族文学形式上的缺点，是偏于部分的，修饰的，享乐的，或游戏的；这内容上的缺点，也正是如此。所以平民文学应该着重与贵族文学相反的地方，是内容充实，就是普遍与真挚两件事。第一，平民文学应以普通的文体，写普遍的思想与事实。我们不必记英雄豪杰的事业，才子佳人的幸福，只应记载世间普通男女的悲欢成败。因为英雄豪杰才子佳人，是世上不常见的人；普通的男女是大多数，我们也便是其中的一人，所以其事更为普遍，也更为切己。我们不必讲偏重一面的畸形道德，只应讲说人间交互的实行道德。因为真的道德，一定普遍，决不偏枯。天下决无只有在甲应守，在乙不必守的奇怪道德。所以愚忠愚孝，自不消说，即使世间男人多所最喜说的殉节守贞，也不合理，不应提倡。世上既然只有一律平等的人类，自然也有一种一律平等的人的道德。第二，平民文学应以真挚的文体，记真挚的思想与事实。既不坐在上面，自命为才子佳人，又不立在下风，颂扬英雄豪杰。只自认是人类中的一个单体，浑在人类中间，人类的事，便也是我的事。我们说及切己的事，那时心急口忙，只想表出我的真意实感，自然不暇顾及那些雕章琢句了。譬如对众表白意见，虽可略加努力，说得美妙动人，却总不至于诌成一支小曲，唱的十分好听，或编成一个笑话，说得哄堂大笑，却把演说的本意没却了。但既是文学作品，自然应有艺术的美。只须以真为主，美即在其中，这便是人生的艺术派的主张，与以美为主的纯艺术派，所以有别。

平民文学的意义，照上文所说，大略已可明白。还有我所最怕被人误会的两件事，非加说明不可，——

第一，平民文学决不单是通俗文学。白话的平民文学比古文原是更为通俗，但并非单以通俗为唯一之目的。因为平民文学不是专做给平民看的，乃是研究平民生活——人的生活——的文学。他的目的，并非想将人类的思想趣味，竭力按下，同平民一样，乃是想将平民的生活提高，得到适当的一个地位。凡是先知或引路的人的话，本非全数的人尽能懂得，所以平民的文学，现在也不必个个“田夫野老”都可领会。近来有许多人反对白话，说这总非田夫野老所了解，不如仍用古文。现在请问，田夫野老大半不懂植物学的，倘说因为他们不能懂，便不如抛了高、宾、球三氏的《植物学》，去看《本草纲目》，能说是正当办法么？正因他们不懂，所以要费心力，去启发他。正同植物学应用在农业药物上一样，文学也须应用在人生上。倘若怕与他们现状不合，一味想迁就，那时植物学者只好照《本草纲目》讲点玉蜀黍性寒，何首乌性温，给他们听，文人也只好编几部《封鬼传》《八侠十义》给他们看，还讲什么我的科学观文学观呢？

第二，平民文学决不是慈善主义的文学。在现在平民时代，所有的人都只应守着自立与互助两种道德，没有什么叫慈善。慈善这句话，乃是富贵人对贫贱人所说，正同皇帝的行仁政一样，是一种极侮辱人类的话。平民文学所说，是在研究全体的人的生活，如何能够改进，到正当的方向，决不是说施粥施棉衣的事。平民的文学者，见了一个乞丐，决不是单给他一个铜子，便安心走过；捉住了一个贼，也决不是单给他一元钞票放了，便安心睡下。他照常未必给一个铜子或一元钞票，但他有他心里的苦闷，来酬付他受苦或为非的同类的人。他所注意的，不单是这一人缺一个铜子或一元钞票的事，乃是对于他自己的，与共同的人类的运命。他们用一个铜子或用一元钞票，赎得心的苦闷的人，已经错了。他们用一个铜子或一元钞票，买得心的快乐的人，更是不足道了。伪善的慈善主义，根本里全藏着傲慢与私利，与平民文学的精神，绝对不能相容，所以也非排除不可。

在中国文学中，想得上文所说理想的平民文学，原极为难。因为中国所谓文学的东西，无一不是古文。被挤在文学外的章回小说几十种，虽是白话，却都含着游戏的夸张的分子，也够不上这资格。只有《红楼梦》要算最好，这书虽然被一班无聊文人学坏，成了《玉梨魂》派的范本，但本来仍然是好。因为他能写出中国家庭中的喜剧悲剧，到了现在，情形依旧不改，所以耐人研究。在近时著作中，举不出什么东西，还只是希望将来的努力能翻译或造作出几种有价值有生命的文学作品。

一九一八年十二月二十日。

——录自北京大学出版部 1920 年初版

《点滴》附录——《新文学的要求》

（一九二〇年一月六日在北京少年学会的讲演）

（周作人）

今日承贵会招我演讲，实在是我的光荣。现在想将我对于新文学的要求，略说几句。从来对于艺术的主张，大概可以分作两派：一是艺术派，一是人生派。艺术派的主张是说艺术有独立的价值，不必与实用有关，可以超越一切功利而存在。艺术家的全心只在制作纯粹的艺术品上，不必顾及人世的种种问题：譬如做景泰蓝或雕玉的工人，能够做出最美丽精巧的美术品，他的职务便已尽了，于别人有什么用处，他可以不问了。这“为什么而什么”的态度，固然是许多学问进步的大原因；但在文艺上，重技工而轻情思，妨碍自己表现的目的，甚至于以人生为艺术而存在，所以觉得不甚妥当。人生派说艺术要与人生相关，不承认有与人生脱离关系的艺术。这派的流弊，是容易讲到功利里边去，以文艺为伦理的工具，变成一种坛上的说教。正当的解说，是仍以文艺为究极的目的，但这文艺应当通过了著者的情思，与人生有接触。换一句话说，便是著者应当用艺术的方法，表现他对于人生的情思，使读者能得艺术的享乐与人生的解释。这样说来，我们所要求的当然是人［人生］①的艺术派的文学。在研究文艺思想变迁的人，对于各时代各派别的文学，原应该平等看待，各各还他一个本来的位置；但在我们心想创作文艺，或从文艺上得到精神的粮食的人，却不能不决定趋向，免得无所适从：所以我们从这两派中，就取了人生的艺术派。但世间并无绝对的真理，这两派的主张都各自有他的环境与气质的原因；我们现在的取舍，也正逃不脱这两个原因的作用，这也是我们应该承认的。如欧洲文学在19世纪中经过了传奇主义与写实主义两次的大变动，俄国文学总是一种理想的写实主义：这便因俄国人的环境与气质的关系，不能撇开了社会的问题，趋于主观与客观的两极端。我们称述人生的文学，自己也以为是从学理上立论，但事实也许还有下意识的作用；背着过去的历史，生在现今的境地，自然与唯美及快乐主义不能多有同情。这感情上的原因，能使理性的批判更为坚实，所以我们相信人生的文学实在是现今中国唯一的需要。

人生的文学是怎样的呢？据我的意见，可以分作两项说明：

一、这文学是人性的；不是兽性的，也不是神性的。

二、这文学是人类的，也是个人的；却不是种族的、国家的、乡土及家族的。

关于第一项，我曾作了一篇《人的文学》略说过了。大旨从生物学的观察上，认定人类是进化的动物；所以人的文学也应该是人间本位主义的。因为原来是动物，故所有共通的生活本能，都是正当的、美的、善的；凡是人情以外人力以上的，神的属性不是我们的要求。

① 参考钟叔河编订《周作人散文全集2》，广西师范大学出版社2009年版。

但又因为是进化的，故所有已经淘汰，或不适于人的生活的、兽的属性，也不愿他复活或保留，妨害人类向上的路程。总之是要还他一个适如其分的人间性，也不要多，也不要少就是了。

我们从这文学的主位的人的本性上，定了第一项的要求，又从文学的本质上，定了这第二项的要求。人间的自觉还是近来的事，所以人性的文学也是百年内才见发达，到了现代可算是兴盛了。文学上人类的倾向，却原是历史上的事实；中间经过了几多变迁，从各种阶级的文艺又回到平民的全体的上面来，但又加了一重个人的色彩：这是文艺进化上的自然的结果，与原始的文学不同的地方也就在这里了。

关于文学的意义，虽然诸家的议论各各有点出入；但就文艺起源上论他的本质，我想可以说是作者的感情的表现。《诗序》里有一节话，虽是专说诗的起源的，却可以移来作上文的说明：

“情动于中而形于言；言之不足，故咏歌之；咏歌之不足，故嗟叹之；嗟叹之不足，故不知手之舞之，足之蹈之。”

我们考察希腊古代的颂歌（hymn）史诗（epic）戏曲（drama）发达的历史，觉得都是这样情形。上古时代生活很简单，人的感情思想也就大体一致，不出保存生活这一个范围；那时个人又消纳在族类里面，没有独立表现的机会，所以原始的文学都是表现团体的感情的作品。比如戏曲的起源是由于一种祭赛，仿佛中国从前的迎春。这时候大家的感情，都会集在期望春天的再生这一点上：这期望的原因，就在对于生活资料缺乏的忧虑。这忧虑与期待的“情”实在迫切了，自然而然地发为言动，在仪式上是一种希求的具体的表现，也是实质的祈祷，在文学上便是歌与舞的最初的意义了。后来的人将歌舞当做娱乐的游戏的东西，不知道他原来是人类的关系生命问题的一种宗教的表示。我们原不能说事物的原始的意义，定是正当的界说，想叫化学回到黄白术去；但我相信在文艺上这意义还是一贯，不但并不渐走渐远，而且反有复原的趋势：所以我们于这文学史上的回顾，也不能不相当注意，但是几千年的时间，夹在中间，使这两样相似的趋势，生了多少变化；正如现代的共产生活已经不是古代的井田制度了。古代的人类的文学，变为阶级的文学；后来阶级的范围逐渐脱去，于是归结到个人的文学，也就是现代的人类的文学了。要明白这意思，墨子说的“己在所爱之中”这一句话，最注解得好。浅一点说，我是人类之一；我要幸福，须得先使人类幸福了，才有我的分：若更进一层，那就是说我即是人类。所以这个人与人类的两重的特色，不特不相冲突，而且反是相成的。古代的个人消纳在族类的里面，个人的简单的欲求都是同类所共具的，所以便将族类代表了个人。现代的个人虽然原也是族类的一个，但他的进步的欲求，常常超越族类之先，所以便由他代表了族类了。譬如怕死这一种心理，本是人类共通的本性：写这种心情的歌诗，无论出于群众，出于个人，都可互相了解，互相代表，可以称为人类的文学了。但如爱自由，求幸福，这虽然也是人类所共具的，但因为没有十分切迫，在群众每每忍耐过去了；先觉的人却叫了出来，在他自己虽然是发表个人的感情、个人的欲求，但他实在也替代了他以外的人类发表了他们自己暂时还未觉到，或没有才力能够明白说出的感情与欲求了。还有一层与古代不同的地方，便是古代的文学纯以感情为主，现代却加上了多少理性的调剂。许多重大问题，经了近代的科学的大洗礼，理论上都能得到了解决。如种族国家这些区别，从前当做天经地义的，现在知道都不过是一种偶像。所以现代觉醒的新人的主见，大抵是如此：“我只承认大的方面有人类，小的方面有我，是真实的。”人类里边有皮色不同、习俗不同的支派，正与国家地方家族里有生理、心理上不同的分子一样，不是可以认为异类的铁证。我想这各种界限的起因，是由于利害的关系，与神秘的生命上的联络的感情。从前的人以为非损人则不能利己，所以联合关系密切的人，组织一个攻守同盟；现在知道了人类原是利害相共的，并不限定一族一国，而且利己利人，原只是一件事情，这个攻守同盟便变了人类对自然的问题了。从前的人从部落时代的“图腾”思想，引申到近代的民族观念，这中间都含有血脉的关系；现在又推上去，认定大家都是从“人”(Anthropos）这一个图腾出来的，虽然后来住在各处，异言异服，觉得有点隔膜，其实原是同宗。这样的大人类主义，正是感情与理性的调和的出产物，也就是我们所要求的人道主义的文学的基调。

这人道主义的文学，我们前面称他为人生的文学，又有人称为理想主义的文学；名称尽有异同，实质终是一样，就是个人以人类之一的资格，用艺术的方法表现个人的感情，代表人类的意志，有影响于人间生活幸福的文学。所谓人类的意志这一句话，似乎稍涉理想；但我相信与近代科学的研究也还没有什么冲突：至于它的内容，我们已经在上文分两项说过，此刻也不再说了。这新时代的文学家是“偶像破坏者”。但他还有他的新宗教——人道主义的理想是他的信仰，人类的意志便是他的神。

——录自北京大学出版部 1920 年初版

《托尔斯泰传》[1]

《托尔斯泰传》弁言

（张邦铭[2]　郑阳和[3]）

托尔斯泰之名，与世界改造问题，有多大之关系。故今日文化发达之国，莫不以其传纪学说分别迻译，以资研研。独在吾国，则多未遑注意，宁非文化上之一大缺憾，某等感想及此，遂先取是书译之，并鉴于“学术为公”之意，愿以此项版权，化私为公，任人翻印，倘承读者正其误谬，尤所欢迎。

译者识　中华民国八年一月

——录自上海泰东图书局1921年再版

《托尔斯泰传》附刊——人类和平根本观

（郑阳和）

劳工节欲主义

尊重劳力者之权利普及劳力者之教育　废兵役代以工役

衣食住行之相当供给　饮博淫佚之绝对制裁

教育家与政治家负共同责任

---

① 《托尔斯泰传》，英国沙若理（Charles Sarolea，1870—1953）著，张邦铭、郑阳和译述，上海泰东书局1920年10月初版。

② 张邦铭，生卒年不详，与傅种孙合译罗素《罗素算理哲学》（上海商务印书馆1922年8月初版）、与郑阳和合译沙若理《托尔斯泰传》。1922年为北京大学讲师。

③ 郑阳和，生卒年不详，北京大学会计科职员。

世之弃公理，逞强权者，其在一人，则以他人为牺牲，其在一国，则以他国为牺牲。举政治文学科学宗教外交军备诸端，在在皆为营私之具，肆恶之媒。其所以致此者，宁非由于欲望过奢，供给不足，遂不得不出于巧取强夺之一途。是故欲弭人类之纷争，保持真正之和平，必以唤醒世界各民族，励行劳工节欲主义，为根本纠正之主张。非然者，窃恐社会上生计革命，国际间经济战争，将不免愈演愈烈，而人类和平幸福，终归于无何有之乡。

今者世界大战，已告结束，我国南北战氛，亦将渐熄。凡酷爱和平者，俱以铲除强权，限制武力，为一致之要求。然正本清源之道，则在吾人各有劳工节欲之自觉。一国之教育政治，果能以是为中心，则一国内之和平可保。世界之教育政治果能以是为中心，则世界之和平可保。此之谓人类和平问题根本上之解决。

劳工之说有二，曰劳心，曰劳力。人类之生活，因有此分功作用，始得各遂其欲，否则困难立见。譬如人之一身，先有心灵焉以司知觉，有肢体焉以供运动。二者俱备，则为健全之人，一或不具，则为病夫。故心灵与肢体，同为个人生存之要素，不可或有毁伤。积个人而为社会。所有劳心者与劳力者，固同为构成社会之分子，有益人类之社员。既不能有所缺离，即不容有所歧视。盖世界上无论何等之人，其身之四周，莫不有劳力者与之接触，因其生活上所必不可少也。顾或以一己之安富尊荣，与他人之贫苦愚贱，视为理之当然，或亦有觉其不当者，是在个人良心之如何而已。然而恻隐之心，与是非之心，人皆有之。夫即有是心，而不于事实上求解决之道，则于心安乎否乎？近世伟人托尔斯泰 Tolstoy，以俄国贵族阶级，一代文豪地位，尝置身于劳动界，日与彼辈为伍，且亲执种种工役。其于劳力之生活，固以为神圣之业也。乃举世之人，狃于历史上陈陈相因君权所生之关系，于劳心者则尊为上品，劳力者辄视为贱役，几已成为一般定律，牢不可破，而在东方民族为特甚。是宜改弦而更张之。于无形之等差，则以教育方法化除之，于有形之厚薄，则以政治能力调剂之。

凡已成年之人，必须作工，或用智力以资创导，或用体力以事执行。其工作之时间与报酬，以平等为原则，相差为例外。纵以事势所拘，不能遽归齐一，要不可相去太远，使一方面有所难堪。现在世界各地，罢工风潮，日见扩大。其共同之争点，多在于作工作时间与代价两问题。倘各国政府及资本家，能以正义之观念，为公平之处置，则此等骚动，可以不生。且为一般劳力者增进智识道德起见，应普设通俗教育养成所，使其于作工外，更往就学。其就学时间，应并入作工时间内计算。试就吾国言之。教育状况，距普及程度极远。未经开化之人，几占十之八九。而此大多数人之黑暗，不但无以发挥民主之精神，尤于国家生命，有根本上之危险。今之教育家与政治家，苟能尊重人权，并实认人格教育之必要，则于此种特别救济方法，亟应共同筹议，积极进行。至于劳心者与劳力者之间，由此而互通声气，调和感情，则又相因而至之利益也。

其有不劳而食者，除老幼残废外，皆必有以裁制之。盖世界已行之兵役制度，为人类幸福计，在所必废。而世界未来之工役制度，为人类幸福计，在所必行。以此易彼，一张一弛，以顺应世界之新潮流。以造成世界之新局面，固为今日当务之急，而亦事之可能。英国文豪饶施金Ruskin尝云：人不作工，便不应食。此就权义上之关系衡之，其说既莫能外。更从事实上利害之关系考察之，人类据有地球上之物产而享用之，往往有供不应求之患。若实行工役制度，则不但生产力量，可以异常增加，且物产本身所受天然之障碍，亦未始不可以人力灭除之。如米荒煤荒等事，虽不能免，必可减轻。况在吾国，游民众矣，惰性之中于人心深矣。有显而易见之游民，更有名非而实是之游民，要皆力不出于己，食则掠诸人，所谓社会……频年以来，社会之腐败紊乱，至于斯极，造成之者，果何人欤？为今之计，非徒去兵可以治也。必更妥筹工役制度以善其后，则向之为患于社会者，反可为益。凡我国人，盍亟图之。

节欲之说亦有二，曰相对的，曰绝对的。原来人生之欲望，由生理上观察之，有必要的，有非必要的。衣食住行，必要之事也，饮博淫佚，不必要之事也。若者宜有相当之供给，若者必须绝对排除之。是固在于教育良善与普及，俾各个人间能有自动的经济行为，而亦不得不恃政治作用，以维持而拘束之。查欧战中交战各国，多有限制人民饮食服御之规定。停战以来，大概次第解放。其实此等条规，即在平日，亦应分别施行。盖社会上有一部分穷奢极欲之人，则其影响所及，足以消灭他一部分人生存之权利，而使之陷入穷途。欲祛此弊，故必须有一定之限制，以图分配之平均。而在吃喝嫖赌，遍处流行之中国，采取此意而酌行之，尤有绝对之必要。

综上所言，劳工主义所以平均负担，节欲主义所以平均享受。二者必须相辅而行，而后人类相处，可以各尽所能，各取所需，以发挥互助之精神，以企图最大之福利，所谓人类和平之极轨，胥基于是。至其实行方法，不外从教育与政治两方面入手，盖如何而鼓吹劝导，则教育之事也，又如何而设规定制，则政治之事也。兹篇所陈，特其发端。聊以供举世之参考耳。

八年二月二十一日

——录自上海泰东图书局 1921 年再版

《海上夫人》①

《海上夫人》引言

（杨熙初）②

易卜生著《娜拉》(*A Doll's House*，曾经被翻译登载《新青年》)、

① 《海上夫人》(*The Lady from the Sea*)，戏剧，挪威易卜生（1828—1906）著，杨熙初译，上海商务印书馆 1920 年 11 月初版。共学社文学丛书之一。

② 杨熙初，资料不详。

《群鬼》（*Ghosts*，曾经被翻译登载《新潮》）和《海上夫人》（*The Lady from the Sea*）都是讨论婚姻问题的名剧，前二者描写旧式婚姻的不幸，苦恼和种种可怕悲惨的情节，令人毛骨悚然，如大梦之中忽闻宣天号鼓，饱吃一惊，猛醒过来。后者是一喜剧，说明婚姻的幸福和意味，必得经过正当的程历，可以说是易氏对于婚姻的见解。大凡结婚必先要懂得婚姻是甚么回事？并且要问我为甚么要结婚？结婚是我自己的事吗，或是旁人的事？假如有了结婚的对手，又要自己问自己，我为甚么要同这人结婚，不同别人结婚呢？把这些问题解决清楚，然后结婚，就可以有幸福的希望；如其不然，必定陷于苦恼生活。

易氏《海上夫人》叙述一个年青女子名叫艾梨妲的，因为她的父亲死了，无人依靠，后来有个老头名叫范格尔的向她求婚，她以为有个安身之地，总比孤单单一个人没依没靠的好，就矇矇的允许了他。等到过门之后，她找出来她只是个吃闲饭的人，一切家务都是由范格尔自家和他的两个女儿料理；她想去参与，可是范格尔不许可，范格尔的意思，以为如此疼恤她，是顶好的待遇，可以博她的欢心；范格尔虽然怀着好意，殊不知艾梨妲吃饭不管事，觉得这宗生活太无趣味，于是郁郁不乐，每天都到海上去洗澡，消遣愁闷。范格尔见她如此，一天比一天担忧，想尽方法使她复原，终归无效。艾梨妲既不能分享他们的生活，自己去找一个新生活——即是每天到海上去洗澡，反被她的丈夫看待成一个病人；因此精神上越加痛苦，胡思乱想，如何才能另寻别的生活，于是想到她从前丢弃的情人，或许同他去可以得着理想的新生活。易氏于此，即暗示婚姻是两性共同的生活，不是做丈夫的或做妻子的各顾各的生活不能互相分享。艾梨妲与范格尔结婚，不是由她的自由意志，她与抛弃的情人定婚，也不是由她的自由意志。她既与范格尔结婚，却不愿同他一块住，她对于那个陌生人，自然也不愿意同他去，所以她对于范格尔所说的话，怪诞不经，完全是敷衍唐塞。后来陌生人要求她凭她的自由意志同他去，她听了凭自由意志的话，越觉得不能不要求她的丈夫放她自由，许可她凭她自己的自由意志去自由选择。易氏于此，即暗示结婚须凭着自家的自由意志，自由选择，父母之命，媒妁之言和情人及其他的引诱都不是结婚的条件。后来他的丈夫既然许可她完全自由，任随她自己自由选择，她觉得她同范格尔的爱情虽然深厚，可是她不能分享他的生活，至于陌生人只是一味可怕；所以她迟疑不决，究竟不知选择那一个才好。等听见到范格尔还要自己担负责任的话，就觉得她从前的行为，都是不负责任，只要自己负责任，自然能得参与他们的生活。易氏于此，又暗示结婚须自家担负责任，结婚是我自己的事，不是旁人的事，是两性共同负责的事，不单是女性或男性一边的事。

总括言之，易氏《海上夫人》所给我们的教训：第一就是婚姻是两性共同生活，第二就是结婚须凭自由意志，第三就是结婚须自家担负责任。大凡结婚不懂得这些教训，不了解婚姻是甚么回事，也不经过正当的程历，那么，便是矇瞳［懵懂］的，无趣味的，奴隶的，娼妓的婚姻。男的大权独揽，自以为全智万能；女的只是低头听命，老不管事，供她的丈夫驱遣，替她的丈夫生孩子。这宗情形，女的完全丧尽人格，男的未见有煞好处，真是危险可怕。

易氏传略及他的思想和著作，《新青年》“易卜生号”记载详细，兹不再述。译者学浅，信手将自家对于本剧的见解写在开首，作为引言，谬误之处，在所不免，尚望海内君子不吝赐教，感谢感谢。

一九二〇年七月三十日在北京。

——录自商务印书馆 1920 年初版

1921年

《巡按》[①]

《巡按》俄国戏曲集叙

郑振铎

自一六九二年波龙斯基的《浪子》出现后，到了现在，在俄国文学界里出产了许许多多的著名的戏剧作品。有普遍的和永久的价值的约有四十余种。我们于此四十余种之中，选出歌郭里的《巡按》，阿史特洛夫斯基的《雷雨》，屠格涅夫的《村中之月》，托尔斯泰的《黑暗之势力》，《教育之果》，柴霍甫的《海鸥》，《伊凡诺夫》，《万尼亚叔父》，《樱桃园》，史拉美克的《六月》等十种，编为这个《俄国戏曲集》。

因为字数过多的原故，还有许多极好的戏剧，没有收入于本集内，即格利薄哀杜夫的《聪明误》，彼塞姆斯基的《悲惨的命运》，阿利克赛托尔斯泰的三连剧《恐怖伊文之死》，……高尔该的《夜店》，安得列夫的《人的一生》等最普遍而且永久的戏曲，也不能收入。这是我们非常的抱歉的。以后如果有机会，我们还想把他们介绍过来。

然而现在所选的十种剧本，虽不能说是完备，却也可以由此略窥

---

① 《巡按》(今译《钦差大臣》)，戏剧，俄国歌郭里（1809—1852，今译果戈理）著，贺启明译，上海商务印书馆1921年1月初版，共学社俄罗斯文学丛书　俄国戏曲集第一种。

见俄国的戏曲的一个大概；各方面的，性质不同的剧本，也差不多都有一个代表在这集里。如戏剧可以用《巡按》及《教育之果》代表他；悲剧可以用《黑暗之势力》及《海鸥》等剧代表他；农民的戏曲及宗教的戏曲，纯艺术的戏曲，也都各有代表在里边；俄国的各方面的黑暗悲惨的情况，也大概可以由此见其一斑——《巡按》叙官吏之黑暗的情况，《雷雨》叙中产阶级及商人的黑暗的情况，《海鸥》及《伊凡诺夫》则叙当时的灰色的，脆弱而易怒的知识阶级的情况……所以本集虽不能说是很完备，却也可以说是已略具一斑。

戏曲本来是最难的文学作品，译戏曲尤其不容易。因为戏中往往有本地的土语，很不易译，并且对话的语气，尤难与原本逼肖，丝毫不走。中国字又是单音的，原文中如有一个字，分为数段的来说，好像《教育之果》里有一句"是些金钱上的事情（фи-нансовые дела）我们的事情是—Фи！紧接着就是 нансовые……"我们就没有方法译他出来，只好把原文写在上面了。诸如此类的困难，遇见了很多很多。我们只好"自我作古"，于无可译之中，勉强把他译出来。至于这种办法对不对，则只好待大家的批评了。

现在北京，上海方面，听说要排演萧伯纳的《华伦夫人的职业》及梅德林的《青鸟》等戏。将来排演外国戏的风气，我知道必定是很盛。本集中所有的各篇戏，都是能够演唱的，或者将来出版以后，能够有人取他几篇来排演一下，也是非常好的事——较之演《华伦夫人的职业》及《青鸟》等的象征派的戏，似乎于中国更为合宜，更为有益。

本集编得很仓卒，虽然费了五个人的两个多月的时候，但还是不能细细的对过。差误的地方，恐怕难能全免。很希望读者如果发见了什么不对的时候能够指出批评一下！

一九二〇年十月二十六日郑振铎

——录自商务印书馆 1921 年初版

《甲必丹之女》[1]

《甲必丹之女》叙一

济之（耿济之）

余校阅安君所译之普希金《甲必丹之女》既竟；适有友来访，睹此稿本，即语余曰："子等以介绍俄国文学为已任，此志余甚嘉佩。良以中国故旧文学在今日殆成强弩之末，无复势力可言。然旧文学固已摧折，必须有新文学起而代之。有破坏当有建设，破坏易而建设难。今日之当务即在建设中国之新文学；然此事言之甚易，而行之綦难。我人今日赤手空拳，历历言旧文学之如何不可用，新文学之如何当创造；然试问：建设之准备何在；我人果有能力足以负此建设之重任否？如曰能也，则此建设新文学之计划与步趋已确定否？若是，我人必瞠目不能答，可断言者。此犹屋宇已破旧不堪居，家人日日言改建、而不知如何改建之法，更不知作木材瓦砖等之储备；若是则此破旧之屋又焉能有焕然一新之日，此在建屋如是，在建文学亦莫不如是。是以欲建新文学，自必有其准备。准备何在？舍介绍外国文学莫由功。今日中国尚不足以言建设自己之文学，故我侪亦正不必日嚣嚣以创作为务，宜尽力介绍外国文学，使我国文学界中能得一新色彩，开一新形势，然后始有'新文学之建设'可言。惟环顾一年来虽有多人日日以'介绍外国文学，作建设中国新文学之准备'之语相号招［召］，而实际上所介绍之外国文学亦惟东鳞西爪，毫无系统可言。今子等编译俄国文学丛书，时俄国文学作有系统之介绍；我知将来有

① 《甲比丹之女》（今译《上尉的女儿》），小说。俄国普希金（1799—1837）著，安寿颐译。上海商务印书馆 1921 年 2 月初版，共学社俄罗斯文学丛书之一。

裨于建设中国新文学者当不在少数。但‘俄国文学’乃新兴之文学，其发达之时期颇为短少，亦不过最近百年来之事。惟因受政治地势等各方面之影响，其文学遂富有人道的色彩，多数偏于写实派方面。此为我人介绍俄国文学者不可不注意之点，而所介绍之文学作品亦当以写实派之富有人道色彩者为先。今安君所译之《甲必丹之女》，其性质为历史小说，其著者乃属于浪漫派，其内容亦不过插写儿女间之爱情，实为平淡无奇之作品。乃子等竟将之首先介绍，窃为余所不解，愿得闻其故。”

余聆其言，乃谓之曰：“子言颇然，但子尚未明介绍外国文学之真意义。外国文学之当介绍，其意在建设中国之新文学，诚如子之所言。然我国介绍矣，而社会上对于我所介绍之文学其态度如何，——迎欤拒欤——则在介绍之时自不能确乎知之。在我——介绍者方面——对于某派文学固有其主观之憎恶；而从社会方面着想，实不得凭一己之憎恶，以为介绍之标准。故外国文学之介绍不当限于一宗一派，一时一代。”

“我侪之介绍俄国文学亦即此意，但视此作品之意义若何，其对于俄国当时社会之影响若何，而作应介绍与否之标准，初不顾其属于古典派，浪漫派或写实派也。”

“安君译《甲必丹之女》，其作者普希金在俄国文学史上实占极重要之位置。虽后世批评家列普氏为浪漫派，称其时代为浪谩派时代，然其作品中实含不少写实派之精神。所谓派别，所谓时代，此不过为研究文学者一时权宜之区分，其中并不能截然划一鸿沟，浪漫派时代中自必有写实派，而写实一时代中亦不能谓为无浪漫派也。普氏之《甲必丹之女》为当时极著名之历史小说，其所描写悉映自十八世纪社会真实之情况，实开其后写实派小说之先河。”

“兹特述俄国历史小说发展之情况，以明此书在俄国文学中所占重要之位置。”

"俄国历史小说之祖宗，当首推克拉娜静氏（Карамзин）。其前固亦不能谓无，但形式既极卑陋，又缺乏文学之特质。所惜者，克氏及其同时名家挪莱慈南（Нарежный）所著之历史小说惟能使我人明当时人与历史事实之感觉相离程度之远耳。盖克氏及挪氏皆藉伪拟古主义以生长，此主义其所取材大都趋于历史的过去事实，喜将历史上人物饰为彼书中之英雄，而丝毫不顾历史之事实究竟与所插写者相符与否。克氏当时尚未能脱去此种伪拟古主义之空气，故彼虽极力提倡感情主义，而其著作终含有不少虚伪不自然之形式。殆普希金继起，而文风一变。描写古代生活之诗文群趋于写实方面，固无论伪拟古主义与感情主义自已一蹶不振，而舒润甫斯基在俄国文学中所提倡之浪漫主义亦有摇摇欲动之势。盖当时欧洲各国竞相创造己国之国民文学。以此，为发展己国之国民性起见，自必特别注意于历史的过去事实，其故因欲见一国国民之特质、如在古时各民族尚未能接近，且未发生关系之时，则愈以明了。故提倡真实之历史小说，即可谓为创造国民文学。普氏之所以得'俄国国民文学创始者'之尊号者，亦因其在所著史诗及小说中能采用一时代历史之事实，描写一时代社会之风尚，而已。"

"普氏著有两篇最著名之历史小说：一为《大彼得之奴》，一为《甲必丹之女》，皆能于日常各种琐碎生活之中存时代之精神，而《甲必丹之女》一书尤能将蒲格撤夫作乱时代之风俗人情插写无遗，可于其中见出极端之写实主义。在当日浪漫主义盛行，写实主义尚未见发达之时，此书实为不可多得者也。我侪所以欲介绍此书者亦以此故。君试细心一读，将以见我言之非谬也。……"

余言已毕，友即兴辞而退。余遂援笔书此以为序。

（民国九年十月一日济之序于北京）

——录自商务印书馆 1921 年初版

《甲必丹之女》叙二

郑振铎

这本《甲必丹之女》Капитанская дочка *The Captain's Daughter* 是普希金 ПутКкинь［Пýшкин］著的在俄国的历史小说里算是狠有名的一篇。他所记的是一个名叫彼得·安得烈伊赤·格里奈夫的人所经历的事。一七七三年哈萨克人蒲格撤夫叛乱的事实，是书中主要的线索。为便利看这本书的人起见，我可以把他的内容，极简略的先叙一叙：

彼得·安得烈伊赤·格里奈夫是世家的子弟。十七岁的时候，带着仆人萨威里伊赤到沃连布尔哥省的白山炮台里当武官。路上遇见骑兵大尉祖琳，同他吃酒打球，彼得输了一百卢布。在车子陷在雪旋风中的时候，又遇见一个向导，蒲格撤夫，彼得赠了他一件兔皮皮袄。到了白山炮台，他与他的长官，炮台总司令，甲必丹米罗诺夫的女儿玛沙相见。二人间渐次发生了爱情。因此，彼得竟与一个武官什瓦布林决斗。负伤不省人事。玛沙看护他到了痊愈。彼得与她的爱情因益坚固。一七七三年冬天的时候，蒲格撤夫，彼得赠他皮袄的人，忽冒称已故皇帝彼得第三，在亚伊克河流域各村聚众倡乱。不久即攻陷白山炮台，杀了甲必丹米罗诺夫夫妻。彼得也被挂在绞架上，因蒲格撤夫认识了萨威里伊赤，知道彼得就是赠他皮袄的人，故特赦免了他，放他到省城去。蒲格撤夫又起兵围困省城。彼得日与围兵作骑击之戏。一天，忽由一个围兵那里，得到先前藏在教母家里的玛沙的信，说白山的司令，即投降的武官什瓦布林要于三天以内强迫她与他结婚。叫他快来救她。彼得焦急得了不得，请兵攻白山，又不蒙允许，遂与萨威里伊赤单骑赴白山。中途为蒲格撤夫的兵所捕。他还认旧时的友谊，同他一块儿上白山，斥责什瓦布林，把玛沙放出来，叫他们俩回去。彼得把玛沙送到他自己的父母那里去，他则留在祖琳，即前次路上与他赌博的人的营里。不久，忽闻他家乡又被贼据，遂星夜赶归。据他家乡的贼，恰好又是什瓦布林，他要放火把彼得全家烧死。祖琳的兵适到，救出他们，又把什瓦布林捉住送上官那里审判。审判的时候，什瓦布林又诬彼得与蒲格撤夫同谋。彼得因之下狱，几不能自白。幸玛沙到女皇帝那里去诉冤，他始得释回与玛沙结婚。这个时候，蒲格撤夫已失败，正解到京城里处死呢。

这就是这本《甲必丹之女》的大略。

普希金本不以散文著，他是俄国国民文学的第一个人，是最大的罗曼主义的诗人。一生所做的著作以诗为主体，到了晚年，才从事于小说的著作。但他的小说虽然不如他的诗的著名，却也有狠大的成功。批评家都说，“如果他不早死了，他一定也要成了一个大小说家呢。”他的小说，除了这本《甲必丹之女》以外，最著名的还有《巴尔金的故事》(*Tales of Belkin*)，《鹿的女皇》(*The Queen of Spades*)，及《格罗吉诺村的年历》(*Annals of the Village of Gorokhino* [*The Story of the Village of Goryukhino*]）等都是狠好的文学作品。他的短篇小说如《风雪》(*The Blizzard*)，《女农夫》(*The Lady Peasant*)，《手枪》(*Pistol Shot*）及《驿站监察吏》等篇也都是狠有名的。

他不仅是俄国最大的国民诗人，也是她的最初的大小说家呀!

他做这本《甲必丹之女》的动机大概是如此：

一八三二年的冬天，普希金忽于诗的努力以外，又开辟一个新的殖民地，就是从事于历史的考察。在一八三三年的开始，他遂搜集了许多关于加德邻女皇二世时，哥萨克人蒲格撤夫倡乱的事。作了一部史书。余力所及，他还把关于这件史事的遗闻佚事，作成了一本小说。这个小说就是《甲必丹之女》了。

于这本小说里，我们不惟赏玩普希金的叙述的活泼而有生气，并且于他所叙的那个时候的俄罗斯的人情，风俗以及一切的社会情况，人民思想，也可略知一个大概。

虽然这本小说所叙的也是英雄美人，悲离喜聚的事实，但他却有他的精神，与世界各国文学里的这一类的作品有所不同。

他与李门托夫 Lermontov 一样，虽然是满含着“武士道”的精神，极叙争城夺地之事，而人的气味究是非常的浓厚。试举一二个例：如彼得在白山炮台上，看总司令米罗诺夫他们审问一个巴什克尔时，他就极言鞭挞之非人道，并且赞美肉体之刑的废止，说：“最完善的改革都是本于人道，毫无强制的意思含在其中。”又如他对于蒲格撒夫的悲悯的心肠，对于什瓦布林的宽大的度量，都是可以十分看出普希金所含的人道的思想来的。

不惟在这本书里，即他的别部小说里也都翱翔着这种人的思想，微微的嗅得着这种人的气味。

人道的情感——实是俄国文学中最大的特色呀！即在这样早的文学家，普希金的著作里，已包含着好些这个情感了！

一九二〇，九，十七，郑振铎，于北京。

——录自商务印书馆 1921 年初版

《甲必丹之女》普希金略传

（耿济之）

阿历山大·塞格菲奇·普希金（Александръ Сергъевичъ Пушкинъ [Алексáндр Сергéевич Пýшкин]）一七九九年五月二十六日生于莫斯科城。他的父亲，塞格·里倭菲奇（Сергей Дьвовичъ ［Львович］）出身于故旧士族，这个大族从十三世纪起就有族谱，世代相传，在上古历史上很出几个有名的人物，可是到了十八世纪，这个族渐渐式微下来，也无复当时盛况了。塞格幼时照例在旗卫营里服充兵役；不久结婚后便退伍出来，搬在莫斯科，因为从这里不远有他一所名叫“萨哈里娜”的小产业。他的夫人名叫娜坚慈达·倭西鲍甫纳，其祖父是著名的“大彼得之奴”，名叫阿勃拉姆·彼得洛菲·刚尼摆尔（Абрам Петрович Ганнибал），幼时即为大彼得购得于孔士但丁堡，受王家的养育；及长，投身陆军，至加答邻女皇第二在位时，才死去，那时候（一七八一）已经老得不堪了。刚尼摆尔富有资财，采邑也很多，其中有一个村，名叫米海洛，在波斯阔甫省内。他有两个儿子：一个儿子伊温参加一七六九年至一七七四年的“土耳其战争”；第二个儿子涯西普就是普希金的外祖。以后普希金曾在所写一首《我的家谱》诗上对于他著名的祖上致极诚恳的回忆。普希金写过一篇小说，名叫《大彼得之奴》，就是叙述他祖上的历史，可惜并没有做完。

那未来的诗家当时在家中同着长姊倭丽卡（Олвга［Ольга］）受初等教育于外国师傅，——大半是法国人；然而普希金的父母对于儿童并不十分注意，对于管理上也比寻常师傅宽得多。塞格（普氏的父亲）是当时一个极有名的诗家，受着最高的教育，操法语十分娴熟，并且能够做法文诗，还有极大的图书馆，内中大半藏着十七八半［世］纪法国著作家的书籍。普氏同他长姊常在这个图书馆里读书学法文，实在对于他智识发展和儿童兴趣上大有影响。他七八岁的时候已能随便写些法文诗，做一两出戏剧，在他姊姊面前扮演起来。

普氏十二岁时，父母决定把他送入学校读书。起初打算送他到圣彼得堡的“叶组脱”书院里去，这个学校里的学生以贵家子弟为多；后来到了一八一一年的春季，传言说秋间将在王村新开一个学校，开办人是李才（Лицей），当时有许多人劝普氏的父亲送他入新校去上学。他就住在彼得堡舅父家里预备入学试验；遂得在他舅父家中，同当时文学界的代表人物如克拉姆静，德米德里甫，舒阔甫斯基等相识，而种后来一生献身于文坛的根苗。

一八一一年十月十九日“李才学校”开学了；与普希金同入此

校者计有三十人，内中许多学生已经在莫斯科大学寄宿学校预备科内读过书，这个学校对于文学具有特别喜欢研究的风气。这种风气只因为几个学生的关系，便移植到李才学校去：不久那些青年的学生组织成文学会，会中的重要分子就是普希金氏；他们发行手抄本的杂志，里面登载他们自著的许多诗文著作；他们又很留心文学界的各种新闻，并且还寄不少文稿到圣彼得堡和莫斯科的杂志社里去：普希金第一次付印发表的诗是《告诗友》一篇，——载在一八一四年莫斯科《欧洲新闻》(Вестник Европы）夏季增刊里面。普希金在学校内对于文学固然极有研究的兴趣，但是学校的功课却毫不注意，永远没有得过及格的分数；教师一方面承认他的天才和敏智，他方面又知道他简直没有勤恳和坚忍劳动的能力；但是以十五六岁的“李才”学生，而能研究法俄的文学，尽其余暇以从事于文学的事业，这也是使人十分惊奇的啊！他在李才学校时著了许多诗；他对于各种派别的诗都研究过，都试做过：有时模仿过去世纪的法国诗人和摆杜斯阔甫(Батюшков）便做出那类“醇酒美人”，“放浪形骸”，“乐天爱人”的诗；有时追踪舒阔甫斯基（Жуковский)，便做成“忧郁动人”的浪漫诗，古代俄国的史诗，和现代生活的诗剧。普氏和舒阔甫斯基及摆杜斯阔甫相交，以师礼待之，而对于当时新文学运动的首领克拉姆静（Камзинъ［Карамзин]）和勇敢聪明的诗家兼批评家瓦载姆斯基亲王（Кн. Вяземский）尤有深密的交情，——这些人对于这个未来的大诗家直接间接都予以极大的援助。一八一五年李才学校考试时，台尔柴文（Державинъ［Державин]）来校参观，普氏朗读自己所著一首《王村回忆》：“Воспоминания в Царском Селе”的诗，——这首诗后来载在《俄国博物院》杂志上，普氏越读越高兴，读至悲壮凄凉的地方，大文学家台尔柴文竟为所感，不绝口的夸奖起来，而以未来文学界有名人物许之。

普希金在李才学校时所交的朋友除著作家外，还有驻在王村的旗卫营里的几个军官也和他时相往来，这些人个个都是思想高尚，性质聪颖，抱负不凡的人，那少年时代的普希金很受他们的影响，以后终身成为极知己的朋友。

一八一七年夏间普氏毕业于李才学校，遂与同学相离，移居圣彼得堡，不久便服务于外交部，那时候他父亲住在波斯阔甫省内，普氏时去省视，忙着和亲朋故旧相往还，在当时富家少年社会中峥然露其头角，正仿佛他所著有名小说中渥涅金（Онегинъ［Онегин］）所过的生活一般。然而同时他并不舍去诗文的事业，一八二〇年著成一首长诗《罗司朗和留得米拉》，——这首诗从他在李才学校读书时便做起。那时候普氏诗名藉甚，几首格调自由的诗在社会间颇为风行，家家传诵；但是因此便遭政府的嫉妒，不久就派他到“南方殖民保护部”去服务，——那保护部设在叶加答邻流司拉甫（Екатеринославъ［Екатеринослав］）地方，殷作夫（Инзовъ［Инзов］）为其首长。普氏一至其地，不久就病了，便伴着拉也夫司基（Раевский）将军家眷同到高加索矿泉和克利米亚去。由这次旅行的所得他著了两长篇诗：一名《高加索之囚》，一名《巴奇萨哈之喷水池》，如同明镜一般写尽高加索和克里米亚的天然风景。

后来殷作夫将军奉令兼署白萨拉勃省的郡守，便搬到基西在涅甫（Кишиневъ［Кишинев］）住去，南方殖民部也遂之转移到这里，所以普氏也便不得不住在基西涅甫了。这个地方在当时还极野蛮，所居的都是些莫达文人和希腊人；普氏郁郁居此，实在无可排遣，便藉着读书报杂志（从圣彼得堡寄来的）研究外国文学（最注意现代的英法文学）和著诗作文为唯一的慰藉。他在基西涅甫时的著作有诗的小说《盗兄弟》和史诗《采刚人》。

一八二三年中间普希金迁到渥台萨新俄总督倭龙曹夫伯爵那里去供职。普氏久处穷荒，到此时才重新找到早就失去的欧洲生活的诱惑，——繁华的社会，戏园，意大利的歌剧，——重新见到他住在克里米亚南岸时最为赏心悦目的大海；但是那新长官却待他大不如殷作夫将军，时常严加督斥，使他奉行兼办理的公事，所以普氏并不觉得有什么兴趣。总督的不满意是普希金自渥台萨退走的原因：一八二四年六月末普氏得着命他前往自己母亲家乡的命令，便住在那里，闭户不出，受人家严重的监视。

普氏寂处穷村，百无聊赖，一天天过着无趣味的单调的生活。

那克保姆阿连娜实在是他一生唯一的好伴侣；幼时固然蒙他的养育，到现在蛰居的时候也藉着那老保姆讲述许多故事小说以作消遣。曾忆他寄一密友的信，上面写道“这些故事实在妙极，每篇都是史诗！”他把那克保姆所讲的那些故事，和听自老农口中唱出的歌调都逐一写将下来，以后拿来编成优美的诗。在家中他继续著那篇诗的小说《叶夫格尼·渥涅金》。他读过克拉姆静的《俄国史》和其他历史著作，又读尽莎士比亚所有采自俄国旧历史而著成的戏剧，便使他也想做起这一类的著作来。于是《波里司·郭图诺夫》一篇长曲遂以出世了。不久，普氏从事搜集作曾祖刚尼摆尔传记的材料，因此就做那《大彼得之奴》一篇小说；可惜这篇小说终久没曾完全脱稿。

他寡居寂处，便时常同幼弟和彼得堡诸朋友信札来往，固亦足以稍慰其寂寞，但是数纸书信终抵不过活人的交谈，所以普氏每一接到亲朋的书信，便不由得愈添其愁怀。……有时读着原先所做的诗，回忆起在李才学校时同学聚首的情景，有多少的欢欣；到如今“孤灯残影”实在是“前欢难追”，使越发伤心起来。固然也有几位朋友，如台尔维格伯爵，郭察阔甫亲王等，在暇时到普氏那里来相访，但是这个仅是他那寂寞生活中稀有的光明事件，并且相见时固然快乐，而离别时没有不更加难受的。

话虽如此，普氏虽处在穷村僻地，但有几件可以使人慰藉的事情。离开普氏的村庄不远，有个村庄名叫三山村，属于倭西鲍夫夫人，夫人寡居，生有二女。普氏和倭夫人认识后，便常到三山村去走动。刚巧夫人有个侄女安娜来客其家，普氏和他曾在彼得堡见过，并且还给他读过一首《我忆良辰》的诗。夫人之子胡里富是大学学生，恰巧冬假回家，还带着一个同学耶载阔甫到自己家里来。这些少年们聚在一起，不久大家已经十分熟识，便高高兴兴的过了一冬，——那时候是一八二四年。

胡里甫和耶载阔甫到明年（一八二五年）夏天和冬天又来到三山村和普氏相见。他兄弟和台尔维格也来访他，带着彼得堡的新闻来讲给他听。……

一八二六年十月尼古拉皇当他即位加冕以后，便下令把普希金召进莫斯科；皇待他十分优渥，允许他住在莫斯科，宣告他的自由，让他以后凡有所著，悉呈与皇上亲自监校。那时候普氏快乐已极，到处欢迎他，敬礼他，传诵他的小说和诗；不久他加入新出版名叫《莫斯科新闻》的杂志，做其中最重要的分子。一八二七年五月又允许他住在彼得堡，他便时常来往莫斯科和彼得堡两城间。其时他做了一篇史诗《波尔达瓦》，和许多抒情诗。

有一次他到莫斯科去，得与一位十六岁的少女拿达里亚相识。这位女郎容貌极美；普氏很爱他，向他求婚，不料竟遭拒绝。

普氏十分生气，便跑到高加索去，那时候高加索地方正发生和土耳其战争的事情，他投入派司克维奇伯爵军中，随着一块儿到阿尔慈罗姆去。这一次旅行的纪念物是许多关于高加索的诗和一部《阿尔慈罗姆旅行记》。后来又回到莫斯科，重新又向拿达里亚求婚，这一次却得蒙女郎的允许了。他父亲为预备他将来结婚起见，分给他一块祖上的采地鲍提诺，在下城省内；普氏在一八三〇年秋间到那地方去。那时候虎疫盛行，随处设立隔离室，以防传染；普希金也不得不住在自己村里，和世界隔离了差不多有三个多月之久。在这隔离的期间，他倒完成了不少的著作：长篇名著《叶夫格尼·渥涅金》就在那时候脱稿，其外还做了许多短篇小说，——如《风雪》，《棺村匠》，《农女》,《驿站监察吏》等，——和许多戏剧，——如《瘟疫流行时的晚餐》,《石客》,《吝啬之骑士》,《莫察脱与萨立理》等。

一八三一年二月普氏举行结婚礼，其夏，便同他幼妻搬到王村去，为疫气所阻，不敢回到彼得堡，便在那里住在秋天；可是那时候他的生活十分快乐；一方面享那宴尔新婚的乐趣，一方面又能和舒阔甫斯基一班诗人时常相见。那时候他编写许多民间故事，又想着着手著《大彼得史》。尼古拉皇甚嘉其志，命他供职外交部，暇时准他入各种档案收藏处去搜集历史材料。普氏已经把大彼得引入自己所看的史诗《波尔达瓦》里；这时候他又著一篇《铜骑士》的诗，内中把大彼得描写做彼得堡的建筑者，并且描写一八二四年圣彼得堡大水的情事。其后又著一首诗《我英雄之族谱》，描写本来极其名贵，却中道式微的士族生活，可惜未曾做完。至后又有几篇诗和戏剧出现，其名目也不必多提了。

从一八三二年冬季起，普氏致力于搜查档案的事业。不久，他在其中搜得关于一七七三年至一七七四年间蒲格撤夫作乱的历史材料，这种材料谁都没有找得过；普氏便决定从事编著这件事故。他就于明年秋间到卡章尼和渥灵蒲格，——蒲格撤夫起事的地方去实行调查，向当地的父老打听真情和乱时的遗闻逸事，至其年之终便把他所著的那本《蒲格撤夫作乱史》进呈皇上，旋于一八三四付印公布于世。他一边编著这部历史，一边鼓其余力，著了一篇小说，名叫《甲必丹之女》，书中事实和蒲格撤甫［夫］的报乱都是两相穿插，多少有点关系的。

以后两年间，普氏的文学事业并不十分发展；固然那时候他著了不少的抒情诗，但是各种关于文学的伟大理想都未能实现。他对于中世纪历史极有研究的兴趣，打算用戏剧的形式来描写他，题个总名叫做《骑士时代之戏剧》——但是这种戏剧不等到搜完材料就延搁下去了。

普希金在著作的生涯里不但是诗家，还是杂志记者；他极愿意研究文学上各种问题，又喜欢做文学的批评；从他自母乡回到莫斯科以后，他陆续前后加入到好几个杂志里去，著许多文学的批评在这些杂志上发表。然而他早有发刊关于政治和文学的报纸，还订定些详细的计划。这个计划并没有实行；普希金决定刊行一种名叫《今人》的文学杂志，是季刊的性质。这本杂志发行在一八三六年；三月间出第一号，首刊一首名叫《大彼得的酒筵》的诗；这年一夏天他忙于杂志的编辑，《甲必丹之女》初稿也在这杂志的第四号上发表过。

杂志的刊行虽然为普希金找出许多新的工作和忙碌，却很能因此提高他的精神，并且活泼他的脑筋；他热心从事那新的事业，为杂志预备下许多诗和散文。他并且还想著一大部关于现代俄国生活的小说，其中还插入些历史上的人物。但是这些理想却全未曾实现。普氏在彼得堡上等社会中大负盛名，未免对于世人露些骄傲并且嘲笑的态度，所以有许多人暗中和他结仇，极力想法子害他。这些人对于普氏和他夫人造出极恶劣的谣言，诬蔑他说有不名誉的行为，并且写许多匿名信来痛骂威吓他。普氏性质十分暴厉，自然对于这种耻辱有所不甘于心，便写了封极严厉的信给和兰公使格开伦男爵，因为他认定男爵是这些阴谋行为最重要的嫌疑人；不料因这封信的缘故，男爵的养子，骑兵营军官唐铁司（Дантесъ [Дантес]）竟约普希金决斗。当时虽经普氏许多亲朋竭力劝阻，——尤以舒阔甫斯克劝阻的力量为大，——却终无效，决定在一八三七年正月二十七日举行决斗。结果，鲁希金右胁为手枪弹丸所中，受伤甚重，——延至两日，（正月二十九日）俄国的大文学家竟因伤逝世了！

（附告）这篇略传不过是历史的叙述，并未加什么论断；至于普希金在文学史上的地位如何，他对于俄国文学有若何的贡献，以及他著作的批评，则一概从略，让于鄙人所编之《俄国文学史》上述之。

——录自商务印书馆 1921 年初版

《黑暗之势力》[①]

《黑暗之势力》叙

郑振铎

《黑暗之势力》(Власть тьмы，*The power of Darkness*）是农民戏曲中最重要者之一；不仅是高出于俄国一切的文学，也是高出于世界的一切文学——关于农民的文学。以彼塞姆斯基（Pisemsky）与巴特金(Potekhin）二人的著作与之相较，实有以石比玉，黯然无色之概。

《黑暗之势力》之脱稿，在一千八百十六年。那个时候，正是托尔斯泰大彻大悟，捐弃一切文学作品不为，而注全力于通俗教育，做了许多关于宗教的或道德的作品时候。通俗的著作，在一千八百六十年至六十二年之间，托尔斯泰在他本乡波拉拿从事于教育事业时，即已注意为之。这个时候，则专从事于短篇小说与通俗的故事，不如那时候之专做丛书与论文。然而他这种道德的，教训的故事，都是没有什么艺术上的价值的。自这个农民的戏曲，《黑暗之势力》出，始完全把他们压倒，复恢复托尔斯泰的文学的能力，——虽然这本戏曲也是以教训道德为宗旨。在他的含教训的，大彻大悟后的著作里，这本戏曲可算是最有艺术上的价值了。

托尔斯泰从前没有著过剧本，《黑暗之势力》可算是他“破题儿第一遭”的剧本的著作；并且他著这本戏曲的时候，他还是久病新愈。以久病新愈的人着手于素未从事的工作，而能把他做得这样好，有这样的永久的艺术的价值，他的文学的天才，真可以使人崇拜到极

① 《黑暗之势力》(*The power of Darkness*，今译《黑暗的势力》)，戏剧，俄国托尔斯泰著，耿济之译，上海商务印书馆1921年3月初版，共学社俄罗斯文学丛书俄国戏曲集第四种。

顶。查理萨洛利亚（Charles Salorea）说："《黑暗之势力》是托尔斯泰初学做戏曲时的著作。戏曲本是最难的文学，且并非专门久练，不能出色，他初次试为，即成如此的杰作，此已足以惊人。况作者又在大病垂死新起之时，而行此试验，竟大告成功，尤足以见他的'神妙莫测'呀！"这种批评，实可以代表许多批评家的意见。

这个剧本是描写乡间一个富农的家庭的事实的。叙来极为悲惨，我们读了，差不多都是要下泪的。第一幕叙富农彼得病于家中，不能做事。他的第二妻阿尼西与他的长工尼其泰有私。尼其泰的母亲玛德邻教阿尼西杀害彼得并以药粉——杀死的毒药粉——与之。第二幕叙彼得将死，欲以所积蓄的金钱给他的妹妹。阿尼西与马德邻谋，急药杀之。乘其彼得的妹未至，搜得其金。第三幕叙阿尼西已嫁尼其泰。尼其泰又与彼得第一妻所生之女阿库林私。家庭之中，终日哄闹。尼其泰的父亲阿奇姆偶来其家，见此境象，大为不安。大呼"你记着！灵魂是要紧的。"一句话而去。第四幕叙阿尼西迫尼其泰嫁阿库林。阿库林时适生子。阿尼西与玛德邻又迫尼其泰夺其子，活埋之于地窟中。第五幕分两段。第一段叙阿库林行婚礼之时，尼其泰不胜其良心之忏责，躲避于外，不来祝福。第二段叙众人强追尼其泰进去。尼其泰因当众宣布所有已往的事，承认彼得是他害死的，阿库林也曾与他有私等事，在十字架前吐自忏的悲音。警卒闻之，遂捕之下狱。

其事实大略如此。

他的结束归到宗教的忏悔，实是一部宗教的戏剧。马德同许多批评家都说托尔斯泰老年的著作，其中道学的分子，独占优势，和他早年的著作不同。这些话可以拿这本戏来证明他。但他虽是一部宗教的戏剧，却与别的宗教的作品不同。别的宗教的作品，都专就主观一方面写，满纸充塞着宗教的训条与教旨，看起来非常的讨厌。就是彭扬的《天路历程》也免不了这种缺点。独这本戏剧则不然。他处处的描写农民生活的黑暗的情形；虽偶有一二句宗教的话杂于其间，但读者却绝不觉得他是宗教的作品，只以他为描写农民生活之黑暗的景象的淋漓痛快的著作而已。直至结束，把这个意思点出，大家才知道他是一部宗教的戏剧。所以读者都感得非常的兴趣，而不觉得有什么讨厌的地方。

除了宗教的思想以外，托尔斯泰的尊劳主义，人道主义，及反对资本主义的意见，也都有在这本戏剧里点出。

阿奇姆在第三幕里对尼其泰所讲的话，可以表现出劳工神圣的精神来。农民作工虽苦，但精神上却非常的快乐。闲居而酗酒的事，只是“没味，没味”而已。

对于资本主义的批评，也借阿奇姆口说出来。“可是上帝是让我们作工的，你却把钱放在银行里，自己舒舒服服的睡着，到时候取不应取的钱，这真是不合天理的事情！”这几句话真把资本家，坐食而不做工的人骂尽了。

至于人道的情感，则这本戏里更到处充塞着了。第二幕中记彼得将死时之言，及尼其泰之不忍的心肠，我读之几欲哭出。第四幕中记尼其泰活埋其子时的惨状，更为不忍卒读。托尔斯泰用这种无抵抗的态度，来描写这些残忍的事实，使人读之，自然的会生出弱者的同情心来。他的艺术，真是极高了。

托尔斯泰与农民相处的时候很久，所以这本戏里所叙的农人的生活状况以及他们的习惯，思想，乃至他们说话的口吻，都描写得活泼如真，一些没有虚造，或差误的地方。他的艺术上的价值之高，这一层也是一个原因。

关于这一篇戏，还有一段可记的事，就是这本戏编成后，已经检阅官的通过，可以出演于剧台。他就与帝国剧场的主任商量，想把这本戏排演。他们答应了。一面登出广告，一面预备布景，叫伶人演习。正在这个时候，俄国的政府忽又下一道命令，不准他们演这本戏。以后虽然终得见之戏台上，然已隔了好些年之久了。俄国当时的政治上的“黑暗之势力”，真是伟大呀！

一九二〇，十一，二十五日，郑振铎。

——录自商务印书馆 1921 年初版

《托尔斯泰小说集》①

《误火焚屋》②［小序］

朱朴③

托尔斯泰的小说，大半都是忏悔的，最足以感动人心。他是主张和平竭力反对战争的一人，抱人道主义的。这篇的寓意狠深，可以代表他一生的思想和主义。

译者志。

——录自泰东图书局 1921 年再版

《雪夜》④ 小引

王靖⑤

美国文学家何威而 W.D. Howell 说：“托尔斯泰醒觉读者去立

① 《托尔斯泰小说集》(第 1 集)，新人社编译，上海泰东图书局 1921 年 3 月初版，8 月再版，新人丛书之一。

② 《误火焚屋》，为《托尔斯泰小说集》中第六篇，原名 *A Spark Neglected Burns the House*，朱朴译。

③ 朱朴（1901—1970），字朴之，号朴园，晚号省斋，江苏无锡人，1942 年《古今》创刊后担任社长。著有《省斋读画记》《书画随笔》《海外所见中国名画录》等。

④ 《雪夜》，为《托尔斯泰小说集》中第七篇，原名 *Master and Man*，王靖译。

⑤ 王靖，别名王梅魂，一作王槑魂，笔名梅魂、槑魂，与张静庐编《新的小说》，著有《英国文学史》，译有《泰谷儿小说》《柴霍甫小说》等。

志为人，不是急切的，也不是博人矜式的，是无虚伪的，真实的。”“Awakens in the reader the will to be a man, not effectively, not spectacularly, but simply, really.” 凡曾读过托翁文字的人，应该都承认这一句话，是极确当的批评。

托氏著了一部《什么是艺术?》*What is Art*？我们如果念过这部书，必定晓得托氏艺术全部的思想 Whole theory of art。这篇《雪夜》狠可以代表他的文学艺术。托氏说：“我们传达思想是用语言，传达感情则用艺术的方法。”“By words” Tolstoi says, “a man transmits his thoughts to another by means of art he transmits his feelings.” ——这篇小说，可以证实托氏的话，读者细心一读，就可以明白。又托氏认定“爱”字是人类最高的目的，基督教的主旨也不过用“爱”字去结合人类罢了。所以他说：“The task for art to accomplished is to make that feeling of brotherhood and love of one's neighbor, now attained only by the best members of the society, the customany [customary] feeling and the instinct of all men.” ... “The destiny of art in our time is to transmit from the realm of reason to the realm of feeling the truth that well-being for men concists [consists] in being united together and to e [be] up in place of the existing reign of force that kingdom of God, i.e, of love, which we all recognize to be the highest aim of human life.” ... “The task for Christian art is to establish brotherly union among men.” 我们看过这一段文字，就可以了解托氏对于宗教，艺术的观念了。托氏对于人类的意见和艺术的目的，都完全由这篇小说——《雪夜》——明明白白表现出来；所以我把他介绍过来，望研究托氏文学思想的人大大注意，并加以批评。

一九二〇，六月，十五日，王靖

——录自泰东图书局 1921 年再版

《托尔斯泰小说集》附录——托尔斯泰传略

（王靖）

托尔斯泰 Count Lyof N.Tolstoi 以一八二八年八月二十八日，生于中俄耶司那伯利地方，他门第极清贵，母氏更是当时有名的权豪。他父亲尼古拉司自拿破仑战争以后，就杜门不问世事。托氏有兄弟五人；当氏两岁时其母亲即弃世。不久又丧父，其祖母也相继而逝。

托氏十三岁和他兄弟，一同就养于姑母加沙连之家。氏常常纪念其母亲说："我的母亲极爱我，常常呼我'可爱的 Benjamin'；我母亲品性的端洁，时时深映我的脑海。倘我忧闷的时候，默祷吾母的灵魂，仿佛能够拔除我的痛苦。"托氏著有幼年时代，少年时代，青年时代的《回溯录》*Recollection* 算是生平一种杰作。幼年时代中有一段云："我产生后，不久就浴于温水，那时像发有一种新感觉，我自视肋骨，晓得我应自爱身体。当他人抱我时使我手足都不得自由就觉得命令是残忍的不平的并且仿佛知道自由是可贵的"，以后渐渐长大，五岁时，就了解世界上的事情并非欢乐实是苦恼的渊薮。到六岁时就晓得亲近自然。所以托氏说："当我五岁以前，不晓得亲近自然；所能记忆的东西，仅仅卧床寝室间所陈列的东西；至于草，叶，天气，太阳等，同我不曾发生关系。我的意思：并不是不曾拈花弄草，没有见天空和太阳，是我不晓得自然是什么东西。……六岁时才和自然契合。……"

托氏由十五岁以至二十四岁，都在求学时代。他把这时代叫做"青春的野"。这时他的精神和肉体的愿望，都包围他一身，并且又彷徨于哲学的歧路。或从禁欲主义呢？或从快乐主义呢？他心中怀疑，不知所从。因此乃废去祈祷，弃学业，事其放荡的生活。他自说："我精神堕落，达于极点，生活直如禽兽。……"什么赌博咧，色欲咧，虚荣咧，没有一件不嗜好，并且说：赌博容易戒绝，但色欲和虚荣，大不易制止。

托氏肉体欲愿既盛，虚荣心又烈；由是就恨他容貌不扬，常思祈祝神明，更换容貌，其想入非非，大可发笑。因是更放荡不羁，以赌博为生活。但他诚实的天性，常常鼓动于中，并且他虽对于哲学怀疑，而心中常抱一种信仰，觉得有无限爱力洋溢于内。彼时他读卢梭哲学，忽然大有觉悟。常说：“……我读卢梭全集，他的文字思想，大半都是我心中所欲言的。……”于是离去大学，回归故里，和平民相接触。他要想表同情于贫苦无告的农民，做一个献身的博爱家。其一生所持倡人道主义，根基就是在此起点。但缺乏毅力，思想幼稚，不久又到彼得堡恢复其放荡生活。幸他的灵性中诚实的力量时时加以指导，由困顿黑暗中间振拔出来。一八五一年，他就跟长兄从军于高加索。至此托氏始受自然的同化；因为高加索地方的自然壮美，把他的污点洗涤干净。此时托氏并不是俄罗斯的贵族了，他和动物同感自然的可爱。他不欲考究神之有无，但望“爱”，“信”和“幸福”。总之，托氏感神于自然主张泛神教的信仰罢了。他此时颇渐渐显其艺术的天才，如《高加索》*The Cossacks* 一书，就是此时著的。

一八五三年十一月，因俄土开战，托氏从军于外。于十死一生之中，忽发现其宗教的神秘思想。他说：“我今日才得着一种伟大不可思议的观念。我立志求这观念的实现。这观念是什么呢？就是建设一个适应于人类进步的新宗教——求未来和现世幸福之实际的宗教。要藉宗教的力量去团结人类……”观此，可见他所感极深，几乎可以支配其一生的思想。当时在战阵中，偷闲著《西伯司脱伯力》一书，所述的都是阵中的惨境。

一八五七年初次旅行法，德，瑞士诸国。至巴黎见行死刑之惨，因大受刺激，极力反对。他的《忏悔录》*Confession* 有一段就是记当时所发的感想：

“我见这囚人身首两分倏忽之间，头即坠于桶内。当时我全体悚然，像冷水浇背一样。我登时觉得无论今日世界的公理怎样，此事必不能强说为是。虽自上帝创此以来，人人都以为必要，都能说出理由；但我必总以为非必要，并且认为大罪恶。所以善恶的标准，不是我们所言所行怎样，也不是进步和不进步的差别，惟在我们一颗心罢了……”

托氏游瑞士，爱其风光美丽，由是又沉溺自然的梦境。他说：“我静悄悄的瞧见湖光山色好像有一种灵感流入灵魂之中。”但是他此次欧游，感想很多；因为他所闻所见的都是文明堕落的现象，在牛森Lucererne地方，所亲见的一个歌丐乞钱受富豪揄揶［揶揄］的事，尤为愤慨。托氏持倡人道主义，他的感触的原因，也大半渊源于此。

一八五七年，托氏回国，想从事于教育，苦不知教授法。一八六十年七月，又游历外国研究教授法，最后就把自由两字做学校教育的宗旨。

一八六二年秋，托氏和医生伯哀斯之女苏菲亚结婚。此时托氏已三十四岁。苏菲亚才十八岁。爱情甚笃，氏由是不轻离故乡，一心专注于著述。最有名的杰作《战争与和平》一书，就是此时做成，费时共六年。一八七三年又著*Anna Karenina*小说一部，其中描写恋爱，极为沉痛。托氏常苦人类之所苦，所以才著这部书，欲借Anna以自克。自著这两书之后，托氏极感人生的空幻，此时才知道有德国厌世哲学家叔本华，且研究其学说，而求解脱于“爱”。托氏由是才达于一种信仰，以为安心立命的标准，不再陷于人生的苦闷。但最后受人非难，指摘，复沉于无涯的烦闷，以至于死。

一八九七年，托氏因种种烦恼，种种失败，决意离去家庭，作书与其妻永诀，自度孤寂的生活，但未实行。至一九一〇年十一月十日早晨，始为最后的决心。一九一〇年十一月二十日朝六时，竟长逝。当时的人，都受极大的感动。克鲁泡特金说：“自卢梭以来，能感动世界的良心，除托氏以外，没有别人；因为托氏能苦人类之所苦的缘故。世界最可尊的，除此之外，还有别的可以比得上吗？”

兹把托氏与妻诀别的手书译后：

亲爱的苏菲亚：我因为自身的生活、信仰的矛盾，受许久极大的痛苦。我不能强你变了生活的习惯，也不愿就和你离绝；因我的儿子尚幼，倘不受我的感化，我心中始终难释，且我也不忍给你一个非常的痛苦。但像过去十六年中的光阴，时时相争，相恼，而又爱好，这种境况，我实在不能再敷衍下去；所以我今日要实行我的素志，离去家庭，自己过活。古代的印度的人，到了六十岁就自隐于森林；教门长德，也都是晚年才献身于神。我今日也要用我全力去求安息和孤寂；虽我的全生活和良心不能得绝对的调和，总可以稍免一点迫切的矛盾。若使其公然离家，家人必极力慰留或且发生别的争执，致我的决心因此受阻；故我不别而行，使你生极大的悲苦，除求你凿原外，没有别的方法。我更望你能够把我想的念头驱出方寸之外，不必寻求，也不必怨恨；因我别你长去，并不是对你有什么不满意。岂但止此，且我对于过去三十五年的同居生活，当永远铭在心头，不会忘记。在前年期中，你更能用慈母的勇气和爱情，尽你的所当为。你对于我，对于世界，都很极力尽责，且发渐你的洋溢的爱情，替我受无数的牺牲。我又有什么不满意。当最后十五年，你我之间，忽然疏隔，此事我自己并不认为罪；因为我的生涯至此忽变，这不是为我个人，也不是为世界，就是无形中所不得不变的变罢了。但我决不咎你不能从我，并且还是挚爱你过去的成果。谨把此意，别我亲爱的苏菲亚。一八九七年，七月，八日，你所爱的托尔斯泰。

——录自泰东图书局 1921 年再版

《托尔斯泰小说集》附录——托尔斯泰主义

王靖

（一）托尔斯泰的人生观

托尔斯泰年轻的时候，享尽肉体上的快乐，糊糊涂涂，不知什么是人生的意义，也不知人生究竟为什么。到了后来，他就觉得这种快乐都是虚幻的，由是就想找出人生为什么的答案。他于科学哲学中寻觅这答案，始长不可得，那时烦恼昏迷，几至自杀（参观拙译《托氏忏悔录》六章第七章）。托氏看科学的人生观和盲从先觉教言的人生观都是不对的，不恰当的，并且都不能够把人生的真意义切实下一个答语。科学的人生观说：生活的本源，是原子的集合。但原子不特人类体内有的，在兽身也是一样。人的生活，自然和兽身的生活不能相比，那么，肉体上的幸福，也是靠不住的。因为肉体——兽体——的生活跳不出老，病，死，既怕老，病，死，所以肉体的幸福，不算是真幸福。至于盲从先觉教言的生活，是只知道保守表面上种种无意识的礼教，不必自己考虑，便以为可以求得人生幸福，其实对于人生真义是什么，一点也不晓得，必定愈受外面习俗所束缚，更没有真幸福可言。托氏反对这两派的人生观就是这个缘故。

托氏以为只知肉体上的生活，把人类看做和兽性一样，虽然可以存在，其实忘了人生的真意义，是一点趣味都没有，不如自杀，还可以解脱种种的罪恶。所以他主张真我的生活——就是理性。他著了一部《人生论》中有一段说："人类的真生活，表现于理性和兽性的关系中间。把肉体兽性的幸福抛去，才有理性出来；因为兽性的幸福抛去时，就是理性觉醒的起始。"理性是什么呢？就是生活天然的法则。循着这法则做人，才算有真幸福，并且要把肉体兽性的活动，支配在这法则里面，才算是人生的真活动。托氏又说："唯有肉体兽性的生活法则，才有死和苦。……人生之中，能够免去死和苦的怕害，只有循着理性法则的路径。……死和苦，都是人类违反人生法则所得的罪咎，人苟能从这个法则就没有苦也没有死……肉体的个人，天天沉溺于苦闷，能够减轻这苦闷，实是爱的主要活动。肉体的个人，日求幸祖［福］，却日濒于死地，而这死的预想，能够破坏人生一有幸福有余。但爱的情感不特可以打破此种恐怖的思想且能够使人类为他人的幸福而极端牺牲肉体的存在。”所以他又主张“爱”——爱可以说是人类真幸福。因为爱不和人争夺。争夺是苦恼的源颈［头］的缘故。爱是使人知道他的生存使［是］为人类的好处并不是只求他自己的好处。肉体兽性的个人，所以受苦怕死，就是不知道这个“爱”字是人类生存的本原，也是人类的真幸福的基础。

人类能循着理性的法则做人，才肯爱的情感、才肯为他人服务；因为真幸福是为服务他人得来。所以托尔斯泰认定服务两字，是人类生存必要的要素。理性的法则，就是个人为全体服务，同时全体又为各个服务，互相调和，大家互助，自然不相残害，不相争夺。只认定我的生存，是为他人求幸福，而他人的幸福，也就是我自己的幸福，那世界上还有什么战争呢？你看这一有欧洲空前的大战，演了许多惨剩［剧］，耗了无数金钱，那一件不是由你抢我夺的行为造成的吗？所以我们此后应该有彻底的觉悟，实行大家互相服务的主群才有真幸福可言。这有一层：要达到为他人服务的地步，必定要忘却自己，因忘己是求真生活，真幸福的第一步，并且不怕死，肉体兽性的个人，所以时时怕死，只因为他死后，就没有幸福了。忘己的人，他看到别人的幸福和自己一样，他自己死后，这幸福仍是存在，所以不怕死。

以上三项是托尔斯泰最鲜明的人生观；世界人类所以达不到这种境地，和真幸福的缘故，都是为人类自私自利之心太甚，没有同情心，只求相前的虚忘［妄］快乐所致。倘此后不大大觉悟，再糊糊涂涂的，一天过了一天，人类的心灵，必日益蒙蔽，渐渐趋近肉体兽性生活的罗网。不能自振，恐怕世界人类就要消灭了！

（二）**托尔斯泰的宗教观**

俄国的农民为世界上最信宗教的民族。他们为强迫政治所致而失去精神生活，由是就倾向于宗教；他们的宗教，并不是社会上一种形式的，是一种良心的倾向。且俄国的国民性质有一种不可思议之特点：即东方神秘思想，和西方现实思想的结合。托氏就以现实的理性的方面，考察其真理的所在。托氏主张否定一切宗教的仪式，和超自然的忘［妄］想；他以为我们当求现世的幸福和正义，反对一切财产制度，改造凭借武力的社会组织，以爱为真理的究竟，所以托氏说“爱，立于理性上面”，看爱和理性和真理是一样的，不过名目不同罢了。他以为理性是人类的特征，良心是理性的能力。良心使人立于一种假定之上，才有人生的意义，——这假定就是托氏所说的真理。托氏的意思和基督教很相符合，但不承认所附属的种种奇迹，和一切神秘的分子。这附属奇迹和神秘分子可以把信仰的真理，弄成谬误的迷信，所以托氏斥为不合理，应宜改革。他以为宗教必立于理性上面；因理性即神所以支配人生，人唯藉理性才有正当的生活。理性的活动就是爱，故以爱为生，就是神的信仰。总之，托氏之意，以为理信［性］即神，神的道就是爱，理性和爱可以说是他的宗教的两仪；所以他的宗教是实践的，理性的，不是神秘的，迷信的。

托尔斯泰本基教遗训，所定的五大教律“Five Commandments”——

（一）勿愤怒

（二）勿奸淫

（三）勿誓言

（四）勿以暴制暴

（五）爱汝的敌人[①]

托氏以为人类能遵这五律，为自己幸福起见去实行不必求人赞美，虽不用祈祷，斋戒都可以，因祈祷斋戒是形式的，空的，宗教的本意旨，并不是这样。[②]

托氏认定人类的最大幸福，唯藉各个人完全的协和一致，才能获得；所以力主张无抵抗主义 Non-resistence。无抵抗主义是什么，只有托氏著的短篇小说 *Long Exile* 一篇，可以代表很真切。托氏说明他的无抵抗主义道："有人打你巴掌，你又把左巴掌给他打，这不是无抵抗主义。有人打我，我对他说：'你别打我，你打我，你灵魂自己受罪'，他不听。只可怜他的灵魂受罪。如果他肯听，悔了过，我便被他打死了，我已经得着胜利了；因为他免了灵魂受罪，我也得到灵魂的快乐，——这便是无抵抗主义了。"托氏又积极劝人爱人如己；以为能够爱人如己，就能够为他人服务，也就可以得到真幸福。爱德曼哥司 Edmund Gosse 说："托氏以理性为神，要把理性化于神秘之中。他的宗教所以是现实的，实行的，斥尽从前谬误的，迷信的宗教思想。"

---

① 注：参观托氏著"Theospirit of Christ's Teaching"第四章，一八六页。——原注

② 注：五大教律的详原文录下——

（1）To offend one，and by no act to excite evil in other，for out of evil comes evil.

（2）To be in all things chaste，and not to quit the wife whom we have taken；for the abandoning of wives and the changing of them is the cause of all loose living in the world.

（3）Never to take oath，because we can promise nothing，for man is altogether in the hands of Father，and oathes are imposed for wicked ends.

（4）Not to resist evil，to bear with offences，and to yet more than is demanded of us；neither to judge，nor to go to law，for every man is himself full of faults，and cannot teach. By seeking revenge men only teach others to do the same.

（5）To make no distinction between our own country men and foreigners，for all men are the children of one Father.——原注

以上所述是托氏宗教思想的大概，再进就谈到他的艺术观念了。

（三）**托尔斯泰的艺术观**

托尔斯泰著 *What to do*？以后，即著《什么是艺术》*What is art*？一书，公然主张其极端的艺术思想，以攻击当时的艺术。托氏以为今日的艺术，不过特殊阶级中，一种不健全的产物罢了。所以他说："不劳而获的社会，比较劳动的社会，其感情的范围狭小很多。我们社会中的情操，可分别三种：一、傲慢，二、肉欲，三、怠惰——这三种和由此附属而生的枝叶，没有一件不为艺术上的标的。"当时作家，一概被托氏抹倒。罗兰评说："托氏以不稳的兴味，任意嘲弄，揭破当时的伪善贫穷和其根本的腐败。他的意思是，要扫除一切，……故所批评的部分，多半充塞着谐谑不平的气味；所以任取一武器，去攻他的所要攻的人。……这因为狂热过甚，没有反省，致理性被激情所支配。……"托氏当时实有此弊病，罗兰的批评，很能中肯。

文学和艺术好像面包和清水，牺牲和苦恼是艺术家与思想家的运命。托氏的艺术观，实包含这数语之中。托氏之意，以为艺术家应本其所经验于自然和人生的感情，传达于他人才对。并且艺术家感情不可不为最高的感情。什么是最高的感情呢？就是表现当时宗教意识的感情，也就是宗教的感情。所以他说："无论哪一种社会，必定有其对于人生宗教的意识，做最大幸福进行的标的。……宗教的意识，是永久存在的。……"故用宗教的意识，传达于人类，就是艺术家的本职，也就是最大的艺术。托氏又说："艺术有征服强暴的力量，去创造一个爱的王国。……"托氏的艺术观念大略如是。总之，宗教的艺术实是他的理想的究竟。观此不特托氏的艺术范围不缩小，并且更加扩大。托氏说："艺术是普遍于我们生活的本体。现在所称做艺术如：演剧，文学，首［音］乐，绘画，不过全体中之小部分。我们的生活，自孩提的游戏，以至宗教的事业，没有一件事，不算是艺术的表现。艺术和言语是人类进步所赖的两个机关；一是心的交通，一是思想的交通。两者，有一陷于邪道，社会就发生病态。今日的艺术，正陷于邪道的时候。”由此，就可知托氏实用艺术做教化的工具。艺术品价值的高下，都以通俗的程度做标准。艺术品虽佳，倘不能通俗，对于社会实在没有什么贡献。艺术的形式，最要紧的是用简单明了做原则。托氏所著的通俗，大半都是守着这原则。如托氏晚年著的剧本《黑暗之光》和小说 *Ivan Llyitch*［*Ivan Ilyich*］, *The Kreutzer Sonata*, *Master and Man*（参观本期拙译《雪夜》）都是主张这原则。罗兰说：“这是近世艺术上独特的著作，其价值且在艺术以上。读者不能只当是文学，其实是以福音书的精神，和人类的爱情互相联络，而发为单纯、澄澈、和善的气魄。他的小说都是以‘爱’做归宿，隐隐的含着福音的道德；可以说是以福音书的精神，用小说的形式表现出来。”

（四）托尔斯泰的政府观

政府到底是什么呢？为什么我们要政府呢？政府有没有存在的理由呢？只看托氏怎么说，我们就可以明白了。托氏说：“有一个时期，政府像是必要的东西；就是维持那政府存在，固然不好，但比较对于强邻侵凌，毫没有防御的时候，所受的害还轻些。直到了现在，所存在的政府检［简］直成了无用的东西。因为他使人民受的惊恐，比较一切的危险都格外利害，不特要不得，并且毫无存在的理由的。”

“不但是武力的政府，就是普通一切政府，完全都是纯洁高尚的人组织的，虽然是无害，也不能说他是有益。……”由此看来，托氏对于政府，简直是不承认，以为政府两字是害人的利器，所以更恨武力的政府。托氏说：“……所以政府中，有哪些有武力的分子，是最危险，最利［厉］害的一种组织。”托氏看政府是一种资本家和霸者压制人类的东西，除把多数人放少数人的势力下面，没有别的真意。政府组织的方法，好像一个尖锥形，站在尖顶上的，都是有势力的，把一般民众压在势力下面供他们的牺牲。那站在尖顶上的又必定比较别的人更是奸猾，狂妄，不法，不然，他们的势力，就把持不住。托氏说：“无论什么政府都有绝大的势跟着；不但管理一切财产生命，并且压制精神和道德的进步，阻碍人类的教育和宗教的发展。”托氏以为人类祸患发生的机关是在政府。若要从恐怖里，和战争的灾难里把人类救了出来，非赶紧打破了这机关不可。从前人民组织了政府原是为保护安宁起见，不料有一般的坏东西，把这机关占领，由是人民就变了奴隶，屈伏在势力下面叫苦，这好像引虎自卫，倒被虎咬了；所以现在要免去祸患，除驱逐这个虎或者把他打死，没有别的方法。托氏说：“要消除我们的灾苦，我们不用什么国会，和平和会议，也不要什么同盟和仲裁法庭；只要把这制造祸患的机关——叫什么政府——从速破坏就行了。”

但是要毁灭这个制造祸患的机关，应怎样才好呢？托氏说：“要打破这机关，唯一的条件，就是人民应把那爱国思想——维持强暴机关的独一要素——除尽干干净净才行。爱国思想是粗暴的，有害的，无情的，而且是最不道德的东西。怎么说呢？因为他是人民在道德最低平面上立足的一种性质，常希望别的民族，受他们的虐待，所以是粗暴的；因为他会妨害自己的人民和别的人民中间交欢和携手的关系，而且从这里弄出政府机关来，把一切权力都落在这机关坏人手里，所以是有害的；因为他不但使人变成了奴隶，并且教人‘好勇斗狠’，费尽了力量，牺牲了生命，把自己忘掉，专为政府做事，所以是无情的；又因为他使人不承认是自己神的儿子，和有理性指导的自由人，却屈伏不合理的爱国思想下面，承认自己祖国的儿子，政府的奴隶，去作背理性昧天良的事体，所以是最不道德的。还有最要紧的一层——就是我们应该明白那可怕，无恶不作的机关，——政府——能使我们困了他，就通通改变和平的面目，竞争起来，弄得四分五裂。如果没有他，我们就可以停止许多可怕和无益的祸患……但是那些政治家断断是不肯的。他们主张要管理我们，要靠着我们劳力生活的。他们向我们抽税，吃我们的业产。他们向我们征兵，把我们的儿子，牵到战场去。靠着政府吃饭许多的人，都主张向我们抽税，去维持那作恶，破坏和平的军队；并且为军队辩护，说是防守国家一定必要的东西，——这完全是假话，是‘掩耳盗铃’的法子。”

“战争确是武装军队存在的恶果。有大基本军队的国家，迟早总要发生战争的。譬如一个人自夸他的拳术非常的高妙，倘遇别人，比他还好，这两个人自然是要打的。……这并不是他们人民愿意去战争，不过是最高级站在尖锥形的人，煽动一般人民使他们恐怖，愤怒，去防守自己国家。一定要和别人战争。”

托氏既主张不承认政府有存在的理由，并且非破坏不可；但是破坏以后用什么去代替呢？怎样才可以免去无政府的危险，达到和平的幸福？托氏说：“不用什么东西去代替。……我敢相信将这制造祸害的机关破除之后，人类就立刻停止了残暴和互相戕害的事体。现在有些人，是受特别的教育和训练去杀人的，去施暴乱于人类的。有些人自以为有行暴乱的权利，并且由这因暴乱而存在的机关，得特别利益的。在他们以为这样乱暴和杀人的行为，是很好的，而且有价值的。但是将来的人类，不是这样教育的，自然也没有施暴乱于别人的权利，这暴乱的机关，就用不着了。就像现在普通人的天性，觉得暴乱和谋杀是恶的行为，决没有人敢犯这罪恶。或者废了政府以后，暴乱的事体，人还接做，也不定，不过比较现在做的总要少一点。因为一个机关存在的时候，总是计划做谋杀暴乱的事体。废了政府不过教我们脱离从过去遗传下来的，无用的机关，和惯做暴乱事体，以及替做这些事体的人作辩护的机关。还有一层废止施行暴乱的政府，不是把正义的，善良的，和不以暴乱为基础的那些法律，法庭，财产，警察条规，或经济整理和普通教育都废除了，是要把废去强有力政府所剩下的力量和费用，去做那正义的，和理性的社会组织，使人类得着真正的幸福。我们确定废政府，纵然有些纷扰，有些内乱，人民的位置，可以相信，要比现在好些。因为现在人民的位置，再也想不出比他再坏了。”

以上所述是根据托氏所著《爱国思想和政府论》一篇文章里。托氏的意思，以为政府机关无论如何，都是没有存在的理由，并且非赶快废除不可，纵是陷于极端无政府主义的状态，也是比现在好得多。他的根本废止政府的步骤，是要先把维持政府存在的爱国心去掉。须知世界人类都是一样的，都应该相爱相助，因为有政府，才有战争。倘我们要享和平的幸福，必定先认自己是理性指导的自由人，并不是政府的奴隶，自然用不着什么机关，这机关也并无可爱的价值，把他消灭，是应该的。并且由这机关所发生的种种罪恶，也必定跟着消灭了。

一九二〇，十二月，八日，王靖

——录自泰东图书局 1921 年再版

《红衣记》[①]

《红衣记》序

（陈良猷）[②]

予以课余多暇，译成此剧。原文结构完密，设思精巧，实为近代

① 《红衣记》(*La Robe Rouge*)，四幕剧，布里安（Eugene Brieux，1858—1932，今译白里欧，又译布雷热）原著，陈良猷译述，宋春舫审定。上海泰东图书局 1921 年 4 月初版。新知丛书之一。

② 陈良猷，资料不详。

名剧中不可多得之作。但曾在上海《时事新报》登载一次；惟当时系由萧伯纳夫人之英文译本潦草译出，与原文尚不免间有出入之处，故重经新知编译社将该稿另请北大法文教授宋春舫先生详为校阅一次，将原有错误之点删改后，由新知编译社出版。特为著者作一小传，并选录欧美诸名家对于著者及本篇之短评数则参加其间；以为读本书者一助。

九年十一月二十日作于北京

——录自泰东书局 1921 年初版

《红衣记》布里安小传

（陈良猷）

布里安（Eugene Brieux）为现代法国最著名的戏剧大家之一；一八五八年生于巴黎，父业木匠，其少年之景况，可以不问而知，然彼少时，颇肆力于文学，不久竟然入了报界，故当二十一至二十三四岁时，在 Rouen 城中之 *Nouvelliste* 报充当编辑数年，他遂乘此机会，着手编成他数种早年所著的戏本。

这数种中的《美术家的家庭》(*Ménages d'Artistes*) 于一八九〇年受巴黎自由戏院（Theatre Libre）经理 Antonie 君之赏识，故遂在该院出演。两年后该院又为他排演 *Blanchette*，乃布氏第一次得名之剧本。他至是复返巴黎，并举行结婚，谋独立之生活。自此以后，遂专心从事于戏剧之业，而名亦因之日彰。迨至一九一〇年，他被举为法国学院（French Academy）之会员矣。

布氏为现代法国"问题戏"(Problem Play or Thesis Play）著作家之代表，故凡他所编著的剧本，差不多皆含有很重大的社会问题夹在其间，其最著者若 *Blanchette* 为讨论女子职业问题之作，*Three*

Daughters of M.Dupont 乃讨论婚姻问题之佳本，*Damage Goods* [*Damaged Lives*] 系解决花柳病问题及患花柳病者之结婚问题者，*Red Robe* 为破除法律问题之杰作，其宗旨与价值，由此亦可以窥见一斑矣。

他现在还狠康健，但晚年著作，却不觉有若何出色之点，能令吾人注意者也。

他的剧本（到一九一四年为止）共有三十种之多，现在且将其名目列举于下，以供研究布氏著作者之参考。

（1）*Bernard Palissy*（1880）（与 G. Salandri 合编者）

（2）*The Divorce Office*（1880）（与 G. Salandri 合编者）

（3）*Artists' Families*（1890）

（4）*Durame's Daughter*（1890）

（5）*M. de Reboval*（不订成书）（1892）

（6）*Blanchette*（1892）

（7）*The Brood*（1893）

（8）*The Maiue*（1894）

（9）*The Blue Rose*（1895）（一幕剧）

（10）*The Philanthropists*（1897）

（11）*The Escape*（1897）

（12）*The Three Daughters of M. Dupont*（1897）

（13）*The School for Mothers-in-law*（1898）

（14）*Racing Results*（1898）

（15）*The Cradle*（1898）

（16）*The Red Robe*（1900）

（17）*The Substitutes*（1901）

（18）*Damaged Goods*（1902）

（19）*The Little Friend*（1902）

（20）*Maternity*（1st Version）（1904）（2nd Version only in English）（1911）

（21）*The Deserter*（与 John Sigaux 合编者）（1904）

（22）*The Armature*（用 Hervieu 的小说编成名称不变）（1905）

（23）*The May Beetles*（1906）

（24）*The Frenchwoman*（1907）

（25）*Simone*（1908）

（26）*Suzette*（1909）

（27）*Faith*（or False Gods）（1912）

（28）*The Independent Woman*（1912）

（29）*The Bongeois in the Country*（1914）

——录自泰东书局 1921 年初版

《六月》①

《六月》俄国戏曲集附录一　作者传记

（一）歌郭里传

尼古拉思，歌郭里（Никслась Тотоль [Никола́й Го́голь]）（Nicholas Gogol）是俄国写实派作家的第一人，以小说及剧本著。自他起来后，俄罗斯乃有自己出产的小说。好像劳门杜夫（Lermontov）之承继普希金（Pushkin）的诗国王位，他承袭了格利薄哀杜夫（Griboyedov）的讽刺作家的封号。讲起国民文学的创造，他又是普希金第二。

① 《六月》（*June*），戏剧，捷克史拉美克（Frana Sramek，1877—1952）著，郑振铎译，上海商务印书馆 1921 年 4 月初版，共学社俄罗斯文学丛书俄国戏曲集第十种。

他是小俄人。于一八〇五年生于哥萨克乡中普尔塔洼（Poltava）附近的一个地方。他的家庭是哥萨克中的豪族。他的祖父为哥萨克的统领。他生长在他祖父的手里。到了一八二九年，他才离了家乡到圣彼得堡去，在政府里得一位置。但不得志。不久即去职，做史学教授。没有多少时候，又失业。最后遂转而致力于文学。头一次的著作出版，使他与许多同时代的文人结识。普希金与之尤为要好；做他的忠益之友，批评者，并且劝他做平民生活的著作。他住在圣彼得堡很久，自一八二九年起，到了一八三六年才离开这个地方。此数年中，家乡之梦，时复在心。因作两部小俄的故事以写之，一部是《狄甘格农场之夜》（*Evenings on a Farm on the Dikanka* [*Evenings on a Farm Near Dikanka*]）出版于一八三二年，一部是《茉果露德》（*Mirgorod*）出版于一八三四年。

歌郭里的性格，本是罗曼的。他具有极多的空想。他喜欢奇怪破空的事实；又有极深的宗教性质。但是俄国斯文人都是具有奇怪的混合性，矛盾性的。他们是罗曼派，又是写实派，具有幻想，又富于常识。歌郭里也是一样。他于神秘的气味之中，却同时是一个伟大的写实派的作家。他的滑稽的性质，连两种不同的文心而为一。但细察起来，写实的分子，毕究占多数。所以批评家都奉以俄罗斯写实主义文学的先导者的徽号。自他起后俄罗斯写实主义文学，才有端倪。屠格涅夫说："我们都是从歌郭里的《外套》传下来的。"其实岂传《外套》而已。他的著作固多足以树模范于后世的呀！

他的第一部书里的第一篇故事《沙罗契涅基的市场》（*The Fair of Soroeoinetz* [*The Fair at Sorochyntsi*]）描写得极为真切，我们读之，如身临其境一样。而其神奇的思想，同时也如线一样，贯串于各篇故事之中。滑稽之文情也寓于《红衫》（*Red Tackel*）及其他的故事里。在市场里，闲谈之人，讲到《红衫》的故事。他说：有一件红衫是属于一个因过失被天堂谪贬于地上的小鬼所有的。小鬼住在邻家的谷仓中。因为思家之故，日以醇酒自娱，饮去了所有的东西。不得已以他的红衫质于犹太人，以一年为期。未到期，犹太人竟卖出之。买主察知其来源，裂之片片而抛散之。其后小鬼遂变形为猪，年年在市场里找这件衣服的碎片。大概在这第一部书里，神怪的故事，总占其大部分。有水仙的故事，有魔鬼偷月的故事，以及巫婆术士及许多因为与恶魔交易而失去灵魂的人的故事。

在第二部书《茉果露特》里，有两篇完全写实的文学作品。一篇是《古风的地主》(*The Old-fashioned Landowners*)，一篇是《两个伊文的争论》(*The Quarrel of the Two Ivans*)。这两篇故事，可以把歌郭里的写实方面的天才表现出大概和数量来。

在同部书里，又有两篇小说，即《塔拉斯庇尔拔》(*Tarass Bulba* [*Taras Bulba*]）和《肥依》(*Viy*)，可以代表歌郭里别一方面——神秘的方面——的作品，表现出他的幻想的天才。《塔拉斯庇尔拔》是一篇很短的历史小说，叙哥萨克人的生活，活泼如生，此类的著作，无一能及得他。由此可见歌郭里的史诗的技能。《肥依》叙一个巫婆的故事。在他的神怪故事中，这一篇可算是最幻奇而不可思议的了。

在一八三四年至一八三六年之间，他又出版了两种小说集：一种名《亚拉庇司克斯》(*Aractques*)，一种名为《杂记》(*Tales*)。在这两个小说集中，一切巫婆，水神，术士，魔鬼，以及冒险的故事，都已不见。虽然在《鼻子》(*Nose*）里，叙一个少佐的掉下来的鼻子，变成一个人，在镇中周游的故事，还有些幻怪的色彩存留着，然在《马车》(*The Carriage*）一篇中，则写实的色彩极浓，此种奇想，完全无存。《外套》(*The Over-Coat*）一篇，尤为纯正的写实主义的作品，足为后来作家的模范。这篇小说大概是说一个小官因失掉外套之故，抑郁而死。后来变鬼，常在路上揭人外套。滑稽而有深意。

这些小说集出版后歌郭里又转而从事于戏剧的制作，成了《巡按》(*The Revisor*）一剧。这本剧是俄罗斯戏曲中一篇极有名的喜剧。

无论读之或看之，没有不为之开口而笑的。他的情节是普希金给他讲的。一个小地方的官吏，听说巡按将微行至其处考察吏治，怕得了不得。这个时候，刚好有一个自圣彼得堡来的少年官吏，因赌博丧其资，滞留客栈中不能动身。他们误以他为巡按。恭维供张得无微不至。并纳了许多的贿赂给他。这个少年初不知其故，后乃识其误认，即动身去。这个少年动身不久，真的巡按忽来。他们知道误识了人，十分的自咎。俄国当时的官僚腐败的情形，差不多在这剧中，都和盘托出了。——他所说的不仅是这个小地方的官吏，京城乃至全国，都是如此——加以他的生花之笔，滑稽的语调，写来实在足以使人发笑，并且使他们一般官吏愧恨。显出歌郭里的写实的本领，到了十二分，当时文网极密，而这篇东西，过于讥嘲官吏，自然不能得检查员的许可，在戏台上演唱的了。无意之间，这个戏本，为俄皇所见，阅之大笑，即命排演，亲临观以为乐。因此遂得特许，得在剧场演唱。当时极受欢迎。到了现在，他的活的滑稽的势力，还仍旧存在。每逢圣彼得堡或莫斯科的剧场演此戏时，坐客都是满座的。他的价值，真是永不堕落呀!

自《巡按》出版后，歌郭里乃永离俄国而定居于罗马。他在这个时候，有一篇极重要的著作，还没有脱稿。这部著作就是《死灵》(*Dead Souls*）也就是他的最精心结构的著作。书中的情节也是普希金告诉他的。少年契契诃夫（Chichikov）日困穷乡，不能自拔。一日，忽有一奇异的思想，袭入脑中。他认这个思想为一种极好的致富术。当时奴制未除，每一个地主，都有许多农奴，称为“灵魂”的。每十年，政府收税一回。凡在这十年内死去的“灵魂”，他们的主人都要付一种人口税。在这十年中间，没有人去查看这种农奴的名册。契契诃夫的意思，就是想去同各地主商量，叫他们把所有死的“灵魂”都取去，而记上他买去的事实。地主因为省了税钱的原故，当然是答应了。于是他就拿这些凭证，押在圣彼得堡或莫斯科的银行里，当是活的“灵魂”。这样一来，他就得了很多的钱，可以够自己买活的“灵魂”了。他如此的游历全俄，去寻找死的“灵魂”。书中记他所遇的事实，把各种各样的男人女人，都形容得非常真切。

这部书本来分为三部分：第一部分出版于一八四二年。第二，第三部分，一直到了一八五二年，他死的时候，还未脱稿。第二部分，本已做好，但他把原稿两次抛在火里去，而重作一过，所以到死还未做全。至于第三部分，则只是杂记而已。现在所有的完全的部分，仅是第一部分。

他的意思，本想在第二部分里记契契诃夫的道德的重生，并且给世人以他的完全的消息。最后的稿，本也将继续做完。因为一梦所扰，兼以他的天性的宗教的感情，此时忽然大炽，遂使之自隐，不复再作。

《死灵》出后，俄人所受的感动极深。热心西欧文化的人喜欢他，因为他的真实，他的艺术，和他的社会的思想；国粹派喜欢他，因为他的合于生活的真实情形，和他的俄罗斯的风味。当歌郭里在普希金前，自己把这书的第一章念完时，普希金不禁叫道：“天呀！俄罗斯是怎样一个悲惨的国家呀！”感人之深，由此可知了。

在歌郭里所有的著作里，《死灵》算是最有深意的了。他可以使小儿笑，少年的人思，老年的人哭。离开他的意思不讲，就是他的艺术，也有极高的价值，对于俄国的文学，并且有极大的影响。

普希金使俄国的诗，从贵族的，雕饰的风气底下解放出来，歌郭里则使俄国的小说，从格式巍宏底下解放出来。普希金完成诗的工作，歌郭里则完成散文的工作。不仅如此，他并且进而创造俄国的写实派的文学。《死灵》以契契诃夫为主人翁，尤足表现出写实派的精神。普希金既示俄人以俄国的景色，歌郭里则进而示俄人以平直单调的俄国里所含蓄的不可思议的力量和神秘的威权。同时又示他们以普通人民日常生活里的性情，滑稽，怪异，权力，喜剧等无穷的文学的资料。

自《死灵》出版后，他不复做小说。一八四七年，他著了一本书，名为《与一个朋友的通信》(*Passages from a Correspondence with a Friend*)。这部书出，世论大骇。因为在这部书里，歌郭里发表俄人无论在精神方面，政治方面，都应该服从政府的意思。歌郭里虽非自由主义者，而他从前也曾对于政府表示过不满之意。现在一反论调，大家自然震骇了。当时的西欧派和自由主义者尤为怒之不已。其实他不过由衷发言，一些别的意思也没有。

他本来是信奉宗教的，至此尤为专心致志慕求天国，并且尽出家产，为慈善的事情。对于穷学生，尤极力周济之至死始已。

他死的时候是一八五二年。年四十三岁。

他的著作有时也使人读之而悲，但决不使人烦恼，也决没有苦滞，嫌恶之味留着。他的著作，固然充满了滑稽的意味，但也决不使人欢笑而忘其真意。他在欧洲文学史上是一个最大的讽刺作家；他在俄国文学史上是一个最大的国民文学的创造家。他的文字，充满魔力在内；他的作品，发于怜悯之情。他永久被人称赏，也永久被人爱。

（二）阿史特洛夫斯基传

在俄国文学史里，专以戏剧名家，而终身从事于剧场事业的，有阿史德［特］洛夫斯基（Ostrovsky)。因他的不绝的奋斗，俄罗斯的剧场乃始独立，乃始得占优越的地位。他戏剧里所表现的人物，都是他生平所目亲耳熟的；因此表现得极为真切，极为活泼。他的父亲是莫斯科商人的律师，他自己又同商界极接近，所以他的戏剧尤多叙及商人的事情。

一八四七年，他著《家庭的现象》(*A Family Picture*）一戏。他的戏曲家的生活自此开始。这篇戏是单幕剧，叙一个老年的商人，想要一个少女的事实。不久，他又著一篇喜剧，名《这是在家庭之中：我们想脱离去》(*It's in the Family：We'll get Quits*)，或名《破产》(*The Bankrupt*)，较《家庭的现象》更为深刻。其事实大略如下：商人蒲尔萧夫（Bolshev）将他一生的幸福给他的女儿及女婿，因此不能满足债主的欲望，而陷于破产之虞。他深信他们两个人，一定会养活他。但是这一对夫妻，则忘恩负义，想独享所有的财产，而不容老人之分润。此老商人遂不得不含泪随债主入狱去。他入狱后，他的女婿乃号召于公众道："我们现在开一间新铺子，请惠顾我们。"商人的黑暗差不多由此剧而完全表现于戏台上了。商人阶级见之，群起抗争，以为有玷商界道德，不令其登场演作。他遂不得不补作一幕，叙那个女婿亦被捕对质公庭，遣戍至西伯利亚，以顺众人的心理。但此剧的神味，因此全失了。其后这本戏刊行时，遂将后半的事实，另外发行，不与前半同编。这本戏在大体上讲来，极可见阿史德［特］洛夫斯基的天才与艺术——描写极为自然，事实极真切，辞句极铿锵，一切的环境也都极实在，极能把当时的景色，完全表现出来，可算得是他的杰作之一。

他的第三种的喜剧是《苦的新妇》(*Poor Bride*)，剧中事实，乃由商界而移于中产阶级及官吏。大略叙一个苦的新妇，牺牲了她的青春，她的美貌，她的学问，完全供献给一个老丑而顽固的官吏，境遇非常可怜。

不久又出了一部《三连剧》即《礼拜日午饭前的睡》(*Sunday Sleep before Dinner*)《我们自己的狗相打——不要叫别一个混入》(*Our Own Dogs are Bitting Each Other—Don't Let Another Come In*）及《你以后怎么样，那是你所得的》(*What you are After*，*that you'll Get*)。所叙的是一个懒惰少年的事。

《有利益的邮差》(*Lucrative*）与《适应》(*Adoption*［*Adaption*］)继之而登场。前者叙一个少年官吏为其美丽之妻之故，不得已而违反他自己的意志与信仰。后者叙一个专制的女地主酷待一个少女的事。都能把当时的社会心理与情况，曲曲的绘写出来，都是很著名的作品。

然而阿史特洛夫斯基的最大的成功，犹在《雷雨》(*Storm*) 一剧。急进派的批评家杜蒲罗李拔夫（Dobrolubov）称之为“黑暗之国里的太阳光”(“Sunbeam in the Realm of Darkness”) 他所示的是：虽然，在这个无动的世界里，受死道德的支配，受生的无法律的剥夺，而人类的情感，究未全失。暮鼓晨钟，发人深省，实在可以当做黑暗中的一线光明。至其剧中的情节则大略如下：加萨丽娜（Katharina）生长于旧式的崇奉宗教的家庭里，她的环境很朴质，并且很有情意。到了她结婚以后，她乃堕入无情的，专制的喀拔诺夫夫人（Madame Kabanov）的家庭了。她待她的儿子非常的严厉，对待她的儿媳更是加倍的压制。她很热心的处处防“道德的堕落”——就是古代专制的凌迟。加萨丽娜遂苦无涯，莫可告诉了！与这个专制的妇人堪称对手的，就是商人狄迦（Dikoy）。他对于朴实忠厚的小商人克李琴（Kuligin）侮辱无所不至。此“黑暗之国”绝不为加萨丽娜及克李琴稍露其光明。他们很懦弱的避去一切的冲突；但终究免不了牺牲。加萨丽娜结局尤惨。她终为她的丈夫所弃，至于自杀而死。小鸽子固不能逃出野鹰的嘴外呀！咳！长夜漫漫，何时达旦，在这“黑暗之国”里的人，读了这个黑暗的现象的描述，哪一个不泪下于襟，仰首望太阳之出。这种仰首望太阳之出的心理的引起，就是这“黑暗之国的太阳光”了！

在《阴翳之日》(*Heavy Days*) 里，意思也与《雷雨》相同。《阴翳之日》里的人物有一半是从前喜剧里所有的。中叙一个律师想保守诚信，不受非议之财，陷于极困之境；因为律师的俸给至薄，贿赂乃其惟一的补助的进款，不取则不能维持生活。环境处处，乃至时时迫人为恶，偶有特立独行之士，不忍其良心之酷责，欲力挽颓风，而一事未举，群难丛集，非迫他同化不可。恶社会的力量，真是可怕呀！

咳！黑暗之国，阴翳之日，何时始得光明，何时始能见黄金色之光，由层云裂缝中射下？悲观之至，转而存希望之心，读者又不禁仰首望太阳之出了。

做了这两篇主要的戏曲以后，阿史德［特］洛夫斯基又转其笔锋，从事于历史剧的编辑。但他的文才，与此种的作品颇不相宜，结果很是失败。只有（*The Voyevode*）一剧略为成功。

《小雪点》也是阿史特洛夫斯基的杰作。批评家往往以之与德国霍卜特曼（Hauptman）的《沉钟》（*Sunken Bell*）并举。其中都是怪诞的寓言。《小雪点》是霜与春的假女，她为牧羊儿的歌声所感动，不顾她父亲的警告，竟奔驰至他们的所在，他们把她拿到日光底下，她遂融化而消灭去。事虽怪诞，寓言极深。而其艺术上的价值也极高。欢迎的人至多。

阿史德［特］洛夫斯基还不仅是一个不倦的戏剧作家，并且是一个实行的热心的戏剧的提倡者。他对于剧场的组织，极为热心。到了晚年，遂为莫斯科剧场的主任。他发挥其天才与其怀抱，把这个剧场，布置得非常可观。博得时人极盛的赞赏。“黑暗之国”的内容，也完完全全的在这“歌喉婉转，舞袖风凉”的红氍毹上呈露出来，不知赢得几许的眼泪，引起多少人的伤心呢！

在这个时候，阿史德［特］洛夫斯基所著的有《最后的牺牲》（*The Last Sacrifice*），《诱惑的钱》（*Bewitched Money*）及《没有奁具的女儿》（*Dowerless Girl*）等。而《我心非石》（*A Heart*, *Not A Stone*）一剧，尤博得至高的采声。这本剧所叙的是：一个老人娶一个少妇。这个少妇贞节自守，操行极为纯洁。除了工作以外，决不为外物所动。他丈夫的邻里，贡谀献媚的人，多日缠其左右，而她视如无物。她丈夫则只求死后灵魂的安慰，尽散财于乞丐，不一念她的真诚，情节缠绵，感人至深。可与《雷雨》，《阴翳之日》等杰作并列。

综观阿史德［特］洛夫斯基的生涯，差不多全部都消磨在戏剧上。他除戏剧以外无嗜好，除戏剧以外无生活，除戏剧以外无别的著作。他专诚致志以从事于戏剧的著作及排演的，有四十六年之久。在俄国的戏剧史上没有一个人可以与之并肩。在世界的戏剧史上，只有一个英国的莎士比亚可以与之颉颃。白拉克纳（Bruckner）说："若有什么人愿意知道俄罗斯，他应该熟读阿史德［特］洛夫斯基的著作。"又说："他不是想做一个始创家；他只是以描写生活的真际，满足自己的。"这几句话实在可以形容出他的真价来。不仅如此。他的简朴，他的天然的真挚，他的人道的情感，息息由纸背或剧场上露出。像阿史德［特］洛夫斯基这样"仁心慈肠"的人，恐怕世间是很少有的了。他的"仁心慈肠"，还不仅于文字中见之，在他的行事上，尤可以表现出来。莫斯科的演剧者多很受他的恩惠，非常的感激他的。

阿史德［特］洛夫斯基的观察的范围，不很广大。他不写贵族的生活，他不写军事的行动，他不写僧侣或知识阶级的事情，他也不写陷在最下层的深渊里的农民的艰苦。他所写的只是中产阶级，只是小市镇的居民，只是小官吏，只是小商人，只是光棍无赖，也只是城市里的贫民与富商的情形。这就是他的作风，他的著作的取材与别的人完全不同的地方。

以他的特别的作风，以他的特别的材料，以他的专心致志的奋斗，更加以他的"仁心慈肠"，及他的人道的情感，他受了无数的无穷的崇拜，高高的位置在俄国戏剧史上。

俄国的人崇拜他，世界的人也崇拜他。他的精神永远不灭，他的著作也永远不灭。

（三）屠格涅夫传

伊文·屠格涅夫（Исань Шургеневъ［Иван Тургенев］）(Ivan Turgenev) 生于一八一六年，死于一八八三年。他的名字是鞑靼的语源。他的祖先都很有名，在俄国文学史上以敢言著。一八四三年，他起首做文学的作品。但所做的不是散文，乃是诗；不久，他也如莫柏桑 Maupassant 一样，忽觉得诗不是发表他思想的真正的车子。至一八四七年，遂完全弃诗而不作。在这一年，他在《当代》杂志 *The Contemporary* 发表他的第一篇小说。这篇小说名《克霍尔与客李纳赤》*Khor and Kalinych* 是一篇描写农民生活的故事。一八五二年，屠格涅夫集这一类的小说二十四篇为《猎人日记》*Sportsman's Sketches*，这一篇就是其中的一部分。俄国政府也以处置普希金的老方法来对待屠格涅夫，就是把他不久因吊歌郭里一文之故，禁锢在他的本乡二年。当二年后这个强迫的禁锢满期，他却又把自己放逐在外国去了。最初住在柏定 Baden，后来迁到巴黎；仅只间时的回俄国走一两趟。因此，屠格涅夫在年代上虽属于大改造时代，而他所描写的俄罗斯却比较的更像这时代以前的俄罗斯。当他下手去描写他当代的俄罗斯时，他的著作每引起许多争论。

他的杰作《罗丁》*Rudin* 出版于一八五六年，《君子之巢》*The Nest of Gentlefolk* 出版于一八五九年，《前夜》*On the Eve* 出版于一八六〇年，《父与子》*Fathers and Sons* 出版于一八六二年，《烟》*Smoke* 出版于一八六七年。

屠格涅夫在俄国文学上的功绩，同摆伦在英国上所做的差不多；他领着俄国的天才游历全欧。在欧洲，他的著作收获得极高的荣誉，极盛的赞赏。福勒贝特 Flaubest 为之惊叹，佐治·桑特 George Sand 仰视之如主人，泰姆 Taine 则以其著作为苏福克尔 Sophocles 后的最优美的艺术产物。在屠格涅夫的著作里，欧洲的人不独发见了屠格涅夫并且发见了俄罗斯，发见了俄罗斯的简单的，天然的性质。这是第一次欧洲的人看见了俄罗斯的妇女，也是第一次他们看见了俄罗斯的灵魂。屠格涅夫之受西欧人士这样的似乎过度的赞赏，就是因为这个原故了。

至于他的本国呢？不用说也是极欢迎他了。他的《猎人日记》，使之知名当世，他的《君子之巢》则使之不独著名，并且也受普遍的赞赏。但在一八六二年的时候，他的主要的著作《父与子》出版后，他的名望忽受一大打击。主张革命急进的人，视其书中所描写的英雄柏札洛夫 Bazarov 以为是故意讥笑他们的，至于守旧顽固的人，则以《父与子》为赞美虚无主义 Nihilism 的书。因此，他受了两面的攻击，没有一个人满意他。这种情形，只有俄国才会发生的，正同俄国批评文学家的争论一样，他们都各走极端，非其党，即立加攻击，视如仇寇，至不党的人则并受两方面的谩骂。要是一个小说家要描写虚无党 Nihilist，他一定要写出他或者是一个英雄，或者是一个极恶的人，然后急进派或顽固党才会喜欢。这个公平为心的屠格涅夫，不幸乃不如他们的意旨，只凭着自己的意旨做去，所以就受了这样难恢复的名誉的打击了！但这不过是他本国人的意见如此，至于西欧的人，则正因此书而赞颂屠格涅夫至绝顶呢!

在俄国，屠格涅夫因《父与子》一书所受的名誉的丧失，至虚无主义成为过去之物，革命运动完全变更方向时，始为恢复。但当新时代渐起时，他的声闻又因别的原因而遭轻视。自托尔斯泰，杜思退益夫斯基——及后来的高尔该 Gorky——出来后，一个新的局面，开展在俄国的文学里，屠格涅夫的著作，在这些强健的作家的创作物面前，似乎显得薄弱，显得矫揉造作，所以相形之下，自然的觉得减色不少了!

但这不过是比较的话，公平的说来，屠格涅夫的作品，正自有其不朽者在。其所表现的思想的冲突，其农奴的描写，其艺术，其格律，等等，在俄国文学中，也是永久的，不可磨灭的。在现在的时候，屠格涅夫的著作，在俄国已不为人所争辩，或为一个争论的目的了。无论少年人读什么，称赞什么，他们总要最先的读屠格涅夫，称赞屠格涅夫。他的著作，实是无论哪一个受过教育的人所必要备的，而于青年的学者，尤为相宜。

后世的人，对于屠格涅夫的思想，性情与所论的问题，虽因为他们是属于过去的时代的，不必十分的去研究他，但他在文学史上的位置却是永久的，他的著作却是永久的，无论怎样是不应该忽略的；因为即就他的艺术而论，也是永足悬为模范的呀！

他是爱自然美的，是平凡的，不带贵族习气的。他好像是时常为古园中的树木所范围，而与世界隔离的。在这古园中，他呼吸新洁的空气，看花，卧树荫底下以为乐。在参天大树的中间，略可看见山色，池水为风所吹，鳞鳞起皱纹，优柔的乐声，徐徐的由舟中送来。自然——美——人——融化为一了！

他又是具热烈的情感的具最优美的情感的；他所描写的情感，很美丽的从外面写来，使你觉得他的存在，但却不使你知道这是他自己感着的。他是怎样伟大的一个艺术家呀！他所描写的画图是怎样的美丽呀！

总之，他是怎样的富于诗的情感（Poetic feeling）呀！虽然他不善于韵文，诗非他发表思想的真正的车子，然而他的小说——乃至戏曲——中，却带有如何丰富的诗的情感呀！他的晚年，又出版一卷《散文诗》(*Poems in Prose*)，更为美丽而含深意，与魏特曼(Whitman）及塔果尔（Tagore）同样的伟大，在解放的诗体中，也是一部很著名的著作！

他的《猎人日记》，虽然没有什么结构，止质直的写出他所闻的一切农人的生活状态，然而于艺术上也有极大的价值。他描写林间的休息，黄昏的光景，日中之炎热，夏夜之快乐；三五农夫，豆架话旧，老骥伏枥，贴然不动，而又间以诙谐的词调，杂以讽刺的文笔，其文词之优美，形状之真切，实为俄国散文著作中所未见——就是托尔斯泰，杜司托益夫斯基，也远不如他。而又于此优美的文笔中，又充满着同情的心情，人道的感觉。俄罗斯的文学至此始艺术化，人道化了！此书又与施都 Stow 夫人的《黑奴吁天录》(*Uncle Tom's Cabin*)

有同等的价值，奴制之废，此书亦有大功。

他的《路丁》(*Dmitri Rudin*) 的艺术也极高。书中极写俄罗斯少年，当黑智儿哲学流行之时，流于空谈而不能实行的情况。其英雄就是路丁。他也是这一类的少年之一。他以大言壮语得娜太利亚之爱。两人私定婚约。娜太利亚之母闻之，大怒不许，并禁其往来。娜太利亚因与路丁会于林畔，约相偕逃去。路丁不许，反劝其服从母命。娜太利亚因与之相绝。路丁无聊至极，遂浪游至于法国，死于二月革命的战役。路丁这个人很有荣誉心，常能牺牲了他自己的私利，不愿意在恶土上种植。他对于真理的爱护心，也非常热烈，他的言词散播了许多好种子在少年人的灵魂里。但屠格涅夫却以无自信力责他。他实是一个懒惰者，不能振作者，意志极不坚定，言词虽热烈而心中则冷如冰块。可以代表当时的一般俄罗斯的少年，所谓“空人”的 (Empty Being) —— 一个能言不能行的——少年。

《贵族之家》较《路丁》尤为完善。这部小说是他的最大的成功，是他的文学的完成。书中所叙的家庭状况乃反至十八世纪，如同亚历山大一世时的家庭一样。这也是因他不大熟悉当时的俄罗斯的原故。这书中的英雄有路丁的支派米克汉利维慈，有忠厚无机心的拉夫莱斯基，有西欧派的潘辛等，等。女人中则有莉沙。她具有那些男子所缺乏的一切德性，如勇于赴义，怕伤害别人，仁慈，忠厚，崇敬上帝等。不久，她的内心的和平，忽被扰乱。她经不起这个重大的失望的打击，遂遁世而入于山林。同时，拉夫莱斯基也兴失望之叹，大呼“人生的无益”！情辞哽咽，悲音充塞，真令人不忍卒读。

《前夜》的情节，又与《贵族之家》不同。这部书又名《海伦》(*Helene*) 叙女子海伦具有奇特之志气与刚毅不屈的心胸，对于一切温文尔雅的著作家，艺术家与夫声势显赫的官吏都不屑一顾，独倾心于保加利亚的爱国志士英沙洛夫。终逆父母之命，偕英沙洛夫俱遁，携手同为国家尽力。在这本书里《君子之家》[《贵族之家》] 的厌世的悲音的痕迹，已不可见，当中只满贮着“为自由而奋斗”的福音，空人的路丁，也已绝迹，而易以积极的，有胆量而能实行的少年人。与当时俄罗斯人的心理确相符合。这本书最初先在西欧出版，——在美国的伦敦自由印刷公司出版——到后来才流入俄国。他的影响极大。不知道有多少的青年男女，以海伦与英沙洛夫为模范，相偕而为自由而奋斗呢！

《父与子》一书，更具有永不磨灭的美的真价。于当时新旧思想的冲突，描写得极为详尽。虚无主义 Nihilism 一语也始见于此书。书中所叙的是“父”代彼得，彼得罗维慈及尼古拉，彼得罗维慈兄弟二人为崇拜旧思想者，“子”代巴萨罗夫为崇拜新思想者。父子互相辩难，至于决斗。当时俄罗斯对于黑智儿的哲学思想，渐起怀疑，多趋于蒲克纳的唯物的思想，奉“力与质”一书为圣经，而怀疑之极，破坏的思想也趋于极端，举旧时的文物制度，一切否认之，遂生虚无主义。而旧思想的人因保存旧物，也出死力与之抵抗。这本书所叙的差不多就是当时的实在的情形。我们读他就能够知道这时代的新旧思想的冲突，是如何的猛烈了。

《烟》（*Smoke*）也是屠格涅夫杰作之一。写当时的灰色的社会，又带有些厌世主义的色彩了。书中的英雄是一个女人。她利己之念极强，与《贵族之家》中的利沙，《路丁》的娜太利亚，《前夜》的海伦诸人完全不同。

《荒地》的描写的艺术也很高。所叙的是当时青年去与平民为伍的运动，与《烟》之纯写悲惨黑暗的景色又不同。但此两书却都犯有同样的毛病，与《贵族之家》一样，就是所叙的事实与当时之俄国，很不相同。因此很受大家的非难。但这也是因为久处国外，不熟实际事实之故，于他们的艺术的价值没有什么影响。

除了这些小说与散文诗外，他还著有四十多篇的短篇小说，及几篇的戏剧，文词也都极华丽而整饬，有永久的价值。他的戏剧，最主要的是《村中之月》，就是本集中所选录的一篇。短篇小说，我们也曾介绍过几篇来。

统观屠格涅夫的著作随处可以发现诗的感情，他的体裁的严密，文句的整炼，也没有一个俄国的文学家能及得到他的。——即世界的文学家能与之相并的也极少数。他对于俄国的散文的功绩，不亚于普希金之于俄国的诗。他实是一个“散文的普希金”呀！克鲁把特金（Kropotkin）说：“从小说的艺术的完密和美丽看来，屠格涅夫恐怕要算一世纪中最大的小说家了！”然而还不止此——

屠格涅夫于一八八三年死于巴黎。在盛大的葬仪里，他的朋友罗南 Renan 对众演说道：“他是全人类的化身；全世界居于他的心里，藉其口以发表思想。”

诚然！他诚然是“全人类的化身！”他的口，也诚足以发表全世界的思想！

丹麦的批评家皮兰特 (Brander ［Brandes］) 批评屠格涅夫说：“屠格涅夫是悲观的，又是爱人的，所以他的文情尤为富美。他又多经世事，既没有法国文人之流于玩世，也没有英国学者之好言教训。他所写的都是平常的事情，不涉奇异或龌龊。大抵以贫苦怯弱，心意不固，颓唐无聊之生活为主材，写其内心的悲剧。但与杜思托益夫斯基又不同。杜思托益夫斯基写显著的罪恶与忧患，而屠格涅夫则写不幸的人的隐默的悲哀。”这几句话，实把屠格涅夫作品的性质完全表现出来！

要之，屠格涅夫在托尔斯泰及杜思托益夫斯基等强健的作家的创作物面前，虽然似乎显得有些薄弱，有些矫揉造作，然而他固自有其不朽者在。他的作品的艺术，实远胜于托尔斯泰，杜思托益夫斯基诸人呀！

（四）托尔斯泰传

托尔斯泰（Лев Толстой）(Leo Tolstoy）是俄国的最大的文学家，

也是世界的最大的文学家。他的著作，不惟是俄国的最伟大的文学作品，也是世界的最伟大的文学作品！

他于一八二八年八月二十八日，生于中俄的叶斯那叶，波拉拿（Yasnaya Polana）地方。他的父母都是俄国的贵族。他出世二年，母即病死，不久，父也殁死。与兄弟等俱育于兄叔母加散林之家。他少年时，行为甚为堕落。入莫斯科大学未久，即复弃去，沉湎于游荡罪恶的生活中。一八五一年，随其兄尼古拉至高加索。出繁华龌龊，笙歌鼎沸的都城，而入这个幽美的天然界，山明水秀，红花媚笑的地方，一切过去的罪恶，始涤除净尽。一八五三年十一月，俄土战争起，他从军与土人战。由此躬自阅历的血肉横飞，肝脑涂地的无谓的残酷的战争，他深深的种下，后来诅骂战争的种子。一八五五年，他离开军队，复返俄京。始以文学著名于世。一八五七年，旅行法德瑞士诸国。至巴黎，见断头台死刑之惨状，受感极深，又打定后来极力反对死刑的学说的基础。一八五七年，倦游回国。感农民教育的必要，与朋友数人预备从事于平民教育的活动。一八六〇年，他复出而周游西欧各国，研究教育制度及教授法，以为设立学校的预备。一八六一年，农奴解放之令下。他的农民学校即于此时成立于其故乡波拉拿。但不久即遭政府之嫉视，而被其封禁。一八六二年，他与苏菲亚结婚，度极快乐的新婚岁月。成就了几部文学上的大著作，如《战争与和平》，《婀娜小传》等。此后他思想大变，鄙薄文学而不为。时想实行劳动。到了一八七九年，他始得行心之所安，实验他的泛劳动主义，至于最后之一息。在这个时候，他教育农民的欲望，又沸腾于胸中。但鉴于前车，不再设立学校，而为刊行通俗丛书的计划，用极浅近的文字，非常精美的插画，叙述人生常识。极为农民所欢迎。四年之间，售去了一千二百多万部。效力较农民学校尤为伟大而普遍。一八九一年，俄国大饥，他立刻同他妻子，投身于饥民救济的事业，效果极好，赖以存活的人有一万多口。一八九一年，高加索笛戈波尔派的和平运动被摧残，党人多获罪，充军役于西伯利亚。他很出力的援助他们。一九〇一年，教会忽因他的著作多反对教会的地方，认他为不信上帝，背叛正教，宣布逐他出会。然而托尔斯泰的作品实充满着基督的爱的福音的。此种举动，不惟不足以辱托尔斯泰，反足以召人讥笑他们的无意识，一九〇四年，日俄战争将起，他极力反对之，虽不能阻止，而其苦心孤诣，则尽人皆知了。一九一〇年十一月，他悄悄地离了家庭，想实行素志，过勤劳孤独的生活，求灵魂的安慰。但走了不远的路，就在途中患了肺炎。死于阿史塔浦（Astapowo）车站。他的理想的生活竟不能实现。

然而他虽死，他的伟大的精神终千古不灭，他的伟大的文学作品也将永久常在。

他同一切的俄罗斯文学家不同，他们都深固的把自己的生平隐藏起来——读屠格涅夫和杜思托益夫斯基的书，什么人能看出他的生平来？——托尔斯泰独自完全的坦白的把他自己的经验背给大家听。从他第一部的著作至他最末部的著作，差不多没有一种不是他自己的自叙传。他个人的进化的层序，他的一举一动，他的环境的一变一动，乃至他脑海中一闪一瞥的思想，莫不完完全全的表现在他的文学著作里。白拉克纳（Bruckner）说："他的著作是世界上所有的最大的自叙传。"这句话实在不差！

他所描写的地方，都是他自己所熟悉的地方；所叙述的事实，都是他自己所亲身阅历或耳闻目见的事实；而又加以他自己的思想，他自己的忏悔。因此，他所叙的比别的著作家格外的亲切，格外真挚感人！

最初他表现他自己给读者的是两部叙事小说：一部是《童年》（*Childhood*），一部是《幼年》（*Boyhood*）。这两部书叙他少时的生活，极为详细。隔了些时候，他又出版《少年》（*Youth*）一书，也是叙他自己少年之事，继续《童年》，《幼年》二书而表现他自己的。《地主的早晨》(*The Morning of a Landowner's Life*）一书，也是叙他成年时的事。他过地主的生活，外观似为活乐而且满足；然而在实际上则这种生活乃非活乐而为痛苦，乃为不满足而多缺憾的生活。无怪他一生时时刻刻想散财而为一个平民呀！

《哥萨克》(*The Cossacks*）一书续《少年》而出，又是叙他自己躬身目见耳闻的事实的。其中形容人物与描写自然界的景色，都极活泼而真切，可算得是他的杰作之一。

一八五九年，他著了一部小说，名《家庭幸福》(*Domestic Happiness*)。书中的主人翁就是他自己；书中的事实就是他当时实在的情形。书中主人翁尝自道："我曾生活于，并且相信我曾找出，所谓快乐的要求的事物——单独的在我们的村中过一种清净寂寞的生活，可以做些好事给人民，这些好事他们是没有经验过的；然后做有益的工作；然后休息，看风景，读书，弄音乐，恋爱；这些快乐，我在梦中也永不会想跳出他的范围——在这些事外，还可以加一个家庭，加些一切一个人所要求的东西。"这些话正足以表现出他当时的思想，他在当时，固正要结婚，正要去组织一个家庭的啊！在这本书里他又说了一句话："以有知识者的生与死，和禽兽的生与死比较，是怎样的无意识啊！"这就是他的最初的对于"死的恐怖"，"生的怀疑"的叫声。《三死》(*Three Deaths*）一篇小说，也是包含与这个同样的意思。贵妇人的死与车夫的死，与一棵树的死有什么分别呢？但是这个疑问，他在这个时候，还不能解决。他一想到这一层，只有恐怖，只有不解的怀疑，只有避而不敢与之相窥而已。

一八六五年，托尔斯泰始在《俄罗斯使者》(*Russian Messenger*)杂志上，发表他的杰作《战争与和平》(*War and Peace*）直至一八七二年才完全登完。关于这一本书，有一段可记的事；托尔斯泰此书的初稿，字迹非常的潦草。他的夫人为他清写此书至七次之多。"夫妻也，而书记之"，当时的人竟传为美谈。自此书出，托尔斯泰在文学上的位置始大定。

这部书叙俄国当拿破仑侵入莫斯科前后的事迹。虽为历史小说，实在是非历史的；因为书中乃多杂入现代的和个人的思想与感情在内；书中的主人翁也不是拿破仑，亚历山大，吉狄沙夫斯（Kutusovs）等人，他们不过是附属者，点缀者。真的主人翁乃是罗斯托夫斯的一家人（The Rostovs）。这些人在所有的史籍上是没有他们的名字的，但在家史上则确有其人。他们都是托尔斯泰的近亲，如父亲等人。书中的人的形貌，言动，思想，也仍有一些像他。所以这部大著作非历史小说而为与阿克萨加夫（Aksakov）的《家史》相同的作品，非叙莫斯科的火灾，与法俄的战事，乃是叙他的家庭的历史，乃是“世界上所有的最大的自叙传”的叙他自己的父祖的事的一部分。其与《家史》，完全叙家庭的事迹的作品，稍有不同的，只是《战争与和平》，以当时的史事，点缀于其间，且规模较为伟大而已。但在实际上讲来，这部书虽是叙述他的家史，虽是描写当时社会的一分子的事，而当时社会的全体的情况，究可以由此略窥其大概。

这部书所叙的事迹共经三世，加德邻女皇时的人物，也有在内。而其横断面也非常的广阔；所描写的有都城，有乡村，有笙歌嚣哗之区，有财狼怒啸之地，有和善的家庭，也有火烬的残场；有乳母的抚儿，有喁喁的情话，有党派的攻击，也有莫斯科的人声喧哗，火光烛天。聚一切事，一切景，一切人于一炉而冶之，形容得都栩栩欲活，各如其分，他的艺术，真是高到极顶了！

对于妇女，这部书中不给他们以很重要的位置，人数也不少，不过只有几个代表而已。这是因为托尔斯泰的妇女观，以妇女为止适宜于乳母及家主之二途的原故。书中所叙的英雄也没有什么过人之处。他认定他们只是人类社会的一分子，不是天纵的，也不是超人，只是寻常的百姓；所以世界上的史籍一叙到拿破仑，都铺张得十分扬厉，他却只淡淡的写来，觉得他也是一个平淡无奇的人，并没有什么神秘的，特异的地方。这种平民化的，人类化的，反英雄崇拜的见解，在历史小说中算是创见的。

这部书又不仅是叙事的书，消遣的书，人生的意味，仍时时的在那里引起疑问。书中的两个重要的人物，安特莱（Andrey）与薛里（Pierre）的人生观更是十分明白，不是《家庭幸福》与《三死》之怀疑了。

较《战争与和平》更能表现出托尔斯泰自己的，是《婀娜·喀莱尼娜》（*Anna Karenina*）（按即林纾译的《婀娜小传》一书）。这部书登在一八七五——六年的《俄罗斯的使者》上，差不多完全是自己叙述的小说：主人翁李文（Levin）就是托尔斯泰自己；他的长兄尼古拉（Nicholas）之为人，及他死时之使他惧怕———一切都是真实的事迹。仅有些小节略为改易而已。尼古拉实是死在托尔斯泰的臂上，只是托尔斯泰那个时候还未结婚而已。

这部书的结构较《战争与和平》略为松懈。两对的情人，代表正当与不正当的恋爱；是全书的双柱，处处互相对照。但这部书并不是惩罚不正当的恋爱的意思，而卷端的题词乃为“报复是我的事，我将偿报他”一句圣经上的格言，许多人都以为是矛盾，独有杜思托益夫斯基以为是“你毋裁判人”的意思，实深得托尔斯泰的真意。因为他乃是主张人不当相责，只当相恕的格言的。

这部书的叙述和描写的艺术也极高极妙；最好的地方，不惟冠绝俄罗斯的文学作品，也是冠绝于全世界上的文学作品。批评家以这本书与左拉（Zola）的《娜娜》（*Nana*）相比较，说：左拉给我们一个照片，一个外面的景色的照片；风景之佳丽，没有人不喜欢看他的。托尔斯泰则给我们以一个内心的描写，感情的反映；至情之流露，没有人不感动涕泣的。一写心所感的，一写目所触的；一以热肠出之，一以冷眼旁观；一是身预其间，一是记所闻见。这不独是左拉，托尔斯泰分别的地方，也是俄法文学分别的地方。在这部书里所写的都市生活，家庭生活，贵族生活，都非常的完美，非常的活泼，即屠格涅夫恐怕也难屈之下位。

李文之基督教化，是这部书的宗旨所在。李文的内心的变化，就是托尔斯泰自己此时的内心的变化。他自见他的长兄尼古拉死后，“死的恐怖”，与日俱增，“生的怀疑”，无时去怀。生死关头既不能打破，又不能移睛他避，不看人生。其结果遂至以一切世事为无益，日处于怀疑，烦闷的灰色水中而不能自拔。科学的名词，哲学的学理，决不能救他出于怀疑之渊，置之快活之地。李文——托尔斯泰——尝道：“除非我明白为什么我在此处，知道什么是我，我是不能生活的。数世纪人心工作的全部的结果，就是，在无限的空间，时间，与物质上，一个有机的水泡自己离散而剩下一个简单的空间并且破裂了——这就是我。”他当时的人生观如此。后来他同一个农夫谈话，新的光明才在他灵魂里渐渐的由昧爽而正午起来。这个农夫谈到各种的人。一个人仅为他的需要而存在，仅知道填满了他的肠胃。但另外一个正直的老人则不然；他为他的灵魂而存在，他想念上帝。李文——托尔斯泰——听了这一席话，这一席如电火花一样的话，始大彻大悟，思想有所着落。他说：“现在我使自己脱离了虚伪了，我承认了屋主，我知道了善与恶的知识。……如果不承认上帝，造物者，不承认‘善’，那末我们对于我们的欲望感情，与思想怎样讲呢？”他的物质主义自此为基督教义所克服。他自此乃出了怀疑之渊，入了确信之城，去了烦闷之心，进了光明之地了。他承认基督教义只是救济，只是人道，只是自己牺牲，只是报恶以善，而当时的教会则徒有其形而无其精神，甚且把这些教义完全忘记了，因此他虽信宗教，却不大与教会接近，只是心的信仰，精神的信仰而已。

因这个“道德的重生”，托尔斯泰乃一反从前所为，甚轻文章而重实践。因世人之只知注重基督教的形式而不注意于其教义，他遂以全力为重订《四福音》(*The Gospels*) 的工作。大声疾呼，以引起一切的教徒的精神的信仰与教义的实践。甘心弃了伟大的国民文学家的责任，好几年不做文学的作品。他的妻子，朋友都很忧愁。屠格涅夫于将死的时候，且写一封极诚恳的信给他，劝他再从事于文学。信中有说："请再从事于你的活动；这个赐品也同别的一样是有来源的。要是我能想我的要求对于你有些影响，我是怎样的快乐呀！我的朋友，我国的伟大的作家，请稍留意于我的要求！我不能再——我倦了。"托尔斯泰看了这封信，其感想如何，我们不能知道。但此后他竟复再从事于文学的著作了。不过此后的著作乃与前大异；前者是描写自己的，是艺术的作品，现在乃一变而成为主义宣传的作品，自己忏悔的作品了。

他"道德重生"后的第一篇作品，是一八八六年出版的一篇剧本，《黑暗之势力》(*The Power of Darkness*)。剧中事实大略是说：一个有病的富农彼得的妻，阿尼西，与其佣工尼其泰通。卒毒杀其夫，嫁尼其泰。后来尼其泰又与阿库林，彼得前妻所生之女，有私，生一子。阿尼西强埋杀之。又强嫁阿库林。阿库林行婚礼的时候，尼其泰的宗教的信仰，良心的道德忽复重生，不胜其"神明"之忏责，即在行婚礼的礼拜堂内，尽吐其隐匿之事，以告众人。因被系下狱定罪。这本戏是极有名的农民戏曲，写俄国农人的生活与思想极为真切；又带有极浓厚的宗教的色彩；描写黑暗的举动，尤极恐怖，深能感人。他的喜剧《教育之果》就不如他之入人深了。

《黑暗之势力》出版后，托尔斯泰的杰作又陆续出现。《克莉赛·莎娜达》(*The Kreuzer Sonata*)（耿济之曾译登《新中国》改名为《旅客夜谈》）出版于一八八九年，《伊文·伊里契之死》(*The Death of Evan Ilyich*) 出版于一八八四年，《主人与仆》(*Master and Man*)（商务印书馆曾译出改名为《雪花园》）亦在此时出版。《克莉赛·莎娜达》是讨论两性问题的。于当时猎兽式，机械式，买卖式的婚姻，尤痛切言之，不稍隐蔽。他的话都是假口于一个与他同夜车的旅客说出来。

他尽揭当时的虚伪的道德，假面具的礼文之隐，很悲痛的吐自责，自忏之音。《伊文·伊里契之死》则表现无灵魂而很荣誉，很智慧的生活。对于下层的社会阶级，影响至大。《主人与仆》则叙主人待仆素严厉。一日出行，忽遇大雪，中途迷路。二人均将冻死。主人于临死时忽自省其误，卒发仁心，以裳覆其仆。其后仆得救，而主人竟死。描写主人的内心的变化也曲屈详尽到了极顶。于当时社会也很有影响。这种影响，托尔斯泰自一八七六年以后的著作，差不多都包含之。所以有许多人都说，俄国现在的革命的成功，得力于托尔斯泰的平民的宣传事业，实不在少处。

在这些教义宣传与自己忏悔的著作中，最重要，最长篇的是一八九九年出版的《复活》(*Ressurrection*)（马君武曾节译其三分之一）。书中所叙的大略是：贵族尼古里杜夫少时曾与女郎麻史绿滑相恋。后又弃去不顾。麻史绿滑因此堕落于娼妓的途中。久而她受谋杀的嫌疑，被捕对簿公庭。时尼克里杜夫正为陪审官。见之念及前事，心中忽大悔悟，大光明，痛自忏责，想脱其罪以自赎前愆。终至无效，麻史绿滑卒被判流于西比利亚。尼古里杜夫弃官随之去。卒得以他的精神的，道德的复活，感动麻史绿滑，使她也得由灵魂堕落之渊自拔而出，复为“善”的妇人。批评家以此书为杜思托益夫斯基《罪与罚》(*Crime and Punishment*）的续编。

这部书寓意极深，以为人之犯罪，多非自愿，乃环境之龌龊有以助成之。救济之道，非刑罚，乃为精神的，道德的复活。理想可谓极高。而其艺术亦至佳；写精神的痛苦，良心的忏责，句句是泪，行行是血。狱中的恶况，堕落者的无灵性——乃至一切黑暗人物的描写，也都绘声绘影，活泼泼的现在纸上。当时法庭的黑暗也可于此和盘托出。这部书还有一个可纪念的地方，就是：他以这本书的报酬金，拿来救济笛戈波尔（Dukhobor）党人。

在《复活》未出版以前，一八九七年的时候，他曾出版了一部

《艺术论》(*What is Art*?)（耿济之已译出，归共学社出版）。俄国自倍林斯基以后，本来就轻视艺术。许多批评家都执定艺术的直接利益观，艺术平民化观。托尔斯泰此书，更大扬其波，为这种思想的结晶。他以现代的艺术为贵族的，为一部分人的不健全的产物，所以极力的攻击，极端的否认，而另定一个艺术的定义，就是："艺术偏于我们生活的全体。现在所称为艺术的戏剧，音乐，文学，图书，不过其一小部分。我们的生活，自孩童的游戏，以至宗教的事业没有一件不可视为艺术的表现的。"这种广泛的艺术定义，极可见他的艺术观。总之，他的意思就是：艺术必须为通俗的，有益的，全人类所共有的。现在的贵族的玩物，实不足以当艺术之称。托尔斯泰这样轻视艺术，抹杀一切的"美"的观念，自然是未免过于偏倚。但他的意见虽如此，而他自己的作品却又极有艺术的技能，极能发挥出文学的"美"来，与散文时代诸作家完全不注意于艺术的不同。他的作品的伟大，就在于这种理想与艺术之能互相调和。

在《复活》里，托尔斯泰虽仍把他自己隐在这书中主人翁尼克里杜夫背后，但还不十分切合，不十分显明。自《我的忏悔》(*My Confession*）一书出，始明白而且完全的把自己的真面目显露出来，把自己的真的意思，叙说出来，把自己的忏悔的悲音吐出来。他尝自己说："我常常诚恳无隐的把我自己的说出来一定要羞耻的事情说出来。"他的坦白，他的忠实，是如何呀！

杜思托益夫斯基在一八七七年的时候，曾批评托尔斯泰说："虽然他是具有伟大的艺术天才，托尔斯泰终是同许多别的俄国人一样，只看见正对他们眼前的一块地方，因而注全力以向于这个地方的。他们没有力量去转过他们的头颈，向左或向右，去看那一方面的东西；如果要看那一方面，他们一定要全身转过去。要是他们转过去了，他们就要维持，注重于现在看的这一个地方了。因为他们是强固的忠实的人呀！"这些话实在是托尔斯泰的确评。他一转过去，他就要永远不变的维持，注重于现在所看的那一方面，就永远的不东瞧西看的了。

托尔斯泰是着根在土中的。他离不了“地上”。一切不是地上的东西——神秘的或超自然的——与他完全是隔离的，他虽承认上帝，信仰上帝，但他不是神秘的崇拜，乃是“地上”的信仰。他所描写的，都是“地上”的人物；极平常的人物，一些也没有什么神奇的地方。这是他与歌郭里诸人很不相同的地方。

他是不可挠曲的橡树，是写实小说的戴王冠者，是不可超越的人物的描画者，也是人心的深入的解剖家。他以他的天才，铸就了一个伟大的模型。这个模型——他的著作——以其实质，以其艺术的权力，影响了他本国，影响了全欧罗巴州［洲］，——乃至全世界。他不是一个因袭者，是一个创造者。他不是一个讽刺家，是一个反抗者——宗教，哲学，艺术的反抗者——他不徒以创造，反抗着。他还以他的忠实的实践受后人——世界的人——的无穷的崇拜，无穷的信仰！

（五）安敦柴霍甫传

十九世纪的末年，俄罗斯全国充满着怀疑与忧郁的空气，他们国民的活动力的高潮，在土耳其战役中所引起的，于八十年代的初年就消退无存了。所遗留的只有一种无情的，死的水平线，直到及俄国的生命为一九〇五年的革命所激励的时候。在这些灰色的年代中，俄国的那些孤寂的乡村，与固定的省城，埋葬着一种为需要及苦作所奴隶的农民阶级，和一种为懒惰及厌倦所囚禁的受过教育的上等阶级。知识阶级的大部分人，他们的力量，都是没有出路，惟以饮酒，斗牌为忘记了他们的困倦的最好方法，只有那些更为怀有理想的人在窒塞烦闷的空气当中，热望新鲜清洁的空气的速来；他们失望的叫着，抵抗着他们所看见的生命，并以伤感的希望心，向前看着“二三百年后”

的人道的快乐。这种生存的不可避的悲剧与环境的可怜的滑稽，就在一位俄国近代著作家，俄国人民所最爱的人名为安敦柴霍甫（Чеховъ [Чехов]）（Anton Tchehov）的著作里，深刻的，同情的描写出来。

安敦柴霍甫（Аитонъ Чеховъ [Антон Чехов]）于一八六〇年正月十七日生于黑海岸旁的塔根洛埠（Taganrog）。他的祖父曾为农奴；他的父亲娶了一位商人的女儿，就在塔根洛做买卖。在安敦的童子时代，他的买卖总是微少而不发达。这个年轻的柴霍甫因此不得不早出而分受这个大而为贫乏所苦的家庭的重担在他的肩上。后来他一讲到他童年的苦作还是十分伤心。但是他终是服从而驯善的人，当时竟是很快乐的在他父亲的店里作工。时常亲切的观察那些聚于那个地方的懒惰的人，收集了许多最可笑的故事。后来他进了学堂，常小声的对他的同班的学友追述这些事，使他们哄堂大笑。这个习惯，使他屡次受罚，但他终不能更变。

他的祖父在这个时候，在塔根洛附近荒野的，哥萨克的农村中，做了一家人家的财产管理人。柴霍甫在这个地方消了许多次的夏；钓鱼于河涯，游泳于乡间，撷野食而友自然，觉得非常快乐——这种爱自然的习性，他一生都存留着——晚间则多消磨于主人家的厨房里，杂于工人农夫中间，与他们一同游戏，时时以他的滑稽的，机巧的话引起他们大家发笑。

当柴霍甫十四岁的时候，他父亲把家搬到莫斯科去，只留安敦在塔根洛读书。现在店中的工作没有了，他在学堂中遂显出异常的进步。十七岁的时候，他著了一本长篇的悲剧，这本戏以后虽然散逸不传，而他的天才的光明，已于此略露端倪了。

他由塔根洛高等学校毕业，考的名次很高；毕业后不久即进了莫斯科大学的医科。因为想极力帮助他的艰苦的家庭，他在这个时候，一边做学生，一边做文章卖钱，过了很久的这种两重的生活。

他的第一篇短篇小说于一八八〇年出现于莫斯科。因此他与很多的小杂志发生关系，做了许多关于俄罗斯的生活的短篇小说或杂记。他自己告诉我们，说：他每逢暇时，总是执笔做文不休，在众人群集，“既少光线又缺乏空气”的屋里；他的小说也做得非常快；他做一篇小说，永远没有花了多过一日的时间的。在这个时候，他也常著戏曲；但都是可怕的血与雷声的戏曲，常为检察官所禁阻，因此他们的命运遂不可知。

他的听者要求笑声在一切东西之上，除了他的讥嘲的深意以外，柴霍甫不要别的了。他的短篇小说虽然常是根据于悲剧，但总是饰以光明的与精巧的讥刺，因此他遂得了一个伟大的滑稽文家的封号。然而他虽然，常有微笑在他唇上，却是假的，他的忍受的同情，往往使他的笑者几乎要哭起来。

这个明白而天生的天才最初常为粗暴的批评的目的物，他很刻深的感受着，在《海鸥》一戏中，特里格林的少年著作家的实验的描述，就是由柴霍甫自己的灵魂里发出来的一种呼声。他早年非常热诚的为所有谎言与压制的仇敌，所以在他早年的著作上都影照着反对习俗与规则的勇气。后来在《海鸥》中，特力柏勒夫对琐连讲的：“让我们有新的式样，不然，就完全没有，”的话，就是他早年的思想的写照。

一八八四年，他得了医学博士的学位。虽然他的文学的工作，在现在已成为专门的事业，但他还决心的去做医学上的实习。他常给他的职业以一个高的地位，在他著作中，很少没有医生夹于其间的，而所有医生，他总是带着感情与明白，去描写。如果有什么人在他跟前以轻藐的态度谈到医生的事，他一定要叫起来：“止着！你不知道乡间医生对于人民所做的事情呢！”

柴霍甫的著作，很受了他的职业的影响；他可以说“只有医生能够知道我的科学知识对于我的价值。”“在我看起来，似乎因我是一个医生，所以能正确的描写灵魂的病。”举一个例吧，《海鸥》中特里格林分析一个著作家的心理，就很可称为“艺术的诊断”了！

在这个时候，这个少年著作家的态度，是中庸而严肃还带着些光荣的快乐的影子。在他脸上也还有些心肠简单的村童的表现；他的眼睛是青的，他的视线充满着智慧与仁善；他的形貌则简单而不易受变更。他是一个不倦的作者，总是伏在桌上，不息的写。他的不倦的心为一个力量的热情所占据，他继续的，活泼的思想着。有时，当与人谈话中间，忽然自己想起一件事，面貌变为固定而深沉然后变着口气，问些不及料的问题，显出他的心是翱翔于如何深远的地方去了。

成功很快的照耀着他。他的第一部短篇小说集出版于一八八七年，第二部也于同年出版。他立刻就成功，两部小说集都再版了好几次。但是同时，弥漫于他晚年著作里的黑暗的阴影，即于此时开始占据着他的光明的心的滑稽。他的心完全为时代的灰色的色彩所渲染，但是他的忧郁，一部分也是由于他的身体的不康健。

困惫与顽固的咳嗽，使他不得不迁到南方去。一八八八年的时候，他在一条小河的河岸上筑一小屋，住在那里。河中多鱼与蟹，四周风景至佳，他性既爱自然，又乐钓游，在此自然极为快乐；并且村中万籁寂静，只闻农歌间作，“看温暖的傍晚的天空，溪流与池沼都反射在黑暗朦胧的夕阳之中，其乐实足以使人乐卖其灵魂。”但是他的精神虽形快乐，他的身体终还没有什么进步。到了一八八九年的时候，他又为心的扰乱所侵袭；他的有意识的艺术家的性质至此益为表现。他说：“我很快的越过宾客群集的土台，心中存着一个意见，以为如果在客人面前躺下而死去，这是如何的不好看呀。”

在他的生平，这个时候可算是一个变迁时代。他的少年的精神没有了；虽然他曾声明他没有力量做一个戏剧家，可是他这个时候竟做了两篇很好的戏曲，一篇是《伊文诺夫》，一篇是《鸿鹄之歌》。虽然如此，但他对于当时的戏剧的意见，还是依旧不变。他说：“小说是一个法律上的妻子，而戏台，则是一个喧哗，虚浮，骄傲的夫人。”

《海鸥》中，特力柏勒夫嘴里所说的当代戏院的批评，差不多就是他的那个时候的意见。在信札中，他也常称戏院为“城镇的恶疾”，及“戏剧家悬于其上的绞架”。《伊文诺夫》这一本戏就是他在一个莫斯科戏院中所见的一出戏的反抗之声。

继《伊文诺夫》而出的第二本戏就是《农民》*The Boor*，这本戏只用一个晚上的工夫做成，结果极为成功。继他而出的是《恶魔》*The Demon*一剧，但这剧却失败了。十年后他又做他重新改正过，就是《万尼亚叔父》一戏。

所有的俄罗斯人现在都联结而望柴霍甫做重要的著作了。就是他自己也是这样的梦想。但是他最长的小说只不过是《草原》*The Steppe*，而在实际上，这一篇小说也只是许多篇的杂事，以一条最美丽的线子把他们联结成一气而已。柴霍甫的纤美而推托的描写的能力，实不善于画大的画布，他的杰作只是戏曲与短篇小说，永不能产生《战争与和平》，及《白痴》，《克拉马助夫兄弟》等书。他的奇异的小的俄罗斯人生活的“悲剧的喜剧”（Tragi Comedies）或他自己所称为“可厌的故事”（Tedious Tales）就是他的全副精神所寄的。

一八九〇年，柴霍甫旅行于萨哈连岛（Island of Saghalien）。此后他的身体日弱，他许多年害怕的肺痨终降临在他身上。因此，他不得不自放逐于克里米（Crimea）；他的最后十年差不多全消磨在这个地方，只时时的向莫斯科去，为短期的旅行，以主持他的四篇主要的戏剧的排演。这四篇戏是这十年中所著的。

《海鸥》出现于一八九六年，赞许的人极多。批评家称之为柴霍甫的最重要的戏。

《三姊妹》出现于一九〇一年，在柴霍甫的所有的戏中，算他是最要靠着演作的了。他的主要之处差不多就在演作，所以读来万不如看来的好。他是柴霍甫的所有的戏中，最悲惨的戏之一，而他所表现的悲惨的气象，在灯光之下演来，比之在书桌上读他，其相差不啻千倍。在这本戏里，柴霍甫查察到人生的深处，并且非常透彻的看着他，所以他一出现，就给许多人以一种很深的感想。他的著名的一半原因，也是因为莫斯科艺术院的演唱的精到之故。

《万尼亚叔父》，跟着《三姊妹》，一九〇二年出现，无论在戏台上或在书中，听者或读者都一样受他的感动。

《樱桃园》出现于一九〇四年，是柴霍甫的最后的戏。他的演唱，正在柴霍甫死前。这个时候，柴霍甫的最伟大的俄国的戏剧家的名号已如日中天，牢不可动的了。在那本戏里，他不仅示我们以乡村生活，实示我们以俄国生活及人物的全部。在这本戏里，阴森之气，灰白之色，已减少，而将来的光明的希望则充满着。一个新时代开始了；在他的黎明，而旧的黑暗的俄罗斯的歌者则永远的寂静了。

《樱桃园》开演之年，柴霍甫忽然死于黑林的一个小村中。一两个礼拜以前，他正到这个地方来，想恢复的［他的］病躯。

柴霍甫是带有很深的时代的色彩的。他也是俄国人民所最爱的人之一。托尔斯泰称他的短篇小说以为只有莫泊桑才能与他并肩而立。而他的戏剧，各批评家也都列之于现代第一等的戏剧中。他的艺术是特别的；他所描写的是失望的，灰色的景色；他能一转瞬间把他的英雄的生平，性格，写得活泼泼地，观其片断，可以知其全生，他能把许许多多琐屑而无关重要的谈话，连贯一气，现出一种精神；总而言之，他的艺术是非常高超的，非常特别的，实足以独树一帜于俄国的文学界——乃至世界的文学界中。我们看他的著作，可以把他那时代的俄罗斯完全影入眼底。孤寂的乡村与固定的省城里所埋葬着的为需要及苦作所奴隶的农民阶级，与为懒惰及厌倦所囚禁的受过教育的上等阶级都活跃跃的在他文中现出。他们辛苦力作，他们饮酒，斗牌，他们失望的叫着，他们抵抗着他们所看见的生命，他们热望新鲜，清洁的空气的速来，他们以伤感的希望心，向前看着“二三百年后”的人道的快乐。当我们读他的著作的每一行时，我们觉得如身在黎明的时候散步在湖面上晓雾的压迫中一样，而这个晓雾又如因一个将升之日的光明，使我们得明明白白的看见他。柴霍甫的艺术真是高到绝顶了!

（六）史拉美克传

史拉美克（Frana Sramek）是一个捷克的著作家。生于一八七七年，今尚健在。但其生平事迹，无可查考。

他的诗与散文的作品都很著名。他的短篇小说集《火焰》（*Flames*）是很受杜思托益夫斯基及高尔该诸人的影响的。其中的作品，都脆而深情感多有永久的价值。

他的单幕剧《六月》(*June*）则能独立于诸家的影响之外，表现出他的艺术的个性。《六月》中所讲的是关于性的问题。他的描写的手段很高，能够把人的性欲的发动，用一种隐约的文笔，淡淡的写来。这种纯艺术的戏剧，在俄国的戏剧中是很少有的。

——录自商务印书馆 1921 年初版

《六月》俄国戏曲集附录二　俄国名剧一览

郑振铎

剧　　名	著作者	附　　记
浪　　子	波龙斯基	演唱于一六九二年
卜利士・格地诺夫	普希金	脱稿于一八二五年 演唱于一八三一年
聪明误	格利薄哀杜夫	格利薄哀杜夫死于一八二九年，此戏则于其死后始得演唱（一八三一年）至其出版则在一八三三年
巡　　按	歌郭里	演于一八四五年
村中之月	屠格涅夫	出版于一八五〇年

续表

剧　　名	著作者	附　　记
悲惨的运命	彼塞姆斯基	一八五九年出版
家庭的现象	阿史特洛夫斯基	一八四七年出版
破　　产	阿史特洛夫斯基	
苦的新妇	阿史特洛夫斯基	
适　　应	阿史特洛夫斯基	
雷　　雨	阿史特洛夫斯基	一八五九年出版
阴翳之日	阿史特洛夫斯基	
我心匪石	阿史特洛夫斯基	
老的君子	柏尔姆	
人的判断非上帝的	巴托金	
割断的节瘤	巴托金	
死　　结	尼古拉斯	
堕落的生命	察涅契夫	
古时的喀喜拉	阿浮克夫	出版于一八七二年
（三连剧）恐怖伊文之死、费亚铎伊文诺维慈皇帝、波利士皇帝	阿利克赛·托尔斯泰	出版于一八六六——七〇年
鸿鹄之歌	柴霍甫	一八八九年出版
计　　划	柴霍甫	一八八九年出版
伊凡诺夫	柴霍甫	一八八九年出版
农　　民	柴霍甫	一八九〇年出版
海　　鸥	柴霍甫	一八九六年出版
悲剧家奈何	柴霍甫	一八九九年出版
三姊妹	柴霍甫	一九〇一年出版
万尼亚叔父	柴霍甫	一九〇二年出版
樱桃园	柴霍甫	一九〇四年出版
黑暗之势力	托尔斯泰	一八八六年出版

续表

剧　　名	著作者	附　　记
教育之果	托尔斯泰	一八八九年出版
活　　尸	托尔斯泰	一九一一年出版
小镇人	高尔该	一九〇一年出版
夜店或名 *The Lower Depth*	高尔该	一九〇二年出版
萨　　滑	安得列夫	
人的一生	安得列夫	
邻人之爱	安得列夫	
六　　月	史拉美克	

⊙ 俄国第一本戏曲的演唱，是在一六七二年的时候。当时史罗拔达（Sloboda）（在莫斯科附近的一个地方）的新教牧师格利各勒（Gregory）受皇帝亚力克西斯（Alexis）之命，著一喜剧，以庆皇子的诞生。建舞台于薛梨比拉兴哥村，以演伊丝德（Esther）和亚汉细鲁（Ahasuerus）的故事。俄国戏曲史遂与此戏同时开幕。在这同一舞台上，舞曲也在一六七四年时介绍过来。此后，演剧家乃有团体之组织，但所演者大概都是由德国的剧本上翻译过来的。俄文的第一部剧本，则产生于波龙斯基（Simon Polotsky）之手，就是这个表上所举的《浪子》（*The Prodigal Son*）。

⊙ 普希金（Pushkin）（1799—1837）是俄国的第一个国民文学家，著作极多，以诗为主，小说及戏曲也极好。这个表上所举的《卜利士·格地诺夫》（*Boris Godnnov*）是他戏曲中最著名的一种。《卜利士·格地诺夫》的材料是根据于卡伦卒（Karamzin）的历史，讲恐怖伊文皇帝有子被人暗杀，有人借其名以起事之史实。但因普希金没有演剧的智识，所以这本戏没有一定的起讫。然而讲到文词则是极好的。除此以外《罗萨尔加》（*Rusalka*）一剧及其他短剧数种也很好。

但都不如这篇剧之重要。

⊙ 格利薄哀杜夫（Griboyedov）（1795—1829）的《聪明误》（*The Misfortune of being Clever*）是俄国戏曲里最著名的喜剧。格利薄哀杜夫是一个外交部的官吏，一八二九年正月三十日被暗杀于塔海兰（Teheran）。他的这本戏脱稿于一八一六年。在一八二三——二四年间曾在圣彼得堡当众朗诵过。当时就极得文学界的欢迎。互相传抄，流行极远。其中有二段曾载于一本年历上。直至一八三一年，才得现于戏台上。至其全稿之付刊则迟至一八三三年，而始举行。这本戏是诗体的。他的诗同克鲁洛夫（Krylov）的寓言一样，是长短不一的。戏情是在一天之中，同一的屋内发生。但说他是喜剧还不如说他是讥刺的作品。他是讥刺莫斯科的社会的。他描写人物非常的活泼自然。在这样少的地位里——只有四短幕——格利薄哀杜夫这样成功的表现出莫斯科社会的全景来，这真是可以永远不朽的。而他的文字的纯洁精炼，于俄国后来的文学界尤有惠赐。

⊙ 歌郭里事实已见本集所附之《作者传记》内。《巡按》一剧也已收入本集，故不必再叙其内容于此。

⊙ 屠格涅夫，本集已附有传记。《村中之月》也已选入本集内。

⊙ 彼塞姆斯基（Pisemsky）（1820—1881）是著名的厌世主义的文学家。他的著作中很少描画到天然的景色，只以忧郁凄苦的音调，专陈述当时的圣彼得堡及他省的官吏和贵族的可笑的与残忍的行为。他结了很美满的婚姻，但是不幸的结婚的事实，乃常在他的著作看见。他实不以一己之乐为乐而以全人类的忧为忧的呀，这个表上所列的《悲惨的运命》（*A Bitter Lot*）也是叙这种不幸的事实的。《悲惨的运命》是很好的一篇农民的戏曲。戏中情节大略是叙一个农夫到了都城留恋不返，竟弃了他的妻子在乡间的事实。他描写来极为真切沉痛。与托尔斯泰的《黑暗的势力》及巴托金的《隔断的节瘤》等作，同为俄国文学中农民戏剧的杰作。除了这篇戏曲以外，还有《千人》《恨海》两部小说及其他各种著作。《千人》以生理学家的态度，来描写心的革命，批评家至称之为纯生理的天才的作家，在他著作里尤为主要。

⊙ 阿史特洛夫斯基的各种著作的概略，已见本集所附的《阿史特洛夫斯基传》中。《雷雨》一篇，已选入本集。

⊙ 柏尔姆（Palm）是一个很著名的老戏剧家。与他同时的人，都很受阿史特洛夫斯基的影响，独他稍能独立。他同杜思退益夫斯基一样，也是一个薛［薜］特拉陕夫兹党人（Petrashevtsy），在当时很受苦痛与虐待。他的杰作就是这个表上所举的《老的君子》(*Old Gentleman*)。这篇戏得很大的成功，是一篇永久的东西。

⊙ 巴托金（Potekhin）是一个农民的戏剧家。他的戏剧在当时极为流行，极有影响。在巴托金以前，言农民生活的戏剧，只有彼塞姆斯基的《悲惨的运命》与托尔斯泰的《黑暗之势力》。至他起后始复加以二剧，就是《人的判断，非上帝的》(*Man's Judgement is not God's*）及《割断的节瘤》(*A Lump cut off*)。但当时政府正注全力以防护农民之起事，凡出版物之关于农民的都极难出版。所以他的这种戏剧也为检察阅官所禁阻，永没有登场演作的希望。他因此不得不心灰意懒，弃戏剧而从事于小说的制作。最著名的有《可怜的绅士》(*Poor gentry*）一书。到了晚年，他又转而复从事于戏剧。同阿史特洛夫斯基的晚年，他也成了一个剧场的主任。

⊙ 尼古拉斯（Nicholas）是巴托金的兄弟。《死结》(*The Deadly Noose*)，他的名著，在当时也是一篇很有名的戏剧。

⊙ 察涅契夫（Chernyshev）的名著《堕落的生命》(*Ruined Life*)是一部"有主义的戏剧"(Purpose Plays)。在六十年代这一类的著作中，算是其中的主要作品。

⊙ 阿浮克夫（Averkiev）著了许多的历史的小说与戏剧。最好的一篇戏曲，名《古时的喀喜拉》(*Old Days in Kashira*)，出版于一八七二年。他的体裁的机警与高尚远不如阿利克赛·托尔斯泰，而他的关于人民与一切事物的知识则较过之。

⊙ 阿利克赛·托尔斯泰（Alexy Tolstoy）家世贵族，是Leo Tolstoy的从兄。幼时曾与亚历山大二世为游戏的伴侣。生平好猎，为技至精。生长于小俄。后曾游意大利。他于艺术极为热心，尤极崇拜贵推（Goeth）及普希金之诗。初作《滑丁甘的暴动》(*Mutiny of Vatican*）及《检阅官巴巴夫》(*Councillor Popov*）二诗，极似普希金之作。脱稿后，即竞传于艺林间。他也因此立得大名。但在本国乃不能出版。除这些诗外，他生平的最主要的著作是历史的“三连剧”(Historical trilogy)，就是《恐怖伊文之死》(*Death of Ivan the Terrible*)，《费亚铎伊文诺维慈皇帝》(*Tsar Feodore Ivanovich*）及《波利士皇帝》(*Tsar Boris*)，一八六一年出版的历史小说，《赛勒皮路安涅亲王》(*Prince Serebryany*）表现古代的俄罗斯的生活超于一切作者，也很为有名。他自己觉得他是在外国的文学与艺术之宫的，所以他极力把西方饰品引入表现古代俄罗斯的小说与戏剧之内。他的文学能力的高深，著作的谨慎而优美，与叙事的活泼而真切，都高出于许多的作家。

⊙ 柴霍甫的传记及他的著作的略述已于附在本集内的作者传记上举之。本集所选的他的著作，共有四篇：一是《海鸥》，一是《伊凡诺夫》，一是《万尼亚叔父》，一是《樱桃园》，都是柴霍甫极主要的著作。

⊙ 托尔斯泰的戏曲，本集选了二篇，就是《黑暗之势力》与《教育之果》。《活尸》，中国也有译本，他的传记，也已附在本集中。

⊙ 高尔该（Gorky）(1869— ）本名彼契加夫（Peshkov)，高尔该是他的假名。幼时生活极困苦，习艺屡不成。后于商船上见歌郭里的著作，始于文学感很深的兴趣。因贫不得入学，游行各地，为工役商贩以自给。间作小说，投稿于各新闻上。克洛林加（Kololenko）见其文，深为叹赏，为之延誉于当世。他始得名于时。他的著作实辟俄罗斯文学的新境界。他是一个文学的革命者，反抗者。不仅他所叙述的材料，开以前未有的门径，即他的对于人生的态度，与他的英雄对于人生的态度，也与他以前的一切小说家不同。他是一个强健的人，一个新时代的先驱者。他要求雷雨之急至。他与苦难，服从，人民所久受的痛苦及外国的文化的厌世主义宣战。自他起来俄罗斯文学界里乃复有一阵新鲜空气吹进来了。他的小说与戏剧都极好。短篇小说尤著名。主要的著作，小说有《三天》及《昔曾为人之生物》，《二十一男与一女》等篇。戏剧有本表所列的《小镇人》及《夜店》两篇。他还不仅是文学界的革命者，并且也是实际的革命家。一九〇五年的俄国革命，他也参与其间。事败，逃于意大利。至一九一七年始回国。今尚健在。

安得列夫（Andreyev）(1871—1919）幼时贫苦。在大学时衣食屡有不足之虞。大学毕业后，想从事绘画及律师的事业，但切不成。改而专心于文学。不久即成功。一九〇四年，日俄战争起，他幻想战争的惨状，作《红笑》(*Red Laugh*）一文世推为非战小说中的杰作。又有一部小说名《七个绞死者》(*The Seven that were Hanged*）也是极有名的反对死刑的著作。一九一四年，欧洲战事起，他又做一部《大时代中小人物的自白》(*Confessions of a Little Man during Great Days*）借日记的体裁以发挥他的非战的主义，也是一部很重要的作品。除了小说以外，他的戏剧也极有名。本表所列的《萨滑》(*Savva*)，《人的一生》(*The Life of Man*）及《邻人之爱》(*Love of One's Neighbour*）三部戏曲都是他的重要的著作。其中《人的一生》一戏，尤为有名。

史拉美克的传略附见本集。他的有名的戏剧，《六月》也已选入本集。

——录自商务印书馆 1921 年初版

《怪董》[1]

《怪董》[跋]

（林纾）

译者曰，全书系虚无飘渺之谈，外国小说，固有此一种。文字庞杂，译者为之更正，似颇可存，留酒后茶余消遣可也。

——录自商务印书馆 1921 年初版

《救赎》[2]

《救赎》小序

景定成[3]

此剧为托翁最得意之作。翻译成英文后，曾在美国纽约蒲利冒舞台演过多次。一九一八年一九一九年间，剧中人斐得亚为著名优人巴里茂尔所扮演。原名《救赎》，意少晦，或名《已死之人》，又不能包括全剧精神，故仍以原名。

景定成记

——录自公民书局 1921 年初版

---

① 《怪董》，上下册，长篇小说。英国伯鲁夫因支著，林纾、陈家麟同译。上海商务印书馆 1921 年 5 月初版。说部丛书第四集第三编。

② 《救赎》，戏剧，俄国托尔斯泰（1828—1910）著，景枚九、张墨池译述，公民书局 1921 年 7 月初版。文艺丛书第五种。

③ 景定成（1879—1949），字梅九，又署枚九，笔名老梅。山西芮城人。曾留学日本。著有《罪案》，与张墨池合译泰戈尔著《家庭与世界》《人格》等。

《托尔斯泰短篇》[1]

《托尔斯泰短篇》译序

（刘灵华）[2]

世有恒言，不知托尔斯泰者，人之大耻也。托尔斯泰伯爵（Tolstoy），盖与克鲁巴图金亲王（Kropotkin）同为现世文化先决之中心。虽生于俄国，而实为世界人物，均以贵族而倡平民主义。居极黑暗专制轭下，而为大光明世界之发现者，其事业殊为可警。惟托翁以天才长于著作，故文学上流布尤广。其所著述，各国转译至数百万部。生辰诞节，各国贺电至二千通，盖以匹夫而享文学盛名如此，古今罕有也。余于大同圣典内，已略述其小传。其著作共数百种，余所见数十种，欲广译之而未暇。闲偶取其短篇小品，录出以供舟车茶酒谈资。抑阅者须注意。此虽近于聊斋戏笔，乃所谓咳唾珠玉，怒骂文章。尝鼎一脔，亦知肉味。其每一节各有意趣，寓意深远，非但博一粲而已。昔希腊圣哲苏克雷地，酷嗜古代伊索寓言，此殆与相类。于家庭及社会青年辈，行为教育尤良。于自然研究，人情物理上补助不少矣，若其弘篇，当俟续出。

——录自公民书局 1921 年初版

---

① 《托尔斯泰短篇》，寓言集。俄国托尔斯泰（1828—1910）著，刘灵华译述。上海公民书局 1921 年 7 月初版。文艺丛书第三种。

② 刘灵华，一名仁航，号灵华。笃信佛教，与邢定云同为《佛化新青年 *The monthly journal of the new buddhists*》（1923 年张宗载、宁达蕴主办）特约撰稿人。主编 1933 年创刊于上海的《上海慈航画报》。译有《诸病断食疗法》（美国查理士哈士开著）、《身心强健秘诀》（日本藤田灵斋著）等。

《老马》[附记]

（刘灵华）

评曰：托翁仁慈之念，与惜老之心，于此可见。今世贵壮贱老。愿人推爱惜老马之意，注重养老院组织法，则去托翁大同社会主义不远矣。

——录自公民书局 1921 年初版

《犬逐火车》[附记]

（刘灵华）

按：犬之嗅觉极灵，彼可寻人之气味而逐人。故今欧战军犬之效大著。而警察侦探亦利用以破案。贼盗所在，可就其所遗物之气味而寻得之，古代英国名王勃鲁斯与敌人战，战败敌人嗾军犬逐之。王每逃至一处，犬必探出，追兵踵至。王窘极。最后追至一河滨，王尽脱其衣浮于河中，行数里外方登岸而遁。犬逐至河，气味已乱，不得要领。遂止。

——录自公民书局 1921 年初版

《黄瓜盗》[附记]

（刘灵华）

评曰：此良心贼也，如其所愿，止盗一次耳。何今之大盗满车满家，永无已时也。又此类故事，吾乡亦有之。略云，一贫妇于田中偷一鸡蛋，置床头破罐中，夜与夫共卧而思之。由鸡蛋出雏鸡，由鸡易猪，由猪易牛，由牛易田产，因得娶儿妇。若呼唤儿妇不用命时，则以足踢之。作此想时，不觉以足踢之，破罐踢倒，鸡蛋打破，其夫自被中起而痛斥，因警醒已梦也。

——录自公民书局 1921 年初版

《越狱之鸟》[附记]

（刘灵华）

评曰：史露沙，慈爱之童也。盖笼即为鸟之狱，玩者未身试，故不觉耳。吾曾从狱中经过，每见人提鸟笼，辄愀然不乐。因吾天性最爱己之自由，亦爱人之自由也。

——录自公民书局 1921 年初版

《一年之佣工妇》[附记]

（刘灵华）

评曰：写贫家儿女生活状，及不得已投身佣工之苦，甚肖。愿阅者由此可想凡佣工于人，皆有迫而然，非生而有为奴之天职也。惜哉。一年得回复自由者少耳。

——录自公民书局 1921 年初版

《一字教师》[附记]

（刘灵华）

评曰：此篇形容儿童愤悱之心理。可知教师一颦一笑，与儿童智愚勇怯，实有起死回生之关系。余常为人治精神病，有许多子女之精神病，由于家庭太严酷所致者，不少也。

——录自公民书局1921年初版

《探险须知》[附记]

（刘灵华）

评曰：吾国人有天然传来之卫生法，不知其所以然。而时人不察，误谓为迷信。不知亦由古人经验所遗，特未加以今科学说明耳。吾国人移一新宅，往往点烛放鞭炮，名为敬神，实则虽有久积之陈空气，一经点烛试探，与鞭炮之震动，已生物理上变化，而人居之适宜矣。

——录自公民书局1921年初版

《鸮雏》[附记]

（刘灵华）

评曰：雏盖赵括谈兵之类也。

——录自公民书局1921年初版

《兔》[附记]

（刘灵华）

评曰，由此节观之，托翁仍未脱宗教家积习也。动物竞争，强者用力，弱者以智免，此进化公例，乌有慈爱之上帝临其间哉？若上帝真慈仁者，胡不令天下无虎豹虫蛇，而但产鹿与兔之君子动物乎？吾意若吾为上帝，断不忍造甲种凶残之动物以能食，又造善惧祸动物为被食者也，况真上帝乎？果有上帝，则亦如北美瑜伽学派所言（商务印书馆出版）世界者，上帝之矛盾耳。万物无不矛盾者，托翁此言，殆尚有习气與。

——录自公民书局 1921 年初版

《猴锯木》[附记]

（刘灵华）

评曰：锯木，人之事也。猴而行人事，其及祸也宜哉。易曰："负且乘，致寇至。"此之谓也。

——录自公民书局 1921 年初版

《猴拾豆》[附记]

（刘灵华）

评曰，此猴性急，致失其食粮。

——录自公民书局 1921 年初版

《儒牛乳新发》[附记]

（刘灵华）

此寓言于佛经中曾见之。盖喻人今日有财可布施，即应随时布施。有力可尽于社会，即随时作有益社会之事。不必待至若干年后。储蓄多力乃为之也。彼袁世凯岂立志卖国，亦误于待先满自己欲望后，再尽力于国之一念耳。不知一已欲望竟无满时也。

——录自公民书局 1921 年初版

《仓鼠》[附记]

（刘灵华）

评曰：昔年京兆尹王冶馨即此例也。

——录自公民书局 1921 年初版

《野狗选举象王》[附记]

（刘灵华）

评曰：自作孽，不可活。象王之谓也。凡愿为王及为首领者，当书诸绅。

——录自公民书局 1921 年初版

《海神还珠》[附记]

（刘灵华）

评曰：此亦愚公移山，操蛇神惧而相助之意。

——录自公民书局 1921 年初版

《义鹰救主　附义犬》[附记]

（刘灵华）

评曰：动物往往救主，如世传义犬者。昔有一法国商人，骑马带犬，出而索债。既回，下马在树下稍息，取银袋放草边，比上马，忘而舍去。其犬见之，啣［衔］以口，重不胜，追主人迎而狂吠。阻马蹄不使前。主人怒，疑犬之癫也。取手枪击犬，犬受伤甚厉，发奇嗥逸去。商人心动，念今日必有大不幸出，得勿失银乎？乃检身边袋，已乌有。大悟犬吠有因，勒马奔回原息止处。则犬以身覆银袋上，血迹模糊，见主人至，尚微开目一视，摇其尾，以舌舐主人手，遂瞑目而逝。

——录自公民书局 1921 年初版

《盲人摸象大会议》[附记]

（刘灵华）

评曰：此喻真道难明也。见佛《百喻经》，托尔斯泰盖深喜亚洲文化者。

——录自公民书局 1921 年初版

《世界罪恶之由来》[附记]

（刘灵华）

评曰：鸦贪食，故觉食重。鸠贪色，故觉色重。蛇凶残，故觉性恶。鹿惧害，故觉恐惧，四者各就己身一面感觉者。

——录自公民书局 1921 年初版

《驮麦之马》[附记]

（刘灵华）

评曰：愚人可与乐成，难与图始。可使由之，不可使知之。此马之类也。

——录自公民书局 1921 年初版

《犬之性》[附记]

（刘灵华）

评曰：犬性如此，故可使吠尧也，酷哉。造物不仁，多生此犬辈便宜主人耳。可怜犬尔无知也。或曰，若有知是岂犬之性哉。

——录自公民书局 1921 年初版

《橡榛竞长》[附记]

（刘灵华）

评曰：此所谓王道无近功。

——录自公民书局 1921 年初版

《雏回卵》[附记]

（刘灵华）

评曰：此不能解决之大问题也。《诗经》悲乱离之词曰："苕之华，其叶菁菁，知我如此，不如无生。"佛家以生为大苦。老子曰"使吾无身，吾有何患？"而凡血气之伦，即不能无欲爱。有欲爱，则有生，有生则争，争则杀。赫胥黎谓人道所以可悯叹也，无已。其大同村解决之乎。

——录自公民书局 1921 年初版

《鹑之失见》[附记]

（刘灵华）

评曰：海中捕鲸者，喜捕鲸子。盖母鲸性慈，捕其子往往母鲸随逐不去，因以俱毙。猩猩人有捕其子者，常于夜中扣人门号而乞之。盖动物母子情深，每因以殉其生焉。慈哉母也！若夫人，上杀飞鸟，中杀动物，下杀游鱼。内皆自残同类。盖万物之盗耳，吾未见其灵与善也。

——录自公民书局 1921 年初版

《羊与母牛》[附记]

（刘灵华）

评曰：凡不知自尽义务而妒他人享权力者，此羊之流亚也。

——录自公民书局 1921 年初版

《狐之本能》[附记]

（刘灵华）

评曰：动物界竞争，强者斗力而弱者斗智。小国之事大，女子之于男，往往用此术，亦生存上不得已耳。

——录自公民书局 1921 年初版

《智羔》[附记]

（刘灵华）

评曰：天下冒为民父母之声名，以行虎狼之实者。滔滔皆是也，小羔独智。

——录自公民书局 1921 年初版

《田妇之猫》[附记]

(刘灵华)

评曰：养兵平乱，乱乃益甚。

——录自公民书局1921年初版

《鸦奴羊》[附记]

(刘灵华)

评曰：智小而谋大，力小而任重。鲜能及矣。

——录自公民书局1921年初版

《野猫策士》[附记]

(刘灵华)

评曰：此篇酷似战国策士风。嘻！滔滔者何今野猫之多也。

——录自公民书局1921年初版

《羊毛客》[附记]

(刘灵华)

评曰：此必当时俄国事实。余闻我母，告我咸丰乱时，各人皆四出拾财物。某甲于野中得一驴，牵之而行，不远，遇一马，遂舍驴而取马，骑之，又不远，见一轿车，二骡驾辕，止而不行。近视，则二美女在车中，且携有财物。遂舍马登车，御骡，携二女欲归家。无何，行至中途，数强者来，曳甲下，将行杀戮，哀求仅免，数强者拥美女，御骡疾驰而去。甲伏地，逾时乃起，欲寻原驴不可得，丧气而返，此亦事实。可与俄事对照，盖事变无常，亦在人自为耳。

——录自公民书局 1921 年初版

《大火炉》[附记]

（刘灵华）

评曰：俄国冷，故常以火炉设喻，犹孔孟每称太山北海也。大火炉即是欲火炽然，遇物烧尽耳。今军国主义，动杀人千万，即世界大火炉也。中国之兵匪官匪，即中国之大火炉也。一家之漏卮，一人之癖好，即一人之大火炉也。余眼见以好色赌鸦片而至败家弃妻鬻子者比比，内不自悔，外拒忠言，恶闻改造，终于亡国败家而已。余书至此节，忆昨见本村贫儿院一童，年十岁，问其父母，则其母与弟尽为父所卖，去年卖其母为人妾，得百千，今春又卖其弟得四十千，问致贫之由，则因其父吸金丹（鸦片之代用品，较鸦片性尤烈）故。噫大火炉不改造，奈人道何。

——录自公民书局 1921 年初版

《罪魂诉讼》[附记]

（刘灵华）

评曰：此极容恶人可一变而为善，故能悔改。斯无众生。李二曲

《颙》文集，悔过自新篇，引家语。季路颜涿聚，鲁之大盗也，学于孔子，而列国之君师之，可见人只是顿悟悔改一转移间耳。此佛说观无量寿佛经，所以忤逆十恶者，但能念佛，亦可往生西方极乐净土。而《法华经》提婆犯地狱之罪，亦可成佛也。

——录自公民书局 1921 年初版

《茵梦湖》[①]

《茵梦湖》原作者小传

（郭沫若[②] 钱君胥[③]）

施笃谟氏德之雪娄斯维州（Schleswig）虎汝谟（Husum）市人，生于一八一七年。一八四二年为律师。时该州尚属丹麦，施之亲德，为当局所不容，遂于一八五三年出仕普鲁士。凡流寓卜支丹（Potsdam）及海立西斯他脱（Heiligstadt [Heiligenstadt]）十年，其所作《故乡》(*Die Heimatstadt*)，忆雪州也。迨雪州归德后，以一八六四年重返故里，时年已四十有八。一八八八年终于乡。其所作诗，长于抒情，自成一家；所作小说，流丽真挚，莫不一往情深，《茵梦湖》

① 《茵梦湖》(*Immensee*)，中篇小说。施笃谟（Theodor Storm，1817—1888，今译施笃姆）著，郭沫若、钱君胥译述。上海泰东图书局 1921 年 7 月初版，8 月再版。世界名家小说之一。

② 郭沫若（1892—1978），幼名文豹，原名开贞，字鼎堂，号尚武，笔名麦克昂、易坎人等，四川乐山人。早年赴日本九州帝国大学学医，后与成仿吾、郁达夫等组织创造社。译有《茵梦湖》（施笃姆著），《少年维特之烦恼》《浮士德》（歌德著）、《战争与和平》（托尔斯泰著）等。

③ 钱君胥，钱潮（1896—1994），中国儿科学家。早年留学日本，与郭沫若同在日本福冈九州帝国大学医学部学习，为同窗好友。

一作尤脍炙人口云。

译者志

——录自泰东图书局1921年再版

《茵湖梦》六版改版的序[①]

郭沫若

这本小小的译书，不觉也就要六版了。时隔两年，自己把来重读一遍，觉得译语的不适当，译笔的欠条畅的地方殊属不少。我便费了两天的工夫重新校改了一遍，另行改版问世。不周之处，或者仍有不免，只好待诸日后再订正了。

十二年（1923年）八月二十三日　　郭沫若

——录自泰东图书局1923年10月重排六版

《茵梦湖》的序引[②]

郁达夫[③]

郭沫若译的《茵梦湖》(*Immensee*）已经出版了。我本来应许他们做一篇序引的；后来因为生了胃病就不能执笔。但是我未进病院之先关于《茵梦湖》的著者施笃谟的（T. Storm）传记也很看过几本的，

① 据《民国时期总书目·外国文学》，泰东图书局六至十版附该文。

② 泰东图书局十二至十四版附该文。

③ 郁达夫（1896—1945），原名郁文，字达夫，浙江富阳人。1914年入日本东京第一高等学校预科，1919年入东京帝国大学经济学部。创造社发起人之一。译有《孤寂的高原刈稻者》(华兹华斯著)、《哈孟雷特和堂吉诃德》(屠格涅夫著)、《理发匠》(马克·吐温著)等。

我现在想把我所能记忆的地方写出来，也可算尽我介绍德国文学的一种义务，也可作我对于郭君的谢罪之辞。

脱奥道儿，施笃谟（Theodor Storm），与德国近代的两大诗人美丽格（Eduard Moerike）克儿栗（Gottfried Keller）同时，是在千八百十七年的九月十四生的。

他生的地方，是德国的北方雪娄斯维州虎汝谟市（Husum in Schleswig）。他的父亲名约翰，客齐米儿，施笃谟（Johann Casimir Storm），母亲名罗姊，本姓佛儿特钻（Lucie Woldsen），北方雪娄斯维州人的特性，是非常爱自由的，他们常说：

“如其为奴隶，不如死的好。”

他们大抵性格顽固，坚忍不拔，守旧排外，不善交际的。但外貌如铁一样的冷酷，内心却是柔情宛转的。

施笃谟的父亲是虎汝莫市的辩护士，家里也很可以，诗人施笃谟是他父亲的长子。

虎汝谟市是雪娄斯维州的一个小市，横在北海的边上，大凡北方的自然风景，都带着一味悲凉沉郁的气，像这虎汝谟市也不能说脱离这一个凡例。自然的环境，与人的性格和他作品最有关系，所以我们在施笃谟的诗里，可以看出虎汝谟市的阴森的气象来。施笃谟是一个大大的怀乡病者，他的诗，小说，都是在那里说这个“故乡的悲思”(Heimatweh)。我们不先抱这一个观念，就不能明白他的诗，小说的深味。

东西南北，
虽则说是地大物博，
想去想来，
总不如在家的快活。
Nord und Sued,

De Welt is wiet,
Ost und West,
To Hus is best.

这几句诗，就可以说尽他一生的苦闷，和他诗、小说中间的哀调了。施笃谟自家有一首诗说：

灰色的海上，灰色的海边傍，
是那个小市，是我的家乡，
一层浓雾常压在人家的屋上，
静寂的中间，只听得海浪声儿歌唱，
单声单调。绕着了城儿来往。

那一边也没有树林儿咆哮，
到得春来，也不见有杜鹃啼叫，
沉沉的秋夜，纵有那旅雁飞来，
然而一声鸣后，又不知飞向何方去了，
在静寂的海滨，只剩得几丛小草。

你这北海上的小市儿呀，
我在日夜的相思，你可知道！
我的青春好梦，死死生生，
总在你怀抱中间缭绕，
你这北海上的小市儿呀，我的衷心你可知道。

Am grauen Strand，am grauen Meer
Und seitab liegt die Stadt.

Der Nebel drueokt die Daecher [Schwer] ①,
Und durch die Stille drinat [braust] das Meer,
Eintoenig um die Stadt.

Es rauscht kein Wald, es schlaegt [schlägt] im Mai
Kein Vogel ohn Unterlass,
Die Wandergans mit hartem Schrei
Nur fliegt in Herbstesnacht vorbei
Am Strande Weht das Gras.

Doch haengt mein ganzes Herz an dir
Du graue Stadt am Meer !
Der Jugend Zauber fuer und fuer
Ruht laechelnd [lächeln] doch auf dir, auf dir,
Du graue Stadt am Meer

像这样的腔调的诗和小说，在他的全集里正举不胜举的多，现在我们且把他的诗丢开，再回到他的传记上去。

施笃谟的小的时候，便是非常沉静的一个梦想家，他的小的时候的性格，我们在德国第一乡土诗人弗鸾酸（Gustav Frenssen）的大著《咸五儿》(*Joern Uhl*，千九百〇一年柏林出版，乡土艺术的最大名著）里面可以看得出来。《咸五儿》的第一篇里说的一个梦想家施笃谟就是我们这《茵梦湖》的著者施笃谟呀。

施笃谟九岁的时候进了故乡的小学校，依他自己说来，这小学校时代并非是他平生最愉快的时代，他的诗的第一首，也在这小学校时

① 此处为原文缺漏。

代作的。初进小学校的四五年间，他并不得读德国各诗人的诗集，他自家在一处地方说，他在小学校的时候以为乌兰特 Uhland 是中世的道情诗人。浪漫派的诗人帝克（Ludwig Tieck）的像，他有一次在一本笔记簿上看见了，但是他并不知道这便是浪漫派的当时的一个大诗人。他的小学时代只有一件事，有介绍的价值的。这就是每年秋季执行的密舍利斯的祭日。虎汝谟的风俗，密舍利斯祭的时候，可使男女往来交际的，大约施笃谟在这时候所受的影响，到大的时候还忘不了，所以他叙述少年男女于祭日欢聚舞乐的时候，最易动人，我们读到《茵梦湖》的别筵的一节，谁能不被他感动呀！

一千八百三十五年的秋天，正是他十八岁的时候，他离开了故乡，到刘牌克 Luebeck 的高等学校去。这刘牌克的高等学校在当时是最有名的学校，雅各（Friedrich Jacob）是校长，克拉酸（Johannes Classen）是教务长。爱国诗人葛衣背儿 Emannuel Geibel 本来也在这学校的，但是施笃谟去的时候已经不在那里了。冬假放假的时候，施笃谟才同葛衣背儿相识。在这时代与施笃谟最好，并且启发他的诗才的还不是葛衣背儿，却是拉直（Ferdinand Roese）。海涅 H.Heine 的诗集，就是拉直介绍给他的。在这个时候，当时的诗人和前代有名的人的诗集，譬如 Goethe's *Faust*，Uhland's *Lyrik und Balladen*，Heine's *Buch der Lieder*，Eichendorff's *Werke* 等，都和他接近起来了。他的这时候的著作，有一篇《刘牌克的马利亚教堂》的诗，他曾把这首诗送到舍米所·须乏勒的《诗人年鉴》(*der Chamisso Schwabische Musenalmanach*）里去，但是被选者丢弃了。千八百三十七年的春天施笃谟进了克衣耳（Kiel）的大学，他以为大学生都是天性柔美，能有文学趣味的，然而到了克衣耳去一看，他大失所望，郁郁的在克衣耳住了一年，到第二年的春天（一八三八）他就转到柏林去。柏林虽是德国的首都，然而人来人往的中间，谁也不知道有一个未来的大诗人住在这红尘十丈的长安市里，并且施笃谟的对于田园的恋心，一刻也不使他安闲。所以他对柏林也怀起恶感来了。

秋风凉冷，柏林街上的菩提树，转起黄色来的时候，他同了五个同乡的柏林学生，上局雷斯团 Dresden 去旅行了一次。那古都的风物和她的博物馆，征古馆，歌剧场，戏院，把年轻的施笃谟迷醉了，他在局雷斯足足住了三个礼拜，千八百三十八年的中间，在施笃谟的生涯中所可大书特书的，就是这一篇短话，但是在柏林的时候，他的对于戏院的趣味，也是不可看过的。

千八百二十九年的冬季他又回到克衣耳大学去，这时候去他卒业的时期不远了，他的第二次的克衣耳大学时期，可算是他平生最快乐的时期的一段，他同孟姆钻兄弟（Theodor and Tycho Mommsen）的交情就是始于这时候的。

孟母钻兄弟本来是他的同乡，弟兄都是才气横溢的人，脱奥道儿，孟母钻后年来所著的罗马史，想是大家所知道的，可是这一位与阑开（Ranke）并称的大历史家的抒情诗才，也并不在他的史才之下，我们若能把千八百四十三年出版集 *Liederbuch dreier Freunde* 来一看，便知道了。

这《三友集》的面上第一个名字就是脱奥道儿，孟母钻，第二个就是施笃谟，第三是铁血·孟母钻（Tycho Mommsen）。三人的诗气，都有些故乡的情趣混在里头，施笃谟的诗，虽只有四十来首，但是他的抒情诗才，已是不可淹去的了。这一本《三友集》虽不能同白衣郎的怯衣儿特，赫陆儿特（Lord Byrons，*Childe Harold*）一样，使作者三人去睡的时候，还是一个无名小卒，到第二天醒来的时候，便博得一个世界的诗名；然而因这一卷《三友集》的缘故，著者的乡里雪娄斯维州却加了一朵锦上的花，从此人更知道这北方海上的小州，是产词人的灵地了。

施笃谟与美丽格的作品《画家诺儿登》(*Maler Nolten*) 和他的诗的接触，也是在这时候，所以《三友集》里的他的诗里，分明有与美丽格相像的地方。八百五十三年以后，施谟姆［施笃谟］在漂泊的时候，曾去访过美丽格的，我们但看他后来著的《美丽格追忆记》（*Erinnerrungen an Ednard Moerike*）就可以知道他对于美丽格的倾倒之情了。

（Vergleiche auch seinen. *Briefwechsel Mit Moerike* Stuttg. 1891.）

千八百四十二年他已经在大学卒业了，通过了辩护士的试验，所以就不得不回到故里虎汝谟去出庭去。自古的文人，于就听［职］的时候，都有一翻苦闷，他就辩护士职的时候也觉得逡巡不决：因为他的才地，决不是在法庭上可以战胜他人的；他学的虽然是法律，然而他的心意，却只许他作一个超俗的诗人来闲吟风月。到了这去就的歧途，他就不得不怨他的父亲强制他学法律的无理了。

千八百四十七年，他平生最快乐的时期到了。这一年的秋天他同才葛拜儿克的康斯坦此爱斯马儿克（Constanze Esmarch aus Segeberg）结了婚。这一位优柔妩媚的新夫人，又使施笃谟作了许多如花如蜜的抒情诗，他的一八五三年给美丽格的书信里边，还有许多称赞他自家的夫人的柔美的地方，他的得意可以想见了。

在夏天的好梦里沉溺了三年，在夫人的妆台下享乐了三年之后，他的甘美的梦境的记录出来了。千八百五十一年在柏林出版的《夏天的小说和歌集》（*Sommergeschichten und Lieder*）里，有许多迷人的小说和短歌在那里，他的千古不灭的杰作《茵梦湖》就是这里边的一篇，翌年（一八五二）的一卷诗集发行之后，他的诗名就同秋潮似的一天一天增长起来了。

写到这里，我的目的已经达到了；因为这一篇是《茵梦湖》的序引（Einleitung），并非是施笃谟的评传，一八五二年以后的施笃谟的事迹，我且简单的说几句。最后找想把他的著作来批评批评。

千八百五十三年，虎汝谟市的排德事件起来了。当时的虎汝谟市的住民虽是德国人多，然而这地方的主权属于丹麦。施笃谟受了德国的教育，父祖是纯粹的德国人，所以他总不得不为德国辩护，因此就招了地方权宪的嫉恶，千八百五十三年的夏天，他就不得不被逐到德国内地了。先在卜支丹（Potsdam）做了一任裁判官，后来又转到阿以歇斯弗尔特的海立西斯他脱（Heiligstadt [Heiligenstadt] im Eichsfeld）去。一八六四年的丹麦战争告终之后，雪娄斯维州的主权全部归属了德国。施笃谟回到故里之后，年年总有几篇短篇小说问世，他的声名已与当时的各大诗人并列了。一八八七年他的七十岁的生辰，德国全国为他祝寿，那时候纪念出版的他的杰作《茵梦湖》，目下在德国的骨董书铺里，还可以买得到。短命文人保罗须斋（Paul Schitze [Schuetze]）博士著的施笃谟传（*Theodor Strom*，*Sein Leben und seine Dichtung*）也是在这时候出版的。我这一篇东西，原系根据读了须斋的评传之后的记忆而作，因为须斋的书不在我的手头，或者我的这一篇东西里许有错误的地方，也 [末] 未可知。须斋是施笃谟的好友，所以他著的这一部评传，正如葛格儿曼（Eckermann）著的《葛迪的座谈》(*Gespraeche mit Goethe*）一样，是很有价值的，我另外是读过一本佛爱儿（F. Wehl）的施笃谟传（*Theodor Storm*，*Ein Bild seines Lebens und Schaffens*）和皮者（A.Biese）的《施笃谟与现代写实主义》(*Theodor Storm und der moderne Realismus*）的两本书。但是这都是在三年前高等学校时代读的，现在已经忘记了。须斋博士做了施笃谟传之后，竟在施笃谟之先死了。

千八百八十八年的七月十四，施笃谟死在故乡的哈戴马儿染（Hademarschen）的家里，德国全国的文人对他的哀悼的情，可以不必说了。他的全集共十九卷，是一八六八到一八六九年间在勃狼须乏衣西（Braunschweig）出版的，一九〇五年版已改成八卷了。

施笃谟的艺术，是带实写风的浪漫派的艺术。与其称他作小说家，还不如称他作诗人的好，他毕竟是一个大抒情诗人。他的诗虽不多，然而他的诗人的地位，可与爱县道儿夫（Eichendorff）、舍米所（Chamisso）、帝克（Tieck）诸人并立，他的无数的短篇小说，是他的抒情诗的延长的作品。他的小说里，篇篇有内热的，沉郁的，清新的诗味在那里。他的一生的怀乡病，和北方住民特有的一种消沉的气像［象］，便是他的艺术的中心要点。我们把他的短篇小说来一读，无论如何，总不能不被他引诱到一个悲哀的境界里去。我们若在晚春初秋的薄暮拿他的《茵梦湖》来夕阳的残照里读一次，读完之后就不得不惘然自失，好像是一层一层的沉到黑暗无光的海底里去的样子。他的技巧上的特质，就是文体的单纯简略。我们读完了《茵梦湖》之后，无论如何总不能了解他何以用了这样简单的文字，能描写得出这样复杂的感情来的。然而这一层长处，就是他的短处，因为他太爱文体的简洁了，所以不能造出可歌可泣的艺术来，与葛迪（Goethe）的福奥乌斯脱争甲乙。因此我们读了他的小说之后，只是默默的觉得消沉下去，并不同读了独斯托伊妇斯克（Dostoyefsyk）的小说的时候一样，能发狂发疯的。若把独斯托伊妇斯克的小说来比严冬的风雪，盛暑的狂雷，那么就不得不把斯笃谟的小说来比春秋的佳日，薄暮的残阳。他的小说都是朗朗可诵的，也没有什么优劣可分。但是把他的小说里边的比较得妩媚可爱的揭出来，第一就是《茵梦湖》。其他如《三色紫罗兰》（*Viola tricolor*），*Aquis Submersus*，*Renate*，*Psyche*，*Zur Chronik uon Grieshuus*，*Der Schimmelreiter* 等，都是优婉动人的作品，他的诗虽然不多，篇篇是同荷叶上的露珠一样，葛迪所说的：

艺术家呀，要紧的是情意，并不是言语，因为一口气息就是你的诗。

Bilde，kuenstler，rede Hicet［nicht］，nur ein Hauch sei dein Gedicht

那几句话，就是他的诗的准则。

最后还有一句话，施笃谟所描写的，都也优美可爱的女人。在这一个地方，他的艺术，和俄国的屠儿佛纳夫（Turgeneff）有共同之处。他描写的儿童心理深婉得很，在这一个地方，他的艺术和法国的散披爱儿（Saint-Pier［Saint-Pierre］）有共同之处。

一九二一，七，二一日。午后书于日本东京之函馆旅馆。

——上海泰东书局1931年14版

《前夜》①

《前夜》序

耿济之

文学的原则是什么？文学有何影响于社会和人生？

这个问题在自然派讲起来，一定回答说：文学的原则就是用不煊不染的“真实”来描写现有的生活，不加上什么理思，也不有些微的剥损。这种“赤裸裸”的描写固然是近代自然派文学的特色；但是据我看来，他决不能包括文学的实体，也不能确定他的目的。请问：文学家抱着什么目的甘愿做那生活的“回声”呢？——回声一定是波动的，回声一定逊于所欲模仿的声音。再则：文学家应当不应当仿佛“回声”似的把所有宇宙间发生的事实一一描写而无所别择？这两个问题如果能够回答下来，那末文学的功用实在是如此。但是不能：因为既不加上什么理想，如何有文学家的目的；既没有些微的剥损，如何能容你有选择的功夫。所以自然派这样的解释未免有不足不尽之

① 《前夜》，长篇小说，俄国屠格涅夫著，沈颖译。上海商务印书馆1921年8月初版。共学社俄罗斯文学丛书之一。

处，而这种文学对于社会和人生定无若何巨大的影响。

这样看来，文学决不能仅以描写生活的真实，即为止境，应当多所别择，把文学家的情感和理想寓在里面，才能对于社会和人生发生影响。这就是文学的原则。质言之，文学是不应当绝对客观的，而应当参以主观的理想。

描写固然应该真实，而同一真实里不能不加以别择，以完成文学的目的。

文学的目的在绝对客观的自然派看起来，是不甚要紧的。他们对于艺术应当是有益的一层虽还不否认，却同时以为他的益处就在于他自己的范围里，和华美作品的内容毫无关系；他们并且以为艺术自能得到他自己范围内的益处，只须用艺术的手段来描写真实的生活；如果现在欲要求什么目的，那简直是溢出范围，而使他不成为艺术。他们的意思仿佛说艺术的目的就是艺术，艺术只为艺术而生。然而这种论调实在是毫无一顾之价值的，因为那里能各种事实的描写都有同样的意义，并且得同样的益处。

所以艺术——文学——如果只有他本身的目的，那也只是没有用的艺术，——文学。人生的艺术——文学，才能算做真艺术，——真文学。

上面几段话是说明文学应当归结到人生方面；换言之；文学作品的制成应当用作者的理想来应用到人生的现实方面。文学一方面描写现实的社会和人生，他方面从所描写的里面表现出作者的理想。其结果：社会和人生因之改善，因之进步，而造成新的社会和新的人生。这才是真正文学的效用。

然而这种“人生”的文学作品实在是很少的，即以俄国的文学而论，——因为我一二年来所研究的只是俄国文学，其他国的文学委实是不知道的，所以也只好就俄国文学而论，——也没有几篇作品足副其实的。俄国文学家中带着这种色彩的也只能推托尔斯泰

Толстой ，屠格涅甫 Тургеневъ，道司托也夫司基 Достоевский，柯勒基 Торький，安得列夫 Андреев 数人。其中屠格涅甫的文学作品最适合于吾人说明人生文学之用，因为他的作品并不像托尔斯泰，道司托也夫司基似的太偏于思想和主义的一方面，却是纯粹艺术的描写；又不像极端客观的写实派似的只作赤裸裸的描写，而不顾到作者的思想方面，却在纯艺术中表现时代的潮流和人生的趋向。

屠格涅甫有六篇名著：(一)《父与子》；(二)《前夜》；(三)《贵族之家》；(四)《烟》；(五)《荒地》；(六)《路丁》。

这六篇实在是俄国近代文学中的杰作，各篇有各篇的主旨，各篇各描写一时代的思想和潮流，实在是为研究俄国文学和思想者不能不读的书。 我们介绍俄国文学也最注意于他这六篇著作，主［注］意将他们次第翻译成中文，因为这六篇是十九世纪中叶俄国社会思想的结晶，读此可以知道俄国思想变迁的痕迹，更可以知道文学和社会及人生其间有多大密切的关系。

现在沈颖君所译的屠格涅甫名著六种中的一篇《前夜》已告成功了！这本书对于当时的俄国社会有若何的影响，下节当举以奉告；但是我信沈颖君用佳妙的手笔来翻译这种佳妙的著作，他影响于中国的社会也决不少。

俄国社会因著这种书而变更一部分的思想，希望中国社会也能因为这种书而变更其平时陈腐虚伪的思想！

有人说：“我看这部书并没有什么绝大的深意寓在里面，他不过是一本描写爱情的小说。”这个人的话完全是误会的，他只看见其表面，其事实，自然得着不正确的见解。这本书出版于一千八百五十九年，其主旨可以说完全针对着当时俄国社会的情形而发。俄国当一八三〇——八五〇的时候，西方自由思想慢慢输入进来，而帝皇的专制手段亦与之俱长。当时的青年一方感受着专制的痛苦，他方又受了自由思想的鼓励，大家都觉悟起来，欲在社会上有所活动。但是政治方面也决无那些觉悟的青年容足之地，便不得不趋于哲学宗教艺术等和现实少有接触的各方面去。固然一时文风极盛，然而其弊也，离现实而好幻想，喜大言而屏实际。社会上只听见软弱的喊声，而没有实地的工作。屠格涅甫有见及此，所以著了这篇《前夜》的小说，以喊醒众人的迷梦，使俄国的青年能弃去空言，脚踏实地的做去。书中女主人叶林娜对于白尔森涅夫和苏宾都存个看不起的念头，独垂青于保加利亚亡命志士，穷无所归的殷沙洛夫这个人。这个并不是说叶林娜眼光高，见解特别，却是证明屠格涅甫实在是厌弃白尔森涅甫和苏宾两人学问和艺术的事业，而推崇殷沙洛夫这种切志救国，铁肩担道的精神。然而读者不要误会：屠格涅甫并不是反对学问和艺术的事业，他也知道这种事业在社会上是很重要的；但是在俄国"当时"所最为需要的并不专是这种事业，却是需要实地改造的力量和精神。他在自己小说里不但对于白尔森涅甫和苏宾表示蔑视的意思，并且一切否认与他同时的各种人。小说里有一处可以证明出他的意思，他说：像殷沙洛夫这种人现在是没有的了，所有的只是喧嗓者，鼓锤子，和从空虚移到虚空的人。这句话真是骂尽俄国当时的人，形容尽俄国当时社会的情形！所以这篇小说实在是俄国青年的兴奋剧，凡读着这本书，便明白自己的责任并不在于空虚飘茫的言论，而在于实地去做改造社会的工作。此书一出，俄国不少青年男女都觉悟过来，争着学殷沙洛夫和叶林娜的榜样大张"争自由""谋解放"的旗帜，以做各种民间的运动，而促成社会的改革。由此可见文学与社会和人生实在是很有关系的。中国有句成语说"英雄造时势，时势造英雄"现在可以换一句"文学造时势，时势造文学"的话了。

以上已把《前夜》小说的效用约略讲明，大概读者一看，对于这本书也决不会再有什么怀疑的地方。但是这本书的来历也不能不叙述一下。屠格涅甫曾对于他六篇名著小说做过一篇自序，内中有四五段讲起他所以做这本《前夜》的原因，不可不摘要翻译出来，写在下面，以作读者的参考，也就算做我这篇序言的结束。

“……差不多一千八百五十五年一年中我住在乡间，一点也不出去游行。村里邻家中有个为我最熟识的一人，名叫瓦西里·克拉基夫（Василий Каратеевъ）是个年轻的田主，约摸有二十五岁的年纪。克拉基夫是浪漫派，热情派，酷爱文学和音乐，富有滑稽的才能，且富于情感和爱情，性格又很直爽。他从莫斯科大学毕业后，便住在村里父亲那里。他父亲每三年一定要发出种忧郁病，仿佛疯狂的样子。他有个姊姊，也死于疯狂。这些人早就死；——所以我能随便的说出来。克拉基夫不得不自己管理家务，但是他实在不惯做这些事情，他只爱读书，并和那气味相投的人谈话。不过这种人是很少的。邻舍都不喜欢他自由的思想和嘲笑的言词；……他们恐怕自己妻女一经和他认识，便要传出危险不名誉的事情来。他时常过临我家，在那时候他来和我谈话也很能解我的闷气。

“‘克里米亚战争’一起，政府实行在士族内征募兵士。那些和克拉基夫不对劲的人想着害他，便鼓动别人，选他为招募军队中的军官。他一得这个消息，就立刻到我家里来。我看见他那垂头丧气的行径很使他惊愕不置。他劈头第一语就是：‘我从那里是回不来的了；我实在忍受不住这个；我将死在那里了。’他实在不能称为强健：他胸脯时常作痛，身体也是很弱的。我暗地里固然替他担忧，表面上却极力安慰他，并且说不过一年，我们一定能重新相见，促膝聚谈。然而他依旧固执着自己的意思，后来同我在花园里游逛了一会，忽然对着我说道：‘我有一件事情请求你。你知道我在莫斯科住了好几年，你却不知道我在那里所生的事故，——到现在却不得不把这些历史说给外人听。我努力这般做；我自信我没有一点文学的才能，却勉强做成一本小册子，现在特地拿来赠送给你。’说毕，他从口袋里掏出本小册子来，有十五六叶纸的样子，随说道：‘你虽然极力安慰我，但是我终信我是回不来家乡的了。所以我请你把这本册子拿去，改做成一篇小说，却切不可随便弃置，那是我万分希望的！’我正想辞去这个差使；后来一看如果辞去，便要动他的怒，便勉强答应下来了。等他回去后，我拿来一看，里面所写的就是后来我这篇《前夜》的内容；但是他叙述得还没有完，中间便截断了。里面说克拉基夫在他住居莫斯科的时候，爱上一位女郎，那女郎也很爱他；后来那女郎同一个保加利亚人名叫卡德拉诺失 Катрановъ 的相识，便移爱于他，同他一块儿往保加利亚去，在那里那人不久便死了。这个爱情的历史的确实有其事。克拉基夫也正没有文学的才能。就有一段‘查里柴诺的旅行’描写得还活泼——所以我在自己小说里还保存着他许多原来的话语。但是那时候我脑筋里正回旋着别种印象；正预备做《路丁》小说；但是这种受委托的任务有时还在我面前发生。我读完克拉基夫这本册子，不由得喊道：‘这就是我所寻找的英雄呵！’那时候俄国还没有这种人。第二天，我又见着克拉基夫，不但给他说我一定履行他的请求，并且还感谢他能够从困难引我出来，在我思想上放出绝大的光明。克拉基夫听着极其喜欢，便和我郑重叮咛而别，前去从军，不幸他到底没有回到故乡来。他的预想已经实验了。他受着疫气，死于营中。然而我终延迟我那预约的履行；因为我做完《路丁》，又做别的事情，——从事做《贵族之家》，在一千八百五十八年冬间我又回到乡里来，忆起克拉基夫的事情；便找出那本册子；想了一想计划，就动笔起来。我几个熟识的朋友都已知道这事情的原委，但是我认为还应当和读者说明，所以写将下来，使读者能对于我那可怜的年轻朋友增加些回忆。……”

（民国九年九月十三日耿济之序于京寓）

——录自商务印书馆 1921 年初版

《易卜生集　第一册》①

《易卜生集　第一册》易卜生传

潘家洵②

易卜生亨利克是挪威人，一八二八年生在 Skien 城里。他好几代祖宗娶的都是丹麦人，德国人，苏格兰人，所以他们家虽然在挪威住了一百多年，易卜生实在算不得一个纯粹挪威人。他父亲是个做买卖的，生下易卜生不多几年就破了产，所以易卜生小时候竟不曾好好的受教育。到了十五岁上，易卜生家里把他送到 Grimstad 一家药铺里去做徒弟。Grimstad 是个极偏僻闭塞的地方，易卜生到了那里一天到晚同药杵药瓶作伴，过的日子沉闷枯寂得很，他的脾气又坏，差不多没有什么人敢多去惹他。他闲的时候却很肯自己用功，并且有时候学做做诗。不料到了一八四八年——那时候易卜生正是二十岁——好像青天一声霹雳似的，各处都起了革命。偌大的一个欧洲几乎没有一处不受着革命潮流的激荡。法国人把路易腓力赶跑，建设第二次共和。意大利起兵想脱离奥国的羁绊。奥国也是民气激昂要求立宪，吓得那位英明盖世的大政治家梅特涅也只得学着路易腓力的榜样到英国去逃命。柏林城里为了要求立宪，也闹得血流满地。此外，像米兰，威匿思，匈牙利，丹麦，等等地方都是一片革命的呼声。这个当口易卜生被这霹雳一震，他的脑子里立刻开辟了一个新境界，仿佛重新做了一个人似的。他在药铺里的六七年工夫，表面上看来好像没有什么大关

① 《易卜生集　第一册》，戏剧，挪威易卜生著，潘家洵译述，胡适校订。上海商务印书馆 1921 年 8 月初版。世界丛书之一。

② 潘家洵（1896—1989），字介泉，江苏苏州人，毕业于北京大学西语系。译有《华伦夫人之职业》（萧伯纳著）、《易卜生集》（1、2 册）等。

系，其实是他一生的大关键，因为这位大文学家的个性，特质，都是在这种环境里定的形。

二十三岁他才到挪京入大学读书，编了一本韵文历史悲剧叫作*Catilina*，这可以说是易卜生的第一部著作。在京城里住了一两年靠着卖文度日，境况艰难得很。一八五一年年底Bergen的国民舞台来请他去做编戏主任，并且供给他旅费教他到各处去考察研究，因此易卜生长进了不少舞台上的经验知识。国民舞台五年合同期满后，易卜生回到挪京，编了一本戏叫作*The warriors of Hedgeland*［*The Vikings at Helgeland*］。挪威文学一向受丹麦作者的影响很深的，就是易卜生也不免，然而这个戏本却独辟蹊径，不落丹麦作者的窠臼，替挪威文学史上开辟了一个新纪元。不料这个戏本出来后，没有地方肯替他排演。易卜生饱尝了人家的冷嘲热骂，但是终不改变他的初衷。他觉得挪威人真是昏天黑地，不识好歹，牢骚气愤得了不得，因此就不知不觉的变成了一个尖酸深刻的讽世著作家。一八六二年他做了一本《恋爱喜剧》，对于恋爱婚姻问题嬉笑怒骂的发挥了一顿，痛诋当时挪威社会婚姻上滞缓的手续和繁琐的节目。里头或者有些过火的地方，不过要晓得易卜生是借此发泄发泄他一肚子的牢骚。但是从此以后易卜生却得了个"不道德著作家"的头衔。那时候他已经结婚了好几年。最有趣的是他夫人的继母年纪只比他大得九岁，同他感情极密替他翻译法文剧本，帮助他的地方很多。他夫人这位继母不但学问好，并且人品也温顺幽婉，易卜生受了这种熏炙，把他本来的生硬气质也变化了许多。

他自从添了家累，生活更一天难似一天。因为他太会得罪人，国会也不肯给他"诗人年金"。到了一八六四年他竟搬到意大利去了。意大利本是个风景和美术有名的地方，易卜生又是个从小喜欢美术的人，到了那里不消说得有一种说不出的领会说不出的乐趣。过了些时候他做了两种剧本，一种叫*Brand*（一八六五）一种叫*Peer Gynt*

（一八六七）中间痛骂当时挪威人宗教道德上的弱点，说挪威人怎样自私自利，怎样意志薄弱，怎样萎靡阘茸。就艺术方面说，这两种著作也可以算得易卜生的第一流韵文了。所以从此不但易卜生自己的声望大了许多，并且同时把挪威文学的地位也提到世界文学范围里去了。

易卜生从前的东西都是韵文，一八六九年才用散文做了本《少年党》，描写当时挪威的政治情形。一八七三年他又做了一本历史剧 *Emperor and Galilean*，其中很含些理想和神秘主义。但是他以后的著作却几乎全是写实主义，除了晚年有几种东西又带些神秘、理想的色彩。

一八六四年德国用兵力来夺丹麦西南的 Schleswig 和 Holstein 两个地方，丹麦敌不过他，只得由他夺去。隔了五六年，德国又同法国开仗，法国打了个一败涂地。这些事情在易卜生脑子里很发生了些影响。在一封写给他朋友的信里（一八七〇）易卜生说道：

> "法国已经破裂了；等到德国照样一破裂，我们就到了一个新纪元了。……现在所赖着养命的东西不过是前世纪的革命思想所剩下来的一些渣屑唾余罢了，所有里头含着的滋养料早已被人家吸尽。现在所说的自由，平等，博爱不是从前法国革命时代那些东西了，必须要重新装些新意思进去才是。……什么政治革命，以及种种只改外表，只换招牌的改革一概都是不相干的东西。只有人类精神上的革命是最要紧的东西。"

易卜生觉得什么民主政治，什么服从多数的政治都是胡闹，要想改造社会只有充分发展个人才性的一个法子。从此他把韵文丢开，专用白话文来讨论社会问题，因为他觉得韵文本身固然很美，然而拿来描写刻画人生却嫌不切实。易卜生打定主意要替这满身是病的社会诊病开脉案，所以不能不用一种明显真确的白话文做工具，不然，病情说不透的。可是我们要记着，易卜生是个只开脉案，不开药方的医生：他把病情详详细细的说了出来，他的责任就算完了；至于怎样用药，那是别人的事他不来顾问。这是易卜生和托尔斯泰大不相同的地方。

他的第一张脉案就是《社会栋梁》(一八七七)。这张脉案里开的是社会上假仁假义，自私自利的病症。戏里的主人翁做了坏事推在别人身上不算，还要陷害别人灭口。这样卑鄙狠毒的人面子上做得十分仁义道德，大家有的被他瞒过，有的就是知道也不敢惹他，反去歌功颂德，送他一个“社会栋梁”的徽号。犹之卖国攒了几百万家私的人拿出几个小钱来做点慈善事业，大家就恭维他是大善士！括［刮］地皮发财的主儿有时候高兴捐一小部分造孽钱给一个什么学校，大家就称赞他热心教育！社会上一般人眼光是短的，胆子是小的，不是盲从，就是附势，那里辨得出什么是非好歹！

易卜生著作里头最有名的就是一八七九年出版的《娜拉》。《娜拉》这戏也是描写社会上的虚伪病，不过偏重在家庭和婚姻方面。《娜拉》剧的第三幕后半段可以抵得一篇妇女人格的独立宣言书。中间郝尔茂夫妇的一问一答很可以代表普天下男子的自私自利性，不把女子的人格看得和自己的一样重：

> 郝尔茂　男子就是为他心爱的人也没有肯牺牲自己的名誉的；
> 娜拉　几千万的女子却都这样做过了！

娜拉因为他从前冒了危险去救他丈夫的性命，后来到了紧急关头，他丈夫非但丝毫不肯替他担干系，并且还责备他替他惹祸，立刻恍然大悟，觉得别人一向不曾把他当“人”看待，只把他当了一种取乐的玩物；于是决意离开那种玩物家庭，去做一个独立的“人”。

娜拉这本戏不但思想高超，情境逼真，并且写生，结构都好，把向来小说剧本的大团圆主义完全打破。

易卜生是一向把遗传问题看得很重的。他要证明父母的行为关系他们的子女怎样的重大密切，社会上虚伪的毛病在小孩子身上能够发生什么恶影响，所以做了一本《群鬼》(一八八二)。《群鬼》里的阿尔文夫人因为没有胆魄，要顾面子，听了一个牧师的话忍痛回去敷衍他那荒淫无度的丈夫。后来生了一个儿子，因为胎里就受了他父亲花柳病的遗毒，犯了脑腐症，变成疯子，好好的一个聪明少年就此这样白白的葬送掉！假使阿尔文夫人有胆量，肯不顾假面子，能够像娜拉后来一样，岂不就可以免掉这笔冤枉账的惨剧？可见得世间那些旧习惯，旧思想，假道德，假面子的害处实在了不得！大家也不是完全不知道，只是不敢冒着旁人的笑骂，从自己身上做起。

自从《娜拉》,《群鬼》出来以后，大家把易卜生不遗余力的攻击，把他当作一种害人的洪水猛兽看待。其实易卜生并不是喜欢说社会的坏话，只为了社会明明有许多毛病，如果一味讳疾忌医的不说，毛病一定愈来愈深，到了不可救药为止。易卜生以为社会是许多个人组织成的，社会有什么罪恶，每人至少要担一部分的干系，所以无论是谁都不容袖手旁观装没事人儿，应该尽力把毛病搜寻发布出来，大家一齐想法子来医治。

易卜生抱着一片改良社会的婆心，大家不识好歹，反把他乱骂，他生了气，于是就做了《国民公敌》(一八八二)。戏里的主人翁司铎门医生发见了本地浴场的水里有传染病菌，想要去改良他。不料浴场董事会和一班股东们因为改造浴场要耗损资本，所以拼死反对司医生，地方上又都是些没有眼睛，只会盲从附和的人，于是司医生竟被市民大会宣告为“国民公敌”。像司医生这等热心人，社会把他当作仇敌；假仁假义的伪君子，社会恭维他是栋梁；寻常所说的“民意”“舆论”这一类的东西究竟靠得住吗？所以易卜生气极了，说道：

“多数党总是错的，少数党总是不错的。”他又说：“世间最强有力的人就是那最孤立的人。”（都见《国民公敌》第五幕。）

易卜生生平最恨一等抱定了一套旧见解，死也不肯放新思想进门的人。因为那些旧思想的本身尽管可以很好，但是因为时代的关系已经渐渐的不适用，再去死命的抱着不放手，岂不是胡闹吗？易卜生的主张是：“社会如果不按期改造，就要死的。”

一八八四年他做了一本戏叫做《雁》。《雁》同《国民公敌》恰是相反。《国民公敌》写一个孤立独行的人，《雁》写一个被社会同化的人。可见得抗拒环境，保持个性，不是十分容易的事情。

易卜生从前常说挪威是个野蛮国家，那些人民只是一群猫狗。但是他在外国住了二十多年，名望一天大似一天，挪威人渐渐的知道尊敬他，所以易卜生也就回心转意了许多，在一八八五年特地回来看看本国的情形。但是那时候挪威正闹着许多政治问题，挪威的学生联合会又举行提灯会庆祝易卜生，打算把他卷进政治的旋涡里去。易卜生不胜其扰，于是又一溜烟到德国去了。

易卜生的发展个性的主张在他一八八八年做的《海上夫人》剧本里说得很明显。他说：个性若能自由发展，结果是快乐健康的生活；个性若被阻遏摧折，结果是烦恼萎靡的生活。

一八九〇年《海妲传》出版。易卜生说他在这个剧本里并不想讨论什么“问题”只要描写人生——情感，命运，处境，等等的东西。易卜生相信环境的势力是极大的。

到了《大匠》出版（一八九二）易卜生的造诣差不多已经到了极点；以后所做的《小爱友夫》（一八九四）、《博克曼》（一八九六）、《我们死人再生时》（一九〇〇）虽然都是很好的东西，也就不外发挥以前所说过的那些主义了。

易卜生七十岁生日的时候（一八九八）已经回了挪威，各处送礼和拜寿的人不晓得有多少。他又跑到丹麦，瑞典去了一趟，到处受大家的欢迎。比起他五十岁以前那种潦倒落拓，遭人白眼的光景真是天悬地隔了！

易卜生连着病了好几年，到了一九〇六年，这位赫赫有名的大文学家竟自长逝了。国会许他国葬；国王公使都去送殡。

易卜生的著作很有许多不容易了解的地方，因为他每写一个剧本，在不曾动手之前先把里头的脚色的性格，脾气，举动，历史，想了个周密详尽，然后像记载事实似的写下去。所以每种剧本后面都包藏着一大段的历史；中间的人物事实，虽是虚造的空中楼阁，然而易卜生却把他当作真的一样看待，无论小节细目，一举一动，好像都是根据千真万确的事实一样。看书的人，不要说粗心浮气固然是不容易领会，就是悉心静气的去细看，有时候也未必都能得到作者的真意。

易卜生还有一个特点，就是：他在著作里表现人生的时候决不肯放松一点，绝少宽恕，容忍，偏私，或是感情用事的地方。

十年，五四纪念日，译者。

——录自商务印书馆1921年初版

《易卜生集　第一册》附录——易卜生主义

胡适

四年前，我和一班朋友在《新青年》里出了一个“易卜生号”，那时我们在百忙之中偷闲做这种重大的事业，自然很多缺点。那是我们很对不住易卜生的。这几年，我们总想把易卜生的著作多介绍一点给中国的读者，但时间上的限制终不能使我们实行这个愿望。现在潘家洵先生把《娜拉》与《国民公敌》都重译出来，又加上他从前译成后来修正的《群鬼》，归世界丛书社出版，作为《易卜生集》的第一册。我觉得这是中国译界对于易卜生补过的机会到了；因此，我也把四年前做的这篇《易卜生主义》修改一遍，放在这里作一个附录。

民国十年四月二十六日，胡适。

（一）

易卜生最后所作的《我们死人再生时》(*When We Dead Awaken*)一本戏里面有一段话，很可表出易卜生所作文学的根本方法。这本戏的主人翁，是一个美术家，费了全副精神，雕成一副像名为“复活日”。这位美术家自己说他这副雕像的历史道：

> 我那时年纪还轻，不懂得世事。我以为这“复活日”应该是一个极精致，极美的少女像，不带着一毫人世的经验，平空地醒来，自然光明庄严，没有什么过恶可除。……但是我后来那几年，懂得些世事了，才知道这“复活日”不是这样简单的，原来是很复杂的。……我眼里所见的人情世故，都到我理想中来，我不能不把这些现状包括进去。我只好把这像的座子放大了，放宽了。
>
> 我在那座子上雕了一片曲折爆裂的地面。从那地的裂缝里，钻出来无数模糊不分明，人身兽面的男男女女。这都是我在世间亲自见过的男男女女。(二幕)

这是“易卜生主义”的根本方法。那不带一毫人世罪恶的少女像，是指那盲目的理想派文学。那无数模糊不分明，人身兽面的男男女女，是指写实派的文学。易卜生早年和晚年的著作虽不能全说是写实主义，但我们看他极盛时期的著作，尽可以说，易卜生的文学，易卜生的人生观，只是一个写实主义。一八八二年，他有一封信给一个朋友，信中说道：

> 我做书的目的，要使读者人人心中都觉得他所读的全是实事。(《尺牍》第一五九号)

人生的大病根在于不肯睁开眼睛来看世间的真实现状。明明是男盗女娼的社会，我们偏说是圣贤礼义之邦；明明是赃官污吏的政治，我们偏要歌功颂德；明明是不可救药的大病，我们偏说一点病都没有！却不知道：若要病好，须先认有病；若要政治好，须先认现今的政治实在不好；若要改良社会，须先知道现今的社会实在是男盗女娼的社会！易卜生的长处，只在他肯说老实话，只在他能把社会种种腐败龌龊的实在情形写出来叫大家仔细看。他并不是爱说社会的坏处，他只是不得不说，一八〇八年，他对一个朋友说：

> 我无论作什么诗，编什么戏，我的目的只要我自己精神上的舒服清净。因为我们对于社会的罪恶，都脱不了干系的。(《尺牍》第一四八号）

因为我们对于社会的罪恶都脱不了干系，故不得不说老实话。

（二）

我们且看易卜生写近世的社会，说的是一些什么样的老实话。第一，先说家庭。

易卜生所写的家庭，是极不堪的。家庭里面，有四种大恶德：一是自私自利；二是倚赖性，奴隶性；三是假道德，装腔做戏；四是懦怯没有胆子。做丈夫的便是自私自利的代表。他要快乐，要安逸，还要体面，所以他要娶一个妻子。正如《娜拉》戏中的郝尔茂，他觉得同他妻子有爱情是很好玩的。他叫他妻子做“小宝贝”，“小鸟儿”，“小松鼠儿”，“我的最亲爱的”，等等肉麻名字。他给他妻子一点钱去买糖吃，买粉搽，买好衣服穿。他要他妻子穿得好看，打扮的标致。做妻子的完全是一个奴隶。他丈夫喜欢什么，他也该喜欢什么：他自己是不许有什么选择的。他的责任在于使丈夫欢喜。他自己不用有思想：他丈夫会替他思想。他自己不过是他丈夫的玩意儿，很像叫化子的猴子专替他变把戏引人开心的。（所以《娜拉》又名《玩物之家》）。丈夫要妻子守节，妻子却不能要丈夫守节，正如《群鬼》（*Ghosts*）戏里的阿尔文夫人受不过丈夫的气，跑到一个朋友家去；那位朋友是个牧师，很教训了他一顿，说他不守妇道。但是阿尔文夫人的丈夫专在外面偷妇人，甚至淫乱他妻子的婢女；人家都毫不介意，那位牧师朋友也觉得这是男人常有的事，不足为奇！妻子对丈夫，什么都可以牺牲；丈夫对妻子是不犯着牺牲什么的。《娜拉》戏内的娜拉因为要救他丈夫的生命，所以冒他父亲的名字，签了借据去借钱。后来事体闹穿了，他丈夫不但不肯替娜拉分担冒名的干系，还要痛骂他带累他自己的名誉。后来和平了结了，没有危险了，他丈夫又装出大度的样子，说不追究他的错处了。他得意扬扬的说道，“一个男人赦了他妻子的过犯是很畅快的事！”（《娜拉》三幕）

这种极不堪的情形，何以居然忍耐得住呢？第一，因为人都要顾面子，不得不装腔做戏，故假道德遮着面孔。第二，因为大多数的人都是没有胆子的懦夫。因为要顾面子，故不肯闹翻；因为没有胆子，故不敢闹翻。那《娜拉》戏里的娜拉忽然看破家庭是一座做猴子戏的戏台，他自己是台上的猴子。他有胆子，又不肯再装假面子，所以告别了掌班的，跳下了戏台，去干他自己的生活。那《群鬼》戏里的阿尔文夫人没有娜拉的胆子，又要顾面子，所以被他的牧师朋友一劝，就劝回头了，还是回家去尽他的“天职”，守他的“妇道”。他丈夫仍旧做那种淫荡的行为。阿尔文夫人只好牺牲自己的人格，尽力把他羁縻在家。后来生下一个儿子，他母亲恐怕他在家学了他父亲的坏榜样，所以到了七岁便把他送到巴黎去。他一面要哄他丈夫在家，一面要在外边替他丈夫修名誉，一面要骗他儿子说他父亲是怎样一个正人君子。这种情形，过了十九个足年，她丈夫才死。死后，他妻子还要替他装面子，花了许多钱，造了一所孤儿院，作他亡夫的遗爱。孤儿院造成了，他把儿子唤回来参预孤儿院落成的庆典。谁知他儿子从胎里就得了他父亲的花柳病的遗毒，变成一种脑腐症，到家没几天，那孤儿院也被火烧了，他儿子的遗传病发作，脑子坏了，就成了疯人了。这是没有胆子，又要顾面子的结局。这就是腐败家庭的下场！

（三）

其次，且看易卜生论社会上的三种大势力。那三种大势力：一是法律，二是宗教，三是道德。

第一，法律　法律的效能在于除暴去恶，禁民为非。但是法律有好处也有坏处。好处在于法律是无有偏私的；犯了什么法，就该得什么罪。坏处也在于此。法律是死板板的条文，不通人情世故；不知道一样的罪名却有几等几样的居心，有几等几样的境遇情形；同犯一罪的人却有几等几样的知识程度。法律只说某人犯了某法的某某篇某某章某某节，该得某某罪，全不管犯罪的人的知识不同，境遇不同，居心不同。《娜拉》戏里有两件冒名签字的事：一件是一个律师做的，一件是一个不懂法律的妇人做的；那律师犯这罪全由于自私自利，那妇人犯这罪全因为要救他丈夫的性命。但是法律全不问这些区别。请看这两个“罪人”讨论这个问题：

（律师）郝夫人，你好像不知道你犯了什么罪，我老实对你说，我犯的那桩使我一生声名扫地的事，和你所做的事恰恰相同，一毫也不多，一毫也不少。

（娜拉）你！难道你居然也敢冒险去救你的妻子的命吗？

（律师）法律不管人的居心如何。

（娜拉）如此说来，这种法律是笨极了。

（律师）不问它笨不笨，你总要受它的裁判。

（娜拉）我不相信。难道法律不许做女儿的想个法子免得他临死的父亲烦恼吗？难道法律不许做妻子的救她丈夫的命吗？我不大懂得法律，但是我想总该有这种法律承认这些事的。你是一个律师，你难道不知道有这样的法律吗？柯先生，你真是一个不中用的律师了。(《娜拉》一幕)

最可怜的是世上真没有这种入情入理的法律！

第二，宗教 易卜生眼里的宗教久已失了那种可以感化人的能力；久已变成毫无生气的仪节信条，只配口头念得烂熟，却不配使人奋发鼓舞了。《娜拉》戏里说：

（郝尔茂）你难道没有宗教吗？

（娜拉）我不很懂得究竟宗教是什么东西。我只知道我进教时那位牧师告诉我的一些话。他对我说宗教是这个，是那个，是这样，是那样。(三幕)

如今人的宗教，都是如此，你问他信什么教，他就把他的牧师或是他的先生告诉他的话背给你听。他会背耶稣的《祈祷》文，他会念阿弥陀佛，他会背一部《圣谕广训》。这就是宗教了！

宗教的本意，是为人而作的，正如耶稣说的，“礼拜是为人造的。不是人为礼拜造的。”不料后世的宗教处处与人类的天性相反，处处反乎人情。如《群鬼》戏中的牧师，逼着阿尔文夫人回家去受那荡子丈夫的待遇，去受那十九年极不堪的惨痛。那牧师说，宗教不许人求快乐；求快乐便是受了恶魔的魔力了。他说，宗教不许做妻子的批评他丈夫的行为。他说，宗教教人无论如何总要守妇道，总须尽责任。那牧师口口声声所说是“是”的，阿尔文夫人心中总觉得都是“不是”的。后来阿尔文夫人仔细去研究那牧师的宗教，忽然大悟，原来那些教条都是假的，都是“机器造的！”（《群鬼》二幕）

但是这种机器造的宗教何以居然能这样兴旺呢？原来现在的宗教虽没有精神上的价值，却极有物质上的用场。宗教是可以利用的，是可以使人发财得意的。那《群鬼》戏里的木匠，本是一个极下流的酒鬼，卖妻卖女都肯干的。但是他见了那位道学的牧师，立刻就装出宗教家的样子，说宗教家的话，做宗教家的唱歌祈祷，把这位蠢牧师哄得滴溜溜的转。（二幕）那《罗斯马庄》（*Rosmersholm*）戏里面的主人翁罗斯马本是一个牧师，后来他的思想改变了，遂不信教了。他那时想加入本地的自由党，不料党中的领袖却不许罗斯马宣告他脱离教会的事。为什么呢？因为他们党里很少信教的人。故想借罗斯马的名誉来号召那些信教的人家。可见宗教的兴旺，并不是因为宗教真有兴旺的价值，不过是因为宗教有可以利用的好处罢了。

第三，道德　法律宗教既没有裁制社会的本领，我们且看“道德”可有这种本事。据易卜生看来，社会上所谓“道德”不过是许多陈腐的旧习惯。合于社会习惯的，便是道德；不合于社会习惯的，便是不道德。正如我们中国的老辈人看见少年男女实行自由结婚，便说是“不道德”。为什么呢？因为这事不合于“父母之命，媒妁之言”的社会习惯。但是这班老辈人自己讨许多小老婆，却以为是很平常的事，没有什么不道德。为什么呢？因为习惯如此。又如中国人，死了父母，发出讣书，人人都说“泣血稽颡”，“苫块昏迷”。其实他们何尝泣血？又何尝“寝苫枕块”？这种自欺欺人的事，人人都以为是“道德”，人人都不以为羞耻。为什么呢？因为社会的习惯如此，所以不道德的也觉得道德了。

这种不道德的道德在社会上，造出一种诈伪不自然的伪君子。面子上都是仁义道德，骨子里都是男盗女娼。易卜生最恨这种人。他有一本戏，叫做《社会的栋梁》(*Pillars of Society*)。戏中的主人名叫褒匿，是一个极坏的伪君子；他犯了一桩奸情，却让他兄弟受这恶名，还要诬赖他兄弟偷了钱跑脱了。不但如此，他还雇了一只烂脱底的船送他兄弟出海，指望把他兄弟和一般的人都沉死在海底，可以灭口。这样一个大奸，面子上却做得十分道德，社会上都尊敬他，称他做"全市第一个公民"，"公民的模范"，"社会的栋梁"！他谋害他兄弟的那一天，本城的公民，聚了几千人，排起队来，打着旗，奏着军乐，上他的门来表示社会的敬意，高声喊道，"褒匿万岁！社会的栋梁褒匿万岁！"

这就是道德！

（四）

其次，我们且看易卜生写个人与社会的关系。

易卜生的戏剧中，有一条极显而易见的学说，是说社会与个人互相损害；社会最爱专制，往往用强力摧折个人的个性，压制个人自由独立的精神；等到个人的个性都消灭了，等到自由独立的精神都完了，社会自身也没有生气了，也不会进步了。社会里有许多陈腐的习惯，老朽的思想，极不堪的迷信。个人生在社会中，不能不受这些势力的影响。有时有一两个独立的少年，不甘心受这种陈腐规矩的束缚，于是东冲西突，想与社会作对。上文所说的褒匿，当少年时代也曾想和社会反抗。但是社会的权力很大，网罗很密；个人的能力有限，如何是社会的敌手？社会对个人道："你们顺我者生，逆我者死；顺我者有赏，逆我者有罚。"那些和社会反对的少年，一个一个的都受家庭的责备，遭朋友的怨恨，受社会的侮辱驱逐。再看那些奉承社会意旨的人，一个个的都升官发财，安富尊荣了。当此境地，不是顶天立地的好汉，决不能坚持到底。所以像褒匿那般人，做了几时的维新志士，不久也渐渐的受社会同化，仍旧回到旧社会去做“社会的栋梁”了。社会如同一个大火炉，什么金银铜铁锡，进了炉子，都要熔化。易卜生有一本戏叫做《雁》(*The Wild Duck*)，写一个人捉到一只雁，把他养在楼上半阁里，每天给他一桶水，让他在水里打滚游戏。那雁本是一个海阔天空逍遥自得的飞鸟，如今在半阁里关久了，也会生活，也会长得胖胖的，后来竟完全忘记了他从前那种海阔天空来去自由的乐处了！个人在社会里，就同这雁在人家半阁上一般，起初未必满意，久而久之，也遂惯了，也渐渐的把黑暗世界当作安乐窝了。

社会对于那班服从社会命令，维持陈旧迷信，传播腐败思想的人，一个一个的都有重赏。有的发财了，有的升官了，有的享大名誉了。这些人有了钱，有了势，有了名誉，就像老虎长了翅膀，更可横行无忌了，更可借着“公益”的名义去骗人钱财，害人生命，做种种无法无天的行为。易卜生的《社会栋梁》和《博克曼》(*John Gabriel Borkman*) 两本戏的主人翁都是这种人物。他们钱赚得够了，然后掏出几个小钱来，开一个学堂，造一所孤儿院，立一个公共游戏场，“捐二十磅金去买面包给贫人吃”。(用《社会的栋梁》二幕中语) 于是社会格外恭维他们，打着旗子，奏着军乐，上他们家里来，大喊“社会的栋梁万岁”！

那些不懂事又不安本分的理想家，处处和社会的风俗习惯反对，是该受重罚的。执行这种重罚的机关，便是“舆论”，便是大多数的“公论”。世间有一种最通行的迷信，叫做“服从多数的迷信”。人都以为多数人的公论总是不错的。易卜生绝对的不承认这种迷信。他说“多数党总在错的一边，少数党总在不错的一边。”(《国民公敌》五幕) 一切维新革命，都是少数人发起的，都是大多数人所极力反对的。大多数人总是守旧麻木不仁的；只有极少数人，——有时只有一个人，——不满意于社会的现状，要想维新，要想革命。这种理想家是社会所最忌的。大多数人都骂他是“捣乱分子”，都恨他“扰乱治安”，都说他“大逆不道”；所以他们用大多数的专制威权去压制那“捣乱”的理想志士，不许他开口，不许他行动自由；把他关在监牢里，把他赶出境去，把他杀了，把他钉在十字架上活活的钉死，把他捆在柴草上活活的烧死。过了几十年几百年，那少数人的主张渐渐的变成多数人的主张了，于是社会的多数人又把他们从前杀死钉死烧死的那些“捣乱分子”一个一个的重新推崇起来，替他们修墓，替他们作传，替他们立庙，替他们铸铜像。却不知道从前那种“新”思想，到了这时候，又早已成了“陈腐的”迷信！当他们替从前那些特立独行的人修墓铸铜像的时候，社会里早已发生了几个新派少数的人，又要受他们杀死钉死烧死的刑罚了！所以说“多数党总是错的，少数党总是不错的”。

易卜生有一本戏叫做《国民公敌》，里面写的就是这个道理。这本戏的主人翁司铎门医生从前发现本地的水可以造成几处卫生浴池。本地的人听了他的话，觉得有利可图，便集了资本造了几处卫生浴池。后来四方人闻了浴池人之名，纷纷来这里避暑养病。来的人多了，本地的商业市面便渐渐发达兴旺，司铎门医生便做了浴池的官医。后来洗浴的人之中，忽然发生一种流行病症；经这位医生仔细考察，知道这病症是从浴池的水里来的。他便装了一瓶水寄与大学的化学师请他化验。化验出来，才知道浴池的水管安的太低了，上流的污秽，停积在浴池里，发生一种传染病的微生物，极有害于公众卫生。司铎门医生得了这种科学证据，便做了一篇切切实实的报告书，请浴池的董事会把浴池的水管重行改造，以免妨碍卫生。不料改造浴池须要花费许多钱，又要把浴池闭歇一两年；浴池一闭歇，本地的商务便要受许多损失。所以本地的人全体用死力反对司铎门医生的提议。他们宁可听那些来避暑养病的人受毒病死，却不情愿受这种金钱的损失。所以他们用大多数的专制威权压制这位说老实话的医生，不许他开口。他做了报告本地的报馆都不肯登载。他要自己印刷，印刷局也不肯替他印。他要开会演说，全城的人都不把空屋借他做会场。后来好容易找到了一所会场，开了一个公民会议，会场上的人不但不听他的老实话，还把他赶下台去，由全体一致表决，宣告司铎门医生从此是国民的公敌。他逃出会场，把裤子都撕破了，还被众人赶到他家，用石头掷他，把窗户都打碎了。到了明天，本地政府革了他的官医；本地商民发了传单不许人请他看病；他的房东请他赶快搬出屋去；他的女儿在学堂教书，也被校长辞退了。这就是“特立独行”的好结果！这就是大多数惩罚少数“捣乱分子”的辣手段！

（五）

其次，我们且说易卜生的政治主义。易卜生的戏剧不大讨论政治问题，所以我们须要用他的《尺牍》（*Letters*，ed. by his son，Sigurd Ibsen，English Trans，1905）做参考的材料。

易卜生起初完全是一个主张无政府主义的人。当普法之战（一八七〇至一八七一年）时，他的无政府主义最为激烈。一八七一年他有信与一个朋友道：

> ……个人绝无做国民的需要。不但如此，国家简直是个人的大害。请看普鲁士的国力，不是牺牲了个人的个性去买来的吗？国民都成了酒馆里跑堂的了，自然个个是好兵了。再看犹太民族：岂不是最高贵的人类吗？无论受了何种野蛮的待遇，那犹太民族还能保存本来的面目。这都因为他们没有国家的原故。国家总得毁去。这种毁除国家的革命，我也情愿加入。毁去国家观

念，单靠个人的情愿和精神上的团结做人类社会的基本，——若能做到这步田地，这可算得有价值的自由起点。那些国体的变迁，换来换去，都不过是弄把戏，——都不过是全无道理的胡闹。(《尺牍》第七十九)

易卜生的纯粹无政府主义，后来渐渐的改变了。他亲自看见巴黎“市民政府”(Commune)的完全失败（一八七一），便把他主张无政府主义的热心减了许多（《尺牍》第八十一）。到了一八八四年，他写信给他的朋友说，他在本国若有机会，定要把国中无权的人民联合成一个大政党，主张极力推广选举权，提高妇女的地位，改良国家教育要使脱除一切中古陋习（《尺牍》第一七八）。这就不是无政府的口气了。但是他自己始终不曾加入政党。他以为加入政党是很下流的事(《尺牍》第一五八)。他最恨那班政客，他以为“那班政客所力争的，全是表面上的权利，全是胡闹。最要紧的是人心的大革命。”(《尺牍》第七十七)

易卜生从来不主张狭义的国家主义，从来不是狭义的爱国者。一八八八年，他写信给一个朋友说道：

知识思想略为发达的人，对于旧式的国家观念，总不满意。我们不能以为有了我们所属的政治团体便足够了。据我看来，国家观念不久就要消灭了，将来定有人种观念起来代他。即以我个人而论，我已经过这种变化。我起初觉得我是挪威国人，后来变成斯堪丁纳维亚人，(挪威与瑞典总名斯堪丁纳维亚。)我现在已成了条顿人了。(《尺牍》第二〇六)

这是一八八八年的话。我想易卜生晚年临死的时候（一九〇六），一定已进到世界主义的地步了。

（六）

我开篇便说过易卜生的人生观只是一个写实主义。易卜生把家庭社会的实在情形都写了出来，叫人看了动心，叫人看了觉得我们的家庭社会原来是如此黑暗腐败，叫人看了觉得家庭社会真正不得不维新革命：——这就是“易卜生主义”。表面上看去，像是破坏的，其实完全是建设的。譬如医生诊了病，开了一个脉案，把病状详细写出，这难道是消极的破坏的手续吗？但是易卜生虽开了许多脉案，却不肯轻易开药方。他知道人类社会是极复杂的组织，有种种绝不相同的境地，有种种绝不相同的情形。社会的病，种类纷繁，决不是什么“包医百病”的药方所能治得好的。因此他只好开了脉案，说出病情，让病人各人自己去寻医病的药方。

虽然如此，但是易卜生生平却也有一种完全积极的主张。他主张个人须要充分发达自己的天才性；须要充分发展自己的个性。他有一封信给他的朋友白兰戴说道：

> 我所最期望于你的，是一种真益纯粹的为我主义。要使你有时觉得天下只有关于我的事最要紧，其余的都算不得什么。……你要想有益于社会，最好的法子莫如把你自己这块材料铸造成器。……有的时候我真觉得全世界都像海上撞沉了船，最要紧的还是救出自己。（《尺牍》第八十四）

最可笑的是有些人明知世界“陆沉”，却要跟着“陆沉”，跟着堕落，不肯“救出自己！”却不知道社会是个人组成的，多救出一个人便是多备下一个再造新社会的分子。所以孟轲说“穷则独善其身”，这便是易卜生所说“救出自己”的意思。这种“为我主义”，其实是最有价值的利人主义。所以易卜生说，“你要想有益于社会，最妙的法子莫如把你自己这块材料铸造成器。”《娜拉》戏里，写娜拉抛了丈夫儿女飘然而去，也只为要“救出自己”。那戏中说：

（郝尔茂）……你就是这样抛弃你的最神圣的责任吗？

（娜拉）你以为我的最神圣的责任是什么？

（郝）还等我说吗？可不是你对于你的丈夫和你的儿女的责任吗？

（娜）我还有别的责任同这些一样的神圣。

（郝）没有的。你且说，那些责任是什么。

（娜）是我对于我自己责任。

（郝）最要紧的，你是一个妻子，又是一个母亲。

（娜）这种话我现在不相信了。我相信第一我是一个人。正同你一样。——无论如何，我务必努力做一个人。（三幕）

一八八二年，易卜生有信给朋友道：

这样生活，须使各人自己充分发展：——这是人类功业顶高的一层；这是我们大家都应该做的事。（《尺牍》第一六四）

社会最大的罪恶莫过于摧折个人的个性，不使他自由发展。那本《雁》戏所写的只是一件摧残个人才性的惨剧。那戏写一个人，少年时本极有高尚的志气，后来被一个恶人害得破家荡产，不能度日；那恶人又把他自己通奸有孕的下等女子配给他做妻子，从此家累日重一日，他的志气便日低一日。到了后来，他堕落深了，竟变成了一个懒人懦夫，天天受那下贱妇人和两个无赖的恭维，他洋洋得意的觉得这种生活很可以终身了。所以那本戏借一个雁做比喻：那雁在半阁上关得久了，他从前那种高飞远举的志气全都消灭了，居然把人家的半阁做他的极乐国了！

发展个人的个性，须要有两个条件。第一，须使个人有自由意志。第二，须使个人担干系，负责任。《娜拉》戏中写郝尔茂的最大错处只在他把娜拉当作“玩意儿”看待，既不许他有自由意志，又不许他担负家庭的责任，所以娜拉竟没有发展他自己个性的机会。所以娜拉一旦觉悟时，恨极他的丈夫，决意弃家远去，也正为这个原故。易卜生又有一本戏，叫做《海上夫人》(*The Lady from the Sea*)，里面写一个女子哀梨妲少年时嫁给人家做后母，他丈夫和前妻的两个女儿看他年纪轻，不让他管家务，只叫他过安闲日子。哀梨妲在家觉得做这种不自由的妻子，不负责任的后母，是极没趣的事。因此他天天想跟人到海外去过那海阔天空的生活。他丈夫越不许她自由，他偏越想自由。后来他丈夫知道留他不住，只得许他自由出去。他丈夫说道：

> （丈夫）……我现在立刻和你毁约。现在你可以有完全自由拣定你自己的路子。……现在你可以自己决定，你有完全的自由，你自己担干系。
>
> （哀梨妲）完全自由！还要自己担干系！还担干系咧！有这么一来，样样事都不同了。

哀梨妲有了自由，又自己负责任了，忽然大变了，也不想那海上的生活了，决意不跟人走了（《海上夫人》第五幕)。这是为什么呢！因为世间只有奴隶的生活是不能自由选择的，是不用担干系的。个人若没有自由权，又不负责任，便和做奴隶一样，所以无论怎样好玩，无论怎样高兴，到底没有真正乐趣，到底不能发展个人的人格。所以哀梨妲说，有了完全自由，还要自己担干系，有这么一来，样样事都不同了。

家庭是如此，社会国家也是如此。自治的社会，共和的国家，只是要个人有自由选择之权，还要个人对于自己所行所为都负责任。若不如此，决不能造出自己独立的人格。社会国家没有自由独立的人格，如同酒里少了酒曲，面包里少了酵，人身上少了脑筋：那种社会国家决没有改良进步的希望。

所以易卜生的一生目的只是要社会极力容忍，极力鼓励司铎门医生一流的人物；要想社会上生出无数永不知足，永不满意，敢说老实话攻击社会腐败情形的"国民公敌"；要想社会上有许多人都能像司铎门医生那样宣言道："世上最强有力的人就是那个最孤立的人！"

社会国家是时刻变迁的，所以不能指定那一种方法是救世的良药：十年前用补药，十年后或者须用泄药了；十年前用凉药，十年后或者须用热药了。况且各地的社会国家都不相同，适用于日本的药，未必完全适用于中国；适用于德国的药，未必适用于美国。只有康有为那种"圣人"，还想用他们的"戊戌政策"来救戊午的中国；只有辜鸿铭那班怪物，还想用二千年前的"尊王大义"来施行于二十世纪的中国。易卜生是聪明人，他知道世上没有"包医百病"的仙方，也没有"施诸四海而皆准，推之百世而不悖"的真理。因此，他对于社会的种种罪恶污秽，只开脉案，只说病状，却不肯下药。但他虽不肯下药，却到处告诉我们一个保卫社会健康的卫生良法。他仿佛说道："人的身体全靠血里面有无量数的白血轮，时时刻刻与人身的病菌开战，把一切病菌扑灭干净，方才可使身体健全，精神充足。社会国家的健康也全靠社会中有许多永不知足，永不满意，时刻与罪恶分子龌龊分子宣战白的血轮，方才有改良进步的希望。我们若要保卫社会的健康，须要使社会里时时刻刻有司铎门医生一般的白血轮分子。但使社会常有这种白血轮精神，社会决没有不改良进步的道理。"一八八三年，易卜生写信给朋友道：

十年之后，社会的多数人大概也会到了司铎门医生开公民大会时的见地了。但是这十年之中，司铎门自己也刻刻向前进；所以到了十年之后，他的见地仍旧比社会的多数人还高十年。即以我个人而论，我觉得时时刻刻总有进境。我从前每作一本戏时的主张，如今都已渐渐变成了多数人的主张。但是等到他们赶到那里时，我久已不在那里了。我又到别处去了。我希望我总是向前去了。(《尺牍》第一二七)

民国七年五月十六日作于北京。
民国十年四月二十六日改稿。

胡适

——录自商务印书馆 1921 年初版

《春之循环》[①]

《春之循环》序一

郑振铎

"I ask you, king, to rise up and move. That cry outside yonder is the cry of life to life. And if the life within you is not stirred, in response to that call without, then these is cause for anxiety indeed, —not because duty has been neglected, but because you are dying.

——*Cycle of Spring* P.25.

---

① 《春之循环》(*The Cycle of Spring*)，戏剧，印度太戈尔（R.Tagore，今译泰戈尔，1861—1941）著，瞿世英译，郑振铎校，上海商务印书馆 1921 年 10 月初版，文学研究会丛书之一。1922 年 8 月再版，文前有《太戈尔著作一览》，文末有《文学研究会丛书缘起》《文学研究会丛书编例》。

“君王，我求你起来活动活动罢！外面的呼声是生命对于生命的呼声。如果你内在的生命不动，不去与外面的呼声相应和，那末，这真是烦闷的原因了。——不是因为你忘了责任，是因为你是死了。”

——《春之循环》

我读过太戈尔的《春之循环》三次了。我友瞿世英君把他译出来后，又叫我校对了一回。我每读过一次，所得的印象愈深，愈想要再读他。

我烦闷，我在生命之途中摸索而行；我只有悲观，只有消极的厌世。但自我读了《春之循环》后，我的生命之火竟复燃了。一线新的光明照耀在我的心里。现在我已知道烦闷的原因，就是因为不动了。我们动，我们才找到生命，一不动就是死了。

惟有工作，惟有活动才能消除烦闷。

水流潺潺不息，奔腾而下，只有如此，他才能找到他自己。流水的永久不变的地方，就是沙漠了；在那个地方，水流已失了涸了。人如能如河流之喜跃而活动，才能减轻我们的担负，减轻世界的担负。石路是固定的，不变的，所以受重载磨压之苦。

这一段是太戈尔在本书上说的，说得是如何的明了呀！

现在笼罩在烦闷的浓雾中的青年呀！你们如被你们的烦闷所苦么？读太戈尔此书。

《春之循环》里所表现的，是生之冲动与义务的战争，诗人与教士的战争，是青年与老人的战争，是死与生的战争。归结是生与青年与诗人与生之冲动胜了。“冬”之假面具终于脱了下来，他的潜伏的青年终于显露出来。君王畏死的邀请，诗人终于战胜他。以为生命是永在的，我们是真实的。门外满是活动，满是生命，满是变更；只要我们工作，只要我们与他们相呼应，我们就生了。

“你知道新生的孩子的第一次哭声的意义么？小孩子出世时，立刻就听见环绕于他四周的地与水与天的呼声——他们全对他呼道：‘我们存在’，他的弱小的心应着，也顺序呼道：‘我存在’。”“在喜与忧，在工作与休息，在生与死，在胜与败，在此世界与彼世界，一切都高呼‘我存在’。”我们高呼“我存在”，我们就存在了。

现在笼罩在烦闷的浓雾中的青年呀！你们如要重燃生命之火么？请一读此书，记住太戈尔所给我们的教训：

只要我们工作，我们就生了。

只要我们高呼“存在”，我们就存在了。

郑振铎一九二一，九，十二

——录自商务印书馆1922年再版

《春之循环》序二

世英（瞿世英）①

太戈尔无论如何是现在的一位大人物。他的思想象空气般自由，他的精神像日光般热烈。他心中充满了爱。他使我们深深的觉着此生是极有价值的。生命是不朽的。生命是广大无垠的。生命是创新的，是从爱生的。

这本书不但是一本文学书竟是一本哲学书。他是用东方人的话来说西方大哲学家欧根和柏格森的思想的。

我译这本书，很费了些工夫，但恐怕仍旧不能好，敬求诸君的改正和批谬。

① 瞿世英（1900—1976），字菊农，江苏常州人。1918年入燕京大学哲学系，1926年获美国哈佛大学研究院哲学和教育学博士学位。译有《哲学大纲》（霍金著）、《西洋哲学史》（顾西曼著）等。

这里头有好些诗歌是郑振铎兄代译的。附志于此。

世英

——录自商务印书馆1922年再版

《春之循环》文学研究会丛书缘起

我们中国虽自命为文学国，但我们的文学作品，能在世界文学水平线上，占一个地位的，却是极少。数千年来，文学的运动寂寞而且无力。许多人，——诗人与文士与史学家，——对于文学，不是轻视，就是误解。他们以文学为贡媚之物，进身之阶，或是游戏消遣之品。永远没有人把他当作最高精神的表现的。也永远没有人以全个心灵沉浸在他的作品中，以他的微笑，他的泪花，来照耀来润湿他的诗歌与小说与戏剧的。所以我们中国文人的作品，多肤浅而不足感人，艳华雕饰而非人生的表现。

近十余年来，颇有人介绍些世界文学作品到中国来。但介绍的人，与读他的人，仍是用消遣主义的旧眼光来介绍他，或读他。对于文学的轻视与误解仍然未除。他们不是为文学界的联锁来介绍他，乃是因其新奇足资娱乐而介绍他。他们也不是以他为文学作品而读他，乃是因其新奇足资娱乐而读他。因此，他们所介绍的东西，多不甚精粹；所用以为介绍的方法，也不甚精粹。只要把原书的事实介绍过来就足了，原文的艺术，是毫不注意的。所以也有许多很好的文学作品，遭了删节与误会与失原意之祸患。

这种谬误与轻视的见解，如不根本划除，中国文学的新运动，是决不能有实现之一日的。

我们觉得文学是决不容轻视的。他的伟大与影响，是没有什么东西能够与之相并的。他是人生的镜子，能够以慈祥和蔼的光明，把人们的一切阶级，一切国种界，一切人我界，都融合在里面；用深沉的人道的心灵，轻轻的把一切隔阂扫除掉。惟有他，能够立在混乱屠杀的现世界中，呼唤出人类一体的福音，使得压迫人的阶级，也能深深的同情于被压迫的阶级。他是人们的最高精神与情绪的流通的介绍者。被许多层次的隔板所间断的人们，由他的介绍，始能复恢复这个最高精神与情绪的流通。

文学也决不是消遣的东西。他有时虽也能微笑；也能减轻人生的担负，用他的轻快的活泼的笑声。然而他的任务却不止此。他的微笑，是慰安，不是给快乐；是同情，不是讥嘲。且在近代的残杀的环境中，他是哭泣多于笑语的。在他里头，充满着求解不得的郁闷，充满着悲悯慈爱的泪珠，充满着同情的祈祷的呼吁。以文学为娱乐品，真是不知文学为何物了。

我们在文学研究会的名义底下出版这个丛书，就是：一方面想打破这种对于文学的谬误与轻视的因袭的见解；一方面想介绍世界的文学，创造中国的新文学，以谋我们与人们全体的最高精神与情绪的流通。

我们在这个丛书中有一部分是批评文学（Literary Criticism）与文学史的书籍。这种书籍，在中国是向来没有过的。我们把他们介绍来的原因，就是要使文学的基本知识，能够普遍于中国的文学界，乃至普通人的头脑中。这种文学的基本知识的普及，是很必要的。向来中国人对于文学轻视而且误解，大概都是原因于没有这种根本知识。

我们在这个丛书中所介绍的世界文学作品，大体限于近代。并不是古代中代的作品没有介绍的价值，乃是因为我们的出版力与人才，太觉缺乏，较量轻重，遂不得不暂置古代与中古的文学，而多译近代的作品。但近代的作品，也决不能包括一个大体。在此几十种的名目中，虽然有英、法、德、美、西班牙、瑞典、挪威、匈牙利、奥大利、俄罗斯、波兰、比利时、印度、新犹太、爱尔兰、日本等国的作品；然每国都不过十几种，乃至一二种。只能略表现其面目，决不能代表其国的文学的全体。这也是因为我们能力太少的原故。在商酌目录的时候，不知有多少极好的作品，删落了不能列入。我们殊觉惭愧而无可如何。

这个丛书中，我们自己出产的作品，只有三数种。我们的创作力，实在也太薄弱了。但我们以为介绍的东西，可以计日而成功。创作的东西，是万万不能求速成的。永久的文学作品，只能自然产出，不能催促，也无所用其催促。

文学作品的介绍，现在的人，都太觉随便了。我们于这个丛书，一面力求与原文切合；一面力求翻译艺术的精进。我们很相信，我们的工作，不惟是介绍文学作品，并且也是求这种作品的译文，也能稍有文学上的价值，虽不敢望他们有什么永久的历史的价值，如路德译的《圣经》，克鲁洛夫（Krylov）译的伊索与勒封登（La Fontaine）的寓言一样。然而“文学还他文学”的话，我们是要极力奉行的。

我们这个丛书，只有以下所列的八十余种的书，我们实是非常自愧。但这也是为现在的出版力与介绍力与创造力所限的原故。如果以后出版品能继续下去，介绍力与创造力能够扩大，我们的这个丛书的书目，也许能增多至数千百种，乃至无数种的。

中国文学界方在垦殖之期。我们研究文学的人对于他的努力，是义不容辞的。如能一日有我们为中国文学界尽力的机会，我们是必要尽力的。

我们很感谢商务印书馆。他的好意的帮助，使我们得实现这个丛书的出版计划。

——录自商务印书馆 1924 年四版

《社会柱石》[①]

《社会柱石》序

张舍我[②]

近代戏曲家的责任，是在乎引起社会上人的责任心去改革社会，视社会上的罪恶为社会自身所造成。社会是许多个人组织成功的，故欲攻击社会的罪恶，先欲攻击造就罪恶的分子——便是个人欲攻击个人，必须暴露他的罪恶于一般人，使作恶犯罪的人见了好像丑人临镜照见自己的丑陋，不觉自生羞恶之心，自生“改善”之心。这种主义，便是近世所说的写实主义；这种戏曲，便是写实派的文学。因称其作者为写实派作家。

写实派文学到易卜生而诣绝顶，这是大家都晓得的了。他的主义和哲理如何，说的也很多，我想会读易卜生脚本的，必定有点知道的了，所以我在这里也不必多说。我要说的，就是他的剧本构造之精致缜密、笔力之雄伟发扬和我们戏曲文学正在萌芽的中国有何关系。

除宋元戏曲外，中国从没有剧本文学，到了现在，真正新剧尚未发见，有主义问题的创作剧本极少，有文学价值的，我还没有看见。翻译的剧本却一天多似一天，借给我们研究的资料自然也一天多一天，然而，有的是自然派文学，有的是神秘派文学。我国新剧既没经过写实派的阶级，如何可以躐等谈自然、神秘？所以，自然和神秘派

① 《社会柱石》（今译《社会支柱》），上下卷，戏剧，挪威易卜生（Henrik Johan Ibsen，1828—1906）著，周瘦鹃译，上海商务印书馆 1921 年 10 月初版，说部丛书第四集第五编。

② 张舍我（1896—1931），原名建中，笔名舍我，江苏川沙（今属上海市）人，受教于耶稣教会学校，毕业于沪江大学。译有《难夫难妇》（欧·亨利著）、《皇冕宝石》（柯南·道尔著）等。

的剧本只可供我们的参考比较，而不能供我们的研究。依我的目光，以中国的社会和中国的剧本文学程度而论，我们现在当从事于写实文学，创作写实派的剧本。欲创作写实派的剧本，自宜研究写实派作家的作品，写实主义最佳最妙的作家既然是易卜生，所以我们要研究易卜生的作品。

易卜生的剧本虽然不合于中国，不能表演于中国的舞台上，然而他剧本的美点（如解决人生问题等）、剧本中的章法结构，我们何尝不可采择运用于我们的剧本中？

易卜生的剧本，我也曾译过一篇，叫做《遗恨》The Wariors at the Helegeland［*The Vikings at Helgeland*］，是讨论恋爱问题的。此篇是他少年时的作品，是第二篇行世的剧本，然而我与读者已惊他的章法之谨严，结构之精密。今我们若读他的《社会柱石》——他写实主义的结晶体之一，——一般人自然有一般人的感想，研究剧本文学和要创作真的新剧本的，却大可"借镜"，大可研究——剧本中的如何表现个性和章法构造。

今《社会柱石》由周瘦鹃翻译出来了，瘦鹃享文名为时已很久，他文字的价值可无庸我来多说，我要说的就是，读者不但能领略他文学上的兴味，还要那创作新的剧本的同志注意研究易卜生的剧本构造学，以为创作中国写实派剧本的好基础，这便是我的希望了。

张舍我

一九二一，五，二八，上海

——录自商务印书馆1921年初版

《梅孽》①

《梅孽》发明

畏庐老人（林纾）

此书用意甚微，盖劝告少年，勿作浪游。身被隐疾，肾宫一败，生子必不永年。亚丁之父，不检人也，冒色而疾中于肾宫。既生亚丁，固有聪慧之才，乃不久而疾作，脑力昏敝，神思尽蠲，竟至咄嗟而死。全书不过万余语，余恐读者不解，故弁以数言。

辛酉二月畏庐老人书

——录自商务印书馆 1921 年初版

《梅孽》[校者志]

此书曾由潘家洵先生编为戏剧，名曰《群鬼》，然该书系用语体，本书则为文言，互相参看，获益良多。

校者志

——录自商务印书馆 1921 年初版

① 《梅孽》(今译《群鬼》)，伊卜森（今译易卜生，1828—1906）著，闽县林纾、吴县毛文钟译述，上海商务印书馆 1921 年 11 月初版，说部丛书第四集第十三编。

《林肯》①

《林肯》序

适（胡适）

英国现代文人德林瓦脱（John Drinkwater）的这本历史戏是一九一八年编的，先在伯明罕戏园演过，已哄动一时；后来大文豪班涅（Arnold Bennett）等在伦敦附近的汉茂斯密（Hammer Smith）办了一个新戏园，遂把伯明罕的原班请来，重演此戏，成绩更大。汉茂斯密虽在乡间，伦敦贵族士女也争来看此戏；有一天，一位前任司法大臣从伦敦赶来看戏，竟买不着座位，只好扫兴回去，后来这本戏在英美两国演做，都受绝大的欢迎。

这本戏可算是一件空前的大成功。为什么呢？因为这本戏一来是一种政治历史戏，平常人向来是不大喜欢政治历史戏的；二来全本没有男女爱情的事，更不应该受欢迎了；然而这本戏居然受了英美两国的大欢迎，居然哄动了几千万人，居然每晚总能使许多人感动下泪！这不是一件空前的大成功吗？

这本戏的著者德林瓦脱是现代的一个诗人，他的诗集出版的有下面的各种：

Poems, *1908—1914*

Pawns; *Three poetic plays.*

Olton Pools.

---

① 《林肯》(*Abraham Lincoln*)，戏剧，英国德林瓦脱（J.Drinkwater，今译德林克沃特，1882—1937），沈性仁译，胡适校，上海商务印书馆1921年12月初版，1925年11月三版。世界丛书之一。

Swords and Ploughshares.

他又是一个很懂得戏剧的艺术的人，他曾编有戏剧——上面举的第二部书即是三种诗剧，——他又做过伯明罕戏园的艺术主任，故他能于旧有的戏剧之外，别开生面，打出这条新路来，创造这种近代的政治历史戏。

这本戏共有六幕，事实的大要如下：

第一幕（一八六〇年）共和党大会已推定林肯为本党的候选总统，派代表四人到林肯家中来，请他接受这个推选。林肯允出来候选。

〔这一年大选举的结果，林肯得一百八十六万多票，被选为总统，尚未正式就任，而南加洛林纳（South Carolina）邦首先宣告脱离联邦而独立。到林肯就职时（一八六一年三月），已有七邦宣告独立了！〕

第二幕，（次年）南北的战端将开，南军要进攻撒姆特炮台，要想林肯把那炮台的驻兵召回，故派代表二人私去见国务卿希德华，请他设法劝林肯让步。希德华是共和党的大人物，平日不大把林肯放在眼里，故允许了南代表。幸而林肯撞见他们，切实答复南代表，说他为维持统一国家起见，决不承认南方各邦有分离的权利，决不让步。〔南军遂进攻撒姆特，国军力竭饷绝，始降。这是第一次开战。〕

第三幕，（约两年后）南北开战已两年了，这一幕借两个妇人的口气写出两种心理。一个勃罗（Blow）夫人，译言“打”，代表军阀好战的心理；一个阿特利（Otherly）夫人，译言“别样”，代表那和平派反对战争的心理。林肯对他们的话语与态度可以表示他是不得已而战的。

第四幕，（约与前幕同时）北军已见胜利了。林肯开内阁会议讨论宣布释放黑奴的事，南北之战的原因，自然是南邦蓄奴的问题。南方各邦始终否认联邦政府有干涉蓄奴问题的权利，故一变而为中央政府与邦政府的权限问题。这个问题争了几十年，没有解决；后来南方各邦越闹越激烈了，就主张南方分离，自成一独立的“邦联”（Confederacy）。故这个问题再变而为统一与分离的问题。林肯是一个大政治家，他知道黑奴问题比统一问题轻得多，故他认定“维持统一”为战争的第一个目的。故他说：“如果不释放奴隶可以维持统一，我要做的；如果释放全数的奴隶可以维持统一，我要做的；如果释放一部分，留下一部分，可以维持统一，我也要做的。我战争的第一个目的是要维持统一。”但他始终不曾忘记黑奴的问题，故国军战事顺利之后，林肯知道南军的败挫已可决定了，他就不顾内阁的反对，毅然决然的宣布释放黑奴的宣言。这是林肯与威尔逊不同之处，威尔逊等到战事终了之后方才谈到善后的条件，故完全失败。林肯不等战事终了之后就先实行他的理想，故完全胜利。

第五幕，（一八六五年四月）写林肯到格兰脱将军营中，写格兰脱将军受李将军的降服。李将军一降，南邦的独立国就完了。

第六幕，（同月）写林肯之死。李将军之降在四月九日，林肯被刺在四月十四夜。林肯死后四十五日，——五月二十九日，——大赦，南北之战正式终结。

林肯为近代史上一个大人物，年代太近了，事迹又太繁重了，很不容易用作戏剧的材料。德林瓦脱自己说他最得力于英国庄吴勋爵（Lord Charnwood）的《林肯传》，他运用历史材料的手段，真可佩服！他在他的自序里说：

> 第一，我的目的并不是做历史，是做戏。历史家的目的，已有许多林肯传记很忠实的做到了。……我虽不曾错乱历史，但我不得不把历史事实缩拢来，稍稍加上一点变动，使戏剧的意味得尽量发挥出来。……
>
> 第二，我是一个戏剧家，并不是政治哲学家。联邦的各邦有

没有分离（Secession）的权利，这个问题很可以有种种不同的意见；但我个人赞成或反对林肯的政策，绝不关紧要。我只顾得他的人格在戏剧里的趣味，我只晓得这个用高尚的精神和理想来主持战事的人是一个很感动人的模范。

他从林肯一生的事迹里，只挑出五年；这五年之中，他只挑出几件事。但这几件事已很可以使我们懂得林肯的人格和美国南北之战的大事了。例如第一幕写林肯的帽子，写他看地图，写他跪下祷告；第二幕写林肯完全收服希华德；第三幕写林肯的女仆和那来见的黑人；第四幕写林肯于讨论国事之前先读一段笑话；大事办完之后接写林肯命史莱纳读一段莎士比亚的新剧；第五幕写林肯特赦一个要枪毙的少年，写格兰脱将军对林肯之崇拜：这些都是细小琐碎的事，但这些小节都是替林肯写生的颜料。最好的自然是第二幕收服希华德的一段。林肯在希华德的公事室里碰见南方代表之后，人都退出了，只剩林肯与希华德两人在屋里；林肯停了半晌不说话，忽然说道：

（林）希华德，这是不行的。

（希）你疑心我——

（林）我没有。不过我们说话要坦白。……我组织内阁的时候，第一个我就选到你。我决不懊悔的；并且永远不会懊悔的。但你要记得：忠心能得忠心。……希华德，你也许想我是一个头脑简单的人，可是我能把你的思想看得极清楚，如同你看钟表里的机械一样。你的热心，你在行政上的经验，你的爱人的心，很可以大大的贡献于政府的。不要因为你想我头脑不清楚，把你自己毁了。

（希）（慢慢的）是的，我知道了。我没有把全体详细研究过。

（林）（从袋内取出一张纸来）这是你寄给我的那篇文章，

“几条意见，备总统的考虑。对英国的政策，……对俄罗斯的政策，……对墨西哥的政策。总统须得自己管这个，或是交给一位阁员去专管。这不是我个人的专责。但是我也不推委责任，也不包揽事情。”

（半晌，两人互相看着，一句话也不说。林肯将那张纸交给希华德，他拿在手里半晌，扯碎了，丢在他的字纸篓里。）

（希）请你原谅。

（林）（握住他的手）那是你的勇敢。

从此以后，那个瞧不起林肯的希华德就死心塌地的做林肯的帮手了。这种描写法，比诸葛亮三气周瑜时，周瑜咬着头上的山鸡毛，搓着两手，要杀诸葛亮的描写法，优劣如何？

又如第五幕写南北之战的两个大英雄——北军的格兰脱，南军的李——的会见，也非常感动人：

（两个领袖面对着面，格兰脱举手，李将军回礼）

（格）先生，你常使我觉得和你做敌手是荣幸的事。

（李）我不曾有一回不尽力。我承认我败了。

（格）你今回来——

（李）来问你以什么条件接受投降。是的。

（格）（取桌上的纸给李）很简单的。我想你不至于想我不大量罢。

（李）（读了条件）你真大量，先生。我还可以提出一件请求吗？

（格）如果我可以商量，那是很荣幸的。

（李）你许我们的军官保留他们的马匹。那是你的大恩。但我们骑兵的马匹也都是他们自己的。

（格）我明白了。他们在农场上有用的。可以准他们留下。

（李）多谢你。这很能抚慰我们的人民了。你的条件我承认了。

（李将军摘下佩刀，交给格兰脱。）

（格）不，不。这把刀只有一个合适的地方。请你收了。

（李将军收了刀。格兰脱伸手，李将军同他握手。互相举手行礼，李将军退出。）

这种描写法，既不背历史事实，又能在寥寥几句话里使两个英雄的神情态度在戏台上活现出来。我们如果真想打破那些红脸黑脸，翻筋斗，金鸡独立，全武行……的历史戏，不应该研究研究这种描写法吗？

十，六，十九。胡适。

附记。这部书先由赵元任先生校过，他改了好几处，第四幕林肯读的笑话，他改的最多。第一幕的“约翰勃朗”歌的音乐也是赵先生加入的，原书并没有音乐。赵先生校改后，我又细细校改一遍，几乎没有一页没有改动的了。这是我对于原译者应该负责任的。

（适）

又记。这部书有英国本与美国本，美国本略换了几个人名。如第二幕以后林肯的秘书，英国本作史莱纳，美国改作海（Hay）；海即后来大名鼎鼎的国务卿“海约翰”，与中国的“门户开放”主义有关系的。译本因为单音的姓在戏台上不大好听，故不曾改正。又如第三幕中的黑人，英国本作陶格拉斯，美国本改作克斯梯斯；这大概是因为陶格拉斯和林肯的政敌陶格拉斯同姓，容易引起误会，故我们也依他改正了。

又，这本戏原文每一幕的前面有一段韵文的“引子”，另用两个人扮作“野史氏”(Chroniclers）于开幕之先出来说一遍，颇像宋曲的“致语”。我们因为这种仿古的形式大可不必有，故不曾把这些韵文的致语译出来。

又，这本书里的重要人物都是历史上的真人物，但第二幕与第四幕的阁员“霍克”(Hook）乃是一个捏造的人物，用来代表那些反对林肯的势力的。林肯是六十年前的人物，时代太近了，是非虽已论定，但恩怨终嫌太分明，故著者不能不用一个假名来代表那些反对派。这也可见西洋文人的忠厚处。

（适）

——录自商务印书馆 1925 年三版

《托尔斯泰短篇小说集》[①]

《托尔斯泰短篇小说集》序

耿济之

我们把平素爱读的托尔斯泰短篇小说十篇，一一译成，刊为专集。托氏的短篇小说一生著得很多，自然不止这十篇，但是当我们立意从事翻译他的短篇作品的时候，曾下了一番选择的工夫；起初打算译二十篇，不过我们是抱着“宁缺毋滥”的宗旨的，所以结果竟减去十篇，只译了我们心目中认为最好的十篇，深信读者读后，一定能约略窥出托氏的艺术和思想演进之迹。

① 《托尔斯泰短篇小说集》，Leo Tolstoy（今译托尔斯泰，1828—1910）著，瞿秋白、耿济之译，上海商务印书馆 1921 年 12 月初版，1923 年 10 月三版。共学社俄罗斯文学丛书之一。

本来欲研究文学家的艺术和思想，应该从长篇小说中去寻求；至于短篇小说，不过是作者片段的经历，一时的感触，很难凭之作研究之资料。但是把多种短篇小说连缀在一起，其中因时代的关系，自然会生出一条线索，足以窥见作者的艺术和思想演进之迹，——这也是研究文学的人不可少的工作。

文学随思想以变迁，思想又随时代而演进。托尔斯泰的文学壮年时和老年时迥不相同。我们同时看他壮年时和老年时的两篇作品，竟如出二人之手笔，未免使我人深骇其变迁之大，但是这也是时代的关系。

托氏初期的文学，文笔轻倩美丽，感情又浓挚动人，最致意于艺术上的工夫；至于晚期的作品，却道貌岸然，手笔苍老简括，一字有一字的力量，一篇有一篇的哲理。初期所描写的是父子兄弟的爱情，英雄豪杰的生涯，偏于贵族方面；至于晚期所描写的却是社会的罪恶，农人的生活，偏于平民方面。

这篇小说集的内容虽只有十篇，但是托氏初期晚期的作品差不多应有尽有：如《三死》，《风雪》，《丽城小纪》是他初期的作品；《伊拉司》，《呆伊凡故事》，《三问题》，《人依何为生》等，又是代表他晚期的作品。所以说这本集子虽小，极足以窥见作者艺术和思想演进之迹。

在这里我也不愿意详叙作者的艺术和思想如何变迁，只希望爱喜文学的读者能自己加以研究；我不过要把我们选译这十篇小说的微意表白出来罢了。

十年五月十三日耿济之序。

——录自商务印书馆 1923 年三版

书名索引

作者索引

图书在版编目(CIP)数据

汉译文学序跋集. 第2卷,1911～1921/李今主编;
罗文军,樊宇婷编注. —上海:上海人民出版社,2017
ISBN 978-7-208-14851-2

Ⅰ. ①汉… Ⅱ. ①李… ②罗… ③樊… Ⅲ. ①序跋-
作品集-中国-近现代 Ⅳ. ①I265

中国版本图书馆CIP数据核字(2017)第260472号

责任编辑 屠毅力
装帧设计 张志全工作室

汉译文学序跋集
第2卷
1911—1921
李 今 主编
罗文军 樊宇婷 编注
世 纪 出 版 集 团
上海人民出版社出版
(200001 上海福建中路193号 www.ewen.co)
世纪出版集团发行中心发行 常熟市新骅印刷有限公司印刷
开本890×1240 1/32 印张65 插页8 字数1,622,000
2017年12月第1版 2017年12月第1次印刷
ISBN 978-7-208-14851-2/I·1678
定价268.00元
(全四册)

本书为十三五国家重点出版物出版规划项目

本书 1—10 卷获中国人民大学 2016 年度"建设世界一流大学（学科）和特色发展引导专项资金"资助出版。

李　今 主编
樊宇婷 编注

汉译文学序跋集

第三卷

1922—1924

上海人民出版社

致谢和说明

大约1999年，因为参与了杨义先生主编的《二十世纪中国翻译文学史》的写作，我进入了一个方兴未艾的研究新领域。在搜集爬梳相关文献史料的过程中，我深深感到汉译文学作品的序跋对于认识翻译行为的发生、翻译方法及技巧的使用，对于不同时期中国面向世界的“拿来”选择，对于中国知识界如何在比较融合中西文化异同中重建现代文化新宗的艰难探索，都具有着切实而重要的历史价值和意义。同时也体会到前辈方家编撰的工具书与史料集，如北京图书馆编的《民国时期总书目》，贾植芳、俞元桂主编的《中国现代文学总书目》嘉惠后学的无量功德。于是，编辑一套《汉译文学序跋集1894—1949》助益翻译文学研究的想法油然而生。但我也清楚，这样大型的文献史料集的整理汇印，没有一批踏实肯干的学人共同努力，没有充足的经费支持是难以实施的。

2006年，我从中国现代文学馆调到中国人民大学文学院，曾和院领导谈起我的这一学术设想，让我感动的是，孙郁院长当场鼓励说，你若能完成就是具有标志性的成果，不用担心经费问题。后来出任人大副校长的杨慧林老师一直对此项研究给予默默的支持。我的学术设想能够获得学校项目的资助，是与他们的关心和支持分不开的。我先后招收的博士生、博士后让我有幸和他们结成工作团队。师生传承历来都是促进学术发展的有效传统，我对学生的要求即是我的硕士导师朱金顺先生、博士导师严家炎先生给予我的教诲：见书（实物）为准，做实学。只因适逢当今电子图书数据库的普及与方便，我打了折扣，允准使用图书电子复制件，但要求时时警惕复制环节发生错误的可能性，只要有疑问一定查证实物。即使如此，《序跋集》收入的近

3000篇文章都是各卷的编者罗文军、张燕文、屠毅力、樊宇婷、刘彬、崔金丽一本本地查阅、复印或下载，又一篇篇地录入、反复校对、整理出来的。为了找到初版本，或确认难以辨识的字句，他们有时要跑上好几个图书馆。为做注释，编者们更是查阅了大量的资料文献。尤其是崔金丽在编撰期间身患重病，身体康复后仍热情不减，重新投入工作。从他们身上我看到作为“学人”，最基本的“求知”“求真”“求实”的精神品质，也因此，我常说我和学生没有代沟。

本套丛书虽说是序跋集，但所收录的文章并未完全局限于严格意义上的序跋，也就是说，我们编辑的着眼点并不仅仅在于文体价值，还注重其时代信息的意义，希望能够从一个侧面最大限度地汇集起完整的历史文献史料。考虑到对作家作品的评价往往保存着鲜明的时代烙印，译者为推出译作有时会采用理论、评论、文学史等相关论说，以阐明其翻译意图与译作价值，因而译本附录的作家评传及其他文章也一并收入。鉴于晚清民国时期外国作家、作品译名的不统一，译者笔名的多变，编者对作家、译者、译作做简要注释，正文若有原注则照录。其中对译作版本的注释主要依据版权页，并参考封面、扉页、正文的信息撰写。由于晚清民国初期出版体制正在形成过程中，版权页著录项目并不完备，特别是出版部门尚未分工细化，发行者、印刷者、个人都可能承担出版的责任，因而，对出版者的认定，容易产生歧义，出现由于选项不同，同一版本传为两个版本的错误。为避免于此，遇有难以判断，或信息重要的情况，会以引号标志，照录版权页内容。《序跋集》按照译作初版的时间顺序排列，如未见初版本，则根据《民国时期总书目・外国文学》《中国现代文学总书目・翻译文学》，并参考其他相关工具书及著述确定其初版时间排序，但录自出处按照实据版本抄录。全书约450万字，计划分13卷出版。为方便查阅，各卷都附有“书名索引”和“作者索引”，终卷编辑全书“《序跋集》书名索引”和“《序跋集》作者索引”。其他收录细则及文字处理方式详见凡例。

经过五年多的努力，《汉译文学序跋集 1894—1949》即将面世，我和各卷的编者既感慨万千，又忐忑不安。尽管我们致力为学界提供一套可靠而完整的汉译文学序跋文献汇编，但时间以及我们能力的限制，讹漏之处在所难免，谨在此恳切求教于方家的指正与补遗，以便经过一定时间的积累出版补编本。此外，若有任何方面的问题都希望能与我取得联系（中国人民大学文学院）。

本套大型文献史料集能够出版，万万离不开研究与出版经费的持续投入，谨在此感谢中国人民大学及文学院学术委员会对这套丛书的看重和支持；感谢中国人民大学 2016 年度“建设世界一流大学（学科）和特色发展引导专项资金”支持了 1—10 卷的出版经费；感谢中国人民大学科学研究基金（中央高校基金科研业务费专项资金）项目（12XNL007）资助编撰研究费用和 11—13 卷的出版经费；感谢科研处的沃晓静和侯新立老师的积极支持和帮助。另外，还要特别感谢每当遇到疑难问题，我不时要叨扰、求教的严家炎、朱金顺老师，还有夏晓虹、解志熙老师；感谢各卷编者兢兢业业，不辞辛苦地投入编撰工作；感谢在编辑过程中，雷超、樊宇婷、刘彬事无巨细地承担起各种编务事宜。感谢现已成为上海人民出版社编辑的屠毅力对《序跋集》体例、版式、文字规范方面所进行的认真而细心的编辑。

总之，从该项目的设立、实施，到最后的出版环节，我作为主编一直充满着感恩的心情，处于天时、地利、人和的幸运感中。从事这一工作的整个过程，所经历的点点滴滴都已化为我美好的记忆，最后我想说的还是“感谢！”

李今

凡　例

一、本书所录汉译文学序跋，起 1922 年，终 1924 年。

二、收录范围：凡在这一时段出版的汉译文学单行本前后所附序跋、引言、评语等均予以收录。作品集内译者所作篇前小序和篇后附记均予以收录。原著序跋不收录，著者专为汉译本所作序跋收录。

三、文献来源：收录时尽量以原书初版本或其电子影印件为准。如据初版本外的其他版本或文集、资料集收录的，均注明录自版次、出处。

四、编录格式：以公元纪年为单位，各篇系于初版本出版时间排序，同一译作修订本或再版本新增序跋也一并归于初版本下系年。序跋标题为原书所有，则直录；若原书序跋无标题，加“[　]”区别，按书前为［序］，书后为［跋］，篇前为［小序］，篇后为［附记］格式标记。正文书名加页下注，说明译本所据原著信息，著者信息，译者信息及出版信息等。若原著名、著者原名不可考，则付阙如。

五、序跋作者：序跋作者名加页下注，考录其生卒年、字号、笔名、求学经历、文学经历、翻译成果等信息。凡不可确考而参引其他文献者，则注明引用出处。凡不可考者，则注明资料不详。在本书中多处出现的同一作者，一般只在首次出现时加以详注。若原序跋未署作者名，能确考者，则加“(　)”区别，不能确考者则付阙如。

六、脱误处理：原文脱字处、不可辨认处，以“□”表示。原文误植处若能确考则直接改正，若不能完全确考则照录，并以“[　]”标出改正字。部分常见异体字保留，部分不常见字则改为规范汉字，繁体字统一为通行简体字。原文无标点或旧式标点处，则皆改用新式标点。

七、注释中所涉外国人名、书名，其今译名一般以中国大百科全书出版社中文版《不列颠百科全书》《简明不列颠百科全书》，维基百科等为依据。

目　录

1922年

1924年

1922 年

《阿丽思漫游奇境记》[①]

《阿丽思漫游奇境记》译者序

赵元任[②]

会看书的喜欢看序，但是会做序的要做到叫看书的不喜欢看序，叫他愈看愈急着要看正文，叫他看序没有看到家，就跳过了看底下，这才算做序做得到家。我既然拿这个当做作序的标准，就得要说些不应该说的话，使人见了这序，觉得他非但没有做，存在，或看的必要，而且还有不看，不存在，不做的好处。

《阿丽思漫游奇境记》是一部给小孩子看的书。在英美两国里差不多没有小孩没有看过这书的。但是世界上的大人没有不是曾经做过小孩子的，而且就是有人一生出来就是大人，照孟夫子说，大人的心也同小孩子的一样的，所以上头那话就等于说英国人，美国人，个个大人也都看过这书的。但是因为这书是给小孩子看的，所以原书没有

---

① 《阿丽思漫游奇境记》(*Alice's Adventures in Wonderland*，今译《艾丽丝漫游奇境记》)，童话，Lewis Carroll（今译路易斯·卡罗尔，1832—1898）著，赵元任译，上海商务印书馆 1922 年 1 月初版，1947 年 3 月五版。

② 赵元任（1892—1982），作曲家、语言学家。字宣重，祖籍江苏武进，生于天津。以“庚款游美生”赴美留学，毕业于康奈尔大学，获学士学位。后毕业于哈佛大学，获博士学位。1920 年回国，于清华大学任教。另译有《中国音韵学研究》(瑞典高本汉著，与李方桂、罗常培等合译）等。

正式的序。小孩子看了序横竖不懂的，所以这个序顶好不做。

《阿丽思漫游奇境记》又是一部笑话书。笑话的种类很多，有的是讥刺的，例如法国的Voltaire，有的是形容过分的，例如美国的Mark Twain，有的是取巧的，例如相传金圣叹做的十七言诗，有的是自己装傻子的，例如美国的Artemus Ward，还有种种不好笑名为笑话的笑话，例如从各国人的眼光里，评判别国人的笑量，和审笑官能，……这样例如下去，可以例如个不完。但是这部书里的笑话另是特别的一门，它的意思在乎没有意思。这句话怎么讲呢？有两层意思：第一，著书人不是用它来做提创什么主义的寓言的，他纯粹拿它当一种美术品来做的。第二，所谓"没有意思"就是英文的Nonsense，中国话就叫"不通"。但是凡是不通的东西未必尽有意味，假如你把这部书的每章的第一个字连起来，成"阿越这来那她那靠他阿"十二个字，通虽不通了，但是除掉有"可做无意味不通的好例"的意味以外，并没有什么本有的意味在里头，"不通"的笑话，妙在听听好像成一句话，其实不成话说，看看好像成一件事，其实不成事体。这派的滑稽文学是很少有的，有的大都也是摹仿这书的，所以这书可以算"不通"笑话文学的代表。从前Artemus Ward在一群迂夫子跟前演说，他们听了莫明其妙，以为这位先生的脑子大概有点毛病，过后有人告诉他们说Artemus Ward是一个滑稽家，他演说的都是些笑话；他们回想想，果然不错，于是乎就哈哈哈地补笑起来。要看不通派的笑话也是要先自己有了不通的态度，才能尝到那不通的笑味儿。所以我加了些说明，警告看书的先要自己不通，然后可以免掉补笑的笑话。以上是关于笑话的说明。但是话要说得通，妙在能叫听的人自己想通它的意味出来，最忌加许多迂注来说明，在笑话尤其如此。所以本段最好以删去为妙。

《阿丽思漫游奇境记》又是一本哲学的和论理学参考书。论理学说到最高深的地方，本来也会发生许多"不通"的难题出来，有的到现在也还没有解决的。这部书和它的同著者的在哲学界里也占些地位。近来有个英国人叫 P. E. B. Jourdain 的做了一本罗素哲学趣谈书，他里头引用的书名，除掉算学的论理学书以外，差不多都是引用这部《奇境记》和一部它的同著者的书，可见它的不通，一定不通的有个意思，才会同那些书并用起来。至于这些哲理的意思究竟是些什么，要得在书里寻出，本序不是论哲学的地方，所以本段也没有存在的必要。

《阿丽思漫游奇境记》的原名叫 *The Adventures of Alice in Wonderland*，平常提起来叫“Alice in Wonderland”大约一八六七年出版的。它的著者叫路易斯加乐尔（Lewis Carroll)。这个人虽然不是“不通”笑话家的始祖，但是可以算“不通”笑话家的大成。他曾经做的这一类的书有许多部，其中最有名的就是现在翻译的这部和一部叫 *Through the Looking Glass* 的。这第二部书的名字咱们可以译他作《镜里世界》，也是一部阿丽思的游记。路易斯加乐尔是一个小孩子的朋友，他自己虽然没有子女，但是他的亲近的小朋友非常之多。所以他懂小孩子的性情，比一般做父母的还要深些。他所写成书的那些故事他曾经在牛津对他的小朋友常讲着顽。但是有一层：这些听故事的小孩子虽然真有，可是路易斯加乐尔这个做故事的并没有其人。你们试在《大英百科全书》里查姓加乐尔名字叫路易斯的，一定查不到这个人。这话怎么说呢？试在索引里查查看，就知道《阿丽思漫游奇境记》著者的真名字是查尔斯路维基多基孙（Charles Lutwidge Dodgson)，他做顽意儿书的时候才叫路易斯加乐尔。但是他是以别名出名的，所以甚至于做他的传的人 S. D. Collingwood 也题他的传叫 *The Life and Letters of Lewis Carroll*，1898。多基孙的生死年是一八三二初到一八九一初，就是前清道光十一年末到光绪二十三年。他的行业是牧师和算学教师。谁也料不到他是做这类书的人。后来人知道了路易斯加乐尔就是他，他还假装着不承认。他在算学里也稍微有点供献，不过没有他的

“不通”派滑稽文那么出名。从前《奇境记》这部书初出的时候，英国女皇维多利亚看了非常赞赏它，就命令他们记得把这人以后再做的书随出随送上去。谁晓得底下一部书一送上去就是一部又难又无味的代数学方列式论！这都是揭破人家笔名秘密的结果。所以咱们最好还是就记得路易斯加乐尔，不再提多基孙这个真名字，免得和算学多生事节。既然最好不再提多基孙这个名字，那么这段里多基孙这个名字应该本来不提，所以这段讲多基孙的序也应该完全删掉。

《阿丽思漫游奇境记》这故事非但是一本书，也曾经上过戏台。戏本是 Saville Clarke 在一八八六年编的。近来美国把它又做成影戏片。又有许多人仿着这个故事做些本地情形的笑话书。例如美国康桥哈佛大学的滑稽报在一九一三年出了一本《阿丽思漫游康桥记》，勃克力加州大学在一九一九年又出了一本《阿丽思漫游勃克力记》。以后也说不定还会有《阿丽思漫游北京记》呢。但是一上戏台或一上影片的时候，这故事就免不了受两种大损失。一，戏台上东西的布置和人的行动都很拘束，一定和看过原书人所想象惯的奇境的样子相冲突。这原书里 John Tenniel 的插画的名声是差不多和这书并称的（这个译本里除掉第一，三，七，二十七画以外亦都是他的，里头有几个中国字是译者“译画”的）。所以戏台上改变了原来的样子，看过书的人看了它一定失望。二，影戏的布景固然可以自由得多，不过用起人来装扮成动物，也是很勉强的事情；但是它最大的损失是在影戏总是哑叭的缺点。像平常影戏里在前景后景当中插进许多题辞进去，更不会念得连气，所以书里所有的“不通”的笑味儿都失掉了。那么说来说去还是看原书最好，又何必多费麻烦在这序里讲些原书的附属品呢？

《阿丽思漫游奇境记》这部书一向没有经翻译过。就我所知道的，就是庄士敦（R. F. Johnston）曾经把它口译给他的学生宣统皇帝听过一遍。这书其实并不新，出来了已经五十多年，亦并不是一本无名的僻书；大概是因为里头顽字的笑话太多，本来已经是似通的不通，再翻译了变成不通的不通了，所以没有人敢动它。我这回冒这个不通的险，不过是一种试验。我相信这书的文学的价值，比起莎士比亚最正经的书亦比得上，不过又是一派罢了。现在当中国的言语这样经过试验的时代，不妨乘这个机会来做一个几方面的试验：一，这书要是不用语体文，很难翻译到“得神”，所以这个译本亦可以做一个评判语体文成败的材料。二，这书里有许多顽意儿在代名词的区别，例如在末首诗里，一句里 he，she，it，they 那些字见了几个，这个是两年前没有他，她，它的时候所不能翻译的。三，这书里有十来首“打油诗”，这些东西译成散文自然不好顽，译成文体诗词，更不成问题，所以现在就拿他来做语体诗式试验的机会，并且好试试双字韵法，我说“诗式的试验”，不说“诗的试验”，这是因为这书里的都是滑稽诗，只有诗的形式而没有诗文的意味，我也本不长于诗文，所以这只算诗式的试验。以上所说的几句关于翻译的话，似乎有点说头，但是我已经说最好是丢开了附属品来看原书。翻译的书也不过是原书附属品之一，所以也不必看。既然不必看书，所以也不必看序，所以更不必做序。(不必看书这话，其实也是冒着一个“不通”的险说的，因为在序的第一段里，我就希望看序的没有看到这里早已跳过了去看正文，看到入了迷，看完了全书，无聊地回过头来翻翻，又偶尔碰到这几句，那才懊悔没有依话早把全书丢开了不念给译书的上一个自作自受的当呢!)

一九二一民国十年六月一日赵元任序于北京

排版注意因以上所说种种的理由，这篇序文应该从头至尾删掉。请排版的，校对的就照办为要。

又，这几句话是专门给排版的，校对的看的，并不是书稿的一部分，千万不可以也把他排入，弄成一个大“不通”的笑话。

——录自商务印书馆 1947 年五版

《阿丽思漫游奇境记》凡例

（赵元任）

一、注音字母：现在个个人算应该认得注音字母的。所以当面问人，“你认得注音字母不认得？”是一句失礼的话。用客气的问法，只好说，“你的注音字母熟不熟？”假如人回答不熟，就一点不失体面(其实亦许不熟是因为从来没有认得过的缘故)。现在恐怕看这书的于注音字母也不大熟，所以再写一道备查。

(注音字母)

ㄅ伯	ㄆ拍	ㄇ墨	ㄈ勿（苏州音）	万勿（上海音）
ㄉ德	ㄊ特	ㄋ讷	ㄌ勒	
ㄍ革	ㄎ客	兀额	ㄏ黑	
ㄐ稽	ㄑ欺	广倪	ㄒ希	
ㄓ之	ㄔ痴	ㄕ诗	ㄖ日	
ㄗ资	ㄘ（参）差	ㄙ私		
一衣	ㄨ乌	ㄩ迂		
ㄚ啊	ㄛ阿（弥）	ㄜ阨	ㄝ（〔爷〕韵）	
ㄞ哀	ㄟ（〔畏〕韵）	ㄠ坳	ㄡ欧	
ㄢ安	ㄣ恩	ㄤ骯	ㄥ（〔哼〕韵）	ㄦ儿

五声注音法如下：拼平赏［上］去入又如高扬起降促

二、读音：读音不拘哪种方音，但是除几处特别叶韵外，最好全用国音。

三、读诗的节律：诗里头两字快读，只占一字时间的，都印得靠近些。例如第十章一四八页：

“离开了｜英国｜海岸｜法国就｜一哩｜一哩地｜望着｜到‖”

一句里头“离”字算八分音符，“开”“了”两个就都是十六分音符，其余也是同样。这样念起来才有板眼。

四、语体：叙事全用普通语体文。但是会话里要说得活现，不得不取用一个活方言的材料。北京话的用词比较地容易懂些，但是恐怕仍旧有太土气的难懂的地方，所以底下又做一个特别词汇备查。这个用词的问题与读音的问题绝不相干，例如书中用“多么”是北京俗词。但是咱们可以照国音念它（ㄉㄛㄇㄜ），不必照京音念它（ㄉㄨㄜㄇㄜ）。

五、翻译：本书翻译的法子是先看一句，想想这句的大意在中国话要怎么说，才说得自然；把这个写了下来，再对对原文；再尽力照“字字准译”的标准修改，到改到再改就怕像外国话的时候算危险极度。但是有时候译得太准了就会把似通的不通变成不通的不通，或是把双关的笑话变成不相干的不笑话，或是把押韵的诗变成不押韵的不诗，或是把一句成语变成不成语，在这些例里，那就因为要达原书原来要达的目的的起见，只可以稍微牺牲点准确的标准。例如第七章里 in the well 和 well in 能译作“井里头”，“尽尽里头”这种双关的翻译是很难得这么碰巧做得到的。所以到了第九章 The more there is of mine，the less there is of yours，这是没法子直译的，所以只得译它成一句口气相仿佛的话，“所旷愈多，所学愈少”。但是这话的内容，离原文的差得很远了。

六、“咱们”，“我们”：英文的 we 字有两个意思。“咱们”是对他们说的，听话的人也在内的。“我们”是对你们或他们说的，听话的人不在内的。例如第二章里阿丽思对那老鼠说：

> “那么要是你不愿意，咱们再讲猫罢。”那老鼠……道，“哼！还说‘咱们’呢！……倒好像我也要讲这些事情似的！”

但是底下阿丽思提到她自己家里就说：

> “我们隔壁那个小狗真好阿！我真想拿他来给你瞧瞧！”

这种“咱们”，“我们”的区别非但北京有，别处也有有的地方：厦门有ㄌㄢ和ㄍㄨㄣ；福州有ㄋㄨㄥ兀ㄚ（侬家）和兀ㄨㄞㄍㄛㄋㄜㄩㄥ（我与伙）；无锡有ㄋㄝ广一和兀ㄜㄡㄌ一（我哩）；译者的家乡常州有ㄏㄚ广一或ㄏㄚ广一ㄍㄛ（合你，合你家）和兀ㄜㄡㄍㄛ（我家）。所以虽然原文没有这种区别，译文里分他出来亦很有用。

七、“他”，“她”，“牠”：在这书的大部分里没有分三性的必要，但是有时候原文里的话是特指这种区别的，就不得不用那些怪字，所以索性就一律把三性译作“他”，“她”，“牠”，音ㄊㄚ，一，ㄊㄜ，复数就加“们”字，成“他们”，“她们”，“牠们”。假如指各性混杂的。例如皇帝和皇后并称，就援法文成例，亦用“他们”。

八、“的”，“底”，“地”，“得”，“到”：状词用地，例如“偷偷地瞧她的姊姊”，“自言自语地说”。含有可能意思的用“得”，例如“看得见”，“吃得下”。含有到某程度的意思的或用“得”或用“到”，例如“吃得饱”，“热得（或热到）她昏昏地要睡”。此外一概用“的”，“底”字姑且试试不用。

九、“那”，“哪”：“那”字念去声，专当指示用；“哪”字念赏声，专当疑问用。

十、“了”，“勒”，“拉”：叙事里用的了字在会话里照真说话自然的声音，分作“了”，“勒”，“拉”三种念法，例如第二章里，阿丽思说，“阿呀，不好拉！我怕我又得罪了牠勒！”

十一、“兒”，“儿”：“兒”字用在同上字连成一字音的都写作“儿”。只有独用当字的才用“兒”字。例如“猜兒鼠”是三个字。但是“一半儿”只当两个字念，因为“半儿”读作（ㄅㄚㄦ），是一个字，并不是当（ㄅㄢㄦ）读的。因此在诗里头，“儿”字，合上字连用也不占字数的。

十二、标点符号：本书所用标点符号同新版的《水浒》，《红楼梦》相仿佛，不另加详细说明。

——录自商务印书馆1947年五版

《父与子》①

《父与子》叙言

郑振铎②

屠格涅甫的著作没有比《父与子》一书更引起人的注意与辩论的。自这部书出后，他在欧洲的名誉，隆重了，伟大了许多；但在他的本国却十个有九个人对于这本书起反感的。就是平常很崇拜他的精

① 《父与子》，小说，俄国屠格涅甫（Ivan Turgenev，今译屠格涅夫，1818—1883）著，耿济之译，上海商务印书馆1922年1月初版，共学社俄罗斯文学丛书之一。

② 郑振铎（1898—1958），字铎民、警民，笔名西谛等。生于浙江温州，祖籍福建长乐。1917年入北京铁路管理传习所（今北京交通大学）学习。1927年旅居英、法，回国后历任北京燕京大学、清华大学、上海暨南大学教授，《世界文库》主编。译有《贫非罪》（奥斯特洛夫斯基著）、《灰色马》（路卜洵著）、《新月集》《飞鸟集》（泰戈尔著）等。

美的艺术的，到这个时候，也附和而攻击他。新派攻击他，因为他们以为屠格涅甫做这本书是讥嘲他们的。旧派攻击他，因为他们以为屠格涅甫做这本书是反对旧的而赞美新的。其实屠格涅甫却于此都无容心。他只知描写当时的实况。

这部书出版的时候是一八六二年。那时正是新旧派竞争很热烈的时候。新派的虚无主义者突起于知识阶级中，日以破坏一切旧的道德，旧的信仰，旧的艺术，旧的法律等等相号召。旧派的感情主义者，美术主义者，则极力与之抗，以保存他们所信奉的因袭的东西。

屠格涅甫在这部书中，以彼得洛委慈代表旧派的父代，以巴札洛甫代表新派的子代。父子两代的冲突——思想的冲突——就以彼得洛委慈与巴札洛甫之冲突代表之。巴札洛甫是一个少年医生，“一个不屈膝于任何崇敬的威权面前，不承受任何没有证明的理想的人。”对于当代的制度，他一切取反对态度；日常社会生活中的习俗与小节，他更弃之若遗。他因为要回家省亲，顺道同一位朋友——他的信徒——到他（他的朋友）家里暂住。他的朋友家里有一位父亲，一位叔叔，叔叔就是泊威·彼得洛委慈，父代的代表。他与泊威常常冲突。终了，至于决斗。

这都是实在的情形。巴札洛甫这个人据说也是实有其人。勃兰特(Brandes）说：“在一八六〇年，屠格涅甫在德国旅行，在一条铁路的车上，遇见一个少年的俄国医生。这个医生同屠格涅甫简单的谈了一会话。他的个人的奇特的意见使得屠格涅甫惊骇。他给这个诗人以巴札洛甫的观念。因为要他自己与这人个性相熟，屠格涅甫开始做‘巴札洛甫日记’，就是当他读一本新书，或遇见一个引起他兴趣或表显些政治或社会性质的特点的人，他就在这本日记上批评他，照着‘巴札洛甫式的思想’。虽然许多人骂他，说他是空想，当时的子代决不如巴札洛甫，父代也决不与泊威·彼得洛委慈一样；然而他却的的确确是写实。”俄国批评家文格洛甫（S. Vengueroff）以为这部小说与实际互相影响，实为至当之言。

在艺术上讲来，他的成绩也是极高。急进派的批评家虽然大骂他，以为从艺术方面看来，这本小说是完全不满人意的。没有一条线索，没有一个动作，把这本小说的各部联而为一的。他是教训主义的，每个书中人都不过是某种意见或趋向的表现或代表而已。因此，书中没有一个有生气的人，没有一个有生气的灵魂，只不过是种种的抽象观念，种种的运动，人格化了而呼以相当的名字而已。然而这种话却靠不住，因为这是攻击他的急进派所言的。极少数的公平的俄国人和别的地方的人都不约而同的称此作为屠格涅甫特异天才的成熟的能力的结晶。思想之明了，艺术之宏伟，情节之简明，全部小说之平稳而贯串，戏剧力之丰腴，随处给屠格涅甫以更高的艺术的威权。正如美国批评家菲尔甫（F. Phelps）所说的："《父与子》是表现出六十年代的俄国政治家的图画，而留遗后世以一个不朽的艺术作品。"

屠格涅甫自己对于《父与子》也有一段话：

"巴札洛甫把我小说中的其余的人都盖在影子里。他是忠实，直前而纯粹的民主主义者，而他们却不能在他身上找出好处！与泊威·彼得洛委慈决斗的事只显出这个文雅，高贵的武士的知识的空虚；实在说来，我还把他铺张扬厉，使他可笑呢。我对于巴札洛甫是要到处把彼高高的超越于泊威·彼得洛委慈之上的。然而当他自己称为虚无主义者的时候，你们一定会把他念做革命主义者。一方面描写一个贪赃的官吏；一方面描写一个理想的青年——这种的画图让别人去描写吧。我的目的比此更高些。我结束在一点：如果读者不为巴札洛甫所胜，不管他的粗暴，无心，无怜惜的干燥，与爽直，那末这个过失是我的——我失去我的目的了；但用糖汁把他弄得更甜美些，（用巴札洛甫自己的语），我却不愿意做，虽然由此也许可以立刻把俄罗斯的青年拉到我这一方面来。”

由这一段话，他的意见很可以看出了。对于巴札洛甫他实在非常热心的。到了后来，他又说道：“我是完全分有巴札洛甫的思想的。所有一切，只除了他对于艺术的否认。”但在实际上，他虽爱巴札洛甫，他却确不是巴札洛甫式的人。他只是一个宁静的悲观主义者。对于巴札洛甫的强烈与粗暴与能力，他只有赞扬，却不能仿效。他所以自以为是完全分有巴札洛甫的思想的人，有许多批评家说，这是因为他不能自知之故。许多文学家都是“自知则昧”的人。

在这个地方，有一句话却不可不说。这本书虽然第一次用虚无主义（Nihilism）这个字，它的意义却与后来一八七九——一八八一年间所发生的不同。《父与子》中的虚无主义者巴札洛甫的反抗思想是从科学思想发生出来的，他因为当时俄国的道德，宗教，国家等等一切皆建筑在虚伪谬误的基础上，所以一切都要反对否认。后来的虚无党却不然。他们的人生观在路卜岑（Ropshin）的《灰色马》中很可以看出来。他们不仅否认国家，宗教等等，并且也否认科学，乃至否认人类，否认生死。世人称之为恐怖主义者，确是很对。他们杀人正如杀死兽类，在打猎的时候一样，一点也不起悲悯，一点也不动情感。与巴札洛甫殊不相同。所以读者决不可把这本书中的虚无主义者误为后来的恐怖主义的虚无党。

中国现在也正在新旧派竞争很强烈的时候，也有虚无主义发生。但中国的巴札洛甫的思想却是从玄学发端的，不是从科学发端的。他也否认一切，与巴札洛甫一样，但却比巴札洛甫更进一层。正与俄国后来的恐怖主义者一样，连人类也一切否认，连生死也一切否认，并且也主张革命，但只是玄想的革命，不若恐怖党之以流血为事。中国的泊威·彼得洛委慈更是不行。他决没有决斗的勇气，并且连辩论的思想也不存在头脑中。遇到教训欲发生的时候，就教训了子代的人一顿，但却不辩论。他的无抵抗与缄默把与反对的人冲突的事，轻轻的避免了。父子两代的思想竟无从接触。我看了这本《父与子》，我很有很深的叹息。懦弱与缄默与玄想的人呀！思想之花怎么不开放？我默默的祈祷，求他们的思想的接触，求他们的思想的灿烂的火花之终得闪照于黑云满蔽之天空！

我读了《父与子》引起无限的感伤了。

一九二二年五月十二日郑振铎，于上海

——录自商务印书馆 1922 年初版

《黑暗之光》[1]

《黑暗之光》序

许地山[2]

邓演存君把这本戏剧译成以后，拿来对我说："你是研究宗教底；请你念一念这书。念完之后，还请将个人的感想写一点出来，作为这译本底叙言。"因此，我不得不仔细地看过一遍——不是为着要写叙言，是要从中找出些少对于宗教底教训。

人的理性是不会错误底；人的宗教也不是全然坏的。会错会坏底缘故，都是受习惯，制度底蒙蔽；或感情，权力底引诱和压迫。所以有制度，有权力，有感情底事体所发生底谬误常比那些没有底多而且

① 《黑暗之光》(*The Light that Shines in Darkness*)，戏剧，俄国托尔斯泰（Leo Tolstoy，1828—1910）著，邓演存译，上海商务印书馆 1922 年 1 月初版。共学社文学丛书之一。

② 许地山（1894—1941），笔名落华生（落花生），广东揭阳人。曾就读燕京大学文学院，1923 年入美国哥伦比亚大学学习，后转入英国牛津大学。译有《孟加拉民间故事》《二十夜问》《太阳底下降》等。

易。这剧本主意就是描画一个信仰真理底人——尼古拉斯——怎样和制度，习惯，感情，权力决斗，他对于布施，自役，劝说等等愿望和行为虽然失败，可是他们深信后来定有人会了解他所信底真理是靠得住底。

思想和制度常会发生冲突底缘故，就是因为制度屡要硬化思想，使他不能融通流转。然而思想和真理底距离是很近的，他底不受拘束，和恒久发展底性质也和真理一样。宗教思想和教会制度底冲突，多是为着教会擅用感情拥护一种化石的思想——信条和仪式——来抨击理性。教会常常这样办，所以弄到教义和行为背道而驰！基督教是建基于“爱”，“生命”，“光明”上头底：然而欧战时，有鼓吹从军底牧师，有代派《诚报》底教会。这正和本剧主人公尼古拉斯对谢立新神父所说：“教会倒反祝福那杀人底军队”底话相应了。

人类底宗教心是真实的，一切行为依着这心去做，就永无失败底时候。但这心一入教会的制度里，其危险立见。所以金鑰在前，要用工夫辨别一下。若是你想着你有一种宗教的行为是对，就要尽心尽力受持他，虽然丧掉你底荣誉，快乐，甚至于生命，也要坚持到底的。以血减罪底耶稣说：“我来了，儿子要和父亲生疏；女儿要和母亲生疏；媳妇要和婆婆生疏。人底仇敌就是自己家里底人。”看这本戏剧就知道他底意思：第一是不用感情去迷惑真理；第二是要凭着各人纯正的信仰去和旧制度决斗，虽是至亲的人也不必顾惜。这虽名为剧本，其实就是社会的福音，不论在什么地方都可以现身说，现身演底。人们，你们能为社会和宗教发起无量无边的指导心，而排演这剧，宣传这剧么？戏院就是你们底道场；社会就是你们底道场；反过来说，社会就是你们底戏场，快把他排演出来罢。

一九二一年，九月一日，许地山，在上海

——录自商务印书馆1922年初版

《人的生活》①

《人的生活》序

周作人②

李宗武君将他与毛咏棠君合译的《人的生活》寄给我看，说将要出版，嘱我作一篇小序。我想武者小路君的思想，书中已经明白的表示；两君热心于新村运动，这译稿又经再三斟酌，其信达之处，读者自能了解，不必待我的赘说。我现在只略加历史的解题，聊以塞责罢了。

《人的生活》于一九二〇年出版，内计文论四篇。《人间的义务》《现代的劳动与新村的劳动》是两篇论文，曾在去年春间的《改造》等杂志上发表。《未能力者的同志》，一九一五年作，是一篇剧本，写一般有志未逮的青年的心理。先前曾收在《向日葵》集内，跋里关于这篇略有几句说明：——

> "《未能力者的同伴》，是写对于他人及自己的运命，没有能力的人们的集会情形的。心想做好的事，却没有这力量，——在或一意味上，现今的人类正是未能力者，这话也可以说得。至少在这册书（案指《向日葵》）里的大半的人物，都可以当未能力者看的。"

---

① 《人的生活》，戏剧论文合集，日本武者小路实笃（1885—1976）著，毛咏棠、李宗武合译，中华书局 1922 年 1 月初版。新文化丛书之一。据鲁迅 1921 年 5 月 31 日日记，此译本由鲁迅校讫，周作人作序。

② 周作人（1885—1967），原名櫆寿（后改为奎绶），又名启明、启孟、起孟等，笔名遐寿、萍云女士、仲密、知堂、药堂等。浙江绍兴人。1906—1911 年留学日本，与鲁迅合译《域外小说集》《现代小说译丛》，另译有《红星佚史》《炭画》《黄蔷薇》《点滴》等。

《新浦岛的梦》也是剧本，曾载在一九一九年七月份的《我等》上面，题下有“为新村作”一行小字。日本传说中有浦岛太郎的故事，仿佛中国的刘阮入天台的样子，记一个渔夫到龙宫去的事情。《新浦岛》便是一种翻案，寄托作者的新村思想的。浦岛是理想家的代表，也想在世界上建起龙宫。这龙宫虽然没有如画里的龙宫那样美丽，但在世上无论何处都可以实现的。浦岛说：——

“我相信现在全世界都朝着这方向进行。种种的运动都朝着这方向。这样，我想没有不成功的道理。但要使这事实现，我不愿意借憎恶与暴力的帮助。用了这样贱视人间的信仰的手段去筑起那样的世界，我总是想避免的。我想只借了人间里面高贵的力，造成这事业，取还对于人间的信仰。”这一节话，很能说出新村的理想与和平的精神，也差不多可以说是人的生活的标语了。

一九二一年七月六日，在北京西山，周作人记

——录自中华书局1923年三版

《人的生活》译者导言

李宗武[①] 毛咏棠[②]

本书是日本武者小路实笃氏的原著，在一九二〇年出版的。他是“新村”之创办者，是要用和平的方法去建设合于理想的新社会，使大家向“人的生活”的路上走。现在我们就把“新村”的目的和精神

---

① 李宗武（1895—1968），曾用名李季谷，笔名宗武、季谷等，浙江绍兴人。曾留学日本、英国。

② 毛咏棠，生卒年不详。留日学生，与林本、李宗武另译有日本生田长江、本间久雄的《社会改造之八大思想家》。

略说一下，就可明白本书的意思了。“新村”的目的：“要使全人类协同而营‘人的生活’，要使全人类大家去走‘人’的正道，要使一切的‘人’从衣食住的忧虑中解放出来，在世上竭力发挥人类的光荣，确立对于‘人’的不动的信仰。”

“新村”的精神：“就从那目的上发生出来的：劳动不是为金钱的报酬，是人类的义务。劳动是‘人’可夸的事体；不劳动，是我们的弱点。义务劳动以外，当尊重各人的自由意志，然同时也应尊重他人的自由意志；自由意志以不侵犯他人的自由意志为限。义务劳动以外，无论社会，无论何人，绝对没有强迫。‘人’一方面是个人的‘人’，一方是社会的‘人’。所以一方讲协同，他方仍旧要讲独立。被恶根性所支配的人，不能算独立；不独立，不能独立，是最不名誉。我们‘人’的自爱和他爱，是一致的。和和自己挟同一主义的他国人起冲突的主义，是谬误主义。爱国心以不害他国人的爱国心为限，超过这个范围便是罪。因祖国而战，致人类不能相互尊敬相互爱护，这是国家主义的缺点。对于同心同德的人，不能爱如兄弟者，不配作‘新村’里的人。‘人’断不可失‘爱’‘正义’‘勇气’三件。自己的力量薄弱，朋友少，别人非笑妄评，这些事，都不成问题。别人无论如何冷笑谩骂，自己终是不忘目的的去做，必不可以诚诚恳恳所做的事，当作无意味看。”

我们确信这件事业，是人类到光明的道路的出发点，而这一册书，尤其是“新村”运动的导火线，对于社会改造，很有帮助，所以从忙中把这书译出，可是有许多地方，觉得不能把著者的原意，完全表现出来。后来，幸蒙周作人鲁迅二先生的题序校阅，故就敢出而问世，这是对二位先生非常感激的地方。

现在为研究武者小路氏的思想者便利起见，更把他的紧要著作介绍如下：

(一)《心ト心》(二)《生长》(三)《彼しガ三十ノ時》

（四）《向日葵》（五）《後ニ来ル者》（六）《小サキ運命》
（七）《或ル青年ノ梦》（《一个青年之梦》已由鲁迅氏译出）
（八）《或ル脚本家》（九）《新シキ村ノ生活》
（十）《自己チ生カス为ニ》（十一）《新シキ村ノ劳动》
（十二）《幸福者》（十三）《二人ノ母》（十四）《一ツノ道》
（十五）《耶稣》（十六）《土地》《十七》《杂三百六十五》（诗集）
（十八）《自分ノ人生观》（十九）《新村ノ信仰》
（二十）《人间的生活》（即本书）

一九二一，一一，一二。李宗武，毛咏棠志于东京

——录自中华书局 1923 年三版

《王尔德童话》[①]

《王尔德童话》小说序

穆木天[②]

这几篇是从《王而德童话集》[③]中选记的。

王而德的童话，系由两回出版的：第一回是一八八一出版的，题名曰《柘榴之家》（*A House of Pomegranates*）计四篇，曰《少年王》，曰《王女的生日》，曰《星孩儿》，曰《渔夫及其魂》；第二回是一八八八出版的，题名曰《幸福王子及其他的故事》（*The Happy*

① 《王尔德童话》，英国 Wilde（王尔德，1854—1900）著，穆木天选译，创造社编“世界儿童文学选集”第一种，上海泰东图书局 1922 年 2 月初版。

② 穆木天（1900—1971），原名穆敬熙，吉林伊通人。留学日本，参加创造社，毕业于东京帝国大学。译有纪德《容门》、斯丹达尔《青年烧炭党》、高尔基《初恋》、普希金《青铜骑士》、莱蒙托夫《恶魔》等。

③ 该序原文皆写作“王而德”。

Prince And Other Stories）计五篇，曰《幸福王子》，曰《莺儿与玫瑰》，曰《利己的巨人》，曰《忠实的朋友》，曰《驰名的起花》；所谓《王而德童话集》者，系二册合本的题名。

王而德的童话，与安得生（Hans Anderson）葛立木弟兄（Brothes Grimmy[Brothers Grimm]）等的童话比起来，算不得童话，或者可以说是一种特殊的童话吧；所以愿读者不要以此误会童话的意义。

王而德童话自然是一种童话体的小说；然我更愿说者拿他作为散文诗去鉴赏。

“童话”二字，系 Fairy Tales 之译语；按 Fairy Tales 本应译作“仙话”，——我记得中国有这个名字，什么讲仙话——只以知识阶级的惯用关系，仍译作童话了。

三，八，十八，于日本，京都，神木冈。穆木天

——录自泰东图书局 1922 年初版

《新月集》[①]

《新月集》序

曾琦[②]

我的朋友王独清君译完了一部印度诗圣太戈尔的《新月集》，叫我替他作序。我于诗学，本是外行；兼之不通英文，未窥原本，何敢

---

① 《新月集》，印度太戈尔（Rabindranath Tagore，今译泰戈尔，1861—1941）著，王独清选译，上海泰东书局 1922 年 2 月初版，创造社编“世界儿童文学选集”第二种。

② 曾琦（1892—1960），原名曾昭琮，字慕韩，四川隆昌人。赴法留学，在法与李璜等发起组织国家主义青年团，回国后任上海大夏大学教授，发刊《醒狮》，鼓吹国家主义。

妄赞一词。只得就法人之研究太戈尔者摘译其批评叙述之文字一二以供王君及读者之参考。我所以乐于承认作序的原因：

（一）王君译这部诗，是我极力怂恿成的。因为我看见近年国内做新诗的人太多，大抵千篇一律，于设多名词之下，加以“呵”“呦”“呢”“哦”等字，便自以为是“白话诗”。其实只是“白话”，何尝是“诗”。这都是由于不解诗的真义；自己并无天才，而又妄思创作，所以弄来文不像文，诗不像诗徒贻旧派以讪笑之资。当此旧体解放，新体未成之际，我以为有多输入西洋范本之必要。我们不必定要模仿人家的作品，如从前的人，动辄“神似李杜”“力追汉魏”自夸；但多读些名家的作品，至少也可为自己创作的辅助。因为无论什么天才，断无有凭空创体的。以李太白之天资，而杜甫尚称为“李侯有佳句，往往似阴铿”。可见太白于阴铿的诗是有研究的。以杜工部之诗圣，而其自述心得，还有“熟精《文选》理，休觅彩衣轻”的话，可见工部于《文选》也是有所渊源的。不过天才能由“模仿”而进于“创造”，不为范本所囿而已。这部太戈尔的《新月集》介绍入中国以后，我想于现在的“白话诗人”至少总有些补益。所以乐抒所见，聊弁数语。

（二）我于新诗起初本是怀疑，对于无韵诗更是期期以为不可；自读王君及法人所译太戈尔的无韵诗后，才晓得诗果然不必定要有韵。而且所谓音韵，不必限于句尾所押“形式的韵”；有时“自然的韵”尤更美妙。不过“无韵诗”较“有韵诗”尤不易做，第一要有“诗的实质”；第二要合自然的音律。不用引别的例，但看太戈尔这部诗中的杰作，也就可以明白“无韵诗”确是“难能而可贵”的了。

（三）太戈尔是极力赞扬东方静的文明——山林文明——掊击西方动的文明——城市文明——底人。自从有了他的著作风行世界后，欧洲思想界，一时颇受其影响。一班学者渐渐重视东方文明，引起研究的兴会。这位印度诗圣，确为亚细亚人增光不少！我尝因此想到与印度同为东方文明代表的中国何以维新数十年还没有一个学者能够占位置于世界学术之林？莫说大科学家大哲学家没有，即连一个诗家如像太戈尔这样的人都不见产生；比起日本人的文学作品，有时还为英法各国所翻译，觉得还差得远！这样毫无贡献于世界，怎好意思以东方古文明国自豪呢？所以我狠希望“中国未来的诗人”读了太戈尔的诗集，多少起点比较的观念；存点愧奋的意思；二十年内，努力创造，或者有些文字作品，风行于欧美学术界，如像太戈尔今日一样，那方可为东方老文明国增光吐气。这也是我乐于作序的一点微意。

现在试把法人对于太戈尔的议论撮要译述如下：

一千九百二十年八月十日巴黎《人道报》(*L'Humanité*）有一段文叙述太戈尔的诗道：诗人太戈尔著作之发表，曾经引起世人狠大的兴会，同时并有狠多的利益，即使人重读其多年传诵于世的多少未刊的杰作。我们完全读过这些作品，是由马克斯弥勒（Max Muller）教授在太戈尔家里所钞的。太戈尔在印度是一切革新的领袖。——美术文学及哲学家——弥勒教授少年曾习梵语于巴黎，正当瓦尔卡拉太戈尔(Dwarkanath Tagore）——即太戈尔之父——来到法国惹起一班社会之真实感觉的时候。他在巴黎生活，托庇于贵族之下，颇蒙格外的优遇。所居的房屋，狠宽而且好，除了他自己之外，还分住别的宾客，马克斯弥勒和瓦尔卡拉太戈尔认识是因为他在法兰西中学当梵语教授，随后便和这大艺术家大思想家的家族生了感情。瓦尔卡拉太戈尔的儿子——即太戈尔（Rabindranath Tagore）——已经成了一个贤人，而且是一个宗教改革家。虽曾受旧时贤人的濡染，如佛教的思想，所谓“入世而能出世”和“灭却意志，归于静寂”等说法。但他的精神，却非常与近代相合。瓦尔卡拉太戈尔共有三子，即Rabindranath，Rabi，Babou。其中最富于天才的，自然要算Rabindranath太戈尔即弥勒教授所认识的太戈尔。他不但是一个诗人，而且是音乐家，小说家，戏曲家，思想家和教育家。

凡是有机会听过 Mrs. Mann 在 Cambridge 关于印度的音乐会底人，或是曾经到过印度旅居多年底人，必能赏鉴印度音乐的韵调之美妙卓绝，其中尤完美的，当推太戈尔的言语与音乐。

在英文译本中，觉得太戈尔的诗过于轻视优美的音调，也许是翻译太坏之故？但是译为法文，便觉得他的音调情绪都非常之好。较之英文译本之干燥无味，把太戈尔诗底美妙失掉，实在高过万倍。试读他的《祷歌》一首：

我的生命底流失，
我未尝见其所终，
我知道，我的上帝，我狠知道，
这并不是徒然无用。
刚开的花，
落于道中，
我知道，我的上帝，我狠知道，
花死并非无用。
江河乱流，
在无边的沙漠中，
我知道，我的上帝，我狠知道。
水涸并非无用。
为这一切，在我底生命里，
迟延而且较远，
我知道，我的上帝，我狠知道
我等待着并非无用。
一切总不到来
其声寂而无闻

我知道，我的上帝，我狠知道，
这都不是徒然无用。
因为一切无声的音正颤动着
在一切神明的诗才底心中，
我知道，我的上帝，我狠知道，
他们并非徒然的颤动。

此外还有些名句如像：

你是浮云
当着晚间在我底梦想的天中；
你的脚系和蔷薇花的彩色
我底活泼的心所喜悦的，
你，我所批评的拾穗人，
在我底落日歌中，
因为我已经把你
放在我底音乐底细微中。

这是何等美妙何等深远，何等象征的诗？

“光明哦！光明。你在何处？夜间暗如一瑰黑石，风在空中怒号……快燃那爱情底灯来伴你的生命！……”

还有什么诗更比这样新鲜呢？

此外我还有看见一种文学与思想的杂志（Revue de lettres et d’idées）叫做*Iap naissanse*[*La Connaissanse*]里面有位Emile le Brun先生做了一编文章介绍太戈尔的诗，题目是“诗人太戈尔之在法国”（Le poète Tagore en France），中间也是恭维得了不起的。据他说太戈尔在法国时，曾住在有名之 Bois de Boulogne 森林野近，非常的喜欢法国风景。这位 Emile le Brun 先生曾经和他会面过两次。有一次去访他的时候，太戈尔引至他的书房；一面对客谈话，一面随时眺望窗外的风景，显出异常快乐的样子。并且对他和同去的客们重引他在一八九二年出版之 Vieilles lettres 里面几句话道："……我感觉需要和自然合抱。并愿每天狠亲切的欢迎旭日，又和落日作别，如同对一个亲爱的友。"就这几句话，也可以看出太戈尔"人与自然调和"主张。

那编文章里摘译了些太戈尔的名句，我也把他重译如下；但我只照法文完全直译，至于是否有错，应请阅者对看原文——

呵！沉醉的狂人；
一脚打开你的大门，
把你的癫狂表示于大众……

我狠可敬的先生，
求你给他们恕饶
对于我们这两个渔夫。
今日春天底风
如狂寿［涛］样吹着
尘埃随风而来，
许多落叶也被风吹起，
至于我们平等的功课，——
是的，你们的功课一点也没有了。

这是何等悦耳音调！何等明亮的，颤动的，清洁的，锤炼的句子！何等纵横如急流，如骤雨的笔法！字字皆有声响，如水里起的漩涡，又如白鸥弄水，回旋自若。同时语法亦极明显的，极融解的，极嘹亮的，极柔和的，极颤动的，极尖锐的，极爱媚的；同时又极剧烈的，极奋激的，极合法度的。有时又有极硬涩的反语，但虽如是而仍是极响亮而婉转的，极柔和而甘美的，无一点乱调。任笔流走，速而不止，高下自如，无不协调。妥当从容，极诗底能事。

以上都是 Emile le Brun 先生批评太戈尔的诗底论调。可谓恭维至极，五体投地了。在我们未十分研究过太戈尔的诗底人，或者还疑他有些誉得太过呢。以下他还摘译得有几首太戈尔的诗。试再照译如左：

我今宣誓于此
从不取什么等级
在那些可敬的人们中：
傲慢是我的知识给我的，
辩别底傲慢
不正底财产，
我从今散而不用：

这首诗不就是诗人太戈尔底“平民思想”么。

沐浴于葡萄酒底泡沫中
那红的是一个红的果子，
我的笑声将更响亮：
出众的人好像应该
他们尊敬什么礼貌，
我有时只着些破布，
并且我同你发誓愿做个一无所有的人，
一个醉汉他将没有铜板，也没有一个钱！

还有几句小诗道：

这个小的天空，我们的天空，
再没有别的居民
这两个永远不死的，我们两个
是微小的，不足的！

从这几句小诗，也可窥见太戈尔底“哲学思想”之一班。只可惜译笔总难完全达出他的艺术来。这却是世界无统一的语言文字，人类所受的“文化底损失”，不能不认为一大憾事！

法国的文艺界，除了这个 *La Connaissance* 杂志以外，也还有些称述太戈尔的诗底文字，散见于各杂志日报。可惜我没有功夫搜集起来，汇译成篇，只是随便一两种批评的文字，介绍一个大略罢了。

隔了我还有一个感想，就是法人对于太戈尔的诗既这样恭维而且注意研究，何以中国尚有人说太戈尔算不得什么大诗人，不用急于介绍？这话我真有些不解。难道学者出于东方，便没有研究的价值吗？我对于太戈尔之极力颂扬东方文明，固不敢十分赞成。却也不愿国人对于一个学者的著作，尚未认真研究，便尔轻率批评。——我对于太戈尔的诗，并未尝研究过，所以我只介绍别人评语。——因为这样轻率的武断，不是我们所应出的。质诸王君和读者，以为何如？

曾琦

一九二一年四月十日草于法国色伦河畔

——录自泰东书局 1922 年初版

《新月集》译者叙言

王独清[①]

全部的介绍一卷诗，在现在底中国，恐怕要算特创的了。但这个特创是狠有价值的。怎么说呢？中国向来底诗人，只知用诗来简单的写景，言情，而不知用来统系的表思想学说；只知诗是发挥个性底工具，而不知同时为解决人生底用品。像这样有统系的诗集，在外国固是诗人底本色，但在中国就没有见过了。但现在底中国不是文艺思想新生的时代么？那么，就应该有新生的伟大诗人；就应该有新生的统系著作底诗；我介绍这卷《新月集》，未尝不是想叫中国成“新月之国”呢。

《新月集》(*The Crescent moom*) 是太戈尔名著之一；他的诗集还有《祷歌》(*Gitanjali*)《园丁》(*The gardener*) 等，都是有同样声价底著作。他是能以浅淡的文笔，自然的音韵，写出活鲜鲜的诗；同时却有最秾丽的情绪，极高深的理想。他没有一篇诗不是由人底生命内边发出来的调子，没有一篇诗不是歌人生向上底心，而这《新月集》，要算能充分代表他“爱之哲学”底文艺作品。

这卷诗本开始于零碎地选译，——因我近来读过的诗集，随读随译的狠多。——当译时，我颇想不使失作者原有的精神，所以极力保原诗的色，的声，的意；但这不是容易做的事，恐怕做出来的于想的适得其反，这是我要诚意地求读者原谅的。后来因我的朋友曾慕韩

---

① 王独清（1898—1940），原名王诚，字笃卿，陕西西安人。留学法国，回国后任广东大学文学院院长、上海艺术大学教务长等职，为创造社早期成员。译有《新生》（但丁著）、《诗人谬塞之爱的生活》（法国摩南著）、《独清译诗集》等。

君底劝告，才把译稿稍为整理，又补完两篇未译的；因为非一时所译，译笔便不免有不一致的地方，但现在却没有时间来作这详细改的事了。我本还打算把“《新月集》底我见”写信给太戈尔，并有些质疑；想待得了回信，便同时附在这卷诗底译本上发表，但现在却因朋友间底催促，也没有时间来等候地作这件事了。——这都是我最抱憾的事。

我的朋友曾慕韩、吴若膺、陈剑翛三君都对于我译这卷诗狠有帮助，我都狠感谢他们。

王独清

一九二一年四月十五日在法国 Montargis

“我每天读拉宾德拉那司
太戈尔（Rabindranath Tagore）
底著作，读一行他的诗就把世
上所谓底苦都忘了。”
——英国诗人易慈（W. B. yeats）所记医士语

——录自泰东书局 1922 年初版

《意门湖》[①]

《意门湖》序

（唐性天[②]）

这一篇东西是斯托尔姆第一本短篇小说，他的原文，简练老当，并没有刻意求工的气味，却是描写情景，栩栩如生，真到了自然佳妙的境界，这就是斯氏“散文艺术”的美（Prosakunst）。他叙述这篇《孩儿的爱情》(*Kinderliebe*)，所表现的，多是自己的经验，所描写的，又是本乡的风景，却又能使多数人与著者同情同感，如身历其境，得一深深的印象。而且书中一举一言，一事一物，都有寓意，非比他小说浮泛无意，读者须要静静地会悟其思想，那就不辜负这篇小说了。现在我把他直译中文，所以多原文的语气，不过我的译笔不精，不免有些地方要损失了著者的价值。真是抱歉之至。

译者识　五月卅一日

——录自商务印书馆 1922 年初版

---

① 《意门湖》(原名 *Immensee*，今译《茵梦湖》)，小说，德国斯托尔姆（Theodor Storm，今译施笃姆，1817—1888）著，唐性天译，上海商务印书馆 1922 年 2 月初版。

② 唐性天（1900—？），浙江镇海人，毕业于北京大学，1931 年在汉口创办华中图书公司并任经理，译有《牝牛》(德国黑贝尔著)、《游客夜歌》(歌德著)等。

《意门湖》斯托尔姆（德国北部的小说家兼诗家传）

唐性天

（一）略 传

写实主义最适宜于戏台上的戏剧，和笔尖下的图画；若要应用于抒情的诗和散文的小说，那就难得有同样的结果。无论谁的小说总要和写实派的戏曲，有些分别。惟斯托尔姆的小说，是站在他俩中间，同时能容有浪漫和写实的色彩。斯氏艺术的理解和艺术的布局竟把两半世纪合成了自然的一致。总之斯氏诗法的写实主义和极新的写实家的相差，与和古典主义或浪漫主义的相差，可说是差不多相等的。

斯氏生于一八一七年在北海东滨的小城市胡素 Husum。斯氏在 *St.Jürgen*（著名小说）说道："我的故城是一极简陋的小城市，在一所无树的海滨滩上。住的是一般老旧的和黑暗的房子。但是我总当他是我的最适意的地方。"斯氏的家乡之于斯氏的艺术，有特别的关系。他的全部感觉和思念就是他的家乡。他所表现最好的，也就是那地的风景和民族。

斯氏的父亲是律师。从不到过教堂，也不曾求他儿子去过。虽然斯氏的母亲和祖母去过几次，但总不是屡次的，所以家庭的空气非常愉快，从没有听说过宗教或基督的事。这就是斯氏幼年时代的幸福的生活。

斯氏的表现，除去家乡外，多是他幼年和学生时的经验和记忆，所以对于他记忆的事情，是很要注意的。他幼时曾见过（1825.2.34[①]）大潮，他就在 *Carsten Curator* 和 *Schimmelreiter* 两本小说里将此事重述出来。还有许多幼时的经验和观察，都能在他小说里变为很有

---

① 疑为原文错讹。

价值。斯氏家里在一年中最有趣的事，就是十二月的圣诞节，在他 *Unter dem Tannenbaum*《圣树下》成了很好的诗材。

斯氏九岁进克利伯学校，在一八三五年来到黎败克 Lübeck 求学，那时受了一般德诗人哥德 Goethe 乌伦脱 Uhland 和哈南 Heine 等的影响很大。一八三七年到开尔 Kiel 学法律，在冬季考入了柏林大学。那年和着大队来游哈味尔群岛，当晚也宿在那里。斯氏就乘明亮的月光坐船来游湖上。忽然望见远处有一片大叶，上有朵水仙花，就想游近去折他来，总之无效。这幅画景又在他第一本著作《意门湖》里表现得非常动情。后二年又回开尔，结识了同乡脱萧 Tycho 和莫姆孙 Momsen，在此又看中意了莫姆孙所推重的莫利开 Morike 的著作。同时也就和他俩同乡（又是两兄弟）预备出本他们家乡的传说和神话集。在一八四三年就出了一本《三友诗集》*Liederbuch dreier Freunde* 是他们三人的诗歌。

就是学生时代的经验，也成了斯氏的小说材料。他曾经写着十岁的姑娘，名培泰（Bertha von Buchau），因为爱她，写了许多小说，储集了许多民歌和梅子寄给她。等至长大了，果然成了他的第一情人。斯氏却又把这“人的真情”在他的诗集里和《意门湖》里活泼泼的“表现”出来。

在法律科考试成立后，就脱离了学生的生活，朋友也离散了。在一八四三年就在本乡做律师，每天学习音乐。同年的夏季，他的很美丽的表妹妹爱思妈（Konstaure Esmarch 1829—　）来到他家做客，二人都就互相知心了。在三年后就成为亲热的夫妻了。在那时，他的诗多极了。

当时需莱维省 Schleswig 的政治问题发生了，德国和丹麦间的仇恨也每天加深。就从这种情形底下，做了一本有名的小说《十月歌》。在这数年间虽有种种政治的纷乱，总也成了几本小说如《意门湖》和《绿叶》(*Ein grünes Blatt* 1850)。后来在坡姿特姆 Potzdam（1853—56）

住三年，几乎每天想家。一八五五年夏季他父母同来坡姿特姆，后又带着儿子同游斯都格 Stuttgart。那地遇见了莫利开，当年的小说就是 *Angelika*。

第二年就被署为海利根城知事，就和家庭同住那地八年，又是充满思家的念头。在这几年中的小说有：《晚玫瑰花》(1859)，《对面的市场里》(1860)，《宫里》(1861)，《大学里》(1862)，这般小说的外匡又是他的家乡。二本圣诞节的小说《离开》*Abseits* 和《圣树下》成于（1863—64）最后二年之间。

到至六四年胡素脱离了丹麦的关系，斯氏于是回家，充当本城的总督。第二年死了他的爱妻，所以非常悲痛，每天就以音乐解闷。有一诗说：

谁是生活过在情人腕肘里，
他是能在终生不会穷，
即令他单独死远方，
他终还觉到那神快的钟点，
若是生活过在她唇边，
就是死后，她还是他的。
当天晚上就入殓葬了：《影里》第一段说：
在这旧棺所在的墓里，
又添上了一个新的，
里面在我情人前，
甜蜜蜜的面庞藏着哩！

次年受俄诗人 Turgenier 之请来到白腾白腾 Badenbaden，第二年又和杨森 Dorothea Jensen 女士结婚。不特是杨森始终爱他，即他也很明白；如爱思妈也知道他俩很爱，而他又爱自己的。所以爱思妈临死时还请斯氏继娶杨森，以完两人之爱。后二年又著了《画工》和杰作 *St.Jürgen*。1869 年出了一本德诗歌汇集（*Hausbuch aus deutschen Dichtern seit Claudius*）。

斯氏此后生活，也没有什么可述了。父亲死于 1874 年，后三年母亲也死了，自己遂于 1880 年退职。在职数年之间，著作很多：《荒野之村》(1871)，《克利斯帝表兄》(1872)，*Pole Poppenspäler*（73—74)，《林角》(1874)，《幽静的音乐》(74—75)，《心理》，《左邻舍》(1875)，*Aquis submersus*（75—76)，*Karsten Kurator*（1877)，*Renate*（1877—78)，《林水之乐》(1878)，《农家》(78—79)，*Eekenhof*（1879)，《议员的儿子》(79—80)。

退职后又成了许多小说。*Der Etatsrat*，*Hansu. Heins. Kirch*（1881)，《默声》，《格利斯胡传》(83—84)，《二个皇孩》(84)，*Ein Fest auf Haderslevhuus*（84—85)，*John Riew*（85)，*Bötjer Basch*（85—86)，*Ein Doppelgänger*（1886)，最后的一本著作 *Schimmelreiter*（1888)。统计斯氏小说自《意门湖》起，至 *Schimmelreiter* 为止，不下卅余种。

在一八八七年旅行到 Westerland，在那地他做了他七十岁的寿。

斯氏到至老年时的生活，更加简单，且很合意了，好似少年时候的情形。大约每日下午四时后，是他最好的钟点，用着轻亮的嗓子读书，或在晚饭后，合家谈诗唱歌。斯氏死于一八八八年，葬在胡素家乡。依着他的要求，葬时不说一句挽词，也没有牧师临场。像斯氏的生活，除去哥德外，是很难多得的，能把诗歌来表现自己的生活，不失去丝毫价值，真是我们的好榜样。

（二）斯托尔姆的抒情诗

斯氏自己也承认是抒情诗家。他的诗又是描写他的生活的。但他却不曾出了很多诗集，并不是因为他没有这大诗才，却因他对于抒情诗的要求很苛刻。他以为每一首抒情诗应该能给读者，当即有一种“表示”，“自解”或是“满足”，为读者自己所不能给自己的。一个艺术品应该能够直接的，用不着经过思想就感动我们的。若诗的作用先是感情的，再从感情的而变为精神的，犹如花落结果，这种诗是斯托尔姆所谓最完全的了。

斯氏的抒情诗实是特别的可爱，但诗里终是带有散文。反过来看他短篇小说，又是抒情的感觉，抒情的说法。所以斯氏立在抒情诗和散文之间，没有第二德诗人所能及得来的。斯氏的抒情诗，因此不像哥德和哈南等是表现人生感情的唯一工具，就是他的散文的情绪的艺术，真是别个短篇小说家所不及的。

由此更可说明斯氏是兼浪漫派及写实派了。斯氏的诗可说是“起于朦胧，沉于朦胧”。他朦胧的，神秘的记忆，再加敏捷的反现出来，真是做抒情诗的诗法。散文只求明了，真实，具有目的的自觉和安静的捷径。因为浪漫家不要那样，所以不信用散文。斯氏能当作抒情诗家来感觉可歌的国民性，较之浪漫家更精，又能同时用明了真切的散文如同写实家。完全的幻想，如浪漫家梦境，他是极端反对的。

在前章曾说过他艺术的表现，就是他的家乡。其次就是恋爱的抒情诗了。要能将家乡和爱情写为抒情诗或是小说，当然第一先有深浓的“自然感觉”。斯氏尤能将极小的风景或极细微的人生，都成了很有价值的观察。例如《林中》：

（一）
在这斜坡上，
忽然大风吹来，
树枝下垂，
小孩正坐其下。

（二）

她坐茴香中，

她坐芳香中，

嗡嗡黄苍蝇，

乱闪着光线穿空中。

（三）

树林已默静，

她却向那面，

在她卷发的周围，

流过来日光线。

（四）

杜鹃远地笑，

感动了我：

她的金黄色眼睛，

好像树林的女皇。

最后一段特别的写出国民性的简纯的感觉，最甚也就是《意门湖》的诗：《我的母亲要了的》，《胡琴姑娘的歌》等：

（一）

只有这一点，

你还是我的，

死呀！唉，死呀！

总是我单身。

（二）

今天，只能今天啊！

我还这美丽，

明天！唉，明天！
都成昙花一现啊。

这种郁闷悲哀的音调，太半出自他家乡和他本人的感觉。例如他将风景的凉静，又用到人生上来。在《白玫瑰花》里的旅人说道：

（一）
寂寞诚此路，
无人来同游，
只有天上云，
来和我合步。
（二）
我已疲得要死，
所以我愿意在家，
愿意睡他一生，
用不着快乐和悲哀。

我们可以看出斯氏是爱生恶死的。在他诗的背面，既乎“死”是他的恶魔。就是在他爱的感情里，时有这类的观念现出在他精神里。

斯氏实在还是生成的思想的诗家，没有一首诗，一页小说是没有思想的，但已把他变成了物质。他的思想实在是离不开他诗体的构结的。完全的格言，却是很少。

从抒情诗过渡到诗法的叙述，如小说之用诗体者（史歌 Epos）是斯氏所不主张的。就是普通的叙事诗，他也不内行，因为他的情绪的艺术，想要得一自然界的较大范围。他也没有做过长篇小说或剧本。他感动的表现，和音乐的言词，就是他的特技。总之他不但是在德国开了一条小说界的新路，也已成了世界文学里的一位最大的短篇小说家呵!

(三)斯托尔姆的短篇小说

在他传记里已把所有小说，依着年次叙述完了，且也说及小说的起源和其基础。现在所应知道的，就是诗人自己内部的发展，是怎样的一个程序，因为斯氏的诗发展得很明了简单，所以对于这一问题的解答，很是容易。斯氏的诗的心理，依着年岁，每年增加坚决和敏觉的力量，谁都看得出来。惟因斯氏的小说，太柔软了，他的小说很容易被读者忘记。

若来统观斯氏小说，我们可以看出斯氏的小说，自《意门湖》以至 *Schimmelreiter* 是一个艺术，布局得有同样的刺激，虽然间隔很多年数，其间很少的相差，只是表现他个人的品性的。无论如何，总不能说他在老年时是写实家，在青年时是浪漫家。

《意门湖》! 每人应该看过了他就觉满意，至少也要觉到斯氏第一本著作的本体和作用了。因为那二个互相亲爱的小孩子，在他们幼年时候少自决力，又因母亲“要了别的”，致他俩互相被骗的事——并不是希奇的新闻。在斯氏并不以“什么”却以“怎样”为主体。我们读了《意门湖》好像随着走过街道，进了房子，看着渐渐儿暗下来，等至月亮的光线射到那墙上的画，眼光也随着来到小照上，且就听说爱利撒的名字，把他引入到青年的时代了。于是就和他来做过去的青年梦，直到《意门湖》的分离——最后来了一盏灯，他还是在看他的书。表面已能看出他的工艺。但是其中还有多少奇样的自然和人生的图画——先有树林的小孩子，继之莱因赫和爱利撒的搭船游玩湖上，真是我们所希望的世界，但是又是我们每天的事。只有斯氏所能描写的呵!

斯氏的艺术，是描写每一个人都有他的个性，有他的爱，有他各样的挂念；斯氏尤能描写被各种各样非凡的感觉感情，和自然的，人生的真情，受怎样的刺激，怎样的救出患难，能在毫无希望时怎样的自尽，在幽静情景底下怎样舍弃世界，舍弃男情人或女情人——用着很精细的选择过的方法来暗示我们。

斯氏的描写不幸的爱情，除去《意门湖》，*St.Jürgen*，*Renate*，*Aquis submersus* 等杰作，两性都有爱情的以外，还描写只有男的有爱情，(《画工》，《二个皇孩》，《对面的市场里》)，或只有女的有爱情，(《大学里》，《林水之乐》)，其中以《林水之乐》的结果最为希奇。惟是诗法中之不说出最后结局，要把读者自己来接续下去，能至于和著作者发生关系，这是斯氏对于他短篇小说未做到的工夫。

但是斯氏也善于描写有幸福的爱情，且非常巧妙，例如《心理》，《默声》，《克利斯帝表兄》和 *Schimmelreiter*。又《心理》篇的美术的表现，更加是他的特技。

还有 *Eekenhof* 一本小说，描写尚未犯罪的，而又差不多就要犯罪的姊妹爱，在最后能得一纯洁的救济方法，仍是清澄。

斯氏也叙述过父子间的关系，如 *Bötjer Basch*，*Karsten Kurator* 和 *Hans und Heinz Kirch*。

除去上述数种都很幽静的小说以外，还有几种，叙述感情非常激烈的举动：如 *Doppelgänger* 他的可怕的结局，却完全是和爱情的起首成一幅凶恶的图画，又 *John Riew*，*Ein Bekenntnis* 和杰著之一的 *Aquis Submersus*。

以上把斯氏的小说，分类清楚，虽然没有把每本说出内容，想也可以知道大概了。今再把特点举出来，作为结论。

1. 他的小说有的是自己的世界——家乡——并且自己的美术（适用于他短篇小说的）。

2. 他的艺术之所以很好，因其是纯粹德国式的，都是德国的房子，德国的树林，德国的草野和德国的品性。

3. 许多诗人所受的批评，屡因批评者的“性”的区别和年龄的长幼，完全不同；也有许多诗人，或偏于乐观，或偏于悲观。惟斯氏完全没有这种情形。

4. 斯氏的小说，虽然都有他的思想作基，但他终不曾以为已够教人的，更不曾自夸其学。因为他的小说太好，到不应看了就算完事，却该出于心愿似的读之又读，来找出他的好处，预备创造艺术的人生。

开勒 Keller 在一八七五年赞美斯氏是一“幽静的金匠，细银匠”。因为他把小说提出到世上，成就诗法的新门路，更加可敬。没有一个德国小说家，能在这少的著作里，蓄着这许多好东西。

民国十年五月念三日

——录自商务印书馆 1922 年初版

《复活》[①]

《复活》译者识语

（耿济之[②]）

（一）本书系直接自俄语译成，采一九〇三年莫斯科“库希涅莱甫”发行之托氏文集本第十一版；但俄文本中凡涉及谩骂政府及俄希腊教会者多加删节。盖当时俄国文网綦严，书籍非经政府检查，不能

① 《复活》（上中下三册），俄国托尔斯泰著，耿济之译。上海商务印书馆 1922 年 3 月初版。共学社俄罗斯文学丛书之一。

② 耿济之（1899—1947），原名耿匡，字孟邕。笔名有济、济之、C.Z.、蒙生等。1917—1919 年在北平俄文专修馆学习。五四运动后，与瞿秋白、郑振铎编辑刊物《新社会》和《人道》。文学研究会发起人之一。另译有《白痴》《猎人日记》《父与子》等。

出版，即其经检查而准出版者，一有不便于政府之处，亦由检查人员概加删除。本书俄文本删节之处亦属甚多，鄙人据以翻译，将蒇，始行觉察，乃由吾弟式之，勉之两人依 L. Maude 氏英译本重加补译，以成完璧，盖英译本系经由托氏原稿译成者也。

（二）本书中遇有故典，风俗，人物，为国人素所不习者，均由译者详加注解，穷其原本。

（三）本书篇幅甚巨，译文文字间或有不尽完备之处，希读者加以指正。

——录自商务印书馆 1922 年初版

《贫非罪》①

《贫非罪》叙

郑振铎

阿史特洛夫斯基的这本《贫非罪》，在俄国剧场上继续的占了五十多年的势力。他描写当时商人阶级的情形极深刻，没有一个批评家不赞美他。当时虽有许多国粹派——斯拉扶派——的批评家，因为他描写的人物带有反抗西欧化的色彩，非常与他表同情，然而这种误会，后来的人却没有重蹈覆辙。急进派的批评者杜蒲罗李拔夫（Dobrolubov）也能去了这层肤浅的解释，更深的把他的原意阐发出来。克罗巴特金（P. Kropotkin）以为这本戏的影响，遍于全俄。同格里博哀杜夫（Griboyedov）的喜剧，龚察洛夫（Gontcharoff）的

① 《贫非罪》（*Poverty is No Vice*），戏剧，俄国阿史特洛夫斯基（A.Ostrovsky，今译奥斯特洛夫斯基，1823—1886）著，郑振铎重译，上海商务印书馆 1922 年 3 月初版，1933 年国难后第一版，共学社俄罗斯文学丛书之一。

Oblomoff 及其他许多俄国文学里的好作品一样，这本戏也是纯正俄国的出品。但是同时他又带有广大的人道的色彩。我读了他以后，觉得克罗巴特金的话很对。他所描写的虽是当时社会的情形，但是这种情形现在还是普遍于人间社会——尤其于中国社会——里呢!

在这一方面，这本剧本实有可以介绍的价值。

在艺术一方面，阿史特洛夫斯基的这本戏也许更可以给未来的作家一点帮助，贡献现在的演剧家一点材料。

我译了这本戏以后，曾经我的朋友许地山君的校阅。他这种有力的帮助，我是很难忘记了的。

一九二一、九、二十一、郑振铎

——录自商务印书馆 1933 年国难后第一版

《贫非罪》阿史特洛夫斯基传（附录）

（郑振铎）

在俄国文学史里，专以戏剧名家，而终身从事于剧场事业的，有阿史特洛夫斯基（Ostrovsky）。因他的不绝的奋斗，俄罗斯的剧场，乃始独立，乃始得占优越的地位。他戏剧里所表现的人物，都是他生平所目亲耳熟的。因此表现得极为真切，极为活泼。他的父亲是莫斯科商人的律师，他自己又同商家接近，所以他的戏剧，尤多叙及商人的事情。

他生于一八二三年，死于一八八六年。受了教育不久的时候，就学作戏剧；大概作戏剧的才能是与他天才很有关系的。他也同当时别的少年一样，十七岁的时候就对于到莫斯科各剧场的事非常热心。他不仅看戏，并且常常同朋友们谈论到戏台的各种事情。他进了莫斯科大学，不到两年，因为与一个教授起冲突的缘故，被他们斥退。自离大学后，他就在一个商务法庭里当书记官。因此与商人阶级更为接近。

他是俄国最初的戏剧专门家。俄国的第一座崇奉写实主义的剧场就是他创办的。在他著作中，俄国的当时社会，都被他照入，如影在镜中一样。这种极端的写实作品，俄国文学史上还须以他为第一人。

他在俄国文学史上，虽不如屠格涅夫（Turgenev）杜思退益夫斯基（Dostoevsky）及托尔斯泰（Tolstoy）之伟大，然其位置也极重要；因为他的价值是在别的一方面的。

托尔斯泰与屠格涅夫与杜思退益夫斯基他们都是向散文的小说方面去创造的。他的工作则专向戏剧方面努力。他的戏剧的影响也是深中于人心的。屠格涅夫与托尔斯泰生在贵族的家庭，他们的著作描写贵族，描写住在贵族田地四周的农民。杜思退益夫斯基虽非如此，而其作品也多描写贵族的。描写中产阶级，商人阶级的情形的只有阿史德[特]洛夫斯基一人。此实是他足以独立的地方；不惟与屠格涅夫他们不同，就是与后来的诸作家如高尔该，安得列夫他们也是不同。

一八四七年，他著《家庭的现象》（*A Family Picture*）一戏。他的戏曲家的生活，自此开始。这篇戏是单幕剧。叙一个老年的商人，想娶一个少女的事实。不久，他又著一篇喜剧，名《这是在家庭之中、我们想脱离去》（*It is the Family*：*Will get quits*），或名《破产》。（*The Bankrupt*）较《家庭的现象》，更为深刻。其事实大略如下：商人蒲尔萧夫（Bolshev），将他一生的幸福，给他的女儿及女婿。因此不能满足债主的欲望，而陷于破产之虞。他深信他们两个人，一定会养活他。但是这一对夫妻，忘恩负义，想独享所有的财产，而不容老人之分润。此老商人，遂不得不含泪随债主入狱去。他入狱后，他的女婿，乃号召于公众道："我们现在开一间新铺子，请惠顾我们。"商人的黑暗，差不多由此剧而完全表现于戏台上了。商人阶级见之，群起抗争。以为有玷商家道德。不令其登场演作。他遂不得不补作一幕，叙那个女婿亦被捕对资公庭，遣戍至西伯利亚，以顺众人的心理。但此剧的神味，因此全失了。其后这本戏刊行时，遂将后半的事实，另外发行，不与前半同编。这本戏，在大体上讲来，极可见阿史特洛夫斯基的天才与艺术——描写极自然，事实极真切，辞句极铿锵，一切的环境也都极实在，极能把当时的景色完全表现出来。可算得是他的杰作之一。

他的第三种的喜剧，是《苦的新妇》(*Poor Bride*)。剧中事实，乃由商界而移于中产阶级及官吏。大略叙一个苦的新妇，牺牲了她的青春，她的美貌，她的学问，完全供献给一个老丑而顽固的官吏。境遇非常可怜。

不久又出了一部“三连剧”，即《礼拜日午饭前的睡》(*Sunday Sleep Before Dinner*)、《我们自己的狗相打——不要叫别一个混入》(*Our own dogs are bitting each other. Don't let another come in*)及《你以后怎么样那是你所得的》(*What you are after*，*that you'll get*)。所叙的是一个懒惰少年的事。

《有利益的邮差》(*Lucrative*)与《选择》(*Adaption*)继之而登场。前者叙一个少年官吏，为其美丽之妻之故，不得已而违反他自己的意志与信仰。后者叙一个专制的女地主，酷待一个少女的事。都能把当时的社会心理，与情况，曲曲的绘写出来。都是很著名的作品。

然而阿史特洛夫斯基的最大的成功，犹在《雷雨》(*Storm*)一剧。急进派的批评家杜蒲罗李拔夫（Dobrolubov）称之为“黑暗之国里的太阳光”(*Sunbeam in the realm of darkness*)。他所示的是：虽然在这个无动的世界里，受死道德的支配，受生的无法律的剥夺，而人类的情感，究未全失。暮鼓晨钟，发人深省，实在可以当做黑暗中的一线光明。至其剧中的情节，则大略如下：加萨丽娜（Katharina）生长于旧式的崇奉宗教的家庭里，她的环境很朴质，并且很有情意。到了她结婚以后，她乃堕入无情的专制的喀拔诺夫夫人（Madame Kabanov）的家庭了！她待她的儿子，非常的严厉；对待她的儿媳更是加倍的压制。她很热心的处处防“道德的堕落”——就是古代专制的凌迟。加萨丽娜遂苦无涯，莫可告诉了。与这个专制的妇人堪称对手的，就是商人狄迦（Dikoy）。他对于朴实忠厚的小商人克李琴（Kuligin），侮辱无所不至。此“黑暗之国”，决不为加萨丽娜及克李琴稍露其光明。他们很懦弱的避去一切的冲突，但终免不了牺牲。加萨丽娜结局尤惨。她终为她的丈夫所弃，至于自杀而死。小鸽子固不能逃出野鹰的嘴外呀！咳！长夜漫漫，何时达旦。在这“黑暗之国”里的人，读了这个黑暗的现象的描述，那一个不泪下于襟，仰首望太阳之出！这种仰首望太阳之出的心理的引起，就是这“黑暗之国里的太阳光”了！

在《阴翳之日》（*Heavy Days*）里，意思也与《雷雨》相同。《阴翳之日》里的人物，有一半是从前喜剧里所有的。中叙一个律师，想保守诚信，不受非义之财。陷于极困之境。因为律师的俸给至薄，贿赂乃其惟一的补助的进款。不取则不能维持生活。环境处处乃至时时迫人为恶。偶有特立独行之士，不忍其良心之酷责，欲力挽颓风。而一事未举，群难丛集，非迫他同化不可。恶社会的力量，真是可怕呀！咳！黑暗之国，阴翳之日！何时始得光明？何时始能见黄金色之光，由层云裂缝中射下？悲观之至，转而存希望之心。读者又不禁仰首望太阳之出了！

做了这两篇主要的戏曲以后，阿史特洛夫斯基又转其笔锋从事于历史剧的编辑。但他的文才于此种的作品，颇不相宜。结果很是失败，只有 *The Voyevode* 一剧，略为成功。

《小雪点》也是阿史特洛夫斯基的杰作。批评家往往以之与德国霍卜特曼（Hauptmann）的《沉钟》（*Sunken Bell*）并举。其中都是怪诞的寓言。《小雪点》是霜与春的假女。她为牧羊儿的歌声所感动，不顾她父亲的警告，竟奔驰至他们的所在。他们把她拿到日光底下，她遂融化而消灭去。事虽怪诞，寓意极深。而其艺术上的价值，也极高。欢迎的人至多。

阿史特洛夫斯基还不仅是一个不倦的戏剧作家，并且是一个实行的热心的戏剧的提倡者。他对于剧场的组织，极为热心。到了晚年，遂为莫斯科剧场的主任。他发挥其天才与其怀抱，把这个剧场布置得非常可观。博得时人极盛的赞赏。“黑暗之国”的内容，也完完全全的在这“歌喉婉转，舞袖风凉”的红氍毹上呈露出来。不知赢得几许的眼泪，引起几许的伤心呢!

在这个时候，阿史特洛夫斯基所著的，有《最后的牺牲》(*The Last Sacrifice*)《诱惑的钱》(*Bewitched Money*) 及《没有奁具的女儿》(*Dowerless Girl*) 等。而《我心非石》(*A Heart*, *not a stone*) 一剧，尤博得至高的采声。这本剧所叙的是一个老人，娶一个少妇。这个少妇，贞节自守，操行极为纯洁。除了工作以外，决不为外物所动。他丈夫的邻里，贡谀献媚的人，多日缠其左右。而她视如无物。她丈夫则只求死后灵魂的安慰，尽散财与乞丐，不一念她的真诚。情节缠绵，感人至深。可与《雷雨》《阴翳之日》等杰作并列。

在一八五三年至五四年之间，他所著的《贫非罪》(*Poverty is no Crime*) 一剧，在他作品中也可算是最好的。差不多全俄罗斯都受了他这出剧的深刻的印象。在这戏里，我们看见一个旧式的家庭，家长是一个富商，名为郭台·客比契 (Gordy Karpych) 的。他平素对于家庭非常专制。后来他忽了受了西欧化的影响。他穿着西欧式的衣裳，要想把他家里一切习惯都变成西欧化了。他有一个女儿，同他的一个书记美底亚 (Mitya) 相爱。美底亚家里极穷，但是一个诚实有教育的孩子。她母亲也愿意把她女儿嫁给美底亚。但是她父亲却突然把她许给一个年纪很老的不诚实的有钱的制造家。他在母女的泪泉中，强迫她嫁给这个人。她“守着做女儿的本分”，只好服从她的父亲的命令。幸得她的叔父刘平·托助夫（Lubim Tortsofl）说出这个制造家的罪恶，当众把他羞走。郭台·客比契也终于为他们三个人——母，女，兄弟——所感动，终于答应把她女儿嫁给美底亚。这本戏虽然是得了快乐的结局，但是里头仍然是阴惨惨的。我们读了他以后，觉得俄国当时父权是多少重，有多少好女儿是断送在他们的积威之下呀！

综观阿史特洛夫斯基的生涯，差不多全部都消磨在戏剧上。他除戏剧以外无嗜好，除戏剧以外无生活，除戏剧以外无别的著作。他专诚致志以从事于戏剧的著作及排演的，有四十年之久。在俄国戏剧史上，没有一个人可以与之并肩。在世界的戏剧史上，只有一个英国的沙士比亚可以与之颉颃。白拉克纳（Bruckner）说："若有什么人愿意知道俄罗斯，他应该熟读阿史特洛夫斯基的著作。"又说："他不是想做一个始创家，他只是以描写生活的真际，满足自己的。"这几句话实在可以形容出他的真价来。不仅如此，他的简朴，他的天然的真挚，他的人道的情感，息息由纸背或剧场上露出。像阿史特洛夫斯基这样"仁心慈肠"的人，恐怕世间是很少有的。他的"仁心慈肠"还不仅于文字中见之。在他的行事上，尤可以表现出来。莫斯科的演剧者，多很受他的恩惠，非常的感激他的。

阿史特洛夫斯基的观察的范围，不很广大。最初所写的虽只是中产阶级，只是小市镇的居民，但到了末年，范围却略放大了一点。

他所做的戏剧约有五十多种；无论那一种在戏台上都是非常适宜排演的。

他也像易卜生（Ibsen）一样，有时并不说出这个戏是怎样的。

在当时悲观之雾四塞的时候，无论那个作家的作品都被这个雾气染成灰色。只有他还不是一个悲观作家。就在他作品中最恐怖的地方，他还隐隐的有乐生的意义透在纸背。

（在《俄国戏曲集》里，我曾作了一篇阿史特洛夫斯基的传。因为要使读这本戏的人知道这个作家起见，我把以前的传修补了一下，再在此处登出）。

——录自商务印书馆 1933 年国难后第一版

《少年维特之烦恼》[①]

《少年维特之烦恼》序引

郭沫若[②]

近世意大利哲学家克罗采氏（Benedetto Croce）批评歌德此书，以为是首“素朴的诗”(Naive Dichtung)，我对于歌德此书，也有这个同样的观念。此书几乎全是一些抒情的书简所集成，叙事的分子极少，所以我们与其说是小说宁说是诗，宁说是一部散文诗集。

诗与散文的区别，拘于因袭之见者流，每每以为“无韵者为文，有韵者为诗”，而所谓韵又几几乎限于韵脚。这种皮相之见，不识何以竟能深入人心而牢不可拔。最近国人论诗，犹有兢兢于有韵无韵之争而诋散文诗之名为悖理者，真可算是出人意表之外。不知诗之本质，决不在乎脚韵之有无。有韵者可以为诗，而有韵者不必尽是诗，告示符咒，本是有韵，然吾人不能说他是诗。诗可以有韵，而诗不必定有韵，读无韵之抒情小品，吾人每每称其诗意葱茏。由此可以知道诗之生命别有所在。古人称散文其质而采取诗形者为韵文，然则称诗

① 《少年维特之烦恼》，德国 Goethe（歌德）著。郭沫若译述。上海泰东图书局 1922 年 4 月初版，11 月再版，创造社编“世界名家小说”之一。

② 郭沫若（1892—1978），原名郭开贞，字鼎堂，笔名麦克昂、易坎人等，四川乐山人。早年赴日本九州帝国大学学医，后与成仿吾、郁达夫等组织创造社。译有《茵梦湖》(施笃姆著）、《浮士德》(歌德著）、《战争与和平》(托尔斯泰著）等。

其质而采取散文之形者为散文诗，此正为合理而易明的名目。韵文 = prose in poem，散文诗 = poem in prose。韵文如男优之坤角。散文诗如女优之男角。衣裳虽可混淆，而本质终竟不能变易。——好了，不再多走岔路了。有人始终不明散文诗的定义的，我就请他读这部《少年维特之烦恼》罢！

这部《少年维特之烦恼》，我存心移译已经四五年了。去年七月寄寓上海时，更经友人劝嘱，始决计移译。起初原拟在暑假期中三阅月内译成。后以避暑惠山，大遭蚊厄而成疟疾，高热相继，时反时复，金鸡蜡霜倒服用了多少瓶，而译事终不能前进。九月中旬，折返日本，昼为校课所迫，仅以夜间偷暇赶译，草率之处我知道是在所不免，然我终敢有举以绍介于我亲爱的读者之自信，我知道读此译书之友人，当不至于大失所望。

我译此书，于歌德思想有种种共鸣之点。此书主人公维特之性格，便是"狂飙突进时代"（Storm und Drang）少年歌德自身之性格，维特之思想，便是少年歌德自身之思想。歌德是个伟大的主观诗人，他所有的著作，多是他自身的经验和实感的集成。我在此书中，所有共鸣的种种思想：

第一，是他的主情主义：他说，"人总是人，不怕就有些微点子的理智，到了热情横溢，冲破人性底界限时，没有甚么价值或至全无价值可言。"这种事实，我们每每曾经经历过来，我们可以说是，是一种无需乎证明的公理。侯爵重视维特的理智与材能而忽视其心情时，他说："我这心情才是我唯一的至宝，只有他才是一切底源泉，一切力量底，一切福祐底，一切灾难底。"他说，他智所能知的，什么人都可以知道，只有他的心才是他自己所独有。他对于宇宙万汇，不是用理智去分析，去宰割，他是用他的心情去综合，去创造。他的心情在他身之周围随处可以创造一个乐园；他在微虫细草中，随时可以看出"全能者底存在"，"兼爱无私者底彷徨"。没有爱情的世界，便是没有光亮的神灯。他的心情便是这神灯中的光亮，在白壁上立地可以生出种种画图，在死灭中立地可以生出有情的宇宙。

第二，便是他的泛神思想。泛神便是无神。一切的自然只是神底表现，我也只是神底表现，我即是神，一切自然都是我的表现。人到无我的时候，与神合体，超绝时空，而等齐生死。人到一有我见的时候，只见宇宙万汇和自我之外相，变灭无常而生生死存亡之悲感。万物必生必死，生不能自持，死亦不能自阻，所以只见得“天与地与在他们周围生动着的力，除是个永远贪婪，永远反刍的怪物而外，不见有别的”。此力即是创生万汇的本源，即是宇宙志意，即是物之自身(Ding an sich)。能与此力冥合时，则只见其生而不见其死，只见其常而不见其变。体之周遭，随处都是乐园，随时都是天国，永恒之乐，溢满灵台。“在‘无限’之前，在永恒的拥抱之中，我与你永在。”人之究竟，唯求此永恒之乐耳。欲求此永恒之乐，则先在忘我。忘我之方歌德不求之于静，而求之于动。以狮子搏兔之力，以全身全灵以谋刹那之充实，自我之扩张。以全部的精神以倾倒于一切！维特自从与夏绿蒂姑娘相识后，他说，“自从那时起，日月星辰尽管静悄悄地走他们的道儿，我也不知道昼，也不知道夜，全盘的世界在我周围消去了。”如此以全部的精神爱人！以全部的精神陶醉！以全部的精神烦恼！以全部的精神哀毁！一切彻底！一切究竟！所以他对于疯狂患者也表极端的同情，对于自杀底行为，也绝不认为罪过而加以赞美。完成自我的自杀，正是至高道德——这决不是中庸微温者流所能体验的道理。

第三，是他对于自然的赞美：他认识自然是为一神之所表现，自然便是神体之庄严相，所以他对于自然绝不否定。他肯定自然，他以自然为慈母，以自然为友朋，以自然为爱人，以自然为师傅。他说：“我今后只皈依自然。只有自然是无穷地丰富，只有自然能造就伟大的艺术家。……一切的规矩准绳足以破坏自然底实感，和其真实的表现！”他亲爱自然，崇拜自然，自然与之以无穷的爱抚，无穷的慰安，无穷的启迪，无穷的滋养，所以他反抗技巧，反抗既成道德，反抗阶级制度，反抗既成宗教，反抗浮薄的学识，以书籍为糟粕，以文字为死骸，更几几乎以艺术为多事：他说，“我忘机于幽居底情趣之中，我的艺术已无所致其用了。”lch bin[…] so ganz in dem Gefuehle von ruhigen Dasein versunken，dass meine Kunst darunter leidet. 他说，“什么是诗？是画？是牧歌？我们得享自然现象的时候，定要去矫揉造作吗？”不错，人到忘机于自然的时候，硬［便］有时候连诗歌美术也还觉其多事，更何有于学问，道德，宗教，阶级呢！

第四，是他对于原始生活的景仰：原始人底生活，最单纯，最朴质，最与自然亲睦。崇拜自然，赞美自然的人，自然不能不景仰到原始生活去了。所以他于诗歌，则喜悦荷默和莪相；在井泉之旁，觉得古代之精灵浮动；岩穴幽栖，毛织衣，棘带，是他灵魂所渴慕着的慰安；他对于农民生活亦极表同情：“自栽白菜，菜成拔以为蔬，食时不仅赏其佳味，更将一切种之植之时的佳日良晨，灌之溉之从而乐其生长之进行时的美夕，于一瞬间之内复同时而领略之，”他说，这种人底单纯无碍的喜悦，他的心能够感觉得，真是件快心事。要这种人才有极真实的至诚，极虔敬的努力，极热烈的慈爱，极能以全部精神灌注于一切，极是刹那主义，全我生活底楷模！

第五，是他对于小儿的尊崇：美国现代儿童心理学家和迩氏（Hall）以为“儿童时期人类之天国，成人生活是从此而堕落者。”（Childhood is the Paradise of the race from which adult life is a fall.）此种言论，近今为保护儿童运动底先驱。儿童之可尊崇，在古昔数千年前之东西哲人已先后倡导。老子教人“专气致弱如婴儿。”孟子说：“大人者不失其赤子之心。”犹太底预言者以赛亚，说是预言者底黄金时代实现时，“狼要绵羊儿同居；豹要山羊儿同卧；小犊要与稚狮肥畜同游；一个小孩儿要牵引他们”（《旧约以赛亚书》第十一章）。耶稣说：“小孩子是天国中之最大者。”小儿如何有可以尊崇之处？我们请随便寻一个对象来观察罢，你看他终日之间无时无刻不是在倾倒全我以从事于创造，表现，享乐。小儿底行经正是天才生活底缩型，正是全我生活底楷范！然我们成人对于小儿，时无今古，地无东西，却同一地加以虐待，束缚，鞭笞，叱咤，不许有意志底自由，视之如奴隶囚徒。我们且听歌德替小儿们道不平罢！“小孩子们是我们的模范，我们应得以他们为师，而我们现在才把他们当着下人看待。不许他们有意志！……这种特权定在哪里？”

“《少年维特之烦恼》出版了！”

“艺坛底明星出现了！”

《少年维特之烦恼》在一千七百七十四年出版，一般之青年大起共鸣，追慕维特之遗风而效学其装束。青衣黄裤的“维特热”(Werthersfieber）流行于一时，苦于性的烦恼的青年读此书而实行自杀者有人，自杀之后在衣囊襟袋中每每有挟此小书以殉者。外马公国(Weimar）的一个宫女也因失恋之故溺死于依尔牟河（Ilm.）中，胸中正怀藏着这本《少年维特之烦恼》！种种传说喧动一时，佛朗克府(Frankfurt am Main）二十四岁的青年作家一跃而成为一切批评，赞仰，倾羡之的。

歌德之声誉日隆，一时知名之士，如宗教家之拉瓦特尔（I. C. Lavater)，教育家之白舍陶（J. B. Basedow ），乃至当时德意志诗坛之明星克罗普徐妥克（Klopstock)，均先后趋来，瞻仰此艺坛新星之光耀。扛举德意志文艺勃兴之职命于两肩之青年歌德，如朝日之初升，光熊熊而气沸沸，高举决胜之歌，以趋循其天定之轨辙。歌德以前无文艺之德意志，随之一跃而成为欧罗巴十八世纪之宠儿。盖世雄才拿破仑一世远征埃及时，亦手此《少年维特之烦恼》一书以起卧于金字塔与“司芬克司”间古代文明之废墟。外马公国夫人佛里德里克大王

(Frederick du Gross）之妹，安娜亚玛利亚（Anna Amelia）亦遣其子克尔（August Karl）亲来拜访歌德，歌德不久（一七七五年）遂成为外马宫廷贵客，而外马遂成为德意志文坛之中心地点。

——一个 Intermesso——

时——一千七百七十四年夏。

地——莱茵河畔都益司堡（Duisburg）某旅馆之食堂。

中年绅士数人，挟一青年文士，围棹畅谈，开放文艺与思索之奇葩。

中年绅士之一人 （突向青年发问）足下，你便是歌德君吗？

青年 （颔首）……

绅士 你就是做那名扬四海的小说《少年维特之烦恼》一书的吗？

青年 我是。

绅士 是吗，我觉得我有表示我对于那本有害无益的著作的恐怖之义务。

我祷告上帝变换你那偏颇的邪心！因为有罪的人会遭横祸呀。

（一种不快的沉默，人人屏息凝气。）

青年 （和婉地）从你阁下底立脚点看来，你不能不如此批评我，我是了解你的，我敬受你诚恳的叱责。我求你在你的祈祷中别要忘记了我的名字罢。

（座中嬉笑复起，各从暴风雨之预感解放——幕）

青年文士不消说便是歌德，耿直的中年绅士是牧师霍生康普 Rectcor Hasen Kampf，就中有拉瓦特尔与白舍陶在座。有甚爱必有甚憎。《维特》一方面大受人士欢迎，一方面却又为多少道德忧世之家所反对。霍生康普正此中之一人，同时有著述兼出版家之尼可来氏

（Christoph Frederich Nicolai）更著一《少年维特之喜悦》(*Die Freuden des Jungen werthers* ）以对抗，叙述维特不曾自杀终至受婚成礼，如我国有《水浒传》必有《荡寇志》，有《西厢记》必有《续西厢》，有《石头记》必有《后红楼》，《续红楼》，《鬼红楼》……可怜的是功利主义的无聊作家之浅薄哟！续貂狗尾，究竟无补于世！文艺是对于既成道德，既成社会的一种革命的宣言，保持旧道德底因袭观念以批评文艺，譬之乎持冰以入火。可怜持冰的人太多，而天才之火每每容易被人浇熄！啊！“天才底潮流何故如此罕出，如此罕以达到高潮，使你们瞠目而惊的灵魂们震撼哟！……居在潮流两岸的沉静夫子们在提防流水泛滥，淹没了他们的亭园，花坞，菜畦，知道筑堤以抵御呢！”

关于歌德底生涯，在此本想有所叙述，但是歌德八十三年间光辉灿烂之一生，绝不是短简的序文内所能详尽——歌德生于一七四九年八月二十八日，死于一八三二年三月二十二日。我在此处，只能把此书底本事略略叙出，以供读者参考。

歌德以一七七一年卒业于市堡大学（Strassburg）法科之后，翌年五月，游于威刺勒（wetzlar am Lahn），此地有德意志帝国法院，当时年少佛郎克府律师在本地创业出庭以前，照例当来此视习。

威刺勒帝国判官亨利布胡（Deutsche Ordens Amtmann Heinrich Adam Buff）有女名夏绿蒂（Charlotte），时年仅十九岁（一说十五岁），母亲死去，即代母抚育十人之弟妹而经营家政。绿蒂金发碧眼，康健玲珑。六月九日夜赴离市二里福培好仁（Volpertshausen）舞蹈会之途中，歌德与女友同车偶来寻访绿蒂，自此以后，两人十分相慕。然绿蒂已字人，其未婚夫克司妥纳（Johann Christian Kestner）乃翰诺威尔公使馆之记室，同时与歌德之交谊甚笃。

歌德为此无望之相思所苦，屡萌自杀的念头。一七七二年九月十一日留书绿蒂，毅然离去威刺勒而回佛朗克府。九月十日，克司妥纳日记中有下面一段记事：

“十日　此日歌德博士与余同食于园中。入夜，往‘德意志馆’(Dentsches Haus——绿蒂之家)，彼与绿蒂与余谈及来世事。绿蒂问他：已死的人能够回来么？三人相约谁先死者，先报生者以死后之消息。歌德觉无精彩，怕是想到他明日要走的缘故。”

歌德回佛朗克府之后，不久便闻以鲁塞冷之自杀。

以鲁塞冷（Carl Wilhelm Jerusalem）以一七四七年三月二十一日生于屋尔分别堤（Wolfenbüttel)，在莱卜其（Leibzig）大学曾与歌德同学。一七七一年为彭池危克（Burnswick）公使馆之书记，得忧郁之症（Melacholie)，对于耶稣教怀疑，与其友人公使霍尔德氏（Herdt）之妻生恋爱而失望，托辞旅行，借克司妥纳之手枪，以一七七二年十月三十日之夜自杀。死时着青色燕尾服，黄色肩掛，黄色腿裤，长靴，靴胴 [筒] 棕色。

以鲁塞冷一死，《少年维特之烦恼》于以诞生。歌德初有作成剧曲之计画，继以四礼拜之时日成此小说，以一七七四年三月初旬脱稿，脱稿立即付印而风行一世。

《维特》出版了。“维特热”之流行日见猖獗了。“生的闷脱”的怨男怨女，以手枪自杀相随继，就中文人克来司德（Herr von Kleist）与其友人妻之情死，尤为世所周知。一七七八年以后《少年维特之烦恼》卷头，歌德有弁首一诗刻在上面了。

绿蒂与维特

青年男子谁个不善钟情？
妙龄女人谁个不善怀春？
这是我们人性中之至圣至神；
啊，怎么从此中有惨痛飞进？

可爱的读者哟，你哭他，你爱他，
请从非毁之前救起他的名闻；
你看呀，他出穴的精魂正在向你目语：
请做个堂堂男子哟，不要步我后尘。

一九二二年一月二十二—三日脱稿　郭沫若序于福冈

——录自泰东图书局 1922 年再版

《少年维特之烦恼》(1926 年)[①] 后序

郭沫若

《维特》的初译出版以后不觉已就满了四年了。初译时我自己的生活状态，已经在旧序中略略叙述，那前半部是暑假期中冒着炎热在上海译成的，后半部是在日本医科大学时期，晚上偷着课余的时间译出的。我译这部书实在是费了不少的心血。

自己的心血费来译出了一部世界的名著，实是愉快的事体，所以在我把全书译完了，尤其把旧序做完了的时候，我当时实在愉快得至少有三天是不知肉味的。

不过自己的心血译出了一部名著出来，却供了无赖的书贾抽大烟，养小老婆的资助，这却是件最痛心的事体。

还有使人痛心的是一部名著，印刷错得一塌糊涂，装潢格式等等均俗得不堪忍耐。我初译的误植已经订正过两回，无如专以营利为目

① 《少年维特之烦恼》校正本由上海创造社出版部 1926 年 6 月初版，新增《后序》。创造社世界名著选第一种。

的无赖的书贾却两次都不履行，竟两次都把我的订正本遗失了。

然我草率译成的这部书，错印的一塌糊涂的这部书，装璜[潢]得俗不堪耐的这部书，出版以后竟能博得多数读者的同情，这不消说是原作的杰出处使然，然而我自己也不免时常引以为慰藉。

愈受读者欢迎，同时我愈觉得自己的责任重大。印刷和装帧无论如何不能不把它改良。初译本由于自己的草率而发生的错误，尤不能不即早负责改正。所以《维特》自出版以后，我始终都存着一个改印和改译的心事。我的朋友们也有许多这样怂恿我的。

但是改译倒不成问题，而改印却不是件容易的事体。我们一向是为饥寒所迫的人，那有余钱来消赎这项罪过呢?

我自己于痛心之外实在惭惋了四年，多谢同志们的援助，协作，我们的创造社出版部竟公然于年内成立了。这便是使我改译这部书的最大的动机。在二三月间我来广东之前，费了一两礼拜的功夫，我又把旧译来重新校正了一遍。校正了的地方实在不少，不消说我自己也不敢就认为完全无缺的译品，但是比较初译总算是好得多了。又加以全平替我细心校对，灵凤替我刻意装帧，我想从前的丑态，一定可以从此一扫了。

这可以说已死了四年的《维特》于今又复活了起来。我们从书贾的手里把它救活了，我们从庸俗的丑态里把它救活了。我的快活，同时也就是同志们的快活，我们替《维特》高呼三声万岁罢!

四年间购读《维特》的一万以上的读者哟，我们替《维特》高呼三声万岁罢!

援助创造社出版部成立的诸位同志，我们替《维特》高呼三声万岁罢!

创造社的同人和出版部的同人们，我们替《维特》高呼三声万岁罢!

《维特》复活了!《维特》复活了! 歌德如有灵，或许也要和我们同声三呼万岁！

今天是民国十五年六月四日，我从珠江北岸传呼出这一片欢声。

译者郭沫若志于广大宿舍

——录自上海创造社出版部 1928 年 5 月六版

《少年维特之烦恼》(1942 年) [①] 重印感言

（郭沫若）

好快！

这部书的译出也就二十年了。

二十年后的今天我又重读了一遍，依然感觉着它的新鲜。

一本有价值的书，看来总是永远年青的。

读了这样的书，似乎也能够使人永远地年青。

人世间，比青春再可宝贵的东西实在没有，然而青春也最容易消逝。

最可宝贵的东西却不甚为人所爱惜，最易消逝的东西却在促进它的消逝。

谁能够保持得永远的青春的，便是伟大的人。

歌德，我依然感觉着他的伟大。

为使人们大家更年轻些，我决心重印这部青春颂。

一九四二年七月十三日，重庆。

——录自重庆群益出版社 1942 年初版

① 1942 年 11 月重庆群益出版社初版，增加此《重印感言》。

《人心》[①]

莫泊桑的小说

李璜[②]

（一）

暑假期间，我们都很高兴读小说。我的朋友李劼人尤爱读莫泊桑最后的一篇杰作名《人心》*Notre cœur* 的。他并且愿意牺牲许多游山打球的时候，把这部小说译出来。现在译完了，他愿我特别向未来的读者把这部书的价值说一下。我想高明的阅者对于一篇看了的著作，心中自有一个定评。又何待我去先说，反转遮住了阅者的眼光。现在译者一定要我来多一番事，我只好把这部书的要点和作者的旨趣说一说，顺便附几条文学批评家对于这本书的批评，无非略略抬高未来阅者的兴味。

年来国内翻译莫泊桑的短篇小说很不少。现在并且渐渐有人翻译他的长篇。可见国人爱读莫泊桑的小说。这或者是因为莫泊桑的才调特别合于我们的口味。不过莫泊桑很不愿意阅者的口太大，把他的著作随便吞了下去。他说："一大半的批评家就是普通阅者，所以把我们常常含含糊糊吞在肚里，给我们一些无准则的奉承。"（见《小说研

---

① 《人心》，小说，法国莫泊桑（1850—1893）著，李劼人译，黄仲苏校，上海少年中国学会 1922 年 4 月初版。少年中国学会丛书之一。

② 李璜（1895—1991），字幼椿，号学纯，四川成都人。早年就读于成都洋务局英法文官学堂。后毕业于上海震旦大学。曾赴日本深造，继入法国巴黎大学攻读历史学与社会学，获文科硕士学位，1923 年与曾琦等人在巴黎成立中国青年党，标榜国家主义。回国后与曾琦等创办《醒狮》周报。译有《法兰西学术史略》（第一集）、《经济学要旨》（Charles Gide 著）等。

究》*étude sur le roman*）莫泊桑这样说法，使我们阅者不能不去细细的研究他一下。不然，他要怪我们阅者把他恭维错了。我愿在这里权做一个莫泊桑小说的研究者。但是在泛论莫泊桑其他小说之先，还该当服从《人心》译者的命令，先谈一谈《人心》。

《人心》这本小说是一八九〇年出版。后三年莫泊桑便去世了。莫泊桑晚年有病狂的名声。一八九二年一月一日甚至于自杀未死。这本书当然很与他病狂有些关系。莫泊桑自己仗恃他体格是一个强健的乡下人（批评家勒买特 Lemaitre 对他这样称呼），脑力体力都耗用太过。他的最亲爱的老师福罗贝尔常告诫他说："你该当留意些！你所有行为不要忘了我们所欲达到的目的。一个人既许身在艺术界，便没有权利与普通人一样的生活法。"不幸一八八四年他竟得了眼疾，有时几乎失明。因此莫泊桑渐渐有生死之忧，对于人世苦恼的心肠也日甚一日。从 *Bel-ami*（一八八五）以至《人心》，这六年的小说中间，莫泊桑寓有一个最沉痛的意思，就是"人生这样苦恼，这样没味，何以一般自命聪明的愚人皆不知及时相爱。"他在 *Mont-Oriol*（一八八六）上说："所有的世人，一个傍一个的经过许多事情，从来没有两个人真正的集合过来。"想到这里，莫泊桑大大的觉得众生无聊，世界无趣，他的心便软了，泪便来了。他很怕在繁华社会中看见这些人不断的自己作孽，所以他便逃向乡里居住。从此著作也不像一八八四年以前那样全凭客观的叙述，平淡的写生。也不但事多悲剧，并且言辞也很愤慨。*Bel-ami* 愤妇人不知及时自爱，更不知真心爱人，以至老大自伤，罪有应得。*Pierre et Jean*（一八八八）写母子互相猜疑，兄弟互相嫉妒。*Fort Comme la mort*（一八八九）写两个不知相爱人，随时都在痛苦；当其两个人相遇着各自承认痛苦时候，作者好像在背后不断的叹道："可怜的人类！可恨的人类！"并且这些都是上流社会的人类。所以在最后这本《人心》上，便直捷宣言上流社会不可亲近。社会最是上流，最是无情：

“不应当向她们要求过甚。趣味与了解两都缺乏，使她们智识的生活大半黑暗，对于高明的事物既不了解，对于我们——意思指高明人物——更是盲昧。无益的去勾引她们，要想得着她们的魂，她们的心，她们的聪明以及她们特别的品格与看待，如像从前女人为一个男子的价值与热忱而倾倒，这都是不可能的。今日的上流社会女子，都是些滑稽戏子，她们以爱情为滑稽戏，随便玩弄，照例排演，其实她们自己实不相信有甚么爱情。”（见《人心》第二部第七章尾）

莫泊桑在这本《人心》上，特别表示他对于上流人物，恨之刺骨：“一种反对这个女人的忿恨，忽然在马立约耳心中发生，并且对于所有这些社会，都忽然怀恨起来。反对这些人的生活和他们的思想趣味，以及他们薄弱的倾向流荡的游戏。”（《人心》第二部第三章）

他这个意思不自《人心》始，一八八四年莫泊桑与友人书，也曾表示过来“一个人要想保守他思想的全体，判断的独立，对于人生和世界都愿当一个自由的观察者，在一切成见一切信仰和一切宗教以上，那吗，他该当绝对避开所谓上流社会的交际。因为这些社会的恶习，传染得非常利［厉］害，以至于与这些人来往未有不受他们的思想和行为的破坏。”（见 *Journal de Goucourt VI*）

在一八八四年以后，莫泊桑忽然由冷酷的叙述变为热烈的写生，虽然大半由于他因病厌世的作用，也一半受时代的影响。一八八四年左右反对左拉的潮流便渐渐自外而来，俄国有托尔斯泰，托斯托衣弗斯基，英国有爱里阿 Eliot，瑞士有罗德 Rod，这些小说家也趋重写实，但写实中间，便含着有若干的同情分两。在那种冷酷的自然主义之下，大家得了这种热情的写实文字，都觉心中要少安慰一些。法国自然派小说因此也就变了色彩，如补尔惹 Bourget、法郎士 A. France 就是承继这个潮流的主要人。勒买特批评《人心》时曾说：“我们最后可以看见一个作者的变动真大！以 *Maison Tellier*（一八八一）开场，竟以《人心》终局！简白些说，他的历史算是纯粹自然派小说家。但是来迟了，末后便渐渐为一时的道德空气所变迁。”（见勒买特《时人批评》第六卷）

我们读《人心》的时候，第一个感觉就是这本书不像自然派小说，已经是心理解剖的著作。因为莫泊桑平日都很限于写感情的外状，独这本书是直接向心灵去求解说。通篇除了一男一女坐着思想而外，几乎没有甚么别的事实。无怪许多文学批评家都把这本书与补尔惹的 *Un Cœur de femme* 相比。莫泊桑晚年与补尔惹过往很密，旅行都常在一路。彼此的意见既然互相交换，彼此的长处当然是要互相影响的。补尔惹在他《近代心理学评论》*Essai de psyohologie contemporaine* 上面，便很留意莫泊桑的品格才能，和彼此对于心理学研究的事实。（见第一卷四篇和八十七篇）

近时法国小说名家卜勒浮斯特 M. Prevost 很称道莫泊桑的才能，尤其对于他晚年的变化非常留意，他曾说：“总之死来了，没有许莫泊桑的小说完全变化成功。他最末两本小说 *Fort comme la mort* 和《人心》与从前的大不相同，不但在情感上，并且在文艺上也与 *Une Vie* 和 *Bel-ami* 有别。但是在《人心》如同在 *Une Vie* 里面，所有打眼和引人入胜的价值，不单是心理的深细和问题的重要，并且叙述的艺术，也很引人注意，尤特别在简单的独幕上。”（见《莫泊桑短篇选本》卜勒浮斯特的弁言）

（二）

我们现在放下《人心》，来概观莫泊桑的小说。对于莫泊桑的小说，近代文学批评家的见解很是不齐：有些说他是自然派小说家中间之最自然者（如法客 Faguet，杜米克 Doumic 等），有些说他是自然派小说家中能够生理和心理并重者（如勒买特，朗松 Lanson 等）。论到他文章的简明，有人又称他为古典主义作者（如毕吕勒笛 Brunetière）。不过这些都单就一方面立论，我们要亲近莫泊桑小说的全体和了解他的内容，请先听他自述所怀：

“小说家要给我们一个生活的恰切形容，该当留心避去所有觉得例外事实的牵连。他的目的并不是与我们解叙一段历史来使我们好顽，或使我们动情，他是要勉强我们去想，去懂得事变里所藏的深意义，由他观察和玩味的能力，把世界物件事体和人类都随着他个人的方式特别看待，并且就用这种方式把他熟思了的观察，剪裁就绪。小说家的能事，就是把他个人对于世界这种灵视 Vision 转译在书本上，使我们如他一样的了解这个世界。小说家要使我们动心如同他对着生动的境界一样，他该当在我们眼前用一种精细的写照，将他所看的世界表现出来。因此他创作的时候该当用一种如何灵巧，如何细密的章法，如何简明的形式，以至于不能瞥见他的结构，指出他的图案，发现他的旨趣。

“与其将一种事变机械式的牵引说去，使人对于结局才有趣味，不如将书中人物从他们的一个生活时代，照着自然的片段，把他们引到第二个生活时代。这样写法，可以指示何以一些精神会受环境的影响，而生变迁，何以一些情欲会自然的发展，何以有时相爱，何以有时相恨，何以在所有的社会里彼此都会相争，何以名望的利害，金钱的利害，家族的利害和政治的利害互相冲突。

“他们方式的灵巧，不在感人和悦人上，不在牵惹的起手和惊异的中变上见工夫，是在一些寻常小事体的谨严排列上用力量。就从这里定他们著作的根本意义。如果要在三百个篇页上写一个十年的生活，指出他在所有周围事物中间的经过，和说出他最明瞭的特别意义，小说家该当对于无限的日常杂事，对于所有无益的事情，有个限制。该当用一种特别的方式，将平常不甚明眼的人所看不出的事物，和所有给全书总价值的标点，暴露在光明中来。

“我们知道这样与众人眼中常见的旧方法不同，近代的著作家常常使批评家错误，他们不能感觉近代一些文艺家所用的如此其细密以至不能瞥见的线索，不像从前所用的那种老套头。

“总之如果从前小说家撰述生活的变态，心灵的顶点，便可以说今日的小说家在写心灵和智识的常态。如果要想得到适如其愿的结果，换句话说，就是如果要想得到简单真实的情绪；并且如果要想表示所欲抽出的艺术教训，明白些说，就是如果要在近时人眼中去启发一种感想，今日的小说家该当只用平常和不可疑虑的真实事情。

“但是就用写实派的眼光来看，我们对于他们的学理也该当有所疑议，有所反驳的地方。他们的学理觉得可以用下面几个字来包括：除真实以外无他物，所有的尽是真实。

“他们的主意既然是平常流行的一些事实上抽出的哲理，便该当有时趁着真实的损害或模糊处，将事变改正一下。因为‘真实有时不具有真实外形’……

“做成一个真实，就是给一个完全真实的幻象。但是要随着事实的平常论理，不能随便将事实任意杂凑。

“我可以结论说有本事的写实派小说家，都该当叫作幻象家。

“真是太孩子气，去相信绝对的真实！既然各人带着各人的五官和思想，各人的真实便不同了！我们许多不同的两眼两耳和嗅觉视觉，便创造出许多不同的真实出来。我们的精神接收着这些印象不同的官能报告的时候，更是各有各的了解分析和判断，各不相同，好像我们各人都各是另一种族一样。

> “各人对于世界都有一种幻象，或是诗意的，或是感情的，喜的或愁的，秽的或洁的，都随着各人性情。著作家的能事，便是诚诚实实的用他所有所能的艺术方法，将这个幻象表现出来。”

我们读了莫泊桑这一席话，便可以知道他著作的究竟，不但与左拉的用意大有分别，就是他老师的眼光都觉比他狭小了些。他算是把他老师的范围扩张了。用他这一席话的眼光去看他的小说，可以分列出三个时期。

第一个时期可以称为罗尔曼得小说时期，因为莫泊桑在这个时期多半叙故乡罗尔曼地 Normandie 的事物，如许多的短篇及 *Une Vie*（一八八三）一篇长篇，都算是罗尔曼得小说。这个时期莫泊桑注意的地方，就是刚才他头两段说的：“将书中人物从他们一个生活的时代，照着自然的片段，把他们引到第二个生活时代，去看何以一些精神会受环境的影响而有变迁……”他这个时代，最是留心用自然主义的学说，模仿福罗贝尔的著作。*Une Vie* 对于寻常小事排列真个谨严。一个可怜的女子一生受丈夫的痛苦，受儿子的痛苦，没有过活一天的快乐日子，随后便死了。莫泊桑否定人生的态度在这初期已经露了萌芽。不过这时候他的身体尚没有受病，一心在艺术上用工夫，余时便去打猎摇船，——莫泊桑对于渔猎的兴味很深，初期的短篇作品中，叙述渔猎的事情多。——这种厌世的思想还不大能够发展。

第二个时期算是巴黎社会小说的时期，可以 *Bel-Ami*（一八八五）为代表著作。莫泊桑在这本著作中，穷形巴黎社会之龌龊，尤其对于这种力学上流社会的人非常厌恶。莫泊桑不喜社交，更不喜巴黎的社交。他自从一八七一年在巴黎伏处十几年，一旦有名，他便逃去巴黎。这本 *Bel-ami* 还是在法国南方 Oannes 乡间著的。叙一个穷酸在巴黎得人提携，渐渐得意。一种过不得贫穷，经不起富贵的样子，令人又可怜又可笑。这个时代，莫泊桑生活很是丰裕——因为他的小说出名，赚得版价很多——所以笔下也洒落，往往不大用力，出之嬉戏。可惜接着病就来了，作者这种明快的写法，便渐渐变成沉重的笔墨。由 *Une Vie* 那种客观的叙述，到《人心》那样主观的解说，*Bel-ami* 这个时期算是介于变迁中间的一个时期。

第三个时期都是上流社会的小说。作者极力向这些上流社会中人说法，言语虽很激烈，心肠却很慈悲。一八八六年以后的莫泊桑著作，真所谓：人之将死，其言也善。大凡自然派学者都对于生死无以自解，都特别怕死。所以莫泊桑一想到痛苦相连，生不几时，甚么念头都灰了。他的晚年著作，不但警戒世人要即时相爱，并且觉得对于书中人物的行为每每加以原谅的意思。*Pierre et Jean*，*Fort Comme la mort* 和《人心》中间的人物，虽有他的坏处，却也有他的好处。虽然有时可恨，却也有时可贵。便不像作者从前只见着人类的坏处，并且只写行为，不写内心。晚年他自己觉得心头痛苦时，便同时觉得他人心中的痛苦，所以下笔解析心理非常真切。不像以心理解析为职业的人，有时反近于想象，近于周内。不过莫泊桑晚年虽然一肚皮的哲理，他对于书中人物仍守自然派的规矩，和他初年的习惯，不大去加以裁判。*Pierre et Jean* 中间，究竟是母亲的过错或是儿子的过错？*Fort Comme la mort* 中间，两个老情人都有不是吗？《人心》中间，我们究竟该当怨马丹比尔仑或是马立约耳？莫泊桑不置可否。就是我们阅者也很费商量！

（三）

经过了如许时间，莫泊桑的著作还是这样风行一世，并且有不朽的希望。在这一点上论来，我们不可不留意他的文艺。

莫泊桑初次见他老师福罗贝尔的时候，便领着这个教训是："人不值甚么，能创作才有价值。"这位专心文艺的老师并且对他徒弟说道："少年人，不要忘我这句话，才能只是一个长久的忍耐工夫。你好好去用功罢。"莫泊桑听了老师的话，七八年之间，不断的在文艺上用工夫。每逢星期日便到他老师家里去吃早饭，拿他的著作去听他老师的批评。他老师最后说道："如果有一个特别长处，应该尽力的去把他发挥出来。如果没有，便该当去求一个。"

我们知道福罗贝尔是最讲究遣辞造句的：一个字不合意，便用几天工夫去寻，务必要确切不移，方才称意。莫泊桑首先便这样去用工夫，他说：

> "我先去发挥他——指福罗贝尔——对于文笔的主见，因为这对于我刚才所说的学理是大有关系的。
>
> "无论要说何等东西，都有一个惟一的字眼去表示他，一个惟一的动词去活画他，一个惟一的系词去形容他。所以该当去寻，直到寻着这个惟一的字眼，动词或系词。万不要去安心于大概仿佛，万不要为避艰难起见，去为那些徼[侥]幸欺人之言和那些轻佻游移的句子。"（见 *Pierre et Jean* 弁言）

莫泊桑这样谨守师训，极力用功，因此他文笔的特别长处便是正确 exactitude、明澈 clarté 和自然 nature 这三个标点，恰是古典派文学所不朽的地方，所以近代文学批评家毕吕勒笛和勒买特都称道莫泊桑的文字将与古典派文学同一不朽。勒买特批评他说：

> "古典派的品格，古典派的章法。我们用这两句话来恭维他，是甚么意义，就是表示最好的意义，就是含着明澈 clarté、淡泊 sobreté 和有艺术的结构的意义，最后就是要说他的理解 raison 在

想象和感情之先，监视着著作的创造。这样的作者才能支配一切材料。

“莫泊桑果然能最完美的支配他的材料。就在这一点上他便可称一代宗师。一交手他便用他的特能战胜我们。并且使我们觉得到他所有的特能就是国能 génie national——法国人常称他们国能是明澈二字——三四年他便卓然有名，许多年来没有看见这样忽然出色的文人。(见《近人批评》第一卷第三〇三篇)

接着勒买特又说道：“莫泊桑的散文确具有一种完美的资格，如此其明白！如此其真确！如此其精选！今日有些人固然也善于联字，善于遣词，但是没有他这样自然，这样明快，这样随意，以至使我立刻言下了悟。”(见《原书》第三卷第四篇)

法郎士也说：“莫泊桑一定要算是此邦老实叙述者的一个。他作了如许其多的短篇叙述，并且又如此其好。他的言语又沉重，又简单，又自然，他的北方人的趣味，令我们更是珍爱。他具有法国作者的三大品格：第一是明澈，第二也是明澈，第三还是明澈。他的有准则有秩序的精神，很足以代表我们种族的精神。”(见《法郎士文学生活》*La vie littéraire* 第一卷第五十四篇)

法国自然派的文艺到了莫泊桑的工夫可算是登峰造极了，后起的人便不能不另寻一条道路。所以文学批评家法客常叹息有福罗贝尔那样讲究文艺，才能有莫泊桑这样出色的弟子，莫泊桑的文艺太出色，便反把自然派小说送终了。

一九二一年十月二十八日巴黎

——录自中华书局1922年初版

《人心》(1935年[①]) 序

（李劼人[②]）

莫泊桑的《人心》，经译者译了两次。头一次，在民国十年，可以说把原书译得一塌糊涂。彼时太过于冒昧，居然任其被印出来献丑；献丑之后，心上就好像压了一块沉重的石头；曾发誓说：总有一天要把这石头的重量减轻一点的！并曾写信给左舜生兄说过。

事隔十年，直到民国二十年，把学校中教书的事辞去，自己小本经营的一家小酒馆也因被绑票的朋友将儿子绑去绑倒了，萧然多闲，方才取出《人心》原本，又重新来译一遍，这就是第二次。

第二次译本与第一次译本比对之下，差不多是两个面目。第一次的面目好像是初学画脸谱的脸谱，第二次哩，自以为就清爽多了，虽未能将原来面目一丝不走的照样译画出来，但自信起码也做到了“眉目清扬”四个字，译完之后，重念一遍，心坎上所放的沉重石头，毕竟减轻了一些。

莫泊桑的笔调本来是清丽的，然而他最后所写的这部中篇小说《人心》，却风格一转，累赘的字句异常之多，抽象的写法也异常着重，不好读不好译在此，而读过了译过了觉得余味不尽的也在此。

方今之世，何世也？谈文学者不一步跨进“普罗”，便回头跑入“古典”，而介乎这中间不左不右不古不今的作品，那还值得一顾？此刻再来介绍自然派的莫泊桑的《人心》，而所抒写的又无非一种“布尔乔亚”的言情言爱；并且有关男女大防；一个三十几岁中年无妻的

① 该版为修订本，上海中华书局1935年2月初版，增加此序。

② 李劼人（1890—1962），原名李家祥，笔名老懒、菱乐，四川成都人。1919年留学法国，攻读法国文学。译有都德《小东西》、福楼拜《马丹波娃利》、法莱士《文明人》、罗曼·罗兰《彼得与露西》等。

大小子，和一个行将三十中年丧夫的寡妇，饱食暖衣，无所事事，调情不已，至于淫乱，淫乱不足，还要自寻苦恼。此种著作，何关立国大本？更何关乎民族复兴？以之印行问世，岂非大大的不合时宜？

这种大道理，无论如何也说不清，最好是不要译这类的书，译了也应该扔在毛厕里，不必拿来印行的，无如第一次造了孽，又曾发过誓，非重译一次不可，因此，才动了笔，要是不然，漫到心里不好过，犯了咒神，不其亦大可怕欤！

第二次译完，誊正，而九一八的国难复临，似乎应该说点应景的话才对。恰好顺手又翻出了莫泊桑一篇较长的短篇小说《脂球》，写的是一八七一年法败于普，鲁昂城十个逃难人的故事。这种题材，是多么好写得火辣辣的，多么好写出一种既愤且悱的力量的，然而可恶的自然派的莫泊桑，他老是那样不长进，偏要把人的底里揭穿到不留余地。可是，因为要把本子弄厚一点，也罢，权且把它附在《人心》后面罢。

二十三年十一月一日序于四川江北县民生机器工厂铁声镗镕之中

——录自中华书局1935年初版

《人心》(重庆作家书屋)[①]重版小言

（李劼人）

姑不必言“文章”是否“华国”，就譬如是一茎草，也得要有适宜的环境，适宜的养料，方能望它蓬勃的长大，至于开花结实；这种浅薄的道理，要是成为了普遍的常识，自然就不会像目前许多热心人，

---

① 据《李劼人全集》第9卷《〈人心〉重版小言》编者注，此文是作者为1943年由重庆作家书屋出版的第三次译本所写的附言。另据伍加伦、王锦厚《李劼人著译同录》，该文收入1944年重庆作家书屋版《人心》。

专门向着枯瘠至于几乎不能站得稳的瘦牛，责备它为甚么不能像荷兰的乳牛，一天产生一百二十立突的牛奶，来滋养我们讲卫生的人了！

这本是不大美妙的景象，大时代已过了六年多，搜索于出版界中，尚不见有一部伟大的著作。凡是有能力写作的，谁不惭愧而焦灼？就像我这一名小卒，有时也不免叹气，而瞻望着许多灰败的静静的大旗！不过，我相信，后世的史家列论到这个时代的出版情形，必然会掘发出它的所以然，而比例于十九世纪帝俄的四十年代或六十年去罢！

因此之故《人心》又重版了！

《人心》虽然不能如《马丹波娃利》《萨朗波》之为一个时代的伟大著作，然而比之同一著者的《一生》，就深刻多了，并且心理分析，只管占了全书一半的地位，但恰到好处，而不像稍晚一点的保尔·布尔惹 Paul Bourget 之入魔道；与许多同时代的作品比起来，毕竟是一部可爱的书。

书中所描写的几个人物，很显然为我们看得出的，一个是哲学家伯尔格森，一个是雕刻家罗丹。至于所指的那位专门玩弄女性，与之不能或离的小说家，正是作者的自道。作者的生命，甚至就送终在这种不求结果的爱情上面，已是人众皆知的事。所以他对于那个时代的布尔乔亚女性代表人物马丹毗尔仑才能写得那么尽致，也才写得那么又可厌而又动人。

正处于生活的荆棘状况之中，本打算借题发挥一点胸臆的，算了罢，不但牙齿痛到头目森森，把业已写出的七八千言，一阵冒火，撕了个粉碎，抑恐写将出来，不第无益于人，反而被人批评为失了“诗人温柔敦厚”之旨，而影响到了本书，岂非无妄之灾！“不议”之时，还是“含蓄”点“蕴藉”点的好！

民国三十一年七月二十一日写于火伞下的萎窠。

——录自作家书屋 1947 年沪一版

《阿那托尔》[①]

《阿那托尔》序

郑振铎

《阿那托尔》是七幕可以独立的剧本联结成一部“独幕的连环剧”（One-act Cycle）的。以剧中主人翁阿那托尔为中心，为线索，而联结全篇为一片。第一幕是叙阿那托尔与一个女士卡鸾的事。第二幕是叙阿那托尔与一个已嫁女子葛勃丽的事。第三幕是叙阿那托尔与一个女子璧莹迦的事。其余四幕也都是如此，男主人翁总是阿那托尔。女主人翁则各各不同。

这部剧本的著者是现代奥大利戏剧作家亚述·显尼志劳（Arthur Schnitzler）。

显尼志劳于一千八百六十二年生于奥京维也纳。现尚健在。他父亲是一个著名的喉科医生。他自己也是学医的。自从维也纳大学毕业后他就去做医生，继续做了十年之久。一方面又时时的做了许多长篇小说，短篇小说和剧本。而剧本尤为有名。

奥大利的戏剧与德意志的戏剧虽然是用同一的文字写的，但是精神上却大有不同之处。普通人却常常把他们弄混乱了。其实一个是表现柏林的精神，一个是表现维也纳的精神。

显尼志劳便是一个特出的维也纳派的代表。他的剧本的精神与苏特曼（Sudermann）及霍甫特曼（Hauptmann）是绝不相同的。他也同许多近代的维也纳戏剧作家一样，所描写的不过是人生剧场上的一二

---

① 《阿那托尔》(*Anatole*)，戏剧，奥地利显尼志劳（Arthur Schnitzler，今译施尼茨勒，1862—1931）著，郭绍虞译，上海商务印书馆 1922 年 5 月初版，文学研究会丛书之一。

幕戏，而就这些很少数的事实中常常简单反复地表现出来。但却决不嫌重复与厌倦；好像一个弹琴的高手，琴弦虽只有几条，而经过他的拨弹，则琴音高低抑扬，变化无穷，时如迅雷疾雨，时如清溪平流，时如深夜沉寂中，闻寡妇之哀哭，时如微风过松间，悠然清远。他的艺术的手段，可谓高绝了。我们且试拿他的几篇剧本来观察一下。在《阿那托尔》中，七幕的事实差不多都是相同，就是叙一个男子与一个女子的关系，但是他却叙得各各不同，活泼而且自然，绝不会使人生重复之感。在与《阿那托尔》相同的循环戏 *Reigen* 中，也是同样的表现出显尼志劳可惊的艺术来。*Reigen* 共有十幕，每一幕也是叙一个男子与一个女子的关系。但不是用一个主人翁来贯串全剧的。他所用的贯串的方法，是连环的方法。第一幕叙的是一个妓女与一个兵士的关系；第二幕则叙那个兵士与一个女堂倌的关系。以后各幕，则逐次叙那个女堂倌与一个少年人的关系；那个少年人与一个年轻女人的关系；那个年轻女人与她丈夫的关系；她丈夫与一个女子的关系；那个女子与一个诗人的关系；那个诗人与一个女优的关系；那个女优与一个贵族的关系。到了第十幕则叙那个贵族与第一幕内所叙的那个妓女的关系。所叙的不过是男女关系的一条简单弦线，但是他所表现的是变换，精巧，而且有趣。

不惟至这两部剧本中，他所叙的事实是十分简单而且同样，就是所有他的剧本，也都是如此。他的题材总是一个情人与一个或两个女人。他有著名的一剧名为 *Liebelei*（《卖弄风情》）。Ashley Dukes 说：“在实际上，从《阿那托尔》至《美麝伯爵夫人》（*Countess Mizzi*），他们都是‘卖弄风情’呢。”在这样简单的琴弦上能够拨弹出这许多好音来，我们确应该十分赞颂显尼志劳的才能。

显尼志劳的才能，一方面还在能创造一种空气——一种好像秋天傍晚的朦胧的微光的空气，一种非常可爱的幽秀的空气。他所造的梦想世界，其变幻离奇如一个象征主义者所描写者一样而其事实又非象征的。

在显尼志劳的作品中，悲剧也有好几篇，如*Liebelei*便是一例。在*Liebelei*中，他的主人翁是一个女子，而非男子，她爱上了一个男人，做了他的妻子，一天天在他自己的梦想生活中过去。她的丈夫，却为了别个妇人之故，与人决斗而死。结果很悲惨。但在大体上，显尼志劳的著作还是以喜剧为多。

有许多道德家以显尼志劳只是描写爱情的变幻，只是描写“卖弄风情”的事迹，觉得很不合道德。我们现在介绍《阿那托尔》，恐怕也有许多人要以道德家的眼光来责备的。其实显尼志劳只是一个艺术家。他不管什么道德。他只是忠实地写出实在的现象。且他的工作也决没有丑恶的表现。他以他的秀丽的艺术的手腕，避免了一切秽浊的肉欲的描写。这确是很难得的。但他究竟是大胆无畏的。凡是能够说得出的话，他都完完全全的赤裸裸说出，决不晦匿。于其他作者所不敢道破的地方，他尤其勇敢，尤能无顾忌地道出。这就是他最不可及的地方。

所以我们介绍《阿那托尔》，一方面固是介绍奥大利的一部代表的著作，介绍显尼志劳的一部代表的著作，（Dukes以为《阿那托尔》是最能清楚地传出显尼志劳的空气的作品），一方面是介绍显尼志劳的精神与艺术，把一个向未经艺术者走过的人生场地，显露给大家看。

据我们所知道的，《阿那托尔》共有两个英译本：一本是《近代丛书》（*Modern Library*）中的一本《阿那托儿及其他剧本》——这是Colbron译的，出版于一九一七年；一本是伦敦Sidgwick and Jackson公司出版的单行本——这是G. Barker意译的，专为英国剧场上用的，也是出版于一九一七年。现在绍虞兄所译的，是完全根据于《近代丛书》的译本转译的。

这本译文是我任校对的，中间略略有些更改。但因是在排好时才修改的缘故，不免有些不精细；且也有些地方，不能够十分更动。这是应该声明的。

郑振铎 十一，三，二十五

——录自商务印书馆 1922 年初版

《工人绥惠略夫》[①]

译了《工人绥惠略夫》之后

鲁迅[②]

阿尔志跋绥夫（M. Artsybashev）在一八七八年生于南俄的一个小都市；据系统和氏姓是鞑靼人，但在他血管里夹流着俄，法，乔具亚(Georgia)，波兰的血液。他的父亲是退职军官；他的母亲是有名的波兰革命者珂修支珂（Kosciusko）的曾孙女，他三岁时便死去了，只将肺结核留给他做遗产。他因此常常生病，一九〇五年这病终于成实，没有痊愈的希望了。

阿尔志跋绥夫少年时，进了一个乡下的中学一直到五年级；自己说：全不知道在那里做些什么事。他从小喜欢绘画，便决计进了哈理珂夫（Kharkov）绘画学校，这时候是十六岁。其时他很穷，住在污秽的屋角里而且挨饿，又缺钱去买最要紧的东西：颜料和麻布。他因为生计，便给小日报画些漫画，做点短论文和滑稽小说，这是他做文

---

① 《工人绥惠略夫》(*The Workingman Shevyrev*)，小说，俄国阿志跋绥夫(M.Artsybashev，今译阿尔志跋绥夫，1878—1927)著，鲁迅译，上海商务印书馆 1922 年 5 月初版，1924 年 6 月再版，文学研究会丛书之一。

② 鲁迅(1881—1936)，原名周树人，字豫才。浙江绍兴人。中国现代文学家、思想家、翻译家。译有《地底旅行》《苦闷的象征》《死魂灵》等。

章的开头。

在绘画学校，一年之后，阿尔志跋绥夫便到彼得堡，最初二年，做一个地方事务官的书记。一九〇一年，做了他第一篇的小说《都玛罗夫》(*Pasha Tumarov*)，是显示俄国中学的黑暗的；此外又做了两篇短篇小说。这时他被密罗留皤夫（Miroljubov）赏识了，请他做他的杂志的副编辑，这事于他的生涯上发生了很大的影响：使他终于成了文人。

一九〇四年阿尔志跋绥夫又发表几篇短篇小说，如《旗手戈罗波夫》，《狂人》，《妻》，《兰兑之死》等，而最末的一篇使他有名。一九〇五年发生革命了，他也许多时候专做他的事：无治的个人主义（Anarchistische Individualismus）的说教。他做成若干小说，都是驱使那革命的心理和典型做材料的；他自己以为最好的是《朝影》和《血迹》。这时候，他便得了文字之祸，受了死刑的判决，但俄国官宪，比欧洲文明国虽然黑暗，比亚洲文明国却文明多了，不久他们知道自己的错误，阿尔志跋绥夫无罪了。

此后，他便将那发生问题的有名的《赛宁》(*Sanin*）出了版，这小说的成就，还在做革命的故事之前，但此时才印成一本书籍。这书的中心思想，自然也是无治的个人主义或可以说个人的无治主义。赛宁的言行全表明人生的目的只在于获得个人的幸福与欢娱，此外生活上的欲求，全是虚伪。他对他的朋友说：

“你说对于立宪的烦闷，比对于你自己生活的意义和趣味尤其多。我却不信。你的烦闷，并不在立宪问题，只在你自己的生活不能使你有趣罢了。我这样想。倘说不然，便是说诳。又告诉你，你的烦闷也不是因为生活的不满，只因为我的妹子理陀不爱你，这是真的。”

人的烦闷既不在于政治，便怎样呢？赛宁说：

“我只知道一件事。我不愿生活于我有苦痛。所以应该满足了自然的欲求。”

赛宁这样实做了。

这所谓自然的欲求，是专指肉体的欲，于是阿尔志跋绥夫得了性欲描写的作家这一个称号，许多批评家也同声攻击起来了。

批评家的攻击，是以为他这书诱惑青年。而阿尔志跋绥夫的解辩，则以为"这一种典型，在纯粹的形态上虽然还新鲜而且希有，但这精神却寄宿在新俄国的各个新的，勇的，强的代表者之中。"

批评家以为一本《赛宁》，教俄国青年向堕落里走，其实是武断的。诗人的感觉，本来比寻常更其锐敏，所以阿尔志跋绥夫早在社会里觉到这一种倾向，做出《赛宁》来。人都知道，十九世纪末的俄国，思潮最为勃兴，中心是个人主义；这思潮渐渐酿成社会运动，终于现出一九〇五年的革命。约一年，这运动慢慢平静下去，俄国青年的性欲运动却显著起来了；但性欲本是生物的本能，所以便在社会运动时期，自然也参互在里面，只是失意之后社会运动熄了迹，这便格外显露罢了。阿尔志跋绥夫是诗人，所以在一九〇五年之前，已经写出一个以性欲为第一义的典型人物来。

这一种倾向，虽然可以说是人性的趋势，但总不免便是颓唐。赛宁的议论，也不过一个败绩的颓唐的强者的不圆满的辩解。阿尔志跋绥夫也知道，赛宁只是现代人的一面，于是又写出一个别一面的绥惠略夫来，而更为重要。他写给德国人毕拉特（A. Billard）的信里面说：

"这故事，是显示着我的世界观的要素和我的最重要的观念。"

阿尔志跋绥夫是主观的作家，所以赛宁和绥惠略夫的意见，便是他自己的意见。这些意见，在本书第一，四，五，九，十，十四章里说得很分明。

人是生物，生命便是第一义，改革者为了许多不幸者们，"将一生最宝贵的去做牺牲"，"为了共同事业跑到死里去"，只剩了一个绥惠略夫了。而绥惠略夫也只是偷活在追蹑里，包围过来的便是灭亡；

这苦楚，不但与幸福者全不相通，便是与所谓“不幸者们”也全不相通，他们反帮了追蹑者来加迫害，欣幸他的死亡，而“在别一方面，也正如幸福者一般的糟蹋生活”。

绥惠略夫在这无路可走的境遇里，不能不寻出一条可走的道路来；他想了，对人的声明是第一章里和亚拉藉夫的闲谈，自心的交争是第十章里和梦幻的黑铁匠的辩论。他根据着“经验”，不得不对于托尔斯泰的无抵抗主义发生反抗，而且对于不幸者们也和对于幸福者一样的宣战了。

于是便成就了绥惠略夫对于社会的复仇。

阿尔志跋绥夫是俄国新兴文学典型的代表作家的一人，流派是写实主义，表现之深刻，在侪辈中称为达了极致。但我们在本书里，可以看出微微的传奇派色彩来。这看他寄给毕拉特的信也明白：

> “真的，我的长发是很强的受了托尔斯泰的影响，我虽然没有赞同他的‘勿抗恶’的主意。他只是艺术家这一面使我佩服，而且我也不能从我的作品的外形上，避去他的影响。陀思妥夫斯奇（Dostojevski）和契诃夫（Tshekhov）也差不多是一样的事。雩俄（Victor Hugo）和瞿提（Goethe）也常在我眼前。这五个姓氏便是我的先生和我的文学的导师的姓氏。
>
> “我们这里时时有人说，我是受了尼采（Nietzsche）的影响的。这在我很诧异，极简单的理由，便是我并没有读过尼采。……于我更相近，更了解的是思谛纳尔（Max Stirner）。”

然而绥惠略夫却确乎显出尼采式的强者的色彩来。他用了力量和意志的全副，终身战争，就是用了炸弹和手枪，反抗而且沦灭(Untergehen)。

阿尔志跋绥夫是厌世主义的作家，在思想黯淡的时节，做了这一本被绝望所包围的书。亚拉藉夫说是“愤激”，他不承认。但看这书中的人物，伟大如绥惠略夫和亚拉藉夫——他虽然不能坚持无抵抗主义，但终于为爱做了牺牲，——不消说了；便是其余的小人物，借此衬出不可救药的社会的，也仍然时时露出人性来，这流露，便是于无意中愈显出俄国人民的伟大。我们试在本国一搜索，恐怕除了帐幔后的老男女和小贩商人以外，很不容易见到别的人物；俄国有了，而阿尔志跋绥夫还感慨，所以这或者仍然是一部“愤激”的书。

这一篇，是从 S. Bugow und A. Billard 辑译的《革命的故事》（*Revolutions-geschichten*）里译出的，除了几处不得已的地方，几乎是逐字译。我本来还没有翻译这书的力量，幸而得了我的朋友 C 君给我许多指点和修正，这才居然脱稿了，我很感谢。

一九二一年四月十五日记。

——录自商务印书馆 1924 年再版

《鲁森堡之一夜》①

《鲁森堡之一夜》赖弥·德·古尔孟

（人及其思想）

（郑伯奇②）

竭一个暑假的精力，我勉强把古尔孟的代表作《鲁森堡之一夜》

① 《鲁森堡之一夜》(*Une Nuit au Luxembourg*)，法国古尔孟（Remy de Gourmont，今译古尔蒙，1858—1915）著，郑伯奇译述，泰东图书局 1922 年 5 月初版，1928 年 3 月三版，世界名家小说第三种。

② 郑伯奇（1895—1979），原名郑隆谨，笔名郑君平、郑平子等，陕西西安人。1917 年留学日本，期间加入创造社。与夏衍合译普多夫金的《电影脚本论》等。

（*Une Nuit au Luxembourg*）移植为中国文了。当时正是盛夏，上海的热度，往往在百度以上；加之四年来初次回国，我的精神自然而然有点动摇：物质和精神，两重不安，我这工作的成绩，就难满意。但是古尔孟的思想，借这并不良好的译本，多少传入好思索的国民之心中脑中，译者也可以对得起一年以来，自己精神上的教师了。

古尔孟这名字在中国算是初见，所以趁着将他的代表作介绍过来这好机会，不嫌絮聒，我同时将他的生活和思想也详细地介绍一番。至于译者的思想和他的是否相合，再俟之后日。

一九一五年九月二十七日晚，古尔孟在他圣父街（Rue des Saints-Pêres）的孤居中，正做事的中间，突然为脑溢血病所袭，他毫无痛苦，把他三十多年之脑的生活（Vie cérébrale）完结了。他活了五十七岁。他的年龄比现存的柏格逊长一岁，梅特林长四岁。他死的那时候，正是大战第二年，西欧的天地正成了焦热地狱，各国国民正都发了杀人狂，他的死，只由他几个相亲的朋友处理了事。不仅他死得这样寂寞，就是他的一生，也就没有什么惊人的公生活；而且晚年，他又非常孤独。但是赏替［赞］斯宾挪莎（Spinosa）的古尔孟，这种孤独生活，也许正是他心悦诚求的哩！

古尔孟晚年的孤独生活，读《鲁森堡之一夜》的英译者兰荪氏（Arthur Ransome）访问他的一篇记事，便可晓得。兰荪氏说：

> 古尔孟先生住在圣父街一座旧房子的五层楼上。门上挂了一条铜链，像抽铃绳似的。那稀少的访问客——因为多年以来，他成了一个孤独者，连他的好朋友，都少会见——抽了那链子静静地等着。一个中等身材的人，穿着褐色的长服，戴着一顶小而圆的灰色毡帽，将门稍稍开了数寸，预备就要关下的。那长衣用银扣子紧扣着，扣子里面镶着大的蓝宝石。被招待的访问客走过了一条道儿，进了一座屋子，墙上全装着书籍。在屋子深处，放着

一张摆东西的桌子。另一张棹[桌]子，上面放了一块斜面台，差不多要突出窗外。古尔孟先生坐在棹[桌]子前面一张大椅子上，让他的客坐在棹[桌]子对面，使光线恰落在他的面前，他可以看出他最微细的表情出来。他抓那小而无缘的头帽，捻成尖形，戴在头上。他燃了雪茄烟。谈话中间，他常常用手摸索他的脸，有时却睁大了两眼，目光直注在客的面上。他的眼光常是质问的，然而却总温和。他的面孔，少年时代是很美于肉的，现在年老了，是很美于灵的，因为那里没有死线，没有皱纹，没有一瞬间的举动不是活泼泼智的活动。鼻子很开通而且敏锐，有里圆的鼻孔。有几根滑稽的胡子。眉尖通颞颥，像很多富于想象的人一样。眼睛下垂，像很多富于批评思想的人。这两种特性，在古尔孟自身，如同在他的著作一样，都是很可注意的。下唇很丰满，却并未突出。那是富于官能的人们的唇，但是那官能不妨害脑所消化的，反来具合他。

——节译 *Remy de Gourmont* by A. Ransome

读上面那段记事，不仅可以晓得古尔孟的生活。连他的容态精神：我们都晓得了。

赖弥·德·古尔孟（Remy de Gourmont），以一八五八年四月四日，生于诺尔曼（Normandie）的毛特寨（Chateau de La Motte）。他的祖先为丹麦老王葛尔孟（Görmon）之后，故以古尔孟为姓。在十五,十六世纪，他家世以美术的绘画，雕刻，印刷为业，其先人有基勒·德·古尔孟（Gilles de Gourmont），为巴黎最初制希腊字及希伯来字之印刷物者，颇有名。赖弥·德·古尔孟常常搜索他老人的遗迹，夸示于人，以为娱乐。而他方面，又以母系，他与十六世纪大诗人马莱伯（Francois Malherbe）一族，直接有关。他十岁时，移居茫舍（Manche），深受自然的感化，在《一妇人的梦想》（*Le Songe d'Une Femme*）及《西曼》(*Simoine*)等作品中，颇可以看出那地方的色彩。其后，又转居于邻县盖因（Gaen)，为马莱伯的生地，他益发潜心于文艺了。

他上巴黎是一八八三年，他已经二十五岁了。不久他进了国民图书馆做事。在那里，他任意涉览古今典籍，及各种科学的著作；他那丰富的知识和锐利的批评，都是这期间养成了的。他因一本书的献辞，与大小说家华斯曼（Huysmams）认识了，一天午后四五点钟，便去访问他，同他上河岸上一家咖咖店去，在那里，古尔孟亲听那老人告诉他文坛的现状及人物批评。后来，因在一八九一年四月的《美尔巨·德·法兰西》杂志（*Mercure de France*）上，他发表了一篇论文《儿戏的爱国心》(*Le Joujou Patriotisme*）触了政府之忌，被免职了。于是，他便完全投身于文艺；《美尔巨·德·法兰西》这有名的文艺杂志，是一八八九年创刊的，当时他便与闻其事，此后直到一九一四年，没有一号没有他的著作，不管是诗，或小说，或评论。此外他供稿的新闻，不计其数。他的作品也有许多上舞台实演过了的，《戴瑶台》(*Theodot*）一篇，一八九一年末，波尔·弗尔（Paul Fort）的艺术剧场(Thèatre d'Art）与梅特林诸人的作品同时上演，是很有名的。

古尔孟的最初之作出现于一八八六年，是一篇传奇的小说，名《美列特》(*Merlette*)，虽不是他成功之作，而在书中颇可看出他的独创性，和诺尔曼田园的最优美的描写。但此时，他还仰承自然主满［义］的余风，一八九〇年的《西克斯丁》(*Sixtine*)，才真可算他的处女作。此书，他标了个副题《脑的生活的小说》(*Roman de la Vie cérébrale*)，描写以恋爱为中心的内生活的苦斗和悲剧，其艺术的价值虽不大，然已经反抗左刺（Zola）一派的自然主义，在当时颇惹人注意。

古尔孟期待的——也是有待于古尔孟的——那时代潮流到底来了。象征的运动澎澎湃湃淹盖了法兰西的文坛。诗人，小说家，批评家的古尔孟，成了活动中心的人物。马拉迈（Mallarmê）室中所集合的一群少年文学家的行动，言语，宣言，议论，现在都可以在古尔孟的遗著中查出，纤悉不遗。讲象征派理论的书，有《理想主义》(*Idëalism*) 一书，是一八九三年出的。其记述，批评当时文学运动之书，后都收集于五大册的《文学巡游》(*Pramenades Littéraires*)，出版于一八九八年，辩护马拉迈的论文，也在其中。更有《假面集》及《续假面集》(*Le Livre des Masques* 1896；*Le IIme*[*II*[e]] *Livre des Masques*，1898）记述当时作者个人的性格，印象，与佛朗士(Anatole France）的《文坛生活》(*La Vie Litteraire*）同为批评界的重宝。自从自然主义没落以后，法国的文学批评家，最有名者五人：Brunetieres，A. France，E. Faguet，T. Lemaitre 及古尔孟，而其中最渊博，最多方面的，要推古尔孟了。

古尔孟的渊博多方面，在济济多才的法国文坛中，都是有名的。姑且不论其他，即就批评而论，他的著述，除上段引说了那几种之外，尚有下列数种：

《法兰西语的美学》*Esthetigue de la lanaue française*（1899）

《思想研究》*La Culture des Idées*（1900）

《文体问题》*Le problème du Style*（1902）

《哲学巡游》*Prou enades Philosoques* 五册

《草径集》*Le Chemin de A velours*

《终言》*Épilogues*：*Réflexions sur la Vie* 四册

《古董家关于时代物的对话》*Dialogues des Amateurs sur les Choses du temps*

《古董家关于时代物的新对话》*Nouveaux Dialogues des Amateurs sur les choses du temps*

《但丁，皮阿特立士与恋爱诗》*Dante*，*Beatrice et la Poésie amaureuse*。此外尚有书牍二册，随笔两种，和一本最新奇的哲学研究：《恋爱之物理学》*Physique de I'Amour*，*Essai sur I'instinct sexuel*。

此书，如他所副标的题目所讲，是一篇研究性的本能的论文，而他所研究的结果，依然是一个生物学者赤裸裸的意见。他说人是盲目追逐性欲的一个大昆虫；他这话，正如他批评吕克莱士，把恋爱讲的太无幻想了。这因为他为人太过于理智，理想观检自然都偏于客观，无论什么事情，为他都是毫无奇异，赤裸裸地，无幻想成立的余地了。这正是受了科学洗礼的现代人的思想。

古尔孟不单是批评家之雄，他的诗才，也是象征派铮铮有声的，真不愧为大诗人之一。他的诗集，如《西曼》，如《长祷集》(*Le Livre des Litanies*）诸书中，能收名贵之作不少。拜锐（Van Bever）能选的《现代诗人集》(*Poetes d'Aujourd'hui*)，录取他的作品很多。可惜现在无多篇幅，不能详细介绍来大家鉴赏。姑且把他有名的短诗《雪》(*La Neige*）译出如左：

雪

西曼，雪儿像你的膝头一样白，
西曼，雪儿像你的脖项一样白。

西曼，你的心儿和雪一般冰冷，
西曼，你的手儿和雪一般冰冷。

雪儿不遇火的亲吻不会消融，
到了别离的亲吻你的心才动。

雪儿在松树枝头怪是清愁，
金发下，你的脸儿越显消瘦。

你的姐姐雪儿，在庭前深深睡着，

西曼，你是我的雪也是我的爱哟！

——自《西曼》集中——

读这首诗，我们便知道作者是怎么富于冷的理智的一个人，虽歌咏恋爱的时候。

这种趋向在前述《西克斯丁》那部小说，早就表现了。其后的作品：一八九七年《迪尧美法的马》（*Les chevaux de Tiomede*），一八九七年的《一妇人的梦想》，一九〇七年的《处女的心》（*un Coeur Virginal*）诸篇，这倾向益发彰明，思想益发透澈了。但是在他的小说中，表明他的思想最完全，他的创作，和批评两种天才发挥无遗的，他的代表作总要推《鲁森堡之一夜》了。

《鲁森堡之一夜》是一九〇五年他四十七岁时的作品。他的学识思想与年俱进，益达于圆熟之域，而这部书恰是成于这圆熟期的圆熟之作。书中叙一个青年新闻记者，某日晚上，一个冬天的晚上，在鲁森堡公园散步；被圣叙比教堂的光，一时引起了好奇心；他走进了教堂，遇见了一个中年绅士。一个平常的光景中一个平常的人，然而这青年，莫名其妙，生了恐惧和幸福的心，好像将进他可爱，可敬的恋人时候一样。那绅士和他招呼，他的怒惧心全消了，只觉得幸福，环境变了，一个冬天的晚上，却是一个春天的早晨；百花灿烂地开着，他们，顺着，蔷薇花边散步。问答开始了，议论的花正和蔷薇的花，要同时竞芳，对面忽然来了三个美丽的青年女子。自然的花，智慧的花——哲学的议论——人间的花——女性——同时在公园中满开了。这青年幸福到了极度，他议论了哲学上的难问题，他听了他的主——那中年绅士——对于埃比居，圣保罗，斯宾挪莎的赞美；……他又得了女神的爱宠。然而真的早晨来了，太阳出现了，他对于自己的幸福怀疑了，又信了，又疑了，但是他到底信了，他携着他的爱，他的女神同归了家，幸福达到最高潮了，他突然死了。

诚如此书的英译者兰荪（Arthur Ransome）所说的，这部书同时具备浪漫的，批评的两种性质（both Romanesque and critique）。叙述的精妙同批评的敏锐，真可称为古尔孟的代表作。并且对于从来思想的批评及主张，正可看出古尔孟及第二期象征派诸人思想之所在。我们一接读第二期象征派诸——Verhaeren，Maeter Linck，Paul Fort，H. de Regnier，Afred Samain[Albert Samain]，及古尔孟——的作品先觉得他们对于人生那种冷静的程度，吃一大惊。他们决不像 Paul Verlaine，那一派只唱悲调。敏感的理智，已久受了科学的洗礼，不似前世纪人的对于科学只抱恐惧，只感压迫了。他们，利用科学的这利器，看透了宇宙变迁的程序，觉悟了人类能力的范围，他们大大地断念了一番，然后领悟可以贯通宇宙的灵感，决定人类应有的奋斗。他们创造传奇 Romane，但是这传奇可历历有现实潜在着，不是由自己妄心虚构的。他们作品所写的背景，固然不像自然主义那样有实在性——恐怕有些还赶不及浪漫派的——但是我们读的时候，明明知道是空诞，却依然被他吸引了去；人物和会话，也不似日常所闻所见的，然而我们还觉得他一举一动，都似乎由我们的心坎中流出来的。这是什么缘故？自然主义趋外倾向的反动吗？怕不至于这样简单。不待深去根究，我们言下可以承认象征派诸人的思想，实可以应我们心坎深处的要求。

《鲁森堡之一夜》这书，恰和以上所说的。浅薄的写实论者，一句话便可以驳倒了，说这故事不近人情。那里教会里忽然会发奇光；那里会有神出现；那种寒冷的冬夜可变成晴暖的春朝；那里平白地会跑出三个年青女子，那女子又却都是女神？这么一说完了，便是及他一读此书，他觉得此话说不下去。再或者有主张描写本位的，说这书艺术味薄，因为议论太多了，失了小说的体裁。是的，这书的内容，四分之三以上，都为议论占去，固然可说那些议论是书的中心，但是请再细细读之。古尔孟决不是为发挥这议论，特拉出一对人物来互相问答，代他发言的。若果真这样，有什么稀罕，耶稣教会中那传道问答正多的很呢！细细读去，我们便晓得古尔孟不仅把他的思想借他人的口来议论，就是那人物的举动，除了极力描写的使有些实在性以外，都暗暗寓有他的思想。譬如鲁司君之死，便是一例。

古尔孟不仅是一个思想家，他的思想是有科学根据的，他实在又是一个科学家。就如他著的《恋爱的物理学》(*Physique de I'Amour*)便是根据科学来研究恋爱问题的。而《鲁森堡之一夜》中，所讲的人生观，又完全是根据进化论的学说。

古尔孟的思想，受他人的影响颇少而他对于进化论则所负甚多。埃比居，研究人生问题，把人生分解到最终点，他取了希腊当年的原子论。新埃比居的古尔孟，研究人生问题，他也不肯就表面的观察下结论，把人生分解到最终点，他取了进化请来作根据。他说一切进化之原，都由于地球热度的低减，人类能在这世界占最高的地位，便沾了这温度相宜的恩惠。但是将来的人类呢？我们且看从前那蚁类是怎样兴隆，他们曾也占过一切动物的最高地位，如今温度低减，他们的地位也便降下了。然而将来地湿还是要减的。并且一个动物，在他最适宜的环境中，智能最完全发展，但是发展到了极域，智能便硬化了，成了机械的。到了零落以后，他们的生活，便成了机械的生活；人类将来也要如此，但是人类的机械是发达绝顶的了，以后代人类而兴的那类动物，也要对于人类这灵敏机械生活，兴感叹之心哩。

记得我前年冬，读《进化论》时候，从来的人生观全盘覆没了，脑中所留的，便是人生不过是偶然的。古生物学者已经给我们证明人类以前，每地层都有过当时最优胜的动物，然而环境一变迁，什么都推翻了。从前龙类在地上的繁衍实在较之现在的人类有过之无不及，现于龙类却绝种了，那么将来我们的人类呢？今年四月，我友曾慕韩从巴黎寄来古尔孟的书，我急忙打开读了几页，觉得有趣；立刻跑在学校近处一座小土山上去，一气读了四十多页。最给我深刻印象的，就是论蚁类那一段。思想完全与我那时的相合；不过我脑中印的是龙类（是一种两栖动物，并不是中国俗传吞云驾雾的那东西），书上讲的是蚁类罢了。我现在均思想及人生观不完全与古氏相同了，但是《进化论》之后，又受了此书的一番洗礼，这影响物是永久脱不了的。

与埃比居相同，古尔孟立脚于机械论，他当然与埃比居相同归结于快乐主满［义］去。但是他极力给埃比居辩解说他的快乐，不是如哲学家所解释的那样狭小，那么古尔孟所谓快乐，其范围当然也是很广。他又赏赞斯宾挪莎讲的幸福，可以看来，他所谓快乐又与斯宾挪莎讲的幸福相同。至于根据于这人生观的实行，他并未明示，但他说不赞成反抗，那不是太消极了么？

古尔孟对于教会和女子的见解，兰荪说，怕要招英国人的误解。教会一事，在中国尚不成问题，古尔孟对于女子的意见，此书并未有十分发挥，据我看，招中国人误解怕是他对于劳动的议论。他说他并不反对劳动，然而同时却赞美游闲，这话在深悉西洋及其他各工业国一般人生活的，对于他这话当然不表示反对。劳动者罢工，要求减少作工时间，明明不是这种意思的具体表示么？人生而当劳动，但是劳动不是人类生活的全部；我们劳动是为生，为创造，那么劳动并没有神圣不神圣之说。国人对于劳动素甚卑视，近年来，识者提倡劳动神圣之说，自是救时之论；古尔孟生于西洋，目睹机械的劳动之苦，所以骂劳动神圣之说，也是当然的结果，读书的人，要深思其根源，能持平以观，就不至以辞害意了。

其次便是他对革命和反抗的意见。他说："革命是丑，革命不是幸福。"这话当然是对的。但是革命虽不是幸福，却是求幸福必经的一个阶级；若是退避，那便是自绝于幸福之门了。人生最后的目的是求幸福，人生本来有就乐避苦的本能，人的身体组织，也是宜于快乐，而不适于苦闷，这都是彰明较著的道理；但是人生而有一种盲目的欲生的意志，决不使我们退婴，并且退婴也是不可能，我们只当依着生之冲动依前跃进，那就是快乐，那就是幸福。天下最痛苦，最不幸福的，没[莫]过活泼泼的生命力，被人束缚，不能自由发挥的。被人束缚，被机械束缚，被学说束缚，被自己的思想束缚，都是一样的，我们应该把这些网罗都决冲破！所以根据求幸福的心去革命反抗，幸福就有了；幸福绝不是由天上飞下来的。

古尔孟读了希腊罗马诸哲，以及笛卡克，康德，海智儿，斯宾挪莎，斯宾塞尔，达尔文等近世诸大家的著述，成了他的思想。他说："不要求真理，但是在一个人的当面，应该了解什么是他的真理（Il ne font pas chercher La vérité; mais Il vaut un homme comprendre quelle est sa vérité)。"我们通读了这本书，也应持此种态度。我们不要在他的书中去求真理，我们应该看什么是他的真理?

一九二一年，十一月，十一日，京都

——录自泰东书局 1928 年三版

《鲁森堡之一夜》译余小记[①]

（郑伯奇）

此书原书（第十二段）译出，而于兰荪 Arthur Ransome 的英译，参照处亦颇不少。英译颇多删略之处，概以描写太露，易招误解之故，译者间亦从之。

书中谈哲理处有为中国现时浅陋不备之白话文所不能完全表示者，望读者意会之。至于行文之拙陋，则译者之责任，一与原著无涉；如有误谬，尚希指正。

——录自张泽贤《中国现代文学翻译版本闻见录（1905—1933）》

---

① "译余小记"，录自张泽贤《中国现代文学翻译版本闻见录（1905—1933）》（上海远东出版社 2008 年版）。其中所见版本为《鲁森堡之一夜》1922 年 11 月再版本。

《你往何处去》①

《你往何处去》叙言

徐炳昶②

Quo vadis，domine？这件半神话，第一个记载清楚的是圣昂布瓦斯（Saint Ambroise，340—397）。他是西历纪元第四世纪时候的人。但是这个传闻大约还比他的时代早，以至于比《四福音》著作的时候相差不远，也未可知——《四福音》是第一世纪的末期和第二世纪的著作。

Henrik Sienkiewicz 是波兰现代最有名的著作家。他于一千八百四十六年生于波兰的 WolaOrkzejska；于一千九百十七年没于瑞士。他的著作很多。这一部《你往何处去》是他最有名的著作。欧美各国全有译本。

他这一部书是借着“你往何处去”这件故事，描写当希腊罗马文明衰颓时候的社会状况和基督教的真精神。书中的有名人物和事变全是历史上最著名的事实。

这书里面所描写的罗马大火，起于纪元后六十四年七月十九号，延烧六日七夜，余焰又蔓延三日。死伤人民无数。罗马城当时共分十四区：有三区毁灭无余；七区只剩些熏黑的墙壁。罗马虽还有几次大火，但是全比这一次小的多。奈龙当这个时候，升在水道上面，歌

---

① 《你往何处去》（*Quo Vadis*？），长篇历史小说，波兰显克微支（Henrik Sienkiewicz，今译显克微奇，1846—1916）著，徐炳昶、乔曾劬译，上海商务印书馆 1922 年 5 月初版，世界丛书之一。

② 徐炳昶（1888—1976），字旭生，笔名四河人、虚生，河南唐河人。留学法国巴黎大学。译有《欧洲哲学史》（法国威伯尔 Alfred Weber 著）等。

唱他的诗词，这件事情相传的很古。虽然不敢说它一定有历史上的价值，但是并时的人全相信这次大火是奈龙使人放着的。

奈龙 Neron（英文 Nero）是 Domitius Ahenobarbus 和 Agrippine 的儿子，为葛洛德 Claude 皇帝所抱养。皇帝使斯多噶学派最有名的鸿哲色奈克 Sénèque 为他的师傅。葛洛德皇帝死于纪元后五十四年，奈龙就继承他的帝位。起初他用他师傅的教训，统治的很温和，罗马人觉得他是一个贤明的皇帝。但是他的狂性不久发作。弑母杀妻，暴虐异常。就是这部书里所说的裒白 Poppée 是他所最宠爱的妾，也被他因暴怒一脚踢死——在纪元后六十五年。——他于纪元后六十八年为臣民所杀。这部书尾声里面所叙的事实，大约是在历史上有证据的。

罗马在希腊文明未到以前，道德观念极为严重，但是很偏狭的。自希腊文明输入，偏狭的道德一天衰颓一天。新道德又未成立。虽有斯多噶派学者的尽力，而新旧蜕换终需时日，社会遂成一种怀疑的状态。书里面所说的俾东 Petrone 很可以代表罗马当时的高等社会。他很有学问和聪明，对于一切事物全持怀疑态度。他的名著《嘲笑录》*Satyricon*，文章很敏妙，心理的解析也很精细。里边的文字可分两种：一种是他自己的文字，很讲究，很细密；一种是他摩 [模] 仿罗马当时人的口吻，不注意于拉丁文的文法，而仿效他们的神情，却是惟妙惟肖。他就像这书中所说，并没有善恶观念。常常拿极严重，极名贵的道德放在一个极可笑的人的口中，以取笑乐。这位“丰仪的盟主”Elegantiæ arbiter 成了罗马时尚的中心人物。无论什么事情，不经他鉴定，不能算贵重。奈龙所最信任的恶魔第节兰 Tigellan 恐怕他夺他的宠，就没 [设] 法去他。至于他，他因为自重的很，不愿同这个恶魔争斗，于是自剖脉管，饮宴谈论，从容就死。并且把他所最宝贵的杯子击碎，不使它落于奈龙之手。书中第三篇最末一节，就是模写这一回事的。

奈龙既是烧了罗马，因为人民的愤怒，他就想找些人“栽赃”。他怎么样找着基督教徒，历史上说的不很明白。但是大约一部分由于犹太旧教人的忌妒，大半由于第节兰的调唆，而基督教徒所宣传的末日裁判；天火焚烧世界诸义，也有点动人疑惑的地方。杀戮的残酷，书里边已经说得够详细，大约是当时实在的事情，并不是著作人的臆造。至于将少女赤身缚在牛角上面，任它抵死，也是历史上的实事。这一次杀戮，实在是世界上有数的惨剧。基督教人，除了耶稣被钉在十字架以外，就以此次杀戮为最重要的事情。

这部书里面所叙的彼得和保罗，是基督教里面两个最重要的人物。彼得原来是个渔人，智识很简单，但是性情慈悲，感发人的道力非常的伟大。他是第一个圣徒。这书里边如有单题圣徒，不指姓名，那就一定是指他的。他的名字 Peter 在拉丁文里面，是石头的意思。耶稣自己曾说：“我将来在这块石头上建竖我的教会。”所以彼得在基督教里面，除了耶稣，就是顶重要的人了。至于保罗并不是耶稣及门的弟子。他起初对于基督的教义非常反对。他的受洗礼在耶稣死了以后。但是他的思想很发达，对于希腊的哲学也有相当的知识。基督教义到了他手里面总有哲学上的根据。他们这两个人的人格虽不同，却是相互为用，好像车的两个轮子，鸟的两个翅膀，去了一个，恐怕基督教就不容易发达了。在那个时候，基督教里面可分为两党：一党是圣徒雅各为首领，他是耶稣的兄弟，但是思想浅狭，还像那些老犹太人，觉得犹太人是天的选民 Peuple elu，不愿意同别的民族说话。那一部分大约要属保罗。他没有国界种界的思想，到处宣传福音。所得的新教徒非常众多。这两党常常互相排斥。至于彼得全无党见。他一方面思想简单，不愿意同守旧派冲突，一方面因为他的性情慈善，对于别的民族和别教的人绝无蔑视的意思。对于受苦痛的人民，拿精神感化他们，使他们信奉基督。所以他虽无党见，却成了中心人物。他们两个的死事，经典里边没有清楚的记载。但是大约全是殉教死了，并且大约就在这次杀戮死的。他们的坟墓在范底康附近，据考古家说大约是可信的。

我们骤然看这部书，一定觉得奈龙，第节兰等和当时罗马的人民何至于丧心病狂到这步田地？但是细想起来，并没有甚么奇怪。第一：凡文弱的民族多失于淫侈；武健的民族多失于残暴。如果有一种的民族要从武健蜕变成文弱，那个时候他们要残酷淫侈，兼收并蓄，一定出了不少新鲜的花样。试看高洋，完颜亮的淫暴为中国所未曾有，也就是一个例子。罗马民族，原来是武健严酷；等到希腊的文明输入，已经有向文弱的趋势。奈龙兼综这两个民族的罪恶，成了世界一个有名的恶魔。不惟真正的罗马人痛恨他的淫佚，就是希腊人也不能忍受他的残暴。至于罗马当时的人民可分为两部分：一部分为罗马的旧民族，因为他们能统治他们所叫的全世界，非常的骄傲；一部分为被统治的民族，受种种的压迫。社会在这种不平等状态的下面，自然是全受其弊，成了一种病态的社会了。那个时候，面包和马戏 Panem et circenses，成了群众的普通呼声，恐怕也是罗马统治压迫的结果。第二：罗马的人民是很信宗教的。基督教的人对于庙宇和神像的蔑视，引起他们极大的反感，我国大多数良善的人民在庚子年对于拳匪屠戮教民的举动，很少的感动，我们又为甚么怪罗马当时的人民呢？

至于我同我的朋友乔大壮译这部书的理由，略如以下所说：

近来保守派的道德学家对于科学家多怀疑忌的态度。我们觉得他们有一种过虑。科学和道德全要保存着不获利赖的精神，它们本是出于一源的。并且我们相信道德的本质就是爱情。道德的高下就以爱情所及的广狭为标准。爱必有所施。对于受施的事物，没有相当的明确观念，爱情就很难发生。科学使人生对于他们眼前的小世界，不致拘囿。引他们对于国家，人类，众生，宇宙，一天一天的熟习。观念清楚以后，爱情慢慢的就可以生出来：这就是科学当爱情未发以前，对于道德的一个大助力。至于爱情既生以后，很容易知道，除了科学，就没有别的东西能给我们一个比较确实的达到目的的方法。这样看来，道德与科学是同源的，是互相辅助的，绝不是互相冲突的。但是总不要忘记，在爱情未发以前和既发以后，科学固然能给道德以莫大的助力，但是爱情的发，是道德里面第一件大事，是否科学发达能成它主要的原因？这却是一个大问题。我们相信科学是知识上的事情；爱情是感情上的事情。想教人智识发达需用智识；想使人感情丰富必需用感情。并且感情的引起是同质的：嫉妒引起嫉妒；怨怒引起怨怒；悲哀引起悲哀；必需爱情才能引起爱情。换一句话说，就是如果你想教我爱你，多言哓哓是没有用的，必须你诚诚恳恳的爱我，那才能慢慢的引起我对你的爱情；如果你想教我爱他，多言哓哓也是没有用的，必须你诚诚恳恳的爱他，那才能慢慢的感发我对他的爱情。其次：你对我对他的爱情总须要是诚诚恳恳的，并不是因为你想引起我爱你或爱他，才这样去做的。如果你想引起我爱你或爱他才这样去做，那爱情便成了虚伪的，没有感发人的势力了。王船山先生说："督子以孝不如其安子；督弟以友不如其裕弟；督妇以顺不如其绥妇。魄定魂通而神顺于性，则莫之或言而若或之；君子所为以天道养人也。"就是上边所说第一层的道理。孟子所说"不诚未有能动者也"和"至诚未有不动者也"，就是上边所说的第二层道理。这些道理，我们中国的儒家说过也不止一回。但是儒家的道德论是偏于理性的。所以施行起来，比基督教总平易近人一点。但是他们对于感情的议论，虽有不少见得到的地方，却是沉没于古书里面，若存若亡了。至于基督教的道德是纯任感情的。在致用一方面，在时候成为险怪的，盲目的。但是他对于感情一方面，却有非常伟大的势力。《新旧约》所以能成欧美文学的一个很重要的一个源泉，也就是因为这个。这本书的著作人对于基督教的真精神，描写的非常显露，很有感化人的势力。但是我们的译笔薄弱，恐怕有不能传达的意思，这就是我同我的朋友乔大壮所很抱歉的。

这部书是我们翻译的第一部，所以不完善的地方很多。我们起初翻译的时候，以直译为原则。据我们现在的短经验，我觉得直译和意译并不是相反的，并不能成一个争论的焦点。现在所需要知道的，是那些地方一定要用直译？那些地方却是要用意译？现在我觉得有几处必需直译，不然就失掉原书的神气。第一：欧洲人思想的转换。有些地方和中国不同。比方他们常喜欢说："换一句话说"，"尽少"等类，我们中国人原来没有这样说的，但是说出来却没有什么不明白的地方。这些地方一定要直译是无疑义的。第二和第一是很相仿，也是中国原来不那样说，说出来却很明白。但是上一条属于思想的转换，这一条属于说法的不同。比方说：欧人告别的时候说"凭神降福"；基督教人相见的时候说"和平同你在一块儿"。这些地方也一定要直译，不能迁就中国原有的意思。第三：欧洲人说话，也同我们中国人仿佛，有时候不从文法的普通例子，却是要加重或减轻这句话的势力。比方说：有许多列举的事物，无论欧洲何国文字，全是止于最末事物的前面，加一个连词，但是有些时候，他要加重口气，却每事物前全放一连词。这些字是一句话的精神，一定要直译，千万不能忽略过去。第四：欧洲人著书常常引用别种文字的几个字。比方这本书里边就保存不少的拉丁字。这因为这几个字或是成了成语，或是有特别的意思不容易翻出，或是可以传特别的精神。我们碰见这些地方，固然不能像原文把这几个字留着不翻，——因为欧洲的念书人差不多全认识拉丁文，——但是总要保着原文，不可妄行删去。至于欧洲文里面，一句话常包含着许多子句，拖延的很长。这本是欧洲古代文法遗留下来的办法，现代的文学家，向简短的趋势是很显著的。在这些地方，如果我们把它直译出来，中国人一定看不懂了。我们一定要把它截开，使它愈短愈妙。以上所说，是我现在的感想，这本书里边所没有办到的地方还不少，现在我的精神不好，不能严加修改。我但希望读者不嫌这个译本太坏，使我这个译本，有出第二版的机会，我还要选择删改以慰读者。

欧洲文里面，常常于一句话的后面附一个子句，这个子句就是主句里面形容字的结果。法文有用 Si…que…连络，英文用 So…that…连络。我们碰见这一类的句子就把它截成两句，把子句放在后面，主句的后面用“：”，表明后面一句是前一句的结果。这是我们新开的例子。请读者注意。

再者当我们翻这部书的时候，我本想译成以后，另外作一个精密的考证。现在我的精神实在来不及，不过仅就我记忆所及稍说一点。并没有详细的考证。恐怕有错讹的地方，还请读者指正。

徐炳昶　民国十年八月五日时在北京

——录自商务印书馆 1935 年初版

《现代小说译丛（第一集）》[1]

《现代小说译丛（第一集）》序言

周作人

这一部《现代小说译丛》是我出了《点滴》以后这两年（1920—1921）里所译小说的结集。总三十篇，其中三篇（《微笑》《白母亲》与《犹太人》）是我的兄弟建人译的，而安特来夫、契里珂夫、阿尔

① 《现代小说译丛（第一集）》，安特来夫（Leonid N. Andreyev，今译安德烈耶夫）等著，版权页标译者周作人。上海商务印书馆 1922 年 5 月初版，世界丛书之一。

志跋绥夫各二篇，跋佐夫、亢德与亚勒吉阿各一篇，却是鲁迅君的翻译，现在得了他的赞同，也收在这集子里了。

这三十篇小说，凡作家十八人，代表八国；虽然少的一国只有一篇，多的也不过八九篇，但我相信那诸国的文艺思想在这里却已经可以看见大概。完备而且有系统的专门著述，当然是最可尊重的；但在我们才力与时间都不充足的人，对于这种大事业却有点不胜任，不得不以这小小的介绍暂且满足了。我们的不胜任，固然因为没有专门的学力，但据我想，一面又由于趣味的太广泛，也未可知的。我不相信艺术上会有一尊或是正统，所以不但是一人一派的主张觉得不免太隘，便是一国一族的产物，也不能说是尽了世间的美善，足以满足我们的全要求。而且我们生活的传奇时代——青年期，——很受了本国的革命思想的冲激；我们现在虽然几乎忘却了《民报》上的文章，但那种同情于“被侮辱与损害”的人与民族的心情，却已经沁进精神里去：我们当时希望波兰及东欧诸小国的复兴，实在不下于章先生的期望印度。直到现在，这种影响大约还很深，终于使我们有了一国传奇的异域趣味；因此历来所译的便大半是偏僻的国度的作品。好在英法德诸国的文学，中种研究的人一定很多，可以希望别有胜任的专们[门]的介绍与研究会出现；我们对于本集的这一个缺点，也便在这里得到辩解与宽慰了。

一九二一年十二月二十二日，周作人记于北京。

——录自商务印书馆1922年初版

《暗淡的烟霭里》[附记]

（鲁迅）

安特来夫（Leonid Andrejev）以一八七一年生于阿莱勒，后来到墨斯科学法律，所过的都是十分困苦的生涯。他也做文章，得了戈理奇（Gorky）的推助，渐渐出了名，终于成为二十世纪初俄国有名的著作者。一九一九年大变动的时候，他想离开祖国到美洲去，没有如意，冻饿而死了。

他有许多短篇和几种戏剧，将十九世纪末俄人的心里的烦闷与生活的暗淡，都描写在这里面。尤其有名的是反对战争的《红笑》和反对死刑的《七个绞刑的人们》。欧洲大战时，他又有一种有名的长篇《大时代中一个小人物的自白》。

安特来夫的创作里，又都含着严肃的现实性以及深刻和纤细，使象征印象主义与写实主义相调和。俄国作家中，没有一个人能够如他的创作一般，消融了内面世界与外面表现之差，而现出灵肉一致的境地。他的著作是虽然很有象征印象气息，而仍然不失其现实性的。

这一篇《暗淡的烟霭里》是一九〇〇年作。克罗绥克说："这篇的主人公大约是革命党。用了分明的字句来说，在俄国的检查上是不许的。这篇故事的价值，在有许多部分都很高妙的写出一个俄国的革命党来。"但这是俄国的革命党，所以他那坚决猛烈冷静的态度，从我们中国人的眼睛看起来，未免觉得很异样。一九二一年九月八日译者记。

——录自商务印书馆 1922 年初版

《书籍》[附记]

（鲁迅）

这一篇是一九〇一年作，意义很明显，是颜色黯澹的铅一般的滑稽。二十年之后才译成中国语，安特来夫已经死了三年了。一九二一年九月十一日，译者记。

——录自商务印书馆1922年初版

《连翘》[附记]

（鲁迅）

契里珂夫（Evgeni Tshirikov）的名字，在我们心目中还很生疏，但在俄国，却早算一个契诃夫以后的智识阶级的代表著作者，全集十七本，已经重印过几次了。

契里珂夫以一八六四年生于凯山，从小住在村落里，朋友都是农夫和穷人的孩儿；后来离乡入中学，将毕业，便已有了革命思想了。所以他著作里，往往描出乡间的黑暗来，也常用革命的背景。他很贫困，最初寄稿于乡下的新闻，到一八八六年，才得发表于大日报，他自己说：这才是他文事行动的开端。

他最擅长于戏剧，很自然，多变化，而紧凑又不下于契诃夫。做从军记者也有名，集成本子的有《巴尔干战记》和取材于这回欧战的短篇小说《战争的反响》。

他的著作，虽然稍缺深沉的思想，然而卒直，生动，清新。他又有善于心理描写之称，纵不及别人的复杂，而大抵取自实生活，颇富于讽刺和诙谐。这篇《连翘》也是一个小标本。

他是艺术家，又是革命家；而他又是民众教导者，这几乎是俄国文人的通有性，可以无须多说了。一九二一年十一月二日，译者记。

——录自商务印书馆 1922 年初版

《微笑》[附记]

（周建人[①]）

梭罗古勃（Fiodr Sologub）本名台台尔尼珂夫（Teternikov），生于一八六三年。他是一个厌世家，一个死之赞美者（Peisithanatos）。他在长篇小说《小鬼》中表明人生的恶浊无意义；要脱离这苦，但有死这一条路，其次要算发狂，他称为祝福的狂气。此外还有两种法门，也可以免除人生苦恼，第一是美，第二是空想。英人库尔诺思有论文讲他的思想颇详，曾译出载《俄国文学研究》中。这篇《微笑》与《白母亲》亦据库尔诺思本，在所译小说集《老屋》里。译者附记。

——录自商务印书馆 1922 年初版

《幸福》[附记]

（鲁迅）

阿尔志跋绥夫（Mikhail Artsybashev）的经历，有一篇自叙传说的很简明：

---

① 周建人（1888—1984），浙江绍兴人，原名周松寿，字乔峰。笔名有嵩山、建人、克士等。1920 年入北京大学旁听哲学，次年至上海任商务印书馆编译所编辑，科普作家。译有《性与人生》《生物进化论》等。

一八七八年生，生地不知道。进爱孚托尔斯克中学后，升到五年级，全不知道在那里教些甚么事。决计要做美术家，进哈尔科夫绘画学校去了。在那地方学了一整年缺一礼拜，便到彼得堡，头两年是做地方事务官的书记。动笔是十六岁的时候，登在乡下的日报上。要说出日报的名目来，却有些惭愧。开首的著作是 *V Sljozh*，载在 *Ruskoje Bagastvo* 里。此后做小说直到现在。

阿尔志跋绥夫虽然没有托尔斯泰（Tolstoi）和戈里奇（Gorkij）这样伟大，然而是俄国新兴文学的典型的代表作家的一人；他的著作，自然不过是写实派，但表现的深刻，到他却算达了极致。使他出名的小说是《阑兑的死》(*Smert Lande*)，使他更出名而得种种攻难的小说是《沙宁》(*Sanin*)。

阿尔志跋绥夫的著作是厌世的，主我的；而且每每带着肉的气息。但我们要知道，他只是如实描出，虽然不免主观，却并非主张和煽动；他的作风，也并非因为“写实主义大盛之后，进为唯我”，却只是时代的肖像：我们不要忘记他是描写现代生活的作家。对于他的《沙宁》的攻难，他寄给比拉尔特的信里以比先前都介涅夫(Turgenev）的《父与子》，我以为不错的。攻难者这一流人；满口是玄想和神秘，高雅固然高雅了，但现实尚且茫然，还说什么玄想和神秘呢?

阿尔志跋绥夫的本领尤在小品；这一篇也便是出色的纯艺术品，毫不多费笔墨，而将“爱憎不相离，不但不离而且相争的无意识的本能”，浑然写出，可惜我的译笔不能传达罢了。

这一篇，写雪地上沦落的妓女和色情狂的仆人，几乎美丑泯绝，如看罗丹（Rodin）的雕刻；便以事实而论，也描尽了“不惟所谓幸福者终生胡闹，便是不幸者们，也在别一方面各糟蹋他们自己的生涯”。赛式加标致的时候，以肉体供人的娱乐，及至烂了鼻子，只能而且还要以肉带供人残酷的娱乐，而且路人也并非幸福者，别有将他作为娱乐的资料的人。凡有太饱的以及饿过的人们，自己一想，至少在精神上，曾否因为生存而取过这类的娱乐与娱乐过路人，只要脑子清楚的，一定会觉得战慄！

现在有几位批评家很说写实主义可厌了，不厌事实而厌写出，实在是一件万分古怪的事。人们每因为偶然见“夜茶馆的明灯在面前辉煌”便忘却了雪地上的毒打，这也正是使有血的文人趋向厌世的主我的一种原因。一九二〇年十月三十日记。

——录自商务印书馆 1922 年初版

《医生》[附记]

（鲁迅）

一九〇五至六年倾，俄国的破裂已经发现了，有权位的人想转移国民的意向，便煽动他们攻击犹太人或别的民族去，世间成为坡格隆。Pogrom 这一个字，是从 Po（渐渐）和 Gromit（摧灭）合成的，也译作犹太人虐杀。这种暴举，那时各地常常实行，非常残酷，全是“非人”的事，直到今年，在库伦还有恩琴对于犹太人的杀戮，专制俄国那时的“庙谟”，真可谓“毒逋四海”的了。

那时的煽动实在非常有力，官僚竭力的唤醒人里面的兽性来，而于其发挥，给他们许多的助力。无教育的俄人，以歼灭犹太人为一生抱负的很多；这原因虽然颇为复杂，而其主因，便只是因为他们是异民族。

阿尔志跋绥夫的这一篇《医生》(*Doktor*）是一九一〇年印行的《试作》(*Etivdy*）中之一，那做成的时候自然还在先，驱使的便是坡格隆的事，虽然算不得杰作，却是对于他同胞的非人类行为的一个极猛烈的抗争。

在这短篇里，不特照例的可以看见作者的细微的性欲描写和心理剖析，且又简单明了的写出了对于无抵抗主义的抵抗和爱憎的纠缠来。无抵抗，是作者所反抗的，因为人在天性上不能没有憎，而这憎，又或根于更广大的爱。因此，阿尔志跋绥夫便仍然不免是托尔斯泰之徒了，而又不免是托尔斯泰主义的反抗者，——圆稳的说，便是托尔斯泰主义的调剂者。

人说，俄国人有异常的残忍性和异常的慈悲性；这很奇异，但让研究国民性的学者来解释罢。我所想的，只在自己这中国，自从杀掉蚩尤以后，兴高采烈的自以为制服异民族的时候也不少了，不知道能否在《平定什么方略》等等之外，寻出一篇这样为弱民族主张正义的文章来。一九二一年四月二十八日译者附记。

——录自商务印书馆 1922 年初版

《老乳母》[附记]

（周作人）

弥里珍那（Elena Militsina）是俄国现代的女小说家。伊的事迹，全不知道；只晓得伊的第一短篇集是一九一〇年出版，伊现今还是生存的罢了。《老乳母》这篇的意思，与科罗连珂（Korolenko）的《玛加尔的梦》（译载《新青年》八卷二号）一篇，有点相类；然而精神却不同。科罗连珂是革命的社会主义者，所以有反抗的声音；弥里珍那却是基督教精神的使徒，所以近于无抵抗。《马太福音》说，“心里贫穷的人有福了，因为天国是他们的。哀恸的人有福了，因为他们必得安慰。”这几句话移过来便可以作这篇的题语（Motto）了。弥里珍那的境遇时代，也与科罗连珂不同，所以思想更为乐观，这正是当然的事。伊还有一篇《村牧师》说信仰的慰安，也是同一精神的著作。一九二〇年八月十二日记。

——录自商务印书馆 1922 年初版

《波尼克拉的琴师》[附记]

（周作人）

显克微支（Henryk Sienkiewicz 1846—1916）在他本国以革命首领著名，在世界上却更以小说家著名；世人单佩服他的历史小说，识者却更佩服他的短篇。丹麦勃兰兑思博士著《波兰十九世纪文学论》，说他短篇最好，“天才美富，文情悱恻而深藏讽刺，……写景至美，而感情强烈，至足动人”，是极适切的评语。这一篇写琴师的冻死，出以轻妙之笔，造出一幅美而悲哀的画，是《乐人杨珂》与《天使》一类的杰作，可以看出他的特色。他的著作译成汉文的有《炭画》（单行本），《乐人杨珂》，《天使》，《灯台守》（《域外小说集》），《酋长》（《点滴》）及这里的三篇。长篇历史小说《你往何处去》（*Quo Vadis*）也已经有人译出，不久可以出版了。一九二一年十二月十八日记。

——录自商务印书馆 1922 年初版

《二草原》[附记]

（周作人）

这一篇从巴音博士的世界语《波兰文选》译出，原注云印度故事，与《愿你有福了》同属一类，是空想的诗的作品。格拉波夫斯奇的《万国文选》里，又有他的一篇《宙斯的裁判》（*La juĝo de Zeŭs*）也是这一类的希腊的故事。这种新作的古事，犹如旧酒囊里的新酒，有一种特别的风味。无论时地情事怎样的渺远荒唐，但现代人的心却在底下跳着，所以同写实作品一样的能够引动我们的心情。一九二一年七月七日附记。

——录自商务印书馆 1922 年初版

《愿你有福了》[附记]

（周作人）

这一篇据波兰人格拉波夫斯奇的世界语译本译出，本来载在《万国文选》里边的。我们从这一篇可以看见他在理想的写实派以外，又是一个纯粹的抒情诗人。伐尔密基（Valmiki）是印度史诗《罗摩衍那》的作者，被称为“第一诗人”，大约生在基督前四百年。罗摩是印度传说中的一个大人物，说是毗湿奴的第七次的化身；第八次的是克利须那，第九次便是佛陀了。一九二零年十二月二十四日记。

——录自商务印书馆 1922 年初版

《世界之霉》[附记]

（周作人）

普路斯（Boleslaw Prus）本名格罗伐支奇（Alexander Glowacki），是现代波兰有名的小说家，据河勒温斯奇的《波兰文学史略》说：“普路斯是一个乐天的艺术家，伟大的造形的才人，实证主义的门徒，——但这派的束缚过于狭窄的时候，他也摆脱了，——精密的科学的老手，有强盛男性的情感的文人。他所作的《哨兵》（*placowka*）和《回波》（*powracajaca Fala*），都是感情的综合；同样的综合法也见于《泥人儿》(*Lalka*)、《法老》(*Faraon*) 诸书。《法老》是叙述少年君主想在古来承认的秩序之下，应用他那高上的正义理想之无效的努力；这部书已经遍译成欧洲各国的文字，在这书里普路斯可以说是达到他完全的内面的和谐了。”凯拉绥克在《斯拉夫文学史》卷二说，“在普路斯看来，人生是一个谜，他所想解决的；但在显克微支却以为是色彩，人格和活动所合成的合奏。从现代的批评说来，显克微支是个性派，普路斯是综合派了。”

这一篇据格拉波夫斯奇世界语译本，从《万国文选》里译出。其后又用巴音博士世界语《波兰文选》参校改定。一九二一年十二月一日记。

——录自商务印书馆1922年初版

《燕子与蝴蝶》[附记]

（周作人）

戈木列支奇（Wiktor Gomulicki）据诃勒温斯奇的《波兰文学史略》上说，“是在实证主义文学失败分散时代（案即近来三十年间）的一个诗人，唯理主义之子，所谓高蹈派的第一显著的优雅的代表”。关于他的小说，在本年一月号的《小说月报》上，有王剑三先生译的一篇《农夫》和说明可以参考。

这一篇原名《这是燕子蝴蝶们所不懂的》(*Kion ne komprenas la hirundoj kaj pupilioj*)。德国巴音博士用世界语译出，收在所编的《波兰文选》(*Pola Antologio*，1909）里，现在便据这一本重译的。一九二一年七月一日记。

——录自商务印书馆1922年初版

《我的姑母》[附记]

（周作人）

科诺布涅支加（Maria Konopnicka 1846）是现代波兰的女诗人，但伊也做小说。诃勒温斯奇在《波兰文学史略》里说，“近代波兰诗界里的大人物是亚斯尼克（Adam Asnyk），……但这是马理亚科诺布涅支加，波兰最大的女诗人，在诗人的竖琴上添了一枝新弦：便是现代意义的‘平民’。从伊的伟大的才能，产生出许多富美的各式的文学作品。最近的书，名《在巴西的巴耳折耳先生》，是一篇平民的史诗，正如密支该微支（Mickiewicz）的《泰达思君》（*Pan Tadeusz*）是贵族的史诗一般。这不但是文学上的一个界牌，而且是民众教化上的边境的标柱；他表明国民已经超出阶级精神之上；容纳平民到全灵堂里去了。”

凯拉舍克著《斯拉夫文学史》第二卷云，“科诺布涅支加在许多地方，是哲学的，对于古典世界有着特爱的一个确实的勇敢的人物。……伊是女子的苦楚和哀愁的诗人。伊的功绩，是在以民族的全灵堂——饶富其民众。伊以叙述移住民生活的，尚未完成的史诗《在巴西的巴尔折耳先生》引起颇大的惊异。……至于故事，则该尔支的旅行记载，尤其是抱了对于南斯拉夫的特爱而作的。但伊也识得诺曼的海岸。诗人之外又为动人的故事家；也做文学的论说和美文，虽然多是主观的，而构思叙述却都颇为奇特。”

这一篇小说，从世界语《波兰文选》译出。虽然没有女诗人的那种特色，但别有一种殊胜的地方，为别人所不能及。这便是描写独身女人的感情的变化。那种细腻优美的描写，带着一点轻妙而且有情的滑稽，的确是女性的特长，不是一般男性文人所能容易学到的。

我以为在这一点上，女小说家的独有的价值差不多就可以确定了。一九二一年七月十五日记。

——录自商务印书馆 1922 年初版

《犹太人》[附记]

周作人

"亚当式曼斯奇（Adam Szymanski）的散文小篇，有西伯利亚流人的歌的幽郁。"（诃勒温斯奇《波兰文学史略》第五章）

"式曼斯奇也经历过送往西伯利亚的流人的命运，是一个身在异地而向祖国竭尽渴仰的，抒情的人物，从他那描写流人与严酷的极北的自然相抗争的小说中，每飘出深沉的哀痛。他并非多作的文人，但每一篇出现时，在波兰却以多大的同情而被容纳。"（凯拉舍克《斯拉夫文学史》第二卷）

关于式曼斯奇的事迹，我们所能知道的只有这一点，这篇小说收在英国般纳克女士所译的《波兰小说集》中，原名《卢巴耳妥夫来的斯鲁尔》（*Srul from Lubartów*），序文有云，"此篇在式曼斯奇的西伯利亚小篇中，普通被人推为最动人之一。他的著作从个人经验而来，因为他自己也被流放在西伯利亚有许多年。"

这篇依据英文本译出之后，因为巴音博士的世界语《波兰文选》里也有这一篇，所以由我校对一过，发现好几处繁简不同的地方，决不定是那一本对的。我知道鲁迅先生有德译式曼斯奇的小说集，所以便请他再校，当作第三者的评定。他的答信里说，

"所寄译稿，已经用洛普商斯奇的德译本校对一过，似乎各本皆略有删节，现在互相补凑，或者可以较近于足本了。……

德译本在‘Deva-Roman-Sammlung’中，也以消闲为目的，并非注重研究的书，只是译者亦波兰人，通原文自然较深，所以胜于英译及世界语译本处也颇不少，现在即据以改正；此外单字之不同者还很多，但既以英译为主，便也不一一改易了。……”

这篇《犹太人》，我们能够得到三种译本，互相比较，作成汉译，希望他或能近于足本，对于著者及读者可以略少疚心，这是我们所很欢喜的。一九二一年七月十八日，周作人记。

——录自商务印书馆 1922 年初版

《战争中的威尔珂（一件实事）》[附记]

（鲁迅）

勃尔格利亚文艺的曙光，是开始在十九世纪的。但他早负着两大害：一是土耳其政府的凶横，一是希腊旧教的锢蔽。直到俄土战争之后，他才现出极迅速的进步来。唯其文学，因为历史的关系，终究带着专事宣传爱国主义的倾向，诗歌尤甚，所以勃尔格利亚还缺少伟大的诗人。至于散文方面，却已有许多作者，而最显著的是伊凡跋佐夫(Ivan Vazov)。

跋佐夫以一八五〇年生于梭波德，父亲是一个商人，母亲是在那时很有教育的女子，他十五岁到开罗斐尔（在东罗马尼亚），进学校，二十岁到罗马尼亚学经商去了。但这时候勃尔格里亚的独立运动已经很旺盛，所以他便将全力注到革命事业里去；他又发表了许多爱国的热烈的诗篇。

跋佐夫以一八七二年回到故乡；他的职业很奇特，忽而为学校教师，忽而为铁路员，但终于被土耳其政府逼走了。革命时，他为军事执法长；此后他又与诗人威理式珂夫（Velishkov）编辑一种月刊曰《科学》，终于往俄国，在阿兑塞完成一部小说，就是有名的《轭下》，是描写对土耳其战争的，回国后发表在教育部出版的《文学丛书》中，不久欧洲文明国便几乎都有译本了。

他又做许多短篇小说和戏曲，使巴尔干的美丽，朴野，都涌现于读者的眼前。勃尔格利亚人以他为他们最伟大的文人；一八九五年在苏飞亚举行他文学事业二十五年的祝典；今年又行盛大的祝贺，并且印行纪念邮票七种：因为他正七十周岁了。

跋佐夫不但是革命的文人，也是旧文学的轨道破坏者，也是体裁家（Stilist）。勃尔格利亚文书旧用一种希腊教会的人造文，轻视口语，因此口语便很不完全了，而跋佐夫是鼓吹白话，又善于运用白话的人。托尔斯泰和俄国文学是他的模范。他爱他的故乡，终身记念着，尝在意大利徘徊橙橘树下，听得一个英国人叫道："这是真的乐园！"他答道："Sire，我知道一个更美的乐园！"——他没有一刻忘却巴尔干的蔷薇园，他爱他的国民，尤痛心于勃尔格利亚和塞尔比亚的兄弟的战争，这一篇《战争中的威尔珂》也便是这事的悲愤的叫唤。

这一篇，是从札典斯加女士的德译本《勃尔格利亚女子与其他小说》里译出的；所有注解，除了第四第六第九之外，都是德译本的原注。一九二一年八月二二日记。

——录自商务印书馆1922年初版

《乞丐》[附记]

（周作人）

丹绥尼勋爵（Lord Dunsany）本姓普棱该忒（Edward John Plunkett），生于一八七八年，为英国陆军军官，曾参与南非及欧洲的战争。所作除戏剧外，有短篇集六种，都是梦幻神异的作品，但与耶支（Yeats）的神祕主义又不同；他并不主张什么主义，只是尊重想象，随其变幻造成种种奇美的景象，与凡俗的现实相对抗。爱尔兰人科伦说，——

“我们现在都是小说家了，但丹绥尼是文学上的一个希罕的人物——一个寓言家。他的目的，并非要将优美的能感动的有意义的各种形相，加在我们所谓现实的上面去，却在于想使我们完全的离开现实。他正如这样的一个人，他走到猎人的寓居里，说道，‘你们看这月亮很奇怪。我将告诉你，月亮是怎样做的，又为什么而做的。’既然告诉他们月亮的事情之后，他又接续着讲在树林那边的奇异的都市，和在独角兽的角里的珍宝。倘若别人责他专讲梦想与空话给人听，他回答说，‘我是在养活他们的惊异的精神，惊异在人是神圣的。’丹绥尼为自己辩解，将如勃来克（Blake）一样的说道，‘想象即人’。我想，他将更声明说，值得为人类尽力的一件事，便是使他们的想象愈益高上。我们在他的著作里，几乎不能发现一点社会的思想。但是，却有一个在那里，这便是一种对于减缩人的想象力的一切事物，——对于凡俗的都市，对于商业的利益，对于从物质的组织发生的文化的严厉的敌视。”

这一篇小说，从《梦想者的故事》（*A Dreamer's Tales*，1910）中

选出，可以见他的思想与文章之一斑。英国儿歌中有《乞丐》一章，文云，

“听呵，听呵，
那狗都叫了。
乞丐来到市里了。
有的穿着破袄，
有的穿着宽松的衣服，
有的穿着天鹅绒的长袍。”

本篇的题材，大约即取诸此。他的文体有两个源流，一是希伯来的《旧约》，一是希腊的诃美洛思（Homeros）的史诗与海罗陀多思（Herodotos）的历史。即如这篇里乞丐的举动，便很有古以色列先知的威严的态度。一九二一年十一月二十五日附记。

——录自商务印书馆1922年初版

《意外的利益》[附记]

（周作人）

伊巴涅支（V. B. Ibañez）生于一八六七年，是现代西班牙著名的小说家之一人。美国福特教授在他的《西班牙文学的主潮》上说，“他有过一个风暴的经历。他的对于西班牙政府及教会的攻击的政策，使他监禁了几次，又使他不得不逃走以免危难。像许多加达洛尼亚人一样，他不喜欢马德里特的中央集权的方法；他以伐伦契亚的民主党代表的资格在议会里抗议现在大家承认的秩序。他的忠于主义的态度，使他成为记者，编辑人，外国的科学社会学书译本的发行者，又

成为小说家；他的社会与政治上的（改革的）宣传，在先前几乎带了他到无政府的边际去了。”又评他的描写地方生活的小说道，“没有愉快的东西减轻悬在这些著作里的图画上的暗影；他是一个艺术家，只将阴暗与穷苦的景色，放到画布上去，排除所有表示光明与悦乐的东西。但他终是一个有确实的技工的艺术家，虽然他的题材与色彩的选择只要给与一种惨淡的印象。”这一篇小说大约是他下狱中见闻的回忆，可以看出他的特色的一斑。他最著名的长篇小说，是欧战中所作的《启示录中的四骑士》。一九二一年十二月十日记。

——录自商务印书馆 1922 年初版

《神父所孚罗纽斯》[附记]

（周作人）

蔼夫达利阿谛思（Argyris Ephtaliotis）是希腊现代最大的小说家之一，曾在欧陆留学，本业医。这篇据英国劳斯的《希腊诸岛小说集》译出。我们读这一篇故事，不觉联想到二千多年前的谛阿克利多思（Theokritos）。他的描写物色，有如收获祭的那篇牧歌；神父的恋爱的苦甜，很有些类似愿化为胡蜂进阿玛吕利斯的岩室去的牧人和对月呵禁的魔术女（Marphakeutria）；但是一样的悲哀，却没有那样的热烈了。侏儒（Punchinello）与舞姬之爱，我们在于俄（Hugo）及安兑尔然（Andersen）等的著作里，差不多看得很普通了，但这篇加上一个希腊的背景，又有别一种的情趣。著者是独立战争时代的人，所以富于爱国思想，为反抗异族的运动，即以怀慕古昔之情作根柢：这在被压迫的民族里，原是自然的趋势，如现代波兰和爱尔兰都是一例。在这篇里，所以怀古的思想也很丰富。但是革命精神的怀古，是一种破坏现状的方便，与对于改革而起的反动的保守的运动很不同，譬如希腊复活古语，貌似复古，其实却在驱逐闯入的土耳其语。中国革命以前的复古思潮也如此，与革命后的反动的复古完全是两样的；所以我们对于被压迫民族的怀古的思想要能客观的理解他，不可将他认作民族的传统精神。希腊民族的真精神，还是在于先代的异教的现世主义；劳斯在卷头的论文《在希腊诸岛》内说：

“但没有运命女神，没有哈隆（渡人的魂灵到冥间之鬼），也没有疾病的恐怖，能够使希腊人忧郁。他应着必要尽力的工作，去得食物以活命。……希腊人将时常跳舞着，正如英国人高兴的时候，将唱一只滑稽歌一样。”一九二一年八月九日记。

——录自商务印书馆1922年初版

《父亲拿洋灯回来的时候》[附记]

（周作人）

约翰尼哀禾（Juhani Aho）本名勃罗佛尔德（Brofeldt），一八六一年生于列塞尔密（芬兰内地）。早年作小说数篇，有名于时，英国倍因评云，“哀禾的艺术是将丕佛林多（Päivärinta）的一切的照相的精确与宽宏的善感，与来约南（Reijonen）的真实的滑稽结合而成，但哀禾的滑稽却是更广且深；他此外又有优美的空想与活现的想象，——这些特质，在芬兰小说家大抵很是缺乏的。”一八九〇年哀禾以官费游历法国，颇受自然派的影响，一时褒贬纷然。据倍因说，因为他的真实的滑稽，优美的空想，柔和的忧郁，深厚的感情，都与自然主义不甚相合；这或者是确当的断语，但是他最近的成就，我们也无从得知了。这一篇从倍因译哀禾小说集中译出，是他早年著作之一。德国勃劳绥威德尔在《北方名家小说》传记里说：

“芬兰近代时中最重要最特别的趋向之一，是影响于芬兰人民的欧洲文明生活的潮流的反映。在这事上，少有一个诗人，能深深的攫住而且富于诗致的展布开来，如站在他祖国的精神运动中间，为第一芬兰日报的领袖之一的哀禾的。

“他在公布的第一册，总题为《国民生活》的三篇故事之中，《父亲拿洋灯回来的时候》和《铁路》两篇里面，将闯入的文明生活的势力，用诗的意义来体现他。最初的石油灯和最初的铁路：及于少年和老人的效力，有种种的不同。人看出开创的进步来，但从夸口的仆人的状态上，也看出一切文化在最初移植时偕与俱来的无可救药的势力；而终在老仆沛加这人物上，对于古老和过去，都罩上了传奇的温厚的微光。正如伽耶尔斯坦美妙的表白说，‘哀禾对于人生的被轻蔑的个性有着柔和的眼光。这功效，是他能觉着交感，不特对于方来的新，而且也对于方去的故。’但这些故事的奇异的艺术的效力，却也属于能将这些状态纳在思想和感觉态度里的哀禾的才能。”

《铁路》这一篇，据倍因说，“他用了真实的芬兰的滑稽和详细，描写乡下老夫妇初见铁道时的影响；他们在看见以前，不相信有这事；看见以后，又不赞许这事。”哀禾早年著作，大抵是乡土艺术一流。因为芬兰虽为属国，但瑞典与俄国先后待他都颇宽和，不像波兰那样的受压，所以爱国思想趋重歌咏乡土，而怀慕古昔之情，也就自然而然的同时发生了。但到九十年代末，哀禾的著作便倾向于写实，与先前不同。倍因译集中《海尔曼老爷》得此篇，属于前期；《前驱》与《诚实》皆后期之作。《前驱》曾译载《域外小说集》中，又《欧美小说丛刊》中亦别有译本。一九二一年七月三十一日记。

——录自商务印书馆1922年初版

《疯姑娘》[附记]

（鲁迅）

勃劳绥惠德尔作《在他的诗和他的诗人的影像里的芬兰》（*Finnland im Bilde Seiner Dichtung und Seine Dichter*），分芬兰文人为用瑞典语与用芬兰语的两群，而后一类又分为国民的著作者与艺术的著作者。在艺术的著作者之中，他以明那亢德（Minna Canth）为第一人，并且评论说：

“……伊以一八四四年生于单湄福尔，为一个纺纱厂的工头约翰生（Gust. Wilh. Johnsson）的女儿，他是早就自夸他那才得五岁，便已能读能唱而且能和小风琴的‘神童’的。当伊八岁时，伊的父亲在科庇阿设了一所毛丝厂，并且将女儿送在这地方的三级制瑞典语女子学校里，一八六三年伊往齐佛斯吉洛去，就是在这一年才设起男女师范学校的地方；但次年这‘模范女学生’便和教师而且著作家亢德（Joh. Ferd. Canth）结了婚。这婚姻使伊不幸，因为违反了伊的精力弥满的意志，来求适应，则伊太有自立的天性；但伊却由他导到著作事业里，因为他编辑一种报章，伊也须‘帮助’他；但是伊的笔太锋利，致使伊的男人失去了他的主笔的位置了。

“两三年后，寻到第二个主笔的位置，伊又有了再治文事的机缘了。由伊住家地方的芬兰剧场的邀请，伊才起了著作剧本的激刺。当伊作《偷盗》才到中途时，伊的男人死去了，而剩着伊和七个无人过问的小孩。但伊仍然完成了伊的剧本，送到芬兰剧场去。待到伊因为艰难的生活战争，精神的和体质的都将近于败亡的时候，伊却从芬兰文学会得到，伊的戏曲的奖赏，又有了开演的通知。这获得大成功，而且列入戏目了。但是伊也不能单恃文章作生活，却如伊的父亲曾经有过的一样，开了一个公司。伊一面又弄文学。于伊文学的发达上有显著的影响的是勃兰兑思（Georg Brandes）的书，这使伊也知道了泰因，斯宾塞，弥尔和蒲克勒（Taine，Spencer，Mill，Buckle）的理想。伊现在是单以现代的倾向诗人和社会改革家站在芬兰文学上了。伊辩护欧洲文明的理想和状态，输入伊的故乡，且又用了极端急进的见解。伊又加入于为被压制人民的正义，为苦人对于有权者和富人，为妇女和伊的权利对于现今的社会制度，为博爱的真基督教对于以伪善文句为衣装的官样基督教。在伊创作里，显示着冷静的明白的判断，确实的奋斗精神和对于感情生活的锋利而且细致的观察。伊有强盛的构造力，尤其表现于戏曲的意象中，而在伊的小说里，也时时加入戏曲的气息；但在伊缺少真率的艺术眼，伊对一切事物都用那固执的成见的批评。伊是辩论家，讽刺家，不只是人生观察者。伊的眼光是狭窄的，这也不特因为伊起于狭窄的景况中，又未经超出这外面而然，实也因为伊的理性的冷静，知道那感情便太少了。伊缺少心情的暖和，但出色的是伊的识见，因此伊所描写，是一个小市民范围内的细小的批评……”

现在译出的这一篇，便是勃劳绥惠德尔所选的一个标本。亢德写这为社会和自己的虚荣所误的一生的径路，颇为细微，但几乎过于深刻了，而又是无可补救的绝望。培因也说，“伊的同性的委屈，真的或想象的，是伊小说的不变的主题；伊不倦于长谈那可怜的柔弱的女人在伊的自然的暴君与压迫者手里所受的苦处。夸张与无希望的悲观，是这些强有力的，但是悲惨而且不欢的小说的特色。”大抵惨痛热烈的心声，若从纯艺术的眼光看来，往往有这缺陷；例如陀思妥也夫斯奇的著作，也常使高兴的读者不能看完他的全篇。一九二一年八月十八日记。

——录自商务印书馆 1922 年初版

《父亲在亚美利加》[附记]

（鲁迅）

芬兰和我们向来很疏远；但他自从脱离俄国和瑞典的势力之后，却是一个安静而进步的国家，文学和艺术也很发达。他们的文学家，有用瑞典语著作的，有用芬兰语著作的，近来多属于后者了，这亚勒吉阿（Arkio）便是其一。

亚勒吉阿是他的假名，本名菲兰兑尔（Alexander Filander），是一处小地方的商人，没有受过学校教育，但他用了自修工夫，竟达到很高的程度，在本乡很受尊重，而且是极有功于青年教育的。

他的小说，于性格及心理描写都很妙。这却只是一篇小品（Skizze），是从勃劳绥惠德尔所编的《在他的诗和他的诗人的影像里的芬兰》中译出的。编者批评说：亚勒吉阿尤有一种优美的讥讽的诙谐，用了深沉的微笑盖在物事上，而在这光中，自然能理会出悲惨来，如小说《父亲在亚美利加》所证明的便是。

——录自商务印书馆 1922 年初版

《一滴的牛乳》[附记]

（周作人）

亚美尼亚是小亚细亚的一个小国，只有二百万的人口，向来为土耳其与波斯所分据。他们虽然也是伊兰人种，但因为是基督教徒，所以为回教的人所恨，到现在还是屡遭虐杀：亚美尼亚真可以说是殉道的国了。这篇的叙述大约便是虐杀时代的难民的生活。著者阿伽洛年（A. Agaronjan）的身世虽然不详，料来也是现代的人。亚美尼亚的著作，因为文字难解的关系，外国传译的极少；十几年前我曾见过一部小说，名《暴风雨之前》(*Before the Storm*）现在书已遗失，连著作者的姓名都记不起了。近日在爱斯普列忒，编的《万国小文选》里，看见达列陀夫世界语的这一篇的译本，非常喜欢，便将他翻译出来。承孙芾仲先生借书给我，使我能够译出这篇，我很感谢。一九二〇年九月三十日记。

——录自商务印书馆 1922 年初版

《史特林堡戏剧集》[①]

《史特林堡戏剧集》弁言

（张毓桂[②]）

《债主》剧中前二幕是吾友胡光廷君的初稿；《母亲的爱》一剧是吾友王品青君为我校阅的；《幽丽女士》一剧是吾友伊建猷君为我校阅的；我对于三君极端感谢。

译者　十年十一月二日

——录自商务印书馆 1922 年初版

---

① 《史特林堡戏剧集》，瑞典史特林堡（Johan August Strindberg，今译斯特林堡，1849—1912）著，张毓桂译，上海商务印书馆 1922 年 6 月初版，文学研究会丛书之一。

② 张毓桂（？—1949），字辛南，鲁迅日记又作星南，河北平乡人。毕业于北京大学英文系。著有《追忆鲁迅先生在西安》等。

《爱罗先珂童话集》[1]

《爱罗先珂童话集》序

鲁迅

爱罗先珂先生的童话，现在辑成一集，显现于住在中国的读者的眼前了。这原是我的希望，所以很使我感谢而且喜欢。

本集的十二篇文章中，《自叙传》和《为跌下而造的塔》是胡愈之先生译的，《虹之国》是馥泉先生译的，其余是我译的。

就我所选译的而言，我最先得到他的第一本创作集《夜明前之歌》，所译的是前六篇，后来得到第二本创作集《最后之叹息》，所译的是《两个小小的死》，又从《现代》杂志里译了《为人类》，从原稿上译了《世界的火灾》。

依我的主见选译的是《狭的笼》，《池边》，《雕的心》，《春夜的梦》，此外便是照着作者的希望而译的了。因此，我觉得作者所要叫彻人间的是无所不爱，然而不得所爱的悲哀，而我所展开他来的是童心的，美的，然而有真实性的梦。这梦，或者是作者的悲哀的面纱罢？那么，我也过于梦梦了，但是我愿意作者不要出离了这童心的美的梦，而且还要招呼人们进向这梦中，看定了真实的虹，我们不至于是梦游者（Somnambulist）。

一九二二年一月二十八日，鲁迅记。

——录自商务印书馆 1927 年六版

---

① 《爱罗先珂童话集》，俄国爱罗先珂（1889—1952）著，鲁迅译，上海商务印书馆 1922 年 7 月初版，文学研究会丛书之一。

《小人物的忏悔》[①]

《小人物的忏悔》序

瞿世英[②]

我读完了安特列夫的《大时代中小人物的忏悔》，热泪迸眶而出，轻轻的说道这真是浸在爱里的非战文学。——是人的文学，是爱的文学。——不但是俄国的文学，是世界的文学。——是宇宙的爱的呼声。

耶稣基督说道“你们要爱人如己”，又说“你们要彼此相爱”。原来爱就是宇宙的生命，是人生进化的本质，是人生的意义与价值。只有爱可以使人类有和平的，调和的生活，可以寻求他的真自我；使强暴凶恶的人变成慈悲的人。爱可以使我忘却人我的分别，可以化干戈为玉帛，可以安慰那被压服的人，使他们脱离苦海，超入乐园。爱是光，是希望，是生命。爱是不朽的，是无限的，是前进的。

芸芸众生，在生命的河里应当怎样的相亲相爱的携手前进呢？

不幸世界上的人们，忘记了他们的生命，磨灭了他们的自我。相争竞，相倾轧，相猜忌，相欺诈，以致造成了无量数的战争。生命的大流中，沾染了无量数的血花泪雨，斑斑点点的，使这爱的程途，生了无数的荆棘。

战争实在是罪恶呵！为什么哥哥要打死兄弟，兄弟要杀伤哥哥

---

① 《小人物的忏悔》，小说，俄国安特立夫（Leonid N. Andreyev，今译安德烈耶夫，1871—1919）著，耿式之译，上海商务印书馆 1922 年 7 月初版。文学研究会丛书之一。

② 瞿世英（1900—1976），字菊农，江苏常州人。1918 年入燕京大学哲学系，1926 年获美国哈佛大学研究院哲学和教育学博士学位。译有《哲学大纲》（霍金著）、《西洋哲学史》（顾西曼著）等。

呢？为的是谁呢？好好的都是兄弟，为什么要分出什么疆界来呢？

然而不幸世界上终于有了战争，……

我们既认定战争是罪恶，便应当使我们的弟兄姊妹们都知道战争是罪恶。——刺激他们的感情，改造他们的思想，纠正他们的态度——叫他们不要再争战了。——这便要用着文学了。

文学是人生的表现和批评。文学的目的没有别的，只要将人的思想与感情；人们对于生死的观念；他们所爱，所怕，与所恨的一切都借文学表现出来。我们可以从文学上了解人生。与人生发生亲密的，新鲜的关系。人生的意义与价值是爱；因此我们也未尝不可说文学是“爱的表现”。

战争实在是人类所痛恨的一件事，是人生的障碍，是爱的逆流。因此反对战争，咒诅战争，必有赖乎文学。于是就有笔上染着血渍，脸上印着泪痕，精神上满含着爱的非战文学出现。

安特列夫这种作品，式之兄用了一个半月的工夫译了出来，作为文学研究会发书之一。我取来读完之后，便怀着两种希望：一是希望因这一本译文，引起我们中国人的——其实应当说人类的——爱的潜力，出来反对战争。更希望中国以此书为嗅引，有极鲜艳的非战文学出现。第一是希望于全国——其实应当说人类全体的。第二是希望于现代献身于文学的作家的。

写到这里，心熊熊的热着，我亦呼喊道：——并且希望全都这样喊——“来呀！让我们连接牵着手罢！我爱你们！我爱你们！”

一九二一，八，二十八。瞿世英。于北京

——录自商务印书馆 1922 年初版

《一个青年的梦》[①]

与支那未知的友人

武者小路实笃[②]

我的《一个青年的梦》被译成贵国语，实在是我的光荣，我们很喜欢。我做这书的时候，还在贵国与美国不曾加入战争以前。现在战争几乎完了，许多事情也与当时不同了。但我相信，在世上有战争的期限内，总当有人想起《一个青年的梦》。

在这本书里，放着我的真心。这个真心倘能与贵国青年的真心相接处，那便是我的幸福了。使我来做这本书的见了，也必然说好罢。

我老实的说：我想现今世界中最难了解的国，要算是支那了。别的独立国都觉醒了，正在做“人类的”事业；国民性谜，也有一部分解决了。但是支那的这个谜，还一点没有解决。日本也还没有完全觉醒，比支那却已几分觉醒过来了；谜也将要解决了。支那的事情。或者因为我不知道，也说不定；但我觉得这谜总还没有解决。在国土广大这一点上，俄国也不下余支那；可是俄国已经多少觉醒了，对于人类应该做的事业，差不多可以说大部分已经做了。但支那是同日本一样，还在自此以后；或比日本更在自此以后。我想这正是很有趣味的地方，也有点可怕，但也有点可喜。我想青年人的所最应该喜欢的时候，正是现在的时候。诸君的责任愈重，也便愈值得做事，这正是现在了。

在现今的独立国的中间，支那要算是最古的国了。虽然受了外国

---

① 《一个青年的梦》，戏剧，日本武者小路实笃（1885—1976）著，鲁迅译，上海商务印书馆1922年7月初版。文学研究会丛书之一。

② 武者小路实笃（1885—1976），日本作家。1906年入东京大学，中途退学，文学杂志《白桦》的创始人之一。

的作践，像埃及希腊印度那样的事，不至于有罢。我觉得支那的少壮时期，正在渐渐的回复过来了。我想，如诸君蓬勃的精神发扬起来，这时候，便是支那的精神和文明“世界的”再生的时期了。人类对于这个时期，怀着极大的期待。想诸君决不会反背这期待罢。

“落后的往前，在前的落后了。”第一落后的俄国，现在将第一的在前了。更落后的支那，到了觉醒的时候，怕更要在前了罢。但我绝对的希望这往前的方法，要用那人类见了说好的方法才是。

倘是再生了，变成将喜代了恐怖，将爱代了憎恶，将真代了私欲，挐到世间方来的最进步的国，我们将怎样的感谢呵。我们也为了这事想尽点力，想做点事。

我希望，因了我做的书译成支那语的机会，就是少数的人也好，能够将我的真心和他的真心相触。我希望，我们恐怖便是他的恐怖，我的喜悦便是他的喜悦，我的希望便是他的希望，将来能为同一目的而尽力的朋友。

我的敲门的声音，或者很微弱；但在等着什么人的来访的寂寞的心里，特别觉得响亮，也未可知的。

我正访求着正直的人；有真心的人；忍耐力很强，同情很深，肯为人类做事的人。在支那必要有这样的人存在。这人必然会觉醒过来。

这人就是人类等着的人，或是能为他做事的人罢。恐怕这人不但是一个人，或者还是几万个人合成一个的人罢。不将手去染血，却流额上的汗；不借金钱的力，却委身于真理的人！

我从心里爱这样的人，尊敬这样的人。

在支那必然有这样的人存在，正同有很好的人存在一样。我敲门的微小的声音呵，要帮助这人的觉醒，望你有点效用。

我希望这事。

一九一九年十二月九日，武者小路实笃

——录自商务印书馆 1922 年初版

《一个青年的梦》后记

鲁迅

我看这剧本，是由于《新青年》上的介绍。我译这剧本的开手，是在一九一九年八月二日这一天，从此逐日登在北京《国民公报》上。到十月二十五日，《国民公报》忽被禁止出版了，我也便歇手不译，这正在第三幕第二场两个军使谈话的中途。

同年十一月间，因为《新青年》记者的希望，我又将旧译校订一过，并译完第四幕，按月登在《新青年》上。从七卷二号起，一共分四期。但那第四号是人口问题号，多被不知谁何没收了，所以大约也有许多人没有见。

周作人先生和武者小路先生通信的时候，曾经提到这已经译出的事，并问他对于住在中国的人类有什么意见，可以说说。作者因此写了一篇，寄到北京，而我适值到别处去了，便由周先生译出，就是本书开头的一篇《与支那未知的友人》。原译者的按语中说："《一个青年的梦》的书名，武者小路先生曾说想改作《A与战争》，他这篇文章里也就用这个新名字，但因为我们译的还是旧称，所以我于译文中也一律仍写作《一个青年的梦》。"

现在，是在合成单本，第三次印行的时候之前了。我便又乘这机会，据作者先前寄来的勘误表再加修正，又校改了若干的误字，而且再记出旧事来，给大家知道这本书两年以来在中国怎样枝枝节节的，好容易才成为一册书的小历史。

一九二一年十二月十九日，鲁迅记于北京。

——录自商务印书馆1922年初版

《比利时的悲哀》[①]

《比利时的悲哀》叙言

沈琳[②]

从一九一四年到一九一九年，是空前的欧洲大战争的一个时期。这五年中全世界的空气里，都充满了烟雾同炮火。这一场恶战，不知道流了多少的热血，化了多少的金钱。想起来真觉得痛心啊！我可以说，在一九一四年到一九一九年这个时期内的战争，实在是我们人类进化史上一个空前的绝大的牺牲。我们看了报纸上的新闻，读了书本里的记载，觉得字里行间都深深地印着战争的种种痛苦，因此又想到大战争中人民和财产的牺牲，不知不觉地落下几行同情的眼泪来了。到了一九一九年烟雾和炮火渐渐地消灭了，全世界的空气才慢慢地恢复原状。但是各国经济上受了莫大的影响。这种经济上的恐慌已经养成了社会破产的预兆。正是痛定了还要叫苦呢。这样的国家多不幸啊！我们要知道比利时就是这样不幸的国家的一个代表！比利时在大战时候被德国人破坏了他中立国家的地位，所以他才加入战争。他情愿忍受一切牺牲，来保护他的人民，土地，和主权。这是独立国家的真精神。勇壮啊！《比利时的悲哀》这一本戏曲就是一幅比利时在欧战声中忍受种种牺牲的油画像，就是一幅比利时独立国家真精神的油画像。

在一九〇四年日俄战争起端的时候，安得列夫（Leonid Andreyev

---

① 《比利时的悲哀》(*The Sorrows of Belgium*)，戏剧，俄国安得列夫（Leonid N. Andreyev，今译安德烈耶夫，1871—1919）著，沈琳译，上海商务印书馆 1922 年 9 月初版，1925 年 12 月再版，共学社文学丛书之一。

② 沈琳，资料不详。

1871—1919）的著名小说《红笑》(*The Red Laughter*）出版了。在这本小说里，安得列夫描写他的理想中日俄战争的痛苦，牺牲和一切可怕的情形。一时《红笑》就有非战小说的杰作的声名。十年后，在一九一四年正当欧战风云初起的时候，安得列夫著成《比利时的悲哀》一本戏曲。《比利时的悲哀》就是一段比利时国的悲哀的故事的写照。在这本戏曲里，安得列夫描写战争的可怕情形同比利时的国民性和国家精神。比利时的人民只知道“和平”，“公理”，“人类”三个字。他们都相信“上帝”是存在的，“公理”也是存在的。比利时的人民有这样的见识，有这样的信心，所以他们有这种勇气加入战争，来保卫他们的国家。但是可怜那水深火热里的比利时人却没有抵御德国军队的可能。他们爱国的热度可是没有减少。他们最后的计画就是破坏那堤坝：淹没自己国土的一部分，来抵御德国人。这不是一件极可怕的事么？但是他们觉得水果然是可怕的，那普鲁士人比水更可怕呢。他们情愿被水淹死，决不愿意做普鲁士人的奴隶。这些都是描写战争的可怕情形同比利时的国民性和国家精神。这样看来，我们不可以不承认比利时的悲哀，是一件极光明的故事。

《比利时的悲哀》这本戏曲出版在一九一四年。他是俄国安得列夫的原著，一九一五年柏恩斯泰（Herman Bernstein）从俄文原本译成英文。我现在再从柏恩斯泰的英文译本译成这本中文的《比利时的悲哀》。我对于这本戏曲，有下列三种希望：

一　我希望《比利时的悲哀》不单是能够使我们明白比利时人的牺牲，因此唤起一种同情来；并且也能够使我们明白欧战中各国人民的牺牲，因此唤起一种同样的极深刻的同情来。

二　我希望《比利时的悲哀》不单是比利时的种种牺牲的写照，并且也能够代表加入大战各国的种种牺牲；这样我们更能明白战争是人类一件最不幸的事，又更能增加我们厌恶战争的心理。

三　我希望《比利时的悲哀》能够使我们知道战争的可怕，又能够使我们觉悟到我们应该阻止未来的战争，同时我们应该尽力地建造一个新世界。

《比利时的悲哀》是我译述上尝试的作品，况且这本戏曲又是我从课外的时间内偷出工夫来译成的；所以译述上不免有许多不周到的地方。我极诚恳地希望读者诸君指教。

十一年、二月、十五日、沈琳、在北京

——录自商务印书馆1925年再版

《比利时的悲哀》安得列夫事略
Leonid Andreyev（1871—1919）

（沈琳）

安得列夫在西历一八七一年，生于俄国屋莱尔（Orel）地方。他是一个中流人家的儿子。他的父亲是一个测量师。安得列夫就在本地中学堂里念书，他正在求学时代，不幸他的父亲死了。家中财源因此断绝了；家中境况因此衰落了。可是安得列夫求学的雄心，没有减少；他就进彼得格勒大学去读书。他少年时的生活是非常困苦。他初到彼得格勒的几年，常常一天二天不吃东西；有时候竟好几天饿着肚子。但是这些困苦生活，也不能减少他求学的决心。后来他进了莫斯科大学，格外用功读书。毕业后，他觉得生活毫无兴趣。这种厌世心屡次引诱他自杀，但是他终没有屈服。安得列夫从小喜欢图画；所以后来他就靠绘画度日。他画的大半是油画像。每张的价值在五个到十个卢布（Rouble）之间，这样卖画的生涯很好；也是他一时糊口之计。

一八九七年，他在莫斯科城里做过律师。他曾经办理了一件民事案和几件刑事案，却是都没有成效。一八九八年，安得列夫才作小说。有一回，他在彼得格勒一种杂志内登载了二篇小说，一篇是《沉静》(*Silence*) 一篇是《他是》(*He Was*)，一时惹起许多人的注意，他的声名就此日盛。从此以后，安得列夫便专心研究文学了。

安得列夫从来没有为小说起见，做过一篇小说。他的作品里，每一篇小说或是每一本戏剧，都代表一个问题。他的计画是如此，我们承认一个人是天生来造成经验的，那么精神上的效果是什么呢？环境和情形因此变成了次要的分子；重心点倒反落在精神的反动力里。毋怪安得列夫要离开实现的路径，取抽象来替代人类；并且把悲剧的地位，引进理想的地方去。安得列夫是俄国文学中最初介绍系统作法(Schematization) 的一个人。

安得列夫是俄国心理的代表。近代的进步唤醒了这位文学家。他便了解生活的复合了。安得列夫对于人生的根本问题，大怀疑虑。他奋勇的和人生的种种碍物宣战。他苦没有解决的方法来安慰他；但是他并不完全灰心或失望。安得列夫的作品传布后，俄国人的心理，便向着重大的问题。无论什么事，都沾着一点革新的色彩。俄国人才细细地研究人生的种种问题了。

安得列夫是近代俄国文学上极著名的人物。他在俄国文学上的地位，和柴霍甫（Anton Chekhov 1860—1904）不相上下。安得列夫和柴霍甫的著作，性质仿佛。这二位俄国的文学家都描写生活场中受苦的人民，并且他们都擅长短篇小说的作品。安得列夫觉得人生最不幸的事，就是孤单的在世界上度日了。他的著作大半有这种趋向：就是，人类经过了许多痛苦，归束到世界不过是一片荒芜，生活不过是一种幻象罢了。安得列夫天赋的才能有下列二种本质：

一　极端的感受性。

二　描写反面的实体，愁闷的心绪，生存的悲痛底冒险性。

安得列夫最后的几年，专门研究戏剧的著作，他的作品有下列三种明显的表现：

一　生死的恐怖。

二　自由意志的笃信。

三　人生的无意味。

安得列夫的著作极多。他受了时代和环境的感触，所以他的作品另有一种俄国人心理上的愁闷和生活上的痛苦底表现。凡是他的著作，都有这种贡献。安得列夫是俄国一个机巧的，多艺的小说家和戏剧家。从他二十年的文学作品里，我们可以选出下列几种最有特质的样本来：

一　《墙》(*The Wall*- A Story 1901)

描写当时人精神上感受的种种困苦。生活场中仿佛有一堵高大的墙，阻止人生乐趣的进行。

二　《深渊》(*The Abyss*-A Story 1902)

三　《雾里》(*In The Fog*-A Story 1902)

描写性欲制服纯洁和无知的人类。

四　《思想》(*The Thought*-Novette 1902)

五　《黑面具》(*The Black Masks*-A Play 1908)

描写人类意志的限制，《思想》里的主要人物，被他最可信的奴仆——“理性”——诱惑了。《黑面具》里的主要人物被他本身隐藏的势力制服了。

六　《红笑》(*The Red Laughter*-Notes 1904)

描写理想中日俄战争可怕的情形。

七　《樊雪梨费维斯基之一生》(*The Life of Vassily Fiveysky*-Novelette 1904)

描写一个终身不幸的人怀疑上帝的公正。他是一个传教师，他因为要改革事物的程序，便想到建造神秘的事迹，可怜他死在取不可得的能力来做不可做的事业呀！

八　《所以如此》（*So it was* -Novelette 1906）

九　《省长》（*The Governor*-Novelette 1906）

描写百姓的公愤引起革命运动。

一〇　《萨武华》（*Savva*-A Play 1906）

描写一个无政府主义人主张破坏旧有的文化；建设一个新奇的世界。

一一　《犹大》（*Judas Iscariot & Others*-Novelette 1907）

描写犹大陷害耶稣的主意，和他精神上的牺牲和痛苦。

一二　《黑暗》（*Darkness*-Novelette 1907）

描写二种疑问：

甲　一个人在许多不快乐的人面前行善，有什么权力？

乙　一个人为他的同类犯罪，算得最大牺牲么？

一三　《人之一生》（*The Life of Man*-A Play 1907）

描写人生的意义底大怀疑：

甲　人生的意义是什么？

乙　万物要绝灭的，我们争快乐做什么？

丙　若使一个人永久孤单的活着，到后来他老了，死了；那么华美，青年，爱情，名誉，友谊，和创造事业有什么意义？

一四　《饥饿王》（*King Hunger*-A Play 1908）

描写俄国反对革命的反映，和大乱将来的信心。

一五　《伊利沙》（*Eleazar*-A Story 1908）

描写一个人在死国里过了三日三夜。苏醒后，我不知道快乐，只知道恐怖。

一六　《七个被缢死的人》（*The Seven Who Were Hanged*-Novelette 1909）

描写七个主张革命的人和犯罪的人在监狱里的种种恐怖和幻想。

一七　《安那塞玛》（*Anathema*-A Tragedy 1909）

描写人类的二种本性：

甲　人类的仁爱和牺牲性。

乙　人类喜欢研究和质问的心理。

一八　《海洋》(*The Ocean*-A Tragedy 1911)

描写生命的岸边，有一片无际无涯的海洋。

一九　《大时代中一个小人物的忏悔》(*Confession of a Little Man during great Days* 1914)

描写一个人的日记里，主张非战争的主义。

二〇　《比利时的悲哀》(*The Sorrows of Belgium*-A Play 1914)

描写空前的欧洲大战声中，德国人蹂躏比国的情形和比国人民忍受的种种牺牲。安得列夫死在一九一九年。

——录自商务印书馆 1925 年再版

《假利券》[①]

《假利券》解释

（杨明斋[②]）

（一）篇中成行的空白是俄国检查局把原文删去。

（二）此书原系作者死后才出的版；各备考原由出版者附记。

---

① 《假利券》(*A Counterfeit Note*)，小说，俄国托尔斯泰（Leo Tolstoy，1828—1910）著，杨明斋译，文艺丛刻乙集，上海商务印书馆 1922 年 9 月初版，1933 年 11 月国难后第一版，世界文学名著丛书之一。

② 杨明斋（1882—1938），原名杨好德，山东平度人，1901 年赴苏联海参崴（今符拉迪沃斯托克）做工谋生，加入俄国布尔什维克党，进莫斯科东方大学学习，1920 年受共产国际派遣回国。译有《苏维埃的平民教育》《俄国职工联合会发达史》等。

（三）备考第一：

托尔斯泰著这篇小说的时候，起先要用象征主义，以魔鬼的繁生扩大形容人的一时不忍，以致愤怒冲动的潜力由一事而迁百事，时时扩张。

例如第一备考（滚出去，该鞭打。）父子冲突的时候，起先的原文上说："费道尔米海洛维赤忍忽然跳起来以魔鬼混账东西骂儿子之时，坐在费道尔肩膀上的魔鬼喜欢得甚么似的，立刻分生了一个，跳到中学生的肩膀上。"

父亲继续着用辱骂的语送儿子，儿子生气的时候，"魔鬼在他肩上喜的身体扩大，眼口作怪状猛猛的乱跳。"

中学生把假利券给了影像附属品店出来的时候，"在米加肩上坐着的那个魔鬼扩大起来到相当的高大，立刻分生了一个，留在影像附属品货店内。"

影像附属品货店的男主人骂他妻不当接受假利券。"留在影像附属品货店的那个魔鬼起先正盘算着无处安身，实行作用，一听得店主怒骂他妻，那魔鬼早已在店主肩上，发狂欢笑。"

园仆瓦西里在果木园见老爷和太太们作乐而起嫉妒之念的时候，"在老少的老爷太太们周围聚集了一群魔鬼同热天的蚊子一样，见瓦西里起'这么着欢极过日子，多好啊'的念头之时，立时飞到瓦西里肩上，扩张身体变为肿似的一个大魔王。"

到后来托尔斯泰见魔鬼满篇，很不雅观，而且把魔鬼弄的在篇中不能表示一种紧要意义，随决定把起先的原文改了，删去魔鬼。

（四）备考第二：

在这儿的原文上说："作了僧院总长"，可是由上文看来，米萨宜尔早已是僧院总长了。

（五）备考第三：

在原文上"在那儿。"

（六）备考第四：

在原文上“在宾自”，我们改了“在西木比尔斯基”，诚因在二十一章上说的是里温曹夫的家在西木比尔斯基省。

（七）备考第五：

在原文的草稿上是“将所闻于斯铁邦的说最后杀了一个软弱良善的妇女”，而抄写草稿者误为“将所闻于村巡警长者的话”。我们由原文查看，知是抄写者错误，故仍从原文。

（八）备考第六：

原文上“利子起手和她母亲冲突（家产是父亲的），因其不许可她施散家资”，可是我们就后文来看，知道是利子和她父亲冲突因此改为“和她父亲冲突”。

——录自商务印书馆1933年国难后第一版

《飞鸟集》①

《飞鸟集》例言

郑振铎

译诗是一件最不容易的工作。原诗音节的保留固然是绝不可能的事，就是原诗意义的完全移植，也有十分的困难。散文诗算是最容易译的，但有时也须费十分的力气。如惠德曼（Walt Whitman）的《草叶集》便是一个例。这有二个原因：第一，有许多诗中特用的美丽文句，差不多是不能移动的。在一种文字里，这种字眼是“诗的”是

①《飞鸟集》(*Stray Birds*)，太戈尔诗选一，印度太戈尔（R. Tagore，今译泰戈尔，1861—1941）著，郑振铎译，上海商务印书馆1922年10月初版，文学研究会丛书之一，1947年3月第二版，收入文学研究会丛书，新中学文库。

“美的”，如果把他移植在第二种文字中，不是找不到相当的好字，便是把原意丑化了，变成非“诗的”了。在泰戈尔的《人格论》中，曾讨论到这一层。他以为诗总是要选择那“有生气的”字眼，——就是那些不仅仅为报告用而能融化于我们心中，不因市井常用而损坏他的形式的字眼。譬如在英文里，“意识”(Consciousness）这个字，带有多少科学的意义，所以诗中不常用他。印度文的同意字 Chetana 则是一个“有生气”而常用于诗歌里的字。又如英文的“感情”(Feeling）这个字是充满了生命的，但而彭加利文里的同意字 Anubhuti 则诗中绝无用之者。在这些地方，译诗的人实是感得万分的困难的。第二，诗歌的文句总是含蓄的暗示的。他的句法的构造，多简短而含义富丰。有的时候，简直不能译。如直译，则不能达意。如稍加诠释，则又把原文的风韵与含蓄完全消灭，而使之不成一首诗了。

因此，我主张诗集的介绍，只应当在可能的范围选择，而不能——也不必——完全整册的搬运过来。

大概诗歌的选译，有二个方便的地方：第一，选译可以适应译者的兴趣。在一个诗集中的许多诗，译者未必都十分喜欢他。如果不十分喜欢他，不十分感觉得他的美好，则他的译文必不能十分得神，至少也把这快乐的工作，变成一种无意义的苦役。选译则可以减灭译者的这层痛苦。第二，便是减少上述的两层翻译上的困难。因为如此便可以把不能译的诗，不必译出来。译出来而丑化了或是为读者所看不懂的，则反不如不译的好。

但我并不是在这里宣传选译主义。诗集的全选，是我所极端希望而且欢迎的。不过这种工作应当让给那些有全译能力的译者去做。我为自已的兴趣与能力所限制，实在不敢担任这种重大的工作。且为大多数的译者计，我也主张选译是较好的一种译诗方法。

现在我译太戈尔的诗，便实行了这种选译的主张。以前我也有全译太戈尔各诗集的野心。有好些友人也极力劝我把他们全译出来。我试了几次。但我的野心，与被大家鼓起的勇气终于给我的能力与兴趣打败了。

现在所译的太戈尔各集的诗，都是

（1）**我所最喜欢读**的，而且

（2）**是我的能力所比较的能够译得出**的。

有许多诗，我自信是能够译得出的，但因为自己翻译他们的兴趣不大强烈，便不高兴去译他们。还有许多诗我是很喜欢读他们，而且是极愿意把他们译出来的，但因为自己能力的不允许，便也只好舍弃了他们。

即在这些译出的诗中，有许多也是自己觉得译得不好，心中很不满意的。但实在不忍再割舍他们了。只好请读者赏读他的原意，不必注意于粗陋的译文。

太戈尔的诗集用英文出版的共有六部：

（一）《园丁集》 (*Gardener*)

（二）《迦檀吉利》 (*Jitanjali*)

（三）《新月集》 (*Crescent Moon*)

（四）《采果集》 (*Fruit-Gathering*)

（五）《飞鸟集》 (*Stray Birds*)

（六）《爱者之赠与歧路》 (*Lover's Gift And Crossing*)

但据 B. K. Roy 的《太戈尔与其诗》(*R. Tagore*：*The Man And His Poetry*）一书上所载，他用彭加利文写的重要诗集，却有下面的许多种：

Sandhva Sangit, *Kshanika*,

Probhat Sangit, *Kanika*,

Bhanusingher Padabali, *Kahini*,

Chabi O Gan, *Sishu*,

Kari O Komal, *Naibadya*,

Prakritir Pratisodh,	*Utsharga*,
Sonartari,	*Kheya*,
Chaitali,	*Gitanzali*
Kalpana,	*Gitimalya*
Katha,	

我的这几本诗选，是根据那六部用英文写的诗集译下来的。因为我不懂梵文。

在这几部诗集中，间有重出的诗篇，如《海边》一诗，已见于《新月集》中，而又列入《迦檀吉利》，排为第六十首。《飞鸟集》的第九十八首，也与同集中的第二百六十三首相同。像这一类的诗篇，都照先见之例，把他列入最初见的地方。

我的译文自信是很忠实的。误解的地方，却也保不定完全没有。如读者偶有发现，肯公开地指教我，那是我所异常欢迎的。

郑振铎一九二二，六，二六

——录自商务印书馆 1947 年第二版

《飞鸟集》太戈尔传

（郑振铎）

《孩提之天使》

“他们喧哗争斗，他们怀疑失望，他们辩论而不知结果。”

“让你的生命到他们当中去，如一线之光，我的孩子，镇定而且纯洁，愉悦他们而使之沉默。”

“他们贪望，他们妒忌的时候，是残忍的，他们的话，好像隐存着的刀刃，渴欲饮血。”

“去，去立在他们黑漆漆的心中，我的孩子，把你的和善的眼光堕在他们上面，好像那傍晚的慈善的和平，覆盖着日间的骚扰一样。”

“让他们看你的脸，我的孩子，因此能够知道一切的意义；让他们爱你，因此使他们相爱。”

“来，坐在‘无限’的底上，我的孩子。在朝阳出时。开放而抬起你的心像一朵开着的花，在夕阳落时，低下你的头，沉默的完成一日之崇拜。”

自《新月集》

一

许多批评家都说，诗人是“人类的儿童”。因为他们都是天真的，和善的。在现代的许多诗人中，太戈尔（Rabindranath Tagore）更是一个“孩提的天使”。他的诗正如这个天真烂漫的天使的脸；看着他，就知道一切事的意义，就感得和平，感得安慰，并且知道真相爱。著《太戈尔的哲学》的 S. Radhakrishnan 说：太戈尔著作之流行，之能引起全世界人的兴趣，一半在于他思想中的高超的理想主义，一半在于他作品中的文学的庄严与美丽。他的著作在现今尤有特殊的价值；因为这个文明世界自经大战后，已宣告物质主义的破产了。(参阅《太戈尔底哲学》第二页)

二

太戈尔是彭加尔（Bengal）地方的人。

印度是一个“诗的国”，诗就是印度人日常生活的一部分。新生的儿童到了这个世界上所受的一次祝福，就是用韵文唱的。孩子大了，如做了不好的事，他母亲必定背诵一首小诗告诉他这种行为的不对。在初等学校里，教了字母之后，学生所受的第一课书就是一首诗。许多青年的心里所受的最初的教训就是："两个伟大的祝福，能消除这个艰苦的世界的恐怖的，就是尝诗的甘露与交好的朋友。"许多印度人做的书也都是用诗的形式来写的；文法的条规，数学的法则，乃至博物学，医学，天文学，化学，物理学，都是如此。结婚的时候，唱的是欢愉之诗；死尸火葬的时候，他们对于死人的最后的说话，也是引用印度的诗篇。

在这个"诗之国"里，产生了这个伟大的诗人太戈尔自然是没有什么奇怪的。

三

太戈尔的生辰是一八六一年五月六日。他的家庭是印度的望族；他的长辈，出了许多望人；他的同辈和晚辈也出了好些哲学家艺术家。他自己曾说道："我小的时候所得的大利益，就是文学与艺术的空气弥漫于我们家里。"他的接待室里，每天晚上，灯都亮着，客人来往不绝。他的兄弟 Ganendra 在家里搭起戏台，演过 Pandit Taskaratna 做的戏；他的侄子 Jyotiprokash[Jotiprokash] 也教过他作诗。他的父亲 Debendranath Tagore 更是当时的一个天才。太戈尔在此优越的环境中长成，他的伟大的诗才受了不少的灌溉，自然是要出芽，生枝，而且开花结果。

太戈尔的母亲，死的很早。他在儿童时代，寂寞而不快乐。很少出外——到街上，或园林里——去游玩。离了家塾以后，他进了本地的东方学校，师范学校，又进了英国人办的彭加尔学校，又被送到英国去学法律。但是对学校里的刻板而无味的生活，他显出十分憎恶。无论到那个学校都不过一年就退学回家。他父亲很知道他的性情，并不强迫他去服从学校里的残酷而不明了儿童个性的教师，只在家里请了人教他。

但他还有两个大教师呢！一个是自然界，一个是平民。太戈尔他自己告诉过我们，自然界就是他的亲爱的同伴，她手里藏了许多东西，要他去猜。太戈尔的猜法真是奇怪！凡是她给他猜的东西，他没有不一猜就中的。这因为他与自然界相处已久而且深了。他很小的时候，就爱她；他家里有一棵榕树，他少时尝到树下洗澡游玩，到了后来，还记住他：

> “绕缠的树根从你枝干上悬下，呵，古老的榕树呀，你日夜不动地站着，好像一个苦行的人在那里忏悔，你还记住那个孩子，他的幻想曾同你的影子一同游戏的吗？”

以后，刚格（Ganges）河的风光，喜马拉野山的景色，几乎无不深深地印在他明澈的心镜里。

他与他父亲的工人，交际得很密切。他在 Salaidah 地方管理他父亲的农产时，除了 Padma 河，他的最好的朋友就是一般农民了。所以他竟成了他们内在的精神的表现者。

在太戈尔二十三岁的时候，他与一个女子结了婚。这个婚姻是理想的快乐的结合。到后来小孩们降临他家的时候，他又得了新的教师了。《新月集》就是在那时写的。在世界文学家里，没有一本诗集比他这个《新月集》描写儿童更好而且更美丽，真切的了。母亲的永久的神秘与美，与孩子之天真，都幽婉地温和地达出了十二分。且看：

> “大家都知道你是十分喜欢甜的东西的，——这就是他们所以叫你贪嘴么？
>
> 嘻！那末，他们把我们喜欢你的人叫做什么呢？”

这句母亲对她孩子说的话是如何诙谐而慈爱呀！总之，天真烂漫的儿童世界，教导他以不少的真理。在他三十五岁前后，他的夫人死了。他的爱女，他的爱儿也都相继而夭亡。这个可怕的殷忧笼罩在他身上，使他做出世界上最柔和甜美的情歌，使他的灵魂更有力，更尖锐。他的诗，在这个时期所写的也很优美。后来遂转其笔锋去做颂神之歌，不复作情诗。

> “这个蔓延的痛苦，因爱与欲望，更深邃而成为人类家庭里的悲哀与快乐，这就是永远融合，流溢在我诗人心中发出来的歌声中的东西了。”

这是他《颂神诗集》（*Gitanjali*）中的一句，我们读了觉得他还有于痛浮绕在他笔端呢。

一九〇二年，他创办了一个“和平之院”——山铁尼克当（Shantiniketan）学校——校址在Bolpus，离加尔各答不远。在那个地方，他两个大师——自然界与儿童——已融合在一起了。这个学校的教法，用印度的古法，而参以西方的方术，是一种森林学校，凡是到那里参观过的人都以为太戈尔的计划，非常成功。以前只有二三个学生，到了现在，已经增加到二百人。他得的诺贝尔文学奖金，已捐入此校为基金。听说，他的著作所得的利益也都消耗在这个学校里。Macdonald君做了一篇关于这个“和平之院”的游记，说：“无论什么东西在那个地方都是和平，自然，而且快活。”任何好争斗，好烦恼的成人，一到了这个“和平之院”，听见早晨的儿童的清脆抑扬的歌声，没有不忘记了他的困恼的生的担负的！

他的著作多自己译成英文。最初出版的是《园丁集》。此诗集一出，凡是说英语的民族，与懂得英语的民族，没有不大大的受了惊骇。以前太戈尔的名字，除印度外，知道的人极少。自此以后，这个白衣的和平天使的威力立刻弥漫于全人类之间。瑞典的文学会，也立刻把一九一三年的诺贝尔文学奖金，致之于他的座前。

一九一五年，他到了日本。受日人极狂热的欢迎。一九二〇年，他到了美国，这个拜金国的国民也是非常鼓舞的去迎接他。一九二一年，他到了德国；德国受欧战之刺激，思想大变，对于这个东方的“自然之子”，更表示一种特别的敬意，据柏林通信说，他讲演的地方，德国人特别布成森林的景色，因为大家都知道，太戈尔不仅是“人类的儿童”，且是“自然的儿童”。

在一九二〇年（?），法郎士，巴比塞，罗素，爱伦开诸人，在法国巴黎，发起了一个“光明团”，为永久和平的，非战的运动，太戈尔也在里边。他又尽力鼓吹印度的独立。曾向英国政府请愿许印度的自治，竟因此被他们把他的“勋爵”(Sir）头衔取消。

四

太戈尔的文学运动，开始得极早。在他十四岁的时候，即已开始做剧本。十九岁时，他做了第一篇小说，因此著名。后来继续做了不少的剧本。当时即已在彭加尔及加尔各答各剧场演奏。到了现在，加尔各答还在那里演唱他的戏。

他的著作，初时只传布在家庭内，后来才刊登于（*Gyanankur*）月刊上。他们同他定约，做诗的投稿者。他的散文著作，最初也登载在这个杂志上。

他的著作，最初都是用彭加尔文写的；凡是说彭加尔话的地方，没有人不日日歌诵他的诗歌。后来由他自己及他的朋友陆续译了许多种成英文，诗集有：《园丁集》《新月集》《采果集》《飞鸟集》、*Gitanjali*、《爱者之赠与歧道》；剧本有：《牺牲及其他》《邮局》《暗室之王》《春之循环》；论文集有：《生之实现》《人格》《国家主义》；杂著有：《我的回忆》《饿不及其他》《家庭与世界》等。

在彭加尔文里，据印度人说，他的诗较英文写的尤为美丽。一个印度人对 W. B. Yeats 说："我每天读太戈尔，读他一行，可以把世上一切的烦恼都忘了。"他自己也说：

> "我的歌坐在你的瞳人里，将你的视线，带入万物的心里。
>
> 我的歌声，虽因死而沉寂，但是我的诗歌，仍将从你的活着的心里唱将出来。"

是的，太戈尔的歌声虽有时沉寂，但是只要有人类在世上，他的微妙幽婉之诗，仍将永永由生人的心中唱出来。

他的戏剧和小说，与诗也有同样的感化力。一个印度的批评家说："他的英雄与女英雄都是出于平常人之中的，他们的纯朴的快乱[乐]与忧愁，太戈尔用异常的内在的沉刻的情绪，用音乐似的词句，写出来给我们看。"

就是他的论文也是充溢着诗的趣味与音乐似的词句。他总之是一个诗人。

五

"他是我们圣人中的第一人：不拒绝生命，而能说出生命之本身的，这就是我们所以爱他的原因了。"

这是一个印度人的话。但我们的意见也是如此：

我们所以爱化[他]，就是因为他是不拒绝生命，而能说出生命之本身的。

本文的参考书：

(1) K. Roy：*R. Tagore*：*The Man and His Poetry*.

(2) R. Tagore: *My Reminiscences*.

(3) C. Martin: *Poets of the Democracy*.

(4) W. B. Yeats: *Introduction* to "*Gitanjali*".

(5) "*Crescent Moon*" *and Other Poems*, by R. Tagore.

——录自商务印书馆1947年第二版

《飞鸟集》序

郑振铎

《飞鸟集》已经全译出来一次，因为我自己的不满意，所以又把他删节为现在的选译本。以前，我曾看见有人把这诗集选译过。但似乎错得太多。因此我译时不曾拿他来参考。

近来小诗十分发达。他们的作者大半都是直接或间接受太戈尔此集的影响的。此集的介绍对于没有机会得读原文的，至少总有些贡献。

这诗集的一部分译稿是积了许多时候的。但大部分却都是在西湖俞楼译的。

我在此谢谢叶圣陶，徐玉诺二君。他们替我很仔细的校读过这部译文，并且供给了许多重要的意见给我。

郑振铎　六，二六

——录自商务印书馆1947年第二版

《哈孟雷特》[①]

《哈孟雷特》译叙

田汉[②]

某莎翁学者拿莎士比亚所描写的人物和易卜生所描写的相比，谓“莎翁的人物远观之则风貌宛然，近视之是则笔痕狼藉，好像油画一样；易氏的人物则鬼斧神斤毫发逼肖，然使人疑其不类生人，至少也仅是人类某一时期中的姿态，好像大理石的雕像一样。”现在中国的美术馆里大理石雕像可搬来不少了。那么再陈列一些油画不更丰富些吗？所以引起了我选译《莎翁杰作集》的志愿。

莎翁的作者生涯略可分为四期：（一）习作期，（二）喜剧期，（三）悲剧期，（四）老成期。从二十四岁到三十一岁都是他的习作期；直到三十二岁作《威尼斯的商人》，才发挥了他作剧的天才。自时而后，纵其如江如海如火如荼的才气，草成无数世界文坛稀有的喜剧；以此受知于 Southampton，Essex 两伯爵，及 Pembroke 侯爵：是为第三期，莎翁最得意的时期也。然曾几何时，前日之保护者皆沦于惨境。S.，E. 两伯且坐谋叛，一系伦敦塔，一登断头台。莎翁自身也颇受嫌疑，又兼慈父见背，益忧伤抑郁不能自聊，遂成第三期的各种悲剧，而《哈孟雷特》一剧尤沉痛悲怆，为莎翁四大悲剧之冠。读 *Hamlet* 的独白：to be or not to be，that is a question，不啻读屈子《离

---

① 《哈孟雷特》(*Hamlet*，今译《哈姆雷特》)，戏剧，英国莎士比亚著，田汉译，中华书局 1922 年 11 月初版，1932 年 11 月七版，少年中国学会丛书莎翁杰作集第一种。

② 田汉（1893—1968），原名田寿昌，笔名陈瑜、绍伯等，湖南长沙人。留学日本，回国后参与创造社活动，创办《南国半月刊》。译作有王尔德《沙乐美》、莎士比亚《罗密欧与朱丽叶》等。

骚》。现代多“哈孟雷特”型的青年，读此将作何感想？

我读此剧原书在民国七年侍舅氏梅园先生居东京时，当时颇有迻译之志，梅舅亦多所勉励，望其有成。今译本已成而梅舅则遭奸人惨害阅一周年了，唉！我拿了这译本到哪里去告诉他呢？此译曾在《少年中国》上发表过四场，译完后细阅一过，发现错处不少，今虽已细心订正，然粗心之处恐仍不免。望海内师友不吝指教，俾于再版时订正；那不独是译者与读者的幸事，莎翁有灵亦当感谢不置。

民国十一年十一月九日　田汉

——录自中华书局 1932 年七版

《狱中记》[①]

致张闻天兄书

——序他和汪馥泉君译的王尔德《狱中记》——

田汉

闻天：

昨天是阴历端午节，早晨四时半起来，和漱瑜及同居 F 君出去散步。抬头一望天上暗暗澹澹地，好像要下雨一样。我们不管一直走到林子里，这时还早得很，不独没有人走，连树上的小鸟儿都还一声不响地睡着。左手边那个茶铺子——叫做“秋叶庵”的——虽挂着昨宵

① 据《民国时期总书目外国文学》记载：《狱中记》，王尔德（1854—1900）著，张闻天、汪馥泉译，上海商务印书馆 1922 年 12 月初版。文学研究会丛书。另据所见版本：上海商务印书馆 1924 年 4 月再版版权页署：“译者：汪馥泉、张闻天、沈泽民”；上海商务印书馆 1932 年 7 月国难后第一版版权页署：“译者：张闻天、汪馥泉”。

没有撤去的酒旗，可是还紧闭着店门。正中那所古寺满漆着朱红，像中国的文武圣庙一样。这时林子里的树木正长得茂盛，把那所古寺围在中间，真是“万绿丛中一点红”呢。我们站在寺侧一枝大树下，行了几回深呼吸。天色虽然暗澹，而林子里的空气，却像王尔德的文章似的清新典雅，令人遍体都爽。但一走到林子右边却遇着一股很不清新不典雅的气味，原来那近濠沟的地方，有两个大屑子堆。近边人家的所有的尘芥，都百川朝海似的堆在这里，各种各样的尘芥集合在一个地方，又经雨打风吹，日晒夜露，发酵起来，就生了那一股味。这一股味苟非变态心理的所有者决感不出他的神秘来。然而闻天！我昨天早晨确触着一种神秘之感。这个感想不是由那一股气味生的，却为看见那屑子上所长的东西生的。那屑子上面除一些鱼腥草，山薯，杂草之外，还长了一枝鲜鲜丽丽的胭脂花！阿，毒之花！阿，闻天，这样污秽的地方，会长出这样鲜丽的花草，谁说堕落的肉体产生不出崇高纯净的灵魂呢？

“喂，你看哪！那家的屋角上像火烧着似的。”

漱瑜忽然指着我们来的那方，对我这样叫着。

“哦，真是！今天是天晴，落雨，还不能决定呢。可是这种曙色很好看，我们到打靶场的堤上看去。”

于是我们就离了林子，上了土堤。望东方时，果然见那一团曙光像水素吹管熔大铁板似的在那里燨燨……。天上的乌云也破了一两处，露出一些蓝天白云，好像游梅龙镇的正德皇帝把军服揎开一角角儿，现他的衮龙袍把人家看似的。

“你看那太阳怎么拼命地在那里涨！乌云怎样狠狠地在那里压着啊！呀！那里涨破一块了！今天也许天晴。”

“我看今天未必天晴，乌云的势力还大呢。这样多的乌云留着总是闷人的，不如叫他都落下来倒爽快。”

“落下来时，你虽爽快，庭子里的蔷薇可不爽快呢。”

我听了漱瑜的话，才记起那五六株蔷薇了。那几株蔷薇现在正盛开着。花丛太大，又不好盖她，若经过这一场大雨那可完了。如是极望太阳把乌云战胜。可是晴雨之争也像灵肉之争一样，灵的势力略小，全身便为肉的势力所征服。我们回去的时候，小雨已经一点两点地滴下来，等到吃了早饭的时候，便大雨滂沱了。

一个端午节，无龙舟，无餧[粽]子，无菖蒲，无艾，无雄黄酒地过去了。又加上风风雨雨，萧骚一天，纸障生寒，单衣不暖，与其说过端午，不如说过重阳还对些。昨晚灯下取了你五月十三日的信重看了一遍，又取案头所备王尔德《狱中记》翻了几下，想如约替你做一篇序。可是那时已经十一点钟了。神经兴奋得很，拿起笔硬写不下，只好算了。

今天早晨起来，已经七点钟了。把两户一开金黄黄的太阳，了无吝啬地流到我的房子里来。加以蔚蓝的天空绚烂的云霞，轻爽的晨风，使人顿感一种无上的幸福。再开门到庭子里一看，树色苍翠而慰目；鸟语清圆而乐耳；花香馥郁而怡神。阿！美哉人生之朝，乐哉，人生之朝！

然人生之朝之美之乐，以对于人生之黄昏之不美不乐而有意义。王尔德曰："狱室里常常是黄昏，和囚人心里常常是黄昏一样。"又曰："我们连日月都好像夺去了似的，狱外的天空许是蔚蓝蓝的，金黄黄的。可是从那下有愁人的小铁栏窗上灰尘封得厚厚的玻璃窗中爬下来的光却何等黯淡，何等吝啬。"然则可见世间尽有许多不幸的人连一线明朗的日光都不易得，何况蔚蓝的天空，绚烂的云霞，轻爽的晨风，更何况，苍翠的树色，清圆的鸟语，馥郁的花香呢？

昨天的晴雨斗争，若把他看作灵肉斗争，那么昨天总算肉的胜利，今天是灵的——不如说，灵肉调和的胜利。而我们庭子里那几株蔷薇，有好几朵做了灵肉斗争的牺牲了。伏在花傍拾她的落瓣时一多半被泥水弄脏了。拾之又无味，弃之又可惜，结果还是弃了她。因为泥里生的，还是让她归于泥里的好。其他得免于难的相与摇曳，清风暖日中庆新生之乐。不过受打击太大的有些还抬不起头，颜色也由嫣红变成苍白，使威廉·勃雷克来一定会惊叫道："Oh，Rose！ Thou Art Sick！"（"呀，蔷薇，你病了！"）阿，闻天！你不看见他们满眼还含金钢钻似的泪珠吗？

这样一说来，你一定照你笑W君的口吻笑我道："你真是个Sentimentalist呀！"不错，我本是一个Sentimentalist。但是我若真能彻底地做一个痴情之徒，未尝不可以成佛称圣。譬如奉恶魔主义的真能做恶魔之化身，奉人道主义者真能做人道之表象，非不各有其特殊的天地。无如我也像我所写的《咖啡店之一夜》的主人公一样——另有Model，你把那剧的人物，都看作田寿昌化，颇不敢服。——两者一时都做不彻底。常常徘徊于神魔灵肉之间。不过我终不信一个人的灵魂硬非分裂的考察不可。我所求的依然是全人，依然是浑然一致的天地——Dorian Gray。时代惝恍恣肆的王尔德至De Profundis时代，受悲哀的洗礼，而后我们才看见一个清纯谦逊的王尔德。王尔德非有两个，不过前者是分裂的王尔德，后者是单一的王尔德罢了。虽然悲哀之于人，岂不关系极大吗？雨把蔷薇打坏了固然可恶，而使她受悲哀的洗礼却亦不坏，因为悲哀之为物，可以使堕落的肉体产生崇高纯净的灵魂啊。

弟　汉拜序于东京之月印精舍

民国十一年六月二日一时

——录自商务印书馆1924年再版

《狱中记》王尔德介绍

——为介绍《狱中记》而作——

闻天（张闻天[①]） 馥泉（汪馥泉[②]）

（一）

王尔德（Oscar O. Flahberite，Wills Wilde）生于一千八百五十六年十月五日爱尔兰底杜白林（Dublin）。他底父亲名唤威廉·王尔德（William Wilde），母亲名唤娅娜·法朗西施·爱尔基（Jane Francisca Flgee [Jane Francesca Elgee]），都是当时有名的人物。父亲威廉早年以文学鸣，后来忽倾心于医学，到伦敦，柏林，维也纳等处专心研究。研究底结果，得了一个"近世耳科医学鼻祖"的称号。此外他对于考古学也很有深造。母亲爱尔基早年以文学著名。一千八百四十七年以后常在杜白林底 *The Nation* 杂志上供给稿子；伊底有名著作《国家主义者宣言》，替伊博得了很大的令名。至于伊底办事的才能，应酬的本领，凡遇见过伊的，没有不承认伊是一个极漂亮的人物的。

以这两人为父母而生的王尔德（他是次男），其带有艺术的天禀，那是毫不足怪的。以这两人为父母而组织成的家庭中，其染有欢喜考古和交际，自负和自恃那种习性，也是毫不足怪的。有人说："当他

---

① 张闻天（1900—1976），原名张应皋，字闻天。曾用名张荫皋、洛甫等。笔名飘篷、长虹、大风、歌特等。江苏南汇（今属上海市人）。1922 年赴美留学，返国后任职中华书局编译所。后被派往莫斯科中山大学学习并任教。回国后，从事党的领导工作。译有俄国安德烈耶夫《狗的跳舞》、柯罗连科《盲音乐家》等。

② 汪馥泉（1899—1959），原名汪馥炎，笔名沈浚、唯明等，浙江余杭人。曾赴日本留学，回国后在上海从事翻译工作。译有《欧洲近代文学思潮》《新文学概论》《中国哲学思想史》等。

很小的时候，他底母亲就以为他是一个‘颖异的’孩子。他尝跟着他底父亲出去搜求古董，这种旅行引起了他爱神话和爱轶闻的性情；他在客厅里听他母亲底爱尔兰思想底谈话，炼就了他底智慧。他一生中最好的教育，是在他父亲底早餐桌上和母亲底会客厅中得来的。”这是十分正确的。他在九岁的时候，即进朴都拉皇家学校（Portora Royal School），在那里，他也得了不少的益处。他见了算学是头痛的，做文章的本领也不大行：可是读书吸收的本领却极惊人。他在学校里自视甚高，专好替人家起绰号，或和教员起冗长的讨论。这种脾气，一面却增进了他底智慧和空想力。至一千八百七十一年，即当他十六岁的时候，他进了杜白林底三一大学（Trinity College）。在这三年内，他得了不少古典的知识；希腊语底竞技，他又得了金的奖章。其后，一千八百七十四年，即当他十九岁的时候，进了牛津大学（Magdalen College Oxford），四年底在学中，他曾做了两次特待生。并因为赋“Ravenna”一诗，他还得了一次头等奖。

当他进牛津大学的时候，拉士金（Ruskin）正主美术底讲席，虽是拉士金不久去职，而王尔德受他底影响，那是不问可知的。他底左袒唯美主义运动，虽一半由于他底天性来的，而一半也是由于他底先生拉士金那里来的。

他对于装饰美术的趣味也是在那时发生的。他在牛津大学时住的房间，出名装饰得最美。房子底墙壁上，都涂满了美丽的彩色，台子上和书架上都放满了许多古玩东西。这种古玩东西，他不必另外出钱去买，他只消从家里搬得来就好了，因为他父亲原是一个古董收藏家。在他底房间内，他常常和同学们谈论到艺术上种种问题。他底艺术观，在这时期内也已有了萌芽。此外更受了莫列斯（William Morris），伯约斯（Burne Jones），柏泰（Walter Pater）诸先生底影响，于是他底主张愈形明显。而对于他最有影响的，就是希腊底旅行。

希腊底旅行，虽不能把他造成一个“健全的异教徒”，可是把他平日梦想中的美境，大大地证实了；并且还给了他许多平日所梦想不到的美。王尔德自己曾说，从这番游历之后，“他把忧愁底崇拜一变而为美底崇拜了。”他曾有一时专门梦想宗教；但从此以后，他把一生专献给艺术，献给美的宗教了。

这希腊思想就是王尔德精神生活底素地。他底人生观，艺术观，都由此找到了基据。所谓希腊思想，就是人间生活底外面和内面（即肉的生活和灵的生活）底圆满的调和，即艺术和现实底融合，灵和肉底一致。换言之，希腊思想就是唯实主义和理想主义底提携，快乐主义和精神主义底合致。而这些调和，这些合致，就是希腊人底所谓美，也就是王尔德所找求的美，不过王尔德有时只觉到肉体底美，忘记了灵肉一致底美，以至终究做了个不健全的希腊人。

王尔德对于自己底爱美的天性，已得到了哲学的根据，于是一出牛津大学，就发挥他底主张，就大胆地在人生的艺术底潮流中，鼓吹唯美主义的艺术，鼓吹艺术的艺术了。并且自己也躬自实行他底主张。他穿了一身天鹅绒的衣服，宽的汗衫，倒摺的领口，喉间用一条异样的领带，打一个（Lavalliére）的结，手里拿了一朵向日葵花或是百合花，到处宣传他底主义。我们看他何等地热烈，何等地彻底，何等地勇敢！

至一千八百八十一年，他把他在学校中和出学校后所做的诗，集成一本小册子，上边题了“Poems By Oscar Wilde”。这诗集一出，轰动了当时的诗坛。毁誉褒贬之声，简直不绝于耳。而自此他就一跃而为唯美派的青年诗人，他底大名也竟像风一般向四面散布了。

（二）

一千八百八十二年，他到美国去。他去的原因：一则因于美国人来请他讲美学；一则因为他听到他底诗集，美国也有人批评。所以他想把他底“真正的唯美主义”(Real Aestheticism）教给佢们。到了美国之后，美国人用了好奇的狂热欢迎他。佢们欢迎他，并不是对于他底唯美主义有什么了解，——讲功利的，实际的美国人是很难了解这些的——佢们不过要看看名闻一世的王尔德穿怎样的衣服，发怎样的言论罢了。他到了美国之后，即在纽约，波士顿和其他地方讲《英国底文艺复兴》和《装饰美术》这两个题目。前者主张美底赏鉴为人生最高的目的；后者指摘美国人底装饰为粗笨没意味。这两部书在我们看来，他底主张是很有创见的，他底批评是很犀利的；但是因为他招了美国人底反感，而更因为他底夸大的话（?)，如，“我不大满意于太平洋。彼并没有我想象中的那么伟大。”又如，“我对于尼亚加拉（美国最大瀑布）失望极了。许多人一定要对于尼亚加拉失望的。美国的新妇都要被带到尼亚加拉去的，看了这样大而无当的瀑布，虽不是最大的失望也该是伉俪生活中最早的失望罢。”以及所谓“美的服装”(Aesthetic Costume）底招摇人目，竟受了一场没趣，一阵痛骂。但“真正的唯美主义”，还是在他底心中，一点也没有走漏。试想人们底举动是怎样盲目，人们底弱点是怎样支配着人们呀!

但是一种学说都要受当时的误解和嘲笑的。如其因为怕人家底笑骂，就闭口不讲，那就永远被误解、永远被嘲笑了。大胆的王尔德，他不说则已，说了就说到的，人家底嘲骂，他是一毫不顾的。他不是不懂得“社会嘲笑底专制”，他是很懂得的，不过因为他对于主义底忠实，就不惜抛弃一时的名誉，和社会反抗。在这种地方看来，王尔德不是像庸众所说的那么卑下的了。

美国底演讲旅行完了之后，于一千八百八十三年回到伦敦。把他在美国所创作的《伯杜公爵夫人》(*The Duchess of Padua*）和《虚无主义者维拉》(*Vera*，*the Nihilists*）两篇戏曲修改一过，发表出来。于是他底戏曲底才能，也为社会上一般人所公认了。于一千八百八十四年三月二十九日，和辩护士之女李沃德（Constance Mary Lyod [Lloyd]）结婚。一八八五年六月生一子，一八八六年十一月又生一子。

自一千八百八十四年至一千八百九十五年间可以说是他底全盛期。他所过的生活，完全是一种游离的、非现实的、娴雅的、无关心的而又华奢的、放纵的生活。他在太德街上和他底夫人租了很精美的一间邸宅；关于室内底装饰和其他事情而花掉金钱，在他是毫不顾惜的。在这地方，他招集了许多朋友，日夜宴会，并且于谈话笑乐之间，讲到艺术的时候是很多的。更兼王尔德夫人又是一个很爱时髦、很能谈吐、很能交际的女子，和王尔德真是一对璧人。佢俩在太德街上做了伦敦时髦社会底北极星。王尔德底片言只语，有人传说；他夫人底服色好尚，有人仿效。加之他又善于招待人，薄于利害观念，社会上的人没有一个不愿亲近他的。他如其有钱的时候，救济贫困的艺术家，就是至再至三也不觉讨厌。法国某女优评王尔德道，“我欢喜王尔德的地方，就是和他开始相交的时候，他能对我非常亲热这事情。但是这种亲热，不是平常一个男子看见一个女子的时候，像我们所常常看见的拼命想买女子底欢心的那种亲热。我和他完全是友人底关系呵。但是能有深的真友情产生。这样的事情，在男女之间是极可宝贵的呵。”可见他在那时对于人，是怎样地有魔力的了。

在这十年之内，他著了许多著作。童话集《安乐王子和其他故事》(*Happy Prince and Other stories*）在一八八八年出版；童话集《石榴之家》(*House of Pomegranates*)，论文集《意向》(*Intentions*)，《道灵格莱底肖像画》(*The Picture of Dorian Gray*)，《社会主义下的人间底灵魄》(*The soul of man under Socialism*)，《阿斯 · 丝维尔斯卿底犯罪和其他故事》(*Lord Arthur Savile's Crime and Other Stories*）这些小说和论文都在一八九一年出版。其中论文集《意向》为三篇有名的文章所集成，题目是《批评家的艺术家》(*The Critic as Artist*)，《架空底颓废》

（*Decay of Lying*），《钢笔、铅笔及毒药》（*Pen，Pencil and Poison*）。及至一八九二年，完成他用法文写的《沙乐美》（*Salomé*）。他解释他用法文做这剧本底原因说，“我有一种工具，自己知道颇能应用的，这就是英国底文字。但是另有一国文字，我听了一世了，现在要试试这新工具，看我究竟能不能造出一些华美的东西来……当然的，其中要含有许多法国文人所不用的风格，但是我底剧本转而可以得到一种异样的色彩。梅德林（Maeterlinck）底著作所以能生那么异样的精神，就因为他底情调全是一个法莱孟人（Flamand），而写的却用一种异国底文字。罗赛底（Rossetti）也是这样，他写的虽然全是英文，他底风格却纯是拉丁式。”这书，虽则经过须华勃（Schwob）底修改，但也还看得出一些是异国人底手笔。这书底英文本，为他底好友道格拉斯（Lord Alfred Douglas）所译，文字亦极美丽。

一八九二年以后他忽然改著社会剧。一八九三年完成《遗扇记》（*Lady Windermere's Fan*），一八九四年完成《一个不重要的妇人》（*Woman of no Importance*），一八九五年完成《理想的丈夫》（*The Ideal Husband*）和《庄严底可贵》（*The Importance of being Earnest*）。这一次所做的戏剧很受社会上底欢迎。伦敦一处，一个晚上可以看到三处都是在演王尔德底剧本；于是作品底报酬——金钱——便泉涌般流入这个花花公子底手里了。以至他底狂热的本能一发而不能收拾，终究于一八九五年为了一件不名誉的事情，把他送到监狱里去了。而王尔德底人生态度，就此起了极大的变化。

王尔德在《狱中记》（*De Profundis*）里说，“我底一生有两大关键，一是我底父亲送我进牛津大学，一是社会送我进牢狱。”我们现在对他底第一个重要关键底生长和发展，表面上已讲完了；进一步的探求，就不能不到他底著作中去找求他底人生观和艺术观了。

（三）

十八、十九这两世纪内，科学的发展长足进步：用怀疑的精神，以破坏从前所谓神秘的、所谓不可思议的许多现象；用唯物论，以说明世界上一切现象。于是昔日所依以活命的幻象完全破灭，宇宙全体原来不过是一件大机器，没有什么神底意志，没有什么人底自由意志，更没有什么天才，什么英雄。生是依物理化学底法则运行，死也不过是受物理化学底法则底支配。及达尔文《物种原始》出世，用科学底方法证明，人是从下等动物发展来的，不是耶和华造的，于是人底地位更一落千丈。结果，由怀疑而生苦闷，因苦闷而厌世悲观；由机械的命定论而绝望，由绝望而消极愤世。晓得人生原来是这样这样的东西，那么人生还有什么意义可说，这样忙忙碌碌终日没有休息，岂不可笑。于是在法兰西发生所谓“世纪末”(Fin de siècle)，在俄罗斯发生所谓“世界苦”(Toska)，愁云惨雾，把光明的世界完全遮盖住了。

在这种愁云惨雾底中间，人类如其不欲生存，向自杀的路上走去则已；如其还要生存，那么就有两条路可走：一，硬着心肠，面对这丑恶的人生，而在这中间发现一条光明的道路；二，逃避这丑恶的人生，另造幻象以安慰自己和他人。这两条路，在艺术方面底表现，就是所谓“人生的艺术”和“艺术的艺术”。前者即自然主义底艺术，后者即“旦加丹”(Decadent）底艺术（有人把 Decadent 这字译为堕落派，我们觉得很不适当）。而这两者底最 Typical（标准的）代表，就是易卜生和王尔德。

他们两人对于人生的态度是根本上不同的，所以他们两人艺术上的主张和方法也各走极端。易卜生是不避现实的，并且着重现实；他想在现实当中“发现”真理，开新生之门。王尔德是回避现实的，并且看轻现实；他想另外“创造”出美的乐园，沉眠到里边去。既不能不面对实人生，就不能不看到人生底丑；既不必去看实人生，就只消注意到美。既要看真实的人生，就不能不用刻划的、描写的技巧和理智的、冷静的观察；既不要看实人生，就需要修辞的，曲态的，粉饰的技巧和好奇的，夸张的，官能的，热情的基调。这其间都是互相对待的，并没有谁好谁坏的意思！

易卜生底艺术，我们现在不多讲（如能把他们两人比较而研究之，是很有趣味的事吧），以下单讲王尔德。

王尔德对于人生的态度，有以下的特色。

一、反对科学——我们说过，十八、十九世纪内科学底勃兴，把宇宙间一切现象都用唯物论去解释了，并且由这些科学底应用，造成了所谓近代文明。王尔德对于这种唯物的机械观和由这机械观所产生的文明极其憎恶。他痛骂这种死板的，无感情的，功利的，冷酷的社会。他想超脱这科学底约束，跳进不可知的世界里去。

二、“自己崇拜”——他既反抗了原来的科学的人生观，自然他便没有其他有势力的根据了；他既否定了风靡一世的自然科学底经验说、唯物论，那么他所有的自然只有自己了。所以他是十分执着自己的，也可以说他是彻底的个人主义者。像巴莱（Maurice Barrès）所说的，“我们在这世界上所真能晓得的东西并且是真正存在的东西，只有一样。这能够触到的实在就是自己；宇宙不过是依了自己而看作美的或看作丑的壁画（Fresco）罢了。我们非执着这我们底自己不可。”也正是王尔德所要说的。

三、唯美主义——所谓唯美主义（Aestheticism），有时称耽美主义或者美至上主义，即以美为绝对的主义。不过他底所谓美，不是现实的、自然的美，而是非现实的、技巧的、人工的美。他以为艺术底目的是美底创造，人生底目的就是美底享受（他底美，虽不一定是灵肉一致，但至少也是灵肉互相混合的美。）

我们由了这三种特色就可以了解王尔德底行为了。他何以要嘲骂现社会，他何以要夸张自己，他何以赞美青春，他何以看轻现实，他何以要穿美的服装，他何以欢喜空想……这些问题，都是从他对于人生的态度上来的。他不但是诗人、小说家、戏曲家、他更是一个实行家，他用了宗教的热情把他底主张和见解完全实行出来，不怕社会底责罚，不怕朋友底陷害，不怕自己底死，不论他所达到的目的怎样，所得到的结果是什么，我们对于他却表示充分的同情和敬意的。

人生底本身是十分丑恶的，既不能如易卜生，左拉，莫泊三他们一样，那么，除了创造一个幻象以安慰自己和他人之外，还有其他的办法吗？况且王尔德底幻象，不但徒用以安慰自己和他人，他还想努力地把这丑恶的人生美化哩！如其说他这种努力是无用的，是白费心血的而讪笑之，那么，当初耶稣底提倡爱，也何尝不是如此呢？耶稣到今日，我们大家已认为有伟大的人格，那么，又安知二千年后人们对于王尔德一定不是如此呢？

这是泛论王尔德底大概，以下想在他底作品中间考察一下。

（四）

统观王尔德底作品，有二个特点：一，深刻的印象底缺乏；二，词藻底优美、适合与和谐。这都是由王尔德底个性上来的。因为他底艺术底目的是在创造美，并不在刻划或是描写自然和人物，所以在我们看来就没有深刻的印象了。况且他向来是鄙弃现实的，所以他所写出来的，并不是他自己底深刻的印象，却是他底空想或是活泼的想象，他能够把这些空想或是想象活泼泼地衬托到纸上来，已经显出他底绝大的天才了。我们读他底小说或是戏曲，虽内中底人物不一定有什么个性，但是活气是充满了的。至于他底美丽的词藻，像他底想象的美丽的衣服，更可以显出他底想象的美。

《英国唯美主义运动》（*The aesthetic movement in England*）著者哈米尔顿（Walter Hamilton），说唯美派底诗底特征是“从情欲底官能的暗示的描写而成的诗歌；是穿了夸张的隐喻、奇怪的古代文字和古代的俚谣底音律底衣服的诗歌”。王尔德底诗，确是穿了“夸张的显喻，奇怪的古代文字和古代的俚谣底音律底衣服”的。如“Sonnet on approaching Italy”，“San Miniato”，“Italia”，“Sphinx”等，都是这样。就是像“Impression du matin”（《早晨底印象》），虽是作者取了许多自然底景色，如Thames，St. Paul，Fog，woman，daglight，country，wagon等，总觉得浅淡而没有强烈的实情。至于《莱顿监狱之歌》（Ballad of Reading Gaol）我将在下边再讲。

王尔德底童话共有九篇，我所读过的却只有五篇，即《渔夫及其魂》，《星孩》，《幸福的王子》，《莺儿与玫瑰》，《利己的巨人》（这五篇都已译出）。在这五篇内，我们觉得除文字都十分华美、优雅之外，尚有一贯的基调，这就是热烈的爱和敬虔的爱底赞美和嘲笑的，矫激的社会底批评。如《渔夫及其魂》底末段，那青年渔夫因为小人鱼死了而哭伊（小人鱼）的一席话（以下所引俱依穆木天君译本）：

> “爱比智慧还好，比富还宝贵，比人们底女孩底脚还美。火不能烧彼，水也不能浸彼，黎明我招呼你，你不应我底招呼而来。虽是月儿也听到我呼喊你底名，你也不理我。可是就是这样，我不应该离开你。我走错了路害了自己，可是你底爱永远与我同住，彼总是强有力的，没有能胜过彼的，虽然我看见过恶也看见过善来。现在你死了，我也要与你同死。”

还有在《莺儿与玫瑰》中，莺儿对那青年学生说：

> “快活着，快活着，你要有你底细玫瑰花啦。我要在月夜用

音乐创造彼，用我自己底心血染彼。我所转求你的，就是要你作个真正的有情人，因为哲学虽然聪明，爱比哲学还要聪明；强权虽然有力，爱比强权还要有力。鲜红的是彼底翅膀，火焰般的是彼底身体。彼底唇如蜂蜜似地甜，彼底呼吸如乳香似地香。”

这不是爱底赞美吗？还有如同篇中那青年学生因为失了恋而说：

“爱真是个无用的东西哟。彼不及逻辑底一半有用，因为彼不能证明什么，彼总告诉一种不能实现的东西，叫人信那些不真的事物。其实彼是全不适用，在现代什么都是实用的，我还是回到哲学内研究形而上学去吧。”

于是他回到他底屋里，拉出一本尘封的大书，就念起来了。

这不是嘲笑社会上一般讲实用的朋友们吗？其他妙处，非常之多，如其读者能留心起来，就不难找出。

但是在这种地方，疑问就来了，就是王尔德既然讲个人主义，讲享乐主义，何以有这种论调呢？譬如在《星孩》内竟是懂透了《圣书》中的真理者的话，如那星孩说：“我给你的服务，你用好几倍还了我，我表示给你的亲切，你用好几百倍还了我。”

兔儿答道，“不是，你怎样待我，我也怎样待你。”

这到底是庸众底不了解王尔德，还是王尔德底自相矛盾，或是灵肉冲突的下意识底表现？

我以为王尔德底个人主义并不是自私自利主义。如其他是自私自利者，那么何以他不重金钱，不着重现实？因为凡是自私自利者对于现实，对于金钱最是注意，非然者，就不成其为自私自利主义者。王尔德底个人主义，我们已说过是执着自己，把自己底个性充分发挥的意思。他底享乐主义也并不是单讲官能底享乐，他是对于一种幻象底享乐，即对于美的乐园底享乐。他执着这种美的乐园，他是极端的罗曼主义者，他反对这种死的、无味的、机械的社会，主张把人生美化、戏曲化，把人生造成一篇 Romance，一首 Idyll。

美和爱是不能分离的：在王尔德底作品上看来，爱就是美，美也就是爱。美的乐园就是爱的天国。爱和美都可以把人生造成一篇趣味浓厚的 Romance，一首华美典雅的 Idyll。他在这个时候极端地提倡爱，也就为此。

这种灵肉一致的美和爱，是从希腊思想上来的，我们已说过了。但是处在这种灵肉冲突的现代，究竟不能把彼实现出来，况且他那时受环境底诱惑，受一时的热情底支配，终究成了一个灵肉两帝国底冲突者。这种灵肉两帝国底冲突，在他底最有名的小说《道灵格莱底肖像画》上表现出来。

现在且把他底《道灵·格莱底肖像画》介绍一下，想来也是阅者所愿意的罢！

（五）

道灵格莱是一个大约二十岁的美少年，思想行为都极天真；他也不晓得所谓美和丑。而他底友人，画家哈尔华特（Basil Hallward），却对于他底美崇拜到十二分，差不多发狂似地崇拜，并且因为要把他底美传之永久，所以专心一意地替他画像。画家底友人亨利·华顿（Lord Henry Wotton）是一个极端的快乐主义者，他常常到画家那里去玩，偶然碰到了道灵，他就把他自己底快乐主义的哲学鼓吹给他听。说道，世界上最有希望的是快乐。而这种快乐是官能的，肉体的快乐。所以人们非把官能底作用锐敏起来，非把肉体上的快乐享受起来不可。而这种享乐只限于青春时代。青春是人生上最有价值的东西，不可任其过去的。何况像道灵这种绮年玉貌呢？道灵当他说的时候只是默默地听，后来又看了画家替他画的图画，便感到自己底美貌和自己底青春。于是他就默想这种美貌到什么时会消灭呢；并且亨利底话又浮到他底心里变成了强烈的要求。他想，如其我能永久美貌呢，那我就可以永久享受肉的快乐；如其我要永久美貌呢，就非把我和画布上的假我对调不可。事情就照他所想那么地成功了。自此之后，他就完全受快乐主义底支配，完全以享受人生底快乐为主了。为了造成空想的快乐，为了要满足一时的欲望，无论干怎样酷虐的事亦在所不顾了。更因为他底真我已和画布上的假我对调了，所以虽是他底红颜还是一点没有变更，而画布上的他已经变成凶恶的残忍的了。他这样地过了十八年。

官能底刺激是容易变成麻木的，肉体底欢乐是容易厌倦的，况且灵魂底力又不是那样容易绝灭的，于是灵肉底战争起，不安和懊恼涌上心头。这种苦闷如骨中骨、肉中肉，他没有方法去掉。于是在某一夜间取出他因不敢看而秘置的肖像画来看，呀！这肖像上底发不是变成灰色的了吗？额上颊上都不是深刻了狞恶的皱纹吗？朱红的唇不是涂满了血腥吗？这是道灵十八年间的真相呵！他看了又看，怒从心上起，恶向胆边生，便拔出洋刀向肖像底心窝刺去。外边的人听见了一声怪叫，奔跑来一看，只见道灵已自杀而死了。向来美丽的道灵已变了污秽的，丑恶的，残忍的老人了，在尸边的壁上却挂着道灵底肖像画，那画正是向来美丽的道灵底面影。

以上是《道灵格莱底肖像画》底概略。这书一出，英国式的和美国式的 Journalist（报章杂志派）对于他大大地攻击，说他这种官能派的文艺是非社会的，病的乃至不道德的。只有他底先生柏泰说，“依这创作看来，王尔德就是列于亚伦坡（Edgar Allen Peo）和法兰西这种 Romance 底作者之林，也是毫无逊色的。”而王尔德自己对于这种攻击的辩护大约说：一切的创作都是为了自己底快乐。艺术底世界与道德底世界是全然分离的，在艺术里只有写得好不好的问题，并没有什么善恶的问题。创作家是美底创造者；批评家是用和作家不同的样式，以阐明这种美的印象的：如其从道德的见地去批评艺术的作品，我以为是永远不会了解艺术的。

由我们看来，这部小说并不像大众所说的那么不道德、那么病的、那么非社会的，他所描写的道灵格莱正是现代人底代表，正是灵肉冲突底自白。但他底根本思想，还是由希腊主义上来的；画家亨利说，“除了官能之外，没有一样东西能够治疗灵魂的，正像除了灵魂之外，没有一样东西能够治疗官能的。”“灵和肉，肉和灵是怎样地神秘呵！在灵底中间有兽性，在肉底中间有时也有神性。……”

道灵因为求美底享乐，以至卖掉自己底灵魂而不顾，终究受了灵魂底责罚把青春和欢乐破坏了。所以如其在王尔德这部书里有什么“教训”，有什么“寓意”，那就是说一切的过度和一切的抛弃一样，结果一定要受罚的。王尔德说，“我们唯美主义底运动，是对于这种干燥无味的社会底反动。我底作品，也可以看作关于装饰美术的论文。是对于平凡的写实主义底生硬的，鄙野的反动。”所以他这部书，是对于社会的批评而又是忠实于唯美主义的。请读者翻开《道灵格莱底肖像画》第十一章一五一页（据 Modern Library 本）来看。

……他想找求或种生活底新样式，在这样式里有合理的哲学，也有整然的原理，而且在官能底灵化中找出生活底最高实现。

官能底崇拜已经被人们非难了，伹们对于似乎比伹们更强的热情和感情感到一种自然的恐怖，觉得如其这样，就要享受比人间生活更劣等的生存形式了。但是在道灵格莱看来，官能底真性质一向没有被了解；人们所以永久为野蛮、永久为兽类，单因为伹们不去把这些官能（对于美的本能自然是最要紧的）造成为新的灵性中的要素，而使彼等饥饿变为屈服或是用痛苦去扑灭彼等。当他返顾历史上活动的人类时，那损失底感情时常浮动起来，屈服了这么许多，而不过为了这一点点的目的！这种狂暴的反抗，这种自己拷打、自己否认的奇怪的形式，彼底原因是恐怖，彼底结果是比了空想的堕落还要无限可怕的堕落，在伡们底无知里，伡们还想从这种堕落上逃开，而“自然”逞了伊底可惊的嘲笑，把隐者驱逐出去，喂给沙漠底野兽，并且把野原底兽给隐遁者做伴侣。

是的，像亨利所预言的，我们要改造人生，要把他从今日复兴的酷而丑的清教主义（Puritanism）上救出来，就非有一种新的快乐主义（New Hedonism）不可。固然理知是不能不用的；但是凡一切足以牺牲热烈的经验底任何形式的理论和制度，是不能忍受的。他底目的，是经验自身，不是经验底结果，不论这种经验是甘的或是苦的。关于杀灭官能的禁欲主义和迟钝官能的卑下的逸乐一样，新快乐主义是完全不知道的。但是彼教导人们去倾倒一身在其自身是一刹那的人生底瞬间。

这不是他对于现社会的批评吗？在这里的道灵格莱又不是王尔德自己吗？

人家说他曾经一度加入罗马旧教团；罗马旧教底礼式常常引动他，那是确实的。比古代的圣礼实际上更要恐怖的每日的圣礼，因了他底官能底证迹底强烈的否定，和因了他底要素底原始的简单和他要象征化的人间悲剧底永久的悲哀一样，击动了他底心。他欢喜跪在冷的大理石的铺石上看守望那穿了绣花法衣的僧侣用白的手慢慢地拿掉圣龛上的幕，或是看他举起盛苍色的圣饼（有时当天使底粮食的）的嵌宝的提灯形的壶，或是看他着了基督十字架上的苦恼底衣，把面包打碎了放在圣杯内叩他底胸怀而认自己底罪。那些穿了红衣的严肃的小孩子把出烟的香炉举起在空中。像大的金镀的花一样的事情，对于他是有微妙的魔力的。当他出了教堂，他常常用了惊异心去探望忏悔室，并且坐在其中的一室底朦胧的影子底下，听那从破格子里渗漏出来的那些男女实说伡们真历史的耳语。

但他不陷于因为形式地受了信条和系统，就阻止知识发展的错误；或是把不过适于一夜的住宿的地方，把不过适于过无星无月的黑夜的二三小时的宿地，错当作住家，也是没有的。有把平凡的东西弄成奇异的可惊的力量的神秘主义，和常常追随这主义的智巧的德则废弃论，在一个时期内，引动了他；而在另一时期内，他又倾向于德国底达尔文主义运动底唯物的信条了，在追求人间底思想和热情于脑髓中的真珠般的细胞中间或求之于肉体中的白神经中间，他找到奇妙的快乐。在不问是通常的或是异常的，病的或是健全的精神完全为一种生理的条件所左右的那种概念内，他感到愉快。但是像前面所说过的，在道灵看来，没有一种人生底理论比了人生本身更其重要的。他很敏锐地觉到一切知慧的思索如其与行为和经验离开了，便怎样地空虚和无价值呀。他晓得不论官能，不论灵魂都有彼等底精神的神秘。

这不是他（是道灵也是王尔德）底唯美主义底特色吗？不是他底享乐主义底特色吗？他赞美“美”和“快乐”，那是不能否认的。但他所赞美的美和快乐，并不是像在自然主义底作品中那种挑拨我们底肉感的美和快乐，却是游离的、人工的、非现实的美和快乐，所以虽是在他底作品中间也用浓厚的、强烈的官能文字，但是他是抽出于实感而给我们一种特殊的印象的。这都是由他底性格和他所唱道的主义上来的。

由上面看来，他底作品不是非社会的，病的，和不道德的了。至于他底艺术底手段，在这时已经十分圆熟，虽华特，亨利，道灵都染有王尔德底个性，但这些人都活泼泼地现在纸上的。

（六）

《道灵格莱底肖像画》是王尔德所作小说中最有名的；《沙乐美》是戏曲中最有名的了。这戏曲作于一八九二年，人家说他是为了名女优培尔娜尔（Sara Bernal）而作的。培尔娜尔当初也想把彼排演，可是因为检阅官以为此剧有伤风化，所以就被禁止排演了。当时王尔德便有一封信寄给《泰晤士报》说，“在现代悲剧女优中占第一把交椅的培尔娜尔夫人扮沙乐美底主人公这事，虽是在我是非常愉快而且值得夸口的地方，但这剧本决不是为了马当培尔娜尔而作的。我向来并没有为了某某俳优乃至某某女优而创作脚本，以后我也不想这样做。这是艺术职工（Artisan）底事情，不是艺术家（Artist）底事情。”当时他对于检查官的愤懑和艺术家的郁勃的自负心，已在这中间表现得非常明白。直到一九〇五德国特来斯登（Dresden）某歌剧场开始扮演之后，于是欧洲各国都争先翻译，争先排演了。就是日本也演过，扮沙乐美的就是被称为日本底花光爱的须磨子（Sumako）。我们中国，却不知几时才演咧！

这剧底大意，约略如下：犹太王希律因为要讨罗马皇帝差来的使者底好，大开筵宴。而王妃希罗底曾和前王生一女名沙乐美，容颜绝美；不但今王爱上了伊，就是守卫兵底大尉纳拉搏斯在这宴会席上也爱上了伊。可是沙乐美并不曾爱过他们。席间伊忽然听到了先知约翰底声音，及至一见了他底风姿，不禁无明的心中涌上了热烈的爱，把约翰底风采不绝地赞美并且要和他接吻。约翰却不理，只向伊辱骂。大尉见自己失了恋，便自杀了。王希律出，起初用甘言引诱沙乐美，伊不睬，于是王更请伊跳舞，并说如其为他底愉快而舞了之后，他设誓不论伊要甚么他都愿给伊的。七袭面纱之舞终，沙乐美要求用大银盘端着约翰底头给伊。沙乐美之为此，一则要复约翰辱骂伊的仇恨，一则要满足吻他底唇的欲望。王希律大惊，愿以任何宝贵的东西给伊，乃至与伊平分王国之半亦在所不惜。但是沙乐美只要约翰底头。不能背他自己所设的誓的王，不得已，竟从了沙乐美之请，以银盘端了约翰底头给伊。沙乐美就拿了银盘说：

“哈！你总不让我亲你的嘴，约翰好，现在我可要亲你的嘴了！我要用牙齿来咬你的嘴唇，像人家咬熟果子一样。是的，我要亲你的嘴，约翰！我不是说过的吗？我说过的。哈！现在我可要亲你的了。可是约翰，你怎么不望我呢？你那双眼睛当时那样的可怕，那样的蓄满着暴怒和轻蔑，现在却闭了。你怎么要闭着呢？打开你的眼睛！睁开你的眼帘！约翰！你为甚不望我？你因为怕了我所以不敢望我吗，约翰？……而且你那一本舌子，就像一条红蛇，含毒射人，约翰！你那个含着毒汁向我喷射的毒蛇，现在怎么一丝也不动了，一句也不说了？这个不很奇怪吗？如何那样一条红色的毒蛇，却动也不能动了呢？我一点甚么都没有中你的意？约翰呀！你拒绝了我。你说了我许多坏话。你把我，沙乐美，希罗底的女儿，犹太的公主当作一种荡妇，一种淫奔之女看待呢！好，我依然活着，可是你已经死了。而你的头属了我。我任把你怎么样，都随我的意思。我也可以丢给野狗，也可以丢给空中的飞鸟。即算野狗见着跑了，空中的飞鸟也要吃掉你……哦，约翰，你是在世界上的男子中间我最爱的一个人哟！其余的一切男子我都厌讨，只有你真美丽啊！你的身体，好像一个立在银台上的象牙圆柱一样，你的身体就是一个银莲遍地，白鸽群飞的花园，就是一个用象牙的楯牌装成的银塔。世界上没有一件东西，能像你的身体那样白的。世界上没有一件东西，能像你的头发那样黑的。世界上也没有一件东西，能像你的嘴唇那样红的。你的声音，就是一个香炉发散一种奇妙的芳香。我望着你那时候，我听见了一种奇妙的音乐。唉！约翰，你当时为甚么不望我呢？你当时把两只手和满口的恶言恶语遮了你的脸呢。你当时把那想见上帝的人所用的覆眼布遮了你的眼睛呢。好，约翰，你已经看见上帝了，可是我，你始终没有看见过。你若当时看见我，你一定爱着了我。我看见了你，所以我爱了你。唉！我怎样爱了你啊！我至今还是爱着你。约翰！我仅仅爱着你一个人……我渴

> 慕着你的美，我饥求着你的肉；我这种渴，非葡萄酒所能止，这种饥，非苹果所能疗。我现在如何做才好呢，约翰？我这种热情尤其非春潮洪水所能淹灭，我是一个公主，而你轻蔑了我。我是一个处女，而你蹂躏了我处女的尊严。我本是个很贞洁无垢的人，而你要把我的血管里添一把火。……唉！唉！你当时如何不望我呢？你当时若望了我，你就会爱了我，我知道你一定会爱了我，而且我充分知道爱的秘密，比死的秘密更要大。”（依田汉译本）

于是希律王大惊，喊从者把火把打黑，把月亮深闭，把星儿遮掉，向宫内而逃；在这全场漆黑的时候，只听得沙乐美说：

> “哈哈！我亲了你的嘴了，约翰，我亲了你的嘴了，我的嘴唇上感着一种苦味，这是血的味吗？……不是；这或者是恋爱的味也未可知。……他们说恋爱的味是苦的，……可是有甚么要紧？有甚么要紧？我亲了你的嘴了。”（依田汉译本）

希律王转身看沙乐美，喊“杀了那女人！”于是沙乐美，希罗底底女儿，犹太底公主，就被压倒在楯牌之下。

这篇戏剧是王尔德著作中描写人物最逼真的恋爱悲剧。德意志某批评家说，“爱而死，被爱而死，是这戏剧底主眼。”这是很确实的。纳拉博斯底死、约翰底死、沙乐美底死，一切为了爱和被爱而走到死底路上的事情，都被他用华美的笔法表出来了。发出“恋到底是死呢？”“死到底是恋呢？”的叹声的这篇，确是恋爱悲剧底妙品。

但是关于恋是死，死是恋的悲剧，不止《沙乐美》。自莎士比亚之《罗米莪和杰利爱脱》(*Romero and Juliet*) 始到今日止，曾有不少的例。不过《沙乐美》和普通一般相异处，是在这种恋是极其官能的、肉体的这一点。伊爱约翰底身体，因为那是“像地野间没有刈过的百合花一样的白”，伊爱约翰底头发，因为那是“像伊多买人底国里，伊东底葡萄树上垂下的黑葡萄球一样的黑”，伊爱约翰底唇，因为那是“像象牙之塔上面的红带子一样的红”。沙乐美底爱，全然是肉体的，就是这种地方；检阅官底禁止排演，也就是为此。美国某君说，“在《沙乐美》里的一切人物事件，都是为造成Atomosphere of eroticism and sensuality而设的。”社会上一般人对于这剧的态度，我们大概也可以晓得了。但是此剧在表面上虽和罗赛底等所谓官能派（Fleshy School）底作品相似，实际上却是非常不同的。因为在官能派底诗歌内总有官能底直接的响声，像糜烂的肉味一样，直冲进人底鼻子里的。这就是所谓经过文字的“肉的”，经过文字的“官能的”。《沙乐美》则不然。《沙乐美》底“官能的”是游离的“官能的”。虽是也用“官能的”文字而决不是像官能派那样直接和极端的。和他底诗一样，全篇都是穿了夸张的隐喻，奇怪的古代文字、古代俚谣底音律之衣的人工的东西。送于梦幻的游离的生活的王尔德，决不会产生那种直接的、率直的“官能的”乃至“肉的”作品的。

《沙乐美》底作者到底还是《道灵格莱底肖像画》底作者。都是描写灵肉冲突而结果是肉底悲惨的运命。道灵和沙乐美都不是王尔德替自己写照吗？社会对于构造空中楼阁的人、对于做梦的人、对于以幻想为生活的人，是不能赦宥的。王尔德对于这事非常明白，他晓得“美底乐园”里就有“死之歌”，但死又有甚么呢，睡眠于“美底乐园”听“死底歌声”不是很快乐的吗？人总是要死的，不过迟早底不同，那么与其到白发龙钟而无聊地卑下地鞠躬于死神之前，不如当青春时向着死走去呢？郭沫若君序《沙乐美》的诗，我们以为真懂得王尔德的：

无边天海呀！

一个水银的浮沤！
上有星汉湛波，
下有融晶泛流，
正是有生之伦睡眠时候。
我独披着件白孔雀的羽衣，
遥遥地，遥遥地，
在一只象牙舟上翘首。
啊，我与其学做个泪珠的鲛人，
返向那沉黑的海底流泪偷生，
宁在这缥缈的银辉之中，
就好像那个堕落的星辰，
曳带幻灭的美光，
向着无穷长殒！
前进！……前进！
莫辜负了前面的那轮月明！

（七）

我现在再把那几篇我所看过的社会剧约略说明一下。

王尔德尝说，群众往往是无知识的，艺术家就不当受群众底意见所牢笼。他说，戏剧不是为了剧场而作的，乃是艺术家迫于内部冲动的不得已而作的。他痛骂那些作通俗小说的人，并不是因为那种作法太容易，只是因为做艺术家的要去迎合社会上一般半成熟的艺术观念的人，就不得不“抑制佢自己底情绪，不为艺术的快乐而著作，却为社会中教育不全的人底享乐而作了。因此佢就不得不压制佢底个性，忘记佢底文化，销灭佢底格调，把一切有价值的东西统统牺牲掉了”。

可是他所著的四篇社会剧却很受社会上一般人底欢迎。这都是因为王尔德是社会批评家，是舞台艺术家，而且剧中人都带有鲜明的和活泼的色调的缘故。况且他已以讲话有名，那剧中人底说白自然也都是极流利雅致的了。

我们先说《遗扇记》（此剧《新潮》上潘家洵君曾经译过，《新青年》上沈性仁女士也曾译过）吧。

在青年贵族温特米亚和其妻玛格之间，忽然来了一个遏林夫人，便成了恋爱底"三角关系"。素来相爱的温氏夫妇之间，因疑虑而生了一片暗淡的云影。及至玛格查伊丈夫底账目，看到支付遏林夫人多金的事情，于是竟陷于绝望的苦恼中了。在伊底二十一岁诞生日，又被伊丈夫强迫招遏林夫人来，玛格本想放下面孔，把伊丈夫送给伊的扇子去打遏林夫人，可是事实上又不敢，而眼看伊丈夫和那外来的女子那么亲密，又岂能甘心。绝望之极，决计私奔到从前愿以生命托付伊的达林顿那里。事为遏林夫人（实即伊底母亲）所知，即追去，劝其速回尽为母之道（玛格已有一子）。正在劝解之间，达林顿和温特米亚等又来了，于是伊们向内室而逃。不料玛格忘了一把扇子在凳上，为温特米亚所觉察，大奇，正要追究之时，遏林夫人立刻走出，说是伊拿错的。这样伊就把玛格，伊底女儿救了。后来那感到"母之心"底痛苦的遏林夫人，觉得自己底存在对于伊底女和婿底幸福有害而无益，卒和伊新结婚的男子到外国去了。

这一篇剧虽不免有"像纸版剪就"的人物之讥，但从描写心理方面看，却是很有结构的剧本。此剧别名《关于善良的妇人的戏剧》，作者意思也可以看出。所谓善良的妇人自然就是玛格了。而因为一旦底妒忌，竟变了不善的。那为社会所不齿的"有'黑暗的过去'的妇人"也能发出良心来救温特米亚底家庭。可见所谓善，所谓恶，不过因立脚点和利害关系底不同而生的；绝对的善，绝对的恶是没有的。所以把善人和恶人分成像两种不同的东西一样，用完全不同的待遇，简直不通得很，有善心也有恶心是人生底真相。有善人也有恶人是人间底本体。对由风俗习惯所产生的死法则盲目地服从，实在是虚伪之善；依了人间底本性和内心底声音而自由活泼地去生活，倒是真的善。王尔德在这篇剧中把这两种善对照起来，用讽刺的笔法对通俗的道德宣战！

这篇剧，我们如其说是喜剧却又很阴惨，如其说是悲剧却又太肤浅。我们无以名之，名之谓“喜剧风的社会剧”吧！

《一个不重要的妇人》是说一个男子从前爱了一个女子，后来有了孕就把伊抛弃了。这女子冒了千辛万苦终究把这孩子养大了。伊改了姓名蛰居不出，后来伯俩又碰到了，男子见伊底儿子很好，于是又想和那女子宣布形式上的结婚，以占有伊底儿子，但终究被那女子拒绝了。

依王尔德自己说，这是他攻击当时英国底法律的。男子在社会上非常自由，抛弃了一个女子，又可以去恋一个女子；女子就不然，没有得到离婚证书，就不能再另外嫁人。在这种法律之下，不知道冤枉了多少女子。如阿尔白斯诺脱夫人（Mrs. Arbuthnot）对伊底儿子琪拉特（Gerald）说（依北大英文本）：

“男子都是不了解母亲是什么东西的。我除了自己做错了事体和被人家做错了事体而受到了极重大的责罚和耻辱之外，我和别的妇人没有什么两样。但是我因为养育你也曾经冒过死底危险。……一切妇女要保养伊们底儿子都非和死宣战不可。死是没有儿子的，他要从我们底手里把我们底儿子抢去。琪拉特，你冷了，我替你穿衣裳；你饥了，我给你吃。冬天里我不分昼夜地看护你。……你需要爱，因为你太柔弱，而且只有爱方能使你生活。只有爱能够使一切的人生活着。这些孩子底鲁莽，常常给我们以痛苦；可是我们常常空想，以为如其他们长大了更能了解我们了，他们就会付还我们底代价的。哪晓得竟不是这样！俗世把他们从我们这边拉去了，他们和朋友们在一起比和我们在一起要快乐得多，他们底愉乐，我们被阻止；他们底兴趣，我们也没有份；他们常常不公平地待我们，遭遇到了不幸的生活，在我们面前出气；碰到了好的生活，我们也尝不到甜味；……你有了朋友到他们家里去快乐，而我，晓得自己底秘密的我，却不敢效法你们。我只好推出太阳底光明，坐在黑暗中间。在忠实的家庭里，我应该做什么呢？我底过去永远和我同在。……你以为我不注意人世间快乐的东西。我告诉你，我是很渴望快乐的，但是我不敢去触动快乐，觉得我已经没有享受快乐的权利了。你以为我在穷苦的人中间工作，更其快活。你想象这是我底使命。如其不是这样，我还有什么别的地方能够去的呢？……你以为我在教堂里尽义务的时间太费多了。但是除此之外，还有其他的地方我可以做事的吗？……我跪在上帝底前面，但是我从没有忏悔过我底罪恶。我怎样忏悔我底罪恶，当你，我底爱，是他底果子的时候。就是你现在待我不好我也不能忏悔。我不！现在的你比从前天真烂漫的你，对于我更重要了。……这是我底不名誉，这是我底耻辱，使得我这样爱你。这是我底代价——灵和肉底代价——使得我这样爱你。……呜！我底不名誉底儿呵，永久做我底不名誉底儿吧！”

这不是被弃的妇女底哭声吗？不过王尔德在这篇剧里还是发挥他底个性，那贵族伊林渥斯——（Lord Illingworth），不又是他自己吗。

《理想的丈夫》（此篇《新青年》有人译过，但没有译完）是讲一个男子，少时曾做了一件不名誉的事情发了财，做了议员。而因为他底妻子把他当为理想的丈夫，所以他终不敢对伊说这件事。后来伊有一个女同学以这事底证据要挟那男子也替伊做一件不正当的事。于是他陷于一种可怜的境地中了，只要那女子一句话，恋爱社会上的地位，会一旦破灭。事为女同学所泄，于是议员夫人就痛骂伊底丈夫，说他不应该做这样不名誉的事情，不应该做了又不说，欺骗我们女子。后幸得他底朋友想了种种方法才把他救了。

这篇戏是说妇人不要把男子看得太高、太理想，因为这样，男子一犯了小错，一下就会决裂；但也不要把男子看得太低，这样就是轻蔑男子底人格。我们所以要有爱，因为世界上有许多不完全、许多罪恶，要我们去赦免的。爱是赦免，不是苛责。如其世界上没有什么罪恶，一切都是圆满无缺，那么还用得到什么爱吗？其实不但男女之间的关系如此，人与人间关系都是如此。太理想的朋友是容易反目的。这是王尔德对英国那种持虚伪的严正的道德观念的人说的，但我们也可以取来享用。

除上述意思之外，我们还可以看出所谓英国式的上流社会的妇女是怎样的。王尔德用灵敏之笔痛骂之不遗余力。不过他底反说的地方是应当注意的。

此篇有人说，有些格式是模仿易卜生而受小仲马底影响的。我们如把此剧和易卜生底《社会栋梁》底结局对看，就可以知道。不过东西总是王尔德创造出来，那哥林，不又是王尔德吗？

最有价值的是《庄严底可贵》。此篇我们只消看那题目，就可以看见他说的是甚么了。他底目的，是在描写英国上流社会的所谓庄严。他用滑稽的笔法深深地刻划英人底心理。霍铿（Hankin）曾说，王尔德在这篇中所创出的格式是对于英国剧场的新贡献——这见解是那聪明的德国人（指 Alfred Rerr）所极端称许的。萧伯纳对于这戏剧也发了一篇同情的赞许，他说，“爱尔兰是在各国中最和英吉利不同的一国。在爱尔兰人看来（萧伯纳和王尔德同是爱尔兰人，而且是同镇的），世界上最可笑的事也无过于英国人底庄严。若果英国人底行为确是这样庄严，那倒有些可怕，唯其不然，所以愈加令人发笑了。英国人自己完全不觉得，王尔德却看得清清楚楚了。于是他用遏不住的滑稽替佢们描写出来。英国人看了，既然不能说他说得不对，自然只好怪他尽情毕露了。并且庄严已然有人嘲笑，于社会的基础大有不利，更不得不着急哩！”

此外还有《佛罗灵斯底悲剧》(*The Tragedy of Florence*)，《伯杜公爵夫人》，《虚无主义者维拉》，没有看过，所以此地也只好从略了。

统观王尔德底社会剧，我们看出他对于当时所处的社会怎样地不满意了。由于不满意，他造出了他底唯美主义，他底新快乐主义来，可见他所提倡的并不是无端而来，也并不是与社会漠不相关，而且我们敢断定在未来的新社会底建设中，他所提倡的一定也会得到一个重要的位置。

（八）

我们现在略论在王尔德论文集上所表现出来的思想。

我们已经说过，王尔德是反对科学，鼓吹唯美主义的。他在论文集《意向》中所发表的文字就是高谈他底唯美主义的。内中所论断的有艺术和自然对人生的关系，艺术和自然底差别，自然美和艺术美底关系，艺术品中所包含的美底状态，美和真美、效用、道德底差别等许多问题，而他底中心思想还是不过说美和艺术是绝对的，人生、自然、道德都在从属的地位。以下试就这一点略说一下。

王尔德以为艺术是离开自然和人生的，是超脱自然和人生的；如其被囚笼于自然和人生之间，就不是艺术。他说，“无论什么事情，如其在现实中间可以发生，那就有害于艺术。一切艺术底恶的东西，都是从实感上生出来的。所谓‘很自然的’事情，是很明白的事情；而明白的事情就不是艺术的东西了。”他又说，“一切恶艺术都是由于走进自然和人生底中间而产生的”；“活动就在彼动作的瞬间消灭的，这是卑下的事实。这世界在歌者看来，是为了梦想者而造的。”艺术底主要工作不是在描写（Copy）是在发明（Invent），我们对于艺术底要求是特异的（Distinction），有魔力的（Charming），有想象力的（Imaginative），一言以蔽之即是美（Beauty）。

所以凡是“架空”(Lying）的作品，都是王尔德所称赏的。所谓架空，就是“讲美的而实际上又没有的事”的，就是所谓Romance。近代“罗曼斯”底衰退，在王尔德看来，真是憾事。这明明是艺术底堕落！把艺术去模仿自然，去活现实人生真是很大的差误呀！王尔德以为只有把自然和人生去模仿艺术才是正道。梦幻比了现实是更上一级的，罗曼斯是比了写实主义的作物是更上等的。左拉和莫泊三底作品，在艺术上看来都毫没价值的。

他底称许罗曼主义，自然是当然的结果。他把梅莱狄斯（Meredith）和巴尔札克（Balzac）两人，当为真正的罗曼主义者。他论巴尔札克说，“巴尔札克是把艺术的气质和科学的精神综合于一身的大天才。他底科学的精神虽传给了他底徒弟左拉等，而其艺术的气质却是他独得的所有物。他底作品和左拉底作品不同的地方，就是‘想象的实在’(Imaginative reality）和‘反想象的写实主义’(Anti-imaginative Realism）底差别。诗人鲍特莱尔（Baudelaire）评巴尔札克说，他底任何作品都能使读者充满一股朝气而且带有梦似的色彩，真是极中肯要。不错的，巴尔札克底作品正是像梦一样而又是充满了现实的色彩的。他完全是一个罗曼主义者，决不是写实主义者。”

现代的人因为艺术底堕落，常大喊“返归自然和人生”，以为这两者便能使艺术清新而且给与泼剌的生命。其实这是谬见。自然，是后于艺术而存在的东西；至于人生，更是艺术之敌。我们考艺术发展底经路，艺术是把非现实的、非存在的题材用想象力造出来的。而实人生看见了这种艺术就被魔了，人自己也被艺术化了。固然，如其我们完全忘了实人生全靠空想，那是造不出甚么来的，我们不能不取实人生做原料而改造之，与以清新的形样。艺术不是实人生底事实的本身，是把彼做材料再经过梦化，想象化和改造而成的。艺术是主，实人生和自然是从。可是在近代文艺内，这位置已被倒置。这真是颓废的倾向。艺术，不是人生底镜子；却人生是艺术底镜子。叔本华虽是批判和分解近代思想底厌世的倾向，而这厌世思想底创造者却是哈孟雷特。由了哈孟雷特底厌世思想，世界才变成厌世的。近代虚无主义由屠格涅夫而生，等到陀思妥易夫斯基早已被完成了。像这样的艺术常常是先于人生的。艺术实不是人生底写生和描写，却是从艺术自己底目的出来的。艺术，在彼自己之外，不表示任何东西。彼是有独立的生命的。

王尔德以为不但人生如此，自然也是模仿艺术的。花、草、虫、鱼、风声、泉水声、雪、雨、雾，今日的人大概都晓得了。但是佢们底所以晓得，并不是因为本来有这些东西而被晓得，却是因为向来的诗人和画家等把这些东西底不可思议的美使佢们认识的缘故，佢们才认识的。这些东西是自古以来已经有的，但必等到艺术出来才大家认到。就是自然也要等到艺术底改造而后存在的。自然底所以为艺术底模仿者以此。

总之，他是彻头彻底的提倡艺术万能、美至上主义的人。论旨已奇技，文词又美丽，真是十九世纪的一个大天才，也可以说是一个怪物。但是他这种艺术观又和他底那种矫激的、人工的、非现实的、空想的生活有关系，我们互相对照着来看，是很有趣味的。他要把艺术支配人生，他自己先做了一个使徒，做了一个先驱者。

现代新罗曼运动中间，我想王尔德也应该有一个位置吧！

（九）

从一八九二年起至一八九五年止，我们可以称这时期为王尔德底高山期；在这期间内，王尔德把世间所能享的快乐，差不多都享到了，地球上所有的快乐底果子，他也都吃到了。

这期间的生活，是完全向外追求的，并且因为他有钱，所以他底追求一时也不得满足，也不得绝望。他想尽种种方法造成种种人工的快乐，以满足他底欲望。《道灵格莱底肖像画》第十一章上所描写的，大概是他自己底生活吧。

一八九五年为坤斯倍莱（Queensberry）侯爵底事件下狱，于是高山期的王尔德一跌而至幽谷期了。加郁（Khayyau）说，“我底一身就是地狱和天堂”，这话真可移赠给王尔德了。

但他到底为甚下狱的呢？我们在这里略为说一下吧。当时王尔德有一个青年的朋友名唤道格拉斯（即由法文翻译《沙乐美》至英文的那人）。这人即坤斯倍莱底儿子，他在学校内向来崇拜王尔德，及至出学校之后即交结王尔德为友。两人情好甚笃，在世人目中看来，在友人的关系之外，尚有一种男色的关系。我们已说过王尔德是一个欢喜浪费的人，不论食物、衣服以至装饰品，他都要照十分阔气的人做去，金钱在他手内，和茶水一样地不足惜，更兼道格拉斯是侯爵底儿子，王尔德如有缺少的地方，自然他来负担了。在道格拉斯后来因为辩护自己而作的《王尔德和我》(*Oscar Wilde and Myself*)，这书中说，自一八九二年至九五年约三年间，他和王尔德共食而费去的钱有五千镑现金，即每星期平均四十镑，每日如吃三餐则每餐为二镑，其浪费，于此可见一斑了。而且照道格拉斯所说，王尔德有从午后四时饮至明日三时也不会醉的酒量，这样常常陪伴他的道格拉斯，在身体底健康上，自然要发生问题的。于是道格拉斯底父亲写一封信给他底儿子叫他回去，因此两人底关系遂分裂。为了这一件事，王尔德非常恨那老头儿，而更使其恼怒的事，又接着来了。一千八百九十五年一月圣杰姆斯（St.James）座上，开演王尔德底《庄严底可贵》时，侯爵把人参底花，向舞台上底作者投去。于是对于侯爵再不能忍耐的王尔德，就向他提起名誉毁损的诉讼，失败；结果，反被暴露了于王尔德不利的事实。卒于一千八百九十五年五月二十五日宣告了两年徒刑，王尔德也就到他自己所说的第二关键上来了。

王尔德从一八九五年五月二十五日至一八九七年五月十九日这两年间，度悲惨的牢狱生活。这其间的外的生活，由莱顿狱中待他极亲切的看守者马丁（Martin）所做的王尔德日常生活底记录，即《狱中的诗人》（*The Poet in Prison*）中，很可明白。至于这其间的内的生活，他底可惊的杰作《狱中记》中，说得极其明了。

（十）

看守者马丁，是极慈悲极亲切的人。后来，那时王尔德在狱中，他在狱中看到一个小囚人因饿而叫哭，他便给与了这孩子一些点心。牢狱当局者以为这是背违看守规则的，所以把他革了职。这事发生了不久，为当时有力的报纸《每日记载》（*Daily Chronicle*）所发现，便把这事当作牢狱中非人道的事件之一，发表出来。出了狱为避世而居于法兰西底北海岸台坡（Dieppe）的王尔德，看到了这记载，便做了《看守者马丁事件和牢狱生活底诸残酷事件》（“The Case of Warder Martin；Some Cruelties of Prison Life”），发表于五月二十八日《每日记载》上。他大为马丁辩护，而且很痛惜叹恨牢中囚人所接受的残酷的待遇之多，马丁事件，直成了当时一个很大的社会问题；五月二十五日众议院中，有叫大卫（David）的，为这事而质问牢狱当局者。这质问事载于梅松（Mason）底《王尔德传》（*Bibliography of Oscar Wilde*）中。马丁被革职后，极其贫困，后来做 Fulham Workhouse 底差役。

王尔德对于牢狱生活，极是痛叹。在《狱中记》上说，“牢狱底组织是绝对又完全错误的。我出狱之后，定然为改革牢狱努力。”又一八九八年三月二十四日，在《每日记载》上发表的《莫读此，倘使你今天要幸福！》（“Don’t read this，if you want to be Happy today”），是指摘牢狱生活底罪恶和叙述牢狱生活底改革案的。这改革案给与当局以不少的影响，一八九八年英国底《牢狱条令》(*Prison Act*）也采用许多王尔德底意见。

《狱中的诗人》，系载希拉特（Robert Sherard）底《王尔德传》中的。说两年牢狱生活，在诗人王尔德实是“长而可怕的一夜，在地狱中过的一夜”。在王尔德前后，在牢狱中呻吟的人虽是很多，但因为伛们不是王尔德那么的诗人，所以伛们底苦痛虽然也是痛苦，却没王尔德那样。以“生活于教养和陶冶的蒙气中的唯美派底使徒”而博一代之名声的王尔德，成了做那“整齐地切断涂柏油的绳”这种工作的人：想到这事，便觉得王尔德底痛苦，实是痛苦以上的痛苦，而且他底痛苦，实是一出悲剧。

马丁又叙述王尔德底日常生活底一端。王尔德进了牢狱十八个月之间，事事都照规则做，而且被苛酷地待遇。他必须把给与的这些粗麻分细来。不然，便须受罚。他和别的囚人同在牢狱中，为供给水而使用单调的“曲挺”。读牢狱中图书馆那种没趣味的书籍。有时不胜悲哀，便在狭小的监房中走来走去。后来，他便渐渐失了健康；若长此下去，实是不到癫狂院去不止的。所以给与他一种特权，便是准他读友人送给他极少的一定数目的书籍。后来，又给与他一种更重大的特权，便是准他做文章。他底《狱中记》便是因此成就的。他大概都晚上动笔，因为晚上比较地没有事情。他底监房里有二只木制的踏台，在这上面架以厚板的寝台，他便把这寝台当作桌子用。就是这种桌子，在当时的他，是极好的桌子。他对自己底锡器类，常很注意，弄得极其清洁。每朝晨把这些东西照一定的方法排列起来，他常像孩子的满足那样，眺望所排列的东西。

“他很弱，连擦皮鞋、用梳子梳头发都不能。他说，‘我要是能使面庞清洁，便不会感到这种可怕的凄惨了吧。’又抚着颊说，

‘这污秽的颊底可怕，一想到便寒心的。’为会见探监人而出监房的时候，他总竭力注意，用他底红手帕掩着两颊，想遮去没剃过的颊底污秽。”

由上面所叙述的，已可看到狱中“唯美派底使徒”王尔德底面影了。马丁便转而叙述狱内说教所中的王尔德。

“在狱内说教所中，王尔德总觉得难过。他把他底肘，靠在椅子后面，把两脚绞着，梦一般地眺望着他底周围和天井等，于牧师底说教以不入于耳似的茫然的态度对着。而且时常耽于过去底追想、注意自己底周围，全然入于忘我之境。这种时候，在他旁边的一个囚人说着‘喂，老兄！’轻轻地叩他底肩膀，因为此后便是唱赞美歌，使他注意到他也得一起唱的。”

“牧师，在着了灰色衣服的囚人之前说教：例如，佢们怎样是恶人；佢们当怎样感谢住在有留心佢们肉体和灵魂底幸福的政府的基督教国；佢们虽则对社会犯了罪，社会却并不想责罚佢们；佢们现在是在涤罪的过程中；牢狱是造成清净无垢的身体而再出于世间的净罪界，造成了清净无垢的身体而再出于世中，世间是扩开大的手在欢迎佢们。使听这种话的时候，王尔德常是微笑。但这微笑，不是世间平常的微笑。这是一种嘲谑的微笑，嘲弄的微笑，而且有时是绝望的微笑。他说，‘我听到那种说教，便想立起来对在我底周围的可怜的人们这么讲：牧师所说的全是假的，你们都是社会底牺牲者，社会对你们，在街上只给以饥饿，在牢狱中只给以饥饿和残忍。’”

牧师这种说教，对于王尔德当然是毫没意味的。不过王尔德也是囚人，所以不论牧师怎样说也无可如何的。他只是静默着听这种没趣味的说教。

王尔德在狱中虽然有时失了健康，但他却不喜欢找医生的。这是因为他不喜欢和牢狱病院中别的囚人一起居住。他以为与其到病院里去，不如一个人在监房里好。他喜欢独自个自由地耽于过去底追想。

下面叙述王尔德每夜的监房生活，很是有趣，而且马丁底文章，至此也全然文学化了。日间的王尔德，毫没什么变异。不论和他讲话或他底行为，都毫没变异。讲话和行为都很合理，绝没有病的现状，但到了夜间，他便完全成了别一个人了。

> “这是王尔德独自个闭居在监房中，门上已下了二重锁之后的事。是瓦斯灯已灭了之后的事。是夜之影罩着四边，一切都已静寂得死一般了之后的事。严格的极注意的看守者，蹑着脚静静地巡视四边，四边都恐怖得静寂了。要是看守者走路的脚音也静寂，那么许多监房和四面底空气一切都静寂了。暗暗的朦胧的人影，立停在各监房底活的坟墓门口，从门上玻璃中窥望着里面。看到坟墓底太不现实，就是看到坟墓之中还有生着的人而安心着。各监房都是一样：褐色的幽灵似的影，完毕一天的工作之后，坐在踏台上。但们都张开了茫然的双眼，恍恍惚惚毫没目的地凝视着，要不然，便翻开着《圣书》向《圣书》求安慰。”

马丁在这样叙述了夜间监房底寂寞之后，叙述王尔德底监房更其凄惨。

> “看守者底影子渐渐移动着，现在是在窥望邻近回廊一端的一间监房了。这监房写着‘C. 3. 3. ’的符号，——这便是诗人王尔德底监房呀！四面底活的墓场中，没有像这诗人底监房这么可怜的！没有这么地充满着凄惨之气的！没有这么地可怕的！诗

人，现在是独自个呀！只一个人和神共在呀！只一个人和莫斯（Muses）神共在呀！”

“他在监房里走着——一脚，两脚，三脚。走了三脚，便须回转的。所以每三脚便回转。两只手在后面绞着，前后左右地在监房里走。垂着头微笑着——但谁晓得这微笑有着怎样的意味呀！”

“他底两眼——可惊异的两眼，在美丽地动着。两眼，现在正眺望着天井那面，——眺望着超越天井远远的大空内面底深深的无限之境。现在他正笑着！这笑是什么意思呀！是尖锐的、伤怜的、悲哀的——把一切都凝宿于这凄惨的笑中似的笑呀。他底强烈的想象力，现在正在活动着。譬如他底身体虽然束缚在监房之中，但他底灵魂却是自由的，——是，谁能束缚诗人底灵魂呀！诗人底想象，是舞到人间界之上的高广的地方的。再高上起，直舞到银色的云上，在月亮底苍白的影中找出安住之所。”

“他底想象，一击，便像电光底闪下一般，从天上转回到地上了，——转回到通过铁窗的监房之中。啊，他在说什么呀！他正在说着圣母底名字，又呼着他妻子底名字！热的眼泪经过他底颊流着。这时，天使来了，眼泪便没踪迹地消灭了。他底生涯，便不论将来想做什么，都由艰苦赔偿了；以清洁的他心底里流出的这一滴眼泪，全然弄得清洁了。但是，他又在说什么呀！他把两只手伸到他底小小的床儿那面，对着眼所不能见的访问者说什么。”

“一直，一直从前，孩子的时候，我有着痴呆的野心。”

“我想改革这世界，变更社会状态。”

“我把我自己——只通过艺术——引到极高的地位上。但现在，我友呵，你所见的那么，我是恐惧神罚而不堪悔恨之情的一个可怜的牺牲者。”

“他这么说着，又笑了；再反复地说‘恐惧神罚而不堪悔恨之情的一个可怜的牺牲者’这最后的数语。此后，他便旋正来，又在寂寞地走了。再一次，立在空想的访问者之前，举着手，用有些自我主义的调子说，‘总之，这世间决不是那样无神经的东西。我能够用一警句以摇动这世间，或一只歌以震动这世间。’”

“他再一笑，此后便坐在牢狱椅子上，又垂了头。我们，为使他独自个思索那样，耽于他自己底思索里，便离了他底监房之前。”

由以上所述，很可看到一代的骄儿王尔德在监房中每夜的生活了。马丁又赞美王尔德：

“对于来牢狱之前的王尔德，我毫无所知。对于出了牢狱之后的他，我也毫无所知。我我所知的唯一的事是，在这牢狱之中，他度那圣者那样的生活。换句话讲，他度那似于可怜的我们所不能更奢望那么的神圣的状态的生活。”

马丁说王尔德底微笑，他总是记忆着的。这微笑是忍从的微笑、感谢的微笑、无垢的微笑、爱的微笑。

下面马丁用感伤的调子，以结束这《狱中的诗人》：

“啊！我实行了我底约了。我和你在你底冷寂的阴郁的监房中握了手分别以来，在到如今所过的许多年月之间，我常常想念你。你曾对于我说，（叫我）想念想念你。我什么时候都悬念着你底事。从那时候以来，我没有一天不想到你，——我底囚人，又是我底友人的你。”

王尔德底母亲和妻子，都正当他在狱中时死去。

（十一）

《狱中记》(一八九七年）是王尔德在狱中的作品，即满期两个月之前，前面已说过给与他一种重大的特权准他做文章那时作的。

现在且看他自己底说明，他是以怎样的态度创作这作品的。他在给他友人洛士（Soss）的信上说，“我不是辩护我底行为。我只是说明彼。在我底信中有几段是关于我在狱中的精神的发展，我底品性底不可免的演化和对于人生底智慧的态度。并且我希望你和别的还与我有交谊而且表同情于我的人，很正确地晓得我用哪一种情态和样式以对世间。在一方面看来，我固然晓得我释放的一日，我也不过从这监狱转到别一个监狱。……牢狱生活，使一个人能够适如其分地观照人和物。这是牢狱生活所以使人变成石头一样的缘故。……我不必使你想到在艺术家，表现是人生底最高的和唯一的样式。……差不多在这两年中，我已经被压在日渐增加的痛苦底负担下，可是现在有许多已脱离了。”由这信上，我们很可明白他底态度了。

有人因为《狱中记》是狱中底真率的记录，所以说是和卢骚、奥古士丁底《忏悔录》一样的。这实在是全然不同的，王尔德虽则说“我不是辩护我底行为”，实在这作品是他底唯美主义的生活底最好的说明和辩护，又是对于非难者的最大胆的挑战状。这作品是证明从前做的《架空底颓废》上所说的“艺术上的唯美主义”到这时已成了“人生观上的唯美主义”了。

《狱中记》这作品所论的，可分做前后两部分。前篇是一种悲哀观。他说悲哀之中有着人生底重大的意义，又可因悲哀而感到一种快乐。高倡“悲哀底享乐”，便是说明他底快乐的倾向底彻底境。后篇，是由唯美主义解释的一种基督论。

王尔德在悲哀之中找到人生底重大意义的径路，是这样的。两年间的牢狱生活，王尔德以为是极没面孔的生活。这其间，他又经验了许多狱内底凄惨、苦痛和恐惧。他追念过去的荣华的梦，极是不堪，直至沉到绝望的深渊中。他后来悟到世上一切都是有意义的东西，而悲哀更是有意义；因此，他便把自己救出了绝望的深渊。他所以能悟到，并不是由于宗教、理性乃至道德，是由于艺术家底气分的“谦逊”，即“适如其分地观照一切经验”这气分。

他说“我把我底灵魂底真珠投进酒杯中了。我在笛音里踏着莲馨花的花径”。但他很懂得“在欢喜和哄笑底后面，也许有粗恶、生硬和无感觉的一种禀性吧。但是在悲哀底后面却常只有悲哀。悲哀不像快乐，是不戴假面具的”。他也很懂得“在悲哀中还有强烈的异常的现实性”。他以为“有悲哀的地方，就是神圣的地方”。这么地体尝悲哀，便是人生底真义。这么地在悲哀之中找到快感，这便是唯美派的快乐主义的人生观。下面王尔德讲悲哀和艺术底关系，“艺术上的真理，是物和物底自身相一致，是内部底外的表现，是灵魂底化身，是带有精神的肉体本能。因为这理由，所以没有可比之悲哀的真理了。”他把悲哀看做人生底中心，同时又看做艺术底中心，所以他底悲哀观便是他底人生观，也便是他底艺术观。做《架空底颓废》的时候的他，以艺术支配人生，——至少，把艺术放在人生底地位之上。但这时，做《狱中记》的时候的他，却达到“人生即艺术”“艺术即人生”的境地了。

《狱中记》中的基督论，也是很有趣味的，王尔德说基督是生活上的罗曼运动底先驱者，是在悲哀之中体尝快乐的快乐论者，是有着“强烈的火焰似的想象力”的伟大的艺术家。基督，“他把在艺术界内当作创造底唯一的秘诀的想象的同情，实现于全人间关系底圈子内。他了解患癞病者底癞病、盲人底黑暗、为快乐而生活的人们底可怕的悲惨和富者底奇异的贫苦。”基督是有着“人生一切色彩的要素，即神秘、怪奇、哀愁、暗示、狂喜和恋的要素”的人。总之，基督底生涯全然是一首牧歌。依王尔德，基督是体现近代唯美主义于一身的卓越的一个艺术家。

以上是略述《狱中记》底要旨，把这和王尔德狱中生活对照，可以看到他底人生观不单是主义上的、概念的，而是实行的。

《狱中记》底文章在优丽典雅这一点，是近代英文学中的最上品。

《狱中记》底稿本，痛烈地批难道格拉斯和道格拉斯底母亲坤斯倍莱侯爵夫人的地方很多，这一部分须到一九六〇年才能发表。

（十二）

王尔德出莱顿监狱，是在前面已说过的一八九七年五月十九日。那一天，他便到法兰西底北海岸台坡这地方贝尔纳巴尔（Bernabol）的村落里去，从此不再还英国了。当他在狱中的时候，他底朋友筹集了许多钱（据道格拉斯说是八千镑），等他出了狱给他。所以他到贝尔纳巴尔的时候，物质上毫没感到不自由。但没有多少时候，这笔钱便用完了：或把钱给了监狱中亲近的囚人底友人；或想返于他全盛时代的梦，而时时设奢侈的飨宴以招请“孟玛尔东诗人们”；或把钱给贫穷的诗人和文人。这一则因为他没有经济的观念；二则因为他才离牢狱生活而到自由世界上来，便失了自制力吧。他那时，自己替自己取个绰号叫“奢侈的宽大”，由这绰号也很可想象那时他底情状了。这期间，他创作《莱顿监狱之歌》。

因为一钱莫名了，所以他到他友人道格拉斯底纳坡尔斯的别墅中去。道格拉斯说，“我到纳坡尔斯旅行不多时，他给我一封长信，说：他已花完了所有的钱，而且友人们都走了；虽则想到纳坡尔斯来，但来的旅费也没有，所以我便赶快用电报寄钱给他。”

但不久，在一八九七年十二月，他又离了道格拉斯到巴黎去了。

到巴黎之后，订正了《莱顿监狱之歌》这长诗而刊行，署名为："C. 3. 3."(这是前已说过的他监房底号数)。这是王尔德出了监狱而做的一首长诗，文辞之美丽和整齐在英诗中实不易得。并且由内容看来，确是著《狱中记》的王尔德、人道主义的王尔德底作品。内中描写他在莱顿狱中时所看见的一个近卫骑兵将校底被绞和囚人对于这人被绞时的心理和他自己那时的痛苦!

他是一个感觉特别灵敏的人，对于这种残酷不仁的事情，也感觉得特别地深。他痛恨那时的监狱，他不相信那种监狱会对于有血有肉的人有怎样教导的，他不相信社会惩罚罪人是为了善意而惩罚的。社会对于一次犯了彼所认为有罪的人，永远把伍幽闭，给以永远不能洗濯的耻辱。

世界所以有爱，是为了赦免，不是为了苛责，唯其为赦免，所以不完全的人有罪的人能改为完全的善的人；现在只有苛责，那么，不完全的就永远不完全的、永远是下等和堕落的了。王尔德在《莱顿监狱之歌》底第五节中说，"我不晓得法律是是[对]的，或是错的；至于狱中人所晓得的，只有坚硬的墙壁和一日如一年的日子。""在牢狱中盛开着的花是毒草一样的行为；在这里只有人间之善的东西浪费和凋零：青色的苦闷看守了这重笨之门，而看守者，就是绝望。""伍们使一个被恐吓的小孩子饥饿着，让伍整日整夜地哭泣：伍们鞭挞弱者，笞打愚人，嘲骂白发的老人，而且又不许说半个不字，以至有许多发了狂并且都变了恶人。""我们所住居的监房是污秽的、黑暗的厕所，活着的死底恶臭把每一个响着的气息塞住了，除了肉欲之外，一切东西都在人道的机械中变成了尸骸。""我们所饮的有盐气的水渗进了污秽的黏泥，伍们在天平上秤的苦的面包充满了粉屑与石灰，睡眠不许躺下来，只准张大了眼睛走，只准向了时间呼号。"(原文为美的诗，现在只把彼底意思译成散文——还是不好的散文，请读者原谅。读者如要参看原文，可翻 Mordern Library 中《王尔德诗集》之最后数页。)

他在巴黎，生活上极是穷困。友人底援助和他底旧戏曲《庄严底可贵》《理想的丈夫》等底翻刻，虽则也有些收入，但他总是任性地用，所以一用便完了。

一八九八年十二月他旅行意大利，明年之春又旅行瑞士。

王尔德在巴黎过怎样穷乏的生活，这且看希拉特底一节记事便很可明白了，希拉特说，“他从纳坡尔斯归来的时候，暂住在玛尔苏里爱街一旅馆中。但因为欠了宿费，他便被驱逐出了这旅馆。他却在文字所表现的那么的意味中，笑着出了街上。美术街底小旅馆底主人段坡里爱，把他从这境遇里救了出来。段坡里爱是当他旺盛的时候，和他有一面之识的人。段氏把自己旅馆内的一间借给了他；又自己到玛尔苏里爱那旅馆中去，还了他底宿费，取还了抵当在那面的他底行李。”王尔德从此以后，一直到死，都住在这亲切的段坡里爱底旅馆中。

一九〇〇年，王尔德渐渐邻近死神的时候，他底神经衰弱和心身底疲劳困惫，都更厉害了。他底死底直接原因，是脑膜炎。死前几个月，他常常为很厉害的头痛所恼。十月十日，受了手术之后，便好些了。这月底二十九日，又离了床，到他喜欢的咖啡馆里去了。第二天，病又重了；从此以后，一直到死，总是恼着。他常常呓语。那小旅馆底主人段坡里爱说，“他自然可怕地苦痛着。他不堪苦痛，常常用两只手捧着头部。他时常呻吟着。我们常常把冰放在他底头上；而且我常常为他注射吗啡。”王尔德底病势渐渐重了，渐渐像不能再起了，他底亲友洛士便为他请牧师，在十一月二十九日，使他受罗马正教底洗礼。第二天，即三十日，下午一时五十分，王尔德在段坡里爱底腕上长逝了！

下面的，是洛士在王尔德死后十日给友人某的《王尔德临终状态底记录》：

“这朝晨（十一月三十日）五时半的时候，他底样子全然变了。面庞上种种的线也都变了。便有了‘死际的喉鸣’了。我到那时止，从没听到过这种喉鸣。这正像回转‘曲挺’那么可怕的音响，这直到他断气的最后才停止。他底两眼，早没识别光线的力了。泡和血，不绝地从他口中流出。从午后一时，我们都不离去房了。似乎苦痛的喉鸣，声音渐渐高了。在一时四十五分，他底呼吸变了。我走到他床边去，拿了他底手，按他底脉，——脉已乱了。他便深深地叹息了一下。这叹息是我到了这里之后所听到的唯一的自然的叹息。他底手脚，不随意地伸着；他底呼吸，渐渐幽微了。他便在二时前十分断了气。”

他底遗骸，在十二月三日，由洛士、勃莱孟伯爵夫人、道格拉斯和别的几个人，寂寞地葬于巴钮（Bagneux）墓地。一九〇九年四月二十日，他底遗骸移至贝尔·拉绥斯（Père Lachaise）；由洛士等底义捐金，在那面建了一个纪念塔。

（十三）

我们总算把王尔德底一生说完了。他底生活虽不能像圣法朗士（St. Francis of Assisi）那样罗曼，但是也可以说得是罗曼的了。机械地生活着的近代的人们，看了王尔德底一生，也许要受一点罗曼化吧。

在理知上看来，人生是没有甚么意义的，不过人是要生的，那末生就是人底意义了。但是单单是生，像机器一样地生，和死有什么区别呢？所以生也要生得有趣味。

要生得有趣味吗？那就非把生活变动不可。生活底变动就是人生底真意义。

受分工的铁则支配着的现代的人呀！起来，变动变动你们底生活吧。不登天堂，宁入地狱，这样死一样地生活着，干甚么呢？

要求生之快乐吧！要求变动吧！王尔德已在我们前面走了，我们还不赶去吗！

附记：本篇因参考的文章不多，故对于王尔德不敢说有怎样周到的见解，不过就我们两人在王尔德著作中看到的王尔德，和平日所感到的王尔德，似乎是如此罢了。将来如至国外能翻看在中国所不能看到的书，得我们所不能见到的见解，那将来再改正或添加吧。

我们所参考的书，除王尔德自己重要的原著之外，更参考以下诸书：

《近代文学之研究》 本间久雄著

《近代戏曲家》（*Modern Dramatists*） 亨特生（Henderson）著

《从高台》 本间久雄著

《王尔德评传》 沈泽民述

日本《王尔德全集》 矢口达编纂

《扇误》 潘家洵译

《沙乐美》 田汉译

《王尔德童话集》 穆木天译

一九二二，四，二五，在上海

——录自商务印书馆1924年再版

《莱顿监狱的歌》弁言

泽民（沈泽民[①]）

王尔德底 *The Ballad of Reading Gaol* 是他生平底一首得意之作，在他底诗作底全体中，也立在最重要的地位。

诗中大意是述一个酒醉杀妻的兵官，伏法被绞的事。王尔德作这篇诗记他底同情而对于那不合人道的法律猛烈地攻击。他作这篇诗是在出狱以后了，他在诗前题着道“纪念 C.T.W. 君，皇家骑兵营卫士。一八九六年七月七日于贝克省莱顿乡之 Obüb H. M. 狱”；而自署其名曰“C. 3. 3.”——那就是他在监时的号数。

论到思想底价值，这首诗和《狱中记》是竟使英国底监狱因而改良的；这实际的影响已说出了价值底一切了。论到思想底内容，与其在这狭小的弁言内，说又说不畅快，竟不如待读者自己去领略吧！将来有空，或者要专做一篇读此诗与《狱中记》的文字呈教。

论到文辞，原诗是英诗中不可多得的珍品：形式之整齐，韵律之自然，表现之强烈，屡屡使我在译的时候灰心却步。现在把他这样丑化到中文里来，真是对不起著者和读者。所幸其中有许多妙想和警句，是不会因传译而受损的，如他骂监禁制度说：“人类底监狱，个个都是用羞耻的诗造成的；而且因为防恐被基督看见人们怎样虐待他们底兄弟，外面是筑着围墙。”

他赞美忏悔说：“破碎了的心，像那破碎的箱子一样，露出所有

① 泽民，沈泽民（1900—1933），原名沈德济，字泽民，笔名明心、希真、冯虚（有时与兄雁冰合用）等，浙江桐乡人。1920 年赴日留学。1925 年担任中国职工代表团翻译，随团赴莫斯科出席国际职工代表大会，后留中山大学学习，1930 年回国。译有《基尔特的国家》（泰勒 G. S. Taylor 著），《坦白》（福楼拜著）等。

的财宝来献给上帝；于是癞病者底不洁的屋子中间，充满了最珍贵的膏油底芳香。”这种名句是万万不是晦涩的翻译所能掩得了他们的光彩的。不仅如此，我看原诗底妙处还在通篇底气韵。近来中国诗坛上也时时有较长的诗出现，但是篇幅长了，有几篇就不免累赘沉闷；《莱顿监狱［的］歌》仿佛大江底潮水一般，大起大落，内容底变幻与诗底长短相称，这层好处，只要是直译的，不是任意的删节脱落，总也自信可以保存原文底几分真面目。所以，我要请读者注意，（一）当他是散文读；（二）整个儿的一口气的把他读完，不要零零碎碎的把他玩味。

诗中有许多很难处，仅就所知道的一一注出，不周不详，还请原谅。

《狱中记》已有译本，思想上可以参证的地方很多。

一九二二，六，六，泽民

——录自商务印书馆1924年再版

1923 年

《安那斯玛》[①]

《安那斯玛》译者自叙

郭协邦[②]

这个剧本，我译完了以后，照例自己要作一篇叙。我想起对于现今中国几个问题，要向读者解释；至于本剧的批评，已在附录中《〈安那斯玛〉的批评》讲过；余的让读者自己去观察，无须我再赘述了。

我想戏剧就是社会的模型，社会进步，可以促进戏剧的改良；戏剧改良，也可以促进社会的改造；戏剧能够改造社会，全在他的魔力；戏剧的魔力，世界上没有东西可以和他比的。戏剧是代表一时或一地的群众心理，有了这种心理，才有一种戏剧；看了这种戏剧，也可以想到当时的社会。从前人做剧本，往往比喻人生，如在戏台上面；究竟何以如此，因为戏剧就是人生的写真；台上所演的，全是人人都演过做过的；所以戏剧家才演得出来。到了这里，就有二个结论：（一）戏剧是代表一个社会或一个民族的文明，他是完全和社会

---

① 《安那斯玛》，剧本，俄国安东列夫（Leonid N. Andreyev，今译安德烈耶夫，1871—1919）著，天津郭协邦译，耒阳黄俊、鉴湖抱恨生校订，新文化书社1923 年 1 月初版。

② 郭协邦（1903—1930），江苏江阴县人，毕业于清华大学。另译有契诃夫《一位医生》。

的环境一同改进的。（二）戏剧是改进社会最有力量的东西，因为他的魔力很大，所以编剧家必须善用这种魔力。

俄国十九世纪的戏剧，差不多都是表现农奴制度的生活；这也难怪，因为他本来是这种社会，他戏台上自然不会表现出法国、美国的精神出来。俄国的剧本，受了这种社会的背景，自然发生不满意，——这种剧本，自然成了革命导线。我们读俄国的剧本，必须有这种眼光，才不算辜负了他。

在中国现在这样人民生活状况的底下，我们很可以盼望有几本出色的剧本出来，含有中国人民生活状况背景的特采。近年来崇拜外国戏剧的人，一天多似一天；我很盼望我们中国人，尽力去用中国社会的背景。如果件件学人家，不知利用自己的资本，那就太愚了。日本是一个专门模仿人家最有本领的国家，模仿到这个地步，他渐渐的失了他的创作力。我们现在的戏剧，是要好好的模仿，还是要尽力的创作？有人说，中国现在告剧本的饥荒；我想剧本倒不会告饥荒，只是都没有编起来。这样一个大民族，要是戏剧也告饥荒，那不是愧死人么？

现今中国旧剧，尽是唱歌的调儿，除了耳目两个作用以外，没有第三个；最要紧的“总宰”机关，差不多没有他“用武之地”了，这是很没有意识的。他的缺点很多，改良的地方自然不少。但欧西很多戏剧，亦含有音乐的作用，如歌剧（Opera）一类；中国的旧剧，因为有新剧的发生，更有保存改善的必要，这种仔肩，自然在聪明的创作家身上了。

讲到中国的旧剧，还有一种可以引人注意的，就是社会对戏剧的态度。现在各处最通行的各剧，差不多都有人赏识，赏识的第二步，就是要赏识到扮演者的身上；这种制造空气的作用，实在是十分危险。作者的技艺，为这种社会专制所钳制，实在为害不少。个性的艺术的表现，因此痛受打击。这全是艺术家的一个重大问题。

我本来是翻译俄国的剧本，应当向俄国艺术家发言；但俄国的艺术，别处讨论的很多，不如向中国艺术家发言；这本书总算供献给他们的了。

这本戏是从英文本重译出来的，是汉门倍斯但因（Herman Bernstein）一九一〇年的译本。我译完后，经钱宗堡君替我细细的校对了一下，帮助我不少，我很十分的感谢他；还有几位同学，也帮着我誊稿本，我也十分的感谢。

郭协邦叙

——录自新文化书社1923年初版

《安那斯玛》附录——安东列夫传略

安东列夫传略（Leonid Andreyev 1871—1919）(这篇传是偏重于安东列夫思想上的一方面；至于他的作品，不再一一的批评了)。

安东列夫生于一八七一年，在奥莱尔（Orel）地方一个贫苦的家庭里；正和屠格涅甫是同乡。他曾说："我幼时在本乡学校读书，但那时我不是一个勤学的学生，在第七级一班，我的功课，完全在全班的末。但在学生时代最合意的，我现在还记着。有时那教习因为我在教室，没有礼貌，赶我出来。在那长的寂静的堂里，和着我寂寞的脚步声。四面的门都关了，屋里坐满了学生；一线的日光——自由的光——在那休息的时候，它和灰尘射进来。那都是神秘的，兴味的，充满了那一种特别的秘密思想。"

他的父亲是一个测量师，死的时候，安东列夫还在学校里求学；他家内就断绝了财源。但他也不从此就灰心；他就到圣彼得堡，进了一个大学。他自己做点文章卖了，借以谋生；但是还不能充足他所需要的。安东列夫曾说："我知道我在圣彼得堡第一年这样的苦，饥饿不至一次，有时我有两天没有什么吃。”

他的第一篇文学产生，就在这困难的时期，他给我们一个详细的困苦记录。有一天他送给报馆一篇故事，关于一学生的困难：他自己的生活。

他自认说：“我写这篇的时候，我像小孩似的哭着，拿我所受的痛苦都写上。当我拿稿子给报馆主笔的时候，我仍被忧愁感动着。我告诉他说：‘数星期内，我再来问回音。’我当时心地快乐着回来；压下我心头的苦恼；成了一个预期的判决。但是主笔大笑音声，冲到我身上；他宣布我的作品，是完全无价值的……”

以后他又求学；他在莫斯哥大学，就成功了。他说：“在莫斯哥的时候，才有一个实在的立足地，苦愁也少了；因为我的朋友，和社会的扶助。我仍很快乐又回到圣彼得堡大学的生活。那里的阶级，愈见分别；但那个人的同情，仍可以在每部中找出。”

后来安东列夫厌恶那种生活，试谋自杀。他曾说：“在一八九四年正月里，我试自杀；但我没有一点自觉的结果。我曾受过宗教上的责罪，来欺骗我；虽然没有什么危险，但我心中，愈觉不屈。在这个时期，我曾试过二次，那文学的创作，但没有成功……”

“在一八九七年，我接受律师的学位；我就在莫斯哥理事，很久没有生意。有一次接了一件民事诉讼，我完全失败了；并且还有几件无证据的罪犯案；虽失败，我仍很热心的去做。”

最后他有二篇强有感动力的文学创作：《静》(*Silence*) 和《他是……》(*He Was...*)，刊在圣彼得堡有名的评论报上；使他创作的名声，立刻显著了。在这个时候，他才自己立志专心研究文学。

安氏曾说：“我游历很多地方，没有看见自由的人；所看见的，只有奴隶，他们住在一个笼里，生死都在里面。并且我看见他们的厌恶和爱情，罪过和行为；每天只沉没在忧愁之中，不能自拔。”

以上的数语，可以代表安氏创作品的命意。安氏所问的，皆人生的基础，人类承认的条件，不过一种天然的结果。任何处都有那疯的和可怕的住着。人类的存在，人类的思想，人类的行动，这种问题，都极力的充满着激怒他，使他的脑筋里无存在快乐的余地。其实这种问题，只是一种的觉悟性。任何人不在能预知他数分钟内要做的事。安氏论文中曾说："千万的生命，在我灵魂中显出；生命在我生产以前就有了。为了个人，有自由的期望么？"

安氏每篇的创作，皆注意于自由的闭锁。人类的情欲，是一个残酷的地狱，永远潜伏在人灵魂中的深渊处。人的思想，是一个叛逆的军器。那暴虐的行动，抵抗他的主人，阻碍他个人的自觉力。不能窥视别种人类的活动。他自以为怀抱世界，但他自己只是一个思想初生存规律的奴隶。那种不是他所造的，也不是他随便可以改变的。

那层层的障碍物，回绕在安东列夫的四方，那自然的法，使人类为世界律上的奴隶；我们的心理，使我们为脑筋的奴隶；那暧昧的命运，用不屈的虐待，运用人类；那近代的教化，压碎那本能创作的特性。那人类的建设力，和他们的灾难，怨恨，压逼着懦弱的，和无罪的人。那"时代"，也没有人敢接近他。那障碍中最大的障碍——当人类和世界的末日；那"死"，在那里窥看着。这许多的障碍，安东列夫的思想，被那狂暴的情欲所打击。他找不到解决的方法，得不到可以藉慰的。宗教也不能回答他，上帝——倘使真有上帝——也是很难解决的问题；使人的思想失望，心地悲痛忿怒着。爱情是空幻的。人为了爱情而牺牲，也不能使世界发展。行善也没有什么帮助；因为在这种罪恶，困苦，讨厌的世界中，行善事是很羞耻的。只有那"神的法力"，可以打破那许多围着我们生存的障碍。但谁忠心于"神的法力"的，结果仍旧受着欺骗。故安东列夫在《范息莱佛维以基之一生》和《安那斯玛》内都已说过。识者谓"神的法力"，就是革命的手段；有了革命，才能除去人生一切的障碍物。

安东列夫是一个很有教育的人。他对于无论什么进化的事业，有可惊异敏锐的感觉力，对于什么新的事业，他就很快的研究他，他总做别人的先锋。他的艺术，是我们过去前代的遗存，和我们现在所学习的一种结果或效验。用了这种的艺术，安东列夫能成功传达那观念，思想；和那美丽的，细微的，无定限的知觉；好像显出超过人类的表示。安东列夫不介意他的作品是真的，或者那创作中的人物是实有的。他的目的，是一种真实的印象。来传达着这种的印象，他也不介意用那神秘的，符号式的，或者明白的实体论。他创作中嗜好的一种人物的品格，是低降退化的，低下的，违法偏心的，或者没有实际上幻想的。在习惯上，那人物的品格，真实或不真实，是第二等重要的事；创作的总目的，是思想的解释，和思想的配合；那创作中的人物本来的职务，不过是思想形体上的中心点。

这样看起来，安东列夫每种新作品，在俄国占重要的地位。他第一篇戏剧《到星中》(*To the stars*) 在俄国为自由战争的时候出版的（一九〇五年的日俄战争），反照着战争。《萨滑》(*Savva*) 在一九〇六年出版的。后一年（一九〇六年）《人的一生》也出版。《萨滑》剧本，在俄国是禁止的，但在维也纳（Vienna）和伯灵（Berlin），都排演过的了。这三篇剧本，都是安氏很著名的作品。

安东列夫死在一九一九年九月十二日，在俄国西北境券 [芬] 兰地方（Finland）。

——录自新文化书社 1923 年初版

《安那斯玛》附录——《安那斯玛》剧本的批评

安东列夫的创作，一定有一种目的，不是消磨光阴弄笔头娱乐的可比。在他每篇小说或戏剧中，必能显出他全部或一部分的思想。俄国自柴霍甫后，足以代表俄国文学的人，只有安氏一人。安氏与柴霍甫两人的出身，皆在悲苦之中；所以他们的作品，皆同一个目的。柴霍甫用悲痛诙谐的口吻，间接的或直接的，描写当时俄国生活的黑暗。安东列夫将人生的知觉，恐怖，苦难，一一显露在纸上；使人类有自觉的能力；在那黑暗的时期。安东列夫想把“人生的真义”找出来；在这篇《安那斯玛》剧本中，就可表显出来。

在这本剧本中，完全写“安那斯玛”——魔鬼的化身；和守门人——里面藏了那“永生的神秘”。安那斯玛恳求守门人允许接近他；谄媚他，凌辱他，终没有成功。安那斯玛就在人类选了一个贫的老犹太人，叫大卫立柴。使他成一富人，使他反抗上帝；用以证明生命是完全无意思的。他自己假扮一个律师牛立斯，到地球上来，给钱与大卫，以后大卫又分他的家产给贫人。但是各地的贫人，愈来愈多了，结果他仍旧和以前一样的穷。

在那时候，贫人常增加数目向大卫要钱，并且要求他实行“神的法力”。因为在贫人的眼光里，尊敬大卫和圣人一样。他们拿死尸抬来，求他医治。大卫没法，就逃避了。他们还跟了他，并且拿石头掷大卫，大卫就死了。因为大卫爱了他们，所以他得到“精神上的永生”。在末一篇结幕中，那守门人告诉安那斯玛：“那作恶最高的天使，打败了，回来卧在那不可窥测的神秘的门槛前。”

安东列夫和那生命，目的，上帝，公平，战争着。他向他主人挑战，那我们命运的主人；在安那斯玛口吻中说出：“我寻了很疲倦了。我厌恶那生活，和那无效的痛苦，去找那失去的。给我死，但是不要在不觉的时候，来损伤我。”但他听见守门人回答的，只：“我的脸是出露的，但是你不看见她。我的命令是清楚的，但是你不知道她。我的言语是高的，但是你不听见她。你永不能看见，永不能听见，永不能明白的了。”在安东列夫著作之中，那失望的声音，喊着很高。

安东列夫这篇超然的戏剧，有哲学的性质；脱胎于哥德（Goethe）的《福斯得》中（*Faust*），得有特别的兴趣。安东列夫之创作此篇，已近于了解人生的意义。读过这篇创作的人，才能明瞭不是安那斯玛恳求守门人，洩露那神秘。是安东列夫自己，被他才能的势力冲动了，好像他自己被许多障碍物围住了，抵抗着那残忍的守门人。那解决“人生迷途”的守门人。

但在安东列夫许多的创作品上观起来，安东列夫并不是一个厌世主义的人。有一篇中他曾说：“个人上虽已破坏了，但那直实已救了人类。”世界上的悲苦，也许有这样的大；那问题，接触着人的思想，也许不能解决；世界上，充满了他的灵魂，所以安东列夫失望了，不能寻出那意思来，那生活的真义。虽则他的理由反对他，但他的灵魂告诉他说：“那直实的已救了人类。”到底，“人”还是不失败的。虽则那无运的围住了他，但他的灵魂仍没有损害，他的精神仍没有打破。他仍得胜着，因为他没有服从。安东列夫是理想中来的伟人。安东列夫已近了解人类生活的意思，在这《安那斯玛》剧本中，我们又可寻出一个他的见解来：“大卫已经达到永生的目的，他虽为了人类而死，他在不灭的火中，永生的住着。大卫已经达到永生的目的，他在不灭的光中，永生的住着；那就是生命。”

社会的问题，安东列夫固然也很注意。《萨滑》（*Savva*）纯粹是一种社会问题的戏剧。《到星中》（*To the Stars*）、《人的一生》（*The Life of man*）和《安那斯玛》，这三本戏剧，是安东列夫对于人类人生问题，最重要的作品。在这剧本中，用近代的精神，近代的智识，去解决数世纪以来“人类脑筋中人生问题”：从何处来的？向何处去？什么是人类生活的意义？为什么要死？这就是讨论人生问题中最要的纲领。

美国哲学博士奥尔金（Moissaye J. Olgin）对安东列夫本篇创作说：“在这剧本中，有三个重要的人物：大卫立柴，是表显仁慈性和自己的牺牲（Self-Sacrifice），为了人类；安那斯玛，表显人类好问的思想，求确实的明瞭，不是盲从的；守门人，是永久的神秘，和永久的静，人类不能同他和睦的。《安那斯玛》剧本，是最有价值的艺术作品（Highly valued as a work of art）……”

美国《纽约城晚报》(*New York Evening Post*）中说：“《安那斯玛》剧本有极大的深意，确实是一种天才的作品（Work of genius)。”

美国《旧金山编年史》(*San Francisco Chronicle*）中说：“这本戏剧，确实是思想的富源（Mine of idea)，思想欲念的消化处。”

美国文学杂志 *The dial* 中评：“《安那斯玛》剧本是和善和罪恶的寓言纪念碑（Monumental allegory)。在这哲学中，富有真爱(Humanitarian)，和高尚的意义。”

这一篇的批评，不能算很合式详细具体的批评；但对于著作本剧人的意义，已经达出一二。决不至只有上面一点的意义，望读者诸君看完了，讨论一下，再做一篇具体的批评出来，方不辜负了这篇名著。

——录自新文化书社 1923 年初版

《沙乐美》①

《沙乐美》“密桑索罗”之夜歌

——此诗呈 Salomé 之作者与寿昌——

郭沫若

无边天海呀!

① 《沙乐美》(*Salomé*，今译《莎乐美》)，一幕悲剧，英国痾丝卡 · 王尔德（Oscar Wilde，今译奥斯卡 · 王尔德，1854—1900）著，田汉译，奥蒲列 · 琵亚词侣（今译比亚兹莱）插画，中华书局 1923 年 1 月初版，少年中国学会丛书之一。

一个水银的浮沤！
上有星汉湛波，
下有融晶泛流，
正是有生之伦睡眠时候。
我独披着件白孔雀的羽衣，
遥遥地，遥遥地，
在一只象牙舟上翘首。

啊！我与其学做个泪珠的鲛人，
返向那沉黑的海底流泪偷生，
宁在这缥缈的银辉之中，
就好像那坠落的星辰，
曳着带幻灭的美光，
向着“无穷”长殒！
前进！……前进！
莫辜负了前面的那轮月明！

——录自中华书局 1923 年版

《谭格瑞的续弦夫人》[①]

《谭格瑞的续弦夫人》序

希孟（程希孟[②]）

一

《谭格瑞的续弦夫人》是近代一篇有名的悲剧。这剧共分四幕，剧中的主要人物是谭格瑞陂拉，背景是英国的社会情形，焦点在婚姻问题，又因这问题不是单纯的，所以关于爱恋家庭宗教社会各方面都有深切有味的描写。剧中从头至尾满载了愁苦，猜怨，虚伪，把人类的污点和社会的腐败老老实实的写出，叫读者不能不发生深沉的感动和透彻的觉悟。他是一本写真的回忆剧，我想还是中国这麻木不仁虚伪苟安的社会所须要的兴奋剂。至于剧中的结构，说白的布景的佳妙，尽多可以做我们改良戏剧的参考的地方，因此我便把他介绍给中国读者。

但是介绍《谭格瑞的续弦夫人》，谈何容易！在我更是“不揣谫陋”。我译完这剧后，好像听到他对我说过：“朋友，你把我原来的衣服去了，硬替我换上中国装，你这点诚意我到能够原谅，可万别引我到泥坑里去呵！”所以我对于这剧多一分的称赞便自己多一分的惭悚。我怕我不曾把这剧的原形一丝不走的译出，更怕作者的意思叫人不明

---

① 《谭格瑞的续弦夫人》（*The Second Mrs. Tanqueray*），戏剧，英国阿作尔平内罗（Arthur Wing Pinero，今译平内罗，1855—1934）著，程希孟译，上海商务印书馆 1923 年 1 月初版，共学社文学丛书之一。

② 程希孟（1901—1976），字次敏，江西南城人。曾就读北京高等师范学校英语系，留学美国，后转入英国伦敦大学攻读博士学位。另译有英国柯尔《英国劳动阶级运动史》等。

白。我且大胆向读者贡献一点读这剧的意见：——

（一）作者老老实实的把社会的黑暗写出，便暗暗指示了保守的社会是悲剧的制造所，光明要在进步改革中才有的，

（二）我们中国人不要看见人家社会的腐败便高兴着以为自己的好，其实我们社会的坏并非不够，只因为像平内罗这样大胆肯说老实话的人太少，所以大家便忘了自己的黑暗罢了。

这些话未免太空泛了。我现在把我译这剧所得的感想分条写出，或者也可以做得读者的一点参考。

二

先说婚姻方面所得的感想。

爱情——异性间性的和人格的爱——是良好婚姻的基础。没有性的方面爱情不成立，没有人格的方面爱情也不能成立。要有高尚纯洁的爱，才有幸福和快乐。这剧中所写的陂拉是美丽又轻佻，无判断又好胜的一个青年女子。她前头的历史非常惨淡，居然便遇着那个自命侠义的欧布利，不顾一切闲话硬娶了她：就表面上看，欧布利倒是一个有血性又能够特立独行的男子。究竟他对陂拉的爱纯是性的感情的。他只因为受了第一次冷酷的婚姻和女儿出家的反响，才爱上她，却不曾彻底的原谅她——不曾真诚的待她。这一层她明明知道所以说："欧布利，世上有两种爱，一种是对于你敬重的女子的爱，一种是对于你爱的女子的爱。她（爱莲）得了你第一种的，我从来不能得。"假如说欧布利真能原谅她，那没，后来爱莲原谅了休胡，他何以不会推己及人去了解他们呢？总之，欧布利和陂拉只有感情上的爱，所以对于结婚后的共同生活并没有事前的互相了解，俨如结了婚便够了似的。那知到后来她天天盼望伦敦的咖啡式生活，他却只打算守住她过日子；两人各想各的，由怨恨，虚伪闹成惨剧。从这一点我

们可以知道没有真爱情决没有幸福和快乐；如果我们硬拿“爱情便是痛苦”的话来做借口，随便一干，也只好落得叫顽固守旧的先生们的笑骂罢了。剧中阿瑞特夫人对陂拉说过：“不过我不得不说我真希望你把婚姻这事看郑重些。”这虽是一句讥讽自命为上等社会的人的话，也算得作者对青年下的警告。

三

其次说社会和个人的关系方面所得的感想。

个人的罪恶多是社会的腐败和黑暗造成的，但个人的罪恶造成以后社会能够严刻的痛责他，却不能觉悟到自己的坏去认一认账的。至于说与人以自新的机那更不能了。像是陂拉那样的人，固然是自作自受，确也是叫社会坑了——她只是当时社会现象的结晶体。不过后来陂拉“经过了一个残刻的生活后”，她的“知觉生了一层厚皮”，谁还能想到社会本身的黑暗，谁还能真给她“另一个机会”去“换个新生活”。欧布利最后一次的忏悔，咒骂可惜迟了，社会害死不抵命的。我们要打破黑暗才救得出自己！

社会盲目的压迫个人和个人虚伪的反抗社会，是同等的坏。这话要从两方面仔细去看。社会因为要维持旧习惯和制度于是安排下了一个“社会死海”，在这海里常常浸死了许多冤枉鬼。剧中欧布利和阿瑞特两人的婚姻自然都算糟糕，不过社会不就婚姻的本身来批评，只拿门第的眼光和习惯的成见来唾骂人家，那便是盲目的压迫。你看止恩，米斯达士那一般人一听见欧布利要续弦便大惊小怪，再听见他说“他的婚姻不是那多半能叫社会满足的习惯的婚姻”，更加疑惑轻鄙；其实他们都没见到要点。只不知道他们后来看见欧布利那样的下场，也会像中国老顽固们掀着胡须大笑道“不幸而言中”么？可提利安夫人老实说过：“一个妇人到了我的年纪我想她是一个愚笨的，有偏见的从着习俗的东西”，这正是他们的写照。可是社会错了，欧布利也错了。他本来不信陂拉，却偏说对她有荣誉爱情，又不肯直捷了当去叫爱莲原谅她（陂拉）。像这不真诚不彻底，恐怕正和一班的男子一样，那真能够“特立独行”！我以为婚姻这事，个人应该自己互相负责；社会只能向 [问] 对手两方愿意不愿意，真诚不真诚，如果过了这个限制，硬去定出阶级习惯上的规矩便是专制。

四

其次说关于女子问题所得的感想。

女子解放中第一个要素是女子要自己觉悟是一个人——要有独立的精神。这剧中的陂拉一生糟糕，只怪得她没有独立的精神，老是“依人为命”。看她最后几回的诉说，以为女子生存的武器只是俏丽，竟是到死不悟。她最可怜又可笑的话是“欧布利，记着常常叫我快活”。快活如何是人家给得了的！像她那样的人过她那样的生活，最好不过做个玩物罢了。她后来的自杀未必便是意外的事。我可不知道中国的女子们做这种可怜梦还有多少！

五

再说宗教方面所得的感想。

旧教的坏也和死习惯道德一样，坏在反人情帮人做假。剧中的爱莲可以做代表。她自小在庵中受了旧教的训练，不曾和世人接触，到了“她觉得清净生活不合适”回家以后，还是神圣似的一个女子。不料后来一碰着休胡仍然免不了把“她的白袍沾上一点儿灰尘”去爱他。

她虽是能够原谅他，却不能原谅陂拉！可见任凭怎样严正的宗教禁不了自然的爱情，只可以帮她做冷刻的人。陂拉说：“她也只是一个俗妇人。”爱莲说：“我帮着杀了她。”都算是痛责旧教的话：唯有那老气横秋的欧布利末了还要吩咐他那有肉有血的女儿道：“你是能从你的宗教里得快乐的，你不能吗？”何等可笑！我觉得剧中的人物几乎没一个不受习惯的束缚，只有都兰末一人眼光稍远，作者的意思往往借他说出。

我已经说过这是一篇问题剧，作者自然只开脉案，只说病证，“不肯下药”。我却说了许多，我不但要请读者指教，还要对作者申明唐突。

希孟　一九二一七月十日，北京

——录自商务印书馆1923年初版

《悭吝人》[①]

《悭吝人》毛里哀小传

（高真常[②]）

Molière毛里哀原名Jean Baptiste Poquelin约翰·宝格兰；一六二二年一月十五日，生在巴黎，是J. Poquelin的儿子。他父亲是法王的随侍。毛里哀本是指定承接他父亲的行业，人也为他向国王求得承袭这位子的权利：只是，如同Voltaire说的，他的才略司命神招他向别处去。

---

① 《悭吝人》(*L'Avare*)，戏剧，法国毛里哀（Moliére，今译莫里哀，1622—1673）著，高真常译，上海商务印书馆1923年2月初版，文学研究会丛书之一。

② 高真常，生卒年不详。曾赴法留学。另译法国高贝《旧制服》(署真常)。

毛里哀有一位祖父，喜观趣剧，有时带他到 Bourgogne 布高勒戏院去。这年轻人就觉着一种不能战胜的偏向，他求学的志愿慢慢的发达起来；他恳求祖父设法将他送进学校，也攫得他父亲的准许，将他送到耶稣会的学校，他父亲实在以为他儿子一念书，前途就抛着了。

小宝格兰在学校里念了五年的书，看他那么拼命要求学，就可以知道他的进步了。他在这学校里念了 Armaud de Bourbon 亚尔蒙葡尔奔那班的功课。后来，这 Conti 龚第的第一位亲王是文学的提倡家，同毛里哀的保护人。

从学校出来，毛里哀由 Gassened 加桑弟处，得来一种道德的原理；在他一生一世，很少离开这种原理。

他的父亲变成废人，不能伏侍了。他迫得到国王身边去接差办事。一六四一年他随着 Louis XIII 鲁意十三到 Languedoc 浪格突游历。回到巴黎以后，他求学同他喜欢趣剧的偏向，很利［厉］害的醒觉过来。

他就同一班有口才的少年们合起股来，他们在 Saint Germain 圣支孟镇同 Saint Paul 圣保罗区里演戏。这个会立刻就将别的全给压倒；得了 Illustre Thèatre“大戏院”的名目。

毛里哀这才觉得自己的才能，决计用全副精神干去，要同时成个著作家同排演家。

他才取了这毛里哀做别名。改名的意思，不过要跟这一班意大利同布高勒戏院的演剧家学习。

在法国内乱的战争时候，新毛里哀是无人赏识的，他用这几年来改良保养他的才能，同预备几篇剧本。他有一本意大利戏剧的稿本，是编就几幕小趣剧，为乡下排演的。如同 *Docteur Amoureux*《风流医生》，*Les Trois Docteurs rivanx*《三位情敌的医生们》，*Le Maitre d'Ecole*《学校教师》，这种文章，现在不过光剩下题目罢了，他这种初次的实验，是由一班坏的意大利戏院得来的；并非从他自己的天才发出来的。因他的才能，还没有机会完全发展。我们的才能所以展大同缩小，半由环境来的。

他第一篇合规则的五幕剧，就是 *L’ Etoundi*《轻佻人》，一六五三年，他在 Lyon 里昂城排演这篇趣剧。在这城里原来有一班乡下戏剧家，但是毛里哀那一班出现，他们就被人弃绝了。那旧班子里，有几个排演家，来加入毛里哀这一班，他就同一个很完全的班子，由里昂到浪格突国境去了。

Le Prince Coouti[Conti] 龚弟亲王在 Béziers 柏志哀掌管浪格突国，记起在学校见过的毛里哀，又崇拜他的才干，要请他当个秘书，毛里哀回绝说道："王爷，我是个过得去的著作家，或且是个无能的书记"，他就去求他的功业同光荣，同办人类的教育。就是在柏志哀戏台上，他编就 *Le Dépit Amoureux*《有情的忧愤》，同 *Les Prècieuses Ridicules*《装腔作势》。

在各省奔走了一时，他就于一六五八年回到巴黎，龚弟亲王在 Duc d’Orléans 奥来恩公爵面前保荐他；这位公爵是鲁意十四嫡亲同独有的兄弟；所以答应毛里哀同他的班子在巴黎立脚，他同意大利人分用小葡尔奔戏台；虽是这班意大利人已经把戏台占了多年。毛里哀的班子，就取名做"王爷的班子"，因为奥来恩公爵是保护人，两年以后，他就得了 Palais Royal 的大厅，这是摄政大臣 Cardinal de Richelieu 里缺里尔主教，为他自己无兴趣的悲剧 Mirame，特地建筑的。

从一六五八年到一六七三年，在这十五年中，毛里哀编他的剧本，全数是三十多篇。自然是不能全受同等的称赞；但是其中经他用心编著的，是真确的好文章。

他仿 Adelphes de Terence 编的 *L’ École des Maris*《良人学校》是一篇又有兴趣，又含教育性质的剧本，一年以后编成的 *Les Fâcheux*《卑陋人们》很现出些人生本色；这篇剧本在十五天里编好，念熟，排演出来，*L’ École des femmes*《妇女学校》一篇使毛里哀的荣名加增，他又另编一本，讥笑那班无知识的人，同批评这《妇女学校》的人，后来 *Le Misanthrope*《孤独人》出现，毛里哀就给人推崇在当时一总有名讽刺诗家们以上，这篇趣剧，含满哲学的思想，同巧妙的观察；起先受社会的冷眼接待，因为社会还须研究这篇的价值。*Le Tartufe*[*Le Tartuffe*]《矫伪人》出现后，毛里哀的名誉，光荣是到了极顶；但是，这也是他各种的仇人反对他极利［厉］害的时候。一班假君子同伪圣人比别人尤其反得利［厉］害。实在呢，从来没有人能将这假仁假义描摹尽致，把这虚伪的黑幕，全给揭开；若矫伪这毛病是还可以救药医治的，那毛里哀对我们人类，是尽了件无量的功德呢。《矫伪人》起初是禁止排演的，但是得了毛里哀的请求，鲁意十四就将禁令取消，《矫伪人》就得一总好人的同意排演起来。*Amphitryon*《恩非特利翁》，*L'Avare*《悭吝人》同 *Les Jeoemmes Savantes*《不栉进士》，足以造成一个诗人的名誉，来加增毛里哀编成带哲学思想的《孤独人》同《矫伪人》的光荣。毛里哀又编了许多别的剧本，都带些这种形容体态，这是他独有的才干：他最小最弱的剧本全是可以受崇拜的。每篇全有观察的精神；最轻简的一出，都有一个道德的宗向，而且包含一种美术的意味，能使人惊讶不置。

毛里哀最后的一篇趣剧，就是 *Le Malade imaginaire*《想象的病》，这时他已得了肺痨病，不时的吐血。这篇《想象的病》在第三次排演的那一天，他得觉身子比从前更不好；有人劝他休息，他说："这班可怜的工人将怎样度日呢？若是有一刻功夫，没有替他们挣面包，我将来要自怨自尤。"

但是这种倔强，就送掉了他的生命。

他正在演《想象的病》的时候，忽然气闭，人就半死半活的抬他回家。他就在一六七三年二月十七日死在家里，死的情形是很可怜的，因为他嘴里涌出的血，把他断送了。当时社会的下级人民，只知道毛里哀是个戏子，竟不知他同时是个良善的著作家，真正的哲学家。法国博士院当初不愿认毛里哀的才干，因为他是个优伶，但是在一七七八年，将他的石像安在厅里，雕刻上这几句："他的荣名一点也不亏缺，我们的光荣反有沾污"，想来是忏悔的话了。

这篇小传是由 Volbaire 著的 *Vie de Molière*《毛里哀传》节译下来。用以介绍读者诸君。其余对于毛里哀是何等样的排演家，因为于我们文学，没有甚么关系，所以从略。

译者识

上海，一九二二,八，廿九

——录自商务印书馆 1926 年再版

《过去的幽灵及其他》[①]

《过去的幽灵及其他》[序]

小峰（李小峰[②]） 枕薪（朱枕薪[③]）

爱罗先珂君的生平及其文学的价值，当他在我们中国的时候，就已有人为之详细的介绍过了，凡是留心文艺的人，差不多没有不知道他的，这可以无须我们再来多说了。

他离开日本到中国来的时候，曾有很美丽的童话留给日本的国

---

① 《过去的幽灵及其他》，演讲集，俄国爱罗先珂（1889—1952）著，朱枕薪、李小峰编辑，民智书局 1923 年 3 月初版，新中国丛书之一。

② 李小峰（1897—1971），江苏江阴人。北京大学哲学系毕业，曾参加新潮社、语丝社，北新书局主持人之一。译有《两条腿》（爱华耳特著）、《疯狂心理》（哈忒著，与潘梓年合译）。

③ 朱枕薪，生卒年不详，江苏苏州人。译有《太古儿戏曲集》（印度泰戈尔著）、《妇女之将来》（德国倍倍尔著）、《俄罗斯之赤心》（美国妣德女士 Miss. Bessie Beatty 著）等。

民；现在他又离开中国回到他的故乡去听夜莺的歌唱了，所遗留给我们的就是我们现在搜集拢来的几篇讲演：其中除了关于文学的一部分外，他都用诚恳的笔墨，亲切的言辞，对我们下了一番深刻而能使我们自省的针砭——他的赤诚和坦白都是我们所应宝贵而感谢的。

小峰，枕薪

——录自上海民智书局 1923 年初版

《华伦夫人之职业》[①]

《华伦夫人之职业》译者小序

（潘家洵[②]）

这个剧本我在三年前曾经把他译出来登在《新潮》二卷一号上头。后来仔细一看，不妥当的地方很多，并且加上了许多印刷的错误，有些地方竟弄得连意义都不十分明了。这翻译的匆促同校勘的疏忽不但对于原著人十分地有罪，就是对于读者——尤其是细心的读者——亦非常地抱歉。因此我费了一个多月的工夫——比原译时用的工夫或许还多些——把他用心改译了一番。把原译改动了几乎有十之七八。这样一来，我并不敢说处处都妥贴明晰了，因为萧伯讷的文章俏皮得很，有时候顾了他的原意就不能用很现成的中国话，用了现成

① 《华伦夫人之职业》（*Mrs. Warren's Profession*，今译《华伦夫人的职业》），戏剧，英国 G. Bernard Shaw（今译萧伯纳，1856—1950）著，潘家洵译述，上海商务印书馆 1923 年 4 月初版，文学研究会丛书之一。

② 潘家洵（1896—1989），江苏苏州人，毕业于北京大学西语系。译有易卜生《群鬼》，王尔德《温德米尔夫人的扇子》等。

的中国话就不能十分保持他的原意。不过我相信经这一番修改之后，这个译本至少可以给读者一个对于这个剧本的意义的正确观念，不至于引起许多误解同怀疑。拿错误的译书来出版是一桩罪过。我当然不敢说我没有罪过，不过我总想竭尽心力减少我的罪过。

我本来想做一篇萧伯讷的传附在前面，但是我因为手头参考书太少不敢动手。后来蒙我的朋友雁冰先生答应替我做一篇关于萧伯讷的历史同解释《华伦夫人之职业》的文章登在这里，我的文章就决意等着将来再做了。我应该谢谢他的帮助。

一九二二，十，二十四，北京

——录自商务印书馆 1933 年国难后第一版

《华伦夫人之职业》戏剧家的萧伯纳

沈雁冰（茅盾[①]）

在近代的英国文坛，最引人注意而亦最受人误解——或不如说，被人加以最多种不同的解释的，莫过于萧伯讷[②]这个人。

当十九世纪八十年代，法国工整派戏剧虽不复有从前的兴盛，易卜生在偏鄙的脑威虽已举起戏剧革命的赤帜而且他的作品亦已由德国流入中部欧洲，然而观戏者还是爱看小仲马（Dumas fils）和斯克拉勃（Scribe）的旧作，批评家还是墨守旧规，专在布局和波澜上讲究，全不注意戏剧里的理想和实质。青年新作家在这高压力之下，发

---

① 沈雁冰，茅盾（1896—1981），原名沈德鸿，字雁冰，笔名有希真、佩韦、冬芬等。浙江桐乡人。北京大学预科毕业后进入上海商务印书馆工作。1921 年接编《小说月报》，与郑振铎、叶圣陶等发起文学研究会。1930 年加入中国左翼作家联盟。另译有《倍那文德戏曲集》，《宾斯奇集》（与陈、椴合译）等。

② 篇中译名不统一，原文如此。

展的希望是很少的；凡可以宣传他们的新派戏剧的武器——戏院和评坛——都在旧派手里。幸而新派作家也得了两件武器以为抵御敌人及宣传自己势力之用。这两件武器就是脚本的印行和自由戏院的成功。近代爱读脚本的人渐多，一种戏剧未曾演过先印成书，已成为风气，新派戏虽被守旧的戏院拒绝排演，但既然能印成书，有人读，在宣传上就得了很大的效果。加以自从一八八七年起到一八九二年这六年中间，恩托奈（Antoine）创 Theatre Libre（自由戏院）于巴黎。葛莱（Grein）创 Independent Theatre（独立戏院）于伦敦，青年新派作家的剧本也有排演的地方了，对于社会的影响自然更大。所以到了十九世纪末，工整派戏剧的余毒完全廓清，新派剧本立定了稳固的基础。

现在有些批评家称这八十九十年代为蜕变时代。萧伯讷就是和这时代相始终而且足为那时代的作家的代表的一个人。从一八九二年到一九〇四年，足有十二个年头，他等着英国的民众来认识他，他逼着英国的批评家来投降他。终于，反对他的批评家不得不解除武装了！反对他的群众亦不得不来看他的戏了！真的！他们来了一大群！致使一九〇四年到五年度的 Royal Court Theatre 非演他的戏便不能卖座。*John Bull's Other Island* 上演，群众的反抗的防线就完全崩溃，萧得了最后的大胜利了！而在早几年，则日耳曼族各邦，北欧的条顿族各邦，斯拉夫族各邦以及北美合众国的人民早已为萧的剧本所征服。

对于这样一个为全世界所注目的人物，自然我们要晓得他的性格和思想的大概——至少是在和“戏剧家的萧伯讷”的说明有关连的那一方。

萧伯讷于一八五六年七月二十六日生于英国爱尔兰的杜柏林。父亲为法庭雇员；母亲本农家女，有音声天才。伯讷是最小的孩子，上面还有两个姊姊，一名 Agnes，一名 Lucy。一八七六年，Agnes 去世；Lucy 后为职业的歌者，有著作数种。他们的母亲是一个个性很强的妇人，凡事不大肯追随流俗，喜欢独抒己见。（萧伯讷后来著 *You Never Can Tell* 一剧里的 Mrs. Clandon 就是他母亲的写照）她不是一个好的管家主妇，但她是一个好母亲，她极有影响于儿女的个性的发展与品格的养成。

伯讷幼时，就不大注意学校里的功课，常常到 Irish National Gallery 去看名画；久之，对于各大画家的生平及意大利的艺术都已明白了解。他又喜欢音乐；从他母亲那里，他知道了一切关于音乐的知识，渐渐亦能欣赏著名音乐家的作品。一八七一年，他离学校，进杜柏林某地产公司为雇员。这职业和他的性格是不合的，但为家贫所着迫，他竟在那边做了五年的苦工；除积蓄了几个钱外，借此他又熟知贫民的生活状况，为他后来倾向于社会主义的伏线。一八七二年萧伯讷的父亲去世；于是他母亲带了他姊姊 Lucy 到伦敦，以便 Lucy 得有学习歌唱的更好的机会。母亲又兼任女学校音乐教员，维持生活。后四年，即一八七六年，伯讷也到伦敦，在 Edison Telephone Company 中得了个位置。于此又引起了他对于电学及其他物理的学科的趣味，常常用心去学习，不免反倒荒疏了职务。在电话公司中勉强过了三年，伯讷辞职家居，仗他母亲做教员的收入以维持生活。那时他正二十三岁。萧伯讷后来对我们说：“人家责难我不能帮助母亲，却反靠她来养活我。真的，我母亲不教我替她做工，却反为了我而做工。这是一件好事，因为这使得我做自己的主人翁而不做奴隶了。”

萧伯讷虽不办事，仍是很忙。他每天总到图书馆里去看书，如果图书馆里没有他，那一定是在美术馆里，如果美术馆里也没有，那一定是在什么音乐会里了。他天生是辩论家，喜欢加入各种辩论会。他先后加入 Zeletical Club，Dialectical Society，Hampstead Historic Club（此后以改名为 British Economical Association）为会员，在这些会社中，萧伯讷渐渐的养成为一个辩论家，演说家和经济学家；在这些会社中，他和 James Lecky 与 Sidney Webb 相识，做了朋友。于是他亦依照英国流行的风气，在广场上对群众演说，可是时常失败。有一天，他在 Hyde Park 近着一个音乐队行露天演讲，只有极少的几个人听他演说，但音乐队却吸引了一大堆人来。等到音乐停止，萧伯讷的声音再可以被人听得的时候，他面前居然有了一大群人了。他的巧妙的讽刺与诙谐的词令立刻征服了他的听者。他终于叫伦敦市民认识他了。这一次的经验，他是永久忘不了的。

一八八三年，他在某处听到了 Henry George 的演说，于是他认识经济问题的重要，遂用全力去研究。他读 George 的《进步与贫乏》(*Progress and Poverty*)，马克思的《资本论》，他变成一个社会主义者了。但是他的批评的与不羁的天性使他不能崇拜马克思的社会改造方法与经济学说。在那时候，他又做小说，（同时做成了四部）自然没有一个出版家肯替他出版。幸而他的好友 Annie Besant 方为 *Our Corner* 的主笔，James Leigh Joynes 和 Belfort Bax 方为 *Today* 的主笔，于是他的 *An Unsocial Socialist* 和 *Cashel Byron's Profession* 按期连续登于 *Today*，而 *The Irrational Knot* 与 *Love Among the Artists* 则登于 *Our Corner*，这两种杂志都是宣传社会主义的，读者甚少；因此萧的小说还是没有人注意。虽然，那时著名的文家如 William Morris，R. L. Stevenson，William Archer 等人已经从这几部小说里认出了萧伯讷的天才了。

一八八八年，T. P. O'Connor 创办晚报 *Star* 请萧专任音乐评论。萧的诙谐而爽利的文章立刻引起了一般读者以及报界中人注意。那时他用 Corno Di Basseto 这个假名。在 *Star* 编辑部两年，又应 *World* 之聘，任音乐评论。现在他不用假名了，却用缩写名儿 G. B. S.。他研究 Wagner 的 *The Niblung's Ring* 而作的 *The Perfect Wagnerite* 就是在 *World* 时代的产物。

一八八九年，易卜生的著作到英国来了；名剧《娜拉》(*A Doll's*

House）第一次在独立戏院排演，给萧伯讷以很深的印象。于是他又研究易卜生的著作，结果成了一本小书 *The Quintes sence of Ibenism* 于一八九一年出版。在那时，独立戏院以提倡新剧自任，而只有易卜生的剧本配排在他们的戏单上，殊嫌单调；一八九二年秋，独立戏院的主任葛莱想排演现代英国人的剧本而难得其选，萧伯讷乃以《陋巷》(*Widower's House*）给葛莱，请他一试。《陋巷》本为萧伯讷在一八八五年的旧作，仅成两幕，因 William（也是萧的好友）的不满意而搁置了的，现在萧又找出来加了第三幕，题了现在这个“牵强而刻毒的名儿”。《陋巷》终于由葛莱排就在 Royalty Theatre 上演了；这是萧伯讷的名字第一次见于戏单上，这也是第一篇英国人做的易卜生派戏剧！首次演的结果是很惊人的！社会主义者称赞这剧所包含的思想，称赞他对于社会问题的态度；平常的每逢新排演必到的戏迷则惊怪这剧的思想和他对于社会问题的态度！各新闻纸的剧评栏连篇累牍的讨论这剧本，不但是剧评栏，连社评栏和通信栏里都有关于《陋巷》的文字出现。总之，《陋巷》的排演虽未必即为萧的成功。然而确已扰起了绝大的风波，使萧切念再试一试他的泼辣的文笔了。

翌年，一八九三年，在鼓吹社会主义与评论音乐之余暇，萧的第二篇剧本 *The Philanderer* 脱稿了！可惜独立戏院没有适当的人去扮 Charteris，所以就不能排演。萧搁下 *The Philanderer*，又作第三篇——就是《华伦夫人的职业》了。但是《华伦夫人的职业》又被检查员禁止排演。因为这篇剧本里的女英雄是老鸨，实在是把检查员吓坏了，如何能准他排演？萧于是搭过了《华伦夫人之职业》，动手写第四篇——《武器与人》。一八九四年四月二十一日，在 Avenue Theatre 开演，连续至十一个星期，还有“叫座”的魔力。

到这时候，萧伯讷渐成为戏剧界的著名人物；一八九五年正月 Frank Harris 接办 *Saturday Review* 就请萧担任戏剧栏评论。*Saturday*

Review 本是守旧的报纸，现在却请萧伯讷担任戏剧评论，这是宣传新剧的一个绝好机会。萧逞他的笔锋，极力替易卜生辩护，反对莎士比亚。他强迫英国人打破这个戏剧界的偶像，强迫英国人承认易卜生的伟大，（他的论文，后来都收在 *Dramatic Opinions and Essays* 两卷内）。在这百忙中间，他又做了一本小册子 *The Sanity of Art* 驳斥 Max Nordau 的《变质论》。

一八九八年萧娶女社会主义者 Charlotte Frances Payne Town Shend 为妻。是年又把他自一八九二年到一八九六年所著的剧本七篇，合刊为“快意的”和“不快意的”戏剧集两编。“快意的”戏剧集内有 *Widower's House*，*The Philanderer*，*Mrs. Warren's Profession* 等三篇；“不快意的”戏剧集内有 *Arms and the Man*，*Candida*，*The Man of Desting*，*You Never Can Tell* 等四篇。这七篇，虽大多数曾经排演过，但都是在不著名的戏院，而且日子不多。此时的萧伯讷出名是出名了，离成功尚远。但萧伯讷是个极有耐心的人，他坚持地等着。一九一〇年他又出版了 *Three Plays for Puritans*，有许多人买这脚本来读，但没有什么人上戏院里去看。

萧伯讷在本国的戏院里没有成功，在外国的戏院里，却大大的成功了。奥国的小说家兼戏剧家 Siegfried Trebitsch 因 William Archer 的劝告，把 *The Devil's Disciple* 译为德文，于一九〇三年二月二十五日上演于维也纳的 Raimund Theatre；后又继续把 *The Man of Destiny* 和 *Candida* 译为德文排演，结果都很好。一九〇四年春，上述数剧又排演于柏林，得到异常的成功；大批评家如 G. Brandes 和 Hermann Bahr 都极力称赞。维也纳和柏林的大戏院连演萧伯讷的剧本，几乎夜夜是满座的。不独维也纳和柏林的人狂热地欢迎萧的剧本；斯干底那维亚半岛各邦以及斯拉夫族各国的戏院里也都流行着萧的剧本了；只有伦敦的大戏院尚拒绝着。然而萧不顾，他还是努力著作，一九〇三年，杰作《人及超人》出版。

在美国，和在德国一样，萧也得到了大批的听者了。一九〇三年到四年度，纽约以及各大城的大戏院都以萧的剧本为主要节目。*Candida*，*The Man of Destiny* 及 *You Never Can Tell* 等三剧的名儿不曾移下 Arnold Daly 戏院的戏单。

鉴于德国和美国的成功，伦敦的戏院也要来试一试了。Court Theatre 先演 *Candida*，*The Man of Destiny*，*You Never Can Tell* 等三剧。观者愈来愈多；这不是那些常到戏院里去的戏迷；却是一群拣出来的文学嗜好者。一九〇四年到五年，《人及超人》开演，成效更堪惊人，戏迷也要来看了！接着开演 *John Bull's Other Island*，伦敦市民就完全降服在这位奇怪的戏剧家面前了！等候了十三年的萧伯讷，终于逼着英国人来认识他的天才。

这就是萧的成功史，也就是英国近代剧发展的路程纪略。现在萧已经成为戏剧界的"闻人"，莫有人再对于他的天才怀疑了；但我们看了他一生的事实，知道他积十二年之久，方才被人认识，不禁要有一个疑问："为什么？"

这个疑问是不难解答的。萧伯讷写给法国社会学家 A. Hamon（这是萧所指定的翻译他的作品为法文的人）的信里曾经明白说过：近世的社会组织，和人类的本性，乃是他的剧本的精义所在；所以必须懂得这两者方能懂得他的作品。易卜生是诊断病源不开方子的医生，萧伯讷是开方子的。他是个热心的社会主义者，他所宣传的反屏主义(Fabian Socialism）是一种国家社会主义（和德国社会民主党的国家社会主义不同），他是想借剧本以为宣传主义的工具的，所以他的作品完全是"理智的"。他看见了近代社会组织的病的根源，看见了人类本性上的天然的缺陷，于是本他的信仰提出医治补救的方法；凡曾经对于近代社会组织下过一番研究工夫，曾经考察过人类本性的，看了他的方案是懂得的，生兴味的；然而给未曾研究过考察过的人们骤然看了，一定是不了解的。这是在思想方面萧的作品不能立刻就得人欢迎的一个原因。

第二，萧伯讷的剧本不是描写一件事实的发展，像大部分的剧本所做的，却是描写一个理想或一串理想的发展。譬如《华伦夫人之职业》所描写的是：由蓄娼而得的金钱是否有道德的价值？《陋巷》所描写的是：剥削贫民而得的金钱是否有道德的价值？这些所描所谓“理智的行为”方是萧伯讷剧本描写的中心点；剧中人物的离合悲欢不过是随手拈来的“砌抹”，并不是萧所注重的。普通惯往戏院里去的人如果想在萧的作品里找人生的喜剧或悲剧，要看运命怎样玩弄人生，那是一定要失望的。这又是萧的作品所以迟迟被认识的一个原因了。

现在萧伯讷是被全世界的人认识了，但对于他的议论是极不一致的；在此篇短论中势不能详叙各家对于他的批评（Ernest Rhys，G. K. Chesterton，Emil Faguet 等比萧为 Voltaire，而 Hamon 则比之莫利哀），现在引法国现代著名批评家 Remy de Gourmont 的批评当作我们的结论罢：

“萧伯讷是天才的戏曲家，欧洲现存惟一的天才戏曲家，他的作品是惟一的高尚而深厚的自然人生的宣言哟！”

一九二三年三月十一日沈雁冰

——录自商务印书馆 1933 年国难后第一版

《莫柏霜短篇》[①]

《莫柏霜短篇》天卧楼丛刻缘起

直君（谢直君[②]）

某方幼时，即嗜读稗官小说，如《征东》，《征西》，《五虎平西》，《封神》，《西游》，《说岳》，《二度梅》，《双凤奇缘》等书。其名盖难遍举，凡坊间庸俚可笑之说部，无不取而遍读之。狄青，杨令公，岳飞之忠武；黎山老母，王禅祖师之神怪；杏元，昭君之美丽；窦一虎，猪八戒之滑稽，靡不潜识默记于脑海中。视仅自妪言侩口得其大概之儿曹，故颇自矜其博识也。以多读小说故，经传中古奥难解之字义，理解亦因之较易，背诵亦常较他儿为迅。已而隋唐，三国，东周列国，诸演义；《西厢》，《牡丹亭》，《聊斋》，《觚剩》，《今古奇观》，《品花宝鉴》，以及各种笔记杂载，莫不取而毕读，以嗜之笃故。乃至辗转乞借以求之。父师虽董责之以读子史诸书，弗乐也。已觉《红梦》，《水浒》，《西游》三书，为天壤间奇构，非余书所得及，则翻读烂熟。而《红楼》尤无日不把玩。殆嗜《红》成癖，蒋苕生临川梦曲中，刻画女郎因嗜读《牡丹亭》以至病瘵。某之《红》痴，庶几似之，追忆儿时癖性，滋觉可笑。弱冠渡扶桑，不忘结习，于彼中名家作品，仍多浏览。四五年前，亦尝东涂西抹而事撰译，以其稿本，付诸报馆书局刊布，迄今取视，卒多巴人下里之作，忐愿不能自安。子

---

① 《莫柏霜短篇》，短篇小说集，法国莫柏霜（Guy de Maupassant，今译莫泊桑，1850—1893）著，嘉应谢直君译，版权页标："发行人：天卧楼，印刷所：灵生印刷公司"，1923 年 4 月初版，天卧楼丛刻第一编。

② 谢直君，生卒年不详，笔名天卧生。另译有《巴黎之剧盗》，著有《侨踪萍合记》。

云悔其少作，其斯之谓欤。旅居多暇，辄复弄翰为之。日月已积，裒然成帙，爰努力而为丛刻之刊行，以蕲其童而习之之学之有进。其中翻译诸篇，符号标点，多仿东籍，以其书多转译自东籍，匪敢自附于新文学家之末，以新体自炫也。

民国十一年壬戌岁重阳直君自识于天卧楼。

天卧楼丛刻

——录自天卧楼 1923 年初版

《莫柏霜短篇》序

直君（谢直君）

莫柏霜（Henri René Albert Guy de Maupassant 1850—1893）法国人，又译莫泊三，是十九世纪的自然主义大家。不过十年光景，他著了两百多篇的短篇，和七篇的长篇。总算得个很努力的作家，他到了四十三岁上头，竟就发狂，进了巴黎近郊的疯癫病院死了。平生境遇，很是悲惨。他的短篇，比世界上什么宝贝都要好，所以得了短篇小说王的徽号。他老师佛洛柏（Gustave Flaubert 1821—1880）常对他说，世界上东西，不论是砂，是蝇，是手，是鼻，就在同种类里头，也断没两个能够完全相同的。他得了这个教训，所以每写一事，一物，一状态，一心理，都极深刻。务要找得铢两悉称的语言去表现，不肯丝毫含混。这是莫柏霜独擅胜场之处。译者平日读过的小说也不少，但讲到描写刻划一层，再也没有莫柏霜好的了。他虽然这么精细，但用笔却极大胆。关于情欲的描写，尤其大胆。这更算得是莫柏霜的一种特长。我如此推崇，又绍介他的作品，喜欢讲究现社会道德的老先生们，或者不免目为风俗人心之害。但是在下却很有些可以文过饰非的地方。因为桑间濮上，始于风诗，神女高唐，载乎文选，不特足为中国名家从来不肯讳言情欲的证据。就拿中国著名的小说来比譬，如《西厢》，《牡丹亭》，《水浒》，《红楼梦》等书，那一部不拼命把情欲描摹得淋漓尽致，或者比莫氏的作品还要利［厉］害些，也未见得人们就把他畏得如洪水猛兽。所以中国人——古代式的思想家——如果发愿要维持其所谓人心风俗，除非把艺术上的至宝，天地间的妙文，全然禁绝不可。并且见仁见智，由人不同。依在下看来，凡是名家，他的笔端，虽然濡染于情天欲海之中，但总含着无限的社会的苦痛和人生的悲哀。莫氏文章，感人之深，也就有此。不过名家下笔之际，只知道艺术，并不介介于此罢了。

民国十一年十一月二日直君序于海上旅寓。

——录自天卧楼 1923 年初版

《费德利克小姐》①

《费德利克小姐》序

蔡元培②

戏曲在文学中为最有趣味，最与社会有直接影响的一部分。欧美各国向来最为重视；所以凡是欧美的大文学家，差不多全有戏曲的著作。因此，戏曲一道，在欧美各国非常发达；而在近世尤为发达的，

---

① 《费德利克小姐》(*Als Kurier Nach Paris*)，戏剧，德国谠恩（Felix Dahn，今译达恩，1834—1912）著，杨丙辰译，上海商务印书馆 1923 年 5 月初版，世界丛书之一。

② 蔡元培（1868—1940），字鹤卿，又字仲申、民友、孑民，浙江绍兴人。1907 年赴德留学，1911 年回国，次年出任南京临时政府教育总长。1917 年就任北京大学校长。译有德国弗里德里希・帕尔逊《伦理学原理》，德国科培尔讲、日本下田次郎述《哲学要领》等。

要算是英法德三国了。

三国的戏曲，比较起来，各有各的特色，各有各的倾向。法国的戏曲，偏重形式，而文词优美。英国的戏曲，则善于描摹社会上一般人的心理；而于剧中各角色，尤能刻画的惟妙惟肖。德国的戏曲则多含哲理上的问题；凡名作都有一番深邃的理论为之贯彻始终。譬如 Goethe 的 *Faust* 是发挥大哲学家 Spinoza 的一元哲学的，Lessing 的 *Nathan der Weise* 是发挥宗教的问题的。其他各名作都是一样的有一番深厚的"理想（Idee）"为全剧的主脑。所以我们看德国的戏曲，差不多是同直接读论文一样，必须找到他的主旨，才可以明白他在文学上的价值。

现在杨君丙辰所译德国这部《费德利克小姐》一剧，就剧情言，不过是一部演爱情的喜剧（Komödie）；但其彻始贯终的根本主义，却是作者借此发表他对于德法二国人民的国民性（Volkscharakter）的意见。盖德法二国人民的国民性：德则刚毅奋发，其失也愚；法则柔嘉温良，其失也猾；德为好军人，法则为好外交家。剧中愚直而无丝毫外交手段的非得利就是德国国民性的代表；纯用手段，弄阴谋的侪法礼蔼及布邦公爵，就是法国国民性的代表。但是作者的意思，则以为德法二国的国民性都是一样的偏颇不正；非二者调和，不能得真正的人才。所以他在剧中主张德应采法之柔，法应采德之刚，以各补其短。他这个精神，在剧中很多的地方显露出来；而尤以侪法礼蔼向非得利所说的下列一段最为显明："我的好朋友，你快醒悟醒悟吧！你们德国人的头皮虽然硬，怎当得天地间尽有碰不破的墙壁在。"他这句话今日看起来可谓说得最恳切，最有先见之明的了；因为假使作者的同胞，在这次欧战之初，肯听他句话，竭力的去讲外交手段，不仗恃他那甲坚兵利的武力；又何致有这次这么悲惨的大战出现于欧陆，而为其祖国招来这样的大败仗呢？单就这一层说，也是使我们尤其不能不佩服作者的识见了。

由这种情形看起来，德国的戏曲实在有特出的精神，有可研究的价值。所以我们研究英法二国的戏曲之外，自然不可不特别注意于德国的戏曲了。但是实际上，我国近来对于欧美戏曲的兴趣，虽然日见增加，而对于德国的戏曲，则尚未有人提倡，实在是一种遗憾。我想现在杨君的这部译稿，恐怕还是第一部译入我国文字的德国戏曲。他这部译稿，是不久就要公之于社会的，德国的文学输入我国，就要从此开始了。我希望他于课余之暇，继续着将德国文学上的名作，多多介绍过来些，以供国人的研究，那就是我们的大幸了。

十一年八月三十一日，蔡元培

——录自商务印书馆1923年初版

《费德利克小姐》自序

杨丙辰①

这部戏剧的原著者谠恩氏（F. Dahn）是德国近代赫赫大名，尽人皆知的学者。他于西历一千八百三十四年二月九日生于德之汉堡（Hamburg），一千九百十二年一月四日卒于德之波来斯牢（Breslau）。他是研究史学，法学，哲学及文学的。曾历任德国各大学校关于这种学识的讲席，对于这四种学识，均有深切宏富的著作。单就文学方面讲，诗，戏剧，小说等作品，已不下数十种。而就中最有价值，使他为十九世纪德国第一驰名国内外的著作家的，是他所著的一部历史派小说 *Ein Kampf um Rom*。这部小说，是世人所认为有“世界文学”（Welt-literatur）的价值，已经译为欧美各国文字了的（此书鄙人现

① 杨丙辰（1896，一说1892—1966），河南南阳人，曾留学德国柏林大学，攻读康德哲学，获博士学位。曾任北京大学教授、德文科主任。另译有德国霍普特曼《火焰》、席勒《强盗》等。

已从事翻译，海内同人幸勿重译）。现在我所译的这部《费德利克小姐》，是他所著三大戏剧中之一。谠氏的戏剧作品，原有十数种。而其中最大最著者，有三：即 *König Roderich*，*Markgraf Rüdeger* 及这部《费德利克小姐》。这三种戏剧，都是五出（Akt）的散文剧。不过前二种是悲剧（Trauerspiel，Tragödie），这一种却是喜剧（Lustspiel，Komödie）。这部喜剧在原文的名称是“乔装驰书使者赴巴黎”（Als Kurier nach Paris）。我因为他五出中所演的事实，全是以费德利克小姐一人为始终的主要线索，所以就直接改称这个名称。他这部戏剧在德国的文学中本无特异的色彩，然而我所以要译他的原因：一则因为他这部戏剧虽说在德国文学中无甚特异的色彩，然而却仍是优美的作品。这是他这部戏剧设想及布局的奇妙周密，笔力及剧语的灵活幽雅，等等精彩，可为佐证的。我们试一读，便知他确是有可译的价值的。二则因为他这部戏剧是关于德法二国国民性的著作。我觉得我们对于欧美各国的哲学，科学，政治，风俗等，都有相当的研究；独对欧美各国的国民性，直到如今尚未有人提及，未有人研究。这很是一种可惜的缺陷；所以我才立意翻译他这部戏剧。大家若是读了他这部书，或看了这个戏剧，就可以得到一点欧洲人民性情上的知识；可以了然于素为欧陆头脑的德法二国的国民性如何，并他们国民性的得失怎样。且可了然于他们两个之间历来在历史上所发生的种种重大误会，终竟不能谅解和平处理的最后原因。这就是我翻译这部戏剧的最主要原因了。

至于我翻译这部戏剧的方法，我以为译戏剧，是与译他种的作品不同的。因为我觉得凡译戏剧都有两种的目的之可言：一是只求介绍作品，不问译本能否排演。一是欲使译本可以直接排演，为舞台上的脚本，不仅只介绍作品。采第一种目的的，翻译时应以力切原文为主；应当用直译的方法。但是有些人，因此就译得佶屈聱牙，令人难以了解。那也未免走的太远了。采第二种目的的，应以力求观象易于了解为主旨；翻译时总得参用意译。如果原作中的字句，直译过来不容易了解的时候，就可以略为增减，或换以本国相近之成句。我翻译这部戏剧是要作排演的脚本的，所以采用第二种的翻译方法。然而亦并非绝对的意译；全剧之中不过仅有十数句，是我于原文上少有点增损的。其余的，都是照着原文直译下来，丝毫不敢脱离了原作的精神和气派。因此翻译时，往往为三二字关系，就得几经审慎，几经称量，然后方敢下笔。这其中很费了一点苦心。但是翻译的结果究竟如何，我自己还看不出来；我很希望读者诸君加以批评及指正。

民国十一年十月二十一日于北京

杨丙辰

——录自商务印书馆 1923 年初版

《涡堤孩》①

《涡堤孩》引子

（徐志摩②）

引子里面绝无要紧话，爱听故事不爱听空谈诸君，可以不必白费时光，从第一章看起就是。

我一年前看了 *Undine*（《涡堤孩》）那段故事以后，非但狠感动，并觉其结构文笔并极精妙，当时就想可惜我和母亲不在一起，否则若

① 《涡堤孩》（*Undine*，今译《温亭娜》），小说，德国福沟（Friedrich Fonqué，今译富凯，1777—1843）著，徐志摩据英国高斯（Edmund Gosse）的英译本转译，上海商务印书馆 1923 年 5 月初版，共学社文学丛书之一。

② 徐志摩（1897—1931），原名徐章垿，浙江海宁人。1918 年赴美留学，1921 年入剑桥大学。译有《曼殊斐尔小说集》，《赣第德》（伏尔泰著），与沈性仁合译《玛丽·玛丽》（詹姆斯·斯蒂芬斯著）等。

然我随看随讲，她一定狠乐意听。此次偶尔兴动，一口气将它翻了出来，如此母亲虽在万里外不能当面听我讲，也可以看我的译文。译笔很是粗忽，老实说我自己付印前一遍都不曾复看，其中错讹的字句，一定不少，这是我要道歉的一点。其次因为我原意是给母亲看的，所以动笔的时候，就以她看得懂与否做标准，结果南腔北调杂格得狠。但是她看我知道恰好，如其这故事能有幸福传出我家庭以外，我不得不为译笔之芜杂道歉。

这篇故事，算是西欧文学里有名浪漫事（Romance）之一。大陆上有乐剧（*Undine opera*），英国著名剧评家 W. L. Contney 将这故事编成三幕的剧本。此外英译有两种，我现在翻的是高斯（Edmund Gosse）的译本，高斯自身是近代英国文学界里一个重要分子，他还活着。他是一诗人，但是他文学评衡家的身份更高。他读书之多学识之博，与 Edward Dowden 和 George Saintsbury 齐名，他们三人的评衡，都是渊源于十九世纪评坛大师法人圣百符（Saint Beuve），而高斯文笔之条畅精美，尤在 Dowden 之上。（Saintsbury 文学知识浩如烟海，英法文学，几于全欧文学，彼直一气吸尽，然其文字殊晦涩，读者皆病之。）其 *Undine* 译文，算是译界难得之佳构，惜其书已绝版耳。

高斯译文前有一长篇 La Motte Fonqué 的研究，讲他在德文学界的位置及其事略，我懒得翻，选要一提就算。

这段故事作者的完全名字是 Friedrich Heinrich Karl，Baron de la Fonqué 我现在简称他为福沟，他生在德国，祖先是法国的贵族。他活了六十五岁，从一千七百七十七年到一千八百四十三年。

他生平只有两样嗜好，当兵的荣耀和写浪漫的故事。他自己就是个浪漫人。

他的职业是军官，但他文学的作品，戏曲诗，小说，报章文字等类，也着实可观，不过大部分都是不相干的，他在文学界的名气，全靠三四个浪漫事，*Sintram*，*Der Zauberring*，*Thiodulf*，*Undine*，末了一个尤其重要。

福沟算是十九世纪浪漫派最后也是最纯粹一个作者。他谨守浪漫派的壁垒，丝毫不让步，人家都叫他 Don Quixote。他总是全身军服，带着腰剑，顾盼自豪，时常骑了高头大马，在柏林大街上出风头。他最崇拜战争，爱国。他曾说："打仗是大丈夫精神身体的唯一完美真正职业"，岂不可笑？

他的 *Undine* 是一八一一年出版。那故事的来源，是希腊神话和中世纪迷信。葛德（Goethe）曾经将火水土木四原行假定作人，叫火为 Salamander，水为 Undine，木为 Sylphe，土为 Kobold。福沟就借用 Undine，和 Melusine 和 Lohengim（Wagner's Opera 怀格纳著名的乐剧）的神话关联起来写成这段故事。那大音乐家怀格纳很看重福沟，他临死那一晚，手里还拿着一本 *Undine*。

福沟出了这段故事，声名大震，一霎时 *Undine* 传遍全欧，英法意俄，不久都有译文。葛德和西喇都认识福沟，他们不很注意他的诗文。但是葛德读了 *Undine*，大为称赞，说可怜的福沟这会居然撞着了纯金。哈哀内 Heine（大诗家）平常对福沟也很冷淡，但是这一次也出劲的赞美。他说 *Undine* 是一篇非常可爱的诗，"此是真正接吻；诗的天才和眠之春接吻，春开眼一笑，所有的蔷薇玫瑰一齐呼出最香的气息，所有的黄莺一齐唱起他们最甜的歌儿——这是我们优美的福沟怀抱在他文字里的情景，叫作《涡堤孩》"。

所以这段故事虽然情节荒唐，身份却是很高，曾经怀格纳崇拜，葛德称羡，哈哀内鼓掌，又有人制成乐编成剧，各国都有译本，现在所翻的又是高斯的手笔，——就是我的译手太不像样罢了。

现今国内思想进步各事维新，在文学界内大众注意的是什么自然主义，象征主义，将来主义，新浪漫主义，也许还有立方主义，球形主义，怪不得连罗素都啧啧称赞说中国少年的思想真敏锐前进，比日本人强多了（他亲口告诉我的，但不知道他这话里有没有 Irony，我希望没有）。在这样一日万里情形之下，忽然出现了一篇稀旧荒谬的浪漫事，人家不要笑话吗？但是我声明在前，我译这篇东西本来不敢妄想高明文学先生寓目；我想世界上不见得全是聪明人，像我这样旧式腐败脾胃，也不见得独一无二，所以胆敢将这段译文付印——至少我母亲总会领情的。

——录自商务印书馆 1923 年初版

《爱弥儿》①

《爱弥儿》序

（魏肇基②）

从一四五三年东罗马帝国灭亡，而为宗教改革做预备底文艺复兴 Renaissance 起，包含现世主义，物质主义，个人主义等。所有近代精神底萌芽，而为世界文明史上一个大运动，约历一世纪，而开人间自觉第一声。

但知识方面，虽由此觉醒，而感情方面，都被束缚。甫从基督教底牢笼脱出，而又被囚于拉丁文学底古典，陷于拟古主义，而失去个人底活气。于是再想觉醒于感情的而对抗于主智的一方面底浪漫运动，随之而起。又自脱宗教底压迫，在研究及信仰上，果得自由；但实际生活——政治方面，仍受不当的压迫；直待卢梭底自由平等说出来，于是造成法国底大革命；再进而各人底自觉，遂以猛烈的声势而

① 《爱弥儿》（*Emile，ou de L' Education*），教育小说，法国卢梭（1712—1778）著，魏肇基译，上海商务印书馆 1923 年 6 月初版，正文前附有《卢梭自序》。

② 魏肇基，生卒年不详。译有《善之研究》（日本西田几多郎著），《神与人的戏剧》（英国唐绥尼卿著）等。

爆发。所以文艺复兴，是思想的知的革命；而法兰西革命，是实行的情的革命。

对于专制主义，而为民主主义，个人主义底胜利者；对于古典主义，而为浪漫主义，自然主义底先驱者；——要之为近代文明底父底卢梭，他底《民约论》，《忏悔录》，和这本《爱弥儿》，称为毕生三大杰作，而影响及于全人类。

《爱弥儿》尤为他聚精会神底著作，历三年之久而始成书；“返于自然”底一大狮子吼，不但使十八世纪欧洲面目，为之一变；而二十世纪底我国，尤有深长的意味。对于虚伪，怠惰，束缚，蔑视儿童底我国教育界，无异投下一颗爆弹。

法国某评论家说：“我们可以预言，将来终有没一个人不读《爱弥儿》底日子到来；只要法兰西底国语存在，卢梭底书籍，长为法兰西底国粹，法兰西魂灵底精华。”德国康德（Kant）读《爱弥儿》，非常感动地说：“读卢梭底著作，才知人类当尊敬；才知一代底使命，在确定并宣扬平民底权利和价值。”

《爱弥儿》底价值，除此以外，我也没得说了。不过本书底第五编即女子教育，他底主张，非但不彻底，而且不承认女子底人格，和前四编底尊重人类相矛盾；此实感染于千余年来底潜势，虽遇天才，也不免要受些影响呢。所以在今日看来，他对于人类正当的主张，可说只树得一半；但在当时，已视同洪水猛兽，书遭焚毁，而身被驱逐，可见万恶社会底压迫，势力实在凶猛呢。这编我原想不译；但卢梭自序说得好：“倘使我底主张是差的，那末当然不会有人以我底差误当真理的。”所以仍旧译出，倒可以为考察当时思想情形者底一助。

此书蒙何鸿烈君底助力实多，谨识于此，以示不忘。

民国十年十月十日序于越波楼上　译者

——录自商务印书馆 1924 年再版

《爱弥儿》卢梭略传

卢梭（Jean Jacques Rousseau）以一七一二年，生于瑞士（Switzerland）底日内瓦（Geneva）。父名依萨克，系钟表匠，母为一牧师底女，名倍那尔。他的父和母，从八九岁底时候，就一块儿戏游，为非常要好的朋友，到了青年期，而交情益加密切；不过依萨克是个贫乏的青年，要想娶倍那尔，实在做不到，所以闷闷不乐，以为这件事总是无望，就一个人独自外出，但是交情终于割不断，不多时就回来了。好不凑巧，依萨克的姊，和倍那尔底兄，有了交情，而结为婚姻，于是卢梭底父母，也能达他们底目的。卢梭在他底《忏悔录》中说："多情多感，为我父母传于我底唯一的遗产；此事对于彼等，为幸福底源泉，但在我则为一切不幸底基础。"

其母于卢梭产后，即因发热而死了。

父依萨克常于灯光之下，和卢梭共读其亡妻所遗下底小说，有时竟到鸡鸣而始就寝。如是卢梭从小即读普琉托克（Plutarch）等真挚的书籍，已养成他底根元。

因为己母早死，那就养于一位伯母行的人。这位伯母所教底歌谣，深刻于小卢梭底胸中，使他有终身不忘底印象。

卢梭底父，为共和主义者，所以卢梭自小就吸收政治上自由的空气，而且此多情多感的少年，耽读普琉托克底书籍，受非常的感化。

卢梭底父，和日内瓦有势力的葛利母，起了哄闹而被放逐。卢梭遂和他底父及伯母分别，而就养于叔父家，和叔父底弟，同就学于波绥村底牧师拉姆培希底学塾内。此时年方八岁。卢梭自此始受正确的教育，朝晚散步于田园间，而亲近自然，遂永久为其憧憬者。但因事被冤，受牧师底严罚，卢梭大愤，就离开了，流浪得几处，而暂充一辩护士底书记。氏早慧，当十一岁底时候，对于年已二十底女人名品逊的起了恋爱，一面又爱少女戈顿。感情深远，意志强固的小卢梭，好像世上所有底女子，必当爱我，世上所有的男子，必当敬我底样子，事有不如意的，即发一种愤慨。

十四岁时，为雕刻匠底学徒，苦于乱暴的主人，而性愈执拗。他天性喜欢读书，所以瞒着主人，从书店里借了好许多书，秘密地读着。彼曾因偷了邻家底苹果，而受酷虐的殴打。一天晚上，因为归家时候已迟，他又恐遭毒殴，而担不起苦痛，于是就逃到邻邦萨白耶，蒙旧教牧师白恩培尔底救援。此时他已有十六岁了。

白恩培尔送他到华伦夫人（Madame de Worens）处。夫人为二十八岁底美人，待卢梭情爱极浓，卢梭遂非常喜悦。他本无信仰，今得夫人一言，胜于百千底说教者。彼思慕夫人，至以母亲呼他。

卢梭于是拿夫人底介绍书，到德利诺的旧教堂，而为旧教徒。此时已十七岁了。

卢梭以改宗底缘故，不能再得年金，为寺僧所逐，仅得微资而去。未几为白尔基利伯爵夫人底侍者，因盗主人珍饰，给其侍女曼利盎，事觉被逐。

卢梭后又为古部恩伯爵底下仆。伯爱卢梭底才能，将来望他以外交官自显，但彼和不良少年为伍，遂入于放浪生活之中。一七二九年再寻到华伦夫人处。夫人仍望他为旧教徒，不成功，想他为音乐家，也归失败。至一七三二年，又归于华伦夫人处。

于是卢梭和华伦夫人，有关系，同住六年，实为彼一生中最欢乐的日月。此时他底才能，异常发达。喜欢读洛克，拉孛尼得，迪凯儿，勃兰秀等人底书籍，一方研究拉丁希腊底古典。但用功过度，有害健康，乃疗养法国南方底蒙配连温泉场。不久复到华伦夫人处，那时夫人已与另一个青年相结识。夫人不喜欢和卢梭同栖，一七四一年谋于利昂底迈尔孛利氏，想为他得一个教师职。但他以为自己做教师不适当，遂直接谢绝，怏怏不乐而到巴黎去了。到巴黎后，将其所创底新式记谱法，提出于学士会，终归于失败。但其后做了几篇戏剧，惹起文学界底注意，始和狄特罗（Diderot）、葛利姆（Grimm）、诃尔拔秀（Holbach）等相亲交。未几，彼底调子又稍变，踏入于外交界，为法国公使蒙托格伯爵底秘书官，而赴培尼司，因和伯爵不合，一年半后，又还于巴黎。此时又恋爱一个无学底女子名推来慈，特，鲁拔西路。推来慈极无知识，不明货币底价格，一年有几个月，自鸣钟是什么时候了，他都弄不清楚。卢梭和此少女，于正式结婚还未举行以前，已生了五子。卢梭虽然不是一个无情的父亲，但因不能得食，所以背推来慈底意志，都送得养育院里去。一直到二十五年之后，始和推来慈行正式结婚式。

一七四九年，奇约恩底学士院，募集“科学和美术，是破坏道德还是进化道德?”底悬赏论文。此于卢梭底一生，为一大转期。

卢梭执笔于右方所揭底悬赏文，断定科学和美术，不能使道德增高起来。

此论文遂当选。于是彼始为文士底生活，而文名遂著。但他欲仅恃填写乐谱，以度生活。

一七三五年，奇约恩学士院，再募集悬赏文，题为“人间不平等底原因”彼亦应试。此文虽不幸而落选，但文名由是大定，而感动法兰西底人心。彼于此论文高唱“归于自然”，以为无罪，质朴，自由，平等等事，只于自然底状态，始能得到。卢梭那时又著《法兰西音乐论》，对于当时底法兰西，多所攻击，因之起激烈的迫害，彼乃归其故乡日内瓦，受盛大的欢迎。此时彼又为福音派底信徒。

一七五九年，他底大作《新烈女故事》告成。又二年，《民约论》及《爱弥儿》亦相继完工。

《新烈女故事》，攻击当时底僧侣。《民约论》，揭破僧侣底神权，而主张民权。《爱弥儿》，为彼以哲学及人生观底结晶，而人间不平等原因论，民约论等思想底化身底一种教育学。作成小说体，历三年之久，至一七六二年始出于世。其感动世间，实属可惊，近而为法兰西革命底魂灵，远而为合众国独立战争底火花。

《爱弥儿》出版，书店主人，赠以六千（France）底原稿料。但书中攻击当时底宗教，因而受非常的迫害，《爱弥儿》被烧毁于巴黎，国会对于卢梭而发逮捕状，僧正宣告他破门，巴黎大学底神学部，也竭力反对他。卢梭于是以天下之大，而竟无立足之地，乃避于瑞士。

卢梭在瑞士也被放逐，至摩梯尔，又受人民底总攻击，隐身于丕业湖上底彼得尔岛，研究农学，仍为众矢之的，那避之英国，而受休谟（Hume）底厚待。但不久又和休谟破交，一七七〇年归于巴黎，以自己著述底收入，和著乐谱以度生活。旧友底交情断绝，而成孤独的一身。唯奇拉尔顿侯爵深尊敬他，招他居于其爱尔美农佛尔领地内。晚年益厌恶人，一七七八年六月三日，顿死于中风。遗骨于革命时从爱尔美农佛尔移送于巴黎，和巴得尔合葬于鼓戴恩。

——录自商务印书馆 1924 年再版

《现代日本小说集》[①]

《现代日本小说集》序

周作人

我们编译这部小集，本可以无需什么解说。日本的小说在二十世纪成就了可惊异的发达，不仅是国民的文学的精华，许多有名的著作还兼有世界的价值，可以与欧洲现代的文艺相比。只是因了文字的关

① 《现代日本小说集》，周作人编译，短篇小说集。内收 15 位日本作家短篇小说三十篇，上海商务印书馆 1923 年 6 月初版，收入世界丛书。上海商务印书馆 1930 年 4 月另版，收入万有文库。

系，欧洲人要翻译他颇不容易，所以不甚为世间所知。中国与日本因有种 种的关系，我们有知道他的需要，也就兼有知道他的便利：现在能够编成这部创始的，——虽然是不完善的小集，也无非只是利用我们生在东亚的人的一个机会罢了。

我们现在所要略加说明的，是小说的选择的标准。我们的目的是在介绍现代日本的小说，所以这集里的十五个著者之中，除了国木田与夏目以外，都是现存的小说家。至于从文坛全体中选出这十五个人，从他们著作里选出这三十篇，是用什么标准，我不得不声明这是大半以个人的趣味为主。但是我们虽然以为纯客观的批评是不可能的，却也不肯以小主观去妄加取舍；我们的方法是就已有定评的人和著作中，择取自己所能理解感受者，收入集内，所以我们所选的范围或者未免稍狭；但是在这狭的范围以内的人及其作品却都有永久的价值的。此外还有许多作家，如岛崎藤村，里见弴，谷崎润一郎，加能作次郎，佐藤俊子诸人，本来也想选入，只因时间与能力的关系，这回竟来不及了，这是我们非常惋惜的事。

还有一件事，似乎也要顺便说明，便是这部集里并没有收入自然派的作品。日本文学上的自然主义运动，在二十世纪的“初十”，盛极一时，著作很多，若要介绍，几乎非出专集不可，所以现在不曾将他选入。其次，这部小集原以现代为限，日本的现代文学里固然含有不少的自然派的精神，但是那以决定论为本的悲观的物质主义的文学可以说已经是文艺史上的陈迹了，——因此田山花袋的《棉被》（*Futon*）等虽然也曾爱读，但没有将他收到这集里去。

这里边夏目，森，有岛，江口，菊池，芥川等六人的作品，是鲁迅君翻译，其余是我所译的。我们编这部集的时候，承几个日本的朋友的帮助，总说一句以志感谢。

一九二二年五月二十日于北京，周作人

——录自商务印书馆1930年版

《现代日本小说集》附录

（周作人）

国木田独步

国木田独步（Kunikida Doppo，1871—1908）名哲夫。普通被称作日本自然派小说家的先驱。他的杰作《独步集》在一九〇四年出板，但当时社会上没有人理会他，等到田山花袋等出来，竖起自然主义的旗帜，这才渐渐有人知道他的价值，但是他已经患肺病，不久死了。《独步集》里《正直者》(*Shojikimono*) 与《女难》(*Nyonan*) 这几篇，那种严肃的性欲描写，确为以前的小说所未有。但他的兴味并不集中于这一方面，他的意见也并非从左拉（Zola）一派来的；他的思想很受威志威斯（Wordsworth）的影响，他的艺术是以都尔盖涅夫（Turgeniev）为师的，所以他的派别很难断定，说是写实派固可，说是理想派也无所不可，因为他虽然也重客观，但主张“以慈母一般的（对于伊的爱儿的）同情之爱去观察描写”为诗人的第一本义，这便与自然主义的态度很有不同了。

《少年的悲哀》(*Shonen no Kanashimi*) 见《独步集》中，是著者的儿时的回想，江马修以为比他的名篇《牛肉与马铃薯》更佳。

《巡查》(*Junsa*) 见小说集《运命》(1906) 中，据江马修的《国木田独步》第十三章说，是一九〇一年寄寓在西园寺侯爵邸内时所作：“在这期间他做了两篇佳作，即《牛肉与马铃薯》及《巡查》。……《巡查》是以侯爵邸内的巡查为范本而作的，虽然很短，他自己却很中意，曾说‘这是我的杰作。像这样写得如意的作品，我还未曾有过。不能容于现今的读书界也未可知，但我自己相信这是杰作。’这两篇都载在大阪的文学杂志《小天地》上。……”当时他预料《巡查》这一篇的酬金至少当有五元，所以约定朋友去上饭馆，等到送来的时候，却只有三元，他心里很不高兴。这也是关于这篇小说的一则轶闻。

夏目漱石

夏目漱石（Natsume Sōseki，1867—1917[①]）名金之助，初为东京大学教授，后辞去入朝日新闻社，专从事于著述。他所主张的是所谓"低徊趣味"，又称"有余裕的文学"。一九〇八年高滨虚子的小说集《鸡头》出版，夏目替他做序，说明他们一派的态度：

> "有余裕的小说。即如名字所示，不是急迫的小说，是避了非常这字的小说。如借用近来流行的文句，便是或人所谓触着不触着之中，不触着的这一种小说。……或人以为不触着者即非小说，但我主张不触着的小说不特与触着的小说同有存在的权利，而且也能收同等的成功。……世间很是广阔，在这广阔的世间，起居之法也有种种的不同：随缘临机的乐此种种起居即是余裕，观察之亦是余裕，或玩味之亦是余裕。有了这个余裕才得发生的事件以及对于这些事件的情绪，固亦依然是人生，是活泼泼地之人生也。"

夏目的著作以想象丰富，文词精美见称。早年所作，登在俳谐杂志《子规》（*Hototogisu*）上的《哥儿》（*Bocchan*），《我是猫》（*Wagahaiwa neko de aru*）诸篇，轻快洒脱，富于机智，是明治文坛上的新江户艺术的主流，当世无与匹者。

《挂幅》（*Kakemono*）与《克莱喀先生》（*Craig Sensei*）并见《漱石近什四篇》（1910）中，系《永日小品》的两篇。

---

① 夏目漱石卒于1916年12月9日。

森鸥外

森鸥外（Mori Ōgai，1860— [①]）名林太郎，医学博士又是文学博士，曾任军医总监，现为东京博物馆长。他与坪内逍遥，上田敏诸人最初介绍欧洲文艺，很有功绩。后又从事创作，著有小说戏剧甚多。他的作品，批评家都说是透明的智的产物，他的态度里没有“热”的。他对于这些话的抗辩在《游戏》这篇小说里说得很清楚，他又在《杯》(*Sakazuki*）里表明他的创作的态度。有七个姑娘各拿了一只雕着“自然”两字的银杯，舀泉水喝。第八个姑娘拿出一个冷的溶岩颜色的小杯，也来舀水。七个人见了很讶怪，由侮蔑而转为怜悯，有一个人说道，“将我的借给伊罢？”

“第八个姑娘的闭着的嘴唇，这时候才开口了。

‘Mon verre n’est pas grand，mais je bois dans mon verre.’

这是消沉的但是锐利的声音。

这是说，我的杯并不大，但我还是用我的杯去喝。”

《游戏》(*Asobi*）见小说集《涓滴》(1910）中。

《沉默之塔》(*Chinmoku no tō*）原系“代《札拉图斯忒拉》译本的序”，登在生田长江的译本（1911）的卷首。

铃木三重吉

铃木三重吉（Suzuki Miekichi）是夏目漱石的弟子，但是他自成一派，又与低徊趣味不同。他也间作《小猫》(*Koneko*）一类的自然派的作品，但其特色却在别一方面，即是本间久雄所说的“憧憬的享乐”与“憧憬的苦恼”。凭了想象，创造出一种轻淡而甘美的传奇，将自己投浸于艺术境中，耽享回想的快乐，如《千岛》(*Chidori*）等是。更进一步，则将此传奇的心境移到现实的背景里来，欲求憧憬的享乐

① 森鸥外卒于 1922 年。

而不可得，如《小鸟之巢》(*Kodori no su*) 及《栉》(*Kushi*) 等皆描写这种百无聊赖的心情，是他特别擅长的艺术。

《金鱼》(*Kingyo*) 见全集第八卷（1915）中，是他得意著作之一，土岐哀果编罗马字的日本小说集，请各作家自选一篇，他所选的便是这《金鱼》。

《黄昏》(*Tasogare*) 和《照相》(*Shashin*) 并见第八卷中。

武者小路实笃

武者小路实笃（Mushakōji Saneatsu）生于一八八五年，为“白桦派”的中心人物，近来在日向建设新村，实行耕读主义。他的著作单纯真率，不施技工，自具清新之气，极有感人的力量。他在《他的三十岁时》(1915) 序中曾说：

> “我的工作，在我是时常不可堪的痛苦。这个痛苦，以在最能充实的著作的时候为尤甚。这是充实极了的痛苦，或是哭而又哭的痛苦。但是这痛苦才真是力。倘若我的著作里有些价值，便在于这痛苦自然的沁出在那里这一点上。我的著作是淡泊的，但是我想他并不是稀薄的。
>
> 不懂得我的力，我的泪与我的心的点滴的人，不会懂得我的著作。在这著作里不能感到我的血者，是和我没有缘分的人。”

《第二的母亲》(*Daini no haha*) 见《他的三十岁时》中，序上说：“日前复读《第二的母亲》少许，因为觉得对不住我的妻，所以中止了。”其后又收录在《小小的世界》(1916) 与《第二的母亲（及其他）》(1919) 中。

《久米仙人》(*Kume Sennin*) 见《燃烧的林》(1922) 中。

有岛武郎

有岛武郎（Arishima Takeo）生于一八七八年，本学农，留学英美，为札幌农学校教授。一九一〇年顷杂志《白桦》发刊，有岛寄稿其中，渐为世人所知，历年编集作品为《有岛武郎著作集》，至今已出到第十四辑了。关于他的创作的要求与态度，他在《著作集》第十一辑里有一篇《四件事》的文章，略有说明。

> “第一，我因为寂寞所以创作。在我的周围，习惯与传说，时间与空间，筑了十重二十重的墙，有时候觉得几乎要气闭了。但是从那威严而且高大的墙的隙间，时时望见惊心动魄般的生活或自然，忽隐忽现。得见这个的时候的惊喜，与看不见这个了的时候的寂寞，与分明的觉到这看不见了的东西决不能再在自己面前出现了的时候的寂寞呵！在这时候，能够将这看不见了的东西确实的还我，确实的纯粹的还我者，除艺术之外再没有别的了。我从幼小的时候，不知不识的住在这境地里。那便取了所谓文学的形式。
>
> 第二，我因为爱着，所以创作。这或者听去似乎是高慢的话。但是生为人间而不爱者，一个都没有。无因了爱而收入的若干的生活的人，也一个都没有。这个生活，常从一个人的胸中，想尽量的扩充到多人的胸中去。我是被这扩充性所克服了。爱者不得不怀孕，怀孕者不得不产生。有时产生的是活的小儿，有时是死的小儿，有时是双生儿，有时是月份不足的儿，而且有时是母体自身的死。
>
> 第三，我因为欲爱，所以创作。我的爱被那想要如实的攫住在墙的那边隐现着的生活或自然的冲动所驱使。因此我尽量的高揭我的旗帜，尽量的力挥我的手巾。这个信号被人家接应的机会，自然是不多，在我这样孤独的性格，更自然不多了。但是两

回也罢，一回也罢，我如能够发现我的信号被人家的没有错误的信号所接应，我的生活便达于幸福的绝顶了。为想要过着这喜悦的缘故，所以创作的。

第四，我又因为欲鞭策自己的生活，所以创作。如何蠢笨而且缺向上性的我的生活呵！我厌了这个了。应该蜕弃的壳，在我已有几个了。我的作品做了鞭策，严重的给我抽打那顽固的壳。我愿我的生活因了作品而得改造！”

《与幼小者》（*Chisaki mono e*）见《著作集》第七辑，也收入罗马字的日本小说集中。

《阿末之死》（*Osue no shi*）见《著作集》第一辑。

长与善郎

长与善郎（Nagayo Yoshio）生于一八八八年，最初用了平泽仲次的名字，在《白桦》上发表著作，后来改用本名。他的艺术的态度，在《寻求的心》里《我们的艺术》一篇论文中，曾经表明。

“我们从事于艺术。为什么呢？那不必说，我们是为生活的缘故了。我们并不是能够为艺术的缘故而从事于艺术的那样闲人。但是我们知道，至少在现今的我们，最能使我们全体的总个的生长的道路，除了艺术更没有别的了。我们里边的爱，欲求，矛盾，苦痛，欢喜，悲哀，疑问，不满等，这些一切因了艺术而得告诉，又因了艺术而得统一的生长。就是这个，在我们也很不容易。我们逐渐培养我们的力，锻炼我们的根本，于是能够一步一步的进于善的调和。因了这样的表现，我们才能够渐渐的变为诚实，渐渐的触着事物的精髓。艺术在我们是最好的修养，比一切都更为适切的训练。我们生活的中心，无论怎么说来，最先总是在于我们自身的修养。我们欲与，而又欲得。这两面的欲求，凭了我们的制作与表现，觉得似乎最能调和，而且觉得这样的工作于我们似乎最是适当。我们单是得也不能满足，因为我们有要和众人接触的欲求。但是在我们欲与的瞬间，我们又能没有觉到自己所有的不足么？除了制作，我们将于何处去倾吐这些悲叹呢？”

《亡姊》(*Naki ane ni*) 见《结婚之前》(1917) 中，篇名原意云“于亡姊”，有呈于亡姊以为记念的意义。

《山上的观音》(*Yana no ue no Kannon*) 见《孔子之归国》(1920) 中。

志贺直哉

志贺直哉 (Shiga Naoya) 生于一八八三年，也是“白桦派”的小说家。广津和郎在《新潮》(*Shinchō*，No. 175) 上批评他说：

“明治四十年（1907）顷，日本文坛上还是自然主义全盛的时代，志贺氏著作的几篇，已经在那时候作成了。其后文坛几经变迁，各种的主张倾向和党派，接续出现，志贺氏的著作却不为他们所混乱，从那时起直到现在，始终一贯的保持他独特的风格与文体。那种与内容合致的技巧，——尽力省去夸张与虚饰，尽力简洁质直的描写，那种静涩而有底光的技巧，在文坛正从自然主义要转到享乐的倾向去的那个混沌时代，差不多已经将由志贺氏创造完成了……

在他心底虽然燃烧着热的火焰，他透见事物的眼光却是冷静而且锐敏。但是他又毫无那些有冷静而且锐敏的眼光的人们所容易得到的冷笑与嘲弄的分子。他却别有一种浓厚的忧郁与哀怜。这就是他的心，是率真清净。而且心的指针常是正确的证据。”

《到网走去》(*Abashiri madé*) 初登在《白桦》第一号上，后来收在小说集《荒绢》(*Araginu*，1921) 里边。

《清兵卫与壶卢》(*Seibei to hyotan*) 见小说集《留女》(*Rumé*，一九一三年) 中，又收入罗马字日本小说集。

千家元麿

千家元麿 (Senké Motomaro) 生于一八八七年，是日本现代的诗人，著有《我所见》(*Tibun wa mita*，1818)，《虹》，(*Niji*，1919) 等诗集书卷。但他又作小说戏曲，都有特色。长与善郎批评他说：

> “千家是现今具着希有的心的一个人。这心是极端亲和的感情，又是燃烧着的猛火。千家是为这个心所驱使，燃着这个火而生活着的诗人。这个心便生出他的可惊的感受性，这感受性又生出千家独特的艺术与宗教。飘飘然的同风一样，千家到处因了自己的心，发现到别的心与生命。感情是一切这一句话，在千家实是真理。用了现在希有的，对于自然的真的从顺与对于或物的真的虔敬，千家仿佛是被凭依者一般，自然的喷出他的可惊叹的诗与散文。他那一字一句的活跃，恍如看燃烧着的光焰。只有能知道千家的心的人，才能知道喷出这火焰的洞穴的深奥。像千家这样善良和蔼的人，我可以说不曾有过。凡是略略与千家的心接触过的人们，不能不爱这希有的自然的人罢。这集(《青枝》，1920) 里的作品，都是我们用了深的感动所爱读的著作。我们盼望这书的出现，真已好久了。我是千家的友人，这是我的光荣；日本有这千家，也是日本的光荣。我敢大胆的说，千家在或一点上，已经是世界的人了。”

武者小路在《新潮》(No. 186) 上《千家氏的印象》一篇文章里，称他为残酷性全无的人，说道：

> “千家的同情之深是无比的，但是他心的动摇也无比。他过于受外界的刺激。凡是看见或听到的东西，都打动他的心底。他的残酷性可以说是全无。只要对手有点窘苦，他便不知道怎样是好：无论对手是螃蟹也罢，金鱼也罢，老鼠也罢，他总是一样。”

《深夜的喇叭》(*Shinya no rappa*),《蔷薇花》(*Bara no hana*) 并见小说集《青枝》中。

江马修

江马修 (Ema shiu) 生于一八八九年，著有长篇小说《受难者》最有名，又有短篇集数卷。罗马字小说集中载其所作《在长崎》(*Nagasaki mité*) 一篇。

《小小的一个人》(*Chisai hitori*) 见《寂寞的路》(1917) 中。

江口涣

江口涣 (Eguchi Kan) 生于一八八七年，东京大学英文学科出身，曾加入社会主义者同盟。

《峡谷的夜》(*Kyokoku no yoru*) 见《红的矢帆》(1919) 中。

菊池宽

菊池宽 (Kikuchi Kan) 生于一八八九年，东京大学英文学科出身。他自己说，在高等学校时代，是只想研究文学，不预备做创作家的，但后来偶作小说，意外的得了朋友和评论界的赞许，便作下去了。他的创作，是竭力的要掘出人间性的真实来。一得真实，他却又怃然的发了感叹，所以他的思想是近于厌世的，但又时时凝视着遥远的黎明，于是又不失为奋斗者。南部修太郎在《菊池宽论》（《新潮》一七四号）上说：

> “Here is also a man——这正是说尽了菊池的作品中一切人物的话。……他们都有最像人样的人间相，愿意活在最像人样的人间界。他们有时为冷酷的利己家，有时为惨淡的背德者，有时又为犯了残忍的杀人行为的人，但无论使他们中间的谁站在我眼前，我不能憎恶他们，不能诃骂他们。这就因为他们的恶的性格或丑的感情，愈是深锐的显露出来时，那藏在背后的更深更锐的活动着的他们的质素可爱的人间性，打动了我的缘故，引近了我的缘故。换一句话，便是愈玩菊池的品，我便被唤醒了对于人间的爱的感情，而且不能不知他同吐 Here is also a man 这一句话了。”

《三浦右卫门的最后》（*Miura Uemon no saigo*）见《无名作家的日记》（1918）中。

《报仇的话》（*Aru Katakiuchi no hanashi*）见《报恩的故事》（1918）中。

芥川龙之介

芥川龙之介（Akutagawa Riunosuke）生于一八九二年，也是东京大学英文学科的出身。田中纯评论他说：“在芥川的作品上，可以看出他用了性格的全体，支配尽所用的材料的模样来。这事实便使我们起了这感觉，就是感得这作品是完成的。”他的作品所用的主题，最多的是希望已达之后的不安，或者正不安时的心情。他又多用旧材料，有时近于故事的翻译。但他的复述古事并不专是好奇，还有他的更深的根据：他想从含在这些材料里的古人的生活当中，寻出与自己的心情能够贴切的触着的或物，因此那些古代的故事经他改作之后，都注进新的生命去，便与现代人生出干系来了。他在小说集《烟草与恶魔》(1917) 的序文上说明自己创作态度道：

> “材料是向来多从旧的东西里取来的。……但是材料即使有了，我如不能达到这材料里去，——便是材料与我的心情倘若不能贴切的合而为一，小说便写不成。勉强的写下去，就成功了支离灭裂的东西了。
>
> 说道著作着的时候的心情，与其说是造作着的气氛，还不如说养育着的气氛（更为适合）。人物也罢，事件也罢，他的本来的动法只是一个。我便这边那边的搜索着这只有一个的东西，一面写着。倘若这个寻不到的时候，那就再也不能前进了。再往前进，必定做出勉强的东西来了。”

《鼻子》(*Hanà*) 见小说集《鼻》(1918) 中，又登在罗马字小说集内。内道场供奉禅智和尚的长鼻子的事，是日本的旧传说。

《罗生门》(*Rashōmon*) 也见前书，原来的出典是在平安朝的故事集《今昔物语》里。

佐藤春夫

佐藤春夫 (Sato Haruo) 生于一八九二年，是现代的一个诗的小说家。芥川龙之介说：

> “佐藤春夫是诗人，……所以他的作品的特色也在于诗的这一点上。
>
> 佐藤的作品里，并非没有讽道德的，也不是没有寓哲学的东西，但是装点他的思想的常是一脉的诗情。
>
> 佐藤的诗情似乎与世间所谓世纪末的诗情最相近，纤婉而兼

幽渺之趣。”

他的作品又充满丰富的空想，可以说是一种特色。谷崎润一郎替他的《病的蔷薇》作序，曾说：

“据我想来，只有生于空想的人才有得为艺术家的资格。艺术家的空想无论怎样的与自然相隔离，只要他总是在作者的头里活着动着的力，这空想也岂不是同自然界的现象一样，是真实之一种么？能够将空想化为真实，这才算是有了为艺术家而生活着的价值了。”

《我的父亲与父亲的鹤的故事》(*Watakushi no chichi to chichi no tsuru no hanashi*)《“黄昏的人”》(“*Tasogare no nongen*”）并见小说集《幻灯》(1921）中。

《形影问答》(*Keiei mondō*）见《美的街市》(1920）中。

《雉鸡的烧烤》(*Kiji no aburiniku*）见《阿绢与其兄弟》(1919）中。

加藤武雄

加藤武雄（Kato Takeo）生于一八八八年，被称为乡土艺术的作家。加能作次郎评论他的著作的态度说是一种求救助的心：

“我所求于艺术的东西，一句话说来，是救助的感情。我想在这世间充满了辛苦烦恼，从我自身的经验上说来，也确是如此。我想到人生的苦恼；忍受不住他的伤痛，常常想对着或物祈祷，并且牵住了求他的救助；又想和无论什么人，只是同具这样心情的人，互握着手，恸哭一番。这时候能够多少的救助我的心的，现在除了艺术更没有别的东西了。我用了这样的心情对待别人的艺术，也用了这样的心情自己去创作。……我读加藤的小说集《乡愁》，心想他可不是也用了同样的心情制作的么？"

《乡愁》(*Kyoshu*) 见小说集《乡愁》(1919) 中，是他最有名的著作。中村白叶批评他说：

"外国人如问现代日本作品中间，有什么可以翻译，我们有几篇可以立刻推举出去么？有一回，一个俄国的朋友问我的时候，我一时迷惑了不能回答，但是随即想到，有了，这就是加藤的一篇《乡愁》。我当时觉感对于日本与外国文坛全体负了责任，可以这样宣言。……这篇里贯彻的悲哀，就是纵横宇宙的，深深的贯彻人生的悲哀；无论是俄国人，或是印度人，是太古的初民，或是人类的远孙，这篇著作翻译了给他们看，都是无所不宜的。我也想能够写这样的作品，便是一生只写得一篇也满足了。"

——录自商务印书馆 1930 年版

《易卜生集　第二册》①

《易卜生集　第二册》序

（潘家洵）

这一集里头包含着两种剧本：《少年党》同《大匠》。《少年党》

---

① 《易卜生集　第二册》，戏剧，挪威易卜生（Ibsen，1828—1906）著，潘家洵译，胡适校，上海商务印书馆 1923 年 6 月初版，世界丛书之一。

的出版在一八六九年，而《大匠》的出版在一八九二年，中间整整隔着二十三年的工夫。这两种东西不但时代相差甚远，并且他们的性质亦是完全不相同。读者一定要把这两点记着，然后看他们的时候才不至于发生疑问同误会。现在让我们把这两种东西的性质来分别地说一说。

《少年党》是易卜生的第一种白话社会剧，在《社会栋梁》《娜拉》《群鬼》《国民之敌》等剧之前。他从前做的剧本，体裁都是韵文的，材料偏于历史方面，带着传奇的色彩。后来他忽然大变主张，把为艺术而艺术的态度完全抛弃，专用白话去切实详明地描写现代的人生同社会，他的技术亦只是向着这个目的运用。当时一班批评家很不满意他，都说他的艺术退化了，然而他并不去理会他们，因为他觉得他应该做的事情比专去满足批评家的条件重要得几倍呢。当时挪威政治界里最占势力的是一派自由党，和易卜生同时的文学家并且又是他的儿女亲家般生差不多就是他们的代表。易卜生的脾气本是怪僻的；他是个悲观的评判者，并且生平极恨政党同狭义的爱国主义。当时挪威国中这等情形他当然看不惯，因此就做了这个喜剧把那些少年新党描写了个淋漓尽致，说他们无非是一群浅躁侥幸，空言欺人的东西，他们的热心只在嘴上，他们的主义只在话里。剧中史坦恩斯郭的巧言妙辩使人不由得不想起般生的口才来，因此这剧本一出来，不但惹恼了国内的少年党，并且激怒了般生。易卜生却老实不客气地承认他确是要这样骂他们。这个剧本的意思极显豁，差不多同《国民之敌》一样地容易明白，从他的结构方面说起来，是个十分巧妙的喜剧。

《大匠》这个剧本属于易卜生最后一期的著作，性质同前者简直完全不同。这本剧我们粗一看似乎不能不说他是表象主义。然而细细分析起来才知道如果纯粹地或是主要地把他当作一个表象主义的剧本是要走入迷途的。《大匠》可以说是建筑师索尔奈斯的精神历史，亦就可以说是易卜生自己的精神历史，换句话说，就是作者自己心象的剖析。我们看他的时候一定要明白他是自传性质，然而却又不可过于拘泥看成一种严格的自传，因为有些地方固然是事实，有许多地方却只是忆想同幻象。譬如索尔奈斯到后来失败在希尔达手里，而易卜生却始终是幸运的骄儿。

索尔奈斯不是一个造教堂，造住宅的人，是个造剧本，造诗歌的人。他最初造的有高塔的教堂是指易卜生早年做的历史剧，浪漫剧。后来造的人的住宅代表他的白话社会剧，意思是说社会剧切近人生，对于人类的用处大些。最后造的空中楼阁是指他的描写精神生活的剧本——《大匠》就属于这一类——我们读着渐渐地觉得人气少鬼气多了。

索尔奈斯的私心，怀疑，胆怯，嫉妒，恐怖，怕打着新旗号来敲门的后辈，怕常照顾着他的运气的转变——都是易卜生自己的“心史”，都是易卜生自己的“供状”。易卜生是个“无师自通”的人，他始终没有受过职业方面的训练，他只是一味地凭着自己的天才，伏着长在的运气——就是书里所说的“山精”同“帮忙的人同伺候的人”一类的东西——成就了他自己的事实。第二幕里有索尔奈斯同希尔达的一问一答说这层意思最明显：

> 希：为什么你不像别人似的自己叫自己建筑家？
>
> 索：因为我从前没有十分有统系地去学他。大部分我知道的东西都是我自己找出来的。

因为他自己不是“正途”出身，所以怕可以做他敌手的后辈。因为运气常在他的一边，所以他心里老是战战兢兢地怕运气转变。但是他享受这个运气亦花了很贵的代价。世上的事情公平得很，享什么权利就要出什么代价。易卜生享的机会特别地好，所以他出的代价亦特别地贵，不过或者不大显著，别人不很容易觉得罢了。他出的代价是什么，就是借着索尔奈斯嘴里说出来的种种心里的不安宁。惟其他是运气的骄儿，所以更怕他转变。勃罗微克，凯雅这些人都是运气的弃儿。索尔奈斯压倒了勃罗微克父子，所以他口口声声怕报应的来。易卜生说过，“良心是守旧的。”这个剧本里就描写着一个有病的良心。建筑师索尔奈斯有头晕的毛病，不能爬得像他造得那样高，就是说作者的举动不能像他的思想那样自由。

希尔达这个角色或者可以说是一个代表少年的记号。少年是勇往直前不肯容情的，把老年半强逼半引诱地弄到极高的地方，去做极难的事情，然而老年的体力同精神都不够了，所以终于一败涂地。

易卜生心里的希尔达的模型究竟是谁，这个推测各人不同。并且亦不能说是专指定一个人。不过有一个人至少可以说是他的主要模型。一八八九年易卜生在Gassensas过夏的时候，无意中遇见一个名字叫巴达赫的维也纳女子。他们两个——一个六十一岁的老头儿，一个十七八岁的女孩子——不知怎么样一来竟异常地亲热起来，感情十分融洽，彼此很谈得到一块儿。虽然不久他们就分了手，然而易卜生精神上所受的影响可以说是极大。这件事随便一看似乎奇怪，似乎不可解。其实仔细一想，十分近情，十分自然。易卜生一生的时间，心思，精力，都是用在深思凝想，埋头工作里头。他虽然会分析，剖解情感，然而却不曾亲身实地享受领略过这种细腻，神秘的滋味。所以有一机会便自然发生了这种结果。我们如果懂得这一点，当然就可以懂得这件事情怎么样影响易卜生晚年的精神生活，并且亦可以帮助了解易卜生写这个剧本时候心象的背景。

至于索尔奈斯说的每逢他心里盼望一桩事情发生，别人就会觉得这件事真正发生了——这并不是神秘的事情，因为这种现象不过是一种催眠作用，实际上可以做得到的。

总之，我再申说一遍，我们再想了解《大匠》的意义，切不可把他当作一个神秘的表象剧，要把他看作一篇作者心象方面的自传，然后却又不可太拘泥了。

一九二二，六，一六，译者

——录自商务印书馆 1923 年初版

《梦》[①]

《梦》序

周作人

阿列夫须莱纳尔（Olive Schreiner）于一八五九年生在南非，父亲是德国教士，母亲是英国人。一八八二年她到伦敦去，接续的把《非洲田家的故事》(*Story of an African Farm*）和《梦》(*Dreams*）两部著作付刊，在读书界上得到不少的声名。一八九四年她和克朗拉德（S. C. Cronwright）结婚，以后就住在南非。她的丈夫和长兄都是政治家，她也参与政治问题，尽力消弭英非两者之间的恶感。一八九九年她在一篇论文里说，“我们千百的男女都爱英国的，原都愿意把生命献给他；但是如去打倒一个为自由而战的南非人民，我们宁可把这右手放到火里去，直至他只剩了一支焦黑的骨。”但这一年里，战争终于发生了，她在回家去的路上为英军所捕，监禁在一个小村里，这时候她家所在的约翰堡被英军攻落，家财抢劫一空，她费了十二年工夫写成的一部《女性问题研究》的稿本也被英兵烧毁了。她在幽囚中，把书中《寄生论》这一篇，就所记忆的陆续写下，共成六章，这就是一九一一年所发刊，世间尊为妇女问题之圣书的《妇女与劳动》

① 《梦》，小说，南非须莱纳尔（Olive Schreiner，1855—1920）著，C F 女士译，版权页署译者张近芬，北京阳光社 1923 年 7 月初版，阳光社文艺小丛书之一；北新书局 1925 年 5 月另版。

（*Woman and Labour*）的原稿。此书出后，她的声名遂遍于全世界，与美国纪尔曼（Gilman）夫人齐名，成为最进步的妇女经济论者之一人了。

《梦》是一八八三年所刊行的小说集，共十一篇，都是比喻（Allegoria）体，仿佛《天路历程》一流，文体很是简朴，仿《新旧约书》的：这些地方在现代读者看来，或者要嫌他陈旧也未可知。但是形式即使似乎陈旧，其思想却是现在还是再新不过的。我们对于文学的要求，在能解释人生，一切流别统是枝叶：所以写人生的全体，如莫泊商（Maupassant）的《一生》之写实，或如安特来夫（Andreiev）的《人的一生》之神秘，均无不可；又或如蔼覃（F.van Eeden）的《小约翰》及穆德林克（Maeterlinck）的《青鸟》之象征譬喻，也是可以的。还有一层，文章的风格与著者的心情有密切的关系，出于自然的要求，容不得一点勉强。须莱纳尔在《妇女与劳动》的序上说，"在原本平常的议论之外，（按这是说那烧失的一部原稿，）每章里我都加入一篇以上的比喻；因为用了议论体的散文去明瞭的说出抽象思想虽然很是容易，但是要表现因这些思想而引起的情绪，我觉非用了别的形式不能恰好的表出了。"小说集里的一篇《沙漠间的三个梦》据说即是从那原稿中抽出的，是那部大著的唯一的幸存的鳞片。我们把《妇女与劳动》里的文章与《梦》比较的读起来，也可以看出许多类似。头两章描写历代妇女生活的变迁，饶有小说趣味。全书结末处说：

"我们常在梦中所听那关闭最后一个娼楼的锁声，购买女人身体灵魂的最后一个金钱的丁当声，人为地圈禁女人的活动使她与男子分开的最后一堵墙壁的坍倒声；我们常想象两性的爱最初是一条鲁钝缓慢爬行的虫，其次是一个昏沉泥土似的蛹，末后是一匹翅膀完具的飞虫，在未来之阳光中辉耀。

我们今日溯着人生的急流努力扳桨的时候，我们远望河上，在不辨边际的地方，通过了从河岸起来的烟雾中间，见有一缕明亮的黄金色之光，那岂只是我们盼望过久的眼睛昏花所致，使我们见这样的景象么？这岂只是眼的错觉，使我们更轻松的握住我们的桨，更低曲的弯我们的背！虽然我们熟知在船到那里之前，当早已有别人的手来替握这桨，代把这舵了。这岂只是一个梦么？

古代加勒底的先知曾经见过远在过去的伊甸乐园的幻景。所梦见的是，直至女人吃了智慧之果并且给男子也吃了为止，女人与男人曾经共同生活在欢喜与友爱之中；于是两人被驱逐出来，在世上漂泊，在悲苦之中辛劳，因为他们吃了果子了。

我们也有我们之乐园的梦：但是这却是远在将来。我们梦见女人将与男子同吃智慧之果；相并而行，互握着手，经过许多辛苦与劳作的岁月以后，他们将在自己的周围建起一座比那加勒底人所梦见的更为华贵的伊甸，用了他们自己的劳动所建造，用了他们自己的友爱所美化的伊甸。

在他的默示里，有一个人曾经见了新的天与新的地。我们正看见一个新的地，但在其中是充满着同伴之爱与同工之爱。”

这一节话很足以供读《梦》的人参证。著者写这两种书，似乎其间没有截然不同的态度，抒情之中常含义理，说理的时候又常见感情迸跃发而为诗。她在《妇女与劳动》序里声明艺术的缺乏，以为“这些没有什么关系”，但她的著作实在没有一篇不具艺术。正如惠林顿女士（Amy Wellington）所说，“通观她著作全体，包含政治或论辩的文章在内，在她情绪地感动了的时候，她便画出思想来；同她的《艺术家的秘密》里的艺术家一样，她从人生的跳动的心里取到她脑中图画的灼热的色彩。”她这文艺的价值或者还未为职业的批评家所公认，唯据法国洛理蔼（F. Loliee）在《比较文学史》说，“诃耳士（W. D.Howells）与詹谟思（Henry James）都是十九世纪末，二十世纪初，最好的英文小说的作者；我们又加上南非洲有才能的小说家，专为被虐的人民奋斗的选手须莱纳尔，新时代的光荣的题名录就完全了。”我们从这里，可以大约知道这女著作家应得的荣誉了。

一九二三年七月十五日

——录自北新书局 1927 年再版

《梦》译者自序

C. F. 女士（张近芬）①

须莱纳尔是个天才的艺术家，也是个力争自由的女权运动者。在他的作品之中，充满着崇尚真理，破除成见，忠心艺术，博爱人类的精神；而且她运用很高妙的艺术手段，把这种精神像图画一般画出。这个，凡是读他的小说集《梦》以及其他作品的人都能感觉到的。

他的作品之中，最有文学的价值的，自然要推到《梦》了。惠林顿女士在《梦》的序文中说：“须莱纳尔说过的，‘一个人告诉我梦见什么，我将告知你什么是他所爱好的’。在她最华丽的一篇比喻——《野蜂的梦》——中，作者启示我们她所爱好的是什么，并在说明他自己不袭取文学上已成的捷径。她在这篇最完善的比喻中说，‘因为我所按摩的人，面前的沙土上就现出一条被人所不能见的手指画出的道路，他必须顺着他走。当他同旁人竞走时，他们将先于他达到目标。因为奇异的声音将呼唤他，奇异的光明将指示他，他必须等着和

① C. F. 女士，张近芬（？—1940），字崇南，笔名有近芬、芬等，江苏嘉定（今属上海市）人，文学研究会会员。另译有《拇指林娜》（丹麦安徒生著）、《纺轮的故事》（法国孟代著）等。

听着。'这部《梦》的作者却是等着和听着的。在妇人的不安的燥热的沙土的那一边，她见那新理想的绿波——男的和女的共同居住，手搀手的相爱相助。她把这理想在她光荣的想象的散文中画出，她对我们是变成真实的了。"

须莱纳尔的作品最先介绍到中国来的，据我所知，当推周启明先生译的《沙场间的三个梦》及《欢乐的花园》，先登在《新青年》上，后来又收入《点滴》。这二篇是《梦》的一部分，我读过之后，很想读他的全书。去年暑假期中，无意间于友人处借到此书，不禁狂喜，因于课余之暇，且读且译，历半年之久，便将其余九篇译成了。这九篇都是曾经发表过的：《野蜂的梦》曾登《学生杂志》；《生命的恩物》曾登《妇女评论》；《失却的快乐》，《在一圮寺中》，《我觉得我立》……，及《阳光射过我的床》曾登《晨报副镌》，《飘渺的世界》曾登《阳光》，《艺术家的秘密》及《猎夫》曾登《新声》。因为我译这九篇颇费些心思，而且这种比喻体的小说在我国不甚多见，所以决意把他们收集起来，印成这本小册子；其余二篇也请于启明先生，一并收入了。

承启明先生替本书作序，详细的说明作者的思想和艺术，且允收入他所已译的二篇，这是最使我感激的。

张杏初姊曾为此书画一张五彩的封面，惜因北京的印刷所都不会印，以致临时抽去，但她的好意我也应该感谢。

一九二三，七，二五，CF

——录自北新书局1927年再版

《桃色的云》[①]

《桃色的云》序

鲁迅

爱罗先珂君的创作集第二册是《最后的叹息》，去年十二月初由丛文阁在日本东京出版，内容是这一篇童话剧《桃色的云》，和两篇短的童话，一曰《海的王女和渔夫》，一曰《两个小小的死》。那第三篇，已经由我译出，于今年正月间绍介到中国了。

然而著者的意思却愿意我早译《桃色的云》：因为他自己也觉得这一篇更胜于先前的作品，而且想从速赠与中国的青年。但这在我是一件烦难事。日本语原是很能优婉的，而著者又善于捉住他的美点和特长，这就使我很失了传达的能力。可是延到四月，为要救自己的爽约的苦痛计，也终于定下开译的决心了，而又正如预料一般，至少也毁损了原作的美妙的一半，成为一件失败的工作；所可以自解者，只是“聊胜于无”罢了。惟其内容，总该还在，这或者还能够稍慰读者的心罢。

至于意义，大约是可以无须乎详说的。因为无论何人，在风雪的呼号中，花卉的议论中，虫鸟的歌舞中，谅必都能够更洪亮的听得自然母的言辞，更锋利的看见土拨鼠和春子的运命。世间本没有别的言说，能比诗人以语言文字画出自己的心和梦，更为明白晓畅的了。

在翻译之前，承S. F. 君借给我详细校过预备再版的底本，使我

① 《桃色的云》，戏剧，俄国爱罗先珂（1889—1952）著，鲁迅译，周作人编，新潮社1923年7月初版，文艺丛书之一。

改正了许多旧印本中错误的地方；翻译的时候，S H 君又时时指点我，使我懂得许多难解的地方；初稿印在《晨报副镌》上的时候，孙伏园君加以细心的校正；译到终结的时候，著者又加上四句白鸽的歌，使这本子最为完全；我都很感谢。

我于动植物的名字译得很杂乱，别有一篇小记附在卷尾，是希望读者去参看的。

一九二二年七月二日重校毕，并记。

——录自新潮社 1923 年初版

《桃色的云》记剧中人物的译名

鲁迅

我因为十分不得已，对于植物的名字，只好采取了不一律的用法。那大旨是：

一，用见于书上的中国名的。如蒲公英（Taraxacum officinale），紫地丁（Viola patrintü var. chinensis），鬼灯檠（Rodgersia podophylla），胡枝子（Lespedeza sieboldi），燕子花（Iris laevigata），玉蝉花（Iris sibirica var. orientalis）等。此外尚多。

二，用未见于书上的中国名的。如月下香（Oenothera biennis var. Lamarkiana），日本称为月见草，我们的许多译籍都沿用了，但现在却照着北京的名称。

三，中国虽有名称而仍用日本名的。这因为美丑太相悬殊，一翻便损了作品的美。如女郎花（Patrinia scabiosaefolia）就是败酱，铃兰（Convallaria majalis）就是鹿蹄草，都不翻。还有朝颜（Pharbitis hederacea）是早上开花的，昼颜（Calystegia sepium）日里开，夕颜（Lagenaria vulgaris）晚开，若改作牵牛花，旋花，匏，便索然无味了，也不翻。至于福寿草（Adonis apennina var. dahurica）之为侧金盏花或元日草，樱草（Primula cortusoides）之为莲馨花，本来也还可译，但因为太累坠及一样的偏僻，所以竟也不翻了。

四，中国无名而袭用日本名的。如钓钟草（Clematis heracleifolia var. Stans），雏菊（Bellis perennis）是。但其一却译了意，即破雪草本来是雪割草（Primula Fauriae）。生造了一个，即白苇就是日本之所谓刈萱（Themeda Forskalli var. japonica）。

五，译西洋名称的意的。如勿忘草（Myosotis palustris）是。

六，译西洋名称的音的。如风信子（Hyacinthus orientalis），珂斯摩（Cosmos bipinnatus）是。达理亚（Dahlia variabilis）在中国南方也称为大理菊，现在因为怕人误认为云南省大理县出产的菊花，所以也译了音。

动物的名称较为没有什么问题，但也用了一个日本名：就是雨蛙（Hyla arborea）。雨蛙者，很小的身子，碧绿色或灰色，也会变成灰褐色，趾尖有黑泡，能用以上树，将雨时必鸣。中国书上称为雨蛤或树蛤，但太不普通了，倒不如雨蛙容易懂。

土拨鼠（Talpa europaea）我不知道是否即中国古书上所谓“饮河不过满腹”的鼹鼠，或谓就是北京尊为“仓神”的田鼠，那可是不对的。总之，这是鼠属，身子扁而且肥，有淡红色的尖嘴和淡红色的脚，脚前小后大，拨着土前进，住在近于田圃的土中，吃蚯蚓，也害草木的根，一遇到太阳光，便看不见东西，不能动弹了。作者在《天明前之歌》的序文上，自说在《桃色的云》的人物中最爱的是土拨鼠，足见这在本书中是一个重要人物了。

七草在日本有两样，是春天的和秋天的。春的七草为芹，荠，鼠麹草，繁缕，鸡肠草，菘，萝卜，都可食。秋的七草本于《万叶集》的歌辞，是胡枝子，芒茅，葛，瞿麦，女郎花，兰草，朝颜，近来或换以桔梗，则全都是赏玩的植物了。他们旧时用春的七草来煮粥，以为喝了可避病，惟这时有几个用别名：鼠麴草称为御行，鸡肠草称为佛座，萝卜称为清白。但在本书却不过用作春天的植物的一群，和故事没有关系了。秋的七草也一样。

所谓递送夫者，专做分送报章信件电报牛乳之类的人，大抵年青，其中出产不良少年很不少，中国还没有这一类人。

一九二二年五月四日记，七月一日改定。

——录自新潮社 1923 年初版

《青鸟》[①]

《青鸟》译者的话

王维克[②]

我译完这本《青鸟》，本不必再说什么，因为各人有各人的见解，我何必先来遮了诸位的眼睛呢？但是为非专攻文学者设想，我写出我自己的一些极简短的几条意见，未尝不能帮助人家了解这本称为神秘的，称为象征的梅德林克的大作品。以下四条，每条都引用剧本中的语句作证，免得说空话：

（一）青鸟是什么？是人生的真幸福。（也是大秘密）。真幸福不能在虚无缥缈的幻境里找着，真幸福要在现实的世界找。“我们找出去很远很远，但是他却在家里呢！”

---

① 《青鸟》，六幕十二景神仙剧，比利时梅德林克（Maeterlinck，今译梅特林克，1862—1949）著，王维克译，上海泰东图书局 1923 年 9 月初版。青鸟社丛书之一。

② 王维克（1900—1952），原名王兆祥，笔名维克等。江苏金坛人。留学法国巴黎大学。译有《神曲》（但丁著），《沙恭达罗》（迦梨陀娑著），《希德》（高乃依著）等。

（二）金刚钻和光是什么？是我们的智慧，是我们的深思明辨的灵智。“这是大金刚钻，他能使人看见一切……”“这是上路的时候了……我已经决定光做你们的头目……”金刚钻照见五蕴，示我们以真理；光引导我们去找青鸟，找人生的真幸福。

（三）什么是人生的真幸福？

最大的地上的幸福：富，做地主，虚荣满足，不渴而饮，不饿而食，一物不知，一物不懂，一事不做，过分睡眠，狂笑，（性欲过度），等等。“他们是危险品，足以把你的志气打碎。”“上帝呀！他们怎样的丑恶啊！”

“我们将要看见受得住金刚钻光亮的幸福之灵魂了。”

1. 儿童的幸福：“他们唱歌，他们跳舞，他们嬉笑，但是他们不谈话……”“一个儿童的幸福，终是穿着天上人间最美丽的衣服。”

2. 家庭幸福：健康，清洁空气，爱父母，青天，森林，晴天，春天，日没，看星出现，雨，冬火，清白思想，赤脚露里跑，等等。“他们实在能够使你的生活变为轻妙而有味呢……”

3. 大欢乐：公正，善，工作完成，思想，了解，看出美来，恋爱，母爱，还有没有知道的幸福。……“她们多好看呀！……”

（四）梅德林克的初期作品，大概以死的悲哀及命运的威权为根本思想——作《青鸟》时已转向乐观。已死的祖父的而说：“是的，我们困得很多，等一个活人想念而醒……呵，生活终结的时候，最好是睡眠了……但是时常醒来倒也有趣味……”“把一块坟地变为一种神仙的，婚礼的花园……”但是命运一念仍见于此剧中：的而的而叫他多病而短寿的未生的弟弟不要到他家里去投生，未生的弟弟说：“难道我有选择权么？”

其余如美的布景和人物，天真的儿童之思想和语言，事物本性之解释，……都请读者自已去赏识罢！……

总之：神秘不等于不能了解，读者能加以思索，则此剧简直是一个极丰富的宝藏，是一个人生的明灯。

中华民国十二年一月，在上海

——录自泰东图书局 1923 年初版

《太戈尔戏曲集（一）》[①]

《太戈尔戏曲集（一）》序

郑振铎

《齐德拉》和《邮局》是太戈尔（R. Tagore）的戏曲里已译为英文的两本。太戈尔在少年的时候，即已动手写他的剧本。他的本乡的人立刻便认识了他的作剧的天才。到处都演奏着他的戏曲。太戈尔的一本传记上说，他的剧本，直至现在印度各地还有人常常演奏着。《齐德拉》曾在北京演奏，据一个朋友说，结果是非常完美；《邮局》也曾在英国演奏过，据夏芝（W. B. Yeats）说，它的结构在舞台显得非常周密。实在的，他作剧时，不仅把内容上注满了他的哲理，在形式上且十分完整，无一不可演奏之剧本。

洛依（B. K. Roy）在《太戈尔与其诗》里说太戈尔的戏曲与诗剧（Poetic Drama）共有下面十种：

Raja.

Raja O Rani.

Dak Ghar.

---

① 《太戈尔戏曲集（一）》（*Plays by Rabindranath Tagore*），印度太戈尔（Rabindranath Tagore，今译泰戈尔，1861—1941）著，收入《齐德拉》和《邮局》两部剧作，分别由瞿世英和邓演存翻译，上海商务印书馆 1923 年 9 月初版，文学研究会丛书之一。

Chitra.

Malini.

Bisharjan.

Sharodotshab.

Balmiki. Prativa.

Bidaya Abhishap.

Gorai Galad.

太戈尔的已英译的剧本，据我所知道的，则有下列几种：

一、《春之循环》（*The Cycle of Spring*）

二、《齐德拉》（*Chitra*）

三、《邮局》（*Post Office*）

四、《隐士》（*Sanyasi*）

五、《马里尼》（*Malini*）

六、《牺牲》（*Sacrifice*）

七、《国王与王后》（*The King & the Queen*）

《春之循环》《邮局》《齐德拉》三个剧本，都是单行的，自《隐士》以下的四个剧本，则集合为《牺牲及其他》一书。《春之循环》曾由瞿世英君译为中文，为“文学研究会丛书”之一。现在这个戏曲集则合《邮局》及《齐德拉》印为一书，作为《太戈尔戏曲第一集》，其第二集则将译印《马里尼》与《牺牲》二剧。至于《隐士》及《国王与王后》二剧，则中文里已经有过译本了。

关于《齐德拉》与《邮局》，我本想在此多说几句话，但因时间太少，只得止于此。好在太戈尔的剧本，意思都是明显的，在文字里也自有一种力量，能够使人感得它们的美丽与其它一切好处，似乎无再加以说明与读赏的必要。

郑振铎　十二年八月

——录自商务印书馆 1923 年初版

《新月集》①

《新月集》译者自序

郑振铎

我对于太戈尔（R. Tagore）的诗最初发生浓厚的兴趣，是在第一次读《新月集》的时候。那时离现在将近五年；许地山君坐在我家的客厅里，长发垂到两肩，很神秘地在黄昏的微光中，对我谈到太戈尔的事。他说，他在缅甸时，看到太戈尔的画像，又听人讲到他，便买了他的诗集来读。过了几天，我到许地山君的宿舍里去。他说，“我拿一本太戈尔的诗选送给你。”他便到书架上去找那本诗集，我立在窗前；四围静悄悄的，只有水池中喷泉的潺潺的声音。我很寂静的在等候读那美丽的书。他不久便从书架上取下很小的一本绿纸面的书来，他说，“这是一个日本人选的太戈尔诗，你先拿去看看。太戈尔不多几时前曾到过日本。”我坐了车回家，在归程中，借着新月与市灯的微光，约略地把它翻看了一遍。最使我喜欢的是它当中所选的几首《新月集》的诗。那一夜，在灯下又看了一次。第二天，地山见我时，问道：“你最喜欢那几首？”我说，“《新月集》的几首。”他隔了几天，又拿了一本很美丽的书给我，他说，“这就是《新月集》。”从那时后，《新月集》便常在我的书桌上；直到现在，我还时时把它翻开来读。

我译《新月集》也是受地山君的鼓励。有一天，他把他所译的《吉檀迦利》（*Gitanjali*）的几首诗给我看，都是用古文译的。我说，

① 《新月集》（*The Crescent Moon*），太戈尔诗选二，郑振铎译，上海商务印书馆 1923 年 9 月初版，文学研究会丛书之一。

“译得很好，但似乎太古奥了。”他说：“这一类的诗，应该用这个古奥的文体译。至于《新月集》，却又须用新妍流露的文字译。我想译《吉檀迦利》，你为何不译《新月集》呢？”于是我与他约，我们同时动手译这两部书。此后二年中，他的《吉檀迦利》固未译成，我的《新月集》也时译时辍。直至《小说月报》改革后，我才把自己所译的《新月集》在它上面发表了几首。地山译的《吉檀迦利》却始终没有再译下去，已译的几首，也始终不肯拿出来发表。后来王独清君译的《新月集》也出版了，我更懒得把自己的译下去。许多朋友却时时催我把这个工作做完；他们都说王君的译文，太不容易懂了，似乎有再译的必要。那时我正有选译太戈尔诗的计划，便一方面把旧译的稿整理一下，一方面参考了王君的译文，又新译了八九首出来；结果便成了现在的这个译本。原集里还有七八首诗，因为我不大喜欢它们，所以没有译出来。

我喜欢《新月集》，如我之喜欢安徒生（Hans Andersen）的童话。安徒生的文字美丽而富有诗趣，他有一种不可测的魔力，能把我们从忙扰的人世间，带到美丽和平的花的世界，虫的世界，人鱼的世界里去；能使我们忘了一切艰苦的境遇，随了他走进有静的方池的绿水，有美的挂在黄昏的天空的雨后弧虹等等的天国里去。《新月集》也具有这种不可测的魔力。它把我们从怀疑贪望的成人的世界，带到秀嫩天真的儿童的新月之国里去。我们忙着费时间在计算数字，它却能使我们重又回到坐在泥土里以枯枝断梗为戏的时代；我们忙着入海采珠，掘山寻金，它却能使我们在心里重温着在海滨以贝壳为餐具，以落叶为舟，以绿草的露点为圆珠的儿童的梦。总之，我们只要一翻开它来，便立刻如得到两只有魔术的翼膀，可以使自己从现实的苦闷的境地里飞翔到美静天真的儿童国里去。

有许多人以为《新月集》是一部写给儿童看的书。这是他们受了广告上附注的“儿歌”（Child Poems）二字的暗示的缘故。实际上，

《新月集》虽然未尝没有几首儿童可以看得懂的诗歌，而太戈尔之写这些诗，却决非为儿童而作的，它并不是一部写给儿童读的诗歌集，乃是一部叙述儿童心理，儿童生活的最好的诗歌集。这正如俄国许多民众小说家所作的民众小说，并不是为民众而作，而是写民众的生活的作品一样。我们如果认清了这一点，便不会无端的引起什么怀疑与什么争论了。

我的译文自己很不满意，但似乎还很忠实，且不至看不懂。

读者的一切指教，我都欢迎地承受。

我最后应该向许地山君表示谢意；他除了鼓励我以外，在这个译本写好时，还曾为我校读了一次。

郑振铎　十二　八　二十二

——录自商务印书馆 1923 年初版

（1924 年）再版自序[①]

郑振铎

《新月集》译本出版后，曾承几位朋友批评，这是我要对他们表白十二分的谢意的。现在乘再版的机会，把第一版中所有错误、就所能察觉到的，改正了一下。读者诸君及朋友们如更有所发现，希望他们能够告诉我，俾得于第三版时再校正。

郑振铎　十三、三、二十

——录自商务印书馆 1924 年 4 月再版

① 此篇载上海商务印书馆 1924 年 4 月再版本。

《青鸟》[1]

《青鸟》序

傅东华[2]

当前世纪的末叶，一般学者把自然界看得非常机械，甚至连自己的灵魂都不敢相信他是存在的。他们以为一切动物不过是自动机器；植物当然是无意识的；矿物更不成问题了。据一般机械派的生物学家看起来，昆虫不等他死了做成标本的时候，是不值得研究的；动物必等到剥了皮，包着草的时候，才算有研究的兴味。

人对于自然界的见解，既然这般的机械，因而自然界在人的心目中生机绝少。及至今世纪的初期，思想界才起了一种反动。这种反动的趋向，便是离开机械的剖析，重新回返到自然。这种反动一起，力量极大，研究生物的人，便都渐渐明白过来；觉得在动物院中研究动物学，实无异于在坟地中研究人类社会学；也渐渐相信动物和植物，不但有生机，并且有个性。这种反动，普通称为"宇宙复活运动"。思想方面如此，同时文学方面也有一种与此相辅而行的新运动。因这新运动的结果，便产生了一班新寓言家，拿着自然的镜子给我们看。他们这镜子，不但照得着皮相，并且照着内心。这班新寓言家当中，最出色的一个，要推我们这本《青鸟》的作者梅脱灵了。

---

① 《青鸟》（*The Blue Bird*），戏剧，比利时梅脱灵（Maeterlinck，今译梅特林克，1862—1949）著，傅东华据英译本重译，上海商务印书馆 1923 年 10 月初版，文学研究会丛书之一。

② 傅东华（1893–1971），本姓黄，又名则黄，浙江金华人。上海南洋公学中学部毕业，入中华书局任编译员。1921 年加入文学研究会。1933 年起与郑振铎等主编《文学》月刊。另译有《奥德赛》（荷马著）、《失乐园》（弥尔顿著）、《猩红文》（霍桑著）、《吉诃德先生传》（塞万提斯著）等。

梅脱灵的哲学，大概有许多人知道他是关于新神秘一派的。“神秘派”一语，本是宗教上名词。若要根究沿革，说来话长，此处不及细表。单说太古的时候，初民骤与自然界相接触，对于自然界的现象，——非常的如山崩，地震，迅雷，风，雨；寻常的如日月的升沉，圆缺，四季的迁变，循环；——觉得没一件不可惊可愕；以为暗地里必定有一种活的神道在那里主宰，——这便是初民的神秘，而太古的世界，也可说是神秘的世界。

后来人类的智识渐渐进步，这种神秘的迷雾，渐渐被科学的光芒烛照而散；而自然界的现象，经科学一度度的分析解剖，也日见其破碎支离。自文艺复兴时代以迄现在，科学无日不往前进步。科学前进一步，宇宙的神秘便似乎减少一度；于是前世纪末叶一般靠神秘为生活的诗人，以为他们的诗料将从此破产，莫不大起恐慌。其实神秘何尝会破产？例如从前人对于一切生物，觉得都含有神秘，到现在虽有解剖学，组织学可以解释一部分的道理，可是生物最大的秘奥——灵魂——依然是件神秘。所以科学虽一天精似一天，神秘却越剥越有。科学和神秘并不相水火。梅脱灵对于这点，见得精透，所以他说：

“神秘罕有消减的；寻常他只会移易地位。然而神秘能移易地位，是极重要的，并且是我们人所最愿意的。我们由某一点观察，可以说人类一切思想的进步，无非就是神秘从有害的地位移转到无害而有益的地位。但是神秘有时不必移易地位，只须更换名目，亦便是思想的进步。例如，从前叫做‘神’的，如今叫做‘人生’。神和人生只是一件神秘，不过名目不同。虽则两者同样的不可思议，却经这一度名称的改换，益处便增进不少。因为世间只有假借‘神’的名义作恶的，决没有假借‘人生’的名义作恶的。”

这一段话最能够发挥他的神秘主义，而旧神秘和新神秘主义的区别，也就在此。他所谓“神秘的移易地位”，便是神秘同科学互相推轂的结果。梅脱灵生在十九二十两世纪的过渡关头，现享着科学上极丰富的遗产，省却了科学家在实验室中发明事物的苦工，所以能有余暇去窥探科学深底的神秘。他一只眼看科学，一只眼看神秘，觉得两者甚是融和，并不冲突，能把科学的世界和诗的世界鎔镕一体，这便是他的思想的特色。

他表现这种思想最精透的一部著作，便是我现译的这本《青鸟》的剧本。他在《青鸟》里面，将宇宙间一切有生无生的事物的灵魂，都从他们的物质的躯壳里呼唤出来，容他们将一向无法可发表的衷曲，尽情的宣泄一下。他指示给我们看，猫不过是一个缩小的未驯的老虎，他看我们人，也不过当做一种放大而无法受用的鱼肉罢了。我们借着他的眼力，又可以看见一切植物尽是我们人的哑口奴隶。所以他说：“假如玫瑰花和稻子长着翅膀，他们一定像鸟一般，看见我们近身便要飞去。”他的意思，无非说世界万有，莫不有性灵，只是受物质上的束缚，无法表现，而我们人因其无法表现，也就至今未发现，竟把他们当做机械，这是一件极大的憾事，读者果能参透此点，读《青鸟》时，自能头头是道，至于《青鸟》究竟象征什么，我们正不必学笨伯，一定苦苦去追究。因为我觉得《青鸟》所象征的东西，似乎如今人还没有确实的观念，那末，当然也就没有现成的名称，所以勉强附会是无益的。

梅脱灵做《青鸟》用的是“拟人法”。拟人法原不是他开创，从前用的人很多，人人知道的，远如二千四百余年前希腊的伊索泊，他拿动物和植物拟人。近如二百余年前英国的本颜，用抽象名词拟人，做他的《天路历程》。此外用的更不胜枚举。然而其间却有个分等。梅脱灵用拟人法，从不捏造，他拿亲眼观察的事实和可靠的参考为根据，所以绝少事实上的错误。看他所著的《蜜蜂生活》，精细处，便是纯粹的科学书有所不及。所以他的拟人法，仍用写实的手段出之。只看《青鸟》中各色人物，个人有个人的面目，始终不变，便是写实的特色。至于从前人用拟人法的，大半捏造事实，不近人情。这其间有个缘故：便是从前人用拟人法，大都抱着个教训主义。即如伊索泊的寓言，其宗旨无非叫“动物坐着做人师”。所以遇有不适用于教训的地方，便不得不出之捏造。梅脱灵却不如此，他生平做书，向不抱教训主义。他以为和自然多亲近，便是道德，所以觉得多发挥自然的真相，是他的责任。不但无须，并且不应捏造事实。

以上是我个人对于《青鸟》的见解。至于梅脱灵的生平，和他其余的著作，此处不及详叙。单说他是一八六二年八月二十九日在比利时的根脱城（Ghent）生的，至今健在。他这本《青鸟》最初在俄国经五十二团体排演，后来伦敦，纽约相继排演，最后才在巴黎演。在中国，听说北京的燕京大学曾经排演过一次。我觉得布景上有许多困难，不晓得他们是怎么办的。可惜我当时未曾看见！

我现在这译本，是根据一九二〇年蒂克西拉 Alexander Teixeira de Mattos 的英译本重译。我于法文原文，一字不懂，读者倘能核对原文，替我指出错误，那是我一定很感激的。

傅东华，于北京　十二，十二，一九二二

——录自商务印书馆 1923 年初版

《近代俄国小说集（一）》[①]

《近代俄国小说集（一）》作家传略

布雪金（1799—1837）

布雪金（Alexander Sergyeyevitch púshkin）是近代俄国国民文学之父，也是俄国最大的诗人。生于一七九九年五月二十六日。他父亲藏书很多，幼时他的保母又时常把通俗的故事歌谣讲给他听，所以他从小便养成一种文学趣味。在大学毕业后，漫游四方，足迹踏遍俄罗斯全境。不幸到了一八三七年一月，因为和一个法国人决斗，受伤而死，那时他还不过三十八岁。

布雪金的思想，起先是受法国十八世纪文学的影响，后来又受十九世纪初头欧洲浪漫主义思潮的影响。他把俄国的散文诗韵文诗大加改革，独创一种新的体裁，使诗歌和社会生活互相接触。俄国文学得从模仿进于创造，全是他的力量。他虽是俄国最大的浪漫诗人，但对于现实的社会很能够下痛切的批评，所以说他是写实作家，亦不为过。（其实俄国作家几乎没一个不好算是写实派。）他的著作，最著名的有 *Russian and Lyndmila* [*Ruslan and Ludmila*]，*The Prisoner of Caucasus*，*The Rubber Brothers* 这三种是诗。*The Captain's Daughter*，*Tales of Byelkin* 这两种是小说。

都介涅夫（1818—1883）

都介涅夫（Ivan Turgeniev）和陀斯妥以夫斯基，托尔斯泰为十九世纪俄国最著名的三大文豪，影响于俄国民族都非常伟大。都介涅夫

① 《近代俄国小说集（一）》（*Modern Russian Short Stories*），东方杂志社编纂，上海商务印书馆 1923 年 11 月初版，东方文库第七十七种。

生于莫斯科近郊的一个富室里，其父为大佐，性严厉，母性亦冷酷，故都介涅夫幼年在家庭中殊少生趣。二十岁时去国，到德国柏林大学治哲学。毕业后在俄政府当小官僚。一八四一年出版第一部诗集。一八四六年《猎人日记》出版，使在文学界著名。一八五六年因撰文吊顾谷尔（Gogol）为政府所忌放逐回乡。刑满后再赴法兰西，和法国文坛名人交游，终其身以巴黎为其第二之故乡。

都介涅夫颇受西欧思想的影响，但他同时又是个俄国的乡土文学家。他的毕生杰作是长篇小说《路丁》，《贵族之家》，《前夜》，《父与子》，《烟》，《处女地》，短篇小说《春潮》，《唔唔》等。而《父与子》描写新旧思想的冲突，尤为举世所传颂。

陀斯妥以夫斯基（1821—1881）

陀斯妥以夫斯基（Fiodor Dostoyévsky）于一八二一年生于莫斯科，父为病院医官，其母是商人的女儿。从幼年到十二岁，与兄弟同受很好的教育。后又入俄京陆军工科大学，毕业后任为少尉。他的文学生涯便从这时开始了。一八四六年发表处女作《苦人》，大受当时批评家白林斯基的赞赏，他的文名鹊起。以后在杂志报章时有著作发表。一八四九年因犯政治革命嫌疑，被捕流放西伯利亚，作了四年苦工，始得回俄经营新闻事业，但仍以贫病终其一生。他的杰作有《罪与罚》，《白痴》，《死人之家》，《加拉玛曹夫兄弟》等，都是长篇的写实小说。

——录自商务印书馆 1923 年初版

《近代俄国小说集（二）》[①]

《近代俄国小说集（二）》作家传略

托尔斯泰（1828—1910）

托尔斯泰（Leo Tolstoy）是最伟大的世界文豪之一。他的父亲尼戈莱·托尔斯泰是伯爵，又是休职的大尉。母亲亦出身于贵族。不幸他到了三岁失母，九岁父亦物故。以后他处叔母及亲属保护之下，在喀仁大学习法律。出校后到高加索入军队服务。乘间从事于短篇小说的著作。一八五五年俄土战争起，托尔斯泰投身为义勇兵，在军中生活既久，目睹兵士之残忍腐败，遂觉悟战争之罪恶。其后著长篇杰作《战争与和平》即描写军队生活者。俄土战争终了后，遂赴圣彼得堡，与都介涅夫及其他知名文士交游。后又漫游德、法、英、瑞士等国，旅程中尤多所创作（《三死》即此时所做）。一八六二年，与一莫斯科医生的女儿结婚，家庭生活极美满，自此遂成其毕生两大杰作：一即上述之《战争与和平》，其一为《婀娜小史》。均为数十万字的长篇，结构的宏大，描写的周密，得未曾有。晚年，托尔斯泰笃信简单生活，倡无抵抗主义，亲执劳役，与农民为伍。其所作多宗教及寓言小说，更著有《我的忏悔》。一九一〇年十一月二十日脱弃家庭，逃至修道院，死于途中，时年八十有三。

柯洛连科（1853—1921）

柯洛连科（Vladimir Korolenko）生于西部俄罗斯，父为小官僚，母为一大学教授之女。受初等教育后，入工业学校，因贫不能出学

---

① 《近代俄国小说集（二）》（*Modern Russian Short Stories*），东方杂志社编纂，上海商务印书馆 1923 年 11 月初版，东方文库第七十七种。

费，兼工作以资补助。一八七一年又改进莫斯科农业学校。因投身于学生运动被校长除名。后来又遭政治嫌疑，被放到西伯利亚，过了六年的流放生活。一八八五年始被释回俄，出他的著名的短篇小说《瑞加尔的梦》及《恶伴》，于是文名大著。此外他的杰作，还有《盲乐师》，《林语库页岛脱狱记》，《赎罪之日》等。晚年在南俄以贫困终其身。

迦尔洵（1855—1888）

迦尔洵（Wsewolod Michailovitch Garshin）是一个忧郁性的作家。生于俄国南省。九岁的时候进圣彼得堡学校里去读书。他在幼年神经就有病。十七岁的时候发过一次狂，不久便治好。一八五五年俄土战争发生，他便投入步兵连队，当一名目兵。他在战线很奋勇，后来伤了腿送回家里。从此后他的神经失其常度。到了一八八七年，他因体质上精神上不胜痛苦，趁看护人不防的时候，从楼梯上跳下，受了重伤，末后送到医院里治疗。第二年竟在医院里死了。死的时候还不过三十三岁。

迦尔洵做的小说，都含着忧郁性而且都带些狂气，可是越有狂气越显出他的天才。在他的作品中，那种深刻真实的心理描写，在旁的俄国作家，也是少有的。他的短篇《红花》，是描写狂人心理的，最有声名。《四日》和《目兵伊凡诺夫日记》描写战争心理，和安得列夫的《红笑》不相上下，此外，如《一夜》，《信号》，《一株棕树》也都是有名的短篇。

——录自商务印书馆 1923 年初版

《近代俄国小说集（三）》[①]

《近代俄国小说集（三）》作家传略

乞呵甫（1860—1904）

乞呵甫（Anton Tchechoff）为俄国最大的短篇小说家，亦被称为俄国的莫泊三。生于南部俄罗斯。他的父亲是农奴，后被释放得为自由人。乞呵甫年略长后，进莫斯科大学学医。毕业后服务病院。一八九二年俄国虎烈拉疫流行，乞呵甫在疫地施诊。他有文学天才，后遂弃医业专事著述。二十余岁时发刊他的小品集，大受一时批评界的赞赏，以是遂成为名文学家。他的作品以短篇为最多，如《黑衣僧》，《六号病室》，《接吻》，《陆士甲尔的胡琴》，都极著名。长篇有《决斗》。他又是个戏剧家，所作著名剧本，有《樱桃园》，《海鸥》，《三姊妹》等多篇。

——录自商务印书馆1923年初版

《近代俄国小说集（四）》[②]

《近代俄国小说集（四）》作家传略

梭罗古勃（1863— ）

梭罗古勃（Feodor Sologub）是俄国现代神秘派代表作家。本名

① 《近代俄国小说集（三）》（*Modern Russian Short Stories*），东方杂志社编纂，上海商务印书馆1923年11月初版，东方文库第七十七种。

② 《近代俄国小说集（四）》（*Modern Russian Short Stories*），东方杂志社编纂，上海商务印书馆1923年11月初版，东方文库第七十七种。

叫 Fjodor K. Teternikov。他的事迹不甚可考，他的著作，也隐晦莫显。十九世纪末年的俄国文学家，大概都是向着新浪漫主义走去的。但纯粹的象征主义与神秘主义的作家却极少。只有梭罗古勃他是纯粹的空想的神秘主义者。他的灰色，像乞呵甫，但他又与乞呵甫不同，乞呵甫却只是一个忠实的写实主义作家。他的神秘也有些像库普林，但他又与库普林不同，库普林却不是纯粹的神秘主义作家。他只是悲观，只是祈求死，赞美死，与高尔基的积极的革命的作品，更绝对的不同。普通的俄国作品，地方气都极重。所叙的景色是俄国的，所叙的人物是俄国的。他却不然。他的作品大概都是从人类的心中深深的搜集出来的。他虽笼罩着灰色，但这种灰色却是全人类的，不仅是俄国的。这都是他与他同时代的作家不同的地方。

他做了二部小说，一部是《小鬼》(*Little Demon*)，一部是《血滴》(*Drops of Blood*)，也有许多论文，一卷诗，十二卷上下的短篇小说。于中，他的短篇小说尤为著名。Graham 说："他把短篇小说缩短到极点，有些最聪明的作品还没有半页长。有许多篇比短诗稍长一点的，却都是能给一个人以一种观念，以为他们都是写在最奇怪的时候，吃饭的期间的，如果要回答那个迷，却要在床上，在车中都想着。"

高尔基（1868— ）

原名 Alekeyey Maximovitch Pyeshkov，高尔基 (Maxim Gorky) 是他的假名。父为贫乏的室内装饰工，母为染匠的女儿。在三岁时父罹虎列拉疫死了。九岁时母亦以肺病死。他在外祖父家养大，连初等教育都未受过，便做了鞋店的学徒。后来又做轮船茶房，饼师等下等事业。但他是个文学天才，在工作时，乘隙阅读小说诗歌，后来自己试作了一篇小说，居然得在报纸上刊载。不久遇文豪科洛涟科，大加赞赏，于是文名渐著。遂得赖笔墨为生活。俄国革命后高尔基因系劳动者出身，颇受新政府的重视。他于俄国赈灾事务，尽力尤多。他的小说最著名的有《二十六个男子和一个女子》，《筏上》，《三人》等。

——录自商务印书馆 1923 年初版

《莫泊桑短篇小说集（一）》①

《莫泊桑短篇小说集（一）》杨序

杨树达②

在外国小说里面，我最欢喜读法国莫泊桑的短篇小说，可惜我不曾学过法兰西文，不能够读他的原著；但是英文和日本文的译本，以及近数年来本国文的译本，凡我力所能致，耳目所及知的，我必定要寻找读一读。

我读了莫泊桑的小说，觉他描写之精细，工巧，简洁，固然是竭尽了技术上的能事；但是他所以能够沁人心脾，令人击节叹赏的缘故，尤在乎他那观察力和想象力的微妙。只看他的短篇有如许之多，不论他们的材料是社会的，或哲学的，或情感的，或滑稽的，而他们的内容，没有一篇不是令人惊心动魄，使人神经震动，惕怵不安的。论他的量，既有如许之多，论他的质，又这样充实富美；在各国文学家当中，恐怕也是很少见的。

我还记得前几年读了他的《梅吕哀》那篇之后，我很替那位“失

---

① 《莫泊桑短篇小说集（一）》（*Short Stories by Guy de Maupassant I*），法国莫泊桑（1850—1893）著，李青崖译述，上海商务印书馆 1923 年 11 月初版，文学研究会丛书之一。

② 杨树达（1885—1956），字遇夫，号积微，湖南长沙人。官费赴日本留学。历任北京高等师范学校、清华大学教授等。著有《古书疑义举例续补》《中国语法纲要》《词诠》等。

去故国的王宫旧供奉”，流了几点同情之泪。觉得人生到了那种境地，真是无可奈何，而著作者之富于同情心理，就那一篇也可以窥见！其实那篇文字的事实和作意，不过是我们少年时代读的唐人《江南遇李龟年》那首诗“岐王宅里寻常见，崔九堂前几度闻。正是江南好风景，落花时节又逢君”云云的意思罢了。但是这诗“除了盛衰今昔之感！”以外，再没有旁的物事；莫泊桑这篇小说，却提到“那位老供奉失去故国后怎样生活”一层，那便不止是一种单纯的“盛衰今昔之感”了。

所以我常常觉得像是莫泊桑和近代俄国文学家的著作，真能够打入人心的最深之层，万非我们旧来浮浅的文学所能望得到的。至于他们文字的简洁，尽极经济的能事，又不是我们“湘城派”的简洁所能比拟，就更不用说了！

莫泊桑又有一篇，我现在忘其题名了①。内容述一个人在车站等车，遇着一种非宗教的丧葬仪式；因为闲着没事，他的好奇心，便驱使他随着送葬的人群同走。一个送葬者拿死者的历史和伊所受于社会的残酷待遇告诉他，才知道死者是一位曾经被人强迫污辱过的女子。我读过之后，也曾经受了一种极强烈的感动。

莫泊桑晚年得了疯颠症，在法国某地方的疯颠病院死的。知道这件事的人，或者以为怪事。我却以为他这样的天才，宜乎其要得疯颠病而死。要知道世上的天才，原来都是有病的啊！

我的朋友李君青崖，从前留学法国，理科之外，兼研究法国文学。今年我从北京回到长沙，青崖拿这个册子叫我替他校读。我在匆忙之中，替他校读了一遍，便写了我从来对于莫泊桑的一点意思付给青崖，作为“同好”的纪念。我的话对不对，还要请青崖教我，我还希望青崖出版这册子以后，还继续不断地将莫泊桑所有的著作都译出

---

① 此篇名《马丹拔梯司特》*Madame Baptiste*——青崖。——原注

来，使国中有文学兴味的人，个个都能饱饱地领略莫泊桑著作的风味，那就是很有贡献的工作了。

杨树达序十一年七月十四日，长沙

——录自商务印书馆 1935 年国难后第二版

《人之一生》[①]

《人之一生》序

郑振铎

“人生有什么意义呢?”这句话是中国现代青年常常怅惘的自问着，而终于没有得到答案的。

但我们如果读了安得列夫（Leonid Andreev，1871—1919）的这篇《人之一生》，便可得到一个很可怕的答案，——这个可怕的答案，我们虽极不愿意得到，却终于如只身徘徊于朦胧的月下所生的影子似的，息息跟随在我们的身边。

屠格涅夫（Turgenev）在安特列夫此剧出版的三十年前，已经诏示过我们。他说，他独自在旷野里行走，一个老妪紧紧的跟在他后面；后来他察出，这个老妪不仅是跟着他，而且还指示着他，她向左向右，他也不得不听从她。他仍旧继续着行走，前面却有个黑暗的大坑，——坟墓！他急忙转回来，老妪又站在他的前面。他现在知道，这个老妪便是他的命运，不肯一刻离开他的命运。他又向另一方面走去，走了不久，前面又是一个黑暗的大坑。他便又转到旁的方向，前

① 《人之一生》(*The Life of Man*)，戏剧，俄国安得列夫（Leonid N. Andreyev，今译安德烈耶夫，1871—1919）著，耿济之译，上海商务印书馆 1923 年 11 月初版，文学研究会丛书之一。书末附《著者叙言》。

面也有个可惧的异点。他想站住不走，转瞬间便坐在地上。他觉得老妪还是息息不离的站在他身旁。远处的异点，却浮动了，向他爬来。

这是多少可怕的事！谁能离开了他的运命，而不受他的支配呢？谁能与运命抵抗，离开了她而走在前面没有黑暗的大坑的路上呢？谁又能逃避这可怕的黑暗的大坑，而不被吞没呢？他们虽立住了或坐下了不走，黑暗的大坑，却依旧浮动了向他爬来！

在这个地方，我们便可以得到一个很可怕的答案了：

“人生没有意义。因为他的前途，就是坟墓。”

但这种答案还不是安特列夫的答案；安特列夫的答案却较此更其可怕。他以为人的一生虽然是以坟墓为最后的归宿，而他的所走的路，却丝毫没有自主的权。谁都是同样的走一条路，谁都不能另择一条他自己愿意走的向左或向右的路，——连想坐下或转身向左或右的自动力也没有。运命已经规定了他所应走的路，他是不能反抗，而且不会想到反抗的。

我们试读这本《人的一生》。人生的剧场，是什么地方都是灰色的。有一个灰色的人，在那里说着人的一生。他的声音镇定而冷淡。他说：“那个人的全生要在你们面前次第的经过，从黑暗的‘开始’直到黑暗的‘终了’。——现在快要很神秘的闯破‘无在’之门，哭喊着通告自己短促的一生的开始了。在‘无在’的夜间，一只无智识的手点着的蜡烛快要亮起来了，——这就是人生的生命。”当他说时，人就很艰难的从他母亲腹里生出来，同时灰色的人手里的蜡烛燃烧起来。人的一生开始了。隔了许久，灰色的人手里的蜡烛已经烧去三分之一，人正在恋爱与贫穷中生活着。又隔了一会，人家里的幸运已达到最高峰，他们在大开着跳舞会。跟随着幸运来的是逆运。人的家财尽了，他的儿子也死了。人在诅咒着上帝，魔鬼，运命或生命。灰色的人冷淡的倾诉着诅咒，蜡烛的火焰摇曳着，仿佛为风所吹一般。人和灰色的人就这样对立着。又隔了会，人的妻死了，人也死了。同时蜡烛发亮了一下，便熄灭下去。灰色的人在黑暗中说道："静着，人死了！"

人的一生就是如此。

"他生下来就具有人类的样式和名字，无论一切都和已经生在世上的人们相像。他们那种残酷的命运，要成为他的命运，他的残酷的命运，也要成为他们的命运。他受了时间抵抗不住的牵引，将要呆呆板板的经历尽一切人生的阶级，从低到高，从高到低，他为视点所限制，也终不会看见他那只软腿已经举起着要跨上去的那段阶级；为知识所限制，更不会知道未来的一小时——一分钟，将要给他送些什么来。他又因为自己的盲目的无识，受预觉的压迫，希望和恐怕的惊扰；要很顺从的画着铁制的预定的圈儿。"

这就是安特列夫的答案，——一个很可怕的答案。无论是谁，恐怕都被这个可怕的答案，息息跟随在身边。

中国的青年们！这个答案将使你们生什么样的感觉呢？

外面的无边的黑暗与恐虚，我们且藏在一个有美丽的画的屏幕里。

我想这实是我们对于这个问题的唯一解决方法。

这篇剧本的原文，出版于一九〇六年，是俄国文学上第一部的象征主义的剧本。

济之的译文，不失原文的精神；我敢断定读者不会有什么不懂的地方。

郑振铎　十二，九，六

——录自商务印书馆 1924 年再版

《狗的跳舞》[①]

《狗的跳舞》译者序言

张闻天

理欧乃德·安特列夫（Leonid Andreev）生于一八七一年阿莱勒（Orel）地方。与杜格涅夫同乡。比高尔该小二岁。起初在莫斯科当律师，后来才倾向文学。其处女作即为高尔该所称赏。此外更受托尔斯泰与梅勒什科夫斯基等的赞许，所以他的名声传布得非常快。他的小说《红笑》与《七个被绞死的人》就给了他在俄国文坛上一个重要位置。他的小说与戏曲继出的很多。英文翻译的也不少。我所译的这篇《狗的跳舞》*The Waltz of the Dogs* 就是英译中最近出版的。

安特列夫对于人物的描写，不着重在外面的行动，而着重在灵魂的振动。他毫不疲倦地找求着人心中所蕴藏着的革命的，反抗的，愤激的，恐怖的，人道的，残酷的，悲哀的，凄凉的种种精神，用了写实的，象征的，神秘的笔墨传达出来使读者时而愤怒，时而恐怖，时而悲哀，时而怜悯，时而发狂。他用铁锤敲着我们的灵魂，使得我们不得不觉到战栗！

我们，这些被所谓礼教与偶像所束缚着的我们，除非用了利剑来把这些东西一一斩掉，我们就永远不能得到自由，永远不会了解人生。安特列夫的作品就是我们的利剑，我们要把他拿起来像发疯一样挥舞着去破坏一切。不过破坏之后应该怎样，安特列夫没有回答我们。

---

① 《狗的跳舞》（*The Waltz of the Dogs*），戏剧，俄国安特列夫（Leonid N. Andreyev，今译安德烈耶夫，1871—1919）著，张闻天译，上海商务印书馆 1923 年 12 月初版，文学研究会丛书之一。

“我应该怎样呢?”安特列夫常常用了全身的力量不断地问着。这问题的不能解决，是他最大的痛苦。这原是俄国人的特性。他们对于形而上学的生活法则的探讨是永远不倦的。这“我应该怎样呢?”的问题，他们如其不能解决是不能平安生活的。爱罗先珂先生说：“我们几乎是生理的觉着苦痛的拘挛，几乎是生理的感到心的跳动，几乎可以发疯，因为回想到他的不能解决的问题。”（见《安特列夫与其戏剧》）这“他的不能解决的问题”就是“我应该怎样呢?”

托尔斯泰对于这问题的不解决的解决是宗教，是《圣书》上《路加福音》的第六章。安特列夫的解决的不解决是死，不论是自杀或是被杀，或是一直到老死。在安特列夫看来，真真觉悟的日子就是死的日子。德国李思乃教授（Professor Reisner）在他的《安特列夫与其人生观》上解释这一点说：“当个人觉醒了的时候，做了社会生活的基础的时候，那向来存在于他与自然中间的接触点，一一消灭了。他不但孤独着，并且在他的周围变成了沙漠——广大的，社会的深沉的裂口，一切伟大的原理所谓生活的法则没法和这赤裸裸的个人接触了。到了这一点，一切法则与原理只是个人的事。他的目的，就是宇宙的目的，他的理性就是宇宙的理性，宇宙的运命也随着他的生灭而生灭。但是如其这个人不能在他的存在与自然律的中间建筑一直接的关系时，其结果就是最大的悲剧：个人离去世界。”就是自杀!

谁愿意自杀呢?自杀不是解决人生问题的最好方法。但是这问题的解决既是必要而又不能解决时，最好的方法就是自杀!《狗的跳舞》中的主人公亨利就是这样自杀的。

因为安特列夫的主人公都是要解决人生的根本问题的，所以他们都着重思索。本剧中的主人公亨利就是这样的一个人。在第三幕中他说：“我想着而且等待着。唉，我定了计划而又把他推倒，这样地连续下去使我逐渐厌烦了。但是我不久将要在一个推不倒的计划——于是我将要不见了。”可怜的亨利，他的推不倒的计划，就是自杀。他还说："愚蠢的人问我，你整日干的甚么，你常常孤独的？为什么，我还没有足够的日子与晚上去思索呢！思索！思索！"

平常的人失恋了，也许会自杀，这自杀的直接原因就是失恋。但是亨利自杀的直接原因并不是失恋。失恋不过是使亨利开始想到人生大问题的一件事。由了这种思索而又没有解决的希望，所以他自杀。虽伊利查白数过其门，要求他赦免，他也不顾，因为那时他的苦闷并不是为了失去伊利查白。

这原是俄国文学的特征。高尔该在 *Varenka Olessova* 中借一个灵敏的女孩子说："俄罗斯的英雄常常是愚蠢的，他常常找求着某种东西；常常想不能了解的东西，而他自己又那样的可怜，那样的可怜！他要思索，思索，然后说出，于是他要去向他的情人宣布恋爱，此后他又要思索，思索一直到结婚……他结婚之后，他要向他的妻子讲种种无意义的话，于是抛弃了她。"

"我们常常想，思想越是抽象，那就越是冷酷与无感情。这是不确的，至少在我们俄罗斯人是不确的。从杜思妥亦夫思奇的主人公身上，我们可以看到怎样抽象的思想是有热情的，怎样形而上学的原理与推论不但根据于冰冷的理性而也根底于感情与意志。有一种思想他会在感情的火焰上添加火油，会在人心中点起火焰，比了最无拘束的奔放的热情还要有力量。……他们感觉得很深沉，因为他们思想的很深沉；他们无穷地受苦，因为他们无穷地推考；他们敢做，因为他们敢想，此外在生活上更可明瞭，他们的思想愈是抽象，愈是热烈，就愈是探进他们的生命里去。哦，奇异的青年的俄罗斯啊！"（见梅勒什科夫斯基的《托尔斯泰其人与其艺术》。这一段虽是他用来批评杜思妥亦夫斯奇，但是用来解释任何俄国文学家都的确，尤其是安特列夫。）

任何人大别之都有二重人格，这是近代心理学已经给了我们以证明的。一是社会的，一是非社会的。社会的人格是虚伪的，快乐的，保守秩序的，普通一律的，机械的；非社会的人格是反抗的，突进的，凶暴的，悲哀的，各人不一的（用法国柏格森的话）。现在的社会，处处鼓励着社会的人格而压制着非社会的人格。结果将要使人类完全机械化，变成和蜜蜂与蚂蚁一样。

这种趋势在少数感觉锐敏的人是不能忍耐的，于是他们起而反抗，反抗不遂加之咒诅与讽刺。在文学方面尤其显著。安特列夫这篇戏曲就是描写这种二重人格的。亨利之有二重人格固不必说，就是伊利查白，飞克罗西以至加尔都有二重人格。这二重人格的冲突，就是一切苦闷的起源。其结果也是悲剧。在安特列夫的《戴假面具者》上面更说得明白。罗伦佐（Lorenzo，即该剧中的主人）的死，就是为此。

安特列夫的作品，大都带有神秘的，象征的，诗的气味，有许多地方我们不能“了解”，我们只能用细微的心去感觉。各人感觉到的，就是他的作品的意义！

张闻天一九二三年二月十二日，美国，加利福尼亚

——录自商务印书馆 1923 年初版

《梅脱灵戏曲集》①

《梅脱灵戏曲集》译者导言

汤澄波②

梅脱灵是一个哲学家又同时是一个诗人，他在诗中表现他的哲学

① 《梅脱灵戏曲集》(*Plays by Maeterlinck*)，比利时梅脱灵（Maeterlinck，今译梅特林克，1862—1949）著，汤澄波据英译本重译，上海商务印书馆 1923 年 12 月初版，文学研究会丛书之一。

② 汤澄波（1903—1969），广东花县人。曾任黄埔军校第四期政治教官。另译有《小说的研究》(美国佩里著）等。

又在哲学中表现他的诗。他是一个“智者”，又是一个“孤静”的爱好者。以戏剧论他是近世的大表象家。他的戏剧理论很影响于德国的少年戏剧家，对于所谓 Überbrettl movement 则尤有极大的“因士比里信”。他一生的著述颇多，本书所译是他的戏剧中较早期的几篇。想了解这几篇戏剧似乎要略略知道梅脱灵一生的思想才行。因为不是这样便不能了解其作品中的人物的实质，便会说他们是“神经病的”，“无意义的”，“稚气太重的”等等说话。

梅脱灵是一个神秘主义者，一生思想可略分两期：一在他未结婚之前，一在他已结婚之后。他的后期思想有一种生的色彩，对于戏剧主张有“动作”之必要，以为在冒险勇敢上之精神的勇敢之表现必须依靠外部的活动。在这个时候他的哲学已由黑暗进到光明，已由抽象进到科学的分析；他的戏剧则已由阴影进到血肉。他最后终于被“爱的意志”所克胜了。

他的前期思想则和此完全不同。少年的时候，他一方面不能脱离德国叔本华，温赫门等之悲观哲学之梏桎，一方面则极受柏拉图之空洞影像——空洞中四壁上所反映出来的迷朦黑影——及路斯伯陆（Ruysbroeck）之静寂和阴暗的爱好等所影响。于是其思想便有希腊及东方——回教神秘宗，婆罗门教，及佛教——的神秘色彩。根据于此种思想他便说“死亡是人生之引导者，人生之目的只有死亡”及“不知者常常穿着死亡的外套。生存问题除外以它的虚无之谜解答之，没有别种答解”的话。

本书所译的四篇戏剧就是含有这种思想的。在此数剧中梅脱灵用浅易的辞句表出“灵魂在不可见中移动”之可能。他以为当静寂临到灵魂身上的时候，人生断不是便停止的，所以他用静寂使灵魂说话。他相信一个静寂不动的人底人生比之战胜的将军或征服了困难的情人底人生实较为深奥，较为普遍，较为人本。这就是他对于戏剧之“固定观”（Static theory）。这种固定的戏剧亦可以说是“傀儡”戏剧

(Dramas for marionettes)。我们若小心考察一下便知道它们实在是很不适宜于近世戏台的作品。剧员若把自己在戏剧中所应为之部分研究一下，便会觉得非常困难，——要思想的太多，要做的太少。但是我们断不能效法巴其尔（Barker），因此便说此种戏剧将无存在之余地。

《闯入者》是一八九〇年出世，其主旨在描写死亡之神秘的到来。在此剧及《群盲》中梅脱灵之暗讽最盛。此剧常与 Van Lerberghe 之 *Les Flaireurs* 并举，盖二者同主张死亡为不可抵抗的。但是二剧亦有不同之处——一静一嘈，一属灵魂一属五官，一对于可见的死亡的"人拟"(Personification）全无抵抗而以死亡为不可见，一则对于此种"人拟"有抵抗，一谓死亡为不可预期一则谓为可预期。《闯入者》亦常与《室内》并举，二者之主旨全同，不过描写的方法则异：一则由内而外一则由外而内；一则把不可见者来外界化了，一则把可见者来精神化了。

此剧不特有为那班坐在房中的人所经历过对于来着的死亡的恐怖，并且还有一种是别种恐怖结果的恐怖。作者又把柔弱，完全不能抵御灾难的人物，放在灾难旋涡之中以证明我们所谓生命，或死亡，或爱，或恶等等非人的势力之大。由此剧我们又可以看见他对于理性之非难。剧中见真理的——就是能预知母亲之死的——不是能见的少年而是不能见的可怜的老人。

《群盲》亦一八九〇年出世，是一篇很著名的表象主义作品。其表现的恐怖和《室内》及《闯入者》所表现者相同，但是比之它们更为神秘。死的祭司是指宗教。宗教在我们中已死亡了；而我们在黑暗里没有指导者。"有些东西在我们头上移动，但是我们不能够接触到它处。"我们实是在无限的海洋中一个有限位置内的监犯，我们在休静时候可以听闻海洋的声音。大树林之上有一座高耸起来的灯塔，那就是智慧。庇护所"盲人院"是宗教在生时所赐给我们的好处，但是现在已迷失了回去之路。只有小孩子可以看见；而他还未能说话，故将来怎样实不可知。

梅脱灵在此剧中用暗讽方法把人类的种种美德和种种缺点一并说出。

《七公主》一八九一年出世。批评家攻击此剧者甚多，大都是因为不能了解所致。Mieszner说这是“一个女子的恶梦”，Adolphe说这是“一个不可解的谜”，Anselma Haine说是纯粹绘画性质用来“看”的作品，Monty Jacobs说是“一篇未完的草稿”，Beaunier说“我们无谓在此剧强求其意义，其意义就是在于其奇特处。”此外还有许多评论都是不了解此剧的。

但是能以同情态度解释此剧者亦大有人在，尤以Van Dijk及Hulsman两个荷兰批评家为著。Is. van Dijk说这是期望的描写，奥塞拉是为长期的等候而死，为灵魂底深的未完成的期望而死。Hulsman则以为梅脱灵此时实受佛教之影响，七公主即灵魂底“七相”，奥塞拉就是其中的“我相”。“我们的心是在这个离宫中，我们底灵魂在地上睡着是一个美丽的睡者。它睡觉发梦，并且等候理想的英雄，它自信这个英雄将会把它唤醒，并且纳它于他之爱的温怀中”。

《丁泰琪之死》一八九四年出世，与《室内》，《亚拉丹与巴罗密》二者名为“三篇傀儡小剧”。此篇所述为门内的惨戏。堡中女王就是死亡，她永没有下来，因为她是不可见的。可是她有无量大的势力。无论小孩子被保护得怎样稳固，她的侍婢都可以把他拿去。

许多人说这篇剧是一幅身体上的画，这是错的。其实这篇剧，像《群盲》一样，是根据人类之恐惧的知觉而作的，此种恐怖的知觉就是大多数人之心的安静的保障——在死亡的黑影的山谷（女王的城堡之黑影是遮蔽着所有房屋的）之窒息的空气中之保障。在这些地方什么都是浸在黑暗里。……只有女王的城堡是光的。……我们知道，但是我们不了解。……

丁：你知道些什么呢，伊姊姊？

伊：我知道的不多，我的孩子。……我的姊姊和我自从出世之后，一路在此地爬行，而不敢了解所发生的事情的一些。……我在这岛上像盲妇一样地住了很久，这一切对于我已经似乎很自然了。……我只见一个鸟儿叫，一片树叶落，一朵玫瑰花儿开，此外便不见什么事情了。……这儿极静寂，就是一个熟透的果子跌下在地上，也令到人要向窗口张一张。……而且没有人似乎是有一些疑心。……但是有一夜我知道除这些之外必定还有别事。……我想逃走了，但是不能。……（见第一幕）

我们不能避免我们的灾难；并且我们必要活着来等候那些不可预料的事情。

此四剧是据 Richard Hovey 的英译本重译，书名 *The Intruder and Other Plays*（Dodd，Mead and Company）。

一九二三，三，二三，汤澄波于广州岭南大学

——录自商务印书馆 1923 年初版

《近代俄国小说集（五）》[①]

《近代俄国小说集（五）》作家传略

库普林（1870—1921）

库普林（Alexander Ivaovitch Kuprin）生于一八七〇年，一九〇三

① 《近代俄国小说集（五）》（*Modern Russian Short Stories*），东方杂志社编纂，上海商务印书馆 1923 年 12 月初版，东方文库第七十七种。

年发表其第一部小说集，当时就很著名。一九一〇年他的全集在俄京出版，共有六大册，后来增至十四大册。其中，《决斗》，《生命之川》，《泥沼》，《马盗》等篇更为著名。革命发生后，他避居斯干狄那维亚，抑郁不得志而终。《沙罗门的星》是他的最近作。库普林的前半期的作品，都是彻底自然主义的著作，但是后半期的著作，却很带些神秘的色彩。

安得列夫（1871—1919）

安得列夫（Leonid Andreyev）生于俄国奥列尔（Orel)。父亲是个测绘家，早死。家贫困，进大学后常因为没钱挨饿。后改习绘画始略得钱糊口，继又业律师，亦未成。后任报馆编辑，所作小说为高尔基所赏识，文名始大著。日俄战后出短篇小说《红笑》，世认为非战文学之第一名著。此外他的杰作有《七个缢死犯》，《蓝沙勒司》等，《蓝沙勒司》是象征“死”的小说。戏剧《人的一生》*Anathema* 亦极有名。

阿采巴希甫（1878—　）

阿采巴希甫（Michael Artzbashev）是俄国南部人。父为陆军士官。他在中学毕业后便想做一个美术家，未成。在圣彼得堡当一官署书吏。十六岁时开始在报上投稿。小说最著名的是《沙宁》，《工人绥惠略夫》等。此外又有许多短篇小说及戏曲。《革命党》是他的短篇小说集《革命故事》里的一篇。阿采巴希甫一生经过许多磨难，所以他的著作里所喊出的，全是被压者的反抗的呼声。

——录自商务印书馆 1923 年初版

《近代法国小说集（上）》①

《近代法国小说集（上）》作家传略

缶友（1813—1883）

路易缶友（Louis Veuillot）是法国近代最著名的宗教文学家。他从十八岁起，就投身做报馆记者，一直至于老死，所以他在文学之中，特别擅长批评和辩论。批评家 Sareey 曾称他为“当代第一个辩士”，又称为“法国国粹的文学家”，但是他是个热心宗教的人，他所怀抱的悲悯的思想，比人家格外富，所以他的辩才，可以说是出于“不得已”，并非是“好辩”，他的艺术，大约也应该作如是观。史家 Faivre 尝说道：“缶友的文学，往往同时包含着相反的两面；他含和平在激烈里面；含劝人的意味在讥讽里面；含平民主义，在贵族气象里面。”这话最是中肯。他尝汇集他报纸上的著作，成 *Melanges religieux politiques*，*historiques*，*et littaires*，三大卷，此外还有许多单行本的小说，最著名者，有如下列数种：*Les Pèlerinages de Suisse*（1839），*Rome et Lorette*（1841），*I'Honnéle femme*（1844），*les Frangais en Algérie*（1845），*les Libres Penseurs*（1848），*Ga et là*（1859），*le Parfum de Rome*（1861），*Historiettes et fantaisies*（1862），*Ordeurs de Paris*（1866）。

杜德（1840—1897）

亚尔礼杜德（Alphonse Daudet），是一位写实主义（Réalisme）而兼印象主义（impressionnisme）的小说家。他也和他的朋友福罗贝尔，

① 《近代法国小说集（上）》，东方杂志社编纂，上海商务印书馆 1923 年 12 月初版，东方文库第六十七种，东方杂志二十周年纪念刊物。

莫泊三一样，注重平凡的，丑恶的，人生的描写；但是同时又包含着一种很丰富很深刻的感情，和那些纯粹的写实派，颇有点区别。他于文学研究，很尽心力；于诗学，戏曲学，亦竭力推究。未到成丁时，已很有成绩可观；十五岁，他就离开了 Nimes 本乡。十七岁，他即到巴黎谋生。后来因为巴黎繁华，就到 Beaucaire 附近，购了一个荒弃的磨坊，一个人住在那里，做他的文学生涯。他就在这磨坊里，成《我的磨坊笔札》(*Letters de mon moulin*)，书里尽是短篇笔记同典故，于一八六六年，登在 *I'Evénement* 报纸。那时他只有二十六岁；未登出的前夜他还是个默默无闻的人，第二天他竟大名鼎鼎了。

他著书很多，而且很风行。法国人称他为“我们的狄根斯”。其中最著名的，有下列几种：

（1）*Le Petit Chose*（1868）(2）*Lettres de Mon Monlin*（1869）(3）*Tartiarin de Tarascon*（1872）(4）*Contes du Lundi*（1873）(5）*Jach*（1876）(6）*Le Nabah*（1877）(7）*L'Immortel*（1888）

高贝（1842—1908）

法朗士高贝（Francois Coppée）为十九世纪法国大诗人及小说家。最初致力于诗歌，为伯拿斯派（Parnarrieus）中之骁将。以《神龛》(*Le Reliquaire*)(一八六六年)，《仇恨》(*Le Inimites*)(一八六八年）二诗为最著名，余如《谦逊之人》(*Les Humbles*)，《散步与家居》(*Promenades et interiurs*)，亦甚有声。其诗美妙冲和，不设色绚烂，而邱壑自具，尤细道下民疾苦，里巷间锁语细故。时人称为侧陋之诗人（Le Poete des humbles)。其小说剧曲，亦寄托遥深，不失风人之致。

——录自商务印书馆 1923 年初版

《近代法国小说集（下）》[①]

《近代法国小说集（下）》作家传略

佛朗西（1844— ）

现在法国文学界，资望最重，而且思想很新的，要推阿那豆勒佛朗西（A. France）。佛氏之于小说，同布特呼（E. Boutroux）之于哲学，拉惟思（E. Lavisse）之于历史，真可说是“鲁殿灵光”了。现在他已经出版的著作，共有二十七本小说，四本文学评论，两本《贞德小传》。他的文笔非常清楚，而且详细，如同谈话一般。他的思想是信任科学同民主。在文学评论内，甚反对布尔致（P. Bourget）反对科学的议论。他与法国社会党也很接近。常在《人道报》上发表议论。前年选举时，巴黎社会党选举演说，曾推他为名誉主席。他的小说，多半是长篇，短篇的只有几本。

皮尔鲁第（1850—1923）

皮尔鲁第（Pierre Loti）于一八五〇年一月生于 Rochefort，十七岁投身于海军界，随军舰服务，游历法国东方属地；异乡的格调，东方式的生活渐引起了他的兴味。他在海军中立过许多军功，后来因为和长官意见不合，退出海军。同时他便专志于著作生涯。一八七九年他的第一部作品出版，是描写波斯破鲁斯海峡的生活的，这部小品文字就很著名一时，以后更成小说笔记多种。最著名的是 *Le Mariage de Loti*，*Mon Erere Yols*，*Pechevrd Islande*，Madame *Chrysantheme*，*Ramuntcho* 等数种。一八九一年鲁第当选法国学士会会员。一九二三

① 《近代法国小说集（下）》，东方杂志社编纂，上海商务印书馆 1923 年 12 月初版，东方文库第七十六种，东方杂志二十周年纪念刊物。

年五月殁于巴黎。

莫泊三（1850—1893）

莫泊三（Guy de Maupassant）为法国写实文学的巨子，也是近代短篇小说的最大作家。一八〇五年八月生。为著名文学家佛劳贝尔（Flaubert）之门弟子。普法战后，发表小说戏曲，抒情诗多种。小说最有名的是 *La maison Tellier*（1881），*Les Sieurs Rondoli*（1884），*Contes du Jour*（1885），*Contes et Nouvelles*（1885），*Monsieur Parent*（1885），*Bel Ami*（1885），*La petite Roque*（1886），*Pierre et Jean*（1888），*Fort Gomme la Mort*（1889）等。一八九二年病狂。逾年而殁。详传可参看《东方文库》中之《莫泊三传》。

巴比塞（1874—　）

亨利·巴比塞（Henri Barbusse）为现代法国鼎鼎大名的文学家，和买爱罗兰齐名一时。他也与佛朗西相同，主张社会主义，反对战争集资本主义。著作最有名的是《火》(*Le Feu*)，《光明》(*Clarte*) 及长篇《地狱》(*L'Enfer*) 等。

——录自商务印书馆 1923 年初版

1924 年

《灰色马》[①]

郑译《灰色马》序

瞿秋白[②]

一

那伟大的“俄罗斯精神”，那诚挚的“俄罗斯心灵”，结晶演绎而成俄国的文学，——他光华熠熠，照耀近代的世界文坛。这是俄国社会生活之急遽的瀑流里所激发飞溅出来的浪花，所映射反照出来的异彩。文学是民族精神及其社会生活之映影；而那所谓“艺术的真实”却正是俄国文学的特长，正足以尽此文学所当负的重任。文学家心灵，若是真能融洽于社会生活或其所处环境，若是真能陶铸锻炼此生活里的“美”而真实的诚意的无所偏袒的尽量描画出来，——他必能代表“时代精神”，客观的就已经尽他警省或促进社会的责任，因为

① 《灰色马》(The Pale Horse)，小说，俄国路卜洵 (Ropshin，原名 Boris Savinkov，1879—1925) 著，郑振铎据英译本重译，上海商务印书馆 1924 年 1 月初版，文学研究会丛书之一。

② 瞿秋白 (1899—1935)，原名瞿双，江苏常州人。早年入北京俄文专修馆攻读，先后和郑振铎等创刊《新社会》和《人道》杂志，1920 年以《晨报》记者身份赴苏俄，向国内介绍苏联十月革命后的情况。译有高尔基《同志》、普希金《茨冈》等。

他既能如此忠实，必定已经沉浸于当代的“社会情绪”(Настроение)，至少亦有一部分。社会情绪随那社会动象的变迁而流转，自然各成流派，自为阶段。每一派自成系统的“社会思想”(Идеология)，必有一种普通的民众情绪为之先导，从此渐渐集中而成系统的理论；然此种情绪之发扬激厉，本发于社会生活及经济动象的变化，所以能做社会思想的基础而推进实际运动；因此，社会生活顺此永永不息的瀑流而转变，则向日所谓有系统的“社会思想”，到一定时期，必且渐因不能适应而就澌灭，所剩的又不过是那普通的情绪而已。社会情绪的表现是文学，其流派的分化，亦就隐约与当代文学的派别相应；社会思想的形成是所谓“学说”，——狭义的社会理想，此种理想若渗入主观，则“致其末流”虽或仍不失其为一派社会情绪的动因，然而只能代表那“过去”的悲哀了。俄国文学史向来不能与革命思想史分开，正因为他不论是颓废是进取，无不与实际社会生活的某部分相响应。俄国文学的伟大，俄国文学的“艺术的真实”，亦正在此。

《灰色马》(“Конъ бледный”）的著者萨文夸夫路卜洵（Савинков-Ропшин）所处的时代，正是那放过万丈光焰的“民粹派”(Народничество)[①] 渐起变态日就颓废的中衰期；他自己又正是民粹派

① “民粹派”(Народничество)是俄国社会学说中的一学派，其义甚广，他并涉及文学的范围，——与文学中之马克思派相似，此种文学中的分派当然与社会主义之中的方面不同，民粹派思想的代表最显著的可推美海洛夫斯基(Михайловский)，赤尔纳塞夫斯基(Чернышевский)等。历时数十年，民粹派的思想，大有变迁，然总述其义可以说，民粹派主张：一、个性能创造历史英雄论；二、农村公社（密尔）为社会主义的基础，在俄国可以引用旧有制度中，虽实为原始自给经济，现世已不可能，而他们不顾；三、俄国可以不经资本主义的发展而立达社会主义；四、智识阶级为社会运动的原动力，而群众不过附和其高尚理想而已。民粹派处处与马克思主义相对待，而实亦受其影响不少。俄文 Народ 之意为平民，平民精神在于密尔为俄国所特有，故译为“民粹派”。——原注

的政党——社会革命党——的实际运动者。社会革命党运动之唯一利器是“恐怖主义”(“La terreur”)，暗杀劫掠等；——最初期此种“恐怖主义”当然有政治上的意义，然而实行恐怖主义的党，其所取的手段不能不影响到自己的组织；此等影响能渐渐造成党员的新环境，因而及于其个人的人生观。此种时代此种环境，怎能不造成文学作品里的特殊“派调”(Тип)——如书中之佐治式的英雄呢?

我们且读这部《灰色马》罢。

二

佐治式的英雄自有他佐治式的环境；俄国旧民粹派的派调，是那唯心的唯觉的宗教的俄国旧社会之产儿；——他们反抗实际，反抗那黑暗沉溺的生活，固然他们承“斯拉夫派”(Славянофилы)之后，在理论上往往愈反抗而对于社会进化的观念愈沉溺于那旧俄中世纪式思想，然而他们始终还有非常之诚挚浑朴热烈的心灵，正是恬静克己的小农俄国之所应有。直到萨文夸夫的时代，资本主义的市侩气已经无孔不入，尚且还能保存这种“古代之遗风”。请听那佛尼埃(Ваня——当按俄音译作“华涅”)说：——“复活祭终于到了，这是很好的……耶稣起来了；真的，佐治。”

佐治却当头给他一盆冷水，回答他个“那有什么好呢!”不但如此，佐治对于他所“爱”(?)的依黎娜，又何尝能答复她半句！她的问题却是很真挚的，却是充满了“生活”的：

“……但请你告诉我，为什么你要这样做？为什么？这里不是很可爱么？春天到了，鸟儿们都在歌唱。但是你想什么？你为什么目的而活着？为什么，最亲爱的?”

佐治的生活早已流尽，佐治早已是“活死人”，他何尝有热烈诚挚的深情，他何尝信仰自己？他当然不能答复依黎娜的问话。当然，在他心目中；他所做的“事”不过是消闲解闷，他所用的人不过是他的机械；他所爱的人不过是他的“对象”。那里有民众的幸福，文化的使命！民粹派的精神其实已经毫无余剩。他的同伴佛尼埃真是他的“知”己，能洞见他的心肺：

> “他对我（佐治）说道：‘我们失了费杜尔，真是可悲。’
>
> ——‘实在是可悲。’
>
> 他悲惨地微笑，说道：
>
> ——‘你所失的不是费杜尔。’
>
> ——‘你这话什么意思，佛尼埃？’
>
> ——‘你是不是悲伤你失了一个同事的人？是不是？’
>
> ——‘自然是的。’
>
> ——‘你自己已经知道了，他是一个同事的，一个有才干有胆量的同事，而现在他已经不在了。你对你自己说：我们没有他，这事怎么进行呢？’
>
> ——‘正是如此。’
>
> ——‘那末，你要懂得，……你对于费杜尔本人已经忘记了。你没有失掉他。’”

佛尼埃临死的时候，从狱中传递给佐治一封信，——用香烟纸写的，还说：“不爱的人不能知上帝：因为上帝，就是爱。”可是佐治的心上，还是盘旋着一个念头：“谁知道佛尼埃是对的呢？”他只会呼吸秋花消散的香气，吻他那灰白的花瓣，最得意的所在，只是“这事成功了。”那里看得见丝毫“热气！”

诚然不错，那“成功的”事是社会革命党政治运动的成功，——

是总督被佛尼埃刺死，然而佐治的指挥这事，是否真正为着社会革命党呢？社会革命党中央委员（安得留彼得洛威慈）对佐治说：

> “但是似乎太慢些……你们现在就可以攻击了。……最方便的时候……”

中央委员说话时，只看这纸上表示的许多“……”，就可见他怎样对于佐治慄慄危惧的可怜样子。汉译已经走了神味，若把俄文原本念，尤其可以明显这种口吻。而佐治却说：“委员会如此议决，我是十分欢喜的，……但是我不以为我们的进行应该比我现在所做的还要激烈。……你们自己去试一试看。”中央委员立刻陪笑脸。——因为佐治是英雄，其他都是庸众。佐治可以对中央委员会说：“你们……你们想要把我免职么？……委员会要怎么议决都可以。但是我一方面……”中央委员会如何还能问他的行止？

佐治是冷酷深沉的秘密暗杀党的领袖；他不能顾及什么理想及大局。他不问政治主张，不问原则，因此只是一个专断的严酷的“大师父”；他虽在政党，何尝知道有什么中央委员会，何尝知道有什么同志结合。他很得意的在日记上写道：

> “亨里契对我说道：‘什么事都完了，佐治。’
>
> 我全身的血都冲到脸上来。
>
> ——‘闭口……’
>
> 他惊骇了，退身缩去。
>
> ‘佐治，你怎么了？’
>
> ‘不要这样无意识！什么事也没有完，你说这种话应该自羞。’”

依黎娜说得好：——佐治的全生命都集中在死上。他是铁做的；太阳照不到他……她要他“接吻罢，不要思想了”，而他，——没有勇气享受生活，中心念念郁抑，——怎能不想。想的结果，便是杀依黎娜的丈夫。

又为什么不可以杀？

无目的无原则无生趣无理想的“厉鬼”既可以无所为而杀人，何独不可以“为自己”而杀人。他是：“不愿意做一个奴隶，就是自由的奴隶也不愿意做。所有的生活都在冲突之中。没有这个，他便不能生活。但是他的冲突有什么目的呢？他亦不知道。他的意志就是如此。他饮他的酒，并不渗淡他。”

他是“最后的虚无主义者（Нигилист）”，——就是民粹派末流一种颓废强厉的，并且虚伪欺罔的派调，然而他又何能自已呢？

三

不能！佐治式的英雄实在也不能自已。此中自有社会时代的潮流。

我请先说那恐怖主义的政治意义。

十九世纪六七十年代，俄国还是方脱农奴制度的小农经济的国家。农民的小资产经济一方面不能骤冀资本主义式的发展，一方面又留恋着中世纪式的自给均产制度。此外再加以政治上的压迫，农民虽说解放而实在更受压迫，城市智识阶级及贵族青年又无从得有精神上的舒展，——于是社会思想里发现所谓“俄国的”社会主义。土地与自由社（Земля и Воля）的结合，革命思想的宣传，都导源于此。后来“往民间去”（Хождение в народ），“宣传”，“暴动”都失败，土地与自由社就分成两派：一、黑分派（Черный Передел），——主张继续“宣传”社会主义，仅仅做经济运动！二、民意派（Народная

Воля)，——主张实行暗杀，以为纯粹的政治运动。黑分派渐起分化，而其中份子抛弃那俄国式的所谓“民粹派”的糊涂社会主义，——平民自动手分地（故称黑分）等类学说，——而入马克思主义，在思想上成就极广义的社会理想，在政治上随后就组织成社会民主工党（一八九八年）。民意派中经不少波折，伏流虽时起，而始终消灭，直到二十世纪初方组织成社会革命党。

社会革命党承民粹派之后，虽已承认政治运动的必要，却只见个人的英雄式的奋斗，而不见群众；虽以为农民应当革命，而实不能与农民群众接近。所以他能在当时得着光荣的声誉，也仅仅因为他们的暗杀主义，——他们本来自命为民意派的继起人。

然而暗杀运动在此小资产阶级式的政党手里，也呈一种奇特形式。当初的民意派力求破毁俄皇的政府组织，紊乱治者阶级；他们始终还有些信巴枯宁主义，——始终还以为平民群众将不由自主的奋起解放自己，成一种创造力量，而后能造就那所谓“公共劳作社”式的社会主义。这“也许是很稚气的，然而始终很伟大的。——马克思都有时为此种奋斗精神所兴发，每每以为他们或者有所成功；不过马克思所预料的俄国文化发展，当然不与民粹派相同。”（鲁纳察尔斯基之《过去的人》）

至于社会革命党成立时，俄国的经济发展其实已经大非昔比，资产阶级的政党（立宪民主党）都已经形成。所以社会革命党的恐怖主义，却往往只能做立宪民主派恐吓政府的口实而已。最著名的社会革命党员葛尔书尼（Гершуни），号称“革命之虎”，——的确是一个伟人，而且办理暗杀机关非常之能干的，——他在受审时的答辩词中说：“政府不让平民能以和平方法争民权。”于此可见暗杀在实际上的政治意义：——所谓“立宪民主派对政府说，‘对我们让步罢，不然社会革命党要开枪了。’”政府若真让了步，社会革命党也就不放枪了。所以不论她，革命祖母白莱史夸白莱史夸夫斯嘉（Брешко-

Брешковская)，说什么“恐怖主义是平民对于专制魔王的审判”，什么“克己牺牲的暗杀运动足以增进社会革命党同志的道德”，都不足以证实暗杀运动确是为真正平民服务，亦就不足以掩藏此种恐怖主义的真性质：——以手枪炸弹恐吓政府，迫令行施较自由的政策而已。社会革命党在帝国议会（Дума）里的议员尔寿兴（Ржехин）于一九〇六年三月十二日公然发言说，“我敢断言，若是我们得有政治自由，国家生活得依据法律，实行普通选举，得由平民管理国家，那时，当然谈都不必谈什么暗杀运动。”于此可见，暗杀运动并非社会主义的反对资本主义，而不过是极端的自由派的（Либеральный）反对君主政体而已。

难怪朴练哈诺夫（Плеханов）要说，社会革命党的“革命”无论如何连不上社会主义，他们的“社会主义”也无论如何连不上“革命”。总之，概括而论，社会革命党的暗杀运动，纯由政治意义上立言，尚且不通[过]如此。

四

暗杀是什么事情？个人的冒险的阴谋的残忍的行动。他能不能对于群众的平民的政党只有好影响而没有恶影响？当然不能。

社会革命党的确曾经是伟大而且富有人才的革命党。然而暗杀主义毁坏了他，何等的可惜！固然，小资产阶级政党，因为他的本性是骑墙的，他的阶级地位是可左可右的，政治道德上本来就处处可遇危险。而在俄国当初环境之下，此种政党无路可走，他不得不分一部分精力作有系统的、有组织的暗杀运动，竟使他自己的崩坏来得更快。我们不妨借路卜洵的书而叙一叙俄国暗杀运动中的几件轶事，一则证实暗杀的性质，二则谈一谈著者的遭遇。

暗杀运动要极秘密的，要有适当的敏给的人才，——专任技术上的事，来不及问政治理论。这不能于奋发的勇往直前的群众运动中去求。——譬如葛尔书尼，他既急功近利伪造群众运动，就不得不赶制人才，以便双方并进。他只得利用意志薄弱的智识愚钝的稚年小子（如葛黎郭联夫〔Григорьев〕及尤尔夸夫斯嘉〔Юрковская〕），简直施以暗示，激以虚荣，使成其机械。于是专选能干人才，——当然，适用的材料很难寻到；然而他竟寻着了亚柴夫（Евно-Азеф）！亚柴夫同时入秘密警察局及社会革命党两机关，他双方的哄骗。他居然能破坏不少计画，报告过不少次消息与警察；同时，他又故意赞助暗杀彼利夫（Илеве）的谋画到底，甚至于帮着设法刺尼古拉第二，——以此取信。等到发觉他的奸状，人已经被他害死不少，而葛尔书尼还是相信他，在会议中竭力替他辩护。后来中央委员会要告发人蒲尔切夫（Бурцев）和亚柴夫对证；同时，却公然宣言"若是蒲尔切夫不能证明亚柴夫的罪状，中央委员会要反坐他以死刑。"明明白白的事实，偏要信几个办暗杀的人的庇护。此种残酷猜忌的空气里，幸而蒲尔切夫侥幸能得着机会设法与警察局长洛甫兴（Лопухин）同坐一火车舱里，强迫他自承与亚柴夫的关系；那才救了蒲尔切夫，救了社会革命党。（洛甫兴因泄漏消息而远戍苦役，蒲尔切夫事后要逃出警察势力范围并急急做死亚柴夫，已经费尽九牛二虎之力。）社会革命党的领袖对此反轻易视之。

社会革命党，直到后来再明白过来；委员会曾有一决议案说："党内的组织，本来对于办理暗杀事务的人在本党成立之时就付与过分的权力。一则组织了一特立的全党之上的军事机关，他的要求往往可以以党中其他机关做牺牲；二则对于能做此等军事的党员，过分的看重；——因此，亚柴夫得以偷天换日的做奸细。"

萨文夸夫自己在党中的地位也是如此。他是亚柴夫最亲近的助手，然而竟没有看出亚柴夫的奸谋。鲁纳察尔斯基与萨文夸夫是相识的。他说，萨文夸夫的为人，确是非常之有才干，而且勇敢自负，好冒险的人，真是神经质颓废派的智识阶级的代表。他那自信过度以惨剧自喜的神气，一看就知道他是喜欢故意做些奇特的事骇人耳目的。诚然不错！萨文夸夫以为“事业”比一切所谓原则都高，所以他后来竟认此种“事业”是可以“无原则”的。真是中国话说，“男儿不能流芳百世，也当遗臭万年。”不知道为什么，那时候不但社会革命党里的人，就是社会民主党里也有些人，总还称许他是“能干人”呢。

五

萨文夸夫的“遭遇”还不止此。社会革命党的领袖，负政治责任的中央委员会，往往不负责任的。以前有一与中央委员会很接近的党员鞑靼洛夫（Татаров），——最后固然也激而反动，——然而他最先也是告发亚柴夫的，中央委员会以为他诬告，就叫萨文夸夫去杀他。萨文夸夫居然在鞑靼洛夫的年老的亲属之前，生生把他刺死。在那时，中央委员会以为鞑靼洛夫是两罪俱发（诬告与反动），然而外间知道的很少。因此，当时革命界的舆论里大家以为萨文夸夫杀死自己的亲同学——鞑靼洛夫是不应当的。萨文夸夫于是坚请中央委员会发表相当的宣言，而中央委员会竟不肯。

此种环境，——互相推诿互相欺罔，积久已成自然；社会革命党员，尤其是像萨文夸夫一类的人的人生观，不期然而然，弄得冷酷无情，只知道各谋自利以高自位置于党里。他在《回忆录》上写道：“警察局长腊慈夸夫斯基（Рачковский）请路登倍尔同志（Ругенберг）做卖党的奸细，——是以夹朋（Гапон）作牵线人的，路登倍尔得此消息，报告中央委员会。中央委员会就教他答应夹朋。路登倍尔却大愕，——他明知这事长久下去，同志之中渐渐的要把他当作真的奸细的。”萨文夸夫接着批评道：“路登倍尔以为他若答应夹朋，明明是说谎。他不知道，暗杀运动不但完全靠牺牲，而且也完全靠欺罔——这是不能免的，必然的。”既如此，久而久之萨文夸夫自己也渐渐连究竟什么是真什么是妄都忘了，——一些儿分寸都可以没有的了。就是我们读他的《灰色马》，心灵上也的确可以受着这种教训。

《灰色马》出版之后，萨文夸夫已经真正与实际运动脱离关系，却又在赤尔诺夫（Чернов）——社会革命党现时的首领所办的杂志上登了第二部小说《莫须有的事》（“То，чего не было”），这两部小说，文艺上的天才是的确有的，是“个中人语”，是他自己的供状，他自己的忏悔。然而社会革命党那时始终还保存民粹派一些真精神，未必见得个个都是萨文夸夫。萨文夸夫把个个同志描写成“鬼脸”，当时党的声誉上大受影响：“呵，原来你们社会革命党杀人是闹得好顽的，并不是为什么政治理想的！”萨文夸夫这种行为，一意孤行，却是政治道德所不许的。——其实读者还是可以对亨里契，费杜尔，爱尔娜表同情的，对于佛尼埃更不必说。——虽然如此，到第二部小说发表，传遍全欧，党里的重要人物大抱不平：于是许多党员署名向赤尔诺夫提出抗议“与此杂志的编辑脱离关系”。署名的人里面，我们可以看见鼎鼎大名的社会革命党，如：亚夫克新欠夫（Авксентьев），腊克德尼夸夫（Ракитников），美诺尔（Минор）等。赤尔诺夫没有法子，就做了一篇文章批评《灰色马》：

> “大家对于那佐治都是崇拜敬畏，就只除出佛尼埃。……佐治每次遇见别人或与人冲突，尤其是与同党的人，必定是佐治奏凯的。……只有佐治是伟人，骑着灰色马南征北剿，得意非常。其余同党的人，何以刚刚凑巧挑着一班没出屑的东西。不知道著者何必一定要画得个个党人都成鬼脸？”

赤尔诺夫其实始终还是庇护他。直到后来（约在战后）萨文夸夫决然的背叛社会革命党，才把他除名。

不是！“萨文夸夫不是一个真实的反抗者，”——译者郑君振铎说的不错。然而他却能做到“艺术的真实”。社会革命党确是如此呵！

六

社会革命党何以有这种颓废派任性派的智识阶级倾向，——有这种佐治式的英雄？暗杀运动的反应作用，反应于党员之“心的变化”。不但如此，同时亦是旧民粹派的唯心论，领袖热，个性主义，“智识阶级崇拜”等理论在事实上之逻辑的自然结论呵！此等理论根本对于社会的观念就不切事实；他的所以能发旺于一时，仅因当时情势只有小资产阶级能做革命运动，能有革命情绪；等到时过境迁，——新革命力的无产阶级发展，当年的小资产阶级早已顺流而下；所以只剩得这“过去”的悲哀，垂死的哀鸣了。

最好略引笈列夫斯基（Делевский）的正直批评，以说明暗杀手段以外的种种“恶化堕落”的原因：——

社会革命党最早成立时，就是自上而下的组织，只知道指派的所谓“靠得住的好人”往各地暗中组织地方机关，——绝无以一种高尚主义相号召相研究的办法。理论上思想上，造成一种老党员的“正统观念”，——以致于极少数的“首领”垄断学说；而绝对没有批评的精神及个性的发展。正与他们自己的个性论相反“盲目的服从”不期然而然成为牢不可破的原则。这是“英雄论”“人才论”的结果。“再则老党员”差不多看着党务是自己的私事，可以任意安置亲信的心腹，——不问他对于主义是否了解，而只要他能谄媚，甚至一家妻儿男女都混入党务机关。这是“秘密方法”“猜疑不信”等原则的影响。因此两层，党中组织显然分出高级下级的职员，上司属吏的形式，——高级老党员不能受丝毫委屈，否则便可发生绝大危险。其次还有一层，就是金钱问题。社会革命党既不肯做成较公开的组织，势必至于从事于纯粹的“没收办法”（Экспроприация）——暗劫，以取得一切暗杀运动的费用。往往他们能取得极大的数目。于是除权力欲高的人，想增高自己在革命界中位置的人，所谓“革命的升官主义”（Ревалюционный Карьеризм）之外，又有一种人，——败落的智识阶级的“贵族”青年，既不能为旧社会所容，又不是有职业的劳动者，——专在党务机关钻营以求取得“饭碗”，——党中有报酬的位置。

自民粹派至社会革命党，此中外国社会生活的变迁，内部组织关系的演化，都足以使那些高尚奋勇的革命青年，——既无切于实际的社会观念，因此不能理智地自信其所从事的事业，当年所仅有的一种宗教式的情感“信仰”，——可以渐渐消磨，堕入上述的那种秘密结社里；请问此种环境，怎能不发生佐治式的英雄呢？

七

“凡是‘地底下的’革命党里，四围都是仇敌，不能不采取半军事式的组织，——因此那（笈列夫斯基所说的）种种弊病本亦是很可能的危险。有些这类的弊病往往在共产主义者之间也会发现，当然，弊病的程度要浅得多。然而共产主义的群众的大党，自有其可惊的‘德谟克拉西性的’‘大会之全权制’（Полновластность съездов），自有其内部的健全的本能，既有意志坚强诚挚忠实的老‘将’，亦有四方八面纳流于此的青年精进的新人才，——很容易防止此等弊病。至于小资产阶级的政党里，此等弊病不但使萨文夸夫一类的人，甚至于确是诚挚的白莱史夸白莱史夸夫斯嘉及实在出色的亚夫克新欠夫，都变成意志薄弱犹豫不定的反革命者。真正正直的分子，凡是明白社会革命党的性质及其历史的人，都愿意此等号称‘社会革命党’的政党，

快些留下他历史上的革命成绩及健全分子，而自己同着那些‘畸形的子孙’一齐消灭罢”。（鲁纳察尔斯基）

社会革命党也应该要说他最后的话：“我的手枪已在我身旁”了。

诚然不错，一九二二年后，社会革命党差不多已成历史上的陈迹[①]。萨文夸夫的《灰色马》真是此“社会革命党陈列馆”里很优美的成绩，——真正尽了他“艺术的真实”之重任。他确确实实能代表俄国社会思想史——文学史里一时代一流派的社会情绪呵！

“那‘罪恶欺罔的祭师，’
我们用真理之声罚他；
那睡昏昏的梦中人，
唤醒他们到战场去打。”（朴列史赤叶夫——（Плешеев）

一九二三年八月二日

——录自商务印书馆1924年初版

① 一九二二年审判社会革命党员郭诺朴列华（Коноплева）女士暗击列宁一案时，社会革命党右派及中央派等之通白党，通协约国，在巴黎受法国银行界外交界的供给，办理暗助波兰军火以侵俄等等事实的人证物证完全，收集发露，此案的开始，本是由于郭诺朴列华及其同事谢米诺夫（Семенов——非西比利亚之白党将军）自己的自首。因此，社会革命党之反革命罪状显然，其中许多分子转入共产党；一九二三年二三月间，大多数社会革命党之“下级党员”已知前此受首领之侮弄，遂开大会正式宣告，自行解散了。前此本来真正的农民党员，所谓“最大限度派”（Максималисты），因社会革命党首领禁止他们在乡村间对地主施行群众的所谓“农村的”恐怖运动，早已宣告独立，后来与多数党同时举行十月革命，亦已陆续有一大部分加入俄共产党了。——原注

《灰色马》序

沈雁冰（茅盾）

《灰色马》里的英雄，——乔治——的个性，是极惹人注意的；我们读完了《灰色马》后，对于这个暗杀党首领乔治，总不能漠漠然视若无睹。我们恨他也好，爱他也好，敬他也好，可怜他也好，……但决不能漠然无关的对他。是的！这位暗杀党底奇特的品性和思想，像尖针似的刺到我们脑里，要求我们必须对于他取一种态度呀！

我们的亲爱的读者，自然会从这薄薄的一册书内，体会着书中英雄的品性和思想。他们如果曾留心近数十年的俄国政治史及思想史，一定能够恍然于"乔治式"人生观之所以发生的原因。再进一层，我们的亲爱的读者，如果是一向喜欢读俄国文豪们的"革命纪事小说"如斯底普涅克（Stepniak，本名 S. M. Dragornanoff）所描写的九十年代的革命人物，和阿尔志跋绥夫（M. Artsybashev）所描写的"初十年"的革命人物，（像他的短篇集《革命小说》及长篇小说《人类的潮流》所写的），而且曾经以之与《灰色马》中人物作过比较的，他们一定又会知道《灰色马》不仅是俄国暗杀党——即所谓恐怖党的实录，并且是革命者心理变迁的写真，有俄国近三十年来思想界的混乱与剧变，做它的背景。

斯底普涅克所描写的革命党是：人格清白，敢作为，勇于牺牲，富于冷静的理性，以革命为唯一信条的人物。阿尔志跋绥夫所描写的，便已不同：革命的目的已经模糊，革命的信念亦不复坚定，那些革命者已经失了他们的冷静的理知的头脑，而惟恃热烈的感情的冲动；他们寻仇好杀，对于他们以外的人，（不论是反对他们的，或是中立的），有普遍的憎恨；他们已不信世界上会有"爱"这件东西，绥惠略夫说，"我不想到爱，……我不要听这个……我只有憎！为什么我应该爱你们人类呢？因为他们猪一般的互相吞噬，或者因为他们有这样不幸，怯弱，昏迷，自己千千万万的听人赶到桌子底下去，给那凶残的棍徒们来嚼吃他们的肉么？……我对于你们不幸者，倘他们还没有非常惨苦或者还没有自己陨灭的时候，在别一方面也正如幸福者一般的糟蹋生活的，一样的报仇……”（见鲁迅译《工人绥惠略夫》页一四一）这一段话，正可代表阿尔志跋绥夫书中的革命党的思想；然而《灰色马》里的乔治的思想，又不同了。

《灰色马》里的乔治是一个暗杀党：对于革命并没有目的，也没有信仰。他的职务在乎实行暗杀；他所不怀疑，不否定的，也只有这一项。除此以外，一切学说，一切主义，他都以为不过是“白纸上的黑字”罢了。他不爱任何人，他不顾任何人；人们的精神生活——他们的苦痛或幸福——与他毫不相干，他觉得一切事都不足以引起他的快感，唯有暗杀成功的一刹那间，他始感到了愉快。他的不怕死，并非因为他对于死有所欣羡，或对于生有所憎恨，却全然因为他未尝把生死看作一件值得注意的事，他不知生之可乐，也不知死之可悲；并且他亦没有一定的宗旨要求实现，故又不觉生之可贵。他后来的自杀，并非因为他更没有勇力去生活，却因为他已经不愿做事。陀思妥以夫斯基在《卡拉玛淑夫兄弟》中曾说明杀人与自杀的关系，以为凡杀人者终必自杀，都因他早就认定生活是无意义的；这个意思，《灰色马》中也明明的有着。

我以为上面说的俄国革命党心理变迁的三段落是极可注意的。社会革命本不能恃暗杀而成功；至若乔治式的暗杀党非但不能成事，反足以引起一般社会对于革命党的憎恶，俄国社会革命党之终于不能成事，最大的原因就是他们把革命的手段弄错。《灰色马》的著者路卜洵是社会革命党执行部首领，故《灰色马》即使算不得是他的自叙传，大可看作社会革命党活动的实录，俄国的革命小说中间若缺了这部《灰色马》，那就失却了一段极重要的革命的人生实录了。《灰色马》

之所以能在俄国文学史上占重要的地位，这是第一个原因。

第二：《灰色马》是描写一个灵魂在特殊环境中所起的变态。一个人常在侦探警察的严重监视之下，处处是危险，时时不能不以灭除对手为自全之道，时时要防备自己以外的一切人，那么，他的对人对己的观念自然要大变了。他最先感到的是孤独；他觉得自己是鼠，而自己以外的一切人都是猫，永远是和他作对的；他觉得自己的生活和别人没有一点共同的地方，他简直是人类以外的人，他的喜怒哀乐和众人漠然不相关。在这样的孤独的境地的人，怎能不激而入于“不爱任何人，不顾任何人”呢？其次，他又感到生死之无常，他不但不知自己的生命究竟尽于何时，他并且不能担保别人的生命；为了逃命的缘故，他或许要杀几个本可不杀的人。既感生死之无常，故不爱生，不畏死，最后便是否定一切，视一切事都无意义，所以乔治的品行思想是他的特殊环境所造成的。《灰色马》虽用了第一人称的体裁（日记体），然而作者的高强的艺术手段恰好描出了一个灵魂在特殊环境内所起的变态，言外的背景，很明白的显示在读者的眼前，在这一点上，这部书便不能仅视作革命的记录；除革命的记录外，尚别有其伟大者在!

第三：《灰色马》又是俄国民族性的文学。俄国的民族性是怎样的呢？有一个比喻说得很好：譬如走路，俄国人是只取了直前的一点作为目标，一意的向前，不到尽头时决不回顾；而当他既到了尽头已见“此路不通”的时候，他的第二个计划就是取了和从前反对的方向。鲜有取左右道的（见 Srgjan Pl Tucic[Sergei Platonov] 所著《斯拉夫民族》第三章）。所以俄国的民族性是一往直前，非贯彻到终极点不止；所以同时的两种思潮或后先衔接的两种思潮，往往是正相反对，各走极端的。紧接于七十年代的利他主义之后而有狂纵的唯我主义，当托尔斯泰主义盛行之时而有恐怖主义：这两端已尽够说明俄国民族的极端性了。《灰色马》里的乔治便是暗杀党的极端的代表。不，我们应该说《灰色马》中的革命党便是二十年前斯底普涅克时代的革命党趋于极端的代表。从斯底普涅克到路卜洵这一条革命的路——可说是专以狙击官僚为手段，想把几个志士的热血作为换取自由的代价——，俄国的革命家已经走到尽头，发现了“此路不通”，不得不另行设法了；而他们的第二步就是和从前全然相反的一步——不从事于秘密的暗杀，而从事于公开的组织民众。这革命手段的变换，事实上自然不是前后界限井然不紊，但就革命者的思想而言，则确有此向前无路的一时，《灰色马》是他们的尾声。似乎路卜洵自己后来亦已改变了思想，所以他的第二部小说《决不能有的事里》的英雄鲍洛托夫便成了一个韩列德（Hamlet）式的怀疑者了；鲍洛托夫虽然也从事于暗杀官僚的实际活动，但一面做的时候，一面却不绝的自问：“我这办法是不是应该的，是不是有效的？”

总上三项，《灰色马》所以成了俄国文学中的一本杰作，当得起弥里支考夫斯基（D. Merezhkovski）那句“今世纪最伟大之作”的赞语了。

《灰色马》第一次在俄文报 *Kusskajs Myol* [*Russkaia Mysle*]（《俄罗斯思想》）上出现的时候，大惊动俄国的批评家和读者；一时评坛上有所评论，皆评《灰色马》！乔治的品性和思想，曾在青年的脑中不绝地来往，起了绝大的精神上的搅乱。这种情形，在俄国是屡见不一见的；当屠格涅夫的《洛丁》，陀思妥以夫斯基的《罪与罚》，安特列夫的《阿娜席玛》，阿尔志跋绥夫的《萨宁》出版的时候，都有过同样的现象，我们从此可见俄国青年对于人生的一切问题是怎样的热心注意了。

至于我们中国现代的青年，近年来似乎已经倦于注意各种巨大的问题，——至少，已经厌闻“革命”这两个字，而日惟耽耽以幻美自陶醉，以精神解放自解嘲而已；所以振铎的《灰色马》译本去年在《小说月报》始登时，并未曾 create a sensation。我老实说，直至《灰色马》在《小说月报》上登完后，我们不曾收到一封青年们的讨论

《灰色马》的来信!

现在《灰色马》改印单行本了，我不知青年们看着这再来的《灰色马》还是和从前一样的淡漠否耶？方今国内的政象，日益反动，社会革命的呼声久已沉寂，忧时者或以为在这人心麻木的时候，需要几个“杀身成仁”的志士，仗手枪炸弹的威力，轰轰烈烈做几件事，然后可以发聋振聩挽既死之人心；所以《灰色马》在这个时候单行于世，或者能够给人以深刻的印象。但是我以为《灰色马》如果能够在这时候引起现代青年的注意，则希望他们一并牢记一句话：

社会革命必须有方案，有策略，以有组织的民众为武器；暗杀主义不是社会革命的正当方法。

一九二三年十月，于上海

——录自商务印书馆 1924 年初版

《灰色马》译者引言

郑振铎

“这书不仅仅是‘文学’——这是人生的悲剧，写他的人对于其中的事迹，一件件都是亲身经历过来的。”

——Z. Vengerova.

“这是这时代中一部最好的俄国书。”

——D. Mereshkovky.

“俄罗斯的灵魂表现于她的文学中的，甚至于比表现于实际生活上的还明显些呢。”①

① Vengerova 的《灰色马》英译本序。——原注

俄国精神生活的每一个时代几乎都表白在几本极有文学价值的书中。所以要研究俄国人的生活，俄国人的内部的精神的变化的，至少也要对于他的文学有很深切的接触。

自前世纪的九十年代中期起至一九一七年的大革命止，这个时期，在俄国史上可以称为革命的时期。这时期开始于一八九六年的大罢工。以后各城市中，继续的涌起政治的暴动与大学生的扰乱。一九〇二年，农民的反抗又起，其势如野火似的，立刻蔓延于全国。于一九〇四——一九〇五年，又有不幸的日俄战争发生。到了一九〇五——一九〇六年，可怕的革命运动遂继战争之失败而爆发。这运动虽不久平定，而影响极大。人民经过了短时期的昏晕，立刻又鼓起新勇气，向新的方向走去。蕴酿又蕴酿，遂归结而为一九一七年十一月的劳农革命。在这个时期中，所谓恐怖党，也不断的活动于其间，专以暗杀政治上重要人物为务。现在所介绍的路卜洵的《灰色马》，就是描写这个时代的俄国内部生活的一部分，就是赤裸裸的表现出所谓恐怖党的一部分的“心的变化”的一本最好的作品。以前在英，美出版的许多讲俄国恐怖党的事的，都不是真实的记载。惟这本书才是真切的叙述。马沙里克（Masaryk）说：“当我读这书时我觉得我是同一个新式样的恐怖党相识了，相识的是一个真实的恐怖党，而不是一个想象出来的”①。所以无论那个研究俄国革命运动的人都必须要读这部书。

这书中的英雄是佐治（George），他是一个恐怖党的执行委员，同了其他四个同伴，到N地方去暗杀一个总督。这日记便是佐治自记其暗杀事件的经过与他自己的感觉的。这次的暗杀，共试了三次；第一次是完全失败的，第二次炸弹虽爆发，且杀伤了十个人，但总督却没有受害。这次的暗杀执行者费狄尔则自杀以避追捕。到了第三次，

① 是马沙克里《俄国的精神》（*The Spirit of Russia*）第四四五页。——原注

这暗杀才告成功。

佐治不惟是一个实行的革命者，而且是思想上的革命者。他是一个极端反抗者。他不信仰宗教，不信仰上帝及一切超自然的神，不信仰人间的一切法律与道德，甚且连他自己所从事的事业也不信仰，连他们党中的标语：“土地与自由”的一句话，也不信仰。佐治以为信仰上帝的人是快乐，信仰社会主义的人是快乐的。但是他是没有宗教的热忱的，而所谓共产社会每人十五亩土地的分配，在他看来，又是极无谓的。十五亩地便能使人人快乐么？他是一只无舵的舟，在生命的海上飘泊着的，生命如果是，“如绿草似的生活着”，也不发疑问，也不有知觉，也不有思想，是多少的好呢！思想便是困扰之源。“只要生活着，如绿草似的生活着”便是了。他如尼采式的仅仅任性而动，本能叫他怎么做，他便怎么做了。他同爱尔娜住了一起，但他还恋着依梨娜。他抱了爱尔娜坐在膝上，而心里却想着依梨娜。依梨娜对佐治说道，“接吻罢，不要思想了。”这便是佐治所要生活着的生活了。

但佐治究竟不能不思想，不发问。一切的疑问如后浪赶前浪似的陆续在他胸中汹涌着。

> “人为什么要去杀人呢？为什么谋害的事在某种情形是正当的，在别种情形，又是不正当的？人家自然有理由说出来，但是我却不知道人为什么不该杀人；我也不明白为什么用这个或那个名义杀人是正当的，而用其他的名义却是不对的……”

在佐治看来，便杀人也算不了什么。打猎时杀了一只兔子，归来时便忘了。杀人与杀兔子又有什么分别呢？

他的憎厌与怀疑到了极点，便领受了尼采的超人主义。“我是孤独的。如果没有什么人保护我，我便是我自己的保护者。如果我没有上帝，我便是我自己的上帝。”他如此的在人间孤矫地游行着，便成了一个冷酷，而忽视一切的人了。

一切事情，在他看来，都是可笑而无谓的。生命，他觉得是可厌的，他说道：“一切都是虚无，都是谎话呀！”于是，最后手枪便同他在一起了。

他的杀人，不是为了主义，也不是为了爱，仅仅是不愿意生活着和平的生活，而欲以流血为娱悦的。杀X总督，与杀Y总督是一样的，杀依梨娜的丈夫也是一样的。打猎杀了一只白兔子，不是仅仅的为了自己的娱悦么?

这完全是生的厌倦与生的怀疑的归宿。不惟佐治的思想是如此，便是近代的人也至少有一部分是充满了这怀疑与厌倦，带了佐治式的冷酷与忽视一切的色彩的。所以这实是近代的问题，不独是佐治的——一个恐怖党的——心理的分析而已。

在这个地方《灰色马》便有了普遍的价值了，便与《沙宁》同样的有研究的必要了。

《灰色马》中所叙的英雄，与Stepniak在九十年代所描写的是完全不同的。九十年代的革命家是坚定的，理性的，是以异常的忠实，赴他的理想之召，为了人民与自由而战的。路卜洵所写的革命家则完全与之不同。Stepniak之书，离路卜洵此书之出版，不过二十年，而思想则已如此悬殊。由Stepniak书中的阿特里与佐治与路卜洵之佐治的性格与思想里，我们可以看出九十年代之革命运动与离此十数年后之革命运动，其表面的目的虽同，而其骨子里的精神则已全异。《灰色马》中之佐治已不复应为社会主义，为农民而战的呼声，且不复有忠实之信仰心了。

不过有一层我们是应该注意的：佐治的情绪与思想，只可以代表那时代一部分的重要的革命精神的变迁。当时带有佐治的性格的革命家自然是不少，然而有异常的忠实之心的却也未尝没有。且看与佐治同事的几个人："亨里契宣言革命是我们的义务。费杜尔之所以加入运动是因为他的妻子被谋害了。爱尔娜说她是因为羞于生活之故。佛尼埃呢……"他是一个托尔斯泰的党人，他之所以出来是为了上帝，为了爱，为了为人类的爱的。这是如何复杂而不同的动机呀——虽然他们都为了同一的目的向前做去。所以《灰色马》在表现俄国革命的精神的地方，只可算是一部分重要的恐怖党的叙述。

就艺术方面讲，这书的成就也是很可惊骇的。路卜洵的文字，句法短劲而美丽，叙述活泼而深入，带有很强的感动力与吸引力。Olgin说："路卜洵是一个天才的作家。……他的著作除了它们的内容以外，都具有文学上的价值。"在《灰色马》中，有许多地方，我们是很受他的美丽的文字所感动的。

> "便是鸟也不歌唱了。只有溪流的低吟之声。我凝视水的涟波。日光照在淙淙流去的水面；我静听那水声。"
>
> "露水凝结在绿叶上。我的肩头偶触了一条树枝——闪耀的露点便如阵雨似的落了下来。"

像这诗的描写，无论什么人读了都要为之怡悦的。

这书出版的年日是一千九百零九年。当初登在"俄罗斯思想"（*Russkaja Mysl* [*Russkaia Mysle*]）杂志一九〇九年的正月号上。立刻便引起读众的注意；批评的言论纷然充满于各报中。

这书的作者，自署名为路卜洵（V. Ropsin），是一个从未有人知道的作家。大家也都猜不出他是什么人。到了他母亲萨文夸华（S. A. Sowinkova）做了一篇《一个母亲的回忆》登在*Byloe*杂志——一个专注意革命运动史的杂志——上，这个作者的真姓名与生平才有人知道。原来路卜洵是他的假名，他的真名字是浦里士·萨文夸夫（Boris Savinkov），生于一八八〇年。当一八九七年时，他与他的哥哥一同到彼得格拉大学读书。他的父亲是波兰的法官。他们兄弟二人因为参预Khazan Square的群众运动，被捕入狱。因此使全家都陷入不幸的境地。他父亲因此而死。他哥哥则被流于西伯利亚，竟在那里自杀了。他则越狱而逃。自此以后，他遂从事于革命的生活，为执行恐怖主义的职员之一。彼利夫（Pleve）和修格史（Sergins）公爵的暗杀案都是他做首领去执行的。一九〇六年，他被警探捕获；判决死刑。在这判决定期执行的前几天，又被他设计逃走了。自此留居国外，仍为社会革命党的党员。一直到了一九一七年克伦斯基政府成立，他才回国，然而已不能做党里的工作了！

他是诗人乌史潘斯基（Uspenoky）的女婿。除了《灰色马》以外，还做了许多作品。最著名的是一九一二年出版的《莫须有的故事》(*The Tale of What was Not*)，叙述一九〇五年墨司科的大扰乱极为活泼，是一部叙写群众运动最好的著作，与《灰色马》有同样的价值。

他也写了许多短篇小说，又是一个著名的新闻记者。他从西欧战线寄来的战事通讯，登在当时报纸上的，充满着细腻的叙写与可感动的色彩，尤为许多读者所赞赏。

但在他许多作品中，《灰色马》究竟是最重要的。因为在这部书中，路卜洵的艺术与他的对于人生的态度都已完全显露出来了。

我的这部书的译文，是根据Z. Vengerava的英译本重译出来的。据我所知道的，这部书在英国或美国，尚没有第二种的译本。

我所以译这部书的原因有二：第一是我自己读这书时，极受他大胆直率的思想与美丽真切的艺术所感动，便起了要把他介绍过来的心。第二是我觉察得佐治式的青年，在现在过渡时代的中国渐渐的多了起来。虽然他们不是实际的反抗者，革命者，然而在思想方面，他们确是带有极浓厚的佐治的虚无思想的——怀疑，不安而且漠视一切。这部书的介绍，也许对于这一类人与许多要了解他们的人，至少有可以参考的地方。

一九二二，六，一九，译者

——录自商务印书馆 1924 年初版

跋《灰色马》译本

俞平伯[①]

我是不赞成一部书上有好几篇序的，颂扬式的序文尤非我所喜悦。但今天对于振铎所译的《灰色马》却不免自破其例。这并非完全由于振铎对我作友谊的要求，更不是要想替它揄扬，标榜，只是以我读这书底爱悦，愿意把我读后底印象告诉读者们。不名为序而名为跋；亦正因为这儿所说的，与其说是原书底精意，无宁说是我个人底感想。我虽自信我所述说的不致大谬于原书，然而谁敢这样断言呢。况且，原书和译者底引言已说得清楚极了，何劳我底词费啊。我只发挥我心目中的《灰色马》。

现在分两部分说，先说明《灰色马》中底含蕴着的意念，然后再说我读《灰色马》底感想。《灰色马》是死底征象，拿来作书名，他底意思自然是很明白的。这书实写生活争斗底一场大悲剧。无论烈火一般的烧（恐怖党底生涯），醇酒一般的醉（恋爱底纠纷），都是枉然的，都是徒劳的，临了只剩了这么一句话，“我底手枪已在我身旁了。”这便是“生”底解决，是最后的，惟一的，一了百了的总解决。说老实一点，活着是不能解决生底问题的，要解决它们，除非别活着，必要不活着方能解决这“活着”底问题，这原来是不通的笑话。

① 俞平伯（1900—1990），原名俞铭衡，字平伯，浙江德清人。毕业于北京大学，曾参加新潮社、文学研究会、语丝社，与朱自清等人创办《诗》月刊。曾任燕京大学、清华大学、北京大学教授。

书中佛尼埃不说吗？“我觉得我之出生似乎是只为死而来的……”如生命万一有意义可言，其意义亦不过如此，岂非还等于没有。是的！谁说有呢？

作者底态度，对于“生”“死”都是歧出而暧昧的。他赞美死，又咒诅它，既视死为惟一的解决，却又同时憎恶他。他说：

“这匹马的四蹄无论踏在什么地方，这个地方的绿草便要枯槁了……”

“没有爱，没有世界，没有生命。所有的只是死。死是冠——是荆棘的冠。”

他对于生前所觉到的，只有两层，如译者引言中所说的：（1）绝对的疑，（2）绝对的倦。他不但不信一切，且不信他自己；他不但不爱一切，且不爱他自己。（其实他仍然不能绝爱的，这话在下边讲。）所以他说：

“是红莓汁呢还是血？是傀儡陈列室呢还是人生？我不知道。谁知道呢？”

“我倦于生活了。今天同昨天一样。同样的乳色的雾，同样的灰色的日常生活，同样的恋爱，同样的死亡。”

生命这个怪物，在他心中，不但是不可了解而已，而且是无可享乐。意义固然找不着，连趣味也丝毫没有的。我们活着时底三大问题“什么？”“怎样？”“为什么？”他一点不能解决它们，他且无意于解决它们了。他坚决地说：

“即使天上乐园的门为我而开……我却仍然要说：一切都是

假的，一切都是空的。”

他绝对肯定自我，但结果是自杀，表面上看来是矛盾的；但读《灰色马》的人必定能了解他心境底历程，不致有什么误会吧！像佐治式的青年底悲哀原来就是我们底悲哀哟！

爱与憎底纠纷是近代底普遍的悲剧，《灰色马》也是一例。粗略地读，似乎这书主人翁底心境，是憎胜于爱的，但细按下去，却并不然。佐治是蔑视一切的，孤矫地一个旅行者。他只肯定一个我，以外都可以用马鞭向他们眼部打去。打死了一个人正同打死一个白兔子是一样的；为国家社会底缘故而杀人和为了自己底缘故而杀人也是一样的。他说得好：

“我要怎么做，我便怎么做去。”

“因为没有一个人来保护我，所以我必须保护我自己。因为我没有什么上帝，所以我便要做我自己的上帝。”

书中人佛尼埃临死时的遗书上面说：

“我就是真理，就是大道，就是生命。”

表面上看，他蔑视一切，因为不爱一切底缘故。他和佛尼埃二人底问答，表示得最为明显：

“……一个人没有爱能够活在世上么？”

“自然他能够。”

“但是他是怎么样活着的？是怎么样的？”

“你只是蔑视世界一切就是了。”

像他这样独来独往于天地之间，遇着如火一般，如酒一般的生活，而终于被无聊的厌倦所侵袭，以至于死。我们读完了这书，怕还不信，“一切都是假的，一切都是空的”这句话吗？愉快原只有一刹那间底充实。“都是一阵火光，而现在连最后的青烟也消灭了。”

但读了这书而仅仅感到如上边所说，这未免可惜了。我们对于书中人，对于作者，应当有深一层的了解。如有人以为《灰色马》是赞美残暴的，我们可以不必谈了；即有人以为书主人底心境是憎胜于爱，也仍然是“皮相之论”。佐治式的青年，似对于一切只知道有憎，不知道有爱。而其实他僭［潜］在的爱根比那些“妇人之仁”的先生们要强大得不知多少。我敢断说，他底憎只是爱底变形；他名［明］说是为憎恶世界一切而死，骨子里是为爱世界一切而死的。佐治与佛尼埃只是描写一个人性格底两重而决非两个人。这一点凡读这书的都应当觉得罢？佛尼埃临死时有一句最明白的话！

> “我心里感得我没有力量为爱之故而活着，我明白我能够而且应该为爱之故而死。”

佐治临命时，虽拒绝了爱；但他手枪在手底时候，恐怕爱根还燃烧着在呢？我们听他说：

> “当我还是一个孩子时，我已知道爱——我母亲温和的爱情，我天真的爱一切人，我爱生命之乐。现在我却谁也不爱了，我不想爱，而我也不能爱了。”

这是何等凄然的话！他果真已不想爱吗？恐怕未必呢！不能爱，是真的，不想爱是假的，绝爱是假而又假的。佐治底死正和佛尼埃底死，表面上不同，实在是从一个模子印下的。他反对佛尼埃而他自己便又是一个佛尼埃。他虽不肯承认，但我们不妨冒昧地代他承认的。

读者们如以为这是我底偏见吗？那么细读几遍《灰色马》，就可以知道了。佐治是书中底英雄人物不应当下泪的；但他底话反处处能使我们下泪。这是什么缘故呢？他虽说杀一个人如杀一个虱一样，但这纯然是绮语罢了。看他杀了依梨娜底丈夫以后底感想：

“我相信杀人是可以的。但是我现在却忧闷着。我所杀的不仅是他，而爱情也被杀了。”

杀一个人终久不是杀一个虱呵！这有什么办法呢！在理性上说，如我们怀疑那一切包孕我们的，到了极点，人与虱原可以等量齐观的；但在感情上，我们又如何能呢？强不能以为能，我们也能够办的，但心中底紧张又如何消融呢？这显然在我们能力之外了。佐治式的现代英雄也只是硬挣而硬挺着罢。他何尝真心崇仰恐怖的生活，他只是被推挽着，不由自主的飘流而已。他说：

“我所有的生活都在冲突之中。没有他，我便不能存活。”

“我是用了什么名义出去杀人呢？只是要流血，更多的血么？”

流血确不是他底本心。他底根本信念和佛尼埃是一样的；就是：“世间底被救，不以刀而以爱。”以爱来救世界才算是英雄，用手枪，炸弹呢，已落入第二义了。不爱自然不憎，有所爱自然有所憎；故如佐治底极端的憎，背后必有极端的爱潜伏着在。这恐怕谁也不能否认的。只看他对于他底死友——堂杜尔佛尼埃爱尔娜——底悲怀凄感，何等的沉痛，便可略见一斑。我读《灰色马》到了这种地方，不禁

“我底眼睛因激动而润湿了”，如佐治读新闻纸时底光景。这种情感底渗过，潜伏在字里行间，不是有整段文字可以引证的，但我试节录一段。

> “我对自己说道：没有佛尼埃了。这句很简明的，然而我不能相信他。我不相信他是真死了，我似乎觉得门上叩了一下，他安静的跑了进来。”

这种怀旧伤逝之念是何等的真挚呀！“永远是血，一直到了坟墓；”是赞颂，是诅咒，应该有人能分辨罢？他何能呜呜地啜泣。像剧场上恶劣的旦角一般。他流泉底潜流如太平洋般的广大，那里肯一点一滴的向人间飘堕呢！我们不崇拜英雄，只崇拜平常人。处处不达人情正足形成他底伟大。《灰色马》一书弥漫了现代的精神，故书中的人物，富于超越象气，而又不离平凡。这种表现底技术，安得不令人惊讶呢？至于词句底美妙，简直如读了一篇散文诗，但在这里，又比较上是不很重要的属性了。振铎底译文，忠实而明快，是能推广这书底传布，而无损于它底声价的。这也是我敢确信的。

上边的话是我说明《灰色马》的，下边的话则是我读后底感想。像佐治这样人，他底感情和理性两方面激烈猛进同时达到了它们底最高潮；所以形成他心灵上一种极大的激扰。我们看他：

“接吻罢，不要思想了；”但他底疑问不但没有减少反比谁都多些。

“你不爱一个人，连你自己也不爱；”但他爱他自己，爱他底友人，甚至于听到兔子底哀号心里都会觉得不自在。他是恐怖党底执行委员；但他看一切主义底信仰只是可笑的，他并不知道他做事底意义；但他又非做不可。

他咒诅流血；但他专干流血底事体。

他积极地肯定自我；但他结果是自杀。

“我饮我底酒，并不渗淡他；”但他底酒味似乎比掺过水的还要淡薄，他自己把酒杯敲碎了。

他是一个实行家；但他底幻想沉思正如一个Day dreamer。

一言蔽之，我们要了解书中人佐治底性格，第一个观念就是“矛盾”。他无时无地不在这旋涡的激扰之中。依Psycho-analysis看来，他简直是有两重人格底存在。Gourmont在他底《卢森堡之一夜》里面说：“事事都是矛盾的，我也不愿再讲了。”这和《灰色马》中所谓“接吻罢，不要思想了”正是同一的意思。为什么不要想，不要讲呢？因为想不出，讲不通底缘故；我这样率然的回答。但他们偏要找想不出的去想，找讲不通的去讲。这又是一种新的矛盾了。总之，我们张着眼去窥探包孕着我们的世界一切，看不见谐和，看不见系统，只看见一团一团，一片一片的纠缠着，冲突着的憧憧然的怪东西。我们有求知识的欲念，而且有求知识谐和底欲念；但终于陷入矛盾的泥中，况且，不但包孕着我们的已无谐和底可能；即我们自己也是大怪物中底一个小怪物。我们不但不知道一切而已，即最密接的“自我”，所知的亦是最少。这实在不能使我们再忍耐下去！一切是谎犹有可说，连我自己也是一个谎则当然是不可堪的。矛盾即存在“我”底中间，欲免除矛盾，惟有否认“我”。至于肯定自我的人，只有让这种状况与我们相终始的一法，绝对的不讲，绝对的不想，把第一义的生活之路上贴上一张“此路不通”底条子，而勉力企图第二义生活底充实。

我们已经大大地让步了，而状况底不佳依然如故。所谓第一义与第二义底区别，即是“什么”“为什么”与“怎样”底区别。从第一防线退守第二防线，在我们底损失已是极大，可是守得与否却还是问题。我前几天做了一个梦，梦儿初醒，迷迷胡胡地想着：我们对于生活，只有三个态度。如生活是顺着我们那么我们便享乐它；如生活是逆着我们的，那么我们便毁坏它；如享乐不得，毁坏不了的时候，那么我们便撇开它。当时自己觉得这种见解颇是明通。但醒清楚了一想，觉得话虽好听，总不免是梦话。天下有这般简单的事情，有这般简单的我吗？对于生活，有这般单纯的爱与憎吗？火烧了眉毛，你能够撇开吗？少艾的女郎张着臂膊，你能够撇开吗？既然这些事情是不可能的，而且是不会有的；那么这不是梦话是什么呢？

我们生活底痼疾是不可救药的了！人人都呻吟着，嫌恶他自己药力底无效，总想抢别个病人底药方来瞧一下，以为中间有何等的灵丹妙剂呢。但等到药方拿到手里，或者竟把他药碗抢来喝了，方才知道这正是一个大夫开的方子，不但药名相同，而且分量还是一般的呢！又有一种病人，当大夫来瞧的时候，听见他阁阁地走进来，心中有十二分的期待和一种渺茫的欣悦。他底病实在已是没救的了，医生那里还给什么药呢，实在给的，只是一杯牛乳。但迷惘的他喝了几口牛乳，以为这是一杯良药，载着再生人间底希望来哩！这不是可怜而可叹吗？莫笑！莫笑！这就是我们！这就是我！

我们要了解书中人佐治底身世，第二个主要的观念就是“没奈何”。我看他实在把一切的药饵都给吃了；但结果还不免自杀。你说“肯定自我”罢，他是惟一的肯定自我的人；你说“热烈的肉爱”罢，他抱着爱尔娜，又吻着依黎娜呢；你说“火一般的生活”罢，他是俄罗斯恐怖党底执行委员，杀人如杀衫上一个虱子；说“玄冥的沐浴”罢，他对于万有一切底了解，比我们底哲学专家还要深刻得多。我们所有底药方，在他口袋中都一张一张的叠着，可是终久无补于他；既然这样，那里还能有补于我们！我们平常总以为“实行”可以排除我们底烦忧，可以作飘飘然的我们底药石；但读了《灰色马》之后，不觉废然而返，深信佐治所谓“一切都是假的，一切都是空的”这句口号底十分痛快。他底死人以为是英雄的，我独以为是平常的。或者在平常底心目中，把英雄平常化了吗？这也不可知。但我却觉得像他这样革命英雄底心境，离我们底却是最近。他也是不能不死方才去死的，并非对于死有什么爱悦（自然也没有什么畏怯），也非对于生有何等憎恶（以爱底失却而憎，憎不是他本来的面目）。对于“生死”的趣味，最好让他自己说。他在狱中待死的时候说道：

> “死似乎是不必要，所以是不可能的，甚至于想到我是为了这个缘故而死时，也并不觉得快乐，骄傲。我所感到的，是异样的淡漠。我不想生，但也并不想死。……我问我自己道：‘我害怕不害怕呢？’我的回答是：我不害怕，我没有恐怖，——我只有淡漠。”

他不信仰他底事业，所以不觉得死底荣耀；他不爱他底生命，所以不觉得死底恐怖；他对于死也是和我们一样，知道得最少；所以也并不想死。于此可见他临了的自杀，真是没奈何，真是不得已而为之的。故无论我们说他懦怯也罢，说他勇敢也罢，都未必有当于他底心。在他心中，勇和怯是没有意义的两个字。要活着便活着，不要活着便别活着。何所谓勇？何所谓怯呢？

现在我要综合地说明《灰色马》中间底一段人生悲剧，不能不提到我底第三个主要观念。这便是毁灭，毁灭在这里有两个解释：（1）生命底变化，（2）灵智底闭塞。让我先唱第一段：

> “生命之力是镞锋内向的一枝箭，深埋在婴儿底心里。当你最初觉到他在那边生长；你已黯然内伤了。当你错认它底生长为你底骄傲；你底血已涓涓地开始长流了。当你忘记了骄傲而体会到伟大；那么，你的创已快穿了，你底血已快干了。当你并忘了伟大，找着了那个‘平凡’；啊，这枝生命箭貕洞了你底心胸，黄土糁着犹沸腾的一堆血。‘烈烈烧着的煤炭’一旦熄了。红的

焰，青的烟，都已上升了，都已远人间了。不知那一年上，偶然有一天，街灯黄的时候，有柔曼的么弦，凄皎的横笛，无意中唱出了你。‘好陌生的名字，’听的人都怪诧异了。咳！应该被忘却的你啊！”

“在生命之流中，前波是被后波跨过的。但前波有更前的波在它底前，后波有更后的波在它底后；所以大家都是安然地过去，认为平常而必要的事，没有骄傲，也没有羞耻。这么样——到永远！故超越是我们底名字，被超越也是我们底名字。在我们应当走的时候，我们定要快快的走。我们不愿挤住后面兄弟们底路。大家走，大家向前走，大家向着毁灭走。这里有生命底光辉，正照耀在我们底前路。毁灭是永久的动，是生命底重新。我们底眼光很短，它匆匆地跑过去，所以很像一匹灰色马；但上面人底名字不一定叫做死。”

这两节歪诗（或者不成为诗）多少能把我底意思说出一点。生命不但是向着毁灭，而且也是应当向着毁灭去的。生命力愈伟大的人便离毁灭愈近。书中的佐治底结局，正可以如是解释。我决不承认他底一生所走的是条歧路。这正是向着毁灭去的一条康庄大道。跑得快的人，便愈到的早；这是自然之理。若因他跑得太快，连影儿都看不见了；在后面的人，硬说他是摔死了，或说他是掉在沟里去了。这种僭越的忧虑，替古人担忧，在我们看去实未免太痴。况且，谁能停着脚步不走的？大家不是一样吗？所以我心中的问题，不是什么“归宿”，（有归宿或者没有都不成问题）只是在路上的问题。这倒是不容易解决的。让我再唱第二段：

“我父亲有把两刃的尖刀，带着古旧的鞘。说他是死在这上面的；这句话好久了，所以我也很少知道。”

“十二三岁了，母亲让佩我这刀，还带着古旧的鞘，你佩着它，记念你父亲。你可千万别学你父亲，把刀拔出了鞘。要割破手呢，痛的呢！记着！孩子。你千万别把刀拔出了鞘。你父亲底血流过在这上面的，你母亲底泪流过在这上面的；你千万别学我们底样子！——可是，我知道，这把两刃的尖刀终久要流我孩子底血，流你妻底眼泪的。咳！这运命！——去罢，孩子！好好的去！你尽你的一生佩着它，记念你父亲。他是死在这个上面的。……”

“呜咽而出的话语，好似轻碎的秋风微啸。‘带着这样破烂的鞘，邻家底孩子要笑话的；’他坚决地自语。从来没见过刀有两刃的，倒要抽它出来瞧。……刀从此出了鞘，摔荡摔荡，挂上孩子底腰。”

“青绿的苔痕，黄赤的锈痕，（渍过血底痕罢？）光光的一把两刃尖刀。邻家孩子耍木刀的时光，我必定高高举起了它，像戏台上好汉的样子，喊道：‘吓！’在这里，我觉得骄傲。”

“十四五岁，十七八岁了，我底血快要满了。苔痕也尽扫锈痕也潜消，光光的一把两刃尖刀。半新不旧，好没样子的！在水边的石上，磨洗下了，这有多们[么]好。”

“清泉白石之间，二十岁的少年自磨他底宝刀。行路的人都夸道，‘好把刀！’好得来活像一汪静止的秋水，森森地迸出青白的寒光。这怕道不好吗？自然好。‘好！好！’大家都说。在这里，我觉得骄傲。”

“光光的一把两刃尖刀，摔摔荡荡上了我底腰。有人问‘鞘呢？’我笑笑，‘向来是没有的。’‘你小心些！’‘小心什么！我从小就佩着，我要佩到老。’谁还记得当年曾有过这么一个古旧的鞘！母亲呜咽着的话语呢，更如烟一般的散了。”

“‘少年人，你刀那里来的？’‘父亲底。’‘谁给的？’‘母亲的。’‘原来做什么用的？’‘我知道吗？’‘现在你怎样用呢？’‘我要见仇人底血！’‘谁？’那一切……他们就此吓跑了。在这里，我觉得骄傲。”

“微霜下凝的晚秋之夜，衰草是白的，圆月也是白的。秋虫似耳语底啾唧，秋风似女人新衣的悉飒，越觉得凄清杀的寂，越觉得黯淡极的默。大大的北方平原，小小的一个僵冷久的青年尸体，上面有熠耀的群星，霎着眼，玄湛的碧天板着脸；心窝里插着一把刀，血从缝里渗出来。朦胧的月下，却分明地看得出这是一把两刃的尖刀。刃边各刻着两个字：一面是‘理智’，一面是‘情感’。中间更有一行密字，写道：‘撇了我罢，少年人！’”

简单地说，灵明即是人生苦难的根源，怀疑和厌倦都从此发生。在路上的我们本可以安然走着的，快快活活走着的，（生物界大都如此）；只因为我们多有了灵明，既瞻前，又顾后，既问着，又答着；这样，以致于生命和趣味游离，悲啼掩住了笑，一切偏染上灰色。如我们能实行《灰色马》中依梨娜发的口令：“接吻罢，不要思想了，”大家如绿草般的生活着，春天生了，秋天死了，一概由他。这是何等的幸运呢！可惜，这种绮语徒劳我们底想望，我们还是宛转呻吟以至于死。

“如你们初次在路上，你们应该高唱愚底恋歌；如你们彷徨于中道，你们应该高唱死底恋歌。”这是我读《灰色马》译本之后，心灵中迸射出来的星火。

一九二三，七，一，俞平伯

——录自商务印书馆1924年初版

《鲁拜集》①

《鲁拜集》导言

（郭沫若）

I

人类的精神尚在睡眠状态中，对于宇宙人生的究竟问题，尚不曾开眼时，是最幸福的时代，是还在乐园中居住着的时代，不识不知的童稚，醉生梦死的俗人，他们正是这种最幸福的人，他们的乐园便是这眼前的天地。少吃两枚饼干，少得两种玩器，少掬一堆财物，少博一项功名，便足以使他们哭泣，但是他们终不会知道人生的最大的悲哀是何物。唯其不知道，正是他们的幸福处，正是他们的可怜而又可羡慕的特典。但是人终不是永远的童稚，人终有从醉梦之中醒来的时候，在这时候我们渐渐晓得把我们的心眼睁开内观外察，我们会知道我们才是无边的海洋上一叶待朽的扁舟，我们会知道我们才是漫漫的黑夜里一个将残的幽梦。我们会知道我们才是没破的监狱内一名既决的死囚。

科学对我们说，我们所居住的这个银河系统的宇宙，是有限而无限的；宇宙中一切的质与能，在辗转相变，一格兰母的质化成三亿四千万“马力时”的功量；宇宙中无数的太阳在发射无量的光能，在凝集成灿烂的螺旋星云而别成一新星系统……变化无论矣，但是为甚么会有这宇宙存在？宇宙的第一原因，假使是有时，究竟是甚？

① 《鲁拜集》，诗歌，波斯莪默伽亚谟（Omar Khayyam，今译欧玛尔·海亚姆，1048—1131）著，郭沫若据英译本重译，上海泰东图书局 1924 年 1 月初版。辛夷小丛书第四种。

科学又对我们说，一切生物都是由于原始的单细胞生物进演而成。一切的个体不成于唯一之细胞则为唯一的胎原细胞之所分化；细胞的要素是蛋白质，碳水化物，脂肪；织成这三种要素的原质，不外N H C O S P等简单的原子——其实这些原子已非简单，各个原子的内容都是一种极复杂的宇宙；量子电子便是这宇宙中的恒星行星，N已可以分为H与Helium了……然而量子电子究竟为甚么存在？它们的第一原因，假使是有时，究竟是甚？

科学不能答应我们。答应我们这种问题的权能，在他的职分之外，也怕是在我们人类智力的范围以外。

形而上学者假拟出一个无始无终的本体，宗教家虚构出一个全能全智的上帝，从而宗仰之，冥合之，以图既失了的乐园之恢复；但是怀疑尽了头的人，这种不兑换的纸币，终竟要失掉了他的效力。

于是对于既决囚所剩下的几条路径：

第一，便是自然的发狂，

第二，便是人为的自杀，

第三，便是彻底的享乐。

古今来的思想家，自茧自缚，终而至于发狂的人，不知道有多少了。

我国的大诗人屈原，他便是彻底怀疑派的一人，他在《天问》《卜居》之中对于宇宙人生发了许多的疑问，他是知道上帝的名称的，他也是知道本体的悬拟的，你看，他在《远游》中假仙人王子乔的口歌道：

“道可受兮而不可传，
其小无内兮其大无垠。
毋滑尔魂兮彼将自然，
一气孔神兮于中夜存，

虚以待之兮无为之先，
庶类以成兮此德之门！”

他曾梦想上天，但升至中道又失了航路。形而上学的灰色的理论，也终竟于他无补，他终竟跳在汨罗里面死了。

他的后继者贾谊，也和他取了同样的路径。他知道：

“天地为炉，造化为工，阴阳为炭，万物为铜。合散消息，安有常则，千变万化，未始有极。忽然为人，何足控揣？化为异物，又何足患？”

——《鹏鸟赋》中语

但是他终竟不能“知命不忧”，他终竟悲伤哭泣，以至于夭折了。

幸而不至于发狂。对于生之欲望过于强烈，不能自杀，或不肯自杀的人，大悟一番后，他所能走的路径，便只有彻底享乐一途。或积极的享乐，或消极的享乐，想陶醉于一种对象之中，以忘却此至可悲怜的自我。司皮诺若（Spinoza）陶醉于神，歌德陶醉于业，便是积极的一种。歌德的化身“浮士德”，他在泯却了自杀的念头以后，他的宇宙观是“Im Anfang war die Tat”(泰初有业)。宇宙自有始以来，只有一种意志流行，只有一种大力活用。从这种宇宙观所演绎出来的人生哲学，便是：

Du im Lebin nichts verschiebe;
Sei dein Leben Tat um Tat!
（汝在生中无所用乎徙倚逶迤；
让汝一生成为业与业之连锁！）

所以浮士德与靡非时妥匪勒司契约时，他说：

Nur rastlos bestaetigt sich der Mann。
（堂堂男子只有孜孜不息。）

他要献身于陶醉之中，献身于至痛苦的受用，人生一切的痛苦都要在他内部的自我中领略，把一切的甘苦都积在胸中，把自身的小己推广成人类的大我。

我只从这世界之中跳过；
我把捉着一切欢乐的头毛，
不满心意的，我抛去了它，
不能持久的，我让它跑掉。
我只一面贪求，一面完成，
完成之后，我又贪寻，
我的生涯犹如暴风驰骋
我初犹大力盘旋，
今则踌躕满志。
地上的事物我已尽知，
我终不能向天外逃去；
馋眼望天，幻想上帝的，
只是痴愚！
立定脚根且向周围看罢！
世界对于有为之人不是无语。
何用在永远之中盘旋去！

这便是歌德的“坚决地生活于全，善，真”(Im Ganzen，Guten，Wahren resolte zu leben）的注脚。把一己的全我发展出去，努力精进，圆之又圆，灵不偏枯，肉不凌辱，犹如一只帆船，既已解缆出航，便努力撑持到底，犹如一团星火，既已达到烧点，便尽性猛烈燎原，这便是至善的生活，这便是不伪的生活。这样生活，我说它是一种彻底的享乐主义，它的究竟是把我们这无可如何的生涯，百无聊赖的自我，趁心地消磨了去，趁心地忘却了去。这便是享乐主义的积极的一种。

但是人的体魄各不相同，人的意志也各有强弱，更想到身死之后，一切事业终归于已无有，于是可怜的既决囚，便不得不成为消极的 Epicurian 了。

蟋蟀在堂，岁聿其莫。
今我不乐，日月其除！

(《唐风·蟋蟀》)

山有枢，隰有榆。
子有衣裳，弗曳弗娄。
子有车马，弗弛弗驱。
宛其死矣，他人是愉。

山有栲，隰有杻。
子有廷内，弗洒弗扫。
子有钟鼓，弗鼓弗考。
宛其死矣，他人是保！

山有漆，隰有栗。
子有酒食，何不日鼓瑟？
且以喜乐，且以永日！

宛其死矣，他人入室！

（《唐风·山有枢》）

这是我们周代的无名诗人的享乐态度。

人生天地间，忽如远行客。
斗酒相娱乐，聊厚不为薄。

（《古诗十九首》中第三首）

驱车上东门，遥望郭北墓。
白杨何萧萧，松柏夹广路！
下有陈死人，杳杳即长暮。
潜寐黄泉下，千载永不寤。
浩浩阴阳移，年命如朝露。
人生忽如寄，寿无金石固。
万岁更相送，圣贤莫能度。
服食求神仙，多为药所误。
不如饮美酒。被服纨与素。

（《古诗十九首》中集十三首）

生年不满百，常怀千岁忧。
昼短苦夜长，何不秉烛游？
为乐当及时，何能待来兹？
愚者爱惜费，但为后世嗤。
他人王子乔，难可与等期。

（《古诗十九首》中第十五首）

这便是我们汉代的无名诗人的享乐态度。

这些诗人，不必尽是哀伤时事的失意者，也不必尽是酒精中毒

(Alcoholism) 的病夫，他们的心灵正为一个永远不能解决的疑问所据。他们的生存日月为一种眼不能见的存在所剥削，他们不能睁着眼睛做梦，他们也不能无念无想冥合于自然，他们也不能恢宏意志没我于事业，永远不能消去的悲哀，只有即时行乐，以溺死一切于酒，所以酒便是他们的上帝，便是他们的解救者，便是他们唯一的爱人了。我们试读刘伶的《酒德颂》罢。

“有大人先生以天地为一朝，万期为须臾，日月为扃牖，八荒为庭衢，行无辙迹，居无室庐，幕天席地，纵意所如。止则操卮执觚，动则挈榼是壶，唯酒是务，焉知其余?”……

我们试读李白的《春夜燕桃李园序》罢。

“夫天地者万物之逆旅，光阴者百代之过客，而浮生若梦，为欢几何? 古人秉烛夜游，良有以也。……”

这种人的态度，不能以功利的尺度去测量，不能以道德的标准去批评，不能以酒精的毒害去威胁，他们正于饮酒的行为之中，发现出一种涅槃的乐趣。近代颓唐派的诗人，陶醉于 Hashisch，陶醉于 Opium，陶醉于 Curacao，也正是这种消极的享乐主义的表现。他们的行为的动机，和佛陀舍身出家是一样，没有那种愚蠢的释迦要向他们说教，即使有人要向他们说教，二豪只好遭蜾蠃的讥评（见《酒德颂》)，子产只好受朝穆的嘲笑了（见《列子杨朱篇》)。

II

我在上面叙了一长篇的冒头，我的目的只是在想介绍一位波斯的诗人莪默伽亚谟（Omar Khayyam）。诗人的生日，迄今没有人知道，大概是生在十一世纪的后半。有人说他是死在一一二三年的，但是也不大的确。他的故乡是在可拉商州（Kharassán）的纳霞堡（Narshápúr），可拉商州在波斯的极东，为亚细亚大陆之所拥抱。气候温和，土地丰美，适于农业。绵类之栽培最盛。棉织物，绢，呢等类自古驰名。更产突厥玉及其他诸种宝石。纳霞堡州之首府，位于州之北部，在莪默当时，乃波斯文化的中心地点。

莪默的姓，伽亚谟（Khayyam），其意为“天幕制造者”（Tentmaker）。有人以为莪默必以制造天幕为糊口之资，故以“天幕制造者”为其诗人的雅号（Professor Cowell，Fitzgerald 即主张此说）。此种雅号通行于波斯诗人之间，如阿塔尔（Attar）意为“药材师”，如阿塞尔（Assár）意为“榨油者”之类。有说恐系其父之职业。又有人说，诗人幼年所住的学校有点贵胄的性质，恐怕制造天幕的人，或者其子弟没有入学的希望，亚拉比亚族中有伽亚谟族，以制造天幕为业，莪默的祖先恐系由亚拉比亚迁入波斯者。

诗人幼年的学校便在纳霞堡，据他的学友尼让牟（Nizam-ul-Mulk）的纪录，说是当时有一位最大的哲人野芒（Imám Mowaffak），在纳霞堡教书，尼让牟的父亲遣他来此就学。尼让牟在此遇着两个意气相投的学友，一个是奔沙伯（Ben Sabbáh），一个便是莪默伽亚谟，尼让牟是图司（Tús）的人，奔沙伯是阿里（Ali）的人，只有莪默是纳霞堡的土著。他们读的是可兰经典，研究的是古代传说——他们的学校大概是和我们中国往昔的散馆差不多了。有一天他们三人相聚，霍山（Hasan 即奔沙伯）向尼让牟和莪默说道：“世间一般的信仰，都说野芒先生的弟子会得幸福（当时的信仰凡读可兰经及古代传说者皆能得幸福，如我国以前读五经三传之类）。但是我们假使不能都得幸福时，那时我们将何以互相援助？”尼让牟与莪默答道“随便怎么都好。”霍山便说：“那吗我们大家当盟立一誓，无论幸福落与谁人，他都应得均分，不能专享其利。”尼让牟与莪默都应承了。后来尼让牟入了宦籍，竟做到当时的教王阿尔士朗（Alp Arslan）的宰相。

尼让牟做了宰相之后，他的两个旧友来访他。尼让牟请于教王，授了霍山的官职。霍山嫌升进太迟，他把官职弃了，后来竟做了专以杀人为能事的依时美良派（Ismailians）的一种宗派的首领。他在一〇九〇年占据了里海南岸山国中的阿拉牟提城（Alamút），十字军时有名的“山中老人”（Old Man of The Mountains）便是他了。他的学友尼让牟，后来也是他刺杀了的。诗人阿塔尔叙尼让牟将死时说道：“啊，上帝哟！我在风的手中走去了”——这正和莪默诗“来如流水去如风”句（见后译诗第二十八首）相类。

莪默去访他的学友，尼让牟宰相的时候，他不要官职，只向他说道：“你能给我的最大的赐与，便是在你的福庇之下，使我得静居于一隅，扩展科学的利益，并祝你福寿康宁。”宰相便从纳霞堡的财库中每年赠他一千二百密（Mithkál不知合中币多少，待考）的年金。

莪默居于纳霞堡以至于死，一生之中忙于各种智识之探绎，于天文学的智识之丰富尤为当时的白眉，在马利克夏（Malik Shah）教王时，他得了多大的赏赐，改正蒋牟西古历的时候，他是委员八个学者中之一人。改正后的新历名叫Jaláli，从一〇七九年三月十五日起施行。据英国史学大家Gibbon的批评：“时之计算比鸠良历（Julian year）精确，与各利果良历（Gregorian Style）相近。”（请参看《创造周报》第九号张资平的《关于各列果良历之计算》一文）他又做了些天文图谱，做了部亚拉伯文的代数。

诗人的外的生活，我们所能影影糊糊地知道的，便只有这么一点。关于他的临终时另外有种传说，说是是从他的弟子宽雅（Khwájah Nizami of Samarcand）传说出来的。宽雅说：“我常常和我先生莪默伽亚谟在一园中会话；有一天他对我说：‘吾墓所在之地，北风会吹蔷薇花来覆罩。’我怪他所说的话，但是我知道他的话不是没有意思的。几年后，我偶尔去访纳霞堡，我走到他长眠的地方，啊，奇怪！那是恰在一座花园之外，果木带着果实把他们的树枝从园墙伸出，花片飞在墓上，墓碑是埋在花里。”——这种美化了的传说，恰合于诗人之永眠；正如李太白之死，人以为捉月骑鲸而去；印度诗人伽毗死后，尸化为白莲（见太戈尔 *One Hundred Poems of Kabir* 的序传中）之类。然从此传说中我们可以晓得一种事实，便是莪默有他的弟子。有人说他也是在纳霞堡教过书的。他是死在尼让牟之后。（以上的叙述大抵取材于 Fitzgerald's“Omar Khayyam the Astronomer-poet of Persia”一文中。）

莪默的诗名，在他本国却不甚著。他的诗集 *Rubaiyat*（四行诗集）据 Fitzgerald 所举，原文有四五种类，各种所含首数亦各不同，少者百五十八首，多者五百一十六首。其译为英文者以 E. Fitzgerald 为始。——Fitzgerald 一八〇九年生于英国 Suffolk 州之 Bredfield。父姓本系 Purcell，父死后，改依母姓。生平与 Thackeray，W. H. Thompson，Tennyson 等为友，爱花，爱音乐，爱舟游，使之永远不朽，与莪默伽亚谟之名如双子星座之 Castor 与 Pollux 二星者，便是他的 *Rubaiyat* 的英译。他是死于一八八三年。

Fitzgerald 的英译，是一八五七年正月十五日出版的，第一版只是一种小小的 Pamphlet，并且是没有记名的，出版书店伦敦 Quaritch 把它丢在四片尼均一的书匣里，甚至减价卖到一片尼，也还没有人要。一八六〇年 D. G. Rossetti 先发现了这部译诗的好处；接着 Swinburne，Lord Houghton 也极力称赞，一直到一八六八年又才出了第二版。其后七二年，七八年出了三版四版。第一版只有七十五首，第二版最多，有百一十首，第三四版均百零一首，次第和语句均各有不同。我此处所译的是他的第四版。第一版我在 Henry Newbolt 所选的《英国诗文钞》里看见过。第二版我看过竹友藻风的日文译本，只有第三版我还不曾得见。

Rubaiyat本是Rubai的复数。Rubai的诗形，一首四行，第一第二第四行押韵，第三行大抵不押韵，与我国的绝诗颇相类。我记得胡适之的《尝试集》里面好像介绍过两首，译名也好像是“绝诗”两字。*Rubaiyat*的英译，在Fitzgerald之后，还有E. H. Whinfield，N. H. Dole，J. Payne诸氏的译本，据说对于原文较为真实，可惜我都还没有见过。原文我不懂，我还读过荒川茂的日文译品（大正九年十月号的《中央公论》），说是是直接从波斯文译出的，共有一百五十八首。我把它同Fitzgerald的英译本比较，它们的内容几乎完全不同，但是那诗中所流的精神，是没有甚么走转。翻译的工夫，到了Fitzgerald的程度，真算得与创作无以异了。

以下我据Fitzgerald英译的第四版重译成汉文；读者可在这些诗里面，寻出我国刘伶李太白的面孔来。

——泰东图书局1928年四版

《盲音乐家》①

《盲音乐家》科路伦科评传

（张闻天）

暴风雨的晚上，黑暗包围着一切，饥饿的虎狼怒吼着找求他们的食物，长途旅行者的衣服已经完全湿透了，寒冷侵入了他们的心肺，恐怖扼住了他们的喉咙。可怜的长途旅行者！他们已经绝望了，他们再没有力量走他们的路了。

---

① 《盲音乐家》（*The Blind Musician*），小说，俄国科路伦科（V. Korolenko，今译柯罗连科，1853—1921）著，张闻天据英译本重译，上海中华书局1924年2月初版。少年中国学会丛书之一。

忽然间，有一点小小的火光在前面闪耀着。于是绝望了的长途旅行者，又有新希望产生了，他们因此得重新鼓着勇气向着那点光明进行了。

科路伦科就是这点光明！

华拉狄米·科路伦科（Vladimir Korolenko）生于一八五三年六月十五日俄罗斯西南部（即小俄罗斯）齐都弥尔（Zhitomir）小镇上。从他的父亲方面说来，他是旧哥萨克家族的后裔，从他的母亲方面说来，他与波兰的贵族有关。由前者他得到了抑郁与诗的梦幻，由后者他得到了永久不间断的希望。这种特性，我们在他的作品中间看得非常明瞭。

他的父亲是一个廉洁的法官。治家非常严厉。训练儿童，采取斯巴达式。他们平日所穿的衣服虽不恶，但均须赤脚。秋冬早上必须洗冷水澡。以为这样是锻炼儿童的最好方法。儿童们非常怕他，他们常常避开他，一直到他出去之后。

他的父亲死后，只留下寡妇一人与孤儿六人。生活非常困难。善良的母亲开了一个寄宿的小学校借此糊口，科路伦科那时不过十五岁，尽力帮助她，并且自己到外面去教书找一点钱以充家用。

一八七〇年，他在本镇学校毕业之后，即入圣彼得堡工业专门学校。在那里他在赤贫中过了二年。他的母亲因为家累一点也不能帮助他。所以课余之暇他不能不到外面教书或是替人家抄写，找到一点钱。每日所食只面包，茶与番薯等而已。他在青年期的节俭，我们也可以想见了。

一八七二年他离圣彼得堡赴莫斯科，入农业学院。二年后，因为他参与学生示威运动，被送到克伦斯特（Kronstadt）。二年后又回圣彼得堡。在出版处充当读校之职。那时他就开始他的文艺生涯了。

他的短篇作品，后来集成一本，题为《真理追求者一生中的插话》出版。这时他被告为有政治犯的嫌疑。一八七九年被囚入牢，后来放逐到维泰加（Viatka）。在那里住了一年，被送至加玛（Kama），数月后又被送至土木斯克（Tomsk）。他知道政府的目的是要把他送到西比利亚，于是草一信反抗这种责罚的不公。政府对于他的反抗的回答就是把他迁移到东西比利亚冰冻区域耶科斯克（Yakutsk）！

他在那里住了六年。这是他一生中最苦的时期，也是他一生中最有价值的时期。广漠的森林与冰雪的寒冷，给了这年青艺术家最深的印象。他的美丽的作品《玛加尔的梦》（*Makar's Dream*）就是在这时产生的。他的同伴是贼，强盗，政治犯，半野蛮的开辟荒地者与一切被耻辱与被压迫的人。他们的愤慨与痛苦，他都深深地领受了。《西比利亚游客的记录》就是那时的实事的描写。

自西比利亚回朝后，他住在尼尼诺夫哥路特（Nijni-Novgorod）从事被耻辱者与被压迫者生活状况的改善。大饥荒的那一年，他竭力从事自由厨房之组织，喂养饥饿的贫民，并且写了许多有力量的文字发表在报纸上。同时他更发表了许多长短篇小说与小品文字，其中最著名的就是我所译的《盲音乐家》了。

一八九四年他旅行到英美，回国后作游记《没有舌头》。一八九五年他任圣彼得堡著名杂志 *Ausskoye Bogatstco*[*Russkoye Bogatstvo*]的编辑。从此他抛弃文艺家之职而为时论家了。时论集《现代的习惯》（一九一〇年），就是他有名的作品。当时大文豪托尔斯泰看了这书的序言，曾写信给科路伦科说："我看了你这部书常常下泪与啜泣。这种书应该整百万部的分散出去；凡是有心的人都应该读它的。它所产生的效力，任何作品都赶不上。"这可以想见它的价值了。

自此以后科路伦科的文名，日益增进，他的作品，英法德意都有译本，他从俄国的艺术家一跃而为世界的艺术家。在俄国知识阶级中间势力最普遍的就要算他了。一九〇三年，为他的五十周纪念，一九〇八年为他文艺生涯的三十周纪念。当时，从各城市与各大学来庆祝与感谢者不计其数。因为他虽是经了种种风波但是他总是主张真与善，并且为每一个人要求工作，幸福与自由思想的权利。可惜他在一九二〇年死了。

我们上边说科路伦科是黑夜中的一点光明，因为他在抑郁与悲哀的中间还是不断地为了正义替被压迫的人类呼号着。爱琴华尔特（J. Eichenwald）说："科路伦科的天性是一个防御者，一个扶助者。凡是需要帮助的地方，他从没有作壁上观的。不知道多少次，他曾经发出柔软而又坚决的声音为被损害者辩护。社会的良心的箭常常依着科路伦科所指示的方向，所以如其你跟着他走，你一定是在跟着真理走。运命虽许许多多次把他送到冰天雪地之中，但是在雪盖的生命之下，他还是保守着热烈的心。"

在他的作品中间，我们到处可以感觉到艺术家的灵感与对于理想的热望。他的上帝是人，他的理想是人道，他所要表现的是人生的痛苦的诗。他从人的立脚点上观察一切，他所描写的世界都是以人为中心，似乎这世界的存在完全是为了人。

他所描写的人物都是被耻辱者与被压迫者，如像贼，强盗，凶手，醉鬼，逃亡者与政治犯等，因为他们是他所最熟悉而且最表同情的。他虽服从写实主义，不肯有意将固有事实适应于某种主张，更不肯对于人生下什么偏狭的判断，但是他觉得这些被社会所抛弃的人，都是由生活环境的不良而来，并不是他们自己的过失。不论他们干多少不道德的事，但是他们是无罪的。

他说："因为我对于世界知道的很多，所以我知道种种无心肝的人。我知道他们都被罪恶所侵蚀，被淫欲所沉沦，而且在那里他们觉得满足的。但是当这些人的记忆在我的心中涌起来的时候，我只看到可怕的悲剧，只觉到不可言说的悲哀……"他们如其有什么罪恶，在科路伦科看来，他们的痛苦，已经很足以抵偿而有余了。

我们读他的作品常常觉到悲哀与怜悯，美丽与端庄。他对于人物的描写都非常真切。但这些话我们留在下面说。

科路伦科文艺生涯开始后，第一次出版的为《真理追求者一生中的插话》。这是他自己显出他是真理的追求者。他对于人生问题从没有找到一个简单的解决。他常常做梦梦到它；有时他似乎找到了，但是忽然间迷了路，于是又不能不重起炉灶。

因这种摸索，发生了一次生活的大变化，几至自杀。他的名作《二种情态》(*In Two moods*）就是描写这一时期的。主人翁为一八七三至七五年间代表的俄国的青年学生，名加活里克，是一个革命的虚无主义者。前半部描写他在学校中的快乐，开头就说：

> “我那时才十五岁，并且是毕特罗斯奇学院的一个学生。”
>
> “当然那是一个很好的时期。开头的学校生活；学校外面的碧绿的公园；年青的同学，学生的集会与讨论——这些似乎都使我们将要成就某种事业——某种伟大而且异常的事业。它将使每一个人快活，而且我们以后永远完全的快活。”
>
> “一点也不少——快活！我梦想到大事业，竞争与牺牲；但是在竞争，行动，就是在牺牲的中间，永远有种快乐，光明，完全，渗透一切的快乐，的观念在那里。”
>
> “况且此外还有一个她。”

这第一种情态简直是青春，爱，热烈与丰满的歌。它所触到的地方都变成了蔷薇色，它的新鲜，光耀与温暖的描写在小说家中间是不可多得的。

在这时忽然发生了一件意外的事。他的同学何门诺夫，即加活里克所最敬佩的一个，因为恋爱的失败自杀了。于是加活里克的人生观根本上发生了动摇。

“我惊异地向四周望了一下。那是什么？我在什么地方？”从此加活里克的生活完全变了。他觉得人生是完全没有意义的。甚至一切友谊与恋爱，他也是当作没有意义的，关于这一段的描写，科路伦科竟是一个最彻底的虚无主义者。但是最后因为他对于恋人的同情，对于人类的同情终究得到了信仰。当他要出去寻求被他自己赶走的恋人之前，他说：

> “因为我有信仰；第一是她，其次是人类……以及其他的信仰。这是我的新态度的金色的云障；不论它开展为怎样的形状，但是我的心告诉我那至少是有生命的。”

科路伦科是漫游过全俄罗斯的人，他的观察非常广阔，所以他的小说的材料也非常丰富。他所描写的人物与背境没有二篇相同的。《西比利亚游客的记录》出版于一八九六年，中间我们可以找出种种奇怪的人与故事。

《恶伴侣》（*In Bad Company*）又是他名作之一。这是他自己小时的回忆。主人公是一个七岁的小孩子名叫华拉特亚。他是一个地方法官的儿子。那法官因为他妻子死后，非常灰心，对于儿女的管养也不复注意。华拉特亚无伴可玩，所以常常一人出去到处乱闯。因此发现了本地光棍等潜逃的地方。那就是古老的石墓。常住在里面的为一老人，一男孩与女孩。主人天伯蒂是一个失意的浪人。平日外出行窃，不常在家。从此华拉特亚与男孩华利女孩马丽沙结交为朋友了。

马丽沙是一个可怜的小女孩子，因为住在那样潮湿的石墓中，一天一天变瘦了。华特拉亚无法帮忙，不得已到自己家里妹子处借了一个洋囝囝给她玩。事为他父亲所知提出质问。但是他闭着嘴一事不说。正在这时候，天伯蒂来了；他亲到法官前面诉说真相。并且告诉华特拉亚说，可怜的马丽沙已经死了。他要求法官准他的儿子到石墓中与他死了的小朋友为最后的会面。

这篇小说的主人公就是科路伦科自己。我们读了它就可以知道他是怎样富于情感的人。他对于社会上所不耻的人群表示无限的同情，对于无辜受难的孩子尤其怜惜。我知道他写这篇小说时必定有无穷的眼泪在胸中沸腾着呵！凡是看了它而不下泪者，那真是无心肝的人了。

《恶伴侣》出版期与《西比利亚游客的记录》同。此外短篇故事《林语》(*The Murmuring Forest*) 亦于同年出版。系叙述一伯爵被人复仇一事。伯爵的傲慢与拉忙特的豪爽都描写得有声有色。大风吹动树林的声音，我们在字里行间可以听到。

此外短篇的作品还很多，如像《天上的鸟》(*Birds of Heaven*)，《这不是可怕吗?》(*Isn't it Terrible ?*)，《"必要"》("*Necessity*")，《华尔加河上》(*On the Volga*)，《上帝的村落》(*The village of God*)，《萨哈连浪人的故事》(*A Saghalinian*：*A Tale of vagrant*)。其中有许多是描写浮浪者的生活，有许多是他自己的经验。

科路伦科最有价值的短篇小说是《玛加尔的梦》。这是一篇活跃的心理描写的小说。周作人先生似已译过。他的大意是说一个可怜的农民名玛加尔，他平日竭力工作，然所得有限，生活非常困难。所以他有时常常想到"神圣的山"上，去得到他灵魂的救济。这山叫什么名字，在什么地方，他不大知道。有一次在圣诞节的前一晚，他找到了一个卢布，喝了许多酒，抽了不少的烟，当然是最下等的烟与洒。回家后躺在床上做起梦来了。他觉得他已经死在树林中，久已死了的教士伊文把他引导到树神大杨（Tayon）那里，审判他的功过。

到了那里他还想愚弄大杨。但是后者把他所做过的好坏一齐写下来了。他的坏处那样多，天平上罪恶的木盘竟重于良善的金盘数十倍。大杨大怒，叫他来世充当教堂看守者的马抵罪。玛加尔听到这种不公平的审判，平日不能连着讲十个字的他，现在忽然口若悬河了。他说他不愿作马，并不是因为他怕工作，却因为这种审判是不公平的。虽是教堂看守者使得他的马很劳苦，但是他还把燕麦给它吃，他在世上虽是劳苦了一世。但是没有人把东西给他吃。

“谁使你受苦？”大杨同情地问着。

“每一个人！要租税的人，热与冷，湿与干，无情的土地与森林。”

天平摇动了。罪恶的木盘上伸，良善的金盘下堕了。

玛加尔继续着说：“你把一切东西都记下了吗？好，看好，从来有人对玛加尔表示好意过没有。他现在在法官的前面身体这样肮脏，头发这样杂乱，衣服这样破烂。他很羞耻。但是他晓得他生下来时和别人一样，也有反映着天地的青白的眼睛，也有张开着预备接受世界之美的赤心。”

这样说了之后，木盘更上伸，金盘更下沉了。玛加尔从大杨的手里得到公平了。

长篇小说中最著名者当然就是我所译的《盲音乐家》了。它所描写的是盲童的心理的发展。虽是一个生而为瞎子的人并且经过了种种苦闷，但是终究因为打破了自私自利的个人的苦闷，因为对于不幸者表了深厚的同情，在世界上找到了他的地位。每一个人在人中旅途中应该选择他自己的路，盲童也选到他的路了。

从这篇小说里，我们可以了解作者同情心的深厚与艺术手腕的高明。关于自然与音乐的描写，竟是一篇散文的诗。有人说科路伦科的艺术属于屠格涅甫一派，看了它，我们就可以相信了。

屠格涅甫派的主要原则是：“艺术家必须深透到环境之内，看到人生的种种表现，显出管束他们的定律；捉到生命的本质而又常常在真理范围之内；最后，艺术家决不要以浅薄的研究自足。”科路伦科就是这样的。他永不疲倦地把人生的种种相给我们看。每一个人与每一群人的特性，他都能深入其里。他的作品所以能给我们现实人生的印象就是为此。

科路伦科不想使我们和现实调和，但是他要我们和人类调和。在他的作品中，不论怎样黑暗的描写，怎样绝望的事，他总拿一种希望一种理想来安慰我们。他远远地擎起他的“小火”（*Little fire*，是他的一篇小品文字的题目）来引诱我们使我们鼓起勇气向前进行。但是要达到这一点火光，我们必须和罪恶奋斗了。这是他和托尔斯泰的无抵抗主义不同的地方。他表示他的主张的小说就是题为《法罗路斯的传说》（*The Legend of Florus*）的一篇美丽的故事。

这是描写犹太在罗马淫威之下的一段故事。犹太人因为不敢反抗，所以使犹太总督法罗路斯更其专横无道。于是有两个不同的团体应时而生了。第一个团体是和平的，他们想用服从的态度脱却罗马人的暴虐；还有一个团体是反抗的，主张尽其全力和罗马人决战的。后一派的领袖是米纳罕。他是将门之子，对于罗马人的压迫深恶痛绝。他四出呼号，召集革命徒党，运动革命。虽是他知道众寡不敌，但是他毫不惧怕，他的头脑里装着一个简单的思想，就是正义的思想。他说“屈服在权威的前面。是一种耻辱，尤其当这些权威是人的时候；没有一个人应该屈服在任何别一人的前面，除了上帝，他创造人因为他们可以自由的。”

但是科路伦科鼓吹反抗和当时虚无主义者不同。虚无主义者的反抗是由于绝望，他的反抗是由于不满足。虚无主义者的反抗是为反抗而反抗，他的反抗是为改进现在的生活状况而反抗。在他眼睛里世界上一切不是全恶的；现实不是常常而且永远悲哀的。如其我们能够永远向着真善美做去，我们前途的光明实在是很伟大的。

总之，科路伦科是肯定人生的。他的理想是切近于地球的，他的理想是从人道，眼泪与艰苦产生的。他不愿跑到人类所不能达到的高顶上。他爱人类，他的理想是不能与人类分开的。他爱人而且他相信上帝都在他们的灵魂里。

马灵非尔（Marian Fell）在科路伦科短篇小说集《玛加尔的梦》的序言中说：“不论是庄严的或是快活的，高兴的或是忧愁的，科路伦科的世界观是乐天的。经过千辛万苦，经过悲哀与不幸，在他小说中的贫苦的与无术的主人公，都是把面向着光明的。作者慈善的心从没有不在每一个人心中找求着‘永久的人性’，并且他永远表同情于人类对于自由与正义的热望，他是能够面对罪恶而无恐的。他在给朋友的一封信里自己说，‘宇宙不是许多偶然的力的游戏。命定论，进化论，与其他种种学说都使我们承认那里有一条定律把我们拖向某种东西；拖向某种我们说它的表现是至善的东西，这就是说拖向慈善，真理，正义，美丽与至公。’”

附白：

1. 科路伦科著作的英译本，据我所知道的有五种：

一、《盲音乐家》(*The Blind Musician*) 译者为 S. Stenpnix 与 W. Westall 二人。我的译稿就是从这一本上重译出的。

二、《二种情态》(*In Two moods*) 译者同上二人。内中共有二篇，除《二种情态》外，尚有《恶同伴》(*In Bad Society* 即 *In Bad Company*) 一篇。

三、《玛加尔的梦》(*Makar's Dream*) 译者为 Marian Fell。内中共有四篇，除《玛加尔的梦》外，尚有《恶同伴》，《林语》与《赎罪的一日》(*The Day of Atonement*)。

四、《天上的鸟》(*Bird of Heaven*) 译者为 E. A. Manning。内中共有五篇，除《天上的鸟》外，尚有《这不是可怕吗?》，《“必要”》，《华尔加河上》与《上帝的村落》。

五、《浮浪者》(*The Vagrant*) 译者 Mrs Aline Delans。内中共有五篇，即《老的敲钟者》(*The Old Bell-Ringer*)，《林语》，《禁食节的晚上》(*Easter night*)，《萨哈连浪人的故事》与《西比利亚游客的记录》。此外散见于杂志上者亦有五小篇，尚未见有单行本。

2. 论科路伦科的文字甚少，杂志上虽有一二段，但都不详细。闻圣彼得堡大学英文学讲师 C. E. Turner 曾著《近代俄国小说家》

（*Modern Russian Novelists*）一书，但此间大学图书馆没有。M.J. Olgin所著《俄国文学指南》（*Guide to Russian Literature*）与克罗泡特金的《俄国文学论》说及科路伦科者只三页。作者近找得Serge Persky所著《近代俄罗斯小说家》（*Contemporary Russian Novelists* Translated from the French by Frederick Eisemann），内中第三章系完全论科路伦科者。其中材料为本篇作者所应用者不少。

3. 本译稿蒙好友李凌云老弟读过一遍更正几处错误，不胜感激，特此志谢。

一九二三年五月志于美国加利福尼大学

——录自中华书局1924年初版

《欧洲大陆小说集（上）》[①]

《欧洲大陆小说集（上）》附录——作家传略

蔼夫达利阿谛思（？一　）

蔼夫达利阿谛思（Argyris Ephtaliotis）是希腊现代最大的小说家之一，曾在欧陆留学，本业医。《神父所孚罗纽斯》一篇系据英国劳斯（W. H. D. Rouse）的《希腊诸岛小说集》译出。我们读这一篇故事，不觉联想到二千多年前的谛阿克利多思（Theokritos）。他的描写物色，有如收获祭的那篇牧歌；神父的恋爱的苦甜，很有些类似愿

① 《欧洲大陆小说集（上）》（*Modern Continental Short Stories*），东方杂志社编纂，上海商务印书馆1924年4月初版，东方文库第七十八种。在本书目录后有编者说明："《欧洲大陆小说集》当然须把法国、俄国也包括在内。但因为法、俄两国的小说作品太多，已另刊《近代法国小说集》和《近代俄国小说集》，列入《东方文库》内，所以不再把这两国的作品收入本册了。"

化为胡蜂进阿玛吕利斯（Amaryllis）的岩室去的牧人和对月呵禁的魔术女（Marphakeutria）；但是一样的悲哀，却没有那样的热烈了。侏儒（Punchinello）与舞姬之爱，我们在于俄（Hugo）及安兑尔然（Andersen）等的著作里，差不多看得很普通了，但这篇加上一个希腊的背景，又有别一种的情趣。著者是独立战争时代的人，所以富于爱国思想，而反抗异族的运动，即以怀慕古昔之情作根底；这在被压迫的民族里，原是自然的趋势，如现代波兰和爱尔兰都是一例。在这篇里，所以怀古的思想也很丰富。但是革命精神的怀古，是一种破坏现状的方便，与对于改革而起的反动的保守的运动很不同，譬如希腊复活古语，貌似复古，其实却在驱逐闯入的土耳其语。中国革命以前的复古思潮也如此，与革命后的反动的复古完全是两样的，所以我们对于被压迫民族的怀古的思想要能客观的理解他，不可将他认作民族的传统精神。

邓南遮（1864—　）

邓南遮（G. D’annunzio）的真名叫 Rapagnetta，生于意大利海滨。为现代意大利第一诗人及戏剧家。他的生活也非常浪漫，他是个雄辩家，政治家，古物学家，而也是军事学家，飞行家。欧战后率领飞机占领阜姆的也就是这一位著名诗人。《东方文库近代戏剧家论》内有他的评传可以参看。

伊白涅兹（1867—　）

伊白涅兹（Vicente Blasco Ibañez）是一个小说家，雄辩家，旅行家，新闻家，又是个畜牧家。曾得过诺贝尔文学奖金。一八六七年生于伐兰西亚（Valencia），伐兰西亚是地中海滨的一个城镇，风景秀美，物产饶富；有句俗语说：“伐兰西亚是极乐园，今天麦，明天米。”英国写实小说家哈提（Thomas Hardy）是以描写 Wessex 的本地风光出名的；伊白涅兹也是这样，他的小说中，地方色彩（Local Color）都很浓厚。最有名的杰作，是《小屋》(*Cabin*)。在这一部书中，描写伐兰西亚的农民生活，真是活灵活现。和《小屋》齐名的，有一部 *The Four Horsemen of the Apocalypse* 是非战的小说。

滋德曼（6850[①]—　）

滋德曼（Hermann Sudermann）与郝卜特曼同为近代德国两大文豪。《东方文库近代戏剧家论》已有他们两人的评传。滋德曼幼年为药店学徒，后以别人资助，得受大学教育。所著小说最闻名的有《忧愁夫人》(*Frau Sorge* 已有中译本)。《黄昏》(*Im Zwielicht*)，《猫桥》(*Der Katzensteg*）等。戏内尤有名。

搿耶尔斯基（？—　）

搿耶尔斯基（Xaver Sander Gjalski）为现代匈牙利著名作家，其事迹未详。

——录自商务印书馆1924年初版

《欧洲大陆小说集（下）》[②]

《欧洲大陆小说集（下）》附录——作家传略

罗格洛孚（1858—　）

罗格洛孚女士（Selma Lagerlöf）是现代理想主义的作家；又是

① 原文如此。

② 《欧洲大陆小说集（下）》(*Modern Continental Short Stories*)，东方杂志社编纂，上海商务印书馆1924年4月初版，东方文库第七十八种。

著名的女子主义者。一八五八年，生于Varmland。小时曾做小学教师，年过三十，始试著小说。一八九一年，瑞典杂志名*Idun*者，悬个赏格，征求限字数的小说。女士在征文期截止日之晨投一小说，发揭后果获奖，于是文名遂响起来了。一九〇九年，女士又得诺贝尔奖金(Nobel prize)，于是遂又得了世界的声名。

恩根（？— ）

恩根（Homar Enking）是瑞典著名作家，他的事实未详。

卜鲁斯（？— ）

卜鲁斯（Boleslaw Prus）本名格罗伐支奇（Alexander Glowacki），是现代波兰有名的小说家。他是个乐天的艺术家，伟大的造形的才人，实证主义的门徒。所作最著名的有《哨兵》(*Placowka*)，《回波》(*Powracajaca Fala*)，《泥人儿》(*Lalka*)，《法老》(*Faraon*)。《法老》一书已译成全欧各国的文字了。

察赫（1846—1908）

近世被压民族的独立运动，除政治的活动之外，往往高张文艺独立的旗帜。有了凯尔德民族的文艺复兴，然后有现在的爱尔兰自由邦；有了波西米亚民族文学的复活，然后有现在的捷克斯洛伐克共和国。说到近代捷克民族的文艺运动，最值得注目的便是十九世纪几个捷克文学家：最早的是Jan Neruda（1839—1891），他是个诗人，又是个小说家，代表六十年代的波西米亚的文艺复兴。继Neruda之后的有一个Yaroslav Vrchlicky（1853—？），又有一个察赫（Svatopluk Čech），而察赫实比Vrchlicky更为伟大。

察赫是Neruda的继承者，但是他在捷克文坛的贡献可比他的前辈更多些。他的诗和各种散文的著作都很丰富。他的诗全然受捷克民族思想的鼓动，*Vaclav z Michalovic* [*Václav z Michalovic*]，*Lesetnisky Kovar* [*Lešetínský kovář*]（《拉斯丁的工匠》），*Bosna Otroka* [*Písně otroka*]（《奴隶之歌》）最为有名，他的作品是受西欧及北欧自然主义的影响，而又不失斯拉夫民族浑厚神秘的气质。他在近代捷克文学中的地位亦犹之布雪金（Pushkin）和米凯微支（Miceiewicz）在近代俄国文学的地位。

格列失克（1847—1908）

密罗梵格列失克于一八四七年生于塞尔比亚的跛尔约华。他曾在倍尔格来特大学习哲学科，又在大学《公报》做过主笔，随后又做过该城国家戏院的助理舞台监督。他是一九〇八年死的。格列失克曾经翻译许多俄国和法国的小说，如戈戈儿，托尔斯泰和梅里美诸人的作品。又译过许多剧本，以法国的喜剧为最主要。他也做过两篇喜剧，在塞尔比亚各戏院的戏目里，算是最出名的戏剧。他是许多短篇小说的作者，作品中间，大部分是滑稽小说。

——录自商务印书馆1924年初版

《近代英美小说集》①

《近代英美小说集》附录——作家传略

王尔德（1856—1900）

王尔德（Oscar Wilde）和美国的亚伦坡（Allan Poe），意国的邓南遮（D' Annunzio）——就是私带军队占领阜姆的邓南遮——称为

① 《近代英美小说集》(*Modern English and American Short Stories*)，东方杂志社编纂，上海商务印书馆1924年4月初版，东方文库第七十五种。

近代唯美派的三大诗人。唯美派（Aesthetes）的文学，也是因近代物质主义而起的一种反动；其主旨在于以美为人生之中心，厌弃物质的平凡的生活，别求生活于人工的诗之世界中。唯美派诗人都带些名士气，多是放浪形骸，追逐肉欲，崇奉所谓享乐主义（Dilettantism）的。像亚伦坡是个放纵的酒徒，邓南遮是个游荡的登徒子，王尔德更是犯过罪下过狱，他的个人道德，为英国普通人所不齿的。所以也有人称他们为恶魔派或颓废派。著作最著名的有 *Lord Arthur Savile's Crime*，*Dorian Gary*，*Intentions* 及剧本多种。已译成汉文的有《遗扇记》，《莎乐美》，《狱中记》等。

单维尔（1864— ）

单维尔（Israel Zangwill）一八六四年生于伦敦，是英国现在著名作家之一。父母是俄籍犹太人。单维尔从小在犹太区域（Ghetto）的学校内读书。十六岁时和一个小朋友合著一部描写犹太人生活的故事，名叫《国务总理与画师》，印成小册子发行，就很著名。后来他在伦敦大学得了个学位，同时又干些杂志上的事情。那时犹太出版业会要求他做一部关于犹太人生活的小说，他便做了《犹太区域的儿童》一书，那部书出版，他立时得了声誉，以后他便专心从事著作。生平最著名的作品是《犹太区域的儿童》，《爱里约的外套》，《主人》，《黑暗中的行人》。他也做剧本，最有名的是《镕锅》。他在著作中描写犹太人的性格，毫无顾忌。而且字里行间充满着滑稽，忠实，热诚种种质素。

华曾（? — ）

华曾（E. L. Grant Watson）是英国最近的小说家。他的小说，专用极深刻的笔意，描写自然的意境。一九一四年，成 *Where Bonds are Loosed*，一九一七年，成 *Mainland*，都极有名。本册所选的一篇也是他得意的短著作；写一个医生的慈悲心，和一个狗的忠心，为了些误会，就变出杀机来，血战至死不悟。加了他那极有力的笔锋，这篇很可以算得有价值的讽刺小说。

霍桑（1804—1864）

霍桑（Nathaniel Hawthorne）为十九世纪前半美国最大散文作家。为一官僚，初服务税关，后任驻利物浦领事。一八五〇年以 *The Scarlet Letter* 一书获得世界的声名。此外所著有 *Twicetold Tales*（1837），*The Home of the seven Gables*（1851），*The Blithedale Romance*（1852）等，均以想象丰富及描写心理见长。

亚伦坡（1809—1849）

亚伦坡（Allan Poe）本姓坡，名亥特加（Edgar）。一八〇九年一月十九日生于美国之波思盾（Boston）。一八四九年十月七日死于巴尔底摩尔（Baltimore）。父母是唱戏人。一八一一年做约翰亚伦（John Allan）的义子，所以又姓亚伦。一八一五年被带至英国，在英曾入大学，未毕业。一八二七年征为兵。二年后退伍。一八三三年售其文稿名“A MS. Found in A Bottle”得奖一百元，此后遂投身杂志界。卖文所入，仅足温饱，真是潦倒的文人！著作有诗集四卷，散文诗 *Eureka* 一卷，短篇小说集四卷，更有论文 *The Lituati* 一卷。一八五〇年出有全集行世。

亚伦坡以神秘出名，他在当时的文家中独成一家，“与俗殊咸酸”。他的著作，尤以短篇小说为甚——大都是幻想的，非人间的，然而却又是常来我们精神界中撞击的。他此种短篇，造句用字，处处极力表现这个目的，所以他的文字另有一种美。有人据此即说他是唯美派的文人，实在不允当，唯美派并非以文字之优美而得名——其实不朽的著作没有文字不美的——像亚伦坡那样着重在玄想的文字，主力不在美化，确是神秘派呢。

《心声》一篇意似在描写“Illusion”的力量，可以看出亚伦坡作风的一般。

哈兰（1861—1905）

哈兰（Henry Harland）十九世纪末美国大小说家。生于俄京彼得格勒。著有《爱之国》(*Land of Love* 一八八七年)，《大僧正的鼻烟壶》(*The Cardinal's Snuff Box* 一九〇〇年)，《我的朋友卜罗斯贝鲁》(*My Friend Prospero* 一九〇〇年）等。所作短篇亦颇著名。

——录自商务印书馆 1924 年初版

《近代日本小说集》

《近代日本小说集》[①] 附录——作家传略

国木田独步

国木田独步（Kunikida Doppo，1871—1908）是日本自然派小说家的先驱，他的杰作《独步集》在一九〇四年出版，但当时社会上没有人理会他，等到田山花袋等出来，竖起自然主义的旗帜，这才渐渐有人知道他的价值，但是他已经患肺病，不久死了。《独步集》里的《正直者》(*Shojikimono*）与《女难》(*Nyonan*）等几篇，那种严肃的性欲描写为以前小说所未有，的确可以算是自然派的矿野上的喊声；但他的兴味并不限于这一方面，他的意见也并非从曹拉一派来的；他的思想很受威志威斯的影响，他的艺术是以都介涅夫为师的，所以他的派别很难断定，说是写实派固然确当，说是理想派也无所不可。

---

① 《近代日本小说集》(*Modern Japanese Short Stories*)，东方杂志社编纂，上海商务印书馆 1924 年 4 月初版，东方文库第七十九种。

铃木三重吉

铃木三重吉（Suzuki Miekochi）是夏目漱石（Natsume Soseki）的弟子。漱石在二十世纪初年日本自然主义最盛的时候，提倡他的低徊趣味的文学，独立一派，可以说是新古典主义。三重吉从他受业，但并不是低徊派，同时也便不是自然派了。派别原是不易定的，有人称他为理想派，不过聊以别于他派罢了。他最擅长描写男子的对于理想的女人的追求与幻灭的悲哀，又写少年时代传奇的情绪也很美妙，如《栉》,《黑血》,《鸟》及长篇《小鸟的巢》都是。

石川啄木

石川一（Ishikawa Hajimé，1886—1912）别号啄木（Takuboku），初在故乡涩民村当小学教师，月薪八元，常苦不足，流转各地为新闻记者，后至东京，与森鸥外（Mori Ogai）与谢野宽（Yosano Hiroshi）诸人相识，在杂志《昴》(*Subaru*）上发表诗歌小说，稍稍为有识者所知。但是生活仍然非常窘苦，夫妇均患肺病，母亦老病，不特没有医药之资，还至于时常断炊。他的友人土岐哀果（Toki Aika）给他编歌集《悲哀的玩具》(*Kanashiki Omocha*）售得二十元，他才得买他平日所想服用的一种补剂，但半月之内他终于死了，补剂还剩下了半瓶。他死时年二十七，妻堀合节子（Horiai Setsuko）也于一年后死去了，遗下两个小女孩。他的著作经友人土岐等搜集，编为《啄木全集》，分小说诗歌及书简感想等三卷，于一九二〇年出版完成。

《两条的血痕》(*Futasujii no Chi*）原本收在全集第一卷（1919）里，是一种幼时的回忆，混和“诗与真实”而成，很有感人的力量。

武者小路实笃

武者小路实笃是日本的一个贵族，但却没有贵族气。他很崇拜托尔斯泰。愿意实行泛劳动主义。他在日本，日向村地方，办了一个新村，又出了一个《新村杂志》。他很相信人类是一体的，又极想避免任何战争的苦痛。欲以新村的和平运动方法，把现代的社会改造好。他所著的书很多。已经译成中文的有《一个青年的梦》，登在去年的《新青年》上。现在所译的这篇东西，虽然是寓言，人道的气味也是很浓厚的。

《久米仙人》一篇所说的是久米仙人的事。相传久米是太和国上郡人，在吉野郡龙门寺中修道，成了神仙。后来他看见一个女子的白颈，遂重堕尘世，和她结为夫妇。现今高市郡的久米，就是为他创立的。

有岛武郎

有岛武郎（Arishima Takeö）生于一八七七年，本学农，留学英国。一九一〇年顷，杂志《白桦》发刊，有岛寄稿其中，渐为世间所知。继又刊行个人杂志《泉》文名益著。一九二三年六月因恋爱失败，与恋人秋子情死于乡间别墅。死后一月始被发现。世人无不哀之。

关于他的创作的要求与态度，他在《著作集》第十一辑里，有一篇《四件事》的文章，略有说明。他说：——

> “第一，我因为寂寞所以创作。在我的周围，习惯与传说，时间与空间，筑了十重二十重的墙，有时候觉得几乎要气闭了。（但是）从那威严而且高大的墙的隙间，时时（望见）惊心动魄般的生活或自然，忽隐忽现。得见这个的时候的惊喜，与看不见这个了的时候的寂寞，与分明的觉到这看不见了的东西决不能再在自己面前出现了的时候的寂寞呵！在这时候，能够将这看不见的东西确实的还我，确实的纯粹的还我者，除艺术之外再没有别的了。我从幼小的时候，不知不识的住在这境地里。那便取了所谓文学的形式。

第二，我因为爱着，所以创作。这或者听去似乎是高慢的话。但是生为人间而不爱者，一个都没有。无因了爱而收入的若干的生活的人也是一个都没有。这个生活，当从一个人的胸中，想尽量的扩充到多人的胸中去。我是被这扩充性所克服了。爱者不得不怀孕。怀孕者不得不产生。有时（产生）活的小儿，有时死的小儿，有时双生儿，有时月份不足的儿，而且有时母体自身的死。

第三，我因为欲爱所以创作。我的爱被那想要如实的攫住在墙的那边隐现着的生活或自然的冲动所驱使。因此我尽量的高揭我的旗帜，尽量的力挥我的手巾。这个信号被人家接应的机会，自然是不多。在我这样孤独的性格，更自然不多了。但是两回也罢，一回也罢，我如能够发现我的信号被人家的没有错误的信号所接应，我的生活便达于幸福的绝顶了。为想要遇着这喜悦的缘故（所以创作的）。

第四，我又因为欲鞭策自己的生活，所以创作。如何蠢笨而且缺向上性的我的生活呵！我厌了这个了。应该蜕弃的壳，在我已有几个了。我的作品做了鞭策，严重的给我抽打那顽固的壳。我愿我的生活因了作品而得改造！”

菊池宽

菊池宽是日本的一个著名新进文学家，著历史小说多种。以精于心理分析见称。

——录自商务印书馆1924年初版

《太戈尔》[①]

《太戈尔》译序

旬葛（杨甸葛[②]）

这部书是我去年暑假开始译的，当时只译完五章，我便病了。病好了，听说已有人译出，我想已有人译出，我当然可以中止，并且我译得不能比人家好；因此，便没有往下译去了。寒假前，偶与钟君谈及，觉得不妨续译出来，并且人家已译未译，这还不一定。于是我便邀他合译。本书共四百余页，他担任的部分比我多；我们努力的在一个多月中，才完全译出。本想再细细校阅一过，无奈没有时间；所以急于付印，因为想在太戈尔未来华之先，把这部书出版；错误之处，在所不免，读者赐教！

以外，除非把此书的主要关键说几句，用不着多废话。此书对于太戈尔的日常琐事；叙得较少；并不是这些没有关系，确实有比这些事更重要的东西，这部书清晰的叙给我们了。我们读这部书，不特明了太戈尔，并且还能明了印度——与太戈尔最有关系的印度。

其余的，请读者自己在一本书里去领略好了。

一九二四，二，二，甸葛于北京

——录自新文化书社 1924 年初版

---

① 《太戈尔》，作家论，英国 Ernest Rhys（今译里斯，1859—1946）著，杨甸葛、钟馀荫合译，上海新文化书社 1924 年 4 月初版，青年文艺社丛书之一。

② 杨甸葛，资料不详。

《太戈尔》跋

钟馀荫[①]

去年春天，太戈尔来华的声浪却已震荡狠高。我们就想将他的名著，作一回有程序的研究。起初便读他的《回忆录》——现在我正从事译述——虽可从此领略他所谓的“记忆上之图画”，然仍是一本“文学作品”，却少自传意味。可是同时还找着一本里斯著的《太戈尔传》，读过之后，才知道他所受的幼年的苛刻教育和壮年的悲惨遭际，都同后来的事业如建设山地尼克顿和平院种种有密切的关系。

至于太戈尔的诗歌小说，大半像是悲身劝世的作品，一看《偈檀伽利》，《园丁集》，《人生之实现》等即知。本书于此数点，亦已精详叙出。但小说一项，尤为太戈尔精华所钟，除《家庭与世界》外，《沉船》实属代表印度妇女忠洁特性，而描写有趣的作品。读者一读原著便知。

不过他的诗歌体气，虽受印度二百年前的外史拿哇派及近代的江帝德士，尼麦诸诗家的影响不少，可是他自立格式，远驾于诸家之上。即戏剧作品也并无西洋法式，另有东方特殊精彩。读者一看《暗室之王》及《谦屈拉》等便知。本书于此点，亦已详陈，因不多赘。

至于太戈尔父子所提倡的“精神共和国主义”及其静思的古习，都是今世好强务胜的人们的暮鼓晨钟，读者可将书中叙论此点之处，注意寻绎一番。

译者并非擅长英文，而于彭加利文更未尝问津，因之对于大诗家，大哲学家如太戈尔的作品的精英，实无从领略。故译述本书，尚

① 钟馀荫，资料不详。

多缺漏难达之处；至于介绍一层，更不待言；读者幸惊之！

一九二四，徐蔚草于北京

——录自新文化书社 1924 年初版

《侠隐记》[①]

《侠隐记》大仲马评传

沈德鸿（茅盾）

一　戏曲家与小说家

十九世纪初，法国文坛上古典主义与浪漫主义的冲突渐成不可掩的事实。戏院成了这两个主义交锋的大战场。虽然大多数守旧的批评家还出力拥护古典的悲剧，但是古典主义显然是仅存一息，只要有人出来加他一个打击，古典的悲剧立刻就会断气的。那时有许多势力，都不谋而合的准备开辟“戏剧中兴”的道路，要把戏曲从严肃呆板的古典派悲剧形式里解放出来，渗进了感伤的调笑曲的气氛。这许多势力可以指出来的，是斯台尔夫人（Mme. de Staël）作品，是莎士比亚戏曲之渐为一般人所好，是较进步的杂志如《大地》（*Le Globe*）与《法兰西评论》（*La Revue Francaise*）之“剧评”栏的渐表示不满意于传统的戏曲形式而要求新的，而最后公然与古典主义宣战的《宣言》

① 《侠隐记》（*The Three Musketeers*，今译《三个火枪手》），小说，法国大仲马（Alexandre Dumas le Pere，1808—1870）著，伍光建译，沈德鸿（茅盾）校注，上海商务印书馆 1924 年 4 月初版，1932 年 10 月国难后第一版，1935 年 5 月国难后第三版。书前附有《作者自序》。该译作商务印书馆曾于 1907 年初版，译者原题君朔，此版是其校注本。

却由嚣俄（Hugo）以《克林维勒》(*Cromwell*) 一剧序言的形式，在一八二七年发表。

在这篇序里，嚣俄把新派戏剧的原则，提纲挈领的说出来：新派反对古典派的矫揉造作，格律，和不忠实的表现，新派主张“返于自然”，就是写实。凡现实人生所有的变幻、矛盾、繁复，戏曲中亦必备具。因此悲剧喜剧之分界，必须消灭。现实人生，既聚喜怒哀乐于一室，戏曲亦当如是：既号咷了，亦笑，既美了，亦丑，既缠绵倩巧了，亦悲壮伟大。新派又主张努力保有“地方色彩”，因此打破古典主义的“三一律”。总之，新的戏曲必须是形式精神两均自由的戏曲；因求自由，故虽不废韵，而亦不拘拘于韵。

《〈克林维勒〉序》既引古典主义与浪漫主义的前哨接触了，越两年，乃有“赫娜妮（Hernani）大战”，正式替古典主义发丧。《赫娜妮》亦嚣俄所著，于一八三〇年二月二十五日，第一次上演于法兰西喜剧院（Comédie Fraucaise）；那一晚，拥挤在戏院里的兴奋的观众，不是寻常的观众，却是新旧两派最激烈的分子。从开演起，到闭幕，只听得不绝的喝彩与倒彩；幕间休息的几分钟更热烈的争辩，有时竟至动武；迨及闭幕，全院鼎沸，旧派出力的攻击，新派出力的辩护。次日，战线扩张于巴黎所有的报纸，历久未已。

我们现在都把这一日——一八三〇年二月二十五日——作为浪漫主义得胜的纪念日。

但是我们也要晓得，《赫娜妮》虽负盛名，实在既不是浪漫主义戏曲的第一个榜样，也不是第一次成功。在一年前，已有大仲马的《亨利第三》(*Henri III et sa Cour*) 得了巨大的成功，并且做了新派戏曲的十足的模范。这一篇剧本，使大仲马在一夜之间，成了文坛名人。加之他以后所作的三四篇戏曲（例如 *Richard d'Arlington*，*Antony* 等），我们实在可以说大仲马是建立浪漫派戏曲的重要元勋。虽然现今一般的读者，或许只晓得他是一个小说家——因为大仲马的小说，至今日还在青年间极有势力——但是在文学史上，他的戏曲上的成就，是决不容忽视的。他是一个伟大的历史小说家。是的，他是的！但是他同时又是一个伟大的浪漫派戏曲家。

有些批评家则以为大仲马的戏曲，比小说更伟大。丹麦大批评家勃兰特（G. Brandes）的《十九世纪文学的主潮》第五卷《法国的浪漫派》讲到大仲马就完全是讲戏曲家的大仲马，没有提及他的小说。对于小说家的大仲马，全卷没有提起，只在前半卷论乔治·珊德（George Sand）的时候，和嚣俄（Hugo），巴札克（Balzac）等人，同提一提罢了。

法国著名的文学史家发格（Emile Faguet）更明白的告诉我们："在这个辉煌的时代，（指缪塞 Musset，夏朵勃梁 Chateaubriand，嚣俄 Hugo 等浪漫派小说家全盛的时代），大仲马的声名，更放射少有的异光奇彩。他是一个永不倦怠，永久有兴味的说故事者。他把流行的小说，又升高一步，因为他捉住了历史的影子，投入小说里，尤其是因为他有不竭的想象力，以构造出垒的动作，运命的突变，惊讶，和种种料不到的事故。但是他虽然是这样出色的一个小说家，他却是更伟大的一个戏曲家。讲到十九世纪的戏剧革命，就是推翻了相传数十年的悲剧而代以历史剧，恐怕大仲马的功绩，比嚣俄的还要大些。"（发格《法国文学史》英译本页五七〇）

如果我们完全接收勃兰特和发格的意见，我们不免要想起这位大作家竟和英国的伟大历史小说家司各德成一个极有趣味的对照。司各德的文学生涯，可分前期后期，大仲马亦然；不过司各德的前期是诗人，而大仲马是戏曲家。司各德是小说家的司各德胜过诗人的司各德，即后期胜过前期；而大仲马却是戏曲家的大仲马胜过小说家的大仲马，即前期胜似后期。这岂不是极有味的对照么？但是我们如果离开了文学史的关系，专就作品本身的价值而论，我们却要说司各德和大仲马不是相反的，而是相同的。这两位大作家的永久的令名，都建筑在他们的长篇小说上!

我们自然承认戏曲家的大仲马在近代戏曲发达史上占着极重要的地位。但是我们却也不能不承认大仲马的戏曲“并不曾告诉我们什么关于人类灵魂的。因此，他的戏曲虽娱乐了，甚至感动了两世纪的人们，而在我们看来，只不过是文学上的古董罢了。”(此为发格语）而大仲马之所以尚未成为完全的古董，所以尚与现代人，至少是青年，气息相通者，却全靠了他的小说。他的中坚作品——“达特安三部作”,《蒙德克利斯都》和“伐洛华三部作”，正如塞望提司(Cervantes）的《唐贵萨》(*Don Quixote*）一样，内中包含了些人性的永久原素是不受时间影响的。再说他的小说的艺术，也是百世罕有其匹的。他能够从对话里巧妙地写出动作的发展，和人物的心理的变幻；他的人物描写，极少用直接叙述的方法，大都是从人物的声音笑貌言谈举止上暗示读者。他虽然不像司各德是历史小说的始创者，但是他的小说，实在是艺林中的奇品，有永久不灭的光辉的。

所以戏曲使大仲马成为法国文学史上浪漫运动的一个重要角色，而小说使大仲马成为一个历百世而不朽的世界的作家；如果我们这样的批评大仲马并不是完全无意义的。

这一点既已说明，我们再来看看大仲马一生的经历。

二 小 传

大仲马的完全的原名是一个贵族的名字：他的全名应为亚历山大·仲马达维·特·拉·班来泰尔（Alexandre Dumas-Davy de la Pailleterie)。

拉·班来泰尔这块地本来是他家的产业，在一七〇七年，乃受法国皇帝鲁易第十四进封为侯爵采地。后及一七六〇年，仲马的祖父售了在法国的地产，搬到隔着大西洋的汉第（Hayti）住了许多时。祖父名恩都奈·亚历山大·达维·拉·班来泰尔侯爵（Antoine Alexandre Davy，Marquis de la Pailleterie），在侨寓汉第中，与黑种女子玛丽亚·珊三德·仲马（Marie Cessete Dumas）为夫妇，于一七六二年生仲马之父，名托玛·亚历山大·仲马（Thomas Alexandre Dumas），便是后来法国著名的军官亚历山大·达维·拉·班来泰尔侯爵。

所以若就血统关系而言，大仲马的血管里多少总有些黑种人的热血在流着；说者因谓大仲马放浪热情豪迈的性格，是有所由来的。

一七七二年，老侯爵——那时他的夫人大概故世了——携稚子托玛重来法国，后遂不复出国。托玛既长，乃入飞龙联队为军人。俄而惊天动地的法国大革命起来了；大革命虽以推翻贵族政治为口号，然而当时贵族加入革命军的，却也不少。托玛·亚历山大·仲马就是效忠于共和政府的。当时革命军初起，尚不脱群众暴动的色彩，杀戮无辜甚多，托玛虽赞成革命，但极不以苛事诛求为然；他竭力反对滥杀，保全了很多的人。因此暴烈的群众给他一个恶意的诨号，叫做“人道主义先生”。和他的忠实仁慈相似，托玛是一个极勇敢极壮健的军人。拿破仑曾经把“共和政府的台柱”夸奖托玛的有力的臂膊。

一七九三年，托玛升为师长，旋任为西巴仑尼司（Pyrenees）军队总司令，及阿尔迫（Alps），拉文特（La Vendée）等处军队的司令，功勋卓著，是共和政府有名的大将。他一生大小数百战，而最著名的，是一七九七年四月二十二日指挥旭伯尔（Joubert）骑队，击溃奥军于克鲁生（Clausen）大桥边这一役。

拿破仑征埃及时，托玛亦从往。大概那时托玛已经窥见拿破仑有帝制自为的野心，因进直言，不意迕了这位雄心不可一世的科西加小炮兵，托玛乃解甲归国，隐居于维莱尔·考忒莱（Villers Cotterêts）；一八〇六年，逝世，身后萧条，遗产仅荒地三十亩，娇妻幼子几无以为生。

托玛于一七九二年娶玛丽亚·伊利沙伯兹·腊蒲莱（Marie

Elizabeth Labouret）为妻，于一八〇二年（或曰〇三年）七月二十四日生大仲马；那时候，托玛已经不当军官，隐居于维莱尔·考忒莱了。

据大仲马的《回忆录》(*Memoirs*）看来，父亲死的时候，大仲马不在家里，他——这个四岁的孩子，和表姊玛利盎娜在一处；《回忆录》里有一段描写得极好：

> “及夜半，一个大声打在我们卧房门上，我立刻惊醒，实在是我表姊和我同时惊醒。除了鬼，那当别论，人是不能够打我们卧房门的，因为卧房门之外还有一道门是锁着，(此处，详写房屋的构造)。我爬出床来，要去开门。我的表姊喊道：‘你到那里去？亚历山大！’”
>
> “‘开门让爸爸进来，他是来和我们作别。’”
>
> “这个女孩子把我拖回床上；我还是喊：‘再会呀，爸爸，再会！’那时我觉得像有一个人叹息时吹出来的冷气拂过我的面孔……我父亲正是我们听得打门的时候死的！”

自从父亲死后，大仲马和他母亲过的日子极困难。父亲遗下的薄产是不够用的，亲戚故旧也不肯帮助，仅赖母亲自设的小杂货店博得些微利益，敷衍了母子二人的衣食住。仲马的母亲，本是一个贵家小姐，但到此时，没奈何只好镇日守在她那湫隘的店铺的小窗洞下，很小心的应酬一个苏（法国钱名）两个苏的买主了，因此，四五岁的仲马的幼稚教育，做母亲的就无暇留意了。仲马是和别的大天才一般，开头便自己教自己认字的。一副百兽图板（儿童玩具）是仲马的宝贝；他从这里认识字，从这里知道亲爱野兽。他因为要多晓得些关于野兽的事，他自己学会了念书。他和济兹（Keats，英国大诗人）一样喜欢神话。他的智识生活是和我们人类（或不如说各民族）一样从神与兽的传说开头的。因为仲马是这样的一个生就的“原始人”，所以他后来的嗜好也像古代人一样是浪漫的；他爱中古的传奇小说，爱冒险恋爱和战争的故事。

十岁的仲马，我们看见他在一个牧师的私塾里读书。法国复行帝制的一年，仲马十二岁；这一年，他下了个重大的决心，他把姓名上的附带品 De la Pailleteri 废掉，单叫 Alexandre Dumas（亚历山大·仲马）。仲马自始便是民治主义者，虽则他家和奥林斯皇族有旧；但是他对于前朝皇帝却也没有偏见，这看他后来的小说，便可明白。

十五岁的时候，仲马做乡间律师的书记。这不过是他的糊口之计罢了。他全身的兴趣是在浪漫文学方面。他第一次看见舞台上的《韩姆列德》（*Hamlet*）便铭心刻骨地爱慕这一派的文学。他这个天生的浪漫主义者不喜欢本国的大作家高纳绮（Corneille）和拉辛（Racine），却喜欢外国作家。莎士比亚是他最初赏识的，自不用说，而第二个惹起他的热爱的，便是司各德早年所深嗜的德国诗人皮尔吉（Bürger）。司各德文学事业的开始是翻译皮尔吉的《莱诺埃》（*Lenore*），大仲马也打算翻译这部著名的民歌；可是司各德以一宵之力做成功的，大仲马却失望地搁开了。但这是他第一次“动笔”；他自己这样承认。

那时大仲马只有一个朋友，名阿道耳夫·特·留文（Adolphe de Leuven），本是瑞典贵族，因本国政变，随父亡命法国，也在穷途。这两位少年很投契，又都是喜欢文学的；便合作戏曲，（从一八二〇年到二一年），但俱被舞台拒绝排演。

这个时候，仲马虽处窘乡，但因有一个朋友，精神上也还愉快。如果留文能长和仲马在一处，在那时的仲马想来，未始不是一件乐意的事，可是我们现在或者竟失却了一位大文学家。因为如此仲马未必到巴黎，不到巴黎则他的天才或竟永无机会充分发挥，正亦难说。但运命神的安排是叫留文先到了巴黎，然后仲马因为不耐寂寞与贫窘，也往巴黎找他的老友；这正是一八二三年。

大仲马到巴黎，不是为了文学，是为了面包。他那时实在窘极，连盘缠都没有，一路上靠打野味换几个钱，好容易方到了巴黎。

他先认识了塔而玛（Talma），晓得在戏剧界有机会活动，他就决意住在巴黎。他父亲的朋友福将军（General Foy）又介绍他在奥林斯公爵（Duc D'Orléans）府里当一名书记，年俸一千二百佛郎，于是衣食住亦暂可无忧。仲马乃迎母来巴黎，谋久居；这时候，仲马觉得“将来之门”已开了来迎接他。他已有生活的职业，是书记；他又看得见将来事业的崇台，那就是戏剧。

此时仲马刻意读书：先读司各德的著作，他说，“浮云散了，我看见新的天空了。”后转而读考贝（Cooper）的，读拜轮的，尤倾倒于拜轮。他的《回忆录》里说，一天，他到奥林斯公爵府秘书办公室去办公，一进房便喊道：“拜轮死了！”同事们万想不到仲马是说历史上的文学家拜轮，不禁问道：“拜轮是谁？”

仲马于读书之暇，又编戏曲，都是和他的好朋友留文同编的，但都不曾在舞台上演过。后来，他，留文，还有卢梭（不是哲学家的卢梭），三个人合编了一篇剧本，名《猎与爱》(*La Chasse et l'Amour*)，有一家戏院接受去排演，时在一八二三年九月二十二日，这是大仲马第一次在舞台上与群众相见。这篇剧本得到了相当的成功。同时，三个短篇小说合成的一册小说集也卖了四版。渐渐有人知道仲马的名字了。所以仲马说：“我不信英才终为人遗弃，而天才终不为人所认识；最要紧的，是你未成名之前须不怠不懈的干！”仲马是很自信的，他知道他在生活未独立以前，先要“成名”的。

著名的莎士比亚戏曲演员查理·康勃尔（Charles Kemble）和哈列·斯弥森（Harriet Smithson）在巴黎演莎士比亚名曲，给了大仲马很大的影响；《克列司丁》(*Christine*）就是在这种影响下作成的。既成，泰洛男爵（Baron Taylor）甚为赏识，为介绍于法兰西喜剧院（Comédie Francaise)，立邀承认，择期上演。不料结果并不能如预期般的成功，大仲马的朋友都为扼腕，然而仲马不灰心。那时他刚作历史剧《亨利第三》(*Henri III et sa Cour*)，既成，再求喜剧院排演，一八二九年二月十一日上演，竟得意外的成功。

《亨利第三》的题材也是大仲马偶然碰到的。他偶然读恩格底（Anquetil）的著作，看见了一段记亨利第三朝的轶事，觉得极有味，因此他进而读勒司都华（L'Estoile）的《回忆录》，看见了格列司（Quelus）、莫奇隆（Maugiron）、比塞·邓波华（Bussy d'Amboise）等人；把这些材料就做成了《亨利第三》。他后来作《玛尔古女皇》(*La Reine Margot*)，《蒙梭莱夫人》(*La Dame de Monsoreau*）及《四十五》(*Les Quarante-Cinq*)，也是应用这些材料的。《玛尔古女皇》等三书，和"火枪手（或达特安）三部作"算是大仲马浪漫小说的中坚，大仲马盛名的支撑者。大仲马作小说原是从二十五岁上开始的，但这个时候，大仲马全身的精神都注在戏曲上。

《亨利第三》既上演，其成功之大，乃非大仲马始料所及。方《亨利第三》上演的一晚，大仲马最亲爱的母亲忽患疯麻症极危险。大仲马一面要照顾在床上的老母，一面又要到戏院内照料《亨利第三》开演，一面又要拉奥林斯公爵到戏院给他"做脸"：真的，这一晚，他像跳舞师一般，没有片刻的休息。这一晚，他又新认识了当时文坛上的巨头——嚣俄（Hugo）和特尾纳（Alfred de Vigny）。他在母亲病榻边听报说全剧将毕，匆匆的赶到戏院里来，刚好是"幕落"的时候，当观众请他上台见面的时候，全场一致脱帽鼓掌，连奥林斯公爵也在内，颂祝这位初次出名的大作家。大仲马是第一次在舞台上成功了，也就是浪漫主义第一次在舞台上成功了！

所以和拜轮一样，大仲马第二天醒来，看见自己成了名人。他是用最忠实的方法成名的。可是麻烦的事仍旧跟踪而来：戏院检查员的挑剔留难，谣言，决斗，种种浪漫的波涛相继而来，一直衔接着一八三〇年巴黎最大的浪漫壮剧——法国大革命，大仲马投笔从戎，在他的《回忆录》中有很详细的叙述。

一八三一年，一月十日，《拿破仑》上演，则大仲马又继续他的文学事业了。大仲马本不肯以父亲的仇人（拿破仑）作为一剧的主人翁，但为哈来尔（Harel）所逼，（将他反锁在一间房内，直到作完始放他出来），不得已而为之。

同年五月三日，《恩托南》(*Antony*) 上演于包尔·圣玛丁戏院 (Porte Saint-Martin Theatre)。以前大仲马做的是历史剧，这一篇《恩托南》却表现那时候浪漫的资产阶级青年恩托南这个人物，有人以为"拜轮式"，有人以为大仲马自况，实在都不是；他是那时候大多数青年的代表。流浪子的恩托南爱一个有夫之妇亚台尔，（她心中也爱他，但是常避他），始而在旅馆中乘亚台尔不防，施行强奸，后来因要保全亚台尔的面子——免得她被丈夫诃骂，或至离弃——而不惜手刃亚台尔，自认为杀人凶手：这种纯任热情冲激的行为，的确攫住了那时巴黎资产阶级青年的心灵。所以当此剧第一夜上演时，青年的男女观众绝叫，悲叹，呜咽，喝彩，都如疯如狂；及至全剧演完，观众围住了大仲马，把他一件美丽的绿色外褂撕的粉碎，都说是要得一片布来作为永久的珍贵纪念！这时候的大仲马简直是巴黎青年的至高偶像。

自此至一八四五年，大仲马或独作，或和人合作，发表了许多剧本；这些剧本，在当时皆哄动观众，但是在戏剧史上的地位，并不甚高，所以我们姑且略过，转而看看大仲马的小说罢。

大仲马早年作的小说，短篇居多，并且没有怎样的特色。一八三九年，他得了奥格斯忒·玛格（Auguste Maquet）的帮助，作历史小说，于是名震一时，几乎掩过从前他在戏剧界所得的名誉。

著名的"达特安三部作"的第一步《三个火枪手》(*Les Trois Mousquetaires*，即《侠隐记》) 于一八四四年发表，得到了空前的欢迎；翌年，"三部作"的第二部《二十年以后》(*Vingt ans après*，即《续侠隐记》) 发表，成功更大。不但法国人都知道"达特安"，英国人也知道。大仲马已成为世界的作家了。沙克雷（Thackeray，英国伟大的小说家）读《三个火枪手》，竟放不下手，尽斥诸事，于一天之内赶着读完；斯蒂文生（R. L. Stevenson，英国小说家）和安吉利·兰（Andrew Lang，英国文学批评家）都惊叹大仲马叙事的技术，尤其佩服他运用史料的灵敏浑脱，甚至为作考证。

一八四四年，大仲马已开始作另一巨帙——《蒙德克利斯都伯爵》（*Le Comte de Monte-Cristo*），在一八四四年——五年之间发表。肖伦铁诺（Fiorentino）是得力的助手。这部小说在世界的声誉，也许要比《三个火枪手》还要大些。《三个火枪手》和《蒙德克利斯都伯爵》替大仲马挣得了许多钱，大仲马乃效法司各德，在圣遮猛附近盖造了一所巨厦，就取名蒙德克利斯都；也像司各德一般，供养了一大群的宾客，还有许多女伶，日日置酒高会。

“伐洛华 Valois 三部作”的第一部《玛尔古女皇》（*La Reine Margot*）也是于一八四五年始见，述法国摄政王后加若林曼迪息（Catherine of Medicis）与亨利特捺伐尔（Henry de Navarre）中间的暗斗。第二部《蒙梭莱夫人》（*La Dame de Monsoreau*）于一八四六年出版，说的是亨利第三朝的史事。第三部《四十五》（*Les Quarante-Cinq*）于一八四七年——八年间发表，则述狄安娜特蒙梭利（Diane de Monsoreau）因为恨极了前情人比司唐博华（Bussy d’Amboise），要报仇，因而委身于安周公爵（Duke of Anju）。

照上面所说看来，我们应知一八四二年——六年这四年间是大仲马小说的黄金时代；他的重要杰作几乎全成于这一段时间。我们如果相信天才家的创作也像果子树似的有所谓“旺产季”，那么，一八四二年——六年就可说是大仲马的旺产季。他已发挥到天才的最高点，以后便逐渐的衰落。

一八四七年二月，大仲马自办的历史戏院（Théâtre Historique）开幕了。这个戏院，有蒙德班西公爵（Duc de Montpensier）做经济的后援，专备排演大仲马自己的戏曲；他曾把《玛尔古皇后》改编为戏曲在这个戏院里演过。

这个时候，大仲马的经济已极恐慌。他建造孟德克利斯都所欠的债，也还未曾还清，他的开销却一天比一天大。蒙德克利斯都内男女食客，——做诗的，唱曲的，击剑的，骑士，猎师，女伶，足有路易十四王宫那么热闹，都恣情代大仲马挥霍。单是他的爱犬，也要引进十三头野犬来帮着吃用。大仲马还养着猴子，猫，老鹰，秃头鹫，以及其他飞的走的，简直是开着一个动物园；只在这些地方，大仲马每月也化[花]上千把佛郎。虽然金钱从各方面流进来，数目亦不算小，但是大仲马总不够用，债台愈筑愈高。一八四八年，革命又起，历史戏院受了损失，宣告破产，大仲马负经济上的责任。于是他再不能安居在蒙德克利斯都了，只好避往比利时。在比利时两年；于一八五三年复回巴黎，办一种日报名《火枪手》，以批评文学为主；大仲马做的文章极多，《回忆录》即登于此，但是办报的结果又是亏本。

一八五八年，大仲马游俄，至高加索；一八六〇年游锡锡里(Sicily)。四年后再回巴黎，大仲马看见他的时代已经过去；他的剧本时常失败，他的小说也没有很多人欢迎。他只好靠他的儿子小仲马来接济；(小仲马是大仲马初到巴黎时和一个女裁缝玛丽·加太令·拉勃（Marie Catherine Labay）所生，大仲马曾经过法律手续，正式承认是自己的儿子)。那时小仲马正是巴黎最出名的戏曲家，有他老子当年的气势。

一八七〇年十二月五日，大仲马死于儿子家里。

三　对于他的批评很不一律

大仲马是一个不世出的天才，那是无疑的。但是批评家对于他的成绩有许多不利的批评。这些批评，大都是对大仲马的小说而发的，约可分为四类：

第一是所谓道德派，他们说大仲马的著作有许多是不道德的；例如《三个火枪手》(即《侠隐记》) 内写达特安躲在密李狄的女仆吉第的卧室内强迫吉第顺从他，后来假冒了狄倭达伯爵的名，到密李狄房里，还有达特安哄密李狄去刺死狄倭达，因而得蒙密李狄留宿，后来看破了密李狄的秘密等等，都不留余地的描写“纵欲”及以恋爱（实在是性交）为达到某种目的之交换条件。又如《二十年以后》(即《续侠隐记》) 内叙述波拉治子爵的来历，说施华洛夫人得了王后（即路易十三之后，奥国安公主）的密信，知道立殊理主教要捉她，便连夜带了女仆吉第，改换男装逃走。他们快要逃到西班牙的大路了，却不敢从大路走，恐怕有人追寻；他们走小路，到了一个乡村，叫做罗殊拉；那时是十月十一日的夜里，罗殊拉那个地方没有大房子，也没有客店，乡下人家的小房又卑陋，又不干净，施华洛夫人平常是用惯香水的，受不了乡下人家的气味，于是打定主意，向教士家借宿。那时已经很晚，教士早已睡了，因为门上没有闩，假装的施华洛夫人就推门进去。教士允许他们借宿，不过没有第二间房，只好请他们同睡一间房。以后，施华洛夫人分付吉第在外房的椅子里睡，她自己跑进教士房里，和教士同房睡；教士原不知道这个美貌少年是女子假装的。忽然施华洛夫人异想天开，想要迷惑这个教士，试试她迷人的手段，——将来好说教士最难迷，也被她迷了。但是这个住在教士房里的男子，并不是真的教士；他也是一个过路人，早一点钟到教士那里借宿，忽然隔村人家有个少年，病重将死，来请教士，教士赶快走了，叫那个借宿的男子代他住在房内。假装的施华洛夫人碰到的，就是这个暂时顶替的教士，那当然是很容易的被她迷上了。这一夜，施华洛夫人就受了孕，后来生了个男孩子，就是波拉治子爵。这一段描写，许多守旧的批评家也认为不道德（大仲马作品中诸如此类的描写，实在很多，因为《三个火枪手》与《二十年以后》已经译出，故引此两书)。其实这种描写，无所谓道德不道德。像达特安和吉第和密李狄间的交涉，还不是社会中常常发生的么？社会上常有的事体何以不许大仲马描写，何以描写了即为不道德？至于施华洛夫人的事情，若说是似乎太巧，太浪漫，都还中肯；和道德不道德没有什么关系。我们要晓得太巧太浪漫正是浪漫派小说家共通的毛病，不过别人也许是描写一个浪漫的男子，而大仲马是写一个浪漫的女子罢了。但因从前的批评家都把小说当作“修身教科书”看待，以为描写的秽亵，便是提倡秽亵，便是不道德，所以他们对于凡涉秽亵的描写，一概反对。然而这种观念，自从自然主义兴起加以努力攻击后，已经失却权威了。所以大仲马著作的道德问题在现今已经不成问题。

其二，有许多批评家很疑大仲马的著作不全出他自己之手，以为凡署名大仲马的作品，至少有大半实在是他的“秘书”——合作者，做的，不过用了大仲马的名儿，所以说大仲马是“掠美”。他们怀疑的理由，一因大仲马有许多帮手，最著名的是马格（Auguste Maquet)、腊柯滑司（Paul Lacroix)、包卡琪（Paul Bocage)、麦勒菲（J. P. Mallefille)、飞哇伦蒂诺（P. A. Fiarentino）等等，这是事实。二因大仲马的全集有三百卷之多，除了戏曲二十五卷，游记，《回忆录》，杂文等又约二十卷外，仅小说约有二百五十卷左右，每卷都有三百面光景，细字密印，而大仲马作小说的时期，照算不过十年，并且此十年之中，游历娱乐又占三分之一，所以大仲马著作的时间，实不过六七年，以六七年的时间，成书二百五十卷，想来是一个人的力量所难能的。这两个原因合起来，有许多批评家就疑大仲马是个掠美者。但是我们如果仔细考察一下，便知道这种怀疑论的基础是极脆弱的。以五六年之短时间成书二百五十卷，原是平常人所难能，但在不世出的天才是可能的；司各德常常在一个早晨写四五十面，成书之速，不亚于大仲马；邓南遮闭居在山寺内，一个月内可以作成一部《死的胜利》；这都是现成的例子，可以证明大仲马的“多产”并不是难以索解的。所以若因大仲马著作既多又速而遂怀疑他“掠美”，在理论上很说不过去。倒是大仲马著书一定有帮手，很动人疑：可是事实也证明给我们看，大仲马的帮手不过是帮助搜集并整理材料的“书记”罢了，不是代笔的。因为事实上证明，大仲马的帮手自己单独著作的书，并没有世所传与大仲马合作的书那样的精彩，凡署名大仲马的书里的好处，一点也没有。况且大家所认为大仲马最重要的帮手，马格于一八五一年后即不做大仲马的书记，但是大仲马于一八五一年后发表的小说还是和从前一样的多，并且作风还和从前一样：这不是一个有力的反证么？

其三，因为大仲马作品的重心在冒险，很近乎中古的“罗曼司（Romance）”，所以有些批评家说他是“过时的”。但此说亦不全对。我们要晓得“冒险谭”诚为大仲马作品的主要成分，然而决不至于像中古罗曼司之惟有冒险谭；中古罗曼司内所没有的人物描写，在大仲马的作品里是极成功的。只举“达特安三部作”为例，便知大仲马不但能创造几个个性极不相同的人物，并且能巧妙地表示环境如何形成一个人物的个性。他的人物是动的活的，跟着书中故事的变迁而一同变迁的，达特安就是一个显明的例；《三个火枪手》内的少年的达特安，《二十年以后》内的中年的达特安，以及《波拉治子爵》（又名《十年以后》）内的老年的达特安，我想随便什么人都看得出有点不同。大仲马表现那经历了三十年世情的达特安是如何的渐渐改变他对人对事的态度，实在很精妙，比得上近代最成功的心理派小说。达特安他们是冒险的，但不是中古人的冒险，是近代人的冒险，斯帝文生（R. L. Stevenson）所谓“快意与微酸的悲哀兼而有之，常常是勇敢迈往的，决不怅惘失神的”，可称是确当公允的批评。

其四，大仲马小说中的史事是否正确，也是批评家纷争不决的问题。大仲马却也奇怪，他的小说有仅仅里头的人名是历史上真有，而事实都是他杜撰的，也有几乎直抄历史的。前者的例极多，不劳具举，后者则如《贞德传》(*Joan of Arc*) 的后半竟为通俗化的历史。因此，有些批评家说大仲马的小说不是历史小说，却是小说化的历史；又有些批评家则说大仲马不过将史事作为衬底的布，再把他的幻想绣上去，有时漏了光，就映出底下的历史的纹痕来。这两说自然都不错，因为大仲马确不拘拘于全然杜撰或全抄历史。我以为只要大仲马所描写的历史空气是真确的，——譬如《三个火枪手》内的历史空气是路易十三朝，就应该是正确的路易十三朝的空气，——则其中人物之是真是假，都没有关系。不过批评家总不肯含糊，总喜欢去考据。例如达特安这个人物，约尔甘 (Jaurgain) 曾用了大工夫去考证，作了一部《特拉维、达特安和那三个火枪手》(*Troisvilles*，*D'Artagnan et les Trois Mousquetaires*) 证明达特安实有其人，是白曲冷特巴支 (Bertrand de Batz，一位老世家) 的第五子，以勇敢多智善冒险为马萨林所赏识，拔为亲兵营帮统，后升统领，于一六五四年派往英国见克林维勒，一六五八年调任火枪营帮统，打过许多仗，于一六七三年阵亡。约尔甘的辛苦工作，自然是我们所不胜钦佩的，但是我想来，喜欢读“达特安三部作”的人们，未必会因达特安实有其人而更增加了若干兴味。因为历史小说本不定要真历史，只须没有“时代错误”的描写，就是了。

故总上所论述而观，对于大仲马小说的价值，应该是没有疑问的了。他是一个罕有的天才，是伟大的历史小说家；他吹活气到历史的枯骸内，创造出永久不死的人物，使每世纪的人决不会忘记他。

——录自商务印书馆 1935 年国难后第三版

《俄国童话集》[①]

《俄国童话集》序

潘麟昌[②]

俄国民族，生长在寒带地方，赋性“强毅卓绝”。每做一件事，总是抱定宗旨，坚持到底，绝不肯中途改变。不但俄国的政治家、学问家，有此“特性”；就是一般人民，以至妇人女子，没有一个无此“特性”的。

这种“特性”，可以说是俄国的国粹，也可以说是俄国的国魂。他所以能把蒙古人驱出境外，能压服国内诸小民族，能输入欧洲的文明，能扩张己国的领土，能推倒根深蒂固的专制皇家，能施行万国疾视的劳农主义，能因推行主义破坏一切牺牲一切而不惜，能因保持主义孤立世界外断绝民食而不顾，全都是因为有这种“特性”的缘故呦！

就此次俄国大改造说罢：虽然是近年才成功，若推究其来原，却在数十年以前了。在这数十年的中间，经过多少折摧，稍读过《俄国历史》的人，大约没有不知道的。但俄国人民，决不因为折摧，半路停止，更不因为折摧，改变初心；越折摧，抵抗的力量越强，越折摧，进行的度数越速。这种“强毅卓绝”的“特性”，真令人佩服得五体投地啦！

俄国所以有这样的“特性”，并不是现今才有的，是从古时渐渐递演出来的；也不是成人时期才有的，是从儿童时期渐渐培养出来

---

① 《俄国童话集》(*Russian Children's Tales*)，六册，大兴唐小圃编译，上海商务印书馆 1924 年 5 月初版。书中共收童话二十四篇。

② 潘麟昌，生卒年不详。曾为唐小圃所编童话丛书《家庭童话》作序。

的。因此可以知道俄国古代民族，父母子女，在灯前月下，所讲说的童话，与今日国民“特性”，有绝大的关系了。可以说俄国的童话，便是俄国“特性”的结晶，也可以说俄国的童话，便是构成俄国“特性”的材料。

“五分钟的热心”，不是我们中国人特有的考语吗？用“五分钟热心”的考语，和“强毅卓绝”的“特性”比较，能不令人寒心，能不令人愧死吗？我国同胞，也羡慕俄国的“特性”么？应当注意俄国的童话呀！

唐小圃先生，研究童话，已经多年了。作的童话，不计其数。近又编译《俄国童话集》两卷，嘱我作一篇小序；我现在郑重说四句话：

“欲养成俄国‘特性’的，应从俄国童话入手！欲研究俄国‘特性’的，也应从俄国童话入手！”

一九二二，十一，一，潘麟昌，于北京

——录自商务印书馆 1924 年初版

《纺轮的故事》①

《纺轮的故事》译者序

C F（张近芬）

孟代是法国十九世纪的唯美主义的文学家，他于一八四一年生于

① 《纺轮的故事》，童话集，法国孟代（Catulle Mendès，1841—1909）著，Marion L. Peabody 插画，Thomas J. Vivian 英译，C F 女士（张近芬）译，北新书局 1924 年 5 月初版，1927 年 4 月三版。书前还有 Thomas J. Vivian 所著《英译者序》，新潮社文艺丛书之一。

盘提，二十岁左右就对于文学发生浓厚的趣味。他底最有名的小说是《情史》，《王家的处女》及这部《纺轮的故事》。他还作过许多戏曲，歌剧和三部批评文学的书。他死于一九〇九年。

关于他的艺术，拉衣德曾这样的说："孟代的艺术最注重于文式的精巧。他的小说，轻淡纤丽，读之使人愉悦，但是在他的作品中缺少文学的深奥含蓄的性质，每有所作，必发舒无遗。他的文艺富于阴柔的美，有时且失之琐屑，但每一时期，如孟代所致力的琐屑的描写在文艺界总有一个位置，因为在这领域内别个作家尝试而失败的，他独能成功。愈是表面的感觉，他的技术愈高明，同时的人没有能比上他的。"

这个批评极对。从这部童话集里，很可以看出他的阴柔之美的艺术来。

本书的特点，我以为最显著的是：

（一）充满爱的空气。作者以为爱就是幸福，爱就是愉快，没有爱便比什么都要苦痛。所以他在《失却的爱字》里说：

"没有爱能有愉快吗？要是这个妖精所怀恨的国家，为战争所蹂躏，疫疠所迫害，也不会比遗忘这三个字（我爱你）的这样凄凉，悲痛和困苦的呵！"

因为爱就是幸福，所以人们应该互相爱着，不爱是不正当的。请看他在《冰心》一篇中老妪对冰心说的话：

"用冷酷的言语对答将整个心爱我们的人是不正当的。"

那么怎么能互相爱呢？只要你爱。你能忠实地爱着，对手方面自然会感到你的爱，自然就会互相爱着。所以他在《致命的愿望》

里说：

> “没有东西能阻止一个人被爱的，只要他忠实地爱着。这是生命的甜蜜而永久的公律！假使你是真爱公主，伊就会感到你的爱。”

能够互相爱着，那便是幸福，那就什么都会顺利了。所以《公主化鸟》中说：

> “件件事情都会顺利的，因为我们互相爱着呢。”

然而他所说的爱，是普遍的爱，不只限于男女之间的。你看波岛王子见了一只从天使身上撕下的翅膀，就触动了他的哀怜，决意把这只翅膀去送还失落这个的天使。奥林娜在露滴上铺了麦杆，使幼虫经过时不致于沉溺了。三个少年走路时瞧见可怜的小虫经过小巷，很留心地不去踏死他：这都可以看出不只是爱人，而且是爱物了。

因为作者主张爱，所以他所描写的主人公，都是使人爱的。慈悲心肠的波岛王子，义愤填胸的罗冷将军固然使人爱；孤高自赏的冰心，拒绝王子的睡美人，也觉得可爱的。所以我说：书中充满了爱的空气，是他的第一特色。

（二）想象的精美。例如《镜》中杰新泰因为不信自己的美貌，国中的镜子都被王后禁绝了，无从证实。他的情人同她去见王后，要求一面镜子，却在惹怒了王后，刽子手拔出刀来要杀她的情人时，在烁亮的刀光中证实了她的美貌。又如在《跛天使》中，王子的情人说：“天使失却他的翅膀，为的是你接受了我的接吻。假使你能给我一个接吻，他决然会回复他的翅儿的。”这是何等巧妙而甜蜜的想象呵！最妙的一段，亦是我最爱的一段，是在《三个播种者》中，描写三个少年在夜间听闻了一种声音，引起各人的猜度，各不相同。今引在下面：

“假如在夜里，在繁星明静的光里，他们听闻了一种奇异的声音，这本不过是自然在伊的睡眠中的叹息，——假使有这样一种声息被听闻了，‘听呵’，恩诺雷将说：‘这岂非喇叭的声音吗？’克立沙又是一种样子，他将问，‘这岂不是远远地一片金子滚进抽斗的声音吗？’而阿罗候将喃喃地说，‘我想这必定是巢中小鸟的啾啾声——在他醒后再睡的啾啾声。’”这一段不但想象精美，文字也是娓娓动人的。这是本书的第二特点。此外的美妙处在 Vivian 的序言里已说得很透彻，似乎无庸我再列举了。

本书所译各篇，已于《觉悟》《妇女评论》及《晨报副镌》上陆续发表过。蒙友人均以刊印单行本为劝，故特再汇集刊印。这本童话集的英译本，承周作人先生借我，使我有翻译的机会，是应该道谢的。

一九二三，二，二五，C F 志

——录自北新书局 1927 年三版

读《纺轮的故事》

周作人

孟代（Catulle Mendès）是法国高蹈派的一个诗人。据汤谟孙说，“他有长的金发，黄胡须，好像一个少年犹太博士。他有青春与美与奇才。……他写珍异的诗，恍惚的，逸乐的，昏呓地恶的，——因为在他那里有着元始的罪的斑痕。他用了从《朗赛尔集》里采来的异调古韵做诗，他写交错叶韵的萨福式的歌，他预示今日诗人的暧昧而且异教的神秘主义。他歌亲嘴，与乳，——总是亲嘴，正如人可以不吃食而尽读食单。”颓废派大师波特来耳见他说道，“我爱这个少年，——他有着所有的缺点。”圣白甫且惊且喜，批评他道，“蜜与毒。”

这样的就是《纺轮的故事》的著者。——有许多字面，在法里赛人觉得是很坏的贬辞，在现代思想上有时正是相反，所以就上文看来可以想到孟代是近来的一个很有意思的诗人了。《纺轮的故事》虽然不是他的代表著作，却也很有他的特色。我们看到孟代的这部书，不禁联想起王尔德的那两卷童话。我们虽然也爱好《石榴之家》，但觉得还不及这册书的有趣味，因为王尔德在那里有时还要野狐禅的说法，孟代却是老实的说他的撒但的格言。这种例颇多，我所最喜欢的是那《两枝雏菊》。他写冷德莱的享乐生活道，“的确，他生活的目的是在找一个尝遍人生的趣味的方法。他看见什么便要，他要什么便有，每日，每时，雏菊失却一片花瓣，那和风没有时间去吹拂玫瑰的枝儿，他所有的功夫都用在飘散仙子送与冷德莱的花瓣上去了。”这是对于生之快乐的怎样热烈的寻求，正如王尔德的“把灵魂底真珠投进酒杯中，在笛音里踏着莲馨花的花径”一样，不过王尔德童话里不曾表出；两者的文章都很美妙，但孟代的教训更是老实，不是为儿童而是“为青年男女”（Virginibus Puerisque）的，这是他的所以别有趣味的地方。

孟代当初与玩蜥蜴念汉文的戈谛亚结婚，不久分离了，以后便是他的无穷的恋爱的冒险。他“也许将花瓣掷得太快了”，毫不经心地将他的青春耗费，原是不足为训的，但是，比较“完全不曾有过青春期的回想”，他的生活却是好的多了。本来生活之艺术并不在禁欲也不在耽溺，在于二者之互相支拄，欲取复拒，欲拒复取，造成旋律的人生，决不以一直线的进行为贵。耽溺是生活的基本，不是可以蔑视的，只是需要一种节制；这便是禁欲主义的用处，唯其功用在于因此而能得到更完全的满足，离开了这个目的他自身就别无价值。在葡萄熟的时候，我们应该拿葡萄来吃，只不可吃的太多至于恶心，我们有时停止，使得下次吃时更为——或者至少也同样的甘美。但是在葡萄时节，不必强要禁戒，留到后日，吃干葡萄，那是很了然的了。我怕敢提倡孟代的主张，因为中国有人把雏菊珍藏成灰，或者整朵的踏碎，却绝少知道一片片的利用花瓣的人，所以不容易得人的欢迎，然而因此也就没有什么危险。孟代的甜味里或是确有点毒性，不过于现代的青年不会发生什么效果，因为传统的抗毒质已经太深了，虽然我是还希望这毒能有一点反应。

十二年十二月

——录自北新书局 1927 年三版

《人世地狱》[①]

《人世地狱》序言

《晨报》编辑处

这本书原名《白奴隶》(*Die Weisse Sklavin*)，是德国施园女士(Von Elisabeth Schoyen) 著的。描写欧洲社会买卖女子的黑幕，备极悲惨。文笔巧妙，处处令人扼腕叹息。欧洲新闻事业非常发达，奸人往往利用广告，拐骗良家妇女，哈尔莫克不过牺牲者中的一人而已。

我们中国买卖女子，已成了习惯。把女子看做财产，也同近东老帝国土耳其相等。类似哈尔莫克的案子，不知多少。所以我们觉得这本书不但揭破欧洲社会的黑幕，并且也可以当做在中国发生的事情看。

---

① 《人世地狱》(*Die Weisse Sklavin*，原名《白奴隶》)，社会小说，德国施园女士（Von Elisabeth Schöyen，1852—1936）著，杨敬慈译，北京晨报社 1924 年 5 月初版，晨报社丛书第十六种。

我们希望国内谈妇女问题的人们，看了这书，发奋起来，替已堕入或将堕入黑暗深渊的女子，谋一个救济和预防方法。这是我们译印的微意。原书各国皆有翻译，销路非常之广。德意志妇人协会，女子买卖国际防止国家委员会都极力推荐这书，其价值之大也可想而知了。

一九二四，三，一，晨报编辑处

——录自晨报社出版部 1924 年版

《安徒生童话集》①

《安徒生童话集》短序

赵景深②

这是难忘的一件事：在五年前，一个万象寂寥的夜间，房里的电灯熄了，从窗纱透进来月色，几乎照到人的呼吸。那时我的妹妹睡在隔壁房里，用伊很柔和的声音向我恳求似的说："哥哥，给我讲一个童话罢！"我那时倦极要睡了，便说："明早给你讲罢！"但总嬲不过伊，终于开始讲了。讲到后来，我不知自己是讲的什么，我便睡熟了，伊也许也早已睡熟了。这本结集里的《火绒匣》、《国王的新衣》和《白鸽》都是那时的材料，这三篇并且还登过《少年杂志》。因为我没有受他们的酬报，所以我能够把这三篇收到这本集子里。此外的

---

① 《安徒生童话集》，赵景深编，新文化书社 1924 年 6 月初版。

② 赵景深（1902—1985），字旭初，笔名卜朦胧、冷眼、陶明志等。生于浙江丽水，祖籍四川宜宾。毕业于天津棉业专门学校，文学研究会会员，1927 年接任《文学周报》主编。历任开明书店总编辑、上海北新书局总编辑等。译有《柴霍甫短篇杰作集》《罗亭》等。

几篇，伊都没有听见过，虽是较深，现在伊定能看得懂；我以我的诚心将这本小书给我的小妹妹慧深，如同我在家里和伊讲童话一样。

我们的大孩子周作人先生对于我《安徒生童话集》的编印，有莫大的勉励。他十分的期望这本书出版，并为我筹画应该选译的篇名。这里，《小伊达的花》和《坚定的锡兵》是他最爱的两篇，后一篇并经他校阅过一遍。《妇女杂志》上的几篇因了受过酬报的缘故不能加入，很是可惜！这里的一些篇虽在各画报上刊过，都有我的自由，便都加了进去。我以我的孩子的心将这书献给周作人先生，我想他决不会呵责我的胡闹，反是似了解青年的心情的对我微笑。

关于安徒生的事略和艺术请看附在集中的《安徒生评传》，他的思想请看《安徒生的人生观》，他的汉译篇目请看附录，我这里都不多说，只将这书的来历略略叙述一点，权当短序。

一九二四,五,六，赵景深于长沙狱云中学

——录自新文化书社1924年初版

《安徒生童话集》安徒生的人生观

（赵景深）

童话家的思想，批评者批评起来，总有些隔膜，很难窥出作者的真意，时时容易发生误会，而思想上的悲乐观念，因为常有互相起落和同时并起的关系，更是容易混淆，难以分出清清楚楚的界限。不幸我现在对于安徒生的童话，竟发生了他的童话里所表现的悲乐观念的感想。我知道这种感想对于他未必不有隔膜，但因思潮上涌，便禁不住写了出来，求诸君指教。

世间差不多是一个大悲剧场，令人悲伤忧郁的事，真不知有多少。诸如，时乖运蹇，时时不能得志；处境卑微，处处受人嘲弄；贫病相连，无人可以告语；人到了这般地步，不知要洒掉几许眼泪，添上几许悲愤，甚至于因悲愤自杀，那就更使悲剧场的幕上。染了许多可怜无辜的猩红血液了。

但是我觉得那样的人生观太悲太消极，我们应该从烦闷中寻求安慰，从痛苦中寻求快乐；因为人生的烦闷和痛苦，全系在人的心灵上，不系在事实上。无论事实怎样逆，怎样不顺，只要我们顺受，泰然去过，也就可以将愁闷和痛苦免去大半了。我读过安徒生几篇童话后，更觉得安慰是人生幸福的源泉，烦闷和痛苦人们的明灯，转向奋斗的枢纽，因此我作小诗颂赞“安慰”说：

心里的安慰哟，
你真是很可爱的，
因为你爱护可怜的弱者！

安徒生在《丑小鸭》里说到丑小鸭历了许多困苦艰难，但因他能安慰自己，所以终于在公园里受儿童们的欢迎。《雏菊》里的雏菊，《老屋》里的老屋，都受人的蔑弃，但是雏菊有小鸟爱他，老屋有小孩爱他，他也就安慰自己，称为满足。《天使》和《一荚五颗豆》里的病孩，心灵上的愉快，好似丝毫没有疾病痛苦一样，那种自己安慰的精神，更是使我羡慕。人只要能安慰自己，世界的一切都可随心变迁。悲剧场在能自己安慰的人眼光看来，差不多都含了快乐。世界的苦和乐，全掌在我们的小心里，无论实事是否改变，但在心灵上能有安慰，痛苦总可以减掉许多。有了安慰，什么事都能很有兴味的去做，其实就是奋斗的转电机。因为要想奋斗，必须先有安慰的。我们的生命，安慰真是不可少的咧！

人们！不论你受多大的苦，都可以受安慰，若是你愿意得他。不论你怎样软弱，你若寻着了安慰，自然就可以快快乐乐的做个人了，安徒生的一生，贫困颠连，疾病相迫，加之为诗不成，为木人戏不成，为戏剧演员不成。差不多山穷水尽，但他仍过着快乐的生命，保守着赤子之心，为文坛上努力，在童话界放极大的光辉，都因为他先有了安慰，不灰心，仍是快快乐乐的向前走！

——录自新文化书社1924年初版

《安徒生童话集》安徒生评传

（赵景深）

"丹麦的许多文学家，我最亲慕的便是童话之王安徒生"

——生田春月的《现代的斯干底那维亚文学》

一

在那寒风白雪之中，忽然露出一朵鲜艳的花来；这朵花儿童们都极其欢迎，就是壮年和老年的人，受了这朵花的感动，也莫不归到天真的路上去。诸君要知道，这朵花便是安徒生了。他为儿童作了许多童话，用孩子的话来说，儿童都争先恐后的想读他的文。儿童有了疾病，一看他的童话，立刻便可以痊愈，可见他的童话感人之深了。他活了七十岁，还是一个小孩子；因为他的天真，实在没有沾染过恶的污点，洁白好似一块莹润的玉。所以他要作许多童话给儿童看，以尽他神圣庄严的责任。他的童话，各国都争相翻译，近来我们中国，也渐渐介绍他的童话作品了。但是为他作传的，却还没有，我极爱安徒生的童话，我尤其热烈的希望有人为他作传；待了数年，我那缺憾，总也不能补上，只得自己来试作一篇。不过我对于他的童话很少研究，冒然替古今无双的童话家作传，总觉得不能尽介绍的责任。只有请诸位指正，来恕我的罪愆罢！

安徒生 Hans Christian Andersen 生于一八零五年。幼时住在奥丹斯

Odense 村里。他的家里很穷。他家住在别人的楼上，只有两间小房。他父亲是个鞋匠，虽是勤苦，日间作工，夜间却用心读书，安徒生从小看惯他父亲这样，于是也得了书癖，因此能认识几个字儿。屋顶有一片地方，他母亲在那里种蔬菜。小安徒生爱和他父亲在树林里走，他可以采摘野花，闲听鸟鸣，充满了自然的乐趣，在那无边的大自然里。他的父亲工作完后，教他读书，还讲故事给他听。他因为幼时领略了乡村的风味，所以后来作起童话来，总要叙及各种鲜艳的花和各种可爱的鸟，并且说得非常真切，未始不是他能保守这纯朴的天真咧！

有一次，那时他还是个小孩子，他和他的母亲以及许多小孩到麦田里去玩。小孩们看见麦囤，忙去抢麦，他们的小手，你也抓一把，他也抓一把，四处抛掷。正闹得兴高采烈的时候，忽然来了个恶狠狠的巡士，手里还拿着鞭子。

大家都拼命的跑了，怕被巡士追着；但是安徒生是赤足的，麦根绊住他的足，因此跑不掉。他并不惊骇，向着怒气勃勃的巡士，和他高扬在手的鞭子望着。他喊道："上帝临汝，你敢打我么？"鞭子落下，但是却不落在安徒生的身上。巡士称赞这小孩的勇敢，不但不打他，还亲自送他回家。

他十一岁上死了父亲。父亲在日，补鞋所得的钱，还可以供给他日用；如今一死，既没有储蓄得有钱，他又年幼，如何能养活自己？幼年丧父真是人生最不幸的事！他母亲问他道："汉斯你愿意学什么？你欢喜做成衣匠么？"这孩子答道："不，母亲，我要到哥平哈经读书，将来我要著述。"母亲又问："但是你的学费，又从何处筹措呢？"汉斯答道："我要作工，上帝要保佑我。"所以这孩子离了乡村，长途仆仆到哥平哈经去了。去时他母亲给他的钱，只合我国洋十八元。

他到了京都，想演新剧。谁知丹麦很注重戏剧，必须大学专修几年，编过脚本的，才能加入。所以他虽有大志，却为资格所限，只得另谋他业。

他原想求助于人，作点小事，竟无人可怜他的境遇；到得此时，身居异域，四顾无亲，似乎生命之途将绝。这时好似得了安琪儿的告语，脑筋中忽然给他开了一条门径，叫他做木头人戏。他想，“我虽无演剧的学问，我岂不能做木头人戏么？格林的童话，甚有趣味，何不在空场搬演起来，让孩子们看看呢？”虽然后来此事没有成，他那时已经有了许多离奇神怪的思想，盘旋在他脑筋里了。

他又学做诗。费了许多心血，做成给人看，人家总是摇头，说他的著作太平常，没有意味。因此他又不能卖诗为活，只好将他脑筋中幻构的童话，用笔写了出来。所以他的童话中，多含有诗的意味。为他人所不能及。

他经了许多困苦，受了许多挫折，演剧不成，做木人戏不成，为诗又不成，几乎山穷水尽，谁知他童话一出，竟至风行全国。他一腔不得意的心，到此方才扬眉吐气；以前的事也变成佳话了。但是他所以成名的，却亏了一个慈善的人，这件事也不得不说一说。这个慈善的人，听说他会说故事，并且极爱故事，听他说的人，说到乐处，笑得了不得；说到悲处，声泪俱下，人人都极感动。他读过汉斯作的一篇故事，他就对孩子说：“我要送你到学校，使你在那里受教育，等到你能著书完善为止。”那一天实是汉斯的快乐日，他尽心尽力的在校读书。晚间他睡在一个小楼房里，他从窗上可以看见别人的房屋和烟囱。但是当他上看的时候，就看见了光耀的月亮和闪烁的星辰。你如读到无画的画帖，说那月亮所见的景致，就可以知道当小孩坐在寂寞的屋里，他的心已和花鸟树木同往了。

他长大做了许多童话给小孩，都是很有趣的。无论什么小孩都爱他，觉得他是他们的朋友。丹麦王闻他的名，特召他进宫，朝罢的时候，命他将所著的书细细的念给他听，非常有趣；别国的国王，请他的也很多。一八七五年他死在哥平哈经，享寿七十。丹麦小孩，没有不知道他的名字的；在生的时候，男小孩遇见他脱帽，女小孩遇见他鞠躬。死后丹麦人尊敬他，替他造一个美丽的像，放在国王的花园里，那里是小孩游戏的地方。别的像都是站的，他的像却是坐着，好似他在日高谈阔论一般。他的像落成的那一天，丹麦人放了一天假，人人争先恐后的夸奖可爱的说故事者。各地的朋友送信和礼物来，称赞说故事的王。最足使安徒生在地下欢笑的，就是小孩子们，满地散那香花。

二

我爱看安徒生的童话，因为觉得他有两样特点：

（一）和儿童的心相近。他的童话处合于儿童心理。比方说到一个人的富丽，他总要说他能值多少玩具；这种亲切有味的话，使儿童听了，没有不明白的，也没有不愉快的。形容一件事物总是相声。《鹳》里说到小鹳学操，一二,一二，向左转，向右转；我想安徒生当说这故事时，一定是说得声容毕具，孩子听起来也是手舞足蹈的咧！至于各篇童话里的幻想情绪，更是把儿童的心理，揣摹得极细腻。总起来说，我爱他的童话，第一是因为他合儿童的心理，能将故事很愉快的灌输到儿童的脑海。

（二）和自然的美相接。他的童话，大半含有极丰富的诗意。我以为儿童好似初开放的花，正是蓬蓬勃勃，大有朝气的时候，应该让他快乐，不应将烦闷的事接触他。而心灵上的愉快，又须自然显示给他。所以我爱他的童话，第二是因为他以自然的现象，增加儿童心理上的快感。

三

安徒生的童话最著名的便是他的《丑小鸭》。这一篇叙述一只母鸭被小孩把一个鸭蛋换成鹅蛋，孵出后生得非常丑陋，别的小鸭都戏弄他，不愿和他作伴，因此丑小鸭便离开了家庭，遍游各处。初与野鸭同居。后见野鸭大半被猎人打死，知道此处不可久居，便走到一间破屋，和鸡猫共住。但是鸡猫处在室内，见识浅陋，不愿外游，又和丑小鸭的性情不合，于是他又独往池中去游泳。那时正是冬天，池中结冰，便把丑小鸭冻死了。后为一农夫救活。小孩们想和他玩，他以为又要戏弄他，吓得到处乱飞，打翻了牛乳桶，身子便变白了。后来他飞到一个公园的池里，受了儿童莫大的欢迎。水中映着他自己，已经不是丑小鸭，却成了白鹅了。丑小鸭受了若干波折，方才得着最后的快乐。再看安徒生的一生，为剧不成，为木人戏不成，为诗又不成，也是受了若干波折，最后他的童话，才能受世界的欢迎。可知道一篇《丑小鸭》实是他的自述。有感而发，无怪乎这一篇成了他的杰作之一了。

安徒生的《散沙老人》实是一个有趣的故事。他那思想的诡奇，真是匪夷所思，伟大瑰丽。他假设的散沙老人极爱儿童，晚间来的时候，总要散一把沙，这沙好似安眠药，一洒在儿童身上，儿童便可安眠。然后他领儿童看奇怪的事，并且讲故事给他听。这篇故事所说，就是老人讲的故事，约一礼拜，从礼拜一到礼拜，按日记载，每天都有极使儿童欢迎的话。我从这篇故事想到两件事：一是这篇的主人翁就是安徒生，二是他在这篇故事有些贡献。礼拜日儿童请散沙老人再说故事，请他讲《大针》和《一荚五颗豆》等。但是安徒生编的童话里就说过这两个故事。安徒生的这两篇是自己作的，当然没有别人作。可见安徒生即是散沙老人，也可以说他借散沙老人来隐托他自己。既然散沙老人，是安徒生，自然散沙老人的行为思想，都足以代表安徒生的行为思想。礼拜六老人讲他自己将天上的星取下来，一个个擦亮再放在天上。墙上的图画先生听了大不以为然，说他不该说假话，老人一笑置之，他这一笑，就是表示不赞成。再看礼拜的事，他说了个故事，图画以为有教训，极其夸奖，老人仍是不言语。由此可见安徒生对于童话的意见是：“童话的大目的不是教训，教训在童话里须自然产生，不能加以造作。”

《豌豆上的小公主》说那公主的感觉细腻，在那二十床被褥和二十床羽毛褥下，放一粒豌豆，都能觉察得到，意思优美，清新可爱，就是说安徒生的文笔细腻，等于公主的感觉细腻，又何常不可呢？

《白鹄》一篇，说那兄妹的至情，很可以在暗中给儿童一些德育的帮助。这一篇本是民间的传说，因为格林的《十二弟兄》，夏芝选的《十二野鹅》，意思都和他的《白鹄》相同。不过只有他的一篇文字优美些，可以说是把童话弄成有限制的文学化了。文中如伊尼斯幻想太阳是他哥哥的眼，林中所作儿时的梦，以及海的景色，都是很优美的文字，很天真的语句。

从前我对于童话和两性问题的观念，以为童话中若说结婚的事，似乎不甚相宜。后来细看各篇童话所说，结婚都极其容易，太子和公主结婚，一句话就完，简直和儿戏一样。虽说这是古时结婚仪式太简单的证据，但在儿童方面，与以此等纯真而不重要的解释，也就够了。再细察儿童的游戏，常以自己的姊妹作妻，盖上红布，并不觉得什么大要紧，只觉得他是很有趣的。可见儿童的心极纯真，与以纯真的解释，可以免去儿童好奇的问，或可弥补其智识的缺陷。安徒生在《散沙老人》里说，“泥人已经结婚过一百次了！”把结婚当作游戏的事，我是极赞成的。

——录自新文化书社1924年初版

《恋爱与义务》[①]

《恋爱与义务》初版原序

蔡元培

罗琛女士，华通斋先生之夫人也。原籍波兰，长学法国；兼通英德俄诸国语及世界语；工文学；居北京既久，于治家政外，常尽力于慈善事业；尤喜为有益社会之小说。近日以新著《恋爱与义务》小说汉文本见示；余方养病医院，受而读之，精神为之一振。其叙事纯用自然派作法；准个人适应环境之能力，而写其因果之不爽。其宗旨则颇以自由恋爱在一种环境中，殆不免于痛苦；而以父母教育子女之义务为归宿。观于逃亡之后，历种种艰苦而善育其女，使得受高等教育；临别则为之送致于前夫而心乃安。黄大任于失妻以后，亦主放任；其公平豁达，诚可为同此境遇者之模范；而其聚精会神，教育两儿，使其成为贤男良女，则尤作者所注意焉。

——录自商务印书馆 1934 年国难后第一版

---

① 《恋爱与义务》小说，罗琛女士（S. Horose）著，赵祖欣校订，上海商务印书馆 1924 年 6 月初版，1927 年 1 月 3 版，小说世界丛刊。

《路曼尼亚民歌一斑》[①]

《路曼尼亚民歌一斑》序

（朱湘[②]）

后面的十几首路曼尼亚（România）国的民歌是从哀兰拿·伐佳列司珂（Elena Văcărescu）女士的《丹波危查的歌者》里选出的。伊费了几年心血，在丹波危查（Dâmboita）县里，从农人口中，采集民歌，结果成了这部书。这些民歌“所靠的不是人为的格律，却是天然的音节”。

以唱他们为职业的人叫作“科卜沙”(Cobzar)；他沿门挨户的唱这些歌，并弹着“科卜色”(Cobza）相和。不过一班农人唱他们的时候，并不用什么乐器。

他们首尾的附歌不知是从那里起源的。这些附歌与本歌有时一点关系没有，有时却有极美的关系。更有些时候，本歌没有什么好处，附歌却极有文学的价值，例如：

一首附歌里说下雪前

“天低了，大鸦飞着。”

又一首里说：

---

① 《路曼尼亚民歌一斑》，朱湘译，上海商务印书馆 1924 年 6 月初版，文学研究会丛书之一。

② 朱湘（1904—1933），字子沅，安徽太湖县人，生于湖南沅陵。入清华大学，曾公费赴美留学，1933 年因生活窘迫投江自杀。译作有《英国近代短篇小说集》(英国怀特著)、《番石榴集》(阿拉伯穆塔密德等著）等。

“伊的面纱轻而柔，有如夏日的白云。”

有一首附歌是

“闪耀的月亮浮过柳的上面；
一夜里柳树只是朦胧的梦着
月亮的温柔的清光。”

——录自商务印书馆1924年初版

《路曼尼亚民歌一斑》采集人小传

（朱湘）

哀兰拿·伐佳列司珂女史于一八六六年生在本国都城布克列卢忒(Bucuresti) 地方。伊这家的人，自从十八世纪中叶起，历代都在路国文坛上有极大的影响与极高的名望。在这坛上，他们里一人贡献了路国文字的第一部文法，一人贡献了许多作诗的格律，到了伊，伊的贡献就是这部《丹波危查的歌者》。

伊年轻时，到巴里去求学；过了一时，伊又回来伊的产地读书。伊作过一时本国伊立沙白皇后——即《丹波危查的歌者》的英译人，诗、文、小说各种著作很多——的近侍。一八九二年伊再去巴里，就在那里住下了；此后伊很少离开那个地方。

伊是诗人与小说家；作文时兼用路文与法文。伊作《宁静的魂灵》，得了很难得的“鱼勒·法勿俄（Jules Favre）奖”；这部《丹波危查的歌者》与一部名《晨歌》的诗集也都得了法国学院的奖赏。此外伊还有著作多种。

《丹波危查的歌者》大概是在从一八八七年到一八九〇年的时间里成书的：伊成这书不能在一八八七年前，因为我们可以假定一个文家能够著书的年纪是在二十岁左右，而英译人原序里又明说过伊采集这些民歌费了几年的光阴；伊成这书不能在一八九〇年后，因为这书的英译本是在一八九一初次出版的。

伊这时正充内廷中的近侍，而丹波危查县恰好邻近国都；由此看来，这些民歌一定是在述的时间内采集的了。

——录自商务印书馆1924年初版

《路曼尼亚民歌一斑》注

（朱湘）

“花孩儿”就是私生子。

念咒语时，女巫站在伊家里炉火的旁边；伊一面念着咒语，一面拿着榛树枝在炉中已冷的灰上尽摇。

Surata是Sora（姊妹）的变形字，意义略同我国干姊妹的。路国干姊妹结拜时，得在礼拜堂里行结拜礼；行礼时，两人的脚系在一处，象征伊们间此后的关系。伊们结拜后，就同真姊妹一样：两人不能同嫁兄弟，这个也不能嫁给那个的兄弟。

路国风俗：有闺女的人家墙上画着花朵；女行不贞时，同村的少年就来把花朵抹去。

唱纺纱歌时，一大群姑娘们围成一个圈子，各纺着纱；圈子中间也有一个姑娘，是伊们里最会纺纱唱歌的。这个姑娘起首自造一歌，唱出；唱时，任把伊的纱锤扔给一人，伊自己却拿住系起了这纺锤的线头。那接到了纺锤的人，一面就得纺圈中人为伊抽出的麻，（这样纺纱是件很不容易的事），一面还得顺着圈中人的歌儿的意思，接着把他造出，唱下去。

“吉卜西”族人居徙不定。他们住在土洞中或帐篷里，靠着算命、贩牛马、唱歌、补银破漏的铜铁杂器等事过活。他们在十五世纪初叶从亚洲流入欧洲。他们自有的语言是梵语的一种，不过添加了许多他们所经过的国家的文字罢了。从起源与文字两点看来，他们多半是印度人。

《疯》这歌是伐佳列司珂女士亲耳听到一个失了恋人的妇人唱出的。这妇人在家里再也不能安身，却常到女士家旁边一个树林里徘徊；到了晚间，伊就燃起伊的歌里所提到的火，在火边坐下，唱着伊答应给伊幻想来了伊的身边的恋人唱的歌儿。

路国风俗：只有已嫁的妇人可用面纱。

——录自商务印书馆 1924 年初版

《路曼尼亚民歌一斑》重译人跋

（朱湘）

民歌是民族的心声，正如诗是诗人的。又如从一个诗人的诗可以推见他的人生观，宇宙观，宗教观，我们从一个民族的民歌也可以推见这民族的生活环境风俗和思路。从别一方面看民歌内包的，或文学的价值固然极有趣味，从这一方面看民歌外延的或科学的价值也是极有用处的。

从这部《丹波危查的歌者》我们至少可以看出路国人有四点特出的地方，这四点就是生性忧郁，酷好战争，亲友自然，迷信鬼神。后两种特点一切原民都有，并不只限于路人，不过彼此的信仰不同，亲友自然的程度有点高低罢了；前两种特点却是有路国的历史作他们的背景的。

这书中一首歌里一个少女说伊虽不知道伊的恋人将要是谁，伊却知道他给伊的赠品里一定会有痛苦一物。有一首歌，歌里一个男子向他的恋人诉爱时还是念念不忘坟墓中的死人：他求伊不要摘去坟上的花，不要打破他们的沉寂，不要把春天的乐处告诉他们。又有一首歌，歌里说一个悲戚的母亲与一个快活的孩子同走一路，伊走的比他快；他们同吊井水给一人喝时，伊吊上的又比他快；他们离开了这人时，在这人的脑里伊的影子还是清清楚楚的，那快活的孩子的却跟着他的去影小了，不见了。就是海都克，路人从古以来崇拜的英雄，在他们的心目中也是命运偃蹇的。他们所以这样忧郁大概是为了他们的国家从古到今一直被外人所侵犯蹂躏，他们从来没有得到过片刻以上的安宁的缘故。

正因为他们家国的幸福被他国所骚扰剥夺了，他们就极力的看重喜爱战争——保护家国的唯一兵器。这样好战的心理时时自然的，也有时有意的，流露于他们歌唱的时候，他们举行国舞时，唱一个歌；歌里说海都克寻找一个妇人，(这妇人跳舞的少年们也都说曾经爱过的)，这妇人等他，只是为着要杀死他，他也知道伊的意思，不过仍旧甘心愿意，兴高采烈、穿山越岭的去投身于伊的面前：这妇人岂不就是战争？在母亲给伊的孩子唱的摇篮歌里——这歌岂不应当像陶渊明的诗？——我们只听到伊叫他战死，流血一类的话；在少女对伊的恋人问伊可要珠镶的腰带，银打的项圈的话的回答里——这回答岂不应当像温柔芳馥的春风？——我们只听到伊要能染红腰带，加重项圈的血！女人这样，男人可知。古代路国都城被人攻破的时候，路人自己一把火把它烧光了；有这样的祖宗，自然也有这样的后人了。

路人好战，太厉害了，因之也就残忍。书里有一处说一把刀子埋怨没有人血温他，还有一处说两把刀子抢着说，我杀的人他的血多暖，我杀的人他的血多红！不过这也不能过怪他们：他们也多成是势逼处此啊。

说到亲友自然这点，我们可以到处看出；就一处所说的

“你可知道收获了的谷子说些什么？
我们被割起，只因我们太爱目光了。”

又一处所说的

“白雾下降鸟远飞了；
黄昏里我看见他们飞过。
炉火熊熊，风的抽噎更高了，
风悲，因为他也冷的很。”

我们可以推见路人是怎样的与自然相融和了。

关于他们的迷信，书中有一处说“今晚落了颗星，不要出去罢”，可见他们相信星落不是吉兆了；他们这个迷信与我国乡民说的天上落下一颗星，地上就要死去一个人的话很是相像。他们又相信给过路人水喝，就同给死人水喝一样。还有一首歌里说一个过路人在一家歇下，他带着一个口袋，袋里装的只是一块石头；这石头不知是指的什么。

重译人作这跋的目的只是想供给与读者一些在译文外的有用的材料，以补助他们的探求；如果这点目的可算达到，那么重译人就要自幸，这跋不是枉作了。

——录自商务印书馆 1924 年初版

《蜜蜂》①

《蜜蜂》蜜蜂的赞歌

——赠木天及其新人——

滕固 ②

嗡咙！嗡咙！
可拉里的蜜蜂；
加上了美丽的冠冕，
翱翔于小人们的王宫。

她巡遍了五花八门，
领略了秘密的美妙；
她看过些神工鬼斧，
悟出了造化的奇巧；

她抚摩着金银玉帛，
想见了乔治的颜色。

痴情的鲁格王啊！
枉费了你多少的殷勤，

---

① 《蜜蜂》，童话，法国 Anatole France（今译法朗士，1844—1924）著，穆木天译，泰东图书局 1924 年 6 月初版，创造社编辑世界儿童文学选集第三种。

② 滕固（1901—1941），字若渠，江苏宝山（应属上海市）人。毕业于上海美术专科学校，后留学日本。文学研究会会员。后赴德国留学，获柏林大学博士学位回国。译有《先史考古学方法论》（瑞典 Oscar Montelius 著）等。

她忘不了旧时的深情。
七年的幽禁期满了，
梦想的乔治也来了。

鲁格王唱道：
“来，我们的小朋友！
你们站在蜜蜂和乔治的前面，
他们在相倚而相亲。
你们应当歌颂那如花美眷！
你们应当歌颂那一对玉人！”

于是小人们同声地唱道：
“万岁，万岁，
可拉里的蜜蜂万岁，
伯兰的乔治万岁！
你们千万莫要忘了，
尊者圣者的鲁格王。
万岁，万岁，万万岁！”

十二年的国庆日草于月浦

——录自泰东图书局 1924 年初版

《学校剧本集》①

《学校剧本集》序

（徐傅霖②）

在一面学校演剧气象极盛一面闹剧本荒的今日，我们应当怎样维持这矛盾的现象？我们时常受学方面的委托，要替他们选剧本，试问中国已出版的剧本，够这许许多多的学校拿来挑选试演么？我们又应当怎样去回答这困难的委托？这就是译这《学校剧本集》的要旨。

一三.三.一二.译者识

——录自商务印书馆1924年初版

《琪珴康陶》③

《琪珴康陶》译者序言

（张闻天）

加贝里尔唐努遒（Gabriele D'Annunzio）为意大利现代最著名的

---

① 《学校剧本集》（*Plays for Schools*），戏剧，日本神田丰穗著，徐傅霖译述，上海商务印书馆1924年7月初版。

② 徐傅霖（1880—1961），字梦岩，笔名半梅、卓呆、庄周等，广东和平人。毕业于京师法政学堂，后入日本早稻田大学，获法学学士学位。同盟会会员。另译有《地狱礁》《生育节制论》等。

③ 《琪珴康陶》（*La Gioconda*），戏剧，意大利唐努遒（Gabriele D'Annunzio，今译邓南遮，1863—1938）著，张闻天据英译本重译，上海中华书局1924年10月初版，1926年9月再版，少年中国学会丛书之一。

诗人，小说家与戏曲家。一八六四年生于维路奈省（Verona）之必斯加拉城（Pescara）。为一贵族之子。曾毕业于罗马大学。一八九七年充当国会议员。欧战中曾经自立为菲姆（Fium）的统领，反抗意政府。失败后，拟遁迹寺院，享受宇宙间清幽的美。但是好动的天性，使他这种计划失败了。

他是意大利的宠儿，也是意大利民族性的代表者。他对于宇宙的香，的色，的美，差不多没有一样遗漏的。他所依赖的武器就是他所天赋的异常锐敏的感官。他靠着他的锐敏的感官去领解着宇宙与人生。他的宇宙观与人生观，都是由他的实际的肉感上来的。西蒙士（Arthur Symons）说："现代的人没有一个像他那样全盘接受生命的物质的基础的。他只有从肉体上了解到精神的意义。"（见英译《快乐儿》的序言）

他除了自己的感觉，不晓得有其他什么精神的与道德的东西。所以他对于宗教，对于道德以至对于群众都没有信仰。但是他有信仰，他信仰自己。他有崇拜，他崇拜美。他是极端的个人主义者，也是唯美主义者。

他以为人生的目的是在快乐。他所谓快乐自然是肉体的快乐。他不知道精神的快乐。他说："快乐是自然供献给我们得到知识的最确定的方法。那些痛苦尝得更多的人一定不及快乐尝得更多的人聪明。"他所以崇拜美，也无非因为美是快乐的。

他的艺术方法是写实的。其实凡是意大利的艺术家都是写实主义者。他的表现力异常的强。任何事物只要经过他的描写，就变成生动而且美丽。所以唐努遒也许不是一个真正的人生意义的解释者，或是一个真正的伟大的艺术家，但是他的表现力的强，已经足以使他不朽了。譬如在这篇《琪珴康陶》上，他用了这样美丽的文字，这样强烈而且不免有些残酷的艺术手腕，描写道德与艺术的冲突，我们读了它只有五体投地，对于世界稀有的天才为无穷的赞美罢了。

肉体的快乐是容易厌倦的，它永远驱迫着人们去找求新的快乐。一旦这种新的快乐不能实现的时候，对于这种追逐疲乏了的时候，人生的意义就没有了。于是意志强烈的人就以自杀为唯一逃遁之所。唐努遒的赞美死也就是在此。

快乐的福音的宣传者，死的赞美者，艺术美的渴仰者：这就是我们的唐努遒!

附白：

唐努遒的作品甚多。他的创作的第一期大都是诗与小说，第二期是戏曲。他改作戏曲家的动机，起于与女优爱伦娜拉杜翠的结识(Eleonora Duse)。他的戏曲大半都是经她演过的。

他的小说与戏曲大都已译成英文。其中著名的小说有：《快乐儿》,《山间的处女》,《死之胜利》,《生之火焰》等。戏曲有《琪珴康陶》(*La Gioconda*),《法兰西施加》(*Fracesea da Rimini*),《死城》,《加里荷的女儿》等。《琪珴康陶》与《法兰西施加》均有西蒙士的译本，就是译者所依据的本子。

一九二三年八月六日于美国，加利福尼大学

——录自中华书局 1926 年 9 月再版

《曼殊斐儿》[①]

曼殊斐儿

徐志摩

“这心灵深处的欢畅，
这情绪境界的壮旷：
任天堂沉沦，地狱开放，
毁不了我内府的宝藏！”

——《康河晚照即景》

美感的记忆，是人生最可珍的产业。认识美的本能，是上帝给我们进天堂的一把秘钥。

有人的性情，例如我自己的，如以气候作喻，不但是阴晴相间，而且常有狂风暴雨，也有最艳丽蓬勃的春光。有时遭逢幻灭，引起厌世的悲观，铅般的重压在心上，比如冬令阴霾，到处冰结，莫有些微生气；那时便怀疑一切：宇宙，人生，自我，都只是幻的妄的；人情，希望，理想，也只是妄的幻的。

Ah，human nature，how，
If utterly frail thou art and vile，

① 《曼殊斐儿》(*Katherine Mansfield*)，短篇小说论文合集，英国曼殊斐儿（今译曼斯菲尔德，1888—1923）著，上海商务印书馆1924年11月初版，小说月报社编辑小说月报丛刊第三种。内收徐志摩译《一个理想的家庭》、陈西滢译《太阳与月亮》，以及徐志摩作《曼殊斐儿》、沈雁冰作《曼殊斐儿略传（附录）》。

If dust thou art and ashes, is thy heart so great?
If thou art noble in part,
How are thy loftiest and impulses and thoughts
By so ignoble causes kindled and put out?
"Sopra un ritratto di una bella donna"

这几行是最深入的悲观派诗人理巴第（Leopardi）的诗；一座荒坟的墓碑上，刻着冢中人生前美丽的肖像，激起了他这根本的疑问——若说人生是有理可寻的，何以到处只是矛盾的现象，若说美是幻的，何以引起的心灵反动能有如此之深刻，若说美是真的，何以也与常物同归腐朽？但理巴第探海灯似的智力虽则把人间种种事物虚幻的外象，一一给褫剥了，连宗教都剥成了个赤裸的梦，他却没有力量来否认美，美的创现他只能认为神奇的；他也不能否认高洁的精神恋，虽则他不信女子也能有同样的境界。在感美感恋最纯粹的一霎那间，理巴第不能不承认是极乐天国的消息，不能不承认是生命中最宝贵的经验。所以我每次无聊到极点的时候，在层冰严封的心河底里，突然涌起一股消融一切的热流，顷刻间消融了厌世的凝晶，消融了烦恼的苦冻：那热流便是感美感恋最纯粹的一俄顷之回忆。

To see a world in a grain of sand,
And a Heaven in a wild flower,
Hold Infinity in the palm of your hand,
And eternity in an hour...

——Auguries of Innocence

——William Blake

从一颗沙里看出世界，
天堂的消息在一朵野花，

将无限存在你的掌上，
刹那间涵有无穷的边涯……

这类神秘性的感觉，当然不是普遍的经验，也不是常有的经验。凡事只讲实际的人，当然嘲讽神秘主义，当然不能相信科学可解释的神经作用，会发生科学所不能解释的神秘感觉。但世上“可为知者道不可与不知者言”的事正多着哩！

从前在十六世纪，有一次一个意大利的牧师学者到英国乡下去，见了一大片盛开的苜蓿在阳光中竟同一湖欢舞的黄金，他只惊喜得手足无措，慌忙跪在地上，仰天祷告，感谢上帝的恩典，使他见得这样的美，这样的神景。他这样发疯似的举动，当时一定招起在旁乡下人的哗笑。我这篇要讲的经历，恐怕也有些那牧师狂喜的疯态，但我也深信读者里自有同情的人，所以我也不怕遭乡下人的笑话！

去年七月中有一天晚上，天雨地湿，我独自冒着雨在伦敦的海姆司堆特（Hampstead）问路警，问行人，在寻彭德街第十号的屋子。那就是我初次，不幸也是末次，会见曼殊斐儿——“那二十分不死的时间！”——的一晚。

我先认识麦雷君（John Middleton Murry），*Athenaeum* 的总主笔，诗人，著名评衡家，也是曼殊斐儿一生最后十余年间最密切的伴侣。他和她自一九一三年起，即夫妇相处，但曼殊斐儿却始终用她到英国以后的“笔名”（Pen name）Miss Katherine Mansfield，她生长于纽新兰（New Zealand），原名是 Kathleen Beanchamp，是纽新兰银行经理 Sir Harold Beanchamp 的女儿。她十五年前离开了本乡，同着三个小妹子到英国，进伦敦大学皇后学院读书。她从小就以美慧著名，但身体也从小即很怯弱。她曾在德国住过，那时她写她的第一本小说 *In a German Pension*，大战期内她在法国的时候多。近几年她也常在瑞典、意大利及法国南部。她常住外国，就为她身体太弱，禁不得英伦雾迷雨苦的天时，麦雷为了伴她，也只得把一部分的事业放弃（*Athenaeum* 之所以并入 *London Nation* 就为此），跟着他安琪儿似的爱妻，寻求健康。据说可怜的曼殊斐儿战后得了肺病证明以后，医生明说她不过三两年的寿限，所以麦雷和她相处有限的光阴，真是分秒可数。多见一次夕照，多经一度朝旭，她优昙似的余荣，便也消减了如许的活力，这颇使人想起茶花女一面吐血一面纵酒恣欢时的名句：

> "You know I have no long to live，therefore I *will live fast*！"——"你知道我是活不久长的，所以我存心活他一个痛快！"

我正不知道多情的麦雷，眼看这艳丽无双的夕阳，渐渐消翳，心里"爱莫能助"的悲感，浓烈到何等田地！

但曼殊斐儿的"活他一个痛快"的方法，却不是像茶花女的纵酒恣欢，而是在文艺中努力；她像夏夜榆林中的鹃鸟，呕出缕缕的心血来制成无双的情曲，便唱到血枯音嘶，也还不忘她的责任是牺牲自己有限的精力，替自然界多增几分的美，给苦闷的人间几分艺术化精神的安慰。

她心血所凝成的便是两本小说集，一本是 *Bliss*，一本是去年出版的 *Garden Party*。凭这两部书里的二三十篇小说，她已经在英国的文学界里占了一个很稳固的位置。一般的小说只是小说，她的小说是纯粹的文学，真的艺术；平常的作者只求暂时的流行，博群众的欢迎，她却只想留下几小块"时灰"掩不暗的真晶，只要得少数知音者的赞赏。

但唯其是纯粹的文学，她的著作的光彩是深蕴于内而不是显露于外的，其趣味也须读者用心咀嚼，方能充分的理会。我承作者当面许可选译她的精品，如今她已去世，我更应当珍重实行我翻译的特权，虽则我颇怀疑我自己的胜任。我的好友陈通伯他所知道的欧洲文学恐怕在北京比谁都更渊博些，他在北大教短篇小说，曾经讲过曼殊斐儿的，这很使我欢喜。他现在也答应也来选译几篇，我更要感谢他了。关于她短篇艺术的长处，我也希望通伯能有机会说一点。

现在让我讲那晚怎样的会晤曼殊斐儿。早几天我和麦雷在Charing Cross背后一家嘈杂的A.B.C.茶店里，讨论英法文坛的状况，我乘便说起近几年中国文艺复兴的趋向，在小说里感受俄国作者的影响最深，他喜的几于跳了起来，因为他们夫妻最崇拜俄国的几位大家，他曾经特别研究过杜思退益夫斯基，著有一本*Dostoievsky*：*A Critical Study—Martin Secker*，曼殊斐儿又是私淑柴霍夫Tchekhov[Chekhov]的，他们常在抱憾俄国文学始终不曾受英国人相当的注意，因之小说的质与式，还脱不尽维多利亚时期的Philistinism。我又乘便问起曼殊斐儿的近况，他说她一时身体颇过得去，所以此次敢伴着她回伦敦来住两星期，他就给了我他们的住址，请我星期四晚上去会她和他们的朋友。

所以我会见曼殊斐儿，真算是凑巧的凑巧。星期三那天我到惠尔斯（H. G. Wells）乡里的家去了（Easten Glebe），下一天和他的夫人一同回伦敦，那天雨下得很大，我记得回寓时浑身都淋湿了。

他们在彭德街的寓处，很不容易找（伦敦寻地方总是麻烦的，我恨极了那个回街曲巷的伦敦），后来居然寻着了，一家小小一楼一底的屋子，麦雷出来替我开门，我颇狼狈的拿着雨伞，还拿着一个朋友还我的几卷中国字画。进了门，我脱了雨具，他让我进右首一间屋子。我到那时为止对于曼殊斐儿只是对一个有名的年轻女子作者的景仰与期望；至于她的“仙姿灵态”我那时绝对没有想到，我以为她只是与Rose Macaulay，Virginia Woolf，Roma Wilson，Mrs. Lucas，Vanessa Bell几位女文学家的同流人物。平常男子文学家与美术家，已经尽够怪僻，近代女子文学家更似乎故意养成怪僻的习惯，最显著的一个通习是装饰之务淡朴，务不入时，务“背女性”；头发是剪了的，又不好好的收拾，一团和糟的散在肩上；袜子永远是粗纱的；鞋上不是有泥就有灰，并且大都是最难看的样式；裙子不是异样的短就是过分的长，眉目间也许有一两圈“天才的黄晕”，或是带着最可厌的美国式龟壳大眼镜，但她们的脸上却从不见脂粉的痕迹，手上装饰亦是永远没有的，至多无非是多烧了香烟的焦痕；哗笑的声音，十次里有九次半盖过同座的男子；走起路来也是挺胸凸肚的，再也辨不出是夏娃的后身；开起口来大半是男子不敢出口的话；当然最喜欢讨论 是 Freudian Complex，Birth Control， 或 是 George moore 与 James Joyce 私人印行的新书，例如 *A Story-tellers Holiday* 与 *Ulysses*。总之她们的全人格只是一幅妇女解放的讽刺画（Amy Lowell 听说整天的抽大雪茄!）；和这一班立意反对上帝造人的本意的“唯智的”女子在一起，当然也有许多有趣味的地方，但有时总不免感觉她们矫揉造作的痕迹过深，引起一种性的憎忌。

我当时未见曼殊斐儿以前，固然并没有预想她是这样一流的 Futuristic，但也绝对没有梦想到她是女性的理想化。

所以我推进那门时我就盼望她——一个将近中年和蔼的妇人——笑盈盈的从壁炉前沙发上站起来和我握手问安。

但房里——一间狭长的壁炉对门的房——只见鹅黄色恬静的灯光，壁上炉架上杂色的美术的陈设和画件，几张有彩色画套的沙发围列在炉前，却没有一半个人影。麦雷让我一张椅上坐了，伴着我谈天，谈的是东方的观音和耶教的圣母，希腊的 Virgin Diana，埃及的 Isis，波斯的 Mithraism 里的 Virgin 等等之相仿佛，似乎处女的圣母是所有宗教里一个不可少的象征……我们正讲着，只听得门上一声剥啄，接着进来了一位年轻的女郎，含笑着站在门口，“难道她就是曼殊斐儿——这样的年轻……”我心里在疑惑，她一头的褐色卷发，盖着一张的小圆脸，眼极活泼，口也很灵动，配着一身极鲜艳的衣裳——漆鞋，绿丝长袜，银红绸的上衣，酱紫的丝绒围裙，——亭亭的立着，像一颗临风的郁金香。

麦雷起来替我介绍，我才知道她不是曼殊斐儿，而是屋主人，不知是密司 Beir 还是 Beek，我记不清了，麦雷是暂寓在她家的；她是个画家，壁挂的画，大都是她自己的作品。她在我对面的椅上坐了。她从炉架上取下一个小发电机似的东西拿在手里，头上又戴了一个接电话生戴的听箍，向我凑得很近的说话，我先还当是无线电的玩具，随后方知这位秀美的女郎，听觉和我自己的视觉相仿佛，要借人为方法来补充先天的不足。（我那时就想起聋美人是个好诗题，对她私语的风情是不可能的了！）

她正坐定，外面的门铃大响——我疑心她的门铃是特别响些。来的是我在法兰先生（Roger Fry）家里会过的 Sydney Waterloo，极诙谐的一位先生，有一次他从巨大的袋里一连掏出了七八枝的烟斗，大的小的长的短的，各种颜色的，叫我们好笑。他进来就问麦雷，迦赛林（Katharine）今天怎样。我竖了耳朵听他的回答。麦雷说“她今天不下楼了，天气太坏，谁都不受用……”华德鲁就问他可否上楼去看她，麦说可以的。华又问了密司 B 的允许站了起来，他正要走出门，麦雷又赶过去轻轻的说“Sydney，don’t talk too much！”

楼上微微听得步响，W 已在迦赛林房中了。一面又来了两个客，一个短的 M 才从游希腊回来，一个轩昂的美丈夫，就是 *London Nation and Athenaeum* 里每周做科学文章署名 S 的 Sullivan，M 就讲他游历希腊的情形，尽背着古希腊的史迹名胜，Parnassus 长，Mycenae 短，讲个不住。S 也问麦雷迦赛琳如何，麦雷说今晚不下楼，W 现在楼上。过了半点钟模样，W 笨重的足音下来了，S 问他迦赛林倦了没有，W 说“不，不像倦，可是我也说不上，我怕她累，所以我下来了。”再等一歇，S 也问了麦雷的允许上楼去，麦也照样的叮嘱他不要让她乏了。麦问我中国的书画，我乘便就拿那晚带去的一幅赵之谦的“草书法画梅”，一幅王觉斯的草书，一幅梁山舟的行书，打开给他们看，讲了些书法大意，密司B听得高兴，手捧着她的听盘，挨近我身旁坐着。

但我那时心里却颇觉失望，因为冒着雨存心要来一会*Bliss*的作者，偏偏她不下楼；同时W、S、麦雷的烘云托月，又增加了我对她的好奇心。我想运气不好，迦赛琳在楼上，老朋友还有进房去谈的特权，我外国人的生客，一定是没有分的了。时已十时过半了，我只得起身告别，走出房门，麦雷陪出来帮我穿雨衣。我一面穿衣，一面说我很抱歉，今晚密司曼殊斐儿不能下来，否则我是很想望会她一面的。但麦雷却很诚恳的说，“如其你不介意，不妨请上楼去一见。”我听了这话喜出望外，立即将雨衣脱下，跟着麦雷一步一步的上楼梯……

上了楼梯，叩门，进房，介绍，S告辞，和M一同出房，关门，她请我坐下，我坐下，她也坐下……这么一大串繁复的手续我只觉得是像电火似的一扯过，其实我只推想应有这么些逻辑的经过，却并不曾亲切的一一感觉到：当时只觉得一阵模糊，事后每次回想也只觉得是一阵模糊。我们平常从黑暗的街上走进一间灯烛辉煌的屋子，或是从光薄的屋子里出来骤然对着盛烈的阳光，往往觉得耀光太强，头晕目眩的要定一定神，方能辨认眼前的事物。用英文说就是Senses overwhelmed by excessive light。不仅是光，浓烈的颜色，有时也有“潮没”官觉的效能。我想我那时，虽不定是被曼殊斐儿人格的烈光所潮没，她房里的灯光陈设以及她自身衣饰种种各品浓艳灿烂的颜色，已够使我不预防的神经，感觉刹那间的淆惑，那是很可理解的。

她的房给我的印象并不清切，因为她和我谈话时，不容我去认记房中的布置，我只知道房是很小，一张大床差不多就占了全房大部分的地位，壁是用画纸裱的，挂着好几幅油画大概也是主人画的，她和我同坐在床左贴壁一张沙发上，因为我斜倚她正坐的缘故，她似乎比我高得多（在她面前那一个不是低的，真是！）。我疑心那两盏电灯是用红色罩的，否则何以我想起那房，便联想起“红烛高烧”的景象？但背景究属不甚重要，重要的是给我最纯粹的美感的——The purest aesthetic feeling——她；是使我使用上帝给我那把进天国的秘钥的——她；是使我灵魂的内府里，又增加了一部宝藏的——她。但要用不驯服的文字来描写那晚。她，不要说显示她人格的精华，就是单只忠实地表现我当时的单纯感象，恐怕就够难的一个题目。从前有一个人一次做梦，进天堂去玩了，他异样的欢喜，明天一起身就到他朋友那里去，想描写他神妙不过的梦境，但是！他站在朋友面前，结住舌头，一个字都说不出来，因为他要说的时候，才觉得他所学的在人间适用的字句，绝对不能表现他梦里所见天堂的景色，他气得从此不开口，后来抑郁而死。我此时妄想用字来活现出一个曼殊斐儿，也差不多有同样的感觉，但我却宁可冒猥渎神灵的罪，免得像那位诚实君子活活的闷死。她也是铄亮的漆皮鞋，闪色的绿丝袜，枣红丝绒的围裙，嫩黄薄绸的上衣，领口是尖开的，胸前挂一串细珍珠，袖口只齐及肘弯。她的发是黑的，也同密司 B 一样剪短的，但她栉发的样式，却是我在欧美从没有见过的。我疑心她是有心仿效中国式，因为她的发不但纯黑，而且直而不卷，整整齐齐的一圈，前面像我们十余年前的“刘海”，梳得光滑异常；我虽则说不出所以然，但觉得她发之美也是生平所仅见。

至于她眉目口鼻之清之秀之明净，我其实不能传神于万一；仿佛你对着自然界的杰作，不论是秋水洗净的湖山，霞彩纷披的夕照，或是南洋里莹澈的星空，或是艺术界的杰作，培德花芬的沁芳南，怀格纳的奥配拉，密克朗其罗的雕像，卫师德拉（Whistler）或是柯罗（Corot）的画；你只觉得他们整体的美，纯粹的美，完全的美，不能分析的美，可感不可说的美；你仿佛直接无碍的领会了造化最高明的意志，你在最伟大深刻的戟刺中经验了无限的欢喜，在更大的人格中解化了你的性灵。我看了曼殊斐儿像印度最纯澈的碧玉似的容貌，受着她充满了灵魂的电流之凝视，感着她最和软的春风似的神态，所得的总量我只能称之为一整个的美感。她仿佛是个透明体，你只感讶她粹极的灵彻性，却看不见一些杂质。就是她一身的艳服，如其别人穿着，也许会引起琐碎的批评，但在她身上，你只是觉得妥贴，像牡丹的绿叶，只是不可少的衬托，汤林生（H. M. Tomlingson她生前的一个好友），以阿尔帕斯山巅万古不融的雪，来比拟她清极超俗的美，我以为很有意味的；她说：——

> “曼殊斐儿以美称。然美固未足以状其真。世以可人为美。曼殊斐儿固可人矣，然何其脱尽尘寰气，一若高山琼雪，清彻重霄，其美可惊，而其凉亦可感。艳阳被雪，幻成异彩，亦明明可识，然亦似神境在远，不隶人间。曼殊斐儿肌肤明哲[皙]如纯牙，其官之秀，其目之黑，其颊之腴，其约发环整如髹，其神态之娴静，有华族粲者之明粹，而无西艳伉杰之容；其躯体尤苗约，绰如也，若明蜡之静焰，若晨星之澹妙，就语者未尝不自讶其吐息之重浊，而虑是静且澹者之且神化……”

汤林生又说她锐敏的目光，似乎直接透入你的灵府深处，将你所蕴藏的秘密，一齐照彻，所以他说她有鬼气，有仙气；她对着你看，不是见你的面之表，而是见你心之底，但她却不是侦刺你的内蕴，并不是有目的的搜罗，而只是同情的体贴。你在她面前，自然会感觉对她无慎密的必要；你不说她也有数，你说了她不会惊讶。她不会责备，她不会怂恿，她不会奖赞，她不会代你出什么物质利益的主意，她只是默默的听，听完了然后对你讲她自己超于善恶的见解——真理。

这一段从长期的交谊中出来深入的话，我与她仅一二十分钟的接近当然不会体会到，但我敢说从她神灵的目光里推测起来，这几句话不但是可能，而且是极近情的。

所以我那晚和她同坐在蓝丝绒的榻上，幽静的灯光，轻笼住她美妙的全体，我像受了催眠似的，只是痴对她神灵的妙眼，一任她利剑似的光波，妙乐似的音浪，狂潮骤雨似的向我灵府泼淹。我那时即使有自觉的感觉，也只似 Keats 听鹃啼时的：

> My heart aches，and a drowsy numbness pains
> My sense，as though of hemlock I had drunk，. . .
> ‘Tis not through envy of thy happy lot，
> But being too happy in thy happiness . . .

曼殊斐儿的声音之美，又是一个 Miracle。一个个音符从她脆弱的声带里颤动出来，都在我习于尘俗的耳中，启示着一种神奇的意境，仿佛蔚蓝的天空中一颗一颗的明星先后涌现。像听音乐似的，虽则明明你一生从不曾听过，但你总觉得好像曾经闻到过的，也许在梦里，也许在前生。她的，不仅引起你听觉的美感，而竟似直达你的心灵底里，抚摩你蕴而不宣的苦痛，温和你半冷半僵的希望，洗涤你窒碍性灵的俗累，增加你精神快乐的情调，仿佛凑住你灵魂的耳畔私语你平日所冥想不得的仙界消息。我便此时回想，还不禁内动感激的悲慨，几于零泪；她是去了，她的音声笑貌也似蜃彩似的一翳不再，我只能学 Aft Vogler 之自慰，虔信

Whose voice has gone forth，but each survives for the melodist when eternity affirms the conception of an hour.

...

Enough that he heard it once；we shall hear it by & by.

曼殊斐儿，我前面说过，是病肺痨的，我见她时正离她死不过半年，她那晚说话时，声音稍高，肺管中便如吹荻管似的呼呼作响，她

每句语尾收顿时，总有些气促，颧颊间便也多添一层红润，我当时听出了她肺弱的音息，便觉得切心的难过，而同时她天才的兴奋，偏是逼迫她音度的提高，音愈高，肺嘶亦更呖呖，胸间的起伏亦隐约可辨，可怜！我无奈何，只得将自己的声音特别的放低，希冀她也跟着放低些。果然很应效，她也放低了不少，但不久她又似内感思想的戟刺，重复节节的高引。最后我再也不忍因我而多耗她珍贵的精力，并且也记得麦雷再三叮嘱 W 与 S 的话，就辞了出来。总计我自进房至出房——她站在房口送我——不过二十分的时间。

我与她所讲的话也很有意味，但大部分是她对于英国当时最风行的几个小说家的批评——例如 Rebecca West，Romer Wilson，Hutchingson，Swinnerton，等——恐怕因为一般人不稔悉，那类简约的评语不能引起相当的兴味。麦雷自己是现在英国中年的评衡家最有学有识的一人——他去年在牛津大学讲的 “The Problem of Style” 有人誉为安诺德（Matthew Arnold）以后评衡界里最重要的一部贡献——而他总常常推尊曼殊斐儿，说她是评衡的天才，有言必中肯的本能，所以我此刻要把她简评的珠沫，略过不讲，很觉得有些可惜。她说她方才从瑞士回来，在那边和罗素夫妇寓处相距颇近，常常说起东方的好处，所以她原来对于中国景仰，更一进而为爱慕的热忱。她说她最爱读 Arthur Waley 所翻的中国诗，她说那样的艺术在西方真是一个 Wonderful revelation。她说新近 Amy Lowell 译的很使她失望，她这里又用她爱用的短句 That’s not the thing！她问我译过没有，她再三劝我应得试试，她以为中国诗只有中国人能译得好的。

她又问我是否也是写小说的，她又殷勤问中国顶喜欢柴霍甫的那几篇，译得怎么样，此外谁最有影响。

她问我最喜读那几家小说，我说哈代，康拉特，她的眉梢耸了一耸笑道！

“Isn’t it！we have to go back to the old maters for good literature——

the real thing！”

她问我回中国去打算怎么样，她希望我不进政治，她愤愤地说现代政治的世界，不论那一国，只是一乱堆的残暴和罪恶。

后来说起她自己的著作。我说她的太是纯粹的艺术，恐怕一般人反而不认识，她说：

“That’s just it，then of course，popularity is never the thing for us.”

我说我以后也许有机会试翻她的小说，愿意先得作者本人的许可。她很高兴的说她当然愿意，就怕她的著作不值得翻译的劳力。

她盼望我早日回欧洲，将来如到瑞士再去找她，她说怎样的爱瑞士风景，琴妮湖怎样的妩媚，我那时就仿佛在湖心柔波间与她荡舟玩景。

“Clear，placid Leman！
. . . Thy soft murmuring
Sounds sweet as if a Sister’s voice reproved.
That I with stern delights should ever have been so moved.”

——Lord Byron

我当时就满口的答应，说将来回欧一定到瑞士去访她。

末了我恐怕她已经倦了，深恨与她相见之晚，但盼望将来还有再见的机会。她送我到房门口，与我很诚挚地握别……

将近一月前我得到曼殊斐儿已经在法国的芳丹卜罗去世。这一篇文字，我早已想写出来，但始终为笔懒，延到如今，岂知如今却变了她的祭文！下面附的一首诗，也许表现我的悲感更亲切些。

哀曼殊斐儿

我昨夜梦入幽谷，

听子规在百合丛中泣血，
我昨夜梦登高峰，
见一颗光明泪自天坠落。

罗马西郊有座墓园，
芝罗兰静掩着客殇的诗骸；
百年后海岱士（Hades）黑辇之轮，
又喧响于芳丹卜罗[①]榆青之间。

说宇宙是无情的机械，
为甚明灯似的理想闪耀在前；
说造化是真善美之创现，
为甚五彩虹不常住天边？

我与你虽仅一度相见——
但那二十分不死的时间！
谁能信你那仙姿灵态，
竟已朝露似永别人间？

非也！生命只是个实体的幻梦：
美丽的灵魂，永承上帝的爱宠；
三十年小住，只是昙花之偶现，
泪花里我想见你笑归仙宫。

① 芳丹卜罗（Fontainebleau）为曼殊斐儿死处。英诗人雪莱（Shelley）与开茨（Keats）皆客死。——原注

你记否伦敦的约言，曼殊斐儿！
今夏再见于琴妮湖（Lake Geneva）之边；
琴妮湖永抱着白朗矶（Mount Blanc）的雪影，
此日我怅望云天，泪下点点。

我当年初临生命的消息，
梦觉似骤感恋爱之庄严；
生命的觉悟，是爱之成年，
我今又因死而感生与恋之涯沿！

同情是掼不破的纯晶，
爱是实现生命之唯一途径；
死是座伟秘的洪炉，此中
凝炼万象所从来之神明。

我哀思焉能电花似飞骋，
感动你在天曼殊之灵？
我洒泪向风中遥送，
问何时能勘破生死之门？

——录自商务印书馆1924年初版

《太阳与月亮》译后补记

西滢（陈西滢）[1]

我的艺术气息太浅了，三家村坐蒙馆的习惯太深了，所以在这篇文中加上了几个注解。曼殊斐儿有知，一定要骂我是个焚琴煮鹤的俗人。一般富于文艺思想的读者，还不知道怎样的骂我呢。我译完了这篇小说，请一个朋友去看一遍。他对于文艺有很正确明了的眼光，我向来知道的。但是他对我说，他读了两遍，方才把作者的意思会悟到。这固然是我译笔的缺点，然而那一个能读原文一遍，便完全领会曼殊斐儿的意思?《太阳与月亮》在她的作品中，算最易领略的，另有几篇，非三读四读不能完全了解。美术的作品必须作者观者一同合作，方才有悟会，如读者的目的在几分钟的消遣，不肯费点心，我只好劝他不要去认得曼殊斐儿或与她相同的作家。

《太阳与月亮》从第一字至末一字，完全是那六七岁的小孩太阳一天所得的影像，一天所生的感想。自始至终，作者没有立在太阳及我们读者的中间，来给我们解释。看见的东西是太阳眼中看见的，听见的话是太阳耳中听见的。太阳不懂的东西，如那个音乐会，作者亦不加半字的说明，所以我因为加了说明，心中很不安。太阳自己不知道睡着了两次，所以文中亦没有说明他睡着。曼殊斐儿的艺术，柴霍夫（Tchehof）的艺术，超出于过去的大多数作者，即在此。她随便写一个人我们非但看见那个人，并且看见他思潮感情的起落。我们读他的时候，简直忘记了有一个无所不知的作者，在文章的后面。有人或

---

① 陈西滢（1896—1970），原名陈源，江苏无锡人。早年赴英，后入爱丁堡大学和伦敦大学，获博士学位，回国后任北京大学外文系教授。1924 年与徐志摩等人创办《现代评论》周刊。译有《梅立克小说集》（Leonard Merrick 著）、《父与子》（屠格涅夫著）等。

者要问我，这篇东西，既然是太阳个人的影像，何不让太阳出面，处在第一者的地位？这一个问题，又可以发现曼殊斐儿派艺术的妙处。我们一天得到的影像，那样的多，试问我们坐下来的时候，能不能确切的移到笔下，搬上纸张？即使办到，事后的回想，已经不是当时的影像了。我们举一个极显明的例。我们读一篇侦探小说，不知他的结果如何时所生的思想，及第二次读那篇小说，已经知道案件如何破解时的思想，当然大有分别。我们遇了一件事，当时所得的影像，及事后回想中所有当时的影像，几乎有同样的分别——只是我们自己没有觉得罢了。因为如此，不得不有第三者的作者，神通广大，无所不知，把某人的思想影像，当他起落时候，一一的记下。

莫泊三说，一个心理小说家只能够把自己处于他书中人物的地位，所以书中种种不同的人，不过是他自己在不同的境地，受不同的训练。这句话，固然可以应用于一般的心理小说家，却不能描写柴霍夫，不能描写曼殊斐儿。他们玲珑的心，可以明白种种色色不同的人的思想感情，他们爱克司光式的眼力，可以洞瞩各色人的肺腑。即拿这篇的太阳来说，他是何等生活的孩子，何等自然的孩子，与平常的孩子，何等的相似，而又何等的特别。难道一个人减去了三四十岁充满烦恼的年纪，便能够有与他同样的见识么？

太阳与月亮相差不过两岁，然而这一二岁的分别大极了。三四岁的月亮，还不过一个混沌未凿的小动物。五六岁的太阳已经有他的思想，他的观念。他觉得月亮是无意识的，不懂得他。他知道他所见到的，大人们当然亦见得到，但是大人们有一种奇怪的习惯，往往假装不见到一定可以见到的事物。那白雪作顶的小红屋，何等的美丽，玫瑰花及缎带儿束角的桌子，何等的整齐，永久的留住了，不是最可喜的事么？一晚之间，什么都毁坏了。这是非常的不幸，而大人们假装没有什么事。他那里知道这是这恶浊的世界，给他的第一次教训。他日后方才能知道种种美丽的东西，没有永久可能的。但是他现在那里能明白。只顾自己快乐的大人们，一听他哭了，便不问根由，叫他走他的路。太阳所觉的悲哀，太阳所受的委屈，只可高声痛哭了之。世间如此的事实正多，也都以高声痛哭了之。虽说小孩子最快乐，小孩子没有不幸福?

——录自商务印书馆 1924 年初版

《曼殊斐儿》曼殊斐儿略传（附录）

沈雁冰（茅盾）

曼殊斐儿（Katherine Mansfield）是在一九二三年一月九日死于 Fontainebleau，年仅三十四岁；五年来与病魔战斗的最后的结果！关于她的生平，思想及文艺上的表现，应该有一篇长论来叙述；这一件事，我自愧不能，现在只能把她的文艺生涯的约略告诉读者。

曼殊斐儿的著作不多；现在已出版的只有三本短篇小说集：*In a German Pension* 于一九一一年出版；*Bliss* 于一九二〇年出版；*Garden Party* 于一九二二年出版。此外还有一篇 *The Fly* 登于去年十月号（非十月号即十一月号）的 *Century*——她所做的最后的一篇，且是未收入集子里的一篇。

In a German Pension 著作时，曼殊斐儿仅二十岁。这是一串的短篇小说和感想录（Stories and Sketehes）。出版之后，立刻再版了三次，不幸承印的出版家破产，以致中断。旁的出版家屡次向曼殊斐儿要求转移这本短篇集的出版权，发行新版，但是她不肯。所以 *In a German Pension* 的印本现在已成为珍品，已经列入“Rare Books”栏内去了。

In a German Pension 出版后，批评界立刻承认了她的文才，但仍有微词，——大都说她的文笔太硬、太苦、太辣。那时 J. Middleton Murry 方为 *Rhythm*（文艺月刊）的编辑，慕她的文才谋一见；他们恋

爱了，后来结婚。她在 *Rhythm* 上亦做了些文章，*Rhythm*，不久停版。这时候，曼殊斐儿亦常做小说，但一面做，一面就毁弃，不肯把来发表。一九一六年，D. H. Lawrence——亦是她的好友——连合了 Murry 和她，办了小评论 *Signature*，她方始又把创作发表了，但是不肯用真名，却用了个假名 Matilda Berry。*Signature* 出版三期，就停刊了；这三期中登了曼殊斐儿的两篇小说，后来都收在 *Bliss* 里。

一九一七年，曼殊斐儿居法国南部，著 *Prelude*——现在她喜欢叫做 *The Aloe*——因为不愿摊给出版家受他们的雌黄，自行出版。这一本青面子的小说也和那三期的 *Signature* 一样，现在成为准“孤本”了。H. G. Wells 以为 *Prelude* 是曼殊斐儿最好的著作。在当代英国短篇小说中，也是最好的。

一九一九年，曼殊斐儿在 *Athenaeum* 做书评，于是文学界中都知道“曼殊斐儿”这个名字。

到一九二〇年，春，她再不能坚持着不让她的短篇小说集出版了；结果是 *Bliss* 的印行。出版之后，批评界哗然惊异。对于她的天才是没法否认的；但那老评语“太辣太刻”还是出诸一般业批评者之口。当代英国大作家如 Wells，Galsworthy，Dela Mare 则力为辩护，极口称赞她，因此她又提起勇气做了后来收集在 *The Garden Party* 里的那些短篇。

The Garden Party 里的短篇是她在六个月内做成的。出版后，批评界虽仍有一二微词，但大部分的敌对的批评家都屈伏了，他们的战线守不住了，曼殊斐儿的胜利完成了！

评曼殊斐儿为“太硬，太刻，太辣”的批评家是不了解曼殊斐儿的。曼殊斐儿懂得别人所不能懂而极想懂的人生的一部的意义。她是忠于这自知的真理的；她要大胆的明白的把这真理说出来。她觉得，要她把文气变为软些温和些，是极容易的事，但要布勇气去大胆的明白的说，却是极难。曼殊斐儿是要避掉极容易的事去做极难的事的！她虽然是战胜了极难的了。

在最后的六个月内，曼殊斐儿不曾做什么东西，所以“The Fly”一篇算是她的天才的最后的表现。她死前六个月的沉默，未必竟是身体衰弱的缘故；她是在更深地再造她的人生观，她大概是想另用一种风格去创作的；不幸“死”竟打断她的志愿！我为曼殊菲儿悲惜，亦为英国文坛悲惜！

——录自商务印书馆1924年初版

《日本的诗歌》[①]

《日本的诗歌》日本的小诗（附录）

周作人

日本的诗歌在普通的意义上统可以称作小诗，但现在所说只是限于俳句，只有十七个音，比三十一音的和音要更短了。

日本古来曾有长歌，但是不很流行，平常通行的只是和歌。全歌凡三十一字，分为五七五七七共五段，这字数的限制是日本古歌上唯一的约束，此外更没有什么平仄或韵脚的规则。一首和歌由两人联句而成，称为“连歌”，或由数人联句，以百句五十句或三十六句为一篇：这第二种的连歌，古时常用作和歌的练习，有专门的连歌师教授这些技术。十六世纪初兴起一种新体，参杂俗语，含有诙谐趣味，称作“俳谐连歌”，表面上仍系连歌的初步，不算作独立的一种诗歌，但是实际上已同和歌迥异，即为俳句的起源。连歌的第一句七五七三段，照例须咏入“季题”及用“切字”，即使不同下句相联也能具有

① 《日本的诗歌》，周作人等著，上海商务印书馆1924年11月初版，小说月报社编辑，小说月报丛刊第四种。

独立的诗意，古来称作“发句”，本来虽是全歌的一部分，但是可以独立成诗，便和连歌分离成为俳句了。

日本的俳句从十六世纪到现在，这四百年中，大概可以说是经过四个变化。第一期在十六世纪俳谐的祖师山崎宗鉴，“贞门”的松永贞德，“谈林”派的西山宗因（虽然时代略迟）是当时的代表人物；他们各有自己的派别，不过由我们看来只是大同小异，诙谐的趣味，双关的语句，大概有相同的倾向。今抄录几句于下：

（一）就是寒冷也别去烤火，雪的佛呀！ 宗鉴

（二）风冷，破纸障的神无月①。

（三）连那霞彩也是斑驳的，寅的年呵。 贞德

（四）给他吮着养育起来罢，养花的雨②。

（五）蚊柱呀，要是可削就给他一饱。 宗因

以上诸例都可以看出他们滑稽轻妙的俳谐的特色。但是专在文字上取巧，其结果不免常要弄巧成拙，所以后来落了窠臼，变成滥调了。

第二期的变化在十七世纪末，当日本的元禄时代，松尾芭蕉出来推翻了纤巧诙诡的俳谐句法，将俳句提高了，造成一种闲寂趣味的诗，在文艺上确定了位置，世称“正风”或“蕉风”的句，为俳句的正宗。芭蕉本来也是旧派俳人的门下，但是他后来觉得不满足；一天深夜里听见青蛙跳进池内的声响，忽然大悟做了一句诗道，

（六）古池——青蛙跳入水里的声音。

---

① 相传十月中诸神悉集出云大社故名神无月。此处取神与纸同音 Kmai 双关障子上无纸也。——原注

② 雨与饴同音 Ame 故云。——原注

自此以后他就转换方向，离开了谐谑的旧道。致力于描写自然之美与神秘，他又全国行脚，实行孤寂的生活，使诗中长成了生命，一方面就受了许多的门人，“蕉风”的句便统一了俳坛了。后人对于他这古池之句加上许多玄妙的解释，以为含蓄着宇宙人生的真理，其实未必如此，不过他听了水声，悟到自然中的诗境，为他改革俳句的动机，所以具有重大的意义罢了。诗歌本以传神为贵，重在暗示而不在明言，和歌特别简短，意思自更含蓄，至于更短的俳句，几乎意在言外，更[不]容易说明了。小泉八云把日本诗歌比作寺钟的一击，他的好处是在缕缕的幽玄的余韵在听者心中永续的波动。野口米次郎在《日本诗歌的精神》(东方智慧丛书内）上又将俳句比一口挂着的钟。本是沉寂无声的，要得有人去叩他一下，这才发出幽玄的响声来，所以诗只好算作一半；一半要凭读者的理会。这些话都很有道理，足以说明俳句的特点，但因此翻译也就极难了。现在选了可译的几首抄在下边以见芭蕉派之一斑。

（七）枯枝上乌鸦的定集了，秋天的晚。　芭蕉

（八）多愁的我，尽使他寂寞罢，闲古岛。

（九）坟墓也动罢，我的哭声是秋的风[①]。

（十）病在旅中，梦里还在枯野中奔走。

芭蕉所提倡的句，可以说是含有禅味的诗，虽然不必一定藏着什么圆融妙理，总之是充满着幽玄闲寂的趣味那是很明了的了。但是“蕉门十哲”过去了之后，俳坛又复沉寂下去，几乎回到以前的诙诡的境地里，于是“蕉风”的俳句到了十八世纪初也就告一结束了。

---

① 原题《悼一笑》。——原注

继芭蕉之后，振兴元禄俳句的人是天明年间的与谢芜村，当十八世纪后半，是为第三期的变化。芜村是个画家，这个影响也带到文艺上来，所以他一派的句可以说是含有画趣的诗。芭蕉的俳句未始没有画意，但多是淡墨的写意，芜村的却是彩色的细描了。他和芭蕉派在根本上没有什么差异，不过他将芭蕉派在搜集淡涩的景色的时候所留下的自然的鲜艳的材料也给收拾起来，加入画稿里罢了。他的诗句于丰富复杂之外，又多咏及人事，这也是元禄时代所未有，所以他虽说是复兴“蕉风”，其实却是推广，因为俳俗因此又发展一步了。现在也举几句作一个例子。

（十一）柳叶落了，泉水干了，石头处处。　　芜村

（十二）四五人的上头月将落下的跳舞呵。

（十三）易水上流着葱叶的寒冷呀。

俳句第四期的变化起于明治年间，即十九世纪后半，那时候元禄天明的余风流韵早已不存，俳人大抵为小主观所拘囚，仍复作那纤巧诙谐的句当作消遣，正冈子规出来，竭力的排斥这派的风气，提倡客观的描写，适值自然主义的文学流入日本，也就供给了好些资料，助成他的“写生”的主张。他据了《日本新闻》鼓吹正风，攻击俗俳，一时势力甚盛，世称“日本派”俳句，又因子规住在根岸，亦称“根岸派”。他的意见大半仍与古人一致，但是根据新的学说将俳句当作文学看待，一变以前俳人的态度，不愧为一种改革。他的诗偏重客观的写生以及题材的配合，这可以说是他的本领，虽然也曾做有各体的诗句，

（十四）荼蘼的花（对着）一闲涂漆的书几[①]。　　子规

① 书几糊纸，上再涂漆，系一闲创始，故名。——原注

（十五）蜂窠的子，化成黄蜂的缓慢呵。

（十六）等着风暴的胡枝子的景色，花开的晚呵①。

以上四期的俳句变化，差不多已将隐遁思想与洒脱趣味合成的诗境推广到绝点，更没有什么发展的余地了。子规门下的河东碧悟桐创为“新倾向句”，于是俳句上起了极大的革命，世论纷纭，至今不决，或者以为这样剧烈的改变将使俳句丧失其固有的生命，因为俳句终是“芭蕉的文学”，而这新倾向却不能与芭蕉的精神一致：这句话或者也有理由，但是倘若俳句真是只以闲寂温雅为生命，那么即使不遭破坏，尽是依样壶卢的画下去也要有寿终的日子，新派想变换方向，吹入新的生命，未始不是适当的办法，虽然将来的结果不能预先知道。新倾向句多用“字余”，便是增减字的句子，在古来的诗里本也许可，现在却更自由罢了；其更重要的地方就在所谓“无中心”。俳句向来最重“季题”，与“切字”同为根本条件之一，后来落了窠臼，四时物色都含了一种抽象的意义，俳人作句必以这意义为中心，借了自然去表现他出来，于是这诗趣便变了因袭的，没有个性的痕迹了。新派并不排斥季题，但不当他是诗里的中心，只算是事相中的一个配景，而且又抛弃了旧时的成见与联想，别用新的眼光与手法去观察抒写，所以成为一种新奇的句，与以前的俳句很有不同了。

（十七）运着饮水的月夜的渔村。　碧梧桐

（十八）雁叫了帆上一面的红的月光。　云桂楼

（十九）短夜呵，急忙回转的北斗星。　寒山

（二十）许多声音呼着晚潮的贝类呀，春天的风。　八重樱

---

① 原题《小庭》。——原注

传统的文学，作法与读法几乎都有既定的途径，所以一方面虽然容易堕入因袭，一方面也觉得容易领解，至于新兴的流派便没有这个方便，新倾向句之被人说晦涩难懂就为这个缘故。我们俳道的门外汉本来没有什么成见，但也觉得很不易懂，这不能不算是一个缺点，因此这短诗形是否适于表现那些新奇复杂的事物终于成为问题了。

上边所说俳句变化的大略，不能算是文学史的叙述，我们只想就这里边归纳起来，提出几点来说一说。

第一，是诗的形式的问题。古代希腊诗铭（Epigram mata）里尽有两行的诗，中国的绝句，也只有二十个字，但是像俳句这样短的却未尝有；还有一层，别国的短诗只是短小而非简省，俳句则往往利用特有的助词，寥寥数语，在文法上不成全句而自有言外之意，这更是他的特色了。法国麦拉耳默（Mallarme）曾说，作诗只可说到七分，其余的三分应该由读者自己去补足，分享创作之乐，才能了解诗的真味。照这样说来，这短诗形确是很好的，但是却又是极难的，因为寥寥数语里容易把浅的意思说尽，深的又说不够。日本文史家论俳句发达的原因，或谓由于爱好么小的事物，或谓由于喜滑稽，但是由于言语之说最为近似；单音而缺乏文法变化的中国语，正与他相反，所以译述或拟作这种诗句，事实上最为困难——虽然未必比欧洲为甚。然而影响也未始是不可能的事，如现代法国便有作俳谐诗的诗人（参考《诗》第三号），因为这样小诗颇适于抒写刹那的印象，正是现代人的一种需要，至于影响只是及于形式，不必定有闲寂的精神，更不必固执十七字及其他的规则，那是可以不必说的了。中国近来盛行的小诗虽然还不能说有什么很好的成绩，我觉得也正不妨试验下去；现在我们没有再做绝句的兴致，这样俳句式的小诗恰好来补这缺，供我们发表刹那的感兴之用。

第二，是诗的性质问题。小泉八云曾在他的论文《诗片》内说，“诗歌在日本同空气一样的普遍。无论什么人都感得能读能作。不但如此，到处还耳朵里都听见，眼睛里都看见。”这几句话固然不能说是虚假，但我们也不能承认俳句是平民的文学。理想的俳谐生活，去私欲而游于自然之美“从造化，友四时”的风雅之道，并不是为万人而说，也不是万人所能理会的。蕉门高弟去来说，“俳谐求协万人易，求协一人难。倘是为他人的俳谐，则不如无之为愈。”真的俳道是以生活为艺术，虽于为己之中可以兼有对于世间的贡献，但决不肯曲了自己去迎合群众。社会中对于俳句的爱好不可谓不深，但那些都只是因袭的俗俳，正是芭蕉芜村子规诸大师所排斥的东西，所以民众可以有诗趣，却不能评鉴诗的真价。芜村在《春泥集》序上说，“画家有去俗论，日画去俗无他法，多读书，则书卷之气上升而市俗之气下降矣，学者其慎旃哉（上四句原本系汉文）。夫画之去俗亦在投笔读书而已，况诗与俳谐乎。”在他看来，艺术上最嫌忌者是市俗之气，即子规所攻击的所谓“月并”①，就是因袭的陈套的着想与表现，并不是不经见的新奇粗卤的说法：俳句多用俗语，但自能化成好诗，芜村说，“用俗而离俗”，正是绝妙的话，因为固执的用雅语也便是一种俗气了。在现今除了因袭外别无理解想象的社会上，想建设人己皆协的艺术终是不能实现的幻想，无论任何形式的真的诗人，到底是少数精神上的贤人——倘若讳说是贵族。

第三，是诗形与内容的问题。我们知道文艺的形式与内容有极大的关系，那么在短小的俳句上当然有他独自的作用与范围。俳句是静物的画，向来多只是写景，或者即景寄情几乎没有纯粹抒情的，更没有叙事的了。元禄时代的闲寂趣味，很有泛神思想，但又是出世的或可以说是养生的态度，诗中之情只是寂寞悲哀的一方面，不曾谈到恋爱；天明绚烂的诗句里多咏入人事，不过这古典主义的后兴仍是与现

---

① 月并（Tsukinami）原意每月，旧派俳人每月开会作句，人称陈腐之句为月益发句，从引申为凡俗之通称。——原注

实相隔离，从梦幻的诗境里取出理想之美来，不曾真实的注入自己的情绪，明治年间的客观描写的提倡更是显而易见的一种古典运动，大家知道写实是古典主义之一分子。总而言之，俳句经了这几次变化，运用的范围逐渐推广，但是于表现浪漫的情思终于未能办到，新倾向句派想做这一步的事业，也还未能成功。俳句十七字太重压缩，又其语势适于咏叹沉思，所以造成了他独特的历史，以后尽有发展，也未必能超逸这个范围，兼作和歌及新诗的效用罢。日本诗人如与谢野晶子、内藤鸣雪等都以为各种诗形自有一定的范围，诗人可以依了他的感兴，拣择适宜的形式拿来应用，不至有牵强的弊，并不以某种诗形为唯一的表现实感的工具，意见很是不错。现在的错误，是在于分工太专，诗歌俳句，都当作专门的事业，想把人生的复杂反应装在一定某种诗形内，于是不免生出许多勉强的事情来了。中国新诗坛里也常有这样的事，做长诗的人轻视短诗，做短诗的又想用他包括一切，未免如叶圣陶先生所说有“先存体裁的观念而诗料却随后来到”的弊病，其实这都是不自然的。俳句在日本虽是旧诗，有他特别的限制，中国原不能依样的拟作，但是这多含蓄的一两行的诗形也足备新诗之一体，去装某种轻妙的诗思，未始无用。或者有人说，中国的小诗原只是绝句的变体，或说和歌俳句都是绝句的变体，受他影响的小诗又是绝句的逆输入罢了。这些话即使都是对的，我也觉得没有什么关系，我们只要真是需要这种短诗形，便于表现我们特种的感兴，那便是好的。此外什么都不成问题。正式的俳句研究是一种专门学问，不是我们微力所能及，但是因为个人的兴趣所在，枝枝节节的略为叙说，而且觉得与中国新诗也不无关系，这也就尽足为我的好事的（Dilettante）闲谈的辩解了罢。

（选录《诗》杂志）

——录自商务印书馆1924年初版

《太戈尔戏曲集（二）》[①]

《太戈尔戏曲集（二）》短序

郑振铎

太戈尔（R. Tagore）的戏曲，我们已经出过两本，一是《春之循环》(*The Cycle of Spring*)，一是《太戈尔戏曲集一》，在后面这一本书里，我们共选了两篇剧本，一为《齐德拉》(*Chitra*)，一为《邮局》(*Post Office*)。现在再由高滋君在英译本的《牺牲及其他》一书里，选译了《马丽妮》(*Malini*) 及《牺牲》(*Sacrifice*) 两篇，编在这里，作为《太戈尔戏曲集二》。

《马丽妮》及《牺牲》的艺术及所包含的思想，要说起来很长，暂时不能在这里讨论。

我相信无论什么读者，读完这一本书后，至少总会被太戈尔的美丽的对话及充满于两剧中的赞颂牺牲与为和平而奋斗的精神所感动，虽然疏忽的读者也许第一次读它们时不十分觉得明了。

郑振铎　十二年十月二十五日

——录自商务印书馆 1924 年初版

① 《太戈尔戏曲集（二）》(*Plays by Rabindranath Tagore*，Vol. II)，印度太戈尔（Rabindranath Tagore，今译泰戈尔，1861—1941）著，高滋译，上海商务印书馆 1924 年 11 月初版，文学研究会丛书之一。

《伪君子》①

《伪君子》译序

朱维基②

莫里哀原名 Jean Baptiste Poquelin，在一六二二年生于法国巴黎，初习法律，后始入舞台生活。他一生都在巴黎，演剧，排戏，经理戏园，创作剧本。颂赞他的有之，极力反对他的亦有之。他在家庭中，因为结婚不如意，得不到甚么安慰，后来忧郁与时俱加，万事都不顺遂。一六七三年二月十七日，他在演剧时，猝然得病，数句钟后就与世长遗了。

莫里哀所作剧本不下数十种，其尤著名的为下列数种：《丈夫学校》，《妻子学校》，《伪君子》（又名《谈达夫》），《悭吝人》，《厌世者》，《忧郁病者》，《女学者》，《舍己的医生》，《公民变做绅士》等等，一本一本地他把当时社会的罪恶弱点没有隐讳地揭出来。所以他受人攻击之猛烈也正因此。

他的特质在《伪君子》（*Tartuffe*，*or the Hypocrite*）中是最显著了。虽然莫里哀描写人生的手段没有沙士比亚那么复杂，但是正因为这个简单，所以像谈达夫那样代表罪恶的人物才能认为是人。想到我们中国现在的社会上，不论宗教界，教育界，政治界，商界，工界，像这种伪君子一类的人实在不在少数。戴了虚伪的假面具尤其能横

① 《伪君子》，法国莫里哀（Molière，1622—1673）著，朱维基据英译本重译，上海六社 1924 年 11 月初版。

② 朱维基（1904—1971），上海人，1930 年与芳信、林微音等在上海成立绿社，创办《绿》杂志。译有但丁《神曲》，拜伦《唐璜》，弥尔顿《失乐园》等。

行，能占势力；至于那些诚实可信的人倒不得用，甚至失业而沦落。这实在是一件可痛可恨的事情，非得痛下针砭不可！因此我译了这本《伪君子》问世。

这篇剧本是由“哈佛丛书”(Harvard Classics）里面潘琪（Curtis Hidden Page）译的英文本子译出来的。原文分行排列，今译为散文，以便排演。剧中人名，地名一律改成中国式，那末排演时读起来可以稍为顺口一些。

一九二四年十月十日，朱维基志于上海。

——录自六社 1924 年初版

《普希金小说集》[①]

《普希金小说集》普希金传略

(赵诚之[②])

亚历山大·写勒格耶微支·普希金（Александр Сергеевич Пушкин）是俄国一位大诗家兼小说家。一七九九年五月二十六日生于莫斯科。他的父亲和叔父都是有名的诗人。他的母亲是当时鼎鼎大名“大彼得之奴”名叫亚伯拉姆（Абрам）的孙女，家里富而且贵。后来普氏写了一篇《大彼得之奴》(Арап Петра Великого)，就是叙述他母亲的祖先的历史的，可惜没有作完，就绝笔了！

在十七八世纪的时代，俄国贵族社会盛行一种“傅保教育”：贵

① 《普希金小说集》，俄国普希金著，赵诚之译，上海亚东图书馆 1924 年 12 月初版。

② 赵诚之，早期俄语文学译者。译有高尔基短篇小说《最后的胜利》《谁没有孩子呢？》等。

族子弟尽是请法国教师或保姆来家中教养，所教的功课，除《圣经》和国文用俄语外，其余全用法文教授。所以法文在贵族社会占有大势力，交际上思想上全用它，本国语几乎不通行了。普氏是贵族子弟，自然不能例外；所以九岁的时候，他就能读法文诗了。

普氏家中有一个大图书馆，藏着许多法国文学书籍。他小时性情静默，不爱说话，每天坐在图书馆里读法文诗歌；大诗家的基础，在小时已树立起来了。

一八一一年秋，皇村开了一个“贵族学校”，普氏父亲便送他入学。在学校里结识了当时文学界的大人物克拉姆静（Карамзин），郁阔夫士基（Жуковский）。同学们都特别喜欢研究文学，开学不久，便组织了一个文学研究会。普氏年青学富，同学无不敬仰他。后来学会发行一种手抄本杂志，登载会员的作品。普氏第一次发表的长诗：《告诗友》，颇受文学界的赞美。他的诗人生活，于此开始了。

在学校里，普氏专门研究文学，对于其余的功课不甚注意，每逢考试，常不及格。但是学校教员见他有文学天才，也没有说什么。一八一五年贵族学校开了一个文艺观摩大学，文学家街勒沙文（Державин）来校参观，普氏朗诵自作的《皇村回忆》一诗，街氏大受感动，极力夸奖这位青年诗人。从此以后，普氏的诗名，轰动全城。

一八一七年夏，普氏毕业于贵族学校。出校后，便在外交部服务，然对于诗文的工作，并不抛废。一八二〇年他的长诗《卢士郎和留得米拉》（Руслан и Людмила）完成后，诗名益发传扬远近。可惜当时结交了一般浮浪少年，染了一场恶病；治愈后，作了一首《更生》诗以自儆。后来陆续做了好些激烈的自由诗，社会上颇为风行；因此遭政府的忌妒，派他去南方殖民地保护部服务。

普氏刚到南方，又得了一场大病。幸而遇着拉也夫司基（Раевский）将军往高加索去，便把他带随身边；不但治好了他的病，而且替他说情，准普氏一同到高加索游历。高加索风景极佳，最宜于文学家修养。普氏与天然美景接触了，胸襟益发舒畅。后又到克雷姆半岛东岸的古尔祝夫村住了三星期；在那里著了两篇长诗：(一)《高加索之囚》，(二)《巴奇萨哈的喷水池》(Бахчисарайский фонтан)。描写高加索和克里米亚的天然风景，真是“惟妙惟肖”！

是年九月，普氏转到奇石业夫（Кишинев [Кишинёв]）销假，便在那里住下。当时他的旧脾气复发作起来，又相与一般恶少；因此屡次和人家起冲突，竟被监禁一次。出狱后，又猛然觉悟了，痛改前非。整天在家里研究法英文学，做了许多篇诗：《盗兄弟》(Братья-разбойники）和《采刚人》(Цыгане）等篇，都是在奇石业夫作的；并且他又采集了好些塞尔维亚和斯拉夫民族的歌谣，作他自己诗歌的资料。

一八二一年普氏作了一篇名诗，题为《拿破仑》。次年又作了一篇《咏神巫莪列格》(Песнь о Вещем Олеге）名诗。在这两篇诗中，流露出俄国文学的“独立精神”。

一八二三年普氏迁到渥迭萨城，供职于新总督佞銮撮夫(Линочов）伯爵府里。久处僻静乡村，新来那繁华的文明社会又重新赏玩克里米亚南岸的海景，心中的快乐“不言而喻”了！但他是素来自由惯了的人，不能忍受职务的束缚；恰当那位佞总督看不起这等诗人，常时严厉的督责他办理公事；因此普氏心中“大扫其兴”。当时警厅发现了普氏给莫斯科友人一封信，言辞稍含愤激的语气；于是总督便把他在外交部的名开除了，派武装警察解到卜思可夫省米海洛夫司阔也村（Село Михайловское）严重的监视起来。这个小村庄是普氏母亲的故里，风景颇佳。后来地方官渐渐的放任了，便完全等于住在家里一般。他的好友亚者可甫（Языков），迭尔维革(Дельвиг）子爵和卜思成（Пушин）等常来安慰他；而且还有一个好伴侣，就是他的乳母也住在那里。每日家听她讲故事，唱歌谣；所以不但不觉得寂寞，并且心中非常快乐，这真是出人意料之外的事情了！

普氏软禁在村中，读书生活，颇不干燥。在那里作了许多短篇诗歌，还做了《波利司葛杜诺夫》(Борис Годунов）和《鲁林伯爵》(Граф Нулин）两篇戏曲，又继续作《叶夫格尼哦业金》(Евгений Онегин）诗的小说；此外还研究意大利文和《可兰经》。所以普氏这次虽不幸被禁于小村中，却是他的文学的确进步了不少。

一八二五年俄皇亚历山大第一（Александр I）逝世，当时革命党趁机起事，不幸事败，党人多被捕杀。普氏听得这消息，便急把含有愤激言辞的著作完全烧毁，因此没有被难。到新皇登位，即刻赦了普氏的罪，并召他进莫斯科，十二分的优待，普氏因得恢复了自由。不久他便加入了莫斯科新闻杂志社，自然是社中的重要分子了。

一八二八年三月普氏在莫斯科跳舞会中和一位十六岁的女郎娜达里亚（Наталия）相识。这位女郎容貌极美，普氏倾心的了不得。次年三月普氏向她求婚，不幸失败了；心中大失所望，便跑到高加索，投入派司克维奇伯爵军中，跟随上阿尔慈罗姆（Эрзерум）去。他这一次旅行，著成了《阿尔慈罗姆城游记》一篇。当年秋季仍回莫斯科；冬季便转到彼得格勒（Петербург），在迭尔维革（Дельвиг）所办的文艺日报社当编辑。当时他心中还恋爱着前次拒绝他的婚约的娜达里亚，便重新作第二次求婚，谁知竟得她的允许；于是普氏兴高采烈的预备结婚，收拾房屋，静候结婚日期来临。在这高兴之下，完成了《叶夫格尼哦业金》(Евгений Онегин)，还做了许多短篇小说——《风雪》(Метель)，《棺材匠》(Гробовщик)，《一个驿站的站长》(Станционный сомтритель)，《假农女》(Барышня-крестьянка）等等和好些诗剧：《瘟疫流行时的宴会》(Пир во время чумы)，《石客》(Камённый гость)，《啬吝的骑士》(Скупой рыцарь）等等；至于短诗更不消说了。

一八三一年二月五日普氏和他的未婚妻娜达里亚在莫斯科举行结婚典礼。“燕尔新婚”，生活的愉快自不消说了。在那里闲住，他编辑了许多民间故事；新皇十分宠幸他，复命他在外交部服务，允许他进各种档案收藏处搜集材料，预备作一部历史。后来他搜得一七七三年到一七七四年蒲加撤夫（Пугачев）作乱的事迹，便亲身到作乱的地方，调查访问当时的情形，于是著了一部《蒲加撤夫叛乱史》(История пугачевского бунта)。这部历史出版后，得了政府二万卢布的奖金。后来又把叛乱时代的逸事，加上点理想，编成一部小说名“《甲必丹之女》(Капитанская дочь）”，是历史小说中著名的作品。

普氏一生的著作，固以诗为最有名，但也极喜欢批评文学。他曾发表了一篇《批评和辩论的条件》，颇受当时文学界的欢迎。

普氏在彼得格勒（Петербург）享大名时，喜欢嘲笑人家，因此有许多人忌妒他。自结婚后，因为他的夫人年青而貌美，又在交际场中常出风头，忌妒者更捏造种种浮言，想陷害她。普氏血气方刚，那里能够忍受？因此和法人骑兵军官丹特士（Дантес）决斗，亲友劝阻无效。一八三七年一月二十七日下午五时在黑河附近实行决斗，不幸普氏受伤极重，药医无效。延至二十九日遂与世长辞了。

二月三日葬于圣山岛思平教堂。

一八八〇年春，在莫斯科建了一座巍峨的铜像，以纪念我们的大诗家兼小说家——普希金。

一九二四，六，三〇，于北京

——录自上海亚东图书馆1924年初版

《普希金小说集》[附记]

（赵诚之）

这九篇小说是普希金托名别尔金发表的。他把它们收集起来，刊一专集，名为《别尔金小说集》。——自己在集后作了一篇《别尔金小说集跋》，描写别尔金的人品。他所以要托假名发表的缘故，是因为当时文网深严，想避开当时人的批评。

一九二四，九，五。译者附志

——录自上海亚东图书馆1924年初版

《日本现代剧选　第一集》[①]

《日本现代剧选　第一集》菊池宽剧选序

田汉

算起来，已经是三年以前的事了。我那时还住在东京郊外户冢诹访森边的月印精舍。有一天早晨看报，忽瞥见了一个很有味的广告，说是某日某时东京几个剧作家将假有乐座开一个大讲演会；参加的人，有久米正雄，菊池宽，里见弥，冈本绮堂，小山内薰，和小村欣一等。这几人中间除小村欣一——日俄媾和谈判的当事者小村寿太郎的儿子——外，其余的或曾闻过他的名或曾读过他们的作品。于今借这公开讲演见见他们，倒也是难得的机会，所以我决意破费三角钱

① 《日本现代剧选　第一集》，菊池宽剧选，日本菊池宽（1888—1948）著，田汉译，中华书局1924年12月初版，少年中国学会丛书之一。

的“入场料”到有乐座去听听他们的言论，同时还瞻仰瞻仰他们的丰采。有乐座是东京有数的新式剧场，我们曾借这个剧场演过一次戏，所以特别觉得亲切。——不幸这次大地震把它付之一炬了。——刚进去的时候那“失恋小说家”久米正雄，正把一幅六折的金屏风做背景在那里报告开会宗旨。接着似乎是小村欣一的“缩短演剧时间论”，东京的新闻记者因为他是个侯爵，所以于他正在演说的时候放起镁光来，弄得满舞台的烟，像中国舞台上出鬼魂一样。小村过后，似乎是那和蔼可亲的老戏曲家冈本绮堂。他讲的似乎是东京明治以来演剧的变迁，和他数十年来的观剧谈。娓娓说来，感慨系之，好像听李龟年在江南说天宝遗事。冈本先生下场后似乎便是菊池宽了！他那种痴肥的身体，迟重的动作，一出台便给我们一种很深的印象。他的脸是圆的，是平面的。他的眼睛在颜面所占的位置，一如鲸鱼与象的眼睛在它们的颜面所占的位置；鼻子则譬诸广漠之野偶见小丘而已。若没有那疏疏的短须，和蓬蓬的乱发，很不容易看出他是一个艺术家。批评他的人说，单看菊池的外貌，似乎很缺乏雅致 Delicacy，但他却有异常纤细的神经，异常敏锐的感受性。这话是读过菊池的作品又见过他的丰采的人所一致的。丰采如是，言论亦然。他那天说的题目似乎是《舞台上的真与假》。他大体说剧场中演者与观客之间隐然有一种约束，便是“我们当真的演，请你们当真的看”，否则一切戏剧都不能成立。守田戡弥演哈孟雷特，把哈孟雷特的苦闷的心绪表现得逼真，所以感人，但观者若不守约束，则守田戡弥任演得怎么好都是笑话。因为他分明是守田戡弥，他不是哈孟雷特。又说现在有人主张导演中心主义，俳优中心主义，但他是主张脚本中心主义的。他为什么主张脚本中心，因为他是脚本家的缘故。他的话我都记不真了。他的日本话决不比三宅雪岭博士（说话很钝的著作家）流畅。他说不十分周到的时候，便用手去抓他的头发。但他那种木讷的口调和钝拙的姿势中间，却闪动着一种理智之光。……

菊池和芥川龙之介，久米正雄，江口涣等同为《新思潮》的同人。(《新思潮》之出现与《白桦》相前后，其在日本文坛的势力亦与白桦派同人相伯仲)。菊池与芥川交最密，而性情主张初不一致。芥川承夏目漱石的遗绪其艺术近于艺术至上主义。菊池为日本艺术家中有数的Moralist，其艺术于艺术固有的价值以外，必赋与一种社会的价值。芥川尝述菊池的印象说，——“菊池的生活法常常是彻底的。决不半途而止。他自己信为是正当的，他便一步一步地做去。这种信念是理智的，而同时必含着多少的人情味。我尊敬他便是这一点。我们是躲在艺术内面的，而在菊池则艺术仅为他的生活之一部。本来艺术家中也有像托尔思泰一样于怎样观察人生有兴味的，也有像福罗贝尔一样于怎样观察艺术有兴味的。菊池当是属于前者的艺术家。在这意味讲来，他的主张近于为人生的艺术。”这几句话批评菊池总算简而得要。“理智的，同时含着多量的人情味。”这确是菊池的好处。试看他的《父归》一剧，不是具体的例吗？贤一郎对于他那多年在外面游荡老后始归的父亲的态度是何等理智的。但结果依然把父亲喊回，又是何等人情的！

不过情感——尤其是感伤——与理智始终不能两立。许多从事社会改造的人因为这种情感作祟，始终不能取彻底的理智的手段，而终于妥协。所以在这一点，菊池虽被芥川称他生活法彻底，自己所信为正当的，即着着实行不肯半途而止。而在新时代的人物看来，他依然是旧时代的后卫，而非是新时代的先驱。试以《父归》一剧为中心，介绍日本两个批评家的菊池宽论。

(一) 藤井真澄氏的评论

菊池宽氏的特色，在将他的所谓Thema（拉丁语，题目之意）收得紧紧的，一点也不冗漫，再遮上一点日本式的淡淡的人情味，这也可以说是俳句的味道。其手法之巧妙，新人且易为所惑，买俗众的眼泪更有十分的力量。近日国人多为内容不充分而冗长得要命的剧曲所苦，一旦读他的短剧便把它看作一种新技巧，认为在作剧上划一新时代。……其实他的戏剧不过是一种新颖的见闻杂记式的戏剧，并非有何近代艺术上的价值。其生命的基调，依然是昔日感伤的日本情调，没有什么新的思想、批判、感激和力量。号称《父归》的原作的外国的《父归》，听说父亲去了之后，他的儿子并没有去叫他回。不错，不叫他回实在是更近代的，更现实的；去叫他回便隐然有一脉的人情味，有日本人堕落的因习，同时可以看出作者阿谀此种因习的态度。此种妥协的人情，决不是基于人类的永远性之爱。不过是偶因日本人是土百姓，是封建国民而产生的一种恶业；不过是最妨碍将来新人类生活的一种低级的俗情，不过是固结于日本土地上的岛国根性，奴隶的感伤道德，中产阶级的帮闲的人间性……

我顺便说说“人类的永远性”。永远性是指潜伏于自然性里面的本然性。但求宽广地，长远地生活下去便是生物的永远的本然性。懂得这种本然性，思前虑后，合理的生活下去，便是人类的永远性。（中略）拿《父归》一剧说，把他父亲请到家里奉养，其妨碍他们的生活，是很明白的事。所以不喊他回来，较为自然，较近于本然性。又父亲归时贤一郎之外皆嘤嘤啜泣，这是一点也不自然的。无论父子夫妇之爱多么强而有力，而相离那样久又在与“生活难”恶战苦斗之后，他们对于“父”的感情，自然依严格的进化的法则而消灭。那样嘤嘤而泣，都是虚伪，做作，现实的世界是不会有的。那时候因为刚对于贤一郎备尝艰苦的奋斗精神表伤感的同情，即时使此种同情的眼光移到他的老父事业失败后的运命，与其凄凉之境况上去，自然是十分动人感情的。不知却被作者骗了。何况一般观客对于旧剧及新派剧中所表现的封建思想养成的孝道，自己虽没有行过一点，却盲目的把它当作好东西，而以对之流泪为唯一无上的快乐与夸耀。一旦看了《父归》这样的戏可了不得啦，弄的全场掩泣起来。……但终不过巧妙而已，此外什么意思也没有。其间的机微，但看《屋上的狂人》一剧中弟弟对于哥哥狂的幻想表示同情的地方也可以充分知道。观客为菊池巧妙的手法所欺，或者以为是“自然”的事，但是冷静的考察起来，可知依然是假的。弟弟愤慨用松须熏他哥哥的心理是真正的人性，大家看到这里都对于他表多大的同情与共鸣。不过这同情与共鸣，就是使观客是认后来弟弟同情哥哥那种“狂的幻想”的甘饵。从常识上说，决没有对于哥哥的狂的行为表同情的弟弟。要对之憎恶嫌厌，才是现实的自然，才近于本然性。从那对于周围的人的迷信的反抗心，夕阳照海的自然光景，和弟弟或许与兄同有狂的遗传等的想象说来，当然也可以是认它，然而这是附条件的，即变态的自然，决不是永远的本然性。菊池氏的戏剧，小说，评论等有一种常用的手段，即最初投以“人类本性”的饵，随后便使人上他那“便于他自己的谎话”的钩。结局他便是阿谀封建的农业文明后天地造出的旧道德，而对于为旧道德所拥护的资本主义组织与其心理为一种无意识的帮闲。对新社会之创造为一种温情主义的防御战。此种严格的议论也不必发了，要之他的创作前日的已经可以于此告一段落，此后希望他形式内容都有一种新开展。来春（民国十一年）听说他把得意的将棋也不下了，到西洋去研究社会问题，这是很必要的。然而即算把将棋不下了跑到外国去，若依然是下将棋那样的为封建式的人情味所占满的头脑，那么无论他到什么地方，无论他到什么时候，他是决不会了解社会问题与人性的。要之，我们以很大的期待送他到 Shaw 与 Brieux 的国里去。

（大正十年十二月号《早稻田文学》所载）

（二）林癸未夫氏的评论

菊池氏的神经与技巧比起其他的中产阶级作家如芥川（龙之介），里见（弥），谷崎（润一郎）诸氏起来，确是较为不纤细，不洗练……但他的作品之艺术的价值比起芥川，里见，谷崎的作品起来所以毫无逊色，便因为他的作品中所表现的他的独特的思想的批判力，很强烈的刺戟读者的道德意识。同时他有一种刚健的说服力把读者的艺术的感觉一步一步地拖到他所创造的艺术世界去。……菊池氏的作品之优越性全在此种峻严的思想批判力。全在他对于师长，先辈，朋友，肉亲，和他自己都无所假借的思想批判力。自然，单有思想的批判不能成为艺术，不过他却有以艺术的形态表现其思想的技巧。他的技巧比起他的思想来虽有逊色，然能使他的作品不失去艺术的价值。并且他能以思想之长补其技巧之短，较之以技巧之长补其思想之短的芥川，谷崎，里见诸氏起来，其艺术家的地位也决不为低。

菊池氏艺术方面的优越性既在其思想的批判力，我们可以进而检讨他的思想的内容。

先看他的社会思想。他在《论社会主义》一文中说——

“以资本主义为基础的现在的社会组织，多数人类如何不正当地为一部分人所蹂躏，为反抗此种现象而起的社会主义的理论大体上如何正当，此当为稍有思索的良心的人所不能否定。世界之社会主义化不过是时间问题。

照这样看来可以说他也是个社会主义者。但他又说——

“社会主义的本身虽是合理的，社会主义的手段也务必是合理的。”

然则他所谓合理的手段是如何的呢。便是说“在劳动者有了自觉，猛狮般站起来以前，现在的特权阶级应翻然知悔”；“像维新时诸侯之藩籍奉还一样”，“资本家自觉起来脱出他们的不正不当，便是第一良策”。他以为这是很heroic（英雄的），并且是这样想象，“资本家既然自行赎罪，在将来新社会组织之下也不会因为他从前是资本家而受差别待遇。”

照这样看来，他的主张是：资本主义虽不合理，但改造为社会主义的组织时必待资本家自己醒觉，自动的放弃他的特权方为合理的手段。若劳动者取争斗的手段剥夺资本家的特权，其结果必陷于“俄国那样的混乱”，殊非正当的“改造之途径”。换言之，目的则承认社会改革之必要，手段则主张平和的。——这似乎便是他的社会思想的根柢。但何以必用平和手段方为合理，此文未说。不过他于题为《某青年》一短文的末尾说——

“每闻社会主义的理论我总承认他是真理。但在资本主义的全盛时代过了半生的我。……在理论上虽知道资本主义的诸恶，但总不容易起憎恶的实感。”

照这样说，他在理性上虽认资本主义为不合理，而不忍挥铁锤以击碎之者，实情感使然，这恐怕是他的真实的告白罢。

但他说他在资本主义的全盛时代过了半生却是错了。我日本今日还不是资本主义的全盛时代，还在资本主义发达的中途，因之菊池氏之不能唤起憎恶资本主义的实感，正因为他不曾遭逢资本主义的全盛之世。换言之，他还不曾有真正体验资本主义的害毒的机会。……没有十二分憎恶的实感，因之不忍挥其断罪之利剑。他这种思想恐怕是现代日本人大多数所共鸣的思想吧。

最能代表他那种社会思想的是他的长篇小说《火华》。他在这篇小说中以阶级斗争为题材。……写一现代日本很典型的资本家的生活和一群被他榨取的无产者的生活。把两者思想上的冲突，感情上之纷纠，经济上之斗争写得异常生动，其巧妙处虽所谓“无产作家”亦不易企及。但这篇小说的梗概是从同盟罢工之失败写起，写到为同志所卖的青年职工佐分利因愤而取破坏行动，扬其短刀肉搏——“资本家的精神之化身”——那骄慢冷酷的小姐美津子时，那代表日本现代无产阶级的反抗精神的铁造，突然从友人的暴行救出美津子的生命；他虽以此丧了自己的生命，但美津子的精神一变而为宽容温厚的工场经营者。照这样看，菊池氏做这篇小说的时候对于资本家的生活与气质虽有强烈的反感，对于劳动者的生活与地位虽有十分的同情，最后虽写到他自己所否认的破坏的混乱，但他既不肯让他破坏下去，又不能于破坏中建设新秩序，只以使旧秩序加多少之修正而复活为满足。照他的构想看来，牺牲多数劳动者的生命，仅使南条父女由苛酷的资本家变为温情主义的资本家。南条工场之劳动争议虽以此告一段落，但美津子父女依然过的是资本家的生活，南条工场的职工依然继续他们的无产者的生活。其间彻底的阶级斗争应行而卒不能行，却成立劳资协调主义的妥协。这篇大小说是这样团圆。我们可以充分看出作者的社会思想。要之他理性上虽充分承认现社会组织之不合理，现社会生活之不公正，但感情上却没有破碎这个不合理不公正的社会之热烈的恶感。普通人以理性来制御感情之奔放。他似乎是以感情来制御理性的奔放。这是他的个性的一种很显著的特征。但制御他的理性的感情是什么呢？要答这问题请先研究他的道德思想。

《父归》一篇虽是他无名作家时代所作的，但据他自己的告白是他自己最得意的作品之一。又是他自己过去的实感之最良的表现。若然，这篇剧便是研究他的道德思想的好资料。

不顾他的妻和三个儿女在外游荡的父亲携起他的情妇出奔去了。妻受不了饥饿和耻辱，与三个孩子投水自尽，幸而被人救活了。但后来他们的生活实在是至艰极苦的连续。因此长子贤一郎到了十二岁便不能不做县衙里的小使。他对于那弃妻别子的父亲的无情的行为愤恨最深，他一刻子都没有忘记他们艰难辛苦的责任都在他们那逃去的父亲肩上。对于父亲的反抗心使他高人一等的奋斗努力，好容易才争到母子四人能过质素而安乐的生活的境遇。冷酷无情的父亲的恩义丝毫不曾受过，而做到使母亲说“夫运虽坏子运却佳”，又把两个弟妹养成受过相当教育的善良的青年子女，这是兄贤一郎的夸耀也是对于无情的父亲的一种胜利。他每一追想过去的辛苦，那对于父亲的反感便勃然而生。他的心里爱慕父亲之情全然消失，只有憎恶之念根深蒂固的存在着。

在他们这种境况之前，他们的父亲突然像倦飞之鸟似的回来了。他虽然负着一切过去的罪业，然早已成了一个不得不依赖当年弃去之妻和自长成人的儿女们的恩惠为活的人。看了这个暮景颓唐的父亲，母和弟妹都毫无踌躇的欢迎他。但贤一郎断然拒绝他的父亲，对于父亲多年的憎恶之情变成血一般的言语注射到他父亲的面上。他那些话，句句有理，他父亲既无言可答，他的母亲弟妹也无法劝解。他们确实服了他的理。因为服了他的理，他的父亲只好向那黑暗的穷途跄踉自去。母亲与弟妹也不能央他去救可怜的父亲。问题至此已经解决了。幕应该在这个时候落下了。

但菊池氏却不敢于此时落幕，何故？因为这个问题他不忍单以理性去解决它。他对于贤一郎赋与以充分的理性。贤一郎于怒责母亲与弟妹忘了过去的一切即时赦宥父亲的态度，诘难他们无反省，不合理，对于父亲的罪恶毫无容赦之时，可以看见他的透彻的理性。这种理性是合理的，这又是他的父，母，弟，妹乃至读者观客所共同承认的。那么作者对于自己的理性之透彻与其批判之结果是应该满足的。然而不然。他到最后那一瞬间，自己破坏他的理性取销他的批判，蓦然去追回他的父亲。什么东西使他去追的呢？他的感情！在理性上当做的事，感情不许他做。这正与菊池氏在理性上否定资本主义，而不忍下手去破坏他的那种感情同为一物。……

凡将理性与感情之思想的价值放在同一水准上而描写两者的纠纷的，是最平凡的小说戏曲的主题，初不足贵。但菊池氏不然。他把理性的价值放在比感情更高的水准上。以为当以理性为君，感情为臣。他在《答公开状》一文中说——

“现代作品所表现的悲剧与苦恼——并非说他的全部——以为假令我们人类更聪明一点，更理智一点，更能树立彻底的新道德的时候，不是有许多是很容易除掉的吗？……我们若能培养善良的意志不可以使我们的生活少受我们认为不可抗的运命的支配吗？我以为是可以的。”

他是这样尊重理性，尊重道德的。但是他一到了人事纠纷的极点，便体验一种任如何不能屈从理性的命令的某种感情，似乎想赋与这种感情，以超理性的必然性。

他想赋与那种感情以超理智的必然性，但他决非因此轻视理性。若然，他早已从他的思想的批判之标准驱除理性而盲从纯感情去了。这是他所不敢的。他不因为不喜社会主义者的破坏的行动的感情，而赞成资本主义。又他虽不忍见其日暮途穷的老父填于沟壑，但仍不能忘记他父亲过去的罪恶。在他看来，理性是最上的，他的思想的批判力，因为依据理性，所以常是严正的，峻烈的。他的特异之点便在他虽以自己的理性为断罪之宣告，而不忍以狱吏的冷酷去旁观罪人受刑之苦，他禁不住要想法子赦免他，或是因为无法赦免他禁不住感一种良心的苛责。……

单就理性讲，菊池氏有做革命家的素质。他少年时代很贫穷；他有旺盛的反抗精神，他有透彻的合理欲，他认识资本主义的弊窦，与社会主义的真理；他在《火华》小说中表示他关于阶级斗争的心理的洞察力。从这几方面看来，他做社会人便当参加革命运动，做艺术家便当加入无产作家之群。但他却回避革命运动，甘于协调主义，同时被无产作家视为正面的仇敌。这一见好像很怪，其实不怪。他的感情背叛他的理性而已。……他的血管中流着不能不救护美津子的铁造的血，流着不能不喊回他父亲的贤一郎的血。……

千叶龟雄氏谓菊池氏的生活与作品都有理性的洁癖，都是非妥协的，都是排除第二义的道德的，所以对他表示敬意。不错，他在排斥因习的虚礼，痛恨无反省的伪善实在是洁癖的，非妥协的。但是我恐怕他在第一义的道德上却特别非洁癖的，妥协的。假若他在第一义的道德是洁癖的非妥协的，那么他的作品所表现的思想的批判应该更彻底。例如《火华》中的美津子为一个平素最痛恨最看不起的无产者所救，不应该更觉得伤了她的自尊心，更加骄慢，冷酷把阶级斗争的敌忾心鼓吹到无可融和的程度吗？又如《父归》中的贤一郎为膺惩其父万难赦宥的罪恶不应该冷眼看他路死吗？作者第一义的道德当然应该如是的。然而他理性肯定了，感情却不能肯定。他没有大义灭亲的最后的勇气。他虽然打破了旧道德的外壳，而不能弃掉他的内实。在这个意味他可以说是过渡期的思想家。并且与其说他是新时代的先驱者，不如说他是旧时代的后卫者。就是说，他不是彻底的非妥协的。最后的结果一达到眼前时，他立刻心机一转便投于妥协的这种本能，是没有办法的。

他应该做革命家，而终不能做革命家，原因便在这里。没有革命的感情的人无论理性上如何赞成革命到底不能做真正的革命家。从来没有纯粹的学者与理论家能使革命成功的。革命之实行，必须有可以灭绝理性的强大的革命的感情才可能。没有革命的感情，虽堆上一百篇革命理论，也不能起纸烟灰那样大的热。菊池氏因为缺乏这种革命的感情，所以他不能做革命家……

——《中央公论》第四页二十三号所载——

藤井氏与林氏两人的菊池宽论都有很深刻的地方，尤以林氏所说的更为剀切而稳当。读者于此文可以明了菊池氏的作品的优越性，和他的社会思想与道德思想的倾向。菊池之代表《新思潮》同人，一如武者小路之代表“白桦派”。菊池以理智胜，武者小路以情热胜，而两人一样对于人生有光明的理想。一样的对于无产者有深厚的同情，一样对于资本家有强烈的反感，却一样反对阶级斗争，不忍使日本陷于“俄国那样的混乱”。于是武者小路便跑到日向去组织他的理想乡，想缓和此种不可避免的惨剧。菊池则以艺苑为讲坛宣讲劳资协调之福音，欲使资本家自行悔过，免为阶级斗争之牺牲。他们的用心都是很苦的。我尝说武者小路的情热有一点儿似法国的罗曼罗兰。但菊池虽崇拜英国的萧Shaw而理智的冷静似乎还不及。我们将来的新社会生活应当是新理性的生活。低级的情感妨害我们生活之改造与进展是很大的。菊池氏的艺术不幸在理性的百尺竿头更进一步时辄为情感所反拨，这不独是菊池氏不能成为革命家的原因，同时是中国与日本日言改革而始终不能有透彻底改革的原因。“人情味！”是何等美丽的花，但是她含着多少的毒汁！我因为爱菊池氏的艺术中那种明慧的理智，所以介绍他的作品。但同时因为他含有些有毒的感情所以介绍两篇专攻这种“人情毒”的评论。

本选集所收诸篇，《父归》写的是父子关系，《屋上之狂人》写的是兄弟之爱，《海之勇者》写的是邻人之爱，《温泉场小景》则写的是“恋爱”或是“恋爱的余波”。菊池氏的作品中很少看见写纯恋爱的。《藤十郎之恋》一篇，照题名应该是纯恋爱的剧曲了，但他却写的是“为艺术而牺牲恋爱”。作品中主人公的说：“为艺来牺牲一两个女人不算什么。”《茅草的屋顶》也写的是“为事业而牺牲恋爱”。他似乎把艺术和事业放在第一位，恋爱放在第二位。他既以理智为君情感为臣，这种对恋爱的态度也许是当然的结果。他曾答《妇人公论》的问说，“恋爱像热病一样，应该排斥”。他这种排斥恋爱的理由若照他那种“我是脚本家，所以主张脚本中心主义”的说法，似乎是“因为我不是恋爱的适者（Fitter）所以不主张恋爱”。但是他所持的理由不是这样简单的。恰好《妇人公论》的八月号，登有他一篇《恋爱杂感》，大可以窥见他的恋爱观。——

近来我对于重视恋爱，及恋爱神圣论的反感较前更深。从前曾答《妇人公论》的问，说“恋爱像热病一样应当排斥”，现在这种感想越深入我的心坎。

那时和我同答的某博士说：“恋爱是人生必要的罪恶。”Love is the necessary evil of life 这好像是我的热病说的同义语，颇使我感一种声援。说起来恋爱实在是人生不可避的凶事，不得已的灾祸。

这样一说，恋爱至上主义者恋爱理想论者一定举恋爱所有的美点对我说。也许恋爱和热一样，其本身是无善无恶的。不过人被恋爱的热一烧发狂起来，虽可以做一些善事，却可以做更多的恶事。我所以劝青年男女不要害这热病，便是这个缘故。

恋爱至上主义者说恋爱是人生最重要的部分，最美丽最珍贵的东西。若然，则不能恋爱的男女，靠什么去生活？现代许多的男女有能恋爱的幸福的很少，既然叫做恋爱，当然含着恋爱的，与被恋爱的。恋爱这件事已经不容易，但也许差不多的人都能恋爱。至于有被爱，被恋的幸福的，却是极少数。

尤其是现代恋爱的动机几乎都限于容貌，风采，态度，社会的位置等外面的条件。许多的青年中凡才子，美男，又善于交际的恒为恋爱的胜利者。这一类的男子最多浮华轻薄之辈。

才色双绝的佳人每和廉价的轻薄才子相恋爱，恋爱的情形每是骏马驮着痴汉走。

若恋爱是人生的重大事件，那么这个世界岂不成了浮薄的男子与无知人之明的美人的天国吗？

恋爱若是人生的重大事件，那么没有被爱资格丑男女，岂不要从人生的重大事件除外吗？

托尔思泰的母亲对少年时代的托尔思泰说：

“你得温良才好，单凭你的脸是没有人爱你的。”许多的恋爱是凭脸发生的。

自然，并非说一切专凭脸儿，中间也许有以脸为缘因互相契合到灵魂深处的恋爱，但是一般的恋爱总是从脸儿发生的，从外面的皮相发生的，因之一旦在那美丽的皮相之下发现了那种丑陋的灵魂，以致把青春时代做了错误的恋爱的牺牲而后悔不及的，知道有多少人？一般的恋爱不始于人性美，不始于心的纯洁，便把恋爱的价值减半了。因为世间因惑于外面美以致没有寻得自己的心的对手，魂的同伴的不知多少。假若恋爱起于心魂之美，而为结合非此女不可的女子，和非此男不可的男子的强力时，那么恋爱实在是人生贵重的动因。但是所谓“恋爱”似乎单起于外面的要素，单以结合男女性为能事。

恋爱使人忘记一切，使人忘记对手的人格是轻薄的，忘记对手是无能力的生活者。这种恍惚之境，也许是人生最难得的瞬间。然而若是在人生的现实之前一触即破的恍惚境有什么价值时，那么吸鸦片者的幸福也有价值了。恋爱若不发于更明确的理智，若不发于双方的人格美之认识，那么恋爱之于人生反是有害的。恋爱而伴以明确之理智，也许已不是恋爱了，就不是恋爱不也好吗？恋爱这类的事在我们人生本是没有也不要紧的。

Sentimental love 这东西不知道多么妨害少年男女对于人生的认识，有人说恋爱是驱起男女去生殖的一种自然的诡计（trick），这种思想不是人类本位的，不必听。但恋爱在人生之改善上到底有何等功效？为恋爱的狂热所侵而做下的一日的错事，不是以千百日严肃的劳动补偿之而不足吗？

而且恋爱最坏的事，便是不能永续。任如何相爱的男女不能维持三年以上的同样的紧张，何况十年，何况一生。

剧曲家 S. T. Hankin 说："不可浪漫地结婚，因为那太继续久了。"恋爱很短，结婚很长。因为模样儿好，瓌珴璘拉得好，眼儿清澄美丽而相爱的，要和他入一生涯的结婚生活不太可怕吗？

恋爱使人盲目，盲目的时候，来抉择一生的同伴者不太轻率了吗？

但恋爱是难避的热病，若不害害这种热病也许没有人肯抽那抉择一生的配偶者的可怕的签。若没有恋爱这种麻醉作用，也许没有人肯结这束缚一生的约束。在这种意味说恋爱是难避的凶事，同时是必要的凶事。

不过女性平时对于男性的认识是糟透了。她们辨不出何等的男性可以信赖，何等的男性不能信赖。何况害了精神的热病时什么辨别男性的能力都没有了。

在这个意味说，如何辨得出男性的"假票子"应该是处女的必修科目。然而现在女学校教育把女学生对于男性的知识全然夺掉了。她们对于男性几乎把眼睛遮了。一旦从学校里出来，取去眼遮抓一个"假票子"的男性误尽一生，是当然的事。

恋爱是热病。青年男女平素应该修养得虽害了那种热病而能不失理性不盲从感情，尤其是女性，结婚生活占据她的生活之大部分的女性。

看了菊池的恋爱杂感，再去看他写恋爱的脚本如《茅草的屋顶》《唐玄宗的心绪》及《温泉场小景》，可以知道他对于恋爱也是极重理智的。不过他是重"理智的恋爱"，并非否定恋爱。他主张的恋爱是要以明确的理智及双方的人格美之认识为出发点的。他的理智在他的社会思想，道德思想上，虽然弄到最后每有不甚彻底的地方，但对于恋爱他却始终很彻底。即如《温泉场小景》写的是旧时的恋侣，偶然在温泉场相遇，一则丧偶经年，小孩子没有人照顾，一则离婚已久，愿得知心性者而嫁之。把稍重感情的作家写起来一定要使他们"重缔白首之盟"的。但菊池氏不然，他非使健吉诘问富枝五年间的生活状态不可。他非对于她的人格美得一种确认不可。他不能盲目的，任感情的替她女儿找一继任的母亲，替他自己找一下半生的伴侣。他不肯把那个 Scene 做不快的家庭生活之序幕，结果是毅然决然带着女儿别了她回东京去。

不像《父归》那样到最后忽然为感情所征服。这种态度是何等理智的。在这几篇短剧中间这一篇虽不是菊池得意之作，然而却是很有悠长意味的。

《父归》与《屋上之狂人》同为菊池得意之作，虽毁誉参半，而引起了日本批评界莫大之波澜。《父归》一篇曾由友人方光焘先生译过，我替他发表于《少年中国》杂志上，并改题为《父之回家》。此译发表后，引起许多良好的反响，友人左舜生君——当时编辑《少年中国》——尤为赞美。听说北京清华学校南方某校都曾排演过。可惜我寄稿与舜生时不曾仔细校正，错了几处地方，我安排出这选集时才看出来，因就方先生译本略改译，并复其《父归》*Chichi Kaeru* 原名。现在借这机会对方先生致谢。《屋上之狂人》与《海之勇者》皆旧译，且皆曾发表于《少年中国》。今亦略有改正。《温泉场小景》则为新译。

民国十三年七月三十日田汉谨识于沪上。

——录自中华书局 1924 年初版

《神曲一脔》①

《神曲一脔》[释诠]

钱稻孙②

十四年前，予随侍父母游意大利，每出必猎涉其故事神话，纵谈承欢。其时即读《神曲》原文，归国后，尝为试译其起首三曲。初译但欲达意，不顾辞藻韵调；惟于神话传说，则任意诠注，曼衍孳乳，不自范围，仍纵谈娱视之志。近年屑屑于米盐，久置不续矣，今年适遇檀德六百周年，而予亦方人生半路。偶理旧稿，又改其第一三两曲为韵译，并原译第二曲而为此篇。

一九二一年，译者识

——录自商务印书馆 1924 年初版

《地狱　曲一》[小序]

（钱稻孙）

《神曲》(La Divina Commedia) 意大利人檀德 (Dante Alighieri) 所作三部曲也。作者生于年景纪一六二五 [一二六五] 即宋咸淳元年，卒于一三二一年即元至治元年，著作之传者凡五，此最杰构，所叙为

---

① 《神曲一脔》(*Divine Comedy*)，意大利檀德（Alighieri Dante，今译但丁，1265—1321）著，钱稻孙译，上海商务印书馆 1924 年 12 月初版，小说月报丛刊第十种。

② 钱稻孙（1887—1966），浙江吴兴人。幼年随父旅居日本，后至意大利学习意大利文和法文。曾任职于北京大学、清华大学，译有《日本诗歌选》《樱花国歌话》《万叶集》等。

周巡地狱净界天堂所见。熔希腊罗马神话与景教传说于一炉，以讽刺中世纪人物史事，又隐寓本人半生经历。一时彼中思想学术，胥可就见。尔时欧罗巴各国，咸崇拉丁文，几忘国各有文学，意大利虽直传拉丁之统，而语言已颇变迁，作者始引当世之言入文，实开国文学之先导，无怪彼土之推崇此书也。迻译既多，疏释者考证者每多精密之编，而我中国则未之闻也。今试为释译其词意，诠注其神话传说，以纵谈乐，非敢矜箸撰也。

此地狱 Inferno，第一部也。余二部各三十三曲。惟第一部多一曲。即此引端之曲也。虽亦附隶地狱，实则未入狱门，但记其迷入幽林之后，将登光明之山麓，而遇一豹一狮一牝狼梗塞径途，方欲折回幽林，复逢古诗人维琪尔，劝其历游三界，遂从之而去。

原书以三句为一韵，前后之韵，递相参错。第一三两句叶第一韵，第二四六三句，叶第二韵，第五七九叶第三韵，如是积百数十句为一曲。都凡百曲，为例一贯。兹译此曲，即仿其用韵之法。从段说十七部古音，而仍别四声。注释则汇录于曲文之后。

——录自商务印书馆 1924 年初版

《地狱　曲三》[小序]

（钱稻孙）

此曲记檀德读地狱门之铭而入，遇虽无令闻亦无恶名之亡灵，群赴亚凯隆德河畔，见舟魔喀隆叱之严厉，载达彼岸，俄而地震雷鸣，赤火闪烁，乃惊晕而仆，兹译略变用韵之法，三句一韵，无分平仄，韵则仍用段说古音。

——录自商务印书馆 1924 年初版

《苦闷的象征》[①]

《苦闷的象征》引言

鲁迅

去年日本的大地震，损失自然是很大的，而厨川博士的遭难也是其一。

厨川博士名辰夫，号白村。我不大明白他的生平，也没有见过有系统的传记。但就零星的文字里掇拾起来，知道他以大阪府立第一中学出身，毕业于东京帝国大学，得文学士学位；此后分住熊本和东京者三年，终于定居京都，为第三高等学校教授。大约因为重病之故罢，曾经割去一足，然而尚能游历美国，赴朝鲜；平居则专心学问，所著作很不少。据说他的性情是极热烈的，尝以为"若药弗瞑眩厥疾弗瘳"，所以对于本国的缺失，特多痛切的攻难。论文多收在《小泉先生及其他》，《出了象牙之塔》及殁后集印的《走向十字街头》中。此外，就我所知道的而言，又有《北美印象记》，《近代文学十讲》，《文艺思潮论》，《近代恋爱观》，《英诗选释》等。

然而这些不过是他所蕴蓄的一小部分，其余的可是和他的生命一起失掉了。

这《苦闷的象征》也是殁后才印行的遗稿，虽然还非定本，而大体却已完具了。第一分《创作论》是本据，第二分《鉴赏论》其实即是论批评，和后两分都不过从《创作论》引申出来的必然的系论。至于主旨，也极分明，用作者自己的话来说，就是"生命力受

---

① 《苦闷的象征》，文艺论文集，日本厨川白村（1880—1923）著，鲁迅译。版权页标："1924 年 12 月初版"，据考实际出版时间为 1925 年 3 月，未名丛刊之一，由北京大学新潮社代售，后改由北新书局出版。

了压抑而生的苦闷懊恼乃是文艺的根柢，而其表现法乃是广义的象征主义”。但是“所谓象征主义者，决非单是前世纪末法兰西诗坛的一派所曾经标榜的主义，凡有一切文艺，古往今来，是无不在这样的意义上，用着象征主义的表现法的”。(《创作论》第四章及第六章)

作者据伯格森一流的哲学，以进行不息的生命力为人类生活的根本，又从弗罗特一流的科学，寻出生命力的根柢来，即用以解释文艺，——尤其是文学。然与旧说又小有不同，伯格森以未来为不可测，作者则以诗人为先知，弗罗特归生命力的根柢于性欲，作者则云即其力的突进和跳跃。这在目下同类的群书中，殆可以说，既异于科学家似的专断和哲学家似的玄虚，而且也并无一般文学论者的繁碎。作者自己就很有独创力的，于是此书也就成为一种创作，而对于文艺，即多有独到的见地和深切的会心。

非有天马行空似的大精神即无大艺术的产生。但中国现在的精神又何其萎靡锢蔽呢？这译文虽然拙涩，幸而实质本好，倘读者能够坚忍地反复过两三回，当可以看见许多很有意义的处所罢：这是我所以冒昧开译的原因，——自然也是太过分的奢望。

文句大概是直译的，也极愿意一并保存原文的口吻。但我于国语文法是外行，想必很有不合轨范的句子在里面。其中尤须声明的，是几处不用“的”字，而特用“底”字的缘故。即凡形容词与名词相连成一名词者，其间用“底”字，例如 social being 为社会底存在物，Psychische Trauma 为精神底伤害等；又，形容词之由别种品词转来，误[语]尾有 tive，tic 之类者，于下也用“底”字，例如 speculative，romantic，就写为思索底，罗曼底。

在这里我还应该声谢朋友们的非常的帮助，尤其是许季黻君之于英文；常维钧君之于法文，他还从原文译出一篇《项链》给我附在卷后，以便读者的参看；陶璇卿君又特地为作一幅图画，使这书被了凄艳的新装。

一九二四年十一月二十二日之夜，鲁迅在北京记。

——录自北新书局1926年三版

《苦闷的象征》未名丛刊是什么，要怎样？①

鲁迅

所谓《未名丛刊》者，并非无名丛书的意思，乃是还未想定名目，然而这就作为名字，不再去苦想他了。

这也并非学者们精选的宝书，凡国民都非看不可。只要有稿子，有印费，便即付印，想使萧索的读者，作者，译者，大家稍微感到一点热闹。内容自然是很庞杂的，因为希图在这庞杂中略见一致，所以又一括为相近的形式，名之曰《未名丛刊》。

大志向是丝毫也没有。所愿的：无非（1）在自己，是希望那印成的从速卖完，可以收回钱来再印第二种；（2）对于读者，是希望看了之后，不至于以为太受欺骗了。

现在除已经印成的一种之外，就自己和别人的稿子中，还想陆续印行的是：

1.《苏俄的文艺论战》。俄国褚沙克等论文三篇。任国桢译。

2.《往星中》。俄国安特来夫作戏剧四幕。李霁野译。

3.《小约翰》。荷兰望蔼覃作神秘的写实的童话诗。鲁迅译。

——录自新潮社1924年初版

① 本篇最初刊载于初版本版权页后。

书名索引

作者索引

图书在版编目(CIP)数据

汉译文学序跋集. 第3卷,1922～1924/李今主编;樊宇婷编注. —上海:上海人民出版社,2017

ISBN 978-7-208-14851-2

Ⅰ.①汉… Ⅱ.①李… ②樊… Ⅲ.①序跋-作品集-中国-近现代 Ⅳ.①I265

中国版本图书馆CIP数据核字(2017)第260474号

责任编辑 屠毅力

装帧设计 张志全工作室

汉译文学序跋集

第3卷

1922—1924

李 今 主编

樊宇婷 编注

世 纪 出 版 集 团

上海人民出版社出版

(200001 上海福建中路193号 www.ewen.co)

世纪出版集团发行中心发行 常熟市新骅印刷有限公司印刷

开本 890×1240 1/32 印张 65 插页 8 字数 1,622,000

2017年12月第1版 2017年12月第1次印刷

ISBN 978-7-208-14851-2/I·1678

定价 268.00元

(全四册)